建宏新編成語典

向光忠・李行健・劉松筠 主編

建宏出版社 印行

序

坊間有關成語的辭典，不勝枚舉；各書取材的方向與編輯的體例，更是五花八門。但從學術的角度來看，有的不是過於淺薄、不敷運用，就是流於艱澀，而陷入瑣碎考據之中；如從實用的立場來說，有的釋義不夠精詳，有的選例未能切合本義，無法完全發揮成語辭典應有的功能。本社有鑑於此，不惜重資刊行「建宏新編成語典」一書，以供學術、教學與學生們自學之用：

一、本書收錄成語近兩萬條，範圍涵蓋經史古籍、寓言筆記、明清小說及日常習用之語。

二、書中成語點明出處，細說由來；採以語體援舉例句，說明其正確的用法。

三、每則成語必加注音，字解句釋之後明其用法；另闢附註一欄，以辨正其訛誤，以闡明其異同。

四、本書成語係按國語注音ㄅㄆㄇㄈ順序編排，並附注音及筆畫索引，查閱頗為方便。

五、本書語源明晰，注解詳審，解說清楚，例句精當，洵為學術、習用並宜之成語辭書。

凡是常用與必備的成語，本書盡數蒐羅，實已兼具學術與教學之用，洵為研究、自學與社會人士必備之書。

建宏出版社　謹識於台北

目錄

【ㄅ部】

ㄅㄚ	一
ㄅㄞ	六
ㄅㄢ	二一
ㄅㄤ	二五
ㄅㄠ	二五
ㄅㄟ	三三
ㄅㄣ	三九
ㄅㄧ	四一
ㄅㄧㄢ	五三
ㄅㄧㄠ	五六
ㄅㄧㄝ	五八
ㄅㄧㄣ	六〇
ㄅㄧㄥ	六一
ㄅㄛ	七一
ㄅㄨ	八〇

【ㄆ部】

ㄆㄚ	一四〇
ㄆㄛ	一四〇
ㄆㄞ	一四二
ㄆㄟ	一四三
ㄆㄠ	一四三
ㄆㄡ	一四四
ㄆㄢ	一四五
ㄆㄣ	一四八
ㄆㄤ	一四九
ㄆㄥ	一四九
ㄆㄧ	一五一
ㄆㄧㄠ	一五七
ㄆㄧㄢ	一五八
ㄆㄧㄣ	一六〇
ㄆㄧㄥ	一六一
ㄆㄨ	一六四

【ㄇ部】

ㄇㄚ	一六七
ㄇㄛ	一六九
ㄇㄞ	一七三
ㄇㄟ	一七八
ㄇㄠ	一七八
ㄇㄡ	一八〇
ㄇㄢ	一八一
ㄇㄣ	一八四
ㄇㄤ	一八五
ㄇㄥ	一八六
ㄇㄧ	一八八
ㄇㄧㄝ	一九〇
ㄇㄧㄠ	一九一
ㄇㄧㄡ	一九三
ㄇㄧㄢ	一九三
ㄇㄧㄣ	一九六
ㄇㄧㄥ	一九七
ㄇㄨ	二〇六

【ㄈ部】

ㄈㄚ	二一二
ㄈㄛ	二一五
ㄈㄟ	二一六
ㄈㄢ	二二一
ㄈㄣ	二二五
ㄈㄤ	二二八
ㄈㄥ	二三三
ㄈㄨ	二四二

【ㄉ部】

ㄉㄚ	二五四
ㄉㄜ	二七一
ㄉㄞ	二七五
ㄉㄠ	二七八
ㄉㄢ	二八三
ㄉㄤ	二八九
ㄉㄥ	二九二
ㄉㄧ	二九四
ㄉㄧㄢ	二九八
ㄉㄧㄠ	三〇一
ㄉㄧㄝ	三〇四
ㄉㄧㄥ	三〇四
ㄉㄧㄡ	三〇六
ㄉㄨㄥ	三〇六
ㄉㄡ	三一五
ㄉㄨ	三一七
ㄉㄨㄢ	三二四
ㄉㄨㄟ	三二七
ㄉㄨㄣ	三二九
ㄉㄨㄛ	三三〇

【ㄊ部】

ㄊㄚ	三三五
ㄊㄜ	三三五
ㄊㄞ	三三五
ㄊㄠ	三三八
ㄊㄡ	三四一
ㄊㄢ	三四五
ㄊㄤ	三五二
ㄊㄥ	三五三
ㄊㄧ	三五四
ㄊㄧㄝ	三五七
ㄊㄧㄠ	三五九
ㄊㄧㄢ	三六〇
ㄊㄧㄥ	三七五
ㄊㄨ	三七七
ㄊㄨㄛ	三八三
ㄊㄨㄟ	三八四
ㄊㄨㄣ	三八七
ㄊㄨㄥ	三八七

【ㄋ部】

ㄋㄚ	三九七
ㄋㄞ	三九八
ㄋㄟ	三九八
ㄋㄠ	四〇〇
ㄋㄢ	四〇〇
ㄋㄤ	四〇四
ㄋㄥ	四〇五
ㄋㄧ	四〇六
ㄋㄧㄝ	四〇七
ㄋㄧㄠ	四〇八
ㄋㄧㄡ	四〇九
ㄋㄧㄢ	四一〇
ㄋㄧㄥ	四一三
ㄋㄨ	四一三
ㄋㄨㄛ	四一五
ㄋㄨㄥ	四一五

【ㄌ部】

ㄌㄚ	四一八
ㄌㄜ	四一八
ㄌㄞ	四一九
ㄌㄟ	四二〇
ㄌㄠ	四二一
ㄌㄡ	四二六
ㄌㄢ	四二八
ㄌㄤ	四二九
ㄌㄥ	四三一
ㄌㄧ	四三二
ㄌㄧㄝ	四四一
ㄌㄧㄠ	四四一
ㄌㄧㄡ	四四四
ㄌㄧㄢ	四四九
ㄌㄧㄣ	四五一
ㄌㄧㄤ	四五四
ㄌㄧㄥ	四五八
ㄌㄨ	四六一
ㄌㄨㄛ	四六四
ㄌㄨㄢ	四六八
ㄌㄨㄣ	四六九
ㄌㄨㄥ	四七〇
ㄌㄩ	四七三
ㄌㄩㄝ	四七五

【ㄍ部】

ㄍㄚ	四七七
ㄍㄜ	四七七
ㄍㄞ	四八二
ㄍㄠ	四八三
ㄍㄡ	四八九
ㄍㄢ	四九二
ㄍㄣ	四九七
ㄍㄤ	四九八
ㄍㄥ	四九九
ㄍㄨ	五〇〇
ㄍㄨㄚ	五〇九
ㄍㄨㄛ	五一一
ㄍㄨㄞ	五一四
ㄍㄨㄟ	五一五
ㄍㄨㄢ	五一八
ㄍㄨㄣ	五二二
ㄍㄨㄤ	五二三
ㄍㄨㄥ	五二五

【ㄎ部】

ㄎㄜ	五三一
ㄎㄞ	五三五
ㄎㄡ	五三八
ㄎㄢ	五四二
ㄎㄣ	五四四
ㄎㄤ	五四四
ㄎㄥ	五四五
ㄎㄨ	五四五
ㄎㄨㄚ	五四九
ㄎㄨㄛ	五四九
ㄎㄨㄞ	五五〇
ㄎㄨㄟ	五五一
ㄎㄨㄢ	五五二
ㄎㄨㄣ	五五三
ㄎㄨㄤ	五五三
ㄎㄨㄥ	五五五

【ㄏ部】

ㄏㄜ	五五六
ㄏㄞ	五六五
ㄏㄟ	五六八
ㄏㄠ	五六八
ㄏㄡ	五七三
ㄏㄢ	五七六
ㄏㄣ	五八一
ㄏㄤ	五八二
ㄏㄥ	五八二
ㄏㄨ	五八五
ㄏㄨㄚ	五九二
ㄏㄨㄛ	五九八
ㄏㄨㄞ	六〇二
ㄏㄨㄟ	六〇三
ㄏㄨㄢ	六〇九
ㄏㄨㄣ	六一一
ㄏㄨㄤ	六一四
ㄏㄨㄥ	六一九

【ㄐ部】

ㄐㄧ	六二四
ㄐㄧㄚ	六四三
ㄐㄧㄝ	六四九
ㄐㄧㄠ	六五七
ㄐㄧㄡ	六六三
ㄐㄧㄢ	六七一
ㄐㄧㄣ	六八二
ㄐㄧㄤ	六九六

ㄐㄧㄥ	七〇〇
ㄐㄩ	七一〇
ㄐㄩㄝ	七一七
ㄐㄩㄢ	七二〇
ㄐㄩㄣ	七二一
ㄐㄩㄥ	七二三

【ㄑ部】

ㄑㄧ	七二三
ㄑㄧㄚ	七三六
ㄑㄧㄝ	七三六
ㄑㄧㄠ	七三八
ㄑㄧㄡ	七四一
ㄑㄧㄢ	七四五
ㄑㄧㄣ	七五九
ㄑㄧㄤ	七六三
ㄑㄧㄥ	七六五
ㄑㄩ	七七六
ㄑㄩㄝ	七八三
ㄑㄩㄢ	七八三
ㄑㄩㄣ	七八七
ㄑㄩㄥ	七八九

【ㄒ部】

ㄒㄧ	七九四
ㄒㄧㄚ	八〇三
ㄒㄧㄝ	八〇七
ㄒㄧㄠ	八一〇
ㄒㄧㄡ	八一五
ㄒㄧㄢ	八一九
ㄒㄧㄣ	八二六
ㄒㄧㄤ	八四〇
ㄒㄧㄥ	八四七
ㄒㄩ	八五四
ㄒㄩㄝ	八五八
ㄒㄩㄢ	八六二
ㄒㄩㄣ	八六五
ㄒㄩㄥ	八六七

【ㄓ部】

ㄓ	八七二
ㄓㄚ	八九六
ㄓㄜ	八九七
ㄓㄞ	八九九
ㄓㄠ	九〇〇
ㄓㄡ	九〇八
ㄓㄢ	九一〇
ㄓㄣ	九一四
ㄓㄤ	九一八
ㄓㄥ	九二一
ㄓㄨ	九二七
ㄓㄨㄚ	九三七
ㄓㄨㄛ	九三七
ㄓㄨㄟ	九四〇
ㄓㄨㄢ	九四一
ㄓㄨㄣ	九四三
ㄓㄨㄤ	九四三
ㄓㄨㄥ	九四五

【ㄔ部】

ㄔ	九五八
ㄔㄚ	九六五
ㄔㄞ	九六七
ㄔㄢ	九六八
ㄔㄤ	九七〇
ㄔㄠ	九七五
ㄔㄜ	九七七
ㄔㄣ	九七九
ㄔㄥ	九八四
ㄔㄡ	九九二
ㄔㄨ	九九六
ㄔㄨㄞ	一〇〇五
ㄔㄨㄢ	一〇〇五
ㄔㄨㄤ	一〇〇八
ㄔㄨㄟ	一〇〇九
ㄔㄨㄣ	一〇一二
ㄔㄨㄛ	一〇一八
ㄔㄨㄥ	一〇一九

【ㄕ部】

ㄕ	一〇二三
ㄕㄚ	一〇五一
ㄕㄜ	一〇五四
ㄕㄠ	一〇五八
ㄕㄠ	一〇五八
ㄕㄢ	一〇六〇
ㄕㄣ	一〇六六
ㄕㄤ	一〇七六
ㄕㄥ	一〇八二
ㄕㄡ	一〇九二
ㄕㄨ	一〇九九
ㄕㄨㄛ	一一〇九
ㄕㄨㄞ	一一一一
ㄕㄨㄟ	一一一二
ㄕㄨㄤ	一一一七

【ㄖ部】

ㄖ	一一一九
ㄖㄜ	一一二四
ㄖㄠ	一一二五
ㄖㄡ	一一二五
ㄖㄢ	一一二六
ㄖㄣ	一一二七
ㄖㄤ	一一四一
ㄖㄨ	一一四一
ㄖㄨㄛ	一一五三
ㄖㄨㄟ	一一五四
ㄖㄨㄢ	一一五五
ㄖㄨㄥ	一一五五

【ㄗ部】

ㄗ	一一五七

ㄗㄚ 一一六八
ㄗㄜ 一一六八
ㄗㄞ 一一七〇
ㄗㄟ 一一七三
ㄗㄠ 一一七四
ㄗㄡ 一一七五
ㄗㄢ 一一七七
ㄗㄤ 一一七七
ㄗㄥ 一一七七
ㄗㄨ 一一七八
ㄗㄨㄛ 一一七八
ㄗㄨㄟ 一一八六
ㄗㄨㄢ 一一八九
ㄗㄨㄣ 一一九〇
ㄗㄨㄥ 一一九〇

【ㄘ部】

ㄘ 一一九二
ㄘㄞ 一一九四
ㄘㄢ 一一九七
ㄘㄤ 一二〇一
ㄘㄠ 一二〇三
ㄘㄜ 一二〇六
ㄘㄣ 一二〇六
ㄘㄥ 一二〇七
ㄘㄨ 一二〇八
ㄘㄨㄢ 一二一〇
ㄘㄨㄟ 一二一〇
ㄘㄨㄣ 一二一一
ㄘㄨㄛ 一二一四
ㄘㄨㄥ 一二一六

【ㄙ部】

ㄙ 一二三〇
ㄙㄡ 一二三〇
ㄙㄚ 一二三一
ㄙㄜ 一二三二
ㄙㄞ 一二三三
ㄙㄠ 一二三三
ㄙㄢ 一二三四
ㄙㄤ 一二四三
ㄙㄣ 一二四四
ㄙㄨ 一二四四
ㄙㄨㄛ 一二四七
ㄙㄨㄟ 一二四八
ㄙㄨㄢ 一二五一
ㄙㄨㄣ 一二五一
ㄙㄨㄥ 一二五二

【ㄜ部】

ㄜ 一二五四

【ㄞ部】

ㄞ 一二五八

【ㄠ部】

ㄠ 一二六三

【ㄡ部】

ㄡ 一二六五

【ㄢ部】

ㄢ 一二六六

【ㄣ部】

ㄣ 一二七四

【ㄤ部】

ㄤ 一二七六

【ㄦ部】

ㄦ 一二七七

【ㄧ部】

ㄧ 一二八四
ㄧㄚ 一三六二
ㄧㄝ 一三六四
ㄧㄞ 一三六七
ㄧㄠ 一三六七
ㄧㄡ 一三七四
ㄧㄢ 一三九〇
ㄧㄣ 一四〇五
ㄧㄤ 一四一七
ㄧㄥ 一四二三

【ㄨ部】

ㄨ 一四三二
ㄨㄚ 一四五八
ㄨㄛ 一四五九
ㄨㄞ 一四六一
ㄨㄟ 一四六二
ㄨㄢ 一四七六
ㄨㄣ 一九八六
ㄨㄤ 一四九五
ㄨㄥ 一五〇三

【ㄩ部】

ㄩ 一五〇五
ㄩㄝ 一五二一
ㄩㄢ 一五二四
ㄩㄣ 一五三一
ㄩㄥ 一五三四

注音符號索引

【ㄅ部】

ㄅㄚ

八百孤寒　一
八拜之交　一
八面玲瓏　一
八面見光　一
八面見線　一
八面威風　一
八方呼應　一
八方支援　二
八斗之才　二
三公山上，草木皆兵。　二
八花九裂　二
八荒之外　二
八街九陌　二
八九不離十　二
八仙過海，各顯神通。　三
八字打開　三
巴蛇呑象　三

ㄅㄚˊ

拔本塞原　三
拔茅連茹　三
拔刀相助　四
拔地倚天　四
拔丁抽楔　四
拔來報往　四
拔葵去織　四
拔犀擢象　四
拔新領異　五
拔幟易幟　五
拔宅上升　五
拔十失五　五
拔山蓋世　五
拔山扛鼎　五
拔樹尋根　六
跋前躓後　六
跋山涉水　六

ㄅㄚˇ

把臂入林　六
把玩不厭　六

ㄅㄞˊ

白璧無瑕　六
白璧微瑕　六
白面書生　七
白髮蒼蒼　七
白刀子進，紅刀子出。　七
白頭偕老　七
白頭如新　七
白龍魚服　七
白圭之玷　七
白黑分明　八
白虹貫日　八
白駒過隙　八
白紙黑字　八
白首空歸　八
白手起家　八
白首一節　九
白山黑水　九
白水鑑心　九
白日見鬼　九
白日升天　九
白日做夢　九
白日衣綉　九
白往黑歸　一〇
白魚入舟　一〇
白雲親舍　一〇
白雲蒼狗　一〇

ㄅㄞˇ

百般刁難　一〇
百般責難　一〇
百弊叢生　一〇
百步穿楊　一一
百不失一　一一
百發百中　一一
百廢待舉　一一
百廢俱興　一一
百代過客　一一
百代文宗　一一
百讀不厭　一二
百堵皆作　一二
百端待舉　一二
百鳥朝鳳　一二
百年不遇　一二
百年大計　一二
百年偕老　一二
百年之柄　一三
百年大業　一三
百年樹人　一三
百里風趠　一三
百里之才　一三
百里異習　一三
百裏挑一　一三
百煉成鋼　一四
百兩爛盈　一四
百感交集　一四
百口莫辯　一四
百孔千瘡　一四
百花凋零　一四
百花齊放　一五
百花齊放，百家爭鳴。　一五
百花爭妍　一五
百花盛開　一五
百卉含英　一五
百家爭鳴　一五

百舉百捷 一五
百舉百全 一六
百星不如一月。 一六
百折不撓 一六
百戰百勝 一六
百轉千回，繞樑三日。 一六
百尺竿頭，更進一步。 一六
百川歸海 一七
百世不磨 一七
百世之利 一七
百世之師 一七
百舍重繭 一七
百獸率舞 一七
百身何贖 一八
百足之蟲，死而不僵。 一八
百辭莫辯 一八
百思不解 一八
百依百順 一八
百業凋敝 一八
百業蕭條 一八
百樣玲瓏 一八
百無聊賴 一九
百無禁忌 一九
百無所成 一九
百無一能 一九
百無一失 一九
百無一是 一九
百無一用 一九
百聞不如一見。 一九

ㄅㄞˋ

敗柳殘花 二〇
敗鱗殘甲 二〇
敗鼓之皮 二〇
敗家破業 二〇
敗軍之將 二〇
敗子回頭 二〇
稗官野史 二〇

ㄅㄢ

搬弄是非 二一
斑駁陸離 二一
斑衣戲彩 二一
班門弄斧 二一
班荆道故 二一
班師振旅 二一

ㄅㄢˇ

阪上走丸 二二

ㄅㄢˋ

伴食宰相 二二
半壁江山 二二
半部論語 二二
半面之交 二二
半途而廢 二二
出推半就 二三
半吞半吐 二三
半路出家 二三
半間不界 二三
半截入土 二三
半斤八兩 二三
半青半黃 二三
半晴半陰 二四
半信半疑 二四
半眞半假 二四
半籌不納 二四
半身不遂 二四
半生嘗膽 二四
半死半生 二四
半夜三更 二四
半僞半眞 二五

ㄅㄤˋ

傍花隨柳 二五
傍人門戶 二五
傍人籬壁 二五
謗書一篋 二五

ㄅㄠ

包辦代替 二五
包打天下 二六
包羅萬象 二六
包羞忍恥 二六
包藏禍心 二六
苞苴竿牘 二六
褒貶揚抑 二六
褒善貶惡 二六
褒采一介 二六
褒衣博帶 二七
褒衣危冠 二七

ㄅㄠˇ

保國安民 二七
寶馬香車 二七
寶貨難售 二七
寶學之人 二七
寶窗自選 二七
寶山空回 二七
飽經風霜 二八
飽經滄桑 二八
飽經憂患 二八
飽學之士 二八
飽食暖衣 二八
飽食終日 二八
飽諳經史 二八
飽以老拳 二九

ㄅㄠˋ

報本反始 二九
報李投桃 二九
報喜不報憂 二九
報效萬一 二九
報仇雪恨 二九
報往跋來 二九

報怨雪恥 二九
報竹平安 二九
抱冰公事 二九
抱不平 三〇
抱布貿絲 三〇
抱佛脚 三〇
抱德煬和 三〇
抱頭鼠竄 三〇
抱痛西河 三〇
抱關出柝 三一
抱憾終天 三一
抱薪救火 三一
抱雪向火 三一
抱柱之信 三一
抱誠守眞 三一
抱殘守缺 三一
抱愚守迷 三二
暴不肖人 三二
暴風驟雨 三二
暴跳如雷 三二
暴殄天物 三二
暴內陵外 三二
暴戾恣睢 三二
暴虎馮河 三二
暴殞輕生 三三
豹死留皮 三三

ㄅㄟ

卑鄙無恥 三三
卑鄙齷齪 三三
卑禮厚幣 三三
卑躬屈膝 三三
卑之，無甚高論。 三三
卑諂足恭 三四
卑辭重幣 三四
悲不自勝 三四
悲憤塡膺 三四
悲天憫人 三四
悲痛欲絕 三四
悲歌慷慨 三四
悲觀厭世 三五
悲歡離合 三五
悲喜交集 三五
悲愁垂涕 三五
杯盤狼藉 三五
杯弓蛇影 三五
杯酒解怨 三六
杯酒釋兵權 三六
杯酒言歡 三六
杯水車薪 三六

ㄅㄟˇ

北門南牙 三六
北門之嘆 三六
北門鎖鑰 三七
北道主人 三七
北宮嬰兒 三七
北轅適楚 三七

ㄅㄟˋ

倍道兼行 三七
倍道而進 三七
倍稱之息 三七
悖逆不軌 三八
悖入悖出 三八
背盟敗約 三八
背道而馳 三八
背井離鄉 三八
背屈含冤 三八
背信棄義 三八
背暗投明 三九
背恩忘義 三九
背城借一 三九
背山起樓 三九
背水一戰 三九
背槽拋糞 三九
背義忘恩 三九

ㄅㄛ

剝膚之痛 七一
剝膚椎髓 七一
撥弄是非 七二
撥亂反正 七二
撥亂誅暴 七二
撥嘴撩牙 七二
撥草尋蛇 七二
撥雲見日 七二
波平浪靜 七二
波瀾老成 七二
波瀾壯濶 七二
波譎雲詭 七二

ㄅㄛˊ

伯道無兒 七二
伯牛之疾 七三
伯樂相馬 七三
伯樂一顧 七三
伯慮愁眠 七三
伯歌季舞 七三
伯塤仲篪 七四
伯仲之間 七四
伯玉知非 七四
勃谿相向 七四
勃然變色 七四
勃然不悅 七四
勃然奮勵 七四
勃然大怒 七五
博大精深 七五
博通經籍 七五
博古通今 七五
博關經典 七五
博洽多聞 七五
博學多才 七五
博學多聞 七六
博學審問 七六
博者不知 七六
博施濟衆 七六
博士買驢 七六
博識多通 七六

博碩肥腯 七六
博采衆長 七七
博采衆議 七七
博而不精 七七
博而寡要 七七
博物通達 七七
博物君子 七七
博物洽聞 七七
博文約禮 七八
博聞辯言 七八
博聞強識 七八
搏牛之虻 七八
搏砂弄汞 七八
搏批細抹 七八
薄命佳人 七八
薄暮冥冥 七九
薄海騰歡 七九
薄情無義 七九
薄志弱行 七九
薄祚寒門 七九
薄此厚彼 七九
薄物細故 七九

ㄅㄛˇ

跛鱉千里 七九

ㄅㄛˋ

播穅眯目 七九
擘肌分理 八〇

ㄅㄣ

奔走呼號 三九
奔走相告 四〇
奔走之友 四〇
奔逸絕塵 四〇
賁育之勇 四〇

ㄅㄣˇ

本末倒置 四〇
本末相顧 四〇
本末終始 四〇
本同末異 四一
本來面目 四一
本小利微 四一
本性難移 四一
本深末茂 四一

ㄅㄣˋ

笨鳥先飛 四一
笨手笨腳 四一
笨嘴拙舌 四一

ㄅㄧ

逼上梁山 四一

ㄅㄧˊ

鼻息如雷 四二

ㄅㄧˇ

匕鬯不驚 四二
彼竭我盈 四二
彼一時，此一時。 四二
彼亦一是非，此亦一是非。 四二
比上不足，比下有餘。 四三
比物連類 四三
比物此志 四三
筆墨官司 四三
筆大如椽 四三
筆刀硯城 四三
筆頭生花 四三
筆力扛鼎 四四
筆下超生 四四
筆下有鐵 四四
筆削褒貶 四四
筆誅墨伐 四四
筆參造化 四四
鄙吝復萌 四四
鄙於不屑 四五

ㄅㄧˋ

俾晝作夜 四五
壁壘分明 四五
壁壘森嚴 四五
壁裏安柱 四五
婢作夫人 四五
幣厚言甘 四五
弊車羸馬 四五
弊絕風清 四六
必不撓北 四六
必恭必敬 四六
必傳之作 四六
必操勝券 四六
必由之路 四六
敝鼓喪豚 四七
敝屣尊榮 四七
敝帚千金 四七
敝帚自珍 四七
敝帷不棄 四七
比比皆是 四七
比肩並起 四七
比肩繼踵 四八
比肩隨踵 四八
比肩而立 四八
比而不黨 四八
比而不周 四八
比翼雙飛 四八
比屋可封 四八
畢恭畢敬 四九
畢其功於一役。 四九
睥睨一切 四九
碧落黃泉 四九
碧血丹心 四九
碧水青山 四九

篳門閨竇 四九
篳路藍縷 四九
蔽聰塞明 五〇
蔽月羞花 五〇
避繁就簡 五〇
避難就易 五〇
避坑落井 五〇
避其銳氣，擊其惰歸。 五〇
避嫌守義 五〇
避之若浼 五〇
避重就輕 五一
避實擊虛 五一
避世絕俗 五一
避讓賢路 五一
避而不談 五一
閉門羹 五一
閉門酣歌 五一
閉門謝客 五二
閉門造車 五二
閉門思過 五二
閉門塞聽 五二
閉關卻掃 五二
閉關自守 五二
閉關鎖國 五二
閉口無言 五三
閉月羞花 五三
髀肉復生 五三

ㄅㄧㄢ

鞭辟入裏 五三
鞭墓戮屍 五三
鞭長莫及 五三

ㄅㄧㄢˇ

扁擔沒扎，兩頭打塌。 五四

ㄅㄧㄢˋ

便宜行事 五四
抃風舞潤 五四
變本加厲 五四
變名易姓 五四
變服詭行 五四
變態百出 五四
變化多端 五五
變化有時 五五
變化無方 五五
變化無窮 五五
變幻莫測 五五
變生不測 五五
變生肘腋 五六
變色之言 五六
變色易容 五六
辯說屬辭 五六
辯才無礙 五六
遍地開花 五六
遍體鱗傷 五六

ㄅㄧㄠ

彪炳千秋 五六
彪形大漢 五七
標新立異 五七

ㄅㄧㄠˇ

表裏相依 五七
表裏相應 五七
表裏山河 五七
表裏如一 五七
表裏爲奸 五八

ㄅㄧㄝˊ

別風淮雨 五八
別婦拋雛 五八
別來無恙 五八
別開生面 五八
別鶴孤鸞 五八
別具肺腸 五八
別具匠心 五九
別具隻眼 五九
別具一格 五九
別張一軍 五九
別出機杼 五九
別出心裁 五九
別生枝節 五九
別樹一幟 五九
別饒風趣 六〇
別有風味 六〇
別有天地 六〇
別有用心 六〇
別無長物 六〇

ㄅㄧㄣ

彬彬有禮 六〇
賓客盈門 六〇
賓至如歸 六〇

ㄅㄧㄣˋ

鬢亂釵橫 六一

ㄅㄧㄥ

兵敗如山倒 六一
兵不逼好 六一
兵不厭詐 六一
兵不血刃 六一
兵疲意阻 六一
兵馬未動，糧草先行。 六一
兵富難戰 六二
兵多將廣 六二
兵多者敗 六二
兵來將擋，水來土掩。 六二
兵連禍結 六二
兵臨城下 六二
兵戈搶攘 六三
兵革滿道 六三
兵革互興 六三

兵革之士　六三
兵貴神速　六三
兵荒馬亂　六三
兵驕將傲　六三
兵強馬壯　六三
兵強則滅　六四
兵燹之禍　六四
兵相駘藉　六四
兵行詭道　六四
兵車之會　六四
兵上神密　六四
兵刃相接　六四
兵戎相見　六四
兵挫地削　六五
兵無常勢　六五
兵微將寡　六五
冰凍三尺，非一日之寒。　六五
冰炭不投　六五
冰炭不同器　六五
冰炭不相容　六六
冰炭相愛　六六
冰天雪地　六六
冰天雪窖　六六
冰壺秋月　六六
冰壺玉衡　六六
冰壺玉尺　六六
冰壑玉壺　六六
冰魂雪魄　六七
冰肌雪腸　六七
冰肌玉骨　六七
冰解凍釋　六七
冰清玉潔　六七
冰清玉潤　六七
冰雪聰明　六八
冰消瓦解　六八
冰柱雪車　六八
冰釋理順　六八
冰山難靠　六八
冰甌雪椀　六八

ㄅㄧㄥˇ

屏氣凝神　六九
屏聲息氣　六九
炳炳麟麟　六九
秉筆直書　六九
秉政勞民　六九
秉燭夜遊　六九
秉要執本　六九

ㄅㄧㄥˋ

並蒂芙蓉　六九
並駕齊驅　七〇
並行不悖　七〇
並日而食　七〇
並容偏覆　七〇
病篤亂投醫　七〇
病骨支離　七〇
病國病民　七一
病勢尪羸　七一
病入膏肓　七一
病入骨髓　七一
病從口入　七一

ㄅㄨˊ

不敗之地　八〇
不避斧鉞　八〇
不辟子卯　八〇
不變之法　八〇
不辨眞僞　八〇
不辨菽麥　八〇
不破不立　八一
不蔓不枝　八一
不費吹灰之力。　八一
不憤不啓　八一
不負衆望　八一
不動聲色　八一
不痛不癢　八一
不念舊惡　八一
不露鋒芒　八二
不露斧鑿痕迹。　八二
不露圭角　八二
不露聲色　八二
不厲而威　八二
不立文字　八二
不劣方頭　八二
不吝金玉　八二
不吝指教　八三
不落褒貶　八三
不落窠臼　八三
不落人後　八三
不落言筌　八三
不過爾爾　八三
不共戴天　八三
不看僧面看佛面。　八三
不亢不卑　八四
不愧不怍　八四
不愧屋漏　八四
不惑之年　八四
不諱之變　八四
不諱之門　八四
不諱之路　八四
不諱之朝　八四
不計得失　八五
不計其數　八五
不稼不穡　八五
不教之教　八五
不教而誅　八五
不咎既往　八五
不見天日　八五
不見經傳　八五
不近人情　八六
不進則退　八六
不脛而走　八六
不器之器　八六
不繫之舟　八六
不屑齒及　八六

不屑一顧　八六
不孝之子　八六
不肖子孫　八七
不忮不求　八七
不治之症　八七
不置褒貶　八七
不置可否　八七
不置一詞　八七
不召之臣　八七
不召自來　八八
不正之風　八八
不啻天地　八八
不世之略　八八
不世之功　八八
不世之臣　八八
不世之姿　八八
不世之材　八八
不識不知　八九
不識大體　八九
不識抬舉　八九
不識泰山　八九
不識廬山眞面目。　八九
不識好歹　八九
不識去就　八九
不識賢愚　八九
不識之無　九〇
不識時務　九〇
不識一丁　九〇
不甚了了　九〇
不上不下　九〇
不尙空談　九〇
不日不月　九〇
不讓之責　九一
不入公門　九一
不入虎穴，焉得虎子。　九一
不辱君命　九一
不自量力　九一
不自由，毋寧死。　九一
不在話下　九一
不在其位，不謀其政。　九二
不造之難　九二
不次之遷　九二
不測風雲　九二
不測之智　九二
不測之誅　九二
不測之罪　九二
不測之淵　九二
不塞不流，不止不行。　九三
不速之客　九三
不惡而嚴　九三
不二法門　九三
不二之老　九三
不亦樂乎　九四
不易之論　九四
不義富貴　九四
不義之財　九四
不翼而飛　九四
不厭其煩　九四
不務空名　九四
不務正業　九五
不爲己甚　九五
不爲五斗米折腰。　九五
不畏艱險　九五
不忘溝壑　九五
不忘久要　九五
不預則廢　九五

ㄅㄨˇ

卜宅卜鄰　九五
卜晝卜夜　九六
卜數只偶　九六
捕風捉影　九六
補敝起廢　九六
補偏救弊　九六
補天柱地　九六
補天浴日　九六
補苴罅漏　九七
補闕燈檠　九七
補瘡剜肉　九七

ㄅㄨˋ

不拔之柱　九七
不拔之策　九七
不白之寃　九七
不賓之士　九七
不卜可知　九八
不偏不倚　九八
不平則鳴　九八
不毛之地　九八
不謀而合　九八
不眠之夜　九八
不名一錢　九八
不明不白　九九
不明眞相　九九
不明事理　九九
不乏其人　九九
不法常可　九九
不悱不發　九九
不分彼此　九九
不分軒輊　九九
不分畛域　一〇〇
不分皂白　一〇〇
不豐不殺　一〇〇
不逢不若　一〇〇
不伏燒埋　一〇〇
不服水土　一〇〇
不達時宜　一〇〇
不打自招　一〇〇
不得其門而入。　一〇一
不得其法　一〇一
不得其死　一〇一
不得善終　一〇一
不得人心　一〇一

不得而知 一○一
不得已而求其次。 一○一
不得要領 一○一
不當人子 一○二
不登大雅之堂。 一○二
不貪爲寶 一○二
不祧之祖 一○二
不腆之酒 一○二
不腆之儀 一○二
不通世故 一○二
不通水火 一○三
不同凡響 一○三
不同流俗 一○三
不能自拔 一○三
不能贊一辭 一○三
不寧唯是 一○三
不勞而獲 一○三
不稂不莠 一○三
不郎不秀 一○四
不了了之 一○四
不留餘地 一○四
不倫不類 一○四
不改初衷 一○四
不苟言笑 一○四
不尷不尬 一○四
不甘後人 一○五
不甘寂寞 一○五
不甘示弱 一○五
不甘雌伏 一○五
不敢旁騖 一○五
不敢掠美 一○五
不敢告勞 一○五
不敢苟同 一○六
不敢啓齒 一○六
不敢自專 一○六
不敢越雷池一步。 一○六
不根之談 一○六
不根持論 一○六
不關痛癢 一○六
不關宏旨 一○六
不關緊要 一○六
不公不法 一○七
不恭之詞 一○七
不攻自破 一○七
不可逼視 一○七
不可辯駁 一○七
不可偏廢 一○七
不可磨滅 一○七
不可泯滅 一○七
不可名狀 一○七
不可多得 一○八
不可端倪 一○八
不可動搖 一○八
不可同日而語。 一○八
不可理喻 一○八
不可告人 一○八
不可估量 一○八
不可開交 一○八
不可抗拒 一○九
不可揆度 一○九
不可救藥 一○九
不可究詰 一○九
不可企及 一○九
不可限量 一○九
不可向邇 一○九
不可捉摸 一○九
不可終日 一○九
不可收拾 一一○
不可勝道 一一○
不可勝數 一一○
不可勝言 一一○
不可勝用 一一○
不可饒恕 一一○
不可思議 一一○
不可遏止 一一○
不可一世 一一一
不可移易 一一一
不可言宣 一一一
不可言喻 一一一
不可無一，不可有二。 一一一
不可逾越 一一一
不刊之法 一一一
不刊之論 一一一
不刊之書 一一二
不堪回首 一一二
不堪其憂 一一二
不堪設想 一一二
不堪入目 一一二
不堪入耳 一一二
不堪造就 一一二
不堪卒讀 一一二
不堪一擊 一一三
不合時宜 一一三
不寒而慄 一一三
不毀之制 一一三
不歡而散 一一三
不遑安息 一一三
不羈之民 一一三
不羈之士 一一四
不羈之才 一一四
不即不離 一一四
不及之法 一一四
不急之務 一一四
不假思索 一一四
不櫛進士 一一四
不解之緣 一一四
不驕不躁 一一五
不今不古 一一五
不矜不伐 一一五
不矜不盈 一一五
不矜細行 一一五
不矜而莊 一一五
不緊不慢 一一五
不經之談 一一五
不經一事，

不長一智。　一一五
不拘小節　一一六
不拘形迹　一一六
不拘一格　一一六
不絕如縷　一一六
不覺技癢　一一六
不欺暗室　一一六
不期修古　一一七
不期而然　一一七
不期而遇　一一七
不求甚解　一一七
不求有功，
但求無過。　一一七
不求聞達　一一七
不傾之地　一一七
不情之請　一一七
不屈不撓　一一八
不挾不矜　一一八
不修邊幅　一一八
不朽之芳　一一八
不朽之功　一一八
不相上下　一一八
不相爲謀　一一八
不相聞問　一一八
不祥之木　一一九
不祥之金　一一九
不祥之兆　一一九
不祥之言　一一九
不省人事　一一九
不學而能　一一九
不學無術　一一九
不徇私情　一二〇
不知不覺　一二〇
不知不識　一二〇
不知凡幾　一二〇
不知薡蕫　一二〇
不知端倪　一二〇
不知老之將
至。　一二〇
不知高低　一二〇
不知甘苦　一二一
不知好歹　一二一
不知紀極　一二一
不知進退　一二一
不知其詳　一二一
不知輕重　一二一
不知去向　一二一
不知虛實　一二一
不知世務　一二二
不知深淺　一二二
不知肉味　一二二
不知自愛　一二二
不知死活　一二二
不知所終　一二二
不知所措　一二二
不知所以　一二二
不知所云　一二三
不值一談　一二三
不值一顧　一二三
不值一錢　一二三
不值一哂　一二三
不折不扣　一二三
不主故常　一二三
不著邊際　一二三
不吃烟火食　一二三
不痴不聾　一二四
不恥下問　一二四
不恥最後　一二四
不齒於人　一二四
不差累黍　一二四
不臣之心　一二五
不成體統　一二五
不成器　一二五
不成三瓦　一二五
不逞之徒　一二五
不出所料　一二五
不揣冒昧　一二五
不失圭撮　一二五
不失毫釐　一二六
不失時機　一二六
不失一字　一二六
不時之需　一二六
不食馬肝　一二六
不食之地　一二六
不食周粟　一二六
不捨晝夜　一二七
不衫不履　一二七
不勝枚舉　一二七
不勝其煩　一二七
不勝其苦　一二七
不勝其任　一二七
不勝之任　一二七
不聲不響　一二七
不生不滅　一二八
不仁之器　一二八
不如歸去　一二八
不容分說　一二八
不容置喙　一二八
不容置疑　一二八
不容爭辯　一二八
不貲之祿　一二八
不貲之器　一二八
不貲之軀　一二九
不貲之賞　一二九
不貲之損　一二九
不擇手段　一二九
不足掛齒　一二九
不足介意　一二九
不足輕重　一二九
不足齒數　一二九
不足爲憑　一三〇
不足爲奇　一三〇
不足爲訓　一三〇
不足爲外人
道。　一三〇
不足與謀　一三〇
不辭勞苦　一三〇
不辭而別　一三一
不此之圖　一三一
不才之事　一三一

不存芥蔕　一三一
不死不活　一三一
不三不四　一三一
不安本分　一三一
不安於室　一三一
不一而足　一三一
不依不饒　一三二
不夷不惠　一三二
不遺寸草　一三二
不遺餘力　一三二
不以規矩不能成方圓。　一三二
不以一眚掩大德。　一三二
不以爲奇　一三二
不以爲恥　一三二
不以爲然　一三三
不以爲意　一三三
不由分說　一三三
不由自主　一三三
不言不語　一三三
不言之化　一三三
不言而信　一三三
不言而喻　一三三
不因人熱　一三四
不陰不陽　一三四
不淫之度　一三四
不無小補　一三四
不舞之鶴　一三四
不我遐棄　一三四
不爲福先，不爲禍始。　一三四
不爲戎首　一三四
不違農時　一三五
不違如愚　一三五
不聞不問　一三五
不聞其香　一三五
不聞其臭　一三五
不聞之事　一三五
不聞之聞　一三六
不虞之變　一三六
不虞之隙　一三六
不虞之譽　一三六
不約而同　一三六
不遠千里　一三六
布帛菽粟　一三六
布被瓦器　一三六
布帆無恙　一三七
布鼓雷門　一三七
布恩施德　一三七
布衣芒屩　一三七
布衣黔首　一三七
布衣雄世　一三七
布衣之交　一三七
布衣書帶　一三八
布衣蔬食　一三八
布襪青鞋　一三八
步步登高　一三八
步步蓮花　一三八
步步高升　一三八
步步爲營　一三八
步調一致　一三八
步履蹣跚　一三九
步履安詳　一三九
步履維艱　一三九
步人後塵　一三九

【ㄆ部】

ㄆㄚˊ

爬梳剔抉　一四〇

ㄆㄛ

潑婦罵街　一四〇
潑天大禍　一四〇
潑油救火　一四〇

ㄆㄛˋ

破壁飛去　一四〇
破門而入　一四〇
破釜沈舟　一四〇
破題兒第一遭。　一四一
破涕爲笑　一四一
破天荒　一四一
破格錄用　一四一
破罐破摔　一四一
破口大罵　一四一
破鏡重圓　一四一
破綻百出　一四二
破竹之勢　一四二
迫在眉睫　一四二
魄散魂飛　一四二

ㄆㄞ

拍板成交　一四二
拍手稱快　一四二
拍案叫絕　一四二
拍案而起　一四二

ㄆㄞˊ

徘徊不前　一四三
排難解紛　一四三
排沙簡金　一四三
排山倒海　一四三

ㄆㄟˊ

賠了夫人又折兵。　一四三

ㄆㄠ

拋頭露面　一四三
拋珠滾玉　一四三
拋磚引玉　一四四

ㄆㄠˊ

刨根問底　一四四

咆哮如雷 一四四
庖丁解牛，游刃有餘。 一四四
袍笏登場 一四四

ㄆㄡˇ

剖腹明心 一四四
剖腹藏珠 一四四
剖肝瀝膽 一四五
剖肝泣血 一四五
剖決如流 一四五
剖心析肝 一四五

ㄆㄢ

攀龍附鳳 一四五
攀龍附驥 一四五
攀葛附藤 一四六
攀今吊古 一四六
攀轅扣馬 一四六
攀轅臥轍 一四六
潘江陸海 一四六

ㄆㄢˊ

盤馬彎弓 一四六
盤根究柢 一四六
盤根錯節 一四六
盤古開天地 一四七
盤石桑苞 一四七
盤游無度 一四七
磐石之固 一四七

ㄆㄢˋ

判然不同 一四七
判若天淵 一四七
判若兩人 一四七
判若鴻溝 一四八
判若雲泥 一四八

ㄆㄣ

噴薄欲出 一四八
噴珠吐玉 一四八

ㄆㄤ

滂沱大雨 一四八

ㄆㄤˊ

龐然大物 一四八
旁門左道 一四八
旁觀者清 一四八
旁見側出 一四九
旁敲側擊 一四九
旁徵博引 一四九
旁若無人 一四九
旁搜博采 一四九
旁逸斜出 一四九

ㄆㄥ

烹龍炮鳳 一四九

ㄆㄥˊ

朋比爲奸 一五〇
朋黨比周 一五〇
蓬蓽生輝 一五〇
蓬頭歷齒 一五〇
蓬頭垢面 一五〇
蓬戶甕牖 一五〇
蓬心蒿目 一五〇
蓬生麻中 一五一
蓬牖茅椽 一五一
鵬程萬里 一五一

ㄆㄥˇ

捧腹大笑 一五一

ㄆㄧ

劈頭蓋臉 一五一
匹馬單槍 一五一
匹馬隻輪 一五一
批亢搗虛 一五一
批紅判白 一五二
批郤導窾 一五二
批月抹風 一五二
披麻救火 一五二
披頭散髮 一五二
披肝瀝膽 一五二
披紅掛綠 一五二
披堅執銳 一五三
披荊斬棘 一五三
披裘負薪 一五三
披心相付 一五三
披星戴月 一五三
披榛采蘭 一五三
披沙揀金 一五三
披霜冒露 一五四
披雲霧，睹青天。 一五四
被髮左衽 一五四
被髮纓冠 一五四
被髮文身 一五四
被褐懷玉 一五四
被苫蒙荆 一五五
被山帶河 一五五

ㄆㄧˊ

枇杷門巷 一五五
琵琶別抱 一五五
疲於奔命 一五五
皮毛之見 一五五
皮裏膜外 一五五
皮裏春秋 一五五
皮開肉綻 一五六
皮笑肉不笑 一五六
皮相之談 一五六
皮相之士 一五六
皮之不存，毛將安傅。 一五六
蚍蜉撼樹 一五六

ㄆㄧˇ
匹夫匹婦　一五七
匹夫之勇　一五七
匹夫有責　一五七
匹夫無罪，懷璧其罪。　一五七
否極泰來　一五七
ㄆㄧˋ
屁滾尿流　一五七
擗踊哀號　一五七
ㄆㄧㄠ
飄蓬斷梗　一五七
飄飄欲仙　一五八
飄然若仙　一五八
飄茵落溷　一五八
ㄆㄧㄠˇ
摽梅之候　一五八
ㄆㄧㄢ
偏安一隅　一五八
翩翩起舞　一五八
ㄆㄧㄢˊ
駢手胝足　一五八
駢拇枝指　一五九
駢肩累迹　一五九
駢四儷六　一五九
ㄆㄧㄢˋ
片甲不存　一五九
片言隻字　一五九
片言隻語　一五九
片言折之　一六〇
片言折獄　一六〇
片瓦無存　一六〇
ㄆㄧㄣˊ
貧病交迫　一六〇
貧不失志　一六〇
貧賤不移　一六〇
貧賤驕人　一六〇
貧賤之交　一六〇
貧嘴薄舌　一六〇
貧而樂道　一六一
貧無立錐之地。　一六一
ㄆㄧㄣˇ
品頭論足　一六一
品竹彈絲　一六一
ㄆㄧㄣˋ
牝牡驪黃　一六一
牝鷄司晨　一六一
ㄆㄧㄥˊ
屏風九叠　一六一
平波緩進　一六二
平步登天　一六二
平步青雲　一六二
平鋪直敍　一六二
平分秋色　一六二
平地風波　一六二
平地樓臺　一六二
平地起家　一六三
平地一聲雷　一六三
平起平坐　一六三
平心靜氣　一六三
平心而論　一六三
平治天下　一六三
平生之好　一六三
平易近人　一六三
平原督郵　一六四
瓶墜簪折　一六四
萍水相逢　一六四
萍蹤浪迹　一六四
評頭品足　一六四
ㄆㄨ
撲朔迷離　一六四
鋪錦列綉　一六五
鋪張揚厲　一六五
ㄆㄨˊ
璞玉渾金　一六五
菩薩低眉　一六五
菩薩心腸　一六五
蒲柳之姿　一六五
ㄆㄨˇ
普渡衆生　一六五
普天同慶　一六六
普天率土　一六六
ㄆㄨˋ
曝鰓龍門　一六六

【ㄇ部】

ㄇㄚˊ
麻痺大意　一六七
麻木不仁　一六七
麻雀雖小，五臟俱全。　一六七
麻中之蓬　一六七
ㄇㄚˇ
螞蟻搬泰山　一六七
螞蟻啃骨頭　一六七
馬不停蹄　一六七
馬放南山　一六七
馬到成功　一六八
馬牛襟裾　一六八
馬革裹屍　一六八
馬工枚速　一六八

馬空冀北 一六八
馬角烏白 一六八
馬齒徒增 一六八
馬首是瞻 一六九
馬耳東風 一六九

ㄇㄛˊ

摩頂放踵 一六九
摩天礙日 一六九
摩肩接踵 一六九
摩拳擦掌 一六九
模稜兩可 一六九
磨刀霍霍 一七〇
磨厲以須 一七〇
磨杵成針 一七〇
磨穿鐵硯 一七〇
磨而不磷 一七〇
魔高一尺，道高一丈。 一七〇

ㄇㄛˋ

墨突不黔 一七〇
墨汁未乾 一七一
墨守成規 一七一
末大必折 一七一
末路之難 一七一
末學膚受 一七一
沒齒不忘 一七一
秣馬厲兵 一七二
脈脈含情 一七二
莫辨楮葉 一七二
莫名其妙 一七二
莫逆之交 一七二
莫敢誰何 一七二
莫可名狀 一七二
莫須有 一七二
莫衷一是 一七三
莫測高深 一七三
莫予毒也 一七三

ㄇㄞˇ

買櫝還珠 一七三
買空賣空 一七三
買菜求益 一七三

ㄇㄞˋ

脈脈相連 一七四
脈絡分明 一七四
脈絡貫通 一七四
賣弄風騷 一七四
賣李鑽核 一七四
賣履分香 一七四
賣官鬻爵 一七四
賣國求榮 一七五
賣劍買牛 一七五
賣妻鬻子 一七五
賣主求榮 一七五
賣身求榮 一七五
賣兒鬻女 一七五
賣友求榮 一七五
麥秀黍離 一七五
麥穗兩歧 一七五

ㄇㄟˊ

枚速馬工 一七六
沒頭沒腦 一七六
沒精打采 一七六
眉目不清 一七六
眉目傳情 一七六
眉目如畫 一七六
眉飛色舞 一七六
眉高眼低 一七六
眉開眼笑 一七六
眉來眼去 一七七
眉睫之內 一七七
眉睫之禍 一七七
眉清目秀 一七七
眉高眼低 一七七

ㄇㄟˇ

每下愈況 一七七
美不勝收 一七七
美女簪花 一七八
美輪美奐 一七八
美人香草 一七八
美人遲暮 一七八
美如冠玉 一七八
美意延年 一七八
美玉無瑕 一七八

ㄇㄠ

貓鼠同眠 一七八

ㄇㄠˊ

毛髮絲粟 一七九
毛骨悚然 一七九
毛舉細故 一七九
毛手毛腳 一七九
毛遂墮井 一七九
毛遂自荐 一七九
毛羽零落 一七九
茅塞頓開 一八〇
茅茨土階 一八〇

ㄇㄠˋ

冒名頂替 一八〇
冒天下之大不韙。 一八〇
貌合神離 一八〇
貿首之仇 一八〇

ㄇㄡˊ

侔色揣稱 一八〇
謀財害命 一八一
謀先則昌 一八一
謀虛逐妄 一八一

ㄇㄢˊ

漫天要價 一八一
瞞天過海 一八一

瞞天要價，就地還錢。 一八一
瞞神諕鬼 一八一
瞞上欺下 一八二
蠻橫無理 一八二
謾上不謾下 一八二

ㄇㄢˇ

滿門英烈 一八二
滿面春風 一八二
滿目瘡痍 一八二
滿腹狐疑 一八二
滿腹經綸 一八二
滿腹珠璣 一八三
滿谷滿坑 一八三
滿招損，謙受益。 一八三
滿城風雨 一八三
滿載而歸 一八三
滿而不溢 一八三
滿園春色 一八三

ㄇㄢˋ

慢條斯理 一八四
慢藏誨盜 一八四
慢易生憂 一八四
蔓草難除 一八四
漫不經心 一八四

ㄇㄣˊ

捫心自問 一八四
捫蝨而談 一八四
門不停賓 一八四
門當戶對 一八五
門庭若市 一八五
門可羅雀 一八五
門戶之見 一八五
門牆桃李 一八五

ㄇㄤˊ

尨眉皓髮 一八五
忙裡偷閒 一八六
盲瞽之言 一八六
盲人摸象 一八六
盲人得鏡 一八六
盲人瞎馬 一八六
芒刺在背 一八六

ㄇㄥˊ

蒙袂輯屨 一八六
蒙混過關 一八七
蒙昧無知 一八七

ㄇㄥˋ

夢筆生花 一八七
夢寐以求 一八七
夢幻泡影 一八七
夢魂顛倒 一八七
夢中說夢 一八七
夢屍得官 一八七
孟母擇鄰 一八八

ㄇㄧˊ

彌天大謊 一八八
彌天亘地 一八八
彌留之際 一八八
糜爛不堪 一八八
迷途知返 一八八
迷途失偶 一八八
迷離撲朔 一八八
迷戀骸骨 一八八

ㄇㄧˇ

米爛成倉 一八九
米珠薪桂 一八九
靡不有初，鮮克有終。 一八九
靡靡之音 一八九
靡日不思 一八九
靡有孑遺 一八九
靡衣媮食 一八九
靡顏膩理 一九〇

ㄇㄧˋ

密不通風 一九〇
密意幽悰 一九〇
密雲不雨 一九〇
秘而不宣 一九〇

ㄇㄧㄝˋ

滅門絕戶 一九〇
滅頂之災 一九〇
滅此朝食 一九一

ㄇㄧㄠˊ

描鸞刺鳳 一九一
苗而不秀 一九一

ㄇㄧㄠˇ

渺如黃鶴 一九一
渺無人烟 一九一

ㄇㄧㄠˋ

妙筆生花 一九一
妙絕時人 一九一
妙趣橫生 一九二
妙手丹青 一九二
妙手天成 一九二
妙手空空 一九二
妙手回春 一九二
妙手偶得 一九二
妙算神機 一九二
妙語解頤 一九二
妙語如珠 一九三

ㄇㄧㄡˋ

謬種流傳 一九三

ㄇㄧㄢˊ
綿綿瓜瓞 一九三
綿裏藏針 一九三
綿力薄材 一九三
眠花宿柳 一九三
ㄇㄧㄢˇ
偭規越矩 一九三
ㄇㄧㄢˋ
面北眉南 一九三
面壁功深 一九四
面不改色 一九四
面面相覷 一九四
面命耳提 一九四
面目可憎 一九四
面目全非 一九四
面目一新 一九四
面縛輿櫬 一九四
面黃肌瘦 一九四
面紅耳赤 一九五
面牆而立 一九五
面折廷爭 一九五
面折人過 一九五
面授機宜 一九五
面如土色 一九五
面如死灰 一九五
面有菜色 一九五
面無人色 一九六
ㄇㄧㄣˊ
民胞物與 一九六
民不聊生 一九六
民不堪命 一九六
民康物阜 一九六
民脂民膏 一九六
民生凋敝 一九六
民以食爲天 一九六
民殷財阜 一九七
民爲邦本 一九七
民怨沸騰 一九七
ㄇㄧㄣˇ
澠池之功 一九七
ㄇㄧㄥˊ
冥冥之志 一九七
冥行盲索 一九八
冥行擿埴 一九八
冥室櫝棺 一九八
冥思苦想 一九八
冥頑不靈 一九八
冥頑不化 一九八
名不副實 一九八
名不虛傳 一九九
名副其實 一九九
名列前茅 一九九
名落孫山 一九九
名公巨卿 一九九
名花無主 一九九
名繮利鎖 一九九
名震一時 一九九
名正言順 二〇〇
名重當時 二〇〇
名垂千古 二〇〇
名垂青史 二〇〇
名實相副 二〇〇
名士風流 二〇〇
名山事業 二〇〇
名噪一時 二〇一
名存實亡 二〇一
明媒正娶 二〇一
明眸皓齒 二〇一
明目達聰 二〇一
明目張膽 二〇一
明發不寐 二〇一
明來暗往 二〇一
明火執仗 二〇一
明見萬里 二〇二
明鏡高懸 二〇二
明槍暗箭 二〇二
明槍易躲，暗箭難防。 二〇二
明效大驗 二〇二
明修棧道，暗渡陳倉。 二〇二
明心見性 二〇三
明刑弼教 二〇三
明刑不戮 二〇三
明知故犯 二〇三
明哲保身 二〇三
明正典刑 二〇三
明爭暗鬥 二〇三
明珠彈雀 二〇四
明珠暗投 二〇四
明恥教戰 二〇四
明察秋毫 二〇四
明察暗訪 二〇四
明日黃花 二〇四
明若觀火 二〇五
銘肌鏤骨 二〇五
銘諸肺腑 二〇五
鳴鼓而攻之 二〇五
鳴金收兵 二〇五
鳴琴而治 二〇五
ㄇㄧㄥˇ
酩酊大醉 二〇五
ㄇㄧㄥˋ
命薄相窮 二〇五
命儔嘯侶 二〇六
命世之才 二〇六
命若懸絲 二〇六
ㄇㄨˇ
母以子貴 二〇六

ㄇㄨˋ
幕天席地　二〇六
暮鼓晨鐘　二〇六
木本水源　二〇六
木牛流馬　二〇七
木強則折　二〇七
木朽蛀生　二〇七
木人石心　二〇七
木已成舟　二〇七
沐雨櫛風　二〇七
沐猴而冠　二〇七
目不別視　二〇八
目不交睫　二〇八
目不見睫　二〇八
目不暇接　二〇八
目不斜視　二〇八
目不轉睛　二〇八
目不識丁　二〇八
目迷五色　二〇九
目瞪口呆　二〇九
目短于自見　二〇九
目光炯炯　二〇九
目光如豆　二〇九
目光如炬　二〇九
目空一切　二〇九
目中無人　二一〇
目食耳視　二一〇
目使頤令　二一〇
目濡耳染　二一〇
目眥盡裂　二一〇
目送手揮　二一〇
目無法紀　二一〇
目無全牛　二一〇
目往神受　二一一
苜蓿生涯　二一一

【ㄈ部】

ㄈㄚ
發蒙振落　二一二
發名成業　二一二
發凡起例　二一二
發憤忘食　二一二
發棠之請　二一二
發聾振聵　二一二
發號施令　二一二
發奸擿伏　二一三
發人深省　二一三
發蹤指示　二一三
發策決科　二一三
發揚蹈厲　二一三
ㄈㄚˊ
伐毛洗髓　二一三
伐功矜能　二一三
伐柯人　二一四
伐性之斧　二一四
罰不當罪　二一四
罰不責衆　二一四
罰弗及嗣　二一四
ㄈㄚˇ
法不徇情　二一四
法不阿貴　二一四
法輪常轉　二一五
法家拂士　二一五
法成令修　二一五
髮短心長　二一五
髮禿齒豁　二一五
髮指目裂　二一五
ㄈㄛˊ
佛頭著糞　二一五
佛口蛇心　二一六
ㄈㄟ
匪匪翼翼　二一六
非分之財　二一六
非分之想　二一六
非同小可　二一六
非池中物　二一六
非我族類，
其心必異。　二一六
非愚則誣　二一七
飛蓬隨風　二一七
飛短流長　二一七
飛觥獻斝　二一七
飛黃騰達　二一七
飛箭如蝗　二一七
飛禽走獸　二一七
飛熊入夢　二一八
飛針走線　二一八
飛芻挽粟　二一八
飛沙走石　二一八
飛聲騰實　二一八
飛灑詭寄　二一八
飛蛾投火　二一八
飛檐走壁　二一九
飛揚跋扈　二一九
ㄈㄟˊ
肥馬輕裘　二一九
ㄈㄟˇ
匪夷匪惠　二一九
匪夷所思　二一九
斐然成章　二一九
菲才寡學　二一九
ㄈㄟˋ
吠非其主　二二〇
吠形吠聲　二二〇
廢教棄制　二二〇
廢寢忘食　二二〇
廢書而嘆　二二〇
廢耳任目　二二〇
沸沸揚揚　二二一
沸反盈天　二二一

豐衣足食 二三四
鋒芒畢露 二三四
鋒發韻流 二三四
風平浪靜 二三五
風馬牛不相及。 二三五
風靡一時 二三五
風刀霜劍 二三五
風度翩翩 二三五
風調雨順 二三五
風土人情 二三五
風流倜儻 二三五
風流人物 二三六
風流雲散 二三六
風流韻事 二三六
風骨峭峻 二三六
風和日麗 二三六
風虎雲龍 二三六
風花雪月 二三六
風華絕代 二三七
風華正義 二三七
風捲殘雲 二三七
風起雲湧 二三七
風檣陣馬 二三七
風清月朗 二三七
風行一時 二三八
風行草偃 二三八
風信年華 二三八
風燭殘年 二三八
風中之燭 二三八
風馳電掣 二三八
風塵僕僕 二三八
風吹草動 二三八
風聲鶴唳 二三九
風檐寸晷 二三九
風影敷衍 二三九
風雨飄搖 二三九
風雨同舟 二三九
風雨如晦 二三九
風雨無阻 二四〇
風雲變幻 二四〇
風雲莫測 二四〇
風雲人物 二四〇

ㄈㄥˊ

逢凶化吉 二四〇
逢場作戲 二四〇
逢人說項 二四〇
馮唐易老 二四〇

ㄈㄥˋ

奉命唯謹 二四一
奉天承運 二四一
奉令承教 二四一
奉公守法 二四一
奉行故事 二四一
奉爲圭臬 二四一
諷一勸百 二四一
鳳毛麟角 二四二
鳳鳴朝陽 二四二
鳳凰來儀 二四二
鳳凰于飛 二四二

ㄈㄨ

夫子之牆 二四二
夫子自道 二四二
夫倡婦隨 二四三

ㄈㄨˊ

伏龍鳳雛 二四三
伏而咶天 二四三
佛然不悅 二四三
佛然作色 二四三
扶老攜幼 二四三
扶植綱常 二四三
扶善遏過 二四三
扶搖直上 二四四
拂袖而去 二四四
桴鼓相應 二四四
浮嵐暖翠 二四四
浮寄孤懸 二四四
浮家泛宅 二四四
浮光掠影 二四五
浮生若夢 二四五
浮蹤浪迹 二四五
浮雲蔽日 二四五
浮雲朝露 二四五
福祿雙全 二四五
福至心靈 二四五
福壽康寧 二四六
福善禍淫 二四六
福如東海 二四六
福無雙至 二四六
縛雞之力 二四六
鳧趨雀躍 二四六

ㄈㄨˇ

俯拾卽是 二四六
俯首帖耳 二四六
俯首聽命 二四七
俯仰之間 二四七
俯仰由人 二四七
撫髀自嘆 二四七
撫今追昔 二四七
撫綏萬方 二四七
撫膺之痛 二四八
斧鑿痕 二四八
輔車相依 二四八
釜底抽薪 二四八
釜底游魚 二四八
釜中生魚 二四八
黼黻文章 二四八

ㄈㄨˋ

付之東流 二四八
付之一炬 二四九
付之一笑 二四九
付諸洪喬 二四九
傅粉何郎 二四九

傅粉施朱 二四九
婦人之仁 二四九
婦孺皆知 二四九
富埒王侯 二五〇
富麗堂皇 二五〇
富貴不能淫 二五〇
富貴浮雲 二五〇
富國強兵 二五〇
富可敵國 二五〇
腹背受敵 二五〇
腹有鱗甲 二五〇
覆盆之冤 二五一
覆巢無完卵 二五一
覆水難收 二五一
負鼎之願 二五一
負荆請罪 二五一
負薪之憂 二五二
負重致遠 二五二
負隅頑抗 二五二
赴湯蹈火 二五二
附驥攀鴻 二五二
附驥彰名 二五二
附贅懸疣 二五三
附庸風雅 二五三

【ㄉ部】

ㄉㄚˊ

答非所問 二五四
達官貴人 二五四
達權通變 二五四
達誠申信 二五四
達人知命 二五四

ㄉㄚˇ

打抱不平 二五四
打破常規 二五四
打得火熱 二五四
打退堂鼓 二五五
打落水狗 二五五
打躬作揖 二五五
打雞罵狗 二五五
打家刼舍 二五五
打情罵俏 二五五
打成一片 二五五
打入冷宮 二五五
打草驚蛇 二五六
打死老虎 二五六

ㄉㄚˋ

大筆如椽 二五六
大筆一揮 二五六
大辯若訥 二五六
大步流星 二五六
大莫與京 二五六
大夢初醒 二五七
大謬不然 二五七
大名鼎鼎 二五七
大命將泛 二五七
大模大樣 二五七
大發雷霆 二五七
大發橫財 二五七
大發慈悲 二五八
大法小廉 二五八
大方之家 二五八
大放厥詞 二五八
大風大浪 二五八
大福不再 二五八
大腹便便 二五八
大打出手 二五八
大大咧咧 二五九
大德不酬 二五九
大刀闊斧 二五九
大敵當前 二五九
大題小作 二五九
大庭廣衆 二五九
大同小異 二五九
大難臨頭 二五九
大難不死 二五九
大逆不道 二六〇
大輅椎輪 二六〇
大幹快上 二六〇
大功告成 二六〇
大公無私 二六〇
大可不必 二六〇
大可師法 二六〇
大開眼界 二六一
大塊文章 二六一
大快人心 二六一
大海撈針 二六一
大含細入 二六一
大喊大叫 二六一
大旱望雲霓 二六一
大呼小叫 二六一
大瓠之用 二六二
大惑不解 二六二
大獲全勝 二六二
大轟大嗡 二六二
大家閨秀 二六二
大街小巷 二六二
大節不奪 二六三
大驚小怪 二六三
大驚失色 二六三
大器晚成 二六三
大氣磅礴 二六三
大巧若拙 二六三
大千世界 二六三
大權旁落 二六四
大權獨攬 二六四
大喜過望 二六四
大廈將傾 二六四
大顯身手 二六四
大顯神通 二六四
大相徑庭 二六四
大興土木 二六五
大智若愚 二六五
大展宏圖 二六五
大張撻伐 二六五
大張其詞 二六五

大張旗鼓　二六五
大杖則走　二六五
大吃一驚　二六六
大徹大悟　二六六
大吵大鬧　二六六
大處落墨　二六六
大處著眼，小處著手。　二六六
大吹法螺　二六六
大吹大擂　二六六
大醇小疵　二六六
大失所望　二六七
大勢所趨　二六七
大勢已去　二六七
大是大非　二六七
大殺風景　二六七
大手大脚　二六七
大聲疾呼　二六七
大書特書　二六八
大樹將軍　二六八
大人虎變　二六八
大仁大義　二六八
大做文章　二六八
大慈大悲　二六八
大才槃槃　二六八
大材小用　二六九
大錯特錯　二六九
大而化之　二六九
大而無當　二六九
大有可爲　二六九
大有人在　二六九
大有作爲　二六九
大有文章　二六九
大義滅親　二七〇
大義凜然　二七〇
大搖大擺　二七〇
大言欺人　二七〇
大言不慚　二七〇
大雨滂沱　二七〇
大勇若怯　二七〇

ㄉㄜˊ

得病亂投醫　二七一
得不償失　二七一
得道多助，失道寡助。　二七一
得天獨厚　二七一
得隴望蜀　二七一
得過且過　二七一
得窺門徑　二七一
得其所哉　二七二
得全要領　二七二
得心應手　二七二
得新厭舊　二七二
得失參半　二七二
得手應心　二七二
得勝回朝　二七二
得人者昌，失人者亡。　二七三
得寸進尺　二七三
得寸則寸　二七三
得而復失　二七三
得意門生　二七三
得意之筆　二七三
得意之色　二七三
得意洋洋　二七三
得意忘形　二七四
得意忘言　二七四
得未曾有　二七四
得魚忘筌　二七四
德薄能鮮　二七四
德薄才疏　二七四
德隆望尊　二七四
德高毀來　二七四
德高望重　二七五
德厚流光　二七五
德重恩弘　二七五
德才兼備　二七五
德言容功　二七五
德音莫違　二七五
德威並施　二七五

ㄉㄞ

呆頭呆腦　二七五
呆裏撒奸　二七六
呆若木雞　二七六

ㄉㄞˋ

代代相傳　二七六
代拆代行　二七六
代人受過　二七六
帶牛佩犢　二七六
帶厲河山　二七六
帶月披星　二七七
帶雨梨花　二七七
待價而沽　二七七
待時而動　二七七
待人接物　二七七
待字閨中　二七七
怠惰因循　二七七
戴盆望天　二七七
戴天履地　二七八
戴月披星　二七八
戴圓履方　二七八

ㄉㄠ

刀頭舐蜜　二七八
刀耕火耨　二七八
刀光劍影　二七八
刀鋸鼎鑊　二七八
刀山火海　二七九
刀山劍樹　二七九

ㄉㄠˋ

倒繃孩兒　二七九
倒打一耙　二七九
倒廩傾囷　二七九
倒果爲因　二七九
倒海翻江　二七九
倒屣相迎　二八〇

倒行逆施　二八〇
倒懸之急　二八〇
倒持泰阿　二八〇
倒裳索領　二八〇
倒載干戈　二八〇
悼心失圖　二八一
盜名暗世　二八一
盜跖之物　二八一
盜憎主人　二八一
盜亦有道　二八一
蹈節死義　二八一
蹈常襲故　二八一
道不拾遺　二八二
道貌岸然　二八二
道大莫容　二八二
道聽塗說　二八二
道路以目　二八二
道高一尺，魔高一丈。　二八二
道骨仙風　二八三
道合志同　二八三
道盡途窮　二八三
道在屎溺　二八三
道義之交　二八三
道遠任重　二八三

ㄉㄡˇ

抖擻精神　三一五
斗方名士　三一五
斗南一人　三一五
斗換星移　三一五
斗酒百篇　三一五
斗酒隻雞　三一五
斗筲之人　三一六
斗筲之材　三一六
斗轉參橫　三一六
斗折蛇行　三一六
斗升之水　三一六
斗粟尺布　三一六

ㄉㄡˋ

豆剖瓜分　三一六
豆蔻年華　三一六
豆重榆瞑　三一七
鬥雞走狗　三一七
鬥巧爭新　三一七
鬥志昂揚　三一七
鬥智鬥力　三一七
鬥而鑄兵　三一七

ㄉㄢ

丹鳳朝陽　二八三
丹青之信　二八三
丹心如故　二八四
丹書鐵契　二八四
丹楹刻桷　二八四
單刀赴會　二八四
單刀直入　二八四
單鵠寡鳧　二八四
單槍匹馬　二八四
單身隻手　二八五
單則易折，衆則難摧。　二八五
單文孤證　二八五
擔驚受怕　二八五
殫竭其力　二八五
殫見洽聞　二八五
殫精竭慮　二八五
殫心竭智　二八六
殫思極慮　二八六
簞食瓢飲　二八六
簞食壺漿　二八六

ㄉㄢˇ

膽大包天　二八六
膽大包身　二八六
膽大心細　二八六
膽大如斗　二八六
膽大妄爲　二八七
膽裂魂飛　二八七
膽小如鼠　二八七
膽戰心寒　二八七
膽戰心驚　二八七

ㄉㄢˋ

彈盡糧絕　二八七
彈丸之地　二八七
憚赫千里　二八七
旦夕之費　二八八
旦夕之間　二八八
淡泊明志　二八八
淡飯粗茶　二八八
淡妝濃抹　二八八
淡然處之　二八八
淡而無味　二八八
澹泊寡欲　二八八

ㄉㄤ

當斷不斷　二八九
當頭棒喝　二八九
當頭一棒　二八九
當機立斷　二八九
當家作主　二八九
當局者迷，旁觀者清。　二八九
當前快意　二八九
當行出色　二九〇
當之有愧　二九〇
當之無愧　二九〇
當軸處中　二九〇
當衆出醜　二九〇
當場出醜　二九〇
當場出彩　二九〇
當仁不讓　二九一
當務之急　二九一

ㄉㄤˇ

黨同伐異　二九一
黨豺爲虐　二九一

ㄉㄤˋ
蕩檢逾閑　二九一
蕩氣迴腸　二九一
蕩析離居　二九二
蕩然無存　二九二
ㄉㄥ
燈火輝煌　二九二
燈紅酒綠　二九二
燈盡油乾　二九二
燈蛾撲火　二九二
登峯造極　二九二
登堂拜母　二九二
登堂入室　二九二
登高必賦　二九二
登高能賦　二九三
登山臨水　二九三
登高而招　二九三
登高一呼　二九三
登高望遠　二九三
ㄉㄥˇ
等米下鍋　二九三
等量齊觀　二九三
等閑視之　二九四
等而下之　二九四
等因奉此　二九四
ㄉㄧ
低眉順眼　二九四
低心下意　二九四
低首下心　二九四
低聲悄語　二九四
低聲下氣　二九四
低三下四　二九五
低吟淺唱　二九五
滴粉搓酥　二九五
滴水不漏　二九五
滴水成冰　二九五
滴水穿石　二九五
羝羊觸藩　二九五
ㄉㄧˊ
滌瑕蕩穢　二九五
滌私愧貪　二九六
敵國同舟　二九六
敵愾同仇　二九六
ㄉㄧˇ
抵瑕蹈隙　二九六
抵掌而談　二九六
砥礪德行　二九六
砥行立名　二九六
砥柱中流　二九六
ㄉㄧˋ
地平天成　二九六
地覆天翻　二九七
地大物博　二九七
地動山搖　二九七
地老天荒　二九七
地利人和　二九七
地裂山崩　二九七
地靈人傑　二九七
地廣人稀　二九七
地角天涯　二九七
地下修文　二九八
地主之誼　二九八
地坼天崩　二九八
地醜德齊　二九八
地遠山險　二九八
帝王將相，才子佳人。　二九八
蒂固根深　二九八
ㄉㄧㄢ
掂斤播兩　二九八
顛沛流離　二九八
顛撲不破　二九九
顛倒黑白　二九九
顛倒乾坤　二九九
顛倒是非　二九九
顛倒衣裳　二九九
顛來倒去　二九九
顛三倒四　三〇〇
ㄉㄧㄢˇ
點頭哈腰　三〇〇
點頭之交　三〇〇
點鐵成金　三〇〇
點金成鐵　三〇〇
點水不漏　三〇〇
ㄉㄧㄢˋ
阽危之域　三〇〇
電光石火　三〇〇
ㄉㄧㄠ
刁滑奸詐　三〇一
刁鑽古怪　三〇一
刁鑽刻薄　三〇一
貂裘換酒　三〇一
貂蟬滿座　三〇一
雕棟畫樑　三〇一
雕欄玉砌　三〇一
雕肝琢腎　三〇一
雕蚶鏤蛤　三〇一
雕章琢句　三〇二
雕蟲篆刻　三〇二
雕蟲小技　三〇二
雕文刻鏤　三〇二
雕玉雙聯　三〇二
ㄉㄧㄠˋ
弔民伐罪　三〇二
弔死問疾　三〇三
弔兒郎當　三〇三
掉三寸舌　三〇三
掉以輕心　三〇三

調兵遣將 三〇三
調虎離山 三〇三
釣名沽譽 三〇三
釣遊之地 三〇三

ㄉㄧㄝˊ

喋喋不休 三〇四
疊床架屋 三〇四

ㄉㄧㄥ

丁是丁，卯是卯。 三〇四
丁一卯二 三〇四
丁一確二 三〇四

ㄉㄧㄥˇ

頂頭上司 三〇四
頂天立地 三〇四
頂禮膜拜 三〇五
鼎鐺有耳 三〇五
鼎鼎大名 三〇五
鼎力扶持 三〇五
鼎力相助 三〇五
鼎新革故 三〇五
鼎足之勢 三〇五
鼎足三分 三〇五
鼎魚幕燕 三〇五

ㄉㄧㄥˋ

定時炸彈 三〇六
定於一尊 三〇六

ㄉㄧㄡ

丟盔棄甲 三〇六
丟人現眼 三〇六
丟卒保車 三〇六
丟三落四 三〇六

ㄉㄨ

都俞吁咈 三一七

ㄉㄨˊ

毒燎虐焰 三一七
獨霸一方 三一八
獨步天下 三一八
獨步一時 三一八
獨闢蹊徑 三一八
獨木不成材 三一八
獨木難支 三一八
獨夫民賊 三一八
獨到之處 三一九
獨當一面 三一九
獨斷專行 三一九
獨立自主 三一九
獨立王國 三一九
獨具匠心 三一九
獨具隻眼 三一九
獨具一格 三一九
獨清獨醒 三二〇
獨弦哀歌 三二〇
獨行其是 三二〇
獨占鰲頭 三二〇
獨出機杼 三二〇
獨出心裁 三二〇
獨善其身 三二〇
獨善自養 三二一
獨樹一幟 三二一
獨自煢煢 三二一
獨一無二 三二一
獨往獨來 三二一
讀書千遍，其義自見。 三二一
讀書種子 三二二
讀書三到 三二二
讀書三餘 三二二

ㄉㄨˇ

睹貌獻飧 三二二
睹物思人 三二二
篤近舉遠 三二二

ㄉㄨˋ

妒富愧貧 三二三
妒賢嫉能 三二三
度日如年 三二三
杜門不出 三二三
杜門却掃 三二三
杜門謝客 三二三
杜口裹足 三二三
杜漸防萌 三二四
杜漸防微 三二四
杜絕人事 三二四
肚裏落淚 三二四
蠹國害民 三二四
蠹衆木折 三二四

ㄉㄨㄥ

冬烘先生 三〇六
冬裘夏葛 三〇七
冬扇夏爐 三〇七
冬日可愛 三〇七
冬溫夏凊 三〇七
東奔西走 三〇七
東拼西湊 三〇七
東門黃犬 三〇七
東方千騎 三〇八
東風吹馬耳 三〇八
東風壓倒西風。 三〇八
東扶西倒 三〇八
東道之誼 三〇八
東倒西歪 三〇八
東逃西散 三〇八
東塗西抹 三〇八
東拉西扯 三〇九
東勞西燕 三〇九
東流西竄 三〇九
東鄰西舍 三〇九
東鱗西爪 三〇九

東觀續史　三〇九
東海揚塵　三〇九
東羲既駕　三一〇
東瞻西望　三一〇
東張西望　三一〇
東征西討　三一〇
東窗事發　三一〇
東床快婿　三一〇
東施效顰　三一一
東食西宿　三一一
東市朝衣　三一一
東山高臥　三一一
東山再起　三一一
東閃西躲　三一二
東藏西躲　三一二
東搖西擺　三一二
ㄉㄨㄥˇ
董狐直筆　三一二
ㄉㄨㄥˋ
凍解冰釋　三一三
動不失時　三一三
動魄驚心　三一二
動蕩不定　三一二
動心忍性　三一二
動輒得咎　三一三
動手動脚　三一三
動人心魄　三一三
動人心弦　三一三
動如脫兔　三一三
動如參商　三一三
棟樑之材　三一三
棟折榱崩　三一四
洞房花燭　三一四
洞天福地　三一四
洞見症結　三一四
洞燭其奸　三一四
洞察一切　三一四
洞若觀火　三一五
洞幽燭微　三一五
ㄉㄨㄢ
端倪可察　三一四
ㄉㄨㄢˇ
短兵相接　三一四
短綆汲深　三一五
短小精悍　三一五
短垣自逾　三一五
ㄉㄨㄢˋ
斷壁殘垣　三一五
斷編殘簡　三一五
斷髮文身　三一五
斷脰決腹　三一五
斷頭將軍　三一六
斷爛朝報　三一六
斷梗飄蓬　三一六
斷鶴續鳧　三一六
斷齏畫粥　三一六
斷井頹垣　三一六
斷線風箏　三一七
斷織勸學　三一七
斷章截句　三一七
斷章取義　三一七
斷長補短　三一七
斷雨殘雲　三一七
ㄉㄨㄟ
堆積如山　三一七
堆金積玉　三一八
堆山積海　三一八
ㄉㄨㄟˋ
對簿公堂　三一八
對答如流　三一八
對牛彈琴　三一八
對酒當歌　三一八
對景傷情　三一八
對症下藥　三一九
對床夜雨　三一九
ㄉㄨㄣˋ
遁光不耀　三一九
遁世離群　三一九
鈍兵挫銳　三一九
頓改前非　三一九
頓開茅塞　三一九
頓口無言　三二〇
ㄉㄨㄛ
多謀善斷　三二〇
多費唇舌　三二〇
多多益善　三二〇
多端寡要　三二〇
多難興邦　三二〇
多力豐筋　三二一
多歷年所　三二一
多快好省　三二一
多情多義　三二一
多行不義必自斃。　三二一
多行無禮必自及。　三二一
多許少與　三二一
多凶少吉　三二一
多愁善感　三二一
多事之秋　三二一
多如牛毛　三二二
多災多難　三二二
多嘴多舌　三二二
多此一舉　三二二
多才多藝　三二二
多財善賈　三二二
多藏厚亡　三二二
多言多敗　三二二
多文爲富　三二二

ㄉㄨㄛˊ
奪眶而出 三三三
奪胎換骨 三三三
掇拾章句 三三三
ㄉㄨㄛˋ
咄咄逼人 三三三
咄咄怪事 三三三
咄嗟可辦 三三三
墮指裂膚 三三四
墮甑不顧 三三四
墮雲霧中 三三四
度德量力 三三四

【ㄊ部】

ㄊㄚ
他山之石，可以攻玉。 三三五
ㄊㄚˋ
狧糠及米 三三五
踏破鐵鞋無覓處。 三三五
ㄊㄜˋ
特立獨行 三三五
ㄊㄞˋ
太平盛世 三三五
太平無象 三三五
太公釣魚，願者上鉤。 三三五
太丘道廣 三三六
太上忘情 三三六
太倉稊米 三三六
太歲頭上動土。 三三六
泰山北斗 三三六
泰山樑木 三三七
泰山鴻毛 三三七
泰山其頽 三三七
泰山壓頂 三三七
泰山壓卵 三三七
泰極生否 三三七
泰然處之 三三七
泰然自若 三三七
泰阿倒持 三三八
泰而不驕 三三八
ㄊㄠ
叨陪末座 三三八
叨在知己 三三八
滔滔不絕 三三八
滔天大罪 三三八
滔天之勢 三三八
韜光養晦 三三九
韜晦之計 三三九
ㄊㄠˊ
桃李不言，下自成蹊。 三三九
桃李滿天下 三三九
桃李門牆 三三九
桃李年 三三九
桃弧棘矢 三三九
桃花潭水 三四〇
桃花流水 三四〇
桃紅柳綠 三四〇
桃羞杏讓 三四〇
淘沙得金 三四〇
逃之夭夭 三四〇
陶陶兀兀 三四〇
陶犬瓦雞 三四一
ㄊㄡ
偷天妙手 三四一
偷天換日 三四一
偷樑換柱 三四一
偷工減料 三四一
偷合苟容 三四一
偷寒送暖 三四二
偷雞摸狗 三四二
偷香竊玉 三四二
偷安旦夕 三四二
ㄊㄡˊ
投筆請纓 三四二
投筆從戎 三四二
投鞭斷流 三四二
投袂而起 三四三
投胎奪舍 三四三
投桃報李 三四三
投機取巧 三四三
投其所好 三四三
投隙抵巇 三四三
投閑置散 三四三
投石下井 三四四
投鼠忌器 三四四
投梭折齒 三四四
頭頭是道 三四四
頭重腦熱 三四四
頭童齒豁 三四四
頭痛醫頭，腳痛醫腳。 三四四
頭會箕斂 三四五
頭角崢嶸 三四五
頭重腳輕 三四五
頭上安頭 三四五
ㄊㄢ
貪墨成風 三四五
貪夫徇財 三四五
貪大求全 三四五
貪得無厭 三四六
貪多嚼不爛 三四六
貪多務得 三四六
貪天之功 三四六

貪官汚吏 三四六
貪賄無藝 三四六
貪小失大 三四七
貪賢敬老 三四七
貪心不足 三四七
貪生怕死 三四七
貪生惡死 三四七
貪贓枉法 三四七
貪餌喪生 三四八

ㄊㄢˊ

彈冠相慶 三四八
彈鋏求通 三四八
彈指之間 三四八
彈射利病 三四八
彈射臧否 三四八
曇花一現 三四九
檀郎謝女 三四九
談笑封侯 三四九
談笑風生 三四九
談笑自若 三四九
談天說地 三四九
談何容易 三五〇
談虎色變 三五〇
談言微中 三五〇

ㄊㄢˇ

坦腹東床 三五〇
坦然自若 三五〇
袒裼裸裎 三五一
忐忑不安 三五一

ㄊㄢˋ

嘆爲觀止 三五一
探頭探腦 三五一
探囊取物 三五一
探驪得珠 三五一
探賾索隱 三五二
探源溯流 三五二

ㄊㄤˊ

唐突西子 三五二
唐哉皇哉 三五二
堂堂之陣 三五二
堂堂正正 三五二
堂上一呼，
階下百諾。 三五三
堂而皇之 三五三
螳臂當車 三五三
螳螂捕蟬，
黃雀在後。 三五三

ㄊㄤˇ

倘來之物 三五三

ㄊㄥˊ

騰蛟起鳳 三五三
騰雲駕霧 三五四

ㄊㄧ

剔膚見骨 三五四
剔蝎撩蜂 三五四
踢天弄井 三五四

ㄊㄧˊ

啼飢號寒 三五四
啼笑皆非 三五四
提綱挈領 三五四
提心吊膽 三五五
提心在口 三五五
提要鉤玄 三五五
醍醐灌頂 三五五

ㄊㄧˇ

體大思精 三五五
體貼入微 三五五
體天格物 三五六
體國經野 三五六
體無完膚 三五六

ㄊㄧˋ

擿奸發伏 三五六
擿抉細微 三五六
倜儻不羈 三五七
替天行道 三五七
殢雨尤雲 三五七
涕零如雨 三五七
涕淚交流 三五七
涕泗滂沱 三五七

ㄊㄧㄝˇ

鐵面無私 三五七
鐵畫銀鉤 三五八
鐵中錚錚 三五八
鐵杵成針 三五八
鐵石心腸 三五八
鐵樹開花 三五八
鐵案如山 三五八
鐵硯磨穿 三五八
鐵網珊瑚 三五八

ㄊㄧㄠ

挑毛揀刺 三五九
挑雪填井 三五九
挑三窩四 三五九

ㄊㄧㄠˊ

條分縷析 三五九
蜩螗沸羹 三五九
調和鼎鼐 三五九
調嘴學舌 三五九
調三窩四 三六〇

ㄊㄧㄠˋ

跳梁小丑 三六〇
跳丸日月 三六〇

ㄊㄧㄢ

天崩地坼 三六〇
天不假年 三六〇

天保九如 三六〇
天馬行空 三六一
天魔外道 三六一
天末涼風 三六一
天命有歸 三六一
天翻地覆 三六一
天方夜譚 三六一
天府之國 三六二
天覆地載 三六二
天打雷轟 三六二
天道好還 三六二
天道酬勤 三六二
天低吳楚，眼空無物。 三六二
天地不容 三六二
天奪之魄 三六三
天堂地獄 三六三
天台路迷 三六三
天南地北 三六三
天怒人怨 三六三
天女散花 三六三
天朗氣清 三六四
天理昭彰 三六四
天羅地網 三六四
天倫之樂 三六四
天高地厚 三六四
天高地迥 三六四
天高聽卑 三六五
天高皇帝遠 三六五
天各一方 三六五
天公不作美 三六五
天公地道 三六五
天寒地凍 三六五
天花亂墜 三六五
天昏地暗 三六六
天荒地老 三六六
天機不可泄露。 三六六
天機雲錦 三六六
天經地義 三六六
天下本無事，庸人自擾之。 三六六
天下大屈 三六六
天下大亂 三六七
天下大事，必作於細。 三六七
天下第一 三六七
天下獨步 三六七
天下太平 三六七
天下興亡，匹夫有責。 三六七
天下洶洶 三六七
天下一家 三六七
天下無敵 三六七
天下無難事，只怕有心人。 三六八
天下無雙 三六八
天下為公 三六八
天香國色 三六八
天行時氣 三六八
天懸地隔 三六八
天旋地轉 三六八
天之驕子 三六八
天眞爛漫 三六九
天誅地滅 三六九
天成地平 三六九
天愁地慘 三六九
天長地久 三六九
天時地利人和。 三六九
天上人間 三六九
天上石麟 三七〇
天生麗質 三七〇
天人共鑒 三七〇
天人之際 三七〇
天壤之別 三七〇
天壤王郎 三七〇
天字第一號 三七一
天災人禍 三七一
天造地設 三七一
天作之合 三七一
天從人願 三七一
天隨人願 三七一
天衣無縫 三七一
天涯海角 三七二
天涯若比鄰 三七二
天搖地動 三七二
天有不測風雲。 三七二
天誘其衷 三七二
天無絕人之路。 三七二
天無二日 三七三
天網恢恢，疏而不漏。 三七三
天與人歸 三七三
添兵減灶 三七三
添磚加瓦 三七三
添油加醋 三七三

ㄊㄧㄢˊ

恬不知恥 三七三
恬淡寡欲 三七四
恬澹無為 三七四
甜言蜜語 三七四
田父獻曝 三七四
田父之功 三七四

ㄊㄧㄢˇ

忝列衣冠 三七四
忝顏偷生 三七五
靦顏人世 三七五

ㄊㄧㄥ

聽其言而觀其行。 三七五
聽讒惑亂 三七五
聽聰視明 三七五

聽微決疑　三七五
聽而不聞　三七五

ㄊㄧㄥˊ

亭亭玉立　三七六
停僮蔥翠　三七六
停傳常滿　三七六
停陰不解　三七六
停雲落月　三七六
廷爭面折　三七六

ㄊㄧㄥˇ

挺胸凸肚　三七六
挺身而鬥　三七六
挺身而出　三七七
鋌而走險　三七七

ㄊㄧㄥˋ

聽天由命　三七七
聽其自然　三七七
聽人穿鼻　三七七

ㄊㄨˊ

圖謀不軌　三七七
圖國忘死　三七七
圖窮匕首見　三七八
圖財害命　三七八
屠門大嚼　三七八
屠龍之技　三七八
徒讀父書　三七八
徒托空言　三七八
徒有虛名　三七九
徒勞往返　三七九
徒勞無功　三七九
徒亂人意　三七九
塗脂抹粉　三七九
突梯滑稽　三七九
突如其來　三七九
荼毒生靈　三八〇

ㄊㄨˇ

土崩瓦解　三八〇
土崩魚爛　三八〇
土木形骸　三八〇
土牛木馬　三八〇
土雞瓦犬　三八〇
土壤細流　三八〇
吐哺握髮　三八二
吐鳳噴珠　三八二
吐膽傾心　三八二
吐露心腹　三八二
吐剛茹柔　三八二
吐故納新　三八二
吐絲自縛　三八三

ㄊㄨˋ

兔起鳧舉　三八〇
兔起鶻落　三八一
兔絲燕麥　三八一
兔死狗烹　三八一
兔死狐悲　三八一
兔走烏飛　三八一

ㄊㄨㄛ

托之空言　三八三
拖泥帶水　三八三
拖家帶口　三八三
脫胎換骨　三八三
脫口而出　三八三
脫韁之馬　三八三
脫洒不俗　三八三
脫穎而出　三八三

ㄊㄨㄛˋ

唾面自乾　三八四
唾手可得　三八四
唾玉鈎銀　三八四

ㄊㄨㄟ

推波助瀾　三八四
推本溯源　三八四
推避求全　三八四
推鋒爭死　三八五
推托之詞　三八五
推聾作啞　三八五
推己及人　三八五
推襟送抱　三八五
推賢讓能　三八五
推心置腹　三八五
推陳出新　三八五
推誠不飾　三八五
推燥居濕　三八六
推三阻四　三八六
推而廣之　三八六

ㄊㄨㄟˋ

退避三舍　三八六
退思補過　三八六
退無後言　三八六

ㄊㄨㄣ

吞炭漆身　三八七
吞花臥酒　三八七
吞舟之魚　三八七
吞聲飲泣　三八七
吞雲吐霧　三八七

ㄊㄨㄣˊ

屯糧積草　三八七
豚蹄穰田　三八七

ㄊㄨㄥ

恫瘝在抱　三八七
通都大邑　三八七
通同一氣　三八八
通功易事　三八八
通家之誼　三八八
通今博古　三八八

通權達變 三八八
通衢越巷 三八八
通宵達旦 三八八
通儒碩學 三八八
通文知理 三八八

ㄊㄨㄥˊ

同病相憐 三八八
同袍同澤 三八九
同美相妒 三八九
同門共業 三八九
同門異戶 三八九
同條共貫 三八九
同類相求 三八九
同流合污 三九〇
同甘共苦 三九〇
同功一體 三九〇
同工異曲 三九〇
同歸殊途 三九〇
同歸於盡 三九〇
同好棄惡 三九〇
同氣連枝 三九〇
同心同德 三九〇
同心戮力 三九一
同心共濟 三九一
同心合意 三九一
同心協力 三九一
同舟敵國 三九一
同舟共濟 三九一
同仇敵愾 三九一
同成異敗 三九二
同窗之情 三九二
同床異夢 三九二
同室操戈 三九二
同生共死 三九二
同聲相應，
同氣相求。 三九二
同諮合謀 三九三
同惡相求 三九三
同業相仇 三九三
同憂相救 三九三
同寅協恭 三九三
同文同軌 三九三
同浴譏裸 三九三
彤雲密布 三九四
童牛角馬 三九四
童心未泯 三九四
童山濯濯 三九四
童叟無欺 三九四
童言無忌 三九四
童顏鶴髮 三九四
銅琶鐵板 三九四
銅駝荊棘 三九四
銅壺滴漏 三九五
銅山鐵壁 三九五
銅山西崩，
洛鐘東應。 三九五

ㄊㄨㄥˋ

痛定思痛 三九五
痛改前非 三九五
痛哭流涕 三九五
痛心疾首 三九五
痛心入骨 三九六
痛入骨髓 三九六
痛癢相關 三九六
痛飲黃龍 三九六

【ㄋ部】

ㄋㄚˊ

拏雲攫石 三九七
拏雲握霧 三九七
拿糖作醋 三九七
拿腔做勢 三九七
拿手好戲 三九七
拿粗挾細 三九七
拿三搬四 三九七

ㄋㄚˋ

納民軌物 三九八
納履踵決 三九八
納奇錄異 三九八
訥言敏行 三九八

ㄋㄞˇ

乃心王室 三九八

ㄋㄞˋ

奈上祝下 三九八
耐人尋味 三九八

ㄋㄟˋ

內顧之憂 三九八
內親外戚 三九九
內省不疚 三九九
內視反聽 三九九
內聖外王 三九九
內疏外親 三九九
內仁外義 三九九
內憂外患 三九九
內無怨女，
外無曠夫。 四〇〇
內外夾攻 四〇〇

ㄋㄠˊ

呶呶不休 四〇〇

ㄋㄠˇ

惱羞成怒 四〇〇
腦滿腸肥 四〇〇

ㄋㄢˊ

南蠻鴃舌 四〇〇

南面百城 四〇〇
南風不競 四〇〇
南來北往 四〇一
南冠楚囚 四〇一
南柯一夢 四〇一
南箕北斗 四〇一
南金東箭 四〇一
南橘北枳 四〇一
南腔北調 四〇二
南枝北枝 四〇二
南征北戰 四〇二
南船北馬 四〇二
南山之壽 四〇二
南阮北阮 四〇二
南鷂北鷹 四〇二
南轅北轍 四〇三
男盜女娼 四〇三
男耕女織 四〇三
男歡女愛 四〇三
難登大雅之堂。 四〇三
難能可貴 四〇三
難解難分 四〇三
難兄難弟 四〇四
難捨難分 四〇四
難以逆料 四〇四
難以置信 四〇四
難言之隱 四〇四

ㄋㄢˇ

赧顏苟活 四〇四

ㄋㄢˋ

難兄難弟 四〇四

ㄋㄤˊ

囊括四海 四〇四
囊空如洗 四〇五
囊螢映雪 四〇五

ㄋㄥˊ

能近取譬 四〇五
能屈能伸 四〇五
能者多勞 四〇五
能征慣戰 四〇五
能說會道 四〇五
能言善辯 四〇六

ㄋㄧˊ

泥多佛大 四〇六
泥牛入海 四〇六
泥車瓦狗 四〇六
泥船渡河 四〇六
泥沙俱下 四〇六
泥足巨人 四〇六
泥塑木雕 四〇七

ㄋㄧˇ

擬于不倫 四〇七

ㄋㄧˋ

匿迹銷聲 四〇七
泥古不化 四〇七
逆來順受 四〇七
逆水行舟 四〇七
逆耳之言 四〇七

ㄋㄧㄝˋ

涅而不緇 四〇七
躡蹻担簦 四〇八
躡手躡脚 四〇八
躡足其間 四〇八

ㄋㄧㄠˇ

裊裊不絕 四〇八
裊裊婷婷 四〇八
鳥革翬飛 四〇八
鳥集鱗萃 四〇八
鳥盡弓藏 四〇八
鳥獸散 四〇九
鳥爲食亡 四〇九
鳥語花香 四〇九

ㄋㄧㄡˊ

牛刀小試 四〇九
牛鼎烹雞 四〇九
牛頭不對馬嘴。 四〇九
牛頭馬面 四〇九
牛溲馬勃 四一〇
牛鬼蛇神 四一〇
牛驥同皀 四一〇
牛衣對泣 四一〇

ㄋㄧㄡˇ

扭扭捏捏 四一〇
扭轉乾坤 四一〇

ㄋㄧㄢˊ

年富力強 四一〇
年高德劭 四一一
年高望重 四一一
年穀不登 四一一
年近古稀 四一一
年輕力壯 四一一
年深月久 四一一
年誼世好 四一一
年逾古稀 四一一
年逾花甲 四一二
拈花惹草 四一二
拈花微笑 四一二
拈輕怕重 四一二
拈酸吃醋 四一二

ㄋㄧㄢˋ

念念有詞 四一二
念茲在茲 四一二

ㄋㄧㄥˊ

寧缺毋濫　四一三
寧折不彎　四一三
寧為雞口，無為牛後。　四一三
寧為雞尸，無為牛從。　四一三
寧為玉碎，不為瓦全。　四一三
擰眉立目　四一三

ㄋㄨˊ

奴顏婢膝　四一三
奴顏媚骨　四一四
駑馬戀棧　四一四
駑馬鉛刀　四一四
駑馬十駕　四一四

ㄋㄨˇ

弩張劍拔　四一四

ㄋㄨˋ

怒不可遏　四一四
怒目切齒　四一四
怒目而視　四一五
怒髮衝冠　四一五
怒猊渴驥　四一五
怒火中燒　四一五
怒氣衝天　四一五
怒形於色　四一五

ㄋㄨㄛˋ

諾諾連聲　四一五

ㄋㄨㄥˊ

濃妝豔抹　四一五

ㄋㄨㄥˋ

弄兵潢池　四一六
弄斧班門　四一六
弄鬼掉猴　四一六
弄假成真　四一六
弄斤操斧　四一六
弄巧成拙　四一六
弄性尚氣　四一六
弄璋之喜　四一六
弄神弄鬼　四一六
弄瓦之喜　四一七

【ㄌ部】

ㄌㄚ

拉三扯四　四一八

ㄌㄜˋ

樂不可支　四一八
樂不思蜀　四一八
樂天知命　四一八
樂禍幸災　四一八
樂極生悲　四一八
樂善好施　四一八
樂此不疲　四一九
樂而忘返　四一九
樂以忘憂　四一九

ㄌㄞˊ

來之不易　四一九
來者不善，善者不來。　四一九
來者不拒　四一九
來者可追　四一九
來日方長　四一九
來往如梭　四二〇

ㄌㄟˊ

羸形垢面　四二〇
雷霆之怒　四二〇
雷霆萬鈞　四二〇
雷厲風行　四二〇
雷聲大，雨點小。　四二〇

ㄌㄟˇ

累牘連篇　四二〇
累卵之危　四二〇
累月經年　四二一

ㄌㄟˋ

淚出痛腸　四二一
淚如泉湧　四二一
淚如雨下　四二一
類是而非　四二一

ㄌㄠˊ

勞民傷財　四二一
勞苦功高　四二一
勞形苦神　四二一
勞師動眾　四二二
勞而不獲　四二二
勞而不怨　四二二
勞而無功　四二二
勞燕分飛　四二二
牢不可破　四二二

ㄌㄠˇ

老蚌生珠　四二二
老馬戀棧　四二三
老馬識途　四二三
老馬嘶風　四二三
老謀深算　四二三
老大徒傷　四二三
老大無成　四二三
老當益壯　四二三
老調重彈　四二三
老態龍鍾　四二三
老牛破車　四二四

老牛舐犢 四二四
老淚縱橫 四二四
老吏斷獄 四二四
老練通達 四二四
老鶴乘軒 四二四
老驥伏櫪 四二四
老街舊鄰 四二四
老奸巨猾 四二五
老氣橫秋 四二五
老羞成怒 四二五
老成練達 四二五
老成持重 四二五
老生常談 四二五
老弱婦孺 四二五
老弱殘兵 四二五
老蠶作繭 四二六
老死不相往來。 四二六
老而彌堅 四二六
老於世故 四二六
老嫗能解 四二六

ㄌㄡˋ

漏脯充飢 四二六
漏洞百出 四二六
漏泄春光 四二六
漏卮難滿 四二七
漏網之魚 四二七
鏤冰雕朽 四二七
鏤骨銘心 四二七
鏤心刻骨 四二七
鏤月裁雲 四二七
露才揚己 四二七
陋巷簞瓢 四二七
陋巷菜羹 四二八

ㄌㄢˊ

藍田生玉 四二八
蘭心蕙性 四二八
蘭質蕙心 四二八
蘭摧玉折 四二八
蘭艾難分 四二八
蘭因絮果 四二八

ㄌㄢˇ

攬轡澄清 四二九
攬權納賄 四二九
攬權怙勢 四二九

ㄌㄢˋ

濫竽充數 四二九
爛醉如泥 四二九

ㄌㄤˊ

狼狽不堪 四二九
狼狽逃竄 四二九
狼狽為奸 四三〇
狼奔豕突 四三〇
狼多肉少 四三〇
狼貪鼠竊 四三〇
狼吞虎咽 四三〇
狼戾不仁 四三〇
狼號鬼哭 四三〇
狼心狗肺 四三〇
狼子野心 四三〇
狼烟四起 四三一
琅嬛福地 四三一
郎才女貌 四三一

ㄌㄤˇ

朗目疏眉 四三一

ㄌㄤˋ

浪子回頭 四三一

ㄌㄥˇ

冷暖自知 四三一
冷嘲熱諷 四三二
冷水澆頭 四三二
冷若冰霜 四三二
冷言冷語 四三二
冷眼旁觀 四三二
冷語冰人 四三二

ㄌㄧˊ

梨花帶雨 四三二
梨園弟子 四三三
離鸞別鳳 四三三
離經辨志 四三三
離經叛道 四三三
離群索居 四三三
離心離德 四三三
離鄉背井 四三三

ㄌㄧˇ

李代桃僵 四三四
澧蘭沅芷 四三四
理屈詞窮 四三四
理直氣壯 四三四
理所當然 四三四
禮門義路 四三四
禮度委蛇 四三四
禮輕情意重 四三四
禮賢下士 四三五
禮尚往來 四三五
禮義廉恥 四三五
蠡勺測海 四三五
裏勾外連 四三五
裏應外合 四三五

ㄌㄧˋ

例行公事 四三五
俐齒伶牙 四三六
利傍倚刀 四三六
利令智昏 四三六
利害攸關 四三六
利己損人 四三六

利出一孔 四三六
利市三倍 四三六
利鎖名繮 四三六
利欲薰心 四三六
利用厚生 四三七
力不能支 四三七
力不勝任 四三七
力不從心 四三七
力排衆議 四三七
力敵勢均 四三七
力透紙背 四三七
力能扛鼎 四三七
力孤勢危 四三八
力盡筋疲 四三八
力盡神危 四三八
力窮勢孤 四三八
力壯身強 四三八
力爭上游 四三八
歷歷在目 四三八
立地書櫥 四三八
立談之間 四三九
立竿見影 四三九
立功贖罪 四三九
立錐之地 四三九
力所不逮 四三九
力所能及 四三九
力挽狂瀾 四三九
勵精圖治 四三九
厲兵秣馬 四四〇
栗栗自危 四四〇
歷歷可數 四四〇
歷歷如畫 四四〇
立身處世 四四〇
立身揚名 四四〇
立人達人 四四〇
立此存照 四四〇
立於不敗之地。 四四一

ㄌㄧㄝˋ

列鼎而食 四四一
列土分疆 四四一
烈火見眞金 四四一

ㄌㄧㄠ

撩衣奮臂 四四一

ㄌㄧㄠˊ

寥寥無幾 四四一
寥若晨星 四四一
潦倒龍鍾 四四二
潦倒粗疏 四四二
潦草塞責 四四二
聊備一格 四四二
聊復爾耳 四四二
聊勝於無 四四二
聊以解嘲 四四二
聊以卒歲 四四二
聊以塞責 四四三
遼東白豕 四四三

ㄌㄧㄠˇ

了不長進 四四三
了身達命 四四三
了身脫命 四四三
了然於懷 四四三
了如指掌 四四三

ㄌㄧㄠˋ

料事如神 四四四
燎髮摧枯 四四四
燎原烈火 四四四

ㄌㄧㄡ

溜之大吉 四四四

ㄌㄧㄡˊ

流芳百世 四四四
流芳千古 四四四
流風餘韻 四四四
流年不利 四四四
流年似水 四四五
流離顚沛 四四五
流離轉徙 四四五
流離失所 四四五
流連忘返 四四五
流金鑠石 四四五
流星趕月 四四五
流行坎止 四四六
流水不腐，戶樞不蠹。 四四六
流水桃花 四四六
流水落花 四四六
流水高山 四四六
流水朝宗 四四六
流言蜚語 四四六
流言止於智者。 四四六
留有餘地 四四七

ㄌㄧㄡˇ

柳嚲鶯嬌 四四七
柳綠花紅 四四七
柳巷花街 四四七
柳下借蔭 四四七
柳暗花明 四四七

ㄌㄧㄡˋ

六馬仰秣 四四七
六韜三略 四四七
六通四辟 四四八
六根清靜 四四八
六合之內 四四八
六街三市 四四八
六經注我 四四八
六親無靠 四四八
六尺之孤 四四八
六朝金粉 四四九

六出紛飛 四四九
六畜不安 四四九
六神不安 四四九
六神無主 四四九
六月飛霜 四四九

ㄌㄧㄢˊ

廉能清正 四四九
廉潔奉公 四五〇
廉靜寡欲 四五〇
廉頑立懦 四五〇
憐新棄舊 四五〇
憐香惜玉 四五〇
聯翩而至 四五〇
蓮花步步 四五〇
連篇累牘 四五〇
連中三元 四五一

ㄌㄧㄢˋ

戀戀不語 四五一
斂聲屏氣 四五一

ㄌㄧㄣˊ

林林總總 四五一
林下風氣 四五一
淋漓盡致 四五一
琳琅滿目 四五二
臨難毋苟免 四五二
臨渴掘井 四五二
臨機應變 四五二
臨陣磨槍 四五二
臨陣脫逃 四五二
臨池學書 四五二
臨事而懼 四五三
臨深履薄 四五三
臨崖勒馬 四五三
臨危不懼 四五三
臨危蹈難 四五三
臨危授命 四五三
臨淵羨魚 四五三
麟鳳龜龍 四五三
麟角鳳距 四五四
麟角鳳嘴 四五四
麟子鳳雛 四五四
鱗次櫛比 四五四

ㄌㄧㄣˇ

凜若冰霜 四五四

ㄌㄧㄤˊ

梁孟相敬 四五四
樑上君子 四五四
良弓無改 四五五
良禽擇木 四五五
良知良能 四五五
良辰美景 四五五
良辰吉日 四五五
良師益友 四五五
良藥苦口 四五五
良莠不齊 四五五

ㄌㄧㄤˇ

兩敗俱傷 四五六
兩部鼓吹 四五六
兩面三刀 四五六
兩豆塞耳 四五六
兩瞽相扶 四五六
兩虎相鬥 四五六
兩腳野狐 四五七
兩全其美 四五七
兩小無猜 四五七
兩袖清風 四五七
兩情相願 四五七
兩世為人 四五七
兩鼠鬥穴 四五七
兩葉掩目 四五八

ㄌㄧㄤˋ

量能授官 四五八
量力而行 四五八
量入為出 四五八
量材錄用 四五八

ㄌㄧㄥˊ

伶牙利爪 四五八
伶牙俐齒 四五八
凌雜米鹽 四五九
凌雲之志 四五九
玲瓏剔透 四五九
羚羊掛角 四五九
陵谷變遷 四五九
零丁孤苦 四五九
零敲碎打 四五九
靈丹妙藥 四六〇
靈機一動 四六〇
靈蛇之珠 四六〇

ㄌㄧㄥˋ

令苛則不聽 四六〇
令行禁止 四六〇
令人髮指 四六〇
令人齒冷 四六一
令聞嘉譽 四六一
另當別論 四六一
另起爐灶 四六一
另眼相看 四六一

ㄌㄨˊ

爐火純青 四六一
廬山眞面目 四六一

ㄌㄨˇ

魯魚帝虎 四六一
魯魚亥豕 四六二

ㄌㄨˋ

戮力同心 四六二
碌碌無能 四六二
綠林好漢 四六二
路柳墻花 四六二

路見不平，拔刀相助。 四六二
路人睚眦 四六三
路遙知馬力，日久見人心。 四六三
陸海潘江 四六三
露鈔雪纂 四六三
露水夫妻 四六三
露宿風餐 四六三
鹿車荷鍤 四六三
鹿死誰手 四六三
鹿死不擇音 四六四

ㄌㄨㄛˊ

鑼鼓喧天 四六四
羅敷有夫 四六四
羅掘俱窮 四六四
羅掘一空 四六四
羅鉗吉網 四六四
羅織構陷 四六五

ㄌㄨㄛˋ

洛陽紙貴 四六五
犖犖大端 四六五
絡繹不絕 四六五
落魄不偶 四六五
落湯螃蟹 四六五
落拓不羈 四六五
落落穆穆 四六六
落落大方 四六六
落落寡合 四六六
落落晨星 四六六
落荒而逃 四六六
落花流水 四六六
落花有意，流水無情。 四六七
落井下石 四六七
落字如飛 四六七
落草爲寇 四六七
落葉歸根 四六七
落葉知秋 四六七
落英繽紛 四六七
落月屋樑 四六八

ㄌㄨㄢˊ

鸞飄鳳泊 四六八
鸞鳳和鳴 四六八
鸞孤鳳隻 四六八
鸞交鳳友 四六八
鸞翔鳳集 四六八
鸞翔鳳翥 四六八

ㄌㄨㄢˋ

亂點鴛鴦 四六九
亂頭粗服 四六九
亂七八糟 四六九
亂首垢面 四六九
亂世之音 四六九
亂臣賊子 四六九

ㄌㄨㄣˊ

淪肌浹髓 四六九

ㄌㄨㄣˋ

論功行賞 四六九
論黃數黑 四六九

ㄌㄨㄥˊ

龍蟠鳳逸 四七〇
龍盤虎踞 四七〇
龍馬精神 四七〇
龍飛鳳舞 四七〇
龍潭虎穴 四七〇
龍騰虎躍 四七〇
龍肝豹胎 四七〇
龍翰鳳翼 四七〇
龍駒鳳雛 四七一
龍驤虎步 四七一
龍驤虎視 四七一
龍行虎步 四七一
龍章鳳姿 四七一
龍爭虎鬥 四七一
龍睜虎眼 四七二
龍鍾老態 四七二
龍蛇飛動 四七二
龍蛇混雜 四七二
龍生九子 四七二
龍躍鳳鳴 四七二
龍躍雲津 四七二
龍吟虎嘯 四七二

ㄌㄩˊ

驢鳴狗吠 四七三
驢年馬月 四七三

ㄌㄩˇ

屢試不爽 四七三
屢次三番 四七三
履舄交錯 四七三
履險蹈難 四七三
履險如夷 四七三
履穿踵決 四七四
履霜堅冰 四七四
履霜之戒 四七四
履絲曳縞 四七四
旅進旅退 四七四

ㄌㄩˋ

慮周藻密 四七四
綠肥紅瘦 四七四
綠女紅男 四七四
綠衣黃裏 四七五
綠衣使者 四七五
綠葉成陰 四七五

ㄌㄩㄝˋ

掠人之美 四七五
略跡原情 四七五

略見一斑　四七五
略識之無　四七六

【ㄍ部】

ㄍㄚ
嘎然而止　四七七

ㄍㄜ
割剝元元　四七七
割臂之盟　四七七
割雞焉用牛刀。　四七七
割席分坐　四七七
歌台舞榭　四七七
歌功頌德　四七七
歌聲繞樑　四七八
歌吟笑呼　四七八
歌舞升平　四七八

ㄍㄜˊ
格格不入　四七八
格殺勿論　四七八
格物致知　四七八
隔牆有耳　四七八
隔靴搔癢　四七八
隔世之感　四七九
隔岸觀火　四七九
革故鼎新　四七九

ㄍㄜˋ
各奔前程　四七九
各不相謀　四七九
各得其所　四七九
各盡其妙　四七九
各盡所能　四八〇
各取所長　四八〇
各顯身手　四八〇
各行其是　四八〇
各執一詞　四八〇
各持己見　四八〇
各擅勝場　四八〇
各抒己見　四八〇
各自爲政　四八一
各從其類　四八一
各從其志　四八一
各有利弊　四八一
各有千秋　四八一
各有所長　四八一
各爲其主　四八一

ㄍㄞˇ
改頭換面　四八二
改邪歸正　四八二
改弦更張　四八二
改弦易轍　四八二
改朝換代　四八二
改容易貌　四八二

ㄍㄞˋ
蓋棺論定　四八三
蓋世奇才　四八三
蓋世英雄　四八三
蓋世無雙　四八三

ㄍㄠ
膏粱錦繡　四八三
膏粱子弟　四八三
膏肓之病　四八三
膏火自煎　四八四
膏腴之地　四八四
高不可攀　四八四
高步雲衢　四八四
高朋滿座　四八四
高風亮節　四八四
高抬貴手　四八五
高談濶談　四八五
高睨大談　四八五
高歌猛進　四八五
高官厚祿　四八五
高居深視　四八五
高爵豐祿　四八五
高情遠致　四八五
高下其手　四八六
高下在心　四八六
高瞻遠矚　四八六
高枕無憂　四八六
高掌遠蹠　四八六
高唱入雲　四八六
高城深池　四八六
高世之德　四八七
高世之行　四八七
高世之智　四八七
高世之才　四八七
高視濶步　四八七
高山流水　四八七
高山景行　四八七
高山仰止　四八七
高人一等　四八八
高自標置　四八八
高自標樹　四八八
高足弟子　四八八
高材疾足　四八八
高岸爲谷，深谷爲陵。　四八八
高義薄雲　四八八
高陽酒徒　四八九
高屋建瓴　四八九
高文典册　四八九

ㄍㄠˇ
槁木死灰　四八九
槁項黃馘　四八九

ㄍㄠˋ
告老還鄉　四八九
告往知來　四八九

ㄍㄡ
篝火狐鳴　四八九
鉤心鬥角　四九〇
鉤玄提要　四九〇
鉤章棘句　四九〇
鉤深致遠　四九〇
ㄍㄡˇ
狗皮膏藥　四九〇
狗猛酒酸　四九〇
狗頭軍師　四九〇
狗急跳牆　四九一
狗血噴頭　四九一
狗彘不如　四九一
狗尾續貂　四九一
苟合取容　四九一
苟且偷生　四九二
苟且偷安　四九二
苟全性命　四九二
苟延殘喘　四九二
ㄍㄡˋ
詬誶謠諑　四九二

ㄍㄢ
乾柴烈火　四九二
干名采譽　四九二
干城之將　四九二
干雲蔽日　四九三
甘拜下風　四九三
甘貧苦節　四九三
甘冒虎口　四九三
甘棠之惠　四九三
甘棠遺愛　四九三
甘苦與共　四九三
甘井先竭　四九四
甘心瞑目　四九四
甘心情願　四九四
甘心如薺　四九四
甘馨之費　四九四
甘之如飴　四九四
甘言媚詞　四九四
甘雨隨車　四九五
肝膽相照　四九五
肝膽楚越　四九五
肝膽欲碎　四九五
肝腦塗地　四九五

肝心若裂　四九五
肝腸寸斷　四九五
ㄍㄢˇ
感戴莫名　四九五
感同身受　四九六
感慨系之　四九六
感慨殺身　四九六
感慨萬千　四九六
感喟不置　四九六
感愧無地　四九六
感激涕零　四九六
感舊之哀　四九六
感情用事　四九七
感人肺腑　四九七
感恩戴德　四九七
感恩圖報　四九七
敢怒而不敢言。　四九七
趕盡殺絕　四九七
ㄍㄣ
根深蒂固　四九七
根深葉茂　四九七

ㄍㄣˋ
亘古不滅　四九七
亘古通今　四九八
亘古未有　四九八
ㄍㄤ
綱紀廢弛　四九八
綱舉目張　四九八
綱舉網疏　四九八
剛愎自用　四九八
剛戾自用　四九八
剛正不阿　四九九
剛腸嫉惡　四九九
剛柔相濟　四九九
剛亦不吐，柔亦不茹。　四九九
剛毅木訥　四九九
ㄍㄥ
更僕難數　四九九
更命明號　四九九
更深人靜　五〇〇
耕當問奴　五〇〇

ㄍㄥˇ
綆短汲深　五〇〇
耿耿於懷　五〇〇
ㄍㄥˋ
更上一層樓　五〇〇
ㄍㄨ
姑息養奸　五〇〇
姑射神人　五〇一
姑妄聽之　五〇一
姑妄言之　五〇一
孤標傲世　五〇一
孤芳自賞　五〇一
孤陋寡聞　五〇一
孤立無援　五〇一
孤高自許　五〇一
孤苦伶仃　五〇二
孤家寡人　五〇二
孤軍奮戰　五〇二
孤掌難鳴　五〇二
孤注一擲　五〇二
孤臣孽子　五〇二

孤雛腐鼠 五〇三
孤雌寡鶴 五〇三
孤兒寡婦 五〇三
孤雲野鶴 五〇三
沽名釣譽 五〇三

ㄍㄨˇ

古貌古心 五〇三
古道熱腸 五〇四
古調不彈 五〇四
古調獨彈 五〇四
古今中外 五〇四
古井無波 五〇四
古色古香 五〇四
古往今來 五〇四
瞽曠之耳 五〇五
穀賤傷農 五〇五
股肱之臣 五〇五
股掌之上 五〇五
蠱惑人心 五〇五
蠱蠹之讒 五〇五
轂擊肩摩 五〇五
骨鯁在喉 五〇六
骨瘦如豺 五〇六
骨肉離散 五〇六
骨肉相連 五〇六
骨肉相殘 五〇六
骨肉至親 五〇六
骨軟筋麻 五〇六
鼓衰力盡 五〇六

ㄍㄨˋ

固不可徹 五〇七
固執己見 五〇七
固若金湯 五〇七
故步自封 五〇七
故態復萌 五〇七
故土難離 五〇七
故弄玄虛 五〇七
故伎重演 五〇八
故家喬木 五〇八
顧盼自雄 五〇八
顧名思義 五〇八
顧復之恩 五〇八
顧曲周郎 五〇八
顧全大局 五〇八
顧此失彼 五〇九
顧影自憐 五〇九

ㄍㄨㄚ

刮目相看 五〇九
刮垢磨光 五〇九
瓜剖豆分 五〇九
瓜田李下 五〇九
瓜李之嫌 五〇九
瓜熟蒂落 五一〇
瓜字初分 五一〇

ㄍㄨㄚˇ

寡不敵眾 五一〇
寡廉鮮恥 五一〇
寡見少聞 五一〇
寡二少雙 五一〇
寡言少語 五一〇

ㄍㄨㄚˋ

掛冠而去 五一一
掛一漏萬 五一一
掛羊頭，賣狗肉。 五一一

ㄍㄨㄛˊ

國富兵強 五一一
國富民強 五一一
國富民安 五一一
國泰民安 五一一
國計民生 五一一
國家興亡，匹夫有責。 五一二
國之干城 五一二
國事蜩螗 五一二
國士無雙 五一二
國賊祿鬼 五一二
國色天香 五一二
國亡家破 五一二

ㄍㄨㄛˇ

果不其然 五一二
果于自信 五一三
裹足不前 五一三

ㄍㄨㄛˋ

過目不忘 五一三
過目成誦 五一三
過屠門而大嚼。 五一三
過河拆橋 五一三
過河卒子 五一三
過化存神 五一四
過江之鯽 五一四
過猶不及 五一四
過眼雲烟 五一四
過為已甚 五一四

ㄍㄨㄞˋ

怪誕不經 五一四
怪誕詭奇 五一四
怪力亂神 五一五

ㄍㄨㄟ

歸馬放牛 五一五
歸根結蒂 五一五
歸心似箭 五一五
珪璋特達 五一五
瑰意琦行 五一五
規矩準繩 五一五
規行矩步 五一六
龜毛兔角 五一六

ㄍㄨㄟˇ
佹得佹失　五一六
詭計多端　五一六
詭譎多變　五一六
詭銜竊轡　五一六
鬼迷心竅　五一六
鬼斧神工　五一六
鬼頭鬼腦　五一七
鬼鬼祟祟　五一七
鬼哭狼嚎　五一七
鬼出電入　五一七
鬼使神差　五一七
鬼蜮伎倆　五一七
ㄍㄨㄟˋ
劌目鉥心　五一八
桂林一枝　五一八
桂子飄香　五一八
貴德賤兵　五一八
貴人多忘事　五一八
貴耳賤目　五一八
ㄍㄨㄢ
冠冕堂皇　五一八
冠蓋相望　五一九
冠蓋雲集　五一九
官逼民反　五一九
官不易方　五一九
官官相護　五一九
官輕勢微　五一九
官清法正　五一九
官止神行　五二〇
官樣文章　五二〇
官運亨通　五二〇
觀過知仁　五二〇
觀者如堵　五二〇
觀釁伺隙　五二〇
觀往知來　五二〇
觀望不前　五二一
觀於海者難爲水。　五二一
關山迢遞　五二一
鰥寡孤獨　五二一
ㄍㄨㄢˇ
管鮑之交　五二一
管窺蠡測　五二一
管見所及　五二二
管弦繁奏　五二二
管中窺豹　五二二
ㄍㄨㄢˋ
貫甲提兵　五二二
ㄍㄨㄣˇ
滾瓜爛熟　五二二
袞袞諸公　五二三
鯀殛禹興　五二三
ㄍㄨㄤ
光明磊落　五二三
光明正大　五二三
光風霽月　五二三
光復舊物　五二三
光天化日　五二三
光怪陸離　五二三
光可鑑人　五二四
光輝燦爛　五二四
光前絕後　五二四
光前裕後　五二四
光彩奪目　五二四
光陰荏苒　五二四
光陰如箭　五二四
光芒萬丈　五二五
ㄍㄨㄤˇ
廣土衆民　五二五
廣開門路　五二五
廣開才路　五二五
廣開言路　五二五
廣種薄收　五二五
廣師求益　五二五
ㄍㄨㄥ
供不應求　五二五
供過於求　五二六
公之於衆　五二六
公正無私　五二六
公諸同好　五二六
公而忘私　五二六
功敗垂成　五二六
功德無量　五二七
功虧一簣　五二七
功成不居　五二七
功成名遂　五二七
功成身退　五二七
功崇德鉅　五二七
功參造化　五二七
工力悉敵　五二七
工欲善其事，必先利其器。　五二八
恭敬不如從命。　五二八
攻苦食淡　五二八
攻其不備　五二八
攻其一點，不及其餘。　五二八
攻心爲上　五二八
攻城略地　五二九
攻守同盟　五二九
攻無不克　五二九
觥籌交錯　五二九
躬逢其盛　五二九

ㄍㄨㄥˋ
共君一席話，勝讀十年書。 五二九
共襄盛舉 五三〇

【ㄎ部】

ㄎㄜ
刻鵠類鶩 五三一
刻畫無鹽 五三一
刻舟求劍 五三一
科頭跣足 五三一
苛捐雜稅 五三一
苛政猛於虎 五三一
ㄎㄜˊ
咳唾凝珠 五三二
ㄎㄜˇ
可歌可泣 五三二
可心如意 五三二
可想而知 五三二
可乘之機 五三二
可乘之隙 五三二
可操左券 五三二
可望不可即 五三三
渴驥奔泉 五三三
ㄎㄜˋ
克敵制勝 五三三
克丁克卯 五三三
克恭克順 五三三
克己奉公 五三三
克己復禮 五三三
克己愼行 五三四
克盡厥職 五三四
克勤克儉 五三四
克紹箕裘 五三四
克愛克威 五三四
刻骨相思 五三四
刻骨仇恨 五三四
刻肌刻骨 五三四
刻薄寡恩 五三五
刻不容緩 五三五
刻意經營 五三五
刻意求工 五三五
恪守不渝 五三五
ㄎㄞ
開懷暢飲 五三五
開門見山 五三五
開門揖盜 五三五
開天闢地 五三六
開臺鑼鼓 五三六
開路先鋒 五三六
開國元勛 五三六
開花結果 五三六
開卷有益 五三六
開柙出虎 五三六
開心見誠 五三七
開誠布公 五三七
開誠相見 五三七
開宗明義 五三七
開山祖師 五三七
開物成務 五三七
開源節流 五三七
開雲見日 五三八
ㄎㄞˇ
愷悌君子 五三八
ㄎㄞˋ
欬唾成珠 五三八
ㄎㄡˇ
口不擇言 五三八
口不應心 五三八
口碑載道 五三八
口蜜腹劍 五三八
口沸目赤 五三九
口多食寡 五三九
口口相傳 五三九
口含天憲 五三九
口惠而實不至。 五三九
口角鋒芒 五三九
口角春風 五三九
口角生風 五三九
口講指畫 五三九
口絕行語 五四〇
口血未乾 五四〇
口誅筆伐 五四〇
口中蚤虱 五四〇
口中雌黃 五四〇
口出不遜 五四〇
口傳心授 五四〇
口是心非 五四〇
口尙乳臭 五四一
口說無憑 五四一
口若懸河 五四一
口燥唇乾 五四一
口誦心惟 五四一
口耳並重 五四一
口耳之學 五四一
口吻生花 五四二
ㄎㄡˋ
叩馬而諫 五四二
叩石墾壤 五四二
扣盤捫燭 五四二
扣人心弦 五四二
ㄎㄢˇ
侃侃而談 五四二
坎坷不平 五四二

坎井之蛙　五四三

ㄎㄢˋ

看破紅塵　五四三
看風使舵　五四三
看朱成碧　五四三
看殺衛玠　五四三
看人眉睫　五四三
看菜吃飯，量體裁衣。　五四四

ㄎㄣˇ

肯堂肯構　五四四

ㄎㄤ

康莊大道　五四四
慷慨激昂　五四四
慷慨就義　五四四
慷慨解囊　五四四
慷慨陳詞　五四四

ㄎㄤˋ

亢龍有悔　五四五
抗心希古　五四五
抗塵走俗　五四五
抗顏爲師　五四五

ㄎㄥ

硜硜之愚　五四五
鏗鏘頓挫　五四五
鏗鏘有力　五四五

ㄎㄨ

哭天喊地　五四五
哭笑不得　五四五
枯木逢春　五四六
枯木朽株　五四六
枯木死灰　五四六
枯莖朽骨　五四六
枯井頹巢　五四六
枯枝敗葉　五四六
枯樹生花　五四六
枯燥無味　五四七
枯楊生稊　五四七
枯魚銜索　五四七
枯魚之肆　五四七
楛耕傷稼　五四七
楛耘傷歲　五四七

ㄎㄨˇ

苦不堪言　五四七
苦樂不均　五四七
苦口婆心　五四八
苦海無邊　五四八
苦盡甘來　五四八
苦心孤詣　五四八
苦心焦思　五四八
苦心經營　五四八
苦中作樂　五四八
苦肉計　五四九

ㄎㄨㄚ

夸父逐日　五四九
誇辯之徒　五四九
誇大其詞　五四九
誇多鬥靡　五四九
誇誇其談　五四九
姱容修態　五四九

ㄎㄨㄛˋ

廓達大度　五四九
廓開大計　五五〇

ㄎㄨㄞˋ

快馬加鞭　五五〇
快馬一鞭，快人一語。　五五〇
快刀斬亂麻　五五〇
快人快事　五五〇
快人快語　五五〇
快意當前　五五〇
膾炙人口　五五〇

ㄎㄨㄟ

窺測方向，以求一逞。　五五一

ㄎㄨㄟˊ

巋然不動　五五一
巋然獨存　五五一
揆情度理　五五一

ㄎㄨㄟˇ

跬步千里　五五一

ㄎㄨㄟˋ

喟然長嘆　五五一
愧天怍人　五五一
潰不成軍　五五二

ㄎㄨㄢ

寬猛相濟　五五二
寬大爲懷　五五二
寬打窄用　五五二
寬廉平正　五五二
寬宏大量　五五二
寬仁大度　五五二

ㄎㄨㄢˇ

款語溫言　五五二

ㄎㄨㄣ

昆山片玉　五五三
昆山之下，以玉抵鳥。　五五三

ㄎㄨㄣˇ

悃愊無華　五五三

ㄎㄨㄣˋ
困心衡慮　五五三
困知勉行　五五三
困獸猶鬥　五五三
ㄎㄨㄤˊ
狂風暴雨　五五三
狂奴故態　五五四
狂瞽之言　五五四
狂轟濫炸　五五四
狂犬吠日　五五四
狂言瞽說　五五四
狂爲亂道　五五四
ㄎㄨㄤˋ
曠大之度　五五四
曠古絕倫　五五四
曠古奇聞　五五五
曠日持久　五五五
ㄎㄨㄥ
空費說詞　五五五
空大老脬　五五五
空洞無物　五五五
空古絕今　五五五
空谷傳聲　五五五
空谷足音　五五五
空口無憑　五五五
空空如也　五五六
空前絕後　五五六
空群之選　五五六
空穴來風　五五六
空中樓閣　五五六
空室蓬戶　五五六
ㄎㄨㄥˇ
孔孟之道　五五六
孔席墨突　五五七
孔武有力　五五七

【ㄏ部】

ㄏㄜ
呵壁問天　五五八
呵佛罵祖　五五八
ㄏㄜˊ
何樂而不爲　五五八
何苦乃爾　五五八
何患無辭　五五八
何去何從　五五八
何許人也　五五八
合抱之木，生於毫末。　五五九
合浦珠還　五五九
合情合理　五五九
合縱連橫　五五九
和璧隋珠　五五九
和盤托出　五六〇
和風細雨　五六〇
和樂且孺　五六〇
和光同塵　五六〇
和氣致祥　五六〇
和衷共濟　五六〇
和如琴瑟　五六〇
和隋之珍　五六〇
和藹可親　五六一
和而不同　五六一
和衣而臥　五六一
和顏悅色　五六一
河汾門下　五六一
河東獅吼　五六一
河梁携手　五六二
河落海乾　五六二
河清難俟　五六二
河清海晏　五六二
河魚之患　五六二
何足掛齒　五六二
何罪之有　五六三
涸轍之鮒　五六三
褐衣不完　五六三
褐衣疏食　五六三
ㄏㄜˋ
喝雉呼盧　五六三
荷槍實彈　五六三
赫赫之功　五六三
赫赫有名　五六四
赫赫炎炎　五六四
赫赫英名　五六四
鶴鳴九皋　五六四
鶴鳴之士　五六四
鶴髮童顏　五六四
鶴髮雞皮　五六四
鶴立雞群　五六四
鶴立企佇　五六五
鶴勢螂形　五六五
ㄏㄞˇ
海不揚波　五六五
海底撈針　五六五
海底撈月　五六五
海內澹然　五六五
海內存知己，天涯若比鄰。　五六五
海立雲垂　五六六
海枯石爛　五六六
海闊天空　五六六
海闊從魚躍，天高任鳥飛。　五六六
海角天涯　五六六
海市蜃樓　五六六
海水不可斗量。　五六七
海錯江瑤　五六七

海屋添籌 五六七
海外奇談 五六七

ㄏㄞˋ

害群之馬 五六七
害忠隱賢 五六七
駭人聽聞 五六八

ㄏㄟ

黑白不分 五六八
黑白分明 五六八
黑天摸地 五六八
黑雲壓城城欲摧。 五六八

ㄏㄠ

蒿目時艱 五六八

ㄏㄠˊ

嚎啕大哭 五六八
毫髮不爽 五六八
毫髮無遺 五六九
毫無二致 五六九
毫無疑義 五六九
濠上之樂 五六九
豪門貴宅 五六九
豪放不羈 五六九
豪情壯志 五六九
豪情逸致 五六九
豪言壯語 五七〇

ㄏㄠˇ

好景不長 五七〇
好心好報 五七〇
好事不出門，壞事傳千里。 五七〇
好事多磨 五七〇
好惡不愆 五七〇
好語似珠 五七〇

ㄏㄠˋ

好謀無斷 五七一
好大喜功 五七一
好亂樂禍 五七一
好高騖遠 五七一
好行小慧 五七一
好整以暇 五七一
好吃懶做 五七一
好生之德 五七二
好色不淫 五七二
好逸惡勞 五七二
好惡不同 五七二
好惡同之 五七二
好爲事端 五七二
好爲人師 五七三
好問則裕 五七三
皓首窮經 五七三
浩浩蕩蕩 五七三
浩然之氣 五七三
浩如煙海 五七三
號令如山 五七三

ㄏㄡˊ

侯門似海 五七三
侯服玉食 五七四
喉清韻雅 五七四

ㄏㄡˋ

厚貌深情 五七四
厚古薄今 五七四
厚積薄發 五七四
厚今薄古 五七四
厚此薄彼 五七四
厚顏無恥 五七四
後不僭先 五七五
後發制人 五七五
後會有期 五七五
後悔無及 五七五
後患無窮 五七五
後繼乏人 五七五
後起之秀 五七五
後生可畏 五七五
後福無量 五七六
後台老板 五七六
後來居上 五七六
後浪推前浪 五七六
後顧之憂 五七六

ㄏㄢ

憨態可掬 五七六
酣暢淋漓 五七六

ㄏㄢˊ

含苞欲放 五七七
含哺鼓腹 五七七
含蓼問疾 五七七
含垢納污 五七七
含毫吮墨 五七七
含糊不清 五七七
含糊其詞 五七八
含情脈脈 五七八
含血噴人 五七八
含笑九泉 五七八
含沙射影 五七八
含飴弄孫 五七八
含英咀華 五七八
寒耕熱耘 五七九
寒花晚節 五七九
寒心酸鼻 五七九
邯鄲學步 五七九
韓信將兵 五七九

ㄏㄢˇ

罕譬而喻 五七九
罕言寡語 五七九

ㄏㄢˋ

悍然不顧 五八〇
捍格不入 五八〇

撼天動地 五八〇
旱苗得雨 五八〇
旱魃爲虐 五八〇
汗馬功勞 五八〇
汗牛充棟 五八〇
汗流浹背 五八一
汗出如瀋 五八一
汗如雨下 五八一
汗顏無地 五八一
漢官威儀 五八一

ㄏㄣˋ

恨鐵不成鋼 五八一
恨之入骨 五八一
恨如頭醋 五八二

ㄏㄤˊ

桁楊相望 五八二
行行出狀元 五八二
行伍出身 五八二

ㄏㄤˋ

沆瀣一氣 五八二

ㄏㄥˊ

恒河沙數 五八二
橫眉怒目 五八三
橫眉冷對 五八三
橫眉豎眼 五八三
橫躺豎臥 五八三
橫加干涉 五八三
橫加指責 五八三
橫征暴斂 五八三
橫衝直撞 五八三
橫生枝節 五八四
橫槊賦詩 五八四
橫掃千軍 五八四

ㄏㄥˋ

橫行霸道 五八四
橫行不法 五八四
橫行天下 五八四
橫行奡桀 五八四
橫行無忌 五八四

ㄏㄨ

呼朋引類 五八五
呼風喚雨 五八五
呼天搶地 五八五
呼牛呼馬 五八五
呼庚呼癸 五八五
呼吸相通 五八五
呼之即來，揮之即去。 五八五
呼之欲出 五八六
呼么喝六 五八六
忽忽不樂 五八六

ㄏㄨˊ

囫圇吞棗 五八六
湖光山色 五八六
湖海之士 五八六
狐憑鼠伏 五八六
狐埋狐搰 五八七
狐狸尾巴 五八七
狐假虎威 五八七
狐裘羔袖 五八七
狐群狗黨 五八七
狐死兔泣 五八七
狐死首丘 五八八
狐疑不決 五八八
猢猻入袋 五八八
瑚璉之器 五八八
胡天胡帝 五八八
胡攪蠻纏 五八八
胡謅亂道 五八八
胡作非爲 五八九
胡猜亂道 五八九
胡思亂想 五八九
胡言亂語 五八九
胡越一家 五八九
鵠面鳥形 五八九

ㄏㄨˇ

虎背熊腰 五八九
虎不食兒 五八九
虎頭捉虱 五九〇
虎頭蛇尾 五九〇
虎狼之國 五九〇
虎狼之威 五九〇
虎口逃生 五九〇
虎口餘生 五九〇
虎踞龍盤 五九〇
虎嘯風生 五九〇
虎視眈眈 五九一
虎瘦雄心在 五九一
虎入羊群 五九一
虎尾春冰 五九一

ㄏㄨˋ

互通有無 五九一
互爲表裏 五九一
怙惡不悛 五九一
戶限爲穿 五九一
戶樞不蠹 五九一

ㄏㄨㄚ

花天酒地 五九二
花團錦簇 五九二
花林粉陣 五九二
花光柳影 五九二
花開兩朵，各表一枝。 五九二
花好月圓 五九二
花花公子 五九二
花花世界 五九三
花紅柳綠 五九三
花前月下 五九三
花拳繡腿 五九三

花枝招展 五九三
花朝月夕 五九三
花晨月夕 五九三
花容玉貌 五九四
花殘月缺 五九四
花言巧語 五九四
花樣翻新 五九四
花影繽紛 五九四
花月之身 五九四

ㄏㄨㄚˊ

嘩衆取寵 五九四
滑天下之大稽。 五九四
華冠麗服 五九四
華袞之贈 五九五
華而不實 五九五
華屋山丘 五九五

ㄏㄨㄚˋ

劃一不二 五九五
化被萬方 五九五
化腐朽爲神奇。 五九五
化零爲整 五九五
化干戈爲玉帛。 五九五
化險爲夷 五九六
化整爲零 五九六
化若偃草 五九六
化爲泡影 五九六
化爲烏有 五九六
畫餅充飢 五九六
畫地而趨 五九六
畫地爲牢 五九六
畫棟雕樑 五九七
畫龍點睛 五九七
畫鬼容易畫人難。 五九七
畫虎類狗 五九七
畫脂鏤冰 五九七
畫中有詩 五九七
畫若鴻溝 五九八
畫蛇添足 五九八
畫苑冠冕 五九八
華亭鶴唳 五九八
話不投機 五九八
話中有話 五九八

ㄏㄨㄛˊ

活靈活現 五九八

ㄏㄨㄛˇ

火燒眉毛 五九九
火燒火燎 五九九
火上弄冰 五九九
火上加油 五九九
火樹銀花 五九九
火中取栗 五九九
火傘高張 六〇〇
火眼金星 六〇〇

ㄏㄨㄛˋ

禍不單行 六〇〇
禍不旋踵 六〇〇
禍不妄至 六〇〇
禍福同門 六〇〇
禍福倚伏 六〇〇
禍福無門 六〇〇
禍亂相踵 六〇一
禍國殃民 六〇一
禍積忽微 六〇一
禍起蕭墻 六〇一
禍棗災梨 六〇一
禍從天降 六〇一
禍從口出 六〇一
禍因惡積 六〇二
豁達大度 六〇二
豁然貫通 六〇二
豁然開朗 六〇二
貨眞價實 六〇二

ㄏㄨㄞˊ

懷寶迷邦 六〇二
懷璧其罪 六〇二
懷瑾握瑜 六〇三
懷鉛提槧 六〇三
懷刑自愛 六〇三
懷才不遇 六〇三
淮南雞犬 六〇三
淮橘爲枳 六〇三

ㄏㄨㄟ

恢恢有餘 六〇三
揮汗成雨 六〇四
揮霍無度 六〇四
揮金如土 六〇四
揮灑自如 六〇四
灰心喪氣 六〇四

ㄏㄨㄟˊ

回頭是岸 六〇四
回天乏術 六〇四
回天乏力 六〇五
回天再造 六〇五
回光返照 六〇五
回黃轉綠 六〇五
回驚作喜 六〇五
回心轉意 六〇五
回嗔作喜 六〇六
回腸九轉 六〇六
回船轉舵 六〇六
回春乏術 六〇六
回味無窮 六〇六

ㄏㄨㄟˇ

悔不當初 六〇六
悔過自新 六〇六
悔之無及 六〇六
毀家紓難 六〇七

毀於一旦 六〇七
毀譽參半 六〇七

ㄏㄨㄟˋ

誨盜誨淫 六〇七
誨人不倦 六〇七
喙長三尺 六〇七
彗氾畫塗 六〇七
惠風和暢 六〇八
惠然肯來 六〇八
惠而不費 六〇八
繪聲繪色 六〇八
蕙心紈質 六〇八
薈萃一堂 六〇八
諱莫如深 六〇八
諱疾忌醫 六〇九
賄賂公行 六〇九

ㄏㄨㄢ

歡蹦亂跳 六〇九
歡天喜地 六〇九
歡呼雀躍 六〇九
歡聚一堂 六〇九
歡欣鼓舞 六〇九
歡聲雷動 六〇九

ㄏㄨㄢˊ

環肥燕瘦 六〇九
環堵蕭然 六一〇

ㄏㄨㄢˇ

緩兵之計 六一〇
緩不濟急 六一〇
緩歌縵舞 六一〇

ㄏㄨㄢˋ

患得患失 六一〇
患難之交 六一〇
患難與共 六一一
患至呼天 六一一
換湯不換藥 六一一
擐甲執兵 六一一
渙然冰釋 六一一
煥發青春 六一一
煥然一新 六一一

ㄏㄨㄣ

昏天黑地 六一一
昏鏡重磨 六一二

ㄏㄨㄣˊ

混沌不分 六一二
渾渾噩噩 六一二
渾身是膽 六一二
渾水摸魚 六一二
渾然一體 六一二
渾俗和光 六一三
魂不附體 六一三
魂不守舍 六一三
魂飛魄散 六一三
魂飛天外 六一三
魂亡魄喪 六一三
魂亡膽落 六一三

ㄏㄨㄣˋ

混爲一談 六一四
混淆黑白 六一四
混淆是非 六一四
混淆視聽 六一四

ㄏㄨㄤ

慌不擇路 六一四
荒謬絕倫 六一四
荒誕不經 六一四
荒誕無稽 六一五
荒時暴月 六一五
荒淫無度 六一五
荒淫無恥 六一五
荒無人烟 六一五

ㄏㄨㄤˊ

惶恐不安 六一五
惶惶不可終日。 六一五
潢池弄兵 六一五
皇天后土 六一六
皇親國戚 六一六
黃袍加身 六一六
黃髮垂髫 六一六
黃道吉日 六一六
黃粱一夢 六一六
黃壚之痛 六一七
黃口孺子 六一七
黃花晚節 六一七
黃金時代 六一七
黃卷青燈 六一七
黃絹幼婦 六一七
黃鐘大呂 六一八
黃鐘毀棄，瓦釜雷鳴。 六一八
黃耳傳書 六一八
黃楊厄閏 六一八

ㄏㄨㄤˇ

恍然大悟 六一八
恍然若失 六一九
恍如隔世 六一九

ㄏㄨㄥ

哄堂大笑 六一九
烘雲托月 六一九
轟轟烈烈 六一九
轟雷貫耳 六二〇
轟雷掣電 六二〇

ㄏㄨㄥˊ

弘誓大願 六二〇
洪水猛獸 六二〇
洪福齊天 六二〇
洪爐燎毛 六二〇

洪水橫流 六二〇
紅飛翠舞 六二〇
紅豆相思 六二一
紅男綠女 六二一
紅旗報捷 六二一
紅裝素裹 六二一
紅日三竿 六二一
紅紫亂朱 六二一
紅葉題詩 六二一
紅顏薄命 六二二
閎中肆外 六二二
鴻篇巨製 六二二
鴻毛泰山 六二二
鴻飛冥冥 六二二
鴻篇巨製 六二二
鴻毛泰山 六二二
鴻飛冥冥 六二二
鴻鵠之志 六二二
鴻稀鱗絕 六二二
鴻商富賈 六二二
鴻毳沉舟 六二二
鴻雁哀鳴 六二二

【ㄐ部】

ㄐ一

機變如神 六二四
機不可失 六二四
機關用盡 六二四
機深智遠 六二四
激薄停澆 六二四
激濁揚清 六二四
畸輕畸重 六二五
積不相能 六二五
積非成是 六二五
積憤不泯 六二五
積土爲山，積水爲海。 六二五
積年累月 六二五
積勞成疾 六二五
積穀防飢 六二五
積毀銷骨 六二六
積習難改 六二六
積習相沿 六二六
積銖累寸 六二六
積重難返 六二六
積少成多 六二六
積善成德 六二六
積善餘慶 六二六
積財吝賞 六二七
積惡餘殃 六二七
積草屯糧 六二七
積羽沈舟 六二七
箕風畢雨 六二七
羈旅之臣 六二七
齎志而歿 六二七
飢不擇食 六二八
飢疲沮喪 六二八
飢附飽揚 六二八
飢火中燒 六二八
飢寒交迫 六二八
飢者易爲食 六二八
飢腸轆轆 六二八
飢餐渴飲 六二九
飢鷹餓虎 六二九
雞毛蒜皮 六二九
雞鳴狗盜 六二九
雞鳴而起 六二九
雞飛蛋打 六二九
雞飛狗走 六二九
雞零狗碎 六三〇
雞骨支床 六三〇
雞頭魚刺 六三〇
雞犬不寧 六三〇
雞犬不留 六三〇
雞犬不驚 六三〇
雞犬之聲相聞，老死不相往來。 六三〇
雞犬升天 六三一
雞爭鵝鬥 六三一
雞蟲得失 六三一
雞黍深盟 六三一
雞鶩爭食 六三一

ㄐ一ˊ

即鹿無虞 六三一
即景生情 六三一
即事窮理 六三二
即以其人之道，還治其人之身。 六三二
及鋒而試 六三二
及瓜而代 六三二
及時行樂 六三二
吉光片羽 六三二
吉星高照 六三二
吉凶未卜 六三三
吉日良辰 六三三
吉人天相 六三三
寂天寞地 六三三
寂寂無聞 六三三
寂然不動 六三三
岌岌可危 六三三
急不可待 六三三
急脈緩灸 六三四
急風暴雨 六三四
急流勇退 六三四
急管繁弦 六三四
急公好義 六三四
急功近利 六三四
急中生智 六三五
急如星火 六三五
急急如律令 六三五
急景凋年 六三五
急景流年 六三五
急起直追 六三五

急於求成 六三五
戢暴鋤強 六三五
擊節稱賞 六三六
擊碎唾壺 六三六
極目四望 六三六
極目遠眺 六三六
極樂世界 六三六
極天際地 六三六
極深研幾 六三六
疾不可爲 六三七
疾風掃落葉 六三七
疾風知勁草 六三七
疾電之光 六三七
疾雷不及掩耳 六三七
疾首蹙額 六三七
疾足先得 六三八
疾言厲色 六三八
疾言遽色 六三八
疾惡如仇 六三八
集大成 六三八
集思廣益 六三八
集腋成裘 六三八
集苑集枯 六三九

ㄐㄧˇ

己飢己溺 六三九
己所不欲，勿施於人。 六三九
戟指怒目 六三九
掎角之勢 六三九
掎挈伺詐 六三九
掎摭利病 六四〇
掎裳連襼 六四〇
擠眉弄眼 六四〇
濟濟一堂 六四〇

ㄐㄧˋ

冀北空羣 六四〇
季孫之憂 六四〇
寄人籬下 六四〇
既來之，則安之。 六四一
既有今日，何必當初。 六四一
既往不咎 六四一
濟貧拔苦 六四一
濟河焚舟 六四一
濟勝之具 六四一
濟弱扶傾 六四一
稷蜂社鼠 六四一
繫風捕影 六四二
繼世而理 六四二
繼往開來 六四二
計窮力竭 六四二
計出萬全 六四二
計深慮遠 六四二
計日程功 六四二
計日而待 六四二
計無所出 六四三
記問之學 六四三
際會風雲 六四三
驥服鹽車 六四三

ㄐㄧㄚ

加官進爵 六四三
加膝墜淵 六四三
加磚添瓦 六四四
加人一等 六四四
嘉肴美饌 六四四
嘉言善行 六四四
家破人亡 六四四
家貧如洗 六四四
家道小康 六四四
家道從容 六四四
家徒四壁 六四五
家雞野鶩 六四五
家學淵源 六四五
家醜不可外揚。 六四五
家常便飯 六四五
家傳戶誦 六四五
家賊難防 六四五
家言邪說 六四六
家無儋石 六四六
家喻戶曉 六四六
葭莩之親 六四六

ㄐㄧㄚˊ

夾袋人物 六四六
夾槍帶棍 六四六
戛然而止 六四六
戛玉敲金 六四七
頰上添毫 六四七

ㄐㄧㄚˇ

假名托姓 六四七
假途滅虢 六四七
假力於人 六四七
假公濟私 六四七
假手於人 六四七
假仁假義 六四七
假仁縱敵 六四八
甲冠天下 六四八

ㄐㄧㄚˋ

價值連城 六四八
嫁禍於人 六四八
嫁雞隨雞 六四八
稼穡艱難 六四八
駕輕就熟 六四八
駕塵彍風 六四九

ㄐㄧㄝ

嗟來之食 六四九
嗟悔無及 六四九
接續香烟 六四九
接二連三 六四九

揭竿而起　六四九
皆大歡喜　六四九
街談巷議　六四九
街頭巷尾　六五〇
階前萬里　六五〇

ㄐㄧㄝˊ

佶屈聱牙　六五〇
刼富濟貧　六五〇
孑然一身　六五〇
截髮留客　六五〇
截鐙留鞭　六五〇
截斷衆流　六五一
截趾適屨　六五一
截長補短　六五一
截然不同　六五一
捷報頻傳　六五一
桀犬吠堯　六五一
桀黠擅恣　六五一
桀驁不馴　六五二
潔清不洿　六五二
潔身自好　六五二
竭力虔心　六五二
竭盡全力　六五二
竭智盡忠　六五二
竭誠相待　六五三
竭澤而漁　六五三
節節敗退　六五三
節哀順變　六五三
節衣縮食　六五三
節外生枝　六五三
節用裕民　六五三
結不解緣　六五三
結黨營私　六五四
結草銜環　六五四
結駟連騎　六五四

ㄐㄧㄝˇ

解民倒懸　六五四
解囊相助　六五四
解鈴還須繫鈴人。　六五四
解甲歸田　六五五
解人難得　六五五
解衣推食　六五五
解疑釋結　六五五

ㄐㄧㄝˋ

借風使船　六五五
借刀殺人　六五五
借端生事　六五五
借題發揮　六五六
借聽於聾　六五六
借古諷今　六五六
借花獻佛　六五六
借古喻今　六五六
借交報仇　六五六
借箸代籌　六五六
借屍還魂　六五六
戒備森嚴　六五七
戒驕戒躁　六五七
疥癩之疾　六五七
藉草枕塊　六五七
誡莫如豫　六五七

ㄐㄧㄠ

交臂失之　六五七
交頭接耳　六五七
交口薦譽　六五八
交洽無嫌　六五八
交淺言深　六五八
嬌小玲瓏　六五八
嬌生慣養　六五八
教猱升木　六五八
焦頭爛額　六五八
焦金鑠石　六五九
焦躁不安　六五九
焦熬投石　六五九
膠柱鼓瑟　六五九
蕉鹿之夢　六五九
蛟龍得水　六五九
郊寒島瘦　六六〇
驕兵必敗　六六〇
驕奢淫逸　六六〇
驕傲自滿　六六〇
鷦鷯一枝　六六〇

ㄐㄧㄠˇ

勦撫兼施　六六〇
狡兔三窟　六六〇
皎如日星　六六一
矯矯不羣　六六一
矯情鎮物　六六一
矯情自飾　六六一
矯揉造作　六六一
矯若游龍　六六一
矯枉過正　六六一
絞盡腦汁　六六二
腳不點地　六六二
腳踏兩隻船　六六二
腳踏實地　六六二
角巾私第　六六二

ㄐㄧㄠˋ

叫苦不迭　六六二
叫苦連天　六六二
教婦初來　六六二
教學相長　六六三
教亦多術　六六三

ㄐㄧㄡ

鳩奪鵲巢　六六三
鳩集鳳池　六六三
鳩形鵠面　六六三

ㄐㄧㄡˇ

久病成醫　六六三
久負盛名　六六四

久旱逢甘雨 六六四
久假不歸 六六四
久而久之 六六四
久要不忘 六六四
久違謦欬 六六四
九鼎大呂 六六四
九天九地 六六四
九牛二虎之力。 六六五
九牛一毛 六六五
九流賓客 六六五
九九歸一 六六五
九泉之下 六六五
九霄雲外 六六五
九朽一罷 六六五
九轉功成 六六五
九十其儀 六六六
九世之仇 六六六
九儒十丐 六六六
九層之台，起於累土。 六六六
九死一生 六六六
九五之尊 六六六
九原可作 六六七
酒囊飯袋 六六七
酒酣耳熱 六六七
酒池肉林 六六七
酒食徵逐 六六七
酒肉朋友 六六七
酒足飯飽 六六七
酒色財氣 六六七
酒有別腸 六六八
酒言酒語 六六八

ㄐㄧㄡˋ

咎由自取 六六八
咎有應得 六六八
就地取材 六六八
就地正法 六六八
就正有道 六六八
就事論事 六六八
就日瞻雲 六六九
救民水火 六六九
救困扶危 六六九
救火揚沸 六六九
救急不救窮 六六九
救經引足 六六九
救世濟民 六六九
救災恤鄰 六七〇
救死扶傷 六七〇
救亡圖存 六七〇
舊病復發 六七〇
舊瓶裝新酒 六七〇
舊地重遊 六七〇
舊調重彈 六七〇
舊榮新辱 六七一
舊恨新仇 六七一
舊仇宿怨 六七一
舊愁新恨 六七一
舊事重提 六七一
舊雨新知 六七一

ㄐㄧㄢ

兼聽則明，偏信則暗。 六七一
兼權熟計 六七一
兼程並進 六七二
兼收并蓄 六七二
兼人之量 六七二
兼人之勇 六七二
兼弱攻昧 六七二
兼容併包 六七二
兼而有之 六七二
堅壁清野 六七三
堅不可摧 六七三
堅明約束 六七三
堅定不移 六七三
堅苦卓絕 六七三
堅甲利兵 六七三
堅甲利刃 六七三
堅強不屈 六七四
堅貞不屈 六七四
堅持不懈 六七四
堅韌不拔 六七四
堅如磐石 六七四
堅臥烟霞 六七四
奸人之雄 六七四
奸淫擄掠 六七四
尖嘴薄舌 六七四
尖嘴猴腮 六七五
尖酸刻薄 六七五
煎鹽疊雪 六七五
監守自盜 六七五
緘口結舌 六七五
肩摩踵接 六七五
肩不擔擔，手不提籃。 六七六
艱難困苦 六七六
艱難竭蹶 六七六
艱難曲折 六七六
艱難險阻 六七六
艱苦樸素 六七六
艱苦奮鬥 六七六
艱深晦澀 六七六
艱苦創業 六七七
間不容髮 六七七
鞬櫜干戈 六七七

ㄐㄧㄢˇ

儉可養廉 六七七
剪燭西窗 六七七
揀佛燒香 六七七
揀精揀肥 六七七
簡要不煩 六七七

ㄐㄧㄢˋ

健步如飛 六七八
劍拔弩張 六七八
劍頭一吷 六七八
劍戟森森 六七八

建瓴之勢　六七八
漸入佳境　六七八
箭不虛發　六七八
箭在弦上　六七九
見縫下蛆　六七九
見縫插針　六七九
見多識廣　六七九
見兎放鷹　六七九
見兎顧犬　六七九
見利思義　六七九
見利忘義　六七九
見獵心喜　六八〇
見怪不怪　六八〇
見可而進　六八〇
見機而作　六八〇
見財起意　六八〇
見錢眼開　六八〇
見賢思齊　六八〇
見勢不妙　六八一
見善若驚　六八一
見死不救　六八一
見所未見　六八一
見異思遷　六八一
見義勇爲　六八一
見物不見人　六八一
見危授命　六八一
見微知著　六八二
賤斂貴出　六八二
踐墨隨敵　六八二
鑒貌辨色　六八二
鑒往知來　六八二

ㄐㄧㄣ

今非昔比　六八二
今愁古恨　六八二
今朝有酒今朝醉。　六八二
今是昨非　六八三
今生今世　六八三
今月古月　六八三
巾幗鬚眉　六八三
巾幗英雄　六八三
斤斤自守　六八三
津津樂道　六八三
津津有味　六八三
矜功自伐　六八四
矜糾收繚　六八四
矜才使氣　六八四
筋疲力盡　六八四
金榜題名　六八四
金碧輝煌　六八四
金馬碧雞　六八四
金門繡戶　六八五
金迷紙醉　六八五
金風玉露　六八五
金貂換酒　六八五
金題玉躞　六八五
金童玉女　六八五
金蘭之友　六八五
金戈鐵馬　六八六
金革之難　六八六
金革之世　六八六
金革之聲　六八六
金剛怒目　六八六
金龜換酒　六八六
金匱石室　六八六
金谷酒數　六八七
金鼓齊鳴　六八七
金科玉律　六八七
金口木舌　六八七
金口玉言　六八七
金壺墨汁　六八七
金華殿語　六八七
金雞獨立　六八八
金雞消息　六八八
金漿玉醴　六八八
金漆馬桶　六八八
金相玉質　六八八
金枝玉葉　六八八
金針度人　六八八
金翅擘海　六八九
金釵十二　六八九
金蟬脫殼　六八九
金城湯池　六八九
金石之堅　六八九
金石爲開　六八九
金舌弊口　六九〇
金聲玉振　六九〇
金字招牌　六九〇
金甌無缺　六九〇
金要足赤，人要完人。　六九〇
金友玉昆　六九〇
金吾不禁　六九〇
金屋藏嬌　六九〇
金玉滿堂　六九一
金玉良言　六九一
金玉其質　六九一
金玉其外，敗絮其中。　六九一

ㄐㄧㄣˇ

僅以身免　六九一
緊鑼密鼓　六九一
謹毛失貌　六九一
謹小愼微　六九二
謹言愼行　六九二
錦囊妙計　六九二
錦囊佳製　六九二
錦繡河山　六九二
錦繡前程　六九二
錦心繡口　六九二
錦上添花　六九三
錦衣紈褲　六九三
錦衣玉帶　六九三
錦衣玉食　六九三

ㄐㄧㄣˋ

僸佅兜離　六九三
噤若寒蟬　六九三

浸潤之譖　六九三
盡付東流　六九四
盡態極姸　六九四
盡力而爲　六九四
盡其所長　六九四
盡心竭力　六九四
盡忠報國　六九四
盡善盡美　六九四
盡人事，聽天命。　六九四
盡如人意　六九四
盡如所期　六九五
盡入彀中　六九五
近水樓台先得月。　六九五
近水惜水　六九五
近朱者赤，近墨者黑。　六九五
近在眉睫　六九五
近在咫尺　六九五
近悅遠來　六九五
進退兩難　六九六
進退失據　六九六
進退無門　六九六
進退維谷　六九六
進讒害賢　六九六
進銳退速　六九六
進寸退尺　六九六

ㄐㄧㄤ

將勤補拙　六九六
將功補過　六九七
將功贖罪　六九七
將計就計　六九七
將心比心　六九七
將信將疑　六九七
將錯就錯　六九七
將欲取之，必先與之。　六九七
江郎才盡　六九七
江河日下　六九八
江漢朝宗　六九八
江心補漏　六九八
江洋大盜　六九八
薑桂之性　六九八

ㄐㄧㄤˇ

講信修睦　六九八

ㄐㄧㄤˋ

匠心獨運　六九八
將門有將　六九九
將相出寒門　六九九
將在外，君命有所不受。　六九九
將遇良才　六九九
降格以求　六九九
降心相從　六九九
降志辱身　七〇〇

ㄐㄧㄥ

兢兢業業　七〇〇
旌旗蔽日　七〇〇
涇清渭濁　七〇〇
涇渭不分　七〇〇
涇渭分明　七〇〇
精疲力竭　七〇〇
精美絕倫　七〇〇
精明強幹　七〇一
精打細算　七〇一
精雕細刻　七〇一
精力過人　七〇一
精耕細作　七〇一
精金百煉　七〇一
精金良玉　七〇一
精誠團結　七〇一
精誠所至　七〇一
精神滿腹　七〇二
精神煥發　七〇二
精神恍惚　七〇二
精益求精　七〇二
精衛填海　七〇二
經明行修　七〇二
經天緯地　七〇二
經年累月　七〇二
經綸濟世　七〇三
經國大業　七〇三
經久不息　七〇三
經師人師　七〇三
經世奇才　七〇三
經緯萬端　七〇三
經文緯武　七〇三
荊天棘地　七〇三
荊棘載途　七〇四
荊棘叢生　七〇四
荊釵布裙　七〇四
荊山之玉　七〇四
荊人涉澭　七〇四
驚濤駭浪　七〇四
驚歎不已　七〇四
驚天動地　七〇五
驚弓之鳥　七〇五
驚恐萬狀　七〇五
驚惶不安　七〇五
驚魂未定　七〇五
驚惶失措　七〇五
驚悸不安　七〇五
驚喜交集　七〇六
驚喜若狂　七〇六
驚心掉膽　七〇六
驚心動魄　七〇六
驚猿脫兎　七〇六
驚師動衆　七〇六
驚蛇入草　七〇六

ㄐㄧㄥˇ

井底之蛙　七〇六
井臼親操　七〇七
井井有條　七〇七

井渫不食 七〇七
井中視星 七〇七
井水不犯河水。 七〇七
井然有序 七〇七
井蛙之見 七〇七
景星麟鳳 七〇七

ㄐㄧㄥˋ

徑情直遂 七〇七
敬陳管見 七〇八
敬守良箴 七〇八
敬老尊賢 七〇八
敬老慈幼 七〇八
敬恭桑梓 七〇八
敬謝不敏 七〇八
敬賢禮士 七〇八
敬而遠之 七〇八
敬業樂羣 七〇九
競新鬥巧 七〇九
鏡破釵分 七〇九
鏡分鸞鳳 七〇九
鏡花水月 七〇九
靜觀默察 七〇九
靜如處女，動如脫兔。 七〇九

ㄐㄩ

居停主人 七一〇
居高臨下 七一〇
居官守法 七一〇
居功自恃 七一〇
居功自傲 七一〇
居心不良 七一〇
居心叵測 七一〇
居心險惡 七一〇
居安資深 七一一
居安思危 七一一
拘神遣將 七一一
痀僂承蜩 七一一
駒齒未落 七一一

ㄐㄩˊ

局促不安 七一一
橘化為枳 七一一
跼天蹐地 七一二
跼蹐不安 七一二
鞠躬盡瘁，死而後已。 七一二

ㄐㄩˇ

舉不勝舉 七一二
舉目無親 七一二
舉鼎絕臏 七一二
舉例發凡 七一二
舉國若狂 七一二
舉棋不定 七一三
舉賢使能 七一三
舉直錯枉 七一三
舉止大方 七一三
舉世矚目 七一三
舉手之勞 七一三
舉足輕重 七一三
舉措失當 七一四
舉案齊眉 七一四
舉一廢百 七一四
舉一反三 七一四
舉枉錯直 七一四
踽踽獨行 七一四

ㄐㄩˋ

具體而微 七一四
屨及劍及 七一五
屨賤踊貴 七一五
巨鰲戴山 七一五
拒諫飾非 七一五
拒之門外 七一五
拒人於千里之外。 七一五
據理力爭 七一六
據為己有 七一六
聚精會神 七一六
聚沙成塔 七一六
聚散浮生 七一六
聚訟紛紜 七一六
聚蚊成雷 七一六
踞爐炭上 七一六
鉅儒宿學 七一七

ㄐㄩㄝ

撅豎小人 七一七

ㄐㄩㄝˊ

倔強倨傲 七一七
掘室求鼠 七一七
掘墓鞭屍 七一七
崛地而起 七一七
攫金不見人 七一七
攫為己有 七一八
決一雌雄 七一八
決一死戰 七一八
絕妙好辭 七一八
絕代佳人 七一八
絕口不道 七一八
絕裾而去 七一八
絕處逢生 七一九
絕世獨立 七一九
絕世超倫 七一九
絕少分甘 七一九
絕聖棄知 七一九
絕無僅有 七一九

ㄐㄩㄝˋ

倔頭倔腦 七一九

ㄐㄩㄢ

捐金抵璧 七二〇
涓滴不留 七二〇
涓滴成河 七二〇
涓滴歸公 七二〇

涓埃之報　七二〇
涓埃之功　七二〇
涓埃之微　七二〇

ㄐㄩㄢˇ

捲土重來　七二〇

ㄐㄩㄢˋ

卷帙浩繁　七二一
狷介之士　七二一

ㄐㄩㄣ

君臣佐使　七二一
君唱臣和　七二一
君聖臣賢　七二一
君仁臣直　七二一
君子不器　七二一
君子一言，快馬一鞭。　七二二
君暗臣蔽　七二二
軍法從事　七二二
鈞天廣樂　七二二
迥然不同　七二二

ㄐㄩㄥˇ

炯炯發光　七二二
炯炯有神　七二三

【ㄑ部】

ㄑㄧ

七步之才　七二三
七拼八湊　七二三
七零八落　七二三
七橫八豎　七二三
七竅生烟　七二三
七擒七縱　七二三
七情六欲　七二四
七折八扣　七二四
七手八脚　七二四
七上八下　七二四
七嘴八舌　七二四
淒風苦雨　七二四
欺天誑地　七二四
欺君罔上　七二五
欺世盜名　七二五
欺善怕惡　七二五
漆身吞炭　七二五

ㄑㄧˊ

其貌不揚　七二五
其樂融融　七二五
其應若響　七二五
奇龐福艾　七二六
奇風異俗　七二六
奇光異彩　七二六
奇花異草　七二六
奇貨可居　七二六
奇技淫巧　七二六
奇正相生　七二六
奇裝異服　七二六
奇辭奧旨　七二七
奇思妙想　七二七
奇文瑰句　七二七
奇文共賞　七二七
旗鼓相當　七二七
旗開得勝　七二七
旗幟鮮明　七二七
期期艾艾　七二八
棋逢敵手　七二八
歧路亡羊　七二八
琪花瑤草　七二八
綦溪利跂　七二八
騎馬找馬　七二八
騎鶴上揚州　七二九
騎虎難下　七二九
騎者善墮　七二九
騏驥過隙　七二九
騏驥一毛　七二九
齊大非偶　七二九
齊天大聖　七三〇
齊東野語　七三〇
齊梁世界　七三〇
齊紈魯縞　七三〇

ㄑㄧˇ

乞漿得酒　七三〇
乞兒馬醫　七三〇
杞人憂天　七三一
豈有此理　七三一
起承轉合　七三一
起死回生　七三一
起死人，肉白骨。　七三一

ㄑㄧˋ

企足而待　七三一
器小易盈　七三一
器宇軒昂　七三一
契若金蘭　七三二
棄短取長　七三二
棄甲倒戈　七三二
棄甲曳兵　七三二
棄舊憐新　七三二
棄瑕錄用　七三三
棄若敝屣　七三三
棄子逐妻　七三三
棄暗投明　七三三
氣憤填膺　七三三
氣吞山河　七三三
氣貫長虹　七三三
氣急敗壞　七三四
氣竭形枯　七三四
氣息奄奄　七三四
氣象萬千　七三四
氣壯山河　七三四
氣喘如牛　七三四

氣衝牛斗　七三四
氣勢磅礴　七三五
氣勢洶洶　七三五
氣殺鍾馗　七三五
氣數已盡　七三五
氣噎喉堵　七三五
氣焰囂張　七三五
氣焰薰天　七三五
氣味相投　七三六
氣宇軒昂　七三六
泣不成聲　七三六
泣下沾襟　七三六

ㄑㄧㄚ

掐頭去尾　七三六

ㄑㄧㄚˋ

恰如其分　七三六

ㄑㄧㄝ

切磋琢磨　七三六

ㄑㄧㄝˋ

切膚之痛　七三六
切中時弊　七三七
切齒腐心　七三七
怯防勇戰　七三七
愜當之論　七三七
挈瓶之知　七三七
挈綱提領　七三七
竊鉤竊國　七三七
竊竊私語　七三七
竊位素餐　七三八
竊玉偷香　七三八
鍥而不捨　七三八

ㄑㄧㄠ

敲冰戛玉　七三八
敲骨吸髓　七三八
敲金擊石　七三八

ㄑㄧㄠˊ

喬遷之喜　七三九
喬裝打扮　七三九
翹首企足　七三九
翹首而望　七三九
翹足而待　七三九
翹足引領　七三九

ㄑㄧㄠˇ

巧不可階　七三九
巧發奇中　七三九
巧婦難爲無米之炊。　七四〇
巧奪天工　七四〇
巧同造化　七四〇
巧立名目　七四〇
巧取豪奪　七四〇
巧詐不如拙誠。　七四一
巧拙有素　七四一
巧舌如簧　七四一
巧言令色　七四一

ㄑㄧㄡ

丘壑涇渭　七四一
秋風過耳　七四一
秋風掃落葉　七四一
秋毫之末　七四二
秋毫無犯　七四二
秋後算帳　七四二
秋荼密網　七四二
秋扇見捐　七四二
秋水伊人　七四二
秋月春風　七四二

ㄑㄧㄡˊ

囚首垢面　七四三
囚首喪面　七四三
求馬買骨　七四三
求馬唐肆　七四三
求大同，存小異。　七四三
求端訊末　七四三
求田問舍　七四三
求同存異　七四三
求親告友　七四四
求全之毀　七四四
求全責備　七四四
求賢如渴　七四四
求之不得　七四四
求知心切　七四四
求人不如求己。　七四四
求仁得仁　七四四
求索無厭　七四五
裘弊金盡　七四五

ㄑㄧㄢ

千部一腔　七四五
千篇一律　七四五
千門萬戶　七四五
千帆競發　七四五
千方百計　七四五
千刀萬剮　七四六
千端萬緒　七四六
千年萬載　七四六
千里迢迢　七四六
千里之堤，潰于蚊穴。　七四六
千里之行，始于足下。　七四六
千里之足　七四七
千里尊羹　七四七
千里鵝毛　七四七
千里移檄　七四七
千里猶面　七四七
千了百當　七四七
千慮一得　七四七
千慮一失　七四八

千呼萬喚 七四八
千回百折 七四八
千紅萬紫 七四八
千嬌百媚 七四八
千金買骨 七四八
千金之子 七四九
千金一笑 七四九
千金一擲 七四九
千軍易得，一將難求。 七四九
千軍萬馬 七四九
千鈞重負 七四九
千鈞一髮 七四九
千奇百怪 七四九
千秋萬歲 七四九
千辛萬苦 七五〇
千錘百鍊 七五〇
千瘡百孔 七五〇
千山萬壑 七五〇
千山萬水 七五〇
千人唱，萬人和。 七五〇
千人所指 七五〇
千人一面 七五〇
千姿百態 七五一
千載難逢 七五一
千載流芳 七五一
千載一會 七五一
千岩競秀 七五一
千岩萬壑 七五一
千萬買鄰 七五一
千德隳好 七五二
愆戾山積 七五二
搴旗斬將 七五二
牽蘿補屋 七五二
牽強附會 七五二
牽腸掛肚 七五二
牽四掛五 七五二
牽一髮而動全身。 七五三
牽羊擔酒 七五三
謙恭下士 七五三
謙謙君子 七五三
謙讓未遑 七五三
遷客騷人 七五三
鉛刀一割 七五三
ㄑㄧㄢˊ
前不巴村，後不著店。 七五四
前怕狼，後怕虎。 七五四
前仆後繼 七五四
前門拒虎，後進狼。 七五四
前目後凡 七五四
前度劉郎 七五四
前功盡棄 七五四
前呼後擁 七五五
前倨後恭 七五五
前車之鑒 七五五
前程似錦 七五五
前程萬里 七五五
前事不忘，後事之師。 七五五
前人栽樹，後人乘涼。 七五五
前思後想 七五六
前言不搭後語。 七五六
前因後果 七五六
前仰後合 七五六
前無古人 七五六
前挽後推 七五六
拑口禁語 七五六
潛形匿影 七五六
潛深伏隩 七五七
潛移默化 七五七
鉗口結舌 七五七
錢過北斗 七五七
錢可通神 七五七
黔突暖席 七五七
黔驢技窮 七五八
ㄑㄧㄢˇ
淺見寡聞 七五八
淺顯易懂 七五八
淺斟低唱 七五八
淺嚐輒止 七五八
遣詞造句 七五八
ㄑㄧㄢˋ
倩人捉刀 七五八
ㄑㄧㄣ
侵肌裂骨 七五九
嶔崎磊落 七五九
欽差大臣 七五九
衾影無慚 七五九
親不敵貴 七五九
親痛仇快 七五九
親臨其境 七六〇
親賢遠佞 七六〇
親如骨肉 七六〇
親如手足 七六〇
親操井臼 七六〇
ㄑㄧㄣˊ
勤能補拙 七六〇
勤儉持家 七六〇
擒賊先擒王 七六〇
擒縱自如 七六一
琴斷朱弦 七六一
琴心劍膽 七六一
琴瑟不調 七六一
琴瑟之好 七六一
秦庭之哭 七六一

秦晉之好 七六一
秦越肥瘠 七六一
螓首蛾眉 七六二

ㄑㄧㄣˇ

寢不安席 七六二
寢饋難安 七六二
寢饋其中 七六二
寢食俱廢 七六二
寢苦枕塊 七六二

ㄑㄧㄣˋ

沁人肺腑 七六二
沁人心脾 七六二

ㄑㄧㄤ

槍林彈雨 七六三

ㄑㄧㄤˊ

牆倒衆人推 七六三
牆上泥皮 七六三
強本弱末 七六三
強弩之末 七六三
強龍不壓地頭蛇。 七六三
強幹弱枝 七六三
強將手下無弱兵。 七六四
強中更有強中手。 七六四

ㄑㄧㄤˇ

強不知以爲知。 七六四
強打精神 七六四
強聒不舍 七六四
強人所難 七六四
強詞奪理 七六五
強死強活 七六五
強顏爲笑 七六五

ㄑㄧㄥ

傾盆大雨 七六五
傾蓋如故 七六五
傾家蕩產 七六五
傾箱倒篋 七六五
傾巢出動 七六六
傾城傾國 七六六
傾城而出 七六六
傾耳注目 七六六
傾耳而聽 七六六
卿卿我我 七六六
清風明月 七六六
清風兩袖 七六七
清規戒律 七六七
清官難斷家務事。 七六七
清心寡欲 七六七
清濁難澄 七六七
清塵濁水 七六七
清水衙門 七六七
蜻蜓點水 七六七
輕描淡寫 七六八
輕諾寡信 七六八
輕歌曼舞 七六八
輕車熟路 七六八
輕舉妄動 七六八
輕裘肥馬 七六八
輕裘緩帶 七六八
輕裘朱履 七六九
輕重倒置 七六九
輕重緩急 七六九
輕世傲物 七六九
輕卒銳兵 七六九
輕嘴薄舌 七六九
輕財好義 七六九
輕而易舉 七六九
輕徭薄賦 七七〇
輕偎低傍 七七〇
輕於鴻毛 七七〇
青梅竹馬 七七〇
青面獠牙 七七〇
青燈黃卷 七七〇
青天白日 七七一
青天霹靂 七七一
青黃不接 七七一
青紅皂白 七七一
青錢萬選 七七一
青鞋布襪 七七一
青州從事 七七一
青出於藍 七七二
青史留名 七七二
青山不老 七七二
青蠅弔客 七七二
青蠅點素 七七二
青雲直上 七七二

ㄑㄧㄥˊ

情不自禁 七七三
情不可却 七七三
情竇初開 七七三
情投意合 七七三
情同手足 七七三
情急生智 七七三
情見乎辭 七七三
情見勢屈 七七三
情景交融 七七四
情趣橫生 七七四
情知故犯 七七四
情至意盡 七七四
情長紙短 七七四
情善迹非 七七四
情深潭水 七七四
情人眼裏出西施。 七七四
情有可原 七七五
情文相生 七七五
晴天霹靂 七七五
擎天架海 七七五
擎天之柱 七七五

ㄑㄧㄥˇ

請君入甕 七七五
請自隗始 七七五
頃刻之間 七七六

ㄑㄧㄥˋ

慶父不死，魯難未已。 七七六
慶弔不行 七七六
罄其所有 七七六
罄竹難書 七七六

ㄑㄩ

區區之衆 七七六
屈打成招 七七七
屈高就下 七七七
屈節辱命 七七七
屈膝求和 七七七
屈指可數 七七七
屈身守分 七七七
屈尊駕臨 七七七
屈尊紆貴 七七八
屈一伸萬 七七八
屈豔班香 七七八
曲突徙薪 七七八
曲盡其妙 七七八
曲徑通幽 七七八
曲意逢迎 七七九
趨名逐利 七七九
趨吉避凶 七七九
趨之若鶩 七七九
趨炎附勢 七七九
驅羊攻虎 七七九
祛病延年 七七九

ㄑㄩˇ

取快一時 七八〇
取精用弘 七八〇
取其精華，去其糟粕。 七八〇
取之不盡，用之不竭。 七八〇
取長補短 七八〇
取而代之 七八〇
取易守難 七八一
取友必端 七八一
曲高和寡 七八一
曲終奏雅 七八一

ㄑㄩˋ

去末歸本 七八一
去天尺五 七八二
去故就新 七八二
去害興利 七八二
去甚去泰 七八二
去粗取精 七八二
去惡務盡 七八二
去蕪存精 七八二
去僞存眞 七八二
闃無人跡 七八三

ㄑㄩㄝˋ

却客疏士 七八三
却之不恭 七八三
雀屏中選 七八三
雀小臟全 七八三
鵲笑鳩舞 七八三
鵲巢鳩佔 七八三

ㄑㄩㄢˊ

全力以赴 七八三
全功盡棄 七八四
全軍覆沒 七八四
全知全能 七八四
全始全終 七八四
全受全歸 七八四
拳不離手，曲不離口。 七八四
拳打脚踢 七八四
拳拳服膺 七八四
拳拳之忠 七八五
拳拳盛意 七八五
權衡得失 七八五
權衡利弊 七八五
權衡輕重 七八五
權宜之計 七八五
泉石膏肓 七八五
泉石之樂 七八六

ㄑㄩㄢˇ

犬馬之報 七八六
犬馬之年 七八六
犬馬之勞 七八六
犬兔之爭 七八六
犬牙相制 七八六
犬牙相錯 七八六

ㄑㄩㄢˋ

勸百諷一 七八七
勸善懲惡 七八七

ㄑㄩㄣˊ

群魔亂舞 七八七
群分類聚 七八七
群龍無首 七八七
群鴻戲海 七八七
群居終日，言不及義。 七八七
群起而攻之 七八八
群輕折軸 七八八
群雌粥粥 七八八
群策群力 七八八
群而不黨 七八八
群蟻附膻 七八八
群英薈萃 七八九
裙屐少年 七八九

ㄑㄩㄥˊ

煢煢孑立，

形影相弔。　七八九
瓊樓玉宇　七八九
瓊林玉樹　七八九
瓊漿玉液　七八九
窮不失義　七八九
窮兵黷武　七八九
窮達有命　七九〇
窮當益堅　七九〇
窮途末路　七九〇
窮途潦倒　七九〇
窮鳥入懷　七九〇
窮年累月　七九〇
窮理盡性　七九〇
窮寇勿追　七九一
窮困潦倒　七九一
窮極無聊　七九一
窮家富路　七九一
窮泉朽壤　七九一
窮鄉僻壤　七九一
窮巷掘門　七九一
窮形盡相　七九二
窮凶極惡　七九二
窮愁潦倒　七九二
窮奢極欲　七九二
窮山惡水　七九二
窮鼠嚙狸　七九二
窮則思變　七九二
窮而後工　七九二
窮閻漏屋　七九三
窮猿投林　七九三
窮原竟委　七九三

【ㄒ部】

ㄒㄧ

吸風飲露　七九四
嘻皮笑臉　七九四
嬉笑怒罵　七九四
希世之珍　七九四
悉索敝賦　七九四
熙來攘往　七九四
熙熙攘攘　七九四
稀奇古怪　七九五
羲皇上人　七九五
膝下猶虛　七九五
膝癢搔背　七九五
西鄰責言　七九五
蹊田奪牛　七九五

ㄒㄧˊ

席不暇暖　七九五
席豐履厚　七九六
席地而坐　七九六
席捲天下　七九六
席珍待聘　七九六
息交絕游　七九六
息軍養士　七九六
息黥補劓　七九六
息息相關　七九七
息事寧人　七九七
息壤在彼　七九七
息影家園　七九七
惜墨如金　七九七
惜老憐貧　七九七
惜指失掌　七九八
惜玉憐香　七九八
習非成是　七九八
習慣成自然　七九八
習以爲常　七九八
習焉不察　七九八
習與性成　七九八
襲人故智　七九九

ㄒㄧˇ

喜不自勝　七九九
喜眉笑眼　七九九
喜怒不形於色。　七九九
喜怒哀樂　七九九
喜怒無常　七九九
喜氣洋洋　七九九
喜新厭舊　七九九
喜形於色　八〇〇
喜出望外　八〇〇
喜從天降　八〇〇
喜聞樂見　八〇〇
喜躍抃舞　八〇〇
徙木爲信　八〇〇
徙宅忘妻　八〇〇
洗耳恭聽　八〇〇
洗垢求瘢　八〇一
洗心滌慮　八〇一
洗心革面　八〇一
洗手不幹　八〇一
洗手奉職　八〇一
洗雪逋負　八〇一

ㄒㄧˋ

夕陽古道　八〇二
細大不捐　八〇二
細枝末節　八〇二
細針密縷　八〇二
細水長流　八〇二
舄烏虎帝　八〇二
隙大牆壞　八〇二
隙中觀門　八〇二
鬩牆之爭　八〇三

ㄒㄧㄚ

瞎字不識　八〇三

ㄒㄧㄚˊ

匣裏龍吟　八〇三
匣劍帷燈　八〇三
狹路相逢　八〇三
瑕不掩瑜　八〇三
瑕瑜互見　八〇四
遐思遙愛　八〇四
遐邇一體　八〇四

遐邇聞名 八〇四

ㄒㄧㄚˋ

下阪走丸 八〇四
下筆千言 八〇四
下筆成章 八〇四
下不爲例 八〇五
下馬看花 八〇五
下里巴人 八〇五
下氣怡聲 八〇五
下喬入幽 八〇五
下情上達 八〇五
下車伊始 八〇五
下塞上聾 八〇六
夏爐冬扇 八〇六
夏蟲語冰 八〇六
夏日可畏 八〇六
夏五郭公 八〇六
夏雨雨人 八〇六

ㄒㄧㄝˊ

挾天子以令諸侯。 八〇七
挾長挾貴 八〇七
挾山超海 八〇七
携手並肩 八〇七
斜風細雨 八〇七
脅肩累足 八〇七
脅肩諂笑 八〇七
邪不侵正 八〇七
邪魔外道 八〇八
邪書僻傳 八〇八

ㄒㄧㄝˇ

血淚盈襟 八〇八
血流漂杵 八〇八
血流成河 八〇八
血口噴人 八〇八
血海深仇 八〇八
血氣方剛 八〇八
血債累累 八〇九
血肉橫飛 八〇九
血肉相聯 八〇九

ㄒㄧㄝˋ

屑榆爲粥 八〇九
泄露天機 八〇九
燮理陰陽 八〇九
蟹匡蟬緌 八〇九
邂逅相遇 八一〇

ㄒㄧㄠ

嘵嘵不休 八一〇
宵衣旰食 八一〇
枵腹從公 八一〇
簫韶九成 八一〇
蕭郎陌路 八一〇
蕭規曹隨 八一〇
蕭牆禍起 八一一
蕭曹避席 八一一
逍遙法外 八一一
逍遙自在 八一一
銷魂奪魄 八一一
銷聲匿迹 八一一
驍勇善戰 八一一

ㄒㄧㄠˇ

小不忍則亂大謀。 八一二
小題大作 八一二
小鳥依人 八一二
小廉曲謹 八一二
小姑獨處 八一二
小國寡民 八一二
小康之家 八一二
小己得失 八一三
小家碧玉 八一三
小巧玲瓏 八一三
小隙沈舟 八一三
小黠大痴 八一三
小心翼翼 八一三
小懲大誡 八一三
小時了了 八一四
小試鋒芒 八一四
小才大用 八一四
小巫見大巫 八一四
曉風殘月 八一四
曉行夜宿 八一四
曉以利害 八一四

ㄒㄧㄠˋ

笑比河清 八一四
笑裏藏刀 八一五
笑容滿面 八一五
笑容可掬 八一五
笑逐顏開 八一五

ㄒㄧㄡ

休明盛世 八一五
休戚相關 八一五
休戚與共 八一五
休聲美譽 八一六
休養生息 八一六
修德慎罰 八一六
修心養性 八一六
修飾邊幅 八一六
修身立節 八一六
修身潔行 八一七
修仁行義 八一七
羞人答答 八一七
羞與爲伍 八一七

ㄒㄧㄡˇ

朽木糞土 八一七
朽木難雕 八一七

ㄒㄧㄡˋ

秀出班行 八一七
秀色可餐 八一八
秀而不實 八一八

秀外慧中 八一八
綉闥雕甍 八一八
綉花枕頭 八一八
臭味相投 八一八
袖手旁觀 八一八

ㄒㄧㄢ

仙凡路隔 八一九
仙風道骨 八一九
仙露明珠 八一九
仙山瓊閣 八一九
仙姿佚貌 八一九
先發制人 八一九
先得我心 八二〇
先睹為快 八二〇
先天不足 八二〇
先天下之憂而憂，後天下之樂而樂。 八二〇
先禮後兵 八二〇
先公後私 八二〇
先見之明 八二一
先驅螻蟻 八二一
先下手為強 八二一
先知先覺 八二一
先斬後奏 八二一
先聲奪人 八二一
先聲後實 八二二
先入為主 八二二
先意承旨 八二二
先憂後樂 八二二
先務之急 八二二
先我著鞭 八二二
掀風鼓浪 八二二
掀天揭地 八二二
纖毫畢現 八二三
纖毫不爽 八二三
纖悉無遺 八二三
鮮衣凶服 八二三

ㄒㄧㄢˊ

咸與維新 八二三
嫌好道歹 八二三
弦外之音 八二三
涎皮賴臉 八二四
涎言涎語 八二四
賢否不明 八二四
賢良方正 八二四
賢賢易色 八二四
銜胆棲冰 八二四
銜口墊背 八二四
銜華佩實 八二五
銜尾相隨 八二五
銜勇韜力 八二五
閒磕牙 八二五
閒情逸致 八二五
閒邪存誠 八二五
閒愁萬種 八二五
閒雲孤鶴 八二五

ㄒㄧㄢˇ

顯露端倪 八二六
顯親揚名 八二六

ㄒㄧㄢˋ

獻可替否 八二六
現身說法 八二六
陷堅挫銳 八二六
陷身囹圄 八二六

ㄒㄧㄣ

心病難醫 八二六
心不在焉 八二七
心不由主 八二七
心平氣和 八二七
心滿意足 八二七
心明眼亮 八二七
心慕手追 八二七
心煩技癢 八二七
心煩意亂 八二七
心服口服 八二八
心浮氣躁 八二八
心腹之患 八二八
心腹之交 八二八
心到神知 八二八
心膽俱裂 八二八
心蕩神迷 八二八
心勞日拙 八二九
心力交瘁 八二九
心靈手巧 八二九
心領神會 八二九
心亂如麻 八二九
心廣體胖 八二九
心口如一 八二九
心曠神怡 八三〇
心狠手辣 八三〇
心寒齒冷 八三〇
心花怒放 八三〇
心懷叵測 八三〇
心懷鬼胎 八三〇
心灰意懶 八三〇
心慌意亂 八三〇
心急如火 八三一
心焦性暴 八三一
心堅石穿 八三一
心驚肉跳 八三一
心旌搖搖 八三一
心虔志誠 八三一
心傾神馳 八三一
心去難留 八三二
心血來潮 八三二
心小志大 八三二
心閒手敏 八三二
心心相印 八三二
心嚮往之 八三二
心直口快 八三二
心志難奪 八三二

象牙之塔 八四六
像煞有介事 八四六
相鼠有皮 八四六
項背相望 八四六
項莊舞劍，意在沛公。 八四七

ㄒㄧㄥ

惺惺惜惺惺 八四七
惺惺作態 八四七
星飛電急 八四七
星離雨散 八四七
星羅棋布 八四七
星火燎原 八四七
星星之火 八四八
星馳電走 八四八
星移斗轉 八四八
腥聞在上 八四八
興風作浪 八四八
興利除弊 八四八
興師動衆 八四九
興師問罪 八四九
興訛造訕 八四九
興妖作怪 八四九
興雲致雨 八四九
興旺發達 八四九

ㄒㄧㄥˊ

刑天爭神 八四九
形單影隻 八五〇
形格勢禁 八五〇
形迹可疑 八五〇
形具神生 八五〇
形銷骨立 八五〇
形形色色 八五〇
形勢逼人 八五〇
形神不全 八五〇
形如槁木 八五一
形容枯槁 八五一
形影不離 八五一
形影相弔 八五一
行百里者半九十。 八五一
行不由徑 八五一
行同狗彘 八五二
行好積德 八五二
行將就木 八五二
行峻言厲 八五二
行成于思 八五二
行屍走肉 八五二
行若無事 八五三
行則連輿，止則接席。 八五三
行有餘力 八五三
行遠自邇 八五三
行雲流水 八五三

ㄒㄧㄥˋ

幸災樂禍 八五三
性命攸關 八五三
興高采烈 八五四
興會淋漓 八五四
興盡悲來 八五四
興致勃勃 八五四
興味索然 八五四

ㄒㄩ

噓枯吹生 八五四
噓寒問暖 八五四
盱衡厲色 八五五
虛比浮詞 八五五
虛美薰心 八五五
虛費詞說 八五五
虛懷若谷 八五五
虛晃一槍 八五五
虛己以聽 八五五
虛驕恃氣 八五五
虛情假意 八五六
虛擲年華 八五六
虛舟飄瓦 八五六
虛張聲勢 八五六
虛左以待 八五六
虛詞詭說 八五六
虛有其表 八五六
虛應故事 八五七
虛無縹緲 八五七
虛位以待 八五七
虛文縟節 八五七
虛往實歸 八五七
虛與委蛇 八五七
虛譽欺人 八五七

ㄒㄩˊ

徐娘半老，風韻猶存。 八五八

ㄒㄩˇ

栩栩如生 八五八

ㄒㄩˋ

恤孤念寡 八五八
恤近忽遠 八五八
旭日東升 八五八
畜妻養子 八五八

ㄒㄩㄝˊ

學非所用 八五八
學富五車 八五八
學者如牛毛，成者如麟角。 八五九
學然後知不足。 八五九
學如穿井 八五九
學而不厭 八五九
學以致用 八五九
學無止境 八五九
學無所遺 八六〇

【ㄓ部】

知疼著熱 八七三
知難而退 八七三
知難行易 八七三
知難而進 八七三
知過必改 八七四
知其不可爲而爲之。 八七四
知其然而不知所以然。 八七四
知其一，不知其二。 八七四
知情達理 八七四
知希則貴 八七四
知雄守雌 八七四
知之爲知之 八七四
知止不殆 八七四
知恥爲勇 八七五
知書達禮 八七五
知人論世 八七五
知人之明 八七五
知人知面不知心。 八七五
知人善任 八七五
知榮守辱 八七五
知子莫若父 八七五
知足不辱 八七六
知易行難 八七六
知義多情 八七六
知無不言 八七六
知遇之恩 八七六
芝焚蕙嘆 八七六
芝蘭之室 八七六
芝蘭玉樹 八七七
芝艾俱焚 八七七
隻鱗片甲 八七七
隻輪不返 八七七
隻雞斗酒 八七七
隻雞絮酒 八七七
隻字不提 八七七
隻字片紙 八七八
隻字片語 八七八

ㄓˊ

執鞭墜鐙 八七八
執迷不悟 八七八
執法不阿 八七八
執法如山 八七八
執牛耳 八七八
執兩用中 八七八
執柯作伐 八七九
執經叩問 八七九
執經問難 八七九
擲地作金石聲。 八七九
擲果潘安 八七九
擲鼠忌器 八七九
擿埴索塗 八七九
植黨營私 八八〇
直眉瞪眼 八八〇
直木先伐 八八〇
直搗黃龍 八八〇
直道守節 八八〇
直道而行 八八〇
直諒多聞 八八〇
直截了當 八八〇
直情徑行 八八一
直性狹中 八八一
直壯曲老 八八一
直衝橫撞 八八一
直抒己見 八八一
直言不諱 八八一
直言骨鯁 八八一
直言極諫 八八一
直言賈禍 八八一
質樸無華 八八二
質疑問難 八八二
跖狗吠堯 八八二

ㄓˇ

只可意會，不可言傳。 八八二
只見樹木，不見森林。 八八二
只許州官放火，不許百姓點燈。 八八二
只知其一，不知其二。 八八三
只爭朝夕 八八三
只此一家，別無分店。 八八三
只要功夫深，鐵杵磨成針。 八八三
咫尺天涯 八八三
咫尺千里 八八三
咫尺之功 八八三
咫尺萬里 八八四
指不勝屈 八八四
指破迷津 八八四
指名道姓 八八四
指腹割衿 八八四
指腹爲婚 八八四
指東劃西 八八四
指天畫地 八八四
指天誓日 八八五
指天射魚 八八五
指佞觸邪 八八五
指鹿爲馬 八八五
指揮若定 八八五
指雞罵狗 八八五
指事類情 八八六
指手劃脚 八八六
指山賣磨 八八六
指日可待 八八六
指桑罵槐 八八六
指雁爲羹 八八六
止暴禁非 八八七
止談風月 八八七
止戈爲武 八八七

止足之分 八八七
止足之計 八八七
止足之戒 八八七
止於至善 八八八
紙短情長 八八八
紙田墨稼 八八八
紙貴洛陽 八八八
紙上談兵 八八八
紙醉金迷 八八八
趾高氣揚 八八八

ㄓˋ

志美行厲 八八八
志大量小 八八八
志大才疏 八八九
志得意滿 八八九
志同道合 八八九
志高氣揚 八八九
志在四方 八八九
智名勇功 八八九
智貴免禍 八八九
智盡能索 八九〇
智者千慮，
必有一失。 八九〇
智圓行方 八九〇
智勇雙全 八九〇
治標不治本 八九〇
治兵振旅 八九〇
治病救人 八九〇
治亂存亡 八九〇
治國安民 八九一
治絲益棼 八九一
炙冰使燥 八九一
炙手可熱 八九一
知小謀大 八九一
知者樂水 八九一
知出乎爭 八九二
知以藏往 八九二
稚齒婑媠 八九二
置之不理 八九二
置之不顧 八九二
置之度外 八九二
置之死地而
後快。 八九二
置之死地而
後生。 八九三
置諸高閣 八九三
置身事外 八九三
置水之情 八九三
置若罔聞 八九三
至大至剛 八九三
至大無外 八九三
至當不易 八九三
至理名言 八九四
至高無上 八九四
至公無私 八九四
至敬無文 八九四
至親骨肉 八九四
至小無內 八九四
至信辟金 八九四
至智不謀 八九五
至誠如神 八九五
至聖至明 八九五
至人無愛 八九五
至人無己 八九五
至人無親 八九五
至人無爲 八九五
至仁忘仁 八九六
至死不變 八九六
至死不悟 八九六
至死靡它 八九六
至矣盡矣 八九六
陟岵陟屺 八九六

ㄓㄚ

渣滓濁沫 八九六

ㄓㄚˋ

乍入蘆圩，
不知深淺。 八九七
乍往乍來 八九七

ㄓㄜ

遮天蔽日 八九七
遮天蓋地 八九七
遮人耳目 八九七

ㄓㄜˊ

折槁振落 八九七
折戟沈沙 八九七
折節下士 八九八
折節向學 八九八
折長補短 八九八
折衝千里 八九八
折衝之臣 八九八
折衝尊俎 八九八
折衝禦侮 八九八
折首不悔 八九九
折足覆餗 八九九
輒作數日惡 八九九
轍鮒之急 八九九
轍亂旗靡 八九九

ㄓㄞˋ

債多不愁 八九九
債臺高築 九〇〇

ㄓㄠ

招兵買馬 九〇〇
招風攬火 九〇〇
招風惹草 九〇〇
招魂揚幡 九〇〇
招架不住 九〇〇
招權納賄 九〇〇
招賢納士 九〇〇
招降納叛 九〇一
招之不來 九〇一
招是惹非 九〇一
招搖過市 九〇一
招搖撞騙 九〇一

昭穆倫序 九〇一
昭昭在目 九〇二
昭然若揭 九〇二
朝不保夕 九〇二
朝不謀夕 九〇二
朝不慮夕 九〇二
朝不及夕 九〇二
朝發夕至 九〇二
朝飛暮捲 九〇三
朝打暮罵 九〇三
朝督暮責 九〇三
朝梁暮陳 九〇三
朝令夕改 九〇三
朝歌夜弦 九〇三
朝更暮改 九〇三
朝過夕改 九〇四
朝觀暮覽 九〇四
朝歡暮樂 九〇四
朝齏暮鹽 九〇四
朝氣蓬勃 九〇四
朝乾夕惕 九〇四
朝秦暮楚 九〇四
朝夕相處 九〇五
朝夕之策 九〇五
朝朝暮暮 九〇五
朝朝寒食，夜夜元宵。 九〇五
朝眞暮僞 九〇五
朝成暮遍 九〇五
朝穿暮塞 九〇五
朝施暮戮 九〇六
朝升暮合 九〇六
朝生暮死 九〇六
朝榮夕滅 九〇六
朝奏暮召 九〇六
朝思暮想 九〇六
朝思夕計 九〇七
朝斯夕斯 九〇七
朝益暮習 九〇七
朝三暮四 九〇七
朝聞夕改 九〇七
朝聞夕死 九〇七
朝雲暮雨 九〇七

ㄓㄠˋ

召之即來，揮之即去。 九〇八
照本宣科 九〇八
照貓畫虎 九〇八
照葫蘆畫瓢 九〇八

ㄓㄡ

周貧濟老 九〇八
周郎顧曲 九〇八
周妻何肉 九〇八
周情孔思 九〇八
周而不比 九〇九
周而復始 九〇九
粥少僧多 九〇九
舟中敵國 九〇九
舟水之喻 九〇九
譸張爲幻 九〇九

ㄓㄡˇ

肘腋之患 九〇九

ㄓㄡˋ

晝伏夜行 九一〇
晝耕夜誦 九一〇
晝慨宵悲 九一〇
晝思夜想 九一〇
晝夜不捨 九一〇

ㄓㄢ

沾親帶故 九一〇
沾沾自喜 九一〇
瞻前顧後 九一一
瞻情顧意 九一一
瞻望咨嗟 九一一
瞻雲就日 九一一

ㄓㄢˇ

展轉推托 九一一
展翅高飛 九一一
展眼舒眉 九一一
嶄露頭角 九一一
斬木揭竿 九一一
斬釘截鐵 九一二
斬頭去尾 九一二
斬盡殺絕 九一二
斬將搴旗 九一二
斬草除根 九一二
斬岸堙溪 九一二
輾轉反側 九一二
輾轉伏枕 九一三
輾轉相傳 九一三

ㄓㄢˋ

占山爲王 九一三
戰天鬥地 九一三
戰慄失箸 九一三
戰火紛飛 九一三
戰戰兢兢 九一三
戰無不勝 九一三
站腳助威 九一三

ㄓㄣ

珍樓寶屋 九一四
珍禽奇獸 九一四
珍饈美饌 九一四
珍產淫貨 九一四
珍藏密斂 九一四
眞憑實據 九一四
眞金不怕火煉。 九一四
眞金不鍍 九一四
眞槍實彈 九一五
眞心誠意 九一五
眞相大白 九一五
眞知灼見 九一五

眞僞莫辨 九一五
眞贓實犯 九一五
眞才實學 九一五
箴規磨切 九一五
針鋒相對 九一五
針頭線腦 九一六
針尖對麥芒 九一六
甄塵釜魚 九一六

ㄓㄣˇ

枕席過師 九一六

ㄓㄣˋ

振臂一呼 九一六
振奮人心 九一六
振驚充庭 九一六
振聾發聵 九一七
振振有詞 九一七
枕戈待旦 九一七
枕戈寢甲 九一七
枕石漱流 九一七
陣馬風檣 九一七
震天動地 九一七
震古鑠今 九一八
震撼人心 九一八
震主之威 九一八
震耳欲聾 九一八

ㄓㄤ

張大其辭 九一八
張燈結彩 九一八
張冠李戴 九一八
張公吃酒李公醉。 九一九
張口結舌 九一九
張皇失措 九一九
張敞畫眉 九一九
張三李四 九一九
張牙舞爪 九一九
張筵設戲 九一九
張王李趙 九二〇
彰明較著 九二〇
彰善癉惡 九二〇
彰往察來 九二〇
獐頭鼠目 九二〇

ㄓㄤˇ

掌上明珠 九二〇
長他人志氣，滅自己威風。 九二〇
長年三老 九二一

ㄓㄤˋ

仗馬寒蟬 九二一
仗氣使酒 九二一
仗勢欺人 九二一
仗義執言 九二一
仗義疏財 九二一

ㄓㄥ

爭名于朝，爭利于市。 九二一
爭分奪秒 九二二
爭風吃醋 九二二
爭天抗俗 九二二
爭奇鬥艷 九二二
爭強好勝 九二二
爭權奪利 九二二
爭先恐後 九二二
爭長論短 九二二
爭榮誇耀 九二三
崢嶸軒峻 九二三
蒸蒸日上 九二三
蒸沙成飯 九二三
錚錚有聲 九二三

ㄓㄥˇ

整舊如新 九二三
整軍經武 九二三

ㄓㄥˋ

政龐土裂 九二四
政通人和 九二四
政出多門 九二四
正本清源 九二四
正理平治 九二四
正襟危坐 九二四
正經八百 九二四
正氣凜然 九二五
正正之旗 九二五
正中下懷 九二五
正人君子 九二五
正色立朝 九二五
正言厲色 九二五
正顏厲色 九二五
證龜成鱉 九二六
證據確鑿 九二六
鄭重其事 九二六
鄭聲亂雅 九二六
鄭人買履 九二六
鄭人爭年 九二六
鄭衛之音 九二六

ㄓㄨ

朱門酒肉臭 九二七
朱門綉戶 九二七
朱輪華轂 九二七
朱干玉戚 九二七
朱唇皓齒 九二七
朱衣點頭 九二七
朱衣使者 九二八
珠箔銀屏 九二八
珠槃玉敦 九二八
珠聯璧和 九二八
珠宮貝闕 九二八
珠光寶氣 九二八
珠輝玉映 九二八
珠還合浦 九二九
珠翠之珍 九二九

珠圍翠繞　九二九
珠玉在側　九二九
珠圓玉潤　九二九
珠絲馬迹　九二九
蛛網塵埃　九二九
誅求無時　九二九
誅求無已　九二九
誅心之論　九三〇
誅鋤異己　九三〇
諸如此類　九三〇
諸子百家　九三〇
諸惡莫作　九三〇
豬突豨勇　九三〇
銖兩悉稱　九三一
銖兩之奸　九三一
銖積寸累　九三一

ㄓㄨˊ

竹帛之功　九三一
竹苞松茂　九三一
竹報平安　九三一
竹馬之友　九三二
竹頭木屑　九三二
竹籃打水　九三二
築室反耕　九三二
築室道謀　九三二
逐兔先得　九三二
逐日追風　九三二

ㄓㄨˇ

主觀臆斷　九三三
主少國疑　九三三
主聖臣良　九三三
主聖臣直　九三三
主辱臣死　九三三
主憂臣勞　九三三
主文譎諫　九三四
屬毛離裡　九三四
屬辭比事　九三四
屬垣有耳　九三四
拄笏看山　九三四
煮豆燃萁　九三四
煮弩為糧　九三四
煮鶴焚琴　九三五
煮粥焚須　九三五

ㄓㄨˋ

助邊輸財　九三五
助桀為虐　九三五
助紂為虐　九三五
助人為樂　九三五
助我張目　九三五
祝不勝詛　九三五
祝哽祝噎　九三六
著書立說　九三六
著作等身　九三六
鑄成大錯　九三六
鑄山煮海　九三六
駐顏無術　九三六

ㄓㄨㄚ

抓綱帶目　九三七
抓尖要強　九三七
抓耳撓腮　九三七

ㄓㄨㄛ

捉班做勢　九三七
捉刀代筆　九三七
捉雞罵狗　九三七
捉襟見肘　九三七
捉賊捉贓　九三八

ㄓㄨㄛˊ

卓立雞群　九三八
卓犖不羈　九三八
卓犖英姿　九三八
卓爾不群　九三八
卓有成效　九三八
拙嘴笨舌　九三八
拙於用大　九三八
擢髮難數　九三八
斲雕為樸　九三九
斲輪老手　九三九
濯濯童山　九三九
濯纓濯足　九三九
著手成春　九三九
酌盈劑虛　九三九
踔厲風發　九三九
踔絕之能　九四〇

ㄓㄨㄟ

椎髻布衣　九四〇
追本窮源　九四〇
追名逐利　九四〇
追根究柢　九四〇
追悔莫及　九四〇
追亡逐北　九四〇
錐刀之末　九四〇
錐刀之用　九四〇
錐處囊中　九四一

ㄓㄨㄟˋ

墜茵落溷　九四一
惴惴不安　九四一

ㄓㄨㄢ

專橫跋扈　九四一
專權恣肆　九四一
專心向公　九四一
專心一志　九四一
專心致志　九四二
專一不移　九四二
專欲難成　九四二

ㄓㄨㄢˇ

轉敗為功　九四二
轉敗為勝　九四二
轉盼流光　九四二
轉禍為福　九四二

轉戰千里　九四二
轉益多師　九四三
轉危爲安　九四三
轉彎抹角　九四三

ㄓㄨㄣ

諄諄告誡　九四三
諄諄教誨　九四三

ㄓㄨㄤ

莊生夢蝶　九四三
裝模作樣　九四三
裝瘋賣傻　九四四
裝點門面　九四四
裝點一新　九四四
裝聾作啞　九四四
裝潢門面　九四四
裝腔作勢　九四四
裝怯作勇　九四四
裝傻充愣　九四四
裝神弄鬼　九四五

ㄓㄨㄤˋ

壯志凌雲　九四五
壯志未酬　九四五
壯士解腕　九四五

ㄓㄨㄥ

中飽私囊　九四五
中道而廢　九四五
中天婺煥　九四五
中通外直　九四六
中立不倚　九四六
中流砥柱　九四六
中流擊楫　九四六
中冓之言　九四六
中饋猶虛　九四六
中西合璧　九四六
中心是悼　九四七
中心如醉　九四七
中心如噎　九四七
中心搖搖　九四七
中正無私　九四七
中正無邪　九四七
中外馳名　九四七
中原逐鹿　九四七
中庸之道　九四八
忠不避危　九四八
忠不可兼　九四八
忠不違君　九四八
忠告善道　九四八
忠肝義膽　九四八
忠孝不並　九四八
忠孝兩全　九四八
忠心耿耿　九四九
忠心赤膽　九四九
忠信樂易　九四九
忠貞不二　九四九
忠貞不渝　九四九
忠臣烈士　九四九
忠言逆耳　九四九
終非池中物　九四九
終天之慕　九五〇
終天之恨　九五〇
終南捷徑　九五〇
終虛所望　九五〇
終身大事　九五〇
終始如一　九五〇
終始一貫　九五〇
終身之計，莫如樹人。　九五一
終身之醜　九五一
終身之惡　九五一
終身之憂　九五一
終而復始　九五一
鍾靈毓秀　九五一
鍾鳴鼎食　九五一
鍾鳴漏盡　九五一
鍾儀奏楚　九五二

ㄓㄨㄥˇ

冢中枯骨　九五二
踵決肘見　九五二
踵事增華　九五二

ㄓㄨㄥˋ

中石沒矢　九五二
種瓜得瓜，種豆得豆。　九五二
衆叛親離　九五三
衆毛攢裘　九五三
衆目睽睽　九五三
衆目昭彰　九五三
衆怒難犯　九五三
衆寡不敵　九五三
衆寡懸殊　九五三
衆口紛紜　九五三
衆口難調　九五四
衆口囂囂　九五四
衆口鑠金　九五四
衆口一詞　九五四
衆好必察　九五四
衆擎易舉　九五四
衆星捧月　九五四
衆星拱北　九五五
衆喣漂山　九五五
衆志成城　九五五
衆矢之的　九五五
衆人拾柴火焰高。　九五五
衆所周知　九五五
衆惡必察　九五五
衆望所歸　九五五
重德不報　九五六
重利盤剝　九五六
重厚少文　九五六
重賞之下，必有勇夫。　九五六
重此抑彼　九五六
重財輕義　九五六

重而無基 九五七
重於泰山 九五七

【ㄔ部】

ㄔ
吃裏扒外 九五八
吃糠咽菜 九五八
吃苦耐勞 九五八
吃著不盡 九五八
吃穿用度 九五八
吃一塹，長一智。 九五八
吃衣著飯 九五八
嗤之以鼻 九五九
痴心妄想 九五九
痴人說夢 九五九
痴人囈語 九五九
魑魅魍魎 九五九
鴟目虎吻 九五九
ㄔˊ
持平之論 九五九
持祿養交 九六〇
持之以恒 九六〇
持之有故，言之成理。 九六〇
持盈保泰 九六〇
池中物 九六〇
池魚籠鳥 九六〇
池魚之殃 九六〇
踟躕不前 九六〇
馳馬思墜 九六一
馳名中外 九六一
馳名於世 九六一
ㄔˇ
尺布斗粟 九六一
尺步繩趨 九六一
尺幅萬里 九六一
尺短寸長 九六一
尺蠖求伸 九六一
尺澤之鯢 九六二
尺寸可取 九六二
尺寸之地 九六二
尺寸之功 九六二
齒白唇紅 九六二
齒若編貝 九六二
齒牙爲禍 九六二
齒牙餘論 九六三
齒亡舌存 九六三
ㄔˋ
叱咤風雲 九六三
赤膊上陣 九六三
赤貧之士 九六三
赤貧如洗 九六三
赤膽忠心 九六三
赤地千里 九六四
赤口毒舌 九六四
赤縣神州 九六四
赤心報國 九六四
赤心相待 九六四
赤誠相見 九六四
赤舌燒城 九六四
赤手空拳 九六五
赤身露體 九六五
赤繩繫足 九六五
赤子之心 九六五
ㄔㄚ
差堪告慰 九六五
差強人意 九六五
差之毫厘，謬以千里。 九六五
差足自喜 九六六
差與比肩 九六六
插科打諢 九六六
插脚之地 九六六
插圈弄套 九六六
插燭板床 九六六
插翅難飛 九六六
插翅難逃 九六六
ㄔㄚˊ
察能論行 九六六
察見淵魚 九六七
察察爲明 九六七
察言觀色 九六七
查無實據 九六七
茶飯無心 九六七
茶餘飯後 九六七
ㄔㄚˋ
姹紫嫣紅 九六七
ㄔㄞ
釵荆裙布 九六七
ㄔㄞˊ
柴米夫妻 九六八
柴車幅巾 九六八
豺狼當道 九六八
豺狼虎豹 九六八
豺狼成性 九六八
ㄔㄢˊ
纏綿悱惻 九六八
蟬不知雪 九六八
蟬腹龜腸 九六九
蟬衫麟帶 九六九
蟾宮折桂 九六九
讒言訕語 九六九
饞涎欲滴 九六九

ㄔㄢˇ

諂笑脅肩 九六九
諂上欺下 九六九
闡幽顯微 九六九

ㄔㄤˊ

償其大欲 九七〇
嚐鼎一臠 九七〇
常備不懈 九七〇
腸肥腦滿 九七〇
長篇大論 九七〇
長篇累牘 九七〇
長命百歲 九七〇
長命富貴 九七一
長風破浪 九七一
長短有命 九七一
長亭短亭 九七一
長年累月 九七一
長慮顧後 九七一
長歌當哭 九七一
長久之計 九七一
長江天塹 九七二
長江後浪催前浪。 九七二
長頸鳥喙 九七二
長驅直入 九七二
長袖善舞 九七二
長吁短嘆 九七二
長治久安 九七二
長齋繡佛 九七三
長枕大被 九七三
長生不老 九七三
長生久視 九七三
長繩繫日 九七三
長足進步 九七三
長足進展 九七三
長此以往 九七三
長材短用 九七三
長安道上 九七四
長安居大不易。 九七四
長夜難明 九七四
長夜之飲 九七四
惝怳迷離 九七四
敞胸露懷 九七四

ㄔㄤˋ

倡條冶葉 九七四
倡而不和 九七四
倡言惑衆 九七五
唱籌量沙 九七五
悵然若失 九七五
暢通無阻 九七五
暢所欲言 九七五

ㄔㄠ

超凡入聖 九七五
超度衆生 九七五
超今冠古 九七六
超絕塵寰 九七六
超群絕倫 九七六
超超玄箸 九七六
超塵拔俗 九七六
超然物外 九七六
超然象外 九七七
超軼絕塵 九七七

ㄔㄠˊ

嘲風咏月 九七七
巢毀卵破 九七七

ㄔㄜ

車馬輻輳 九七七
車殆馬煩 九七七
車到山前必有路。 九七八
車攻馬同 九七八
車轄鐵盡 九七八
車轍馬迹 九七八
車水馬龍 九七八
車在馬前 九七八
車載斗量 九七八

ㄔㄜˇ

扯篷拉縴 九七九

ㄔㄜˋ

徹頭徹尾 九七九
徹上徹下 九七九

ㄔㄣˊ

塵飯塗羹 九七九
塵垢粃糠 九七九
晨昏定省 九七九
晨鐘暮鼓 九八〇
沈博絕麗 九八〇
沈默不語 九八〇
沈默寡言 九八〇
沈李浮瓜 九八〇
沈機觀變 九八〇
沈潛剛克 九八〇
沈渣泛起 九八一
沈舟破釜 九八一
沈灶產蛙 九八一
沈思默慮 九八一
沈吟不決 九八一
沈魚落雁 九八一
沈鬱頓挫 九八一
沈寃莫白 九八一
臣門如市 九八二
臣心如水 九八二
陳蕃下榻 九八二
陳力就列 九八二
陳規陋習 九八二
陳陳相因 九八二
陳善閉邪 九八二
陳詞濫調 九八三

陳言務去 九八三
ㄔㄣˋ
稱體裁衣 九八三
稱家有無 九八三
稱心如意 九八三
趁風使船 九八三
趁火打刼 九八三
趁心如意 九八三
趁熱打鐵 九八三
ㄔㄥ
撐腸拄肚 九八四
瞠目結舌 九八四
瞠乎其後 九八四
稱孤道寡 九八四
稱奇道絕 九八四
稱兄道弟 九八四
稱賞不置 九八四
稱頌備至 九八五
稱王稱霸 九八五
ㄔㄥˊ
乘風破浪 九八五
乘風轉舵 九八五
乘桴浮海 九八五
乘龍佳婿 九八五
乘火打刼 九八五
乘機而入 九八六
乘堅策肥 九八六
乘其不備 九八六
乘興而來 九八六
乘虛而入 九八六
乘車戴笠 九八六
乘時乘勢 九八六
乘人之危 九八六
城北徐公 九八七
城門失火，殃及池魚。 九八七
城府甚深 九八七
城狐社鼠 九八七
城下之盟 九八七
懲忿窒欲 九八七
懲羹吹齏 九八八
懲前毖後 九八八
懲惡勸善 九八八
懲一儆百 九八八
成敗利鈍 九八八
成敗論人 九八八
成名立業 九八八
成年累月 九八八
成龍配套 九八九
成家立業 九八九
成千上萬 九八九
成群結隊 九八九
成竹在胸 九八九
成事不說 九八九
成事不足，敗事有餘。 九八九
成事在人 九九〇
成雙作對 九九〇
成人之美 九九〇
成仁取義 九九〇
成則公侯，敗則賊子。 九九〇
成也蕭何，敗也蕭何。 九九〇
承平盛世 九九〇
承蜩之巧 九九一
承天之祐 九九一
承歡膝下 九九一
承先啓後 九九一
承上啓下 九九一
程門立雪 九九一
誠惶誠恐 九九一
誠心誠意 九九二
ㄔㄥˇ
逞性妄爲 九九二
逞凶肆虐 九九二
ㄔㄥˋ
秤不離坨 九九二
秤平斗滿 九九二
秤薪而爨 九九二
ㄔㄡ
抽薪止沸 九九二
抽絲剝繭 九九三
ㄔㄡˊ
仇人相見，分外眼紅。 九九三
愁眉不展 九九三
愁眉啼妝 九九三
愁眉苦臉 九九三
愁眉鎖眼 九九三
愁腸百結 九九三
愁雲慘霧 九九四
稠人廣座 九九四
躊躇不決 九九四
躊躇不前 九九四
躊躇滿志 九九四
ㄔㄡˇ
醜態百出 九九四
醜類惡物 九九四
醜腔惡態 九九四
醜聲四溢 九九五
醜聲遠播 九九五
ㄔㄡˋ
臭不可當 九九五
臭名昭著 九九五
臭名遠揚 九九五
臭肉來蠅 九九五
臭味相投 九九五
ㄔㄨ
出沒無常 九九六

出謀劃策 九九六
出頭露面 九九六
出頭之日 九九六
出頭有日 九九六
出類拔萃 九九六
出谷遷喬 九九六
出乖露醜 九九六
出口成章 九九七
出乎意料 九九七
出將入相 九九七
出其不意 九九七
出奇制勝 九九七
出師不利 九九七
出世離群 九九七
出手得盧 九九八
出山濟世 九九八
出山泉水 九九八
出神入化 九九八
出生入死 九九八
出水芙蓉 九九八
出人頭地 九九八
出人意外 九九九
出爾反爾 九九九
出以公心 九九九
出言不遜 九九九
出言無狀 九九九
出淤泥而不染。 九九九
初發芙蓉 九九九
初度之辰 九九九
初露鋒芒 一〇〇〇
初露頭角 一〇〇〇
初寫黃庭 一〇〇〇
初出茅廬 一〇〇〇
初生牛犢不怕虎。 一〇〇〇

ㄔㄨˊ

芻蕘之議 一〇〇〇
鋤暴安良 一〇〇〇
鋤強扶弱 一〇〇一
除暴安良 一〇〇一
除害滅病 一〇〇一
除害興利 一〇〇一
除舊布新 一〇〇一
除邪懲惡 一〇〇一
除塵滌垢 一〇〇一
除殘去穢 一〇〇一
除惡務盡 一〇〇二

ㄔㄨˇ

杵臼之交 一〇〇二
楚夢雲雨 一〇〇二
楚館秦樓 一〇〇二
楚弓楚得 一〇〇二
楚囚對泣 一〇〇二
楚楚動人 一〇〇三
楚楚可憐 一〇〇三
楚材晉用 一〇〇三
楚尾吳頭 一〇〇三
楚王好細腰 一〇〇三
礎潤而雨 一〇〇三
處高臨深 一〇〇四
處心積慮 一〇〇四
處之泰然 一〇〇四

ㄔㄨˋ

怵目驚心 一〇〇四
觸目皆是 一〇〇四
觸目驚心 一〇〇四
觸目神傷 一〇〇四
觸類旁通 一〇〇五
觸機便發 一〇〇五
觸景生情 一〇〇五
觸物傷情 一〇〇五

ㄔㄨㄞˇ

揣情度理 一〇〇五

ㄔㄨㄢ

川流不息 一〇〇五
川壅必潰 一〇〇五
穿壁引光 一〇〇六
穿房過屋 一〇〇六
穿井得人 一〇〇六
穿針引線 一〇〇六
穿鑿附會 一〇〇六
穿窬之盜 一〇〇六
穿雲裂石 一〇〇七

ㄔㄨㄢˊ

傳道窮經 一〇〇七
傳經送寶 一〇〇七
傳檄而定 一〇〇七
傳神阿堵 一〇〇七
傳宗接代 一〇〇七
傳聞異辭 一〇〇七

ㄔㄨㄢˇ

喘息未定 一〇〇八
舛訛百出 一〇〇八

ㄔㄨㄢˋ

串通一氣 一〇〇八

ㄔㄨㄤ

創巨痛深 一〇〇八
創痍未瘳 一〇〇八
瘡痍滿目 一〇〇八
窗明几淨 一〇〇八

ㄔㄨㄤˊ

床頭金盡 一〇〇九
床下牛鬥 一〇〇九
床上安床 一〇〇九

ㄔㄨㄤˋ

創意造言 一〇〇九
創業垂統 一〇〇九

ㄔㄨㄟ

吹波助瀾 一〇〇九
吹毛求疵 一〇〇九
吹大法螺 一〇〇九
吹彈得破 一〇一〇
吹灰之力 一〇一〇
吹灰找縫 一〇一〇
吹氣如蘭 一〇一〇
吹簫乞食 一〇一〇
吹吹打打 一〇一〇
吹影鏤塵 一〇一〇
炊沙作飯 一〇一〇
炊金饌玉 一〇一一

ㄔㄨㄟˊ

垂暮之年 一〇一一
垂頭搨翼 一〇一一
垂頭喪氣 一〇一一
垂拱而治 一〇一一
垂涎三尺 一〇一一
垂涎欲滴 一〇一一
垂死掙扎 一〇一二
捶胸頓足 一〇一二
椎牛饗士 一〇一二
椎心泣血 一〇一二

ㄔㄨㄣ

春冰虎尾 一〇一二
春夢無痕 一〇一二
春風滿面 一〇一二
春風風人 一〇一二
春風得意 一〇一三
春風化雨 一〇一三
春風夏雨 一〇一三
春風一度 一〇一三
春暖花開 一〇一三
春蘭秋菊 一〇一三
春露秋霜 一〇一三
春光明媚 一〇一四
春困秋乏 一〇一四
春寒料峭 一〇一四
春花秋月 一〇一四
春華秋實 一〇一四
春秋筆法 一〇一四
春秋鼎盛 一〇一五
春秋責備賢者。 一〇一五
春秋無義戰 一〇一五
春山如笑 一〇一五
春樹暮雲 一〇一五
春色滿園 一〇一五
春誦夏弦 一〇一五
春意盎然 一〇一五
春蚓秋蛇 一〇一六
春雨如油 一〇一六
椿萱并茂 一〇一六
唇紅齒白 一〇一六
唇焦口燥 一〇一六
唇焦舌敝 一〇一六
唇槍舌劍 一〇一六
唇齒相依 一〇一六
唇齒之戲 一〇一七
唇亡齒寒 一〇一七
蒓羹鱸膾 一〇一七
醇酒婦人 一〇一七
鶉居鷇食 一〇一七
鶉衣百結 一〇一八

ㄔㄨㄣˇ

蠢蠢欲動 一〇一八

ㄔㄨㄛˋ

啜菽飲水 一〇一八
惙怛傷悴 一〇一八
綽綽有餘 一〇一八
綽有餘力 一〇一八
綽約多姿 一〇一八

ㄔㄨㄥ

充類至盡 一〇一九
充閭之慶 一〇一九
充箱盈架 一〇一九
充耳不聞 一〇一九
衝鋒陷陣 一〇一九
沖口而出 一〇一九

ㄔㄨㄥˊ

崇論閎議 一〇一九
崇山峻嶺 一〇一九
崇洋媚外 一〇二〇
蟲臂鼠肝 一〇二〇
蟲沙猿鶴 一〇二〇
蟲魚之學 一〇二〇
重門擊柝 一〇二〇
重蹈覆轍 一〇二〇
重彈老調 一〇二〇
重巒疊嶂 一〇二〇
重規疊矩 一〇二〇
重見天日 一〇二一
重金兼紫 一〇二一
重熙累洽 一〇二一
重新做人 一〇二一
重整旗鼓 一〇二一
重生父母 一〇二一
重足而立，側目而視。 一〇二一
重作馮婦 一〇二二
重溫舊夢 一〇二二

ㄔㄨㄥˇ

寵辱不驚 一〇二二
寵辱皆忘 一〇二二
寵辱若驚 一〇二二

【ㄕ部】

ㄕ

失敗爲成功之母。　一〇二三
失道寡助　一〇二三
失魂落魄　一〇二三
失驚打怪　一〇二三
失之東隅，收之桑榆。　一〇二三
失之毫厘，謬以千里。　一〇二三
失之交臂　一〇二三
失之穿鑿　一〇二四
尸橫遍野　一〇二四
尸居龍見　一〇二四
尸居餘氣　一〇二四
尸位素餐　一〇二四
師道尊嚴　一〇二四
師心自用　一〇二四
師直爲壯　一〇二五
師出有名　一〇二五
師出無名　一〇二五
獅威勝虎　一〇二五
虱處褌中　一〇二五
詩禮之家　一〇二五
詩情畫意　一〇二六
詩中有畫　一〇二六

ㄕˊ

什襲而藏　一〇二六
什伍東西　一〇二六
十病九痛　一〇二六
十步芳草　一〇二六
十步九回頭　一〇二七
十面埋伏　一〇二七
十目所視，十手所指。　一〇二七
十風五雨　一〇二七
十拿九穩　一〇二七
十年寒窗　一〇二七
十年生聚，十年教訓。　一〇二七
十年樹木，百年樹人。　一〇二八
十行俱下　一〇二八
十全十美　一〇二八
十指連心　一〇二八
十室九空　一〇二八
十室之邑，必有忠信。　一〇二八
十日之飲　一〇二八
十惡不赦　一〇二八
十羊九牧　一〇二九
十萬火急　一〇二九
實逼處此　一〇二九
實心實意　一〇二九
實至名歸　一〇二九
事實求是　一〇二九
實與華違　一〇三〇
實與有力　一〇三〇
拾金不昧　一〇三〇
拾人涕唾　一〇三〇
拾人牙慧　一〇三〇
拾遺補闕　一〇三〇
時不可失　一〇三一
時不再來　一〇三一
時不我與　一〇三一
時來運轉　一〇三一
時和歲豐　一〇三一
時過境遷　一〇三一
時乖運蹇　一〇三一
時絀舉贏　一〇三二
時殊風異　一〇三二
時移俗易　一〇三二
時隱時現　一〇三二
時移物換　一〇三二
石破天驚　一〇三二
石火電光　一〇三三
石沈大海　一〇三三
石室金匱　一〇三三
食不甘味　一〇三三
食不果腹　一〇三三
食不下咽　一〇三三
食不重味　一〇三三
食不厭精，膾不厭細。　一〇三三
食毛踐土　一〇三四
食古不化　一〇三四
食前方丈　一〇三四
食之無味，棄之可惜。　一〇三四
食指繁多　一〇三四
食少事繁　一〇三四
食日萬錢　一〇三五
食肉寢皮　一〇三五
食租衣稅　一〇三五
食而不化　一〇三五
食而不知其味。　一〇三五
食言而肥　一〇三五
食無求飽，居無求安。　一〇三六
食玉炊桂　一〇三六

ㄕˇ

使臂使指　一〇三六
使貪使愚　一〇三六
使功不如使過。　一〇三六
使酒仗氣　一〇三七
使智使勇　一〇三七
使羊將狼　一〇三七
使蚊負山　一〇三七
始亂終棄　一〇三七
始終不懈　一〇三七
始終不渝　一〇三七
始終如一　一〇三七

始作俑者 一〇三八
史不絕言 一〇三八
史無前例 一〇三八
史魚秉直 一〇三八
史魚歷節 一〇三八
豕突狼奔 一〇三八
豕交獸畜 一〇三八

ㄕˋ

世風不古 一〇三九
世風日下 一〇三九
世代相傳 一〇三九
世代簪纓 一〇三九
世態炎涼 一〇三九
世界大同 一〇三九
世上無難事，只怕有心人。 一〇三九
世殊事異 一〇四〇
世外桃源 一〇四〇
事倍功半 一〇四〇
事半功倍 一〇四〇
事必躬親 一〇四〇
事不過三 一〇四〇
事不關己，高高掛起。 一〇四〇
事不宜遲 一〇四一
事怕行家 一〇四一
事後聰明 一〇四一
事過境遷 一〇四一
事齊事楚 一〇四一
事修謗興 一〇四一
事出有因 一〇四一
事實勝於雄辯。 一〇四二
事在人爲 一〇四二
事有必至，理有固然。 一〇四二
事無不可對人言。 一〇四二
事無巨細 一〇四二
事與願違 一〇四二
勢不兩立 一〇四二
勢不可當 一〇四二
勢利之交 一〇四三
勢合形離 一〇四三
勢均力敵 一〇四三
勢成騎虎 一〇四三
勢如破竹 一〇四三
勢如累卵 一〇四三
勢如彍弩 一〇四三
勢在必行 一〇四三
勢焰薰天 一〇四四
嗜痂成癖 一〇四四
嗜殺成性 一〇四四
噬臍莫及 一〇四四
士窮見節 一〇四四
士爲知己者死。 一〇四四
室怒市色 一〇四四
室如懸罄 一〇四五
室邇人遠 一〇四五
市井之民 一〇四五
市井之徒 一〇四五
市井庸愚 一〇四五
式好之情 一〇四五
拭面容言 一〇四五
拭目以待 一〇四六
恃功務高 一〇四六
恃強凌弱 一〇四六
恃強倚寵 一〇四六
恃才不學 一〇四六
恃才放曠 一〇四六
恃才傲物 一〇四七
恃直不戒 一〇四七
是非顛倒 一〇四七
是非曲直 一〇四七
是古非今 一〇四七
是可忍，孰不可忍。 一〇四七
是是非非 一〇四七
舐皮論骨 一〇四七
舐犢情深 一〇四八
舐糠及米 一〇四八
舐癰吮痔 一〇四八
視白成黑 一〇四八
視茫髮蒼 一〇四八
視民如傷 一〇四八
視丹如綠 一〇四八
視同路人 一〇四八
視同兒戲 一〇四九
視人猶芥 一〇四九
視如敝屣 一〇四九
視如土芥 一〇四九
視如寇仇 一〇四九
視若無睹 一〇四九
視死如歸 一〇四九
視而不見 一〇五〇
視爲畏途 一〇五〇
識時務者爲俊傑。 一〇五〇
識途老馬 一〇五〇
誓不兩立 一〇五〇
誓不甘休 一〇五〇
誓死不二 一〇五〇
適逢其會 一〇五〇
適得其反 一〇五一
適可而止 一〇五一
釋回增美 一〇五一
飾非拒諫 一〇五一
飾非掩醜 一〇五一

ㄕㄚ

殺伐決斷 一〇五一
殺敵致果 一〇五一
殺雞取卵 一〇五一
殺雞嚇猴 一〇五二
殺雞焉用牛刀。 一〇五二
殺家紓難 一〇五二

殺妻求將 一〇五二
殺氣騰騰 一〇五二
殺身成仁 一〇五二
殺人不見血 一〇五二
殺人不用刀 一〇五三
殺人須見血 一〇五三
殺人如麻 一〇五三
殺人越貨 一〇五三
殺一儆百 一〇五三
鎩羽而歸 一〇五三

ㄕㄚˋ

煞有介事 一〇五三
煞費苦心 一〇五三
歃血爲盟 一〇五四

ㄕㄜˊ

舌敝唇焦 一〇五四
舌敝耳聾 一〇五四
舌撟不下 一〇五四
舌劍唇槍 一〇五四
蛇蝎心腸 一〇五四
蛇行斗折 一〇五四
蛇影杯弓 一〇五四
蛇欲吞象 一〇五五

ㄕㄜˇ

捨本逐末 一〇五五
捨命陪君子 一〇五五
捨短取長 一〇五五
捨己救人 一〇五五
捨己從人 一〇五五
捨己爲人 一〇五五
捨近求遠 一〇五六
捨車保帥 一〇五六
捨邪歸正 一〇五六
捨身求法 一〇五六
捨生取義 一〇五六
捨死忘生 一〇五六
捨我其誰 一〇五六
捨文求質 一〇五七

ㄕㄜˋ

射石飲羽 一〇五七
涉筆成趣 一〇五七
社鼠城狐 一〇五七
設弧之辰 一〇五七
設身處地 一〇五七
設帨良辰 一〇五七
赦不妄下 一〇五七
赦事誅意 一〇五七

ㄕㄠ

稍遜一籌 一〇五八
稍勝一籌 一〇五八
稍縱即逝 一〇五八
少安毋躁 一〇五八

ㄕㄠˇ

少頭無尾 一〇五八
少見多怪 一〇五八
少氣無力 一〇五八
少私寡欲 一〇五九
少而精 一〇五九

ㄕㄠˋ

少不更事 一〇五九
少年老成 一〇五九
少小無猜 一〇五九
少壯不努力，老大徒傷悲。 一〇五九
少成若性 一〇五九

ㄕㄢ

刪繁就簡 一〇六〇
姍姍來遲 一〇六〇
山奔海立 一〇六〇
山崩地裂 一〇六〇
山盟海誓 一〇六〇
山明水秀 一〇六〇
山木自寇 一〇六〇
山頹木壞 一〇六一
山南海北 一〇六一
山高路險 一〇六一
山高水低 一〇六一
山高水長 一〇六一
山光水色 一〇六一
山河破碎 一〇六一
山呼海嘯 一〇六二
山輝川媚 一〇六二
山雞舞鏡 一〇六二
山棲谷飲 一〇六二
山窮水盡 一〇六二
山珍海錯 一〇六二
山中宰相 一〇六二
山重水複 一〇六三
山陬海澨 一〇六三
山搖地動 一〇六三
山肴野蔌 一〇六三
山陰道上，應接不暇。 一〇六三
山雨欲來風滿樓。 一〇六三
潸然淚下 一〇六三
珊瑚在網 一〇六三
芟夷大難 一〇六四

ㄕㄢˇ

閃爍其辭 一〇六四

ㄕㄢˋ

善罷甘休 一〇六四
善刀而藏 一〇六四
善男信女 一〇六四
善賈而沽 一〇六四
善騎者墮 一〇六四
善氣迎人 一〇六五
善財難捨 一〇六五
善始善終 一〇六五

善善從長 一〇六五
善善惡惡 一〇六五
善自為謀 一〇六五
善有善報 一〇六五
善為說辭 一〇六六
善與人交 一〇六六
掞藻飛聲 一〇六六
擅自為謀 一〇六六
擅作威福 一〇六六

ㄕㄣ

伸頭探腦 一〇六六
參橫斗轉 一〇六六
參辰卯酉 一〇六六
參商之虞 一〇六六
深閉固拒 一〇六七
深不可測 一〇六七
深謀遠慮 一〇六七
深明大義 一〇六七
深厲淺揭 一〇六七
深慮遠議 一〇六七
深溝高壘 一〇六七
深根固底。 一〇六八
深耕易耨 一〇六八
深居簡出 一〇六八
深更半夜 一〇六八
深情厚誼 一〇六八
深入不毛 一〇六八
深入淺出 一〇六八
深入人心 一〇六八
深藏若虛 一〇六九
深思熟慮 一〇六九
深思遠慮 一〇六九
深惡痛絕 一〇六九
深文周納 一〇六九
身敗名裂 一〇六九
身不由己 一〇七〇
身名俱泰 一〇七〇
身體力行 一〇七〇
身臨其境 一〇七〇
身懷六甲 一〇七〇
身價百倍 一〇七〇
身教重於言教。 一〇七〇
身經百戰 一〇七〇
身輕言微 一〇七一
身先士卒 一〇七一
身心交瘁 一〇七一
身首異處 一〇七一
身在江湖，心懸魏闕。 一〇七一
身在曹營心在漢。 一〇七一
身無長物 一〇七一
身外之物 一〇七二
身微命賤 一〇七二
身亡命殞 一〇七二

ㄕㄣˊ

神不知鬼不覺。 一〇七二
神不守舍 一〇七二
神佛不佑 一〇七二
神道設教 一〇七二
神通廣大 一〇七三
神龍見首不見尾。 一〇七三
神鬼莫測 一〇七三
神工鬼斧 一〇七三
神嚎鬼哭 一〇七三
神乎其神 一〇七三
神魂顛倒 一〇七三
神魂失據 一〇七三
神機妙算 一〇七四
神氣活現 一〇七四
神清氣爽 一〇七四
神州陸沈 一〇七四
神差鬼使 一〇七四
神出鬼沒 一〇七四
神施鬼設 一〇七四
神采煥發 一〇七四
神采奕奕 一〇七五
神思恍惚 一〇七五
神色不驚 一〇七五
神色自若 一〇七五
神搖意奪 一〇七五
神完守固 一〇七五

ㄕㄣˇ

審己度人 一〇七六
審時度勢 一〇七六

ㄕㄣˋ

慎終追遠 一〇七六
慎終如始 一〇七六
慎於接物 一〇七六
甚囂塵上 一〇七六
蜃樓海市 一〇七六

ㄕㄤ

傷風敗俗 一〇七六
傷天害理 一〇七七
傷弓之鳥 一〇七七
傷化虐民 一〇七七
傷筋動骨 一〇七七
傷心慘目 一〇七七
傷春悲秋 一〇七七

ㄕㄤˇ

賞不當功 一〇七八
賞不逾時 一〇七八
賞罰分明 一〇七八
賞心樂事 一〇七八
賞心悅目 一〇七八
賞善罰淫 一〇七八

ㄕㄤˋ

上不著天，下不著地。 一〇七八
上天入地 一〇七八

上天無路，入地無門。 一〇七九
上樓去梯 一〇七九
上漏下濕 一〇七九
上樑不正下樑歪。 一〇七九
上和下睦 一〇七九
上交不諂 一〇七九
上勤下順 一〇八〇
上下交征 一〇八〇
上下其手 一〇八〇
上下有節 一〇八〇
上行下效 一〇八〇
上智下愚 一〇八〇
上烝下報 一〇八一
上諂下瀆 一〇八一
上樹拔梯 一〇八一
上醫醫國 一〇八一
上有所好，下必甚焉。 一〇八一
上無片瓦，下無立錐之地。 一〇八一
上聞下達 一〇八二
尚德緩刑 一〇八二
勝任愉快 一〇八二
升堂拜母 一〇八二
升堂入室 一〇八二
升高能賦 一〇八二
生搬硬套 一〇八二
生不逢辰 一〇八二
生命攸關 一〇八三
生佛萬家 一〇八三
生棟覆屋 一〇八三
生吞活剝 一〇八三
生拉硬拽 一〇八三
生老病死 一〇八三
生離死別 一〇八三
生靈塗炭 一〇八四
生龍活虎 一〇八四
生公說法 一〇八四
生花妙筆 一〇八四
生寄死歸 一〇八四
生聚教訓 一〇八四
生氣勃勃 一〇八四
生張熟李 一〇八四
生衆食寡 一〇八五
生齒日繁 一〇八五
生世不諧 一〇八五
生事微渺 一〇八五
生殺予奪 一〇八五
生生不已 一〇八五
生榮死哀 一〇八六
生則同衾，死則同穴。 一〇八六
生財有道 一〇八六
生死肉骨 一〇八六
生死存亡 一〇八六
生於憂患，死於安樂。 一〇八六
生而知之 一〇八六
笙磬同音 一〇八七
聲名狼藉 一〇八七
聲東擊西 一〇八七
聲價十倍 一〇八七
聲氣相求 一〇八七
聲銷迹滅 一〇八七
聲振林木 一〇八七
聲振寰宇 一〇八七
聲勢浩大 一〇八七
聲勢顯赫 一〇八八
聲勢洶洶 一〇八八
聲生勢長 一〇八八
聲罪致討 一〇八八
聲嘶力竭 一〇八八
聲色貨利 一〇八八
聲色俱厲 一〇八八
聲色犬馬 一〇八八
聲音笑貌 一〇八九
聲應氣求 一〇八九
聲威大震 一〇八九
聲聞過情 一〇八九
聲譽鵲起 一〇八九

ㄕㄥˊ

繩鋸木斷 一〇八九
繩其祖武 一〇八九
繩愆糾謬 一〇八九
繩趨尺步 一〇九〇
繩之以法 一〇九〇
繩床瓦灶 一〇九〇

ㄕㄥˇ

省吃儉用 一〇九〇

ㄕㄥˋ

剩水殘山 一〇九〇
勝敗乃兵家之常。 一〇九〇
勝不驕，敗不餒。 一〇九〇
勝殘去殺 一〇九一
勝讀十年書 一〇九一
勝友如雲 一〇九一
盛名之下，其實難副。 一〇九一
盛極一時 一〇九一
盛氣凌人 一〇九一
盛情難却 一〇九一
盛食厲兵 一〇九二
盛衰榮辱 一〇九二
盛筵難再 一〇九二
聖經賢傳 一〇九二
聖人忘情 一〇九二

ㄕㄡ

收回成命 一〇九二
收視反聽 一〇九二

ㄕㄡˇ

守分安命 一〇九二
守口如瓶 一〇九三
守經達權 一〇九三
守經據古 一〇九三
守正不撓 一〇九三
守株待兔 一〇九三
守常不變 一〇九三
守身如玉 一〇九三
守如處女 一〇九四
守望相助 一〇九四
手不停揮 一〇九四
手不釋卷 一〇九四
手胼足胝 一〇九四
手忙腳亂 一〇九四
手到病除 一〇九五
手到擒來 一〇九五
手快腳輕 一〇九五
手揮目送 一〇九五
手急眼快 一〇九五
手下留情 一〇九五
手足之情 一〇九五
手澤之遺 一〇九五
手足重繭 一〇九六
手足無措 一〇九六
手眼通天 一〇九六
手無縛雞之力。 一〇九六
手無寸鐵 一〇九六
手舞足蹈 一〇九六
首當其衝 一〇九七
首丘之情 一〇九七
首屈一指 一〇九七
首善之區 一〇九七
首鼠兩端 一〇九七
首尾相應 一〇九七

ㄕㄡˋ

受天之祐 一〇九七
受寵若驚 一〇九七
壽比南山 一〇九八
壽陵失步 一〇九八
壽享期頤 一〇九八
壽終正寢 一〇九八
壽元無量 一〇九八
授受不親 一〇九八
獸聚鳥散 一〇九八
瘦骨伶仃 一〇九九
瘦骨嶙峋 一〇九九

ㄕㄨ

書不盡言，言不盡意。 一〇九九
書不舛錯 一〇九九
書香門第 一〇九九
書聲琅琅 一〇九九
書生氣十足 一〇九九
殊途同歸 一〇九九
殊禮異務 一一〇〇
殊功異德 一一〇〇
殊深軫念 一一〇〇
疏不間親 一一〇〇
疏謀少略 一一〇〇
疏密有致 一一〇〇
疏親慢友 一一〇〇
疏財仗義 一一〇一
疏而不漏 一一〇一
舒頭探腦 一一〇一
舒憂娛悲 一一〇一
輸攻墨守 一一〇一
輸財助邊 一一〇一

ㄕㄨˊ

淑質貞亮 一一〇一
熟能生巧 一一〇二
熟視無睹 一一〇二
菽水承歡 一一〇二

ㄕㄨˇ

數不勝數 一一〇二
數米量柴 一一〇二
數米而炊 一一〇二
數典忘祖 一一〇三
數黑論黃 一一〇三
數九寒天 一一〇三
數一數二 一一〇三
數往知來 一一〇三
暑去寒來 一一〇三
暑雨祁寒 一一〇四
蜀錦吳綾 一一〇四
蜀犬吠日 一一〇四
黍離麥秀 一一〇四
鼠目寸光 一一〇四
鼠肚雞腸 一一〇四
鼠肝蟲臂 一一〇四
鼠竊狗盜 一一〇四
鼠雀之輩 一一〇五
鼠牙雀角 一一〇五

ㄕㄨˋ

曙後星孤 一一〇五
束帛加璧 一一〇五
束馬懸車 一一〇五
束帶矜莊 一一〇五
束手待斃 一一〇五
束手就擒 一一〇六
束手束腳 一一〇六
束手無策 一一〇六
束身自修 一一〇六
束身自重 一一〇六
束之高閣 一一〇六
束縕請火 一一〇六
樹碑立傳 一一〇七
樹大招風 一一〇七
樹德務滋 一一〇七
樹倒猢猻散 一一〇七
樹之風聲 一一〇七
樹欲靜而風不止。 一一〇七

漱石枕流　一二〇八
豎起脊樑　一二〇八
豎子不足與謀。　一二〇八
豎子成名　一二〇八
述而不作　一二〇八
鉥肝劌腎　一二〇八

ㄕㄨㄛ

說地談天　一二〇九
說東道西　一二〇九
說黃道黑　一二〇九
說謊調皮　一二〇九
說親道熱　一二〇九
說長道短　一二〇九
說時遲，那時快。　一二〇九
說嘴打嘴　一二〇九
說曹操，曹操到。　一二一〇
說三道四　一二一〇
說一不二　一二一〇
說一是一，說二是二。　一二一〇

ㄕㄨㄛˋ

數見不鮮　一二一〇
碩大無朋　一二一〇
碩果累累　一二一〇
碩果僅存　一二一〇
碩學通儒　一二一一
碩彥名儒　一二一一
鑠石流金　一二一一

ㄕㄨㄞ

摔喪駕靈　一二一一

ㄕㄨㄞˋ

率馬以驥　一二一一
率獸食人　一二一一
率爾操觚　一二一一
率由舊章　一二一二

ㄕㄨㄟˇ

水波不興　一二一二
水磨工夫　一二一二
水米無交　一二一二
水木清華　一二一二
水到渠成　一二一二
水滴石穿　一二一二
水天一色　一二一三
水土不服　一二一三
水來土掩，兵來將迎。　一二一三
水陸畢陳　一二一三
水落石出　一二一三
水火兵蟲　一二一三
火水不相容　一二一三
水火之中　一二一三
水火無交　一二一四
水火無情　一二一四
水晶燈籠　一二一四
水清石見　一二一四
水清無魚　一二一四
水秀山明　一二一四
水洩不通　一二一四
水性楊花　一二一五
水漲船高　一二一五
水中撈月　一二一五
水深火熱　一二一五
水乳交融　一二一五
水色山光　一二一五
水月鏡花　一二一五
水遠山高　一二一五

ㄕㄨㄟˋ

睡眼惺忪　一二一五

ㄕㄨㄣˇ

吮癰舐痔　一二一六

ㄕㄨㄣˋ

瞬息即逝　一二一六
瞬息萬變　一二一六
舜年堯日　一二一六
順風轉舵　一二一六
順風吹火　一二一六
順風而呼　一二一六
順藤摸瓜　一二一六
順天應人　一二一六
順理成章　一二一七
順之者昌，逆之者亡。　一二一七
順手牽羊　一二一七
順水推舟　一二一七
順水人情　一二一七

ㄕㄨㄤ

雙瞳剪水　一二一七
雙柑斗酒　一二一八
雙管齊下　一二一八
雙宿雙飛　一二一八
孀妻弱子　一二一八
霜露之病　一二一八

ㄕㄨㄤˇ

爽然若失　一二一八

【日部】

ㄖˋ

日薄西山　一二一九
日薄崦嵫　一二一九
日不暇給　一二一九
日暮途窮　一二一九
日東月西　一二一九
日理萬機　一二一九
日落西山　一二二〇
日積月累　一二二〇

日計不足，歲計有餘。　一一二〇
日久天長　一一二〇
日久見人心　一一二〇
日就月將　一一二〇
日近長安遠　一一二〇
日進有功　一一二一
日居月諸　一一二一
日清月結　一一二一
日下無雙　一一二一
日削月割　一一二一
日削月朘　一一二一
日新月異　一一二一
日省月試　一一二一
日中必彗　一一二二
日中則昃　一一二二
日中爲市　一一二二
日出而作　一一二二
日食萬錢　一一二二
日上三竿　一一二三
日升月恒　一一二三
日坐愁城　一一二三
日無暇晷　一一二三
日月麗天　一一二三
日月合璧　一一二三
日月交食　一一二三
日月經天，江河行地。　一一二三
日月重光　一一二三
日月參辰　一一二三
日月如梭　一一二四
日月入懷　一一二四

ㄖㄜˇ

惹花拈草　一一二四
惹火燒身　一一二四
惹是生非　一一二四
惹人注目　一一二四

ㄖㄜˋ

熱淚盈眶　一一二五
熱氣騰騰　一一二五
熱腸冷面　一一二五

ㄖㄠˊ

饒有興味　一一二五

ㄖㄡˊ

柔能克剛　一一二五
柔心柔骨　一一二五
柔腸寸斷　一一二五
柔茹剛吐　一一二五

ㄖㄡˋ

肉袒面縛　一一二五
肉袒負荊　一一二六
肉食者鄙　一一二六
肉眼凡胎　一一二六

ㄖㄢˊ

然荻讀書　一一二六
燃眉之急　一一二六

ㄖㄢˇ

染蒼染黃　一一二六
染絲之嘆　一一二七

ㄖㄣˊ

人百其身　一一二七
人不聊生　一一二七
人不可貌相　一一二七
人不知，鬼不覺。　一一二七
人怕出名豬怕壯。　一一二七
人莫予毒　一一二七
人謀不臧　一一二八
人面桃花　一一二八
人面獸心　一一二八
人命關天　一一二八
人命危淺　一一二八
人模人樣　一一二八
人非木石　一一二八
人非聖賢，孰能無過。　一一二九
人浮於事　一一二九
人地生疏　一一二九
人定勝天　一一二九
人多口雜　一一二九
人多智廣　一一二九
人多勢衆　一一二九
人多手雜　一一二九
人頭畜鳴　一一二九
人同此心，心同此理。　一一三〇
人來人往　一一三〇
人老珠黃　一一三〇
人離鄉賤　一一三〇
人困馬乏　一一三〇
人喊馬嘶　一一三〇
人給家足　一一三〇
人傑地靈　一一三〇
人間地獄　一一三一
人盡其才　一一三一
人棄我取　一一三一
人琴俱亡　一一三一
人情冷暖　一一三一
人情世故　一一三一
人去樓空　一一三一
人心不古　一一三二
人心惶惶　一一三二
人心向背　一一三二
人心洶洶　一一三二
人心如面　一一三二
人心所向　一一三二
人心惟危　一一三二
人之將死，其言也善。　一一三三

人之常情 一一三三
人中麒麟 一一三三
人中之龍 一一三三
人衆勝天 一一三三
人事代謝 一一三三
人壽年豐 一一三三
人山人海 一一三三
人神共憤 一一三四
人聲鼎沸 一一三四
人生七十古來稀。 一一三四
人生如寄 一一三四
人生如朝露 一一三四
人人自危 一一三四
人自爲戰 一一三四
人才輩出 一一三五
人才薈萃 一一三五
人才濟濟 一一三五
人財兩空 一一三五
人死留名 一一三五
人而無信，不知其可。 一一三五
人一己百 一一三五
人言可畏 一一三六
人仰馬翻 一一三六
人無遠慮，必有近憂。 一一三六
人微言輕 一一三六
人爲刀俎，我爲魚肉。 一一三六
人欲橫流 一一三六
人云亦云 一一三六
仁民愛物 一一三七
仁漿義粟 一一三七
仁心仁術 一一三七
仁至義盡 一一三七
仁者必壽 一一三七
仁者見仁，智者見智。 一一三七
仁人君子 一一三七
仁人志士 一一三八
仁義道德 一一三八

ㄖㄣˇ

忍俊不禁 一一三八
忍氣吞聲 一一三八
忍辱負重 一一三八
忍辱偷生 一一三八
忍辱含垢 一一三九
忍尤含垢 一一三九
忍尤攘垢 一一三九
忍無可忍 一一三九
荏弱無能 一一三九

ㄖㄣˋ

任達不拘 一一三九
任勞任怨 一一三九
任其自然 一一三九
任情恣性 一一四〇
任重道遠 一一四〇
任重才輕 一一四〇
任人宰割 一一四〇
任人唯賢 一一四〇
認敵爲友 一一四〇
認賊作父 一一四〇

ㄖㄤˊ

穰穰滿家 一一四一
攘往熙來 一一四一

ㄖㄤˋ

讓禮一寸，得禮一尺。 一一四一
讓高山低頭，叫河水讓路。 一一四一
讓棗推梨 一一四一

ㄖㄨˊ

如臂使指 一一四一
如不勝衣 一一四一
如芒在背 一一四二
如夢初醒 一一四二
如法炮製 一一四二
如登春台 一一四二
如墮五里霧中。 一一四二
如湯沃雪 一一四二
如鳥獸散 一一四二
如牛負重 一一四三
如雷貫耳 一一四三
如狼牧羊 一一四三
如狼似虎 一一四三
如臨大敵 一一四三
如臨其境 一一四三
如臨深淵，如履薄冰。 一一四三
如履平地 一一四三
如鯁在喉 一一四四
如開茅塞 一一四四
如虎添翼 一一四四
如花似錦 一一四四
如花似玉 一一四四
如火如荼 一一四四
如火燎原 一一四四
如獲至寶 一一四五
如簧之舌 一一四五
如飢似渴 一一四五
如膠似漆 一一四五
如箭離弦 一一四五
如箭在弦 一一四五
如泣如訴 一一四五
如切如磋 一一四五
如丘而止 一一四六
如塤如篪 一一四六
如錐畫沙 一一四六
如出一口 一一四六
如出一轍 一一四六
如椽之筆 一一四六
如拾地芥 一一四六

如釋重負 一一四七
如數家珍 一一四七
如水投石 一一四七
如日方升 一一四七
如日中天 一一四七
如人飲水，冷暖自知。 一一四七
如入寶山空手回。 一一四七
如入無人之境。 一一四七
如左右手 一一四八
如坐針氈 一一四八
如坐春風 一一四八
如坐雲霧 一一四八
如醉方醒 一一四八
如醉如痴 一一四八
如操左券 一一四九
如喪考妣 一一四九
如蟻附膻 一一四九
如意郎君 一一四九
如意算盤 一一四九
如飲醍醐 一一四九
如蠅逐臭 一一四九
如影隨形 一一五〇
如聞其聲，如見其人。 一一五〇
如魚得水 一一五〇
如願以償 一一五〇
如運諸掌 一一五〇
孺子可教 一一五〇
茹毛飲血 一一五一
茹苦含辛 一一五一
茹柔吐剛 一一五一

ㄖㄨˇ

乳臭未乾 一一五一

ㄖㄨˋ

入不敷出 一一五一
入幕之賓 一一五一
入木三分 一一五一
入地無門 一一五二
入國問俗 一一五二
入主出奴 一一五二
入世不深 一一五二
入室升堂 一一五二
入室操戈 一一五三
入水問漁 一一五二
入吾彀中 一一五三

ㄖㄨㄛˋ

弱不禁風 一一五三
弱不勝衣 一一五三
弱肉強食 一一五三
弱如扶病 一一五三
若即若離 一一五四
若敖鬼餒 一一五四
若要人不知，除非己莫為。 一一五四
若有所失 一一五四
若無其事 一一五四

ㄖㄨㄟˋ

瑞雪兆豐年 一一五四
銳不可當 一一五四

ㄖㄨㄢˇ

軟硬兼施 一一五五
軟玉溫香 一一五五
阮囊羞澀 一一五五

ㄖㄨㄥˊ

容頭過身 一一五五
容光煥發 一一五五
戎馬倥傯 一一五五
戎馬生涯 一一五五
榮華富貴 一一五六
榮宗耀祖 一一五六
融會貫通 一一五六
冗詞贅句 一一五六

【ㄗ部】

ㄗ

孜孜不倦 一一五七
孳孳不息 一一五七
趑趄不前 一一五七
錙銖必較 一一五七
齜牙咧嘴 一一五七

ㄗˇ

子虛烏有 一一五七
子曰詩云 一一五八
紫氣東來 一一五八

ㄗˋ

字裏行間 一一五八
字斟句酌 一一五八
字正腔圓 一一五八
字若塗鴉 一一五八
字字珠璣 一一五八
恣行無忌 一一五九
恣睢自用 一一五九
恣意妄為 一一五九
自拔來歸 一一五九
自暴自棄 一一五九
自比於金 一一五九
自賣自誇 一一五九
自鳴得意 一一五九
自命不凡 一一六〇
自得其樂 一一六〇
自投羅網 一一六〇
自力更生 一一六〇
自立門戶 一一六〇
自高自大 一一六〇
自告奮勇 一一六〇
自給自足 一一六〇

自甘墮落　一一六一
自顧不暇　一一六一
自鄶以下　一一六一
自愧不如　一一六一
自驚自怪　一一六一
自掘墳墓　一一六一
自覺自願　一一六一
自欺欺人　一一六一
自求多福　一一六二
自輕自賤　一一六二
自強不息　一一六二
自暇自逸　一一六二
自取滅亡　一一六二
自信不疑　一一六二
自相矛盾　一一六二
自相驚擾　一一六二
自相殘殺　一一六三
自相魚肉　一一六三
自行其是　一一六三
自知之明　一一六三
自僝自僽　一一六三
自成一家　一一六三
自出機杼　一一六三
自出心裁　一一六三
自吹自擂　一一六三
自食其力　一一六四
自食其果　一一六四
自食其言　一一六四
自始自終　一一六四
自生自滅　一一六四
自然而然　一一六四
自作多情　一一六四
自作孽　一一六四
自作解人　一一六四
自作自受　一一六四
自作聰明　一一六五
自慚形穢　一一六五
自私自利　一一六五
自貽伊戚　一一六五
自以為非　一一六五
自以為得計　一一六五
自以為是　一一六五
自崖而反　一一六六
自業自得　一一六六
自由浮濫　一一六六
自由放任　一一六六
自由自在　一一六六
自由散漫　一一六六
自有公論　一一六六
自言自語　一一六六
自我標榜　一一六六
自我陶醉　一一六七
自我解嘲　一一六七
自我作故　一一六七
自我安慰　一一六七
自圓其說　一一六七
自怨自艾　一一六七
自用則小　一一六七

ㄗㄚˊ

砸鍋賣鐵　一一六八
雜亂無章　一一六八
雜七雜八　一一六八
雜學旁收　一一六八
雜然相許　一一六八
雜採眾說　一一六八

ㄗㄜˊ

嘖嘖稱羨　一一六八
嘖嘖稱善　一一六八
嘖有煩言　一一六八
擇肥而噬　一一六九
擇鄰而居　一一六九
擇善固執　一一六九
擇善而從　一一六九
擇優錄取　一一六九
擇焉不精　一一六九
澤及枯骨　一一六九
責備賢者　一一六九
責己以周，待人以約。　一一七〇
責先利後　一一七〇
責重山岳　一一七〇
責人以詳，待己以廉。　一一七〇
責有攸歸　一一七〇
責無旁貸　一一七〇

ㄗㄞˋ

再接再厲　一一七〇
再實之木，其根必傷。　一一七一
再生父母　一一七一
再衰三竭　一一七一
再造之恩　一一七一
再作馮婦　一一七一
再三再四　一一七一
在天之靈　一一七一
在谷滿谷，在坑滿坑。　一一七二
在官言官　一一七二
在劫難逃　一一七二
在所不惜　一一七二
在所不辭　一一七二
在所難免　一一七二
在所自處　一一七二
載歌載舞　一一七三
載酒問字　一一七三
載笑載言　一一七三
載舟覆舟　一一七三

ㄗㄟˊ

賊頭賊腦　一一七三
賊喊捉賊　一一七三
賊去關門　一一七三
賊人膽虛　一一七三

ㄗㄠ

遭家不造　一一七四

ㄗㄠˊ
鑿壁偷光 一一七四
鑿龜數策 一一七四
鑿鑿有據 一一七四
ㄗㄠˇ
早韭晚菘 一一七四
早知今日，悔不當初。 一一七四
早出晚歸 一一七五
澡身浴德 一一七五
ㄗㄠˋ
皂白不分 一一七五
皂白須分 一一七五
造化小兒 一一七五
造謠惑衆 一一七五
造謠中傷 一一七五
造言生事 一一七五
ㄗㄡˇ
走筆題詩 一一七五
走筆疾書 一一七六
走馬看花 一一七六
走馬上任 一一七六
走伏無地 一一七六
走投無路 一一七六
走南闖北 一一七六
走漏風聲 一一七六
ㄗㄢˋ
讚不絕口 一一七七
讚嘆不置 一一七七
ㄗㄤ
臧否人物 一一七七
贓官污吏 一一七七
髒心爛肺 一一七七
葬身魚腹 一一七七
ㄗㄥ
曾參殺人 一一七七
曾子殺彘 一一七七
ㄗㄨˊ
足不出戶 一一七八
足履實地 一一七八
足智多謀 一一七八
足食足兵 一一七八
足音跫然 一一七八
ㄗㄨㄛˇ
左抱右擁 一一七八
左輔右弼 一一七八
左道旁門 一一七九
左提右挈 一一七九
左圖右史 一一七九
左鄰右舍 一一七九
左顧而言他 一一七九
左顧右盼 一一七九
左支右絀 一一七九
左程右準 一一七九
左思右想 一一七九
左宜右有 一一八〇
左右逢源 一一八〇
左右開弓 一一八〇
左右採獲 一一八〇
左右爲難 一一八〇
ㄗㄨㄛˋ
作壁上觀 一一八〇
作法自斃 一一八一
作奸犯科 一一八一
作繭自縛 一一八一
作金石聲 一一八一
作事不時 一一八一
作舍道邊 一一八一
作如是觀 一一八一
作賊心虛 一一八二
作作有芒 一一八二
作惡多端 一一八二
作耍爲眞 一一八二
作威作福 一一八二
做小伏低 一一八二
做張做致 一一八二
做神做鬼 一一八三
坐不窺堂 一一八三
坐不重席 一一八三
坐不垂堂 一一八三
坐不安席 一一八三
坐地分贓 一一八三
坐冷板凳 一一八三
坐立不安 一一八四
坐觀成敗 一一八四
坐懷不亂 一一八四
坐井觀天 一一八四
坐薪懸膽 一一八四
坐享其成 一一八四
坐知千里 一一八四
坐吃山空 一一八五
坐失良機 一一八五
坐視不救 一一八五
坐收漁利 一一八五
坐山觀虎鬥 一一八五
坐而論道 一一八五
坐以待斃 一一八五
坐以待旦 一一八六
坐言起行 一一八六
坐無車公 一一八六
坐臥不寧 一一八六
坐於塗炭 一一八六
坐擁百城 一一八六
座無虛席 一一八六
ㄗㄨㄟˇ
嘴甜心苦 一一八六
嘴尖舌巧 一一八七

ㄗㄨㄟˋ
罪不容誅　一一八七
罪莫大焉　一一八七
罪大惡極　一一八七
罪孽深重　一一八七
罪該萬死　一一八七
罪魁禍首　一一八七
罪加一等　一一八七
罪惡滔天　一一八七
罪惡昭彰　一一八八
罪有攸歸　一一八八
罪有應得　一一八八
罪盈惡滿　一一八八
醉酒飽德　一一八八
醉生夢死　一一八八
醉翁之意不在酒。　一一八八
ㄗㄨㄢ
鑽冰求酥　一一八九
鑽皮出羽　一一八九
鑽頭覓縫　一一八九
鑽天打洞　一一八九
鑽故紙堆　一一八九
鑽空子　一一八九
鑽火得冰　一一八九
ㄗㄨㄣ
尊古卑今　一一九〇
尊賢愛才　一一九〇
尊師重道　一一九〇
遵養時晦　一一九〇
ㄗㄨㄥ
宗廟社稷　一一九〇
縱橫捭闔　一一九〇
縱橫交錯　一一九〇
縱橫馳騁　一一九一
ㄗㄨㄥˇ
總角之交　一一九一
總而言之　一一九一
ㄗㄨㄥˋ
綜核名實　一一九一
縱虎歸山　一一九一
縱虎入室　一一九一

【ㄘ部】

ㄘˊ
慈眉善目　一一九二
詞不達意　一一九二
詞鈍意虛　一一九二
詞窮理屈　一一九二
辭鄙義拙　一一九二
辭舊迎新　一一九二
辭尊居卑　一一九二
辭無所假　一一九二
ㄘˇ
此地無銀三百兩。　一一九二
此呼彼應　一一九三
此起彼伏　一一九三
此中三昧　一一九三
此一時，彼一時。　一一九三
此亦一是非，彼亦一是非。　一一九三
此物比志　一一九三
ㄘˋ
刺股懸樑　一一九三
刺舉無避　一一九三
刺刺不休　一一九三
ㄘㄞˊ
才貌雙全　一一九四
才德兼備　一一九四
才高八斗　一一九四
才高意廣　一一九四
才華蓋世　一一九四
才懷隋和　一一九四
才兼文武　一一九四
才盡詞窮　一一九五
才氣過人　一一九五
才疏學淺　一一九五
才疏志大　一一九五
才疏智淺　一一九五
才疏意廣　一一九五
才子佳人　一一九五
才藝卓絕　一一九五
才望高雅　一一九六
才望兼隆　一一九六
材鄙怯勇　一一九六
材全能鉅　一一九六
材朽行穢　一一九六
ㄘㄞˇ
彩鳳隨鴉　一一九六
采蘭贈芍　一一九六
采薪之憂　一一九六
採擢薦進　一一九七
採善貶惡　一一九七
ㄘㄢ
餐風宿露　一一九七
餐風飲露　一一九七
ㄘㄢˊ
慚鳧企鶴　一一九七
殘杯冷炙　一一九七
殘兵敗將　一一九八
殘冬臘月　一一九八
殘膏剩馥　一一九八
殘花敗柳　一一九八

殘缺不全 一一九八
殘賢害善 一一九八
殘渣餘孽 一一九八
殘茶剩飯 一一九八
殘屍敗蛻 一一九九
殘山剩水 一一九九
殘絲斷魂 一一九九
殘垣破壁 一一九九
蠶績蟹匡 一一九九
蠶食鯨吞 一一九九
ㄘㄢˇ
慘不忍睹 一一九九
慘不忍聞 一二〇〇
慘怛之疾 一二〇〇
慘淡經營 一二〇〇
慘綠少年 一二〇〇
慘禍飛災 一二〇〇
慘絕人寰 一二〇〇
慘無人道 一二〇〇
ㄘㄢˋ
燦爛炳煥 一二〇一
燦若繁星 一二〇一
燦花之論 一二〇一
ㄘㄤ
倉皇失措 一二〇一
倉卒主人 一二〇一
滄海橫流 一二〇一
滄海桑田 一二〇一
滄海一粟 一二〇一
滄海遺珠 一二〇二
蒼黃翻覆 一二〇二
蒼翠欲滴 一二〇四
蒼蠅碰壁 一二〇四
ㄘㄤˊ
藏頭露尾 一二〇二
藏之名山，傳之其人。 一二〇二
藏賊引盜 一二〇二
藏蹤躡迹 一二〇三
藏怒宿怨 一二〇三
藏龍臥虎 一二〇三
藏垢納汚 一二〇三
藏器待時 一二〇三
藏形匿影 一二〇三
ㄘㄠ
操必勝之券 一二〇三
操刀必割 一二〇三
操刀傷錦 一二〇四
操奇計贏 一二〇四
操之過急 一二〇四
操存舍亡 一二〇四
ㄘㄠˇ
草木皆兵 一二〇四
草木知威 一二〇四
草薙禽獮 一二〇五
草間求活 一二〇五
草菅人命 一二〇五
草行露宿 一二〇五
草長鶯飛 一二〇五
草創未就 一二〇五
草率收兵 一二〇五
草率從事 一二〇六
草草了事 一二〇六
草草成篇 一二〇六
ㄘㄜˋ
側目而視 一二〇六
側足而立 一二〇六
廁足其間 一二〇六
惻隱之心 一二〇六
ㄘㄣ
參差不齊 一二〇六
參差錯落 一二〇七
參錯重出 一二〇七
ㄘㄥˊ
層巒疊嶂 一二〇七
層見疊出 一二〇七
層出不窮 一二〇七
層次分明 一二〇七
曾幾何時 一二〇七
曾經滄海 一二〇八
ㄘㄨ
粗服亂頭 一二〇八
粗通文墨 一二〇八
粗心浮氣 一二〇八
粗心大意 一二〇八
粗枝大葉 一二〇八
粗製濫造 一二〇九
粗中有細 一二〇九
粗茶淡飯 一二〇九
粗手笨腳 一二〇九
粗聲粗氣 一二〇九
粗衣淡飯 一二〇九
粗衣糲食 一二〇九
ㄘㄨˋ
促膝談心 一二〇九
卒卒鮮暇 一二一〇
猝不及防 一二一〇
蹴踖不安 一二一〇
ㄘㄨㄢ
躥房越脊 一二一〇
ㄘㄨㄢˊ
攢花簇錦 一二一〇
攢三聚五 一二一〇

ㄘㄨㄟ
摧眉折腰　一二一〇
摧鋒陷陣　一二一〇
摧枯拉朽　一二一一
摧陷廓清　一二一一
ㄘㄨㄟˋ
翠繞珠圍　一二一一
脆而不堅　一二一一
ㄘㄨㄣ
村野匹夫　一二一一
ㄘㄨㄣˊ
存心養性　一二一一
存而不論　一二一一
存亡繼絕　一二一二
存亡絕續　一二一二
存亡有分　一二一二
ㄘㄨㄣˋ
寸步不離　一二一二
寸步難行　一二一二
寸木岑樓　一二一二
寸土必爭　一二一二
寸土不讓　一二一二
寸利必得　一二一三
寸量銖稱　一二一三
寸晷風檐　一二一三
寸進尺退　一二一三
寸草不留　一二一三
寸草不生　一二一三
寸草春暉　一二一三
寸絲半粟　一二一三
寸絲不掛　一二一三
寸陰尺璧　一二一四
寸陰若歲　一二一四
ㄘㄨㄛ
搓綿扯絮　一二一四
搓手頓腳　一二一四
撮要刪繁　一二一四
撮鹽入火　一二一四
蹉跎歲月　一二一四
ㄘㄨㄛˋ
厝火積薪　一二一五
措置失宜　一二一五
措置裕如　一二一五
措手不及　一二一五
錯落不齊　一二一五
錯落有致　一二一五
錯認顏標　一二一五
錯綜複雜　一二一五
錯彩鏤金　一二一六
ㄘㄨㄥ
從容不迫　一二一六
從容就義　一二一六
聰明反被聰明誤。　一二一六
聰明伶俐　一二一六
聰明正直　一二一六
聰明睿智　一二一六
聰明自誤　一二一七
聰明才智　一二一七
聰明一世，懵懂一時。　一二一七
聰明英毅　一二一七
蔥翠欲滴　一二一七
蔥蔚洇潤　一二一七
ㄘㄨㄥˊ
從頭到尾　一二一七
從天而降　一二一八
從立自新　一二一八
從令如流　一二一八
從諫如流　一二一八
從井救人　一二一八
從心所欲　一二一八
從中作梗　一二一八
從中斡旋　一二一九
從中漁利　一二一九
從長計議　一二一九
從善如登　一二一九
從善如流　一二一九
從惡如崩　一二一九
從一而終　一二一九

【ㄙ部】

ㄙ
司馬青衫　一二二〇
司馬昭之心，路人皆知。　一二二〇
司空見慣　一二二〇
絲來線去　一二二〇
絲竹管弦　一二二〇
絲絲入扣　一二二一
絲恩髮怨　一二二一
思不出位　一二二一
思婦病母　一二二一
思慮恂達　一二二一
思患預防　一二二一
思前想後　一二二一
思賢如渴　一二二一
思緒萬千　一二二二
思深憂遠　一二二二
思如湧泉　一二二二
斯須之報　一二二二
斯事體大　一二二二
斯文掃地　一二二二
私謀詭計　一二二三
私心雜念　一二二三
私相授受　一二二三
私淑弟子　一二二三

三年之艾 一二三六
三令五申 一二三六
三綱五常 一二三六
三姑六婆 一二三六
三顧茅廬 一二三六
三過其門而不入。 一二三七
三更半夜 一二三七
三公九卿 一二三七
三戶亡秦 一二三七
三魂七魄 一二三七
三皇五帝 一二三七
三教九流 一二三七
三緘其口 一二三八
三軍易得，一將難求。 一二三八
三釁三浴 一二三八
三旬九食 一二三八
三紙無驢 一二三八
三折肱，爲良醫。 一二三八
三占從二 一二三八
三戰三北 一二三九
三貞九烈 一二三九
三朝元老 一二三九
三長兩短 一二三九
三十六行 一二三九
三十六策，走爲上計。 一二三九
三豕涉河 一二四〇
三仕三已 一二四〇
三獸渡河 一二四〇
三山二水 一二四〇
三生有幸 一二四〇
三日不彈，手生荊棘。 一二四〇
三人行，必有我師。 一二四一
三人成虎 一二四一
三災八難 一二四一
三足鼎立 一二四一
三曹對案 一二四一
三寸之舌 一二四一
三從四德 一二四二
三思而行 一二四二
三三五五 一二四二
三陽開泰 一二四二
三瓦兩舍 一二四二
三位一體 一二四二
三餘讀書 一二四二

ㄙㄤ

桑弧蓬矢 一二四三
桑間濮上 一二四三
桑中之約 一二四三
桑樞甕牖 一二四三
桑榆暮景 一二四三

ㄙㄤˋ

喪盡天良 一二四三
喪心病狂 一二四三
喪明之痛 一二四四
喪倫敗行 一二四四
喪家之狗 一二四四

ㄙㄣ

森羅萬象 一二四四
森嚴壁壘 一二四四

ㄙㄨˊ

俗不可耐 一二四四
俗不可醫 一二四五
俗學鄙習 一二四五
俗諺口碑 一二四五

ㄙㄨˋ

夙興夜寐 一二四五
夙世冤家 一二四五
夙夜匪懈 一二四五
夙夜在公 一二四六
宿柳眠花 一二四六
宿疾難醫 一二四六
溯本求源 一二四六
粟紅貫朽 一二四六
素不相識 一二四六
素昧平生 一二四六
素車白馬 一二四六
素隱行徑 一二四六
肅然起敬 一二四七
訴諸武力 一二四七

ㄙㄨㄛ

縮衣節食 一二四七

ㄙㄨㄛˇ

所向披靡 一二四七
所向無敵 一二四七
瑣尾流離 一二四七
索然無味 一二四七
索隱行徑 一二四八

ㄙㄨㄟ

雖死猶生 一二四八

ㄙㄨㄟˊ

隋侯之珠 一二四八
隋珠彈雀 一二四八
隋珠和璧 一二四八
隨波逐流 一二四八
隨風轉舵 一二四八
隨心所欲 一二四八
隨鄉入鄉 一二四八
隨機應變 一二四九
隨踵而至 一二四九
隨時制宜 一二四九
隨聲附和 一二四九
隨俗浮沈 一二四九
隨遇而安 一二五〇

【ㄜ部】

【ㄞ部】

碍手碍腳　一二六二

【ㄠ部】

ㄠˊ

嗷嗷待哺　一二六三
鰲裏奪尊　一二六三

ㄠˋ

傲睨得志　一二六三
傲睨萬物　一二六三
傲霜凌雪　一二六三
傲霜枝　一二六三
傲然屹立　一二六四

【ㄡ部】

ㄡ

鷗鷺忘機　一二六五

ㄡˇ

偶燭施明　一二六五
偶一爲之　一二六五
偶語棄市　一二六五
嘔心瀝血　一二六五
藕斷絲連　一二六五

【ㄢ部】

ㄢ

安邦定國　一二六六
安邦治國　一二六六
安不忘危　一二六六
安步當車　一二六六
安貧樂道　一二六六
安貧知命　一二六六
安民告示　一二六六
安分守理　一二六七
安分守己　一二六七
安分隨時　一二六七
安富恤窮　一二六七
安富尊榮　一二六七
安堵如故　一二六七
安土重居　一二六七
安土重遷　一二六八
安魂定魄　一二六八
安家立業　一二六八
安家落戶　一二六八
安居樂業　一二六八
安閑自在　一二六八
安之若素　一二六八
安常處順　一二六九
安世默識　一二六九
安身立命　一二六九
安身爲樂　一二六九
安然無恙　一二六九
安如磐石　一二六九
安如泰山　一二六九
安營紮寨　一二七〇
安於現狀　一二七〇
鞍前馬後　一二七〇

ㄢˋ

按兵不動　一二七〇
按兵束甲　一二七〇
按部就班　一二七〇
按圖索驥　一二七一
按捺不住　一二七一
按迹尋踪　一二七一
按甲寢兵　一二七一
按行自抑　一二七一
暗渡陳倉　一二七一
暗箭難防　一二七二
暗箭傷人　一二七二
暗香疏影　一二七二
暗中摸索　一二七二
暗送秋波　一二七二
暗無天日　一二七二
黯然銷魂　一二七三
黯然失色　一二七三
黯然神傷　一二七三

【ㄣ部】

ㄣ

恩同父母　一二七四
恩同再造　一二七四
恩斷義絕　一二七四
恩將仇報　一二七四
恩重如山　一二七四
恩深義重　一二七四
恩甚怨生　一二七四
恩榮并濟　一二七五
恩威并行　一二七五
恩威并施　一二七五
恩威並用　一二七五
恩逾慈母　一二七五

【ㄤ部】

ㄤˊ

昂首闊步　一二七六
昂首望天　一二七六

【ㄦ部】

ㄦˊ

兒女情長　一二七七
兒女之債　一二七七
而立之年　一二七七
而今而後　一二七七

ㄦˇ

爾虞我詐　一二七七

耳鬢廝磨　一二七七
耳不旁聽　一二七七
耳不忍聞　一二七七
耳目之欲　一二七八
耳目一新　一二七八
耳提面命　一二七八
耳聽八方　一二七八
耳聾眼黑　一二七八
耳根清淨　一二七八
耳食不化　一二七八
耳食之徒　一二七八
耳食之學　一二七九
耳食之言　一二七九
耳視目聽　一二七九
耳熟能詳　一二七九
耳濡目染　一二七九
耳軟心活　一二七九
耳聽目明　一二七九
耳聞不如目見。　一二七九
耳聞目睹　一二八〇
耳聞則誦　一二八〇
餌名釣祿　一二八〇

ㄦˋ

二八佳人　一二八〇
三分明月　一二八〇
二桃殺三士　一二八〇
二心兩意　一二八〇

【一部】

ㄧ

一不做，二不休。　一二八四
一二其詳　一三一一
一以當十　一三一一
一以貫之　一三一一
一五一十　一三一五
伊于胡底　一三二七
依頭順尾　一三二七
依流平進　一三二七
依然如故　一三二八
依然故我　一三二八
依草附木　一三二八
依阿兩可　一三二八
依依不捨　一三二八
依依惜別　一三二八
依樣畫葫蘆　一三二八
依違兩可　一三二九
漪歟休哉　一三二九
衣鉢相傳　一三二九
衣弊履穿　一三二九
衣不蔽體　一三二九
衣不解帶　一三二九
衣不完采　一三三〇
衣單食薄　一三三〇
衣來伸手，飯來張口。　一三三〇
衣寬帶鬆　一三三〇
衣冠禽獸　一三三〇
衣冠梟獍　一三三〇
衣冠楚楚　一三三〇
衣架飯囊　一三三一
衣香鬢影　一三三一
衣食不周　一三三一
衣衫藍縷　一三三一
衣裳之會　一三三一

ㄧˊ

一敗塗地　一二八二
一瓣心香　一二八二
一臂之力　一二八三
一步登天　一二八四
一步一鬼　一二八四
一派胡言　一二八五
一片冰心　一二八五
一片宮商　一二八五
一暴十寒　一二八五
一脈相傳　一二八六
一面之交　一二八七
一面之榮　一二八七
一面之辭　一二八七
一面之緣　一二八七
一面如舊　一二八七
一命嗚呼　一二八八
一目了然　一二八八
一目十行　一二八八
一飯千金　一二八九
一傳衆咻　一二九〇
一代風流　一二九一
一代鼎臣　一二九一
一代談宗　一二九一
一代國色　一二九一
一代楷模　一二九一
一代宗工　一二九二
一代宗臣　一二九二
一代文豪　一二九二
一代文宗　一二九二
一定不易　一二九三
一定之論　一二九三
一動不如一靜。　一二九三
一塌糊塗　一二九三
一念之差　一二九五
一諾千金　一二九五
一力承當　一二九六
一力吹噓　一二九六
一路平安　一二九七
一路福星　一二九七
一路順風　一二九七
一落千丈　一二九七
一概而論　一二九八
一顧千金　一二九八
一顧傾城　一二九九
一刻千金　一二九九

一潰千里 一三〇〇
一饋十起 一三〇〇
一技之長 一三〇二
一介不取 一三〇二
一介之才 一三〇二
一介書生 一三〇三
一箭雙雕 一三〇三
一見傾心 一三〇三
一見鍾情 一三〇三
一見如故 一三〇三
一氣呵成 一三〇四
一竅不通 一三〇五
一去不復返 一三〇六
一夕九徙 一三〇七
一夕九升 一三〇七
一瀉千里 一三〇七
一蟹不如一蟹。 一三〇七
一笑千金 一三〇七
一笑置之 一三〇七
一柱難揩 一三一〇
一柱擎天 一三一〇
一斥不復 一三一〇
一倡百和 一三一一
一倡三嘆 一三一一
一唱一和 一三一一
一觸即發 一三一二
一觸即潰 一三一二
一串驪珠 一三一二
一世之雄 一三一三
一事無成 一三一三
一視同仁 一三一三
一日九遷 一三一五
一日千里 一三一五
一日之長 一三一五
一日之長 一三一六
一日之雅 一三一六
一日三秋 一三一六
一日萬機 一三一六
一字百煉 一三一八
一字褒貶 一三一八
一字不苟 一三一八
一字連城 一三一八
一字見心 一三一八
一字千金 一三一八
一字之師 一三一九
一字一珠 一三一九
一坐盡驚 一三一九
一坐盡傾 一三一九
一坐之間 一三一九
一蹴而就 一三二〇
一寸丹心 一三二〇
一意孤行 一三二一
一葉障目，不見泰山。 一三二一
一應俱全 一三二三
一物降一物 一三二五
一誤再誤 一三二五
一臥不起 一三二五
一問三不知 一三二六
一望無際 一三二六
儀表堂堂 一三三一
儀態萬方 一三三一
儀靜體閑 一三三二
圯上老人 一三三二
宜室宜家 一三三二
貽害無窮 一三三二
怡情悅性 一三三二
怡聲下氣 一三三二
怡然自得 一三三二
怡然自樂 一三三二
怡顏悅色 一三三三
疑團莫釋 一三三三
疑團滿腹 一三三三
疑今察古 一三三三
疑心生暗鬼 一三三三
疑信參半 一三三三
疑行無成，疑事無功。 一三三三
疑神疑鬼 一三三三
疑則勿任，任則勿疑。 一三三三
疑貳之見 一三三三
移風易俗 一三三四
移東就西 一三三四
移天易日 一三三四
移宮換羽 一三三四
移花接木 一三三四
移孝作忠 一三三四
移星換斗 一三三四
移船就岸 一三三四
移山倒海 一三三五
移樽就教 一三三五
貽厥子孫 一三三五
貽厥孫謀 一三三五
貽笑大方 一三三五
貽人口實 一三三五
遺風餘韻 一三三五
遺大投艱 一三三六
遺老遺少 一三三六
遺訓可秉 一三三六
遺臭萬年 一三三六
遺世獨立 一三三六
遺簪墜屨 一三三六
頤指氣使 一三三六

一ˇ

以博一粲 一三三七
以白爲黑 一三三七
以備萬一 一三三七
以暴易暴 一三三七
以冰致蠅 一三三七
以偏蓋全 一三三七
以沫相濡 一三三七
以貌取人 一三三八
以名取士 一三三八
以附驥尾 一三三八
以德報德 一三三八
以德報怨 一三三八
以毒攻毒 一三三八

以破投卵 一三三八
以湯止沸 一三三九
以湯沃雪 一三三九
以莛叩鐘 一三三九
以退為進 一三三九
以樂慆憂 一三三九
以類相從 一三三九
以狸餌鼠 一三三九
以蠡測海 一三四〇
以理服人 一三四〇
以禮相待 一三四〇
以利累形 一三四〇
以力服人 一三四〇
以鄰為壑 一三四〇
以卵投石 一三四〇
以戈舂米 一三四〇
以古非今 一三四一
以古為鑒 一三四一
以古喻今 一三四一
以規為瑱 一三四一
以觀後效 一三四一
以管窺天 一三四一
以功補過 一三四二
以攻為守 一三四二
以寬服民 一三四二
以火救火 一三四二
以己度人 一三四二
以己養養鳥 一三四二
以解倒懸 一三四二
以介眉壽 一三四二
以酒解酲 一三四三
以簡御繁 一三四三
以儆效尤 一三四三
以其昏昏，使人昭昭。 一三四三
以求一逞 一三四三
以勤補拙 一三四三
以強凌弱 一三四三
以屈求伸 一三四四
以血洗血 一三四四
以小人之心，度君子之腹。 一三四四
以心傳心 一三四四
以心問心 一三四四
以刑去刑 一三四四
以虛帶實 一三四四
以直報怨 一三四五
以指撓沸 一三四五
以戰去戰 一三四五
以彰報施 一三四五
以正視聽 一三四五
以珠彈雀 一三四五
以壯觀瞻 一三四五
以誠相見 一三四五
以石投水 一三四五
以殺去殺 一三四六
以手加額 一三四六
以售其奸 一三四六
以身許國 一三四六
以身殉職 一三四六
以身試法 一三四六
以身作則 一三四七
以升量石 一三四七
以鼠為璞 一三四七
以水投水 一三四七
以水濟水 一三四七
以水救水 一三四七
以順誅逆 一三四七
以柔克剛 一三四八
以人廢言 一三四八
以人為鑒 一三四八
以弱斃強 一三四八
以子之矛，攻子之盾。 一三四八
以辭害意 一三四八
以私廢公 一三四八
以訛傳訛 一三四九
以耳代目 一三四九
以一奉百 一三四九
以一當十 一三四九
以一警百 一三四九
以一知萬 一三四九
以一持萬 一三五〇
以夷伐夷 一三五〇
以意逆志 一三五〇
以意為之 一三五〇
以義割恩 一三五〇
以逸待勞 一三五〇
以鎰稱銖 一三五一
以眼還眼，以牙還牙。 一三五一
以蚓投魚 一三五一
以文亂法 一三五一
以文會友 一三五一
以往鑒來 一三五一
以約馭博 一三五一
以怨報德 一三五二
倚馬可待 一三五二
倚門傍戶 一三五二
倚門賣笑 一三五二
倚門倚閭 一三五二
倚老賣老 一三五二
倚官仗勢 一三五二
倚姣作媚 一三五三
倚強凌弱 一三五三
倚勢凌人 一三五三
倚勢挾權 一三五三
倚財仗勢 一三五三
倚玉之榮 一三五三

一丶

一波三折 一三八二
一波未平，一波又起。 一三八二
一板三眼 一三八二
一本正經 一三八二
一本萬利 一三八三
一本萬殊 一三八三
一筆抹殺 一三八三
一筆勾銷 一三八三

一別如雨 一二八三
一表人物 一二八四
一秉虔誠 一二八四
一拍即合 一二八四
一抔黃土 一二八五
一盤散沙 一二八五
一噴一醒 一二八五
一貧如洗 一二八五
一顰一笑 一二八五
一馬平川 一二八六
一馬當先 一二八六
一毛不拔 一二八六
一門百笏 一二八六
一門同氣 一二八六
一門千指 一二八七
一民同俗 一二八七
一瞑不視 一二八八
一鳴驚人 一二八八
一模一樣 一二八八
一木難支 一二八八
一發破的 一二八八
一髮千鈞 一二八九
一佛出世 一二八九
一飛沖天 一二八九
一帆風順 一二八九
一方之任 一二八九
一夫得情，千室鳴弦。 一二九〇
一夫當關，萬夫莫開。 一二九〇
一夫可守 一二九〇
一夫之勇 一二九〇
一夫捨死，萬夫莫當。 一二九〇
一得之功 一二九〇
一得之見 一二九一
一德一心 一二九二
一刀兩斷 一二九二
一簞一瓢 一二九二
一登龍門，聲價十倍。 一二九二
一點靈犀 一二九三
一潭死水 一二九三
一體同心 一二九三
一團和氣 一二九四
一團漆黑 一二九四
一通百通 一二九四
一統天下 一二九四
一痛決絕 一二九四
一男半女 一二九四
一牛吼地 一二九四
一牛九鎖 一二九四
一年被蛇咬，三年怕草索。 一二九四
一年半載 一二九五
一年之計在於春。 一二九五
一來二去 一二九五
一勞永逸 一二九五
一牢永定 一二九六
一覽無遺 一二九六
一了百當 一二九六
一了百了 一二九六
一鱗半爪 一二九六
一龍一豬 一二九七
一龍一蛇 一二九七
一改故轍 一二九八
一乾二淨 一二九八
一竿風月 一二九八
一鼓作氣 一二九八
一鼓而擒 一二九八
一國三公 一二九九
一口同音 一二九九
一口兩匙 一二九九
一口吸盡西江水。 一二九九
一口三舌 一二九九
一蕢已足 一三〇〇
一匡天下 一三〇〇
一空依傍 一三〇〇
一孔之見 一三〇〇
一寒如此 一三〇〇
一呼百諾 一三〇一
一呼百應 一三〇一
一壺千金 一三〇一
一狐之腋 一三〇一
一揮而就 一三〇一
一還一報 一三〇一
一哄而散 一三〇一
一己之私 一三〇二
一家眷屬 一三〇二
一家之言 一三〇二
一階半級 一三〇二
一金之俸 一三〇三
一漿十餅 一三〇三
一舉兩得 一三〇三
一舉兩失 一三〇四
一舉千里 一三〇四
一舉成名 一三〇四
一舉手之勞 一三〇四
一舉一動 一三〇四
一決雌雄 一三〇四
一蹶不振 一三〇四
一丘之貉 一三〇五
一丘一壑 一三〇五
一謙四益 一三〇五
一錢不值 一三〇五
一錢如命 一三〇五
一琴一鶴 一三〇六
一清二白 一三〇六
一清二楚 一三〇六
一曲千金 一三〇六
一犬吠形，百犬吠聲。 一三〇六
一窮二白 一三〇六
一息尚存 一三〇七
一心一意 一三〇七
一相情願 一三〇八
一星半點 一三〇八
一行作吏 一三〇八

一薰一蕕 一三〇八
一之謂甚 一三〇八
一枝自足 一三〇八
一知半解 一三〇八
一擲百萬 一三〇九
一擲千金 一三〇九
一擲乾坤 一三〇九
一紙空文 一三〇九
一朝權在手，便把令來行。 一三〇九
一朝之忿 一三〇九
一朝之患 一三〇九
一朝一夕 一三〇九
一著不愼，滿盤皆輸。 一三〇九
一針見血 一三一〇
一針一線 一三一〇
一張一弛 一三一〇
一籌莫展 一三一〇
一塵不染 一三一一
一場春夢 一三一一
一成不變 一三一一
一成一旅 一三一二
一傳十，十傳百。 一三一二
一失足成千古恨。 一三一二
一時半刻 一三一二
一食萬錢 一三一二
一蛇呑象 一三一三
一蛇二首 一三一三
一手包辦 一三一三
一手獨拍，雖疾無聲。 一三一三
一手遮天 一三一四
一手一足 一三一四
一身百為 一三一四
一身兩頭 一三一四
一身兩役 一三一四
一身是膽 一三一四
一身二任 一三一四
一身無累 一三一五
一觴一咏 一三一五
一生愧辱 一三一五
一樹百獲 一三一五
一人得道，雞犬升天。 一三一六
一人毀譽 一三一六
一人向隅 一三一七
一人之交 一三一七
一人傳虛，萬人傳實。 一三一七
一人善射，百夫決拾。 一三一七
一仍舊貫 一三一七
一如既往 一三一七
一則以喜，一則以懼。 一三一九
一絲半縷 一三二〇
一絲不苟 一三二〇
一絲不掛 一三二〇
一絲一毫 一三二〇
一掃而光 一三二〇
一索得男 一三二〇
一衣帶水 一三二一
一言半語 一三二一
一言不發 一三二二
一言不再 一三二二
一言而喩 一三二二
一言僨事 一三二二
一言難盡 一三二二
一言立信 一三二二
一言既出，駟馬難追。 一三二二
一言九鼎 一三二二
一言陷人 一三二三
一言之信 一三二三
一言一行 一三二三
一言以蔽之 一三二三
一言為定 一三二三
一飲一啄 一三二三
一無可取 一三二三
一無長物 一三二四
一無是處 一三二四
一無所得 一三二四
一無所能 一三二四
一無所見 一三二四
一無所取 一三二四
一無所知 一三二四
一無所長 一三二四
一無所成 一三二四
一無所失 一三二五
一無所有 一三二五
一無所聞 一三二五
一文不名 一三二五
一文如命 一三二五
一往情深 一三二六
一往無前 一三二六
一網打盡 一三二六
一隅之地 一三二六
一隅之見 一三二六
一隅三反 一三二七
一語破的 一三二七
一語道破 一三二七
一語為重 一三二七
一擁而上 一三二七
亦步亦趨 一三五三
亦復如是 一三五四
亦莊亦諧 一三五四
億則屢中 一三五四
億萬斯年 一三五五
刈蓍亡簪 一三五四
弋人何篡 一三五四
悒悒不樂 一三五五
意馬心猿 一三五五
意到筆隨 一三五五
意懶情疏 一三五五
意簡言賅 一三五五
意懶心灰 一三五五

意氣風發　一三五五
意氣相投　一三五五
意氣揚揚　一三五五
意氣用事　一三五五
意出望外　一三五五
意惹情牽　一三五六
意在筆先　一三五六
意在言外　一三五六
意味深長　一三五六
懿範長存　一三五六
懿言嘉行　一三五六
抑強扶弱　一三五六
抑揚頓挫　一三五七
挹彼注茲　一三五七
易道良馬　一三五七
易簀之際　一三五七
易如反掌　一三五七
易子而教　一三五七
易子而食　一三五八
毅然決然　一三五八
溢美溢惡　一三五八
溢于言表　一三五八
熠熠生輝　一三五八
異端邪說　一三五八
異途同歸　一三五八
異口同聲　一三五八
異軍突起　一三五九
異曲同工　一三五九
異想天開　一三五九
異姓陌路　一三五九
異乎尋常　一三五九
義兵不攻服　一三五九
義不背親　一三五九
義不屈節　一三六〇
義不取容　一三六〇
義不容辭　一三六〇
義憤填膺　一三六〇
義斷恩絕　一三六〇
義海恩山　一三六〇
義形於色　一三六〇
義正辭嚴　一三六一
義無反顧　一三六一
薏苡明珠　一三六一
衣不及帶　一三六一
衣被群生　一三六三
衣錦還鄉　一三六一
衣錦夜行　一三六二
衣綉晝行　一三六二
議論紛紛　一三六二

ㄧㄚ

壓倒元白　一三六二
壓良為賤　一三六二
壓肩迭背　一三六二
壓線年年　一三六二
鴉雀無聲　一三六三
鴉巢生鳳　一三六三

ㄧㄚˊ

衙官屈宋　一三六三

ㄧㄚˇ

啞口無言　一三六三
啞然失笑　一三六三
雅量高致　一三六三
雅人深致　一三六三
雅俗共賞　一三六四

ㄧㄚˋ

揠苗助長　一三六四

ㄧㄝˇ

野鳥入廟　一三六四
野狐參禪　一三六四
野火燒不盡，春風吹又生。　一三六四
野荒民散　一三六四
野心勃勃　一三六五
野人獻曝　一三六五
野無遺賢　一三六五

ㄧㄝˋ

厭難折衝　一三六五
夜不閉戶　一三六五
夜闌人靜　一三六五
夜郎自大　一三六五
夜長夢多　一三六六
夜以繼日　一三六六
曳裾王門　一三六六
曳尾塗中　一三六六
業精於勤　一三六六
葉落歸根　一三六六
葉落知秋　一三六六
葉公好龍　一三六七

ㄧㄞˊ

睚眦必報　一三六七
睚眦小忿　一三六七
睚眦之隙　一三六七

ㄧㄠ

吆五喝六　一三六七
夭桃穠李　一三六七
妖不勝德　一三六八
妖由人興　一三六八
妖言惑眾　一三六八
腰鼓兄弟　一三六八
腰金衣紫　一三六八
腰纏萬貫　一三六八

ㄧㄠˊ

堯天舜日　一三六八
堯鼓舜木　一三六九
堯長舜短　一三六九
堯雨舜風　一三六九
嶢嶢者易折　一三六九
搖筆即來　一三六九
搖頭擺尾　一三六九

搖頭晃腦 一三六九
搖旗吶喊 一三七〇
搖唇鼓舌 一三七〇
搖手觸禁 一三七〇
搖山振岳 一三七〇
搖身一變 一三七〇
搖搖欲墜 一三七〇
搖尾乞憐 一三七一
搖尾乞食 一三七一
瑤台銀闕 一三七一
瑤林瓊樹 一三七一
瑤環瑜珥 一三七一
遙相呼應 一三七一
遙遙華冑 一三七一
遙遙相對 一三七二
遙遙相望 一三七二
遙遙無期 一三七二

ㄧㄠˇ

咬得菜根 一三七二
咬指吐舌 一三七二
咬牙切齒 一三七二
咬文嚼字 一三七二
杳如黃鶴 一三七二
杳無人烟 一三七三
杳無音信 一三七三

ㄧㄠˋ

樂山樂水 一三七三
耀武揚威 一三七三
藥店飛龍 一三七三
藥籠中物 一三七三
藥石之言 一三七三
藥石無功 一三七四
要言不煩 一三七四
要言妙道 一三七四
要而言之 一三七四

ㄧㄡ

優孟衣冠 一三七四
優劣得所 一三七五
優勝劣敗 一三七五
優哉游哉 一三七五
優柔寡斷 一三七五
優柔饜飫 一三七五
優游不迫 一三七五
優游恬淡 一三七五
優游涵泳 一三七五
優游自得 一三七六
優游自在 一三七六
憂國奉公 一三七六
憂國憂民 一三七六
憂國忘家 一三七六
憂患餘生 一三七六
憂心悄悄 一三七六
憂心忡忡 一三七七
憂心如焚 一三七七
憂形于色 一三七七
憂讒畏譏 一三七七
憂深思遠 一三七七
幽明異路 一三七七
幽閨弱質 一三七七
幽期密約 一三七七
幽人之風 一三七七
悠然自得 一三七八
悠悠伏枕 一三七八
悠悠忽忽 一三七八

ㄧㄡˊ

尤而效之 一三七八
尤雲殢雨 一三七八
油頭粉面 一三七八
油頭滑腦 一三七八
油盡燈枯 一三七八
油腔滑調 一三七八
油然而生 一三七九
油嘴滑舌 一三七九
游必有方 一三七九
游目騁懷 一三七九
游蜂浪蝶 一三七九
游居有常 一三七九
游騎無歸 一三七九
游戲人間 一三八〇
游戲三昧 一三八〇
游手好閒 一三八〇
游山玩水 一三八〇
游刃有餘 一三八〇
游辭巧飾 一三八〇
游移不定 一三八一
游雲驚龍 一三八一
猶豫不決 一三八一
由博返約 一三八一
由表及裡 一三八一
由近及遠 一三八一
由淺入深 一三八一
由衷之言 一三八一
由此及彼 一三八二

ㄧㄡˇ

有百害而無一利。 一三八二
有備無患 一三八二
有板有眼 一三八二
有本有則 一三八二
有病亂投醫 一三八二
有才無命 一三八二
有憑有據 一三八二
有名無實 一三八二
有名有姓 一三八三
有目共睹 一三八三
有目共賞 一三八三
有的放矢 一三八三
有頭沒腦 一三八三
有頭有尾 一三八三
有頭無尾 一三八三
有條不紊 一三八三
有條有理 一三八三
有天沒日 一三八三
有天無日 一三八四
有來有往 一三八四

有利可圖　一三八四
有過之而無不及。　一三八四
有口難分　一三八四
有口難言　一三八四
有口皆碑　一三八四
有口無心　一三八四
有苦難言　一三八五
有機可乘　一三八五
有加無已　一三八五
有腳書櫥　一三八五
有腳陽春　一三八五
有教無類　一三八五
有進無退　一三八五
有其父必有其子。　一三八五
有氣無力　一三八六
有求必應　一三八六
有血有肉　一三八六
有枝添葉　一三八六
有志不在年高。　一三八六
有志者事竟成。　一三八六
有識之士　一三八六
有朝一日　一三八六
有始有終　一三八七
有始無終　一三八七
有恃無恐　一三八七
有則改之，無則加勉。　一三八七
有死無二　一三八七
有所不爲而後可以有爲。　一三八七
有損無益　一三八八
有礙觀瞻　一三八八
有案可稽　一三八八
有一得一　一三八八
有一利必有一弊。　一三八八
有一無二　一三八八
有以善處　一三八八
有言在先　一三八八
有眼不識泰山。　一三八八
有眼無珠　一三八九
有聞必錄　一三八九
有緣千里來相會。　一三八九
有勇無謀　一三八九
牖中窺日　一三八九
ㄧㄡˋ
又生一秦　一三八九
又弱一個　一三八九
右軍習氣　一三九〇
囿于成見　一三九〇
誘敵深入　一三九〇
褎然舉首　一三九〇
褎如充耳　一三九〇
ㄧㄢ
奄奄一息　一三九〇
嫣然一笑　一三九〇
湮沒無聞　一三九〇
烟波浩渺　一三九一
烟霞痼疾　一三九一
烟消火滅　一三九一
烟消雲散　一三九一
烟塵斗亂　一三九一
烟視媚行　一三九一
烟雲供養　一三九一
ㄧㄢˊ
嚴氣正性　一三九二
嚴限追比　一三九二
嚴刑峻法　一三九二
嚴陣以待　一三九二
嚴懲不貸　一三九二
嚴師益友　一三九二
嚴霜夏寒　一三九二
嚴于律己　一三九三
岩居穴處　一三九三
岩牆之下　一三九三
延年益壽　一三九三
延頸舉踵　一三九三
沿波討源　一三九三
沿門托鉢　一三九三
研核是非　一三九三
研精覃思　一三九四
研桑心計　一三九四
言必信，行必果。　一三九四
言必有中　一三九四
言不及義　一三九四
言不盡意　一三九四
言不諳典　一三九四
言不由衷　一三九五
言不逾國　一三九五
言大非誇　一三九五
言多必失　一三九五
言談林藪　一三九五
言聽計從　一三九五
言訥詞直　一三九五
言過其實　一三九六
言歸正傳　一三九六
言歸于好　一三九六
言和心順　一三九六
言簡意賅　一三九六
言近旨遠　一三九六
言清行濁　一三九六
言行不一　一三九六
言行相詭　一三九六
言行一致　一三九七
言之不預　一三九七
言之成理　一三九七
言之鑿鑿　一三九七
言之有物　一三九七
言之無文，

行而不遠。 一三九七
言者諄諄，聽者藐藐。 一三九七
言者無罪，聞者足戒。 一三九七
言重九鼎 一三九八
言出法隨 一三九八
言傳身教 一三九八
言人人殊 一三九八
言從字順 一三九八
言三語四 一三九八
言而有信 一三九八
言而無信 一三九九
言以足志 一三九九
言意相離 一三九九
言猶在耳 一三九九
言有召禍 一三九九
言揚行舉 一三九九
言無不盡 一三九九
言無粉飾 一三九九
言外之意 一四〇〇
言爲心聲 一四〇〇
言語妙天下 一四〇〇
言語道斷 一四〇〇
顏筋柳骨 一四〇〇
ㄧㄢˇ
偃旗息鼓 一四〇〇
偃武修文 一四〇一
掩鼻而過 一四〇一
掩目捕雀 一四〇一
掩人耳目 一四〇一
掩耳盜鈴 一四〇一
眼飽肚飢 一四〇一
眼不見，心不煩。 一四〇一
眼明手快 一四〇二
眼高手低 一四〇二
眼高于頂 一四〇二
眼觀六路耳聽八方。 一四〇二
眼空心大 一四〇二
眼花繚亂 一四〇二
眼花耳熱 一四〇二
眼疾手快 一四〇二
眼見爲實，耳聽爲虛。 一四〇三
眼中有鐵 一四〇三
眼饞肚飽 一四〇三
眼錯不見 一四〇三
ㄧㄢˋ
宴安鴆毒 一四〇三
燕妒花慚 一四〇三
燕頷虎頸 一四〇三
燕雀相賀 一四〇三
燕雀處堂 一四〇四
燕雀安知鴻鵠之志。 一四〇四
燕巢幕上 一四〇四
燕翼貽謀 一四〇四
燕雁代飛 一四〇四
燕語鶯聲 一四〇四
雁塔題名 一四〇五
雁過拔毛 一四〇五
雁足傳書 一四〇五
雁影分飛 一四〇五
ㄧㄣ
喑噁叱吒 一四〇五
因風吹火 一四〇五
因敵取資 一四〇五
因地制宜 一四〇六
因難見巧 一四〇六
因陋就簡 一四〇六
因利乘便 一四〇六
因果報應 一四〇六
因果不爽 一四〇六
因公假私 一四〇六
因禍爲福 一四〇七
因小見大 一四〇七
因小失大 一四〇七
因循守舊 一四〇七
因循坐誤 一四〇七
因時制宜 一四〇七
因事制宜 一四〇七
因勢利導 一四〇八
因樹爲屋 一四〇八
因人制宜 一四〇八
因人成事 一四〇八
因人而異 一四〇八
因任授官 一四〇八
因材施教 一四〇八
因噎廢食 一四〇八
殷鑒不遠 一四〇九
殷殷垂念 一四〇九
陰霾密布 一四〇九
陰謀詭計 一四〇九
陰魂不散 一四〇九
陰山背後 一四〇九
陰柔害物 一四〇九
陰錯陽差 一四〇九
陰陽怪氣 一四〇九
陰雨晦冥 一四一〇
音容笑貌 一四一〇
音容宛在 一四一〇
音與政通 一四一〇
ㄧㄣˊ
吟風弄月 一四一〇
夤緣而上 一四一〇
寅吃卯糧 一四一〇
淫詞艷語 一四一〇
淫辭邪說 一四一一
銀鈎鐵畫 一四一一
銀鈎玉唾 一四一一
銀河倒瀉 一四一一
銀樣鑞槍頭 一四一一

一ㄣˇ

引風吹火　一四一一
引類呼朋　一四一一
引狼入室　一四一一
引領而望　一四一二
引鬼上門　一四一二
引吭高歌　一四一二
引火燒身　一四一二
引咎自責　一四一二
引經據典　一四一二
引頸就戮　一四一二
引嫌辭退　一四一三
引錐刺股　一四一三
引申觸類　一四一三
引商刻羽　一四一三
引繩排根　一四一三
引人注目　一四一三
引人入勝　一四一四
引足救經　一四一四
引而不發　一四一四
引而申之　一四一四
引以爲樂　一四一四
引以爲榮　一四一四
引爲鑒戒　一四一四
引玉之磚　一四一四
隱晦曲折　一四一五
隱迹潛踪　一四一五
隱姓埋名　一四一五
隱若敵國　一四一五
隱惡揚善　一四一五
隱約其辭　一四一五
飲冰茹蘗　一四一五
飲啖醉飽　一四一六
飲彈而亡　一四一六
飲糙亦醉　一四一六
飲恨吞聲　一四一六
飲灰洗胃　一四一六
飲酒離會　一四一六
飲血茹毛　一四一六
飲鴆止渴　一四一六
飲醇自醉　一四一七
飲食男女　一四一七
飲水思源　一四一七

一ㄣˋ

飲馬投錢　一四一七
印累綬若　一四一七

一ㄤ

泱泱大風　一四一七

一ㄤˊ

佯羞詐鬼　一四一八
佯爲不知　一四一八
揚葩振藻　一四一八
揚眉吐氣　一四一八
揚湯止沸　一四一八
揚長避短　一四一八
揚長而去　一四一八
洋洋大觀　一四一九
洋洋灑灑　一四一九
羊公之鶴　一四一九
羊狠狼貪　一四一九
羊質虎皮　一四一九
羊腸鳥道　一四一九
羊入虎群　一四一九
羊左之交　一四二〇
陽奉陰違　一四二〇
陽關大道　一四二〇
陽關三迭　一四二〇
陽和啓蟄　一四二〇
陽秋可畏　一四二〇
陽春白雪　一四二一

一ㄤˇ

仰不愧天　一四二一
仰攀俯取　一四二一
仰觀俯察　一四二一
仰之彌高　一四二一
仰事俯畜　一四二一
仰首伸眉　一四二一
仰人鼻息　一四二二
仰屋興嗟　一四二二
仰屋著書　一四二二
養兵千日，用兵一時。　一四二二
養虎遺患　一四二二
養家活口　一四二二
養精蓄銳　一四二三
養尊處優　一四二三
養兒防老　一四二三
養癰遺患　一四二三

一ㄤˋ

養生送死　一四二三
怏怏不樂　一四二三

一ㄥ

嚶鳴求友　一四二三
應有盡有　一四二四
英華發外　一四二四
英俊豪傑　一四二四
英雄氣短　一四二四
英雄入彀　一四二四
英雄所見略同。　一四二四
英雄無用武之地。　一四二五
英姿勃勃　一四二五
英姿煥發　一四二五
英姿颯爽　一四二五
鶯啼燕語　一四二五
鶯歌燕舞　一四二五
鶯遷之喜　一四二五
鶯儔燕侶　一四二六
鶯聲燕語　一四二六
鷹鼻鷂眼　一四二六
鷹瞵鶚視　一四二六
鷹擊毛摯　一四二六

鷹犬之任 一四二六
鷹犬之才 一四二六
鷹犬塞途 一四二六
鷹視狼步 一四二七
鷹揚虎視 一四二七
鸚鵡學舌 一四二七

ㄧㄥˊ

營私舞弊 一四二七
盈把之木 一四二七
盈科後進 一四二七
盈千累萬 一四二八
盈車嘉穗 一四二八
盈車之魚 一四二八
盈則必虧 一四二八
螢窗雪案 一四二八
蠅糞點玉 一四二八
蠅頭小利 一四二九
蠅營狗苟 一四二九
迎風待月 一四二九
迎頭痛擊 一四二九
迎頭趕上 一四二九
迎刃而解 一四二九

ㄧㄥˇ

影滅迹絕 一四二九
影單形隻 一四二九
影影綽綽 一四二九
穎脫而出 一四三〇
郢匠運斧 一四三〇
郢書燕說 一四三〇

ㄧㄥˋ

應付自如 一四三〇
應付裕如 一四三〇
應對如流 一四三〇
應天順人 一四三〇
應機立斷 一四三〇
應接不暇 一四三〇
應時對景 一四三一
應時之技 一四三一
應運而生 一四三一
映雪讀書 一四三一
映月讀書 一四三一
硬語盤空 一四三一

【ㄨ部】

ㄨ

嗚呼哀哉 一四三二
屋烏之愛 一四三二
屋上架屋 一四三二
屋上建瓴 一四三二
巫山雲雨 一四三二
汚七八糟 一四三二
烏白馬角 一四三二
烏飛兔走 一四三二
烏鳥私情 一四三二
烏合巴衆 一四三二
烏焦巴弓 一四三三
烏七八糟 一四三三
烏有子虛 一四三三
烏烟瘴氣 一四三三
烏焉成馬 一四三三
誣良爲盜 一四三三

ㄨˊ

吳頭楚尾 一四三三
吳牛喘月 一四三三
吳下阿蒙 一四三三
吳市吹簫 一四三四
吳越同舟 一四三四
吳道東矣 一四三四
梧鼠技窮 一四三四
毋食馬肝 一四三四
無本之木 一四三五
無邊風月 一四三五
無病呻吟 一四三五
無病自灸 一四三五
無補於事 一四三五
無偏無黨 一四三五
無米之炊 一四三五
無名小卒 一四三五
無風不起浪 一四三六
無風起浪 一四三六
無法無天 一四三六
無斧鑿痕 一四三六
無敵於天下 一四三六
無適無莫 一四三六
無地自容 一四三六
無的放矢 一四三七
無冬無夏 一四三七
無動於衷 一四三七
無能爲力 一四三七
無能爲役 一四三七
無理取鬧 一四三七
無立錐之地 一四三七
無路求生 一四三八
無根無蒂 一四三八
無根而固 一四三八
無關痛癢 一四三八
無功受祿 一四三八
無可比擬 一四三八
無可奈何 一四三八
無關宏旨 一四三八
無關緊要 一四三九
無何有之鄉 一四三九
無毀無譽 一四三九
無官一身輕 一四三九
無稽讕言 一四三九
無可厚非 一四三九
無可諱言 一四三九
無可救藥 一四三九
無可無不可 一四四〇
無愧衾影 一四四〇
無孔不入 一四四〇

無價之寶 一四四〇
無咎無譽 一四四〇
無稽之談 一四四〇
無濟於事 一四四〇
無計可施 一四四〇
無家可歸 一四四一
無巧不成書 一四四一
無情無義 一四四一
無拳無勇 一四四一
無窮無盡 一四四一
無堅不摧 一四四一
無精打采 一四四一
無拘無束 一四四二
無奇不有 一四四二
無中生有 一四四二
無恥之尤 一四四二
無腸公子 一四四二
無出其右 一四四二
無隙可乘 一四四二
無懈可擊 一四四二
無心出岫 一四四三
無遮大會 一四四三
無傷大體 一四四三
無傷大雅 一四四三
無聲無息 一四四三
無聲無臭 一四四三
無師自通 一四四三
無時無刻 一四四四
無事不登三寶殿。 一四四四
無事生非 一四四四
無思無慮 一四四四
無私有弊 一四四四
無所不包 一四四四
無所不通 一四四四
無人問津 一四四五
無任之祿 一四四五
無足掛齒 一四四五
無足輕重 一四四五
無從措手 一四四五
無所不爲 一四四五
無所不用其極。 一四四五
無所顧忌 一四四五
無所不能 一四四六
無所不有 一四四六
無所忌憚 一四四六
無所事事 一四四六
無所適從 一四四六
無所作爲 一四四六
無所措手足 一四四六
無所用心 一四四七
無惡不作 一四四七
無一是處 一四四七
無依無靠 一四四七
無以復加 一四四七
無以自遣 一四四七
無翼而飛 一四四七
無憂無慮 一四四七
無尤無怨 一四四七
無言可對 一四四七
無微不至 一四四八
無爲而治 一四四八
無往不利 一四四八
無妄之災 一四四八
無與倫比 一四四八
無緣無故 一四四八
無怨無德 一四四九
無庸諱言 一四四九
無庸置喙 一四四九
無庸置疑 一四四九
無庸爭辯 一四四九

ㄨˇ

五馬分屍 一四四九
五方雜處 一四四九
五風十雨 一四四九
五斗折腰 一四四九
五體投地 一四五〇
五內俱焚 一四五〇
五勞七傷 一四五〇
五穀不分 一四五〇
五穀不升 一四五〇
五穀豐登 一四五〇
五光十色 一四五〇
五行八作 一四五一
五行並下 一四五一
五湖四海 一四五一
五花八門 一四五一
五脊六獸 一四五一
五季之酷 一四五一
五經掃地 一四五一
五黃六月 一四五二
五雀六燕 一四五二
五角六張 一四五二
五心六意 一四五二
五洲四海 一四五二
五尺之童 一四五二
五十步笑百步。 一四五二
五世其昌 一四五三
五日京兆 一四五三
五臟六腑 一四五三
五彩繽紛 一四五三
五色無主 一四五三
五言長城 一四五三
五顏六色 一四五四
五音六律 一四五四
五月飛霜 一四五四
舞榭歌台 一四五四
舞衫歌扇 一四五四
舞文弄墨 一四五四
舞文弄法 一四五四

ㄨˋ

勿以惡小而爲之，勿以善小而不爲。 一四五四
勿忘在莒 一四五五

惡居下流　一四五五
惡濕居下　一四五五
惡紫奪朱　一四五五
惡醉強酒　一四五五
惡惡從短　一四五五
物薄情厚　一四五五
物美價廉　一四五六
物腐蟲生　一四五六
物阜民康　一四五六
物離鄉貴　一四五六
物力維艱　一四五六
物換星移　一四五六
物極必反　一四五六
物競天擇　一四五六
物是人非　一四五七
物盛則衰　一四五七
物在人亡　一四五七
物以類聚　一四五七
物以稀爲貴　一四五七
物有生死，理有存亡。　一四五七
物微志信　一四五八
誤石爲寶　一四五八
霧裏看花　一四五八
霧鬢風鬟　一四五八

ㄨㄚ

挖肉補瘡　一四五八
挖耳當招　一四五八

ㄨㄚˇ

瓦釜雷鳴　一四五八
瓦合之卒　一四五八
瓦雞陶犬　一四五八
瓦解冰消　一四五八
瓦解土崩　一四五九
瓦器蝦盤　一四五九

ㄨㄛ

蝸角虛名　一四五九
蝸行牛步　一四五九

ㄨㄛˇ

我見猶憐　一四五九
我行我素　一四五九
我醉欲眠　一四五九
我武惟揚　一四五九

ㄨㄛˋ

喔咿儒兒　一四六〇
握拳透爪　一四六〇
握蛇騎虎　一四六〇
握手言歡　一四六〇
沃野千里　一四六〇
臥不安席　一四六〇
臥榻之側，豈容他人鼾睡。　一四六〇
臥旗息鼓　一四六一
臥薪嘗膽　一四六一
臥雪吞氈　一四六一

ㄨㄞ

歪打正著　一四六一

ㄨㄞˋ

外寬內忌　一四六一
外寬內深　一四六一
外巧內嫉　一四六二
外強中乾　一四六二
外親內疏　一四六二
外怯內勇　一四六二
外順內悖　一四六二
外柔內剛　一四六二
外愚內智　一四六二
外圓內方　一四六二

ㄨㄟ

威風凜凜　一四六二
威鳳祥麟　一四六二
威德相濟　一四六三
威刑不肅　一四六三
威重令行　一四六三
威尊命賤　一四六三
威儀不類　一四六三
威儀不肅　一四六三
威儀孔時　一四六三
威武不屈　一四六四
威而不猛　一四六四
萎靡不振　一四六四

ㄨㄟˊ

唯馬首是瞻　一四六四
唯命是從　一四六四
唯利是圖　一四六四
唯力是視　一四六四
唯鄰是卜　一四六四
唯食忘憂　一四六五
唯我獨尊　一四六五
危邦不入　一四六五
危急存亡　一四六五
危如累卵　一四六五
危如朝露　一四六五
危在旦夕　一四六六
危言核論　一四六六
危言聳聽　一四六六
危言危行　一四六六
危而後濟　一四六六
惟明克允　一四六六
惟口起羞　一四六六
惟適之安　一四六七
惟日不足　一四六七
圍魏救趙　一四六七
帷薄不修　一四六七
帷牆之制　一四六七
微過細故　一四六七
微乎其微　一四六八
微言大義　一四六八
微文深詆　一四六八

為法自弊　一四六八
為非作歹　一四六八
為富不仁　一四六八
為德不卒　一四六八
為鬼為蜮　一四六八
為虺弗摧，為蛇若何。　一四六九
為善最樂　一四六九
為所欲為　一四六九
維妙維肖　一四六九
違心之論　一四六九
韋編三絕　一四六九
韋弦之佩　一四七〇

ㄨㄟˇ

唯唯否否　一四七〇
唯唯諾諾　一四七〇
唯唯連聲　一四七〇
委棄泥塗　一四七〇
委曲求全　一四七〇
委肉虎蹊　一四七〇
娓娓不倦　一四七一
娓娓動聽　一四七一
尾大不掉　一四七一
諉過於人　一四七一

ㄨㄟˋ

位卑言高　一四七一
位尊賤隔　一四七一
位尊勢重　一四七一
味如雞肋　一四七二
味如嚼蠟　一四七二
未卜先知　一四七二
未定之天　一四七二
未能免俗　一四七二
未老先衰　一四七二
未了公案　一四七二
未可厚非　一四七三
未網羸瓶　一四七三
未有倫比　一四七三
未雨綢繆　一四七三
渭濁涇清　一四七三
為民請命　一四七三
為民除害　一四七三
為國捐軀　一四七三
為虎傅翼　一四七四
為虎作倀　一四七四
為小失大　一四七四
為人說項　一四七四
為人作嫁　一四七四
為叢驅雀　一四七四
為淵驅魚　一四七五
畏天知命　一四七五
畏強凌弱　一四七五
畏首畏尾　一四七五
畏縮不前　一四七五
畏影惡迹　一四七五
畏威懷德　一四七六
蔚然成風　一四七六
蝟縮蠖屈　一四七六
魏紫姚黃　一四七六

ㄨㄢ

剜肉醫瘡　一四七六
剜眼剝皮　一四七六

ㄨㄢˊ

丸泥封關　一四七六
完璧歸趙　一四七七
玩火自焚　一四七七
紈袴子弟　一四七七
頑廉懦立　一四七七
頑石點頭　一四七七

ㄨㄢˇ

婉轉悠揚　一四七八
婉婉有儀　一四七八
晚食當肉　一四七八
莞爾而笑　一四七八

ㄨㄢˋ

玩於股掌之上。　一四七八
玩物喪志　一四七八
玩世不恭　一四七八
萬般皆下品，唯有讀書高。　一四七九
萬變不離其宗。　一四七九
萬不得已　一四七九
萬不失一　一四七九
萬不耐一　一四七九
萬馬奔騰　一四七九
萬馬齊喑　一四七九
萬馬爭先，驊騮落後。　一四八〇
萬民塗炭　一四八〇
萬目睽睽　一四八〇
萬夫不當之勇。　一四八〇
萬夫莫當　一四八〇
萬頭攢動　一四八〇
萬籟俱寂　一四八〇
萬里鵬程　一四八〇
萬里長城　一四八一
萬縷千絲　一四八一
萬古不磨　一四八一
萬古流芳　一四八一
萬古千秋　一四八一
萬古長青　一四八一
萬剮千刀　一四八一
萬貫家私　一四八一
萬戶千門　一四八二
萬壑爭流　一四八二
萬家燈火　一四八三
萬家生佛　一四八三
萬劫不復　一四八三
萬箭攢心　一四八三
萬籤插架　一四八三

萬全之策 一四八二
萬象更新 一四八三
萬象回春 一四八三
萬象森羅 一四八三
萬選青錢 一四八三
萬丈高樓平地起。 一四八三
萬丈光芒 一四八三
萬眾睢睢 一四八三
萬眾一心 一四八三
萬世師表 一四八三
萬世一時 一四八三
萬事大吉 一四八四
萬事亨通 一四八四
萬事俱備，只欠東風。 一四八四
萬壽無疆 一四八四
萬乘之尊 一四八四
萬水千山 一四八四
萬人空巷 一四八四
萬紫千紅 一四八五
萬死不辭 一四八五
萬死一生 一四八五
萬死猶輕 一四八五
萬歲千秋 一四八五
萬應靈丹 一四八五
萬無一失 一四八五
萬物皆備於我。 一四八五
蔓引株求 一四八六

ㄨㄣ

溫良恭儉讓 一四八六
溫故知新 一四八六
溫恭自虛 一四八六
溫情脈脈 一四八六
溫香艷玉 一四八六
溫柔敦厚 一四八六
溫潤而澤 一四八七
溫文爾雅 一四八七

ㄨㄣˊ

文炳雕龍 一四八七
文不加點 一四八七
文房四寶 一四八七
文風不動 一四八七
文東武西 一四八七
文韜武略 一四八八
文恬武嬉 一四八八
文通武達 一四八八
文理不通 一四八八
文行出處 一四八八
文江學海 一四八八
文君新寡 一四八八
文質彬彬 一四八九
文治武功 一四八九
文章絕唱 一四八九
文章憎命達 一四八九
文章宿老 一四八九
文陣雄帥 一四八九
文人相輕 一四九〇
文如其人 一四九〇
文如春華 一四九〇
文采風流 一四九〇
文采緣飾 一四九〇
文從字順 一四九〇
文以載道 一四九〇
文武皇皇 一四九一
文武之道，一張一弛。 一四九一
文武雙全 一四九一
紋絲不動 一四九一
聞名不如見面。 一四九一
聞風而逃 一四九一
聞道猶迷 一四九一
聞雷失箸 一四九一
聞過則喜 一四九二
聞雞起舞 一四九二
聞聲相思 一四九二
聞所未聞 一四九二
聞一知十 一四九二
聞一增十 一四九二
聞義而徙 一四九三

ㄨㄣˇ

刎頸之交 一四九三
穩如泰山 一四九三
穩操勝算 一四九三
穩操左券 一四九三

ㄨㄣˋ

問道于盲 一四九三
問鼎中原 一四九三
問牛知馬 一四九四
問柳尋花 一四九四
問官答花 一四九四
問寒問暖 一四九四
問心無愧 一四九四
問諸水濱 一四九四
問罪之師 一四九四
問俗問禁 一四九五
問安視膳 一四九五
文過飾非 一四九五

ㄨㄤˊ

亡命之徒 一四九五
亡國破家 一四九五
亡國富庫 一四九五
亡國之器 一四九五
亡國之臣 一四九六
亡國之音 一四九六
亡魂失魄 一四九六
亡魂喪膽 一四九六
亡戟得矛 一四九六
亡人自存 一四九六
亡羊補牢 一四九六
亡羊得牛 一四九七
亡羊之嘆 一四九七
王顧左右而

言他。　一四九七
王孫公子　一四九七

ㄨㄤˇ

往返徒勞　一四九七
往者不諫，來者可追。　一四九七
惘然若失　一四九八
枉費心機　一四九八
枉道事人　一四九八
枉口誑舌　一四九八
枉己正人　一四九八
枉直隨形　一四九八
枉尺直尋　一四九八
枉矢哨壺　一四九九
網目不疏　一四九九
網漏吞舟　一四九九
網開一面　一四九九

ㄨㄤˋ

妄口巴舌　一四九九
妄自菲薄　一四九九
妄自尊大　一五〇〇
妄自胡爲　一五〇〇
妄言則亂　一五〇〇
妄言妄聽　一五〇〇
忘年之交　一五〇〇
忘乎所以　一五〇〇
忘餐廢寢　一五〇〇
忘恩負義　一五〇〇
望梅止渴　一五〇〇
望門投止　一五〇一
望風捕影　一五〇一
望風披靡　一五〇一
望風而逃　一五〇一
望衡對宇　一五〇一
望秋先零　一五〇一
望塵莫及　一五〇二
望塵而拜　一五〇二
望穿秋水　一五〇二
望子成龍　一五〇二
望眼欲穿　一五〇二
望洋興嘆　一五〇二
望文生義　一五〇三
望而却步　一五〇三
望而生畏　一五〇三

ㄨㄥˋ

甕天之見　一五〇三
甕中之鱉　一五〇三
甕中捉鱉　一五〇三
甕牖繩樞　一五〇三

【ㄩ部】

ㄩ

紆青拖紫　一五〇五
紆朱懷金　一五〇五
紆尊降貴　一五〇五
迂回曲折　一五〇五

ㄩˊ

予取予求　一五〇五
于飛之樂　一五〇五
于今爲烈　一五〇五
杅穿皮蠹　一五〇六
愚不可及　一五〇六
愚昧無知　一五〇六
愚迷不悟　一五〇六
愚公移山　一五〇六
愚者一得　一五〇六
榆瞑豆重　一五〇七
漁奪侵牟　一五〇七
漁人之利　一五〇七
漁陽鼙鼓　一五〇七
瑜不掩瑕　一五〇七
逾牆鑽隙　一五〇七
逾閑蕩檢　一五〇七
餘桃啖君　一五〇七
餘光分人　一五〇八
餘香滿口　一五〇八
餘食贅行　一五〇八
餘音裊裊　一五〇八
餘音繞樑　一五〇八
餘味回甘　一五〇八
餘勇可賈　一五〇九
魚米之鄉　一五〇九
魚目混珠　一五〇九
魚大水小　一五〇九
魚爛土崩　一五〇九
魚爛而亡　一五〇九
魚龍曼衍　一五〇九
魚龍混雜　一五〇九
魚貫而行　一五一〇
魚貫而入　一五一〇
魚潰鳥散　一五一〇
魚質龍文　一五一〇
魚書雁足　一五一〇
魚水情深　一五一〇
魚水之歡　一五一〇
魚肉百姓　一五一〇
魚游釜中　一五一一
魚魚雅雅　一五一一

ㄩˇ

予人口實　一五一一
羽毛豐滿　一五一一
羽毛未豐　一五一一
羽翮飛肉　一五一一
羽翼已成　一五一一
與民更始　一五一一
與鬼爲鄰　一五一二
與虎謀皮　一五一二
與虎添翼　一五一二
與世隔絕　一五一二
與世沈浮　一五一二
與世長辭　一五一二

與世長存　一五一二
與世偃仰　一五一三
與世無爭　一五一三
與衆不同　一五一三
與日俱增　一五一三
與人方便，自己方便。　一五一三
與人爲善　一五一三
語不驚人死不休。　一五一三
語妙天下　一五一三
語驚四座　一五一四
語笑喧闐　一五一四
語重心長　一五一四
語焉不詳　一五一四
語言無味　一五一四
語無倫次　一五一四
雨打霜摧　一五一四
雨淋日炙　一五一四
雨過天青　一五一五
雨過天晴　一五一五
雨窟雲巢　一五一五
雨後春筍　一五一五
雨後送傘　一五一五
雨迹雲蹤　一五一五
雨井烟垣　一五一五
雨順風調　一五一六
雨絲風片　一五一六

ㄩˋ

喩之以理　一五一六
喩以利害　一五一六
禦敵於國門之外。　一五一六
欲罷不能　一五一六
欲令智昏　一五一六
欲蓋彌彰　一五一六
欲壑難塡　一五一六
欲加之罪，何患無辭。　一五一七
欲擒故縱　一五一七
欲取姑與　一五一七
欲速不達　一五一七
欲人勿知，莫若勿爲。　一五一七
欲益反損　一五一七
欲言又止　一五一七
浴血奮戰　一五一七
玉不琢，不成器。　一五一八
玉珮瓊琚　一五一八
玉堂金馬　一五一八
玉樓赴召　一五一八
玉昆金友　一五一八
玉潔冰清　一五一八
玉潔松貞　一五一八
玉減香消　一五一八
玉砌雕闌　一五一九
玉質金相　一五一九
玉尺量才　一五一九
玉卮無當　一五一九
玉石不分　一五一九
玉石同碎　一五一九
玉石俱焚　一五一九
玉軟花柔　一五一九
玉潤珠圓　一五二〇
玉碎珠沈　一五二〇
玉液瓊漿　一五二〇
玉葉金枝　一五二〇
玉燕投懷　一五二〇
玉殞香消　一五二〇
譽滿天下　一五二〇
遇難成祥　一五二〇
遇事生風　一五二〇
遇人不淑　一五二〇
飫甘饜肥　一五二〇
飫聞厭見　一五二一
鬱鬱不得志　一五二一
鬱鬱不樂　一五二一
鬱鬱寡歡　一五二一
鬱鬱葱葱　一五二一
鬻兒賣女　一五二一
鷸蚌相爭，漁翁得利。　一五二一

ㄩㄝ

約法三章　一五二二
約定俗成　一五二二
約己愛民　一五二二

ㄩㄝˋ

刖趾適履　一五二二
悅近來遠　一五二二
悅人耳目　一五二二
月白風清　一五二二
月裡嫦娥　一五二二
月落星沈　一五二二
月夕花朝　一五二三
月下花前　一五二三
月下老人　一五二三
月攘一雞　一五二三
月盈則食　一五二三
月暈而風，礎潤而雨。　一五二三
粵犬吠雪　一五二三
越分妄爲　一五二四
越鳧楚乙　一五二四
越俎代庖　一五二四
躍馬揚鞭　一五二四
躍然紙上　一五二四
躍躍欲試　一五二四

ㄩㄢ

寃家對頭　一五二四
寃家路窄　一五二五
寃家債主　一五二五
寃有頭，債有主。　一五二五
寃寃相報　一五二五
鳶飛魚躍　一五二五

ㄩㄢˊ
元方季方　一五二五
元龍高臥　一五二五
元龍豪氣　一五二五
元惡大憝　一五二六
元元本本　一五二六
原璧歸趙　一五二六
原封不動　一五二六
原心定罪　一五二六
原形畢露　一五二六
原始要終　一五二六
原原本本　一五二六
圓木警枕　一五二七
圓顱方趾　一五二七
圓鑿方枘　一五二七
援鱉失龜　一五二七
援疑質理　一五二七
沅芷澧蘭　一五二七
源頭活水　一五二七
源清流清　一五二七
源源不絕　一五二七
源源而來　一五二七
源遠流長　一五二八
猿鶴蟲沙　一五二八
猿穴壞山　一五二八
緣慳分淺　一五二八
緣情體物　一五二八
黿鱉鳴應　一五二八
ㄩㄢˇ
遠交近攻　一五二八
遠見卓識　一五二九
遠近兼顧　一五二九
遠親不如近鄰。　一五二九
遠親近友　一五二九
遠愁近慮　一五二九
遠水不解近渴。　一五二九
遠水不救近火。　一五二九
遠人無目　一五二九
遠在天邊，近在眼前。　一五二九
遠走高飛　一五三〇
緣木求魚　一五三〇
ㄩㄢˋ
怨天尤人　一五三〇
怨女曠夫　一五三〇
怨家債主　一五三〇
怨氣滿腹　一五三〇
怨氣衝天　一五三〇
怨聲載道　一五三〇
怨入骨髓　一五三一
ㄩㄣ
暈頭轉向　一五三一
ㄩㄣˊ
芸芸眾生　一五三一
雲奔雨驟　一五三一
雲屯霧集　一五三一
雲泥之別　一五三一
雲霓之望　一五三二
雲龍風虎　一五三二
雲龍井蛙　一五三二
雲開見日　一五三二
雲鬢霧鬢　一五三二
雲集霧散　一五三二
雲錦天章　一五三二
雲譎波詭　一五三二
雲起龍驤　一五三二
雲消霧散　一五三二
雲消雨散　一五三二
雲心月性　一五三三
雲興霞蔚　一五三三
雲行雨施　一五三三
雲中白鶴　一五三三
雲愁霧慘　一五三三
雲山霧罩　一五三三
ㄩㄣˇ
允執其中　一五三三
允文允武　一五三三
ㄩㄣˋ
運斤成風　一五三四
運之掌上　一五三四
運籌帷幄　一五三四
運用之妙，存乎一心。　一五三四
運用自如　一五三四
韞櫝而藏　一五三四
ㄩㄥ
庸懦無能　一五三四
庸中佼佼　一五三五
庸人自擾　一五三五
庸醫殺人　一五三五
庸言庸行　一五三五
庸庸碌碌　一五三五
雍容大雅　一五三五
雍容華貴　一五三五
雍容閑雅　一五三五
雍容雅步　一五三六
饔飧不繼　一五三六
ㄩㄥˇ
擁彗掃門　一五三六
勇猛精進　一五三六
勇冠三軍　一五三六
勇者不懼　一五三六
勇而無謀　一五三六
勇往直前　一五三七
詠月嘲風　一五三七
永志不忘　一五三七

永矢弗諼　一五三七
永生永世　一五三七
永垂不朽　一五三七
踊貴履賤　一五三七
踴躍輸將　一五三七

ㄩㄥˋ

用兵如神　一五三八
用非所學　一五三八
用非所長　一五三八
用夏變夷　一五三八
用盡心機　一五三八
用行捨藏　一五三八
用之不竭　一五三八
用志不紛　一五三八
用人惟才　一五三八
用武之地　一五三九

〔ㄅ部〕

八百孤寒（ㄅㄚ ㄅㄞˇ ㄍㄨ ㄏㄢˊ）

【出處】五代・王定保《唐摭言・七・好放孤寒》：「李太尉德裕頗爲寒畯開路。及謫官南去，或有詩曰：『八百孤寒齊下淚，一時南望李崖州。』」（寒畯：貧苦的讀書人。）

【解釋】八百：言其多。孤寒：孤苦貧寒的人。

【用法】指很多孤苦貧寒的人。

【例句】在君主時代，黃河流域，天災頻仍，當權者却趁機搜刮，大發橫財，而置～於不顧。

八拜之交（ㄅㄚ ㄅㄞˋ ㄓ ㄐㄧㄠ）

【出處】元・王實甫《西廂記》第一本第一折：「有一人姓杜，名確，字君實，與小生同郡同學，當初爲八拜之交。」

【解釋】八拜：本指古代世交子弟見長輩時所行的禮節；舊時好友相約爲兄弟關係，也常採取這種禮儀。交：交誼。

【用法】指結拜的兄弟關係。

【例句】我們三人同窗多年，友誼深厚，不妨結爲～。

八面玲瓏（ㄅㄚ ㄇㄧㄢˋ ㄌㄧㄥˊ ㄌㄨㄥˊ）

【出處】唐・盧綸《賦得彭祖樓送楊宗德歸徐州幕》詩：「四戶八窗明，玲瓏逼上清。」

【解釋】玲瓏：明亮淨澈；轉指人靈巧機敏。

【用法】①原指八面窗戶通明透亮。②後用以形容人處世圓滑，待人接物都能敷衍應付。

【例句】他是個～的滑溜人物。

八面見光（ㄅㄚ ㄇㄧㄢˋ ㄐㄧㄢˋ ㄍㄨㄤ）

【解釋】八面：各個方面。光：光滑。

【用法】形容爲人處世非常圓滑，善於應付各種人事關係。

【例句】他待人處世總是～，四面討好，看了令人生厭。

八面見線（ㄅㄚ ㄇㄧㄢˋ ㄐㄧㄢˋ ㄒㄧㄢˋ）

【解釋】線：線條。

【用法】形容處事妥善、周到。

【例句】別看他年輕，辦起事來～，把工作交給他是很放心的。

八面威風（ㄅㄚ ㄇㄧㄢˋ ㄨㄟ ㄈㄥ）

【出處】元・李文蔚《蔣神靈應》第四折：「方顯這大將軍八面威風。」

【解釋】威風：令人敬畏的氣勢。

【用法】①在各方面都顯得很威風。②形容人威勢很盛。

【例句】在君主時代，就是個小小的縣官，出得門來也是前呼後擁，眞是～，神氣得了不得。

八方呼應（ㄅㄚ ㄈㄤ ㄏㄨ ㄧㄥˋ）

【解釋】八方：四方（東、南、西、北）和四隅（東南、東北、西南、西北）的總稱，泛指各方。

【用法】意謂各方面彼此響應，互相配合。

【例句】這個建議一經提出，～，很快得到了推行。

八方支援

【解釋】八方：四方（東、南、西、北）和四隅（東南、東北、西南、西北）的總稱，泛指各方。

【用法】形容各方面都給予支持或援助。

【例句】在我們國家裏，一方困難，～，充分表現了互助合作的精神。

八斗之才

【出處】宋・無名氏《釋常談・八斗之才》：「文章多，謂之『八斗之才』。謝靈運嘗曰：『天下才共一石，曹子建獨占八斗，我得一斗，天下共分一斗。』」

【解釋】八斗：言其量多。才：才華。

【用法】形容人富有才華。

【例句】他有～，滿腹經論，可惜生不逢時，竟是落拓終身。

【附註】①也作「八斗才」。②參看「才高八斗」。

八公山上，草木皆兵

【出處】唐・房玄齡等《晉書・苻堅載記》：「堅與苻融登城而望王師，見部陣齊整，將士精銳；又北望八公山上，草木皆類人形，顧謂融曰：『此亦勁敵也，何謂少乎？』憮然有懼色。」

【解釋】八公山：山名，也叫北山，在安徽壽縣（壽州）北，位於淝水以北、淮水以南。相傳漢・淮南王劉安曾同八公（門客蘇非，李尚、左吳、田由、雷被、毛被、伍被、晉昌八人）登此山，故得名。木：樹。皆：都、全。

【用法】①誤以為八公山上的草叢和樹木都是敵兵。②形容心情緊張，極度驚懼，疑神疑鬼。

【例句】「～」，是錯覺之一例。

八花九裂

【出處】宋・釋普濟《五燈會元》：「僧同慧顒禪師曰：『如何是無縫塔？』師曰：『八花九裂。』」

【解釋】①八處開了花，九處裂了縫。②比喻漏洞縫隙很多。

八荒之外

【出處】《列子・仲尼》：「雖遠在八荒之外，近在眉睫之內。」

【解釋】八荒：八方荒遠的地方。

【用法】八面荒遠的地方以外，極言其曠遠。

【例句】你這一走，眞是到了～，什麼時候才能見面呢？

八街九陌

【出處】《三輔舊事》：「長安城中，八街九陌。」

【解釋】八、九：言其多。陌：街。

【用法】①指街道很多。②形容城市的繁華。

【例句】剛來到這個陌生的城市裡，～，讓我上哪兒去找他呢？

八九不離十

【用法】形容善於估計情況，料事切近實際。

【例句】不是我誇口，我一猜就能猜他個～。

八仙過海，各顯神通
ㄅㄚ ㄒㄧㄢ ㄍㄨㄛˋ ㄏㄞˇ，ㄍㄜˋ ㄒㄧㄢˇ ㄕㄣˊ ㄊㄨㄥ

【出處】明．吳承恩《西遊記》第八十一回：「正是八仙同過海，獨自顯神通！」

【解釋】八仙：長期流行於民間的關於道家傳說中的八個仙人，即漢鍾離（鍾離權）、張果老、韓湘子、鐵拐李、呂洞賓、曹國舅、藍采和、何仙姑。神通：原為古代印度宗教所指修行成功而具備的神奇的能力，後指高超的本領。

【用法】比喻人們在從事某種事業中，各自大顯身手（含有相互比試之意）。

【例句】大家有的和灰，有的砌牆，有的打門窗，～，一所新房就建成了。

【附註】也作「八仙過海，各顯其能」，或只說「八仙過海」而隱含「各顯神通」（其能）之意。

八字打開
ㄅㄚ ㄗˋ ㄉㄚˇ ㄎㄞ

【出處】宋《朱子大全．第三十五卷．與劉子澄書》：「近日因看《大學》，見得此意甚分明。聖賢已是八字打開了，但人自不領會，卻向外狂走耳。」

【解釋】「八」字由一「撇」一「捺」兩筆組成，「撇」是向左下方斜，「捺」是向右下方斜，字形呈敞開狀。

【用法】比喻說話毫無隱諱，像「八」字的形狀那樣，將情況直截了當地攤開來。

【例句】我極力克制自己，冷冷地對他說：「咱明人不做暗事，～對你直說吧，我認為你的作法是錯誤的。」

巴蛇吞象
ㄅㄚ ㄕㄜˊ ㄊㄨㄣ ㄒㄧㄤˋ

【出處】《山海經．海內南經》：「巴蛇食象，三歲而出其骨。」

【解釋】巴蛇：古代傳說中的大蛇。

【用法】①大蛇吞吃大象。②比喻貪心極大，不知滿足。

【例句】這些唯利是圖的傢伙們，對金錢的貪婪，是「～」永無止境的。

【附註】參看「蛇欲吞象」「一蛇吞象」。

拔本塞原
ㄅㄚˊ ㄅㄣˇ ㄙㄜˋ ㄩㄢˊ

【出處】《左傳．昭公九年》：「伯父若裂冠毀冕，拔本塞原，專棄謀主，雖戎狄其何有餘一人？」

【解釋】本：樹根。塞：阻塞。原：水源。

【用法】①拔掉樹根，堵住水源。②比喻從本原上消除。

【例句】欲端正社會風氣，～之道，必從教育入手。

【附註】「塞」不能念成「ㄙㄞ」。

拔茅連茹
ㄅㄚˊ ㄇㄠˊ ㄌㄧㄢˊ ㄖㄨˊ

【出處】《周易．泰》：「拔茅茹以其滙。」

【解釋】茅：白茅，多年生草本植物。茹：草根互相牽連的樣子。

【用法】比喻有某些利害關係或主張一致的人，互相引荐，一人被選拔或提升，就連帶引進許多人。

【例句】舊時的官吏大都是靠裙帶關係往上爬的，一個人得到提升，就～帶上來一大群人。

拔刀相助（ㄅㄚˊ ㄉㄠ ㄒㄧㄤ ㄓㄨˋ）

【出處】元．無名氏《連環計》第四折：「連李肅也不忿其事，因此拔刀相助。」
【用法】①拔出刀來幫助被欺侮者，抗擊欺侮人的人。②意指主持正義，打抱不平。
【例句】我很喜歡看武俠小說，對小說裏所寫的那些「路見不平，～」的俠客行為是很佩服的。

拔地倚天（ㄅㄚˊ ㄉㄧˋ ㄧˇ ㄊㄧㄢ）

【出處】唐《孫樵集．與王霖秀才書》：「譬玉川子《月蝕》詩、楊司城《華山賦》、韓吏部《進學解》、馮常侍《清河壁記》，莫不拔地倚天，句句欲活。」
【解釋】拔：突出。倚：靠。
【用法】①突出地面，倚傍着天。②比喻文章氣勢雄健有力。
【例句】蘇軾、辛棄疾一派詞人的作品，風格豪放，具有～的氣勢，對後世的影響極大。

拔丁抽楔（ㄅㄚˊ ㄉㄧㄥ ㄔㄡ ㄒㄧㄝ）

【出處】元．無名氏《月明和尙度柳翠》第四折：「大衆恐有不能了達，心生疑惑者，請垂下問，我與他拔丁抽楔。」
【解釋】丁：同「釘」。楔：楔子。
【用法】①拔掉釘子，抽掉楔子。②比喻解決困難。

拔來報往（ㄅㄚˊ ㄌㄞˊ ㄅㄠˋ ㄨㄤˇ）

【出處】《禮記．少儀》：「毋拔來，毋報往。」
【解釋】報：通「赴」。拔、報：都是「快」的意思。
【用法】①匆匆跑來，又急急跑去。②也指往來頻繁。
【例句】他們兩家，有一個時期～，相當密切，現在卻成了寃家對頭。
【附註】①也作「報往跋來」。②「拔」不能解釋成「拔除」。

拔葵去織（ㄅㄚˊ ㄎㄨㄟˊ ㄑㄩˋ ㄓ）

【出處】漢．班固《漢書．董仲舒傳》：「故公儀子(休)相魯，之其家見織帛，怒而出其妻，食於舍而茹葵，慍而拔其葵，曰：『吾已食祿，又奪園夫紅女利乎！』」
【解釋】葵：冬葵，古稱「百菜之主」，是一種重要的蔬菜。織：紡織。種葵、紡織，百姓藉以謀生。
【用法】①此謂拔掉自家栽培的冬葵，去掉自家從事的紡織。②意指官吏不同百姓爭利。
【例句】在君主時代，各地縣官能～，不與民爭利的，誠屬難能可貴！

拔犀擢象（ㄅㄚˊ ㄒㄧ ㄓㄨㄛˊ ㄒㄧㄤˋ）

【出處】宋．王洋《東牟集．九．與丞相論鄭武子狀》：「救局數人，其間固有拔犀擢象見稱一時者，然而析理精微，旁通注意，鮮如克。」（克：鄭武子。）
【解釋】拔、擢：提拔。犀：犀牛。犀與象都是大型動物，這裡比喻超凡的人物。
【用法】意謂提拔才能出衆的人。
【例句】政府必須有效地疏通人事管道

，才能～，進而造就人才。

拔新領異（ㄅㄚˊ ㄒㄧㄣ ㄌㄧㄥˇ ㄧˋ）

【出處】南朝・宋・劉義慶《世說新語・文學》：「王逸少（羲之）作會稽，初至，支道林（遁）在焉。孫興公（綽）謂王曰：『支道林拔新領異，胸懷所及乃自佳，卿欲見否？』」
【解釋】拔：抽出。新：指新意。領：具有。異：指獨特之處。
【用法】創立新意，具有獨到見地。
【例句】林先生～，且學養俱佳，是個不可多得的人才。

拔幟易幟（ㄅㄚˊ ㄓˋ ㄧˋ ㄓˋ）

【出處】漢・司馬遷《史記・淮陰侯列傳》：「（韓信）選輕騎二千人，人持一赤幟，從間道萆山而望趙軍，誡曰：『趙見我走，必空壁逐我，若疾入趙壁，拔趙幟，立漢赤幟。』」
【解釋】幟：旗子。易：換。
【用法】①拔去對方的旗子，換上自己的旗子。②比喻取而代之。
【例句】這個工作已陷於停滯狀態，我實在無能爲力，趁早～，由別人接手吧！
【附註】也作「拔旗易幟」。

拔宅上升（ㄅㄚˊ ㄓㄞˊ ㄕㄤˋ ㄕㄥ）

【出處】《太清記》：「許眞君拔宅上升，惟車轂錦帳墮故宅。」
【解釋】宅：住所，這裡代指全家。
【用法】①道家傳說修道的人得道，則全家同升仙界。②後用以指一人身居高位，全家跟着得勢。
【例句】古時讀書人，十年寒窗後，一旦金榜題名，獲得功名，便可以～。
【附註】也作「拔宅飛升」。

拔十失五（ㄅㄚˊ ㄕˊ ㄕ ㄨˇ）

【出處】晉・陳壽《三國志・蜀志・龐統傳》：「每所稱述，多過其才，時人怪而問之，統答曰：『方欲興風俗，長道業，不美其譚，即聲名不足慕企，而爲善者少矣。今拔十失五，猶得其半，而可以崇邁世數，使有志者自勵，不亦可乎？』」
【解釋】拔：選拔。
【用法】①挑選十個而得到五個。②意指從寬薦舉人才。

拔山蓋世（ㄅㄚˊ ㄕㄢ ㄍㄞˋ ㄕˋ）

【出處】漢・司馬遷《史記・項羽本紀》：「項王則夜起帳中，有美人名虞，常幸從；駿馬名騅，常騎之，於是項王乃悲歌慷慨，自爲詩曰：『力拔山兮氣蓋世，時不利兮騅不逝，騅不逝兮可奈何，虞兮虞兮奈若何！』」
【解釋】蓋世：超越天下人，世上第一。
【用法】①力能拔掉大山，勇居世上第一。②形容力大勇猛，當代無比。
【例句】西楚霸王雖然有～之勇，由於他不能用人，到頭來還是敗在劉邦的手裡。

拔山扛鼎（ㄅㄚˊ ㄕㄢ ㄎㄤˊ ㄉㄧㄥˇ）

【出處】漢・司馬遷《史記・項羽本紀》：「籍長八尺餘，力能扛鼎。」又：「項王乃悲歌慷慨，自爲詩曰：『力拔山兮氣蓋世，……。』」
【解釋】拔：拔起來。扛：兩手舉起。鼎：古代用以烹煮的器皿，多爲青銅鑄造而成，圓形的三足兩耳，方形的四足兩耳，也曾作爲傳國的寶器。
【用法】①拔起大山，舉起寶鼎。②形容力大無比。
【例句】項王雖有～的氣力，卻有勇無謀，因此，還是敗在劉邦的手下。

拔樹尋根（ㄅㄚˊ ㄕㄨˋ ㄒㄩㄣˊ ㄍㄣ）

【出處】元・無名氏《碧桃花》第一折：「俺那裡有的是秦人晉人，你可也休將咱盤問，則管里絮叨叨拔樹尋根。」
【用法】喻指深究事情的根由。
【例句】探究學問，必須～，才能眞有所得。

跋前躓後（ㄅㄚˊ ㄑㄧㄢˊ ㄓˋ ㄏㄡˋ）

【出處】唐・韓愈《進學解》：「然而公不見信於人，私而不見助於友。跋前躓後，動輒得咎。」
【解釋】跋：踩，踐踏。躓：絆倒。
【用法】比喻進退兩難。
【例句】局面很尷尬，他想待又待不下去，要走又不能走，眞是～。

跋山涉水（ㄅㄚˊ ㄕㄢ ㄕㄜˋ ㄕㄨㄟˇ）

【出處】《詩經・鄘風・載馳》：「大夫跋涉，我心則憂。」毛傳：「草行曰跋，水行曰涉。」
【用法】跋：翻山越嶺。涉：趟水過河。
【用法】形容遠行的艱苦勞苦。
【例句】王教授～，走訪山區，從事調查研究的工作。

把臂入林（ㄅㄚˇ ㄅㄧˋ ㄖㄨˋ ㄌㄧㄣˊ）

【出處】南朝・宋・劉義慶《世說新語・賞譽》：「謝公(安)道：『豫章(謝鯤)若遇七賢，必自把臂入林。』」(七賢：三國・魏末，陳留阮籍、阮咸、譙國嵇康、河內山濤、河南向秀、琅邪王戎、沛人劉伶相友善，常在竹林下宴集，時人號爲竹林七賢。)
【解釋】把：挽住。林：指山林田野。
【用法】挽著臂膀同入山林。指厭倦世俗，同有清高意趣的好友相偕退隱。

把玩不厭（ㄅㄚˇ ㄨㄢˊ ㄅㄨˋ ㄧㄢˋ）

【出處】三國・魏・陳琳《爲曹洪與魏文帝書》：「得九月二十日書，讀之喜笑，把玩不厭。」
【解釋】把：用手握着。玩：觀賞。厭：厭煩。
【用法】①愛不釋手地觀賞，而不厭煩。②形容對某種藝術品的酷愛。
【例句】此項牙雕作品，不僅人物生動，而且刻工精細，花草山石，無不玲瓏剔透，眞是令人～的藝術珍品。

白璧無瑕（ㄅㄞˊ ㄅㄧˋ ㄨˊ ㄒㄧㄚˊ）

【出處】宋・釋道原《景德傳燈錄・卷十三・吉州福壽和尚》：「問：『不曾博覽空王教略，借玄機試道看。』師曰：『白璧無瑕，卞和刖足。』」
【解釋】璧：扁而圓，中心有孔的玉。瑕：玉上的斑點。
【用法】①白璧上沒有小斑點。②比喻人或事物完美無缺。
【例句】這個女孩漂亮極了，她的五官可以說是～，毫無缺點！
【附註】也作「白玉無瑕」。

白璧微瑕（ㄅㄞˊ ㄅㄧˋ ㄨㄟ ㄒㄧㄚˊ）

【出處】梁・蕭統《陶淵明集序》：「白璧微瑕，惟在《閑情》一賦。」
【解釋】璧：扁而圓，中心有孔的玉。瑕：玉上的斑點。
【用法】①白璧上有小斑點。②比喻很好的人或事物有些小缺點，即指美中不足。
【例句】然而這一切小毛病只是～而已。

白面書生 ㄅㄞˊ ㄇㄧㄢˋ ㄕㄨ ㄕㄥ

【出處】南朝・梁・沈約《宋書・沈慶之傳》：「陛下今欲伐國，而與白面書生輩謀之，事何由濟？」
【用法】指只有書本知識，缺少實際經驗的讀書人。
【例句】手無寸鐵的～，遇到橫豎不講理的人，也只能瞪著眼，乾生氣！

白髮蒼蒼 ㄅㄞˊ ㄈㄚˇ ㄘㄤ ㄘㄤ

【出處】唐・韓愈《祭十二郎文》：「吾年未四十，而視茫茫，而髮蒼蒼，而齒牙動搖。」
【解釋】蒼蒼：灰白色。
【用法】形容年邁遂頭髮花白。
【例句】在這次的健行活動中，不少老年人雖然～，卻依然健步如飛！

白刀子進，紅刀子出 ㄅㄞˊ ㄉㄠ ㄗˇ ㄐㄧㄣˋ ㄏㄨㄥˊ ㄉㄠ ㄗˇ ㄔㄨ

【出處】清・曹雪芹《紅樓夢》第七回：「不和我說別的還可；再說別的，咱們白刀子進去，紅刀子出來。」
【解釋】指動刀子拼死活。
【例句】青少年年輕氣盛，一動起氣來，往往～地拼死拼活，此種行徑眞是不足取啊！

白頭偕老 ㄅㄞˊ ㄊㄡˊ ㄒㄧㄝˊ ㄌㄠˇ

【出處】清・沈三白（復）《浮生六記・閨房記樂》：「芸愀然曰：『妾能與君白頭偕老，月輪當出。』」
【解釋】白頭：白了頭髮。偕：一同，指共同生活。老：老年。
【用法】①夫妻共同生活一輩子。②常作祝頌之辭。
【例句】但願你們倆恩恩愛愛，～。
【附註】也作「白頭到老」。

白頭如新 ㄅㄞˊ ㄊㄡˊ ㄖㄨˊ ㄒㄧㄣ

【出處】漢・鄒陽《獄中上書自明》：「語曰：『白頭如新，傾蓋如故。』何則？知與不知也。」（傾蓋如故：初見相得，一見如故。）
【解釋】白頭：指年老。新：指新識。
【用法】①互相結識已久，但因見解不同，互不了解，雖至年老，還像剛結識一樣。②指彼此交情不深。
【例句】我們是老同學了，幾十年來雖有過多少次交往，卻常是話不投機，至今仍不免有～之感。

白龍魚服 ㄅㄞˊ ㄌㄨㄥˊ ㄩˊ ㄈㄨˊ

【出處】漢・劉向《說苑・正諫》：「昔白龍下清冷之淵，化爲魚，漁者豫且射中其目。」
【解釋】白龍：比喻貴人。魚服：比喻普通的服裝。
【用法】喻指貴人隱蔽身分而化裝出行。
【例句】看過這部電影，古時後那種～私訪民間的清官形象，常常閃現在我的腦際。

白圭之玷 ㄅㄞˊ ㄍㄨㄟ ㄓ ㄉㄧㄢˋ

之玷，尚可磨也；斯言之玷，不可爲也。」

【用法】《詩經・大雅・抑》：「白圭之玷，尚可磨也；斯言之玷，不可爲也。」

【解釋】圭：古代舉行典禮時用的一種玉器，扁平長方形，前端作三角狀。白圭：白玉圭。玷：白玉上的斑點。

【用法】①白玉圭上面的斑點。②比喻人的缺點。

【例句】他晚節不保，收受賄賂，實如～，令人遺憾。

白黑分明（ㄅㄞˊ ㄏㄟ ㄈㄣ ㄇㄧㄥˊ）

【出處】漢・班固《漢書・薛宣傳》：「宣數言政事便宜，舉奏部刺史郡受二千石，所貶退稱進，白黑分明。」

【解釋】比喻是非清楚。

【附註】參看「黑白分明」。

白虹貫日（ㄅㄞˊ ㄏㄨㄥˊ ㄍㄨㄢˋ ㄖˋ）

【出處】《戰國策・魏策四》：「聶政之刺韓傀也，白虹貫日。」

【解釋】虹：這裏指的是「暈」（ㄩㄣˋ），即日光通過雲層中的冰晶時，經折射而形成的光圈。貫：穿。

【用法】古人迷信，認爲人間如有極不平常的行動產生，天上就有白虹貫日的預兆。

【例句】他勤勤懇懇地工作，卻總是默默無聞；他期冀着有那麼一天會出現一種奇蹟，改變他的境遇，然而，那種「～」的夢幻卻遲遲沒有出現。

白駒過隙（ㄅㄞˊ ㄐㄩ ㄍㄨㄛˋ ㄒㄧˋ）

【出處】《莊子・知北遊》：「人生天地之間，若白駒之過郤，忽然而已。」（郤，本亦作隙。隙，孔也。）

【解釋】白駒：小白馬，喻指太陽。隙：縫隙。

【用法】①像少壯的駿馬在縫隙間一閃而過。②形容時光過得快。

【例句】時間如～，轉瞬即逝，我們必須珍惜，不要白白地浪費掉。

【附註】參看「騏驥過隙」。

白紙黑字（ㄅㄞˊ ㄓˇ ㄏㄟ ㄗˋ）

【出處】元・無名氏《看錢奴買冤家債主》第二折：「不要閑說，白紙上寫着黑字兒哩。若有反悔之人，罰寶鈔一千貫與不反悔之人使用。」

【用法】指留有文字憑據，不容抵賴否認。

【例句】～寫得明明白白，你抵賴不得。

白首空歸（ㄅㄞˊ ㄕㄡˇ ㄎㄨㄥ ㄍㄨㄟ）

【出處】南朝・宋・范曄《後漢書・獻帝紀》：「今耆儒年逾六十，去離本土，營求糧資不得，專業結童入學，白首空歸。」

【用法】①白了頭髮，空手而歸。②比喻年紀已老，學無成就。

【例句】現在年近古稀，回首一生，一無所成，不免有～之感。

白手起家（ㄅㄞˊ ㄕㄡˇ ㄑㄧˇ ㄐㄧㄚ）

【出處】五代・後晉・劉昫等《舊唐書・王方慶傳》：「方慶年十六，起家越王府參軍。」

【解釋】白手：空手。起家：舊指仕家子弟登上仕途顯親揚名。

【用法】①指貧士空手得官，家道隆興。②今指在一無所有的困境中靠自身創造條件，把事業壯大了起來。

【例句】創業，是有多大本錢做多大生意，不能～，更不能一本萬利。

【附註】①原作「白屋起家」。②參看「平地樓台」、「平地起家」。

白首一節（ㄅㄞˊ ㄕㄡˇ ㄧˋ ㄐㄧㄝˊ）

【出處】南朝・宋・范曄《後漢書・吳良傳》：「躬儉安貧，白首一節。」注：「言雖耆耄，志節不衰。」

【解釋】白首：指白頭老人。一節：一貫到底的氣節。

【用法】形容人有氣節，直到晚年，仍堅持不渝。

【例句】一個人做一兩件好事容易，要長期堅持就不容易了，所以能做到～是難能可貴的。

白山黑水（ㄅㄞˊ ㄕㄢ ㄏㄟ ㄕㄨㄟˇ）

【出處】《金史・世紀》：「地有混同江，長白山。混同江亦號黑龍江，所謂白山黑水是也。」

【解釋】白山：即長白山。黑水：即黑龍江。

【用法】泛指東北一帶地方。

【例句】他在極其困難的條件下，轉戰於～之間，不斷地打擊敵人。

白水鑑心（ㄅㄞˊ ㄕㄨㄟˇ ㄐㄧㄢˋ ㄒㄧㄣ）

【出處】①《左傳・僖公二十三年》：「所不與舅氏同心者，有如白水。」②《莊子・德充符》：「人莫鑑於流水，而鑑於止水。」

【解釋】鑑：照。

【用法】①清澈的水可以照見心。②形容人心純潔，明澈可見。古人常指水為誓。

白日見鬼（ㄅㄞˊ ㄖˋ ㄐㄧㄢˋ ㄍㄨㄟˇ）

【出處】宋・陸游《老學庵筆記》卷六：「工屯虞水，白日見鬼。」（工屯虞水：指工部、屯田、虞衡、水部等四官衙。）

【解釋】白日：白天。按照迷信說法，鬼是人死後的靈魂，在陰間，經常是黑夜行動，白天不易見到。

【用法】①大白天見到鬼。②原比喻官府裏清閑、冷落。③現也比喻絕不可能出現的事，或無事自擾。

【例句】我和他不認識，他硬說我在大學裏聽過他講課，眞是～。

白日升天（ㄅㄞˊ ㄖˋ ㄕㄥ ㄊㄧㄢ）

【出處】北齊・魏收《魏書・釋老志》：「積行立功，累德增善，乃可白日升天，長生世上。」

【解釋】白日：白天。

【用法】①原為道教用語。②指白天升入天堂成仙。③後喻指出身寒微而做官高升。

白日做夢（ㄅㄞˊ ㄖˋ ㄗㄨㄛˋ ㄇㄥˋ）

【解釋】白日：白天。

【用法】比喻脫離實際的幻想，不可能實現的事情。

【例句】不努力工作就想有收穫的想法，簡直是～。

白日衣繡（ㄅㄞˊ ㄖˋ ㄧˋ ㄒㄧㄡˋ）

【出處】漢・應劭《風俗通義》第十卷：「（張遼）以二千石之尊過鄉里，薦祝祖考，白日繡衣，榮羨如此。」

【解釋】白日：白天。衣：穿。繡：刺

繡品，這裡指華貴的官服。

【用法】舊時指獲得功名富貴的人向故鄉的人顯耀自己。

【附註】①「衣」不能念成一。②參看「衣繡晝行」。

白往黑歸 ㄅㄞˊ ㄨㄤˇ ㄏㄟ ㄍㄨㄟ

【出處】《韓非子・說林下》：「楊朱之弟楊布，衣素衣而出。天雨，解素衣，衣緇衣而反。其狗不知而吠之。楊布怒，將擊之。楊朱曰：『子毋擊也，子亦猶是。向者使女狗白而往，黑而來，子豈能毋怪哉？』」（素：白色。緇：黑色。女：同汝。）

【用法】①形容前後不一致。②後用以比喻只看表面，不注意本質。

白魚入舟 ㄅㄞˊ ㄩˊ ㄖㄨˋ ㄓㄡ

【出處】漢・司馬遷《史記・周本紀》：「武王渡河，中流，白魚躍入王舟中，武王俯取以祭。……諸侯皆曰：『紂可伐矣。』」裴駰集解引馬融曰：「魚者，鱗介之物，兵象也；白者，殷家之正色。言殷之兵衆與周之象也。」

【用法】①白魚跳進船中。②古人迷信，認爲這是天意決定殷滅周興的預兆。③後用以比喻用兵必獲勝利的吉兆。

白雲親舍 ㄅㄞˊ ㄩㄣˊ ㄑㄧㄣ ㄕㄜˋ

【出處】宋・歐陽修等《新唐書・狄仁傑傳》：「薦授并州法曹參軍，親在河陽。仁傑登太行山，反顧，見白雲孤飛，謂左右曰：『吾親舍其下。』瞻悵久之。雲移，乃得去。」

【解釋】親舍：親人的住處。

【用法】①指凝神仰望親人住所方向飄蕩着的白雲，表示對父母親人的懷念。②用作懷念父母親人的詞語。

【例句】長期在外地工作，難免有～之感。

白雲蒼狗 ㄅㄞˊ ㄩㄣˊ ㄘㄤ ㄍㄡˇ

【出處】唐・杜甫《可嘆》詩：「天上浮雲如白衣，斯須改變如蒼狗。古往今來共一時，人生萬事無不有。」

【解釋】蒼：黑色。

【用法】①白雲變成黑狗的形狀。②比喻世事變幻無常。

【例句】第二次世界大戰以來，世界形勢的變化難以捉摸，不禁使人有～之嘆。

百般刁難 ㄅㄞˇ ㄅㄢ ㄉㄧㄠ ㄋㄢˋ

【解釋】百般：指採取多種手法。刁難：故意給人爲難。

【用法】用各種手段使對方過不去。

【例句】這件事他做不來，我去做他卻又～。

【附註】「難」不能念成ㄋㄢˊ。

百般責難 ㄅㄞˇ ㄅㄢ ㄗㄜˊ ㄋㄢˋ

【解釋】百般：指採取各種方法。責難：指責非難。

【用法】用各種方法指責、非難人。

【例句】小有過錯就～，這不是與人爲善的態度。

【附註】「難」不能念成ㄋㄢˊ。

百弊叢生 ㄅㄞˇ ㄅㄧˋ ㄘㄨㄥˊ ㄕㄥ

【解釋】弊：弊病、害處。叢生：同時發生。

【用法】各種弊病同時發生。

【例句】由於有章不循或無章可循，導致了～。

百步穿楊 ㄅㄞˇ ㄅㄨˋ ㄔㄨㄢ ㄧㄤˊ

【出處】《戰國策．西周策》：「楚有養由基者，善射，去柳葉者百步而射之，百發百中。」

【解釋】步：古指舉足兩次爲一步。楊：楊樹，此處指楊樹葉。

【用法】①善射箭的人能在百步遠的距離之外射中楊柳葉子。②形容射箭技能高強，每發必中。

【例句】在射箭比賽中，她奪得了冠軍，人們都稱贊她是～的神箭手。

【附註】參看「百發百中」。

百不失一 ㄅㄞˇ ㄅㄨˋ ㄕ ㄧ

【出處】漢．王充《論衡．須頌篇》：「從門應庭，聽堂室之言，什(十)而失九；如升堂窺室，百不失一。」

【解釋】失：丟失。百：言其多。一：言其少。

【用法】①百數裏不丟掉一。②形容辦事看問題極少失誤。

【例句】王工程師每進行一項設計都經過反覆測算，所以他設計出來的工程項目是～的。

【附註】參看「百無一失」。

百發百中 ㄅㄞˇ ㄈㄚ ㄅㄞˇ ㄓㄨㄥˋ

【出處】《戰國策．西周策》：「楚有養由基者，善射，去柳葉者百步而射之，百發百中。」

【解釋】發：把箭射出去。中：射中目標。

【用法】①形容射擊準確，每次都能命中目標。②也比喻做事有充分把握，絕不落空。

【例句】①王東海是打兔子出身，百步內眞是～，但打靶卻還是頭一回。②他估計敵情，眞是～，從來沒有落空。

百廢待舉 ㄅㄞˇ ㄈㄟˋ ㄉㄞˋ ㄐㄩˇ

【解釋】百：言其多。廢：廢置，指廢置的事。

【用法】許多被廢置了的事都有待於興辦起來。

【例句】如今～，國家急需人材，你還怕有專長用不上嗎？

百廢俱興 ㄅㄞˇ ㄈㄟˋ ㄐㄩˋ ㄒㄧㄥ

【出處】宋．范仲淹《岳陽樓記》：「越明年，政通人和，百廢俱興。」

【解釋】百：言其多。廢：廢置，指廢置的事。俱：全、都。

【用法】許多被廢置的事情都已興辦起來。

【例句】這種～的局面，給人民帶來了信心和希望。

【附註】也作「百廢俱舉」。

百代過客 ㄅㄞˇ ㄉㄞˋ ㄍㄨㄛˋ ㄎㄜˋ

【出處】唐．李白《春夜宴從弟桃李園序》：「夫天地者，萬物之逆旅也；光陰者，百代之過客也。」

【解釋】百代：指久遠的年代。

【用法】①像在漫長時代裡匆匆過路的旅客一樣。②喻指人生中一瞬即逝、永不再來的寶貴光陰。

百代文宗 ㄅㄞˇ ㄉㄞˋ ㄨㄣˊ ㄗㄨㄥ

【出處】唐·房玄齡《晉書·陸機傳》：「制曰：『故足遠超枚（枚乘）馬（司馬相如），……百代文宗，一人而已。』」
【解釋】百代：指久遠的年代。宗：爲人所師法的人物。
【用法】在久遠的年代裡堪爲文人楷模的人物。
【例句】劉勰的《文心雕龍》是我國古典文論中的巨著，其影響歷千年而不衰。劉勰也可算得是～了。

百讀不厭 ㄅㄞˇ ㄉㄨˊ ㄅㄨˋ ㄧㄢˋ

【出處】宋·蘇軾《送安惇秀才失解西歸》詩：「故書不厭百回讀，熟讀深思子自知。」
【解釋】百：言其多。厭：厭煩。
【用法】①反覆閱讀也不厭煩。②形容文章寫得極好，人們非常愛讀。
【例句】爲什麼一些作品有人～，另一些卻有人不想讀第二遍呢？……這些都值得我們再三思索。

百堵皆作 ㄅㄞˇ ㄉㄨˇ ㄐㄧㄝ ㄗㄨㄛˋ

【出處】《詩經·小雅·鴻雁》：「之子於垣，百堵皆作。雖則劬勞，其究安宅。」
【解釋】百：言其多。堵：牆。
【用法】①許多建築工程全都動起工來。②比喻許多事情都在同時進行。
【例句】這裏原是一片荒涼的土地，現在卻井架林立，～，一個新型的石油城正在興建中。

百端待舉 ㄅㄞˇ ㄉㄨㄢ ㄉㄞˋ ㄐㄩˇ

【解釋】百：言其多。端：項目。待：等待着。舉：舉辦。
【用法】很多事業都等待着要舉辦。
【例句】爲興建捷運系統，眞是～，需要做的工作多得很。

百鳥朝鳳 ㄅㄞˇ ㄋㄧㄠˇ ㄔㄠˊ ㄈㄥˋ

【出處】宋·李昉等《太平御覽》九百一十五卷引《唐書》：「海州言鳳見於城上，群鳥數百隨之，東北飛向蒼梧山。」
【解釋】朝：朝拜。
【用法】①古代傳說鳳爲百鳥之王，每出現，百鳥群集左右應聲鳴唱，猶如萬民朝拜聖主。②舊時喻指君主聖明而天下依附。③後也泛喻德高望重者衆望所歸。
【例句】君主時代，～是祥瑞的徵兆，代表天下萬民，朝拜聖主之意。

百年不遇 ㄅㄞˇ ㄋㄧㄢˊ ㄅㄨˋ ㄩˋ

【解釋】百：言其多。遇：碰到。
【用法】①許多年也碰不到。②形容極少見或極難碰到的事物。
【例句】這樣的機會是～的，你要充分利用。
【附註】也作「百年難遇」。

百年大計 ㄅㄞˇ ㄋㄧㄢˊ ㄉㄚˋ ㄐㄧˋ

【解釋】計：計劃。
【用法】指關係到長遠利益的重要計劃或措施。
【例句】辦好教育，這是～。

百年偕老 ㄅㄞˇ ㄋㄧㄢˊ ㄒㄧㄝˊ ㄌㄠˇ

【出處】元·武漢臣《生金閣》第二折：「俺衙內大財大禮，娶將你來，指望百年偕老，你只是不肯隨順，可是爲何？」
【解釋】百年：指歲月的永久。偕：共同，一起。
【用法】指夫妻永遠在一起，共同生活到老。
【例句】願天下所有恩愛夫妻都能～。

百年之柄

【出處】南朝・宋・范曄《後漢書・班彪傳》：「臣無百年之柄。」
【解釋】百年：年限久遠。柄：權柄。
【用法】指年限久遠的權柄。
【例句】一個人握有～，是難以避免獨斷專行的。

百年之業

【出處】漢・班固《西都賦》：「國藉十世之基，家承百年之業。」
【用法】①百年的事業。②指長遠的事業。
【例句】什麼事都有一個積累的過程，～決非一朝一夕形成的

百年樹人

【出處】《管子・權修》：「一年之計，莫如樹谷；十年之計，莫如樹木；終身之計，莫如樹人。」
【解釋】谷：稻作。樹：培育。人：人才。
【用法】①指培養人才是長遠之計。②也指培養人才的不易。
【例句】「十年樹木，～」，培養人才是很不容易的，而培養的人才如果不能合理使用，那就是最大的浪費。
【附註】參看「十年樹木，百年樹人」。

百里風趠

【出處】宋・王應麟《玉海》：「萬舶連檣，艫銜舳接，順流而行，風趠雲駛，百里瞬息。」
【解釋】趠：騰躍。
【用法】①百里的水路，乘風而行，就像騰躍一樣。②形容遠程航行的快速。
【例句】從前交通不便，出外行路很難，現在有了現代化的交通工具，眞是～，瞬息可到。

百里之才

【出處】晉・陳壽《三國志・蜀志・龐統傳》：「吳將魯肅遺先主書曰：『龐士元（統）非百里才也，使處治中、別駕之任，始當展其驥足耳。』」
【解釋】百里：方圓百里之地，指一邑或一縣。
【用法】①治理一邑或一縣的才能。②意指能力不大，不是非凡的人才。
【例句】他不過是個～，現在把這樣的重擔子放在他肩上，恐怕難以勝任。
【附註】也作「百里才」。

百里異習

【出處】《晏子春秋・問上》：「百里而異習，千里而殊俗。」
【解釋】異：不相同。習：風俗習慣。
【用法】相隔百里遠的地方就有不同的風俗習慣。
【例句】初到這裡，由於不熟悉當地的風俗習慣，鬧了不少笑話，這眞是～。

百裏挑一

【出處】清・曹雪芹《紅樓夢》第一百二十回：「姑爺年紀略大幾歲，並沒有娶過的。況且人物兒長的是百裏挑一的。」

【解釋】百：言其多。

【用法】①從衆多的事物當中挑出一個。②形容人或事物特出。

【例句】提起她來，誰不說她是個～的好姑娘。

百煉成鋼（ㄅㄞˇ ㄌㄧㄢˋ ㄔㄥˊ ㄍㄤ）

【出處】晉・劉琨《重贈盧諶》詩：「何意百煉剛（通「鋼」），化爲繞指柔。」

【用法】①鐵經過反覆錘煉便成爲堅靭的鋼。②比喻人經過多次磨鍊而成爲有用之才。

【例句】對青年要嚴格要求，只有多經風雨才能～，成長爲有用的人才。

百兩爛盈（ㄅㄞˇ ㄌㄧㄤˇ ㄌㄢˋ ㄧㄥˊ）

【出處】《詩經・大雅・韓奕》：「韓侯取妻，汾王之甥，蹶父之子。韓侯迎止，于蹶之里。百兩彭彭，八鸞鏘鏘，不顯其光。諸娣從之，祁祁如雲，韓侯顧之，爛其盈門。」

【解釋】兩：同「輛」，古時一車二輪，每車按輛計算。百兩：一百輛車。爛：燦爛。盈：充滿。

【用法】①指妝奩有一百輛車，光彩耀眼，極其豐盛。②形容婚娶的鋪張奢侈。

【例句】近來社會風氣愈趨奢靡，～之風，不值得鼓勵及效法。

【附註】「兩」不能唸ㄌㄧㄤˋ。

百感交集（ㄅㄞˇ ㄍㄢˇ ㄐㄧㄠ ㄐㄧˊ）

【出處】南朝・宋・劉義慶《世說新語・言語》：「衞洗馬（衞玠）初欲渡江，形神慘悴，語左右云：『見此芒芒，不覺百端交集，苟未免有情，亦復誰能遣此。』」

【解釋】百：言其多。感：感想。集：聚集。

【用法】各種感觸都交織在一起。

【例句】王老先生離鄉多年，如今重回故土～，不禁潸然淚下。

【附註】也作「百端交集」。

百口莫辯（ㄅㄞˇ ㄎㄡˇ ㄇㄛˋ ㄅㄧㄢˋ）

【解釋】百：言其多。莫：不。辯：辯解。

【用法】即使有很多嘴也辯解不清。

【例句】對於這個誤會，可是「～」，只好等眞相水落石出，以還我淸白。

【附註】也作「百喙莫辯」。（喙：嘴。）

百孔千瘡（ㄅㄞˇ ㄎㄨㄥˇ ㄑㄧㄢ ㄔㄨㄤ）

【出處】唐・韓愈《與孟尙書書》：「漢氏以來，群儒區區修補，百孔千瘡，隨亂隨失，其危如一髮引千鈞。」

【解釋】百、千：言其多。孔：小洞。瘡：創口。

【用法】比喻事物的毛病多或被破壞得十分嚴重。

【例句】一個沒有注意，我費了好大勁兒才畫出的一張草圖，被小明用剪刀捅得～，眞叫我哭笑不得！

【附註】也作「千瘡百孔」。

百花凋零（ㄅㄞˇ ㄏㄨㄚ ㄉㄧㄠ ㄌㄧㄥˊ）

【解釋】百：言其多。凋零：凋殘衰落。

【用法】①各式各樣的鮮花都凋殘衰落了。②形容秋霜嚴酷，觸目傷情的慘景。

【例句】深秋，露冷霜凝，草木蕭疏，～，不禁使身在異鄉的流浪者潸然淚下了！

百花齊放 ㄅㄞˇ ㄏㄨㄚ ㄑㄧˊ ㄈㄤˋ

【解釋】百花：各式各樣的鮮花。齊放：一齊開放。

【用法】比喻各有特色的許多事物一齊出現或同一事情用各種方式同時進行。

【附註】參看「百花齊放，百家爭鳴」。

百花齊放，百家爭鳴 ㄅㄞˇ ㄏㄨㄚ ㄑㄧˊ ㄈㄤˋ，ㄅㄞˇ ㄐㄧㄚ ㄓㄥ ㄇㄧㄥˊ

【用法】喻指在藝術上，不同的形式和風格可以自由發展，科學上不同的學派可以自由辯論。

【例句】戰國時代「～」，造成我國文化史的高峯。

【附註】參看「百花齊放」、「百家爭鳴」。

百花爭妍 ㄅㄞˇ ㄏㄨㄚ ㄓㄥ ㄧㄢˊ

【解釋】百：言其多。妍：美、艷。

【用法】①各種各樣的花兒爭美鬥艷。②形容繁花盛開、生氣勃勃的景色。③也比喻各種美好事物競相比美。

【例句】由於政府的政策正確，因而呈現出一片～、欣欣向榮的景象。

百花盛開 ㄅㄞˇ ㄏㄨㄚ ㄕㄥˋ ㄎㄞ

【解釋】百：言其多。

【用法】①各式各樣的鮮花都茂盛地開放了。②常用以形容春天萬紫千紅的景色。③也比喻各式各樣的事物大放異彩。

【例句】①春天的江南，～，芳草如茵，景色是十分迷人的。②整個草原掀起了競賽熱潮，到處～，春天來了眞好。

百卉含英 ㄅㄞˇ ㄏㄨㄟˋ ㄏㄢˊ ㄧㄥ

【出處】南朝·宋·范曄《後漢書·馮衍傳》：「開歲發春兮，百卉含英。」

【解釋】百：言其多。卉：草的總稱。英：花。

【用法】①各式各樣的草都含着花朵。②形容冬去春回，花草爭妍的景色。③也用以比喻在繁榮昌盛的時代，很多有才識的人正待展露才華，大顯身手。

【例句】今年春天，我們參觀了花市，海內名花，無奇不有，有的艷麗多姿，有的清雅別致，眞是～，美不勝收。

百家爭鳴 ㄅㄞˇ ㄐㄧㄚ ㄓㄥ ㄇㄧㄥˊ

【解釋】百家：各種思想流派。爭鳴：競相發表意見。

【用法】①原本指春秋戰國時代儒家、道家、陰陽家、法家、名家、墨家、縱橫家、雜家、農家等各種思想流派在政治上、學術上進行辯論。②現泛指衆人各抒己見，彼此辯論。

【附註】參看「百花奔放，百家爭鳴」。

百舉百捷 ㄅㄞˇ ㄐㄩˇ ㄅㄞˇ ㄐㄧㄝˊ

【出處】晉·陳壽《三國志·吳志·周魴傳》：「百舉百捷，時不再來。」

【解釋】百：言其多。舉：舉動、行動。捷：勝利、成功。

【用法】形容每做一事都能取得成功。

【例句】無論做什麼事，都要事先準備才能～。

百舉百全（ㄅㄞˇ ㄐㄩˇ ㄅㄞˇ ㄑㄩㄢˊ）

【出處】晉・陳壽《三國志・魏志・郭嘉傳》：「百舉百全，而功名可立也。」

【解釋】百：言其多。舉：行動。全：完成。

【用法】①每次行動都能完成其事。②形容事事得心應手，都能取得好的效果。

【例句】每次行動，只要事前周密計畫，必定能夠～。

百星不如一月（ㄅㄞˇ ㄒㄧㄥ ㄅㄨˋ ㄖㄨˊ ㄧˋ ㄩㄝˋ）

【出處】漢・劉安《淮南子・說林訓》：「百星之明不如一月之光；十牖之開不如一戶之明。」

【解釋】百：言其多。

【用法】①衆多的星光也比不上一輪明月的光強。②比喻數量多不如質量強。

【例句】～，我勸你還是往質量上求進步吧！

百折不撓（ㄅㄞˇ ㄓㄜˊ ㄅㄨˋ ㄋㄠˊ）

【出處】漢・蔡邕《太尉喬玄碑》：「其性莊，疾華尚樸，有百折不撓，臨大節而不可奪之風。」

【解釋】百：言其多。折：挫折。撓：彎曲，引申爲屈服。

【用法】無論遭受到多少次挫折，都不退縮或屈服。

【例句】在漫長的科學道路上，他堅韌不拔，～，終於有了驚人的發現。

【附註】①也作「百折不屈」、「百折不回」。②「撓」不能念成ㄖㄠˋ。

百戰百勝（ㄅㄞˇ ㄓㄢˋ ㄅㄞˇ ㄕㄥˋ）

【出處】《孫子・謀攻》：「夫用兵之法，全國爲上，破國次之；全軍爲上，破軍次之；……是故百戰百勝，非善之善者也；不戰而屈人之兵，善之善者也。」

【解釋】百：言其多。

【用法】①每次戰鬥都取得勝利。②形容戰無不勝，所向無敵。③也比喻工作連續取得勝利。

【例句】只有掌握了軍事規律，知己知彼，才能～。

百轉千回，繞樑三日（ㄅㄞˇ ㄓㄨㄢˇ ㄑㄧㄢ ㄏㄨㄟˊ ㄖㄠˋ ㄌㄧㄤˊ ㄙㄢ ㄖˋ）

【出處】《列子・湯問》：「昔韓娥東之齊，匱糧，過雍門，鬻歌假食。既去，而餘音繞樑欐，三日不絕。」

【解釋】繞：纏繞。樑：房樑。（樑欐ㄌㄧㄤˊ ㄌㄧˋ，梁棟的別名。）

【用法】①持續地婉轉低迴，餘音繞梁，三日不絕。②形容文章筆法細膩委婉，韻味無窮。③也用以形容歌聲纏綿，動人心弦，久久難忘。

【例句】①文章適當運用疊句，常常能給人一種「～」的感受。②她的歌聲優美動聽，令人有～之嘆。

百尺竿頭，更進一步（ㄅㄞˇ ㄔˇ ㄍㄢ ㄊㄡˊ，ㄍㄥˋ ㄐㄧㄣˋ ㄧˊ ㄅㄨˋ）

【出處】宋・釋道原《景德傳燈錄・卷十・湖南長沙景岑號招賢大師》：「師示一偈曰：『百尺竿頭不動人，雖然得入未爲眞，百尺竿頭須進步，十方世界是全身。』」（偈ㄐㄧˋ：佛教裏頌詞。）

【解釋】百尺：甚言其高。竿：竹竿。更：再。

【用法】①佛教以「百尺竿頭」比喻道行修養所達到的極高境界。修行到最高境界，再上進一步，才能成正果。②常借喻在已取得很高成就的基礎上，再繼續努力，更求上進。

【例句】作家、藝術家要「～」，創作出更優秀的作品，以滿足大家的精神需要。

【附註】參看「更進一竿」。

百川歸海（ㄅㄞˇ ㄔㄨㄢ ㄍㄨㄟ ㄏㄞˇ）

【出處】漢．劉安《淮南子．氾論訓》：「百川異源，皆歸於海。」

【解釋】百：言其多。川：江河。

【用法】①所有江河都流入大海。②比喻衆望所歸或大勢所趨。③也比喻許多的事物由分散而滙集到一處。

【例句】人心思治如～，這是歷史發展的必然結果。

百世不磨（ㄅㄞˇ ㄕˋ ㄅㄨˋ ㄇㄛˊ）

【出處】南朝．宋．范曄《後漢書．南匈奴傳論》：「千里之差，興自筆端，失得之源，百世不磨。」

【解釋】百世：永久。磨：磨滅。

【用法】永久不能磨滅掉。

【例句】爲解救全中國，革命先烈們獻出了自己的生命，他們的光輝業績，～，人民將永遠銘刻在心裏。

百世之利（ㄅㄞˇ ㄕˋ ㄓ ㄌㄧˋ）

【出處】《呂氏春秋．義賞》：「雍季之言，百世之利也；咎犯之言，一時之務也，焉有以一時之務先百世之利者乎？」（雍季：晉大夫。咎犯：晉大夫，重耳之舅父。）

【用法】長遠的利益。

【例句】執政者在制訂政策之時，必須爲人民謀～才對！

百世之師（ㄅㄞˇ ㄕˋ ㄓ ㄕ）

【出處】《孟子．盡心下》：「聖人，百世之師也。」

【用法】①百代的老師。②指才德高尚而永遠爲人師表的人。

【例句】孔子有教無類，被人們尊爲～

百舍重繭（ㄅㄞˇ ㄕㄜˋ ㄔㄨㄥˊ ㄐㄧㄢˇ）

【出處】《莊子．天道》：「吾聞夫子聖人也，吾因不辭遠道而來願見，百舍重繭，而不敢息。」

【解釋】舍：古時行軍三十里爲一舍。百舍：指很長的里程。重：重迭。繭：同「趼」，手掌或脚掌上因勞動或走路等摩擦而生成的硬皮。

【用法】①指長途行路，脚上長了很厚的繭。②形容長途跋涉的辛苦。

【例句】這位老地質學家，一生跋涉荒山野嶺，眞是～，歷盡艱辛。

【附註】「重」不能念成ㄓㄨㄥˋ。

百獸率舞（ㄅㄞˇ ㄕㄡˋ ㄕㄨㄞˋ ㄨˇ）

【出處】《尚書．舜典》：「夔曰：『於！予擊石拊石，百獸率舞。』」（夔：帝舜的樂官。於：贊嘆辭。）

【解釋】百：言其多。率：循序。

【用法】①衆多異獸舞蹈起來。②舊時喻指聖主修明，使百獸有所感染而有歡樂的表現。③常用以象徵時代的清平。

【例句】周王上朝，百官循例三呼，國樂以外，雜以軍樂，彷彿有鳳凰來儀，～的景象。

百身何贖 ㄅㄞˇ ㄕㄣ ㄏㄜˊ ㄕㄨˊ

【出處】《詩經・秦風・黃鳥》：「如可贖兮，人百其身。」

【解釋】身：身體。何：怎麼。贖：贖身，這裏指替換。

【用法】①縱然用自己的一百個身體（死一百次）也不能換回其性命。②表示對死者的沉痛悼念。

【例句】一顆天才的巨星隕落了，由此所帶來的損失，誰來塡補？眞是～，無法彌補的啊！

百足之蟲，死而不僵 ㄅㄞˇ ㄗㄨˊ ㄓ ㄔㄨㄥˊ ㄙˇ ㄦˊ ㄅㄨˋ ㄐㄧㄤ

【出處】魏・曹冏《六代論》：「百足之蟲，死而不僵，扶之者衆也。」

【解釋】百足：蟲名，即馬陸。僵：僵硬。

【用法】①百足蟲死後，屍體也不僵硬。②比喻某種舊事物雖然消失了，但其勢力或影響依然存在。

【例句】錢家雖然沒落了，但「～」，那僅有的一點點家私，也足以使他們悠哉游哉地過活。

百辭莫辯 ㄅㄞˇ ㄘˊ ㄇㄛˋ ㄅㄧㄢˋ

【解釋】百：言其多。辭：言辭。莫：不能。

【用法】各種各樣的言辭都不能辯白。

【例句】在證據確鑿的情形下，小王～，只好俯首認罪了。

百思不解 ㄅㄞˇ ㄙ ㄅㄨˋ ㄐㄧㄝˇ

【出處】淸・紀昀《閱微草堂筆記》第十三卷：「此眞百思不得其故矣。」

【解釋】百思：多次思考。解：理解。

【用法】反覆思考也不能夠理解。

【例句】像他這樣一個謹言愼行的人，却做出了如此魯莽的事，眞是令人～。

【附註】也作「百思不得其解」。

百依百順 ㄅㄞˇ ㄧ ㄅㄞˇ ㄕㄨㄣˋ

【出處】明・凌濛初《初刻拍案驚奇》第十三卷：「做爺娘的百依百順，沒一事違拗他。」

【解釋】依順：順從。

【用法】形容一切都順從。

【例句】心地善良的張大娘，對這個失去雙親的孤兒所提出的一切要求都～，這樣一來，反而養成他一些壞的毛病。

【附註】也作「百依百隨」。

百業凋敝 ㄅㄞˇ ㄧㄝˋ ㄉㄧㄠ ㄅㄧˋ

【解釋】百業：一切行業。凋敝：衰敗。

【用法】指各行各業都衰敗了。

【例句】天災人禍，接踵而至，～一片淒涼。

【附註】也作「百業凋零」。

百業蕭條 ㄅㄞˇ ㄧㄝˋ ㄒㄧㄠ ㄊㄧㄠˊ

【解釋】百業：一切行業。蕭條：冷落、凋敝。

【用法】①指各行業都很冷落，不興旺。②形容社會的衰敗。

【例句】今日的經濟繁榮與過去的～，恰好形成鮮明的對照。

百樣玲瓏 ㄅㄞˇ ㄧㄤˋ ㄌㄧㄥˊ ㄌㄨㄥˊ

【出處】清・洪昇《長生殿・偓恩》：「他情性多驕縱，恃天生百樣玲瓏。」
【解釋】百：言其多。玲瓏：靈活敏捷。
【用法】各方面都表現得靈活敏捷。
【例句】這個孩子～，誰看了都愛。

百無聊賴 ㄅㄞˇ ㄨˊ ㄌㄧㄠˊ ㄌㄞˋ

【出處】漢・焦延壽《易林》：「身無寥（通「聊」）賴，困窮乏糧。」
【解釋】聊賴：依靠，寄託。
【用法】①指生活或感情上沒有依託。②現多指精神空虛，感到無可進取。
【例句】我一個人呆在小屋裏～只好讀讀雜誌藉以打發時間。

百無禁忌 ㄅㄞˇ ㄨˊ ㄐㄧㄣˋ ㄐㄧˋ

【出處】清・李綠園《歧路燈》第六十一回：「若是遇見個正經朋友，山向利與不利，穴口開與不開，選擇日子，便周章的百無禁忌。」
【解釋】禁忌：忌諱。
【用法】①沒有什麼忌諱的。②形容沒有什麼束縛的。
【例句】我們這裡～，你可以暢所欲言。

百無所成 ㄅㄞˇ ㄨˊ ㄙㄨㄛˇ ㄔㄥˊ

【出處】明・王守仁《教條示龍場諸生》：「玩歲愒時，而百無所成。」
【用法】無論在哪一方面都沒有成就。常用作自謙詞。
【例句】我白白地過了半世，卻是～，實在非常慚愧。

百無一能 ㄅㄞˇ ㄨˊ ㄧˋ ㄋㄥˊ

【出處】明・施耐庵《水滸傳》第三十二回：「宋江道：『我百無一能，雖有忠心，不能得進步。』」
【解釋】百：指衆多的，所有的。能：能耐。
【用法】①一點能耐也沒有。②指任何事情都做不了。
【例句】我雖～，但一片赤膽忠心願效犬馬之勞！

百無一失 ㄅㄞˇ ㄨˊ ㄧˋ ㄕ

【解釋】百：言其多。失：差錯。
【用法】很有把握，絕不會有差錯。
【例句】他做事之前總要周密細緻地考慮，盡量做到～，否則決不動手。
【附註】參看「百不失一」、「萬無一失」。

百無一是 ㄅㄞˇ ㄨˊ ㄧˊ ㄕˋ

【解釋】百：言其多。是：正確。
【用法】①很多事情中沒有一件是對的。②形容毫無正確之處。
【例句】一氣之下，他竟把我說得～。

百無一用 ㄅㄞˇ ㄨˊ ㄧˊ ㄩㄥˋ

【出處】清・黃仲則《雜感》詩：「十有九人堪白眼，百無一用是書生。」
【解釋】百：言其多。
【用法】形容一點用處也沒有。
【例句】他買的這件東西，在我們這裏～，完全是個廢物。

百聞不如一見 ㄅㄞˇ ㄨㄣˊ ㄅㄨˋ ㄖㄨˊ ㄧˊ ㄐㄧㄢˋ

【出處】漢・班固《漢書・趙充國傳》：「百聞不如一見，兵難隃度，臣願馳至金城，圖上方略。」（隃ㄧㄠˊ：通「遙」。度：推測。）
【解釋】聞：聽見。

【用法】①聽得再多，不如親眼看到一次。②指看到的比聽到的可靠。
【例句】我對這裏秀麗的風光早有所聞，這次親眼一看竟遠遠超過我的想像，眞是～啊！
【附註】參看「耳聞不如目見」。

敗柳殘花（ㄅㄞˋ ㄌㄧㄡˇ ㄘㄢˊ ㄏㄨㄚ）
【用法】①凋落的柳枝，殘謝的花朵。②比喻年過青春，姿色衰退而門前冷落的娼妓。
【附註】也作「殘花敗柳」。

敗鱗殘甲（ㄅㄞˋ ㄌㄧㄣˊ ㄘㄢˊ ㄐㄧㄚˇ）
【出處】《西清詩話》載宋．張元《咏雪》詩：「戰退玉龍三百萬，敗鱗殘甲滿空飛。」
【解釋】敗：毀壞。鱗：附著在魚、龍等身體表面的有保護作用的薄片狀組織。殘：剩餘，殘餘。甲：動物身上起保護作用的硬殼。
【用法】①比喻天空飛舞的雪片。②也用以比喻戰敗後殘餘的武裝。
【例句】敵軍潰敗之後，～向四處竄逃。

敗鼓之皮（ㄅㄞˋ ㄍㄨˇ ㄓ ㄆㄧˊ）
【出處】唐．韓愈《進學解》：「玉札丹砂，赤箭青芝，牛溲馬勃，敗鼓之皮，俱收並蓄，待用無遺者，醫師之良也。」
【解釋】敗：破舊。
【用法】①破舊殘損的鼓皮。②指雖屬廢物，然可入藥，能治蠱毒。

敗家破業（ㄅㄞˋ ㄐㄧㄚ ㄆㄛˋ ㄧㄝˋ）
【出處】清．曹雪芹《紅樓夢》第六十八回：「幹出這些沒臉面、沒王法、敗家破業的營生。」
【用法】使家庭敗壞，事業破產。
【例句】他一步踏錯，竟導致～，足令一般青年深思警戒。

敗軍之將（ㄅㄞˋ ㄐㄩㄣ ㄓ ㄐㄧㄤˋ）
【出處】漢．趙曄《吳越春秋．勾踐入臣外傳》：「敗軍之將，不敢語勇。」
【用法】①戰敗的將領。②常用以諷刺失敗的人。
【例句】生命是現實殘酷的，～不可言勇啊！
【附註】「將」不能念成ㄐㄧㄤ。

敗子回頭（ㄅㄞˋ ㄗˇ ㄏㄨㄟˊ ㄊㄡˊ）
【解釋】敗子：敗家子，浪子。回頭：悔悟，改邪歸正。
【用法】指敗家子改邪歸正，重新做人。
【例句】我們應該滿腔熱情地去教育那些失足青年，希望他們～，走向新生。
【附註】俗有「敗子回頭金不換」之說。「敗子」亦作「浪子」。

稗官野史（ㄅㄞˋ ㄍㄨㄢ ㄧㄝˇ ㄕˇ）
【出處】漢．班固《漢書．藝文志》：「小說家者流，蓋出于稗官，街談巷語，道聽途說者之所造也。」
【解釋】稗官：古代專給帝王講述街談巷議、風俗故事的小官，後稱小說爲稗官。野史：舊時私家編纂的史書。
【用法】泛指記載軼聞瑣事而不見經傳的著述。
【例句】～中，頗多穿鑿附會之處，故不可信以爲眞。
【附註】「稗」不能念成ㄅㄟ。

搬弄是非（ㄅㄢ ㄋㄨㄥˋ ㄕˋ ㄈㄟ）

【出處】《莊子．盜跖》：「搖唇鼓舌，擅生是非。」

【解釋】搬弄：挑撥。是非：糾紛、口舌。

【用法】指把別人背後說的話傳來傳去，蓄意挑撥，製造矛盾，或在別人背後亂加議論，引起糾紛。

【例句】張二嫂是個出了名的長舌婦，專門愛在鄰居中間～。

【附註】參看「播弄是非」。

斑駁陸離（ㄅㄢ ㄅㄛˊ ㄌㄨˋ ㄌㄧˊ）

【出處】戰國．楚．屈原《離騷》：「紛總總其離合兮，斑陸離其上下。」

【解釋】斑駁：顏色雜亂。陸離：色彩紛雜。

【用法】形容色彩繁雜紛亂。

【例句】那些精緻的玻璃製品，在陽光下～閃爍著異彩，使參觀的朋友稱讚不已。

斑衣戲彩（ㄅㄢ ㄧ ㄒㄧˋ ㄘㄞˇ）

【出處】宋．歐陽修《藝文類聚》卷二十引《列女傳》：「老萊子孝養二親，行年七十，嬰兒自娛，著五色彩衣。」

【用法】①穿著五色斑斕的衣服嬉戲。②舊時形容對父母的孝敬，以宣揚孝道。

班門弄斧（ㄅㄢ ㄇㄣˊ ㄋㄨㄥˋ ㄈㄨˇ）

【出處】唐．柳宗元《王氏伯仲唱和詩序》：「操斧于班、郢（ㄧㄥˇ）之門，斯強顏耳。」（郢：指楚國郢都的巧匠。）

【解釋】班：魯班，我國古代著名的木匠。弄：舞弄。

【用法】①在魯班門前舞弄斧頭。②比喻在行家面前賣弄本領，不自量力。

【例句】如今我們不管在科學技術方面，在理論研究方面，在文學藝術方面，都要大膽地創造，不怕～。

【附註】也作「弄斧班門」。

班荊道故（ㄅㄢ ㄐㄧㄥ ㄉㄠˋ ㄍㄨˋ）

【出處】《左傳．襄公二十六年》：「伍舉奔鄭，將遂奔晉。聲子將如晉，遇之于鄭郊，班荊相與食，而言復故。」

【解釋】班：鋪開。荊：指荊條。道：講，說。故：過去的事情。

【用法】①把荊條鋪在地上，坐在上面講過去的事情。②指老友重逢，共敘舊情。

【例句】今日一別，不知何年何月何日，才能再～，秉燭夜談啊！

班師振旅（ㄅㄢ ㄕ ㄓㄣˋ ㄌㄩˇ）

【出處】《尚書．大禹謨》：「禹拜昌言，曰：『俞。』班師振旅。」（俞：是。）

【解釋】班：回。師、旅：軍隊。振：整頓。

【用法】撤回軍隊，進行整頓。

【例句】這支軍隊屢嘗敗績，應～，重新整頓才是！

阪上走丸（ㄅㄢˇ ㄕㄤˋ ㄗㄡˇ ㄨㄢˊ）

【出處】漢．班固《漢書．蒯通傳》：「為君計者，莫若以黃屋朱輪迎范陽令，使馳騖于燕趙之郊，則邊城皆將相告曰：『范陽令先下，而身富貴』，必相率而降，猶如阪上走丸也。」

【解釋】阪：山坡。走：跑，這裡指快速滾動。丸：彈丸。

【用法】比喻形勢發展迅速：或事情進展順利，如同斜坡上滾彈丸一樣。

【例句】在短短的幾天內，形勢的發展如~，亂軍很快地打到京都。

伴食宰相（ㄅㄢˋ ㄕˊ ㄗㄞˇ ㄒㄧㄤˋ）

【出處】五代．後晉．劉昫等《舊唐書．盧懷慎傳》：「開元三年遷黃門監，懷慎與紫微令姚崇對掌樞密。懷慎自以為吏道不及崇，每事皆推讓之。時人謂之伴食宰相。」

【解釋】伴食：陪伴人家吃飯。宰相：古時輔助君主掌管國事的最高官員。

【用法】對不稱職、無所作為的人的諷刺語。

【例句】身為朝廷命官，若不能稱職，有所作為，必會落得~的譏評。

半壁江山（ㄅㄢˋ ㄅㄧˋ ㄐㄧㄤ ㄕㄢ）

【出處】清．蔣士銓《冬青樹．提綱》：「半壁江山，比五季朝廷尤小。」

【解釋】半壁：半邊。江山：國土。

【用法】指遭敵人大舉入侵後所殘存的部分國土或被侵略佔領的部分國土。

【例句】他們把南朝~弄得一塌糊塗，導致內外交困，終於土崩瓦解。

半部論語（ㄅㄢˋ ㄅㄨˋ ㄌㄨㄣˊ ㄩˇ）

【出處】宋．羅大經《鶴林玉露》卷七：「趙普再相，人言普山東人，所讀只《論語》……太宗嘗以此論問普。普略不隱，對曰：『臣平生所知，誠不出此。昔以其半輔太祖（趙匡胤）定天下，今欲以其半輔陛下致太平。』」由此便有「半部《論語》治天下」之說。

【用法】①意謂儒家之道為治國之本。②後也指人的知識不全面。

【例句】孔夫子被尊為「至聖先師」，人們理所當然地相信~可以治國平天下了。

【附註】「論」不能念成ㄌㄨㄣˋ。

半面之交（ㄅㄢˋ ㄇㄧㄢˋ ㄓ ㄐㄧㄠ）

【出處】《後漢書．應奉傳》李賢注引三國．吳．謝承《後漢書》：「奉年二十時，嘗詣彭城相袁賀。賀時出行閉門，造車匠于內開扇出半面視奉，奉即委去。後數十年于路見車匠，識而呼之。」

【解釋】半面：半邊臉，這裏指瞥過一眼。交：交往。

【用法】僅有見過面的交情，意指彼此交情極淺。

【例句】我們只不過是~，彼此並不了解的。

【附註】也作「半面之舊」。（舊：老熟人。）

半途而廢（ㄅㄢˋ ㄊㄨˊ ㄦˊ ㄈㄟˋ）

【出處】《禮記．中庸》：「君子遵道而行，半途而廢，吾弗能已矣。」

【解釋】途：道路。廢：停止。

【用法】比喻做事有始無終，中途就停止了。

【例句】不管做什麼事，都要一鼓作氣做到底，不要虎頭蛇尾，更不要~。

【附註】參看「中道而廢」。

半推半就（ㄅㄢˋ ㄊㄨㄟ ㄅㄢˋ ㄐㄧㄡˋ）

【出處】元・王實甫《西廂記》第四本第一折：「半推半就，又驚又愛，檀口搵香腮。」

【解釋】推：推却、推辭。就：接近、靠近。

【用法】①又推却，又就合。②形容心裡願意，表面上却推辭的樣子。

【例句】王伯母說了許多好話，姊姊才～地點了頭。

半吞半吐（ㄅㄢˋ ㄊㄨㄣ ㄅㄢˋ ㄊㄨˇ）

【用法】指說話或行文含混其辭，言不盡意。

【例句】關於他倆的事，不說不行，說吧，又有些礙口，所以～，半天也沒有說清楚。

半路出家（ㄅㄢˋ ㄌㄨˋ ㄔㄨ ㄐㄧㄚ）

【出處】明・吳承恩《西遊記》第四十九回：「妖邪道：『你原來是半路上出家的和尚。』」

【解釋】出家：舊指脫離家庭到廟宇去當和尚、道士或尼姑。

【用法】①本意指不是從小而是成年後才去當和尚、道士或尼姑。②現在泛指不是從一開始就幹這一行，而是中途改業的。

【例句】別看他是個～的理髮師，手藝却很高明。

半間不界（ㄅㄢˋ ㄍㄢ ㄅㄨˋ ㄍㄞˋ）

【出處】宋《朱子語類・四七・論語・二九》：「便是世間有這一般半間不界底人，無見識，不顧理之是非，一味謾人。」

【解釋】間界：即「尷尬」。

【用法】①意指不三不四，不成體統。②也指處境窘迫，左右爲難。

【附註】①也作「半間半界」②「間」不能念成ㄐㄧㄢ，「界」不能念成ㄐㄧㄝˋ。

半截入土（ㄅㄢˋ ㄐㄧㄝˊ ㄖㄨˋ ㄊㄨˇ）

【出處】宋・蘇軾《東坡志林》卷十二：「桃符仰視艾人而罵曰：『汝何等草芥，輒居我上？』艾人俯而應曰：『汝已半截入土，猶爭高下乎？』」

【用法】①半截身子已埋入土裏。②指人到老年，壽命快要告終。

【例句】雖然我已經是～的人了，但我仍然要有一分熱，發一分光，爲國家社會再做貢獻。

半斤八兩（ㄅㄢˋ ㄐㄧㄣ ㄅㄚ ㄌㄧㄤˇ）

【出處】宋・釋普濟《五燈會元》：「一個重半斤，一個重八兩。」

【用法】①舊制十六兩爲一斤，八兩等於半斤。②比喻彼此一樣，不分上下。

【例句】你們倆誰也別說誰，～還不是都一樣。

【附註】也作「一個半斤，一個八兩」。

半青半黃（ㄅㄢˋ ㄑㄧㄥ ㄅㄢˋ ㄏㄨㄤˊ）

【出處】宋《朱子全書・學》：「今既要理會，也須理會取透；莫要半青半黃，下梢都不濟事。」

【用法】①莊稼不熟時呈現出一半青色，一半黃色。②比喻事物尚未達到成熟階段。③也比喻不肯深思探索。

【例句】我對心理學的研究，只不過是～，實在膚淺得很。

半晴半陰（ㄅㄢˋ ㄑㄧㄥˊ ㄅㄢˋ ㄧㄣ）

【出處】唐・劉禹錫《洛中早春》詩：「漠漠復靄靄，半晴將半陰。」
【用法】①又晴又陰，陰晴不定。②形容春天至初夏季節陰晴不定的天氣。
【例句】年歲大了，一遇到這～的天氣，總覺得不好受。

半信半疑（ㄅㄢˋ ㄒㄧㄣˋ ㄅㄢˋ ㄧˊ）

【出處】三國・魏・嵇康《答釋難宅無吉凶攝生論》：「苟卜筮（ㄕˋ，用蓍草占吉凶）所以成相，虎可卜而地可擇，何爲半信半不信耶？」
【用法】有些相信，又有些懷疑，對眞假是非不能肯定。
【例句】他雖然說得天花亂墜，我却是～。

半眞半假（ㄅㄢˋ ㄓㄣ ㄅㄢˋ ㄐㄧㄚˇ）

【用法】①半點眞情，半點假意。②指不是眞心實意的態度。
【例句】她～地開玩笑說：「你要有本事，你就去把她給我叫來！」

半籌不納（ㄅㄢˋ ㄔㄡˊ ㄅㄨˋ ㄋㄚˋ）

【出處】元・李文蔚《燕青博魚》第一折：「往常時我習武藝學兵法，到如今半籌也不納。」
【解釋】籌：計策、計謀。
【用法】半點計謀都不能施展。
【例句】情況緊迫，大家都用焦急的眼光望著他。他却抓耳撓腮，～。
【附註】參看「一籌莫展」。

半身不遂（ㄅㄢˋ ㄕㄣ ㄅㄨˋ ㄙㄨㄟˋ）

【出處】漢・張機《金匱要略方論上・中風歷節》：「夫風之爲病，當半身不遂。」
【用法】①本爲中醫學用語，指半邊身體癱瘓，不能活動。②後用以比喻事物部分失靈，不能正常運行。
【例句】①我的老師，年紀大了，去年中風得了～。②我開的這輛汽車，年久失修，如今已經是「～」了！

半生嘗膽（ㄅㄢˋ ㄕㄥ ㄔㄤˊ ㄉㄢˇ）

【出處】宋・胡繼宗《書言故事・志氣類・嘗膽》：「自嘆勞苦曰半生嘗膽。」
【解釋】半生：半輩子。膽：苦膽。
【用法】①半輩子嘗苦膽。②指受了半輩子的苦。
【例句】爲了國家的富強和人民的幸福，雖然～，又算得了什麼！

半死半生（ㄅㄢˋ ㄙˇ ㄅㄢˋ ㄕㄥ）

【出處】漢・枚乘《七發》：「龍門之桐，高百尺無枝，……其根半死半生。」
【用法】①死去一半，活著一半。②指半死不活的狀態。
【例句】有極少數人，雖然年紀不大，但整天胡吃悶睡地打發日子，～一點朝氣也沒有。

半夜三更（ㄅㄢˋ ㄧㄝˋ ㄙㄢ ㄍㄥ）

【出處】元・馬致遠《青衫淚》第三折：「這船上是什麼人，半夜三更，大呼小叫的。」
【解釋】三更：舊時將一夜分爲五更，每更約兩小時，三更是夜間十二時左右。

【用法】指深夜。

【例句】～，下著大雪，還颳著風，路上一個行人也沒有。

【附註】也作「三更半夜」、「深更半夜」。

半偽半真 ㄅㄢˋ ㄨㄟˋ ㄅㄢˋ ㄓㄣ

【出處】宋·嚴羽《滄浪詩話》：「杜注中，…但其間半偽半真，尤為淆亂惑人，此深可嘆，然具眼者，自默識耳。」

【解釋】偽：虛假。真：真實。

【用法】①一半虛假，一半真實。②指真假混雜，難於分辨。

【例句】他們為了掩蓋錯誤，封鎖消息，就提供給上級一些～情況，妄圖蒙混過關。

傍花隨柳 ㄅㄤˋ ㄏㄨㄚ ㄙㄨㄟˊ ㄌㄧㄡˇ

【出處】宋·程顥《春日偶成》詩：「雲淡風輕近午天，傍花隨柳過前川。」

【解釋】傍：靠近。隨：沿著。

【用法】①靠近花叢，順著柳堤。②描敘春游觀賞的情景。

【附註】「傍」不能念成ㄆㄤˊ。

傍人門戶 ㄅㄤˋ ㄖㄣˊ ㄇㄣˊ ㄏㄨˋ

【出處】宋·蘇軾《東坡志林》卷十二：「桃符仰視艾人而罵曰：『汝何等草芥，輒居我上？』艾人俯而應曰：『汝已半截入土，猶爭高下乎？』桃符怒，往復紛然不已。門神解之曰：『吾輩不肖，方傍人門戶，何暇爭閑氣邪！』」

【解釋】傍：依靠、依附。

【用法】①依靠在別人的門庭上。②比喻依賴別人，不能自立或自主。

【例句】他在學術上並沒有獨樹一幟，不過是～而已。

傍人籬壁 ㄅㄤˋ ㄖㄣˊ ㄌㄧˊ ㄅㄧˋ

【出處】宋·嚴羽《滄浪詩話》附《答出繼叔臨安吳景仙書》：「僕之《詩辨》，乃繼千百年公案。以禪喻詩，莫此親切。是自家實證實悟者，是自家閉門鑿破此片田地，即非傍人籬壁，拾人涕唾得來者。」

【解釋】傍：依傍、依附。籬壁：籬笆牆，喻指條條框框。

【用法】①指依附於別人的條條框框。②比喻跟隨著別人轉，沒有自己的見解。

【例句】他的晚期作品，已失去早年的鋒芒，地那些東拼西湊的離奇情節中，除了～的陳舊說教外，毫無真知灼見。

謗書一篋 ㄅㄤˋ ㄕㄨ ㄧˊ ㄑㄧㄝˋ

【出處】《戰國策·秦策三》：「魏文侯令樂羊將攻中山，三年而拔之。樂羊反而語功，文侯示之謗書一篋。樂羊再拜稽首曰：『此非臣之功，主君之力也。』」

【解釋】謗書：揭發檢舉別人給君主的文書。

【用法】①原意為樂羊歷盡艱苦立了大功，回國後反而得了一箱子謗書。②後用以比喻私下對人攻擊。

包辦代替 ㄅㄠ ㄅㄢˋ ㄉㄞˋ ㄊㄧˋ

【用法】指做事大包大攬，一手操辦而代替別人。

【例句】凡事必須靠眾人的力量，決不能搞～。

包打天下 ㄅㄠ ㄉㄚˇ ㄊㄧㄢ ㄒㄧㄚˋ

【解釋】包：承擔全部任務，負責完成。

【用法】①將打天下的整個任務承擔下來。②常指人逞強爭勝。

【例句】你有多大能耐，就敢～。

包羅萬象 ㄅㄠ ㄌㄨㄛˊ ㄨㄢˋ ㄒㄧㄤˋ

【出處】《黃帝宅經》卷上：「所以包羅萬象，舉一千從。」

【解釋】包羅：大範圍地包括。萬：極言其多。象：事象。

【用法】形容內容豐富紛繁，應有盡有，無所不包。

【例句】這次展覽，陳列的商品～琳琅滿目。

包羞忍恥 ㄅㄠ ㄒㄧㄡ ㄖㄣˇ ㄔˇ

【出處】唐．杜牧《題烏江亭》詩：「勝敗兵家事不期，包羞忍恥是男兒；江東子弟多才俊，捲土重來未可知。」

【解釋】包：包藏。忍：忍耐、忍受。

【用法】①包藏羞愧，忍受恥辱。②形容氣量大、涵養高。

【例句】西漢史學家司馬遷遭受腐刑，出獄後他～，發憤著書。終於寫成我國最早一部紀傳體歷史巨著《史記》。

包藏禍心 ㄅㄠ ㄘㄤˊ ㄏㄨㄛˋ ㄒㄧㄣ

【出處】《左傳．昭公元年》：「小國無罪，恃實其罪。將恃大國之安靖已，而無乃包藏禍心以圖之。」

【解釋】禍心：害人之心。

【用法】心裡藏著壞主意。

【例句】敵人～我們不可不提防。

苞苴竿牘 ㄅㄠ ㄐㄩ ㄍㄢ ㄉㄨˊ

【出處】《莊子．列禦寇》：「小夫之知（智），不離苞苴竿牘。」

【解釋】苞苴：包裹著禮物的蒲包，這裡指行賄物品。竿牘：竹札，書信，這裡指請託信。

【用法】指用作賄賂的物品和求情請託的私信。

【例句】包拯為官公正清廉，絕不收授～。

褒貶揚抑 ㄅㄠ ㄅㄧㄢˇ ㄧㄤˊ ㄧˋ

【用法】嘉獎、指責、表揚、壓抑。

【例句】對歷史人物不能任意～，而應當站在客觀的立場，給予恰如其分的評價。

褒善貶惡 ㄅㄠ ㄕㄢˋ ㄅㄧㄢˇ ㄜˋ

【出處】宋《二程全書．伊川經說》：「後世以史視《春秋》，謂褒善貶惡而已。」

【解釋】褒：讚美。貶：斥責。

【用法】①對好人好事加以讚美；對壞人壞事加以斥責。②指分清善惡提出公正的評價。

【例句】一部好的史書，必須具有～的功用。

褒采一介 ㄅㄠ ㄘㄞˇ ㄧˊ ㄐㄧㄝˋ

【出處】南朝．齊．謝朓《辭隨王子隆牋》：「褒采一介，抽揚小善。」

【解釋】褒：褒獎。采：採用。一介：微小。

【用法】有細微的長處也可以褒獎、採

取。

【例句】身爲老師，對學生若能～，學生必受鼓勵而志切上進！

褒衣博帶 ㄅㄠ ㄧ ㄅㄛ ㄉㄞ

【出處】漢・班固《漢書・雋不疑傳》：「褒衣博帶，盛服至門上謁。」

【解釋】褒衣：寬大的衣服。博帶：寬大的衣帶。

【用法】①指寬袍大帶。②古代儒生的裝束。

【例句】站在你面前的李教授是一位～的翩翩儒生！

褒衣危冠 ㄅㄠ ㄧ ㄨㄟ ㄍㄨㄢ

【出處】唐・韓愈《上巳日燕太學聽彈琴詩序》：「獻酬有容，歌風雅之古辭，斥夷狄之新聲。褒衣危冠，與與如此。」

【解釋】褒衣：寬大的衣服。危冠：高帽子。

【用法】①指寬袍高帽。②古代儒生的裝束。

保國安民 ㄅㄠ ㄍㄨㄛ ㄢ ㄇㄧㄣ

【出處】明・施耐庵《水滸傳》第五十四回：「依此而行，可救宋江，保國安民，替天行道。」

【用法】保衛國家領土，安定人民生活。

【例句】前線將士眞是偉大，擔負起～的重責大任。

寶馬香車 ㄅㄠ ㄇㄚ ㄒㄧㄤ ㄐㄩ

【出處】唐・韋應物《長安道》詩：「寶馬橫來下建章，香車却轉避馳道。」

【解釋】寶馬：寶貴的名馬。香車：華美的車。

【用法】形容車和馬的名貴和華美。

【例句】陳家是個大戶人家，每次出門，～、好不氣派。

寶貨難售 ㄅㄠ ㄏㄨㄛ ㄋㄢ ㄕㄡ

【出處】漢・王充《論衡・狀留》：「大器晚成，寶貨難售也。」

【解釋】寶貨：珍貴的物品。售：銷售，賣出去。

【用法】①珍貴的物品很難賣出去。②比喻奇才不容易被錄用。

【例句】縱使～，但相信只要有眞才實學，一定不會被埋沒的。

寶學之人 ㄅㄠ ㄒㄩㄝ ㄓ ㄖㄣ

【出處】宋・張君房《雲笈七籤》：「出名寶學之人，譬若陂中魚，游到池，四塞之下，自謂窮盡天下之水，終日終夜，不能學大水之魚。」

【用法】指學問大，但很少接觸實際的人。

寶窗自選 ㄅㄠ ㄔㄨㄤ ㄗ ㄒㄩㄢ

【出處】宋・胡繼宗《書言故事・婚姻類》：「唐（代）李林甫有六女，廳事壁開一橫牕（窗），飾以雜寶，蒙以絳紗，使六女戲於牕下，每子弟入謁，使女於牕下自選。」

【用法】指女子自己選定的婚姻對象。

【例句】父母之命，媒妁之言的時代已經過去了，現在流行的是女方～呢！

寶山空回 ㄅㄠ ㄕㄢ ㄎㄨㄥ ㄏㄨㄟ

【出處】宋・張方平《送僧南游雪室》

詩：「便從古道擲眉去，莫到寶山空手回。」

【解釋】寶山：蘊積很多寶物的山。

【用法】①進入寶山却是空手回來。②比喻雖然身在學府中間，但頭腦裡依舊空空，一無所得。③也泛指雖進入某種內容豐富的領域，却是空手而回。

【例句】這次參觀，一定要切實學習一些有用的經驗，萬不可～，白跑一趟！

飽經風霜 ㄅㄠˇ ㄐㄧㄥ ㄈㄥ ㄕㄨㄤ

【出處】清．孔尚任《桃花扇》第二十一齣：「雞皮瘦損，看飽經霜雪，絲鬢如銀。」

【解釋】飽：充分。經：經歷。風霜：比喻艱難困苦。

【用法】形容經歷過很多的艱難困苦。

【例句】火光一閃一閃地映著老祥叔那～的臉。

【附註】也作「飽經霜雪」。

飽經滄桑 ㄅㄠˇ ㄐㄧㄥ ㄘㄤ ㄙㄤ

【解釋】飽：充分。經：經歷。滄桑：「滄海變桑田」的簡縮，泛指世事的變化。

【用法】經歷過極多次的世事變化。

【例句】這位～的老人，終於在晚年的時候，與兒女團聚，過著美滿幸福的生活。

飽經憂患 ㄅㄠˇ ㄐㄧㄥ ㄧㄡ ㄏㄨㄢˋ

【解釋】飽：充分。經：經歷。

【用法】指經歷過長期的憂愁、患難、痛苦的生活。

【例句】他和他的戰友，在尋找自己隊伍的過程中～，歷盡艱辛，終於回到了同志們中間。

飽學之士 ㄅㄠˇ ㄒㄩㄝˊ ㄓ ㄕˋ

【出處】明．羅貫中《三國演義》第五十六回：「公等皆飽學之士，登此高台，可不進佳章以紀一時勝事乎？」

【解釋】飽學：學識淵博的人。

【用法】指學識淵博的人。

【例句】出席這次美學研究會的，都是一些～。

飽食暖衣 ㄅㄠˇ ㄕˊ ㄋㄨㄢˇ ㄧ

【出處】《墨子．天志中》：「百姓皆得煖（暖）衣飽食。」

【用法】①吃得飽，穿得暖。②形容生活富足，無憂無慮。

【例句】一個賢能的政府，應該使全體人民都～、安居樂業！

飽食終日 ㄅㄠˇ ㄕˊ ㄓㄨㄥ ㄖˋ

【出處】《論語．陽貨》：「飽食終日，無所用心，難矣哉！」

【解釋】終日：整天。

【用法】指整天吃得很飽，却不用一點心思。

【例句】～、碌碌無為，可以使年輕的生命黯淡無光；而永不消歇的奮鬥，却可以使白髮老人永保青春。

【附註】①常與「無所用心」連用。②參看「無所用心」。

飽諳經史 ㄅㄠˇ ㄢ ㄐㄧㄥ ㄕˇ

【出處】元．無名氏《竹葉舟》楔子：「此人飽諳經史，貫串百家。」

【解釋】飽諳：深知，極其熟悉。

【用法】①深知經書史籍。②形容學問

淵博。

【例句】此人～，是難得的人才，應予以重用。

飽以老拳

【出處】唐·房玄齡等《晉書·石勒載記》：「孤昔日饜卿老拳，卿亦飽孤毒手。」（饜：飽。）

【解釋】飽：本指吃飽，這裡指挨足拳頭。以：用。

【用法】用拳頭把某人足足實實地打一頓。

【例句】對那個卑鄙的傢伙，只有～，才能大快人心。

報本反始

【出處】《禮記·郊特牲》：「唯社丘乘共粢盛，所以報本反始也。」

【解釋】報：報答。本：根源。反：歸結於。始：開始、發生。

【用法】比喻受恩思報，不忘根本。

報李投桃

見「投桃報李」。

報喜不報憂

【解釋】報：報告。憂：憂愁。

【用法】只報告高興的事情，不報告憂愁的事情。

【例句】我們應該如實地向上級滙報實際狀況，不應該只是～，光講成績，不講問題。

報效萬一

【出處】清·曹雪芹《紅樓夢》第十八回：「且今上體生生之大德，垂古今未有之曠恩，雖肝腦塗地，豈能報效萬一。」

【解釋】報效：爲報答恩情而效力。

【用法】指恩德極大，很難一一報效。

【例句】社會國家栽培之恩，此生實難～。

報仇雪恨

【出處】元·關漢卿《魯齋郎》第三折：「他將了俺的媳婦，不敢向魯齋郎報仇雪恨。」

【解釋】報：報復。雪：洗除。

【用法】報寃仇，解怨恨。

【例句】人們早就盼望著向惡賊～，這一天終於到來了。

【附註】參看「報怨雪恥」。

報往跋來

見「報來報往」。

報怨雪恥

【出處】《戰國策·燕策·樂毅報燕王書》：「若先王之報怨雪恥，夷萬乘之強國。」

【解釋】報：報復。雪：洗除。

【用法】報復怨恨，洗除恥辱。

【例句】勾踐臥薪嘗膽～，終於成就了大事業！

報竹平安

見「竹報平安」。

抱冰公事

【出處】①《吳越春秋·勾踐歸國外傳》：「越王念復吳讎（仇）非一旦也。苦身勞心，夜以繼日，……冬常抱冰，……。」②宋・陶穀《清異錄・官志・抱冰公事》：「蒙州五山縣丞晁覺民，自中原避兵南來，因仕霸朝，食料衣服，皆市于鄰邑，一吏專主之，既回，物多毫末，皆置諸獄。當其役者曰：『又管抱冰公事也。』」

【解釋】抱冰：相傳春秋時期，越國爲吳國所敗，越王勾踐立志報仇，有冬常抱冰，夏還握火，臥薪嘗膽，刻苦自勵的事蹟。公事：公家的事務。指舊時官場所謂清苦的差使，即吃苦受累、沒有油水可沾的苦差使。

抱不平 ㄅㄠˋ ㄅㄨˋ ㄆㄧㄥˊ

【出處】明・姚子翼《遍地錦傳奇・智勦》：「我每在地方上，慣要無風起浪，小事成大，抱不平，硬出頭。」

【解釋】抱：懷抱。

【用法】指見到不公平的事情就胸懷義憤。

【例句】小陳急功好義，最喜歡爲弱者～。

【附註】參看「打抱不平」。

抱布貿絲 ㄅㄠˋ ㄅㄨˋ ㄇㄠˋ ㄙ

【出處】《詩經・衛風・氓》：「氓之蚩蚩，抱布貿絲。匪來貿絲，來即我謀。」（蚩蚩ㄔ ㄔ：敦厚的樣子。匪：通「非」，不是。）

【解釋】布：古時的一種貨幣。貿：交易。

【用法】①原指以貨幣進行交易，換取物品。②後指男子借交易而接近女子商談婚事。

抱佛脚 ㄅㄠˋ ㄈㄛˊ ㄐㄧㄠˇ

【出處】唐・孟郊《讀經》詩：「垂老抱佛脚（老來才信佛，求佛保佑），教妻讀《黃經》。」

【用法】①原指求佛保佑。②後用以比喻事先無準備，臨急才張羅。

【例句】你平時不準備，臨時～，怎麼可能獲得好的成績？

【附註】①也作「急來抱佛脚」。②今諺云：「閑時不燒香，急來抱佛脚。」

抱德煬和 ㄅㄠˋ ㄉㄜˊ ㄧㄤˊ ㄏㄜˊ

【出處】《莊子・徐無鬼》：「抱德煬和，以順天下。」

【解釋】抱：懷抱，引申爲堅持。煬：烊化，引申爲蘊育。

【用法】堅持道德實質，蘊育和平氣息。指行仁政，搞團結。

抱頭鼠竄 ㄅㄠˋ ㄊㄡˊ ㄕㄨˇ ㄘㄨㄢˋ

【出處】漢・班固《漢書・蒯通傳》：「常山王捧頭鼠竄，以歸漢王。」

【解釋】竄：逃匿。

【用法】①抱著腦袋像老鼠一樣地逃竄。②形容受到沉重打擊後狼狽逃跑的樣子。

【例句】在我邊防戰士的堅決抗擊下，敵人～，狼狽而逃。

抱痛西河 ㄅㄠˋ ㄊㄨㄥˋ ㄒㄧ ㄏㄜˊ

【出處】漢・司馬遷《史記・仲尼弟子列傳》：「孔子既沒，子夏居西河教授，爲魏文侯師，其子死，哭之失明。」

【解釋】痛：哀痛。西河：古地區名，戰國魏地。

【用法】①指孔子弟子子夏在西河喪子

而哭瞎眼睛的事。②後泛指死了兒子而極其悲痛。
【例句】這位老科學家的獨生子在保衛國家的戰鬥中犧牲了，他雖是～，但並沒有被悲痛所擊倒。

抱關出柝 ㄅㄠˋ ㄍㄨㄢ ㄔㄨ ㄊㄨㄛˋ

【出處】《孟子·萬章下》：「辭尊居卑，辭富居貧，惡乎宜乎？抱關擊柝。」
【解釋】關：城門。抱關：指啓閉城門的差役。擊：敲打。柝：巡夜者所敲的木梆。擊柝：指值更巡夜的更夫。
【用法】意指職位卑微低下的小官。
【例句】他只不過担任個～的小差役，俸祿是個相當微薄的。
【附註】「柝」不能寫成「析」。

抱憾終天 ㄅㄠˋ ㄏㄢˋ ㄓㄨㄥ ㄊㄧㄢ

【出處】明·羅貫中《三國演義》第四十一回：「今老母已死，抱恨終天。」
【解釋】抱憾：懷著遺憾。終天：終身。
【用法】心懷遺憾一輩子。
【例句】如果不把自己以畢生精力從事研究所取得的成果奉獻給國家和社會，那麼這將是一件～的事！
【附註】①也作「抱恨終天」。（恨：遺憾。）②參看「終天之恨」。

抱薪救火 ㄅㄠˋ ㄒㄧㄣ ㄐㄧㄡˋ ㄏㄨㄛˇ

【出處】《戰國策·魏策》：「以地事秦，譬如抱薪而救火也，薪不盡而火不止。」
【解釋】薪：柴草。
【用法】①抱著柴草滅火。②比喻用錯誤的方法消除災禍，反使災禍擴大。
【例句】幫助他人時，必須選對時機，選對方法，切莫如～般地幫了倒忙才好！
【附註】也作「負薪救火」。②參看「救火揚沸」。

抱雪向火 ㄅㄠˋ ㄒㄩㄝˇ ㄒㄧㄤˋ ㄏㄨㄛˇ

【解釋】向火：烤火。
【用法】①抱著雪烤火。②比喻做法和目的不一致，不能解決問題。
【例句】不杜絕浪費，而要求節約，這是～，是不能解決問題的。

抱柱之信 ㄅㄠˋ ㄓㄨˋ ㄓ ㄒㄧㄣˋ

【出處】《莊子·盜跖》：「尾生與女子期于梁下，女子不來，水至不去，抱梁柱而死。」
【用法】後用以表示堅守信約。
【例句】他堅守～，一諾千金，值得信賴！

抱誠守眞 ㄅㄠˋ ㄔㄥˊ ㄕㄡˇ ㄓㄣ

【用法】①抱定誠意，堅守眞理。②形容人心地誠實，正直無私。
【例句】讀書人往往具有～的精神與嶔崎磊落的節操。

抱殘守缺 ㄅㄠˋ ㄘㄢˊ ㄕㄡˇ ㄑㄩㄝ

【出處】漢·班固《漢書·劉歆傳》：「猶欲保殘守缺，挾恐見破之私意，而無從善服義之公心。」
【解釋】殘、缺：不完整。
【用法】①守住殘缺的陳舊東西不放。②形容思想保守、泥古守舊，不肯接受新事物。
【例句】這些文章都是～，滙集衆說而

成，沒什麼價值可言。

【附註】「缺」又寫作「闕」。

抱愚守迷 ㄅㄠˋ ㄩˊ ㄕㄡˇ ㄇㄧˊ

【出處】唐・韓愈《上考功崔虞部書》：「愈不肖，行能誠無可取，行己頗僻，與世俗異態，抱愚守迷。」

【解釋】抱：守，守住不放，引申為堅持。愚：愚昧。迷：沉迷。

【用法】意謂固守己見。

【例句】他實在是個～的老固執！

暴不肖人 ㄅㄠˋ ㄅㄨˋ ㄒㄧㄠˋ ㄖㄣˊ

【出處】《墨子・非命下》：「今夫有命者，不識，昔也三代之聖善人與？抑昔三代之暴不肖人與？以此說觀之，則必非昔三代聖善人也，必暴不肖人也。」

【解釋】暴：凶暴。不肖：不賢。

【用法】凶暴而不賢的人。

【附註】「肖」不能念成ㄒㄧㄠ。

暴風驟雨 ㄅㄠˋ ㄈㄥ ㄗㄡˋ ㄩˇ

【出處】《老子》第二十三章：「故飄風不終朝，驟雨不終日。」（飄風：旋風、暴風。）

【解釋】暴、驟：急速、猛烈。

【用法】①急速猛烈的風雨。②比喻來勢迅猛。

【例句】剷除異己的行動如同～，他們無不惶惶度日。

暴跳如雷 ㄅㄠˋ ㄊㄧㄠˋ ㄖㄨˊ ㄌㄟˊ

【出處】清・吳敬梓《儒林外史》第六回：「嚴貢生越發惱得暴跳如雷。」

【解釋】暴：急躁。

【用法】①蹦跳呼叫，好像打雷一樣猛烈。②形容人大怒的情狀。

【例句】他這麼一說，氣得朱老～，摔起東西來了！

暴殄天物 ㄅㄠˋ ㄊㄧㄢˇ ㄊㄧㄢ ㄨˋ

【出處】《尚書・武成》：「今商王受（紂）無道，暴殄天物，害虐烝民。」

【解釋】暴：殘害、糟蹋。殄：滅絕。天物：大自然界生存的萬物。

【用法】①殘害滅絕天下萬物。②後指任意浪費。

【例句】敗家子視珍饈為糞土，任意揮霍，～。

【附註】「殄」不能念成ㄓㄣˇ。

暴內陵外 ㄅㄠˋ ㄋㄟˋ ㄌㄧㄥˊ ㄨㄞˋ

【出處】《周禮・夏官・大司馬》：「賊賢害民則伐之，暴內陵外則壇之。」（壇：通「憚」，即使之感到懼怕。）

【解釋】暴：暴虐。陵：欺侮、侵犯。

【用法】希特勒在國內凶殘暴虐，對外國欺凌弱小。

【例句】～的無道之君，必遭敗亡。

暴戾恣睢 ㄅㄠˋ ㄌㄧˋ ㄗˋ ㄙㄨㄟ

【出處】漢・司馬遷《史記・伯夷列傳》：「盜跖日殺不辜，肝人之肉，暴戾恣睢，聚黨數千人，橫行天下。」

【解釋】暴戾：殘暴、凶狠。恣睢：任性，放縱，無所顧忌。

【用法】形容殘暴放縱，任意橫行。

【例句】小徐靠了老段的勢力，橫行不法，～相信他日後必定沒有好下場。

暴虎馮河 ㄅㄠˋ ㄏㄨˇ ㄆㄧㄥˊ ㄏㄜˊ

【出處】①《詩經・小雅・小旻》：「不敢暴虎，不敢馮河。」②《論語・述而》：「暴虎馮河，死而無悔者，吾不與也。必也臨事而懼，好謀而成者也。」
【解釋】暴虎：空手打虎。馮河：徒步過河（「馮」即「凭」、「憑」）。
【用法】比喻有勇無謀，冒險蠻幹。
【例句】你看這～的辦法，縱使犧牲了自己，對自己，對事情都沒有好處。
【附註】「馮」不能念成ㄈㄥˊ。

暴殞輕生（ㄅㄠˋ ㄩㄣˇ ㄑㄧㄥ ㄕㄥ）

【出處】清・曹雪芹《紅樓夢》第三十三回：「賈政聽了，驚疑問道：『好端端誰去跳井？……大約我近年于家務疏懶，自然執事人操克奪之權，致使弄出這暴殞輕生的禍來！』」
【解釋】暴：突然。殞：死亡。輕生：把生命看得很輕。
【用法】指突然間自殺身亡。
【例句】陳小姐正值花樣年華，竟～，眞令人想不通？

豹死留皮（ㄅㄠˋ ㄙˇ ㄌㄧㄡˊ ㄆㄧˊ）

【出處】宋・歐陽修《新五代史・王彥章傳》：「（彥章）常爲俚語謂人曰：『豹死留皮，人死留名。』」
【用法】比喻人死後留下好名聲，就像豹死後留下珍貴的皮毛一樣。
【例句】「～，人死留名」，人生一世，總應留下好名聲。
【附註】參看「人死留名」。

卑鄙無恥（ㄅㄟ ㄅㄧˇ ㄨˊ ㄔˇ）

【出處】清・李寶嘉《官場現形記》第三十五回：「一定拿你交愼刑司，辦你個膽大鑽營，卑鄙無恥。」
【用法】品質、行爲惡劣，不顧羞恥。
【例句】他挑撥離間，～。

卑鄙齷齪（ㄅㄟ ㄅㄧˇ ㄨㄛˋ ㄔㄨㄛˋ）

【解釋】齷齪：骯髒。
【用法】指品質、行爲惡劣。
【例句】惡意散佈流言，是～的行徑。

卑禮厚幣（ㄅㄟ ㄌㄧˇ ㄏㄡˋ ㄅㄧˋ）

【出處】漢・司馬遷《史記・魏世家》：「惠王數被于軍旅，卑禮厚幣以招賢者。」
【解釋】卑：謙卑。厚：貴重、豐盛。幣：古代對禮物的統稱。
【用法】舊指延聘人才所用的優厚待遇。

卑躬屈膝（ㄅㄟ ㄍㄨㄥ ㄑㄩ ㄒㄧ）

【出處】北齊・魏收《魏書・李彪傳》：「臣與任城卑躬屈己，若順弟之奉暴兄。」
【解釋】卑躬：低頭彎腰。屈膝：下跪。
【用法】形容沒有骨氣，無恥地諂媚討好。
【例句】看到他在敵人面前～的那種奴才相，眞是令人作嘔。
【附註】①原作「卑躬屈己」。②也作「卑躬屈節」。

卑之，無甚高論（ㄅㄟ ㄓ ㄨˊ ㄕㄣˋ ㄍㄠ ㄌㄨㄣˋ）

【出處】漢・班固《漢書・張釋之傳》：「釋之既朝畢，因前言便宜事。文帝曰：『卑之，毋甚高論，令今可行也。』」

【解釋】卑：低淺。之：指言論。無：不要。高論：超越一般的言論。

【用法】①原指使言辭淺近而切實可行，不要發表過于高深的議論。②後轉指議論膚淺平庸，沒有很高明的見解。

【例句】我終於接到了他的回信，然而～，洋洋萬言之中，不是老生常談，便是廢話連篇。

卑諂足恭 ㄅㄟ ㄔㄢˇ ㄗㄨˋ ㄍㄨㄥ

【出處】漢．司馬遷．《史記五宗世家》：「彭祖為人巧佞卑諂，足恭而心刻深。」

【解釋】諂：奉承、巴結。足：過分。恭：謙恭。

【用法】①卑鄙地奉承，過分地謙恭。②形容極端卑賤，狡詐的樣子。

【例句】～的小人，著實令人厭惡

【附註】「足」不能念成ㄗㄨˊ。

卑辭重幣 ㄅㄟ ㄘˊ ㄓㄨㄥˋ ㄅㄧˋ

【出處】《戰國策．秦策三》：「楚趙附則齊必懼，懼必卑辭重幣以事秦。」

【解釋】卑：卑小。辭：言辭。幣：錢財。

【用法】①言辭謙遜，禮物厚重。②常指外交上的一種軟弱行為。

悲不自勝 ㄅㄟ ㄅㄨˋ ㄗˋ ㄕㄥ

【出處】北周．庾信《哀江南賦序》：「《燕歌》遠別，悲不自勝。」

【解釋】悲：哀傷、悲慟。勝：經受得住。

【用法】①哀傷難過，使自己受不住了。②形容傷感至極，情難自禁。

【例句】她的幼女在這次車禍中喪生，這個突來的打擊，使她終日以淚洗面～。

悲憤填膺 ㄅㄟ ㄈㄣˋ ㄊㄧㄢˊ ㄧㄥ

【解釋】填：充塞。膺：胸。

【用法】悲痛和憤怒充滿胸中。

【例句】聽到她在非人的折磨下壯烈犧牲的消息，我們無不～。

悲天憫人 ㄅㄟ ㄊㄧㄢ ㄇㄧㄣˇ ㄖㄣˊ

【出處】唐．韓愈《爭臣論》：彼二聖一賢者，豈不知自安佚之為樂哉？誠畏天命而悲人窮也。」

【解釋】悲：悲傷。天：天命，這裏指時世。憫：憐憫。

【用法】對混亂的時世感到悲傷，對困苦的人民表示憐憫。

【例句】他裝出一副～的救世主的姿態，暗中却殘害生靈，無惡不作。

悲痛欲絕 ㄅㄟ ㄊㄨㄥˋ ㄩˋ ㄐㄩㄝˊ

【解釋】欲：將要。絕：斷，指氣絕、斷氣。

【用法】①悲痛得快要斷氣了。②形容悲痛到了極點。

【例句】當她知道自己的親人竟在這次火災中不幸犧牲的消息後，不禁～，痛哭失聲。

悲歌慷慨 ㄅㄟ ㄍㄜ ㄎㄤˇ ㄎㄞˇ

【出處】漢．司馬遷《史記．項羽本紀》：「項王悲歌慷慨，自為歌曰：『力拔山兮氣蓋世，時不利兮騅不逝。』」

【解釋】悲：悲壯。慷慨：情緒激昂。

【用法】悲壯地歌唱，情緒激昂。

【例句】革命烈士們在刑場～，他們英勇獻身的精神，教育了不少的後代子孫。

悲觀厭世 ㄅㄟ ㄍㄨㄢ ㄧㄢˋ ㄕˋ

【解釋】厭世：厭棄人世。

【用法】指對生活失去信心，精神頹喪，厭棄人世。

【例句】正是那種～的情緒，使他終於走向了一條毀滅的道路。

悲歡離合 ㄅㄟ ㄏㄨㄢ ㄌㄧˊ ㄏㄜˊ

【出處】唐・元稹《敘詩寄樂天書》：「每公私感憤，道義激揚，……通滯屈伸，悲歡合散，至于疾恙窮身，悼懷惜逝，凡對所遇異于常者，則欲賦詩。」

【用法】指人生中悲哀與歡樂、離散與團聚的不同遭遇。

【例句】這些故事大概總是神仙、武俠、才子、佳人，經過種種～，而以大團圓終場。

悲喜交集 ㄅㄟ ㄒㄧˇ ㄐㄧㄠ ㄐㄧˊ

【出處】唐・房玄齡等《晉書・王廙（一）傳・中興賦》：「當大明之盛，而守局遐外，不得奉瞻大禮，聞問之日，悲喜交集。」

【解釋】交集：一起出現。

【用法】①悲傷和喜悅的感情同時在心中湧現。②多指由現時所產生的喜悅的心情，而勾起對往日曾有過的悲傷的回憶。

【例句】翻看年輕時候的照片，往事湧現，歷歷在目，～，難以自禁。

悲愁垂涕 ㄅㄟ ㄔㄡˊ ㄔㄨㄟˊ ㄊㄧˋ

【出處】《列子・湯問》：「一里老幼，悲愁垂涕相對，三日不食。」

【解釋】垂：垂下。涕：淚。

【用法】因為悲哀、愁苦而落下淚。

【例句】面對侵略者的暴行，要奮起抵抗，光是～，是無濟於事的。

杯盤狼藉 ㄅㄟ ㄆㄢˊ ㄌㄤˊ ㄐㄧˊ

【出處】漢・司馬遷《史記・滑稽列傳》：「履舄交錯，杯盤狼藉。」

【解釋】狼藉（也作「籍」）：舊傳狼群常藉草而臥，起則踐草使亂以滅迹，引申為雜亂。

【用法】形容宴會後，桌上杯盤亂七八糟的樣子。

【例句】等我趕到飯店時，他們已經吃完了，桌上～，人也走散了。

【附註】「藉」不能念成ㄐㄧㄝˋ。

杯弓蛇影 ㄅㄟ ㄍㄨㄥ ㄕㄜˊ ㄧㄥˇ

【出處】漢・應劭《風俗通義・世間多有見怪驚怖以自傷者》：「予之祖父彬為汲令，以夏至日詣見主簿杜宣，賜酒。時北壁上有懸赤弩照于杯中，形如蛇，宣畏惡之，然不敢不飲。其日便得胸腹痛切，妨損飲食，大用羸露，攻治萬端不為愈。後彬因事過至宣家窺視，問其變故，云畏此蛇，蛇入腹中。彬還聽事，思維良久，顧見弩影，必是也。因使門下……載宣于故處，設酒，杯中故復有蛇。因謂宣，此壁上弩影耳，非有他怪。宣遂解，甚懌夷，由是瘳平。」

【用法】①看見酒杯中所映現的角弓影子而誤以為酒裏有蛇。②比喻因疑慮恐懼而自相驚憂。

【例句】上次車禍，他幸免一死。出院後，一聽到汽車鳴笛，便～，不寒而慄。

杯酒解怨 ㄅㄟ ㄐㄧㄡˇ ㄐㄧㄝˇ ㄩㄢˋ

【出處】宋・歐陽修等《新唐書・張延賞傳》：「李晟(ㄕㄥˋ)爲子請婚，延賞不許。晟曰：『吾武夫，雖有舊惡，杯酒間可解。儒者難犯，外睦而內含怨。今不許婚，衅(ㄒㄧㄣˋ)未忘也。』」。

【用法】①舉杯喝酒時就可以解除宿怨。②形容性情直爽，不記舊惡。

【例句】乾杯！咱們那些陳年老帳，就這麼～，一筆勾消。

杯酒釋兵權 ㄅㄟ ㄐㄧㄡˇ ㄕˋ ㄅㄧㄥ ㄑㄩㄢˊ

【出處】宋太祖趙匡胤爲了防止出現分裂割據的局面，加強中央集權的統治，曾于建隆二年（公元961年）召禁軍將領石守信、王審琦等宴飲，並于開寶二年（公元969年）召節度使王彥超等宴飲，以高官厚祿爲條件，解除了他們的兵權。

【解釋】解：解除。

【用法】①本指在宴飲中解除將領的兵權。②泛指輕而易舉地解除將領的兵權。

杯酒言歡 ㄅㄟ ㄐㄧㄡˇ ㄧㄢˊ ㄏㄨㄢ

【用法】相聚飲酒，歡樂地交談。

【例句】闊別多年的老友，異地相逢，少不得要來個～，暢敍一番。

杯水車薪 ㄅㄟ ㄕㄨㄟˇ ㄔㄜ ㄒㄧㄣ

【出處】《孟子・告子上》：「今之爲仁者，猶以一杯水救一車薪之火也。」

【解釋】薪：柴草。

【用法】①用一杯水去救一車燃燒著的柴草。②比喻力量太小，解決不了問題。

【例句】戰亂時由於長期失業，貧病交加，借到一點錢，也不過是～，解決不了問題。

【附註】也作「杯水輿薪」。

北門南牙 ㄅㄟˇ ㄇㄣˊ ㄋㄢˊ ㄧㄚˊ

【出處】宋・司馬光《資治通鑑・唐紀中宗神龍元年》：「今天誘其衷，北門南牙，同心協力，以誅凶豎，復李氏社稷。」元・胡三省注：「南牙謂宰相，北門謂羽林諸將。」

【解釋】牙：同衙。衙本作牙。宋・丁度《集韵》：「古者軍行有牙，尊者在後，後人因以爲衙。」北門：北衙門，設皇宮內的北面，爲歷代的禁衛軍、羽林軍官署所在地，起以武力衛護皇家的作用。南牙：南衙門，設在皇宮南面，爲以宰相爲首的，文官官署所在地。

【用法】借指護衛皇家的文武重臣。

北門之嘆 ㄅㄟˇ ㄇㄣˊ ㄓ ㄊㄢˋ

【出處】南朝・宋・劉義慶《世說新語・言語》：「李弘度常嘆不被遇，殷揚州知其家貧，問：『君能屈志百里否？』李答曰：『北門之嘆，久已上聞，窮猿奔林，豈暇擇木乎！』遂授剡縣。」

【解釋】北門：含有「懷才不遇」之意。本為《詩經》的篇名。《詩經・邶風・北門》：「出自北門，憂心殷殷，既窶且貧，莫知我艱。」《詩序》：「《北門》，刺仕不得志也。言衛之忠臣，不得其志爾。」嘆：嘆息。

【用法】意指懷才不遇而發出的慨嘆。

【例句】他時常想起，幾十年來沉淪於底層，雖有～，又有誰能解了他呢？

北門鎖鑰

【出處】《左傳・僖公三十二年》：「鄭人使我掌其北門之管。」

【解釋】北門：北城門。

【用法】借指北方國防重鎮。

【附註】本作「北門之管」。

北道主人

【出處】南朝・宋・范曄《後漢書・鄧晨傳》：「會王郎反，光武自薊走信都，晨亦間行會於巨鹿下，自請從擊邯鄲。光武曰：『偉卿以一身從我，不如以一郡為北道主人。』」（偉卿，鄧晨字。）

【用法】旅途中熱情接待客人的主人，義同「東道主」。

【例句】陳老夫婦真是熱情好客的～，常使客人有賓至如歸之感。

北宮嬰兒

【出處】《戰國策・齊策四》：「趙威后問齊使曰：『北宮之女嬰兒子無恙耶？徹其環瑱，至老不嫁，以養父母，是皆率民而和于孝情者也，胡為至今不朝也。』」

【解釋】北宮：古代三宮，座北朝南，王的寢宮在前稱南宮，后妃的寢宮在後指北宮。嬰兒：指嬰兒子，為戰國時期齊國的孝女。

【用法】後用以代指克盡孝道的孝女。

北轅適楚

【出處】《戰國策・魏策四》：「猶至楚而北行也。」

【解釋】轅：車轅。適：前往。楚：古國名，在南方。

【用法】①到楚地去，但車轅向北。②比喻反方向前進，所求適得其反。

【附註】參看「南轅北轍」。

倍道兼行

【出處】《孫子・軍爭篇》：「倍道兼行，百里而爭利，則擒三將軍。」

【解釋】倍、兼：加倍。道：路程，里程。

【用法】①一日行兩日的里程，加快趕路。②形容急行軍，快速前進。

【例句】為了徹底消滅敵人，我軍～，一夜之間就挺進了一百多里，搶先占據了有利地形。

倍道而進

【出處】明羅貫中《三國演義》第十一回：「曹兵聞失兗州，必然倍道而進，待其過半，一擊可擒也。」

【解釋】倍：加倍的。

【用法】指為了縮短行期，以加倍的速度趕路。

【例句】為了節省時間，我們不得不採取「～」的措施。

倍稱之息

【出處】漢・班固《漢書・食貨志》：「當具有者半賈（價）而賣，亡（無）者，取倍稱之息。」（具：指準備繳納田賦。）

【解釋】倍稱：借一還二。息：利息。

【用法】取一還二的債款利息，指利息百分之百的高利貸。

【例句】你千萬不要向小王借錢，因為小王是個專收～的吸血鬼。

【附註】「稱」不能念ㄔㄥ。

悖逆不軌 ㄅㄟˋ ㄋㄧˋ ㄅㄨˋ ㄍㄨㄟˇ

【出處】漢・桓寬《鹽鐵論・本史》：「甚悖逆不軌，宜誅討之日久矣。」

【解釋】悖逆：違反正道，犯法作亂。不軌：不合法規。

【用法】指違背正道，不遵守法規。

【例句】這夥～的歹徒，終於被逮捕歸案，受到了應有的制裁。

悖入悖出 ㄅㄟˋ ㄖㄨˋ ㄅㄟˋ ㄔㄨ

【出處】《禮記・大學》：「貨悖入者，亦悖而出。」

【解釋】悖：指不正當，不合理。

【用法】用不正當的方法得來的財物又被他人用不正當的方法拿去，或胡亂得來的錢財又胡亂花掉。

【例句】他利用走私發了一筆橫財，於是就大肆揮霍，～這當然不足為怪。

背盟敗約 ㄅㄟˋ ㄇㄥˊ ㄅㄞˋ ㄩㄝ

【出處】宋・蘇轍《六國論》：「不知出此，而乃貪疆埸尺寸之利，背盟敗約，以自相屠滅。」

【解釋】背：違背。盟、約：誓約。敗：敗壞，指撕毀。

【用法】背叛誓言，撕毀盟約。

【例句】身為一國之君，如果～，必定難以收服民心。

背道而馳 ㄅㄟˋ ㄉㄠˋ ㄦˊ ㄔˊ

【出處】唐・柳宗元《楊評事文集後序》：「其餘各探一隅，相與背馳于道者，其去彌遠。」

【解釋】背：逆著。道：道路。馳：奔跑。

【用法】①朝著相反的道路奔馳。②比喻逆著正道行事，方向與目的完全相反，距離越來越遠。

【例句】老王這人真奇怪，說的與做的～，正好相反！

背井離鄉 ㄅㄟˋ ㄐㄧㄥˇ ㄌㄧˊ ㄒㄧㄤ

【出處】元・馬致遠《漢宮秋》第三折：「背井離鄉，臥雪眠霜。」

【解釋】背：離開。井：古制八家為井，引申為鄉里、家宅。離鄉：離開鄉里。

【用法】常指被迫遠離家鄉，到外地謀生。

【例句】連年戰火，人們被迫～，四處逃亡。

背屈含冤 ㄅㄟˋ ㄑㄩ ㄏㄢˊ ㄩㄢ

見「負屈銜冤」。

背信棄義 ㄅㄟˋ ㄒㄧㄣˋ ㄑㄧˋ ㄧˋ

【出處】唐・李延壽《北史・周本紀》：「背惠怒鄰，棄信忘義。」

【解釋】背：違背。信：信用。棄：丟棄。義：道義。

【用法】不守信用，不講道義。

【例句】本報的讀者來信中，曾對社會風氣日趨～的嚴重情形，提出呼籲。

【附註】也作「棄信忘義」。

背暗投明

見「棄暗投明」。

背恩忘義

見「忘恩負義」。

背城借一

【出處】《左傳·成公二年》：「請收合餘燼，背城借一。」

【解釋】背城：靠著自己的城堡。借一：借以作最後一戰。

【用法】①在自己的城堡前同敵軍決一死戰。②泛指最後一次決戰。

【例句】他皺著眉頭問道：「情勢如此緊急，我們怎麼～呢？」

背山起樓

【出處】唐·李商隱《義山雜纂·殺風景》：「花間喝道，看花淚下，苔上鋪席，斫却垂楊，花下晒褌，游春重載，石笋繫馬，月下把火，妓筵說俗事，果園種菜，背山起樓，花架下養雞鴨。」

【用法】①背朝著山景而築起樓閣。②殺風景、敗人清興的事。

【附註】參看「殺風景」。

背水一戰

【出處】漢·司馬遷《史記·淮陰侯列傳》載：漢將韓信率兵攻趙，出井陘口，令萬人背水列陣，大敗趙軍。諸將問背水之故，韓信曰：「兵法不曰『陷之死地而後生，置之亡地而後存？』」

【解釋】背水：背靠河水。

【用法】①意指前臨大敵，後無退路，以堅定戰士拚死而求勝的決心。②後用以比喻決一死戰。

【例句】千德公司已經面臨破產的危險，爲擺脫困境，現在只好～。

背槽拋糞

【出處】元·關漢卿《詐妮子調風月》第一折：「一個個背槽拋糞，一個個忘恩負義。」

【解釋】背槽：騾馬背轉身來把臀部對著食槽。拋糞：拉屎。

【用法】比喻過河拆橋，以怨報德。

【例句】他那～的小人行徑令人不齒。

背義忘恩

【出處】明·羅貫中《三國演義》第三十一回：「操以鞭指罵曰：『吾待汝爲上賓，汝何背義忘恩？』」

【解釋】背：違背。恩：恩情。

【用法】指違背道義，忘掉恩情。

【例句】我們應該做飲水思源的君子，而非～的小人。

奔走呼號

【出處】清·吳趼人《痛史》第十七回：「沿海居民，看見大隊韃船塞海而來。一時奔走呼號，哭聲遍野，扶老攜幼，棄業拋家，都往內地亂竄。」

【用法】①東奔西走，呼喊號叫。②形容爲擺脫困境，尋求援助而到處活動！

【例句】北大的學生以二十一條件爲亡國慘兆，於是～，企圖挽救衰微的國運！

奔走相告（ㄅㄣ ㄗㄡˇ ㄒㄧㄤ ㄍㄠˋ）

【出處】《國語・魯語下》：「士有陪乘，告奔走也。」

【解釋】奔、走：跑。

【用法】指振奮人心的消息傳來，人們奔跑著互相轉告。

【例句】人們聽到王教授來台講學，～，消息很快便傳開了。

奔走之友（ㄅㄣ ㄗㄡˇ ㄓ ㄧㄡˇ）

【出處】南朝・宋・范曄《後漢書・黨錮・何顒傳》：「袁紹慕之，私與往來，結爲奔走之友。」

【用法】不辭勞累而爲之奔走的朋友。

【例句】他個性豪爽，是個熱情大方的～。

奔逸絕塵（ㄅㄣ ㄧˋ ㄐㄩㄝˊ ㄔㄣˊ）

【出處】《莊子・田子方》：「顏淵問於仲尼曰：『夫子步，亦步；夫子趨，亦趨；夫子馳，亦馳；夫子奔逸絕塵，而回（顏回）瞠若乎後矣。』」

【解釋】奔逸：快跑。絕塵：脚上不沾一點塵土。

【用法】①飛快地奔跑，脚上連一點塵土都不沾。②比喻人才德高超，爲一般人所不及。

【例句】孔夫子～，所有弟子瞠乎其後，望塵莫及！

賁育之勇（ㄅㄣˋ ㄩˋ ㄓ ㄩㄥˇ）

【出處】戰國・楚・宋玉《高唐賦》：「賁育之斷，不能爲勇。」

【解釋】賁，孟賁；育，夏育。皆秦武王壯士也。（一說夏育爲周時衛國勇士。）

【用法】泛指壯士的勇敢。

【例句】王大哥體格健壯，氣勢威武，頗具～。

本末倒置（ㄅㄣˇ ㄇㄛˋ ㄉㄠˋ ㄓˋ）

【解釋】本：草木的根、幹，引申指事物的根基或主體部分。末：樹梢，引申指事物的枝節或次要部分。置：放置。

【用法】形容把本質的和非本質的、主要的和次要的弄顚倒了。

【例句】對於關鍵問題不進行研究，反而把精力放在細枝末節上，這純粹是～。

本末相顧（ㄅㄣˇ ㄇㄛˋ ㄒㄧㄤ ㄍㄨˋ）

【出處】漢・司馬遷《史記・禮書》：「本末相順，終始相應。」

【解釋】本：根本。末：梢。順：指合於自然情勢。

【用法】①由根到梢，次序不亂。②比喻事物的發展合乎規律。

【例句】做事情要按著次序來，使其～才好！

本末終始（ㄅㄣˇ ㄇㄛˋ ㄓㄨㄥ ㄕˇ）

【出處】《禮記・大學》：「物有本末，事有終始，知所先後，則近道矣。」

【解釋】本末：東西的底部和頂部。終始：事情的結局和開頭。

【用法】指事物有本有末、有始有終的一定發展規律。

【例句】凡事都有～，一切都應按著順序進行。

本同末異 ㄅㄣˇ ㄊㄨㄥˊ ㄇㄛˋ ㄧˋ

【出處】魏・曹丕《典論・論文》：「夫文，本同而末異。」
【解釋】本：本源。末：末流。
【用法】比喻事物同一本源，而派生出來的末流則有所不同。
【例句】你們之間的爭論，依我看是～，沒有原則性的分歧。

本來面目 ㄅㄣˇ ㄌㄞˊ ㄇㄧㄢˋ ㄇㄨˋ

【出處】宋・釋道原《景德傳燈錄・卷四・袁州蒙山道明禪師》：「不思善，不思惡，正憑么時，阿那個是明（惠明）上座本來面目。」
【用法】①原為佛家用語，指人所固有的心性、本分。②後用以指事物本來的樣子。
【例句】只有把蒙在這個事件表面的紗幕揭開，才能看清它的～。

本小利微 ㄅㄣˇ ㄒㄧㄠˇ ㄌㄧˋ ㄨㄟ

【解釋】微：薄。
【用法】①本錢小，利潤薄。②指買賣很小，得利不多。
【例句】王掌櫃的小鋪，～，怎禁得起那些地痞流氓的訛詐和勒索，不上三個月，就關門大吉了。

本性難移 ㄅㄣˇ ㄒㄧㄥˋ ㄋㄢˊ ㄧˊ

【出處】元・尚仲賢《柳毅傳書》楔子：「想他每無恩義，本性難移，著我向野田衰草殘紅裏。」
【解釋】難移：不容易改變。
【用法】指人的本性不容易改變。
【例句】他～，總是到處破壞，到處搗亂。
【附註】也作「江山易改，稟性難移」。

本深末茂 ㄅㄣˇ ㄕㄣ ㄇㄛˋ ㄇㄠˋ

【出處】唐・韓愈《答尉遲生書》：「故君子慎其實，實之美惡，其發也不舍，本深而末茂。」
【解釋】本：草木的根。末：樹梢。
【用法】①根深而枝葉茂盛。②比喻事物根柢深厚而富於生機，顯得蓬勃茁壯。

笨鳥先飛 ㄅㄣˋ ㄋㄧㄠˇ ㄒㄧㄢ ㄈㄟ

【出處】元・關漢卿《陳母教子》第一折：「我和你有個比喻，我似那靈禽在後，你這等笨鳥先飛。」
【用法】比喻能力差的人做事時，恐怕落後，比別人先走一步。多用作自謙辭。
【例句】我這是～，提前做好了準備工作。

笨手笨腳 ㄅㄣˋ ㄕㄡˇ ㄅㄣˋ ㄐㄧㄠˇ

【用法】形容人行動笨拙，不靈巧。
【例句】瞧你～的，那能幹得了這種細緻活？

笨嘴拙舌 ㄅㄣˋ ㄗㄨㄟˇ ㄓㄨㄛˊ ㄕㄜˊ

【解釋】拙：不巧。
【用法】形容沒有口才，不善言辭。
【例句】我這個人～的，談什麼呢？
【附註】也作「笨嘴拙腮」、「笨嘴笨舌」。

逼上梁山 ㄅㄧ ㄕㄤˋ ㄌㄧㄤˊ ㄕㄢ

【解釋】梁山：指梁山泊一帶地區（今山東梁山、鄆城等縣間）。出於北宋末年宋江所領導的農民起義軍的故事。
【用法】①《水滸傳》曾敍述林冲等人是受官府逼迫而投奔梁山造反的。②後用以比喻被迫進行反抗或被迫採取某種行動。
【例句】豹子頭林冲被貪官汚吏～，眞是時運不濟，生不逢時。

鼻息如雷（ㄅㄧˊ ㄒㄧ ㄖㄨˊ ㄌㄟˊ）

【出處】宋・沈括《夢溪筆談》卷九：「（宋眞宗趙恒）乘輿方渡河，寇騎充斥至於城下，人情洶洶。上使人微觀（寇）準所爲，而準方酣寢於中書，鼻息如雷。人以其一時鎭物，比之謝安。」（寇騎：敵騎，指遼國的騎兵。）
【解釋】鼻息：鼾聲。雷：指雷鳴。
【用法】①鼾聲響如雷鳴。②形容睡意正濃。
【例句】陳老爹～，睡得正香甜，千萬別吵醒他。

匕鬯不驚（ㄅㄧˇ ㄔㄤˋ ㄅㄨˋ ㄐㄧㄥ）

【出處】《周易・震》：「震驚百里，不喪匕鬯。」
【解釋】匕：調羹。鬯：古時用郁金草釀黑黍而製成的祭祀用的香酒。匕鬯：古代宗廟祭祀用物，後用以稱代宗廟的祭祀。不驚：不被驚擾。
【用法】形容軍紀嚴明，所到之處，社會秩序安定，宗廟祭祀不受驚擾。
【例句】眞正訓練有素的部隊，要能做到～的要求才行。

彼竭我盈（ㄅㄧˇ ㄐㄧㄝˊ ㄨㄛˇ ㄧㄥˊ）

【出處】《左傳・莊公十年》：「夫戰，勇氣也。一鼓作氣，再而衰，三而竭。彼竭我盈，故克之。」
【解釋】彼：對方。竭：盡。盈：滿，充沛，旺盛。
【用法】對方的勇氣已盡，我們的勇氣正盛。
【例句】想要克敵制勝，必須利用～之時，才可能一舉成功！

彼一時，此一時（ㄅㄧˇ ㄧˋ ㄕˊ，ㄘˇ ㄧˋ ㄕˊ）

【出處】《孟子・公孫丑下》：「彼一時也，此一時也，五百年必有王者興。」
【解釋】彼：那。此：這。
【用法】①那是一個時候，這是另一個時候。②指時間不同了，情況也不同，不能相混。
【例句】～，大學畢業的陳明回家鄉來了，舉止談吐之間再也看不到那個下河摸魚、上樹偷梨的小明的影子了。
【附註】也作「此一時，彼一時」。

彼亦一是非，此亦一是非（ㄅㄧˇ ㄧˋ ㄧˋ ㄕˋ ㄈㄟ，ㄘˇ ㄧˋ ㄧˋ ㄕˋ ㄈㄟ）

【出處】《莊子・齊物論》：「彼亦一是非，此亦一是非。」
【解釋】彼：那。此：這。
【用法】①那也是一種是非，這也是一種是非。②這是一種否定眞理的客觀標準的相對論。用以比喻說圓滑話，不得罪人。
【例句】在文學批評中，應該有一定尺

度，不能「～」，使人無所適從。

【附註】也作「此亦一是非，彼亦一是非」。

比上不足，比下有餘（ㄅㄧˇ ㄕㄤˋ ㄅㄨˋ ㄗㄨˊ，ㄅㄧˇ ㄒㄧㄚˋ ㄧㄡˇ ㄩˊ）

【出處】漢・趙岐《三輔決錄》：「杜伯直崔子玉以工書稱於前，趙襲與羅暉，亦以能草頗自矜誇。伯英與朱賜書曰：『上比崔杜不足，下比羅趙有餘。』」

【用法】同高的相比，有不夠之處；同低的相比，有超過之處。

【例句】我們工廠的生產目前是～。但我們不能滿足這種現狀，而要急起直追，於短期內在產量和質量上都達到一定水準。

比物連類（ㄅㄧˇ ㄨˋ ㄌㄧㄢˊ ㄌㄟˋ）

【出處】《韓非子・難言》：「多言繁稱，連類比物，則見以爲虛而無用。」

【解釋】比：比較。

【用法】聯結相類的事物而進行比較。

【例句】在文藝與科學的研究中，我們應多加運用～的方法！

比物此志（ㄅㄧˇ ㄨˋ ㄘˇ ㄓˋ）

【出處】漢・班固《漢書・賈誼傳》：「聖人有金城者，比物此志也。」

【解釋】比物：比類、比喻。

【用法】借用外物作爲寄託來表達自己的心意。

【例句】在這首詩中，詩人～，借傲雪的寒梅，含蓄地表達了自己堅貞的意志。

【附註】也作「此物比志」。

筆墨官司（ㄅㄧˇ ㄇㄛˋ ㄍㄨㄢ ㄙ）

【解釋】筆墨：借指文字或文章。官司：指訴訟，這裡泛指爭辯。

【用法】指書面上的爭辯。

【例句】爲一些非原則問題大打～，實是浪費精力。

筆大如椽（ㄅㄧˇ ㄉㄚˋ ㄖㄨˊ ㄔㄨㄢˊ）

【出處】唐・房玄齡等《晉書・王珣傳》：「珣夢人以大筆如椽與之，既覺，語人云：『此當有大手筆事，』俄而帝崩，哀册、謚議，皆珣所草。」

【解釋】椽：房椽。

【用法】①筆大得像一根房椽。②形容作家的大手筆。

【例句】陳爺爺～，已進入當代名家之列。

【附註】參看「如椽之筆」。

筆刀硯城（ㄅㄧˇ ㄉㄠ ㄧㄢˋ ㄔㄥˊ）

【出處】晉・王羲之《題筆陣圖後》：「夫紙者陣也，筆者刀槊也，心意者將軍也，本領者副將也，結構者謀略也。颺筆者吉凶也，出入者號令也，曲折者殺戮也。」

【用法】形容寫字作文，用筆像用刀，磨硯像攻城，要下大功夫。

【例句】想要在書法作文方面有所進展，必須下～般地大功夫才行！

筆頭生花（ㄅㄧˇ ㄊㄡˊ ㄕㄥ ㄏㄨㄚ）

【出處】唐・馮贄《雲仙雜記》卷十：「李太白少夢筆頭生花，後天才贍逸，名聞天下。」

【用法】①原指文人才思日進。②後多形容文章寫得絢麗多采，非常漂亮。

【例句】她的這篇遊記，寫得～，別開生面，使人百讀不厭。

【附註】也作「筆底生花」、「筆下生花」、「夢筆生花」。

筆力扛鼎 ㄅㄧˇ ㄌㄧˋ ㄎㄤˊ ㄉㄧㄥˇ

【出處】唐・韓愈《病中贈張十八》詩「龍文百戶鼎，筆力可獨扛。」

【解釋】扛：舉。

【用法】①筆下所表現的力量足以舉起大鼎。②比喻文勢雄健，氣魄不凡。

【例句】這篇政論不但說理嚴密，無懈可擊，而且氣魄宏大，～，令人折服。

筆下超生 ㄅㄧˇ ㄒㄧㄚˋ ㄔㄠ ㄕㄥ

【出處】明・淩濛初《初刻拍案驚奇》第十一卷：「實在不忍他含冤負屈，故此來到台前控訴，乞老爺筆下超生。」

【解釋】超生：佛家語，意為超度亡靈，使其早入輪迴，再世為人。

【用法】指筆下寬恩，從實論斷，使無辜者由死路上解脫出來。

【例句】若不是縣老爺～，老王早就含冤莫白，一命嗚呼了！

筆下有鐵 ㄅㄧˇ ㄒㄧㄚˋ ㄧㄡˇ ㄊㄧㄝˇ

【解釋】筆下：筆底下，借指文章的措辭與寓意。鐵：兵器，如刀、劍、匕首之類。

【用法】形容文筆鋒利。

【例句】郭同學是一位才華橫溢、～的詩人。

筆削褒貶 ㄅㄧˇ ㄒㄧㄠ ㄅㄠ ㄅㄧㄢˇ

【出處】清・皮錫瑞《經學歷史・經學開闢時代》：「《春秋》自孔子加筆削褒貶，為後世立法，而後《春秋》不僅為記事之書。」

【解釋】筆削：古時文字寫在竹簡上，刪改時要用刀刮掉竹上的字，然後再寫上修改好的文字。褒：表揚。貶：貶抑。

【用法】①刪改記載，加上表揚或貶抑的話。②指修改文章。

【例句】春秋一書～，為後世史書樹立典範。

筆誅墨伐 ㄅㄧˇ ㄓㄨ ㄇㄛˋ ㄈㄚˊ

【解釋】筆墨：指文字。誅：譴責。伐：聲討。

【用法】以文字加以譴責，進行聲討。

【例句】我們應發揮文字的力量，對侵略行為加以～。

【附註】參看「口誅筆伐」。

筆參造化 ㄅㄧˇ ㄘㄢ ㄗㄠˋ ㄏㄨㄚˋ

【出處】唐・李白《與韓荊州書》：「筆參造化，學究天人。」

【解釋】造化：創造化育。

【用法】①一支筆參與了創造化育。②形容文章高妙，有參與天地造化之功。

【例句】寫文章不是一件容易的事，要達到～的功力，沒有多方面的修養是達不到的。

鄙吝復萌 ㄅㄧˇ ㄌㄧㄣˋ ㄈㄨˋ ㄇㄥˊ

【出處】南朝・宋・范曄《後漢書・黃憲傳》：「時月之間，不見黃生，則鄙吝之萌復存乎心。」

【解釋】鄙吝：鄙俗。復：又。萌：發芽，喻指開始發生。

【用法】庸俗的念頭又開始滋生。

【例句】我們要時時反躬自省，以絕～。

鄙於不屑（ㄅㄧˇ ㄩˊ ㄅㄨˋ ㄒㄧㄝˋ）

【解釋】鄙：粗俗卑鄙。不屑：認爲不值得（做或看）。

【用法】①粗俗卑鄙到不值得一顧的程度。②指既醜陋又下賤，叫人看不上眼。

【例句】對那些見風轉舵、媚上壓下的人，他一向是～的。

俾晝作夜（ㄅㄧˇ ㄓㄡˋ ㄗㄨㄛˋ ㄧㄝˋ）

【出處】《詩經・大雅・蕩》：「式號式呼，俾晝作夜。」

【解釋】俾：使。晝：白天。

【用法】①把白天當作黑夜。②形容生活荒淫，晝夜顛倒。

【例句】他～，生活荒淫，糟糕透了！

壁壘分明（ㄅㄧˋ ㄌㄟˇ ㄈㄣ ㄇㄧㄥˊ）

【解釋】壁壘：古時軍營的圍牆，後泛指防禦工事，今常喻指對立的事物和界限。

【用法】比喻界限很清楚。

【例句】當時兩派之間～，進行了針鋒相對的辯論。

壁壘森嚴（ㄅㄧˋ ㄌㄟˇ ㄙㄣ ㄧㄢˊ）

【解釋】壁壘：古時軍營四周的圍牆。森嚴：整齊嚴肅（多指防備嚴密）。

【用法】①形容防守十分嚴密。②也比喻界限劃得很清楚。

【例句】這場籃球比賽中，中華隊的防守～，使對方無隙可乘。

【附註】也作「森嚴壁壘」。

壁裏安柱（ㄅㄧˋ ㄌㄧˇ ㄢ ㄓㄨˋ）

【出處】明・吳承恩《西遊記》第三回：「祖師道：『若要長生，也似壁裏安柱。』」

【用法】①牆壁裏面加安支柱。②比喻加強鍛鍊，以增強體質。

【例句】爲因應暴戾氣息的高漲，軍警人員宜～，加強打擊犯罪的實力。

婢作夫人（ㄅㄧˋ ㄗㄨㄛˋ ㄈㄨ ㄖㄣˊ）

【出處】唐・張彥遠《書法要錄》卷三引南朝・梁・袁昂《古今書評》：「羊欣書如大家婢爲夫人，雖處其位，而舉止羞澀，終不似眞。」

【解釋】婢：舊時的使女。作：當。夫人：古代諸侯的妻子稱夫人；明、清時一、二品官的妻子封夫人。

【用法】①使女當夫人。②比喻文藝作品刻意摹仿別人，但因作者才力不足，僅形似而不神似。

【例句】文藝創作，必須有自我風格，如果只是一味摹仿，而才力又不足的話，只會落個～的譏評。

【附註】也作「婢學夫人」。

幣厚言甘（ㄅㄧˋ ㄏㄡˋ ㄧㄢˊ ㄍㄢ）

【解釋】幣：指禮物。甘：美好、動聽。

【用法】①禮物豐厚，言辭美好。②多指有意識地對人施展拉攏手段。

【例句】對方雖以～來收買他，但他仍不爲所動。

弊車羸馬（ㄅㄧˋ ㄐㄩ ㄌㄟˊ ㄇㄚˇ）

【出處】《三國志・吳志・劉繇傳》注：「（劉）寵前後歷二郡，八居九列，四登三事，家不藏賄，無重器，……

…弊車羸馬，號爲窶（ㄐㄩˋ）陋。」
【解釋】弊：破舊。羸：瘦、弱。
【用法】①破車瘦馬。②比喻家境貧寒。
【例句】我～，一介貧寒，只求溫飽，怎敢有非分之想呢？

弊絕風清（ㄅㄧˋ ㄐㄩㄝˊ ㄈㄥ ㄑㄧㄥ）

【出處】宋·周敦頤《拙賦》：「天下拙，刑政徹，上安下順，弊絕風清。」
【解釋】弊：弊病、弊端。
【用法】營私舞弊、欺詐蒙騙的壞現象絕迹，社會風氣十分良好。
【例句】身爲主管，嚴於律己，以身作則，堅決抵制不正之風，這是眞正做到～的一個重要條件。
【附註】也作「風清弊絕」。

必不撓北（ㄅㄧˋ ㄅㄨˋ ㄋㄠˊ ㄅㄟˇ）

【出處】《呂氏春秋·忠廉》：「若此人也，有勢則必不自私矣；處官則必不汚矣；將衆則必不撓北矣。」
【解釋】撓北：敗北、失敗。
【用法】必定不會失敗。
【例句】只要秉持著信心與毅力，求學或做事，～。

必恭必敬（ㄅㄧˋ ㄍㄨㄥ ㄅㄧˋ ㄐㄧㄥˋ）

【出處】《詩經·小雅·小弁》：「維桑與梓，必恭敬止。」
【解釋】恭：指儀表謙遜有禮。敬：指內心尊重。
【用法】形容特別恭敬有禮貌。
【例句】小王看到董事長進來，趕忙挺直了身子，～地低聲回話。
【附註】也作「畢恭畢敬」。

必傳之作（ㄅㄧˋ ㄔㄨㄢˊ ㄓ ㄗㄨㄛˋ）

【出處】漢·班固《漢書·揚雄傳贊》：「時大司空王邑、納言嚴尤聞雄死，謂桓譚曰：『子嘗稱揚雄書，豈能傳於後世乎？』譚曰：『必傳。顧君與譚不及見也。』」
【解釋】必：必定。傳：流傳。作：著作。
【用法】①必定能流傳後代的著作。②指極有價值的著作。
【例句】有些作品雖然風行一時，但能否經受得住時間的考驗，成爲～呢？還不能確定！

必操勝券（ㄅㄧˋ ㄘㄠ ㄕㄥˋ ㄑㄩㄢˋ）

【解釋】必：一定。操：持、拿。勝：勝利。券：契約、憑證。勝券：指勝利的把握。
【用法】①一定持有勝利的把握。②指十拿十穩地能取得勝利。
【例句】中華少棒隊實力堅強，參加此次國際大賽信心十足，～。
【附註】①參看「穩操勝算」、「穩操左券」。②「券」不能寫成「卷」，也不能念成ㄐㄩㄢˋ。

必由之路（ㄅㄧˋ ㄧㄡˊ ㄓ ㄌㄨˋ）

【出處】明·吳承恩《西遊記》第五十九回：「那山離此有六十里遠，正是西方必由之路，却有八百里火焰，四周圍寸草不生。」
【解釋】必：一定、必須。由：經過。
【用法】①必須經過的路徑。②泛指事物必須遵循的途徑。
【例句】發展教育事業，是繁榮科學文化事業的～。

敝鼓喪豚 ㄅㄧˋ ㄍㄨˇ ㄙㄤˋ ㄊㄨㄣˊ

【出處】《荀子．解蔽篇》：「故傷於濕而擊鼓痹，則必有敝鼓喪豚之費矣，而未有俞(愈)疾之福也。」

【解釋】敝：壞，破舊。喪：死。豚：小豬。

【用法】①指因病向神祈禱而打破了鼓，烹死了小豬。②形容白費財物，沒得絲毫的好處。

【例句】李大娘～，卻一無所獲，眞是倒楣。

敝屣尊榮 ㄅㄧˋ ㄒㄧˇ ㄗㄨㄣ ㄖㄨㄥˊ

【解釋】敝屣：破舊之鞋，喻指不值得珍惜的東西。尊：貴，地位高。榮：榮耀。

【用法】①把高官與榮耀視如破鞋。②形容鄙視榮華富貴。

【例句】陳教授是個～，不慕榮利的謙謙君子。

敝帚千金 ㄅㄧˋ ㄓㄡˇ ㄑㄧㄢ ㄐㄧㄣ

【出處】《東觀漢記．光武帝紀》：「家有敝帚，享之千金。」

【解釋】敝帚：破舊的笤帚。千金：指很多的錢，喻指貴重。

【用法】①把破舊的笤帚看得價值千金。②比喻把自己的沒有價值的東西看得很重，當作寶貝，十分珍惜。

【例句】自己的一點東西也當成寶貝，這眞是～。

【附註】①也作「弊帚千金」。②參看「敝帚自珍」。

敝帚自珍 ㄅㄧˋ ㄓㄡˇ ㄗˋ ㄓㄣ

【解釋】敝帚：破舊的笤帚。珍：珍惜、珍愛。

【用法】比喻東西雖然不好，但自己非常珍惜。

【例句】～是人之常情，不足爲怪！

【附註】參看「敝帚千金」。

敝帷不棄 ㄅㄧˋ ㄨㄟˊ ㄅㄨˋ ㄑㄧˋ

【出處】《禮記．檀弓下》：「敝帷不棄，爲埋馬也；敝蓋不棄，爲埋狗也。」

【解釋】敝：壞，破舊。帷：帷帳。棄：捨去、拋棄。

【用法】①破舊的帷帳也不拋掉，自有用途。②泛指勤儉節約，不把破舊的東西隨意扔掉。

【例句】中國婦女向來具有～，勤儉持家的傳統美德！

比比皆是 ㄅㄧˋ ㄅㄧˋ ㄐㄧㄝ ㄕˋ

【出處】《戰國策．秦策一》：「犯白刃、蹈煨炭，斷死於前者，比比是也！」

【解釋】比比：到處。皆：都。到處都是。

【例句】泰山水源豐富，素有「泰山多高水多高」之說，明溪暗泉～。

比肩並起 ㄅㄧˋ ㄐㄧㄢ ㄅㄧㄥˋ ㄑㄧˇ

【出處】《荀子．非相篇》：「棄其親家，而欲奔之者比肩並起。」

【解釋】比：並列、緊靠。並：齊、同。

【用法】肩並肩地一同行動。形容積極響應，相隨而動。

【例句】百貨公司展開拍賣活動，於是各類商店～，各項貨品的銷售有了很大的起色。

比肩繼踵 ㄅㄧˋ ㄐㄧㄢ ㄐㄧˋ ㄓㄨㄥˇ

【出處】《晏子春秋‧雜下》：「臨淄三百閭，張袂成陰，揮汗成雨，比肩繼踵而在，何爲無人？」
【解釋】比：並列、緊靠。繼：連續。踵：脚後跟。
【用法】①肩膀緊靠肩膀，脚尖緊挨著脚跟。②形容人很多，非常擁擠。
【例句】一到節日，大街上人山人海，～，十分熱鬧。
【附註】參看「摩肩接踵」。

比肩隨踵 ㄅㄧˋ ㄐㄧㄢ ㄙㄨㄟˊ ㄓㄨㄥˇ

【出處】《韓非子‧難勢》：「堯舜桀紂，千世而一出，是比肩隨踵而生也。」
【解釋】比：並列、緊靠。踵：脚跟。
【用法】①緊挨著肩膀，緊隨著脚跟。②形容事物接連不斷。
【例句】在我們這個偉大的時代裡，各種人材～地湧現出來。

比肩而立 ㄅㄧˋ ㄐㄧㄢ ㄦˊ ㄌㄧˋ

【出處】《戰國策‧齊策三》：「寡人聞之，千里而一士，是比肩而立；百世而一聖，若隨踵而至。」
【解釋】比：並列、緊靠。
【用法】①肩並肩地立著。②指地位相等，不相上下。
【例句】這兩位物理學家在不同的領域裡都有重大的突破，成爲科學界～的著名學者。

比而不黨 ㄅㄧˋ ㄦˊ ㄅㄨˋ ㄉㄤˇ

【出處】《國語‧晉語》：「吾聞事君者，比而不黨。」
【解釋】比：親近。黨：偏私。
【用法】親近而不偏私。
【例句】存有派系觀念的人，很難做到～。

比而不周 ㄅㄧˋ ㄦˊ ㄅㄨˋ ㄓㄡ

【出處】《論語‧爲政》「子曰：君子周而不比，小人比而不周。」
【解釋】比：指勾結。周：指團結。
【用法】只是以「利」相勾結，而不是以「義」相團結。
【例句】不要跟他談道義，因爲他是個～的小人。

比翼雙飛 ㄅㄧˋ ㄧˋ ㄕㄨㄤ ㄈㄟ

【出處】《爾雅‧釋地》：「南方有比翼鳥焉，不比不飛，其名謂之鶼鶼。」
【解釋】比：並列、緊靠。翼：翅膀。比翼：翅膀緊靠著飛，此處指比翼鳥，傳說此鳥一目一翼，兩隻合攏，雙宿雙飛。
【用法】比喻好友或情人、夫妻形影不離地生活在一起，或在事業上並肩前進。
【例句】這一對年輕夫妻，在科學的征途上～。

比屋可封 ㄅㄧˋ ㄨ ㄎㄜˇ ㄈㄥ

【出處】《尚書大傳》五：「周人可比屋而封。」
【解釋】比屋：屋連屋。封：封爵封地，古時帝王賜給臣子爵位或土地。
【用法】①舊時頌揚帝王實行王道教化所取得的成就。②指王者統治下的臣民人人賢能，都可以封爵封地。③亦可用以形容治理有方，人多賢良。

【附註】也作「比戶可封」。

畢恭畢敬

見「必恭必敬」。

畢其功於一役

【解釋】畢：完成。功：事情。一役：指一次行動。
【用法】把原來要分階段實現的幾項任務同時一下子完成。
【例句】理想的實現是要經過一段艱難過程的，企圖～，是不切實際的幻想。

睥睨一切

【解釋】睥睨：斜着眼睛看。
【用法】①指看不起一切人或事物。②形容人傲慢過分。
【例句】他那種高高在上、～的神態，使人非常不愉快。
【附註】也作「睥睨一世」。

碧落黃泉

【出處】唐·白居易《長恨歌》：「上窮碧落下黃泉，兩處茫茫皆不見。」
【解釋】碧落：天上、天界。黃泉：地下。
【用法】泛指宇宙的各個角落。

碧血丹心

【出處】①三國·魏·阮籍《詠懷詩·第五十一首》：「丹心失恩澤，重德喪失宜。」②鄭元祐《張御史死節歌》：「孤忠既足明丹心，三年猶須化碧血。」
【解釋】碧血：《莊子·外物》：「萇弘死於蜀，藏其血，三年而化爲碧。」後指爲正義事業而流的血。丹心：赤誠的心，忠貞的心。
【用法】稱頌爲國死難的烈士。
【例句】黃花崗七十二烈士～～，其精神永垂不朽。

碧水青山

【解釋】碧：青綠色。
【用法】①碧綠的水流，青翠的山巒。②形容饒有生氣而又秀麗的山水。
【例句】我非常思念自己的故鄉，那裏～，風景如畫，四季如春，眞是美極了。

篳門閨竇

【出處】《左傳·襄公十年》：「篳門閨竇之人，而皆陵其上，其難爲上矣。」
【解釋】篳門：柴門（用竹條或樹枝編成的門）。閨竇：鑿穿牆壁而成的門，形狀像圭（圭：古代帝王、諸侯舉行隆重典禮時所用的一種玉制禮器，上尖下方。竇：孔穴）。
【用法】泛指貧苦人家。
【例句】她雖出自～，但舉止得體，頗有大家風範！
【附註】也作「篳門圭窬」（「窬」通「竇」）。

篳路藍縷

【出處】《左傳·宣公十二年》：「訓之以若敖、蚡冒，篳路藍縷，以啓山林。」
【解釋】篳路：柴車。藍縷：破舊的衣服。
【用法】①原意是駕着柴車，穿着破衣

服，開發山林。②後用以形容創業的艱苦。

【例句】～，孫公（中山先生）既開其先，發揚光大，我輩宜善其後。

【附註】①也作「篳露藍縷」。②參看「衣衫藍縷」。

蔽聰塞明 ㄅㄧˋ ㄘㄨㄥ ㄙㄜˋ ㄇㄧㄥˊ

【解釋】蔽、塞：遮掩堵死。聰、明：耳司聽，目司明，指耳朵和眼睛的感知作用。

【用法】①堵死了眼耳的感官作用。②指對於客觀存在、現實所有的一切事物不聽也不看，甘心當聾子、當瞎子。

【例句】身處現代社會，絕不可～，才能做最明智的判斷。

蔽月羞花 ㄅㄧˋ ㄩㄝˋ ㄒㄧㄡ ㄏㄨㄚ

見「閉月羞花」。

避繁就簡 ㄅㄧˋ ㄈㄢˊ ㄐㄧㄡˋ ㄐㄧㄢˇ

【解釋】避：躲開。繁：繁雜的。就：靠近。簡：簡易。

【用法】避開繁雜的，從事簡易的。

【例句】在科學研究工作中能不能～，這要根據具體情況決定。

避難就易 ㄅㄧˋ ㄋㄢˊ ㄐㄧㄡˋ ㄧˋ

【用法】避開難辦的，只做容易的。

【例句】在學習中一味地～，那是不可能進步的。

避坑落井 ㄅㄧˋ ㄎㄥ ㄌㄨㄛˋ ㄐㄧㄥˇ

【出處】唐·房玄齡等《晉書·褚翜傳》：「今宜共戮力以備賊，幸無外患，而內自相殺，是避坑落井也。」

【用法】躲過了坑，掉進了井裏。比喻躲過一害，又遭另一害。

【例句】在舊社會裏，儘管我拼命地掙扎着、奮鬥着，然而～，卻遭受着一次又一次的厄運。

避其銳氣，擊其惰歸 ㄅㄧˋ ㄑㄧˊ ㄖㄨㄟˋ ㄑㄧˋ ㄐㄧˊ ㄑㄧˊ ㄉㄨㄛˋ ㄍㄨㄟ

【出處】《孫子·軍爭》：「故善用兵者，避其銳氣，擊其惰歸，此治氣者也。」

【解釋】銳氣：銳利的士氣。惰：懈怠。歸：返回。

【用法】避開敵軍初來時的銳氣，等到敵軍疲勞返回的時候，加以打擊。

【例句】高明的指揮員決不會蠻幹，而是善於審時度勢，掌握戰機，對於強大的敵人要～，這樣才能掌握戰爭的主動權。

避嫌守義 ㄅㄧˋ ㄒㄧㄢˊ ㄕㄡˇ ㄧˋ

【出處】明·羅貫中《三國演義》第七十三回：「今主公避嫌守義，恐失眾人之望。」

【解釋】嫌：嫌疑。守義：保守道義。

【用法】避開嫌疑，保守道義。

【例句】身為領導者，必須遵守～的原則，才能孚眾望！

避之若浼 ㄅㄧˋ ㄓ ㄖㄨㄛˋ ㄇㄟˇ

【解釋】之：文言代詞。若：像。浼：污染，這裏指污染之物。

【用法】①像躲避污染之物一樣地躲開。②形容避開某種事物的態度。

【例句】對這件事，他非但不支持，而且～，我們只好自己做了。

避重就輕 ㄅㄧˋ ㄓㄨㄥˋ ㄐㄧㄡˋ ㄑㄧㄥ

【出處】清·曹雪芹《紅樓夢》第一百零二回：「想是忒鬧得不好，恐將來弄出大禍，所以借了一件失察的事情參的，倒是避重就輕的意思，也未可知。」

【用法】①指迴避主要矛盾，只談無關緊要的小事。②也指躲避重大罪責，只承認輕微的過失。

【例句】我們希望你如實地把事情說清楚，不要一味躲躲閃閃，～。

【附註】參看「棄重取輕」。

避實擊虛 ㄅㄧˋ ㄕˊ ㄐㄧ ㄒㄩ

【出處】《孫子·虛實》：「水之形，避高而趨下；兵之形，避實而擊虛。」

【用法】①避開敵人的實力，攻擊敵人力量薄弱的地方。②現也指辦事先找容易突破的地方着手，或談論問題時迴避要害。

【例句】在敵衆我寡的情況下，我們要採取～的戰術，逐步削弱敵方實力！

【附註】也作「避實就虛」。

避世絕俗 ㄅㄧˋ ㄕˋ ㄐㄩㄝˊ ㄙㄨˊ

【出處】①《莊子·刻意》：「此江海之士，避世之人，閑暇者之所好也。」②唐·房玄齡等《晉書·畢軼傳》：「栖情玄遠，確然絕俗。」

【解釋】俗：世俗。

【用法】①躲避現實，斷絕與世俗之人交往。②可指一種消極處世的態度。

【例句】歷史故事中記載的那種～的隱士，在今天的現實生活中已不復存在了。

避讓賢路 ㄅㄧˋ ㄖㄤˋ ㄒㄧㄢˊ ㄌㄨˋ

【出處】漢·司馬遷《史記·萬石張叔列傳》：「願歸丞相侯印，乞骸骨歸，避賢者路。」

【解釋】賢：有德行和有才能的人。

【用法】指交印辭職，給才德高的人讓路。(常作老年引退的自謙辭。)

【例句】有些老幹部～，主動退居第二線。

避而不談 ㄅㄧˋ ㄦˊ ㄅㄨˋ ㄊㄢˊ

【出處】①躲避開而不肯說。②指有意迴避事實。

【例句】他對於主要問題～，却在枝枝節節的小事情上兜圈子。

閉門羹 ㄅㄧˋ ㄇㄣˊ ㄍㄥ

【出處】唐·馮贄《雲仙雜記》卷一：「史鳳，宣城妓也。待客以等差……下列：(下等的)不相見，以閉門羹待之。」

【解釋】閉門：關着門不接見客人。羹：用肉或菜調和五味熬成濃汁的食品。

【用法】泛指登門訪問而遭到主人拒絕、迴避，叫做吃閉門羹。

【例句】我去你家找了你幾次，都吃了～。

閉門酣歌 ㄅㄧˋ ㄇㄣˊ ㄏㄢ ㄍㄜ

【出處】唐·李延壽《南史·徐緄傳》：「緄爲梁湘東王，鎮西諮議參軍，頗爲聲色，侍妾數十，皆佩金翠，曳羅綺，服玩悉以金銀，飲酒數升，便醉而閉門，盡日酣歌。」

【解釋】酣：喝酒喝得很暢快，引申指

盡情。

【用法】①指閉門不出，盡興飲酒，盡情歌舞。②形容沉緬酒色，盡情享樂。

【例句】經過一次嚴重的打擊之後，他～，沈湎於享樂，不再振作了！

閉門謝客 ㄅㄧˋ ㄇㄣˊ ㄒㄧㄝˋ ㄎㄜˋ

【解釋】謝：謝絕。

【用法】關閉家門，謝絕客人來訪。

【例句】我現在工作十分緊張，只好～了。

閉門造車 ㄅㄧˋ ㄇㄣˊ ㄗㄠˋ ㄐㄩ

【出處】宋・朱熹《中庸・或問》卷三：「古語所謂閉門造車，出門合轍，蓋言其法之同也。」

【用法】①關起門來造車子。②意思是按相同規格，閉起門來造車子，出門也能合轍適用。③後人反其意而用之，比喻不進行調查研究，只憑主觀想像辦事，不合客觀實際。

【例句】文藝創作決不能脫離生活，～。

閉門思過 ㄅㄧˋ ㄇㄣˊ ㄙ ㄍㄨㄛˋ

【出處】漢・班固《漢書・韓延壽傳》：「民有昆弟相與訟田自言，延壽大傷之，……是日移病不聽事，因入臥傳舍，閉閤思過。」

【解釋】過：過錯、過失。

【用法】關起門來反省自己的過錯。

【例句】不接受批評，只靠～，收效是不會很大的。

【附註】①原作「閉閤思過」。②也作「閉門潛思」。

閉目塞聽 ㄅㄧˋ ㄇㄨˋ ㄙㄜˋ ㄊㄧㄥ

【出處】漢・王充《論衡・自紀》：「閉明塞聽，愛精自保。」

【解釋】塞：堵塞。

【用法】①閉上眼睛，堵住耳朵。②形容脫離實際。

【例句】不了解實際情況，只是～地蠻幹，一定會碰釘子。

【附註】①原作「閉明塞聽」。②「塞」不能念成ㄙㄞ。

閉關却掃 ㄅㄧˋ ㄍㄨㄢ ㄑㄩㄝˋ ㄙㄠˋ

【出處】梁・江淹《恨賦》：「至乃敬通見抵，罷歸田里，閉關却埽（掃），塞門不仕。」

【解釋】閉關：指關門。却掃：指不再清掃門前小徑迎接賓客。

【用法】形容閉門謝客不和外人往來。

【例句】五十歲以後，他急流勇退，棄官務農，躲進偏僻的山莊，～落個安靜自在。

【附註】參看「杜門却掃」。

閉關自守 ㄅㄧˋ ㄍㄨㄢ ㄗˋ ㄕㄡˇ

【出處】漢・司馬遷《史記・張儀列傳》：「儀說楚王曰：『大王誠能聽臣，閉關絕約於齊，臣請獻商於之地六百里。』」

【解釋】閉：關閉。關：關口。守：防守。

【用法】①關閉關口，自行防守。②指不同別國交往。③亦泛指同外界隔絕。

【例句】在現今愈趨開放、自由的風氣下，～絕非明智之策！

閉關鎖國 ㄅㄧˋ ㄍㄨㄢ ㄙㄨㄛˇ ㄍㄨㄛˊ

【解釋】閉：關閉。關：關口。

【用法】①封閉關口，緊鎖國門。②指同外界隔絕，不跟外國打交道。
【例句】我們不能再像清末～的愚蠢作法，而拒絕學習外國的長處。

閉口無言 ㄅㄧˋ ㄎㄡˇ ㄨˊ ㄧㄢˊ

【用法】①閉住嘴巴不言語。②形容對事不置可否或事情弄僵，自己覺得理虧而無話可講的情態。
【例句】劉家父女彼此瞪眼，一副～的樣子。

閉月羞花 ㄅㄧˋ ㄩㄝˋ ㄒㄧㄡ ㄏㄨㄚ

【出處】元・王實甫《西廂記》第一本第四折：「則為你閉月羞花相貌，少不得剪草除根大小。」
【解釋】閉：掩藏。
【用法】①使月亮躲藏，使鮮花羞澀。②形容女子貌美絕倫。
【例句】古代四大美女，個個都有～之貌！
【附註】①也作「蔽月羞花」、「羞花閉月」。②參看「沉魚落雁」。

髀肉復生 ㄅㄧˋ ㄖㄡˋ ㄈㄨˋ ㄕㄥ

【出處】《三國志・蜀志・先主傳》裴松之注引《九州春秋》：「荊州數年，嘗於表坐起至廁，見髀裏肉生，慨然流涕。還坐，表怪問備。備曰：『吾常身不離鞍，髀肉皆消，今不復騎，髀裏肉生。日月若馳，老將至矣，而功業不建，是以悲耳！』」
【解釋】髀：大腿。復：再、又。
【用法】①大腿上的肉又長起來了。②指長久處在安逸的環境，虛度歲月而無所作為。
【例句】我們平居無事時，要多鍛鍊身心，才不致有～之嘆。
【附註】參看「撫髀自嘆」。

鞭辟入裏 ㄅㄧㄢ ㄅㄧˋ ㄖㄨˋ ㄌㄧˇ

【出處】《論語・衛靈公》宋・朱熹引程子（顥）注曰：「學只要鞭辟近裏，著己而已。」
【解釋】鞭：鞭策。辟：透徹。入：進入。裏：本指衣服裏層，引申指裏面，內部。
【用法】①鞭策到最裏層。②形容作學問切實。③後用以形容言辭或文章把道理說得深刻透徹，能切中要害。
【例句】這篇文章對問題的分析～，入木三分。
【附註】原作「鞭辟近裏」。

鞭墓戮屍 ㄅㄧㄢ ㄇㄨˋ ㄌㄨˋ ㄕ

【出處】漢・司馬遷《史記・伍子胥列傳》：「及吳兵入郢，伍子胥求昭王。既不得，乃掘楚平王墓，出其屍，鞭之三百，然後已。」
【解釋】鞭：鞭打。戮：殺戮。
【用法】①把死人從墓裏挖出來，加以鞭打和殺戮。②形容報深仇、洩怨恨的舉動。
【例句】許多在戰火中流離失所、家破人亡的戰士，都恨不得將敵軍～，以洩憤恨。

鞭長莫及 ㄅㄧㄢ ㄔㄤˊ ㄇㄛˋ ㄐㄧˊ

【出處】《左傳・宣公十五年》：「宋人使樂嬰齊告急於晉，晉侯欲救之。伯宗曰：『不可。古人有言曰：雖鞭之長，不及馬腹。天方授楚，未可與爭。雖晉之強，能違天乎？』」
【解釋】及：達到。
【用法】①原謂鞭子雖長，但馬腹非鞭擊之處，不應該打到馬腹。②後比喻力所不及。
【例句】這件事雖然我們想管，但～，難以插手。
【附註】也作「鞭長不及馬腹」。

扁擔沒扎，兩頭打塌

【出處】元．關漢卿《救風塵》第三折：「可不弄的尖擔兩頭脫。」
【解釋】扎：扁擔頭上的插栓或卡口。打塌：打滑塌。
【用法】①扁擔兩頭沒有插栓或沒做卡口，兩頭打滑塌，擔子挑不起來。②比喻前後失算，兩頭落空。
【例句】他尚未計算到自己的實力和企圖之間的不相稱，以致～。
【附註】原作「尖擔兩頭脫」。

便宜行事

【出處】漢．班固《漢書．魏相傳》：「漢興以來，國家便宜行事。」
【解釋】便宜：方便合適。行事：做事情。
【用法】根據實際情況或臨時變化，不必請示，而適當地斟酌處理。
【例句】總經理出國考察期間，一切業務由陳主任～，全權處理！
【附註】也作「便宜施行」、「便宜從事」。

抃風舞潤

【出處】南朝．梁．沈約《宋書．孔覬傳》：「覬遜業之舉，無聞於鄉部，惰遊之貶，有編於疲農。直山淵藏引，用不遐棄，故得抃風儛（舞）潤，憑附彌年。」
【解釋】抃：鼓掌。潤：雨水。
【用法】①燕子迎風振翅鼓動，商羊知雨屈足起舞（商羊：傳說中的鳥名，一隻脚，在大雨前屈足舒翅而動，如在起舞）。②指生物對於天時有所感應。③後比喻相互契合。

變本加厲

【出處】南朝．梁．蕭統《文選．序》：「蓋踵其事而增華，變其本而加厲，物既有之，文亦宜然。」
【解釋】本：本來的、原來的。加：更加。厲：猛烈。
【用法】①本指比原來的事物更加發展。②現指變得比原來的情況更加嚴重（含貶義）。
【例句】事隔一年，他不但沒有改進，言行舉止反而更～了！。
【附註】「厲」不能寫成「利」。

變名易姓

見「改名換姓」。

變服詭行

【出處】唐．韓愈《清邊郡王楊燕奇碑文》：「變服詭行，日倍百里。」
【解釋】變：更換。服：服裝。詭：詭祕。行：行走。
【用法】更換服裝，秘密趕路。
【例句】欽差大人～，火速趕回京師。

變態百出

【出處】五代・後晉・劉昫等《舊唐書・藝文誌》：「歷代盛衰，文章與時高下，然其變態百出，不可窮極，何其多也。」
【解釋】態：形態、形狀。
【用法】變化的形態多種多樣。

變化多端 ㄅㄧㄢˋ ㄏㄨㄚˋ ㄉㄨㄛ ㄉㄨㄢ

【出處】明・馮夢龍《古今小說・陳從善梅嶺失渾家》：「這齊天大聖神通廣大，變化多端。」
【解釋】端：頭緒。
【用法】指善於變化，令人捉摸不透。
【例句】這部科幻片的拍攝技巧～，令人讚歎！

變化有時 ㄅㄧㄢˋ ㄏㄨㄚˋ ㄧㄡˇ ㄕˊ

【出處】漢・司馬遷《史記・秦始皇本紀》：「去就有序，變化有時。」
【解釋】時：定時，一定的時期。
【用法】隨時間發展而產生變化。
【例句】夏去秋來，冬冷夏熱，一年四季～，各不相同。

變化無方 ㄅㄧㄢˋ ㄏㄨㄚˋ ㄨˊ ㄈㄤ

【出處】晉・陳壽《三國志・魏志・袁紹傳》：「田豐說紹曰：『曹公善用兵，變化無方。』」
【解釋】方：方向。
【用法】①善於變化而沒有固定的方向和程式。②形容變化靈活，讓人捉摸不定。
【例句】在戰鬥中，形勢的發展很快，因此，指揮作戰就必須採取靈活機動、～的戰術，才能掌握主動權。

變化無窮 ㄅㄧㄢˋ ㄏㄨㄚˋ ㄨˊ ㄑㄩㄥˊ

【出處】《鬼谷子・捭闔》：「變化無窮，各有所歸。」
【用法】變化不斷，沒有窮盡。
【例句】這個世界日新月異，～，令人難以掌握！

變化無常 ㄅㄧㄢˋ ㄏㄨㄚˋ ㄨˊ ㄔㄤˊ

【出處】《莊子・天下》：「芴寞無形，變化無常。」（芴ㄏㄨ：通「忽」。）
【解釋】常：規律，準則。
【用法】變化不定，無從捉摸。
【例句】天氣～，嚴重地影響了農作物的生長。

變幻莫測 ㄅㄧㄢˋ ㄏㄨㄢˋ ㄇㄛˋ ㄘㄜˋ

【出處】唐・韓愈《殿中少監馬君墓誌》：「當是時，見王於北亭，猶高山深林，巨谷龍虎，變化不測，傑魁人也。」
【解釋】變幻：變化奇異而不規則。測：猜度、預測。
【用法】①變化奇異，無法預測。②形容事物複雜多變。
【例句】這裏的局勢～，動蕩不安。

變生不測 ㄅㄧㄢˋ ㄕㄥ ㄅㄨˋ ㄘㄜˋ

【出處】清・曹雪芹《紅樓夢》第四十四回：「變生不測鳳姐潑醋，喜出望外平兒理妝。」
【解釋】變：事變。
【用法】事變的發生，令人不能預測。
【例句】為了防止～，他們在出國之前進行了周密的安排。

變生肘腋 ㄅㄧㄢˋ ㄕㄥ ㄓㄡˇ ㄧㄝˋ

【出處】晉・陳壽《三國志・蜀志・法正傳》：「近則懼孫夫人生變於肘腋之下。」
【解釋】變：變故，事變。肘：胳膊肘兒。腋：胳肢窩。肘腋：比喻切近的地方。
【用法】指變故發生在身邊。
【例句】俗話說「堡壘最容易從內部攻破」，所以～比面臨強大的外敵更要危險。
【附註】也作「害起肘腋」。

變色之言 ㄅㄧㄢˋ ㄙㄜˋ ㄓ ㄧㄢˊ

【出處】漢・班固《漢書・匡衡傳》：「朝有變色之言，則下有爭鬥之患。」
【解釋】變色：改變臉色，指發怒。
【用法】爲爭論是非曲直而衝動發怒時說的話。
【例句】他已說出～，你就不要再和他爭論了，免得傷和氣！

變色易容 ㄅㄧㄢˋ ㄙㄜˋ ㄧˋ ㄖㄨㄥˊ

【出處】《戰國策・秦策・范睢說秦王》：「是日見范睢，見者無不變色易容。」
【解釋】變、易：改變。色、容：臉色、表情。
【用法】形容驚慌失措的神情。
【例句】事情的發展太突然了，儘管他很老練，也禁不住～，手足失措。

辯說屬辭 ㄅㄧㄢˋ ㄕㄨㄛˋ ㄓㄨˇ ㄘˊ

【出處】《韓非子・存韓》：「辯說屬辭，飾非詐謀，以釣利於秦，而以韓利闚（窺）陛下。」
【解釋】屬辭：撰寫文章。
【用法】用詭辯的言論撰寫文章。
【例句】這是一篇拙劣的文章，雖然～，極盡遮飾，但還是無法自圓其說。
【附註】「屬」不能念成ㄕㄨˇ。

辯才無礙 ㄅㄧㄢˋ ㄘㄞˊ ㄨˊ ㄞˋ

【出處】《華嚴經》：「若能知法永不滅，則得辯才無障礙；若能辯才無障礙，則能開演無邊法。」
【解釋】辯才：善於辯說的口才。礙：阻礙。
【用法】①本爲佛家用語，指菩薩說法，義理圓通，語言流暢，毫無滯礙。②後泛指能言善辯。
【例句】陳同學～，很適合代表本班參加此次的演講比賽。

遍地開花 ㄅㄧㄢˋ ㄉㄧˋ ㄎㄞ ㄏㄨㄚ

【用法】比喻好事物到處湧現或普遍推廣。
【例句】自由貿易在調整社會經濟政策以後，已經～，在全國都盛行起來。

遍體鱗傷 ㄅㄧㄢˋ ㄊㄧˇ ㄌㄧㄣˊ ㄕㄤ

【出處】清・吳趼人《痛史》第六回：「打的遍體鱗傷，着實走不動了。」
【解釋】鱗傷：傷痕像魚鱗那樣多而密。
【用法】形容渾身受傷，極爲嚴重。
【例句】你沒見老人家連站都站不住嗎？她已經～了。

彪炳千秋 ㄅㄧㄠ ㄅㄧㄥˇ ㄑㄧㄢ ㄑㄧㄡ

【出處】南朝・梁・鍾嶸《詩品》卷中：「晉弘農太守郭璞詩，憲章潘岳，文體相輝，彪炳可玩。」

【解釋】彪炳：文采煥發。千秋：一千年，極言時間長久。

【用法】①文采煥發，永世輝映。②形容功績或成就永放光輝。

【例句】張騫通西域，促進漢、胡的融合與交流，其功業～。

彪形大漢 ㄅㄧㄠ ㄒㄧㄥˊ ㄉㄚˋ ㄏㄢˋ

【出處】清・吳趼人《痛史》第十一回：「金奎也選了二十名彪形大漢，教他們十八般武藝。」

【解釋】彪：小老虎。

【用法】①身形如虎樣的大漢。②指體格健壯、身材魁梧的男子漢。

【例句】前面來了幾個～，看起來眞可怕！

標新立異 ㄅㄧㄠ ㄒㄧㄣ ㄌㄧˋ ㄧˋ

【出處】南朝・宋・劉義慶《世說新語・文學》：「支道林在白馬寺中，將馮太常（馮懷）共語，因及《逍遙》，支卓然標新理於二家（指郭象、向秀）之表。立異義於衆賢之外。」

【解釋】標：表明。異：與衆不同，獨特，奇特。

【用法】①原意指提出新穎學說，立場與衆不同。②後常指故意提出新奇的看法，顯示與衆不同。

【例句】他在衆人面前，總愛～，顯示自己。結果適得其反，人們並不喜歡他。

表裏相依 ㄅㄧㄠˇ ㄌㄧˇ ㄒㄧㄤ ㄧ

【出處】宋・司馬光《資治通鑑・秦紀》：「形勢相資，表裏相依。」

【解釋】表：外表，這裏指表面現象。裏：裏面，這裏指內在實質。依：依存。

【用法】表面現象和內在實質是互相依存的。

【例句】內容和形式是～的，不可能存在沒有內容的形式，也不可能存在沒有形式的內容。

表裏相應 ㄅㄧㄠˇ ㄌㄧˇ ㄒㄧㄤ ㄧㄥˋ

【出處】漢・班固《漢書・武王子傳》：「非中外有人，表裏相應。」

【解釋】表：外面。裏：裏面。應：呼應。

【用法】指外面的人和裏面的人，互相呼應。

【附註】「應」不能念成一ㄥ。

表裏山河 ㄅㄧㄠˇ ㄌㄧˇ ㄕㄢ ㄏㄜˊ

【出處】《左傳・僖公二十八年》：「若其不捷，表裏山河，必無害也。」

【解釋】表：外。裏：內。

【用法】①指外有黃河，內有高山。②形容據有易守難攻的險要地勢。

【例句】此處～，地勢險要，必須嚴加據守。

表裏如一 ㄅㄧㄠˇ ㄌㄧˇ ㄖㄨˊ ㄧ

【出處】宋・《朱子全書・論語》：「行之以忠者，是事事要着實，故某集注云：『以忠，則表裏如一。』」

【解釋】表：外表。裏：裏面，內部。

【用法】①外表與內部一致。②指人的言論、行動和思想完全一致。

【例句】他待人懇摯，～，給我留下了深刻的印象。

【附註】也作「表裏一致」。

表裏爲奸（ㄅㄧㄠˇ ㄌㄧˇ ㄨㄟˊ ㄐㄧㄢ）

【出處】清・黃小配《廿載繁華夢》第二十八回：「那姓周的在庫書內，不知虧空了多少銀子，他表裏爲奸，憑這個假册子，要來侵吞款項。」

【解釋】表裏：明暗、內外。奸：陰毒詭詐。

【用法】裏勾外連，狼狽爲奸。

【例句】東漢時，朝政的衰敗，幾乎都是外戚或宦官～造成的！

別風淮雨（ㄅㄧㄝˊ ㄈㄥ ㄏㄨㄞˊ ㄩˇ）

【出處】梁・劉勰《文心雕龍・練字》：「《尚書大傳》有『別風淮雨』，《帝王世紀》云『列風淫雨』。『別』、『列』、『淮』、『淫』字似潛移。『淫』、『列』義當而不奇，『淮』、『別』理乖而新異。」

【用法】①「別」本爲「列」，「淮」本爲「淫」，因字形相似，誤將「列風淫雨」寫成「別風淮雨」。②後用以指稱別字連篇，以訛傳訛。

【例句】有些學識淺薄的青年，寫文章常常會鬧出～的笑話。

別婦抛雛（ㄅㄧㄝˊ ㄈㄨˋ ㄆㄠ ㄔㄨˊ）

【解釋】別：離別。婦：妻子。抛：丟下。雛：幼兒。

【用法】離別妻子，丟下幼兒。

【例句】他迫於生活無着，只好～，他鄉謀生。

別來無恙（ㄅㄧㄝˊ ㄌㄞˊ ㄨˊ ㄧㄤˋ）

【出處】明・羅貫中《三國演義》第四十五回：「（蔣）幹曰：『公瑾別來無恙？』」

【解釋】恙：病。

【用法】分別以來，身體很好吧！（常用作向人問候的話。）

【例句】畢業三年，本週四將舉辦同學會，我衷心希望每位同學都能～！

別開生面（ㄅㄧㄝˊ ㄎㄞ ㄕㄥ ㄇㄧㄢˋ）

【出處】唐・杜甫《丹青引・贈曹將軍霸》詩：「凌烟功臣少顏色，將軍下筆開生面。」

【解釋】生面：新的面貌。

【用法】泛指開創新的風格面貌。

【例句】這堂～的技術課已在教室裏進行兩個多小時。

別鶴孤鸞（ㄅㄧㄝˊ ㄏㄜˋ ㄍㄨ ㄌㄨㄢˊ）

【出處】①三國・魏・嵇（ㄐㄧ）康《琴賦》：「王昭、楚妃，千里別鶴。」②晉・陶潛《擬古》詩：「上弦驚別鶴，下弦操孤鸞。」

【解釋】別：別離。孤：孤獨。鸞：古代傳說中的鳳凰一類的鳥。

【用法】①失偶的仙鶴，孤獨的鸞鳥。②比喻離散的夫妻。

【例句】戰爭使許多恩愛夫妻成了～，不知何年何月才能重聚！

別具肺腸（ㄅㄧㄝˊ ㄐㄩˋ ㄈㄟˋ ㄔㄤˊ）

【出處】《詩經・大雅・桑柔》：「自有肺腸，俾民卒（同「猝」，突然，出乎意外。）狂。」

【解釋】別：另外。具：具備。肺腸：指居心。

【用法】①另有居心。②也指心思與衆

不同。
【例句】俗語：「害人之心不可有，防人之心不可無。」所以，我們必須小心提防面善心惡，～的壞人。
【附註】①也作「別有肺腸」。②參看「別有用心」。

別具匠心 ㄅㄧㄝˊ ㄐㄩˋ ㄐㄧㄤˋ ㄒㄧㄣ

【解釋】匠心：巧妙的心思（多指文學藝術方面創造性的構思）。
【用法】具有與衆不同的巧妙的構思。
【例句】他的這本新作，在藝術處理上眞是～，不同凡響。
【附註】參看「獨具匠心」。

別具隻眼 ㄅㄧㄝˊ ㄐㄩˋ ㄓ ㄧㄢˇ

【出處】宋・楊萬里《送彭元忠縣丞北歸》詩：「近來別具一隻眼，要踏唐人最上關。」
【用法】形容眼界寬闊，頭腦淸楚，有獨到的見解。
【例句】作爲一個鑑賞家，應該～，見到別人見不到的地方。
【附註】參看「獨具隻眼」。

別具一格 ㄅㄧㄝˊ ㄐㄩˋ ㄧˋ ㄍㄜˊ

【解釋】風格。
【用法】另有一種獨特的風格。
【例句】這是一座造型上～的建築。
【附註】參看「獨具一格」。

別張一軍 ㄅㄧㄝˊ ㄓㄤ ㄧˋ ㄐㄩㄣ

【解釋】張：設立。軍：軍隊。
【用法】①另外建立一支隊伍②也比喻另外開闢新領域。
【例句】我～，發表了關於台灣雨量研究的科學論文，很受指導教授的讚賞。
【附註】參看「獨樹一幟」。

別出機杼 ㄅㄧㄝˊ ㄔㄨ ㄐㄧ ㄓㄨˋ

【出處】北齊・魏收《魏書・祖瑩傳》：「文章須自出機杼，成一家風骨。」
【解釋】別：另外。機杼：織布機，比喻詩文的構思和布局。
【用法】形容詩文構思奇妙，另闢蹊徑，不走一般人的老路。
【例句】雖然那幅繪畫不免有些稚氣，但構思卻是～，富於創造性。

別出心裁 ㄅㄧㄝˊ ㄔㄨ ㄒㄧㄣ ㄘㄞˊ

【出處】明・李贄《水滸全書發凡》：「今別出新裁，不依舊樣，或特標目外，或疊採於回中。」
【解釋】別：另外。心裁：內心的裁斷。
【用法】另外構想與衆不同的新主意、新花樣。
【例句】她們正在剪紙着色，～地紮着奇巧的花朵。
【附註】參看「獨出心裁」。

別生枝節 ㄅㄧㄝˊ ㄕㄥ ㄓ ㄐㄧㄝˊ

【解釋】別：另外。枝節：樹幹中長出的小枝，引申爲在解決問題中所出現的麻煩。
【用法】比喻事情再出岔子，增添麻煩。
【例句】我前封信所謂「怕鬧出麻煩」，先生誤會了意思，我是說怕刊物因爲我而～。
【附註】參看「節外生枝」。

別樹一幟 ㄅㄧㄝˊ ㄕㄨˋ ㄧˋ ㄓˋ

見「獨樹一幟」。

別饒風趣（ㄅㄧㄝˊ ㄖㄠˊ ㄈㄥ ㄑㄩˋ）

【解釋】饒：富於。風趣：風味情趣。
【用法】①另富有一番風趣。②形容風度動人，談吐幽默。
【例句】他編寫的童話故事，眞是～，很受小讀者的歡迎。

別有風味（ㄅㄧㄝˊ ㄧㄡˇ ㄈㄥ ㄨㄟˋ）

【出處】清・李汝珍《鏡花緣》第五回：「上官婉兒向公主笑道：『此時只覺四處焦香撲鼻，倒也別有風味。』」
【解釋】別：另外。風味：指特色。
【用法】另有其特色。
【例句】這裏的園林雖不及蘇州園林之精巧，但泥牆竹舍，倒也～。

別有天地（ㄅㄧㄝˊ ㄧㄡˇ ㄊㄧㄢ ㄉㄧˋ）

【出處】唐・李白《山中問答》詩：「問余何事栖碧山，笑而不答心自閒；桃花流水杳然去，別有天地非人間。」
【解釋】天地：這裏指境界。
【用法】①另有一種境界。②形容風景或藝術創作等引人入勝。
【例句】這裏的山水，～，置身其中，彷彿進入仙境一般。

別有用心（ㄅㄧㄝˊ ㄧㄡˇ ㄩㄥˋ ㄒㄧㄣ）

【出處】清・吳趼人《二十年目睹之怪現狀》第九十九回：「王太尊也是說他辦事可靠，那裏知道他別有用心的呢。」
【解釋】用心：居心。
【用法】另有不可告人的企圖。
【例句】小王看起來一副老實相，但我懷疑他～，必須多提防才好！
【附註】參看「別具肺腸」。

別無長物（ㄅㄧㄝˊ ㄨˊ ㄔㄤˊ ㄨˋ）

【出處】南朝・宋・劉義慶《世說新語・德行》：「（王恭）對曰：『丈人不悉恭，恭作人無長物。』」
【解釋】長物：多餘的物品、
【用法】①再也沒有別的東西了。②形容極其清貧。
【例句】我除了身上這身衣服，已經是～了。
【附註】「長」不可讀ㄔㄤˊ或ㄓㄤˇ。

彬彬有禮（ㄅㄧㄣ ㄅㄧㄣ ㄧㄡˇ ㄌㄧˇ）

【出處】清・李汝珍《鏡花緣》第八十三回：「喚出他兩個兒子，兄先弟後，彬彬有禮。」
【解釋】彬彬：文雅的樣子。
【用法】文雅而有禮貌。
【例句】這個青年～，談吐不俗，給我留下了深刻的印象。

賓客盈門（ㄅㄧㄣ ㄎㄜˋ ㄧㄥˊ ㄇㄣˊ）

【出處】唐・姚思廉《梁書・王暕傳》：「時文憲作宰，賓客盈門，見暕相謂曰：『公才公望，復在此矣。』」
【解釋】盈：滿。
【用法】形容聲望極高，賓客衆多。
【例句】這位德高望重的老先生熱情好客，他家裏總是～。

賓至如歸（ㄅㄧㄣ ㄓˋ ㄖㄨˊ ㄍㄨㄟ）

【出處】《左傳・襄公三十一年》：「賓至如歸，無寧災患，不畏盜寇，而亦不患燥溼。」
【解釋】賓：賓客。至：到。如：好像

。歸：回家。

【用法】①賓客來到這裏，好像回到家裏一樣。②形容主人招待周到。

【例句】由於女主人殷勤周到，熱情大方，使人一進門就產生了～的親切感。

鬢亂釵橫 ㄅㄧㄣˋ ㄌㄨㄢˋ ㄔㄞ ㄏㄥˊ

【出處】宋・王安石《扇子詞》：「青冥風霜非人世，鬢亂釵橫特地。」

【解釋】釵：舊時婦女別在髮髻上的一種首飾。

【用法】①鬢髮散亂，首飾橫斜。②形容婦女睡眠初醒時的樣子。

【例句】瞧你一副～的懶散模樣，還不趕快去梳妝打扮！

兵敗如山倒 ㄅㄧㄥ ㄅㄞˋ ㄖㄨˊ ㄕㄢ ㄉㄠˇ

【解釋】兵：軍隊。

【用法】形容軍隊潰敗就像山倒塌。

【例句】眞是～，敵軍再也無力抵抗我軍的攻擊，只好望風而逃了。

【附註】「倒」不能念成ㄉㄠˋ。

兵不逼好 ㄅㄧㄥ ㄅㄨˋ ㄅㄧ ㄏㄠˇ

【出處】《孔子家語・相魯》：「俘不干盟，兵不偪（逼）好。」

【解釋】兵：指出兵作戰。逼：威脅。好：指友好的國家。

【用法】不出兵威脅友好的國家。

【例句】「～」，我們對任何國家都不會使用武力，當然更不會用武力去威脅自己的友好鄰邦了。

兵不厭詐 ㄅㄧㄥ ㄅㄨˋ ㄧㄢˋ ㄓㄚˋ

【出處】《韓非子・難一》：「舅犯曰：『臣聞之，繁禮君子，不厭忠信；戰陣之間，不厭詐僞，君其詐之而已矣。』」

【解釋】厭：厭棄。詐：欺詐。

【用法】①作戰不厭棄造假象。②指用兵時爲了克敵制勝，可盡量採取欺詐的方式迷惑敵人。

【例句】爲了克敵制勝，我軍使用了許多技謀與詐術，眞正印證了～這句話！

兵不血刃 ㄅㄧㄥ ㄅㄨˋ ㄒㄩㄝˋ ㄖㄣˋ

【出處】《荀子・議兵》：「故近者親其善，遠方慕其德，兵不血刃，遠邇來服。」

【解釋】兵：武器。血：沾血（名詞作動詞用）。

【用法】①兵刃不沾血迹。②指未經交戰就取得勝利。

【例句】敵人已經衆叛親離，我軍～就收復了幾座城市。

兵疲意阻 ㄅㄧㄥ ㄆㄧˊ ㄧˋ ㄗㄨˇ

【出處】明・羅貫中《三國演義》第八十四回：「諸公不知兵法，備乃世之梟雄，更多智謀，其兵始集，法度精專，今守之久矣，不得我便，兵疲意阻，取之正在今日。」

【解釋】疲：勞累、懈怠。意阻：情緒低落沮喪。

【用法】士兵勞累懈怠，將帥情緒低落沮喪。

【例句】經過五天五夜的激戰，我軍～，急待休養調息！

兵馬未動，糧草先行 ㄅㄧㄥ ㄇㄚˇ ㄨㄟˋ ㄉㄨㄥˋ ㄌㄧㄤˊ ㄘㄠˇ ㄒㄧㄢ ㄒㄧㄥˊ

【用法】①出兵之前，先準備好糧食和草料。②比喻在做某件事情之前，提前做好準備工作。

【例句】～，開工前必須把材料備齊，否則就有可能影響工程的進度。

兵富難戰（ㄅㄧㄥ ㄈㄨˋ ㄋㄢˊ ㄓㄢˋ）

【出處】南朝·宋·范曄《後漢書·度尚傳》：「尚破賊，卜陽潘鴻等猶未殄滅，而士卒驕富，莫有鬥志，尚乃令軍中，恣其出獵，密使人潛焚其營，珍積皆盡，獵者皆泣，因勞之曰：『賊財寶山積，足富數世，諸君但不努力耳！』乃人人爭奮，大破平之。」

【用法】兵士富了，就沒有戰鬥意志，難以作戰。

【例句】～，有些國家的部隊，養尊處優，早已沒有了戰鬥力，所以一聽說打仗，就大批逃亡，開了小差。

兵多將廣（ㄅㄧㄥ ㄉㄨㄛ ㄐㄧㄤˋ ㄍㄨㄤˇ）

【出處】明·施耐庵《水滸傳》第五十四回：「小人覷探梁山泊兵多將廣，武藝高強，不可輕敵小覷。」

【用法】形容兵力強大。

【例句】我軍～，勢在必得！

兵多者敗（ㄅㄧㄥ ㄉㄨㄛ ㄓㄜˇ ㄅㄞˋ）

【出處】清·趙翼《陔餘叢考》：「古來用兵，往往兵多者敗，蓋兵過多則號令不齊，氣勢不貫，必不能有臂指相使之用，且為將者有恃衆之意，而謀多疏；為兵者亦有恃衆之心，而戰不力。」

【用法】指兵卒過多的軍隊，常常會吃敗仗，因為兵將各有所恃，號令不齊。

【例句】人多不一定能辦成事情，古來常有～的事例，就是這個道理。

兵來將擋，水來土掩（ㄅㄧㄥ ㄌㄞˊ ㄐㄧㄤˋ ㄉㄤˇ，ㄕㄨㄟˇ ㄌㄞˊ ㄊㄨˇ ㄧㄢˇ）

【解釋】擋：抵擋。掩：遮蔽、堵塞。

【用法】①戰爭發生了，有將領率兵抵擋；大水來了，用土堵住。②比喻不論發生何種情況，都有辦法對付。

【例句】～，不論發生什麼事，我們都有辦法處理、應付的。

【附註】①「擋」也作「敵」或「迎」。「掩」也作「堰」。②也作「水來土掩，兵來將迎」。

兵連禍結（ㄅㄧㄥ ㄌㄧㄢˊ ㄏㄨㄛˋ ㄐㄧㄝˊ）

【出處】漢·班固《漢書·匈奴傳下》：「兵雖有克獲之功，胡輒報之，兵連禍結，三十餘年。」

【解釋】兵：戰爭。連：連續。結：集結。

【用法】指戰爭連續不斷，災禍相隨集結。

【例句】辛亥革命以後的中國，幾十年來，～，人民遭受了深重的災難。

兵臨城下（ㄅㄧㄥ ㄌㄧㄣˊ ㄔㄥˊ ㄒㄧㄚˋ）

【出處】元·無名氏《誶范叔》第一折：「有一日兵臨城下。將至濠邊，四下裏安環，八下裏拽炮，人平了你宅舍，馬踐了你庭堂。」

【解釋】兵：軍隊。臨：來到。

【用法】①指敵軍已到城下。②形容情況萬分危急。

【例句】敵人～，諸公尚如此遊移不定，難道就眼看着虜騎縱橫，如入無人之境不成！

兵戈搶攘

【出處】元・脫脫等《金史・粘葛奴甲傳》：「時兵戈搶攘，道路不通，奴甲受命，毅然策孤騎，由間道以往陳。」

【解釋】兵戈：武器，引申指戰亂。搶攘：掠奪。

【用法】①在戰亂中搶劫掠奪。②形容戰爭中的混亂局面。

【例句】中國人民經過了長期的戰亂，吃夠了～的苦頭。

兵革滿道

【出處】漢・王充《論衡・寒溫》：「六國亡時，秦漢之際，諸侯相伐，兵革滿道。」

【解釋】兵：兵器。革：甲冑。

【用法】①戰亂中軍用的武器裝備散亂地遺棄，塞滿了道路。②形容戰禍傷亡慘重。

【例句】由～的情形，可以看出戰爭的慘烈恐怖。

兵革互興

【出處】南朝・梁・江淹《銅劍贊序》：「春秋迄於戰國，戰國至於秦時，攻爭紛亂，兵革互興。」

【解釋】兵革：兵器衣甲，指戰爭。興：發動、興起。

【用法】①互相發動戰爭，戰亂相繼發生。②形容時代不安定，戰亂頻仍。

【例句】第二次世界大戰結束之後，在非洲、中東、東南亞等地區，不少國家～，局部戰爭始終沒有停止過。

兵革之士

【出處】《莊子・徐無鬼》：「兵革之士樂戰，枯槁之士宿名。」王先謙注：「久於兵革，以戰爲樂。山林枯槁，留戀名高。」

【解釋】兵：武器。革：甲冑。

【用法】手拿武器、身穿甲冑的戰士。

【例句】每到深夜，都有訓練精良的～在各處巡查！

兵貴神速

【出處】晉・陳壽《三國志・魏志・郭嘉傳》：「太祖將征袁尚……嘉言曰：『兵貴神速。』」

【解釋】神速：異常迅速。

【用法】用兵重在行動異常迅速。

【例句】將軍眉頭一皺，白眼珠一翻道：「～，明天起身。」

兵荒馬亂

【出處】元・無名氏《梧桐葉》第四折：「那兵荒馬亂，定然遭驅被擄。」

【用法】形容戰亂時期社會動蕩不安的景象。

【例句】這傢伙趁着～當上了村長，就更了不得了。

【附註】參看「人荒馬亂」。

兵驕將傲

【出處】清・孔尚任《桃花扇・爭位》：「高傑鎮守揚、通，兵驕將傲，那黃、劉三鎮，每發不平之恨。」

【解釋】驕：驕縱。傲：傲慢。

【用法】士兵驕縱，將官傲慢。

【例句】～者，必慘遭敗北。

兵強馬壯

【用法】形容軍隊強大，實力雄厚。
【例句】這支軍隊，～，每戰必勝，勢不可擋。

兵強則滅 ㄅㄧㄥ ㄑㄧㄤˊ ㄗㄜˊ ㄇㄧㄝˋ

【出處】漢・劉安《淮南子・原道訓》：「故兵強則滅，木強則折。」
【解釋】兵：戰事。強：指最激烈，達到高峰時。則：就。滅：熄滅、平息。
【用法】戰爭到最激烈的時候就快平息了，猶如火燒到最旺的時刻就快熄滅了。
【例句】～，這場戰爭也該結束了！

兵燹之禍 ㄅㄧㄥ ㄒㄧㄢˇ ㄓ ㄏㄨㄛˋ

【出處】元・脫脫等《宋史・神宗紀二》：「詔岷州界經鬼章兵燹者賜錢。」
【解釋】兵燹：戰亂所造成的破壞。
【用法】指因戰亂而遭受焚燒破壞的災禍。
【例句】連年征戰，老百姓飽受～，甚是可憐！

兵相駘藉 ㄅㄧㄥ ㄒㄧㄤ ㄊㄞˊ ㄐㄧˊ

【出處】漢・司馬遷《史記・天官書》：「兵等駘藉，不可勝數。」
【解釋】駘藉：踐踏。
【用法】軍隊在混亂中相互踐踏。
【例句】戰亂期間～，死傷無數，慘不忍睹。
【附註】①「駘藉」古書中亦作「跆藉」。②「藉」不能念成ㄐㄧㄝˋ。

兵行詭道 ㄅㄧㄥ ㄒㄧㄥˊ ㄍㄨㄟˇ ㄉㄠˋ

【出處】《孫子・始計》：「兵者，詭道也。」
【解釋】兵：用兵。行：使用。詭：欺詐。道：方法。
【用法】用兵常使用欺詐的方法。也即所謂「兵不厭詐」。
【例句】～，善用兵者，要利用一切可能用的假象迷惑敵人，然後出奇制勝，給敵人以致命的打擊。

兵車之會 ㄅㄧㄥ ㄔㄜ ㄓ ㄏㄨㄟˋ

【出處】《公羊傳・僖公二十年》請君以兵車之會往來。
【解釋】兵車：戰爭，常借指「武力」。會：諸侯盟會。
【用法】①指諸侯帶著軍隊盟會。②形容帶有武力威脅的談判。
【例句】此次聚會可謂～，不可不慎！

兵上神密 ㄅㄧㄥ ㄕㄤˋ ㄕㄣˊ ㄇㄧˋ

【出處】漢・班固《漢書・周勃傳》：「兵事上神密，將牢何不從此右去，走藍田，出武關，抵洛陽。」
【解釋】上：通「尚」，貴。
【用法】用兵貴在神密。

兵刃相接 ㄅㄧㄥ ㄖㄣˋ ㄒㄧㄤ ㄐㄧㄝ

【出處】《孟子・梁惠王上》：「填然鼓之，兵刃既接，棄甲曳兵而走。」
【解釋】兵刃：刀槍武器。接：接觸。
【用法】①刀槍武器互相接觸。②指白刃戰。
【例句】一批敵軍，落入了我們的埋伏，同志們一躍而起，與敵人～，展發了激烈的肉搏戰。

兵戎相見 ㄅㄧㄥ ㄖㄨㄥˊ ㄒㄧㄤ ㄐㄧㄢˋ

【解釋】兵戎：武器。

【用法】①以武力相見。②指用戰爭解決問題。
【例句】兩國的矛盾越來越尖銳，最後只得～了。

兵挫地削

【出處】漢·司馬遷《史記·屈原賈生列傳》：「（懷王）疏屈平而信上官大夫、令尹子蘭，兵挫地削，亡其六郡。」
【解釋】挫：失敗。削：削減、分割。
【用法】軍隊戰敗，土地被分割。
【例句】滿清末年，～，國勢日微。

兵無常勢

【出處】《孫子·虛實》：「夫兵形象水，水之行，避高而趨下；兵之形，避實而擊虛。水因地而制流，兵因敵而制勝。故兵無常勢，水無常形，能因敵變化而取勝者，謂之神。」
【解釋】兵：指作戰。常：長久不變。
【用法】①作戰沒有長久不變的勢態。②指戰局常有變化，必須掌握靈活機智的戰略戰術。
【例句】指揮戰鬥，必須因勢而動，隨機應變，因為～，戰爭形勢總是千變萬化的。

兵微將寡

【出處】明·施耐庵《水滸全傳》第五十四回：「城中兵微將寡，所以他去求救。」
【解釋】微、寡：少。
【用法】①兵少將也不多。③形容力量單薄。
【例句】兩軍對峙，～者，勝算較小。
【附註】「將」不能念成ㄐㄧㄤ。

冰凍三尺，非一日之寒

【出處】明·蘭陵笑笑生《金瓶梅》第九十二回：「冰厚三尺，非一日之寒。」
【解釋】非：不是。
【用法】①冰凍三尺，不是一天的寒冷所凝成的。②比喻事情由來已久，不是一朝一夕所形成的。
【例句】「～」，他們之間的矛盾，我看不是很快可以解決的。

冰炭不投

【出處】清·曹雪芹《紅樓夢》第一百一十五回：「豈知談了半天，竟有些冰炭不投。」
【解釋】投：相投合。
【用法】①冰和炭不相投合。②比喻人性情、志趣有抵觸，談不到一塊兒。
【例句】一心只想着在科學上奉獻心力的王工程師和那些吹吹拍拍一心想着往上爬的人，是～的。

冰炭不同器

【出處】漢·桓寬《塩鐵論·刺腹》：「冰炭不同器，日月不並(并)明。」
【用法】①涼冰和火炭是性質和作用相反的東西，不能同放在一個器皿裏。②比喻相反的學說不能兩立。③也比喻好人與壞人不可能和平共處。
【例句】～，這兩人無論如何也沒有辦法共事。
【附註】①作「冰炭不同爐」②參看「冰炭不相容」、「水火不相容」。

冰炭不相容（ㄅㄧㄥ ㄊㄢˋ ㄅㄨˋ ㄒㄧㄤ ㄖㄨㄥˊ）

【出處】漢·東方朔《楚辭·上諫》：「身被疾而不聞兮，心沸熱其若湯，冰炭不可以相並(幷)兮，吾固知乎命之不長。」

【解釋】容：容納。

【用法】①冰和炭性能相反，不相容納。②比喻好人與壞人互相排斥，各不相讓。

【例句】常言道：「～」。我和這位自私自利的人是無法共事的。

【附註】參看「冰炭不相器」、「水火不相容」。

冰炭相愛（ㄅㄧㄥ ㄊㄢˋ ㄒㄧㄤ ㄞˋ）

【出處】漢·劉安《淮南子·說山訓》：「天下莫相憎於膠漆，而莫相愛於冰炭，膠漆相賊，冰炭相鬼也。」注：「冰得炭則解歸水，復其性；炭得冰則保其炭。故曰相愛。」

【解釋】愛：親近。

【用法】①冰和炭互相接近。②比喻互相救助。

冰天雪地（ㄅㄧㄥ ㄊㄧㄢ ㄒㄩㄝˇ ㄉㄧˋ）

【用法】①冰雪漫天蓋地。②形容天寒地凍。

【例句】儘管外面是～，屋內却是百花爭艷，春光燦爛。

冰天雪窖（ㄅㄧㄥ ㄊㄧㄢ ㄒㄩㄝˇ ㄐㄧㄠˋ）

見「雪窖冰天」。

冰壺秋月（ㄅㄧㄥ ㄏㄨˊ ㄑㄧㄡ ㄩㄝˋ）

【出處】宋·蘇軾《贈潘谷》詩：「布衫漆黑手如龜，未害冰壺貯秋月。」

【解釋】冰壺：盛冰的白玉壺。秋月：中秋的明月。

【用法】比喻人表裏純潔瑩澈，心胸光明朗闊。

【例句】胸懷～，發之爲文，才能感人至深。

冰壺玉衡（ㄅㄧㄥ ㄏㄨˊ ㄩˋ ㄏㄥˊ）

【出處】唐·杜甫《寄裴施州》詩：「金鐘大鏞在東序；冰壺玉衡懸清秋。」

【解釋】冰壺：冰心玉壺。玉衡：用寶石裝飾的天文儀器。

【用法】喻清澈的品質，崇高的氣質。

【例句】陳教授溫文儒雅，玉樹臨風，發出～的氣質。

冰壺玉尺（ㄅㄧㄥ ㄏㄨˊ ㄩˋ ㄔˇ）

【出處】明·宋濂等《元史·黃溍傳》：「溍天資介特，在州縣，唯以清白爲治，月俸弗給，每鬻產以佐其費，及升朝，行挺立無所附，足不登巨公勢人之門，君子稱其清風亮節，如冰壺玉尺，纖塵弗汚。」

【解釋】冰壺：冰心玉壺的縮稱。形容心如冰一樣明潔，放在玉石的壺內。玉尺，玉做的尺子。

【用法】喻高尚的品質，清白的操行。

冰壑玉壺（ㄅㄧㄥ ㄏㄨㄛˋ ㄩˋ ㄏㄨˊ）

【出處】唐·杜甫《入奏行贈西山檢察竇侍御》詩：「竇侍御，驥之子，鳳之雛，年未三十，忠義俱，骨鯁絕代無，烱如一段清水出萬壑，置在迎風露寒之玉壺。」

【解釋】壑：深山溝。

【用法】①像冰那樣清澈的深山溝的水，裝在晶瑩的玉石壺裏。②比喻人的品性高潔。

【例句】中國古代的讀書人，特別重視風骨，其品格如～，纖塵不染。

冰魂雪魄 ㄅㄧㄥ ㄏㄨㄣˊ ㄒㄩㄝˇ ㄆㄛˋ

【出處】五代·王定保《唐摭言》卷十：「劉得仁，貴主之子。……既終，詩人爭為詩以弔之，唯供奉僧栖白擅名，詩曰：『忍苦為詩身到此，冰魂雪魄已難留。』」

【解釋】魂：舊指人的精神。魄：舊指人的靈氣。

【用法】形容清高純淨的人品。

【例句】古人常以～形容品格之高潔堅貞。

冰肌雪腸 ㄅㄧㄥ ㄐㄧ ㄒㄩㄝˇ ㄔㄤˊ

【出處】清·孔尚任《桃花扇·駡筵》：「冰肌雪腸原自同，鐵心石腹何愁凍。」

【用法】①如冰一樣清澈的肌體，如雪一樣白潔的心腸。②形容清白純潔的品質。

【例句】忠臣孽子，一片～，為國為民，令人景仰！

冰肌玉骨 ㄅㄧㄥ ㄐㄧ ㄩˋ ㄍㄨˇ

【出處】宋·蘇軾《洞仙歌》：「冰肌玉骨，自清涼無汗。」

【用法】①像冰一樣的肌膚，像玉一樣的骨骼。②形容美女。③也形容梅花的傲寒鬥豔。

【例句】沈小姐～，頗有古典美女的風韻。

冰解凍釋 ㄅㄧㄥ ㄐㄧㄝˇ ㄉㄨㄥˋ ㄕˋ

【出處】《莊子·庚桑楚》：「是乃所謂冰解凍釋者能乎？」

【解釋】解：融解。釋：消釋。

【用法】①冰凍融解消釋。②比喻障礙和困難像冰凍融解消釋那樣被克服。

【例句】他們彼此間有一些成見，經過多次溝通，把一些誤會講清楚，雙方終於～、互相諒解了。

【附註】也作「凍解冰釋」。

冰清玉潔 ㄅㄧㄥ ㄑㄧㄥ ㄩˋ ㄐㄧㄝˊ

【出處】漢·桓譚《新論·妄瑕》：「伯夷叔齊，冰清玉潔，以義不為孤竹之嗣，不食周粟，餓死首陽。」

【用法】①像冰和玉一樣潔淨。②形容人的操行清白。

【例句】雖然她僅僅活了三十個春秋，但她那～的一生，卻為人們留下了一個永不磨滅的光輝形象。

【附註】①也作「玉潔冰清」。②參看「冰清玉潤」。

冰清玉潤 ㄅㄧㄥ ㄑㄧㄥ ㄩˋ ㄖㄨㄣˋ

【出處】唐·房玄齡等《晉書·衛玠傳》：「玠妻父樂廣有海內重名，議者以為婦公冰清，女婿玉潤。」

【用法】①像冰和玉那樣清明潤澤。②形容人品德高尚，操守廉潔。③也作「岳丈女婿」的代稱。

【例句】林家翁婿二人，品格清高，操守廉潔，贏得～的美稱。

【附註】參看「冰清玉潔」。

冰雪聰明 ㄅㄧㄥ ㄒㄩㄝˇ ㄘㄨㄥ ㄇㄧㄥˊ

【出處】唐·杜甫《送樊二十三侍御赴漢中判官》詩：「冰雪淨聰明，雷霆走精銳。」
【解釋】冰：象徵晶瑩清澈。雪：象徵潔白純淨。聰明：資質機靈。
【用法】①資質機靈像晶瑩清澈的冰、潔白純淨的雪。②指人特別聰明。
【例句】她沒有多久的時間就掌握了所有高難度的技術，眞是一個～的姑娘。

冰消瓦解 ㄅㄧㄥ ㄒㄧㄠ ㄨㄚˇ ㄐㄧㄝˇ

【出處】①唐·徐堅等《初學記》引晉·成公綏《雲賦》：「於是玄氣仰散，歸雲四聚，冰消瓦離。」②唐·魏徵《隋書·楊素傳》：「公以深謀，出其不意，霧廓雲除，冰消瓦解。」
【解釋】冰消：像冰一樣消融。瓦解：像瓦一樣分解。
【用法】比喻徹底消釋或崩潰。
【例句】經過一番解釋，我心頭的疑慮已經～了。
【附註】也作「冰消瓦離」、「瓦解冰消」。

冰柱雪車 ㄅㄧㄥ ㄓㄨˋ ㄒㄩㄝˇ ㄔㄜ

【出處】宋·歐陽修等《新唐書·劉義傳》：「聞愈接天下士，步歸之，作《冰柱》、《雪車》二詩，出盧同、孟郊右。」
【用法】①唐朝名士劉義和韓愈結交後，作了《冰柱》、《雪車》兩首好詩。②後用作好詩的讚辭。

冰釋理順 ㄅㄧㄥ ㄕˋ ㄌㄧˇ ㄕㄨㄣˋ

【出處】晉·杜預《春秋左氏傳序》：「渙然冰釋，怡然理順，然後爲得也。」
【解釋】釋：消化，融解。順：通順。
【用法】①冰層消融，理路通順。②比喻疑問解釋開了，道理也講通了。
【例句】經他一番解釋，這件事情已～。
【附註】參看「渙然冰釋」。

冰山難靠 ㄅㄧㄥ ㄕㄢ ㄋㄢˊ ㄎㄠˋ

【出處】宋·司馬光《資治通鑑·唐紀玄宗天寶十一年》：「或勸郟郡進士張彖謁國忠，曰：『見之，富貴立可圖。』彖曰：『君輩倚楊右相如泰山，吾以爲冰山耳！若皎日既出，君輩得無失所恃乎？』」
【解釋】靠：依靠。
【用法】①冰山見陽光而消融，難以把它當靠山。②比喻表面煊赫一時但沒有長遠生命力的勢力，依附它很不可靠。
【例句】攀附權貴絕非長久之計，因爲～，終有消融的一天！

冰甌雪椀 ㄅㄧㄥ ㄡ ㄒㄩㄝˇ ㄨㄢˇ

【出處】《有宋嘉話》：「楊徽之詩，太宗寫其警句十聯於御屏上，僧文寶云：『必以天池浩露，滌筆於冰甌雪椀中，方與此詩相副。』」
【解釋】冰：形容晶瑩透亮。甌：水盂。雪：形容純淨潔白。椀：同「盌」，水碗。
【用法】①晶瑩透亮的水盂，純淨潔白的水碗。②指質地純淨的筆洗（洗滌毛筆的工具）。
【附註】也作「雪椀冰甌」。

屏氣凝神（ㄅㄧㄥˇ ㄑㄧˋ ㄋㄧㄥˊ ㄕㄣˊ）

【出處】①《論語・鄉黨》：「攝齊升堂，鞠躬如也，屏氣似不息者。」②《莊子・達生》：「用志不紛，乃凝於神。」

【解釋】屏氣：抑制呼吸不喘氣不出聲。凝神：聚精會神。

【用法】形容人嚴肅認眞、心力專注的神態。

【例句】大夥兒～地看著神奇的魔術表演。

【附註】「屏」不能念成ㄆㄧㄥˊ。

屏聲息氣（ㄅㄧㄥˇ ㄕㄥ ㄒㄧ ㄑㄧˋ）

【出處】清。曹雪芹《紅樓夢》第六十七回：「只見兩三個小丫頭子都在那裏屏聲息氣地伺候着。」

【解釋】屏：抑制。息：停止。

【用法】①不出聲壓住呼吸。②形容氣氛緊張或異常安靜。

【例句】全班同學～地聽著導師訓話。

【附註】「屏」不能念成ㄆㄧㄥˊ。

炳炳麟麟（ㄅㄧㄥˇ ㄅㄧㄥˇ ㄌㄧㄣˊ ㄌㄧㄣˊ）

【出處】漢・揚雄《劇秦美新》：「帝典闕者已補，王綱弛者已張，炳炳麟麟，豈不懿哉！」

【解釋】炳：光明。麟：古與「燐」字通用。麟麟：光明。

【用法】形容十分光明。

秉筆直書（ㄅㄧㄥˇ ㄅㄧˇ ㄓˊ ㄕㄨ）

【解釋】秉：持、握。直：正直，不諂媚。書：寫。

【用法】指史官無所顧忌地拿起筆，公正地寫下歷史事實。

【例句】過去的史官不能不有所避諱，所以～是難以做到的。

秉政勞民（ㄅㄧㄥˇ ㄓㄥˋ ㄌㄠˋ ㄇㄧㄣˊ）

【出處】章太炎《秦政記》「天子以秉政勞民貴。」

【解釋】秉：掌握。勞：撫慰。

【用法】①掌握政治，撫慰百姓。②指統治者執政親民。

【例句】～，是使民心歸附，天下太平的重要法則。

【附註】「勞」不可讀ㄌㄠˊ。

秉燭夜遊（ㄅㄧㄥˇ ㄓㄨˊ ㄧㄝˋ ㄧㄡˊ）

【出處】①《古詩十九首》：「晝短苦夜長，何不秉燭遊？」②唐・李白《春夜宴從弟桃李園序》：「古人秉燭遊，良有以也。」

【解釋】秉：持、握。

【用法】手持蠟燭，夜間遊樂，是一種及時行樂的人生態度。

秉要執本（ㄅㄧㄥˇ ㄧㄠˋ ㄓˊ ㄅㄣˇ）

【出處】漢・班固《漢書・藝文志》：「道家者流，盖出於史官，歷記成敗存亡禍福、古今之道，然後知秉要執本，清虛以自守，卑弱以自持，此君人南面之術也。」

【解釋】秉要：掌握要旨。執本：把握基本。

【用法】指讀書或做事把握要旨。

【例句】～是讀者，也是做事的基礎。

並蒂芙蓉（ㄅㄧㄥˋ ㄉㄧˋ ㄈㄨˊ ㄖㄨㄥˊ）

【出處】唐・杜甫《進艇》詩：「俱飛蛺蝶原相逐，並蒂芙蓉本自雙。」

【解釋】並蒂：並排地長在同一莖上。芙蓉：即蓮花、荷花。

【用法】①並排地長在同一個花蒂上的兩朵荷花。②比喻恩愛夫妻。③或比喻兩相媲美的姿色。

【附註】也作「芙蓉並蒂」、「並蒂蓮花」。

並駕齊驅 ㄅㄧㄥˋ ㄐㄧㄚˋ ㄑㄧˊ ㄑㄩ

【出處】南朝・梁・劉勰《文心雕龍・附會》：「並駕齊驅，而一轂統輻。」（轂：車輪中心的圓木。）

【解釋】並駕：幾匹馬並排拉一輛車。齊驅：一齊快跑。

【用法】比喻齊頭並進，不分先後。

【例句】若讓我估量本書的總價值，我以為只遜於《紅樓夢》一籌，與《儒林外史》是可以~的。

並行不悖 ㄅㄧㄥˋ ㄒㄧㄥˊ ㄅㄨˋ ㄅㄟˋ

【出處】《禮記・中庸》：「萬物並育而不相容，道並行而不相悖。」

【解釋】悖：違背、抵觸、矛盾。

【用法】指幾件事同時進行，互不矛盾。

【例句】文化建設與經濟建設是可以~的。

並日而食 ㄅㄧㄥˋ ㄖˋ ㄦˊ ㄕˊ

【出處】《禮記・儒行》：「儒有一畝之宮，環堵之室，篳門圭窬，蓬戶甕牖（一ㄡˇ），易衣而出，並日而食。」

【解釋】並：合併。

【用法】①兩天吃一天的飯。②形容生活困苦，缺少飲食。

【例句】小王家境貧寒，不是三餐不繼，就是~。

並容偏覆 ㄅㄧㄥˋ ㄖㄨㄥˊ ㄆㄧㄢ ㄈㄨˋ

【出處】宋・曾鞏《移滄州過闕上殿疏》：「以併容偏覆，撫服異類。」

【解釋】並：一併。容：容納。偏覆：偏愛遮蓋，庇護。

【用法】①一併容納庇護。②指使用安撫手段。

【例句】王鄉長是個公正的人，無論對象是誰，一律~，絕不循私護短。

病篤亂投醫 ㄅㄧㄥˋ ㄉㄨˇ ㄌㄨㄢˋ ㄊㄡˊ ㄧ

【出處】清・曹雪芹《紅樓夢》第五十七回：「紫鵑笑道：『你也念起佛來，眞是新聞！』寶玉笑道：『所謂病急亂投醫了。』」

【解釋】篤：（病）重。

【用法】①由於病重而急於要治好，就胡亂地去求醫。②後用以比喻遇到一時解決不了的問題時，逢人便請教解決的辦法。

【例句】你不要~，冷靜下來，重新想辦法才對啊！

【附註】也作「病急亂投醫」。

病骨支離 ㄅㄧㄥˋ ㄍㄨˇ ㄓ ㄌㄧˊ

【出處】宋・陸游《病起書懷》詩：「病骨支離紗帽寬。」

【解釋】支離：殘損鬆散。

【用法】①因久病體衰而致骨節鬆散。②形容病體衰弱，不能自持。

【例句】這一場病，搞得我~，元氣大傷。

病國病民 ㄅㄧㄥˋ ㄍㄨㄛˊ ㄅㄧㄥˋ ㄇㄧㄣˊ

【解釋】病：害。

【用法】害國家，害人民。

【例句】秦始皇倒行逆施，～。

病勢尫羸 ㄅㄧㄥˋ ㄕˋ ㄨㄤ ㄌㄟˊ

【出處】晉・葛洪《抱朴子・自叙》：「洪禀性尫羸，兼之多疾，貧無車馬，不堪徒行，行亦性所不好。」

【解釋】尫羸：瘦弱。

【用法】病勢嚴重，身體瘦弱。

【例句】老祖母～，大去之期不遠矣！

病入膏肓 ㄅㄧㄥˋ ㄖㄨˋ ㄍㄠ ㄏㄨㄤ

【出處】《左傳・成公十年》：「公疾病，求醫於秦。秦伯使醫緩爲之。……醫至，曰：『疾不可爲也。在肓之上，膏之下，攻之不可，達之不及，藥不至焉，不可爲也。』」

【解釋】膏肓：我國古代醫學上把心尖脂肪叫膏，心臟和隔膜之間叫肓，認爲是藥力所不能達到、病最難治的地方。

【用法】①形容病情嚴重，不可救藥。②以比喻事情已發展到無法挽救的地步。

【例句】他雖然受不良少年影響很深，但並沒有到～的地步，我們應該幫助他改正錯誤、重新做人。

【附註】①參看「膏肓之病」。②「肓」不能寫成「盲」，不能念成ㄇㄤˊ。

病入骨髓 ㄅㄧㄥˋ ㄖㄨˋ ㄍㄨˇ ㄙㄨㄟˇ

【出處】《韓非子・喻老》：「疾在腠理，湯熨之所及也；……在骨髓，司命之所屬，無奈何也。今在骨髓，臣是以無請也。」（腠理ㄘㄡˋ ㄌㄧˇ：中醫指皮裏肉外之間的空隙和皮膚的紋理。）

【用法】①病深入骨髓裏。②指病勢嚴重惡化，已到無可救藥的地步，已無可救藥的地步。③比喻事態惡化到了極點，已無法挽救。

【例句】事情已惡化到～的地步了，難以挽救。

病從口入 ㄅㄧㄥˋ ㄘㄨㄥˊ ㄎㄡˇ ㄖㄨˋ

【出處】《太平御覽》第三百六十七卷引晉・傅玄《擬金人銘作口銘》：「病從口入，禍從口出。」

【用法】指疾病是由於飲食不小心而造成的。

【例句】對於飲食衛生應大力宣傳，因爲「～」，這對於以預防爲主的醫療方針是十分重要的。

剝膚之痛 ㄅㄛ ㄈㄨ ㄓ ㄊㄨㄥˋ

【出處】《周易・剝》：「剝床以膚，凶。」

【解釋】剝：剝去。膚：皮膚。

【用法】指受害極深而引起的痛苦。

【例句】～，刻骨銘心，永誌不忘！

剝膚椎髓 ㄅㄛ ㄈㄨ ㄔㄨㄟˊ ㄙㄨㄟˇ

【出處】唐・韓愈《鄆州谿堂》詩：「掇拾之餘，剝膚椎髓。」

【解釋】椎：同「搥」，敲擊。

【用法】①剝掉肌膚，擊碎骨頭求骨髓。②形容搜刮無遺。

【例句】戰亂之時、強盜土匪～，把老百姓害得活不下去了。

撥弄是非 (ㄅㄛ ㄋㄨㄥˋ ㄕˋ ㄈㄟ)

【解釋】撥弄：挑撥。是非：口舌。
【用法】在人與人之間進行挑撥，製造矛盾。
【例句】李同學從不～，這一點讓人很滿意。
【附註】參看「搬弄是非」。

撥亂反正 (ㄅㄛ ㄌㄨㄢˋ ㄈㄢˇ ㄓㄥˋ)

【出處】《公羊傳・哀公十四年》：「撥亂世，反諸正，莫近諸《春秋》。」
【解釋】撥：治理。亂：混亂、亂世。反：回到、回復。正：正常、正道。
【用法】治平亂世，使之恢復正常。
【例句】我們必須～，使社會秩序早日步入常軌。

撥亂誅暴 (ㄅㄛ ㄌㄨㄢˋ ㄓㄨ ㄅㄠˋ)

【出處】漢・司馬遷《史記・秦楚之際月表》：「撥亂誅暴，平定海內，卒踐帝祚，成于漢家。」
【解釋】撥：治理。亂：亂世。誅：討伐。暴：凶暴、強暴。
【用法】治平亂世，剪除強暴。
【例句】宋太祖～，結束了五代十國的紛亂局面，一統天下。

撥嘴撩牙 (ㄅㄛ ㄗㄨㄟˇ ㄌㄧㄠˊ ㄧㄚˊ)

【出處】明・湯顯祖《牡丹亭・閨釋》：「通事中間，拔嘴撩牙。」
【用法】形容耍弄口舌，挑撥是非。
【例句】陳大娘最喜歡～，搬弄是非。

撥草尋蛇 (ㄅㄛ ㄘㄠˇ ㄒㄩㄣˊ ㄕㄜˊ)

【出處】明・湯顯祖《牡丹亭・回生》：「虧殺你撥草尋蛇，虧殺你守株待兔。」
【解釋】撥：撥開、分開。
【用法】①撥開草叢找蛇。②比喻追踪搜尋。③也比喻枉費力氣，終無所得。
【例句】我勸你還是看開些，放棄吧！不要再～了！

撥雲見日 (ㄅㄛ ㄩㄣˊ ㄐㄧㄢˋ ㄖˋ)

見「披雲霧，睹青天」。也作「撥開雲霧見青天」。

波平浪靜 (ㄅㄛ ㄆㄧㄥˊ ㄌㄤˋ ㄐㄧㄥˋ)

見「風平浪靜」。

波瀾老成 (ㄅㄛ ㄌㄢˊ ㄌㄠˇ ㄔㄥˊ)

【出處】唐・杜甫《敬贈鄭諫議十韻》詩：「毫髮無遺恨，波瀾獨老成。」
【解釋】波瀾：波濤，比喻詩文氣勢起伏不平。老成：形容文章下筆老練成熟。
【用法】形容詩文氣勢波瀾壯闊，功力深沉雄厚。
【例句】杜甫的詩風沈鬱雄渾，～。

波瀾壯闊 (ㄅㄛ ㄌㄢˊ ㄓㄨㄤˋ ㄎㄨㄛˋ)

【用法】比喻聲勢雄壯或規模宏大。
【例句】國家要獨立，民族要自由，革命的歷史洪流，～，勢不可擋。

波譎雲詭 (ㄅㄛ ㄐㄩㄝˊ ㄩㄣˊ ㄍㄨㄟˇ)

見「雲譎波詭」。

伯道無兒 (ㄅㄛˊ ㄉㄠˋ ㄨˊ ㄦˊ)

【出處】唐・房玄齡等《晉書・鄭攸傳

》：「天道無知，使鄭伯道無兒。」

【解釋】伯道：鄭攸字，晉代襄陵人。歷任河東、吳郡、會稽太守，官至尚書右僕射。在石勒兵亂中，家人失散，携獨生子、幼侄逃難，路上屢次遇險，行至桑園，對兩個幼童力難兩全，因念弟弟伯儉早亡而保全其後，棄親生子於桑樹而去，直到老年沒有兒子。傳統京劇有「桑園寄子」。

【用法】後用以指德高望重的人乏嗣無後。

伯牛之疾

【出處】《論語．雍也》：「伯牛有疾，子問之，自牖執其手曰：『亡之，命矣夫！斯人也，而有斯疾也，斯人也，而有斯疾也！』」

【解釋】伯牛：「冉耕」字「伯牛」，春秋魯國人，孔子的弟子，爲孔門十哲之一。

【用法】①伯牛不幸生了癩瘡，那時是不治之疾。②泛指好人患的不治的惡疾。

【例句】他身患～，在世的日子已經屈指可數了，但這並沒有使他頹唐，相反他卻竭力忍住病痛，堅守工作崗位，這種精神使人十分敬佩。

伯樂相馬

【出處】西漢．韓嬰《韓詩外傳》卷七：「使驥不得伯樂，安得千里之足！」

【解釋】伯樂：春秋秦穆公時人，本姓孫，名陽，有鑒別千里馬的特殊技能。相：觀察。

【用法】①伯樂善於觀察千里馬。②比喻有眞知灼見的人善於發現人才、選拔人才。

伯樂一顧

【出處】《戰國策．燕策二》：「人有賣駿馬者，比三旦立市，人莫之知。……伯樂乃還而視之，去而顧之，一旦而馬價十倍。」

【解釋】伯樂：春秋秦穆公時人，姓孫名陽，以善相馬著稱。顧：回頭看。

【用法】①經伯樂看過一眼的馬，頓時身價十倍。②形容人們對名家的崇拜，③也用以比喻有才能的人感到知遇的可貴。

【例句】有些很有才華的作家，罕爲讀者所認識，但當名家一推薦，方使人大吃一驚，眞可謂～，舉世皆知。

伯慮愁眠

【出處】清．李汝珍《鏡花緣》第二十七回：「海外都說：『杞人憂天，伯慮愁眠。』……這伯慮國雖不憂天，一生最怕睡覺，他恐睡去不醒，送了性命，因此日夜愁眠。」

【解釋】伯慮：國名。愁：憂愁。

【用法】①伯慮國的人憂慮睡眠。②意指過慮。

【例句】你不要杞人憂天、～了，這件事情沒有那麼嚴重的。

伯歌季舞

【出處】漢．焦延壽《易林》：「伯歌季舞，燕樂以喜。」（燕樂：民間音樂，以別於雅樂。）

【解釋】伯季：「伯」是兄弟中最年長的，「季」是兄弟中最年幼的；古人稱兄弟排行爲「伯、仲、叔、季」。

【用法】①長兄唱歌，幼弟起舞。②形容兄弟之間感情融洽。

伯壎仲篪（ㄅㄛˊ ㄒㄩㄣ ㄓㄨㄥˋ ㄔˊ）

【出處】《詩經・小雅・何人斯》：「伯氏吹壎，仲氏吹篪。」

【解釋】伯仲：舊時以伯仲叔季表示兄弟排行，伯是長兄，仲是二弟。壎、篪：兩種管樂器，壎是陶土燒制的，篪是竹制的。

【用法】①哥哥吹壎，弟弟吹篪，樂聲和諧。②指兄弟和睦。

【例句】陳家～，一片和樂。

伯仲之間（ㄅㄛˊ ㄓㄨㄥˋ ㄓ ㄐㄧㄢ）

【出處】三國・魏・曹丕《典論・論文》：「傅毅之於班固，伯仲之間耳。」

【解釋】伯仲：兄弟排行，老大稱「伯」，老二稱「仲」。

【用法】比喻不相上下，就像兄弟之間一樣。

【例句】他們二人的實力在～，誰能獲勝很難預料。

伯玉知非（ㄅㄛˊ ㄩˋ ㄓ ㄈㄟ）

【出處】漢・劉安《淮南子・原道訓》：「故蘧伯玉年五十，而有四十九年非。」

【解釋】伯玉：蘧瑗的字，春秋時衛國大夫。非：過錯。

【用法】①意指蘧瑗五十歲時熟知四十九年來的過錯。②泛指人善於認識自己的過錯。

【例句】他當然並非完人，然而「～」，他能認識自己的不足，同時也勇於去改正錯誤，這是難能可貴的。

勃谿相向（ㄅㄛˊ ㄒㄧ ㄒㄧㄤ ㄒㄧㄤˋ）

【出處】《莊子・外物》：「室無空虛，則婦姑勃谿。」釋文：「勃，爭也；谿，空也。」

【解釋】勃谿：指家庭中的爭吵。相向：相對立。

【用法】家庭中的相對立而爭吵。

【例句】姑嫂之間～，鬧得全家不安。

勃然變色（ㄅㄛˊ ㄖㄢˊ ㄅㄧㄢˋ ㄙㄜˋ）

【出處】《孟子・萬章下》：「（孟子）曰：『君有大過則諫，反復之而不聽，則易位。』王勃然變乎色。」

【解釋】勃然：突然地。變色：變了臉色。

【用法】突然生氣，變了臉色。

【例句】老局長聽到那件情節惡劣的報復殺人案件時，不覺～，下令必須盡快偵破。

【附註】也作「勃然大怒」。

勃然不悅（ㄅㄛˊ ㄖㄢˊ ㄅㄨˋ ㄩㄝˋ）

【出處】《孟子・告子下》：「慎子勃然不悅曰：『此則滑厘所不識也。』」（滑厘：慎子的名字。）

【解釋】然：突然地。悅：喜悅、高興。

【用法】形容人突然不高興的樣子。

【例句】我的一番實話，竟惹得他～，眞是倒楣。

勃然奮勵（ㄅㄛˊ ㄖㄢˊ ㄈㄣˋ ㄌㄧˋ）

【出處】北齊・顏之推《顏氏家訓・勉學》：「勃然奮勵，不可恐懾也。」

【解釋】勃然：奮發的樣子。奮：奮發

。勵：激勵。

【用法】奮發起來，激勵自己。

【例句】我多少年來無所作爲，意志消沉，看到同學們艱苦奮鬥，非常悔恨自己白白地浪費了時光，不覺～重新投入新的生命里程。

勃然大怒（ㄅㄛˊ ㄖㄢˊ ㄉㄚˋ ㄋㄨˋ）

【出處】①漢・班固《漢書・谷永羅傳》：「是故皇天勃然發怒。」②明・羅貫中《三國演義》第四十四回：「周瑜聽罷，勃然大怒。」

【解釋】勃然：盛怒的樣子。

【用法】形容人非常生氣而大發雷霆。

【例句】老王動不動就～，眞是難以相處。

博大精深（ㄅㄛˊ ㄉㄚˋ ㄐㄧㄥ ㄕㄣ）

【出處】宋・王安石《臨川文集・答陳柅傳》：「聖人之說，博大而閎深。」

【解釋】博：廣大、豐富。精深：又專又深。

【用法】形容思想和學識廣博高深。

【例句】對～的三民主義思想體系，應該全面正確地領會和掌握。

博通經籍（ㄅㄛˊ ㄊㄨㄥ ㄐㄧㄥ ㄐㄧˊ）

【出處】南朝・宋・范曄《後漢書・馬融傳》：「馬融字季長，扶風茂陵人也，將作大匠嚴之子，爲人美辭貌，有俊才。初，京兆摯恂以儒術教授隱於南山，不應聘，名重關西，融從其遊學，博通經藉（籍）。恂奇融才，以女妻之。」

【解釋】博：廣博。通：精通。籍：書籍。

【用法】①很廣博地精通儒家經典。②形容學識淵博。

【例句】他是一個青年歷史學家，不僅～、而且頗有獨到的見解，是一個有眞知灼見的學者。

博古通今（ㄅㄛˊ ㄍㄨˇ ㄊㄨㄥ ㄐㄧㄣ）

【出處】①《孔子家語・觀周》：「吾聞老聃博古知今。」②明・羅貫中《三國演義》第三十二回：「丕八歲能屬文，有逸才，博古通今……。」

【解釋】博：廣博。通：通曉。

【用法】①廣博地通曉古今的事情。②形容知識豐富。

【例句】這本雜誌的稿件多出自～的學者之手，因此內容上，頗能保持一定水準。

博關經典（ㄅㄛˊ ㄍㄨㄢ ㄐㄧㄥ ㄉㄧㄢˇ）

【出處】北齊・魏收《魏書・高允傳》：「博士取博關經典，世履忠清，堪以爲師者，年限四十以上。」

【解釋】博：博大精深。關：涉獵。

【用法】①廣泛涉獵經典。②形容知識廣博。

博洽多聞（ㄅㄛˊ ㄑㄧㄚˋ ㄉㄨㄛ ㄨㄣˊ）

【出處】南朝・宋・范曄《後漢書・杜林傳》：「林從（張）竦受學，博洽多聞，時稱通儒。」

【解釋】博洽：學識廣博。

【用法】學覺廣博見聞多。

【例句】他是個雜家，～，能趕上他的人很少。

博學多才（ㄅㄛˊ ㄒㄩㄝˊ ㄉㄨㄛ ㄘㄞˊ）

【解釋】博：多、廣。
【用法】有淵博的學識，有多種才能。
【例句】他雖然只有二十多歲，卻～，年輕有為。

博學多聞 ㄅㄛˊ ㄒㄩㄝˊ ㄉㄨㄛ ㄨㄣˊ

【出處】《禮記・中庸》：「博學之，審問之，慎思之，明辨之，篤行之。」
【解釋】博：廣博。
【用法】學識廣博見聞多。
【例句】我雖然不敢說～，但對於中國的形勢和世界的趨勢不會比你懂得少些。

博學審問 ㄅㄛˊ ㄒㄩㄝˊ ㄕㄣˇ ㄨㄣˋ

【出處】《禮記・中庸》：「博學之，審問之，慎思之，明辨之，篤行之。」
【解釋】博：多。審：詳細。
【用法】①多方面地學習，詳細地詢問。②指求學時的態度和應循的途徑。
【例句】～，這是學習應有的態度，決不能滿足於一知半解。

博者不知 ㄅㄛˊ ㄓㄜˇ ㄅㄨˋ ㄓ

【出處】《老子》第八十章：「知者不博，博者不知。」
【解釋】博者：知道事物多的人。不知：不專精。
【用法】指知道事物太廣泛的人，就不能深入其一個方面，對事物就會所知不深。
【例句】使自己的知識層面寬一些是必要的，但是切忌～，弄得什麼都懂得些皮毛，卻又什麼都不懂。

博施濟眾 ㄅㄛˊ ㄕ ㄐㄧˋ ㄓㄨㄥˋ

【出處】《論語・雍也》：「子貢曰：『如有博施於民，而能濟眾，何如？可謂仁乎？』」
【解釋】博：廣泛。施：施捨。濟：接濟，對困苦的人加以幫助。眾：眾人。
【用法】廣泛地施予恩惠，接濟困苦的眾人。
【例句】在孔子眼中，能夠～的，可以稱得上是聖人了！

博士買驢 ㄅㄛˊ ㄕˋ ㄇㄞˇ ㄌㄩˊ

【出處】北齊・顏之推《顏氏家訓・勉學》：「問一言輒酬數百，其責指歸，或無要會。鄴下諺云：『博士買驢，書券（契約）三紙，未有「驢」字。』」
【解釋】博士：古代學官。
【用法】①言為人買驢寫契約，寫完三張紙還未進入主題。②譏諷通篇廢話，不得要領。
【例句】這篇文章，猶如～，廢話連篇。
【附註】也作「三紙無驢」。

博識多通 ㄅㄛˊ ㄕˋ ㄉㄨㄛ ㄊㄨㄥ

【解釋】博：廣博。識：學識。通：精通事理。
【用法】指學識廣博，精通事理。
【例句】從全書看來，作者是個～、於學無所不窺的人。

博碩肥腯 ㄅㄛˊ ㄕㄨㄛˋ ㄈㄟˊ ㄊㄨˊ

【出處】《左傳・桓公六年》：「奉牲以告曰，博碩肥腯，謂民力之普存也。」
【解釋】博：眾多。碩：大。腯：肥壯（《左傳》孔穎達疏引服虔曰：「牛羊曰肥，豕曰腯。」）

【用法】①指六畜（牛、馬、羊、猪、鷄、狗）又多又大又肥壯。②古代祭神獻牲的祝辭。③形容民間物力的豐富。
【附註】「腯」不能念成ㄊㄨㄣˊ。

博采衆長 ㄅㄛˊ ㄘㄞˇ ㄓㄨㄥˋ ㄔㄤˊ

【解釋】博：廣泛。采：採取。長：優點、長處。
【用法】廣泛地採取各方面的長處。
【例句】在藝術表現手法上，我們應該～。

博采衆議 ㄅㄛˊ ㄘㄞˇ ㄓㄨㄥˋ ㄧˋ

【出處】晉・陳壽《三國志・吳志・孫登傳》：「誠宜與將相大臣詳擇時宜，博采衆議。」
【解釋】博：廣。議：建議。
【用法】廣泛地採納衆人的意見。
【例句】身爲執政者，必須～，才能訂定出最優良的政策。
【附註】也作「博采群議」。

博而不精 ㄅㄛˊ ㄦˊ ㄅㄨˋ ㄐㄧㄥ

【出處】南朝・宋・范曄《後漢書・馬融傳》：「（融）嘗欲訓（注解）《呂氏春秋》，及見賈逵、鄭衆《注》，乃曰：『賈君精而不博，鄭君博而不精；既精且博，吾何加焉！』」
【解釋】博：多。
【用法】涉獵多而不精專。
【例句】你的知識層面很寬，然而～，今後你如能在理論上再深入些，一定可以取得較大的成就。

博而寡要 ㄅㄛˊ ㄦˊ ㄍㄨㄚˇ ㄧㄠˋ

【解釋】博：多。寡：少。要：要領。
【用法】學的很多，但很少得到要領。
【例句】你雖然涉獵較廣，但～，各方面都淺嘗輒止，這是很不好的。

博物通達 ㄅㄛˊ ㄨˋ ㄊㄨㄥ ㄉㄚˊ

【出處】漢・班固《漢書・公孫列東王楊蔡陳鄭傳贊》：「桑（弘羊）大夫據當時，合時變，上權利之略，雖非正法，巨儒宿學，不能自解，博物通達之士也。」
【解釋】博物：辨識多種事物。通達：明白人情事理。
【用法】形容學識淵博，通曉事理。
【例句】她雖然是個女流之輩，但～，男人很少比得上她。

博物君子 ㄅㄛˊ ㄨˋ ㄐㄩㄣ ㄗˇ

【出處】《左傳・昭公元年》：「晉公聞子產之言，曰：『博物君子也。』」
【解釋】博物：學問大，知道的事物多。君子：學者。
【用法】指學問大見識廣的學者。
【例句】明朝偉大的科學家李時珍，發奮讀書，深入實地調查幾十年，終於成爲一個～，寫出了珍貴的中藥文獻《本草綱目》。

博物洽聞 ㄅㄛˊ ㄨˋ ㄑㄧㄚˋ ㄨㄣˊ

【出處】漢・班固《漢書・楚元王傳贊》：「博物洽聞，通達古今。」
【解釋】博物：能辨識許多事物。洽聞：見聞很廣。
【用法】指人見識廣博。
【例句】我的導師～，在指導我們進行研究工作時，給我們的幫助很大。

博文約禮（ㄅㄛˊ ㄨㄣˊ ㄩㄝ ㄌㄧˇ）

【出處】《論語・子罕》：「夫子循循然善誘人，博我以文，約我以禮。」
【解釋】博：豐富、淵博。約：儉束、約束。
【用法】用文化來豐富學識，用禮法來加以約束。
【例句】孔子一再強調~的重要，身爲讀書人，不可不以此自我警戒。

博聞辯言（ㄅㄛˊ ㄨㄣˊ ㄅㄧㄢˋ ㄧㄢˊ）

【出處】《呂氏春秋・疑似》「患人之博聞辯言而似通者。」
【解釋】博：多。聞：指傳聞。辯：（言詞）動聽。辯言：巧言。
【用法】形容道聽塗說，似是而非的言論。
【例句】~之說，未經查證，不可隨意取信。

博聞強識（ㄅㄛˊ ㄨㄣˊ ㄑㄧㄤˇ ㄓˋ）

【出處】《禮記・曲禮上》：「博聞強識而讓，敦善行而不怠，謂之君子。」
【解釋】博：廣博。聞：見聞。識：記。
【用法】見聞廣博，記憶力強。
【例句】李清照~不愧爲中國最偉大的女詞人！
【附註】①也作「博聞強志」、「博聞強記」。②「強」不能念成ㄐㄧㄤˋ或ㄑㄧㄤ。「識」不能念成ㄕˋ。

搏牛之虻（ㄅㄛˊ ㄋㄧㄡˊ ㄓ ㄇㄥˊ）

【出處】漢・司馬遷《史記・項羽本紀》：「夫搏牛之虻，不可以破蟣虱。」
【解釋】搏：搏打。虻：牛虻。
【用法】①舉手拍擊牛背上的牛虻。②原比喻主攻的目標在於像消滅虻似地去滅秦，本不打算像消除蟣虱那樣地去與章邯作戰。③後泛喻志在大而不在小。

搏砂弄汞（ㄅㄛˊ ㄕㄚ ㄋㄨㄥˋ ㄍㄨㄥˇ）

【出處】明・吳承恩《西遊記》第二十五回：「這潑猴枉自也拿他不住，就拿住他，也似搏砂弄汞，捉影捕風。」
【解釋】搏：撥弄。弄：設法取得。汞：水銀。
【用法】①撥弄砂子，收拾水銀。②比喻難以收拾。
【例句】這件事情，東拖西拉，已如~難以收拾了。

薄批細抹（ㄅㄛˊ ㄆㄧ ㄒㄧˋ ㄇㄛˇ）

【出處】宋・釋道原《景德傳燈錄》：「薄批明月，細抹清風。」
【解釋】薄：略微地。批：批改。細：仔細。抹：刪除。
【用法】①略微地推敲批改。細心地斟酌刪除。②形容爲調諧音韻、選詞改字而吟咏詩詞。
【例句】這首詩篇，經他費心地~後，可稱得上乘之作了！
【附註】也作「細批薄抹」。

薄命佳人（ㄅㄛˊ ㄇㄧㄥˋ ㄐㄧㄚ ㄖㄣˊ）

【出處】元・洪希文《書美人圖》詩：「可憐前代汗青史，薄命佳人類如此。」
【解釋】薄命：福薄命苦。佳人：美女。
【用法】福薄命苦的美女。
【例句】林黛玉眞是個~，空留遺恨於人間！

薄暮冥冥（ㄅㄛˊ ㄇㄨˋ ㄇㄧㄥˊ ㄇㄧㄥˊ）

【出處】宋・范仲淹《岳陽樓記》：「薄暮冥冥，虎嘯猿啼。」
【解釋】薄暮：傍晚，太陽落山時候。冥冥：天地昏暗。
【用法】①傍晚時天色昏暗。②形容黑夜將臨的時刻。
【例句】當我們攀登到山頂的時候，遠處的峰巒已融入～之中。

薄海騰歡（ㄅㄛˊ ㄏㄞˇ ㄊㄥˊ ㄏㄨㄢ）

【解釋】薄：逼近。海：四海。薄海：本指及於四海，後統稱海內外。騰：翻騰。
【用法】海內外翻騰着歡樂的浪潮。
【例句】國慶日即將來臨，～，好不熱鬧。

薄情無義（ㄅㄛˊ ㄑㄧㄥˊ ㄨˊ ㄧˋ）

【出處】清・曹雪芹《紅樓夢》第十九回：「寶玉聽了自思道：『誰知這樣一個人，這樣薄情無義呢？』」
【解釋】薄：淡薄。
【用法】①感情淡薄，沒有情義。②常指對於生離死別的事無動於衷。
【例句】小陳是個～的人，你不用再求他了！

薄志弱行（ㄅㄛˊ ㄓˋ ㄖㄨㄛˋ ㄒㄧㄥˊ）

【解釋】薄：脆弱，不堅定。弱：懦弱。
【用法】意志不堅定，行爲很懦弱。
【例句】他說起話來慷慨激昂，然而～，做不出什麼大事業的。

薄祚寒門（ㄅㄛˊ ㄗㄨㄛˋ ㄏㄢˊ ㄇㄣˊ）

【出處】清・曹雪芹《紅樓夢》第二回：「縱然生於薄祚寒門，甚至爲奇優，爲名娼，亦斷不至爲走卒健僕，甘遭庸夫驅制。」
【解釋】薄：極少。祚：福。寒門：微賤的家庭。
【用法】指福分極少的微賤人家。
【例句】身處～，只求溫飽，那敢奢望榮華富貴呢！

薄此厚彼（ㄅㄛˊ ㄘˇ ㄏㄡˋ ㄅㄧˇ）

見「厚此薄彼」。

薄物細故（ㄅㄛˊ ㄨˋ ㄒㄧˋ ㄍㄨˋ）

【出處】漢・班固《漢書・匈奴傳上》：「孝文後二年，使使遺匈奴書曰：『……朕追念前事，薄物細故，謀臣計失，皆不足以離昆弟之歡。』」
【解釋】薄物：輕微的事物。細故：細小的事故。
【用法】形容微小的事。
【例句】他們原是知心好友，卻因～而反目成仇。

跛鱉千里（ㄅㄛˇ ㄅㄧㄝ ㄑㄧㄢ ㄌㄧˇ）

【出處】《荀子・修身》：「故跬步（半步）而不休，跛鱉千里。」
【解釋】鱉：甲魚（俗稱「王八」）。
【用法】①跛腳的鱉只要不停地往前走，也能走千里路。②比喻條件即使很差，只要堅持不懈，也能取得成就。
【例句】我是一個有殘疾的人，可是「～」，我相信只要是堅持不懈，同樣可以做出一番事業來。

播穅眯目（ㄅㄛˋ ㄎㄤ ㄇㄧˇ ㄇㄨˋ）

【出處】《莊子·天遠》：「夫播穅眯目，則天地四方易位矣。」
【解釋】「穅」即「糠」字。播穅：揚除糠秕。眯目：迷眼。
【用法】比喻外物雖小，但造成的危害卻很大。
【例句】切勿小看～，所以造成的危害絕不容忽視。

擘肌分理（ㄅㄛˋ ㄐㄧ ㄈㄣ ㄌㄧˇ）

【出處】漢·張衡《西京賦》：「剖析毫釐，擘肌分理。」
【解釋】擘：分開。理：肌膚的紋理。
【用法】①切開肌膚，分析其中的紋理。②形容分析事理達到極其細密的程度。
【例句】每件事情到他手裏都能～，有條不紊！
【附註】「擘」不能念成ㄅㄧˋ。

不敗之地（ㄅㄨˋ ㄅㄞˋ ㄓ ㄉㄧˋ）

【用法】據有優勢，不會遭到失敗的境地。
【例句】執政者只要能夠收服民心，就一定能夠立於～。

不避斧鉞（ㄅㄨˋ ㄅㄧˋ ㄈㄨˇ ㄩㄝˋ）

【出處】漢·班固《漢書·趙充國傳》：「不敢避斧鉞之誅。」
【解釋】斧鉞：古代的兵器。
【用法】①不躲避斧鉞之類的兵器。②形容將士英勇無畏,或烈士忠義不屈。
【例句】眞正的大丈夫在敵人面前向來是威武不屈、～的錚錚鐵漢。

不辟子卯（ㄅㄨˋ ㄅㄧˋ ㄗˇ ㄇㄠˇ）

【出處】《儀禮·士喪禮》：「朝夕哭，不辟子卯。」
【解釋】辟：通「避」，回避。子卯：商紂王在甲子日喪命，夏桀在乙卯日死亡，古人以子、卯日爲不吉利的日子。
【用法】①不迴避像子、卯這樣不吉利的日子。③指不迷信，沒忌諱。
【例句】該做就做，還要選黃道吉日嗎？我們是～的！

不變之法（ㄅㄨˋ ㄅㄧㄢˋ ㄓ ㄈㄚˇ）

【出處】《尹文子·大道上》：「不變之法，君臣上下是也。」
【用法】不可改變的法則。
【例句】事物總在變化，因此，我們認爲從來就沒有什麼～。

不辨眞僞（ㄅㄨˋ ㄅㄧㄢˋ ㄓㄣ ㄨㄟˋ）

【出處】明·馮夢龍《東周列國志》第三十九回：「晉文公先年過曹，曹人多有認得的，其夜倉卒不辨眞僞。」
【解釋】辨：分辨。僞：虛假。
【用法】不辨別眞的和假的。
【例句】對任何事情都不能～地一概相信。

不辨菽麥（ㄅㄨˋ ㄅㄧㄢˋ ㄕㄨˊ ㄇㄞˋ）

【出處】《左傳·成公十八年》：「周子有兄而無慧，不能辨菽麥，故不可立。」
【解釋】菽：豆類。
【用法】①分辨不清豆子和麥子。②原意指愚昧無知。
【例句】世間上竟有此～之人，令人難以相信！

不破不立（ㄅㄨˋ ㄆㄛˋ ㄅㄨˋ ㄌㄧˋ）

【解釋】破：破除。立：建立。

【用法】不破除舊的東西，就不能建立新的東西。

【例句】「～」，不破除舊的、落後的思想，先進的思想就難以確立。

【附註】參看「不止不行，不塞不流」。

不蔓不枝（ㄅㄨˋ ㄇㄢˋ ㄅㄨˋ ㄓ）

【出處】宋・周敦頤《愛蓮說》：「中通外直，不蔓不枝。」

【解釋】蔓：蔓生植物生出的長莖。枝：植物主幹旁生的細莖。

【用法】①不長蔓，也不生枝。②原指蓮花莖挺直而不蔓生枝杈。③後用此比喻說話或文章簡潔而不繁冗。

【例句】你的文章太繁冗，必須力求～才好。

不費吹灰之力（ㄅㄨˋ ㄈㄟˋ ㄔㄨㄟ ㄏㄨㄟ ㄓ ㄌㄧˋ）

【用法】形容事情很好做，不用費絲毫力氣。

【例句】這一點小事你就交給我們吧，完成它，對於我們來說是～的。

不憤不啓（ㄅㄨˋ ㄈㄣˋ ㄅㄨˋ ㄑㄧˇ）

【出處】《論語・述而》：「不憤不啓，不悱不發。」

【解釋】憤：心裏想弄明白而還未明白。啓：啓發。

【用法】指不到學生們想弄明白而還沒弄明白時，不去啓發他。這是孔子的教學方法，即必須是學生在學習中感到困惑，產生了求知慾，然後進行啓發，教學效果才會顯著。

【例句】孔子提出的「～不悱不發」的概念，確實是教學時的重要原則。

【附註】參看「不悱不發」。

不負衆望（ㄅㄨˋ ㄈㄨˋ ㄓㄨㄥˋ ㄨㄤˋ）

【解釋】負：辜負。衆：衆人。望：期望。

【用法】不辜負大家的期望。

【例句】你這次出馬，果然～，把活動辦得有聲有色。

不動聲色（ㄅㄨˋ ㄉㄨㄥˋ ㄕㄥ ㄙㄜˋ）

【出處】宋・歐陽修《相州晝錦堂記》：「至於臨大事，決大議，垂紳正笏，不動聲色，而措天下於泰山之安，可謂社稷之臣矣。」

【解釋】聲：說話的聲音。色：臉上表情。

【用法】①不從說話的語氣和臉色上流露出內心的活動。②形容保持非常鎮靜的態度。

【例句】在大夥兒慌亂的時候，他卻～地把危機解除了。

不痛不癢（ㄅㄨˋ ㄊㄨㄥˋ ㄅㄨˋ ㄧㄤˇ）

【出處】明・施耐庵《水滸全傳》第七回：「不癢不痛，渾身上下或寒或熱；沒撩沒亂，滿腹中又飽又飢。」

【用法】比喻不觸及實質，不中肯，不解決問題。

【例句】作品平庸浮泛，不能一針見血；讀後但覺～，沒有一些餘味可以咀嚼，讀者自然便會厭倦了！

不念舊惡（ㄅㄨˋ ㄋㄧㄢˋ ㄐㄧㄡˋ ㄜˋ）

【出處】《論語・公冶長》：「子曰：『

伯夷叔齊，不念舊惡，怨是用希。』」
【解釋】舊：以往的。惡：仇怨。
【用法】不記以往的仇怨。
【例句】對於那些過去傷害過自己的朋友，我們應該～，不計前嫌，團結在一起，共同奮鬥。

不露鋒芒（ㄅㄨˋ ㄌㄨˋ ㄈㄥ ㄇㄤˊ）

見「鋒芒不露」。

不露斧鑿痕迹（ㄅㄨˋ ㄌㄨˋ ㄈㄨˇ ㄗㄠˊ ㄏㄣˊ ㄐㄧ）

【出處】宋．釋道原《景德傳燈錄》卷十九：「師曰：『巧匠施工，不露斧斤。』」
【用法】①指巧匠施工的園林，景物設置精巧自然，不露斧削鑿刻的痕迹。②後借喻文章、繪畫等技藝精絕，達到天然渾成的境界。
【例句】這幅繪畫，筆法高妙自然，可謂～，必定出自名家之手！
【附註】①原作「不露斧斤」。②也作「無斧鑿痕」。

不露圭角（ㄅㄨˋ ㄌㄨˋ ㄍㄨㄟ ㄐㄧㄠˇ）

【出處】宋．歐陽修《張子野墓誌銘》：「遇人渾渾，不見圭角。」
【解釋】圭：古代帝王諸侯舉行隆重禮儀時所用的上尖下方的玉製禮器。圭角：圭的稜角，指鋒芒。
【用法】即「鋒芒不露」之意。
【例句】他雖然才能出衆，但～。

不露聲色（ㄅㄨˋ ㄌㄨˋ ㄕㄥ ㄙㄜˋ）

【出處】宋．司馬光《資治通鑑．唐玄宗開元二十四年》：「如以甘言啖人，而陰中傷之，不露辭色。」
【解釋】聲色：說話的聲音和臉上的表情。
【用法】心裡的打算不在說話和臉色上流露出來。
【例句】他內心極不平靜，但表面上却～，似乎任何事情也沒有發生一樣。

不厲而威（ㄅㄨˋ ㄌㄧˋ ㄦˊ ㄨㄟ）

【解釋】厲：嚴厲。威：威嚴。
【用法】對人不嚴厲，卻顯得威嚴。
【例句】作爲一個領導者，能夠～是很難得的。

不立文字（ㄅㄨˋ ㄌㄧˋ ㄨㄣˊ ㄗˋ）

【出處】宋．釋普濟《五燈會元》卷七：「師問：『祇如古德，豈不是以心傳心？』峰曰：『兼不立文字語句。』」
【解釋】立：訂立。文字：指用文字寫成的書面憑證。
【用法】只憑口頭訂約，不立書面契據。
【例句】我們彼此都是信得過的，既然已經說定，～也無妨的。

不劣方頭（ㄅㄨˋ ㄌㄧㄝˋ ㄈㄤ ㄊㄡˊ）

見「方頭不劣」。

不吝金玉（ㄅㄨˋ ㄌㄧㄣˋ ㄐㄧㄣ ㄩˋ）

【出處】明．淩濛初《初刻拍案驚奇》第九卷：「恰好聽得樹上黃鶯巧囀，就對拜住道：『老夫再欲求教，將《滿江紅》調賦「鶯」一首，望不吝珠玉，意下如何？』」
【解釋】金玉：指金玉良言，即寶貴的話。
【用法】①不要吝惜金玉良言。②意思是請指出缺點，提出批評。（請人指教的客氣話。）
【例句】我今方寸已亂，毫無主見，望能～，去留之計為我一決。
【附註】也作「不吝珠玉」。

不吝指教 ㄅㄨˋ ㄌㄧㄣˋ ㄓˇ ㄐㄧㄠˋ

【解釋】吝：吝惜，捨不得。
【用法】不要吝惜指示教導。
【例句】我的一篇短文，請你看一看，望能～。

不落褒貶 ㄅㄨˋ ㄌㄨㄛˋ ㄅㄠ ㄅㄧㄢˇ

【解釋】落：落得。褒貶：批評、指責。
【用法】①不至於落得別人的批評或指責。②也指不至於受別人的埋怨。
【例句】為了～，我把醜話都說在前頭。

不落窠臼 ㄅㄨˋ ㄌㄨㄛˋ ㄎㄜ ㄐㄧㄡˋ

【出處】清・曹雪芹《紅樓夢》第七十六回：「這『凸』、『凹』二字，歷來用的人最少。如今直用作軒館之名，更覺新鮮，不落窠臼。」
【解釋】臼窠：俗套、舊格式。
【用法】①不落在俗套裏面。③比喻有獨創風格。（多指文章及其它藝術作品。）
【例句】寫文章要有自己的特點，～才好。
【附註】也作「不落俗套」。

不落人後 ㄅㄨˋ ㄌㄨㄛˋ ㄖㄣˊ ㄏㄡˋ

【用法】①不落在別人的後面。②形容人好強心盛，事事占先。
【例句】她是一個好強的人，無論做什麼工作都～。

不落言筌 ㄅㄨˋ ㄌㄨㄛˋ ㄧㄢˊ ㄑㄩㄢˊ

【出處】宋・嚴羽《滄浪詩話・詩辨》：「不涉理路，不落言詮者，上也。」
【解釋】言筌：在言辭上所留下的迹象。也作「言詮」。
【用法】不局限於言辭的表面意思，而有言外之意。

不過爾爾 ㄅㄨˋ ㄍㄨㄛˋ ㄦˇ ㄦˇ

【出處】清・沈復《浮生六記・浪游記快》：「其紅門局之梅花，姑姑廟之鐵樹，不過爾爾。」
【解釋】爾：如此、這樣。
【用法】不過如此。（表示最低估價。）
【例句】我原以為他的英文程度很高，經過幾次試探，才知道他的水準～。

不共戴天 ㄅㄨˋ ㄍㄨㄥˋ ㄉㄞˋ ㄊㄧㄢ

【出處】《禮記・曲禮上》：「父之仇，弗與共戴天。」
【解釋】戴：用頭頂著。
【用法】①指不能共同在一個天底下生活。②形容仇恨極深，誓不兩立。
【例句】他們之間有～之仇，你是化解不了的，不要再白費心力了！

不看僧面看佛面 ㄅㄨˋ ㄎㄢˋ ㄙㄥ ㄇㄧㄢˋ ㄎㄢˋ ㄈㄛˊ ㄇㄧㄢˋ

【出處】明・吳承恩《西遊記》第三十一回：「哥啊，古人云：『不看僧面看佛面。』兄長既是到此，萬望救他一救。」
【解釋】僧：和尚。佛：神。面：指情面。
【用法】①不看和尚的情面，也要看神的情面。②求人應許或寬恕時的用語。
【例句】～，你就幫幫忙吧！

不亢不卑 ㄅㄨˋ ㄎㄤˋ ㄅㄨˋ ㄅㄟ

【出處】清．曹雪芹《紅樓夢》第五十六回：「他這遠愁近慮，不抗(亢)不卑，他們奶奶就不是和咱們好，聽他這一番話，也必要自愧的變好了。」
【解釋】亢：高傲。卑：卑賤。
【用法】既不高傲也不自卑。
【例句】林老師那～的處世原則，最令我敬服！

不愧不怍 ㄅㄨˋ ㄎㄨㄟˋ ㄅㄨˋ ㄗㄨㄛˋ

【出處】《孟子．盡心上》：「仰不愧於天，俯不怍於人，二樂也。」
【解釋】愧、怍：慚愧。
【用法】形容處事光明磊落，問心無愧。
【例句】這位主管事事都以團體的利益爲重，處理問題大膽果斷，～。

不愧屋漏 ㄅㄨˋ ㄎㄨㄟˋ ㄨ ㄌㄡˋ

【出處】《詩經．大雅．抑》：「相在爾室，尚不愧於屋漏。」
【解釋】屋漏：室內的西北角（古人設床於室內北窗旁，在西北角上開有天窗，故稱屋漏），指別人看不見的處所。
【用法】意謂暗中也不做壞事，而問心無愧。

不惑之年 ㄅㄨˋ ㄏㄨㄛˋ ㄓ ㄋㄧㄢˊ

【出處】《論語．爲政》：「四十而不惑。」
【解釋】惑：迷惑。年：年齡。
【用法】①不迷惑的年齡。②人活到四十歲，稱「不惑之年」，意思是人到此時已掌握知識，能明辨事理，而不致迷惑。
【例句】你已經到了～，怎麼辦事還是毛毛躁躁的？

不諱之變 ㄅㄨˋ ㄏㄨㄟˋ ㄓ ㄅㄧㄢˋ

【出處】南朝．宋．范曄《後漢書．申屠剛傳》：「不諱之變，誠難其慮。」
【解釋】不諱：死的婉辭，意爲人死不可避免，不可避諱。變：變故。
【用法】指人的死亡。
【例句】生老病死，這是自然規律，～，人人在所難免。

不諱之門 ㄅㄨˋ ㄏㄨㄟˋ ㄓ ㄇㄣˊ

【出處】漢．劉向《說苑．君道》：「規諫必看不諱之門。」
【解釋】諱：忌諱。
【用法】①說話不必忌諱的處所。②指可以直言不諱的地方。
【例句】此處是個～，你有什麼意見，儘管直說吧！

不諱之路 ㄅㄨˋ ㄏㄨㄟˋ ㄓ ㄌㄨˋ

【出處】南朝．宋．范曄《後漢書．安帝紀》：「間令公卿郡國，舉賢良方正，遠求博選，開不諱之路，冀得至謀，以鑒不逮。」
【解釋】諱：忌諱。
【用法】常說成「開不諱之路」，即指廣開言路，造成人們說話無所顧忌的局面。
【例句】要使我們的事業興旺，就要開～，多吸收正確的意見。

不諱之朝 ㄅㄨˋ ㄏㄨㄟˋ ㄓ ㄔㄠˊ

【出處】漢．揚雄《解嘲》：「今吾子

幸得遭明聖之世，處不諱之朝，與群賢同行，歷金門，上玉堂有日矣。」
【解釋】諱：忌諱。朝：朝代。
【用法】①沒有忌諱，人們能夠暢所欲言的朝代。②指政治開明的時代。
【例句】現在人們可以暢所欲言，各抒己見，眞算得是～了。

不計得失

【解釋】計：計較。
【用法】①不計較得到什麼或失去什麼。②指人不患得患失。
【例句】他對於旁人總是竭誠相助，但對於個人的利益，却從來～。

不計其數

【出處】明・施耐庵《水滸傳》第二十七回：「此時轟動了一個陽穀縣，街上看的人，不計其數。」
【解釋】計：計算。
【用法】①無法計算其數目。②形容數量極多。
【例句】此次戰爭異常慘烈，雙方死傷～。

不稼不穡

【出處】《詩經・魏風・伐檀》：「不稼不穡，胡取禾三百廛兮？」
【解釋】稼：耕種。穡：收割莊稼。
【用法】指不從事農業生產勞動。
【例句】你～，也不從事其他行業，怎麼養活一家人呢？

不教之教

【出處】《呂氏春秋・君守》：「不教之教，無言之詔。」
【解釋】不教：不進行教育。
【用法】①不以直接的教育方式而進行的教育。②指在日常言行中很自然地進行的薰陶。
【例句】父親雖然身居高位，却保持著樸素的家居生活，這對我們子女來說是～。

不教而誅

【出處】《論語・堯曰》：「不教而殺謂之虐。」
【解釋】教：教育。誅：殺戮。
【用法】事先不教育，等錯誤發生後就殺戮。
【例句】～，必遭民怨，執政者不可不愼！

不咎既往

見「既往不咎」。也作「不究既往」。

不見天日

【出處】明・凌濛初《初刻拍案驚奇》卷二十：「這般時節，拘於那不見天日之處，休說冷水，便是泥汁也不能勾。」
【解釋】天日：天和太陽，指光明。
【用法】①看不見一點光明。②比喩社會黑暗。
【例句】在暴政的壓迫下，百姓們過的是一種～的生活。

不見經傳

【出處】宋・洪邁《容齋三筆・再書博古圖》：「考諸前代，叔液之名，不見於經傳，惟周八士有叔夜，豈其族歟？」

【解釋】經傳：指典範的著作。
【用法】①沒見經傳上有過這樣的記載。②後指言論沒有根據，沒有來歷。
【例句】這項發明是～的無名氏所創造出來的。

不近人情 ㄅㄨˋ ㄐㄧㄣˋ ㄖㄣˊ ㄑㄧㄥˊ

【出處】《莊子．逍遙遊》：「大有徑庭，不近人情焉。」
【用法】①不合人之常情。②後指性情或言行怪僻，不合情理。
【例句】你嚴格要求自己的孩子當然是對的。但因一點小錯就把他逐出家門，這未免太～了。

不進則退 ㄅㄨˋ ㄐㄧㄣˋ ㄗㄜˊ ㄊㄨㄟˋ

【出處】宋《朱子語類．卷十三．學七（力行）》：「凡人不進便退也。」
【用法】①不前進就會後退。②意指人應該力求上進。
【例句】學如逆水行舟，～。你這樣三天打漁，兩天曬網，能學出什麼來。

不脛而走 ㄅㄨˋ ㄐㄧㄥˋ ㄦˊ ㄗㄡˇ

【出處】漢．劉向《說苑．尊賢》載：春秋時晉大夫趙簡子故事說，一個名叫古乘的舟人建議趙簡子要尊重賢人，就如人愛珠玉，珠玉不脛而來，「夫珠玉無足，去比數千里，而所以能來者，人好之也。」
【解釋】脛：小腿。走：跑。
【用法】①沒有腿却會跑。②形容事物不待推行，就到處流傳。（多用以指著作或消息等。）
【例句】一個失去雙臂的青年，竟苦學而成爲書法家，這個消息～，對廣大青年而言，是一個了不起的榜樣啊！

不器之器 ㄅㄨˋ ㄑㄧˋ ㄓ ㄑㄧˋ

【出處】唐．白居易《君子不器賦》：「抱不器之器，成乎有用之用。」
【解釋】不器：不像器物那樣只具有某一方面的作用，即不同於一般的才能。
【用法】指具有全才的人。
【例句】只有廣開才路，才能使那些～的人不致埋沒。

不繫之舟 ㄅㄨˋ ㄒㄧˋ ㄓ ㄓㄡ

【出處】《莊子．列禦寇》：「飽食而遨遊，汎若不繫之舟，虛而遨遊者也。」
【解釋】繫：拴綁。舟：船。
【用法】①沒有拴在岸邊木樁上的船。②比喻漂泊無定之物。

不屑齒及 ㄅㄨˋ ㄒㄧㄝˋ ㄔˇ ㄐㄧˊ

【解釋】不屑：認爲不值得，表示輕視。齒及：談到、提到。
【用法】認爲不值得一談。
【例句】那些追求低級趣味的作品，人們～是很自然的。

不屑一顧 ㄅㄨˋ ㄒㄧㄝˋ ㄧ ㄍㄨˋ

【解釋】不屑：認爲不值得，表示輕視。顧：看。
【用法】①認爲不值得一看。②指對某些事物或人看不起。
【例句】不要把休閒問題看成是～的小事。

不孝之子 ㄅㄨˋ ㄒㄧㄠˋ ㄓ ㄗˇ

【出處】《孔子家語．致思》：「將恐不孝之子，棄其親不葬。」

【用法】不孝敬父母的兒子。

【例句】我們今日當然要摒棄「愚孝」，但這並不意味著就可以容許那些「～」不贍養父母，甚至虐待老人。

不肖子孫 ㄅㄨˋ ㄒㄧㄠˋ ㄗˇ ㄙㄨㄣ

【出處】《孟子・萬章上》：「丹朱之不肖，舜之子亦不肖。」

【解釋】不肖：不如先人。

【用法】指不能繼承先輩事業和遺志的沒有出息子孫。

【例句】我們的祖先，對人類文化有輝煌的貢獻，我們也要迎頭趕上，跨入先進行列，可不能做我們祖先的～。

【附註】「肖」不能念成ㄒㄧㄠ。

不忮不求 ㄅㄨˋ ㄓˋ ㄅㄨˋ ㄑㄧㄡˊ

【出處】《詩經・鄘風・雄雉》：「百爾君子，不知德行！不忮不求，何用不臧。」

【解釋】忮：忌恨。求：貪求。

【用法】①對人不忌恨，不貪得。②指人應具有的一種好品德。

【例句】我們要老老實實地作好工作，對於非分的財富和榮譽應該採取～的態度。

不治之症 ㄅㄨˋ ㄓˋ ㄓ ㄓㄥˋ

【出處】明・馮夢龍《醒世恒言》第十卷：「太醫診了脈，說道：『……此乃不治之症。』」

【用法】①指無法醫治的病。②也比喻無法挽救的禍患或無法改正的缺點錯誤。

【例句】他不做健康檢查，到後來才發現得了～。

不置褒貶 ㄅㄨˋ ㄓˋ ㄅㄠ ㄅㄧㄢˇ

【出處】明・羅貫中《三國演義》第七十二回：「操嘗造花園一所，造成，操往觀之，不置褒貶，只取筆於門上書一『活』字而去。」

【解釋】置：安放，這裏有「加以」之意。褒：褒獎、誇讚，表揚。貶：貶低、指責、批評。

【用法】不加以表揚或批評。

【例句】她的見解有獨到之處，但問題也不少，考慮到我和她交情不深，只好暫時～，讓她的好朋友先說出意見。

不置可否 ㄅㄨˋ ㄓˋ ㄎㄜˇ ㄈㄡˇ

【解釋】置：安放。可：可以。否：不可以。

【用法】①不說可以，也不說不可以。②指不明確表態。

【例句】老吳～地淡淡一笑，轉身就坐在一張椅子裏。

【附註】也作「不加可否」。

不置一詞 ㄅㄨˋ ㄓˋ ㄧˋ ㄘˊ

【解釋】置：安放。詞：言詞、話語。

【用法】指對於某個人或事物不說好也不說壞，不表示一點意見。

【例句】我對此事毫無了解，只好～。

不召之臣 ㄅㄨˋ ㄓㄠˋ ㄓ ㄔㄣˊ

【出處】《孟子・公孫丑下》：「故將大有爲之君，必有所不召之臣；欲有謀焉，則就之。」

【解釋】召：召見。

【用法】①不可召見的臣子。②指德高望重，應該前往就教的人。

【例句】屢建奇功的老將軍是德高望重的～，不可輕慢待之。

不召自來（ㄅㄨˋ ㄓㄠˋ ㄗˋ ㄌㄞˊ）

【出處】漢・司馬遷《史記・貨殖列傳序》：「不召而自來，不求而民出之。」

【用法】①沒有召喚，自己就來了。②形容對方行動很主動。

【例句】爲了抵抗日本的侵略，許多青年～地要求參加部隊。

不正之風（ㄅㄨˋ ㄓㄥˋ ㄓ ㄈㄥ）

【解釋】風：風氣、作風。

【用法】惡劣的風氣或不正當的作風。

【例句】我們要多花心力糾正～。

不啻天地（ㄅㄨˋ ㄔˋ ㄊㄧㄢ ㄉㄧˋ）

【解釋】不啻：無異於。

【用法】①無異於天地之別。②指兩者差別之大，無法比擬。

【例句】一個好學不倦，一個遊手好閒，兩人相比，～。

不世之略（ㄅㄨˋ ㄕˋ ㄓ ㄌㄩㄝˋ）

【出處】明・羅貫中《三國演義》第十四回：「今天子蒙塵，將軍誠因此時首倡義兵，奉天子以從衆望，不世之略也。」

【解釋】不世：不同於世俗，不平凡。略：謀略。

【用法】不平凡的謀略。

【例句】蜀漢能與其他二強鼎足而立，全靠諸葛亮的～。

不世之功（ㄅㄨˋ ㄕˋ ㄓ ㄍㄨㄥ）

【出處】南朝・宋・范曄《後漢書・隗囂傳》：「足下將建伊（尹）、呂（望）之業，弘不世之功。」

【解釋】不世：人世間不常有，非常。

【用法】罕有的大功績。

【例句】孫中山先生爲中華民國的創建，立下了～。

不世之臣（ㄅㄨˋ ㄕˋ ㄓ ㄔㄣˊ）

【出處】晉・陳壽《三國志・魏志・陳思王植傳》：「書曰：『有不世之君，必能用不世之臣，用不世之臣，必能立不世之功。』」

【解釋】不世：人世間不常有，非常。

【用法】①人世間不常有的臣子。②形容有才能的賢臣。

【例句】岳飛可以稱得起是～，可惜被奸賊秦檜害死了。

不世之姿（ㄅㄨˋ ㄕˋ ㄓ ㄗ）

【出處】三國・魏・曹冏《六代論》：「賴光武帝挺不世之姿，擒王莽於已成。」

【解釋】不世：非凡。姿：英姿，英雄的姿態。

【用法】①非凡的英雄姿態。②形容英勇蓋世的神態。

【例句】他長得儀表堂堂，有～，給人留下了難以磨滅的印象。

不世之材（ㄅㄨˋ ㄕˋ ㄓ ㄘㄞˊ）

【出處】唐・韓愈《送許郢州序》：「於公身居方伯之尊，蓄不世之材，而能與卑鄙庸陋相應對。」

【解釋】不世：人世間不常有，非常。

【用法】不同於世人的才能。

【例句】他雖有～，可惜未受重用，無

法施展抱負！

不識不知（ㄅㄨˋ ㄕˋ ㄅㄨˋ ㄓ）

【出處】《列子．仲尼》：「堯乃微服遊於康衢，聞兒童歌曰：『立我烝民，莫匪爾極。不識不知，順帝之則。』」

【用法】①無知無識。②指民風純樸，與世無爭，彷彿無知無識似的。

不識大體（ㄅㄨˋ ㄕˋ ㄉㄚˋ ㄊㄧˇ）

【出處】漢．司馬遷《史記．平原君虞卿列傳》：「平原君，翩翩濁世之佳公子也，然未睹大體。」

【解釋】識：懂得。大體：有關大局的重要的道理。

【用法】不懂得有關大局的重要的道理。

【例句】這樣頑固地堅持一己之見，未免太～了。

不識抬舉（ㄅㄨˋ ㄕˋ ㄊㄞˊ ㄐㄩˇ）

【出處】明．吳承恩《西遊記》第六十四回：「這和尚好不識抬舉。」

【解釋】識：知道。抬舉：讚揚或提拔。

【用法】喻不懂得別人對自己的好意。

【例句】他對你已經很容忍了，你不要～。

【附註】也作「不受抬舉」。

不識泰山（ㄅㄨˋ ㄕˋ ㄊㄞˋ ㄕㄢ）

【出處】明．施耐庵《水滸傳》第二回：「師父如此高強，必是個教頭，小兒有眼不識泰山。」

【解釋】泰山：我國境內的名山之一，在山東省泰安縣北，此處借喻大人物。

【用法】①比喻有眼無珠，大人物在眼前也認不出來。②常用為冒犯或得罪人後，向對方賠禮道歉的客氣話。

【例句】張教授是馳名國際的大畫家，你竟然不認識，眞是有眼無珠、～。

【附註】也作「有眼不識泰山」。

不識廬山眞面目（ㄅㄨˋ ㄕˋ ㄌㄨˊ ㄕㄢ ㄓㄣ ㄇㄧㄢˋ ㄇㄨˋ）

【出處】宋．蘇軾《題西林壁》詩：「橫看成嶺側成峰，遠近高低各不同。不識廬山眞面目，只緣身在此山中。」

【用法】①不認識廬山的眞實面貌。②比喻不認識事物的眞相。

【例句】他的名氣響亮，但很少人親眼看過他，眞是所謂的「～」啊！

【附註】參看「廬山眞面目」。

不識好歹（ㄅㄨˋ ㄕˋ ㄏㄠˇ ㄉㄞˇ）

【出處】清．曹雪芹《紅樓夢》第二十五回：「彩霞咬著牙，向他頭上戳了一指頭，道：『沒良心的！狗咬呂洞賓……不識好歹。』」

【解釋】識：知道。

【用法】不知道好或壞。

【例句】做人要懂得感恩，絕不可～。

【附註】也作「不知好歹」。

不識去就（ㄅㄨˋ ㄕˋ ㄑㄩˋ ㄐㄧㄡˋ）

【出處】南朝．宋．范曄《後漢書．王昌傳》：「或不識去就，強者負力，弱者惶惑，朕甚悼焉。」

【解釋】去就：指去留、進退。

【用法】不知道見機而行，決定是應該去或留、進或退。

【例句】你這個人不考慮客觀情況，竟～。

不識賢愚（ㄅㄨˋ ㄕˋ ㄒㄧㄢˊ ㄩˊ）

【出處】明・吳承恩《西遊記》第二十八回：「大聖道：『小的們，你不知道，那唐三藏不識賢愚。』」

【解釋】識：認識。賢：指賢人。愚：指愚人。

【用法】不認識賢人和愚人。

不識之無 (ㄅㄨˋ ㄕˋ ㄓ ㄨˊ)

【出處】唐・白居易《與元九書》：「僕始生六七月時，乳母抱弄於書屏下。有指『无』字、『之』字示僕者，僕雖口未能言，心已默識。後有問此二字者，雖百十其試，而指之不差。」

【解釋】之、無：漢字中筆劃簡單的兩個字。

【用法】①不認識「之」字和「無」字。②形容不認識字或文化水準很低。

【例句】他眞是白讀了書，到如今居然還是～。

不識時務 (ㄅㄨˋ ㄕˋ ㄕˊ ㄨˋ)

【出處】南朝・宋・范曄《後漢書・張霸傳》：「時鄧騭當朝貴盛，聞霸名行，欲與爲交，霸逡巡不答，衆人笑其不識時務。」

【解釋】識：認識。時務：當前的形勢和社會潮流。

【用法】沒有認識到當代的形勢和潮流。

【例句】焦灼憂慮到極點的時候，他幾乎有點怪他父親～。

不識一丁 (ㄅㄨˋ ㄕˋ ㄧ ㄉㄧㄥ)

【出處】宋・歐陽修等《新唐書・張宏靖傳》：「今天下無事，爾輩挽兩石力弓，不如識一丁字。」（按「丁」、「个」字形相近，「丁」即「個」之誤。）

【用法】①形容人文盲，不認識一個字。②後用以指文盲。

【例句】這個原來～的文盲，經過短期的學習，可以讀報了。

【附註】參看「目不識丁」。

不甚了了 (ㄅㄨˋ ㄕㄣˋ ㄌㄧㄠˇ ㄌㄧㄠˇ)

【出處】清・文康《兒女英雄傳》第三十九回：「凡是老爺的壽禮以及合家寄各人的東西，老爺自己却不甚了了。」

【解釋】甚：很、極。了了：明白、懂得。

【用法】不很明白。

【例句】這件事情我～，還請你多加說明！

不上不下 (ㄅㄨˋ ㄕㄤˋ ㄅㄨˋ ㄒㄧㄚˋ)

【出處】《莊子・達生》：「上而不下，則使人善怒；下而不上，則使人善忘。不上不下，中身當心，則爲病。」

【用法】①既上不去，又下不來。②形容進不得，退不得，處於一種困難的境地。

【例句】事情弄到這步田地，～，實在不好處理了！

不尚空談 (ㄅㄨˋ ㄕㄤˋ ㄎㄨㄥ ㄊㄢˊ)

【解釋】尚：崇尚。空談：言而不行或不切實際。

【用法】不崇尚說空話而講求實際。

【例句】他是講究實際、～的實踐家。

不日不月 (ㄅㄨˋ ㄖˋ ㄅㄨˋ ㄩㄝˋ)

【出處】《詩經・王風・君子於役》：「君子於役，不日不月。」

【用法】①指不計日子，不計月份（「日」、「月」當作動詞）。②即不能以日月計算，指時間久長，沒有限期。③也指不選擇時間。
【例句】他向來是～地忘我工作著。

不讓之責

【出處】唐・韓愈《賀徐州張僕射白兔書》：「睹茲盛美，焉敢避不讓之責而默默邪？」
【解釋】讓：推讓。責：責任。
【用法】不可推讓的責任。
【例句】爲國家貢獻自己的力量，這是我們每個人的～。

不入公門

【出處】《論語・鄉黨》：「入公門，鞠躬如也，如不容。」
【解釋】公門：君主之門。
【用法】①泛指衙門，不進入衙門裏去。②意謂不做官，不參預政事或打官司。
【例句】他潔身自好，與世無爭，向來～。

不入虎穴，焉得虎子

【出處】晉・陳壽《三國志・吳志・呂蒙傳》：「不探虎穴，安得虎子？」
【解釋】虎穴：老虎洞。焉：怎麼。虎子：小老虎。
【用法】①不進入老虎洞，怎麼能夠捉到小老虎？②比喻不親身進入險境，就不能取得成功。③也指不從事實踐活動，就難以獲得眞知。
【例句】要想了解事物的眞象，就必須進行深入的調查研究，「～」呢？

不辱君命

【出處】《論語・子路》：「行己有耻，使於四方，不辱君命，可謂士矣。」
【解釋】辱：辱沒、玷辱。君：君主。命：命令。
【用法】①不玷辱君主所交予的使命。②指很好地完成君主交給的任務。③後也泛指受人之託，終人之事。
【例句】這回總算～，所託之事已經辦到了。

不自量力

【出處】《左傳・隱公十一年》：「不度德，不量力。」
【解釋】量：估量。
【用法】不能正確地估量自己的實力。
【例句】脫離群衆的蠻幹是～的表現。
【附註】也作「自不量力」。

不自由，毋寧死

【出處】①法國大革命時《馬賽曲》的最後一句爲：「不自由，無寧死。」②梁啓超《新中國未來記》第三回：「哥哥豈不聞歐美人嘴唇皮掛著的話說道：『不自由，毋寧死』，若是怕外國人怕到恁般，將來外國人不准我們吃飯，難道我們也不敢吃嗎？」
【解釋】毋寧：不如。
【用法】得不到自由，不如死去。
【例句】「～」的口號在許多國家追求民主的過程中，響徹雲霄。

不在話下

【出處】元・秦簡夫《趙禮讓肥》第四

折：「以下各隨次第加官賜賞，這且不在話下。」

【解釋】這是舊話本、小說中常用的套語，「話」指說書人講的故事。

【用法】①原多用於舊小說中，表示故事暫告一段落，轉入別的情節。②現多指事物輕微，不值得說或事情當然是這樣，用不著說。③「不在話下」，就是說故事可以省略，不須細講。

【例句】這點小事對他來說是～的。

不在其位，不謀其政

【出處】《論語・泰伯》：「子曰：『不在其位，不謀其政。』」

【解釋】位：職位。謀：謀劃。

【用法】①不處在那種職位上，就不謀劃有關的事務。②指不用關心與自己無關的事情。

【例句】他一反那種「～」的態度，以主人翁的姿態參加了管理工作。

不造之難

【出處】晉・陳壽《三國志・蜀志・劉備傳》：「遭厄運不造之難。」

【解釋】不造：無安身之處。難：災難。

【用法】身無處所的災難。

【例句】事情的發展很是意外，想不到竟會遭遇到～！

不次之遷

【出處】漢・班固《漢書・東方朔傳》：「待以不次之位。」

【解釋】次：等級的順序。遷：移動。

【用法】①不按著等級順序的移動。②指官職地位越級上升。

【例句】大家對小陳的～都感到很不服氣。

不測風雲

【解釋】風雲：比喻變幻動盪的局勢。

【用法】不可預測的變幻動盪的局勢。

【例句】在軍閥割據時代，經常有～，弄得人們流離失所。

不測之智

【出處】《鬼谷子・本經陰符》：「以不測之智而通心術。」

【解釋】測：估計。智：才智、智慧。

【用法】①不可估計的才智。②形容智廣才高。③也形容高深莫測的智慧。

【例句】作爲一個軍事指揮官，必須靈活機智，有～，才能善守善攻，百戰百勝。

不測之誅

【出處】北齊・顏之推《顏氏家訓・省事》：「初獲不貲之賞，終陷不測之誅。」

【解釋】測：估計。誅：懲罰。

【用法】不可估計的懲處。

【例句】身居高位，濫用職權，玩忽法紀，總有一天會受到～。

不測之罪

【出處】漢・司馬遷《史記・春申君列傳》：「孰與身臨不測之罪乎？」

【解釋】測：預料。

【用法】意想不到的罪過。

【例句】在那個時代，即使安分守己，也難免～。

不測之淵

【出處】《戰國策・魏策》：「今人有謂臣曰：『入不測之淵而必出，不出，請以一鼠首爲汝殉者。』臣必不爲也。」
【解釋】測：測量。淵：深潭。
【用法】①無法測量的深潭。②比喻極危險的地方。
【例句】犯錯是難免的，但如果堅持不改，一味地沿著錯誤的道路走下去，必將陷入～。

不塞不流，不止不行

【出處】唐・韓愈《原道》：「曰：不塞不流，不止不行。人其人（僧、道俱令還俗），火其書（絕其惑人之說），廬其居（寺、觀改作民房），明先王之道以道（導）之。」
【用法】①沒有堵塞，就沒有流動；沒有停止，就沒有行動。②本指佛、老之道不堵塞，儒家之道就不能流傳；佛、老之道不禁，儒家之道就不能推行。③後泛指不破除舊觀念、舊事物，就不能建立新觀念、新事物。
【例句】「～」，舊習慣不破除，新風尚就樹立不起來。
【附註】參看「不破不立」。

不速之客

【出處】①《周易・需》：「有不速之客三人來。」②清・蒲松齡《聊齋志異・青鳳》：「酒胾滿案，圍坐笑語，生突入。笑呼曰：『有不速之客一人來。』」
【解釋】速：邀請。
【用法】①不經邀請而自來的客人。②指意想不到的客人。
【例句】老張聽著這位～的嘮叨，心裏直冒火。

不惡而嚴

【出處】《周易・遯》：「君子以遠小人，不惡而嚴。」
【解釋】惡：凶惡。嚴：威嚴。
【用法】①不凶惡，但顯得莊嚴。②指不以氣勢壓人，而以正氣使人望而生畏。
【例句】這位老教授待人接物，通情達理，～，非常受人尊敬。

不二法門

【出處】《維摩詰經・入不二法門品》：「如我意者，於一切法無言無說，無示無知，離諸問答，是爲入不二法門。」
【解釋】佛教用語。法門：修行入道的門徑。
【用法】①原指得道的唯一門徑。②這裏泯滅一切相對概念的差別，達到修成大道的門徑。③現用以比喻獨一無二的方法。
【例句】大概寫雜感文章，有一個～。不是熱罵，便是冷嘲。

不二之老

【出處】晉・乾寶《晉紀總論》，「朝寡純德之士，鄉乏不二之老。」
【解釋】不二：不生二心，一心一意。老：指老人。
【用法】一心一意，不生二心的老年人。
【例句】那些老一輩的戰士，忠心耿耿，是值得我們學習的～。

不亦樂乎 ㄅㄨˋ ㄧˋ ㄌㄜˋ ㄏㄨ

【出處】《論語・學而》：「有朋自遠方來，不亦樂乎？」
【解釋】亦：也。乎：文言中表示疑問的語氣詞，相當於「嗎」或「呢」。
【用法】①不也是很快樂的嗎？②後用以形容事態發展到過甚的地步。
【例句】這個昏庸的皇帝，驕縱豪奢，四周美女如雲，正是～，又哪管什麼民生疾苦？

不易之論 ㄅㄨˋ ㄧˋ ㄓ ㄌㄨㄣˋ

【出處】《宋・朱子全書・六十二・歷代二・宋》：「然佞臣不可執筆，則是不易之論。」
【解釋】易：變更。
【用法】①不可變更的言論。②指論點完全正確，沒有辯駁的餘地。
【例句】實踐是檢驗眞理的標準，這確是～。

不義富貴 ㄅㄨˋ ㄧˋ ㄈㄨˋ ㄍㄨㄟˋ

【出處】《論語・述而》：「不義而富且貴，於我如浮雲。」
【用法】①用不正當的手段而得來的富貴。②也指不應該得到的富貴。
【例句】身爲政府官員，應該廉潔奉公，不取不義之財，不貪圖～。

不義之財 ㄅㄨˋ ㄧˋ ㄓ ㄘㄞˊ

【出處】明・施耐庵《水滸傳》第十四回：「劉唐道：『小弟打聽得北京大名府梁中書收買十萬貫金珠、寶貝、玩器等物，送上東京，與他丈人蔡太師慶生辰。……小弟想此一套是不義之財，取之何礙？』」
【解釋】不義：不正當、不合理。
【用法】不應當得到或用不正當手段得到的財物。
【例句】侯家雖窮，却從來不收～。

不翼而飛 ㄅㄨˋ ㄧˋ ㄦˊ ㄈㄟ

【出處】《戰國策・秦策三》：「衆口所移，毋（通「無」）翼而飛。」
【解釋】不翼：沒長翅膀。
【用法】①沒長翅膀，竟然飛去。②形容消息飛快地傳開。
【例句】但待我一要搜錢包來付帳的時候，我的錢包不知道幾時已經被扒手扒去了。……足足的二千五百元就那樣地～了。
【附註】原作「無翼而飛」。

不厭其煩 ㄅㄨˋ ㄧㄢˋ ㄑㄧˊ ㄈㄢˊ

【出處】嚴復《道學外傳》：「今之史學則異是，必致謹於閭閻日用之細，起居笑貌之瑣，不厭其煩，不嫌其鄙。」
【解釋】厭：嫌。
【用法】不嫌麻煩。
【例句】這篇文章～地介紹了各家的學說。

不厭其詳 ㄅㄨˋ ㄧㄢˋ ㄑㄧˊ ㄒㄧㄤˊ

【用法】不嫌詳細，越詳細越好。
【例句】搜集資料，應該～，盡量搜索，才算完整。

不務空名 ㄅㄨˋ ㄨˋ ㄎㄨㄥ ㄇㄧㄥˊ

【解釋】務：追求。
【用法】①不追求不合實際的虛名。②形容脚踏實地地做工作。

【例句】他工作踏實肯幹，從來～。

不務正業 ㄅㄨˋ ㄨˋ ㄓㄥˋ ㄧㄝˋ

【出處】清・吳趼人《二十年目睹之怪現狀》第七十三回：「長大了，遊手好閒，終日不務正業。」

【解釋】務：從事。正業：正當的職業，本職工作。

【用法】①指不從事正當的職業。②也指不好好做本職工作。

【例句】他每日游手好閒，年紀輕輕，～。

不爲己甚 ㄅㄨˋ ㄨㄟˊ ㄐㄧˇ ㄕㄣˋ

【出處】《孟子・離婁下》：「仲尼（孔子）不爲已甚者。」

【解釋】爲：做。已甚：過分。

【用法】不做過分的事情，凡事適可而止。

【例句】爲人處事要恰到好處，～。

不爲五斗米折腰 ㄅㄨˋ ㄨㄟˋ ㄨˇ ㄉㄡˇ ㄇㄧˇ ㄓㄜˊ ㄧㄠ

【出處】唐・房玄齡《晉書・陶潛傳》載：陶潛（淵明）爲彭澤令，郡遣督郵至，吏告當束帶迎謁，潛嘆曰：「吾不能爲五斗米折腰，拳拳事鄉里小人！」義熙二年，解印去縣。

【解釋】五斗米：晉代縣令的俸祿。折腰：彎腰行禮，指屈身事人。

【用法】①不能爲了五斗米的俸祿而屈身事外人。②後用以表示清高，有骨氣，不爲利祿所動。

【例句】陶潛～的崇高氣節，深深影響著後代讀書人。

不畏艱險 ㄅㄨˋ ㄨㄟˋ ㄐㄧㄢ ㄒㄧㄢˇ

【解釋】畏：懼怕。

【用法】不怕艱難險阻。

【例句】要攀登高峰，就要～。

不忘溝壑 ㄅㄨˋ ㄨㄤˋ ㄍㄡ ㄏㄨㄛˋ

【出處】《孟子・滕文公下》：「志士不忘在溝壑，勇士不忘喪其元。」

【解釋】溝壑：山溝。

【用法】①指有志之士，堅守節操，不怕殺頭後死無葬身之地，棄屍山溝。②形容人應有爲正義事業獻身的精神。

【例句】眞正的革命戰士，爲了正義的事業可以犧牲生命，這就是古人所說的「～」的精神。

不忘久要 ㄅㄨˋ ㄨㄤˋ ㄐㄧㄡˇ ㄧㄠ

見「久要不忘」。

不預則廢 ㄅㄨˋ ㄩˋ ㄗㄜˊ ㄈㄟˋ

【出處】《禮記・中庸》：「凡事豫（預）則立，不豫則廢。」

【解釋】預：事先有準備。廢：失敗。

【用法】做事如不預先做好準備，就會失敗。

【例句】凡事預則立，～。所以，事先做好準備工作，是非常重要的。

卜宅卜鄰 ㄅㄨˇ ㄓㄞˊ ㄅㄨˇ ㄌㄧㄣˊ

【出處】《左傳・昭公三年》載：齊景公爲晏子換了一處新住宅，晏子卻仍然住他的舊居。並且引諺語說：「『非宅是卜，唯鄰是卜。』二三子先卜鄰矣，違卜不祥。」

【解釋】卜：占卜。

【用法】①意思是遷居時不是先在住宅方面占卜吉凶，而是占卜鄰居是不是可以為鄰。②指遷居應選擇好鄰居。

【例句】～和「里仁為美」的道理，不謀而合。

卜晝卜夜（ㄅㄨˇ ㄓㄡˋ ㄅㄨˇ ㄧㄝˋ）

【出處】《左傳·莊公二十二年》載，齊桓公使敬仲為工正，並到敬仲家去。敬仲設酒宴招待他，桓公甚樂。至晚，「公曰：『以火繼之。』辭曰：『臣卜其晝，未卜其夜，不敢。』」

【解釋】卜：占卜，古人的迷信活動。

【用法】①意思是白天喝酒作樂，我占卜過了（問過神明了）；夜晚喝酒作樂，我沒有占卜，不敢應命。②後用以形容晝夜不停地歡宴作樂，沒有節制。

卜數只偶（ㄅㄨˇ ㄕㄨㄛˋ ㄓˇ ㄡˇ）

【出處】南朝·宋·范曄《後漢書·桓譚傳》：「譬猶卜數只偶之類。」注：「言偶中也。」

【解釋】卜：占卜。數：數次。只：僅。偶：偶然。

【用法】①占卜命運僅是偶然碰巧說中了。②意思是前途的問題迷信占卜極不可靠。

捕風捉影（ㄅㄨˇ ㄈㄥ ㄓㄨㄛ ㄧㄥˇ）

【出處】漢·班固《漢書·郊祀志下》：「聽其言，洋洋滿耳，若將可遇；求之，蕩蕩如係風捕景（影），終不可得。」（這是漢朝的光祿大夫谷永諫漢成帝不要迷信鬼神而揭露巫師騙局的話。）

【用法】①本喻指事象如同風和影子一樣地難以捕捉。②現比喻說話作事妄以虛而不實的迹象為根據。

【例句】對於～的話，千萬不可輕信。

【附註】①原作「繫風捕影」。②也作「捕影繫風」。

補敝起廢（ㄅㄨˇ ㄅㄧˋ ㄑㄧˇ ㄈㄟˋ）

【出處】漢·司馬遷《史記·太史公自序》：「存亡國，繼絕世，補敝起廢，王道之大者也。」

【解釋】補：修整。敝：破舊。起：起用。廢：廢棄。

【用法】①修整破舊的東西，起用廢棄的東西。②比喻恢復舊制度。

【例句】全然否定舊有的制度是不對的，去蕪存菁，而後～才是良策。

補偏救弊（ㄅㄨˇ ㄆㄧㄢ ㄐㄧㄡˋ ㄅㄧˋ）

【出處】漢·班固《漢書·董仲舒傳》：「先王之道必有偏而不起之處。故政有眊而不行，舉其偏者以補其弊而已矣。」

【解釋】偏：偏差。弊：弊病、毛病。

【用法】補救偏差，糾正毛病。

【例句】由於制度不健全，工作上漏洞很多，目前，我們的當務之急，是先做些～的工作。

補天柱地（ㄅㄨˇ ㄊㄧㄢ ㄓㄨˋ ㄉㄧˋ）

【出處】南朝·梁·陸倕《新刻銘》：「業類補天，功均柱地。」

【用法】①登天去添補天空不足之處，入地去立起支撐地表的立柱。②比喻創建國家基業的偉大功勛。

【例句】開國君主～之功，永垂青史。

補天浴日（ㄅㄨˇ ㄊㄧㄢ ㄩˋ ㄖˋ）

【解釋】補天：女媧煉五色石修補天上的缺漏。（見《淮南子．覽冥訓》）。浴日：羲和（太陽神）在甘淵里給她所生下的十個太陽沐浴。（見《山海經．大荒南經》）。
【用法】①「補天浴日」是由以上兩個神話合併而成。②比喻人有制勝與駕馭自然的雄心與威力。③形容人功勛極大。

補苴罅漏（ㄅㄨˇ ㄐㄩ ㄒㄧㄚˋ ㄌㄡˋ）

【出處】唐．韓愈《進學解》：「補苴罅漏，張皇幽眇。」
【解釋】補苴：補綴，引申爲彌補。（苴：用草來墊鞋底。）罅：縫隙。漏：漏洞。
【用法】①彌補縫隙和漏洞。②原指彌補儒家學說的缺欠不足之處。
【例句】我沒有能力寫這樣的理論文章，但做一些～的工作，幫你改一改，也許還可以勉強應付。

補闕燈檠（ㄅㄨˇ ㄑㄩㄝ ㄉㄥ ㄑㄧㄥˊ）

【出處】宋．陶谷《清異傳》：「冀州儒李大壯畏服小君，萬一不遵號令，則叱令正坐，爲綰匾髻，中安燈碗燃燈火，大壯屏氣定體，如枯木土偶，人渾，目之曰補闕燈檠。」
【解釋】補闕：唐制執掌供奉諷諫的官，有左右補闕。闕與缺同音，這裏是雙關語。指遞補空缺。燈檠：燈架。
【用法】①指妻子把丈夫當作遞補燈架的空缺。②用作男子懼內的譏諷語。
【例句】陳先生一向懼內，因此落得～之譏。
【附註】「檠」不能念成ㄐㄧㄥˋ。

補瘡剜肉（ㄅㄨˇ ㄔㄨㄤ ㄨㄢ ㄖㄡˋ）

見「剜肉補瘡」。

不拔之柱（ㄅㄨˋ ㄅㄚˊ ㄓ ㄓㄨˋ）

【出處】漢．劉安《淮南子．精神訓》：「聖人倚不拔之柱。」
【解釋】不拔：牢固不可拔除。
【用法】①拔不動的柱子。②比喻有堅固的根基。

不拔之策（ㄅㄨˋ ㄅㄚˊ ㄓ ㄘㄜˋ）

【出處】漢．揚雄《解嘲》：「天下已定，金革已平，都於洛陽；婁敬委輅脫輓，掉三寸之舌，建不拔之策，舉中國徙之長安，適也。」
【解釋】不拔：牢固不可拔除，即不可動搖。策：計策。
【用法】穩妥可靠的計策。
【例句】只有雄心壯志不行，還得有～，才有可能達到目的。

不白之冤（ㄅㄨˋ ㄅㄞˊ ㄓ ㄩㄢ）

【出處】明．馮夢龍《東周列國志》第四十二回：「晅之逃，非貪生怕死，實欲爲太叔伸不白之冤耳。」
【解釋】白：弄明白。冤：冤屈。
【用法】①不能辯白的冤屈。②指被誣陷定罪，不容辨訴，得不到昭雪的冤屈。
【例句】孝女緹縈的父親，遭到誣陷，蒙受～，被關進監獄。
【附註】參看「覆盆之冤」。

不賓之士（ㄅㄨˋ ㄅㄧㄣ ㄓ ㄕˋ）

【出處】南朝．宋．范曄《後漢書．周

黨傳》：「天子以示公卿，詔曰：『自古明王聖主，必有不賓之士。』」

【解釋】賓：客人。

【用法】①不以客人自居的人士。②形容以主人翁的面目出現的人，敢於提意見，提建議。③現指實事求是、不客氣、不虛僞的正直人士。

【例句】我們應該歡迎那些敢於提出不同意見的～。

不卜可知

【出處】漢．劉向《說苑．指武》：「武王將伐紂，召太公望而問之曰：『吾欲不戰而知勝，不卜而知吉，使非其人，爲之有道乎？』」

【解釋】卜：占卜、預料。

【用法】①不用占卜就能知道。②指不必預料就能知道。

【例句】他總是不接受教訓，繼續隨心所欲地胡來，其前途也就～了。

不偏不倚

【出處】宋．朱熹《中庸集注》：「中者，不偏不倚，無過不及之名。」

【解釋】偏、倚：不正，側重一面。

【用法】①原指儒家折中調和的「中庸之道」。②後常指不偏袒某一方。

【例句】只要辦事得當，～，合乎中庸，必能服衆。

不平則鳴

【出處】唐．韓愈《送孟東野序》：「大凡物不得其平則鳴。」

【用法】①事物不平靜，就會發出響聲。②指人遇到不公平的事，就會發出不滿的呼聲。

【例句】群衆有意見總是要說的，～壓是壓不住的。

不毛之地

【出處】《公羊傳．宣公十二年》：「君如矜此喪人，錫之不毛之地。」（錫：賞賜。）

【解釋】不毛：指不生長莊稼。（毛：古通「苗」。）

【用法】形容荒涼貧瘠的地方。

【例句】戈壁儘管自然條件很差，但並不是～。

不謀而合

【出處】晉．劉琨《勸進表》：「冠帶之倫，要荒之衆，不謀而同辭者，動以萬計。」

【解釋】謀：商量。合：相同。

【用法】事先未經商量，彼此的見解或做法却完全一致。

【例句】你所想的和我的看法～。

不眠之夜

【解釋】眠：睡眠。

【用法】①不曾睡眠的夜晚。②常指極度興奮或過分憂慮而整夜闔不上眼。

【例句】他爲了寫這篇文章，也不知熬了多少個～。

不名一錢

【出處】漢．司馬遷《史記．佞幸列傳》：「竟不得名一錢，寄死人家。」

【解釋】名：占有。

【用法】①沒有一文錢。②形容極度貧窮。

【例句】他早就～了，叫他拿出什麼來

呢？

【附註】也作「不名一文」、「一文不名」。（一文：指一文錢。）

不明不白 ㄅㄨˋ ㄇㄧㄥˊ ㄅㄨˋ ㄅㄞˊ

【出處】元·無名氏《連環計》第四折：「怎麼不明不白，著他父子每廝鬧了一夜。」

【用法】不明白，不清楚。

【例句】事情總要弄清楚，～地算了是不行的。

不明眞相 ㄅㄨˋ ㄇㄧㄥˊ ㄓㄣ ㄒㄧㄤˋ

【解釋】明：明白。眞相：也作「眞象」，事情的實際情況。

【用法】不明白事情的實際情況。

【例句】～的人是很容易受騙的。

不明事理 ㄅㄨˋ ㄇㄧㄥˊ ㄕˋ ㄌㄧˇ

【解釋】明：明白、懂得。

【用法】不懂得事物的道理。

【例句】講得這樣清楚，他仍然固執己見，實在是有點～了。

不乏其人 ㄅㄨˋ ㄈㄚˊ ㄑㄧˊ ㄖㄣˊ

【解釋】乏：缺乏、缺少。

【用法】①並不缺少那樣的人。②意思是那樣的人爲數不少。

【例句】逛過西湖及桂林等名勝的觀光客確實～。

不法常可 ㄅㄨˋ ㄈㄚˇ ㄔㄤˊ ㄎㄜˇ

【出處】《韓非子·五蠹》：「是以聖人不期修古，不法常可。」

【解釋】法：當做模式、法則。常可：長久被人們認可的成規慣例。

【用法】①不把成規慣例當做永遠不變的模式。②指世事與日俱進，成規慣例常與現實不相適應，必須有及時創新的精神。

【例句】我們要保持～的態度，才不致墨守成規，無法創新。

不悱不發 ㄅㄨˋ ㄈㄟˇ ㄅㄨˋ ㄈㄚ

【出處】《論語·述而》：「不憤不啓，不悱不發。」

【解釋】悱：心裏想說而說不出來。發：啓發。

【用法】①指不到學生想說而說不出來時，不去啓發他。②這是孔子的教學方法，即必須是學生在學習中感到困惑，產生了求知慾，然後進行啓發，教學效果才會顯著。

【附註】參看「不憤不啓」。

不分彼此 ㄅㄨˋ ㄈㄣ ㄅㄧˇ ㄘˇ

【解釋】彼：那、對方。此：這、我方。

【用法】①不分你我。②形容關係密切，情誼深厚。

【例句】我們自小同學，幾十年來一直～，比親兄弟還要親。

不分軒輊 ㄅㄨˋ ㄈㄣ ㄒㄩㄢ ㄓˋ

【出處】南朝·宋·范曄《後漢書·馬援傳》：「居前不能令人輊，居後不能令人軒，……臣所耻也。」

【解釋】軒輊：車子前高後低稱「軒」，前低後高稱「輊」，比喻高低優劣。

【用法】意指不分高低優劣。

【例句】這兩篇論文各有所長，～。

不分畛域 ㄅㄨˋ ㄈㄣ ㄓㄣˇ ㄩˋ

【出處】《莊子・秋水》：「泛泛乎其若四方之無窮，其無所畛域。」

【解釋】畛域：範圍、界限。

【用法】①不分範圍、界限。②也比喻不分彼此。

【例句】我們應有～，四海一家的世界觀！

不分皂白 ㄅㄨˋ ㄈㄣ ㄗㄠˋ ㄅㄞˊ

【出處】《詩經・大雅・桑柔》：「匪言不能，胡斯畏忌。」漢・鄭玄箋：「胡之言何也，賢者見此事之是是非非，不能分別皂白言之於王也。」

【解釋】皂：黑色。

【用法】①不分黑白。②比喻不辨是非曲直。

【例句】凡事必須講求證據，不可～地妄下定論。

【附註】也作「皂白不分」、「不分青紅皂白」、「不管青紅皂白」、「不問青紅皂白」。

不豐不殺 ㄅㄨˋ ㄈㄥ ㄅㄨˋ ㄕㄞˋ

【出處】《禮記・禮器》：「禮不同，不豐不殺。」唐・孔穎達疏：「不豐者，應少不可多，是不豐也；不殺者，應多不可少，是不殺也。」

【用法】①原指不奢侈，也不儉省。②後也表示數量不增不減。

不逢不若 ㄅㄨˋ ㄈㄥˊ ㄅㄨˋ ㄖㄨㄛˋ

【出處】《左傳・宣公三年》：「百物爲之備，使民知神奸，故民入川澤山林，不逢不若。」

【解釋】逢：迎合。若：順從。

【用法】不迎合，不順從。

【例句】小陳的脾氣就是這樣，～的。

不伏燒埋 ㄅㄨˋ ㄈㄨˊ ㄕㄠ ㄇㄞˊ

【出處】元・康進之《李逵負荊》第四折：「休道您兄弟不伏燒埋，由你便直打到梨花月上來。」

【解釋】伏：屈服。燒埋：燒埋銀（錢），是被害死者的埋葬費，由官府向殺人犯追繳，賠給苦主（死者的家屬），此爲舊時刑律的一種規定；這裏借指裁定和調停。

【用法】泛指不認罪或不服勸解。

【例句】你既然～，就得說出個具體及正當的理由來。

不服水土 ㄅㄨˋ ㄈㄨˊ ㄕㄨㄟˇ ㄊㄨˇ

見「水土不服」。也作「不習水土」。

不達時宜 ㄅㄨˋ ㄉㄚˊ ㄕˊ ㄧˊ

【出處】漢・班固《漢書・元帝紀》：「且俗儒不達時宜，好是古非今。」

【解釋】達：通曉。時宜：當時的需要或好尚。

【用法】不了解當今之世的需要或好尚，而泥古不化。

【例句】時代在進步，我們也應該跟著調適腳步，以免～或食古不化。

不打自招 ㄅㄨˋ ㄉㄚˇ ㄗˋ ㄓㄠ

【出處】明・吳承恩《西遊記》第十七回：「（妖怪）也是個不打自招的怪物，他忽然說出道：後日是他母難之日，邀請諸邪來做生日。」

【解釋】招：招供、招認。

【用法】①本指沒等用刑就自行認了罪。②又比喻無意中暴露了自己的過失或心計。

【例句】你這可是～，自己把自己的秘密洩露了。

不得其門而入（ㄅㄨˋ ㄉㄜˊ ㄑㄧˊ ㄇㄣˊ ㄦˊ ㄖㄨˋ）

【出處】《論語・子張》：「夫子之牆數仞，不得其門而入，不見宗廟之美，百官之富。」

【用法】①找不到大門走不進去。②比喻在學習上摸不著門徑。

【例句】我渴望能學會這項技術，但苦於～，所以，請你對我多加指點。

不得其法（ㄅㄨˋ ㄉㄜˊ ㄑㄧˊ ㄈㄚˇ）

【解釋】得：得到。法：方法、法則。

【用法】①未掌握那方法。②指還沒有摸著竅門。

【例句】工作如果～，便會整天忙亂不堪，還會事倍功半。

不得其死（ㄅㄨˋ ㄉㄜˊ ㄑㄧˊ ㄙˇ）

【出處】《論語・先進》：「若由（子路）也，不得其死然。」

【用法】指人不得好死。（現用為貶義。）

【例句】他四處胡作非為，甚至倚仗權勢，草菅人命，如此惡行惡性，必定～。

不得善終（ㄅㄨˋ ㄉㄜˊ ㄕㄢˋ ㄓㄨㄥ）

【解釋】善：好。終：人死。善終：正常死亡。

【用法】①得不到好死。②常指惡人應有的壞下場。

【例句】為非作歹，欺壓人民，必定～！

不得人心（ㄅㄨˋ ㄉㄜˊ ㄖㄣˊ ㄒㄧㄣ）

【出處】清・曾樸《孽海花》第七回：「寶廷從來眼界窄，沒見過南朝佳麗……只恨那婆子不得人心，劈手奪了他寶貝去。」

【用法】①得不到人民群衆的擁護和信任。②指專作壞事與群衆為敵的人，必然被群衆所厭棄陷於孤立。

【例句】執政者任意濫用職權，獨斷獨行，是很～的。

不得而知（ㄅㄨˋ ㄉㄜˊ ㄦˊ ㄓ）

【出處】唐・韓愈《爭臣論》：「故雖諫且議，使人不得而知焉。」

【解釋】得：能夠。

【用法】未能知道。

【例句】我從未到過蘇俄，所以對於蘇俄的風土人情，我～。

不得已而求其次（ㄅㄨˋ ㄉㄜˊ ㄧˇ ㄦˊ ㄑㄧㄡˊ ㄑㄧˊ ㄘˋ）

【解釋】不得已：無奈何。求：尋求。次：稍差的。

【用法】在無可奈何的情況下，只得去尋求稍差一些的物品或處理辦法。

【例句】～，如今也只好用二等品應付了。

不得要領（ㄅㄨˋ ㄉㄜˊ ㄧㄠˋ ㄌㄧㄥˇ）

【出處】漢・司馬遷《史記・大宛列傳》：「騫（張騫）從月支至大夏，竟不能得月氏要領。」

【解釋】要領：要點、關鍵。

【用法】①原意指張騫出使西域，聯合月氏國攻打匈奴，而沒得到月氏的中肯答覆。②後來指沒抓住事物的要點或關鍵。

【例句】我聽了半天，仍然～，請你再扼要地講一下好嗎？

不當人子 ㄅㄨˋ ㄉㄤ ㄖㄣˊ ㄗˇ

【出處】明，吳承恩《西遊記》第七回：「你那個初世爲人的畜生，爲何出此大言！不當人子！不當人子！折了你的壽算！」

【用法】①原是北方口語，意指非常有罪過。②同人子之道不相稱。

【例句】和這樣的老人開玩笑，～。

不登大雅之堂 ㄅㄨˋ ㄉㄥ ㄉㄚˋ ㄧㄚˇ ㄓ ㄊㄤˊ

【出處】清·文康《兒女英雄傳》第一回：「這部評話，原是不登大雅之堂的。」

【用法】①不能進入高雅的廳堂。②意指文藝作品粗俗。不能放到高雅的地方。③也泛指粗俗之物不足重視。

【例句】我的那首新詩，實在是～，怎好拿在這種場合來獻醜呢？

【附註】也作「難登大雅之堂」。

不貪爲寶 ㄅㄨˋ ㄊㄢ ㄨㄟˊ ㄅㄠˇ

【出處】《左傳·襄公十五年》：「宋人或得玉，獻諸子罕，子罕弗受。獻玉者曰：『以示玉人，玉人以爲寶也。故敢獻之。』子罕曰：『我以不貪爲寶，爾以玉爲寶，若以與我，皆喪寶也，不若人有其寶。』」

【解釋】貪：貪財。

【用法】①以不貪取財物爲可貴。②指作風廉潔的高尚品德。

【例句】子罕～的作風，值得後人欽敬。

不祧之祖 ㄅㄨˋ ㄊㄧㄠ ㄓ ㄗㄨˇ

【出處】元·脫脫等《宋史·禮志九》：「今太祖受命開基，太宗纘成大寶，則百世不祧之廟矣。」

【解釋】不祧：古代宗法立廟祭祖，因世數過遠而遷廟稱作「祧」，只有始祖廟永遠不遷，叫作不祧。

【用法】後用以比喻事業創始者，或不可廢除的事物。

【例句】在近代物理學上，愛因斯坦可算得是～了。

【附註】①也作「不祧之宗」。②「祧」不能念成ㄓㄠ。

不腆之酒 ㄅㄨˋ ㄊㄧㄢˇ ㄓ ㄐㄧㄡˇ

【出處】《儀禮·燕禮》：「寡君有不腆之酒。」

【解釋】不腆：不豐厚。

【用法】自謙之詞，意爲不豐盛的酒席。

【例句】敬獻～，略微表示我的一點心意。

不腆之儀 ㄅㄨˋ ㄊㄧㄢˇ ㄓ ㄧˊ

【附註】「腆」不能念成ㄉㄧㄢˇ。

【出處】明·馮夢龍《東周列國志》第六十九回：「不腆之儀，預以犒從者。」

【解釋】不腆：不豐厚。

【用法】自謙之詞，表示自己的禮儀微薄。

【例句】倉促之間，來不及作準備，～，望您能笑納。

不通世故 ㄅㄨˋ ㄊㄨㄥ ㄕˋ ㄍㄨˋ

【解釋】通：了解、懂得。世故：處世經驗。

【用法】懂得處世的經驗。
【例句】他這個人書生氣十足，～。

不通水火
ㄅㄨˋ ㄊㄨㄥ ㄕㄨㄟˇ ㄏㄨㄛˇ

【出處】漢・班固《漢書・孫寶傳》：「杜（關閉）門不通水火。」
【用法】與人互不往來。
【例句】他多年以來和左鄰右舍～，生活非常孤寂。

不同凡響
ㄅㄨˋ ㄊㄨㄥˊ ㄈㄢˊ ㄒㄧㄤˇ

【解釋】凡：平凡、一般。響：聲響，指音樂。
【用法】①不同於平凡的音樂。②原指演唱特別出色。③後泛指不平凡的事物。（多用於出色的獨特見解。）
【例句】在衆多應徵者之中，她的音色特別純淨，清晰圓潤，～。

不同流俗
ㄅㄨˋ ㄊㄨㄥˊ ㄌㄧㄡˊ ㄙㄨˊ

【出處】《禮記・射義》：「幼壯孝弟（ㄊㄧˋ，古同「悌」），耄耋好禮，不從流俗。」
【解釋】流俗：社會流行的不好習俗。
【用法】不像普通人一樣染有一般的陋習。
【例句】他的詩別具一格，～清新典雅。
【附註】也作「不從流俗」。

不能自拔
ㄅㄨˋ ㄋㄥˊ ㄗˋ ㄅㄚˊ

【出處】南朝・梁・沈約《宋書・武三王傳》：「世祖前鋒至新亭，劭挾義恭出戰，恒錄在左右，故不能自拔。」
【解釋】拔：拔出。
【用法】①不能將自己拔出來。②指陷進很深的境地，難以使自己從中解脫出來。
【例句】他心情苦悶，陷入了～的境地。

不能贊一辭
ㄅㄨˋ ㄋㄥˊ ㄗㄢˋ ㄧ ㄘˊ

【出處】漢・司馬遷《史記・孔子世家》：「至於爲《春秋》，筆則筆，削則削，子夏之徒不能贊一辭。」
【解釋】贊一辭：說一句話。
【用法】①指文章完美無缺，別人不能再爲之增添一句話。②也指一言不發。
【例句】這篇文章不僅立論精闢，而且文采斐然，使人～。
【附註】也作「不贊一詞」、「一辭莫贊」。

不寧唯是
ㄅㄨˋ ㄋㄧㄥˊ ㄨㄟˊ ㄕˋ

【出處】《左傳・昭公元年》：「不寧唯是，又使圍蒙其先君。」（圍：楚公子圍。蒙：欺騙。）
【解釋】寧：語助詞，無義。唯：僅、只。是：如此、這樣。
【用法】不僅如此。
【例句】這人對朋友很不厚道，～，他甚至對自己的親人也是這樣。

不勞而獲
ㄅㄨˋ ㄌㄠˊ ㄦˊ ㄏㄨㄛˋ

【出處】《孔子家語・入官》：「所求於邇，故不勞而得也。」
【解釋】獲：獲得。
【用法】指自己不勞動，卻把別人的勞動成果占爲己有。
【例句】他整天沉浸在幻想中，總想過那種～的生活。

不稂不莠
ㄅㄨˋ ㄌㄤˊ ㄅㄨˋ ㄧㄡˇ

【出處】《詩經・大雅・大田》：「不

稂不莠，去其螟螣。」

【解釋】稂：狼尾草。莠：狗尾草。稂、莠：都是混在禾苗中的野草。

【用法】①原意指禾苗中沒有野草。②後比喻人不成材，沒有出息。

【例句】他終日游手好閑，不求進取，～的，把大好青春都耽誤了。

【附註】①也作「稂不稂，莠不莠」。①「稂」不能念成ㄌㄧㄤˊ，「莠」不能念成ㄒㄧㄡ。

不郎不秀 ㄅㄨˋ ㄌㄤˊ ㄅㄨˋ ㄒㄧㄡˋ

【出處】明·田藝蘅《留青日札·卷三十五·沈萬三秀》：「元時稱人以郎、官、秀爲等第，至今人之鄙人曰不郎不秀，是言不高不下也。」

【解釋】郎、秀：元明時代，稱平民的子弟曰「郎」，稱官僚貴族的子弟曰「秀」。

【用法】①不是郎，也不是秀。②指不高不低，不倫不類。③後比喻不成材，沒出息。

不了了之 ㄅㄨˋ ㄌㄧㄠˇ ㄌㄧㄠˇ ㄓ

【出處】宋·葉少蘊《避暑錄話》卷上：「唐人言冬烘是不了了之語，故有『主司頭腦太冬烘，錯認顏標是魯公』之言。人以爲戲談。」

【解釋】了：完結。

【用法】事情沒有處理完，就把它擱置起來，只當完事了。

【例句】剛才的爭論就這樣～了。

不留餘地 ㄅㄨˋ ㄌㄧㄡˊ ㄩˊ ㄉㄧˋ

【出處】清·紀昀《閱微草堂筆記》第十一卷：「此狐眼光如鏡，然詞鋒太利，未免不留餘地矣。」

【解釋】餘地：說話做事所留下的可回旋的地步。

【用法】指言語行爲都到了頭，不留退路。

【例句】話不要說絕了，～是不好的。

不倫不類 ㄅㄨˋ ㄌㄨㄣˊ ㄅㄨˋ ㄌㄟˋ

【出處】清·曹雪芹《紅樓夢》第六十七回：「王夫人聽了，早知道來意了。又見他說的不倫不類，也不便不理他。」

【解釋】倫：類。

【用法】①不屬於這類，也不屬於那類。②指不三不四，很不像樣。③也指將互不相關的事物拿來作比擬。

【例句】這個楊先生學問不錯，才叫他當教席，怎麼會這麼胡亂用典，比得～？

不改初衷 ㄅㄨˋ ㄍㄞˇ ㄔㄨ ㄓㄨㄥ

【解釋】初衷：最初的心願。

【用法】①不改變最初的心願。②形容人心專意誠。

【例句】無論遇到什麼困難和挫折，我也～，堅定相信我們的事業必定要勝利。

不苟言笑 ㄅㄨˋ ㄍㄡˇ ㄧㄢˊ ㄒㄧㄠˋ

【出處】《禮記·曲禮上》：「不登高，不臨深，不苟訾，不苟笑。」

【解釋】苟：隨便。

【用法】①不隨便說笑。②指態度莊重。

【例句】她爲人嚴肅，～。

不尷不尬 ㄅㄨˋ ㄍㄢ ㄅㄨˋ ㄍㄚˋ

【出處】宋《朱子語類》三十四：「聖人全報至，沒那不間不界底事。」
【解釋】尷尬：不自然。
【用法】①形容不三不四。②也形容處境窘迫或辦事很被動，下不了台。
【例句】她恍惚看見約好了的那人兒擺出一種又失望又懷疑的～的臉色！
【附註】①也作「不間不界」。②參看「半間不界」。③間、界讀作ㄍㄢ ㄍㄚ。

不甘後人（ㄅㄨˋ ㄍㄢ ㄏㄡˋ ㄖㄣˊ）

【解釋】甘：甘心情願。
【用法】①不情願落在別人的後面。②指有進取心。
【例句】這個小伙子，從來～，事事都要往前闖。

不甘寂寞（ㄅㄨˋ ㄍㄢ ㄐㄧˋ ㄇㄛˋ）

【解釋】甘：甘心情願。寂寞：冷落孤單，無聲無息。
【用法】①不甘心受冷落，而要參與其事。②或不情願無聲無息，而極力從事活動。
【例句】他總是～，對任何問題都要發一番議論。

不甘示弱（ㄅㄨˋ ㄍㄢ ㄕˋ ㄖㄨㄛˋ）

【解釋】甘：甘心。示：顯示、表示。弱：懦弱。
【用法】①不甘心表示懦弱。③形容有發憤爭強的勇氣。
【例句】小王～，也給他們一頓回罵。

不甘雌伏（ㄅㄨˋ ㄍㄢ ㄘ ㄈㄨˊ）

【出處】南朝・宋・范曄《後漢書・趙典傳》：「大丈夫當雄飛，安能雌伏！」
【解釋】甘：甘心情願。雌：雌鳥。伏：藏躲。雌伏：比喻不求進取，無所作爲。
【用法】指不情願像雌鳥藏躲地退縮不前，無所作爲。
【例句】有實力有才學的人，是絕對～的！

不敢旁騖（ㄅㄨˋ ㄍㄢˇ ㄆㄤˊ ㄨˋ）

【解釋】旁：別的。騖：追求。
【用法】①不敢再分散精力去追求本業以外的事物。②指要集中精力專注於某一方面。
【例句】由於種種原因，我浪費了十多年的光陰，如今已是五十開外的人了，所以再也～了。
【附註】「騖」不能寫成「鶩」。

不敢掠美（ㄅㄨˋ ㄍㄢˇ ㄌㄩㄝˋ ㄇㄟˇ）

【解釋】掠：掠奪。
【用法】不敢掠奪旁人之美。
【例句】上述問題的解決辦法，是老吳提出的，我～，在此特別說明。

不敢告勞（ㄅㄨˋ ㄍㄢˇ ㄍㄠˋ ㄌㄠˊ）

【出處】《詩經・小雅・十之交》：「黽勉從事，不敢告勞。無罪無辜，讒口囂囂。」
【解釋】告：向人陳述。勞：勞累。
【用法】①不敢對別人表白自己的勞苦。②形容勤勤懇懇地埋頭苦幹。
【例句】對於我來說，當眞是～，因爲我的工作遠遠不如其他同事艱苦，我又何勞之有呢？

不敢苟同 ㄅㄨˋ ㄍㄢˇ ㄍㄡˇ ㄊㄨㄥˊ

【解釋】苟：苟且。

【用法】①不敢隨便地同意。②指對人對事抱慎重態度。

【例句】對於你的意見，我～。

不敢啓齒 ㄅㄨˋ ㄍㄢˇ ㄑㄧˇ ㄔˇ

【解釋】啓齒：張口說話。

【用法】指不好開口向外人有所請求。

【例句】我深知你也有難處，所以多次想求你幫助，就是～。

【附註】也作「難於啓齒」。

不敢自專 ㄅㄨˋ ㄍㄢˇ ㄗˋ ㄓㄨㄢ

【出處】唐・韓愈《禘祫議》：「凡在擬議，不敢自專。」

【解釋】自專：擅自專斷。

【用法】不敢自作主張、獨自專行。（有自謙的意思。）

【例句】這樣重大的問題，必須提請上級再深入研究，我個人是～的。

不敢越雷池一步 ㄅㄨˋ ㄍㄢˇ ㄩㄝˋ ㄌㄟˊ ㄔˊ ㄧˊ ㄅㄨˋ

【出處】晉・庾亮《報溫嶠書》：「吾憂西陲，過於歷陽，足下無過雷池一步也。」

【解釋】雷池：古代雷水的別稱。雷水流至今安徽省望江縣東南，積而爲池，故名。

【用法】①這裏借指一定的界限。②指只是在一定的界限內活動，不敢越出一步。③形容思想言行特別小心拘謹；只按老規矩辦事。

【例句】我們應該解放思想，敢於打破禁忌。否則，墨守成規，～，怎麼能有所進展呢？

【附註】也作「不能越雷池一步」。

不根之談 ㄅㄨˋ ㄍㄣ ㄓ ㄊㄢˊ

【解釋】不根：沒有根據。

【用法】全無根據的話。

【例句】這些小道消息，不過是些～而已，別相信它。

不根持論 ㄅㄨˋ ㄍㄣ ㄔˊ ㄌㄨㄣˋ

【出處】漢・班固《漢書・嚴助傳》：「朔（東方朔）、皋（枚皋）不根持論，上頗俳優畜之。」

【解釋】不根：沒有根據。持論：提出自己的論點或主張。

【用法】毫無根據地提出個人的論點或主張。

不關痛癢 ㄅㄨˋ ㄍㄨㄢ ㄊㄨㄥˋ ㄧㄤˇ

【出處】清・曹雪芹《紅樓夢》第八回：「這裏雖還有兩三個老婆子，都是不關痛癢的。」

【解釋】關：關聯。痛癢：比喻切身相關的事情。

【用法】①與痛癢之處不相關聯。②形容沒有切身利害關係。

【例句】不能把別人的利益看成是～的事情。

【附註】又作「無關痛癢」。

不關宏旨 ㄅㄨˋ ㄍㄨㄢ ㄏㄨㄥˊ ㄓˇ

見「無關宏旨」。

不關緊要 ㄅㄨˋ ㄍㄨㄢ ㄐㄧㄣˇ ㄧㄠˋ

見「無關緊要」。

不公不法 ㄅㄨˋ ㄍㄨㄥ ㄅㄨˋ ㄈㄚˇ

【出處】宋·司馬光《與姪帖》：「不可恃賴我勢，作不公不法，攪擾官法。」
【用法】①不公平待人，不遵守法律。②形容爲非作歹，仗勢欺人的行爲。
【例句】作爲一個優秀國民，任何時候都要奉公守法，絕不能做～的事。

不恭之詞 ㄅㄨˋ ㄍㄨㄥ ㄓ ㄘˊ

【解釋】恭：恭敬。詞：言詞。
【用法】不恭敬的言詞。
【例句】我雖說了些～，但逆耳忠言，總是爲了你好！

不攻自破 ㄅㄨˋ ㄍㄨㄥ ㄗˋ ㄆㄛˋ

【出處】唐·顧德章《上中書門下及禮院詳議東都太廟修廢狀》：「是有都立廟之言，不攻而自破矣。」
【用法】①不用攻擊，自己就破壞了。②多指不正確的理論或謠言未經批駁就露出了破綻。
【例句】當事實擺出來以後，使眞相大白，那些離奇的謠言也就～了。

不可逼視 ㄅㄨˋ ㄎㄜˇ ㄅㄧ ㄕˋ

【解釋】逼：迫近。
【用法】①不能靠近緊盯著看。②形容光采過強。
【例句】他家裏燈火輝煌，珠光寶氣，光采照人，～。

不可辯駁 ㄅㄨˋ ㄎㄜˇ ㄅㄧㄢˋ ㄅㄛˊ

【解釋】辯駁：提出論據，進行辯論，以反駁對方的論點。
【用法】指理論精闢，證據確鑿，使人無法辯駁。
【例句】在歷史上無數例證～地說明了教育與國勢強弱有著不可分割的關係。

不可偏廢 ㄅㄨˋ ㄎㄜˇ ㄆㄧㄢ ㄈㄟˋ

【出處】宋·司馬光《資治通鑑·唐太宗貞觀二年》：「二者不可偏廢。」
【解釋】偏：偏重。廢：廢棄。
【用法】不可以只偏重某一面而廢棄另一面。
【例句】質量和產量，二者～。

不可磨滅 ㄅㄨˋ ㄎㄜˇ ㄇㄛˊ ㄇㄧㄝˋ

【出處】明·唐順之《答茅鹿門知縣》二：「然翻來覆去，不過是這幾句婆子舌頭話，索其所謂眞精神與千古不可磨滅之見，絕無有也，則文雖工而不免爲下格。」
【解釋】磨滅：隨時間推移而逐漸消失。
【用法】不可能因歷時久遠而逐漸消失。（多指印象、痕迹、事實、道理、功績等。）
【例句】國父孫中山先生爲中華民國立下的豐功偉績，與日月同輝，共天地長存，永遠～。

不可泯滅 ㄅㄨˋ ㄎㄜˇ ㄇㄧㄣˇ ㄇㄧㄝˋ

【解釋】泯滅：消滅淨盡。
【用法】不能消滅淨盡。
【例句】看了這本書以後，書中主角那堅定的意志，給我留下了～的深刻印象。

不可名狀 ㄅㄨˋ ㄎㄜˇ ㄇㄧㄥˊ ㄓㄨㄤˋ

【出處】《老子》第十四章：「繩繩不

可名，復歸於無物，是謂無狀之狀，無物之象。」

【解釋】名：說出。狀：描繪。

【用法】不能用語言來形容。

【例句】面對考期的逼進，他內心感到一種～的激動和惶惑。

不可多得 ㄅㄨˋ ㄎㄜˇ ㄉㄨㄛ ㄉㄜˊ

【出處】漢·孔融《薦彌衡表》：「帝室皇居，必蓄非常之寶。若衡等輩，不可多得。」

【用法】稀少可貴，難以得到。

【例句】王工程師不僅技術精湛，而且責任心極強，確實是～的人才。

不可端倪 ㄅㄨˋ ㄎㄜˇ ㄉㄨㄢ ㄋㄧˊ

【出處】唐·韓愈《送高閑上人序》：「觀於……天地事物之變，可喜可愕，一寓於書。故（張）旭之書，變動猶鬼神，不可端倪，以此終其身，而名後世。」

【解釋】端倪：頭緒，來龍去脈。

【用法】指變化神奇，說不出來龍去脈。

【例句】張旭的草書，變化神奇，～。

不可動搖 ㄅㄨˋ ㄎㄜˇ ㄉㄨㄥˋ ㄧㄠˊ

【用法】形容極堅實，極穩固。

【例句】他心意堅定，～，你不必白費口舌了！

不可同日而語 ㄅㄨˋ ㄎㄜˇ ㄊㄨㄥˊ ㄖˋ ㄦˊ ㄩˇ

【出處】《戰國策·趙策二》：「夫破人之與破於人也，臣人之與臣於人也，豈可同日而言之哉！」

【用法】①不可以在同一時間內談論。②形容兩者差異特大，不能相提並論。

【例句】老曾一面走，一面觀看著嶄新的市容，以及種種現代化的設施，便想到現在的臺北和二十年前相比，眞是～了。

【附註】也作「不可同年而語」。

不可理喻 ㄅㄨˋ ㄎㄜˇ ㄌㄧˇ ㄩˋ

【出處】清·吳趼人《痛史》第十一回：「知道這等人，猶如豬狗一般的，不可以理喻。」

【解釋】喻：明白。

【用法】①不能用道理使之明白。②形容態度蠻橫，不通情理。

【例句】他們簡直～，堅持要進來，終於還是被我們的人趕出去了。

不可告人 ㄅㄨˋ ㄎㄜˇ ㄍㄠˋ ㄖㄣˊ

【用法】①不能告訴別人。②多指險詐的用心或行徑。

【例句】他之所以把眞相隱瞞起來，一定有～的目的。

不可估量 ㄅㄨˋ ㄎㄜˇ ㄍㄨ ㄌㄧㄤˊ

【解釋】估量：估計。

【用法】①不可以估計。②多指數量大或程度重。

【例句】由於主事者的判斷錯誤，造成了～的損失。

不可開交 ㄅㄨˋ ㄎㄜˇ ㄎㄞ ㄐㄧㄠ

【出處】清·姬文《市聲》第二十四回：「兩口子正在吵得不可開交。」

【解釋】交：糾纏、糾結。開交：結束、解脫。

【用法】無法結束或無法解脫。

【例句】林家夫妻吵架，不僅惡言相向

而且互相毆打，鬧得～。

不可抗拒（ㄅㄨˋ ㄎㄜˇ ㄎㄤˋ ㄐㄩˋ）

【解釋】抗拒：抵禦。

【用法】無法抵禦。

【例句】這支軍隊變成了非常勇猛的，～的精銳部旅。

不可揆度（ㄅㄨˋ ㄎㄜˇ ㄎㄨㄟˊ ㄉㄨㄛˋ）

【出處】漢·劉安《淮南子·兵略訓》：「能治五官之事者，不可揆度者也。」

【解釋】揆度：揣測、估量。

【用法】無法揣測。

【例句】在關鍵時刻，即使小小的失誤，其影響之大也～。

不可救藥（ㄅㄨˋ ㄎㄜˇ ㄐㄧㄡˋ ㄧㄠˋ）

【出處】《詩經·大雅·板》：「匪我言耄，爾用憂謔。多將熇熇，不可救藥。」（熇熇：火勢猛烈的樣子。）

【解釋】藥：治療。

【用法】①本指周厲王暴虐無道，多行苛政，如同人患重病一樣，到了不能醫治的程度。②比喻事態嚴重到無法挽救的地步。

【例句】老曹嗜賭如命，眞是～。

【附註】也作「不可救療」、「無可救藥」。

不可究詰（ㄅㄨˋ ㄎㄜˇ ㄐㄧㄡ ㄐㄧㄝˊ）

【用法】不可以追根問底。

【附註】也作「莫可究詰」。

不可企及（ㄅㄨˋ ㄎㄜˇ ㄑㄧˋ ㄐㄧˊ）

【出處】唐·柳冕《答衢鄭使君》：「不可企而及之者，性也。」

【解釋】企及：趕得上。

【用法】不可能趕上。

【例句】鄭老在學術上的成就，是我～的。

不可限量（ㄅㄨˋ ㄎㄜˇ ㄒㄧㄢˋ ㄌㄧㄤˋ）

【解釋】限量：限定止境。

【用法】①無法限定止境。②形容前程遠大，很有希望。

【例句】偉大的發明對世界的貢獻是～的。

不可向邇（ㄅㄨˋ ㄎㄜˇ ㄒㄧㄤˋ ㄦˇ）

【出處】《尚書·盤庚》：「若火之燎於原，不可鄉(向)邇，其猶可撲滅。」

【解釋】邇：近。

【用法】不能接近。

【例句】火勢猛烈，～，還是等待消防人員的來臨吧！

不可捉摸（ㄅㄨˋ ㄎㄜˇ ㄓㄨㄛ ㄇㄛ）

【解釋】捉摸：揣測、預料。

【用法】指對於人或事難以揣測或無法預料。

【例句】他的一言一行，都帶著一些神秘的味道，令人～。

不可終日（ㄅㄨˋ ㄎㄜˇ ㄓㄨㄥ ㄖˋ）

【出處】《禮記·表記》：「君子不以一日使其躬，儳焉，如不終日。」（儳：苟且，不嚴肅。）

【解釋】終日：過完一天。

【用法】①一天都過不下去。②形容局勢危急或心中惶恐。

【例句】國勢艱危、民生凋敝，人心惶

惶，~。

不可收拾（ㄅㄨˋ ㄎㄜˇ ㄕㄡ ㄕˊ）

【出處】唐・韓愈《送高閑上人序》：「泊與淡相遭，頽墮萎靡，潰敗不可收拾。」

【解釋】收拾：整頓、整理。

【用法】指敗壞到難以整頓的地步。

【例句】這件事情經他一攪和，變得更加~。

不可勝道（ㄅㄨˋ ㄎㄜˇ ㄕㄥ ㄉㄠˋ）

【出處】漢・司馬遷《史記・梁孝王世家》：「孝王，竇太后少子也，愛之，賞賜不可勝道。」

【解釋】勝：盡。道：說。

【用法】無法說盡，即說不完、講不盡。

【例句】墾丁公園的風景，優美的地方很多，~。

不可勝數（ㄅㄨˋ ㄎㄜˇ ㄕㄥ ㄕㄨˇ）

【出處】《墨子・非攻》：「百姓之道疾病而死者，不可勝數。」

【解釋】勝：盡。

【用法】①不能數盡。②形容數量極多，數不過來。

【例句】宇宙間的物質形態千差萬別，~。

【附註】「數」不能念成ㄕㄨˋ。

不可勝言（ㄅㄨˋ ㄎㄜˇ ㄕㄥ ㄧㄢˊ）

【出處】漢・司馬遷《史記・大宛列傳》：「騫曰：『爲漢使月氏，而爲匈奴所閉道。今亡，唯王使人導送我。誠得至，反漢，漢之賂遺王財物不可勝言。』」

【解釋】勝：盡。言：說。

【用法】含義很多，難以言盡其意。

【例句】今夏有幸一遊此地，或晴或陰，各有奇趣，山川之美，~。

不可勝用（ㄅㄨˋ ㄎㄜˇ ㄕㄥ ㄩㄥˋ）

【出處】《孟子・盡心上》：「易其田疇，薄其稅斂，民可使富也。食之以時，用之以禮，則不可勝用也。」

【用法】不可用盡，即用不完。

【例句】我國的資源雖然很豐富，但並非~，所以要注意節約。

不可饒恕（ㄅㄨˋ ㄎㄜˇ ㄖㄠˊ ㄕㄨˋ）

【解釋】饒恕：寬恕。

【用法】①無法寬恕。②形容過失或罪行嚴重。

【例句】你犯下了~的罪行，還妄想逃過法律的制裁嗎？

不可思議（ㄅㄨˋ ㄎㄜˇ ㄙ ㄧˋ）

【出處】《增一阿含經》十八：「有四不可思議事，非小乘所能知。云何爲四？世界不可思議，衆生不可思議，龍不可思議，佛土境界不可思議。」

【用法】①原爲佛教用語，意指言語思維無法達到的神妙境地。②無法想像，難於理解。③現在指事理極其奧妙，想也想不到。

【例句】熱誠、勇氣和希望充滿在她的心中，她感到前面有一個~的希望在等待著她，她要努力向它走去。

不可遏止（ㄅㄨˋ ㄎㄜˇ ㄜˋ ㄓˇ）

【解釋】遏：阻止、抑止。

【用法】不能阻止。

【例句】民主自由，是一種必然趨勢，是~的。

不可一世

【出處】清·洪亮吉《卷施閣文乙集·四哀詩序》：「推其梗概，實不可一世焉。」

【用法】①自以為超出同一時代的人，沒有人能同自己相比。②形容人自命不凡，狂妄到極點。

【例句】拿破崙在位時，~，而戰敗後卻又含垢忍辱，判若兩人。

不可移易

【解釋】移、易：改變。

【用法】不可改變。

【例句】世界萬物都處在變動中，這個道理是~的。

不可言宣

【出處】宋·釋道原《景德傳燈錄·卷二十五·天台山德韶國師》：「僧問：『諸法寂滅相，不可以言宣，和尚如何為人？』」

【解釋】言：言語。宣：表達。

【用法】①不能用言語表達。②指只能意會，無法用語言表達。

【例句】許多道理是只可意會，~的？

【附註】參看「只可意會，不可言傳」。

不可言喻

【出處】宋·沈括《夢溪筆談·象數一》：「其術可以心得，不可以言喻。」

【解釋】喻：講明。

【用法】不是用語言所能講明的。

【例句】美的事物是~的，必須你自己用心靈去感受！

不可無一，不可有二

【出處】梁·蕭子顯《南齊書·張融傳》：「（太祖）見（張）融常笑曰：『此人不可無一，不可有二。』」

【用法】不可以沒有一個，也不可以有第二個。

不可逾越

【出處】《左傳·襄公三十一年》：「門不容車，而不可逾越。」

【解釋】逾越：越過。

【用法】不能越過。

【例句】人工合成尿素，證明了化學定律對有機物和無機物是同樣適用的，有機界和無機界之間並不存在~的鴻溝。

不刊之法

【出處】唐·房玄齡《晉書·禮志》：「垂百官之範，置不刊之法。」

【解釋】不刊：無須更改，不可磨滅。法：法規。

【解釋】不可更改的法規。

【例句】事物總是在不斷變化和發展的，根本不存在什麼~。

【附註】「刊」不能解釋成「刊載」。

不刊之論

【出處】漢·揚雄《答劉歆書》：「是懸諸日月不刊之書也。」

【解釋】刊：刪改、修訂。

【用法】①不可刪改或修訂的言論。②形容言論的精當，無懈可擊。

【例句】拜讀大作，您就此一問題的闡

述，確爲～，我是十分敬服的。

不刊之書（ㄅㄨˋ ㄎㄢ ㄓ ㄕㄨ）

【出處】漢．揚雄《答劉歆書》：「是懸諸日月不刊之書也。」
【解釋】不刊：無須更改，不可修訂。
【用法】不可修訂、更改的書籍。
【例句】魯公這部大作可以稱得起～了。
【附註】「刊」不能解釋成「刊載」。

不堪回首（ㄅㄨˋ ㄎㄢ ㄏㄨㄟˊ ㄕㄡˇ）

【出處】南唐．李煜《虞美人》：「春花秋月何時了，往事知多少！小樓昨夜又東風，故國不堪回首月明中。」
【解釋】回首：回頭。
【用法】表示不忍再去回憶往事。（多用於不好或不愉快的方面。）
【例句】我們應該向前看，何必沉緬於～的往事而不能自拔呢？

不堪其憂（ㄅㄨˋ ㄎㄢ ㄑㄧˊ ㄧㄡ）

【出處】《論語．雍也》：「子曰：『賢哉，回也！一簞食，一瓢飲，在陋巷，人不堪其憂，回也不改其樂。賢哉，回也！』」
【解釋】不堪：忍受不了。憂：愁苦。
【用法】忍受不了那樣的愁苦。

不堪設想（ㄅㄨˋ ㄎㄢ ㄕㄜˋ ㄒㄧㄤˇ）

【出處】清．曾樸《孽海花》第六回：「若不是後來莊芝棟保了馮子材出來，居然鎮南關大破法軍……中國的大局，正不堪設想哩。」
【解釋】不堪：不能。設想：想像、推測。
【用法】事情的發展將造成很壞的結局，使人不能想像。
【例句】窮則思變，我們要想辦法改變現狀，否則，長此下去，就～了。

不堪入目（ㄅㄨˋ ㄎㄢ ㄖㄨˋ ㄇㄨˋ）

【出處】清．李汝珍《鏡花緣》第二十三回：「酒保陪笑道：『此數餚也，以先生視之，固不堪入目矣。』」
【解釋】不堪：不能。
【用法】使人看不下去，指低級下流的現象。
【例句】有些黃色書刊的描寫，庸俗下流，使人～。

不堪入耳（ㄅㄨˋ ㄎㄢ ㄖㄨˋ ㄦˇ）

【出處】清．李寶嘉《文明小史》第十六回：「姚老夫子見他們所說的都是一派污穢之言，不堪入耳，恐怕兒子、學生聽了要學壞，正想喊堂倌付清茶錢，下樓回棧。」
【解釋】不堪：忍受不了。
【用法】①指聲音或語言非常難聽，不能入耳。②多指罵人話或極其下流的話。
【例句】我們應該提倡語言美，不要說那些～的話去污染我們的語言！

不堪造就（ㄅㄨˋ ㄎㄢ ㄗㄠˋ ㄐㄧㄡˋ）

【解釋】不堪：不能。造就：培養。
【用法】指資質不好或不求上進的人難以培養成材。
【例句】不要過早地下結論吧，青年中～者畢竟是極少數。

不堪卒讀（ㄅㄨˋ ㄎㄢ ㄗㄨˊ ㄉㄨˊ）

【解釋】不堪：不能。卒：完畢、結束。

【用法】①形容文章寫得悽慘悲苦，令人心酸，不忍讀完。②又指文章粗劣，使人不肯讀下去。
【例句】這篇小說格調很低，特別是那些濫情的描寫，更是使人～。
【附註】也作「不忍卒讀」。

不堪一擊（ㄅㄨˋ ㄎㄢ ㄧˋ ㄐㄧˊ）

【解釋】不堪：經不起。擊：攻擊。
【用法】經不起一次打擊。
【例句】不要看敵人虛張聲勢，其實他們是外強中乾、～。

不合時宜（ㄅㄨˋ ㄏㄜˊ ㄕˊ ㄧˊ）

【出處】漢．班固《漢書．哀帝紀》：「朕過聽賀良（夏賀良）等言，……不合時宜。」
【解釋】時宜：時勢所宜。
【用法】①不符合當時的潮流或形勢的需要。②指與當時的世風不相投合。
【例句】恕我直言，您的大作是～的，如果公諸於衆，恐怕會造成不良的社會影響。

不寒而慄（ㄅㄨˋ ㄏㄢˊ ㄦˊ ㄌㄧˋ）

【出處】漢．司馬遷《史記．酷吏列傳》：「是日皆報殺四百餘人，其後郡中不寒而慄。」
【解釋】慄：戰慄、發抖。
【用法】①不寒冷，卻戰慄。②形容極其驚駭。
【例句】我讀過關於二次大戰集中營的報導，想到那裏的焚屍爐、毒氣室就～。

不毀之制（ㄅㄨˋ ㄏㄨㄟˇ ㄓ ㄓˋ）

【出處】晉．陳壽《三國志．魏志．武宣卞皇後紀》：「而未著不毀之制，懼論報德之義，萬世或闕焉，非所以昭孝示後世也。」
【解釋】毀：毀壞。制：制度。
【用法】①不可破壞的制度。②指經久不變的制度。
【例句】遇事同上級商量，這應該是我們的～。

不歡而散（ㄅㄨˋ ㄏㄨㄢ ㄦˊ ㄙㄢˋ）

【出處】清．文康《兒女英雄傳》第十八回：「晚生也不願是這等不歡而散。」
【解釋】散：分開。
【用法】很不愉快地分開。
【例句】兩個朋友的友誼就在這樣～的聚會中結束了。

不遑安息（ㄅㄨˋ ㄏㄨㄤˊ ㄢ ㄒㄧˊ）

【解釋】遑：空間。不遑：沒有空間，來不及。安息：安穩休息。
【用法】①沒有安穩休息的空間。②或來不及安息一下，形容一心掛在工作上。
【例句】如今百廢待舉，每天的事情千頭萬緒，使人～。

不羈之民（ㄅㄨˋ ㄐㄧ ㄓ ㄇㄧㄣˊ）

【出處】漢．桓寬《鹽鐵論．論功》：「不牧之地，不羈之民。」
【解釋】羈：束縛。民：百姓。
【用法】①不受束縛的百姓。②指不甘就範的人民群衆。
【例句】吉普賽人酷愛自由，正是所謂的～。

不羈之士 ㄅㄨˋ ㄐㄧ ㄓ ㄕˋ

【出處】漢・鄒陽《於獄上書自明一首》：「使不羈之士，與牛驥同皂。」(皂ㄗㄠˋ：通「槽」，牛馬槽。)

【解釋】羈：拘束。士：讀書人。

【用法】有才學而不受拘束的人士。

【例句】詩人李白，行爲豁達，才情橫溢，是位～。

不羈之才 ㄅㄨˋ ㄐㄧ ㄓ ㄘㄞˊ

【出處】漢・司馬遷《報任少卿書》：「僕少負不羈之才，長無鄉曲之譽，主上幸以先人之故，使得奏薄伎（通「技」），出入周衛之中。」（周衛：侍衛周近禁區，指皇帝的宮禁。）

【解釋】羈：拘束、束縛。

【用法】①不受拘束的豪放的才能。②指才思高遠，不可拘限。

【例句】李白在中國詩壇上，確屬天才型的～。

不即不離 ㄅㄨˋ ㄐㄧˊ ㄅㄨˋ ㄌㄧˊ

見「若即若離」。

不及之法 ㄅㄨˋ ㄐㄧˊ ㄓ ㄈㄚˇ

【出處】《莊子・駢拇》：「使天下簧鼓，以奉不及之法，非乎？」

【解釋】不及：不適用。法：法規。

【用法】不適用的法規。

【例句】某些不合理的特殊待遇，是應當取消的「～」。

不急之務 ㄅㄨˋ ㄐㄧˊ ㄓ ㄨˋ

【出處】晉・陳壽《三國志・吳志・孫和傳》：「誠能絕無益之欲，以奉德義之涂（途），棄不急之務，以修功業之基，其於各行，豈不善哉！」

【解釋】急：急迫、要緊。務：事務。

【用法】不關緊要或不急需要做的事情。

【例句】當前急待解決的是經費問題，其它～可以暫時放一放，你以爲如何？

不假思索 ㄅㄨˋ ㄐㄧㄚˇ ㄙ ㄙㄨㄛˇ

【出處】宋・黃幹《黃勉齋文集・復黃會卿》：「戒懼謹獨，不待勉強，不假思索，只是一念之間，此意便在。」

【解釋】假：借助、憑借。思索：思考探討。

【用法】①不經過思索就作出反應。②形容作事敏捷，應答迅速。③也指不認眞地隨便亂說。

【例句】①他在古典文學方面頗有研究，對我提的有關問題，～，就能圓滿地回答。②這是他～說出來的話，何必認眞呢？

不櫛進士 ㄅㄨˋ ㄐㄧㄝˊ ㄐㄧㄣˋ ㄕˋ

【出處】唐・劉納言《諧噱錄》：「關圖有妹能文，每語人曰：『有一進士，所恨不櫛耳！』」

【解釋】櫛：古代男子束髮用的梳篦。進士：隋唐科舉考試設進士科，錄取後稱進士。

【用法】①不用梳篦束髮的進士。②指通曉經史，富有才華的女學者。

不解之緣 ㄅㄨˋ ㄐㄧㄝˇ ㄓ ㄩㄢˊ

【解釋】緣：緣分。

【用法】①不可分解的緣分。②形容關係密切，互相牽連不可分割。

【例句】自從我參加了美術班以後，就

和畫筆結下了～。

不驕不躁

【解釋】驕：驕傲。躁：急躁。

【用法】不驕傲，不急躁。

【例句】想要成大事立大業，必須永遠保持謙虛謹慎～的作風。

【附註】「躁」不能寫成「燥」。

不今不古

【出處】漢·揚雄《太玄經·更》：「童牛角馬，不今不古。」

【用法】①既不是現代的，又不是古代的。②形容事物反常，古今所無。

【例句】不懂詩詞格律，卻偏要去寫舊詩，弄得～，實在不像樣子。

不矜不伐

【出處】《尚書·大禹謨》：「汝惟不矜，天下莫與汝爭能。」

【解釋】矜：驕傲。伐：誇耀。

【用法】不驕傲自大，不誇耀自己。

【例句】他雖然立下了很大的功勳，卻～，一直是非常謙虛的。

不矜不盈

【出處】唐·韓愈《河南府法曹參軍盧府君夫人苗氏墓志銘》：「既壽而康，既備而成，不歉於約，不矜不盈。」

【解釋】矜：矜持、拘謹。盈：多餘、過分。

【用法】①不拘謹，不過分。②形容態度有分寸。

【例句】他待人處事謹守分寸，～甚得長輩的欣賞與喜愛！

【附註】參看「不挾不矜」。

不矜細行

【出處】《尚書·旅獒》：「嗚呼！夙夜罔或不勤。不矜細行，終累大德。」

【解釋】矜：注重。細行：生活小節。

【用法】不注重生活小節。

【例句】老王有能力也有魄力，可惜的是～，弄得人緣不好。他自己也很苦惱。

不矜而莊

【解釋】矜：自尊自大。莊：莊重。

【用法】不自尊自大而顯得莊重。

【例句】他舉止大方，～，給人留下了很好的印象。

不緊不慢

【解釋】緊：緊急。慢：緩慢。

【用法】①既不緊急，也不緩慢。②形容說話做事，從容而行。

【例句】她說話總是～的，從來也不著急。

不經之談

【出處】①漢·司馬遷《史記·孟子荀卿列傳》：「其語閎大不經。」②晉·羊祜《戒子書》：「毋傳不經之談，毋聽毀譽之語。」

【解釋】經：正常、通常。不經：不合常規、道理。

【用法】指荒唐的無根據的言論。

【例句】對於那些荒唐到可笑程度的小道消息，你怎麼也相信呢？任何～，我是絕不相信的。

不經一事，不長一智

【出處】清・曹雪芹《紅樓夢》第六十四回：「俗語說：『不經一世，不長一智。』我如今知道了。」
【用法】①不經歷一件事，就不能增長那方面的知識。②表明實踐對認識的作用。③常指經過失敗而取得教訓。
【例句】～由此可知，生活經驗是相當重要的。
【附註】也作「不因一事，不長一智」。

不拘小節 ㄅㄨˋ ㄐㄩ ㄒㄧㄠˇ ㄐㄧㄝˊ

【出處】南朝・宋・范曄《後漢書・馮衍傳》：「論於大體，不守小節。」
【解釋】拘：拘泥。小節：與原則無關的生活瑣事。
【用法】①不拘泥於生活瑣事。②指人舉止灑脫。
【例句】這個人就是隨隨便便，～，其實人還是很好的。

不拘形迹 ㄅㄨˋ ㄐㄩ ㄒㄧㄥˊ ㄐㄧ

【出處】宋・歐陽修等《新唐書・魏徵傳》：「徵為人臣，不能著形迹，遠嫌疑，而被飛謗，是宜責也。」
【解釋】拘：拘泥。形迹：儀容禮貌。
【用法】不拘泥於禮節形式。
【例句】你和女同學來往的時候，太隨便了，過分～，這才引起了一些議論，其實，你只要注意一點，也就行了。

不拘一格 ㄅㄨˋ ㄐㄩ ㄧ ㄍㄜˊ

【出處】清・龔自珍《己亥雜詩》：「我勸天公重抖擻，不拘一格降人材。」
【解釋】拘：拘泥。格：格式、標準。
【用法】不拘泥於一種規格。
【例句】辦雜誌本就～，你又何必干涉他呢？

不絕如縷 ㄅㄨˋ ㄐㄩㄝˊ ㄖㄨˊ ㄌㄩˇ

【出處】《公羊傳・僖公四年》：「夷狄也，而亟病中國，南夷與北狄交，中國不絕若線。」
【解釋】絕：斷。縷：線。
【用法】①似斷未絕，像細線那樣地連著。②形容情勢十分危急。③也形容聲音幽微不絕。
【例句】我特別喜歡柴可夫斯基的《弦樂四重奏》，每當錄音機放出那餘音裊裊、～的旋律，我便沉浸在一種幸福的快慰中。

不覺技癢 ㄅㄨˋ ㄐㄩㄝˊ ㄐㄧˋ ㄧㄤˇ

【出處】漢・應劭《風俗通義・六・筑》：「(高) 漸離變名易姓，為人庸保……聞其家堂上客擊筑，伎癢，不能出，言曰：『彼有善有不善。』」
【解釋】技癢：也作「伎癢」、「伎懩」，指人擅長或愛好某種技藝，一遇機會，急欲有所表現，好像心裏發癢不能自忍。
【用法】形容不由自主地急想一試的心情。
【例句】他雖然是已經退休的藝術家了，但一見到可供雕琢的好石材就～了。

不欺暗室 ㄅㄨˋ ㄑㄧ ㄢˋ ㄕˋ

【出處】漢・劉向《列女傳・衛靈夫人》有蘧伯玉「不為冥冥墮行」語，故後稱蘧伯玉不欺暗室。
【用法】指呆在別人看不見的地方，也不為非作歹。
【例句】為了處世要光明磊落，做到～。

不期修古 ㄅㄨˋ ㄑㄧˊ ㄒㄧㄡ ㄍㄨˇ

【出處】《韓非子・五蠹》：「是以聖人不期修古，不法常可。」

【解釋】期：希望。修古：遵循古老的制度。

【用法】①不寄希望於遵循古制。②指應該適應現實，勇於變革，不可墨守成規止步不前。

不期而然 ㄅㄨˋ ㄑㄧˊ ㄦˊ ㄖㄢˊ

【出處】宋《朱子全書・學五・人倫師友》：「則閨門之內，倫理益正，思義益篤，將有不期然而然者矣。」

【解釋】期：希望。然：如此。

【用法】①不曾想要這樣，竟然就是這樣。②表示出乎意想之外。

【例句】大家有了這樣的想法，所以～的便全部響應了。

【附註】也作「不期然而然」。

不期而遇 ㄅㄨˋ ㄑㄧˊ ㄦˊ ㄩˋ

【出處】《穀梁傳・隱公八年》：「不期而會曰遇。」

【解釋】期：約會。

【用法】沒有預先約定卻意外地遇見了。

【例句】在一次會議上，我和分別十餘年的老友～，眞是喜出望外。

【附註】也作「不期而會」。

不求甚解 ㄅㄨˋ ㄑㄧㄡˊ ㄕㄣˋ ㄐㄧㄝˇ

【出處】晉・陶潛《五柳先生傳》：「好讀書，不求甚解，每有會意，便欣然忘食。」

【解釋】甚：極。

【用法】①原指讀書不咬文嚼字，只是領會要旨。②後指不深入領會，只停留於一知半解。

【例句】對於任何科學原理，都要徹底弄清楚，不能～，淺嚐輒止。

不求有功，但求無過 ㄅㄨˋ ㄑㄧㄡˊ ㄧㄡˇ ㄍㄨㄥ ㄉㄢˋ ㄑㄧㄡˊ ㄨˊ ㄍㄨㄛˋ

【解釋】但：只、僅。

【用法】不求有功勞，只求沒有過錯，甘居中游，明哲保身。

【例句】～這不是一個政府官員應有的態度。

不求聞達 ㄅㄨˋ ㄑㄧㄡˊ ㄨㄣˊ ㄉㄚˊ

【出處】三國・蜀・諸葛亮《前出師表》：「苟全性命於亂世，不求聞達於諸侯。」

【解釋】聞達：顯達，官位高而有名聲。

【用法】不求居高位有名聲。

【例句】我～，只希望踏踏實實地做一點事。

【附註】「聞」當「聲名」解時，應讀ㄨㄣˋ。

不傾之地 ㄅㄨˋ ㄑㄧㄥ ㄓ ㄉㄧˋ

【出處】《管子・度地》：「聖人之處國者，必於不傾之地。」

【解釋】傾：傾覆。

【用法】①不致傾覆的境地。②即不敗之地。

【例句】當這些重大政策實現後，我們的國家將更能立於～。

不情之請 ㄅㄨˋ ㄑㄧㄥˊ ㄓ ㄑㄧㄥˇ

【用法】不合情理的請求。（常用作向別人求助的客氣話。）

【例句】對於要求你幫助我解決工作問題的～，我深感冒昧。

不屈不撓 ㄅㄨˋ ㄑㄩ ㄅㄨˋ ㄋㄠˊ

【出處】漢・班固《漢書・敍傳下》：「樂昌篤實，不橈不屈。」（橈：通「撓」。）
【解釋】屈、撓：屈服。
【用法】指在惡勢力或艱難面前不屈服。
【例句】他們在前進中遇到困難的時候，不是畏難而退，而是～地去戰勝困難。
【附註】「撓」不能念成ㄖㄠˊ。

不挾不矜 ㄅㄨˋ ㄒㄧㄚˊ ㄅㄨˋ ㄐㄧㄣ

【出處】唐・韓愈《唐故銀青光祿大夫檢校左散騎常侍兼右金吾衛大將軍贈工部尚書太原郡公神道碑》：「持以禮法，不挾不矜。」
【解釋】挾：倚勢自重。矜：驕傲自滿。
【用法】不倚勢自重，不驕傲自滿。
【例句】身爲領導者應該～，把自己看成是人民的公僕。
【附註】參看「不矜不盈」。

不修邊幅 ㄅㄨˋ ㄒㄧㄡ ㄅㄧㄢ ㄈㄨˊ

【出處】南朝・宋・范曄《後漢書・馬援傳》：「天下雌雄未定，公孫（述）不吐哺走迎國士，與圖成敗，反修飾邊幅，如偶人形，此子何足久稽天下之士乎？」
【解釋】修：修飾。邊幅：布帛的邊緣，借指人的衣著、儀表。
【用法】不注意衣著、儀表的整飾。
【例句】小余這人～，成天衣帽不整，給人留下一種頹廢的印象。

不朽之芳 ㄅㄨˋ ㄒㄧㄡˇ ㄓ ㄈㄤ

【出處】漢・桓譚《新論・薦賢》：「身受進賢之賞，名有不朽之芳。」
【解釋】朽：腐朽。芳：花草。
【用法】①永遠不腐朽的花草。②比喻美好的名聲不滅，萬世流芳。
【例句】他雖然永遠離開了我們，但是，他用畢生精力所創建的功績，將成爲～，永存青史。

不朽之功 ㄅㄨˋ ㄒㄧㄡˇ ㄓ ㄍㄨㄥ

【解釋】不朽：永不磨滅。功：功業。
【用法】流傳後世永不磨滅的功業。
【例句】許多革命先烈鞠躬盡瘁，死而後已，爲人民立下了～。

不相上下 ㄅㄨˋ ㄒㄧㄤ ㄕㄤˋ ㄒㄧㄚˋ

【出處】唐・陸龜蒙《甫里集・蠹化》：「桔之蠹……翳葉仰嚙，如飢蠶之速，不相上下。」
【解釋】①分不出高低、好壞。②形容差別不大，程度近乎相等。
【例句】他們兩人在學術上各有千秋，～。

不相爲謀 ㄅㄨˋ ㄒㄧㄤ ㄨㄟˊ ㄇㄡˊ

【出處】《論語・衛靈公》：「子曰：『道不同，不相爲謀。』」
【解釋】謀：商量。
【用法】①不互相進行商量。②指彼此觀點不同，不宜共同謀劃事情。
【例句】我和他志趣不同，所以～。

不相聞問 ㄅㄨˋ ㄒㄧㄤ ㄨㄣˊ ㄨㄣˋ

【出處】漢・班固《漢書・嚴助傳》：

「於是拜爲會稽太守。數年，不聞問。」
【解釋】聞：聽。
【用法】①雙方的情況，互相不聞不問。②指互不關心，不相來往。
【例句】要互相協助，而不要～。

不祥之木 ㄅㄨˋ ㄒㄧㄤˊ ㄓ ㄇㄨˋ

【出處】漢・劉安《淮南子・說林訓》：「佐祭者得嘗，救鬥者得傷，蔭不祥之木，爲雷電所撲。」
【解釋】祥：吉祥。木：樹。
【用法】①不吉祥的樹，即被雷電所毀的樹。②指不會帶來吉利的庇護者。

不祥之金 ㄅㄨˋ ㄒㄧㄤˊ ㄓ ㄐㄧㄣ

【出處】《莊子・大宗師》：「今大冶鑄金，金踴躍曰：『我且必爲鏌鋣』大冶必以爲不祥之金。」意思是說，現在有技術精湛的冶煉工人爲鑄劍而冶煉鋼水，被冶煉的鋼水在爐裏翻滾著不出爐，彷彿在說，我將一定成爲鏌鋣劍，這個鑄劍工人必然認爲這爐鋼是不吉利的鋼水。（大冶：技術精湛的冶煉工人。鏌鋣：古代有名的寶劍，本作「莫邪」，原爲古代女子的名字。）
【解釋】祥：吉祥。金：這裏指冶煉爐裏翻滾著的鑄劍用的鋼汁。
【用法】①不吉祥的鋼汁。②喻指不吉祥的現象。

不祥之兆 ㄅㄨˋ ㄒㄧㄤˊ ㄓ ㄓㄠˋ

【出處】①《戰國策・秦策一》：「襄主（趙襄子）錯龜數策占兆，以視利害。」②《晏子春秋・諫下之十》：「今日寡人出獵，上山則見虎，下澤則見蛇，殆所謂不祥也。」
【解釋】祥：吉祥。兆：預兆。古人迷信，灼龜甲以占吉凶，其裂痕謂之兆。
【用法】不吉利的預兆。
【例句】事情剛開始就出了差錯，這眞是～。

不祥之言 ㄅㄨˋ ㄒㄧㄤˊ ㄓ ㄧㄢˊ

【出處】南朝・宋・范曄《後漢書・和熹鄧皇后紀》：「但使謝過祈福，不得妄生不祥之言。」
【解釋】祥：吉祥。
【用法】不吉利的話。
【例句】他心情不佳，性格又有些古怪，總愛說一些～。

不省人事 ㄅㄨˋ ㄒㄧㄥˇ ㄖㄣˊ ㄕˋ

【出處】明・東魯古狂生《醉醒石》第六回：「道次汝墳，忽得狂疾，顚呼喊叫，若不省人事者。」
【解釋】省：明白。人事：人世上各種事情。
【用法】①不懂得人事。②指昏迷，失去知覺。
【例句】一次嚴重的車禍使他陷入昏迷狀態，至今七天了仍然～，實在令人耽心。

不學而能 ㄅㄨˋ ㄒㄩㄝˊ ㄦˊ ㄋㄥˊ

【出處】《孟子・盡心上》：「人之所不學而能者，其良能也。」
【解釋】能：有能力做到。
【例句】本領是學來的，～的人是從來沒有的。

不學無術 ㄅㄨˋ ㄒㄩㄝˊ ㄨˊ ㄕㄨˋ

【出處】漢・班固《漢書・霍光傳》：「然光不學亡術，闇於大理。」（亡：通「無」。闇：愚昧不明。）
【解釋】不、無：沒有。學：學問。術：技術。
【用法】①原指霍光不學古而無道術。②後指沒有學問，沒有本領。
【例句】我們應該讓那些目光如鼠、～的人感到慚愧和羞耻。

不徇私情（ㄅㄨˋ ㄒㄩㄣˋ ㄙ ㄑㄧㄥˊ）

【解釋】徇：曲從。
【用法】①不曲從私人的交情。②指秉公處事。
【例句】作爲一個法律工作者，他從來～，執法如山。

不知不覺（ㄅㄨˋ ㄓ ㄅㄨˋ ㄐㄩㄝˊ）

【出處】明・趙弼《兩教辨》：「遂使昏愚之徒，聽其妖誕，舍正從邪，醉生夢死，不知不覺。」
【用法】無所知，沒感覺。
【例句】他的殘忍和狠毒，時而～地顯露出來。

不知不識（ㄅㄨˋ ㄓ ㄅㄨˋ ㄕˋ）

【用法】沒有知識，什麼都不懂。
【例句】對於這種～的人，大可不必計較。

不知凡幾（ㄅㄨˋ ㄓ ㄈㄢˊ ㄐㄧˇ）

【出處】清・淮陰百一居士《壺天錄》：「六合之中，珍禽怪獸，不知凡幾。」
【解釋】凡：總共。
【用法】①不知道總共有多少。②指同類的人或事物極多。
【例句】所作酬應文字，類此者～，殆亦文人通病矣！

不知薡蕫（ㄅㄨˋ ㄓ ㄉㄧㄥˇ ㄉㄨㄥˇ）

【出處】明・董斯張《吹景集・十・俗語有所祖》：「吾里（烏程）謂愚者曰不知薡蕫。……不知薡蕫……者，豈不辨菽麥意乎？」
【解釋】薡蕫：草名。《爾雅・釋草》：「蘱，薡蕫。」郭璞注：「似蒲而細。」
【用法】①不知道是什麼草。②譏諷人愚昧不懂事。
【例句】這種～的人，與他有什麼好說的！

不知端倪（ㄅㄨˋ ㄓ ㄉㄨㄢ ㄋㄧˊ）

【出處】《莊子・大宗師》：「反復終始，不知端倪。」
【解釋】端倪：頭緒。
【例句】指事物的因素繁複，很難搞清頭緒。

不知老之將至（ㄅㄨˋ ㄓ ㄌㄠˇ ㄓ ㄐㄧㄤ ㄓˋ）

【出處】《論語・述而》：「其爲人也，發憤忘食，樂以忘憂，不知老之將至云爾！」
【用法】不知道老年即將到來。
【例句】孔子活到老，學到老，頗有～的精神。

不知高低（ㄅㄨˋ ㄓ ㄍㄠ ㄉㄧ）

【出處】明・吳承恩《西遊記》第十五回：「你那老頭子，說話不知高低。」
【用法】①不清楚掌握分寸。②形容言語行動冒失。

【例句】你已不是孩子了！說話、做事要懂分寸，切勿～。

不知甘苦 ㄅㄨˋ ㄓ ㄍㄢ ㄎㄨˇ

【出處】《墨子．非攻上》：「少嘗苦曰苦，多嘗苦曰甘，則必以此人爲不知甘苦之辨矣。」
【解釋】甘：甜。
【用法】①不能分辨甜或苦。②比喻不知事情所經歷的艱難困苦。
【例句】他從來沒有寫過詩，對於寫詩他自然是～的。

不知好歹 ㄅㄨˋ ㄓ ㄏㄠˇ ㄉㄞˇ

【出處】明．吳承恩《西遊記》第二十六回：「三老道：『你這猴子，不知好歹。那果子聞一聞活三百六十歲，吃一個，活四萬七千年，叫做「萬壽草還丹」。』」
【解釋】歹：壞。
【用法】不懂得好壞。
【例句】小陳眞是～，我們不要再枉費心力了！

不知紀極 ㄅㄨˋ ㄓ ㄐㄧˇ ㄐㄧˊ

【出處】南朝．宋．范曄《後漢書．楊震傳》：「無厭之心，不知紀極。」
【解釋】紀極：終極、限度。
【用法】指貪得無厭沒有止境。

不知進退 ㄅㄨˋ ㄓ ㄐㄧㄣˋ ㄊㄨㄟˋ

【出處】西漢．韓嬰《韓詩外傳》：「齊莊公出獵，有螳螂舉足將搏其輪，問其御，御曰：『其爲蟲也，知進而不知退，不量力而輕就敵。』」
【用法】①不知道前進或後退。②形容言語行動沒有分寸。
【例句】我非常後悔，因爲我那幾句～的話，引起了她的傷心。

不知其詳 ㄅㄨˋ ㄓ ㄑㄧˊ ㄒㄧㄤˊ

【出處】清．吳敬梓《儒林外史》第四十四回：「遲衡山道：『施御史家的事，我也略聞，不知其詳。』」
【用法】不知道詳細情形。
【例句】這件事情我的確～，你就不要再追問我了。

不知輕重 ㄅㄨˋ ㄓ ㄑㄧㄥ ㄓㄨㄥˋ

【出處】清．曹雪芹《紅樓夢》第一百零九回：「婆子們不知輕重，說是這兩日有些病，恐不能就好，到這裏問大夫。」
【用法】①不能權衡事情的大小或主次。②比喻辨事抓不住主要問題。
【例句】辦事情要有分寸，絕不可～，搞得一場糊塗。

不知去向 ㄅㄨˋ ㄓ ㄑㄩˋ ㄒㄧㄤˋ

【出處】明．馮夢龍《東周列國志》第一回：「宣王問曰：『如今紅衣小兒何在？』答曰：『自敎歌之後，不知去向。』」
【解釋】去向：去的方向。
【用法】不知道上哪兒去了。
【例句】老沈自前年離開家鄉後便～了！

不知虛實 ㄅㄨˋ ㄓ ㄒㄩ ㄕˊ

【用法】常用在戰爭中形容不知敵人的實力情況。
【例句】對敵人的部署～，是不能輕舉

妄動的。

不知世務（ㄅㄨˋ ㄓ ㄕˋ ㄨˋ）

【出處】漢・桓寬《鹽鐵論・論儒》：「孟子守舊術，不知世務。」

【用法】不知道當代的情勢。

【例句】這人有點呆頭呆腦，～，就會啃書本。

【附註】也作「不曉世務」。

不知深淺（ㄅㄨˋ ㄓ ㄕㄣ ㄑㄧㄢˇ）

【出處】清・文康《兒女英雄傳》第二十六回：「萬一有一半句不知深淺的話，還得姐姐原諒妹子個糊塗。」

【用法】形容說話辦事不知分寸。

【例句】他還年輕，～，話說得太重了一點，我們作為老一輩人應該諒解才是。

不知肉味（ㄅㄨˋ ㄓ ㄖㄡˋ ㄨㄟˋ）

【出處】《論語・述而》：「子在齊聞《韶》，三月不知肉味。」

【用法】①原指被美好的虞舜樂《韶》所陶醉，三個月來吃肉都不知味道。②後指生活艱難，吃飯成問題，不知道肉是什麼滋味。

【例句】住在這偏遠小島，交通不便，我已有兩個月～。

不知自愛（ㄅㄨˋ ㄓ ㄗˋ ㄞˋ）

【用法】①不知道愛惜自己。②指卑鄙庸俗不顧廉恥的行為。

【例句】雖然大家如此熱心地幫助他，但他依然故我，一點也不知道上進，實在是太～了。

不知死活（ㄅㄨˋ ㄓ ㄙˇ ㄏㄨㄛˊ）

【用法】①不懂得怎樣做能致死，怎樣做可以求活。②形容不了解利害的程度而貿然從事。

【例句】他真是～，一個人冒冒失失地闖到深山裏去了。

不知所終（ㄅㄨˋ ㄓ ㄙㄨㄛˇ ㄓㄨㄥ）

【出處】《國語・越語下》：「（范蠡）遂乘扁舟，以浮於五湖，莫知其所終極。」

【解釋】終：終結。

【用法】不知道結局或下落。

【例句】我們自從三年前分手後，他杳無音信，～。

不知所措（ㄅㄨˋ ㄓ ㄙㄨㄛˇ ㄘㄨㄛˋ）

【出處】《論語・子路》：「則民無所措手足。」

【解釋】措：安置、處理。

【用法】①不知道該怎麼處理。②形容受窘或發急的狀態。

【例句】在這巨大的打擊裏，他像受驚的小羊，一時～。

不知所以（ㄅㄨˋ ㄓ ㄙㄨㄛˇ ㄧˇ）

【出處】明・許仲琳《封神演義》第七十四回：「丘引大叫：『黃天祥，你看吾此寶！』黃天祥不知所以，抬頭看時，不覺神魂飄蕩，一會兒不知南北西東，昏昏慘慘，被步下軍卒生擒下馬，繩縛二臂。」

【解釋】所以：為什麼、緣故。

【用法】不明白是什麼緣故。

【例句】不進行調查研究，對這些現象就會～。

不知所云 ㄅㄨˋ ㄓ ㄙㄨㄛˇ ㄩㄣˊ

【出處】三國．蜀．諸葛亮《前出師表》：「臨表涕泣，不知所云。」
【解釋】云：說話。
【用法】①不知道說了些什麼。②形容感情激動，語無倫次。③也指說話顛三倒四。
【例句】人在激動的時候，最容易觸犯語無倫次，～的毛病。

不值一談 ㄅㄨˋ ㄓˊ ㄧˋ ㄊㄢˊ

【用法】①不值得一說。②形容事物沒有什麼意思。
【例句】他這種暴虎馮河的血氣之勇，實在～。

不值一顧 ㄅㄨˋ ㄓˊ ㄧˊ ㄍㄨˋ

【解釋】顧：看。
【用法】不值得一看。

不值一錢 ㄅㄨˋ ㄓˊ ㄧˋ ㄑㄧㄢˊ

見「一錢不值」。

不值一哂 ㄅㄨˋ ㄓˊ ㄧˋ ㄕㄣˇ

【解釋】哂：譏笑。
【用法】①不值得一笑。②形容對庸俗事物或無聊行爲的鄙視態度。
【例句】他們的這些表現，眞是～。

不折不扣 ㄅㄨˋ ㄓㄜˊ ㄅㄨˋ ㄎㄡˋ

【解釋】商店售貨，照原標價錢削減幾成，叫做打折扣。
【用法】①完全沒有折扣。②形容事物十足就是那個樣子，沒有走樣。
【例句】可憐李老先生的咒語卻～地落在了他自己的頭上！

不主故常 ㄅㄨˋ ㄓㄨˇ ㄍㄨˋ ㄔㄤˊ

【出處】《莊子．天運》：「其聲能短能長，能柔能剛，變化不一，不主故常。」
【解釋】不主：不以爲主。故常：舊規、常例。
【用法】不拘守舊規或不拘泥於一種方法。
【例句】要徹底改革管理制度，就必須～，敢於引進新觀念。

不著邊際 ㄅㄨˋ ㄓㄨㄛˊ ㄅㄧㄢ ㄐㄧˋ

【出處】明．施耐庵《水滸傳》第十九回：「何濤思想：『在此不著邊際怎生奈何！我須用自去走一遭。』」
【解釋】著：挨上、接觸到。
【用法】①挨不著邊兒。②形容言論空泛，不切實際或離題太遠，不切主旨。
【例句】寫文章必須圍繞中心，不能～地東拉西扯。

不吃烟火食 ㄅㄨˋ ㄔ ㄧㄢ ㄏㄨㄛˇ ㄕˊ

【出處】宋．阮閱《詩話總龜前集》卷九引《直方詩話》：「（張）文潛光與李公擇輩來予家，作長句。後再同東坡來，坡讀其詩，嘆息云：『此不是吃烟火食人道底（的）言語。』」
【解釋】烟火食：用烟薰火烤過的食品，即熟食。
【用法】①原指神仙或修行之人不吃人間的飯。②後常用以比喻詩文清新，不染世俗氣。③也用以諷刺某些人脫離社會，離群索居。

【例句】①你如以爲過去那些「修行」的人眞能～，那你就上當了！②現在有些青年人寫的詩，頗有「～」的味道，玄妙空靈，奇詭獨特，讀起來有些費解。

【附註】也作「不食人間烟火」。

不痴不聾 ㄅㄨˋ ㄔ ㄅㄨˋ ㄌㄨㄥˊ

【出處】宋·司馬光《資治通鑑·唐紀代宗大歷二年》：「郭曖嘗與昇平公主爭言，曖曰：『汝倚乃父爲天子邪？我父薄天子不爲！』……子儀聞之，囚曖，人待罪。上曰：『鄙諺有之：「不痴不聾，不作家翁。」兒女子閨房之言，何足聽也！』子儀歸，杖曖數十。」（家：古音ㄍㄨ，即「姑」字。）

【例句】你原是個明白人，～，爲什麼卻不主持公道？

【附註】①原作「不喑不聾」。「不喑不聾，不成姑公」。②也作「不瞽不聾」、「不瞽不聾，不能爲公」。

不恥下問 ㄅㄨˋ ㄔˇ ㄒㄧㄚˋ ㄨㄣˋ

【出處】《論語·公冶長》：「子貢問曰：『孔文子，何以謂之文也？』子曰：『敏而好學，不恥下問。是以謂之文也。』」

【解釋】不恥：不以爲可恥。

【用法】不以向比自己學識差或地位低的人去請教爲可恥。

【例句】王老師雖然已經是很有學問的人，但也仍然～，虛心向一切人學習，這一點尤其令人欽佩。

不恥最後 ㄅㄨˋ ㄔˇ ㄗㄨㄟˋ ㄏㄡˋ

【出處】《韓非子·喻老》：「趙襄主學御於王子期，俄而與子期逐，三易馬而三後。襄主曰：『子之教我御，術未盡也。』對曰：『術已盡，用之則過也。凡御之所貴，馬體安於車，人心調於馬，而後可以進速致遠。今君後則欲逮臣，先則恐逮於臣。夫誘道爭遠，非先則後也。而先後心皆在於臣，上何以調於馬，此君之所以後也。』」

【用法】意指即使落在最後，但只要堅持前進，就能達到目的地。

【例句】學習的要訣，其一是「～」。即使慢，馳而不息，一定可以達到他所向的目標。

不齒於人 ㄅㄨˋ ㄔˇ ㄩˊ ㄖㄣˊ

【出處】《尚書·蔡仲之命》：「降霍叔於庶人，三年不齒。」

【解釋】齒：指齒列，牙齒整齊地排列。於：在。

【用法】①不能列在同等人當中。②表示對人的鄙視。

【例句】她的行爲太不檢點了，特別在作風問題上，更是～！

不差累黍 ㄅㄨˋ ㄔㄚ ㄌㄟˇ ㄕㄨˇ

【出處】漢·班固《漢書·律歷志上》：「權輕重者，不失黍累。」

【解釋】累黍：我國古代兩種微小的計量單位，漢代以十黍爲累，十累爲銖，二十四銖爲兩，十六兩爲斤。

【用法】形容不差絲毫。

【例句】這位老師父確實有眼力，一垛一垛的銅材，他只要看一看，就能～地說出它們的數量。

【附註】原作「不失黍累」。

不臣之心（ㄅㄨˋ ㄔㄣˊ ㄓ ㄒㄧㄣ）

【解釋】不臣：不守臣子的本分，封建社會中不忠君。

【用法】①意指不忠君的思想。②後也指犯上作亂的野心。

不成體統（ㄅㄨˋ ㄔㄥˊ ㄊㄧˇ ㄊㄨㄥˇ）

【出處】明・羅貫中《三國演義》第十三回：「刻印不及，以錐畫之，全不成體統。」

【解釋】體統：體制，格局，規矩。

【用法】指言語或行動沒有規矩，不成樣子。

【例句】尊老愛幼是一種美德，現在少數青年言語粗俗，與老年人講話，也放肆無禮，簡直～，這樣的青年必須加強教育才對！

不成器（ㄅㄨˋ ㄔㄥˊ ㄑㄧˋ）

【出處】①唐・房玄齡等《晉書・嵇紹傳》：「沛國戴晞，少有才智，與紹從子含相友善。時人許以遠致，紹以爲必不成器。」②宋・王應麟《三字經》：「玉不琢，不成器；人不學，不知義。」

【解釋】器：器皿，喻指人材。

【用法】①不成個器皿。②比喻不成其爲有用的人材。

【例句】你不要如此～，讓父母傷心。

不成三瓦（ㄅㄨˋ ㄔㄥˊ ㄙㄢ ㄨㄚˇ）

【出處】漢・司馬遷《史記・龜策傳》：「物安可全乎？天尚不全，故世爲屋不成三瓦，以應之天……。」

【解釋】成：齊全。

【用法】①缺三片瓦不齊全的屋頂。②比喻有缺陷而不完全的事物。

不逞之徒（ㄅㄨˋ ㄔㄥˇ ㄓ ㄊㄨˊ）

【出處】《左傳・襄公十年》：「初，子駟爲田洫，司氏、堵氏、侯氏、子師氏皆喪田焉。故五族聚群不逞之人，因公子之徒以作亂。」

【解釋】逞：稱心。不逞：不稱心，欲望沒有得到滿足。

【用法】指心懷不滿違法作亂的人。

【例句】社會上若充斥著許多違法亂紀的～，國家局勢，必定動盪不安！

不出所料（ㄅㄨˋ ㄔㄨ ㄙㄨㄛˇ ㄌㄧㄠˋ）

【出處】清・曾樸《孽海花》第十回：「我從昨夜與密斯談天之後，一直防著你，剛剛走到你那邊，見你不在，我就猜著到這裏來了，所以一直趕來，果然不出所料。」

【解釋】出：超出。料：推測、料想。

【用法】指沒有超出所料想的。

【例句】我根據他平日的基礎，估計這次高考難於考取，果然～，他到底名落孫山了。

不揣冒昧（ㄅㄨˋ ㄔㄨㄞˇ ㄇㄠˋ ㄇㄟˋ）

【解釋】揣：揣度。冒昧：言行輕率。

【用法】不揣度自己言行輕率。（用作自謙的話。）

【例句】因爲我仰慕先生學識淵博，所以～，登門求教。

不失圭撮（ㄅㄨˋ ㄕ ㄍㄨㄟ ㄘㄨㄛˋ）

【出處】漢・班固《漢書・律歷志・上

》：「量多少者，不失圭撮。」注：應劭曰：「……四圭曰撮，三指撮之也。」孟康曰：「六十四黍爲圭。」

【解釋】失：失誤、出錯。圭撮：古代數量名，古以六十四黍爲圭，四圭爲撮。

【用法】①指極微小的數量。②連極微小的數量也不失誤或出錯。③形容精確度高。

不失毫釐（ㄅㄨˋ ㄕ ㄏㄠˊ ㄌㄧˊ）

【出處】《荀子・儒效》：「聖人也者，本仁義，當是非，齊言行，不失豪(毫)釐，無它道焉，已乎行之矣。」

【解釋】失：差。

【用法】不差一毫一釐。

【例句】我對這件事情的預料，保證～。

不失時機（ㄅㄨˋ ㄕ ㄕˊ ㄐㄧ）

【解釋】失：耽誤、錯過。時機：具有時間性的機會。

【用法】①不錯過當時的機會。②指辦事要抓住機會。

【例句】現在形勢非常有利，應該～地把這項工程完成好。

不失一字（ㄅㄨˋ ㄕ ㄧˊ ㄗˋ）

【出處】北齊・魏收《魏書・王杰傳》：「背而誦之，不失一字。」

【解釋】失：遺忘、錯記。

【用法】①不遺忘或不錯記一個字。②形容人聰敏，記憶力強。

【例句】他的記憶力眞好，小時候讀過的詩歌如今還能～地背誦出來。

不時之需（ㄅㄨˋ ㄕˊ ㄓ ㄒㄩ）

【出處】宋・蘇軾《後赤壁賦》：「我有斗酒，藏之久矣，以待子不時之須(需)。」

【解釋】不時：不定什麼時候，隨時。

【用法】隨時的需要。

【例句】要儲備足夠的物資，以備～。

不食馬肝（ㄅㄨˋ ㄕˊ ㄇㄚˇ ㄍㄢ）

【出處】漢・司馬遷《史記・封禪書》：「文成食馬肝死耳。」

【解釋】馬肝：相傳馬肝有毒，吃了能毒死人。

【用法】①不吃馬肝，避免中毒。②比喻不應涉及的事就不要去介入。

【例句】我早勸你謹記～，爲何你偏要淌渾水？

【附註】也作「毋食馬肝」。

不食之地（ㄅㄨˋ ㄕˊ ㄓ ㄉㄧˋ）

【出處】《禮記・檀弓上》：「我死，則擇不食之地而葬我矣。」

【解釋】不食：不能開墾耕種。

【用法】指不能開墾耕種的土地。

【例句】這畝～，經過兩年經營，居然長出了莊稼。

不食周粟（ㄅㄨˋ ㄕˊ ㄓㄡ ㄙㄨˋ）

【出處】漢・司馬遷《史記・伯夷列傳》：「武王已平殷亂，天下宗周，而伯夷、叔齊恥之，義不食周粟，隱守於首陽山，採薇而食之。」

【解釋】食：吃。周：周朝。粟：小米。

【用法】①不吃周朝的小米。歷史記載，周武王滅商後，商末孤竹君之子伯夷叔齊逃到首陽山，不食周粟。②原用以頌揚忠貞不渝的節操。③現多指思想固執，行爲保守。
【例句】伯夷、叔齊～的節操，頗令後人敬服！

不捨晝夜 ㄅㄨˋ ㄕㄜˇ ㄓㄡˋ ㄧㄝˋ

【出處】《論語．子罕》：「子在川上曰：『逝者如斯夫，不捨晝夜。』」
【解釋】捨：停留。晝：白天。
【用法】日夜不停。
【例句】心裏翻來覆去，思緒萬千，猶如湘江北去，～。

不衫不履 ㄅㄨˋ ㄕㄢ ㄅㄨˋ ㄌㄩˇ

【出處】唐．杜光庭《虬髯客傳》：「既而太宗至，不衫不履，裼裘而來，神氣揚揚，貌與常異。」（裼：敞開。）
【解釋】衫：上衣。履：鞋子。
【用法】①不穿衣，不穿鞋，衣履不整。②形容人性情灑脫，不講究衣著，不拘形迹。

不勝枚舉 ㄅㄨˋ ㄕㄥ ㄇㄟˊ ㄐㄩˇ

【出處】清．李寶嘉《官場現形記》第十九回：「他的人雖忠厚，要錢的本事是有的。譬如欽差要這人八萬；拉達傳話出來，必說十萬；過道台同人家講，必說十二萬；他倆已經各有二萬好賺了。諸如此類，不勝枚舉。」
【解釋】勝：盡。枚：個。
【用法】①一個個列舉都舉不盡。②形容數量極多。
【例句】他的優點實在太多了，～，值得你我學習！

不勝其煩 ㄅㄨˋ ㄕㄥ ㄑㄧˊ ㄈㄢˊ

【出處】宋．陸游《老學庵筆記》三：「於是不勝其煩，人情厭患。」
【解釋】勝：能忍受。煩：煩瑣。
【用法】煩瑣得令人受不了。
【例句】我負責此次畢業生話劇公演，千頭萬緒，簡直～，幸好最後圓滿成功了。

不勝其苦 ㄅㄨˋ ㄕㄥ ㄑㄧˊ ㄎㄨˇ

【解釋】不勝：受不住。
【用法】受不了那苦楚。
【例句】來訪者踏破門了，弄得我～。

不勝其任 ㄅㄨˋ ㄕㄥ ㄑㄧˊ ㄖㄣˋ

【出處】《周易．繫辭下》：「《易》曰：『鼎折足，覆公餗，其形渥，凶。』言不勝其任也。」
【解釋】勝：能承擔。任：任務。
【用法】擔當不了那樣的任務。
【例句】這個工作舉足輕重，我怕是～的。

不勝之任 ㄅㄨˋ ㄕㄥ ㄓ ㄖㄣˋ

【出處】漢．劉安《淮南子．人間訓》：「無損墮之勢，而無不勝之任矣。」
【解釋】不勝：不能承擔。任：職責。
【用法】承擔不了的職責。
【例句】她才能出衆，對她來說，是沒有～的。

不聲不響 ㄅㄨˋ ㄕㄥ ㄅㄨˋ ㄒㄧㄤˇ

【用法】①沒有一點聲響。②指做事謹慎，不張揚或默默無聞，不爲別人知道。
【例句】王老先生，～地呆坐著，不知發生了什麼事。

不生不滅（ㄅㄨˋ ㄕㄥ ㄅㄨˋ ㄇㄧㄝˋ）

【出處】《莊子・大宗師》：「無古今而後能入於不死不生。」
【解釋】滅：消亡、死。佛家語。
【用法】①意指超脫生死的境界。②後指不死不活，死氣沉沉，沒有生氣。
【例句】這群青年～，毫無活力，看了就令人氣憤。
【附註】也作「不生不死」、「不死不生」。

不仁之器（ㄅㄨˋ ㄖㄣˊ ㄓ ㄑㄧˋ）

【出處】宋・蘇洵《上韓樞密書》：「援之以不仁之器。」
【解釋】不仁：殘暴、殘忍。
【用法】指用以殺人的武器。

不如歸去（ㄅㄨˋ ㄖㄨˊ ㄍㄨㄟ ㄑㄩˋ）

【出處】宋・梅堯臣《杜鵑》詩：「不如歸去語，亦自古來傳。」
【用法】子規鳥（又名杜鵑、杜嶲、杜宇、催歸）的鳴聲，古人多用作思歸或催促客居外地的人還鄉之語。
【例句】杜鵑的叫聲，好似在催促遊子～，客夜聞此，說不出的酸楚。

不容分說（ㄅㄨˋ ㄖㄨㄥˊ ㄈㄣ ㄕㄨㄛ）

【出處】明・施耐庵《水滸傳》第六十二回：「左右公人，把盧俊義捆翻在地，不由分說，打的皮開肉綻，鮮血迸流，昏暈去了三四次。」
【解釋】容：容許。分說：分辨。
【用法】不讓分辨。
【例句】一夥兒人闖進來，～地就把他拉了出去。
【附註】也作「不由分說」。

不容置喙（ㄅㄨˋ ㄖㄨㄥˊ ㄓˋ ㄏㄨㄟˋ）

【解釋】容：容許。喙：嘴。置喙：插嘴。
【用法】①不容許插嘴。②指不讓人有說話的機會。
【例句】他說得非常肯定，斬釘截鐵，～。
【附註】也作「無庸置喙」。

不容置疑（ㄅㄨˋ ㄖㄨㄥˊ ㄓˋ ㄧˊ）

【解釋】容：容許。
【用法】不容許有什麼懷疑。
【例句】我們一定要堅持民主憲政的方向，這是～的。

不容爭辯（ㄅㄨˋ ㄖㄨㄥˊ ㄓㄥ ㄅㄧㄢˋ）

【解釋】容：容許。
【用法】不容許爭論辯解。
【例句】面對這一～的事實，他只能默然不作聲了。

不貲之祿（ㄅㄨˋ ㄗ ㄓ ㄌㄨˋ）

【出處】漢・陳琳《檄吳將校部曲文》：「故乃建邱山之功，享不貲之祿。」
【解釋】貲：計算、估量。祿：古代官吏的薪俸。
【用法】①不可計量的薪俸。②指極高的待遇。

不貲之器（ㄅㄨˋ ㄗ ㄓ ㄑㄧˋ）

【出處】《孔叢子・居衛》：「卒成不貲之器。」
【解釋】貲：估量。器：才能。
【用法】①不可估量的才能。②指才能

極大的人。

【例句】必須多花心力培養造就青年一代，使他們成為國家建設中的～。

不貲之軀（ㄅㄨˋ ㄗ ㄓ ㄑㄩ）

【出處】漢・班固《漢書・蓋寬饒傳》：「用不貲之軀，臨不測之險。」

【解釋】貲：資財。軀：身體。

【用法】①不能以資財估價的身體。②指貴重的身體。

【例句】你應珍惜～，力求為國家社會多做些貢獻。

不貲之賞（ㄅㄨˋ ㄗ ㄓ ㄕㄤˇ）

【出處】北齊・顏之推《顏氏家訓・省事》：「上書陳事，起自戰國，幸而感悟主人，為時所納，初獲不貲之賞，終陷不測之罪。」

【解釋】貲：計算、估量。賞：賞賜。

【用法】①不可估量的賞賜。②指極大的賞賜。

【例句】我只不過盡了自己的本份，這樣高的獎勵對我來說實在是～，受之有愧。

不貲之損（ㄅㄨˋ ㄗ ㄓ ㄙㄨㄣˇ）

【出處】晉・陳壽《三國志・魏志・司馬芝傳》：「然於統一之計，已有不貲之損。」

【解釋】貲：計算、估量。損：損失。

【用法】①不可估量的損失。②指極大的損失。

【例句】不按規矩辦事，怎麼不招來～呢！

不擇手段（ㄅㄨˋ ㄗㄜˊ ㄕㄡˇ ㄉㄨㄢˋ）

【解釋】擇：選擇。

【用法】指只要能達到目的，無論什麼手段都採用。

【例句】他為了一己之私利，竟然～，什麼事都做得出來。

不足掛齒（ㄅㄨˋ ㄗㄨˊ ㄍㄨㄚˋ ㄔˇ）

【出處】漢・司馬遷《史記・叔孫通傳》：「此皆群盜，鼠竊狗盜耳，何足置之齒牙間。」

【解釋】不足：不值得。掛齒：說起、提起。

【用法】形容事情很小，微不足道，不值得一提。

【例句】這點小事～，是用不著稱謝的。

不足介意（ㄅㄨˋ ㄗㄨˊ ㄐㄧㄝˋ ㄧˋ）

【解釋】不足：不值得。介意：在意，放在心上。

【用法】形容事情很小，不值得放在心上。

【例句】區區小事，～。

不足輕重（ㄅㄨˋ ㄗㄨˊ ㄑㄧㄥ ㄓㄨㄥˋ）

【出處】清・文康《兒女英雄傳》第十八回：「你切莫絮叨叨的問這些無足輕重的閒事。」

【解釋】不足：不夠。輕重：分量。

【用法】①不夠分量。②指事屬微末，無關緊要，不值得重視。

【例句】這點小事是～的，交給我也就是了。

【附註】也作「無足輕重」。

不足齒數（ㄅㄨˋ ㄗㄨˊ ㄔˇ ㄕㄨˇ）

【出處】漢・班固《漢書・貨殖傳》：

「又況掘冢博掩，犯奸成富，曲叔、稽發、雍樂成之徒，猶復齒列。」
【解釋】不足：不值得。齒數：依次相列。
【用法】①不值得依次相列。②指數不上，不值得一提。（含有極端輕視的意思。）
【例句】從先前的陳先生爲標準看來，小王算是～的。
【附註】「數」不能念成ㄕㄨˋ。

不足爲憑 ㄅㄨˋ ㄗㄨˊ ㄨㄟˊ ㄆㄧㄥˊ

【出處】清・文康《兒女英雄傳》第二十六回：「縱說這話不足爲憑。」
【解釋】不足：不值得。憑：憑據、根據。
【用法】夠不上作爲憑證、憑據。
【例句】只這一些證據是～的。
【附註】也作「不足爲據」。

不足爲奇 ㄅㄨˋ ㄗㄨˊ ㄨㄟˊ ㄑㄧˊ

【出處】明・施耐庵《水滸傳》第六十八回：「吳用見說，大笑道：『不足爲奇！』」
【解釋】不足：不值得。奇：奇怪、驚奇。
【用法】指事物或現象很平常，沒有什麼了不起的，不值得奇怪。
【例句】這件事的發展，早在我的預料之中，所以我覺得～，你也就不必太緊張。

不足爲訓 ㄅㄨˋ ㄗㄨˊ ㄨㄟˊ ㄒㄩㄣˋ

【出處】清・曾樸《孽海花》第四回：「孝琪的行爲，雖然不足爲訓，然聽他的議論思想，也有獨到之處。」
【解釋】不足：不值得。訓：規範、準則。
【用法】不值得做爲遵循的準則。
【例句】期貨買賣對長期投資而言，是～的。

不足爲外人道 ㄅㄨˋ ㄗㄨˊ ㄨㄟˊ ㄨㄞˋ ㄖㄣˊ ㄉㄠˋ

【出處】晉・陶淵明《桃花源記》：「此中人語，不足爲外人道也。」（這裏「不足」解爲「不必」。）
【解釋】不足：不值得。爲：對、向。道：說。
【用法】不值得對外人說。
【例句】這些事只能自家人談談，是～的。
【附註】「爲」不能念成ㄨㄟˋ。

不足與謀 ㄅㄨˋ ㄗㄨˊ ㄩˇ ㄇㄡˊ

【出處】漢・司馬遷《史記・項羽本紀》：「項王則受璧，置之坐上，亞父受玉斗，置之地，拔劍撞而破之，曰：『唉！豎子不足與謀。奪項王天下者，必沛公也，吾屬今爲之虜矣。』」
【解釋】足：值得。謀：謀劃、計議。
【用法】不值得共同計議。
【例句】小張是個不學無術、又不虛心的人，實在～。

不辭勞苦 ㄅㄨˋ ㄘˊ ㄌㄠˊ ㄎㄨˇ

【出處】唐・牛肅《紀聞・吳保安》：「今日之事，請不辭勞苦。」
【解釋】辭：推托。勞苦：勞累辛苦。
【用法】①不逃避勞累辛苦。②形容人不怕吃苦，毅力強。
【例句】這些探勘隊員～地跑遍了全省的山區。

不辭而別（ㄅㄨˋ ㄘˊ ㄦˊ ㄅㄧㄝˊ）

【解釋】辭：告辭。別：離別。
【用法】沒有告辭就離去了，或悄悄地溜走了。
【例句】她不聲不響地溜走了，給大家來了個～。

不此之圖（ㄅㄨˋ ㄘˇ ㄓ ㄊㄨˊ）

【解釋】圖：圖謀、打算。
【用法】不打算做這件事或不考慮這個問題。

不才之事（ㄅㄨˋ ㄘㄞˊ ㄓ ㄕˋ）

【出處】清．曹雪芹《紅樓夢》第三十二回：「如此看來，倒怕將來難免不才之事，令人可驚可畏。」
【解釋】不才：不成材。
【用法】指不正經的事情。

不存芥蒂（ㄅㄨˋ ㄘㄨㄣˊ ㄐㄧㄝˋ ㄉㄧˋ）

【出處】漢．司馬相如《子虛賦》：「吞若雲夢者八九於胸中，曾不蔕芥。」
【解釋】芥蒂：本作「蔕芥」，細小的梗塞物，喻積在心裏的怨恨或不快。
【用法】①心裏不積存怨恨或不快。②形容人心地寬，氣量大。
【例句】他胸懷坦蕩，對於個人恩怨～。

不死不活（ㄅㄨˋ ㄙˇ ㄅㄨˋ ㄏㄨㄛˊ）

【用法】形容事物缺乏活力或處境非常尷尬。
【例句】這些日子以來，他總是無精打采，～的，振作不起來。

不三不四（ㄅㄨˋ ㄙㄢ ㄅㄨˋ ㄙˋ）

【出處】明．施耐庵《水滸傳》第七回：「(魯)智深見了，心裏早疑忌道：『這伙人不三不四，又不肯近前來，莫不要攧洒家？』」
【用法】不正派；不像樣子。
【例句】劇本寫得～，要我們從何演起呢？

不安本分（ㄅㄨˋ ㄢ ㄅㄣˇ ㄈㄣˋ）

【解釋】本分：說話做事應有的分際，引申為規矩老實。
【用法】指不甘於所處的地位和受到的待遇，思想言行越出正軌。
【例句】小吳向來就是一個～的人，和他共事是很辛苦的。
【附註】①也作「不守本分」。②「分」不能念成ㄈㄣ。

不安於室（ㄅㄨˋ ㄢ ㄩˊ ㄕˋ）

【出處】《詩經．邶風．凱風．序》：「衛之淫風流行，雖有七子之母，猶不能安其室。」
【解釋】室：家。
【用法】①不安於家室。②指婦人有外遇，淫亂放蕩。
【例句】陳太太～，搞得家裏雞犬不寧。

不一而足（ㄅㄨˋ ㄧ ㄦˊ ㄗㄨˊ）

【出處】《公羊傳．文公九年》：「許夷狄者，不壹而足也。」
【解釋】足：滿足。「一」本作「壹」。
【用法】①原指不是一事一物可使之滿足。②後指同類的事物或現象很多，反覆出現，不能一一列舉。
【例句】諸如此類的情形，不勝枚舉，～。

不依不饒（ㄅㄨˋ ㄧ ㄅㄨˋ ㄖㄠˊ）

【用法】①既不依從也不饒恕。②指爲一個小問題反覆爭執，糾纏個沒完沒了。

【例句】是非已經清楚，就別～的了。

不夷不惠（ㄅㄨˋ ㄧˊ ㄅㄨˋ ㄏㄨㄟˋ）

【出處】漢・揚雄《法言・淵騫》：「不夷不惠，可否之間也。」

【解釋】夷：伯夷，殷代人。殷亡後，他堅持非其君不事，不食周粟，餓死在首陽山下。惠：柳下惠，春秋時人。他曾被罷官三次，堅不去職。

【用法】①既不像伯夷那樣誓不作官，也不像柳下惠那樣拒不去職，而介乎二者之間。②指處事不固執，折衷而行。

【例句】他那種～的性格，未嘗不是一項長處。

不遺寸草（ㄅㄨˋ ㄧˊ ㄘㄨㄣˋ ㄘㄠˇ）

見「寸草不留」。

不遺餘力（ㄅㄨˋ ㄧˊ ㄩˊ ㄌㄧˋ）

【出處】《戰國策・趙策三》：「王曰：『秦之攻我也，不遺餘力矣，必以倦而歸也。』」

【解釋】遺：留存。餘：剩餘。

【用法】①不留剩餘的力量。②指毫無保留地使出全部力量。

【例句】這次活動的成功，歸功於各位伙伴～地支持與協助。

不以規矩不能成方圓（ㄅㄨˋ ㄧˇ ㄍㄨㄟ ㄐㄩˇ ㄅㄨˋ ㄋㄥˊ ㄔㄥˊ ㄈㄤ ㄩㄢˊ）

【出處】《孟子・離婁上》：「離婁之明，公輸子之巧，不以規矩，不能成方圓。」

【解釋】規：圓規，畫圓形的工具。矩：矩尺，畫方形的工具。規矩：比喻標準，法度。

【用法】①不用圓規和矩尺就畫不成圓形和正方形。②比喻辦事情必須遵循一定的法則。

【例句】「～」，我們無論從事什麼工作，都應該遵循一定的規章制度，否則，各行其是，任何事情也辦不成。

不以一眚掩大德（ㄅㄨˋ ㄧˇ ㄧ ㄕㄥˇ ㄧㄢˇ ㄉㄚˋ ㄉㄜˊ）

【出處】《左傳・僖公三十三年》：「大夫何罪？且吾不以一眚掩大德。」

【解釋】以：因爲。眚：過失、錯誤。德：品德、功德。

【用法】不因爲一點小的過錯就抹殺了大的功德。

【例句】人無完人，評價一個人要～。

不以爲奇（ㄅㄨˋ ㄧˇ ㄨㄟˊ ㄑㄧˊ）

【出處】清・無名氏《官場維新記》第十一回：「那看門的因爲自家小姐與外間男人往來慣的，不以爲奇，便指引袁伯珍花廳上坐了。」

【用法】不認爲是新奇的。

【例句】這樣的事情，在他看來司空見慣，～。

不以爲恥（ㄅㄨˋ ㄧˇ ㄨㄟˊ ㄔˇ）

【出處】《鄧析子・轉辭》：「今墨劓不以爲恥，斯民所以亂多治少也。」

【用法】①不認爲是可恥的事情。②指不知羞恥。

【例句】他做了那麼多壞事，卻滿不在乎，～。

不以爲然

【出處】宋·王明清《揮麈後錄》卷四：「宣和初，徽宗有意征遼，蔡元長、鄭達夫不以爲然。」
【解釋】然：對。
【用法】①不認爲是對的。②表示不同意（有輕視的意思）。
【例句】對於這種習以爲常的做法，他卻～。

不以爲意

【出處】明·羅貫中《三國演義》第十一回：「管亥望見救軍來到，親自引兵迎敵，因見玄德兵少，不以爲意。」
【用法】①以爲不須介意。②形容心有所恃，不把有關的事放在心上。
【例句】他是個豁達的人，對許多事情都是採取～的態度。

不由分說

【出處】元·武漢臣《生金閣》第三折：「怎麼不由分說，便將我飛拳走踢只是打。」
【解釋】分說：解說。
【用法】不讓人辯解。
【例句】不一會兒，一群小流氓氣勢洶洶地來到小王跟前，～，唱喝著把小王擁到廟裏去了。

不由自主

【出處】清·曹雪芹《紅樓夢》第八十一回「鳳姐兒笑道：『我也不很記得了。但覺自己身子不由自主，倒像有什麼，拉拉扯扯，要我殺人才好。』」
【用法】①由不得自己，控制不住自己。②形容感情激動的樣子。
【例句】一看到眼前的情景，他～地站住了。

不言不語

【用法】不說話。
【例句】嚴老先生～地蹲在堤防上，看著淡水河裏翻滾的水流。

不言之化

【出處】《莊子·知北游》：「夫知者不言，言者不知，故聖人行不言之教。」
【解釋】化：教化。
【用法】不通過語言進行教育而收到的感化作用。
【例句】處處以身作則，群衆自然跟著學習，可以達到～。

不言而信

【出處】《莊子·田子方》：「夫子不言而信，不比而周。」
【解釋】信：相信。
【用法】①不用說明，也可相信。②或不用多說，行動已經樹立了威信。
【例句】情況很明顯，使人～。

不言而喻

【出處】《孟子·盡心上》：「君子所性，仁義禮智根於心，其生色也，睟然見於面，盎於背，施於四體，四體不言而喻。」
【解釋】喻：明白。
【用法】不用說就能明白。
【例句】沒有學術基礎，文化教育事業

很難發展，這是～的。

不因人熱（ㄅㄨˋ ㄧㄣ ㄖㄣˊ ㄖㄜˋ）

【出處】《東觀漢記・梁鴻傳》：「（鴻）常獨坐止，不與人同食。比舍（近鄰）先炊已，呼鴻及熱釜炊。鴻曰：『童子鴻，不因人熱者也。』滅灶更燃火。」
【解釋】因：順隨。
【用法】指不依賴於人。
【例句】他那種～的品格是值得學習的。

不陰不陽（ㄅㄨˋ ㄧㄣ ㄅㄨˋ ㄧㄤˊ）

【解釋】陰：暗。陽：明。
【用法】形容待人處事的態度不明不暗，顯得狡黠。
【例句】這個人總是～的，給人的印象很不好。

不淫之度（ㄅㄨˋ ㄧㄣˊ ㄓ ㄉㄨˋ）

【出處】《莊子・達生》：「處乎不淫之度，而藏乎無端之紀。」
【解釋】淫：過甚。度：程度。
【用法】指行爲的適度，即不過分而有節制。
【例句】對於～的要求，是不應苛責的。

不無小補（ㄅㄨˋ ㄨˊ ㄒㄧㄠˇ ㄅㄨˇ）

【出處】宋《朱子全書・尚書一・綱領》：「諸家雖或淺近，要亦不無小補，但在詳擇之耳。」
【解釋】補：補益。
【用法】①不是沒有小的補益。②指作用儘管不大，卻多少總是有些好處。
【例句】我雖然力量有限，但只要肯接受我的幫助，也許～。

不舞之鶴（ㄅㄨˋ ㄨˇ ㄓ ㄏㄜˋ）

【出處】南朝・宋・劉義慶《世說新語・排調》：「昔羊叔子（祜）有鶴善舞，嘗向客稱之。客試使驅來，而不肯舞。」（氃氋ㄊㄨㄥˊ ㄇㄥˊ：羽毛鬆散。）
【用法】①不起舞的鶴。②譏諷無能的人。③有時也用作自謙之辭。
【例句】我不過是個～，這麼重的擔子怎麼挑得起來呢？

不我遐棄（ㄅㄨˋ ㄨㄛˇ ㄒㄧㄚˊ ㄑㄧˋ）

【出處】《詩經・周南・汝墳》：「既見君子，不我遐棄。」
【解釋】遐：遠。棄：拋棄。
【用法】①不要遠遠地拋棄我。②指不要和我決裂。（賓語「我」放在動詞之前，這是古漢語否定句式中人稱代詞作賓語的格式。）

不爲福先，不爲禍始（ㄅㄨˋ ㄨㄟˊ ㄈㄨˊ ㄒㄧㄢ，ㄅㄨˋ ㄨㄟˊ ㄏㄨㄛˋ ㄕˇ）

【出處】《莊子・刻意》：「不爲福先，不爲禍始，感而後應，迫而後動，不得已而後起。」
【解釋】先：先驅者、帶頭人。始：創始者。
【用法】不做爲人們造福的先驅者，也不做禍害人類的創始人。
【例句】中國人向來～，所以凡事都不容易有改革；前驅和闖將，大抵是誰也不做。

不爲戎首（ㄅㄨˋ ㄨㄟˋ ㄖㄨㄥˊ ㄕㄡˇ）

【出處】《禮記・檀弓》：「毋爲戎首

，不亦善乎？」
【解釋】戎首：率兵攻打別人的帶頭者。
【用法】不做攻打別人的帶頭人。

不違農時 ㄅㄨˋ ㄨㄟˊ ㄋㄨㄥˊ ㄕˊ

【出處】《孟子・梁惠王上》：「不違農時，穀不可勝食也。」
【解釋】違：違背。
【用法】不違背農作物耕種、收穫的季節。
【例句】各地都要～，抓緊時機，做好春播。

不違如愚 ㄅㄨˋ ㄨㄟˊ ㄖㄨˊ ㄩˊ

【出處】《論語・爲政》：「吾與回言終日，不違，如愚。」
【解釋】違：違反。愚：傻子。
【用法】像傻子一樣，不提出相反的意見和疑問。
【例句】僅僅要學生們～是不對的，應該盡量啓發他們獨立思考，敢於提出不同見解。

不聞不問 ㄅㄨˋ ㄨㄣˊ ㄅㄨˋ ㄨㄣˋ

【出處】清・曹雪芹《紅樓夢》第四回：「所以這李紈雖青春喪偶，且居處於膏粱錦綉之中，竟如『槁木死灰』一般，一概不問不聞，惟知侍親養子，閑時陪侍小姑等針黹誦讀而已。」
【解釋】聞：聽。
【用法】①不聽，也不過問。②形容對事情漠不關心。
【例句】我既然負責這項工作，就不能～，任其自然發展。

不聞其香 ㄅㄨˋ ㄨㄣˊ ㄑㄧˊ ㄒㄧㄤ

【出處】《孔子家語・六本》：「與善人居，如入芝蘭之室，久而不聞其香，即與之化矣。」
【解釋】聞：用鼻子嗅。
【用法】①聞不出它的香味。②本指久在香花叢中，聞慣了香氣，就感覺不出香味來了！③後泛指長久地接觸某種人或事物，看慣了，反而感覺不到其特點突出。
【例句】由於一直和他相處在一起，倒不如別人更能一眼看出他的許多優點，這就是久而～吧。

不聞其臭 ㄅㄨˋ ㄨㄣˊ ㄑㄧˊ ㄔㄡˋ

【出處】《孔子家語・六本》：「如入鮑魚之肆，久而不聞其臭。」（鮑魚：指鹽漬的魚，腥味很濃。）
【解釋】聞：用鼻子嗅。
【用法】①聞不見它的臭味。②比喻久處惡劣的環境之中，習焉不察，竟不以爲惡劣了。
【例句】人很容易被環境同化，所以～的情形，也就可以理解了！

不聞之事 ㄅㄨˋ ㄨㄣˊ ㄓ ㄕˋ

【出處】《呂氏春秋・精諭》：「勝書能以不言說，而周公旦能以不言聽，此之謂不言之聽，不言之謀，不聞之事。殷雖惡周，不能疵矣。」
【解釋】聞：聽。
【用法】①不是只用耳朵就能聽懂的事情。②指必須通過思考才能領悟的事理。③指不常聽到的事情。
【例句】此人是個消息靈通之士，使我聽到了許多～。

不聞之聞（ㄅㄨˋ ㄨㄣˊ ㄓ ㄨㄣˊ）

【出處】《呂氏春秋．大樂》：「道也者，視之不見，聽之不聞，不可爲狀，有知不見之見，不聞之聞，無狀之狀，則幾於知之矣。」
【解釋】不聞：不以耳聞。聞：指知識。
【用法】指不能一聽就懂的知識。
【例句】這個道理可算是～，需要你我細心體會！

不虞之變（ㄅㄨˋ ㄩˊ ㄓ ㄅㄧㄢˋ）

【出處】唐．魏征《十漸不克終疏》：「以馳騁爲歡，莫慮不虞之變。」
【解釋】虞：意料。
【用法】意料不到的事變。
【例句】對於這～，他一點心理準備也沒有。

不虞之隙（ㄅㄨˋ ㄩˊ ㄓ ㄒㄧˋ）

【出處】清．曹雪芹《紅樓夢》第五回：「既熟慣，便更覺親密；既親密，便不免有些不虞之隙，求全之毀。」
【解釋】虞：意料。隙：感情上的裂痕、隔膜。
【用法】出乎意料的隔膜。

不虞之譽（ㄅㄨˋ ㄩˊ ㄓ ㄩˋ）

【出處】《孟子．離婁上》：「有不虞之譽，有求全之毀。」
【解釋】虞：意料。譽：讚揚。
【用法】意料不到的讚揚。
【例句】歷經世事後深入想想，「～」和「不虞之毀」一樣地無聊。

不約而同（ㄅㄨˋ ㄩㄝ ㄦˊ ㄊㄨㄥˊ）

【出處】漢．司馬遷《史記．平津侯．主父列傳》：「應時而皆動，不謀而俱起，不約而同會。」
【用法】沒有約定，彼此的看法或行動卻一致。
【例句】他們三人內心～地都有點緊張。

不遠千里（ㄅㄨˋ ㄩㄢˇ ㄑㄧㄢ ㄌㄧˇ）

【出處】《管子．小問》：「公曰：『來工若何？』管子對曰：『三倍，不遠千里。』」
【解釋】不遠：不以爲遠。
【用法】①不以千里爲遠。②指不辭長途跋涉的辛勞。
【例句】你～來參加我們這次會議，使我很感動，希望你不虛此行，在會上能充分談談你的看法。

布帛菽粟（ㄅㄨˋ ㄅㄛˊ ㄕㄨˊ ㄙㄨˋ）

【出處】漢．晁錯《論貴粟疏》：「粟米布帛生於地。長於時，聚於力，非可一日成也。」
【解釋】帛：絲織品的總稱。菽：豆類的總稱。
【用法】布帛菽粟，都是生活必需品。雖屬平常，卻是不可缺少的東西。
【例句】日用工具一類產品，就像～一樣，是生活中不可缺少的。

布被瓦器（ㄅㄨˋ ㄅㄟˋ ㄨㄚˇ ㄑㄧˋ）

【出處】《琅琊代醉編．布被瓦器》：「王良爲大司徒直，在位恭儉，妻子不食官舍，布被瓦器。」
【用法】①蓋布被，用瓦器皿。②形容操行廉潔，家境儉樸清苦。
【例句】李家老爺～，爲官清廉，令人

敬仰！

布帆無恙

【出處】唐・房玄齡等《晉書・顧愷之傳》：「愷之嘗因假還，(殷)仲堪特以布帆借之。至破冢，遭風大敗。愷之與仲堪戲曰：『地名破冢，眞破冢而出。行人安穩，布帆無恙。』」
【解釋】布帆：代指帆船。恙：病。
【用法】①帆船沒出毛病。②形容旅途平安。
【例句】您旅途勞頓，幸而～，今晚就早些休息，好好調養精神吧！

布鼓雷門

【出處】漢・班固《漢書・王尊傳》：「毋持布鼓過雷門。」顏師古注：「雷門，會稽城門也，有大鼓，越(今浙江省一帶)擊此鼓，聲聞洛陽；布鼓，謂以布爲鼓，故無聲。」
【解釋】布鼓：用布蒙的鼓。雷門：古代會稽(今浙江省紹興)城門名。
【用法】比喻在高手面前賣弄本領，相形見絀。

布恩施德

【出處】明・羅貫中《三國演義》第一百一十九回：「後我宣王、景王，始建大功，布恩施德，天下歸心久矣。」
【用法】將財物施捨給人，把恩德給與別人。
【例句】古代聖君賢相～減輕賦役，以致民心歸附，天下太平！

布衣芒屩

【出處】元・無名氏《范張鷄黍》第四折：「多謝你荆州太守漢循良，舉荐我布衣芒屩到朝堂。」
【解釋】布衣：麻布衣服，古代平民的服裝。芒屩：草鞋。
【用法】①穿布衣、著草鞋。②指普通平民。

布衣黔首

【出處】漢・司馬遷《史記・李斯列傳》：「夫斯乃上蔡布衣，閭巷之黔首。」
【解釋】布衣：平民，舊時也指沒有做官的讀書人。黔首：戰國及秦代對人民的稱謂。
【用法】指一般的平民。
【例句】在～之中不乏有才有識之士。

布衣雄世

【出處】宋・葉廷珪《海錄碎事・人事、敏慧》：「袁紹稱鄭玄以布衣雄世。」
【解釋】布衣：指平民。
【用法】一個平平常常的人成爲人世間的英雄。
【例句】放眼古今中外，多少豪傑～，以其個人魅力，締造了燦爛輝煌的史蹟！

布衣之交

【出處】《戰國策・齊策三》：「衛君與文布衣交，請具車馬皮幣，願君以此從衛君游。」
【解釋】布衣：指平民。
【用法】①貧賤時建立的交情，或百姓之間的交往。②也指不因職位高而看不起人，與地位低賤的朋友平等交往。
【例句】他們這些人是～，彼此之間都是以誠相待的。

布衣書帶（ㄅㄨˋ ㄧ ㄕㄨ ㄉㄞˋ）

【出處】唐・韓愈《與李翺書》：「布衣書帶之士，談道義者多乎？」
【解釋】布衣：麻布衣服。書帶：用皮子做的衣帶。
【用法】①穿布衣，繫書帶。②原指古代平民的服裝。③後來以專指沒有做官的讀書人。
【例句】林先生～不願爲官，確實是鐘鼎山林，人各有志啊！

布衣蔬食（ㄅㄨˋ ㄧ ㄕㄨ ㄙˋ）

【出處】晉・陳壽《三國志・魏志・管寧傳》裴松之注引《先賢行狀》：「布衣疏（蔬）食，不改其樂。」
【解釋】布衣：麻布之服。
【用法】①穿布衣，吃粗飯。②形容生活儉樸。
【例句】老爺爺雖已年近花甲，却依然～，保持着樸實的古風。

布襪青鞋（ㄅㄨˋ ㄨㄚˋ ㄑㄧㄥ ㄒㄧㄝˊ）

見「青鞋布襪」。

步步登高（ㄅㄨˋ ㄅㄨˋ ㄉㄥ ㄍㄠ）

【出處】宋・釋惟白《續傳燈錄》卷三十二：「他只會從空放下，不會步步登高。」
【用法】①一步緊跟一步地攀登高峰。②比喻逐步上升。③舊時也指官運亨通，連續不斷地提升。
【例句】陳家老爺官運亨通～，他的親朋好友，也都跟著沾光了！

步步蓮花（ㄅㄨˋ ㄅㄨˋ ㄌㄧㄢˊ ㄏㄨㄚ）

【出處】《雄寶藏經・鹿女夫人緣》載：鹿女每一足迹都有蓮花，後來她當了梵楚像國王的二夫人，生千葉蓮花，一葉有一個小兒，得千子，爲賢刼千佛。
【解釋】因蓮花居塵不染，故諸佛，菩薩造像的身底或足下多有「蓮台」、「蓮座」，以象徵着超塵脫俗、處於崇高的境地。
【用法】①每一脚印下都生了蓮花。②也用以形容女子步履輕盈美妙。
【例句】姊姊的步履輕盈曼妙，～煞是好看。
【附註】也作「蓮花步步」。

步步高升（ㄅㄨˋ ㄅㄨˋ ㄍㄠ ㄕㄥ）

【用法】①形容仕途順利，不斷升官。②也形容爲人精明幹練，身價地位直線上升。
【例句】這幾年來，他～，已經從一個小職員當上主管了。

步步爲營（ㄅㄨˋ ㄅㄨˋ ㄨㄟˊ ㄧㄥˊ）

【出處】明・羅貫中《三國演義》第七十一回：「淵爲人輕躁，恃勇少謀，可激勸士卒，拔寨前進，步步爲營，誘淵來戰而擒之：此乃『反客爲主』之法。」
【用法】①軍隊在作戰時，前進一步，就建立一個營壘，以鞏固陣地。②比喻做事謹慎，穩紮穩打。
【例句】我要採取～的戰術，把敵人困住。

步調一致（ㄅㄨˋ ㄉㄧㄠˋ ㄧˊ ㄓˋ）

【解釋】步調：走路時脚步的大小快慢

。一致：一樣。

【用法】比喻行動協調統一。

【例句】全國人民在政府的領導下，～地從事各項建設以邁向現代化的新紀元。

步履蹣跚

【出處】宋・無名氏《釋常談》：「患脚謂之『步履蹣跚。』」

【解釋】步履：行走。蹣跚：腿脚不靈便。

【用法】行走不穩，搖搖晃晃的樣子。

【例句】他經受不住這樣的打擊，～、跌跌撞撞地回到屋裏。

【附註】也作「步態蹣跚」。

步履安詳

【出處】《小學・嘉言》：「步履必安詳，居處必正靜。」

【解釋】步履：行走。安詳：安穩。

【用法】邁步走路，安穩從容。

【例句】他獨自在林蔭道上～地走着。

步履維艱

【出處】元・脫脫等《金史・章帝紀》：「年高艱於步履者，並聽策杖，仍令舍人護衛扶立。」

【解釋】步履：行走。維：文言助詞。艱：困難。

【用法】行動十分困難。（一般指老年人或有病的人。）

【例句】他的關節炎越來越嚴重，～，很少出門走動。

步人後塵

【出處】唐・杜甫《戲爲六絕句》詩：「竊攀屈宋宜方駕，恐與齊梁作後塵。」

【解釋】步：踏着。後塵：行進時脚步後面揚起的塵土。

【用法】①跟着別人走的路走。②比喻追隨、模仿別人(含貶義)。

【例句】在創作上不敢創新，寫來寫去不過是～而已。

〔夊部〕

爬梳剔抉 ㄆㄚˊ ㄕㄨ ㄊㄧ ㄐㄩㄝˊ

【出處】原作「爬羅剔抉」。唐·韓愈《進學解》：「拔去凶邪，登崇俊良，占小善者率以錄，名一藝者無不庸。爬羅剔抉，刮垢磨光。」

【解釋】爬梳：搜集、梳理。剔抉：篩選。

【用法】廣泛搜集，認眞整理和選擇。

【例句】有關《詩經》方面研究的資料很多，你要以此作專題可必須經過一番～的工夫。

潑婦罵街 ㄆㄛ ㄈㄨˋ ㄇㄚˋ ㄐㄧㄝ

【解釋】潑婦：潑辣凶悍的婦女。不講理的潑辣的婦女破口罵人。

【用法】多指大肆漫罵(用於貶意)。

【例句】你這樣無理取鬧，豈不是～。

潑天大禍 ㄆㄛ ㄊㄧㄢ ㄉㄚˋ ㄏㄨㄛˋ

【出處】清·無名氏《官場維新記》第九回：「那些人見已經撞下了潑天大禍，口裏叫一聲不好，就捨了袁伯珍，爭門奪路的奔出房間。」

【解釋】潑天：非常大、極大。

【用法】指極大的禍事。

【例句】沒有想到，他這一去竟闖了～！

潑油救火 ㄆㄛ ㄧㄡˊ ㄐㄧㄡˋ ㄏㄨㄛˇ

【出處】明·羅貫中《三國演義》第七十四回：「衡曰：『龐德原係馬超手下副將，職居五虎上將，況其親兄龐柔亦在西川爲官；今使他爲先鋒，是潑油救火也。』」

【解釋】潑：灑、澆。用油灑向火裏去救火。

【用法】比喻行事辦法不對，結果得到相反的效果。

【例句】不經醫生診斷，亂服成藥，正如～，愈搞愈糟。

破壁飛去 ㄆㄛˋ ㄅㄧˋ ㄈㄟ ㄑㄩˋ

【出處】《宣和畫譜·卷一》：「張僧繇嘗於金陵安樂寺畫四龍，不點目睛，請點即騰驤而去。人以爲誕，固請點之，因爲落墨，才及二龍，果雷電破壁。徐視畫，已失之矣。」

【解釋】畫壁被雷電擊破，壁上點了眼睛的兩條龍騰空飛去。

【用法】比喻人驟然間飛黃騰達。

【例句】誰能想到，這個窮困潦倒的書呆子，竟然～，一下子變得顯赫起來了。

破門而入 ㄆㄛˋ ㄇㄣˊ ㄦˊ ㄖㄨˋ

【解釋】砸開大門，衝了進去。

【用法】形容迫不急待地衝了進去。

【例句】強盜～，把屋裏洗劫一空。

破釜沉舟 ㄆㄛˋ ㄈㄨˇ ㄔㄣˊ ㄓㄡ

【解釋】漢·司馬遷《史記·項羽本紀》：「項羽乃悉引兵渡河，皆沉船，破釜甑，燒廬舍，持三日糧，以示士卒必死，無一還心。」

【解釋】釜：古時燒飯用的大鍋。舟：船。打破飯鍋，弄沉渡船，以示決一死戰。

【用法】比喻決心奮鬥到底，絕不後退。

【例句】如今只能～，幹到底了。

【附註】也作「沉舟破釜」。

破題兒第一遭

ㄆㄛˋ ㄊㄧˊ ㄦˊ ㄉㄧˋ ㄧ ㄗㄠ

【出處】元·王實甫《西廂記》第四本第四折：「離恨重迭，破題兒第一夜。」

【解釋】破題兒：指舊時試帖詩及八股文開頭用一兩句話說破題目的要旨。遭：次、回。

【用法】比喻事情的開端或第一次。

【例句】這次演出是我～的嘗試，上台時不禁有些膽怯。

破涕爲笑

ㄆㄛˋ ㄊㄧˋ ㄨㄟˊ ㄒㄧㄠˋ

【出處】晉·劉琨《答盧諶書》：「時復相與舉觴對膝，破涕爲笑，非終身之積慘，求數刻之暫歡。」

【解釋】涕：淚水。破涕：停止了哭。止住淚水，轉而笑了起來。

【用法】指轉悲而喜。

【例句】他聽了解釋，弄清了眞相，才～。

破天荒

ㄆㄛˋ ㄊㄧㄢ ㄏㄨㄤ

【出處】五代·孫光憲《北夢瑣言》卷四：「唐荊州衣冠藪澤，每歲解送舉人，多不成名，號曰『天荒解』。」

【解釋】天荒：從來沒有開墾的荒地。

【用法】喻從來沒有過或第一次出現。

【例句】這個吝嗇鬼今日大手筆請客，可眞是～的事。

破格錄用

ㄆㄛˋ ㄍㄜˊ ㄌㄨˋ ㄩㄥˋ

【解釋】破格：打破原定規格。錄用：錄取任用。

【用法】打破原定規格，錄取任用。

【例句】雖然你學歷不夠，但因爲你的傑出表現，老闆決定～。

破罐破摔

ㄆㄛˋ ㄍㄨㄢˋ ㄆㄛˋ ㄕㄨㄞ

【解釋】指已經破了的罐子，索性再往破裏摔。

【用法】比喻人自甘墮落，不求上進。

【例句】有心改過的人，我們必須向他伸出熱情的手，絕不能讓他～。

破口大罵

ㄆㄛˋ ㄎㄡˇ ㄉㄚˋ ㄇㄚˋ

【用法】指用不乾淨的口語大聲叫罵。

【例句】這個人實在不講道理，人家找他說理，他卻～。

破鏡重圓

ㄆㄛˋ ㄐㄧㄥˋ ㄔㄨㄥˊ ㄩㄢˊ

【出處】唐·孟棨《本事詩·情感》載：南朝·陳將要亡國的時候，駙馬徐德言料到在戰亂中夫妻必將離散，他把一面銅鏡破開，交給他的妻子樂昌公主，約定在正月十五那天到京場的市上去賣，以通消息。陳亡國，樂昌公主被楊素所得。徐德言按預定的日子去京場的市上，見到那半片鏡子，就買了下來，又寫好一首詩：「鏡與人俱去，鏡歸人不歸，無復嫦娥影，空留明月輝。」並把詩給了賣鏡子的人。後來樂昌公主見了那首詩，悲傷哭泣，不進飲食。楊素問明情由，當即讓樂昌公主與徐德言重新團圓，於是夫妻同返江南，白頭偕老。

【用法】比喻失散後的夫妻又得到團圓，或夫妻離婚後又復婚。

【例句】他們夫妻二人總算是～了，大家都為他們高興。

破綻百出（ㄆㄛˋ ㄓㄢˋ ㄅㄞˇ ㄔㄨ）

【解釋】破綻：衣服上的裂縫，引申為語言行動中不周到之處，即「漏洞」。百：言其多。

【用法】指漏洞出現很多。

【例句】他的發言～，很輕易地就被人們駁得體無完膚了。

【附註】「綻」不能念成ㄉㄧㄥˋ。

破竹之勢（ㄆㄛˋ ㄓㄨˊ ㄓ ㄕˋ）

【出處】唐．房玄齡等《晉書．杜預傳》：「今兵威已振，譬如破竹，數節之後，皆迎刃而解。」

【解釋】破竹：劈竹子，竹子劈開了節，底下的就會順著刀勢分開。像劈竹子那樣的情勢。

【用法】比喻節節勝利的形勢。

【例句】我大軍南下，一路上有如～，敵人望風而逃。

迫在眉睫（ㄆㄛˋ ㄗㄞˋ ㄇㄟˊ ㄐㄧㄝˊ）

【出處】《莊子．庚桑楚》：「曰：『向吾見若眉睫之間。』」

【解釋】迫：迫近。眉睫：眉毛和眼睫毛，指眼前。

【用法】形容事到眼前，十分緊急。

【例句】此事已～，你怎還如此悠然自得？

魄散魂飛（ㄆㄛˋ ㄙㄢˋ ㄏㄨㄣˊ ㄈㄟ）

見「魂飛魄散」。

拍板成交（ㄆㄞ ㄅㄢˇ ㄔㄥˊ ㄐㄧㄠ）

【解釋】拍賣員拍打板子，作成交易。

【用法】本指舊市場交易活動，買方賣方經過討價還價，由拍賣員拍打板子，表示成交。泛指相互勾結，進行交易而達成協議。

【例句】這宗交易使雙方都有利可圖，所以很快就～了。

拍手稱快（ㄆㄞ ㄕㄡˇ ㄔㄥ ㄎㄨㄞˋ）

【出處】明．凌濛初《二刻拍案驚奇》第三十五卷：「又見惡姑奸夫俱死，又無不拍手稱快。」

【解釋】拍手：鼓掌。稱：說。快：痛快。

【用法】形容由於正義得到伸張或事情有了令人滿意的結局，而心裏非常快時的熱烈表現。

【例句】警察把通緝犯當場抓到，附近居民都～。

拍案叫絕（ㄆㄞ ㄢˋ ㄐㄧㄠˋ ㄐㄩㄝˊ）

【出處】清．曹雪芹《紅樓夢》第七十八回：「寶玉聽了，垂頭想了一想，說了一句道：『不繫明珠繫寶刀。』」忙問：『這一句可還使得？』」眾人拍案叫絕！」

【解釋】案：几案。絕：絕妙無比。拍著几案叫好。

【用法】形容極其讚賞。

【例句】聽到他的妙計，全班不禁～，決定要在老師生日那天給老師一個驚喜。

拍案而起（ㄆㄞ ㄢˋ ㄦˊ ㄑㄧˇ）

【解釋】案：几案。猛拍几案，憤然站起身來。

【用法】形容憤激的情狀。

【例句】聽到他的一番混帳話，陳伯伯氣得～。

徘徊不前 ㄆㄞˊ ㄏㄨㄞˊ ㄅㄨˋ ㄑㄧㄢˊ

【解釋】徘徊：在原地來回地走。

【用法】比喻停止在原有水準，沒有進展。

【例句】他很想向老師認錯，卻又拉不下臉，就在辦公室門口～。

排難解紛 ㄆㄞˊ ㄋㄢˋ ㄐㄧㄝˇ ㄈㄣ

【出處】宋·司馬光《答孔文仲司戶書》：「夫國有諸侯之事，而能端委束帶，與賓客言，以排難解紛。」

【解釋】排：消除。難：患難。解：解決。紛：紛亂。

【用法】原指消除患難，解視紛亂。

【例句】老王是村裡的和事佬，每當村民發生問題，總是請他去～。

排沙簡金 ㄆㄞˊ ㄕㄚ ㄐㄧㄢˇ ㄐㄧㄣ

【出處】南朝·宋·劉義慶《世說新語·文學》：「孫興公云：『潘（岳）文爛若披沙簡金，往往見寶。』」

【用法】排：鋪開。簡：選擇。

【用法】比喻從蕪雜的事物中進行挑選，求取精華。

【例句】資料整理工作是一項細緻的工作，必須～，從大量的、龐雜的資料中，選出有價值的有西。

排山倒海 ㄆㄞˊ ㄕㄢ ㄉㄠˇ ㄏㄞˇ

【出處】宋·魏收《魏書·高閭傳》：「昔世祖以排山倒海之威，步騎數十萬，南臨瓜步，諸郡盡降。」

【解釋】排：推開。倒：翻倒。

【用法】形容力量大，聲勢盛，不可阻擋。

【例句】火山爆發，熔岩以～之勢渲洩而下。

賠了夫人又折兵 ㄆㄟˊ ˙ㄌㄜ ㄈㄨ ㄖㄣˊ ㄧㄡˋ ㄓㄜˊ ㄅㄧㄥ

【出處】三國故事：孫權聽從周瑜的計謀，將妹妹孫尚香許配劉備，騙劉備到東吳招親，以便扣留他作爲索取荆州的人質。劉備到東吳招親後，帶了孫夫人逃走。周瑜率兵追趕，被諸葛亮設下的伏兵打得落花流水。有人嘲笑周瑜說：「周郎妙計安天下，賠了夫人又折兵。」

【用法】比喻雙重損失。

【例句】他不但沒有拿了賠償金，反而吃上了官司，眞是～。

拋頭露面 ㄆㄠ ㄊㄡˊ ㄌㄨˋ ㄇㄧㄢˋ

【出處】明·許仲琳《封神演義》第五十三回：「況你深閨弱質，不守家教，露面拋頭，不知羞愧。」

【用法】舊指婦女不受封建禮教的約束，在大庭廣衆之中出現。現泛指人公開出面（含貶義）。

【例句】古代婦女講究的是「大門不出，二門不邁」，不可輕易～。

拋珠滾玉 ㄆㄠ ㄓㄨ ㄍㄨㄣˇ ㄩˋ

【出處】清·曹雪芹《紅樓夢》第三十四回：「拋珠滾玉只偷潸，鎮日無心鎮日閑。」

【用法】形容淚滴如同珠玉般地滾滾灑落下來。

【例句】看他～，梨花帶雨，實在惹人

愛憐。

拋磚引玉 (ㄆㄠ ㄓㄨㄢ ㄧㄣˇ ㄩˋ)

【出處】宋‧釋道原《景德傳燈錄‧十》：「師云：『比予拋磚引玉。』」

【解釋】拋出不值錢的磚，引來極寶貴的玉。

【例句】我這篇拙作只是～，希望各位不吝指教。

刨根問底 (ㄆㄠˊ ㄍㄣ ㄨㄣˋ ㄉㄧˇ)

【解釋】刨：挖掘。

【用法】指挖掘根子，查問底細。

【例句】他們倆的事情有些不便說，何必～呢？

【附註】也作「追根究底」。

咆哮如雷 (ㄆㄠˊ ㄒㄧㄠ ㄖㄨˊ ㄌㄟˊ)

【解釋】咆哮：形容人的發怒喊叫。

【用法】指暴怒大叫，像打雷一樣。

【例句】沒有想到，我剛剛說了些意見，他竟～，嚇得我把下面的話全忘了。

庖丁解牛，游刃有餘 (ㄆㄠˊ ㄉㄧㄥ ㄐㄧㄝˇ ㄋㄧㄡˊ，ㄧㄡˊ ㄖㄣˋ ㄧㄡˇ ㄩˊ)

【出處】《莊子‧養生主》載：有一個庖丁解牛非常熟練，文惠君看了非常讚賞，庖丁說：「今臣之刀十九年矣，所解數千牛矣，而刀刃若新發於硎。彼節者有間，恢恢乎，其於游刃有餘地矣。」

【解釋】庖丁：廚夫。解：解剖。游刃：指自由地運刀。廚夫解剖牛，在骨縫中自由地運刀，靈活自如，毫無阻礙。

【用法】比喻行家技藝純熟。

【例句】他表演安裝機器，動作嫻熟準確，正如「～」，參觀者無不交口稱讚。

袍笏登場 (ㄆㄠˊ ㄏㄨˋ ㄉㄥ ㄔㄤˇ)

【解釋】袍：蟒袍。笏：古代大臣上朝時拿在手裏用以記事的長方條形的手板。登場：上台演戲。

【用法】身穿蟒袍，手拿笏板，原指上場演戲。後比喻上任做官（含諷刺意味）。

【例句】日本當時設立僞滿，居然很多人興冲冲地～。

剖腹明心 (ㄆㄡˇ ㄈㄨˋ ㄇㄧㄥˊ ㄒㄧㄣ)

【出處】殷紂王荒淫無道，比干丞相向他進忠言，紂王說：「聖人心有七竅。」意思是說比干對他不忠，說的話別有用心。比干鑒於君主昏庸殘暴，不納忠言，國家的前途無望，氣忿之下，剖腹挖心而死。

【解釋】剖：破開。

【用法】指徹底表白眞心誠意。

【例句】我～，把心裏的話全都講出來了。

剖腹藏珠 (ㄆㄡˇ ㄈㄨˋ ㄘㄤˊ ㄓㄨ)

【出處】宋‧司馬光《資治通鑑‧唐太宗貞觀元年》：「上（唐太宗）謂侍臣曰：『吾聞西城胡賈得美珠，剖身而藏之。』」

【解釋】剖：破開。破開肚子藏珍珠。

【用法】比喻重財寶不惜性命，輕重倒置。

【例句】《紅樓夢》第四十五回：「黛玉道：『跌了燈值錢，是跌了人值錢？……怎麼忽然又變出這～的脾氣來！』」

剖肝瀝膽

【出處】明・羅貫中《三國演義》第三十一回：「（董）承變色而起曰：『公乃漢朝皇權，故剖肝瀝膽以相告，公何詐也？』」

【解釋】剖：破開。瀝：滴。破開心肝，滴瀝膽汁。

【用法】比喻獻出忠心赤膽。

【例句】這個昏君，枉費了這麼多～的忠臣的再三勸誡，仍然一意孤行。

剖肝泣血

【出處】南朝・宋・范曄《後漢書・袁紹傳》：「晝夜長吟，剖肝泣血。」

【解釋】剖：破開。泣：無聲的哭。肝腹斷裂，哭得眼裏出血。

【用法】形容傷痛過甚。

【例句】當她聽到丈夫遇害的消息時，～，痛不欲生。

剖決如流

【出處】唐・魏徵《隋書・裴政傳》：「簿案盈几，剖決如流。」

【解釋】剖決：分析解決。分析解決，有如流水一樣快速。

【用法】形容辨別是非能力強，或解決問題快而順利。

【例句】他對堆積的案卷～，很快就處理完了。

剖心析肝

【出處】漢・鄒陽《獄中上梁王書》：「兩主二臣，剖心析肝相信。豈移於浮辭哉？」

【解釋】剖、析：剖開。解剖心臟使明，剖開肝臟見性。

【用法】比喻明心見性，從思想深處推誠相見。

【例句】我對你已是～，你卻還不能相信我，到底要我怎麼做？

攀龍附鳳

【出處】漢・揚雄《法華・淵騫》：「攀龍麟，附鳳翼，巽以揚之，勃勃乎其不可及也。」

【解釋】攀附：依附。龍、鳳：比喻聖賢或帝王。

【用法】①原指追隨德高望重的聖賢，修養德行。②也指隨從帝王以建功立業。③後泛指巴結或投靠有權有勢的人追求富貴（含貶義）。

【例句】劇中那個～、奉承拍馬屁的人，在生活中雖然並不多見，卻寫得很眞實。

攀龍附驥

【出處】晉・陳壽《三國志・吳書・孫權傳》：「此言之誠，有如大江。」裴松之注引《魏略・孫權與浩周書》：「今子當入侍而未有妃耦。昔君念之，以爲可上連綴宗室若夏侯氏，雖中間自棄，常奉戢在心。當垂宿念，爲之先後，使獲攀龍附驥，永自固定，其爲分惠，豈有量哉！」

【解釋】攀：攀附。驥：駿馬，喻俊傑。

【用法】比喻攀附聖賢，歸附俊傑。

【例句】由於他一心想～，一鳴驚人，所以他顧不得書香門第的面子，參加了李自成的軍隊。

攀葛附藤

【解釋】抓著東西向上爬。附：靠著。葛：多年生草本，莖蔓生，復葉由小葉三片合，夏季開紫色花。
【用法】比喻拉攏關係，趨附權勢。
【例句】這個小人物～，靠著拍馬屁的功夫，混了個一官半職。

攀今吊古

【出處】明．湯顯祖《牡丹亭．訣謁》：「秀才，不要攀今吊古的。」
【解釋】攀：指攀談。吊：憑弔，悼念感傷。
【用法】談論現代的事，懷念古代的事。

攀轅扣馬

【出處】《東觀漢記》：「第五倫爲會稽太守，爲事征，百姓攀轅扣馬，呼曰：『舍我何之？』」
【解釋】攀、扣：拉住、牽住。轅：車轅，車前駕牲畜的直木。拉住車轅和馬，使不能前行。
【用法】形容熱情挽留，不肯放行。
【例句】當百姓們聽到縣長調任的消息後，不少人～，捨不得讓縣長離開。

攀轅臥轍

【出處】唐．白居易《白孔六帖》卷七十七：「侯霸，字君房，臨淮太守，被征，百姓攀轅臥轍，不許去。」
【解釋】攀：拉住、牽住。轅：車轅，車前駕畜牲的直木。臥：躺倒。轍：車轍，車輪壓出的痕迹。有的人扯緊車轅，有的人躺倒在車道上。
【用法】形容熱情挽留所愛戴的人。
【例句】聽到岳飛要調回，百姓都～，不肯讓他離開。

潘江陸海

見「陸海潘江」。

盤馬彎弓

【出處】唐．韓愈《雉帶箭》詩：「將軍欲以巧伏人，盤馬彎弓惜不發。」
【解釋】盤：使盤旋、打轉。彎：使彎曲。騎在馬上使馬打盤旋，把弓拉開，準備發射。
【用法】比喻作出姿態，暫不行動。
【例句】讓敵人來吧，我們早已～，準備徹底消滅他們！

盤根究柢

【解釋】盤：盤查。究：追究。盤查根源，追究底細。
【用法】形容仔細認眞地處理事件。
【例句】對於我們的工作安排，總經理～地問了個清清楚楚。

盤根錯節

【出處】南朝．宋．范曄《後漢書．虞詡傳》：「志不求易，事不避難，臣之職也；不遇槃（同「盤」）根錯節，何以別利器乎？」
【解釋】盤：彎曲、回繞。錯：交錯、交叉。節：枝節。根部彎曲盤繞，枝節錯綜交叉。
【用法】比喻事情繁雜紛亂，難以處理。
【例句】縱橫交錯的人事關係，～的矛盾衝突，弄得他不敢多說一句話，不敢多走一步路。

盤古開天地 ㄆㄢˊ ㄍㄨˇ ㄎㄞ ㄊㄧㄢ ㄉㄧˋ

【出處】《太平御覽》卷二引《三五歷紀》：「天地渾沌如鷄子，盤古生其中。萬八千歲，天地開闢，陽清爲天，陰濁爲地，盤古在其中，一日九變，神於天，聖於地，天日高一丈，地日厚一丈。盤古日長一丈，如此萬八千歲，天數極高，地數極深，盤古極長……，故天去地九萬里。」
【解釋】盤古：盤古氏，相傳是人類的始祖。盤古氏開闢天地。
【用法】指最古老的時代。
【例句】自～以來，也從沒發生過像今天這樣荒謬的事。

盤石桑苞 ㄆㄢˊ ㄕˊ ㄙㄤ ㄅㄠ

【出處】清・方苞《周公論》：「蓋懲於鬼方之叛殷，萊夷之爭齊，而早爲盤石桑苞之固。」
【解釋】盤石：同「磐石」，大而厚的石頭。桑苞：根深柢固的桑樹。
【用法】比喻安穩牢固。

盤游無度 ㄆㄢˊ ㄧㄡˊ ㄨˊ ㄉㄨˋ

【出處】《尚書・五子之歌》：「（太康）乃盤游無度，畋於有洛之表，十旬弗反。」
【解釋】盤游：游樂。度：限度。
【用法】指無節制地沉迷於游樂之中。
【例句】隋煬帝～，弄得勞民傷財，百姓苦不堪言。

磐石之固 ㄆㄢˊ ㄕˊ ㄓ ㄍㄨˋ

【出處】漢・司馬遷《史記・孝文本紀》：「高帝封王子弟地，犬牙相制，此所謂磐石之宗也。」
【解釋】磐石：大而厚的山石。像磐石那樣的牢固。
【用法】比喻相當牢固。
【例句】我們的友誼如～，任何力量也動搖不了。

判然不同 ㄆㄢˋ ㄖㄢˊ ㄅㄨˋ ㄊㄨㄥˊ

【出處】明・羅貫中《風雲會》第二折：「比五代之君，判然不同。」
【解釋】判然：斷然、截然。
【用法】指十分明顯地不相同。
【例句】剛到東南亞時，一切都感到十分新鮮，因爲這裏的風俗與我的老家～。

判若天淵 ㄆㄢˋ ㄖㄨㄛˋ ㄊㄧㄢ ㄩㄢ

【解釋】判：指顯然有區別。淵：深淵。極有區別，一個高在天上，一個深在淵底。
【用法】形容兩者相差過於懸殊。
【例句】唉！你我兩人的境遇實在～。

判若兩人 ㄆㄢˋ ㄖㄨㄛˋ ㄌㄧㄤˇ ㄖㄣˊ

【出處】清・李寶嘉《文明小史》第五回：「須曉得柳知府於這交涉上頭，本是何等通融、何等遷就，何以如今判若兩人？」
【解釋】判：指顯然不同。顯然不同，竟像兩個人似的。
【用法】指本是一個人，但先後的言行截然不同。
【例句】令人吃驚的是，這個平時溫文爾雅的書生，現在居然慷慨激昂，眞是～。

判若鴻溝（ㄆㄢˋ ㄖㄨㄛˋ ㄏㄨㄥˊ ㄍㄡ）

【出處】漢・司馬遷《史記・項羽本紀》：「項王乃與漢約，中分天下，割鴻溝以西者爲漢，鴻溝以東者爲楚。」

【解釋】判：區分開。鴻溝：秦始皇引河水以灌大梁，稱作「鴻溝」，即賈魯河，是古時汴水的分流；秦末，作爲楚、漢的分界線。像以鴻溝爲界，把楚漢區分開來。

【用法】形容界線分明，區別清楚。

【例句】你我的立場～，我不可能改變的，所以你不必多言了。

判若雲泥（ㄆㄢˋ ㄖㄨㄛˋ ㄩㄣˊ ㄋㄧˊ）

【出處】唐・杜甫《送韋書記赴安西》詩：「夫子欻通貴，雲泥相望懸。」

【解釋】判：指顯然有區別。區別很清楚。一像天空的雲彩，一像地下的泥土。

【用法】形容高下懸殊。

【例句】這兩篇小說，無論就其思想或藝術而言，都相差很大，眞是～。

噴薄欲出（ㄆㄣ ㄅㄛˊ ㄩˋ ㄔㄨ）

【解釋】噴薄：氣勢壯盛、噴湧而出的樣子。欲：將要。

【用法】形容水將湧或日將出的景象。

【例句】成千上萬的體育健兒，迎著～的朝陽，展開了一年一度的馬拉松競賽。

噴珠吐玉（ㄆㄣ ㄓㄨ ㄊㄨˇ ㄩˋ）

【解釋】嘴裏噴吐出珍珠美玉。

【用法】指人滿腹才學，出口成章。

【例句】明末夏完淳，雖然只有十八歲的年紀，卻是～，作得一手好詩，在文學史上也佔有一席之地。

滂沱大雨（ㄆㄤ ㄊㄨㄛˊ ㄉㄚˋ ㄩˇ）

【出處】明・許仲琳《封神演義》第十回：「只見滂沱大雨，一似瓢潑盆傾，下有半個時辰。」

【解釋】滂沱：形容雨下得很大。

【用法】指下得很大的雨。

【例句】外面下著～，你就別念著回去了吧！

【附註】也作「大雨滂沱」。

龐然大物（ㄆㄤˊ ㄖㄢˊ ㄉㄚˋ ㄨˋ）

【出處】唐・柳宗元《黔之驢》：「黔無驢，有好事者船載以入。至則無可用，放之山下，虎見之，龐然大物也，以爲神，蔽林間窺之。」

【解釋】龐然：龐大的樣子。

【用法】指形體龐大的東西。

【例句】你要用什麼方法，把這個～運回家？

旁門左道（ㄆㄤˊ ㄇㄣˊ ㄗㄨㄛˇ ㄉㄠˋ）

【出處】明・許仲琳《封神演義》第七十三回：「他罵吾教是左道旁門。」

【解釋】旁、左：指斜的、歪的。

【用法】指斜門歪道。

【例句】他做事專走～，不肯吃苦耐勞，按部就班地努力，才會落到今日的悲慘下場。

【附註】也作「左道旁門」。

旁觀者清（ㄆㄤˊ ㄍㄨㄢ ㄓㄜˇ ㄑㄧㄥ）

【出處】清・曹雪芹《紅樓夢》第五十

五回：「俗話說：『旁觀者清。』這幾年姑娘冷眼看著，或有該添該減的去處，二奶奶沒行到，姑娘竟一添減。」
【解釋】旁觀者：在一旁觀看的人。
【用法】指在一旁觀看的人心裏非常清楚。常與「當局者迷」連用。
【例句】我們要徵求別人的意見，常言說：「當局者迷，～」，多考慮別人的意見的大有好處的。

旁見側出（ㄆㄤˊ ㄒㄧㄢˋ ㄘㄜˋ ㄔㄨ）

【出處】宋、蘇軾《畫幅題跋》：「吳道子畫人物，如以燈取影，逆來順往，旁見側出，橫斜平直，各相乘除。」
【解釋】見：現，發現。
【用法】指迂曲地顯現出來，而不是直接地表現出來。
【例句】詩不宜直，而應～，使人有回味的餘地。

旁敲側擊（ㄆㄤˊ ㄑㄧㄠ ㄘㄜˋ ㄐㄧˊ）

【出處】清·吳趼人《二十年目睹之怪現狀》第二十回：「只不過不應該這樣旁敲側擊，應該要明明亮亮的叫破了他。」
【解釋】在旁邊敲，由側面打。
【用法】比喻說話、作文章繞彎子，不直截了當指明問題，而是迂迴表達。
【例句】記者～地想由王局長中套出最新案情發展，但王局長一直堅持不說，守口如瓶。

旁徵博引（ㄆㄤˊ ㄓㄥ ㄅㄛˊ ㄧㄣˇ）

【解釋】旁、博：廣泛。徵：驗證。引登用作證據。
【用法】指作文章、發議論，廣泛地徵引資料，作爲充分的依據。
【例句】酈道元爲《水經》作注，～，引書達四百三十七部之多，大大豐富了原著。

旁若無人（ㄆㄤˊ ㄖㄨㄛˋ ㄨˊ ㄖㄣˊ）

【出處】漢·司馬遷《史記·刺客列傳》：「荊軻嗜酒，日與狗屠及高漸離飲於燕市。酒酣以往，高漸離擊筑，荊軻和而歌於市中，相樂也，已而相泣，旁若無人者。」
【解釋】旁邊好像沒有人似的。
【用法】形容神情自若或目中無人。
【例句】有人看電影，邊看邊講，以顯示其「內行」，～，全不講一點公德。

旁搜博采（ㄆㄤˊ ㄙㄡ ㄅㄛˊ ㄘㄞˇ）

【解釋】旁、博：廣泛。搜、采：搜集。
【用法】指廣泛地搜集材料。
【例句】你的文章，～，內容很豐富，缺點是取捨尚欠斟酌。

旁逸斜出（ㄆㄤˊ ㄧˋ ㄒㄧㄝˊ ㄔㄨ）

【解釋】逸：指伸展。
【用法】指向旁邊伸展，斜著伸出：
【例句】白楊樹所有的枒枝一律向上，而且緊緊靠攏，也像加過人工似的，成爲一束，絕不～。

烹龍炮鳳（ㄆㄥ ㄌㄨㄥˊ ㄆㄠˊ ㄈㄥˋ）

【出處】唐·李賀《將進酒》詩：「烹龍炮鳳玉脂泣，羅幃繡幕圍香風。」
【解釋】烹：煮。炮：燒。
【用法】形容菜肴既豐盛，又珍奇。
【例句】他雖有億萬家產，但生活簡樸，不像一般人所想像的，餐餐～。

朋比爲奸（ㄆㄥˊ ㄅㄧˋ ㄨㄟˊ ㄐㄧㄢ）

【出處】宋·歐陽修等《新唐書·李絳傳》：「趨利之人，常爲朋比，同其私也。」
【解釋】朋比：合夥勾結。爲：做。奸：邪惡。
【用法】指合夥勾結做壞事。
【例句】他們兩人利用職務上的關係，～，挪用公款，等到東窗事發，卻又互相推諉。

朋黨比周（ㄆㄥˊ ㄉㄤˇ ㄅㄧˋ ㄓㄡ）

【出處】《荀子·臣道》：「朋黨比周，以環主圖私爲務，是篡臣者也。」
【用法】指結黨營私，排除異己。
【例句】這班奸臣～，敗壞國家朝政。

蓬篳生輝（ㄆㄥˊ ㄅㄧˋ ㄕㄥ ㄏㄨㄟ）

【出處】明·丘濬《故事成語考·宮室》：「謝人過房曰蓬篳生輝。」
【解釋】蓬篳：蓬門篳戶，用草、樹枝等做的門戶，指窮人住的房子，常作別人到自己家裏來，或張掛別人給自己題贈的字畫等而使自己非常光榮。
【例句】非常感謝你送來的一幅山水畫，它使我那間小小的居室～。
【附註】也作「蓬篳增耀」。

蓬門篳戶（ㄆㄥˊ ㄇㄣˊ ㄅㄧˋ ㄏㄨˋ）

【解釋】用草、樹枝等做成的門戶。
【用法】指窮人家住的簡陋房屋，常用作自家住房的謙詞。
【例句】～，接待您實在顯得太寒傖了。

蓬頭歷齒（ㄆㄥˊ ㄊㄡˊ ㄌㄧˋ ㄔˇ）

【出處】北周·庾信《竹杖賦》：「鶴髮鷄皮，蓬頭歷齒。」
【解釋】蓬：蓬亂。歷：歷落，疏疏落落，參差不齊。
【用法】指人頭髮蓬亂，牙齒稀疏。後形容人衰老的容貌。
【例句】在山上除了一個～的老樵夫以外，他什麼人也沒看見。

蓬頭垢面（ㄆㄥˊ ㄊㄡˊ ㄍㄡˋ ㄇㄧㄢˋ）

【出處】北齊·魏收《魏書·封軌傳》：「君子正其衣冠，尊其瞻視，何必蓬頭垢面，然後爲賢？」
【解釋】蓬：蓬亂。垢：汚垢。
【用法】形容頭髮蓬亂，滿臉汚垢。
【例句】看他～，神情畏縮地躲在牆角，實在令人感到心酸。
【附註】也作「蓬首垢面」。

蓬戶甕牖（ㄆㄥˊ ㄏㄨˋ ㄨㄥˋ ㄧㄡˇ）

【出處】《禮記·儒行》：「篳門圭窬，蓬戶甕牖。」
【解釋】戶：門。牖：窗。用蓬草編成門，用破甕做成窗。
【用法】形容窮苦人家。
【例句】我的家不過是～，怎麼招待你這樣的貴客？

蓬心蒿目（ㄆㄥˊ ㄒㄧㄣ ㄏㄠ ㄇㄨˋ）

【出處】張孤授《運斤賦》：「蒿目猶視，蓬心視師。」
【解釋】指心似飛蓬隨風亂舞，眼若蒿烟迷濛恍惚。
【用法】形容內心沒有主見，兩眼迷惑不清。
【例句】面對這個紛紜複雜的局面，我

～，很難理清頭緒。

蓬生麻中
ㄆㄥ ㄕㄥ ㄇㄚ ㄓㄨㄥ

【出處】《荀子‧勸學》：「蓬生麻中，不扶而直。」
【解釋】蓬草生長在麻田當中，指無須扶持，自然挺直。
【用法】比喻在好人堆裏生活，很自然地也成了好人。
【例句】社會環境對孩子的影響是很大的，在一個良好的環境裏，就如～，不扶而直，可以養成良好的習慣。

蓬牖茅椽
ㄆㄥ ㄧㄡ ㄇㄠ ㄔㄨㄢ

【出處】清‧曹雪芹《紅樓夢》第一回：「所以蓬牖茅椽，繩床瓦灶，並不足妨我襟懷。」
【解釋】牖：窗。椽：椽子。用蓬草柴搭的房屋。
【用法】①形容住房簡陋。②形容生活貧苦。
【例句】我現在雖只是～，但只要清心寡慾，也感到十分快樂。

鵬程萬里
ㄆㄥ ㄔㄥ ㄨㄢ ㄌㄧ

【出處】《莊子‧逍遙遊》：「鵬之徙於南冥也，水陸三千里，摶扶搖而上者九萬里。」（摶：圍繞）。
【解釋】鵬：傳說中的大鳥。程：行程，飛行的說程。大鳥飛行的路程有萬里之遠。
【用法】比喻前程遠大。
【例句】又是鳳凰花開的時節，學長們，即將踏出校門，我祝福他們～，萬途無量。
【附註】也作「萬里鵬程」。

捧腹大笑
ㄆㄥ ㄈㄨ ㄉㄚ ㄒㄧㄠ

【出處】漢‧司馬遷《史記‧日者列傳》：「司馬季主捧腹大笑。」
【解釋】形容大笑而不能自止的神態。
【例句】在晚會上，一個個精彩的節目，引得全場聽衆～。

劈頭蓋臉
ㄆㄧ ㄊㄡ ㄍㄞ ㄌㄧㄢ

【出處】明‧施耐庵《水滸傳》第十四回：「晁蓋唱道：『你既不做賊，如何拿在你在這裏？』奪過士兵手裏棍棒，劈頭劈臉便打。」
【解釋】劈：衝著。蓋：加上，加之於。正衝著頭和臉而來。
【用法】形容來勢甚猛。
【例句】傾盆大雨～地澆下來。
【附註】也作「劈頭蓋腦」、「劈頭劈臉」。

匹馬單槍
ㄆㄧ ㄇㄚ ㄉㄢ ㄑㄧㄤ

見「單槍匹馬」。

匹馬隻輪
ㄆㄧ ㄇㄚ ㄓ ㄌㄨㄣ

【出處】《公羊傳，僖公三十三年》：「然而晉人與姜戎要之殽而擊之，匹馬隻輪無反者。」（要ㄧㄠ：攔截。）
【解釋】一匹戰馬，一輛戰車。
【用法】形容兵馬非常少。
【例句】明‧馮夢龍《東周列國志》第四十五回：「殺得血汚溪流，屍橫山徑，～，一些不曾走漏。」

批亢搗虛
ㄆㄧ ㄎㄤ ㄉㄠ ㄒㄩ

【出處】漢‧司馬遷《史記‧孫子吳起

列傳》：「救門者不搏撠，批亢搗虛，形格勢禁，則自為解耳！」（搏ㄊㄨㄢˊ：親手助人搏刺。）

【解釋】批搗：攻擊。亢：咽喉，喻指要害。虛：空虛、虛弱。

【用法】指攻擊要害和虛弱之處。

【例句】面對狡詐的敵人，絕不能硬打硬拚，而必須～，一擊而致敵於死地。

批紅判白 ㄆㄧ ㄏㄨㄥˊ ㄆㄢˋ ㄅㄞˊ

【出處】宋・李格非《洛陽名園記・李氏仁豐園》：「今洛陽良工巧匠，批紅判白，接以他木，與造化爭妙，故歲歲益奇。」

【解釋】批削。判：分開。紅、白：借指花卉。

【用法】指嫁接花木。

批郤導窾 ㄆㄧ ㄒㄧˋ ㄉㄠˇ ㄎㄨㄢˇ

【出處】《莊子・養十篇》：「批大郤，導大窾。」

【解釋】批：擊。郤：空隙、縫隙。導：疏導、開通。窾：空處、中空。就著骨節相接的縫隙處劈開，其它無骨處則隨之分解。

【用法】比喻處理問題從關鍵處下手，則能順利地解決。

【例句】做事不能胡作盲為，應先找出其關鍵之處，才～。

批月抹風 ㄆㄧ ㄩㄝˋ ㄇㄛˇ ㄈㄥ

【出處】元・喬吉《綠么遍・自述》曲：「烟霞狀元，江湖醉仙，笑談便是編修院，留連，批風抹月四十年。」

【用法】以自然景物為題材而吟風弄月。

披麻救火 ㄆㄧ ㄇㄚˊ ㄐㄧㄡˋ ㄏㄨㄛˇ

【出處】元・無名氏《賺蒯通》第三折：「則落你好似披麻救火，蒯徹也不似那般人隨風倒舵。」

【解釋】披著一身麻去救火。

【用法】比喻引火燒身，自招災禍。

【例句】明・羅貫中《三國演義》第一百二十回：「若強動兵甲，正猶～，必致自焚也。」

披頭散髮 ㄆㄧ ㄊㄡˊ ㄙㄢˋ ㄈㄚˇ

【出處】明・施耐庵《水滸傳》第二十二回：「那張三又挑唆閻婆去廳上披頭散髮來告。」

【用法】指頭髮蓬鬆散亂。

【例句】清・曹雪芹《紅樓夢》第一百零五回：「又見平兒～拉著巧姐哭哭啼啼的來說：『不好了！……』」

披肝瀝膽 ㄆㄧ ㄍㄢ ㄌㄧˋ ㄉㄢˇ

【出處】唐・魏徵《隋書・李德林傳》：「百辟庶尹，四方岳牧，稽圖讖之文，順億兆之心，披肝瀝膽，晝夜歌吟。」

【解釋】披：披露。瀝：滴瀝。披露心肝，滴瀝膽汁。

【用法】比喻以真心相見，傾吐心裏的話。

【例句】他們兩人是～，無話不談的好友。

披紅掛綵 ㄆㄧ ㄏㄨㄥˊ ㄍㄨㄚˋ ㄘㄞˇ

【用法】穿豔麗服裝或帶喜氣的裝飾。

【例句】她四十開外的年紀了，還這樣塗脂抹粉、～的，似乎有些過份了。

披堅執銳

【出處】《墨子・魯問》：「翟慮被（同「披」）堅執銳，救諸侯之急。」

【解釋】堅：指堅固的鎧甲。銳：指鋒利的兵器。身穿堅固的鎧甲，手執鋒利的兵器。

【用法】形容全副武裝，投身戰鬥。

【例句】南朝・梁・沈約《宋書・武帝紀》：「高祖平～，爲士卒先，每戰輒摧鋒陷陣。」

披荊斬棘

【出處】南朝・宋、范曄《後漢書・馮異傳》：「異朝京師，引見。帝謂公卿曰：『是我起兵時主簿也，爲我披荊棘，定關中。』」

【解釋】披：劈開。荊：一種灌木。斬：砍去。棘：叢生、有刺的灌木。

【用法】比喻清除前進路上的障礙，克服重重艱難。

【例句】前人～爲我們開創了今日的生活，我們也要以如此的精神爲後人開創更美好的生活。

披裘負薪

【出處】西漢・韓嬰《韓詩外傳・卷十》載：春秋時吳季子出游，見道中有遺金，呼披裘打柴者拾之，打柴者瞋目拂手而言曰：「吾當夏五月，披裘而薪，豈取金者哉？」

【解釋】裘：皮袍。負：用脊背背東西。身披皮袍背著柴草。

【用法】比喻不貪財愛物的人。

披心相付

【出處】唐・房玄齡等《晉書・慕容垂載記》：「歃血斷金，披心相付。」

【解釋】披：披露。把一片眞心披露給人看。

【用法】形容眞心意地待人。

【例句】他本性善良，對人總是～。

披星戴月

【出處】元・無名氏・《冤家債主》第一折：「披星戴月，早起晚眠。」

【解釋】身披星星、頭戴月亮。

【用法】形容起早貪黑地辛勤勞動或兼程趕路。

【例句】經過二十多天來～的風塵奔波，到了目的地之後，可眞要好好休息才行。

披榛采蘭

【出處】唐・房玄齡等《晉書・皇甫謐傳》：「陛下披榛采蘭，並收蒿艾。」

【解釋】披：披開。榛：叢生的草木。披開叢生的雜草去採摘芳蘭。

【用法】比喻選取賢才。

【例句】他是一個重視～，任用賢才的首長。

披沙揀金

【出處】南朝・梁・鍾嶸《詩品・披晉王門郎潘岳詩》：「潘（岳）詩爛若舒錦，無處不佳；陸（機）文如披沙簡金，往往見寶。」

【解釋】披：散開。揀：挑取。舖散開沙子，挑取眞金。

【用法】比喻從蕪雜中進行挑選，去粗取精。

【例句】出版中短篇小說選，能夠做到

~，使讀者看到近年來小說創作的精華。

披霜冒露

【出處】明．吳承恩《西遊記》第三十六回：「說不盡那水宿風餐，披霜冒露。」

【解釋】身披寒霜，頭頂寒露。

【用法】形容星夜兼程趕路。

【例句】他~為此事奔忙，我們都很感謝他。

披雲霧，睹青天

【出處】南朝．宋．劉義慶《世說新語．賞譽上》：「衛伯玉為尚書令，見樂廣與中朝名士談議，……命弟子造之，曰：『此人，人之水鏡也。見之披雲霧，睹青天。』」

【解釋】披：撥開。睹：看見。撥開雲霧，看見青天。

【用法】比喻除去障礙，見到光明。

【例句】他幾年的冤獄，今日得以平反，眞是~。

【附註】也作「撥開雲霧見青天」、「撥雲見日」。

被髮左衽

【出處】《論語．憲問》：「微管仲，吾其被髮左衽矣。」

【解釋】被：披散開。被髮：把頭髮散開不綰成髻。左衽：前襟向左掩。

【用法】①指古代中原以外的少數民族的裝束。②也指淪為夷狄。

【例句】他深入蠻荒數十年，也隨著土人~，與之同化了。

【附註】「被」不可唸成ㄅㄟˋ。

被髮纓冠

【出處】《孟子．離婁下》：「今有同室之人鬥者，救之，雖被髮纓冠而救之，可也。」

【解釋】被：披，披散着。纓：束帽子的帶子。冠：帽子。頭髮鬆散着顧不得梳髻，帽子戴上了來不及繫緊帶。

【用法】形容急於救人的狀態。

【例句】衆人見皇宮大火，顧不得~，前往救助。

被髮文身

【出處】《禮記．王制》：「東方曰夷，被髮文身。」

【解釋】被：披，披散着。文身：用針在人全身或局部刺出花紋後染上顏色以作裝飾。頭髮散披在腦後，身體刺着花紋，我國古代吳越地區的風俗習慣。

【例句】在本世紀初，世界上仍有一些落後地區，還處在~、刀耕火種的階段。

【附註】也作「斷髮文身」。

被褐懷玉

【出處】《老子》第七十章：「知我者希，則我者貴。是以聖人被褐懷玉。」

【解釋】被：披。褐：粗布衣服。身穿褐衣，胸懷美玉。

【用法】①原比喻懷才不露。②後比喻出身寒苦而有眞才實學的人。

【例句】我們現在急需人才，當領導的必須善於發現~的人，使人盡其才。

被苫蒙荊 ㄆㄧ ㄕㄢ ㄇㄥˊ ㄐㄧㄥ

【出處】《左傳·襄公十四年》：「乃吾祖離被苫蓋、蒙荊棘，以來歸我先君。」

【解釋】被：披。苫：用草做成的蓋東西或墊東西的器物。蒙：冒著、頂著。荊：荊棘。披著草苫子，頭頂著用荊棘所織之物。

【用法】喻指受盡艱難，吃盡苦頭。

【例句】爲了國家的繁榮富強，我就是～也決不會叫苦。

被山帶河 ㄆㄧ ㄕㄢ ㄉㄞˋ ㄏㄜˊ

【出處】《戰國策·楚策一》：「被山帶河，四塞以爲固。」

【解釋】被：同「披」。背後矗立着羣山，四周環繞着大河。

【用法】形容地勢險要。

【例句】這個地方形勢險要～，易守難攻。

枇杷門巷 ㄆㄧˊ ㄆㄚˊ ㄇㄣˊ ㄒㄧㄤˋ

【出處】王建《寄蜀中薛濤校書》詩：「萬里橋邊女校書，枇杷花裏閉門居。」

【解釋】種有枇杷花的門巷。

【用法】原指唐代女校書薛濤的住所。後泛指妓女的住處。

【例句】那些人口販子太可惡！好端端一個女孩，被逼得在～過着倚門賣笑的皮肉生涯。

琵琶別抱 ㄆㄧˊ ㄆㄚˊ ㄅㄧㄝˊ ㄅㄠˋ

【出處】唐·白居易《琵琶行》：「千呼萬喚始出來，猶抱琵琶半遮面……門前冷落車馬稀，老大嫁作商人婦。」

【解釋】琵琶：樂器。別：向別人。另向別人抱琵琶。

【用法】舊時喻指婦女改嫁。

【例句】就在他服刑的期間，太太～。

疲於奔命 ㄆㄧˊ ㄩˊ ㄅㄣ ㄇㄧㄥˋ

【出處】《左傳·成公七年》：「余必使爾罷於奔命以死。」（罷：同「疲」。）

【解釋】疲：疲乏。奔命：奉命奔走。

【用法】原指奉命或被迫到處奔走而精疲力盡。後指事情繁多，忙不過來。

【例句】在課程安排上，應該根據情況作出適當的比例，否則會弄得學生～，還學不到有用的東西。

皮毛之見 ㄆㄧˊ ㄇㄠˊ ㄓ ㄐㄧㄢˋ

【解釋】皮毛：比喻表面的、膚淺的東西。見：見解。

【例句】對於這問題，我雖然寫了幾篇文章，但仔細探究起來，我那些意見不過是～而已。

皮裏膜外 ㄆㄧˊ ㄌㄧˇ ㄇㄛˊ ㄨㄞˋ

【解釋】皮：皮膚。膜：生物內部的薄皮層組織。在皮膚裏邊、薄皮層組織的外面。

【用法】比喻交情過淺，只能小有接觸，無法深談大事。

【例句】我和他只是～的普通朋友，談不上什麼交情。

皮裏春秋 ㄆㄧˊ ㄌㄧˇ ㄔㄨㄣ ㄑㄧㄡ

【出處】唐·房玄齡《晉書·褚裒列傳》：「裒少有簡貴之風，……譙國桓彝見而目之曰：『季野（褚裒字）有皮裏陽秋。』言其外無臧否，而內有所褒貶也。」

【解釋】皮：表面。春秋：本爲魯國的編年史，相傳經孔子增刪修訂，充實了寓褒貶、別善惡的內容，這裏指褒善（表揚）貶惡（批評）。

【用法】意指表面上不作評論，內心却有褒貶。

【例句】別看他平常不多說、不多道，實際上，他是～，心裏是很有數的。

【附註】因晉簡文帝的母親名「春」，晉人爲避諱而改用「陽」字替代「春」字，故也作「皮裏陽秋」。

皮開肉綻 ㄆㄧˊ ㄎㄞ ㄖㄡˋ ㄓㄢˋ

【出處】元．關漢卿《蝴蝶夢》第二折：「打得皮開肉綻損肌膚，鮮血模糊。」

【解釋】綻：裂開。皮膚和肌肉都裂開來了。

【用法】形容受拷打後的慘重傷勢。

【例句】《三國演義》第四十六：「衆官扶起黃蓋，打得～，鮮血迸流，扶歸本寨，昏絕幾次。」

【附註】也作「皮開肉破」。

皮笑肉不笑 ㄆㄧˊ ㄒㄧㄠˋ ㄖㄡˋ ㄅㄨˋ ㄒㄧㄠˋ

【用法】指不熱情、不自然勉強做作的笑。

【例句】此人陰陽怪氣，總是～的，讓人看着討厭！

皮相之談 ㄆㄧˊ ㄒㄧㄤˋ ㄓ ㄊㄢˊ

【解釋】皮相：只看表面。談：談論。

【用法】指只看外表，不求深入理解的膚淺見解。

【例句】我雖然談了一些看法，但大概都屬～，未必有什麼實際價值。

皮相之士 ㄆㄧˊ ㄒㄧㄤˋ ㄓ ㄕˋ

【出處】西漢．韓嬰《韓詩外傳》卷十：「延陵子知其爲賢者，請問姓字。牧者曰：『子乃皮相之士也，何足語姓字哉！』」

【解釋】皮相：指看表面。

【用法】指只注重人的外表的人。

【例句】靠那些～去選拔人才，恐怕會適得其反。

皮之不存，毛將安傅 ㄆㄧˊ ㄓ ㄅㄨˋ ㄘㄨㄣˊ ㄇㄠˊ ㄐㄧㄤ ㄢ ㄈㄨˋ

【出處】《左傳．僖公十四年》：「秦飢，使乞糴於晉，晉人弗與。慶鄭曰：『背施無親，幸災不仁，貪愛不祥，怒鄰不義：四德皆失，何以守國？』虢射曰：『皮之不存，毛將安傅？』」

【解釋】存：存在。安：哪裏。傅：通「附」，附着，依靠。連皮都沒有了，毛又將依附在哪裏呢？

【用法】比喻基礎沒有了，賴以生存在的事物就無所依附了。

【例句】俗語說：「～」國家是一個立身的根本，我們要好好保衛它。

【附註】也作「皮之不存，毛將焉附」（焉：相當於「安」。）。

蚍蜉撼樹 ㄆㄧˊ ㄈㄨˊ ㄏㄢˋ ㄕㄨˋ

【出處】唐．韓愈《調張籍》詩：「蚍蜉撼大樹，可笑不自量。」

【解釋】蚍蜉：大螞蟻。撼：搖動。螞蟻想搖動大樹。

【用法】比喻自不量力。

【例句】以你小小的力量想擊垮他，簡

直是～。

匹夫匹婦

【出處】《尚書・咸有一德》：「匹夫匹婦，不獲自盡，民主罔與成厥功。」（盡：盡心盡力。）

【例句】您的真知灼見，實非一般～，所能了解。

匹夫之勇

【出處】《孟子・梁惠王下》：「此匹夫之勇，敵一人者也。」

【解釋】匹夫：指普通人。

【用法】指不運用智謀而單靠個人逞強的那種勇敢。

【例句】憑「～」是辦不成大事的。

匹夫有責

【出處】明・顧炎武《日知錄》：「保天下者，匹夫之賤，與有責焉耳矣。」

【解釋】匹夫：指一般平民。責：責任

【用法】每個人都有責任。

【例句】「天下興亡，～」，我們每一個人都應該爲國家貢獻自己的力量。

匹夫無罪，懷璧其罪

【出處】《左傳・桓公十年》：「周諺有之：『匹夫無罪，懷璧其罪。』」

【解釋】匹夫：指一般平民。璧：身懷美玉，引申爲擁有財寶。人本來沒有罪，但擁有財寶則會遭受罪孽。

【用法】比喻財多招禍。

【例句】在爾虞我詐的社會，有錢也未必都是好事，「～」弄不好倒會招來殺身大禍。

否極泰來

【出處】唐・白居易《遺懷》詩：「樂極必悲生，泰來由否極。」

【解釋】否、泰：《周易》中的兩個卦名，「否」指天地氣不和，主不吉利；「泰」指天地氣相和，主順通。泰卦銜接在否卦之後，因此叫做否極泰來。

【用法】指壞事情或壞運達到極限，好的就到來了。

【例句】你也別太悲觀，我相信必能～的。

【附註】①也作「否及反泰」、「否去泰來」。②「否」不能唸成ㄈㄡˇ。

屁滾尿流

【出處】明・施耐庵《水滸傳》第二十六回：「那西門慶正和這婆娘在樓上取樂，聽得武松叫一聲，驚得屁滾尿流，一直奔後門，從王婆家走了。」

【用法】形容過度地驚慌恐懼，連屎尿都控制不住了。

【例句】他聽到土匪來了的消息，嚇得～，動彈不得。

【附註】也作「尿流屁滾」。

擗踊哀號

【出處】《儒林外史》第一回：「王冕擗踊哀號，哭得那鄰居之人無不落淚。」

【解釋】擗：用手捶胸。踊：以足頓地。

【用法】指捶胸跺腳、極悲哀地哭叫。

【例句】看他爲了母親的去世而～，幾度昏厥，實在令人心酸。

飄蓬斷梗

【出處】清・孔尚任《桃花扇・哭主》「那知他聖子神孫,反不如飄蓬斷梗。」
【解釋】蓬:蓬蒿。梗:指蓬蒿梗。蓬蒿被風吹斷了梗,隨風飄蕩。
【用法】比喻生活飄泊不定。
【例句】三十年來她就像~一樣,飄流海外,如今一旦踏上故鄉的土地,眞是百感交集。

飄飄欲仙（ㄆㄧㄠ ㄆㄧㄠ ㄩˋ ㄒㄧㄢ）

【出處】蘇軾・赤壁賦:「飄飄乎如遺世獨立,羽化而登仙。」
【解釋】飄飄:輕飛貌。
【用法】①用以形容極度的快感。②形容動作優美輕盈,好像要成神仙似的(多指舞蹈)。
【例句】吸食毒品,的確能有~之感,但是卻有可怕的後遺症。

飄然若仙（ㄆㄧㄠ ㄖㄢˊ ㄖㄨㄛˋ ㄒㄧㄢ）

【解釋】飄然:神形瀟灑的樣子。若:像。神形瀟灑,像是神仙。
【例句】她的舞姿優美,動作輕盈,當她隨着樂曲的節拍舞動時,眞是~,令人神往。

飄茵落溷（ㄆㄧㄠ ㄧㄣ ㄌㄨㄛˋ ㄏㄨㄣˋ）

【出處】《南史・范縝傳》:「縝答曰:『人生同樹花同發,隨風而墮,自有拂簾幌墮於茵席之上,自有關籬墻落於糞溷中。』」
【解釋】飄:飄落。茵:席、墊。落:掉落。溷:糞圈。有飄落在席墊上的,也有掉落在糞圈裏的。
【用法】比喻富貴貧賤並不是出於什麼必然的因果報應,只是人生遭遇有幸與不幸而已。
【例句】他們兩人所走過的道路是不同的,一個是青雲直上,一個是窮困潦倒,眞是~。

摽梅之候（ㄆㄧㄠˇ ㄇㄟˊ ㄓ ㄏㄡˋ）

【出處】《詩經・召南・摽有梅》:「摽有梅,其實七兮,求我庶士,迨其吉兮。」
【解釋】摽:落下來。摽梅:梅子成熟落了下來。候:時候。
【用法】①比喻女大當嫁的年齡。②有時也指男大當婚的年齡。
【例句】這幾個女孩已到~,難免湊到一起就會談到自己的終身大事上去。

偏安一隅（ㄆㄧㄢ ㄢ ㄧˋ ㄩˊ）

【出處】晉・陳壽《三國志・蜀書・諸葛亮傳》裴松之注引《漢晉春秋》:「先帝慮漢賊不兩立,王業不偏安,故托臣以討賊也。」
【解釋】偏安:指喪失大片國土後而苟安於殘存的部分地區。隅:角落。
【用法】指殘存的一片國土上苟安,不圖收復失地。
【例句】南宋朝廷,~,不顧國土淪喪敵手,仍然過着紙醉金迷的生活。

翩翩起舞（ㄆㄧㄢ ㄆㄧㄢ ㄑㄧˇ ㄨˇ）

【出處】魏・曹子建《洛神賦》:「翩若驚鴻,婉若遊龍。」李善注:「翩翩然若鴻雁之驚。」
【解釋】翩翩:飄逸飛動的樣子。
【用法】形容動作輕快地舞蹈。

胼手胝足（ㄆㄧㄢˊ ㄕㄡˇ ㄓ ㄗㄨˊ）

【出處】《荀子・子道》：「耕耘樹藝，手足胼胝，以養其親。」
【解釋】胼、胝：手足上的老繭。
【用法】指人經過長期勞動而手足生有老繭。
【例句】我們今日的基業是前人～，流血流汗所創立，我們在感激之餘，更要發揚光大造福後人。

駢拇枝指（ㄆㄧㄢˊ ㄇㄨˇ ㄑㄧˊ ㄓˇ）

【出處】《莊子・駢拇》：「駢拇枝指，出乎性哉，而侈於德。」
【解釋】駢：併列。駢拇：指脚的拇指與二指併連在一起。枝指：歧指，指手的拇指旁生一指，成六指。脚的拇指和二指相連，手的拇指旁生歧指。
【用法】比喻多餘而無用的東西。
【例句】這些部門，實在是～，是應該進行調整的。
【附註】「枝」不能念成ㄓ。

駢肩累迹（ㄆㄧㄢˊ ㄐㄧㄢ ㄌㄟˇ ㄐㄧ）

【出處】宋・歐陽修《相州畫錦堂記》：「夾道之人，相與駢肩累迹，瞻望咨嗟。」
【解釋】駢：併列。累：重疊。肩膀並着肩膀，脚印合着脚印。
【用法】形容人多擁擠。
【例句】在火災現場，衆人爭看，～，影響救火。

駢四儷六（ㄆㄧㄢˊ ㄙˋ ㄌㄧˋ ㄌㄧㄡˋ）

【出處】唐・柳宗元《乞巧文》：「駢四儷六，錦心綉口。」
【解釋】駢、儷：併列。
【用法】指駢體文選用四、六字句式相對偶。
【例句】那些辭采華麗、～、極盡雕琢之能事的六朝駢文，因思想貧乏而爲後代人所不取。

片甲不存（ㄆㄧㄢˋ ㄐㄧㄚˇ ㄅㄨˋ ㄘㄨㄣˊ）

【出處】明・梁辰魚《浣紗記・死戰》：「昨遣太宰先領一支軍去，與齊戰於艾陵之上，殺得他片甲不存。」
【解釋】甲：鎧甲。連一片鎧甲都不存在了。
【用法】形容全軍覆沒。
【例句】我軍強大，殺得敵方～。

片言隻字（ㄆㄧㄢˋ ㄧㄢˊ ㄓ ㄗˋ）

【出處】晉・陸機《謝平原內史義》：「片言隻字，不關其間。」
【用法】指很少的幾句話和很少的幾個字。
【例句】《初刻拍案驚奇》第二十五卷：「得其～者，重如拱璧，一時稱他爲『書仙』。」
【附註】也作「片文隻字」。

片言隻語（ㄆㄧㄢˋ ㄧㄢˊ ㄓ ㄩˇ）

【出處】明・袁宗道《李金吾》：「讀翁片言隻語，輒精神百倍。」
【用法】指簡單的文字或三兩句話。
【例句】資深作家所說的～，我受益良多，因爲這是他們的經驗談。

片言折之（ㄆㄧㄢˋ ㄧㄢˊ ㄓㄜˊ ㄓ）

【出處】明・羅貫中《三因演義》第七十八回：「忽階下一人應聲出曰：『臣請往見鄢陵侯，以片言折之。』」
【解釋】片言：簡短的幾句話。折：折

服。之：代詞，指人。折之：使人折服。用簡短的幾句話使人折服。
【例句】他說話中肯有力，對人往往能～。

片言折獄 ㄆㄧㄢˋ ㄧㄢˊ ㄓㄜˊ ㄩˋ

【出處】《論語・顏淵》：「片言可以折獄者，其由也歟？」
【解釋】片言：極少的言詞。折：斷。獄：訟事、官事、案件。
【用法】用簡短的言詞斷清案件。後泛指用簡短的話判斷爭論的是非。

片瓦無存 ㄆㄧㄢˋ ㄨㄚˇ ㄨˊ ㄘㄨㄣˊ

【出處】清・張廷玉《明史・五行志一》：「貴州暴雪，形如土磚，民居片瓦無存者。」
【解釋】連一片瓦都不存在了。
【用法】形容房屋全部被毀壞。
【例句】經過這次風災，整個鄉鎮都～。

貧病交迫 ㄆㄧㄣˊ ㄅㄧㄥˋ ㄐㄧㄠ ㄆㄛˋ

【解釋】交迫：交相逼迫，同時壓來。貧窮和疾病同時壓來。
【用法】形容苦難深重。
【例句】想當年，我們一家人～，簡直連個活路都沒有！沒想到能有今日。

貧不失志 ㄆㄧㄣˊ ㄅㄨˋ ㄕ ㄓˋ

【解釋】失：喪失。
【用法】指貧困中也不喪失志氣。
【例句】有骨氣的文人，～，絕不向權貴低頭。

貧賤不移 ㄆㄧㄣˊ ㄐㄧㄢˋ ㄅㄨˋ ㄧˊ

【出處】《孟子・滕文公下》：「富貴不能淫，貧賤不能移，威武不能屈，此之謂大丈夫。」
【例句】他是一個～，威武不屈的有節君子。

貧賤驕人 ㄆㄧㄣˊ ㄐㄧㄢˋ ㄐㄧㄠ ㄖㄣˊ

【出處】漢・司馬遷《史記・魏世家》：「子擊逢文侯之師田子方於朝歌，引車避，下謁，田子方不為禮。子擊因問曰：『富貴者驕人乎？且貧賤驕人乎？』子方曰：『亦貧賤者驕人耳！』」
【解釋】驕人：性高氣傲的人。
【用法】指貧賤而性高氣傲的人。
【例句】沈老為人鯁直、～，對於那些達官貴人從來也不放在眼裏。

貧賤之交 ㄆㄧㄣˊ ㄐㄧㄢˋ ㄓ ㄐㄧㄠ

【出處】南朝・宋・范曄《後漢書・宋弘傳》：「（光武帝）謂弘曰：『諺言貴易交，富易妻，人情乎？』弘曰：『臣聞貧賤之知不可忘，糟糠之妻不下堂。』」
【用法】指生活很清苦的時候所結交的朋友。
【例句】～常是一輩子最真誠的朋友。

貧嘴薄舌 ㄆㄧㄣˊ ㄗㄨㄟˇ ㄅㄛˊ ㄕㄜˊ

【出處】清・曹雪芹《紅樓夢》第二十五回：「你們都不是好人！再不跟着好人學，只跟着鳳丫頭學的貧嘴賤舌的。」
【解釋】好說話，說得尖酸刻薄，令人厭惡。
【例句】發生這種不幸，人家已經夠難過的，怎可再～地挖苦他！

【附註】也作「貧嘴賤舌」。

貧而樂道 ㄆㄧㄣˊ ㄦˊ ㄌㄜˋ ㄉㄠˋ

【出處】《論語・學而》：「子貢曰：『貧而無諂，富而無驕，如何？』子曰：『可也，未若貧而樂道，富而好禮者也。』」

【用法】生活雖然貧苦，却仍然認識眞理爲樂事。

【例句】他～，一點都不以貧爲苦。

貧無立錐之地 ㄆㄧㄣˊ ㄨˊ ㄌㄧˋ ㄓㄨㄟ ㄓ ㄉㄧˋ

【出處】漢・班固《漢書・食貨志》：「富者田遷仟佰（阡陌），貧者亡（無）立錐之地。」

【解釋】立錐之地：插進錐子的地方，意思是很小。窮得連極小的一點地方也沒有。

【用法】形容窮到極點。

【例句】他雖是～，但那股奮發勇進的精神，却不容人忽視。

品頭論足 ㄆㄧㄣˇ ㄊㄡˊ ㄌㄨㄣˋ ㄗㄨˊ

見「評頭品足」。

品竹彈絲 ㄆㄧㄣˇ ㄓㄨˊ ㄊㄢˊ ㄙ

【出處】元・柯丹丘《荆釵記傳奇》：「歡宴樂人，只應品竹彈絲敲象板。」

【解釋】品：吹奏。竹：指笙管笛簫等管樂器。彈：彈奏。絲：指琴瑟琵琶等弦樂器。

【用法】指吹管弦樂器。

【例句】他的家人雅好音樂，晚飯後全家～，猶如一個小小音樂會。

牝牡驪黃 ㄆㄧㄣˋ ㄇㄨˇ ㄌㄧˊ ㄏㄨㄤˊ

【出處】《列子・說符》載：伯樂推荐九方皋（善相馬者）爲秦穆公去尋求好馬，三個月過後，九方皋回來了，對秦穆公說：找到了。秦穆公問是什麼樣的，回答說：「牝而黃」。派人取馬回來，說那馬是「牡而驪」。秦穆公很不高興，埋怨伯樂推荐的人不可靠，伯樂嘆息了一聲說：「若皋之所觀，天機也。得其精而忘其粗，在其內而忘其外；見其所見，不見其所不見，視其所視，而遺其所不視，若皋之相馬，乃有貴乎馬者也。」等把馬牽來一看，確是一匹天下少有的好馬。

【解釋】牝牡：雌雄。驪：純黑的馬。原指牝而黃，牡而驪。即雌馬是黃色，雄馬是純黑色的。

【用法】意思說觀察要重本質，不能只拘泥於外貌。後用以比喻事物的表面現象。

【例句】做事要注意其重點、內涵，不能只知～。

牝鷄司晨 ㄆㄧㄣˋ ㄐㄧ ㄙ ㄔㄣˊ

【出處】《尙書・牧誓》：「古人有言曰：『牝鷄無晨。』牝鷄之晨，惟家之索。」（索：盡，蕭條寂寞的意思。）

【解釋】牝鷄：雌鷄。司：掌管。晨：指天明。雌鷄掌管起天明來了。指母鷄在早晨鳴。

【用法】舊時比喻婦人篡權亂政。

【例句】陳太太爲人兇悍，陳先生什麼事都不敢作主，同事們都笑陳先生家中是「～」。

屏風九疊 ㄆㄧㄥˊ ㄈㄥ ㄐㄧㄡˇ ㄉㄧㄝˊ

【出處】唐・李白《廬山謠》詩：「廬山秀出南斗旁，屏風九疊雲錦張。」
【解釋】屏風：室內用以擋風或遮蔽視線的用具，這裏喻指山巒。九：言其多。疊：重疊。
【用法】形容山巒層疊，雲霧迷漫，望不到底。
【例句】此地風景秀麗，～。

平波緩進（ㄆㄧㄥˊ ㄅㄛ ㄏㄨㄢˇ ㄐㄧㄣˋ）

【解釋】平：平穩。波：波浪。緩：慢。進：前進。水流平穿，緩慢前進。指水面風平浪靜，行船從容安穩。
【用法】比喻處事不急躁，不冒進。
【例句】關於這事，要～，穩打穩紮，不要急躁冒進。

平步登天（ㄆㄧㄥˊ ㄅㄨˋ ㄉㄥ ㄊㄧㄢ）

【出處】明・馮夢龍《古今小說・木綿庵鄭虎臣報冤》：「滯色已開，只在三日內自有奇遇，平步登天。」
【解釋】平：平地。步：邁步。登：登高。平地邁步，登高上天。
【用法】比喻一下子達到很高的地位。
【例句】做人要穩健踏實，不要只想～。

平步青雲（ㄆㄧㄥˊ ㄅㄨˋ ㄑㄧㄥ ㄩㄣˊ）

【出處】漢・司馬遷《史記・范睢蔡澤列傳》：「須賈頓首言死罪，曰：『賈不意君能自致於青雲之上。』」
【解釋】平：平地，喻指輕易地。步：邁步。青雲：高空，喻指優越地位。輕易地走上了優越的地位。
【用法】舊時指官運亨通，很是得意。
【例句】他原來不過是一個默默無聞的小人物，忽然受到意外的賞識，居然～，成了公司要員。

平鋪直叙（ㄆㄧㄥˊ ㄆㄨ ㄓˊ ㄒㄩˋ）

【出處】清・錢謙益《初學集》卷八十三：「吾讀子瞻《司馬溫公行狀》之類，平鋪直(叙)，以古今未有此體。」
【解釋】鋪：鋪陳。叙：叙述。
【用法】①形容說話或寫文章不加修飾，按順序直接地叙述。②形容說話或寫文章平淡乏味，重點不突出。
【例句】他的小說～，沒有一點高潮起伏，讀來實在乏味極了。

平分秋色（ㄆㄧㄥˊ ㄈㄣ ㄑㄧㄡ ㄙㄜˋ）

【出處】李樸《中秋》詩：「平分秋色一輪滿，長伴雲衢千里明。」
【解釋】色：指月色。分：分三秋月色。比喻雙方各取一半，不相上下。
【例句】在多項的競賽中，他們兩人實力相當，～。

平地風波（ㄆㄧㄥˊ ㄉㄧˋ ㄈㄥ ㄅㄛ）

【出處】唐・劉禹錫《竹枝詞》：「常恨人心不如水，等閒平地起波瀾。」
【解釋】平地：平坦的土地。風波：喻指事故或變化。
【用法】比喻突然發生的事故或變化。
【例句】她做夢也沒有想到，那封很平常的信，竟引起了一場～。

平地樓台（ㄆㄧㄥˊ ㄉㄧˋ ㄌㄡˊ ㄊㄞˊ）

【解釋】指在空無一物的平地上，建起了高樓亭台。
【用法】比喻白手起家而取得了成就。
【例句】你也別羨慕他的大成就，要知道這些可是～，辛苦得來的。

【附註】參看「平地起家」「白手起家」。

平地起家 ㄆㄧㄥˊ ㄉㄧˋ ㄑㄧˇ ㄐㄧㄚ

【解釋】在平地上立起家業。
【用法】指在毫無基礎的情況下，靠艱苦奮鬥而興起事業。
【附註】參看「平地樓台」、「白手起家」。

平地一聲雷 ㄆㄧㄥˊ ㄉㄧˋ ㄧ ㄕㄥ ㄌㄟˊ

【出處】元・馬致遠《薦福碑》第四折：「都則爲那平地一聲雷，今日對文武兩班齊。」
【解釋】平地裏突然爆發了一聲雷鳴般的巨響。
【用法】比喻突然發生的振驚人心的大事變。
【例句】這個消息有如～，把所有的人都嚇呆了。

平起平坐 ㄆㄧㄥˊ ㄑㄧˇ ㄆㄧㄥˊ ㄗㄨㄛˋ

【出處】清・吳敬梓《儒林外史》第三回：「你若同他拱手作揖，平起平坐，這就是壞了學校的規矩，連我臉上都無光了。」
【用法】指地位平等，權力一樣。
【例句】我是晚輩，怎敢與您～。

平心靜氣 ㄆㄧㄥˊ ㄒㄧㄣ ㄐㄧㄥˋ ㄑㄧˋ

【出處】宋・張栻《孟子說》：「學者讀詩，平心易氣，誦咏反復，則將有所興起焉。」
【用法】心情和態度都很平靜。
【例句】遇到挫折時，我們要～，好好反省自己錯在哪裏。

平心而論 ㄆㄧㄥˊ ㄒㄧㄣ ㄦˊ ㄌㄨㄣˋ

【出處】清・蒲松齡《聊齋志異，司文郎》：「當前踧落，固是數之不偶，平心而論，文亦未便登峰。」
【用法】心平氣和地進行客觀的評論。
【例句】～，他的發言雖不免偏頗，但卻眞的抓住了要害，講出了別人不敢講的話。

平治天下 ㄆㄧㄥˊ ㄓˋ ㄊㄧㄢ ㄒㄧㄚˋ

【出處】《孟子・公孫丑下》「如欲平治天下，當今之世，舍我其誰也？」
【解釋】平：平定。治：治理。天下：指整個國家。
【用法】指治理國家，使天下太平。
【例句】清・無名氏《杜詩言志》第一卷：「夫人君之所以能～者，以能居高而聽卑耳。」

平生之好 ㄆㄧㄥˊ ㄕㄥ ㄓ ㄏㄠˋ

【出處】晉・陳壽《三國志・魏書・臧洪傳》：「惟平生之好，以屈節而苟生。」
【解釋】平生：一生。好：愛好。
【用法】指一生的愛好。
【例句】我的～就只有喝喝茶、看看書，和朋友聊聊天，覺得這就是人生無上享受。

平易近人 ㄆㄧㄥˊ ㄧˋ ㄐㄧㄣˋ ㄖㄣˊ

【出處】原作「平易近民」。漢・司馬遷《史記・魯周公世家》：「平易近民，民必歸之。」
【用法】①指態度謙遜和藹，讓人容易接近。②也指內容淺顯明，使人容易懂得。

【例句】做人要～，才會受歡迎。

平原督郵

【出處】南朝・宋・劉義慶《世說新語・術解》：「桓公（桓溫）有主簿善別酒，有酒輒令先嘗，好者謂『青州從事』，惡者謂『平原督郵』。青州有齊郡，平原有鬲縣。從事，言到臍；督郵，言在鬲（膈）上住。」
【解釋】平原：古郡名。督郵：古官名。
【用法】舊時用作劣質酒的代稱。

瓶墜簪折

【出處】唐・白居易《井底墜銀瓶》詩：「瓶墜簪折似何如？似妾今朝與君別。」
【解釋】瓶：汲水器。墜：墜落。簪：玉簪，舊時婦女用以插髮髻的首飾。折：斷。汲水器墜落到井底，玉簪折斷了。
【用法】比喻姻緣破裂。
【例句】元・王實甫《西廂記》第四本第四折：「雖然是一時間花殘月缺，休猜做～。」

萍水相逢

【出處】唐・王勃《滕王閣序》：「萍水相逢，盡是他鄉之客。」
【解釋】萍：水面浮生的一種蕨類植物。浮萍在水裏偶然相遇，聚散不定。
【用法】比喻從不相識的人偶然相遇。
【例句】我們雖然是～，但是相同的命運卻把我們緊緊地連在了一起。

萍蹤浪迹

【出處】明・施耐庵《水滸傳》第六回：「萍蹤浪迹入東京。」
【解釋】萍：浮萍。蹤：蹤迹。浪：波浪。迹：痕迹。
【用法】形容像浮萍、水波那樣地行踪不定。
【例句】他最喜歡遊歷四方，～，現在也不知道是在那個國家？

評頭品足

【出處】黃小配《大馬扁》第四回：「那全副精神又注在各妓，那個好顏色，那個好態度，評頭品足，少不免要亂哦幾句詩出來了。」
【解釋】品：品評。
【用法】①指對婦女的容貌說長道短，亂加評論。②也指對人或事多方進行挑剔。
【例句】這篇批評文章，只是～一番，並沒有實事求是地對作品的思想和藝術進行分析。

撲朔迷離

【出處】古樂府《木蘭詩》：「雄兔脚撲朔，雌兔眼迷離，兩兔傍地走，安能辨我是雌雄？」
【解釋】辨別兔子的雌雄，常用的方法是拎着兔子的耳朵懸空起來，如四脚亂蹬。稱作「撲朔」，就是雄兔；如兩隻眼睛眯起，叫作「迷離」，就是雌兔。但是，兔子在地上奔跑時，就很難辨識那隻是雄兔哪隻是雌兔。
【用法】比喻事情錯綜複雜，不易分辨清楚。
【例句】這件案子的發展，眞是來越令人感到～了。
【附註】也作「迷離撲朔」。

鋪錦列綉 ㄆㄨ ㄐㄧㄣˇ ㄌㄧㄝˋ ㄒㄧㄡˋ

【出處】唐·李延壽《南史·顏延之列傳》：「延之嘗問鮑照己與靈運優劣？照曰：『謝五言如初發芙蓉，自然可愛。君詩若鋪錦列綉，亦雕績滿眼。』」

【解釋】鋪：鋪展。列：排列。錦、綉：精緻華麗的絲綉品。像鋪展排列光彩耀眼、精緻華麗的絲綉品一樣。

【用法】形容詩句華美、琳琅滿目。

【例句】他的詩不僅氣勢磅礴～，而且很有藝術價值。

鋪張揚厲 ㄆㄨ ㄓㄤ ㄧㄤˊ ㄌㄧˋ

【出處】南朝·梁劉勰《文心雕龍》：「頌須鋪張揚厲，而以典雅豐縟爲貴。」

【解釋】鋪張：誇張。揚厲：發揚。

【用法】①原指爲文鋪陳渲染，發揚光大。②後用以形容過分地講究排場。

【例句】爲了節省人力物力，應該勤儉一切事情，不可～。

【附註】也作「敷張揚厲」。

璞玉渾金 ㄆㄨˊ ㄩˋ ㄏㄨㄣˊ ㄐㄧㄣ

【出處】南朝·宋·劉義慶《世說新語·賞譽》：「王戎目山巨源如璞玉渾金，人皆知其寶，莫知名其器。」

【解釋】璞玉：含有玉的石頭或未經雕琢的玉。渾金：天然的或未經冶煉的金。

【用法】比喻人純眞質樸。

【例句】她像～一樣，絲毫也沒有沾染不良影響。

【附註】也作「渾金璞玉」。

菩薩低眉 ㄆㄨˊ ㄙㄚˋ ㄉㄧ ㄇㄟˊ

【出處】《太平廣記·俊辨類二》引《談藪》：「金剛怒目，所以降伏四魔；菩薩低眉，所以慈悲六道。」

【解釋】菩薩低垂着眼眉，面容安祥慈善。

【用法】比喻人心腸好，面目和藹。

【例句】劉老太太是個～，慈藹和祥的長者。

菩薩心腸 ㄆㄨˊ ㄙㄚˋ ㄒㄧㄣ ㄔㄤˊ

【解釋】菩薩普渡衆生，心腸慈悲善良。

【用法】比喻人的善良心地。

【例句】不要看他表面上很嚴厲，其實他倒是有一副～。

蒲柳之姿 ㄆㄨˊ ㄌㄧㄡˇ ㄓ ㄗ

【出處】南朝·劉義慶《世說新語·言語》載：晉朝顧悅與簡文帝（司馬昱）同年，頭髮早白。簡文帝問他何以如此？顧悅說：「蒲柳之姿，望秋而落，松柏之質，凌霜猶茂。」

【解釋】蒲柳：植物名，即水楊，秋天很早就凋零。姿：姿態；同「資」，天資。

【用法】①喻人體的早衰。②後以體質衰弱的謙稱。

【例句】以我這種～，却蒙受您的重用，我一定竭智盡力不負所託。

普渡衆生 ㄆㄨˇ ㄉㄨˋ ㄓㄨㄥˋ ㄕㄥ

【出處】原爲佛家語。意指佛看到世間的人類和一切動物在苦海之中，於是施用法力，把在苦海中的衆生引渡到彼岸上去。《說無量壽經》：「普欲度脫一切衆生。」

【解釋】普：普遍。渡：引渡。衆生：泛指人類和一切動物。

【用法】泛指救濟衆人。

【例句】他以爲自己的這套措施眞可以～，其實，只不過是異想天開而已。

普天同慶（ㄆㄨˇ ㄊㄧㄢ ㄊㄨㄥˊ ㄑㄧㄥˋ）

【出處】晉・陳壽《三國志・魏書・郭淮傳》：「今溥（同「普」）天同慶，而卿最留遲，何也？」

【解釋】普天：普天下之人。

【用法】指普天下之下的人共同歡慶。

普天率土（ㄆㄨˇ ㄊㄧㄢ ㄕㄨㄞˋ ㄊㄨˇ）

【出處】《詩經・小雅・北山》：「溥（同「普」）天之下，莫非王土，率土之濱，莫非王臣。」

【解釋】普天：普天之下。率土：率土之濱，指四海之內。

【用法】指整個天下。

【例句】漢・班固《明堂詩》：「～各以其職。」

曝鰓龍門（ㄆㄨˋ ㄙㄞ ㄌㄨㄥˊ ㄇㄣˊ）

【出處】《太平御覽》卷四十引《辛氏三秦記》：「河律一名龍門，巨靈迹猶在，去長安九百里。江海大魚，洎集長下數千，不得上，上則爲龍，故云曝鰓龍門。」

【解釋】曝：日晒。鰓：指魚鰓。龍門：即河津，離長安九百里。鯉魚在龍門下晒鰓。

【用法】比喻應考而沒有考中，就像鯉魚仰望龍門而不能上一樣。

【例句】他屢考不中，只能以～自嘲。

〔冂部〕

麻痺大意（ㄇㄚˊ ㄅㄧˋ ㄉㄚˋ ㄧˋ）

【解釋】麻痺：失去警惕性。

【用法】指失去警惕，粗心大意。

【例句】這次事故完全是因爲～所造成的。

麻木不仁（ㄇㄚˊ ㄇㄨˋ ㄅㄨˋ ㄖㄣˊ）

【出處】明．薛己《醫案．總論》：「一曰皮死麻木不仁，二曰肉死針刺不痛。」

【解釋】不仁：沒有感覺。

【用法】①原指肢體麻痺，感覺不靈。②現用以比喻對外界事物漠不關心，或反應遲鈍。

【例句】你怎如此～，向你勸說了半天，卻一句也沒聽進去。

麻雀雖小，五臟俱全（ㄇㄚˊ ㄑㄩㄝˋ ㄙㄨㄟ ㄒㄧㄠˇ，ㄨˇ ㄗㄤˋ ㄐㄩˋ ㄑㄩㄢˊ）

【用法】比喻雖然有些事物雖然規模較小，但卻樣樣都有。

【例句】我們維修部門雖然人不多，但「～」，各種人才和一般設備都應有盡有。

【附註】也作「雀小臟全」。

麻中之蓬（ㄇㄚˊ ㄓㄨㄥ ㄓ ㄆㄥˊ）

【出處】《荀子．勸學》：「蓬生麻中，不扶自直。」

【解釋】麻：麻類植物的統稱，指大麻。蓬：飛蓬草。大麻叢中從長的飛蓬。由於麻直立向上長，也影響到飛蓬草直立生長。

【用法】用以比喻在良好的環境中，容易受到好的影響而健康成長。

【例句】環境對一個小孩的影響實在太大了。即所謂～。難怪孟母會三遷，也就是爲孟子找一個好環境呀！

螞蟻搬泰山（ㄇㄚˇ ㄧˇ ㄅㄢ ㄊㄞˋ ㄕㄢ）

【用法】比喻群策群力，持之以恒，就能用微小的力量，完成大事業。

【例句】雖然我們個人的力量很小，但「～」，我相信多困難的工作，只要大家團結，沒有做不了的。

螞蟻啃骨頭（ㄇㄚˇ ㄧˇ ㄎㄣˇ ㄍㄨˇ ㄊㄡˊ）

【用法】比喻用微小的力量，堅持不懈，能完成巨大的任務。

【例句】雖然這件工程浩大，但大家發揮～的精神，還是完成了。

馬不停蹄（ㄇㄚˇ ㄅㄨˋ ㄊㄧㄥˊ ㄊㄧˊ）

【出處】元．王實甫《麗堂春》第二折：「贏的他急難措手，打的他馬不停蹄。」

【用法】比喻一刻也不停留持續前進。

【例句】明．施耐庵《水滸傳》第一百零九回：「王床同衆人～，人不歇足，走到天明。」

馬放南山（ㄇㄚˇ ㄈㄤˋ ㄋㄢˊ ㄕㄢ）

【出處】《尙書．武成》：「乃偃武修文，歸馬于南山之陽，放牛于桃林之野，示天下弗服。」

【解釋】比喻天下太平，不再作戰。

【用法】現用以形容太平麻痺思想。

【例句】「生於憂患，死於安樂」，戰手威脅還存在的今天，就不能刀槍入庫、～。

馬到成功 ㄇㄚˇ ㄉㄠˋ ㄔㄥˊ ㄍㄨㄥ

【出處】元．鄭廷立《楚昭公》：「管取馬到成功，奏凱回來也。」

【解釋】指人馬一到，立建奇功。

【用法】①形容工作一開始就取得勝利。②現也用以形容工作一着手就取得成功。

【例句】我預祝你們這次出賽能旗開得勝，～。

馬牛襟裾 ㄇㄚˇ ㄋㄧㄡˊ ㄐㄧㄣ ㄐㄩ

【出處】唐．韓愈《符讀書城南》詩：「潢潦無根源，朝滿夕已除。人不通古今，馬牛而襟裾。行身陷不義，況聞多名譽。」

【解釋】襟裾：泛指衣服。馬和牛穿上了人的衣服。

【用法】喻指衣冠禽獸。

【例句】你做了那麼沒良心的事，即使外表衣冠楚楚，也只是～而已罷了。

馬革裹屍 ㄇㄚˇ ㄍㄜˊ ㄍㄨㄛˇ ㄕ

【出處】南朝．宋．范曄《後漢書．馬援傳》：「初，援軍還，將至，故人多迎勞之，平陵人孟冀，……援曰：『方今匈奴、烏桓，尚擾北邊，欲自請擊之。男兒要當死于邊野，以馬革裹屍還葬耳，何能臥床上，在兒女子手中邪？』」

【解釋】馬革：馬皮。用戰馬的皮把屍體裹起來。

【用法】形容忠勇殺敵，戰死疆場。

【例句】在出征之前，戰士們一個個慷慨激昂地表示「～，誓不生還」的決心。

馬工枚速 ㄇㄚˇ ㄍㄨㄥ ㄇㄟˊ ㄙㄨˋ

【出處】唐．李延壽《南史．張率傳》：「相如工而不敏，枚乘速而不工，卿可謂兼二子于全馬矣。」

【解釋】馬、枚：指司馬相如、枚皋。工：好。速：快。指司馬相如文章寫得好，枚皋文章寫得快。

【用法】用以稱讚人的才能各有所長。

【例句】你們二位～，各有所長，何必謙虛。

【附註】也作「馬遲枚速」、「枚速馬工」。

馬空冀北 ㄇㄚˇ ㄎㄨㄥ ㄐㄧˋ ㄅㄟˇ

【出處】唐．韓愈《送石處士序》：「伯樂一過冀北之野，而馬群遂空。」

【解釋】冀：古九州之一。伯樂把冀北的良馬搜選一空。

【用法】比喻善于選用賢才，有才能的人都有所用。

【例句】唐太宗知人善用，一時～，大家都能各展長才。

馬角烏白 ㄇㄚˇ ㄐㄧㄠˇ ㄨ ㄅㄞˊ

見「烏白馬角」。

馬齒徒增 ㄇㄚˇ ㄔˇ ㄊㄨˊ ㄗㄥ

【出處】《穀梁傳．僖公二年》：「荀息牽馬操璧而前曰：『璧則猶是也，而馬齒加長矣。』」

【解釋】馬齒：馬齒隨着馬的年歲而增長，故看馬齒就知道馬的歲數。用以比喻人的年齡。徒：白白地。
【用法】自己空長了年紀。表示自謙，意為年齡增大了，但學問沒有長進，事業沒有成就。
【例句】十年來，我只是～而已，什麼成果也沒有搞出來。

馬首是瞻 ㄇㄚˇ ㄕㄡˇ ㄕˋ ㄓㄢ

【出處】《左傳．襄公十四年》：「荀偃令曰：『鷄鳴而駕，塞井夷灶，唯余馬首是瞻。』」
【解釋】是：指示代詞，復指前置賓語「馬首」。瞻：看。注意看着爲首的人所騎的馬的馬頭。
【用法】比喻聽從某人指揮或樂於追隨某一個人。
【例句】老伯！你說該怎麼做，我們就怎麼做，一切以你～。
【附註】也作「唯馬首是瞻」。

馬耳東風 ㄇㄚˇ ㄦˇ ㄉㄨㄥ ㄈㄥ

【出處】唐．李白《答王十二寒夜獨酌有懷》詩：「世人聞此皆掉頭，有如東風射馬耳。」
【解釋】東風吹馬耳。
【用法】比喻把好話當作耳邊風。
【例句】他居然把大家善意的勸告都當成～，過耳不聞。

摩頂放踵 ㄇㄛˊ ㄉㄧㄥˇ ㄈㄤˇ ㄓㄨㄥˇ

【出處】《孟子．盡心上》：「墨子兼愛，摩頂放踵，利天下而爲之。」趙岐注：「摩突其頂，下至于踵。」
【解釋】摩：指摩傷。頂：指頭頂。放：至、到。踵：脚跟。從頭頂到脚跟都摩傷了。
【用法】形容不辭勞苦，不計安危。
【例句】爲了國家即使～，我也在所不辭。
【附註】「放」不能念成ㄈㄤˋ。

摩天礙日 ㄇㄛˊ ㄊㄧㄢ ㄞˋ ㄖˋ

【出處】明吳承恩《西遊記》第十四回：「忽又見一座高山，眞是摩天礙日。」
【解釋】摩：接觸。礙：遮蔽。
【用法】形容形的高大。

摩肩接踵 ㄇㄛˊ ㄐㄧㄢ ㄐㄧㄝ ㄓㄨㄥˇ

【解釋】摩：摩擦。接：接連。肩挨肩，脚碰脚。
【用法】形容來往的人很多，很擁擠。
【例句】國慶日晚上，總統府前人來人往，～，到處是歡樂的人群。
【附註】也作「接踵摩肩」。

摩拳擦掌 ㄇㄛˊ ㄑㄩㄢˊ ㄘㄚ ㄓㄤˇ

【出處】明．施耐庵《水滸傳》第五十二回：「李逵在外面聽得堂裡哭泣，自己磨拳擦掌價氣，問從人，都不肯說。」
【解釋】摩也作「磨」。摩、擦：接觸。
【用法】形容人們在戰鬥或勞動前精神振奮、躍躍欲試的神情。
【例句】清．曹雪芹《紅樓夢》第一百零五回：「喜得番役家人～，就要往各處動手。」

模稜兩可 ㄇㄛˊ ㄌㄥˊ ㄌㄧㄤˇ ㄎㄜˇ

【出處】五代．後晉．劉昫等《舊唐書．蘇味道傳》：「嘗謂人曰：『處世不欲決斷明白，若有錯誤，必貽咎譴，但模稜以持兩端可矣。』」時人由是號爲『蘇模稜』。」

【解釋】模稜：一作「摸稜」，觀點或言語含糊，態度不明朗。兩可：這樣或那樣都可以。

【用法】指不明確表示態度，或沒有准主意。

【例句】在原則問題上，我們必須態度鮮明，決不能～。

磨刀霍霍（ㄇㄛˊ ㄉㄠ ㄏㄨㄛˋ ㄏㄨㄛˋ）

【出處】《古樂府・木蘭詩》：「小弟聞姊來，磨刀霍霍向豬羊。」

【解釋】霍霍：狀聲詞，磨刀聲。用力磨刀，發出霍霍的音響。

【用法】現常用以形容敵人在加緊準備逞兇。

【例句】敵人亡我之心不死，～，準備對我國發動侵略戰爭，我們一定要提高警惕。

磨厲以須（ㄇㄛˊ ㄌㄧˋ ㄧˇ ㄒㄩ）

【出處】《左傳・昭公十二年》：「摩（磨）厲以須，王出，吾刃將斬矣。」

【解釋】磨厲：把刀磨快。須：等待。磨快了刀等待着。

【用法】比喻作好準備，待時而動。

【例句】聽到敵人犯境的消息，衆將士都～，憤慨不已。

磨杵成針（ㄇㄛˊ ㄔㄨˇ ㄔㄥˊ ㄓㄣ）

【出處】《潛確類書》卷六十：「李白少讀書未成，棄去。道逢老嫗磨杵，白問其故，曰：『欲作針。』白感其言，遂卒業。」

【解釋】杵：舂穀或捶衣用的棒槌。把鐵杵磨成針。

【用法】比喻只要肯下功夫、能堅持，就一定能取得成績。

【例句】俗話說：「～」只要你肯下工夫，我相信你一定會成功的。

【附註】也作「鐵棒成針」。

磨穿鐵硯（ㄇㄛˊ ㄔㄨㄢ ㄊㄧㄝˇ ㄧㄢˋ）

【出處】宋・歐陽修《新五代史・桑維翰傳》：「初舉進士，主司惡其姓，以爲『桑』『喪』同音。人有勸其不必舉進士，可以從他求仕者，維翰慨然……鑄鐵硯以示人曰：『硯弊，則改而他仕。』卒以進士及第。」

【解釋】磨：研磨。磨穿了鐵鑄的硯台。

【用法】形容用功讀書，持久不懈。

磨而不磷（ㄇㄛˊ ㄦˊ ㄅㄨˋ ㄌㄧㄣˊ）

【出處】《論語・陽貨》：「不曰堅乎，磨而不磷；不曰白乎，涅而不緇。」

【解釋】磷：磨薄。堅硬的東西，磨也磨不薄。

【用法】比喻剛直不阿。

魔高一尺，道高一丈（ㄇㄛˊ ㄍㄠ ㄧˋ ㄔˇ，ㄉㄠˋ ㄍㄠ ㄧˊ ㄓㄤˋ）

【用法】指邪氣總敵不過正氣。

【例句】「～」無論這些狡猾的歹徒用多高明的手段，仍然逃不過法律的制裁。

墨突不黔（ㄇㄛˋ ㄊㄨˊ ㄅㄨˋ ㄑㄧㄢˊ）

【出處】漢・班固《答賓戲》：「孔（丘）席不暖，墨（翟）突不黔。」

【解釋】墨：指墨翟。突：烟囪。黔：黑色。墨子存救世之心，奔走四方不停，所到之處，烟囪還沒有熏黑就又走了。

【用法】形容人因公務繁忙，經常四處奔波。
【例句】他奔走于兩地之間，忙得席不暇暖，～。

墨汁未乾 ㄇㄛˋ ㄓ ㄨㄟˋ ㄍㄢ

【解釋】剛寫的字連墨迹還沒有乾。
【用法】常用以譴責對方在剛作出協定或聲明後，很快地就違背了自己的諾言。
【例句】他的保證書～，却又故態復萌了。
【附註】也作「墨迹未乾」、「墨瀋未乾」。

墨守成規 ㄇㄛˋ ㄕㄡˇ ㄔㄥˊ ㄍㄨㄟ

【出處】《墨子·公輸》：「楚王曰：『公輸盤爲我爲雲梯，必取宋。』於是見公輸盤，子墨子解帶爲城，以牒爲械，公輸盤九設攻城之機變，子墨子九距之。公輸盤之攻械盡，子墨子之守圉有餘。」
【解釋】墨守：戰國時，墨翟以善于守城著名，後稱善守者爲「墨守」。成規：現成的或陳舊的規章、方法。
【用法】形容思想保守，只按現成的老規矩辦事，不肯改進。
【例句】做事不能～，否則永遠不會有進步。

末大必折 ㄇㄛˋ ㄉㄚˋ ㄅㄧˋ ㄓㄜˊ

【出處】《左傳·昭公十一年》：「若由是觀之，則害于國，末大必折，尾大不掉，君所知也。」
【解釋】末：指樹的枝梢。折：斷裂。樹的枝梢過多，就容易折斷。
【用法】比喻部屬權力過大，則會造成傷害。
【例句】宋太祖深知～的道理，所以杯酒釋兵權，沒想却又造成宋朝重文輕武，積弱不振。

末路之難 ㄇㄛˋ ㄌㄨˋ ㄓ ㄋㄢˊ

【出處】《戰國策·秦策五》：「詩云：『行百里者，半于九十。』」
【解釋】末路：最後一段路程。走最後一段路程是很艱難的。
【用法】①比喻越到最後，工作越艱巨。②也比喻保持晚節是不易的。
【例句】他一世英名都毀於這次晚節不保，眞是～，可嘆哪！

末學膚受 ㄇㄛˋ ㄒㄩㄝˊ ㄈㄨ ㄕㄡˋ

【出處】漢張衡《東京賦》：「乃莞爾一笑曰：『若客所謂末學膚受，貴耳而賤目者也。』」李善注：「末學，謂不經根本。」
【解釋】末學：無本之學。膚：膚淺。
【用法】學識淺薄，造詣不深。多用作謙詞。
【例句】我只有些～，怎敢隨便評論？

沒齒不忘 ㄇㄛˋ ㄔˇ ㄅㄨˋ ㄨㄤˋ

【出處】明·吳承恩《西遊記》第七十回：「（娘娘）下座拜謝道：『長老，你果是救得我回朝，沒齒不忘大恩。』」
【解釋】齒：指年齡。沒齒：終身。一輩子也不能忘。
【用法】表示感恩不盡。
【例句】在我們最困難的時候，是你向我們全家伸出了友誼之手，給了我們極大的幫助和安慰，對此我是～的。

【附註】①「沒」不能念成ㄇㄟˊ。②也作「沒世不忘」。

秣馬厲兵 ㄇㄛˋ ㄇㄚˇ ㄌㄧˋ ㄅㄧㄥ

見「厲兵秣馬」。

脈脈含情 ㄇㄛˋ ㄇㄛˋ ㄏㄢˊ ㄑㄧㄥˊ

見「含情脈脈」。

莫辨楮葉 ㄇㄛˋ ㄅㄧㄢˋ ㄔㄨˇ ㄧㄝˋ

【出處】《韓非子．喻老》：「宋人有爲其君以象爲楮葉者，三年而成。豐殺莖柯，毫無繁澤，亂之楮葉之中而不可別也。」（象：象牙。）

【解釋】莫：不。辨：分辨。楮：樹名，皮是製桑皮紙或宣紙的原料。分辨不出是眞楮葉還是假楮葉。

【用法】比喻模仿很逼眞或以假亂眞。

【例句】現代科技進步，人工寶石和天然寶石無論在外觀和質地都非常相像，簡直～，有時連專家都會上當。

莫名其妙 ㄇㄛˋ ㄇㄧㄥˊ ㄑㄧˊ ㄇㄧㄠˋ

【解釋】名：說出。不能說出其中的奧妙。

【用法】①形容事情奇特，使人沒法用言語表達。②後也用以形容有的人說話、行文雜亂無章，使人無法理解。

【例句】你爲什麼說些～的混帳話？害媽媽這麼傷心。

【附註】「名」不可寫成「明」。

莫逆之交 ㄇㄛˋ ㄋㄧˋ ㄓ ㄐㄧㄠ

【出處】《莊子．大宗師》：「（子桑戶、孟子反、子琴張）三人相視而笑，莫逆于心，遂相與友。」

【解釋】逆：違背。交：交游，往來的朋友。

【用法】指心意相投、不相違背的知心好友。

【例句】他二人一見如故，遂結爲～。

莫敢誰何 ㄇㄛˋ ㄍㄢˇ ㄕㄟˊ ㄏㄜˊ

【出處】漢．賈誼《過秦論》：「信臣精卒，陳利兵而誰何。」

【用法】沒有誰敢怎麼樣。

【例句】元．無名氏《連環計》第一折：「爭奈董卓弄權，將危漢室，群衆畏懼，～。」

莫可名狀 ㄇㄛˋ ㄎㄜˇ ㄇㄧㄥˊ ㄓㄨㄤˋ

【出處】清．張潮《虞初新志．林四娘記》：「少選復出，則一國色麗人，雲鬢靚裝，嬝嬝婷婷而至，衣皆較綃霧縠，亦無縫綴之迹，香氣飄揚，莫可名狀，自稱爲林四娘。」

【解釋】莫可：不能。名：說出。狀：形狀。沒有辦法說出（描寫出）它的樣子來。

【用法】指事物特別微妙或複雜，無法形容。

【例句】她對事情向着壞的方面轉變毫無心理準備，因此，當事情失敗以後，她的震驚和失望簡直是～。

莫須有 ㄇㄛˋ ㄒㄩ ㄧㄡˇ

【出處】元．脫脫等《宋史岳飛傳》：「獄之將上也，韓世忠不平，詣（秦）檜詰其實。檜曰：『飛子雲與張憲書雖不明，其事體莫須有。』世忠曰：『莫須有三字何以服天下？』」

【用法】形容憑空揑造。

【例句】我非常奇怪的是，你對我非常了解，怎麼也會相信那些橫加在我頭上的～的罪名呢？

莫衷一是（ㄇㄛˋ ㄓㄨㄥ ㄧ ㄕˋ）

【出處】清．吳趼人《痛史》第三回：「諸將或言固守待援，或言決一死戰，或言到臨安求救。議論紛紛，莫衷一是。」

【解釋】莫：不能。衷：折衷、決斷。是：對。不能做出適當的決斷。

【用法】①形容不能斷定哪個對，哪個不對。②也指意見紛歧，距離過大，無法折中統一。

【例句】對于這問題，彼此意見距離很大，衆說紛紜，～，短時間很難有個結論。

莫測高深（ㄇㄛˋ ㄘㄜˋ ㄍㄠ ㄕㄣ）

【出處】漢．班固《漢書．顏延年傳》：「吏民莫測其意深淺。」

【解釋】莫測：無法揣測。無法揣測其高深的程度。

【用法】①多指學問而言。②有時也用以諷刺故弄玄虛的人。

【例句】①美學，對我來說實在是～，因此不敢碰它，怕自己啃不動。②他故意裝作一副～的樣子，欲說又止，讓人摸不着頭腦。

莫予毒也（ㄇㄛˋ ㄩˊ ㄉㄨˊ ㄧㄝˇ）

【出處】《左傳．僖公二十八年》載：春秋時，晉楚兩國城濮之戰以後，楚國戰敗，元帥子玉自殺。晉文公聽到消息後高興地說：「莫予毒也已！」

【解釋】莫：沒有誰。予：我。毒：危害。沒有誰能危害我。

【用法】形容誰也不能把我怎麼樣。

【例句】那個黑道老大一付唯我獨尊，～的模樣，讓人恨得牙癢癢。這次被警方逮捕，大家不禁額手稱慶。

買櫝還珠（ㄇㄞˇ ㄉㄨˊ ㄏㄨㄢˊ ㄓㄨ）

【出處】《韓非子．外儲說左上》：「楚人有賣其珠于鄭者，爲木蘭之柜，重以桂椒，綴以珠玉，飾以玫瑰，輯以羽翠，鄭人買其櫝而還其珠。」

【用法】比喻沒有眼力，舍本逐末或取捨不當。

【例句】不善讀書者，昧菁英而矜糟粕，～，雖多奚益？

【附註】「還」不能念成ㄏㄞˊ。

買空賣空（ㄇㄞˇ ㄎㄨㄥ ㄇㄞˋ ㄎㄨㄥ）

【解釋】一種商業投機活動。從事這種投機活動者根據自己對股票、證券、外市等的行情漲落趨勢的估計而賣出或買進。無論賣出或買進，買賣雙方都沒有貨款進出，只是通過交易所或經紀人進行進出之間的差價結算盈虧。

【用法】比喻在政治上、學術上或社會生活中的招搖撞騙的投機活動。

【例句】他做生意不老實，喜歡～，這次終於出了漏子。

買菜求益（ㄇㄞˇ ㄘㄞˋ ㄑㄧㄡˊ ㄧˋ）

【出處】魏．皇甫謐《高士傳．嚴光》：「司徒霸與光素舊，欲屈光到霸所語言，遣使西曹屬侯子道奉書，光不起……子道求報，光曰：『我手不能書。』乃口授之，使者嫌少，可更足。光曰：『買菜乎？求益也！』」

【解釋】益：增、添。買菜時總要人添一點。

【用法】比喻斤斤計較。

【例句】他腰纏萬貫，却在這種小錢上討價還價，眞是個～的小氣鬼。

脉脉相連 ㄇㄞˋ ㄇㄞˋ ㄒㄧㄤ ㄌㄧㄢˊ

【解釋】脉：血脉。

【用法】①比喻有相同的思想情感。②也指山脉互相連接。

【例句】①他們兩個人在思想感情上是～的。②自然界往往是山山相連、～的。

脉絡分明 ㄇㄞˋ ㄌㄨㄛˋ ㄈㄣ ㄇㄧㄥˊ

【解釋】脉絡：中醫對動脉靜脉的統稱，引申爲條理或頭緒。

【用法】比喻事物有條有理。

【例句】這篇文章觀點明確，說理透辟，～，很能說明問題。

脉絡貫通 ㄇㄞˋ ㄌㄨㄛˋ ㄍㄨㄢˋ ㄊㄨㄥ

【出處】宋·朱熹《大學章句序》：「此書之旨，支分節解，脉絡貫通，詳略相因，巨細畢舉。」

【解釋】脉絡：中醫對動脉靜脉的統稱，引申爲條理或頭緒。貫通：貫穿流通。

【用法】比喻文章叙事清楚，條理貫通。

【例句】這篇文章主題鮮明，立意清新，而且首尾相應，～，寫得確實不錯。

賣弄風騷 ㄇㄞˋ ㄋㄨㄥˋ ㄈㄥ ㄙㄠ

【解釋】賣弄：顯示、炫耀。風騷：舉止輕狂放蕩。故意以自己的輕狂放蕩向人炫耀。形容輕浮女子向男性挑逗（含貶意）。

【例句】王太太已經徐娘半老，卻不知檢點，依然打扮得花枝招展，～，看到的人都不禁搖頭。

賣李鑽核 ㄇㄞˋ ㄌㄧˇ ㄗㄨㄢ ㄏㄜˊ

【出處】南朝·宋·劉義慶《世說新語·儉嗇》：「王戎有好李，賣之恐人得其種，恒鑽其核。」

【解釋】怕別人得到良種，賣李之前先鑽其核。

【用法】形容極端自私的行爲。

賣履分香 ㄇㄞˋ ㄌㄩˇ ㄈㄣ ㄒㄧㄤ

【出處】漢·曹操《遺令》：「餘香可分與諸夫人，諸舍中無所爲，學作組履賣也。」（諸舍中：指衆妾。）這是曹操生前爲其死後對妻妾所作的安排。

【解釋】履：鞋。

【用法】①指人在臨死時猶爲妻小牽腸掛肚。②也用指謀生有術，自給自足。

【附註】原作「分香賣履」。

賣官鬻爵 ㄇㄞˋ ㄍㄨㄢ ㄩˋ ㄐㄩㄝˊ

【出處】唐·李百藥《贊道賦》：「直言正諫，以忠信而獲罪；賣官鬻爵，以貨賄而見親。」

【解釋】鬻：賣。爵：爵位。

【用法】指舊社會當權者出賣官爵以搜括財富。

【例句】清末和珅利用～斂財，死後抄家，發現他富比皇室。

【附註】「鬻」不能讀成ㄓㄡ。

賣國求榮 ㄇㄞˋ ㄍㄨㄛˊ ㄑㄧㄡˊ ㄖㄨㄥˊ

【出處】宋・洪邁《容齋讀筆・卷六・朱溫之事》：「蘇循及其子楷自謂有功於梁，當不次擢用。全忠薄其為人，以其為唐鴟梟，賣國求利，勒循致仕，斥楷歸田里。」
【解釋】榮：指榮華富貴。
【用法】出賣國家利益，無恥地謀取個人的名利、地位和權勢。
【例句】這個漢奸～的行為，讓大家都感到不齒。

賣劍買牛 ㄇㄞˋ ㄐㄧㄢˋ ㄇㄞˇ ㄋㄧㄡˊ

【出處】漢・班固《漢書・龔遂傳》：漢宣帝時，渤海地區連年災荒，百姓鋌而走險，龔遂出任渤海太守後，便「勸民務農桑」，「民有持刀劍者，使賣劍買牛，賣刀買犢。」
【用法】①舊時多用以比喻改惡從善。②有時也用以比喻棄甲歸田。
【例句】打完仗，我想～，回家種地去了。
【附註】也作「賣刀買牛」。

賣妻鬻子 ㄇㄞˋ ㄑㄧ ㄩˋ ㄗˇ

【解釋】鬻：賣。出賣妻子，出賣兒女。
【用法】形容舊時天災人禍中，老百姓的悲慘生活。
【例句】連年天災人禍，百姓只能～，苦不堪言。

賣主求榮 ㄇㄞˋ ㄓㄨˇ ㄑㄧㄡˊ ㄖㄨㄥˊ

【解釋】榮：指榮華富貴。
【用法】指出賣自己的主人，謀求個人的榮華富貴。
【例句】你為什麼收留這個～的小人，難保以後他不會出賣你。
【附註】參看「賣國求榮」。

賣身求榮 ㄇㄞˋ ㄕㄣ ㄑㄧㄡˊ ㄖㄨㄥˊ

【解釋】身：自己。榮：指榮華富貴。出賣自己，謀取榮華富貴。
【用法】形容卑躬屈膝、下流可恥的行徑。
【例句】這個～的漢奸，終究沒有逃脫歷史的審判。

賣兒鬻女 ㄇㄞˋ ㄦˊ ㄩˋ ㄋㄩˇ

見「鬻兒賣女」。

賣友求榮 ㄇㄞˋ ㄧㄡˇ ㄑㄧㄡˊ ㄖㄨㄥˊ

【解釋】榮：指榮華富貴。出賣朋友，謀取榮華富貴。
【用法】形容人格卑鄙、見利忘義的行徑。
【例句】身為一個中國人，犧牲自己的生命也絕不幹～的勾當。

麥秀黍離 ㄇㄞˋ ㄒㄧㄡˋ ㄕㄨˇ ㄌㄧˊ

見「黍離麥秀」。

麥穗兩歧 ㄇㄞˋ ㄙㄨㄟˋ ㄌㄧㄤˇ ㄑㄧˊ

【出處】南朝・宋・范曄《後漢書・張堪傳》：「百姓歌曰：『桑無附枝，麥穗兩歧，張君為政，樂不可支。』」（歧：通「歧」。）
【解釋】歧：岔道，引申為分岔。株麥子出兩個穗子。
【用法】指豐收。

枚速馬工 (ㄇㄟˊ ㄙㄨˋ ㄇㄚˇ ㄍㄨㄥ)

見「馬工枚速」。

沒頭沒腦 (ㄇㄟˊ ㄊㄡˊ ㄇㄟˊ ㄋㄠˇ)

【出處】明・凌濛初《初刻拍案惊奇》第三十卷：「連滿堂伏侍的人，都慌得來沒頭沒腦，不敢說一句話。」

【用法】①形容說話沒有前言後語，使人聽不明白，②也形容某些事情來龍去脉不清楚，使人莫名其妙。

【例句】他～地插進了這句話，大家不禁一楞。

沒精打采 (ㄇㄟˊ ㄐㄧㄥ ㄉㄚˇ ㄘㄞˇ)

【出處】清・曹雪芹《紅樓夢》第八十七回：「賈寶玉滿肚疑團，沒精打采的歸至怡紅院中。」

【解釋】采：精神、神色。

【用法】形容精神萎靡不振。

【例句】他自從受了這個打擊之後，做事就一直～，提不起精神。

【附註】也作「無精打采」。

眉目不清 (ㄇㄟˊ ㄇㄨˋ ㄅㄨˋ ㄑㄧㄥ)

【解釋】眉目：指事情的頭緒或條理。

【用法】形容文章或其他事物模糊不清，缺乏條理。

【例句】這篇文章雖然內容不錯，但寫得～，還要好好修改一下。

眉目傳情 (ㄇㄟˊ ㄇㄨˋ ㄔㄨㄢˊ ㄑㄧㄥˊ)

【用法】用眼色表示愛情。

【例句】他們雖然沒有公開吐露個人的心事，但是～，彼此已經是以心相許了。

眉目如畫 (ㄇㄟˊ ㄇㄨˋ ㄖㄨˊ ㄏㄨㄚˋ)

【出處】南朝・宋・范曄《後漢書・馬援傳》：「爲人明鬚髮，眉目如畫。」

【用法】形容人的容貌清秀漂亮。

【例句】高小姐長得～，更難得的是性情又溫婉。

眉飛色舞 (ㄇㄟˊ ㄈㄟ ㄙㄜˋ ㄨˇ)

【出處】清・李寶嘉《官場現形記》第一回：「王鄉紳一聽此言，不禁眉飛色舞。」

【解釋】色：臉色。

【用法】形容人喜悅或得意的神態。

【例句】她接到入學通知書以後，高興得～。

眉高眼低 (ㄇㄟˊ ㄍㄠ ㄧㄢˇ ㄉㄧ)

【出處】清・曹雪芹《紅樓夢》第二十七回：「只是跟着奶奶，我們學些眉高眼低，出入上下。」

【用法】形容善於變化，能對付各種各樣的情況。

【例句】他從小就生長在深門大院中，哪懂得什麼～？

眉開眼笑 (ㄇㄟˊ ㄎㄞ ㄧㄢˇ ㄒㄧㄠˋ)

【出處】清・吳敬梓《儒林外史》第二十一回：「將這兩本書，拿到燈下看，不覺眉開眼笑，手舞足蹈起來。」

【解釋】形容非常高興的神情。

【例句】清・曹雪芹《紅樓夢》第六回：「賈蓉喜的～，忙說：『我親自帶人拿去，別叫他們亂碰。』說着，便起身出去了。」

【附註】也作「眉花眼笑」。

眉來眼去（ㄇㄟˊ ㄌㄞˊ ㄧㄢˇ ㄑㄩˋ）

【出處】宋・辛棄疾《滿江紅・贛州席上呈太守陳季陵侍郎》詞：「落日蒼茫，風才定，片帆無力。還記得眉來眼去，水光山色。」

【用法】相互用眼睛傳情。

【例句】清政府的那些賣國官員們，也打起了「禁烟」的幌子。實際上，依然和洋人～，勾勾搭搭。

眉睫之內（ㄇㄟˊ ㄐㄧㄝˊ ㄓ ㄋㄟˋ）

【出處】《列子・仲尼》：「遠在八荒之外，近在眉睫之內。」

【用法】形容事物近在眼前。

眉睫之禍（ㄇㄟˊ ㄐㄧㄝˊ ㄓ ㄏㄨㄛˋ）

【出處】《韓非子・用人》：「不去眉睫之禍，而慕（孟）賁、（夏）育之死。」

【解釋】眉睫：眉毛和眼睫毛，比喻近在眼前。

【用法】近在眼前的禍事。

【例句】他雖知有～，卻仍保持鎮定。

眉清目秀（ㄇㄟˊ ㄑㄧㄥ ㄇㄨˋ ㄒㄧㄡˋ）

【出處】元・李直夫《合同文字》第一折：「有個孩兒喚做安住，今年三歲，生得眉清目秀，是好一個孩兒也。」

【用法】形容人的容貌清秀美麗。

【例句】他長得～，惹人愛憐。

眉眼高低（ㄇㄟˊ ㄧㄢˇ ㄍㄠ ㄉㄧ）

【解釋】眉眼：指面部。

【用法】指人的面部表情。

【例句】她傻乎乎地看不出人家的～。

每下愈況（ㄇㄟˇ ㄒㄧㄚˋ ㄩˋ ㄎㄨㄤˋ）

【出處】《莊子・知北遊》：「莊子曰：『夫子之問也，固不足質。正獲之問於監市履狶也。每下愈況。』」意思是東郭子問莊子說：「所謂的道在那裏呢？」莊子回答說：「無所不在。」東郭子要莊子說得具體一些，莊子就從螻蟻說起，直到稗草、磚瓦、大小便等，都是道所在的地方。東郭子見莊子越說越低下，就不問了。莊子說：「要回答清楚你的問題，把道的眞相講出來，就像在市場上牙人用腳踏豬估量它的肥瘦時一樣，越是踏在豬的下部（即腳脛的部位）就越能看出豬的肥瘦（因爲腳脛是最難肥的部位）。」

【解釋】況：由對照而顯明。愈：越、更加。

【用法】比喻越從低微的事物上推求，就越能看清事物的眞相。

【附註】後來多作「每況愈下」，意義也有所轉變，表示情況愈來愈壞。

美不勝收（ㄇㄟˇ ㄅㄨˋ ㄕㄥ ㄕㄡ）

【出處】清・曾樸《孽海花》第九回：「還有一班名士黎石農、李純客、袁尚秋諸人寄來的送行詩詞，清詞麗句，美不勝收。」

【解釋】勝：盡、完。收：接受。

【用法】形容美好的事物多得看不完。

【例句】展覽會上，各種產品豐富多采，～。

【附註】「勝」不可讀ㄕㄥˋ。

美女簪花

【出處】明・毛晉《汲古閣書跋・南村詩集》：「嘗述虞伯生（名集）論一代詩……揭曼碩（名傒斯）如美女簪花。」（虞、揭二人都是元代詩人。）
【解釋】簪：插戴。美女戴花。
【用法】比喻書法娟秀多姿或詩文風格秀麗。詩文及書法中均有美女簪花格。
【例句】他的小楷極爲秀麗，有如～。

美輪美奐

【出處】《禮記・檀弓下》：「晉獻文子成室，晉大夫發焉。張老曰：『美哉輪焉，美哉奐焉！』」
【解釋】輪：輪囷（ㄐㄩㄣ），古代圓形穀倉，形容高大。奐：盛大、鮮明，形容敞亮。
【用法】形容房屋高偉壯麗。
【例句】他蓋了一棟～的別墅，卻又任其荒涼，眞是奇怪！

美人香草

見「香草美人」。

美人遲暮

【出處】《楚辭・離騷》：「惟草木之零落兮，恐美人之暮遲。」
【解釋】遲暮：比喻晚年。當年的美人，現在已經老了。
【用法】常表示哀怨或沒落的情緒。
【例句】她現在頗有～之感。

美如冠玉

【出處】漢・司馬遷《史記・陳丞相世家》：「絳侯（周勃）、灌嬰等咸讒陳平曰：『平雖美丈夫，如冠玉耳，其中未必有也。』」意思是說陳平雖然和帽子上綴的玉石一樣美，但只是外表好看，而內裏却是空虛的。
【解釋】冠玉：古人裝飾在帽子上的玉石。
【用法】多用以形容人的美貌，稱譽美男子。
【例句】武俠小說中的少年俠士都是個個～，現實社會中怎可能如此？

美意延年

【出處】《荀子・致士》：「得衆動天，美意延年。」楊倞注：「美意，樂意也。無憂患則延年也。」
【解釋】美意：樂觀，無憂無慮。無憂無慮、心情舒暢可以延年益壽。
【用法】祝頌之辭。

美玉無瑕

【出處】元・喬吉《一枝花・雜情》「看承的美玉無瑕，誰敢做野草閑花。」
【解釋】瑕：玉上的斑點，比喻缺點。
【用法】形容完美無缺。
【例句】這件作品眞是～，令人讚嘆不已。

猫鼠同眠

【出處】宋・歐陽修等《新唐書・五行志》：「龍朔元年十一月，洛州猫鼠同處。鼠隱伏，像盜竊；猫職捕嚙（ㄋㄧㄝˋ），而反與鼠同處。像司盜者廢職容奸。」
【解釋】眠：睡。猫和老鼠在一起眠。
【用法】①比喻居官者不盡職守，包庇縱容下級幹壞事。②比喻官、匪一體，危害人民。

【例句】他身爲長官，卻縱容部下爲非作歹，眞是～。

毛髮絲粟 ㄇㄠˊ ㄈㄚˇ ㄙ ㄙㄨˋ

【出處】宋·蘇洵《上歐陽內翰書》：「毛髮絲粟之才，紛紛然而起。」

【解釋】粟：小米。一根汗毛，一根頭髮，一根細絲，一粒小米。

【用法】比喻極其微小。

【例句】我個人的貢獻不過像～一樣，是微不足道的。

【附註】「粟」不可寫成「栗」。

毛骨悚然 ㄇㄠˊ ㄍㄨˇ ㄙㄨㄥˇ ㄖㄢˊ

【出處】明·羅貫中《三國演義》第二十二回：「左右將此檄傳進，操見之，毛骨悚然，出了一身冷汗。」

【解釋】毛：毛髮。骨：指脊梁骨。悚然：恐懼的樣子。毛髮豎起，脊梁骨發冷。

【用法】形容十分恐懼。

【例句】明·吳承恩《西遊記》第三十七回：「唐僧見說是鬼，諕得觔力酥軟，毛骨聳然。」

【附註】也作「毛骨聳然」。

毛舉細故 ㄇㄠˊ ㄐㄩˇ ㄒㄧˋ ㄍㄨˋ

【出處】宋·陳亮《論勵臣之道》：「而群臣邈馬不知所急，毛舉細事，以亂大謀。」

【解釋】毛舉：煩瑣地列舉。細故：細微瑣碎的事。

【用法】煩瑣地列舉一些瑣碎的事情。

【例句】以上所述只是最重要的項目，若～，更不知有多少。

【附註】也作「毛舉細事」、「毛舉細務」。

毛手毛脚 ㄇㄠˊ ㄕㄡˇ ㄇㄠˊ ㄐㄧㄠˇ

【解釋】毛：粗率、不細緻。

【用法】形容做事輕率。

【例句】這孩子辦什麼事都是～的，讓人不能放心。

毛遂墮井 ㄇㄠˊ ㄙㄨㄟˋ ㄉㄨㄛˋ ㄐㄧㄥˇ

【出處】《西京雜記》卷六：「趙有兩毛遂……野人毛遂墮井而死，客以告平原君，平原君曰：『嗟乎！天喪予矣。』既而知野人毛遂，非平原君客也。」

【解釋】毛遂：古人名。

【用法】比喻不可靠的傳聞。

毛遂自荐 ㄇㄠˊ ㄙㄨㄟˋ ㄗˋ ㄐㄧㄢˋ

【出處】《史記·平原君虞卿列傳》載：趙孝成王九年（公元前257年），秦兵圍攻趙國都城邯鄲，平原君去楚國求援，他門下的食客毛遂自我荐舉要求隨同前往。到了楚國，平原君沒有說動楚王，毛遂挺身而出，陳述利害，說服了楚王，派春申君領兵救趙。

【解釋】毛遂：古人名，戰國時趙國平原君的門客。荐：推舉。

【用法】比喻自我推荐担當某項工作。

【例句】徵聘佈告貼出不到三天，就有八個人～，前來應聘。

毛羽零落 ㄇㄠˊ ㄩˇ ㄌㄧㄥˊ ㄌㄨㄛˋ

【出處】晉·孫楚《爲石仲容與孫皓書》：「外失輔車脣齒之援，內有毛羽零落之漸。」

【用法】比喻輔助自己的人們沒有了。
【例句】她～，只剩下孑然一身，境況非常淒涼。

茅塞頓開 ㄇㄠˊ ㄙㄜˋ ㄉㄨㄣˋ ㄎㄞ

見「頓開茅塞」。

茅茨土階 ㄇㄠˊ ㄘˊ ㄊㄨˇ ㄐㄧㄝ

【出處】明・馮夢龍《東周列國志》第三回：「昔堯舜在位，茅茨土階，禹居卑宮，不以爲陋。」
【解釋】茨：用蘆葦、茅草蓋屋頂。階：台階。茅草的屋頂，土砌的台階。
【用法】形容住屋簡陋，泛指生活儉樸或貧困。
【例句】他雖然住的是～，卻能安貧樂道，不以爲苦。
【附註】也作「茅室土階」、「土階茅屋」。

冒名頂替 ㄇㄠˋ ㄇㄧㄥˊ ㄉㄧㄥˇ ㄊㄧˋ

【出處】明・吳承恩《西遊記》第二十五回：「你走了便也罷，卻怎麼綁些柳樹在此冒名頂替？決莫饒他，趕去來！」
【解釋】冒：假充。
【用法】指假冒、頂替別人的名字去幹事或者竊取他人的權利、地位。
【例句】大家正慶賀公主的平安歸來，沒想到居然是一個～的，皇帝不禁大怒。

冒天下之大不韙 ㄇㄠˋ ㄊㄧㄢ ㄒㄧㄚˋ ㄓ ㄉㄚˋ ㄅㄨˋ ㄨㄟˇ

【出處】清・顧炎武《日知錄・卷十三・正始》：「自正始以來，而大義之不明，遍於天下。如山濤者，既爲邪說之魁，遂使嵇紹之賢，且犯天下之不韙，而不顧夫邪正之說不容兩立。」
【解釋】冒：冒犯。不韙：不是、錯誤。犯了天下最大的錯誤。
【用法】指不顧天下人們普遍地反對而硬要幹下去。
【例句】他甘～，追根究柢地追踪這件醜聞，並且披露給大衆知道，眞是一個有擔當的記者。

貌合神離 ㄇㄠˋ ㄏㄜˊ ㄕㄣˊ ㄌㄧˊ

【出處】漢・黃石公《素書・遵義》：「貌合心離者孤，親逸遠忠者亡。」
【解釋】貌：外表。合：相合、一致。神：精神。
【用法】①表面上一致，實質上不一致。②指表面上感情很融洽，其實心裏各有打算。
【例句】他們之間的隔閡沒有消除，因此長期以來一直是～。
【附註】也作「貌合心離」。

貿首之仇 ㄇㄠˋ ㄕㄡˇ ㄓ ㄔㄡˊ

【出處】《戰國策・楚策三》：「甘茂與樗里疾，貿首之讎（仇）也。」鮑彪注：「貿，言欲易取其首。」
【解釋】貿首：想得到對方的頭顱。
【用法】形容双方有極大的仇恨，都想得到對方的頭顱才甘心。

侔色揣稱 ㄇㄡˊ ㄙㄜˋ ㄔㄨㄞˇ ㄔㄣˋ

【出處】南朝・宋・謝惠連《雪賦》：「抽子秘思，騁子妍辭，侔色揣稱，爲寡人賦之。」
【解釋】侔：相等。揣：揣摩、估量。稱：相稱，很合適。色澤相同，揣摩得也很合宜。

【用法】形容描摹物色，恰到好處。

謀財害命 ㄇㄡˊ ㄘㄞˊ ㄏㄞˋ ㄇㄧㄥˋ

【出處】明．吳承恩《西遊記》第十一回：「血池獄、阿鼻獄、秤杆獄、脫皮露骨，折臂斷筋，也只為謀財害命，宰畜屠生。」

【解釋】謀：圖謀。

【用法】為了奪取別人的財產而殺人害命。

【例句】這夥兒～的歹徒，終於被逮捕歸案了。

【附註】也作「圖財致命」、「圖財害命」。

謀先則昌 ㄇㄡˊ ㄒㄧㄢ ㄗㄜˊ ㄔㄤ

【出處】漢．劉向《說苑．叢談》：「謀先事則昌，事先謀則亡。」

【解釋】謀：計劃、打算。昌：興盛、發達。

【用法】做事以前先計劃好，事情就進行得順利，事業就發達。

【例句】要記住「～」，所以你必須先進行周密的安排，然後再着手去工作，不可留然行事。

謀虛逐妄 ㄇㄡˊ ㄒㄩ ㄓㄨˊ ㄨㄤˋ

【出處】清．曹雪芹《紅樓夢》第一回：「不但是洗舊翻新，卻也省了些壽命筋力，不更去謀虛逐妄了。」

【解釋】謀：謀求。逐：追逐。妄：不存在或不合理的。

【用法】追求一種本來不存在或不合情理的事物。

【例句】他想以弱國寡民稱霸天下，簡直是～。

漫天要價 ㄇㄢˊ ㄊㄧㄢ ㄧㄠˋ ㄐㄧㄚˋ

【解釋】胡亂要大價錢。

【用法】泛指不實事求是地提高價錢，或要條件等。

【例句】做生意要講求信用，怎可如此～？

【附註】「漫」不可唸成ㄇㄢˋ。

瞞天過海 ㄇㄢˊ ㄊㄧㄢ ㄍㄨㄛˋ ㄏㄞˇ

【出處】明．阮大鋮《燕子箋．購倖》：「我做提控最有名，瞞天過海無人問。」

【用法】比喻用假象哄騙對方，無所不至。

【例句】他以為這件事能～，沒想到仍然被機警的關員發現了。

瞞天要價，就地還錢 ㄇㄢˊ ㄊㄧㄢ ㄧㄠˋ ㄐㄧㄚˋ ㄐㄧㄡˋ ㄉㄧˋ ㄏㄨㄢˊ ㄑㄧㄢˊ

【出處】清．吳敬梓《儒林外史》第十四回：「這正合着古語『瞞天要價，就地還錢！』」

【解釋】舊時一般商品，多不標價出售，由商販要價，買者還價，進行交易。

【用法】指商販賣貨時要價比貨物的實際價值高出很多，很不誠實；買者則根據自己對貨物的估價再回給一個價錢。

【例句】以前的人習慣做生意時～，而現在則推行不二價，買賣省時，又公平。

瞞神諕鬼 ㄇㄢˊ ㄕㄣˊ ㄒㄧㄚˋ ㄍㄨㄟˇ

【出處】元．楊顯之《酷寒亭》第一折：「怕不待傾心吐膽商量嫁，都是些瞞神謊鬼求食話。」

【解釋】謊：蒙騙。騙神騙鬼。

【用法】比喻說假話騙人。

【例句】他在人前裝著好人樣，人後卻壞事做絕，眞是一個～的奸詐小人。

【附註】也作「瞞神弄鬼」。

瞞上欺下（ㄇㄢˊ ㄕㄤˋ ㄑㄧ ㄒㄧㄚˋ）

【解釋】哄騙上級，欺壓下屬。

【用法】也作「欺上瞞下」。

【例句】他一貫～，作威作福，嚴重破壞了我們中國人的優良傳統。

蠻橫無理（ㄇㄢˊ ㄏㄥˋ ㄨˊ ㄌㄧˇ）

【解釋】野蠻粗暴，不講道理。

【例句】他這種～的態度，引起了大家的不滿。

【附註】「橫」不能念成ㄏㄥˊ。

謾上不謾下（ㄇㄢˊ ㄕㄤˋ ㄅㄨˋ ㄇㄢˊ ㄒㄧㄚˋ）

【出處】原指一種民間打擊樂器，用皮蒙住上頭，不蒙下頭。原是影射蔡京、童貫作惡多端，只瞞皇帝一人。

【解釋】謾：蒙蔽、隱瞞。

【用法】用以泛指官場裏在上級面前隱瞞眞情，對下則無所顧忌地公開做壞事。

【例句】他爲人～，在經理面前必恭必敬，逢迎諂媚，在屬下之前卻作威作福，威脅詐騙，無所不用其極。

【附註】也作「瞞上不瞞下」。

滿門英烈（ㄇㄢˇ ㄇㄣˊ ㄧㄥ ㄌㄧㄝˋ）

【解釋】滿門：全家。英烈：英雄人物。

【用法】全家人都是英雄人物。

【例句】楊家將可謂～。

滿面春風（ㄇㄢˇ ㄇㄧㄢˋ ㄔㄨㄣ ㄈㄥ）

【出處】元・王實甫《麗春堂》，第一折：「氣昂昂志卷長虹，飲千鍾滿面春風。」

【解釋】春風：春天時溫暖的風。

【用法】①形容人喜悅舒暢的神情。②用以形容和藹熱情的面孔

【例句】清・曹雪芹《紅樓夢》第六回：「只見周瑞家的已帶了兩個人立在面前了，這才忙欲起身、猶未起身，～的問好。」

滿目瘡痍（ㄇㄢˇ ㄇㄨˋ ㄔㄨㄤ ㄧˊ）

【解釋】瘡痍：也作「創痍」，創傷。

【用法】形容看到的盡是遭受破壞的景象。

【例句】敵人撤走了，留下了～的一座空城。

【附註】「瘡」不可讀成ㄘㄤ。

滿腹狐疑（ㄇㄢˇ ㄈㄨˋ ㄏㄨˊ ㄧˊ）

【出處】清・曹雪芹《紅樓夢》第一百十六回：「寶玉滿腹狐疑，只得問道：『姐姐說的妃子究是何人？』」

【解釋】狐疑：猜疑。滿肚子猜疑。

【用法】形容疑惑不解的神態。

【例句】他聽了兒子的說詞，感到～。

滿腹經綸（ㄇㄢˇ ㄈㄨˋ ㄐㄧㄥ ㄌㄨㄣˊ）

【出處】《周易・屯》：「雲雷屯，君子以經綸。」

【解釋】經綸：整理過的蠶絲，比喻謀略。

【用法】形容人極有才識。

【例句】有些人自以爲～，可是遇到實

際問題却又不能解決。
【附註】「綸」不可寫成「輪」。

滿腹珠璣
ㄇㄢˇ ㄈㄨˋ ㄓㄨ ㄐㄧ

【解釋】珠璣：珍珠，圓者爲珠，不圓爲璣。
【用法】比喻優美的文辭。形容人有才學。
【例句】曹植才思敏捷、～

滿谷滿坑
ㄇㄢˇ ㄍㄨˇ ㄇㄢˇ ㄎㄥ

【出處】《莊子·天遠》：「在谷滿谷，在坑滿坑。」
【解釋】谷：兩山之間的夾道或流水道。坑：地洞、深谷。
【用法】①原指道的流行，無不周遍，在谷裏就充滿了坑。②後用以形容聚集或匯集的人或物極多。
【例句】這種酸棗樹，在我們家鄉眞是～，一點都不稀奇。
【附註】也作「滿坑滿谷」。

滿招損，謙受益
ㄇㄢˇ ㄓㄠ ㄙㄨㄣˇ，ㄑㄧㄢ ㄕㄡˋ ㄧˋ

【出處】《尚書·大禹謨》：「三旬，苗民逆命。益贊于禹曰：『惟德動天，無遠弗屆。滿招損，謙受益，時乃天道。』」
【用法】指自滿會招來損害，謙虛能得到益處。
【例句】古語說：「～」，我們要記住這句話，決不能有點成績就沾沾自喜。

滿城風雨
ㄇㄢˇ ㄔㄥˊ ㄈㄥ ㄩˇ

【出處】宋·釋惠洪《冷齋夜話·卷四》載：黃州人潘大臨，善詩。有一次，臨州人謝無逸來信問：「近新作詩否？」潘大臨回信說：「秋來景物，件件是佳句，恨爲俗氣所蔽翳。昨日清臥，聞攪林風雨聲，遂起題壁曰：『滿城風雨近重陽。』忽催稅人至，遂敗意。只此一句寄奉。」
【解釋】原指重陽節前的景物。
【用法】後用以比喻某事傳揚極廣，引起轟動，人們議論紛紛。
【例句】這件小事，居然鬧得～，使人有些莫名其妙。

滿載而歸
ㄇㄢˇ ㄗㄞˋ ㄦˊ ㄍㄨㄟ

【出處】明·凌濛初《二刻拍案驚奇》第二十六卷：「其餘土產貨物尺頭禮儀之類甚多，眞叫做滿載而歸。」
【解釋】載：裝載。滿滿裝載着收穫回來。
【用法】指收穫很大。
【例句】這次外出旅行，我們眞是～，學到了許多旅行經驗。

滿而不溢
ㄇㄢˇ ㄦˊ ㄅㄨˋ ㄧˋ

【出處】南朝·宋·范曄《後漢書·光武帝紀》：「制節謹度，滿而不溢。」
【解釋】溢：溢出、過分。滿盈而不溢出。
【用法】比喻需求有一定限度。

滿園春色
ㄇㄢˇ ㄩㄢˊ ㄔㄨㄣ ㄙㄜˋ

【出處】宋·葉紹翁《遊小園不值》詩：「應怜屐齒印蒼苔，小叩柴扉久不開，春色滿園關不住，一枝紅杏出牆來。」
【解釋】整個園子裏都是一片春天的景色。
【用法】比喻到處是欣欣向榮的景象。

【例句】步入花園，只見～，令人心曠神怡。

【附註】也作「春色滿園」。

慢條斯理（ㄇㄢˋ ㄊㄧㄠˊ ㄙ ㄌㄧˇ）

【用法】原指說話做事不慌不忙，有條有理。後多用以形容說話做事慢慢吞吞。

【例句】清・吳敬梓《儒林外史》第一回：「老爺親自在這裡傳你家兒子說話，怎的慢條斯理？快快說在那，我好去傳！」

慢藏誨盜（ㄇㄢˋ ㄘㄤˊ ㄏㄨㄟˋ ㄉㄠˋ）

【出處】《周易・繫辭上》：「慢藏誨盜，冶容誨淫。」

【解釋】慢：隨便、不謹慎。誨：誘導。收藏財物不謹慎而失盜。

【用法】比喻禍由自取。

【例句】我常警告你：「～」你卻不聽，才有今日不幸。

慢易生憂（ㄇㄢˋ ㄧˋ ㄕㄥ ㄧㄡ）

【出處】《管子・內業》：「思索生知，慢易生憂，暴傲生怨，憂鬱生疾。」

【解釋】慢：懈怠、輕忽。易：散慢、懈怠。

【用法】指散慢必然會壞事，因而產生煩惱和憂愁。

【例句】他終日沈迷酒色，不理國政，～，因此小人把持國政，天下大亂。

蔓草難除（ㄇㄢˋ ㄘㄠˇ ㄋㄢˊ ㄔㄨˊ）

【出處】《左傳・隱公元年》：「不如早爲之所，無使滋蔓，蔓，難圖也。蔓草猶不可除，況君之寵弟乎？」

【解釋】蔓草：蔓延生長的草。蔓生的草難於鏟除。

【用法】比喻惡勢力一旦滋長強大就難於消災了。

【例句】對於這些人聚衆生事，你一定要快想辦法阻止，否則到時～，就麻煩了。

漫不經心（ㄇㄢˋ ㄅㄨˋ ㄐㄧㄥ ㄒㄧㄣ）

【出處】明・任三宅《覆耆民汪源論設塘長書》：「連年修西北二塘，責重塘長而空名應役，漫不經心，以致漸成大患，愈難捍禦。」

【解釋】漫：隨便。經心：在意、留心。

【用法】指隨隨便便，毫不在意。

【例句】他對這封來信～地看了一下，便一聲不響地離開了。

捫心自問（ㄇㄣˊ ㄒㄧㄣ ㄗˋ ㄨㄣˋ）

【解釋】捫：撫摸。捫心：手摸胸口問自己。

【用法】表示自我反省之意。

【例句】～，我沒有做過一件對不起她的事。

捫蝨而談（ㄇㄣˊ ㄕ ㄦˊ ㄊㄢˊ）

【出處】唐・房玄齡等《晉書・王猛傳》：「桓溫入關，猛被（披）褐而指之，一面談當世之事，捫蝨而言，旁若無人。」

【解釋】捫：按、摸。蝨：蝨子。一邊摸身上的蝨子一邊談論。

【用法】形容談吐從容，無所畏忌。

【例句】～，當時竟傳爲美事。

門不停賓（ㄇㄣˊ ㄅㄨˋ ㄊㄧㄥˊ ㄅㄧㄣ）

【出處】北齊·顏之推《顏氏家訓·風操》：「門不停賓，古所貴也。」
【解釋】賓：賓客。門外沒有停留的客人。
【用法】形容勤於接待客人。
【例句】戰國四公子重視人才，養客數千，～。

門當戶對 ㄇㄣˊ ㄉㄤ ㄏㄨˋ ㄉㄨㄟˋ

【出處】《敦煌變文·不知名變文》：「彼此赤身相奉侍，門當戶對恰相當。」
【解釋】當：相當。對：適合。
【用法】指男女雙方經濟條件、政治地位相當，聯姻很合適。
【例句】這件～、郎才女貌的婚姻，受到了所有人的祝福。

門庭若市 ㄇㄣˊ ㄊㄧㄥˊ ㄖㄨㄛˋ ㄕˋ

【出處】《戰國策·齊策》：「群臣進諫，門庭若市。」
【解釋】庭：院子。若：好像。市：集市。門前院裏，好像市集。
【用法】形容客人很多，熱鬧得很。
【例句】他恢復工作以後～，賓客忽然又多了起來。

門可羅雀 ㄇㄣˊ ㄎㄜˇ ㄌㄨㄛˊ ㄑㄩㄝˋ

【出處】漢·司馬遷《史記·汲鄭列傳》：「始翟公爲廷尉，賓客闐門；及廢，門外可設雀羅。」
【解釋】羅雀：張網捉鳥。大門前面可以張網捉鳥。
【用法】形容門庭冷落。
【例句】隔壁的雜貨店，因爲老闆的態度惡劣，所以生意一落千丈，～。
【附註】也作「門堪羅雀」。

門戶之見 ㄇㄣˊ ㄏㄨˋ ㄓ ㄐㄧㄢˋ

【出處】宋·歐陽修等《新唐書·韋云起傳》：「今朝廷多山東人，自作門戶，附下罔上爲朋黨。」
【解釋】門戶：比喻宗派。見：成見。
【用法】因宗派關係而產生的成見（多用於學術或藝術上）。
【例句】各學派之間應該消除～，在爭鳴中互相學習，互相促進。

門牆桃李 ㄇㄣˊ ㄑㄧㄤˊ ㄊㄠˊ ㄌㄧˇ

【出處】①《論語·子張》：「夫子之牆數仞，不得其門而入，不見宗廟之美、百官之富。」②漢、韓嬰《韓詩外傳》卷七：「夫春樹桃李，夏得陰其下，秋得其實。」
【解釋】門牆：指師長之門。桃李：比喻所培養的學生。
【用法】比喻同一個老師教出來的學生。
【例句】清·吳敬梓《儒林外史》第七回：「像你做出這樣文章，豈不有玷～？此後須要洗心改過。」

尨眉皓髮 ㄇㄤˊ ㄇㄟˊ ㄏㄠˋ ㄈㄚˇ

【出處】漢·張衡《思玄賦》：「尉尨眉而郎潛兮，逮三叶而遘武。」李善注引《漢武故事》說：「顧駟不知何許人？漢文帝時爲郎，至武帝，嘗輦過郎署，見駟尨眉皓髮，上問曰：『叟，時爲郎？』答曰：『臣文帝時爲郎，文帝好文而臣好武，至景帝，好美而臣貌醜，陛下即位，好少而臣已老，是以三世不遇，故老於郎署。』

上感其言，擢拜會稽都尉。」（「尨」也作「龐」。）

【解釋】尨：染色。皓：潔白。花白的眉毛，銀白的頭髮。

【用法】指老年人。

【例句】他爺爺已九十一歲了，雖已～，但精神仍然很健旺。

忙裡偷閒

【出處】宋·陳造《江湖長翁集·同陳宰黃薄游靈山八首》自注：「宰云：『吾輩可謂忙裡偷閒，苦中作樂。』」

【解釋】偷閒：擠出時間。

【用法】在繁忙中擠出一點時間。

【例句】我有時也～地和幾個朋友下下象棋消遣一下。

盲瞽之言

【出處】清、吳敬梓《儒林外史》第二十九回：「如不見怪，小弟也有一句盲瞽之言。」

【解釋】盲瞽：眼睛瞎，喻不明事理。

【用法】指沒有分寸的說或見識淺的話。多用作自謙詞。

盲人摸象

【出處】原爲佛經故事。《大般涅槃經·三十二》：「爾時大王，即喚衆盲各各問言：『汝見象耶？』衆盲各言：『我已得見。』言：『象爲何類？』其觸牙者即言象形如蘆菔根，其觸耳者言象如箕，其觸頭者言象如石，其觸述者言象如杵，其觸脚者言象如木臼，其觸脊者言象如床，其觸腸者言象如甕，其觸尾者言象如繩。」

【用法】指僅有片面或不完全的猜想，不明白整個事物的眞相。

【例句】我們反對見木不見林和～的片面觀點。

【附註】也作「盲人說象」、「瞎子摸象」。

盲人得鏡

【出處】漢·劉安《淮南子·人間訓》：「盲者得鏡，則以蓋卮。」

【用法】比喻沒有什麼用處。

【例句】他千里迢迢給我送來一套測繪儀器，可惜的是，正如～，對我毫無用處。

盲人瞎馬

【出處】南朝·宋·劉義慶《世說新語·排調》：「桓南郡與殷荊州語次，復作危語。殷有一參軍在座云：『盲人騎瞎馬，夜半臨深池。』」

【用法】原比喻處境非常危險。現指盲目行動，亂闖瞎撞，後果危險。

【例句】我們不能看着你們這些年輕人～地亂闖。

【附註】也作「瞎馬臨池」。

芒刺在背

見「如芒在背」。

蒙袂輯屨

【出處】《禮記·檀弓下》：「有餓者蒙袂輯屨，貿貿然來。」

【解釋】袂：衣袖。蒙袂：用袖子蒙住臉。輯屨：拖着鞋子不讓脫落。用衣袖蒙着臉，脚上拖着鞋子走着。

【用法】形容非常困乏。

【附註】「屨」不可讀成ㄌㄩˇ，亦可寫

成「履」。

蒙混過關（ㄇㄥˊ ㄏㄨㄣˋ ㄍㄨㄛˋ ㄍㄨㄢ）

【解釋】蒙：欺騙、掩蓋。混：冒充。關：原指交通險要或邊境出入地方所設之守衛處所，這裏泛指關口。用欺騙的手段混過審問或查究。

【用法】指掩蓋罪行，不老實交代，企圖混過去的行徑。

【例句】他只交代一些鷄毛蒜皮的事，企圖～。

蒙昧無知（ㄇㄥˊ ㄇㄟˋ ㄨˊ ㄓ）

【解釋】蒙昧：沒有文化知識，落後愚昧。

【用法】形容沒有文化知識，不明事理。

【例句】只要一聽到有什麼投機的方法可以賺大錢，就會有許多～的人把家產都投了下去，到最後往往搞得傾家蕩產，得不償失。

夢筆生花（ㄇㄥˋ ㄅㄧˇ ㄕㄥ ㄏㄨㄚ）

見「筆頭生花」。

夢寐以求（ㄇㄥˋ ㄇㄟˋ ㄧˇ ㄑㄧㄡˊ）

【出處】《詩經・周南・關雎》：「窈窕淑女，夢寐求之。」

【例句】我～的願望，總算是如願以償了。

夢幻泡影（ㄇㄥˋ ㄏㄨㄢˋ ㄆㄠˋ ㄧㄥˇ）

【出處】原是佛經上的話。《金剛般若經》：「一切有爲法，如夢幻泡影，如露亦如電，應作如是觀。」意爲世上的一切事物都像夢境、幻覺、泡沫和影子一樣地虛幻。

【用法】用以比喻一切不實際的、雖以實現的幻想，或已經消失的難以追尋的事物。

【例句】赤壁一戰，使曹操會獵江南的企圖化爲～。

夢魂顛倒（ㄇㄥˋ ㄏㄨㄣˊ ㄉㄧㄢ ㄉㄠˇ）

【出處】明・淩濛初《二刻拍案驚奇》第十九卷：「你道何故？只因財利迷心，身家念重，時時防賊發火起，自然夢魂顛倒。」

【例句】唐玄宗自從見到了楊貴妃後，爲之～。久久不理朝政，因而國勢由盛轉衰。

夢中說夢（ㄇㄥˋ ㄓㄨㄥ ㄕㄨㄛ ㄇㄥˋ）

【出處】《大般若波羅蜜多經》卷五九六：「復次善勇猛，如人夢中說夢所見種種自性。如是所說夢境自性都無所有。」

【用法】原爲佛家語，意爲虛幻無憑之事。

【例句】有些科學幻想小說裏的描寫，只不過是幻想而已，可以說是～。

夢屍得官（ㄇㄥˋ ㄕ ㄉㄜˊ ㄍㄨㄢ）

【出處】南朝・宋・劉義慶《世說新語・文學》：「人有何殷中軍（浩）：『何以將位得而夢棺器，將得財而夢矢穢？』殷曰『官本是臭腐，所以將得而夢棺屍；財本是糞土，所以將得而夢穢汚。』」

【解釋】舊時迷信說法，夢見死屍是得官的預兆。

孟母擇鄰 (ㄇㄥˋ ㄇㄨˇ ㄗㄜˊ ㄌㄧㄣˊ)

【出處】宋・王應麟《三字經》：「昔孟母，擇鄰處。」漢・劉向《列女傳・母儀》載：孟子幼年時，住家靠近墓地，玩的時候「爲墓間之事」，孟母就把家搬到街市附近，孟子又學「爲賈人衒賣之事」，孟母就又把家搬到學宮旁，「乃設俎豆揖讓進退。」孟母曰：「眞可以居吾子矣。」遂居之。

【用法】原指孟母爲教育孟子，注意環境的影響。後常用以形容家長關心子女的成長。

【例句】現在色情汚染著住宅區，雖想效法～，卻不知搬哪兒才好？

【附註】也作「孟母三遷」。

彌天大謊 (ㄇㄧˊ ㄊㄧㄢ ㄉㄚˋ ㄏㄨㄤˇ)

【解釋】彌：充滿。彌天：滿天。

【用法】指天大的謊話。

【例句】有些別有用心的人，用所謂「黃禍」去擾亂人心，其實，這不過是～而已。

彌天亘地 (ㄇㄧˊ ㄊㄧㄢ ㄍㄣˋ ㄉㄧˋ)

【出處】明・羅貫中《三國演義》第九回：「(王)允曰：『董(卓)賊之罪，彌天亘地，不可勝言。』」

【解釋】彌：滿。亘：遍。

【用法】形容極大極多。

彌留之際 (ㄇㄧˊ ㄌㄧㄡˊ ㄓ ㄐㄧˋ)

【出處】《尙書・顧命》：「病日臻，既彌留。」

【解釋】彌留：原指久病不愈，後指病重將死。際：時候。

【用法】病重快要死的時候

【例句】就在～，他還想着那本沒有完成的著作。

糜爛不堪 (ㄇㄧˊ ㄌㄢˋ ㄅㄨˋ ㄎㄢ)

【解釋】糜爛：破壞。不堪：無法收拾。

【用法】形容事物破壞到不可收拾的地步。

【例句】軍閥連年混戰，華北局面已弄得～。

迷途知返 (ㄇㄧˊ ㄊㄨˊ ㄓ ㄈㄢˇ)

【出處】晉・陳壽《三國志・魏書・袁術傳》：「以身試禍，豈不痛哉！若迷途知反(同返)，尙可以免。」

【解釋】迷途：迷失道路。返：回頭。迷失了道路知道回來。

【用法】比喻做了錯事知道改正過來。

【例句】只要你～，我們仍抱著歡迎的態度。

迷途失偶 (ㄇㄧˊ ㄊㄨˊ ㄕ ㄡˇ)

【出處】南朝・宋・顏延之《庭誥文》：「慌若迷途失偶，饜如深夜撤燭。」

【解釋】迷途：迷失道路。偶：伴侶。迷失了道路，丟失了伴侶。

【用法】指遭到不幸或陷入孤獨。

【例句】你走之後，我好像～，惶惶不可終日。

迷離撲朔 (ㄇㄧˊ ㄌㄧˊ ㄆㄨ ㄕㄨㄛˋ)

見「撲朔迷離」。

迷戀骸骨 (ㄇㄧˊ ㄌㄧㄢˋ ㄏㄞˊ ㄍㄨˇ)

【解釋】迷戀：戀戀不捨。骸骨：屍骨。
【用法】比喻對陳舊腐朽的事物戀戀不捨。
【例句】我們研究古人的經驗，絕不是～，而是要從歷史上去總結經驗，古為今用。

米爛成倉 ㄇㄧˇ ㄌㄢˋ ㄔㄥˊ ㄘㄤ

【出處】清・吳敬梓《儒林外史》第六回：「趙氏在家掌管家務，真個是錢過北斗，米爛成倉，僮僕成群，牛馬成行，享福度日。」
【解釋】倉：糧倉。成倉：一倉一倉的。一倉一倉的糧食都腐爛了。
【用法】形容家中十分富有。
【例句】在戰亂中，有人發戰爭財，得以～，而路卻有凍死骨。

米珠薪桂 ㄇㄧˇ ㄓㄨ ㄒㄧㄣ ㄍㄨㄟˋ

【出處】《戰國策・楚策三》：「楚國之食貴於玉，薪貴於桂。」
【解釋】珠：珍珠。薪：柴。桂：桂樹。米貴得像珍珠一樣，柴禾貴得像桂木一樣。
【用法】形容物價昂貴，人民生活很困難。
【例句】多年旱災之後，真是～，一般平民百姓無以為生。

靡不有初，鮮克有終 ㄇㄧˇ ㄅㄨˋ ㄧㄡˇ ㄔㄨ ㄒㄧㄢˇ ㄎㄜˋ ㄧㄡˇ ㄓㄨㄥ

【出處】《詩經・大雅・蕩》：「蕩蕩上帝，下民之辟。疾威上帝，其命多辟。天生烝民，其命匪諶。靡不有初，鮮克有終。」
【解釋】靡：無。初：開始。鮮：少。克：能。事情都有個開頭，但有結果的卻很少。
【用法】多用於告誡人們做事應有頭有尾，善始善終。

靡靡之音 ㄇㄧˇ ㄇㄧˇ ㄓ ㄧㄣ

【出處】《韓非子・十過》：「此師延之所作，與紂為靡靡之樂也。」
【解釋】靡靡：柔弱，萎靡不振。
【用法】指柔弱、頹廢、萎靡不振的黃色音樂。
【例句】現代社會風氣不良，到處充滿了～，對我們這一代的青少年影響很大。

靡日不思 ㄇㄧˇ ㄖˋ ㄅㄨˋ ㄙ

【解釋】靡：沒有。
【用法】指沒有一天不在思念。
【例句】對於遠在他鄉的親人，她～，以致茶飯難咽。

靡有孑遺 ㄇㄧˇ ㄧㄡˇ ㄐㄧㄝˊ ㄧˊ

【出處】《詩經・大雅・雲漢》：「周余黎民，靡有孑遺。」
【解釋】靡有：沒有。孑：單獨、孤獨。孑遺：經過大的變故遺留下來的少數人。沒有留下什麼人。
【用法】形容經過極大的災難之後，人傷亡慘重的情景。
【例句】黃河九次改道，使兩岸人民生命財產遭受重大損失，洪水過處，～，真是慘絕人寰！
【附註】「孑」不能寫成「子」，也不能讀成ㄗˇ。

靡衣媮食 ㄇㄧˇ ㄧ ㄊㄡ ㄕˊ

【出處】漢・班固《漢書・韓信傳》：

「衆庶莫不輟作怠惰，靡衣媮食，傾耳以待命者。」顏師古注：「媮與偷字同。偷，苟且也。言爲靡麗之衣，苟且而食，恐懼之甚，不爲久計也。」

【解釋】靡：華麗。媮：同「偷」，苟且。穿著華麗的衣服，過著苟且的生活。

【用法】舊時形容富貴人家奢侈享受，苟且偷生。

【例句】這個奸賊在國家危難時，居然趁發國難財，過著～的生活，好不知羞恥。

靡顏膩理 (ㄇㄧˊ ㄧㄢˊ ㄋㄧˋ ㄌㄧˇ)

【出處】《楚辭・招魂》：「靡顏膩理。」

【解釋】靡：柔美。顏：容顏。膩：細膩。理：肌理、皮膚。姣柔美麗的面貌，細膩而平滑的皮膚。

【用法】形容女性的美貌。

密不通風 (ㄇㄧˋ ㄅㄨˋ ㄊㄨㄥ ㄈㄥ)

【出處】元・紀君祥《趙氏孤兒》第三折：「這兩家做下敵頭重，但要訪的孤兒有影踪，必然把太平莊上兵圍擁，鐵桶般密不通風。」

【用法】形容包圍或防範得十分嚴密，連風也透不過去。

【例句】一個小小的傷風而已，他卻把自己包得全身上下～。

密意幽悰 (ㄇㄧˋ ㄧˋ ㄧㄡ ㄘㄨㄥˊ)

【出處】元・賈仲名《金安壽》第一折：「助人笑口歡容，幾多密意幽悰。」

【解釋】密：親密。幽：隱蔽。悰：歡樂。

【用法】指深藏在內心的親密的情意和歡樂。

密雲不雨 (ㄇㄧˋ ㄩㄣˊ ㄅㄨˋ ㄩˇ)

【出處】《周易・小畜》：「密雲不雨，自我西郊。」

【解釋】陰雲密布卻沒有下雨。

【用法】①原比喻統治者對人民空口許諾而人民卻得不到實際的好處。②後比喻事情雖已醞釀成熟，卻還沒有實現。③也比喻哭時沒有眼淚。

【例句】戰爭在準備中，目前雖然～，但火藥味已經聞到了。

秘而不宣 (ㄇㄧˋ ㄦˊ ㄅㄨˋ ㄒㄩㄢ)

【出處】晉・陳壽《三國志・魏書・董昭傳》：「秘而不露，使(孫)權得志，非計之上。」

【解釋】秘：秘密。宣：宣揚。

【用法】保守秘密而不聲張。

【例句】對於這個重要的消息，他卻～，引起大家的公憤。

滅門絕戶 (ㄇㄧㄝˋ ㄇㄣˊ ㄐㄩㄝˊ ㄏㄨˋ)

【出處】元・關漢卿《調風月》第四折：「休想得五男並二女，死得教滅門絕戶。」

【解釋】家門破滅，戶口斷絕。

【用法】指家破人亡，乏嗣無後，是人生最大的不幸。

【例句】清・孔尚任《桃花扇・拒媒》：「不瞞老爺說，我家兩片脣，養著八張嘴，這一入內庭，豈不～了一家兒？」

滅頂之災 (ㄇㄧㄝˋ ㄉㄧㄥˇ ㄓ ㄗㄞ)

【出處】《周易．大過》：「過涉滅頂，凶。」
【解釋】滅頂：水漫過了頭頂。
【用法】①指人有被水淹死的災難。②也比喻毀滅性的災難。
【例句】洪水來時，他們一家二十餘口都慘遭～，眞令人同情！

滅此朝食 ㄇㄧㄝˋ ㄘˇ ㄓㄠ ㄕˊ

【出處】《左傳．成公二年》載：春秋時，晉國兵將在一天的早晨前來進攻齊國，「齊侯曰：『余姑翦滅此而朝食。』不介馬而馳之。」
【解釋】此：這，指這夥敵人。朝食：早飯。先把這敵人消滅掉，然後再吃早飯。
【用法】形容取勝極易。
【例句】有～的氣概是好的，但是具體行動要周密考慮。
【附註】「朝」不能念成ㄔㄠˊ。

描鸞刺鳳 ㄇㄧㄠˊ ㄌㄨㄢˊ ㄘˋ ㄈㄥˋ

【出處】淸．曹雪芹《紅樓夢》第二十三回：「每日只和姐妹丫環們一起或讀書，或寫字，或彈琴下棋，作畫吟詩，以至描鸞刺鳳。」
【例句】沒想到這幅亂針綉，居然是男士的傑作，可見～也不是女士的專利喔！
【附註】也作「描龍綉鳳」。

苗而不秀 ㄇㄧㄠˊ ㄦˊ ㄅㄨˋ ㄒㄧㄡˋ

【出處】《論語子罕》：「苗而不秀者有矣夫！」原爲孔子惋惜顏淵早死的話。
【解釋】秀：吐穗。只長苗而不吐穗。
【用法】①比喻雖然有才能卻沒有成就。②指人徒有其表。
【例句】他已年過三十，卻一事無成，落得「～」之譏。

渺如黃鶴 ㄇㄧㄠˇ ㄖㄨˊ ㄏㄨㄤˊ ㄏㄜˋ

見「杳如黃鶴」。

渺無人烟 ㄇㄧㄠˇ ㄨˊ ㄖㄣˊ ㄧㄢ

【解釋】渺：渺茫。烟：炊烟。人烟：指人迹。在渺茫遼闊的大地上連個人影也看不到。
【用法】形容地廣人稀。
【例句】過去這～的荒原，如今變成了良田。

妙筆生花 ㄇㄧㄠˋ ㄅㄧˇ ㄕㄥ ㄏㄨㄚ

【解釋】妙筆：指寫文章、作書畫的高超技巧。
【用法】形容具有高超技巧的人能創作出好作品。
【例句】有的人～，以精湛的書法繪畫來表示他們的友誼和祝福。
【附註】也作「妙手生花」、「生花妙筆」。

妙絕時人 ㄇㄧㄠˋ ㄐㄩㄝˊ ㄕˊ ㄖㄣˊ

【出處】三國．魏．曹丕《與吳質書》：「公干（劉楨）有逸氣，但未遒耳。其五言詩之善者，妙絕時人。」
【解釋】妙：精妙、好。絕：獨一無二。時人：同時代的人。
【用法】指技藝精妙，在同時代的人中是獨一無二的。
【例句】齊白石老人的繪畫，可以稱得上～了。

妙趣橫生 ㄇㄧㄠˋ ㄑㄩˋ ㄏㄥˊ ㄕㄥ

【解釋】妙：美妙。趣：情趣。橫生：充分地表現出來。充分地表現出一種美妙的情趣。

【用法】①多用以形容藝術作品中洋溢著的美妙的情趣。②也形容說話有風趣！

【例句】讀到此處，～，令人拍案叫絕。

妙手丹青 ㄇㄧㄠˋ ㄕㄡˇ ㄉㄢ ㄑㄧㄥ

【出處】清・吳敬梓《儒林外史》第四十六回：「莊濯江尋妙手丹青，畫了一幅『登高送別圖』，在會諸人，都做了詩。」

【解釋】妙手：技藝高超的人。丹青：中國古代繪畫中常用的顏色。後泛指繪畫藝術。

【用法】指優秀的畫家。

【例句】這四隻小雞畫得活潑生動，不知出自哪位～之手？

妙手天成 ㄇㄧㄠˋ ㄕㄡˇ ㄊㄧㄢ ㄔㄥˊ

【解釋】妙手：指高超的技能。

【用法】形容作者技藝高超。

【例句】這篇文章寫得委婉細膩，眞是～。

妙手空空 ㄇㄧㄠˋ ㄕㄡˇ ㄎㄨㄥ ㄎㄨㄥ

【出處】宋・李昉《太平廣記》卷一九四引裴鉶《傳奇・聶隱娘》：「午夜當使妙手空空兒繼至。空空兒之神術，人莫能窺其用，鬼莫得躡其蹤。」

【解釋】原是唐朝傳奇小說裏的一個劍俠的名字。

【用法】①後用指小偷。②也指處境窮困手中一無所有，卻善於挪移應付的人。

【例句】他這次旅行，遇到了～，結果身無分文，狼狽而回。

妙手回春 ㄇㄧㄠˋ ㄕㄡˇ ㄏㄨㄟˊ ㄔㄨㄣ

【出處】清・李寶嘉《官場現形記》第二十回：「但是藥鋪門裏門外，足足掛著二三十塊匾額：什麼『功同良相』，什麼『扁鵲復生』，什麼『妙手回春』……」

【解釋】妙手：指高超的醫術。回春：比喻把快要死的人醫治好了。

【用法】讚揚醫生的醫術高明，能使病危的人痊癒。

【例句】患者都稱讚張大夫有～的高明醫術。

妙手偶得 ㄇㄧㄠˋ ㄕㄡˇ ㄡˇ ㄉㄜˊ

【出處】宋・陸游《文章》：「文章本天成，妙手偶得之。」

【解釋】妙手：高超的技能。偶：偶然。

【用法】形容有些佳作、佳句非常自然，沒有雕琢的痕迹。

【例句】他這首詩眞是～，全無斧鑿的痕跡。

妙算神機 ㄇㄧㄠˋ ㄙㄨㄢˋ ㄕㄣˊ ㄐㄧ

見「神機妙算」。

妙語解頤 ㄇㄧㄠˋ ㄩˇ ㄐㄧㄝˇ ㄧˊ

【出處】漢・班固《漢書・匡衡傳》：「匡說《詩》，解人頤。」

【解釋】頤：面頰。解頤：開顏而笑。

【用法】說著很有趣的話使人發笑。

【例句】他正在房中生悶氣，幸好經過

姐姐一番～，才眉開眼笑地走出來。

妙語如珠

【解釋】美妙的語言有如晶瑩圓滑的珍珠。
【用法】形容語言很精彩。
【例句】他那～的講話，使聽衆們都入迷了。

謬種流傳

【出處】元・脫脫等。《宋史・選舉志・二》：「所取之士既不精，數年之後，復謂之繆（通謬）種流傳。」
【解釋】謬：荒謬、錯誤。
【用法】指荒謬錯誤的東西廣泛散布流傳下去。
【例句】黃色書刊必須取締。否則～，會給青年人帶來嚴重危害。

綿綿瓜瓞

【出處】《詩經・大雅・綿》：「綿綿瓜瓞，民之初生，自土沮漆。」（沮、漆：水名。）
【解釋】綿綿：延綿不斷的樣子。瓜瓞：大瓜小瓜。
【用法】①比喻人一代接一代相傳下去。②後用作祝頌別人子孫昌盛之辭。
【例句】舊觀念總希望～，子孫昌盛，這對今日的家庭計劃可是一大阻力。
【附註】也作「瓜瓞綿綿」。

綿裏藏針

【出處】元・石君寶《曲江池》第二折：「笑裏刀剮皮割肉，綿裏針剔髓挑觔（筋）。」
【解釋】把針藏在綿絮裏面。
【用法】①比喻表面溫和，內心尖刻。②也比喻柔中有剛。
【例句】①這幾句～的話，使他既惱不得又笑不得。②老陳是一個～、頗有城府的人。

綿力薄材

【出處】《漢書・嚴助傳》：「且越人綿力薄材，不能陸戰。」
【用法】①指力量很小，又沒有什麼才能。②自謙之辭。
【例句】我願貢獻我的一分～，爲這個社會做一點事。

眠花宿柳

【出處】明・蘭陵笑笑生《金瓶梅》第一回：「終日閑游浪蕩，一自父母亡後，專一在外眠花宿柳，惹草招風。」
【解釋】花、柳：指娼妓。
【用法】舊指嫖妓。
【例句】他過著荒淫無恥的生活，～、偷鷄摸狗、聚賭鬥毆。

偭規越矩

【出處】《楚辭・離騷》：「固時俗之工巧兮，偭規矩而改錯。」
【解釋】偭：違背。越：逾越。
【用法】違反了正常的原則和習慣。

面北眉南

【出處】元・無名氏《馬陵道》第三折：「既然是你爲我來，須回避，且做個面北眉南，你東咱西。」
【用法】指臉面相背，互不理睬。
【例句】他們小倆口吵架，～地互不理睬。

面壁功深（ㄇㄧㄢˋ ㄅㄧˋ ㄍㄨㄥ ㄕㄣ）

【出處】宋·釋普濟《五燈會元》卷一：「（初祖菩提達磨大師）寓止於嵩山少林寺，面壁而坐，終日默然，人莫之測，謂之壁觀婆羅門。」

【解釋】面壁：佛家用語。面對牆壁默坐靜修。面壁靜修，道行很深。

【用法】後比喻在某一領域有很深的造詣。

面不改色（ㄇㄧㄢˋ ㄅㄨˋ ㄍㄞˇ ㄙㄜˋ）

【出處】元·秦簡夫《趙禮讓肥》第二折：「我這虎頭寨上，但凡拿住的人呵，見了俺，喪膽亡魂，今朝拿住這廝，面不改色。」

【解釋】改：改變。臉上不改變顏色。

【用法】形容遇到危險或意外事件時從容鎮定的神態。

【例句】面對敵人的酷刑，他～，毫不動搖。

面面相覷（ㄇㄧㄢˋ ㄇㄧㄢˋ ㄒㄧㄤ ㄑㄩˋ）

【出處】宋·釋惟白《續傳燈錄》卷六：「僧問：『如何是大疑府人？』師曰：『華鉢岩中面面相覷。』」

【解釋】覷：看。你看我，我看你。

【用法】形容無可奈何或束手無策的樣子。

【例句】明·羅貫中《三國演義》第十一回：「此時人困馬乏，大家～，各欲逃生。」

面命耳提（ㄇㄧㄢˋ ㄇㄧㄥˋ ㄦˇ ㄊㄧˊ）

見「耳提面命」。

面目可憎（ㄇㄧㄢˋ ㄇㄨˋ ㄎㄜˇ ㄗㄥ）

【出處】唐·韓愈《送窮文》：「凡所以使吾面目可憎，語言無味者，皆子之志也。」

【解釋】可憎：令人討厭。

【用法】指形象醜陋或精神猥瑣，令人厭惡。

【例句】這個人～，我才不理他呢！

面目全非（ㄇㄧㄢˋ ㄇㄨˋ ㄑㄩㄢˊ ㄈㄟ）

【出處】清·蒲松齡《聊齋志異·陸判》：「舉首則面目全非。」

【解釋】面目：面貌。非：不是。樣子已經完全改變了。

【用法】形容變動極大。

【例句】我這篇文章經過他們一改，被弄得～了。

面目一新（ㄇㄧㄢˋ ㄇㄨˋ ㄧ ㄒㄧㄣ）

【解釋】樣子一下子變新了。

【用法】形容事物有了新的可喜的進步或變化。

【例句】客廳經過整頓之後，已經～，

【附註】也作「一新面目」。

面縛輿櫬（ㄇㄧㄢˋ ㄈㄨˋ ㄩˊ ㄔㄣˋ）

【出處】《左傳·僖公六年》：「許男面縛銜璧，大夫衰絰，士輿櫬。」

【解釋】面縛：反綁雙手到勝利者面前，表示放棄抵抗。櫬：棺材。輿櫬：用車拉著棺材，表示自請受刑。反綁雙手，拉著棺材去見勝利者。古時投降時的儀式。

面黃肌瘦（ㄇㄧㄢˋ ㄏㄨㄤˊ ㄐㄧ ㄕㄡˋ）

【出處】元·楊梓《霍光鬼諫》第一折

：「覷著他……眼欺縮腮模樣，面黃肌瘦形相。」

【用法】形容人營養不良、瘦弱有病的樣子。

【例句】清・吳敬梓《儒林外史》第一回：「只見許多男女啼啼哭哭，在街上走過。也有著挑著鍋的，也有籮擔內挑著孩子的，一個個～，衣裳襤褸。」

面紅耳赤

【出處】明・凌濛初《初刻拍案驚奇》第二卷：「東山用盡平生之力，面紅耳赤，不要說扯滿，只見如初八夜頭的月，再不能夠。」

【用法】形容羞愧、著急或發怒時的樣子。

【例句】這些人就爲了這一點小事而爭的～，卻不曉得有許多重要的事要解決，眞是不應該。

面墻而立

【出處】《尙書・周官》：「不學墻面。」孔安國傳：「人而不學，其猶正墻面而立。」

【用法】比喻不學的人，就像面對著墻壁站著，一無所見。

面折廷爭

【出處】漢・司馬遷《史記・呂太后本紀》：「于今面折廷爭，臣不如君。」

【解釋】在朝廷上，敢當皇帝的面進行爭論。

【例句】唐太宗能虛心納諫，所以魏徵才敢～。

【附註】也作「廷爭面折」。

面折人過

【出處】漢・司馬遷《史記・汲鄭列傳》：「汲（汲黯）爲人，性倨少禮，面折，不能容人之過。」

【解釋】過：過失。

【用法】當面指摘別人的過去。

【例句】他爲人正直，往往～，有的時候弄得別人下不了台。

面授機宜

【解釋】授：傳授。機宜：處理事務的方針、辦法等。

【用法】當面教給處理的辦法。

【例句】比賽開始時，教練向運動員～。

面如土色

【出處】《敦煌變文・捉季布傳文》：「歸到壁前看季布，面如土色結眉顰。」

【用法】形容極端恐懼，臉上沒有血色。

【例句】他一聽到這個消息，嚇得～。

面如死灰

【出處】漢・劉安《淮南子・修務訓》：「晝吟夜哭，面若死灰，顏色霉墨，涕淚交集。」

【用法】形容受到極大的驚嚇的樣子。

【例句】他～，癱倒在地上。

面有菜色

【出處】《禮記・王制》：「雖有凶旱水溢，民無菜色。」

【解釋】菜色：飢餓的臉色。臉上呈現出焦黃的顏色。

【用法】形容人長期挨餓後的憔悴的樣子。

【例句】他在山裏躲了兩年，找到他的時候，只見他蓬頭亂髮，～，簡直不像人樣子了。

面無人色（ㄇㄧㄢˋ ㄨˊ ㄖㄣˊ ㄙㄜˋ）

【出處】《漢書·李廣傳》：「廣爲匈奴所敗，吏士皆無人色，廣意氣自若。」

【用法】形容受到過度驚嚇，臉上沒有血色了。

【例句】四處槍聲大作，她嚇得～，渾身像篩糠一樣抖個不停。

民胞物與（ㄇㄧㄣˊ ㄅㄠ ㄨˋ ㄩˇ）

【出處】宋·張載《西銘》：「故天地之塞，吾其體；天地之帥，吾其性。民吾同胞，物吾與也。」

【解釋】指人民都是同胞，萬物都應共享。

【用法】意指人們應該博愛。

【例句】他有～的胸懷，使得那些自私又自利的人感到萬分慚愧。

民不聊生（ㄇㄧㄣˊ ㄅㄨˋ ㄌㄧㄠˊ ㄕㄥ）

【出處】漢·司馬遷《史記·春申君列傳》：「人民不聊生，類族離散流亡。」

【解釋】聊生：賴以維持生活。

【用法】指人民的生活失去了指望。

【例句】北洋軍閥時代，連年混戰，～。

【附註】也作「人不聊生」。

民不堪命（ㄇㄧㄣˊ ㄅㄨˋ ㄎㄢ ㄇㄧㄥˋ）

【出處】《左傳·桓公二年》：「宋殤公立，十年十一戰，民不堪命。」

【解釋】堪：能。命：指活命。人民不能活命。

【用法】指戰亂連年不斷或君主殘暴不仁，使人們無法求生。

【例句】秦始皇暴政統治之下，徵役繁重，～。

民康物阜（ㄇㄧㄣˊ ㄎㄤ ㄨˋ ㄈㄨˋ）

【出處】明·馮夢龍《東周列國志》第九回：「果是山明水秀，物阜民康。」

【解釋】康：安樂。阜：豐富。

【用法】百姓安樂，物資豐富。

【例句】台灣同胞在數十年的努力之後，才有今日～的局面。

民脂民膏（ㄇㄧㄣˊ ㄓ ㄇㄧㄣˊ ㄍㄠ）

【出處】五代·後蜀·孟昶《戒官僚》：「爾俸爾祿，民膏民脂，下民易虐，上天難欺。」

【解釋】脂、膏：油脂。

【用法】比喻人民用血汗換來的財富。

【例句】《水滸傳》第九十四回：「庫藏糧餉，都是～。你只顧侵來肥己，買笑追歡，敗壞了國家許多大事。」

民生凋敝（ㄇㄧㄣˊ ㄕㄥ ㄉㄧㄠ ㄅㄧˋ）

【出處】漢·班固《漢書·循吏書》：「孝威之世……民用凋敝，奸軌不禁。」

【解釋】民生：人民生計。凋：衰殘。敝：敗壞。

【用法】形容社會窮困，經濟衰敗，人民生活十分貧苦。

【例句】歷代的暴君都是先使～，才招致滅亡的。

民以食爲天（ㄇㄧㄣˊ ㄧˇ ㄕˊ ㄨㄟˊ ㄊㄧㄢ）

【解釋】漢·司馬遷《史記·酈生陸賈

列傳》：「王者以民為天，而民以食為天。」

【用法】人民把糧食當做生存的首要條件。

【例句】喂！別忘了～，別只顧說話，忘了吃飯，我們還是邊吃邊談吧！

民殷財阜 ㄇㄧㄣˊ ㄧㄣ ㄘㄞˊ ㄈㄨˋ

【出處】漢·揚雄《法言·孝至》：「君人者務在殷民阜財，明道信義。」

【解釋】殷：殷實、富有。阜：豐富。百姓很富足，物產很豐饒。

【例句】在他的治理之下，這個地方～，成使全國首善之區。

民為邦本 ㄇㄧㄣˊ ㄨㄟˊ ㄅㄤ ㄅㄣˇ

【出處】《尚書五子之歌》：「皇祖有訓，民可近不可下。民惟邦本，本固邦寧。」（皇祖：禹。惟：為、是）

【解釋】邦：國家。

【用法】指人民是立國之本，表示對人民的重視。

【例句】中國人其實早有民主的思想，「～」就是最好的例證。

民怨沸騰 ㄇㄧㄣˊ ㄩㄢˋ ㄈㄟˋ ㄊㄥˊ

【出處】清·李寶嘉《官場現形記》第五回：「上半年在那裏辦過幾個月厘局，不應該要錢的心太狠使，直弄得民怨沸騰，有無數商人來省上控。」

【解釋】沸騰：像水熱開了那樣沸騰。

【用法】形容人民群眾對怨恨情緒已達到極點。

【例句】秦始皇的暴政，引起～，所以，秦朝很快就被推翻了。

澠池之功 ㄇㄧㄣˇ ㄔˊ ㄓ ㄍㄨㄥ

【出處】漢·司馬遷《史記·廉頗藺相如列傳》：「秦王使使者告趙王，欲與王為好會于西河外澠池。趙王畏秦，欲毋行。廉頗、藺相如計曰：『王不行，示趙弱且怯也。』趙王遂行，相如從。……秦王飲酒酣，曰：『寡人竊聞趙王好音，請奏瑟。』藺相如前曰：『趙王竊聞秦王善為秦聲，請奏盆缻秦王，以相娛樂。』秦王怒，不許。於是相如前進缻，因跪請秦王。秦王不肯擊缻。相如曰：『五步之內，相如請得以頸血濺大王矣！』左右欲刃相如，相如張目叱之，左右皆靡。於是秦王不懌，為一擊缻。相如顧召趙御史書曰：『某年月日，秦王為趙王擊缻。』秦之群臣曰：『請以趙十五城為秦王壽。』藺相如亦曰：『請以秦之咸陽為趙王壽。』秦王竟酒，終不能加勝於趙。」

【解釋】澠池：古城名，在今河南省澠池縣西。

【用法】原指戰國時趙國藺相如在澠池會上不畏秦王，為趙國立下的功勛。後泛指為國立下的巨大功勛。

冥冥之志 ㄇㄧㄥˊ ㄇㄧㄥˊ ㄓ ㄓˋ

【出處】《荀子·勸學》：「無冥冥之志者，無昭昭之明。」

【解釋】冥冥：專默精誠。專默精誠的意志。

【用法】形容有遠大的理想和堅定的信念。

【例句】每一個中國青年，都要具有～，為國家貢獻自己一份心力。

冥行盲索 ㄇㄧㄥˊ ㄒㄧㄥˊ ㄇㄤˊ ㄙㄨㄛˇ

【出處】漢·揚雄《法言·修身》：「擿埴索涂（途），冥行而已矣。」李軌注：「埴，土也。盲人以杖擿地而求道，雖用白日，無異夜行。」
【解釋】冥：昏暗。盲：瞎子。索：摸索。瞎子摸索著走路就如和在黑暗中走路一樣。
【用法】①比喻在處理事情時，由於不得法、不在行而東撞西撞。②也比喻鑽研學問，不得門徑，白花氣力。
【例句】很難想像，他這樣～般地工作，會有什麼成效。

冥行擿埴 ㄇㄧㄥˊ ㄒㄧㄥˊ ㄊㄧˋ ㄓˊ

【出處】漢·揚雄《法言·修身》：「擿埴索涂（途），冥行而已矣。」
【解釋】冥行：夜間行路。擿：點。埴：土地。擿埴：指盲人行路時用手杖點地尋路。
【用法】比喻鑽研學問只在暗中摸索，不得門徑，就像夜間行路或瞎子走路一樣。
【例句】謝謝你的一番指引，否則我眞如～，找不到一個門徑。
【附註】參考「冥行盲索」。

冥室櫝棺 ㄇㄧㄥˊ ㄕˋ ㄉㄨˊ ㄍㄨㄢ

【出處】《古文苑·秦詛·楚文》：「拘圉其叔父，寘（置）冥室櫝棺之中。」（圉ㄩˇ：拘禁。）
【解釋】冥：陰暗。櫝：形體較小的棺材。
【用法】不見陽光、陰暗的房間形似又狹又小的棺木一樣。

冥思苦想 ㄇㄧㄥˊ ㄙ ㄎㄨˇ ㄒㄧㄤˇ

【解釋】冥：深沉地。苦：竭力地。
【用法】指深沉地思索和盡力地想像。
【例句】情況不斷變化，不調查、不研究新情況，只是關在辦公室裏～，是不能解決問題的。
【附註】也作「冥思苦索」、「苦思冥想」。

冥頑不靈 ㄇㄧㄥˊ ㄨㄢˊ ㄅㄨˋ ㄌㄧㄥˊ

【出處】唐·韓愈《祭鱷魚文》：「不然，則是鱷魚冥頑不靈，刺史雖有言，不聞不知也。」
【解釋】冥：昏昧。頑：愚蠢。靈：聰明。
【用法】形容人糊裏糊塗、愚昧無知。
【例句】請相信，我們絕不是一些～的人，只要你講的有道理，我們是可以接受的。

冥頑不化 ㄇㄧㄥˊ ㄨㄢˊ ㄅㄨˋ ㄏㄨㄚˋ

【解釋】冥：昏昧。頑：愚蠢。不化：不接受教化。
【用法】形容人非常頑固，不通情理。
【例句】這個人眞是～，任你說爛了舌頭也沒用。

名不副實 ㄇㄧㄥˊ ㄅㄨˋ ㄈㄨˋ ㄕˊ

【出處】《鷦鷯賦》：「懼名實之不副，恥才能之無奇。」
【解釋】相稱，符合。徒有虛名。
【用法】名聲與實際才能或成就不符合。
【例句】我不過徒有虛名而已，其實我自己知道，我是～的。
【附註】也作「名不符實」。

名不虛傳 ㄇㄧㄥˊ ㄅㄨˋ ㄒㄩ ㄔㄨㄢˊ

【解釋】宋・華岳《翠華南征錄・白面渡》詩：「雙舡（ㄒㄧㄤ）白面問谿翁，名不虛傳說未通。」

【解釋】名：名聲、名望。虛：虛誇、虛傳。傳：流傳。流傳開來的名聲不是誇大和虛假的。

【用法】指不是徒有其名，而是確實不錯。

【例句】人們都說「桂林山水甲天下」，到桂林一看，果然～。

名副其實 ㄇㄧㄥˊ ㄈㄨˋ ㄑㄧˊ ㄕˊ

【解釋】副：相配、相稱。

【用法】名聲與實際相符合。

【例句】據《蘇州府志》記載，蘇州城內大小園林約有一百五十多座，可算～的園林之城了。

【附註】也作「名符其實」。

名列前茅 ㄇㄧㄥˊ ㄌㄧㄝˋ ㄑㄧㄢˊ ㄇㄠˊ

【出處】《左傳・宣公十二年》：「前茅慮無。」

【解釋】前茅：春秋時，楚國以茅草做旌旗，行軍時旌旗在前，故曰前茅。

【用法】泛指成績優異，名次列在前頭的人。

【例句】陳教授研究著述範圍之廣，足以使他成爲世界上～的化學家之一。

名落孫山 ㄇㄧㄥˊ ㄌㄨㄛˋ ㄙㄨㄣ ㄕㄢ

【出處】宋・范公偁《過庭錄》：「吳人孫山，滑稽才子也。赴舉他郡，鄉人托以子偕往，鄉人子失意，山綴榜末，先歸。鄉人問其子得失，山曰：『解名盡處是孫山，賢郎更在孫山外。』」意思是說榜上最後的一名是我孫山，你兒子還在我孫山之後。

【解釋】孫山：人名。名字落在孫山的後面。

【用法】喻投考中或選拔時未被錄取。

【例句】這次高考，他又～了。

名公巨卿 ㄇㄧㄥˊ ㄍㄨㄥ ㄐㄩˋ ㄑㄧㄥ

【用法】名流和大官宦。

【例句】他的府第富麗堂皇，出入的都是當時的～。

名花無主 ㄇㄧㄥˊ ㄏㄨㄚ ㄨˊ ㄓㄨˇ

【出處】《浣紗溪傳奇》：「咱花枝無主，一任東風嫁。」

【解釋】名貴的鮮花還沒有主人。

【用法】舊時比喻還沒有嫁人的名門閨秀或有名氣的美女。

名繮利鎖 ㄇㄧㄥˊ ㄐㄧㄤ ㄌㄧˋ ㄙㄨㄛˇ

【出處】宋・柳永《樂章集・夏雲峰》詞：「向此免名繮利鎖，虛費光陰。」

【解釋】繮：繮繩。鎖：鎖鏈。

【用法】比喻名和利就像繮繩和鎖鏈一樣束縛人。

【例句】明・許仲琳《封神演義》第十八回：「我們原係方外閑人，消遙散淡，無束無拘，又何～之不能解脫耶？」

【附註】也作「利鎖名繮」。

名震一時 ㄇㄧㄥˊ ㄓㄣˋ ㄧˋ ㄕˊ

【出處】宋・歐陽修等《新唐書・劉晏傳》：「玄宗封泰山，晏始八歲，獻頌行在，帝奇其幼，命宰相張說試之。說曰：『國瑞也。』即授太子正。公卿邀請旁午，號神童，名震一時。」
【解釋】震：指使人震驚。
【用法】名聲在一個時期裏很大。
【例句】王縣長的政績，可說是～，令人敬佩萬分呀！

名正言順（ㄇㄧㄥˊ ㄓㄥˋ ㄧㄢˊ ㄕㄨㄣˋ）

【出處】《論語·子路》：「名不正言不順。」
【解釋】名正：名義正當。言順：道理講得通。
【用法】指作事理由正當而且充足。
【例句】關於人員配備問題，我不好插嘴，你爲什麼不講話呢？這個問題屬於你管轄範圍，你進行干預是～的。

名重當時（ㄇㄧㄥˊ ㄓㄨㄥˋ ㄉㄤ ㄕˊ）

【出處】南朝·宋·范曄《後漢書·卓茂傳》：「初，茂與孔休、蔡勳劉宣、龔勝、鮑宣六人同志，不仕王莽，並名重當時。」
【解釋】重：敬重、器重。名望極高。
【用法】被同時代人所器重或敬重。
【例句】他爲人謹愼，處事有方，～。
【附註】也作「名重一時」。

名垂千古（ㄇㄧㄥˊ ㄔㄨㄟˊ ㄑㄧㄢ ㄍㄨˇ）

【解釋】垂：流傳。千古：千年，形容年代久遠。
【用法】好名聲永遠流傳。
【例句】烈士堅貞不屈，英勇就義，將～。

名垂青史（ㄇㄧㄥˊ ㄔㄨㄟˊ ㄑㄧㄥ ㄕˇ）

【出處】唐·杜甫《贈鄭十八賁》詩：「故人日以遠，青史字不泯。」
【解釋】垂：留傳。青史：古代在竹簡上記事，因稱史書爲「青史」。
【用法】名聲在歷史上留傳下來。
【例句】他的豐功偉業，必然可～，爲後人景仰。
【附註】也作「名標青史」。

名實相副（ㄇㄧㄥˊ ㄕˊ ㄒㄧㄤ ㄈㄨˋ）

【出處】《魏書·于栗磾傳》：「旣表貞固之誠，亦所以名實相副也。」
【解釋】副：符合、一致。
【用法】名聲與實際完全一致。
【例句】又如有所建議，應先試行之，～者，則可推而廣之。
【附註】也作「名實相符」。

名士風流（ㄇㄧㄥˊ ㄕˋ ㄈㄥ ㄌㄧㄡˊ）

【出處】南朝·宋·范曄《後漢書·方術傳論》：「漢世之所謂名士者，其風流可知矣。」
【解釋】名士：名人，負有名望的人士。風流：風度洒脫。
【用法】指學士才高望重，風度瀟灑脫俗。從魏晉時期以後，多指好談玄理、鄙視世俗禮法的文人。
【例句】清·李寶嘉《文明小史》第三十一回：「好！好！咱們～，正該洒脫些才是。」

名山事業（ㄇㄧㄥˊ ㄕㄢ ㄕˋ ㄧㄝˋ）

【出處】漢·司馬遷《史記·太史公自序》：「藏之名山，副在京師，俟後世聖人君子。」意指把著作藏在名山，以防失傳。
【用法】指著書立說。

名噪一時 ㄇㄧㄥˊ ㄗㄠˋ ㄧˊ ㄕˊ

【解釋】噪：鼓噪。

【用法】指名聲鼓噪一個時期

【例句】在現代，那些御制、欽定、官倡的名目，那些狀元、榜眼、探花的～的宏篇巨制，紛紛被歷史淘汰和忘卻了。

名存實亡 ㄇㄧㄥˊ ㄘㄨㄣˊ ㄕˊ ㄨㄤˊ

【附註】唐・韓愈《處州孔子廟碑》：「郡邑皆有孔子廟，或不能修事，雖設博士弟子，或役于有司，名存實亡，失其所業。」

【用法】名義上還存在，實際上已經消亡。

【例句】東周雖名為宗主，但其實早已～。

明媒正娶 ㄇㄧㄥˊ ㄇㄟˊ ㄓㄥˋ ㄑㄩˇ

【附註】清・曹雪芹《紅樓夢》第六十八回：「善姐兒便道：『二奶奶，你怎麼不知好歹，沒眼色？……我勸你忍著些兒罷，咱們又不是明媒正娶來的。』」

【解釋】媒：媒人。正娶：正大光明地婚娶。

【例句】舊指通過媒人作媒，正式婚娶的婚姻關係。

【例句】你既然喜歡她，就應該～地把她娶回來才是。

明眸皓齒 ㄇㄧㄥˊ ㄇㄡˊ ㄏㄠˋ ㄔˇ

【附註】三國・魏・曹植《洛神賦》：「丹唇外朗，皓齒內鮮，明眸善睞，靨輔承權。」（睞：看。靨：面頰上的酒窩。）

【例句】她長得～，楚楚動人。

明目達聰 ㄇㄧㄥˊ ㄇㄨˋ ㄉㄚˊ ㄘㄨㄥ

【出處】《尚書・舜典》：「明四目，達四聰。」

【解釋】達：通達、明白。聰：聽覺靈敏。目光很銳利，耳朵很靈敏。

【用法】形容力圖深入了解事物。

明目張膽 ㄇㄧㄥˊ ㄇㄨˋ ㄓㄤ ㄉㄢˇ

【出處】唐・房玄齡等《晉書・王敦傳》：「今日之事，明目張膽，為六軍之首，寧忠臣而死，不無賴而生矣。」

【解釋】明目：睜亮眼睛。張：放開。睜亮眼睛，放開膽量。

【用法】①原指有膽識，敢做敢為。②後用以形容公開地、毫無顧忌地做壞事。

【例句】這個小偷居然敢～地來我家偷東西，簡直是太歲爺上動土嘛！

明發不寐 ㄇㄧㄥˊ ㄈㄚ ㄅㄨˋ ㄇㄟˋ

【出處】《詩經・小雅・小宛》：「明發不寐，有懷二人。」

【解釋】明發：破曉，天色發亮。寐：睡覺。

【用法】指通宵沒有睡覺。

明來暗往 ㄇㄧㄥˊ ㄌㄞˊ ㄢˋ ㄨㄤˇ

【用法】形容接觸頻繁，關係曖昧。

【例句】他們兩人～，鬼鬼祟祟，誰知道幹了些什麼。

【附註】也作「夜去明來」。

明火執仗 ㄇㄧㄥˊ ㄏㄨㄛˇ ㄓˊ ㄓㄤˋ

【出處】明·施耐庵《水滸傳》第一百零四回：「今日見他每明火執仗，又不知他每底細，都閉著門，那裏有一個敢來攔擋。」
【解釋】明火：點起火把。執仗：手拿兵器。
【用法】①指強盜公開搶劫。②比喻公開的，毫無顧忌地幹壞事。
【例句】在那兵荒馬亂的年月裏，那些土豪～地糟蹋老百姓。

明見萬里 ㄇㄧㄥˊ ㄐㄧㄢˋ ㄨㄢˋ ㄌㄧˇ

【出處】南朝·宋·范曄《後漢書·竇融傳》：「璽書既至，河西咸驚，以爲天子明見萬里之外。」
【解釋】萬里：指很遠的地方。
【用法】①對於很遠的地方的情況，也了解得一清二楚。②現也用以形容對於外面的情況，了解得非常透澈。
【例句】國際關係研究中心的學者們，個個～，對於當前世界上發生的事件無不瞭若指掌。

明鏡高懸 ㄇㄧㄥˊ ㄐㄧㄥˋ ㄍㄠ ㄒㄩㄢˊ

【出處】《西京雜記》卷三：「有方鏡廣四尺，高五尺九寸，……實有疾病在內，則掩心而照之，則知病之所在。」
【解釋】明鏡：明察善惡的鏡子，一稱「秦鏡」。相傳秦始皇有一面鏡子，能照見人心。懸：掛。高掛起明察善惡的鏡子
【用法】比喻執法者公正嚴明。
【例句】「希望法官～，昭雪前冤。」
【附註】也作「秦鏡高懸」、「高抬明鏡」。

明槍暗箭 ㄇㄧㄥˊ ㄑㄧㄤ ㄢˋ ㄐㄧㄢˋ

【用法】比喻用種種公開和隱蔽的方式進行攻擊。
【例句】到底我和他有何怨仇，爲何他用各種～的方式來攻擊我？
【附註】參看「明槍易躲，暗箭難防」。

明槍易躲，暗箭難防 ㄇㄧㄥˊ ㄑㄧㄤ ㄧˋ ㄉㄨㄛˇ ㄢˋ ㄐㄧㄢˋ ㄋㄢˊ ㄈㄤˊ

【出處】元·無名氏《獨角牛》第二折：「孩兒也，一了說明槍易躲，暗箭難防。我暗算他。」
【用法】比喻公開的攻擊容易躲避，暗地裏的攻擊難以提防。
【例句】俗話說：「～」你還是防著他使出什麼手段來暗算你才好。

明效大驗 ㄇㄧㄥˊ ㄒㄧㄠˋ ㄉㄚˋ ㄧㄢˋ

【出處】漢·班固《漢書·賈誼傳》：「是非其明效大驗邪？」
【解釋】效、驗：預期的效果。
【用法】形容效果非常顯著。

明修棧道，暗渡陳倉 ㄇㄧㄥˊ ㄒㄧㄡ ㄓㄢˋ ㄉㄠˋ ㄢˋ ㄉㄨˋ ㄔㄣˊ ㄘㄤ

【出處】《史記·高祖本紀》載：劉邦被項羽封爲漢王，從關中往漢中去時，從張良計，沿途燒毀棧道，以示無意東歸，痲痹項羽。
【解釋】棧道：古代在山崖上用木材架起來的道路。陳倉：地名，今陝西省寶鷄市東。
【用法】比喻表面一套做法以掩人耳目，其實卻另有打算。
【例句】清·文康《兒女楊英雄傳》第九回：「自己不好開口，卻～，先說定了我的事。」

明心見性 ㄇㄧㄥˊ ㄒㄧㄣ ㄐㄧㄢˋ ㄒㄧㄥˋ

【出處】明・吳承恩《西遊記》第九十四回：「長老是個對景忘情、明心見性之意。」
【解釋】心、性：世界的本源。按照佛教的說法，是直接從事內心觀照，使萬念俱灰，即可悟得本來就存在的「本性」。

明刑弼教 ㄇㄧㄥˊ ㄒㄧㄥˊ ㄅㄧˋ ㄐㄧㄠˋ

【出處】《尚書・大禹謨》：「明于五刑，以弼五教。」（五刑：五種輕重不等的刑法，古代有：墨、劓、剕、宮、大辟。五教：指父義、母慈、兄友、弟恭、子孝。）
【解釋】明：嚴明。刑：刑法，指「五刑」。弼：輔助。教：教育，指「五教」。
【用法】指嚴明刑法，以爲施行教化的輔助手段。

明刑不戮 ㄇㄧㄥˊ ㄒㄧㄥˊ ㄅㄨˋ ㄌㄨˋ

【出處】《商君書・賞刑》：「故禁奸止過，莫若重刑；刑重而必得，則民不敢試，故國無刑民。國無刑民，故曰：『明刑不戮。』」
【解釋】明：嚴明。刑：刑法。戮：殺戮。
【用法】指刑法嚴明，人們就不敢犯法，也就不會殺人了。

明知故犯 ㄇㄧㄥˊ ㄓ ㄍㄨˋ ㄈㄢˋ

【出處】原作「知而故犯」。宋・釋惟白《續傳燈錄》卷九：「師曰：『知而故犯。』」
【解釋】故：故意。
【用法】指明知不對，卻故意違犯。
【例句】你這是～，所以必須嚴厲處罰。

明哲保身 ㄇㄧㄥˊ ㄓㄜˊ ㄅㄠˇ ㄕㄣ

【出處】《詩經・大雅・烝民》：「既明且哲，以保其身。」
【解釋】明哲：聰明而有智慧。身：自身、自己。
【用法】①原指聰明而有智慧的人能夠迴避災禍，保全自己。②現用以形容只顧個人利益、迴避原則堅持的處世態度。
【例句】爲了大家的權益，我們不能採取～的態度，而應堅持原則，勇於爭取。

明正典刑 ㄇㄧㄥˊ ㄓㄥˋ ㄉㄧㄢˇ ㄒㄧㄥˊ

【出處】宋・呂頤浩《辭免赴召乞納節致仕札子》：「如是托疾，自當明正典刑，如委實抱病，伏望天慈，放臣閑退。」
【解釋】明正：公開整治。典刑：執行刑罰。
【用法】指依法公開處置。
【例句】巡撫大人聽了這個犯人的無恥罪行之後，不禁大怒，命將犯人押赴市曹，～。

明爭暗鬥 ㄇㄧㄥˊ ㄓㄥ ㄢˋ ㄉㄡˋ

【解釋】明裏暗裏都在進行爭鬥。
【用法】形容雙方勾心鬥角，互相爭鬥的情形。
【例句】請你們兩個以團體爲重，不要爲個人私利～。

明珠彈雀 ㄇㄥˊ ㄓㄨ ㄊㄢˊ ㄑㄩㄝˋ

【出處】原作「隋珠彈雀」。《莊子・讓王》：「今日有人于此，以隋侯之珠，彈千仞之雀，世必笑之。是何也？則其所用者重，而所要者輕也。」

【解釋】用夜明珠當彈丸去射麻雀。

【用法】比喻得不償失。

【例句】將明珠而彈雀，所得者少，所失者多。

【附註】也作「以珠彈雀」。「彈」不能念成ㄉㄢˋ。

明珠暗投 ㄇㄥˊ ㄓㄨ ㄢˋ ㄊㄡˊ

【出處】漢・司馬遷《史記・魯仲連鄒陽列傳》：「臣聞明月之珠，夜光之璧，以闇（暗）投人于道路，人無不按劍相眄者，何則？無因而至前也。」（眄：斜視。）

【解釋】珠：夜明珠。原意爲夜間，從暗處以夜明珠去投擊路上行人，行人無不驚恐萬分，以爲災禍當前，人人拔劍相對。

【用法】①用以比喻有才能的人投奔到昏庸的人手下服務。②也用以比喻貴重的物品落到不識貨的人手裏。

【例句】明・羅貫中《三國演義》第五十七回：「（龐）統曰：『吾欲投曹操去也。』（魯）肅曰：『此明珠暗投矣，可往荆州投劉皇叔，必然重用。』」

明耻教戰 ㄇㄥˊ ㄔˇ ㄐㄧㄠˋ ㄓㄢˋ

【出處】《左傳・僖公二十二年》：「明耻教戰，求殺敵也。」

【用法】①舊指申明軍紀，嚴懲怯懦退縮，以此教育戰士知耻，讓他們勇敢作戰。②現也指激勵人們奮發圖強。

【例句】只有實事求是地承認自己的落後之處，「～」，才能趕上或超越世界先進。

明察秋毫 ㄇㄥˊ ㄔㄚˊ ㄑㄧㄡ ㄏㄠˊ

【出處】《孟子・梁惠王上》：「明足以察秋毫之末，而不見輿薪，則王許之乎？」

【解釋】察：看出。秋毫：秋天鳥獸身上新生出來來的絨毛。

【用法】形容人很精明，眼力很敏銳，微不足道的小事也能看得很清楚。

【例句】在辦案過程中，他～，從未錯判過一個案子。

明察暗訪 ㄇㄥˊ ㄔㄚˊ ㄢˋ ㄈㄤˇ

【出處】清・文康《兒女英雄傳》第二十七回：「他還在那裏賊去關門，明察暗訪。」

【解釋】察：仔細地看。訪：詢問、了解。在明面上仔細地察看，暗地裏深入詢問了解。

【用法】指從各個方面進行周密的調查了解。

【例句】辦案人員經過～，終於在民衆的協助下抓到了凶手。

明日黃花 ㄇㄥˊ ㄖˋ ㄏㄨㄤˊ ㄏㄨㄚ

【出處】宋・蘇軾《九日次韻王鞏》詩：「相逢不用忙歸去，明日黃花蝶也愁。」

【解釋】黃花：指菊花。明天的黃花。

【例句】這種投合時尚的作品，用不了多久，就會成爲～了。

明若觀火（ㄇㄧㄥˊ ㄖㄨㄛˋ ㄍㄨㄢ ㄏㄨㄛˇ）

【解釋】明：明亮。若：像。就像看到火光一樣清楚。
【用法】比喻看問題非常清晰透徹。
【例句】對這件事，她～，了解得清清楚楚。

銘肌鏤骨（ㄇㄧㄥˊ ㄐㄧ ㄌㄡˋ ㄍㄨˇ）

【出處】北齊・顏之推《顏氏家訓・序致》：「追思平昔之指，銘肌鏤骨。」（指：通「旨」。）
【解釋】銘：在器物上刻字，表示紀念。銘肌：比喻深深記在心上。鏤：雕刻。鏤骨：比喻永記不忘。
【用法】形容感恩極深，永記不忘。
【例句】我永遠記得三歲時的那一個夜晚，風好大，我竟迷路在鄉野的道路上，那次的經驗，可眞使我～。
【附註】也作「銘心鏤骨」、「銘心刻骨」、「刻骨銘心」、「鏤骨銘心」。

銘諸肺腑（ㄇㄧㄥˊ ㄓㄨ ㄈㄟˋ ㄈㄨˇ）

【解釋】銘：銘記。諸：文言中「之、於」的合音。肺腑：借指內心。
【用法】在內心裏牢牢記住。
【例句】老師的教導，我一定要～，永世不忘。

鳴鼓而攻之（ㄇㄧㄥˊ ㄍㄨˇ ㄦˊ ㄍㄨㄥ ㄓ）

【出處】《論語・先進》：「季氏富于周公，而求也爲之聚斂，而附益之。子曰：『非吾徒也！小子鳴鼓而攻之，可也。』」
【解釋】攻：聲討。
【用法】比喻大張旗鼓地加以聲討。
【例句】對於這些只顧自己利益而危害別人的人，我們要～。

鳴金收兵（ㄇㄧㄥˊ ㄐㄧㄣ ㄕㄡ ㄅㄧㄥ）

【出處】明・施耐庵《水滸傳》第九十四回：「見孫安勇猛，盧先鋒令鳴金收兵。」
【解釋】鳴金：敲鑼，古代作戰時收兵的信號。敲起鑼來，讓士兵撤回營壘。
【用法】①原比喻暫時結束戰鬥。②現多用以比喻某一事物告一段落。
【例句】我們學校的運動會剛剛進行了一半，就因爲大雨如注，而～了。

鳴琴而治（ㄇㄧㄥˊ ㄑㄧㄣˊ ㄦˊ ㄓˋ）

【出處】《呂氏春秋・察賢》：「宓子賤治單父，彈鳴琴，身不下堂，而單父治。」（單父ㄕㄢˋ ㄈㄨˇ：古地名，故城在今山東省單縣南。）
【用法】指以禮樂教化使政治安定。舊時常用於對地方官的頌辭。

酩酊大醉（ㄇㄧㄥˇ ㄉㄧㄥˇ ㄉㄚˋ ㄗㄨㄟˋ）

【出處】《水經注・沔水》：「日暮倒載歸，酩酊無所知。」
【解釋】酩酊：醉得迷迷糊糊的樣子。
【用法】形容喝酒喝得大醉。
【例句】明・施耐庵《水滸傳》第四十三回：「不兩個時辰，把李逵灌得～，立脚不住。」

命薄相窮（ㄇㄧㄥˋ ㄅㄛˊ ㄒㄧㄤˋ ㄑㄩㄥˊ）

【出處】明・羅貫中《三國演義》第六十九回：「命薄相窮，不稱此職，不敢受也。」
【解釋】命薄：命運不好，福分不大。

相：相貌。

【用法】生就是命運不好，一副窮相。

【例句】這都什麼時代了！他的母親居然還以～爲理由，拒絕了這樁婚事。

命儔嘯侶 ㄇㄧㄥˋ ㄔㄡˊ ㄒㄧㄠˋ ㄌㄩˇ

【出處】三國．魏．曹植《洛神賦》：「聖靈雜遝，命儔嘯侶。」（雜遝：衆多雜亂的樣子。）

【解釋】命：招呼。儔：同類。嘯：呼。侶：伴侶。招呼同類、同伴。

【用法】指招引知心朋友。

命世之才 ㄇㄧㄥˋ ㄕˋ ㄓ ㄘㄞˊ

【出處】明．羅貫中《三國演義》第一回：「時人有橋玄者謂操曰：『天下將亂，非命世之才不能濟，其在君乎？』」

【解釋】命世：聞名於世。

【用法】形容聲望很大的傑出人才。

【例句】他自認爲～，其實只是草包一個，拿不出一點東西來。

命若懸絲 ㄇㄧㄥˋ ㄖㄨㄛˋ ㄒㄩㄢˊ ㄙ

【出處】明．羅貫中《三國演義》第三十六回：「吾命若懸絲，專望救援！」

【解釋】懸絲：懸空下垂的游絲。性命就像懸空下垂的游絲，隨時可斷。

【用法】比喻生命垂危。

【例句】他已病得～，卻仍掛念那個不長進的兒子的將來。

母以子貴 ㄇㄨˇ ㄧˇ ㄗˇ ㄍㄨㄟˋ

【出處】《公羊傳．隱公元年》：「桓何以貴？母貴也。母貴則子何以貴？子以母貴，母以子貴。」何休注：「禮，妾子立則母得爲夫人。」

【用法】母親由於兒子顯貴而顯貴。在封建社會裏，婦女沒有社會地位，特別是婢妾，只能由於兒子的顯貴而顯貴。

【例句】清．吳敬梓《儒林外史》第五十三回：「任憑他是青樓婢妾，到得收他做了側室，後來生出子，做了官，就可算是～。」

幕天席地 ㄇㄨˋ ㄊㄧㄢ ㄒㄧˊ ㄉㄧˋ

【出處】晉．劉伶《酒德頌》：「行無轍迹，居無室廬，幕天席地，縱意所知。」

【解釋】幕：帳篷。席：鋪墊。把天當作帳篷，把地當作床鋪。

【用法】①原形容心胸曠達。②現也用以形容野外生活時艱苦的情景。

【例句】在荒地裏，築路工人過著～的生活，卻一點也不以爲苦，因爲他們知道地方的繁榮，就靠現在的努力。

暮鼓晨鐘 ㄇㄨˋ ㄍㄨˇ ㄔㄣˊ ㄓㄨㄥ

見「晨鐘暮鼓」。

木本水源 ㄇㄨˋ ㄅㄣˇ ㄕㄨㄟˇ ㄩㄢˊ

【出處】《左傳．昭公九年》：「王使詹桓伯責晉侯曰：『我在伯父，猶衣服之有冠冕，木水之有本原，民人之有謀主也。』」

【解釋】樹木的根子，流水的源頭。

【用法】比喻事物的根本或原因。

【例句】清明時，族長將全族聚在祠堂，講述祖先奮鬥歷史，大家不禁興起～之思。

木牛流馬（ㄇㄨˋ ㄋㄧㄡˊ ㄌㄧㄡˊ ㄇㄚˇ）

【出處】晉·陳壽《三國志·蜀志·諸葛亮傳》：「亮性長於巧思，損益連弩，木牛流馬，皆出其意。」

【解釋】三國時諸葛亮所創造的運輸器具。

木強則折（ㄇㄨˋ ㄐㄧㄤˋ ㄗㄜˊ ㄓㄜˊ）

【出處】《老子》第七十六章：「是以兵強則滅，木強則折，堅強處下，柔弱處上。」

【解釋】強：堅硬。質地硬的木材容易脆裂折斷。

【用法】比喻一味強硬反而招致失敗。

【例句】你何必處處都擺出一付盛氣凌人的架子呢？「兵強則滅，～」，靠威風和權勢是嚇唬不了人的，吃虧的反而是自己。

木朽蛀生（ㄇㄨˋ ㄒㄧㄡˇ ㄓㄨˋ ㄕㄥ）

【出處】明·唐順之《信陵君救趙論》：「信陵君不忌魏王，而徑請之如姬，其素窺魏王之疎也；如姬不忌魏王，而敢於竊符，其素恃魏王之寵也，木朽而蛀生之矣。」

【解釋】木材腐朽就會生蟲。

【用法】比喻失卻儉點就會犯錯誤。

【例句】你應該認識到，你的錯誤並不是偶然的，～，由於你愛貪小便宜的毛病，才給了壞人以可乘之機。

木人石心（ㄇㄨˋ ㄖㄣˊ ㄕˊ ㄒㄧㄣ）

【出處】唐·房玄齡等《晉書·夏統傳》載：晉柴時永興人夏統，有才思，善辯論，是個孝子，不肯出來做官。一次，偶然在洛水見到太尉賈充，賈充叫他出來做官，夏統不作答覆，賈充想用富貴聲色打動他，出動了他的儀仗、樂隊和歌女在夏的船邊繞了三圈，「統危坐如故，若無所聞。充等各撤散曰：『此吳兒是木人石心了。』」

【解釋】木頭人，石頭心肝。

【用法】①比喻人不受誘惑，不動心。②也比喻人沒有感情。

【例句】聽了這段話，就是～也禁不住要流淚了！

木已成舟（ㄇㄨˋ ㄧˇ ㄔㄥˊ ㄓㄡ）

【出處】清·李汝珍《鏡花緣》第三十四回：「如今木已成舟，也是林兄命定如此。」

【解釋】木材已經做成了船。

【用法】比喻大局已定，無法改變或挽回。

【例句】這事既然～，我只好照辦了。

沐雨櫛風（ㄇㄨˋ ㄩˇ ㄐㄧㄝˊ ㄈㄥ）

見「櫛風沐雨」。

沐猴而冠（ㄇㄨˋ ㄏㄡˊ ㄦˊ ㄍㄨㄢˋ）

【出處】漢·司馬遷《史記·項羽本紀》：「（項王）心懷思欲東歸，曰：『富貴不歸故鄉，如衣綉夜行，誰知之者！』說者曰：『人言楚人沐猴而冠耳，果然！』」

【解釋】沐猴：獼猴。冠：戴帽子。獼猴戴帽子。

【用法】比喻人本質不好，卻裝扮得很像樣。

【例句】這些跳樑小丑居然粉墨登場，

其實不過是～而已。

目不別視（ㄇㄨˋ ㄅㄨˋ ㄅㄧㄝˊ ㄕˋ）

【出處】清・曹雪芹《紅樓夢》第四十八回：「香菱自爲這首詩妙絕，聽如此說，自己又掃了興，不肯丟開手，便要思索起來。因見他姐妹們說笑，便自己走至階下竹前，挖心搜膽的，耳不旁聽，目不別視。」

【解釋】兩眼不向別處看。

【用法】形容精神集中、專心致志的樣子。

【例句】雖然大夥兒又叫又跳，他卻仍能耳不旁聽，～地用功，眞令人欽佩！

【附註】也作「目不旁視」。

目不交睫（ㄇㄨˋ ㄅㄨˋ ㄐㄧㄠ ㄐㄧㄝˊ）

【出處】漢・司馬遷《史記・袁盎晁錯列傳》：「陛下居代時，太后嘗病，三年，陛下不交睫，不解衣。」

【解釋】沒有合上眼睫毛。

【用法】形容沒有睡覺。

【例句】他們～地苦幹了兩個晝夜。

目不見睫（ㄇㄨˋ ㄅㄨˋ ㄐㄧㄢˋ ㄐㄧㄝˊ）

【出處】《韓非子・喻老》：「臣患智之如目也，能見百步之外而不能自見其睫也。」

【解釋】眼睛看不見自己的眼睫毛。

【用法】①比喻沒有自知之明。②也比喻見遠不見近。

【例句】他居然自以爲能代替王老的位子，眞是～的毛頭小子。

目不暇接（ㄇㄨˋ ㄅㄨˋ ㄒㄧㄚˊ ㄐㄧㄝ）

【出處】南朝・宋・劉義慶《世說新語・言語》：「從山陰道上行，山川自相映發，使人應接不暇。」

【解釋】暇：空閑。接：接觸。眼睛來不及看。

【用法】形容東西很多很好，一時看不過來。

【例句】展覽會上展出的新產品，琳琅滿目，使人～。

目不斜視（ㄇㄨˋ ㄅㄨˋ ㄒㄧㄝˊ ㄕˋ）

【出處】明・羅貫中《三國演義》第十一回：「婦人請竺同載，竺上車端坐，目不邪視。」

【解釋】兩眼不向別處看。

【用法】形容態度嚴肅，守規矩。

【例句】這位規規矩矩的年輕人，那一副正襟危坐、～的樣子，讓人感到他過份拘謹了。

目不轉睛（ㄇㄨˋ ㄅㄨˋ ㄓㄨㄢˇ ㄐㄧㄥ）

【出處】明・羅貫中《三國演義》第八回：「（王）允曰：『將軍吾之至友，孩兒便坐何妨。』貂蟬便坐允側，呂布目不轉睛的看。」

【用法】形容注意力非常集中，看得出神。

【例句】他～地看著電視，媽媽連叫三聲都不應，媽媽一氣之下就把插頭拔掉了。

目不識丁（ㄇㄨˋ ㄅㄨˋ ㄕˋ ㄉㄧㄥ）

【出處】五代・後晉・劉昫等《舊唐書・張弘靖傳》：「今天下無事，汝輩挽得兩石力弓，不如識一丁字。」

【解釋】丁：指簡單的字。

【用法】一個字也不認識。
【例句】唉！我這個～的老太婆，連出門坐個公車都有問題，實在太不方便了。

目迷五色 ㄇㄨˋ ㄇㄧˊ ㄨˇ ㄙㄜˋ

【出處】《荀子・勸學》：「目好(ㄏㄠˋ)之五色。」
【解釋】目迷：看花了眼。五色：各種顏色。指色彩錯雜，看花了眼。
【用法】比喻事物複雜，使人難分辨。
【例句】清・吳敬梓《儒林外史》第四十六回：「只怕立朝之後，他主考房官，又要～，奈何？」

目瞪口呆 ㄇㄨˋ ㄉㄥˋ ㄎㄡˇ ㄉㄞ

【出處】明・施耐庵《水滸傳》第二十六回：「衆鄰舍俱目瞪口呆，再不敢動。」
【解釋】呆：呆板。兩眼直愣著不動，嘴裏說不出話來。
【用法】形容因吃驚或害怕而發愣的樣子。
【例句】清・曹雪芹《紅樓夢》第二回：「封肅聽了，唬得～。」
【附註】也作「目睜口呆」。

目短于自見 ㄇㄨˋ ㄉㄨㄢˇ ㄩˊ ㄗˋ ㄐㄧㄢˋ

【出處】《韓非子・觀行》：「目短于自見，故以鏡觀面；智短于自知，故以道正己。」
【解釋】短：短淺。眼睛看不到自己。
【用法】形容沒有自知之明。
【例句】俗話說：「～」，所以我們要多聽聽別人的批評意見，才能改進。
【附註】參看「目不見睫」。

目光炯炯 ㄇㄨˋ ㄍㄨㄤ ㄐㄩㄥˇ ㄐㄩㄥˇ

【出處】清・葉廷琯《鷗波漁話・葛蒼公傳》：「先達葛蒼公諱麟，號瞿庵，性敏多才，狀奇偉，目光炯炯有英氣，膽力過人。」
【解釋】炯炯：亮晶晶也。眼光亮晶晶地。
【用法】形容兩眼有神。
【例句】他是個三十開外的漢子，～，一見面，便給人留下了精明強幹的印象。

目光如豆 ㄇㄨˋ ㄍㄨㄤ ㄖㄨˊ ㄉㄡˋ

【解釋】目光：眼光。眼光像豆子那樣小。
【用法】形容人沒經過大世面，見識短淺。
【例句】我們不能～，只看見眼皮子底下的事。

目光如炬 ㄇㄨˋ ㄍㄨㄤ ㄖㄨˊ ㄐㄩˋ

【出處】唐・李延壽《南史・檀道濟傳》：「道濟見收，憤怒氣盛，目光如炬。」(見收：被捕。)
【解釋】炬：火把。
【用法】眼光像火把一樣熾烈或明亮。
【例句】只見那個勇士，雙目圓睜，～，熠熠逼人，嚇得敵人不覺往後退了幾步。

目空一切 ㄇㄨˋ ㄎㄨㄥ ㄧˊ ㄑㄧㄝˋ

【出處】清・李汝珍《鏡花緣》第五十二回：「但他恃著自己學問，目空一切，每每把人不放眼內。」
【解釋】一切都不放在眼裏。

【用法】形容狂妄自大，什麼都看不起。
【例句】他受了這次打擊之後，再也不敢自以爲是，～了。

目中無人

【出處】明・凌濛初《初刻拍案驚奇》第十二卷：「到得大來，就便目中無人，天王也似的大了。」
【用法】形容高傲自大。
【例句】清・曹雪芹《紅樓夢》第十回：「因他仗著寶玉和他相好，就～。」

目食耳視

【出處】宋・司馬光《迂書・官失》：「衣冠所以爲容觀也，稱禮斯美矣。世人舍其所稱，望人所尚而慕之。豈非以耳視者乎？飲食之物；所以爲味也，適口斯善矣。世人取果餌而刻鏤之，朱綠之，以爲盤案之玩，豈非以目食者乎？」
【解釋】目食：中看不中吃的東西，只能供觀賞。耳視：聽到別人說好的服飾而內心羨慕。
【用法】用以諷刺某些人尚奢靡而不切實際。

目使頤令

見「頤指氣使」。

目濡耳染

見「耳濡目染」。

目眥盡裂

【出處】漢・司馬遷《史記・項羽本紀》：「（樊噲）瞋目視項王，頭髮上指，目眥盡裂。」
【解釋】目眥：眼眶。盡：完全。眼眶都瞪裂了。
【用法】形容極其憤怒。
【例句】看到敵人的暴行，我軍個個～，決心把他們徹底消滅乾淨。

目送手揮

【出處】三國・魏・嵇康《兄秀才公穆入軍贈詩》：「目送歸鴻，手揮五弦，俯仰自得，游心太玄。」
【解釋】目送：指眼睛追隨地看著。手揮：揮動手指彈琴。
【用法】比喻詩文書畫揮灑自如，得心應手。
【例句】他～，轉眼之間就畫出了一幅絕妙的山水畫。
【附註】也作「手揮目送」。

目無法紀

【解釋】法：國法。紀：紀律。不把國法和紀律看在眼裏。
【用法】形容肆無忌憚地幹壞事。
【例句】這夥～的歹徒，終於受到了應有的懲罰。

目無全牛

【附註】《莊子・養生主》載：庖丁爲文惠君剖牛，手、脚、肩膀、膝蓋的動作和操刀的聲響，就像音樂一樣地有節奏，文惠君大爲驚嘆。庖丁說：「始臣之解牛之時，所見無非牛者；三年之後，未嘗見全牛也。」意思是我在剛學解牛時，看到的都是完整的牛，幾年之後，由於對牛的生理結構已經熟悉了，所以，完整的牛在我的眼裏，都好像是被解剖開的一樣。因此，我能夠熟練地按部位動刀。

【解釋】全牛：一頭牛。

【用法】形容技藝極其純熟，已達到得心應手的境地。

【例句】他對這台複雜的機器性能瞭如指掌，因而操縱自如，有如～一般。無論什麼地方出現故障，他都能一眼看出來。

【附註】也作「目牛全無」。

目往神受（ㄇㄨˋ ㄨㄤˇ ㄕㄣˊ ㄕㄡˋ）

【解釋】往：過。受：感受。一過眼便心領神會了。

【用法】形容人感受極爲靈敏。

【例句】對於她的一個小小的暗示，他～，馬上就領會了，兩人不覺相視一笑。

苜蓿生涯（ㄇㄨˋ ㄙㄨˋ ㄕㄥ ㄧㄚˊ）

【出處】《古今詩話》載：唐朝的薛令之做隨侍太子的右庶子時，待遇菲薄，生活清苦，就在墻上題了一首詩，前四句是：「朝日正團團，諸見先生盤，盤中何所有？苜蓿長闌干。」（闌干：縱橫交錯的樣子。）

【例句】他雖只是一個窮塾師，過著～，但你又怎知他不會有飛黃騰達的一天？

〔ㄈ部〕

發蒙振落（ㄈㄚ ㄇㄥˊ ㄓㄣˋ ㄌㄨㄛˋ）

【出處】漢・司馬遷《史記・汲鄭列傳》：「至如說丞相（公孫）弘，如發蒙振落耳！」

【解釋】發：打開。蒙：罩在物體上的覆蓋層。落：將落的樹葉。

【用法】①揭著物體上的覆蓋層，振動將落的樹葉。②比喻事情很容易做。

【例句】教給孩子們知識，正如～一樣，並不是十分難的，難的是怎樣使孩子自小培養成全面發展的人。

發名成業（ㄈㄚ ㄇㄧㄥˊ ㄔㄥˊ ㄧㄝˋ）

【出處】唐・韓愈《司徒兼侍中中書令贈太尉許國公神道碑銘》：「一抵京師就明經試，退曰：『此不足發名成業。』」

【用法】發揚名聲成就事業。

【例句】李四下十年苦功，要和他父親一樣～。

發凡起例（ㄈㄚ ㄈㄢˊ ㄑㄧˇ ㄌㄧˋ）

【出處】晉・杜預《春秋左傳序》：「其發凡以言例。」

【解釋】發：舉出。凡：概略。起：立起。例：體例。

【用法】揭示全書的要點，擬定編撰的體例。

【例句】著書立說，～，必須周密考慮，不可草率。

發憤忘食（ㄈㄚ ㄈㄣˋ ㄨㄤˋ ㄕˊ）

【出處】《論語・述而》：「發憤忘食，樂以忘憂，不知老之將至云爾！」

【用法】①努力鑽研，連吃飯都忘了。②形容專心致志，勤奮不懈。

【例句】他刻苦鑽研，達到了～的程度。

發棠之請（ㄈㄚ ㄊㄤˊ ㄓ ㄑㄧㄥˇ）

【出處】《孟子・盡心下》：「齊飢，陳臻曰：『國人皆以夫子將復為發棠之請。』」孟子曾勸齊王發棠城的積穀，賑濟貧窮。

【解釋】棠：古代齊國的地名。

【用法】用以表示賑濟。

發聾振聵（ㄈㄚ ㄌㄨㄥˊ ㄓㄣˋ ㄎㄨㄟˋ）

【出處】清・吳敬梓《儒林外史》第四十四回：「你這一番議論，真可謂之發聾振聵！」

【解釋】聾聵：都指聽力不好。

【用法】比喻用語言文字喚醒糊塗的人，使他們清醒過來。

【例句】他有感於中國人民愚昧和麻木，很需要做～的啟蒙工作，於是他放棄醫學，改用筆來喚醒人民的良知。

【附註】①也作「振聾發聵」、「開聾啟聵」。②「聵」不能唸成ㄍㄨㄟˋ。

發號施令（ㄈㄚ ㄏㄠˋ ㄕ ㄌㄧㄥˋ）

【出處】《尚書・冏命》：「發號施令，罔有不臧。」

【解釋】發：發佈。號：號召。施：實行。令：命令。

【用法】發佈號令。

【例句】他只～，什麼事也不肯做。

發奸擿伏 ㄈㄚ ㄐㄧㄢ ㄊㄧˋ ㄈㄨˊ

【出處】漢·班固《漢書·趙廣漢傳》：「其發奸擿伏如神，皆此類也。」

【解釋】發：舉發。奸：奸邪。擿：揭發。伏：隱私，隱藏着的壞人壞事。

【用法】①檢舉奸邪，揭發隱私。②形容吏治精明。

【例句】在過去社會裏能～、爲民伸冤的清官實在是鳳毛麟角。

【附註】擿不能寫成摘，不能唸成ㄓㄞ。

發人深省 ㄈㄚ ㄖㄣˊ ㄕㄣ ㄒㄧㄥˇ

【出處】唐·杜甫《遊龍門奉先寺》詩：「欲覺聞晨鐘，令人發深省。」

【解釋】省：醒悟。

【用法】啓發人們深刻地醒悟過來。

【例句】他的話簡短有力，～，與會者紛紛表示贊同。

【附註】①「省」不能唸成ㄕㄥˇ。

發蹤指示 ㄈㄚ ㄗㄨㄥ ㄓˇ ㄕˋ

【出處】漢·司馬遷《史記·蕭相國世家》：「夫獵，追殺獸兔者狗也，而發蹤指示獸處者人也。今諸君徒能走獸耳，功狗也。至於蕭何，發蹤指示，功人也。」

【解釋】蹤：蹤迹。

【用法】①獵人發現野獸的蹤迹，指示獵狗追殺。②用以比喻在幕後操縱指揮。

【例句】這次鬧事，出頭的雖然是他們幾個，但是背後一定還有人在～。

發策決科 ㄈㄚ ㄘㄜˋ ㄐㄩㄝˊ ㄎㄜ

【出處】漢·揚雄《法言·學行》：「或曰：『書與經同，而世不尚，治之可乎？』曰：『可。』或人啞爾笑曰：『須以發策決科。』」

【解釋】發策：策問、考試題。決科：定等級。

【用法】①通過策問以定科別等級。②後用以指應試被錄取。

【例句】這個工廠決定公開貼出招賢榜，以～的方式，招聘技術革新的人才。

發揚蹈厲 ㄈㄚ ㄧㄤˊ ㄉㄠˇ ㄌㄧˋ

【出處】《禮記·樂記》：「發揚蹈厲，大（太）公之志也。」

【解釋】發揚：奮發。蹈：踩。厲：猛烈。

【用法】①周初《武》樂的舞蹈動作，指手足發揚，蹈地而猛厲，即跳動時手舞足蹈的樣子。象徵太公望佐武王伐紂時奮往直前的意思。②後用以比喻奮發有爲，意氣昂揚。

【附註】也作「發揚踔厲」。

伐毛洗髓 ㄈㄚ ㄇㄠˊ ㄒㄧˇ ㄙㄨㄟˇ

【出處】漢·郭憲《東方朔傳》：「吾却食吞氣，已九千餘年，目中瞳子，皆有青光，能見幽隱之物，三千年一返骨洗髓，二千年一剝皮伐毛，吾生來已三洗髓五伐毛矣。」

【解釋】伐：削除。毛：毛髮。

【用法】①削除舊毛髮，清洗舊骨髓。②比喻滌除塵垢汚穢，成仙成聖。

【例句】他在文章裏檢討了自己的錯誤，並表示今後要～，重新做人。

伐功矜能 ㄈㄚ ㄍㄨㄥ ㄐㄧㄣ ㄋㄥˊ

【出處】漢·司馬遷《史記·太史公自

序》：「奉法循理之吏，不伐功矜能，百姓無稱，亦無過行。」

【解釋】伐、矜：誇耀。

【用法】①誇耀自己的功勞、才能。②形容自負。

【例句】功過是非自有公論，～，自視不凡者，只能適得其反，被人所不齒。

伐柯人 (ㄈㄚˊ ㄎㄜ ㄖㄣˊ)

【出處】《詩經・豳風・伐柯》：「伐柯如何？匪斧不克。娶妻如何？匪媒不得。」

【解釋】伐：砍伐。柯：斧柄。

【用法】指媒人。

【例句】你們倆情投意合，連我這個「～」心裏也覺得樂呵呵的。

伐性之斧 (ㄈㄚˊ ㄒㄧㄥˋ ㄓ ㄈㄨˇ)

【出處】《呂氏春秋・本性》：「靡曼皓齒，鄭衛之音，務以自樂，命之曰伐性之斧。」

【解釋】伐：砍毀。性：本性。

【用法】①砍毀人性的斧頭。②比喻危害身心的事物。

【例句】舊社會，烟館賭局到處皆是，在這些～下喪生的大有人在。

罰不當罪 (ㄈㄚˊ ㄅㄨˋ ㄉㄤˋ ㄗㄨㄟˋ)

【出處】《荀子・正論》：「夫德不稱位，能不稱官，賞不當功，罰不當罪，不祥莫大焉。」

【解釋】罰：懲罰。當：相稱。

【用法】①懲罰與所犯的罪行不相稱。②指懲處過重。

【例句】被告人認爲法庭判得不公正，～，有權上訴。

【附註】「當」不能念成ㄉㄤˋ。

罰不責衆 (ㄈㄚˊ ㄅㄨˋ ㄗㄜˊ ㄓㄨㄥˋ)

【出處】清・李汝珍《鏡花緣》第四回：「況罰不責衆，如果主意都不承旨，諒那世主亦難遽將群芳盡廢。」

【解釋】罰：懲罰。責：責罰。衆：多數人。

【用法】指某種行爲即使應懲罰，但很多人都那樣做，也就不好取責罰的辦法去處理。

【例句】明知道別人那樣做不對，你也跟著去做，認爲～，如今後悔晚了吧！

罰弗及嗣 (ㄈㄚˊ ㄈㄨˊ ㄐㄧˊ ㄙˋ)

【出處】《尚書・大禹謨》：「皋陶曰：『帝德罔愆，臨下以簡，御衆以寬，罰弗及嗣，賞延于世。』」

【解釋】罰：懲罰。弗及：不連累。嗣：子嗣、後代。

【用法】實行懲罰不株連後輩兒孫。

【例句】古人也說「～」，一個人犯了罪，怎能株連子孫？

法不徇情 (ㄈㄚˇ ㄅㄨˋ ㄒㄩㄣˋ ㄑㄧㄥˊ)

【出處】明・羅貫中《三國演義》第七十二回：「居家爲父子，受事爲君臣，法不徇情，爾宜深戒。」

【解釋】法：法律。徇：曲從、偏私。情：人情。

【用法】①法律不徇私情。②指執法公正，不講私人情感。

【例句】法官判案應該堅持～的原則。

法不阿貴 (ㄈㄚˇ ㄅㄨˋ ㄜ ㄍㄨㄟˋ)

【出處】《韓非子・有度》：「法不阿

貴，繩不繞曲。法之所加，智者弗能辭，勇者弗敢爭，刑過不避大臣，賞善不遺匹夫。」
【解釋】法：法律。阿：徇情。
【用法】①法律即使是對高貴的人、有權勢的人也不徇情。②形容執法公正，法律面前人人平等。
【例句】做到～可能會遇到種種勢力的阻撓，因此，我們一定要執法守法，堅決頂住歪風邪氣的侵襲。
【附註】「阿」不能念成ㄚ。

法輪常轉 ㄈㄚˇ ㄌㄨㄣˊ ㄔㄤˊ ㄓㄨㄢˇ

【出處】《維摩經．佛國品》：「三轉法輪於大千，其輪本來常清淨。」
【解釋】法輪：佛家語。佛之說法能摧破衆生之惡，故比爲法輪。
【用法】指佛法無邊，普濟衆生。

法家拂士 ㄈㄚˇ ㄐㄧㄚ ㄅㄧˋ ㄕˋ

【出處】《孟子．告子下》：「入則無法家拂士，出則無敵國外患者，國恒亡。」
【解釋】法家：明法度的大臣。拂：通「弼」。輔佐帝王的賢士。
【用法】指公正無私的大臣和賢士。
【例句】一個國家如果缺少～，國事很難上軌道。
【附註】「拂」不能念ㄈㄨˊ。

法成令修 ㄈㄚˇ ㄔㄥˊ ㄌㄧㄥˋ ㄒㄧㄡ

【出處】唐．韓愈《曹成王碑》：「法成令修，治出張施。」
【用法】指有法律爲依據，行政命令也恰當。
【例句】光復以後，由於～，社會秩序越來越好，人民生活越來越安定。

髮短心長 ㄈㄚˇ ㄉㄨㄢˇ ㄒㄧㄣ ㄔㄤˊ

【出處】《左傳．昭公三年》：「彼其髮短，而心甚長，其或寢處我矣。」
【解釋】髮短：指年歲大。心長：智謀多。
【用法】形容老年人見識多，能深謀遠慮。
【例句】人應十分尊重老年人，因爲他們～，有豐富的經驗。

髮禿齒豁 ㄈㄚˇ ㄊㄨ ㄔˇ ㄏㄨㄛˋ

【出處】唐．韓愈《上兵部李侍郎書》：「私自憐悼，悔其初心，髮禿齒豁，不見知己。」
【用法】①頭髮光禿，牙齒豁落。②形容人已衰老。
【例句】多年見，他已經變成～，老態龍鍾了。

髮指目裂 ㄈㄚˇ ㄓˇ ㄇㄨˋ ㄌㄧㄝˋ

【出處】漢．司馬遷《史記．項羽本紀》：「噲遂入，披帷西向立，瞋目視項王，頭髮上指，目眦盡裂。」
【用法】①頭髮豎起向上直指；瞪起眼睛，眼眶都要裂開了。②形容忿怒到極點的樣子。
【例句】二百多個老人、婦女和兒童，被敵人集體屠殺了，看著這慘不忍睹的場面，無不～、悲憤塡膺。
【附註】也作「髮指眦裂」。

佛頭著糞 ㄈㄛˊ ㄊㄡˊ ㄓㄨㄛˊ ㄈㄣˋ

【出處】宋．釋道原《景德傳燈錄．卷

七．湖南如會禪師》：「崔相公入寺，見鳥雀於佛頭上放糞……」

【解釋】著：同「着」，放上。

【用法】①佛頭上弄上糞便。②比喻在美好、珍貴的東西上弄上了壞東西。

【例句】這麼好的畫，讓我來題字，豈不是～。

【附註】「著」不能念成ㄓㄨˋ。

佛口蛇心 ㄈㄛˊ ㄎㄡˇ ㄕㄜˊ ㄒㄧㄣ

【出處】宋．釋普濟《五燈會元》卷二十：「諸佛出世，打劫殺人，祖師西來，吹風放火，古今善知識佛口蛇心，天下衲僧自投籠檻。」

【用法】①佛的嘴巴，蛇的心腸。②形容人嘴甜心狠，陰險惡毒。

【例句】對於那些～的人，我們要提高警覺。

匪匪翼翼 ㄈㄟˇ ㄈㄟˇ ㄧˋ ㄧˋ

【出處】《禮記．少儀》：「車馬之美，匪匪翼翼。」

【解釋】匪匪：通「騑騑」，形容車馬美麗壯觀。翼翼：有次序的樣子。

【用法】形容車馬行進時陣容整齊、威武。

非分之財 ㄈㄟ ㄈㄣˋ ㄓ ㄘㄞˊ

【用法】①不是分內應得的錢財。②指本身不應該取得的錢財。

【例句】老張對他兒子說，這是～，你怎麼能往家裏拿呢？

【附註】①同「不義之財」。②「分」不能念成ㄈㄣ。

非分之想 ㄈㄟ ㄈㄣˋ ㄓ ㄒㄧㄤˇ

【解釋】非分：不屬於自己分內的。

【用法】妄想得到意外的好處。

【例句】不肯老老實實工作，鎮日妄想一夜致富就是一種～。

【附註】「分」不念成ㄈㄣ。

非同小可 ㄈㄟ ㄊㄨㄥˊ ㄒㄧㄠˇ ㄎㄜˇ

【出處】元．孟漢卿《魔合羅》第三折：「肖令史，我與你，人命事關天關地，非同小可。」

【解釋】小可：尋常、一般。

【用法】①不同於尋常或一般的小事。②形容事情重要或情況嚴重，不能輕視。

【例句】這件事～，一定要謹慎行事。

非池中物 ㄈㄟ ㄔˊ ㄓㄨㄥ ㄨˋ

【出處】晉．陳壽《三國志．吳志．周瑜傳》：「劉備以梟雄之姿，而有關羽、張飛熊虎之將，恐蛟龍得雲雨，終非池中物也。」

【解釋】物：指魚蝦之類。

【用法】①不是在池塘裏久居的東西。②比喻不是蟄居一隅而是有遠大抱負的人，像天上的龍一樣，到時要飛升。

【例句】他母親很迷信，小時候請人給他算過命。說這孩子有貴人之相，「～」，長大了要做一番大事業。

非我族類，其心必異 ㄈㄟ ㄨㄛˇ ㄗㄨˊ ㄌㄟˋ ㄑㄧˊ ㄒㄧㄣ ㄅㄧˋ ㄧˋ

【出處】《左傳．成公四年》：「史佚之志有之曰：『非我族類，其心必異。』」

【解釋】族類：同一種族的人。

【用法】不同一種族的人，必然不會一條心。

【例句】明朝魏忠賢，把凡不屬於閹黨的人，都視作「～」，必欲除之而後快。

非愚則誣（ㄈㄟ ㄩˊ ㄗㄜˊ ㄨ）

【出處】《莊子·秋水》：「蓋師是而無非，師治而無亂乎？是未明天地之理，萬物之情者也。是猶師天而無地，師陰而無陽，其不行明矣。然且語而不舍，非愚則誣也。」
【解釋】愚：愚昧而無知。誣：造謠胡說。
【用法】不是愚昧無知，便是造謠胡說。
【例句】他的這種說法，～，你何必耿耿於懷呢？

飛蓬隨風（ㄈㄟ ㄆㄥˊ ㄙㄨㄟˊ ㄈㄥ）

【出處】《管子·形勢》：「飛蓬之問。」尹知章注：「蓬飛因風，動搖不定。」
【解釋】蓬：蓬草。
【用法】①枯蓬草隨風飛轉。②比喻人漂泊無依，行踪無主。
【例句】在舊社會裏他好像～，到處漂泊，找不到安身的地方。

飛短流長（ㄈㄟ ㄉㄨㄢˇ ㄌㄧㄡˊ ㄔㄤˊ）

【出處】清·蒲松齡《聊齋誌異·封三娘》：「造言生事者，飛短流長，所不堪受。」
【解釋】飛：飛傳。流：流布。短、長：指是非。
【用法】形容無中生有，散布是非。
【例句】她總是無中生有，～，東家長，西家短的，令人厭惡。
【附註】也作「蜚短流長」。

飛觥獻斝（ㄈㄟ ㄍㄨㄥ ㄒㄧㄢˋ ㄐㄧㄚˇ）

【出處】清·曹雪芹《紅樓夢》第一回：「先是款酌慢飲，漸次談至興濃，不覺飛觥獻斝起來。」
【解釋】觥：古用兕角所製的酒器。斝：商周時代盛行的青銅酒器，有三足。
【用法】①頻頻地舉杯敬酒。②形容開懷暢飲。

飛黃騰達（ㄈㄟ ㄏㄨㄤˊ ㄊㄥˊ ㄉㄚˊ）

【出處】《元曲選外編·劉弘嫁婢》第三折：「李春郎飛雖騰達。」
【解釋】飛黃：傳說中的神馬名。騰達：上升。
【用法】①像飛黃神馬似的很快地上升著。②比喻升遷順利。
【例句】靠著逢迎拍馬而爬上去的人，一旦～，就飛揚跋扈起來。
【附註】也作「飛黃騰踏」。

飛箭如蝗（ㄈㄟ ㄐㄧㄢˋ ㄖㄨˊ ㄏㄨㄤˊ）

【解釋】飛：指迅急如飛。蝗：蝗蟲。
【用法】①迅急如飛的箭像成群蝗蟲一樣多。②形容激烈的攻防戰。
【例句】遼兵蜂擁而至，猛烈攻城，城上一聲令下，～，把他們射了回去。

飛禽走獸（ㄈㄟ ㄑㄧㄣˊ ㄗㄡˇ ㄕㄡˋ）

【出處】《文選》漢·王延壽《魯靈光殿賦》：「飛禽走獸，因木生姿。」
【解釋】禽：鳥。
【用法】①飛鳥和走獸。②泛指除人以外的動物。
【例句】這個島上～很多，是個打獵的好地方。

飛熊入夢 ㄈㄟ ㄒㄩㄥˊ ㄖㄨˋ ㄇㄥˋ

【出處】漢・司馬遷《史記・齊太公世家》：「西伯（周文王）將出獵，卜之，曰：『所獲非龍非彲，非虎非羆；所獲霸王之輔。』於是周西伯獵，果遇太公於渭之陽。」按：「非虎」南朝・梁・沈約《宋書・符瑞志》作「非熊」。後「非熊」訛為「飛熊」，「卜之」訛為「入夢」。

【解釋】飛熊：長著翅膀的熊。

【用法】①夢見長著翅膀的熊。②舊時比喻帝王得賢臣的徵兆。

飛針走線 ㄈㄟ ㄓㄣ ㄗㄡˇ ㄒㄧㄢˋ

【出處】明・施耐庵《水滸傳》第四十一回：「這人姓侯，名建，祖居洪都人氏。做得第一手裁縫，端的是飛針走線。」

【用法】①綉花針像飛一樣來回穿著，線也很快地拉著。②形容刺繡或縫紉技巧精湛熟練。

【例句】她心靈手巧，～地一個晚上就把衣服做好了。

飛芻挽粟 ㄈㄟ ㄔㄨˊ ㄨㄢˇ ㄙㄨˋ

【出處】漢・班固《漢書・主父偃傳》：「又使天下飛芻挽粟。」

【解釋】飛：指飛快地運輸。芻：餵牲畜的草。挽：拉引。粟：指軍糧。

【用法】指迅速地運送糧草。

飛砂走石 ㄈㄟ ㄕㄚ ㄗㄡˇ ㄕˊ

【出處】晉・干寶《搜神記》：「武王時雍州城南，有大樹為妖，以兵圍伐之，乃有神飛砂走石，雷電霹靂，無令得近。」

【解釋】走：跑。

【用法】①砂子滿天飛，石子遍地跑。②形容風勢凶狂。

【例句】狂風大作，～，那景象十分可怕。

飛聲騰實 ㄈㄟ ㄕㄥ ㄊㄥˊ ㄕˊ

【出處】唐・李延壽《北史・周宗寶傳論》：「其茂親則有魯衛，梁楚，其疏屬則有凡蔣、荆燕，咸能飛聲騰實，不滅於百代之後。」

【解釋】飛：飛揚。聲：名聲。騰：上升。實：指業績。

【用法】①名聲遠揚，業績日增。②形容名與實都很突出。

【例句】岳飛奮力抗金，～，為後世所景仰。

飛灑詭寄 ㄈㄟ ㄙㄚˇ ㄍㄨㄟˇ ㄐㄧˋ

【解釋】飛灑：指把自己應納的稅糧，分加到別人土地的稅糧裏去。詭寄：把自己應納的稅糧，弄虛作假地加到別人頭上。

【用法】形容有權勢的人的欺詐手段。

【例句】惡霸地主，為了發財，～，什麼手段都使得出來。

飛蛾投火 ㄈㄟ ㄜˊ ㄊㄡˊ ㄏㄨㄛˇ

【出處】《元曲選・謝金吾》第三折：「我已曾看著人拿住楊景、焦贊兩個，正是飛蛾投火，不怕他不死在手裏。」

【用法】①燈蛾向着火裏飛。②比喻自投死路。

【例句】他知法犯法，從事海上走私，無異是～，終難逃法律制裁。

【附註】也作「飛蛾赴火」、「飛蛾撲火」、「燈蛾撲火」。

飛檐走壁

【出處】明・施耐庵《水滸傳》第四十六回：「楊雄卻認得這人，姓時名遷，祖籍是高唐州人氏，流落在此，只一地裏做些飛檐走壁，跳籬騙馬的勾當。」
【用法】沿著房檐飛越，在牆壁上奔跑。舊小說裏形容武藝高強之人的竄房越脊的本領。
【例句】舊日的俠客，都有一身～的好功夫。

飛揚跋扈

【出處】唐・李延壽《北史・齊高祖紀》：「景（侯景）專制河南十四年矣，常有飛揚跋扈志。」
【解釋】飛揚：放縱、高傲。跋扈：蠻橫。
【用法】①原指意態不羈，不受拘束。②現用以形容放縱專橫。
【例句】從他的介紹，完全可以想像到這個不學無術、無才缺德、～、滿嘴穢語的地痞流氓的醜陋形象。

肥馬輕裘

【出處】《論語・雍也》：「赤之適齊也，乘肥馬，衣輕裘，吾聞之也，君子周急不繼富。」
【解釋】裘：皮袍。
【用法】①肥壯的馬匹，輕暖的皮袍。②形容闊綽的生活。
【例句】舊社會，那些～的富戶，有不少是靠剝削窮苦百姓起家的！
【附註】也作「裘馬輕肥」。

匪夷匪惠

【出處】宋・司馬光《資治通鑑・唐昭宗天祐二年》：「司空圖棄官居虞鄉王官谷，昭宗屢徵之不起。柳璨以詔書徵之，圖懼，詣洛陽入見，陽爲衰野，墜笏失儀。璨乃復下詔，略曰：『匪夷匪惠，難居公正之朝。』」
【解釋】匪：通「非」，不是。夷：指伯夷，商代孤竹君的長子。惠：指柳下惠，即春秋時魯國大夫展禽，因食邑柳下，諡惠，故稱柳下惠。
【用法】①不是伯夷，也不是柳下惠。②指不具備古時這兩位賢人的品德。

匪夷所思

【出處】《周易・渙》：「渙有丘，匪夷所思。」
【解釋】夷：平常。
【用法】①不是平常人所能想像的。②形容所見事物的離奇或複雜。
【例句】雖是大熱天，他仍身著厚衣，眞是～。

斐然成章

【出處】《論語・公冶長》：「子在陳曰：『歸與！歸與！吾黨之小子狂簡，斐然成章，不知所以裁之。』」
【解釋】斐然：有文采的樣子。
【用法】很有文采，出口成章。
【例句】他從小顯露出文學才華，寫的作文～，很受老師的讚賞。

菲才寡學

【出處】淸・吳敬梓《儒林外史》第三

十八回：「小侄菲才寡學，大人誤采虛名，恐其有玷荐牘。」」

【解釋】菲：薄。寡：少、缺欠。

【用法】才質薄弱，學問欠缺。常用作自謙之詞。

【例句】他們向老人謙遜地說：「我們～，還請您多多幫助。」

【附註】「菲」不能念成匚ㄟ。

吠非其主

【出處】《戰國策・齊策六》：「跖之狗吠堯，非貴跖而賤堯也。狗固吠非其主也。」

【解釋】吠：狗叫。

【用法】①狗專朝外人亂叫。②比喻人各爲其主子效力。

【例句】「～」古有明訓，所以他不肯聽命於你，就不必再強求他了。

吠形吠聲

【出處】漢・王符《潛夫論・賢難》：「諺云：『一犬吠形，百犬吠聲。』」

【解釋】吠：狗叫。

【用法】①指一條狗見人便叫，很多狗聽到聲音也跟著叫。②比喻不明察事情的眞假，只是跟在別人的後面盲目地隨聲附和。

【例句】別看這麼多人跟著起鬨，其實他們之間的太多數並了解眞實情況，不過是～、隨聲附和而已。

【附註】也作「吠影吠聲」。

廢教棄制

【出處】《國語・周語中》載：周定王使單子假道於陳國，見陳國一片混亂。指出「若廢其教而棄其制，蔑其官而犯其令，將何以守國？」

【解釋】教：政教。制：法制。

【用法】廢棄政教和法制。

【例句】執政者如果～，國家將一片混亂。

廢寢忘食

【出處】北齊・魏收《魏書・閹官傳・趙黑》：「黑自爲許所陷，歎恨終日，廢寢忘食，規報前怨。」

【用法】①顧不得睡覺，忘記了吃飯。②形容做事專心致志。③有時也用以形容心有所戀，睡不好覺，吃不下飯。

【例句】爲了克服這項任務的技術難關，他常常～地查資料、算數據，工作到夜間兩、三點。

【附註】也作「廢寢忘餐」、「忘餐廢寢」。

廢書而嘆

【出處】漢・司馬遷《史記・孟子傳》：「太史公曰：余讀《孟子》書，至梁惠王問：『何以利吾國？』未嘗不廢書而嘆也。」

【解釋】廢書：閤上書或放下書。

【用法】①放下書本嘆息。②形容書的內容打動了人心。

【例句】每當我讀到歷史清末外強侵陵那一段時，就不禁～。

廢耳任目

【出處】唐・韓愈《上考功崔虞部書》：「又歎執事者所守異於人人，廢耳任目，華實不兼。」

【解釋】廢：廢棄。任：信任。

【用法】①廢棄了耳朵，只信任眼睛。

②指不聽取別人的意見，只憑信自己的眼見的現象。

【例句】一個人如果～，對事將不能有全盤的了解。

沸沸揚揚（ㄈㄟˋ ㄈㄟˋ ㄧㄤˊ ㄧㄤˊ）

【出處】《山海經・西山經》：「其中多白玉，是有玉膏，其源沸沸揚揚。」

【解釋】沸沸：水騰湧的樣子。揚揚：傳播不停的樣子。

【用法】形容人聲喧嚷，議論紛紛。

【例句】一走進蜂園，只見成群結隊的蜜蜂出出進，飛去飛來，那～的情景會使你想：說不定蜜蜂也在慶祝春天的到來呢。

沸反盈天（ㄈㄟˋ ㄈㄢˇ ㄧㄥˊ ㄊㄧㄢ）

【出處】清・李寶嘉《活地獄》第三十四回：「裏面聽見沸反盈天的聲響，家人小子都趕將出來……。」

【解釋】沸：沸騰。反：反覆地。盈：充滿。

【用法】①反覆沸騰之聲，充滿天空。②形容人聲嘈雜，一片混亂。

【例句】你推薦他來，現在又急著趕他走，鬧得～的，大家看了成什麼樣？

肺腑之言（ㄈㄟˋ ㄈㄨˇ ㄓ ㄧㄢˊ）

【出處】元・鄭德輝《㑳梅香》第二折：「小生別無所告，只索將這肺腑之言，寫訴與小娘子。」

【用法】指發自內心的眞摯的語言。

【例句】我說的可能很不中聽，但這是～。

幡然改途（ㄈㄢ ㄖㄢˊ ㄍㄞˇ ㄊㄨˊ）

【出處】《孟子・萬章上》：「湯三使往聘之，既而幡然改曰：『與我處畎畝之中，由是以樂堯舜之道。』」

【解釋】幡：通「翻」。幡然：很快而徹底改變。途：途徑。

【用法】指迅速完全改變原來的途徑。

【例句】由於原來的作法已經證明是錯誤的，他～，另尋出路了。

翻箱倒櫃（ㄈㄢ ㄒㄧㄤ ㄉㄠˇ ㄍㄨㄟˋ）

【出處】清・吳趼人《二十年目睹之怪現狀》第四回：「船上買辦又仗著洋人勢力，硬來翻箱倒篋搜了一遍，此時還不知失落東西沒有。」

【用法】①把箱子櫃子都翻倒過來。②形容徹底搜檢。③也比喻無保留地拿出自己的東西。

【例句】他的鑰匙不知放哪兒了，～地找了半天還是沒有找到。

【附註】也作「翻箱倒篋」。

翻然悔悟（ㄈㄢ ㄖㄢˊ ㄏㄨㄟˇ ㄨˋ）

【出處】唐・韓愈《與陳給事書》：「今則釋然悟，翻然悔曰：『其邈也，乃所以怒其來之不繼也；其悄也，乃所以示其意也。』」

【用法】很快地徹底覺悟過來。

【例句】如果那些曾經與社會爲敵的人，能夠眞正～，放下屠刀，還是能重新被大家接納的。

翻雲覆雨（ㄈㄢ ㄩㄣˊ ㄈㄨˋ ㄩˇ）

【出處】唐・杜甫《貧交行》詩：「翻手作雲覆手雨，紛紛輕薄何須數！」

【解釋】翻、覆：翻轉。

【用法】①翻轉過去是雲，翻轉過來是

雨。②形容人一時這樣，一時又那樣，反覆無常。③也用以比喻慣於耍手段、弄權術。

【例句】她這個人說話兩面三刀，辦事～，你要小心著點兒。

【附註】也作「覆雨翻雲」。

凡夫肉眼 ㄈㄢˊ ㄈㄨ ㄖㄡˋ ㄧㄢˇ

【出處】五代・王定保《唐摭言》：「當時不識貴人，凡夫肉眼。」

【用法】「凡夫俗子，肉眼凡胎」的縮語。指平凡的人眼低，不識貨。

【例句】請原諒，我這個～的人，實在看不出你的這篇大作究竟有什麼新的創見。

凡夫俗子 ㄈㄢˊ ㄈㄨ ㄙㄨˊ ㄗˇ

【出處】清・曹雪芹《紅樓夢》第一百零九回：「瞧我凡夫俗子，不能交通神明，所以夢都沒有一個兒。」

【解釋】凡：平凡。俗：庸俗。

【用法】平凡庸俗的人

【例句】我並不是不願意和你交朋友，而是怕我這個～高攀不上。

凡事豫則立，不豫則廢 ㄈㄢˊ ㄕˋ ㄩˋ ㄗㄜˊ ㄌㄧˋ，ㄅㄨˋ ㄩˋ ㄗㄜˊ ㄈㄟˋ

【出處】《禮記・中庸》：「凡事豫則立，不豫則廢。」

【解釋】豫：事先準備。立：成就。廢：敗壞。

【用法】一切事情，事先有計劃、準備就有成就，否則就會失敗。

【例句】「～」，因此必須通過周密研究，加強計劃。

繁花似錦 ㄈㄢˊ ㄏㄨㄚ ㄙˋ ㄐㄧㄣˇ

【解釋】繁：多而茂盛。錦：富麗多彩的錦緞。

【用法】①多而盛開的花朵像富麗多彩的錦緞。②形容美麗的景色或美好的事物。

【例句】每年六月都有無數的畢業生踏入社會，追求～的前程。

繁劇紛擾 ㄈㄢˊ ㄐㄩˋ ㄈㄣ ㄖㄠˇ

【出處】宋・蘇洵《養才》：「坐之於繁劇紛擾之中而不亂。」

【解釋】繁劇：極爲繁雜。紛擾：紛亂干擾。

【用法】極爲繁雜而紛亂的干擾。

【例句】他能在這種～的環境裏學習，靠的就是那股頑強的毅力！

繁文縟節 ㄈㄢˊ ㄨㄣˊ ㄖㄨˋ ㄐㄧㄝˊ

【解釋】文、節：指禮節、儀式。縟：繁重。

【用法】①繁瑣過多的禮節、儀式。②也比喻繁瑣多餘的手續。

【例句】他厭惡～，厭惡僵化的教條。

反璞歸眞 ㄈㄢˇ ㄆㄨˊ ㄍㄨㄟ ㄓㄣ

【出處】《戰國策・齊策四》：「斶知足矣，歸眞反璞，則終身不辱。」

【解釋】璞：璞玉，未經加工的玉。眞：本來面目。

【用法】①返回原貌，復歸眞相。②比喻還其本來面目，過自由自在的生活。③常用以形容樸實無華。

【例句】在風格上，他的詩作一反華麗綺靡的詩風，～變得自然平易了。

反目成仇

【出處】清・曹雪芹《紅樓夢》第五十七回：「娶一個天仙來，也不過三夜五夜，也就撂在脖子後頭了。甚於憐新棄舊，反目成仇的多著呢。」

【解釋】反目：翻臉。

【用法】①翻臉變成仇敵。②指一下轉變成對立的人。

【例句】原來兩家的關係挺好，現在因為兒女的親事鬧得～，誰也不理誰了。

反復無常

【出處】南朝・梁・費昶《行路難》詩：「當年翻復無常定。」

【解釋】反復：翻過來、掉過去。無常：沒有定準。

【用法】①翻過來掉過去的，說了不算，沒有定準。②形容狡詐多變。

【例句】這個人心毒手辣，～，你對他要多加防備。

反戈相向

【解釋】戈：古代的兵器。向：對著。

【用法】①掉轉兵器，相與對立。②比喻幫助敵方反對己方。

【例句】他做夢也沒有想到，他手下的一個軍團居然～，朝他開起火來。

【附註】又作「倒戈相向」。

反躬自省

【出處】《禮記・樂記》：「好惡無節於內，知誘於外，不能反躬，天理滅矣。」

【解釋】躬：身體。省：反省、檢查。

【用法】回轉身來，反省自己的過錯。

【例句】你不要強調別人如何，而應～，檢查自己有沒有錯誤。

反裘負芻

【出處】《晏子春秋・雜上》：「晏子之晉，至中牟，睹弊冠，反裘負芻，息於塗側者，以為君子也。」

【解釋】裘：皮衣（古時皮毛做面，皮板當裏）。負：背著。芻：柴草。

【用法】①反穿皮衣，背著柴草。②形容貧窮勞苦。③後用以比喻愚昧不知事理。

【附註】也作「反裘負薪」。

反求諸己

【出處】《孟子・離婁上》：「行有不得者，皆反求諸己。其身正而天下歸之。」

【解釋】求：要求。諸：之、於的合音。

【用法】①反過來求之於自己。②指凡事應該嚴格地要求自己，多從自身找原因。

【例句】工作中出了問題，不能把一切責任全推給別人，應該～，先從自身檢討起。

反手可得

【出處】《荀子・非相》：「誅旦公，定楚國，如反手爾。」

【解釋】反：翻轉。

【用法】①翻轉手掌就可得到。②形容不費力氣，極容易得到。

【例句】你所需要的材料本來是～，如今錯過機會，只好再等等了。

返老還童

【出處】晉・葛洪《神仙傳》：「淮南王好道，八公詣門，往使閽人難之。八公曰：『王薄我老，今則少矣。』八公皆變爲童子。」
【解釋】返：扭轉。還：回復原來的狀態，恢復。
【用法】①扭轉衰老，恢復童年。②形容衰老的人恢復了青春的健康或精神。
【例句】寶島台灣長壽老人越來越多。很多老年人都精神抖擻，大有～之感。

返本求源（ㄈㄢˇ ㄅㄣˇ ㄑㄧㄡˊ ㄩㄢˊ）

【出處】清・李汝珍《鏡花緣》第三十九回：「王兄有養命金丹，今不返本求源，倒去求那服食養生之術，即使有益，何能抵得萬分之一，豈非捨實求虛？」
【解釋】返回根本，尋求根源。
【附註】「源」也作「原」。

返哺之恩（ㄈㄢˇ ㄅㄨˇ ㄓ ㄣ）

【出處】《本草綱目・禽部》：「慈鳥，此鳥初生，母哺六十日，長則反哺六十日，可謂慈孝矣。」
【解釋】返哺：哺，餵食。
【用法】①雛鳥長大，銜食哺其母。③比喻子女奉養父母，報答親恩。
【附註】也作「反哺之恩」。

飯糗茹草（ㄈㄢˋ ㄑㄧㄡˇ ㄖㄨˊ ㄘㄠˇ）

【出處】《孟子・盡心下》：「舜之飯糗茹草也，若將終身焉。」
【解釋】飯、茹：都是吃的意思。糗：乾糧。草：指野菜。
【用法】①吃乾糧和野菜。②形容生活艱苦樸素。
【附註】「飯」不可讀ㄈㄢˋ。

泛泛之交（ㄈㄢˋ ㄈㄢˋ ㄓ ㄐㄧㄠ）

【解釋】泛泛：一般、平常。
【用法】①一般的交情。②指不是知心的朋友。
【例句】你我不是～，何必這麼客氣。

犯上作亂（ㄈㄢˋ ㄕㄤˋ ㄗㄨㄛˋ ㄌㄨㄢˋ）

【出處】《論語・學而》：「其爲人也孝弟，而好犯上者，鮮矣；不好犯上，而好作亂者，未之有也。」
【解釋】犯：觸犯。上：指等級、地位高的。作亂：鬧亂子，指造反。
【用法】觸犯長上，鬧亂子。
【例句】世風日下，舊時的倫理已消失殆盡，～之事，時有所聞，豈不令人感慨？

犯而不校（ㄈㄢˋ ㄦˊ ㄅㄨˋ ㄐㄧㄠˋ）

【出處】《論語・泰伯》：「有若無，實若虛，犯而不校。」
【解釋】犯：觸犯。校：計較。
【用法】指有人觸犯了自己也不計較。

犯顏進諫（ㄈㄢˋ ㄧㄢˊ ㄐㄧㄣˋ ㄐㄧㄢˋ）

【出處】《韓非子・外儲說左下》：「犯顏極諫，臣不如東郭牙，請立以爲諫臣。」
【解釋】犯顏：冒犯君主或長上的威嚴。進諫：以直言規勸（一般用於下對上）。
【用法】敢於冒犯身居高位的人的尊嚴，無所顧忌地進行規勸。
【例句】我們需要的是～、剛直不阿的人。

販夫走卒 ㄈㄢˋ ㄈㄨ ㄗㄡˇ ㄗㄨˊ

【出處】清・曾樸《孽海花》第十八回：「通國無不識字的百姓，即販夫走卒，也都通曉天下大事，民智日進，國力自然日大了。」
【解釋】販夫：指小商販。走卒：指差役。
【用法】①小販和差役，②泛指舊社會地位低下者。
【例句】不管是商賈大亨或～，很少人不爲金錢遊戲瘋狂。

飯囊衣架 ㄈㄢˋ ㄋㄤˊ ㄧ ㄐㄧㄚˋ

【出處】元・王子一《誤入桃源》第一折：「飯囊衣架，塞滿長安亂似麻。」
【解釋】囊：口袋。
【用法】①裝飯的口袋，掛衣的架子。②比喻無用之人。
【例句】說他是個～似乎太委屈了他，可是交給他的事就沒有一件辦成過！

分崩離析 ㄈㄣ ㄅㄥ ㄌㄧˊ ㄒㄧ

【出處】《論語・季氏》：「邦分崩離析而不能守也！」
【解釋】分：分開。崩：倒塌、破裂。離：離開。析：散開。
【用法】①原爲孔子哀嘆國家的沒落。②後用形容國家或集團分裂瓦解。
【例句】敵人是虛弱的，因爲他們互相爭權奪勢，內部已經～。

分別部居 ㄈㄣ ㄅㄧㄝˊ ㄅㄨˋ ㄐㄩ

【出處】漢・史游《急就篇》卷一：「羅列諸物名姓字，分別部居不離廁。」
【用法】①分門別類，按部就居。②指有條不紊地按著次序整齊地排列。
【例句】她只用了兩天功夫，就把幾萬張卡片～地整理得有條不紊。

分茅裂土 ㄈㄣ ㄇㄠˊ ㄌㄧㄝˋ ㄊㄨˇ

【出處】《尚書・禹貢》：「厥貢惟土五色。」孔穎達疏引蔡邕《獨斷》：「天子大社，以五色土爲壇，皇子封爲王者，授之大社之土，以所封之方色，苴以白茅，使之歸國以立社，謂之茅社。」
【解釋】茅：俗稱茅草，多年生草本。
【用法】①原指古代帝王分封諸侯時舉行的儀式。②後指分封諸侯。
【附註】也作「分茅胙土」。

分門別類 ㄈㄣ ㄇㄣˊ ㄅㄧㄝˊ ㄌㄟˋ

【出處】清，俞樾《春在堂隨筆》第六卷：「刪簡就繁，分門別類，幾閱寒暑，始得成帙。」
【解釋】門、類：事物的分類。
【用法】根據事物的性質特點進行整理，區分歸類。
【例句】各種學科彼此的關聯十分密切，人們只是爲了研究方便，才把它們～地加以劃分。

分道揚鑣 ㄈㄣ ㄉㄠˋ ㄧㄤˊ ㄅㄧㄠ

【出處】唐・李延壽《北史・魏宗室河間公齊傳》：「孝文曰：『洛陽，我之豐、沛，自應分路揚鑣，自今以後，可分路而行。』」
【解釋】道：道路。揚：揚起。鑣：馬嚼鐵。揚鑣：驅馬前進。
【用法】①分開道路，驅馬前進、指分路而行。②後多用以比喻志趣、目的不相同，各走各的路。

【例句】儘管他們是同窗好友，但由於理想不同，最後還是～了。

【附註】也作「分路揚鑣」。

分庭抗禮（ㄈㄣ ㄊㄧㄥˊ ㄎㄤˋ ㄌㄧˇ）

【出處】《莊子・漁父》：「萬乘之主，千乘之君，見夫子未嘗不分庭伉（同「抗」）禮。」

【解釋】庭：庭院。分庭：分立在庭院裏。抗：對等、相當。抗禮：相對行禮。

【用法】①原指賓主相見，分別站在庭院兩邊，以平等的地位相待，相對行禮。②後用以比喻平起平坐，互相對立。

【例句】他們兩人的地位已達到能和你～的地步了。

分文不取（ㄈㄣ ㄨㄣˊ ㄅㄨˋ ㄑㄩˇ）

【出處】明・馮夢龍《醒世恒言・一文錢小隙造奇冤》：「又且一深如水，分文不取。」

【解釋】分文：一分錢、一文錢。取：收取。

【用法】①不收取一分錢、一文錢。②形容願意自盡義務，不接受絲毫報酬。

【例句】他常利用公餘時間爲大家修理車子，～，深受大家的好評。

紛紅駭綠（ㄈㄣ ㄏㄨㄥˊ ㄏㄞˋ ㄌㄩˋ）

【出處】唐・柳宗元《袁家渴記》：「每風自四山而下，振動大木，掩苒衆草，紛紅駭綠，蓊葧香氣。」

【解釋】紛：散亂。駭：驚顫著的。紅、綠：指花草。

【用法】形容花草樹木隨風搖擺顫動。

【例句】春日的林野，一片～，美麗極了。

紛至沓來（ㄈㄣ ㄓˋ ㄊㄚˋ ㄌㄞˊ）

【解釋】紛：衆多。沓：重覆。

【用法】形容接連不斷地到來或紛紛到來。

【例句】他躺在床上想休息一會，可是那苦惱的思緒仍然～，像一團亂麻似的纏繞著他。

焚林而獵（ㄈㄣˊ ㄌㄧㄣˊ ㄦˊ ㄌㄧㄝˋ）

【出處】《韓非子・難一》：「焚林而田，偷取多獸，後必無獸。」

【用法】①用焚燒樹林的辦法，獵取野獸。②比喻只圖眼前利益，不作長遠打算。

【例句】這種作法無異～，將來必招致惡果。

焚膏繼晷（ㄈㄣˊ ㄍㄠ ㄐㄧˋ ㄍㄨㄟˇ）

【出處】唐・韓愈《學解》：「焚膏油以繼晷，恒兀兀以窮年。」

【解釋】焚：燃燒。膏：油脂。引申爲燈燭。繼：接連。晷：日影，指白天。

【用法】①燃點著燈燭一直到天亮。②形容夜以繼日地刻苦學習或工作。

【例句】古時著名的學者大都是不分寒暑，～地苦讀，才有了一定的成就。

焚琴煮鶴（ㄈㄣˊ ㄑㄧㄣˊ ㄓㄨˇ ㄏㄜˋ）

【出處】宋・胡仔《苕溪漁隱叢話前集》卷二十二引《西青詩話》：「義山《雜纂》，品目數十，蓋以文滑稽者。其一曰殺風景，謂清泉濯足，花下晒褌，背山起樓，燒琴煮鶴。」

【用法】①把琴燒了，把鶴煮了。②比喻愚昧無知，糟塌美好的事物或毀壞藝術珍品。

【例句】把好端端的一座古建築，亂拆亂改，無異於～，令人痛心。

【附註】也作「煮鶴焚琴」。

焚香列鼎（ㄈㄣˊ ㄒㄧㄤ ㄌㄧㄝˋ ㄉㄧㄥˇ）

【出處】明．湯顯祖《牡丹亭．勸農》：「焚香列鼎奉君王，饌玉炊金飽即妨。」

【解釋】焚：燒、點燃。列：羅列、擺滿。鼎：古代烹飪的用具。

【用法】①點燃起名貴的香，擺滿很多的菜肴。②形容極端闊氣和很有排場的生活。

焚書坑儒（ㄈㄣˊ ㄕㄨ ㄎㄥ ㄖㄨˊ）

【出處】漢．孔安國《《尚書》序》：「及秦始皇滅先代典籍，焚書坑儒，天下學士逃難解散。」

【解釋】坑：挖坑活埋。

【用法】焚燒書籍，活埋儒生。後用以指愚蠢的殘暴行爲。

【例句】秦始皇～，造成中國文化的浩劫。

【附註】也作「坑儒焚典」。

粉白黛黑（ㄈㄣˇ ㄅㄞˊ ㄉㄞˋ ㄏㄟ）

【出處】《楚辭．大招》：「粉白黛黑，施芳澤只。」

【解釋】粉：婦女搽臉的白粉。黛：婦女畫眉用的青黑色顏料。

【用法】粉白色，眉墨黑。指女子的妝飾。

【附註】也作「粉白墨黑」、「粉白黛綠」。

粉墨登場（ㄈㄣˇ ㄇㄛˋ ㄉㄥ ㄔㄤˇ）

【解釋】粉墨：調粉施墨，指化妝。登：登上。場：戲場、舞台。

【用法】①指化好妝上台演戲。②現多用以比喻壞人喬妝打扮一番，登上了政治舞台。

【例句】①於是鑼鼓響起來，馬科長和王科長～，唱了一齣《小放牛》。②那些過去的希特勒信徒，又在政治舞台上～了。

粉妝銀砌（ㄈㄣˇ ㄓㄨㄤ ㄧㄣˊ ㄑㄧˋ）

【出處】清．曹雪芹《紅樓夢》第五十回：「賈母笑著，挽著鳳姐的手，仍上了轎，帶著衆人說笑，出了夾道東門，四面粉妝銀砌。」

【用法】用白粉裝飾，用銀塊砌成，形容庭園雪景。

【例句】這一場鵝毛大雪，使得萬里江山變成了一個～的世界。

粉飾太平（ㄈㄣˇ ㄕˋ ㄊㄞˋ ㄆㄧㄥˊ）

【出處】明．馮夢龍《醒世恒言．李道人獨步雲門》：「無非要粉飾太平，侈人觀聽。」

【解釋】粉飾：粉刷修飾。

【用法】指僞裝太平景象，迷惑群衆，以求達到掩蓋黑暗混亂局面的目的。

【例句】主事者不肯面對現實，一味地～，終必造成無法收拾的場面。

粉身碎骨（ㄈㄣˇ ㄕㄣ ㄙㄨㄟˋ ㄍㄨˇ）

【出處】唐・蔣防《霍小玉傳》：「平生志願，今日獲從，粉身碎骨，誓不相捨。」
【用法】①身體粉碎。多指爲了達到某種目的，不惜犧牲生命。②也形容敵人的徹底失敗。
【例句】誰想阻擋歷史的前進，一定會被歷史的巨輪碾得～。
【附註】也作「碎骨分身」、「粉骨碎身」。

奮不顧身（ㄈㄣˋ ㄅㄨˋ ㄍㄨˋ ㄕㄣ）

【出處】漢・司馬遷《報任安書》：「當思奮不顧身，以循國家之急。」
【解釋】奮：奮勇。顧：考慮。
【用法】奮勇直前，不考慮自身安危。
【例句】他從入伍後，曾多次～地搶救戰友的生命安全。

奮袂而起（ㄈㄣˋ ㄇㄟˋ ㄦˊ ㄑㄧˇ）

【出處】三國・魏・曹植《游觀賦》：「奮袂成風，揮汗如雨。」
【解釋】奮袂：揮袖，形容奮發的樣子。
【用法】袖子一揮站了起來。

奮矜之容（ㄈㄣˋ ㄐㄧㄣ ㄓ ㄖㄨㄥˊ）

【出處】《荀子・正名》：「有兼聽之明，而無奮矜之容，有兼覆之厚，而無伐德之色。」
【解釋】矜：自以爲是。容：態度。
【用法】自以爲比別人能耐的一種驕傲表現。
【例句】看他那一副～，就令人嫌惡。

憤世嫉俗（ㄈㄣˋ ㄕˋ ㄐㄧˊ ㄙㄨˊ）

【解釋】憤：憤恨。世、俗：流俗。嫉：憎恨。
【用法】形容對世風流俗極其憎惡和不滿。
【例句】他懷著憂國憂民的熱忱和～的激情，深刻揭示了政治的黑暗面。

方便之門（ㄈㄤ ㄅㄧㄢˋ ㄓ ㄇㄣˊ）

【出處】宋・釋道原《景德傳燈錄・卷二十八・漳州羅漢桂琛和尚》：「所以諸佛慈悲，見汝不奈何，開方便門示眞實相。我今方便也，汝還會否？」
【解釋】方便：便利。
【用法】①便利的大門。原是佛家語，即靈活易懂的門路。②後來引申爲給予便利的意思。
【例句】因爲這是政府的重點革新項目，所以許多單位都爲它大開～。

方底圓蓋（ㄈㄤ ㄉㄧˇ ㄩㄢˊ ㄍㄞˋ）

【出處】北濟・顏之推《顏氏家訓・兄弟》：「今使疏薄之人，而節量親厚之恩，猶方底而圓蓋，必不合矣。」
【用法】①方形的底，圓形的蓋。②比喻配合不起來。
【例句】這兩位的思想和工作方法不一致，如同～，所以什麼工作也做不出成績來。

方領矩步（ㄈㄤ ㄌㄧㄥˇ ㄐㄩˇ ㄅㄨˋ）

【出處】南朝・宋・范曄《後漢書・儒林傳序》：「建武五年，乃修起太學，……服方領，習矩步者，委它（同「委蛇」，通「逶迤」）乎其中。」
【解釋】矩：方、正。
【用法】穿方領衣，邁四方步。指古代學者的儀容舉止。

【例句】前清時的一些生員，～，迂腐可笑。

方興未艾 (ㄈㄤ ㄒㄧㄥ ㄨㄟˋ ㄞˋ)

【出處】宋・陳亮《戊申再上孝宗皇帝書》：「天下非有方興未艾之勢，而何必用此哉！」

【解釋】方：正在。興：興起、興旺。艾：終止、完結。

【用法】①正在興起，尙未完結。②多用以形容大好形勢或新事物正在蓬勃發展，沒有止境。

【例句】器官移植這門學科正～，它是二十世紀的新興先進學科之一。

【附註】也作「方興未已」。

方趾圓顱 (ㄈㄤ ㄓˇ ㄩㄢˊ ㄌㄨˊ)

【出處】唐・李延壽《南史・陳本紀上》：「茫茫宇宙，慄慄黎元，方趾圓顱，萬不遺一。」

【用法】方脚趾，圓頭顱。古人以此爲人類的特徵，因用以指人類。

【例句】學會使用工具以後才使得～的人類眞正同動物界的其它動物區別開來。

方正之士 (ㄈㄤ ㄓㄥˋ ㄓ ㄕˋ)

【出處】漢・班固《漢書・晁錯傳》：「自行若此，可謂方正之士矣。」

【解釋】方正：品行正直不阿。

【用法】形容品行正直不阿的讀書人。

【例句】他從不隨波逐流，更不鑽營奉承，不失爲一個～。

方寸已亂 (ㄈㄤ ㄘㄨㄣˋ ㄧˇ ㄌㄨㄢˋ)

【出處】晉・陳壽《三國志・蜀志・諸葛亮傳》：「(徐) 庶辭先主而指其心曰：『本欲與將軍共圖王霸之業者，以此方寸之地也。今已失老母，方寸亂矣！』」

【解釋】方寸：內心。

【用法】①內心已經紊亂。②指心緒極不安定。

【例句】由於孩子的傷勢十分嚴重，她～，什麼事情也做不下去了。

方外之國 (ㄈㄤ ㄨㄞˋ ㄓ ㄍㄨㄛˊ)

【出處】漢・班固《漢書・文帝紀》：「詔曰：『朕既不明，不能遠德，使方外之國或不寧息。』」

【解釋】方外：中原以外地區。

【用法】指我國少數民族地區建立的小國。

【例句】唐太宗時，由於政治的高度統一，經濟的空前繁榮，那些「～」也學習中原的文化。

方外之人 (ㄈㄤ ㄨㄞˋ ㄓ ㄖㄣˊ)

【出處】《莊子・大宗師》：「彼游方之外者也。」

【解釋】方外：世外。

【用法】①原指言行超脫世俗禮教之外的人。②後指僧道等脫離塵俗之人。

【例句】他是～，怎會管這些俗事？

方圓可施 (ㄈㄤ ㄩㄢˊ ㄎㄜˇ ㄕ)

【出處】梁・蕭子顯《南齊書・沈憲列傳》：「補烏程令，甚著政績。太守褚淵嘆之曰：『此人方員 (圓) 可施。』」

【用法】①指隨方就圓，都能發展。②比喻才能大，辦法多。

【例句】此人靈活機變，～。

芳蘭竟體（ㄈㄤ ㄌㄢˊ ㄐㄧㄥˋ ㄊㄧˇ）

【出處】唐・李延壽《南史・謝覽傳》：「覽意氣閑雅，視瞻聰明，武帝目送良久，謂徐勉曰：『覺此生芳蘭竟體。』」

【解釋】竟體：全身。

【用法】①全身有蘭花的香氣。②對人贊美之詞。比喻人的風範、才識傑出。

【例句】這個年輕的姑娘，舉止嫻雅，談吐不俗，眉清目秀，～，使人愛慕不已。

芳華虛度（ㄈㄤ ㄏㄨㄚˊ ㄒㄩ ㄉㄨˋ）

【解釋】芳：草香：引申爲美好。華：年華、年紀。虛：空，引申爲白白地。度：過、度過。

【用法】①美好的青春時代白白地度過。②形容青年時期一無成就。

【例句】青年們應該刻苦學習，千萬不要～，蹉跎歲月，把大好時光白白浪費掉。

防民之口，甚於防川（ㄈㄤˊ ㄇㄧㄣˊ ㄓ ㄎㄡˇ，ㄕㄣˋ ㄩˊ ㄈㄤˊ ㄔㄨㄢ）

【出處】《國語・周語上》：「防民之口，甚於防川，川壅而潰，傷人必多，民亦如之。是故爲川者，決之使異；爲民者，宣之使言。」

【解釋】防：阻止、堵塞。阻止人民批評比堵塞河流引起水患的危害還嚴重。

【用法】指不讓人民自由發表言論，必有大害。

【例句】「～」，無怪乎民主國家都非常重視言論自由。

防患未然（ㄈㄤˊ ㄏㄨㄢˋ ㄨㄟˋ ㄖㄢˊ）

【出處】《周易・既濟》：「君子以思患而豫防之。」

【解釋】防：防止。患：災禍。未然：還沒出現。

【用法】在災害或事故發生之前就加以防備。

【例句】必須～，在洪水到來之前把堤防修好。

【附註】也作「防患於未然」。

防意如城（ㄈㄤˊ ㄧˋ ㄖㄨˊ ㄔㄥˊ）

【出處】唐・道世《法苑珠林》：「藏六如龜，防意如城，慧與魔戰，勝則無患。」

【解釋】防：防止、克制。意：慾念，指私心雜念。城：這裏指守城。

【用法】克制私心雜念就像守城防敵一樣。

防微杜漸（ㄈㄤˊ ㄨㄟ ㄉㄨˋ ㄐㄧㄢˋ）

【出處】南朝・梁・沈約《宋書・吳喜傳》：「耳欲防微杜漸，憂在未萌，不欲方幅露其罪惡，明當嚴切責之，令自爲其所。」

【解釋】微：微小，指壞東西剛剛冒頭。杜：堵死。漸：逐漸，引申爲擴展、發展。

【用法】在壞事或壞思想剛剛露頭的時候及時防止，免得它逐漸發展。

【例句】壞思想，壞習慣都是逐漸發展起來的，爲了～，我們應注意在不好的東西剛冒頭的時候就加以克服。

【附註】也作「杜漸防微」。

放辟邪侈

【出處】《孟子．梁惠王上》：「苟無恒心，放辟邪侈，無不爲已。」
【解釋】放：放縱。辟：通「僻」，邪僻。侈：過分。
【用法】形容任性作惡。
【例句】這惡霸，魚肉鄉里，欺男霸女，～，無惡不作，百姓恨之入骨。

放飯流歠

【出處】《孟子．盡心上》：「不能三年之喪，而緦小功之察；放飯流歠，而問無齒決，是之謂不知務。」
【解釋】放飯：大口地吃飯。流歠：大口喝湯。
【用法】①大口地吃飯，喝湯，古代認爲在尊長面前這是不禮貌的行爲。②形容極大的失禮。
【例句】他那副～，旁若無人的樣子，眞令人嫌惡。

放蕩不羈

【出處】唐．房玄齡等《晉書．王長文傳》：「少以才學知名，而放蕩不羈，州府辟（避）命皆不就。」
【解釋】放蕩：任意放縱。羈：拘束。
【用法】任意放縱，不受拘束。
【例句】他應該去過團體生活，這會有利於他克服自由散漫、～的壞習慣。

放浪形骸

【出處】晉．王羲之《蘭亭集序》：「或因寄所託，放浪形骸之外。」
【解釋】放浪：無拘無束。形骸：身形體態。
【用法】①無拘無束的神情和行爲。②指不受世俗禮法的束縛。
【例句】他的～，實在是由於找不到出路的一種消極的表現。

放虎歸山

【出處】晉．陳壽《三國志．蜀志．劉巴傳》注引《零陵先賢傳》：「若使（劉）備討張魯，是放虎於山林也。」
【用法】①把已捕獲的老虎放回山裏去。②比喻放走已經落網的敵人，留下後患。
【例句】我看這個人分明就是個奸細，放走他就是～。
【附註】也作「縱虎歸山」。

放虎自衛

【出處】晉．常璩《華陽國志．公孫述劉二牧志》：「劉主（劉備）至巴郡。巴郡嚴顏拊心嘆曰：『此所謂獨坐窮山，放虎自衞者也。』」
【用法】①放出老虎來保護自己。②比喻自招其禍。
【例句】妥協、遷就和縱容是引狼入室，～，其結果是適得其反的。

放下屠刀，立地成佛

【出處】宋．釋惟白《續傳燈錄．卷二十八．紹興府東山覺禪師》：「廣額正是個殺人不眨眼底漢，颺下屠刀，立地成佛。」
【解釋】屠：宰殺。立地：立刻。
【用法】①放下屠宰刀，馬上便可以成佛。②意指改邪歸正，不再作惡，就是好人。
【例句】人常說：「～。」只要你能改

邪歸正，還是會有美好的前程。

放之四海而皆準 ㄈㄤˋ ㄓ ㄙˋ ㄏㄞˇ ㄦˊ ㄐㄧㄝ ㄓㄨㄣˇ

【出處】《禮記・祭義》：「夫孝……推而放諸東海而準，推而放諸西海而準，推而放諸南海而準，推而放諸北海而準。」

【解釋】放：放置。之：代詞，指具有普遍性的眞理。四海：指任何地方。皆：都是。準：準確。

【用法】具有普通性的眞理放在任何地方都是適用的。

【例句】與朋友交，言而有信，這種道理，是～的。

放縱馳蕩 ㄈㄤˋ ㄗㄨㄥˋ ㄔˊ ㄉㄤˋ

【出處】清・曹雪芹《紅樓夢》第十九回：「近來仗著祖母溺愛，父母亦不能十分嚴緊拘管，更覺放縱馳蕩，任情恣性，最不喜務正。」

【解釋】放縱：沒有管束。馳：亂跑。蕩：游蕩。

【用法】①沒有管束地亂跑亂逛。②形容不求上進，到處逛蕩。

【例句】因父母事業忙碌，無暇照顧他，他也就～，樂得逍遙。

放意肆志 ㄈㄤˋ ㄧˋ ㄙˋ ㄓˋ

【出處】宋・蘇軾《超然台記》：「時相與登覽，放意肆志焉。」

【解釋】放意：放開思想。肆：不受拘束。

【用法】①放開思想和意志，一切由着自己的性子。②形容無拘無束地吟咏唱和。

【例句】如果能擺脫俗務，～地過活，該有多好！

封官許願 ㄈㄥ ㄍㄨㄢ ㄒㄩˇ ㄩㄢˋ

【解釋】封官：古代帝王把官爵利祿賞人。許願：事先答應給人的種種諾言。

【用法】指以名利地位引誘別人來幫助自己達到不正當的目的。

【例句】選舉時，總有一些不肖者用～的辦法騙取選票。

封疆畫界 ㄈㄥ ㄐㄧㄤ ㄏㄨㄚˋ ㄐㄧㄝˋ

【出處】晉・崔豹《古今注》卷二：「封疆畫界者，封土爲台以表識疆境；畫界者，於二封之間，又爲壝埒，以畫分界域也。」

【解釋】疆：邊疆。界：領土的界線。

【用法】在國土邊緣設置標誌，或在國境線上佈防以畫分領土的界線。

【例句】我國希望將來同幾個鄰國妥善地解決邊界問題，順利進行～的工作。

封妻蔭子 ㄈㄥ ㄑㄧ ㄧㄣˋ ㄗˇ

【出處】元・戴善夫《風光好》第四折：「枉了我一年獨守冰霜志，指望你封妻蔭子。」

【解釋】蔭：由於本人有功而給予子孫入學或任官的特權。

【用法】指官吏由於有功，妻子可以得到封賞，子孫也可以承襲一定的特權。

【例句】以往的讀書人所追求的無非是光宗耀祖，～。

【附註】「蔭」不能念成ㄧㄣ。

封豕長蛇 ㄈㄥ ㄕˇ ㄔㄤˊ ㄕㄜˊ

【出處】《左傳・定公四年》：「吳爲封豕長蛇，以薦食上國。」

【解釋】封豕：大豬。
【用法】①指大豬貪饞，長蛇狠毒。②比喻貪婪凶狠的人。③也用以比喻侵略者。
【例句】綁匪有如～，它們的慾望是是永遠塡不滿的。

烽火連天 ㄈㄥ ㄏㄨㄛˇ ㄌㄧㄢˊ ㄊㄧㄢ

【出處】唐・杜甫《春望》詩：「烽火連三月，家書抵萬金。」
【解釋】烽火：古時邊防報警的烟火，比喻戰火。連天：在天空連接不斷。
【用法】形容戰火燃燒，蔓延不息。
【例句】在中東戰爭期間，蘇伊士運河北岸，～，雙方軍隊展開了激烈的戰鬥。

葑菲之采 ㄈㄥ ㄈㄟˇ ㄓ ㄘㄞˇ

【出處】《詩經・邶風・谷風》：「采葑采菲，無以下體。」（下體：指葑菲的根。）
【解釋】葑菲：蕪菁和蒠菜，兩者的葉和根莖都可食，但根莖有時味苦。
【用法】①意思是不可因葑菲根莖味苦而連葉都不採了。②原喻夫妻相處，應以德爲重，不可因妻子容顏衰退而遺棄。後常用來作請人不吝採取的謙詞。

蜂目豺聲 ㄈㄥ ㄇㄨˋ ㄔㄞˊ ㄕㄥ

【出處】《左傳・文公元年》：「蜂目而豺聲，忍人也。」
【用法】①眼像蜂，聲像豺。②形容惡人的面目和聲音。
【例句】此人～，一副奸詐陰險的樣子，使人一看見就討厭。

蜂屯蟻雜 ㄈㄥ ㄊㄨㄣˊ ㄧˇ ㄗㄚˊ

【出處】唐・韓愈《送鄭尚書序》：「撞搪呼號，以相和應，蜂屯蟻雜，不可爬梳。」
【解釋】屯：聚集。雜：摻入、混合。
【用法】①蜂成團地聚集在一起亂飛，蟻混亂地在一塊兒亂爬。②形容混亂的事物或意見，攪在一起，無法清理。
【例句】碼頭上，三教九流的人物～，通緝犯混跡其中是很容易隱蔽的。

蜂纏蝶戀 ㄈㄥ ㄔㄢˊ ㄉㄧㄝˊ ㄌㄧㄢˋ

【出處】清・曹雪芹《紅樓夢》第一百十六回，「來後降凡歷刼，還報了灌溉之恩，後返歸眞境。所以警幻仙子命我看管，不令蜂纏蝶戀。」
【解釋】纏：糾纏。戀：依戀。
【用法】①蜜蜂糾纏不清，蝴蝶依戀不捨。②比喻情和愛的干擾。
【例句】近日因～，使得他一向平靜的心湖，也掀起了滔天巨浪。

蜂擁而來 ㄈㄥ ㄩㄥ ㄦˊ ㄌㄞˊ

【出處】清・李汝珍《鏡花緣》第二十六回：「個個頭戴浩然巾，手執器械，蜂擁而至。」
【解釋】蜂擁：像蜂群似的擁擠着。
【用法】①像蜂群似的擁擠着亂哄哄地過來了。②形容來的人很多很亂。
【例句】四面八方的人向廣場～。
【附註】也作「蜂擁而至」。

豐干饒舌 ㄈㄥ ㄍㄢ ㄖㄠˊ ㄕㄜˊ

【出處】《宋高僧傳》卷十九載：豐干

禪師原在天台山國淸寺給人舂米，人問他什麼時候來取?他只答說：「隨時」二字，不說其他的話。先天（公元712—713）中，他去京兆化緣，有閭丘胤者將去台州作太守，問豐干說：「台州有何達賢?」豐干說：「到任記謁文殊。」閭丘胤上任後到國淸寺，在僧廚見到了寒山、拾得二個僧人，二個僧人笑着說：「豐干饒舌。」

【解釋】豐干：一作「封干」，唐朝僧人。饒舌：多嘴、嘮叨。

【用法】後用以比喻說廢話。

豐功偉績 ㄈㄥ ㄍㄨㄥ ㄨㄟˇ ㄐㄧ

【出處】清·張春帆《宦海》第六回：「這位章制軍在兩廣做了幾年，也沒有什麼豐功偉績。」

【解釋】豐：多。

【用法】偉大的功勞，宏偉的業績。

【例句】革命先烈不惜犧牲生命，爲人民立下了無數的～。

豐筋多力 ㄈㄥ ㄐㄧㄣ ㄉㄨㄛ ㄌㄧˋ

【出處】《宣和書譜》：「三國之初，字學缺然不講，繇於是爲一家法，而議者謂其豐筋多力，有雲游雨驟之勢。」

【解釋】豐：豐滿。筋：肌腱或骨上的韌帶。多：有餘。

【用法】①肌腱堅硬豐滿，力氣有餘。②比喻字體結構堅實豐滿筆力強勁有餘。

【例句】興化鄭板橋的書法，瀟灑俊逸，而又～。

【附註】也作「多力豐筋」。

豐取刻與 ㄈㄥ ㄑㄩˇ ㄎㄜˋ ㄩˇ

【出處】《荀子·君道》：「上好貪利，則臣下百吏乘是而後鄙豐取刻與，以無度取於民。」

【解釋】豐：過多的。取：收取。刻：減損。與：付出。

【用法】①過多地收取，苛扣着付出。②形容貪婪自肥，苦害減損別人。

【例句】主政者如～，不能體恤人民，必招民怨。

豐衣足食 ㄈㄥ ㄧ ㄗㄨˊ ㄕˊ

【出處】五代·王定保《唐摭言·卷十五·賢僕夫》：「堂頭官人，豐衣足食，所往無不克。」

【用法】①吃的穿的都很豐富充足。②形容生活富裕。

【例句】只要勤奮地工作，每個人都可享受～的生活。

鋒芒畢露 ㄈㄥ ㄇㄤˊ ㄅㄧˋ ㄌㄨˋ

【解釋】鋒芒：也作「鋒鋩」，刀劍的刀和尖。喻指人外現的才華。畢露：完全顯示出來。

【用法】①形容人的才華完全顯露了出來。②也指人驕傲自大，好表現自己。

【例句】他雖然有些才華，但～，遇事專愛顯示自己，所以人際關係總是不好。

鋒發韻流 ㄈㄥ ㄈㄚ ㄩㄣˋ ㄌㄧㄡˊ

【出處】南朝·梁·劉勰《文心雕龍·體性》：「安仁輕敏，故鋒發而韻流。」

【解釋】鋒：鋒利、犀利。發：奮發。

【用法】①指文辭犀利奮發，氣韻流暢。②形容文章表現力強，有氣勢。

【例句】這篇散文寫得清新俊逸，～，稱得上是一篇佳作。

風平浪靜 ㄈㄥ ㄆㄧㄥˊ ㄌㄤˋ ㄐㄧㄥˋ

【出處】元・鄭廷玉《楚昭公》第三折：「今日風平浪靜，撐着這船，慢慢地打魚去來。」
【用法】①風已平息，浪已寂靜。②指江河湖海裏沒了風浪，顯出一時安閑寧靜的景象。③也比喻事情平息，恢復沈靜。
【例句】開始時，急風暴雨很嚇人，可是沒過多久，就～，什麼事也沒有了。
【附註】也作「風恬浪靜」、「波平浪靜」。

風馬牛不相及 ㄈㄥ ㄇㄚˇ ㄋㄧㄡˊ ㄅㄨˋ ㄒㄧㄤ ㄐㄧˊ

【出處】《左傳・僖公四年》「君處北海，寡人處南海，唯是風馬牛不相及也。」
【解釋】風：畜類兩性相誘。及：碰到。
【用法】①指馬、牛不相類，兩性相誘，到不了一起。②比喻事物彼此之間毫無相干。
【例句】你的回答，與我們大家所討論的問題～。

風靡一時 ㄈㄥ ㄇㄧˇ ㄧˋ ㄕˊ

【解釋】靡：倒下。風靡：風行，隨風一邊倒。
【用法】①指時興的風氣。②形容某事物在一個時期內非常流行。
【例句】《飄》一書，是～的長篇小說，至今仍受衆人喜愛。
【附註】「靡」不能念成ㄇㄧˊ。

風刀霜劍 ㄈㄥ ㄉㄠ ㄕㄨㄤ ㄐㄧㄢˋ

【出處】清・曹雪芹《紅樓夢》第二十七回：「風刀霜劍嚴相逼，明媚鮮妍能幾時？」
【用法】①風像尖刀，霜如利劍。②形容風霜的嚴酷。③也常用以比喻惡勢力的暴虐凶狠。
【例句】在那～緊緊相逼的日子裡，他爲了解救家人性命，不惜犧牲自己的一切。

風度翩翩 ㄈㄥ ㄉㄨˋ ㄆㄧㄢ ㄆㄧㄢ

【解釋】風度：美好的舉止姿態。翩翩：文雅的樣子。
【用法】風度文雅優美。
【例句】他是個身材俊俏，～的青年。

風調雨順 ㄈㄥ ㄊㄧㄠˊ ㄩˇ ㄕㄨㄣˋ

【出處】《舊唐書・禮儀志一》引《六韜》：「武王伐紂……既而克殷，風調雨順。」
【解釋】調：調和、均勻。順：順利、適宜。
【用法】形容風雨適時，年景好。
【例句】今年～，看來又是一個豐收年。

風土人情 ㄈㄥ ㄊㄨˇ ㄖㄣˊ ㄑㄧㄥˊ

【解釋】風土：山川風俗、氣候等的總稱。人情：人的性情、習慣。
【用法】指當地的風俗、禮節和習慣。
【例句】他在那裏住了二十多年，對那裏的～已經非常了解。

風流倜儻 ㄈㄥ ㄌㄧㄡˊ ㄊㄧˋ ㄊㄤˇ

【出處】清・吳趼人《二十年目睹之怪現狀》第七十四回：「這邊北院裏同

居的，也是個京官，姓車，號文琴，是刑部裏的一個實缺主事，却忘了他在那一司了。爲人甚是風流倜儻。」

【解釋】風流：指人有才氣而不拘泥倜儻：卓越不凡。

【用法】①風度瀟灑文雅，卓越不凡。②形容有才識，爲人灑脫，不拘泥世俗的禮法。

【例句】這個青年作家，～，才能出衆，爲人們所傾倒。

風流人物

【出處】宋・蘇軾《念奴嬌・赤壁懷古》詞：「大江東去，浪淘盡千古風流人物。」

【解釋】風流：指傑出的、英俊的。

【用法】①傑出的或英俊的人物。②指對當代有一定影響的人物。

【例句】許多～在抗戰中湧現出來了。

風流雲散

【出處】三國・魏・王粲《贈蔡子篤》詩：「風流雲散，一別如雨。」。

【用法】①風一樣的流走，雲似地消散。②比喻原常在一起的人分散到各地。

【例句】我少年時期的一些同窗好友，如今～，各自東西，多年音訊全無。

風流韻事

【出處】清・王韜《瀛壖雜志》：「人各却步立，不敢詢姓氏，及移燭燭之，則倩扶也。一座嘩然，此亦風流之韻事，承平之佳話。」

【用法】①風雅而有情趣的事。②指文人墨客的詩歌吟咏及琴棋書畫等活動。③也指男女私情。

【例句】名人的～，總是最爲社會大衆所注目的。

風骨峭峻

【出處】唐・韓愈《感春》詩：「孔丞別我適臨汝，風骨峭峻遺塵埃。」

【解釋】風骨：人的氣概、骨氣。也指詩文書畫的風格特點。峭峻：山勢高大而陡直。

【用法】①形容人很有骨氣，剛正不阿。②也喻詩文書畫雄健有力的風格。

【例句】鄭板橋的蘭竹獨創一格，清麗淡雅，可謂一絕，他的書法也自成一體，～，堪稱獨步。

風和日麗

【出處】清・吳趼人《痛史》第十九回：「是日風和日麗，衆多官員，都來祭奠。」

【解釋】和：溫和。麗：美麗。

【用法】形容明媚的春景。

【例句】那天～，春光明媚，我們在頤和陽明山玩了一整天。

【附註】也作「日麗風和」、「風和日暖」。

風虎雲龍

【出處】《周易・乾》：「雲從龍，風從虎，聖人作而萬物睹。」

【用法】①虎嘯生風，龍騰生雲，指事物相互感應。②舊時比喻聖主得賢臣，賢臣遇明君。

【例句】唐太宗時～，開創了歷史上有名的貞觀之治。

風花雪月

【出處】宋・邵雍《伊川擊壤集序》「雖死生榮辱，轉戰於前，曾未入於胸中，則何異四時風花雪月一過乎眼。」
【用法】①原泛指四時的自然景色。②後指男女愛情或花天酒地的荒淫生活。③也指堆砌華麗詞藻、內容空洞無聊的文學作品所渲染的閑情逸致的內容。
【例句】這個無聊文人，經常在報上寫些～的文章。

風華絕代

【出處】唐・李延壽《南史・謝晦傳》：「時謝混風華為江左第一，嘗與晦俱在武帝前，帝目之曰：『一時頓有兩玉人耳。』」
【解釋】風華：風度才華。絕代：冠絕當代，舉世無雙。
【用法】指風度才華是當代最高超的。
【例句】他這個兒了～，非一般人所能企及。

風華正義

【解釋】風華：風采才華。華：田盛、茂盛。
【用法】①正是青春煥發、風采動人、才華橫溢的時期。③形容人年輕有為。
【例句】你們正是～時期，要努力為國家多作貢獻。

風捲殘雲

【出處】明・吳承恩《西遊記》第九十六回：「這猪八戒一口一碗，就是風捲殘雲。」
【解釋】殘雲：殘餘的雲彩。
【用法】①大風捲走殘雲。②比喻飛快地把殘餘的人或物消滅乾淨。
【例句】那時，他們精疲力盡，我們就出而擊之，有如～。

風起雲湧

【出處】漢・司馬遷《史記・太史公自序》：「諸侯作難，風起雲蒸。」
【解釋】湧：水上溢。
【用法】①大風颳起來，烏雲湧上來。②比喻新事物相繼興起，聲勢浩大、雄偉壯觀。③也用以形容自然景色不斷變化，雄偉壯觀。
【例句】①《秋山圖》畫出了氣勢磅礡的西岳秋色：華山擎天，群峰相拱，萬山紅遍，～。②進入二十世紀，科學各項革命～，勢不可遏。

風檣陣馬

【出處】唐・杜牧《李長吉歌詩序》：「風檣陣馬，不足為其勇也。」
【解釋】風檣：乘風揚帆的船。陣馬：列陣出征的戰馬。
【用法】形容氣勢雄偉，行進迅速。
【例句】青年學子們意氣昂揚，勢如～，決心為國家歷史創新頁。
【附註】也作「陣馬風檣」。

風清月朗

【出處】①唐・段成式《酉陽雜俎・諾皋下》：「時春季夜間，風清月朗。」
【用法】①風清新，月明朗。②也比喻風格高尚，性情爽朗。
【例句】①在一個～的晚上，他倆漫步在小河邊上，互相傾吐着自己的心裏話。②這個青年舉止文雅，性情爽快，真是～，百裏挑一。

風行一時（ㄈㄥ ㄒㄧㄥˊ ㄧˊ ㄕˊ）

【出處】清・曾樸《孽海花》第三回：「不是弟妄下雌黃，只怕唐兄印行的《不息齋稿》，雖然風行一時，決不能望《五丁閣稿》的項背哩！」
【解釋】風行：盛行。
【用法】①一段時期裏像颳風一樣地盛行。②形容事物在某一段時期裏非常流行。
【例句】去年曾經～的流行歌曲，今年不時興了。

風行草偃（ㄈㄥ ㄒㄧㄥˊ ㄘㄠˇ ㄧㄢˇ）

【出處】《論語・顏淵》：「君子之德風，小人之德草，草上之風，必偃。」
【解釋】風行：風吹過。偃：倒伏。
【用法】風吹過的時候，草就倒伏。②比喻用仁德感化，人們自然心悅誠服。
【例句】上位者若能以身作則，必能收～之效。

風信年華（ㄈㄥ ㄒㄧㄣˋ ㄋㄧㄢˊ ㄏㄨㄚˊ）

【解釋】風信：風應花期按時颳來，古人認為一年有二十四番花信風。年華：年歲。
【用法】比喻女子二十四歲的年齡。
【例句】她正在～的時候，年輕、漂亮、充滿着活力，更充滿着自信。

風燭殘年（ㄈㄥ ㄓㄨˊ ㄘㄢˊ ㄋㄧㄢˊ）

【出處】晉・王羲之《題衞夫人筆陣圖》：「時年五十又三，或恐風燭奄及，聊遺教於子孫耳。」
【解釋】風燭：風中飄搖的燈燭。殘年：衰老殘餘的晚年。
【用法】指人到晚年就像風中燈燭一樣很容易熄滅。
【例句】他的熱情感動了這位～的老人，他們成了忘年交，開始共同進行技藝的探索。

風中之燭（ㄈㄥ ㄓㄨㄥ ㄓ ㄓㄨˊ）

【用法】①風裏的燈燭。②指燈燭被風一吹容易熄滅。③比喻人生無常，生死短促。
【例句】我多年來病魔纏身，猶如～，怕是不久於人世了。

風馳電掣（ㄈㄥ ㄔˊ ㄉㄧㄢˋ ㄔㄜˋ）

【出處】《六韜・龍韜》：「奮威四人，主擇材力，論兵革，風馳電掣，不知所由。」
【解釋】馳：奔跑。掣：拉、扯。
【用法】形容速度極快。像颳風打閃電一樣。
【例句】接到警報，消防車～地向失火地點駛去。
【附註】也作「風馳電赴」。

風塵僕僕（ㄈㄥ ㄔㄣˊ ㄆㄨˊ ㄆㄨˊ）

【出處】清・吳趼人《痛史》第八回：「三人揀了一家客店住下，一路風塵僕僕，到了此時，不免早些歇息。」
【解釋】風塵：比喻旅途上所受的辛苦。僕僕：旅途疲勞的樣子。
【用法】形容在行旅中的奔波勞碌。
【例句】一路上～，到了目的地，總算可好好歇息了。
【附註】也作「僕僕風塵」。

風吹草動（ㄈㄥ ㄔㄨㄟ ㄘㄠˇ ㄉㄨㄥˋ）

【出處】《敦煌變文集．伍子胥變文》：「偷蹤竊道，飲氣吞聲，風吹草動，即便藏形。」
【用法】①風輕輕地一吹，草就會隨之而擺動。②比喻輕微的動靜或動盪、變故。
【例句】我已把乾糧和水都拿來了，再有什麼～，在這裏一躺，就算到了安全地帶啦！

風聲鶴唳（ㄈㄥ ㄕㄥ ㄏㄜˋ ㄌㄧˋ）

【出處】唐．房玄齡《晉書．謝玄傳》：「聞風聲鶴唳，皆以為王師已至。」
【解釋】唳：鶴鳴聲。
【用法】①風吹的響聲和白鶴叫的聲音。②形容驚慌失措，或自相驚擾。
【例句】敵人如驚弓之鳥，白天夜裏都覺得～，草木皆兵，一步也不敢離開這裏。
【附註】「唳」不能念成ㄌㄟˋ。

風檐寸晷（ㄈㄥ ㄧㄢˊ ㄘㄨㄣˋ ㄍㄨㄟˇ）

【出處】清．無名氏《眉山秀傳奇．婚試》：「難道我中了進士，還脫不得做秀才的苦，償不盡寸晷風檐苦拈題。」
【解釋】風檐：透風的屋檐。寸晷：一寸日光，時間短暫。
【用法】指科舉時代，考生在屋檐透風的考場裏抓緊短暫時間，撰寫試卷的清苦場景。
【例句】多年後想起參加大學聯考時～的景象，依然心驚。
【附註】也作「寸晷風檐」。

風影敷衍（ㄈㄥ ㄧㄥˇ ㄈㄨ ㄧㄢˇ）

【出處】清．孔尚任《桃花扇．鬨丁》：「飛霜冤，不比黑盆冤，一件件風影敷衍。」
【解釋】風影：望風捕影。敷衍：分布傳播，指羅織罪名。
【用法】捕風捉影，誣賴人。
【例句】他這個人從不實事求是，慣於～，你不要相信他。

風雨飄搖（ㄈㄥ ㄩˇ ㄆㄧㄠ ㄧㄠˊ）

【出處】《詩經．豳風．鴟鴞》：「予室翹翹，風雨所漂搖。」（漂搖：今作「飄搖」。）
【用法】①在風雨裏飄浮搖蕩。②比喻動蕩不安或岌岌可危。
【例句】辛亥革命成功，民國建立後，社會仍在～之中。

風雨同舟（ㄈㄥ ㄩˇ ㄊㄨㄥˊ ㄓㄡ）

【出處】《孫子．九地》：「夫吳人與越人相惡也，當其同舟而濟，遇風，其相救也如左右手。」
【用法】①在狂風暴雨中同乘在一條船上，一起與風雨搏鬥。②比喻互相幫助，共同經歷患難。
【例句】值此外交困阨之際，國人該發揮～的精神，共度難關，開創新局。

風雨如晦（ㄈㄥ ㄩˇ ㄖㄨˊ ㄏㄨㄟˋ）

【出處】《詩經．鄭風．風雨》：「風雨如晦，雞鳴不已。」
【解釋】晦：昏暗。
【用法】①原指風雨交加，天昏地暗。②後用以形容社會黑暗，形勢嚴重。
【例句】在那～的夜裏，她孤獨地在曠野裏奔跑著。

風雨無阻 ㄈㄥ ㄩˇ ㄨˊ ㄗㄨˇ

【出處】清・曹雪芹《紅樓夢》第三十七回：「寶釵說道：『一月只要兩次就夠了，擬定日期，風雨無阻。』」

【解釋】阻：阻礙。

【用法】①颳風下雨也不能阻礙，照常進行。②形容與人定約或制定某種行動計畫在任何情況下都不耽誤，或嚴格執行的決心和堅決的態度。

【例句】多少年來，她～地奔波在山間小道上，爲山地同胞解除病痛。

風雲變幻 ㄈㄥ ㄩㄣˊ ㄅㄧㄢˋ ㄏㄨㄢˋ

【解釋】變幻：變化不定。

【用法】①忽然起風，忽然生雲，變化不定。②比喻局勢動蕩，迅速而復雜地變化不定。

【例句】辛亥革命後，軍閥混亂，國內局勢～，社會動蕩不安，人民生活在水深火熱之中。

風雲莫測 ㄈㄥ ㄩㄣˊ ㄇㄛˋ ㄘㄜˋ

【解釋】風雲：比喻變幻動蕩的局勢。莫測：無法估量。

【用法】指變幻動蕩的局勢沒法估計。

【例句】今年的世界足球大賽連連爆出冷門，使局勢變得復雜了，很多觀察家都大有～之感。

風雲人物 ㄈㄥ ㄩㄣˊ ㄖㄣˊ ㄨˋ

【解釋】風雲：風起雲湧。

【用法】①比喻在時勢變幻不定中活躍一時、言行能夠影響大局的人物。②也常指曇花一現的人物。

【例句】康有爲、梁啓超因主張變法得到光緒器重，成爲「百日維新」中的～。

逢凶化吉 ㄈㄥˊ ㄒㄩㄥ ㄏㄨㄚˋ ㄐㄧˊ

【出處】明・施耐庵《水滸傳》第四十二回：「豪傑交遊滿天下，逢凶化吉天生成。」

【解釋】逢：遇到、遭遇。凶：凶險、不幸。化：轉化。吉：吉祥、順利。

【用法】有迷信思想的人認爲祈求神靈的保佑，就能使遭遇到不幸轉化爲吉祥、順利。

【例句】他是一員福將，總是～，遇難呈祥。

逢場作戲 ㄈㄥˊ ㄔㄤˇ ㄗㄨㄛˋ ㄒㄧˋ

【出處】宋・釋道原《景德傳燈錄・卷六・江西道一禪師》師云：「石頭路滑。」對云：「竿木隨身，逢場作戲。」

【解釋】逢：碰到、遇到。場：戲劇曲藝雜技演出的場地。

【用法】①原指賣藝人遇到適當的地方就開場表演。②後用以比喻遇到一定的場合，偶而湊湊熱鬧。

【例句】我是不喝酒的，今天不過是～湊熱鬧而已。

逢人說項 ㄈㄥˊ ㄖㄣˊ ㄕㄨㄛ ㄒㄧㄤˋ

【出處】唐・楊敬之《贈項斯》：「平生不解藏人善，到處逢人說項斯。」

【解釋】說：誇獎。項：指唐朝人項斯。

【用法】①遇到人就誇獎項斯。②後用以比喻到處說某人或某事的好處。

【例句】爲了他的工作有個適當的安排，我～，費盡了力氣。

馮唐易老 ㄈㄥˊ ㄊㄤˊ ㄧˋ ㄌㄠˇ

【出處】漢·司馬遷《史記·馮唐列傳》：「景帝立，以馮唐爲楚相，免。武帝立，求賢良，舉馮唐。唐時年九十餘，不能復爲官，乃以唐子馮遂爲郎。」
【用法】用以比喻仕宦不得志。

奉命唯謹（ㄈㄥˋ ㄇㄧㄥˋ ㄨㄟˊ ㄐㄧㄣˇ）

【出處】明·陶宗儀《輟耕錄·卷十五·高麗民守節》：「諸官奉命唯謹。」
【解釋】奉命：恭敬地接受命令。唯：只有，只是。謹：小心謹慎。
【用法】恭敬地接受命令，小心謹慎地去辦。
【例句】同學對老師的指示一向是～。

奉天承運（ㄈㄥˋ ㄊㄧㄢ ㄔㄥˊ ㄩㄣˋ）

【出處】明·沈德符《野獲編》：「太祖奉天二字，千古獨見。故祖訓中云：皇帝所執大圭上鏤『奉天法祖』四字，臣下誥敕命中，必首云：『奉天承運皇帝』」
【解釋】奉：遵照。奉天：舊指皇帝受命於天。承運：繼承或承受了新興的氣運。
【用法】①舊指君權神授。②古時帝王詔書開頭用的套語。

奉令承教（ㄈㄥˋ ㄌㄧㄥˋ ㄔㄥˊ ㄐㄧㄠˋ）

【出處】《戰國策·燕策二》：「先王過舉，……不謀於父兄，而使臣爲亞卿。臣自以爲奉令承教，可以幸無罪矣，故受命而不辭。」
【解釋】奉：遵奉。承：承受。
【用法】①接受命令，承受指教。②指順從別人的意志或指示辦事，一點也不違拗。
【例句】身爲公務員的他，對上司一貫～，也沒有逃脫失業之苦。

奉公守法（ㄈㄥˋ ㄍㄨㄥ ㄕㄡˇ ㄈㄚˇ）

【出處】漢·司馬遷《史記·廉頗藺相如列傳》：「如君之貴，奉公如法，則上下平。」
【解釋】奉：奉行。公：公事。守：遵守。法：法令。
【用法】①奉行公事，遵守法令。②形容行爲端莊、規矩。
【例句】如果每個人都能～，必能恢復往日的社會秩序。

奉行故事（ㄈㄥˋ ㄒㄧㄥˊ ㄍㄨˋ ㄕˋ）

【出處】漢·班固《漢書·魏相傳》：「相明《易經》，有師法，好觀漢故事及便宜章奏，以爲古今異制，方今務正在奉行故事而已。」
【解釋】奉行：遵照執行。故事：例行的事。
【用法】指按照老規矩辦事。
【例句】我們要富於創造性地進行工作，切不可～，墨守成規。

奉爲圭臬（ㄈㄥˋ ㄨㄟˊ ㄍㄨㄟ ㄋㄧㄝˋ）

【解釋】奉：信奉、遵奉。爲：當做。圭臬：古代測日影的儀器。喻指標準或準則。
【用法】指十分信奉而當作準則。
【例句】他對母親的話，一向都～，不敢違拗。

諷一勸百（ㄈㄥˋ ㄧ ㄑㄩㄢˋ ㄅㄞˇ）

【出處】漢·班固《漢書·司馬相如傳

》：「楊雄以為靡麗之賦，勸百而風(諷)一。」

【解釋】諷：委婉地指責。勸：規勸、校正。

【用法】指出一件事的毛病，可以使許多類似的毛病得到改正。

【例句】這篇批評社會風氣的文章在報上公開發表，能起到～的作用。

鳳毛麟角（ㄈㄥˋ ㄇㄠˊ ㄌㄧㄣˊ ㄐㄧㄠˇ）

【出處】唐・李延壽《南史・謝超宗傳》：「王母殷淑儀卒，超宗作誄奏之，帝大嗟賞，謂謝莊曰：『超宗殊有鳳毛。』」唐・李延壽《北史・文苑傳》：「學者如牛毛，成者如麟角。」

【解釋】鳳、麟：鳳凰、麒麟，是傳說中的珍禽異獸。

【用法】①鳳凰身上的羽毛，麒麟頭上的犄角。②比喻最珍貴、極稀少的人或事物。

【例句】這種古董距今上千年了，完整保存的眞是～。

鳳鳴朝陽（ㄈㄥˋ ㄇㄧㄥˊ ㄓㄠ ㄧㄤˊ）

【出處】《詩經・大雅・卷阿》：「鳳凰鳴矣，于彼高岡；梧桐生矣，于彼朝陽。」

【解釋】朝陽：山的東面。《爾雅・野山》：「山東曰朝陽。」

【用法】①指梧桐樹生在朝陽的山東面。②舊時比喻少見的吉兆。③也用以比喻才能很高的人得到了施展的機會。

【例句】在本公司求才孔急的今天，你的專業知識猶如～，大有英雄用武之地了。

鳳凰來儀（ㄈㄥˋ ㄏㄨㄤˊ ㄌㄞˊ ㄧˊ）

【出處】《尚書・益稷》：「簫韶九成，鳳凰來儀。」

【解釋】鳳凰：傳說中的百鳥之王，雄的叫鳳，雌的叫凰。儀：儀容。

【用法】①鳳和凰來舞而有儀容。②時用以比喻吉祥的徵兆和祥端的感應。

鳳凰于飛（ㄈㄥˋ ㄏㄨㄤˊ ㄩˊ ㄈㄟ）

【出處】《詩經・大雅・卷阿》：「鳳凰于飛，翽翽其羽。」

【解釋】鳳凰：傳說中的百鳥之王，雄的叫鳳，雌的叫凰。于：語助詞。

【用法】①指鳳和凰成双成地飛翔。②舊時用以比喻夫婦關係和諧。③也用作祝人婚姻美滿之詞。

【例句】在結婚的晚會上，大家祝賀新郎和紅娘～，白頭到老。

夫子之牆（ㄈㄨ ㄗˇ ㄓ ㄑㄧㄤˊ）

【出處】《論語・子張》：「夫子之牆數仞，不得其門而入，不見宗廟之美，百官之富。」

【解釋】夫子：對孔子的尊稱。

【用法】①本指孔子學問道德高深莫測。②後用以比喻高不可攀，令人嚮往。

夫子自道（ㄈㄨ ㄗˇ ㄗˋ ㄉㄠˋ）

【出處】《論語・憲問》：「(孔)子曰：『君子道者三，我無能焉；仁者不憂、知(智)者不惑，勇者不懼。』子貢曰：『夫子自道也。』」

【解釋】夫子：古時對師長的尊稱。自道：自己講說自己。

【用法】後用以諷刺說人家的那些壞話正像說的自己一樣。

【例句】他的這篇文章可以說是～，恰恰爲他自己畫了個像。

夫倡婦隨（ㄈㄨ ㄔㄤˋ ㄈㄨˋ ㄙㄨㄟˊ）

【出處】《關尹子・三極》：「夫者倡，婦者隨。」

【解釋】夫婦：夫妻。倡：倡導。隨：隨從、隨和。

【用法】①丈夫倡導什麼，妻子就附和什麼。②後也用以比喻夫妻生活融洽和睦。

【例句】這一對新婚夫婦，眞是～，形影不離。

【附註】現多作「夫唱婦隨」。

伏龍鳳雛（ㄈㄨˊ ㄌㄨㄥˊ ㄈㄥˋ ㄔㄨˊ）

【出處】《三國志・蜀志・諸葛亮傳》裴松之注引《襄陽記》：「劉備訪世事于司馬德操。德操曰：『儒生俗士，豈識時務？識時務者在乎俊傑。此間自有伏龍鳳雛。』」

【用法】指隱而未現的有學問和大能耐的人。

【附註】「伏龍」也作「臥龍」。

伏而咶天（ㄈㄨˊ ㄦˊ ㄕˋ ㄊㄧㄢ）

【出處】《荀子・仲尼》：「是猶伏而咶天，救經而引其足也，說必不行矣，愈務而愈遠。」

【解釋】伏：趴着。咶：通「舐」，舔。

【用法】①趴在地上用舌頭舔天。②比喻行動和願望相背離，根本達不到目的。

【例句】平時不用功，考試時却希望有好成績，無異是～。

佛然不悅（ㄈㄨˊ ㄖㄢˊ ㄅㄨˋ ㄩㄝˋ）

【解釋】佛然：憂愁或憤怒的樣子。悅：愉快。

【用法】憤怒而不愉快。

【例句】這次報上批評得很厲害，使他～，整天也不說一句話。

佛然作色（ㄈㄨˊ ㄖㄢˊ ㄗㄨㄛˋ ㄙㄜˋ）

【出處】《戰國策・楚策》：「王佛然作色曰：『何謂也？』」

【解釋】佛然：憤怒的樣子。作色：現出怒色。

【用法】臉上充滿怒色。

【例句】聽了大家的搶白，他～。

扶老攜幼（ㄈㄨˊ ㄌㄠˇ ㄒㄧ ㄧㄡˋ）

【出處】《戰國策・齊策四》：「未至百里，民扶老攜幼，迎（孟嘗）君道中。」

【解釋】扶：攙扶。攜：拉着、領着。

【用法】①攙扶着老人，領着小孩兒。②形容男女老少一起出動或對老人和幼童的愛護。

【例句】人們都結隊成群，～，來到街上，爲偉人的靈車送行。

扶植綱常（ㄈㄨˊ ㄓˊ ㄍㄤ ㄔㄤˊ）

【出處】《元曲選・青衫淚》第四折：「這賞罰並無私曲，總之，爲扶植綱常。」

【解釋】扶植：扶助培植。綱常：三綱五常。

【用法】①扶助培植三綱五常。②指維護禮教法統。

扶善遏過（ㄈㄨˊ ㄕㄢˋ ㄜˋ ㄍㄨㄛˋ）

【出處】唐・韓愈《唐故國子司業竇公墓誌銘》：「嚴以有禮，扶善遏過。」
【解釋】扶：支持。遏：抑止。
【用法】支持善良，抑止過錯。
【例句】我們應該堅持原則，～，而不要見風使舵。

扶搖直上（ㄈㄨˊ ㄧㄠˊ ㄓˊ ㄕㄤˋ）

【出處】《莊子・逍遙遊》：「諧之言曰：鵬之徙於南冥也，水擊三千里，摶扶搖而上者九萬里。」
【解釋】扶搖：急劇盤旋而上的旋風。
【用法】①被旋風捲着直線上升。②形容上升的速度極快。
【例句】他一年三遷，在仕途上～，無怪乎總是春風滿面，得意洋洋。

拂袖而去（ㄈㄨˊ ㄒㄧㄡˋ ㄦˊ ㄑㄩˋ）

【出處】宋・釋道原《景德傳燈錄・卷十二・汝州寶應和尚》：「師曰：『汝從許州來，什麼處得江西剎刀？』明（思明）把師手掐一下。師曰：『侍者收取。』明拂袖而去。」
【解釋】拂：甩動。
【用法】①一甩衣袖就走了。②形容生了氣不辭而別。
【例句】這人脾氣太壞，三句話不合就～，弄得人家下不來台。

桴鼓相應（ㄈㄨˊ ㄍㄨˇ ㄒㄧㄤ ㄧㄥˋ）

【出處】漢・班固《漢書・李尋傳》：「順之何以善政，則和氣可立致，猶桴鼓之相應也。」
【解釋】桴：鼓槌。應：應和。
【用法】①指鼓槌敲敲，鼓就相應地響起來。②比喻配合得很緊密。
【例句】有你們二人與我～，這個提案一定能順利過關。
【附註】「應」不能念成ㄧㄥ。

浮嵐暖翠（ㄈㄨˊ ㄌㄢˊ ㄋㄨㄢˇ ㄘㄨㄟˋ）

【出處】宋・歐陽修《廬山高》：「欲令浮嵐暖翠千萬狀，坐臥常對乎軒窗。」
【解釋】浮嵐：飄浮在山林間的霧氣。暖翠：青翠的山色。
【用法】形容山林的美好景色。
【例句】在這裏望見那重重疊疊的山嶺，～，令人心曠神怡。

浮寄孤懸（ㄈㄨˊ ㄐㄧˋ ㄍㄨ ㄒㄩㄢˊ）

【出處】唐・韓愈《與鄂州楊中丞書》：「急之則怨，緩之則不用命，浮寄孤懸，形勢銷弱。」
【解釋】浮：漂浮不實。寄：寄存。孤：單獨。懸：吊掛。
【用法】漂浮似地懸掛着。
【用法】這種靠起鬨搞起來的事，雖然表面上熱鬧，實際上卻是～，一點基礎也沒有。

浮家泛宅（ㄈㄨˊ ㄐㄧㄚ ㄈㄢˋ ㄓㄞˊ）

【出處】宋・歐陽修等《新唐書・張志和傳》：「顏眞卿爲湖州刺史，志和來謁，眞卿以舟敝漏，請更之，志和曰：『願爲浮家泛宅，往來苕霅間。』」
【解釋】浮、泛：漂浮、浮行。宅：住宅。
【用法】①漂浮在水上的家宅。②指以船爲家，過水上游動的生活。③也用以比喻漂泊不定，浪迹江湖的生活。
【例句】我從小就在船上，過慣了這種

～的水上生活。

浮光掠影 ㄈㄨˊ ㄍㄨㄤ ㄌㄩㄝˋ ㄧㄥˇ

【出處】唐・褚亮《臨高台》詩：「浮光隨日度，漾影逐波深。」

【解釋】浮光：水面上的反光。掠影：一閃而過的影子。

【用法】比喻印象很不深刻，像水上的反光和一閃而過的影子，一晃就過去了。

【例句】作家如果不眞正去體驗生活，只是～，就創作不出優秀作品。

浮生若夢 ㄈㄨˊ ㄕㄥ ㄖㄨㄛˋ ㄇㄥˋ

【出處】唐・李白《春夜宴從弟桃花園序》：「夫天地者，萬物之逆旅也；光陰者，百代之過客也。而浮生若夢，爲歡幾何？」

【用法】①虛浮短暫的人生就像作夢一樣。②形容光陰易逝，人生無常。

【例句】老人掙扎了一輩子，結果晚景不佳。他經常感嘆～。

浮蹤浪迹 ㄈㄨˊ ㄗㄨㄥ ㄌㄤˋ ㄐㄧ

【出處】元劇《誤入桃源》第三折：「似恁般妄作胡爲，敢欺侮咱浮蹤浪迹。」

【解釋】浮：漂浮。浪：流浪。

【用法】①漂浮不定的踪影，到處流浪的足迹。②比喻到處飄泊不安定的生活或人。

【例句】他～，四處漂泊，一直沒有成家。

浮雲蔽日 ㄈㄨˊ ㄩㄣˊ ㄅㄧˋ ㄖˋ

【出處】漢・陸賈《新語・愼微》：「故邪臣之蔽賢，猶浮雲之障日月也。」

【解釋】浮雲：飄浮於空中的雲。喻指小人。

【用法】①比喻奸邪當道，賢者不得其位。②也比喻小人當道，社會一片黑暗。

【例句】～，小人當道，國家那有不亂之理？

浮雲朝露 ㄈㄨˊ ㄩㄣˊ ㄓㄠ ㄌㄨˋ

【出處】唐・令狐德棻等《周書・蕭大圜傳》：「嗟呼！人生若浮雲朝露，……執燭夜遊，驚其迅邁。」

【用法】①飄忽不定的雲影，早晨的露水。②形容很快消失的事物。③也用以比喻短暫的人生。

【例句】我很難理解，她這樣年輕，怎麼如此消沉，把人生看得像～一樣。

【附註】「朝」不能念成ㄔㄠ。

福祿雙全 ㄈㄨˊ ㄌㄨˋ ㄕㄨㄤ ㄑㄩㄢˊ

【出處】清・翟灝《通俗編・祝誦・福祿雙全》：「見無賈仲名曲，按俗言福壽雙全。」

【解釋】福：人生享樂。祿：利祿。

【用法】指人生享利祿兩全。

【例句】大舅媽～，找他當媒人再好不過了。

福至心靈 ㄈㄨˊ ㄓˋ ㄒㄧㄣ ㄌㄧㄥˊ

【出處】清・翟灝《通俗編・祝誦》：「史炤《通鑒疏》引諺：『福至心靈，禍來神昧』」

【解釋】福：福運，迷信者所謂的好運氣。靈：靈巧。

【用法】①指好運氣到來時，心靈也變

得靈巧。②舊時快用以稱頌人官運亨通，做事也就心竅開通了。

【例句】他一時～，作了這筆投資，沒想到大發利市。

福壽康寧 (ㄈㄨˊ ㄕㄡˋ ㄎㄤ ㄋㄧㄥˊ)

【出處】《尚書．洪範》：「五福：一曰壽，二曰富，三曰康寧，四曰修好德，五曰考終命。」

【用法】①有福、有壽、健康、安寧。②指人生幸福長壽，生活安定。

【例句】他一生～，又有什麼好抱怨的。

福善禍淫 (ㄈㄨˊ ㄕㄢˋ ㄏㄨㄛˋ ㄧㄣˊ)

【出處】《尚書．湯誥》：「天道福善禍淫，降災於夏，以彰厥罪。」

【用法】指幸福從積善得來，淫樂是禍的根子。

福如東海 (ㄈㄨˊ ㄖㄨˊ ㄉㄨㄥ ㄏㄞˇ)

【出處】明．洪楩《清平山堂話本．花燈轎蓮女成佛記》：「壽比南山，福如東海，佳期。從今後，兒孫昌盛，個個赴丹墀。」

【用法】①福氣像東海那樣大。②舊時祝頌用語。

【例句】今天是父親七十大壽，所有的兒孫，都虔敬地祝他：「～，壽比南山。」

福無雙至 (ㄈㄨˊ ㄨˊ ㄕㄨㄤ ㄓˋ)

【出處】《說苑．權謀》：「此所謂福不重至，禍必重來者也。」

【解釋】福：幸運的事，迷信者所謂的好運氣。

【用法】指幸運的事不會成雙成對地到來。是舊時的俗語，常和「禍不單行」連用，着重說明倒楣的事接連不斷。

【例句】他剛失了業，又死了母親，眞是「～，禍不單行」呀！

縛雞之力 (ㄈㄨˊ ㄐㄧ ㄓ ㄌㄧˋ)

【解釋】縛：捆綁。力：力氣。

【用法】①捆綁雞的力氣。②常指文弱書生手無縛雞之力。

【例句】經過長期患病，他已經骨瘦如柴，手無～了。

鳧趨雀躍 (ㄈㄨˊ ㄑㄩ ㄑㄩㄝˋ ㄩㄝˋ)

【出處】唐．盧照鄰《窮魚賦》：「鳧趨雀躍，風馳電逝。」

【解釋】鳧：野鴨。趨：快走。躍：跳躍。

【用法】①像野鴨在快走，像麻雀在跳躍。②形容人歡欣鼓舞的樣子。

【例句】這個好消息公布以後，人們～，奔走相告，興奮到了極點。

俯拾即是 (ㄈㄨˇ ㄕˊ ㄐㄧˊ ㄕˋ)

【出處】唐．司空圖《詩品．自然》：「俯拾即是，不取諸鄰。」

【解釋】俯：低頭。

【用法】①指只要低下頭來拾取，到處都是。②形容同樣的東西多而易得。

【例句】這種藥材平原地區很少見，在我們山區卻～。

【附註】也作「俯拾皆是」。

俯首帖耳 (ㄈㄨˇ ㄕㄡˇ ㄊㄧㄝ ㄦˇ)

【出處】唐．韓愈《應科目時與人書》：「若俯首帖耳，搖尾而乞憐者，非我之志也。」
【解釋】俯首：低著頭。帖耳：拉着耳朶。
【用法】形容卑躬馴順的樣子。
【例句】那個橫眉立目、耀武揚威的小混混，被他一聲吆喝，他立即狗一樣的～，唯命是聽。
【附註】「帖」不可讀ㄊㄧㄝˋ。

俯首聽命（ㄈㄨˇ ㄕㄡˇ ㄊㄧㄥ ㄇㄧㄥˋ）

【出處】宋．薛居正等《舊五代史．漢書．杜重威傳》：「一日，伏甲於內，召諸將會，告以降敵之意。諸將愕然，以上將既復，乃俛（同「俯」）首聽命，遂連署降表……」
【解釋】俯首：低着頭。聽：聽從、服從。
【用法】①低下頭來，服從命令。②指老老實實地聽管教。③形容馴服順從的樣子（常含貶義）。
【例句】在敵人面前，他～，一副奴才相。

俯仰之間（ㄈㄨˇ ㄧㄤˇ ㄓ ㄐㄧㄢ）

【出處】漢．班固《漢書．晁錯傳》：「以大爲小，以強爲弱，在俯仰之間耳！」
【解釋】俯：低頭。仰：抬頭。間：時間。
【用法】①在一低頭，一抬頭的時間裏。②指瞬息之間。③形容時間的短暫。
【例句】～，船已駛出港口。

俯仰由人（ㄈㄨˇ ㄧㄤˇ ㄧㄡˊ ㄖㄣˊ）

【出處】《莊子．天運》：「且子獨不夫見桔槔者乎？引之則俯，舍之則仰，彼人之所引，非引人也，故俯仰而不得罪於人。」
【解釋】俯：低頭。仰：抬頭。由：順隨、聽從。
【用法】①一舉一動都要聽從別人的支配。②指受人控制。
【例句】他處在這種～，身不由己的地位，精神上十分苦悶。

撫髀自嘆（ㄈㄨˇ ㄅㄧˋ ㄗˋ ㄊㄢˋ）

【出處】《三國志．蜀志．先生傳》裴松之注引《九州春秋》：「備住荆州數年，嘗於表坐起至廁，見髀里肉生，慨然流涕。還坐，表怪問備。備曰：『吾常身不離鞍，髀肉皆消；今不復騎，髀裏肉生。日月若馳，老將至矣，而功業不建，是以悲耳。』」
【解釋】撫：撫摩。髀：大腿。
【用法】①手撫摩者大腿，自我感歎。②指事業無成，人將衰老的感歎。

撫今追昔（ㄈㄨˇ ㄐㄧㄣ ㄓㄨㄟ ㄒㄧˊ）

【出處】清．平步青《霞外攟屑》卷五：「吾道洵堪千古，撫今追昔，能無黯然。」
【解釋】撫：根據、按照。追：追念、回想。昔：往昔、過去。
【用法】①按現在的情況回想過去的事情。②形容情緒萬千，無限的感慨。
【例句】～使我不禁回想起敬愛的老師，在以前對我們諄諄教導的情景。
【附註】也作「撫今思昔」。

撫綏萬方（ㄈㄨˇ ㄙㄨㄟ ㄨㄢˋ ㄈㄤ）

【出處】《尚書．太甲上》：「天監厥德，用集大命，撫綏萬方。」

【解釋】撫綏：安定、安撫。萬方：萬邦。
【用法】指安定天下。

撫膺之痛（ㄈㄨˇ ㄧㄥ ㄓ ㄊㄨㄥˋ）
【解釋】撫：撫摩。膺：胸。
【用法】指內心的傷痛。
【例句】少年時縱情任性，朝不慮夕，而今孤苦無依，撫今思昔，眞不勝～！

斧鑿痕（ㄈㄨˇ ㄗㄨㄛˊ ㄏㄣˊ）
【出處】唐．韓愈《調張籍》詩：「徒觀斧鑿痕，不矚治水航。」
【用法】①用斧子和鑿子加工留下的痕跡。②用以比喻藝術作品沒有達到渾成的境地，還留着雕琢的痕迹。③也用以比喻詩文詞句造作，不自然。
【例句】這篇散文流暢自然，了無～，可以稱得起是一篇優秀作品。

輔車相依（ㄈㄨˇ ㄔㄜ ㄒㄧㄤ ㄧ）
【出處】《左傳．僖公五年》：「諺所謂輔車相依，唇亡齒寒者，其虞虢之謂也。」
【解釋】輔：頰骨。車：牙床。
【用法】①頰骨和牙床，兩相依附。②比喻互相依存。
【例句】我們和大韓民國是～的友好鄰邦。

釜底抽薪（ㄈㄨˇ ㄉㄧˇ ㄔㄡ ㄒㄧㄣ）
【出處】漢．董卓《上何進書》：「臣聞揚湯止沸，莫若去薪。」
【解釋】釜：鍋。薪：柴。
【用法】①鍋底下抽出柴火。②比喻從根本上來解決問題。③也指暗中進行破壞。
【例句】不過，根本的對付方法，還在～。

釜底游魚（ㄈㄨˇ ㄉㄧˇ ㄧㄡˊ ㄩˊ）
【出處】南朝．宋．范曄《後漢書．張綱傳》：「若魚游釜中，喘息須臾間耳！」
【用法】①在鍋底上游動的魚。②比喻死在眼前，但還不知道危險。
【例句】敵人被我軍重重包圍，已成～。

釜中生魚（ㄈㄨˇ ㄓㄨㄥ ㄕㄥ ㄩˊ）
【出處】金．元好問《寄西溪相禪師》詩：「門堪羅雀仍未害，釜欲生魚當奈何！」
【用法】①鍋裏久不做飯，長了魚蟲。②形容生活困苦。
【例句】雖然現在錦衣玉食，但他仍忘不了少時～的困苦日子。

黼黻文章（ㄈㄨˇ ㄈㄨˊ ㄨㄣˊ ㄓㄤ）
【出處】唐．李百藥《北齊書．文苑傳論》：「擒黼黻於生知，問珪璋於先覺。」
【解釋】黼黻：古代禮服上綉的花紋。
【用法】指辭藻華麗的文章。

付之東流（ㄈㄨˋ ㄓ ㄉㄨㄥ ㄌㄧㄡˊ）
【出處】唐．高適《封丘作》詩：「生事應須南畝田，世情盡付東流水。」
【解釋】付：交給、投入。東流：向東流的江河。
【用法】①投到江河裡，一去不復返了。②比喻希望落空，前功盡棄。

【例句】過去的女子無才便是德，縱有偉大的抱負，也只能～。

付之一炬

【出處】唐，杜牧《阿房宮賦》：「楚人一炬，可憐焦土。」

【解釋】付：交給。一炬：一把火。

【用法】給它一把火燒光了。指用火燒毀。

【例句】他的許多有價值的書籍，在戰火中全～，使他十分痛心。

付之一笑

【出處】宋·陸游《老學庵筆記》卷四：「乃知朝士妄望，自古已然，可付一笑。」

【解釋】付：交給。

【用法】指不值得理會的事，只以輕蔑的一笑來對待它。

【例句】對那些流言蜚語，惡意中傷，他開始還有些生氣，後來也就～了。

付諸洪喬

【出處】宋·李光《贈陳讜》詩，「諸賢書穩致，定不作洪喬。」

【解釋】諸：相當於「之於」。洪喬：晉時人，姓殷名羨，字洪喬。南朝·宋·劉義慶《世說新語·任誕》載：殷洪喬出爲豫章太守。都下人托其致書百餘函，洪喬行至石頭，將附書悉投入水中曰：「沉者自沉，浮者自浮，殷洪喬不爲致書郵。」

【用法】比喻書信遺失。

【例句】日子過了這麼久，卻仍沒有他的回音，難不成寫給他的信都～。

傅粉何郎

【出處】南朝·宋·劉義慶《世話新語·容止》：「何平叔美姿儀，面至白，魏明帝疑其傅粉。」

【解釋】粉：搽粉。何郎：何晏，字平叔，曹操養子。

【用法】①原指何晏面白，如同搽了粉一樣。②後用來泛指美男子。

【例句】他可是名副其實的～，難怪吸引這麼多女孩的目光。

傅粉施朱

【出處】戰國·楚·宋玉《登徒子好色賦》：「傅粉則太白，施朱則太赤。」

【解釋】傅、施：搽、抹。朱：紅色，這裏指胭脂。

【用法】①搽粉抹胭脂。②用以比喻掩蓋過失或掩飾事物的本來面貌。

【例句】他陷害了許多人，卻～，把自己打扮成受者。

婦人之仁

【出處】漢·司馬遷《史記·淮陰侯列傳》：「項王（項羽）見人恭敬慈愛，言語嘔嘔，人有疾病，涕泣分食飲，至使人有功當封爵者，印刓敝，忍不能予，此所謂婦人之仁也。」

【解釋】仁：仁慈。

【用法】①婦女的仁慈。②用以比喻小恩小惠。

【例句】該當機立斷時，卻表現～，如此怎能成大事呢！

婦孺皆知

【解釋】孺：小孩子。

【用法】①婦女和小孩子全都知道。②

形容大家都知道或一看就明白的簡單事物。
【例句】白雪公主的故事，現在已經是～。

富埒王侯 ㄈㄨˋ ㄌㄜˋ ㄨㄤˊ ㄏㄡˊ

【出處】漢・司馬遷《史記・平准書》：「故吳諸侯也，以即山鑄錢，富埒天子。」
【解釋】富：財產多。埒：同等、相等。
【用法】①財產很多，和王侯相等。②指家中極其富有。
【例句】有些大公司老闆，雖然不能說是～，但產業也是很可觀的。

富麗堂皇 ㄈㄨˋ ㄌㄧˋ ㄊㄤˊ ㄏㄨㄤˊ

【解釋】富麗：華麗。堂皇：雄偉、盛大。
【用法】①豪華美麗，雄偉壯大。②形容壯觀大方。
【例句】幾艘大船的船艙建造精美，雕樑畫柱，～。

富貴不能淫 ㄈㄨˋ ㄍㄨㄟˋ ㄅㄨˋ ㄋㄥˊ ㄧㄣˊ

【出處】《孟子・滕文公下》：「富貴不能淫，貧賤不能移。」
【解釋】富：有錢。貴：地位高。淫：迷亂，迷惑。
【用法】指不為金錢地位所迷惑。
【例句】不肖的富商，想用金錢來收買他，他卻絲毫不動搖，充分表現了一個讀書人～的高貴品德。

富貴浮雲 ㄈㄨˋ ㄍㄨㄟˋ ㄈㄨˊ ㄩㄣˊ

【出處】《論語・述而》：「不義而富且貴，於我如浮雲。」
【解釋】富：財富。貴：高官。
【用法】①財富與高官就像在天空飄渺無常的浮雲一樣，不值得留戀。②後用以比喻輕視金錢地位的清高品德。
【例句】居里夫人對名利大有「～」之感，因此她從不計較個人得失，把畢生精力貢獻給科學事業。

富國強兵 ㄈㄨˋ ㄍㄨㄛˊ ㄑㄧㄤˊ ㄅㄧㄥ

【出處】《商君書・壹言》：「故治國者，其摶力也，以富國強兵也。」
【用法】國家富有，兵力強大。
【例句】清朝末年，許多有志之士，眼看著帝國主義列強在神州大地上橫行無阻，紛紛提出了～之道。

富可敵國 ㄈㄨˋ ㄎㄜˇ ㄉㄧˊ ㄍㄨㄛˊ

【出處】明・淩濛初《二刻拍案驚奇》第九卷：「當時鄧氏之錢，布滿天下，其富敵國。」
【解釋】富：財物豐厚。敵：相當、匹敵。
【用法】①指個人擁有的財產可與國家財富相匹敵。②形容極其富有。
【例句】他～，因此引來許多猜忌嫉妒。

腹背受敵 ㄈㄨˋ ㄅㄟˋ ㄕㄡˋ ㄉㄧˊ

【出處】北齊・魏收《魏書・崔浩傳》：「（劉）裕西入函谷，則進退路窮，腹背受敵。」
【解釋】腹背：指前面後面。
【用法】前後都受到敵人的攻擊。
【例句】由於我們採用了靈活多變的戰術，使敵人～，處處挨打。

腹有鱗甲 ㄈㄨˋ ㄧㄡˇ ㄌㄧㄣˊ ㄐㄧㄚˇ

【出處】晉・陳壽《三國志・蜀志・陳震傳》：「諸葛亮與長史蔣琬，侍中董允書曰：『孝起（陳震字）前臨至吳，爲吾說正方（李嚴字）腹中有鱗甲，鄉黨以爲不可近。』」

【解釋】鱗甲：生鱗長甲的水族動物。

【用法】比喻奸巧狡詐之人。

【例句】他看起來溫文謙恭，其實～，不是可以推心置腹的人。

覆盆之冤 ㄈㄨˋ ㄆㄣˊ ㄓ ㄩㄢ

【出處】晉・葛洪《抱朴子・辨問》：「周孔自偶不信仙道。日月有所不照，聖人有所不知，豈可以聖人所不爲，便云天下無仙，是責三光不照覆盆之內也。」

【解釋】覆盆：翻過來扣著的盆。比喻黑暗。

【用法】比喻無處申辨的冤曲。

【例句】古時候由於有理無錢而遭受～的人何止千萬！司馬遷受宮刑就是個例子。

覆巢無完卵 ㄈㄨˋ ㄔㄠˊ ㄨˊ ㄨㄢˊ ㄌㄨㄢˇ

【出處】南朝・宋・劉義慶《世說新語・言語》：「孔融被收，中外惶怖。時融兒大者九歲，小者八歲，二兒故琢釘戲，了無遽容。融謂使者曰：『冀罪止於身，二兒可得全不？』兒徐進曰：『大人，豈見覆巢之下，復有完卵乎？』」

【解釋】覆：翻倒。巢：鳥窩。卵：蛋。

【用法】①翻倒的鳥窩下沒有完整不破的鳥蛋。②比喻整體毀滅，個體也不能倖存。

【例句】「～」，國家一旦滅亡，個人又如何能求得生存。

覆水難收 ㄈㄨˋ ㄕㄨㄟˇ ㄋㄢˊ ㄕㄡ

【出處】南朝・宋・范曄《後漢書・何進傳》：「國家之事，亦何容易？覆水不收，宜深思之。」

【解釋】覆：翻倒。

【用法】倒翻在地的水，難以回收起來。②比喻事成定局，無法挽回。③比喻夫妻已經決裂，沒有可能再恢復關係。

【例句】這件事已然如此了，～，請你不要再勸我了。

負鼎之願 ㄈㄨˋ ㄉㄧㄥˇ ㄓ ㄩㄢˋ

【出處】南朝・宋・范曄《後漢書・馬援傳論》：「定節立謀以干時主，將懷負鼎之願，蓋爲千載之遇焉。」

【解釋】負：擔負。鼎：古代煮東西用的器具，三足兩耳，也爲傳國的寶器。願：志願。

【用法】指擔負起治國救民重任的志願。

【例句】他在青年時期，就立下～，以救世救人爲己任。

負荊請罪 ㄈㄨˋ ㄐㄧㄥ ㄑㄧㄥˇ ㄗㄨㄟˋ

【出處】漢・司馬遷《史記・廉頗藺相如列傳》載：趙國大將廉頗對上卿藺相如不服氣，多次驕橫無禮。藺相如一再退讓，他認爲將相不和對國家不利。廉頗後來悔悟，就身背荊杖去見藺相如，虛心認錯，請求責罰，於是將相和睦，趙國更加強盛了。

【解釋】負：背著。荊：荊條。古時鞭打人的刑具。請罪：請求責罰。

【用法】①背著荊條，請求責罰。②形

容悔悟自身過錯後，虛心認錯賠罪。

【例句】昨天我酒後失言，得罰了你，今天特來～。

負薪之憂（ㄈㄨˋ ㄒㄧㄣ ㄓ ㄧㄡ）

【出處】《禮記·曲禮下》：「君使士射，不能，則辭以疾，言曰：『某有負薪之憂！』」

【用法】①舊時稱有病爲負薪之憂。②也用爲自稱有病的婉辭。

【例句】近日我有～，恐不能擔此大任，您還是另請高明吧！

負重致遠（ㄈㄨˋ ㄓㄨㄥˋ ㄓˋ ㄩㄢˇ）

【出處】晉·陳壽《三國志·蜀志·龐統傳》：「瑜卒，統送喪至吳，吳人多聞其名。及當西還，並會昌門，陸績、顧劭、全綜皆往，統曰：『陸子可謂駑馬有逸足之力，顧子可謂駑牛能負重致遠也。』」

【解釋】負：背著。重：沉重。致：送到。

【用法】①背著沉重的東西送到遠方。②比喻能夠擔負重任。

【例句】中年人年富力強，要肩負起～的重任。

負隅頑抗（ㄈㄨˋ ㄩˊ ㄨㄢˊ ㄎㄤˋ）

【出處】《孟子·盡心下》：「有衆逐虎，虎負嵎，莫之敢攖。」

【解釋】負：依靠。隅：原作「嵎」，山彎，險要的地勢。頑抗：頑固抵抗。

【用法】依靠着險要的地勢，進行頑固的抵抗。

【例句】經過幾個小時的對峙，大部分的歹徒都已束手就擒，只有少數仍在～。

赴湯蹈火（ㄈㄨˋ ㄊㄤ ㄉㄠˋ ㄏㄨㄛˇ）

【出處】漢·班固《漢書·晁錯傳》：「故能使其衆，蒙矢石，赴湯火。」

【解釋】赴：奔向。湯：開水。蹈：脚踩。

【用法】①撲向沸水裡，踩在烈火上。②比喻奮不顧身，不避艱險。

【例句】爲了實現理想，就是～也心甘情願。

附驥攀鴻（ㄈㄨˋ ㄐㄧˋ ㄆㄢ ㄏㄨㄥˊ）

【出處】漢·王褒《四子講德論》：「蚊蛇終日經營，不能越階序，附驥尾則涉千里，攀鴻翮則翔四海。」

【解釋】附：依附。驥：好馬。攀：高攀。鴻：鴻雁。

【用法】①原指依附附在好馬的尾巴上，高攀在鴻雁的翅膀上。②比喻追隨攀附有才能、有名聲的人，常用作自謙之詞。③也用以形容巴結有權勢的人往上爬。

【例句】他沒有眞才實學，却有一套～的本領，企圖靠着這個往上爬。

附驥彰名（ㄈㄨˋ ㄐㄧˋ ㄓㄤ ㄇㄧㄥˊ）

【出處】漢·司馬遷《史記·伯夷列傳》：「伯夷、叔齊雖賢，得夫子而名益彰。顏淵雖篤學，附驥尾而行益顯。」

【解釋】附：依附。驥：好馬，比喻有才能的人。彰：顯著。

【用法】舊時指依附有才能的人而使自己的名聲顯赫起來。

【例句】他少時得志，不過是善於～並非眞有才學。

附贅懸疣

ㄈㄨˋ ㄓㄨㄟˋ ㄒㄩㄢˊ ㄧㄡˊ

【出處】《莊子・駢拇》：「附贅懸疣，出乎形哉，而侈於性。」

【解釋】附贅：附生在皮膚表面的痼痼。懸疣：皮膚上突起的瘊子。

【用法】①皮膚上的疙瘩和瘊子。②比喻多餘無用的東西。

【例句】每個有作爲的年青人，誰也不願使自己成爲社會的～，而都想貢獻自己的力量。

附庸風雅

ㄈㄨˋ ㄩㄥ ㄈㄥ ㄧㄚˇ

【解釋】附庸：附屬、追隨。風雅：文雅，指才學。

【用法】①依附在有才學的人那裏。②指舊時有些官僚、地主、商人爲了裝點門面而結交名士，從事有關文化社交活動。

【例句】他在客廳裏掛上了不少名人字畫，不過～而已，其實他什麼也不懂。

〔ㄉ部〕

答非所問 (ㄉㄚˊ ㄈㄟ ㄙㄨㄛˇ ㄨㄣˋ)

見「所答非所問」。

達官貴人 (ㄉㄚˊ ㄍㄨㄢ ㄍㄨㄟˋ ㄖㄣˊ)

【出處】宋・釋惟白《續傳燈錄・卷九・東京淨因淨照道臻禪師》：「京師都會，好惡萬端，貴人達官盈門。」

【用法】過去指地位高的官吏和顯赫而有權勢的人物。

【例句】君主時代的～，無不是靠剝削民膏民脂，才過着養尊處優的生活。

【附註】也作「達官顯貴」。

達權通變 (ㄉㄚˊ ㄑㄩㄢˊ ㄊㄨㄥ ㄅㄧㄢˋ)

【出處】元・無名氏《㑳梅香》楔子：「此章大意，說士君子雖則要達權通變，亦須審己量時，不可造次。」

【解釋】達：通達。通：貫通。

【用法】①通曉權宜，適應變化。②指不拘常規，因時制宜地適應客觀情況的變化。

【例句】作爲一個政治家，必須～，審時局度形勢，不可拘泥，也不可冒失。

【附註】也作「通權達變」。

達誠申信 (ㄉㄚˊ ㄔㄥˊ ㄕㄣ ㄒㄧㄣˋ)

【出處】清・曹雪芹《紅樓夢》第七十八回：「怡紅院濁玉（寶玉），謹以群花之蕊，冰鮫之縠，沁芳之泉，楓露之茗；四者雖微，聊以達誠申信，……」

【用法】表達眞誠忠貞的心意。

【例句】軍人在入伍之前，必須～，表示對國家的效忠之心。

達人知命 (ㄉㄚˊ ㄖㄣˊ ㄓ ㄇㄧㄥˋ)

【出處】唐・王勃《滕王閣序》：「所賴君子安貧，達人知命。」

【解釋】達人：通達事理的人。

【用法】舊指通達事理的人知道謹守命運的安排，沒有奢望。

【例句】中國人一向的命運觀就是～，安貧樂道。

打抱不平 (ㄉㄚˇ ㄅㄠˋ ㄅㄨˋ ㄆㄧㄥˊ)

【出處】清・曹雪芹《紅樓夢》第四十五回：「那黃湯難道都灌喪了狗肚子裏去了？氣的我只要替平兒打抱不平……」

【用法】指挺身而出，替被欺侮、被寃屈的人說話或出力。

【例句】那件～的事發生之後，老師立刻提醒陳同學，叫她以後更須謹言愼行才好。

【附註】參看「抱不平」。

打破常規 (ㄉㄚˇ ㄆㄛˋ ㄔㄤˊ ㄍㄨㄟ)

【解釋】打破：突破原有的限制或拘束。常規：沿襲下來的規矩。

【用法】①打破了一般的規矩或突破了正常的規章制度。②形容敢於創新。

【例句】我們必須～，敢於走前人沒走過的道路，把國家建設得更美好。

打得火熱 (ㄉㄚˇ ˙ㄉㄜ ㄏㄨㄛˇ ㄖㄜˋ)

【用法】形容人關係極端親密。

【例句】最近，他們倆人～，無論做什麼，總是誰也離不開誰。

打退堂鼓 ㄉㄚˇ ㄊㄨㄟˋ ㄊㄤˊ ㄍㄨˇ

【出處】元・關漢卿《竇娥冤》第二折：「左右，打散堂鼓，將馬來，回私宅去也。」

【解釋】退堂：古時封建官吏從辦公或審理案件的廳堂上回私邸。

【用法】①封建官吏退堂前擊鼓以示辦公停止或審理案件能束。②現用以比喻與人共事中途退縮，或遇到困難和問題時向後退縮，撒手不管。

【例句】文學創作是一項十分艱苦的工作，而那些在創作中一遇到困難就想～的人，肯定是做不出任何成績的。

【附註】也作「打散堂鼓」。

打落水狗 ㄉㄚˇ ㄌㄨㄛˋ ㄕㄨㄟˇ ㄍㄡˇ

【用法】①打被趕落河裏的狗。②比喻對失勢的敵人窮追不放，徹底打擊。

【例句】我不贊成這樣對待他。他已經很可憐了，我們還要～？

打躬作揖 ㄉㄚˇ ㄍㄨㄥ ㄗㄨㄛˋ ㄧ

【出處】清・吳敬梓《儒林外史》第十六回：「阿叔道：『好呀！老二回來了。穿的恁厚敦敦的棉襖，又在外邊學得恁知禮，會打躬作揖。』」

【用法】①彎身打躬，拱手作揖。②形容對別人奉承的樣子。③有時也形容求人時恭順的神態。

【例句】日軍進城後，那些漢奸走狗，對侵略者～，阿諛奉迎，活是一副奴才相。

【附註】「作」不可讀ㄗㄨㄛˋ。

打鷄罵狗 ㄉㄚˇ ㄐㄧ ㄇㄚˋ ㄍㄡˇ

【用法】比喻借題發揮，尋釁鬧事。

【例句】你今天怎麼盡鬧脾氣，連吃飯時候也是～的。

打家刼舍 ㄉㄚˇ ㄐㄧㄚ ㄐㄧㄝˊ ㄕㄜˋ

【出處】元・武議臣《玉壺春》第四折：「見俫子撅天搶地，不弱如打家刼舍殺人賊。」

【解釋】打刼：搶掠。

【用法】指成群結夥的歹徒到人家裏去搶奪財物。

【例句】明崇禎皇帝時，李自成率領的賊兵燒殺擄掠，～，正是不折不扣的流寇行徑。

打情罵俏 ㄉㄚˇ ㄑㄧㄥˊ ㄇㄚˋ ㄑㄧㄠˋ

【用法】指男女之間輕佻地互相以打罵形式進行調情。

【例句】他眞是好演員，會媚笑，會撒潑，會～，又會油腔滑調。

打成一片 ㄉㄚˇ ㄔㄥˊ ㄧˊ ㄆㄧㄢˋ

【出處】宋《朱子全書・卷二・存養》：「只要常自提撕，分寸積累將去，久之自然接續，打成一片耳。」

【用法】①指同大多數人有相同的意志和一致的行動，成爲一個整體。②也用以比喻與大多數人感情融洽。

【例句】身爲公僕，必須和廣大群衆～，才能了解群衆的需求和願望。

打入冷宮 ㄉㄚˇ ㄖㄨˋ ㄌㄥˇ ㄍㄨㄥ

【解釋】冷宮：后妃失寵後所住的冷落

的宮院。
【用法】①原指封建帝王將失寵的后妃貶到冷宮中，加以軟禁。②後引申爲利用權勢使某人遭到無理禁錮。③也指某件事物被擱置起來，無人過問。
【例句】陳阿嬌由於失去漢武帝的歡心和寵愛，所以被～。

打草驚蛇（ㄉㄚˇ ㄘㄠˇ ㄐㄧㄥ ㄕㄜˊ）

【出處】唐·段成式《酉陽雜俎》載：王魯作當塗縣令時，搜刮民財。時人控告主簿（縣令下小官）貪贓，王魯判決時說：「汝雖打草，吾已驚蛇。」意即你雖告的是主簿，而我自己也受到警告。
【用法】①打草時驚動伏在草中的蛇。②原比喻懲甲驚乙。③後用以比喻做事不機密，使對方知道了自己的意圖而有所戒備。
【例句】這次的突擊行動，想要一舉成功，必須謹慎，以免～。

打死老虎（ㄉㄚˇ ㄙˇ ㄌㄠˇ ㄏㄨˇ）

【用法】喻對失勢或下台的人的打擊。

大筆如椽（ㄉㄚˋ ㄅㄧˇ ㄖㄨˊ ㄔㄨㄢˊ）

【出處】唐·房玄齡等《晉書·王珣傳》：「珣夢人以大筆如椽與之，既覺，語人云：『此當有大手筆事。』俄而帝崩，哀冊、謚議，皆珣所草。」
【解釋】大筆：對他人書法或文字的稱譽。椽：承受屋面板和瓦的木條。
【用法】①大筆好像椽子一樣。②指筆下有勁。③讚美寫文章有力量，有氣勢。
【例句】諸葛亮的《前出師表》，可以算作是～的佳作，千古以來，被人稱頌。

大筆一揮（ㄉㄚˋ ㄅㄧˇ ㄧ ㄏㄨㄟ）

【解釋】大筆：對他人的書法文字的稱譽。
【用法】①讚美別人寫文章思路敏捷可以一揮而就，②或用作求人書寫繪畫的客氣話。
【例句】陳先生，請您～，爲我寫一副新春聯吧！

大辯若訥（ㄉㄚˋ ㄅㄧㄢˋ ㄖㄨㄛˋ ㄋㄜˋ）

【出處】《老子》第四十五章：「大直若屈，大巧若拙，大辯若訥。」
【解釋】訥：語言遲鈍。
【用法】指最善於辯論的人就像是不善於說話的人一樣。
【例句】他從來不是那樣滔滔不絕地去和別人爭論，然而，～，他却又總是能用幾句話就可以把對方說得啞口無言。

大步流星（ㄉㄚˋ ㄅㄨˋ ㄌㄧㄡˊ ㄒㄧㄥ）

【用法】像流星那樣快速的邁大步急走。
【例句】在「競走」比賽中，李明和其他運動員一起～地走着。

大莫與京（ㄉㄚˋ ㄇㄛˋ ㄩˇ ㄐㄧㄥ）

【出處】《左傳·莊公二十二年》：「懿氏卜妻敬仲，其妻占之，曰：『吉，是謂鳳凰于飛，和鳴鏘鏘，有嬀之後，將育於姜。五世其昌，並於正卿。八世之後，莫之與京。』」
【解釋】莫：沒有誰。京：高大。

【用法】①大得沒有能跟它相比的。②形容大得很。

大夢初醒 ㄉㄚˋ ㄇㄥˋ ㄔㄨ ㄒㄧㄥˇ

【用法】①一場大夢，剛剛清醒。②指人在受到蒙蔽或對某些事不理解，經過啓示而恍然醒悟。

【例句】事情過後一年，他才彷彿～似的，又從事於版畫工作了！

大謬不然 ㄉㄚˋ ㄇㄧㄡˋ ㄅㄨˋ ㄖㄢˊ

【出處】漢·司馬遷《報任少卿書》：「日思竭其不肖之材力，務壹心營職，以求親媚於主上，而事乃有大謬不然者夫！」

【解釋】謬：荒謬、錯誤。然：如此、這樣。

【用法】指大錯特錯，與實際完全不符。

【例句】從表面看，似乎對國產品的保護要越多越好，其實～，過度的保護，反而使國產品喪失了競爭能力！

大名鼎鼎 ㄉㄚˋ ㄇㄧㄥˊ ㄉㄧㄥˇ ㄉㄧㄥˇ

【出處】清·李寶嘉《官場現形記》第二十四回：「老人家說：『你一到京打聽人家，像他這樣大名鼎鼎，還怕有人不曉得的。』」

【解釋】鼎鼎：盛大的樣子。

【用法】名聲極大。

【例句】爲我們講經學的一位～的教授，竟然只拿着一本《左傳事緯》照本宣科。

【附註】也作「鼎鼎大名」。

大命將泛 ㄉㄚˋ ㄇㄧㄥˋ ㄐㄧㄤ ㄈㄢˋ

【出處】漢·賈誼《論積貯疏》：「殘賊公行，莫之或止；大命將泛，莫之振救。」

【解釋】大命：國家命運。泛：傾覆、毀滅。

【用法】形容國家將要滅亡的情景。

【例句】在我國～的時刻，是中山先生領導革命，使整個民族得到了挽救。

大模大樣 ㄉㄚˋ ㄇㄨˊ ㄉㄚˋ ㄧㄤˋ

【出處】明·王世貞《鳴鳳記》二十三出：「又見他烈烈轟轟，呼呼喝喝，大模大樣，前遮後擁，把那街上閒人盡打開。」

【用法】形容自以爲了不起、旁若無人的狂放姿態。

【例句】他～地坐在那裏，誰也不理！

大發雷霆 ㄉㄚˋ ㄈㄚ ㄌㄟˊ ㄊㄧㄥˊ

【出處】①《詩經·小雅·采藝》：「如霆如雷。」②晉·陳壽《三國志·吳志·陸遜傳》：「今不忍小忿，而發雷霆之怒。」

【解釋】霆：響雷。

【用法】怒氣暴發，大聲咆哮，有如雷霆大作。

【例句】楚霸王項羽，性情暴戾，剛愎自用，稍不如意就～。

大發橫財 ㄉㄚˋ ㄈㄚ ㄏㄥˊ ㄘㄞˊ

【解釋】橫：意外的。

【用法】①用非法手段攫取大量錢財，②有時也指意外地發了財。

【例句】世界上每爆發一次戰爭，都爲野心家～提供了機會。

【附註】「橫」不能念成ㄏㄥˊ。

大發慈悲（ㄉㄚˋ ㄈㄚ ㄘˊ ㄅㄟ）

【用法】指大發善心。
【例句】過去，我們種田的靠天吃飯，每次遇到水旱災，總是希望「老天爺」～，減輕人們痛苦。而現在則是相信人定勝天。
【附註】參看「大慈大悲」。

大法小廉（ㄉㄚˋ ㄈㄚˇ ㄒㄧㄠˇ ㄌㄧㄢˊ）

【出處】《禮記・禮運》：「大臣法，小臣廉，官職相序，君臣相正，國之肥也。」
【用法】①大臣守法，小臣廉潔。②指君主時代鼓吹「大臣應該盡忠，小臣要盡職」的說教。

大方之家（ㄉㄚˋ ㄈㄤ ㄓ ㄐㄧㄚ）

【出處】《莊子・秋水》：「吾長見笑於大方之家。」
【用法】見識廣博、學問深厚的人。
【例句】文章寫完後，一定要多改幾遍，以免貽笑於～。

大放厥詞（ㄉㄚˋ ㄈㄤˋ ㄐㄩㄝˊ ㄘˊ）

【出處】唐・韓愈《祭柳子厚文》：「玉佩瓊琚，大放厥詞。」
【解釋】厥：其，他的。
【用法】①原意指舖張詞藻，暢所欲言。②現含貶義，指人誇誇而談，大發議論，而且言不中肯。③有時也指胡說八道。
【例句】辯論比賽中，有些人玩弄文字遊戲，～，反而受到了有力的駁斥。

大風大浪（ㄉㄚˋ ㄈㄥ ㄉㄚˋ ㄌㄤˋ）

【用法】①指狂風巨浪。②也比喻尖銳的階級抗爭或前進道路上遇到的艱難險阻。
【例句】青年人應該在～中經歷鍛鍊和考驗，才能把自己培養成有用之材。

大福不再（ㄉㄚˋ ㄈㄨˊ ㄅㄨˋ ㄗㄞˋ）

【出處】《左傳・昭公十三年》：「大福不再，只取辱焉。」
【解釋】再：第二次。
【用法】①幸運的事不會第二次來臨。②指做事不能只圖僥倖。
【例句】俗語說：～好運不會再來第二次的，所以，你千萬不可心有僥倖之心啊！

大腹便便（ㄉㄚˋ ㄈㄨˋ ㄆㄧㄢˊ ㄆㄧㄢˊ）

【出處】南朝・宋・范曄《後漢書・邊韶傳》：「韶口辯，曾晝日假臥，弟子私嘲之曰：『邊孝先，腹便便，懶讀書，但欲眠。』」
【解釋】便便：肥而大的樣子。
【用法】①肥而大的大肚子。②多用以形容大商人或孕婦。
【例句】由於長期以來過着養尊處優的生活，如今他已經是～了。
【附註】「便便」不能念成ㄅㄧㄢˋ ㄅㄧㄢˋ。

大打出手（ㄉㄚˋ ㄉㄚˇ ㄔㄨ ㄕㄡˇ）

【解釋】打出手：戲曲中一種兵器離手的武打特技，引申爲動手打人。
【用法】形容野蠻地打人逞凶或兩派之間的毆打爭鬥。
【例句】誰也沒有想到，這兩個平時總是形影不離的小伙子，竟然～，反目成仇。

大大咧咧（ㄉㄚˋ ㄉㄚˋ ㄌㄝ ㄌㄝ）

【用法】①對於一切事情滿不在乎的樣子。②形容不細緻的作風。

【例句】她人倒挺好，就是有點～的。

大德不酬（ㄉㄚˋ ㄉㄜˊ ㄅㄨˋ ㄔㄡˊ）

【出處】明・吳麟征《吳忠節公遺集・還裏人田劵書》：「諺云：『大德不酬』」

【解釋】德：恩德。酬：報答。

【用法】①大的恩德無法報答，②或對人施大恩不望報。

【例句】王老先生解救了我們全家，然而～，我們除了把這救命之恩銘記在心以外，是沒有辦法去報答他的。

大刀濶斧（ㄉㄚˋ ㄉㄠ ㄎㄨㄛˋ ㄈㄨˇ）

【出處】明・施耐庵《水滸傳》第三十四回：「秦明辭了知府，飛身上馬，……大刀濶斧，逕奔清風寨來。」

【解釋】彷彿用大刀使濶斧一樣。

【用法】①原形容軍隊的聲勢。②現比喻人有魄力，從大處謀求根本的解決辦法。

【例句】世界上原有兩種人，一種是～的人，一種是細針密綫的人。

大敵當前（ㄉㄚˋ ㄉㄧˊ ㄉㄤ ㄑㄧㄢˊ）

【解釋】當：面對。

【用法】①強大的敵人在面前。②常用以形容局勢嚴重，不容忽視。

【例句】每逢～，他總是爭先恐後地打頭陣，立下了不朽的功績。

大題小作（ㄉㄚˋ ㄊㄧˊ ㄒㄧㄠˇ ㄗㄨㄛˋ）

【用法】①將大題目作成小文章。②比喻把大事情當作小事情來處理。

【例句】政治改革是我國當前的一項重大任務，絕不能～。

大庭廣衆（ㄉㄚˋ ㄊㄧㄥˊ ㄍㄨㄤˇ ㄓㄨㄥˋ）

【出處】《孔叢子・公孫龍》：「使此人於廣庭大衆之中，見侮而不敢鬥，王將以爲臣乎？」

【解釋】庭：原指舊時官署的庭堂，後泛指院子。

【用法】指人衆多的公共場所。

【例句】小張平常靦腆得像個大姑娘，沒想到在～之中說起話來却有條有理，滔滔不絕。

【附註】也作「廣庭大衆」。

大同小異（ㄉㄚˋ ㄊㄨㄥˊ ㄒㄧㄠˇ ㄧˋ）

【出處】《莊子・天下》：「大同而與小同異，此之謂小同異；萬物畢同畢異，此之謂大同異。」

【用法】大體相同，稍有差異。

【例句】各個人種～，只有膚色、毛髮和體形等表面的差別，並沒有生理和智力方面的本質不同。

大難臨頭（ㄉㄚˋ ㄋㄢˋ ㄌㄧㄣˊ ㄊㄡˊ）

【解釋】難：災禍。臨：來到。

【用法】大災大禍來到頭上。

【例句】他彷彿覺得有什麼～似的，說話有些口吃了，聲音也發着抖。

【附註】「難」不能念成ㄋㄢˊ。

大難不死（ㄉㄚˋ ㄋㄢˋ ㄅㄨˋ ㄙˇ）

【出處】明・馮夢龍《喻世名言》第二

十一卷：「大難不死，必有後祿。」」

【用法】①大災大禍，沒有死去。②形容幸運的脫險。

【例句】胡老爹得意洋洋地對阿慶嫂說：「俺老胡～，才有了今天。」

大逆不道 ㄉㄚˋ ㄋㄧˋ ㄅㄨˋ ㄉㄠˋ

【出處】漢·司馬遷《史記·高祖本紀》：「漢王數項羽曰：『……夫人臣而弒其主，殺已降，爲政不平，主約不信，天下所不容，大逆無道，罪十也。』」

【解釋】逆：叛逆。道：道德。

【用法】①舊指犯上作亂，違反封建道德。②現也指違背常理，不合正道。

【例句】傳統社會的婦女就是這樣，沒有生下男孩，就像是～、做了傷天害理的錯事似的，在家庭中，在丈夫眼裏，是沒有地位的。

【附註】①原作「大逆無道」。②參看「逆天無道」。

大輅椎輪 ㄉㄚˋ ㄌㄨˋ ㄓㄨㄟ ㄌㄨㄣˊ

【出處】南朝·梁·蕭統《昭明文選·序》：「若夫椎輪爲大輅之始，大輅寧有椎輪之質。」

【解釋】大輅：古代華美的大車。椎輪：用圓木做的無輻條的車輪。

【用法】①華美的大車是從用圓木做輪的原始車子逐步演變而成的。②比喻事物總是由簡陋到完善，逐步發展和演變而來的。

大幹快上 ㄉㄚˋ ㄍㄢˋ ㄎㄨㄞˋ ㄕㄤˋ

【用法】用最大的力量，使新的建設盡快步上軌道。

【例句】我們必須～，加速各項現代化的建設。

大功告成 ㄉㄚˋ ㄍㄨㄥ ㄍㄠˋ ㄔㄥˊ

【出處】南朝·宋·范曄《後漢書·光武帝紀》：「公若破敵，珍瑤（寶）萬倍，大功可成；如爲所敗，首領無餘，何財物之有！」

【解釋】功：事業。

【用法】指巨大的工程或重要的任務宣告圓滿完成。

【例句】本年度興建的員工宿舍已經～，分到房子的人高高興興地搬入了新居。

大公無私 ㄉㄚˋ ㄍㄨㄥ ㄨˊ ㄙ

【出處】①漢·馬融《忠經·天地神明》：「忠者中也，至上無私。」②清·龔自珍《論私》：「且今之大公無私者，有揚、墨之賢耶？」

【用法】①一秉大公，不存私見。②現指完全爲人民利益著想，絲毫沒有私心。③也指處事公正，不偏袒任何一方。

【例句】把你的志向拿定，而且要抱着一個光明磊落、～的心懷。那你便不會有什麼過失，而成爲頂天立地的男子了。

大可不必 ㄉㄚˋ ㄎㄜˇ ㄅㄨˋ ㄅㄧˋ

【用法】太沒有必要那樣。

【例句】這件事情說說就行了，這樣大發雷霆是～的。

大可師法 ㄉㄚˋ ㄎㄜˇ ㄕ ㄈㄚˇ

【解釋】師法：師承效法。

【用法】很可以供人們學習。
【例句】隨時準備一本記事簿，將想到的點子記下來，以訓練思考創造能力，是~的辦法。

大開眼界（ㄉㄚˋ ㄎㄞ ㄧㄢˇ ㄐㄧㄝˋ）

【解釋】開：開拓。眼界：指見識的廣度。
【用法】①大大地擴展了見識的廣度。②即擴大了知識面。
【例句】這次的展覽會，眞是令人~。

大塊文章（ㄉㄚˋ ㄎㄨㄞˋ ㄨㄣˊ ㄓㄤ）

【出處】①《莊子．大宗師》：「夫大塊載我以形，勞我以生。」②唐．李白《春夜宴從弟桃李園序》：「況陽春召我以烟景，大塊假我以文章。」
【解釋】大塊：大自然。
【用法】①本指大地景物給人提供寫作的材料。②後多指長篇大論的文章。
【例句】我希望報紙上多登一些短小精悍的文章，總登一些~，誰來看呢？

大快人心（ㄉㄚˋ ㄎㄨㄞˋ ㄖㄣˊ ㄒㄧㄣ）

【解釋】快：痛快。
【用法】①使人們的心裏感到非常痛快。②常用以指壞人或壞事受到懲罰或打擊，人們爲之高興的心情。
【例句】剛才還那樣威風凜凜，神氣十足的老爺們，此刻突然變得像夾尾巴的綿羊，眞正是~！
【附註】也作「人心大快」。

大海撈針（ㄉㄚˋ ㄏㄞˇ ㄌㄠ ㄓㄣ）

【出處】清．吳趼人《二十年目睹之怪現狀》第三十七回：「這蘇州城大得很，像這樣大海撈針一般，往哪裏看呢？」
【用法】①在大海裏撈針，②比喻很難尋求得到，含有枉費力氣的意思。
【例句】要想在這擁有七百萬人口的大城市中找到人，簡直是~。
【附註】參看「海底撈針」。

大含細入（ㄉㄚˋ ㄏㄢˊ ㄒㄧˋ ㄖㄨˋ）

【出處】漢．揚雄《解嘲》：「大者含元氣，細者入無間。」
【解釋】大：博大。細：精細。
【用法】①包含的內容博大而精細。②形容文章博大精深。
【例句】司馬遷的《史記》~，是我國古代歷史著作中的優秀作品之一。

大喊大叫（ㄉㄚˋ ㄏㄢˇ ㄉㄚˋ ㄐㄧㄠˋ）

【用法】①大聲地呼喊叫嚷。②形容努力宣傳，大造輿論。
【例句】人們圍在大門前，~地要求把凶手交出來。

大旱望雲霓（ㄉㄚˋ ㄏㄢˋ ㄨㄤˋ ㄩㄣˊ ㄋㄧˊ）

【出處】《孟子．梁惠王下》：「湯一征自葛始，天下信之。東面而征西夷怨，南面而征北狄怨。曰：『奚爲後我？』民望之，若大旱之望雲霓也。」
【解釋】大旱：長期乾旱。霓：虹。雲霓：下雨的徵象。
【用法】①久旱盼陰雨。②比喻人在困難中渴望救星的出現。
【例句】人們像~一樣，盼望着國軍的到來！

大呼小叫（ㄉㄚˋ ㄏㄨ ㄒㄧㄠˇ ㄐㄧㄠˋ）

【出處】明．施耐庵《水滸傳》第三十二回：「武松却大呼小叫……」

【用法】形容呼喊吵鬧。

【例句】別人都已經睡覺了，你們還這樣～的，實在太不像話了！

大瓠之用（ㄉㄚˋ ㄏㄨˋ ㄓ ㄩㄥˋ）

【出處】《莊子．逍遙遊》載：魏王送給惠子一顆大瓠的種子，種成之後，結成的葫蘆可以容五石水漿。惠子認爲它太大，用不上就擊破了。莊子對惠子說：「夫子固拙於用大矣。……今子有五石之瓠，何不慮以爲大樽而浮於江湖，而憂其瓠落無所容，則夫子猶有蓬之心也夫！」（大樽：即腰舟，繫在腰上可以浮於水上。蓬之心：識見淺陋。）

【解釋】瓠：葫蘆。

【用法】①原說明事物不同的使用，會產生不同的效果。②後喻指量材使用。

【附註】也作「拙於用大」。

大惑不解（ㄉㄚˋ ㄏㄨㄛˋ ㄅㄨˋ ㄐㄧㄝˇ）

【出處】《莊子．天地》：「知其愚者非大愚也，知其惑者非大惑也，大惑者終身不解，大愚者終生不靈。」

【解釋】惑：疑惑迷亂。解：理解。

【用法】①原意指最糊塗的人迷惑一輩子。②後指對某種事物非常疑惑，不能理解。

【例句】他今天發表的這篇言論，一反他過去的主張，聽了之後使人～。

【附註】也作「迷惑不解」。

大獲全勝（ㄉㄚˋ ㄏㄨㄛˋ ㄑㄩㄢˊ ㄕㄥˋ）

【出處】明．羅貫中《三國演義》第二十六回：「玄德大獲全勝，引軍入樊城，縣令劉泌出迎。」

【用法】指戰勝對方，取得全部勝利。

【例句】此次校際杯籃賽，本校～，風光極了！

大轟大口（ㄉㄚˋ ㄏㄨㄥ ㄉㄚˋ ㄨㄥ）

【用法】①指虛造聲勢或工作不周密、不紮實。②形容一種浮誇的作風。

【例句】我們做任何工作，都應紮實周密，決不能～，以免造成不必要的損失和不良影響。

大家閨秀（ㄉㄚˋ ㄐㄧㄚ ㄍㄨㄟ ㄒㄧㄡˋ）

【出處】南朝．宋．劉義慶《世說新語．賢媛》：「顧家婦清心玉映，自是閨房之秀。」

【解釋】大家：世家望族。閨秀：出身於名門的優秀女子。

【用法】①世家望族中出衆的女子。②也泛指有錢有勢，大戶人家的女兒。

【例句】她的一舉一動，都頗有～的風範。

大街小巷（ㄉㄚˋ ㄐㄧㄝ ㄒㄧㄠˇ ㄒㄧㄤˋ）

【出處】明．施耐庵《水滸傳》第六十六回：「正月十五日，上元佳節，好生晴朗，黃昏月上，六街三市，各處坊隅巷陌，點放花燈，大街小巷，都有社火。」

【解釋】巷：胡同、里弄。

【用法】城鎮的街道里弄，概指市鎮中各個地方。

【例句】在這個喜慶的日子裏，家家戶戶都張燈結彩，～都擠滿了歡樂的人群。

大節不奪（ㄉㄚˋ ㄐㄧㄝˊ ㄅㄨˋ ㄉㄨㄛˊ）

【出處】《論語・泰伯》：「臨大節而不可奪也。」
【解釋】節：節操。奪：喪失。
【用法】指面臨生死安危關頭，能堅守節操，毫不動搖。

大驚小怪（ㄉㄚˋ ㄐㄧㄥ ㄒㄧㄠˇ ㄍㄨㄞˋ）

【出處】宋・朱熹《答林擇之書》：「要須把此事做一平常事看，樸實頭做將去，久之自然見效，不必如此大驚小怪，起模畫樣也。」
【用法】對於不值得驚異的事情表現得過於驚訝、奇怪。
【例句】本來沒有什麼要緊的事，可是有的人就愛～。

大驚失色（ㄉㄚˋ ㄐㄧㄥ ㄕ ㄙㄜˋ）

【出處】明・吳承恩《西遊記》第五十四回：「女王聞言，大驚失色。」
【解釋】失色：變臉色。
【用法】①極度驚慌使臉色上失去了正常的顏色。②形容極度害怕。
【例句】當他從夢中驚醒，看見庫房起火時，不由得～，急急忙忙去喊人救火。

大器晚成（ㄉㄚˋ ㄑㄧˋ ㄨㄢˇ ㄔㄥˊ）

【出處】《老子》第四十一章：「大方無隅，大器晚成，大音稀聲，大象無形。」
【解釋】大器：寶貴的器物，比喻卓越的人才。
【用法】①原指大材須積久始能成器，②後多用來比喻卓越的人才要經過長期的鍛鍊，所以成就往往較晚。③也常用作對懷才不遇者的寬慰語。
【例句】我爹說你才學好，將來一定能做一番大事業，不過～，不能心急。

大氣磅礴（ㄉㄚˋ ㄑㄧˋ ㄆㄤˊ ㄅㄛˊ）

【解釋】磅礴：氣勢盛大、雄渾。
【用法】形容事物氣勢盛大或文章筆力雄渾。
【例句】蘇東坡的《大江東去》，是一首～、雄偉渾厚的不朽名篇。
【附註】「磅」不能念成ㄅㄤˋ。

大巧若拙（ㄉㄚˋ ㄑㄧㄠˇ ㄖㄨㄛˋ ㄓㄨㄛˊ）

【出處】《老子》第四十五章：「大直若屈，大巧若拙，大辯若訥。」
【解釋】大巧：真正靈巧的人。若：如、像。拙：笨拙。
【用法】指真正靈巧的人，不自己炫耀自己，表面上倒好像很笨似的。
【例句】別看張師傅外表粗里粗氣的，但幹活時心靈手巧，大家都稱讚他～。

大千世界（ㄉㄚˋ ㄑㄧㄢ ㄕˋ ㄐㄧㄝˋ）

【出處】宋・釋道原《景德傳燈錄》第九卷：「長老身材勿量大，笠子太小生。師云：『雖然如此，大千世界總在里許。』」
【解釋】佛教語，語出《華嚴經》四，指以須彌山爲中心，以鐵圍山爲外部，是一個小世界；一千個小世界合起來就是小千世界；一千個小千世界合起來就是中千世界；一千個中千世界合起來就是大千世界。
【用法】用來指廣濶無際的世界。
【例句】世界文明是全人類共同創造的

，你提供這樣，我提供那樣，才使得這個本來相當空泛的地球變成了個光華璀璨的～。

大權旁落 ㄉㄚˋ ㄑㄩㄢˊ ㄆㄤˊ ㄌㄨㄛˋ

【出處】明．東魯古狂生《醉醒石》第十一回：「借光唬百獸，大權嘆旁落。」

【用法】意指本應由主管人員掌握的權柄落到了別人的手裡。

【例句】東漢末年，皇帝軟弱無能，致使～，成了道道地地的傀儡。

大權獨攬 ㄉㄚˋ ㄑㄩㄢˊ ㄉㄨˊ ㄌㄢˇ

【出處】清．曾樸《孽海花》第五回：「船廠大臣又給他面和心不和，將領既不熟悉，兵士又沒感情，他卻忘其所以，大權獨攬，只弄些小聰明，鬧些空意氣。」

【解釋】攬：把持。

【用法】個人把持所有重大權力，獨斷專行。

【例句】由於他威望高，能力強，資格也老，所以委員們對於他總是唯命是從，這樣一來，就形成了一種～的局面，大事小事只有他點頭才能算數。

大喜過望 ㄉㄚˋ ㄒㄧˇ ㄍㄨㄛˋ ㄨㄤˋ

【出處】漢．司馬遷《史記．黥布傳》：「上方踞床洗，召布入見，布甚大怒，悔來，欲自殺。出就舍，帳御飲食從官如漢王居，布又大喜過望。」

【解釋】過：超過。望：希望。

【用法】指所得超過了自己原來的希望，因而感到特別高興。

【例句】他心愛的小說，在丟了快一年的時候忽然找着了，這眞使他～，高興得不得了！

大廈將傾 ㄉㄚˋ ㄒㄧㄚˋ ㄐㄧㄤ ㄑㄧㄥ

【出處】《文中子．事君》：「大廈將顚，非一木聽支也。」

【解釋】傾：倒塌。

【用法】①高房大屋眼看就要倒塌。②比喻崩潰之勢即將來臨，情況危急。

【例句】滿清末年之國勢，猶如～，情況危急，難以挽救。

大顯身手 ㄉㄚˋ ㄒㄧㄢˇ ㄕㄣ ㄕㄡˇ

【解釋】顯：顯露。身手：武藝，泛指本領。

【用法】形容充分顯露本領。

【例句】在本屆世界杯各項棒球錦標賽中，我國棒球小將～，一舉囊括了少棒、青少棒及青棒三冠王的殊榮。

大顯神通 ㄉㄚˋ ㄒㄧㄢˇ ㄕㄣˊ ㄊㄨㄥ

【出處】明．吳承恩《西遊記》第八十九回：「他三人辭了師父，在城外大顯神通。」

【解釋】神通：佛家語。

【用法】①指無所不能的力量，今指特別高超的本領。②指充分顯示出高明的本領。

【例句】我國體育運動健兒～，在許多項目上都取得了優秀成績。

大相徑庭 ㄉㄚˋ ㄒㄧㄤ ㄐㄧㄥˋ ㄊㄧㄥˊ

【出處】《莊子．逍遙遊》：「吾驚怖其言，猶河漢而無極也。大有徑庭，不近人情焉。」

【解釋】徑：門外小路。庭：廳堂前的院子。徑庭：意指差距很大。

【用法】比喻相差很遠，大不相同。
【例句】自由民主國家的法律和極權主義國家的法律是～的。前者保護人民的權益，後者卻剝削人民的權益。
【附註】也作「大有徑庭」。

大興土木（ㄉㄚˋ ㄒㄧㄥ ㄊㄨˇ ㄇㄨˋ）

【出處】宋・薛居正等《舊五代史・漢書・李守貞傳》：「守貞因取連宅軍營，以廣其第，大興土木，治之歲餘，爲京師之甲。」
【解釋】興：興建。
【用法】①大規模地興建土木工程。②多指蓋房屋。
【例句】秦始皇統一六國之後，～，修建了豪華無比的阿房宮。

大智若愚（ㄉㄚˋ ㄓˋ ㄖㄨㄛˋ ㄩˊ）

【出處】宋・蘇軾《賀歐陽修致仕啓》：「大勇若怯，大智若愚。」
【解釋】若：像。
【用法】形容眞正聰明的人在表面上反而好像愚笨。
【例句】曹雪芹的《紅樓夢》中所塑造的劉姥姥是一個性情開朗、老於世故、～的人物。
【附註】也作「大智如愚」。

大展宏圖（ㄉㄚˋ ㄓㄢˇ ㄏㄨㄥˊ ㄊㄨˊ）

【解釋】宏圖：宏偉的計劃，遠大的設想。
【用法】大力開展宏遠的計劃，着力實現遠大的設想。
【例句】魏徵之所以能在唐太宗手下～，是因爲唐太宗能夠從諫如流、勵精圖治。

大張撻伐（ㄉㄚˋ ㄓㄤ ㄊㄚˋ ㄈㄚˊ）

【出處】《詩經・高頌・殷武》：「撻彼殷武，奮伐荆楚。」
【用法】①指用武力進行大規模的討伐。②也指對人或事進行攻擊。
【例句】歷代君主中，有些窮兵黷武，對邊疆的少數民族，動輒～。

大張其詞（ㄉㄚˋ ㄓㄤ ㄑㄧˊ ㄘˊ）

【解釋】張：指宣揚。
【用法】大肆宣揚某種說法。
【例句】對於一般的問題，不應～，而應適當地予以解決。

大張旗鼓（ㄉㄚˋ ㄓㄤ ㄑㄧˊ ㄍㄨˇ）

【出處】清・張春帆《宦海》第九回：「李參戎帶着這些人陸續出了鎮南關，便大張旗鼓，排齊隊伍，浩浩蕩蕩的向前出發。」
【解釋】張：布置、鋪排。旗鼓：旗幟和戰鼓。
【用法】①大規模地擺開旗鼓。②比喻聲勢或規模很大。
【例句】我們必須～地宣傳刑法和刑事訴訟法，加強法治教育。

大杖則走（ㄉㄚˋ ㄓㄤˋ ㄗㄜˊ ㄗㄡˇ）

【出處】漢・劉向《說苑・建本》：「舜之事父也，索而使之，未嘗不在側；求而殺之，未嘗可得。小箠則待，大箠則走，以逃暴怒也。」
【解釋】杖：棍棒。大杖：意指用棍棒狠打，使人受重傷，幾乎近於死亡。走：逃走。
【用法】指兒子見父親盛怒舉起棍棒要

狠打時，就即刻逃走。

【例句】～並非不孝之舉，而是變通之策啊！

【附註】也作「大筆則走」。

大吃一驚（ㄉㄚˋ ㄔ ㄧ ㄐㄧㄥ）

【用法】①着實地嚇了一跳。②形容突然發生的事故，在思想上根本沒有準備時的反應。

【例句】他聽了這個消息，不禁～。

大徹大悟（ㄉㄚˋ ㄔㄜˋ ㄉㄚˋ ㄨˋ）

【出處】①南朝・宋・范曄《後漢書・王常傳》：「伯升見常，說以合從之利，常大悟曰：『今劉氏復興，即眞主也，出身爲用，輔成大功。』」②清・劉鶚《老殘遊記續集》第四回：「到這時候，我彷彿大徹大悟了不是？」

【解釋】徹：通、透。悟：領會。

【用法】①本佛家語，指去煩惱，悟眞理，破迷妄，開眞智。②後指徹底明白、領悟。

【例句】這一回，得看你是不是～，決心離開下流社會而步上正途了！

大吵大鬧（ㄉㄚˋ ㄔㄠˇ ㄉㄚˋ ㄋㄠˋ）

【用法】①大聲吵嚷，大聲哭鬧。②形容不講道理地吵鬧。

【例句】院裏有哭叫聲，～，亂嚷嚷地混成一團。

大處落墨（ㄉㄚˋ ㄔㄨˇ ㄌㄨㄛˋ ㄇㄛˋ）

【用法】①指繪畫或寫文章從主要的地方下筆。②也泛指作事從大處着眼，解決關鍵問題，而不把精力分散在枝節上。

【例句】做任何工作，都要注意從～，切不可以只着眼於枝枝節節的問題上。

【附註】也作「大處着墨」。

大處着眼，小處着手（ㄉㄚˋ ㄔㄨˇ ㄓㄨㄛˊ ㄧㄢˇ，ㄒㄧㄠˇ ㄔㄨˇ ㄓㄨㄛˊ ㄕㄡˇ）

【用法】①從大的目標去觀察，從小的地方去動手。②指辦事既有遠大目標，又要踏踏實實。

【例句】要達成節約成本，增加產量的目標，必須每位員工確實從～，以配合廠方的各項要求！

【附註】「著」不能念成ㄓㄠ或ㄓㄠˊ。

大吹法螺（ㄉㄚˋ ㄔㄨㄟ ㄈㄚˇ ㄌㄨㄛˊ）

見「吹大法螺」。

大吹大擂（ㄉㄚˋ ㄔㄨㄟ ㄉㄚˋ ㄌㄟˊ）

【出處】元・王實甫《田丞相歌舞麗春堂》第四折：「賜與你黃金千兩，香酒百瓶，就在麗春堂大吹大擂，做一個慶喜的筵席。」

【解釋】吹：吹喇叭。擂：打鼓。

【用法】①原指鼓樂齊奏。②現多用以比喻虛張聲勢，大肆吹噓。

【例句】別的地區做工程，是穩穩當當，默默進行。而他就不然了，他是～，公開動員。

大醇小疵（ㄉㄚˋ ㄔㄨㄣˊ ㄒㄧㄠˇ ㄘ）

【出處】唐・韓愈《讀〈荀子〉》：「荀（荀況）與揚（揚雄），大醇而小疵。」

【解釋】醇：純正。疵：毛病。

【用法】指大體完好，僅略有缺點。

【例句】這劇本雖然在技巧上還有一些不足之處，但也不過是～，仍不失爲一部優秀作品。

大失所望

【出處】宋·薛居正等《舊五代史·漢書·李守貞傳》：「守貞以諸軍多曾隸屬於麾下，自謂素得軍情，坐俟叩城迎己，及軍士詬譟，大失所望。」

【用法】所希望的一切完全落空了。

【例句】我到車站接她，一直等到旅客走光了，也沒有看見她的影子，不禁～。

大勢所趨

【出處】宋·陳亮《上孝宗皇帝第三書》：「天下大勢之所趨，非人力之所能移也。」

【解釋】大勢：整個局勢。趨：趨向。

【用法】整個局勢發展的趨向。

【例句】海峽兩岸，實現統一的作法，是人心所向、～。

大勢已去

【出處】宋《朱子語類·卷五十一·孟子（齊宣王問齊桓晉文之事章）》：「程子說天命之改，莫是大勢已去。」

【用法】指大好的局勢已經喪失（含有無可挽回的意思）。

【例句】第二次世界大戰，當原子彈轟炸廣島、長崎後，日軍深知～，於是無條件接受投降。

大是大非

【解釋】是：正確。非：錯誤。

【用法】指原則問題上的是非問題。

【例句】在～面前，我們必須立場堅定，旗幟鮮明。

大殺風景

【出處】①唐·李商隱《雜纂》中，列舉「花間喝道」、「看花淚下」等爲殺風景的事，認爲足以敗壞人的興致。②宋·蘇軾《次韻林子中春日新堤書事》詩：「爲報年來殺風景，連江夢雨不知春。」

【解釋】殺：損傷、消滅。

【用法】①大大損傷風景的自然美。②比喻令人掃興。

【例句】陽明山的櫻花雖已盛開，但連日來的豪雨，～，使得遊人減少了許多。

【附註】也作「大煞風景」

大手大腳

【出處】清·曹雪芹《紅樓夢》第五十一回：「成年家大手大腳的，替太太不知背地裏暗墊了多少東西，眞眞賠的是說不出來的，那裏又和太太算去？」

【用法】不精打細算，而鋪張浪費，任意揮霍財力物力。

【例句】～、鋪張浪費的作風，必須迅速糾正；艱苦奮鬥、勤儉節約的優良傳統，應當努力發揚。

大聲疾呼

【出處】唐·韓愈《後十九日復上宰相書》：「蹈水火者之求免於人也，不惟其父兄子弟之慈愛，然後呼而望之也；將有介於其側者，雖其所憎怨，苟不至乎欲其死者，則將大其聲疾呼，而望其仁之也。」

【解釋】疾：急。

【用法】大聲地急切地呼籲，以引起人們注意或警覺。
【例句】我們要～，喚醒那些失足青年痛改前非，以積極態度迅速投入國家現代化的建設中。

大書特書（ㄉㄚˋ ㄕㄨ ㄊㄜˋ ㄕㄨ）

【出處】唐・韓愈《答元侍御書》：「而足下年尙彊（強），嗣德有繼，將大書特書，屢書不一書而已也。」
【解釋】書：寫。
【用法】指對某事着重地書寫，大力地宣揚。
【例句】對先賢先祖的豐功偉績應該～，以教育下一代。

大樹將軍（ㄉㄚˋ ㄕㄨˋ ㄐㄧㄤ ㄐㄩㄣ）

【出處】南朝・宋・范曄《後漢書・馮異傳》：東漢馮異佐劉秀（漢・光武帝）爭天下，劉秀立。「諸將並坐論功，異常獨屛樹下，軍中號曰：『大樹將軍！』」
【用法】①原指東漢馮異。②後常用以指稱不居功驕傲的將領。

大人虎變（ㄉㄚˋ ㄖㄣˊ ㄏㄨˇ ㄅㄧㄢˋ）

【出處】《周易・革》：「大人虎變，未占有孚。」象曰：「其文炳也。」孔穎達疏：「損益前王，創制立法有文章之類，煥然可觀，有似虎變，其文彪炳。」
【解釋】大人：達官貴族。虎變：如虎身上花紋的變化。
【用法】比喻達官貴族或非常人士的出處行動變化莫測。
【附註】也作「大賢虎變」。

大仁大義（ㄉㄚˋ ㄖㄣˊ ㄉㄚˋ ㄧˋ）

【出處】明・羅貫中《三國演義》第四十三回：「且又不忍乘亂奪同宗之基業，此眞大仁大義也。……甘與同敗，此亦大仁大義也。」
【用法】形容爲人寬厚，尊崇仁義。
【例句】臣以爲應該把大王的王道武功，尤其是赦免勾踐的～的決斷，全部刻在碑上，叫它與乾坤同存。

大做文章（ㄉㄚˋ ㄗㄨㄛˋ ㄨㄣˊ ㄓㄤ）

【用法】比喻憑借某一件事借題發揮，進行責難。
【例句】他犯了錯誤，我們要熱心地幫助他改正，千萬不能～、藉故整人。

大慈大悲（ㄉㄚˋ ㄘˊ ㄉㄚˋ ㄅㄟ）

【出處】《大智度論・二七》：「大慈與一切衆生樂，大悲拔一切衆生苦。」
【用法】①佛家語，指佛慈愛，憐憫衆生。與樂爲慈，拔苦爲悲。②形容人的心腸慈善。③也用以諷刺不懷好心卻又僞裝善良的人。
【例句】看他那副可憐相，您老就～原諒他這一次吧！
【附註】參看「大發慈悲」。

大才槃槃（ㄉㄚˋ ㄘㄞˊ ㄆㄢˊ ㄆㄢˊ）

【出處】南朝・宋・劉義慶《世說新語・賞譽》：「後來出人郗嘉賓。」劉孝標注引《續晉陽秋》：「時人爲一代盛譽者語曰：『大才槃槃謝家安（超）。』」
【解釋】槃槃：形容盛大的樣子。
【用法】指才華超群。

【例句】盛唐時期，～詩家輩出，成就了中國詩的黃金時代。

大材小用（ㄉㄚˋ ㄘㄞˊ ㄒㄧㄠˇ ㄩㄥˋ）

【出處】①南朝・宋・范曄《後漢書・邊讓傳》：「此言大器之於小用，固有所不宜也。」②宋・陸游《送辛幼安殿撰造朝》詩：「大材小用古所嘆，管仲蕭何實流亞。」

【用法】①大的材料，用在小處。②指使用不當，浪費材料。③也用以比喻用人不當，浪費人材。

【例句】對於有學問有造詣的人，不安排他們發揮專長，却偏偏讓他們去打雜兒，這實在是～。

大錯特錯（ㄉㄚˋ ㄘㄨㄛˋ ㄊㄜˋ ㄘㄨㄛˋ）

【用法】指非常嚴重的錯誤。

【例句】如果侵略者把中國人忍讓克制當成軟弱可欺的話，那麼，他們就～了。

大而化之（ㄉㄚˋ ㄦˊ ㄏㄨㄚˋ ㄓ）

【出處】《孟子・盡心下》：「大而化之之謂聖。」

【解釋】化：感化、轉化。

【用法】①原指把眞誠、善良完美的品德發揚光大而使人在思想品質上受到感化。②後來俗諺有「大事化小，小事化了」之語，就轉指對事情或工作不認眞負責，或敷衍對付。

【例句】作任何工作，都必須嚴肅認眞，絕不能毫無原則地～。

大而無當（ㄉㄚˋ ㄦˊ ㄨˊ ㄉㄤˋ）

【出處】《莊子・逍遙遊》：「肩吾問於連叔曰：『吾聞言於接輿，大而無當，往而不反（返），吾驚怖其言，猶河漢而無極也。』」

【解釋】當：適當、合宜。

【用法】後用以比喻大而不切合實用。

【例句】他的論點～，不切實際，所以不被大家接受。

大有可爲（ㄉㄚˋ ㄧㄡˇ ㄎㄜˇ ㄨㄟˊ）

【用法】指事情很值得做，很有發展前途。

【例句】製造市場廣大的出口產品是～的。

大有人在（ㄉㄚˋ ㄧㄡˇ ㄖㄣˊ ㄗㄞˋ）

【出處】宋・司馬光《資治通鑑・隋紀・煬帝大業十一年》：「帝至東都，顧眄街衢，謂侍臣曰：『猶大有人在也。』意謂向日平楊玄感，殺人尙少故也。」

【用法】形容某一種人爲數很多。

【例句】了解情況的，～，你只要隨便找幾個談談就行了。

大有作爲（ㄉㄚˋ ㄧㄡˇ ㄗㄨㄛˋ ㄨㄟˊ）

【出處】清・畢沅《續資治通鑑・宋紀・理宗景定四年》：「仁宗治效浹洽，神宗大有作爲。」

【解釋】作爲：做出成績。

【用法】指能夠發揮應有的作用，做出很大成績或貢獻來。

【例句】每一項工作，只要好好幹，都是～的。

大有文章（ㄉㄚˋ ㄧㄡˇ ㄨㄣˊ ㄓㄤ）

【用法】①大有文章可做。②形容某件

事情的背後還有許多沒有顯露出來的東西。

【例句】他爲什麼不肯直接了當地談出來呢？看起來這裏面是～的。

大義滅親 ㄉㄚˋ ㄧˋ ㄇㄧㄝˋ ㄑㄧㄣ

【出處】《左傳・隱公四年》載：衛國的石厚和公子州吁合謀殺死桓公，石碏毅然殺死兒子石厚。《左傳》稱讚他是：「大義滅親」。

【解釋】大義：大道理。親：親屬。

【用法】①原指爲了君臣大義而殺掉犯上作亂的親屬。②後泛指爲了維護正義而不顧私親。

【例句】你儘管是她的父親，但如果你違背正道、逆天行事，她是可以～的。

大義凜然 ㄉㄚˋ ㄧˋ ㄌㄧㄣˇ ㄖㄢˊ

【出處】清・顧炎武《日知錄・卷二十・孫氏西齋錄》：「唐人作書，無所回避。孫樵所作《西齋錄》，乃是私史，至於起王氏已廢之魂，上配天皇，高后擅政之年，下繫中宗，大義凜然。」

【解釋】凜然：可敬畏的樣子。

【用法】由於秉持正義而顯得嚴竣不可侵犯。

【例句】文天祥～，從容就義，使宋朝雖亡，猶有餘榮！

大搖大擺 ㄉㄚˋ ㄧㄠˊ ㄉㄚˋ ㄅㄞˇ

【出處】清・吳敬梓《儒林外史》第五回：「次日清晨，大搖大擺出堂，將回子發落了。」

【用法】形容舉動無所顧忌的樣子。

【例句】他～地向敵人的司令部走去，衛兵看他那架勢，連問也沒有敢問，就放他進去了。

大言欺人 ㄉㄚˋ ㄧㄢˊ ㄑㄧ ㄖㄣˊ

【出處】明・羅貫中《三國演義》第四十三回：「軍敗於當陽，計窮於夏口，求救於人而猶言不懼，此眞大言欺人也。」

【用法】說大話欺騙人。

【例句】抗戰以來我軍屢傳捷報，日軍竟還～地說在三個月內併吞全中國。

大言不慚 ㄉㄚˋ ㄧㄢˊ ㄅㄨˋ ㄘㄢˊ

【出處】《論語・憲問》：「其言之不怍，則爲之也難。」朱熹注：「大言不慚，則無必爲之志，而不自度其能否矣。欲踐其言，豈不難哉！」

【用法】說大話不感到難爲情。

【例句】項羽剛愎自用，被劉邦擊敗逃到烏江邊時，還～地說：「此天之亡我，非戰之罪也。」

大雨滂沱 ㄉㄚˋ ㄩˇ ㄆㄤ ㄊㄨㄛˊ

見「滂沱大雨」。

大勇若怯 ㄉㄚˋ ㄩㄥˇ ㄖㄨㄛˋ ㄑㄩㄝˋ

【出處】宋・蘇軾《賀歐陽少師致仕啓》：「大勇若怯，大智若愚。」

【解釋】怯：怯懦。

【用法】①最勇敢的人看外表好像很怯懦的樣子。②形容眞正勇敢的人沉著冷靜。

【例句】我們的教練總是那樣溫和而又沉靜，然而無論面對怎樣強硬的對手，他都從不畏懼，眞是～。

得病亂投醫
ㄉㄜˊ ㄅㄧㄥˋ ㄌㄨㄢˋ ㄊㄡˊ ㄧ

【用法】①形容有了病失去主張，亂找醫生。②比喻人們遭遇了事故，到處胡亂地求人出主意或幫忙。

【例句】他必定是心裏失了分寸，才會～。

【附註】也作「有病亂投醫」。

得不償失
ㄉㄜˊ ㄅㄨˋ ㄔㄤˊ ㄕ

【出處】宋·蘇軾《和子由除日見寄》詩：「感時嗟事變，所得不償失。」

【解釋】償：補償。

【用法】得到的補償不上失去的。

【例句】這件事弊病很多，～，遭到許多人的強烈反對。

得道多助，失道寡助
ㄉㄜˊ ㄉㄠˋ ㄉㄨㄛ ㄓㄨˋ，ㄕ ㄉㄠˋ ㄍㄨㄚˇ ㄓㄨˋ

【出處】《孟子·公孫丑下》：「域民不以封疆之界，固國不以山谿之險，威天下不以兵革之利，得道者多助，失道者寡助。」

【解釋】道：指眞理、正義。寡：少。

【用法】擁有眞理，合乎正義的必然得到廣泛的支持和擁護，違背眞理、非正義的，則必然得不到別人的贊助，陷於孤立。

【例句】～，侵略者只能是越來越孤立。

【附註】參看「失道寡助」。

得天獨厚
ㄉㄜˊ ㄊㄧㄢ ㄉㄨˊ ㄏㄡˋ

【解釋】天：指天然條件。

【用法】①獨特而優厚地占有了天然條件。②泛指所處環境或所具備的條件比別人優厚。

【例句】她的嗓音圓潤純淨，具備了～的歌唱條件！

得隴望蜀
ㄉㄜˊ ㄌㄨㄥˇ ㄨㄤˋ ㄕㄨˇ

【出處】南朝·宋·范曄《後漢書·岑彭傳》裏說，東漢初，隗囂占據隴地，公孫述占據蜀地，各霸一方。光武帝派岑彭諸將攻隗囂於西城、上邽兩公地，信中說：「兩城若下，便可將兵南擊蜀虜。人苦不知足，既平隴，復望蜀。」

【解釋】隴：古時指今甘肅省東部。蜀：古時指今四川省中部一帶。

【用法】①即取得隴後，又想攻取西蜀。②後用比喻貪得無厭。

【例句】人家在困難條件下，支援我們這麼多東西，就很不容易了，不要～，要求太多。

得過且過
ㄉㄜˊ ㄍㄨㄛˋ ㄑㄧㄝˇ ㄍㄨㄛˋ

【出處】明·陶宗儀《輟耕錄》，卷十五·寒號蟲》：「寒號蟲至深冬嚴寒之際，毛羽脫落，索然如鷇雛，遂自鳴曰：『得過且過。』」

【用法】①只要能過得去，就這樣過下去。②原指能過一天就算一天。③現用以指不負責任，混日子的工作或生活態度。

【例句】在做工作時，不應該敷衍了事、～。

得窺門徑
ㄉㄜˊ ㄎㄨㄟ ㄇㄣˊ ㄐㄧㄥˋ

【解釋】窺：從小孔、縫隙或隱僻處偷看。

【用法】①得以窺察門路。②比喻剛剛找見事物的頭緒。

【例句】對這項任務，我只不過是～，

所以還要請您多多幫助和指教。

得其所哉 ㄉㄜˊ ㄑㄧˊ ㄙㄨㄛˇ ㄗㄞ

【出處】①《周易．繫辭》：「日中為市，交易而退，各得其所。」②《孟子．萬章上》：「昔者，有饋生魚於鄭子產。子產使校人畜之池，校人烹之，反命曰：『始舍之，圉圉焉，少則洋洋焉，悠然而逝。』子產曰：『得其所哉！得其所哉！』校人出曰：『孰謂子產智？予既烹而食之，曰：「得其所哉！得其所哉！」』」（校人：主管池沼的小官吏。圉：未舒展貌。洋洋：舒展貌。）

【用法】後泛指把事情安排得妥貼、順當，很如人願。

得全要領 ㄉㄜˊ ㄑㄩㄢˊ ㄧㄠ ㄌㄧㄥˇ

【解釋】要：古「腰」字。領：頸部。要領：主旨、綱領。

【用法】①腰與頭頸幸得安全。②比喻沒有被殺掉或沒有被除名，幸運地保留下來。③也指主旨、綱領得以保全。④也形容具體事物措施得當。

【例句】這份技術革新的分析報告，方向明確、切合實際，可以說是～的。

【附註】「要」又讀ㄧㄠˋ。

得心應手 ㄉㄜˊ ㄒㄧㄣ ㄧㄥˋ ㄕㄡˇ

【出處】唐．張彥遠《歷代名畫記》卷七：「豈惟六法精備，突亦萬類皆妙，千變萬化，詭狀殊形，遠諸掌，得之心，應之手。」

【用法】①得於心而應於手。②指心裏想怎麼樣，手上便怎麼樣。心手相應，技術純熟。③也指事情辦得順利

【例句】由於他刻苦練功，因此在舞台上能～，游刃有餘。

【附註】參看「得手應心」。

得新厭舊 ㄉㄜˊ ㄒㄧㄣ ㄧㄢˋ ㄐㄧㄡˋ

【用法】①得到新人新物，就厭棄舊人舊物。②形容感情不專或愛憎無常。

【例句】他是一個～、忘恩負義的人。

【附註】參看「喜新厭舊」。

得失參半 ㄉㄜˊ ㄕ ㄘㄢ ㄅㄢˋ

【用法】①得到的和失掉的各一半。②指得失相等。

【例句】比賽雖然由於經驗不足，有幾個項目沒有表現出水準，但另外幾個項目都取得了優秀成績，總結而言，可以說是～。

得手應心 ㄉㄜˊ ㄕㄡˇ ㄧㄥˋ ㄒㄧㄣ

【出處】《莊子．天道》：「斲輪徐則甘而不固，疾則苦而不入，不徐不疾，得之於手而應於心，口不能言，有數存焉於其間。」

【用法】①得於手而應於心。②比喻作事心手相應，順心如意。

【例句】雕塑家老馬，在這次活動中被分配當木工，這個活他做起來倒是～。

得勝回朝 ㄉㄜˊ ㄕㄥˋ ㄏㄨㄟˊ ㄔㄠˊ

【出處】明．馮夢龍《醒世恒言．李玉英獄中訟冤》：「終日盼望李雄得勝回朝。」

【解釋】朝：朝廷，古代帝王聽政的地方。

【用法】①舊指打了勝仗回到朝廷向帝王報功。②現泛指得勝而回（含詼諧

意）。

【例句】以爲這一嚇，人家就會閉口，自己就可以「～」了。

得人者昌，失人者亡

【出處】明・羅貫中《三國演義》第二十九回：「（周）瑜曰：『自古得人者昌，失人者亡。』」

【解釋】昌：興盛。

【用法】得到人心的就興盛起來，失去人心的就必然滅亡。

【例句】～。不能尊重民意，團結群衆，總是要失敗的。

得寸進尺

【用法】①得到一寸，又想掠取一尺。②形容貪得無厭，慾望和野心越來越大。

【例句】對你的幫助已經是超出了一般規定了，你要再～，提出無理的要求，反而使得人們無法同情你了。

得寸則寸

【出處】《戰國策・秦策三》：「范雎獻書秦王曰：『王不如遠交而近攻，得寸則王之寸，得尺亦王之尺也。』」

【用法】①得到一寸就守住一寸。②比喻穩紮穩打，得一點兒就是一點兒。

得而復失

【出處】明・羅貫中《三國演義》第九十六回：「孔明變色曰：『是何言也！得而復失，與不得同。公以此賀我，實足使我愧赧耳！』」

【用法】剛得到又失掉了。

【例句】由於驕傲自滿，使已經到手的冠軍又丟掉了，這個～的教訓值得警惕！

得意門生

【出處】淸・曾樸《孽海花》第十一回：「潘尚書接口道：『兩位都是石農的得意門生喲。』」

【解釋】得意：稱心如意。門生：弟子、學生。

【用法】最稱心如意的學生。

【例句】顏淵品格高潔，不愧爲孔子的～。

得意之筆

【用法】自認爲極其得意的手筆。

【例句】作文比賽之後，我不幸落選，眞害怕看到勝利者的～。

得意之色

【用法】非常得意，顯出不可一世的神色。

【例句】他榮獲冠軍，面露～。

得意洋洋

【出處】漢・司馬遷《史記・管晏列傳》：「其夫爲相御，擁大蓋，策駟馬，意氣揚揚，甚自得也。」

【解釋】洋洋：也作「揚揚」，得意的樣子。

【用法】①形容得意時的神態。②多指因成功而沾沾自喜。

【例句】她剛取得了一點好成績，就～地逢人便說。

【附註】也作「得意揚揚」，「洋洋得意」、「揚揚得意」。

得意忘形（ㄉㄜˊ ㄧˋ ㄨㄤˋ ㄒㄧㄥˊ）

【出處】唐·房玄齡等《晉書·阮籍傳》：「當得其意，忽忘形骸。」
【用法】形容高興得失去了常態。
【例句】敵人～，哪裏知道，我們已經擺下了天羅地網！

得意忘言（ㄉㄜˊ ㄧˋ ㄨㄤˋ ㄧㄢˊ）

【出處】《莊子·外物》：「蹄者所以在兔，得兔而忘蹄。言者所以在意，得意而忘言。」
【解釋】忘：同「亡」，不需要。
【用法】①得到同意就不需要說話了。②後用來表示互相默契，心照不宣。

得未曾有（ㄉㄜˊ ㄨㄟˋ ㄘㄥˊ ㄧㄡˇ）

【出處】《楞嚴經》卷一：「法筵清衆，得未曾有。」（法筵：法師講經的壇場。清衆：僧徒等聽衆。）
【用法】從來不曾有過。
【例句】這本書多年來～，今天我如願以償地買到了。

得魚忘筌（ㄉㄜˊ ㄩˊ ㄨㄤˋ ㄑㄩㄢˊ）

【出處】《莊子·外物》：「筌者所以在魚，得魚而忘筌。」
【解釋】筌：捕魚用的竹器。
【用法】①捕到魚就忘了筌。②喻事成以後就忘了賴以成功的事物和條件。
【例句】他剛發表了一兩篇作品，就～，居然端起了「作家」的架子，自己的啓蒙老師也看不上眼了。

德薄能鮮（ㄉㄜˊ ㄅㄛˊ ㄋㄥˊ ㄒㄧㄢˇ）

【出處】宋·歐陽修《瀧岡阡表》：「俾知夫小子修之德薄能鮮，遭時竊位，而幸全大節，不辱其先者，其來有自。」
【解釋】薄：淺薄。鮮：少。
【用法】指品德不高，才能欠缺。
【例句】由於自己～，始終不敢接受這個重要的任務。
【附註】「鮮」不能念成ㄒㄧㄢ。

德薄才疏（ㄉㄜˊ ㄅㄛˊ ㄘㄞˊ ㄕㄨ）

【出處】明·施耐庵《水滸傳》第六十八回：「盧俊義道：『小弟德疏才薄，怎敢承當此位！若得居末，尚自過分。』」
【解釋】薄：淺、少。疏：空虛、不實。
【用法】德行淺薄，才能不足。常用做謙詞。
【例句】在下～，不敢担此重任！

德隆望尊（ㄉㄜˊ ㄌㄨㄥˊ ㄨㄤˋ ㄗㄨㄣ）

【出處】明·宋濂《送東陽馬生序》：「先達德隆望尊，門人弟子塡其室，未嘗稍降辭色。」
【解釋】隆：崇高、深厚。尊：貴重。
【用法】道德高尙，享有崇高的聲望。
【例句】李將軍～，極受部屬的愛戴！

德高毀來（ㄉㄜˊ ㄍㄠ ㄏㄨㄟˇ ㄌㄞˊ）

【出處】唐·韓愈《原毀》：「是故事修而謗興，德高而毀來。」
【解釋】德：道德、品質。毀：毀謗。
【用法】①道德品質很高，招來了毀謗。②形容好人總要被壞人嫉妒和毀謗，做一個好人很不容易。
【例句】由於他的名聲太大，所以也有

一些人說他的壞話，這就是所謂～。

德高望重（ㄉㄜˊ ㄍㄠ ㄨㄤˋ ㄓㄨㄥˋ）

【出處】唐・房玄齡等《晉書・簡文三子傳》：「元顯因諷禮官下議，稱己德隆望重，既錄百揆，內外群僚皆應盡敬。」
【解釋】德：道德、品德。望：聲望。
【用法】品德高尚，聲望很高。
【例句】老工程師雖然已經退休，但由於他學識淵博、～，每天到他家請教的人依然絡繹不絕。
【附註】也作「德隆望重」。

德厚流光（ㄉㄜˊ ㄏㄡˋ ㄌㄧㄡˊ ㄍㄨㄤ）

【出處】《穀梁傳・僖公十五年》：「德厚者流光，德薄者流卑。」（卑：近。）
【解釋】德：品德。流光：流傳到後世。
【用法】指道德品質很高尚，影響很深遠。
【例句】孔子～，對後世影響深遠，不容忽視！

德重恩弘（ㄉㄜˊ ㄓㄨㄥˋ ㄣ ㄏㄨㄥˊ）

【出處】唐・韓愈《袁州刺史謝上表》：「顯榮頻繁，稱效寂蔑，又蒙赦其罪累，授以方州，德重恩弘。」
【解釋】重：指崇高、深厚。弘：通「宏」，宏大。
【用法】道德崇高，恩惠宏大。
【例句】在中國歷史發展過程中，許許多多～的革命先烈，人們是不會把他們忘掉的。

德才兼備（ㄉㄜˊ ㄘㄞˊ ㄐㄧㄢ ㄅㄟˋ）

【解釋】德：道德、品質。才：才能。兼備：都具備。
【用法】指既有好的思想品質，又有才幹。
【例句】我們必須把大批～的優秀幹部，提拔上來。
【附註】也作「才德兼備」。

德言容功（ㄉㄜˊ ㄧㄢˊ ㄖㄨㄥˊ ㄍㄨㄥ）

【出處】《周禮・天官・九嬪》：「掌婦學之法，以教九御，婦德、婦言、婦容、婦功。」
【用法】指品德、言辭、容貌、女功。婦女必須具有的四種德行，簡稱「四德」，即要求婦女，謹守所謂品德、辭令、儀態和手藝的「規範」。
【例句】古代婦女在～等方面必須樣樣具備才行。

德音莫違（ㄉㄜˊ ㄧㄣ ㄇㄛˋ ㄨㄟˊ）

【出處】《詩經・邶風・穀風》：「德音莫違，及爾同死。」
【解釋】德音：良言。後作為對別人言辭的敬稱。莫違：不要違背。
【用法】別人的良言，不要違背。

德威並施（ㄉㄜˊ ㄨㄟ ㄅㄧㄥˋ ㄕ）

【用法】恩德、威嚴同時施展。
【例句】張老師～，極受學生愛戴！
【附註】也作「恩威並施」。

呆頭呆腦（ㄉㄞ ㄊㄡˊ ㄉㄞ ㄋㄠˇ）

【出處】元・馬致遠《岳陽樓》第三折：「似這等呆腦呆頭勸不回。唱！可不賺了我奔走紅塵九千里。」

【解釋】呆：痴呆、遲鈍。
【用法】形容痴呆愚鈍的樣子。
【例句】別看他平常好像～似的，一但打起仗來，却非常勇敢善戰，如同換了一個人一樣。

呆裏撒奸（ㄉㄞ ㄌㄧˇ ㄙㄚ ㄐㄧㄢ）

【出處】元・王實甫《西廂記》第三本第二折：「你休要呆裏撒奸。」
【解釋】呆：痴呆。
【用法】指外表裝作痴呆，內懷奸詐。
【例句】有些不懷好心的人，慣會～。

呆若木鷄（ㄉㄞ ㄖㄨㄛˋ ㄇㄨˋ ㄐㄧ）

【出處】《莊子・達生》記載一個寓言故事：有人替齊王馴養鬥鷄，經四十天才完成。訓練好的鷄聽見別的鷄叫時沒有任何反應，「幾矣，鷄雖有鳴者，已無變矣，望之似木鷄矣，其德全矣。」
【解釋】呆：痴呆。
【用法】①痴呆地像隻木頭製作的鷄。②後用以形容呆笨。③也用以形容人因恐懼或驚訝而發楞的樣子。
【例句】老林～，長久地站在路旁，像生了根似的拔不起脚來。

代代相傳（ㄉㄞˋ ㄉㄞˋ ㄒㄧㄤ ㄔㄨㄢˊ）

【用法】一代一代地相繼流傳下去。
【例句】我們的文化傳統一定要～。

代拆代行（ㄉㄞˋ ㄔㄞ ㄉㄞˋ ㄒㄧㄥˊ）

【出處】清・李寶嘉《官場現行記》第九回：「其時撫台請病假，各事都由藩司代拆代行。」
【解釋】拆：拆開，指拆閱來電來文。行：發布。
【用法】①上級不在時，指定人負責代理拆閱和審批公文，處理公務（指全權代理的意思）。②也用以形容權力極大。
【例句】經理不在時，一切事務皆由王科長～。

代人受過（ㄉㄞˋ ㄖㄣˊ ㄕㄡˋ ㄍㄨㄛˋ）

【解釋】代：替。受：承受、擔待。過：過失、過錯。
【用法】替別人承擔過錯的責任。
【例句】當我們知道他是～的時候，不由得對他更加敬重了。

帶牛佩犢（ㄉㄞˋ ㄋㄧㄡˊ ㄆㄟˋ ㄉㄨˊ）

【出處】漢・班固《漢書・龔遂傳》：「民有帶持刀劍者，使賣劍買牛，賣刀買犢，曰：『何爲帶牛佩犢？』」
【用法】①漢宣帝時，渤海地方荒年，人民飢寒交迫，多持刀帶劍，進行反抗。渤海太守龔遂勸民賣劍買牛、賣刀買犢，從事農耕。②後用以指改業歸農。

帶厲河山（ㄉㄞˋ ㄌㄧˋ ㄏㄜˊ ㄕㄢ）

【出處】漢・司馬遷《史記・高祖功臣侯者年表》：「封爵之誓曰：『使河如帶，泰山如厲，國以永寧，援及苗裔。』」斐駰集解引應劭曰：「封爵之誓，國家欲使功臣傳祚無窮。……河當何時如衣帶，山當何時如厲石，言以帶厲，國乃絕耳。」
【解釋】帶：衣帶。厲：礪，磨刀石。河：黃河。山：泰山。
【用法】①黃河變得如衣帶窄，泰山變

得像磨刀石那麼小。②指永遠不會有這樣的一天。③比喻久長地沒個完結。
【例句】封建統治集團之間儘管訂有~的盟誓，一遇到利害相衝突的事時，照樣會兵戎相見。
【附註】也作「河山帶礪」。

帶月披星（ㄉㄞˋ ㄩㄝˋ ㄆㄧ ㄒㄧㄥ）

見「戴月披星」。

帶雨梨花（ㄉㄞˋ ㄩˇ ㄌㄧˊ ㄏㄨㄚ）

見「梨花帶雨」。

待價而沽（ㄉㄞˋ ㄐㄧㄚˋ ㄦˊ ㄍㄨ）

【出處】《論語·子罕》:「子貢曰:『有美玉於斯，韞匵而藏諸?求善賈(價)而沽諸?』子曰:『沽之哉，沽之哉，我待賈(價)者也。』」
【解釋】沽:出賣。
【用法】①等待高價去出售。②比喻某些人等待好的待遇或條件才肯出來作事。
【例句】這位飽學的長者，在軍閥混亂時期不少人請他出來都遭到拒絕，並不是因爲他要~，而是因爲他不肯和這些人同流合汚。

待時而動（ㄉㄞˋ ㄕˊ ㄦˊ ㄉㄨㄥˋ）

【出處】《周易·繫辭下》:「君子藏器於身，待時而動。」
【用法】等待合適的時機去行動。
【例句】游擊戰士們正在~，準備狠狠打擊到山區來進行掃蕩的敵人。

待人接物（ㄉㄞˋ ㄖㄣˊ ㄐㄧㄝ ㄨˋ）

【出處】①漢·司馬遷《報任少卿書》:「教以愼於接物，推賢進士爲務。」②明·陶宗儀《輟耕錄·卷五·先輩謙讓》:「右二事可見前輩諸老謙恭退抑，汲引後進，待人接物者如此。」
【用法】對待別人，應接事物。
【例句】他在~各方面，都有很合理，很適當的做法和態度。

待字閨中（ㄉㄞˋ ㄗˋ ㄍㄨㄟ ㄓㄨㄥ）

【出處】清·黃小配《廿載繁華夢》第三回:「養成一個如珠似玉的女兒，不特好才貌，還纏得一雙小脚兒，現年十七歲，待字深閨。」
【解釋】待字:《禮記·曲禮上》:「女子許嫁，笄而字。」(字:表字。)古代女子許嫁以後才命字，後即稱沒有訂婚的女子爲「待字」。閨:舊稱女子所居的內室。
【用法】指女子尚未訂婚。
【例句】他的家中還有一個女兒，~，沒有許配人家。

怠惰因循（ㄉㄞˋ ㄉㄨㄛˋ ㄧㄣ ㄒㄩㄣˊ）

【出處】唐·韓愈《答殷侍御書》:「願盡其學，職事羈纏，未得繼淸，怠惰因循，不能自彊(強)。」
【解釋】怠惰:懈怠。因循:拖延。
【用法】形容散漫拖沓。
【例句】我這些年來，由於~，結果一事無成。

戴盆望天（ㄉㄞˋ ㄆㄣˊ ㄨㄤˋ ㄊㄧㄢ）

【出處】漢·司馬遷《報任少卿書》:「主上幸以先人之故，使得奏薄伎，出入周衛之中。僕以爲戴盆何以望天?」

【解釋】戴：頭頂着。
【用法】①頭上戴着盆去看天，自然無法看到。②比喻作法與願望相違背。
【例句】袁世凱野心勃勃，妄想復辟，無異於～，落個可耻下場。

戴天履地（ㄉㄞˋ ㄊㄧㄢ ㄌㄩˇ ㄉㄧˋ）

【出處】清·曹雪芹《紅樓夢》第七十八回：「林四娘得聞凶信，遂聚集衆女將，發令說道：『你我皆向蒙聖恩，戴天履地，不能報其萬一，……』」
【解釋】戴：頭頂着。履：踩、踏。
【用法】①頭頂着天，脚踏著地。②指人活在世間。
【例句】男子漢～地活在人世間，必須有所作爲才行。

戴月披星（ㄉㄞˋ ㄩㄝˋ ㄆㄧ ㄒㄧㄥ）

【出處】清·蒲松齡《聊齋志異·毛狐》：「戴月披星，終非了局。」
【解釋】戴：頭頂着。
【用法】①頭上頂着月亮，身上披着星星。③形容早出晚歸，辛勤勞動。④也形容晝夜趕路，旅途勞頓。
【例句】唐朝高僧玄奘，～，歷盡千辛萬苦，從印度取回佛經，成爲中印文化的友好使者。
【附註】也作「帶月披星」。

戴圓履方（ㄉㄞˋ ㄩㄢˊ ㄌㄩˇ ㄈㄤ）

【出處】漢·劉安《淮南子·本經》：「戴圓履方，報表懷繩。」
【解釋】戴：頭頂着。履：踩、踏。圓、方：天地，古說天圓地方。
【用法】①頭頂着天，脚踩着地。②指人生活在天地間。

刀頭舔蜜（ㄉㄠ ㄊㄡˊ ㄊㄧㄢˇ ㄇㄧˋ）

【出處】《佛說四十二章經》：「佛言財色之於人，譬如小兒貪刀刃之蜜，甜不足一食之美，然有截舌之患也。」
【解釋】舔：指用舌頭接觸東西或取東西。
【用法】①本指爲一時小利而甘冒風險。②後比喻因小失大，得不償失。

刀耕火耨（ㄉㄠ ㄍㄥ ㄏㄨㄛˇ ㄋㄡˋ）

【出處】五代·後晉·劉昫等《舊唐書·嚴震傳》：「梁、漢之間，刀耕火耨。」
【解釋】耨：除草。
【用法】原始的農耕方法。農民播種前，常先伐去林木，燒去野草，以灰肥田。
【例句】直到現在，部分少數民族地區仍然處在～的落後狀態。
【附註】①也作「火耨刀耕」、「刀耕火種」。②參看「刀耕火種」。

刀光劍影（ㄉㄠ ㄍㄨㄤ ㄐㄧㄢˋ ㄧㄥˇ）

【用法】①戰刀放光，寶劍閃動。②形容敵對雙方露出了殺機，或激烈的鬥爭正在進行的緊張情勢。
【例句】在這場～、烟塵飛揚的格鬥中，我軍勇猛頑強，把敵人打得落花流水，狼狽逃竄。

刀鋸鼎鑊（ㄉㄠ ㄐㄩˋ ㄉㄧㄥˇ ㄏㄨㄛˋ）

【出處】漢·班固《漢書·刑法志》：「大刑用甲兵，其次用刀鋸，其次用鉆鑿。」
【解釋】刀鋸：割刑，刖刑的刑具。鼎

鑊：烹人的大鍋。

【用法】代指殘酷的刑罰。

【例句】他是一個硬骨頭，面對敵人的～，毫無懼色。

刀山火海（ㄉㄠ ㄕㄢ ㄏㄨㄛˇ ㄏㄞˇ）

【用法】比喻最危險，最艱難的境地。

【例句】作爲一個現代青年，就是～也無所畏懼，何況小小的困難呢！

【附註】也作「火海刀山」。

刀山劍樹（ㄉㄠ ㄕㄢ ㄐㄧㄢˋ ㄕㄨˋ）

【出處】《敬煌變文集·佛說阿彌陀經講經文》：「刀山劍樹趨令上，猛火爐灰急遣行。」

【用法】①原爲佛教所說地獄酷刑之一。②現用以比喻十分艱險的境地。

【例句】老宋渾身是膽，面對～，毫無懼色，威風凜凜地闖了進去，如入無人之境。

【附註】也作「劍樹刀山」。

倒繃孩兒（ㄉㄠˋ ㄅㄥ ㄏㄞˊ ㄦˊ）

【出處】宋·魏泰《東軒筆錄》七：「苗振第四人及第，即而召試館職。一日謁晏丞相（殊），晏語之曰：『君久從吏事，必疏筆硯，今將就試，宜稍溫習也。』振率然對曰：『豈有三十年爲老娘，而倒棚孩兒者乎？』既試，果不入選。公笑曰：『苗君竟倒棚孩兒矣！』」（棚：同「繃」。老娘：舊時接生婆。）

【解釋】繃：包紮。

【用法】①把初生嬰兒頭朝下包紮起來。②比喻老內行粗心出差錯。③也比喻誇嘴的人結果打了嘴。

【例句】你別再說嘴了，～之事可不是沒有喔！

倒打一耙（ㄉㄠˋ ㄉㄚˇ ㄧˋ ㄆㄚˊ）

【用法】①在《西遊記》中，猪八戒使用的兵器爲耙，他常用倒打一耙的戰術打敗對手。②現用以比喻犯了錯誤或幹了壞事，不僅拒絕正確的指摘，反而指責，誣賴人家。

【例句】壞事明明是他做的，他却～，把罪責推到了別人的身上。

倒廩傾囷（ㄉㄠˋ ㄌㄧㄣˇ ㄑㄧㄥ ㄐㄩㄣ）

【出處】唐·韓愈《答竇秀才書》：「雖使古之君子，積道藏德，遁其光而不曜，月其口而不傳者，遇足下之請懇懇，猶將到廩傾囷，羅列而進也。」

【解釋】廩：米倉。囷：穀倉。

【用法】①傾倒米倉和穀倉。②比喻竭盡所有。

【例句】只要是能讓我回到自己的專業上，我是願意～，把自己所學的知識全部貢獻出來的。

倒果爲因（ㄉㄠˋ ㄍㄨㄛˇ ㄨㄟˊ ㄧㄣ）

【用法】弄錯因果關係，把結果當成原因。

【例句】若要～，理論上說不過去，因此應該先定憲法，後選總統。

【附註】「倒」不能念成ㄉㄠˇ。

倒海翻江（ㄉㄠˋ ㄏㄞˇ ㄈㄢ ㄐㄧㄤ）

【出處】宋·陸游《夜宿陽山磯……遂抵雁翅浦》詩：「五更顛風吹急雨，倒海翻江洗殘暑。」

【解釋】倒：傾倒。翻：翻覆。

【用法】①原形容水勢浩大。②後用以比喻巨大的力量和聲勢。

【例句】漫山遍野的騎兵呼嘯而至，眞像～一樣，嚇得敵人抱頭鼠竄！

【附註】也作「翻江倒海」。

倒屣相迎 ㄉㄠˋ ㄒㄧˇ ㄒㄧㄤ ㄧㄥˊ

【出處】晉・陳壽《三國志・魏志・王粲傳》：「蔡邕才學顯著，貴重朝廷，常車騎塡巷，賓客盈坐。聞粲在門，倒屣迎之，……邕曰：『此王公孫也，有異才，吾不如也。』」

【解釋】屣：鞋。

【用法】①古人家居，脫鞋席地而坐，客人來，急於出迎，把鞋子穿倒了。②形容熱情迎客，匆忙急促的樣子。

【例句】只要你肯助一臂之力，料想我們公司必會～。

倒行逆施 ㄉㄠˋ ㄒㄧㄥˊ ㄋㄧˋ ㄕ

【出處】漢・司馬遷《史記・伍子胥列傳》載：春秋時楚國伍子胥爲父報仇，引吳師伐楚，掘平王墓，鞭屍三百。申包胥責備他，子胥答道：「吾日暮途遠，吾故倒行而逆施之。」

【解釋】倒：顚倒。逆：向相反方向活動。施：實行。

【用法】①倒着做，逆着幹。②指不擇手段，行動反常。③現用以形容行爲違背常理，逆時代潮流而動。

【例句】商紂王～，凌虐百姓，終於逃不過滅亡的命運。

倒懸之急 ㄉㄠˋ ㄒㄩㄢˊ ㄓ ㄐㄧˊ

【出處】《孟子・公孫丑上》：「當今之時，萬乘之國，行仁政，民之悅之，猶解倒懸也。」

【用法】①被倒掛起來的危急。②比喻極端的困苦。

【例句】請速派援軍，以解我們的～。

【附註】也作「倒懸之厄」、「倒懸之危」。

倒持泰阿 ㄉㄠˋ ㄔˊ ㄊㄞˋ ㄜ

【出處】漢・班固《漢書・梅福傳》：「倒持泰阿，授楚其柄。」

【解釋】泰阿：古代寶劍名。

【用法】①倒拿着泰阿劍。②喻把權柄輕易地交給了別人，自己反受其害。

【例句】大權在握，才能自保，切勿～，失了憑藉。

【附註】①也作「泰阿倒持」。②「倒」不能念成ㄉㄠˇ。「阿」不能念成ㄚ。

倒裳索領 ㄉㄠˋ ㄔㄤˊ ㄙㄨㄛˇ ㄌㄧㄥˇ

【出處】《鄧析子・無厚篇》：「驅逸足於庭，求猿捷於檻，斯逆理而求之，猶倒裳而索領。」

【解釋】索：搜尋、尋找。

【用法】①把衣服上下顚倒過來去找領子。②比喻解決問題的方法不對頭。

【例句】我很怕和老陳共事，因爲他做事情總是～，令人無法配合。

倒載干戈 ㄉㄠˋ ㄗㄞˋ ㄍㄢ ㄍㄜ

【出處】《禮記・樂記》：「倒載干戈，包之以虎皮，將帥之士，使爲諸侯，名之曰建櫜，然後天下知武王之不復用兵也。」（建櫜：把鎧甲和兵器收藏起來。）

【解釋】倒載：把鋒刃向裏裝存起來。

干戈：兵器。
【用法】①把兵器的鋒刃向裏裝存起來。②比喻不再作戰。
【例句】仁君賢相應有悲天憫人的胸懷～，絕不輕言戰事！

悼心失圖（ㄉㄠˋ ㄒㄧㄣ ㄕ ㄊㄨˊ）

【出處】《左傳・昭公七年》：「孤與其二三臣悼心失圖。」
【解釋】悼：悲傷。圖：計謀。
【用法】心裏悲傷，失誤了計謀。
【例句】你身爲幹部，絕不可自亂陣腳，以免～啊！

盜名暗世（ㄉㄠˋ ㄇㄧㄥˊ ㄢˋ ㄕˋ）

【出處】《荀子・不苟篇》：「是姦人將以盜名於腌世者也。」（「腌」即「暗」。）
【解釋】暗：黑暗。
【用法】①在黑暗的時代裏竊取好名聲。②指邪惡的人乘機騙取榮譽。
【例句】～的人，最終總是要露出馬腳來的。

盜跖之物（ㄉㄠˋ ㄓˊ ㄓ ㄨˋ）

【出處】清・吳敬梓《儒林外史》第三十八回：「這銀子是我們江南這幾個人的，並非盜跖之物，先生如何不受？」
【解釋】跖：人名，先秦傳說中佔山爲王的強盜，後來將「盜跖」，喚爲壞人的代詞。物：物品。
【用法】指搶劫來的不義之財。
【例句】做人應有的原則是即使兩袖清風，也不取～。

盜憎主人（ㄉㄠˋ ㄗㄥ ㄓㄨˇ ㄖㄣˊ）

【出處】《左傳・成公十五年》：「伯宗每朝，其妻必戒之曰：『盜憎主人，民惡其上，子好直言，必及於難。』」
【解釋】盜：小偷。憎：憎恨。
【用法】①原指盜賊憎恨主人防賊，使其不能得手。②後用以比喻奸邪的人憎恨正直的人。

盜亦有道（ㄉㄠˋ ㄧˋ ㄧㄡˇ ㄉㄠˋ）

【出處】《莊子・胠篋》：「跖之徒問於跖曰：『盜亦有道乎？』跖曰：『何適而無有道耶？夫妄意室中之藏，聖也；入先，勇也；出後，義也；知可否，知（智）也；分均，仁也。五者不備而能成大盜者，天下未之有也。』」
【解釋】道：道義。
【例句】古代的竊賊劫富濟貧，講求道義，正是所謂的～。

蹈節死義（ㄉㄠˋ ㄐㄧㄝˊ ㄙˇ ㄧˋ）

【出處】唐・房玄齡等《晉書・元帝紀》：「惟有蹈節死義，以雪天下之恥。」
【解釋】節：氣節。
【用法】爲保持氣節、正義而死。
【例句】文天祥是中華民族～的英雄。

蹈常襲故（ㄉㄠˋ ㄔㄤˊ ㄒㄧˊ ㄍㄨˋ）

【出處】宋・蘇軾《伊尹論》：「後之君子，蹈常而襲故，惴惴焉懼不免於天下。」
【解釋】蹈：踩着，引申爲遵循。常：常規。襲：沿襲。故：舊的。
【用法】①遵循常規，沿襲舊法。②形

容按舊規矩，老辦法辦事。

【例句】在文學創作中，我們要有敢於創新的勇氣，一味地～，不敢突破舊框條，文學是繁榮不起來的。

道不拾遺 ㄉㄠˋ ㄅㄨˋ ㄕˊ ㄧˊ

【出處】《戰國策・秦策一》：「道不拾遺，民不妄取，兵革大強，諸侯畏懼。」

【解釋】道：道路。拾：拾取。遺：別人丟失的東西。

【用法】①在道路上沒有人拾取別人丟失的東西。②形容社會風尙好。

【例句】大同世界如果實現，民心趨於淳厚、社會風氣丕變，必可出現～的新氣象！

【附註】也作「路不拾遺」。

道貌岸然 ㄉㄠˋ ㄇㄠˋ ㄢˋ ㄖㄢˊ

【出處】唐《敦煌變文・維摩詰經講經文》：「然見維摩，道貌凜然，儀形磊落。」(凜然：使人畏懼的樣子。)

【解釋】道貌：嚴肅、正經的外表。岸然：高傲得很難接近的神氣。

【用法】①原指神態嚴肅高傲。②現用來譏諷故作正經、表裏不一的僞君子面孔。

【例句】一個老師若過於～，必使學生不敢親近，也就無法建立融洽的師生關係了！

【附註】也作「道貌凜然」、「岸然道貌」。

道大莫容 ㄉㄠˋ ㄉㄚˋ ㄇㄛˋ ㄖㄨㄥˊ

【出處】漢・司馬遷《史記・孔子世家》：「孔子曰：『(端木)賜！《詩》云：「匪兕匪虎，率彼曠野。」吾道非邪？吾何爲於此？』子貢曰：『夫子之道至大也，故天下莫能容夫子，夫子蓋少貶焉？』」

【用法】①原爲孔子門徒稱孔子之道精深博大，天下容納不了。②現用以形容眞理爲淺薄的人所不容。

【例句】～，孔子思想被共產主義反對是不足爲奇的。

道聽塗說 ㄉㄠˋ ㄊㄧㄥ ㄊㄨˊ ㄕㄨㄛ

【出處】《論語・陽貨》：「道聽而塗說，德之棄也。」

【解釋】道、塗：道路。

【用法】①從路上聽來的話在路上傳說。②指沒有根據的傳聞。

【例句】新聞工作者不能根據～來報導；而應該對採訪的每一件事認眞地加以查證！

道路以目 ㄉㄠˋ ㄌㄨˋ ㄧˇ ㄇㄨˋ

【出處】《國語・周語上》：「國人莫敢言，道路以目。」

【用法】①在道路上用眼示意。②指在暴虐的反動統治下人們不敢講話，路上遇見只好彼此用眼示意。

【例句】在秦始皇專制的高壓手段下，老百姓～，敢怒不敢言。

道高一尺，魔高一丈 ㄉㄠˋ ㄍㄠ ㄧ ㄔˇ，ㄇㄛˊ ㄍㄠ ㄧ ㄓㄤˋ

【出處】明・吳承恩《西遊記》第五十回：「道高一尺魔高丈，性亂情昏錯認家。可恨法身無坐位，當時行動念頭差。」

【解釋】道：道行、佛法。魔：魔障(包括惡鬼、私心雜念、憂煩、疑慮等)。

【用法】①佛家語。道行高一尺，魔障高一丈。②指僧家修行，每前進一步，需要戰勝內外的一切魔難。③現用以比喻一個法術更比一個高，一個力量更比一個強。
【例句】～，你千萬不能掉以輕心啊！
【附註】參看「魔高一尺，道高一丈」。

道骨仙風 ㄉㄠˋ ㄍㄨˇ ㄒㄧㄢ ㄈㄥ

【出處】元・岳伯川《鐵拐李》第四折：「貧道再降臨凡世，度你個掌刑名主文司吏。因為有道骨仙風，誤墮入酒色財氣。」
【用法】①道家的風骨，仙人的氣度。②形容不同凡俗的風度。
【例句】陳教授～，學生對他景仰不已！

道合志同 ㄉㄠˋ ㄏㄜˊ ㄓˋ ㄊㄨㄥˊ

見「志同道合」。

道盡途窮 ㄉㄠˋ ㄐㄧㄣˋ ㄊㄨˊ ㄑㄩㄥˊ

【解釋】道、途：路。
【用法】①道路的盡頭。②形容面臨末日，無路可走。

【例句】國學國學！新學家既薄為「不足道」，舊學家又道而不能亨，看來你眞要～了！

道在屎溺 ㄉㄠˋ ㄗㄞˋ ㄕˇ ㄋㄧㄠˋ

【出處】《莊子・知北游》：「東郭子問於莊子曰：『所謂道，惡乎在？』莊子曰：『無所不在。』東郭子曰：『期而後可？』莊子曰：『在螻蟻。』曰：『何其下邪？』曰：『在稊稗。』曰：『何其愈下邪？』曰：『在瓦甓。』曰：『何其愈甚邪？』曰：『在屎溺。』東郭子不應。」
【解釋】道：理，法則規律。屎溺：糞尿。
【用法】指社會上無處不存在道。
【例句】莊子知之，故曰～，每下愈況。

道義之交 ㄉㄠˋ ㄧˋ ㄓ ㄐㄧㄠ

【解釋】交：交情、交誼。
【用法】①有道德，有正義感的交往。②指志同道合、互相幫助的朋友。
【例句】這一對朋友，互相竭誠相助，毫無私心，眞稱得起是～。

道遠任重 ㄉㄠˋ ㄩㄢˇ ㄖㄣˋ ㄓㄨㄥˋ

見「任重道遠」。

丹鳳朝陽 ㄉㄢ ㄈㄥˋ ㄔㄠˊ ㄧㄤˊ

【出處】《詩經・大雅，卷阿》：「鳳皇鳴矣，於彼高岡；梧桐生矣，於彼朝陽。」朱熹《詩經解頤》注：「鳳皇者，賢才之喻；朝陽者，明時之喻。」
【解釋】丹鳳：鳥名。
【用法】比喻賢能的人才遇到了政治清明的時代，而得以施展才幹。
【例句】～的時代，政法清明人才輩出，一片安和樂利的景象。
【附註】①「朝」不能念成ㄓㄠ。②參看「朝陽丹鳳」。

丹青之信 ㄉㄢ ㄑㄧㄥ ㄓ ㄒㄧㄣˋ

【出處】漢・班固《漢書・王莽傳》：「明告以生活丹青之信。」
【用法】①(紅)青二色是不易泯滅的顏色。②比喻事情彰明昭著，毫無疑問。

丹心如故（ㄉㄢ ㄒㄧㄣ ㄖㄨˊ ㄍㄨˋ）

【解釋】丹心：紅心、忠心。
【用法】①一片丹心，仍如以往一個樣。②形容永遠不變心。
【例句】他們已不年輕了，鬢髮已染上白霜，但仍然～。

丹書鐵契（ㄉㄢ ㄕㄨ ㄊㄧㄝˇ ㄑㄧˋ）

【出處】漢・班固《漢書・高帝紀下》：「又與功臣剖符作誓，丹書鐵契，金匱石室，藏之宗廟。」
【解釋】丹書：用朱砂寫字或先刻字再用金嵌。鐵契：鐵製的憑證。
【用法】古代帝王賜給功臣世代享受優遇和免罪特權的證件。因用丹書寫在鐵板上，故名。
【例句】～等特權證件，已被民主浪潮淹沒、淘汰。
【附註】也作「丹書鐵券」、「金書鐵券」。

丹楹刻桷（ㄉㄢ ㄧㄥˊ ㄎㄜˋ ㄐㄩㄝˊ）

【出處】①《左傳・莊公二十三年》：「丹桓宮楹。」②《左傳・莊公二十四年》：「刻其桷，皆非禮也。」
【解釋】楹：堂屋前部的柱子。桷：方形的椽子。
【用法】柱子用紅漆塗飾，椽子雕刻花紋。形容建築物精巧華麗。
【例句】帝王時代的皇宮建築～，美侖美奐！

單刀赴會（ㄉㄢ ㄉㄠ ㄈㄨˋ ㄏㄨㄟˋ）

【出處】明・羅貫中《三國演義》第六十六回載：吳主孫權命魯肅邀請關羽在陸口寨外臨江亭上宴會，暗設埋伏，計討荊州。「吾（關羽）來日獨駕小舟，只用親隨十餘人，單刀赴會，看魯肅如何近我。」
【解釋】單刀：單人持刀，也即一人。
【用法】①代指一人持刀去赴會。②形容大無畏的英雄氣概。
【例句】陳將軍在不得已的情況下，～，獨自一個人去和敵人進行談判。

單刀直入（ㄉㄢ ㄉㄠ ㄓˊ ㄖㄨˋ）

【出處】宋・釋道原《景德傳燈錄》卷十二：「旻德和尚曰：『若是作家戰將，便請單刀直入，更莫如何，若何？』」
【解釋】單刀：短柄長刀（武器）。直：徑直。入：刺入。
【用法】①用單刀徑直刺入。②原指認定目標，勇猛精進。③後比喻說話、辦事直接了當，不兜圈子。
【例句】老陳是個粗人，性格爽朗，說起話來一向是～，從不拐彎抹角。
【附註】也作「單刀趨入」。

單鵠寡鳧（ㄉㄢ ㄏㄨˊ ㄍㄨㄚˇ ㄈㄨˊ）

【解釋】鵠：天鵝。鳧：野鴨。
【用法】①孤單的天鵝，失去配偶的野鴨。②原為古琴曲名。③後常用以比喻失去配偶的人。
【例句】～最堪憐！
【附註】也作「單鳧寡鵠」、「寡鵠單鳧」。

單槍匹馬（ㄉㄢ ㄑㄧㄤ ㄆㄧˇ ㄇㄚˇ）

【出處】五代・楚・汪遵《烏江》詩：「兵散弓殘挫虎威，單槍匹馬突重圍。」

【用法】①原意爲一人單騎上陣。②後形容沒有人幫助而單獨行動。

【例句】他的技術革新構想，最初沒人理解，只得～地先做出成果，後來大家才陸續參加。

單身隻手（ㄉㄢ ㄕㄣ ㄓ ㄕㄡˇ）

【出處】清・孔尚任《桃花扇・草檄》：「割俺單身隻手，怎去恢復中原。」

【用法】①指剩下獨自一個人。②形容人寡勢單。

【例句】垓下一戰，楚國軍隊全軍覆沒，只剩下項羽～逃到了烏江。

單則易折，衆則難摧（ㄉㄢ ㄗㄜˊ ㄧˋ ㄓㄜˊ，ㄓㄨㄥˋ ㄗㄜˊ ㄋㄢˊ ㄘㄨㄟ）

【出處】唐・李延壽《北史・吐谷渾傳》：「阿豺命母弟慕利延曰：『汝取一只箭折之。』延即折之。『汝又取十幾只折之』延不能折。阿豺曰：『汝曹知否？單則易折，衆則難摧，戮力一心，然後社稷可固也。』」

【用法】①原指單獨的一支箭容易被折斷，多支箭合在一起就不易被損毀。②後用以比喻人多才能力量大。

【例句】「～」，只要我們團結起來，多麼強大的敵人也不能打敗我們。

單文孤證（ㄉㄢ ㄨㄣˊ ㄍㄨ ㄓㄥˋ）

【出處】清・紀昀《四庫提要・子・雜家類》：「《鶡冠子三卷》，未可以單文孤證，遽斷其僞。」

【解釋】單：單一。孤：孤立的。

【用法】①單一的文字材料，孤立的證據。②指證據不足。

【例句】對於赤壁之戰在歷史上曾否眞正發生過，我曾經有所懷疑，然而，只靠～，不可輕易地下結論。

擔驚受怕（ㄉㄢ ㄐㄧㄥ ㄕㄡˋ ㄆㄚˋ）

【出處】元・王實甫《西廂記》第三本第三折：「憑的般受怕擔驚，又不圖甚浪酒閑棋。」

【用法】指內心感到緊張害怕。

【例句】我一走幾個月，沒有機會回來，也沒有寫信，讓老人家～，心裏感到很不安。

殫竭其力（ㄉㄢ ㄐㄧㄝˊ ㄑㄧˊ ㄌㄧˋ）

【解釋】殫、竭：盡。

【用法】使盡了全部的力量。

【例句】老陳～地想搭救小江，但由於敵人臨時改變出發路線，致使營救活動未能奏效。

殫見洽聞（ㄉㄢ ㄐㄧㄢˋ ㄑㄧㄚˋ ㄨㄣˊ）

【出處】漢・班固《西都賦》：「元元本本，殫見洽聞。」

【解釋】殫：竭盡。洽：廣博。

【用法】①無所不見，廣有所聞。②形容人見多識廣，學問淵博。

【例句】年輕朋友中～之士是大有人在的。

殫精竭慮（ㄉㄢ ㄐㄧㄥ ㄐㄧㄝˊ ㄌㄩˋ）

【出處】章炳麟《訄兵難》：「吾以爲火器之窮，人人殫精竭思而無所不進。」

【解釋】殫：竭盡。

【用法】用盡心思謀慮。

【例句】～、嘔心絞腦認眞創作出來的學說，和世俗的見解是很不一樣的。

殫心竭智（ㄉㄢ ㄒㄧㄣ ㄐㄧㄝˊ ㄓˋ）

【解釋】殫、竭：盡。

【用法】①竭盡心思，用盡智慧。②形容極度用腦子。

【例句】想要探索巧妙的藝術構思和獨特的表現手法，必須～地付出艱苦的代價才行！

殫思極慮（ㄉㄢ ㄙ ㄐㄧˊ ㄌㄩˋ）

【解釋】殫，極：盡。思、慮：心思、考慮。

【用法】①竭盡思索，盡力考慮。②形容用盡了心思。

【例句】為了解出這個數學問題，陳教授夜以繼日、～地刻苦鑽研，終於獲得了舉世矚目的成就。

簞食瓢飲（ㄉㄢ ㄙˋ ㄆㄧㄠˊ ㄧㄣˇ）

【出處】《論語·雍也》：「一簞食，一瓢飲，在陋巷，人不堪其憂，回也不改其樂。賢哉，回也！」

【解釋】簞：古代盛飯用的圓形竹器。食：飯。飲：指水。

【用法】①一簞飯，一瓢水。②指貧苦清高的生活。

【例句】在政治黑暗的時代裏，有些正直的知識分子，寧可過着～的清貧生活，也不肯為腐敗朝廷效力。

【附註】①也作「簞食陋巷」。②「食」不能念成ㄕˊ。

簞食壺漿（ㄉㄢ ㄙˋ ㄏㄨˊ ㄐㄧㄤ）

【出處】《孟子·梁惠王下》：「簞食壺漿，以迎王師。」

【解釋】簞：古代盛飯用的圓形竹器。食：飯。漿：古代用米熬成的帶酸味的飲料，用以代酒。

【用法】形容百姓用簞盛着乾飯、用壺盛着酒漿來歡迎他們擁護的軍隊。

【例句】現在，在他心中所恨的，與其是打敗他的敵軍，毋寧是那沿途逃走了，不肯～來迎接他的居民。

膽大包天（ㄉㄢˇ ㄉㄚˋ ㄅㄠ ㄊㄧㄢ）

【用法】膽子極大，敢于胡作非為。

【例句】去年三月，他教唆鬼子殺害百姓，如今，又敢回來胡鬧，真是～！

膽大包身（ㄉㄢˇ ㄉㄚˋ ㄅㄠ ㄕㄣ）

【出處】五代·後晉·劉昫等《舊唐書·李昭德傳》：「臣觀其膽，乃大於身，鼻息所冲，上拂雲漢。」

【用法】指渾身是膽，無所畏懼。

膽大心細（ㄉㄢˇ ㄉㄚˋ ㄒㄧㄣ ㄒㄧˋ）

【出處】五代·後晉·劉昫等《舊唐書·孔思邈傳》：「膽欲大而心欲小，智欲圓而行欲方。」

【用法】①膽量很大而思慮精細。②指作事果敢而又思慮周密，既有勇又有謀。

【例句】他向來～，一定能完成這次偵察任務。

【附註】也作「膽大心小」。

膽大如斗（ㄉㄢˇ ㄉㄚˋ ㄖㄨˊ ㄉㄡˇ）

【出處】晉·陳壽《三國志·蜀志·姜維傳》：「維妻子皆伏誅。」裴松之注引《世語》：「維死時見剖，膽如斗大。」

【用法】①膽子像斗一樣大。②形容膽

量極大。
【例句】老陳～，最喜愛深夜到墓地探險了！

膽大妄爲

【出處】清·曾樸《孽海花》第十回：「這種人要是在敝國，是早已明正典刑，哪裏容他如此膽大妄爲呢！」
【解釋】妄爲：胡作非爲。
【用法】指毫無顧忌地胡作非爲。
【例句】黃少爺憑藉他姐夫當縣令的勢力，在村裏～，無惡不作，搞得民情激憤！

膽裂魂飛

【解釋】裂：分裂。魂：靈魂、神志。
【用法】①指膽戰心驚，神志失常。②形容害怕到了極點。
【例句】那些被包圍的日軍，看見國軍如潮水般地向他們殺過來的時候，一個個嚇得～，紛紛舉手投降。

膽小如鼠

【出處】北齊·魏收《魏書·汝陰王傳》：「字同百舌，膽若鼷鼠。」
【用法】①膽小得像老鼠似的。②形容膽小怕事，遇事畏縮。
【例句】他們的外表往往很凶，其實～。

膽戰心寒

【出處】《古今雜劇·楚昭王疎者下船》：「怕的是城荒國破，常子是膽戰心寒。」
【解釋】戰：發抖。
【用法】形容非常害怕。
【附註】參看「膽戰心驚」。

膽戰心驚

【出處】《敦煌變文集·維摩詰經講經文》：「唯增慚赧(赧)，倘自憂惶，聞說便膽戰心驚，豈得交吾曹爲使。」
【解釋】戰：發抖。
【用法】形容十分害怕。
【例句】她那種威武不屈的頑強精神，使敵人～。
【附註】①也作「膽顫心驚」、「心驚膽戰」、「心驚膽顫」。②參看「膽戰心寒」。

彈盡糧絕

【用法】①彈藥用完了，糧食也吃光了。②形容處境極端困難。
【例句】被圍困在城內的敵人，已經～，所以開城投降了。
【附註】①也作「彈盡援絕」。②「彈」不能念成ㄊㄢˊ。

彈丸之地

【出處】《戰國策·趙策三》：「此彈丸之地，猶不予也，令秦來年復攻，王得無割其內而媾乎？」
【解釋】彈丸：彈弓所用的子彈。
【用法】比喻地方很小。
【例句】如果只求退軍，不想進取，那麼，這僅餘的～，也是不能保全的。
【附註】「彈」不能念成ㄊㄢˊ。

憚赫千里

【出處】《莊子·外物》：「白波若山，海吹震蕩，聲侔鬼神，憚赫千里。」
【解釋】憚赫：威震。
【用法】①威震千里。②形容聲威極盛。

【例句】陳家在本省～，無人不知，無人不曉。

旦夕之費（ㄉㄢˋ ㄒㄧˋ ㄓ ㄈㄟˋ）

【出處】唐·李延壽《南史·隱逸·陶潛傳》：「汝旦夕之費自給為難，今遣此力，助汝薪水之勞，此亦人子也，可善遇之。」
【解釋】旦夕：早晚。費：費用。
【用法】指日常的生活費用。
【例句】我的父親由於失業，一家人的～都無處籌措。

旦夕之間（ㄉㄢˋ ㄒㄧˋ ㄓ ㄐㄧㄢ）

【解釋】旦：早晨。夕：晚間。
【用法】①早晚之間。②形容很短的時間之內。
【例句】建設國家是個長期的事情，決不可能設想～就可以完成。

淡泊明志（ㄉㄢˋ ㄅㄛˊ ㄇㄧㄥˊ ㄓˋ）

【出處】三國·蜀·諸葛亮《戒子書》：「夫君子之行，靜以修身，儉以養德，非淡泊無以明志，非寧靜無以致遠。」
【解釋】淡泊：把名利看得很淡。志：志趣。
【用法】通過樸素的生活顯示出自己的志趣。
【例句】一個有志向的知識分子，從來不把注意力放在物質享受上，這也就是所謂～吧。

淡飯粗茶（ㄉㄢˋ ㄈㄢˋ ㄘㄨ ㄔㄚˊ）

見「粗茶淡飯」。

淡妝濃抹（ㄉㄢˋ ㄓㄨㄤ ㄋㄨㄥˊ ㄇㄛˇ）

【出處】宋·蘇軾《飲湖上初晴後雨》詩：「欲把西湖比西子，淡妝濃抹總相宜。」
【解釋】妝：飾。抹：塗抹。
【用法】①原泛指素淨和艷麗兩種不同的婦女美容妝飾。②後用以形容人的打扮。
【例句】這個姑娘～，都顯得很得體。

淡然處之（ㄉㄢˋ ㄖㄢˊ ㄔㄨˇ ㄓ）

【解釋】淡然：指不經心，不在意。處：對待。
【用法】指用漫不經心的態度對待某件事物。
【例句】李老師是個豁達的人，對於此次外界的攻擊，必能～。
【附註】「處」不能念成ㄔㄨˋ。

淡而無味（ㄉㄢˋ ㄦˊ ㄨˊ ㄨㄟˋ）

【出處】唐·姚思廉《梁書·陸倕傳》：「既蘊藉其有餘，又淡然而無味。」
【解釋】淡：不濃。
【用法】①淡薄沒有味道。②形容話語的內容浮淺。
【例句】一篇沒有特色的文章，如同白開水一樣～。

澹泊寡欲（ㄉㄢˋ ㄅㄛˊ ㄍㄨㄚˇ ㄩˋ）

【出處】三國·魏·曹植《蟬賦》：「實澹泊而寡欲兮，獨怡樂而長吟。」
【解釋】澹泊：也作「淡泊」，不追求名位利祿。寡：少。欲：欲望。
【用法】形容心情恬淡，不圖名利。
【例句】～者，才能眞正體會生活的樂趣。

當斷不斷
ㄉㄤ ㄉㄨㄢˋ ㄅㄨˋ ㄉㄨㄢˋ

【出處】漢・司馬遷《史記・齊悼惠王世家》：「當斷不斷，反受其亂。」

【解釋】斷：決斷。

【用法】①應當決斷的事情，不能做出決斷。②指遇事猶豫不決，不能當機立斷。

【例句】明哲保身的王主任，遇事～，前怕狼後怕虎，使得大家非常不愉快。

當頭棒喝
ㄉㄤ ㄊㄡˊ ㄅㄤˋ ㄏㄜˋ

【出處】宋・釋道原《景德傳燈錄》：「臨濟義玄禪師問樂普曰：『從上來，一人行棒，一人行喝，阿那個親？』對曰：『總不親。』師曰：『親處作麼生？』普便喝，師便打。」

【解釋】棒：用棒子打。喝：喝斥。

【用法】①迎頭棒打喝斥。②原爲佛教用語，指用此法以促使人從迷妄中猛醒。③後用以比喻使人覺悟的警告或勸誡。

【例句】陳將軍威武不屈的精神，給叛徒以～，使他們徹底悔悟了！

當頭一棒
ㄉㄤ ㄊㄡˊ ㄧˊ ㄅㄤˋ

【出處】清・曹雪芹《紅樓夢》第一百一十七回：「一聞那僧問起玉來，好像當頭一棒。」

【用法】比喻受到突然嚴重的打擊。

【例句】他剛想談談自己的意見，哪知道才一開口就挨了～，弄得他只好什麼也不講了。

當機立斷
ㄉㄤ ㄐㄧ ㄌㄧˋ ㄉㄨㄢˋ

【出處】三國・魏・陳琳《答東阿王箋》：「拂鐘無聲，應機立斷。」

【用法】處理事情在適當時要果斷作出決定。

【例句】他見水鬼企圖乘船逃跑，便～，炸掉他的橡皮船。

【附註】也作「應機立斷」。

當家作主
ㄉㄤ ㄐㄧㄚ ㄗㄨㄛˋ ㄓㄨˇ

【用法】①當得起家，做得了主。②比喻對於分內的事勇挑重擔，盡心負責。③也比喻人民有權力，有義務參加治理國家大事。

【例句】只有在自由民主的國家裏，人民才能～。

當局者迷，旁觀者清
ㄉㄤ ㄐㄩˊ ㄓㄜˇ ㄇㄧˊ，ㄆㄤˊ ㄍㄨㄢ ㄓㄜˇ ㄑㄧㄥ

【出處】①五代・後晉・劉昫等《舊唐書・元行衝傳》：「當局稱迷，旁觀見審。」②宋・辛棄疾《戀綉衾》詞：「却原來，當局者迷。」

【解釋】當局者：當事人。

【用法】當事人往往不能客觀冷靜地對待而導致迷亂，局外人却看得清楚。

【例句】所有的人都明白這件事不能這樣做，但他自己偏偏做了，這眞是「～」啊！

當前快意
ㄉㄤ ㄑㄧㄢˊ ㄎㄨㄞˋ ㄧˋ

【出處】西漢・韓嬰《韓詩外傳》：「當前快意，一呼百諾者，人隷也。」

【解釋】當前：眼前。快：愉快。意：心情。

【用法】眼前使心情愉快。

【例句】做什麼事都要有長遠打算，周密計劃，不能只圖～。

當行出色（ㄉㄤ ㄏㄤˊ ㄔㄨ ㄙㄜˋ）

【出處】①明·胡震亨《唐音癸籤》第六卷：「如老杜之入蜀，篇篇合作，語語當行，初學所當法也。」②清·曹雪芹《紅樓夢》第八十四回：「賈政點點頭，因說道：『這也並沒有什麼出色處，但初試筆能如此，還算不離。』」

【解釋】當行：內行。出色：與衆不同。

【用法】①正是行家裏手，做事與衆不同。②形容精通業務，成果突出。

【例句】在地毯行業裏，人們一提起他，無不稱讚他～。

當之有愧（ㄉㄤ ㄓ ㄧㄡˇ ㄎㄨㄟˋ）

【解釋】當：承當、承受。愧：慚愧。

【用法】指承受某種榮譽或獎勵心裏感到慚愧。常作自謙之詞。

【例句】這項發明主要是幾個青年人推動的，我只不過出了點主意，如今得獎，眞是～。

當之無愧（ㄉㄤ ㄓ ㄨˊ ㄎㄨㄟˋ）

【出處】清·李寶嘉《官場現行記》第三十二回：「趙大架子道：『若照蓋翁的大才，這幾句考語着實當之無愧。不過寫到摺子上，語氣似乎總還要軟些，叫上頭看着也受用。』」

【解釋】當：承當、承受。無愧：不感到慚愧。

【用法】指承受某種榮譽和稱號，名實相符，毫不慚愧。

【例句】孔老夫子被後世視作「學不厭，教不倦」的崇高典型，確是～的。

當軸處中（ㄉㄤ ㄓㄡˊ ㄔㄨˇ ㄓㄨㄥ）

【出處】漢·班固《漢書·車千秋傳贊》：「車丞相履伊、呂之列，當軸處中，括囊不言，容身而去，彼哉！彼哉！」

【解釋】軸：車軸。中：中心。

【用法】①處在車軸的中心。②舊時比喻官居主要地位。

【例句】諸葛亮是蜀漢～的托孤重臣，但他始終嚴格地要求自己，兢兢業業地輔佐後主劉禪。

當衆出醜（ㄉㄤ ㄓㄨㄥˋ ㄔㄨ ㄔㄡˇ）

【用法】在衆人面前露出馬脚，呈現出醜態。

【例句】他上台表演時，一不小心滑了一跤，～。

【附註】參看「當場出彩」、「當場出醜」。

當場出醜（ㄉㄤ ㄔㄤˇ ㄔㄨ ㄔㄡˇ）

【出處】明·凌濛初《二刻拍案驚奇》第三十三卷：「不如私下請牌頭來，完了這業債，省得當場出醜。」

【用法】在公開的場面丟了臉。

【附註】參看「當場出彩」、「當衆出醜」。

當場出彩（ㄉㄤ ㄔㄤˇ ㄔㄨ ㄘㄞˇ）

【解釋】彩：影劇中表演被殺傷時，用紅顏色的水做出流血的樣子。

【用法】比喻在人面前敗露秘密，露了底，顯得尷尬。

【例句】李小姐在記者招待會上，因揭露了主辦單位的種種內幕，使列席的有關人員個個～，非常狼狽。

當仁不讓

【出處】《論語·衛靈公》：「當仁不讓於師。」朱熹注：「當仁，以仁爲己任也；雖師亦無所遜。言當勇往而必爲也。」

【解釋】當：面對。仁：合乎道義的事。

【用法】①面對合乎道義的事決不退讓。②現泛指遇到應該做的事情，要主動積極地去做，決不推讓。

【例句】記不清是誰提議道：「就請王先生吧，他是中文系教授，文筆自然了得。」王教授～，回家就起草了那篇報告。

當務之急

【出處】《孟子·盡心上》：「知者無不知也，當務之爲急；仁者無不愛也，急親賢之爲務。」

【解釋】當務：當前的任務。

【用法】指當前所有任務中最緊急的任務。

【例句】目前的～是推行國會的政治革新！

黨同伐異

【出處】南朝·宋·范曄《後漢書·黨錮傳序》：「自武帝以後，崇尚儒學，懷經協術，所在霧會。至有石渠分爭之論，黨同伐異之說。」

【解釋】黨同：與自己意見相同者結爲一夥。伐異：排斥、打擊與自己意見不同者。

【用法】指拉幫結夥，偏袒自己的一派而攻擊與自己不同的派別。

【例句】在老馬的操縱下，這一伙人～，專跟我們作對，現在受到了應有的懲罰。

黨豺爲虐

【出處】明·馬中錫《中山狼傳》：「且鄙人雖愚，獨不知夫狼乎？性貪而狠，黨豺爲虐，君能除之，固當窺左足以效微勞，又肯諱之而不言哉？」

【解釋】黨：合成團，結成夥。豺：一種貪殘的野獸，常比喻凶殘的人。虐：殘酷凶暴。

【用法】與貪殘不仁的人結成同伙做殘害人的勾當。

【例句】秦檜等人～，以「莫須有」的罪名殺害了岳飛父子。

蕩檢逾閑

【解釋】蕩：放縱。檢：約制。逾：越過。閑：界限。

【用法】①不遵守約制，超出了界限。②形容任性放蕩。

【例句】我很不欣賞小江～的個性。

蕩氣迴腸

【出處】三國·魏·曹丕《大墻上蒿行》：「女娥長歌，聲協宮商，感心動耳，蕩氣迴腸。」

【解釋】蕩：蕩漾，起伏不平。氣：心氣。迴：迴旋。腸：心腸。

【用法】①使心氣蕩漾，使情緒迴旋。②形容音樂或其它文藝作品優美感人。

【例句】平劇名伶顧正秋表演的「鎖麟囊」，具有～的藝術魅力，使人看了以後，久久不能忘懷。

【附註】也作「迴腸蕩氣」。

蕩析離居 ㄉㄤˋ ㄒㄧ ㄌㄧˊ ㄐㄩ

【出處】《尚書・盤庚下》：「今我民用蕩析離居，罔有定極。」
【解釋】蕩析：離散。離：分散。
【用法】指家人離散，不居住在一起。
【例句】戰亂使得全家～，團聚之日遙遙無期！

蕩然無存 ㄉㄤˋ ㄖㄢˊ ㄨˊ ㄘㄨㄣˊ

【解釋】蕩然：除盡。
【用法】①意指原有的東西完全失去。②形容破壞得完全徹底。
【例句】連年的戰火，把這富饒的魚米之鄉毀壞得～。

燈火輝煌 ㄉㄥ ㄏㄨㄛˇ ㄏㄨㄟ ㄏㄨㄤˊ

【出處】清・曹雪芹《紅樓夢》第七回：「尤氏等送至大廳前，見燈火輝煌，衆小厮都在丹墀侍立。」
【解釋】輝煌：光輝燦爛。
【用法】形容燈火通明的光輝燦爛的景象。
【例句】在～的大禮堂裏，晚會正在進行。
【附註】也作「燈燭輝煌」。

燈紅酒綠 ㄉㄥ ㄏㄨㄥˊ ㄐㄧㄡˇ ㄌㄩˋ

【出處】清・李寶嘉《官場現形記・第十四回》：「十二隻船統通可以望見，燈紅酒綠，甚是好看。」
【用法】①燈光酒色，紅綠相映。令人目眩神迷。②形容奢侈腐化的糜爛生活。
【例句】千萬不要被那～、紙醉金迷的浮華生活迷住了。

燈盡油乾 ㄉㄥ ㄐㄧㄣˋ ㄧㄡˊ ㄍㄢ

【出處】清・李汝珍《鏡花緣》第二十七回：「兼之日夜焦愁，胸中鬱悶，一經睡去，精神渙散，就如燈盡油乾，要想氣聚神全，如何能夠？」
【用法】①燈光滅盡，燈油耗光。②比喻人精疲力竭。
【例句】老人虛弱地躺在病床上，用盡最後的一點力氣說：「我已經是～，不行了，我死以後，要把我收藏的文物交給他……」說完，就無力地垂了下手。

燈蛾撲火 ㄉㄥ ㄜˊ ㄆㄨ ㄏㄨㄛˇ

見「飛蛾撲火」。

登峰造極 ㄉㄥ ㄈㄥ ㄗㄠˋ ㄐㄧˊ

【出處】南朝・宋・劉義慶《世說新語・文學》：「不知便可登峰造極不？然陶練之功，尚不可誣。」
【解釋】造：到達，走上。極：最高點。
【用法】①登上山峰，走上最高點。②比喻達到最高境地。
【例句】到了清末，梁啓超先生的「新文體」可算～了。

登堂拜母 ㄉㄥ ㄊㄤˊ ㄅㄞˋ ㄇㄨˇ

見「升堂拜母」。

登堂入室 ㄉㄥ ㄊㄤˊ ㄖㄨˋ ㄕˋ

見「升堂入室」。

登高必賦 ㄉㄥ ㄍㄠ ㄅㄧˋ ㄈㄨˋ

【出處】西漢・韓嬰《韓詩外傳》卷七：「孔子遊於景山之上，子路、子貢、顏淵從，孔子曰：『君子登高必賦，小子曷言其願。』」
【解釋】登高：登上高處，指身臨勝境。賦：創作。
【用法】指身臨勝境，觸景生情，必定要賦詩言志。

登高能賦 ㄉㄥ ㄍㄠ ㄋㄥˊ ㄈㄨˋ

【出處】漢・班固《漢書・藝文志》：「登高能賦，可以爲大夫。」
【解釋】登高：登上高處，指見聞廣。賦：創作。
【用法】意謂見聞廣，能創作。
【例句】這些文壇新秀，才情橫溢，～，前途不可限量。
【附註】也作「升高能賦」。

登山臨水 ㄉㄥ ㄕㄢ ㄌㄧㄣˊ ㄕㄨㄟˇ

【出處】戰國・楚・宋玉《九辯》：「憭栗兮若在遠行，登山臨水兮送將歸。」
【用法】①形容旅途艱辛。②也指遊覽山水。
【例句】林家夫婦最喜歡～，所以常有戶外活動！

登高而招 ㄉㄥ ㄍㄠ ㄦˊ ㄓㄠ

【出處】《荀子・勸學》：「登高而招，臂非加長也，而見者遠；順風而呼，聲非加疾也，而聞者彰。」
【解釋】登高：登上高處。招：揮手招呼人。
【用法】①登上高處招呼人。②比喻處於有利地位的人，發出號召，響應的人一定多。
【例句】鄭老在學術界頗負盛名，由他～，還怕組不成一個研究小組？

登高一呼 ㄉㄥ ㄍㄠ ㄧ ㄏㄨ

【用法】①登上高處，一聲呼喊。②比喻帶頭發出倡議或號召。
【例句】只見楊組長～，那些戰士像潮水般地湧上了前線陣地。

登高望遠 ㄉㄥ ㄍㄠ ㄨㄤˋ ㄩㄢˇ

【出處】《荀子・勸學篇》：「吾嘗終日而思矣，不如須臾之所學也。我嘗跂而望矣，不如登高之博見也。」（跂：通「企」，提起腳後跟。）
【用法】①登上高處，可看到更遠的地方。②比喻思想境界高，才能目光遠大。
【例句】～可使人聯想到「欲窮千里目，更上一層樓」的深意！

等米下鍋 ㄉㄥˇ ㄇㄧˇ ㄒㄧㄚˋ ㄍㄨㄛ

【出處】清・曹雪芹《紅樓夢》第九十九回：「我在衙門內已經三代了，外頭也有些體面，家裏還過得，就規規矩矩伺候本官升了還能夠，不像那些等米下鍋的。」
【用法】①原形容經濟來源艱難，生活緊張的情景。②現也形容生產中缺乏某種材料或消極地等待條件成熟，不去努力爭取。
【例句】戰亂期間，家家戶戶都有～的窘迫情形！

等量齊觀 ㄉㄥˇ ㄌㄧㄤˋ ㄑㄧˊ ㄍㄨㄢ

【解釋】等：同等。量：估量。
【用法】指把有差別的事物不加區別地同等看待。
【例句】這兩件事必須加以區辨，不可

～。

等閒視之 ㄉㄥˇ ㄒㄧㄢˊ ㄕˋ ㄓ

【解釋】等閒：平常。
【用法】①把它當作平常的事情來看。②指不加重視，毫不在意。
【例句】做好人際關係對於工作具有很大的作用，決不能～。

等而下之 ㄉㄥˇ ㄦˊ ㄒㄧㄚˋ ㄓ

【出處】宋．劉昌詩《蘆浦筆記．第六卷，四明寺》：「是天童（寺）歲收穀三萬五千斛，育王（寺）三萬斛，且分布諸庫，以罔民利。等而下之，要皆有足食之道。」
【解釋】等：等級。下：下降。
【用法】由這樣的等級再往下降。
【例句】上次購進的木材就是三等品，這一批更是～，連做門窗都不行。

等因奉此 ㄉㄥˇ ㄧㄣ ㄈㄥˋ ㄘˇ

【用法】①舊時公文的套語，「等因」用以結束所引上級來文；「奉此」用以引起下文，陳述己意。②後用以諷刺只知道照辦而不注重實際的官僚主義作風或比喻官樣的文章。
【例句】應該以深入周密的態度對待工作，絕不能～地應付了事。

低眉順眼 ㄉㄧ ㄇㄟˊ ㄕㄨㄣˋ ㄧㄢˇ

【解釋】低眉：順服的樣子。
【用法】①低著眉頭，兩眼流露出順從的神情。②形容馴良，順從。
【例句】你看她～，一副小可憐的樣子。

低心下意 ㄉㄧ ㄒㄧㄣ ㄒㄧㄚˋ ㄧˋ

【出處】宋《朱子語類》卷七十九：「遜志者，遜順其志。捺下這志，入那事中子細低心下意與其理會。若高氣不伏，以為無緊要，不能入細理會得，則其修亦不來矣。」
【用法】①把自己原有的心意壓低下來，虛心地接受新事物。②形容虛心順從的樣子。
【例句】一個眞正有內涵的人，必是～接受指正的人。

低首下心 ㄉㄧ ㄕㄡˇ ㄒㄧㄚˋ ㄒㄧㄣ

【出處】唐．韓愈《祭鱷魚文》：「刺史雖駑弱，亦安肯為鱷魚低首下心，伈伈俔俔，為民吏羞，以偷活於此邪？」（伈伈俔俔：恐懼的樣子。）
【用法】①垂著頭，捺下心思。②形容屈服順從。
【例句】我活了五十多歲，像這樣～地向別人賠禮還是頭一回。

低聲悄語 ㄉㄧ ㄕㄥ ㄑㄧㄠˇ ㄩˇ

【解釋】悄：指聲音很低。
【用法】壓低聲音，小聲說話。
【例句】他們倆人躲在一邊～地說個沒完沒了。

低聲下氣 ㄉㄧ ㄕㄥ ㄒㄧㄚˋ ㄑㄧˋ

【出處】明．馮夢龍《醒世恒言》第三卷：「更兼低聲下氣，送暖輸寒，逢其所喜，避其所諱。」
【用法】①壓低聲音，降低語調。②形容說話卑微恭順的樣子。
【例句】人總要有點尊嚴，我從來不肯這樣～地說話。

低三下四（ㄉㄧ ㄙㄢ ㄒㄧㄚˋ ㄙˋ）

【出處】清・孔尚任《桃花扇・聽稗》：「只怕到那裏，低三下四還幹舊營生。」
【用法】形容卑躬屈膝諂媚的樣子。
【例句】對上級～，對下級作威作福，這樣的人在群眾中絕不會有威信。

低吟淺唱（ㄉㄧ ㄧㄣˊ ㄑㄧㄢˇ ㄔㄤˋ）

【用法】①低聲吟詠，輕聲歌唱。②形容小聲哼著抒情的曲調。③也形容秋蟲在靜悄悄的月夜裏的鳴聲。
【例句】村子周圍萬籟俱寂，只有幾隻蟋蟀還在～著。

滴粉搓酥（ㄉㄧ ㄈㄣˇ ㄘㄨㄛ ㄙㄨ）

【出處】《玉照新志》：「左與言，天台之名士也。錢唐幕府樂籍有名姝張足女名濃者，色藝妙天下，君頗顧之，帷云翦水，滴粉搓酥，皆爲濃而作。當時都人有『曉風殘月柳三變，滴粉搓酥左與言』之對。」
【解釋】粉：脂粉。搓：搓摩。酥：潤滑柔美。
【用法】①臉上薄施點滴脂粉，用手搓摩潤滑。②舊時形容美人的臉龐。
【例句】瞧她那個小臉蛋，～、光滑潤潔、十足的美人胚子！

滴水不漏（ㄉㄧ ㄕㄨㄟˇ ㄅㄨˋ ㄌㄡˋ）

【出處】宋《朱子語類》卷六十七：「又要說得極密處無縫罅，盛水不漏。」
【用法】①一點一滴的水也不洩漏。②比喻說話辦事相當嚴密周到，沒有遺漏。
【例句】這件事情，我辦理得妥當安穩，～，您老放心吧！
【附註】也作「點水不漏」。

滴水成冰（ㄉㄧ ㄕㄨㄟˇ ㄔㄥˊ ㄅㄧㄥ）

【出處】明・馮夢龍《醒世恒言・李玉英獄中訟冤》：「任何滴水成冰的天氣，少不得向水孔中洗浣汚穢衣服。」
【用法】①水滴下去立刻就結成冰。②形容天氣十分嚴寒。
【例句】嚴冬臘月，～，但是籃球隊的隊員卻練習得熱火朝天。

滴水穿石（ㄉㄧ ㄕㄨㄟˇ ㄔㄨㄢ ㄕˊ）

【用法】①滴下來的水，時間長了可以把石頭打穿。②比喻力量盡管小，只要堅持不懈，也可以把艱難的事情辦成。
【例句】要攀登科學技術高峰，只有持之以恒，才能～，取得成就。

羝羊觸藩（ㄉㄧ ㄧㄤˊ ㄔㄨˋ ㄈㄢ）

【出處】《周易・大壯》：「羝羊觸藩，羸其角。」(羸：通「累」，困住。)
【解釋】羝羊：公羊。藩：籬笆。
【用法】①公羊觸到籬笆上，掛住了羊角。②比喻進退不得。
【例句】現在，我處境尷尬，就像～，眞不知怎麼辦才好。

滌瑕蕩穢（ㄉㄧˊ ㄒㄧㄚˊ ㄉㄤˋ ㄏㄨㄟˋ）

【出處】漢・班固《東都賦》：「於是百姓滌瑕蕩穢，而鏡至清。」
【解釋】滌、蕩：洗蕩，清除。瑕：美玉上的斑點，比喻缺點。穢：汚穢，指惡習。

【用法】清除缺點和毛病。
【例句】～是敦品勵學的最佳良策！

滌私愧貪 ㄉㄧˊ ㄙ ㄎㄨㄟˋ ㄊㄢ

【解釋】滌：洗濯、清除。私：私心。愧：慚愧、愧悔。貪：貪婪。
【用法】清除私欲，愧悔貪婪，表示內心自我修養的要求。
【例句】古代聖賢豪傑之所以令人崇敬，在於時時反省，並且做到～的自我要求。

敵國同舟 ㄉㄧˊ ㄍㄨㄛˊ ㄊㄨㄥˊ ㄓㄡ

見「同舟敵國」。

敵愾同仇 ㄉㄧˊ ㄎㄞˋ ㄊㄨㄥˊ ㄔㄡˊ

見「同仇敵愾」。

抵瑕蹈隙 ㄉㄧˇ ㄒㄧㄚˊ ㄉㄠˇ ㄒㄧˋ

【出處】①唐・柳宗元《答問》：「抵瑕蹈厄。」②唐・歐陽詢《藝文類聚》引漢吾丘壽王《驃騎論功論》：「窺間伺隙。」
【解釋】抵：觸及。瑕：美玉上的斑點。蹈：踩踏。隙：間隙。
【用法】比喻對別人的弱點或缺點進行指摘或攻擊。

抵掌而談 ㄉㄧˇ ㄓㄤˇ ㄦˊ ㄊㄢˊ

【出處】《戰國策・秦策一》：「（蘇秦）見說趙王於華屋之下，抵掌而談，趙王大悅。」
【解釋】抵掌：擊掌、拍手，也作「抵掌」。
【用法】①互相擊掌談心。②形容無拘無束地暢所欲言。
【例句】趙蒼和李飛這對老朋友，在火車上不期而遇，他們興奮地～，毫無倦意。

砥礪德行 ㄉㄧˇ ㄌㄧˋ ㄉㄜˊ ㄒㄧㄥˋ

【解釋】砥礪：磨刀石，引申為磨練。
【用法】①磨練道德品行。②形容嚴格要求自己，不斷上進。
【例句】青年人宜相互～，使品格更加高尚、完美。

砥行立名 ㄉㄧˇ ㄒㄧㄥˋ ㄌㄧˋ ㄇㄧㄥˊ

【出處】漢・司馬遷《史記・伯夷列傳》：「閭巷之人欲砥行立名者，非附青雲之士，惡能施於後世哉？」
【解釋】砥：砥礪，磨刀石，引申為磨練。
【用法】磨練道德品行，樹立名望。
【例句】漢朝司馬遷，～，刻苦著書，成為我國古代著名的歷史學家。

砥柱中流 ㄉㄧˇ ㄓㄨˋ ㄓㄨㄥ ㄌㄧㄡˊ

見「中流砥柱」。

地平天成 ㄉㄧˋ ㄆㄧㄥˊ ㄊㄧㄢ ㄔㄥˊ

【出處】①《尚書・大禹謨》：「地平天成。」②孔安國傳：「水土治曰平，五行敘曰成，因禹陳九功而嘆美之。」③《左傳・文公十八年》：「舜臣堯，舉八愷使主后土，以揆百事，莫不時序，地平天成。」（八愷：古代傳說中八個有才德的人。揆：揣度。）
【解釋】平、成：治平、成功。
【用法】比喻萬事安排妥貼，一切都已就緒。

【例句】他們倆兒的婚事，經長輩允許後，已～，我們淨等著喝他們的喜酒了。

【附註】參看「天成地平」。

地覆天翻（ㄉㄧˋ ㄈㄨˋ ㄊㄧㄢ ㄈㄢ）

見「天翻地覆」。

地大物博（ㄉㄧˋ ㄉㄚˋ ㄨˋ ㄅㄛˊ）

【出處】唐・韓愈《平淮西碑》：「地大物博，蘖牙其間。」

【解釋】博：豐富。

【用法】指國家的疆土遼闊，資源豐富。

【例句】～，人口衆多，是我國提昇經濟現代化的有利條件。

地動山搖（ㄉㄧˋ ㄉㄨㄥˋ ㄕㄢ ㄧㄠˊ）

【出處】宋・吳曾《能改齋漫錄》卷二：「鼓角大鳴，地動山搖。」

【用法】①地震動，山搖蕩。②形容震撼的猛烈或聲勢的強大。

【例句】中華青棒代表隊奪得世界冠軍時，體育場裏響起了～的歡呼聲。

地老天荒（ㄉㄧˋ ㄌㄠˇ ㄊㄧㄢ ㄏㄨㄤ）

【出處】宋・楊萬里《謁永祐陵歸途游龍瑞宮觀禹穴》詩：「禹穴下窺正深黑，地老天荒知是非。」

【用法】形容時代極爲久遠。

【例句】「女媧補天」的故事，雖然是～時代的神話，但至今仍有強大的藝術魅力。

【附註】也作「天荒地老」。

地利人和（ㄉㄧˋ ㄌㄧˋ ㄖㄣˊ ㄏㄜˊ）

【出處】《孟子・公孫丑下》：「天時不如地利，地利不如人和。」

【解釋】地利：得地之利。人和：得人心。

【用法】指地理條件和衆群基礎都好。

【例句】～，是克敵制勝的要件之一。

地裂山崩（ㄉㄧˋ ㄌㄧㄝˋ ㄕㄢ ㄅㄥ）

【出處】明・吳承恩《西遊記》第四十四回：「八戒道：『好一似地裂山崩。』」

【解釋】崩：倒塌。

【用法】①地面裂了，山倒塌了。②形容巨大的變故。

【例句】一陣排炮打過去，簡直像～一樣，把敵人嚇得膽戰心驚。

地靈人傑（ㄉㄧˋ ㄌㄧㄥˊ ㄖㄣˊ ㄐㄧㄝˊ）

見「人傑地靈」。

地廣人稀（ㄉㄧˋ ㄍㄨㄤˇ ㄖㄣˊ ㄒㄧ）

【出處】唐・李百藥《北齊書・魏蘭根傳》：「緣邊諸鎭，控攝長遠，昔時初置，地廣人稀。」

【用法】土地遼闊，人烟稀少。

【例句】北大荒雖然～，但經過農民的開發，已成爲我國的重要糧食產地之一。

【附註】也作「地曠人稀」、「地廣民稀」。

地角天涯（ㄉㄧˋ ㄐㄧㄠˇ ㄊㄧㄢ ㄧㄚˊ）

【出處】南朝・陳・徐陵《答族人梁東海太守長孺書》：「燕南趙北，地角天涯，言接未由，但以潸欷。」（潸：流淚。欷：抽咽。）

【解釋】地角：突入海中之地。涯：邊際。
【用法】①地頭天邊。②形容相隔很遠。
【例句】隨著現代航空事業的發展，那些過去看來遠在～的地方，現在只要幾小時就可以到達了。

地下修文

【出處】①宋．李昉等《太平御覽》卷八八三引王隱《晉書》：「（蘇）韶言天上及地下事，亦不能悉知也。顏淵、卜商今見在爲修文郎。」②唐．司空圖《狂題》詩：「地下修文著作郎，生前飢處倒空牆。」
【用法】舊指有才華的文人早死，爲地下修文。

地主之誼

【出處】①《左傳．哀公十二年》：「侯伯致禮，地主歸餼。」②清．吳敬梓《儒林外史》第二十二回：「晚生得蒙青目，一日地主情誼也不曾盡得，如何便要去？」
【解釋】地主：當地的主人。誼：情誼。
【用法】當地主人的情誼。
【例句】您一定要留下來住幾天，讓我略盡～。

地坼天崩

見「天崩地坼」。

地醜德齊

【出處】《孟子．公孫丑下》：「今天下地醜德齊，莫能相尚。」
【解釋】醜：同、類似。
【用法】①土地大小相仿，德行高低相同。②指彼此條件相當。
【例句】他們兄弟倆，在各方面的表現都～，優秀出色，眞是一門雙傑。

地遠山險

【出處】明．羅貫中《三國演義》：第八十七回：「愚有片言，望丞相察之，南蠻恃其地遠山險，不服久矣，雖今日破之，明日復叛。」
【用法】地處邊遠，山勢險峻。
【例句】玉山～，但那裏卻吸引著許許多多登山健兒。

帝王將相，才子佳人

【用法】指古時候帝王和他們的文臣武將，以及舊社會中有才學的風流漂亮的青年男女。
【例句】戲劇舞台上的「～」的劇目並不是都壞，我們一定要進行具體分析。

蒂固根深

見「根深蒂固」。

掂斤播兩

【出處】元．王實甫《西廂記》第一本第二折：「盡著你說短論長，一任待掂斤播兩。」
【解釋】掂、播：用手估量物體的輕重。
【用法】比喻對瑣碎事情斤斤計較。
【例句】身爲領導人物，對於群衆的批評意見決不能～，更不應該打擊報復，而必須虛心接受，認眞改進。

顛沛流離

【出處】①《詩經．大雅．蕩》：「人亦有言，顛沛之揭。」②《論語．里仁》：「君子無終食之間違仁，造次必於是，顛沛必於是。」

【解釋】顛沛：跌倒，指受挫折。流離：流浪離散。

【用法】指遭受挫折，生活艱難，四處流浪，無家可歸。

【例句】舊社會軍閥混戰，民不聊生，許多人民～，到處流浪，受盡了苦楚。

顛撲不破（ㄉㄧㄢ ㄆㄨ ㄅㄨˋ ㄆㄛˋ）

【出處】宋《朱子全書・性理三・心》：「既能體之而樂，則亦不患不能守，須如此而言，方是顛撲不破，絕滲漏，無病敗耳。」

【解釋】顛：跌倒。撲：撲打。

【用法】①摔打拍擊都不會破裂。②比喻理論或學說符合客觀實際，不會被駁倒或推翻。

【例句】眞理是推動歷史前進的動力，這是～的。

顛倒黑白（ㄉㄧㄢ ㄉㄠˇ ㄏㄟ ㄅㄞˊ）

【出處】戰國・楚・屈原《九章・懷沙》：「變白以爲黑兮，倒上以爲下；鳳凰在笯兮，鳴鶩翔舞。」

【用法】①把白的說成黑的，把黑的說成白的，②形容故意違背事實，顛倒是非。

【例句】他們歪曲事實，～，給這個人強加了許多罪名。

顛倒乾坤（ㄉㄧㄢ ㄉㄠˇ ㄑㄧㄢˊ ㄎㄨㄣ）

【出處】清・曾樸《孽海花》第十二回：「我平生有個癖見，以爲天地間最可寶貴的是兩種人物，都是有龍跳虎踞的精神，顛倒乾坤的手段。」

【解釋】乾坤：天地。

【用法】①指翻天覆地，扭轉乾坤。②形容手段、本領高強。

【例句】傳說中的神話人物，常都具有～的本領。

顛倒是非（ㄉㄧㄢ ㄉㄠˇ ㄕˋ ㄈㄟ）

【出處】唐・韓愈《施先生墓誌銘》：「古聖人言，其旨密微，箋注紛羅，顛倒是非。」

【用法】把對的說成錯的，把錯的說成對的。

【例句】把我們回答攻擊者的文章叫做「攻擊」，這完全是～。

【附註】也作「是非顛倒」。

顛倒衣裳（ㄉㄧㄢ ㄉㄠˇ ㄧ ㄔㄤˊ）

【出處】《詩經・齊風・東方未明》：「東方未明，顛倒衣裳，顛之倒之，自公召之。」

【解釋】衣裳：古代指上爲衣，下爲裳。「裳」即裙子。

【用法】①形容匆忙失序的情形。②也指兩性歡會之情。

【例句】做事要先有計劃，才不致～，匆忙失序。

顛來倒去（ㄉㄧㄢ ㄌㄞˊ ㄉㄠˇ ㄑㄩˋ）

【出處】元・王實甫《西廂記》第三本第二折：「將簡帖兒拈，把妝盒兒按，開拆封皮孜孜看，顛來倒去不盡心煩。」

【解釋】顛、倒：上下前後位置翻轉。

【用法】翻來覆去，形容重複多次。

【例句】這件事就這麼決定，不要再～了！

顛三倒四 ㄉㄧㄢ ㄙㄢ ㄉㄠˇ ㄙˋ

【出處】明・許仲琳《封神演義》第四十四回：「一日拜三次，連拜了三四日，就把子牙拜的顛三倒四，坐臥不安。」

【用法】①錯亂，沒有次序。②形容說話或辦事沒有條理。

【例句】祖母今年已經八十多歲了，有時說話難免～的。

點頭哈腰 ㄉㄧㄢˇ ㄊㄡˊ ㄏㄚ ㄧㄠ

【解釋】哈腰：彎腰。

【用法】①形容恭順或很客氣的樣子。②現用以指虛僞的客氣。

【例句】別的董事們只是～，不敢說話，像一群鋸了嘴的葫蘆。

點頭之交 ㄉㄧㄢˇ ㄊㄡˊ ㄓ ㄐㄧㄠ

【解釋】交：交情。

【用法】①指遇到時，僅只點點頭，打個招呼而已。②形容沒有深厚的交情。

【例句】我與他僅僅是～而已，彼此之間並不了解的。

點鐵成金 ㄉㄧㄢˇ ㄊㄧㄝˇ ㄔㄥˊ ㄐㄧㄣ

【出處】宋・黃庭堅《答洪駒父書》：「老杜作詩，退之作文，無一字無來處，蓋後人讀書少，故謂韓杜自作此語耳。古之能爲文章者，眞能陶冶萬物，雖取古人之陳言入於翰墨，如靈丹一粒，點鐵成金也。」

【用法】①古代方士謊稱能用靈丹將鐵化成金子。②曾用以指杜甫、韓愈善取古人陳言，寫入文章，猶如靈丹一粒，點鐵成金。③後用以比喻把別人不好的文章稍加改動，成了好文章。

【例句】即使筆下所寫的是普通的小事或平凡的景色，也無不閃現著誘人的藝術光輝，這就是所謂～吧。

【附註】①也作「點石成金」。②參看「點金成鐵」。

點金成鐵 ㄉㄧㄢˇ ㄐㄧㄣ ㄔㄥˊ ㄊㄧㄝˇ

【出處】宋・釋道原《景德傳燈錄・卷十八・杭州龍華寺眞覺大師》：「問『還丹一粒，體鐵成金，至理一言，點凡成聖。請師一點。』師曰：『點金成鐵，未之前聞。至理一言，敢希垂示。』」

【用法】①點在黃金上，使黃金變成了鐵。②後用以比喻把好文章給改壞了。

【例句】有些編輯亂改別人的文章，自以爲是點鐵成金，其實是～。

【附註】參看「點鐵成金」。

點水不漏 ㄉㄧㄢˇ ㄕㄨㄟˇ ㄅㄨˋ ㄌㄡˋ

見「滴水不漏」。

阽危之域 ㄉㄧㄢˋ ㄨㄟˊ ㄓ ㄩˋ

【出處】南朝・齊・王融《永明十一年策秀才文》：「故能出人於阽危之域，躋俗於仁壽之地。」

【解釋】阽：臨近。域：境地。

【用法】臨近危險的境地。

【例句】當我們臨近～時，必須更加謹愼小心才是！

電光石火 ㄉㄧㄢˋ ㄍㄨㄤ ㄕˊ ㄏㄨㄛˇ

【出處】宋・釋道原《景德傳燈錄・卷二十四・唐州保壽匡祐禪師》：「僧問：『如何是佛法大意。』僧近前，師曰：『會麼？』曰：『不會。』師曰：『石火電光，已經塵劫。』」

【解釋】石火：燧石的火花。

【用法】比喻事物轉瞬間就會消逝。

【例句】老胡驚得一跳，同時～似的趕快縮了頭，搞得大家莫名其妙。

【附註】也作「石火電光」。

刁滑奸詐 ㄉㄧㄠ ㄏㄨㄚˊ ㄐㄧㄢ ㄓㄚˋ

【用法】①刁鑽、滑頭、奸邪、詭詐。②形容極狡詐的言行。

【例句】這個人是一個～的土匪。

刁鑽古怪 ㄉㄧㄠ ㄗㄨㄢ ㄍㄨˇ ㄍㄨㄞˋ

【出處】清．曹雪芹《紅樓夢》第二十七回：「他素日眼空心大，是個頭等刁鑽古怪的東西。」

【解釋】刁鑽：奸猾狡詐。古怪：奇特而又不合人情。

【用法】形容人的性格狡詐怪僻。

【例句】她確實是個～的厲害人物。

刁鑽刻薄 ㄉㄧㄠ ㄗㄨㄢ ㄎㄜˋ ㄅㄛˊ

【解釋】刁鑽：奸猾狡詐。

【用法】①指人性狡詐，待人苛刻薄情。②形容極不誠實、不厚道的人。

【例句】他為人～，所以人們很難和他相處。

貂裘換酒 ㄉㄧㄠ ㄑㄧㄡˊ ㄏㄨㄢˋ ㄐㄧㄡˇ

【出處】唐．房玄齡等《晉書．阮孚傳》：「（孚）遷黃門侍郎散騎常侍。嘗以金貂換酒，復為所司彈劾。」

【解釋】貂裘：貂皮作的袍子，舊時富貴人的服裝。

【用法】①用貂皮袍換酒。②形容富貴者放縱不羈。

【例句】林大少為人海派，頗有～之風！

貂蟬滿座 ㄉㄧㄠ ㄔㄢˊ ㄇㄢˇ ㄗㄨㄛˋ

【出處】南朝．宋．范曄《後漢書．輿服志下》：「武冠，一曰武弁大冠，諸武官冠之。侍中，中常侍加黃金璫，附蟬為文，貂尾為飾，謂之『趙惠文冠』。」

【解釋】貂蟬：漢代侍從官員帽上的裝飾物。

【用法】①舊用作達官貴人的代稱。②指官爵多而濫。

【例句】這次宴會～，群官雲集，可謂盛況空前，熱鬧非凡！

雕棟畫樑 ㄉㄧㄠ ㄉㄨㄥˋ ㄏㄨㄚˋ ㄌㄧㄤˊ

見「畫棟雕樑」。也作「雕樑畫棟」。

雕欄玉砌 ㄉㄧㄠ ㄌㄢˊ ㄩˋ ㄑㄧˋ

見「玉砌雕欄」。

雕肝琢腎 ㄉㄧㄠ ㄍㄢ ㄓㄨㄛˊ ㄕㄣˋ

【出處】唐．韓愈《贈崔立之評事》詩：「勸君韜養待征詔，不用雕琢愁肝腎。」

【解釋】雕、琢：雕鏤、琢磨，引申為磨煉。肝、腎：心肝、腎臟，借指思想精神。

【用法】比喻寫作時的苦心錘煉。

【例句】這本鉅著，是陳教授～，嘔心瀝血之作。

雕蚶鏤蛤 ㄉㄧㄠ ㄏㄢ ㄌㄡˋ ㄍㄜˊ

【出處】內典言飲食之侈曰：「炰鳳烹龍，雕蚶鏤蛤。」（內典：佛教徒稱佛教經論爲內典。）

【用法】①雕鉗子，鏤蛤蜊。②指把蛤子和蛤蜊都雕鏤出花樣來。③形師菜餚的極度奢侈。

【例句】一道道菜端了上來，都是～，珍饈美味，眞是奢侈得令人吃驚！

雕章琢句（ㄉㄧㄠ ㄓㄤ ㄓㄨㄛˊ ㄐㄩˋ）

【出處】清·趙翼《甌北詩話》：「詩之不可及處，在乎神識超邁，飄然而來，忽然而去，不屑於雕章琢句……」

【用法】①雕琢章節和語句。②形容刻意求工，對詩文反覆進行修飾。

【例句】唐朝的賈島等苦吟派詩人，就愛～。

雕蟲篆刻（ㄉㄧㄠ ㄔㄨㄥˊ ㄓㄨㄢˋ ㄎㄜˋ）

【出處】漢·揚雄《法言·吾子》：「或問：『吾子少而好賦？』曰：『然，童子雕蟲篆刻。』俄而曰：『壯夫不爲也。』」

【解釋】蟲、刻：這裏指蟲書（亦稱「鳥蟲書」）和刻符，是秦篆的兩種字體，蟲書大都鑄刻在兵器和鐘鎛上，刻符刻於符節上。

【用法】①比喻微不足道的文字技巧。②後常用作文人的自謙語。

【附註】參看「雕蟲小技」。

雕蟲小技（ㄉㄧㄠ ㄔㄨㄥˊ ㄒㄧㄠˇ ㄐㄧˋ）

【出處】唐·李延壽《北史·李渾傳》：「渾嘗謂魏收曰：『雕蟲小技，我不如卿，國典朝章，卿不如我。』」

【解釋】雕：雕刻。蟲：指蟲書，也叫鳥蟲書，古時的一種篆書，筆畫像鳥形，大都鑄刻在兵器和鐘鎛上。

【用法】①雕刻蟲書的小技巧。②比喻微不足道的技能（多指文字技巧）。

【例句】我偶爾寫兩首小詩，不過是～，難登大雅之堂。

【附註】參看「雕蟲篆刻」。

雕文刻鏤（ㄉㄧㄠ ㄨㄣˊ ㄎㄜˋ ㄌㄡˋ）

【出處】漢·班固《漢書·景帝紀》：「詔曰：『雕文刻鏤，傷農事者也；錦繡纂組，害女紅者也。農事傷則飢之本也。女紅害則寒之原也。』」

【用法】①在宮室、用具上雕刻花紋，加以美化。②指浪費民力，不利於農耕。③也形容做勞民傷財的事。④後用以形容誇張不實的文章。

【例句】這篇報告文學，文筆流暢，樸實無華，不是那種～、華而不實的文章所能比的。

雕玉雙聯（ㄉㄧㄠ ㄩˋ ㄕㄨㄤ ㄌㄧㄢˊ）

【出處】唐·白居易《江樓夜吟元九律詩成三十韻》詩：「寸截金爲句，雙雕玉作聯。」

【用法】①精雕玉石裝飾，成雙相互關聯。②比喻文章對句工整精巧。

【例句】唐朝大詩人杜甫的《春望》一詩，格律嚴謹，對仗工穩，眞是～、字字珠璣的好詩。

弔民伐罪（ㄉㄧㄠˋ ㄇㄧㄣˊ ㄈㄚ ㄗㄨㄟˋ）

【出處】①《孟子·滕文公下》：「誅其君，弔其民，如時雨降，民大悅。」②三國·魏明帝曹叡《棹歌行》：「伐罪以弔（吊）民，清我東南疆。」

【解釋】弔：慰問。伐：討伐。

【用法】①慰問受難的老百姓，討伐有罪

的統治者。

【例句】周武王以～的旗號，聯合各諸侯，推翻了商紂王的殘暴統治，建立了周朝。

弔死問疾 ㄉㄧㄠˋ ㄙˇ ㄨㄣˋ ㄐㄧˊ

【用法】悼念死者，問候病人。

【例句】發生大地震以後，各地發來電報～，表現了「人飢己飢、人溺己溺」的精神。

弔兒郎當 ㄉㄧㄠˋ ㄦˊ ㄌㄤˊ ㄉㄤ

【用法】形容儀容不整，作風散漫，態度不嚴肅等。

【例句】小張工作態度～，缺乏責任心，所以哪個公司都不願意要他。

掉三寸舌 ㄉㄧㄠˋ ㄙㄢ ㄘㄨㄣˋ ㄕㄜˊ

【出處】《史記．淮陰侯列傳》：「且酈生一士，伏軾掉三寸之舌，下齊七十餘城。」

【解釋】掉：轉動。三寸舌：漢．司馬遷《史記．留侯世家》：「今以三寸舌爲帝者師。」唐．司馬貞索隱《春秋緯》云：『舌在口中，長三寸，像斗玉衡。』」

【用法】①形容能說善道，極有口才。②多指進行遊說。

【例句】小張胸有成竹地說：「只要我～無論何事，必可成功！」

掉以輕心 ㄉㄧㄠˋ ㄧˇ ㄑㄧㄥ ㄒㄧㄣ

【出處】唐．柳宗元《答韋中立論師道書》：「故吾每爲文章，未嘗敢以輕心掉之，懼其剽而不留也；未嘗敢以怠心易之，懼其弛而不嚴也。」

【解釋】掉：調換。輕心：不注意，思想疏忽。

【用法】現一般指對待事物採取輕忽、不經意，不謹慎的態度。

【例句】對於戰爭，我們必須有所準備，決不能～。

調兵遣將 ㄉㄧㄠˋ ㄅㄧㄥ ㄑㄧㄢˇ ㄐㄧㄤˋ

【出處】明．施耐庵《水滸全傳》第六十七回：「梁中書的夫人，躲在後花園中，逃得性命，便叫丈夫寫表，申奏朝廷，寫書教太師知道，早早調兵遣將，剿除賊寇報仇。」

【用法】①調動兵力，派遣將領。②也比喻工作中對各種人力進行調動安排。

【例句】章邯大軍到了陳縣，陳王不但不能～，而且禁止不了士兵開小差。

調虎離山 ㄉㄧㄠˋ ㄏㄨˇ ㄌㄧˊ ㄕㄢ

【出處】明．吳承恩《西遊記》第五十三回：「我是個調虎離山計，哄你出來爭戰，卻著我師弟取水去了。」

【用法】①沒法使老虎離開深山。②喻用計謀使對方離開原來的有利地勢。

【例句】他使了個～計，把敵人引出據點，一舉殲滅。

釣名沽譽 ㄉㄧㄠˋ ㄇㄧㄥˊ ㄍㄨ ㄩˋ

見「沽名釣譽」。

釣遊之地 ㄉㄧㄠˋ ㄧㄡˊ ㄓ ㄉㄧˋ

【出處】唐．韓愈《送楊少尹序》：「今之歸，指其樹曰：『某樹，吾先人之所種也；某水某丘，吾童子時所釣遊也。』」

【用法】①釣魚遊玩的地方。②一般指

童年生活遊樂的地方。③喻指故鄉。

【例句】兒時的～，當然很使人懷念的，何況在和大都會隔絕的城鄉中，更可以暫息大半年來忙碌緊張的疲勞呢。

喋喋不休（ㄉㄧㄝˊ ㄉㄧㄝˊ ㄅㄨˋ ㄒㄧㄡ）

【出處】漢·班固《漢書·張釋之傳》：「豈效此嗇夫喋喋利口！」

【解釋】喋喋：形容說話多。

【用法】嘮嘮叨叨說起來沒個完。

【例句】我急著要去開會，可是他仍然～地說個沒完沒了。

疊床架屋（ㄉㄧㄝˊ ㄔㄨㄤˊ ㄐㄧㄚˋ ㄨ）

【出處】北齊·顏之推《顏氏家訓·序致》：「魏、晉以來，所著諸子，理重事複，遞相模效，猶屋下架屋，床上施床耳。」

【解釋】疊：重疊。

【用法】①床上疊床，屋上架屋。②比喻重複、累贅。

【例句】這篇總結寫得雜亂無章、～，重點一點兒也不突出。

【附註】也作「床上安床」、「屋上架屋」。

丁是丁，卯是卯（ㄉㄧㄥ ㄕˋ ㄉㄧㄥ，ㄇㄠˇ ㄕˋ ㄇㄠˇ）

【出處】清曹雪芹《紅樓夢》第四十三回：「鳳姐笑道：『我看你厲害，明兒有了事，我也丁是丁，卯是卯的，你也別抱怨。』」

【解釋】丁：天干之一。卯：地支之一。

【用法】①干支一旦發生錯誤，就影響年月的記錄。「丁卯」又為「釘鉚」的諧音。釘為物之凸出者，即榫頭；鉚為物之凹入者，他稱鉚眼。釘鉚一旦發生錯誤，器物便安不上。②比喻做事非常認眞，一絲不苟。

【例句】張師傅對工作非常認眞細心，～，一點也不含糊。

丁一卯二（ㄉㄧㄥ ㄧ ㄇㄠˇ ㄦˋ）

【出處】元·無名氏《抱妝盒》第三折：「要說個丁一卯二，不許你差三錯四。」

【解釋】丁、卯：參看「丁是丁，卯是卯」。

【用法】①釘一根釘子，鉚住兩個物體。②比喻說話辦事確實、牢靠。

【例句】老張這人，無論做事或說話，一向是～，確實牢靠的。

丁一確二（ㄉㄧㄥ ㄧ ㄑㄩㄝˋ ㄦˋ）

【出處】宋《朱子語類·易三》：「修辭便是立誠，如今人持擇言語，丁一確二，一字是一字，一句是一句，便是立誠。」

【用法】明明白白，一點不含糊，的確的意思。

【例句】這件事情，我已～交待清楚了！

頂頭上司（ㄉㄧㄥˇ ㄊㄡˊ ㄕㄤˋ ㄙ）

【用法】指直接領導自己的人或機構。

【例句】他是我的～，工作上有問題，我直接向他報告。

頂天立地（ㄉㄧㄥˇ ㄊㄧㄢ ㄌㄧˋ ㄉㄧˋ）

【出處】元·萬松老人《從容錄》：「何況頂天立地丈夫兒，道頭知尾靈俐漢。」

【用法】①頭頂著天，腳踏著地。②形容形象高大，氣勢豪邁。

【例句】先生是楚國的棟樑，是～的柱石。

頂禮膜拜 ㄉㄧㄥˇ ㄌㄧˇ ㄇㄛˊ ㄅㄞˋ

【出處】清・吳趼人《痛史》第二十回：「這句話傳揚出去，一時哄動了吉州百姓，扶老攜幼，都來頂禮膜拜。」
【解釋】頂禮：佛教徒拜佛時最尊敬的禮節。頭、手、足五體俯伏在菩薩足下叩拜。膜拜：舉手加額，長跪而拜。
【用法】現多用以形容對人極端恭敬畏服或極度崇拜。
【例句】在商代，因受迷信的影響，凡事都要～一番，這是愚昧和無知的表現。

鼎鐺有耳 ㄉㄧㄥˇ ㄉㄤ ㄧㄡˇ ㄦˇ

【出處】宋・李燾《續資治通鑑長編・宋太祖開寶元年》：「雷德驤言趙普強市人第宅，聚斂財賄。上怒叱之曰：『鼎鐺猶有耳，汝不聞趙普吾之社稷臣乎？』」
【解釋】鼎、鐺：均爲兩耳三足的金屬器。
【用法】①意謂鼎、鐺都有兩耳，難道你就沒有耳朵嗎？②指對某人某事應該是耳有所聞。

鼎鼎大名 ㄉㄧㄥˇ ㄉㄧㄥˇ ㄉㄚˋ ㄇㄧㄥˊ

見「大名鼎鼎」。

鼎力扶持 ㄉㄧㄥˇ ㄌㄧˋ ㄈㄨˊ ㄔˊ

【解釋】鼎力：大力。扶持：幫助、支持。
【用法】①大力支持。②請人幫助時的客氣話。
【例句】由於各方的～，使本廠的新產品迅速地問世了！
【附註】參看「鼎力相助」。

鼎力相助 ㄉㄧㄥˇ ㄌㄧˋ ㄒㄧㄤ ㄓㄨˋ

【解釋】鼎力：大力。
【用法】①大力相助。②多用於求人相助時的客氣話。
【例句】由於您在這件事情上～，我才順利地完成了任務。
【附註】參看「鼎力扶持」。

鼎新革故 ㄉㄧㄥˇ ㄒㄧㄣ ㄍㄜˊ ㄍㄨˋ

見「革故鼎新」。

鼎足之勢 ㄉㄧㄥˇ ㄗㄨˊ ㄓ ㄕˋ

【出處】漢・司馬遷《史記・淮陰侯列傳》：「臣願披腹心，輸肝膽，效愚計，恐足下不能用也。誠能聽臣之計，莫若兩利，而俱存之，三分天下，鼎足而居，其勢莫敢先動。」
【解釋】鼎：古炊器，用青銅製成，圓形，兩耳三足。勢：局勢。
【用法】比喻三方分立對峙的局勢。
【例句】三國時期，魏、蜀、吳各據一方，形成了～。

鼎足三分 ㄉㄧㄥˇ ㄗㄨˊ ㄙㄢ ㄈㄣ

見「三分鼎足」。也作「鼎足而立」、「鼎足而居」。

鼎魚幕燕 ㄉㄧㄥˇ ㄩˊ ㄇㄨˋ ㄧㄢˋ

【出處】①南朝・宋・范曄《後漢書・張綱傳》：「相聚偷生若魚遊釜中，喘息須臾間耳。」②《左傳・襄公二十九年》：「季札曰：『夫子之在此也，猶燕之巢於幕上。』」③南朝・梁・丘遲《與陳伯之書》：「而將軍魚游於沸鼎之中，燕巢於飛幕之上，不亦惑乎？」

【解釋】鼎：古代烹煮用的器物。幕：帳篷。

【用法】①在鼎中的魚，在帳篷上築巢的燕子。②比喻處境極端危險而不自知。

【例句】你的處境已如～，怎能不戒愼小心？

定時炸彈（ㄉㄧㄥˋ ㄕˊ ㄓㄚˋ ㄉㄢˋ）

【用法】①能按預定時間爆炸的炸彈。②比喻潛伏在內部的危險或隱患。

【例句】他做夢也沒有想到，這個新來的女秘書竟會是一顆～。原來她是別的公司派來的商業間諜！

定於一尊（ㄉㄧㄥˋ ㄩˊ ㄧ ㄗㄨㄣ）

【出處】漢・司馬遷《史記・秦始皇本紀》：「語皆道古以害今，飾虛言以亂實，人善其所私學，以非上之所建立。今皇帝並有天下，別黑白而定一尊。」

【解釋】一尊：唯一的權威。

【用法】指以一個具有最高權威的人做唯一的標準（多指政治、學術、思想方面）。

【例句】那種在藝術風格上揚此抑彼，甚至主張～的論調，是最妨礙進步的。

丟盔棄甲（ㄉㄧㄡ ㄎㄨㄟ ㄑㄧˋ ㄐㄧㄚˇ）

【解釋】盔、甲：古代作戰時用銅鐵或皮革製成的軍裝，盔護頭，甲護身。

【用法】①丟掉了盔，拋棄了甲。②形容吃敗仗後的狼狽樣子。

【例句】他們在戰鬥中英勇殺敵，打得敵人～、狼狽逃竄。

【附註】也作「丟盔卸甲」。

丟人現眼（ㄉㄧㄡ ㄖㄣˊ ㄒㄧㄢˋ ㄧㄢˇ）

【用法】指在衆人面前出乖露醜，讓人笑話。

【例句】你自己不正當，害得我也跟著你～。

丟卒保車（ㄉㄧㄡ ㄗㄨˊ ㄅㄠˇ ㄐㄩ）

【解釋】卒、車：均爲象棋中的棋子名稱。

【用法】①捨去卒，保住車。②比喻犧牲次要的，保住主要的。

【例句】他把黑名單暴露出來，是玩弄～的把戲，爲了保住他自己。

【附註】①「車」不能念成ㄔㄜ。②作「棄卒保車」。

丟三落四（ㄉㄧㄡ ㄙㄢ ㄌㄚˋ ㄙˋ）

【出處】清・曹雪芹《紅樓夢》第六十七回：「俗語說的：『笨雀兒先飛，省的臨時丟三落四的不齊全。』」

【解釋】丟：丟掉。落：漏掉。

【用法】形容馬虎而健忘，顧此失彼。

【例句】小李爲人熱情忠厚，可就是有點粗枝大葉，總是～的。

【附註】「落」不能念成ㄌㄨㄛˋ。

冬烘先生（ㄉㄨㄥ ㄏㄨㄥ ㄒㄧㄢ ㄕㄥ）

【出處】唐・鄭薰主持考試誤認顏標爲魯公（顏眞卿）的後代，把他取爲狀元。當時有人作詩嘲笑他：「主司頭腦大冬烘，錯認顏標作魯公。」
【解釋】冬烘：糊塗迂腐。
【用法】指糊塗迂腐的知識分子。
【例句】古時候私塾三家村的～，一年到頭，從早到晚教村童，仍用百八十年前的老教法。

冬裘夏葛（ㄉㄨㄥ ㄑㄧㄡˊ ㄒㄧㄚˋ ㄍㄜˊ）

【出處】《公羊傳，桓公七年》：「士不及茲四者，則冬不裘，夏不葛。」
【解釋】裘：皮衣。葛：葛麻做的衣服。
【用法】指高貴華麗的衣服。
【例句】只有有錢大亨才穿得起～，我們薪水階級，那敢奢望呢！

冬扇夏爐（ㄉㄨㄥ ㄕㄢˋ ㄒㄧㄚˋ ㄌㄨˊ）

【出處】漢·王充《論衡》：「作無益之能，納無補之說，猶之以夏進爐，以冬奏扇。」
【用法】①冬季裏的扇子，夏季裏的火爐。②比喻無用的東西。
【例句】住在城裏買輛耕耘機，如同～一樣，用不上。

冬日可愛（ㄉㄨㄥ ㄖˋ ㄎㄜˇ ㄞˋ）

【出處】《左傳·文公七年》載：「酆舒問賈季曰：『趙衰、趙盾孰賢？』對曰：『趙衰，冬日之日也；趙盾，夏日之日也。』」杜預注：「冬日可愛，夏日可畏。」
【解釋】冬日：冬天的太陽。
【用法】①冬天的太陽很可愛，能給人以溫暖。②比喻人的和藹可親。
【附註】參看「夏日可畏」。

冬溫夏凊（ㄉㄨㄥ ㄨㄣ ㄒㄧㄚˋ ㄐㄧㄥˋ）

【出處】《禮記·曲禮上》：「凡爲人子之禮，冬溫而夏凊，昏定而晨省。」（省：探望問候。）
【解釋】凊：涼爽。
【用法】①儒家宣揚的孝道。②指侍奉父母，冬天使之溫暖，夏天使之涼快。
【例句】民間傳說中的老萊子，對其父母體貼入微，～，是有名的孝子。
【附註】「凊」不可寫「清」。

東奔西走（ㄉㄨㄥ ㄅㄣ ㄒㄧ ㄗㄡˇ）

【出處】明·馮夢龍《古今小說·沈小官一鳥害七命》：「二人計較已定，卻去東奔西走，賒得兩瓶來。」
【用法】形容向四面八方奔忙。
【例句】父親爲了張羅二姊的婚事～，好不辛苦。

東拼西湊（ㄉㄨㄥ ㄆㄧㄣ ㄒㄧ ㄘㄡˋ）

【出處】清·曹雪芹《紅樓夢》第八回：「因是兒子的終身大事所關，說不得東拼西湊，恭恭敬敬封了二十四兩贄見禮。」
【用法】指零亂地加以拼湊。
【例句】他的這篇文章～，寫得很不認眞。

東門黃犬（ㄉㄨㄥ ㄇㄣˊ ㄏㄨㄤˊ ㄑㄩㄢˇ）

【出處】漢·司馬遷《史記·李斯列傳》載：秦丞相李斯，被趙高誣以謀反罪，當腰斬。臨刑時對兒子說：「吾欲與若復牽黃犬俱出上蔡東門逐狡兎，豈可得乎！」
【解釋】東門：東城門。黃犬：黃狗。
【用法】後用以指作官遭禍，悔不早日

抽身。

東方千騎 ㄉㄨㄥ ㄈㄤ ㄑㄧㄢ ㄐㄧˋ

【出處】《古樂府・日出東南隅行》：「東方千餘騎，夫婿居上頭。」

【解釋】騎：騎馬的人。

【用法】①從東邊跑來的千餘個騎馬人。②舊時指女子的丈夫富貴有勢。

【例句】陳家姑娘嫁了個富貴有勢的～，好不風光啊！

東風吹馬耳 ㄉㄨㄥ ㄈㄥ ㄔㄨㄟ ㄇㄚˇ ㄦˇ

【出處】唐・李白《答王十二寒夜獨酌有懷》詩：「世人聞此皆掉頭，有如東風射馬耳。」（射：吹的意思。）

【解釋】「馬耳」爲菜名，「世人掉頭」爲好像東風吹拂著馬耳菜也掉頭一樣。

【用法】比喻把別人的話當做耳邊風，無動於衷。

【例句】老王在下班後仍然想著廠裏的工作，妻子嘮嘮叨叨地說了半天，卻像～一樣，一句也沒有聽進去。

【附註】宋元人又有「西風貫驢耳」之語。

東風壓倒西風 ㄉㄨㄥ ㄈㄥ ㄧㄚ ㄉㄠˇ ㄒㄧ ㄈㄥ

【出處】清・曹雪芹《紅樓夢》第八十二回：「黛玉從不聞襲人背地裏說人，今聽此話有因，心裏一動，便說道：『但凡家庭之事，不是東風壓倒了西風，就是西風壓了東風。』」

【用法】①原意指舊式家庭內部的人事傾軋，總有一方壓倒另外的一方。②現用以喻進步力量壓倒了落後勢力。

【例句】家務事總脫不了～這類情形，你也毋須費心干預了！

東扶西倒 ㄉㄨㄥ ㄈㄨˊ ㄒㄧ ㄉㄠˇ

【出處】宋・楊萬里《過南蕩》詩：「笑殺槿籬能耐事，東扶西倒野荼䕷。」

【用法】①扶了東邊倒了西邊。②形容難以扶植，也形容顧此失彼。

【例句】這個人耳朵根子太軟，一點兒主見也沒有，～的，白替他著急！

東道之誼 ㄉㄨㄥ ㄉㄠˋ ㄓ ㄧˊ

【解釋】東道：請客的主人。

【用法】意指主人的情義。

【例句】你走時，我要盡盡～，還要請你賞臉。

東倒西歪 ㄉㄨㄥ ㄉㄠˇ ㄒㄧ ㄨㄞ

【出處】元・宮大用《古今雜劇・嚴子陵垂釣七里灘》：「似草店上般東倒西歪。」

【用法】①往東倒又往西歪。②形容站立不穩的樣子。

【例句】他像一個醉漢一樣～地進了屋子。

東逃西散 ㄉㄨㄥ ㄊㄠˊ ㄒㄧ ㄙㄢˋ

【用法】①向東奔逃，向西走散。②形容逃跑時的慌亂景象。

【例句】叫他鬧得咱一家人～，這筆帳一輩子也算不完！

東塗西抹 ㄉㄨㄥ ㄊㄨˊ ㄒㄧ ㄇㄛˇ

【出處】五代・王定保《唐摭言・第三卷・慈恩寺題名遊賞賦咏雜記》：「薛監（逢）晚年厄於宦途，嘗策羸赴朝，值新進士榜下，綴行而出，時進士團所由輩數十人，見逢行李蕭條，前導曰：『回避新郎君！』逢輾然，即遣一介語之曰：『報道莫貧相！阿婆三五少年時，也曾東塗西抹來。』」意思是說自己在少年時，也曾憑文章取得功名，勸那些進士不用驕傲。

【用法】①指隨意提筆寫畫或作文章。②常用以作自謙詞。③也用以形容到處寫畫，但功夫並不到家。

【例句】我那裏談得上什麼畫家，不過是喜歡~而已。

東拉西扯 ㄉㄨㄥ ㄌㄚ ㄒㄧ ㄔㄜˇ

【出處】清・曹雪芹《紅樓夢》第八十二回：「更有一種可笑的，肚子裏原沒有什麼，東拉西扯，弄的牛鬼蛇神，還自以爲博奧。」

【用法】①東拉一把，西扯一把。②指不談正經話，亂說一氣，或說話抓不住中心。

【例句】她進屋來和母親~地說了一陣，弄得家裡人都很討厭。

東勞西燕 ㄉㄨㄥ ㄌㄠˊ ㄒㄧ ㄧㄢˋ

【出處】宋・郭茂倩《樂府詩集・東飛伯勞歌》：「東飛伯勞西飛燕，黃姑織女時相見。誰家兒女對門居，開顏髮豔照里閭。」

【解釋】勞：即伯勞，鳥名。

【用法】比喻朋友、情侶離別。

【例句】你我離散，猶如~，不知何時能再歡聚！

東流西竄 ㄉㄨㄥ ㄌㄧㄡˊ ㄒㄧ ㄘㄨㄢˋ

【用法】①向四面八方流亡逃竄。②形容戰敗士兵敗退或到處作案的壞人的行踪。

【例句】一股被我軍擊潰的敵軍殘部，在山區裏~，惶惶如喪家之犬。

東鄰西舍 ㄉㄨㄥ ㄌㄧㄣˊ ㄒㄧ ㄕㄜˋ

【出處】唐・戴叔倫《女耕田行》詩：「東鄰西舍花髮盡，共借餘芳淚滿衣。」

【用法】指左右近鄰。

【例句】在她遇到困難的時候，~都來幫助。

東鱗西爪 ㄉㄨㄥ ㄌㄧㄣˊ ㄒㄧ ㄓㄨㄚˇ

【出處】清・龔自珍《自春徂秋……十五首》詩：「東雲露一鱗，西雲霧一爪。」

【用法】①原指畫雲中的龍，東畫一片龍鱗，西畫一隻龍爪，看不到龍的全貌。②後用以比喻事物零碎，不成系統，不全面。

【例句】蘇東坡有一首詩好像就是在這凌雲山上做的，我只~地記得幾句。

東觀續史 ㄉㄨㄥ ㄍㄨㄢˋ ㄒㄩˋ ㄕˇ

【出處】南朝・宋・范曄《後漢書・曹世叔妻傳》：「扶風曹世叔妻者，同郡班彪之女也，名昭，字惠班，一名姬，博學高才，世叔早卒，有節行法度。兄固著《漢書》，其八表及天文志未及竟而卒，和帝詔昭，就東觀藏書閣踵而成之。」

【解釋】東觀：漢代官家藏書的地方。

【用法】①指漢代女史學家班昭奉詔就東觀藏書續成其兄班固沒能完成的《漢書》。②後用以指女子才學高深。

東海揚塵 ㄉㄨㄥ ㄏㄞˇ ㄧㄤˊ ㄔㄣˊ

【出處】晉·葛洪《神仙傳·麻姑》：「麻姑謂王方平曰：『自接待以來，見東海三變爲桑田。向到蓬萊，水乃淺於往者略半也，豈復爲陵陸乎？』方平乃曰：『東海行復揚塵耳。』」

【用法】①東海揚起了灰塵，指海洋變成了陸地。②比喻世事變遷特別大。

【例句】台北三十年來有了多麼大的變化啊！這次回來觀光，眞如～，處處都變得認不出來了。

【附註】參看「滄海桑田」。

東羲既駕（ㄉㄨㄥ ㄒㄧ ㄐㄧˋ ㄐㄧㄚˋ）

【解釋】羲：羲和，神話中駕日車的神。既：已經。駕：駕駛（日車）。

【用法】①指太陽已經在東方升起。②比喻驅走黑暗，已見光明。

【例句】現在是「～」，黑暗痛苦的年月總算過去了。

東瞻西望（ㄉㄨㄥ ㄓㄢ ㄒㄧ ㄨㄤˋ）

【出處】《梁元帝·廬山碑序》：「東瞻洪井，識曳帛之在茲，西望石梁，見指寶之可拾。」

【解釋】瞻、望：觀望。

【用法】①向東、西方觀望。②形容對景物的觀賞。

【例句】小陳～，緊張兮兮地，八成做了什麼虧心事。

【附註】也作「東眺西望」。

東張西望（ㄉㄨㄥ ㄓㄤ ㄒㄧ ㄨㄤˋ）

【出處】明·馮夢龍《古今小說·蔣興哥重會珍珠衫》：「三巧兒只爲信了賣卦先生之語，一心只想丈夫回來，從此時常走向前樓，在簾內東張西望。」

【解釋】張、望：看。

【用法】形容心神不定，漫無目標或慌張的樣子。

【例句】這女學生提著她的行李，在車站外～了一會兒，看不見接她的人。

東征西討（ㄉㄨㄥ ㄓㄥ ㄒㄧ ㄊㄠˇ）

【出處】明·宋濂等《元史·木華黎傳》：「……召其弟帶孫曰：『我爲國家助成大業，擐甲執銳垂四十年，東征西討，無復遺恨，第恨汴京未下耳！汝其勉之。』」

【用法】①往東征戰，向西討伐。②形容長久從事征戰。

【例句】幾十年來，他率領軍隊～，立下了汗馬功勞。

東窗事發（ㄉㄨㄥ ㄔㄨㄤ ㄕˋ ㄈㄚ）

【出處】明·田汝成《西湖遊覽志餘》卷四：「秦檜之欲殺岳飛也，於東窗下與妻王氏謀之。檜歿未幾，子熺亦死。王氏設醮，方士伏章見熺荷鐵枷，問：『太師何在？』熺曰：『在酆都。』方士如其言往，見檜與萬俟卨俱荷鐵枷，備受諸苦。檜曰：『可煩傳語夫人，東窗事發矣！』」

【用法】①東窗下的事件被發覺了。②比喻陰謀敗露。

【例句】那批僞裝成乞丐的歹徒，終於～，被群衆識破，受到了應有的懲處。

東床快婿（ㄉㄨㄥ ㄔㄨㄤˊ ㄎㄨㄞˋ ㄒㄩˋ）

【出處】南朝·宋·劉義慶《世說新語·雅量》：「郗太傅（鑒）在京口，遣門生與王丞相（導）書，求女婿。

丞相語郗信，君往東廂任意選之。門生歸白郗曰：『王家諸郎，亦皆可嘉，聞來覓婿，咸自矜持，唯有一郎在東床上坦腹臥，如不聞。』郗公云：『正此好！』訪之，乃是逸少（王羲之），因嫁女與焉。」

【用法】①在東邊床上的是使人快意的女婿。②後來把「東床」或「東坦」用作女婿的代稱。

【例句】王師傅爲自己的獨生女兒招了小李這個～，心裏非常高興。

東施效顰 ㄉㄨㄥ ㄕ ㄒㄧㄠˋ ㄆㄧㄣˊ

【出處】①《莊子·天運》載：美女西施因心口痛而經常按著胸口，皺著眉頭，鄰居中一個醜女見了覺得很美，也學著這個樣子，結果反而增加了她的醜相。②唐·李白《古風》詩：「醜女來效顰，還家驚四鄰。」

【解釋】顰：皺著眉頭。

【用法】①後用以比喻不問具體條件，不了解人家的眞正長處，而去生搬硬套，結果事與願違。②也泛指死板的仿效者愚蠢可笑。

【例句】做人要有自知之明，切勿～，自取其辱！

東食西宿 ㄉㄨㄥ ㄕˊ ㄒㄧ ㄙㄨˋ

【出處】《藝文類聚》第四十卷引《風俗通》：「齊人有女，二人求之，東家子醜而富，西家子好而貧。父母疑不能決，問其女，定所欲適，難指斥言者，偏袒，令我知之。女便兩袒。怪問其故。云：欲東家食西家宿。此爲兩袒者也。」

【用法】①去東家吃飯，去西家住宿。②比喻貪婪的人見好處就想撈，死不要臉。

【例句】這是一個無利不早起的人物，～，哪兒有便宜就上哪去。

東市朝衣 ㄉㄨㄥ ㄕˋ ㄔㄠˊ ㄧ

【出處】漢，司馬遷《史記·晁錯傳》載：晁錯被殺時，「朝衣斬東市」。

【解釋】東市：古時的刑場。朝衣：大臣上朝時穿的禮服。

【用法】形容大臣無辜被殺。

東山高臥 ㄉㄨㄥ ㄕㄢ ㄍㄠ ㄨㄛˋ

【出處】唐·房玄齡等《晉書·謝安傳》載：謝安頗有雅士的修養和風度，年輕時就很有名聲。揚州刺史庾冰請他去做官，屢次敦促，他都不願意，最後實在無法推托，只得勉強上任，可是才一個多月便告假回家了。後吏部尚書范汪荐舉他爲吏部郎，他回信拒絕，並且隨即在會稽（今浙江上虞縣）的東山隱居起來，表示堅決不參加政治活動。所以說他「累違朝旨，高臥東山。」

【解釋】東山：山名，在浙江上虞縣西南，東晉謝安早年隱居於此，後因以東山指隱居。

【用法】今以東山高臥比喻隱居不仕，過安閑生活。

【例句】陳老早已～，不問政事，我們不要再去打擾他了！

東山再起 ㄉㄨㄥ ㄕㄢ ㄗㄞˋ ㄑㄧˇ

【出處】唐·房玄齡等《晉書·謝安傳》：「征西大將軍桓溫請爲司馬，將發新亭，朝士咸送，中丞高崧戲之曰：『卿累違朝旨，高臥東山，諸人每相與言，安石不肯出，將如蒼生何！蒼生今亦將如卿何！』安甚有愧色。既到，溫甚喜，言生平歡笑竟日。」

【用法】①東晉時謝安退職後在東山隱居，以後又出山做了宰相。②後用以比喻去職後再度任職，或失勢後重新得勢。

【例句】現在不如就地分散，暫避風頭，待到有利時機，可以～。

【附註】參看「東山高臥」。

東閃西躲（ㄉㄨㄥ ㄕㄢˇ ㄒㄧ ㄉㄨㄛˇ）

【出處】明．施耐庵《水滸傳》第六十一回：「李逵在林木叢中東閃西躲。」

【用法】形容四處躲藏。

【例句】小朋友玩起遊戲來～，有趣極了！

東藏西躲（ㄉㄨㄥ ㄘㄤˊ ㄒㄧ ㄉㄨㄛˇ）

【出處】清．孔尚任《桃花扇．沈江》：「我們出獄，不覺數日，東藏西躲，終無棲身之地。」

【用法】形容到處藏躲。

【例句】通緝犯～，但仍逃不了法律的制裁。

【附註】也作「東躲西藏」。

東搖西擺（ㄉㄨㄥ ㄧㄠˊ ㄒㄧ ㄅㄞˇ）

【用法】形容左右搖擺，不穩當。

【例句】強大的風暴，把停在港口中的船隻颳得～。

董狐直筆（ㄉㄨㄥˇ ㄏㄨˊ ㄓˊ ㄅㄧˇ）

【出處】《左傳．宣公二年》載：趙穿殺晉靈公，身為正卿的趙盾沒有管，董狐認為趙盾應負責任，便在史策上記載說「趙盾弒其君」。後孔子稱讚說：「董狐，古之良史也，書法不隱。」

【解釋】董狐：春秋時晉國的文官。直筆：根據事實，如實記載。

【用法】後用「董狐直筆」指稱敢於直書史實、不曲阿有勢者的正直史家。

【例句】身為史官，要具有～的風範才算不愧職責。

凍解冰釋（ㄉㄨㄥˋ ㄐㄧㄝˇ ㄅㄧㄥ ㄕˋ）

見「冰解凍釋」。

動不失時（ㄉㄨㄥˋ ㄅㄨˋ ㄕ ㄕˊ）

【出處】漢．劉安《淮南子．人間訓》：「聖人敬小慎微，動不失時。」

【解釋】時：時宜。

【用法】①行動不失時宜。②指不做不切合時宜的事情。

【例句】作為一個教師，應當～，處處給學生做榜樣。

動魄驚心（ㄉㄨㄥˋ ㄆㄛˋ ㄐㄧㄥ ㄒㄧㄣ）

見「驚心動魄」。

動蕩不定（ㄉㄨㄥˋ ㄉㄤˋ ㄅㄨˋ ㄉㄧㄥˋ）

【解釋】①動搖晃蕩不安定。②形容政治形勢變化激烈。

【例句】非洲地區的政局總是～，軍事政變接連發生。

動心忍性（ㄉㄨㄥˋ ㄒㄧㄣ ㄖㄣˇ ㄒㄧㄥˋ）

【出處】《孟子．告子下》：「故天將

降大任於斯人也，必先苦其心志，勞其筋骨，餓其體膚，空乏其身，行拂亂其所爲，所以動心忍性，曾（增）益其所不能。」

【解釋】動心：使內心驚動。忍性：使性格堅韌。

【用法】指人的意志和性格受到磨練。

【例句】艱厄的環境能使人～，磨練志節！

動輒得咎（ㄉㄨㄥˋ ㄓㄜˊ ㄉㄜˊ ㄐㄧㄡˋ）

【出處】唐・韓愈《進學解》：「跋前躓後，動輒得咎。」（躓ㄓˋ：遇阻礙而顚仆。）

【解釋】輒：就。咎：責備。

【用法】動一動就受到責難。

【例句】過了這樣久心驚肉跳、～的日子，他的神經極度衰弱了。

動手動脚（ㄉㄨㄥˋ ㄕㄡˇ ㄉㄨㄥˋ ㄐㄧㄠˇ）

【出處】明・施耐庵《水滸傳》第三十二回：「你這個鳥頭陀，好不依本分，卻怎地便動手動脚？」

【用法】①亂動手，亂動脚。②形容行爲不嚴肅、不莊重，隨便亂動。③也常形容輕狂浮蕩、對女性不規矩的行爲。

【例句】總跟女孩子～的，簡直無聊極了。

動人心魄（ㄉㄨㄥˋ ㄖㄣˊ ㄒㄧㄣ ㄆㄛˋ）

【出處】清・吳敬梓《儒林外史》第二十四回：「那秦淮到了有月色的時候，越是夜色已深，更有那細吹細唱的船來，淒清委婉，動人心魄。」

【解釋】魄：依附人體而存在的精神。

【用法】使人情感受到觸動而心神激動。

【例句】作客他鄉，聞此歌聲，淒楚婉轉，～。

動人心弦（ㄉㄨㄥˋ ㄖㄣˊ ㄒㄧㄣ ㄒㄧㄢˊ）

【解釋】心弦：指受感動而起共鳴的思想情感。

【用法】振動了人的思想情感。

【例句】他那些語重心長、～的話，使我不禁淚如雨下。

【附註】參看「扣人心弦」。

動如脫兔（ㄉㄨㄥˋ ㄖㄨˊ ㄊㄨㄛ ㄊㄨˋ）

【解釋】脫：脫逃。

【用法】①行動起來像個脫身逃走的兔子。②形容動作快速。

【例句】李小妹身手矯健，～，値得培養成體育人才！

【附註】參看「靜如處女，動如脫兔」。

動如參商（ㄉㄨㄥˋ ㄖㄨˊ ㄕㄣ ㄕㄤ）

【出處】唐・杜甫《贈衛八處士》詩：「人生不相見，動如參與商。」

【解釋】參、商：星名。

【用法】①參星出西方，商星出東方，兩星不得相見。②比喻難以相會的離別。

【例句】他們雖然在十幾年前就結婚了，但是爲生活艱苦奮鬥，很少在一起，眞是～。

【附註】「參」不能念成ㄘㄢ。

棟樑之材（ㄉㄨㄥˋ ㄌㄧㄤˊ ㄓ ㄘㄞˊ）

【出處】南朝・宋・劉義慶《世說新語・賞譽》：「庾子嵩目和嶠，森森如千丈松，雖磊砢有節目，施之大廈，有棟梁之用。」

【解釋】棟：房屋正中的大樑。樑：架在柱子上端的木材。

【用法】比喻能擔負國家重任的人。

【例句】在經濟現代化的過程中，青年人要努力學習科學技術，使自己成爲國家的～。

棟折榱崩（ㄉㄨㄥˋ ㄓㄜˊ ㄘㄨㄟ ㄅㄥ）

【出處】《左傳·襄公三十一年》：「棟折榱崩，僑將厭（壓）焉，敢不盡言。」（僑：即鄭國大夫子產。）

【解釋】榱：椽子。崩：倒塌。

【用法】①大梁折斷，房椽倒塌。②比喻國家傾覆。

洞房花燭（ㄉㄨㄥˋ ㄈㄤˊ ㄏㄨㄚ ㄓㄨˊ）

【出處】南朝·梁·庾信《和咏舞》詩：「洞房花燭明，燕余雙舞輕。」

【解釋】洞房：新婚夫婦的臥室。花燭：彩燭（飾有龍鳳等圖案）。

【用法】在洞房裏點上花燭。

【例句】在～之夜，他們談起過去，更加覺得要不是努力，哪裏會有今天的幸福。

洞天福地（ㄉㄨㄥˋ ㄊㄧㄢ ㄈㄨˊ ㄉㄧˋ）

【出處】唐·杜光庭《洞天福地岳瀆名山記》：「列出十大洞天、三十六小洞天、七十二福地的名稱。」意爲洞中別有天地。

【用法】①道教所說神仙居住的洞府。②後用來比喻風景優美的名山勝境。

【例句】風景宜人的西湖如同～，能到這裏旅遊一番眞是太好了。

【附註】也作「福地洞天」。

洞見症結（ㄉㄨㄥˋ ㄐㄧㄢˋ ㄓㄥ ㄐㄧㄝˊ）

【出處】漢·司馬遷《史記·扁鵲倉公列傳》：「（長桑君）乃出其懷中藥予扁鵲，……扁鵲以其言飲藥三十日，視見垣一方人。以此視病，盡見五臟症結，特以診脈爲名耳。」

【解釋】洞：透徹。症結：腹內結塊的病。

【用法】①透徹的看出腹內結塊的病。②喻觀察銳利，能看到問題的要害。

【例句】王工程師～，只用三言兩語，就把爭論了很久的問題一下子解決了。

洞燭其奸（ㄉㄨㄥˋ ㄓㄨˊ ㄑㄧˊ ㄐㄧㄢ）

【出處】清·李汝珍《鏡花緣》第十二回：「倘明哲君子，洞察其奸，……諸事預爲防範，毋許入門，他又何所施伎倆？」

【解釋】洞：洞察。燭：照見。

【用法】①能看透對方的陰謀詭計。②形容觀察力強，警惕性高。

【例句】我們對於他的任何花招都早已～，絕不會上當受騙。

【附註】也作「洞察其奸」。

洞察一切（ㄉㄨㄥˋ ㄔㄚˊ ㄧˊ ㄑㄧㄝˋ）

【解釋】洞：透徹、深入。察：察覺。

【用法】①透徹地察覺一切事物。②形容對所有的事物都有深入精細的判斷力。

【例句】一個人所能了解的事物總是有一定的局限性，所謂～，一般來說是不大可能的。

洞若觀火

【出處】《尚書・盤庚上》：「予若觀火。」

【解釋】洞：透徹。

【用法】形容觀察事物十分透徹，如同看火一樣清楚。

【例句】以過去和現在鐵鑄一般的事實來預測將來，～。

【附註】參看「明若觀火」。

洞幽燭微

【解釋】洞：洞曉，十分明白。幽：深遠。燭：照亮。微：微末，精細處。

【用法】①洞察深遠，燭見微末。②形容觀察力強，所得見解深刻而細緻。

【例句】作家只有具備～的慧眼，才能通過個別反映一般，使作品比實際生活表現更高層次的美善美。

抖擻精神

【出處】宋・釋普濟《五燈會元》卷十九：「抖擻精神透關去。」

【解釋】抖擻：振作、奮發。

【用法】振奮精神。

【例句】我們應該～，振奮士氣，重新出發！

【附註】①也作「精神抖擻」。②參看「精神煥發」。

斗方名士

【出處】清・吳趼人《二十年目睹之怪現狀》第十九回：「那班斗方士，結識了兩個報館主筆，天天弄些詩去登報，要借此博個詩翁的名色。」

【解釋】斗方：一二尺見方的詩幅或書畫頁。

【用法】①在斗方上寫詩作畫以相標榜的小名士。②指以風雅自命的無聊文人。

【例句】那些～，最喜歡自命風雅，此無聊行徑令人厭惡！

斗南一人

【出處】宋・歐陽修等《新唐書・狄仁傑傳》：「藺仁基曰：『狄仁之賢，北斗以南，一人而已。』」

【解釋】斗南：北斗星以南，泛指天下。

【用法】指天下獨一無二的人。

斗換星移

【出處】唐・王勃《滕王閣序》：「閑雲潭影日悠悠，物換星移幾度秋。」

【解釋】斗：北斗星。

【用法】①北斗星轉向，星座移位。②形容時序變遷，歲月流逝。

【例句】日新月異，～，處處呈現出一派生機勃勃的新氣象。

【附註】也作「斗轉星移」。

斗酒百篇

【出處】唐・杜甫《飲中八仙歌》：「李白一斗詩百篇，長安市上酒家眠。」

【解釋】斗：古代盛酒器。

【用法】①飲一斗酒，能作詩一百篇，指善飲酒而能作詩。②形容豪放而有才識。

【例句】這位年輕的詩人，才思敏捷，雖然不是～，靈感一來也是走筆如飛的。

斗酒隻鷄

見「隻鷄斗酒」。

斗筲之人（ㄉㄡˇ ㄕㄠ ㄓ ㄖㄣˊ）

【出處】《論語·子路》：「子曰：『噫！斗筲之人，何足算也。』」

【解釋】斗筲：容量不大的器具。

【用法】①像斗、筲那樣的人。②比喻才識短淺、氣量不大的人。

【例句】～，何必跟他計較，算了吧！

【附註】①也作「斗筲之徒」。②參看「斗筲之材」。

斗筲之材（ㄉㄡˇ ㄕㄠ ㄓ ㄘㄞˊ）

【出處】①漢·班固《漢書·谷永傳》：「永斗筲之材，質薄學朽。」②宋·蘇軾《論商鞅文》：「至於桑弘羊，斗筲之材，穿窬之智，無足言者。」

【解釋】斗：容器。筲：竹器，僅容一斗二升。

【用法】①斗和筲都是較小的容器。②比喻才識短淺。

【例句】此人自視不凡，常輕蔑地譏稱別人爲「～」。

【附註】①也作「斗筲之器」。②參看「斗筲之人」。

斗轉參橫（ㄉㄡˇ ㄓㄨㄢˇ ㄕㄣ ㄏㄥˊ）

【出處】元·脫脫等《宋史·樂志》十六：「斗轉參橫將旦，天開地辟如春。」

【解釋】斗、參：星宿名。

【用法】①北斗星的杓（勺的柄）轉了方向，參星橫斜了。②指午夜後的時候。

【例句】晚上，我們分乘四輛汽車去淡水河，路上車如馬龍，到達之時，已經是～的時候了。

【附註】①也作「參橫斗轉」。②「參」不能念ㄘㄢ或ㄘ。

斗折蛇行（ㄉㄡˇ ㄓㄜˊ ㄕㄜˊ ㄒㄧㄥˊ）

見「蛇行斗折」。

斗升之水（ㄉㄡˇ ㄕㄥ ㄓ ㄕㄨㄟˇ）

【出處】《莊子·外物篇》：「周昨來有中道而呼者，周顧視車轍中，有鮒魚焉。周問之曰：『鮒魚來子何爲者耶？』對曰：『我東海之波臣也，君豈有斗升之水而活我哉！』」

【解釋】斗、升：容量不大的器具。

【用法】①一斗一升的水。②比喻微薄的資助。

【例句】這點慰勞品雖然只是～，但卻表達出我們對您的一片心意。

斗粟尺布（ㄉㄡˇ ㄙㄨˋ ㄔˇ ㄅㄨˋ）

見「尺布斗粟」。

豆剖瓜分（ㄉㄡˋ ㄆㄡˇ ㄍㄨㄚ ㄈㄣ）

【用法】①豆被剖裂，瓜被割分。②比喻國土被分裂瓜分。

【例句】在十八世紀，殖民主義者窮兵黷武，把亞非許多國家～，變成了殖民地。

【附註】參看「瓜剖豆分」。

豆蔻年華（ㄉㄡˋ ㄎㄡˋ ㄋㄧㄢˊ ㄏㄨㄚˊ）

【出處】唐·杜牧《贈別》詩：「娉娉嫋嫋十三餘，豆蔻梢頭二月初。」

【解釋】豆蔻：多年生常綠草本植物。年華：時光、年歲。

【用法】①豆蔻將要開花的時光。②喻

指十三四歲的姑娘。

【例句】張教授只有一個女兒，正是～，天眞活潑，教授夫婦愛她如掌上明珠。

豆重榆瞑

【出處】晉·稽康《養生論》：「豆令人重，榆令人瞑。」

【解釋】瞑：通「眠」，睡眠。

【用法】①豆類吃多了會增加體重，榆葉榆果吃多了能使人睡眠不醒。②指飲食不宜，有害身體。

【例句】～，會危害身體，不可不愼！

鬥鷄走狗

【出處】《戰國策·齊策一》：「臨淄甚富而實，其民無不吹竽鼓瑟，擊筑彈琴，鬥鷄走犬。」

【用法】①以鷄相鬥，放狗賽跑。②指不務正業的嬉戲。

【例句】一些富貴人家的紈袴子弟不是酒囊飯袋的寄生蟲，就是喜歡～的敗家子。

鬥巧爭新

見「競新鬥巧」。

鬥智昂揚

【解釋】昂揚：情緒高漲。

【用法】戰鬥的意志非常旺盛。

【例句】當前，全國人民～，幹勁十足，正在積極地爲建設現代化而奮鬥。

鬥智鬥力

【出處】漢·司馬遷《史記·項羽本紀》：「項王謂漢王曰：『天下匈匈數歲者，徒以吾兩人耳！願與漢王挑戰，決雌雄……。』漢王笑謝曰：『吾寧鬥智，不能鬥力。』」

【用法】①用機智和實力來爭取勝負。②指決勝負的兩種方式方法。

【例句】指揮作戰，要有勇有謀，二者兼顧，～，不能一味猛打猛衝。

鬥而鑄兵

【出處】《黃帝內經·素問·四氣調神大論》：「夫病已成而後藥之，亂已成而後治之，譬猶渴而穿井，鬥而鑄錐，不亦晚乎！」（錐：鑄造。兵：兵器。）

【解釋】鬥：戰鬥。鑄：鑄造。兵：兵器。

【用法】①臨戰鬥才鑄造兵器。②比喩事先沒有準備，失其時機。

【例句】古語說，凡事預則立，不預則廢。所以，凡事做任何事都要提前做好準備，決不能臨渴掘井、～。

都俞吁咈

【出處】①《尙書·益稷》：「禹曰：『都，帝，愼乃在位。』帝曰：『兪。』」②《尙書·堯典》：「帝曰：『吁，咈哉！』」

【解釋】都、兪、吁、咈都是感嘆詞。都：表示讚美。兪：表示同意。吁：表示不同意。咈：表示反對。

【用法】①本用來表示堯、舜、禹等討論政事時的語氣。②後用以形容共同議論很和洽。

毒燎虐焰

【出處】唐·柳宗元《貞符》：「爨以毒燎，熇以虐焰。」（爨ㄘㄨㄢˋ：燒火煮飯。）
【解釋】毒：惡毒的。燎：火燒。虐：凶殘的。焰：火焰。
【用法】①惡毒的大火燃燒，凶殘的烈焰肆虐！②形容狠毒殘暴的惡勢力。
【例句】我們應該剷除～，絕不容允惡勢力危害社會。

獨霸一方 ㄉㄨˊ ㄅㄚˋ ㄧ ㄈㄤ

【用法】①獨自霸占一個地方。②形容惡人專橫武斷，稱王稱霸，為所欲為。
【例句】日據時期，漢奸走狗～、為非作歹，令人痛恨。

獨步天下 ㄉㄨˊ ㄅㄨˋ ㄊㄧㄢ ㄒㄧㄚˋ

【出處】南朝·宋·范曄《後漢書·戴良傳》：「我若仲尼長東魯，大禹出西羌，獨步天下，誰與為偶！」
【用法】指獨一無二，天下無雙。
【例句】王羲之的書法～，舉世無雙，所以有書聖之稱！
【附註】也作「天下獨步」。

獨步一時 ㄉㄨˊ ㄅㄨˋ ㄧˋ ㄕˊ

【出處】《晉書·陸喜傳》：「文藻宏麗，獨步當時，言論慷慨，冠乎終古。」
【用法】指在一段時期裏超羣出衆，獨一無二，無人能比。
【例句】他的雜文，深刻尖銳，在文學史上～。
【附註】也作「獨步當時」。

獨闢蹊徑 ㄉㄨˊ ㄆㄧˋ ㄒㄧ ㄐㄧㄥˋ

【解釋】蹊徑：小路。
【用法】①自己開闢一條小路。②比喻自己獨創的一種風格或新的方法。
【例句】為了解開這個謎，老陳刻苦鑽研，～終於取得了舉世矚目的成就。

獨木不成材 ㄉㄨˊ ㄇㄨˋ ㄅㄨˋ ㄔㄥˊ ㄘㄞˊ

【出處】①漢·崔駰《達旨》：「高樹靡陰，獨木不林。」②古樂府·《紫騮馬》解題引《古今樂錄》：「梁曲曰：『獨柯不成材，獨樹不成林。』」
【解釋】木：樹。
【用法】①一棵樹成不了樹林。②比喻單個力量是單薄的，無法支撐全局或辦成大事。
【例句】俗話說：單絲不成線，～。作任何工作都必須依靠集體的力量。

獨木難支 ㄉㄨˊ ㄇㄨˋ ㄋㄢˊ ㄓ

【出處】南朝·宋·劉義慶《世說新語·任誕》：「和（嶠）曰：『元裒（任愷）如北夏門，拉攞自欲壞，非一木不能支。』」（拉攞：崩塌、斷裂。）
【用法】①一根木頭支撐不住要倒的大廈。②比喻一個人的力量難以維持危局。
【例句】一個人～，必須依靠大家的力量。
【附註】①也作「一木難支」。②參看「一柱難撐」。

獨夫民賊 ㄉㄨˊ ㄈㄨ ㄇㄧㄣˊ ㄗㄟˊ

【出處】①《尚書·泰誓下》：「獨夫受（商紂），洪惟作威，乃汝世仇。」②《孟子·告子下》：「今之所謂良臣，古之所謂民賊也。」

【解釋】①獨夫：衆叛親離的暴君。②民賊：殘害人民的人。

【例句】叛軍悍然發動內戰，充分暴露～的嘴臉。

獨到之處 ㄉㄨˊ ㄉㄠˋ ㄓ ㄔㄨˋ

【用法】有與衆不同的地方或見解。

【例句】著名畫家徐悲鴻的「奔馬」，生趣盎然，雄健奔放，頗有～。

【附註】也作「獨到之見」。

獨當一面 ㄉㄨˊ ㄉㄤ ㄧ ㄇㄧㄢˋ

【出處】漢・司馬遷《史記・留侯世家》：「良進曰：『……而漢王之將獨韓信可屬大事，當一面。』」

【用法】①獨立承當一個方面的重要任務。②形容精明強幹，有卓越的領導才能。

【例句】小王出師以後，經過一段刻苦的學習，在工作上已經可以～了。

獨斷專行 ㄉㄨˊ ㄉㄨㄢˋ ㄓㄨㄢ ㄒㄧㄥˊ

【出處】清・李寶嘉《官場現形記》第十二回：「你在他手下辦事，最好獨斷獨行，倘若都要請教過他再做，那是一百年也不會成功的。」

【解釋】獨斷：個人作決定。專行：憑個人意志行事。

【用法】指處理事情只憑個人意志而不考慮別人的意見，形容缺乏民主作風。

【例句】領導幹部遇事要多和部屬商量，切不可以～。

【附註】也作「獨斷獨行」。

獨立自主 ㄉㄨˊ ㄌㄧˋ ㄗˋ ㄓㄨˇ

【用法】①不依賴別人而存在，自己作主。②多指一個國家自己掌握自己的命運，不依賴別人，也不受外國的控制。

【例句】現代化建設中，我們要～，有選擇地吸收國外經驗。

獨立王國 ㄉㄨˊ ㄌㄧˋ ㄨㄤˊ ㄍㄨㄛˊ

【用法】指不接受有關方面的領導，自搞自的地區、部門或單位。

【例句】軍閥割據時期，大搞～，使中國遭受了巨大的損失。

獨具匠心 ㄉㄨˊ ㄐㄩˋ ㄐㄧㄤˋ ㄒㄧㄣ

【解釋】匠心：靈巧的心思。

【用法】指在技巧上或藝術上具有特出的創造性。

【例句】故宮博物院珍藏的許多珍寶，造型奇特，情趣橫生，全都是～的傑作。

【附註】參看「別具匠心」。

獨具隻眼 ㄉㄨˊ ㄐㄩˋ ㄓ ㄧㄢˇ

【出處】宋・釋普濟《五燈會元》卷十四：「(德止禪師曰)若也檢點得破，且許他頂門上具一隻眼。」

【用法】①具有獨到的眼光和見解。②形容人目光敏銳，見解高超。

【例句】這篇文章，除用他的話，贊爲「～」之外，是不能有第二句話的。

【附註】參看「別具隻眼」。

獨具一格 ㄉㄨˊ ㄐㄩˋ ㄧˋ ㄍㄜˊ

【用法】具有獨特的風格。

【例句】他的畫～，名馳中外。

【附註】參看「別具一格」。

獨清獨醒（ㄉㄨˊ ㄑㄧㄥ ㄉㄨˊ ㄒㄧㄥˇ）

【出處】《楚辭・漁父》：「舉世皆濁我獨清，衆人皆醉我獨醒，是以見放！」

【用法】①獨自清白，獨自覺醒。②比喻有高度的自覺性，不隨流俗。

【例句】我們要有～的自覺性，不可隨波逐流，毫無主見。

獨弦哀歌（ㄉㄨˊ ㄒㄧㄢˊ ㄞ ㄍㄜ）

【出處】《莊子・天地》：「子非夫博學以擬聖，於于以蓋衆，獨弦哀歌，以賣名聲于天下者乎？」

【用法】①獨自彈著琴，唱起悲哀的歌調。②指故意不按通常規律辦事，以顯示自己與衆不同，從而借此沽名釣譽。

獨行其是（ㄉㄨˊ ㄒㄧㄥˊ ㄑㄧˊ ㄕˋ）

【用法】①自己認爲對的就做，毫不考慮別人的意見。②形容自作主張，獨斷獨行。

【例句】別人的意見一點兒也聽不進去。總是～，這樣下去一定會把事情搞壞。

獨占鰲頭（ㄉㄨˊ ㄓㄢˋ ㄠˊ ㄊㄡˊ）

【出處】元・無名氏《陳州糶米》楔子：「殿前曾獻升平策，獨占鰲頭第一名。」

【解釋】鰲：傳說中海中的大龜，一說「大鱉」。

【用法】①據說皇宮石階前刻有鰲頭，狀元及第時才可以踏上，所以科舉時代把中狀元稱作「獨占鰲頭」。②後用以指居於首位或取得第一。

【例句】在這次研究生考試中，他竟～，取得最好的成績。

獨出機杼（ㄉㄨˊ ㄔㄨ ㄐㄧ ㄓㄨˋ）

【出處】唐・李延壽《北史・祖瑩傳》：「作文須自出機杼，成一家風骨，何能共人同生活也。」

【解釋】獨：獨特。機杼：織布機和織布梭，引申爲織布方法。

【用法】比喻文章的命意和構思獨出心裁。

【例句】他的這個短篇，完全擺脫了原有的手法，～，倒也新鮮別致。

【附註】也作「自出機杼」。

獨出心裁（ㄉㄨˊ ㄔㄨ ㄒㄧㄣ ㄘㄞˊ）

【出處】清・袁枚《小倉山房尺牘・覆家實堂》：「去冬在杭州，見朱石君侍郎，蒙其推許云：『古文有十弊，惟隨圓能掃而空之……謹守八家空套，不自出心裁，五弊也。』」

【解釋】心裁：內心的謀劃。

【用法】①原指詩文的構思、安排有獨到之處，②後泛指想出的辦法與衆不同。

【例句】劉老師出的試題生動活潑、～，使緊張的考試變得異常活躍。

【附註】①也作「自出心裁」。②參看「別出心裁」。

獨善其身（ㄉㄨˊ ㄕㄢˋ ㄑㄧˊ ㄕㄣ）

【出處】《孟子・盡心上》：「古之人，得志澤加於民，不得志修身見於世；窮則獨善其身，達則兼善天下。」

【用法】①原意指一個人能夠得志，居高位、掌大權，就應該給天下人做些好事，如果失意，無法施展自己的才幹，那就好好修養自己的才能品德，不去鑽營。②現指只顧自己，不顧別人的一種個人主義的處世哲學。

【例句】所謂～或是潔身自好，只能說是一句空話，是與現實生活矛盾的，也是不可能的。

獨善自養（ㄉㄨˊ ㄕㄢˋ ㄗˋ ㄧㄤˇ）

【出處】唐．韓愈《後廿九日復上書》：「山林者，士之所獨善自養而不憂天下者，之所以能安也。」

【用法】只求自身完好，自己去修身養性。

獨樹一幟（ㄉㄨˊ ㄕㄨˋ ㄧˊ ㄓˋ）

【出處】清．袁枚《隨園詩話》：「歐公（歐陽修）學韓（愈）文，而所作文全不似韓，此八家中所以獨樹一幟也。」

【解釋】樹：豎立。幟：旗幟。

【用法】①單獨豎起一面旗號。②比喻創造出獨特風格，自成一家；或另外組織力量，開創一種局面。

【例句】他的文筆～，成為「五四」新文化運動的偉大旗手。

【附註】①也作「別樹一幟」。②參看「別張一軍」。

獨自煢煢（ㄉㄨˊ ㄗˋ ㄑㄩㄥˊ ㄑㄩㄥˊ）

【解釋】煢煢：孤單的樣子。

【用法】獨自一人，孤寂得很。

【例句】但他又立刻覺得對於孩子有些抱歉了，重又回頭，目送著她～的離去了。

獨一無二（ㄉㄨˊ ㄧ ㄨˊ ㄦˋ）

【出處】清．李寶嘉《官場現形記》第二十一回：「贏了錢，便大把的賞人；輸了錢，無論上千上萬，從不興皺皺眉頭；真要算得獨一無二的好賭品了。」

【用法】①只此一家，別無分號。②形容唯一的，沒有可以和他相比的。

【例句】他的寫作技巧是～，必將在中國文學史上，乃至世界文學史上留下光輝燦爛的一頁。

獨往獨來（ㄉㄨˊ ㄨㄤˇ ㄉㄨˊ ㄌㄞˊ）

【出處】《莊子．在宥》：「出入六合，游乎九州，獨往獨來，是謂獨有。」

【用法】①獨自走去，獨自回來。②形容傲然不羣，不與人同來同往。

【例句】離開黃浦江岸，在太平洋舟中，青天碧海，～之間，我常常憶起「海水直下萬里深，誰人不言此離苦」兩句。

讀書千遍，其義自見（ㄉㄨˊ ㄕㄨ ㄑㄧㄢ ㄅㄧㄢˋ，ㄑㄧˊ ㄧˋ ㄗˋ ㄒㄧㄢˋ）

【出處】《童蒙須知》：「只是要多誦遍數，自然上口永不忘，古人云：『讀書千遍，其義自見。』」

【解釋】千遍：指遍數之多。義：意義。見：顯現。

【用法】指書要反復地熟讀，才能領會其意義。

【例句】讀書的方法之一就是多讀，古人說「～」是有道理的。

【附註】①也作「讀書百遍，其義自見」。②「見」不能念成ㄐㄧㄢˋ。

讀書種子 ㄉㄨˊ ㄕㄨ ㄓㄨㄥˇ ㄗˇ

【出處】宋·周密《齊東野語》：「山谷云：『士大夫子弟，不可令讀書種子斷絕，有才氣者出，便當名世矣，使兼善。』嘗對書太息曰：『吾老矣，非求聞者，如下後世種子耳。』」

【用法】①指讀書人世代相傳，永不絕滅。②也用以有培養前途的人。

【例句】我就不信，只有他家的孩子才是～。

讀書三到 ㄉㄨˊ ㄕㄨ ㄙㄢ ㄉㄠˋ

【出處】宋·朱熹《訓橋齋規》：「余嘗謂讀書有三到：謂心到、眼到、口到，……三到之中，心到最緊。」

【用法】指讀書的要領。

【例句】～做得周全，課業成績必定不差，這是每個學生都應明白的道理。

讀書三餘 ㄉㄨˊ ㄕㄨ ㄙㄢ ㄩˊ

【出處】晉·陳壽《三國志·魏志·董遇傳》注，引《魏略》云：「人有從學者，……從學者云，苦渴無日。遇言：『當以三餘。』或問『三餘』之意。遇言：冬者歲之餘，夜者日之餘，陰雨者晴之餘也。」

【用法】指好讀書的人，善於抓住業餘時間。

【例句】這位長者，曾經以「～」來勉勵我們刻苦學習。

睹貌獻飧 ㄉㄨˇ ㄇㄠˋ ㄒㄧㄢˋ ㄙㄨㄣ

【出處】西晉·潘岳《西征賦》：「長傲賓於柏谷，妻睹貌而獻飧。」《文選》注載：漢武帝私訪到柏谷，店主人覺得他形跡可疑，想把他捉住。店主人的妻子卻看出這個客人不是一般的人，隨後，反而殺鷄做飯，用豐盛的晚餐招待他。漢武帝回宮後，賜給女主人黃金千兩，提拔男主人爲羽林郎。

【解釋】飧：晚餐。

【用法】①察看容色，獻上晚餐。②形容眼光敏銳，舉動適當。

睹物思人 ㄉㄨˇ ㄨˋ ㄙ ㄖㄣˊ

【出處】淸·曹雪芹《紅樓夢》第四十四回：「這王十朋也不通的很，不管在那裏祭一祭罷了，必定跑到江邊上來做什麼！俗話說：『睹物思人』，天下的水總歸一源，不拘那裏的水舀一碗，看著哭去，也就盡情了。」

【解釋】睹：看見。

【用法】看見死人的遺物或久別人所留下的東西就想起這個人。

【例句】看到他的遺物，不免～，眼淚一下就流了下來。

篤近舉遠 ㄉㄨˇ ㄐㄧㄣˋ ㄐㄩˇ ㄩㄢˇ

【出處】唐·韓愈《原人》：「故聖人一視而同仁，篤近而舉遠。」

【解釋】篤：忠實、厚道。舉：舉薦、選拔。

【用法】①對關係近的厚道，對關係遠的舉薦。②指同等待人。

妒富愧貧 ㄉㄨˋ ㄈㄨˋ ㄎㄨㄟˋ ㄆㄧㄣˊ

【出處】淸·曹雪芹《紅樓夢》第五十三回：「奈何他們有年老的懶於熱鬧，有家內沒有人，又有疾病淹留，要來竟不能來，有一等妒富愧貧不肯來的。」

【解釋】妒：嫉妒。

【用法】對別人富貴嫉妒，爲自己貧窮羞愧。

妒賢嫉能（ㄉㄨˋ ㄒㄧㄢˊ ㄐㄧˊ ㄋㄥˊ）

【出處】漢・司馬遷《史記・高祖本紀》：「項羽妒賢嫉能，有功者害之，賢者疑之。」

【用法】嫉妒品德以及能力比自己強的人。

【例句】後來他在報上說，我將他最好的幾篇都不選，因爲我～怕他出名，所以將好的故意壓下。

【附註】也作「嫉賢妒能」。

度日如年（ㄉㄨˋ ㄖˋ ㄖㄨˊ ㄋㄧㄢˊ）

【出處】北齊・魏收《魏書・苻健傳》：「勛舊親戚，殺害略盡，王公在者以疾告歸，得度一日如過十年。」

【用法】①過一天像過一年那樣長。②形容日子很不好過。

【例句】他因山難而失去音訊的那一個多月，我眞是～。

杜門不出（ㄉㄨˋ ㄇㄣˊ ㄅㄨˋ ㄔㄨ）

【出處】《國語・楚語》：「靈王虐，白公子張又諫，王病之……遂趨而退歸，杜門不出。」

【解釋】杜：堵塞。

【用法】①閉門謝客，不再外出。②現指家居不參與政治活動或其它社會活動。

【例句】爲了整理晚清筆記，我～已經有兩年了。

杜門却掃（ㄉㄨˋ ㄇㄣˊ ㄑㄩㄝˋ ㄙㄠˇ）

【出處】南朝・梁・江淹《恨賦》李善注引司馬彪《續漢書》：「趙壹閉門却掃，非德不交。」

【解釋】杜：堵塞。却掃：不再掃除。

【用法】①關閉大門，不再掃除門徑，迎賓待客。②形容閉門謝絕來賓，不與外界接觸。也指隱居不與人往來。

【例句】知識分子～，不肯和叛軍同流合污，還是值得尊敬的。

【附註】參看「閉關却掃」。

杜門謝客（ㄉㄨˋ ㄇㄣˊ ㄒㄧㄝˋ ㄎㄜˋ）

【出處】①宋・歐陽修《新五代史・趙光逢傳》：「以世亂，棄官居洛陽，杜門絕人事者五六年。」②清・王晫《今世說・言語》：「王瑞虹杜門謝客，不與外事。」

【解釋】杜：堵塞。

【用法】①關閉大門，謝絕來客。②形容不再與任何人來往。

【例句】他爲了這部小說早日與讀者見面，每天都工作十多個小時，一連幾個月～。

杜口裹足（ㄉㄨˋ ㄎㄡˇ ㄍㄨㄛˇ ㄗㄨˊ）

【出處】《戰國策・秦策三》：「天下見臣盡忠而身蹶也，是以杜口裹足，莫肯即奏耳！」

【解釋】杜：堵塞。裹：纏住。

【用法】①閉上嘴不說話，止住步不上前。②形容對某些事喪失了信心或不信任。

【例句】意志薄弱的人遇到困難，就～，消極觀望，毫無奮鬥的勇氣。

杜漸防萌 ㄉㄨˋ ㄐㄧㄢˋ ㄈㄤˊ ㄇㄥˊ

【出處】南朝·宋·范曄《後漢書·丁鴻傳》：「若敕政責躬，杜漸防萌，則凶妖銷（消）滅，禍福湊矣。」

【解釋】杜：堵塞。漸、萌：指事物發展的開端。

【用法】指防止錯誤或壞事要在剛剛發生的時候。

【例句】發現青少年有一些不好的習慣時，就要～，及時進行教育，不可聽之任之。

【附註】參看「防微杜漸」。

杜漸防微 ㄉㄨˋ ㄐㄧㄢˋ ㄈㄤˊ ㄨㄟ

見「防微杜漸」。

杜絕人事 ㄉㄨˋ ㄐㄩㄝˊ ㄖㄣˊ ㄕˋ

【出處】宋·薛居正等《舊五代史·晉書·史圭傳》：「圭出爲貝州刺史，未幾罷免，退歸常山。由是閉門杜絕人事，雖親戚故人造者不見其面。」

【解釋】杜絕：堵死、斷絕。人事：指與人來往的事。

【用法】指閉門謝客，不參與一切社會活動。

肚裏落淚 ㄉㄨˋ ㄌㄧˇ ㄌㄨㄛˋ ㄌㄟˋ

【出處】宋·葉紹翁《四朝育見錄》：「憲聖語曰：『大姐姐遠在北方，臣妾缺於定省，每遇天日清美，待上宴集，才一思之，肚裏落淚。』」（省ㄒㄧㄥˇ：探望、問候。）

【用法】①眼淚吞進肚裏。②指冤苦無處可訴。

【例句】他的苦衷無處訴說，只好～。

蠹國害民 ㄉㄨˋ ㄍㄨㄛˊ ㄏㄞˋ ㄇㄧㄣˊ

【出處】①明·羅貫中《三國演義》第一百二十回：「又左右非其人，群黨相挾，害忠隱賢，此皆蠹政害民者也。」②明·馮夢龍《警世通言》第四卷：「陰司以兒父久居高位，不思行善，專一任性執拗，行青苗等新法蠹國害民，怨氣騰天。」

【解釋】蠹：蛀蝕、損害。

【用法】指禍國殃民。

【例句】在我國歷史上，秦檜、魏忠賢之流都是些～的權奸。

【附註】也作「蠹政害民」。

蠹衆木折 ㄉㄨˋ ㄓㄨㄥˋ ㄇㄨˋ ㄓㄜˊ

【出處】《商君書·修權》：「諺曰：『蠹衆而木折，隙大而牆壞，故大臣爭於私而不顧其民，則下離上。』」

【解釋】蠹：蛀蟲。

【用法】①蛀蟲過多，木頭就要折斷。②喻爲害的因素多了，會造成危險。

【例句】對那些貪污盜竊、流氓犯罪分子，必須狠狠打擊，否則，～，整個社會就會受到極大的損害。

端倪可察 ㄉㄨㄢ ㄋㄧˊ ㄎㄜˇ ㄔㄚˊ

【出處】《莊子·大宗師》：「反復始終，不知端倪。」

【解釋】端倪：頭緒、線索。

【用法】指事情已經可以看出苗頭來。

【例句】某些事故的發生，絕非偶然，事先往往有一些～，只要細心檢查，事故不難避免的。

短兵相接 ㄉㄨㄢˇ ㄅㄧㄥ ㄒㄧㄤ ㄐㄧㄝ

【出處】《楚辭・九歌・國殤》：「操吳戈兮披犀甲，車錯轂兮短兵接，旌蔽日兮敵若雲，矢交墜兮士爭先。」
【解釋】短兵：刀、劍等短兵器。
【用法】①使用短兵器互相交接。②指肉搏戰或執短兵器相廝殺。③也指面對面地進行針鋒相對的戰爭或激烈的爭辯。
【例句】在這次會議上，代表兩種意見的同事～，展開了激烈的爭辯。

短綆汲深 ㄉㄨㄢˇ ㄍㄥˇ ㄐㄧˊ ㄕㄣ

見「綆短汲深」。

短小精悍 ㄉㄨㄢˇ ㄒㄧㄠˇ ㄐㄧㄥ ㄏㄢˋ

【出處】漢・司馬遷《史記・游俠列傳》：「解(郭解)爲人短小精悍。」
【用法】①形容人短小靈巧，精明幹練。②也形容文章簡練鋒利，內容深刻。
【例句】①一位～的人來了，一眼看去便知道他是自己人，哨兵向他敬禮，稱呼他是排長。②這篇文章好就好在～，有實際內容。
【附註】也作「短小精幹」。

短垣自逾 ㄉㄨㄢˇ ㄩㄢˊ ㄗˋ ㄩˊ

【出處】《國語・吳語》：「今君掩王東海，以淫名聞於天下，君有短垣而自逾之。」韋昭注：「垣者，喻禮防雖短，不可逾也；言王室雖卑，不可僭也。」
【解釋】垣：矮墻。逾：越過。
【用法】①晉國人諷刺吳王夫差的話。夫差欲使諸侯服從周王，而自己却先稱王，不尊周室。②現用以比喻執法者自己不守法。
【例句】執法必先守法。如執法犯法、～，法紀是無法加強的。

斷壁殘垣 ㄉㄨㄢˋ ㄅㄧˋ ㄘㄢˊ ㄩㄢˊ

【用法】①坍塌的墻壁，殘毀的矮墻。②指庭園喪失了主人或遭災被劫後的凄涼景象。
【例句】地震之後，雖然到處是～，但僅僅幾年的努力，就把廢墟變成了一棟棟、一排排的新樓房。
【附註】①也作「斷墻殘壁」。②參看「斷井頹垣」。

斷編殘簡 ㄉㄨㄢˋ ㄅㄧㄢ ㄘㄢˊ ㄐㄧㄢˇ

【出處】元・脫脫等《宋史・歐陽修傳》：「好古嗜學，凡周、漢以降，金石遺文，斷編殘簡，一切掇拾，研稽異同。」
【解釋】斷、殘：殘缺不全。編、簡：文字書册。
【用法】①指殘缺不全的文字書册。②也指不完整的書本知識。
【例句】古代的典籍，有些雖然是～，却仍然具有很高的學術價值。
【附註】也作「斷簡殘編」。

斷髮文身 ㄉㄨㄢˋ ㄈㄚˇ ㄨㄣˊ ㄕㄣ

見「被髮文身」。

斷脰決腹 ㄉㄨㄢˋ ㄉㄡˋ ㄐㄩㄝˊ ㄈㄨˋ

【出處】《戰國策・楚策》：「有斷脰決腹，壹瞑而萬世不視，不知所益以憂社稷者。」
【解釋】脰：頸項、脖子。決：剖破。
【用法】①截斷頸項，剖破肚皮。②指憂世自殺的行爲。

【例句】聶政為報答朋友的知遇之恩，雖～也甘心情願。

斷頭將軍（ㄉㄨㄢˋ ㄊㄡˊ ㄐㄧㄤ ㄐㄩㄣ）

【出處】晉·陳壽《三國志·蜀志·張飛傳》：「顏（嚴顏）答曰『卿等無狀，侵奪我州，我州但有斷頭將軍，無有降將軍也。』」

【用法】①頭可斷的將軍。②指堅決抵抗而寧死不屈的將領。

斷爛朝報（ㄉㄨㄢˋ ㄌㄢˋ ㄔㄠˊ ㄅㄠˋ）

【出處】元·脫脫等《宋史·王安石傳二》：「黜《春秋》安書，不使列學宮，至戲目為斷爛朝報。」

【解釋】斷爛：殘缺雜亂。朝報：古代皇帝詔令和大臣奏章之類的傳抄文件。

【用法】①殘缺雜亂的傳抄文件。②後用以形容陳腐雜亂、沒有參考價值的文獻。

【例句】這些～敍次散漫，又失時效，應該可以清除了。

【附註】「朝」不能念成ㄓㄠ。

斷梗飄蓬（ㄉㄨㄢˋ ㄍㄥˇ ㄆㄧㄠ ㄆㄥˊ）

【解釋】梗：植物的莖或枝。蓬：蓬蒿，一年生草本，遇風常吹折離根，飛轉不已，俗稱「飛蓬」。

【用法】①像折斷的枝或莖，或飄飛的蓬蒿一樣。②比喻身世飄泊不定。

【例句】人生猶如～，飄逸不定！

【附註】也作「斷梗飄萍」。

斷鶴續鳧（ㄉㄨㄢˋ ㄏㄜˋ ㄒㄩˋ ㄈㄨˊ）

【出處】《莊子·駢拇》：「長者不為有餘，短者不為不足。是故鳧脛雖短，續之則憂；鶴脛雖長，斷之則悲。」

【解釋】斷：截斷。續：接續。鳧：野鴨。

【例句】①截斷仙鶴的長腿，接續在野鴨的短腿上。②形容強行違反自然規律做事。

【例句】做事情要順應自然，切不可～，違反定律！

斷齏畫粥（ㄉㄨㄢˋ ㄐㄧ ㄏㄨㄚˋ ㄓㄡ）

【出處】宋·釋文瑩《湘山野錄》載：范仲淹少年時很窮，在長白山僧舍讀書，他每天把二升小米煮成粥，讓粥凝結成塊，用刀畫分為四塊，再分好切碎的醃菜，按早晚分頓來吃。

【解釋】斷：斷開。齏：切碎的腌菜。畫：畫分。

【用法】①分開切碎的醃菜，畫分凝結的粥塊，按量分頓來吃。②形容生活的艱苦。

【例句】在長征途中，英勇的戰士，儘管過著～的艱苦生活，但鬥志依然十分高昂。

斷井頹垣（ㄉㄨㄢˋ ㄐㄧㄥˇ ㄊㄨㄟˊ ㄩㄢˊ）

【出處】明·湯顯祖《牡丹亭·驚夢》「原來姹嫣紅開遍，似這般都付與斷井頹垣。」

【解釋】斷：斷裂、破落的。井：井欄。頹：坍塌的。垣：院墻。

【用法】形容家宅喪失主人或遭災被劫後的凄涼景象。

【例句】在敵人掃蕩過後，這裏只剩下一些～。

斷線風箏（ㄉㄨㄢˋ ㄒㄧㄢˋ ㄈㄥ ㄓㄥ）

【出處】元・石子章《竹塢聽琴》第三折：「他一去了恰便是斷線風箏。」

【用法】①斷了線的風箏。②比喻人走以後，去向不明，杳無音信。

【例句】他像～一樣，只要一出去就別想找著他。

【附註】也作「斷線鷂子」。

斷織勸學（ㄉㄨㄢˋ ㄓ ㄑㄩㄢˋ ㄒㄩㄝˊ）

【出處】南朝・宋・范曄《後漢書・樂羊子妻傳》載：樂羊子拾到金子拿回家來，其妻責備他不應該貪圖人家失落的錢財而玷汙了自己的行止。樂羊子很慚愧，就扔掉了金子而出外求學，一年的功夫就回來了，其妻就用割斷織機上的布來勸喻樂羊子不應半途而廢。「妻乃引刀趨機而言曰：『此織生自蠶繭，成于機杼，一絲而累，以至于寸，累寸不已，遂成丈匹。今若斷斯織也，則損失成功，稽廢時日。夫子織學，當「日知其所亡」，以就懿德，若中道而歸，何異斷斯織乎？』羊子感其言，復還終業，遂七年不反。」

【用法】後用以為勉勵學習的用語。

【例句】古人～，今人怎能不勤奮於學呢？

斷章截句（ㄉㄨㄢˋ ㄓㄤ ㄐㄧㄝˊ ㄐㄩˋ）

【出處】元・脫脫等《宋史・選舉志》：「紹定三年，臣僚請學校場屋，並禁斷章截句，破壞義理。」

【解釋】章：篇章。

【用法】指摘取前人著作的隻言片語。

【例句】學習理論，不能～，要通讀全文，領會其精神實質。

【附註】參看「斷章取義」。

斷章取義（ㄉㄨㄢˋ ㄓㄤ ㄑㄩˇ ㄧˋ）

【出處】①《左傳・襄公二十八年》：「賦詩斷章，餘取所求焉。」②《禮記・中庸》：「《詩》云：『相在爾室，尚不愧於屋漏。』」唐・孔穎達疏：「記者引之，斷章取義。」

【解釋】章：篇章。

【用法】指引證文章或談話，只取自己需要或合乎自己意思的一兩句，而不問原意，不顧全文精神。

【例句】宋人攻擊王介甫，說他將明妃寫成一個不忠君不愛國的人，其實是～，故入人罪。

【附註】①也作「斷章取意」。②參看「斷章截句」。

斷長補短（ㄉㄨㄢˋ ㄔㄤˊ ㄅㄨˇ ㄉㄨㄢˇ）

見「折長補短」。

斷雨殘雲（ㄉㄨㄢˋ ㄩˇ ㄘㄢˊ ㄩㄣˊ）

【出處】清・洪昇《長生殿・獻發》：「豈知有斷雨殘雲。」

【解釋】雨、雲：比喻男女愛情。

【用法】①指恩殘愛斷。②比喻男女恩愛中斷。

堆積如山（ㄉㄨㄟ ㄐㄧ ㄖㄨˊ ㄕㄢ）

【出處】宋・孟元老《東京夢華錄・外諸司》：「每遇冬月，諸鄉納粟稈草，牛羊闐塞道路，車尾相接，數千萬輛不絕，場內堆積如山。」

【用法】①堆積的東西之多就像一座大

山。②形容事物的豐富或積壓。
【例句】他出外半月，辦公桌上的公文、函電竟然～。

堆金積玉 ㄉㄨㄟ ㄐㄧㄣ ㄐㄧ ㄩˋ

【出處】①唐・李賀《嘲少年》詩：「長金積玉夸豪毅。」②明・吳承恩《西遊記》第十二回：「陽世間是一條好善的窮漢，那世裏却是個積玉堆金的長者。」
【用法】①堆藏黃金，積聚美玉。②形容富貴人家的豪華。③指財富增長積累。
【例句】在貧富不均的社會裏，豪富人家，～，過著窮奢極侈的生活；貧窮人家，家無隔宿之糧，整年處在飢餓的境況之中。
【附註】也作「長金積玉」、「積玉堆金」。

堆山積海 ㄉㄨㄟ ㄕㄢ ㄐㄧ ㄏㄞˇ

【出處】清・曹雪芹《紅樓夢》第十六回：「別講銀子堆成了黃土，凭是世上有的，沒有不是堆山積海的。」
【用法】①堆積的如山似海。②原形容財富聚斂的多。③也泛喻東西的豐富。

對簿公堂 ㄉㄨㄟˋ ㄅㄨˋ ㄍㄨㄥ ㄊㄤˊ

【出處】漢・司馬遷《史記・李將軍列傳》：「大將軍（衛青）使長史急責（李）廣之幕府對簿。」
【解釋】簿：文狀，起訴書之類。對簿：受審訊或質訊時根據狀文核對事實，故稱對簿。公堂：古時官吏審理案件的地方。
【用法】指原告和被告在法庭上對質。
【例句】你再不出面解決，我就和你～，以法律途徑解決！

對答如流 ㄉㄨㄟˋ ㄉㄚˊ ㄖㄨˊ ㄌㄧㄡˊ

【出處】唐・李延壽《北史・李孝伯傳》：「孝伯風容閑雅，應對如流。」
【用法】①回答的話像流水似地順暢。②形容人聰敏，反應快、口才好。
【例句】三年級的小津，學習力強，對老師的問題～。

對牛彈琴 ㄉㄨㄟˋ ㄋㄧㄡˊ ㄊㄢˊ ㄑㄧㄣˊ

【出處】南朝・梁・僧佑《弘明集・理惑論》：「昔公明儀爲牛彈清角之操，伏食如故。非牛不聞，不合其耳矣。」
【用法】①後用以比喻對不懂道理的人講道理，或對外行人說內行話。②也用來譏笑說話的人不看對象。
【例句】他厭惡地不想開口，和這些人講理，無異於～，徒然耗費精力。
【附註】原作「對牛鼓簧」。

對酒當歌 ㄉㄨㄟˋ ㄐㄧㄡˇ ㄉㄤ ㄍㄜ

【出處】三國・魏・曹操《短歌行》：「對酒當歌，人生幾何？」
【解釋】當：面對著，也解爲「應當」。
【用法】①面對著美酒和歌舞。②本指歡樂宴飲。③後也指沉緬於酒色之中。

對景傷情 ㄉㄨㄟˋ ㄐㄧㄥˇ ㄕㄤ ㄑㄧㄥˊ

【用法】面對淒涼景象，觸動哀傷情感。
【例句】他來到了當年和妻子經常散步的地方，風景依舊，而妻子却已故去，～眼淚情不自禁地流了下來。

對症下藥（ㄉㄨㄟˋ ㄓㄥˋ ㄒㄧㄚˋ ㄧㄠˋ）

【出處】晉·陳壽《三國志·魏志·華佗傳》：「府吏兒（倪）尋、李延共止，俱頭痛身熱，所苦正同。佗曰：『尋當下之，延當發汗。』或難其異，佗曰：『尋外實，延內實，故治之宜殊。』即各與藥，明旦並起。」

【用法】①醫生針對患者的病情用藥。②比喻針對實際情況，採取適當的方式方法來解決問題。

【例句】他行醫幾十年來，堅持爲病人精心治療、～，解除了許多患者的痛苦。

對床夜雨（ㄉㄨㄟˋ ㄔㄨㄤˊ ㄧㄝˋ ㄩˇ）

【出處】①唐·韋應物《示全眞元常》詩：「寧知風雨夜，復此對床眠。」②宋·蘇軾《送劉寺丞赴餘姚》詩：「中和堂後石楠樹，與君對床聽夜雨。」

【用法】①夜雨聲裏，同床談心。②形容兄弟或親友久別重逢，徹夜歡聚。

【例句】你我兄弟一別十年，什麼時候能夠「～」，一叙闊別之情呢？

【附註】也作「夜雨對床」。

遁光不耀（ㄉㄨㄣˋ ㄍㄨㄤ ㄅㄨˋ ㄧㄠˋ）

【出處】唐·韓愈《答竇秀才書》：「辭重而清約，非計之得也，雖使古之君子積道藏德，遁其光而不耀。」

【解釋】遁：隱去。耀：顯耀。

【用法】①隱去光芒，不使顯耀。②比喻暗地裏做好事，不向人們顯示。

遁世離群（ㄉㄨㄣˋ ㄕˋ ㄌㄧˊ ㄑㄩㄣˊ）

【出處】清·曹雪芹《紅樓夢》第一百十八回：「寶釵道：『你既說赤子之心，古聖賢原以忠孝爲赤子之心，並不是遁世離群、無關無係爲赤子之心。』」

【解釋】遁：逃避、退出。

【用法】①退出人世，離開人群。②形容不爲塵俗瑣事所干擾。

【例句】世事紛擾，令人不禁有～之感！

鈍兵挫銳（ㄉㄨㄣˋ ㄅㄧㄥ ㄘㄨㄛˋ ㄖㄨㄟˋ）

【出處】《孫子·作戰篇》：「久則鈍兵挫銳。」

【解釋】鈍：鋒刃不利，引申爲爲疲憊。兵：軍隊。

【用法】軍隊疲憊，銳氣挫傷。

【例句】此次戰役以後，叛軍的都隊已經～，毫無鬥志，因此我軍所到之處，不是舉手投降就是逃之夭夭。

頓改前非（ㄉㄨㄣˋ ㄍㄞˇ ㄑㄧㄢˊ ㄈㄟ）

【解釋】頓：立刻。前非：過去的錯誤。

【用法】立刻改正了過去錯誤。

【例句】他對自己所犯的錯誤非常悔恨，決心～，永不再犯。

【附註】參看「痛改前非」。

頓開茅塞（ㄉㄨㄣˋ ㄎㄞ ㄇㄠˊ ㄙㄜˋ）

【出處】《孟子·盡心下》：「山徑之蹊間，介然用之而成路，爲間不用，則茅塞之矣。今茅塞子之心矣。」

【解釋】開：開通。茅塞：茅草塞路，引申爲閉塞的思路。

【用法】①立刻打開了閉塞的思路。②比喻得到啓發，原來想不通的事，立即想通了；原來不懂的，忽然懂得了。

【例句】只不過短短十多分鐘的談話，

可是他好像已～似的。
【附註】①也作「茅塞頓開」。②參看「如開茅塞」。③「塞」不能唸成ㄙㄞ或ㄙㄞ。

頓口無言 ㄉㄨㄣˋ ㄎㄡˇ ㄨˊ ㄧㄢˊ

【出處】明・施耐庵《水滸全傳》第一百零四回：「王慶被范全說得頓口無言。」
【解釋】頓：停住、閉上。
【用法】①閉上嘴，說不出話了。②形容說謊話被人戳穿或理屈詞窮。
【例句】面對確鑿的證據，他～，不得不低頭認罪。
【附註】參看「啞口無言」。

多謀善斷 ㄉㄨㄛ ㄇㄡˊ ㄕㄢˋ ㄉㄨㄢˋ

【出處】晉・陸機《辨亡論》：「用集我大皇帝，以奇蹤襲逸軌，叡心因令圖，從政咨於故實，播憲稽乎遺風；而加之以篤敬，申之以節儉，疇咨俊茂，好謀善斷。」
【解釋】善：擅長。斷：決斷。
【用法】①智謀多而善於決斷。②形容既會出主意，又善於決策。
【例句】陳將軍是～、勇冠三軍的名軍事統帥。
【附註】也作「好（ㄏㄠˋ）謀善斷」。

多費唇舌 ㄉㄨㄛ ㄈㄟˋ ㄔㄨㄣˊ ㄕㄜˊ

【用法】形容說沒有用的話。
【例句】事已至此，又何必～呢？

多多益善 ㄉㄨㄛ ㄉㄨㄛ ㄧˋ ㄕㄢˋ

【出處】漢・司馬遷《史記・淮陰侯列傳》：「上（劉邦）問曰：『如我能將幾何？』信（韓信）曰：『陛下不過能將十萬。』上曰：『於君何如？』曰：『臣多多而益善耳。』上笑曰：『多多益善，何為為我禽（擒）？』信曰：『陛下不能將兵，而善將將，此乃信之為陛下禽（擒）也。』」
【解釋】益：更加。
【用法】越多越好。
【例句】我們需要大批建設國家的專門人才，～。

多端寡要 ㄉㄨㄛ ㄉㄨㄢ ㄍㄨㄚˇ ㄧㄠˋ

【出處】晉・陳壽《三國志・魏志・郭嘉傳》：「袁公（袁紹）徒欲效周公之下士，而未知用人之機。多端寡要，好謀無決。」
【解釋】端：頭緒。寡：少。要：要領。
【用法】①千頭萬緒，缺少要領。②指做事情什麼都想抓一把，而不懂得選擇最重要的事情先辦。
【例句】做學問，除了要有鍥而不捨的精神外，在方法上也要得當，切不可～，什麼都淺嘗輒止。

多難興邦 ㄉㄨㄛ ㄋㄢˋ ㄒㄧㄥ ㄅㄤ

【出處】①《左傳・昭公四年》：「鄰國之難，不可虞也。或多難以固其國，啓其疆土；或無難以喪其國，失其守宇。」②晉・劉琨《勸進表》：「或多難以固邦國，或殷憂以啓聖明。」
【解釋】邦：國家。
【用法】指國家遭受的災難多，激發人民發憤圖強，使國家轉而強盛起來。
【例句】古人說：「生於憂患，死於安樂」。同樣道理，～，這樣會更加激勵我們團結一致去奮鬥。

【附註】「難」不能唸成ㄋㄢˊ。

多力豐筋 ㄉㄨㄛ ㄌㄧˋ ㄈㄥ ㄐㄧㄣ

見「豐筋多力」。

多歷年所 ㄉㄨㄛ ㄌㄧˋ ㄋㄧㄢˊ ㄙㄨㄛˇ

【出處】《尚書．君奭》：「率惟茲有陳，保乂有殷。故殷禮陟配天，多歷年所。」

【解釋】多：久遠。歷：經歷、經過。年所：指年數。

【用法】①原形容某一王朝的統治時間很長久。②後泛指經歷的年數很久遠。

多快好省 ㄉㄨㄛ ㄎㄨㄞˋ ㄏㄠˇ ㄕㄥˇ

【用法】①成果多，進度快，質量好，工料省。②國家建設的基本要求。

【例句】在建設中，要做到～，就必須加強科學管理。

多情多義 ㄉㄨㄛ ㄑㄧㄥˊ ㄉㄨㄛ ㄧˋ

【用法】指情深義重。

【例句】曹雪芹在《紅樓夢》一書中，把賈寶玉描繪成爲一個心地善良、～的人。

多行不義必自斃 ㄉㄨㄛ ㄒㄧㄥˊ ㄅㄨˋ ㄧˋ ㄅㄧˋ ㄗˋ ㄅㄧˋ

【出處】《左傳．隱公元年》：「多行不義必自斃，子姑待之。」

【解釋】行：做。不義：壞事。自斃：自取滅亡。

【用法】總是幹壞事，必定要自取滅亡。

【例句】～。那些爲非作歹者，遲早要受到應有的懲罰。

【附註】參看「多行無禮必自及」。

多行無禮必自及 ㄉㄨㄛ ㄒㄧㄥˊ ㄨˊ ㄌㄧˇ ㄅㄧˋ ㄗˋ ㄐㄧˊ

【出處】《左傳．襄公四年》：「君子曰：志所謂多行無禮必自及也，其是之謂乎！」

【解釋】行：做。自及：輪到自己頭上。

【用法】一向做無禮的事，自己一定要倒霉的。

【附註】參看「多行不義必自斃」。

多許少與 ㄉㄨㄛ ㄒㄩˇ ㄕㄠˇ ㄩˇ

【出處】舊題漢．黃石公撰《素書》：「多許少與者怨。」

【解釋】許：許願。與：給與。

【用法】①許願的數量多，給與的數量少。②形容說空話多，不能兌現。

【例句】對群衆必須言而有信，～就會降低我們的威信。

多凶少吉 ㄉㄨㄛ ㄒㄩㄥ ㄕㄠˇ ㄐㄧˊ

見「凶多吉少」。

多愁善感 ㄉㄨㄛ ㄔㄡˊ ㄕㄢˋ ㄍㄢˇ

【解釋】善：容易。

【用法】①經常發愁，容易傷感。②形容感情脆弱。

【例句】在曹雪芹的筆下，林黛玉被描寫成一個～而又聰明過人的女子。

多事之秋 ㄉㄨㄛ ㄕˋ ㄓ ㄑㄧㄡ

【出處】宋．孫光憲《北夢瑣言》卷十二：「所以多事之秋，滅迹匿端，無爲綠林之嚆矢也。」

【解釋】事：變故。秋：年，這裏指時期。

【用法】①事變很多的時期。②多指國家不安定而言。

【例句】第二次世界大戰以後，仍然是～，動亂年年都在發生。

多如牛毛 ㄉㄨㄛ ㄖㄨˊ ㄋㄧㄡˊ ㄇㄠˊ

【出處】唐・李延壽《北史・文苑列傳序》：「學者如牛毛，成者如麟角。」
【用法】①多得像牛毛一樣。②形容人或事多得無法計算。
【例句】敵人～，密密麻麻地圍攏上來。

多災多難 ㄉㄨㄛ ㄗㄞ ㄉㄨㄛ ㄋㄢˋ

【用法】災難一個接一個出現。
【例句】只見那個人假惺惺地喊道：「我那～的同胞們……。」
【附註】「難」不能唸成ㄋㄢˊ。

多嘴多舌 ㄉㄨㄛ ㄗㄨㄟˇ ㄉㄨㄛ ㄕㄜˊ

【用法】指愛插嘴和播弄是非的行爲。
【例句】我們之間的事情，用不著你～。

多此一舉 ㄉㄨㄛ ㄘˇ ㄧˋ ㄐㄩˇ

【解釋】舉：行動。
【用法】①這樣一個舉動是多餘的。②指所做的事或所採取的行動完全沒有必要，吃力不討好。
【例句】如果老孫沒有放棄成見的意思，那也不必～了！

多才多藝 ㄉㄨㄛ ㄘㄞˊ ㄉㄨㄛ ㄧˋ

【出處】《尚書・金縢》：「予仁若考，能多才多藝，能事鬼神也。」
【用法】有多種才學，會多種技藝。
【例句】他是～的人，吹胡笳、奏胡琴、打羯鼓，任何一種樂器，到他手裏便成了動人的仙樂。

多財善賈 ㄉㄨㄛ ㄘㄞˊ ㄕㄢˋ ㄍㄨˇ

【出處】《韓非子・五蠹》：「鄙諺曰：『長袖善舞，多財善賈。』此言多資之易爲工也。」
【解釋】賈：作生意。
【用法】本錢多，生意就做得開。
【例句】那些資本雄厚的～，左右逢源，我們小公司是競爭不過他們的。
【附註】①也作「多錢善賈」。②「賈」不能唸成ㄐㄧㄚˇ。

多藏厚亡 ㄉㄨㄛ ㄘㄤˊ ㄏㄡˋ ㄨㄤˊ

【出處】《老子》第四十四章：「是故甚愛必大費，多藏必厚亡。」王弼注：「多藏不與物散，求之者多，攻之者衆，爲物所病，故大費厚亡也。」
【解釋】藏：貯藏。厚：重。亡：損失。
【用法】①聚斂財寶多了，招來的損失就重。②指容易引人注意，被人算計。

多言多敗 ㄉㄨㄛ ㄧㄢˊ ㄉㄨㄛ ㄅㄞˋ

【出處】《孔子家語・觀周》：「無多言，多言多敗。無多事，多事多患。」
【用法】說話多了容易出紕繆。有「言多必失」、「禍從口出」之意。
【例句】說話要謹慎些才好，否則～，必出紕漏。

多文爲富 ㄉㄨㄛ ㄨㄣˊ ㄨㄟˊ ㄈㄨˋ

【出處】《孔子家語・儒行》：「儒有不寶金玉而中信以爲寶，不祈土地而仁義以爲土地，不求多積而多文以爲富。」
【解釋】多文：熟讀文章。爲：算作。富：指學識豐富。
【用法】意指只有反覆熟讀文章求得深

刻理解，才算富有學識。

【例句】在學習過程中，要力求精通，～。

奪眶而出（ㄉㄨㄛˊ ㄎㄨㄤ ㄦˊ ㄔㄨ）

【解釋】奪：猛然衝出。眶：眼窩。

【用法】①淚水猛然從眼窩中衝了出來。②形容突然十分悲痛或激動的情景。

【例句】①當我收到母親病故的電報之後，淚水猛然～。

奪胎換骨（ㄉㄨㄛˊ ㄊㄞ ㄏㄨㄢˋ ㄍㄨˇ）

【出處】宋・陳善《捫虱新話上集》卷二：「文章雖不要蹈襲古人一言一句，然自有奪胎換骨等法，所謂靈丹一粒，點鐵成金也。」

【用法】①本爲道家語，意爲奪人之胎以轉生，換凡骨爲仙骨。②後轉喻學習前人寫作的命意或寫作的技巧從事新的創作。

【例句】文學藝術，既要師承前人，又須～、推陳出新。

掇拾章句（ㄉㄨㄛ ㄕˊ ㄓㄤ ㄐㄩˋ）

【解釋】掇：摘取。拾：撿取。

【用法】①摘撿別人的文章辭句。②指東摘西抄地拼湊文章。

【例句】作者不深入生活、積累素材，而去～、堆砌成篇，永遠也寫不出好文章來。

咄咄逼人（ㄉㄨㄛˋ ㄉㄨㄛˋ ㄅㄧ ㄖㄣˊ）

【出處】南朝・宋・劉義慶《世說新語・排調》：「桓南郡（桓玄）與殷荊州（殷仲堪）作危語……，殷有一參軍在坐，云：『盲人騎瞎馬，夜半臨深池。』殷云：『咄咄逼人。』仲堪盲目故也。」

【解釋】咄咄：嘆詞，表示驚懼或讚嘆聲。

【用法】①原形容說話傷人，令人難受。②也形容後人超越前人，令人讚嘆。③現形容盛氣凌人，使人難堪；或形勢發展迅速，迫使人努力趕上。

【例句】這姑娘看起來溫柔秀麗，但說起話來却有一種～的味道。

【附註】「咄」不能唸成ㄔㄨ。

咄咄怪事（ㄉㄨㄛˋ ㄉㄨㄛˋ ㄍㄨㄞˋ ㄕˋ）

【出處】南朝・宋・劉義慶《世說新語・黜免》：「殷中軍（浩）被廢，在信安，終日恒書空作字，揚州吏民尋義逐之，竊視，唯作『咄咄怪事』四字而已。」

【解釋】咄咄：嘆詞，表示感慨、失意或驚訝。怪事：奇異的事。

【例句】他讀了十年書，連寫信看報都不行，豈非～！

【附註】「咄」不能唸成ㄔㄨ。

咄嗟可辦（ㄉㄨㄛˋ ㄐㄧㄝ ㄎㄜˇ ㄅㄢˋ）

【出處】唐・房玄齡等《晉書・石崇傳》：「爲客作豆粥，咄嗟便辦。」

【解釋】咄嗟：一呼一諾之間，即一霎時、傾刻之間。

【用法】①原指主人一吩咐，僕人立刻就辦好。②現指馬上可以辦成。

【例句】這個任務對經驗豐富、技藝超群的老張師傅來說，眞是～。

【附註】①也作「咄嗟便辦」、「咄嗟立辦」。②「咄」不能唸成ㄔㄨ。「

嗟」不能唸成ㄔㄚ。

墮指裂膚（ㄉㄨㄛˋ ㄓˇ ㄌㄧㄝˋ ㄈㄨ）

【出處】唐・李華《弔古戰場文》：「繒纊無溫，墮指裂膚。」

【用法】①手指凍掉了，皮膚凍裂了。②形容天氣酷寒。

【例句】漢河地區是我國有名的高寒地帶，初到那裏的人，～，簡直連門也不敢出。

墮甑不顧（ㄉㄨㄛˋ ㄗㄥˋ ㄅㄨˋ ㄍㄨˋ）

【出處】南朝・宋・范曄《後漢書・郭泰傳》：「（孟敏）客居太原，荷甑墮地，不顧而去。林宗（郭泰）見而問其意，對曰：『甑以（已）破矣，視之何益？』」

【解釋】墮：掉落的。甑：陶甑，蒸食炊器。

【用法】①掉落了陶甑連看也不看一眼。②形容事情已經如此，不必惋惜。

墮雲霧中（ㄉㄨㄛˋ ㄩㄣˊ ㄨˋ ㄓㄨㄥ）

【出處】南朝・宋・劉義慶《世說新語・賞譽下》：「王仲祖（濛）劉眞長（惔）造殷中軍（浩）談，談意俱載去。劉謂王曰：『淵源眞可。』王曰：『卿故墮其雲霧中。』」

【解釋】墮：落。

【用法】①落在雲霧之中。②指使人迷惘。

【例句】他那些東拉西扯的高論，使人如～，更加迷惑不解。

度德量力（ㄉㄨㄛˋ ㄉㄜˊ ㄌㄧㄤˋ ㄌㄧˋ）

【出處】《左傳・隱公十一年》：「度德而處之，量力而行之，相時而動，無累後人，可謂知禮矣。」

【解釋】度：衡量。德：品德。

【用法】①衡量自己的品德能否服人，估計自己的能力是否勝任。②指辨事要充分考慮自己的威信和力量，而不可魯莽從事。

【例句】作任何事情都要～，決不能不考慮主觀和客觀條件。

【附註】「度」不能唸成ㄉㄨˋ。

〔ㄊ部〕

他山之石，可以攻玉

【出處】《詩經・小雅・鶴鳴》：「他山之石，可以攻錯。」又「它山之石，可以攻玉。」
【解釋】他山：其它的山。攻玉：琢磨、加工玉器。其它山上的石頭，能夠用來磨玉器。
【用法】後用以比喻借助別人（多指朋友）的批評和幫助，使自己改正缺點和錯誤。
【例句】「～」，其他國家在工業化過程中的經驗和教訓，應該成爲我們目前的借鑑。
【附註】也作「他山攻錯」、「他山之助」。

狧糠及米

【出處】漢・班固《漢書・吳王濞傳》：「狧糠及米。」
【解釋】本指狗吃東西的樣子，引申爲用舌舔吃。
【用法】比喻由表及裡地進行侵蝕。
【例句】我們得小心防範，很多侵蝕性行爲好似～，等到發現嚴重性，已經太遲了。

踏破鐵鞋無覓處

【出處】宋・夏元鼎詩：「踏破鐵鞋無覓處，得來全不費工夫。」
【解釋】覓：尋找。把鐵鞋都磨穿了，卻仍然找不到。常與「得來全不費工夫」連用。
【用法】喻費很大的力氣找不到的東西，卻在偶然間又輕而易舉地找到了。
【例句】眞是～，得來全不費工夫，找了半天的證件，竟然在這裡出現了。

特立獨行

【出處】《禮記・儒行》：「其特立獨行，有如此者。」
【解釋】特：獨特。立：立身。行：行爲。
【用法】指志向高潔，行爲特異，不隨波逐流。
【例句】在那黑暗的年代裡，他～，從不隨波逐流。

太平盛世

見「承平盛世」。

太平無象

【出處】宋・司馬光《資治通鑑・唐大和六年》：「會上御延英（殿），謂宰相（牛僧儒）曰：『天下何時得太平，卿等亦有意於此乎？』僧儒對曰：『太平無象，今四夷不至交侵，百姓不至流散，雖非至理，亦謂小康。陛下若別求太平，非臣等所及。』」
【解釋】象：跡象、標誌。
【用法】①指太平盛世並非一定的標誌。②後用以諷刺統治者粉飾太平。
【例句】我們不要因爲表面上的～就鬆懈意志，須知敵人的侵略是無孔不入的。

太公釣魚，願者上鈎

【出處】《武王伐紂平話》卷中：「姜尚因命守時，直鈎釣渭水之魚，不用香餌之食，離水面三尺，尚自言曰：『負命者上鈎來！』」

【解釋】太公：姜太公，名尚，又稱呂望，幫助周武王伐紂的功臣。俗語說「姜太公釣魚，願者上鈎」。

【用法】比喻明知是圈套卻甘心上當，或指兩相情願的事。

【例句】條件已經說淸楚了，誰願意做，完全聽憑自願，這叫做「～」。

太丘道廣 ㄊㄞˋ ㄑㄧㄡ ㄉㄠˋ ㄍㄨㄤˇ

【出處】南朝·宋·范曄《後漢書·許邵傳》載：許邵到潁川後，獨不訪陳寔（曾任太丘長），他對人說：「太丘道廣，廣則難周。」

【解釋】太丘：地名，在今河南永城縣西北。道：指交遊之道。廣：寬廣。

【用法】後用以指人交遊廣、朋友多。

【例句】小王交遊廣濶，朋友衆多，常以「～」自居。

太上忘情 ㄊㄞˋ ㄕㄤˋ ㄨㄤˋ ㄑㄧㄥˊ

【出處】南朝·宋·劉義慶《世說新語·傷逝》：「聖人忘情，最下不及情，情之所鍾，正在我輩。」

【解釋】太上：指聖人。聖人不爲情感所動。

【例句】吾自遇汝以來，常願天下有情人都成眷屬？然遍地腥羶，滿街狼犬，稱心快意，幾家能彀（夠）？司馬青衫，吾不能學～也。（林覺民《與妻訣別書》）

【附註】也作「聖人忘情」。

太倉稊米 ㄊㄞˋ ㄘㄤ ㄊㄧˊ ㄇㄧˇ

【出處】《莊子·秋水》：「計中國之在海內，不似稊米之在太倉乎！」唐·白居易《和思歸樂》詩：「人生百歲內，天地蹔寓形，太倉一稊米，大海一浮萍。」（蹔：同「暫」。）

【解釋】太倉：舊時設立在京城裡的大糧倉。稊米：小米。

【用法】太倉裡的一粒小米。比喻非常渺小，微不足道。

【例句】學海無涯，我們所能掌握的知識不過是～而已，任何時候也不應該驕傲自滿。

【附註】也作「太倉一粟」。參看「滄海一粟」。

太歲頭上動土 ㄊㄞˋ ㄙㄨㄟˋ ㄊㄡˊ ㄕㄤˋ ㄉㄨㄥˋ ㄊㄨˇ

【出處】漢·王充《論衡·難歲》：「徙抵太歲凶。」

【解釋】太歲：古代天文學稱木星爲歲星。動土：指興建土木工程破土動工。古代認爲歲星十二年一周天（一循環），因將黃道分爲十二等分，以歲星所在的部分爲歲名。太歲運行的方向自西向東。方士術數以爲太歲所經過的方位爲凶方，禁忌興建土木。迷信傳說：如果有人在太歲出現的地方動工，興建土木，就會發生災禍。

【用法】後喻觸犯有權勢或殘暴的人。

【例句】明·施耐庵《水滸傳》第二回：「你也須有耳朵，好大膽，直來～。」

泰山北斗 ㄊㄞˋ ㄕㄢ ㄅㄟˇ ㄉㄡˇ

【出處】①《詩經·小雅·大東》：「維北有斗，不可以挹酒漿。」②宋·

歐陽修等《新唐書・韓愈傳贊》：「自愈沒，其言大行，學者仰之如泰山、北斗云。」

【解釋】泰山：山名，五嶽之一，在山東省泰安縣北。北斗：大熊星座排列如斗形的七顆較亮的星。

【用法】原為對韓愈的贊詞，後用以比喻負有盛名、受人景仰的人。

【例句】胡適之先生是中國近代學術界的～。

【附註】也簡稱「泰斗」、「山斗」。

泰山樑木 ㄊㄞˋ ㄕㄢ ㄌㄧㄤˊ ㄇㄨˋ

【出處】《禮記・檀弓上》：「孔子蚤（早）作，負手曳杖，消搖於門，歌曰：『泰山其頹乎！梁木其壞乎！哲人其萎乎！』」

【解釋】樑木：棟樑之材。像泰山一樣崩塌，像樑木一樣毀壞。

【用法】比喻偉大人物的死亡。

【例句】偉人崩殂，～，國人如喪考妣，悲不自勝。

泰山鴻毛 ㄊㄞˋ ㄕㄢ ㄏㄨㄥˊ ㄇㄠˊ

見「鴻毛泰山」。

泰山其頹 ㄊㄞˋ ㄕㄢ ㄑㄧˊ ㄊㄨㄟˊ

【出處】《禮記・檀弓上》：「孔子蚤作，負手曳杖，消搖於門，歌曰：『泰山其頹乎！梁木其壞乎！哲人其萎乎！』」

【解釋】頹：倒塌。像泰山倒塌了一樣。

【用法】①這是孔子將死時所作的歌，把自己的死比之為泰山的崩塌。②後用為對眾人景仰的人逝世的悼詞。

泰山壓頂 ㄊㄞˋ ㄕㄢ ㄧㄚ ㄉㄧㄥˇ

【出處】清・文康《兒女英雄傳》第六回：「一個棍起處似泰山壓頂打下來。」

【解釋】像泰山壓在頭上。

【用法】比喻壓力十分沉重。也指巨大的、沉重的打擊突然臨頭。

【例句】他這段日子，一連遭受許多打擊，猶如～，令人喘不過氣來。

泰山壓卵 ㄊㄞˋ ㄕㄢ ㄧㄚ ㄌㄨㄢˇ

【出處】南朝・宋・范曄《後漢書・廣陵王荊傳》：「功易於泰山破雞子，輕於四馬載鴻毛。」

【用法】像泰山壓鳥卵一樣。比喻雙方力量懸殊，強大者摧毀弱小者一點不費力氣。

【例句】大軍所到，如～，敵人毫無抵抗的能力。

泰極生否 ㄊㄞˋ ㄐㄧˊ ㄕㄥ ㄆㄧˇ

【解釋】泰：卦名，六十四卦之一。

【用法】指在順遂到極點的時候，就會出現不順心的事情。比喻樂極生悲。

【例句】明・吳承恩《西遊記》第九十一回：「功曹道：『你師父寬了禪性，在於金平府慈雲寺貪歡，所以～，樂盛成悲，今被妖邪捕獲。』」

泰然處之 ㄊㄞˋ ㄖㄢˊ ㄔㄨˇ ㄓ

見「處之泰然」。

泰然自若 ㄊㄞˋ ㄖㄢˊ ㄗˋ ㄖㄨㄛˋ

【出處】《史記・樗里子甘茂列傳》：「魯人有與曾參同姓者殺人，人告其母曰：『曾參殺人。』其母織自若也。」

【解釋】泰然：安靜、鎮靜或滿不介意的樣子。自若：自由自在的樣子。

【用法】形容遇事能坦然鎮靜，不慌不忙。

【例句】遇到這麼大的打擊，他還能～地處理事情，眞令人敬佩。

泰阿倒持 ㄊㄞˋ ㄜ ㄉㄠˋ ㄔˊ

見「倒持泰阿」。

泰而不驕 ㄊㄞˋ ㄦˊ ㄅㄨˋ ㄐㄧㄠ

【出處】《論語・堯曰》：「子張曰：『何謂五美？』子曰：『君子惠而不費，勞而不怨，欲而不貪，泰而不驕，威而不猛。』」

【解釋】泰：莊重。態度莊重嚴肅而不驕傲。

【用法】①原指態度莊嚴而不驕傲。②也指地位、權勢很高卻不驕橫。

【例句】儘管位高權大，他仍然～，謙虛謹愼，因此贏得部屬一致的推崇。

叨陪末座 ㄊㄠ ㄆㄟˊ ㄇㄛˋ ㄗㄨㄛˋ

【出處】唐・王勃《滕王閣序》：「他日趨庭，叨陪鯉對。」（趨庭：快步走過庭院。鯉對：回答長輩的教誨。指孔子在他兒子孔鯉走過庭前時對他進行教育。）

【解釋】叨陪：謙詞，叨光陪侍的意思。末座：席中最後的座位。

【用法】於下座奉陪，多爲受人款宴的客套話。

【例句】這次聚會，風雲人物群集，說實話，我只有～的份。

叨在知己 ㄊㄠ ㄗㄞˋ ㄓ ㄐㄧˇ

【出處】清・霽園主人《夜譚隨錄・崔秀才》：「謂叨在知己，亟當如命。」

【解釋】叨在：愧居於，是自謙之辭，表示辱沒了別人。知己：知心朋友。

【用法】指愧居於知心好友的地位。

【例句】發生這樣大的事，～，竟無力相助，眞感慚愧。

滔滔不絕 ㄊㄠ ㄊㄠ ㄅㄨˋ ㄐㄩㄝˊ

【出處】清・陳忱《水滸後傳》第二十回：「斡離不得汪豹獻了楊劉隘口，無人阻當，滔滔不絕，把十萬大兵盡數渡了黃河。」

【解釋】滔滔：水勢盛大。絕：完結。

【用法】①形容滾滾不斷的大水。②也形容說起話來沒完沒了。

【例句】①山洪爆發，大水～地湧向平原。②他～地說起來，別人一句話也插不進去。

【附註】「絕」也作「竭」。

滔天大罪 ㄊㄠ ㄊㄧㄢ ㄉㄚˋ ㄗㄨㄟˋ

【解釋】滔天：漫天。

【用法】形容罪惡大到了極點。

【例句】犯下這種～，一定無法獲得家人的諒解。

【附註】也作「滔天罪行」。

滔天之勢 ㄊㄠ ㄊㄧㄢ ㄓ ㄕˋ

【出處】唐・房玄齡等《晉書・愍帝紀論》：「劉、石有滔天之勢。」

【解釋】滔天：漫天。

【用法】形容勢力極大。

【例句】我們必須防微杜漸，否則變成～，就無法消滅敵人之陰謀了。

韜光養晦 ㄊㄠ ㄍㄨㄤ ㄧㄤˇ ㄏㄨㄟˋ

【出處】唐・房玄齡等《晉書・皇甫謐傳》：「韜光逐藪，含章未曜。」
【解釋】韜：本爲劍套，比喻隱藏。光：光芒、鋒芒。晦：昏暗、不清晰。養晦：暫且隱退之意。
【用法】比喻暫且隱藏自己的鋒芒或才能，不使表現出來。
【例句】許多哲人，愛惜名節，高蹈山林，～，贏得後人之敬重。
【附註】也作「韜光晦迹」。

韜晦之計 ㄊㄠ ㄏㄨㄟˋ ㄓ ㄐㄧˋ

【出處】五代・後晉・劉昫等《舊唐書・宣宗紀》：「常夢乘龍升天，言之於鄭后，乃曰：『此不宜人知者，幸勿復言。』歷大和，會昌朝，愈事韜晦，群居游處，未嘗有言。」
【解釋】韜晦：暫時隱藏自己的才能和鋒芒。
【用法】指各種隱藏自己的方法。
【例句】明・羅貫中《三國演義》第二十一回：「玄德也防曹操謀害，就下處後園種菜，親自澆灌，以爲～。」

桃李不言，下自成蹊 ㄊㄠ ㄌㄧˇ ㄅㄨˋ ㄧㄢˊ，ㄒㄧㄚˋ ㄗˋ ㄔㄥˊ ㄒㄧ

【出處】漢・司馬遷《史記・李將軍列傳》：「諺曰：『桃李不言，下自成蹊。』此言雖小，可以喻大。」
【解釋】蹊：小路。桃樹李樹本無聲息，而人們卻在樹下自行往來，以致踏出一條小路。
【用法】比喻爲人品德高尙、誠實、正直，用不著自我宣揚，就自然受到人們的尊重和景仰。
【例句】所謂～，這就是爲什麼劉備肯枉自猥屈，三顧茅廬的原因了。

桃李滿天下 ㄊㄠ ㄌㄧˇ ㄇㄢˇ ㄊㄧㄢ ㄒㄧㄚˋ

【出處】唐・白居易《春和令公綠野堂種花》詩：「令公桃李滿天下，何用堂前更種花。」
【解釋】桃李：桃樹和李樹，喻指學生。
【用法】指教出的學生很多，遍布各地。
【例句】九十多歲的老教授，任教幾十年，～。

桃李門牆 ㄊㄠ ㄌㄧˇ ㄇㄣˊ ㄑㄧㄤˊ

【出處】明・湯顯祖《牡丹亭・閨塾》：「你待打打這哇哇，桃李門牆，險把負荊人諕（唬）煞。」
【解釋】桃李：桃樹和李樹，喻指學生。門牆：師門或師道。
【用法】比喻辦教育的地方。
【例句】古來只要經過～，必聞書聲琅琅，令人精神爲之一振。

桃李年 ㄊㄠ ㄌㄧˇ ㄋㄧㄢˊ

【出處】南朝・梁・蕭衍（梁武帝）《詠華（花）》詩：「昔聞蘭蕙月，獨是桃李年。」（見《玉台新詠》。）
【解釋】桃李花爭艷的年紀。
【用法】比喻女子的青春時期。
【例句】身爲女子，切勿因「～」已過而悲傷，因爲知識的增加與否，才是最重要的成長，最美麗的表徵。

桃弧棘矢 ㄊㄠ ㄏㄨˊ ㄐㄧˊ ㄕˇ

【出處】《左傳・昭公四年》：「桃弓棘矢，以除其災。」

【解釋】弧：弧形的弓。桃木做的弓，棘枝做的箭，古人用以避邪。
【例句】古人多迷信，所以避邪之物甚多，～便是其中之一。

桃花潭水 ㄊㄠˊ ㄏㄨㄚ ㄊㄢˊ ㄕㄨㄟˇ

【出處】唐・李白《贈汪倫》詩：「桃花潭水深千尺，不及汪倫送我情。」
【解釋】桃花潭：名勝古蹟，在安徽涇縣西南。
【用法】指潭水深有底，友情無限深。比喻友誼深厚。
【例句】即使～深千尺，也比不上我倆友誼之眞摯深厚。

桃花流水 ㄊㄠˊ ㄏㄨㄚ ㄌㄧㄡˊ ㄕㄨㄟˇ

見「流水桃花」。

桃紅柳綠 ㄊㄠˊ ㄏㄨㄥˊ ㄌㄧㄡˇ ㄌㄩˋ

【出處】唐・王維《田園樂》詩：「桃紅復含宿雨，柳綠更帶春烟。」
【解釋】桃花紅，柳葉綠。
【用法】形容艷麗的春光。
【例句】春天悄悄地來了，公園裡已經是～，春意盎然。
【附註】也作「紅桃綠柳」。

桃羞杏讓 ㄊㄠˊ ㄒㄧㄡ ㄒㄧㄥˋ ㄖㄤˋ

【出處】清・曹雪芹《紅樓夢》第二十七回：「滿園裡繡帶飄搖，花枝招展。更兼這些人打扮的桃羞杏讓，燕妒鶯慚，一時也道不盡。」
【解釋】使桃花羞愧，使杏花退讓。
【用法】形容女子比桃花杏花更俏麗。
【例句】古時沈魚落雁，～之美女是否眞的那麼美麗呢？

淘沙得金 ㄊㄠˊ ㄕㄚ ㄉㄜˊ ㄐㄧㄣ

【出處】《關尹子》七六：「我之爲我，如灰中金，而不若礦沙之金。破礦得金，淘沙得金，揚灰終身，無得金也。」
【解釋】淘：用水冲洗。用水冲刷含金的沙子，得出沙金。
【用法】比喻汰除雜質，提取精華。
【例句】爲了得到眞正的人才，我們必須～，求取精華份子。

逃之夭夭 ㄊㄠˊ ㄓ ㄧㄠ ㄧㄠ

【出處】《詩經・周南・桃夭》：「桃之夭夭，灼灼其華（花）。」
【解釋】夭：枝葉繁茂的樣子。
【用法】原形容桃樹枝葉繁茂，桃花盛開。因「桃」與「逃」諧音，「夭夭」與「遙遙」音近，後人改「桃」爲「逃」，意爲遠遠地逃跑了（含有詼諧諷刺的意味）。
【例句】清・吳趼人《二十年目睹之怪現狀》第七十八回：「等各人走過之後，他才不慌不忙的收拾了許多金珠物件，和那位督辦大人坐了輪船，～的到天津去了。」

陶陶兀兀 ㄊㄠˊ ㄊㄠˊ ㄨˋ ㄨˋ

【出處】唐・房玄齡等《晉書・劉伶傳》：「伶雖陶兀昏放，而機應不差。未嘗厝意文翰，惟著《酒德頌》一篇。」
【用法】乃指沉湎於酒，放縱傲慢的樣子。
【例句】這個紈袴子弟，整日沉湎酒色

，～，沒多久，便把家產敗光了。

陶犬瓦雞 ㄊㄠˊ ㄑㄩㄢˇ ㄨㄚˇ ㄐㄧ

【出處】南朝・梁・蕭繹（梁元帝）《金樓子》：「陶犬無守夜之警，瓦雞無司晨之益。」
【解釋】陶：陶土。陶土燒製的狗，瓦做成的雞。
【用法】比喻毫無實用價值的東西。
【例句】他獨自一個人閉門造車，完成的東西不過是～，根本沒有任何用處。
【附註】也作「瓦雞陶犬」。

偷天妙手 ㄊㄡ ㄊㄧㄢ ㄇㄧㄠˋ ㄕㄡˇ

【出處】明・湯顯祖《牡丹亭・言懷》：「能鑿壁，會懸梁，偷天妙手繡文章。」
【解釋】偷天：形容本領神奇。妙手：指有才能的人。
【用法】形容寫作技巧嫻熟，文筆非常優美，富有獨創性的作家、藝術家。
【例句】他是我國最有名的藝術家，人稱「～」。

偷天換日 ㄊㄡ ㄊㄧㄢ ㄏㄨㄢˋ ㄖˋ

【出處】清・朱佐朝《漁家樂傳奇》：「願將身代入金屋，做個偷天換日，因風動燭。」
【用法】比喻暗中改變事物的重要內容，以達到蒙混欺騙的目的。
【例句】這個大騙子，玩弄～的手法，竟騙了好幾個部門，但最後還是被識破了！

偷樑換柱 ㄊㄡ ㄌㄧㄤˊ ㄏㄨㄢˋ ㄓㄨˋ

【出處】宋・羅泌《路史發揮・三・桀紂事多實論》記古史傳說：桀紂能「倒曳九牛，換梁易柱。」
【解釋】更換房樑房柱。
【用法】①原用以形容桀紂力大無窮。②後比喻玩弄手法，暗中改換事物的內容。
【例句】他搞了一個～的把戲，把大家都騙了。

偷工減料 ㄊㄡ ㄍㄨㄥ ㄐㄧㄢˇ ㄌㄧㄠˋ

【解釋】偷工：把應有的工序暗自抽減下來。減料：把應用的材料偷偷不用或用不合格的代用品。
【用法】①原指建築業爲牟取利潤而採取的騙人勾當。②後泛指在其它行業中，私自削減或抽除必要的步驟或材料。③也比喻貪圖省事，馬虎敷衍。
【例句】做人做事要踏實，絕不可～。

偷合苟容 ㄊㄡ ㄏㄜˊ ㄍㄡˇ ㄖㄨㄥˊ

【出處】《荀子・臣道》：「不恤君之榮辱，不恤國之臧否，偷合苟容，以持祿養交而已耳，謂之國賊。」（臧否：好壞。持祿：保持祿位。養交：結交外人。）
【解釋】偷：苟且。
【用法】指苟且地迎合別人，以求取得容身之地。
【例句】一個人要有氣節，～的事不可做，否則別人將看不起你。
【附註】也作「偷合取榮」、「偷合苟榮」。

偷寒送暖 ㄊㄡ ㄏㄢˊ ㄙㄨㄥˋ ㄋㄨㄢˇ

【出處】元・元淮《金囦集・乙丑鞭春

》詩：「偷寒送暖朱門去，搶脚爭頭白上來。」（囦：古「淵」字。）
【解釋】在人難過時，能不知不覺使之忘掉傷心事，並帶來溫暖。
【用法】①形容對別人的關心；②也引申爲奉承拍馬屁。③元曲裡多比喻暗中撮合男女私情。
【例句】如果我有成功的一日，絕不會忘記你～的恩情。
【附註】也作「送暖偷寒」。

偷雞摸狗（ㄊㄡ ㄐㄧ ㄇㄛ ㄍㄡˇ）

【出處】明・施耐庵《水滸全傳》第四十六回：「小人如今在此，只做得些偷雞盜狗的勾當，幾時是了；跟隨的二位哥哥上山去，卻不好？」
【用法】比喻幹一些不正當的、見不得人的勾當。
【例句】這個孩子從小就愛～，要不嚴加管教，將來準會出事。

偷香竊玉（ㄊㄡ ㄒㄧㄤ ㄑㄧㄝˋ ㄩˋ）

見「竊玉偷香」。

偷安旦夕（ㄊㄡ ㄢ ㄉㄢˋ ㄒㄧˋ）

【出處】三國・魏・鍾會《移蜀將吏士檄》：「若偷安旦夕，迷而不返，大兵一發，玉石俱碎。」
【解釋】偷安：不顧將來，只求眼前安全。旦夕：一早一晚。
【用法】指只求眼前一時的安逸。
【例句】我們要爲國家的前途利益而奮鬥，不可～，喪失意志力。

投筆請纓（ㄊㄡˊ ㄅㄧˇ ㄑㄧㄥˇ ㄧㄥ）

【出處】漢・班固《漢書・終軍傳》：「（漢武帝劉徹）乃遣軍使南越，說其王，欲令入朝，比內諸侯。軍自請：『願受長纓，必羈南越王而致之闕下。』」
【解釋】投：扔掉、放棄。筆：文墨生涯。纓：帶子。請纓：比喻請求殺敵。
【用法】指棄文就武，請戰擒敵。
【例句】班超～，立志在沙場，果然又創一番功業。

投筆從戎（ㄊㄡˊ ㄅㄧˇ ㄘㄨㄥˊ ㄖㄨㄥˊ）

【出處】南朝・宋・范曄《後漢書・班超傳》：「（超）家貧，常爲官傭書以供養。久勞苦，嘗輟業投筆嘆曰：『大丈夫無他志略，尤當效傅介子、張騫立功異域，以取封侯，安能久事筆硯間乎！』」
【解釋】投：扔掉、放棄，指文墨生涯。從戎：參軍。
【用法】指棄所就武，放棄文墨生涯去參加軍隊。
【例句】在國家有難的時候，許多人～，上前線殺敵。

投鞭斷流（ㄊㄡˊ ㄅㄧㄢ ㄉㄨㄢˋ ㄌㄧㄡˊ）

【出處】唐・房玄齡《晉書》：苻堅將攻打東晉，石越認爲東晉有長江之險，不能輕舉妄動。苻堅驕傲地說：「以吾之衆旅，投鞭於江，足斷其流。」
【解釋】把馬鞭子扔到江河裡，就能截斷水流。
【用法】比喻人馬衆多，兵力強大。
【例句】敵軍誇稱人馬衆多，足以～，我方應小心防禦。

投袂而起 ㄊㄡˊ ㄇㄟˋ ㄦˊ ㄑㄧˇ

【出處】《左傳・宣公十四年》：「楚子聞之，投袂而起。」（楚子：楚莊王。）
【用法】投袂：拂動衣袖。拂袖站起來。
【用法】形容振作奮發的神情。
【例句】當他聽到我軍受擊的消息後，～，決心請纓殺敵，雪恥復國。

投胎奪舍 ㄊㄡˊ ㄊㄞ ㄉㄨㄛˊ ㄕㄜˇ

【出處】明・吳承恩《西遊記》第七十五回：「猴兒今番入我寶瓶之中，再莫想那西方之路，若還能夠拜佛求經，除是轉背搖年，再去投胎奪舍是。」
【解釋】奪舍：道家指借新死者的軀殼而再生，即俗說借屍還魂。
【用法】迷信傳說，人死後軀體消亡，其靈魂能轉世投胎，也能借屍還魂。
【例句】你相信～的傳說嗎？

投桃報李 ㄊㄡˊ ㄊㄠˊ ㄅㄠˋ ㄌㄧˇ

【出處】《詩經・大雅・抑》：「投我以桃，報之以李。」
【解釋】投：投送。報：回報。人送給我桃子，我回敬以李子。
【用法】比喻禮尚往來，互相贈答。
【例句】中國是禮義之邦，十分講究～，禮尚往來。
【附註】也作「報李投桃」。

投機取巧 ㄊㄡˊ ㄐㄧ ㄑㄩˇ ㄑㄧㄠˇ

【解釋】投機：乘時機。取巧：耍狡猾的手段占便宜。
【用法】①指用不正當的手段謀取個人私利。②也指不願付出勞動，而憑借騙人或要小聰明的手法來取得成功。
【例句】他不肯老老實實地工作，總想～，要小聰明，因此，把工作交給他我很不放心。

投其所好 ㄊㄡˊ ㄑㄧˊ ㄙㄨㄛˇ ㄏㄠˋ

【出處】《莊子・庚桑楚》：「是故非以其所好籠之而可得者，無也有。」
【解釋】投：投合。好：愛好。
【用法】迎合別人的愛好。
【例句】他這個人喜歡奉承，於是一些人也就～，說話做事都順著他的意思。
【附註】「好」不能念成ㄏㄠˇ。

投隙抵巇 ㄊㄡˊ ㄒㄧˋ ㄉㄧˇ ㄒㄧ

【出處】宋・李光《與張德遠書》：「懷不能已，時時妄言，投隙抵巇者，因肆無根，雖一時宴譚（談）嬉笑之語，無不聞者！自度禍至無日矣。」（度：思量。）
【解釋】巇：罅隙、漏洞。抵巇：見縫鑽營。
【用法】指談笑中鑽漏洞、挑字眼，做過分放浪的戲謔。
【例句】他倆言詞放浪，～，真是群居終日，言不及義。

投閑置散 ㄊㄡˊ ㄒㄧㄢˊ ㄓˋ ㄙㄢˇ

【出處】唐・韓愈《進學解》：「動而得謗，名亦隨之，投閑置散，乃分之宜。」
【解釋】投、置：放。投在閑散的位置上。
【用法】指不被重用或不被任用。
【例句】十幾年來，我一直是編外人員，這種～的安排，終於得到了改正。

【附註】「散」不能念成ㄙㄢˇ。

投石下井 ㄊㄡˊ ㄕˊ ㄒㄧㄚˋ ㄐㄧㄥˇ

【出處】唐・韓愈《柳子厚墓誌銘》：「落陷阱，不一引手救，反擠之，又下石焉者，皆是也。」

【解釋】人掉在井裡，還往井裡扔石頭。

【用法】比喻對於遭遇不幸的人不去幫助，反而加以陷害。

【例句】看到不幸之人，必須伸出援手，千萬別～，雪上加霜。

【附註】參看「落井下石」。

投鼠忌器 ㄊㄡˊ ㄕㄨˇ ㄐㄧˋ ㄑㄧˋ

【出處】漢・班固《漢書・賈誼傳》：「里諺曰：『欲投鼠而忌器。』此善喻也。鼠近於器，尚憚不投，恐傷其器，況於貴臣之近主乎！」

【解釋】忌：顧忌。器：用具。用東西打老鼠，又怕砸壞老鼠附近的用具。

【用法】喻心懷顧慮，做事放不開手。

【例句】做事須詳加計劃，大膽去做，千萬別～。

【附註】也作「擲鼠忌器」、「投鼠之忌」。

投梭折齒 ㄊㄡˊ ㄙㄨㄛ ㄓㄜˊ ㄔˇ

【出處】晉時謝鯤挑逗鄰家女，女方織，以梭投之，折鯤兩齒。

【解釋】梭：織布時牽引緯線的工具。齒：牙齒。

【用法】後指婦女不畏強暴，抗拒男子引誘、挑逗。

【例句】隔壁女子～的行爲，令人敬佩。

頭頭是道 ㄊㄡˊ ㄊㄡˊ ㄕˋ ㄉㄠˋ

【出處】宋・釋惟白《續傳燈錄・慧力洞源禪師》：「方知頭頭皆是道，法法本圓成。」

【解釋】頭頭：多方面。

【用法】形容言談和做事都有條有理。

【例句】別看他是個孩子，但說起話來～。

頭疼腦熱 ㄊㄡˊ ㄊㄥˊ ㄋㄠˇ ㄖㄜˋ

【出處】元・孫仲章《勘頭巾》第一折：「一百日以里，但有頭疼腦熱，都是你。」

【解釋】頭疼發燒。

【用法】比喻一般小病。

【例句】他這個人有個～的，從來也不在乎。

頭童齒豁 ㄊㄡˊ ㄊㄨㄥˊ ㄔˇ ㄏㄨㄛˋ

【出處】唐・韓愈《進學解》：「頭童齒豁，竟死何裨！」

【解釋】童：禿。豁：破缺。頭頂光禿了，牙齒脫落不全了。

【用法】形容人已經衰老。

【例句】沒有想到，十年未見，你已經是～、老態龍鍾了。

頭痛醫頭，脚痛醫脚 ㄊㄡˊ ㄊㄨㄥˋ ㄧ ㄊㄡˊ，ㄐㄧㄠˇ ㄊㄨㄥˋ ㄧ ㄐㄧㄠˇ

【出處】《朱子全書・道統六・訓門人》：「今學者亦多來求病根，某向他說：『頭痛灸頭，脚痛灸脚，病在這上。』」

【解釋】醫：醫治。頭痛只醫治頭，脚痛光醫治脚。

【用法】比喻對問題不從根本上進行解決或沒有通盤考慮，只是就事論事，應付眼前。

【例句】你總是～地工作，怎麼能有效果呢？

頭會箕斂（ㄊㄡˊ ㄍㄨㄟˋ ㄐㄧ ㄌㄧㄢˋ）

【出處】《史記·張耳、陳余列傳》：「頭會箕斂，以供軍費。」

【解釋】頭會：按人頭徵稅。箕：畚箕。斂：聚斂。

【用法】按人口徵稅，用畚箕斂收所徵的穀物。形容賦稅苛刻繁重。

【例句】今年收成不好，加以～，百姓們眞不知如何維生？

【附註】①也作「頭會箕賦」。②「會」不能念成ㄏㄨㄟˋ。

頭角崢嶸（ㄊㄡˊ ㄐㄧㄠˇ ㄓㄥ ㄖㄨㄥˊ）

【出處】唐·韓愈《柳子厚墓誌銘》：「雖少年，已自成人，能取進士第，嶄然露頭角。」

【解釋】頭角：比喻青少年的氣概或才華。崢嶸：突出、不平常。

【用法】指青少年顯露出的出衆才華。

【例句】這小朋友七歲能詩，九歲時已頗有文名，十餘歲時已經～、出人頭地了。

【附註】參見「嶄露頭角」。

頭重脚輕（ㄊㄡˊ ㄓㄨㄥˋ ㄐㄧㄠˇ ㄑㄧㄥ）

【出處】明·施耐庵《水滸傳》第四回：「頭重脚輕，眼紅面赤，前合後仰，東倒西歪。」

【解釋】上面重，下面輕。

【用法】①原形容頭昏。②現用以形容基礎不穩或各部分不協調。

【例句】這位木匠，做的櫃子～，不僅難看，而且連站都站不穩。

頭上安頭（ㄊㄡˊ ㄕㄤˋ ㄢ ㄊㄡˊ）

【出處】宋·黃庭堅《拙軒頌》：「頭上安頭，屋上蓋屋，畢竟巧者有餘，拙者不足。」

【解釋】在頭上再按上個頭。

【用法】比喻多餘重覆。

【例句】他的這篇文章，～，屋上蓋屋，拖沓重覆，寫得很不理想。

貪墨成風（ㄊㄢ ㄇㄛˋ ㄔㄥˊ ㄈㄥ）

【出處】《左傳·昭公十四年》：「貪以敗官爲墨。」

【解釋】墨：通「冒」，貪污。官吏貪污受賄的風氣盛行。

【用法】形容吏治腐敗。

【例句】一個國家之官吏如果～，那麼還有什麼希望呢？

貪夫徇財（ㄊㄢ ㄈㄨ ㄒㄩㄣˋ ㄘㄞˊ）

【出處】漢·賈誼《鵩鳥賦》：「貪夫徇財兮，烈士徇名。」

【解釋】徇：通「殉」。徇財：用性命去求財。

【用法】貪財的人，爲財而死。

【例句】人生值得追求的事很多，千萬別像那～，愚不可及。

貪大求全（ㄊㄢ ㄉㄚˋ ㄑㄧㄡˊ ㄑㄩㄢˊ）

【解釋】全：齊全。

【用法】貪圖規模大而齊全。指不考慮實際力量和可能，一味追求大而全的作法。

【例句】做任何事不能～，否則，就會造成人力物力的浪費。

貪得無厭（ㄊㄢ ㄉㄜˊ ㄨˊ ㄧㄢˋ）

【出處】《左傳・昭公二十八年》：「貪婪無饜，忿類無期。」明・笑笑生《金瓶梅》第九十五回：「常言道：溺愛者不明，貪得者無厭。」

【解釋】厭：又寫作「饜」，滿足。貪心永無滿足的時候。

【例句】①清・曹雪芹《紅樓夢》第一百零七回：「鳳姐本是～的人，如今被抄淨盡，自然愁苦。」②俗語說：「知足常樂」，～的人，往往沒有好下場。

貪多嚼不爛（ㄊㄢ ㄉㄨㄛ ㄐㄧㄠˊ ㄅㄨˋ ㄌㄢˋ）

【出處】明・凌濛初《二刻拍案驚奇》第五卷：「而今孩子何在！正是貪多嚼不爛了。」

【解釋】比喻學習或工作只追求數量，結果適得其反，什麼也做不好。

【例句】清・曹雪芹《紅樓夢》第九回：「那功課寧可少些，一則～，二則身子也要保重。」

貪多務得（ㄊㄢ ㄉㄨㄛ ㄨˋ ㄉㄜˊ）

【出處】唐・韓愈《進學解》：「貪多務得，細大不捐。」（細大：學術中細枝末節和重要的地方。捐：放棄。）

【解釋】務：務必、必定。越多越好，一定要得到。

【用法】①原指鑽研學問欲望很大，決心也很大。②後也泛指欲望很大，並且千方百萬去達到。

【例句】此人一貫～，對這樣有利可圖的事是絕不肯輕易放手的。

貪天之功（ㄊㄢ ㄊㄧㄢ ㄓ ㄍㄨㄥ）

【出處】《左傳・僖公二十四年》：「竊人之財，猶謂之盜，況貪天之功，以爲己力乎！」清・陳忱《水滸後傳》第三十四回：「豈敢貪天之功，遂爾僭妄！」

【解釋】天：指造物主。把造物主的功績據爲自己所有。

【用法】現指把集體的或別人的成就、功勞算在自己的身上。

【例句】這項設計是整個研究所的同仁共同奮鬥的結果，他居然全算在自己的帳上，眞是～，以爲己有，人們對此是很氣憤的。

貪官汚吏（ㄊㄢ ㄍㄨㄢ ㄨ ㄌㄧˋ）

【出處】①元・無名氏《鴛鴦被》第四折：「一應貪官汚吏，准許先斬後聞。」②明・施耐庵《水滸全傳》第六十二回：「誰知被贓官汚吏，淫婦奸夫，通情陷害，監在死囚牢裡。」

【用法】貪贓枉法的官吏。

【例句】～，是人民最痛恨的，莫不希望徹底消除這班人。

貪賄無藝（ㄊㄢ ㄏㄨㄟˋ ㄨˊ ㄧˋ）

【出處】《國語・晉語八》：「及桓子，驕泰奢儻，貪欲無藝，略則行志，假貸居賄，宜及於難。」

【解釋】藝：限度。貪汚受賄，沒有限度。

【用法】形容對百姓的搜刮和剝削沒有止境。

【例句】一個國家的官員，如果只知收受金錢、～，那人民必定會對自己國家徹底希望。

【附註】也作「貪欲無藝」。

貪小失大（ㄊㄢ ㄒㄧㄠˇ ㄕ ㄉㄚˋ）

【出處】《呂氏春秋・權勛》中記載：齊國達子帶兵與燕國作戰，達子請求齊王犒賞軍隊，齊王怒，不許。交戰時，齊國戰敗，達子戰死，齊王也逃走。燕軍進城後，把齊國財物大肆劫掠。人們說：這是「貪於小利而失大利者也。」

【解釋】貪圖小便宜，反而受到大損失。

【例句】明・凌濛初《初刻拍案驚奇》第十六卷：「這叫做～，所以為人切不可做那討便宜苟且之事！」

貪賢敬老（ㄊㄢ ㄒㄧㄢˊ ㄐㄧㄥˋ ㄌㄠˇ）

【出處】唐・韓愈《論孔戣致仕狀》：「優以祿秩，不聽其去，以明人君貪賢敬老之道也。」

【解釋】貪：貪戀。賢：才德兼備的人。

【用法】追求有才有德的人，敬重年老的人。

【例句】自從他上任之後，～、公正廉明，百姓都推崇擁戴他。

貪心不足（ㄊㄢ ㄒㄧㄣ ㄅㄨˋ ㄗㄨˊ）

【出處】明・羅貫中《三國演義》第十五回：「汝貪心不足！既得吳郡，而又強並吾界！」

【解釋】貪心：貪得的欲望。貪得的欲望，永不滿足。

【例句】我們要適可而止，～往往會因小失大。

貪生怕死（ㄊㄢ ㄕㄥ ㄆㄚˋ ㄙˇ）

【出處】漢・班固《漢書・文三王傳》：「今立（梁王）自知賊殺中郎曹將，冬月迫促，貪生畏死，即詐僵仆陽（佯）病，徼幸得逾於須臾。」

【解釋】貪：貪戀。貪戀生存，懼怕死亡。

【用法】形容為了活命在為正義奮鬥過程中退縮不前。

【例句】明・施耐庵《水滸傳》第七十六回：「都似你這等懦弱匹夫，畏刀避劍，～，誤了國家大事。」

【附註】原作「貪生畏死」。

貪生惡死（ㄊㄢ ㄕㄥ ㄨˋ ㄙˇ）

【出處】漢・司馬遷《報任安書》：「夫人情莫不貪生惡死，念父母，顧妻子。」

【解釋】貪：貪戀。惡：憎恨、討厭。

【用法】貪戀生存，憎恨死亡。指強烈的求生欲望。

【例句】「～」固然是人之常情，但革命烈士為了全中國的利益，卻早把生死置之度外了。

【附註】「惡」不能念成ㄜˋ。

貪贓枉法（ㄊㄢ ㄗㄤ ㄨㄤˇ ㄈㄚˇ）

【出處】明・馮夢龍《古今小說・臨安里錢婆留友迹》：「做官的貪贓枉法得來的錢鈔，此乃不義之財，取之無礙。」

【解釋】貪贓：利用職權非法占有公家或他人的財物。枉法：歪曲和破壞法律。

【用法】利用職權貪污受賄、破壞法紀。

【例句】我們絕不允許任何幹部利用職權，～！

【附註】也作「貪贓壞法」。

貪餌喪生
ㄊㄢ ㄦˇ ㄙㄤˋ ㄕㄥ

【出處】《孔叢子・抗志第十》：「鰥雖難得，貪以死餌；士雖懷道，貪以死祿矣。」（鰥：大魚。）

【用法】指魚類貪圖餌食而送了命。後用以比喻由於貪求而招致災禍。

【例句】這個人～的消息傳來之後，無異給我們上了一課，要我們知足常樂，君子愛財，取之有道。

彈冠相慶
ㄊㄢˊ ㄍㄨㄢ ㄒㄧㄤ ㄑㄧㄥˋ

【出處】漢・班固《漢書・王吉傳》：「吉與貢禹為友，世稱『王陽（王吉，字子陽）在位，貢公彈冠』，言其取舍同也。」

【解釋】彈冠：把帽子撣乾淨。

【用法】撣淨帽子上的灰塵互相慶賀，常指壞人得意時的樣子。

【例句】大凡歷史上的黑暗時期，小人當道，～，而正人君子都無法出頭。

【附註】「彈」不能念成ㄉㄢˋ。

彈鋏求通
ㄊㄢˊ ㄐㄧㄚˊ ㄑㄧㄡˊ ㄊㄨㄥ

【出處】《戰國策・齊策四》載：馮諼為孟嘗君客，「左右以君賤之也，食以草具。居有頃，倚柱彈其劍，歌曰：『長鋏歸來乎，食無魚！』……居有頃，復彈其鋏，歌曰：『長鋏歸來乎，出無車！』……後有頃，復彈其劍鋏，歌曰：『長鋏歸來乎，無以為家！』」

【解釋】鋏：劍把。彈著劍把唱歌，以表示自己的要求。

【用法】後形容有求於人的行動。

【例句】雖然在歷史上有如～的故事，但有求於人應先審度自己的才能，方可做合理的要求。

彈指之間
ㄊㄢˊ ㄓˇ ㄓ ㄐㄧㄢ

【出處】唐・司空圖《偶書之四》詩：「平生多少事，彈指一時休。」

【用法】彈指：「一彈指」的省略語，按佛經說法，二十念為一瞬，二十瞬為一彈指。

【用法】形容時間短暫。

【例句】時間真快，～二十年已經過去了。

彈射利病
ㄊㄢˊ ㄕㄜˋ ㄌㄧˋ ㄅㄧㄥˋ

【出處】晉・陳壽《三國志・蜀志・孟光傳》：「吾好直言，無所回避，每彈射利病，為世人所譏嫌。」

【解釋】彈射：直率地指摘。病：弊病、錯誤。

【用法】直率的批評有利於改正缺點和錯誤。

【例句】唐代名臣魏徵以為人正直，勇於～著稱。

彈射臧否
ㄊㄢˊ ㄕㄜˋ ㄗㄤ ㄆㄧˇ

【出處】漢・張衡《西京賦》：「街談巷議，彈射臧否，剖析毫厘，擘肌分理。」（「否」不能念成ㄈㄡˇ。）

【解釋】彈射：直率地指摘。臧：好。否：壞。臧否：褒貶、評論。

【用法】指直率地進行批評。

【例句】面對強權，不屈不撓，且勇敢地～之人，才是真正的君子。

曇花一現（ㄊㄢˊ ㄏㄨㄚ ㄧˊ ㄒㄧㄢˋ）

【出處】《妙法蓮花經・方便品第二》：「佛告舍利佛，如是妙法，諸佛如來，時乃說之，如優曇鉢華（花），時一現耳。」按佛教傳說，只有轉輪王出世，優曇鉢花乃一現。

【解釋】曇花：印度梵語「優曇鉢花」的簡稱。但現常指的是原產在墨西哥和中南美洲熱帶森林中的附生類型的仙人掌科植物，形態奇特，花美而香，但開花時間很短，而且是在夜開開放。

【用法】本指曇花難得出現。現用以比喻事物存在時間極短，就很快地消逝了。

【例句】美好的事物，總是消逝得特別快，有～，令人惋惜。

檀郎謝女（ㄊㄢˊ ㄌㄤˊ ㄒㄧㄝˋ ㄋㄩˇ）

【出處】唐・李賀《牡丹種田》詩：「檀郎謝女眠何處？樓台月明燕夜語。」

【解釋】檀郎：晉人潘安，小字檀奴，姿儀秀美。後以檀郎爲美男子的代稱。謝女：晉代謝道蘊，聰慧過人。後以謝女爲才女的代稱。

【用法】指才貌雙全的夫婦或情侶。

【例句】看他們小倆口，男才女貌，學識能力均佳，眞有如～、天作之合。

談笑封侯（ㄊㄢˊ ㄒㄧㄠˋ ㄈㄥ ㄏㄡˊ）

【出處】唐・杜甫《復愁》詩：「閭閻聽小子，談笑覓封侯。」

【解釋】侯：古代五等爵的第二等。談笑之間就被封爲侯爵。

【用法】舊時形容取功名很容易。後也指取得成功很容易。

【例句】我們看有些人，～，好似非常容易，其實，他們在背後，不知花了多少心血努力，那才是最重要的。

談笑風生（ㄊㄢˊ ㄒㄧㄠˋ ㄈㄥ ㄕㄥ）

【出處】宋・辛棄疾《念奴嬌・贈夏成玉》詞：「遐想後日娥眉，兩山橫黛，談笑風生頰。」

【解釋】風：風趣。說說笑笑，談得很有風趣。

【用法】形容興致很高，氣氛活潑，而且很有風趣的談話。

【例句】他看起來非常嚴肅，實際上是很隨和的，聊起天來～，很快就把人吸引住了。

【辨誤】也作「談吐風生」。

談笑自若（ㄊㄢˊ ㄒㄧㄠˋ ㄗˋ ㄖㄨㄛˋ）

【出處】南朝・宋・范蠡《後漢書・孔融傳》「建安元年，爲袁譚所攻，自春至夏，戰士所餘裁數百人，流矢雨集，戈矛內接。融隱几讀書，談笑自若。」

【解釋】自若：不拘束，不變常態。有說有笑，和平常一樣。

【用法】形容在意外的情況下非常從容鎮靜。

【例句】形勢很危急，大家都非常緊張，但她卻～，很快就使人們鎮靜了下來。

【附註】也作「言笑自若」。

談天說地（ㄊㄢˊ ㄊㄧㄢ ㄕㄨㄛ ㄉㄧˋ）

【出處】明・馮夢龍《醒世恒言》第七卷：「錢青見那先生學問平常，故意談天說地，講古論今，驚得先生一字俱無。」

【用法】形容海闊天空的談話（多指閒談）。

【例句】閒暇時候，與三五好友相聚，～，眞是人生一大樂事。

【附註】也作「說地談天」。

談何容易（ㄊㄢˊ ㄏㄜˊ ㄖㄨㄥˊ ㄧˋ）

【出處】漢·班固《漢書·東方朔傳》：「吳王曰：『可以談矣，寡人將竦意而覽焉。』先生曰：『於戲（嗚乎）！可乎哉？可乎哉？談何容易！』」

【用法】原指臣子向君主進忠言很不容易。現指事情實際做起來並不像嘴上說的那麼容易。

【例句】當一個優秀的表演藝術家～，沒有嚴格的訓練，沒有多方面的知識才能是不行的。

談虎色變（ㄊㄢˊ ㄏㄨˇ ㄙㄜˋ ㄅㄧㄢˋ）

【出處】宋《二程全書·遺書二》上：「眞知與常知異。嘗見一田夫曾被虎傷，有人說虎傷人，衆莫不驚，獨田夫色動異於衆。若虎能傷人，雖三尺童子莫不知之，然未嘗眞知，眞知須如田夫乃是。」

【解釋】色：臉色。

【用法】指一談起老虎來，立刻就嚇得臉色都變了。

【例句】違建地區居民，一提到「火災」兩個字，就有點～。

談言微中（ㄊㄢˊ ㄧㄢˊ ㄨㄟˊ ㄓㄨㄥˋ）

【出處】漢·司馬遷《史記·滑稽列傳》：「太史公曰：『天道恢恢，豈不大哉！談言微中，亦可以解紛。』」

【解釋】微中：有意無意中說到問題的要害。

【用法】形容很會說話，委婉隱約，却又能說到要害的地方。

【例句】李先生擅長講笑話，時常妙語如珠，～，引得哄堂大笑。

【附註】「中」不能念成ㄓㄨㄥ。

坦腹東床（ㄊㄢˇ ㄈㄨˋ ㄉㄨㄥ ㄔㄨㄤˊ）

【出處】南朝·宋·劉義慶《世說新語·雅量》：「郗太傅（鑒）在京口遣門生與王丞相（導）書，求女婿。丞相語郗信：『君往東廂，任意選之。』門生歸，白郗曰：『王家諸郎，亦皆可嘉，聞來覓婿，咸自矜持，唯有一郎在東床上，坦腹臥，却不聞。』郗公云：『正此好！』訪之，乃是逸少（羲之），因嫁女與焉。」

【解釋】坦：裸露。

【用法】舊稱人婿。

【例句】每個朝代，欣賞的人格迥然不同，在魏晉南北朝，～，可得一妻，若在宋代，可能被譏爲不成體統了。

坦然自若（ㄊㄢˇ ㄖㄢˊ ㄗˋ ㄖㄨㄛˋ）

【出處】淸·曹雪芹《紅樓夢》第二十二回：「寶釵原不妄言輕動，便此時亦是坦然自若。」

【解釋】坦然：內心平靜，無顧慮。自若：自由自在的樣子。

【用法】心裏沒有顧慮，態度從容安詳，非常自然。

【例句】在會議上，人們不約而同地把注意力集中在她的身上，她却～，從容鎭靜地把自己的意見全都講了出來。

袒裼裸裎

【出處】《孟子·公孫丑上》：「雖袒裼裸裎于我側，爾焉能浼我哉？」（浼：沾汚。）
【解釋】袒裼：露出兩臂。裸裎：光著身子。
【用法】形容很不禮貌的樣子。
【例句】無論在什麼場合，這樣～總是不體統的。
【附註】也作「裸裎袒裼」。

忐忑不安

【出處】清·吳趼人《糊塗世界》第九卷：「兩道聽了這話，心裡忐忑不定。」
【解釋】忐忑：心神不定。
【用法】心裡七上八下安定不下來。
【例句】第一天上班，心情緊張，～地走進公司，迎接新的工作挑戰。

嘆爲觀止

【出處】《左傳·襄公二十九年》載：吳季札在魯國觀樂，見舞「韶箾」時稱讚說：「德至矣哉！大矣如天之無幬也，如地之無載也，雖甚盛德，其蔑以加于此矣，觀止矣！若有他樂，吾不敢請已！」
【解釋】嘆：讚賞。觀止：所見事物盡善盡美。
【用法】稱讚所見到的事物已經好到極點。
【例句】這個剛剛十一、二歲的小書法家，竟寫出一筆龍飛鳳舞的草書，筆力雄健，風格豪放，令人不禁～。

探頭探腦

【出處】《朱子語類》卷十八：「時時去他那下探頭探腦。」
【解釋】探：伸。
【用法】形容鬼鬼祟祟、躲躲藏藏的樣子。
【例句】一個小孩兒站在門口，～地往屋裡瞧，充滿好奇的眼神。

探囊取物

【出處】宋·歐陽修《新五代史·南唐世家》：「（李）穀曰：『中國用吾爲相，取江南如探囊中物爾。』」
【解釋】探：摸取。囊：袋子。伸手到口袋裡摸取東西。
【用法】比喻辦事情很有把握，很容易達到目的。
【例句】吳承恩《西遊記》第八十五回：「調開他弟兄三個，大王却在半空伸下拿雲手去捉這唐僧，就如～，就如魚水盆內捻蒼蠅，有何難哉！」

探驪得珠

【出處】《莊子·列禦寇》：「河上有家貧恃緯蕭而食者，其子沒於淵，得千金之珠。其父謂其子曰：『取石來鍛（椎破）之。夫千金之珠，必在九重之淵，而驪龍頷下，子能得珠者，必遭其睡也。使驪龍而寤，子尚奚微之有哉？』」
【解釋】探：摸取。驪：驪龍，古時傳說中的黑龍。摸到驪龍的下巴，取來了珍珠。
【用法】用以比喻文章寫得好，抓住了題中的精粹。
【例句】參加學年競賽的論文中，他的

這篇，可算得是～，大家一致同意給他第一名。

探賾索隱
ㄊㄢ ㄗㄜˊ ㄙㄨㄛˇ ㄧㄣˇ

【出處】《周易．繫辭上》：「探賾索隱，鉤深致遠，以定天下之吉凶，成天下之亹亹者，莫大乎蓍龜。」（亹亹ㄨㄟˇ ㄨㄟˇ：奮勉前進。蓍龜ㄕ ㄍㄨㄟ：古代用以占卜吉凶的蓍草和龜甲）古人認爲卜筮能助人探索幽深莫測，隱秘難見的道理。

【解釋】賾：玄妙、深奧。隱：秘密。

【用法】後泛指探究深奧的義理，搜索隱秘的事迹。

【例句】王老對於學術上的任何問題，從不輕率下結論，而是～，徹底弄清才肯落筆。

探源溯流
ㄊㄢ ㄩㄢˊ ㄙㄨˋ ㄌㄧㄡˊ

【出處】探：探索。溯：追尋。流：源流。

【用法】指探索和尋究事物的來龍去脈。

【例句】以上幾個問題，需要你～，進行認眞的研究。

【附註】「溯」不能念成ㄙㄨㄛˋ。

唐突西子
ㄊㄤˊ ㄊㄨˊ ㄒㄧ ㄗˇ

【出處】南朝．宋．劉義慶《世說新語．輕詆》：「（晉）庾亮嘗謂（周）顗曰：『諸人咸以君方樂。』周曰：『何樂，謂樂毅耶？』庾曰：『不爾樂令（廣）耳。』周曰：『何乃刻畫無鹽，以唐突西子也！』」（無鹽：戰國時的醜女。）

【解釋】唐突：冒犯。西子：西施，春秋時越國的美女。

【用法】冒犯了西施。比喻由於抬高了醜的，因而貶低了美的。

【例句】你爲這位年輕漂亮的演員所畫的肖像，沒有表現她特有的神韻，說句不大恭敬的話，未免有點「～」。

【附註】也作「唐突西施」。參看「刻畫無鹽」。

唐哉皇哉
ㄊㄤˊ ㄗㄞ ㄏㄨㄤˊ ㄗㄞ

【出處】南朝．宋．范曄《後漢書．班固傳》：「汪汪乎丕天之大律，其疇能亘之哉！唐哉皇哉！皇哉唐哉！」

【解釋】唐：指唐堯。皇：指漢朝。哉：語助詞。

【用法】原意是說有誰能終成天下之大法呢？只有唐堯與漢朝、漢朝與唐堯。後用以形容規模、氣勢的宏大。

【例句】故宮的建築眞是～，另有一番宏偉氣象。

堂堂之陣
ㄊㄤˊ ㄊㄤˊ ㄓ ㄓㄣˋ

【出處】《孫子．軍爭》：「無要（邀）正正之旗，勿擊堂堂之陳（陣）。」

【解釋】堂堂：強大。陣：本字作「陳」，戰陣。強大的陣勢。

【用法】形容陣容強大整齊。

【例句】我國女子足球隊這次參加國際比賽之前，經過了一次軍訓，眞是～，實力更加雄厚了。

【附註】參看「堂堂正正」。

堂堂正正
ㄊㄤˊ ㄊㄤˊ ㄓㄥˋ ㄓㄥˋ

【出處】《孫子．軍爭》：「無要正正之旗，勿擊堂堂之陳（陣）此治變者也。」（要：通「邀」，中途攔截。）

【解釋】堂堂：強大威武。正正：嚴肅

整齊。

【用法】原指軍容盛大。後形容光明正大。也形容人的身材威武，儀表出衆。

【例句】①這個小伙子長得～，一表人才。②我們要期勉自己做一個～的中國人。

【附註】參看「堂堂之陣」。

堂上一呼，階下百諾

【出處】《呂氏春秋．過理》：「宋王大悅，飲酒室中。有呼萬歲者，堂上盡應；堂上已應，堂下盡應。門外庭中聞之，莫敢不應。」

【解釋】諾：答應聲。堂上的人一聲招呼，階下就有很多人答應。

【用法】舊時形容有權威的人聲勢氣派很大。

【例句】他過慣了「～」的日子，如今淪爲囚犯，生不如死。

【附註】參看「一呼百諾」。

堂而皇之

【解釋】堂皇：氣勢盛大的樣子。

【用法】形容規模很大或大模大樣的樣子。

【例句】這本小册子不過是通俗地介紹一些美學常識而已，卻～地冠以《論美》的大題目，似乎以改動一下爲是。

螳臂當車

【出處】《莊子．人間世》：「女（汝）不知夫螳螂乎？怒其臂以當車轍，不知其不勝任也。」

【解釋】螳臂：螳螂的前肢。當：阻擋。螳螂舉起臂膀，想把車擋住。

【用法】比喻不自量力。

【例句】任何人妄想阻擋歷史車輪的前進，都只能是～！

螳螂捕蟬，黃雀在後

【出處】①《莊子．山木》：「睹一蟬，方得美蔭而忘其身，螳螂執翳而搏之見得而忘其形；異鵲從而利之，見利而忘其眞。」②漢．劉向《說苑．正諫》：「園中有樹，其上有蟬。蟬高居悲鳴，飲露，不知螳螂在其身後也；螳螂委身曲附，欲取蟬，而不知黃雀在其傍也；黃雀延頸欲啄螳螂，而不知彈丸在其下也。此三者，皆務欲得其前利，而不顧其言之有患也！」

【解釋】螳螂捕蟬，卻不料黃雀在後面正要啄它。

【用法】比喻只顧一心算計別人，卻不知另有人正在算計他自己。

【例句】進攻他國務必小心擘畫，須知～，不得不防備。

倘來之物

【出處】《莊子．繕性》：「物之儻來，寄者也。」

【解釋】倘來：也作「儻來」，意外得來。

【用法】無意中非分得來的東西。

【例句】他心裡非常明白，那些喝彩不過是～，因此，他並不爲這些頌揚忘乎所以。

騰蛟起鳳

【出處】唐．王勃《滕王閣序》：「騰蛟起鳳，孟學士之詞宗。」

【解釋】騰：騰躍。起：起舞。像蛟龍騰躍，鳳凰起舞。

【用法】比喻文辭奇巧優美，才華橫溢。

【例句】他的散文不僅內容充實，給人以豐富的知識，而且～，才華橫溢，也給人以美的享受。

【附註】也作「起鳳騰蛟」。

騰雲駕霧 ㄊㄥˊ ㄩㄣˊ ㄐㄧㄚˋ ㄨˋ

【出處】明·吳承恩《西遊記》第三回：「他放心，日逐騰雲駕霧，遨遊四海，行樂千山。」

【用法】①神話描寫神仙，妖魔或得道的人可以乘著雲霧在空中飛行。②後也用以形容人在身體精神處於不正常狀態時的舉止。

【例句】他今天發高燒，走起路來像～一樣。

【附註】也作「騰空踏霧」。

剔膚見骨 ㄊㄧ ㄈㄨ ㄐㄧㄢˋ ㄍㄨˇ

【解釋】剔：從骨頭上把肉刮下來。膚：肌膚。把肉剔下來，一直剔到了骨頭。

【用法】比喻對事物分析和解剖得非常深刻、徹底。

【例句】《儒林外史》～地揭露了科舉時代儒生們內心的醜惡。

剔蝎撩蜂 ㄊㄧ ㄒㄧㄝ ㄌㄧㄠˊ ㄈㄥ

【出處】元·無名氏《氣英布》第一折：「你正是剔蝎撩蜂，暴虎凭河。」

【解釋】剔：挑剔，有招惹之意。蝎：蝎子。撩：撩撥。蜂：馬蜂。招惹蝎子，撩撥馬蜂。

【用法】形容自找倒霉。

【例句】我早就告訴過你，不要招惹此人，如今～，自作自受，怨不得別人。

踢天弄井 ㄊㄧ ㄊㄧㄢ ㄋㄨㄥˋ ㄐㄧㄥˇ

【出處】清·曹雪芹《紅樓夢第八十一回：「咱們城裡的孩子，個個踢天弄井，鬼聰明倒是有的，可以搪塞就搪塞過去了。」

【解釋】弄：玩耍。上天去踢打，下井去玩耍。

【用法】形容孩子們淘氣，不管不顧。也形容有上天入地的本領。

【例句】現在的小孩，個個～調皮搗蛋，令人頭疼。

啼飢號寒 ㄊㄧˊ ㄐㄧ ㄏㄠˊ ㄏㄢˊ

【出處】唐·韓愈《進學解》：「冬暖而兒號寒，年豐而妻啼飢。」

【解釋】啼：啼哭。號：哭喊。爲飢餓寒冷折磨得無法忍受而哭喊。

【用法】形容缺衣少食的慘狀。

【例句】看到非洲難民，骨瘦如柴，～，惻隱之心，油然而生。

【附註】①「號」不能念成ㄏㄠˋ。②也作「號寒啼飢」。

啼笑皆非 ㄊㄧˊ ㄒㄧㄠˋ ㄐㄧㄝ ㄈㄟ

【出處】唐·孟棨《本事詩》載南朝·陳·徐德言之妻樂昌公主詩：「笑啼都不敢，方驗作人難。」

【解釋】啼：哭。皆：全、都。非：不對。哭也不是，笑也不是。

【用法】形容遇到尷尬的事，讓人哭不得又笑不得。也指不知如何是好。

【例句】小李每日作弄同事，開大家玩笑，眞令人～。

提綱挈領 ㄊㄧˊ ㄍㄤ ㄑㄧㄝˋ ㄌㄧㄥˇ

【出處】《韓非子・外儲說右下》：「善張網者引其網，不一一攝萬目而後得。」

【解釋】網：魚網的總繩。挈：提。領：衣領。抓起魚網的總繩，提起衣裳的領子。

【用法】比喻抓住要領，簡明扼要。

【例句】他的這篇報導，～，深中要領，頗得上司的敬重。

【附註】也作「提綱舉領」。「挈綱提領」。

提心吊膽 ㄊㄧˊ ㄒㄧㄣ ㄉㄧㄠˋ ㄉㄢˇ

【出處】明・吳承恩《西遊記》第十七回：「衆僧聞得此言，一個個提心吊膽，告天許願。」

【解釋】心和膽好像懸起沒有著落。

【用法】形容非常擔心、害怕。

【例句】每個人都希望社會治安良好，而不必整日過著～的生活。

【附註】也作「懸心吊膽」。

提心在口 ㄊㄧˊ ㄒㄧㄣ ㄗㄞˋ ㄎㄡˇ

【出處】元・王實甫《西廂記》第四本第二折：「則著你夜去明來，到有個天長地久，不爭你握雲携雨，常使我提心在口。」

【解釋】把心提到了嗓子眼兒。

【用法】形容非常不安、擔心和害怕。

【例句】這電影情節緊湊，步步驚魂，看得觀衆目瞪口呆、～。

提要鉤玄 ㄊㄧˊ ㄧㄠˋ ㄍㄡ ㄒㄩㄢˊ

【出處】唐・韓愈《進學解》：「記事者必提其要，纂言者必鉤其玄。」

【解釋】提要：從全書或全文摘錄出來的要點。鉤玄：探索精微。

【用法】精闢而簡明地指出全書或全文的主旨。

【例句】這篇論文的序言，～地指出全篇的重點。

醍醐灌頂 ㄊㄧˊ ㄏㄨˊ ㄍㄨㄢˋ ㄉㄧㄥˇ

【出處】唐・顧況《行路難》詩：「豈知灌頂有醍醐，能使清亮頭不熱。」

【解釋】醍醐：佛經中指從牛奶中提煉出來的精華，比喻最高的佛法。頂：頭頂。用醍醐來灌頂。

【用法】比喻把智慧灌輸給人，使之徹底醒悟。

【例句】聽了大師的一番開釋之後，使人有如～，豁然開朗。

【附註】參看「如飲醍醐」。

體大思精 ㄊㄧˇ ㄉㄚˋ ㄙ ㄐㄧㄥ

【出處】南朝・宋・范曄《獄中與諸甥侄書》：「此書行，故應有賞音者。紀傳例爲舉其大略耳，諸細意甚多。自古體而大思精，未有此也。」

【解釋】體：文章體式。思：構思。精：精密。規模宏偉，構思精密。

【用法】形容著作的完美。

【例句】他經過十年之久寫出來的這部著作，～，具有很高的學術水準。

體貼入微 ㄊㄧˇ ㄊㄧㄝ ㄖㄨˋ ㄨㄟˊ

【出處】清・吳趼人《二十年目睹之怪現狀》第三十八回「澄波道：『…做買賣的人，只要心平點，少看點利錢，那些貧民便受惠多了。』我笑道：『這可謂體貼入微。』」

【解釋】體貼：替人著想，給予關切、

照顧。入微：很小的地方都關心到了。細心地體察別人的心情和處境，給予無微不至的關切和照顧。
【用法】形容對人照顧十分細緻周到。
【例句】每位未婚女性，都希望嫁個～的好先生。
【附註】參看「無微不至」。

體天格物 ㄊㄧˇ ㄊㄧㄢ ㄍㄜˊ ㄨˋ

【出處】清．曹雪芹《紅樓夢》第十六回：「於是太上皇、皇太后大喜，深讚當今（皇帝）至孝純仁，體天格物。」
【解釋】體天：體察天意。格物：推究事物的規律。
【用法】指能體察上天的意志，推究事體的規律而順應它。
【例句】古代讀書人，莫不希望自己能夠透徹事理，～。

體國經野 ㄊㄧˇ ㄍㄨㄛˊ ㄐㄧㄥ ㄧㄝˇ

【出處】《周禮．天官．序官》：「惟王建國，辨方正位，體國經野，設官分職，以爲民極。」
【解釋】體：劃分。國：都城。經：丈量。野：田野。
【用法】原意爲在奴隸制的時代，將都城劃分爲若干區域，由「國人」分別居住，把田野丈量後分爲方塊耕地，使「野人」居住和耕作，設官管理，不得任意遷徙。後泛指治理國家。
【例句】學而優則仕，古代士人經由科舉，進而做官，～，實現理想。

體無完膚 ㄊㄧˇ ㄨˊ ㄨㄢˊ ㄈㄨ

【出處】唐．段成式《酉陽雜俎》第八卷：「楊虞卿爲京兆尹時，市裡有三王子，力能揭巨石，遍身圖刺，體無完膚。」
【解釋】體：身體。完：完好。膚：皮膚。全身沒有一塊好的皮膚。
【用法】形容遍體鱗傷。現常用以比喻某種論點，被人駁倒，批評得一無是處的樣子。
【例句】由於處理事情不當，造成重大影響，因此，他被批評得～。

擿奸發伏 ㄊㄧˋ ㄐㄧㄢ ㄈㄚ ㄈㄨˊ

【出處】晉．陳壽《三國志．魏書．倉慈傳》：「自太祖迄于咸熙，魏郡太守陳國吳瓘，清河太守樂安任燠，……或哀矜折獄，或推誠惠愛，或治身清白，或擿奸發伏，咸爲良二千石。」
【解釋】擿：揭露。奸：奸邪。發：舉發。伏：陰私。
【用法】揭露奸邪，舉發陰私。
【例句】在社會中，若每個人都能做到～，那麼社會上的惡事必定減少許多。
【附註】參看「發奸擿伏」。「擿」不能寫成「摘」，不能念成ㄓㄞ。

擿抉細微 ㄊㄧˋ ㄐㄩㄝˊ ㄒㄧˋ ㄨㄟ

【出處】晉．陳壽《三國志．吳書．步騭傳》：「伏聞諸典校擿抉細微，吹毛求疵，重案深誣，輒欲陷入，以成威福。」
【解釋】擿抉：挑剔。挑剔細微小事。
【用法】指專找小毛病。
【例句】這篇批評文章，～，千方百計地專在枝節問題上挑剔別人的毛病，這種文風是不可取的。
【附註】參看「吹毛求疵」。

倜儻不羈 ㄊㄧˋ ㄊㄤˇ ㄅㄨˋ ㄐㄧ

【出處】唐・房玄齡等《晉書・袁耽傳》：「耽字彥道，少有才氣，倜儻不羈，爲士類所稱。」

【解釋】倜儻：瀟灑大方。羈：約束。

【用法】瀟灑大方，無拘無束。

【例句】①這小伙子～，熱情豪爽，很得人喜愛。②詩仙李白，作品豪放飄逸，爲人亦～。

【附註】也作「倜儻不群」。「倜」不能念成ㄓㄡ。「儻」不能念成ㄉㄤˇ。

替天行道 ㄊㄧˋ ㄊㄧㄢ ㄒㄧㄥˊ ㄉㄠˋ

【出處】元・康進之《李逵負荊》第一折：「澗水潺潺繞寨門，野花斜插滲青巾，杏黃旗上七個字，替天行道救生民。」

【解釋】天：舊時迷信，指自然界的主宰者。道：天理。代替萬物的主宰者行事。

【用法】形容作正義的事。

【例句】這種神棍假借～之名，實行斂財，眞是可惡。

殢雨尤雲 ㄊㄧˋ ㄩˇ ㄧㄡˊ ㄩㄣˊ

見「尤雲殢雨」。

涕零如雨 ㄊㄧˋ ㄌㄧㄥˊ ㄖㄨˊ ㄩˇ

【出處】《詩經・小雅・小明》：「念彼共人，涕零如雨。」

【解釋】涕零：淚落。眼淚像雨水一樣往下淌。

【用法】形容非常傷感。

【例句】她手裡拿著那封報告不幸消息的信，讀著讀著，不覺～。

涕淚交流 ㄊㄧˋ ㄌㄟˋ ㄐㄧㄠ ㄌㄧㄡˊ

【出處】宋・邵伯溫《邵氏聞見前錄》卷六引趙普《諫太宗皇帝伐燕疏》：「興言及此，涕淚交流。」

【解釋】涕淚：鼻涕眼淚。交流：合流，一塊流淌。

【用法】指心裡哀傷難忍，一把鼻涕、一把眼淚地哭泣。

【例句】當他接到母親病危的消息以後，想到身邊沒有人照顧，不覺難過得～，哽咽地說不出話來。

【附註】也作「涕淚橫流」、「涕泗交流」、「涕泗橫流」。

涕泗滂沱 ㄊㄧˋ ㄙˋ ㄆㄤ ㄊㄨㄛˊ

【出處】《詩經・陳風・澤陂》：「有美一人，傷如之何！寤寐無爲，涕泗滂沱。」

【解釋】涕：眼淚。泗：鼻涕。滂沱：（雨）下得很大。

【用法】形容哭得很厲害，眼淚流得很多。

【例句】母親心腸最軟，連看「梁山伯與祝英台」，都哭得～。

鐵面無私 ㄊㄧㄝˇ ㄇㄧㄢˋ ㄨˊ ㄙ

【出處】清・曹雪芹《紅樓夢》第十六回：「我們陰間上下都是鐵面無私的，不比陽間，瞻情顧意，有許多的關礙處。」

【用法】形容公正嚴明，不徇私情，不畏權勢，敢於秉公辦事。

【例句】包青天以明察秋毫，～的判案精神名傳青史。

鐵畫銀鈎（ㄊㄧㄝˇ ㄏㄨㄚˋ ㄧㄣˊ ㄍㄡ）

【出處】唐・歐陽詢《用筆論》：「徘徊俯仰，容與風流，剛則鐵面，媚若銀鈎。」

【解釋】畫、鈎：都指字的筆畫，直筆爲畫，曲筆爲鈎。

【用法】形容書法剛勁有力、神采飛揚、剛柔相濟。

【例句】吳教授的書法，～，蒼勁有力，具有獨特的風格。

【附註】也作「銀鈎鐵畫」。

鐵中錚錚（ㄊㄧㄝˇ ㄓㄨㄥ ㄓㄥ ㄓㄥ）

【出處】南朝・宋・范曄《後漢書・劉盆子傳》：「卿所謂鐵中錚錚，傭（庸）中佼佼者也。」

【解釋】錚錚：狀聲詞，金屬撞擊時發出的聲音。在金屬當中是噹噹響的材料。

【用法】比喻才能出衆的人物。

【例句】他不僅是位運動員，而且是國際上十項全能選手中的～。

鐵杵成針（ㄊㄧㄝˇ ㄔㄨˇ ㄔㄥˊ ㄓㄣ）

見「磨杵成針」。

鐵石心腸（ㄊㄧㄝˇ ㄕˊ ㄒㄧㄣ ㄔㄤˊ）

【出處】元・戴善夫《風光好》第二折：「他多管是鐵石心腸，直恁的難親傍。」

【解釋】像鐵和石一樣的心腸。

【用法】形容心腸很硬，不爲感情所動。

【例句】我並不是～，怎麼能一點同情心也沒有呢？

【附註】也作「鐵腸石心」、「鉄心石腸」。

鐵樹開花（ㄊㄧㄝˇ ㄕㄨˋ ㄎㄞ ㄏㄨㄚ）

【出處】《碧岩錄》：「休去歇去，鐵樹開花。」

【解釋】鐵樹：常綠灌木，原產熱帶，不常開花，移植北方後，多年才開一次。

【用法】比喻非常罕見或難實現的事。

【例句】這小氣財神竟會捐出巨款，眞好比～。

鐵案如山（ㄊㄧㄝˇ ㄢˋ ㄖㄨˊ ㄕㄢ）

【出處】清・蒲松齡《聊齋誌異・胭脂》：「鐵案如山，宿遂延頸以待秋決矣。」

【解釋】鐵案：證據確鑿的犯罪記錄或結論。

【用法】證據確鑿的罪案，像山那樣無法推翻。

【例句】這個慣竊，犯案累累～，是抵賴不了的。

鐵硯磨穿（ㄊㄧㄝˇ ㄧㄢˋ ㄇㄛˊ ㄔㄨㄢ）

見「磨穿鐵硯」。

鐵網珊瑚（ㄊㄧㄝˇ ㄨㄤˇ ㄕㄢ ㄏㄨˊ）

【出處】宋・歐陽修等《新唐書・拂菻國傳》：「海中有珊瑚洲，海人乘大舶墮鐵網水底，珊瑚初生盤石上，白如菌，一歲而黃，三歲赤，枝格交錯，高三四尺。鐵發其根，繫網舶上，絞而出之。」（拂菻：古水域地名，指東羅馬帝國及西亞地中海沿岸地區。）

【解釋】用鐵網去海底撈取珊瑚樹。
【用法】用以比喻搜羅珍奇的東西。
【附註】參看「珊瑚在網」。

挑毛揀刺 ㄊㄧㄠ ㄇㄠˊ ㄐㄧㄢˇ ㄘˋ

【解釋】揀：挑選。毛：毛髮。刺：尖利像針的東西。
【用法】比喻非常挑剔，專找人的小毛病。
【例句】彼此都應該諒解，而不應該～，總想抓對方的小辮子。

挑雪填井 ㄊㄧㄠ ㄒㄩㄝˇ ㄊㄧㄢˊ ㄐㄧㄥˇ

【出處】唐・顧況《行路難三首》詩：「君不見擔雪填井空用力，炊沙作飯豈堪吃！」
【解釋】挑積雪去填井。
【用法】比喻勞而無功，白費氣力。
【例句】算了，由他去吧！你替他著急，也不過像～一樣，是沒有用處的。

挑三窩四 ㄊㄧㄠ ㄙㄢ ㄨㄛ ㄙˋ

見「調三窩四」。

條分縷析 ㄊㄧㄠˊ ㄈㄣ ㄌㄩˇ ㄒㄧ

【出處】梁啓超《變法通議》：「凡譯此類書，宜悉仿內典分析之例，條分縷析，庶易曉暢，省讀者心力。」
【解釋】縷：線。一條條、一絲絲地去分析。
【用法】比喻剖析得深入細緻，很有條理。
【例句】這本書內容雖然很深一些，但寫得～，深入淺出，讀起來並不吃力。
【附註】也作「析縷分條」。

蜩螗沸羹 ㄊㄧㄠˊ ㄊㄤˊ ㄈㄟˋ ㄍㄥ

【出處】《詩經・大雅・蕩》：「咨汝殷商，如蜩如螗，如沸如羹。」鄭玄箋：「飲酒號呼之聲，如蜩螗之鳴，其笑語沓沓，又如湯之沸，羹之方孰（熟）。」
【解釋】蜩螗：古書上把「蟬」叫作「蜩」，「小蟬」叫螗。沸羹：煮沸的湯。
【用法】像蟬在叫，又像開了鍋的湯的聲音。形容聲音嘈雜、喧鬧。
【例句】一來到這裡，～，喧鬧之聲不絕於耳，使人心煩意亂。
【附註】「蜩」不能念成ㄓㄡ。

調和鼎鼐 ㄊㄧㄠˊ ㄏㄜˊ ㄉㄧㄥˇ ㄋㄞˋ

【出處】五代・後晉・劉昫等《舊唐書・裴度傳》：「果聞勿藥之喜，更喜調鼎之功。」
【解釋】鼎：古代的炊具，圓形，兩耳、三足。鼐：大鼎。
【用法】在鼎鼐裡調和五味。比喻治理國事，常指宰相的職責。
【例句】貴為宰相，須有輔佐天子，～的能力，才是百姓之福。

調嘴學舌 ㄊㄧㄠˊ ㄗㄨㄟˇ ㄒㄩㄝˊ ㄕㄜˊ

【出處】明・洪楩《清平山堂話本・快嘴李翠蓮記》：「這早晚，東方將亮了，還不梳妝完，尚兀自調嘴弄舌！」
【解釋】調嘴：耍嘴皮子。學舌：傳閑話。
【用法】形容背地裏說長道短，播弄是非。
【例句】這個小姑娘長得清秀可愛，但

是，有～的毛病，人們也就不喜歡她了。

【附註】也作「調嘴弄舌」。

調三窩四 ㄊㄧㄠˊ ㄙㄢ ㄨㄛ ㄙˋ

【出處】清·曹雪芹《紅樓夢》第六十三回：「晴雯笑道：『你如今也學壞了，專會調三窩四。』」

【解釋】調：挑撥。窩：歪曲。

【用法】比喻挑撥離間，搬弄是非。

【例句】《紅樓夢》第六十五回：「那平姑娘又是正經人，從不會～的。」

【附註】也作「挑三窩四」。

跳樑小丑 ㄊㄧㄠˋ ㄌㄧㄤˊ ㄒㄧㄠˇ ㄔㄡˇ

【出處】①《莊子·逍遙遊》：「子獨不見夫狸狌乎，卑身而伏，以候敖者，東西跳梁，不避高下。」②《國語·周語上》：「王猶不堪，況爾小丑乎！」

【解釋】跳樑：也作「跳踉」，跳來跳去。小丑：藐小的人。

【用法】指上竄下跳，到處搗亂而沒有什麼本領的人。

【例句】這個～，靠著誣陷好人而飛黃騰達，如今終於受到了應有的制裁。

跳丸日月 ㄊㄧㄠˋ ㄨㄢˊ ㄖˋ ㄩㄝˋ

【出處】唐·韓愈《秋懷》詩：「憂愁費晷景（影），日月如跳丸。」

【解釋】跳丸：跳動的彈丸。日月好比跳動的彈丸。

【用法】比喻日子過得很快。

【例句】我們常用光陰似箭，日月如梭，白駒過隙，～等語來形容時間流逝之快。

【附註】也作「日月跳丸」。

天崩地坼 ㄊㄧㄢ ㄅㄥ ㄉㄧˋ ㄔㄜˋ

【出處】《戰國策·趙策三》：「周烈王崩，……赴于齊曰：『天崩地坼，天子下席。』」

【解釋】崩：塌毀。坼：裂開。

【用法】天塌地裂。比喻重大的事變。

【例句】她年老喪子，感覺這種打擊有如～，幾乎無法承受。

【附註】也作「天崩地陷」、「天崩地裂」、「地坼天崩」。

天不假年 ㄊㄧㄢ ㄅㄨˋ ㄐㄧㄚˇ ㄋㄧㄢˊ

【出處】清·平步青《霞外攟屑》第六卷：「予以先生此考，爲一生心力所瘁，成以行世，足爲讀史者一助，惜天不假年，積四十六年之歲月，僅成全史三之一。」

【解釋】假：借。上天不給予壽命。

【用法】指壽命不長。

【例句】他自幼聰穎過人，學行俱佳，本待有一番大作爲，怎奈～，眞令人惋惜。

天保九如 ㄊㄧㄢ ㄅㄠˇ ㄐㄧㄡˇ ㄖㄨˊ

【解釋】天保：《詩經》的經名。《詩經·小雅·天保》：「天保定爾，以莫不興，如山如阜，如岡如陵，如川之方至，以莫不增。……如月之恆，如日之升，如南山之壽，不騫不崩，如松柏之茂，無不爾或承。」

【用法】原爲臣受賜時，歌此詩來答謝君主。後用爲祝壽的頌詞，祝賀福壽延綿不絕。

天馬行空（ㄊㄧㄢ ㄇㄚˇ ㄒㄧㄥˊ ㄎㄨㄥ）

【出處】元·劉子鍾《薩天錫詩集序》：「其所以神化而超出於衆表者，殆猶天馬行空而步驟不凡，神蛟混海而隱現莫測，威風儀廷而光彩踊躍，莫不聳觀而快睹也。」

【解釋】天馬：漢朝時對西域大宛馬的稱呼，意爲神馬。行空：騰空奔馳。神馬騰空飛奔。

【用法】比喻才思俊逸，豪放不羈，任意馳騁，超群不凡。後也用以諷刺脫離實際。

【例句】①這篇文章寫得生動活潑，氣勢不凡，有如～。②你的這些想法眞是～，叫人難以理解。

天魔外道（ㄊㄧㄢ ㄇㄛˊ ㄨㄞˋ ㄉㄠˋ）

【出處】《梵網經·十上》：「天魔外道，相視如父母。」

【解釋】外道：佛家語，指不合佛法的教義。

【用法】後用指正統以外的旁門支派。

【例句】基督教在剛創始時，曾被視爲～。

【附註】參看「邪魔外道」。

天末涼風（ㄊㄧㄢ ㄇㄛˋ ㄌㄧㄤˊ ㄈㄥ）

【出處】唐·杜甫《天末懷李白》詩：「涼風起天末，君子意如何？」

【解釋】天末：天邊。極遙遠處。涼風：指初秋的西南風。

【用法】①原爲唐詩人杜甫因秋風起而想到流放遠方的李白。②後比喻觸景生情，思念故人。

【例句】值此～時節，令人不禁想起故鄉之老友，不知他們是否安然無恙？

天命有歸（ㄊㄧㄢ ㄇㄧㄥˋ ㄧㄡˇ ㄍㄨㄟ）

【出處】明·許仲琳《封神演義》第三十三回：「三分天下，周土已得二分，可見天命有歸，豈是人力。」

【解釋】天命：古代把天當作神，稱天神的意旨爲天命。歸：歸宿。

【用法】指上帝所安排的歸宿。

【例句】古代士人常認爲～，因此但求盡心盡力，而不強求高官厚祿。

【附註】也作「天命攸歸」。

天翻地覆（ㄊㄧㄢ ㄈㄢ ㄉㄧˋ ㄈㄨˋ）

【出處】唐·劉商《胡笳十八拍》：「天翻地覆誰得知，如今正南看北斗。」

【解釋】天地顚倒。

【用法】形容發生根本的變化。

【例句】這調皮搗蛋的小孩，常把家裡搞得～。

【附註】①也作「地覆天翻」。②參看「翻天覆地」。

天方夜譚（ㄊㄧㄢ ㄈㄤ ㄧㄝˋ ㄊㄢˊ）

【解釋】天方：我國古代稱阿拉伯地區爲天方。譚：同「談」。夜譚：晚上講的故事。

【用法】「天方夜譚」爲阿拉伯民間故事集《一千零一夜》之舊譯名。該故事集是用一個聰明的女郎每夜給殘暴的波斯國王講一個故事的方式串連起來的。後用以形容離奇不經、不足憑信的說法。

【例句】算了吧，你別在這兒講「～」了，誰信你瞎編的那些事兒呢？

天府之國 ㄊㄧㄢ ㄈㄨˇ ㄓ ㄍㄨㄛˊ

【出處】《戰國策・秦策一》：「田肥美，民殷富，戰軍萬乘，奮擊百萬，沃野千里，蓄積饒多，地勢形便，此所謂天府，天下之雄國也。」
【用法】指自然條件優越、物產豐富的地方。
【例句】我國四川省土地肥沃，物產豐富，素有「～」的美稱。
【附註】也作「天府之土」。

天覆地載 ㄊㄧㄢ ㄈㄨˋ ㄉㄧˋ ㄗㄞˋ

【出處】《管子・心術下》：「是故聖人若天然，無私覆也；若地然，無私載也。」
【解釋】覆：覆蓋。載：負載。天覆蓋著一切，地負載著萬物。
【用法】指天地之大，無所不包，無所不有。

天打雷轟 ㄊㄧㄢ ㄉㄚˇ ㄌㄟˊ ㄏㄨㄥ

【解釋】雷轟：即雷擊。空中雷電發生時，由於電流通過，人會觸電而死。
【用法】舊時迷信認爲凡犯有大罪爲天地所不容，遭到上天的懲罰，用雷殛死。故人們發誓、賭咒，常用此語。
【例句】清・曹雪芹《紅樓夢》第六十八回：「賈蓉旁邊笑著邊道：『好嬸娘，親嬸娘！以後蓉兒要不眞心孝順你老人家，～。』」
【附註】也作「天打雷劈」。

天道好還 ㄊㄧㄢ ㄉㄠˋ ㄏㄠˋ ㄏㄨㄢˊ

【出處】《老子》：「以道佐人主者，不以兵強天下，其事好還，師之所處，荊棘生焉。」
【解釋】天道：猶言天理。好：常常會。還：回報別人對自己的行動。
【用法】意爲天可主持公道，善惡終會報應。
【例句】～，作惡之人終究是沒有好下場的。
【附註】「好」不能念成ㄏㄠˇ。

天道酬勤 ㄊㄧㄢ ㄉㄠˋ ㄔㄡˊ ㄑㄧㄣˊ

【解釋】天道：猶言天理。酬：報。勤：勤奮。上天會酬報勤奮的人。
【用法】指下了苦功夫必然會有成就。
【例句】掌握豐富的知識，自然不是一件容易的事。但是，～，只要深入體驗生活、博學好問，將逐漸使我們成爲知識豐富的人。
【附註】也作「皇天不負苦心人」。

天低吳楚，眼空無物 ㄊㄧㄢ ㄉㄧ ㄨˊ ㄔㄨˇ，ㄧㄢˇ ㄎㄨㄥ ㄨˊ ㄨˋ

【出處】元・薩都剌《念奴嬌・登石頭城》詞：「石頭城上，望天低吳楚，眼空無物。」
【解釋】吳楚：泛指長江中下游。
【用法】①原指登上南京城頭，只見天幕低垂，除天空外一無所有。②現也比喻一無所見。
【例句】登上觀海樓，望見遼濶景物，不禁令人想起「～」這句話來。

天地不容 ㄊㄧㄢ ㄉㄧˋ ㄅㄨˋ ㄖㄨㄥˊ

【出處】唐・駱賓王《爲徐敬業討武曌檄》：「神人之所共疾，天地之所不容。」
【解釋】天地：天地之間，人世間。容：寬容。在人世間不能寬容的。

【用法】指大逆不道、罪孽深重的人與事。

【例句】這人年紀輕輕，竟犯下十數件重大刑案，眞是～。

【附註】也作「天地難容」。

天奪之魄 ㄊㄧㄢ ㄉㄨㄛˊ ㄓ ㄆㄛˋ

【出處】《左傳．宣公十五年》：「不及十年，原叔必有大咎，天奪之魄矣。」

【解釋】天：迷信的人所指的萬物的主宰者。奪：使失去。魄：魂魄。

【用法】過去迷信的說法，認爲人作惡，天會奪去他的魂魄，使其死亡。

【例句】現代人如果像古代人那麼迷信或無知，認爲作惡多端會～，那麼社會上的壞事可能因此而少些。

【附註】也作「天奪其魄」。

天堂地獄 ㄊㄧㄢ ㄊㄤˊ ㄉㄧˋ ㄩˋ

【出處】南朝．梁．沈約《宋書．天竺迦毘黎國傳》：「且要天堂以就善，曷若服義而蹈道；懼地獄以敕身，孰與從理以端心。」

【解釋】原爲佛家語。佛家認爲行善者死後入天堂享福，作惡的人死後墮入地獄受懲罰；用以勸善懲惡。

【用法】後常用以比喻幸福與苦難兩種境界。

【例句】和生活在極權統治下的人們相比，兩地之差別眞如～般明顯。

天台路迷 ㄊㄧㄢ ㄊㄞ ㄌㄨˋ ㄇㄧˊ

【出處】南朝宋．劉義慶《幽明記》：「剡縣劉晨、阮肇共入天台山取谷皮，迷不得返。十三日，食乏盡，饑餒殆死，望山上有一桃，大有子實，而絕岩邃澗，求無登路。扳緣藤葛，然後得上，各啖數桃而不饑。下山，一大溪邊有二女，資質妙絕，因要（邀）還家，敕婢云：『劉、阮二郎，向雖得瓊實，猶尚虛弊，可速作食。』遂停半年，懷土思歸。女曰：『罪牽君，如何便語大路？』」

【解釋】天台：山名，在今浙江天台縣北。

【用法】原指漢朝的劉晨、阮肇誤入仙境迷失道路。後用以形容前途茫茫，看不到出路。

天南地北 ㄊㄧㄢ ㄋㄢˊ ㄉㄧˋ ㄅㄟˇ

【出處】唐《鴻慶寺碑》：「天南地北，鳥散荆分。」（見《金石續編．六》）

【解釋】一個天南，一個地北。

【用法】形容分離兩地，相隔很遠。

【例句】明．凌濛初《二刻拍案驚奇》第四卷：「倒頭便睡，鼾聲如雷，也不管～了。」

【附註】參看「山南海北」。

天怒人怨 ㄊㄧㄢ ㄋㄨˋ ㄖㄣˊ ㄩㄢˋ

【出處】宋．蘇軾《代張方平諫用兵書》：「然而天怒人怨。」

【解釋】天神震怒，世人怨恨。

【用法】形容爲害作惡到了非常嚴重的程度，引起了普遍的憤怒。

【例句】這暴君的惡行，已經到達～的地步。

【附註】也作「人怨天怒」、「天怒民怨」。

天女散花 ㄊㄧㄢ ㄋㄩˇ ㄙㄢˋ ㄏㄨㄚ

【出處】《維摩詰經・觀衆生品》：「時維摩詰室有一天女，見諸大人聞所說法，便現其身，即以天花散諸菩薩大弟子上；花至諸菩薩即皆墮落，至大弟子便著不墮。」
【解釋】佛教故事，本義爲以花著身不著驗身證諸菩薩的向道之心。
【用法】後常用來比喻大雪紛飛或拋洒東西的景象。
【例句】第一次看到瑞雪紛飛的景致，眞好比～一般美麗純淨。

天朗氣清 ㄊㄧㄢ ㄌㄤˇ ㄑㄧˋ ㄑㄧㄥ

【出處】晉・王羲之《蘭亭集序》：「是日也，天朗氣淸，惠風和暢，仰觀宇宙之大，俯察品類之盛。」
【解釋】朗：明亮。
【用法】指天空晴朗，空氣淸新。
【例句】明・許仲琳《封神演義》第九十八回：「其日～，惠風慶雲，眞是昌期應運，太平景象，自然迥別。」

天理昭彰 ㄊㄧㄢ ㄌㄧˇ ㄓㄠ ㄓㄤ

【出處】宋《朱子語類・卷二十四・論語《吾與回也章》》：「伊川有天理昭著語。」
【解釋】天理：天道。昭彰：明顯、顯著。
【用法】舊時迷信說法，認爲報應循環是天定之數，是非常明顯而一點不會錯的。
【例句】～，歷歷不爽，舉頭三尺有神明，我們還是安分守己才好。
【附註】也作「天理昭然」、「天理昭昭」。

天羅地網 ㄊㄧㄢ ㄌㄨㄛˊ ㄉㄧˋ ㄨㄤˇ

【出處】《宣和遺事・亨集》：「才離陰府恓惶難，又值天羅地網災。」
【解釋】羅：捉鳥的網。網：捕魚的網。把天作羅，把地作網。
【用法】比喻上下左右都設置了嚴密的包圍圈，使被圍者無法逃脫。
【例句】警方已佈下～，這幾位毒販揷翅也難飛。

天倫之樂 ㄊㄧㄢ ㄌㄨㄣˊ ㄓ ㄌㄜˋ

【出處】唐・李白《春夜宴從弟桃李園序》：「會桃李之芳園，序天倫之樂事。」
【解釋】天倫：原指兄先弟後，天然倫次，故稱兄弟爲天倫；後泛指父母、兄弟等天然的親屬關係。
【用法】指父母兄弟團聚一堂的快樂。
【例句】離鄉背井的遊子，特別想回家鄉重享～。

天高地厚 ㄊㄧㄢ ㄍㄠ ㄉㄧˋ ㄏㄡˋ

【出處】《詩經・小雅・正月》：「謂天蓋高，不敢不局；謂地蓋厚，不敢不蹐。」
【用法】形容非常深厚。也引申指事物複雜艱巨。
【例句】我們要知道父母之恩如～，必須盡力圖報答。
【附註】也作「高天厚地」。

天高地迥 ㄊㄧㄢ ㄍㄠ ㄉㄧˋ ㄐㄩㄥˇ

【出處】唐・王勃《滕王閣序》：「天高地迥，覺宇宙之無窮。」
【解釋】迥：遙遠。
【用法】形容天地之間廣闊無邊。

【例句】登上玉山山頂以後，極目遠望，更感到～，宇宙是那樣遼濶，那樣寬廣。

天高聽卑 ㄊㄧㄢ ㄍㄠ ㄊㄧㄥ ㄅㄟ

【出處】漢・司馬遷《史記・宋微子世家》載：「春秋時宋司星子韋對宋景公有『天高聽卑』之語。」

【解釋】古時認為上天有意志，能夠洞察人間善惡。

【用法】後用以稱頌帝王聖明。

【例句】上天哪，你就叫饑荒在非洲消失吧！～，祢是有耳朵的。

天高皇帝遠 ㄊㄧㄢ ㄍㄠ ㄏㄨㄤˊ ㄉㄧˋ ㄩㄢˇ

【出處】明・黃溥《閑中今古錄》：「台、溫處之民樹旗村落曰：『天高皇帝遠，民少相公多，一日三遍打，不反待如何？』由是謀叛者各起。」

【用法】舊時比喻中央權力達不到的邊遠地帶。

【例句】不要以為你們坐在後面兩邊，～，老師就管不到你們，還是好自為之吧。

天各一方 ㄊㄧㄢ ㄍㄜˋ ㄧ ㄈㄤ

【出處】漢・蘇武《古詩四首之四》：「良友遠離別，各在天一方。」

【解釋】各在天底下的一邊。

【用法】形容距離遙遠，不能見面。

【例句】羅貫中《三國演義》第三十六回：「先生此去，～，未知相會卻在何日！」

天公不作美 ㄊㄧㄢ ㄍㄨㄥ ㄅㄨˋ ㄗㄨㄛˋ ㄇㄟˇ

【解釋】天公：老天爺。作美：成全。老天爺不肯成全。

【用法】形容事情很不順利。帶有自我嘲諷的意味。

【例句】這裡倒是談話的好地方，然而～，偏又下起雨來，我們只好跑開了。

天公地道 ㄊㄧㄢ ㄍㄨㄥ ㄉㄧˋ ㄉㄠˋ

【出處】清・嶺南羽衣女士《東歐女豪傑》第三回：「如今人人的腦袋裡頭既都有了一個社會平等，政治自由，是個天公地道的思想，這便任憑他有幾十、幾百個路易第十四做皇帝，梅特涅、俾斯麥做宰相，也不能夠挽回這個氣運過來的。」

【用法】像天地一樣公道。形容完全公平合理。

【例句】這老頭兒作生意～，地方上人都樂意向他買。

天寒地凍 ㄊㄧㄢ ㄏㄢˊ ㄉㄧˋ ㄉㄨㄥˋ

【出處】明・施耐庵《水滸傳》第六十五回：「目今天寒地凍，軍馬難以久住，權且回山。」

【用法】形容氣候非常寒冷。

【例句】一到冬季，此地～，人煙稀少。

天花亂墜 ㄊㄧㄢ ㄏㄨㄚ ㄌㄨㄢˋ ㄓㄨㄟˋ

【出處】《心地觀經・序品偈》：「六欲諸天來供養，天華（花）亂墜遍虛空。」

【解釋】天上的花紛紛散落下來。原為佛教傳說：梁武帝時，雲光法師講經，感動的上天降落下五彩繽紛的香花。（見《高僧傳》。）

【用法】後用以比喻話說得很漂亮動聽，卻並不切合實際。

【例句】聽他說得～，口沫橫飛，台下的人都被吸引住了。

天昏地暗 ㄊㄧㄢ ㄏㄨㄣ ㄉㄧˋ ㄢˋ

【出處】唐・韓愈《龍移》詩：「天昏地暗蛟龍移，雷驚電激雄雌隨。」

【用法】天色昏黃不清，大地黑暗不明。

【例句】陰雲密佈、狂風驟雨，一時間～，令人心驚。

天荒地老 ㄊㄧㄢ ㄏㄨㄤ ㄉㄧˋ ㄌㄠˇ

見「地老天荒」。

天機不可泄露 ㄊㄧㄢ ㄐㄧ ㄅㄨˋ ㄎㄜˇ ㄒㄧㄝˋ ㄌㄡˋ

【出處】明・施耐庵《水滸傳》第八十五回：「此乃天機，不可泄露。」

【解釋】天機：指神秘的天意。泄露：透露出去。

【用法】①迷信的說法，認爲上天對人世的各種事物都有預先的安排，但這種天意卻不能事先泄露出來。②也指某些機密的事情，不到時候，不能公布出來。

【例句】這件事從頭到尾，他都不肯吐露半個字，只說是～。

天機雲錦 ㄊㄧㄢ ㄐㄧ ㄩㄣˊ ㄐㄧㄣˇ

【出處】宋・張炎《詞源・雜論》：「美成詞只當看它渾成處，於軟媚中有氣魄，采唐詩融化爲自己者，乃其所長，惜乎意趣，卻不高遠，所以出奇之語，以白石騷雅句法潤色之，眞天機雲錦也。」

【解釋】天機：天上的織機。雲錦：絲織物名，錦紋瑰麗如雲彩，故名。

【用法】天上仙女織成的雲錦。形容詩文優美華麗，精妙絕倫。

【例句】他的文章精妙優美如～，一發表便震驚文壇。

天經地義 ㄊㄧㄢ ㄐㄧㄥ ㄉㄧˋ ㄧˋ

【出處】《左傳・昭公二十五年》：「夫禮，天之經也，地之義也。」

【解釋】經：常道。義：正理。

【用法】①指絕對正確不能改變的眞理。②也指理所當然，無可懷疑。

【例句】我們要孝順父母、奉養父母是～的事。

天下本無事，庸人自擾之 ㄊㄧㄢ ㄒㄧㄚˋ ㄅㄣˇ ㄨˊ ㄕˋ ㄩㄥ ㄖㄣˊ ㄗˋ ㄖㄠˇ ㄓ

【出處】五代・後晉・劉昫等《舊唐書・陸象先傳》：「象先嘗謂人曰：『天下本自無事，只是庸人擾之，始爲煩耳。』」

【解釋】庸：平凡、庸俗。擾：困擾、干擾。

【用法】指天下原本太平無事，不過是有些庸人沒事找事，自找麻煩。

【例句】她的身體好好的，卻又疑神疑鬼，整天往醫院裏跑，弄得一家人都不得安寧，這才是「～」呢！

【附註】參看「庸人自擾」。

天下大屈 ㄊㄧㄢ ㄒㄧㄚˋ ㄉㄚˋ ㄐㄩㄝ

【出處】漢・班固《漢書・食貨志上》：「兵旱相乘，天下大屈。」

【解釋】屈：竭。天下財富耗盡了。

【用法】形容天災人禍後，民窮財盡的情景。

【例句】在軍閥割據的年代裏，天災人

禍，連年不斷，～，民不聊生。

【附註】「屈」不能念成ㄑㄩ。

天下大亂 ㄊㄧㄢ ㄒㄧㄚˋ ㄉㄚˋ ㄌㄨㄢˋ

【出處】漢・司馬遷《史記・田單列傳》：「今天下大亂，秦法不施。」

【解釋】指到處災荒戰禍，全國局勢動亂不安。

【例句】一旦～，可能又要引起世界大戰了。

天下大事，必作於細 ㄊㄧㄢ ㄒㄧㄚˋ ㄉㄚˋ ㄕˋ，ㄅㄧˋ ㄗㄨㄛˋ ㄩˊ ㄒㄧˋ

【解釋】細：細微。

【用法】國家大事，必須由細微之處做起。

【例句】古人說的「～」是很有道理的。因此，我們一定不能忽略百姓的需要，把這些當成小事而不加以解決。

天下第一 ㄊㄧㄢ ㄒㄧㄚˋ ㄉㄧˋ ㄧ

【出處】南朝・宋・范曄《後漢書・胡廣傳》：「遂察孝廉，既到京師，試以章奏，安帝以廣爲天下第一。」

【解釋】普天下最突出的一個。

【用法】形容再也沒有能比得上的了。

【例句】人應該謙虛，要是總把自己看成～，那麼他就永遠不能進步了。

天下獨步 ㄊㄧㄢ ㄒㄧㄚˋ ㄉㄨˊ ㄅㄨˋ

見「獨步天下」。

天下太平 ㄊㄧㄢ ㄒㄧㄚˋ ㄊㄞˋ ㄆㄧㄥˊ

【出處】《禮記・仲尼燕居》：「言而履之，禮也；行而樂之，樂也。君子力此二者，以南面而立，夫是以天下太平也。」

【用法】形容社會秩序非常好，到處都很安定。

【例句】每個人莫不衷心盼望，這世界能有～的一日。

天下興亡，匹夫有責 ㄊㄧㄢ ㄒㄧㄚˋ ㄒㄧㄥ ㄨㄤˊ，ㄆㄧˇ ㄈㄨ ㄧㄡˇ ㄗㄜˊ

見「國家興亡，匹夫有責」。

天下洶洶 ㄊㄧㄢ ㄒㄧㄚˋ ㄒㄩㄥ ㄒㄩㄥ

【出處】漢・司馬遷《史記・項羽本紀》：「項王謂漢王曰：『天下匈匈數歲者，徒以吾兩人耳，願與漢王挑戰，決雌雄，毋徒苦天下之民父子爲也。』」

【解釋】洶洶：也作「匈匈」、「恟恟」，動蕩不安的樣子。

【用法】指天下局勢動蕩不安。

【例句】伊科戰爭爆發後，中東情勢緊張，戰爭一觸即發，搞得～，不得安寧。

天下一家 ㄊㄧㄢ ㄒㄧㄚˋ ㄧˋ ㄐㄧㄚ

【出處】《禮記・禮運》：「故聖人耐（能）以天下爲一家，以中國爲一人者，非意之也。」

【用法】天下如一家人，平等相待，平安共處。也指全國統一。

【例句】若世上每一個人都抱著～的觀念，平安共處，那和平才有希望。

天下無敵 ㄊㄧㄢ ㄒㄧㄚˋ ㄨˊ ㄉㄧˊ

【出處】《莊子・說劍》：「王大悅之，曰：『天下無敵矣。』」

【用法】普天之下沒有敵手。形容戰無不勝，誰也不能抵擋。

【例句】強中更有強中手，無論我們的

技術及才能多高，也不要自以爲是～的。

天下無難事，只怕有心人

見「世上無難事，只怕有心人」。

天下無雙

【出處】《史記．信陵君列傳》：「始吾聞夫人弟公子天下無雙。」

【解釋】普天之下沒有第二個。

【用法】比喻形容出類拔萃，獨一無二。

【例句】要擁有～的琴藝，除了天資之外，尚須不斷地苦練。

天下爲公

【出處】《禮記．禮運》：「大道之行也，天下爲公。選賢與能，講信修睦。」

【解釋】原指不把皇位當成一家之私有物，堯讓位給舜，舜讓位給禹，帝位傳賢不傳子。

【用法】天下是大家公有的。

【例句】我們實行三民主義，便是希望能做到～，禮運大同篇中的境界。

天香國色

見「國色天香」。

天行時氣

【出處】唐．孫思邈《千金方》：「凡冬月，忽有大熱之時；夏月，忽有大涼之時，皆勿受之，有患天行時氣者，皆由犯此也。」

【解釋】天：大自然。時氣：時疫，流行病。

【用法】指因季節性氣候變化而發生流行病。

【例句】最近氣溫多變化，要多注意～，預防重於治療。

天懸地隔

【出處】《南齊書．陸厥傳》：「一人之思，遲速天懸；一家之文，工拙壤隔。」（壤：地。）

【解釋】懸隔：差別大，距離遠。隔得像天地那樣遠。

【用法】比喻相差極大。

【例句】清．曹雪芹《紅樓夢》第五十五回：「眞是一個娘肚子裏跑出這樣～的兩個人來。」

天旋地轉

【出處】唐．元稹《望雲騅馬歌》：「天旋地轉日再中，天子卻坐明光宮。」

【解釋】天和地都旋轉起來了。

【用法】①比喻變遷很大。②也形容人頭目暈眩的感覺。

【例句】母親操勞過度，所以常說蹲久了，一站起來，便有～的感覺，眞令人擔心。

天之驕子

【出處】漢．班固《漢書．匈奴傳》：「南有大漢，北有強胡。胡者，天之驕子也。」

【解釋】驕子：寵兒。老天的寵兒，即得天獨厚的人。

【用法】①漢朝時稱北方匈奴爲「天之驕子」。意思是匈奴被上天所恩寵，所以非常強盛。②後也簡稱「天驕」，泛指我國鄰近較強大的民族。③現有時也用以譏諷驕氣十足的人。

【例句】人們以爲大作家、大藝術家，文采風流，都是～，該有個大派頭，其實不然，他們總是非常平易近人的。

天眞爛漫 ㄊㄧㄢ ㄓㄣ ㄌㄢˋ ㄇㄢˋ

【出處】宋・龔開《高馬小兒圖》詩：「此兒此馬俱可憐，馬方三齒兒未冠，天眞爛漫好容儀，楚楚衣冠無不宜。」

【解釋】天眞：心地單純，不虛僞做作。爛漫：坦率自然。

【用法】①原形容純眞自然，毫無虛僞做作。②後也指藝術作品栩栩如生，自然鮮明。

【例句】看到了這些～的孩子，眞讓人打從心裏喜歡。

天誅地滅 ㄊㄧㄢ ㄓㄨ ㄉㄧˋ ㄇㄧㄝˋ

【出處】漢・袁康《越絕書》：「敗人之成，天誅行。」

【解釋】誅：殺戮。被天所殺戮，被地所滅亡。

【用法】意思是被天地所不容。

【例句】這慘無人道的暴行，主使者眞該遭～。

天成地平 ㄊㄧㄢ ㄔㄥˊ ㄉㄧˋ ㄆㄧㄥˊ

【出處】唐・韓愈《賀册尊號表》：「陛下功崇德巨，天成地平。」

【解釋】成、平：治平、安定。

【用法】形容一切妥善，天下太平。

【例句】古代皇帝，能關心民隱，並使～的，也不算多。

【附註】參看「地平天成」。

天愁地慘 ㄊㄧㄢ ㄔㄡˊ ㄉㄧˋ ㄘㄢˇ

【出處】明・羅貫中《三國演義》第一百零四回：「是夜，天愁地慘，月色無光，孔明奄然歸天。」

【解釋】天也爲之憂愁，地也爲之悲慘。

【用法】形容極大的悲哀。

【例句】相傳偉人過世，必有一些徵兆，甚至～，你相信嗎？

天長地久 ㄊㄧㄢ ㄔㄤˊ ㄉㄧˋ ㄐㄧㄡˇ

【出處】《老子》：「第七章：「天長地久。天地所以能長且久者，以其不自生，故能長生。」

【解釋】長：長遠。久：永久。

【用法】像天和地一樣長久。形容時間長久和永恒。

【例句】熱戀中的男女，莫不希望～，時刻廝守在一起。

【附註】也作「天地長久」。

天時地利人和 ㄊㄧㄢ ㄕˊ ㄉㄧˋ ㄌㄧˋ ㄖㄣˊ ㄏㄜˊ

【出處】《孟子・公孫丑下》：「天時不如地利，地利不如人和。」

【解釋】自然氣候條件、地形地物條件都很有利，人們也團結一致。

【用法】指作戰時所占有的各種有利條件。也泛指條件、環境都非常順心。

【例句】他現在一切都非常順心，「～」，都讓他占全了。

天上人間 ㄊㄧㄢ ㄕㄤˋ ㄖㄣˊ ㄐㄧㄢ

【出處】南唐・李後主（煜）《浪淘沙》詞：「獨自莫凭欄，無限江山。別時容易見時難。流水落花春去也，天上人間！」

【解釋】舊指天上是神仙世界，人間苦難重重。

【用法】比喻兩種境界，苦樂懸殊。

【例句】他的未婚妻車禍身亡，從此～，永遠不能再見，令人傷心萬分。

天上石麟 ㄊㄧㄢ ㄕㄤˋ ㄕˊ ㄌㄧㄣˊ

【出處】唐·李延壽《南史·徐陵傳》：「審數歲，家人携以候沙門釋寶志，寶志摩其頂曰：『天上石麒麟也！』」

【解釋】天上的石麒麟。

【用法】比喻神童，舊時用以誇獎別人的孩子有文才。

【例句】令郎小小年紀就寫出這樣的文章，眞是～，前途無限！

天生麗質 ㄊㄧㄢ ㄕㄥ ㄌㄧˋ ㄓˊ

【出處】唐·白居易《長恨歌》：「天生麗質難自棄，一朝選在君王側。」

【解釋】麗質：秀麗的姿質。

【用法】指天生秀麗的姿質（對聰明美麗的女性的讚美之詞）。

【例句】她是～，不用修飾打扮，就那樣動人。

天人共鑒 ㄊㄧㄢ ㄖㄣˊ ㄍㄨㄥˋ ㄐㄧㄢˋ

【解釋】鑒：照，審察。指上天和世人都可以共同審察。

【用法】表示無一絲虛假，誠實無欺。

【例句】我的所作所爲，完全以大我爲先決條件，絕無私心，～。

天人之際 ㄊㄧㄢ ㄖㄣˊ ㄓ ㄐㄧˋ

【出處】漢·司馬遷《報任安書》：「亦欲以究天人之際，通古今之變，成一家之言。」

【解釋】天：自然規律。人：人事，人間事物。際：際遇。

【用法】自然和人事之間的關係。

【例句】古代許多大學者中，能博通事理，窮究～的，必受到時人所敬重。

天壤之別 ㄊㄧㄢ ㄖㄤˇ ㄓ ㄅㄧㄝˊ

【出處】晉·葛洪《抱朴子·論仙》：「其爲不同，已有天壤之覺，冰炭之乖矣。」（覺：通「較」，差別。）

【解釋】壤：地下。別：差別。天上地下的差別。

【用法】形容差別非常大。

【例句】把那些郊外的別墅和貧民區相比，生活環境眞是～！

【附註】也作「霄壤之別」、「天淵之別」。

天壤王郎 ㄊㄧㄢ ㄖㄤˇ ㄨㄤˊ ㄌㄤˊ

【出處】南朝·宋·劉義慶《世說新語·賢媛》載：「晉朝謝道韞嫁給王凝之，回娘家時，鬱鬱不樂。謝安問：『王郎（凝之），逸少（王羲之）之子，人材亦不惡，汝何以憾乃爾？』答曰：『一門叔父，則有阿大、中郎；群衆兄弟，有封、胡、羯、末，不意天壤之中，乃有王郎！』（她所說的阿大、中郎爲王羲之的其他子弟；封即謝歆，胡即謝郎，羯即謝玄，末即謝淵，均王謝兩家子弟。不料兩家子弟中惟凝之不稱意。）」

【解釋】壤：指地面。

【用法】後指人們把女子沒有嫁到合意的丈夫稱做「抱天壤王郎之恨」。

【例句】婚前要謹愼選擇，以免到時空抱「～」之恨。

天字第一號（ㄊㄧㄢ ㄗˋ ㄉㄧˋ ㄧ ㄏㄠˋ）

【出處】明・施耐庵《水滸傳》第二十一回：「婆惜道：『有那梁山泊晁蓋送與你的一百兩金子，快把來與我，我便饒你這一場天字第一號官司，還你這招文袋裏的款狀。』」

【解釋】天字：指梁・周興嗣《千字文》首句中的第一個字，舊時常把「天地玄黃，宇宙洪荒……」用作先後順序、分類編號的代字。

【用法】指頭等頭號。常用以喻指有關利害、重要無比的大事。

【例句】我是～大笨蛋，竟會相信你的花言巧語。

天災人禍（ㄊㄧㄢ ㄗㄞ ㄖㄣˊ ㄏㄨㄛˋ）

【出處】元・無名氏《馮玉蘭》第四折：「屠世雄聞無此事，敢是另有個天災人禍，假稱屠世雄的麼？」

【用法】指自然的災害和人的禍患。

【例句】年歲不好，又加上～，教我們窮苦人家如何生存下去呢？

天造地設（ㄊㄧㄢ ㄗㄠˋ ㄉㄧˋ ㄕㄜˋ）

【出處】宋・陳公亮《重建貢院記》：「迨丙午王正造成，……望其中則儼如，視其旁則翼如，井井繩繩，端若天造而地設焉。」

【解釋】造：創造。設：設立。

【用法】形容自然形成而合於理想，無須人力加工修飾的美好事物。

【例句】這裡物產豐富，山川秀麗，四季如春，眞是～的好地方。

【附註】也作「天授地設」。

天作之合（ㄊㄧㄢ ㄗㄨㄛˋ ㄓ ㄏㄜˊ）

【出處】《詩經・大雅・大明》：「文王初載，天作之合。」

【解釋】合：結合、配偶。

【用法】上天選擇撮合成的婚姻。後泛用爲祝福新婚的賀詞也有時用指具有特別親密關係的朋友。

【例句】他們夫妻，無論在學識、人品、相貌上都很匹配，眞是～。

天從人願（ㄊㄧㄢ ㄘㄨㄥˊ ㄖㄣˊ ㄩㄢˋ）

【出處】元・張國賓《合汗衫》第三折：「誰知天從人願，到的我家，不上三日，就添了一個滿抱兒小廝。」

【解釋】上天也順遂了人的意志。

【用法】形容事情很順當，恰好符合了自己的願望。

【例句】自己平時努力最重要，不能老是冀望～，事事順心。

【附註】參看「天隨人願」。

天隨人願（ㄊㄧㄢ ㄙㄨㄟˊ ㄖㄣˊ ㄩㄢˋ）

【出處】明・馮夢龍《醒世恒言・李汧公窮邸遇俠客》：「且喜天隨人願，今日遇見秀才恁般魁偉相貌，一定智勇兼備。」

【解釋】隨：順從。願：願望。天也隨從人的願望。

【用法】指辦事順利，一切按人的願望實現了。

【例句】如今～，李太太終於苦出頭了。

天衣無縫（ㄊㄧㄢ ㄧ ㄨˊ ㄈㄥˋ）

【出處】宋・李昉等《太平廣記》引牛嶠《靈怪錄》載：太原郭翰在夏天的

月夜裏乘涼，見有個少女冉冉自空中飄下，看到她穿的衣裳沒有縫兒。翰奇怪地問這是怎麼回事，少女回答說：「天衣，本非針線爲也。」

【解釋】天衣：天上神仙做的衣服。神仙的衣服沒有縫兒。

【用法】後用以比喻事物渾然天成，完美自然，沒有缺漏。也比喻詩文自然流暢，沒有一點雕琢的痕迹。

【例句】這篇小說構思嚴密，結構完整，衝突的展開合情合理，很難找出破綻，眞可以稱之爲～了。

天涯海角 ㄊㄧㄢ ㄧㄚˊ ㄏㄞˇ ㄐㄧㄠˇ

【出處】宋・張世南《游宦記聞》卷六：「今之遠宦及遠服賈者，皆曰天涯海角，蓋言遠也。」

【解釋】涯：邊際。遙遠的天邊，遼濶的海角。

【用法】形容遙遠偏僻的地方。

【例句】就算你到了～，我們也能把你找回來。

【附註】也作「天涯地角」。參看「海角天涯」。

天涯若比鄰 ㄊㄧㄢ ㄧㄚˊ ㄖㄨㄛˋ ㄅㄧˇ ㄌㄧㄣˊ

【出處】唐・王勃《杜少府之任蜀州》詩：「海內存知己，天涯若比鄰。」

【解釋】天涯：天邊。比鄰：近鄰。指知己朋友雖然遠去天邊，但彼此的情感仍和在近鄰一樣。

【例句】「海內存知己，～」，那浩瀚的大海，是隔不斷我們之間的友誼的。

【附註】也作「天涯比鄰」。

天搖地動 ㄊㄧㄢ ㄧㄠˊ ㄉㄧˋ ㄉㄨㄥˋ

【出處】清・錢彩《說岳全傳》第四十三回：「這場大戰，眞是個天搖地動，日色無光。」

【解釋】彷彿天快要塌下來，地將要陷下去似的。

【用法】形容威力或聲勢極大的變化。

【例句】剛剛發生了大地震，一時之間，好似～，令人膽顫心驚。

天有不測風雲 ㄊㄧㄢ ㄧㄡˇ ㄅㄨˋ ㄘㄜˋ ㄈㄥ ㄩㄣˊ

【出處】元・高文秀《遇上皇》第一折：「天有不測風雲，人有當時禍福。」

【解釋】測：測度、預測。天時有使人無法預測的風雲變幻，常同「人有旦夕禍福」連用。

【用法】比喻人常會遇到想不到的事情（多指災禍）。

【例句】明・施耐庵《水滸傳》第二十六回：「王婆道：『都頭怎地這般說？～，人有旦夕禍福。誰能保得長沒事？』」

天誘其衷 ㄊㄧㄢ ㄧㄡˋ ㄑㄧˊ ㄓㄨㄥ

【出處】《左傳・僖公二十八年》：「天禍衛國，君臣不協，以及此憂也。今天誘其衷，使皆降心相從也。」

【解釋】誘：誘導。衷：內心。

【用法】指上天開導、啓發了人們的心意。

天無絕人之路 ㄊㄧㄢ ㄨˊ ㄐㄩㄝˊ ㄖㄣˊ ㄓ ㄌㄨˋ

【出處】元・無名氏《貨郎旦》第四折：「果然天無絕人之路，只見那東北上搖下一隻船來。」

【解釋】上天不會使人無路可走。人在絕望之中的一種自我鼓勵或自我安慰的話。

【用法】也指在困境中出乎意料地遇到好的轉機時慶幸的話。

【例句】你不要灰心失望，～，咱們一定會找出辦法渡過目前的難關的。

天無二日（ㄊㄧㄢ ㄨˊ ㄦˋ ㄖˋ）

【出處】《禮記·曾子問》：「孔子曰：『天無二日，土無二王。』」

【解釋】天上沒有兩個太陽。

【用法】比喻事權統於一，不能兩大並存。常比喻一國不能有兩個國君。

【例句】你們總要有一人退讓，否則，抱著～的想法，兩人不斷相鬥，苦了所有的人。

天網恢恢，疏而不漏（ㄊㄧㄢ ㄨㄤˇ ㄏㄨㄟ ㄏㄨㄟ，ㄕㄨ ㄦˊ ㄅㄨˋ ㄌㄡˋ）

【出處】《老子》第七十三章：「天網恢恢，疏而不失。」

【解釋】天網：天道之網，指上天的懲罰。恢恢：寬廣的樣子。疏：稀疏。漏：遺漏。天道如網，廣大無邊，看起來疏稀，卻不會有遺漏。

【用法】意為天是最公道的，也是很寬容的，但卻絕不會放掉一個惡人。後用以形容壞人終於受到懲罰。

【例句】～，作惡之人，終究會得到報應的。

【附註】「漏」本作「失」。也作「疏而不漏」。

天與人歸（ㄊㄧㄢ ㄩˇ ㄖㄣˊ ㄍㄨㄟ）

【出處】《孟子·萬章上》：「天與之，人與之。」

【解釋】與：賜予。歸：歸附。

【用法】原指帝王之所以興，是由於上天之命，人心歸附。後用以比喻人心所向。

【例句】羅貫中《三國演義》第六十回：「不若乘此～之時，出其不意，早立基業，實為上策。」

添兵減灶（ㄊㄧㄢ ㄅㄧㄥ ㄐㄧㄢˇ ㄗㄠˋ）

【出處】《史記·孫子吳起列傳》：「（孫子）使齊軍入魏地為十萬灶，明日為五萬灶，又明日為三萬灶。龐涓行三日，大喜，曰：『吾固知齊軍怯，入吾地三日，士卒亡者過半矣。』」

【解釋】灶：爐灶，用石頭或土坯等砌成，用以生火煮飯。

【用法】增加了兵員，反而減少了炊事爐灶。指偽裝士兵逃亡，故意示弱以欺騙對方。

【例句】我們要小心偵測，以免中了敵人～之計。

添磚加瓦（ㄊㄧㄢ ㄓㄨㄢ ㄐㄧㄚ ㄨㄚˇ）

見「加磚添瓦」。

添油加醋（ㄊㄧㄢ ㄧㄡˊ ㄐㄧㄚ ㄘㄨˋ）

【解釋】調和味道，添些油醋一類調味的作料。

【用法】比喻在傳話中故意添加帶挑撥性的或帶有誇大性的內容。

【例句】她將事實～地說了出來，以博取他人的同情。

恬不知恥（ㄊㄧㄢˊ ㄅㄨˋ ㄓ ㄔˇ）

【出處】明·呂維祺《四譯館增定館則》十五：「乃邇來玩日愒月，托病請假，紛紛不已，甚至一季不到館者有之，虛縻素餐，恬不知恥，殊為可厭。」

【解釋】恬：坦然，滿不在乎。

【用法】指做了壞事還心安理得，滿不在乎，一點也不覺得羞恥。

【例句】他做了許多見不得人的事，還～地到處去張揚。

【附註】也作「恬然不恥」。「恬」不能念成ㄍㄨㄚˇ或ㄕㄜ。

恬淡寡欲 ㄊㄧㄢˊ ㄉㄢˋ ㄍㄨㄚˇ ㄩˋ

【出處】三國・魏・曹丕《與吳質書》：「而偉長獨懷文抱質，恬淡寡欲，有箕山之志，可謂彬彬君子者矣。」

【解釋】恬淡：安靜閑適，不求名利。寡：少。欲：欲望。淡泊而沒有什麼慾望。

【用法】形容人品清高，不慕功名利祿和榮華富貴。

【例句】經過一度官宦生涯，他看透了一切，於是毅然引退，回到家鄉，去過著一種～的生活。

恬澹無爲 ㄊㄧㄢˊ ㄉㄢˋ ㄨˊ ㄨㄟˊ

【出處】漢・王符《潛夫論・對將》：「太古之民，淳厚敦樸，上聖撫之，恬澹無爲。」

【解釋】恬澹（淡）：安閑自得。無爲：順其自然，不必有所作爲。

【用法】形容不追求名利，安於自然生活。

【例句】陶淵明先生不爲五斗米折腰，寧可辭官歸隱，過著～的耕讀生活。

甜言蜜語 ㄊㄧㄢˊ ㄧㄢˊ ㄇㄧˋ ㄩˇ

【出處】明・徐復祚《宵光劍傳奇》：「甜言蜜語三冬暖，血汚游魂萬里沙。」

【解釋】像蜜似的甜甜的話。

【用法】比喻爲了騙人或討好別人而說的好聽的話。

【例句】他～地說了半天，其目的無非是爲了想調動一下工作。

【附註】也作「甜言美語」。

田父獻曝 ㄊㄧㄢˊ ㄈㄨˇ ㄒㄧㄢˋ ㄆㄨˋ

見「野人獻曝」。

田父之功 ㄊㄧㄢˊ ㄈㄨˇ ㄓ ㄍㄨㄥ

【出處】《戰國策・齊策三》載：齊宣王想攻打魏國，上大夫淳于髡對宣王講了犬兔追逐兩敗俱傷，使田父不費力氣而得到利益的故事，以勸阻宣王。「犬兔俱罷，各死其處，田父見之，無勞勸之苦而擅其功。」（罷：通「疲」。勸：同「倦」。）

【解釋】田父：年老的農人。功：事功。

【用法】指不費力而有所得的事功。

【例句】他所得之獎賞實在太多了，因爲～本不足掛齒。

【附註】「父」不能念成ㄈㄨˋ。

忝列衣冠 ㄊㄧㄢˇ ㄌㄧㄝˋ ㄧ ㄍㄨㄢ

【出處】清・吳敬梓《儒林外史》第五回：「知縣聽了，說道：『一個做貢生的，忝列衣冠，不在鄉里間做些好事，只管如此騙人，其實可惡！』」

【解釋】忝：有愧於，常用作謙詞。列：名列。衣冠：古代士以上戴冠，衣冠連稱，指的是士以上的服裝，引申爲士紳。

【用法】勉強名列士紳行列之中而感到慚愧。

【例句】一旦寒窗苦讀有了結果，金榜題名之後，士人們又謙虛地說是～，事實上，他們不知花了多少心血才有今日之榮耀。

忝顏偷生（ㄊㄧㄢˇ ㄧㄢˊ ㄊㄡ ㄕㄥ）

【解釋】忝顏：厚著臉皮。厚著臉皮忍辱偷生。

【出處】清・孔尚任《桃花扇・拜壇》：「弟愚不才，忝顏偷生。」

【用法】形容忍受著恥辱過日子。

【例句】若不是爲了心中還有一份理想與希望，她不會～至今日。

靦顏人世（ㄊㄧㄢˇ ㄧㄢˊ ㄖㄣˊ ㄕˋ）

【出處】唐・房玄齡等《晉書・郗鑒傳》：「豈可偷生屈節，靦顏天壤邪！」

【解釋】靦顏：面帶慚愧。人世：人間。

【用法】指喪失氣節的人厚著臉皮活著。

【例句】他犯過罪，幹過傷天害理的事，後來雖經赦免，但～，沒有臉面再去見過去的朋友了。

聽其言而觀其行（ㄊㄧㄥ ㄑㄧˊ ㄧㄢˊ ㄦˊ ㄍㄨㄢ ㄑㄧˊ ㄒㄧㄥˊ）

【出處】《論語・公冶長》：「子曰：『始吾於人也，聽其言而信其行；今吾於人也，聽其言而觀其行。』」

【用法】指聽了他的話，還要看他的行爲和說的是不是一致。

【例句】對於他，我們尚不予置評，因爲還要～。

聽讒惑亂（ㄊㄧㄥ ㄔㄢˊ ㄏㄨㄛˋ ㄌㄨㄢˋ）

【出處】明・羅貫中《三國演義》第十八回：「（袁）紹聽讒惑亂，公（曹操）浸潤不行，此明勝也。」

【解釋】讒：讒言，誣蔑、挑撥離間的話。偏聽讒言，受到迷惑。

【用法】指專門聽信壞人挑撥，把自己搞糊塗了。

【例句】我們要洞察事理，態度客觀，千萬不可～。

聽聰視明（ㄊㄧㄥ ㄘㄨㄥ ㄕˋ ㄇㄧㄥˊ）

【出處】唐・韓愈《釋言》：「聽聰而視明，公正而敦大。」

【解釋】聽：聽覺。聰：靈敏。視：視覺。明：清楚。聽得清，看得明。

【用法】形容對事物有清楚而準確的認識。

【例句】瞧他一副～的樣子，可不是容易上當之人。

聽微決疑（ㄊㄧㄥ ㄨㄟˊ ㄐㄩㄝˊ ㄧˊ）

【出處】漢・司馬遷《史記・循吏列傳・李離》：「公以臣能聽微決疑，故使爲理。」（理：獄官。）

【解釋】微：細微。疑：指疑難案件。注意細微的情節，能解決疑難的問題。

【用法】形容思想縝密，善於分析歸納和解決疑難。

【例句】她既有豐富的工作經驗，又有敏銳的觀察力，善於～，是完全可以信賴的。

聽而不聞（ㄊㄧㄥ ㄦˊ ㄅㄨˋ ㄨㄣˊ）

【出處】《老子》第十四章：「聽之不聞名曰希。」

【解釋】聽了，卻沒有聽進去。

【用法】形容對事物不注意或不當回事。

【例句】我多次勸他，他都～，滿不在乎，看來光勸是不行了。

亭亭玉立
ㄊㄧㄥˊ ㄊㄧㄥˊ ㄩˋ ㄌㄧˋ

【出處】唐・李百藥《北齊書・徐之才傳》：「武成酒色過度，恍惚不恒，曾發病，自云初見空中有五色物，稍近，變成一美婦人，去地數丈，亭亭而立。」
【解釋】亭亭：高聳的樣子。玉立：喻指身材修長而漂亮。
【用法】①形容身材細長秀美的年輕女子。②也形容花木等形體挺拔勻稱。
【例句】①徘徊在湖邊上的那個姑娘，不時地向這邊眺望著，她那楚楚動人的神態和～的身影，吸引著遊人的注意。②這幅水墨丹青畫，是畫一枝～的荷花。

停僮葱翠
ㄊㄧㄥˊ ㄊㄨㄥˊ ㄘㄨㄥ ㄘㄨㄟˋ

【出處】晉・潘岳（安仁）《射雉賦》：「爾乃擊場拄翳，停僮葱翠。」
【解釋】停僮：枝葉茂密。葱翠：蒼綠色。
【用法】形容樹木枝葉十分茂密。
【例句】院子裡栽了許多樹，一到夏天，～，顯得十分蔭涼。

停傳常滿
ㄊㄧㄥˊ ㄔㄨㄢˊ ㄔㄤˊ ㄇㄢˇ

【出處】三國・魏・徐幹《中論》：「俾夜作晝，星言夙駕，送往迎來，停傳常滿。」
【解釋】停傳：館舍。館舍經常住滿客人。
【用法】形容交遊寬廣，應接不暇。
【例句】老王熱情好客，所以他的家裏總是～，舊友新交，絡繹不絕。

停陰不解
ㄊㄧㄥˊ ㄧㄣ ㄅㄨˋ ㄐㄧㄝˇ

【出處】晉・陸機（士衡）《贈尚書郎顧顏先二首之二》詩：「停陰結不解，通衢化爲渠。」
【解釋】停陰：集結不散的陰雲。解：散開。集結著的陰雲一直不散開。
【用法】形容久雨不晴。
【例句】這些日子以來，～，連心情也跟著悒悶起來了。

停雲落月
ㄊㄧㄥˊ ㄩㄣˊ ㄌㄨㄛˋ ㄩㄝˋ

【出處】①晉・陶潛《停雲詩序》：「停雲，思親友也。」②唐・杜甫《夢李白》詩：「落月滿屋梁，猶疑照顏色。」
【用法】後常用「停雲落月」表示對親友的懷念。

廷爭面折
ㄊㄧㄥˊ ㄓㄥ ㄇㄧㄢˋ ㄓㄜˊ

見「面折廷爭」。

挺胸凸肚
ㄊㄧㄥˇ ㄒㄩㄥ ㄊㄨˊ ㄉㄨˋ

【出處】清・曹雪芹《紅樓夢》第六回：「只見幾個挺胸疊肚，指手畫腳的人坐在大門上，說東談西的。」
【解釋】凸：高鼓著。挺著前胸脯，鼓起大肚皮。
【用法】形容仗勢傲物，神氣活現的樣子。
【例句】小兒子剛學會走路，～一搖一擺，眞是可愛。
【附註】也作「挺胸疊肚」。

挺身而鬥
ㄊㄧㄥˇ ㄕㄣ ㄦˊ ㄉㄡˋ

【出處】宋・蘇軾《留侯論》：「匹夫見辱，拔劍而起，挺身而鬥。此不足為勇也。」
【解釋】挺身：挺直身子，勇敢的樣子。
【用法】形容勇敢地投入戰鬥。
【例句】為了民族，為了國家，我們應有～的勇氣。

挺身而出（ㄊㄧㄥˇ ㄕㄣ ㄦˊ ㄔㄨ）

【出處】宋·薛居正等《舊五代史·周書·唐景思傳》：「後數日城陷，景思挺身而出，使人告於鄰郡，得援軍數百，逐其草寇，復有其城，亳民賴是以濟。」
【解釋】挺身：挺直身子，勇敢的樣子。
【用法】指在困難、危險的面前勇敢地站出來。
【例句】在軍隊通過峽谷的時候，稍有不慎，就有可能車毀人亡，面對這個危險處境，老司機～，跳到頭一輛車上，為大家開道。

鋌而走險（ㄊㄧㄥˇ ㄦˊ ㄗㄡˇ ㄒㄧㄢˇ）

【出處】《左傳·文公十七年》：「又曰：『鹿死不擇音（蔭）。』小國之事大國也，德則其人也，不德則其鹿也，鋌而走險，急何能擇？」
【解釋】鋌：快走的樣子。走險：冒險。
【用法】形容無路可走的時候而採取冒險的行動。
【例句】為了營救大家的性命，只有～了。
【附註】「鋌」不能念成ㄉㄧㄥˋ，也不能寫成「挺」。

聽天由命（ㄊㄧㄥ ㄊㄧㄢ ㄧㄡˊ ㄇㄧㄥˋ）

【出處】清·劉鶚《老殘遊記續集》第二回：「死活存亡，聽天由命去罷。」
【解釋】聽：任憑。由：順從。聽從天意的安排，順從命運的擺布。
【用法】現多用以表示意志消沉，不作主觀努力，聽任事態自然發展。
【例句】任何時候，都不能～，一定要有勇氣與困難進行搏鬥。

聽其自流（ㄊㄧㄥ ㄑㄧˊ ㄗˋ ㄌㄧㄡˊ）

見「任其自然」。也作「聽其自然」。

聽人穿鼻（ㄊㄧㄥ ㄖㄣˊ ㄔㄨㄢ ㄅㄧˊ）

【出處】唐·李延壽《南史·張宏策傳》：「徐孝嗣才非柱石，聽人穿鼻。」
【解釋】聽：任憑。穿鼻：牛鼻子穿上繩子。
【用法】比喻自己沒有主意，隨便被人擺布。
【例句】他是一個沒有主意的人，總是～，跟著別人轉。

圖謀不軌（ㄊㄨˊ ㄇㄡˊ ㄅㄨˋ ㄍㄨㄟˇ）

【出處】唐·房玄齡等《晉書·王彬傳》：「因勃然數敦曰：『兄抗旌犯順，殺戮忠良，圖謀不軌，禍及門戶。』」
【解釋】圖謀：暗中策劃。不軌：不法行為。
【用法】指暗地裡策劃不法的行動。
【例句】這些人暗地裡勾結，～，但他們的陰謀很快被人發現了。
【附註】參看「謀為不軌」。

圖國忘死（ㄊㄨˊ ㄍㄨㄛˊ ㄨㄤˋ ㄙˇ）

【出處】《左傳·昭公元年》：「思難不越官，信也；圖國忘死，貞也。」
【解釋】圖國：謀求報國。謀求國家利

益而忘記自己的生死。
【用法】比喻忠貞報國。
【例句】文天祥～，正氣凜然的事蹟，永留青史。

圖窮匕首見（ㄊㄨˊ ㄑㄩㄥˊ ㄅㄧˇ ㄕㄡˇ ㄒㄧㄢˋ）

【出處】戰國時，荊軻奉燕太子丹之命去刺殺秦王，他在地圖裡卷著一把匕首，當他庭見秦王時，把地圖打開，現出匕首，即用以刺秦王。《戰國策・燕策三》：「秦王謂軻曰：『起，取武陽所持圖。』軻既取圖奉之，發圖，圖窮而匕首見。」
【解釋】圖：地圖。窮：盡、終。匕首：短劍。見：即「現」，顯露。
【用法】後用以比喻事情到了最後，眞相就完全顯露了出來。
【例句】我們耐心觀察等待，事情總有～的一日。
【附註】也作「圖窮匕見」。「見」不能念成ㄐㄧㄢˋ。

圖財害命（ㄊㄨˊ ㄘㄞˊ ㄏㄞˋ ㄇㄧㄥˋ）

見「謀財害命」。

屠門大嚼（ㄊㄨˊ ㄇㄣˊ ㄉㄚˋ ㄐㄩㄝˊ）

【出處】漢・桓譚《新論》：「人聞長安樂，則出門向西而笑，知肉味美，則對屠門而大嚼。」
【解釋】屠門：屠戶的門口，指肉店。嚼：咀嚼。過肉鋪的門前，就用勁兒咀嚼。
【用法】比喻欣賞羨慕而又得不到時，就憑設想來自我安慰。
【例句】看到櫥窗裡琳琅滿目地擺了那麼多中外名著，由於錢用光了，買不成，只好「～」一番。

屠龍之技（ㄊㄨˊ ㄌㄨㄥˊ ㄓ ㄐㄧˋ）

【出處】《莊子・列禦寇》：「朱泙漫學屠龍於支離益，單（殫）朱金之家，三年技成，而無所用其巧。」
【解釋】屠：宰殺。技：技巧、技術。宰殺龍的技能。
【用法】比喻技能雖然很高超，但沒有實際用處。
【例句】他空有一身～，但因缺乏實際用處，終究沒人賞識才華，而致抱鬱一生。

徒讀父書（ㄊㄨˊ ㄉㄨˊ ㄈㄨˋ ㄕㄨ）

【出處】漢・司馬遷《史記・廉頗藺相如列傳》：「秦與趙兵相距長平，時趙奢已死……趙王因以括爲將，代廉頗。藺相如曰：『王以名使（趙）括，若膠柱而鼓瑟耳。括徒能讀其父書傳，不知合變也。』」
【解釋】徒：空，白白地。空讀父親的書籍。
【用法】指空讀死書，既不領會精神，更不明通變的道理。
【例句】像你這樣～，不知變通，有何用處呢？

徒托空言（ㄊㄨˊ ㄊㄨㄛ ㄎㄨㄥ ㄧㄢˊ）

【出處】漢・趙歧《孟子題辭》：「仲尼有云，我欲托之空言，不如載之行事之深切著明也。」
【解釋】徒：只。托：依賴。就是靠著說空話。
【用法】形容只講空話，不辦實事。
【例句】在目前的條件下，你說得再好

聽，也不過是紙上談兵、~而已，因此，許願也是白許。

【附註】也作「托之空言」。

徒有虛名 ㄊㄨˊ ㄧㄡˇ ㄒㄩ ㄇㄧㄥˊ

【出處】唐・李百藥《北齊書・李元忠傳》：「計一家不過升斗而已，徒有虛名，不救其弊。」

【解釋】徒：徒然。徒然有個虛名聲而已。

【用法】①形容只有虛名而沒有眞才實學的人。②也形容名實不符的其它事物。

【例句】①他不過是一個~而沒有眞才實學的人。②廣告上把這種車子說得不能再好了，我買了一輛，發現它不過是~而已。

徒勞往返 ㄊㄨˊ ㄌㄠˊ ㄨㄤˇ ㄈㄢˇ

見「往返徒勞」。

徒勞無功 ㄊㄨˊ ㄌㄠˊ ㄨˊ ㄍㄨㄥ

【出處】《管子・形勢》：「與不可，強不能，告不知，謂之勞而無功。」

【解釋】徒勞：無益地耗費勞力。功：成效。

【用法】指白費力氣，沒有成效。

【例句】要相信科學，不能剛愎自用，否則會~。

【附註】參看「勞而無功」。

徒亂人意 ㄊㄨˊ ㄌㄨㄢˋ ㄖㄣˊ ㄧˋ

【出處】宋・蘇軾《富鄭公神道碑》：「始受命聞一女卒，再受命聞一男生，皆不顧而行，得家書不發而焚之，曰：『徒亂人意。』」

【解釋】徒：白白地。意：心意、情緒。

【用法】白白地擾亂人的情緒。

【例句】有些事情不必馬上告訴他，因爲他又回不來，~，於事無補，這又何苦呢？

塗脂抹粉 ㄊㄨˊ ㄓ ㄇㄛˇ ㄈㄣˇ

【出處】明・凌濛初《二刻拍案驚奇》第十四卷：「其妻塗脂抹粉，慣賣風情，挑逗那富家郎君。」

【解釋】脂：胭脂。擦胭脂，抹香粉。

【用法】①形容婦女裝飾打扮。②也比喻爲掩飾醜惡面目或罪惡事實，弄虛作假、玩弄欺騙手段。

【例句】他們不惜筆墨，爲這個値得懷疑的人~，不知是糊塗呢還是別有用心！

【附註】參看「傅粉施朱」。

突梯滑稽 ㄊㄨˊ ㄊㄧ ㄏㄨㄚˊ ㄐㄧ

【出處】戰國・楚・屈原《卜居》：「將突梯滑稽，如脂如韋，以絜楹乎？」

【解釋】突梯：圓滑的樣子。滑：舊讀ㄍㄨˇ。滑稽：圓轉諂媚的樣子。

【用法】形容圓滑諂媚。

【例句】這二三十年來，他的變化眞大，過去直率眞誠的學生氣質，已經被~的腔調代替了。

突如其來 ㄊㄨˊ ㄖㄨˊ ㄑㄧˊ ㄌㄞˊ

【出處】《周易・離卦・九四》：「突如其來如，焚如死如棄如。」

【解釋】突如：突然，出乎意料。

【用法】形容來得很突然，使人意想不到。

【例句】聽到這~的噩耗，人們不禁愣

住了。

荼毒生靈 ㄊㄨˊ ㄉㄨˊ ㄕㄥ ㄌㄧㄥˊ

【出處】①《尚書・湯誥》：「罹其凶害，弗忍荼毒。」②唐・李華《弔古戰場文》：「荼毒生靈，萬里朱殷。」（朱殷：紅色，指血迹。）

【解釋】荼毒：殘害、毒害。生靈：指百姓。

【用法】殘害老百姓。

【例句】這暴君爲政不仁，倒行逆施，～，終於被臣下所弒。

【附註】「荼」不能寫成「茶」。

土崩瓦解 ㄊㄨˇ ㄅㄥ ㄨㄚˇ ㄐㄧㄝˇ

【出處】漢・司馬遷《史記・秦始皇本紀》：「秦之積衰，天下土崩瓦解。雖有周旦之才，無所復陳其巧。」

【解釋】崩：倒塌。解：分解。像土的崩塌、瓦的分解一樣。

【用法】形容徹底崩潰，無法收拾。

【例句】敵軍戰敗，如～，潰不成軍。

【附註】也作「瓦解土崩」。

土崩魚爛 ㄊㄨˇ ㄅㄥ ㄩˊ ㄌㄢˋ

見「魚爛土崩」。

土木形骸 ㄊㄨˇ ㄇㄨˋ ㄒㄧㄥˊ ㄏㄞˊ

【出處】南朝・宋・劉義慶《世說新語・容止》：「劉伶身長六尺，貌甚醜悴，而悠悠忽忽，土木形骸。」

【解釋】形骸：人的形體。人的形體像大地上土木一樣自然。

【用法】比喻人不加修飾的本來面目。

土牛木馬 ㄊㄨˇ ㄋㄧㄡˊ ㄇㄨˋ ㄇㄚˇ

【出處】《關尹子・八籌》：「知物之僞者，不必去物，譬如見土牛木馬，雖情存牛馬之名，而心忘牛馬之實。」

【解釋】黏土造的牛，木頭製的馬。

【用法】比喻形似而無用。

【例句】你們拿來的配件，不過是「～」，我們要的是符合標準的配件。

土雞瓦犬 ㄊㄨˇ ㄐㄧ ㄨㄚˇ ㄑㄩㄢˇ

【出處】明・羅貫中《三國演義》第二十五回：「曹操指山下顏良排好的陣勢，旗幟鮮明，槍刀森布，嚴整有威，乃謂關公曰：『河北人馬，如此雄壯！』關公曰：『以吾觀之，如土雞瓦犬耳！』」

【解釋】黏土捏成的雞，陶土燒成的狗。

【用法】比喻無用之物。

【例句】這些東西只是外表美觀而已，實際上卻像～，毫無用處。

土壤細流 ㄊㄨˇ ㄖㄤˇ ㄒㄧˋ ㄌㄧㄡˊ

【出處】漢・司馬遷《史記・李斯列傳》：「泰山不讓土壤，故能成其大；河海不擇細流，故能就其深。」

【解釋】土壤：泥土。細流：細小的水流。

【用法】比喻事物雖然細微，但不斷積累，就能發出巨大的作用。

【例句】不要忽視細微的力量，因爲～，終能產生極大的作用和影響。

兔起鳧舉 ㄊㄨˋ ㄑㄧˇ ㄈㄨˊ ㄐㄩˇ

【出處】《呂氏春秋・論威》：「凡兵欲急疾捷先，……而不可久處，知其不可久處，則知所兔起鳧舉，死殙之地矣。」

【解釋】起：跑。鳧：野鴨。舉：飛。兔子奔跑，野鴨高飛。

【用法】比喻行動迅速。

【例句】他身手矯捷，一舉一動如～迅速無比。

兔起鶻落 ㄊㄨˋ ㄑㄧˇ ㄏㄨˊ ㄌㄨㄛˋ

【出處】宋．蘇軾《文與可畫篔簹谷偃竹記》：「故畫竹必先得成竹於胸中，執筆熟視，急起從之，振筆直遂，以追其所見，如兔起鶻落，少縱則逝矣。」

【解釋】起：跳起來。鶻：即「隼」，一種猛禽。兔子剛一跳起來，鶻就猛地撲過去。

【用法】①形容動作迅速、準確。②也比喻寫字、作畫、寫文章時下筆敏捷，氣勢充沛。

【例句】只見他振筆疾書，如～，不一會兒，就寫完了。

兔絲燕麥 ㄊㄨˋ ㄙ ㄧㄢˋ ㄇㄞˋ

【出處】北齊．魏收《魏書．李崇傳》：「今國子雖有學官之名，而無教授之實，何異兔絲燕麥、南箕北斗哉！」

【解釋】兔絲：即「菟絲」，寄生的蔓草。燕麥：形似麥子的草本植物，可作飼料。

【用法】像菟絲那樣有絲之名而不能織，像燕麥那樣有麥之名而不能食。比喻有名無實之物。

【例句】不要搞有名無實的東西，那不過像～一樣，沒有什麼用處！

兔死狗烹 ㄊㄨˋ ㄙˇ ㄍㄡˇ ㄆㄥ

【出處】漢．司馬遷《史記．越王勾踐世家》：「范蠡遂去，自齊遺大夫（文）種書曰：「蜚（飛）鳥盡，良弓藏；狡兔死，走狗烹。越王為人長頸鳥喙，可與共患難，不可與共樂，子何不去？」

【解釋】烹：煮。兔子死光，獵狗就被煮著吃了。

【用法】比喻給主人效力之後而被拋棄或被殘害。

【例句】眼見歷史上許多～的例子，真感到權力爭鬥之現實與可怕。

【附註】參看「鳥盡弓藏」。

兔死狐悲 ㄊㄨˋ ㄙˇ ㄏㄨˊ ㄅㄟ

【出處】元．脫脫等《宋史．李全傳》：「兔死狐泣，李氏滅，夏氏寧獨存？」

【解釋】兔子死了，狐狸悲哀。

【用法】比喻因習性相類者的失敗或死亡而悲傷（用於貶義）。

【例句】他的哀傷，只不過印證了～這句話。

【附註】參看「狐死兔泣」。

兔走烏飛 ㄊㄨˋ ㄗㄡˇ ㄨ ㄈㄟ

【出處】五代．前蜀．韋莊《浣花集．秋日早行》詩：「行人自是心如火，兔走烏飛不覺長。」

【解釋】兔、烏：玉兔、金烏。走：跑。玉兔跑，金烏飛。古代神話說月亮裏有玉兔，太陽裏有金烏，故月稱玉兔，日稱金烏。

【用法】比喻時光飛速地過去。

【例句】①我們要抱著今日事今日畢的積極精神，否則～，時光飛逝，會有老大徒傷悲之嘆的。②時間過得眞快，～，轉眼已經十年了！

【附註】也作「烏飛兔走」。

吐哺握髮（ㄊㄨˇ ㄅㄨˇ ㄨㄛˋ ㄈㄚˇ）

【出處】西漢・韓嬰《韓詩外傳》卷三：「成王封伯禽於魯，周公誡之曰：『……吾於天下，亦不輕矣，然一沐三握髮，一飯三吐哺，猶恐失天下之士。』」

【解釋】吐哺：吐出口中的飯。把嘴裏的飯吐出來，把正洗的頭髮握起來。

【用法】①原指周公政務繁忙，但熱情接待來客，甚至於在洗頭時三次挽起頭髮、吃飯時三次吐出口中的飯去迎接客人，絲毫不敢怠慢。②後用以形容殷切招攬人才。

【例句】明・馮夢龍《東周列國志》第十八回：「戚曰：『周公在周盛時，天下太平，四夷賓服，猶且～，以納天下賢士。』」

吐鳳噴珠（ㄊㄨˇ ㄈㄥˋ ㄆㄣ ㄓㄨ）

【出處】明・吳承恩《西遊記》第六十四回：「三藏道：衆仙老之詩，眞個是吐鳳噴珠，游夏莫贊，厚愛高情，感之極矣。」

【解釋】吐鳳：晉・葛洪《西京雜記》卷二：「雄（揚雄）著《太玄經》，夢吐鳳凰，集『玄』之上，頃而滅。」後因稱擅長著作爲「吐鳳」。噴珠：吐的是珍珠。

【用法】形容詩文的華美。

【例句】這位青年的文章華美絕倫，以～四字來形容絕不爲過。

吐膽傾心（ㄊㄨˇ ㄉㄢˇ ㄑㄧㄥ ㄒㄧㄣ）

【出處】《京本通俗小說・馮玉梅團圓》：「（賀）承信方敢吐膽傾心。」

【用法】形容痛快地說出心裏的話。

【例句】兩個多年沒有見面的老朋友，～地談了整整一個晚上。

吐露心腹（ㄊㄨˇ ㄌㄨˋ ㄒㄧㄣ ㄈㄨˋ）

【出處】明・馮夢龍《古今小說・汪信之一死救全家》：「希顏是我故人，敢不吐心腹。」

【用法】指說出心裏的話。

【例句】對於這個不太熟悉的人，他怎麼能～呢？

吐剛茹柔（ㄊㄨˇ ㄍㄤ ㄖㄨˊ ㄖㄡˊ）

【出處】《詩經・大雅・烝民》：「人亦有言，柔則茹之，剛則吐之。維仲山甫，柔亦不茹，剛亦不吐；不侮矜寡，不畏強禦。」

【解釋】剛：硬。茹：吃。柔：軟。吐出硬的，吃下軟的。

【用法】比喻欺軟怕硬。

【例句】這人欺善怕惡，～，眞是可恨。

吐故納新（ㄊㄨˇ ㄍㄨˋ ㄋㄚˋ ㄒㄧㄣ）

【出處】《莊子・刻意》：「吹響呼吸，吐故納新，熊經鳥申，爲壽而已矣。」

【解釋】吐：呼出。故：舊。納：吸收、吸進。

【用法】原爲道家的養氣之術，指有規律地呼出二氧化碳，吸收新鮮的氧氣。現多用以表示清除廢料，吸收新血、新陳代謝之意。

【例句】公司不斷招考新進，培養人才，以便隨時可以～。

吐絲自縛（ㄊㄨˇ ㄙ ㄗˋ ㄈㄨˊ）

【出處】宋・釋道原《景德傳燈錄・二十九・善戀不二》：「聲聞執法坐禪，如蠶吐絲自縛。」

【解釋】縛：纏住。自己吐絲把自己纏住。

【用法】比喻人所作爲，阻礙了自己的行動自由。

【例句】你的行爲，不過是～，自找苦吃，根本不值得同情。

【附註】參看「作繭自縛」。

托之空言（ㄊㄨㄛ ㄓ ㄎㄨㄥ ㄧㄢˊ）

見「徒托空言」。

拖泥帶水（ㄊㄨㄛ ㄋㄧˊ ㄉㄞˋ ㄕㄨㄟˇ）

【出處】宋・雪竇重顯《碧岩錄》卷一：「道個佛字，拖泥帶水；道個禪字，滿面慚惶。」

【用法】比喻辦事情不爽快，不乾脆。也比喻說話做文章拖沓，不簡潔，不乾淨。

【例句】他處理問題很果斷，從不～。

【附註】「帶」不能寫成「代」。

拖家帶口（ㄊㄨㄛ ㄐㄧㄚ ㄉㄞˋ ㄎㄡˇ）

見「拉家帶口」。

脫胎換骨（ㄊㄨㄛ ㄊㄞ ㄏㄨㄢˋ ㄍㄨˇ）

【出處】明・吳承恩《西遊記》第二十七回：「那長老自服了草還丹，眞是脫胎換骨，神爽體健。」

【解釋】脫掉凡胎而成聖胎，換掉凡骨而成仙骨。

【用法】原爲道家修煉用語，意爲超凡成仙。現比喻從根本改變，也比喻重新做人。

【例句】經過三年不見，小李好像～一般，種種表現和以前迥然不同。

脫口而出（ㄊㄨㄛ ㄎㄡˇ ㄦˊ ㄔㄨ）

【出處】清・李寶嘉《文明小史》第八回：「還有他親手注過的《大學》，親手點過的《康熙字典》，雖然不至於通通滾瓜爛熟，大約一部之中，至少亦有一半看熟在肚裏，不然怎麼能夠脫口而出呢？」

【解釋】指一張嘴就說了出來。

【用法】形容說話隨便，沒有思索就隨口說出。也形容才思敏捷，可以對答如流。

【例句】他是學歷史的，對重要史實、年代都能～，毫釐不爽，如數家珍。

脫韁之馬（ㄊㄨㄛ ㄐㄧㄤ ㄓ ㄇㄚˇ）

【解釋】脫：脫落。韁：馬韁繩。掙脫了韁繩的馬。

【用法】比喻擺脫拘束的人或事物。

【例句】這孩子眞野，一出去就像～，找都找不到他。

脫灑不俗（ㄊㄨㄛ ㄙㄚˇ ㄅㄨˋ ㄙㄨˊ）

【出處】宋・蘇頌《題名茶記》：「此時脫灑不俗，筆札亦善。」

【用法】形容超脫瀟灑，無世俗氣。②指藝術創作。

【例句】他的散文原有一種～的風格，這幾篇就更加明顯了。

脫穎而出（ㄊㄨㄛ ㄧㄥˇ ㄦˊ ㄔㄨ）

【出處】漢・司馬遷《史記・原君虞卿

列傳》：「臣乃今日請處囊中耳。使(毛)遂蚤(早)得處囊中，乃穎脫而出，非特其末見而已。」

【解釋】脫：脫露、顯露。穎：尖利的東西。鋒芒露了出來。

【用法】原指錐子放在布袋裏，自己就穿出來了。後比喻把本領全部顯露出來。

【例句】他的才能～，只要進一步培養，就很可能是個人才。

【附註】原作「穎脫而出」。

唾面自乾 ㄊㄨㄛˋ ㄇㄧㄢˋ ㄗˋ ㄍㄢ

【出處】唐·劉肅《大唐新語·容恕》：「其弟守代州，辭之官，教之耐事。弟曰：『人有唾面，拭之而已。』(婁)師德曰：『未也，拭之，是違其怒，正使自乾耳。』」

【解釋】唾：唾沫。臉上被人吐了唾沫，竟不去擦它，讓它自己乾了。

【用法】比喻受了侮辱，逆來順受而絕不反抗。

【例句】忍耐是有限度的，我絕不是那種～的人。

唾手可得 ㄊㄨㄛˋ ㄕㄡˇ ㄎㄜˇ ㄉㄜˊ

【出處】南朝·宋·范曄《後漢書·公孫瓚傳》李賢注引《九州春秋》曰：「瓚曰：『始天下兵起，我謂唾掌而決。』」

【解釋】唾手：往手掌上啐唾沫。

【用法】比喻非常容易得到。

【例句】原來以爲這件事～，沒有料到費了九牛二虎之力也沒有成功。

【附註】也作「唾手可取」。

唾玉鈎銀 ㄊㄨㄛˋ ㄩˋ ㄍㄡ ㄧㄣˊ

見「銀鈎玉唾」。

推波助瀾 ㄊㄨㄟ ㄅㄛ ㄓㄨˋ ㄌㄢˊ

【出處】隋·王通《文中子·問易》：「眞君、建德之事，適足推波助瀾，縱風止燎耳。」(眞君：後魏太武帝年號。建德：後周武帝年號。)

【解釋】瀾：大浪。

【用法】比喻從中煽動，以加速擴大事態的發展。

【例句】謠言止於智者，千萬不可亂加傳說，～。

【附註】也作「吹波助瀾」。

推本溯源 ㄊㄨㄟ ㄅㄣˇ ㄙㄨˋ ㄩㄢˊ

【出處】唐·李延壽《北史·蘇綽傳》：「欲使察獄之官，精心悉意，推究根源。」

【解釋】推：推求、推斷。溯：推尋或回想。

【用法】推究根本，尋求來源。

【例句】若我們能夠事事～，便不會忘本了。

【附註】也作「推究根源」。參看「追本窮源」。「溯」不能唸ㄙㄨㄛ。

推避求全 ㄊㄨㄟ ㄅㄧˋ ㄑㄧㄡˊ ㄑㄩㄢˊ

【出處】唐·劉知幾《史通·感經》：「危行言遜，吐剛茹柔，推避以求全，依違以免禍。」

【解釋】推避：托故迴避。

【用法】指爲了保全自己，找個藉口避開問題。

【例句】面對這一複雜的局面，他爲了不陷進去，就～，借口養病，躲開了。

推鋒爭死

【出處】漢·司馬遷《史記·秦本紀》：「三百人風聞秦出晉，皆求從，從而見繆公窘，亦皆推鋒爭死，以報食馬之德。」

【解釋】推鋒：手執兵器向前，指衝鋒。

【用法】指衝鋒陷陣，爭先恐後，不怕犧牲。

【例句】在這場戰爭中，我軍個個～，勇猛作戰，給來犯之敵以迎頭痛擊。

推托之詞

【出處】元·王實甫《西廂記》第三本第一折：「夫人失信，推托別詞。」

【解釋】推托：藉故拒絕。

【用法】指藉故拒絕別人的話。

【例句】他說今日身體不好而不能赴約，我看純粹是～，因爲，剛才還有人看見他滿有精神地玩球呢。

【附註】也作「推托別詞」。

推聾作啞

見「裝聾作啞」。

推己及人

【出處】《論語·衛靈公》：「子曰：『其恕乎，己所不欲，勿施於人。』」

【解釋】推：推測。以自己的心情去推想別人的心情。

【用法】形容體諒別人，爲別人著想。

【例句】你要～，多爲別人想想。

推襟送抱

【出處】唐·李延壽《南史·張充傳》：「與(王)儉書曰：『……所可通夢交魂，推襟送抱懷者，惟丈人而已。』」

【解釋】襟、抱：指心意。

【用法】比喻推心置腹以誠相待。

【例句】你我是刎頸之交，幾十年來～，無話不談。

推賢讓能

【出處】《尚書·周官》：「推賢讓能，庶官乃和。」

【解釋】推：舉薦。讓：謙讓。

【用法】指舉薦賢人，讓位於能者。

【例句】古來有～風範之人，實不多見。

推心置腹

【出處】《後漢書·光武帝紀上》：「降者更相語曰：『蕭王推赤心置入腹中，安得不投死乎？』」

【用法】形容以至誠待人。

【例句】他們～地談了大半夜，彼此都有相見恨晚的感覺。

【附註】也作「推心致腹」。

推陳出新

【出處】宋·費袞《梁溪漫志·九·張文潛粥記》引蘇東坡帖：「吳子野勸食白粥，雲能推陳出新，利膈養胃。」

【解釋】推：推出。陳：穀倉儲存的舊糧。

【用法】引申指一切事物除舊更新。

【例句】學習古典作品，不能因循守舊，照抄照搬，而應該～，有繼承，也有創新。

推誠不飾

【出處】晉·陳壽《三國志·蜀書·譙

周傳》：「體貌素樸，性推誠不飾。」

【解釋】推誠：以誠實相見。飾：掩飾。推誠相見，毫不掩飾自己。

【用法】比喻對人誠實，無虛假之意。

【例句】這是一個很好的同事，對人坦率自然，～。

推燥居濕（ㄊㄨㄟ ㄗㄠˋ ㄐㄩ ㄕ）

【出處】南朝·宋·范曄《後漢書·楊震傳》：「阿母王聖，出自賤微，得遭千載，奉養聖躬，雖有推燥居濕之勤，前後賞惠，過報勞苦，而無厭之心，不知紀極，外交屬托，擾亂天下，損辱清朝，塵點日月。」

【解釋】指把乾燥的地方讓給幼兒，自己睡在濕處。

【用法】形容撫育幼兒的辛勞。

【例句】哪一個媽媽不是～，受盡辛苦，才把孩子拉拔大的呢？

推三阻四（ㄊㄨㄟ ㄙㄢ ㄗㄨˇ ㄙˋ）

【出處】元·無名氏《鴛鴦被》第一折：「非是我推三，推三阻四；這事情應難，應難造次。」

【用法】用各種藉口推諉拒絕。

【例句】他根本沒誠意幫忙，每次找他總是～。

推而廣之（ㄊㄨㄟ ㄦˊ ㄍㄨㄤˇ ㄓ）

【出處】宋·釋惟白《續傳燈錄》卷十：「推而廣之，彌綸萬有而非有；統而會之，究竟寂滅而非滅。」（彌綸：包羅、統括。）

【解釋】廣：寬、大。

【用法】推展開來而且把它擴大。也指從一件事情推及其它。

【例句】他在一些小問題上表現出來的態度，～，使人不能不擔心把這樣重大的任務交給他會不會出問題。

退避三舍（ㄊㄨㄟˋ ㄅㄧˋ ㄙㄢ ㄕㄜˋ）

【出處】《左傳·僖公二十三年》：「若以君之靈，得反晉國，晉、楚治兵，遇於中原，其辟（避）君三舍。」

【解釋】三舍：古指行軍三十里爲一舍，三舍共計九十里。退讓、迴避九十里。春秋戰國時，晉文公爲報答過去楚國的接待，曾許諾今後兩國交戰時，自己的軍隊後撤九十里表示退讓。

【用法】後用以比喻對人退讓和尊重。

【例句】清·吳敬梓《儒林外史》第十回：「賢侄少年如此大材，我等俱要～矣。」

退思補過（ㄊㄨㄟˋ ㄙ ㄅㄨˇ ㄍㄨㄛˋ）

【出處】《左傳·宣公十二年》：「林父之事君也，進思盡忠，退思補過。」

【解釋】事後省察自我的言行，以彌補過失。

【用法】形容做事認眞，態度虛心。

【例句】這個錯誤，我應負主要責任，因此，我要～。

退無後言（ㄊㄨㄟˋ ㄨˊ ㄏㄡˋ ㄧㄢˊ）

【出處】唐·房玄齡等《晉書·崔洪傳》：「人之有過，輒面折之，而退無後言。」

【解釋】退：離開。後言：背後議論。

【用法】意爲不在人們背後說長道短。

【例句】有意見要當面提出來而不要背後議論，做到～，這樣，才能有利於團體。

吞炭漆身

見「漆身吞炭」。

吞花臥酒

【出處】唐·馮贄《雲仙雜記》：「虞松方春，以為握月擔風，且留後日，吞花臥酒，不可失時。」

【用法】指賞花吃酒，遊春行樂。

【例句】古人每至花季，相邀遊賞，~，眞有雅興。

吞舟之魚

【出處】《莊子·庚桑楚》：「吞舟之魚，碭而失水，則蟻能苦之。」

【解釋】能把船吞進肚裡去的大魚。

【用法】形容魚身極大。比喻罪大惡極的江洋大盜。

【例句】我們得趕快修正法律制度，別讓作惡多端的~給跑了。

吞聲飲泣

見「飲恨吞聲」。

吞雲吐霧

【出處】唐·姚思廉《梁書·沈約傳》：「始餐霞而吐霧，終淩虛而倒景。」

【用法】原形容道士不吃烟火食，修仙養氣的樣子。後用以形容吸烟或吸鴉片的情況（有戲謔意味）。

【例句】許多人在公共場所，~，故作瀟灑，眞是可厭。

屯糧積草

見「積草屯糧」。

豚蹄穰田

【出處】漢·司馬遷《史記·滑稽列傳》：「今者臣從東方來，見道旁有穰田者，操一豚蹄、酒一盂而祝曰：『甌窶滿篝，汙邪滿車，五穀蕃熟，穰穰滿家。』臣見所持者狹，而所欲者奢，故笑之。」

【解釋】豚：小猪。穰田：祈禱農田豐收。用小猪蹄敬神，祈禱農田豐收。

【用法】比喻想用小的代價換取很大的報償。

【例句】一分耕耘，一分收穫，千萬不可抱有~的心理。

恫瘝在抱

【出處】《尚書·康誥》：「恫瘝乃身。」

【解釋】恫瘝：疾苦。抱：懷中。

【用法】把人民的疾苦放在心上。形容關心人民。

【例句】歷史上的仁君，都是~，關心民間疾苦，仁民愛物的。

【附註】原作「恫瘝乃身」。

通都大邑

【出處】宋·蘇轍《民政策下·第三道》：「今天下所謂通都大邑，十里之城，萬戶之郭。」

【解釋】通都：大城市、大都會。邑：泛指城市。

【用法】指交通發達、經濟繁榮的大城市。

【例句】宋朝時，汴梁是一個交通發達、商業繁榮的~。

通同一氣（ㄊㄨㄥ ㄊㄨㄥˊ ㄧˋ ㄑㄧˋ）

【出處】清·曹雪芹《紅樓夢》第一百十一回：「箱櫃東西不少，如今一空。偷的時候兒自然不小了，那些上夜的人管做什麼的？況且打死的賊是周瑞的乾兒子，必是他們通同一氣的！」
【解釋】通同：串通。
【用法】指串通在一起。
【例句】他們兩人～，不做正經事。

通功易事（ㄊㄨㄥ ㄍㄨㄥ ㄧˋ ㄕˋ）

【出處】《孟子·滕文公下》：「子不通功易事，以羨補不足，則農有餘粟，女有餘布。」（羨：多餘。）
【解釋】易：交換。
【用法】指各自從事一種業務，以自己所有的去換自己所沒有的。
【例句】開放市場，有利於～互通有無，對調濟人民生活中短缺的商品有極大的幫助。

通家之誼（ㄊㄨㄥ ㄐㄧㄚ ㄓ ㄧˊ）

【出處】南朝·宋·范曄《後漢書·孔融傳》：「語門者曰：『我是李君通家子弟。』」
【解釋】通家：世交。
【用法】指兩家交情很深。
【例句】你我兩家乃～，有什麼事不好直說呢？

通今博古（ㄊㄨㄥ ㄐㄧㄣ ㄅㄛˊ ㄍㄨˇ）

見「博古通今」。

通權達變（ㄊㄨㄥ ㄑㄩㄢˊ ㄉㄚˊ ㄅㄧㄢˋ）

見「達權通變」。

通衢越巷（ㄊㄨㄥ ㄑㄩˊ ㄩㄝˋ ㄒㄧㄤˋ）

【出處】清·曹雪芹《紅樓夢》第七十一回：「至二十八日，兩府中俱懸燈結彩，屏開鸞鳳，褥設芙蓉，笙簫鼓樂之音通衢越巷。」
【解釋】衢：大街。巷：小巷。
【用法】指穿過大街，越過小巷。
【例句】我們兩家住得雖近，但却須～才能到達。

通宵達旦（ㄊㄨㄥ ㄒㄧㄠ ㄉㄚˊ ㄉㄢˋ）

【出處】明·馮夢龍《醒世恒言·獨孤歸途鬧夢》：「獅蠻社火，鼓樂笙簫，通宵達旦。」
【解釋】通宵：整夜。旦：天明。
【用法】整整一夜，一直到天亮。
【例句】在西方，人們都～地歡渡耶誕節。
【附註】「宵」不能寫成「霄」。

通儒碩學（ㄊㄨㄥ ㄖㄨˊ ㄕㄨㄛˋ ㄒㄩㄝˊ）

見「碩學通儒」。

通文知理（ㄊㄨㄥ ㄨㄣˊ ㄓ ㄌㄧˇ）

【出處】清·曹雪芹《紅樓夢》第五十四回：「這小姐必是通文知理，無所不曉，竟是絕代佳人。」
【解釋】通曉文墨，懂得道理。
【用法】指人有知識，懂道理。
【例句】這姑娘不僅性情溫和，而且～，你還有什麼不滿意的呢？

同病相憐（ㄊㄨㄥˊ ㄅㄧㄥˋ ㄒㄧㄤ ㄌㄧㄢˊ）

【出處】漢·趙曄《吳越春秋·闔閭內傳元年》：「子不聞河上歌乎？同病

相憐，同憂相救。」

【解釋】憐：憐憫、同情。有同樣疾病的人彼此有憐憫之心。

【用法】比喻有相同境遇的人能互相了解，互相同情。

【例句】在那艱苦的日子裏，他們～，都盡力幫助對方，兩顆心逐漸地連在一起。

同袍同澤 ㄊㄨㄥˊ ㄆㄠˊ ㄊㄨㄥˊ ㄗㄜˊ

【出處】《詩經．秦風．無衣》：「豈曰無衣，與子同袍，王於興師，修我戈矛，與子同仇。豈曰無衣，與子同澤，王於興師，修我矛戟，與子偕作。」

【解釋】同：共同。袍：長袍。澤：也襴「襗」，貼身衣褲。

【用法】原指士兵不分彼此，相親相愛。後指友誼深厚。

【例句】我們是～的好朋友，有什麼話不能說呢？

同美相妒 ㄊㄨㄥˊ ㄇㄟˇ ㄒㄧㄤ ㄉㄨˋ

【出處】黃石公《素書．安體》：「同美相妒：女則武后、書庶人、蕭良娣是也；男則趙高、李斯是也。」

【解釋】妒：嫉妒。

【用法】指具有同樣美好才貌的人們互相嫉妒。

【例句】人總是容不下別人，因此～，也就是很正常的現象了。

同門共業 ㄊㄨㄥˊ ㄇㄣˊ ㄍㄨㄥˋ ㄧㄝˋ

【出處】漢．桓寬《鹽鐵論．殊路》：「同門共業，自以為知古今之義，明君臣之禮。」

【解釋】同門：在一個老師的門下。業：指讀書。

【用法】同在一個老師的門下讀書，即同學。

【例句】我們是老同學了，過去～，現在又在一個部門工作，這也是難得啊。

同門異戶 ㄊㄨㄥˊ ㄇㄣˊ ㄧˋ ㄏㄨˋ

【出處】漢．揚雄《法言．君子》：「至於子思、孟軻詭哉，曰吾於孫卿與，見同門而異戶也。」

【解釋】在同一院落裡又各有門戶。

【用法】比喻同一個師承，各自又有獨立的特點。

【例句】他們都是同一個老師的學生，但是，～，在理論上又各自有自己的見解。

同條共貫 ㄊㄨㄥˊ ㄊㄧㄠˊ ㄍㄨㄥˋ ㄍㄨㄢˋ

【出處】漢．班固《漢書．董仲舒傳》：「帝王之道，豈不同條貫歟？何逸勞之殊也！」

【解釋】條、貫：條理、系統。

【用法】形容事理相通，脈絡連貫。

【例句】「吾道一以貫之」，孔子這番話，也正說明學問或道理是～的。

同類相求 ㄊㄨㄥˊ ㄌㄟˋ ㄒㄧㄤ ㄑㄧㄡˊ

【出處】漢．司馬遷《史記．伯夷列傳》：「同明相照，同類相求，雲從龍，風從虎。」

【解釋】求：尋找。同類的人就互相湊在一起。

【用法】比喻志趣、性格相同的人很自然地結合起來。

【例句】他倆的結合，有人感到奇怪，

其實有什麼可奇怪的呢？～，他們實際上是有很多相似之處的。

同流合汙（ㄊㄨㄥˊ ㄌㄧㄡˊ ㄏㄜˊ ㄨ）

【出處】《孟子・盡心下》：「同乎流俗，合乎汙世。」
【解釋】流：流俗。汙：汙濁的世道。
【用法】原指言行與不良的習俗和世道很契合。後作用以指和壞人一起做壞事。
【例句】若大家都抱著～的心理，那社會還有什麼希望呢？

同甘共苦（ㄊㄨㄥˊ ㄍㄢ ㄍㄨㄥˋ ㄎㄨˇ）

【出處】《戰國策・燕策一》：「燕王吊死問生，與百姓同其甘苦。」
【解釋】甘：甜，引申爲歡樂。苦：艱苦、患難。
【用法】指同歡樂，共患難。
【例句】清・文康《兒女英雄傳》第二回：「大家見老爺事事與人～，衆情踴躍。」
【附註】口語中常作「同甘苦，共患難」。參看「分甘共苦」、「甘苦與共」。

同功一體（ㄊㄨㄥˊ ㄍㄨㄥ ㄧˋ ㄊㄧˇ）

【出處】漢・司馬遷《史記・黥布列傳》：「令尹曰：『往年殺彭越，前年殺韓信，此三人者，同功一體之人也，自疑禍及身，故反耳。』」
【解釋】一體：聯成整體。
【用法】指功勞與地位完全相同，利害也完全一致。
【例句】在古代，～的大臣，往往沒有好下場。

同工異曲（ㄊㄨㄥˊ ㄍㄨㄥ ㄧˋ ㄑㄩˇ）

見「異曲同工」。

同歸殊途（ㄊㄨㄥˊ ㄍㄨㄟ ㄕㄨ ㄊㄨˊ）

見「殊途同歸」。

同歸於盡（ㄊㄨㄥˊ ㄍㄨㄟ ㄩˊ ㄐㄧㄣˋ）

【出處】清・姬文《市聲》第十四回：「只圖自己安逸，那管世事艱難，弄到後來，不是同歸於盡嗎？」
【解釋】同歸：一起走向。盡：盡頭、滅亡。
【用法】一同走向滅亡。
【例句】受了重傷的戰士咬著引線拉響了手榴彈，和敵人～。

同好棄惡（ㄊㄨㄥˊ ㄏㄠˋ ㄑㄧˋ ㄜˋ）

【出處】《左傳・成公十三年》：「吾與女（汝）同好棄惡，復修舊德，以追念前勛。」
【解釋】棄：拋棄。惡：舊惡，過去的怨恨。
【用法】同修前好，拋棄舊怨。
【例句】過去的事情已經永遠過去了，我們爲什麼不可以～呢？
【附註】「好」不能念成ㄏㄠˇ。

同氣連枝（ㄊㄨㄥˊ ㄑㄧˋ ㄌㄧㄢˊ ㄓ）

【出處】南朝・梁・周興嗣《千字文》：「孔懷兄弟，同氣連枝。」
【用法】比喻同胞兄弟姐妹。
【例句】我自然深愛我的弟弟，因爲我們是～的。

同心同德（ㄊㄨㄥˊ ㄒㄧㄣ ㄊㄨㄥˊ ㄉㄜˊ）

【出處】《尚書・泰誓中》：「予有亂

臣十人，同心同德。」
【用法】形容人們有一致的思想信念，有共同的理想。
【例句】我們應～，爲復興中華而努力。

同心戮力（ㄊㄨㄥˊ ㄒㄧㄣ ㄌㄨˋ ㄌㄧˋ）

見「戮力同心」。

同心共濟（ㄊㄨㄥˊ ㄒㄧㄣ ㄍㄨㄥˋ ㄐㄧˋ）

【出處】宋・歐陽修《朋黨論》：「所守者道義，所行者忠信，所惜者名節，……以之事國，則同心而共濟。」
【解釋】同心：齊心。濟：救助、接濟。
【用法】指大家齊心協力。
【例句】我們應該團結一致，～，爲建設國家而奮鬥。

同心合意（ㄊㄨㄥˊ ㄒㄧㄣ ㄏㄜˊ ㄧˋ）

【出處】漢・班固《漢書・王莽傳》：「故太師（孔）光、太保（王）舜、大司空（甄）豐與宰衡同心說德，合意並力，功德茂著。」
【解釋】同心：同一條心。合意：合乎心意。
【用法】形容行動中一心一意。
【例句】在這次的任務中，我們～，通力合作，取得了很大的進展。

同心協力（ㄊㄨㄥˊ ㄒㄧㄣ ㄒㄧㄝˊ ㄌㄧˋ）

【出處】北齊・魏收《魏書・爾朱天光傳》：「若使布德行義，憂公忘私，脣齒相依，同心協力，則磐石之固，未可圖也。」
【解釋】協：合。
【用法】指團結一致，共同努力。
【例句】任務的確相當繁重，但只要大家～，我們相信，一定能勝利地完成它。

同舟敵國（ㄊㄨㄥˊ ㄓㄡ ㄉㄧˊ ㄍㄨㄛˊ）

【出處】《史記・孫子吳起列傳》：「武侯浮西河而下，中流，顧而謂吳起曰：『美哉乎山河之固，此魏國之寶也！』起對曰：『在德不在險。……若君不修德，舟中之人盡爲敵國也。』」
【解釋】敵國：仇敵。
【用法】指即便是同舟共濟的也都會成爲仇敵。
【例句】人心難測，都是爲自己打算，所以，～便是一個好例子。
【附註】也作「敵國同舟」。

同舟共濟（ㄊㄨㄥˊ ㄓㄡ ㄍㄨㄥˋ ㄐㄧˋ）

【出處】《孫子・九地》：「夫吳人與越人相惡也。當其同舟而濟，遇風，其相救也，如左右手。」
【解釋】舟：船。濟：過河。同乘一條船一塊兒過河。
【用法】比喻大家有共同的利害，遇到困難時，要團結一致，共同奮鬥，戰勝困難。
【例句】在這困難的時候，我們只要～，並肩戰鬥，就一定會化險爲夷。
【附註】原作「同舟而濟」。參看「吳越同舟」。

同仇敵愾（ㄊㄨㄥˊ ㄔㄡˊ ㄉㄧˊ ㄎㄞˋ）

【出處】《詩經・秦風・無衣》：「豈曰無衣，與子同袍，王於興師，修我戈矛。與子同仇。」
【解釋】同仇：一致對付仇敵。愾：仇

恨、憤怒。

【用法】指對共同的敵人，抱著同樣的仇恨和憤怒。

【例句】前後方軍民～、為打敗日本人而奮戰的情景，如在眼前。

【附註】也作「敵慨同仇」。「慨」不能念成ㄍㄞˋ。

同成異敗 ㄊㄨㄥˊ ㄔㄥˊ ㄧˋ ㄅㄞˋ

【出處】唐·韓愈《送許郢州序》：「同則成，異則敗，皆然也。」

【解釋】異：不同。同心就成功，不同心就失敗。

【用法】指做事必須齊心協力。

【例句】古人說的「～」是很有道理的，所以你們在從事工作的過程中，一定要團結一致，緊密合作。

【附註】也作「同成敗異」。

同窗之情 ㄊㄨㄥˊ ㄔㄨㄤ ㄓ ㄑㄧㄥˊ

【出處】清·曹雪芹《紅樓夢》第十六回：「賈母吩咐派妥當人跟去，到那裡盡一盡同窗之情就回來，不許多耽擱了。」

【解釋】同窗：同學。情：情分。

【用法】同學的情分。

【例句】在我困難的時候，他不忘～，給了我很大的幫助。

同床異夢 ㄊㄨㄥˊ ㄔㄨㄤˊ ㄧˋ ㄇㄥˋ

【出處】宋·釋惟白《續傳燈錄》卷三十：「山僧雖各與他同床打睡，要且各自做夢。」

【解釋】異：不同。同睡一張床，做著不同的夢。

【用法】比喻同做一件事或在一起工作，卻各有各的打算。

【例句】別看他們表面上是一致的，實際上，他們～，各懷鬼胎。

【附註】也作「同床各夢」。

同室操戈 ㄊㄨㄥˊ ㄕˋ ㄘㄠ ㄍㄜ

【出處】南朝·宋·范曄《後漢書·鄭玄傳》：「（何）休見而嘆曰：『康成入吾室操吾矛以伐我乎？』」

【解釋】操：拿。戈：古代的兵器。一家人動起了刀槍。

【用法】比喻兄弟之間的爭吵或內部的紛爭。

【例句】整日空言團結，卻造成～的慘劇，豈不給人看笑話？

同生共死 ㄊㄨㄥˊ ㄕㄥ ㄍㄨㄥˋ ㄙˇ

【出處】唐·魏徵《隋書·鄭譯傳》：「鄭譯與朕同生共死，間關危難，興言急此，何日忘之。」

【用法】形容有共同的利害，共同的命運。

【例句】既然是好朋友，當然要～，怎可在這危急關頭離你而去？

同聲相應，同氣相求 ㄊㄨㄥˊ ㄕㄥ ㄒㄧㄤ ㄧㄥˋ ㄊㄨㄥˊ ㄑㄧˋ ㄒㄧㄤ ㄑㄧㄡˊ

【出處】《周易·乾卦》：「同聲相應，同氣相求。」

【解釋】相同的聲音可以互相應和，相同的氣味可以互相融合。

【用法】比喻志趣相投的人們能很自然地結合在一起。

【例句】他們倆眞可以算是「～」了。十多年來無論在任何項目的合作中，都配合得十分有默契。

【附註】也作「聲氣相求」。參看「聲

應氣求」。「應」不能念成ㄧㄥ。

同諮合謀 ㄊㄨㄥˊ ㄗ ㄏㄜˊ ㄇㄡˊ

【出處】明・羅貫中《三國演義》第二十二回：「故遂與操同諮合謀，受以裨師，謂其鷹犬之才，爪牙可任。」
【解釋】諮、謀：詢問、商量。
【用法】共同商量謀劃。
【例句】這件大事，唯有靠大家～才能完成。

同惡相求 ㄊㄨㄥˊ ㄜˋ ㄒㄧㄤ ㄑㄧㄡˊ

【出處】《左傳・昭公十三年》：「同惡相求，如市賈（ㄍㄨˇ）焉，何難？」
【解釋】惡：惡人、壞人。求：追求。
【用法】形容壞人相互勾結，狼狽爲奸。
【例句】這些壞人，～，惡貫滿盈，終遭法律制裁。
【附註】也作「同惡相助」、「同惡相濟」。

同業相仇 ㄊㄨㄥˊ ㄧㄝˋ ㄒㄧㄤ ㄔㄡˊ

【出處】清・翟灝《通俗編・交際・同業相仇》：「《素書》：『同類相妒，同業相仇。』」
【解釋】業：行業。仇：仇視。
【用法】指同行業的互相仇視。
【例句】爲了整個國家的發展及前途，我們必須放棄～的心理。

同憂相救 ㄊㄨㄥˊ ㄧㄡ ㄒㄧㄤ ㄐㄧㄡˋ

【出處】漢・趙曄《吳越春秋・闔閭內傳元年》：「子不聞河上歌乎？同病相憐，同憂相救。」
【解釋】憂：憂患。救：救助、幫助。
【用法】有同樣憂患的人就互相幫助。
【例句】能抱著～心理的人，往往可渡過難關。
【附註】參看「同病相憐」。

同寅協恭 ㄊㄨㄥˊ ㄧㄣˊ ㄒㄧㄝˊ ㄍㄨㄥ

【出處】《尚書・皐陶謨》：「同寅協恭和衷哉。」
【解釋】同寅：原指同具敬畏之心，後指在一處作官的人。協恭：友好合作。
【用法】指同事們互相尊敬，同心協力地工作。
【例句】清・吳敬梓《儒林外史》第七回：「可見你我都是天榜有名，將來～，多少事業都要同做。」

同文同軌 ㄊㄨㄥˊ ㄨㄣˊ ㄊㄨㄥˊ ㄍㄨㄟˇ

【出處】《左傳・隱公元年》：「天子七月而葬，同軌畢至。」
【解釋】軌：車子兩輪之間的距離，引申爲車轍。同一種文字，同寬仄的車轍。
【用法】比喻統一文字，統一政令。
【例句】秦始皇實施～，將文字政令統一起來。

同浴譏裸 ㄊㄨㄥˊ ㄩˋ ㄐㄧ ㄌㄨㄛˇ

【出處】唐・韓愈《答張籍書》：「吾子譏之，似同浴而譏裸裎也。」
【解釋】浴：洗澡。譏：譏笑。裸：裸露肉體。一同洗澡，却譏笑別人赤身露體。
【用法】比喻譏笑別人的缺點而看不見自己也有同樣的缺點。
【例句】凡事應先檢討自己，否則，便會犯了～的毛病而惹出笑話。

彤雲密布 ㄊㄨㄥˊ ㄩㄣˊ ㄇㄧˋ ㄅㄨˋ

【出處】《詩經・小雅・信南山》：「上天同雲，雨雪雰雰。」
【解釋】彤雲：陰雲，也作「同雲」。陰雲密集，布滿天空。
【用法】指雨雪前的徵兆。
【例句】只見天上～，涼風漸起，可能又有一場大風雪了。

童牛角馬 ㄊㄨㄥˊ ㄋㄧㄡˊ ㄐㄩㄝˊ ㄇㄚˇ

【出處】漢・揚雄《太玄・更》：「童牛角馬，不今不古。」
【解釋】童牛：不生角的牛。角馬：生了角的馬。
【用法】比喻違反常規而不可能存在的事物。
【例句】這是科學昌明的時代，一切～的傳說都被證實爲不可能存在的。

童心未泯 ㄊㄨㄥˊ ㄒㄧㄣ ㄨㄟˋ ㄇㄧㄣˇ

【解釋】泯：泯滅。還沒有丟失盡童心。
【用法】形容成年人還有著孩子的天眞。
【例句】他雖然六十歲了，但是～，和孩子們在一起的時候，總是玩得那麼融洽、高興。

童山濯濯 ㄊㄨㄥˊ ㄕㄢ ㄓㄨㄛˊ ㄓㄨㄛˊ

【出處】《孟子・告子上》：「人見其濯濯也，以爲未嘗有材焉。」
【解釋】童山：沒有草木的山。
【用法】指沒有草木的荒山光禿禿的。
【例句】我看慣了南方郁郁葱葱的群山，因此，剛到西北，看到～，荒涼寂寞的感覺便油然而生。
【附註】也作「童山禿嶺」、「濯濯童山」。

童叟無欺 ㄊㄨㄥˊ ㄙㄡˇ ㄨˊ ㄑㄧ

【解釋】童：兒童。叟：老者。
【用法】對於兒童和老人都不欺騙。表示做生意很守信譽。
【例句】這家商店信譽極佳，～，所以生意興隆。

童言無忌 ㄊㄨㄥˊ ㄧㄢˊ ㄨˊ ㄐㄧˋ

【解釋】對孩子的話，不必顧忌。
【用法】過去在辦吉慶事情中，忌諱說不吉利的話。所以人們用「童言無忌」來看待孩子們說的沒有分寸的話。
【例句】～，對小孩子的話是認眞不得的。

童顏鶴髮 ㄊㄨㄥˊ ㄧㄢˊ ㄏㄜˋ ㄈㄚˇ

見「鶴髮童顏」。

銅琵鐵板 ㄊㄨㄥˊ ㄆㄧˊ ㄊㄧㄝˇ ㄅㄢˇ

【出處】宋・俞文豹《吹劍續錄》：「（蘇）東坡在玉堂日，有幕士善謳，因問：『吾詞比柳（永）詞如何？』對曰：『柳郎中詞，只好十七、八歲女孩兒執紅牙拍板，唱「楊柳岸曉風殘月」；學士詞，須關西大漢執鐵板，唱「大江東去」。』公爲之絕倒。」
【用法】①原指詞曲氣勢雄壯，歌聲激越豪爽，須用銅琵琶伴奏，執鐵板打拍子。②後人演爲「抱銅琵琶，執鐵綽板」，以形容豪爽激越的詩文風格。

銅駝荊棘 ㄊㄨㄥˊ ㄊㄨㄛˊ ㄐㄧㄥ ㄐㄧˊ

【出處】唐・房玄齡等《晉書・索靖傳》：「靖有先識遠量，知天下將亂，指洛陽宮門銅駝嘆曰：『會見汝在荊棘中耳！』」

【解釋】銅駝：銅鑄的駱駝，古代設置在宮門的外面。荊棘：叢生的多刺植物。

【用法】銅駝被棄置在荊棘叢中。形容亡國後的凄冷景象。

【例句】眼見被棄置一旁的～，想起當時繁華的景象，不勝唏噓。

【附註】也作「荊棘銅駝」。

銅壺滴漏 ㄊㄨㄥˊ ㄏㄨˊ ㄉㄧ ㄌㄡˋ

【出處】唐·溫庭筠《雞鳴埭歌》：「銅壺漏斷夢初覺，寶馬塵高人未知。」

【解釋】一種古代計時的儀器。銅壺裝水慢慢滴漏，看水的多少以計時間。

【用法】在舊詩中經常用以形容時間慢慢的逝去。

【例句】不要蹉跎年華，在追逐歡樂的同時，時間却似～般、悄悄地流逝了。

銅山鐵壁 ㄊㄨㄥˊ ㄕㄢ ㄊㄧㄝˇ ㄅㄧˋ

【出處】元·脫脫等《宋史·李伯玉傳》：「趙汝騰嘗薦八士，各有品目，於伯玉曰：『銅山鐵壁。』立朝風節，大較似之。」

【用法】形容防禦工事堅固難摧。也比喻可以信賴的堅強人物。

【例句】這些濠溝及城壁，有如～，使我們有信心打敗敵人。

銅山西崩，洛鐘東應 ㄊㄨㄥˊ ㄕㄢ ㄒㄧ ㄅㄥ，ㄌㄨㄛˋ ㄓㄨㄥ ㄉㄨㄥ ㄧㄥˋ

【出處】南朝·宋·劉義慶《世說新語·文學》：「銅山西崩，洛鐘東應。」

【解釋】銅：產銅的山，或指西蜀的岷山。洛鐘：指未央宮前殿的鐘。

【用法】比喻重大的事件，相隔雖遠，互相影響。

痛定思痛 ㄊㄨㄥˋ ㄉㄧㄥˋ ㄙ ㄊㄨㄥˋ

【出處】唐·韓愈《與李翺書》：「如痛定之人，思當痛之時，不知何能自處也。」

【解釋】痛：痛苦。定：平定。

【用法】指經受過痛苦以後，回味當時痛苦情況（含接受教訓，警惕未來的意思）。

【例句】經過那樣大的災難，人們～，深深感到再也不能不接受教訓了。

痛改前非 ㄊㄨㄥˋ ㄍㄞˇ ㄑㄧㄢˊ ㄈㄟ

【出處】明·凌濛初《二刻拍案驚奇》第二十二卷：「你痛改前非，我把這所房子與你夫妻兩個住下。」

【解釋】痛：徹底地。非：錯誤。

【用法】徹底地改正錯誤。

【例句】過去你走了一段歪路，只要～，重新做人，你還是有前途的。

痛哭流涕 ㄊㄨㄥˋ ㄎㄨ ㄌㄧㄡˊ ㄊㄧˋ

【出處】漢·賈誼《陳政事疏》：「臣竊惟事勢，可爲痛哭者一，可爲流涕者二，可爲長太息者六。」

【解釋】痛哭：傷心大哭。涕：眼淚。

【用法】形容極度傷心的樣子。

【例句】美麗的夢想破滅了，她怎麼能不～呢？

痛心疾首 ㄊㄨㄥˋ ㄒㄧㄣ ㄐㄧˊ ㄕㄡˇ

【出處】《左傳·成公十三年》：「諸侯備聞此言，斯是用痛心疾首，暱就寡人。」

【解釋】痛心：使人心痛。疾首：使人頭痛。

【例句】不少人因青春虛度而～，不少人因鬢生華髮而發出長嘆。

【用法】形容恨到極點。

痛心入骨 ㄊㄨㄥˋ ㄒㄧㄣ ㄖㄨˋ ㄍㄨˇ

【出處】南朝・宋・范曄《後漢書・袁紹傳》：「是以智達之士，莫不痛心入骨，傷時人不能相忍也。」

【用法】形容極其悲痛難忘。

【例句】他遭到喪偶之打擊，可謂～，令人同情。

痛入骨髓 ㄊㄨㄥˋ ㄖㄨˋ ㄍㄨˇ ㄙㄨㄟˇ

【出處】《戰國策・燕策三》：「樊（於期）將軍仰天太息流涕曰：『吾每念常痛於骨髓，顧計不知所出也。』」

【解釋】痛：傷痛。傷痛之感，深入骨髓。

【用法】極言哀傷至深，永世難忘。

【例句】想到亡國的哀痛，眞有如～，這是每個亡國者的肺腑之言。

痛癢相關 ㄊㄨㄥˋ ㄧㄤˇ ㄒㄧㄤ ㄍㄨㄢ

【出處】清・文康《兒女英雄傳》第三十三回：「凡是國家利弊所在，彼此痛癢相關。」

【用法】形容關係非常密切。

【例句】對於你的事我怎麼能不聞不問呢？要知道，我是你唯一的親人，我們是～的啊！

痛飲黃龍 ㄊㄨㄥˋ ㄧㄣˇ ㄏㄨㄤˊ ㄌㄨㄥˊ

【出處】元・脫脫等《宋史・岳飛傳》：「金將軍韓常欲以五萬衆內附。飛大喜，語其下曰：『直抵黃龍府，與諸君痛飲爾。』」

【解釋】黃龍：黃龍府金國都城。宋金交戰時，岳飛曾經說要直搗龍府。後來泛指敵方的都城。

【用法】形容消滅敵人後，設宴祝捷的喜悅心情。

【例句】三軍將士們，莫不期待有消滅敵人，～之一日。

〔ㄋ部〕

拏雲攫石

【出處】清・李艾塘《揚州畫舫錄二・草河錄下》：「廳前多古樹，有拏雲攫石之勢。」

【解釋】拏（拿）雲：凌雲。攫：用手抓取。

【用法】形容古樹高大，彷彿聳入雲霄；盤根錯節，猶如用爪抓石的姿態。

【例句】阿里山古木參天，頗有～之勢。

拏雲握霧

【出處】唐《宣和遺事・前集下》：「兩隻手偏會拏雲握霧。」

【解釋】拏（拿）雲、握：用手抓住。翻手拿雲，覆手抓霧。

【用法】比喻待人有手段。

【例句】林老板處世圓滑，～，頗有兩下子。

拿糖作醋

【出處】清・曹雪芹《紅樓夢》第一百零一回：「這會替奶奶辦了一點子事，況且關會着好幾層呢，就這麼拿糖作醋的起來，也不怕人家寒心？」

【用法】指擺架子，裝腔做勢。

【例句】他憑著年輕貌美，就～，看不上平常人家子弟。

拿腔做勢

【出處】清・曹雪芹《紅樓夢》第二十五回：「賈環便來到王夫人炕上坐着，命人點了蠟燭，拿腔做勢的抄寫。」

【解釋】故意做出勢態，擺出架子。

【例句】他瞥見媽媽來查勤了，就～地假裝用功。

【附註】也作「拿班做勢」。

拿手好戲

【解釋】拿手：拿得出手，指擅長。

【用法】①原指演員最長於表演的好戲。②後用以比喻最擅長的本事。

【例句】寫劇本是他的～，你就放心的交給他好了。

拿粗挾細

【出處】元・無名氏《糶米》楔子：「俺兩個全仗父親的虎威，拿粗挾細，揣歪揑怪，那一個不知我的名兒。」（糶，音ㄊㄧㄠˋ）。

【解釋】拿：刁難。挾：挾制。粗、細：指粗細之事。在大大小小的事情上故意刁難挾制。

【用法】指蓄意滋事，挑起事端。

【例句】這個惡霸～地，故意找我們的麻煩。

【附註】也作「挾細拿粗」。

拿三搬四

【出處】清・曹雪芹《紅樓夢》第六十二回：「襲人笑道：『倘或那孔雀褂子襟再燒了窟窿，你走了誰能補呢？你倒別和我拿三搬四的。』」

【用法】指有意挑剔，要小性。

【例句】這個姨太太恃寵而驕，對下人～的。

納民軌物 ㄋㄚˋ ㄇㄧㄣˊ ㄍㄨㄟˇ ㄨˋ

【出處】《左傳・隱公五年・臧僖伯諫觀魚》：「君將納民於軌物者也。」

【解釋】納：容納。軌：法度。物：器物。

【用法】指將百姓納入遵守法度、惜用器物的正道。

納履踵決 ㄋㄚˋ ㄌㄩˇ ㄓㄨㄥˇ ㄐㄩㄝˊ

【出處】《莊子・讓王》：「正冠而纓絕，捉衿而肘見，納履而踵決。」

【解釋】履：鞋。納履：提上鞋。踵：脚後跟。決：破裂。提上鞋，脚後跟處破裂了。

【用法】形容處於困境。

【例句】他只憑那份微薄的薪水養一大家子人，過的眞是捉衿見肘，～的日子。

納奇錄異 ㄋㄚˋ ㄑㄧˊ ㄌㄨˋ ㄧˋ

【出處】明・羅貫中《三國演義》第二十九回：「瑜曰：『今吾孫將軍親賢禮士，納奇錄異，世所罕有。』」

【解釋】納：接納。錄：錄用。奇、異：指有特殊才能的人。

【用法】接納、錄用具有特殊才能的人。

【例句】他在流亡異國時，仍不忘～，以復興國土爲念。

訥言敏行 ㄋㄚˋ ㄧㄢˊ ㄇㄧㄣˇ ㄒㄧㄥˊ

【出處】《論語・里仁》：「君子欲訥於言而敏於行。」

【解釋】訥：遲鈍。訥言：說話遲鈍，這裏指說話謹愼。敏：敏捷。

【用法】說話謹愼，辦事敏捷。

【例句】這件重任我想託付一個～，值得信賴的人。

【附註】「訥」又讀ㄋㄜˋ。

乃心王室 ㄋㄞˇ ㄒㄧㄣ ㄨㄤˊ ㄕˋ

【出處】《尚書・康王之誥》：「雖爾身在外，乃心罔（無）不在王室。」

【解釋】乃：你的。王室：朝廷。你的心忠於朝廷。

【用法】後用以指一心愛國。

【附註】又作「乃心公家」。

奈上祝下 ㄋㄞˋ ㄕㄤˋ ㄓㄨˋ ㄒㄧㄚˋ

【出處】明・吳承恩《西遊記》第二十三回：「八戒笑道：『他們是奉了唐王的旨意，不敢有違君命，不肯幹這件事。剛才都在前廳上栽我，我又有些奈上祝下的，只恐娘嫌我嘴長耳大。』」

【用法】指畏首畏尾、礙手礙脚地很爲難。

耐人尋味 ㄋㄞˋ ㄖㄣˊ ㄒㄩㄣˊ ㄨㄟˋ

【出處】清・無名氏《杜詩言志》第三卷：「其所作如《少府畫障歌》、《崔少府高齊觀三川水漲》諸詩，句句字字追琢入妙，耐人尋味。」

【解釋】耐：經得起。尋味：體味，仔細體會。

【用法】形容意味深長，禁得起人們仔細體會。

【例句】他在演講會上說了一段很～的話。

內顧之憂 ㄋㄟˋ ㄍㄨˋ ㄓ ㄧㄡ

【出處】明·羅貫中《三國演義》第九十一回：「今南方已平，可無內顧之憂。」
【解釋】內顧：在外邊而顧念家事或國事。
【用法】指內部的不安定或發生在內部的憂患。
【例句】～還沒有消除，怎麼能談得上別的事呢？

內親外戚 ㄋㄟˋ ㄑㄧㄣ ㄨㄞˋ ㄑㄧ

【用法】指帝王的母族或妻族。
【例句】封建帝王的～，都握有很大的權勢，作威作福，誰敢稍加違拗？

內省不疚 ㄋㄟˋ ㄒㄧㄥˇ ㄅㄨˋ ㄐㄧㄡˋ

【出處】《論語·顏淵》：「內省不疚，夫何憂何懼？」
【解釋】內省：內心反省。疚：對自己的過失感到不安。
【例句】我們應當經常問一下自己，是否已做到～了呢？
【附註】①「省」不能念成ㄕㄥˇ。②後世多作「內省無愧」。

內視反聽 ㄋㄟˋ ㄕˋ ㄈㄢˇ ㄊㄧㄥ

【出處】漢司馬遷《史記·商君列傳》：「反聽之謂聰，內視之謂明，自勝之謂強。」
【解釋】內視：內心自省。反：反身向外。聽：指聽取別人的意見。
【用法】自我省察，聽取別人的意見。
【例句】一個領導者要能做到～，屬下才肯竭盡心力。
【附註】也作「反聽內視」。

內聖外王 ㄋㄟˋ ㄕㄥˋ ㄨㄞˋ ㄨㄤˊ

【出處】《莊子·天下》：「是故內聖外王之道，暗而不明，郁而不發。」
【用法】舊指內具聖人才德，外行王者之政。多用作恭維話。
【例句】元·脫脫等《宋史·邵雍傳》：「河南程顥初侍其父，識雍，議論終日，退而嘆曰：『堯夫～之學也。』」

內疏外親 ㄋㄟˋ ㄕㄨ ㄨㄞˋ ㄑㄧㄣ

【出處】西漢·韓嬰《韓詩外傳》卷二：「曾子曰：『內疏而外親。』」
【解釋】疏：疏遠。親：親密。內心疏遠，表面親密。
【用法】指不是眞心相待，而是假意相交。
【例句】她們雖然相識很久，但不過是～，誰也沒有說過心裏的話。
【附註】也作「外親內疏」。

內仁外義 ㄋㄟˋ ㄖㄣˊ ㄨㄞˋ ㄧˋ

【出處】唐·韓愈《上兵部李侍郎書》：「伏以閣下內仁而外義，行高而德巨，尚賢與能，哀窮而悼屈。」
【用法】內心很仁慈，待人有情義。
【例句】劉老爺～，很受鄉親們愛戴。

內憂外患 ㄋㄟˋ ㄧㄡ ㄨㄞˋ ㄏㄨㄢˋ

【出處】《管子·戒》：「君外舍而不鼎饋，非有內憂，必有外患。」
【用法】指國內變亂和外來侵略。
【例句】清·曾樸《孽海花》：「擺着那些七零八落的人才，要支撐這個～的天下，越想越覺危險。」

內無怨女，外無曠夫

【出處】《孟子・梁惠王下》：「當是時也，內無怨女，外無曠夫。」
【解釋】內、外：指女子和男子（古代以女子居內，男子居外）。怨女：當嫁而無配偶的女子。曠夫：當婚而無配偶的男子。女子之中沒有找不着丈夫的老處女，男子之中沒有找不着妻子的單身漢。
【用法】形容太平盛世人們生活美滿。

內外夾攻

【出處】元・鄭廷玉《楚昭公》第一折：「那其間內外夾攻，方能取勝。」
【用法】①指從裏、外兩方面配合，同時進攻。②也形容窘迫的處境。
【例句】我目前處境實在不太妙，～，搞得我焦頭爛額。

呶呶不休

【出處】唐・韓愈《五箴・言箴》：「汝不懲邪？而呶呶以害其生邪？」
【解釋】呶呶：說話絮絮叨叨地。
【用法】休：止。絮絮叨叨地說起來沒個完。
【例句】你～地說了半天，一句也沒有說到重點上。
【附註】「呶」不能念成ㄋㄨˊ。

惱羞成怒

【出處】清・李寶嘉《官場現形記》第六回：「知道王協台有心瞧他不起，一時惱羞成怒。」
【解釋】惱：氣惱。羞：羞臊。
【用法】指由於氣惱、羞臊而大怒。
【例句】他見他兒子當衆揭他的瘡疤，不禁～，一巴掌打下去。
【附註】也作「老羞成怒」。

腦滿腸肥

見「腸肥腦滿」。

南蠻鴃舌

【出處】《孟子・滕文公上》：「今也南蠻鴃舌之人，非先王之道，子倍子之師而先學之，亦異於曾子矣。」
【解釋】南蠻：舊時對南方的蔑稱。鴃：伯勞鳥。舌：舌頭，借指口音。鴃舌：伯勞鳥的舌頭，喻指說話帶着南方方音腔調。長着伯勞鳥的舌頭，說話怪腔怪調的。
【用法】譏諷人說方言很難懂。
【例句】她開玩笑地說：「眞是～，你說了半天，我連半句也沒有聽懂！」

南面百城

【出處】北齊・魏收《魏書・李謐傳》：「（李謐）每曰：『丈夫擁書萬卷，何假南面百城。』」
【解釋】南面：面向南，指居高位（古代帝王的座位是坐北朝南）。百城：百座城，指領地廣、財富多。
【用法】形容地位高，權勢大，很富有。
【例句】他雖～，卻仍沒有一天是快樂的。

南風不競

【出處】《左傳・襄公十八年》：「晉人聞有楚師，師曠曰：『不害，吾驟歌北風，又歌南風，南風不競，多死聲，楚必無功。』」

【解釋】南風：南方的音樂。競：強勁。南方的音樂不強勁。
【用法】①原比喻軍隊士氣不振，戰鬥力很差。②後用以比喻競賽的一方力量不強而失利。
【例句】在這次世界杯的競賽中，去年的冠軍隊～，保持冠軍的希望可能已經沒有了。

南來北往 ㄋㄢˊ ㄌㄞˊ ㄅㄟˇ ㄨㄤˇ

【出處】元・王實甫《西廂記》第一本第一折：「南來北往，三教九流，過者無不瞻仰。」
【用法】①指來往往。②也指人走南闖北，生活很不安定。
【例句】他選擇開店的位置正在要道上，～的人很多。

南冠楚囚 ㄋㄢˊ ㄍㄨㄢ ㄔㄨˇ ㄑㄧㄡˊ

【出處】《左傳・成公九年》：「晉侯觀於軍府，見鍾儀，問之曰：『南冠而縶者，誰也？』有司對曰：『鄭人所獻楚囚也。』便悅之，召而吊之。再拜稽首。」
【解釋】南冠：即楚冠，因爲楚國在南方，故稱南冠。
【用法】①原意是指被俘的楚國囚犯。②泛指囚犯或俘虜。
【例句】唐・趙嘏《長安秋夕》詩：「鱸魚正美不歸去，空戴南冠學楚囚。」

南柯一夢 ㄋㄢˊ ㄎㄜ ㄧˊ ㄇㄥˋ

【出處】唐・李公佐《南柯太守傳》載：淳於棼倚著槐樹醉臥，夢裏當了大槐安國南柯郡太守，一生享盡了榮華富貴。八十歲壽終，驚醒後發現大槐安國就是自己住宅南面大槐樹下的大蟻穴，南柯郡就是槐樹的南枝處。
【用法】比喻一場空喜或泛指一場幻夢。
【例句】袁世凱妄想奪權的陰謀被粉碎了，他的皇帝之想，也化作了～。

南箕北斗 ㄋㄢˊ ㄐㄧ ㄅㄟˇ ㄉㄡˇ

【出處】《詩經・小雅・大東》：「維南有箕，不可以簸揚；維北有斗，不可以挹酒漿。」
【解釋】箕：星宿名，共四星，相聯成簸箕形。斗：星宿名，共六星，相聯像斗（古盛酒器）形。當箕、斗同出現於南方時，箕星在南，斗星在北。
【用法】比喻徒有虛名而無實際。
【例句】他的設計，表面上看起來還可以，但缺乏實用價值，不過是～，徒具形式而已。

南金東箭 ㄋㄢˊ ㄐㄧㄣ ㄉㄨㄥ ㄐㄧㄢˋ

【出處】《爾雅・釋地》：「東南之美者，有會稽之竹箭焉……西南之美者，有華山之金石焉。」
【解釋】西南華山的金石，東南會稽的竹箭。
【用法】①原指地方特產的好東西。②後用以比喻優秀傑出的人才。
【例句】這六個人都是～，一時之選。
【附註】又作「東箭南金」。

南橘北枳 ㄋㄢˊ ㄐㄩˊ ㄅㄟˇ ㄓˇ

【出處】《晏子春秋・雜下》「嬰聞之，橘生淮南則爲桔，生淮北則爲枳，葉徒相似，其實味不同，所以然者何？水土異也。」
【解釋】生在南方叫橘，生在北方就叫

枳。

【用法】比喻生長環境好壞會影響質地的優劣。

【例句】環境對人的影響是不能忽視的，～，這是有一定的道理的。

南腔北調（ㄋㄢˊ ㄑㄧㄤ ㄅㄟˇ ㄉㄧㄠˋ）

【出處】清・吳敬梓《儒林外史》第十一回：「兩邊一幅箋紙的聯，上寫着：『三間東倒西歪屋，一個南腔北調人。』」

【用法】指人口音不純，說話夾雜各地方言。

【例句】我從小就跟着父親走南闖北，口音學得很雜，～，說起話來，你很難聽出我是哪裏的人。

南枝北枝（ㄋㄢˊ ㄓ ㄅㄟˇ ㄓ）

【出處】唐・李嶠《鷓鴣》詩：「可憐鷓鴣飛，飛向樹南枝。南枝日照暖，北枝霜露滋。」

【解釋】指南枝向暖，北枝受寒。

【用法】比喻人的處境苦樂不同。

【例句】那些年這兩個舊時的同學，一個步步高升，一個窮困潦倒，～，他們的處境是太不相同了。

南征北戰（ㄋㄢˊ ㄓㄥ ㄅㄟˇ ㄓㄢˋ）

【出處】唐・柳宗元《封建論》：「歷於宣王，挾中興復古之德，雄南征北之威，卒不能定魯侯之嗣。」

【解釋】征：征伐。

【用法】形容轉戰各地、久經戰鬥。

【例句】王將軍～多年，爲國家立下不少汗馬功勞。

【附註】也作「南征北伐」、「南征北討」。

南船北馬（ㄋㄢˊ ㄔㄨㄢˊ ㄅㄟˇ ㄇㄚˇ）

【出處】漢・劉安《淮南子・齊俗訓》：「胡人便於馬，越人便於舟。」

【解釋】南方多水，人們善於行船；北方多陸，人們善於騎馬。

【用法】指人們因所處的環境不同而各有專長。

【例句】我到大陸南方旅行時，見到處處舟楫可通，女子也都能撐船把舵，所謂「～」，果然如此。

南山之壽（ㄋㄢˊ ㄕㄢ ㄓ ㄕㄡˋ）

【出處】《詩經・小雅・天保》：「如南山之壽，不騫不崩。」

【解釋】南山：終南山。

【用法】像長存的終南山那樣長壽（祝壽之辭）。

【例句】老先生，祝您身體康泰，如～。

南阮北阮（ㄋㄢˊ ㄖㄨㄢˇ ㄅㄟˇ ㄖㄨㄢˇ）

【出處】唐・房玄齡等《晉書・阮咸傳》載：晉時阮籍及其侄阮咸居道南，其他阮姓居道北。南阮貧而北阮富。

【用法】指同族人家聚居一地而貧富懸殊。

【例句】我和他雖然是本家，但是他家田連阡陌，我却沒有立錐之地，因此，我們～，一向不相往來。

南鷂北鷹（ㄋㄢˊ ㄧㄠˋ ㄅㄟˇ ㄧㄥ）

【出處】唐・房玄齡等《晉書・崔洪傳》載：「博陵人崔洪爲御史，以清厲骨鯁顯名。時人爲之語曰：『叢生棘刺，來自博陵，在南爲鷂在北爲鷹。』」

』」

【解釋】鴟、鷹：鳥名，性猛。

【用法】比喻個性剛直，態度嚴峻。

南轅北轍

【出處】《戰國策・魏策四》：「（季梁）往見王曰：『今者臣來，見人於大行，方北面而持其駕，告臣曰：「我欲之楚。」臣曰：「君之楚，將奚爲北面？」曰：「吾馬良。」臣曰：「馬雖良，此非楚之路也。」曰：「吾用多。」臣曰：「用雖多，此非楚之路也。」曰：「吾御者善。」此數者愈善，而離楚越遠耳。今王動欲成霸王，舉欲信於天下，恃王國之大，兵之精銳，而攻邯鄲以廣地尊名，王之動愈數，而離王愈遠耳，猶至楚而北行也。』」（數ㄕㄨㄛˋ：頻繁。）

【解釋】轅：車前駕牲口拉車用的兩根直木。轍：車輪輾過後留下的印痕。

【用法】比喻行動和目的相反。

【例句】我看了你的方案，遺憾的是與實際情況～，恐怕無法實施。

男盜女娼

【出處】明・謝讜《四喜記・天佑陰功》：「眼前之報，男盜女娼；滅門絕戶，日後之報。」

【解釋】盜：盜賊。娼：妓女。男的做盜賊，女的是娼妓。

【用法】指男女都思想墮落，盡幹壞事。

【例句】他表面是那樣溫文爾雅，其實是滿肚子～，背地裏盡幹些見不得人的事！

男耕女織

【出處】元・薩都剌《桃源行》：「男耕女織作生業，版籍不是秦家民。」

【用法】指鄉村男女各安生業。

【例句】我的家鄉是在遠僻的山村裏，幾十年來～，過著平靜的生活，自從來了這幫強盜，從此我們就遭殃了。

男歡女愛

【出處】明・馮夢龍《警世通言》卷五十三：「這般會合，那些個男歡女愛，是偶然一念之差。」

【用法】指男女相親相愛。

【例句】這一對夫妻正沉醉在～之中。

【附註】也作「男貪女愛」。

難登大雅之堂

見「不登大雅之堂」。

難能可貴

【出處】宋・蘇軾《荀卿論》：「此三者，皆天下之所謂難能可貴者也。」

【用法】本來難做的事情而能做到，眞是可貴。

【例句】過去草都不長的田地，今天能收這麼多糧食，的確～。

難解難分

【出處】明・許仲琳《封神演義》第六十九回：「一員將使五股托天叉，一員將使八楞熟銅錘，一員將使五爪爛銀抓：三將大戰，殺得難解難分。」

【用法】①指矛盾過深，很難分離，很難排解。②也指關係密切，很難分離。

【例句】棋局未終，兩個人殺得～。

【附註】也作「難分難解」。

難兄難弟（ㄋㄢˊ ㄒㄩㄥ ㄋㄢˊ ㄉㄧˋ）

【出處】南朝·宋·劉義慶《世說新語·德行》：「陳元方子長文，有英才，與季方子孝先，各論其父功德，爭之不能決，咨於太丘。太丘曰：『元方難爲兄，季方難爲弟。』」

【用法】①指兄弟二人都很好，才德相當，難分高下。②今多反其義而用之，指兩人同樣壞。

【例句】這二位都夠不知趣的。昨天頭一個剛碰了軟釘子，第二個又吃了閉門羹，眞可以算是一對～！

【附註】①也作「元方季方」。②參看「難（ㄋㄢˋ）兄難（ㄋㄢˋ）弟」。

難捨難分（ㄋㄢˊ ㄕㄜˇ ㄋㄢˊ ㄈㄣ）

【出處】清·文康《兒女英雄傳·第四十回》：「骨肉主婢之間，也有許多難分離捨。」

【解釋】感情深厚難以分離。

【例句】她和小楊來往一段時間以後，逐漸了解到小楊那顆熱情而又純樸的心，就和他～了。

【附註】也作「難捨難離」。

難以逆料（ㄋㄢˊ ㄧˇ ㄋㄧˋ ㄌㄧㄠˋ）

【解釋】逆料：預料。難以預先料想。

【例句】現在這種原料很缺，能不能及時弄到，恐怕是～的。

難以置信（ㄋㄢˊ ㄧˇ ㄓˋ ㄒㄧㄣˋ）

【解釋】置信：相信。

【用法】指很難相信。

【例句】這個不言不語的小伙子，居然在技術革新上做出了這樣令人～的好成績。

難言之隱（ㄋㄢˊ ㄧㄢˊ ㄓ ㄧㄣˇ）

【出處】清·吳趼人《二十年目睹之怪現象》第七十回：「總覺得無論何等人家，他那家庭之中，總有許多難言之隱的；若要問其所以然之故，却是給婦人女子弄出來的，居了百分之九十九。」

【解釋】難言：難以說出口。隱：隱衷，隱藏在內心的苦衷。

【用法】難以說出口的隱衷。

【例句】他不願說，大概是有～吧，你最好不要再追問了。

赧顏苟活（ㄋㄢˇ ㄧㄢˊ ㄍㄡˇ ㄏㄨㄛˊ）

【解釋】赧：因羞愧而臉紅。顏：面容、臉色。苟活：苟且偷生地活着。

【用法】含羞帶愧、苟且偷生地活着。

【例句】那些意志脆弱、在敵人鐵蹄下～的人，都是懦夫。

難兄難弟（ㄋㄢˋ ㄒㄩㄥ ㄋㄢˋ ㄉㄧˋ）

【用法】指彼此處於同樣困境或過共患難的人。

【例句】他們～兩人在礦坑崩塌時，互相扶持，終於逃過一劫。

【附註】參看「難（ㄋㄢˊ）兄難（ㄋㄢˊ）弟」。

囊括四海（ㄋㄤˊ ㄎㄨㄛˋ ㄙˋ ㄏㄞˇ）

【出處】漢·賈誼《過秦論·上》：「有席卷天下，包舉宇內，囊括四海之意。」

【附註】「括」又讀ㄍㄨㄚ。

囊空如洗

【出處】明・馮夢龍《警世通言》第三十二卷：「公子道：『我非無此心。但教坊落籍，其費甚多，非千金不可。我囊空如洗，如之奈何？』」

【解釋】囊：口袋。口袋裏空空的，像水洗淨了似的。

【用法】形容身無分文。

【例句】這個月，我一下買了一大批書，結果弄得～了。

囊螢映雪

【出處】唐・房玄齡等《晉書・車胤傳》：「車胤恭勤不倦，博學多通，家貧不常得油，夏月則練囊盛數十螢蟲以照書，以夜繼日焉。」唐・徐堅《初學記》卷二引《宋齊語》：「孫康家貧，常映雪讀書。」

【解釋】囊：口袋，此指以囊盛物。螢：螢火蟲。映：映照。夏天用潔白的熟絹袋盛放螢火蟲照着看書。

【用法】形容刻苦攻讀，勤奮好學。

【例句】古人～的勤學精神，是值得我們學習的。

【附註】也作「囊螢照讀」。

能近取譬

【出處】《論語・雍也》：「能近取譬，可謂仁之方也已。」

【解釋】譬：比方。能夠就近選取事實作比方。

【用法】指能夠就近拿自己作比，推己及人，設身處地爲別人着想。

【例句】對於顧客，如果你～，去了解他們的需要，那你對產品的設計，會更加完美。

能屈能伸

【出處】《周易・繫辭下》：「尺蠖之屈，以求信(伸)也；龍蛇之蟄，以存身也。」

【解釋】屈：彎曲。伸：伸直。能彎曲也能伸直。指人既能在逆境中忍受委屈，也能在順境中挺直腰桿，施展抱負。

【用法】形容人能適應於不同的境遇。

【例句】所謂大丈夫～，這種情況下，也只好請大家多忍耐些了。

能者多勞

【出處】《莊子・列禦寇》：「巧者勞而知(智)者憂，無能者無所求，飽食而遨遊。」

【解釋】能者：能幹的人。勞：勞累。能幹的人多勞累些。

【用法】讚譽慰勉能力強的人要多幹事情。

【例句】《紅樓夢》第十五回：「俗語說的：『～』，太太見奶奶這樣才情，越發都推給奶奶了。」

能征慣戰

【出處】元・關漢卿《哭存孝》第二折：「左哨三千番兵能征慣戰。」

【解釋】征：行軍遠征。慣：習慣。

【用法】形容作戰能力強、經驗足。

【例句】這支球隊有多次參加大型比賽的經驗，～，這次比賽一定奪魁的。

能說會道

【出處】清・文康《兒女英雄傳》第二

十五回：「倒有個能說會道的舅母，今日偏又不在這裏。」

【解釋】道：說、講。

【用法】形容口齒伶俐，善於說話。

【例句】這個人天生就兩片巧嘴，～。

【附註】也作「能說慣道」。

能言善辯 (ㄋㄥˊ ㄧㄢˊ ㄕㄢˋ ㄅㄧㄢˋ)

【出處】清・李汝珍《鏡花緣》第十八回：「而且伶牙俐齒，能言善辯。」

【例句】他的嘴唇很薄，據一般的說法，這是～的標記。

【附註】也作「能言巧辯」。

泥多佛大 (ㄋㄧˊ ㄉㄨㄛ ㄈㄛˊ ㄉㄚˋ)

【出處】宋・王安石《重游草堂次韻三首》詩：「僧殘尚食少，佛古但泥多。」李壁注：「泥多佛大。」

【用法】比喻附益的人多，收獲自然就大。

【例句】水漲船高，～，國家富裕以後，人民的生活也就提高了。

【附註】參看「水漲船高」。

泥牛入海 (ㄋㄧˊ ㄋㄧㄡˊ ㄖㄨˋ ㄏㄞˇ)

【出處】宋・釋道原《景德傳燈錄，卷八・高山和尚》：「師云：『我見兩個泥牛鬥入海，直至如今無消息。』」

【解釋】比喻一去不回，杳無消息。

【例句】《二十年目睹之怪現狀》第七回：「那兩個錢莊幹事的人，等了好久，只等得一個～，永無消息。」

泥車瓦狗 (ㄋㄧˊ ㄐㄩ ㄨㄚˇ ㄍㄡˇ)

【出處】漢・王符《潛夫論》：「或作泥車瓦狗諸戲弄之具，以巧詐小兒，此皆無益也。」

【解釋】小泥車、小瓦狗。

【用法】本指戲弄小孩子的玩具。後用以比喻無甚用處、沒有價值的東西。

【例句】中國古時認為除了讀書出仕之外，其他都是～，百無一用，以致當時許多進步的科技都沒留傳下來。

【附註】「車」語音ㄔㄜ。

泥船渡河 (ㄋㄧˊ ㄔㄨㄢˊ ㄉㄨˋ ㄏㄜˊ)

【出處】《三慧》：「人在世間，譬如乘泥船渡河。」

【解釋】乘坐泥船渡大河。

【用法】本為佛經語。原比喻人入世的危險。後泛喻處於危險的境地。

【例句】在動亂不安的社會中，百姓就如～，想保平安無事，實在太難了！

泥沙俱下 (ㄋㄧˊ ㄕㄚ ㄐㄩˋ ㄒㄧㄚˋ)

【出處】清・袁枚《隨園詩話》第一卷：「人稱才大者，如萬里黃河，與泥沙俱下。余以為：此粗才，非大才也。」

【解釋】俱：一起。泥土、沙子隨着水一起流了下來。

【用法】比喻好、壞的人或事物混雜在一處。

【例句】這麼一個大企業所用的人很多，難免有～的情形，所以如何管理就成了非常重要的課題。

泥足巨人 (ㄋㄧˊ ㄗㄨˊ ㄐㄩˋ ㄖㄣˊ)

【用法】比喻貌似強大而實際虛弱的龐然大物。

【例句】敵方雖號稱有百萬雄兵，但未

經精良訓練，其實～，不堪一擊。

泥塑木雕（ㄋㄧˊ ㄙㄨˋ ㄇㄨˋ ㄉㄧㄠ）

【出處】元・無名氏《冤家債主》第四折：「有人說道，城隍也是泥塑木雕的，有甚麼靈感在那裏？」
【解釋】泥土塑造、木頭雕刻的偶像。
【用法】比喻人的動作及神情呆板。
【例句】她聽到丈夫為國犧牲的消息以後，一下子楞住了，坐在那裏像～一樣，半天不說一句話。
【附註】也作「木雕泥塑」。

擬于不倫（ㄋㄧˇ ㄩˊ ㄅㄨˋ ㄌㄨㄣˊ）

【出處】《禮記・曲禮下》：「擬人必于倫。」
【解釋】擬：比擬。倫：同類。
【用法】把不能相比的人事強做類比。
【例句】他在文章中生拉硬扯地把歷史上的事件和現實生活進行類比，實在是～。

匿迹銷聲（ㄋㄧˋ ㄐㄧ ㄒㄧㄠ ㄕㄥ）

見「銷聲匿迹」。

泥古不化（ㄋㄧˋ ㄍㄨˇ ㄅㄨˋ ㄏㄨㄚˋ）

【出處】元・脫脫等《宋史・劉幾傳》：「其議樂律最善，以為……儒者泥古，致詳於形名度數間，而不知清濁輕重之用。」
【解釋】泥：拘泥。
【用法】拘泥於古代的成規或說法，不善於改變。
【例句】讀古人書，必須活學活用，千萬不可～，否則反而為害。
【附註】①「泥」不可讀ㄋㄧˊ。②參看「食古不化」。

逆來順受（ㄋㄧˋ ㄌㄞˊ ㄕㄨㄣˋ ㄕㄡˋ）

【出處】元・高則誠《琵琶記》第四十一出：「事當逆來順受」。
【解釋】逆：不順。順：順從。受：忍受。
【用法】碰上十分惡劣的境遇而順從地忍受。
【例句】對於這些惡霸的作威作福，絕不能忍氣吞聲、～。

逆水行舟（ㄋㄧˋ ㄕㄨㄟˇ ㄒㄧㄥˊ ㄓㄡ）

【解釋】頂着流水行船。
【用法】①比喻頂着困難前進。②比喻不努力前進就要後退。
【例句】學如～，不進則退。

逆耳之言（ㄋㄧˋ ㄦˇ ㄓ ㄧㄢˊ）

【解釋】逆：不順。不順耳的話。
【用法】指中肯而尖銳、使人聽來覺得很受刺激的話。
【例句】你不妨耐心地聽一聽～，也許這對於你是有好處的。

涅而不緇（ㄋㄧㄝˋ ㄦˊ ㄅㄨˋ ㄗ）

【出處】《論語・陽貨》：「不曰白乎？涅而不緇。」
【解釋】涅：古代用作染料的一種礦物，這裏有「染黑」之意。緇：黑色。染也染不黑。
【用法】比喻操守不變，即使在壞環境裏也能不受影響。
【例句】他生長在這種環境中，卻仍能保持～，真令人欽佩。

躡蹻担簦

【出處】漢・司馬遷《史記・平原君虞卿列傳》：「虞卿者，游說之士也，躡蹻担簦，說趙孝成王。」
【解釋】躡：踩，這裏指「穿」。蹻：草鞋。担：肩挑。簦：古代有柄的笠，類似雨傘。穿着草鞋，肩負着簦。
【用法】指進行遊說。

躡手躡脚

【出處】清・曹雪芹《紅樓夢》第九回：「周瑞家的會意，忙着躡手躡脚的往東邊屋裏來，只見奶子拍着大姐兒睡覺呢。」
【解釋】走路時輕手輕脚的。
【用法】多形容偷偷摸摸、鬼鬼祟祟的行動。
【例句】小偷～地潛入主人屋裏，想偷那串鑽石。
【附註】①也作「捏手捏脚」。②「躡」不可寫成「攝」。

躡足其間

【解釋】躡：踩。足：脚。間：中間。
【用法】指參加進去。
【例句】在股票市場的驚濤駭浪之中，沒想到這麼一個平實的家庭主婦也會～。
【附註】「躡」不可寫成「攝」。

裊裊不絕

【出處】宋・蘇軾《前赤壁賦》：「餘音嫋嫋（裊），不絕如縷。」
【解釋】裊裊：聲音婉轉悠揚。
【用法】形容聲音婉轉悠揚而連綿不斷。
【例句】音樂會上那個兒童音樂家的小提琴獨奏最吸引人，當她演奏結束之後，那優雅而又纏綿的琴音，仍然～。

裊裊婷婷

【出處】清・曹雪芹《紅樓夢》第三十回：「只見這女孩子，眉蹙春山，眼顰秋水，面薄順纖嫋嫋（裊）婷婷，大有林黛玉之態。」
【解釋】裊裊：柔軟纖細的東西隨風輕輕飄動的樣子。婷婷：美好的樣子。
【用法】形容女子體態輕盈柔美。
【例句】看到那位名角兒～地從後台走出去，觀衆都熱情地鼓掌。

鳥革翬飛

【出處】《詩經・小雅・斯幹》：「如鳥斯革，如翬斯飛。」
【解釋】革：鳥張翼。翬：有五彩羽毛的野雞。
【用法】形容宮室構築精巧而華麗。

鳥集鱗萃

【出處】漢・張衡《西京賦》：「瓌（同「瑰」）貨方至，鳥集鱗萃。」
【解釋】集：聚集。鱗：魚。萃：薈萃。像鳥類聚集，像魚群聚合。
【用法】比喻聚集得很多。

鳥盡弓藏

【出處】漢・劉安《淮南子・說林訓》：「狡兔得而獵犬烹，高鳥盡而良弓藏。」
【用法】比喻事情取得成功之後，就把出過力的人拋棄掉。
【例句】漢高祖劉邦登上帝位之後，居

然～，誅殺了不少功臣。

【附註】參看「兔死狗烹」。

鳥獸散（ㄋㄧㄠˇ ㄕㄡˋ ㄙㄢˋ）

【出處】漢・班固《漢書・李陵傳》「今無兵復戰，天明坐受縛矣！各鳥獸散，猶有得脫歸報天子者。」

【用法】指人們像鳥獸逃命似地散開。

【例句】這群烏合之衆，在我軍沉重打擊之下，潰不成軍，紛紛作～了。

鳥爲食亡（ㄋㄧㄠˇ ㄨㄟˋ ㄕˊ ㄨㄤˊ）

【出處】清・無名氏《官場維新記》第十三回：「『人爲財死，鳥爲食亡。』當時袁伯珍聽得這些話，便要從此發一宗洋財。」

【用法】比喻人們爲了貪圖所得而不惜喪命（常同「人爲財死」連用）。

【例句】他爲了錢，居然鋌而走險，眞所謂～，人爲財死。

鳥語花香（ㄋㄧㄠˇ ㄩˇ ㄏㄨㄚ ㄒㄧㄤ）

【出處】清・李漁《比目魚・肥遁》：「一路行來，山青水綠，鳥語花香，眞個好風景也。」

【用法】形容美好的景色。

【例句】春天的陽明山公園，～，風景宜人，吸引着千千萬萬的遊人。

牛刀小試（ㄋㄧㄡˊ ㄉㄠ ㄒㄧㄠˇ ㄕˋ）

【出處】宋・蘇軾《送歐陽主簿赴官韋城》詩：「讀遍牙簽三萬軸，欲來小邑試牛刀。」

【解釋】牛刀：宰牛用的刀。用宰牛刀對小生物做試驗。

【用法】比喻有大本領而先在小事上略微施展一下。

【例句】劉總上任之後，對供電系統進行了初步改進，不過是～而已，他還準備進一步對全部技術工藝來一個徹底改造。

牛鼎烹鷄（ㄋㄧㄡˊ ㄉㄧㄥˇ ㄆㄥ ㄐㄧ）

【出處】南朝・宋・范曄《後漢書・邊讓傳》：「傳曰：『函牛之鼎以亨（烹）鷄，多汁則淡而不可食，少汁則熬而不可熟。』此言大器之於小用，固有所不宜也。」

【解釋】牛鼎：古代烹煮整隻牛的大器物。烹：煮。用烹煮整隻牛的大鼎烹煮一隻鷄。

【用法】比喻大材小用。

【例句】搬動這麼個不大的設備，居然調來了一台大吊車，豈不是～。

牛頭不對馬嘴（ㄋㄧㄡˊ ㄊㄡˊ ㄅㄨˋ ㄉㄨㄟˋ ㄇㄚˇ ㄗㄨㄟˇ）

【出處】清・李寶嘉《官場現形記》第十六回：「只要人家拿他一派臭恭維，就是牛頭不對馬嘴，他亦快樂。」

【用法】比喻兩不相合。

【例句】他正在打瞌睡，卻被老師叫起來，結果答得～，引起全班哄堂大笑。

【附註】也作「驢頭不對馬嘴」、「驢唇不對馬嘴」。

牛頭馬面（ㄋㄧㄡˊ ㄊㄡˊ ㄇㄚˇ ㄇㄧㄢˋ）

【出處】宋・釋道原《景德傳燈錄・卷十一》：「釋迦是牛頭獄卒，馬祖馬面阿旁。」

【解釋】迷信傳說陰司裏的兩個獄卒，一個頭顱像牛，一個面貌似馬。

【用法】比喻醜惡的人。

【例句】他看到這些土匪個個～，不禁有些膽怯，却仍沉著應付，終於逃出魔掌。

牛溲馬勃 ㄋㄧㄡˊ ㄙㄡ ㄇㄚˇ ㄅㄛˊ

【出處】唐・韓愈《進學解》：「玉札丹砂，赤箭青芝，牛溲馬勃，敗鼓之皮。俱收並蓄，待用無遺者，醫師之良也。」

【解釋】溲：牛尿，一說即車前草。馬勃：馬屁勃，一種菌類植物。本是兩種最普通的中草藥。

【用法】比喻雖不值錢却不無小用的東西。

【例句】對於您的賞識，我希望我能發揮～之用。

牛鬼蛇神 ㄋㄧㄡˊ ㄍㄨㄟˇ ㄕㄜˊ ㄕㄣˊ

【出處】清・劉鶚《老殘遊記續集》第二回：「若宦幕兩途，牛鬼蛇神。無所不有！」

【解釋】牛鬼：佛教指地獄中的牛頭虎。蛇神：蛇身的神。

【用法】①原比喻詩句的虛幻怪誕。②後用以比喻形形色色的壞人。

【例句】這些欺壓良民的～，終於在這次掃黑行動中一網打盡了。

牛驥同皂 ㄋㄧㄡˊ ㄐㄧˋ ㄊㄨㄥˊ ㄗㄠˋ

【出處】漢・鄒陽《獄中上書》：「使不羈之士與牛驥同皂。」

【解釋】驥：千里馬，泛指一切好馬。皂：馬槽。笨牛和千里馬同槽。

【用法】比喻庸人和賢人混雜在一起。

【例句】宋・文天祥《正氣歌》：「牛驥同一皂，鷄栖鳳凰食。」

牛衣對泣 ㄋㄧㄡˊ ㄧ ㄉㄨㄟˋ ㄑㄧˋ

【出處】漢・班固《漢書・王章傳》：「初，章為諸生學長安，獨與妻居。章疾病，無被，臥牛衣中，與妻訣，涕泣，其妻呵怒之。……及為京兆，欲上封事，妻又止之曰：『人當知足，獨不念牛衣中涕泣時耶？』」（訣：訣別。）

【解釋】牛衣：用亂麻編製給牛禦寒的裹體物。睡在牛衣中對妻哭泣。

【用法】形容貧困時夫妻同度艱苦的生活。

【例句】他們夫妻倆不事生產，坐山吃空，最後落得～的下場。

扭扭捏捏 ㄋㄧㄡˇ ㄋㄧㄡˇ ㄋㄧㄝ ㄋㄧㄝ

【出處】清・曹雪芹《紅樓夢》第二十七回：「難為你說的齊全，不像他們扭扭捏捏，蚊子似的。」

【用法】本指行走時身體故意扭動。今形容言語動作不大方，故作姿態。

【例句】這個孩子一點兒也不大方，見不得生人，叔叔阿姨們問他話，總是～地，半天說不出整句話來。

扭轉乾坤 ㄋㄧㄡˇ ㄓㄨㄢˇ ㄑㄧㄢˊ ㄎㄨㄣ

【解釋】扭轉：改變狀況或局面。乾坤：指天地。改天換地，出現新氣象。

【用法】徹底改變舊狀，開創新局面。

【例句】在這種情況下，只有親自請他出馬，才有希望～，開創新局面。

年富力強 ㄋㄧㄢˊ ㄈㄨˋ ㄌㄧˋ ㄑㄧㄤˊ

【出處】《論語・子罕》：「後生可畏。」朱熹著：「孔子言後生年富力強，足以積學而有待，其勢可畏。」
【解釋】年：年歲、年華。富：多。年富：指未來的年歲多，即青、壯年時。力：精力。
【用法】青、壯年時，年華方富，精力最強。
【例句】你才四十多歲，正是～的時候，怎就心萌退意？

年高德劭 ㄋㄧㄢˊ ㄍㄠ ㄉㄜˊ ㄕㄠˋ

【出處】漢．揚雄《法言．孝至》：「吾聞諸傳，老則戒之在得，年彌高而德彌邵（劭）者，是孔子之徒與？」
【解釋】劭：美好。
【用法】年齡大，德行好。
【例句】他～，而且對地方有過很大的貢獻，所以只要一提起他的名字，大家馬上豎起大拇指。

年高望重 ㄋㄧㄢˊ ㄍㄠ ㄨㄤˋ ㄓㄨㄥˋ

【解釋】望：名望。
【用法】年歲大，名望重。
【例句】我們希望～的楊老當顧問，繼續指導我們的工作。

年穀不登 ㄋㄧㄢˊ ㄍㄨˇ ㄅㄨˋ ㄉㄥ

【出處】《禮記．曲禮下》：「歲凶，年穀不登。」
【解釋】年穀：一年裏收成的穀物。登：成熟。
【用法】指年成不好，鬧荒年。

年近古稀 ㄋㄧㄢˊ ㄐㄧㄣˋ ㄍㄨˇ ㄒㄧ

【出處】杜甫《曲江二首》詩：「酒債尋常行處有，人生七十古來稀。」
【解釋】古稀：指七十歲。
【用法】年紀將近七十歲。
【例句】他雖已～，但仍每天讀書寫作不輟。

年輕力壯 ㄋㄧㄢˊ ㄑㄧㄥ ㄌㄧˋ ㄓㄨㄤˋ

【出處】清．曹雪芹《紅樓夢》第七十一回：「老太太也太想的到，實在我們年輕力壯的人，捆上十個也趕不上。」
【用法】年紀輕，氣力壯。
【例句】你這個年輕人～，有朝氣有活力，令我們好生羨慕。

年深月久 ㄋㄧㄢˊ ㄕㄣ ㄩㄝˋ ㄐㄧㄡˇ

【出處】明．馮夢龍《醒世恒言．赫大卿遺恨鴛鴦條》：「年深月久，漆都落了。」
【解釋】深：深遠。久：長久。
【用法】指時間久遠。
【例句】這一棟富麗的大宅在主人搬出後，～，居然破敗至此！
【附註】也作「年深日久」。

年誼世好 ㄋㄧㄢˊ ㄧˋ ㄕˋ ㄏㄠˇ

【出處】清．吳敬梓《儒林外史》第三回：「你我年誼世好，就如至親骨肉一般。」
【解釋】年誼：在科舉時代同年登科的關係。世好：兩家在上一代或幾代都是好友。
【用法】指在科舉時代裏既是同年登科，又是世交。

年逾古稀 ㄋㄧㄢˊ ㄩˊ ㄍㄨˇ ㄒㄧ

【出處】唐．杜甫《曲江二首》詩：「酒債尋常行處有，人生七十古來稀。」

【解釋】逾：超過。古稀：指七十歲。
【用法】指年紀超過了七十歲。
【例句】王大爺已經～，但他的身體還那麼硬朗。

年逾花甲 ㄋㄧㄢˊ ㄩˊ ㄏㄨㄚ ㄐㄧㄚˇ

【出處】宋・計有功《唐詩紀事》卷六十六：「（趙牧）大中咸通中斆（效）李長吉爲短歌，對酒曰：『手挼六十花甲子，循環落落如弄珠。』」
【解釋】花甲：用干支紀年，錯綜搭配，六十年周而復始，指六十歲。
【用法】年紀已過六十歲。
【例句】他雖已～，但那股求學熱勁，卻一點都不輸年輕人。

拈花惹草 ㄋㄧㄢ ㄏㄨㄚ ㄖㄜˇ ㄘㄠˇ

【出處】清・曹雪芹《紅樓夢》第二十一回：「二年前，他父親給他娶了個媳婦，今年才二十歲，也有幾分人才，又兼生性輕薄，最喜拈花惹草。」
【解釋】拈：用手指取物。惹：招惹，引逗。花、草：比喻年輕婦女。
【用法】舊時指玩弄挑逗女人。
【例句】他有幾分人才，生性又輕薄，最喜歡～，以至於麻煩不斷。

拈花微笑 ㄋㄧㄢ ㄏㄨㄚ ㄨㄟ ㄒㄧㄠˋ

【出處】宋・釋普濟《五燈會元》卷十九：「昔日靈山會上，世尊拈花，迦葉微笑。」
【解釋】拈：用手指取物。
【用法】①佛家話。比喻對禪理有了透徹的了解。②後比喻彼此會心或默契。
【例句】他二人心意相通，～，無需語言交通。

拈輕怕重 ㄋㄧㄢ ㄑㄧㄥ ㄆㄚˋ ㄓㄨㄥˋ

【附註】「拈」不可念成ㄓㄢ。
【解釋】指接受工作時揀挑輕擔子，怕挑重擔子。
【例句】做人絕不可以～，把重擔子推給人家，自己挑輕的。

拈酸吃醋 ㄋㄧㄢ ㄙㄨㄢ ㄔ ㄘㄨˋ

【出處】清・曹雪芹《紅樓夢》第六十五回：「賈璉聽了笑道：『你放心，我不是那拈酸吃醋的人。』」
【用法】比喻發現曾經追求過或親近的人同別人親密的在一起時，而產生嫉妒情緒。
【例句】他看到前妻另外有了男友，竟然也～，眞是太沒肚量了。

念念有詞 ㄋㄧㄢˋ ㄋㄧㄢˋ ㄧㄡˇ ㄘˊ

【出處】明・吳承恩《西遊記》第二十八回：「手裏捻訣，口內念念有詞，往那巽地上吹了一口氣，忽的吹將去，便是一陣狂風。」
【解釋】念念：嘴裏不斷連續叨念着。有詞：有像歌訣似的詞句。
【用法】①舊指迷信的人施展法術，掐訣念咒。②現用以形容人魔魔怔怔、自言自語地說個不停。
【例句】他一天到晚口中～，也不知道他叨咕的是什麼。

念茲在茲 ㄋㄧㄢˋ ㄗ ㄗㄞˋ ㄗ

【出處】《尚書・大禹謨》：「念茲在茲，釋茲在茲。」
【解釋】茲：此。想念這個，總是在意這個。

【用法】指總是念念不忘某事。

【例句】他雖然離鄉四十幾年，～的仍是這塊土地。

寧缺毋濫

【出處】清・李綠圓《歧路燈》第五回：「即令寧缺勿濫，這開封是一省首府，祥符是開封首縣，却是斷缺不得的。」

【解釋】寧：寧可。缺：缺少。毋：通「勿」，不要。濫：過多，沒有限制。

【用法】寧可缺額不足，決不降低湊數。

【例句】今年招考研究生，要掌握～的原則，保證較高的水準。

【附註】「毋」不能寫成「母」。

寧折不彎

【解釋】折：斷。寧可折斷，決不彎曲。

【用法】形容性格剛正不阿。

【例句】他在敵人的拷打逼問之下，仍表現出～的氣概。

寧爲鷄口，無爲牛後

【出處】《戰國策・韓策一》：「臣聞鄙語曰：『寧爲鷄口，無爲牛後。』今大王西面交臂而臣事秦，何以異於牛後乎？」

【解釋】牛後：指牛屁股。寧當鷄嘴巴，不當牛屁股。鷄嘴雖然小，却能自由地啄食啼鳴；牛屁股雖然大，却常受鞭撻。

【用法】比喻寧在小範圍裏獨立自主，發揮才幹，不在大範圍裏受制於人，無所作爲。

【例句】你問我爲何不到大單位，而在這兒當個小領班，因爲我是～。

寧爲鷄尸，無爲牛從

【出處】北齊・顏之推《顏氏家訓・書證》：「寧爲鷄尸，不爲牛從。」

【解釋】尸：主管、主持。寧可做小國的主人，也不做大國的僕從。

【用法】舊時比喻寧可在小地方自家作主，也不去大地方受人支配。

【附註】①「也作鷄尸牛從」。②參考「寧爲鷄口，不爲牛後」。

寧爲玉碎，不爲瓦全

【出處】唐・李百葯《北齊書・元景安傳》：「大丈夫寧可玉碎，不能瓦全。」

【用法】比喻寧願爲正義而獻身，不肯爲偷生而苟全。

【例句】他抱著～的決心，加入了抗敵軍。

擰眉立目

【解釋】緊擰雙眉，直瞪兩眼。

【用法】形容發怒的樣子。也作「擰眉瞪眼」。

【例句】這個暴躁的小伙子，還沒有聽清楚是怎麼回事，就～地吵了起來。

奴顏婢膝

【出處】晉・葛洪《抱朴子・交際》：「以岳峙獨立者爲澀吝疏拙，以奴顏婢睞者爲曉解當世。」

【解釋】奴：奴。顏：顏面。婢：婢女。膝：膝蓋，指下跪。奴才的面孔，婢女的膝蓋。

【用法】形容卑鄙、諂媚的奴才相。

【例句】明代的宦官亂政，使得朝廷出現～的人，使明代滅亡的脚步也近了。

奴顏媚骨（ㄋㄨˊ ㄧㄢˊ ㄇㄟˋ ㄍㄨˇ）

【解釋】媚：獻媚。一張奴才面孔，一副向人獻媚的骨頭。

【用法】形容低三下四、向人討好的醜態。

【例句】他看不慣他父親向敵人～逢迎諂媚的模樣，就離家從軍，決心與敵人斡旋到底。

駑馬戀棧（ㄋㄨˊ ㄇㄚˇ ㄌㄧㄢˋ ㄓㄢˋ）

【出處】唐・房玄齡等《晉書・宣帝紀》：「（曹）爽（桓）範內疏而智不及，駑馬戀棧豆，必不能用也。」

【解釋】駑馬：劣馬，跑不快的馬。戀：貪戀、留戀。棧：養牲畜的竹木棚或柵欄。

【用法】比喻沒有才智的人只顧眼前利益。

【例句】他寧可拋棄自己的專長，也絕不肯離開家門一步，眞是～，胸無大志！

【附註】原作「駑馬戀棧豆」。棧豆：飼養牲口的豆料。劣馬只會貪戀馬廄裏的豆料。

駑馬鉛刀（ㄋㄨˊ ㄇㄚˇ ㄑㄧㄢ ㄉㄠ）

【出處】南朝・宋・范曄《後漢書・隗囂傳》：「昔文王三分，猶服事殷。但駑馬鈆（鉛）刀，不可強扶。」

【解釋】駑馬：劣馬，跑不快的馬。鉛刀：用鉛做成的鈍刀。

【用法】比喻才能平庸。

【例句】我缺乏應付複雜情況的能力，～，實在擔當不了這項艱巨的任務。

駑馬十駕（ㄋㄨˊ ㄇㄚˇ ㄕˊ ㄐㄧㄚˋ）

【出處】《荀子・勸學》：「騏驥一躍，不能十步；駑馬十駕，功在不舍。」

【解釋】駑馬：劣馬，跑不快的馬。十駕：馬拉車十天所走的路程（馬拉車一天叫一駕）。劣馬拉車行十天也可以走很遠的路程。

【用法】比喻人能力雖不強，但只要堅持不懈地努力，也能夠求得長進。

【例句】雖然我的能力差了些，但我相信～，仍有趕上的一天。

努張劍拔（ㄋㄨˇ ㄓㄤ ㄐㄧㄢˋ ㄅㄚˊ）

見「劍拔弩張」。

怒不可遏（ㄋㄨˋ ㄅㄨˋ ㄎㄜˇ ㄜˋ）

【出處】清・李寶嘉《官場現形記》第二十七回：「賈大少爺正在自己動手掀王師爺的舖蓋，被王師爺回來從門縫裏瞧見，頓時氣憤塡膺，怒不可遏。」

【解釋】遏：止住。憤怒得抑制不住。

【用法】形容非常憤怒。

【例句】他聽到他的兒子居然敢偷拿錢，實在～，馬上一巴掌打過去。

怒目切齒（ㄋㄨˋ ㄇㄨˋ ㄑㄧㄝ ㄔˇ）

【出處】晉・劉伶《酒德頌》：「聞吾風聲，議其所以，乃奮袂攘衿，怒目切齒。」

【解釋】怒目：怒視的樣子。切齒：咬緊牙齒。

【用法】形容憤怒到極點。

【例句】談到敵人的惡行，這些有志青年都不禁～，熱血沸騰。

怒目而視 ㄋㄨˋ ㄇㄨˋ ㄦˊ ㄕˋ

【出處】明．施耐庵《水滸傳》第八十回：「林沖、楊志怒目而視，有欲要發作之色。」

【用法】形容十分憤怒的神情。

【例句】眼見他們兩人～，就要大打出手，旁觀者都擁上前拉住他們。

怒髮衝冠 ㄋㄨˋ ㄈㄚˇ ㄔㄨㄥ ㄍㄨㄢ

【出處】宋．岳飛《滿江紅》詞：「怒髮衝冠，凭欄處，瀟瀟雨歇。」

【解釋】憤怒得連頭髮都豎立起來，頂起帽子。

【用法】形容憤怒到極點。

【例句】聽到這個令人十分氣憤的消息，青年們無不～。

【附註】「冠」當名詞，作帽子講，應讀ㄍㄨㄢ。

怒猊渴驥 ㄋㄨˋ ㄋㄧˊ ㄎㄜˇ ㄐㄧˋ

【出處】宋．歐陽修等《新唐書．徐浩傳》：「始，浩父嶠之善書，以法授浩，益工。嘗書四十二幅屏，八體皆備，草隸尤工，世狀其法曰：『怒猊抉石，渴驥奔泉』云。」

【解釋】猊：獅子。驥：駿馬。像憤怒的獅子撬扒石頭，口渴的駿馬奔向泉水。

【用法】形容書法遒勁奔放。

【附註】也作「渴驥怒猊」。

怒火中燒 ㄋㄨˋ ㄏㄨㄛˇ ㄓㄨㄥ ㄕㄠ

【解釋】中：指心中。

【用法】怒火在心中燃燒著。

【例句】看到敵人殘害我邊民的慘景，人們不由得～，紛紛要求向敵人討還血債。

怒氣衝天 ㄋㄨˋ ㄑㄧˋ ㄔㄨㄥ ㄊㄧㄢ

【出處】明．施耐庵《水滸傳》第三十四回：「秦明怒氣衝天，大驅兵馬，投西山邊來。」

【例句】老爺爺聽到這件事，不禁～，拄著枴杖就要找對方算賬。

怒形於色 ㄋㄨˋ ㄒㄧㄥˊ ㄩˊ ㄙㄜˋ

【出處】明．淩濛初《初刻拍案驚奇》第十卷：「太守見他言詞反覆，已自怒形於色。」

【解釋】形：顯現。色：臉色。

【例句】小民一進家門，看到爸爸手拿著棍子，～，就知道壞事被發現了。

諾諾連聲 ㄋㄨㄛˋ ㄋㄨㄛˋ ㄌㄧㄢˊ ㄕㄥ

【出處】明．施耐庵《水滸傳》第六：「洒家俗姓魯，法名智深。休說你這三二十個人直甚麼，便是千軍萬馬隊中，俺敢直殺的入去出來，衆潑皮喏喏連聲，拜謝了去。」

【解釋】諾諾：也作「喏喏」，答應聲，表示同意、順從。

【用法】一聲緊跟一聲答應，表示特別順從。

【例句】這個奴才，對於洋主子的一切吩咐都～、唯命是從。

濃妝豔抹 ㄋㄨㄥˊ ㄓㄨㄤ ㄧㄢˋ ㄇㄛˇ

【出處】元．王子一《誤入桃源》第二折：「一個個濃妝豔裹，一對對妙舞輕歌。」

【用法】形容女子打扮得很濃豔。

【例句】《水滸傳》第四回：「那女孩濃妝豔裹，從裏面出來。」

【附註】也作「濃妝豔裹」。

弄兵潢池 ㄋㄨㄥˋ ㄅㄧㄥ ㄏㄨㄤˊ ㄔˊ

見「潢池弄兵」。

弄斧班門 ㄋㄨㄥˋ ㄈㄨˇ ㄅㄢ ㄇㄣˊ

見「班門弄斧」。

弄鬼掉猴 ㄋㄨㄥˋ ㄍㄨㄟˇ ㄉㄧㄠˋ ㄏㄡˊ

【出處】清・曹雪芹《紅樓夢》第四十六回：「你知道，老爺跟前竟沒個可靠的人，心裏再要買一個，又怕那些牙子家出來的，不乾不淨，也不知道毛病兒，買了來家，三日兩日，又弄鬼掉猴的。」

【解釋】搞鬼花樣，耍猴把戲。

【用法】形容不馴順，調皮搗蛋。

【例句】這班學生非常調皮，成天～，也唯有王老師的愛心治得了他們。

弄假成眞 ㄋㄨㄥˋ ㄐㄧㄚˇ ㄔㄥˊ ㄓㄣ

【出處】元・無名氏《隔江斗智》第二折：「那一個掌親的，怎知道弄假成眞。」

【用法】本來是要弄假的，結果竟成了眞的。

【例句】他本來只是開開玩笑，沒想到却～，不知如何收場。

弄斤操斧 ㄋㄨㄥˋ ㄐㄧㄣ ㄘㄠ ㄈㄨˇ

【出處】宋・張表臣《珊瑚鉤詩話》卷一：「篇章以含蓄天成爲上，破碎琱鎪爲下，如楊大年西崑體非不佳也，而弄斤操斧太甚，所謂七日而混沌死也。」

【解釋】斤：古代砍伐樹木的工具。操：抓在手裏，拿。拿斧頭砍東西。

【用法】比喻對作品的雕琢。

【例句】文章當然要求辭藻優美，但若～太甚，反失去自然之美。

弄巧成拙 ㄋㄨㄥˋ ㄑㄧㄠˇ ㄔㄥˊ ㄓㄨㄛˊ

【出處】宋・黃庭堅《拙軒頌》：「弄巧成拙，爲蛇畫足。」

【用法】本想賣弄聰明，反而做了蠢事。

【例句】她總想取個巧兒，不想又總是～，反而費了事。

弄性尚氣 ㄋㄨㄥˋ ㄒㄧㄥˋ ㄕㄤˋ ㄑㄧˋ

【解釋】弄性：要小性，任性。尙：注重。

【用法】任性，好意氣用事。

【例句】遇事要冷靜些，千萬不要～。

弄璋之喜 ㄋㄨㄥˋ ㄓㄤ ㄓ ㄒㄧˇ

【出處】《詩經・小雅・斯干》：「乃生男子，載寢之床，載衣之裳，載弄之璋。」鄭玄箋：「玩之璋者，欲其比德焉。」

【解釋】璋：玉器。弄璋：古人把璋給男孩玩，希望他將來有玉一樣的品德。

【用法】用以祝賀生男孩的賀辭。

【例句】恭喜你有～。

弄神弄鬼 ㄋㄨㄥˋ ㄕㄣˊ ㄋㄨㄥˋ ㄍㄨㄟˇ

【出處】清・曹雪芹《紅樓夢》第一百十四回：「幾年老翁不在家，這些人就弄神弄鬼兒的，鬧得一個人不敢到園裏，這都是家人的弊端。」

【用法】指故意製造怪異的假象，胡亂

搗鬼。

【例句】你別在這兒～地想嚇人。

弄瓦之喜

【出處】《詩經・小雅・斯干》：「乃生女子，載寢之地，載衣之裼，載弄之瓦。」

【解釋】瓦：原始的紡錘。弄瓦：古人把瓦給女孩玩，希望她將來能善於女紅。

【用法】用以祝賀人家生女兒時的賀辭。

【例句】參考「弄璋之喜」。

〔ㄌ部〕

拉三扯四
ㄌㄚ ㄙㄢ ㄔㄜˇ ㄙˋ

【出處】清・曹雪芹《紅樓夢》第四十六回：「願意不願意，你也好說，犯不着拉三扯四的。」
【解釋】拉：生拉。扯：硬拽。三、四：指「這」和「那」。
【用法】形容在言談中生拉硬拽其他不相干的人或事。
【例句】關於你所說的事，是誰的責任就是誰的責任，絕不能～。

樂不可支
ㄌㄜˋ ㄅㄨˋ ㄎㄜˇ ㄓ

【出處】南朝・宋・范曄《後漢書・張堪傳》：「百姓歌曰：『桑無附枝，麥穗兩歧，張公爲政，樂不可支。』」
【解釋】支：支撐。
【用法】形容快樂到極點。
【例句】清・李汝珍《鏡花緣》第八十四回：「蘭言夫子聽了寶雲夫子之話，正中心懷，～，如何肯去攔阻。」

樂不思蜀
ㄌㄜˋ ㄅㄨˋ ㄙ ㄕㄨˇ

【出處】晉・陳壽《三國志・蜀書・後主禪傳》裴松之注引《漢晉春秋》載：劉禪投降司馬昭後被遷往洛陽，仍然過著荒淫的生活。有一天，司馬昭問他：「頗思蜀否？」他回答說：「此間樂，不思蜀。」
【解釋】蜀：今四川省，三國時期蜀國的地方。
【用法】比喻樂而忘返或樂而忘本。
【例句】我出差到這裏已經一年了，這地方不僅風景優美。而且人情淳厚，住在這裏，我眞有點～了。

樂天知命
ㄌㄜˋ ㄊㄧㄢ ㄓ ㄇㄧㄥˋ

【出處】《周易・系辭上》：「樂天知命，故不憂。」
【解釋】天：指天命。命：命運。
【用法】①指甘心樂意服從上天的意志，安於個人的命運遭際。②也指滿足於現狀，得過且過。
【例句】許多人爲了爭名奪利，整天勾心鬥角，心靈不得安寧，唯～，才有眞正快樂的生活。

樂禍幸災
ㄌㄜˋ ㄏㄨㄛˋ ㄒㄧㄥˋ ㄗㄞ

見「幸災樂禍」。

樂極生悲
ㄌㄜˋ ㄐㄧˊ ㄕㄥ ㄅㄟ

【出處】漢・司馬遷《史記・滑稽列傳》：「故曰：『酒極則亂，樂極則悲。』」
【用法】高興得過了頭，轉而招致悲傷的事。
【例句】參加登山活動，一定要注意安全，以免～，乘興而來，敗興而歸。

樂善好施
ㄌㄜˋ ㄕㄢˋ ㄏㄠˋ ㄕ

【出處】漢・司馬遷《史記・樂書二》：「聞徵音，使人樂善而好施；聞羽音，使人整齊而好禮。」
【用法】指樂於爲善、施捨。指愛做好事，熱心資助有困難的人。
【例句】因爲施先生～，每個月必寄錢給育幼院，且只要有多賺的錢，必定拿出來爲社區做事，因此得到「好好先生」的封號。

【附註】①也作「好善樂施」。②「好」不能念成ㄏㄠˇ。

樂此不疲（ㄌㄜˋ ㄘˇ ㄅㄨˋ ㄆㄧˊ）

【出處】南朝・宋、范曄《後漢書・光武帝紀下》：「我自樂此，不爲疲也。」

【解釋】樂於此道，不知疲倦。

【用法】指特別喜愛某種事物，沉溺其中，沒有厭煩或疲倦的時候。

【例句】前幾年我迷上了寫詩，白天晚上，總是寫呀寫的，把什麼都忘了，大有「～」的勁頭。

【附註】也作「樂此不倦」。

樂而忘返（ㄌㄜˋ ㄦˊ ㄨㄤˋ ㄈㄢˇ）

【出處】唐・房玄齡等《晉書・苻堅載記上》：「堅嘗如鄴，狩於西山，旬餘，樂而忘返。」

【解釋】樂：游樂。返：回家。

【用法】指遊樂竟然忘記了回家。

【例句】暑假期間，我們一起旅遊，一路上山光水色，明媚宜人，使人～。

樂以忘憂（ㄌㄜˋ ㄧˇ ㄨㄤˋ ㄧㄡ）

【出處】《論語・述而》：「發憤忘食，樂以忘憂。」

【用法】形容非常愉快。

【例句】明・吳承恩《西遊記》第五十四回：「三藏聞言，似夢初覺，～，稱謝不盡。」

來之不易（ㄌㄞˊ ㄓ ㄅㄨˋ ㄧˋ）

【出處】明・朱柏廬《治家格言》：「一粥一飯，當思來處不易；半絲半縷，恒念物力維艱。」

【用法】得來很不容易。

【例句】我們的這點成績～，萬不可半途而廢。

來者不善，善者不來（ㄌㄞˊ ㄓㄜˇ ㄅㄨˋ ㄕㄢˋ，ㄕㄢˋ ㄓㄜˇ ㄅㄨˋ ㄌㄞˊ）

【用法】指來的人不懷好意。

【例句】「～」，他們既然找上門來，我們倒要想辦法應付了。

來者不拒（ㄌㄞˊ ㄓㄜˇ ㄅㄨˋ ㄐㄩˋ）

【出處】《孟子・盡心下》：「夫子之設科也，往者不追，來者不拒。」

【用法】指對於來了的一切無不接受。

【例句】方老師古道熱腸，對登門求教的人，從來是～的。

來者可追（ㄌㄞˊ ㄓㄜˇ ㄎㄜˇ ㄓㄨㄟ）

【出處】《論語・微子》：「楚狂接輿歌而過，孔子曰：『鳳兮！鳳兮！何德之衰？往者不可諫，來者猶可追。』」

【解釋】追：趕上。

【用法】指將來還能補救。

【例句】過去走了錯路，也用不著洩氣，～，吸取教訓，還是可以趕上去的。

來日方長（ㄌㄞˊ ㄖˋ ㄈㄤ ㄔㄤˊ）

【解釋】來日：未來的日子，將來。方：正。未來的日子正長著呢。

【用法】①一般用於表示某些暫時還不能達到目的的事情，在未來還有成功的可能。②有時也作爲沒有抓緊時間的托詞。

【例句】你不要爲一次的失敗而灰心喪志，～，只要肯努力，我相信你會成功的。

來往如梭

【解釋】梭：織布機上的梭子。來去不停，像織布的梭子似的。

【用法】形容來往頻繁。

【例句】江流蜿蜒，遠處望見一艘艘大小漁船在江上～。

羸形垢面

【出處】《南岳彌陀和尚碑》：「羸形垢面，躬負薪蕕。」（蕕ㄧㄡˊ：木柴。）

【解釋】羸：瘦弱。形：身體。垢：骯髒。瘦弱的身體，骯髒的外表。

【用法】形容勞苦狼狽的樣子。

【例句】雖然他只不過四十幾歲的年紀，但～，看上去簡直是一個六十歲的老人了。

【附註】注意「羸」的寫法及正確讀音。

雷霆之怒

【出處】元・孟德耀《舉案齊眉》第四折：「告大人暫息雷霆之怒，略罷虎狼之威。」

【解釋】雷霆：疾雷、霹靂。好像疾雷那樣的暴怒。

【用法】形容突然暴發的盛怒。

【例句】請您暫息～，讓我作一個解釋，一定可以給您一個滿意的回答。

雷霆萬鈞

【出處】漢・賈山《至言》：「雷霆之所擊，無不摧折者；萬鈞之所壓，無不糜滅者。今人主之威，非特雷霆也。」

【解釋】雷霆：疾雷，霹靂，比喻威力。鈞：古代重量單位，約合當時的三十斤。

【用法】形容威力極大，勢不可擋。

【例句】這次颱風帶著狂風暴雨，～橫掃過台灣，各地都傳出嚴重的災情。

雷厲風行

【出處】「行」原作「飛」。宋・歐陽修等《新唐書・韓愈傳》：「陛下即位以來，親躬聽斷，旋乾轉坤，關機闔開，雷厲風飛。」

【解釋】厲：猛烈。像打雷那樣猛烈，像刮風那樣迅疾。

【用法】形容執行政策嚴厲，辦事認眞迅速。

【例句】明・凌濛初《二刻拍案驚奇》第二十六卷：「且說李御史到了福建，巡厲地方，祛蠹除奸，～，且是做得厲害。」

雷聲大，雨點小

【出處】宋・釋道原《景德傳燈錄・卷二十八・大法眼文益禪師》：「雷聲甚大，雨點全無。」

【用法】比喻造成的聲勢很大，但實際行動很差或收效很小。

【例句】這種虛張聲勢的作法，不過是「～」，過去也就完了。

累牘連篇

見「連篇累牘」。

累卵之危

【出處】南朝・宋・范曄《後漢書・陳寔傳》：「若欲徙萬乘以自安，將有累卵之危，崢嶸之險。」

【解釋】累：堆疊。堆起來的雞蛋很容

易跌破。
【用法】比喻很不穩定的危險局勢。
【例句】戍守重鎖的守軍們，雖見敵軍重重包圍，有如～，卻仍不肯退卻一步。

累月經年

【解釋】累：累積。月復一日，年復一年。
【用法】形容時間很長久。
【例句】我們這些地質勘探隊員，～都在深山裏跋涉着。

淚出痛腸

【出處】明・羅貫中《三國演義》第五十六回：「事實兩難，因此淚出痛腸。」
【解釋】痛腸：傷痛的內心。
【用法】指因心裏難過而流出了眼淚。
【例句】聽到他因搶劫而被判死刑，他的父母不禁～。

淚如泉湧

【出處】明・羅貫中《三國演義》第八回：「(王)允曰：『汝可憐漢天下生靈！』言訖，淚如泉湧。」
【解釋】湧：水從地下向上冒出。眼淚像泉水似地湧了出來。
【用法】形容十分悲傷。
【例句】他聽到故鄉傳來父母雙亡的惡耗，不禁～。

淚如雨下

【出處】明・吳承恩《西遊記》第三十八回：「忽失聲淚如雨下。」
【解釋】眼淚像下雨似地流了出來。
【用法】形容十分悲傷。

類是而非

【出處】《呂氏春秋・察傳》：「辭多類非而是，多類是而非，是非之徑，不可不分。」
【解釋】類：類似，像。是：正確的。非：錯誤的。
【用法】指好像是正確的，實際上是錯誤的。
【例句】他的這番高論～，是禁不起推敲的。

勞民傷財

【出處】《周易・節》：「不傷財，不害民。」
【解釋】勞：勞累。傷：傷耗。
【用法】指濫用人力物力，造成很大的浪費。
【例句】明，吳承恩《西遊記》第九十二回：「以後你們府縣再不可供獻金燈，～也。」

勞苦功高

【出處】漢・司馬遷《史記・項羽本紀》：「勞苦而功高如此，未有封侯之賞，而聽細說，欲誅有功之人，此亡秦之續耳！」
【用法】指出極大的力氣，立下了很高的功勞。
【例句】這些～的老師們，深受學生的敬愛。

勞形苦神

【解釋】形：形體。神：精神。勞累形體，費盡精神。

【用法】指用心用力，認眞幹事。
【例句】我儘管～，還是不能把事情辦得盡善盡美。

勞師動衆（ㄌㄠˊ ㄕ ㄉㄨㄥˋ ㄓㄨㄥˋ）

見「興師動衆」。

勞而不獲（ㄌㄠˊ ㄦˊ ㄅㄨˋ ㄏㄨㄛˋ）

【解釋】獲：收獲。
【用法】指付出了勞動，但沒有得到應有的報酬。
【例句】他工作非常認眞，但因方法不對，往往～，眞是可惜！

勞而不怨（ㄌㄠˊ ㄦˊ ㄅㄨˋ ㄩㄢˋ）

【出處】《論語・里仁》：「子曰：『事父母幾諫，見志不從，又敬不違，勞而不怨。』」（指父母不聽從自己意見，雖然憂愁，但不怨恨。）
【解釋】勞：勞苦、勞累。雖然很辛苦、很勞累卻沒有怨言。
【用法】①形容孝子事親的態度。②也指合理調用人力，人民雖勞苦，也不埋怨。
【例句】他雖然工作繁重，常加班到深夜，卻～，眞是十分難得。

勞而無功（ㄌㄠˊ ㄦˊ ㄨˊ ㄍㄨㄥ）

【出處】《墨子・號令》：「地不得其任，則勞而無功。」
【用法】指付出了很多的勞動，卻沒有收到功效。
【例句】花了一年的力氣，結果是～，什麼成果也沒有搞出來。

勞燕分飛（ㄌㄠˊ ㄧㄢˋ ㄈㄣ ㄈㄟ）

【出處】古樂府《東飛伯勞歌》：「東飛伯勞西飛燕，黃姑織女時相見。」
【解釋】勞：伯勞鳥。伯勞鳥和燕子東西飛散。
【用法】比喻離別。
【例句】不久，我們就要～，各自東西了。
【附註】「勞」不能解釋成「勞苦」。

牢不可破（ㄌㄠˊ ㄅㄨˋ ㄎㄜˇ ㄆㄛˋ）

【出處】唐・韓愈《平淮西碑》：「大官臆決唱聲，萬口附和，並爲一談，牢不可破。」
【用法】指非常堅固，無法摧毀。
【例句】他的觀念陳舊，偏又～，令所有與他共事的人都頭痛萬分。

老蚌生珠（ㄌㄠˇ ㄅㄤˋ ㄕㄥ ㄓㄨ）

【出處】漢，孔融《與韋端書》：「前日元將來，淵才亮茂，雅度弘毅，偉世之器也。昨日仲將復來，懿性貞實，文敏篤誠，保家之主也。不意雙珠，近出老蚌，甚珍貴之。」（元將、仲將：韋端兩個兒子的字。）
【解釋】已經衰老的蚌又生出了珍珠。
【用法】比喻老年得子或有好兒子。
【例句】他們這對夫妻，一個年紀五十，另一個六十，卻生出一個白胖的兒子，眞是～。

老馬戀棧（ㄌㄠˇ ㄇㄚˇ ㄌㄧㄢˋ ㄓㄢˋ）

【出處】唐・房玄齡等《晉書・宣帝紀》：「駑馬戀棧豆。」
【解釋】戀：留戀。棧：馬棧。老馬不忍離開馬棧。
【用法】①比喻老年人戀念舊情。②也

指年老還貪戀祿位。

【例句】當我必須離開住了三十年之久的這個小鎮的時候，一種「～」的情緒油然襲上了心頭，

老馬識途

ㄌㄠˇ ㄇㄚˇ ㄕˋ ㄊㄨˊ

【出處】《韓非子．說林上》：「管仲、隰（ㄒㄧˊ）朋從（齊）桓公伐孤竹，春往冬反（返），迷惑失道。管仲曰：『老馬之智可用也。』乃放老馬而隨之，遂得道。」

【用法】比喻經驗豐富的年長的人熟悉情況，在工作中能找到正確的途徑並發揮帶頭作用。

【例句】對於這種工作，你是～，一定可以勝任。

老馬嘶風

ㄌㄠˇ ㄇㄚˇ ㄙ ㄈㄥ

【出處】清．文康《兒女英雄傳》第三十七回：「這位舅太太也就算得個『老馬嘶風，英心未退』了！」

【用法】比喻人老而雄心猶在。

【例句】他雖已七十高齡，卻仍想征服這座高峯，眞是～，雄心不退。

老謀深算

ㄌㄠˇ ㄇㄡˊ ㄕㄣ ㄙㄨㄢˋ

【用法】形容人富有經驗，辦事老練、周詳。

【例句】薑是老的辣，你一個剛出道的毛頭小子，又怎敵得過～的他？

老大徒傷

ㄌㄠˇ ㄉㄚˋ ㄊㄨˊ ㄕㄤ

【出處】唐．杜甫《曲江對酒》詩：「吏情更覺滄州遠，老大徒傷未拂衣。」

【解釋】老大：年紀大。徒：徒然。

【用法】指年老了而一事無成，徒然悲傷而已。

【例句】我們是一群幸運兒，能到學校求學，如現在不努力，將來就會自覺～。

老大無成

ㄌㄠˇ ㄉㄚˋ ㄨˊ ㄔㄥˊ

【出處】清．李汝珍《鏡花緣》第十回：「既不能顯親揚名，又不能興邦定業，碌碌人世，殊愧老大無成。」

【解釋】老大：年老。

【用法】指年紀已經老人而事業卻沒有成就。

【例句】他因好玩不學，沒有任何技能，因此一直找不到工作，一直到四十歲，還在掃馬路，人家都恥笑他～。

老當益壯

ㄌㄠˇ ㄉㄤ ㄧˋ ㄓㄨㄤˋ

【出處】南朝．宋．范曄《後漢書．馬援傳》：「丈夫爲志，窮當益堅，老當益壯。」

【解釋】當：應當。益：更加。

【用法】①原指年紀老而志氣應當更壯。②現多指雖然年老的幹勁很大（含有稱揚、勉勵的意思）。

【例句】他雖然已經八十九歲，卻仍每天晨泳，冬天也不間斷，眞是～。

老調重彈

ㄌㄠˇ ㄉㄧㄠˋ ㄔㄨㄥˊ ㄊㄢˊ

見「重彈老調」。

老態龍鍾

ㄌㄠˇ ㄊㄞˋ ㄌㄨㄥˊ ㄓㄨㄥ

【出處】宋．陸游《聽雨》詩：「老態龍鍾疾未平，更堪俗事敗幽情。」

【解釋】龍鍾：行動不靈便。

【用法】形容人年老體弱，行動遲緩、不靈活的樣子。

【例句】才六十歲，他已經～，走路都需要人扶持了。

【附註】也作「龍鍾老態」。

老牛破車（ㄌㄠˇ ㄋㄧㄡˊ ㄆㄛˋ ㄔㄜ）

【用法】比喻做事慢慢騰騰，工作效率很低。

【例句】我們應當雷厲風行，而不能像～一樣，拖拖拉拉。

老牛舐犢（ㄌㄠˇ ㄋㄧㄡˊ ㄕˋ ㄉㄨˊ）

【出處】南朝・宋・范曄《後漢書・楊彪傳》：「子修為曹操所殺。操見彪問曰：『公何瘦之甚？』對曰：『愧無日磾先見之明，憂懷老牛舐犢之愛。』」（日磾指金日磾，漢匈奴休屠王太子，漢武帝時拜將軍。）

【解釋】舐：舔。犢：小牛。老牛舔小牛。

【用法】比喻父母對子女的慈愛。

【例句】四十多年來，我們與兒子天各一方，無法照顧他，教育他，但～之愛怎麼會沒有呢？夜裏，我們常想着他、夢見他。

【附註】「舐」不能念成ㄉㄧˇ。

老淚縱橫（ㄌㄠˇ ㄌㄟˋ ㄗㄨㄥˋ ㄏㄥˊ）

【解釋】縱橫：豎一條橫一條的樣子。

【用法】形容老年人極度傷心時，淚流滿面的樣子。

【例句】面對着這些遭難的珍貴文物，李老心碎欲裂，～，泣不成聲。

老吏斷獄（ㄌㄠˇ ㄌㄧˋ ㄉㄨㄢˋ ㄩˋ）

【解釋】吏：司法官。獄：案件。老司法官判斷案件。

【用法】形容有豐富經驗的人，判斷是非又快又準。

【例句】陳法官在十幾日之內就把這件複雜的案件審理終結，眞不愧是～，又快又準。

老練通達（ㄌㄠˇ ㄌㄧㄢˋ ㄊㄨㄥ ㄉㄚˊ）

【用法】指老成幹練，通曉事理。

【例句】德公～，深謀遠慮，他什麼事都有自己的一套辦法。

老鶴乘軒（ㄌㄠˇ ㄏㄜˋ ㄔㄥˊ ㄒㄩㄢ）

【出處】《左傳・閔公二年》「冬十二月，狄人伐衛，衛懿公好鶴，鶴有乘軒者。將戰，國人受甲使皆曰：『使鶴！鶴實有祿位，余焉能戰？』」

【解釋】軒：古代官員坐的車子。

【用法】比喻濫居祿位。

老驥伏櫪（ㄌㄠˇ ㄐㄧˋ ㄈㄨˊ ㄌㄧˋ）

【出處】三國・魏・曹操《步出夏門行》詩：「老驥伏櫪，志在千里；烈士暮年，壯心不已。」

【解釋】驥：千里馬。櫪：馬槽。千里馬趴在槽頭，但志向卻仍想奔馳千里。

【用法】比喻年老的人，仍懷有雄心壯志。

【例句】他已七十有餘，仍然堅持科學研究工作，並且決心攻下遺傳變異的難關，眞是「～，志在千里」！

老街舊鄰（ㄌㄠˇ ㄐㄧㄝ ㄐㄧㄡˋ ㄌㄧㄣˊ）

【用法】指相處多年的左鄰右舍或老鄉親。

【例句】我在這兒住了快四十年了，～，誰家的事我都很清楚。

老奸巨猾

【出處】宋・司馬光《資治通鑑・唐紀・玄宗開元二十四年》：「（李林甫）好以甘言啗人，而陰中傷之，不露辭色，凡爲上所厚者，始則親結之，及位勢稍逼，輒以計去之。雖老奸巨滑，無能逃於其術者。」

【解釋】奸：奸詐。猾：狡猾。

【用法】形容人極其奸詐狡猾。

【例句】這人心懷狡詐～，常設計別人，使人背黑鍋，大家認清了他的眞面目，便不再與他交往。

老氣橫秋

【出處】南朝・齊・孔稚珪《北山移文》：「風淸張日，霜氣橫秋。」

【解釋】老氣：老成練達的氣派。橫：橫貫，縱橫貫穿。

【用法】①形容神氣嚴肅、自負的樣子。②又形容人老成幹練，卓然不群。③也形容人死板，暮氣很重的樣子。④現常用以形容年輕人沒有朝氣。

【例句】他其實並不算老，卻一副～的樣子。

老羞成怒

見「惱羞成怒」。

老成練達

【出處】明・羅貫中《三國演義》第一百二十回：「杜預爲人，老成練達，好學不倦，最喜歡左丘明《春秋傳》。」

【解釋】練達：指閱歷多而通達人情。

【用法】指穩重老練，通達事理。

【例句】他做事～，一點都不像是一個二十出頭的毛頭小伙子。

老成持重

【出處】元・脫脫等《宋史・种師中傳》：「師中老成持重，爲時名將，諸軍自是氣奪。」

【解釋】老成：老練成熟。持重：穩重，不輕浮。

【用法】形容人有豐富的經驗、閱歷，態度沉穩，不輕舉妄動。

【例句】他是一個～的人，對於任何問題都不會不經思考就下結論。

老生常談

【出處】晉・陳壽《三國志・魏書・管輅傳》：「此老生之常譚（談）。」

【解釋】老生：老書生。老書生經常談論的事物或觀點。

【用法】指陳腐過時的言論或聽慣了的老話。

【例句】我懶得應酬，說來說去，全是聽膩了的～。

老弱婦孺

【解釋】年老的、體弱的婦女、小孩。

【用法】指沒有生活能力而需要別人扶持照顧的人。

【例句】敵人進行了殘酷的大屠殺，就連～也不能倖免。

老弱殘兵

【出處】明・羅貫中《三國演義》第三十二回：「城中無糧，可發老弱殘兵並婦人出降，彼必不爲備，我即以兵繼百姓之後出攻之。」

【解釋】衰老、體弱或身體有傷殘的士兵。
【用法】比喻由於年老、體弱或其它原因而工作能力較差的一些人。
【例句】不要看不起我們這些～，這裏的工作，我們照樣完成得很好。

老蠶作繭 ㄌㄠˇ ㄘㄢˊ ㄗㄨㄛˋ ㄐㄧㄢˇ

【出處】宋・蘇軾《石芝》詩：「老蠶作繭何時脫，夢想至人空激烈。」
【解釋】老蠶不停吐絲作繭。
【用法】比喻人雖年老，還勉力上進。
【例句】我雖已年近古稀，然而～，我仍希望有生之年，再為國家盡點力。

老死不相往來 ㄌㄠˇ ㄙˇ ㄅㄨˋ ㄒㄧㄤ ㄨㄤˇ ㄌㄞˊ

見「雞犬之聲相聞，老死不相往來」。

老而彌堅 ㄌㄠˇ ㄦˊ ㄇㄧˊ ㄐㄧㄢ

【解釋】彌：更加。
【用法】指人老了，志向卻更加堅定。
【例句】侯老教授雖然已是七十高齡的人了，但在科研和教學上仍然在不斷地鑽研，這種～的精神眞令人敬佩。

老於世故 ㄌㄠˇ ㄩˊ ㄕˋ ㄍㄨˋ

【解釋】老：老練，富有經驗。世故：待人接物等處世經驗。
【用法】形容閱歷很深，處世經驗很豐富。
【例句】他走南闖北，～，什麼樣的場面都遇到過。

老嫗能解 ㄌㄠˇ ㄩˋ ㄋㄥˊ ㄐㄧㄝˇ

【出處】相傳唐代詩人白居易作詩，常讀給家中老年僕婦聽，如果她們不懂，就重新改寫。宋・惠洪《冷齋夜話》卷一「白樂天每作詩，問曰解否？嫗曰解，則錄之；不解，則易之。」
【解釋】嫗：婦女。
【用法】形容詩文通俗易懂。
【例句】白居易的詩深入淺出，通俗易懂，～，因此，當時到處都能聽到男女老少在吟白居易的詩。
【附註】「嫗」不能念成ㄑㄩ。

漏脯充飢 ㄌㄡˋ ㄈㄨˇ ㄔㄨㄥ ㄐㄧ

【出處】晉・葛洪《抱朴子・嘉遯》：「咀漏脯以充飢，酣鴆酒以止渴也。」
【解釋】脯：乾肉。漏脯：沾有屋頂漏水的乾肉，據說有毒。亦說「漏脯」是「臭肉」。吃有毒的乾肉充飢。
【用法】比喻只顧解決眼前的困難，不考慮後患。
【例句】他不顧一切地把老本都拼上了，這實際上是～，飲鴆止渴。

漏洞百出 ㄌㄡˋ ㄉㄨㄥˋ ㄅㄞˇ ㄔㄨ

【解釋】漏洞：指說話、做事等不周密的地方；破綻或不合乎情理的地方很多。
【用法】比喻紕漏、破綻或不合乎情理的地方很多。
【例句】這篇文章是站不住脚的，許多地方～，自相矛盾，簡直不值一讀。

漏泄春光 ㄌㄡˋ ㄒㄧㄝˋ ㄔㄨㄣ ㄍㄨㄤ

【出處】唐・杜甫《臘日》詩：「侵陵雪邊還萱草，漏泄春光有柳條。」
【解釋】春光：春天的風光景色。
【用法】①透露出春天來臨的信息。②比喻洩露秘密或暗中傳遞消息。

【例句】她還不好意思地極力遮掩她和小張已經相愛的眞情，哪裏知道，她自己寫給小張的一張字條，早已經～了。

漏卮難滿（ㄌㄡˋ ㄓ ㄋㄢˊ ㄇㄢˇ）

【出處】漢，劉安《淮南子·氾論訓》：「今夫溜水足以溢壺榼，而江河不能實漏卮。」

【解釋】卮：古代盛酒器。滲漏的酒器是難於斟滿的。

【用法】多比喻權利外溢。

漏網之魚（ㄌㄡˋ ㄨㄤˇ ㄓ ㄩˊ）

【出處】漢·司馬遷《史記·酷吏列傳》：「漢興，破觚而爲圜，斲雕而爲樸，網漏呑舟之魚。」

【解釋】從網眼裏漏出去的魚。

【用法】比喻僥倖逃脫的罪犯或敵人。

【例句】在這次對社會上的壞人進行淸查時，他靠着欺騙手段，居然溜了過去，成了～。

鏤冰雕朽（ㄌㄡˋ ㄅㄧㄥ ㄉㄧㄠ ㄒㄧㄡˇ）

【出處】唐·李延壽《北史·儒林傳序》：「鏤冰雕朽，迄用無成。」

【解釋】鏤、雕：雕刻。雕刻冰塊和朽木。

【用法】比喻勞而無功。

【例句】他把功夫用在了早經人們證實是不能成立的假設上，其結果是～，徒勞而已。

鏤骨銘心（ㄌㄡˋ ㄍㄨˇ ㄇㄧㄥˊ ㄒㄧㄣ）

見「銘肌鏤骨」。

鏤心刻骨（ㄌㄡˋ ㄒㄧㄣ ㄎㄜˋ ㄍㄨˇ）

【出處】明·許仲琳《封神演義》第九十六回：「妾等蒙陛下眷愛，鏤心刻骨，沒世難忘。」

【用法】形容感念深切，不能忘懷。

【例句】你對我的大恩，我眞是～，沒齒難忘。

鏤月裁雲（ㄌㄡˋ ㄩㄝˋ ㄘㄞˊ ㄩㄣˊ）

【出處】唐·李義府《堂堂詞》：「鏤月成歌扇，裁雲做舞衣。」

【解釋】鏤：雕刻。

【用法】比喻技藝精湛、巧妙。

【例句】她的手巧得很，一塊不起眼的石頭，經過她的手就變成一件奇巧的藝術品，眞是～，巧奪天工。

露才揚己（ㄌㄨˋ ㄘㄞˊ ㄧㄤˊ ㄐㄧˇ）

【出處】漢·班固《離騷序》：「今若屈原，露才揚己，競乎危國群小之間，以離讒賊。」（離：通「罹」。）

【解釋】露：顯露、炫耀。揚：顯示。

【用法】炫耀才能，表現自己。

【例句】他的確有點小聰明，但有個缺點就是喜歡～。

陋巷簞瓢（ㄌㄡˋ ㄒㄧㄤˋ ㄉㄢ ㄆㄧㄠˊ）

【出處】《論語·雍也》：「賢者（顏）回也。一簞食，一瓢飮，在陋巷，人不堪其憂，回也不改其樂。」

【解釋】陋：狹小、簡陋。簞：古代盛飯的圓形竹器。住在狹小的巷子裏，用簞裝飯吃，用瓢飮水喝。

【用法】形容生活貧困。

【例句】他雖然過著～的貧困生活，卻能安貧樂道，怡然自得。

陋巷菜羹（ㄌㄡˋ ㄒㄧㄤˋ ㄘㄞˋ ㄍㄥ）

【出處】唐・韓愈《與崔群書》：「人固有薄卿相之官，千乘之位，而甘陋巷菜羹者，同是人也。」

【解釋】陋：簡陋、狹小。菜羹：帶汁的菜，指粗茶淡飯。住在簡陋的房子裏，吃着普通的飯菜。

【用法】形容過艱苦的生活。

【例句】他唯一的要求是能有一個充分發揮自己才能的環境，至於生活上，就是～，也是不放在心上的。

藍田生玉（ㄌㄢˊ ㄊㄧㄢˊ ㄕㄥ ㄩˋ）

【出處】晉・陳壽《三國志・吳書・諸葛恪傳》裴松之注引《江表傳》：「恪少有才名，孫權謂其父瑾曰：『藍田生玉，眞不虛也。』」

【解釋】藍田：在陝西省，古時以出生美玉著名。藍田產美玉。

【用法】比喻賢父生賢子。

【例句】您的兒子，繼承您的事業，在科學上有了新的創見，這眞是～，後繼有人！

蘭心蕙性（ㄌㄢˊ ㄒㄧㄣ ㄏㄨㄟˋ ㄒㄧㄥˋ）

【出處】清・洪昇《長生殿・絮閣》：「恁蘭心蕙性，漫多度料。」

【解釋】蘭、蕙：香草名。芝蘭的心性，蕙草的性格。

【用法】比喻心地善良、高潔。

【例句】清・文康《兒女英雄傳》第八回：「況且他雖是個鄉村女子，外面生得一副月貌花容，心裏藏着一付～。」

蘭質蕙心（ㄌㄢˊ ㄓˋ ㄏㄨㄟˋ ㄒㄧㄣ）

見「蕙心紈質」。

蘭摧玉折（ㄌㄢˊ ㄘㄨㄟ ㄩˋ ㄓㄜˊ）

【出處】南朝・宋・劉義慶《世說新語・言語》：「毛伯成（毛玄）既負其才氣，常稱寧爲蘭摧玉折，不作蕭敷艾榮。」

【解釋】蘭：香草。玉：美玉。摧：毀滅。香草毀滅，美玉折斷。

【用法】用爲哀悼人不幸早死之辭。

蘭艾難分（ㄌㄢˊ ㄞˋ ㄋㄢˊ ㄈㄣ）

【出處】南朝・梁・沈約《宋書，沈攸之傳》：「今復相逼，起接鋒刃，交戰之日，蘭艾難分。土崩倒戈，宜爲蚤（早）計，無使一人迷昧，而九族就禍也。」

【解釋】蘭：香草名，比喻好人。艾：臭草，比喻壞人。

【用法】好人和壞人或自己人和敵人很難分得清。

【例句】他這個大盜，竟扮成君子，與一些君子在一起，大家對他崇敬有加，令人感到～。

蘭因絮果（ㄌㄢˊ ㄧㄣ ㄒㄩˋ ㄍㄨㄛˇ）

【出處】清・張潮《虞初新志・小青傳》：「蘭因絮果，現業維深。」

【解釋】比喻美好的結合。絮果：像飛絮各自飛揚，比喻離散的結果。

【用法】①比喻始合終離，婚姻不美滿。②也比喻人生禍福不定。

【例句】當初二人結婚多甜蜜美滿，哪知～，鬧到今日這種地步？

攬轡澄清（ㄌㄢˇ ㄆㄟˋ ㄔㄥˊ ㄑㄧㄥ）

【出處】南朝宋・范曄《後漢書・范滂傳》「滂登車攬轡，慨然有澄清天下之志。」

【解釋】澄清：澄水使清。

【用法】比喻掌握權力，澄清亂也。

【例句】清・龔自珍《己亥雜詩》：「少年攬轡澄清意，倦矣應憐縮手時。」

攬權納賄（ㄌㄢˇ ㄑㄩㄢˊ ㄋㄚˋ ㄏㄨㄟˋ）

【解釋】攬：把持。納：接納。把持權勢，並接受賄賂。

【用法】形容貪官污吏的罪惡行徑。

【例句】張衡任河間相時，對那些～之徒進行了制裁，百姓無不稱快。

攬權怙勢（ㄌㄢˇ ㄑㄩㄢˊ ㄏㄨˋ ㄕˋ）

【解釋】攬：把持。怙：憑借、依仗。

【用法】指總攬大權，依仗勢力。

【例句】那張湯卻～，大有順我者昌，逆我者亡的氣勢。

濫竽充數（ㄌㄢˋ ㄩˊ ㄔㄨㄥ ㄕㄨˋ）

【出處】《韓非子・內儲說上》：「齊宣王使人吹竽，必三百人。南郭處士請爲王吹竽，宣王說（悅）之，廩食以數百人。宣王死，湣王立，好一聽之，處士逃。」

【解釋】濫：不切實。竽：古時的簧管樂器。充數：湊數。指不會吹竽的人混在樂隊裏湊數。

【用法】①比喻沒有眞本領的人夾在能人裏充數。②也比喻用次貨冒充好貨。③有時也用作自謙之詞。

【例句】我的基礎不好，經驗又少，在這裏任教，不過是～而已！

【附註】「竽」不可寫成「芋」。

爛醉如泥（ㄌㄢˋ ㄗㄨㄟˋ ㄖㄨˊ ㄋㄧˊ）

【出處】南朝・宋・范曄《後漢書・儒林周澤傳》注引漢・應劭《漢官儀》：「北海周澤爲太常齋……諺曰：『居世不諧爲太常妻，一歲三百六十日，三百五十九日齋，一日不齋醉如泥，既作事復低迷。』」

【用法】指酒醉得像一灘爛泥。

【例句】他今天提出的提案與老總不合，老總大怒，當場炒他魷魚，他一難過，便喝得～。

狼狽不堪（ㄌㄤˊ ㄅㄟˋ ㄅㄨˋ ㄎㄢ）

【出處】晉・陳壽《三國志・蜀書・馬超傳》：「（梁）寬、（趙）衢閉冀城門，超不得入，進退狼狽。」

【解釋】狼狽：唐・段成式《酉陰雜俎》卷十六載：傳說狽是一種前腿極短的野獸，走路時要趴在狼身上，沒有狼就很難行動，故以「狼狽」形容困頓、窘迫的樣子。不堪：不能忍受，表示程度深。

【用法】形容處境極爲困難、窘迫。

【例句】他本是一個登山新手，卻不自量力去攀登玉山，當然是～地回來。

狼狽逃竄（ㄌㄤˊ ㄅㄟˋ ㄊㄠˊ ㄘㄨㄢˋ）

【解釋】狼狽：唐・段成式《酉陽雜俎》卷十六載：傳說狽是一種前腿極短的野獸，走路時要趴在狼身上，沒有狼就很難行動，故以「狼狽」形容困頓、窘迫的樣子。

【用法】形容逃跑時的醜態。

【例句】敵軍的殘部被我軍打得～。

狼狽爲奸 (ㄌㄤˊ ㄅㄟˋ ㄨㄟˊ ㄐㄧㄢ)

【解釋】唐・段成式《酉陽雜俎》卷十六載：傳說狽是一種與狼相似的野獸，前腿很短，行動時必須趴在狼上，否則就不能行動。狼和狽經常一起傷害牲畜。

【用法】比喻壞人互相勾結幹壞事。

【例句】他們兩人～，欺下瞞上，把一個公司弄得烏烟瘴氣。

狼奔豕突 (ㄌㄤˊ ㄅㄣ ㄕˇ ㄊㄨ)

【解釋】豕：野猪。突：亂撞。像狼一樣奔跑，像野猪一樣亂撞。

【用法】比喻壞人東奔西竄，任意作惡。

【例句】我們絕不能容許侵略者～，任意踐踏。

【附註】也作「豕突狼奔」。

狼多肉少 (ㄌㄤˊ ㄉㄨㄛ ㄖㄡˋ ㄕㄠˇ)

【用法】比喻財物少，而攫取者多（用於貶義）。

【例句】由於～，這伙人自己又火拚了起來。

狼貪鼠竊 (ㄌㄤˊ ㄊㄢ ㄕㄨˇ ㄑㄧㄝˋ)

【出處】明・于謙《出塞》詩：「瓦剌窮胡眞犬豕，敢向邊疆撓赤子。狼貪鼠竊去復來，不解偷生求速死。」

【解釋】像狼那樣貪婪狠毒，像老鼠那樣慣常偷竊。

【用法】形容貪心卑鄙的人。

【例句】清末政治腐敗，當官的盡是些～之輩，弄得民不聊生。

狼呑虎咽 (ㄌㄤˊ ㄊㄨㄣ ㄏㄨˇ ㄧㄢˋ)

【出處】清・李寶嘉《官場現形記》第三十四回：「不上一刻工夫，狼呑虎咽，居然吃個精光。」

【解釋】像狼、虎呑咽食物一樣。

【用法】形容吃東西又猛又急。

【例句】看着小李～的吃相，小張忍不住笑出了聲。

【附註】也作「虎咽狼呑」。

狼戾不仁 (ㄌㄤˊ ㄌㄧˋ ㄅㄨˋ ㄖㄣˊ)

【出處】漢・班固《漢書・嚴助傳》：「閩越王狼戾不仁，殺其骨肉。」

【解釋】狼戾：貪婪、凶狠。不仁：暴虐不人道。

【用法】形容貪狠殘暴，沒有人性。

【例句】明・羅貫中《三國演義》第五回：「檄文曰：董卓欺天罔地，滅國弑君……～。」

狼號鬼哭 (ㄌㄤˊ ㄏㄠˊ ㄍㄨㄟˇ ㄎㄨ)

見「鬼哭狼嚎」。也作「狼號鬼叫」。

狼心狗肺 (ㄌㄤˊ ㄒㄧㄣ ㄍㄡˇ ㄈㄟˋ)

【出處】明・馮夢龍《醒世恒言》第三十回：「那知這賊子憑般狼心狗肺，忘恩負義！」

【用法】比喻心腸像狼和狗一樣凶狠、惡毒、貪婪。

【例句】想不到，他竟是這樣一個～的東西！

狼子野心 (ㄌㄤˊ ㄗˇ ㄧㄝˇ ㄒㄧㄣ)

【出處】《左傳・宣公四年》：「初，楚司馬子良生子越椒。子文曰：『必殺之。是子也，熊虎之狀，而豺狼之聲，弗殺，必滅若敖氏矣。』諺曰：『狼子野心，是乃狼也，其可畜乎？』」

【解釋】狼子：狼崽子雖小，卻有野獸凶殘的本性。

【用法】比喻壞人殘暴的本性和瘋狂的欲望。

【例句】清・張春帆《宦海》第八回：「哪曉得那班降兵，本來原是游勇出身，～，哪裏肯安安頓頓的守着規矩過日子，便漸漸放肆起來。」

狼烟四起 ㄌㄤˊ ㄧㄢ ㄙˋ ㄑㄧˇ

【出處】唐・段成式《酉陽雜俎》卷十六：「狼糞烟直上，烽火用之。」

【解釋】狼烟：古代邊境地區沒有烽火台，一旦敵人入侵，就用狼糞燃燒成烟報警。

【用法】形容邊境不安寧，四處都燃起了示警的烽火。

【例句】那年月，～，老百姓哪裏能過安生的日子。

琅嬛福地 ㄌㄤˊ ㄏㄨㄢˊ ㄈㄨˊ ㄉㄧˋ

【出處】元・伊世珍《琅嬛記》卷上：「因共至一處，大石中忽然有門，引華（張華）入數步，則別是天地，宮室嵯峨。引入一室中，陳書滿架……華心樂之，欲賃住數十日。其人笑曰：『君痴矣，此豈可賃地耶？』即命小童送出。華問地名。曰：『琅嬛福地也。』」

【用法】傳說中神仙的洞府。

【例句】我們這裏雖然算不得是什麼～，倒也清靜幽雅，是個休養的好地方。

郎才女貌 ㄌㄤˊ ㄘㄞˊ ㄋㄩˇ ㄇㄠˋ

【出處】元・關漢卿《望鄉亭》第一折：「您倆口兒正是郎才女貌，天然配合。」

【解釋】郎：舊時女子對丈夫或情人的稱呼。男的有才氣，女的有美貌。

【用法】形容男女雙方很相配。

【例句】他是一個青年才俊，而太太則是美麗賢惠，眞是～，天作之合。

朗目疏眉 ㄌㄤˇ ㄇㄨˋ ㄕㄨ ㄇㄟˊ

【出處】唐・李延壽《南史・陶弘景傳》：「神儀明秀，朗目疏眉。」

【解釋】朗：明亮。疏：疏朗。疏眉：眉毛長得整齊而分離。明亮的雙眼和疏朗的眉毛。

【用法】形容眉目清秀。

【例句】這個白袍小將生得～，英姿煥發。難怪相爺小姐會芳心暗許。

浪子回頭 ㄌㄤˋ ㄗˇ ㄏㄨㄟˊ ㄊㄡˊ

【解釋】浪子：浪蕩子弟。回頭：回心轉意。

【用法】①指不務正業、游手好閑的浪蕩子弟改邪歸正了。②現常用以比喻誤入歧途、做了壞事的青少年改過自新。

【例句】經過父母耐心教育，他終於認識到錯誤，～，決心重新做人。

冷暖自知 ㄌㄥˇ ㄋㄨㄢˇ ㄗˋ ㄓ

【出處】唐・善無畏《大日經疏》卷十二：「如飲水者，冷熱自知。」

【解釋】原爲佛家語。

【用法】①指對佛教的信仰和理解的程度只有自己清楚。②現用以比喻對事物的感受，只有經歷過的人才能體會。
【例句】不了解的人以爲我現在眞是一切順遂，其實，～，我的難處只有我自己知道。

冷嘲熱諷 ㄌㄥˇ ㄔㄠˊ ㄖㄜˋ ㄈㄥˋ
【解釋】冷嘲：冷言冷語，尖刁刻薄的風涼話。熱諷：指辛辣難忍的諷刺話。
【用法】形容對人的嘲笑和諷刺。
【例句】他寄人籬下，不得不忍受堂嫂的～。
【附註】也作「冷諷熱嘲」、「冷譏熱諷」、「冷譏熱嘲」。

冷水澆頭 ㄌㄥˇ ㄕㄨㄟˇ ㄐㄧㄠ ㄊㄡˊ
【解釋】從頭頂上灌澆冷水。
【用法】比喻突然傳來使人心灰意冷的壞消息。
【例句】他的一席話，像～，使我的希望全破滅了。

冷若冰霜 ㄌㄥˇ ㄖㄨㄛˋ ㄅㄧㄥ ㄕㄨㄤ
【出處】清・劉鶚《老殘遊記・續集》第二回：「笑起來一雙眼又秀又媚，卻是不笑起來又冷若冰霜。」
【解釋】冷得像劍霜一樣。
【用法】①比喻待人很冷淡，毫無熱情。②比喻態度嚴厲，使人不易接近。
【例句】這個服務員對待客人眞是～。
【附註】也作「凜若冰霜」。

冷言冷語 ㄌㄥˇ ㄧㄢˊ ㄌㄥˇ ㄩˇ
【出處】明・馮夢龍《醒世恒言・杜子春三入長安》：「只這冷言冷語，帶譏帶訕的，教人怎麼當得！」
【用法】指從側面或反面說尖刻嘲諷的話。
【例句】不怕有意見，就怕正面不提，卻用～來諷刺挖苦，這對團結是極爲有害的。

冷眼旁觀 ㄌㄥˇ ㄧㄢˇ ㄆㄤˊ ㄍㄨㄢ
【解釋】冷眼：冷靜或冷淡的眼光。
【用法】指對某事不參與，冷靜或冷淡地在旁邊看着。
【例句】他們之間的矛盾，我～，倒也看出點眉目。

冷語冰人 ㄌㄥˇ ㄩˇ ㄅㄧㄥ ㄖㄣˊ
【出處】宋・曾慥《類說・卷二七・外史檮杌》：「潘杜迎孟蜀時，以財結權要，或戒之，乃曰：『非是求願，不欲其以語冰人耳。』」
【解釋】冷語：冷淡的言語。
【用法】指用冷淡或譏刺的言語傷害別人。
【例句】請你有話就直說，不要這樣～，讓大家都難過。

梨花帶雨 ㄌㄧˊ ㄏㄨㄚ ㄉㄞˋ ㄩˇ
【出處】唐・白居易《長恨歌》詩：「玉容寂寞淚闌干，梨花一枝春帶雨。」
【解釋】像帶着雨點的梨花一樣。
【用法】①原形容美女涕淚縱橫的樣子。②後也形容女子容貌嬌艷。
【例句】明・許仲琳《封神演義》第四回：「紂王定睛觀看，見妲己烏雲疊鬢，杏臉桃腮，淺淡春山，嬌柔柳腰，眞似海棠醉日，～。」
【附註】也作「帶雨梨花」。

梨園弟子 ㄌㄧˊ ㄩㄢˊ ㄉㄧˋ ㄗˇ

【出處】宋·歐陽修等《新唐書·禮樂志》：「明皇既知音律……選坐部使子弟三百，教於梨園，號皇帝梨園弟子；宮女數百亦稱梨園子弟。」
【解釋】梨園：唐玄宗時教練歌舞藝人的地方。
【用法】後稱戲班爲「梨園」，戲劇藝人爲「梨園弟子」或「梨園子弟」。
【例句】在以前～是受人輕賤的，而今日大明星是大家所仰慕追逐的對象。
【附註】也作「梨園子弟」。

離鸞別鳳 ㄌㄧˊ ㄌㄨㄢˊ ㄅㄧㄝˊ ㄈㄥˋ

【出處】唐·李賀《湘記》詩：「離鸞別鳳烟梧中，巫雲蜀雨遙相通。」王琦注：「舜葬蒼梧，二妃死湘水，故曰離鸞別鳳。」
【解釋】鸞：傳說爲鳳凰一類的鳥。
【用法】比喻配偶分離。
【例句】元·無名氏《梧桐葉》第四折：「當日正女功，手捋着綉絨，畫樓中忽聞聽這院琴三弄，～恨匆匆，淚雙垂，把不住鄉心動。」

離經辨志 ㄌㄧˊ ㄐㄧㄥ ㄅㄧㄢˋ ㄓˋ

【出處】《禮記·學記》：「一年視離經辨志，三年視敬業樂群……」鄭玄注：「離經，斷句絕也；辨志，謂別其心意所趨鄉（向）也。」
【解釋】離：離析、點斷。經：經書。辨：分析。志：意向、志向。
【用法】指分析經史的章節文句，明辨聖賢意向。

離經叛道 ㄌㄧˊ ㄐㄧㄥ ㄆㄢˋ ㄉㄠˋ

【出處】元·費唐臣《貶黃州》第一折：「且本官志大言浮，離經叛道。」
【解釋】離：偏離。叛：背叛。經、道：正統的學派或學說。
【用法】指偏離或背叛正統的學派或學說。
【例句】清末譚嗣同認爲古時本來沒有皇帝，後來皇帝是大家推舉出來的，當然也可以由大家來廢除。這些話在當時被人認爲是～的。

離群索居 ㄌㄧˊ ㄑㄩㄣˊ ㄙㄨㄛˇ ㄐㄩ

【出處】《禮記·檀弓上》：「吾離群而索居，亦已久矣。」
【解釋】索：孤獨。遠離同伴，過着孤獨的生活。
【用法】形容人落落寡合。
【例句】他自從受了那次傷害後，就一個人躲在深山中～，不願與人接觸。

離心離德 ㄌㄧˊ ㄒㄧㄣ ㄌㄧˊ ㄉㄜˊ

【出處】《尚書·泰誓中》：「受（紂）有億兆夷人，離心離德。」（相傳這是周武王誓師伐紂時的話。夷人：平民。）
【解釋】心：思想。德：信念。
【用法】指人心各異，思想不統一，行動不一致。
【例句】這個獨裁者倒行逆施，導致全國上下～。

離鄉背井 ㄌㄧˊ ㄒㄧㄤ ㄅㄟˋ ㄐㄧㄥˇ

見「背井離鄉」。

李代桃僵（ㄌㄧˇ ㄉㄞˋ ㄊㄠˊ ㄐㄧㄤ）

【出處】古樂府《鷄鳴高樹巔》：「桃生露井上，李樹生桃傍，蟲來嚙桃根，李樹代桃僵。樹木身自代，兄弟還相忘。」（意指桃李能共患難，而兄弟反倒不能共甘苦。）

【解釋】李、桃：李樹和桃樹。僵：僵死、枯死。比喻乙代甲死。

【用法】指頂替或代人受過。

【例句】有一次我被敵人盯梢，爲了掩護我脫險，老蘇與我換了衣裳，來了個「～」，終於把敵人引開了。

【附註】也作「僵李代桃」。

澧蘭沅芷（ㄌㄧˇ ㄌㄢˊ ㄩㄢˊ ㄓˇ）

見「沅芷澧蘭」。

理屈詞窮（ㄌㄧˇ ㄑㄩ ㄘˊ ㄑㄩㄥˊ）

【出處】《論語．先進》：「是故惡夫佞者。」宋．朱熹注：「子路之言，非其本意，但理屈詞窮，而取辨於口以御人耳。」

【解釋】理：道理。屈：短、虧。窮：窮盡。

【用法】指道理站不住脚，沒有辯解的話可說。

【例句】他被大家問得～，再也無話可說。

【附註】也作「詞窮理屈」。

理直氣壯（ㄌㄧˇ ㄓˊ ㄑㄧˋ ㄓㄨㄤˋ）

【出處】明．馮夢龍《古今小說．鬧陰司馬司貌斷獄》：「便提我到閻羅殿，我也理直氣壯，不怕甚的。」

【解釋】直：公正、正確。

【用法】指理由正確充分，說話氣勢很盛。

【例句】有時～，義正嚴詞，還不如理直氣和，義正詞婉，更能解決事情。

理所當然（ㄌㄧˇ ㄙㄨㄛˇ ㄉㄤ ㄖㄢˊ）

【出處】明．趙弼《續東窗事犯傳》：「善者福而惡者禍，理所當然。」

【解釋】當然：應該這樣。

【用法】按照道理應該這樣。

【例句】他所花的工夫比你深，～成績比你優秀。

禮門義路（ㄌㄧˇ ㄇㄣˊ ㄧˋ ㄌㄨˋ）

【出處】《孟子．萬章下》：「夫義，路也；禮，門也。惟君子能由是路，出入是門也。」

【解釋】義：正義。指禮是仁人出入之門，義是志士必由之路。

【用法】形容有道德修養的人，行動上一點也不背離禮和義。

禮度委蛇（ㄌㄧˇ ㄉㄨˋ ㄨㄟ ㄧˊ）

【出處】元．無名氏《隔江鬥智》第二折：「一個個精神抖擻，一個個禮度委蛇。」

【解釋】禮度：禮數。委蛇：莊重而又從容自得的樣子。

【用法】形容彬彬有禮，不亢不卑。

【附註】「委蛇」不能念成ㄨㄟ ㄕㄜˊ。

禮輕情意重（ㄌㄧˇ ㄑㄧㄥ ㄑㄧㄥˊ ㄧˋ ㄓㄨㄥˋ）

【出處】宋．黃庭堅《謝陳適用惠紙》詩：「千里鵝毛意不輕。」

【用法】指禮品雖然很輕微，但卻表達了深厚的情意。

【例句】她從鄉下帶來了一些自己種的花生送給我，雖然不值幾個錢，但是「千里送鵝毛，～」，她那誠摯的心意是讓人很感動的。

【附註】也作「禮輕人意重」。

禮賢下士 ㄌㄧˇ ㄒㄧㄢˊ ㄒㄧㄚˋ ㄕˋ

【出處】宋・歐陽修等《新唐書・李勉傳》：「其在朝廷，鯁亮廉介，爲宗臣表。禮賢下士有終始，嘗引李巡、張參在幕府。」

【解釋】禮：以禮相待。賢：賢士，有美德、有才能的人。下：指自居於別人之下，表示自己謙虛，對人尊敬。士：舊指有學問的人。對賢者以禮相待，對學者非常尊敬。

【用法】①舊時形容士大夫階級廣交遊、多門客的好客風度。②也形容君主求賢若渴，任人唯賢的態度。

【例句】唐太宗～，知人善任，因此開創了歷史上有名的「貞觀之治」。

禮尚往來 ㄌㄧˇ ㄕㄤˋ ㄨㄤˇ ㄌㄞˊ

【出處】《禮記・曲禮上》：「禮尚往來，往而不來，非禮也；來而不往，亦非禮也。」

【解釋】禮：禮節。尚：注重。

【用法】①在禮節上應注重有來有往。②現也指針對對方的行爲採取相應的措施。

【例句】①小明送了我一枝鋼筆，～，我也買了他喜愛的水彩顏色送給他。②她這樣毫無道理地對我進行人身攻擊，～，我也只好把她的謊話全部揭穿了。

禮義廉恥 ㄌㄧˇ ㄧˋ ㄌㄧㄢˊ ㄔˇ

【出處】《管子・牧民》：「禮義廉恥，國之四維，四維不張，國乃滅亡。」

【解釋】禮：禮貌。義：公正合宜的道理和行動。廉：廉潔。恥：羞恥心。

蠡勺測海 ㄌㄧˇ ㄕㄠˊ ㄘㄜˋ ㄏㄞˇ

見「以蠡測海」。

裏勾外連 ㄌㄧˇ ㄍㄡ ㄨㄞˋ ㄌㄧㄢˊ

【出處】明・施耐庵《水滸傳》第六十二回：「你這廝是北京本處良民，如何卻去投降梁山泊落草，坐了第二把交椅？如今倒來裏勾外連，要打北京！」

【用法】指內外勾結，共同幹壞事。

【例句】這個叛徒居然和敵人～，企圖顛覆政府。

裏應外合 ㄌㄧˇ ㄧㄥˋ ㄨㄞˋ ㄏㄜˊ

【出處】元・無名氏《陳州崇來》第一折：「則這官吏知情，外合裏應，將窮民並。」

【解釋】應：接應。合：配合。裏外配合呼應。

【用法】常形容戰鬥中派人打入敵方，以接應正面的進攻。

【例句】這次多虧他的反正，讓我們得以～，破獲了這個走私集團。

【附註】①「應」不能念成ㄧㄥ。②也作「外合裏應」。

例行公事 ㄌㄧˋ ㄒㄧㄥˊ ㄍㄨㄥ ㄕˋ

【出處】清・吳趼人《痛史》第十三回：「那一種淩虐苛刻，看的同例行公事一般，哪裏還知道這是不應爲而爲之事？」

【解釋】按照慣例處理的公事。

【用法】①多用以指形式主義的工作。②也指並非出于情願地按照慣例辦事。

【例句】這次檢查雖只是～，但卻不能因此而馬虎。

俐齒伶牙 （ㄌㄧˋ ㄔˇ ㄌㄧㄥˊ ㄧㄚˊ）

見「伶牙俐齒」。

利傍倚刀 （ㄌㄧˋ ㄅㄤˋ ㄧˇ ㄉㄠ）

【出處】《古詩》：「甘瓜抱苦蒂，美棗生荊棘，利傍有倚刀，貪人還自賊。」

【解釋】傍：靠近。倚：緊貼着。

【例句】俗話說：「～」，這種黑心錢不賺也罷！否則必惹禍上身。

利令智昏 （ㄌㄧˋ ㄌㄧㄥˋ ㄓˋ ㄏㄨㄣ）

【出處】漢．司馬遷《史記．平原君虞卿列傳》：「鄙語曰：『利令智昏。』平原君貪馮亭邪說，使趙陷長平兵四十餘萬衆，邯鄲幾亡。」

【解釋】利：利益。令：使。智：理智。昏：惑亂，神志不清醒。

【用法】形容因貪圖私利使頭腦發昏，幹出了失去理智的事。

【例句】這些人眞是～，竟然不顧國家的法令，猖狂地進行違法亂紀活動。

利害攸關 （ㄌㄧˋ ㄏㄞˋ ㄧㄡ ㄍㄨㄢ）

【解釋】攸：所。關：關聯、牽連。

【用法】指有密切的利害關聯。

【例句】這件事～，我是不能坐視不管的。

【附註】也作「利害相關」。

利己損人 （ㄌㄧˋ ㄐㄧˇ ㄙㄨㄣˇ ㄖㄣˊ）

見「損人利己」。

利出一孔 （ㄌㄧˋ ㄔㄨ ㄧˊ ㄎㄨㄥˇ）

【出處】《管子．國蓄》：「利出於一孔者，其國無敵。」

【解釋】利：利祿、賞賜。一孔：專一的途徑。利祿、賞賜出於專一的途徑，即「耕戰」。這是古代法家重農耕和征戰的思想。

【附註】「一孔」也作「壹空」、「一空」。

利市三倍 （ㄌㄧˋ ㄕˋ ㄙㄢ ㄅㄟˋ）

【出處】《周易．說卦》：「（巽）爲近利，市三倍。」

【解釋】利市：做買賣取得利潤。三倍：百分之三百。

【用法】舊指買賣獲利很多。

【例句】他很能把握時機作買賣，因此往往能～，因而成了當地有名的大富豪。

利鎖名繮 （ㄌㄧˋ ㄙㄨㄛˇ ㄇㄧㄥˊ ㄐㄧㄤ）

見「名繮利鎖」。

利欲熏心 （ㄌㄧˋ ㄩˋ ㄒㄩㄣ ㄒㄧㄣ）

【出處】宋．黃庭堅《贈別李次翁》詩：「利欲熏心，隨人翕張。」（翕ㄒㄧˋ：合。）

【解釋】利：名利。欲：欲望。熏：熏染、侵襲。

【用法】貪圖名利的欲望迷住了心竅。

【例句】他一時～把持不住自己，等到犯下如此大罪，已後悔不及。

利用厚生 ㄌㄧˋ ㄩㄥˋ ㄏㄡˋ ㄕㄥ

【出處】《尚書・大禹謨》：「正德，利用，厚生，惟和。」
【解釋】利用：物盡其用。厚：富裕。生：民衆。
【用法】指充分做到物盡其用，使民衆富裕。

力不能支 ㄌㄧˋ ㄅㄨˋ ㄋㄥˊ ㄓ

【出處】明・許仲琳《封神演義》第二十八回：「南宮適大戰黃元濟，未及三十回合，元濟非南宮適敵手，力不能支。」
【用法】指力量不能支撐。
【例句】爸爸獨力推行這個龐大的家計，已經～，只希望你早日完成學業，爲他分擔一些，你卻再三讓他失望，眞是太不該了。

力不勝任 ㄌㄧˋ ㄅㄨˋ ㄕㄥ ㄖㄣˋ

【出處】《周易・繫辭下》：「鼎足折，覆公餗，其形渥，凶。言不勝其任也。」
【解釋】勝：擔當得起，承受得住。力量不足，擔當不起或承受不住。
【用法】指能力不夠，承擔不起重任。
【例句】這項工作對我來說，確實～，還是請一位有經驗老前輩來擔任吧！

力不從心 ㄌㄧˋ ㄅㄨˋ ㄘㄨㄥˊ ㄒㄧㄣ

【出處】南朝・宋・范曄《後漢書・西域傳》：「今使者大兵未能得出，如諸國力不從心，東西南北自在也。」
【解釋】力量不能順從心願。
【用法】指能力不夠，不能達到目的。
【例句】我多麼想把那一段曲折離奇的生活經歷寫出來，但是，由於文筆太差，實在是～。

力排衆議 ㄌㄧˋ ㄆㄞˊ ㄓㄨㄥˋ ㄧˋ

【出處】明・羅貫中《三國演義》第四十三回：「諸葛亮舌戰群儒，魯子敬力排衆議。」
【解釋】力：竭力。排：排除。衆議：各種各樣的議論。
【用法】指竭力排除不同的議論，使自己的意見得到採納。
【例句】他慷慨陳詞，～，堅持自己的意見。

力敵勢均 ㄌㄧˋ ㄉㄧˊ ㄕˋ ㄐㄩㄣ

見「勢均力敵」。

力透紙背 ㄌㄧˋ ㄊㄡˋ ㄓˇ ㄅㄟˋ

【出處】唐・顏眞卿《張長史十二意筆法意記》：「當其用鋒，常欲使其透過紙背，此功成之極矣。」
【解釋】力量能穿透紙。
【用法】①形容書法遒勁有力。②形容詩文立意深刻，語言精煉。
【例句】王羲之的書法氣韻靈動，～，是我國書法藝術的瑰寶。

力能扛鼎 ㄌㄧˋ ㄋㄥˊ ㄎㄤˊ ㄉㄧㄥˇ

【出處】漢・司馬遷《史記・項羽本紀》：「籍（項羽）長八尺餘，力能扛鼎，才氣過人。」
【解釋】扛：用兩手舉起沉重的東西。鼎：三足兩耳的青銅器。
【用法】形容氣力特別大。
【例句】這個新戰士，膀大腰圓，看起

來是個~的大力士。

【附註】「扛」不能念成ㄍㄤ。

力孤勢危 ㄌㄧˋ ㄍㄨ ㄕˋ ㄨㄟˊ

【出處】明・羅貫中《三國演義》第八十三回：「(馬)忠部下三百軍並力上前一聲喊起，將關興圍在核心。興力孤勢危。忽見西北上一彪軍殺來，乃是張苞。」

【解釋】力：力量。

【用法】指力量孤單，形勢危險。

【例句】在大家的反對聲浪中，他顯得~，卻仍然奮戰不懈。

力盡筋疲 ㄌㄧˋ ㄐㄧㄣˋ ㄐㄧㄣ ㄆㄧˊ

見「筋疲力盡」。

力盡神危 ㄌㄧˋ ㄐㄧㄣˋ ㄕㄣˊ ㄨㄟˊ

【出處】清・曹雪芹《紅樓夢》第五十三回：「話說寶玉見晴雯將雀裘補完，已使得力盡神危，忙命小丫頭替她捶着。」

【解釋】危：危急。氣力耗盡，神色危急。

【用法】形容用心用力過度，聽力不能支持的樣子。

【例句】他在臨終之前，用盡全身力氣，寫下了這句遺言，當他把最後一個字寫完時，已經~，筆從他手中滑掉了。

力窮勢孤 ㄌㄧˋ ㄑㄩㄥˊ ㄕˋ ㄍㄨ

【出處】明・羅貫中《三國演義》第八十二回：「孫桓折了李異、謝旌、譚雄等許多將士，力窮勢孤，不能抵敵，即差人回吳求救。」

【解釋】力：力量。窮：用盡。力量耗盡，勢力孤單。

【用法】常形容受挫後得不到援助的窘迫處境。

【例句】這股殘匪~，到了山窮水盡的地步，除了投降，已經是別無出路。

力壯身強 ㄌㄧˋ ㄓㄨㄤˋ ㄕㄣ ㄑㄧㄤˊ

見「身強力壯」。

力爭上游 ㄌㄧˋ ㄓㄥ ㄕㄤˋ ㄧㄡˊ

【出處】清・趙翼《甌北詩鈔・五言古一・閑居讀書作之五》詩：「所以才智人，不肯自棄暴，力欲爭上游，性靈乃其要。」

【解釋】上游：河流接近發源地之處。

【用法】比喻盡力爭取先進。

【例句】雖然他們現身處貧賤，但能~，以後的前途必不可限量。

歷歷在目 ㄌㄧˋ ㄌㄧˋ ㄗㄞˋ ㄇㄨˋ

【出處】唐・杜甫《歷歷》詩：「歷歷開元事，分明在眼前。」

【解釋】歷歷：清楚分明的樣子。清清楚楚地出現在眼前。

【用法】①指遠處的物體或景象看得很清楚。②也指過去的情景明顯地呈現在眼前。

【例句】明・馮夢龍《醒世恒言・李道人獨術雲門》：「一座青州場正臨在北窗之下，見州里人家，~。」

立地書櫥 ㄌㄧˋ ㄉㄧˋ ㄕㄨ ㄔㄨˊ

【出處】元・脫脫等《宋史・吳時傳》：「敏於爲文，未嘗屬稿，落筆得成，兩學目之曰『立地書櫥』。」

【用法】比喻書讀得多、學識淵博的人。
【例句】林老師的學問淵博，有如～，飽富知識，實是在我們羨慕又敬佩的老師。

立談之間 ㄌㄧˋ ㄊㄢˊ ㄓ ㄐㄧㄢ

【出處】漢・揚雄《解嘲》：「或七十說而不遇，或立談而封侯。」
【解釋】站着談話的時間裏。
【用法】形容時間很短。
【例句】他的腦筋靈活，手脚敏捷，那幅複雜的拼圖居然在我們～就已完成，大家不禁讚嘆不已。

立竿見影 ㄌㄧˋ ㄍㄢ ㄐㄧㄢˋ ㄧㄥˇ

【出處】漢・魏伯陽《參同契，如審遭逢章》：「立竿見影，呼谷傳響。」
【解釋】在陽光下豎起竹竿，立刻就看到竹竿的影子。
【用法】比喻反映極快，收效迅速。
【例句】從學習到應用，總要經過一個過程，不可能～。

立功贖罪 ㄌㄧˋ ㄍㄨㄥ ㄕㄨˊ ㄗㄨㄟˋ

【出處】明・馮夢龍《東周列國志》第四十四回：「趙衰應曰：『當革職，使立功贖罪。』文公乃革魏犨右戎之職，以舟之僑代之。」
【解釋】立功：建立功績。贖：補償。
【用法】建立功績來補償罪行或過去。
【例句】現在知錯了還不算晚，一定給你一個～的機會。
【附註】也作「立功自贖」。

立錐之地 ㄌㄧˋ ㄓㄨㄟ ㄓ ㄉㄧˋ

【出處】原作「置錐之地」。《莊子・盜跖》：「堯舜有天下，子孫無置錐之地。」
【解釋】立錐：插錐子。插錐子的地方。
【用法】比喻能夠容身的極小的地方。
【例句】天地如此之大，難道竟連我的～都沒有？
【附註】也作「立足之地」、「插脚之地」。

力所不逮 ㄌㄧˋ ㄙㄨㄛˇ ㄅㄨˋ ㄉㄞˋ

【解釋】逮：到、及。
【用法】指能力所達不到。
【例句】並不是我故意耽誤工作，實在工作量繁重，我～。
【附註】「逮」不能念成ㄉㄞˇ。

力所能及 ㄌㄧˋ ㄙㄨㄛˇ ㄋㄥˊ ㄐㄧˊ

【解釋】及：達到。
【用法】指自己的能力所能做到的。
【例句】你要什麼儘量說，只要我～，一定幫忙。

力挽狂瀾 ㄌㄧˋ ㄨㄢˇ ㄎㄨㄤˊ ㄌㄢˊ

【出處】唐・韓愈《進學解》：「障百川而東之，回狂瀾於既倒。」
【解釋】挽：挽救、挽回。狂瀾：洶湧的大浪。
【用法】比喻盡力挽回危急的局勢。
【例句】在這種動盪不安的局中，雖然他想～，卻也無能爲力了。

勵精圖治 ㄌㄧˋ ㄐㄧㄥ ㄊㄨˊ ㄓˋ

【出處】漢・班固《漢書・魏相傳》：「宣帝始親萬機，歷(勵)精圖治。」
【解釋】勵精：振奮精神。圖：謀求。治：得到治理。

【用法】振奮精神,設法把國家治理好。
【例句】孫中山先生~，奮鬥了一生，對中國民主革命作出了巨大貢獻。

厲兵秣馬（ㄌㄧˋ ㄅㄧㄥ ㄇㄛˋ ㄇㄚˇ）

【出處】《左傳・僖公三十三年》:「鄭穆公使視客館，則束載厲兵秣馬矣。」
【解釋】厲:磨。兵:兵器。秣:餵。磨好兵器，餵飽戰馬。
【用法】①形容做好戰鬥準備。②現也泛喻事前積極做好準備工作。
【例句】孔明進入四川以後，一直~，準備北伐。
【附註】也作「秣馬厲兵」。

栗栗自危（ㄌㄧˋ ㄌㄧˋ ㄗˋ ㄨㄟˊ）

【解釋】栗栗:恐懼發抖的樣子。
【用法】指自己感到恐懼和危險。
【例句】公司傳出即將大裁員的消息，人人感到~。

歷歷可數（ㄌㄧˋ ㄌㄧˋ ㄎㄜˇ ㄕㄨˇ）

【出處】清・蒲松齡《聊齋志異・仙人島》:「則用細草制爲樓閣，大如椽，小如橘，約二十餘座每座梁棟榱題，歷歷可數。」
【解釋】歷歷:清楚分明的樣子。
【用法】指清清楚楚的,可以數得出來。
【例句】湖水清澈得連水底的石塊都~。

歷歷如畫（ㄌㄧˋ ㄌㄧˋ ㄖㄨˊ ㄏㄨㄚˋ）

【解釋】歷歷:清楚分明的樣子。
【用法】指清楚分明，就像畫兒上畫的一樣。
【例句】漓江兩岸的風景~，使人流連忘返。

立身處世（ㄌㄧˋ ㄕㄣ ㄔㄨˇ ㄕˋ）

【解釋】立身:做人。處世:與世人相處。
【用法】指個人的言行和社會上的交往等活動。
【例句】一個人在~方面，應該謙虛謹慎。

立身揚名（ㄌㄧˋ ㄕㄣ ㄧㄤˊ ㄇㄧㄥˊ）

【出處】《孝經・開宗明義第一章》:「立身行道,揚名於後世,以顯父母。」
【解釋】立身:做人。揚:傳播。
【用法】指使自己立足於社會，聲名傳揚。
【例句】我們國父，締造中華民國，首創三民主義、五權憲法，平生貢獻偉大，~於後世。

立人達人（ㄌㄧˋ ㄖㄣˊ ㄉㄚˊ ㄖㄣˊ）

【出處】《論語・雍也》「夫仁者，己欲立而立人，己欲達而達人。能近取譬，可謂仁之方也已。」
【解釋】立:建樹、成就、功業。達:顯貴。
【用法】指幫助他人建功立業，提高地位。
【例句】古聖先賢能有~的偉大思想，我們仰慕之餘，更應思效法。
【附註】也作「達人立人」。

立此存照（ㄌㄧˋ ㄘˇ ㄘㄨㄣˊ ㄓㄠˋ）

【出處】明・施耐庵《水滸傳》第二十二回:「現有一紙執憑公文，在此存照。」

【解釋】此：這個。存照：留存對証。
【用法】指立下字據，留存起來，作為對証的依據。
【例句】他寫的這個東西，我們還是留下為好，～，也許以後會有用的。

立於不敗之地（ㄌㄧˋ ㄩˊ ㄅㄨˋ ㄅㄞˋ ㄓ ㄉㄧˋ）

【出處】《孫子・軍形篇》：「故善戰者，立於不敗之地，而不失敵之敗也。」
【解釋】立：處。
【用法】指使自己處於不會失敗的位置上。
【例句】他為人冷靜，雖早已～，卻仍然沈著出棋，喜怒不形於色。

列鼎而食（ㄌㄧㄝˋ ㄉㄧㄥˇ ㄦˊ ㄕˊ）

【出處】漢・劉向《說苑・建本》：「累茵而坐，列鼎而食。」
【解釋】列：陳列。鼎：古代三隻腳兩隻耳的炊器。食：吃。
【用法】形容豪門貴族的奢侈生活。
【例句】他今日雖能～，但卻懷念昔日當日粗茶淡飯，無憂無慮的日子。

列土分疆（ㄌㄧㄝˋ ㄊㄨˇ ㄈㄣ ㄐㄧㄤ）

【出處】漢・班固《漢書・谷永傳》：「方制海內，非為天子，列土分疆，非為諸侯，皆以為民也。」
【解釋】列：通「裂」，分開。疆：境界。
【用法】指封建社會中皇帝給宗室和功臣分封土地。
【例句】許多～的諸侯，各自為政，互相攻伐。

烈火見眞金（ㄌㄧㄝˋ ㄏㄨㄛˇ ㄐㄧㄢˋ ㄓㄣ ㄐㄧㄣ）

【解釋】見：顯現出。眞金不怕火煉，在烈火中可以鑒別出眞正的黃金。
【用法】比喻在艱難困苦中或關鍵時刻，最能發現意志堅強的人。參看「疾風和勁草」。
【例句】～，只有通過嚴酷的考驗，才能看出誰是堅定不移的人。

撩衣奮臂（ㄌㄧㄠ ㄧ ㄈㄣˋ ㄅㄧˋ）

【出處】清・曹雪芹《紅樓夢》第一百零五回：「這些番役都撩衣奮臂，專等旨意。」
【解釋】撩：揭起。奮：舉起。揭起衣服，舉起胳膊。
【用法】形容準備動手的樣子。
【例句】大家都～蓄勢待發，就等您一句話了。

寥寥無幾（ㄌㄧㄠˊ ㄌㄧㄠˊ ㄨˊ ㄐㄧˇ）

【出處】唐・劉長卿《過鄭山人所居》詩：「寂寂孤鶯啼杏園，寥寥一犬吠桃源。」
【解釋】寥寥：很少。
【用法】形容很稀少。
【例句】我國先秦時代的自然科學著作，流傳至今的已經是～了。

寥若晨星（ㄌㄧㄠˊ ㄖㄨㄛˋ ㄔㄣˊ ㄒㄧㄥ）

【出處】南齊・謝朓《京路夜發》詩：「曉星正寥落。」
【解釋】寥：稀疏。若：像。稀疏得像早晨的星星一樣。
【用法】形容為數很少或非常罕見。
【例句】在我國有很多史學家。但專門研究遼史者却～。

潦倒龍鍾（ㄌㄠˇ ㄉㄠˇ ㄌㄨㄥˊ ㄓㄨㄥ）

【出處】唐・李華《臥病舟中相裏范二侍御先行贈別序》：「潦倒龍鍾，百病叢體。」

【解釋】潦倒：頹喪，不得意。龍鍾：年老體衰、行動不靈便的樣子。

【用法】形容年老體弱多病，很不得意。

【例句】他當年英姿煥發，卻落得今日～，令人鼻酸。

潦倒粗疏（ㄌㄠˇ ㄉㄠˇ ㄘㄨ ㄕㄨ）

【出處】三國・魏・嵇康《與山巨源絕交書》：「足下陽知吾潦倒粗疏，不切事情。」

【解釋】潦倒：落魄窮困。粗疏：放浪沒有拘束。

【用法】指生活困窘而舉止又放浪不羈。

【例句】吳兄素知我～，實在不能擔此職務。

潦草塞責（ㄌㄠˇ ㄘㄠˇ ㄙㄞˋ ㄗㄜˊ）

【解釋】潦草：草率，不精密，不認真。塞：搪塞。草率從事，搪塞責任。

【用法】形容做事馬馬虎虎，敷衍了事。

【例句】他的這篇文章實在是～，根本沒有辦法替他改。

聊備一格（ㄌㄧㄠˊ ㄅㄟˋ ㄧ ㄍㄜˊ）

【解釋】聊：姑且。備：具備。格：規格、格式。姑且算作一種格式。

【用法】指某一事物雖不是盡善盡美，但也應該給以存在的地位。

【例句】她的畫當然算不上什麼獨創性的藝術傑作，但也可以～吧。

聊復爾耳（ㄌㄧㄠˊ ㄈㄨˋ ㄦˇ ㄦˇ）

【出處】南朝・宋・劉義慶・《世說新語・任誕》：「七月七日，北阮盛晒衣，皆紗羅錦綺燦目。(阮)咸以竿掛大布犢鼻於庭。人或怪之，答曰：『未能免俗，聊復爾耳！』」

【解釋】聊復：姑且。爾：如此、這樣。耳：而已、罷了。

【用法】指姑且就是這樣罷了！

【例句】這裏的習俗是春節要吃年夜飯，我也弄了兩個菜，雖然簡單了些，但是風俗如此，～！

聊勝於無（ㄌㄧㄠˊ ㄕㄥˋ ㄩˊ ㄨˊ）

【出處】晉・陶潛《和劉柴桑》詩：「弱女雖非男，慰情聊勝無。」（聊：一本作「良」。）

【解釋】聊：略，稍微。

【用法】指比沒有稍微好一些。

【例句】在這個小鎮上，只有一個小小的圖書館，藏書雖然有限，但總歸～，我也就滿意了。

聊以解嘲（ㄌㄧㄠˊ ㄧˇ ㄐㄧㄝˇ ㄔㄠˊ）

【出處】漢・揚雄《解嘲》：「人有嘲雄以玄之尚白，雄解之，號曰解嘲。」

【解釋】聊：姑且。解：辯解。嘲：嘲笑。

【用法】指姑且用以消除受到的嘲笑。

【例句】在大庭廣衆之間鬧了一個大笑話，他只好開了一個不太高明的玩笑～。

聊以卒歲（ㄌㄧㄠˊ ㄧˇ ㄗㄨˊ ㄙㄨㄟˋ）

【出處】《左傳・襄公二十一年》：「叔問曰：『與其死亡若何？』詩曰：

『優哉游哉，聊以卒歲』，知也。」
【解釋】聊：姑且。卒：終。歲：年。勉強地度過一年。
【用法】形容生活的艱難。
【例句】久旱不雨，大地一片荒蕪。可憐的老百姓只能以米糠充飢，～而已。

聊以塞責 ㄌㄧㄠˊ ㄧˇ ㄙㄜˋ ㄗㄜˊ

【出處】清·趙翼《陔余叢考·成語》：「通鑑記事，韓佗胄當國，言官不敢言事，但泛泛論君德時事。或問之，則愧謝曰：『聊以塞責。』」
【解釋】聊：姑且。塞：搪塞。姑且用來應付一下，算是盡到了責任。
【用法】形容對事情採取敷衍的態度。
【例句】我最近太忙，沒有時間構思較有分量的文章，只好把這篇隨筆寄給你，～吧！

遼東白豕 ㄌㄧㄠˊ ㄉㄨㄥ ㄅㄞˊ ㄕˇ

【出處】南朝·宋·范曄《後漢書·朱浮傳》：「伯通（彭寵）自伐，以為功高天下。往時遼東有豕，生子白頭，異而獻之，行至河東，見群豕皆白，懷慚而還。若以子之功論於朝廷，則為遼東豕也。」
【解釋】遼東：地名，今遼寧省東南，遼河以東。豕：豬。
【用法】比喻少見多怪。

了不長進 ㄌㄧㄠˇ ㄅㄨˋ ㄓㄤˇ ㄐㄧㄣˋ

【出處】南朝·宋·劉義慶《世說新語·文學》：「身與君別多年，君義言了不長進。」
【解釋】了：一點點。
【用法】指一點也沒有進步。
【例句】父母千辛萬苦送你進這有名的學校，你卻～，眞是太令人失望了。

了身達命 ㄌㄧㄠˇ ㄕㄣ ㄉㄚˊ ㄇㄧㄥˋ

【出處】明·施耐庵《水滸傳》第九十回：「數載之前，已知魯智深是了身達命的人。」
【解釋】了：了結。佛家所謂徹底了悟、超凡出世的意思。
【用法】引申為歸宿的意思。
【例句】《水滸傳》第一百一十四回：「尋個～之處。」

了身脫命 ㄌㄧㄠˇ ㄕㄣ ㄊㄨㄛ ㄇㄧㄥˋ

【出處】元·鄭廷玉《忍字記》第二折：「感吾師度脫，將俺這弟子來提拔，我如今不遭王法，不受刑罰，至如我指空說謊瞞咱，這一場了身脫命歸他。」
【解釋】佛家語。
【用法】指擺脫塵世苦惱，得到自由。

了然於懷 ㄌㄧㄠˇ ㄖㄢˊ ㄩˊ ㄏㄨㄞˊ

【出處】唐·白居易《睡起晏坐》詩：「了然此時心，無物可譬喻。」
【解釋】了然：了解，明白。懷：心懷。
【用法】指心裡非常明白。
【例句】他的想法，我已～，會妥善處置的。

了如指掌 ㄌㄧㄠˇ ㄖㄨˊ ㄓˇ ㄓㄤˇ

【出處】《論語·八佾》：「或問禘之說。子曰：『不知也。知其說者之於天下也，其如示諸斯乎！』指其掌。」
【解釋】了：了解明白。指掌：指着手掌。對情況了解得就像指着手掌裡的東西給人看一樣。
【用法】形容對事物的了解非常清楚。
【例句】經過幾十年的研究，對於中國詩歌從《詩經》以來的演變發展過程，老先生是～的。

料事如神（ㄌㄧㄠˋ ㄕˋ ㄖㄨˊ ㄕㄣˊ）

【出處】明・馮夢龍《東周列國志》第四回：「祭足料事，可謂如神矣。」
【解釋】料：預料、推測。預料事情，好像神仙一樣。
【用法】形容預先估計得非常準確。
【例句】你總是～，眞是佩服、佩服！

燎髮摧枯（ㄌㄧㄠˇ ㄈㄚˇ ㄘㄨㄟ ㄎㄨ）

【出處】唐・魏徵《隋書・音樂志下》：「攻如燎毛，戰似摧枯。」
【解釋】燎髮：火燒頭髮、折斷枯木一樣容易。
【用法】比喩非常容易地消滅敵人。
【例句】敵軍早已軍心渙散，在我軍一輪猛攻之下，有如～般被消滅了。

燎原烈火（ㄌㄧㄠˊ ㄩㄢˊ ㄌㄧㄝˋ ㄏㄨㄛˇ）

【出處】《尚書・盤庚》：「若火之燎於原，不可向邇。」（邇：近。）意思是好像火在原野裡燃燒，使人不能靠近。
【解釋】燎：燃燒。原：原野。
【用法】比喩不斷壯大、不可抗拒的力量。
【例句】羣衆憤怒的情緒有如～般傳染開來。

溜之大吉（ㄌㄧㄡ ㄓ ㄉㄚˋ ㄐㄧˊ）

【出處】清・曾樸《孽海花》第二十四回：「稚燕趁着他們擾亂的時候，也就溜之大吉。」
【解釋】溜：悄悄地走開。
【用法】悄悄地走掉爲妙。
【例句】正當小偷想要～時，警察早已站在門外，被抓個正著。

流芳百世（ㄌㄧㄡˊ ㄈㄤ ㄅㄞˇ ㄕˋ）

【出處】南朝・宋・劉義慶《世說新語・尤悔》：「桓公（桓溫）臥語曰：『作此寂寞，將爲文景所笑。』既而屈起坐曰：『既不能流芳百世，亦不足覆遺臭萬載耶？』」
【解釋】流：流傳。芳：花草的香氣，比喩好名譽。百世：古人以三十年爲一世，形容時間久遠。
【用法】指做了有益於大衆、國家的事，好名聲一直流傳下去。
【例句】在中國～的忠臣義士，大都有殺身成仁的英勇事蹟。

流芳千古（ㄌㄧㄡˊ ㄈㄤ ㄑㄧㄢ ㄍㄨˇ）

【附註】參看「萬古流芳」。
見「萬古流芳」。

流風餘韻（ㄌㄧㄡˊ ㄈㄥ ㄩˊ ㄩㄣˋ）

【出處】清・張潮《虞初新志・焚琴子傳》：「卒之無有識生之才而用之者，宜其傷於情而碎於琴也。然生流風餘韻，宛在丹山碧水之間，迄今登鼓山之亭，如聞其哭焉。」
【用法】指前代流傳下來的風雅的事。
【例句】蘇東坡雖去今千年，但是他的「～」卻仍被後人所仰慕。

流年不利（ㄌㄧㄡˊ ㄋㄧㄢˊ ㄅㄨˋ ㄌㄧˋ）

【出處】明‧馮夢龍《醒世恒言‧杜子春三入長安》：「想是我流年不利，故此無福消受，以至如此。」
【解釋】流年：舊時算命看相的人稱一年中所行之「運」。利：吉利。
【用法】指時運不佳。
【例句】我最近大概是～，做什麼都不對勁。

流年似水 ㄌㄧㄡˊ ㄋㄧㄢˊ ㄙˋ ㄕㄨㄟˇ

見「似水流年」。

流離顛沛 ㄌㄧㄡˊ ㄌㄧˊ ㄉㄧㄢ ㄆㄟˋ

見「顛沛流離」。

流離轉徙 ㄌㄧㄡˊ ㄌㄧˊ ㄓㄨㄢˇ ㄒㄧˇ

【解釋】流離：離家到處流浪。徙：遷移。
【用法】到處流浪，不斷地從一處遷移到另一處。
【例句】他居無定所，～，現在已不知道到哪裏去了。

流離失所 ㄌㄧㄡˊ ㄌㄧˊ ㄕ ㄙㄨㄛˇ

【出處】漢‧班固《漢書‧薛廣德傳》：「竊見關東困極，人民流離。」
【解釋】流離：流落異鄉，親人離散，沒有安身之處。轉徙離散，沒有安身的地方。
【用法】形容戰亂或災荒中人民生活困苦的慘景。
【例句】在戰亂中，家破人亡者何止我一家，～者又何止我一人！

流連忘返 ㄌㄧㄡˊ ㄌㄧㄢˊ ㄨㄤˋ ㄈㄢˇ

【出處】《孟子‧梁惠王下》：「從流下而忘反謂之流，從流上而忘反謂之連，從獸無厭謂之荒，樂酒無厭謂之亡。」
【解釋】流連：留戀，捨不得離開。返：回、歸。
【用法】原指沉迷於遊樂忘了回去。後常形容對美好景物的留戀。
【例句】此地山水，美麗如畫，如入仙境，使遊客～。

流金鑠石 ㄌㄧㄡˊ ㄐㄧㄣ ㄕㄨㄛˋ ㄕˊ

【出處】戰國‧楚‧屈原《楚辭‧招魂》：「十日代出，流金鑠石些。」王逸注：「鑠，銷也，言東方有扶桑之木，十日並在其上，其次更行，其熱酷烈，金石堅剛，皆爲銷釋也。」
【解釋】流、鑠：銷熔、熔化。
【用法】形容天氣酷熱，好像金石也被熔化了。
【例句】船過赤道的時候，那天氣眞是熱得～，我們這些生長在溫帶的人眞受不了。
【附註】也作「鑠石流金」。

流星趕月 ㄌㄧㄡˊ ㄒㄧㄥ ㄍㄢˇ ㄩㄝˋ

【出處】《五代史平話‧漢上》：「自投軍後，時通運泰，武藝過人，走馬似逐電追風，放箭若流星趕月。」
【解釋】流星：天點中小物體墜入地球大氣圈時，與空氣磨擦燃燒發光，如箭掠過，稱作「流星」。
【用法】比喻速度特別快。
【例句】老田得到消息以後，～般地趕到村裏去送信。
【附註】也作「流星追月」。

流行坎止（ㄌㄧㄡˊ ㄒㄧㄥˊ ㄎㄢˇ ㄓˇ）

【出處】《漢書・賈誼傳》：「乘流則逝，得坎則止。」
【解釋】水順勢時就流，遇到坎就停止。
【用法】比喻順利時就出仕，遇到挫折時就退隱。
【例句】他深知～的道理，所以在亂世中仍能明哲保身。

流水不腐，戶樞不蠹（ㄌㄧㄡˊ ㄕㄨㄟˇ ㄅㄨˋ ㄈㄨˇ，ㄏㄨˋ ㄕㄨ ㄅㄨˋ ㄉㄨˋ）

【出處】《呂氏春秋・盡數》：「流水不腐，戶樞不蠹，動也。」
【解釋】戶樞：門的轉軸。蠹：蛀蟲，這裏指蛀蝕。流動的水不會腐臭，經常轉動的門軸不會被蟲蛀。
【用法】比喻經常運動的事物不易受到侵蝕，可以保持很久不壞。
【例句】～，我們只要不斷地吐故納新，我們的國家就能永遠保持旺盛的戰鬥力。

流水桃花（ㄌㄧㄡˊ ㄕㄨㄟˇ ㄊㄠˊ ㄏㄨㄚ）

【出處】五代・後蜀・歐陽炯《春光好》詞：「流水桃花情不已，待劉郎。」
【用法】①形容春天的綺麗風光。②也比喻男女愛情。
【附註】也作「桃花流水」。

流水落花（ㄌㄧㄡˊ ㄕㄨㄟˇ ㄌㄨㄛˋ ㄏㄨㄚ）

【出處】五代・南唐・李煜《浪淘沙》詞：「流水落花春去也，天上？人間？」
【解釋】東流的水，凋落的花。
【用法】比喻時光飛速過去。
【例句】春天很快地過去了，事情依然沒有進展，使人不禁有～之嘆！

流水高山（ㄌㄧㄡˊ ㄕㄨㄟˇ ㄍㄠ ㄕㄢ）

【附註】也作「落花流水」。見「高山流水」。

流水朝宗（ㄌㄧㄡˊ ㄕㄨㄟˇ ㄔㄠˊ ㄗㄨㄥ）

【出處】《尚書・禹貢》：「江、漢朝宗於海。」
【解釋】朝：朝見。朝宗：古代諸侯朝見天子。
【用法】①原以諸侯朝見天子喻指百川入海。②比喻人心所向。

流言蜚語（ㄌㄧㄡˊ ㄧㄢˊ ㄈㄟˇ ㄩˇ）

【出處】《禮記・儒行》：「久不相見，聞流言不信。」漢・司馬遷《史記・魏其武安侯列傳》：「乃有蜚語，爲惡言聞上。」
【解釋】流言：謠言。蜚語：同「飛語」，誹謗性的言語。
【用法】指毫無根據地中傷或誹謗人的壞話。
【例句】對於～，我們一方面不相信，另一方面必須嚴厲地加以制止。

流言止於智者（ㄌㄧㄡˊ ㄧㄢˊ ㄓˇ ㄩˊ ㄓˋ ㄓㄜˇ）

【出處】《荀子・大略》：「流丸止於甌臾，流言止於智者。」（甌臾：窪地。）
【解釋】流言：謠言或沒有根據的議論。智者：指知識豐富，通曉事理的人。謠言傳到有見識的人那裏，就停止傳播了。
【用法】形容流言禁不起分析。
【例句】～，只要我們保持淸醒的頭腦

，它們是不會起作用的。

留有餘地 ㄌㄧㄡˊ ㄧㄡˇ ㄩˊ ㄉㄧˋ

【解釋】留下可以變通的餘地。
【用法】說話、辦事時保留一定的回旋之地。
【例句】我看，話不能說得那樣絕對，還是～才好。

柳嚲鶯嬌 ㄌㄧㄡˇ ㄉㄨㄛˇ ㄧㄥ ㄐㄧㄠ

【出處】唐·岑參《暮春虢州樂亭送李司馬歸扶風別廬》詩：「柳嚲鶯嬌花覆殷，江亭綠酒送君還。」
【解釋】嚲：下垂。柳絲下垂，鶯聲嬌媚。
【用法】形容春天的美妙景色。
【例句】初春的西湖，～，確有另一番情趣。

柳綠花紅 ㄌㄧㄡˇ ㄌㄩˋ ㄏㄨㄚ ㄏㄨㄥˊ

見「花紅柳綠」。

柳巷花街 ㄌㄧㄡˇ ㄒㄧㄤˋ ㄏㄨㄚ ㄐㄧㄝ

【出處】宋·釋惟白《續傳燈錄·十二·廣慧沖雲禪師》：「諸佛出興，隨緣設教，或茶坊酒肆，徇器投機；或柳巷花街，優游自在。」
【解釋】舊指妓院聚集之處。
【例句】這個大少爺，弄到一點錢就要到～行走，幹一些尋花問柳的勾當！
【附註】也作「花街柳巷」。

柳下借蔭 ㄌㄧㄡˇ ㄒㄧㄚˋ ㄐㄧㄝˋ ㄧㄣˋ

【出處】宋·胡繼宗《書言故事·夏》：「求庇護於人曰暍人於柳下借陰耳。」（暍人：中暑的人。陰：同「蔭」。）
【解釋】在柳樹下面借蔭涼。
【用法】比喻求人庇護。
【例句】我已走投無路，希望能在你這兒～。

柳暗花明 ㄌㄧㄡˇ ㄢˋ ㄏㄨㄚ ㄇㄧㄥˊ

【出處】唐·王維《早朝》詩：「柳暗百花明，春深五鳳城。」宋·陸游《遊山西村》詩「山重水復疑無路，柳暗花明又一村。」
【用法】①形容綠柳成蔭、繁花似錦的景象。②現有時也比喻在錯綜複雜的情況中出現了解決問題的方法。
【例句】希望在山窮水盡之時，出現一個～的奇蹟。
【附註】也作「花明柳暗」。

六馬仰秣 ㄌㄧㄡˋ ㄇㄚˇ ㄧㄤˇ ㄇㄛˋ

【出處】《荀子·勸學》：「伯牙鼓琴而六馬仰秣。」
【解釋】六馬：古代帝王的車駕用六匹馬。仰秣：意指馬被琴聲所吸引，仰起頭來聽琴聲而不吃飼料。
【用法】形容琴聲很美。

六韜三略 ㄌㄧㄡˋ ㄊㄠ ㄙㄢ ㄌㄩㄝˋ

【解釋】《六韜》、《三略》：都是古代的兵書。
【用法】後泛指兵書、兵法。
【例句】元·鄭德輝《王粲登樓》第二折：「～，淹貫胸中，唯吾所用，何但孫武子十三篇而已哉。」

六通四辟 ㄌㄧㄡˋ ㄊㄨㄥ ㄙˋ ㄆㄧˋ

【出處】《莊子·天道金》：「明於天

，通於怪，六通四辟於帝王之德者，其自爲也，昧然無不靜者矣。」

【用法】比喻四面八方無不通達。

六根清靜 ㄌㄡˋ ㄍㄣ ㄑㄧㄥ ㄐㄧㄥˋ

【出處】《法華經·法師功德品》：「以是功德，莊嚴六根，皆令清靜。」

【解釋】六根：佛家語。佛教認爲眼、耳、鼻、舌、身、意六者是罪孽的根源，眼爲視根，耳爲聽根，鼻爲嗅根，舌爲味根，身爲觸根，意爲念慮根。六根與六塵（色、聲、香、味、觸、法）相接而產生各種欲念，導致種種煩惱。

【用法】指佛家主張六根要清白潔淨而免除一切煩惱。

【例句】他明明是一個出家人，卻不能～，反而設壇斂財，令人氣憤。

六合之內 ㄌㄡˋ ㄏㄜˊ ㄓ ㄋㄟˋ

【出處】《莊子·齊物論》：「六合之外，聖人存而不論；六合之內，聖人論而不議。」

【解釋】六合：天地及東西南北四方。

【用法】指普天之下。

【例句】古代帝王以爲～莫非王土，實在因爲沒有地理觀念。

六街三市 ㄌㄡˋ ㄐㄧㄝ ㄙㄢ ㄕˋ

【出處】宋·釋惟白《續傳燈錄·希祖禪師》：「六街三市，遍處莊嚴。」

【解釋】六街：指唐代長安城中的六條大街。三市：古時把早上做交易買賣叫做「朝市」，下午做交易買賣叫「大市」，傍晚做交易買賣叫做「夕市」，統稱「三市」。

【用法】都做成鬧市的通稱。

【例句】在我們這個大城市裏，一到節日，～，擠得水泄不通。

六經注我 ㄌㄡˋ ㄐㄧㄥ ㄓㄨˋ ㄨㄛˇ

【解釋】六經：本指《詩經》、《尚書》、《周易》、《禮記》、《樂經》、《春秋》。後泛指各種經典著作。注：解釋。我：自己的觀點。

【用法】指牽強地用各種經典著作中的論斷來解釋和證明自己的觀點，爲自己的議論辯白。

【例句】對於古典作品，不能用～的方法，任意曲解。

六親無靠 ㄌㄡˋ ㄑㄧㄣ ㄨˊ ㄎㄠˋ

【解釋】六親：歷來說法不一。《左傳·昭公二十五年》：指父子、兄弟、姑姊、甥舅、姻亞。漢·司馬遷《史記·管晏列傳》：「上曾服度則六親固。」正義：「外祖父母、父母、姊妹、妻兄弟之子、從母之子女之子。」現泛指直系、旁系所有的親屬，有時也包括至近的朋友。

【例句】指孤身一人，沒有任何親戚、朋友可以投靠。

【例句】自從他的老爺爺去世後，他眞的是～了，只好被送到孤兒院。

六尺之孤 ㄌㄡˋ ㄔˇ ㄓ ㄍㄨ

【出處】《論語·泰伯》：「曾子曰：『可以托六尺之孤，可以寄百里之命。』」（托孤：多用以指帝王或諸侯死前委托大臣輔助未成年而繼位的君主。）

【解釋】六尺：周代一尺相當於現在六

寸。

【用法】指未成年的孤兒。

【例句】唐駱賓王《代徐敬業傳檄天下文》：「一抔之土未乾，～何托？」

六朝金粉 ㄌㄡˋ ㄔㄠˊ ㄐㄧㄣ ㄈㄣˇ

【解釋】六朝：三國時的吳、東晉以及南朝的宋、齊、梁、陳六個朝代，先後在建業或建康（即今江蘇南京）建都，歷史上稱六朝。金粉：指古代婦女妝飾用的脂粉。

【用法】六朝時，統治階級生活豪華奢侈，所以後人多用以指當時的靡麗繁華景象。

【例句】清·吳偉業《殘畫》詩：「～地，落木更蕭蕭。」

六出紛飛 ㄌㄡˋ ㄔㄨ ㄈㄣ ㄈㄟ

【出處】清·李汝珍《鏡花緣》第二回：「如果消閒，趁此六出紛飛之際，我們雖不必學人間暖閣圍爐那些俗態，何妨清吟聯句，遣此長宵？」

【解釋】六出：雪花六角，因此原稱「六出」。

【用法】指大雪紛飛。

【例句】生長在亞熱帶台灣的我，在日本北海道，第一次看到～的景象。

六畜不安 ㄌㄡˋ ㄔㄨˋ ㄅㄨˋ ㄢ

【解釋】六畜：指馬、牛、羊、豬、狗、鷄六種牲畜。六畜不得安生。

【用法】形容極度吵鬧。

【例句】他們家裏婆媳不和，從早吵到晚，鬧得個～！

六神不安 ㄌㄡˋ ㄕㄣˊ ㄅㄨˋ ㄢ

【出處】清·李寶嘉《官場現形記》第三回：「這一天不曾睡覺，替他弄這弄那樣，忙了個六神不安。」

【解釋】六神：道教認爲人的心、肺、肝、腎、脾、膽也有神明的主宰，故稱爲「六神」。

【用法】形容忙亂不堪，不得安寧。

【例句】這些日子來往往的人實在太多了，不但工作無法進行，甚至鬧得人～，簡直招架不住了。

六神無主 ㄌㄡˋ ㄕㄣˊ ㄨˊ ㄓㄨˇ

【出處】明·馮夢龍《醒世恒言·盧太學詩酒傲王侯》：「嚇得知縣已六神無主，還有甚心腸去吃酒。」

【解釋】六神：道教認爲人的心、肺、肝、腎、脾、膽各有神明主宰，故稱爲「六神」。

【用法】形容心慌亂，不知如何是好。

【例句】爸爸是我們家的精神支柱，自從爸爸走了以後，我們眞有點～，什麼事也拿不定主意了。

六月飛霜 ㄌㄡˋ ㄩㄝˋ ㄈㄟ ㄕㄨㄤ

【出處】唐·張說《獄箴》：「匹夫結憤，六月飛霜。」

【用法】後來用「六月飛霜」的典故比喻冤獄。

【例句】在「竇娥冤」中，～的一幕，實在賺人眼淚。

【附註】也作「五月飛霜」。

廉能清正 ㄌㄧㄢˊ ㄋㄥˊ ㄑㄧㄥ ㄓㄥˋ

【出處】三·曾瑞卿《留鞋記·第三折》：「固爲老夫廉能清正，奉公守法。」

【解釋】廉：清廉，不貪污、不受賄。
【用法】指不貪污受賄，清白公正。
【例句】包拯是個～的好官，人民爲了感念他，而編出種種傳奇故事。

廉潔奉公（ㄌㄧㄢˊ ㄐㄧㄝˊ ㄈㄥˋ ㄍㄨㄥ）

【解釋】廉潔：廉正、清白。奉公：奉行公事。
【用法】指在工作中不貪污，不接受賄賂，公正無私。
【例句】政府官員應該關心群衆，～，全心全意爲人民服務。

廉靜寡欲（ㄌㄧㄢˊ ㄐㄧㄥˋ ㄍㄨㄚˇ ㄩˋ）

【出處】清·曹雪芹《紅樓夢》第一百二十回：「心想寶釵小時候，便是廉靜寡欲，極愛素淡的。」（欲：慾。）
【解釋】廉：品行端正。靜：脾氣平和。寡欲：要求、慾望很少。
【用法】指人的品德高尚，性格平和，沒有什麼奢望。
【例句】他是一個～，懂得知足常樂道理的人。

廉頑立懦（ㄌㄧㄢˊ ㄨㄢˊ ㄌㄧˋ ㄋㄨㄛˋ）

【出處】清·方宗誠《古文簡要序》：「至於上古以來，聖君賢臣地平天成之績，良將循吏撥亂反正之功，……可以廉頑而立懦者，苟非有文以紀之，則又何以昭法戒，而使後之人多識多聞以畜其德。」
【解釋】廉：廉潔，不貪得。頑：刁頑自私的人。懦：軟弱無能的人。
【用法】指使刁頑自私的人不再貪得無厭，使軟弱無能的人立志奮發圖強。
【附註】也作「廉貪立懦」。

憐新棄舊（ㄌㄧㄢˊ ㄒㄧㄣ ㄑㄧˋ ㄐㄧㄡˋ）

【出處】明·馮夢龍《東周列國志》第三十七回：「妾雖貴，然叔隗先配，且有子矣，豈可憐新而棄舊乎？」
【解釋】憐：憐愛。棄：厭棄。憐愛新人，厭棄舊人。
【用法】指喜新厭舊。
【例句】清·曹雪芹《紅樓夢》第五十七回：「甚至於～，反目成仇的，多着咧！」

憐香惜玉（ㄌㄧㄢˊ ㄒㄧㄤ ㄒㄧˊ ㄩˋ）

見「惜玉憐香」。

聯翩而至（ㄌㄧㄢˊ ㄆㄧㄢ ㄦˊ ㄓˋ）

【解釋】聯翩：鳥飛的樣子。
【用法】形容人或事連續不斷地到來。
【例句】這次音樂週，是北市音樂界近十年來最大的一次藝術活動，各地音樂界人士紛紛響應，～，盛況空前。

蓮花步步（ㄌㄧㄢˊ ㄏㄨㄚ ㄅㄨˋ ㄅㄨˋ）

見「步步蓮花」。

連篇累牘（ㄌㄧㄢˊ ㄆㄧㄢ ㄌㄟˇ ㄉㄨˊ）

【出處】唐·魏徵《隋書·李諤傳》：「連篇累牘，不出月露之形。」
【解釋】篇：古代文章寫在在竹簡上，把首尾完整的詩、文用繩子或皮條編在一起叫做「篇」，後指有頭有尾的文章爲一篇。累：重疊、積累。牘：古代寫字用的狹長木板。
【用法】形容文辭冗長重覆。
【例句】寫文章應質簡明扼要，～的文

章地什麼人看呢?

【附註】也作「累牘連篇」。

連中三元
ㄌㄧㄢˊ ㄓㄨㄥˋ ㄙㄢ ㄩㄢˊ

【出處】明・馮夢龍《警世通言》第十八卷:「論他的志氣,便像馮京商輅連中三元,也只算他便袋裏東西。眞個是足躡風雲,氣冲牛斗。」

【解釋】三元:在科舉傳度時,鄉試第一名爲解元,會試第一名爲會元,殿試第一名爲狀元,合稱三元。

【用法】指在鄉試、會試、殿試中接連考中第一名。

【附註】「中」不能念成ㄓㄨㄥ。

戀戀不語
ㄌㄧㄢˋ ㄌㄧㄢˋ ㄅㄨˋ ㄩˇ

【出處】宋・王明清《揮麈後錄》卷六:「錢穆父與蔡元度俱在禁林,二公雅相好。元祐末,穆父先坐命祠,以本官知池州。元度送之郊外,促膝劇談,戀戀不能捨。」(麈:拂麈。)

【解釋】戀戀:留戀。捨:放下、離開。

【用法】非常留戀,捨不得離開。

【例句】直到車子都快看不見了,他還~地站在那裏向他招手。

斂聲屏氣
ㄌㄧㄢˇ ㄕㄥ ㄅㄧㄥˇ ㄑㄧˋ

【出處】清・曹雪芹《紅樓夢》第三回:「黛玉思忖道:這些人個個皆斂聲屏氣,這來者是誰?這樣放誕無禮!」

【解釋】斂:收束。屏:抑止。指閉緊嘴巴,不敢出聲喘氣。

【用法】形容畏懼、小心的樣子。

【例句】小偷聽到主人開門的聲音趕快躲在衣櫃中,~不敢有點聲息。

【附註】「屏」不能念成ㄆㄧㄥˊ。

林林總總
ㄌㄧㄣˊ ㄌㄧㄣˊ ㄗㄨㄥˇ ㄗㄨㄥˇ

【出處】唐・柳宗元《貞符》:「惟人之初,總總而生,林林而群。」

【解釋】林林、總總:紛紜衆多的樣子。

【用法】形容事物繁多。

【例句】百貨公司的東西眞多,食的、衣的、用的,~,應有盡有。

林下風氣
ㄌㄧㄣˊ ㄒㄧㄚˋ ㄈㄥ ㄑㄧˋ

【出處】南朝・宋・劉義慶《世說新語・賢媛》:「王夫人神情散朗,故有林下風氣。」(王夫人:指晉朝王凝之妻謝道蘊。)

【解釋】林下:幽僻的地方。

【用法】①形容人幽雅超俗的風度和氣質。②後也用以形容婦女儀態嫻雅超逸脫俗。

【附註】也作「林下風範」。

淋漓盡致
ㄌㄧㄣˊ ㄌㄧˊ ㄐㄧㄣˋ ㄓˋ

【出處】清、吳趼人《二十年目睹之怪現狀》第九十三回:「他心中把苟才恨如徹骨,沒有事時,加些材料,對同事各人淋漓盡致的說起來,大家傳作新聞。」

【解釋】淋漓:形容暢快。盡致:到極點。

【用法】①多指文章、談話詳盡透徹,能把事物的情態充分地表現出來。②也用以形容把觀點表達得充分、詳盡。

【例句】儒林外史一書,更把當時讀書人熱中功名的醜態描寫得~。

琳琅滿目
ㄌㄧㄣˊ ㄌㄤˊ ㄇㄢˇ ㄇㄨˋ

【出處】南朝・宋劉義慶《世說新語・

容止》：「有人詣王太尉，遇安豐大將軍丞相在堂，往別屋見季胤、平子；還語人曰：『今日之行，觸目見琳琅珠玉。』」

【解釋】琳琅：精美的玉石。眼前擺滿了各式各樣的美玉。

【用法】比喻美好而珍貴的東西形形色色，非常之多。

【例句】書架上～的圖書，被竹窗子透進來的陽光照得斑斑駁駁，反射出幽靜的光輝。

臨難毋苟免（ㄌㄧㄣˊ ㄋㄢˋ ㄨˊ ㄍㄡˇ ㄇㄧㄢˇ）

【出處】《禮記·曲禮上》：「臨難毋苟免。」

【解釋】臨：面臨、接近。毋：不得。苟免：苟且求免。

【用法】指面臨危險，應該堅持正義的事業，不得苟且退避。

【例句】大丈夫應該養成～的精神，遇到困難，迎上前去，愈挫愈勇，百折不撓，怎可苟且偷安呢？

臨渴掘井（ㄌㄧㄣˊ ㄎㄜˇ ㄐㄩㄝˊ ㄐㄧㄥˇ）

【出處】《黃帝內經·素問·四氣調神大論》：「夫病已成而後藥之，亂已成而後治之，譬猶渴而穿井，鬥而鑄錐，不免晚乎！」（穿：掘。）

【解釋】臨：臨到、接近。臨到口渴的時候才去挖井。

【用法】比喻不預先做好準備，事到臨頭才想辦法。

【例句】懶惰的人，往往不做好事前的準備工作，所謂平時不引渠而～，那有水可喝？

【附註】也作「渴而掘井」。

臨機應變（ㄌㄧㄣˊ ㄐㄧ ㄧㄥˋ ㄅㄧㄢˋ）

見「隨機應變」。

臨陣磨槍（ㄌㄧㄣˊ ㄓㄣˋ ㄇㄛˊ ㄑㄧㄤ）

【出處】清·曹雪芹《紅樓夢》第七十回：「王夫人便道：臨陣磨槍也不中用，有這會子着急，天天寫寫念念，有多少完不了的。」

【解釋】臨：將近。陣：戰場。到了陣前快要打戰時，才去磨槍。

【用法】比喻事到臨頭才做準備。

【例句】事到臨頭了，才想來～怎來得急？

臨陣脫逃（ㄌㄧㄣˊ ㄓㄣˋ ㄊㄨㄛ ㄊㄠˊ）

【出處】清·無名氏《官場維新記》第四回：「你們中國的兵勇，一到有起事來，不是半途潰敗，便是臨陣脫逃，那是不關我教習的事，在乎你們自己未雨綢繆的。」

【解釋】臨：將在。脫：離開。

【用法】指將在陣前打仗時逃跑。也比喻事情到臨頭或遇到困難的時候，退縮逃避。

【例句】遇到這點困難算什麼？我怎麼能～，把難題留給別人呢？

臨池學書（ㄌㄧㄣˊ ㄔˊ ㄒㄩㄝˊ ㄕㄨ）

【出處】唐·房玄齡等《晉書·衛恒傳》：「弘農張伯英者，因而轉精甚巧。凡家之衣帛，必書而後練之。臨池盡黑。下筆必為楷則，號怱怱不暇草書。」

【解釋】臨：靠近。書：書法。

【用法】形容刻苦練習書法。

臨事而懼

【出處】《論語·述而》：「必也臨事而懼，好謀而成者也。」

【解釋】臨：遭遇、碰到。懼：戒懼。遇到事情因爲有所戒懼而謹慎從事。

【用法】形容遇事謹慎。

【例句】像你這樣魯莽，怎能成就大事？我希望找一個能～的人來擔任這個職務。

臨深履薄

【出處】《詩經·小雅·小旻》：「戰戰兢兢，如臨深淵，如履薄冰。」

【解釋】臨：面臨。深：指深淵。履：踩走。薄：指薄冰。面臨着深淵腳踩着薄冰。

【用法】比喻非常謹慎，十分小心。

【例句】這些年來，無論是行動上或是言論上，他都是～十分謹慎。

臨崖勒馬

見「懸崖勒馬」。

臨危不懼

【出處】《鄧析子·無厚》：「死生自命，貧富自時，怨夭折者，不知命也；怨貧賤者，不知時也，故臨難不懼。」

【解釋】臨：面對、靠近。懼：害怕。

【用法】面對危險，一點也不害怕。

【例句】陳將軍把個人生命置之度外，～鎭定自若地徹夜指揮着戰鬥。

臨危蹈難

【出處】唐·韓愈《清邊郡王楊燕奇碑文》：「敵攻無怪，城守必完，臨危蹈難，歔欷感發。」

【解釋】臨：面對、靠近。蹈：腳踩。

【用法】面對危亡的局勢，勇於赴湯蹈火，慷慨就義。

【例句】他爲了國家可以～九死不辭。

臨危授命

【解釋】臨：面對、靠近。授：傳授。

【用法】指在臨終或危急時授命於人，讓其繼承事業，努力奮鬥。

【例句】這件事無論多麼的困難，我也必須完成，因爲，這是先父～，我絕不能有負先父的。

臨淵羨魚

【出處】漢·劉安《淮南子·說林訓》：「臨河而羨魚，不如歸家結網。」

【解釋】臨：面對、靠近。淵：深潭。羨：希望得到。面對深淵，希望得到魚。

【用法】比喻只作空想，不幹實際工作，於事無補。

【例句】一些發達國家的科學技術，的確比我們先進，生活的確比我們富裕，但是，我們與其「～」，何如「退而結網」，踏踏實實地趕上去！

麟鳳龜龍

【出處】《禮記·禮運》：「麟鳳龜龍，謂之四靈。」

【解釋】麟：麒麟，古代傳說中的靈獸。鳳：鳳凰，古代傳說中的鳥王。龜：古代傳說中的神龜。龍：古代傳說中的神異動物。這四種動物在古代傳說中都是象徵吉祥、高貴、長壽的珍奇動物。

【用法】常用以比喻品德高尚或傑出的人物。

麟角鳳距（ㄌㄧㄣˊ ㄐㄧㄠˇ ㄈㄥˋ ㄐㄩˋ）

【出處】晉·葛洪《抱朴子·自敘》：「晚又學七尺杖術，可以入白刃、取大戟。然亦是不急之末學，知之譬如麟角鳳距，何必用之？」

【解釋】鳳距：鳳凰的脚爪。麒麟的角和鳳凰的爪。

【用法】比喻難得但不一定用得着的東西。

【例句】你所學都是～，沒有多大用處的。

麟角鳳嘴（ㄌㄧㄣˊ ㄐㄧㄠˇ ㄈㄥˋ ㄗㄨㄟˇ）

【出處】漢·東方朔《海內十洲記》：「洲上多鳳麟，……亦多仙家。煮鳳喙及麟角，合煎作膏，名之爲續弦膠，或名連金泥。此膠能續弓弩已斷之弦，刀劍斷折之金。」

【解釋】麒麟的角，鳳凰的嘴。

【用法】比喻十分珍貴、稀少的人或事物。

【例句】像他這樣的人材，在大城市裏也許很多，但在我們這裏，却可以算得上是～，不可多得了。

【附註】參看「鳳毛麟角」。

麟子鳳雛（ㄌㄧㄣˊ ㄗˇ ㄈㄥˋ ㄔㄨˊ）

【出處】漢·焦延壽《易林》：「麟子鳳雛，生長家國。」

【解釋】麟、鳳：麒麟、鳳凰，傳說中的珍異動物，舊時用以比喻才德非凡的人。雛：泛指幼禽。幼小的麒麟和鳳凰。

【用法】比喻才德出衆的年輕人。

【例句】這次國際青年科學大賽中，來自各國的～齊聚一堂。

鱗次櫛比（ㄌㄧㄣˊ ㄘˋ ㄐㄧㄝˊ ㄅㄧˋ）

【出處】《詩經·周頌·良耜》：「獲之桎桎，稱之栗栗。其崇如墉，其比如櫛。」

【解釋】鱗次：像魚鱗有次序地排列。櫛：梳子、篦子的總稱。比：並列。

【用法】像魚鱗或梳篦的齒那樣緊密地排列着。

【例句】遠處，大海浮光閃爍，蒼蒼茫茫；近處，烟囱高拔，廠房～。

【附註】也作「櫛比鱗次」。「比」不可讀ㄅㄧˇ。

凜若冰霜（ㄌㄧㄣˇ ㄖㄨㄛˋ ㄅㄧㄥ ㄕㄨㄤ）

見「冷若冰霜」。

梁孟相敬（ㄌㄧㄤˊ ㄇㄥˋ ㄒㄧㄤ ㄐㄧㄥˋ）

見「舉案齊眉」。

樑上君子（ㄌㄧㄤˊ ㄕㄤˋ ㄐㄩㄣ ㄗˇ）

【出處】南朝·宋·范曄《後漢書·陳寔傳》：「有盜夜入其室，止于梁上，寔陰見，乃起自整拂，呼命子孫，正色訓之曰：『不可不自勉，不善之人，未必本惡，習以性成，遂至于此，梁上君子者是矣！』盜大驚，自投于地，稽顙歸罪。」

【解釋】樑：房樑。在房樑上躲着的君子。

【用法】竊賊的代稱。

良弓無改 ㄌㄧㄤˊ ㄍㄨㄥ ㄨˊ ㄍㄞˇ

【出處】《禮記・學記》：「良弓之子，必學為箕。」唐・劉知幾《史通・書事》：「其有開國承家，世祿不墜，職仁累德，良弓無改。」

【用法】指繼承先輩的事業和優良傳統不走樣。

【例句】李家的世世代代都能～，光耀門楣，持續的開創大事業。

良禽擇木 ㄌㄧㄤˊ ㄑㄧㄣˊ ㄗㄜˊ ㄇㄨˋ

【出處】《左傳・哀公十一年》：「孔文子之將攻大叔也，訪于仲尼曰：『胡簋之事，則嘗學之矣，甲兵之事未之聞也。』退命駕而行曰：『鳥則擇木，木豈能擇鳥？』」

【解釋】良禽：好的鳥。擇：選。木：樹。好鳥擇木而棲。

【用法】比喻賢士擇主而事。

【例句】一個良才也必須有賞識他重用他的主管，才能使他發揮長才，這也就是「～」的重要性。

良知良能 ㄌㄧㄤˊ ㄓ ㄌㄧㄤˊ ㄋㄥˊ

【出處】《孟子・盡心上》：「人之所不學而能者，其良能也；所不慮而知者，其良知也。」宋・朱熹注：「良者，本然之善也。」

【用法】指不學而知、不學而能的一種天賦的判斷是非善惡的本能。

【例句】每一個人都有～，只是有些被蒙蔽了。

良辰美景 ㄌㄧㄤˊ ㄔㄣˊ ㄇㄟˇ ㄐㄧㄥˇ

【出處】南朝・宋・謝靈運《擬魏太子鄴中集詩序》：「天下良辰、美景、賞心、樂事，四者難並。」

【解釋】良辰：美好時刻。

【用法】指美好的時刻和優美的風景。

【例句】面對這～，她油然想起自己飄零的身世。

良辰吉日 ㄌㄧㄤˊ ㄔㄣˊ ㄐㄧˊ ㄖˋ

見「吉日良辰」。

良師益友 ㄌㄧㄤˊ ㄕ ㄧˋ ㄧㄡˇ

【出處】《論語・述而》：「子曰『三人行，必有我師焉，擇其善者而從之，其不善者而改之。』」《論語・季氏》：「孔子曰：『益者三友，損者三友。友直、友諒、友多聞，益矣；友便僻，友善柔，友便佞，損矣。』」

【用法】循循善誘的好老師，助人進步的好朋友。

【例句】和這樣一個結交五十多年的～訣別，內心的悲痛實在難以形容。

良藥苦口 ㄌㄧㄤˊ ㄧㄠˋ ㄎㄨˇ ㄎㄡˇ

【出處】《孔子家語・六本》：「良藥苦口而利於病，忠言逆耳而利於行。」

【解釋】良：好。能治病的好藥大都味道很苦。

【用法】比喻有益處的勸誡或批評，往往比較尖銳，聽起來覺得不舒服。

【例句】這些話聽起來是刺耳了一些，但是，～，它對你是有幫助的。

【附註】也作「苦口良藥」。

良莠不齊 ㄌㄧㄤˊ ㄧㄡˇ ㄅㄨˋ ㄑㄧˊ

【出處】清・文康《兒女英雄傳》第四

十回：「無如衆生賢愚不等，也就如五穀良莠不齊。」
【解釋】良：好的。莠：狗尾草，損害莊稼的野草，比喻壞人。
【用法】指好人壞人都有，混在一起，雜亂不齊。
【例句】人多了，難免～，要想一個辦法加以整頓。
【附註】「莠」不能念成ㄒㄡˋ。

兩敗俱傷（ㄌㄧㄤˇ ㄅㄞˋ ㄐㄩˋ ㄕㄤ）

【出處】《戰國策·秦策二》：「有兩虎諍（爭）人而鬥者，管莊子將刺之。管與止之曰：『虎者，戾蟲；人者，甘餌也。今兩虎相爭人而鬥，小者必死，大者必傷。子待傷虎而刺之，則是一舉而兼兩虎也。』」
【解釋】敗：失敗。俱：都、全。傷：損傷。
【用法】指鬥爭的雙方都受到損傷。
【例句】他們明爭暗鬥的結果是～。

兩部鼓吹（ㄌㄧㄤˇ ㄅㄨˋ ㄍㄨˇ ㄔㄨㄟˋ）

【出處】南朝·宋·范曄《後漢書·楊賜傳》：「及葬，又使侍御史持節送喪，蘭台令史十人，發羽林騎輕車介士，前台部鼓吹。」
【解釋】鼓吹：古代的樂器合奏；演奏吹打樂的樂隊也叫鼓吹。
【用法】後特代指青蛙的叫聲。
【例句】梁·蕭子顯《南齊書·孔稚珪傳》：「門庭之內，草萊不剪，中有蛙鳴，或問之曰：『欲爲陳蕃乎？』稚珪笑曰：『我以此當～，何必期效仲舉。』」

兩面三刀（ㄌㄧㄤˇ ㄇㄧㄢˋ ㄙㄢ ㄉㄠ）

【出處】元·李行道《灰闌記》第二折：「豈知他有兩面三刀，向夫主廝搬調。」
【解釋】當面一套，背後一套。
【用法】比喻陰險狡滑，耍兩面派手法。
【例句】《紅樓夢》第六十五回：「嘴甜心苦，～，上頭笑着，脚底下就使絆子，明是一盆火，暗是一把刀，他都全占了。」

兩豆塞耳（ㄌㄧㄤˇ ㄉㄡˋ ㄙㄞ ㄦˇ）

【出處】《鶡冠子·天則》：「夫耳之主聽，……兩豆塞耳，不聞雷霆。」
【解釋】指耳有所塞就聽不到聲音。
【用法】比喻被細小的事物或陳見所限，看不到新情況，接受不了新事物。
【例句】別人說了一車話，他却～，一點兒也沒有聽進去。

兩瞽相扶（ㄌㄧㄤˇ ㄍㄨˇ ㄒㄧㄤ ㄈㄨˊ）

【出處】汝·韓嬰《韓詩外傳》卷五：「兩瞽相扶，不傷墻木，不陷井阱，則其幸也。」
【解釋】瞽：盲人。扶：扶持。意指一對盲人，互相扶持，彼此都得不到好處。
【用法】比喻誰也幫不了誰。
【例句】你要來照顧我的病，可你自己也需要人照顧，～，彼此無益，你還是不來爲好。

兩虎相鬥（ㄌㄧㄤˇ ㄏㄨˇ ㄒㄧㄤ ㄉㄡˋ）

【出處】《戰國策·秦策二》載：陳軫說秦王，以齊楚之戰比喻兩隻老虎爲爭人而鬥。「今兩虎爭人而鬥，小者必死，大者必傷。」

【用法】比喻兩個強手作你死我活的搏鬥。

【例句】～必有一傷，你們兩人希望能握手言和，爲國家的前途而共同奮鬥。

【附註】也作「兩虎相爭」。

兩脚野狐 ㄌㄧㄤˇ ㄐㄧㄠˇ ㄧㄝˇ ㄏㄨˊ

【出處】五代・後晉・劉昫等《舊唐書・楊再思傳》：「左補闕戴令言作《兩脚野狐賦》以譏刺之，再思聞之怒。」

【用法】比喻奸巧詐僞的人。

【例句】有些人爲了私利，杯葛議程，擱置待審法案，罔顧國家前途、人民寄託，這些人眞是～。

兩全其美 ㄌㄧㄤˇ ㄑㄩㄢˊ ㄑㄧˊ ㄇㄟˇ

【出處】明・吳承恩《西遊記》第七十六回：「也罷！也罷！與他個兩全其美，出去便出去，還與他肚裏生下一個根兒。」

【解釋】美：美好、美滿。

【用法】指使得事情的兩方面都達到美滿的結果。

【例句】同意把他調走，既可以解決他的家庭問題，又解決了那裏的工作急需，這種～的事，有什麼不好呢？

兩小無猜 ㄌㄧㄤˇ ㄒㄧㄠˇ ㄨˊ ㄘㄞ

【出處】唐・李白《長干行》詩：「妾髮初覆額，折花門前劇，郎騎竹馬來，繞床弄青梅，同居長干里，兩小無嫌猜。」

【解釋】猜：猜忌。

【用法】形容天眞無邪的少年男女相處融洽，互相沒有猜疑和忌諱。

【例句】我和他小時一塊兒上學，一塊遊戲，青梅竹馬，～，感情很純眞。

【附註】參看「青梅竹馬」。

兩袖清風 ㄌㄧㄤˇ ㄒㄧㄡˋ ㄑㄧㄥ ㄈㄥ

【出處】元・陳基《次韻吳江道中》詩：「兩袖清風身欲飄，杖藜隨月步長橋。」

【用法】①原指迎風瀟灑、飄飄欲仙的姿態。②形容居官廉潔。③現也指貧窮沒有財產。

【例句】身爲一個有良心的公務員，他眞是～，一無所有。

【附註】也作「清風兩袖」。

兩情相願 ㄌㄧㄤˇ ㄑㄧㄥˊ ㄒㄧㄤ ㄩㄢˋ

【出處】明・凌濛初《初刻拍案惊奇》第二卷：「方才說過的，憑娘子自揀，兩情相願，如何誤得你？」

【用法】指兩方都願意，互不勉強。

【例句】結婚是～的事，女方不願意，怎麼能強迫人家呢？

兩世爲人 ㄌㄧㄤˇ ㄕˋ ㄨㄟˊ ㄖㄣˊ

【出處】世：人的一生叫作一世。重回人世作人。

【用法】形容死裏逃生。

【例句】我見到你可不容易啊！你哪裏知道我已經是～了。

兩鼠鬥穴 ㄌㄧㄤˇ ㄕㄨˇ ㄉㄡˋ ㄒㄩㄝˋ

【出處】汝・司馬遷《史記・廉頗藺相如列傳》：「秦伐韓，軍于閼與，……王召問趙奢，奢對曰：『其道險狹，譬之猶兩鼠鬥于穴中，將勇者勝。』

』」

【用法】比喻兩軍狹路相逢，沒有回旋餘地，只憑勇猛取勝。

兩葉掩目 ㄌㄧㄤˇ ㄧㄝˋ ㄧㄢˇ ㄇㄨˋ

【出處】北齊・劉晝《新論・專學》：「夫兩葉掩目，則冥然無睹；雙珠塡耳，必寂寞無聞。」

【用法】比喻看不見或受到蒙蔽而視而不見。

【例句】這些人貪汙枉法，朝廷大員爲何～視而不見？

量能授官 ㄌㄧㄤˋ ㄋㄥˊ ㄕㄡˋ ㄍㄨㄢ

【出處】《荀子・君道篇》：「論德而定次，量力而授官。」

【解釋】量：衡量。能：能力、才能。授：授予。

【用法】指依照能力大小授予相當的職位。

【附註】「量」不能唸成ㄌㄧㄤˊ。

量力而行 ㄌㄧㄤˋ ㄌㄧˋ ㄦˊ ㄒㄧㄥˊ

【出處】《左傳・隱公十一年》：「度德而處之，量力而行之。」

【解釋】量：估計、衡量。行：行事。

【用法】指衡量自己的能力或力量去行事。

【例句】你必須～，否則自取失敗。

【附註】也作「量力而爲」。「量」不能唸成ㄌㄧㄤˊ。

量入爲出 ㄌㄧㄤˋ ㄖㄨˋ ㄨㄟˊ ㄔㄨ

【出處】《禮記・王制》：「冢宰制國用，必于歲之杪，五谷皆入，然後制國用，量入以爲出。」（冢宰ㄓㄨㄥˇ ㄗㄞˇ：古代官名，相當於後代的宰相。杪ㄇㄧㄠˇ：樹木的末梢，引申爲年、月、季節的末尾。入：納。）

【解釋】量：計量。

【用法】指依據收入的情況決定支出多少。

【例句】我們過日子必須～，不能揮霍無度。

【附註】「量」不能讀成ㄌㄧㄤˊ。

量材錄用 ㄌㄧㄤˋ ㄘㄞˊ ㄌㄨˋ ㄩㄥˋ

【出處】宋・薛居正等《舊五代史・周書・世宗紀》：「親的子孫，並量材錄用，傷夷殘廢者，別賜救接。」

【解釋】量：衡量。錄用：錄取使用。

【用法】指根據才能大小，收錄使用。

【例句】我們在增員工作上，應該實行～的辦法。

【附註】「量」不能念成ㄌㄧㄤˊ。

伶牙利爪 ㄌㄧㄥˊ ㄧㄚˊ ㄌㄧˋ ㄓㄨㄚˇ

【出處】淸・曹雪芹《紅樓夢》第二十四回：「只是寶玉身邊一干人都是伶牙利爪，那裏揷得下手去？」

【解釋】伶：伶俐。牙：指口才。利：利落。爪：指手脚。旣能說會道，又利落能幹。

【用法】形容人能幹而且厲害。

【例句】王大嬸爲人～，頗具有幫夫的才幹。

伶牙俐齒 ㄌㄧㄥˊ ㄧㄚˊ ㄌㄧˋ ㄔˇ

【出處】元・無名氏《殺狗勸夫》第四折：「一任你百樣兒伶牙俐齒，怎知大人行，會斷的正沒頭公事。」

【解釋】伶、俐：靈活、乖巧。

【用法】形容很有口才，能說會道。

【例句】這個小姑娘，說起話來，～，半句也不饒人。

【附註】也作「俐齒伶牙」。

凌雜米鹽 ㄌㄧㄥˊ ㄗㄚˊ ㄇㄧˇ ㄧㄢˊ

【出處】漢．司馬遷《史記．天官書》：「近世十二諸侯七國相王，言從衡者繼踵，而皐、唐、甘、石因時務論其書傳，故其占驗凌雜米鹽。」（皐：尹皐。唐：唐昧。甘：甘公。石：石申。均爲戰國時星象家。）

【解釋】凌雜：零亂錯雜。米鹽：比喻細碎。

【用法】形容凌亂瑣碎。

【例句】他是個多產作家，作品～，眞不知從何整理起。

凌雲之志 ㄌㄧㄥˊ ㄩㄣˊ ㄓ ㄓˋ

【出處】漢．班固《漢書．揚雄傳》：「往時武帝好神仙，相如上《大人賦》，欲以風帝，反縹縹有陵（凌）雲之志。」（風：通「諷」。）

【解釋】凌雲：高入雲霄。高入雲霄的志氣。

【用法】形容遠大的志向。

【附註】也作「凌霄之志」。參考「壯志凌雲」。

玲瓏剔透 ㄌㄧㄥˊ ㄌㄨㄥˊ ㄊㄧ ㄊㄡˋ

【出處】元．無名氏《百花亭》第二折：「淹潤慣熟，玲瓏剔透，款款溫柔。」

【解釋】玲瓏：靈巧、精緻。剔透：透明、明澈。

【用法】①形容器物奇巧精緻，鮮明透亮。②也形容人體態輕靈，頭腦聰穎。

【例句】那些牙雕，眞是個個～，巧奪天工，使人們越看越愛。

【附註】「剔」不可讀作ㄊㄧˋ。

羚羊掛角 ㄌㄧㄥˊ ㄧㄤˊ ㄍㄨㄚˋ ㄐㄧㄠˇ

【出處】宋．嚴羽《滄浪詩話．詩辨》：「盛唐諸人惟在興趣，羚羊掛角，無迹可求，故其妙處，透澈玲瓏，不可湊泊。」

【解釋】羚羊在晚上睡覺時，把角掛在樹上，脚不沾地，爲的是逃避猛獸所害。

【用法】用以比喻詩的意境超脫，達到玄妙境界。

陵谷變遷 ㄌㄧㄥˊ ㄍㄨˇ ㄅㄧㄢˋ ㄑㄧㄢ

【出處】《詩經．小雅．十月之交》：「高岸爲谷，深谷爲陵。」

【解釋】陵：丘陵。谷：山谷。丘陵變成了山谷，山谷變成了丘陵。

【用法】①比喻世事變遷無常。②也用以比喻人們環境、地位高低的變遷。

【例句】這川中終年有水，原是本地主要河源。後來～，這附近地勢抬高，河流改道，就成了一道乾涸的川谷。

【附註】也作「陵谷易處」。

零丁孤苦 ㄌㄧㄥˊ ㄉㄧㄥ ㄍㄨ ㄎㄨˇ

見「孤苦零丁」。

零敲碎打 ㄌㄧㄥˊ ㄑㄧㄠ ㄙㄨㄟˋ ㄉㄚˇ

【用法】指做一項工作沒有通盤計劃，而是時斷時續、零零碎碎地去做。

【例句】在科研工作上，應該有一通盤的考慮，不能～。

【附註】也作「零打碎敲」。

靈丹妙藥 ㄌㄧㄥˊ ㄉㄢ ㄇㄧㄠˋ ㄧㄠˋ

【出處】元・無名氏《瘸李岳詩酒玩江亭》第二折：「靈丹妙藥都不用，吃的是生薑大蒜辣憨葱。」

【解釋】靈：靈驗。丹：精煉的成藥。妙：指有特殊效力。靈驗有效的藥。

【用法】現用以比喻某種想像中的能解決疑難問題的特殊辦法。

【例句】對於我們所遇到的種種困難，我看你也不見得就能拿出什麼～來。

【附註】也作「靈丹聖藥」。

靈機一動 ㄌㄧㄥˊ ㄐㄧ ㄧˊ ㄉㄨㄥˋ

【出處】清・文康《兒女英雄傳》第四回：「我延了半晌，忽然靈機一動，心中悟將過去。」

【解釋】靈機：靈巧的心機。

【用法】指突然想出主意或辦法來。

【例句】大家爭論不休，眼睁睁沒法收場，她～，轉了個話題，把人們的注意力都吸引到別的方面去了。

靈蛇之珠 ㄌㄧㄥˊ ㄕㄜˊ ㄓ ㄓㄨ

【出處】漢・劉安《淮南子・覽冥訓》：「譬如隋侯之珠。」高誘注：「隋侯，漢東之國，姬姓諸侯也。隋侯見大蛇傷斷，以藥傅之。後蛇於江中銜大珠以報之，因曰隋侯之珠，蓋明月珠也。」

【解釋】古代傳說中的明珠，即「隋珠」。

【用法】用以比喻非凡的才能。

【例句】三國・魏・曹植《與楊德祖書》：「當此之時，人人自謂握～，家家自謂抱荆山之玉也。」

令苛則不聽 ㄌㄧㄥˋ ㄎㄜ ㄗㄜˊ ㄅㄨˋ ㄊㄧㄥ

【出處】《呂氏春秋・呂覽・適威》：「令苛則不聽，禁多則不行。」

【解釋】苛：細碎繁瑣。聽：聽從。法令細碎繁瑣，執法者無法執行。

【用法】形容事物繁瑣，就適得其反。

【例句】建立規章制度，要符合實際情況，切實可行，否則的話，～，定了也白定。

令行禁止 ㄌㄧㄥˋ ㄒㄧㄥˊ ㄐㄧㄣˋ ㄓˇ

【出處】《逸周書・文傳》：「令行禁止，王治也。」

【解釋】命令行動就立即行動，命令停止就立即停止。

【用法】①形容執行命令雷厲風行。②現用以形容組織紀律性很強。

【例句】我們的軍隊，必須紀律嚴明，～，不許任意違規。

令人髮指 ㄌㄧㄥˋ ㄖㄣˊ ㄈㄚˇ ㄓˇ

【出處】漢・司馬遷《史記・刺客列傳》：「高漸離擊筑，荆軻和而歌，爲變徵之聲，士皆垂淚涕泣。又前而爲歌曰：『風蕭蕭兮易水寒，壯士一去兮不復還！』復爲羽聲慷慨，士皆瞋目，髮盡上指冠。」

【解釋】髮指：頭髮豎立起來。使人憤怒得頭髮都豎了起來。

【用法】形容憤怒到了極點。

【例句】這些殘忍的大盜殺了王家兩百餘口，連襁褓中的嬰兒都不放過，這種暴行實在～。

令人齒冷 ㄌㄧㄥˋ ㄖㄣˊ ㄔˇ ㄌㄥˇ

【出處】唐・李延壽《南史・樂預傳》：「人笑褚公（淵），至今齒冷。」

【解釋】令：使。齒冷：恥笑。使人恥笑。

【用法】表示對某人鄙夷，看不起。

【例句】他殺兄奪嫂的惡行，實在～。

令聞嘉譽 ㄌㄧㄥˋ ㄨㄣˊ ㄐㄧㄚ ㄩˋ

【出處】《國語・周刊上》：「爲令聞嘉譽，以聲令。」

【解釋】令、嘉：好、美。

【用法】指好名聲和好名譽。

【例句】海瑞忠直不阿，～，早布於海內。

另當別論 ㄌㄧㄥˋ ㄉㄤ ㄅㄧㄝˊ ㄌㄨㄣˋ

【解釋】另：另外。論：論評。

【用法】指原來的看法或結論不能成立而應當另外加以論評。

【例句】如果他們確實屬於不了解實情，那就～了。

另起爐灶 ㄌㄧㄥˋ ㄑㄧˇ ㄌㄨˊ ㄗㄠˋ

【出處】清・李汝珍《鏡花緣》第十四回：「必至鬧到『出而哇之』，飯糞莫辨，這才『另起爐灶』。」

【解釋】另外再壘起爐灶。

【用法】比喻放棄原來的，重新另做。

【例句】原來的教材已經過分陳舊，這次編寫必須是～。

另眼相看 ㄌㄧㄥˋ ㄧㄢˇ ㄒㄧㄤ ㄎㄢˋ

【出處】明・凌濛初《初刻拍案驚奇》第八卷：「我等一一實對，便把我們另眼相看。」

【解釋】用不同於一般的眼光看待。

【用法】①指特別看重或優待。②也指用另外的眼光來對待（含有歧視的意思）。

【例句】他對她一直是～的，這是因爲她不僅爲人正派，而且從來不計較個人得失。

【附註】也作「另眼相待」。

爐火純青 ㄌㄨˊ ㄏㄨㄛˇ ㄔㄨㄣˊ ㄑㄧㄥ

【解釋】純青：藍色的火焰。

【用法】①本指道家煉丹成功的時候，爐火發出純青的火焰。②後用以比喻功夫或造詣達到了精湛完美的境地。

【例句】這位舞者的舞技，已達到～的地步。

廬山眞面目 ㄌㄨˊ ㄕㄢ ㄓㄣ ㄇㄧㄢˋ ㄇㄨˋ

【出處】宋・蘇軾《題西林壁》詩：「橫看成嶺側成峰，遠近高低各不同。不識廬山眞面目，只緣身在此山中。」

【解釋】廬山：我國名山，位於江西省九江市南。

【用法】比喻事物的眞相或人的本來面目。

【例句】她這樣一化妝，簡直成了個老太婆，誰也認不出她那～了。

魯魚帝虎 ㄌㄨˇ ㄩˊ ㄉㄧˋ ㄏㄨˇ

【出處】晉・葛洪《抱朴子・遐覽》：「諺曰：『書三寫，魯成魚，帝成虎。』」

【解釋】把「魯」字誤作「魚」字，把「帝」字誤作「虎」字。指幾經傳抄、翻印的文章、書籍中的錯字。

【用法】泛指在文章、書籍中錯別字很多。

【例句】這部書的校勘實在太差，再加上輾轉傳抄，以至於～，錯誤百出。

【附註】參看「魯魚亥豕」。

魯魚亥豕 ㄌㄨˇ ㄩˊ ㄏㄞˋ ㄕˇ

【出處】《呂氏春秋・察傳》：「有讀史記者曰：『晉師三豕涉河。』子夏曰：『非也，是己亥也。』夫己與三相似，豕與亥相似。」

【解釋】指把「魯」字錯當「魚」字，把「亥」字錯當「豕」字，篆書中的「魯」與「魚」、「亥」與「豕」，字形相近，很容易錯讀或錯寫。

【用法】泛指文章、書籍在傳抄、刊印過程中的文字錯誤很多。

【例句】刊物的裝幀、版面當然要講究，但同時也必須防止～的現象。

【附註】參看「魯魚帝虎」、「鳥焉成馬」、「㫒烏帝虎」。

戮力同心 ㄌㄨˋ ㄌㄧˋ ㄊㄨㄥˊ ㄒㄧㄣ

【出處】《左傳・成公十三年》：「昔逮我獻公及穆公相好，戮力同心，申之以盟誓，重之以昏（婚）姻。」

【解釋】戮力：合力。同心：齊心。

【用法】指齊心合力。

【例句】幸虧有大家～地合作，才能完成了這個艱困的工程。

碌碌無能 ㄌㄨˋ ㄌㄨˋ ㄨˊ ㄋㄥˊ

【出處】漢・司馬遷《史記・平原君虞卿列傳》：「公等碌碌，所謂因人成事者也。」

【解釋】碌碌：平庸無能。

【用法】形容智力平庸，沒有特殊的能力和才幹。

【例句】這個人是一個～之輩。

綠林好漢 ㄌㄨˋ ㄌㄧㄣˊ ㄏㄠˇ ㄏㄢˋ

【出處】綠林：綠林山，在今湖北省當陽縣東北；西漢末年王匡、王鳳率領的農民起義軍以此山作爲根據地，號稱綠林軍。

【用法】泛指聚集在山林反抗反動統治者的起義隊伍，或指搶刼財物的人。

【例句】羅賓漢是童話故事中刼富濟貧的～。

【附註】「綠」語音ㄌㄩˋ。

路柳墻花 ㄌㄨˋ ㄌㄧㄡˇ ㄑㄧㄤˊ ㄏㄨㄚ

【出處】明・馮夢龍《警世通言》第十一卷：「妾乃巫山洛水之儔，非路柳墻花之比。」

【解釋】路邊的柳樹，墻邊的花。

【用法】指飄泊在外，被人瞧不起的女子。

【例句】她遭到丈夫的遺棄，流落上海灘上，成爲～，生活十分悲慘。

路見不平，拔刀相助 ㄌㄨˋ ㄐㄧㄢˋ ㄅㄨˋ ㄆㄧㄥˊ，ㄅㄚˊ ㄉㄠ ㄒㄧㄤ ㄓㄨˋ

【出處】宋・釋道原《景德傳燈錄・卷二十二・福州羅山義聰禪師》：「師曰：『路見不平，所以按劍。』」

【解釋】路上遇到不公平的事情，拔出刀來幫助被欺負的一方。

【用法】形容爲人正直勇敢，積極幫助被欺負的人。

【例句】這個人性情耿直，富於同情心，大有「～」的氣概。

路人睚眦

【解釋】路人：過路的人。睚眦：怒目而視。
【用法】形容使人非常憤恨。
【例句】這人專橫跋扈，～。

路遙知馬力，日久見人心

【出處】元・無名氏《爭報恩》第一折：「徐寧云：『恰才姐姐救了我的性命……則願得姐姐長命富貴，若有些兒好歹，我少不得報答姐姐之恩，可不道路遙知馬力，日久見人心。』」
【用法】指路途遠了才能知道馬的力氣大小，時間長了才能顯出人心的好壞。
【例句】只要活著，人總能憑自己的行爲來證明自己是怎樣一個人，也就是～。
【附註】也作「路遙知馬力，事久見人心」。

陸海潘江

【出處】南朝・梁・鍾榮《詩品》卷上：「謝混云：『潘（潘岳）詩爛若舒錦，無處不佳；陸（陸機）文如披沙簡金，往往見寶。』……余常言：『陸才如海，潘才如江。』」
【解釋】陸、潘：晉朝的文學家陸機和潘岳。
【用法】本是稱頌陸機和潘岳文才很高。後用以稱頌學識淵博、才華橫溢的人。
【例句】這位年輕的作家，才華橫溢，氣度不凡，眞如～，一般人是難以望其項背的。
【附註】也作「潘江陸海」。

露鈔雪纂

【出處】元・黃溍《題李氏白石山房》詩：「露鈔雪纂久愈富，何啻鄴侯三萬軸。」
【解釋】露、雪：象徵一年四季的日日夜夜。鈔：同「抄」，抄寫。纂：編輯。指長年累月地抄寫纂輯。
【用法】形容不畏寒暑、艱苦不停地著述。
【例句】我們幾個人，爲了研究中國古代美學思想，～，幾經寒暑，收錄了相當豐富的資料。

露水夫妻

指暫時結合的非正式夫妻。

露宿風餐

見「餐風宿露」。

鹿車荷鍤

【出處】唐・房玄齡等《晉書・劉伶傳》：「（劉伶）常乘鹿車，攜一壺酒，使人荷鍤而隨之，謂曰：『死便埋我。』」
【解釋】鹿車：鹿拉的車子。荷：扛著。鍤：鐵鍬。
【用法】比喻清高傲世。
【附註】「荷」不能讀成ㄏㄜˊ。

鹿死誰手

【出處】漢・司馬遷《史記・淮陰侯列傳》：「秦失其鹿，天下共逐之。」
【解釋】鹿：指奪取的對象，比喻政權。

【用法】①原比喻政權會落到誰的手裏。②後也比喻最後勝利會屬於誰。
【例句】今天中日兩隊冠亞軍爭霸戰實力相當，～就很難預料了。

鹿死不擇音（ㄌㄨˋ ㄙˇ ㄅㄨˋ ㄗㄜˊ ㄧㄣ）

【出處】《左傳・文公十六年》：「古人有言：『鹿死不擇音。』……鋌而走險，急何能擇！」杜注：「音，所庇蔭之處。古字聲同，皆相假借。」
【解釋】音：通「蔭」，蔭蔽的地方。
【用法】①比喻事情已到最後關頭，不能再有所選擇了。②也比喻在急迫的情況下，無法慎重考慮行動是否適當。
【例句】我的境況已經困頓窘迫到極點，～，在這種情況下，我還有什麼選擇的餘地呢？
【附註】「音」不能念成ㄧㄢ。

鑼鼓喧天（ㄌㄨㄛˊ ㄍㄨˇ ㄒㄩㄢ ㄊㄧㄢ）

【出處】明・施耐庵《水滸傳》第六十三回：「只見山坡後面，鑼鼓喧天，早撞出兩彪軍馬。」
【解釋】鑼鼓：敲鑼打鼓。喧天：聲響震天。
【用法】①形容聲勢震人。②也形容一片熱鬧的氣氛。
【例句】新年期間，大街小巷～，眞是熱鬧非凡。

羅敷有夫（ㄌㄨㄛˊ ㄈㄨ ㄧㄡˇ ㄈㄨ）

【出處】漢・古樂府《陌上桑》詩：「秦氏有好女，自名爲羅敷。……使君謝羅敷：『寧可共載否？』羅敷前置辭：『使君一何愚！使君自有婦，羅敷自有夫。』」
【解釋】羅敷：古樂府《陌上桑》中描寫的女子，後多用作美麗而堅貞的婦女的代稱。
【用法】泛指女子已有了丈夫。
【例句】人家已是～，你何苦糾纏不休？

羅掘俱窮（ㄌㄨㄛˊ ㄐㄩㄝˊ ㄐㄩˋ ㄑㄩㄥˊ）

【解釋】羅掘：張網捉鳥，掘鼠穴找糧食，指缺糧已到嚴重程度，也引申爲搜刮財物的辦法。俱：全、都。窮：盡。
【用法】指搜刮財物的辦法全都用盡了。參看「羅雀掘鼠」。
【例句】這個企業家遇到了嚴重困難，～，也無法得到一萬元的資金，最後只好宣布破產。

羅掘一空（ㄌㄨㄛˊ ㄐㄩㄝˊ ㄧ ㄎㄨㄥ）

【解釋】羅：張網捕鳥。掘：挖掘鼠洞。羅掘：現一切辦法籌措財物。
【用法】形容千方百計進行搜刮，使財物都搜盡了。
【例句】北宋末年，貪官汚吏魚肉百姓，把民間～，官逼民反，因此才有梁山泊一百零八條好漢的故事。

羅鉗吉網（ㄌㄨㄛˊ ㄑㄧㄢˊ ㄐㄧˊ ㄨㄤˇ）

【出處】宋・司馬光《資治通鑒・唐玄宗天寶四年》載：李林甫想除掉不依附自己的人，重用酷吏羅希奭、吉溫。「二人皆隨林甫所欲深淺，鍛煉成獄，無能自脫者，時人謂之『羅鉗吉網』。」
【用法】指肆意誣陷。
【例句】他一片忠心爲主，但哪逃得了奸相的～。

羅織構陷 ㄌㄨㄛˊ ㄓ ㄍㄡˋ ㄒㄧㄢˋ

【出處】南朝・宋・范曄《後漢書・順帝紀》：「王聖等懼有後禍，遂與（樊」豐（江）京共構陷太子，太子坐廢爲濟陰王。」

【解釋】羅織：收集編造。構陷：用虛構的罪名去陷誣別人。

【用法】形容千方百計地陷人於罪。

【例句】這些野心家，爲了陷害持反對意見的人，～，無所不用其極。

洛陽紙貴 ㄌㄨㄛˋ ㄧㄤˊ ㄓˇ ㄍㄨㄟˋ

【出處】唐・房玄齡等《晉書・文苑・左思傳》載：左思寫成《三都賦》，「於是富貴之家，競相傳寫，洛陽爲之紙貴。」

【解釋】指一時之間洛陽地區因紙張用量猛增，價格抬高了。

【用法】形容好的文章或書籍爭相傳誦。

【例句】他的文章寫得太好，衆人傳抄一時～。

【附註】也作「紙貴洛陽」。

犖犖大端 ㄌㄨㄛˋ ㄌㄨㄛˋ ㄉㄚˋ ㄉㄨㄢ

【出處】漢・司馬遷《史記・天官書》：「此其犖犖大者，若至委曲小變，不可勝道。」

【解釋】犖犖：明顯貌。端：項目。

【用法】明顯的要點，主要的項目。

【例句】我在文章中所論述者，～而已，其細微處是不暇論及的。

【附註】也作「犖犖大者」。

絡繹不絕 ㄌㄨㄛˋ ㄧˋ ㄅㄨˋ ㄐㄩㄝˊ

【出處】南朝・宋・范曄《後漢書・東海恭王傳》：「數遣使者太醫令丞，方伎道術，絡繹不絕。」

【解釋】絡繹：前後相接，連續不斷。

【用法】形容行人車馬來往頻繁，連續不斷。

【例句】陽明山花季，繁花盛開，沿途山路都可以看到～的遊客。

落魄不偶 ㄌㄨㄛˋ ㄊㄨㄛˋ ㄅㄨˋ ㄡˇ

【出處】明・羅貫中《三國演義》第三十五回：「吾久聞明公大名，何故至今猶落魄不偶耶？」

【解釋】落魄：窮困、潦倒。不偶：不走運，古時人認爲偶（雙）數好，奇（單）數不好，所以運氣不好叫作不偶。

【用法】形容窮困潦倒，不得意。

【例句】他雖才高八斗，但時運不濟，一生～。

落湯螃蟹 ㄌㄨㄛˋ ㄊㄤ ㄆㄤˊ ㄒㄧㄝˋ

【出處】清・翟灝《通俗編・禽魚・落湯螃蟹》引宋・釋普濟《五燈會元》：「雲門偃曰：『忽一日眼光落地，莫似落湯螃蟹，手忙脚亂。』」

【解釋】湯：熱水。落入熱水的螃蟹。

【用法】比喻手忙脚亂，狼狽不堪。

【例句】到了這樣熱鬧場合，我眞有點像是～，手忙脚亂了。

落拓不羈 ㄌㄨㄛˋ ㄊㄨㄛˋ ㄅㄨˋ ㄐㄧ

【出處】宋・劉斧《春瑣高議》：「韓湘字清夫，文公侄也，落魄（拓）不羈，醉則高歌。」

【解釋】落拓：行爲散漫。羈：束縛。

【用法】形容行爲散慢、不受拘束的樣子。

【例句】這位畫家，向來是不修邊幅、～～。

落落穆穆 ㄌㄨㄛˋ ㄌㄨㄛˋ ㄇㄨˋ ㄇㄨˋ

【出處】唐・房玄齡等《晉書・王澄傳》：「澄謂衍曰：『兄形似道而神鋒太儁。』衍曰：『誠不如卿落落穆穆然。』」

【解釋】落落：孤獨的樣子。穆穆：沉靜的樣子。

【用法】①形容態度冷漠沉靜，不多說話。②也指待人冷淡。

【例句】這位主婦很不善於交際應酬，因此表面上給人留下了～的印象，實際上她對人是又實在又熱情的。

落落大方 ㄌㄨㄛˋ ㄌㄨㄛˋ ㄉㄚˋ ㄈㄤ

【出處】清・文康《兒女英雄傳》第二十九回：「更兼他生得落落大方，不似那羞手羞脚的小家氣象。」

【解釋】落落：坦率、開朗。大方：不拘謹，不庸俗。

【用法】形容言談舉止自然得體。

【例句】這個姑娘長得清秀俊俏，舉止～，使不少年青人爲之傾心。

落落寡合 ㄌㄨㄛˋ ㄌㄨㄛˋ ㄍㄨㄚˇ ㄏㄜˊ

【出處】南朝・宋・范曄《後漢書・耿弇傳》：「光武帝臨淄勞軍，謂耿弇曰：『將軍前在南陽，建此大策，常以爲落落難合，有志者事竟成也。』」

【解釋】落落：孤高的樣子。寡：少。合：隨合。

【用法】①指孤高不凡，合得來的人很少。②後常用以指人的性格孤僻，不與人來往。

【例句】他爲人～，最不喜歡任何的交際應酬，認爲那都是無聊且浪費時間的。

【附註】原作「落落難合」。

落落晨星 ㄌㄨㄛˋ ㄌㄨㄛˋ ㄔㄣˊ ㄒㄧㄥ

【出處】唐・劉禹錫《送張盥赴舉序》：「吾不幸，向所謂同年友，當其盛時，連轡舉鑣，互絕九衢，若屏風然，今來，落落如晨星之相望。」

【解釋】落落：稀疏的樣子。晨星：早晨天空的星星。

【用法】形容非常稀少。

【例句】今日像他這種堅守原則，不慕名利的人，簡直是～。

【附註】參看「寥若晨星」。

落荒而逃 ㄌㄨㄛˋ ㄏㄨㄤ ㄦˊ ㄊㄠˊ

【出處】元・無名氏《小尉遲》第三折：「我詐敗落荒而走，父親必然趕將我來。」

【解釋】落荒：離開戰場，向荒野逃跑。

【用法】①原形容戰敗後倉皇逃命。②後也泛指一般鬥爭中的慘重失敗。

【例句】小偷在衆人喊打聲中～了。

【附註】也作「落荒而走」。

落花流水 ㄌㄨㄛˋ ㄏㄨㄚ ㄌㄧㄡˊ ㄕㄨㄟˇ

【出處】唐・高駢《訪隱者不遇》詩：「落花流水認天台，半醉閑吟獨自來。」

【解釋】指花殘墜落，隨流水而去。

【用法】①形容暮春景色。②也形容衰殘零亂的樣子。

【例句】《水滸傳》：「這伙男子那裏

顧得冷熱，好吃不好吃。酒肉到口，只顧吃，正如風卷殘雲，～，一齊上來，搶著吃了。」

落花有意，流水無情

【出處】宋·釋惟白《續傳燈錄》第二十九卷：「落花有意隨流水，流水無情戀落花。」

【用法】多指男女戀愛中，一方有意，另一方卻無情。比喻一廂情願。

【例句】他一再向她表示好感，然而，「～」，她始終沒有任何回答。

落井下石

【出處】唐·韓愈《柳子厚墓誌銘》：「一旦臨小利害，僅如毛髮比，反眼若不相識，落陷阱，不一引手救，反擠之，又下石焉者，皆是也。」

【解釋】井：同「阱」，爲防禦或獵取野獸而設的陷坑。有人掉在井裏，不但不去救援，反而向井裏投石頭。

【用法】比喻在別人遇到困難或危險時，乘機加以陷害。

【例句】這個人的心也太狠了，在我遭到陷害的時候，他不但不肯爲我說句公道話，反而～，又給我強加了一條罪名。

落紙如飛

【出處】唐·劉肅《大唐新語》：「詞理縱橫，文筆燦爛，手不停輟，落紙如飛。」

【用法】形容寫字敏捷。

【例句】他聽報告的時候，邊聽邊記，眞是～。

【附註】又作「落筆如飛」。

落草爲寇

【解釋】落草：落脚在草野間。爲寇：當盜匪。

【用法】舊時多指被迫聚衆抗暴、占山爲王的好漢。

【例句】社會動盪不安中，有許多貧苦農民被逼得走投無路，就只有～了。

落葉歸根

【出處】明·王世貞《鳴鳳記》第三十八出：「落葉歸根，豐城劍回。」

【解釋】樹葉落在樹的根部。

【用法】比喻事物有一定的歸宿。多指客居他鄉的人，終要回到本鄉本土。

【例句】中國人有～的傳統觀念，在異國無論多少年，仍然還是想回故土。

【附註】也作「葉落歸根」。

落葉知秋

【出處】漢·劉安《淮南子·說山》：「見一葉落而知歲之將暮。」

【解釋】指見到落地的黃葉，知道已經是秋天快到了。

【用法】比喻從某一現象，可以預測事物的發展變化。

【例句】這次居然連全國數一數二的紡織廠都倒閉，～，可見將要有一次經濟大風暴。

落英繽紛

【出處】晉·陶潛《桃花源記》：「芳草鮮美，落英繽紛。」

【解釋】英：花。繽紛：繁多的樣子。

【用法】形容鮮花盛開的美好景色。

【例句】公園裏，～，景色迷人。

落月屋樑 (ㄌㄨㄛˋ ㄩㄝˋ ㄨ ㄌㄧㄤˊ)

【出處】唐・杜甫《夢李白》詩：「落月滿屋梁，猶疑照顏色。」
【用法】表示對朋友的懷念。

鸞飄鳳泊 (ㄌㄨㄢˊ ㄆㄧㄠ ㄈㄥˋ ㄅㄛˊ)

【出處】宋・楊萬里《東坡眞迹》詩：「鸞飄鳳泊蟠銀鈎」。
【解釋】鸞：傳說中鳳凰一類的鳥。鳳：鳳凰。飄：飛翔。泊：停留棲息。
【用法】①比喻書法筆姿瀟灑逸脫。②比喻夫妻離散，飄泊無依。③比喻有才能的人懷才不遇。
【例句】新婚不久，這一對年輕夫妻就被戰火拆散，從此～，天各一方，四十年以來，音信全無。

鸞鳳和鳴 (ㄌㄨㄢˊ ㄈㄥˋ ㄏㄜˊ ㄇㄧㄥˊ)

【出處】元・白樸《梧桐雨》第一折：「夜同寢，晝同行，恰似鸞鳳和鳴。」
【解釋】鸞：鸞鳥，傳說中鳳凰一類的鳥。鸞鳳：鸞鳥和鳳凰，比喻夫妻。
【例句】①比喻夫妻關係和諧，感情融洽（常用作結婚的賀詞）。②也形容神鳥唱和的美好情景。
【例句】鏡子上，「～」四個紅字非常醒目，給新房更增添了幾分喜慶的色彩。

鸞孤鳳隻 (ㄌㄨㄢˊ ㄍㄨ ㄈㄥˋ ㄓ)

【出處】元・無名氏《連環計》第四折：「呂溫侯鸞孤鳳隻，煩惱殺情分兩處舊嬌妻。」
【解釋】鸞、鳳：鸞是傳話中鳳凰一類的鳥，鸞鳳舊時比喻爲夫妻。
【用法】比喻夫妻離散。
【例句】當年戰亂頻繁，許多夫妻被迫分離，～，好不淒涼！

鸞交鳳友 (ㄌㄨㄢˊ ㄐㄧㄠ ㄈㄥˋ ㄧㄡˇ)

【出處】元・王實甫《西廂記》第四本第二折：「來時節畫堂簫鼓鳴春晝，列著一對兒鸞交鳳友。」
【解釋】鸞：傳說中鳳凰一類的鳥。雄鸞雌鳳，相交友愛。
【用法】比喻恩愛伴侶，夫妻情長。
【例句】他們夫婦二人～，好生令人羨慕。
【附註】也作「鳳友鸞交」。

鸞翔鳳集 (ㄌㄨㄢˊ ㄒㄧㄤˊ ㄈㄥˋ ㄐㄧˊ)

【出處】晉・傅咸《申懷賦》：「穆穆清禁，濟濟群英，鸞翔鳳集，羽儀上京。」
【解釋】鸞：傳說鳳凰一類的鳥。鳳：鳳凰。鸞鳳：比喻優秀傑出的人物。
【用法】比喻優秀傑出的人物滙聚在一起。
【例句】不要小瞧我們這個小小的研究所，倒是～，人才濟濟啊！

鸞翔鳳翥 (ㄌㄨㄢˊ ㄒㄧㄤˊ ㄈㄥˋ ㄓㄨˋ)

【出處】唐・韓愈《石鼓歌》「鸞翔鳳翥衆仙下，珊瑚碧樹交枝柯。」
【解釋】鸞：傳說中鳳凰一類的鳥。鳳：鳳凰。翥：飛舉。
【用法】比喻書法筆勢飛動舒展。
【例句】懷素的狂草，～，氣勢恢宏，是書法法中的一絕。
【附註】也作「鳳翥鸞回」。

亂點鴛鴦
ㄌㄨㄢˋ ㄉㄧㄢˇ ㄩㄢ ㄧㄤ

【出處】明・馮夢龍《醒世恒言》中有《喬太守亂點鴛鴦譜》。
【解釋】鴛鴦：一種鳥，雌雄成對生活，比喻夫妻。
【用法】①指將夫妻交互錯配。②後也指某些瞎指揮的行為。
【例句】你也不問明白就胡亂給人家湊對兒，真是～！

亂頭粗服
ㄌㄨㄢˋ ㄊㄡˊ ㄘㄨ ㄈㄨˊ

見「粗服亂頭」。

亂七八糟
ㄌㄨㄢˋ ㄑㄧ ㄅㄚ ㄗㄠ

【出處】清・文康《兒女英雄傳》第三十七回：「把山東的土產，揀用得著的，亂七八糟都給帶來了。」
【用法】形容沒有條理和秩序，亂得不成樣子。
【例句】這篇稿子改得～，都看不清眉目了。
【附註】也作「烏七八糟」。

亂首垢面
ㄌㄨㄢˋ ㄕㄡˇ ㄍㄡˋ ㄇㄧㄢˋ

見「囚首垢面」。

亂世之音
ㄌㄨㄢˋ ㄕˋ ㄓ ㄧㄣ

【出處】《詩經・周南・關雎序》：「亂世之音怨以怒，其政乖。」
【用法】指擾亂世道和人心的音樂。
【例句】這些淫亂的音樂簡直是～，所以連最開放的國家也下令禁售。

亂臣賊子
ㄌㄨㄢˋ ㄔㄣˊ ㄗㄟˊ ㄗˇ

【出處】《孟子滕文公下》：「孔子成《春秋》，而亂臣賊子懼。」
【用法】①舊時指不守臣道，心懷異志的人。②後也指破壞國家統一，危害人民利益的惡人。
【例句】～，人人得而誅之。

淪肌浹髓
ㄌㄨㄣˊ ㄐㄧ ㄐㄧㄚˊ ㄙㄨㄟˇ

【出處】漢・劉安《淮南子・原道訓》：「不浸于肌膚，不浹于骨髓。」
【解釋】淪：浸沒。浹：透，遍及。浸透了肌膚，深入骨髓。
【用法】比喻感受之深。
【例句】畢業典禮中，校長鼓勵我們那一番話實在太感人，令我～，永難忘懷。

論功行賞
ㄌㄨㄣˋ ㄍㄨㄥ ㄒㄧㄥˊ ㄕㄤˇ

【出處】漢・司馬遷《史記・蕭相國世家》：「論功行封。」
【解釋】論：評定。
【用法】按功勞大小給予獎賞。
【例句】我的成績有限，～，也輪不到我頭上。

論黃數黑
ㄌㄨㄣˋ ㄏㄨㄤˊ ㄕㄨˇ ㄏㄟ

【出處】元・楊文奎《兒女團圓》第一折：「你入門來便鬧起，有甚的論黃數黑？」
【解釋】論：議論。數：數落。
【用法】議論或數落別人，多指肆意誹謗。
【例句】你才進公司不久，應小心言行，不可學人～的。
【附註】也作「說黃道黑」。

龍蟠鳳逸（ㄌㄨㄥˊ ㄆㄢˊ ㄈㄥˋ ㄧˋ）

【出處】唐・李白《與韓荊州書》：「所以龍蟠鳳逸之士，皆欲收名定價于君侯。」
【解釋】龍、鳳：比喻有才能的人。蟠：盤曲地伏著。逸：隱遁。
【用法】比喻有才能的人懷才不遇，遠大的抱負難以實現。
【例句】在南朝時，政治黑暗，人人自危，～之士，只好寄情於玄學清談。

龍盤虎踞（ㄌㄨㄥˊ ㄆㄢˊ ㄏㄨˇ ㄐㄩˋ）

見「虎踞龍盤」。

龍馬精神（ㄌㄨㄥˊ ㄇㄚˇ ㄐㄧㄥ ㄕㄣˊ）

【出處】唐・李郢《上裴晉公》詩：「四朝憂國鬢如絲，龍馬精神海鶴姿。」
【解釋】龍馬：駿馬。
【用法】喻指健壯的精神。
【例句】見那些大哥哥還在～地說話，她也聽不出趣味，就打了兩個呵欠，悄悄溜了出來。

龍飛鳳舞（ㄌㄨㄥˊ ㄈㄟ ㄈㄥˋ ㄨˇ）

【出處】宋・蘇軾《表忠觀碑》：「天目之山，苕水出焉，龍飛鳳舞，萃于臨安。」
【用法】①原形容氣勢奔放豪壯。②後用以形容書法氣勢挺拔，生動活潑。③有時也指字跡潦草零亂，使人無法辨識。
【例句】①他的書法寫得這等～，實在令人拜服。②他的字如此～，簡直無法辨識。

龍潭虎穴（ㄌㄨㄥˊ ㄊㄢˊ ㄏㄨˇ ㄒㄩㄝˋ）

【出處】清・文康《兒女英雄傳》第十九回：「你父親同他又是個詩書禮樂之門，一面推辭，便要離了這龍潭虎穴。」
【解釋】潭：深水坑。龍與虎的住處。
【用法】比喻極其凶險的地方。
【例句】明・施耐庵《水滸傳》第六十一回：「休聽那算命的胡說，撇下海闊一個家業，耽驚受怕，去～裏做買賣。」
【附註】也作「虎穴龍潭」。

龍騰虎躍（ㄌㄨㄥˊ ㄊㄥˊ ㄏㄨˇ ㄩㄝˋ）

【出處】宋・馬存《贈蓋邦式序》：「北過大梁之墟，觀楚漢之戰場，想見項羽之喑嗚，高帝之漫罵，龍跳虎躍，千兵萬馬，大弓長戟，交集而齊呼，故其文雄勇猛健，使人心悸而膽慄。」
【解釋】騰、躍：跳躍。
【用法】形容生氣勃勃，非常活躍。
【例句】兩排戰士聽到一聲令下，～地刺殺起來。

龍肝豹胎（ㄌㄨㄥˊ ㄍㄢ ㄅㄠˋ ㄊㄞ）

【出處】唐・房玄齡等《晉書・潘尼傳》：「厥肴伊何？龍肝豹胎。」
【用法】指非常難得的珍貴食品。
【例句】他一聽這個消息，愁得兩鬢斑白，～又怎吃得下。
【附註】也作「龍肝鳳髓」。

龍翰鳳翼（ㄌㄨㄥˊ ㄏㄢˋ ㄈㄥˋ ㄧˋ）

【出處】晉・陳壽《三國志・魏書・邴原傳》：「所謂龍翰鳳翼，國之重寶，舉而用之，不仁者遠。」

【用法】比喻文采煥發的輔弼人才。

【例句】朕今日能得二位～，甚幸！甚幸！

龍駒鳳雛 ㄌㄨㄥˊ ㄐㄩ ㄈㄥˋ ㄔㄨˊ

【出處】唐・房玄齡等《晉書・陸雲傳》：「此兒若非龍駒，當是鳳雛。」

【解釋】駒：小馬。雛：幼鳥。

【用法】借喻聰明有爲的孩子。常用作恭維語。

【例句】《紅樓夢》第十五回：「北靜王見他語言清朗，談吐有致，一面又向賈政笑道：『令郎眞乃～，非小王在世翁面前唐突，將來「雛鳳清于老鳳聲」，未可量也。』」

龍驤虎步 ㄌㄨㄥˊ ㄒㄧㄤ ㄏㄨˇ ㄅㄨˋ

【出處】三國・魏・嵇康《嵇中散集・卜疑》：「將如毛公藺生之龍驤虎步，慕爲壯士乎？」

【解釋】龍：龍馬，即駿馬。驤：馬昂著頭的樣子。步：行走。像駿馬高昂著頭，像猛虎邁著矯健的步子。

【用法】形容威武雄壯的氣勢。

【例句】閱兵隊伍中，國軍將士個個～，精神煥發。

龍驤虎視 ㄌㄨㄥˊ ㄒㄧㄤ ㄏㄨˇ ㄕˋ

【出處】晉・陳壽《三國志・蜀書・諸葛亮傳》：「亮之素志，進欲龍驤虎視，苞括四海。」

【解釋】龍：龍馬，即駿馬。驤：馬昂著頭的樣子。像駿馬高昂著頭，像猛虎注視著捕食的對象。

【用法】①比喻人胸懷雄才壯志，要大幹一番事業。②也形容氣概威武。

【例句】唐・歐陽詹《送張驃騎邠寧行營》詩：「寶馬雕弓金僕姑，～出皇都。」

龍行虎步 ㄌㄨㄥˊ ㄒㄧㄥˊ ㄏㄨˇ ㄅㄨˋ

【出處】南朝・梁・沈約《宋書・武帝紀》：「或說玄曰：『劉裕龍行虎步，視瞻不凡，恐不爲人下，宜早爲其所。』」

【解釋】步：行走。行走的姿態像龍虎一樣。

【用法】形容人儀態非凡。

【例句】那位大力士氣勢威武，～地走到廣場中央，一手就把那幾百公斤的石頭舉起，大家不禁大聲喝采。

龍章鳳姿 ㄌㄨㄥˊ ㄓㄤ ㄈㄥˋ ㄗ

【出處】南朝・宋・劉義慶《世說新語・容止》劉孝標注：「《（嵇）康別傳》曰：『康長七尺八寸，偉容色，土木形骸，不加飾厲，而龍章鳳姿，天質自然。』」

【解釋】章：文采。有蛟龍的文采，鳳凰的姿容。

【用法】形容風采出衆。

【例句】清・袁枚《隨園詩話》卷十四：「唐李撰自負才望，嘲人云：『龍章鳳姿士不見用，獐頭鼠目乃欲求官耶？』」

龍爭虎鬥 ㄌㄨㄥˊ ㄓㄥ ㄏㄨˇ ㄉㄡˋ

【出處】元・馬致遠《漢宮秋》第二折：「我不信你敢差排呂太后，枉以後龍爭虎鬥，都是俺鸞交鳳友。」

【用法】形容鬥爭或競賽緊張激烈。

【例句】運動場上龍爭虎鬥，爭得非常激烈。
【附註】也可作「龍虎爭戰」。

龍睜虎眼 ㄌㄨㄥˊ ㄓㄥ ㄏㄨˇ ㄧㄢˇ

【出處】清・吳敬梓《儒林外史》第四十五回：「他家一門都是龍睜虎眼的脚色。」
【解釋】像龍虎一樣瞪著眼睛。
【用法】比喻蠻橫霸道。

龍鍾老態 ㄌㄨㄥˊ ㄓㄨㄥ ㄌㄠˇ ㄊㄞˋ

見「老態龍鍾」。

龍蛇飛動 ㄌㄨㄥˊ ㄕㄜˊ ㄈㄟ ㄉㄨㄥˋ

【出處】宋・蘇軾《西江月・平山堂》詞：「十年不見老仙翁，壁上龍蛇飛動。」
【用法】形容書法筆勢強健活潑。
【例句】張大千這張條幅，寫得雄勁有力，～。

龍蛇混雜 ㄌㄨㄥˊ ㄕㄜˊ ㄏㄨㄣˋ ㄗㄚˊ

【出處】《敦煌變文集・伍子胥變文》：「皀帛難分，龍蛇混雜。」
【用法】比喻好人和壞人混在一起。
【例句】離學校不遠的地方，有個咖啡館，那裏～，正好是他們接頭的好地方。
【附註】參看「魚龍混雜」。

龍生九子 ㄌㄨㄥˊ ㄕㄥ ㄐㄧㄡˇ ㄗˇ

【出處】明・吳承恩《西遊記》第四十三回：「行者道：『一夫一妻如何生此幾個雜種？』敖順道：『此正謂：「龍生九種，九種各別」。』」
【解釋】古代傳說一龍生九子，各有特點。
【用法】比喻同胞兄弟性格、志趣各不相同。
【例句】他的幾個兒子，有的出類拔萃，卻有的作奸犯科，眞是～啊！
【附註】也作「龍生九種，九種各別」。

龍躍鳳鳴 ㄌㄨㄥˊ ㄩㄝˋ ㄈㄥˋ ㄇㄧㄥˊ

【出處】唐・房玄齡等《晉書・褚陶傳》：「張華見之，謂陸機曰：『君兄弟龍躍雲津，顧彥先鳳鳴朝陽，謂東南之寶已盡，不意復見褚生。』」
【解釋】神龍騰躍，鳳鳥長鳴。
【用法】比喻才華出衆，不同凡響。

龍躍雲津 ㄌㄨㄥˊ ㄩㄝˋ ㄩㄣˊ ㄐㄧㄣ

【出處】唐・房玄齡等《晉書・褚陶傳》：「君兄弟龍躍雲津。」
【解釋】雲津：靑雲渡口。神龍騰躍，直上靑雲渡口。
【用法】比喻英才一步登天。
【例句】在古代，讀書人十年寒窗無人問，一旦中舉，～，就會一舉成名天下知。

龍吟虎嘯 ㄌㄨㄥˊ ㄧㄣˊ ㄏㄨˇ ㄒㄧㄠˋ

【出處】漢・張衡《歸田賦》：「爾乃龍吟方澤，虎嘯山丘。」
【解釋】龍吟：龍的鳴聲。虎嘯：虎的吼叫聲。
【用法】形容人的歌唱或吟咏的聲音嘹亮雄壯。
【例句】那雄偉的進行曲，像～一樣，振奮人心。

驢鳴狗吠 ㄌㄩˊ ㄇㄧㄥˊ ㄍㄡˇ ㄈㄟˋ

【用法】①形容聲音嘈雜，不堪入耳。②也用以譏諷人話說得不好聽或文章寫得不像樣。

【例句】你就把他這些混帳話當～，別放在心上吧！

驢年馬月 ㄌㄩˊ ㄋㄧㄢˊ ㄇㄚˇ ㄩㄝˋ

【解釋】古人用十天干（甲、乙、丙、丁、戊、己、庚、辛、壬、癸）、十二地支（子、丑、寅、卯、辰、巳、午、未、申、酉、戌、亥）輪推法以紀年、月、日、時。以十二種動物配十二地支，爲：子鼠、丑牛、寅虎、卯兔、辰龍、巳蛇、午馬、未羊、申猴、酉鷄、戌狗、亥猪，其中並未有驢、馬。

【用法】表示沒有這一天。

【例句】你說得倒好聽，我要等你辦，還不等到～啊！

屢試不爽 ㄌㄩˇ ㄕˋ ㄅㄨˋ ㄕㄨㄤˇ

【解釋】屢：屢次，一次又一次。爽：差錯。

【用法】經過多次試驗都沒有差錯。

【例句】他提出的方法，經過對各種試驗，都～，因此，目前已經廣泛地生產中應用了。

屢次三番 ㄌㄩˇ ㄘˋ ㄙㄢ ㄈㄢ

【出處】清・李寶嘉《官場現形記》第三十回：「屢次三番叫差官出去問信。」

【解釋】屢次：一次又一次。番：次，回。

【用法】形容次數很多。

【例句】他～地要我來一趟，我推卻不過，只好來了。

履舃交錯 ㄌㄩˇ ㄒㄧˋ ㄐㄧㄠ ㄘㄨㄛˋ

【出處】漢・司馬遷《史記・滑稽列傳》：「男女同席，履舃交錯，杯盤狼藉，堂上燭滅。」

【解釋】履：單底鞋。舃：複底鞋。交錯：雜亂。指門口橫七豎八地放著各式各樣的鞋子。（古人席地而坐，來客進門脫鞋入席。）

【用法】形容酒席間男女雜坐，不拘禮節的狀態。

【例句】我的鄰居小江，結婚時鋪張浪費，大講排場。新婚之夜，～，杯盤狼藉。

履險蹈難 ㄌㄩˇ ㄒㄧㄢˇ ㄉㄠˋ ㄋㄢˋ

【出處】宋・歐陽修《畫舫齋記》：「周易之象，至于履險蹈難，必曰涉川。」

【解釋】履：行走。蹈：踩、踐。指走險路，過難關。

【用法】比喻冒險前進，歷盡艱辛。

【例句】他～，經過千辛萬苦之後，終於把他的弟弟從虎口中救出來。

【附註】「難」不能唸成ㄋㄢˊ。

履險如夷 ㄌㄩˇ ㄒㄧㄢˇ ㄖㄨˊ ㄧˊ

【解釋】履：行走。夷：平地。走險路像走平地一樣。

【用法】①形容本領大，能化險爲夷。②也比喻在困難的處境中毫不懼怕。

【例句】在疾駛如箭的航行中，我們的全部注意力都被舵手那種舉重若輕、

~的純熟技術所吸引了。

履穿踵決（ㄌㄩˇ ㄔㄨㄢ ㄓㄨㄥˇ ㄐㄩㄝˊ）

【出處】《莊子・讓王》：「捉衿（襟）而肘見，納履而踵決。」
【解釋】履：鞋。踵：後跟。鞋磨破，後跟開裂。
【用法】形容非常窮困的樣子。
【例句】民國初年，我在小學教書，工資微薄，糊口尚且不易，何況養家，因此我是捉襟見肘、~，狼狽得很。

履霜堅冰（ㄌㄩˇ ㄕㄨㄤ ㄐㄧㄢ ㄅㄧㄥ）

【出處】《周易・坤》：「履霜堅冰至。」
【解釋】履：踩。踩到了霜，就想到結冰的日子快要到來了。
【用法】比喻看到事物某些最初的迹象，就對它的發展有所知覺和防範。
【例句】「~」是我們老祖先的智慧，我們必須在事情惡化之前早作準備。

履霜之戒（ㄌㄩˇ ㄕㄨㄤ ㄓ ㄐㄧㄝˋ）

【出處】《周易・坤》：「履霜堅冰至。」
【解釋】履：踩、踏。踏著霜就知嚴冬即將來臨。
【用法】比喻事變有了預兆，就要對它的發展有所戒備、警惕。
【例句】人無~，事到臨頭就窮於應付了。

履絲曳縞（ㄌㄩˇ ㄙ ㄧˋ ㄍㄠˇ）

【出處】漢・班固《漢書・食貨志》：「乘堅策肥，履絲曳縞。」
【解釋】履絲：穿絲織的鞋。曳縞：著拖到地的長裙。
【用法】形容衣著闊綽。
【例句】他~，出手闊綽，迷倒了很多貪慕虛榮的女子。

旅進旅退（ㄌㄩˇ ㄐㄧㄣˋ ㄌㄩˇ ㄊㄨㄟˋ）

【出處】《禮記。樂記》：「今夫古樂，進旅退旅。」鄭玄注：「旅，猶俱也。俱進俱退言齊也。」
【解釋】旅：共同。
【用法】①與大家一起進退。②引申爲隨衆從俗，沒有獨立的主張和見解。
【例句】我個人沒有什麼看法，不過是~，隨俗罷了。
【附註】也作「進旅退旅」。

慮周藻密（ㄌㄩˋ ㄓㄡ ㄗㄠˇ ㄇㄧˋ）

【出處】南朝・梁・劉勰《文心雕龍》：「平子淹通，胡慮周而藻密。」
【解釋】慮：思慮、設想。藻：辭藻、措辭。密：縝密。思路嚴謹，措詞縝密。
【用法】常形容文章的思想和語言都很高超。
【例句】大作不但有新穎的思想，而且~，無懈可擊，本刊決定採用。

綠肥紅瘦（ㄌㄩˋ ㄈㄟˊ ㄏㄨㄥˊ ㄕㄡˋ）

【出處】宋・李清照《如夢令》：「知否？知否？應是綠肥紅瘦！」
【解釋】肥：繁茂。瘦：萎謝。指綠葉繁茂，紅花萎謝。
【用法】形容暮春季節花木自然興衰的現象。

綠女紅男（ㄌㄩˋ ㄋㄩˇ ㄏㄨㄥˊ ㄋㄢˊ）

見「紅男綠女」。

綠衣黃裏（ㄌㄩˋ ㄧ ㄏㄨㄤˊ ㄌㄧˇ）

【出處】《詩經・邶風・綠衣》：「綠兮衣兮，綠衣黃裏。心之憂矣，曷維其已。」

【解釋】古時以黃顏色為正色，綠顏色為閑色，故以黃色做衣，綠色做裏。用綠色做衣，反而用黃色做裏子。

【用法】比喻尊卑貴賤被顛倒了。

【附註】也作「綠衣黃裳」。

綠衣使者（ㄌㄩˋ ㄧ ㄕˇ ㄓㄜˇ）

【出處】五代・王仁裕《開元天寶遺事・鸚鵡告事》載：長安豪民楊崇義被妻劉氏和鄰人李弇謀殺，縣官到楊家去調查，架上的鸚鵡忽作人言，說殺家主的是李弇。於是使案情大白，唐玄宗因封鸚鵡為「綠衣使者」。

【用法】原為唐玄宗給予鸚鵡的封號，現也稱郵遞員為「綠衣使者」。

【例句】這個年輕的～，不論颳風下雨，挨門挨戶給人家送信，從來不耽誤一天。

綠葉成陰（ㄌㄩˋ ㄧㄝˋ ㄔㄥˊ ㄧㄣ）

【出處】宋・計有功《唐詩記事》五十六《杜牧》：「唐，杜牧遊湖州，見老姥引髫髻女，年十餘歲，真國色也。牧與約，十年不來，即從他適，因以重幣結之。後十四年至郡，所約之姝已從人三年，生二子。使召之，母曰：『向約十年不來而後嫁之，已三年矣！』牧俛首曰：『其辭直，強之不祥。』乃遣之，為《悵別》詩曰：『自是尋春去較遲，不須惆悵怨芳時，狂風吹盡深紅色，綠葉成陰子滿枝。』」

【解釋】碧綠的樹葉都能遮地成陰了。

【用法】比喻女子出嫁，生有子女。

【例句】你對她還念念不忘呀！人家早已～了。

掠人之美（ㄌㄩㄝˋ ㄖㄣˊ ㄓ ㄇㄟˇ）

【解釋】掠：奪取。

【用法】掠取別人的美名或功績為己所有。

【例句】這些論點，是吳老經過周密的考證和深入的研究之後得出的結論，我不過是引用而已。不敢～，特別加以說明。

略迹原情（ㄌㄩㄝˋ ㄐㄧ ㄩㄢˊ ㄑㄧㄥˊ）

【解釋】略：略去。原：查究。

【用法】指撇開表面的現象，從情理上加以查究。

【例句】你不能從表面去判斷這件事，應該～，深入查究。

【附註】也作「略迹原心」。

略見一斑（ㄌㄩㄝˋ ㄐㄧㄢˋ ㄧ ㄅㄢ）

【出處】南朝・宋・劉義慶《世說新語・方正》：「王子敬（獻之）數歲時，嘗看諸門生摴蒲，見有勝負，因曰：『南風不競。』門生輩輕其小兒，乃曰：『此郎亦管中窺豹，時見一斑。』」

【解釋】略：大致。斑：斑紋。

【用法】大致能看見事物的某部分特徵或情況。

【例句】現代人對金錢遊戲的熱中，可由近幾年證券行雨後春筍般的設立，而～。

【附註】有時與「管中窺豹」連用。比喻從觀察到的部分，可以推測全貌。

略識之無

【出處】唐・白居易《與元九（稹）書》：「僕始生六七月時，乳母抱弄于書屏下。有指『無』字、『之』字示僕者，僕雖口未能言，心已默識。後有問此二字者，雖百十其試，而指之不差。」

【解釋】略：粗略。之無：「之」字和「無」字。能簡略地認識出「之」、「無」兩個字。原指唐朝白居易在襁褓中就有了辨識「之」字和「無」字的能力。

【用法】後用以指學識淺薄。

【例句】您太誇獎了，我只不過是～而已。

【附註】也作「但識之無」。

〔ㄍ部〕

嘎然而止
ㄍㄚ ㄖㄢˊ ㄦˊ ㄓˇ

【用法】形容聲音突然停止。

【例句】樂聲～。但回音仍然在聽衆耳邊久久地迴盪著。

【附註】「嘎」不能念成ㄍㄚˇ。

割剝元元
ㄍㄜ ㄅㄛ ㄩㄢˊ ㄩㄢˊ

【出處】漢・班固《漢書・匈奴傳贊》：「割剝百姓，以奉寇仇。」

【解釋】割剝：掠奪、殘害。元元：黎民、老百姓。

【用法】殘害人民。

割臂之盟
ㄍㄜ ㄅㄧˋ ㄓ ㄇㄥˊ

【出處】《左傳・莊公三十二年》：「初，公築台臨黨氏，見孟任，從之，閟，而以夫人言許之。割臂盟公，生子般焉。」

【解釋】割臂：指刺臂肉出血。盟：盟約。

【用法】①刺臂肉出血爲誓而訂立的盟約。②後用以指男女相愛私下訂的婚約。

【附註】也作「割臂盟」。

割鷄焉用牛刀
ㄍㄜ ㄐㄧ ㄧㄢ ㄩㄥˋ ㄋㄧㄡˊ ㄉㄠ

【出處】《論語・陽貨》：「夫子莞爾而笑曰：『割鷄焉用牛刀？』」

【解釋】割：宰殺。焉：怎能。牛刀：殺牛的刀。

【用法】①殺鷄怎須使用殺牛的刀？②喻指大材怎能小用或小題何必大作。

【例句】～，這點小事交給我就行了，何必勞您的大駕。

【附註】也作「殺鷄焉用牛刀」。

割席分坐
ㄍㄜ ㄒㄧˊ ㄈㄣ ㄗㄨㄛˋ

【出處】南朝・宋・劉義慶《世說新語・德行》：「(管寧、華歆)又嘗同席讀書，有乘軒冕過門者。寧讀書如故，歆廢書出看。寧割席分坐，曰：『子非吾友也。』」

【解釋】席：坐席。

【用法】①席子割開，不在一起坐著。②指朋友意見不合而絕交。

【例句】因志趣不同，我們早已～了。

歌台舞榭
ㄍㄜ ㄊㄞˊ ㄨˇ ㄒㄧㄝˋ

【出處】唐・呂令問《雲中古城賦》：「歌台舞榭，月殿雲堂。」

【解釋】台：土築的高台。榭：建築在台子上的房子。

【用法】①歌舞的台榭。②泛指娛樂場所。

【例句】這次到蘇杭一帶參觀，看到過去的～，心裡有說不出的感慨。

【附註】也作「舞榭歌台」。

歌功頌德
ㄍㄜ ㄍㄨㄥ ㄙㄨㄥˋ ㄉㄜˊ

【出處】漢・司馬遷《史記・周本紀》：「民皆歌樂之，頌其德。」

【解釋】歌、頌：頌揚。功：功績。德：德行。

【用法】①頌揚功績和德行。②現在多用貶義，指其對某些人的吹捧。

【例句】有一些文人以對統治者～，來

謀求榮華富貴。

歌聲繞樑

【出處】《列子・湯問》：「昔韓娥……鬻歌假食，既去，而餘音繞樑欐，三日不絕。」

【解釋】繞：迴旋。樑：房屋的大樑。

【用法】①歌聲迴旋在房樑之間。②形容歌聲動聽，令人經久回味不已。

【例句】他的歌聲風格獨特，聽後確有～，三日不絕之感。

歌吟笑呼

【出處】宋・歐陽修《釋必演詩集序》：「當其極飲大醉，歌吟笑呼，以適天下之樂，何其壯也。」

【用法】①唱歌，高吟，大笑，歡呼。②形容酒後豪情的流露。

歌舞升平

【出處】《左傳・襄公三十十一年》：「文王之功，天下誦而歌舞之。」

【解釋】升平：太平。

【用法】①邊歌邊舞。慶祝太平。②多指粉飾太平。

【例句】天寶年間，表面上雖然呈現著～的景象，實際上朝政已敗亂不堪。

格格不入

【出處】《禮記・學記》：「發然後禁，則扞格而不勝。」

【解釋】格格：阻礙、隔閡。不入：不能容納。

【用法】形容彼此不協調，不相容。

【例句】思想僵化的人，對新的觀點、見解、理論，總是會感到～的。

格殺勿論

【出處】南朝・宋・范曄《後漢書・劉盆子傳》：「皆可格殺。」

【解釋】格：打。格殺：打死。勿論：不論罪。

【用法】①舊時指把有抗拒行爲的人當場打死，殺人不定罪。②也指立即處死，不考慮其有無死罪。

【附註】也作「格殺不論」。

【例句】雖然治亂世用重典，但～的律令，在民主社會是行不通了。

格物致知

【出處】《禮記・大學》：「致知在格物，物格而後知至。」

【解釋】格：推究。致：取得、得到。

【用法】指深究事物的原理，從而獲得知識。

【例句】先哲～的道理，與科學的精神是相似的。

隔牆有耳

【出處】《管子・君臣下》：「古者有二言：牆有耳，伏寇在側。牆有耳者，微謀外泄之謂也。」

【解釋】①隔著牆有人在偷聽。②指要隨時提高警惕，防止機密洩露。

【例句】你們談話小聲一點，要注意～啊！

【附註】也作「隔窗有耳」。

隔靴搔癢

【出處】宋・阮閱《詩話總龜》：「詩不着題，如隔靴搔癢。」

【解釋】搔：抓。

【用法】①在靴子外面搔癢。②比喻做事沒有抓住關鍵，不能解決問題。②也比喻說話寫文章言詞不中肯、不貼切，抓不住主題。

【例句】批評家必須深入作品內容，否則，～的問題總是避免不了的。

隔世之感

【解釋】世：一世，古代以三十年爲一世，也指一個時代。

【用法】①隔了一個時代的感覺。②形容事物變化大。

【例句】往日毫無生機的家鄉，如今煥然一新，處處變了樣，眞使人有～。

隔岸觀火

【解釋】火：指火災。

【用法】①隔著河看人家着火。②比喻對別人的危難不去救助，而在一旁看熱鬧。

【例句】看見同學吵架，卻不去調解，仍舊各作各的事，這種行徑無異～，眞是要不得。

革故鼎新

【出處】《周易・雜卦》：「革，去故也；鼎，取新也。」

【解釋】革：改變、除去。故：舊的。鼎新：立新、更新。

【用法】除去舊的，建立新的。

【例句】經過不斷地～，我國的經濟建設體制，已經逐漸完善起來了。

【附註】也作「鼎新革故」。

各奔前程

【出處】明・淩濛初《二刻拍案驚奇》第三十卷：「萬戶升了邊上參將，各奔前程去了。」

【解釋】奔：奔走、奔向。前程：前途。

【用法】①指各走各的路。②也比喻各人按不同的志向尋找自己的前途。

【例句】不管我怎樣捨不得，大家終究分了手，～了。

【附註】「奔」不能念成ㄅㄣ。

各不相謀

【出處】《論語・衛靈公》：「子曰：『道不同，不相爲謀。』」

【解釋】謀：商量。

【用法】指各有各的打算，互相不作商量。

【例句】我們應該在領袖的領導下，密切合作，統一行動，不能～，各行其是。

各得其所

【出處】《周易・繫辭下》：「交易而退，各得其所。」

【解釋】所：地方，引申爲希望或所需要的東西。

【用法】①指每個人都得到了他們所希望或需要的東西。②也用以指每個人或事物得到恰當的安置。

【例句】實行專業政策，爲的是使技術人員～，充分發揮他們的才能專長。

各盡其妙

【解釋】盡：全部用出。妙：好，引申爲長處。

【用法】指每個人或事物全部發揮出自己的長處。

【例句】「牡丹亭」中，柳夢梅唱的是南曲，判官唱的是北曲，一雅一俗，～。

各盡所能 ㄍㄜˋ ㄐㄧㄣˋ ㄙㄨㄛˇ ㄋㄥˊ

【出處】南朝・宋・范曄《後漢書・曹褒傳》：「漢遭秦餘，禮壞樂崩，且因循故事，未可觀省，有知其說者，各盡所能。」
【用法】①每個人都盡到他所有的能力。②指人人都毫無保留地提供自己的力量。
【例句】如果每個人都能～貢獻心力，自然就能國富民強。

各取所長 ㄍㄜˋ ㄑㄩˇ ㄙㄨㄛˇ ㄔㄤˊ

【出處】唐《貞觀政要》：「用人如器，各取所長。」
【用法】指人或事物各有長處，要善於發揮其長處。
【例句】作爲領導者，應該知人善任，～。

各顯身手 ㄍㄜˋ ㄒㄧㄢˇ ㄕㄣ ㄕㄡˇ

【解釋】顯：表現、露出。身手：指本領。
【用法】每個人都顯露自己的本領。
【例句】我們的文壇是一個～的「擂台」。

各行其是 ㄍㄜˋ ㄒㄧㄥˊ ㄑㄧˊ ㄕˋ

【出處】明・凌濛初《二刻拍案驚奇》第九卷：「兩者俱賢，各行其是。」
【解釋】行：做、辦。其是：自以爲是，自己認爲正確的意見或辦法。
【用法】①每個人都按自己的意見去做。②形容思想、行動不一致，彼此不相關照。
【例句】無論做什麼工作，都必須服從組織原則，不能～。

各執一詞 ㄍㄜˋ ㄓˊ ㄧ ㄘˊ

【出處】明・馮夢龍《醒世恒言》第二十九卷：「兩下各執一詞，難以定招。」
【解釋】執：堅持。一詞：一種說法。
【用法】①各自堅持一種說法。②形容爭執不下，意見不統一。
【例句】由於他們倆～、爭論不休，所以工作分配原則遲遲訂不下來。

各持己見 ㄍㄜˋ ㄔˊ ㄐㄧˇ ㄐㄧㄢˋ

【出處】明・馮夢龍《古今小說・明悟禪師趕五戒》：「兩人終日談經，依然各執己見，不相上下。」
【解釋】堅持。見：見解、意見。
【用法】指各人都堅持自己的意見。
【例句】會議中，他們～，爭執不下。
【附註】也作「各執己見」。

各擅勝場 ㄍㄜˋ ㄕㄢˋ ㄕㄥˋ ㄔㄤˇ

【出處】漢・張衡《東京賦》：「秦政利嘴長距，終得擅場。」
【解釋】擅：獨占。勝場：勝利之場。
【用法】形容技藝精絕，獨具一格，各占優勝。
【例句】今晚的表演，他們二人是～，不分高下。

各抒己見 ㄍㄜˋ ㄕㄨ ㄐㄧˇ ㄐㄧㄢˋ

【出處】清・李汝珍《鏡花緣》第七十四回：「據我主意，何不各抒己見，出個式子，豈不新鮮些？」
【解釋】抒：表達、發表。

【用法】每人都充分談出自己的見解。

【例句】在今天的教學研究會上，老師們～，提出了許多建設性的意見。

各自爲政（ㄍㄜˋ ㄗˋ ㄨㄟˊ ㄓㄥˋ）

【出處】《左傳・宣公二年》載：公元前六〇七年，宋、鄭兩國交戰。戰前，宋主帥華元殺羊犒賞三軍，但給他趕車的羊斟沒有得到犒賞，因而懷恨在心，在作戰時羊斟對華元說：「疇昔之羊，子爲政；今日之事，我爲政。」隨着把車趕進了鄭軍的陣地，使華元當了俘虜。

【解釋】爲政：處理政事，引申爲主控某事。

【用法】①各自按照自己的主張處理事情。②後用以比喻不顧整體，不相協調，各搞一套。

【例句】在那個年代，軍閥們～、明爭暗鬥，老百姓連一天舒服日子也過不成。

各從其類（ㄍㄜˋ ㄘㄨㄥˊ ㄑㄧˊ ㄌㄟˋ）

【出處】《周易・乾》：「文言曰：同聲相應，同氣相求，水流濕，火就燥，雲從龍，風從虎，……本乎天者親上，本於地者親下，則各從其類也也。」

【解釋】從：歸爲、歸隨。類：種類、同類。

【用法】指人或事物都按其好壞或種類聚集在一起。

【例句】宋朝奸臣万俟卨等之所以追隨秦檜謀害岳飛，是因爲他們～。

各從其志（ㄍㄜˋ ㄘㄨㄥˊ ㄑㄧˊ ㄓˋ）

【出處】漢・司馬遷《史記・伯夷列傳》：「道不同，不相爲謀，亦各從其志也。」

【解釋】從：依從。

【用法】指個人都按自己的志願行動。

【例句】雖然我非常希望他能和我一道留在這裏，爲改造教育制度共同奮鬥，但他執意要走，也只好～，不再勉強了。

各有利弊（ㄍㄜˋ ㄧㄡˇ ㄌㄧˋ ㄅㄧˋ）

【解釋】利：好處、長處。弊：弊病、短處。

【用法】①各自有各自的長處和短處。②指事物沒有十全十美的。

【例句】基礎理論課開設時間是早些還是晚些，～，還需要研究一下再決定。

各有千秋（ㄍㄜˋ ㄧㄡˇ ㄑㄧㄢ ㄑㄧㄡ）

【解釋】千秋：千年，指流傳久遠。

【用法】①各自有其可以長久流傳的價值。②指各有所長，各有特色。

【例句】這兩篇小說都寫得很好，描寫手法～。

各有所長（ㄍㄜˋ ㄧㄡˇ ㄙㄨㄛˇ ㄔㄤˊ）

【解釋】所長：特長或好處。

【用法】指人或事物各有自己的優點或長處。

【例句】櫥窗裡展出的時裝，種類繁多，款式新穎大方，在設計上～。

各爲其主（ㄍㄜˋ ㄨㄟˋ ㄑㄧˊ ㄓㄨˇ）

【出處】晉・陳壽《三國志・魏書・曹爽傳》裴松之注引《世說新語》：「及（曹）爽解印綬，將出，主薄楊綜歲曰：『公挾主握權，舍此以至東市乎？』爽不從，有司奏綜導爽反，宣王（司馬懿）曰：『各爲其主也。』宥之，以爲尚書郎。」

【用法】各人爲自己的主子效力。

【例句】諸葛亮六出祁山，鞠躬盡瘁，死而後已；周瑜進軍取蜀，病死巴丘，他們都是~。

改頭換面 ㄍㄞˇ ㄊㄡˊ ㄏㄨㄢˋ ㄇㄧㄢˋ

【出處】唐・寒山《詩三百三首》第二一三首：「改頭換面孔，不離舊時人。」

【用法】①變換一副面孔。②也形容只把外形變了，內容仍是舊樣子。

【例句】才幾日不見，他卻像~了一番，令人耳目一新。

改邪歸正 ㄍㄞˇ ㄒㄧㄝˊ ㄍㄨㄟ ㄓㄥˋ

【出處】明・吳承恩《西遊記》第十四回：「這才叫做改邪歸正，懲創善心。」

【解釋】改：悔改。歸：返回。

【用法】悔改邪惡，返回正路，不再幹壞事。

【例句】他們既已決心~，重新做人，我們還要給他們機會。

【附註】也作「矯邪歸正」、「捨邪歸正」、「棄邪歸正」。

改弦更張 ㄍㄞˇ ㄒㄧㄢˊ ㄍㄥ ㄓㄤ

【出處】漢・班固《漢書・董仲舒傳》：「竊譬之琴瑟不調，甚者必解而更張之，乃可鼓之。」

【解釋】改弦：改換琴弦。更張：把琴弦調換裝好。

【用法】比喻改變制度、計劃或方法。

【例句】只有~，才能適應新形勢的發展。

【附註】也作「改弦易張」。

改弦易轍 ㄍㄞˇ ㄒㄧㄢˊ ㄧˋ ㄔㄜˋ

【出處】宋・王楙《野客叢書・張杜皆有後》：「使其（指杜周）子孫改弦易轍，務從寬厚，亦足以蓋其父之愆。」

【解釋】改、易：改換。轍：車輪壓出的痕迹，指道路。

【用法】①琴換弦，車改道。②比喻改變方向或方法。

【例句】侵略者絕不會~，徹底放棄他們的軍國主義政策。

改朝換代 ㄍㄞˇ ㄔㄠˊ ㄏㄨㄢˋ ㄉㄞˋ

【解釋】改：改變。換：更換。朝、代：朝代（一代或世代相傳的君主統治的整個時期）。

【用法】指新王朝取代舊王朝。

【例句】動盪不安的中南美洲，經常上演著一幕幕~的政變。

改容易貌 ㄍㄞˇ ㄖㄨㄥˊ ㄧˋ ㄇㄠˋ

【出處】《莊子・德充符》：「『吾與夫子游十九年，而未嘗知吾兀者也。今子與我游於形骸之內，而子索我於形骸之外，不亦過乎？』子產蹴然改容更貌曰：『子無乃稱。』」

【解釋】改、易：換、改變。容、貌：容顏。

【用法】改變容貌。

【例句】憑我與他相交之深，即使他~，我還是認得出他來。

【附註】也作「改容更貌」。

蓋棺論定

【出處】唐・房玄齡等《晉書・劉毅傳》：「丈夫蓋棺事方定。」

【解釋】蓋棺：指人死後裝殮入棺。論定：定出結論。

【用法】指一個人的好壞功過，要在他死後才能作出結論。

【例句】子不聞：「周公恐懼流言日；王莽謙卑下士時。」一個人一生的是非自要等到死後才能～，怎可在此時就妄下定語？

蓋世奇才

【出處】宋・蘇軾《留侯論》：「子房以蓋世之才，不爲伊尹、太公之謀，而特出於荊軻、聶政之計。」

【解釋】蓋世：超出當代所有的。才：才能。

【用法】指才能很高，世上沒有人能比得上。

【例句】岳飛雖有～，但壯志難酬，使人爲之惋惜。

蓋世英雄

【出處】《元曲選・馬陵道》第一折：「遮莫他蓋世英雄，驅兵擁衆。」

【解釋】蓋世：超出當代所有的。

【用法】形容非常傑出的英雄人物。

【例句】麥克阿瑟將軍眞是個～。

蓋世無雙

【出處】①漢・司馬遷《史紀・項羽本紀》：「力拔山兮氣蓋世。」②《莊子・盜跖》：「生而長大，美好無雙。」

【解釋】蓋世：超出當代所有的。

【用法】①超過世上所有的，沒有人比得上。②指人的才能或武藝當代第一，獨一無二。

【例句】已故京劇武生蓋叫天先生的精湛技藝，素有「活武松」之稱，可以說是～了。

【附註】也作「舉世無雙」。

膏粱錦繡

【出處】清・曹雪芹《紅樓夢》第四回：「所以這李紈雖青春喪偶，且居處於膏粱錦繡之中，竟如『槁木死灰』一般！」

【解釋】膏、粱：肥肉和細糧，泛指美味的飯菜。錦繡：借指豪華的服飾。

【用法】形容官宦富貴人家的豪華奢侈生活。

【例句】他年少時享盡～的生活，卻在中年時，棄盡塵俗，遁入空門。

【附註】也作「膏粱紈袴」。

膏粱子弟

【出處】宋・司馬光《資治通鑑・齊紀・明帝建武三年》：「未審上古以來，張官列位，爲膏粱子弟乎？爲致治乎？」

【解釋】膏、粱：肥肉和細糧，泛指美味的飯菜，指富貴人家。

【用法】指過慣驕奢、享受生活的富貴人家子弟。

【例句】這些～，平日遊手好閒，無所不爲，最令人厭惡。

膏肓之病

【出處】《左傳·成公十平》:「疾不可爲也!在肓之上，膏之下，攻之不可，達之不及，藥不至焉，不可爲也。」
【解釋】膏肓:古人把心下面的一塊脂肪叫做膏，膈上面的一層薄膜叫肓;膏和肓之間是藥力達不到的地方。
【用法】①形容十分嚴重的疾病。②也用以比喻事態很壞，不好挽回。
【例句】他身患~，任是華陀在世，亦難以挽救。

膏火自煎 ㄍㄠ ㄏㄨㄛˇ ㄗˋ ㄐㄧㄢ

【出處】《莊子·人間世》:「山木自寇也，膏火自煎也。」
【解釋】膏火:照明用的油火。
【用法】①膏(油)因能照明而自受煎熬。②比喻災禍皆由自身招致。
【例句】他會受大家排擠，都是因爲鋒芒太露，~又怨得了誰?

膏腴之地 ㄍㄠ ㄩˊ ㄓ ㄉㄧˋ

【出處】《戰國策·秦策》:「韓魏支分方城膏腴之地以薄鄭。」
【解釋】膏腴:肥美。
【用法】指肥美的土地或指肥沃富饒的地區。
【例句】昔日的海濱，經過塡土墾植，已經變成了~。
【附註】也作「膏腴之壤」。

高不可攀 ㄍㄠ ㄅㄨˋ ㄎㄜˇ ㄆㄢ

【出處】漢·陳琳《爲曹洪與魏文帝書》:「且夫墨子之守，縈帶爲垣，高不可登。」
【解釋】攀:抓住高處的東西向上爬，攀登。
【用法】①高得無法攀登。②形容難於達到。
【例句】創作雖不是~，但也不是不須付出心血，就輕而易舉地可以做到。
【附註】也作「高不可登」。

高步雲衢 ㄍㄠ ㄅㄨˋ ㄩㄣˊ ㄑㄩˊ

【出處】唐·房玄齡等《晉書·郤詵傳記》:「郤詵等並韞(蘊)價州里，褎然應召。對揚天問，高步雲衢，求之前哲，亦足稱矣。」
【解釋】衢:四通八達的道路。雲衢:雲間大道，喻仕途。
【用法】①高高地步入雲間大道。②科舉時代喻指登科及第，步入仕途。

高朋滿座 ㄍㄠ ㄆㄥˊ ㄇㄢˇ ㄗㄨㄛˋ

【出處】唐·王勃《滕王閣序》:「十旬休假，勝友如雲，千里逢迎，高朋滿座。」
【解釋】高:高貴、高尚。座:座位。
【用法】①滿座盡是高貴的賓朋。②後泛指聚集的賓朋很多。
【例句】他熱情好客，家裡總是~，熱鬧得很。

高風亮節 ㄍㄠ ㄈㄥ ㄌㄧㄤˋ ㄐㄧㄝˊ

【出處】宋·胡仔《苕溪漁隱叢話後集》卷一:「余謂淵明高風峻節，固已無愧於四皓，然猶仰慕之，尤見其好賢尚友之情也。」
【解釋】高風:高尚的風格。亮節:堅貞的節操。
【用法】形容人的崇高品行。
【例句】老一輩讀書人~，深受後輩青年的尊敬。

【附註】也作「高風峻節」。

高抬貴手

【出處】元・范子安《竹葉舟》第四折：「弟子愚眉肉眼，怎知道眞仙下降，只望高抬貴手，與我拂除塵俗者。」

【解釋】貴：尊貴的，給對方的尊稱。

【用法】①請高抬起尊貴的手，以便順利通過。②指請求對方給予方便，或懇求對方從寬處理。

【例句】小青央求說：「請你～，讓我進去吧！」

高談闊論

【出處】金・董解元《西廂記》：「高談闊論曉古今。」

【解釋】高：大。闊：廣闊。

【用法】形容不着邊際地大發議論，或無拘無束地暢談。

【例句】閒居時，和三五好友～，也是賞心樂事。

高睨大談

【出處】漢・張衡《應閑》：「方將師天老而友地典，與之乎高睨大談。」

【解釋】高睨：看得高。大談：不同於流俗的言談。

【用法】指超俗而另有看法的高論。

【例句】閒居時，和三五好友～，也是賞心樂事。

高歌猛進

【用法】①高聲歌唱，勇猛前進。②形容聲勢雄壯，鬥志昂揚，闊步前進。

【例句】全國人民正在沿著政府指引的遠景～。

高官厚祿

【出處】漢・司馬遷《報任安書》：「下之，不能累日積勞，取尊官厚祿，以爲宗族交游光寵。」

【解釋】祿：俸祿。

【用法】官職高貴，俸祿優厚。

【例句】經過這一次事變，他決心放棄人人羨慕的～，去過閒雲野鶴的生活。

高居深視

【出處】唐・魏徵《十漸不克終疏》：「陛下初登大位，高居深視。」

【解釋】居：處在。深：深遠。視：看。

【用法】指站得高、看得遠。

高爵豐祿

【出處】《荀子・議兵》：「是高爵豐祿之所加也，榮孰大焉？將以爲言邪？」

【解釋】爵：爵位。豐：豐厚。

【用法】①爵位高，俸祿厚。②指高官大待遇高。

【例句】我們應該把大衆的利益放在首位，而不應該追求～。

高情遠致

【出處】唐・房玄齡等《晉書・孫楚傳附孫綽》：「綽與（許）詢一時名流，或愛詢高邁，則鄙于綽；或愛綽才藻，而無取於詢。沙門支遁試問綽：『君何如許？』答曰：『高情遠致，弟子早已伏膺，然一咏一吟，許將北面矣。』」

【解釋】高情：高雅的情操。遠致：不同凡俗的情致。

【用法】形容思想感情的高潔。

【例句】他不僅爲人熱情，而且～，不是一般人能比的。

高下其手 ㄍㄠ ㄒㄧㄚˋ ㄑㄧˊ ㄕㄡˇ

【出處】宋·胡繼宗《書言故事·身體類》：「言人私狗，高下其手。」
【用法】指上邊的和下邊的串通一氣，聯手營私舞弊。
【例句】他們二人藉著職務的便利，～，中飽私囊，公司又如何能不賠錢？

高下在心 ㄍㄠ ㄒㄧㄚˋ ㄗㄞˋ ㄒㄧㄣ

【出處】《左傳·宣公十五年》：「天方授楚，未可與爭，雖晉之強，能違天乎？諺曰：『高下在心，川澤納汚，山藪藏疾，瑾瑜匿瑕，國君含垢，天之道也，君其待之。』」
【解釋】高下：比喻伸和屈。
【用法】①原謂行事要用心斟酌，按照客觀情形處理。②後指處事胸有成竹，操縱自如。
【例句】作爲一個指揮官，應該～，機動靈活。

高瞻遠矚 ㄍㄠ ㄓㄢ ㄩㄢˇ ㄓㄨˇ

【解釋】瞻：看、望。矚：注視。
【用法】①站得高，看得遠。②形容眼光遠大，很有遠見。
【例句】要不是他的～，這次事件我們的損失可就慘重不堪了。

高枕無憂 ㄍㄠ ㄓㄣˇ ㄨˊ ㄧㄡ

【出處】《戰國策·魏策一》：「事秦，則楚、韓必不敢動。無楚、韓之患，則大王高枕而臥，國必無憂矣。」
【解釋】憂：憂慮。
【用法】①把枕頭墊得高高的，無憂無慮地睡大覺。②形容無所憂慮。
【例句】今年雨水多，不要以爲大堤修整修過一次，就可以～了。

高掌遠蹠 ㄍㄠ ㄓㄤˇ ㄩㄢˇ ㄓˊ

【出處】漢·張衡《西京賦》：「綴以二華，巨靈贔屓，高掌遠蹠，以流河曲，厥迹猶存。」
【解釋】掌：手掌。蹠：腳趾。
【用法】①原出於古老的神話，指開闢山河。②後指規模宏偉的經營。
【例句】外國的企業家果然有～的氣魄和鐵一樣的手腕，却也有忠實而能幹的部下，這樣才能應付自如，所向必利。

高唱入雲 ㄍㄠ ㄔㄤˋ ㄖㄨˋ ㄩㄣˊ

【出處】晉·葛洪《西京雜記》卷一：「後宮齊首高唱，聲入雲霄。」
【用法】①放聲歌唱，聲入雲霄。②形容聲調雄壯激昂。③也用以形容唱高調、說空話、脫離現實。
【例句】遊園會上，到處是青年們愉快的笑臉，到處是～的歌聲。

高城深池 ㄍㄠ ㄔㄥˊ ㄕㄣ ㄔˊ

【出處】漢·晁錯《論貴粟疏》：「民貧則奸邪生，貧生於不足，不足生於不農，不農則不地著，不地著則離鄉輕家，民如鳥獸，雖有高城深池，嚴法重刑，猶不能禁也。」
【解釋】池：護城河。
【用法】①城牆很高，護城河很深。②形容防守牢固，不易攻破。

【例句】極權國家縱有～，也無法抵擋得住自由民主的世界潮流。

高世之德 ㄍㄠ ㄕˋ ㄓ ㄉㄜˊ

【出處】晉・陳壽《三國志・魏書・司馬朗傳》：「明公以高世之德，遭陰九之會。」
【解釋】高世：超出世人。德：德行。
【用法】形容非常高尚的德行。
【例句】經國先生的～，至今仍為大家懷念不已。

高世之行 ㄍㄠ ㄕˋ ㄓ ㄒㄧㄥˋ

【出處】漢・司馬遷《史記・袁盎晁錯列傳》：「且陛下有高世之行者三。」
【解釋】高世：超出世人。行：行為。
【用法】形容很不平凡的行為。

高世之智 ㄍㄠ ㄕˋ ㄓ ㄓˋ

【出處】宋・司馬光《資治通鑑・周紀・威烈王二十三年》：「臣光曰：雖有絕倫之力，高世之智……。」
【解釋】高世：超出世人。智：才智。
【用法】形容非凡的才智。

高世之才 ㄍㄠ ㄕˋ ㄓ ㄘㄞˊ

【出處】《越絕書・絕外傳記・范伯》：「有高世之才，必有負俗之累。」
【解釋】高世：形容人才能十分出眾。
【例句】如果一個人恃才傲物，那麼縱有～亦難以成功。

高視闊步 ㄍㄠ ㄕˋ ㄎㄨㄛˋ ㄅㄨˋ

【出處】唐・魏徵《隋書・盧思道傳》：「俄而抵掌揚眉，高視闊步。」
【解釋】高視：眼睛向上看。闊步：走路邁大步。
【用法】多用以形容十分傲慢看不起人的神態。
【例句】行事光明正大，才能在別人面前～。

高山流水 ㄍㄠ ㄕㄢ ㄌㄧㄡˊ ㄕㄨㄟˇ

【出處】《例子・湯問》：「（俞）伯牙善鼓琴，鍾子期善聽。伯牙鼓琴，志在登高山。鍾子期曰：『善哉！峨峨兮若泰山！』志在流水。鍾子期曰：『善哉，洋洋兮若江河』伯牙所念，鍾子期必得之。」
【用法】①以比喻知音或知己。②也用以形容樂曲的高雅精妙。
【例句】這位年輕的鋼琴家技藝嫻熟，演奏的樂曲優美動聽，如～一般，聽眾都讚嘆不已。
【附註】也作「流水高山」。

高山景行 ㄍㄠ ㄕㄢ ㄐㄧㄥˇ ㄒㄧㄥˊ

【出處】《詩經・小雅・車舝》：「高山仰止，景行行止。」
【解釋】高山：比喻道德崇高。景行：大道，比喻行為正大光明。
【用法】意謂人道德崇高，使人仰慕；行為光明正大，使人效法。
【例句】先生～，永為後世模範。

高山仰止 ㄍㄠ ㄕㄢ ㄧㄤˇ ㄓˇ

【出處】《詩經・小雅・車舝》：「高山仰止，景行行止。」
【解釋】高山：比喻道德崇高。仰：仰慕。止：語助詞。
【用法】指道德崇高，使人仰慕。
【例句】他年逾古稀，德高望重，人們

對他都有～之感。

高人一等 ㄍㄠ ㄖㄣˊ ㄧˊ ㄉㄥˇ

【解釋】等：等級。

【用法】①指比別人要高一等。②現多用以形容個人自以爲是的思想行徑。

【例句】一些官僚，往往自命不凡，把自己看得～，其實這正是這些人犯錯誤的思想根源之一。

高自標置 ㄍㄠ ㄗˋ ㄅㄧㄠ ㄓˋ

【出處】南朝・宋・劉義慶《世說新語・賞譽》：「殷中軍（浩）道韓太常（康伯）曰：『康伯少自標置，居然是出群器。』」

【解釋】標：標榜。置：安放。

【用法】①自我標榜，把自己放在很高的地位。②把自己估價得很高。

【例句】一個既有才能又有修養的人，必定謙虛謹慎，絕不會～，動不動就炫耀自己。

高自標樹 ㄍㄠ ㄗˋ ㄅㄧㄠ ㄕㄨˋ

【出處】宋・歐陽修等《新唐書・王義方傳》：「（義方）研究經術，性謇特，高自標樹。」

【解釋】標：標榜。樹：樹立。

【用法】①自我標榜樹立，以抬高自己。②形容自我誇耀、吹噓。

【例句】他總是～，誰也瞧不起，其實淺薄得很。

高足弟子 ㄍㄠ ㄗㄨˊ ㄉㄧˋ ㄗˇ

【出處】南朝・宋・劉義慶《世說新語・文學上》：「鄭玄在馬融門下，三年不得相見，高足弟子傳授而已。」

【解釋】高足：高才。弟子：學生。

【用法】指品學兼優的學生。

【例句】別看他其貌不揚，他可是我們老師的～呢！

高材疾足 ㄍㄠ ㄘㄞˊ ㄐㄧˊ ㄗㄨˊ

【出處】漢・司馬遷《史記・淮陰列傳》：「上（漢高祖）曰：『若教韓信反，何？』（蒯通）對曰：『秦之綱絕而維弛，山東大擾，異姓並起，英俊烏集。秦失其鹿，天下共逐之，於是高材疾足者先得焉。』」

【解釋】高材：資質高，能力強。疾足：果決、勇敢，行動快。

【用法】比喻既有才能，又敢於奪取勝利。

【附註】也作「高才捷足」。

高岸爲谷，深谷爲陵 ㄍㄠ ㄢˋ ㄨㄟˊ ㄍㄨˇ ㄕㄣ ㄍㄨˇ ㄨㄟˊ ㄌㄧㄥˊ

【出處】《詩經・小雅・十月之交》：「百川沸騰，山冢崒崩，高岸爲谷，深谷爲陵。」

【解釋】谷：兩山之間的夾道或流水道。陵：大土山，丘陵。

【用法】①高岸變深谷，深谷也可變成丘陵。②比喻世事的巨大變遷。③也指事物都在一定的條件向其相反的方面轉化。

高義薄雲 ㄍㄠ ㄧˋ ㄅㄛˊ ㄩㄣˊ

【出處】南朝・梁・沈約《宋書・謝靈運傳論》：「英辭潤金石，高義薄雲天。」

【解釋】義：情義。薄：迫近。

【用法】①情義之高，直逼了天空上的雲彩。②形容情義非常深厚。

【例句】在困難時期，他傾囊相助，眞是～，使人難忘。

高陽酒徒 ㄍㄠ ㄧㄤˊ ㄐㄧㄡˇ ㄊㄨˊ

【出處】漢・司馬遷《史記・酈生陸賈列傳》：「酈生瞋目按劍叱使者曰：『走！復入言沛公，吾高陽酒徒儒人也。』」

【解釋】高陽：在今河南杞縣西南。酒徒：好酒貪杯的人。

【用法】指好飲酒而狂放不羈的人。

【例句】只要不介意他渾身的酒味，他倒不失是個～，值得交往。

高屋建瓴 ㄍㄠ ㄨ ㄐㄧㄢˋ ㄌㄧㄥˊ

【出處】漢・司馬遷《史記・高祖本紀》：「（秦中）地勢便利，其以下兵于諸侯，譬猶居高屋之上建瓴水也。」

【用法】①高屋上傾倒瓶水。②形容居高臨下，可阻擋的形勢。

【附註】也作「屋上建瓴」。

高文典册 ㄍㄠ ㄨㄣˊ ㄉㄧㄢˇ ㄘㄜˋ

【出處】晉・葛洪《西京雜記》卷三：「揚子雲曰：『軍旅之際，戎馬之間，飛書馳檄用枚臯；廟廊之下，朝廷之中，高文典册用（司馬）相如。』」

【解釋】高：貴重的。册：古代帝王發出的文書、命令。

【用法】指朝廷的重要文書、詔令。

槁木死灰 ㄍㄠˇ ㄇㄨˋ ㄙˇ ㄏㄨㄟ

【出處】《莊子・齊物論》：「形固可使如槁木，而心固可使如死灰乎？」

【解釋】槁：枯乾。

【用法】①已經枯乾的樹木，熄滅了的火灰。②比喻心灰意冷極度消沉。

【例句】自從心愛的狗走失了以後，他鎮日若有所失，～的心再也沒有一點熱情。

槁項黃馘 ㄍㄠˇ ㄒㄧㄤˋ ㄏㄨㄤˊ ㄒㄩˋ

【出處】《莊子・列禦寇》：「（曹商）見莊子曰：『夫處窮閭陋巷，困窘織屨，槁項黃馘者，商（子夏）之所短也。』」

【解釋】槁：枯乾。項：脖頸。馘：臉。

【用法】①乾巴巴的脖頸，黃的臉。②形容人因生活窮困而面黃肌瘦。

【例句】看他～的模樣，日子能好過到那裏？

告老還鄉 ㄍㄠˋ ㄌㄠˇ ㄏㄨㄢˊ ㄒㄧㄤ

【解釋】告老：因年老退休。鄉：故鄉。

【用法】指年老退職，回故鄉。

【例句】我準備最近～，讓年富力強的人來接班。

【附註】「還」不能念成ㄏㄞˊ。

告往知來 ㄍㄠˋ ㄨㄤˇ ㄓ ㄌㄞˊ

【出處】《論語・學而》：「子曰：『賜（子貢）也，始可與言《詩》已矣，告諸往而知來者。』」

【解釋】往：已往，過去。指已往的事。來：將來，指未來的事。

【用法】通過已往的事，可以推知未來的事。指頭腦十分敏銳。

【例句】他理解能力很強，對於老師講授的知識觸類旁通、～，是全年級成績最好的學生。

篝火狐鳴 ㄍㄡ ㄏㄨㄛˇ ㄏㄨˊ ㄇㄧㄥˊ

【出處】漢·司馬遷《史記·陳涉世家》：「又間令吳廣之次所旁叢祠中，夜篝火，狐鳴呼曰：『大楚興，陳勝王。』」
【解釋】篝：竹籠。篝火：把火放在竹籠裏，從遠處看，很像磷火。
【用法】①在竹籠裏點上火，學狐狸叫的聲音。原指陳涉吳廣假托狐鬼事來發動群衆起義。②後用以指謀畫起義。③也指欺騙人的不正當手段。

鉤心鬥角 ㄍㄡ ㄒㄧㄣ ㄉㄡˋ ㄐㄧㄠˇ

【出處】唐·杜牧《阿房宮賦》：「五步一樓，十步一閣。廊腰縵回，檐牙高啄。各抱地勢，鉤心鬥角。」
【解釋】鉤心：指建築物相互勾連曲折。鬥角：檐角互相交錯。
【用法】①形容宮室建築結構的交錯和精巧。②後用以比喻各用心機，明爭暗鬥。
【例句】他爲了爭一點無聊的名聲，竟如此～，無所不至，眞令人不齒。
【附註】也作「勾心鬥角」。

鉤玄提要 ㄍㄡ ㄒㄩㄢˊ ㄊㄧˊ ㄧㄠˋ

【出處】唐·韓愈《進學解》：「紀事者必提其要，纂言者必鉤其玄。」
【解釋】鉤：探索。玄：深奧而不容易理解。提：舉出。要：要領、關鍵。
【用法】探索精微，舉出要領。
【附註】也作「鉤元提要」。

鉤章棘句 ㄍㄡ ㄓㄤ ㄐㄧˊ ㄐㄩˋ

【出處】唐·韓愈《貞曜先生墓誌銘》：「鉤章棘句，掐擢胃腎。」
【解釋】鉤：彎曲、牽連。章：文章。棘：有刺草木的通稱。句：詞句。
【用法】形容寫文章用怪異字、生僻詞，佶屈聱牙，很不流暢。
【例句】他的文章～，晦澀難懂，使人讀不下去。

鉤深致遠 ㄍㄡ ㄕㄣ ㄓˋ ㄩㄢˇ

【出處】《周易·繫辭》上：「探賾索隱，鉤深致遠，以定天下之吉凶。」
【解釋】鉤：探索。深：深奧。致：求得。遠：遠處。
【用法】①探索深處的，求得遠處的。②指努力探索眞理。

狗皮膏藥 ㄍㄡˇ ㄆㄧˊ ㄍㄠ ㄧㄠˋ

【用法】①「狗皮膏」是一種外用的中藥膏，對某些小病有一定的療效。但過去的一些江湖騙子却說成萬應靈藥，因此「狗皮膏藥」就成了謊話騙術的代用語。②比喻說假話，行騙術。
【例句】他的甜言蜜語，全是騙人的～，你不要上當才好。

狗猛酒酸 ㄍㄡˇ ㄇㄥˇ ㄐㄧㄡˇ ㄙㄨㄢ

【出處】《韓非子·外儲說右上》：「宋人有鬻酒者，升概甚平，遇客甚謹，爲酒甚美，懸幟甚高，著然不售，酒酸。怪其故，問其所知閭長楊倩。倩曰：『汝狗猛邪？』曰：『狗猛，則酒何故而不售？』曰：『人畏焉。或令孺子懷錢挈壺甕而往酤，而狗迓而齕之。此酒所以酸而不售也。』」
【用法】比喻權臣當道，阻塞賢路。

狗頭軍師 ㄍㄡˇ ㄊㄡˊ ㄐㄩㄣ ㄕ

【解釋】軍師：古代官名，掌監察軍務；舊戲曲、小說中所說在軍中幫助主將出主意的人；現也用以稱某個人或集團謀畫的人。
【用法】指給人出壞主意或並不高明的主意的謀畫者。
【例句】你眞是個～，什麼好主意也出不了。

狗急跳牆 ㄍㄡˇ ㄐㄧˊ ㄊㄧㄠˋ ㄑㄧㄤˊ

【出處】清・曹雪芹《紅樓夢》第二十七回：「他素昔眼空心大，是個頭等刁鑽古怪的丫頭，今兒我聽了他的短兒，人急造反，狗急跳牆，不但生事，而且我還沒趣。」
【用法】①狗急了，能跳過牆去。②比喻壞人在走投無路時就不顧一切地胡作非爲。
【例句】對待敵人，即使在他失敗的時候，也要保持高度的警惕，謹防他們～。
【附註】也作「狗急驀牆」。

狗血噴頭 ㄍㄡˇ ㄒㄧㄝˇ ㄆㄣ ㄊㄡˊ

【出處】明・蘭陵笑笑生《金瓶梅》第六十回：「吃他罵的狗血噴了頭。」
【用法】形容罵人罵得十分厲害。
【例句】這個人太不通情理，一不如意，就把別人罵得～。
【附註】也作「狗血淋頭」。

狗彘不食 ㄍㄡˇ ㄓˋ ㄅㄨˋ ㄕˊ

【出處】南朝・宋・劉義慶《世說新語》：「狗鼠不食汝餘，死固應爾。」
【解釋】彘：猪。
【用法】①猪狗都不吃他吃剩的東西。②形容人品卑鄙惡劣。
【例句】「人非聖賢，孰能無過？」別人有一點小錯，就把他說成～不是太過份了嗎？

狗彘不如 ㄍㄡˇ ㄓˋ ㄅㄨˋ ㄖㄨˊ

【出處】《荀子・榮辱》：「人也，憂忘其身，內忘其親，上忘其君，則是人也而曾狗彘之不若也。」
【解釋】彘：猪。
【用法】①連猪、狗也不如。②形容品質十分惡劣，喪失人性。
【例句】像這種～的人，到處都受人嫌棄。
【附註】原作「狗彘不若」。

狗尾續貂 ㄍㄡˇ ㄨㄟˇ ㄒㄩˋ ㄉㄧㄠ

【出處】唐・房玄齡等《晉書・趙王倫傳》：「至於奴卒厮役，亦加以爵位。每朝會，貂蟬盈座。時人爲之諺曰：『貂不足，狗尾續。』」
【解釋】續：接續、連接。貂：一種毛皮珍貴的鼠類動物，這裡指貂尾，古代皇帝的侍從官員用以作帽子上的裝飾。
【用法】①貂尾不足，只好用狗尾來代替充數，原諷刺封官太濫。②後用以比喻拿不好的東西補接在好的東西後面，前後兩部份很不相稱。
【例句】這篇文章你已經寫了一半，而且寫得很好，我決不敢～。

苟合取容 ㄍㄡˇ ㄏㄜˊ ㄑㄩˇ ㄖㄨㄥˊ

【出處】漢・司馬遷《報任安書》：「四者無一遂，苟合取容，無所短長之效，可見於此矣。」

【解釋】茍合：無原則地附和，不正當地結合。取容：取悅於人。
【用法】無原則地附和，以求取別人歡心。

茍且偷生

【出處】《荀子・榮辱》：「今夫偷生淺知之屬，曾比而不知也。」
【解釋】茍且：得過且過。偷生：將就地活著。
【用法】得過且過地將就活著。
【例句】～，比死還要可怕。

茍且偷安

【出處】南朝・宋・范曄《後漢書・西羌傳論》：「朝議憚兵力之損，情存茍安。」
【解釋】茍且：得過且過。偷安：貪圖眼前安逸。
【用法】①指得過且過，貪圖目前的安逸，不顧將來。②形容醉生夢死的行爲。
【例句】敵人攻來，你不想報仇雪恥，卻躲到國外～。

茍全性命

【出處】三國・蜀・諸葛亮《出師表》：「茍全性命於亂世，不求聞達於諸侯。」
【解釋】茍全：茍且保住生命。
【用法】形容在大難中僥倖活命。
【例句】在大火中只求～，那敢奢望家裏的財務絲毫無損。

茍延殘喘

【出處】宋・俞琰《席上腐談》第三卷下：「愚少也多病，羸不勝衣，所以茍延殘喘而至今不死，亦《參同契》之力也。」
【解釋】茍延：勉強延續。殘喘：臨死前的喘息。
【用法】勉強拖延最後的一口氣。比喻暫時勉強維持生存。
【例句】這些叛軍妄國～，作最後一搏。

詬誶謠諑

【出處】清・曹雪芹《紅樓夢》第九回：「背地裏你言我語，詬誶謠諑，布滿書房內外。」
【解釋】詬：怒斥。誶：責罵。謠諑：造謠、毀謗。
【用法】①怒斥責罵，造謠毀謗。②形容互相勾心鬥角，弄得烏烟瘴氣。

乾柴烈火

【用法】①曬乾了的柴遇到熾烈的火。②比喻條件成熟，一觸即發的形勢。③過去常用以形容男女之間的歡愛。
【例句】他們如～一般，打得火熱。

干名采譽

【出處】漢・班固《漢書・終軍傳》：「（徐）偃已前三奏，無詔，不惟所爲不許，而直矯作威福，以從民望，干名采譽，此明聖所必誅也。」
【解釋】干：求取。采：摘取。
【用法】指用不正當手段獵取名譽。
【例句】年紀輕輕，不思在工作上力求表現，卻專力逢迎諂媚，～，眞是要不得。

干城之將

【出處】《詩經・周南・兔罝》：「赳赳武夫，公侯干城。」
【解釋】干城：盾牌和城牆。比喻捍衛者。
【用法】指捍衛國家的將才。
【附注】「將」不可念成ㄐㄧㄤ。

干雲蔽日 ㄍㄢ ㄩㄣˊ ㄅㄧˋ ㄖˋ

【出處】南朝・宋・范曄《後漢書・丁鴻傳》「干雲蔽日之木，起於葱青。」
【解釋】干：冲犯。蔽：遮擋。
【用法】①冲入雲層，擋住陽光。②形容樹木高大，枝葉茂密。
【例句】植物園裏的樹木～，葱翠可愛。

甘拜下風 ㄍㄢ ㄅㄞˋ ㄒㄧㄚˋ ㄈㄥ

【出處】《莊子・在宥》：「廣成子南首而臥，黃帝順下風，膝行而前，再拜稽首而向。」
【解釋】甘：心甘情願。下風：風向的下方。拜下風：迎風拜倒。
【用法】比喻眞心佩服別人，自覺地在別人的下首。
【例句】下象棋，我可以與你較量一番，下圍棋，我只好～了。

甘貧苦節 ㄍㄢ ㄆㄧㄣˊ ㄎㄨˇ ㄐㄧㄝˊ

【出處】唐・韓愈《舉張正甫自代狀》：「甘貧苦節，不愧神明。」
【解釋】甘：甘心情願。貧：窮困。苦：苦心。節：氣節。
【用法】指甘心忍受貧困，刻苦保持忠貞的氣節。
【例句】漢使蘇武被困於匈奴，但他～，顯示了強烈的愛國情操，贏得了世世代代人們的崇敬。

甘冒虎口 ㄍㄢ ㄇㄠˋ ㄏㄨˇ ㄎㄡˇ

【出處】晉・陳壽《三國志・魏書・袁紹傳》注：「甘冒虎口盡忠。」
【解釋】甘：甘心情願，冒：冒險。虎口：比喻最危險的去處。
【用法】①甘心情願到最危險處去冒險。②比喻敢於鬥爭的精神。
【例句】爲了營救小弟，他～，與綁匪交涉。

甘棠之惠 ㄍㄢ ㄊㄤˊ ㄓ ㄏㄨㄟˋ

【出處】漢・揚雄《甘泉賦》：「函甘棠之惠，挾東征之意。」
【解釋】甘棠：棠梨樹。傳說周召公奭巡行南國，在棠梨樹下聽訟斷案，施惠於民。
【用法】①舊時比喻清官給群衆的好處。②也用以表示對傑出人物的懷念。

甘棠遺愛 ㄍㄢ ㄊㄤˊ ㄧˊ ㄞˋ

【出處】《詩經・召南・甘棠》：「蔽芾甘棠，勿翦勿拜，召伯所說（悅）。」
【解釋】甘棠：木名，即棠梨樹。舊時傳說，西周的召伯到南國巡回傳布文王的德政，曾經在甘棠樹下休息，後人懷念他的恩德，連帶著愛上了甘棠樹。往後常把「甘棠」比喻卸職後的地方長官。遺愛：指人民的愛戴。
【用法】舊時形容成爲人民對卸職後地方長官的懷念，成爲對卸職的地方長官的頌詞。

甘苦與共 ㄍㄢ ㄎㄨˇ ㄩˇ ㄍㄨㄥˋ

【解釋】甘苦：歡樂與苦難。與共：共

同在一起。
【用法】指在幸福生活中同享歡樂，遇到不幸時共度苦難。
【例句】神話《天仙配》中的董永與七仙女，是一對～的好夫妻。

甘井先竭 ㄍㄢ ㄐㄧㄥˇ ㄒㄧㄢ ㄐㄧㄝˊ

【出處】《莊子．山木》：「直木先伏，甘井先竭。」
【解釋】甘：甜。竭：乾涸。
【用法】①甜水井因飲用的人多而先乾涸。②比喻有才者累多，容易早衰。
【例句】爸爸拍著他的肩膀說：「不要把所有的事全攬在身上，～呀！你自己要好好保重。」

甘心瞑目 ㄍㄢ ㄒㄧㄣ ㄇㄧㄥˊ ㄇㄨˋ

【出處】南朝．宋．范曄《後漢書．馬援傳》：「今獲所願，甘心瞑目。」
【解釋】瞑目：閉上眼睛，指死去。
【用法】指甘心情願，雖死無憾。
【例句】見到了睽違四十年的兒女，老伯喜極而泣地說：「如今就是死，也～了。」

甘心情願 ㄍㄢ ㄒㄧㄣ ㄑㄧㄥˊ ㄩㄢˋ

【出處】元．關漢卿《蝴蝶夢》第三折：「我便死也甘心情願。」
【解釋】甘心：樂意，願意。
【用法】①心裡完全願意，沒有一點勉強。②常指自願作出某種犧牲。
【例句】國家需要我到前線去，就是再危險，我也～。
【附註】也作「心甘情願」。

甘心如薺 ㄍㄢ ㄒㄧㄣ ㄖㄨˊ ㄐㄧˋ

【出處】唐．李延壽《南史．范震傳》：「今日就戮，甘心如薺。」
【解釋】薺：薺菜，味道先苦後甜。
【用法】①心裡像吃了先苦後甜的薺菜一樣。②比喻做樂意的事，雖然吃了苦頭，內心卻很甜美。
【例句】能夠爲喜歡的人做事，就是再勞苦，我也是～。

甘馨之費 ㄍㄢ ㄒㄧㄣ ㄓ ㄈㄟˋ

【出處】唐．白居易《謝官狀》：「養闕(缺)甘馨之費。」
【解釋】甘：甘旨，美味的飲食品。馨：溫馨，溫暖香甜。
【用法】①使父母能夠吃到美味的食品、睡得香甜所需要的費用。②指奉養父母的費用。
【例句】雖然生活上不算寬裕，但奉養父母的～是不能少的。

甘之如飴 ㄍㄢ ㄓ ㄖㄨˊ ㄧˊ

【出處】宋．文天祥《正氣歌》：「鼎鑊甘如飴，求之不可得。」
【解釋】甘：甜。甘之：把它當作很享受的事。飴：麥芽糖。
【用法】指樂於承受艱難困苦，而感到像吃麥芽糖一樣甜美。
【例句】憑著對工作的熱情，即使每日要工作至深夜，他仍～。

甘言媚詞 ㄍㄢ ㄧㄢˊ ㄇㄟˋ ㄘˊ

【出處】明．宋臣《報劉一丈書》：「則甘言媚詞作婦人狀。」
【解釋】甘：甜蜜。媚：柔媚、諂媚。
【用法】①甜言蜜語，柔媚詞句。②比喻婦女對意中人所說的體貼溫存的話。③用以比喻說奉承話，對人獻媚。
【例句】對於那些總是用～去奉承別人的人，是不能輕信的。

甘雨隨車

【出處】南朝·宋·范曄《後漢書》：「百里嵩爲徐州刺史，州境遭旱，嵩行部，傳車所經，甘雨輒注。」
【解釋】甘雨：及時雨。
【用法】①指車到之處，適時地降下及時雨。②舊時用作對地方長官施行德政的稱頌語。

肝膽相照

【出處】明·邱濬《故事成語考·朋友賓主》：「肝膽相照，斯爲腹心之友。」
【解釋】肝膽：肝臟和膽囊，指內心深處。相照：互相能照見。
【用法】比喻朋友相交，誠心相待。
【例句】家父和我可是～的好朋友呢！

肝膽楚越

【出處】《莊子·德充符》：「自其異者視之，肝膽楚越也。」
【解釋】肝膽：肝臟和膽囊，指距離很相近。楚越：楚國和越國，指距離很遠。
【用法】比喻本來很相近的物却被認爲相距得很遠。
【例句】因受小人讒言，使昔日情同手足的我們，有如～，人隔兩地怎不令人浩歎。

肝膽欲碎

【解釋】欲：將要。
【用法】①肝和膽將要碎裂了。②形容悲痛到了極點。
【例句】聽到祖父不幸逝世的消息，他悲痛得～。
【附註】也作「肝膽欲裂」。

肝腦塗地

【出處】《戰國策·燕策一》：「因反門而擊之，代王腦塗地。」
【解釋】塗：塗抹、沾染。
【用法】①肝血、腦髓都塗在地上。②形容人的慘死。③封建時代常用作臣下對君王表示忠誠效勞的套語。④亦用以比喻竭盡忠誠，不怕犧牲。
【例句】爲了建立民國，許多優秀青年前仆後繼，英勇奮鬥，雖然～，也在所不辭。

肝心若裂

【出處】晉·陳壽《三國志·蜀書》：「聯用傷悼，肝心若裂。」
【解釋】若：如、像。
【用法】①肝和心像碎裂了一樣。②比喻極端痛心。
【例句】看到自己一手調教出來的學生如此不成材，怎不令人～呢？

肝腸寸斷

【出處】明·李汝珍《鏡花緣》第三十四回：「萬種淒涼，肝腸寸斷。」
【用法】①肝臟和肚腸一寸一寸地斷裂了。②指內心的苦痛到了極點。
【例句】眼見心愛的人受病魔折磨，而日漸消瘦，怎不令人心如刀絞，～！

感戴莫名

【解釋】感戴：感恩戴德。莫名：講不

出來。

【用法】指萬分感激的心情，沒法用語言來表達。

【例句】這位少年不顧自己的生命危險保住了我們村民的性命，使我們～。

感同身受（ㄍㄢˇ ㄊㄨㄥˊ ㄕㄣ ㄕㄡˋ）

【解釋】身受：自己親身領受。

【用法】①感激的心情如同自己親身受到了對方給予的關懷照顧一樣。②多用來代別人向對方表示謝意，是客氣話。

【例句】你對家妹的幫助，我們全家～，萬分感激。

感慨系之（ㄍㄢˇ ㄎㄞˇ ㄒㄧˋ ㄓ）

【出處】晉·王羲之《蘭亭集序》：「情隨事遷，感慨系之矣！」

【解釋】感慨：有所感而慨嘆。系：聯繫。之：代詞。指當時觸及的情景。

【用法】①聯想到當時的情景，不禁引起無限的感慨。②形容人事變遷感慨很深。

【例句】外人都能看出我的忠誠，爲什麼自己人卻要懷疑？眞令人～。

感慨殺身（ㄍㄢˇ ㄎㄞˇ ㄕㄚ ㄕㄣ）

【出處】呂祖謙《近思錄·政事》：「感慨殺身者易，從容爲義者難。」

【解釋】感慨：指感情激越、憤慨。殺身：捨棄性命。

【用法】因憤慨而捨棄性命。

感慨萬千（ㄍㄢˇ ㄎㄞˇ ㄨㄢˋ ㄑㄧㄢ）

【解釋】感慨：有所感觸而慨嘆。萬千：千萬種，形形色色。

【用法】深有感觸而多所慨嘆。

【例句】看到身爲社會中堅的年輕人，亦沉迷於金錢遊戲，怎不令人～呢？

【附註】也作「感慨萬分」、「感慨萬端」。

感喟不置（ㄍㄢˇ ㄎㄨㄟˋ ㄅㄨˋ ㄓˋ）

【解釋】感喟：有所感觸而嘆息。置：放到一邊。

【用法】指深有感觸而嘆息不已。

【例句】問起僑居國外同胞的近況，他更～。

感愧無地（ㄍㄢˇ ㄎㄨㄟˋ ㄨˊ ㄉㄧˋ）

【出處】清·吳敬梓《儒林外史》第三十二回：「今弟在困危中，蒙先生慨然以尊齋相借，令弟感愧無地，所以先來謝過，再細細請教。」

【解釋】無地：沒有一絲空餘的地方。

【用法】形容對人感激、慚愧到極點。

【例句】看到以前被自己百般嫌棄的媳婦，不辭辛勞地照顧病中的自己，不禁～。

感激涕零（ㄍㄢˇ ㄐㄧ ㄊㄧˋ ㄌㄧㄥˊ）

【出處】唐·劉禹錫《平蔡州》詩：「路旁老人憶舊事，相與感激皆涕零。」

【解釋】涕：眼淚。零：落下。

【用法】內心感激得落下了眼淚。（有時含諷刺意味。）

感舊之哀（ㄍㄢˇ ㄐㄧㄡˋ ㄓ ㄞ）

【出處】南朝·宋·范曄《後漢書·荀彧傳》：「今鑾旋軫，東京榛蕪，義士有存本之思，兆人懷感舊之哀。」

【解釋】哀：悲痛、傷心。

【用法】感念舊人舊事的沉痛心情。

感情用事

【用法】形容言行不冷靜，憑一時感情激動隨便說話，隨便行事。

【例句】我們處理問題要冷靜，不要～，否則是會犯錯誤的。

感人肺腑

【解釋】肺腑：指內心深處。

【用法】形容使人的內心深受感動。

【例句】詩人就是在這樣廣闊的歷史背景下，滿懷激情地寫下了這首～的詩篇。

感恩戴德

【出處】晉・陳壽《三國志・吳書・駱統傳》：「今皆感恩戴義，懷欲報之心。」

【解釋】感：感激。戴：尊敬、推崇。

【用法】感激別人給予的恩德。

【例句】但請丞相把罪情明白宣布，文姬不辭一死，死了也會～的。

感恩圖報

【解釋】圖：謀求。報：報答。

【用法】感激人家的恩惠，謀求向對方報答。

【例句】人要懂得～，否則又與禽獸何異？

敢怒而不敢言

【出處】唐・杜牧《阿房宮賦》：「使天下之人，不敢言而敢怒。」

【用法】心裡憤怒而嘴上不敢說。

【例句】地痞流氓，橫行不法，許多老百姓～，只好逆來順受。

趕盡殺絕

【出處】明・許仲琳《封神演義》第三十三回：「黃天祿上馬，提槍出營，見余化曰：『匹夫趕盡殺絕，但不知你可有造化受其功祿！』」

【解釋】①該趕走的不剩一個，該殺死的一個不留。②指消除淨盡。

【例句】民國二年後的袁世凱，對於異己者何嘗不～？

根深蒂固

【出處】明・凌濛初《初刻拍案驚奇》第二十二卷：「親戚滿朝，黨羽四布，方能夠根深蒂固。」

【解釋】蒂：花或瓜果與枝莖相連的部分。固：牢固。

【用法】①樹根生得深，花或瓜果與枝莖連結得十分牢固。②比喻基礎很深，不容易動搖。

【例句】他這種想法由來已久，～，難以改變。

【附註】原作「根深柢固」，也作「蒂固根深」。

根深葉茂

【解釋】樹大根深，枝葉茂密。

【用法】比喻基礎牢固，事業興盛。

【例句】只有在提高產品質量的基礎上增加產量，才能使企業～不斷發展。

亘古不滅

【解釋】亘古：從古至今。滅：絕滅。

【用法】①自古至今，永不絕滅。②形

容有永久的的生命力。

【例句】儘管社會不斷變遷，但父慈子孝、兄友弟恭的倫常觀念卻是～的。

【附註】「亘」不能念成ㄏㄥˊ。

亘古通今（ㄍㄣˋ ㄍㄨˇ ㄊㄨㄥ ㄐㄧㄣ）

【出處】南朝・宋・鮑照《河清頌》：「亘古通今，明鮮晦多。」

【解釋】亘：橫貫，空間和時間上連接不斷。

【用法】指從古到今。

【附注】「亘」不能念成ㄏㄥˊ。

亘古未有（ㄍㄣˋ ㄍㄨˇ ㄨㄟˋ ㄧㄡˇ）

【出處】清・平步青《霞外捃屑》第四卷：「太青晚作《嘉蓮》詩，七言今體至四百餘首，亘古未有。」

【解釋】亘古：從古至今。

【用法】①從古至今沒有過。②形容事物的獨特少有。

【例句】近十年來，工商業日新月異，發展的速度可以說是～的。

【附註】「亘」不能念成ㄏㄥˊ。

綱紀廢弛（ㄍㄤ ㄐㄧˋ ㄈㄟˋ ㄔˊ）

【出處】漢・班固《漢書・王莽傳》：「朝政崩壞，綱紀廢弛。」

【解釋】綱紀：國家的法紀。廢弛：廢棄鬆弛。

【用法】指國家法紀不能嚴格執行而失去約束作用。

【例句】這個末代皇帝，耽於聲色，不理朝政，致使～，天下大亂。

綱舉目張（ㄍㄤ ㄐㄩˇ ㄇㄨˋ ㄓㄤ）

【出處】漢・鄭玄《詩譜序》：「舉一綱而萬目張，解一卷而衆篇明。」

【解釋】綱：網上的大繩。目：網上的孔眼。舉：提起。

【用法】①提起網上的大繩，網眼就都張開了。②比喻抓住事物的關鍵，帶動其他環節。

【例句】寫文章要有大綱，～，才能條理分明。

綱舉網疏（ㄍㄤ ㄐㄩˇ ㄨㄤˇ ㄕㄨ）

【出處】唐・房玄齡等《晉書・劉頌傳》：「善爲政者，綱舉而網疏。」

【解釋】舉：提起。網：網眼。疏：疏略。

【用法】①提起網上的大繩，不再顧及網眼是否都張開了。②喻指辦事要抓住主要方面，對細節不用過多計較。

剛愎自用（ㄍㄤ ㄅㄧˋ ㄗˋ ㄩㄥˋ）

【出處】《公羊傳・宣公十二年》：「其佐先穀，剛愎不仁，未肯用命。」

【解釋】剛愎：倔強、固執。自用：自信，自以爲是。

【用法】①非常固執自信，不聽取別人的意見。②指自做主張地行事。

【例句】他向來～，任何人的話也聽不進去。

【附註】「愎」不能念成ㄈㄨˋ。

剛戾自用（ㄍㄤ ㄌㄧˋ ㄗˋ ㄩㄥˋ）

【出處】漢・司馬遷《史記・秦始皇本紀》：「始皇爲人，天性剛戾自用。」

【解釋】剛戾：剛愎、固執。戾：殘暴怪僻。自用：自行其是。

【用法】形容剛愎乖戾，自以爲是。

【例句】他一向～，你又何必多費唇舌呢？

剛正不阿（ㄍㄤ ㄓㄥˋ ㄅㄨˋ ㄜ）

【解釋】正：正直。阿：曲從。

【用法】①剛強正直，毫不屈從。②比喻人性格、作風正派，不遷就歪風邪氣。③也比喻人個性倔強，做事堅持原則，不爲壓力所屈服。

【例句】作爲一名司法工作者，就應該～，堅持「以事實爲根據，以法律爲準繩」的原則，秉公處理各種案件。

【附註】「阿」不能念成ㄚ。

剛腸嫉惡（ㄍㄤ ㄔㄤˊ ㄐㄧˊ ㄜˋ）

【出處】晉・嵇康《與山巨源絕交書》：「剛腸嫉惡，輕肆直言，遇事便發，此甚不可二也。」

【解釋】剛腸：性格剛毅正直。嫉：憎恨。

【用法】性格剛毅正直，憎恨邪惡。

【例句】他爲人～，令人激賞。

剛柔相濟（ㄍㄤ ㄖㄡˊ ㄒㄧㄤ ㄐㄧˋ）

【出處】明・羅貫中《三國演義》第七一回：「凡爲將首，當以剛柔相濟，不可徒恃其勇。」

【解釋】剛：剛強。柔：柔和。相濟：互相調劑。

【用法】形容兩種對立的事物可以互相補充調劑。

【例句】他的演唱，眞是聲情並茂，～，藝術水準達到了爐火純青的地步。

剛亦不吐，柔亦不茹（ㄍㄤ ㄧˋ ㄅㄨˋ ㄊㄨˇ，ㄖㄡˊ ㄧˋ ㄅㄨˋ ㄖㄨˊ）

【出處】《詩經・大雅・蒸民》：「維仲山甫，柔亦不茹，剛亦不吐。」

【解釋】剛：硬的，強者。柔：軟的，弱者。茹：吃。

【用法】形容對強者不怕，對弱者不欺，即不欺軟怕硬。

剛毅木訥（ㄍㄤ ㄧˋ ㄇㄨˋ ㄋㄜˋ）

【出處】《論語・子路》：「子曰：『剛、毅、木、訥，近仁。』」

【解釋】剛毅：意志堅強。木訥：質樸而不善於言辭。

【用法】比喻人剛毅果決，而又不夸夸其談。

【例句】這個刻苦向學出身的學者，～，堅定質樸。

更僕難數（ㄍㄥ ㄆㄨˊ ㄋㄢˊ ㄕㄨˇ）

【出處】《禮記・儒行》：「遽數之，不能終身其物，悉數之，乃留更僕，未可終也。」

【解釋】更：替換。僕：原指儐相，即替主人接待客人的人，後指僕人。

【用法】①原是孔子回答魯哀公關於儒行的問話，意思是儒行很多，一時說不完，即使換易僕人（指談話時時間長了，換一批招待的人）也未必能說完。②後泛指事物繁多。

更命明號（ㄍㄥ ㄇㄧㄥˋ ㄇㄧㄥˊ ㄏㄠˋ）

【出處】《韓非子・外儲說左上》：「楚厲王有警，爲鼓以與百姓爲戍；飲酒醉，過而擊之也，民大驚。使人止之，曰：『吾醉而與左右戲，過擊之也』。民皆罷。居數月，有警，擊鼓而民不赴，乃更令明號而民信之。」

【解釋】更：更新。明：申明。

【用法】重新申明號令。

更深人靜（ㄍㄥ ㄕㄣ ㄖㄣˊ ㄐㄧㄥˋ）

【出處】宋·蔡條《西清詩話》引楊鸞詩：「白日蒼蠅滿飯盤，夜間蚊子又成團，每到更深人靜後，定來頭上咬楊鸞。」
【解釋】更：舊時夜間計時的單位，一夜分成五更，每更約兩小時。靜：寂靜，沒有聲響。
【用法】夜深了沒有人聲，一片寂靜。
【例句】已經是～的時候了，他仍然在聚精會神地畫著設計圖，沒有一絲一毫的倦意。
【附註】也作「更深夜靜」、「夜深人靜」、「夜靜更深」。

更上一層樓（ㄍㄥˋ ㄕㄤˋ ㄧ ㄘㄥˊ ㄌㄡˊ）

【出處】《登鸛鵲樓》詩：「白日依山盡，黃河入海河。欲窮千里目，更上一層樓。」
【解釋】更：再、又。
【用法】①再登上更高的一層樓。②現多用以比喻再提高一步。
【例句】形勢發展了，我們的工作也應當～。

耕當問奴（ㄍㄥ ㄉㄤ ㄨㄣˋ ㄋㄨˊ）

【出處】唐·李延壽《北史·刑巒傳》：「俗語云：『耕則問田奴，絹則問織婢，臣既謂難，何容強遣。』」
【解釋】奴：指田奴，舊時爲地主種地的家奴。
【用法】①耕種的事應當去問田奴。②泛指不明白的事要問從事那項工作的有經驗的人。
【例句】「～」，這種事我一點經驗也沒有，問我也是白問。

綆短汲深（ㄍㄥˇ ㄉㄨㄢˇ ㄐㄧˊ ㄕㄣ）

【出處】《莊子·至樂》：「褚（衣袋）小者不可以懷大，綆短者不可以汲深。」
【解釋】綆：汲水桶的繩子。汲：從下往上提水。深：指深井下的水。
【用法】①水桶上的繩子很短，卻要在很深的井裡打水。②比喻能力小，擔當不起重大的任務。（多用作自謙詞。）
【例句】高年級的教學工作比較艱鉅，～，我是難以勝任的。
【附註】也作「短綆汲深」。

耿耿於懷（ㄍㄥˇ ㄍㄥˇ ㄩˊ ㄏㄨㄞˊ）

【出處】《詩經·邶風·柏舟》：「耿耿不寐，如有隱憂。」
【解釋】耿：形容心境不安靜。懷：胸懷。
【用法】心裏老想著某事，不能忘懷。
【例句】對於那篇批評文章，是沒有必要～的。

姑息養奸（ㄍㄨ ㄒㄧˊ ㄧㄤˇ ㄐㄧㄢ）

【出處】《禮記·檀弓上》：「君子愛人也以德，細人之愛人也以姑息。」
【解釋】姑息：無原則地寬容。養奸：助長壞人壞事。
【用法】無原則地寬容，會助長壞人作惡。
【例句】對於壞人壞事必須堅決取締，決不能～。

姑射神人 ㄍㄨ ㄧㄝˋ ㄕㄣˊ ㄖㄣˊ

【出處】《莊子・逍遙遊》：「藐姑射之山有神人居焉，肌膚若冰雪，綽約若處子。」

【解釋】姑射：古代傳說中的山名。

【用法】①姑射山中的神人。②也用以形容美貌女子。

【附註】①也作「姑射仙姿」。②「射」不能念成ㄕㄜˋ。

姑妄聽之 ㄍㄨ ㄨㄤˋ ㄊㄧㄥ ㄓ

【出處】《莊子・齊物論》：「予嘗爲女（汝）妄言之，女（汝）亦以妄聽之奚？」

【解釋】姑：姑且、暫且。妄：隨便。

【用法】隨便聽聽，不一定就相信。

姑妄言之 ㄍㄨ ㄨㄤˋ ㄧㄢˊ ㄓ

【出處】《莊子・齊物論》：「予嘗爲女（汝）妄言之，女（汝）亦以妄聽之奚？」

【解釋】姑：姑且、暫且。妄：隨便。

【用法】①姑且隨便說說。②指說的話不一定很有道理或不一定可信（含有客氣的意思）。③後用以表示自己說的話沒有確鑿的根據，或要人家說話不要想得過於周到，試著說說自己的看法。

【例句】這件事我也不太清楚，只是～而已，你們也就姑妄聽之，不必當眞。

孤標傲世 ㄍㄨ ㄅㄧㄠ ㄠˋ ㄕˋ

【出處】漢・曹雪芹《紅樓夢》第三十八回：「孤標傲世偕誰隱？一樣花開爲底遲？」

【解釋】孤：孤高。標：標榜。

【用法】①孤高自賞，傲然一世。②原形容菊花傲霜獨立的氣質。③用以比喻傲然不群，不與世俗同流的品格。

孤芳自賞 ㄍㄨ ㄈㄤ ㄗˋ ㄕㄤˇ

【出處】宋・張孝祥《念奴嬌・過洞庭》詞：「應念嶺表經年，孤芳自賞，肝膽皆冰雪。」

【解釋】孤：孤單、孤獨。芳：花香，這裏指香花。自賞：自我欣賞。

【用法】①把自己比做僅有的花香而自我欣賞。比喻自命清高。②也指脫離群衆，自命不凡。

孤陋寡聞 ㄍㄨ ㄌㄡˋ ㄍㄨㄚˇ ㄨㄣˊ

【出處】《禮記・學記》：「獨學而無友，則孤陋而寡聞。」

【解釋】孤、寡：少。陋：淺薄。聞：見聞、見識。

【用法】學識浮淺，見聞不廣。

【例句】我愕然地聽著，又深爲自己的～惶惑了。

孤立無援 ㄍㄨ ㄌㄧˋ ㄨˊ ㄩㄢˊ

【出處】明・羅貫中《三國演義》第四十七回：「周瑜孤立無援，必爲丞相所擒。」

【解釋】孤：孤單。孤立：不能得到同情和援助。援：援助、救援。

【用法】孤單一個，沒人救援。

【例句】就在這種～的情形下，他仍一點也沒有讓步。

孤高自許 ㄍㄨ ㄍㄠ ㄗˋ ㄒㄩˇ

【出處】①唐・李中《獻張拾遺》詩：

「官資清貴近丹墀，性格孤高世所稀。」②唐・房玄齡等《晉書・殷浩傳》：「溫（桓溫）既以雄豪自許，每經浩，浩不之憚也。」

【解釋】孤高：情志高超，不隨波逐流。自許：自負。

【用法】指孤僻高傲，自我讚許。

【例句】林黛玉～、違拗世情、不肯同流合汙，這正是造成她的悲場結局的原因之一。

【附注】也作「孤高自負」。

孤苦伶仃 ㄍㄨ ㄎㄨˇ ㄌㄧㄥˊ ㄉㄧㄥ

【出處】元・紀君祥《趙氏孤兒》第二折：「可憐三百口親丁飲劍鋒，剛留得孤苦伶仃一小童。」

【解釋】孤苦：沒有依靠，生活困苦。伶仃：孤獨無依靠。

【用法】困苦孤單沒有人照顧。

【例句】他的父母去世後，是祖父把這～的孩子撫養成人的。

【附註】也作「零丁孤苦」。

孤家寡人 ㄍㄨ ㄐㄧㄚ ㄍㄨㄚˇ ㄖㄣˊ

【出處】①《禮記・玉藻》：「凡自稱小國之君曰孤。」②《孟子・梁惠王上》：「寡人之於國也，盡心焉耳矣。」

【用法】①孤家、寡人都是古時帝王的自稱。②後指遠離群衆，孤立無助的人。

【例句】老伴過世，兒女又相繼出國，全家就只剩他一個～，眞是可憐。

孤軍奮戰 ㄍㄨ ㄐㄩㄣ ㄈㄣˋ ㄓㄢˋ

【出處】唐・魏徵《隋書・虞慶則傳》：「由是長儒孤軍獨戰，死者十八九。」

【解釋】孤：孤立、孤單。

【用法】①一支孤立無援的軍隊在奮發不懈的作戰。②常用以形容少數人的奮鬥。

【例句】太平軍的林鳳翔，儘管已打到天津附近，但因～、糧草斷絕，終於失敗了。

孤掌難鳴 ㄍㄨ ㄓㄤˇ ㄋㄢˊ ㄇㄧㄥˊ

【出處】《韓非子・功名》：「一手獨拍，雖疾無聲。」

【解釋】孤：獨一的。掌：手掌。難：不容易。鳴：發出聲響。

【用法】①一個巴掌拍不響。②比喻力量薄弱，無人相助，難以成事。

【例句】對這事我已有詳備的計畫，但～，如要成事，還要各單位的配合。

孤注一擲 ㄍㄨ ㄓㄨˋ ㄧˊ ㄓˊ

【出處】唐・房玄齡等《晉書・何無忌傳》：「劉毅家無擔石之儲，樗蒲一擲百萬。」

【解釋】孤：唯一的。注：賭注。孤注：把所有的錢全部投作賭注。擲：指賭錢時擲骰子。

【用法】①賭錢的人輸急了，把剩下的錢都押上去，以決最後輸贏。②比喻在危急時用盡所有的力量做最後的一次冒險。

【例句】與其將這幾萬人馬～，不如留下來，日後還有用處。

【附註】「擲」不能念成ㄓㄥˋ。

孤臣孽子 ㄍㄨ ㄔㄣˊ ㄋㄧㄝˋ ㄗˇ

【出處】《孟子・盡心上》：「獨孤臣孽子，其操心也危，其慮患也深，故達。」

【解釋】孤臣：古代孤立無援、不受重視的臣子。孽子：舊時指庶子，即妾媵所生的子女。

【用法】用以指那些雖不被重視任用，但仍忠於君主的臣下。

孤雛腐鼠（ㄍㄨ ㄔㄨˊ ㄈㄨˇ ㄕㄨˇ）

【出處】《莊子．秋水》：「夫鵷鶵發於南海，而飛於北海，非梧桐不止，非練實不食，非醴泉不飲。於是鴟得腐鼠，鵷鶵過之，仰而視之，曰：『嚇！』」

【解釋】孤：孤單、孤獨。雛：小鳥。腐：腐爛。

【用法】孤獨的小鳥，腐爛的老鼠。比喻微不足道、無足輕重的人或事物。

【例句】在暴君統治下，人民的生命安危，不過像～一樣，他是不會放在心上的。

孤雌寡鶴（ㄍㄨ ㄘˊ ㄍㄨㄚˇ ㄏㄜˋ）

【出處】漢．王褒《洞簫賦》：「孤雌寡鶴，娛優乎其下兮。」

【解釋】孤：孤單、孤獨。寡鶴：失去配偶的仙鶴。

【用法】①無依無靠的失去配偶的仙鶴。②多用以比比喻喪失配偶的寡婦。

【例句】在戰亂中，她就像～一樣，流落異鄉，受盡了人間磨難。

【附註】也作「孤雌寡鵠」、「寡鵠孤鸞」。

孤兒寡婦（ㄍㄨ ㄦˊ ㄍㄨㄚˇ ㄈㄨˋ）

【出處】戰國．楚．宋玉《高唐賦》：「孤子寡婦，寒心酸鼻。」

【解釋】孤兒：死去父親的孩子。寡：喪失了丈夫。

【用法】死去了父親的孩子，喪失了丈夫的婦女。

【例句】在軍閥混亂戰的時候，戰爭奪去了她的丈夫，她只好帶著孩子沿街乞討，像這樣的～，又有多少啊！

【附註】也作「孤兒寡母」。

孤雲野鶴（ㄍㄨ ㄩㄣˊ ㄧㄝˇ ㄏㄜˋ）

【出處】唐．劉長卿《送方外上人》詩：「孤雲將野鶴，豈向人間住？」

【解釋】孤：獨自。

【用法】①天空獨自飄蕩的浮雲，野外任意遨遊的仙鶴。②舊時指行踪不定、漫遊山野、不受拘束的隱士。

【例句】他雖有滿腹才學，但生性不喜受拘束，所以寧可過著～的生活，也不要做官。

【附註】也作「野鶴孤雲」、「野鶴閑雲」。

沽名釣譽（ㄍㄨ ㄇㄧㄥˊ ㄉㄧㄠˋ ㄩˋ）

【出處】《管子．法法》：「釣名之人，無賢士焉。」

【解釋】沽：買。釣：騙取。

【用法】指用不正當的手段謀取榮譽。

【例句】新聞工作，應力求杜絕假報導，不讓任何～者藉此宣傳。

【附註】也作「釣名沽譽」。

古貌古心（ㄍㄨˇ ㄇㄠˋ ㄍㄨˇ ㄒㄧㄣ）

【出處】唐．韓愈《孟生》詩：「孟生江海士，古貌又古心。」

【用法】①古時的面孔和心胸。②形容具有古樸作風的人。

【例句】陳先生～，忠厚篤實，深受大家喜愛。

古道熱腸 ㄍㄨˇ ㄉㄠˋ ㄖㄜˋ ㄔㄤˊ

【解釋】古道：古時淳樸的風尚。熱腸：熱心腸。

【用法】形容待人眞誠、熱情。

【例句】這個老太太對人非常厚道，眞是～。

古調不彈 ㄍㄨˇ ㄉㄧㄠˋ ㄅㄨˋ ㄊㄢˊ

【出處】唐．劉長卿《聽彈琴》詩：「冷冷七弦上，靜聽松風寒，古調雖自愛，今人多不彈。」

【解釋】古調：古代的曲調。

【用法】①古代的曲調不再彈奏了。②比喻淳樸、眞誠的古老風尚，現在已不多見了(表示對世風不古的慨歎)。③也用以比喻陳舊的東西不受歡迎。

【例句】我們絕不能像他那樣，總是認爲～是如何可惜，時代在變著，老彈古調也是不行的。

古調獨彈 ㄍㄨˇ ㄉㄧㄠˋ ㄉㄨˊ ㄊㄢˊ

【出處】唐．劉長卿《聽彈琴》詩：「古調雖自愛，今人多不彈。」

【用法】①獨自彈唱古代的曲調。②比喻孤芳自賞，知音者極難遇到。

【例句】他的作品和時代距離越來越遠，因此只好～了，這實在也是個悲劇。

古今中外 ㄍㄨˇ ㄐㄧㄣ ㄓㄨㄥ ㄨㄞˋ

【用法】古代、現代、中國、外國。形容範圍廣闊。

【例句】這本書所引用的例子，往往～兼容並包，內容非常豐富。

古井無波 ㄍㄨˇ ㄐㄧㄥˇ ㄨˊ ㄅㄛ

【出處】唐．白居易《贈元稹》詩：「無波古井水，有節秋竹竿。」

【解釋】古井：水源將近涸竭的古老水井。波：波瀾。

【用法】①古老的水井，沒有波瀾。②比喻人的性情沉寂冷漠，對外事不動心。③舊時多指守節寡婦的心理狀態。

【例句】自從丈夫死後，他的心早就～，對任何人的追求都無動於衷。

古色古香 ㄍㄨˇ ㄙㄜˋ ㄍㄨˇ ㄒㄧㄤ

【出處】宋．趙希鵠《洞天淸錄》：「古畫色黑，或淡墨，則積塵所成，有一種古香可愛。」

【解釋】古色：指古器物土銹斑駁的色彩。古香：指古書畫的紙絹因年久而生的氣味。

【用法】形容書畫器物等富有古雅的色彩和情調。

【例句】房上垂下四盞宮燈，上邊貼滿鮮紅的喜字，把屋子點綴得～。

【附註】也作「古香古色」。

古往今來 ㄍㄨˇ ㄨㄤˇ ㄐㄧㄣ ㄌㄞˊ

【出處】漢．劉安《淮南子．齊俗訓》：「往古來今謂之宙，四方上下謂之宇。」

【解釋】往：以往、過去。

【用法】從古代到今天，概指長久的時間。

【例句】～，多少大事往往是從小地方做起來的。

瞽曠之耳
ㄍㄨˇ ㄎㄨㄤˋ ㄓ ㄦˇ

【出處】《莊子．胠篋》：「擢亂六律，鑠絕竽瑟，塞瞽曠之耳，而天下始人含其聰矣。」

【解釋】瞽曠：即師曠，字子野，春秋時晉國的樂官，天生盲人，善辨五音六律。

【用法】形容十分靈敏的聽覺。

【例句】他有～，聽過任何新的旋律後，都能一音不差地彈奏出來。

穀賤傷農
ㄍㄨˇ ㄐㄧㄢˋ ㄕㄤ ㄋㄨㄥˊ

【出處】漢．班固《漢書．昭帝紀》：「詔曰：夫穀賤傷農，今三輔、太常穀減賤，其令以叔（菽）粟當今年賦。」

【解釋】穀：五穀，泛指糧食。傷：傷害、損害。

【用法】①原指奸商在豐收時壓低糧價，使農民受到損害。②後泛指農產品價錢過低，就會影響農民的收入。

【例句】為避免～，農民應該不要一窩蜂地種植某一種農作物，以免生產過多造成無可彌補的損失。

股肱之臣
ㄍㄨˇ ㄍㄨㄥ ㄓ ㄔㄣˊ

【解釋】股：大腿。肱：胳膊。

【用法】①像大腿和胳膊一樣的臣子。②形容最得力、不可少的部下臣屬。

【例句】魏徵是唐太宗的～。

股掌之上
ㄍㄨˇ ㄓㄤˇ ㄓ ㄕㄤˋ

【出處】《國語．吳語》：「大夫種勇而善謀，將還（旋），玩吳國於股掌之上，以得其志。」

【用法】①指在大腿和手掌的上面。②比喻可以把事物控制在自己掌握的範圍內。

【例句】這個歹徒，被老奸巨猾的老大掌握於～，還自以為得意。

蠱惑人心
ㄍㄨˇ ㄏㄨㄛˋ ㄖㄣˊ ㄒㄧㄣ

【解釋】蠱：傳說中的毒蟲，能用來毒害人。蠱惑：毒害、迷惑。

【用法】指用欺騙、引誘等手段迷惑人，搞亂人的思想。

【例句】不良刊物～，為害至鉅。

蠱蠆之讒
ㄍㄨˇ ㄔㄞˋ ㄓ ㄔㄢˊ

【出處】清．曹雪芹《紅樓夢》第七十八回：「偶遭蠱蠆之讒，遂抱膏肓之疾。」

【解釋】蠱：傳說中的毒蟲，能用來毒害人。蠆：蝎子一類的毒蟲。讒：讒言，毀謗的話。

【用法】指極為惡毒的毀謗人的話。

【例句】這些無中生有的～，給他極大的傷害。

轂擊肩摩
ㄍㄨˇ ㄐㄧ ㄐㄧㄢ ㄇㄛˊ

【出處】《戰國策．齊策一》：「臨淄之途，車轂擊，人肩摩。」

【解釋】轂：舊式木車輪中心的圓木（即車軸）。擊：撞擊。肩：人的肩膀。摩：摩擦。

【用法】①車軸和軸檔相互擊撞著，行人和行人的肩膀互相磨擦著。②指車一輛跟著一輛地行動，人們往來非常擁擠。②也形容熱鬧興旺的景況。

【例句】在繁華的市中心，從早到晚總是～、熙熙攘攘，真是熱鬧得很。

【附註】也作「肩摩轂擊」。

骨鯁在喉

【出處】清·段玉裁《說文解字注》：「書曰：『如食骨在喉』，故云骨鯁之臣。」

【解釋】鯁：魚骨、魚刺。

【用法】①魚刺卡在喉嚨裏。②比喻心裏有話沒說出來，非常難受。

【例句】這件事如果不說出來，就如～，難受得很，因此我決心告訴你事情的眞相。

骨瘦如豺

【出處】宋·陸佃《埤雅·釋獸》：「又曰：『瘦如豺。豺，柴也。豺體細瘦，故謂之豺。』」

【解釋】豺：像狼而較小的野獸。

【用法】形容人十分瘦削，像豺一樣。

【例句】長年纏綿病榻，他早已～，和原來的豐腴判若兩人。

【附註】也作「骨瘦如柴」。

骨肉離散

【出處】《詩經·唐風·杕杜》小序：「《杕杜》，刺時也。君不能親其宗族，骨肉離散，獨居而無兄弟，將爲沃所並爾。」

【解釋】骨肉：父母兄弟子女等親人。

【用法】比喻親人分散，不能團聚。

【例句】～，不能相見，是人生最大的悲劇。

骨肉相連

【出處】《管子·輕重丁》：「功臣之家，兄弟相戚，骨肉相親，國無飢民。」

【用法】①像骨頭和肉一樣互相接連著。②比喻關係非常密切，不可分離。

【例句】中華民國的三軍和人民～。

骨肉相殘

【出處】南朝·宋·劉義慶《世說新語·政事》：「仲弓曰：『盜殺財主，何如骨肉相殘？』」

【用法】比喻自己人相互殘殺。

【例句】爲了錢財就演出一場～的慘劇，值得嗎？

骨肉至親

【出處】晉·陳壽《三國志·魏書·鮮卑傳》：「不如還我，我與汝是骨肉至親，豈與仇等？」

【用法】①像骨頭和肉一樣互相連接著。②比喻血緣關係最近的親戚。

【例句】我們兩人是～，你不相信我，還能相信誰？

骨軟筋麻

【出處】明·吳承恩《西遊記》第三十五回：「那老魔聞得此言，嚇得魂飛魄散，骨軟筋麻，撲的跌倒在地。」

【解釋】筋：肌肉的舊稱。

【用法】①骨頭酥軟了，肌肉麻木了。②形容人全身癱軟無力，動彈不得。

【例句】聽到唯一的兒子罹難的消息，王老伯一時～，跌坐在地。

鼓衰力盡

【出處】唐·李華《弔古戰場文》：「鼓衰兮力盡，矢竭兮絃絕。」

【解釋】鼓：指戰鼓聲。衰：微弱。

【用法】①戰鼓聲音微弱，力量已經用盡。②形容接近失敗時的慘況。
【例句】敵人的軍隊在我軍猛烈攻擊下，已經～、無力反抗了。

固不可徹 ㄍㄨˋ ㄅㄨˋ ㄎㄜˇ ㄔㄜˋ

【出處】《列子·湯問》：「汝心之固，固不可徹。」
【解釋】固：固陋、固執。徹：通達、透徹。
【用法】非常固陋，而不能認識透徹事理。
【例句】多少人勸過他了，但他還是～，你不必再多費唇舌。

固執己見 ㄍㄨˋ ㄓˊ ㄐㄧˇ ㄐㄧㄢˋ

【出處】五代·後晉·劉昫等《舊唐書·李綱傳》：「時左僕射楊素、蘇威當朝事，綱每固執己見，不與之同，由是二人深惡之。」
【用法】頑固地堅持自己的意見，不肯改變。
【例句】從事研究工作，不要一味地～，應該多聽聽別人的意見，以求集思廣益，得出正確的結論。

固若金湯 ㄍㄨˋ ㄖㄨㄛˋ ㄐㄧㄣ ㄊㄤ

【出處】漢·班固《漢書·蒯通傳》：「皆爲金城湯池，不可攻也。」
【解釋】固：堅固。若：有如、好似。金：「金城」的簡稱，指堅固的城牆。湯：「湯池」的簡稱，指防守嚴密的護城河。
【用法】形容工事無比堅固。
【例句】敵人號稱～的陣地，我軍只用了一天的時間就攻破了。

故步自封 ㄍㄨˋ ㄅㄨˋ ㄗˋ ㄈㄥ

【出處】漢·班固《漢書·叙傳》：「曾有學步於邯鄲者，曾未得其仿佛，又復失其故步。」
【解釋】故步：舊的步伐。封：限制在一定範圍內。
【用法】自己停留在原地。比喻安於現狀，守著老一套，不求進步。
【例句】在取得一些成績之後，不可以驕傲自滿、～。

故態復萌 ㄍㄨˋ ㄊㄞˋ ㄈㄨˋ ㄇㄥˊ

【出處】清·李寶嘉《官場現形記》第十二回：「只等撫台一走，依然是故態復萌。」
【解釋】故態：過去的樣子，多指老脾氣、舊毛病。復：又。萌：萌芽、出現。
【用法】指舊的習氣和毛病等又出現。
【例句】他雖然說要改過自新，但過不了幾日又是～，眞是江山易改，本性難移啊！
【附註】也作「故智復萌」。

故土難離 ㄍㄨˋ ㄊㄨˇ ㄋㄢˊ ㄌㄧˊ

【解釋】故土：故鄉。
【用法】①故鄉難於離開。②形容對鄉土或祖國的留戀和熱愛。
【例句】臨走的時候，他看著家鄉的山山水水，熱淚不禁奪眶而出，眞是～啊！

故弄玄虛 ㄍㄨˋ ㄋㄨㄥˋ ㄒㄩㄢˊ ㄒㄩ

【解釋】故：故意。弄：耍弄。玄虛：

不可捉摸的東西，迷惑人的花招。

【用法】故意耍弄花招，欺騙人，迷惑人。

【例句】你應該把情況直接了當地講清楚，不要再～。

故伎重演 ㄍㄨˋ ㄐㄧˋ ㄔㄨㄥˊ ㄧㄢˇ

【解釋】故：老舊。伎：伎倆、花招。

【用法】①老花招再表演一次。②形容耍弄老花招一再騙人。

【例句】小朋友怕上學，於是～，假裝肚子不舒服。

故家喬木 ㄍㄨˋ ㄐㄧㄚ ㄑㄧㄠˊ ㄇㄨˋ

【出處】清・吳敬梓《儒林外史》第四十六回：「自古說：『故家喬木』果然不差。」

【解釋】故家：世家大族，也泛指舊時做官的人家。喬木：枝幹長到二、三丈以上的大樹。

【用法】指官僚世家的人才、器物都是出衆的。

顧盼自雄 ㄍㄨˋ ㄆㄢˋ ㄗˋ ㄒㄩㄥˊ

【出處】清・紀昀《閱微草堂筆記》第十六卷：「少年恃其剛悍，顧盼自雄，視鄉黨如無物。」

【解釋】顧盼：向兩旁或周圍看來看去。自雄：自以爲了不起。

【用法】形容得意忘形，很了不起的樣子。

【例句】這個獨裁的君主～，自以爲用武力能鎭壓得住反抗，結果被打得七零八落。

【附註】也作「顧盼自豪」。

顧名思義 ㄍㄨˋ ㄇㄧㄥˊ ㄙ ㄧˋ

【出處】晉・陳壽《三國志・魏書・王昶傳》：「其爲兄子及子作名字，皆依謙實，以見其意，……遂書戒之曰：『……欲使汝曹顧名思義，不敢違越也。』」

【解釋】顧：看。義：意義。

【用法】看到名稱，聯想到它的含義。

【例句】～，「青蛙石」，大概是因形如青蛙而得名的吧！

顧復之恩 ㄍㄨˋ ㄈㄨˋ ㄓ ㄣ

【出處】《詩經・小雅・蓼莪》：「父兮生我，母兮鞠我……顧我復我，出入腹我。」

【解釋】顧：關心、照顧。復：覆，庇蔭。

【用法】形容父母養育的恩情。

【例句】父母的～，爲人子女的一輩子也報答不完。

顧曲周郎 ㄍㄨˋ ㄑㄩˇ ㄓㄡ ㄌㄤˊ

【出處】晉・陳壽《三國志・吳書・周瑜傳》：「瑜少精意於音樂，雖三爵之後，其有闕誤，瑜必知之，知之必顧，故時人謠曰：『曲有誤，周郎顧。』」

【解釋】周郎：指周瑜。

【用法】①原指周瑜精於音樂。②後泛指愛好音樂或有很高音樂素養的人。

【附註】也作「周郎顧曲」。

顧全大局 ㄍㄨˋ ㄑㄩㄢˊ ㄉㄚˋ ㄐㄩˊ

【解釋】大局：整體，多指集體或國家。

【用法】①指說話行事以整體利益爲重。②也用以形容識大體、有遠見的優良品德。

【例句】要教育我們的青年～，把國家的利益放在個人利益之上。

顧此失彼

【出處】明・馮夢龍《東周列國志》第七十六回：「一軍攻麥城，一軍攻紀南城，大王率大軍直搗郢都，彼疾雷不及掩耳，顧此失彼，二城若破，郢不守矣。」

【用法】①顧全了這個，丟失了那個。②形容計劃不周，照顧不全。③也形容忙亂或慌張的情景。

【例句】我們「聲東擊西」的游擊戰術，使敵人～，狼狽不堪。

顧影自憐

【出處】晉・陸機《赴洛道中作》詩：「佇立望故鄉，顧影凄自憐。」

【解釋】顧：回頭看。憐：憐惜。

【用法】①回頭看看自己的身影，自己憐惜自己。②原形容處境孤獨、空虛失意的情景。③後常用以形容自我欣賞。

【例句】她站在穿衣鏡前照上照下，～。

刮目相待

【出處】晉・陳壽《三國志・吳書・呂蒙傳》裴松之注引《江表傳》：「士別三日，即更刮目相待。」

【解釋】刮：擦、摩。刮目：擦亮眼睛。相待：相看待。

【用法】指去掉舊框子，換用新的眼光去看待人。

【例句】才一些日子不見，他的改變果然令人～。

【附註】也作「刮目相看」。

刮垢磨光

【出處】唐・韓愈《進學解》：「方今聖賢相逢，治具畢張，拔去凶邪，登崇俊良。占小善者率以錄，名一藝者無不庸。爬羅剔抉，刮垢磨光。蓋有幸而獲選，孰云多而不揚！」

【解釋】垢：汙垢。

【用法】①刮除汙垢，磨出亮光。②比喻使舊事物重顯光輝。③也比喻除去愚昧，增長才華，精益求精。

瓜剖豆分

【出處】南朝・宋・鮑照《蕪城賦》：「出入三代，五百餘載，竟瓜剖而豆分。」

【解釋】剖：破開。

【用法】①像瓜被剖開，像豆從莢裂出。②比喻國土被人分割。

【例句】外有虎視眈眈、垂涎三尺的列強，內有爭權奪勢、互相殘殺的軍閥，大好河山難免有～的危險。

瓜田李下

【出處】《古樂府・君子行》：「君子防未然，不處嫌疑間，瓜田不納履，李下不整冠。」

【用法】①瓜田裏面，李子樹下。②比喻容易招致嫌疑的地方。

【例句】我並不頑固，但是，～，總還是避一避的好。

瓜李之嫌

【出處】五代・後晉・劉昫等《舊唐書・柳公權傳》：「瓜李之嫌，何以戶曉。」

【解釋】瓜李：「瓜田李下」的略語，比喻容易引起嫌疑的場合。嫌：嫌疑。

【用法】比喻處在容易受人猜疑的地位。

【例句】身處～，任何的辯解都是枉然，不如保持緘默，靜待事實眞相的查明。

瓜熟蒂落 ㄍㄨㄚ ㄕㄡˊ ㄉㄧˋ ㄌㄨㄛˋ

【出處】宋・張君房《雲笈七籤》：「瓜熟蒂落，啐啄同時。」

【解釋】蒂：花或瓜果與枝莖相連的部分。落：脫落。

【用法】①瓜熟時，瓜蒂自然地脫落了。②比喻條件或時機成熟，事情自然會成功，問題也會順利解決。

【例句】看來，他們兩個人的事已經到了～的時候了。

【附註】也作「瓜熟自落」。

瓜字初分 ㄍㄨㄚ ㄗˋ ㄔㄨ ㄈㄣ

【出處】唐・李群玉《贈馮姬》詩：「桂形淺拂梁家黛，瓜字初分碧玉年。」

【用法】舊時文人拆「瓜」字爲兩個八字即十六，用以紀年，多用於女子。

【例句】她正是～的年紀，全身都散發著青春的氣息。

寡不敵衆 ㄍㄨㄚˇ ㄅㄨˋ ㄉㄧˊ ㄓㄨㄥˋ

【出處】《孟子・梁惠王上》：「然則寡固不可以敵衆，弱固不可以敵強。」

【解釋】寡：少。敵：抵擋、對抗。衆：多。

【用法】人少的抵擋不住人多的。

【例句】他逃出火坑後被那些保鏢們追上，～，又落入了魔掌。

【附註】也作「衆寡不敵」、「寡不勝衆」。

寡廉鮮恥 ㄍㄨㄚˇ ㄌㄧㄢˊ ㄒㄧㄢˇ ㄔˇ

【出處】漢・司馬相如《喻巴蜀檄》：「寡廉鮮恥，而俗不長厚也。」

【解釋】寡、鮮：少。廉：廉潔。恥：羞恥。

【用法】形容人沒有操守，不知羞恥。

【例句】雖然他一再犯錯誤，但還沒有墮落到～的地步。

【附註】「鮮」不能念成ㄒㄧㄢ。

寡見少聞 ㄍㄨㄚˇ ㄐㄧㄢˋ ㄕㄠˇ ㄨㄣˊ

【出處】漢・王褒《四子講德論》：「俚人不知，寡見鮮聞。」

【解釋】寡：少。見、聞：見識。

【用法】形容學識淺薄，見識不廣。

【例句】他很少出門，又不大關心時事，所以有些～。

【附註】也作「寡聞少見」。

寡二少雙 ㄍㄨㄚˇ ㄦˋ ㄕㄠˇ ㄕㄨㄤ

【出處】漢・班固《漢書・吾丘壽王傳》：「以爲天下少雙，海內寡二。」

【解釋】寡：少有。雙：成對的。

【用法】少有第二個，缺少成對的。指獨一無二。

【例句】她的容貌才情，眞是～。

寡言少語 ㄍㄨㄚˇ ㄧㄢˊ ㄕㄠˇ ㄩˇ

【解釋】寡：少。

【用法】①說話很少。②形容心情冷漠，不愛說話。③也指性情沉默，不善言辭。

【例句】她從入學那一天起，就總是～

的，好像有什麼心事。

掛冠而去（ㄍㄨㄚˋ ㄍㄨㄢ ㄦˊ ㄑㄩˋ）

【出處】南朝・宋・范曄《後漢書・逢萌傳》：「時王莽殺其子宇，萌謂友人曰：『三綱絕矣！不去，禍將及人。』即解冠掛東都城門歸，將家屬浮海，客於遼東。」

【用法】把戴的官帽高高掛起，揚長而去。指棄官出走。

【例句】他一氣之下，～，再也不肯回來了。

掛一漏萬（ㄍㄨㄚˋ ㄧ ㄌㄡˋ ㄨㄢˋ）

【出處】唐・韓愈《南山》詩：「團辭試提挈，掛一念萬漏。」

【解釋】掛：鉤住，這裏指說到、提到。漏：遺漏。

【用法】①掛住一個，漏掉一萬個。②形容說的或寫的事不全，遺漏很多。

【例句】這一次演講，因時間匆促，～自所難免，還請大家不吝指教。

掛羊頭，賣狗肉（ㄍㄨㄚˋ ㄧㄤˊ ㄊㄡˊ ㄇㄞˋ ㄍㄡˇ ㄖㄡˋ）

【出處】宋・釋惟白《續傳燈錄》卷三十一：「懸羊頭，賣狗肉，知它有甚憑據。」

【用法】①掛著羊頭，出賣狗肉。②比喻打著好招牌，出賣低劣貨色，言行不一。

【例句】有些公司～，所做的宣傳和商品的品質不符合。

【附註】「掛」也作「懸」。

國富兵強（ㄍㄨㄛˊ ㄈㄨˋ ㄅㄧㄥ ㄑㄧㄤˊ）

【出處】唐・韓愈《論捕賊行賞表》：「國富兵強，無敵天下。」

【解釋】國家富足，兵力強盛。

【例句】我們只有建設得～，才能保證不受外來的侵略。

國富民強（ㄍㄨㄛˊ ㄈㄨˋ ㄇㄧㄣˊ ㄑㄧㄤˊ）

【出處】明・羅貫中《三國演義》第一百二十回：「陛下聖武，國富民強；吳王淫虐，民憂國敝。」

【用法】國家富足，人民強大。

【例句】今日～的景象，是千百年來難得一見的太平盛世。

【附註】也作「國富民康」。

國富民安（ㄍㄨㄛˊ ㄈㄨˋ ㄇㄧㄣˊ ㄢ）

【出處】漢・班固《漢書・刑法志》：「至齊桓任用管仲而國富民安。」

【用法】國家富足，人民安居樂業。

【例句】健全的政治體制，是我們～的重要保證。

國泰民安（ㄍㄨㄛˊ ㄊㄞˋ ㄇㄧㄣˊ ㄢ）

【出處】宋・吳自牧《夢粱錄》卷十四：「詔命學士院，撰靑詞以祈國泰民安。」

【解釋】泰：太平。

【用法】①國家太平，人民安樂。②指國勢穩定，人們過著安定的生活。

【例句】「風調雨順，～」是每個人最大的心願。

國計民生（ㄍㄨㄛˊ ㄐㄧˋ ㄇㄧㄣˊ ㄕㄥ）

【出處】清・蒲松齡《聊齋誌異・續黃粱》：「國計民生，罔存念慮。」

【用法】指國家經濟和人民生活。

【例句】上位者如果只醉心於權位的爭

奪而罔顧～的話，國家豈能不敗亂！

【附註】也作「民生國計」。

國家興亡，匹夫有責

【出處】梁啓超《無聊消遣》：「顧亭林（炎武）說：『天下興亡，匹夫有責。』」

【解釋】匹夫：男子，也泛指一般人。

【用法】國家百興盛或衰亡，就是一般的人也是有責任的。

【例句】您說的很對，～，我們一定爲國家的繁榮貢獻自己的全部力量。

【附註】也作「天下興亡，匹夫有責」。

國之干城

【出處】《詩經・周南・兔罝》：「赳赳武夫，公侯干城。」

【解釋】干：盾牌。城：城牆。干城：指禦敵的武器和工事，引申爲捍衛者。

【用法】國家領土的捍衛者。

【例句】岳飛精忠報國，屢敗金兵，不愧爲～。

國事蜩螗

【出處】《詩經・大雅・蕩》：「如蜩如螗，如沸如羹。」

【解釋】蜩螗：蟬蟲。

【用法】形容國家紛擾不安定。

【例句】軍閥混亂時期，～，人們無不憂心忡忡。

國士無雙

【出處】漢・司馬遷《史記・淮陰侯列傳》：「諸將易得耳，至如（韓）信者，國士無雙。」

【解釋】國士：舊稱國內最有才幹的人。無雙：獨一無二。

【用法】①國內找不到第二個的奇才。（原爲蕭何對韓信的評價。）②後用以形容非常傑出的人才。

國賊祿鬼

【出處】清・曹雪芹《紅樓夢》第三十六回：「好好的一個清淨潔白的女子，也學的釣名沽譽，入了國賊祿鬼之流。」

【解釋】國賊：危害國家或出賣國家主權的敗類。祿鬼：舊指追求官祿者。

【用法】指不顧一切，一心鑽營名利的人。

國色天香

【出處】唐・李正封《詠牡丹》詩：「國色朝酣酒，天香夜染衣。」

【用法】①花國絕色，天外奇香。原指色香俱美的牡丹花。②後也用以形容美貌的女子。

【例句】園裏牡丹，～，芬芳馥郁，沁人心脾。

【附註】也作「天香國色」。

國亡家破

【出處】漢・司馬遷《史記・屈原列傳》：「然亡國破家相隨屬。」

【用法】國家淪亡，家庭破敗。

【例句】在戰火紛飛的當今世界，如果不做好打擊侵略者的準備，就會有～的危險。

【附註】也作「亡國破家」。

果不其然

【出處】清・吳敬梓《儒林外史》第三

回：「我說姑老爺今非昔比，少不得有人把銀子送上門去給他用，只怕姑老爺還不稀罕哩，今日果不其然。」

【解釋】果：果然、果眞。然：如此。

【用法】①果然像我所預料的那樣。②一般用以強調不出所料。

【例句】我說要下雨，～，下了吧！

果于自信（ㄍㄨㄛˇ ㄩˊ ㄗˋ ㄒㄧㄣˋ）

【出處】《列子・湯問》：「蕭叔曰：『皇子果于自信，果于誣理哉！』」

【解釋】果：果然。

【用法】①果然地相信自己。②形容過分自信。

【例句】因爲他～，聽不進別人的意見，所以工作總是做不好。

裹足不前（ㄍㄨㄛˇ ㄗㄨˊ ㄅㄨˋ ㄑㄧㄢˊ）

【出處】秦・李斯《諫逐客書》：「使天下之士，退而不敢西向，裹足不入秦。」

【解釋】裹：包上、纏住。

【用法】①像纏住脚似地不再上前。②多指在思想上有了顧慮，不敢前進。

【例句】工作中遇到了困難，要努力克服，決不能～。

過目不忘（ㄍㄨㄛˋ ㄇㄨˋ ㄅㄨˋ ㄨㄤˋ）

【出處】唐・房玄齡等《晉書・苻融傳》：「耳聞則誦，過目不忘。」

【解釋】過目：過了一下眼。

【用法】①看過一遍就不會忘記。②形容記憶力很強。

【例句】他之所以取得了優異的學習成績，不是他聰明透頂、～，而在於他刻苦努力、勤奮過人。

過目成誦（ㄍㄨㄛˋ ㄇㄨˋ ㄔㄥˊ ㄙㄨㄥˋ）

【出處】唐・姚思廉《梁書・江蒨傳》：「蒨幼聰警，讀書過目便能諷誦。」

【解釋】過目：過了一下眼。成誦：能背誦出來。

【用法】①看過一遍就能背誦。②形容記憶力特別強。

【例句】他天資聰穎，記憶超群，讀書都能～。

過屠門而大嚼（ㄍㄨㄛˋ ㄊㄨˊ ㄇㄣˊ ㄦˊ ㄉㄚˋ ㄐㄩㄝˊ）

【出處】漢・桓譚《新論・琴道》：「人聞長安樂，則出門西向而笑；知肉味美，則對屠門而大嚼。」

【解釋】屠門：屠戶的門口，肉舖。

【用法】①經過肉舖時用嘴使勁地空嚼起來。②比喻需要得到的東西不能得到，只得用空想來安慰自己。

【例句】因要力行減肥計畫，即使美食當前，也只能～了。

過河拆橋（ㄍㄨㄛˋ ㄏㄜˊ ㄔㄞ ㄑㄧㄠˊ）

【出處】元・康進之《李逵負荊》第三折：「你休得順水推舟，偏不許我過河拆橋。」

【用法】①過河以後就拆掉橋。②比喻達到目的後，就把幫助過自己的人一腳踢開。

【例句】他辛苦的工作，可是主人卻～，一點也不認帳。

過河卒子（ㄍㄨㄛˋ ㄏㄜˊ ㄗㄨˊ ㄗˇ）

【解釋】河：指象棋棋盤上的界河。卒：指象棋棋子中的兵卒。

【用法】①象棋中過了界河的兵卒。②

比喻只能前進，不能後退。

【例句】事已至此，我們如同～，只能進不能退了。

過化存神 ㄍㄨㄛˋ ㄏㄨㄚˋ ㄘㄨㄣˊ ㄕㄣˊ

【出處】《孟子・盡心上》：「夫君子所過者化，所存者神，上下與天地同流，豈曰小補之哉！」

【解釋】過：到過、經過。化：感化、變化。存：存在、留下。神：精神。

【用法】指品德完美的人所到過的地方，使那裏的人們受到感化，聖人心中所存，則神妙莫測。

過江之鯽 ㄍㄨㄛˋ ㄐㄧㄤ ㄓ ㄐㄧˋ

【出處】東晉王朝在江南建立後，北方的知名之士紛紛來到江南，當時有人說：「過江名士多於鯽。」

【解釋】鯽（ㄐㄧˋ）：鯽魚（多成群活動）。

【用法】後用以形容趕時髦的人很多。

【例句】學電腦的人，多如～，沒有三、兩把刷子，很難脫穎而出。

過猶不及 ㄍㄨㄛˋ ㄧㄡˊ ㄅㄨˋ ㄐㄧˊ

【出處】《論語・先進》：「子貢問：『師與商也，孰賢？』子曰：『師也過，商也不及。』」

【解釋】猶：如、同。不及：不足、不夠。

【用法】①原指超過了禮教的規定，如同不合於禮教的規定一樣，都是不符合標準的。②後泛指事情做得過了頭，就跟做得不夠一樣，都是不合適的。

【例句】藝術誇張須掌握分寸，否則就會出現～的現象。

過眼雲烟 ㄍㄨㄛˋ ㄧㄢˇ ㄩㄣˊ ㄧㄢ

【出處】宋・蘇軾《寶繪堂記》：「譬之烟雲之過眼，百鳥之感耳，豈不欣然接之，去而不復念也。」

【解釋】雲烟：雲霧和烟氣。

【用法】①從眼前飄過的雲霧和烟氣。②原比喻身外之物，可以不加重視。③後用以比喻很快就消失的事物。

【例句】革命烈士視個人榮華富貴如～，他們生活的最高理想是讓人民都過好日子。

過爲已甚 ㄍㄨㄛˋ ㄨㄟˊ ㄧˇ ㄕㄣˋ

【解釋】過：過分。爲：做。已甚：太過。

【用法】指事情做得太過分了。

【例句】您放心好了，只要對方通情達理，我們也決不會～的。

怪誕不經 ㄍㄨㄞˋ ㄉㄢˋ ㄅㄨˋ ㄐㄧㄥ

【出處】嚴復《原強》：「不然，何所論之怪誕不經，獨不慮旁觀者之閔（憫）笑也？」

【解釋】怪誕：荒唐、離奇。不經：不合常理，沒有根據。

【用法】形容言行離奇古怪，毫無根據。

【例句】不少西方流行小說，描寫的都是些～、誨淫誨盜的故事。

怪誕詭奇 ㄍㄨㄞˋ ㄉㄢˋ ㄍㄨㄟˇ ㄑㄧˊ

【解釋】怪誕：荒唐、離奇。詭奇：詭詐、奇特。

【用法】①離奇古怪，玄虛莫測。②形容事物的荒唐和離奇。

【例句】他的武俠小說情節爲了吸引讀

者，就儘量朝著～的方面發展，實在不是個藝術創作者應有的態度。

怪力亂神（ㄍㄨㄞˋ ㄌㄧˋ ㄌㄨㄢˋ ㄕㄣˊ）

【出處】《論語・述而》：「子不語怪、力、亂、神。」

【用法】①怪異、勇力、悖亂、鬼神之事。②泛指違背常理不易解說的事。

【例句】這些小說專門寫些～的事，讀多了也沒什麼用處。

歸馬放牛（ㄍㄨㄟ ㄇㄚˇ ㄈㄤˋ ㄋㄧㄡˊ）

【出處】《尚書・武成》：「乃偃武修文，歸馬於華山之陽，放牛於桃林之野，示天下弗服。」

【解釋】歸、放：指放牧。馬、牛：這裏指作戰使用的馬和牛。

【用法】①放馬回山，牧牛於野。②比喻不再使用武力。

【例句】打了這麼多年的仗，大家都衷心盼望，有～的一天。

歸根結蒂（ㄍㄨㄟ ㄍㄣ ㄐㄧㄝˊ ㄉㄧˋ）

【解釋】根：根本。蒂：花、瓜、果接連枝莖的部分，引申爲事物的本源。

【用法】①指把千頭萬緒的事物歸結到根本上。②形容找出事物的本源和實質。常作總結概括的用語。

【例句】講了這麼多原因，其實～就只有一句話——他並不想加入我們的行動。

【附註】也作「歸根到底」。

歸心似箭（ㄍㄨㄟ ㄒㄧㄣ ㄙˋ ㄐㄧㄢˋ）

【解釋】歸心：回家的念頭。

【用法】①心裏著急回家，恨不得自己像箭一樣快。②形容回家心切。

【例句】他聽說母親患病，～，請了假立刻就動身。

珪璋特達（ㄍㄨㄟ ㄓㄤ ㄊㄜˋ ㄉㄚˊ）

【出處】《禮記・聘儀》：「圭璋特達。」

【解釋】珪：同「圭」。珪璋：古代貴重的玉製禮器。特達：特出、特殊。

【用法】①指古代特出的、貴重的玉製禮器。②後用喻特殊高貴的人品。

【例句】他～，反應機敏，非同輩能及。

瑰意琦行（ㄍㄨㄟ ㄧˋ ㄑㄧˊ ㄒㄧㄥˊ）

【出處】戰國・楚・宋玉《對楚王問》：「夫聖人瑰意琦行，超然獨處。」

【解釋】瑰意：不同凡俗的思想。琦行：卓異的行爲。

【用法】形容思想行爲極不平凡。

【例句】這位老詩人～，與常人大不一樣。

規矩準繩（ㄍㄨㄟ ㄐㄩˇ ㄓㄨㄣˇ ㄕㄥˊ）

【出處】《孟子・離婁上》：「聖人既竭目力焉，繼之以規矩準繩，以爲方員（圓）平直，不可勝用也。」

【解釋】規：圓規，畫圓形的工具。矩：曲尺，畫直線或方形的工具。準：測平工具。繩：測直線用的工具。

【用法】比喻規格、標準，或規章、法度。

【例句】老師說：「就用這些生活公約，做我們日常生活的～，每個人都必須奉行不悖。」

【附註】也作「規矩繩墨」。

規行矩步

【出處】北齊・顏之推《顏氏家訓・序致》：「規行矩步，安辭定色。」
【解釋】規、矩：法則，規則。
【用法】①指言行謹慎，嚴格按照規矩辦事。②也比喻安分、拘謹，缺乏創新。
【例句】他是個～的老實人，從來沒有作過非分的事情。

龜毛兔角

【出處】晉・干寶《搜神記》卷六：「商紂之時，大龜生毛，兔生角，兵甲將興之象也。」
【用法】①爲龜身上長毛，兔子頭上生犄角。古時指戰亂的徵兆。②也指虛無的事物。
【例句】這全是些～荒誕不經的事，你也相信？

佹得佹失

【出處】《列子・力命》：「佹佹成者，俏（肖）成者也，初非成也。佹佹敗者，俏敗者也，初非敗也。」
【解釋】佹：偶然。
【用法】出於偶然地得來，出於偶然地失去。
【例句】我對這事並不放在心上，～，本來也是無所謂的。

詭計多端

【出處】明・羅貫中《三國演義》第一百一十七回：「（姜）維詭計多端，詐取雍州。」
【解釋】詭：狡詐。端：項目。
【用法】①狡詐的計謀多種多樣。②形容壞主意很多。
【例句】這個人～，我們不能不防他一點。

詭譎多變

【解釋】詭譎：奇特怪異。
【用法】形容人性情怪異，行爲變化多端。
【例句】這個人一向～，別信他的話。

詭銜竊轡

【出處】《莊子・馬蹄》：「夫加之以衡扼（軛），齊之以月題（馬絡頭），而馬知介倪，闉扼鷙曼，詭銜竊轡。」
【解釋】詭：狡賴，引申爲不馴服。竊：強取去，引申爲掙脫。銜、轡：馬嚼鐵、馬繮繩；用以制約馬的行動。
【用法】①指馬不馴順，吐掉了馬嚼鐵，掙脫了馬繮繩。②比喻反抗約束，不受約束。

鬼迷心竅

【解釋】心竅：古人認爲心有好幾個竅，心竅不通，人就糊塗不明。
【用法】形容每某種認識所迷惑，昏了頭腦，不明事理。
【例句】她與一個殘障人士談戀愛，不少人說她是～，然而，她知道自己眞正懂得了愛情的價值。

鬼斧神工

【出處】《莊子・達生》：「梓慶削木爲鐻，鐻成，見者驚猶鬼神。」
【用法】①意思是梓慶手藝高超，雕成

的木鑄，看見的人都很驚奇，認爲是鬼神做的。②後用以形容藝術作品奇巧精湛，不是人力所能達到的。
【例句】博物館中的收藏件件～，非常地稀罕。
【附註】也作「神工鬼斧」。

鬼頭鬼腦（ㄍㄨㄟˇ ㄊㄡˊ ㄍㄨㄟˇ ㄋㄠˇ）

【出處】明·凌濛初《二刻拍案驚奇》第二十卷：「巢氏有兄弟巢大郎，是一個鬼頭鬼腦的人。」
【用法】指心懷鬼胎、行動曖昧、不正派的樣子。
【例句】車裏鑽出兩個人來，～地東瞧西望，不像好人。

鬼鬼祟祟（ㄍㄨㄟˇ ㄍㄨㄟˇ ㄙㄨㄟˋ ㄙㄨㄟˋ）

【出處】清·曹雪芹《紅樓夢》第九回：「我只問你們：有話不分明說，許你們這樣鬼鬼祟祟的幹什麼故事？」
【解釋】祟：鬼怪。
【用法】指偷偷摸摸不敢光明正大的行動。
【例句】這兩個人～的，大概又在幹什麼見不得人的勾當。
【附註】「祟」不能寫成「崇」，不能念成ㄔㄨㄥˊ。

鬼哭狼嚎（ㄍㄨㄟˇ ㄎㄨ ㄌㄤˊ ㄏㄠˊ）

【出處】元·無名氏《馬陵道》第二折：「可怎生神嚎鬼哭，霧慘雲昏，白日爲幽。」
【解釋】嚎：大聲叫。
【用法】形容大聲哭叫，聲音非常淒厲（含貶意）。
【例句】在我們的機槍掃射下，敵人被打得～，死傷慘重。
【附註】也作「鬼哭神號」、「狼號鬼哭」、「神嚎鬼哭」。

鬼出電入（ㄍㄨㄟˇ ㄔㄨ ㄉㄧㄢˋ ㄖㄨˋ）

【出處】漢·劉安《淮南子·原道訓》：「鬼出電入，龍興鸞集。」
【解釋】鬼：鬼火、磷火。出、入：出現、消失。電：閃電。
【用法】①出現與消失就像鬼火和閃電一樣地又急又快。②形容來去迅急，出沒無常。
【例句】他向來是～，剛才還在，才一轉身就又不見人影。

鬼使神差（ㄍㄨㄟˇ ㄕˇ ㄕㄣˊ ㄔㄞ）

【出處】元·李致遠《還牢末》第四折：「今日得遇你個英雄劍客，恰便似鬼使神差。」
【解釋】使、差：指使、派遣。
【用法】①迷信的人對某些湊巧的事情，不能科學地認識，而認爲是鬼神在暗中指使。②比喻不自覺地做了原先沒想到要做的事。③也用以比喻發生了原先沒有想到的事情。
【例句】要不是～，怎能讓我躲過這場災難？
【附註】①也作「神差鬼使」。②「差」不能念成ㄔㄚ。

鬼蜮伎倆（ㄍㄨㄟˇ ㄩˋ ㄐㄧˋ ㄌㄧㄤˇ）

【出處】清·彭養鷗《黑籍冤魂》第四回：「逞其鬼蜮之伎倆，則法令亦有時而窮。」
【解釋】蜮：傳說中在水裏能暗中含沙射人的怪物。鬼蜮：鬼怪，比喻陰險害人的人。伎倆：花招、手段。
【用法】指陰險卑劣的手段。
【例句】他這套～，我們早已看穿，根本發生不了作用。
【附註】「蜮」不能念成ㄏㄨㄛˋ。

劌目鉥心 (ㄍㄨㄟˋ ㄇㄨˋ ㄕㄨˋ ㄒㄧㄣ)

【出處】唐・韓愈《貞曜先生墓志銘》：「及其為詩，劌目鉥心。」
【解釋】劌：傷、割。鉥：長針，指針扎。
【用法】①眼睛受傷，心被針扎。②意指駭目驚心。③比喻看去目瞪口呆，想來心神激動。
【例句】看到被侵略者洗刼後的村莊，真使人～，一股復仇的怒火不由得從我心底燃燒起來。

桂林一枝 (ㄍㄨㄟˋ ㄌㄧㄣˊ ㄧ ㄓ)

【出處】唐・房玄齡等《晉書・郤詵傳》：「累遷雍州刺史。武帝於東堂會送，問詵曰：『卿自以為何如？』詵對曰：『臣舉賢良對策，為天下第一，猶桂林之一枝，昆山之片玉。』」
【用法】①桂花林中的一枝花。科舉時代稱及第為「折桂」。②後用來稱譽人才學出衆。

桂子飄香 (ㄍㄨㄟˋ ㄗˇ ㄆㄧㄠ ㄒㄧㄤ)

【出處】唐・宋之問《靈隱寺》詩：「桂子月中落，天香雲外飄。」
【用法】①指中秋前後桂花散發香氣。②形容中秋節前後佳景宜人。

貴德賤兵 (ㄍㄨㄟˋ ㄉㄜˊ ㄐㄧㄢˋ ㄅㄧㄥ)

【出處】漢・桓寬《鹽鐵論・本議》：「文學曰：『古者貴以德而賤用兵。』」
【解釋】貴：重視。德：德行、道德。賤：輕視。兵：武力、刑罰。
【用法】比喻重道德感化，輕強制刑罰。這是儒家的一種治國主張。

貴人多忘事 (ㄍㄨㄟˋ ㄖㄣˊ ㄉㄨㄛ ㄨㄤˋ ㄕˋ)

【出處】五代・王定保《唐摭言》卷二載王泠然《與御史高昌宇書》：「儻也貴人多忘，國士難期，使僕一朝出其不意，與君并肩台閣，側眼相視，公始悔而謝僕，僕安能有色於君乎？」
【解釋】貴人：地位高貴的人多有忘記的事情。
【用法】①原形容官吏士紳對人倨傲，不念舊交。②後常用以譏諷人健忘。
【例句】他冷冷地說：「想是你～，和你相約的事我可是牢牢記住呢！」

貴耳賤目 (ㄍㄨㄟˋ ㄦˇ ㄐㄧㄢˋ ㄇㄨˋ)

【出處】漢・張衡《東京賦》：「若客所謂，末學膚受，貴耳而賤目者也。」
【解釋】貴：重視。耳：耳聞。賤：輕視。目：眼見。
【用法】重視耳朵聽到的，輕視親眼看見的。形容輕易相信傳聞，不注重事實。
【例句】他雖然責任心比較強，但～，所以工作總是做不好。

冠冕堂皇 (ㄍㄨㄢ ㄇㄧㄢˇ ㄊㄤˊ ㄏㄨㄤˊ)

【出處】清・文康《兒女英雄傳》第二十二回：「便該合我家常瑣屑，無所不談，怎麼倒一派冠冕堂皇？」
【解釋】冠冕：古代帝王或官員戴的禮帽。堂皇：富麗堂皇，很有氣派。

【用法】形容表面上莊嚴體面，彷彿很有氣派（現含諷刺意味）。
【例句】那些假道學滿口仁義道德，說得～，做的卻是卑鄙骯髒的勾當。

冠蓋相望

【出處】《戰國策・魏策四》：「齊楚約而欲攻魏，魏使人求救於秦，冠蓋相望，秦救不出。」
【解釋】冠蓋：古時官員的帽子和車篷。相望：連續不斷，可以前後望見。
【用法】形容官員往來不斷的情景。
【例句】相府門前，眞是車水馬龍，～，盛極一時。

冠蓋如雲

【出處】漢・班固《西都賦》：「冠蓋如雲，七相五公。」
【解釋】冠蓋：古時官員的帽子和車篷。如雲：像聚集的雲層。
【用法】形容官宦士紳集聚得很多。
【例句】各國元首到此開會，一時間，～，實在是盛事。

官逼民反

【出處】清・李寶嘉《官場現形記》第二十八回：「廣西事情一半亦是官逼民反。正經說起來，三天亦說不完。」
【解釋】逼：迫使。
【用法】官府迫使老百姓起來造反。指人民受統治者的殘酷壓榨，無法生活，被迫奮起反抗。
【例句】《水滸傳》眞實地描寫了在舊時社會裏，～的社會現象。

官不易方

【出處】《左傳・襄公九年》：「晉君類能而使之，舉不失逸，官不易方……。」
【解釋】方：方向、準則。
【用法】①執政的人不改變方針政策。②形容政局的穩定和治理得法。

官官相護

【出處】明・凌濛初《初刻拍案驚奇》第二十二卷：「畢竟官官相護，道他是隔省上司，不好推得乾淨身子。」
【解釋】護：庇護。
【用法】指做官的彼此之間互相庇護。
【例句】～的官場惡習，我們應該堅決反對。
【附註】也作「官官相爲」。

官輕勢微

【出處】明・羅貫中《三國演義》第八十二回：「劉曄又曰：『孫權雖有雄才，乃殘漢驃騎將軍、南昌侯之職，官輕則勢微，尚有畏中原之心，若加以王位，則去陛下一階耳。』」
【用法】①官職不重要，勢力很微小。②形容處境卑下。
【例句】他～，縱有滿腔抱負，也無以施展。

官清法正

【出處】元・李行道《灰闌記》第四折：「孔目也，却不道您官清法正依條例。」
【解釋】清：廉潔。
【用法】爲官廉潔，執法公正。
【例句】包拯可算得是～，因此受到了

人們的稱頌。

官止神行（ㄍㄨㄢ ㄓˇ ㄕㄣˊ ㄒㄧㄥˊ）

【出處】《莊子・養生主》：「方今之時，臣以神遇而不以目視，官知止而神欲行。」

【解釋】官：感官。止：停止。神行：精神思維不停。

【用法】形容對事物有透徹了解，或技藝純熟，得心應手。

【例句】沒有豐富的生活閱歷，想做到～是不可能的。

官樣文章（ㄍㄨㄢ ㄧㄤˋ ㄨㄣˊ ㄓㄤ）

【出處】宋・吳處厚《青箱雜記・文章官樣》：「文章有兩等：山林草野之文，其氣枯槁，著書立言者之所尚也；朝廷台閣之文，其氣溫潤，演綸視草者之所尚也。王安國曰：『文章格調須是官樣。』」

【用法】①舊時指堂皇典雅的進呈文字。②也指官場有固定格式和套語的公文。③後用以比喻只有形式沒有實際內容，不解決問題的空話，或只有條文並不實行的辦法、手續等。

【例句】寫報告不要寫成～，而應該反映實際情況。

官運亨通（ㄍㄨㄢ ㄩㄣˋ ㄏㄥ ㄊㄨㄥ）

【解釋】運：運氣。亨通：順利、通達。

【用法】①做官的運氣順利通達。②形容驟然被人賞識做起官來，或連續獲得升官的機會。

【例句】他一年三遷，～，令人羨慕。

觀過知仁（ㄍㄨㄢ ㄍㄨㄛˋ ㄓ ㄖㄣˊ）

【出處】《論語・里仁》：「人之過也，各於其黨，觀過，斯知仁矣。」

【解釋】觀：觀察。過：過失。

【用法】觀察他的過失就可以知道他的爲人。

【例句】我對他並不十分了解，然而～，通過他的所作所爲，我是可以知道他的爲人的。

觀者如堵（ㄍㄨㄢ ㄓㄜˇ ㄖㄨˊ ㄉㄨˇ）

【出處】《禮記・射義》：「孔子射於矍相之圃，蓋觀者如堵牆。」

【解釋】觀：觀看。堵：牆，指圍牆。

【用法】①觀看的人就像圍牆一樣。②形容圍著觀看的人很多。

【例句】馬戲場裏～，人們對演員們的精湛演技大加讚賞，不時地報以熱烈的掌聲。

觀釁伺隙（ㄍㄨㄢ ㄒㄧㄣˋ ㄙˋ ㄒㄧˋ）

【出處】明・羅貫中《三國演義》第七十回：「既定漢中，然後練兵積粟，觀釁伺隙，進可討賊，退可自守。」

【解釋】觀：察看。釁：事端、爭端。伺：等待。隙：漏洞、機會。

【用法】指察看事端的發展變化，等待時機進攻。

觀往知來（ㄍㄨㄢ ㄨㄤˇ ㄓ ㄌㄞˊ）

【出處】《列子・說符》：「是故聖人見出以知入，觀往以知來，此其所以先知之理也。」

【解釋】觀：觀察。往：已往、以前。知：知道。來：未來。

【用法】①觀察以前，知道未來。②指分析以往的一切，可預測未來發展。

【例句】民國以後，每一次危難，中國青年都能挺身而出，戮力國事，～，在這個重要時刻，亦必有青年的大力支持。

觀望不前（ㄍㄨㄢ ㄨㄤˋ ㄅㄨˋ ㄑㄧㄢˊ）

【解釋】觀望：觀看、察看。不前：不敢上前。
【用法】①指懷著猶豫不定的心情察看事物的發展變化。②也形容遇事不能勇往直前。
【例句】我們既要反對～，又要反對急躁冒進。

觀於海者難爲水（ㄍㄨㄢ ㄩˊ ㄏㄞˇ ㄓㄜˇ ㄋㄢˊ ㄨㄟˊ ㄕㄨㄟˇ）

【出處】《孟子·盡心上》：「故觀於海者難爲水，游於聖人之門者難爲言。」
【解釋】觀：看。
【用法】①看見過大海的人，對於一般的水就覺得不值得看了。②比喻見過世面的人眼界高。
【例句】「～」，我是經受過大風大浪的，這點小小的挫折又算得了什麼呢？它是不會使我灰心喪氣的。

關山迢遞（ㄍㄨㄢ ㄕㄢ ㄊㄧㄠˊ ㄉㄧˋ）

【出處】明·王世貞《鳴鳳記》第八齣：「賢弟！無限別情，不勝淒愴，關山迢遞，後會難期。」
【解釋】關山：關隘和山嶺。迢遞：遙遠的樣子。
【用法】①關隘和高山，一個接連一個地沒有完。②形容路途遙遠。
【例句】有了現代化的交通工具，從前認爲是～的地方，如今也可以朝發夕至了。

鰥寡孤獨（ㄍㄨㄢ ㄍㄨㄚˇ ㄍㄨ ㄉㄨˊ）

【出處】《禮記·禮運》：「使老有所終，壯有所用，幼有所長，矜（即「鰥」）寡孤獨廢疾者皆有所養。」
【解釋】鰥：沒有妻子的男人。寡：死了丈夫的女人。孤：死了父親的孩子。獨：沒有兒子的老人。
【用法】泛指沒有勞動力又沒有親屬供養的人。
【例句】對於～者，政府都給予了妥善安排，讓他們能夠幸福地生活。

管鮑之交（ㄍㄨㄢˇ ㄅㄠˋ ㄓ ㄐㄧㄠ）

【出處】《列子·力命》：「管仲嘗歎曰：『……生我者父母也，知我者鮑叔也。』故世稱管鮑善交者。」
【用法】春秋時，齊人管仲、鮑叔牙相知最深，後常用以比喻交誼深厚的朋友。
【例句】令尊和家父有如「～」。今天你遇到困難，我幫你解決，也是應該的。
【附註】也作「管鮑之好」。

管窺蠡測（ㄍㄨㄢˇ ㄎㄨㄟ ㄌㄧˊ ㄘㄜˋ）

【出處】漢·班固《漢書·東方朔傳》：「以管窺天，以蠡測海。」
【解釋】管：竹管。窺：從孔隙中看。蠡：貝殼做的瓢。測：測量。
【用法】①從竹管孔中看天，用瓢量海水，看到的、量到的不過是極小的一部分。②比喻對事物的觀察和了解很狹窄，很片面。常用作自謙詞。
【例句】這次調查所得，由於時間短、

範圍小，不免～，僅供參考。

管見所及

【解釋】管：竹管。管見：從竹管裏看到的，比喻狹窄、膚淺的見解。及：到。

【用法】①就自己狹隘、膚淺的見解所了解到的。②比喻見識有限，很不全面。多用作自謙詞。

【例句】對於這個問題，我沒有深入地研究過，只能就～，提出一些不成熟的意見。

管弦繁奏

【出處】唐・房玄齡等《晉書・庾亮傳》：「管弦繁奏，夔先聆其音。」

【用法】①管樂和弦樂多種樂器合奏。②形容聲音繁雜。

管中窺豹

【出處】南朝・宋・劉義慶《世說新語・方正》：「此郎亦管中窺豹，時見一斑。」

【解釋】管：竹管。窺：從孔隙中看。

【用法】①意思是從竹管孔中看豹，看到的只是豹身上的一塊斑紋。②後用以比喻所見只是事物的一小部分。

【例句】①我僅僅在一兩個工廠看了半天，～，恐怕介紹的不能代表全部的情況。②～，可見一斑。看一下世貿中心舉辦的商品展示會，就可以了解到我國經濟發展的概況。

【附註】①有時與「略見一斑」或「可見一斑」連用，比喻從觀察到的一部分，可以推測全貌。②也作「窺豹一斑」、「一斑窺豹」。

貫甲提兵

【出處】明・吳承恩《西遊記》第四十三回：「兄長既來赴席，如何又勞師動衆？不入水府，紮營在此，又貫甲提兵，何也？」

【解釋】貫：穿。甲：盔甲。兵：兵刃、武器。

【用法】①身穿盔甲，手提武器。②形容殺氣騰騰的樣子。

【例句】多國部隊～，準備爲中東和平一戰。

滾瓜爛熟

【出處】清・吳敬梓《儒林外史》第十一回：「魯編修因無公子，就把女兒當作兒子，五六歲上請先生開蒙，就讀的是《四書》、《五經》，十一二歲就講書，讀文章，先把一部王守溪的稿子讀的滾瓜爛熟。」

【解釋】爛熟：熟透了的。

【用法】①像從瓜藤上滾落下來的熟透了的瓜一樣。②形容背誦得很純熟。

【例句】如果不下水，即使把「游泳技巧」背得～，也學不會游泳。

袞袞諸公

【出處】唐・杜甫《醉時歌》：「諸公袞袞登台省，廣文先生官獨冷。」

【解釋】袞袞：連續不斷的樣子。諸公：舊指衆多的官員。

【用法】後用以形容衆多的官僚政客。

鯀殛禹興

【出處】《左傳・襄公二十一年・祁奚請免叔向》：「鯀殛而禹興，伊尹放大甲而相之，卒無怨色。」

【解釋】鯀殛：鯀，古人名，用九年的時間沒有治平水患，被舜殺死在羽山。禹興：夏禹，鯀的兒子，因治平水患有功，舜讓帝位給了他。

【用法】①指鯀被殺死，但鯀的兒子禹却受到了重用。②比喻一人犯罪親屬不受株連。

光明磊落（ㄍㄨㄤ ㄇㄧㄥˊ ㄌㄟˇ ㄌㄨㄛˋ）

【出處】宋《朱子語類》第七十四卷：「如人，光明磊落底便是好人，昏昧迷暗底便是不好人。」

【解釋】光明：心懷坦白。磊落：正大光明。

【用法】形容心懷坦白，正大光明。

【例句】行事～，自然能受人敬重。

光明正大（ㄍㄨㄤ ㄇㄧㄥˊ ㄓㄥˋ ㄉㄚˋ）

【出處】明·吳承恩《西遊記》第五回：「大仙是個光明正大之人，就以他的誑語作眞。」

【解釋】光明：心懷坦白。正大：正派、公正。

【用法】形容心懷坦白，言行正派，公正無私。

【例句】大丈夫，應該～，秉公行事，剛正不阿。

【附註】也作「正大光明」。

光風霽月（ㄍㄨㄤ ㄈㄥ ㄐㄧˋ ㄩㄝˋ）

【出處】《宣和遺事·元集》：「大概光風霽月之時少。」

【解釋】光風：雨過天晴後的好風。霽月：雪停或雨止後的明月。

【用法】①形容清新明淨的氣候和景象。②也用以比喻襟懷坦白，心胸開闊的高尚品德。

【例句】這位教授除治學認眞外，人品亦如～，甚受學子愛戴。

光復舊物（ㄍㄨㄤ ㄈㄨˋ ㄐㄧㄡˋ ㄨˋ）

【出處】宋·辛棄疾《美芹十論》：「臣願陛下姑以光復舊物而自期。」

【解釋】光復：恢復。舊物：這裏指曾被敵人占據的國土和財物。

【用法】收復失去的河山和財富。

【例句】辛棄疾雖然有～的雄心壯志，但南宋統治者根本不予理會，使得這位愛國詞人不得不發出要把「十萬平戎策」去換取「東家種樹書」的慨歎。

光天化日（ㄍㄨㄤ ㄊㄧㄢ ㄏㄨㄚˋ ㄖˋ）

【出處】清·陸隴其《答仇滄柱太史書》：「今春局面忽轉，三輔氣象聿新。不才庸吏得於光天化日之下，效其馳驅。」

【解釋】光天：日光充滿天空，指白天。化日：太陽光，指太平日子。

【用法】①原形容繁榮興盛的太平時代。②後也用以比喻大白天大家都能看得非常清楚的場合。

【例句】這些強盜，竟在～之下，殺人搶刼，眞是無法無天。

光怪陸離（ㄍㄨㄤ ㄍㄨㄞˋ ㄌㄨˋ ㄌㄧˊ）

【出處】清·吳敬梓《儒林外史》第五十五回：「接連失了幾回火，把院子裏的幾萬擔柴盡行燒了，那柴燒的一塊一塊的，結成就和太湖石一般，光怪陸離。」

【解釋】光怪：光彩奇異。陸離：色澤

繁雜，各式各樣。

【用法】形容奇形怪狀，五顏六色。

【例句】在漠河，一年當中可有一天見到極光。它是一種～的奇景。

光可鑑人（ㄍㄨㄤ ㄎㄜˇ ㄐㄧㄢˋ ㄖㄣˊ）

【解釋】光：亮光。鑑：照。

【用法】①亮得可以照見人影。②形容物品光潔透亮可愛。

【例句】黑漆的桌子擦得～。

光輝燦爛（ㄍㄨㄤ ㄏㄨㄟ ㄘㄢˋ ㄌㄢˋ）

【出處】明．羅貫中《三國演義》第七十一回：「光輝燦爛，極其雄壯。」

【解釋】光：光芒。輝：輝煌。燦爛：鮮明耀眼的樣子。

【用法】形容光芒四射，鮮明耀眼的事物或成就。

【例句】我們偉大的民族，曾經創造了爲全世界所尊重的～的文化。

光前絕後（ㄍㄨㄤ ㄑㄧㄢˊ ㄐㄩㄝˊ ㄏㄡˋ）

【出處】宋．朱弁《曲洧舊聞》七：「前乎公既無此語，後乎公知莫能繼矣，豈不謂光前絕後乎？」

【解釋】光：光大、擴充。絕：斷絕，難以繼續。

【用法】①擴充了前人所不及的，做出了後人所難爲的。②常用以形容論點或技藝獨特絕妙。

【例句】王羲之的書法～，是書法家中的聖手。

【附註】也作「絕後光前」。

光前裕後（ㄍㄨㄤ ㄑㄧㄢˊ ㄩˋ ㄏㄡˋ）

【出處】宋．王應麟《三字經》：「揚名聲，顯父母，光於前，裕於後。」

【解釋】光前：給前人增光。裕後：爲後人造福。

【用法】①形容業績偉大。②舊時多用以奉承人當上高官，改換門庭。③用以形容事業偉大，爲國家作出了重大貢獻。

【例句】十項建設，是一項～的偉大事業。

光彩奪目（ㄍㄨㄤ ㄘㄞˇ ㄉㄨㄛˊ ㄇㄨˋ）

【出處】明．淩濛初《初刻拍案驚奇》第一卷：「解開來，只見一團綿裹著寸許大一顆夜明珠，光彩奪目。」

【解釋】光彩：光澤和顏色。奪目：耀眼。

【用法】①形容光彩極爲鮮艷。②也用以形容某些藝術品和藝術形象的極高成就。

【例句】～的鑽石，深受婦女喜愛。

光陰荏苒（ㄍㄨㄤ ㄧㄣ ㄖㄣˇ ㄖㄢˇ）

【出處】清．曹雪芹《紅樓夢》第二十二回：「光陰荏苒須當惜，風雨陰晴任變遷。」

【解釋】荏苒：逐漸過去。

【用法】指時光不知不覺地過去。

【例句】～，不覺又是一年了。

光陰如箭（ㄍㄨㄤ ㄧㄣ ㄖㄡˊ ㄐㄧㄢˋ）

【出處】宋．蘇軾《行香子．秋興》詞：「朝來庭下，光陰如箭，似無言，有意傷儂。」

【用法】①時光像射出去的箭。②形容時間過得極快。

【例句】～，歲月如流，轉眼已經是十

一年過去了。

【附註】也作「光陰似箭」。

光芒萬丈 ㄍㄨㄤ ㄇㄤˊ ㄨㄢˋ ㄓㄤˋ

【出處】唐・韓愈《調張籍》詩：「李杜文章在，光焰萬丈長。」

【解釋】光芒：四射的光輝。

【用法】①光輝照耀到遠方。②形容人物或事業的偉大和不朽。

【例句】李、杜二人的詩歌～，至今仍令後學者羨慕不已。

【附註】也作「萬丈光芒」。

廣土衆民 ㄍㄨㄤˇ ㄊㄨˇ ㄓㄨㄥˋ ㄇㄧㄣˊ

【出處】《孟子・盡心上》：「廣土衆民，君子欲之，所樂不存焉。」

【解釋】廣：廣闊。衆：衆多。

【用法】①廣闊的土地，衆多的人民。②指國土大，人民多。

【例句】我國～，只要大家能戮力同心，必能建設成一個現代化國家。

廣開門路 ㄍㄨㄤˇ ㄎㄞ ㄇㄣˊ ㄌㄨˋ

【解釋】廣開：廣泛開闢。門路：門徑通道。

【用法】開闢各種門徑通道。比喻爲把事情辦成，採取多種手段或辦法。

【例句】～，是提高生產、發展經濟的有效措施之一。

廣開才路 ㄍㄨㄤˇ ㄎㄞ ㄘㄞˊ ㄌㄨˋ

【解釋】廣開：廣泛開闢。才：人才。

【用法】①廣泛地開闢選拔、使用人才之路。②指不拘一格地選拔人才，使人盡其才。

【例句】要使國家進步，必須～，培養和造就多批的知識分子。

廣開言路 ㄍㄨㄤˇ ㄎㄞ ㄧㄢˊ ㄌㄨˋ

【出處】南朝・宋・范曄《後漢書・來歷傳》：「朝廷廣開言事之路，故且一切假貸。」

【解釋】廣開：廣泛開闢。言路：進言的道路。

【用法】①大開進言之路。②指解除人們不必要的顧慮，使之能盡量地發表意見。

【例句】只有在民主國家裏，才能眞正～，使人民可以自由地發表意見。

廣種薄收 ㄍㄨㄤˇ ㄓㄨㄥˋ ㄅㄛˊ ㄕㄡ

【解釋】廣：多，擴大。薄：少。

【用法】①指擴大耕種面積，而不考慮單位面積產量，最後以耕種面積大取勝的種植方法。②也指只顧多種植，不顧精耕細作，以致降低了產量的得不償失作法。

【例句】①在人烟稀少，土地肥沃的偏遠地區，採用～的方法，對保養土壤，不無好處。②去年，之所以～，原因在於沒有把重點放在提高單位產量上，我們應當記取這個教訓。

廣師求益 ㄍㄨㄤˇ ㄕ ㄑㄧㄡˊ ㄧˋ

【解釋】廣：廣泛，多方面。師：效法、學習。求：求取。益：益處。

【用法】指多方面進行學習，以求學識的進步。

【例句】要想成爲優秀的文學家，就必須～，讀萬卷書，行萬里路。

供不應求 ㄍㄨㄥ ㄅㄨˋ ㄧㄥˋ ㄑㄧㄡˊ

【解釋】供：供給、供應。應：應付、滿足。求：需要。

【用法】①供應不能滿足需要。②指貨源不足、市場購銷吃緊的局面。③也泛指其他事物供求之間的矛盾。

【例句】目前這種商品在市場上～，需要調整計劃，增加生產。

【附註】「供」不能念成ㄍㄨㄥ。

供過於求

【解釋】供：供給、供應。求：需要。

【用法】①供應超過了需要，指某種物品生產過多難以銷員的現象。②也泛指某種事物需要和供應之間出現了矛盾。

【例句】計劃和安排生產，要掌握市場上的行情，以免使產品～，造成積壓，影響資金周轉。

【附註】「供」不能念成ㄍㄨㄥ。

公之於衆

【解釋】公：公開。之：代詞，指事物的內容。於：向。衆：衆人。

【用法】①把事情眞相向大家公布。②常指公布某些帶有秘密色彩的事。

【例句】這些資料必要時我們要～的。

公正無私

【出處】《荀子・賦篇》：「公正無私，反見縱橫。」

【用法】①公平、正直，沒有私心。②形容高尚的品格和作風。

【例句】我們的老校長，對於一切事都～，因此，很受大家的尊重。

【附註】也作「公直無私」。

公諸同好

【出處】清・胡鳳丹《〈龍川文集〉辨僞考異跋》：「雖經同人研究再三，余心猶耿耿，未敢公諸同好。」

【解釋】公：公開。諸：文言虛詞，相當於「之於」。同好：跟自己愛好相同的人。

【用法】①向愛好相同的人公開。②指把自己所收藏的東西拿出來，使有相同愛好的人都能欣賞。

【例句】他說他歷年收集了不少字畫，很願意～，我們就去看看吧。

【附註】「好」不能念成ㄏㄠˇ。

公而忘私

【出處】漢・班固《漢書・賈誼傳》：「故化成俗定，則爲人臣者，主耳（而）忘身，國耳（而）忘家，公耳（而）忘私，利不苟就，害不苟去，唯義所在。」

【用法】指一心掛在公事上，不考慮自己的一切。

【例句】這兩位同事的破釜沉舟，～的勇氣，是使我私心佩服的。

功敗垂成

【出處】唐・房玄齡等《晉書・謝玄傳論》：「廟算有遺，良圖不果，降齡何促，功敗垂成。」

【解釋】功：功業、事業。垂：接近。成：成功。

【用法】指事情在將要成功的時候遭到了失敗（含有惋惜的意思）。

【例句】英勇抗金的岳飛，在他正要直搗黃龍的時候，被秦檜陷害了，致使抗金戰役～。

功德無量

【出處】漢・班固《漢書・丙吉傳》：「所以擁全神靈，成育聖躬，功德已亡（無）量矣。」
【解釋】功德：功績與德行。佛教用以指誦經、念佛、行善等事。無量：無法計量。
【用法】①指功勞、恩德極大。②也用以頌揚人做了非常好的事情（含有詼諧的意味）。
【例句】社會各界爲這次賑災活動出錢出力，眞是～！

功虧一簣

【出處】《尚書・旅獒》：「爲山九仞，功虧一簣。」
【解釋】功：功業、事業。虧：欠缺。簣：盛土的筐，指一筐土。
【用法】①意思是堆九仞山的土山，因只差一筐土沒有完成。②用以比喻做事情因只差最後一點而沒有完成，含有非常惋惜之意。
【例句】這件事眼看就要成功，必須堅持下去，否則會～的。
【附註】「簣」不能念成ㄍㄨㄟˋ。

功成不居

【出處】《老子》第二章：「生而不有，爲而不恃，功成而弗居。」
【解釋】功：功績。居：自居、占有。
【用法】①原指隨其自然存在，不占爲己有。②後用以表示立了功而不居功自傲。
【例句】他雖然爲大家做了許多事，但仍～，謙遜和氣的態度實在令人景仰。

功成名遂

【出處】《老子》第九章：「功成，名遂，身退，天之道。」
【解釋】功：功業、功績。遂：成就。
【用法】①立了功，成了名。②形容功績和名聲都已經取得了。
【例句】有的人一旦～，就忘乎所以。
【附註】也作「功成名立」。

功成身退

【出處】《老子》第九章：「功成，名遂，身退，天之道。」
【解釋】功：功績、功業。身：自身。退：退職、引退。
【用法】功業成就以後，自身就主動地引退了。
【例句】古代有許多良將名相因深諳「狡兔死，走狗烹」的道理，所以往往～，歸隱山林。

功崇德鉅

【出處】唐・韓愈《賀冊尊號表》：「以陛下功崇德鉅，天成地平。」
【解釋】崇：崇高。鉅：巨大。
【用法】形容功績很大，德行很高。

功參造化

【解釋】功：指器物精善。參：加入。造化：自然，指天工。
【用法】形容器物非常精善，而具有天工之妙。
【例句】那些精巧的古代藝術品的製作，眞是～。

工力悉敵

【出處】宋・計有功《唐詩紀事》卷三：「中宗正月晦日，幸昆明池賦詩，群臣應制百餘篇，帳殿前結彩樓命照容選一首爲新翻御制曲……既進，唯沈（沈佺期）宋（宋之問）二詩不下；又移時，一紙飛墜，竟取而觀，乃沈詩也。及聞其評曰：『二詩工力悉敵。』」

【解釋】工力：功夫和力量。悉：完全。敵：相當、相等。

【用法】①雙方用的功夫和力量完全相等。②常用以形容兩個藝術作品不分上下。

【例句】這兩幅山水畫～，很難分出高下。

工欲善其事，必先利其器

【出處】《論語・衛靈公》：「子曰：『工欲善其事，必先利其器。居是邦也，事其大夫之賢者，友其士之仁者。』」

【解釋】欲：想要。善其事：做好活兒。利其器：使工具銳利好用。

【用法】①工匠要想做好活兒，必須先使工具好用。②也用以指做事要預先準備好條件。

【例句】沒有現代化的科學設備，就很難從事大型的科學研究，因爲「～」。

恭敬不如從命

【出處】元・王實甫《西廂記》第二本第三折：「常言道『恭敬不如從命』，休使得梅香再來請。」

【用法】對別人的恭敬，不如順從別人的要求。用以表示客氣的話。

【例句】既然你堅持要請客，那我也就～，讓你破費了。

攻苦食淡

【出處】漢・司馬遷《史記・劉敬叔孫通列傳》：「呂后與陛下攻苦食啖。」

【解釋】攻苦：刻苦攻堅。食淡：吃粗食淡飯。

【用法】①做勞累辛苦的事，吃味道淡薄的飯。②形容艱苦的磨練。③用以形容刻苦學習鑽研的頑強精神。

【例句】這項工程是一項非常艱辛的工作，沒有～的決心是搞不成的。

攻其不備

【出處】《孫子，上卷・計篇》：「攻其無備，出其不意。」

【解釋】攻：進攻。其：代詞，指敵方。備：防備。

【用法】趁對方沒有防備時進攻。

【例句】在戰術上，我們要出其不意、～，使敵人來不及抵抗。

【附註】原作「攻其無備」。

攻其一點，不及其餘

【解釋】攻：攻擊。不及：不考慮到。

【用法】①攻擊其中某一部分，不全面地考慮其他的部分。②形容形而上學不全面看問題的作法。

【例句】評論一部作品，一定要全面、準確地加以分析，而不能～，抓住個別枝節問題大做文章。

攻心爲上

【出處】晉・陳壽《三國志・蜀書・馬

謖傳》裴松之注引《襄陽記》：「用兵之道，攻心爲上，攻城爲下。心戰爲上，兵戰爲下。」

【解釋】上：上策，最高明的策略。

【用法】從思想上去瓦解一敵人是最高明的策略。

【例句】馬謖曾在諸葛亮出師南征時，向諸葛亮獻計：「夫用兵之道，～，攻城爲下，心戰爲上，兵戰爲下。」

攻城略地（ㄍㄨㄥ ㄔㄥˊ ㄌㄩㄝˋ ㄉㄧˋ）

【出處】漢．劉安《淮南子．兵略訓》：「攻城略地，莫不降下。」

【解釋】略：搶，掠奪。

【用法】攻打城池，掠奪土地。

【例句】在第二次世界大戰中，大獨裁者希特勒～，橫行歐洲，給許多國家的人民帶來了極大的災難。

攻守同盟（ㄍㄨㄥ ㄕㄡˇ ㄊㄨㄥˊ ㄇㄥˊ）

【出處】清．曾樸《孽海花》第十八回：「可惜後來伊滕博文到津，何太眞受了北洋之命，與彼立了攻守同盟的條約。我恐朝鮮將來有事，中、日兩國，必然難免爭端吧。」

【解釋】攻守：進攻和防守。同盟：相互訂立盟約而採取共同行動。

【用法】①原指國與國之間訂立盟約，發生戰爭時彼此聯合進攻或防衛。②現也用以指壞人互相約定，爲隱瞞罪行而一致行動。

【例句】他們兩個人訂立了～，企圖蒙混過關。

攻無不克（ㄍㄨㄥ ㄨˊ ㄅㄨˋ ㄎㄜˋ）

【出處】《戰國策．秦策一》：「是知秦戰未嘗不勝，攻未嘗不取，所當未嘗不破也。」

【解釋】攻：攻打。克：攻占下來。

【用法】①沒有攻占不下來的。②形容力量非常強大。

【例句】我們的陸軍是一支～，戰無不勝的勁旅。

【附註】常與「戰無不勝」連用。

觥籌交錯（ㄍㄨㄥ ㄔㄡˊ ㄐㄧㄠ ㄘㄨㄛˋ）

【出處】宋．歐陽修《醉翁亭記》：「射者中，弈者勝，觥籌交錯，起坐而喧嘩者，衆賓歡也。」

【解釋】觥：古代的一種酒器。籌：酒籌，古時行酒令用的籌碼。交錯：互相夾雜。

【用法】①酒器和酒籌雜亂地放著。②形容許多人聚會喝酒的熱鬧情景。

【例句】作者在這篇文章裏只用幾句話，就把當時官宦們那種奢侈豪華、～、一擲千金的情景描繪出來了。

躬逢其盛（ㄍㄨㄥ ㄈㄥˊ ㄑㄧˊ ㄕㄥˋ）

【出處】唐．王勃《秋日登洪府滕王閣餞別序》：「童子何知，躬逢盛餞。」

【解釋】躬：親自。逢：遇上。盛：盛世、盛會。

【用法】指親身參加了那個盛會，或親身經歷了那種盛世。

【例句】我剛剛回國，就趕上國慶大典，～，內心非常激動。

共君一席話，勝讀十年書（ㄍㄨㄥˋ ㄐㄩㄣ ㄧ ㄒㄧˊ ㄏㄨㄚˋ，ㄕㄥˋ ㄉㄨˊ ㄕˊ ㄋㄧㄢˊ ㄕㄨ）

【出處】宋《朱子語類》：「所謂『共

君一席話，勝讀十年書』，若說到透徹處，何止十年之功也。」

【用法】①同您談一席話，勝過自己讀十年書。②形容對方學識淵博，見解高超，談話中自己獲益不淺。

【例句】「～」，聽完您的演說，眞令我有茅塞頓開的感覺。

共襄盛舉（ㄍㄨㄥˋ ㄒㄧㄤ ㄕㄥˋ ㄐㄩˇ）

【解釋】共：共同。襄：襄助、協助。盛舉：盛大的舉動、行動。

【用法】①共同來協助這一盛大的行動。②指在偉大的事業中共同來努力。

【例句】推行國家建設，全國人民要～，使之早日實現。

〔丂部〕

刻鵠類鶩（ㄎㄜˋ ㄏㄨˊ ㄌㄟˋ ㄨˋ）

【出處】南朝・宋・范曄《後漢書・馬援傳》載：援誡子侄書：「效伯高不得，猶爲謹敕之士，所謂刻鵠不成尚類鶩者也。效季良不得，陷爲天下輕薄子，所謂畫虎不成反類狗者也。」

【解釋】刻：雕刻。鵠：天鵝。類：像、似。鶩：野鴨。

【用法】①刻天鵝不像，但還像隻野鴨。②比喻雖仿效不十分逼眞，但還有些近似。

【例句】他這篇書法，寫得雖不是維妙維肖，但也有幾分神似，～，勉強及格。

刻畫無鹽（ㄎㄜˋ ㄏㄨㄚˋ ㄨˊ ㄧㄢˊ）

【出處】南朝・宋・劉義慶《世說新語・輕詆》載：庾亮對周顗說，大家都將周顗比樂廣。周顗說：「何乃刻畫無鹽，唐突西子也！」

【解釋】刻畫：描摩。無鹽：傳說中戰國有名的醜婦。

【用法】①精細地描摩「無鹽」這個人。②喻指拿醜婦比美人，比擬得不倫不類。

刻舟求劍（ㄎㄜˋ ㄓㄡ ㄑㄧㄡˊ ㄐㄧㄢˋ）

【出處】秦・《呂氏春秋・察今》：「楚人有涉江者，其劍自舟中墜於水，遽契其舟，曰：『是吾劍之所從墜。』舟止，從其所契者入水求之。舟已行矣，而劍不行，求劍若此，不亦惑乎？」

【解釋】舟：船。求：尋求、尋找。

【用法】比喻拘泥固執，不懂得隨著客觀實際的變化來處理事情。

【例句】今天世界的情勢，大異於以往，如果仍用原來的觀點來處理問題，豈不貽人以～之譏？

科頭跣足（ㄎㄜ ㄊㄡˊ ㄒㄧㄢˇ ㄗㄨˊ）

【出處】①《國語・晉語七》：「公（晉悼公）跣而出。」②《史記・張儀列傳》：「虎賁之士，跿跔科頭。」

【解釋】科頭：不戴帽子。跣足：光著脚。

【用法】①不戴帽子，光著脚。②形容非常窘迫的情態。

【例句】地震的那天晚上，他一下子就從床上跳下來，衝到了院裏，當時～，樣子十分狼狽。

苛捐雜稅（ㄎㄜ ㄐㄩㄢ ㄗㄚˊ ㄕㄨㄟˋ）

【解釋】苛：苛細、繁重。雜：多種多樣的。

【用法】指統治者壓榨人民而強行征收苛細繁重的捐稅。

【例句】爲政者當節用裕民，不應巧立名目徵收～，壓榨人民。

苛政猛於虎（ㄎㄜ ㄓㄥˋ ㄇㄥˇ ㄩˊ ㄏㄨˇ）

【出處】《禮記・檀弓下》：「孔子過泰山側，有婦人哭於墓者而哀。夫子式而聽之，使子路問之，曰：『子之哭也，壹似重有憂者。』而曰：『然，昔者吾舅死於虎，吾夫又死焉，今吾子又死焉。』夫子曰：『何爲不去也?』曰：『無苛政。』夫子曰：『小子識之，苛政猛於虎也！』」

【解釋】苛政：統治者對人民進行殘酷壓迫和剝削的政治，包括政令、賦稅等。

【用法】苛刻的政治比吃人的老虎還要凶惡暴虐。

【例句】～，無怪乎鐵幕的人民要拋家棄子投奔自由。

咳唾凝珠（ㄎㄜˊ ㄊㄨㄛˋ ㄋㄧㄥˊ ㄓㄨ）

【出處】晉·葛洪《抱朴子》：「嚴冬之夜，素雪隨(墮)於上，玄冰結於下，寒風催條，而宵，駭咳唾凝珠於脣(唇)吻！」

【用法】①因咳嗽而啐出的唾沫，在嘴唇上凝結成珠子。②形容氣候嚴寒。

【例句】黑龍江的冬天，天氣嚴寒，眞是滴水成冰、～。

可歌可泣（ㄎㄜˇ ㄍㄜ ㄎㄜˇ ㄑㄧˋ）

【出處】清·汪琬《堯峰文鈔·計甫草中州集序》：「幸得追隨其步趨，而相與上下往復其議論，無不動心駭魄，可歌可涕。」

【解釋】可：值得。歌：指歌頌。泣：指流淚。

【用法】形容英勇悲壯的事跡值得歌頌，並令人感動得流淚。

【例句】革命先烈留下的～的事蹟，令後世的我們嚮慕不已！

可心如意（ㄎㄜˇ ㄒㄧㄣ ㄖㄨˊ ㄧˋ）

【出處】清·曹雪芹《紅樓夢》第六十五回：「這如今要辦正事，不是我女孩兒沒羞恥，必得我揀個素日可心如意的人。」

【解釋】可：適合。

【用法】符合心意。

【例句】他最愛吹毛求疵，身邊這麼多朋友，總沒有一個讓他～的人。

可想而知（ㄎㄜˇ ㄒㄧㄤˇ ㄦˊ ㄓ）

【解釋】想：推想。

【用法】可以通過推想而了解眞相。

【例句】我對這個問題素無研究，這次勉強拼揍了一篇文章，寫完一看，開頭就文不對題，其餘也就～了。

可乘之機（ㄎㄜˇ ㄔㄥˊ ㄓ ㄐㄧ）

【出處】梁·沈約《宋書·毛修之傳》：「可乘之機宜踐，投袂之會屢愆。」

【解釋】乘：憑借、利用。

【用法】可以利用的機會。

【例句】我們必須建立嚴格的規章制度，不給貪污盜竊分子以～。

可乘之隙（ㄎㄜˇ ㄔㄥˊ ㄓ ㄒㄧˋ）

【出處】明·羅貫中《三國演義》第十四回：「(陳)宮曰：『小沛原非久居之地。今徐州既有可乘之隙，失此不取，悔之晚矣。』」

【解釋】乘：憑借、利用。隙：漏洞。

【用法】可以被利用的漏洞。

【例句】必須堵塞一切使破壞分子能鑽進工程重地的～。

可操左券（ㄎㄜˇ ㄘㄠ ㄗㄨㄛˇ ㄑㄩㄢˋ）

【出處】漢·司馬遷《史記·田敬仲完世家》：「公常執左券以責於秦韓。」

【解釋】操：拿著、掌握。券：古指契

約，用竹做成，分爲左右兩片，立約雙方，各執其一以爲信，執左券者，是有權的；在右券者，是需要盡義務的。
【用法】比喻有把握取得成功。
【例句】我們在訓練時不僅異常刻苦，而且充分研究了對方的攻守戰術，因此這次比賽～。
【附註】「券」不能寫成「卷」；不能念成ㄐㄩㄢˋ。

可望不可即 ㄎㄜˇ ㄨㄤˋ ㄅㄨˋ ㄎㄜˇ ㄐㄧˊ

【出處】劉基《登臥虎山寫懷二十八韻》詩：「白雲在青天，可望不可即，浩歌梁甫吟，邊來憑胸臆。」
【解釋】望：遠看。即：接近。
【用法】①望得見卻不能接近。②指事情一時還很難實現。
【例句】鑽研尖端科學是有一定的困難，但絕不是～的。
【附註】也作「可望而不可即」。

渴驥奔泉 ㄎㄜˇ ㄐㄧˋ ㄅㄣ ㄑㄩㄢˊ

【出處】宋・歐陽修等《新唐書・徐浩傳》：「始，浩父嶠之善書，以法授浩，益工。嘗書四十二幅屏，八體皆備，草隸尤工，世狀其法曰『怒猊抉石，渴驥奔泉』云。」
【解釋】驥：駿馬。
【用法】①像口渴的駿馬想喝水，飛速地奔赴甘泉一樣。②比喻書法勁道奔放。③也比喻急迫的願望。

克敵制勝 ㄎㄜˋ ㄉㄧˊ ㄓˋ ㄕㄥˋ

【出處】明・施耐庵《水滸傳》第二十回：「林冲道：『只今番克敵制勝，便見得先生妙法。』」
【解釋】克：戰勝。制勝：取得勝利。
【用法】戰勝敵人，取得勝利。
【例句】同船一心是我們～的法寶。

克丁克卯 ㄎㄜˋ ㄉㄧㄥ ㄎㄜˋ ㄇㄠˇ

【解釋】克：嚴格限定。丁：榫頭。卯：卯眼。
【用法】形容做事很認眞，一點也不含糊。
【例句】檢驗員小周，辦事認眞，在驗收中～，任何不合格產品也別想漏過去。

克恭克順 ㄎㄜˋ ㄍㄨㄥ ㄎㄜˋ ㄕㄨㄣˋ

【解釋】克：能夠。
【用法】能夠恭敬而順從。
【例句】他對待長輩，總是～的，一點也不違拗。

克己奉公 ㄎㄜˋ ㄐㄧˇ ㄈㄥˋ ㄍㄨㄥ

【出處】南朝・宋・范曄《後漢書・祭遵傳》：「遵爲人廉約小心，克己奉公。」
【解釋】克己：克制自己。奉公：以公事爲重。
【用法】嚴格約束自己，全心全意爲群體。
【例句】要學習他～，助人爲樂的高貴品格。

克己復禮 ㄎㄜˋ ㄐㄧˇ ㄈㄨˋ ㄌㄧˇ

【出處】《論語・顏淵》：「克己復禮爲仁，一日克己復禮，天下歸仁焉。」
【解釋】克己：克制和約束自己的言行和私欲。復禮：合於禮法。

【用法】約束自己，使言行復合於禮。
【例句】如果每個人都能～，這個社會自然和諧。

克己慎行 ㄎㄜˋ ㄐㄧˇ ㄕㄣˋ ㄒㄧㄥˊ

【出處】唐・韓愈《送齊皞下第序》：「故上之人行志擇誼，坦乎其無憂於下也；下之人克己慎行，確乎其無惑於上也。」
【解釋】克：克制。慎：謹慎。
【用法】克制自己，謹慎行事。
【例句】作爲領導者，應該～，注意對部屬的影響。

克盡厥職 ㄎㄜˋ ㄐㄧㄣˋ ㄐㄩㄝˊ ㄓˊ

【解釋】克、盡：能夠履行。厥：其，他的。職：職守。
【用法】能夠履行他的職守，做好本分的工作。
【例句】做爲一個領導人，～，應當是最起碼的要求。
【附註】也作「克盡職守」。

克勤克儉 ㄎㄜˋ ㄑㄧㄣˊ ㄎㄜˋ ㄐㄧㄢˇ

【出處】《樂府詩集・十二・梁太廟樂舞辭・撤豆》：「克勤克儉，無怠無荒。」
【解釋】克：能。
【用法】既能勤勞，又能節儉。
【例句】她在生活上是～的，總是把富日子當窮日子過。

克紹箕裘 ㄎㄜˋ ㄕㄠˋ ㄐㄧ ㄑㄧㄡˊ

【出處】《禮記・學記》：「良冶之子，必學爲裘；良弓之子，必學爲箕。」
【解釋】克：能夠。紹：繼承。箕：簸箕。裘：皮袍。
【用法】指能夠繼承先輩的事業。
【例句】張老有子～，應該可以安心退休了。

克愛克威 ㄎㄜˋ ㄞˋ ㄎㄜˋ ㄨㄟ

【出處】《尚書・胤彼》：「威克厥愛，允濟；愛克厥威，允罔功。」
【解釋】克：能夠。
【用法】指以威德使人心悅誠服。

刻骨相思 ㄎㄜˋ ㄍㄨˇ ㄒㄧㄤ ㄙ

【出處】五代・溫庭筠《新添聲楊柳枝・二》詞：「井底點燈深燭伊，共郎長行莫圍棋。玲瓏骰子安紅豆，入骨相思知不知？」
【用法】①深刻入骨的相思之情。②指恩愛情深，歷久不忘。
【例句】～，足以磨損一個人的心神，看他日漸消瘦的身影，眞令人憐惜。
【附註】也作「入骨相思」。

刻骨仇恨 ㄎㄜˋ ㄍㄨˇ ㄔㄡˊ ㄏㄣˋ

【用法】永遠記在心頭的深仇大恨。
【例句】戰士們懷著對敵人的～，勇敢地衝向前去，一舉摧毀了敵人盤據的老巢。

刻肌刻骨 ㄎㄜˋ ㄐㄧ ㄎㄜˋ ㄍㄨˇ

【出處】三國・魏・曹植《上責躬應詔詩表》：「刻肌刻骨，追思罪戾，晝分而食，夜分而寢。」
【解釋】肌：肌肉，這裏指外表。骨：骨骼，指內裏。
【用法】比喻從裏到外感受殊深。
【例句】看了這部電影之後，他陷入了

沉思之中，相同的際遇，相同的命運，～，那感受實在太深了啊！

刻薄寡恩

【解釋】刻薄：極爲冷酷。寡：缺少。
【用法】①極爲冷酷，絕少施恩於人。②形容冷酷無情。
【例句】～的人，永遠是孤獨寂寞的。

刻不容緩

【出處】清・李汝珍《鏡花緣》第四十回：「胎前產後以及難產各症，不獨刻不容緩，並且兩命攸關。」
【解釋】刻：指片刻。容：容許。緩：延緩。
【用法】指形勢緊迫，片刻也不能夠拖延。
【例句】這件事牽連極廣，～必須立即處理。

刻意經營

【出處】清・王晫《今世說・規箴》：「此事定須霞思雲想，刻意經營，奈何頹唐落墨，便布人間？」
【解釋】刻意：專心一意。經營：計劃管理。用盡心思去進行籌畫安排。
【例句】在細節描寫上他也從不馬虎敷衍，而是～，反覆推敲，因此，他的作品總是具有驚人的眞實感。

刻意求工

【解釋】刻意：專心一意。工：細緻、巧妙。
【用法】做事一絲不苟，務求深鑽細研，取得最佳效果。
【例句】這個《赤壁賦》的牙雕，構思精巧，布局新奇，技法上～，一絲不苟，實在是牙雕藝術中的上品。

恪守不渝

【解釋】恪：謹慎、恭敬。渝：改變、超越。
【用法】對某種信仰或規定嚴格遵守，決不改變。
【例句】對我父親的教誨，我一向是～的。

開懷暢飲

【出處】明・施耐庵《水滸傳》第四十三回：「李逵不知是計，只顧開懷暢飲，全不記宋江吩咐的言語。」
【解釋】開懷：無所拘束，心情暢快。
【用法】興致極高地盡情飲酒。
【例句】兩個老朋友見了面，一邊回憶著過去的生活，一邊～，邊喝邊談，不知不覺到了深夜。

開門見山

【出處】宋・嚴羽《滄浪詩話・詩評》：「太白天才豪逸，語多率然而成者……太白發句，謂之開門見山。」
【用法】比喻說話或寫文章直截了當，一開頭就直入本題。
【例句】這篇文章～，一落筆就點明了主題。

開門揖盜

【出處】晉・陳壽《三國志・吳書・孫權傳》：「張昭曰：『況今奸究竟逐，豺狼滿道，乃欲哀親戚，顧禮制，是猶開門而揖盜，未可以爲仁也。』」
【解釋】揖：作揖，拱手爲禮。

【用法】①打開大門，把強盜請進屋裏來。②比喻引來壞人，自招其禍患。

【例句】知道他別有用心，卻又要接受他的幫助，這豈不是～嗎？

開天闢地（ㄎㄞ ㄊㄧㄢ ㄆㄧˋ ㄉㄧˋ）

【出處】《太平御覽》引徐整《三五歷記》：「天地渾沌如鷄子，盤古生其中。萬八千歲，天地開闢，陽清爲天，陰濁爲地，盤古在其中，人日幾變。神於天，聖於地，天日高一丈，地日厚一丈，盤古日長一丈。如此萬八千歲，天數極高，盤古極長，故天去地幾萬里。」

【用法】①古代神話傳說，盤古氏開天闢地，才開始了人類的歷史。②指歷史形成的最初之時或有史以來前所未有的。

【例句】史書的體例，大概是從～講起，一直到了最近的朝代。

開台鑼鼓（ㄎㄞ ㄊㄞˊ ㄌㄨㄛˊ ㄍㄨˇ）

【用法】①指戲劇演出開始前打擊樂器的合奏。②比喻工作或運動的前奏。

【例句】我的這篇論文就算作這次討論會的～吧，希望它能起到拋磚引玉的作用。

開路先鋒（ㄎㄞ ㄌㄨˋ ㄒㄧㄢ ㄈㄥ）

【用法】①作戰行軍中逢山開路、遇水搭橋的先頭部隊。②比喻事業中的先導者或行動中的帶頭人。

【例句】他心想，自己作爲一個工程師，應該是這次技術突破的～，於是主動找廠長接受了任務。

開國元勛（ㄎㄞ ㄍㄨㄛˊ ㄩㄢˊ ㄒㄩㄣ）

【解釋】開國：指建立新的國家。元勛：指有特大功勞的人。

【用法】對國家的開創有極大功績的人。

【例句】這幾位大老都是國家的～，講起話來自然有分量，由他們來斡旋政治的紛爭，最是恰當。

開花結果（ㄎㄞ ㄏㄨㄚ ㄐㄧㄝˊ ㄍㄨㄛˇ）

【出處】宋·釋惟白《續傳燈錄·卷三十·漣水軍萬壽庵普信禪師》：「開華結果自馨香。」

【用法】比喻工作取得了良好的成果。

【例句】只要我們能記取亞運教訓，徹底的檢討，有計劃地培訓選手，五年十年後自可在世界的運動場上～，重振聲威。

開卷有益（ㄎㄞ ㄐㄩㄢˋ ㄧㄡˇ ㄧˋ）

【出處】宋·王辟之《澠水燕談錄》卷六：「太宗日閱《御覽》三卷，因有闕（缺），暇日追補之，嘗曰：『開卷有益，朕不以爲勞也。』」

【解釋】卷：書。

【用法】打開書閱讀，就會有益處。

【例句】我主張廣泛閱覽，因爲～，從書本中總會得到一些知識。

開柙出虎（ㄎㄞ ㄒㄧㄚˊ ㄔㄨ ㄏㄨˇ）

【出處】淩濛初《初刻拍案驚奇》第二十二卷：「開柙出虎，孔宣父不責他人；當路斬蛇，孫叔敖蓋非利己。」

【解釋】柙：關野獸的木籠子。

【用法】①原指看管的人沒有盡責，使籠子開了，老虎出來了。②後比喻放縱壞人。

【例句】～，貽患無窮。

【附註】「枏」不能念成ㄐㄚˇ。

開心見誠 ㄎㄞ ㄒㄧㄣ ㄐㄧㄢˋ ㄔㄥˊ

【出處】南朝・宋・范曄《後漢書・馬援傳》：「且開心見誠，無所隱伏，闊達多大節，略與高帝同。」

【解釋】開心：思想公開。見誠：推誠相見。

【用法】指以眞心實意待人。

開誠布公 ㄎㄞ ㄔㄥˊ ㄅㄨˋ ㄍㄨㄥ

【出處】晉・陳壽《三國志・蜀書・諸葛亮傳》：「諸葛亮之爲相國也……開誠心，布公道。」

【解釋】開誠：襟懷坦白，揭示誠意。布公：公正無私地發表自己的見解與看法。

【用法】誠懇相見，坦白無私。

【例句】把問題～地談出來，就容易解決了。

開誠相見 ㄎㄞ ㄔㄥˊ ㄒㄧㄤ ㄐㄧㄢˋ

【出處】南朝・宋・范曄《後漢書・馬援傳》：「且開心見誠，無所隱伏，闊達多大節，略與高帝同。」

【解釋】開誠：襟懷坦白，揭示誠意。

【用法】指待人誠懇，襟懷坦白，無所隱諱。

【例句】他們彼此能夠～，所以合作得好。

開宗明義 ㄎㄞ ㄗㄨㄥ ㄇㄧㄥˊ ㄧˋ

【出處】《孝經》共十八章，「開宗明義」爲第一章篇名。邢昺疏：「開，張也；宗，本也；明，顯也；義，理也。言此章開張一經之宗本，顯明五孝之義理，故曰開宗明義也。」

【解釋】宗：宗旨。義：意思。

【用法】現指說話、寫文章一開始就把主要意思點明。

【例句】我想在緒論裏，～，先講清楚這門科學的新發展和新成果。

開山祖師 ㄎㄞ ㄕㄢ ㄗㄨˇ ㄕ

【出處】明・李昌祺《剪燈餘話・聽經猿記》：「迨今龍濟奉爲重開山祖師。」

【解釋】開山：擇名山建立寺院廟宇。祖師：宗派的創始人。

【用法】①佛教用語。②原指創建寺廟的和尙。③後泛稱開始創立一宗一派的人。④現比喻事業的首創者或學術技藝派別的創始人。

【例句】這種技藝流傳極廣，～是誰，卻已不可考了。

開物成務 ㄎㄞ ㄨˋ ㄔㄥˊ ㄨˋ

【出處】《周易・繫辭上》：「夫易，開物成務，冒天下之道，如斯而已者也。」

【解釋】物：事物。務：事情。

【用法】揭開事物之理而據以成事。

【例句】人心若能通曉事理，明白人生眞正的責任，便能～。

開源節流 ㄎㄞ ㄩㄢˊ ㄐㄧㄝˊ ㄌㄧㄡˊ

【出處】《荀子・富國》：「故明主必謹養其和，節其流，開其源，而時斟酌焉，潢然使天下必有餘，而上不憂不足。」

【解釋】開：開闢、開發。源：來源。

節：節制。流：指流失。
【用法】比喻開闢增加經濟收入的渠道，節約支出，減少消耗。
【例句】各單位要加強財務管理，做到～，增產增收。

開雲見日 ㄎㄞ ㄩㄣˊ ㄐㄧㄢˋ ㄖˋ

【出處】南朝・宋・范曄《後漢書・袁紹傳》：「曠若開雲見日，何喜如之！」
【用法】①撥開烏雲見太陽。②比喻消除黑暗，見到光明，或解除誤會，釋去疑竇。
【例句】寃情終於洗清，多日的鬱悶一掃而空，眞有～之感。
【附註】也作「雲開見日」。

愷悌君子 ㄎㄞˇ ㄊㄧˋ ㄐㄩㄣ ㄗˇ

【出處】《詩經・小雅・蓼蕭》：「既見君子，孔燕豈弟。」
【解釋】愷悌：平易近人，也作「豈弟」。
【用法】指溫和的書生或和順的好人。
【例句】看樣子，他倒像一個文質彬彬的～，實際上，不過虛有其表而已。

欬唾成珠 ㄎㄞˋ ㄊㄨㄛˋ ㄔㄥˊ ㄓㄨ

【出處】南朝・宋・范曄《後漢書・趙壹傳・刺世疾邪賦》：「勢家多所宜，欬唾自成珠。」
【解釋】欬唾：咳嗽唾出的唾液，比喻談吐、議論。
【用法】①唾出口的唾液變成了珍珠。②比喻言辭精當，議論高明。
【例句】她畢竟是位才華出衆的女詩人，文思敏捷，～，寫出的詩篇都傳爲佳作。

口不擇言 ㄎㄡˇ ㄅㄨˋ ㄗㄜˊ ㄧㄢˊ

【解釋】擇：選擇。
【用法】①嘴裏說出來的話不加選擇。②指說的話極不恰當。
【例句】我由於急躁，說話有些～，請你多加諒解。

口不應心 ㄎㄡˇ ㄅㄨˋ ㄧㄥˋ ㄒㄧㄣ

【出處】明・馮夢龍《醒世恒言》第八卷：「官人，你昨夜恁般說了，卻又口不應心，做下那事！」
【解釋】應：符合。
【用法】嘴裏說的和心裏想的不一致。
【例句】他滿口答應得挺痛快，其實，是～，並沒有打算這樣做。

口碑載道 ㄎㄡˇ ㄅㄟ ㄗㄞˋ ㄉㄠˋ

【出處】明・張煌言《甲辰九月感懷在獄中作》詩：「口碑載道是還非，誰識蹉跎心事違。」
【解釋】口碑：比喻衆人口頭的稱頌像文字刻在石碑上一樣。載道：充滿道上。
【用法】形容到處都是稱頌的聲音。
【例句】他燒的菜，～，無人能比。

口蜜腹劍 ㄎㄡˇ ㄇㄧˋ ㄈㄨˋ ㄐㄧㄢˋ

【出處】宋・司馬光《資治通鑑・唐紀・玄宗天寶元年》：「李林甫爲相……尤忌文學之士，或陽與之善，啖以甘言而陰陷之。世謂李林甫口有蜜，腹有劍。」
【用法】形容口甜心狠，陰險狡詐。
【例句】對於這種～的人，倒是必須提防的。

口沸目赤 ㄎㄡˇ ㄈㄟˋ ㄇㄨˋ ㄔˋ

【出處】西漢·韓嬰《韓詩外傳》卷九：「言人之非，瞋目扼腕，疾言噴噴，口沸目赤。」

【用法】形容情緒激動，聲色俱厲的神態。

【例句】看他～的臉，令人不寒而慄。

口多食寡 ㄎㄡˇ ㄉㄨㄛ ㄕˊ ㄍㄨㄚˇ

【出處】唐·韓愈《答胡生書》：「愈不善自謀，口多而食寡。」

【解釋】寡：少。

【用法】吃飯的人多，但是食物很少。

【例句】我們全家流落在這座小城市裏，～，連一天三頓飯也沒法維持。

口口相傳 ㄎㄡˇ ㄎㄡˇ ㄒㄧㄤ ㄔㄨㄢˊ

【用法】不形諸文字，口頭相傳。

【例句】很多民間技藝，都是～，並未形諸文字，爲避免日後失傳，亟需有心人士加以整理。

口含天憲 ㄎㄡˇ ㄏㄢˊ ㄊㄧㄢ ㄒㄧㄢˋ

【出處】南朝·宋·范曄《後漢書·朱穆傳》：「手握王爵，口含天憲。」

【解釋】含：含蓄。天憲：朝廷王法。

【用法】①嘴裏含著朝廷王法。②形容掌握生殺予奪大權的人。

【例句】李蓮英仗著自己是老佛爺跟前的紅人，～，誅殺異己，眞是可惡。

口惠而實不至 ㄎㄡˇ ㄏㄨㄟˋ ㄦˊ ㄕˊ ㄅㄨˋ ㄓˋ

【出處】《禮記·表記》：「口惠而實不至，怨災及其身。」

【解釋】惠：給以好處。

【用法】口頭上虛情假意地答應給別人好處，而在實際上卻不兌現。

【例句】他曾答應過我許多好處，卻總是～。

口角鋒芒 ㄎㄡˇ ㄐㄧㄠˇ ㄈㄥ ㄇㄤˊ

【出處】清·曹雪芹《紅樓夢》第七十七回：「就只是他的性情爽利，口角鋒芒，竟也沒見他得罪了那一個。」

【解釋】口角：指言語。

【用法】形容說話言詞鋒利，不讓人。

【例句】他～，不知得罪了多少人？

口角春風 ㄎㄡˇ ㄐㄧㄠˇ ㄔㄨㄣ ㄈㄥ

【出處】清·黃小配《廿載繁華夢》第十九回：「陳健聽說，就如口角春風，說得天花亂墜，差不多恨天無柱，恨地無環，方是他幹營生的手段。」

【解釋】口角：指言語。

【用法】①意謂言論如春風能促使萬物生長。②常用以比喻爲人吹噓或替人說好話。

【例句】我很想能跟隨老教授出去考察，請你能～，爲我美言幾句。

口角生風 ㄎㄡˇ ㄐㄧㄠˇ ㄕㄥ ㄈㄥ

【解釋】口角：指言語。

【用法】形容說話又快又俐落，像生出風來似的。

【例句】她眞是～，主持節目誰也不能跟她比。

口講指畫 ㄎㄡˇ ㄐㄧㄤˇ ㄓˇ ㄏㄨㄚˋ

【出處】唐·韓愈《柳子厚墓志銘》：「衡湘以南爲進士者，皆以子厚爲師，其經承子厚口講指畫，爲文詞者，悉有法度可觀。」
【用法】①開口講授，並用手指畫。②形容講解生動活潑。
【例句】王老師每次上課都～，十分生動，很吸引學生。

口絕行語 ㄎㄡˇ ㄐㄩㄝˊ ㄒㄧㄥˊ ㄩˇ

【出處】唐・韓愈《送窮文》：「自初及終未始背汝，心無異謀，口絕行語。」
【用法】指言詞慎重，不外洩。
【例句】他平日即～，無怪乎能得衆人信任。
【附註】「行」不能念成ㄏㄤˊ。

口血未乾 ㄎㄡˇ ㄒㄧㄝˇ ㄨㄟˋ ㄍㄢ

【出處】《左傳・襄公九年》：「子孔、子蟜曰：『與大國盟，口血未乾而背之，可乎？』」
【解釋】口血：古代訂立盟約時舉行歃血儀式，用牲畜的血塗在嘴上，以表示誠意。
【用法】①塗在嘴上的血還沒有乾。②指盟誓不久就失信毀約。
【例句】一紙協議剛剛簽訂，～，他們就又挑起了武裝衝突，眞是令人難以置信。

口誅筆伐 ㄎㄡˇ ㄓㄨ ㄅㄧˇ ㄈㄚˊ

【出處】明・汪廷訥《三祝記・同謫》：「他捐廉棄耻，向權門富貴貪求，全不知口誅筆伐是詩人句，隴上璠間識者羞。」
【解釋】口：指言語。誅：討伐。筆：指文字。伐：征討。
【用法】用言語與文字揭露罪狀，或批判謬誤。
【例句】記者肩負匡正時弊的責任，往往對作奸犯科者～。

口中蚤虱 ㄎㄡˇ ㄓㄨㄥ ㄗㄠˇ ㄕ

【出處】漢・班固《漢書・王莽傳中》：「校尉韓盛進曰：『以新室之威而吞胡虜，無異口中蚤虱。』」
【用法】比喻極易消滅的敵方，好像在口中消滅跳蚤和虱子一樣。

口中雌黃 ㄎㄡˇ ㄓㄨㄥ ㄘ ㄏㄨㄤˊ

【出處】南朝・梁・劉孝標(峻)《廣絕交論》：「雌黃出其唇吻。」李善注引孫盛《晉陽秋》：「王衍字夷甫，能言，於意有不安者，輒更易之，時號口中雌黃。」
【解釋】雌黃：礦物名，即鷄冠石。古人用雌黃塗抹書中錯誤文字，以便改寫。後稱胡亂竄改爲雌黃。
【用法】①對言論有不妥之處，隨口加以更改，像用雌黃塗改錯字一樣。②後指不顧事實，順嘴亂發議論。

口出不遜 ㄎㄡˇ ㄔㄨ ㄅㄨˋ ㄒㄩㄣˋ

【解釋】遜：謙遜、恭順。
【用法】說出來的話極不謙恭。
【例句】他目無尊長，～，理應嚴懲。

口傳心授 ㄎㄡˇ ㄔㄨㄢˊ ㄒㄧㄣ ㄕㄡˋ

【用法】通過口頭講述和心中悟解來傳授。
【例句】他並不識字，學藝主要靠老師～。

口是心非 ㄎㄡˇ ㄕˋ ㄒㄧㄣ ㄈㄟ

【出處】晉・葛洪《抱朴子・微旨》：

「若乃憎善好殺，口是心非，背向異辭，反戾直正，……凡有一事，輒是一罪。」

【用法】①嘴上說的一套，心裏想的卻是另外的一套。②比喻心口不一致。

【例句】他滿嘴的仁義道德，腦子裏卻全是卑鄙齷齪的思想，～的模樣，眞令人厭惡。

口尚乳臭 ㄎㄡˇ ㄕㄤˋ ㄖㄨˇ ㄒㄧㄡˋ

【出處】漢·班固《漢書·高帝紀》：「漢王問：『魏大將誰也？』對曰：『柏直。』王曰：『是口尚乳臭，不能當韓信。』」

【解釋】尙：還。乳臭：奶腥氣味。

【用法】①口裏還有奶腥氣味。②形容年幼無知（常用以藐視年輕人）。

【例句】不要總是認爲青年都是～的毛孩子，應該培養他們，讓他們儘快地成長起來。

口說無憑 ㄎㄡˇ ㄕㄨㄛ ㄨˊ ㄆㄧㄥˊ

【出處】元·喬孟符《揚州夢》第四折：「我不合帶酒簪花，沾紅惹綠，疏狂情性。這幾件罪我招承。你不合打鳳牢龍，翻雲覆雨，陷人坑阱。咱兩個口說無憑。」

【解釋】無：不、沒有。憑：憑據。

【用法】單靠口頭說，不能作爲憑據。

【例句】～，沒有證據，如何能取信於人？

口若懸河 ㄎㄡˇ ㄖㄨㄛˋ ㄒㄩㄢˊ ㄏㄜˊ

【出處】唐·韓愈《石鼓歌》詩：「安能以此上論列，願借辯口如懸河。」

【解釋】若：如、好像。懸河：激流傾瀉。

【用法】①說話滔滔不絕，如河水不斷奔湧流瀉一樣。②形容能言善辯。

【例句】他的最大特點就是善於辭令，說起話來～，滔滔不絕。

口燥唇乾 ㄎㄡˇ ㄗㄠˋ ㄔㄨㄣˊ ㄍㄢ

【出處】三國·魏·曹植《善哉行》：「來日大難，口燥唇乾，今日相樂，皆當喜歡。」

【用法】形容話講得太多，口腔、嘴唇都乾了。

【例句】我苦口婆心地說了半天，已經～，可是他仍然無動於衷，毫無悔改的表示。

【附註】也作「唇焦口燥」。「燥」不能寫成「躁」。

口誦心惟 ㄎㄡˇ ㄙㄨㄥˋ ㄒㄧㄣ ㄨㄟˊ

【出處】唐·韓愈《上襄陽於相公書》：「手披目視，口詠其言，心惟其義。」

【解釋】誦：念、朗讀。惟：思考。

【用法】一面口朗讀，一面在思考。

【例句】對於文學作品的欣賞，應該～，細加體味，才能領略其妙處。

口耳並重 ㄎㄡˇ ㄦˇ ㄅㄧㄥˋ ㄓㄨㄥˋ

【用法】①口說耳聽必須下同等重要的工夫。②常指學習外語或語音知識時的重要方法。

【例句】學習英文必須～，才能發揮效果。

口耳之學 ㄎㄡˇ ㄦˇ ㄓ ㄒㄩㄝˊ

【出處】《荀子·勸學》：「小人之學

也，入乎耳，出乎口。口耳之間則四寸耳，曷(何)足以美七尺之軀哉！」

【用法】從道聽塗說中所知道的一些膚淺的並非眞正有益的學問。

【例句】這個人有一點～就到處吹噓，能有什麼出息呢？

【附註】也作「耳食之學」。

口吻生花 ㄎㄡˇ ㄨㄣˇ ㄕㄥ ㄏㄨㄚ

【出處】唐・馮贄《雲仙雜記》王引《白氏金鎖》：「張祜苦吟，妻孥喚之不應，以責祜。祜曰：『吾方口吻生花，豈恤汝輩。』」

【解釋】口吻：嘴唇。

【用法】形容吟詩得意，情趣盎然。

【例句】看他～的模樣，就不忍心打擾他。

叩馬而諫 ㄎㄡˋ ㄇㄚˇ ㄦˊ ㄐㄧㄢˋ

【出處】漢・司馬遷《史記・伯夷列傳》：「西伯卒，武王載木主，號爲文王，東伐紂。伯夷、叔齊叩馬而諫曰：『父死不葬，爰及干戈，可謂孝乎？以臣弑君，可謂仁乎？』左右欲兵之。太公曰：『此義人也。』扶而去之。」

【解釋】叩馬：擋住馬頭。諫：規勸。

【用法】①擋住馬頭進行規勸。②後用以指一片眞心地進行規勸。

叩石墾壤 ㄎㄡˋ ㄕˊ ㄎㄣˇ ㄖㄤˇ

【出處】《列子・湯問》：「遂率子孫荷擔者三夫，叩石墾壤，箕畚運於渤海之尾。」

【解釋】叩：擊、打。墾：翻土。

【用法】敲石頭挖土，指破土動工。

【例句】工程隊一到，就～大做起來。

扣盤捫燭 ㄎㄡˋ ㄆㄢˊ ㄇㄣˊ ㄓㄨˊ

【出處】宋・蘇軾《日喻》：「生而眇者不識日，問之有目者。或告之曰：『日之狀如銅槃（盤）。』扣槃而得其聲。他日聞鐘，以爲日也。或告之曰：『日之光如燭。』捫燭而得其形。他日揣籥，以爲日也。」

【解釋】扣：通「叩」，敲擊。捫：撫摸。

【用法】比喻理解不透徹而引起誤會。

【例句】我見識淺陋，對於問題的看法，不免有～的可能。

扣人心弦 ㄎㄡˋ ㄖㄣˊ ㄒㄧㄣ ㄒㄧㄢˊ

【解釋】扣：通「叩」，敲打。心弦：指受感動而引起共鳴的心。

【用法】形容言論或表演等深深地打動人心。

【例句】體育館裏，一場～的國際籃球比賽正在緊張地進行著。

侃侃而談 ㄎㄢˇ ㄎㄢˇ ㄦˊ ㄊㄢˊ

【出處】清・文康《兒女英雄傳》第五回：「你自然就該侃侃而談。」

【解釋】侃侃：從容不迫的樣子。

【用法】形容既理直氣壯又從容不迫地談話。

【例句】口試前有充分的準備，因此面對教授時仍能～，意態從容。

坎坷不平 ㄎㄢˇ ㄎㄜˇ ㄅㄨˋ ㄆㄧㄥˊ

【出處】漢・揚雄《河東賦》：「瀐南巢之坎坷兮，易豳岐之夷平。」

【用法】①道路高低不平。②引申爲前

進的道路上有很多困難。
【例句】①牠跑得那麼平穩，使騎馬的人彷佛覺得它不是在～的路上跑，而是走在極其柔軟的地毯上。②你們太年輕了，還不懂得生活，總是幻想着一路順風，而這是不可能的。拿我們這一輩人來說，誰沒有走過一段～的路呢？

坎井之蛙（ㄎㄢˇ ㄐㄧㄥˇ ㄓ ㄨㄚ）

【出處】《莊子・秋水》：「子獨不聞夫坎井之蛙乎？」
【解釋】坎井：淺井。
【用法】淺井裏的青蛙。②比喻視野狹窄、見聞淺陋的人。
【例句】年輕人當讀萬卷書，行萬里路，才不致成～。

看破紅塵（ㄎㄢˋ ㄆㄛˋ ㄏㄨㄥˊ ㄔㄣˊ）

【出處】漢・班固《西都賦》：「闐城溢郭，旁流百廛，紅塵四合，烟雲相連。」
【解釋】①紅塵：原指鬧市的飛塵，形容繁華。②佛家又謂「紅塵」爲人世間。
【用法】①看穿了人世間的一切，而厭惡現實生活。②原指道教、佛教中的出家人或隱士離開世俗繁華之地，而深居僻靜之處。③現指悲觀厭世的人對人生的消極態度。
【例句】有少數年輕人不同程度上存在着～的消極思想，用玩世不恭的態度對待生活，對他們必須加強輔導，不能任其消極下去。

看風使舵（ㄎㄢˋ ㄈㄥ ㄕˇ ㄉㄨㄛˋ）

【出處】宋・釋普濟《五燈會元》：「看風使帆，正是隨波逐浪。」
【用法】比喻爲人處事圓滑，善於隨機應變，跟着情勢轉變方向。
【例句】那種善於～、投機鑽營的人，決不會是好的朋友。
【辨誤】也作「看者使帆」、「見風使舵」、「見風轉舵」。

看朱成碧（ㄎㄢˋ ㄓㄨ ㄔㄥˊ ㄅㄧˋ）

【出處】南朝・梁・王僧儒《夜愁示諸賓》詩：「誰知心眼亂？看朱忽成碧。」
【解釋】宋：紅色。碧：青綠色。
【用法】①把朱紅看成了碧綠。②形容心亂目眩，不辨五色。或眼花撩亂，視覺模糊。
【例句】這次意想不到的打擊，使我一下子頭暈目眩，～，深一脚淺一脚地不知道走到什麼地方了。

看殺衛玠（ㄎㄢˋ ㄕㄚ ㄨㄟˋ ㄐㄧㄝˋ）

【出處】唐・房玄齡等《晉書・衛玠傳》：「(衛玠)以王敦豪爽不群，而好居物上，恐非受之忠臣，求向建鄴。京師人士聞其姿容，觀者如堵。玠勞疾遂甚，永嘉六年卒，時年二十七，時人謂玠被看殺。」
【解釋】衛玠：字衛寶，晉人。豐神秀異，是才貌出衆的美少年，爲人們爭相瞻仰，玠素體弱，因病而死，僅二十七歲，故當時人有「看殺衛玠」之語。
【用法】意指爲人景仰的美少年可惜壽命不長。

看人眉睫（ㄎㄢˋ ㄖㄣˊ ㄇㄟˊ ㄐㄧㄝˊ）

【出處】唐・李延壽《北史・崔亮傳》：「時隴西李冲當朝任事，亮族兄光往依之，謂亮曰：『安能久事筆硯而不往托李氏也？彼家饒書，因可得學。』亮曰：『弟妹飢寒，豈容獨飽？自可觀書杉市，安能看人眉睫乎？』」
【解釋】眉睫：眉毛和眼睫毛，這裏指臉色。
【用法】看人臉色，仰人鼻息的意思。
【例句】一個有骨氣的人，豈可為了區區小錢，就～仰人鼻息。

看菜吃飯，量體裁衣

【用法】比喻作事要從實際出發，根據具體情況進行處理。
【例句】作設計，必須考慮到許多具體條件，「～」，切忌不切實際，好大喜功。
【附註】也作「量體裁衣」。

肯堂肯構

【出處】《尚書・大誥》：「若考作室，既底法，厥子乃弗肯堂，矧肯構？」
【解釋】肯：願意。執：奠立堂基。構：架屋。
【用法】後反其意而用之，比喻兒子能繼承父業。

康莊大道

【出處】清・吳趼人《恨海》第五回：「原來是一條康莊大道，那逃難的人馬絡驛不絕。」
【解釋】康莊：《爾雅・釋宮》：「五達謂之康，六達謂之莊。」指道路通到各方。
【用法】①形容四通八達寬濶平坦的大路。②比喻光明的前途。
【例句】唯有埋首苦幹，才能走向人生幸福的～。

慷慨激昂

【出處】唐・柳宗元《上權德與補闕溫卷決進退啓》：「今將慷慨激昂，奮攘布衣。」
【解釋】慷慨：意氣昂揚，情緒激動。激昂：振奮昂揚，情緒激動。
【用法】形容精神振奮，意氣昂揚。
【例句】這一席話，他講得～，動人肺腑。

慷慨就義

【解釋】慷慨：意氣激昂。就義：為正義事業犧牲。
【用法】為了眞理和正義在敵人面前英勇不屈，意氣激昂地壯烈犧牲。
【例句】革命先烈們為國家民族，不惜拋家棄子～。

慷慨解囊

【解釋】慨慕：大方、不吝惜。囊：口袋，指錢袋。
【用法】毫不吝惜地拿錢幫助別人。
【例句】不論誰有了困難，她都～，盡力幫助。

慷慨陳詞

【解釋】慷慨：意氣昂揚，情緒激動。陳：陳述。詞：言詞。
【用法】意氣昂揚，情緒激動地陳述自己的見解。
【例句】他曾在法庭上～，把被告罵得體無完膚。

亢龍有悔（ㄎㄤˋ ㄌㄨㄥˊ ㄧㄡˇ ㄏㄨㄟˇ）

【出處】《周易・乾》：「上九，亢龍有悔。」

【解釋】亢：至高至尊。龍：象徵君主。悔：懊悔。

【用法】①至尊者有所懊惱的事。②指君主要以驕傲自滿爲戒，否則自取滅亡，遺恨無窮！

抗心希古（ㄎㄤˋ ㄒㄧㄣ ㄒㄧ ㄍㄨˇ）

【出處】三國・魏・嵇康《幽憤》詩：「抗心希古，任其所尚。」

【解釋】抗心：使心志高尙。希古：則古人自期或以古人相標榜。

【用法】使自己志節高尙，以古代道德高尙的人爲榜樣。

抗塵走俗（ㄎㄤˋ ㄔㄣˊ ㄗㄡˇ ㄙㄨˊ）

【出處】南朝・齊・孔稚圭《北山移文》：「焚芰制而裂荷衣，抗塵容而走俗狀。」

【解釋】抗：高舉，引申爲顯現出。塵：指塵容（塵世的儀容）。走：奔走、忙碌。

【用法】①以庸俗的嘴臉奔走於世俗之中。②形容熱中名利，奔走忙碌。

【例句】這位老先生自命清高，談吐之間頗有超凡脫俗之風，然而却又奔走於權門，其～之狀可掬。

抗顏爲師（ㄎㄤˋ ㄧㄢˊ ㄨㄟˊ ㄕ）

【出處】唐・柳宗元《答書中立論師道書》：「獨韓愈奮不顧流俗，犯笑侮，收召後學，作《師說》，因抗顏而爲師。」

【解釋】抗顏：態度嚴正不屈。

【用法】有堅定的意志，不爲世俗所動，不爲潮流所左右，願意做一番事業的人，可以作爲學習的楷模。

硜硜之愚（ㄎㄥ ㄎㄥ ㄓ ㄩˊ）

【解釋】硜硜：固執的樣子。

【用法】①既固執而制淺薄的愚人之見。②用作堅持個人看法的自謙辭。

【例句】在這件事情上，我仍堅持我一貫的立場，～，請您多包涵。

鏗鏘頓挫（ㄎㄥ ㄑㄧㄤ ㄉㄨㄣˋ ㄘㄨㄛˋ）

【出處】清・曹雪芹《紅樓夢》第二十二回：「這一齣戲是一套『北點絳唇』，鏗鏘頓挫，韻律不用說是好了。」

【解釋】鏗鏘：指聲音響亮和諧。

【用法】形容音韻有力，非常動聽。

【例句】這首曲子～，聽者無不動容。

鏗鏘有力（ㄎㄥ ㄑㄧㄤ ㄧㄡˇ ㄌㄧˋ）

【解釋】鏗鏘：形容聲音響亮和諧。

【用法】指言辭慷慨激昂，有打動人心的力量。

【例句】這篇文章，字句～，足以撼動人心。

哭天喊地（ㄎㄨ ㄊㄧㄢ ㄏㄢˇ ㄉㄧˋ）

【用法】對着天地痛苦呼號。

【例句】這些被逐出自己國家的難民，漂流在海上已經半個多月了，他們遭到海盜襲擊，許多被奪去親人的婦女孩子們～，痛不欲生！

哭笑不得（ㄎㄨ ㄒㄧㄠˋ ㄅㄨˋ ㄉㄜˊ）

【用法】①哭也不能，笑也不能。②形容處境尷尬。

【例句】咬著了辣椒，～的時候，可別找我。

枯木逢春 ㄎㄨ ㄇㄨˋ ㄈㄥˊ ㄔㄨㄣ

【解釋】《敦煌變文集．盧山遠公話》：「是日遠公猶如臨崖枯木，再得逢春。」

【用法】比喻瀕於絕境的事物又得到挽救，如同枯槁的樹木遇上春天，重獲生機。

【例句】經過大家據理力爭，經理終於首肯，原本以爲無望的春季旅遊，如～般，重獲新機。

枯木朽株 ㄎㄨ ㄇㄨˋ ㄒㄧㄡˇ ㄓㄨ

【出處】漢．鄒陽《獄中上梁王書》：「故有人先談，則枯木朽株，樹功而不忘。」

【解釋】株：露出地面的樹樁。

【用法】①指枯乾腐朽的樹木。②也比喻衰老的人或衰微的力量。

枯木死灰 ㄎㄨ ㄇㄨˋ ㄙˇ ㄏㄨㄟ

【出處】《莊子．齊物論》：「形固可使如槁木，而心固可使如死灰乎？」

【用法】①形體像枯死的樹木，心情似熄滅的火灰。②比喻十分消極悲觀。

【例句】由於在精神上受盡了折磨，如今他已心灰意冷，如同～一般，再也振作不起來了。

枯莖朽骨 ㄎㄨ ㄐㄧㄥ ㄒㄧㄡˇ ㄍㄨˇ

【出處】《韻府》引《關引子》注：「著之與龜，本枯莖朽骨耳！靈從何來，聖從何起？今則能彰往察來也，上下無常也。枯莖朽骨，何其神哉！」

【用法】①枯槁的草莖，腐朽的骨片。②原指古代用來占卜吉凶的用具。③後喻指腐朽的事物。

【例句】毒品會讓人成爲～，絕不能讓它死灰復燃。

枯井頹巢 ㄎㄨ ㄐㄧㄥˇ ㄊㄨㄟˊ ㄔㄠˊ

【解釋】清．孔尙任《桃花扇．餘韻》：「無非是枯井頹巢，不過些磚苔砌草。」

【解釋】頹：崩壞、倒塌。

【用法】①乾枯的水井，毀壞的鳥窩。②形容荒涼破敗的景象。

【例句】看到久違的家園，竟是一片～的景象，不禁悲從中來，潸然涕下。

枯枝敗葉 ㄎㄨ ㄓ ㄅㄞˋ ㄧㄝˋ

【出處】清．孔尙任《桃花扇．餘韻》：「鴿翎蝠糞滿堂拋，枯枝敗葉當階罩！」

【用法】①乾枯的花枝，衰敗了的花葉。②形容荒落的庭院。

【例句】這座庭園到處是～，陰森破敗的景象，讓人怎樣也無法和昔日的繁華之景聯想在一起。

枯樹生花 ㄎㄨ ㄕㄨˋ ㄕㄥ ㄏㄨㄚ

【出處】晉．陳壽《三國志．魏書．劉廙傳》：「臣罪應傾宗，禍應覆族，遭乾坤之靈，値時來之運，揚湯止沸，使不焦爛，起烟於寒灰之上，生華(花)於已枯之木，……可以死效，難用筆陳。」

【用法】①枯萎的樹開出了花。②比喻絕境逢生。
【例句】在政府有計畫的保存整理之下，許多即將失傳的民間技藝，又如～，重新獲得了生機。

枯燥無味

【解釋】枯燥：單調。
【用法】形容非常單調，沒有趣味。
【例句】這篇小說情節單一，結構鬆散，語言也不美，讀起來眞是～！

枯楊生稊

【出處】《周易・大過》：「九二枯楊生稊，老夫得其女妻。」
【解釋】稊：通「荑」，植物的嫩芽。
【用法】①枯乾了的楊樹又發了芽。②比喻老夫娶少妻或老來得子。
【例句】打了半輩子的光棍的王老三，現在也娶了媳婦，並且～，有了一個胖兒子，他怎麼能不高興啊！

枯魚銜索

【解釋】西漢・韓嬰《韓詩外傳》卷一：「枯魚銜索，幾何不蠹。二親之壽，忽如過隙。」
【解釋】索：大繩子。
【用法】①乾枯的魚吊在繩索上。②指存在的時間不會很長。③後來用作表示追念已故父母之辭。

枯魚之肆

【出處】《莊子・外物》：「吾失我常與，我無所處，吾得斗升之水然活耳，君乃言此，曾不如早索我於枯魚之肆！」
【解釋】肆：店鋪的舊稱。
【用法】比喻目前已很危當，不能等待遠處救濟。
【例句】我的處境已如～，實在是不大妙了。

楛耕傷稼

【出處】《荀子・天論》：「楛耕傷稼，楛耘失歲。」
【解釋】楛：粗劣、不精緻。稼：莊稼。
【用法】不精細耕作，會損傷莊稼。

楛耘傷歲

【出處】《荀子・天論》：「楛耕傷稼，楛耘失歲。」
【解釋】楛：粗劣不精細。耘：除草。歲：年景、收成。
【用法】不精細地除草，會影響收成。
【附註】也作「楛耘失歲」。

苦不堪言

【用法】堪：可、能。
【用法】困苦到了極點，簡直不能用言語來表達。
【例句】抗戰時，我們全家流落異鄉，舉目無親，眞是～。

苦樂不均

【出處】北齊・魏收《魏書・太武五王列傳》：「苦樂不均，羊少狼多，復有蠶食，此之爲弊久矣。」
【解釋】均：平均。
【用法】指同樣的人，苦的苦，樂的樂，待遇不相等。
【例句】這裏在工作上～的現象還相當

嚴重，有人負擔很重，有人則沒有事做，必須迅速制定措施加以改正。

苦口婆心 ㄎㄨˇ ㄎㄡˇ ㄆㄛˊ ㄒㄧㄣ

【出處】清·彭養鷗《黑籍寃魂》第二十回：「雖然有那良師益友，苦口婆心地規勸，却總是耳邊風，縱有時聽得入耳，自己要想發憤爲雄：都是一般虎頭蛇尾。」

【解釋】苦口：不厭其煩地反覆勸說與開導。婆心：老婆婆的心腸，指好意、善意。

【用法】好心好意，不厭其煩地勸說或頭導。

【例句】他財迷心竅，任你如何～地勸他，也是枉然。

苦海無邊 ㄎㄨˇ ㄏㄞˇ ㄨˊ ㄅㄧㄢ

【出處】元·無名氏《度柳翠》第一折：「世俗人沒來由，爭長競短，你死我活。有呵吃些個，有呵穿些個。苦海無邊，回頭是岸。」

【解釋】苦海：原爲佛家語。

【用法】形容深重無比的苦難。

【例句】「～，回頭是岸」，你不要再執迷不悟了。

苦盡甘來 ㄎㄨˇ ㄐㄧㄣˋ ㄍㄢ ㄌㄞˊ

【出處】元·關漢卿《蝴蝶夢》第四折：「受徹了牢獄災，今日個苦盡甘來。」

【解釋】盡：終結、完了。甘：甜，美好。

【用法】比喻艱難困苦的生活結束，美滿幸福的生活已經到來。

【例句】如今兒子都已長成，這位獨立撫孤的寡母，總算～，得享清福了。

【附註】也作「苦盡甜來」。

苦心孤詣 ㄎㄨˇ ㄒㄧㄣ ㄍㄨ ㄧˋ

【出處】清·翁方綱《復初齋文集·格調論下》：「今且勿以意匠之獨運者言之，且勿以苦心孤詣戛戛獨造者言之，公且以致古之作若規仿格調者言之。」

【解釋】苦心：用心勞苦。孤詣：獨到的成就或境地。

【用法】①指精心研究學問或技藝，很有獨到之處。②也指辛苦經營，爲尋求解決問題的辦法而煞費苦心。

【例句】他～地爲開闢新詩創作的道路進行艱苦探索，這種精神是應當受到人們尊重的。

苦心焦思 ㄎㄨˇ ㄒㄧㄣ ㄐㄧㄠ ㄙ

【出處】唐·韓愈《爲裴相公讓官表》：「聖君難逢，重德宜報，苦心焦思，以日繼夜。」

【解釋】苦心：用心勞苦。焦思：煩躁不安地思慮。

【用法】費盡苦心而煩躁，焦急地思慮著。

【例句】爲解決這些技術難題，他～地渡過了多少不眠之夜。

苦心經營 ㄎㄨˇ ㄒㄧㄣ ㄐㄧㄥ ㄧㄥˊ

【解釋】經營：籌劃安排。

【用法】用盡心思地籌畫安排。

【例句】現在我們這裏已經粗具規模，能夠開展研究工作了，這是同志們半年來～的結果。

苦中作樂 ㄎㄨˇ ㄓㄨㄥ ㄗㄨㄛˋ ㄌㄜˋ

【出處】宋·陳造《同陳宰黃簿遊靈山八首》自注：「宰云：『吾輩可謂忙裏偷閒，苦中作樂』，以八字為韻。」
【用法】在艱難困苦的境遇中強自歡娛。
【例句】一九四二年抗戰的時候，我正在一所流亡學校上學。那年春節，有家的同學都回家了，剩下了我們幾個無家可歸的，只好～，湊了些錢，買了點酒菜，也算過了一個年。

苦肉計 ㄎㄨˇ ㄖㄡˋ ㄐㄧˋ

【用法】故意使自己肉體受折磨，以騙取敵方信任，從而借機行事的計謀。
【例句】赤壁之戰中，周瑜打黃蓋是一種～，為的是騙取曹操對黃蓋的信任。

夸父逐日 ㄎㄨㄚ ㄈㄨˇ ㄓㄨˊ ㄖˋ

【出處】《山海經·海外北經》：「夸父與日逐走，入日。渴，欲得飲，飲於河、渭，河、渭不足，北飲大澤。未至，道渴而死。棄其杖，化為鄧林。」
【解釋】夸父：神話故事中的人名。逐：追趕。
【用法】①指征服自然的堅強決心。②也比喻不自量力。
【例句】這樣一件複雜的工作，他總想自己一個人在一個早晨就完成它，好一鳴驚人，這正如～，太不自量了。

誇辯之徒 ㄎㄨㄚ ㄅㄧㄢˋ ㄓ ㄊㄨˊ

【出處】明·羅貫中《三國演義》第四十三回：「蓋國家大計，社稷安危，是有主謀，非比誇辯之徒，虛譽欺人。」
【解釋】誇：虛誇。辯：論辯。
【用法】指說話，寫文章不從實際出發，愛虛誇強辯的人。

誇大其詞 ㄎㄨㄚ ㄉㄚˋ ㄑㄧˊ ㄘˊ

【用法】指說話，寫文章不切合實際，超過了原有的程度。
【例句】你把我們的成績說得太大了，這種～的介紹，影響會很不好的。

誇多鬥靡 ㄎㄨㄚ ㄉㄨㄛ ㄉㄡˋ ㄇㄧˊ

【出處】唐·韓愈《送陳秀才彤序》：「讀有以為學，纘言以為文，非以誇多而鬥靡也。」
【解釋】誇：誇耀。鬥：爭鬥，指比賽。靡：奢靡，指詞藻華麗。
【用法】①意謂寫文章以篇幅多、堆砌華麗詞藻而誇耀爭勝。②也指自我炫耀知識淵博。③也形容官僚、富豪以奢侈為榮而互相比賽。

誇誇其談 ㄎㄨㄚ ㄎㄨㄚ ㄑㄧˊ ㄊㄢˊ

【用法】浮誇而不切實際的亂說一頓。
【例句】沒有調查就沒有發言權，～地亂說一通和將一二三四個現象排列，都是無用的。

姱容修態 ㄎㄨㄚ ㄖㄨㄥˊ ㄒㄧㄡ ㄊㄞˋ

【解釋】戰國·楚·宋玉《招魂》：「姱容修態，旦洞房些。」
【解釋】姱：美好。修：細而長。態：體態、身材。
【用法】①美麗的容顏，細長的身材。②形容面貌體型之美。
【例句】昔埃及楊王克里倭巴女士拉生於漢地節元年，為前王多祿某女，～，冠絕古今。

廓達大度 ㄎㄨㄛˋ ㄉㄚˊ ㄉㄚˋ ㄉㄨˋ

【出處】太平天國・洪仁玕《干王洪容玕等勸諭清朝官兵棄暗投明檄》：「爾等抑知我天朝廓達大度，胞與爲懷，不同新舊兄弟，皆視同一體。」
【解釋】廓達：開朗、通達。
【用法】性格開朗，氣量寬宏。

廓開大計（ㄎㄨㄛˋ ㄎㄞ ㄉㄚˋ ㄐㄧˋ）

【出處】晉・陳壽《三國志・吳書・魯肅傳》：「今卿廓開大計，正與孤同。」（孤：孫權自稱。）
【解釋】廓開：指闡述。
【用法】闡述遠大的理想與計劃。
【例句】新來的廠長頗有一些雄心壯志，他～，講了發展新產品的前景，使全廠職工聽了都十分振奮。

快馬加鞭（ㄎㄨㄞˋ ㄇㄚˇ ㄐㄧㄚ ㄅㄧㄢ）

【出處】宋・陸游《村居》詩：「生憎快馬隨鞭影，寧作痴人記劍痕。」
【用法】①騎著快馬再加上幾鞭，使馬跑得更快。②比喻快上加快。
【例句】事情已經很急，必須～，不然就要誤事了。

快馬一鞭，快人一語（ㄎㄨㄞˋ ㄇㄚˇ ㄧˋ ㄅㄧㄢ，ㄎㄨㄞˋ ㄖㄣˊ ㄧˋ ㄩˇ）

【出處】宋・釋道原《景德傳燈錄・卷六・袁州南源道明禪師》：「快馬一鞭，快人一言。有事何不出頭來，無事各自珍重，便下堂。」
【用法】快馬不須多鞭策，只一鞭打下就疾走到底，爽快人一句話就算數或一句話就清楚，絕不遲疑。
【例句】「～」，我就是欣賞他這種爽直乾脆的性格。

快刀斬亂麻（ㄎㄨㄞˋ ㄉㄠ ㄓㄢˇ ㄌㄨㄢˋ ㄇㄚˊ）

【用法】比喻能果斷地採取措施，處理頭緒紛雜的問題。
【例句】在這緊急關頭，我們必須～，不能糾纏在一些無關重要的枝節問題上。

快人快事（ㄎㄨㄞˋ ㄖㄣˊ ㄎㄨㄞˋ ㄕˋ）

【解釋】快：爽快。
【用法】指性格爽快的人，做出事來乾脆俐落。
【例句】這個姑娘做起事來爽快俐落，眞是～，讓人從心眼兒裏喜歡。

快人快語（ㄎㄨㄞˋ ㄖㄣˊ ㄎㄨㄞˋ ㄩˇ）

【解釋】快：爽快。
【用法】爽快人說爽快話。②形容性格直爽。
【例句】她爽快地接受了工作，並且說：「這有啥，做好了沒說的，做不好，大不了重做！」這眞是～。

快意當前（ㄎㄨㄞˋ ㄧˋ ㄉㄤ ㄑㄧㄢˊ）

【出處】漢・司馬遷《史記・李斯列傳》：「快意當前，適觀而已矣。」
【解釋】快意：縱情貪欲。
【用法】指貪圖享受眼前一時的快活。
【例句】做事要思前想後，不可～，不顧後果。

膾炙人口（ㄎㄨㄞˋ ㄓˋ ㄖㄣˊ ㄎㄡˇ）

【出處】五代・王定保《唐摭言・卷十・海敍不遇》：「李濤……篇咏甚著，如『水聲長在耳，山色不離門』；又如『掃地樹留影，拂床琴有聲』；又『落日長安道，秋槐滿地花』；皆膾炙人口。」

【解釋】膾：切得很細的肉。炙：烤熟的肉。

【用法】①美味的食品為人們所喜歡吃。②比喻好的文藝作品人人稱說、傳頌。

【例句】《浮生六記》這本書不僅在我國廣為流代，～，而且在世界上也享有盛譽。

【附註】「膾」不能念成「ㄏㄨㄟˋ」。「炙」不能寫成「灸」。

窺測方向，以求一逞

【解釋】窺測：暗中觀察推測。逞：（壞主意）達到目的。

【用法】指躲在一邊偷看，並估計行動的方向，去尋求逞凶做壞事的機會。

【例句】敵人並不甘心失敗，他們依然在～，我們要有高度的警惕。

揆情度理

【出處】清．文康《兒女英雄傳》第三十三回：「揆情度理想了去，此中也小小的有些天理人情。」

【解釋】揆度：推想揣度。

【用法】根據情理來推想揣度。

【例句】這種見異思遷，喜新厭舊的事情，～，似乎不應該出在她身上。

【附註】「度」不能念成ㄉㄨˋ。

跬步千里

【出處】《荀子．勸學》：「不積跬步，無以致千里。」

【解釋】跬步：古代稱走路時移動一隻腳叫跬，即跨半步。

【用法】①指半步半步地積累起來，能到千里之遠。②比喻做事只要持之以恒地做下去，就能獲得很大的進展。

【例句】無論從事什麼事業，都要紮紮實實地去做，～，只要堅持，就會有成就。

喟然長嘆

【出處】《論語．先進》：「夫子喟然嘆曰：『吾與點也！』」

【解釋】喟然：嘆氣的樣子。

【用法】長長地嘆息。

【例句】聽到他多年不幸的遭遇，我禁不住～，却又找不出話來安慰他。

巋然不動

【出處】漢．劉安《淮南子．詮言訓》：「至德，道者若丘山，嵬（巋）然不動，行者以為期也。」

【解釋】巋然：高大挺立的樣子。

【用法】形容高大穩固，不可動搖。

巋然獨存

【出處】漢．王延壽《魯靈光殿賦》：「自西京未央，建章之殿，皆見隳壞，而靈光巋然獨存。」

【解釋】巋然：高大挺立的樣子。

【用法】形容屢經變亂而唯一保存下來的事物。

【例句】長安的許多唐代古蹟已經損壞，只有大雁塔還～。

愧天怍人

【出處】《孟子．盡心上》：「仰不愧於天，俯不怍於人，二樂也。」

【解釋】愧：羞愧。怍：慚愧。

【用法】①對不住天，對不住人。②形

容做了虧心事犯了錯誤，無地自容。
【例句】我沒有勇氣去見我的老師，因為我做過對不起他的事，如今～，後悔莫及。

潰不成軍 ㄎㄨㄟˋ ㄅㄨˋ ㄔㄥˊ ㄐㄩㄣ

【解釋】潰：潰敗。
【用法】①被打得落花流水，不成隊伍。②形容軍隊慘敗。
【例句】第二天上午九時，我軍發起總攻擊，敵人立刻～，紛紛舉手投降。

寬猛相濟 ㄎㄨㄢ ㄇㄥˇ ㄒㄧㄤ ㄐㄧˋ

【出處】《左傳·昭公二十年》：「鄭子產謂子太叔曰：『惟有德者能以寬服民。其次莫如猛。』仲尼曰：『善哉！政寬則民慢，慢則糾之以猛。猛則民殘。殘則施之以寬，寬以濟猛，猛以濟寬，政是以和。』」
【解釋】寬：寬大、寬容。猛：嚴厲。濟：幫助、配合。
【用法】寬大和嚴厲相配合。
【例句】我們處長對待他的下屬能夠～，因而深得全體同事的尊重。

寬大為懷 ㄎㄨㄢ ㄉㄚˋ ㄨㄟˊ ㄏㄨㄞˊ

【解釋】寬大：寬宏大量。懷：胸懷。
【用法】指對人寬宏大量。
【例句】作為一個領導人還是～為好，不能把部屬們的一點小小過失老記在心上。

寬打窄用 ㄎㄨㄢ ㄉㄚˇ ㄓㄞˇ ㄩㄥˋ

【解釋】寬：寬裕。
【用法】計劃時估計得寬裕一些，而實際使用時則節省一些。
【例句】在安排家庭生活上，應該～，免得入不敷出。

寬廉平正 ㄎㄨㄢ ㄌㄧㄢˊ ㄆㄧㄥˊ ㄓㄥˋ

【出處】唐·韓愈《唐故河東節度觀察使滎陽鄭公神道碑》：「公之為司馬，用寬廉平正，使吏士心。」
【解釋】寬：寬厚。廉：廉潔。平正：不偏私。
【用法】寬厚廉潔，處事大公無私。
【例句】他待人接物～，這正是人所共知的。

寬宏大量 ㄎㄨㄢ ㄏㄨㄥˊ ㄉㄚˋ ㄌㄧㄤˋ

【解釋】元·無名氏《漁樵記》第三折：「我則道相公不知打我多少，原來那相公寬宏大量。」
【解釋】寬宏：指氣量大。
【用法】形容心胸開濶，度量很大，能容人，能容事。
【例句】要不是他～，原諒我的過失，今天我不知要變成什麼樣了？

寬仁大度 ㄎㄨㄢ ㄖㄣˊ ㄉㄚˋ ㄉㄨˋ

【出處】漢·班固《漢書·高帝紀》：「寬仁而愛人喜施，意豁如也，常有大度，不事家人生產作業。」
【解釋】大度：氣量大，能容人。寬厚仁慈，胸懷廣大。
【例句】我們的經理，～，從來不計較小事。

款語溫言 ㄎㄨㄢˇ ㄩˇ ㄨㄣ ㄧㄢˊ

【出處】清·曹雪芹《紅樓夢》第二十回：「寶玉見了這樣，知難挽回，打疊起百樣的款語溫言勸慰。」

【解釋】款語：親切談話。

【用法】形容親切而溫多地談話。

【例句】看見媽媽生氣了，他～百般討好，總算讓她平息了怒氣。

昆山片玉 ㄎㄨㄣ ㄕㄢ ㄆㄧㄢˋ ㄩˋ

【出處】唐．房玄齡《晉書．郤詵傳》：「累遷雍州刺史，武帝于東堂會送，問詵曰：『卿自以爲何如？』詵對曰：『臣舉賢良對策，爲天下第一，猶桂林之一枝，昆山之片玉。』」

【解釋】昆山：昆崙山。昆崙山上的一片玉。

【用法】①本爲自謙詞，謂僅爲衆美之一。②後用來比喻衆美中之傑出者。

【例句】像他這樣的傑出人才，確實是～，十分難得，怎麼能不委以重任而讓做些事呢？

昆山之下，以玉抵鳥 ㄎㄨㄣ ㄕㄢ ㄓ ㄒㄧㄚˋ ㄧˇ ㄩˋ ㄉㄧˇ ㄋㄧㄠˇ

【出處】漢．桓譚《新論．辨施》「昆山之下，以玉抵鳥，彭蠡之濱，以魚食犬。」

【解釋】抵：指投擊。

【用法】①昆山之下的居民，用玉石投擊飛鳥。②比喻雖是珍品，多了也就不以爲奇了。

【例句】誠然，在你們老家木耳是很珍貴的，但是我們這裏到處都是，「～」，也就不以爲貴了。

悃愊無華 ㄎㄨㄣˇ ㄅㄧˋ ㄨˊ ㄏㄨㄚˊ

【出處】南朝．宋．范曄《後漢書．章帝紀》：「安靜之吏，悃愊無華。」

【解釋】悃愊：至誠。華：浮華。

【用法】眞心實意而無虛假。

【例句】我非常欣賞他的～。

【附註】「愊」不能念成ㄈㄨˊ。

困心衡慮 ㄎㄨㄣˋ ㄒㄧㄣ ㄏㄥˊ ㄌㄩˋ

【出處】《孟子．告子下》：「人恒過，然後能改；困於心，衡於慮，而後作。」

【解釋】困：陷在艱難困苦中。衡：橫，阻塞。慮：思慮。

【用法】①心意困苦，思慮阻塞。②意指費盡心機，經過痛苦的思考。

困知勉行 ㄎㄨㄣˋ ㄓ ㄇㄧㄢˇ ㄒㄧㄥˊ

【出處】《禮記．中庸》：「或困而知之……或勉強而行之。」

【用法】指克服困難，方能得到知識；努力實行，才能養成高尚的品德。

【例句】學習任何科學知識都不是一件輕鬆的事情，～，這是需要付出心血的。

困獸猶鬥 ㄎㄨㄣˋ ㄕㄡˋ ㄧㄡˊ ㄉㄡˋ

【出處】《左傳．宣公十二年》：「困獸猶鬥，況國相乎。」

【解釋】猶：還。

【用法】①被圍困的野獸，仍要搏鬥。②比喻處於絕境者，仍然垂死掙扎。

【例句】敵人～，仍在利用最後的一點屏障作無望的抵抗。

狂風暴雨 ㄎㄨㄤˊ ㄈㄥ ㄅㄠˋ ㄩˇ

【出處】清．吳趼人《二十年目睹之怪現狀》第九十三回：「却遇了一陣狂風暴雨。」

【用法】①大風大雨。②比喻猛烈的聲

勢或險惡的境遇。

【例句】一夜的～，令人膽顫心驚，不能成眠。

狂奴故態 ㄎㄨㄤˊ ㄋㄨˊ ㄍㄨˋ ㄊㄞˋ

【出處】南朝．宋．范曄《後漢書．嚴光傳》載：東漢隱士嚴光跟光武帝（劉秀）本來是同學。司徒侯霸也與嚴光是老朋友，有一次侯霸差人去請光相見，光投一札給來人，口授道：「君房（侯霸字）足下：位至鼎足，甚善。懷仁輔義天下悅，阿諛順旨要（腰）領絕。」侯霸把這封信奏光武帝，帝笑曰：「狂奴故態也！」

【解釋】狂：不馴服。奴：本指奴僕，這裏是親狎的稱呼。故態：老樣子、老習慣、老脾氣。

【用法】狂士的老脾氣。

狂瞽之言 ㄎㄨㄤˊ ㄍㄨˇ ㄓ ㄧㄢˊ

【出處】唐．魏徵《十漸不克終疏》：「伏願陛下采臣狂瞽之言，參以芻蕘之議，冀千慮一得。」

【解釋】狂：放蕩。瞽：瞎眼。

【用法】指愚妄無知的話（舊時多用作自謙之辭。）

【例句】對於體制改革問題，我說了一些意見，～，恐難切時弊，不過採供參考而已。

狂轟濫炸 ㄎㄨㄤˊ ㄏㄨㄥ ㄌㄢˋ ㄓㄚˋ

【用法】瘋狂地進行轟炸。

【例句】我軍不顧敵機的～，堅守陣地，頑強地阻擊着敵人的進攻。

狂犬吠日 ㄎㄨㄤˊ ㄑㄩㄢˇ ㄈㄟˋ ㄖˋ

【解釋】狂：瘋狂。吠：狗叫。

【用法】①瘋狗對著太陽亂叫。②比喻惡人詆毀好人好事。

狂言瞽說 ㄎㄨㄤˊ ㄧㄢˊ ㄍㄨˇ ㄕㄨㄛ

【出處】漢．班固《漢書．晁錯傳》：「臣錯愚陋，昧死上狂言。」②《漢書．谷永傳》：「中尙書宦官，檻塞大異，皆瞽說欺天者也。」

【解釋】狂言：縱情任性，狂妄放蕩的言論。②瞽說：盲人說話，瞎說，指說話條理不清，不合事理。

【用法】①指狂夫大言不慚，盲人信口開河。②形容人狂傲無知出言無狀。

狂爲亂道 ㄎㄨㄤˊ ㄨㄟˊ ㄌㄨㄢˋ ㄉㄠˋ

【出處】清．曹雪芹《紅樓夢》第十七回：「因說道：『今日任你狂爲亂道，等說出議論來，方許你作。』」

【解釋】道：說、講。狂妄地行動，胡亂地說話。

曠大之度 ㄎㄨㄤˋ ㄉㄚˋ ㄓ ㄉㄨˋ

【出處】晉．陳夢《三國志．魏書．文帝丕傳評》：「加之曠大之度，勵以公平之誠。」

【解釋】大：廣大。度：度量。

【用法】廣大寬濶的度量。

【例句】憑大哥的～，難道還會計較這點點小事嗎？

曠古絕倫 ㄎㄨㄤˋ ㄍㄨˇ ㄐㄩㄝˊ ㄌㄨㄣˊ

【出處】唐．李延壽《北史．越彥深傳》：「彥深小心恭順，曠古絕倫。」

【解釋】古：古來所沒有的。絕倫：超過同輩。

【用法】古來沒有，超出一般。

曠古奇聞

ㄎㄨㄤˋ ㄍㄨˇ ㄑㄧˊ ㄨㄣˊ

【解釋】曠古：古來所沒有。奇聞：奇異的事情。

【用法】指自古以來從未聽到過的奇異事情。

【例句】這眞是～，如果不是親眼看到，無論如何是難以相信的。

曠日持久

ㄎㄨㄤˋ ㄖˋ ㄔˊ ㄐㄧㄡˇ

【出處】《戰國策·越策四》：「今得強越之兵，以杜燕將，曠日持久數歲，令士大夫餘子之力盡於溝壘。」

【解釋】曠：耽誤、荒廢。

【用法】空廢時日，施延很久。

【例句】打仗的時候，在很多情況下都要求速戰速決，～是沒有好處的。

空費說詞

ㄎㄨㄥ ㄈㄟˋ ㄕㄨㄛ ㄘˊ

【出處】明·馮夢龍《警世通言》第三十二卷：「孫富道：『僕有一計，於兄甚便。只恐兄溺枕席之愛，未必能行，使僕空費詞說耳！』」

【用法】①白白地講了許多話，等於白說了。②指說的話人家不肯聽。

【例句】我把道理已經講得很清楚，但令人不解的是，他却依然如故，看來我是～，多此一舉了。

空大老脬

ㄎㄨㄥ ㄉㄚˋ ㄌㄠˇ ㄆㄠ

【解釋】脬：膀胱，俗稱尿脬。

【用法】比喻表面雖偉大而實際則虛浮萎弱。

【附註】「脬」不能念成ㄈㄨˊ。

空洞無物

ㄎㄨㄥ ㄉㄨㄥˋ ㄨˊ ㄨˋ

【出處】南朝·宋·劉義慶《世說新語·排調》：「王丞相（王導）枕周伯仁（周乞）膝，指其腹曰：『卿此中何所有？』答曰：『此中空洞無物，然容卿輩數百人。』」

【用法】沒有任何內容或不切實際。

【例句】這篇論文～，乏善可陳。

空古絕今

ㄎㄨㄥ ㄍㄨˇ ㄐㄩㄝˊ ㄐㄧㄣ

【出處】清·吳敬梓《儒林外史》第十一回：「這人眞有經天緯地之才，空古絕今之學。」

【用法】①古代沒有過，今世不再有。②即十分難得，獨一無二的。

空谷傳聲

ㄎㄨㄥ ㄍㄨˇ ㄔㄨㄢˊ ㄕㄥ

【出處】南朝·梁·周興嗣《千字文》：「空谷傳聲，虛堂習聽。」

【用法】①人在山谷裏發出聲音，立即會聽到回聲。②形容反應迅速。④後也指一種遊戲。

空谷足音

ㄎㄨㄥ ㄍㄨˇ ㄗㄨˊ ㄧㄣ

【出處】《詩經·小雅·白駒》：「皎皎白駒，在彼空谷。」②《莊子·徐無鬼》：「夫逃空虛者……聞人足音跫然而喜矣。」

【用法】①在寂靜的山谷裏聽到人的腳步聲。②比喻難得的音信或事物。

【例句】只有他一個人力排眾議，獨樹一幟，確如～，使人非常敬佩。

空口無憑

ㄎㄨㄥ ㄎㄡˇ ㄨˊ ㄆㄧㄥˊ

【出處】清·李嘉寶《官場現形記》第二十七回：「空口說無憑的話，門生也不敢朝着老師來說。」

【用法】單是用嘴巴表白而沒有眞正的憑據。

【例句】你去和他們廠商研究訂貨問題，一定要一個書面保證，不然～，到時候誤了咱們的進度就不好辦了。

空空如也（ㄎㄨㄥ ㄎㄨㄥ ㄖㄨˊ ㄧㄝˇ）

【出處】《論語．子罕》：「吾有知乎哉？無知也。有鄙夫問於我，空空如也。」

【解釋】如：形容詞詞尾，相當於「……的樣子」。也：語氣詞。

【用法】十分空虛，一無所有。

【例句】要我講戲劇，眞如要我講天文一樣，苦於不知怎麼說才好，實是因爲素無研究，～。

空前絕後（ㄎㄨㄥ ㄑㄧㄢˊ ㄐㄩㄝˊ ㄏㄡˋ）

【出處】清．文康《兒女英雄傳》第三十七回：「正是空前絕後的第一樁得意事。」

【用法】①以前沒有過，以後也不會有。②形容極特出的成就或不尋常的情況。

【例句】辣椒可以止小孩的大哭，眞是～的奇聞。

空群之選（ㄎㄨㄥ ㄑㄩㄣˊ ㄓ ㄒㄩㄢˇ）

【解釋】空：空無所有。群：群衆。選：人選。

【用法】①群衆之中所沒有的人選。②指才能出衆的人。

【例句】他不是什麼～的人才，但他踏實、忠誠，是極爲難得的。

空穴來風（ㄎㄨㄥ ㄒㄩㄝˋ ㄌㄞˊ ㄈㄥ）

【出處】戰國．楚．宋玉《風賦》：「臣聞於師，枳句來巢，空穴來風。」

【解釋】穴：孔、洞。

【用法】①有洞穴才會進來風。②比喻傳言並非毫無起因。

【例句】流言蜚語固然不能輕信，但是，～，有關她的傳聞也絕不是沒有原因的。

空中樓閣（ㄎㄨㄥ ㄓㄨㄥ ㄌㄡˊ ㄍㄜˊ）

【出處】宋《朱子語類》卷一百：「問：『程子謂康節空中樓閣』。曰：『是四通八達。』」

【用法】①建築在半空中的樓閣。②比喻脫離現實的理論，不切實際的計劃或憑空虛構的事物。

【例句】現實生活教育了我，使我明白了過去的想法，不過是～而已。

空室蓬戶（ㄎㄨㄥ ㄕˋ ㄆㄥˊ ㄏㄨˋ）

【出處】漢．司馬遷《史記．游俠列傳序》「故季次，原憲終身空室蓬戶，褐衣疏食不厭。死而已四百餘年，而弟子志之不倦。」

【解釋】空室：空無所有的屋子。蓬戶：破敗的茅屋草舍。

【用法】形容極其清貧，住着荒涼破敗的茅屋。

【例句】他祖父死後，家中一貧如洗，～，生計無着。

孔孟之道（ㄎㄨㄥˇ ㄇㄥˋ ㄓ ㄉㄠˋ）

【出處】明．羅貫中《三國演義》第六十回：「（張）松聞曹丞相文不明孔孟之道，武不達孫吳之機，專務強霸而居大位，安能有所教誨，以開發明公耶？」
【解釋】孔：孔子。孟：孟子。
【用法】指儒家的學說。
【例句】～，至今仍是中國學術思想主流

孔席墨突（ㄎㄨㄥˇ ㄒㄧˊ ㄇㄛˋ ㄊㄨˊ）

【出處】漢．班固《答賓戲》：「是以聖哲之治，栖栖遑遑，孔席不暖，墨突不黔。」
【解釋】孔：指孔子。席：坐席。墨：指墨子。突：灶突、烟囱。
【用法】①意謂孔子墨子四處遊說，坐席尚未溫暖，烟囱尚未薰黑即匆匆他去。②形容忙於世事，各處奔走。
【例句】～，皆汲汲救世，這種以天下蒼生爲念的精神，眞令人感動。

孔武有力（ㄎㄨㄥˇ ㄨˇ ㄧㄡˇ ㄌㄧˋ）

【出處】《詩經．鄭風．羔裘》：「羔裘豹飾，孔武有力。」
【解釋】孔：甚、很。武：勇武
【用法】形容人非常有勇力。

【例句】他長得很強壯結實，～。

〔厂部〕

呵壁問天 ㄏㄜ ㄅㄧˋ ㄨㄣˋ ㄊㄧㄢ

【出處】漢·王逸《楚辭章句·天問序》：「屈原放逐，憂心憔悴，彷徨山澤，經歷陵陸，嗟號昊旻，仰天歎息。見楚有先王之廟及公卿祠堂，圖畫天地山川神靈，琦瑋僑佹，及古賢聖、怪物行事……因書其壁，呵而問之，以渫憤懣，舒瀉愁思。」

【解釋】呵：大聲喝斥。壁：指畫壁。

【用法】①面向畫壁，對天發問。原指屈原寫《天問》。②後用以形容文人發泄心中的憤懣。

【例句】他面對黑夜～，寫下了滿懷憤慨，無限激情的詩句。

呵佛罵祖 ㄏㄜ ㄈㄛˊ ㄇㄚˋ ㄗㄨˇ

【出處】宋·釋道原《景德傳燈錄·宣鑒禪師》：「是子將來有把茅蓋頭，呵佛罵祖去在。」

【用法】①原爲佛家語，意指不受拘束，突破前人。②佛也用以形容無所顧忌，敢作敢爲。

何樂而不爲 ㄏㄜˊ ㄌㄜˋ ㄦˊ ㄅㄨˋ ㄨㄟˊ

【出處】清·李汝珍《鏡花緣》第三十六回：「此地河道，爲患已久，居民被害已深，聞貴人修治河道，雖士商人等，亦必樂於從事；況又發給工錢飯食，那些小民，何樂不爲？」

【用法】①不做這樣的事，還樂於做什麼事？②指有益的事當然樂意去做。

【例句】這件事利人又利己，我～呢？

何苦乃爾 ㄏㄜˊ ㄎㄨˇ ㄋㄞˇ ㄦˇ

【解釋】乃爾：竟至這樣呢！

【用法】意思是何苦來竟至這樣呢！表示強烈的反詰。

【例句】你爲了那個不爭氣的兒子，茶不思、飯不想，終日自尋煩惱，～。

何患無辭 ㄏㄜˊ ㄏㄨㄢˋ ㄨˊ ㄘˊ

【解釋】何患：哪怕。辭：言詞。

【用法】指壞人陷害好人時，挖空心思，揑造罪狀，說得振振有詞。

【例句】金無足赤，人無完人，欲加之罪，～。

【附註】常與「欲加之罪」連用。

何去何從 ㄏㄜˊ ㄑㄩˋ ㄏㄜˊ ㄘㄨㄥˊ

【出處】戰國·楚·屈原《楚辭·卜居》：「此孰吉孰凶，何去何從？」

【解釋】去：離開。從：跟從。

【用法】①離開鄉里，走向哪裏？②現多指在利害攸關的問題上進行選擇。

【例句】各種利害關係我都對你講清了，～，你自己選擇。

何許人也 ㄏㄜˊ ㄒㄩˇ ㄖㄣˊ ㄧㄝˇ

【出處】晉·陶潛《五柳先生傳》：「先生不知何許人也，亦不詳其姓字，宅邊有五柳樹，因以爲號焉。」

【解釋】何：什麼。許：地方。也：文言助詞，表示疑問的語氣。

【用法】①什麼地方的人。②後用以指來歷不明的人或什麼樣的人。

【例句】這個人眞是毫無自知之明，講

話不但牛頭不對馬嘴，還帶著教訓人的口氣，我看，連他自己也鬧不清自己究竟是～！

合抱之木，生於毫末

【出處】《老子》第六十四章：「合抱之木，生於毫末；九層之台，起於累土；千里之行，始於足下。」

【解釋】合抱：兩臂圍攏，形容樹木很粗大。毫末：指幼芽，比喻微細。

【用法】①粗大的樹，是從幼芽生長起來的。②比喻人事是由小事發展而來的。

【例句】「～」。只要以堅韌不拔的毅力，從一點一滴的小事做起，定可以做出大事業來。

合浦珠還

【出處】南朝·宋·范曄《後漢書·孟嘗傳》載：合浦郡沿海產珍珠，因地方官貪私濫採，致使珍珠的生產中斷，據說產珠的蚌都遷到別處去了。孟嘗當了合浦郡太守後，革除了過去的弊端，使珍珠的生產恢復了原狀。也有的說產珠的蚌又都遷回來了。

【解釋】合浦：漢代郡名，在今廣西省。還：返回。

【用法】①合浦郡的珍珠又回來了。②以前常用以頌揚官吏的清廉。③後也用以比喻人去而後回或物失而復得。

【附註】也作「合浦還珠」、「珠還合浦」。

合情合理

【解釋】符合人情事理。

【例句】他的分析～，令人心服。

合縱連橫

【出處】漢·司馬遷《史記·孟子荀卿列傳》「天下方務於合從連橫，以攻伐爲賢。」

【解釋】戰國時蘇秦說游說齊、楚、燕、趙、韓、魏六國諸侯聯合抗秦，叫做「合縱」。張儀游說六國諸侯聯合事秦，叫做連橫。南北爲縱，故六國聯合爲合縱。東西爲橫，秦處西邊，故六國事秦爲連橫。

【附註】也作「合從連衡」。

和璧隋珠

【出處】①《韓非子·和氏》記載：春秋時，楚國人卞和把從山裡得來的璞玉獻給楚厲王，經玉工鑒別，說是石頭，厲王以欺君罪，砍去了卞和的左腳。後來又獻給了楚武王，玉工又鑒定是石頭，武王又砍了卞和的右腳。直到文王即位，卞和抱著那塊玉在荆山下哭了三天三夜，眼裏哭出血來，文王差人去問他，卞和說：「吾非悲刖也，悲夫寶玉而題之以石，貞士而名之以誑，此吾所以悲也。」於是文王就叫人把璞玉剖開，果然是塊美玉，因此被命名爲和氏璧。②漢·劉安《淮南子·覽冥訓》：「譬如隋侯之珠，和氏之璧，得之者富，失之者貧。」高誘注：「隋侯，漢東之國，姬姓諸侯也。隋侯見大蛇傷斷，以藥敷之。後蛇於江中銜大珠之報之，因曰隋侯之珠，蓋明月珠也。」

【解釋】①和璧：和氏璧。②隋珠：古代傳說中的夜明珠。

【用法】①和氏璧、隋侯珠。②比喻稀

世珍寶。

【例句】這枚小小的紀念章，在他眼裏却比～還要珍貴。

【附註】也作「隋珠和璧」。

和盤托出 ㄏㄜˊ ㄆㄢˊ ㄊㄨㄛ ㄔㄨ

【出處】明・馮夢龍《警世通言》第二卷：「飯罷，田氏將莊子所著《南華眞經》及《老子道德》五千言，和盤托出，獻與王孫。」

【解釋】和：連。

【用法】①連盤子一起托了出來。②指把全部東西一下子都端了出來。③後用以比喻把眞實的意思或事實經過毫無保留地說了出來。

【例句】周師傅把自己的技術和幾十年的經驗，向他的徒弟～。

和風細雨 ㄏㄜˊ ㄈㄥ ㄒㄧˋ ㄩˇ

【用法】①溫和的風，細微的雨。②比喻態度溫和，方法細緻。

【例句】原來看他「矮子出來當將軍」，可是他道理講得通，態度誠懇，～，讓你氣不得、火不得。

和樂且孺 ㄏㄜˊ ㄌㄜˋ ㄑㄧㄝˇ ㄖㄨˊ

【解釋】孺：小孩子，這裏指孩子氣。

【用法】和氣樂觀，而且孩子氣十足。

【例句】人的性格也許會隨著年齡變化吧？而陳老先生年近八旬，依然～，有一顆赤子之心。

和光同塵 ㄏㄜˊ ㄍㄨㄤ ㄊㄨㄥˊ ㄔㄣˊ

【出處】《老子》第四章：「和其光，同其塵。」

【解釋】和光：把所有光芒中和一起。同塵：混同世俗。

【用法】①表示不露光芒，跟世俗所表現的一個樣。②多指與世浮沈，隨波逐流。

和氣致祥 ㄏㄜˊ ㄑㄧˋ ㄓˋ ㄒㄧㄤˊ

【出處】漢・班固《漢書・劉向傳》：「和氣致祥，乖氣致異。」

【解釋】致：招來。

【用法】謙和之氣可以招來吉祥。

【例句】待人接物決不能蠻不講理，古人說的～是很有道理的。

和衷共濟 ㄏㄜˊ ㄓㄨㄥ ㄍㄨㄥˋ ㄐㄧˋ

【出處】①《尙書・皐陶謨》：「同寅協恭，和衷哉。」②《國語・魯語下》：「夫苦匏不材於人，共濟而已。」

【解釋】衷：內心。和衷：指同心。濟：過河。

【用法】①大家一條心，共同渡河。②後用以比喻同心協助，克服困難。

【例句】越是在困難的條件下，大家越應該～。

和如琴瑟 ㄏㄜˊ ㄖㄨˊ ㄑㄧㄣˊ ㄙㄜˋ

【出處】《詩經・小雅・常棣》：「妻子好合，如鼓琴瑟。」

【解釋】和諧。琴瑟：兩種古樂器。

【用法】①和諧得就同琴與瑟合調一樣。②形容夫妻之間感情十分和諧。

【例句】他們夫妻之間，～，家庭生活十分美滿。

和隋之珍 ㄏㄜˊ ㄙㄨㄟˊ ㄓ ㄓㄣ

【出處】漢・班固《答賓戲》：「先賤而後貴者，和隋之珍也。」

【解釋】和隋：和氏璧和隋侯珠，皆為珍貴的寶物。
【用法】形容極為難得的東西。
【例句】這些別人不屑一顧的東西，他卻視如～般地收藏著。

和藹可親 ㄏㄜˊ ㄞˇ ㄎㄜˇ ㄑㄧㄣ

【出處】清・李寶嘉《官場現形記》第二十九回：「原來這唐六軒唐觀察為人極其和藹可親，見了人總是笑嘻嘻的。」
【解釋】和藹：和氣。
【用法】指說話和待人的態度和和氣，使人容易親近。
【例句】她那水汪汪的眼睛和溫柔的笑容，依然使人感到她還和過去一樣地熱情，一樣地～。

和而不同 ㄏㄜˊ ㄦˊ ㄅㄨˋ ㄊㄨㄥˊ

【出處】《論語・子路》：「君子和而不同，小人同而不和。」
【解釋】和：指和睦相處。同：苟同，隨便盲從附和。
【用法】和睦相處，但不隨便盲從附和他人。
【例句】他為人謙虛，待人和氣，同時又很有原則，遇到不同意見，他總是～，既能把自己的不同看法講出來，又從來不使人感到難堪。

和衣而臥 ㄏㄜˊ ㄧ ㄦˊ ㄨㄛˋ

【解釋】和：連著。臥：躺下、睡覺。
【用法】①穿著外衣就睡下了。②形容情況緊急或疲勞過度時的情況。
【例句】我無精打采地回到家裏，飯也沒吃，就～了。

和顏悅色 ㄏㄜˊ ㄧㄢˊ ㄩㄝˋ ㄙㄜˋ

【出處】《詩經・邶風・凱風》孔氏《正義》引鄭氏《論語》注：「和顏悅色，是為難也。」
【解釋】和：溫和。顏：顏面。悅：喜悅。色：臉色。
【用法】①溫和的顏面，喜悅的臉色。②形容和藹可親的樣子。
【例句】他平日總是～地對人，所以很受大家喜愛。
【附註】也作「怡顏悅色」。

河汾門下 ㄏㄜˊ ㄈㄣˊ ㄇㄣˊ ㄒㄧㄚˋ

【出處】相傳隋末大儒王通（文中子），在河、汾之間設館教學，自遠求學者有一千餘人，房玄齡、杜如晦、魏徵、李靖、薛收等都是他的門徒，當時稱做「河汾門下」。
【用法】形容名師門下，人才濟濟。
【例句】四十年前這門學科他是孤軍奮戰，現在許多有成就的學者，都是他的學生，真是～，人才濟濟。

河東獅吼 ㄏㄜˊ ㄉㄨㄥ ㄕ ㄏㄡˇ

【出處】宋・洪邁《容齋三筆》卷三載：陳慥字季常，自稱龍丘先生，喜好賓客，家裏養著一些歌妓。他的妻子柳氏非常厲害又愛嫉妒，季常很怕她，所以蘇軾有〈寄吳德仁兼簡陳季常〉詩：「龍丘居士亦可憐，談空說有夜不眠，忽聞河東獅子吼，拄杖落手心茫然。」（獅子吼，佛家比喻威嚴，陳慥好談佛，蘇軾借用來跟陳慥開玩笑。）
【解釋】河東：古代郡名，柳姓為河東

望族，用「河東」代指柳氏女。
【用法】①用以比喻凶悍的婦人。②也用來嘲笑怕老婆的男子。
【例句】他老婆可是著名的～，所以辦公室的女同事都不敢和他說話。

河梁携手（ㄏㄜˊ ㄌㄧㄤˊ ㄒㄧㄝˊ ㄕㄡˇ）

【出處】漢．李陵《與蘇武》詩：「携手上河梁，游子暮何之？徘徊蹊路側，悢悢不得辭。」
【解釋】河梁：橋。
【用法】指送別。
【例句】今天在這兒和你～，不知道來日何時才能再見。

河落海乾（ㄏㄜˊ ㄌㄨㄛˋ ㄏㄞˇ ㄍㄢ）

【出處】清．曹雪芹《紅樓夢》第四十五回：「這會兒你怕花錢，挑唆他們來鬧我，我樂得去吃個河落海乾，我還不知道呢！」
【解釋】落：下降。乾：枯乾。
【用法】①河水下降，海水枯乾。②形容一掃而光，收拾徹底。
【例句】他們一來就吃個～，盤底朝天簡直就像蝗蟲過境。

河清難俟（ㄏㄜˊ ㄑㄧㄥ ㄋㄢˊ ㄙˋ）

【出處】《左傳．襄公八年》：「子駟曰：『周詩有之曰：俟河之清，人壽幾何？』」
【解釋】河：黃河。河清：黃河水濁，古有千年一清之說。俟：等待。
【用法】①黃河水千年一清，使人難以等待。②後用以比喻日子太長，難以等候。
【例句】夫妻一別竟是三十多年，至今音訊皆無，～，還要等到什麼時候呢？

河清海晏（ㄏㄜˊ ㄑㄧㄥ ㄏㄞˇ ㄧㄢˋ）

【出處】唐．鄭錫《日中有王字賦》：「河清海晏，時和歲豐。」
【解釋】河：黃河。晏：平靜。
【用法】①黃河的水清了，大海沒有波浪了。②比喻天下太平。
【例句】由於政治穩定，舉國～，人民安居樂業。
【附註】也作「海晏河清」。

河魚之患（ㄏㄜˊ ㄩˊ ㄓ ㄏㄨㄢˋ）

【出處】《左傳．宣公十二年》：「河魚腹疾，奈何？」孔穎達疏：「如河中之魚，久在水內，則生腹疾。」（因楚人伐蕭，三軍多寒，故患腹疾。）
【解釋】河魚：腹瀉的代稱。患：病患。
【用法】指腹瀉的疾病。
【例句】近染～，醫治無效，非常苦惱，聽說你有一帖民間藥方，能不能寄來一試？
【附註】也作「河魚腹疾」。

何足掛齒（ㄏㄜˊ ㄗㄨˊ ㄍㄨㄚˋ ㄔˇ）

【出處】元．吳鳳卿《裴度還帶》第二折：「眞所謂井底之蛙耳，何足掛齒耳。」
【解釋】足：值得。掛齒：掛在齒間，指談到、提及。
【用法】形容不值得一提。
【例句】請不要客氣，區區小事，～。
【附註】常與「區區小事」連用，表示對人謙虛的客套話。

何罪之有 ㄏㄜˊ ㄗㄨㄟˋ ㄓ ㄧㄡˇ

【出處】《墨子．公輸》：「聞子爲梯，將以攻宋，宋何罪之有？」

【用法】有什麼罪過呢？表示本來就沒有罪過。

【例句】我只是同情他的不幸，幫他一點小忙，這又～？

涸轍之鮒 ㄏㄜˊ ㄔㄜˋ ㄓ ㄈㄨˋ

【出處】《莊子．外物》：「莊周家貧，故往貸粟於監河侯。監河侯曰：『諾，我將得邑金，將貸子三百金，可乎？』莊周忿然作色，曰：『周昨來，有中道而呼者，周顧視車轍中，有鮒魚焉。周問之曰：「鮒魚來，子何爲者邪？」對曰：「我東海之波臣也，君豈有斗升之水，而活我哉？」周曰：「諾。我且南游吳趙之王，激西江之水而迎子，可乎？」鮒魚忿然作色，曰：「吾失我常與，我無所處，吾得斗升之水，然活耳。君乃言此，故不如早索我於枯魚之肆！」』」

【解釋】涸：水乾，枯竭。轍：車轍，車輪壓出的溝痕。鮒：鯽魚。

【用法】①乾枯的車轍裡的鯽魚。②比喻處於困境急待救援的人。

【例句】他因公司倒閉，一家人經濟陷入窘境，就如～一般，急待救援。

【附註】「涸」不能念成ㄍㄨˋ或ㄎㄨˋ。

褐衣不完 ㄏㄜˊ ㄧ ㄅㄨˋ ㄨㄢˊ

【出處】漢．司馬遷《史記．平原君虞卿列傳》：「邯鄲之民，炊骨易子而食，可謂急矣！而君之後宮以百數，婢妾被綺縠，餘粱肉，而民褐衣不完，糟糠不厭。」

【解釋】褐衣：粗布衣服。

【用法】①連粗布衣裳也沒有一件完整的。②形容生活困苦。

【例句】有人終生錦衣玉食，有人邋遢終日卻仍～，三餐不繼。

褐衣疏食 ㄏㄜˊ ㄧ ㄕㄨ ㄕˊ

【出處】漢．司馬遷《史記．游俠列傳》：「故季次、原憲終年空室蓬戶，褐衣疏食不厭。」

【解釋】褐：粗毛衣。褐衣：貧寒者的衣服。疏食：粗糙的飯食。

【用法】①穿粗布衣服，吃粗糙飯食。②形容窮困的情景。

【例句】他現在雖然身居高位，卻從來沒有忘記～時的老朋友。

喝雉呼盧 ㄏㄜˋ ㄓˋ ㄏㄨ ㄌㄨˊ

【出處】宋．陸游《風順舟行甚疾戲書》詩：「呼盧喝雉連暮夜，擊兔伐狐窮歲年。」

【解釋】喝：呼喚。雉、盧：古時樗蒱骰子擲出的兩種彩。

【用法】舊時賭徒賭興正酣時的神態。

【附註】也作「呼盧喝雉」。

荷槍實彈 ㄏㄜˋ ㄑㄧㄤ ㄕˊ ㄉㄢˋ

【解釋】荷：背著、扛著。實：裝滿。

【用法】扛著槍，裝滿子彈。

【例句】他們手臂挽著手臂，衝向～的敵人。

【附註】「荷」不能念ㄏㄜˊ。

赫赫之功 ㄏㄜˋ ㄏㄜˋ ㄓ ㄍㄨㄥ

【出處】《大戴禮．勸學》：「無綿綿

之事者，無赫赫之功。」
【解釋】赫赫：顯著盛大的樣子。
【用法】形容功勞極大。
【例句】他們的～是任何人也抹殺不了的。

赫赫有名（ㄏㄜˋ ㄏㄜˋ ㄧㄡˇ ㄇㄧㄥˊ）

【出處】漢・班固《漢書・何武傳》：「其所居亦無赫赫名，去後常見思。」
【解釋】赫赫：顯著盛大的樣子。
【用法】形容名聲極大。
【例句】離此地不遠的山上，就是～的聖水岩。

赫赫炎炎（ㄏㄜˋ ㄏㄜˋ ㄧㄢˊ ㄧㄢˊ）

【出處】《詩經・大雅・雲漢》：「旱既大(太)甚，則不可沮。赫赫炎炎，雲我無所。」
【解釋】赫赫：形容乾旱燥熱之狀。
【用法】形容極度乾旱燥熱。
【例句】東非一帶，已經三年沒有下雨，～，整個大地都枯焦了，人畜死亡不計其數。

赫赫英名（ㄏㄜˋ ㄏㄜˋ ㄧㄥ ㄇㄧㄥˊ）

【解釋】赫赫：顯著盛大的樣子。
【用法】非常顯耀的英雄名聲。
【例句】昔日的～早已烟消雲散了，站在我面前的却是一位憂鬱孤寂，神情呆滯的老人。

鶴鳴九皋（ㄏㄜˋ ㄇㄧㄥˊ ㄐㄧㄡˇ ㄍㄠ）

【出處】《詩經・小雅・鶴鳴》：「鶴鳴於九皋，聲聞於野。」
【解釋】九皋：深澤。
【用法】①鶴鳴於湖澤的深處，它的聲音很遠都能聽見。②比喻賢士身隱名著。

鶴鳴之士（ㄏㄜˋ ㄇㄧㄥˊ ㄓ ㄕˋ）

【出處】《周易・中孚》：「鶴鳴在陰，其子和之，我有好爵，吾與爾靡之。」
【解釋】鶴鳴：仙鶴的鳴聲。
【用法】①有德才的人說話，猶如鶴鳴，可以使遠近的人響應。②比喻沒有做官但很有聲望的人。

鶴髮童顏（ㄏㄜˋ ㄈㄚˇ ㄊㄨㄥˊ ㄧㄢˊ）

【出處】明・羅貫中《三國演義》第八十一回：「先主見李意鶴髮童顏，碧眼方瞳，灼灼有光。」
【解釋】顏：容顏、臉色。
【用法】①頭髮像仙鶴那樣白，臉色像兒童那樣紅潤。②形容老年人氣色好、精神旺盛。
【例句】雖然已經是古稀之年了，但他～，身體健壯，精力之旺盛，仍不亞於一個壯年人。
【附註】也作「童顏鶴髮」。

鶴髮雞皮（ㄏㄜˋ ㄈㄚˇ ㄐㄧ ㄆㄧˊ）

【出處】北周・庾信《竹杖賦》：「子老矣，鶴髮雞皮，蓬頭歷齒。」
【用法】①像仙鶴那樣滿頭白髮，像雞皮那樣粗而多皺。②形容老年人膚皺髮白的龍鍾老態。
【例句】想當初名噪一時的喜劇演員，如今已是～、老態龍鍾了。

鶴立雞群（ㄏㄜˋ ㄌㄧˋ ㄐㄧ ㄑㄩㄣˊ）

【出處】南朝・宋・劉義慶《世說新語・容止》：「嵇延祖（嵇紹）卓卓如野鶴之在雞群。」
【用法】①仙鶴的頸、腿細長，形象優美，因此，仙鶴站在一群雞當中就顯得十分突出。②比喻人的儀表或才能在一群人中顯得很不平凡。
【例句】在那一幅幅繪畫中，你一眼就可以發現～的達・芬奇的「最後的晚餐」。
【附註】也作「卓立雞群」。

鶴立企佇（ㄏㄜˋ ㄌㄧˋ ㄑㄧˇ ㄓㄨˋ）

【出處】三國・魏・曹植《求通親親表》：「實懷鶴立企佇之心。」
【解釋】企：企望，伸直脖頸盼望。佇：佇立，長時間站立等待。
【用法】指像仙鶴直立，伸直脖頸盼望著。
【例句】她～般地等著親人的歸來。

鶴勢螂形（ㄏㄜˋ ㄕˋ ㄌㄤˊ ㄒㄧㄥˊ）

【出處】清・曹雪芹《紅樓夢》第四十九回：「腰裏緊緊束著一條蝴蝶結子長穗五色宮絛，腳下也穿著鹿皮小靴；越顯得蜂腰猿背，鶴勢螂形。」
【用法】①仙鶴的姿勢，螳螂的形狀。②比喻姿態的英挺。

海不揚波（ㄏㄞˇ ㄅㄨˋ ㄧㄤˊ ㄅㄛ）

【解釋】揚：升起。
【用法】①大海不起波瀾。②比喻國家安定，天下太平。
【例句】人人都希望生活在～，能夠安居樂業的社會裡。

海底撈針（ㄏㄞˇ ㄉㄧˇ ㄌㄠ ㄓㄣ）

【出處】明・凌濛初《初刻拍案驚奇》第二十卷：「一面點起民壯，分頭追捕，多應是海底撈針，那尋一個？」
【用法】①大海底下撈針。②比喻事物過小，極難找到。③比喻目的不可能達到。
【例句】不知道地址，要在台北這樣的大城市找他，可真像～一樣困難。

海底撈月（ㄏㄞˇ ㄉㄧˇ ㄌㄠ ㄩㄝˋ）

【出處】明・凌濛初《初刻拍案驚奇》第二十七卷，「先前的兩個轎夫，卻又不知姓名住址，有影無蹤，海中撈月，眼見得一個夫人送在別處去了。」
【解釋】撈：撈取。
【用法】①從海底下去撈月亮。②比喻白費力氣，根本做不到。
【例句】他雖然費了許多心機，耍了不少手段，卻終是～，一無所獲。
【附註】也作「海中撈月」。

海內澹然（ㄏㄞˇ ㄋㄟˋ ㄉㄢˋ ㄖㄢˊ）

【出處】漢・班固《漢書・揚雄傳》：「海內澹然，永亡（無）邊城之災，金革之患。」
【解釋】海內：四海之內。澹然：安靜的樣子。
【用法】形容國家安定，生活正常。
【例句】而今～，我也就萌發了回鄉的念頭。

海內存知己，天涯若比鄰（ㄏㄞˇ ㄋㄟˋ ㄘㄨㄣˊ ㄓ ㄐㄧˇ，ㄊㄧㄢ ㄧㄚˊ ㄖㄨㄛˋ ㄅㄧˇ ㄌㄧㄣˊ）

【出處】唐・王勃《杜少府之任蜀州》

詩：「城闕輔三秦，風烟望五津。與君離別意，同是宦游人。海內存知己，天涯若比鄰。無爲在歧路，兒女共沾巾。」

【解釋】知己：知心朋友。天涯：遙遠的天邊。比鄰：近鄰。

【用法】指遠方的知心好友，人雖相隔很遠，心却相連在一起。

【例句】～，不必因短暫的離別傷心。

海立雲垂（ㄏㄞˇ ㄌㄧˋ ㄩㄣˊ ㄔㄨㄟˊ）

【出處】唐・杜甫《朝獻太清宮賦》：「九天之雲下垂，四海之水皆立。」

【解釋】立：豎起。垂：低垂。

【用法】①海水湧起，雲層低垂。②比喻文章氣魄雄偉，詞藻奇特。

【例句】屈原的詩歌，想像瑰麗，氣勢雄渾，眞是～，堪稱千古絕唱。

海枯石爛（ㄏㄞˇ ㄎㄨ ㄕˊ ㄌㄢˋ）

【出處】元・王實甫《西廂記》第五本第三折：「這天高地厚情，直到海枯石爛時。」

【解釋】枯：枯乾。爛：朽爛。

【用法】①海水枯乾，石頭朽爛。②形容經歷的時間極爲長遠。③也用作表示「意志堅定，永不改變」的誓詞。

【例句】縱然是～，我那追求理想的意志也決不動搖。

海闊天空（ㄏㄞˇ ㄎㄨㄛˋ ㄊㄧㄢ ㄎㄨㄥ）

【出處】唐・劉氏瑤《暗別離》詩：「青鸞脉脉西飛去，海濶天高不知處。」

【解釋】濶：遼濶。

【用法】①海域遼濶，天空高曠。指大自然廣濶無邊。②形容人的性格豁達開朗，無拘無束。③現在比喻言行漫無邊際。

【例句】她是個想像力非常豐富的姑娘，總是喜歡一個人～地隨意去想。

【附註】原作「海闊天高」。

海闊從魚躍，天高任鳥飛（ㄏㄞˇ ㄎㄨㄛˋ ㄘㄨㄥˊ ㄩˊ ㄩㄝˋ，ㄊㄧㄢ ㄍㄠ ㄖㄣˋ ㄋㄧㄠˇ ㄈㄟ）

【出處】宋・阮閱《詩話總龜》引《古今詩話》唐・僧玄覽詩：「大海從魚躍，長空任鳥飛。」

【解釋】從：聽從。任：任憑。

【解釋】①大海寬闊，魚兒縱情歡躍；天空高曠，鳥兒任意高飛。②比喻在無限自由的環境裏，人們生活如意，壯志得展。

【用法】我從海外歸來，倍受尊重，又走上了理想的工作崗位，得償夙願，施展懷抱，不禁大有「～」之感！

海角天涯（ㄏㄞˇ ㄐㄧㄠˇ ㄊㄧㄢ ㄧㄚˊ）

【出處】唐・白居易《春生》詩：「春生何處暗周游，海角天涯遍始休。」

【解釋】角：盡頭。涯：邊際。

【解釋】①海的盡頭，天的邊沿。②形容偏遠的地方或相距遙遠。

【例句】你就是遠在～，我的心也總是緊緊和你貼在一起的。

海市蜃樓（ㄏㄞˇ ㄕˋ ㄕㄣˋ ㄌㄡˊ）

【出處】漢・司馬遷《史記・天官書》「海旁蜃氣象樓台，廣野氣成官闕然，雲氣各象其山川人民所聚積。」

【解釋】蜃：海蛤蜊，古代傳說蜃能吐氣成樓台的形狀。實際上是大氣中的光線折射作用，把遠處的景物反射在天空的自然現象，多在夏季發生於海邊或沙漠地區。
【用法】①古人認爲海邊的蜃氣所形成的城市樓閣。②原比喻人世繁華的幻影。③現比喻虛幻縹緲的事物。
【例句】她那些美妙的想法，只不過是～而已。
【附註】也作「蜃樓海市」。

海水不可斗量（ㄏㄞˇ ㄕㄨㄟˇ ㄅㄨˋ ㄎㄜˇ ㄉㄡˇ ㄌㄧㄤˊ）

【出處】元·無名氏《小尉遲》第二折：「凡人不可貌相，海水不可斗量。」
【用法】①海水的總量不能用斗量清楚。②常和「人不可貌相」連用，比喻人品優劣、才能高低不能憑相貌來決定。
【例句】別看他身材矮小，貌不出衆，却是滿腹才思，機智過人，眞是「人不可貌相，～」。

海錯江瑤（ㄏㄞˇ ㄘㄨㄛˋ ㄐㄧㄤ ㄧㄠˊ）

【出處】清·孔尚任《桃花扇·訪翠》：「有海錯江瑤玉液漿。」
【解釋】海錯：指海裏的物產種類繁雜衆多，後用來指海味。江瑤：也作「江鰩」、「江挑」，蚌屬，肉不能吃，而前後兩柱味甚美，俗稱江瑤柱。
【用法】①海錯和海瑤，都是水產佳品。②泛指珍饈美味。
【例句】他最近心情不好，就是～也是食不下嚥。

海屋添籌（ㄏㄞˇ ㄨ ㄊㄧㄢ ㄔㄡˊ）

【出處】宋·蘇軾《東坡志林》卷二：「嘗有三老人相遇，或問之年。一人曰：『吾年不可記，但憶少年時與盤古有舊。』一人曰：『海水變桑田時，吾輒下一籌，爾（邇）來吾籌已滿十間屋。』一人曰：『吾所食蟠桃，棄其核于昆崙山下，今已與昆崙山齊矣。』」
【解釋】海屋：大屋。添：增加。籌：計數用的籌碼。
【用法】①原指寓言中的老人，年齡高得無法計算。②後用作祝壽之詞。

海外奇談（ㄏㄞˇ ㄨㄞˋ ㄑㄧˊ ㄊㄢˊ）

【解釋】海外：指異國。
【用法】①指稀奇古怪的說法或外國的奇異傳說。②形容沒有根據的議論。
【例句】這事，我從來沒聽說過，眞是～，天大的笑話。

害群之馬（ㄏㄞˋ ㄑㄩㄣˊ ㄓ ㄇㄚˇ）

【出處】《莊子·徐無鬼》：「夫爲天下者，亦奚以異乎牧馬者哉！亦去其害馬者而已矣！」
【用法】①危害馬群的壞馬。②比喻危害集體的人。
【例句】必要時，我們要採取斷然措施，嚴厲處置那些～。

害忠隱賢（ㄏㄞˋ ㄓㄨㄥ ㄧㄣˇ ㄒㄧㄢˊ）

【出處】明·羅貫中《三國演義》第一百二十回：「又左右皆非其人，群黨相挾，害忠隱賢，此皆蠹政病民者也。」
【解釋】忠：忠良，忠心保國的臣子。隱：隱藏、埋沒。賢：賢能，才德兼備的人。
【用法】殘害忠良，埋沒賢能。
【例句】秦檜～是千古罪人。

駭人聽聞 ㄏㄞˋ ㄖㄣˊ ㄊㄧㄥ ㄨㄣˊ

【出處】清·李汝珍《鏡花緣》第六回：「該仙子何以迫不及待，並不奏聞請旨，任聽部下逞絕於非時之候，獻媚於世主之前，致令時序顛倒，駭人聽聞？」

【解釋】駭：害怕、驚懼。

【用法】使人聽了為之驚駭。

【例句】發生在二十世紀的食人事件，眞是～，令人難以想像。

黑白不分 ㄏㄟ ㄅㄞˊ ㄅㄨˋ ㄈㄣ

【出處】漢·班固《漢書·楚元王傳》：「今賢不肖渾淆，白黑不分，邪正雜糅，忠讒並進。」

【用法】比喻不辨是非，不分好壞。

【例句】他不察明眞象，見人就罵，眞是～。

【附註】原作「白黑不分」。

黑白分明 ㄏㄟ ㄅㄞˊ ㄈㄣ ㄇㄧㄥˊ

【出處】漢·董仲舒《春秋繁露·保應權》：「黑白分明，然後民知所去就。」

【解釋】明：清楚。

【用法】①黑色白色分得清清楚楚。②比喻是與非、好與壞區分得很清楚。

【例句】①經過這一番辯論，誰是誰非，已經是～了。②有三幅插圖，有些像麥綏萊勒的手筆，～。

黑天摸地 ㄏㄟ ㄊㄧㄢ ㄇㄛ ㄉㄧˋ

【出處】明·吳承恩《西遊記》第八十四回：「那王小二聽言，一轂轆爬起來，黑天摸地，又是着忙的人，撈著褲子當衫子，左穿也穿不上，右套也套不上。」

【用法】①天色漆黑，就地摸索。②形容在黑暗中什麼也看不清。

【例句】一個燈也沒有，～，叫我哪裏去尋，哪裏去找？

黑雲壓城城欲摧 ㄏㄟ ㄩㄣˊ ㄧㄚ ㄔㄥˊ ㄔㄥˊ ㄩˋ ㄘㄨㄟ

【出處】唐·李賀《雁門太守行》詩：「黑雲壓城城欲摧，甲光向日金鱗開。」

【用法】①烏雲快把城壓垮了。②現用以比喻反對勢力所造成的緊張局面。

【例句】他突然調集了大批民衆來到這裏，一時間這裏大有「～」的樣子。

蒿目時艱 ㄏㄠ ㄇㄨˋ ㄕˊ ㄐㄧㄢ

【出處】《莊子·駢拇》：「今世之仁人，蒿目而憂世之患。」

【解釋】蒿目：極目遠望。時艱：時局艱險。

【用法】指為國事多難而憂慮不安。

【例句】他～，毅然拋棄了海外優越的生活，投身到國家建設中來。

嚎啕大哭 ㄏㄠˊ ㄊㄠˊ ㄉㄚˋ ㄎㄨ

【出處】清·曹雪芹《紅樓夢》第一百一十七回：「襲人、紫鵑聽了這話，不禁嚎啕大哭起來。」

【用法】指放聲痛哭。

【例句】我很少見過父親的眼淚，更不用說～了。

【附註】也作「嚎啕大哭」、「嚎啕痛哭」。

毫髮不爽 ㄏㄠˊ ㄈㄚˇ ㄅㄨˋ ㄕㄨㄤˇ

【出處】清·蒲松齡《聊齋誌異·邑人》：「呼鄰問之，則市肉方歸。言其片數斤數，毫髮不爽。」

【解釋】毫：細毛。髮：頭髮。毫髮：指極微小的量。爽：差錯。

【用法】形容一根頭髮絲也不差。

【例句】這是一架電子分析天平，它能精確地秤量微量物質，其準確性可以說是～的。

【附註】也作「毫厘不爽」。

毫髮無遺 ㄏㄠˊ ㄈㄚˇ ㄨˊ ㄧˊ

【出處】唐・韓愈《進順宗皇帝實錄表狀》：「致有差誤，聖明所監，毫髮無遺，恕臣不逮。」

【解釋】毫：細毛。髮：頭髮。毫髮：指極細微的量。遺：遺漏。

【用法】形容沒有一點兒遺漏。

【例句】小張是個非常細心的姑娘，她檢查準備工作時，～，最小的疏漏都不會放過。

毫無二致 ㄏㄠˊ ㄨˊ ㄦˋ ㄓˋ

【出處】清・李寶嘉《官場現形記》第二十九回：「余道台見了這副神氣，更覺得同花小紅一式一樣，毫無二致。」

【解釋】二致：兩樣。

【用法】指完全一模一樣。

【例句】在這個問題上，你們的主張～，爭來爭去不是多餘嗎？

毫無疑義 ㄏㄠˊ ㄨˊ ㄧˊ ㄧˋ

【解釋】疑義：可疑的義理。

【用法】絲毫沒有使人懷疑的地方。

【例句】爲了發展科學文化事業，必須加強中小學教育，這是～的。

濠上之樂 ㄏㄠˊ ㄕㄤˋ ㄓ ㄌㄜˋ

【出處】《莊子・秋水》：「莊子與惠子遊於濠梁之上。」莊子曰：「鯈魚出遊從容，是魚之樂也。」惠子曰：「子非魚，安知魚之樂？」莊子曰：「子非我，安知我不知魚之樂？」惠子曰：「我非子，固不知子矣；子固非魚也，子之不知魚之樂全矣。」

【解釋】①後以濠上比喻爲閑適之所在。②也比喻隱士的居處。

【用法】比喻閑適之情。

豪門貴宅 ㄏㄠˊ ㄇㄣˊ ㄍㄨㄟˋ ㄓㄞˊ

【出處】元・王實甫《西廂記》第二本第三折：「先生揀豪門貴宅之女，別爲之求。」

【用法】①富豪的門庭，顯貴者的宅院。②指有權有勢的富貴人家。

【例句】七七事變後，投身於抗戰行列的學生中，不乏～的子弟。

豪放不羈 ㄏㄠˊ ㄈㄤˋ ㄅㄨˋ ㄐㄧ

【出處】唐・李延壽《北史・張彝傳》：「彝少而豪放，出入殿庭，步眄高上，無所顧忌。」

【解釋】豪：豪爽。放：放浪。羈：羈絆、拘束。

【用法】①豪爽放浪，無拘無束。②形容性格開朗，不拘小節。

【例句】李白是一位～的大詩人。

豪情壯志 ㄏㄠˊ ㄑㄧㄥˊ ㄓㄨㄤˋ ㄓˋ

【用法】豪放的心情，雄偉的志向。

【例句】這首詩抒發了詩人熱愛國家、不畏權勢的～。

豪情逸致 ㄏㄠˊ ㄑㄧㄥˊ ㄧˋ ㄓˋ

【解釋】豪情：指興奮熱烈的情感。逸致：超逸的興致。

【用法】①興奮熱烈的情感和超逸洒脫的情趣。②形容熱情大方、飄逸洒脫的情態。

【例句】這次去美，又見到老朋友洪教授，他的頭髮已經斑白，但～却不減當年。

豪言壯語

【用法】①豪放而雄壯的話語。②形容富有英雄氣概的話語。

【例句】報上刊登了抗戰英雄們的～，這對青年學生是很有教育意義的。

好景不長

【解釋】景：光景、時機。

【用法】好的光景不能長久存在。②指得意的日子很短暫。

【例句】年輕時，他曾有過不愁溫飽的小康生活，但～，廠方的裁員，妻子的死亡，使他落入了痛苦的深淵。

【附註】也作「好景不常」。

好心好報

【出處】清．翟灝《通俗編．境遇．好心好報》引《隋書．譙國夫人傳》：「我事三代主，唯用一好心，今賜物俱存，忠孝之好報也。」

【用法】好心的人自有好的報應。

【例句】老爺爺一向愛幫助人，他有了一點困難，人人也都惦念著他，眞是～。

好事不出門，壞事傳千里

【出處】五代．孫光先《北夢瑣言．以歌詞自娛》：「所謂好事不出門，惡事傳千里，士君子得不戒之乎？」

【用法】做好事外人不知道，但壞事、醜事却流傳很得快很遠。

【例句】他們兄弟在父親過世後，爲爭奪財產而反目成仇的事，連國外的同學都知道，眞是～。

好事多磨

【出處】金．董解元《西廂記》：「眞所謂佳期難得，好事多磨。」

【解釋】磨：阻礙、困難。

【用法】①好事情，阻礙多。②多指男女相愛，中間阻礙重重，難以如願。③也形容辦一件好事很難。

【例句】她的婚事由於種種原因，一再拖延，使得她精神十分不好，這可眞是～。

好惡不愆

【出處】《左傳．昭公十五年》：「好惡不愆，民知所適。」

【解釋】好：善。惡：壞。愆：爽差、失誤。

【用法】善惡、好壞分明，沒有差錯。

【例句】我們必須制定出民主社會的道德規範，～，使人民有所遵循。

好語似珠

【出處】宋．蘇軾《次韻答子由》詩：「好語似珠穿一一，妄心如膜退重重。」

【用法】①好語句像一顆又一顆的珍珠。②形容詩文中的警句妙語很多。

【例句】這是一篇優美動人的散文，構思雋永，～，使人讀後愛不釋手。

好謀無斷 ㄏㄠˋ ㄇㄡˊ ㄨˊ ㄉㄨㄢˋ

【出處】明・羅貫中《三國演義》第二十一回：「操笑曰：『袁紹色厲膽薄，好謀無斷；幹大事而惜身，見小利而忘命，非英雄也。』」
【解釋】謀：計謀。
【用法】①愛用計謀，但沒有決斷。②形容人空有心計，沒有膽略，作事老是猶疑不決。
【例句】他～，當領導人是難以勝任。
【附註】「好」不能念成ㄏㄠˇ。

好大喜功 ㄏㄠˋ ㄉㄚˋ ㄒㄧˇ ㄍㄨㄥ

【出處】宋・羅泌《路史・前紀・卷四・〈蜀山氏〉》：「昔者漢之武帝，好大而喜功。」
【用法】①一心想做大事，立大功。②現也用以形容鋪張浮誇的作風。
【例句】工作要踏實，要從實際出發，不能～。
【附註】「好」不能念成ㄏㄠˇ。

好亂樂禍 ㄏㄠˋ ㄌㄨㄢˋ ㄌㄜˋ ㄏㄨㄛˋ

【出處】明・羅貫中《三國演義》第二十二回：「（曹）操贅閹遺醜，本無懿德；獜狡鋒協，好亂樂禍。」
【用法】愛搗亂，好闖禍。
【例句】他～，害得母親每日都為他提心吊膽的，深怕他做出什麼傷天害理的事。
【附註】「好」不能念成ㄏㄠˇ。

好高騖遠 ㄏㄠˋ ㄍㄠ ㄨˋ ㄩㄢˇ

【出處】元・脫脫等《宋史・程顥傳》：「病學者厭卑近而騖高遠，卒無成焉。」
【解釋】好：愛好。騖：追求。
【用法】①所愛好的過高，所追求的過遠。②形容欲望過高，脫離實際。
【例句】他注意從點點滴滴做起，打下堅實的基礎，從沒有～，不切實際的想法。
【附註】「好」不能念成ㄏㄠˇ。

好行小慧 ㄏㄠˋ ㄒㄧㄥˊ ㄒㄧㄠˇ ㄏㄨㄟˋ

【出處】《論語・衛靈公》：「群居終日，言不及義，好行小慧，難矣哉！」
【解釋】慧：聰明。
【用法】①原指愛耍小聰明。②後指好對人行施少恩少惠。
【例句】他是一個～，專事阿諛諂媚，作風不正的人。
【附註】「好」不能念成ㄏㄠˇ。

好整以暇 ㄏㄠˋ ㄓㄥˇ ㄧˇ ㄒㄧㄚˊ

【出處】《左傳・成公十六年》：「日臣之使於楚也，子重問晉國之勇。臣對曰：『好以衆整。』曰：『又何如？』臥對曰：『好以暇。』」
【解釋】好：喜愛。整：嚴整，有秩序。以：連詞，相當於『而』。暇：不顯緊迫。
【用法】形容既嚴整而又從容不迫。
【例句】王連長治軍有方，在他的領導下，連隊生活處處～，既嚴格緊張，又從容不迫。
【附註】「好」不能念成ㄏㄠˇ。

好吃懶做 ㄏㄠˋ ㄔ ㄌㄢˇ ㄗㄨㄛˋ

【出處】清·曹雪芹《紅樓夢》第一回：「封肅見面時，便說些現成話兒，且人前人後，又怨他不會過，只一味好吃懶做。」
【解釋】好：喜愛。
【用法】①喜愛吃好的，懶得做活。②形容好逸惡勞。
【例句】這姑娘從小嬌生慣養，養成了～的壞毛病。
【附註】「好」不能念成ㄏㄠˇ。

好生之德 ㄏㄠˋ ㄕㄥ ㄓ ㄉㄜˊ

【出處】《尚書·大禹謨》「好生之德，洽於民心。」
【解釋】好生：愛惜生靈。德：美德。
【用法】①愛惜生靈的美德。②舊指仁愛之心，不亂殺戮。
【例句】上天有～，且饒你這一遭。
【附註】「好」不能念成ㄏㄠˇ。

好色不淫 ㄏㄠˋ ㄙㄜˋ ㄅㄨˋ ㄧㄣˊ

【出處】漢·司馬遷《史記·屈原列傳》：「國風好色而不淫，小雅怨誹而不亂，若離騷者，可謂兼之矣。」
【解釋】色：女色。淫：過分。
【用法】①喜愛女色，而不過分。②是從前對《詩經·國風》內容的評價。
【附註】「好」不能念成ㄏㄠˇ。

好逸惡勞 ㄏㄠˋ ㄧˋ ㄨˋ ㄌㄠˊ

【出處】晉·嵇康《難自然好學論》：「夫民之性，好安而惡危，好逸而惡勞。」
【解釋】逸：安閑。
【用法】①愛好安閑，厭惡勞動。②形容非常懶惰的習慣。
【例句】她出身於一個富有的家庭，從小過著茶來伸手、飯來張口的生活，養成了～毛病。
【附註】「好」不能念成ㄏㄠˇ。「惡」不能念成ㄜˋ。

好惡不同 ㄏㄠˋ ㄨˋ ㄅㄨˋ ㄊㄨㄥˊ

【出處】漢·班固《漢書·元帝紀》：「公卿大夫，好惡不同。」
【用法】①喜好與憎惡各不相同。②形容人的思想感情各異。
【例句】由於各人的～，在評價文學作品上，他們發生了很大的分歧。
【附註】「好」不能念成ㄏㄠˇ。「惡」不能念成ㄜˋ。

好惡同之 ㄏㄠˋ ㄨˋ ㄊㄨㄥˊ ㄓ

【出處】《左傳·昭公二十五年》：戮力壹心，好惡同心。」
【解釋】好：愛好。惡：憎恨。同之：使它一樣。
【用法】對於事物有同一的愛好或同一的憎恨。
【例句】他們思想感情是一致的，因此～。

好爲事端 ㄏㄠˋ ㄨㄟˊ ㄕˋ ㄉㄨㄢ

【出處】唐·房玄齡等《晉書·文明王后傳》：「后每言於帝曰：『會見利忘義，好爲事端，寵過必亂，不可大任。』」
【解釋】爲：製造。事端：事故。
【用法】指專愛惹是生非。
【例句】這幾個青年整天在一起，言不及義，～，早晚要惹禍。
【附註】「好」不能念成ㄏㄠˇ。

好為人師 ㄏㄠˋ ㄨㄟˊ ㄖㄣˊ ㄕ

【出處】《孟子·離婁上》：「人之患，在好為人師。」
【解釋】為：做、當。
【用法】①喜歡當別人的老師。②形容不謙遜，好以教導者自居。
【例句】有些人很不虛心，總以為自己了不起，驕傲自滿，～。
【附註】「好」不能念成ㄏㄠˇ。

好問則裕 ㄏㄠˋ ㄨㄣˋ ㄗㄜˊ ㄩˋ

【出處】《尚書·湯誥》：「好問則裕，自用則小。」
【解釋】好：喜好。裕：富足。
【用法】遇事多思考，有疑問就向人請教，學識就會淵博。
【例句】～，我們應時時向人請益。
【附註】「好」不能念成ㄏㄠˇ。

皓首窮經 ㄏㄠˋ ㄕㄡˇ ㄑㄩㄥˊ ㄐㄧㄥ

【解釋】皓首：白了頭髮，指年老了。窮經：窮究經籍。
【用法】①指一輩子鑽在儒家的經典中。②也形容讀書讀到老。
【例句】如果死讀書，讀死書，雖然～，也不會有什麼建樹。

浩浩蕩蕩 ㄏㄠˋ ㄏㄠˋ ㄉㄤˋ ㄉㄤˋ

【出處】《尚書·堯典》：「湯湯洪水方割，蕩蕩懷山襄陵，浩浩滔天。」
【用法】①原形容水勢洶湧，廣闊無邊。②後也用以形容規模很大，氣勢雄壯。
【例句】登上主峰，極目遠眺，只見～河水宛若一條銀練，橫貫眼前。

浩然之氣 ㄏㄠˋ ㄖㄢˊ ㄓ ㄑㄧˋ

【出處】《孟子·公孫丑上》：「我知言，我善養吾浩然之氣。」
【解釋】浩然：盛大的樣子。
【用法】正大剛直的精神、氣質。
【例句】他面對歹徒，卻能神色自若，從容不迫，那股～，使人不由得肅然起敬。

浩如煙海 ㄏㄠˋ ㄖㄨˊ ㄧㄢ ㄏㄞˇ

【出處】宋·司馬光《進資治通鑑表》：「遍閱舊史，旁采小說，簡牘盈積，浩如煙海。」
【解釋】浩：廣大、眾多。煙海：煙霧彌漫的大海，比喻廣大繁多。
【用法】形容書籍資料多得無法計算。
【例句】搜集分散在～的書籍中的資料，是要花費很大精力的。

號令如山 ㄏㄠˋ ㄌㄧㄥˋ ㄖㄨˊ ㄕㄢ

【出處】元·脫脫等《宋史·岳飛傳》：「岳節使號令如山，若與之敵，萬無生理。」
【解釋】號令：命令，指軍令。
【用法】軍令像大山一樣地莊嚴，違抗不得。
【例句】首長命令部隊必須晝夜兼程，趕在敵人前頭進入陣地。～，命令傳達以後，大軍立即出發了。

侯門似海 ㄏㄡˊ ㄇㄣˊ ㄙˋ ㄏㄞˇ

【出處】唐·范攄《雲溪友議·襄陽傑》載：崔郊的姑姑有侍婢與郊相戀，後被賣於連帥。有一天，崔郊和她路遇，有感寫了一首《贈去婢》詩，中有「侯門一入深如海，從此蕭郎是路人。」
【用法】①王侯的門庭就像深海一樣。②形容大官僚的家庭門禁森嚴，不能自由出入。③用以比喻舊日的相識，因權勢地位的懸殊變化而疏遠隔絕。
【例句】他半開玩笑地說：「現在找你可困難了，門禁森嚴得很，難道眞是『～』嗎？」

侯服玉食 ㄏㄡˊ ㄈㄨˊ ㄩˋ ㄕˊ

【出處】漢・班固《漢書・敘傳》：「侯服玉食，敗俗傷化。」
【用法】①穿王侯的服裝，吃珍貴的飯食。②形容極其豪華、奢侈的生活。

喉清韻雅 ㄏㄡˊ ㄑㄧㄥ ㄩㄣˋ ㄧㄚˇ

【出處】清・曹雪芹《紅樓夢》第七十五回：「便命取了一支紫竹簫來，命佩鳳吹簫，文花唱曲，喉清韻雅，甚令人心動神移。」
【用法】①歌喉清亮，韻味優雅。②形容歌唱的藝術很高超。
【例句】他唱的歌～，令人喜愛。

厚貌深情 ㄏㄡˋ ㄇㄠˋ ㄕㄣ ㄑㄧㄥˊ

【出處】《莊子・列禦寇》：「凡人心險於山川，難於知天；天猶有春秋冬夏旦暮之期，人者厚貌深情。」
【解釋】深：深邃。
【用法】①外貌看來溫厚，心情深邃難測。②指知人知面不易知心。
【例句】他～，陰險莫測，不可不防。

厚古薄今 ㄏㄡˋ ㄍㄨˇ ㄅㄛˊ ㄐㄧㄣ

【解釋】厚：重視。薄：輕視。
【用法】重視古代的，輕視現代的。
【例句】就學術的研究來說，不管是～，或厚今薄古都不是正確的態度。

厚積薄發 ㄏㄡˋ ㄐㄧ ㄅㄛˊ ㄈㄚ

【解釋】厚積：指充分積蓄。薄發：少量地慢慢放出。
【用法】①形容基礎雄厚，發出的東西才有力。②也比喻須有充分準備，才能把事情辦好。
【例句】他對哲學問題造詣極深，所以才能～，寫出極有價值的論文。

厚今薄古 ㄏㄡˋ ㄐㄧㄣ ㄅㄛˊ ㄍㄨˇ

【解釋】厚：重視。薄：輕視。
【用法】重視現代的，輕視古代的。
【例句】在學術問題上，一味地～，也是片面的。

厚此薄彼 ㄏㄡˋ ㄘˇ ㄅㄛˊ ㄅㄧˇ

【出處】唐・姚思廉《梁書・賀琛傳》：「並欲薄於此而厚於彼，此服雖降，彼服則隆。」
【解釋】厚：厚待、重視。薄：怠慢、輕視。
【用法】偏重這一方，怠慢那一方。
【例句】張老師對學生們一視同仁，在輔導學生學習各項活動中，從不～。
【附註】也作「薄此厚彼」。

厚顏無恥 ㄏㄡˋ ㄧㄢˊ ㄨˊ ㄔˇ

【出處】南朝・齊・孔稚圭《北山移文》：「豈可使芳杜厚顏，薛荔蒙恥。」
【解釋】顏：臉面、臉皮。
【用法】①臉皮厚，不知羞恥。②指任何不要臉的事情都做得出來。

【例句】他竟～地吹噓說，在這次辯論會上唯有他的觀點才是正確的。

後不僭先 ㄏㄡˋ ㄅㄨˋ ㄐㄧㄢˋ ㄒㄧㄢ

【出處】清・曹雪芹《紅樓夢》第二十四回：「寶玉聽了，忙上前悄悄地說道：『你這麼明白的人，難道連「親不隔疏，後不僭先」也不知道？』」

【用法】①指後來人不超越先來的人。②形容先後有別。

【例句】～，你還是規規矩矩排隊吧！

後發制人 ㄏㄡˋ ㄈㄚ ㄓˋ ㄖㄣˊ

【出處】《荀子・議兵》：「後之發，先之至，此用兵之要術也。」

【解釋】發：發動。制：制服。

【用法】指等待對方動手，抓住弱點制服對方。

【例句】我們必要的時候，應該採取～的辦法，這樣才能取得勝利。

後會有期 ㄏㄡˋ ㄏㄨㄟˋ ㄧㄡˇ ㄑㄧˊ

【出處】元・喬夢符《揚州夢》第三折：「小官公事忙，後會有期也。」

【解釋】會：相會、見面。期：時期。

【用法】以後還有見面的日子或以後還有希望相見。

【例句】「請多多保重，我們～！」說完，他朝城外走去。

後悔無及 ㄏㄡˋ ㄏㄨㄟˇ ㄨˊ ㄐㄧˊ

【出處】清・李汝珍《鏡花緣》第九十七回：「挨了半日，只聽他說一句『後悔無及』，早已氣斷身亡。」

【用法】後悔也來不及了。

【例句】他由於一時疏忽，鑄成大錯，現在～。

【附註】也作「追悔莫及」。

後患無窮 ㄏㄡˋ ㄏㄨㄢˋ ㄨˊ ㄑㄩㄥˊ

【解釋】後患：將來的禍患。窮：窮盡。

【用法】給將來留下的禍患無窮無盡。

【例句】這座高層建築，由於材料和施工都不符合設計要求，建成以後～。

後繼乏人 ㄏㄡˋ ㄐㄧˋ ㄈㄚˊ ㄖㄣˊ

【解釋】繼：繼承。乏：缺乏。

【用法】缺少繼承的人。

【例句】髮雕技藝，功力要深，難度很高，工於這種技藝的人，已越來越少了，實感～，急需加緊培養。

後起之秀 ㄏㄡˋ ㄑㄧˇ ㄓ ㄒㄧㄡˋ

【出處】南朝・宋・劉義慶《世說新語・賞譽》：「范豫章（范寧）謂王荊州（王忱）：『卿風流俊望，眞後來之秀！』」

【解釋】秀：指優秀人物。

【用法】①後來興起的優秀人物（多指年輕人）。②形容新出現的人才。

【例句】這篇小說的作者是文壇的～。

【附註】原作「後來之秀」。

後生可畏 ㄏㄡˋ ㄕㄥ ㄎㄜˇ ㄨㄟˋ

【出處】《論語・子罕》：「後生可畏，焉知來者之不如今也。」

【解釋】後生：後輩，指年輕人。可：值得。畏：敬畏。

【用法】年輕人是值得敬畏的。意思是青年人很容易超過老年人。

【例句】最近一次的科學獎中，青年得獎的比例大大增加了，看到他們的成續，老一代科學家們高興地說：「這眞是～啊！」

後福無量 ㄏㄡˋ ㄈㄨˊ ㄨˊ ㄌㄧㄤˋ

【出處】南朝・宋・范曄《後漢書・左雄傳》：「白璧不可爲，容容多後福。」
【解釋】量：限量、限度。
【用法】將來的幸福是無窮的。
【例句】他平日樂善好施，將來～。

後台老板 ㄏㄡˋ ㄊㄞˊ ㄌㄠˇ ㄅㄢˇ

【用法】①原指舊戲班的班主。②後用以指幕後操縱著。
【例句】這傢伙一定有～給他撐腰，要不然他絕不敢剛一見面就那麼氣勢洶洶、盛氣凌人。

後來居上 ㄏㄡˋ ㄌㄞˊ ㄐㄩ ㄕㄤˋ

【出處】漢・司馬遷《史記・汲鄭列傳》：「陛下用群臣，如積薪耳，後來者居上。」
【解釋】居：處在。
【用法】①後來者居上席。②比喻新人卻處在老人之上。③後用以指新一代的人超過舊一代的人，或新事物勝過原有的事物。
【例句】我們要發展先進科技，～。

後浪推前浪 ㄏㄡˋ ㄌㄤˋ ㄊㄨㄟ ㄑㄧㄢˊ ㄌㄤˋ

【出處】元・賈仲名《對玉梳》第一折：「常言道後浪催前浪。」
【用法】①後面的波浪推動著前面的波浪不斷地前進。②比喻新生的力量促使事物不停地向前發展。③也比喻人物的新陳代謝，一代新人換舊人，或一代更比一代強。
【例句】近幾年來，許多新作家，迅速地成長起來，而且～，他們的作品比起老一輩作家的作品還要出色。

後顧之憂 ㄏㄡˋ ㄍㄨˋ ㄓ ㄧㄡ

【出處】北齊・魏收《魏書・李沖傳》：「朕以仁明忠雅，委以台司之寄，使我出境無後顧之憂。」
【解釋】後顧：回過頭來予以照顧。憂：憂慮。
【用法】①形容在前進或外出過程中，對後方或本單位有所憂慮的事情。②現常指影響工作的家庭困難。
【例句】他的妻子非常賢慧，將家裏的事處理得井井有條，讓他無～，專心發展事業。

憨態可掬 ㄏㄢ ㄊㄞˋ ㄎㄜˇ ㄐㄩ

【解釋】憨態：嬌痴的樣子。可掬：可以用手捧著。
【用法】形容頑皮嬌痴的樣子，很討人喜愛。
【例句】這個孩子～，十分可愛。

酣暢淋漓 ㄏㄢ ㄔㄤˋ ㄌㄧㄣˊ ㄌㄧˊ

【出處】①唐・房玄齡等等《晉書・阮修傳》：「常步行，以百錢掛杖頭，至酒店，便獨酣暢。」②唐・李商隱《韓碑》詩：「公退齋戒坐小閣，濡染大筆何淋漓。」
【解釋】酣暢：酒喝得暢快，泛指痛快。淋漓：飽滿暢快的樣子。
【用法】①常形容書法，繪畫形體飽滿，筆意流暢。②也形容文藝作品中感情抒發得極爲充分。
【例句】他的這篇小說將夫妻間的情義

描寫得～，令人激賞。

含苞欲放

【解釋】苞：花苞。欲：將要。放：開放。

【用法】①指花將開而未開。②比喻少女的青春。

【例句】①我來日本的時候，那裏的櫻花已經是～了。②這些剛剛十五、十六歲的姑娘，活潑而愉快地進入了大廳，一個個像～的花朵一樣，把春天的氣息帶了進來。

【附註】也作「含苞待放」。

含哺鼓腹

【出處】《莊子．馬蹄》：「夫赫胥氏之時，民居不知所為，行不知所之，含哺而熙，鼓腹而游。」

【解釋】含哺：嘴裏嚼著東西。鼓腹：吃飽了肚子。

【用法】①原指原始社會時的人民安閑自在、無憂無慮地生活著。②後用以形容太平時節，人民生活在不愁吃喝、安閒歡樂之中。

【例句】有人把原始社會的人說成是「～」，逍遙自在。其實，那時要吃飽肚子並不是那麼容易的事。

含蓼問疾

【出處】《三國志．蜀先主傳》注引習鑿齒曰：「觀其所以結物情者，豈徒投醪撫寒，含蓼問疾而已哉！」

【解釋】蓼：一年生草，莖紅褐色，葉狹長，初夏開花，色白、有紅暈，成穗下垂，葉味辛辣。

【用法】①口含蓼葉以驅除疲倦，又不辭辛勞地去慰問傷病的人民。②形容與百姓同甘苦的行動。

含垢納污

【出處】《左傳．宣公十五年》：「諺曰：高下在心，川澤納污，山藪藏疾，瑾瑜匿瑕，國君含垢。」

【解釋】含、納：包含、容納。垢、污：髒垢、污穢。

【用法】①原指國君當有容忍之量，能忍受恥辱和誣枉。②比喻包庇奸邪，收容集聚壞人壞事。

【例句】賭場向來是～之所，必須嚴加取締。

含毫吮墨

【出處】①唐．房玄齡等《晉書．束晳傳》：「含毫散藻，考撰同異。」②唐．李德裕《會昌一品集》李商隱《序》：「吮墨擒詞，咏日月之光華。」

【解釋】含毫：以口潤筆。吮墨：以口吸墨。

【用法】形容凝思遐想，從事寫作。

【例句】他燈下伏案，～，奮筆疾書，一篇文章，很快就寫出來了。

含糊不清

【出處】唐．劉禹錫《與柳子厚書》：「弦張柱差，枵然貌存。中有至音，含糊弗聞。」

【用法】①指聲音不清楚或事物沒有辨別清楚。②也指是非不明。

【例句】從漆黑的夜裏傳來了一陣狗叫聲、煞車的嘎吱聲、門的響聲和～的說話聲。

【附註】含糊也作「含胡」。

含糊其詞

【出處】宋．歐陽修等《新唐書．顏杲卿傳》：「賊（安祿山）斷其舌，曰：『復能罵否？』杲卿含胡而絕。」

【解釋】含糊：不明確、不清晰。詞：言詞。

【用法】後指故意把話說得不清楚，不明確。

【例句】忽然，他漲紅了臉，～地搪塞道：「我該回去了。」

含情脈脈

【出處】宋．辛棄疾《摸魚兒》詞：「脈脈此情誰訴！」

【解釋】脈脈：兩眼凝神看著的樣子。

【用法】①飽含溫情，兩眼凝神地望著。②常形容少女面對意中人微含嬌羞但又無限關切的表現。

【例句】她只是～地看著他，一句話也不說。

【附註】也作「脈脈含情」。「脈」不能念成ㄇㄞˋ。

含血噴人

【出處】清．李玉《清忠譜．叱勘》：「你不怕刀臨頭頸，還思含血噴人。」

【用法】①嘴裏含著血去噴在別人的身上。②捏造事實，誣陷好人。

【例句】他幹了許多壞事，卻～往別人頭上栽贓，眞是無恥至極！

含笑九泉

【解釋】九泉：地下，也作「黃泉」。

【用法】①滿含笑容在九泉之下。②指死去的人也感到高興。

【例句】看到了這夥壞人受到審判，他要是泉下有知，也會～的。

含沙射影

【出處】南朝．宋．鮑照《苦熱行》詩：「含沙射流影，吹蠱痛心暉。」

【用法】①相傳水裏有一種長得像鼈魚的怪物叫蜮，也叫射工、射影，聽到人聲，以氣爲矢，因激水，或含沙以射人，被它射中的人皮膚發瘡，射中了人的影也要生病。②後用以比喻要弄陰謀暗中攻擊陷害人。

【例句】無論是～的攻擊，還是無中生有的誹謗，都不能動搖我們對建國大業的堅定信念。

【附註】也作「含沙射人」。

含飴弄孫

【出處】南朝．宋．范曄《后漢書．明德馬皇后傳》：「吾但當含飴弄孫，不能復知政事。」

【解釋】飴：麥芽糖。弄：耍弄、哄逗。

【用法】嘴含著糖哄逗小孩子。形容老年人恬適的生活。

【例句】到了老年，跟前有個小孩子，～，也是一種樂趣啊。

含英咀華

【出處】唐．韓愈《進學解》：「沈浸醲郁，含英咀華，作爲文章，其書滿家。」

【解釋】咀：用嘴咀嚼。英、華：花。

【用法】把花朵含在嘴裏慢慢咀嚼。比喻欣賞、領會詩文的精華。

【例句】對李商隱的詩，必須細細玩味

，才能～，領略其詩情畫意。

【附註】「咀」不能唸成ㄗㄨˇ。

寒耕熱耘 ㄏㄢˊ ㄍㄥ ㄖㄜˋ ㄩㄣˊ

【出處】《孔子家語・屈節解》：「民寒耕熱耘，曾不得食。」

【解釋】寒冬季節耕翻土地，夏熱季節耘田除草。

【用法】形容農家的勞苦。

【例句】農民～，受盡了辛苦，我們怎麼能浪費糧食呢？

寒花晚節 ㄏㄢˊ ㄏㄨㄚ ㄨㄢˇ ㄐㄧㄝˊ

【出處】《宋名臣言行錄・韓琦》：「重陽有詩云：不羞老圃秋容淡，且看寒花晚節香。」

【解釋】寒花：冬天開的花。

【用法】比喻晚節仍高潔不污。

【例句】一個人能保持～，猶爲難得。

寒心酸鼻 ㄏㄢˊ ㄒㄧㄣ ㄙㄨㄢ ㄅㄧˊ

【出處】戰國・楚・宋玉《高唐賦》：「感心動耳，回腸傷氣。孤子寡婦，寒心酸鼻。」

【解釋】寒心：恐懼、戰慄。酸鼻：鼻子發酸。

【用法】形容心裏感到害怕而又悲傷。

【例句】聽到日月潭翻船事件，造成許多家破人亡的慘劇，怎不令人～呢？

邯鄲學步 ㄏㄢˊ ㄉㄢ ㄒㄩㄝˊ ㄅㄨˋ

【出處】《莊子・秋水》載：戰國時代，燕國有個人去到趙國首都邯鄲，見趙國人走路的姿勢很美，就跟著學起來，結果不但沒有學好，反而連自己原來的步法也忘掉了，只好爬著回去。「且子獨不聞夫壽陵餘子之學行於邯鄲與？未得國能，又失其故行矣，直匍匐而歸耳！」

【解釋】邯鄲：戰國時趙國的都城。步：邁步走路，步法。

【用法】①到邯鄲學人家邁步走路。②後用以比喻學別人的樣兒沒學會，反倒把自己原來會的東西也忘了。

【例句】初學寫作的人人，千萬不要拿著名家的作品生搬硬套，否則會像～一樣，學不出個名堂。

韓信將兵 ㄏㄢˊ ㄒㄧㄣˋ ㄐㄧㄤˋ ㄅㄧㄥ

【出處】漢・司馬遷《史記・淮陰侯列傳》：「上問曰：『如我能將幾何？』信曰：『陛下不過能將十萬。』上曰：『於君何如？』曰：『臣多多而益善耳。』」

【解釋】將：統率。

【用法】比喻越多越好。

【例句】～，多多益善，只要是有熱忱肯吃苦的人都歡迎投入我們的工作行列。

罕譬而喻 ㄏㄢˇ ㄆㄧˋ ㄦˊ ㄩˋ

【出處】《禮記・學記》：「其言也約而達，微而臧，罕譬而喻，可謂繼志矣。」

【用法】①比喻不多，但讓人都懂得。②形容言詞簡明清楚。

【例句】王老在學術討論會上的發言，總是～，既淺顯，又深刻。

罕言寡語 ㄏㄢˇ ㄧㄢˊ ㄍㄨㄚˇ ㄩˇ

【出處】清・曹雪芹《紅樓夢》第八回

：「罕言寡語，人謂裝愚；安分隨時，自云守拙。」

【解釋】罕、寡：少。

【用法】①很少說話。②形容人沉默寡言。

【例句】他是一個～、安分守己的人，決不會做出非法越理的事。

悍然不顧（ㄏㄢˋ ㄖㄢˊ ㄅㄨˋ ㄍㄨˋ）

【出處】明・東魯古狂生《醉醒石》第十一回：「但一人之寃不伸，反又殺人身、破人家，悍然不顧。」

【解釋】悍然：凶暴蠻橫的樣子。

【用法】凶暴蠻橫地不顧一切。

【例句】他如果～世界各國對他的警告，膽敢與全世界爲敵，絕沒有好下場。

捍格不入（ㄏㄢˋ ㄍㄜˊ ㄅㄨˋ ㄖㄨˋ）

【出處】《禮記・學記》：「發然後禁，則捍格而不勝。」

【解釋】捍格：抵觸、抗拒。不入：到不了一塊兒。

【用法】指互不相容，不相適應。

【例句】對科學的熱愛和對上帝的虔誠這兩種～的東西，居然在他的身上奇妙地結合起來了。

撼天動地（ㄏㄢˋ ㄊㄧㄢ ㄉㄨㄥˋ ㄉㄧˋ）

【解釋】撼：搖撼。動：震動。

【用法】①搖撼了天，震動了地。②形容力量巨大。

【例句】人們從當前的世界形勢中，預感到又將發生～的革命風暴了。

旱苗得雨（ㄏㄢˋ ㄇㄧㄠˊ ㄉㄜˊ ㄩˇ）

【出處】《孟子・梁惠王上》：「孟子見梁襄王，……對曰：『天下莫不與也。王知夫苗乎？七八月之間旱，則苗槁矣。天油然作雲，沛然下雨，則苗勃然興之矣。其如是，孰能禦之？』」

【用法】①久旱的禾苗得到了甘雨。②原以旱苗得雨的蓬勃生氣，比喻仁者統一天下的力量。③後用以比喻危難時受到人的資助。

旱魃爲虐（ㄏㄢˋ ㄅㄚˊ ㄨㄟˊ ㄋㄩㄝˋ）

【出處】《詩經・大雅・雲漢》：「旱魃爲虐，如惔如焚。」

【解釋】旱魃：迷信中指成旱災的鬼怪。虐：災害、禍害。

【例句】久旱不雨，～，農民眞是苦不堪言。

【用法】指旱災。

汗馬功勞（ㄏㄢˋ ㄇㄚˇ ㄍㄨㄥ ㄌㄠˊ）

【出處】《韓非子・五蠹》：「棄私家之事，而必汗馬之勞。」

【解釋】汗馬：征戰中馬馳騁而出汗。

【用法】①原指戰功。②後指在工作中的成績。

【例句】過去，他率軍轉戰南北；現在，又領導我們開墾山坡，可以說是立下了～。

汗牛充棟（ㄏㄢˋ ㄋㄧㄡˊ ㄔㄨㄥ ㄉㄨㄥˋ）

【出處】唐・柳宗元《陸文通先生墓表》：「其爲書，處則充棟宇，出則汗牛馬。」

【解釋】充：裝滿。棟：棟宇、房屋。

【用法】①用牛運書，要牛累得出汗；用屋子放書，要放滿整個屋子。②形容藏書極多。

【例句】小圖書館裏的書雖說不上～，但也有上萬本了。

汗流浹背 ㄏㄢˋ ㄌㄧㄡˊ ㄐㄧㄚˊ ㄅㄟˋ

【出處】漢．司馬遷《史記．陳丞相世家》：「孝文皇帝既益明習國家事，朝而問右丞相勃（周勃）曰：『天下一歲決獄幾何？』勃謝曰：『不知。』問：『天下一歲錢穀出入幾何？』勃又謝不知，汗出沾背，愧不能對。」

【解釋】浹：濕透。

【用法】①流出的汗濕透了脊背。②原形容極度惶恐或慚愧的樣子。③現常形容天氣過熱或人在緊張劇烈的勞動中滿身大汗。

【例句】夏天灼熱的太陽，曬得人～。

【附註】「浹」不能寫成「夾」。

汗出如瀋 ㄏㄢˋ ㄔㄨ ㄖㄨˊ ㄕㄣˇ

【出處】漢．許慎《說文解字》：「瀋，汁也。」段玉裁注：「陸德明云：北土呼汁爲瀋。」

【解釋】瀋：汁液。

【用法】①滿身大汗。②形容天氣酷熱或心情過度緊張的現像。

【例句】煉鋼工人在高溫中操作，經常～，十分辛苦。

汗如雨下 ㄏㄢˋ ㄖㄨˊ ㄩˇ ㄒㄧㄚˋ

【出處】清．曹雪芹《紅樓夢》第一百零一回：「不防一塊石頭絆了一跤，猶如夢醒一般，渾身汗如雨下。」

【用法】①出汗如下雨一般。②形容出汗很多。

【例句】體育課時烈日當空，每個人都～，苦不堪言。

汗顏無地 ㄏㄢˋ ㄧㄢˊ ㄨˊ ㄉㄧˋ

【出處】唐．韓愈《朝歸》詩：「服章豈不好，不與德相對，顧影聽其聲，赬顏汗漸背。」

【解釋】汗顏：臉上出汗，常用來表示羞愧。

【用法】形容非常羞愧，無地自容。

【例句】部份的人出國旅遊時一副暴發戶模樣，眞令我們～。

漢官威儀 ㄏㄢˋ ㄍㄨㄢ ㄨㄟ ㄧˊ

【出處】南朝．宋．范曄《後漢書．光武帝紀上》：「老吏或垂涕曰：『不圖今日復見漢官威儀。』」

【用法】①原指漢朝官吏的服飾制度。②後常指我國傳統制度。

【例句】梨園子弟，猶存～。

恨鐵不成鋼 ㄏㄣˋ ㄊㄧㄝˇ ㄅㄨˋ ㄔㄥˊ ㄍㄤ

【出處】清．曹雪芹《紅樓夢》第九十六回：「只爲寶玉不上進，所以時常恨他，也不過是恨鐵不成鋼的意思。」

【用法】①恨鐵不能變成鋼。②形容對所期望的人不爭氣、不上進而感到不滿，急切希望他變好。

【例句】父親常嚴厲地責備你，也無非是～的意思，你不要怨他。

恨之入骨 ㄏㄣˋ ㄓ ㄖㄨˋ ㄍㄨˇ

【出處】明．馮夢龍《東周列國志》第十七回：「蔡哀侯始知中了息侯之計，恨之入骨。」

【用法】①恨到骨頭裏。②形容懷恨極

深。

【例句】敵人對他～，卻怎麼也捉不住他。

【附註】也作「恨入骨髓」。

恨如頭醋 (ㄏㄣˋ ㄖㄨˊ ㄊㄡˊ ㄘㄨˋ)

【出處】清・吳敬梓《儒林外史》第二十六回：「把大呆的兒子、媳婦，一天要罵三場；家人、婆娘，兩天要打八頓。這些人都恨如頭醋。」

【解釋】頭醋：剛做好還沒摻水的醋，味極酸苦。

【用法】①好像吃了頭醋，令人恨得切齒。②形容怨恨極大。

【例句】他仗著哥哥的勢力，專愛欺負弱小，無怪乎這些人都對他～。

桁楊相望 (ㄏㄤˊ ㄧㄤˊ ㄒㄧㄤ ㄨㄤˋ)

【出處】《莊子・在宥》：「今世殊死者相枕也，桁楊者相推也，刑戮者相望也。」

【解釋】桁楊：古時加在腳上或頸上以拘繫囚犯的刑具。相望：相互在望。

【用法】形容罪人很多。

【附註】「桁」不能念成ㄏㄥˊ或ㄏㄤˋ。

行行出狀元 (ㄏㄤˊ ㄏㄤˊ ㄔㄨ ㄓㄨㄤˋ ㄩㄢˊ)

【出處】清・文康《兒女英雄傳》第十一回：「俗語兒說的行行出狀元，又說好漢不怕出身低。」

【解釋】狀元：科舉時代考中進士第一名。

【用法】比喻幹什麼事，只要努力，都會做出大的成績。

【例句】～，難道清潔工就出不了狀元嗎？

【附註】「行」不能念成ㄒㄧㄥˊ。

行伍出身 (ㄏㄤˊ ㄨˇ ㄔㄨ ㄕㄣ)

【出處】清・李寶嘉《官場現形記》第十三回：「幸虧炮船上統帶趙大人是行伍出身，天生海量。」

【解釋】行伍：舊時軍隊的編制，每五個人叫一伍，五個伍，共二十五人爲一行。

【用法】當兵出身的人。

【例句】這個團長，～，除了硬打硬拚外，什麼也不懂，所以，對付他一點兒也不困難。

【附註】「行」不能念成ㄒㄧㄥˊ。

沆瀣一氣 (ㄏㄤˋ ㄒㄧㄝˋ ㄧ ㄑㄧˋ)

【出處】宋・錢易《南部新書・戊集》載：唐代崔瀣參加科舉考試，考官崔沆錄取了他。當時有人開玩笑說他們「座主門生，沆瀣一氣。」

【解釋】沆瀣：夜間的水氣，露水。

【用法】比喻臭味相投的勾結在一起。

【例句】他們互相勾結，～，暗地裏大搞陰謀活動。

恒河沙數 (ㄏㄥˊ ㄏㄜˊ ㄕㄚ ㄕㄨˋ)

【出處】《金剛經・無爲福勝分》第十一：「但諸恒河多無數，何況其沙：…以七寶滿爾所恒河沙數三千大千世界，以用布施。」

【解釋】恒河：南亞有名的大河，兩岸都是沙子。

【用法】①恆河兩岸的沙子。②形容數量多得無法計算。本佛經用語。

【例句】軍閥割據的年代裏，戰火彌漫，哀鴻遍野，無辜人民死於非命的，有如～。

橫眉怒目 ㄏㄥˊ ㄇㄟˊ ㄋㄨˋ ㄇㄨˋ

【解釋】橫眉：怒目而視的樣子，表示憤恨。
【用法】形容極度憤恨，怒不可遏的神情。
【例句】看到母親～的模樣，就知道八成是小弟又闖禍了。

橫眉冷對 ㄏㄥˊ ㄇㄟˊ ㄌㄥˇ ㄉㄨㄟˋ

【出處】①五代．後蜀．何光遠《鑒戒錄》引陳裕時：「橫眉努目強干嗔。」②宋．黃庭堅《鷓鴣天》詞：「付與旁人冷眼看。」
【解釋】橫眉：怒目而視的樣子，表示憤恨。冷對：冷眼相對，表示蔑視。
【用法】①用憤恨和蔑視的眼光相對待。②形容敵人或惡勢力決不屈服的態度。
【例句】他們兩個死對頭，見面就～，真沒他們辦法。

橫眉豎眼 ㄏㄥˊ ㄇㄟˊ ㄕㄨˋ ㄧㄢˇ

【解釋】橫眉：怒而視的樣子，表示憤恨。
【用法】形容發怒或發橫時的神情。
【例句】要提倡平等待人，說話和氣，對朋友決不能～。
【附註】也作「橫眉立目」。

橫躺豎臥 ㄏㄥˊ ㄊㄤˇ ㄕㄨˋ ㄨㄛˋ

【出處】清．文康《兒女英雄傳》第六回：「兩個和尚反倒橫躺豎臥，血流滿面的倒在地下喪了殘生。」
【用法】形容雜亂地倒下或睡下。
【例句】大家都～地擠在一起睡下了。

橫加干涉 ㄏㄥˊ ㄐㄧㄚ ㄍㄢ ㄕㄜˋ

【解釋】橫：蠻橫。干涉：過問制止。
【用法】①蠻橫地加以制止。②指不講道理硬要管不該管的事。
【例句】這個暴君窮兵黷武，到處～，妄圖橫行天下。

橫加指責 ㄏㄥˊ ㄐㄧㄚ ㄓˇ ㄗㄜˊ

【解釋】橫：蠻橫。
【用法】蠻橫地胡亂指責。
【例句】青年人犯了錯誤，不可～，必須講求方式，耐心誘導，才能收得預期效果。

橫征暴斂 ㄏㄥˊ ㄓㄥ ㄅㄠˋ ㄌㄧㄢˋ

【出處】清．吳趼人《痛史》第二十四回：「名目是規畫錢糧，措置財賦，其實是橫征暴斂，剝削脂膏。」
【解釋】橫、怒：強橫、殘暴。征、斂：征收、聚斂。
【用法】①強橫殘暴地征收苛捐雜稅，聚斂民財。②形容反動統治者貪婪凶狠、搜刮人民的罪行。
【例句】由於歷代統治者的～，採珠業已瀕絕滅的境地了。

橫衝直撞 ㄏㄥˊ ㄔㄨㄥ ㄓˊ ㄓㄨㄤˋ

【出處】明．施耐庵《水滸傳》第五十五回：「那連環馬軍漫山遍野，橫衝直撞將來。」
【用法】①橫處亂衝，直處亂撞。形容毫無顧忌地一味蠻幹或蠻不講理。②也形容凶悍勇猛，勢不可擋。
【例句】他走路時總是～，所以大家遠

遠地看到他就趕緊避開。

【附註】也作「直衝橫撞」。

橫生枝節

【解釋】橫：旁側。生：孳生。枝節：嫩枝新節。

【用法】比喻處理某事時產生了新情況或新問題，使事情更加複雜化。

【例句】抓呢，這個問題很複雜；不抓呢，又怕～，鬧出大亂子，眞是進退兩難。

橫槊賦詩

【出處】宋．蘇軾《前赤壁賦》：「釃酒臨江，橫槊賦詩，固一世之雄也。」

【解釋】槊：長矛。賦：創作。

【用法】①橫握長矛，創作詩歌。②形容能文能武的英雄豪邁氣概。

橫掃千軍

【出處】元．王實甫《西廂記》第二本第一折：「橫掃了五千人。」

【解釋】橫：從東到西。掃：指打敗，消滅掉。千軍：大量的敵軍。

【用法】形容一舉消滅了大量敵軍。

【例句】年輕時，他馳騁疆場，～，立下了赫赫戰功。

橫行霸道

【出處】淸．曹雪芹《紅樓夢》第九回：「（賈瑞）又助著薛蟠圖些銀錢酒肉，一任薛蟠橫行霸道。」

【解釋】橫行：行動蠻橫，依仗暴力做壞事。霸道：蠻不講理。

【用法】形容仗勢爲非作歹蠻不講理。

【例句】他們兩人平日就～，欺負弱小，大家對他們都深惡痛絕。

橫行不法

【解釋】橫行：行動蠻橫，依仗暴力做壞事。法：法紀。

【用法】形容目無法紀、胡作非爲。

【例句】我們絕不容歹徒～，恣意擾亂社會秩序。

橫行天下

【出處】《孟子．梁惠王下》：「一人衡行於天下，武王恥之，此武王之勇也。」

【解釋】橫行：縱橫馳騁，毫無阻擋。

【用法】形容到處稱強，沒有敵手。

【例句】這個暴君，窮兵黷武，到處伸手，夢想～、唯我獨尊。

橫行羿桀

【出處】明．洪昇《長生殿．偵報》：「一任他橫行羿桀。」

【解釋】橫行：行動蠻橫，依仗暴力做壞事。羿：人名，夏代寒浞之子，相傳能陸地行舟，是個大力士。桀：夏桀王，夏代最後的一個君主，爲古時典型的暴君。

【用法】像羿和桀那樣的橫行無道。

橫行無忌

【出處】明．羅貫中《三國演義》第十三回：「其時李傕自爲大司馬，郭汜自爲大將軍，橫行無忌，朝廷無人敢言。」

【解釋】橫行：行動蠻橫，依仗暴力做壞事。

【用法】①到處爲非做歹，無所忌憚。

②形容毫無顧忌地做壞事。
【例句】那時節，他們～，恐怖氣氛佈滿城鄉。

呼朋引類 ㄏㄨ ㄆㄥˊ ㄧㄣˇ ㄌㄟˋ

【出處】明．張岱《陶庵夢憶．揚州清明》：「博徒持小杌坐空地……呼朋引類，以錢擲地，謂之跌成。」
【解釋】引：帶領。
【用法】①招呼朋友，帶領同類（用於貶義）。②也指招引來氣味相投的人。
【附註】也作「引類呼朋」。

呼風喚雨 ㄏㄨ ㄈㄥ ㄏㄨㄢˋ ㄩˇ

【出處】宋．孫覿《罨谿行》詩：「罨畫谿入頭烏鳥樂，呼風喚雨不能休。」
【用法】①叫颳風就颳起風來，叫下雨就下起雨來。神話傳說神仙道士的神通廣大，風和雨都能聽他使喚。②現也用以形容群衆具有支配自然的偉大力量。
【例句】你不要小看了他，他一旦得勢，就能～、推波助瀾，做出一些你難以預料的事來！

呼天搶地 ㄏㄨ ㄊㄧㄢ ㄑㄧㄤ ㄉㄧˋ

【出處】清．吳敬梓《儒林外史》第四十回：「蕭雲仙呼天搶地，盡哀盡禮，治辦喪事，十分盡心。」
【用法】①對天呼叫，用頭撞地。②形容傷心痛哭的樣子。
【例句】當她看到兒子的屍首時，哭得～，死去活來。
【附註】「搶」不能念成ㄑㄧㄤˇ。

呼牛呼馬 ㄏㄨ ㄋㄧㄡˊ ㄏㄨ ㄇㄚˇ

【出處】《莊子．天道》：「老子曰：『……昔者子呼我牛也而謂之牛，呼我馬也而謂之馬。』」
【用法】①指喚我叫牛，我就當牛；喚我叫馬，我就作馬。②意思是毀譽隨人，不加計較。
【例句】只要心裏坦蕩，又何必在意他人～呢？
【附註】也作「呼牛作馬」。

呼庚呼癸 ㄏㄨ ㄍㄥ ㄏㄨ ㄍㄨㄟˇ

【出處】《左傳．哀公十三年》：「吳申叔儀乞糧於公孫有山氏……對曰：『梁則無矣，粗則有之，若登首山以呼曰：庚癸乎！則諾。』」
【解釋】庚、癸：皆爲隱語，指軍糧。
【用法】①原指軍中出糧的人相互約定呼喊的隱語。②後比喻向人告貸或者請求幫助。

呼吸相通 ㄏㄨ ㄒㄧ ㄒㄧㄤ ㄊㄨㄥ

【出處】清．紀昀《閱微草堂筆記》：「猶臂指之相使，猶呼吸之相通也。」
【用法】①呼氣吸氣，互相貫通。②比喻同呼吸，共命運，有共同的思想和利害基礎。
【例句】文學家只有和社會～，成爲群衆的代言人，才能創作出反映時代精神的文學作品。

呼之即來，揮之即去 ㄏㄨ ㄓ ㄐㄧˊ ㄌㄞˊ，ㄏㄨㄟ ㄓ ㄐㄧˊ ㄑㄩˋ

【出處】宋．蘇軾《王仲儀眞贊序》：「呼之則來，揮之則散者，唯世臣巨室爲能。」
【解釋】之：代詞，他。
【用法】①招呼他就來，揮手他就去。

②形容高高在上的人任意支使人。
【例句】衙門裏的聽差，對老爺只能俯首貼耳，一個個都是「～」。

呼之欲出 (ㄏㄨ ㄓ ㄩˋ ㄔㄨ)

【出處】宋·蘇軾《郭忠恕畫贊序》：「恕先在焉，呼之或出。」
【用法】①召喚他就要出來。②形容人物畫像非常逼眞。③形容文學作品裏所描寫的人物活靈活現，特別生動。
【例句】這篇小說寫得有聲有色，特別是書中的幾個主要人物，眞是「～」，讀後使人難以忘懷。

呼么喝六 (ㄏㄨ ㄧㄠ ㄏㄜˋ ㄌㄧㄡˋ)

【出處】明·施耐庵《水滸傳》第一百零四回：「台下四面，有三四十只桌子，都有人圍擠著在那裏擲骰賭錢，……那些擲色的，在那裏呼么喝六，攧錢的，在那裏喚字叫背。」
【解釋】么、六：賭博使具骰子上的點子。
【用法】賭錢擲骰子時，精神緊張地大聲呼叫。
【例句】他們打撲克牌常常打到深夜，噼叭叭，～，吵得四鄰不安，眞令人討厭。
【附註】也作「喝六呼么」。

忽忽不樂 (ㄏㄨ ㄏㄨ ㄅㄨˋ ㄌㄜˋ)

【出處】漢·司馬遷《史記·梁孝王世家》：「意忽忽不樂。」
【解釋】忽忽：精神恍惚的樣子。
【用法】①精神恍惚，悶悶不樂。②形容心裏若有所失而不高興的情態。
【例句】近來姐姐神色黯然，～，莫非她又在思念死去的媽媽？

囫圇吞棗 (ㄏㄨˊ ㄌㄨㄣˊ ㄊㄨㄣ ㄗㄠˇ)

【出處】元·白珽《湛淵靜語》記載一笑話，說有個自作聰明的人，聽人說「梨益齒而損脾，棗益脾而損齒」，於是他就說：「我明白了，以後我吃梨只嚼不咽，吃棗只咽不嚼。這樣就有益無損了。」別人就笑他說：「吃梨只嚼不咽，是可以做到的，吃棗卻難了，囫圇吞棗，怎麼受得了呢？」
【解釋】囫圇：整個的。
【用法】①不加咀嚼，不辨滋味，把整個棗吞下去。②比喻學習時不加分析，不求理解，生吞活剝。
【例句】對於學習過的每一個原理，他都要深入思考，反覆琢磨，決不～。

湖光山色 (ㄏㄨˊ ㄍㄨㄤ ㄕㄢ ㄙㄜˋ)

【出處】清·吳敬梓《儒林外史》第十五回：「南渡年來此地遊，而今不比舊風流，湖光山色渾無恙，揮手淸吟過十洲。」
【用法】湖上風光，山鄉景色。
【例句】此地的～，吸引了大量遊人。

湖海之士 (ㄏㄨˊ ㄏㄞˇ ㄓ ㄕˋ)

【用法】①五湖四海之間的壯士。②舊時指走遍天下、行俠仗義的人物。
【例句】過去的所謂～，僅僅是路見不平，拔刀相助，滿足於個人的義舉而已。

狐憑鼠伏 (ㄏㄨˊ ㄆㄧㄥˊ ㄕㄨˇ ㄈㄨˊ)

【出處】《廣東軍務記·三元裏平夷錄》：「逆夷各狐憑鼠伏，潛避兩炮台中，不敢出入。」

【解釋】憑：依靠。伏：潛伏。

【用法】①像狐狸、老鼠一樣憑藉掩蔽物潛伏著。②比喻敵軍藏藏躲躲，不敢出動。

狐埋狐搰 ㄏㄨˊ ㄇㄞˊ ㄏㄨˊ ㄏㄨˊ

【出處】《國語·吳語》：「狐埋之而狐搰之，是以無成功。」

【解釋】搰：挖掘。

【用法】①狐狸埋藏的東西，狐狸又把它挖掘出來。傳說狐狸的本性多疑，它剛把東西埋好，又很不放心地再挖出來看看。②比喻人疑慮過甚，成不了大事。

【例句】辦事要有決斷，～是成不了大事的。

【附註】「搰」不能念成ㄍㄨˇ。

狐狸尾巴 ㄏㄨˊ ㄌㄧˊ ㄨㄟˇ ㄅㄚ

【用法】①舊時傳說，狐狸能變幻形狀害人，但尾巴卻變不了。往往被人抓住尾巴，露出了眞相。②常用以比喻壞人的本來面目或陰謀伎倆的證據。

【例句】在衆目睽睽之下，這個狡猾的間諜終於露出了～。

狐假虎威 ㄏㄨˊ ㄐㄧㄚˇ ㄏㄨˇ ㄨㄟ

【出處】《戰國策·楚策》：「虎求百獸而食之，得狐。狐曰：『子無敢食我也。天帝使我長百獸，今子食我，是逆天帝命也。子以我爲不信，吾爲子先行，子隨我後，觀百獸之見我而敢不走乎？』虎以爲然，故遂與之行，獸見之皆走，虎不知獸畏己而走也，以爲畏狐也。」

【解釋】假：假借、憑借。

【用法】狐狸憑借老虎的威風。比喻仗勢欺人。也作「狐藉虎威」、「虎威狐假」。

【例句】他靠着他乾爹的勢力，～，無惡不作，成了方圓幾十里有名的地頭蛇。

狐裘羔袖 ㄏㄨˊ ㄑㄧㄡˊ ㄍㄠ ㄒㄧㄡˋ

【解釋】裘：皮衣。羔：小羊。

【出處】《左傳·襄後十四年》：「余狐裘而羔袖。」

【用法】①狐皮衣上配了兩隻羊羔皮的袖子。②比喻整體很好，只是略有不足之處。

【例句】一般來說，他辦事還算妥當，有時雖然略有～之感，總算是差強人意了。

狐群狗黨 ㄏㄨˊ ㄑㄩㄣˊ ㄍㄡˇ ㄉㄤˇ

【出處】明·羅貫中《三國演義》第十二回：「時賊兵雖衆，都是狐群狗黨，並無隊伍行列。」

【用法】比喻結成一夥的狡猾凶惡的壞人。

【例句】他結交的都是一些～，難怪會成爲千手所指的大壞蛋。

【附註】也作「狐朋狗黨」。

狐死兔泣 ㄏㄨˊ ㄙˇ ㄊㄨˋ ㄑㄧˋ

【出處】元·脫脫等《宋史·李全傳》：「狐死兔泣，李氏滅，夏氏寧獨存？」

【用法】①狐狸死了ㄌ哭泣。比喻因同類的失敗或死亡而感到悲傷。

狐死首丘（ㄏㄨˊ ㄙˇ ㄕㄡˇ ㄑㄧㄡ）

【出處】《禮記・檀弓上》：「樂，樂其所自生，禮，不忘其本，古之人有言曰：『狐死正丘首，仁也。』」
【解釋】首：頭向着。丘：狐穴所在的土丘。
【用法】①傳說狐狸死的時候，頭要正向着狐穴所在的土丘。②比喻不忘本。③也比喻對故鄉的思念。
【附註】也作「首丘之情」。

狐疑不決（ㄏㄨˊ ㄧˊ ㄅㄨˋ ㄐㄩㄝˊ）

【出處】明・東魯古狂生《醉醒石》第三回：「縣官聽說，也自狐疑不決起來，暗想道：『這事倒是我認錯了？』」
【用法】①傳說狐狸多疑，沒個決斷。②比喻遇事猶豫不決。
【例句】他作事優柔寡斷，～，常常坐失良機。

猢猻入袋（ㄏㄨˊ ㄙㄨㄣ ㄖㄨˋ ㄉㄞˋ）

【出處】宋・歐陽修《歸田錄》卷二：「梅聖俞以詩知名三十年，終不得一館職。晚年與修《唐書》，書成，未奏而卒，士大夫莫不嘆惜。其初受敕修《唐書》，語其妻刁氏曰：『吾之修書，可謂猢猻入袋矣。』刁氏對曰：『君於仕宦，亦何異鮎魚上竹竿耶？』聞者皆以爲善對。」
【用法】①猴子鑽進了口袋裡。③比喻行動失去了自由。
【例句】開了學，就像～一樣，再也不得自由了。
【附註】原作「猢猻入布袋」。

瑚璉之器（ㄏㄨˊ ㄌㄧㄢˇ ㄓ ㄑㄧˋ）

【出處】唐・李延壽《北史・唐瑾柳敏傳論》：「瑾、敏並挺杞梓之林，蘊瑚璉之器。」
【解釋】瑚、璉：都是古代祭祀時盛黍稷的容器。
【用法】比喻治國之材。
【例句】在舊社會，他空懷～，無從施展。

胡天胡帝（ㄏㄨˊ ㄊㄧㄢ ㄏㄨˊ ㄉㄧˋ）

【出處】《詩經・鄘風・君子偕老》：「胡然而天也！胡然而帝也！」
【解釋】胡：何。帝：指天神。
【用法】①什麼是天，什麼是帝。②原指服飾容貌如同天神一般。③後表示尊敬崇仰。

胡攪蠻纏（ㄏㄨˊ ㄐㄧㄠˇ ㄇㄢˊ ㄔㄢˊ）

【解釋】胡攪：狡辯、強辯。蠻纏：不講道理地糾纏。
【用法】指不講道理，胡亂糾纏。
【例句】錯了，就承認，何苦來這樣～呢！

胡謅亂道（ㄏㄨˊ ㄗㄡ ㄌㄨㄢˋ ㄉㄠˋ）

【出處】清・曹雪芹《紅樓夢》第八十一回：「如今他在家中，只是和些孩子們混鬧，雖懂得幾句詩詞，也是胡謅亂道的。」
【解釋】胡謅：信口編造。
【用法】指瞎編胡說。
【例句】仗着老爸老媽不認得字，他就大膽地～了起來

胡作非為 ㄏㄨˊ ㄗㄨㄛˋ ㄈㄟ ㄨㄟˊ

【出處】清・文康《兒女英雄傳》第二回：「這豈不是拿着國家的帑項錢糧來供大家的養肥自己、胡作非為？」

【用法】①指不遵守法紀，不講道德，毫無顧忌地幹壞事。②也指做一些毫無道理的事。

【例句】在我們的社會裏絕不允許壞人～。

【附註】也作「妄作胡為」、「妄作虛為」。

胡猜亂道 ㄏㄨˊ ㄘㄞ ㄌㄨㄢˋ ㄉㄠˋ

【出處】明・吳承恩《西遊記》第四十三回：「你們且休胡猜亂道，且設法保師父過去。」

【解釋】道：說話。

【用法】胡亂地猜想，胡亂地講說。

【例句】文件還沒有下達，大家不要沒有根據地～。

胡思亂想 ㄏㄨˊ ㄙ ㄌㄨㄢˋ ㄒㄧㄤˇ

【出處】《朱子全書・學二・存養》：「無許多胡思亂想，則久久自於物欲上輕，於義理上重。」

【用法】沒有事實根據地瞎想。

【例句】她坐在床邊又～起來。

【附註】也作「胡思亂量」。

胡言亂語 ㄏㄨˊ ㄧㄢˊ ㄌㄨㄢˋ ㄩˇ

【出處】明・陶宗儀《輟耕錄・卷二十八・水仙子》：「張明善作化樂府〈水仙子〉譏時云：『鋪眉苫眼早三公，裸袖揎拳享萬鍾，胡言亂語成時用。』」

【用法】沒有根據和道理地胡說亂扯。

【例句】他最愛道人長短，別聽他～。

胡越一家 ㄏㄨˊ ㄩㄝˋ ㄧ ㄐㄧㄚ

【出處】宋・朱熹《通鑑綱目・唐紀》：「太宗貞觀七年，帝宴未央宮，上皇命頡利可汗起舞，馮知戴咏詩，既而笑曰：『胡越一家，古未有也。』」

【解釋】胡：指北方人。越：南方人。

【用法】指南北一家，天下一統。

鵠面鳥形 ㄏㄨˊ ㄇㄧㄢˋ ㄋㄧㄠˇ ㄒㄧㄥˊ

【出處】元・王惲《入秦行》詩：「扶羸載瘠總南浦，鵠面鳥形猶努力。」

【解釋】鵠：鴻鵠，即天鵝。

【用法】①像鵠鳥長頸瘦臉的形狀。②比喻飢疲瘦弱人的面貌體形。

【例句】他長期失業，貧病交加，被折磨成～，簡直不像人樣了。

虎背熊腰 ㄏㄨˇ ㄅㄟˋ ㄒㄩㄥˊ ㄧㄠ

【出處】明・羅貫中《三國演義》第九十七回：「視之，身長九尺，面黑睛黃，熊腰虎背。」

【用法】老虎的背脊，熊的腰身。②形容身體魁梧健壯。

【例句】他雖然只有十七歲，卻長得～，身強力壯。

【附註】也作「熊腰虎背」。

虎不食兒 ㄏㄨˇ ㄅㄨˋ ㄕˊ ㄦˊ

【出處】清・翟灝《通俗編・獸畜・虎不食兒》：「（唐朝）聶夷中詩：『餓虎不食兒，人無骨肉恩。』」

【用法】①指餓虎從來不吃自己的兒女。②喻指骨肉之情。

【例句】～，他怎捨得傷害自己兒子。
【附註】也作「虎毒不食子」。

虎頭捉虱 (ㄏㄨˇ ㄊㄡˊ ㄓㄨㄛ ㄕ)

【用法】①老虎頭上捉虱子。②比喻不懂得厲害，衝撞了惹不起的人物或勢力。
【例句】你爲什麼要惹他？這不是～？

虎頭蛇尾 (ㄏㄨˇ ㄊㄡˊ ㄕㄜˊ ㄨㄟˇ)

【出處】元・康進之《李逵負荊》第二折：「這廝敢狗行狼心，虎頭蛇尾。」
【用法】①老虎的腦袋，蛇的尾巴。②比喻作事前緊後鬆，有始無終。
【例句】無論做什麼工作都應該有始有終，不能～，半途而廢。

虎狼之國 (ㄏㄨˇ ㄌㄤˊ ㄓ ㄍㄨㄛˊ)

【出處】漢・司馬遷《史記・屈原列傳》：「秦虎狼之國，不可信。」
【用法】①餓虎貪狼似的國家。②形容侵略成性的國家。
【例句】帝國主義者，是～，他們的魔爪，伸向了許多發展中國家。

虎狼之威 (ㄏㄨˇ ㄌㄤˊ ㄓ ㄨㄟ)

【出處】元・無名氏《舉案齊眉》第四折：「告大人暫息雷霆之怒，略罷虎狼之威。」
【用法】①似虎如狼的威風。②形容威嚴的氣派或聲勢。

虎口逃生 (ㄏㄨˇ ㄎㄡˇ ㄊㄠˊ ㄕㄥ)

【出處】元・無名氏《硃砂擔》第一折：「我如今在虎口逃生，急騰騰再不消停。」
【用法】①從老虎嘴裏逃出來。②比喻從險境中逃出來。
【例句】他居然～，從敵人的包圍圈中衝了出來。

虎口餘生 (ㄏㄨˇ ㄎㄡˇ ㄩˊ ㄕㄥ)

【出處】《莊子・盜跖》：「孔子曰：『然。丘所謂無病而自灸也，疾走料虎頭，編虎鬚，幾不免虎口哉！』」
【解釋】餘：剩餘的。
【用法】①老虎嘴裏剩餘的生命。②比喻人從大災大難中僥倖活命。
【例句】這次山難他是唯一的倖存者，～，怎不值得慶賀？

虎踞龍盤 (ㄏㄨˇ ㄐㄩˋ ㄌㄨㄥˊ ㄆㄢˊ)

【出處】宋・李昉等《太平御覽》卷一五六引晉・張勃《吳錄》：「劉備曾使諸葛亮至京，因睹秣陵山阜，歎曰：『鐘山龍盤，石頭（南京城）虎踞，此帝王之宅。』」
【解釋】踞：蹲或坐，踞守。盤：通「蟠」，盤曲地伏着。
【用法】形容南京城像猛虎似地蹲着，鐘山像龍盤曲地伏在那裡，地勢險要而雄偉。
【例句】雄偉的南京城，～，確是兵家要地。
【附註】也作「龍盤虎踞」。

虎嘯風生 (ㄏㄨˇ ㄒㄧㄠˋ ㄈㄥ ㄕㄥ)

【出處】唐・李延壽《北史・張定和傳論》：「虎嘯風生，龍騰雲起，英賢奮發，亦各因時。」
【解釋】嘯：長鳴。
【用法】①猛虎長鳴，威風四起。②比

喻英雄得勢而起。

【例句】新時代開始了，舉國上下，～，龍騰雲起，一派生機。

虎視眈眈 ㄏㄨˇ ㄕˋ ㄉㄢ ㄉㄢ

【出處】《周易・頤》六四：「虎視眈眈，其欲逐逐。」

【解釋】眈眈：注視的樣子。

【用法】①像老虎尋食那樣凶狠盯着。②形容野心勃勃、緊緊盯着的樣子。

【例句】他的兩隻眼睛～地盯着洞口。

【附註】「眈」不能念成ㄔㄣ。

虎瘦雄心在 ㄏㄨˇ ㄕㄡˋ ㄒㄩㄥˊ ㄒㄧㄣ ㄗㄞˋ

【出處】元・萬松老人《從容錄》：「萬松道：『虎瘦雄心在，人貧志氣存。』」

【用法】比喻人窮志不窮。

【例句】～，即使在最窮困的時候，他仍沒有向現實低頭，還是孜孜不倦地從事學術的研究。

虎入羊群 ㄏㄨˇ ㄖㄨˋ ㄧㄤˊ ㄑㄩㄣˊ

【出處】明・羅貫中《三國演義》第十一回：「孔融望見太史慈與關、張趕殺賊衆，如虎入羊群，縱橫莫當。」

【用法】①老虎竄進羊群。②形容強大者衝入弱者中間可以恣意橫行。

虎尾春冰 ㄏㄨˇ ㄨㄟˇ ㄔㄨㄣ ㄅㄧㄥ

【出處】《尚書・君牙》：「心之憂危，若蹈虎尾，涉於春冰。」

【用法】踩着老虎的尾巴，走在春天的冰上。②比喻危險的處境。

【附註】也作「春冰虎尾」。

互通有無 ㄏㄨˋ ㄊㄨㄥ ㄧㄡˇ ㄨˊ

【解釋】通：調劑。

【用法】指相互支援，調劑餘缺。

【例句】只要～，一定能解決一部分材料短缺的問題。

互爲表裏 ㄏㄨˋ ㄨㄟˊ ㄅㄧㄠˇ ㄌㄧˇ

【解釋】互：互相。表：外部。裏：內部。

【用法】①互相之間是表與裏的關係。②指彼此相通，相輔相成。

【例句】太行山和黃河～，成爲山西省的天然屏障。

怙惡不悛 ㄏㄨˋ ㄜˋ ㄅㄨˋ ㄑㄩㄢ

【出處】《左傳・隱公六年》：「長惡不悛，從自及也。」

【解釋】怙：仗恃。悛：悔改。

【用法】指堅持罪惡，不知悔改。

【例句】這十名罪犯都是作惡多端、～的慣犯，必須嚴加懲罰，以平民憤。

【附註】「怙」不能念成ㄍㄨ。「悛」不能念成ㄐㄩㄣˋ。

戶限爲穿 ㄏㄨˋ ㄒㄧㄢˋ ㄨㄟˊ ㄔㄨㄢ

【出處】唐・張彥遠《法書要錄》：「智永禪師住吳興永欣寺，人來覓書者如市，所居戶限爲穿穴。」

【解釋】戶限：門檻。穿：透、破。

【用法】①門檻被踩破了。②形容來往的人很多。

【例句】參觀資訊展的觀衆，每天達到十萬人次以上，眞是～。

戶樞不蠹 ㄏㄨˋ ㄕㄨ ㄅㄨˋ ㄉㄨˋ

【出處】宋・張君房《雲笈七籤》：「

流水不腐，戶樞不蠹，以其勢動不息也。」

【解釋】戶樞：舊式木門的門軸。蠹：蛀蝕。

【用法】①經常轉動的木門軸不易爲蛀蟲所蛀蝕。②比喻經常運動的東西，不易受外物的侵蝕，可以長久不壞。③也比喻人體經常運動，可以保持健康。

【例句】～，流水不腐，人又焉能不勞動呢！

【附註】也作以「戶樞不朽」。

花天酒地（ㄏㄨㄚ ㄊㄧㄢ ㄐㄧㄡˇ ㄉㄧˋ）

【出處】清・李寶嘉《官場現形記》第二十七回：「到京之後，又復花天酒地，任意招搖。」

【解釋】花：名花，舊時的妓女。

【用法】①名花美酒的境界裏。舊指妓院、酒樓等場所。②也形容沉迷在酒色之中的荒淫腐朽生活。

【例句】我一到這裏，看見這十里洋場上的達官貴人過着～、紅燈綠酒的腐朽生活，厭惡極了。

花團錦簇（ㄏㄨㄚ ㄊㄨㄢˊ ㄐㄧㄣˇ ㄘㄨˋ）

【出處】清・吳敬梓《儒林外史》第三回：「人逢喜事精神爽，那七篇文字，做的花團錦簇一般。」

【解釋】錦：色彩鮮艷，花紋精緻的絲織品。簇：聚集。

【用法】①鮮花圍成團，彩錦聚攏在一起。②形容色彩繽紛、絢麗多彩的景色。

【例句】畢業典禮的會場上佈置得～，沖淡了一些感傷的氣氛。

【附註】也作「花攢錦簇」。也作「攢花簇錦」

花林粉陣（ㄏㄨㄚ ㄌㄧㄣˊ ㄈㄣˇ ㄓㄣˋ）

【出處】清・孔尚任《桃花扇・拒謀》：「排列着花林粉陣。」

【用法】①香花林，脂粉陣。②舊時比喻成群的艷裝少女。

花光柳影（ㄏㄨㄚ ㄍㄨㄤ ㄌㄧㄡˇ ㄧㄥˇ）

【出處】清・曹雪芹《紅樓夢》第二十五回：「花光柳影，鳥語溪聲。」

【用法】①鮮花煥彩生光，綠柳垂條弄影。②形容春到人間的景色。

【例句】園裏處處～，美不勝收。

花開兩朶，各表一枝（ㄏㄨㄚ ㄎㄞ ㄌㄧㄤˇ ㄉㄨㄛˇ，ㄍㄜˋ ㄅㄧㄠˇ ㄧˋ ㄓ）

【出處】清・曹雪芹《紅樓夢》第五十四回：「老祖宗『一張口難說兩家話』，『花開兩朶，各表一枝。』」

【用法】①舊時話本、小說、傳統評書中的套語。②比喻同時的兩樁事，放下這樁，再說那樁。

花好月圓（ㄏㄨㄚ ㄏㄠˇ ㄩㄝˋ ㄩㄢˊ）

【出處】元・石君寶《曲江池》第一折：「則合這好花休謝，明月常圓。」

【用法】①花正好，月正圓。②比喻美好圓滿。多用以賀人新婚。

【例句】我們結婚的東西都已經準備好，就等着～那一天了。

花花公子（ㄏㄨㄚ ㄏㄨㄚ ㄍㄨㄥ ㄗˇ）

【出處】清・文康《兒女英雄傳》第三十回：「也還仗他那點書毒，才不學那吃喝嫖賭，成一個花花公子。」

【用法】指不務正業，專講吃喝玩樂的富家子弟。
【例句】他年輕的時候是個～，仗着他老子有錢，花天酒地，什麼正經事也不做。

花花世界 ㄏㄨㄚ ㄏㄨㄚ ㄕˋ ㄐㄧㄝˋ

【出處】清・錢彩《說岳全傳》第十五回：「每想中原花花世界，一心要奪取宋室江山。」
【用法】①舊時指繁榮的都市。②也指紙醉金迷、花天酒地的生活環境。
【例句】他從窮鄉僻壤來到這個～，開始很不習慣，慢慢地居然學會了一套交際應酬的本領。

花紅柳綠 ㄏㄨㄚ ㄏㄨㄥˊ ㄌㄧㄡˇ ㄌㄩˋ

【出處】五代・蜀・魏承班《生查子》詞：「花紅柳綠間晴空。」
【用法】①花色鮮紅，柳絲青綠。②形容春天艷麗的景色。③也比喻人穿着打扮的艷麗。
【例句】元宵節的夜晚，年輕的姑娘們打扮得～的，都來看燈來了。
【附註】也作「柳綠花紅」。

花前月下 ㄏㄨㄚ ㄑㄧㄢˊ ㄩㄝˋ ㄒㄧㄚˋ

【出處】唐・白居易《老病》詩：「盡聽笙歌夜醉眠，若非月下即花前。」
【用法】①花蔭前，月影下。②指惹人情思的幽靜地方。
【例句】他們兩人在～，情話綿綿。
【附註】也作「月下花前」。

花拳繡腿 ㄏㄨㄚ ㄑㄩㄢˊ ㄒㄧㄡˋ ㄊㄨㄟˇ

【用法】打花拳，踢綉腿。指武術的動作花裏胡哨，光好看，不中用。②也比喻要花招，施伎倆，不求實際。
【例句】領導者特別要警惕那些阿諛奉承，～，華而不實的人。

花枝招展 ㄏㄨㄚ ㄓ ㄓㄠ ㄓㄢˇ

【出處】清・曹雪芹《紅樓夢》第二十七回：「滿園裏綉帶飄飄，花枝招展。」
【解釋】招展：迎風起舞的樣子。
【用法】①艷麗的花枝迎風起舞。②形容婦女打扮得非常嬌艷。
【例句】他剛下車，迎面就遇上一群～的姑娘。

花朝月夕 ㄏㄨㄚ ㄓㄠ ㄩㄝˋ ㄒㄧˋ

【出處】五代・後晉劉昫等《舊唐書・羅威傳》：「每花朝月夕，與憲佐賦詠，甚有情致。」
【解釋】朝：早晨。
【用法】①繁花似錦的早晨和月明之夜。②形容良辰美景。③也特指陰曆二月半和八月半。
【例句】她有很高的音樂欣賞水準，因爲她生長在一個「音樂之家」，每當～，她父親總要邀請一些同行在家裏演奏名家的作品。
【附註】「朝」不能念成ㄔㄠˊ。

花晨月夕 ㄏㄨㄚ ㄔㄣˊ ㄩㄝˋ ㄒㄧˋ

【解釋】夕：夜間。
【用法】花兒開放的早晨，明月輝映的夜晚。②指舒適幽靜、使人心曠神怡的時刻。
【例句】多少個～，我們肩並肩地漫步在湖邊靜靜的小樹林裏，互相傾訴着思慕之情。

花容玉貌

【出處】清・李汝珍《鏡花緣》第一回：「內有一位星君跳舞而出，裝束打扮雖似魁星，而花容月貌，卻是一位美女。」

【用法】①如花似玉的容貌。②形容婦女的秀麗姿色。

【例句】那姑娘不僅長得～，而且性情溫柔，他一下就相中了。

【附註】也作「花容月貌」。

花殘月缺

【出處】元・關漢卿《望江亭》第三折：「則這今晚開筵，正是中秋令節。只合低唱淺斟，莫待他花殘月缺。」

【用法】①形容衰敗零落景象。②也比喻夫妻或情侶感情破裂，兩相離異。

花言巧語

【出處】《朱子語類》：「巧言，即今所謂花言巧語，如今世舉子弄筆端做文字者是也。」

【用法】①原指華而不實的言語。②後指捏造事端，遮蓋眞相騙人的謊話。

【例句】他的～，騙取了許多年輕女子的感情。

【附註】也作「巧語花言」。

花樣翻新

【用法】①指新產品的花紋、樣式推陳出新，不斷改進。②指做事的方式方法不斷改變，令人莫測(含貶義)。

【例句】①近幾年來，手錶業發展很快，不但品種齊全，而且在款式上也是～。②主意太多，一時一變，～，眞叫人摸不着頭腦。

花影繽紛

【出處】清・曹雪芹《紅樓夢》第十八回：「元春入室，更衣復出，上輿進園，只見園中香烟繚繞，花影繽紛，處處燈光相映，時時細樂聲喧，說不盡這太平景象，富貴風流。」

【用法】①花光月影，五色繽紛。②形容景色絢麗多彩。

花月之身

【出處】清・孔尚任《桃花扇・拒媒》：「他爲你生小綠珠花月身，尋一個金谷綺羅裏石季倫。」

【用法】①花容月貌之身。②比喻俊美的女子。③舊時也指妓女。

嘩衆取寵

【出處】漢・班固《漢書・藝文志・諸子》：「然惑者既失精微，而辟者又隨時抑揚，違離道本，苟以嘩衆取寵。」

【解釋】嘩：喧嘩。寵：寵愛。

【用法】利用虛誇的言行取得寵信、贊揚。

【例句】這種態度，無實事求是之意，有～之心，是要不得的。

滑天下之大稽

【用法】指言語、行動非常荒唐可笑。

【例句】你居然提出了這樣一個建議，眞是～！你都不想想這怎麼可能呢！

華冠麗服

【出處】清・曹雪芹《紅樓夢》第三回：「又行了半日，忽見街北蹲着兩個大石獅子，三間獸頭大門，門前列坐着十來個華冠麗服之人，正門不開，只東西兩角門有人出入。」
【解釋】冠：帽子。
【用法】形容衣着華麗。

華袞之贈（ㄏㄨㄚˊ ㄍㄨㄣˇ ㄓ ㄗㄥˋ）

【出處】晉・范寧《穀梁傳序》：「一字之褒，寵逾華袞之贈；一言之貶，辱過市井之撻。」
【解釋】華袞：古代皇帝的禮服。
【用法】形容貴重的贈與。

華而不實（ㄏㄨㄚˊ ㄦˊ ㄅㄨˋ ㄕˊ）

【出處】《左傳・文公五年》：「且華而不實，怨之所聚也。」
【解釋】華：同「花」。實：果實。
【用法】①只開花，但不結果實。②比喻事物空有華麗的外表，沒有實際的內質。
【例句】辦事情要講求實效，不能～。

華屋山丘（ㄏㄨㄚˊ ㄨ ㄕㄢ ㄑㄧㄡ）

【出處】三國・魏・曹植《箜篌引》詩：「生在華屋處，零落歸山丘。」
【用法】壯麗的建築化作一堆土丘。②比喻迅速衰亡。
【例句】始皇的暴虐無道，爲秦朝埋下了～的命運。
【附註】也作「華屋丘墟」。

劃一不二（ㄏㄨㄚˋ ㄧ ㄅㄨˋ ㄦˋ）

【出處】漢・班固《漢書・曹參傳》：「蕭何爲法，講若畫一。」
【解釋】劃：劃定。
【用法】①一經劃定，決不兩樣。②也指做事呆板，沒有一點靈活的餘地。
【例句】他做事負責踏實，唯一的缺點就是太過～，不知變通。

化被萬方（ㄏㄨㄚˋ ㄅㄟˋ ㄨㄢˋ ㄈㄤ）

【出處】唐・柳宗元《爲李諫議賀赦表》：「恩覃九有，化被萬方。」
【解釋】化：德化，以恩德感化。被：及、到。萬方：四方八面。
【用法】恩德感化四面八方。

化腐朽爲神奇（ㄏㄨㄚˋ ㄈㄨˇ ㄒㄧㄡˇ ㄨㄟˊ ㄕㄣˊ ㄑㄧˊ）

【出處】《莊子・知北游》：「腐朽復化爲神奇。」
【用法】①把腐朽無用的東西變成神妙奇特的東西。②比喻變壞的爲好的，變無用的爲有用的，或把不起眼的變成惹人喜愛的。
【例句】他確有～的本領，一些不被人注意的瑣事，到了他的筆下，竟然變得那樣富有吸引力。

化零爲整（ㄏㄨㄚˋ ㄌㄧㄥˊ ㄨㄟˊ ㄓㄥˇ）

【用法】①把分散的變化成集中統一的整體。②在軍事上常指部隊由分散到集結。
【例句】這支活躍在敵後的游擊隊，～，對敵人進行了一次突然伏擊，打得敵人焦頭爛額。

化干戈爲玉帛（ㄏㄨㄚˋ ㄍㄢ ㄍㄜ ㄨㄟˊ ㄩˋ ㄅㄛˊ）

【解釋】干、戈：古代常用的兩種兵器，也泛指武器，這裡借指戰爭。玉帛

：古代國與國之間交往時用作禮物的玉器和絲織品，這裡借指和平。

【用法】①變刀兵相見爲玉帛交往。②指變戰爭爲和平相處。

【例句】雙方只要有誠意，就可以～，和平解決兩國的爭端。

化險爲夷（ㄏㄨㄚˋ ㄒㄧㄢˇ ㄨㄟˊ ㄧˊ）

【解釋】險：險阻。夷：平坦、平安。

【用法】①指使艱險的境地轉化爲平坦的大道。②或使處於險境的事物有了好的轉機。

【例句】眼看對方就要獲勝，但我方毫不氣餒，沉着應戰，終於～，以二十二比二十獲勝。

化整爲零（ㄏㄨㄚˋ ㄓㄥˇ ㄨㄟˊ ㄌㄧㄥˊ）

【用法】①把一個整體分化爲許多零散部分。②在軍事上常指部隊由集結到分散。

【例句】我們應該～，擾亂敵人，使敵人疲於奔命。

化若偃草（ㄏㄨㄚˋ ㄖㄨㄛˋ ㄧㄢˇ ㄘㄠˇ）

【出處】《論語・顏淵》：「君子之德，風；小人之德，草。草上之風，必偃。」

【解釋】偃草：草被風吹倒。

【用法】形容教育或感化的力量很大，如風過草倒一般。

化爲泡影（ㄏㄨㄚˋ ㄨㄟˊ ㄆㄠˋ ㄧㄥˇ）

【解釋】泡：水泡。影：物體的影子。

【用法】比喻事物轉眼就消失或希望落空。

【例句】他一收到她的信，心就涼了半截，因爲他的美夢一下子～了。

化爲烏有（ㄏㄨㄚˋ ㄨㄟˊ ㄨ ㄧㄡˇ）

【出處】宋・蘇軾《章質夫送酒六壺，書至而酒不達，戲作小詩問之》詩：「豈意青州六從事，化爲烏有一先生。」

【解釋】烏有：無有。

【用法】變得什麼都沒有了。

【例句】這場大火，使他的家產在一夜之間就～。

畫餅充飢（ㄏㄨㄚˋ ㄅㄧㄥˇ ㄔㄨㄥ ㄐㄧ）

【出處】晉・陳壽《三國志・魏書・盧毓傳》：「選舉莫取有名，名如畫地作餅，不可啖也。」

【解釋】充飢：解餓。

【用法】①比喻虛假的東西無補於事。②也比喻以空想來自我安慰。

【例句】他答應我的事至今沒有兌現，怕是只能～了。

畫地而趨（ㄏㄨㄚˋ ㄉㄧˋ ㄦˊ ㄑㄩ）

【出處】《莊子・人間世》：「殆乎！殆乎！畫地而趨。」

【解釋】趨：快步走。

【用法】①只在規定範圍內行動。②比喻不知變通。

【例句】只知～，不能隨機應變，成就總是有限。

畫地爲牢（ㄏㄨㄚˋ ㄉㄧˋ ㄨㄟˊ ㄌㄠˊ）

【出處】漢・司馬遷《報任安書》：「故士有畫地爲牢，勢不可入，削木爲吏，議不可對，定計於鮮也。」

【解釋】牢：牢獄，監禁犯人的地方。

【用法】①原指在地皮上畫個圈，作爲

牢獄。②後也用此以比喻局限於小小的圈子裏活動。
【例句】一個作家的生活經驗越豐富，知識越淵博，他就越不會在藝術園地裏～。

畫棟雕樑 ㄏㄨㄚˋ ㄉㄨㄥˋ ㄉㄧㄠ ㄌㄧㄤˊ

【出處】南唐・李後主《虞美人》詞：「雕欄玉砌今猶在。」
【解釋】畫：彩畫。棟：房屋正中的大樑。雕：漆雕。樑：支撐屋頂橫木。
【用法】①彩畫漆雕的棟樑。②形容雍容華貴的建築物。
【例句】孔廟的建築～，倒也十分壯觀。
【附註】也作「畫樑雕棟」、「雕棟畫樑」、「雕樑畫棟」。

畫龍點睛 ㄏㄨㄚˋ ㄌㄨㄥˊ ㄉㄧㄢˇ ㄐㄧㄥ

【出處】唐・張彥遠《歷代名畫記》卷七：「(梁)武帝崇飾佛寺，多命(張)僧繇畫之……金陵安樂寺四白龍，不點眼睛，每云：『點睛即飛去。』人以為妄誕，固請點之。須臾，雷電破壁，兩龍乘雲騰去上天，二龍未點睛者見在。」
【用法】①給畫好的龍點上眼珠。②後用以比喻作文章、講話，在關鍵地方用一兩句點明要旨，使內容更加精闢、生動有力。
【例句】這～的一筆，有力地表明了張三的死，完全是李四逼迫的，是走投無路的悲慘結局。

畫鬼容易畫人難 ㄏㄨㄚˋ ㄍㄨㄟˇ ㄖㄨㄥˊ ㄧˋ ㄏㄨㄚˋ ㄖㄣˊ ㄋㄢˊ

【出處】《韓非子・外儲說左上》：「客有為齊王畫者，齊王問曰：『畫孰最難者？』曰：『犬馬最難。』『孰最易者？』曰：『鬼魅最易。』夫犬馬，人所知也，旦暮罄於前，不可類之，故難；鬼神，無形者，不罄於前，故易之也。」
【用法】①原意說由於犬馬，人都見過，畫像不容易；鬼神，誰也沒見過，倒容易畫。②比喻憑空瞎說容易，實事求是卻要下一番工夫才能辦到。

畫虎類狗 ㄏㄨㄚˋ ㄏㄨˇ ㄌㄟˋ ㄍㄡˇ

【出處】南朝・宋・范曄《後漢書・馬援傳》：「效(杜)季良不得，陷為天下輕薄子，所謂畫虎不成反類狗者也。」
【解釋】類：類似、好像。
【用法】①沒有畫虎的本領，卻要畫虎，結果把虎畫得像狗一樣。②比喻好高騖遠，達不到目的，被當作笑柄。
【例句】對古典文學缺乏修養，勉強作舊體詩，往往會～，寫得不倫不類。
【附註】也作「畫虎類犬」。

畫脂鏤冰 ㄏㄨㄚˋ ㄓ ㄌㄡˋ ㄅㄧㄥ

【出處】漢・桓寬《鹽鐵論・殊路》：「故內無其質，而外學其文，雖有賢師良友，若畫脂鏤冰，費日損功。」
【解釋】鏤：雕刻。
【用法】①在凝固的油脂上畫畫兒，在冰上雕刻，都會遇熱熔化，轉眼消失。②比喻白費力氣，勞而無功。
【例句】他選錯了行業，沒有做到揚長避短，恰恰捨棄了自己所長，恐怕是～，到頭來白費力氣！

畫中有詩 ㄏㄨㄚˋ ㄓㄨㄥ ㄧㄡˇ ㄕ

【出處】宋・蘇軾《書摩詰〈藍關烟雨圖〉》：「味摩詰之詩，詩中有畫；觀摩詰之畫，畫中有詩。」
【用法】畫裏面蘊藏著詩意。
【例句】他的山水畫，之所以使人感到氣象不凡，是因爲每一幅畫都充滿著詩一樣的意境，正所謂～。

畫若鴻溝 ㄏㄨㄚˋ ㄖㄨㄛˋ ㄏㄨㄥˊ ㄍㄡ

【出處】漢・司馬遷《史記・項羽本紀》：「漢王復使侯公往說項王，項王乃與漢約，中分天下，割鴻溝以西爲漢，鴻溝而東者爲楚。」
【解釋】鴻溝：古汴水支流。
【用法】後用以比喻界限分明。

畫蛇添足 ㄏㄨㄚˋ ㄕㄜˊ ㄊㄧㄢ ㄗㄨˊ

【出處】《戰國策・齊策》：「楚有祠者，賜其舍人卮酒，舍人相謂曰：『數人飲之不足，一人飲之有餘，請畫地爲蛇，先成者飲酒。』一人蛇先成，引酒且飲之，乃左手持卮，右手畫蛇，曰：『吾能爲之足。』未成，一人之蛇成，奪其卮曰：『蛇固無足，子安能爲之足？』遂飲其酒。爲蛇足者，終無其酒。」
【用法】①在畫好的蛇身上給添上脚。②比喻做了多餘的事反而弄壞事情。
【例句】這篇文章寫到這裏恰到好處，他非要再加幾句，結果～，反而影響了它的藝術效果。
【附註】也作「畫蛇著足」。

畫苑冠冕 ㄏㄨㄚˋ ㄩㄢˋ ㄍㄨㄢ ㄇㄧㄢˇ

【解釋】苑：會聚的地方，多指藝術、學術的集中處。冠冕：皇冠帝冕，比喻首位、第一。
【用法】在美術界占有第一流的地位。
【例句】白石老人，可算得是～。

華亭鶴唳 ㄏㄨㄚˋ ㄊㄧㄥˊ ㄏㄜˋ ㄌㄧˋ

【出處】南朝・宋・劉義慶《世說新語・尤悔》：「（陸機）臨刑嘆曰：『欲聞華亭鶴唳，可復得乎？』」
【解釋】華亭：即華亭谷，古地名，在今上海市郊松江縣西。晉・陸機故宅在其側。唳：鶴鳴聲。
【用法】①華亭谷的鶴鳴聲。②表示對過去生活的留戀。
【附註】「華」不能念成ㄏㄨㄚˊ。

話不投機 ㄏㄨㄚˋ ㄅㄨˋ ㄊㄡˊ ㄐㄧ

【出處】元・賈仲名《對玉梳》第二折：「話不投機一句多。」
【解釋】投機：指意見相合。
【用法】①說話不到一起。②形容沒有共同的語言。
【例句】由於～，兩人敷衍了幾句就客客氣氣地分手了。

話中有話 ㄏㄨㄚˋ ㄓㄨㄥ ㄧㄡˇ ㄏㄨㄚˋ

【出處】清・曹雪芹《紅樓夢》第一百一十回：「邢夫人等聽了話中有話，不想到自己不令鳳姐便宜行事。」
【用法】話裏面還有話，即話中暗含別的意思。
【例句】她聽出～，怕嚷下去再被人揪出醜來，就咕嚕著走了。
【附註】也作「話裏有話」。

活靈活現 ㄏㄨㄛˊ ㄌㄧㄥˊ ㄏㄨㄛˊ ㄒㄧㄢˋ

【出處】清・李汝珍《鏡花緣》第六十

五回：「他忽然把個樂正子又請出來，說得活靈活現，倒也有個意思。」

【用法】①活潑而有生氣地顯現出來。②形容文藝作品或講故事等描摹的技巧生動靈活，生活氣息濃厚，給人以豐富的眞實感。

【例句】他筆下的人物總是那麼～，生動具體，眞可謂「如聞其聲，如見其人」。

【附註】也作「活龍活現」。

火燒眉毛 ㄏㄨㄛˇ ㄕㄠ ㄇㄟˊ ㄇㄠˊ

【出處】宋·釋普濟《五燈會元》卷十六：「問：『如何是急切一句？』師曰：『火燒眉毛。』」

【用法】比喻情勢十分緊迫。

【例句】都～了，你還這樣慢條斯理的，眞是急死人了！

火燒火燎 ㄏㄨㄛˇ ㄕㄠ ㄏㄨㄛˇ ㄌㄧㄠˇ

【解釋】燎：挨近火而燒焦。

【用法】形容身上熱得難受或心中十分焦灼的情景。

【例句】我沒想到，他當衆給我下不了台，弄得我臉上～的。

火上弄冰 ㄏㄨㄛˇ ㄕㄤˋ ㄋㄨㄥˋ ㄅㄧㄥ

【出處】明·吳承恩《西遊記》第三十五回：「老孫若要擒你，就好似火上弄冰。」

【解釋】弄：撥弄。

【用法】①在火上撥弄冰塊，很快消融。②比喻不需費力氣。

【例句】警方已佈下了天羅地網，要逮捕他就像～一般容易。

火上加油 ㄏㄨㄛˇ ㄕㄤˋ ㄐㄧㄚ ㄧㄡˊ

【出處】清·李寶嘉《官場現形記》第五回：「把他氣的越發火上加油。」

【用法】①在燃燒的火頭上再加上油。②比喻有意增加別人的憤怒或擴大事態的發展。

【例句】他本來就一肚子氣，她再～，就不由得暴跳如雷了。

火樹銀花 ㄏㄨㄛˇ ㄕㄨˋ ㄧㄣˊ ㄏㄨㄚ

【出處】唐·蘇味道《正月十五夜》詩：「火樹銀花合，星橋鐵鎖開。」

【解釋】火樹：火紅的樹，形容樹上綴滿燈彩。銀花：銀白色的花，形容照得通明透亮。

【用法】形容燈光焰火絢麗燦爛的節日夜景。

【例句】國慶節的晚上，總統府前燃放烟火，～，絢麗多姿，吸引了成千上萬的人。

火中取栗 ㄏㄨㄛˇ ㄓㄨㄥ ㄑㄩˇ ㄌㄧˋ

【出處】十七世紀法國作家拉·封登的寓言詩《猴子和猫》中說：猴子叫猫去偷取爐火裏烤熟的栗子，結果取出來的栗子被猴子吃光，猫不但沒吃著，倒把脚上的毛燒掉了。

【解釋】栗：栗子。

【用法】①偷取爐火裏烤熟了的栗子。②後用以比喻受人利用，替人冒險吃苦，卻沒有撈到好處。

【例句】利用外籍佣軍爲其～，已成爲當前某些國家對外侵略擴張的一個重要手段。

【附註】「栗」不能寫成「粟」。

火傘高張

【出處】唐・韓愈《遊青龍寺贈崔大補闕》詩：「光華閃壁見神鬼，赫赫炎官張火傘。」

【解釋】火傘：比喻夏天酷熱的太陽。張：展開。

【用法】夏天酷熱的太陽高懸天際。

【例句】夏日的街頭～，令人好生畏懼，不敢出門。

火眼金睛

【出處】明・吳承恩《西遊記》第七回：「孫悟空被太上老君放在八卦煉丹爐裏煉了四十九天，煉出了孫悟空的一雙火眼金睛，能識破一切妖魔鬼怪。」

【解釋】睛：眼珠。

【用法】用以形容人的眼光十分犀利。

【例句】老警察都有一付～，能識破一切不法情事。

禍不單行

【出處】宋・釋道原《景德傳燈錄》卷十一：「師曰：『禍不單行』。」

【解釋】禍：災難。

【用法】指不幸的事常常會接二連三地發生。

【例句】他剛失業，又遭喪母之痛，眞是～。

禍不旋踵

【出處】唐・李延壽《北史・袁翻傳》：「若違忤要勢，禍不旋踵，雖以清白自守，猶不免請謁之累。」

【解釋】踵：脚跟。旋踵：旋轉脚跟，即轉過身，形容時間極其短促。

【用法】禍患在轉身的功夫就到眼前。

禍不妄至

【出處】漢・司馬遷《史記・龜策傳》：「寡人聞之，諫者福也，諛者賊也，人主聽諛，是愚惑也。雖然，禍不妄至，福不徒來。」

【用法】災禍不會無故降臨。

【例句】～，他會有今天的下場，也是罪有應得。

禍福同門

【出處】漢・劉安《淮南子・人間訓》：「禍之來也，人自生之；福之來也，人自成之。禍與福同門，利與害同鄰。」

【解釋】同門：同一條門路而來的。

【用法】①禍與福是同一條門路而來的。②指禍福是由人們自己造成的。

禍福倚伏

【出處】《老子》第五十八章：「禍兮福之所倚，福兮禍之所伏。」

【解釋】倚：倚靠。伏：潛伏、隱藏。

【用法】①禍和福相倚相伏。②指禍福可以在一定條件下互相轉化。

【例句】物極必反，～，這是個規律。

禍福無門

【出處】《左傳・襄公二十三年》：「禍福無門，唯人所召。」

【用法】禍與福不是命中注定的，全是人們自己招來的。

【例句】他總說自己交了霉運，其實，

～，這是他自己找來的。

禍亂相踵 ㄏㄨㄛˋ ㄌㄨㄢˋ ㄒㄧㄤ ㄓㄨㄥˇ

【解釋】禍亂：災禍、動亂。踵：脚跟。相踵：跟踪而來。
【用法】指災禍與動亂跟踪而來。
【例句】在軍閥混戰時期，～，百姓們苦不堪言。

禍國殃民 ㄏㄨㄛˋ ㄍㄨㄛˊ ㄧㄤ ㄇㄧㄣˊ

【出處】章炳麟《正學報緣起·例言》：「如去歲兗州之變，西報指斥疆臣，謂其禍國殃民，肉不足以啖狗彘。」
【解釋】禍：禍害。殃：使遭災殃。
【用法】①使國家受害，使人民遭殃。②形容壞人當權，誤國害民。
【例句】漢奸走狗所做的事，無非～的一些勾當。

禍積忽微 ㄏㄨㄛˋ ㄐㄧ ㄏㄨ ㄨㄟˊ

【出處】宋·歐陽修《新五代史·伶官傳序》：「夫禍患常積於忽微，而智勇多困於所溺。」
【解釋】忽微：不引人注意的小事。
【用法】災禍是積累了大量不引人注意的微末小事而造成的。
【例句】「～」，切莫小看這些小問題，否則，其後果可能是不堪設想的。

禍起蕭墻 ㄏㄨㄛˋ ㄑㄧˇ ㄒㄧㄠ ㄑㄧㄤˊ

【解釋】蕭墻：門口的屛風。
【用法】①指禍患起於內部。②後用以指內部出亂子。③也指家庭成員中自起矛盾造成禍患。
【例句】中南美洲的戰亂有許多都是～，非外來的侵略。

禍棗災梨 ㄏㄨㄛˋ ㄗㄠˇ ㄗㄞ ㄌㄧˊ

【出處】清·紀昀《閱微草堂筆記》卷六：「至於交通聲氣，號召生徒，禍棗災梨，遞相神聖，不但有名末造，標榜多誣，即月泉吟社諸人，亦病未離乎氣矣。」
【解釋】棗梨：指棗木、梨木，舊時印書，多用作雕刻字版的木料。
【用法】①棗木受禍，梨木遭災。②形容印制的無用書籍過多，浪費了大量的棗木、梨木。
【例句】爲了追求利潤，在紙張這麼缺乏的情況下，濫肆出版這些毫無價值的流行小說，眞是～之舉，對大衆一點好處都沒有。

禍從天降 ㄏㄨㄛˋ ㄘㄨㄥˊ ㄊㄧㄢ ㄐㄧㄤˋ

【出處】元·李好古《張生煮海》第三折：「則爲那窈窕娘，不招你個俊俏郎，弄出這一番禍從天降。」
【解釋】降：落下來。
【用法】①大禍從天上落下來。②指意外飛來的災難。
【例句】他平時老老實實，突然遭人陷害，這眞是～。
【附註】也作「禍從天上來」。

禍從口出 ㄏㄨㄛˋ ㄘㄨㄥˊ ㄎㄡˇ ㄔㄨ

【出處】宋·李昉等《太平御覽》卷三六七引傅玄《口銘》：「病從口入，禍從口出。」
【用法】①災禍是從嘴上產生的。②指說話不謹愼就招災惹禍。
【例句】～，講話焉能不小心謹愼。
【附註】也作「禍從口生」。

禍因惡積（ㄏㄨㄛˋ ㄧㄣ ㄜˋ ㄐㄧ）

【出處】明・湯顯祖《牡丹亭》第十七出：「看修行似『福緣善慶』，論因果是『禍因惡積』。」

【用法】遭受災禍的因素是罪惡的積累，即罪惡是災禍的根源。

豁達大度（ㄏㄨㄛˋ ㄉㄚˊ ㄉㄚˋ ㄉㄨˋ）

【出處】晉・潘岳《西征賦》：「觀夫漢高之興也，非徒聰明神武，豁達大度而已也。」

【解釋】豁達：性格爽朗。大度：氣量大。

【用法】①胸襟開闊。②形容爲人豪爽，待人寬厚。

【例句】楊校長一向～，從不計較個人恩怨。

豁然貫通（ㄏㄨㄛˋ ㄖㄢˊ ㄍㄨㄢˋ ㄊㄨㄥ）

【出處】宋・朱熹《大學章句》：「至於用力之久，而一旦豁然貫通焉，則衆物之表裏精粗無不到，而吾心之全體大用無不明矣。」

【解釋】豁然：開敞的樣子。貫：貫穿。通：通暢。

【用法】一下子就徹底明白通曉了。

【例句】對於物理學上的這個問題，經他詳細講解後，我終於～了。

豁然開朗（ㄏㄨㄛˋ ㄖㄢˊ ㄎㄞ ㄌㄤˇ）

【出處】晉・陶潛《桃花源記》：「初極狹，才通人，復行數十步，豁然開朗。」

【用法】①指一下子出現了開闊明朗的境界。②也形容一下子搞通了問題，領悟了道理，心情十分舒暢。

【例句】①穿過彎彎曲曲的山洞，眼前～，竟是一片從沒有看見過的勝境。②讀了這部著作，心裏～，懂得了許多從來不懂得的道理。

貨眞價實（ㄏㄨㄛˋ ㄓㄣ ㄐㄧㄚˋ ㄕˊ）

【出處】清・文康《兒女英雄傳》第十七回：「這喜怒哀樂四個字是貨眞價實的生意，斷假不來。」

【用法】①貨物質量好，價錢也公平、實在。原爲商業用語，表示不賣假貨，言無二價。②後常用以形容事物實實在在，沒有虛假。

【例句】這可是～的紅寶石喔！不是一般的小石塊。

懷寶迷邦（ㄏㄨㄞˊ ㄅㄠˇ ㄇㄧˊ ㄅㄤ）

【出處】《論語・陽貨》：「懷其寶而迷其邦，可謂仁乎？」

【解釋】懷寶：懷藏着珍寶；比喻有才有德，深藏了起來。迷：迷亂。

【用法】①有才有德深藏起來，却使自己的國政事迷亂不堪。②指有才德不出來報效國家。

【例句】～，不是一個讀書人應有的作爲。

懷璧其罪（ㄏㄨㄞˊ ㄅㄧˋ ㄑㄧˊ ㄗㄨㄟˋ）

【出處】《左傳・桓公十年》：「周諺有之：『匹夫無罪，懷璧其罪。』」

【用法】①懷藏美玉，招致罪過。②比喻因有才能而遭受嫉妒

【例句】由於一個人有才能，就遭到嫉恨，遭打擊，這種所謂「～」的現象，我們要儘量小心。

懷瑾握瑜（ㄏㄨㄞˊ ㄐㄧㄣˇ ㄨㄛˋ ㄩˊ）

【出處】戰國·楚·屈原《楚辭·九章·懷沙》「懷瑾握瑜兮，窮不知所示。」

【解釋】瑾、瑜：美玉。

【用法】①懷裏揣着瑾，手裏握着瑜。②比喻人具有純潔而優美的品德。

【例句】這個人雖然只是埋頭工作，從不顯露鋒芒，但他那～的品德却是人人都公認的。

懷鉛提槧（ㄏㄨㄞˊ ㄑㄧㄢ ㄊㄧˊ ㄑㄧㄢˋ）

【出處】《西京雜記》卷三：「揚子雲好事，常懷鉛提槧，從諸計吏，訪殊方絕域四方之語，以為裨補輶軒所載，亦洪意也。」

【解釋】鉛：鉛粉筆。槧：古代用木削成以備書寫用的版片。

【用法】①懷裏揣着鉛粉筆，手裏提着木版片。②形容隨時準備記錄寫作。

【例句】我們當記者，就要有「～」的習慣，隨時將有用的東西記錄下來。

懷刑自愛（ㄏㄨㄞˊ ㄒㄧㄥˊ ㄗˋ ㄞˋ）

【出處】《論語·里仁》：「君子懷刑，小人懷惠。」

【解釋】懷刑：心中有法度。

【用法】形容心中有法度，不做違法的事，能自重自愛。

【例句】只要大家都能～，社會自然就會安定和諧。

懷才不遇（ㄏㄨㄞˊ ㄘㄞˊ ㄅㄨˋ ㄩˋ）

【出處】清·夏敬渠《野叟曝言》第一回：「高曾祖考，俱是懷才不遇的秀才。」

【用法】①滿懷才識，不遇時機。②指滿腹的才學，遇不到賞識的人，不能發揮作用。

【例句】這位老教授～，所以終日鬱鬱寡歡。

淮南鷄犬（ㄏㄨㄞˊ ㄋㄢˊ ㄐㄧ ㄑㄩㄢˇ）

【出處】《神仙傳·劉安》載：劉安隨八公（八位神仙）白日升天，「安臨去時，餘藥器置在中庭，鷄犬舐啄之，盡得升天。」

【解釋】淮南：指漢淮南王劉安。

【用法】①淮南王的鷄和狗。②後用以比喻攀附別人而得勢的人。

【例句】個人有了權勢，妻子兒女也都沾光，所謂～，白日飛升是也。

淮橘爲枳（ㄏㄨㄞˊ ㄐㄩˊ ㄨㄟˊ ㄓˇ）

【出處】《晏子春秋，雜下》：「嬰聞之，橘生淮南則爲橘，生於淮北則爲枳。葉徒相似，其實味不同。所以然者何？水土異也。」

【用法】①淮南的橘子樹，移植淮河以北就變成了枳樹。②比喻環境的變化使事物的性質也跟着變了。

恢恢有餘（ㄏㄨㄟ ㄏㄨㄟ ㄧㄡˇ ㄩˊ）

【出處】《莊子·養生主》：「彼節者有間，而刀刃者無厚，以無厚入有間，恢恢乎其於游刃必有餘地矣。」

【解釋】恢恢：寬廣的樣子。有餘：有剩餘。

【用法】①指非常寬廣，還有迴旋的餘地。②形容有高超的技巧或本領，可以毫不費力，輕鬆地處理好問題。
【例句】這個問題雖然困難，但他處理起來還是～。

揮汗成雨 ㄏㄨㄟ ㄏㄢˋ ㄔㄥˊ ㄩˇ

【出處】《戰國策・齊策一》：「臨淄之途，車轂擊，人肩摩，連衽成帷，舉袂成幕，揮汗成雨。」
【解釋】揮：揮洒。
【用法】①揮洒的汗水像落雨一樣。②形容人多、擁擠。③現也形容因天熱或勞動而出汗多。
【例句】城市的人口越來越多，尤其市區，眞是熙熙攘攘、～。

揮霍無度 ㄏㄨㄟ ㄏㄨㄛˋ ㄨˊ ㄉㄨˋ

【出處】焦竑《字學》：「搖手曰揮，反手曰攉。」
【解釋】揮攉：也作「揮霍」。
【用法】指濫用錢財，沒有節制。
【例句】他自小～，在他父親死後，沒幾年就傾家蕩產了。

揮金如土 ㄏㄨㄟ ㄐㄧㄣ ㄖㄨˊ ㄊㄨˇ

【出處】宋・周密《齊東野語》卷二：「揮金如土，視官爵如等閒。」
【解釋】揮：揮霍。金：錢財。土：糞土。
【用法】①花錢就像撒泥土一樣。②形容極其揮霍浪費。
【例句】他仗着家裏有錢，鎮日好吃懶坐～，早晚要坐吃山空。

揮灑自如 ㄏㄨㄟ ㄙㄚˇ ㄗˋ ㄖㄨˊ

【出處】清・曾樸《孽海花》第二十五回：「家人送上一枝蘸滿墨水的筆，珏齋提筆，在紙上揮灑自如的寫了一百多字。」
【解釋】揮：揮動筆桿。灑：灑墨。自如：自由如意。
【用法】形容寫字、作文章、繪畫等有很深的功力，運筆用墨熟練，技藝高超。
【例句】齊白石的畫，眞是氣韻生動，～，了無雕琢的痕迹。

灰心喪氣 ㄏㄨㄟ ㄒㄧㄣ ㄙㄤˋ ㄑㄧˋ

【出處】清・曹雪芹《紅樓夢》第一百零一回：「鳳姐因方才一段話，已經灰心喪意，恨娘家不給爭氣。」
【解釋】灰心：心如熄滅了的死灰。喪氣：喪失了前進的勇氣。
【用法】形容因失敗或不順利而失去信心，意志消沉了下去。
【例句】受到挫折，不要～，而要總結經驗，修正錯誤，繼續前進。
【附註】也作「灰心喪意」。「喪」不能念成ㄙㄤ。

回頭是岸 ㄏㄨㄟˊ ㄊㄡˊ ㄕˋ ㄢˋ

【出處】原爲佛家語。佛經有「苦海無邊，回頭是岸」的話。
【解釋】回頭：回過頭來，改邪歸正。
【用法】①有罪惡的人就像跌進了無邊的苦海裏，只要悔悟，回過頭來，就能爬上岸後，獲得再生。②後比喻做過壞事的人，只要決心改邪歸正，就有出路。
【例句】「苦海無邊，～。」你只有徹底改正錯誤，才能得到大家的原諒。

回天乏術 ㄏㄨㄟˊ ㄊㄧㄢ ㄈㄚˊ ㄕㄨˋ

【解釋】回天：扭轉自然，變死爲生，挽救危亡。乏：缺少。術：靈驗的方法，高超的手段。
【用法】①指挽救危亡，缺少高超的手段。②比喻無法使最艱險的局勢好轉過來。③比喻缺少靈驗的醫術使垂危的患者起死回生。
【例句】滿清末年，許多有識之士不是看不出病根之所在，然而，救國有心，～，徒喚奈何！

回天之力 ㄏㄨㄟˊ ㄊㄧㄢ ㄓ ㄌㄧˋ

【出處】北齊・魏收《魏書・帝紀篇末史臣總論》：「佞閹處當軸之權，婢媼擅回天之力，賣官鬻獄，亂政淫刑。」
【解釋】回天：扭轉自然，挽救危亡。力：力量、能力。
【用法】挽救危亡的力量。
【例句】只要青年人團結起來，就能有拯救國家危亡的～。

回天再造 ㄏㄨㄟˊ ㄊㄧㄢ ㄗㄞˋ ㄗㄠˋ

【出處】五代・後晉・劉昫等《舊唐書・昭宗紀》：「（天復三年）二月壬申朔。甲戌，制賜全忠『回天再造竭忠守正功臣』名。」
【解釋】回：挽回、扭轉。
【用法】①扭轉乾坤，再造國家。指轉變不好的形勢，重新建設國家。②形容忠心衛國，功高無比。

回光返照 ㄏㄨㄟˊ ㄍㄨㄤ ㄈㄢˇ ㄓㄠˋ

【出處】宋・釋道原《景德傳燈錄》卷二六：「方便呼爲佛，回光返照，看身心是何物。」
【用法】①日落由於陽光的反射作用而天空有短時的發亮。②常比喻人臨死前忽然神志清醒或短暫的精神興奮。③也比喻事物在行將滅亡時，表面似乎有些好轉。
【例句】這個癌症末期的病人，這兩天突然～，和隔床的人有說有笑呢！

回黃轉綠 ㄏㄨㄟˊ ㄏㄨㄤˊ ㄓㄨㄢˇ ㄌㄩˋ

【出處】古樂府《休洗紅》：「回黃轉綠無定期，世事反復君所知。」
【用法】①指草木受時令變化的影響，葉片黃綠來回地轉變。②形容時光的變更。③舊時也比喻世事的反覆。
【例句】～，年復一年，一別故鄉已經二十多年了。

回驚作喜 ㄏㄨㄟˊ ㄐㄧㄥ ㄗㄨㄛˋ ㄒㄧˇ

【出處】明・吳承恩《西遊記》第六十二回：「國王聞言，回驚作喜道：……」
【解釋】回：轉換，變。
【用法】變驚恐爲喜悅。
【例句】一發現跟踪她的人，是哥哥不是歹徒，她也就～了。

回心轉意 ㄏㄨㄟˊ ㄒㄧㄣ ㄓㄨㄢˇ ㄧˋ

【出處】元・高則誠《琵琶記》第三十一齣：「怕你爹爹也有回心轉意時節，且更寧耐看如何？」
【解釋】回、轉：扭轉。心、意：思想意識。
【用法】①重新考慮，不再堅持過去的成見或主張。②指改變原來的想法和態度。
【例句】看著大家快樂地準備東西，他也～，決定同大夥兒一起去露營。

回嗔作喜

【出處】《敦煌變文集・捉季布傳變文》：「皇帝登時聞此語，回嗔作喜却交存。」
【解釋】回：回轉。嗔：嗔怒，對人不滿。
【用法】由一臉怒氣，變成滿臉笑容。
【例句】胡文玉笑嘻嘻地向渡邊鞠了一個九十度大躬，渡邊連忙～，給他遞過烟捲，讓他坐下。

回腸九轉

【出處】漢・司馬遷《報任安書》：「是以腸一日而九回，居則忽然若有所亡，出則不知其所往。每念斯恥，汗未嘗不發背霑衣也。」
【解釋】九轉：言其轉動次數多。
【用法】①腸子在肝裏好像繞了許多彎兒。②形容焦急憂傷，痛苦已極。
【例句】她日日夜夜思念著流落異鄉的兒子，～，以淚洗面，不知什麼時候才能母子團圓！

回船轉舵

【出處】明・馮夢龍《醒世恒言》第七卷：「那尤辰領借了顏俊家的本錢，平日奉承他的，見他有怫然不悅之意，即忙回船轉舵道：……」
【用法】返回船頭，掉轉船舵。②比喻反過頭來另打主意，改變做法。
【例句】當下一想，覺得自已話頭有些不對，只得立刻～，改了口風。

回春之術

【出處】回春：本指冬盡春來，比喻醫道高明，能治癒難治之症，挽救垂危的病人。術：醫術。
【用法】指起死回生的醫術。
【例句】家父病重，全仰仗老大夫～了，無論如何請屈駕出診幾趟。

回味無窮

【出處】宋・王禹偁《小畜集・橄欖》詩：「良久有回味，始覺甘如飴。」
【解釋】回味：從回憶裏想。窮：盡。
【用法】①用以比喻對往事的回憶有說不盡的甜蜜和淒楚。②也比喻讀過含意深長的文藝作品後，體會到有無限的意趣。
【例句】這篇小說結尾處不落俗套，使人～。

悔不當初

【出處】唐・薛昭緯《謝銀工》詩：「早知文字多辛苦，悔不當初學冶銀。」
【解釋】悔：後悔。當初：開始開頭。
【用法】後悔開頭沒採取另一種作法。
【例句】早知如此，～。

悔過自新

【出處】清・錢彩《說岳全傳》第五十二回：「你們不必窮究，待他們悔過自新。」
【用法】悔改罪過，重新做人。
【例句】對於那些願～的人，我們應該誠懇地幫助他們，而不要歧視他們。

悔之無及

【出處】晉・陳壽《三國志・魏書・董卓傳》注引《曲略》載董卓表曰：「

及溺呼船，悔之發及。」

【解釋】無及：來不及。

【用法】後悔也來不了。

【例句】如果你再不懸崖勒馬，那就～了。

毀家紓難 ㄏㄨㄟˇ ㄐㄧㄚ ㄕㄨ ㄋㄢˋ

【出處】《左傳．莊公三十年》：「斗谷於菟爲令尹，自毀其家，以紓楚國之難。」

【解釋】毀家：分散家財。紓：解救。

【用法】捐獻全部家產，解救國難。

【例句】無數愛國志士～的精神，深受人民的尊重。

【附註】也作「殺家紓解」。「難」不能念成ㄋㄢˊ。

毀於一旦 ㄏㄨㄟˇ ㄩˊ ㄧˊ ㄉㄢˋ

【出處】南朝．宋．范曄《後漢書．竇融傳》：「百年累之，一朝毀之。」

【解釋】毀：毀滅。一旦：一天之間，形容時間短。

【用法】在一天的功夫裏被毀滅掉。多指預期辛勞的成果或來之不易的東西一下子被毀滅掉。

【例句】辛辛苦苦積累的資料，竟～，怎麼叫我不痛心呢！

毀譽參半 ㄏㄨㄟˇ ㄩˋ ㄘㄢ ㄅㄢˋ

【解釋】毀：毀謗。譽：讚賞。參半：各占其半。

【用法】指由於對待事物的立場、觀點不一致，所以說好說壞的都有。

【例句】對於一部作品～，並不是不正常的，何必爲此耿耿於懷呢？

誨盜誨淫 ㄏㄨㄟˋ ㄉㄠˋ ㄏㄨㄟˋ ㄧㄣˊ

【出處】《周易．繫辭上》：「慢藏誨盜，冶容誨淫。」

【解釋】誨：誘導、引誘。

【用法】①意思是漫不經心地收藏財物，等於誘導人來盜竊；女子打扮得妖裏妖氣無異於引誘別人來調戲。②指禍由自召。③後用以指引誘人作盜竊、淫蕩等不正當的事。

【例句】對於那些～的色情影片，必須堅決抵制。

【附註】也作「誨淫誨盜」。

誨人不倦 ㄏㄨㄟˋ ㄖㄣˊ ㄅㄨˋ ㄐㄩㄢˋ

【出處】《論語．述而》：「子曰：『默而識之，學而不厭，誨人不倦，何有於我哉？』」

【解釋】誨：教導。倦：疲倦、厭倦。

【用法】①不知疲倦地教導別人。②形容教導人非常耐心，從不厭倦。

【例句】對自己「學而不厭」，對人家「～」，我們應該採取這種態度。

喙長三尺 ㄏㄨㄟˋ ㄔㄤˊ ㄙㄢ ㄔˇ

【出處】《莊子．徐無鬼》：「丘願有喙三尺。」

【解釋】喙：嘴。

【用法】①嘴有三尺長。②形容人能言善辯。

【例句】你呀，～，要嘴皮子誰也沒有你行，眞要做事你就不靈了。

彗汜畫塗 ㄏㄨㄟˋ ㄙˋ ㄏㄨㄚˋ ㄊㄨˊ

【出處】漢．班固《漢書．王褒傳》：「水斷蛟龍，陸剸犀革，忽若彗汜畫塗。」

【解釋】彗：掃帚。汜：水灑地。塗：泥土。
【用法】①用掃帚灑水在地上，用刀劃泥土。②比喻極容易做的事。

惠風和暢（ㄏㄨㄟˋ ㄈㄥ ㄏㄜˊ ㄔㄤˋ）

【出處】晉・王羲之《蘭亭集序》：「是日也，天朗氣清，惠風和暢。」
【解釋】惠：柔美。和：溫和。
【用法】輕柔的風使人感到溫暖舒暢。

惠然肯來（ㄏㄨㄟˋ ㄖㄢˊ ㄎㄣˇ ㄌㄞˊ）

【出處】《詩經・邶風・施風》：「終風且霾，惠然肯來。」
【解釋】惠：賜予。
【用法】歡迎客人到來的敬辭。
【例句】如您～，則我們全家都會感到無上榮幸。

惠而不費（ㄏㄨㄟˋ ㄦˊ ㄅㄨˋ ㄈㄟˋ）

【出處】《論語・堯曰》：「因民之所利而利之，斯不亦惠而不費乎？」
【解釋】惠：恩惠。費：耗費。
【用法】①給人以恩惠而自己並沒有耗費什麼。②後也指得到了實惠而沒有多花錢財。
【例句】爲了節約時間，我們就附近一家小舖裏，吃了一頓～的午飯。

繪聲繪色（ㄏㄨㄟˋ ㄕㄥ ㄏㄨㄟˋ ㄙㄜˋ）

【解釋】繪：描繪、描摹。
【用法】①描繪得有聲有色。②形容說話或文藝作品描摹事物的情景非常生動、逼眞。
【例句】我～地向他描述了槍戰的驚人情景。
【附註】也作「繪影繪聲」、「繪聲繪影」。

蕙心紈質（ㄏㄨㄟˋ ㄒㄧㄣ ㄨㄢˊ ㄓˊ）

【出處】南朝・宋・鮑照《蕪城賦》：「東都妙姬，南國麗人，蕙心紈質，玉貌絳唇。」
【解釋】蕙：香草名。紈：精緻潔白的細絹。
【用法】①心靈似蕙草芬芳，品質似紈素潔白。②比喻人的品德高潔。
【例句】周家的姑娘，～，溫柔嫻雅，求親的人很多。
【附注】也作「蕙心蘭質」、「蘭質蕙心」。

薈萃一堂（ㄏㄨㄟˋ ㄘㄨㄟˋ ㄧˋ ㄊㄤˊ）

【解釋】薈萃：草木繁茂，引申爲英俊人物或精美東西的聚集。一堂：在一個廳堂裡。
【用法】形容難逢的盛會。
【例句】這次文藝會上，老一代作家和中、青年作家～。

諱莫如深（ㄏㄨㄟˋ ㄇㄛˋ ㄖㄨˊ ㄕㄣ）

【出處】指魯公子慶父謀殺太子般而出奔齊國，《春秋》不明記其事，認爲事件重大，不宜暴露，故諱而不言。《穀梁傳・莊公三十二年》：「諱莫如深，深則隱。」
【解釋】諱：隱瞞眞相。莫：沒有什麼。深：指事件重大。
【用法】①原謂爲國隱諱，莫如事之最深。②後指隱諱得沒有什麼再像這深的了，即指隱瞞甚緊，唯恐洩露。
【例句】這個問題他始終～，這是令人

不解的。

諱疾忌醫 ㄏㄨㄟˋ ㄐㄧˊ ㄐㄧˋ ㄧ

【出處】宋．周敦頤《周子通書．過》：「今人有過，不喜人規，如諱疾而忌醫，寧滅其身發悟也，噫！」

【解釋】諱：有顧忌而不說、隱瞞。忌：怕、畏懼。

【用法】①不肯說出自己有病，怕去醫治。②比喻掩飾自己的缺點錯誤，怕人批評，不願改正。

【例句】對於犯錯誤的人，只要他不～，我們就歡迎他，幫他改正錯誤，使他變為一個好人。

【附註】也作「護疾忌醫」。

賄賂公行 ㄏㄨㄟˋ ㄌㄨˋ ㄍㄨㄥ ㄒㄧㄥˊ

【出處】唐．姚思廉《陳書．後主沈皇后傳》：「閹宦便佞之徒，內外交結，轉相引進，賄賂公行，賞罰無常，綱紀瞀亂矣。」

【解釋】賄賂：用財物買通別人作壞事。公：公然、公開。

【用法】形容貪官污吏公開行賄受賄的醜惡行徑。

歡蹦亂跳 ㄏㄨㄢ ㄅㄥˋ ㄌㄨㄢˋ ㄊㄧㄠˋ

【用法】①歡快而隨意地蹦跳著。②形容健康、活潑、生命力旺盛的樣子。

【例句】看著～的孩子們，連自己也覺得年輕了。

【附註】也作「活蹦亂跳」。

歡天喜地 ㄏㄨㄢ ㄊㄧㄢ ㄒㄧˇ ㄉㄧˋ

【出處】元．王實甫《西廂記》第二本第三折：「則見他歡天喜地，謹依來命。」

【用法】形容極度高興。

【例句】小龍考上了大學，看完榜後，就～地跑回家向父母報喜去了。

歡呼雀躍 ㄏㄨㄢ ㄏㄨ ㄑㄩㄝˋ ㄩㄝˋ

【用法】①高興得大叫起來，像麻雀似地跳躍著。②形容歡樂的情景。

【例句】聽到這個消息，同學們～，奔相走告。

歡聚一堂 ㄏㄨㄢ ㄐㄩˋ ㄧ ㄊㄤˊ

【用法】歡樂地聚集在一起。

【例句】在大會上，來自全國各地的各行各業的代表人士～，交換心得。

歡欣鼓舞 ㄏㄨㄢ ㄒㄧㄣ ㄍㄨˇ ㄨˇ

【出處】宋．蘇軾《上知府王龍圖書》：「自公始至，釋其重荷……是故莫不歡欣鼓舞之至。」

【用法】形容歡樂振奮，感情激動。

【例句】國慶日就要到了，全國上上下下都～地準備迎接這個節日。

歡聲雷動 ㄏㄨㄢ ㄕㄥ ㄌㄟˊ ㄉㄨㄥˋ

【出處】明．施耐庵《水滸傳》第九十七回：「宋先鋒大喜，傳諭各門將佐統領軍馬，次第入城，兵不血刃，百姓秋毫無犯，歡聲雷動。」

【用法】①歡快的聲音就像雷聲的震動一樣。②形容高興歡快的程度。

【例句】當天空出現七彩的煙火時，河堤上～，熱烈掌聲持續五分鐘之久。

環肥燕瘦 ㄏㄨㄢˊ ㄈㄟˊ ㄧㄢˋ ㄕㄡˋ

【出處】宋．蘇軾《孫莘老求墨妙亭詩

》：「短長肥瘠各有態，玉環飛燕誰敢憎。」

【解釋】環：指楊貴妃，唐玄宗妃子，小名玉環。肥：身體肥胖。燕：指趙飛燕，漢成帝皇后。瘦：體瘦而輕。二人都以貌美稱。

【用法】①用以指女子體態不同，但她們各有各的美。②也比喻各種藝術作品流派風格不同，但各有長處。

【例句】在書法展覽會上，各家書法自成一格，眞是～，各擅其美。

【附註】也作「燕瘦環肥」。

環堵蕭然 ㄏㄨㄢˊ ㄉㄨˇ ㄒㄧㄠ ㄖㄢˊ

【出處】晉·陶潛《五柳先生傳》：「環堵蕭然，不蔽風日，短褐穿結，簞瓢屢空。」

【解釋】環：四周圍繞。堵：牆垣。蕭然：空空洞洞的樣子。

【用法】①四周環繞的牆壁裏面空空洞洞的。②形容屋內什麼東西也沒有，家境極爲貧寒。

【例句】我沒有想到，他成家這麼久了，仍然是～，屋裡連件像樣的家具也沒有。

緩兵之計 ㄏㄨㄢˇ ㄅㄧㄥ ㄓ ㄐㄧˋ

【出處】明·羅貫中《三國演義》第九十九回：「（張）郃曰：『孔明用緩兵之計，暫退漢中，都督何故懷疑，不早追之？』」

【解釋】緩：和緩。兵：指軍事情勢。計：策略。

【用法】①和緩軍事情勢的策略。②指施延時間，使事態暫時緩和的辦法。

【例句】敵人放鬆了盤查，是一種～，我們還不能放鬆警惕。

緩不濟急 ㄏㄨㄢˇ ㄅㄨˋ ㄐㄧˋ ㄐㄧˊ

【出處】清·文康《兒女英雄傳》第十三回：「正愁緩不濟急，恰好有現任杭州織造的富周三爺，是門生的大舅子，他托門生帶京一萬銀子。」

【用法】緩：緩慢。濟：救助。急：危急。

【用法】緩慢的方法或行動，救不了眼前的危急。

【例句】進口原料三個月後才能到貨，～，我們趕快想別的辦法。

緩歌縵舞 ㄏㄨㄢˇ ㄍㄜ ㄇㄢˋ ㄨˇ

【出處】唐·白居易《長恨歌》：「緩歌縵舞凝絲竹，盡日君王看不足。」

【用法】柔美的歌聲和舞姿。

患得患失 ㄏㄨㄢˋ ㄉㄜˊ ㄏㄨㄢˋ ㄕ

【出處】《論語·陽貨》：「鄙夫可與事君也與哉？其未得之也，患得之，既得之，患失之，苟患失之，無所不至矣！」

【解釋】患：憂愁、擔心。

【用法】①擔心得不到，得到以後又擔心失掉。②形容庸俗的人總是考慮個人得失。

【例句】一個滿腦子迷信的人，整天～，怕這怕那的，是何等不愉快和不自由！

患難之交 ㄏㄨㄢˋ ㄋㄢˋ ㄓ ㄐㄧㄠ

【出處】明·東魯古狂生《醉醒石》第十回：「浦肫夫患難之交，今日年兄爲我們看他，異日我們也代年兄看他。恐他來時，以布衣相嫌，年兄要破格相待。」

【解釋】交：交情。

【用法】①指經歷過災禍、苦難考驗的交情。②形容最親近的朋友。

【例句】我們是一塊兒逃過難的～。

患難與共

【出處】三國・魏・曹植《求自試表》：「而臣敢陳聞於陛下者，誠與國分形同氣，憂患共之者也。」

【用法】①憂患苦難，共同承受。②指在一起共同經受災禍與困苦的考驗。

【例句】這一對幾十年來～的夫妻，到了晚年，更是互相關心。

患至呼天

【出處】西漢・韓嬰《韓詩外傳》卷二：「患至而後呼天，不亦晚乎！」

【解釋】患：災禍。吸：叫、喊。

【用法】形容事前不作準備，災禍降臨，無法應付，求天救助。

【例句】平常不做好水土保持，等到颱風來時才～，就太晚了。

換湯不換藥

【解釋】湯：中藥湯劑的總稱。

【用法】①換了藥劑的名稱，但所用的藥物並沒有更換。②比喻只變了名稱外貌，但內容或實質却沒有變更。

擐甲執兵

【出處】《左傳・成公二年》：「擐甲執兵，固即死也；病未及死，吾子勉之！」

【解釋】擐：穿。兵：武器。

【用法】披著甲衣，手執武器。意為準備戰鬥。

【例句】國軍～，集結在邊境，為維持國家安全而努力。

渙然冰釋

【出處】《老子》第十五章：「渙兮若冰之將釋。」

【解釋】渙然：消散的樣子。釋：消融。

【用法】①像冰塊消融似地消散了。②形容解除了疑團或誤會。

【例句】經你這樣一分析，我原來的疑慮也就～了。

煥發青春

【解釋】煥發：光彩散發。

【用法】①閃耀著青壯年的光彩。②形容老年人有青年人的精神面貌。③也比喻舊事物又發揮出新作用。

【例句】這位老婆婆，在擺脫喪偶的悲痛後，又～，夜以繼日地投身於心愛的花藝設計。

煥然一新

【出處】宋・陸游《老學庵筆記》：「宣和末，有巨商舍三萬緡，裝飾泗州普照塔，煥然一新。」

【解釋】煥然：光輝的樣子。

【用法】光明耀眼地又是一番新氣象。

【例句】經過整修、粉刷，校園的面貌～了。

昏天黑地

【出處】明・郎瑛《七修類稿》：「御史初至，則曰驚天動地；過幾月，則曰昏天黑地；去時，則曰寞天寂地。」

【用法】①天地之間一片黑暗。②形容自然界颳大旋風的景象或比喻社會黑暗、混亂。

【例句】①大風夾著黃沙，颳得～。②想當初，這裏可眞是～，好人簡直沒法生活下去。

昏鏡重磨（ㄏㄨㄣ ㄐㄧㄥˋ ㄔㄨㄥˊ ㄇㄛˊ）

【出處】元・孫仲章《勘頭巾》第三折：「投至今日，得見孔目哥哥呵！似那撥雲見日，昏鏡重磨。」

【解釋】鏡：銅鏡。昏鏡：已經發暗了的銅鏡。

【用法】①把已經發暗的銅鏡重新磨亮。②比喻重見光明。

【例句】他費盡千辛萬苦，才逃離鐵幕，初抵自由國土時，眞有～的感覺。

【附註】也作「昏鏡重明」。

混沌不分（ㄏㄨㄣˋ ㄉㄨㄣˋ ㄅㄨˋ ㄈㄣ）

【出處】《莊子・應帝王》：「南海之帝爲倏，北海之帝爲忽，中央之帝爲渾沌。倏與忽時相與遇於混沌之地，渾沌待之甚善。倏與忽謀報渾沌之德，曰：『人皆有七竅，以視聽食息，此獨無有，嘗試鑿之。』日鑿一竅，七日而渾沌死。」

【解釋】混沌：一作「渾沌」，古代寓言中的中央帝名。

【用法】①原意是借喻一切事物都應順應自然。②後常用以表示愚昧無知。

【例句】他雖然年紀老大，但因缺乏磨練，所以還是～。

渾渾噩噩（ㄏㄨㄣˊ ㄏㄨㄣˊ ㄜˋ ㄜˋ）

【出處】漢・揚雄《法言・問神》：「虞夏之書渾渾爾，商書灝灝爾，周書噩噩爾。」

【解釋】渾渾：渾厚樸實的樣子。噩噩：莊嚴肅穆的樣子。

【用法】①形容渾樸天眞。②現多用以形容人糊裏糊塗，渾沌無知。

【例句】青年人不應該～地活著，應該爲國家的繁榮昌盛奮鬥。

渾身是膽（ㄏㄨㄣˊ ㄕㄣ ㄕˋ ㄉㄢˇ）

【出處】晉・陳壽《三國志・蜀志・趙雲傳》裴松之注引《雲別傳》：「先主明旦自來，至雲營圍，視昨戰處，曰：『子龍一身都是膽也。』」

【解釋】渾身：全身。

【用法】①全身都是膽。②形容人膽量特別大，無所畏懼。

【例句】他孤身一人，與敵人周旋了半天之久，眞是～。

渾水摸魚（ㄏㄨㄣˊ ㄕㄨㄟˇ ㄇㄛ ㄩˊ）

【解釋】渾：混濁。

【用法】①在渾濁的水裡摸魚。②比喻乘混亂時機撈取好處。

【例句】警方在群衆的幫助下，捕獲了～、破壞社會治安的盜竊分子。

【附註】也作「混水摸魚」。

渾然一體（ㄏㄨㄣˊ ㄖㄢˊ ㄧˋ ㄊㄧˇ）

【出處】宋《二程全書・遺書二上》：「學者須先識仁。仁者，渾然與物同體，義禮知信皆仁也。」

【解釋】渾然：完整不可分的樣子。

【用法】完整不可分割的整體。

【例句】他書寫的詩句，字體堅挺渾厚，生動有勢，布局均勻，～。

渾俗和光
ㄏㄨㄣˊ ㄙㄨˊ ㄏㄜˊ ㄍㄨㄤ

【出處】元・王實甫《西廂記》第一本第二折：「老相公在官時渾俗和光，眞一味風清月朗。」
【用法】①渾厚隨俗，和藹生光。②形容爲人溫和，與世無爭，即一團和氣的老好人。
【例句】他～，很受鄰里愛戴。

魂不附體
ㄏㄨㄣˊ ㄅㄨˋ ㄈㄨˋ ㄊㄧˇ

【出處】《京本通俗小說・西山一窟鬼》：「兩個立在墓堆子上，唬得兩個魂不附體。」
【解釋】魂：靈魂。附：附著在。
【用法】①靈魂不附著在身體上。②形容因驚嚇而失去了神智。
【例句】在我們猛烈炮火的襲擊下，敵人嚇得～，拚命逃竄。

魂不守舍
ㄏㄨㄣˊ ㄅㄨˋ ㄕㄡˇ ㄕㄜˋ

【出處】晉・陳壽《三國志・魏志・管輅傳》裴松之注引《管輅別傳》：「何（宴）之視侯，則魂不守宅，血不華色。」
【解釋】魂：靈魂。守：留守。舍：指人的軀殼。
【用法】①靈魂不在人的身上了。②形容神智昏亂，精神遊離。
【例句】自從他的妻子去世以後，他整天精神恍惚，～，說話都有些顛三倒四了。
【附註】也作「魂不守宅」。

魂飛魄散
ㄏㄨㄣˊ ㄈㄟ ㄆㄛˋ ㄙㄢˋ

【出處】明・施耐庵《水滸傳》第三十三回：「劉高聽得，驚得魂飛魄散。」
【解釋】魂、魄：古人迷信認爲人的精神可以脫離形體而存在，這種精神叫作「魂魄」。
【用法】形容驚恐得迷迷糊糊，不知如何是好。
【例句】巷子裏忽然槍聲大作，嚇得他～，不知如何是好？
【附註】也作「魄散魂飛」。

魂飛天外
ㄏㄨㄣˊ ㄈㄟ ㄊㄧㄢ ㄨㄞˋ

【出處】元・宮大用《范張鷄黍》第一折：「唬得魂飛天外。」
【解釋】魂：靈魂。
【用法】①指眞魂出竅，魂不附體。②形容因受驚嚇而神色慌亂的樣子。
【例句】只聽得來人一聲大吼，勢如驚雷，嚇得他～。

魂亡魄喪
ㄏㄨㄣˊ ㄨㄤˊ ㄆㄛˋ ㄙㄤˋ

【出處】唐・韓愈《上李尙書》：「老奸宿贓，銷縮摧沮，魂亡魄喪，影滅迹絕。」
【解釋】魂、魄：古人認爲存在人身上的精神和靈氣。
【用法】形容心神無主，精神失常。
【例句】大喝一聲，就把他嚇得～，膽顫心驚。

魂亡膽落
ㄏㄨㄣˊ ㄨㄤˊ ㄉㄢˇ ㄌㄨㄛˋ

【出處】明・羅貫中《三國演義》，第四十二回：「兩場火燒得曹操魂亡膽落，何言不知耶？」
【解釋】魂：靈魂。亡：喪失。落：失落。
【用法】①神魂和膽量都沒了。②形容

受巨大打擊後精神沮喪，勇氣消失。

【例句】這場車禍撞得他～，久久不敢上街。

【附註】也作「魂驚膽落」。

混為一談（ㄏㄨㄣˋ ㄨㄟˊ ㄧ ㄊㄢˊ）

【出處】唐．韓愈《平淮西碑》：「萬口和附，並為一談。」

【解釋】混：混雜。

【用法】指把性質不同的事物混雜在一起相提並論。

【例句】政治問題與學術問題是應該嚴格區別開來的，絕不能～。

混淆黑白（ㄏㄨㄣˋ ㄧㄠˊ ㄏㄟ ㄅㄞˊ）

【出處】章炳麟《致粱啓超書》：「蓋黨見紛爭，混淆黑白。雖稍與立異者，猶不可保，況素非其類邪？」

【解釋】混淆：使混亂。

【用法】①把黑的白的攪混在一起。②比喻故意製造混亂，使好壞不分、眞僞不辨。

【例句】這個人慣於～、顚倒是非，而你却把他當成好人，看吧！早晚你會上當受騙的！

【附註】常與「顚倒是非」連用。

混淆是非（ㄏㄨㄣˋ ㄧㄠˊ ㄕˋ ㄈㄟ）

【出處】清．吳趼人《二十年目睹之怪現狀》第九十八回：「魚肉鄉裡，傾軋善類，布散謠言，混淆是非。」

【解釋】混淆：使混亂。是非：正確的和錯誤的。

【用法】①把正確的和錯誤的攪混在一起。②指故意製造混亂，使正確的與錯誤的不分。

【例句】作為一位領導者，怎麼對～的人不置一辭呢！

混淆視聽（ㄏㄨㄣˋ ㄧㄠˊ ㄕˋ ㄊㄧㄥ）

【出處】《先撥志始》卷下：「或巧布流言蜚語，或寫匿名文書，害正黨邪，淆亂視聽。」

【解釋】混淆：使混亂。視聽：看到的和聽到的。

【用法】用假象和謊言攪亂別人的認識，使人對是非、眞假分辨不清。

【例句】一篇～的報導，可以欺騙人民於一時，却不能永遠欺騙下去。

慌不擇路（ㄏㄨㄤ ㄅㄨˋ ㄗㄜˊ ㄌㄨˋ）

【出處】明．施耐庵《水滸傳》第三回：「飢不擇食，寒不擇衣，慌不擇路，貧不擇妻。」

【解釋】慌：慌亂。擇：挑選。

【用法】①指慌亂中見路就走，不加選擇。②比喻心神緊張過度，達到來不及權衡利害的地步。

【例句】老人帶著女兒逃出家門，～，竟走進虎狼出沒的大森林裏了。

荒謬絕倫（ㄏㄨㄤ ㄇㄧㄡˋ ㄐㄩㄝˊ ㄌㄨㄣˊ）

【解釋】倫：同類。絕倫：沒有可以相比的。

【用法】①荒唐錯誤到沒有可以相比的地步。②形容荒謬、不合情理到了極點。

【例句】這種觀點，只能把文學批評變成～的概念遊戲。

荒誕不經（ㄏㄨㄤ ㄉㄢˋ ㄅㄨˋ ㄐㄧㄥ）

【出處】南宋．王楙《野客叢書》卷五

：「相如《上林賦》……其誇範囿之大，固無荒誕不經之說，後世學者，往往讀之不通。」
【解釋】荒誕：荒唐離奇。經：常理。
【用法】形容非常荒謬，不合情理，極不可信。
【例句】如果用世俗的眼光看來，這些內容幾乎都是～的。

荒誕無稽（ㄏㄨㄤ ㄉㄢˋ ㄨˊ ㄐㄧ）

【出處】清・嶺南羽衣女士《東歐女豪傑》第三回：「那個神跡，原是野蠻世界拿出來哄著愚人的話，如今科學大明，這些荒誕無稽的謬說，那裏還能立足呢？」
【解釋】荒誕：荒唐離奇。稽：考查。
【用法】①荒唐怪異，無法查核。②形容過於離奇，不可憑信。
【例句】這種～的傳聞，根本不應該相信。

荒時暴月（ㄏㄨㄤ ㄕˊ ㄅㄠˋ ㄩㄝˋ）

【解釋】荒：五穀不收。暴：凶殘。
【用法】指五穀不收的凶荒歲月或青黃不接的困難時期。
【例句】在舊社會裡，一遇到～，農民除了背井離鄉，四處逃荒，就只剩下餓死這一條路了。

荒淫無度（ㄏㄨㄤ ㄧㄣˊ ㄨˊ ㄉㄨˋ）

【出處】漢・揚惲《報孫會宗書》：「人生行樂耳，須富貴何時。是日也，拂衣而喜，奮袖低昂，頓足起舞，誠荒淫無度，不知其不可也。」
【用法】①荒唐淫亂，沒有限度。②指沉湎酒色，生活糜爛得毫無止境。
【例句】由於～，他的身體越來越壞。

荒淫無恥（ㄏㄨㄤ ㄧㄣˊ ㄨˊ ㄔˇ）

【解釋】荒淫：淫亂無度。無恥：不知羞恥。
【用法】形容生活糜爛到極點。
【例句】這一群衣冠禽獸，過著～的寄生蟲生活，總有一天，會自食惡果。

荒無人烟（ㄏㄨㄤ ㄨˊ ㄖㄣˊ ㄧㄢ）

【解釋】荒：荒涼。人烟：指住戶、居民，因有炊烟的地方就有居民。
【用法】荒涼寂靜，沒有居民。
【例句】這些～的小島，如今成了漁民經常來往的地方了。

惶恐不安（ㄏㄨㄤˊ ㄎㄨㄥˇ ㄅㄨˋ ㄢ）

【出處】漢・班固《漢書・王莽傳下》：「人民正營。」顏師古注：「正營，惶恐不安之意也。」
【用法】驚慌、恐懼得不能安寧。
【例句】中東戰局一觸即發，令人～。
【附註】也作「惶惑不安」、「惶惶不安」。

惶惶不可終日（ㄏㄨㄤˊ ㄏㄨㄤˊ ㄅㄨˋ ㄎㄜˇ ㄓㄨㄥ ㄖˋ）

【解釋】惶惶：也作「皇皇」，急躁、慌亂、心神不定的樣子。終：完了。
【用法】①指心慌意亂，魂不守舍，一天也過不下去。②形容極度的驚慌。
【例句】由於小兒子被歹徒綁架，他們一家人～，深怕他有個三長兩短。

潢池弄兵（ㄏㄨㄤˊ ㄔˊ ㄋㄨㄥˋ ㄅㄧㄥ）

【出處】漢・班固《漢書・龔遂傳》：「其民困於飢寒而吏不恤，故使陛下赤子盜弄陛下之兵於潢池中耳。」

【解釋】潢池：積水塘。弄兵：玩弄兵器。

【用法】舊時對人民作亂的蔑稱。

【附註】也作「弄兵潢池」。

皇天后土 ㄏㄨㄤˊ ㄊㄧㄢ ㄏㄡˋ ㄊㄨˇ

【出處】《尚書·武成》：「予小子其承厥志，厎商之罪，告於皇天后土。」

【解釋】皇天：古代稱天。后土：古代稱地。

【用法】舊時認爲天與地能主宰萬物，主持公道。

【例句】「～，實鑑此心。」他的一片赤膽忠心，總有一天會被大家了解的。

皇親國戚 ㄏㄨㄤˊ ㄑㄧㄣ ㄍㄨㄛˊ ㄑㄧ

【出處】元·無名氏《謝金吾》第三折：「王樞密云：『刀斧手且住者，不知是那個皇親國戚來了也，等他過去了，才好殺人那！』」

【用法】①皇帝的親戚。②指極有極勢的人物。

【例句】她姓愛新覺羅，祖先在清朝時可還是～呢！

黃袍加身 ㄏㄨㄤˊ ㄆㄠˊ ㄐㄧㄚ ㄕㄣ

【出處】後周時，太尉趙匡胤領兵駐陳橋驛，發動兵變，部下諸將把帝王穿的黃袍加披在他身上，擁立爲天子，即宋太祖。

【解釋】黃袍：古代帝王的袍服。

【用法】①指受部屬們的擁戴而當了皇帝。②用以比喻陰謀政變取得成功。

【例句】袁世凱演了一齣～的醜劇，但在全國人民的討伐聲中，終於徹底覆滅了。

黃髮垂髫 ㄏㄨㄤˊ ㄈㄚˇ ㄔㄨㄟˊ ㄊㄧㄠˊ

【出處】晉·陶潛《桃花源記並詩》：「男女衣著，悉如外人；黃髮垂髫，並怡然自樂。」

【解釋】黃髮：老人頭髮由白轉黃，後常用來指老人。垂髫：古時童子未冠者頭髮下垂，後常用來指兒童。

【用法】老人和兒童。

黃道吉日 ㄏㄨㄤˊ ㄉㄠˋ ㄐㄧˊ ㄖˋ

【出處】元·無名氏《桃花女》第三折：「他揀定這黑道的凶辰，我將這淨席呵，與他換了黃道的吉日。」

【解釋】舊時迷信星命之說，認爲青龍、明堂、金匱、天德、玉堂、司命等六辰都是吉神，吉神值日的日子是黃道吉日，主吉利，諸事都宜。

【用法】諸事皆宜，大吉大利的日子。

【例句】還選什麼～，這套東西難道你還相信嗎？

黃粱一夢 ㄏㄨㄤˊ ㄌㄧㄤˊ ㄧˊ ㄇㄥˋ

【出處】唐·沈既濟《枕中記》載：盧生在邯鄲旅店裡遇見道士呂翁時，說起窮困的遭遇，呂翁從行囊裏取出一個枕頭對他說：「枕此，當令子榮適如意。」這時，店主人煮上了一鍋黃小米飯，盧生在枕上睡著了。他夢見娶了崔姓女子，當了十年宰相，有五個兒子，都做了大官。他活到八十多歲才死去。等他夢醒時，店主人的那鍋黃小米飯還沒有煮熟，他奇怪地說：「這豈不是在作夢呀？」呂翁笑笑說：「人世之事就是這樣呀！」

【解釋】黃粱：黃小米，這裡指黃小米飯。

【用法】用以比喻人作美夢，落得一場空歡喜。

【例句】隨著股市下跌，他幻想一夜致富的～，終於破滅了。

【附註】也作「黃粱美夢」、「一枕黃粱」。「粱」不能寫成「梁」。

黃壚之痛 ㄏㄨㄤˊ ㄌㄨˊ ㄓ ㄊㄨㄥˋ

【出處】南朝·宋·劉義慶《世說新語·傷逝》：「（王浚沖）乘軺車經黃公酒壚下過，顧謂後車客：『吾昔與嵇叔夜、阮嗣宗共酣飲於此壚……自嵇生夭，阮公亡以來，便為時所羈紲。今日視此雖近，邈若山河。』」

【解釋】壚：安放酒甕的土臺。黃壚：黃公開設的酒館。

【用法】①比喻人見了景物，而哀傷舊友。②用作觸景傷情，悼念亡友。

黃口孺子 ㄏㄨㄤˊ ㄎㄡˇ ㄖㄨˊ ㄗˇ

【出處】①漢·劉安《淮南子·氾論訓》：「古之伐國，不殺黃口。」②漢·司馬遷《史記·留侯世家》：「父去里所，復還，曰：『孺子可教矣。』」

【解釋】黃口：雛鳥嘴巴是黃色的，比喻不到成人的年齡。孺子：小娃娃。

【用法】指未成年的小娃娃。

【例句】他還是個～，何必和他計較？

【附註】也作「黃毛孺子」。

黃花晚節 ㄏㄨㄤˊ ㄏㄨㄚ ㄨㄢˇ ㄐㄧㄝˊ

【出處】宋·韓琦《安陽集·九日小閣》詩：「莫嫌老圃秋容淡，且看黃花晚節香。」

【解釋】黃花：指傲霜耐寒的菊花。節：節操。晚節：晚年的操行。

【用法】比喻晚年仍保持高尚的節操。

【例句】黃教授退休後，仍孜孜不倦於典籍的整理，淡泊名利的精神始終如一，～，值得後輩效法。

黃金時代 ㄏㄨㄤˊ ㄐㄧㄣ ㄕˊ ㄉㄞˋ

【用法】指國家最繁榮或個人最有作為的時期。

【例句】對於一個科學工作者來說，從二十歲到四十歲之間，應該是他一生中的～。

黃卷青燈 ㄏㄨㄤˊ ㄐㄩㄢˋ ㄑㄧㄥ ㄉㄥ

【出處】①宋·歐陽修等《新唐書·狄仁傑傳》：「黃卷中方與聖賢對，何暇偶俗吏語耶！」②宋·陸游《秋庭讀書每以二鼓盡為節》詩：「白髮無情侵老境，青燈有味似兒時。」

【解釋】①黃卷：書籍。古人用黃檗染的紙寫書，所以把書籍叫作「黃卷」。②青燈：油燈發青色的燈光。

【用法】①指黃卷對青燈。意思是燈光映照著書籍。②形容讀書到深夜，刻苦學習。③也指佛經和供設在佛前的燈，形容僧尼等的平淡生活。

【例句】以前，讀書人都用「十載寒窗、～」，來換取將來的飛黃騰達。

黃絹幼婦 ㄏㄨㄤˊ ㄐㄩㄢˋ ㄧㄡˋ ㄈㄨˋ

【出處】南朝·宋·劉義慶《世說新語·捷悟》：「魏武（曹操）嘗過曹娥碑下，楊修從。見碑背上題作『黃絹幼婦外孫齏臼』八字……修曰：『黃絹，色絲也，於字爲絕。幼婦，少女也，於字爲妙。外孫，女子也，於字爲好。虀臼。受辛也，細字爲辭也。所謂絕妙好辭也。』」

【用法】在稱讚人或事物「絕妙」的時候用的隱語。

【解釋】後漢時，浙江上虞一個十四歲女子，名曹娥，因其父溺死在江中，就投江尋覓父親屍首，終於淹死。人們稱她爲孝女。當時上虞長度尙請人作了一篇誄辭，刻在石碑上，來紀念她，後稱《曹娥碑》。《曹娥碑》這篇誄辭說是度尙請邯鄲淳作的。那時邯鄲淳年方十三歲，極有文才，竟一揮而就，寫得非常出色。著名文學家蔡邕曾特地去看這個碑。在暮色蒼茫中，蔡邕撫摩著讀完碑文，就在碑後題了「黃絹幼婦外孫虀臼」八個字。

黃鐘大呂（ㄏㄨㄤˊ ㄓㄨㄥ ㄉㄚˋ ㄌㄩˇ）

【解釋】黃鐘：我國古代音樂把聲音分爲十二律，陰陽各六，「黃鐘」屬陽律的第一律。大呂：陰律的第四律。

【用法】用以形容正大莊嚴的音樂或文辭。

【例句】你的大作內容豐富，構思精妙，如～，不同凡響。

黃鐘毀棄，瓦釜雷鳴（ㄏㄨㄤˊ ㄓㄨㄥ ㄏㄨㄟˇ ㄑㄧˋ，ㄨㄚˇ ㄈㄨˇ ㄌㄟˊ ㄇㄧㄥˊ）

【出處】戰國・楚・屈原《楚辭・卜居》：「黃鐘毀棄，瓦釜雷鳴；讒人高張，賢士無名。」

【解釋】黃鐘：我國古代音樂把聲音分爲十二律，陰陽各六，「黃鐘」屬陽律的第一律，器最大而聲音最宏亮，這裏指樂器。瓦釜：陶土製的鍋。雷鳴：雷一般地發出聲響。

【用法】①黃鐘本該用以奏樂，却將它毀棄；瓦釜原本不是樂器，却讓它雷鳴。②比喻賢人不被任用，庸人占據高位。

【例句】政治腐敗的時代，許多有識有才之士，無用武之地，缺少才德之人，却飛黃騰達，眞是「～」。

黃耳傳書（ㄏㄨㄤˊ ㄦˇ ㄔㄨㄢˊ ㄕㄨ）

【出處】唐・房玄齡等《晉書・陸機傳》：「初機有駿犬，名曰黃耳，甚愛之。既而羈寓京師，久無家問，笑語犬曰：『我家絕書信，汝能齎書取消息不？』犬搖尾作聲。機乃爲書以竹筩盛之而繫其頸，犬尋路南走，遂至其家，得報還洛。其後因以爲常。」

【解釋】黃耳：大名。書：書信。

【用法】①黃耳爲主傳遞書信。②後指傳遞家信。

【附註】也作「黃犬傳書」。

黃楊厄閏（ㄏㄨㄤˊ ㄧㄤˊ ㄜˋ ㄖㄨㄣˋ）

【出處】宋・蘇軾《退圃》詩：「園中草木春無數，只有黃楊厄閏年。」

【解釋】黃楊：常綠小灌木，木質堅實細緻，生長得極慢，傳說每年只長一寸，遇到閏月年，還會退縮。厄：困窘。閏：閏月年。

【用法】①黃楊樹在閏月年裏受困窘。②比喻人時運不濟。

【例句】就像「～」一樣，今年我也是流年不利，沒有一件事不碰釘子、不出差錯的！

恍然大悟（ㄏㄨㄤˇ ㄖㄢˊ ㄉㄚˋ ㄨˋ）

【出處】明・羅貫中《三國演義》第七十七回：「於是關公恍然大悟，稽首皈依而去。」
【解釋】恍然：忽然醒悟的樣子。悟：明白過來。
【用法】一下子明白過來了。
【例句】經過他的解說，妹妹才～不再怪罪他。
【附註】也作「豁然大悟」。

恍然若失 ㄏㄨㄤˇ ㄖㄢˊ ㄖㄨㄛˋ ㄕ

【用法】①恍恍惚惚地好像失去了什麼似的。②形容心神不寧，不知如何是好。
【例句】看到他那副～的樣子，人家都不知該怎麼辦了？

恍如隔世 ㄏㄨㄤˇ ㄖㄨˊ ㄍㄜˊ ㄕˋ

【出處】宋・范成大《吳船錄下》：「發常州，平江親戚故舊來相迓者，陸續於道，恍然如隔世焉！」
【解釋】恍：彷彿。世：古稱三十年爲一世。
【用法】①彷彿隔絕了一世。②多用來表示由於變化很大而產生的感慨。
【例句】一別幾十年，眞沒有想到你從海外歸來，久別重逢，撫今思昔，～。

哄堂大笑 ㄏㄨㄥ ㄊㄤˊ ㄉㄚˋ ㄒㄧㄠˋ

【出處】宋・歐陽修《歸田錄》卷一：「馮相、和相同在中書，一日，和問馮曰：『公靴新買，其直幾何？』馮舉左足示和曰：『九百。』和性褊急，遽回顧小吏云：『吾靴何得用一千八百？』因詬責久之。馮徐舉右足曰：『此亦九百。』於是烘（哄）堂大笑。」
【解釋】哄：人聲嘈雜，許多人同時發出聲音。哄堂：唐・趙璘《因話錄》卷五載：唐代御史有台院、殿院、察院，由台院的一名年資最高的人主雜事，叫做「雜端」；凡公堂會食時，都不談笑，如果雜端憋不住笑出聲來，在座的其他人就都跟著笑了起來，當時稱之爲「哄堂」。
【用法】形容滿屋子人同時大笑起來。
【例句】談話中她做了一個怪樣子，引得全屋人～起來。

烘雲托月 ㄏㄨㄥ ㄩㄣˊ ㄊㄨㄛ ㄩㄝˋ

【出處】《西廂記》第一本第一折金聖嘆批：「而先寫張生者，所謂畫家烘雲托月之秘法。」
【解釋】烘：渲染。托：襯托。
【用法】①渲染雲彩，襯托出月亮來。②後用以比喻在文學藝術上不從正面描繪，而從側面着意點染，襯托出主要事物的一種手法。
【例句】他巧妙地用「～」的手法，通過一個似乎無關的細節描寫，把主題突出得更加鮮明了。

轟轟烈烈 ㄏㄨㄥ ㄏㄨㄥ ㄌㄧㄝˋ ㄌㄧㄝˋ

【出處】宋・文天祥《沁園春，至元間留燕山作》詞：「人生翕欻云亡，好烈烈轟轟做一場。」
【解釋】轟轟：狀聲詞，指巨大的聲音。烈烈：火勢旺盛的樣子。
【用法】形容聲勢浩大，氣魄宏偉。
【例句】大家都～地工作著，你怎麼能成天圍著孩子轉呢？

【附註】也作「烈烈轟轟」。

轟雷貫耳（ㄏㄨㄥ ㄌㄟˊ ㄍㄨㄢˋ ㄦˇ）

【出處】明・吳承恩《西遊記》第七十六回：「孫行者，聞你名如轟雷貫耳，說你在南天門外施威，靈霄殿下逞勢，如今在西天路上降妖縛怪，原來是個小輩的猴頭！」

【解釋】貫：貫穿。

【用法】①轟響的雷聲貫滿了耳朵。②比喻聽到某種事使人吃驚。

轟雷掣電（ㄏㄨㄥ ㄌㄟˊ ㄔㄜˋ ㄉㄧㄢˋ）

【出處】清・曹雪芹《紅樓夢》第三十二回：「黛玉聽了這話，如轟雷掣電，細細思之，竟比自己肺腑中掏出來的還覺懇切。」

【用法】①轟響的雷鳴，急驟的閃電。②比喻使人突然震驚的事物。

【例句】他聽到弟弟車禍的消息，就如～般，久久不能自已。

弘誓大願（ㄏㄨㄥˊ ㄕˋ ㄉㄚˋ ㄩㄢˋ）

【出處】明・吳承恩《西遊記》第十二回：「我已發了弘誓大願，不取真經，永墮沉淪地獄。」

【解釋】弘：大。

【用法】指發大誓，許大願。表示決心做某件事。

【例句】他立下了一生要濟助貧困兒童的～。

洪水猛獸（ㄏㄨㄥˊ ㄕㄨㄟˇ ㄇㄥˇ ㄕㄡˋ）

【出處】《孟子・騰文公下》：「昔者禹抑洪水而天下平，周公兼夷狄，驅猛獸而百姓寧。」

【用法】①泛濫成災的大水，凶猛的殘害生物的野獸。②比喻極大的禍害。

【例句】偏頗的言論就如～禍害無窮。

洪福齊天（ㄏㄨㄥˊ ㄈㄨˊ ㄑㄧˊ ㄊㄧㄢ）

【出處】元・鄭德輝《程咬金斧劈老君堂》第四折：「皆因是聖天子洪福齊天，文武每保社稷，皆豐稔之世也。」

【解釋】洪：大。齊：相等。

【用法】指福分之大，與天相等。

【例句】先生～，才能享有如此尊寵。

洪爐燎毛（ㄏㄨㄥˊ ㄌㄨˊ ㄌㄧㄠˊ ㄇㄠˊ）

【出處】漢・司馬遷《史記・刺客列傳》：「夫以鴻毛燎於爐炭之上，必無事矣。」

【解釋】洪爐：大爐子。燎：烘烤。

【用法】①用大爐子烘烤羽毛。②比喻極容易消滅。

洪水橫流（ㄏㄨㄥˊ ㄕㄨㄟˇ ㄏㄥˊ ㄌㄧㄡˊ）

【出處】《孟子・騰文公》：「當堯之時，天下猶未平，洪水橫流，泛濫於天下。」

【解釋】洪水：大水。橫流：江河之水溢出河道四處泛濫。

【用法】①形容水災大。②也比喻邪道橫行。

【例句】平日不疏通河道，等颱風一來「～」，損失可就慘重了。

紅飛翠舞（ㄏㄨㄥˊ ㄈㄟ ㄘㄨㄟˋ ㄨˇ）

【出處】清・曹雪芹《紅樓夢》第六十二回：「呼三喝四、喊七叫八，滿廳中紅飛翠舞，玉動珠搖，真是十分熱鬧。」
【解釋】紅、翠：指服裝的色彩。
【用法】①穿紅色服裝的和穿翠綠色服裝的在一起歡舞。②形容婦女們穿著漂亮的衣服，盡興嬉戲、歡騰熱鬧的情景。
【例句】畢業舞會上～～～～十分熱鬧。

紅豆相思 ㄏㄨㄥˊ ㄉㄡˋ ㄒㄧㄤ ㄙ

【出處】唐‧王維《相思》詩：「紅豆生南國，春來發幾枝。願君多採擷，此物最相思。」
【解釋】紅豆：植物，又名相思子。古人常用以象徵愛情。
【用法】比喻男女之間的相思。

紅男綠女 ㄏㄨㄥˊ ㄋㄢˊ ㄌㄩˋ ㄋㄩˇ

【出處】清‧舒位《修簫譜‧樊姬擁髻》傳奇：「紅男綠女，到今朝野草荒田。」
【用法】①穿紅掛綠的男男女女。②指衣著華麗的男人和女人。
【例句】如今這座古剎香火冷落，以往的那種熙熙攘攘的景象及～的香客早已不見了。
【附註】也作「綠女紅男」。

紅旗報捷 ㄏㄨㄥˊ ㄑㄧˊ ㄅㄠˋ ㄐㄧㄝˊ

【出處】清‧李汝珍《鏡花緣》第六十四回：「剛才部裏來送信，說劍南倭寇已被文隱平定，一日就有紅旗報捷到京。」
【用法】①清代軍隊出征，打了勝仗之後，即派人手持紅旗急馳京城報捷。②現用作報喜。

紅裝素裹 ㄏㄨㄥˊ ㄓㄨㄤ ㄙㄨˋ ㄍㄨㄛˇ

【解釋】紅裝：指婦女。素裹：素衣裹體，淡雅恬靜的素色服飾。
【用法】①指衣著淡雅的婦女。②也用以形容雪晴後，鮮紅色的太陽照射著河山積雪，陽光雪色交相輝映的美麗景色。

紅日三竿 ㄏㄨㄥˊ ㄖˋ ㄙㄢ ㄍㄢ

【出處】梁‧蕭子顯《南齊書‧天文志上》：「永明五年十一月丁亥，日出高三竿，朱色赤黃，日暈，虹抱珥直背。」
【用法】指天已大亮時候不早了。
【例句】還說要早安晨跑，都已「～」了，還不起來？

紅紫亂朱 ㄏㄨㄥˊ ㄗˇ ㄌㄨㄢˋ ㄓㄨ

【出處】《論語‧陽貨》：「子曰：『惡紫之奪朱也，惡鄭聲之亂雅樂也，惡利口之覆邦家者。』」
【解釋】紅紫：深紅大紫，不是正色。朱：硃紅，是正色。
【用法】①指紫色亂了朱色，破壞了固有的服飾顏色。②比喻以邪侵正。
【例句】「～」，是非不明，社會焉能不亂？

紅葉題詩 ㄏㄨㄥˊ ㄧㄝˋ ㄊㄧˊ ㄕ

【出處】宋‧劉斧《青瑣高議‧流紅記》：「唐僖宗時，有儒士于祐，晚步禁衢間。……視御溝，浮葉續續而下。祐臨流浣手。久之，有一脫葉，差大於他葉，遠視之，若有墨迹載於其上。浮紅泛泛，遠意綿綿。祐取而視之，果有四句題於其上。其詩曰：『

流水何太急，深宮盡日閑，殷勤謝紅葉，好去到人間。』祐得之，蓄於書笥，終日咏味，喜其句意新美，然莫知何人作而書於葉也。因念御溝水出於禁掖，此必宮中美人所作也。……祐終不廢思慮，復題二句，書於紅葉上云：『曾聞葉上題紅怨，葉上題詩寄阿誰？』置御溝入宮中……久之，韓泳召祐謂之曰：『帝禁宮人三千餘得罪，使各適人。有韓夫人者，吾同姓，久在宮。今出禁庭，來居吾舍，子今未娶，年又逾壯，困苦一身，無所成就，孤生獨處，吾甚憐汝。……今韓夫人篋中不下千緡，本良家女，年才三十，姿色甚麗。吾言之，使聘子，何如？』……泳令人通媒妁，助祐進羔雁，盡六禮之數，交二姓之歡……既而韓氏於祐書笥中見紅葉，大驚曰：『此吾所作之句，君何故得之？』祐以實告。韓氏復曰：『吾於水中亦得紅葉，不知何人作也。』乃開笥取之，乃祐所題之詩。相對驚嘆感泣久之。」

【用法】①唐朝宮女良緣巧合的故事。②後也泛指男女奇緣。

【例句】他們的愛情就如～般傳奇。

紅顏薄命
ㄏㄨㄥˊ ㄧㄢˊ ㄅㄛˊ ㄇㄧㄥˋ

【出處】元・無名氏《鴛鴦被》第三折：「總則我紅顏薄命，眞心兒待嫁劉彥明，偶然間却遇張舜卿。」

【解釋】紅顏：指漂亮女子。薄命：命運不好。

【用法】宿命論認爲女子生得太漂亮了不是早死，就是遇不到好人或在生活上多磨難。

【例句】一個美貌的女子，竟有如此凄涼的身世眞是～。

閎中肆外
ㄏㄨㄥˊ ㄓㄨㄥ ㄙˋ ㄨㄞˋ

【出處】唐・韓愈《進學解》：「先生之於文，可謂閎其中而肆其外矣。」

【解釋】閎：宏大、廣博。中：指文章的內容。肆：豪放，淋漓盡致。外：指筆法，詞藻的表現力。

【用法】指文章內容含意廣博深厚，文字上發揮得淋漓盡致。

【例句】胡適先生的文章可算得是～，無論是內容的深刻程度或文筆的犀利，都沒有人能望其項背。

鴻篇巨製
ㄏㄨㄥˊ ㄆㄧㄢ ㄐㄩˋ ㄓˋ

【解釋】鴻：大。篇：篇章。巨：大。製：指寫作。

【用法】形容長篇大論的大部頭著作。

【例句】這樣規模的～，我是難以勝任的。

【附註】也作「鴻篇巨著」。

鴻毛泰山
ㄏㄨㄥˊ ㄇㄠˊ ㄊㄞˋ ㄕㄢ

【出處】漢・司馬遷《報任安書》：「人固有一死，或重於泰山，或輕於鴻毛，用之所趨異也。」

【用法】①像鴻毛那樣輕，像泰山那樣重。②比喻輕重相異懸殊。

【附註】也作「泰山鴻毛」。

鴻飛冥冥
ㄏㄨㄥˊ ㄈㄟ ㄇㄧㄥˊ ㄇㄧㄥˊ

【出處】漢・揚雄《法言・問明》：「鴻飛冥冥，弋人何篡焉！」

【解釋】鴻：鴻雁。冥冥：指遠空。

【用法】①鴻雁飛向遠空。②比喻到遙

遠的地方去躲避禍患。

【例句】在動蕩不安的歲月裡，幻想～，找一個安靜的綠洲，這是根本不可能的。

鴻鵠之志（ㄏㄨㄥˊ ㄏㄨˊ ㄓ ㄓˋ）

【出處】《呂氏春秋・士容論》：「夫驥驁之氣，鴻鵠之志，有諭乎人心者誠也。」

【解釋】鴻鵠：俗稱天鵝，鳴聲洪亮，飛翔甚高。

【用法】比喻遠大的志向。

【例句】我們要鼓勵年輕人立下～。

鴻稀鱗絕（ㄏㄨㄥˊ ㄒㄧ ㄌㄧㄣˊ ㄐㄩㄝˊ）

【出處】①古樂府《飲馬長城窟行》：「呼兒烹鯉魚，中有尺素書。」指在魚腹裡藏有素絹寫成的信。②漢・班固《漢書・蘇武傳》載：蘇武因不屈服匈奴，被流放在北海牧羊。漢皇帝向匈奴索要蘇武，匈奴王單于謊言蘇武已經死去。常惠叫漢朝的使者對單于說：天子在上林射獵，射著一隻大雁，雁脚上繫有蘇武寫的帛書，知道了蘇武的下落。單于大驚謝罪。

【解釋】鴻：大雁。鱗：魚的代稱。「鱗鴻」是「魚雁」的代稱，後以魚雁，鱗鴻比喻書信或傳遞書信的人。稀：稀少。絕：斷絕。

【用法】指不用書信。

【例句】大陸淪陷後～，他和丈夫已許久不曾聯繫。

鴻商富賈（ㄏㄨㄥˊ ㄕㄤ ㄈㄨˋ ㄍㄨˇ）

【出處】清・梁章鉅《稱謂錄・商賈・鴻商富賈》：「鴻商富賈，舞女成群。」

【解釋】鴻商：大商人。富賈：資財雄厚的商人。

【例句】義賣會場上，不乏～。

【附註】「賈」不能念成ㄐㄧㄚˇ。

鴻毳沉舟（ㄏㄨㄥˊ ㄘㄨㄟˋ ㄔㄣˊ ㄓㄡ）

【出處】北齊・劉晝《新論・愼｜》：「鴻毳性輕，積之沉舟。」

【解釋】毳：鳥獸的細毛。

【用法】①鴻雁的細毛能使舟船沉沒。②比喻細小事物積累多了，就會產生極大的作用。

【例句】「～」積少也能成多，你可別忽視這一塊錢的作用。

鴻雁哀鳴（ㄏㄨㄥˊ ㄧㄢˋ ㄞ ㄇㄧㄥˊ）

【出處】《詩經・小雅・鴻雁》：「鴻雁于飛，哀鳴嗷嗷。」

【用法】①大雁發出淒婉的叫聲。②比喻流離失所的人生活在淒慘的境遇。

【例句】中東戰亂頻仍，～，令人心生同情。

〔ㄐ部〕

機變如神 ㄐㄧ ㄅㄧㄢˋ ㄖㄨˊ ㄕㄣˊ

【出處】宋．陸游《南唐書．宋齊丘傳論》：「世言江南精兵十萬，而長江大塹，可當十萬。國老宋齊丘，機變如神，可當十萬。」

【用法】①隨機應變，有如神靈一般。②形容足智多謀，神通廣大。

【例句】王老~，只要有他在，咱們就可高枕無憂了。

機不可失 ㄐㄧ ㄅㄨˋ ㄎㄜˇ ㄕ

【出處】漢．司馬遷《史記．淮陰侯列傳》：「夫功者難成而易敗，時者難得而易失也。時乎時，不再來。」

【解釋】機：合宜的時候，時機。失：失去、錯過。

【用法】機會難得，不可錯過。

【例句】這次調你回來，是你已盼了多年的，~，望你趕快決定。

機關用盡 ㄐㄧ ㄍㄨㄢ ㄩㄥˋ ㄐㄧㄣˋ

【出處】宋．黃庭堅《牧童歌》詩：「多少長安名利客，機關用盡不如君。」

【解釋】機關：喻指周密巧妙的計謀。

【用法】形容用盡了心機，挖空了心思（多用於貶義）。

【例句】經歷這麼多風浪，他終於了解凡事皆有天命，不該你的，即使~也是枉然。

【附註】也作「機關算盡」。

機深智遠 ㄐㄧ ㄕㄣ ㄓˋ ㄩㄢˇ

【出處】明．羅貫中《三國演義》第二十三回：「操曰：『荀彧、荀攸、郭嘉、程昱，機深智遠，雖蕭何、陳平不及也。』」

【解釋】機深：思考周密。智遠：見識廣博。

【用法】形容既能深入思考問題，又有遠大目光。

【例句】他~，非同輩所及。

激薄停澆 ㄐㄧ ㄅㄛˊ ㄊㄧㄥˊ ㄐㄧㄠ

【出處】唐．李延壽《南史．明山賓傳》：「山賓性篤實，家中嘗乏困，貨所乘牛。既售受錢，乃謂買主曰：『此牛經患漏蹄，療差已久，恐後脫發，無容不相語。』買主遽追取錢。處士阮孝緒聞之，嘆曰：『此言足使還淳反樸，激薄停澆矣。』」

【解釋】激：水受阻礙或震盪而飛濺，引申爲沖刷。薄、澆：澆薄，指世情不厚道。

【用法】沖刷掉澆薄的社會風氣。

【例句】最近大家訂立的「社區公約」起了移風易俗的作用和~的效果。

激濁揚清 ㄐㄧ ㄓㄨㄛˊ ㄧㄤˊ ㄑㄧㄥ

【出處】唐．房玄齡等《晉書．牽秀傳》：「秀少在京輩，見司隸劉毅奏事而扼腕慷慨，自謂居司直之任，當能激濁揚清，處鼓鞞之間，必建將帥之勛。」

【解釋】激：沖刷。濁：污水。揚：掀起。清：清水。

【用法】①沖去污濁的水，掀起清澈的水波。②比喻抨擊壞的，讚揚好的。
【例句】他的雜文，都是～的好文章。
【附註】也作「揚清激濁」。

畸輕畸重（ㄐㄧ ㄑㄧㄥ ㄐㄧ ㄓㄨㄥˋ）

【解釋】畸：不齊，引申爲偏向一邊。
【用法】①有時偏輕，有時偏重。指事物發展時的不均衡狀態。②指人觀察事物的態度不全面，有偏頗。
【例句】不進行充分的調查研究，處理事情就容易造成～的現象。
【附註】「畸」不能念成ㄑㄧˊ。

積不相能（ㄐㄧ ㄅㄨˋ ㄒㄧㄤ ㄋㄥˊ）

【出處】《左傳·襄公二十一年》：「（范鞅）與欒盈爲公族大夫而不相能。」
【解釋】積：長時期造成的。能：親善、和睦。
【用法】素來不和睦。
【例句】這兩個人～，調在一起工作，能不能互相配合，實在使人懷疑。

積非成是（ㄐㄧ ㄈㄟ ㄔㄥˊ ㄕˋ）

【解釋】積：長期積累。非：不是，錯謬。是：正確的。
【用法】長期形成的錯誤，久而久之，反變成正確的。
【例句】群言淆亂，異說爭鳴，衆口鑠金，～。

積憤不泯（ㄐㄧ ㄈㄣˋ ㄅㄨˋ ㄇㄧㄣˇ）

【解釋】憤：忿怒、怨恨。泯：滅盡。
【用法】積聚的仇恨不能消。
【例句】這個罪行累累的大惡棍，人民～，不將他繩之以法是不足以平民憤的。

積土爲山，積水爲海（ㄐㄧ ㄊㄨˇ ㄨㄟˊ ㄕㄢ，ㄐㄧ ㄕㄨㄟˇ ㄨㄟˊ ㄏㄞˇ）

【出處】《荀子·儒效》：「故積土而爲山，積水而爲海，旦暮積謂之歲……積善而全盡謂之聖人。」
【解釋】積：堆積、匯集。
【用法】①土堆積起來可以成山，水滙集起來可以成海。②比喻積少成多，聚小成大。
【例句】「～」，所有的事功，都是靠日積月累的努力得來的。

積年累月（ㄐㄧ ㄋㄧㄢˊ ㄌㄟˇ ㄩㄝˋ）

【出處】北齊·顏之推《顏氏家訓·后娶》：「夫婦之義，曉夕移之，積年累月，安有孝子乎？」
【解釋】積、累：聚集。
【用法】形容時間久長。
【例句】我每月發薪時，總要買幾本書，～，居然書架也琳琅滿目了。

積勞成疾（ㄐㄧ ㄌㄠˊ ㄔㄥˊ ㄐㄧˊ）

【出處】明·馮夢龍《東周列國志》第六十九回：「公孫歸生，積勞成病，臥不能起，城中食盡，餓死者居半，守者疲困，不能禦敵。」
【用法】由於長期勞累而得了病。
【例句】我們的領班，雖然已經～，但他還是堅持工作，一天也不肯休息。

積穀防飢（ㄐㄧ ㄍㄨˇ ㄈㄤˊ ㄐㄧ）

【出處】元·高則誠《琵琶記·諫父》：「又道是養兒代老，積穀防飢。」

【解釋】穀：糧食、穀物。
【用法】貯存糧食，防備飢荒。
【例句】～，這是個很平常的道理，我們必須認真考慮。

積毀銷骨 ㄐㄧ ㄏㄨㄟˇ ㄒㄧㄠ ㄍㄨˇ

【出處】漢・司馬遷《史記・張儀列傳》：「衆口鑠金，積毀銷骨。」
【解釋】積毀：一次又一次地毀謗。銷：熔化。
【用法】多次毀謗，積累起來，足以使人陷於毀滅的境地。
【例句】雖然他堅信「清者自清」，但～，他已無法泰然自處了。

積習難改 ㄐㄧ ㄒㄧˊ ㄋㄢˊ ㄍㄞˇ

【解釋】積習：多年的舊習慣。
【用法】多年的舊習慣，不容易改變。
【例句】他由於不能嚴格要求自己，養成了不求甚解的壞毛病，已經是～。
【附註】也作「積習難除」。

積習相沿 ㄐㄧ ㄒㄧˊ ㄒㄧㄤ ㄧㄢˊ

【解釋】積習：長期養成的習慣。沿：沿襲、承襲。
【用法】①長期養成習慣，沿襲了下來。②常指按舊例辦事。
【例句】我總是在夜裏寫東西，～，這種習慣老改不了。

積銖累寸 ㄐㄧ ㄓㄨ ㄌㄟˇ ㄘㄨㄣˋ

【解釋】銖：古代的計量單位，二十四銖爲一兩。寸：量長度的最小單位。
【用法】比喻一點一滴地積累。
【例句】他掌握的資料很豐富，是長期以來～的結果。

積重難返 ㄐㄧ ㄓㄨㄥˋ ㄋㄢˊ ㄈㄢˇ

【出處】清・顧炎武《日知錄・卷十・蘇松二府田賦之重》：「是則民間之田，一入於官，而一畝之糧化而爲十四畝矣。此固其積重難返之勢，始於景定，迄於洪武，而徵科之額十倍於紹熙以前者也。」
【解釋】積重：積習很深。返：回頭。
【用法】①長期養成的習慣，很難加以改變。②指長期形成的陋習和弊病，已經達到無法革除的地步。
【例句】許多～的不良社會風氣，現在已經掃除乾淨了。
【附註】「重」不能念成ㄔㄨㄥˊ。

積少成多 ㄐㄧ ㄕㄠˇ ㄔㄥˊ ㄉㄨㄛ

【出處】《戰國策・秦策四》：「積薄而爲厚，聚少而爲多。」
【用法】一點一滴地積累，就會以少變多，從不豐富到豐富。
【例句】大家都把暫時不用的錢存入銀行，就可以～，籌集成一筆資金。

積善成德 ㄐㄧ ㄕㄢˋ ㄔㄥˊ ㄉㄜˊ

【解釋】善：好事。德：高尚的品德。
【用法】常常做好事，積累起來就會形成一種高尚的道德品質。
【例句】做人就要從一點一滴做起，～，堅持不懈，就能逐漸使自己成爲一個高尚的人。

積善餘慶 ㄐㄧ ㄕㄢˋ ㄩˊ ㄑㄧㄥˋ

【出處】《周易・坤》：「積善之家，必有餘慶。」
【解釋】餘慶：指祖先的遺澤。

【用法】①多做好事的人家，子孫必有福佑。②指善有善報。

積財吝賞 (ㄐㄧ ㄘㄞˊ ㄌㄧㄣˋ ㄕㄤˇ)

【出處】明．羅貫中《三國演義》第六十二回：「吾為汝御後，費力勞心，汝今積財吝賞，何以使士卒效命乎？」

【解釋】吝：捨不得。

【用法】①雖然有很多財富，却捨不得賞賜下屬。②形容非常吝嗇。

【例句】賞罰分明，乃是領導之術，若該罰不罰，或該賞時卻～，又如何能使部屬心服呢？

積草屯糧 (ㄐㄧ ㄘㄠˇ ㄊㄨㄣˊ ㄌㄧㄤˊ)

【出處】明．施耐庵《水滸傳》第一百零五回：「立豎招軍旗號，買馬招軍，積草屯糧。」

【解釋】屯：徵集。

【用法】儲存草料和糧食，為軍用的糧草作好足夠的準備。

【例句】戰事一觸即發，必須～，做好萬全的準備。

【附註】也作「屯糧積草」。

積惡餘殃 (ㄐㄧ ㄜˋ ㄩˊ ㄧㄤ)

【出處】《周易．乾》：「積不善之家，必有餘殃。」

【解釋】積：積累。餘：餘留。殃：禍殃、禍根。

【用法】作惡多端，為將來留下禍根，必遭災殃。

【例句】這家人什麼壞事都做，～，早晚是會得到報應的！

積羽沉舟 (ㄐㄧ ㄩˇ ㄔㄣˊ ㄓㄡ)

【出處】《戰國策．魏策一》：「臣聞積羽沉舟，群輕折軸。」

【解釋】沉舟：使船沉沒。

【用法】①羽毛雖輕，但堆積多了，照樣可以把船壓沉。②比喻微小的東西，可以匯成巨大的力量，產生巨大的影響。③比喻壞事雖小，積累下去，也會產生嚴重後果。

【例句】對於小毛病不能放任，～，小毛病也可能逐漸變成大錯誤。

箕風畢雨 (ㄐㄧ ㄈㄥ ㄅㄧˋ ㄩˇ)

【出處】《尚書．洪範》：「庶民惟星，星有好風，星有好雨。」孔安國傳：「箕星好風，畢星好雨。」

【解釋】箕、畢：二十八宿中的兩個星座名。古時認為月亮過箕星座則多風，過畢星座則多雨。故說「箕風畢雨」。

【用法】①比喻人有不同好惡。②對執政者體察民情、施行仁政的頌揚之辭。

羈旅之臣 (ㄐㄧ ㄌㄩˇ ㄓ ㄔㄣˊ)

【出處】《左傳．莊公二十二年》：「羈旅之臣，幸若獲宥，……」

【解釋】羈旅：行旅在外。

【用法】流亡在國外的官員。

【例句】由於國內發生了政變，親王的許多親信都成了～。

賫志而歿 (ㄐㄧ ㄓˋ ㄦˊ ㄇㄛˋ)

【出處】明．許仲琳《封神演義》第九十九回：「聞聘等三人金蘭氣重，方圖協力同心，忠義志堅，欲效股肱之願，豈意陽運告終，賫志而歿。」

【解釋】賫：懷著。歿：死亡。

【用法】懷著還沒有來得及施展的抱負

就死去了。

【例句】他才華橫逸，卻～，眞令人慨嘆！

【附註】也作「賫志沒地」。

飢不擇食 (ㄐㄧ ㄅㄨˋ ㄗㄜˊ ㄕˊ)

【出處】宋・釋普濟《五燈會元・卷五・丹霞天然禪師》：「(師)又一日訪龐居士，至門首相見，師乃問：『居士在否？』士曰：『飢不擇食。』」

【解釋】飢：飢餓。

【用法】①餓肚子時，顧不得選擇，不管什麼都吃。②比喻需要急迫時，顧不得細加考慮和挑選。

【例句】約翰已經失業半年多了，現在什麼工作都願幹，眞可謂～了。

飢疲沮喪 (ㄐㄧ ㄆㄧˊ ㄐㄩˇ ㄙㄤˋ)

【解釋】沮喪：灰心喪氣。

【用法】①飢餓疲憊，士氣不振。②形容處於困境中的艱難狀態。

【例句】及至敵人發覺再向西進時，我已休息了半個月，敵人則～，無能爲力，只好下決心撤退了。

飢附飽揚 (ㄐㄧ ㄈㄨˋ ㄅㄠˇ ㄧㄤˊ)

【出處】唐・房玄齡等《晉書・慕容垂載記》：「且垂猶鷹也，飢則附人，飽便高揚。」

【解釋】附：依附、歸附。揚：飛揚。

【用法】①飢寒窘困時便來依附，飽暖後便遠走高飛。②比喻自私而沒有情義。

【例句】像這種～的人不值得交往。

飢火中燒 (ㄐㄧ ㄏㄨㄛˇ ㄓㄨㄥ ㄕㄠ)

【出處】金・元好問《車駕東狩後即事》詩：「愁腸飢火日相煎。」

【用法】①飢餓得像腹中著了火一樣。②形容餓得難以忍受。

【例句】當年，我隨著逃荒的人群逃到了北方，兩三天水米沒有沾牙，～，餓得我眼前發黑、兩腿發軟。

飢寒交迫 (ㄐㄧ ㄏㄢˊ ㄐㄧㄠ ㄆㄛˋ)

【出處】宋・王讜《唐語林・卷一・政事上》：「高祖時，嚴甘羅，武功人，剽劫，爲吏所拘。上謂曰：『汝何爲作賊？』對曰：『飢寒交切，所以爲盜。』」

【解釋】交迫：同時逼迫。

【用法】①飢餓和寒冷一齊襲來。②形容窮困潦倒。

【例句】～的苦難生活，錘煉了他堅強不屈的性格。

飢者易爲食 (ㄐㄧ ㄓㄜˇ ㄧˋ ㄨㄟˊ ㄕˊ)

【出處】《孟子・公孫丑上》：「且王者之不作，未有疏於此時者也；民之憔悴於虐政，未有甚於此時者也。飢者易爲食，渴者易爲飲。」

【解釋】飢者：飢餓的人。

【用法】①指飢餓的人吃什麼都覺得好吃。②比喻處於困乏狀態容易得到滿足。

【例句】他平常對飲食十分講究，但在逃亡時也顧不得了，眞是～啊！

飢腸轆轆 (ㄐㄧ ㄔㄤˊ ㄌㄨˋ ㄌㄨˋ)

【解釋】飢腸：指腹中無食。轆轆：車輪滾動聲。

【用法】①腹中無食，餓得咕咕作響。

②形容飢餓已極。

【例句】經過一整天的急行軍，戰士們雖然已經～，但沒有一個喊餓的。

飢餐渴飲（ㄐㄧ ㄘㄢ ㄎㄜˇ ㄧㄣˇ）

【出處】宋・釋普濟《五燈會元》卷十六：「說得天花亂墜，爭似飢餐渴飲。」

【用法】①指出遠門趕路，飲食無定時，隨身攜帶著乾糧水瓶，飢餓時就吃一口，口渴時喝點水。②形容旅途中的艱苦情況。

【例句】這些東西帶著，在路上隨時～，可別餓著。

飢鷹餓虎（ㄐㄧ ㄧㄥ ㄜˋ ㄏㄨˇ）

【出處】北齊・魏收《魏書・宗室暉傳》：「(暉)再遷侍中，領右衞將軍……侍中盧旭，亦蒙恩眄，故時人號曰：『餓虎將軍，飢鷹侍中。』」

【用法】①餓著肚皮的雄鷹與猛虎。②比喻凶悍貪婪者。

【例句】他們就像～般，到處搶奪，連半碗粥米都要。

【附註】也作「餓虎飢鷹」。

鷄毛蒜皮（ㄐㄧ ㄇㄠˊ ㄙㄨㄢˋ ㄆㄧˊ）

【用法】比喻微不足道的小事或無用之物。

【例句】同事間應該以和爲貴，不該爲一點～的小事吵個沒完沒了。

鷄鳴狗盜（ㄐㄧ ㄇㄧㄥˊ ㄍㄡˇ ㄉㄠˋ）

【出處】漢・司馬遷《史記・游俠列傳》：「繇（由）是列國公子，魏有信陵，趙有平原，齊有孟嘗，楚有春申，皆借王公之勢，競爲游俠，鷄鳴狗盜，莫不賓禮。」

【解釋】戰國時，齊孟嘗君被扣留在秦國，幸賴和他同去擅長狗盜的門客，夜入秦宮盜出狐裘送給秦王的寵姬，使孟嘗君得以釋放；另一門客裝作鷄叫，騙開函谷關城門，他才脫險逃回齊國。

【用法】①比喻低微卑賤而不足稱道的技術。②指不成器的人。

【例句】他不過是虛張聲勢，自以爲了不起，其實他手下只是一些～式的人物罷了。

鷄鳴而起（ㄐㄧ ㄇㄧㄥˊ ㄦˊ ㄑㄧˇ）

【出處】《孟子・盡心上》：「鷄鳴而起，孶孶爲善者，舜之徒也。」

【解釋】起：起床。

【用法】①鷄鳴就起床。②形容勤奮向上。

【例句】他作息正常，每日～，無怪乎身體如此硬朗。

鷄飛蛋打（ㄐㄧ ㄈㄟ ㄉㄢˋ ㄉㄚˇ）

【用法】①鷄飛走了，蛋也打破了。②比喻兩頭落空，毫無所得。

【例句】他總愛耍小聰明，占便宜，可是這回弄了個～什麼便宜也沒占上。

鷄飛狗走（ㄐㄧ ㄈㄟ ㄍㄡˇ ㄗㄡˇ）

【出處】清・吳趼人《痛史》第十三回：「你看前兩天那種搜索的樣子，只就我們歇宿的那一家客寓，已經是鬧得鷄飛狗走，鬼哭神號。」

【解釋】走：跑。

【用法】①鷄犬不寧，亂飛亂跳。②形容恐怖氣氛籠罩下，不安寧的狀況。

【例句】一聽到臨時抽考的消息，全教室的人鬧得～，惶惶不安。

【附註】也作「鷄飛狗竄」。

鷄零狗碎（ㄐㄧ ㄌㄧㄥˊ ㄍㄡˇ ㄙㄨㄟˋ）

【用法】形容事物的零碎瑣細。

【例句】大事不聞不問，～的事却又扯不完，這樣下去怎麼行呢？

鷄骨支床（ㄐㄧ ㄍㄨˇ ㄓ ㄔㄨㄤˊ）

【出處】南朝・宋・劉義慶《世說新語・德行》：「王戎和嶠同時遭大喪，俱以孝稱：王鷄骨支床，和哭泣備禮。」（大喪：指父母之喪。）

【解釋】鷄骨：形容瘦骨嶙峋。支：支持，撐著。

【用法】①形容瘦弱不堪，掙扎在床上。②指古代居親喪時，因哀痛過度，以致瘦瘠疲憊於床席之上。用來宣揚孝道。③形容人體瘦弱不堪。

【例句】一連生了幾場病，原本豐腴的他，卻變得～，柔弱不堪。

鷄頭魚刺（ㄐㄧ ㄊㄡˊ ㄩˊ ㄘˋ）

【用法】①指鷄頭無肉，魚刺扎嘴。②比喻沒有多大用處的東西。③指輕微不被重視的人。

【例句】在繼父眼中，他只是個～的小麻煩。

鷄犬不寧（ㄐㄧ ㄑㄩㄢˇ ㄅㄨˋ ㄋㄧㄥˊ）

【出處】唐・柳宗元《捕蛇者說》：「悍吏之來吾鄉，叫囂乎東西，隳突乎南北，譁然而駭者，雖鷄狗不得寧焉。」

【用法】①鷄狗都不得安寧。②形容騷擾得厲害和頻繁。

【例句】只是一點小事，何必大聲嚷嚷，鬧得全家～呢！

鷄犬不留（ㄐㄧ ㄑㄩㄢˇ ㄅㄨˋ ㄌㄧㄡˊ）

【出處】清・吳趼人《痛史》第六回：「探馬報說：『沿江上下全是元兵，江陰已經失守，常州已經被屠，常州城內鷄犬不留，知常州府事家鉉翁不知去向。』」

【用法】形容斬盡殺絕，連鷄狗都不放過。

【例句】敵人威脅我們，要把全村殺個～，但是面對敵人的威脅，我們沒有一個人動搖。

鷄犬不驚（ㄐㄧ ㄑㄩㄢˇ ㄅㄨˋ ㄐㄧㄥ）

【出處】明・許仲琳《封神演義》第二十八回：「文王與子牙放炮起兵。一路上父老相迎，鷄犬不驚。民聞伐崇，人人大悅，個個歡忻（欣）。」

【用法】形容行軍時紀律嚴明，連鷄狗都沒受到驚動。

【例句】國軍到那裡，～，紀律嚴明，深受老百姓的愛戴與讚揚。

鷄犬之聲相聞，老死不相往來（ㄐㄧ ㄑㄩㄢˇ ㄓ ㄕㄥ ㄒㄧㄤ ㄨㄣˊ，ㄌㄠˇ ㄙˇ ㄅㄨˋ ㄒㄧㄤ ㄨㄤˇ ㄌㄞˊ）

【出處】《老子》第十八章：「鄰國相望，鷄犬之聲相聞，民至老死不相往來。」

【解釋】聞：聽見。

【用法】①鷄鳴狗叫的聲音彼此都能聽得見，但是直到老死彼此之間也從不交往。②形容人與人之間，單位與單位之間，互不溝通，互不協助的狀態。

【附註】也作「老死不相往來」。

雞犬升天（ㄐㄧ ㄑㄩㄢˇ ㄕㄥ ㄊㄧㄢ）

【出處】晉·葛洪《神仙傳·劉安》載：漢代淮南王劉安好道，修煉成仙。「臨去時，餘藥器置在中庭，雞犬舐啄之，盡得升天。故雞鳴天上，犬吠雲中也。」

【用法】比喻一個人做了高官或得了勢，和他有點關係的人也都跟著沾光，神氣起來。

【例句】一人得道，～，自從他在公司得勢以後，他的那幫狐朋狗友也都神氣起來了。

【附註】①常與「一人得道」連用。②也作「雞犬皆升」。

雞爭鵝鬥（ㄐㄧ ㄓㄥ ㄜˊ ㄉㄡˋ）

【出處】清·曹雪芹《紅樓夢》第二十一回：「從今咱們兩個人扌開手，省的雞爭鵝鬥，叫別人笑話。」

【用法】形容為小事經常發生的爭吵。

【例句】什麼大事，那值得如此～？彼此各讓一步，不就相安無事了嗎？

【附註】也作「雞聲鵝鬥」、「雞吵鵝鬥」。

雞蟲得失（ㄐㄧ ㄔㄨㄥˊ ㄉㄜˊ ㄕ）

【出處】唐·杜甫《縛雞行》：「小奴縛雞向市賣，雞被縛急相喧爭。家中厭雞食蟲蟻，不知雞賣還遭烹。蟲雞於人何厚薄，吾叱奴人解其縛。雞蟲得失無了時，注目寒江倚山閣。」

【用法】形容事情之微不足道，得失之間無關緊要。

【例句】這種～，又何必斤斤計較呢？

雞黍深盟（ㄐㄧ ㄕㄨˇ ㄕㄣ ㄇㄥˊ）

【出處】元·宮大用《范張雞黍》第四折：「因此乞天恩先到泉台上，才留的這雞黍深盟與那後人講。」

【解釋】雞黍：待客的飯菜。深盟：深厚的交往。

【用法】指朋友之間交情深厚。

【例句】他們兩人自幼共過患難，這種～非我們一般人可以了解。

雞鶩爭食（ㄐㄧ ㄨˋ ㄓㄥ ㄕˊ）

【出處】戰國·楚·屈原《卜居》：「寧與黃鵠比翼乎？將與雞鶩爭食乎？」

【解釋】鶩：野鴨。這裡用雞鴨喻指平庸的人。

【用法】①像雞鴨那樣只為吃食而你爭我奪。②比喻只知為吃飯而活著的平庸之輩。

【例句】像～一樣，斤斤計較於個人的得失，有什麼意思呢？

即鹿無虞（ㄐㄧˊ ㄌㄨˋ ㄨˊ ㄩˊ）

【出處】《周易·屯》：「即鹿無虞，惟入於林中，君子幾不如捨，往吝。」

【解釋】即：就、接近。虞：虞官，為貴族掌管鳥獸的官。

【用法】喻指作事如不具備條件而盲目從事，必然徒勞無功。

【例句】收音機的原理你一點兒也不懂，偏要動手修理，～，我看你是白費時間，弄不好還會把收音機搞壞。

即景生情（ㄐㄧˊ ㄐㄧㄥˇ ㄕㄥ ㄑㄧㄥˊ）

【出處】清·李寶嘉《官場現形記》第十六回：「高升見問，即景生情，便一一答道。」

【解釋】即景：就當前的景物。

【用法】由眼前景物而觸發某種情緒或感想。

【例句】我國古代詩人，寫了大量描寫自然風光的山水詩，這些詩大都是～之作，優美動人。

即事窮理（ㄐㄧˊ ㄕˋ ㄑㄩㄥˊ ㄌㄧˇ）

【出處】清・王夫之《續春秋左氏傳博議下・士文伯論日蝕》：「有即事以窮理，無立理以限事。」

【解釋】窮：窮盡。

【用法】就事實探究道理。

【例句】僅僅依靠書本是不夠的，而應當～，從實際情況出發，找出有規律性的問題來。

即以其人之道，還治其人之身（ㄐㄧˊ ㄧˇ ㄑㄧˊ ㄖㄣˊ ㄓ ㄉㄠˋ，ㄏㄨㄢˊ ㄓˋ ㄑㄧˊ ㄖㄣˊ ㄓ ㄕㄣ）

【出處】《禮記・中庸》：「子曰：『射有似乎君子，失諸正鵠，反求諸其身。』」宋・朱熹注：「故君子之治人也，即以其人之道，還治其人之身。」

【解釋】道：方法。

【用法】指用他整治別人的方法，反過頭來去整治他，叫他自食其果。

【例句】敵人再進行武裝挑釁，我們就給以狠狠地打擊，這叫做「～」。

及鋒而試（ㄐㄧˊ ㄈㄥ ㄦˊ ㄕˋ）

【出處】漢・班固《漢書・高帝紀上》：「吏卒皆山東之人，日夜企而望歸，及其鋒而用之，可以有大功。」

【解釋】及：當，趁著。鋒：鋒利。

【用法】①趁鋒利的時候用它。②後指乘有利時機，及時採取行動。

【例句】現在敵人正立脚未穩，我們的士氣又盛，應該勿失良機，～，迅速反擊。

及瓜而代（ㄐㄧˊ ㄍㄨㄚ ㄦˊ ㄉㄞˋ）

【出處】《左傳・莊公八年》：「齊侯使連稱，管至父戍葵丘。瓜時而往，曰：『及瓜而代。』」

【解釋】及：等到。代：代替、接替。

【用法】①等到明年瓜熟時派人接替。②泛指任職期滿，由他人繼任。

及時行樂（ㄐㄧˊ ㄕˊ ㄒㄧㄥˊ ㄌㄜˋ）

【出處】《漢・樂府・西門行》：「夫爲樂，爲樂當及時。」

【解釋】及時：抓緊時機。

【用法】抓緊時機尋歡作樂。

【例句】人生苦短，何不～？

吉光片羽（ㄐㄧˊ ㄍㄨㄤ ㄆㄧㄢˋ ㄩˇ）

【出處】明・焦竑《澹圜集・李氏焚書序》：「斷管殘瀋，等於吉光片羽。」

【解釋】吉光：古代傳說中的神獸，毛皮爲裘，入水數日不沉，入火不焦。片羽：指一片毛。神獸身上的一小塊毛皮。

【用法】比喻殘存的古代藝術珍品。

【例句】我珍惜自己開始寫作時的一些作品，並非它們是什麼～，有什麼希世價值，而是因爲它們畢竟留下了我走過的足跡。

【附註】也作「吉光片裘」。

吉星高照（ㄐㄧˊ ㄒㄧㄥ ㄍㄠ ㄓㄠˋ）

【解釋】吉星：吉祥的星辰。
【用法】①吉祥的星辰在高空照耀。②形容很幸運，一切順利。
【例句】你所辦之事沒有一樣不是順順當當的，可眞是～。

吉凶未卜 ㄐㄧˊ ㄒㄩㄥ ㄨㄟˋ ㄅㄨˇ

【解釋】凶：不吉利的、不幸的。卜：占卜，引申爲預測、估計。
【用法】無法預測是吉利還是不吉利。
【例句】他執行的這項任務，危險性是很大的，現在音信全無，～，我怎麼能不著急呢？

吉日良辰 ㄐㄧˊ ㄖˋ ㄌㄧㄤˊ ㄔㄣˊ

【出處】戰國·楚·屈原《九歌·東皇太一》：「吉日兮辰良，穆將愉兮上皇。」
【解釋】吉日：吉利的日子。良辰：美好的時刻。
【用法】形容美好的時日。
【例句】趁著今天～，你們不如把喜事辦了。
【附註】也作「良辰吉日」。

吉人天相 ㄐㄧˊ ㄖㄣˊ ㄊㄧㄢ ㄒㄧㄤ

【出處】明·楊珽《龍膏記·開閣》：「令愛偶爾違和，自是吉人天相，何勞鄭重……」
【解釋】吉人：善人。相：幫助，引申爲保佑。
【用法】①好人總是能得到上天保佑的。②常用爲對人遭遇不幸時的安慰話或逢凶化吉的祝賀語。
【例句】您不必惦記，～，他在那裡一切都沒有問題。
【附註】「相」不能念成ㄒㄧㄤˋ。

寂天寞地 ㄐㄧˋ ㄊㄧㄢ ㄇㄛˋ ㄉㄧˋ

【出處】明·徐愛《傳習錄下》：「先生曰：『未扣時，原是驚天動地；既扣時，也只是寂天寞地。』」
【用法】①寂靜、孤獨，冷冷清清。②形容辦事無能或無所作爲。

寂寂無聞 ㄐㄧˋ ㄐㄧˋ ㄨˊ ㄨㄣˊ

【出處】西晉·左思《詠史》詩：「寂寂揚子宅，門無卿相輿。」
【解釋】寂寂：沒有聲音。無聞：不爲人所知。
【用法】形容境地冷落寂寥，不爲人所知。
【例句】我從來不想出頭露面，而甘願做一個～的人。

寂然不動 ㄐㄧˋ ㄖㄢˊ ㄅㄨˋ ㄉㄨㄥˋ

【出處】《周易·繫辭上》：「《易》無思也，無爲也，寂然不動，感而遂通天下之故。」
【解釋】寂然：寂靜。
【用法】非常寂靜，一點動靜都沒有。
【例句】夏天的傍晚，連一絲風也沒有，樹上的葉子都～。

岌岌可危 ㄐㄧˊ ㄐㄧˊ ㄎㄜˇ ㄨㄟˊ

【出處】《孟子·萬章上》：「天下殆哉，岌岌乎？」
【解釋】岌岌：表示十分危險的狀態。
【用法】形容極其危險。
【例句】菲律賓又發生內亂，國勢～。

急不可待 ㄐㄧˊ ㄅㄨˋ ㄎㄜˇ ㄉㄞˋ

【出處】清·蒲松齡《聊齋志異·青娥》：「(母)逆害飲食，但思魚羹，而近地則無，百里外始可購致。時廝騎皆被差遣；生性純孝，急不可待，懷貲(資)獨往。」
【解釋】急：緊急、迫切。待：等待。
【用法】形容非常緊急，不能等待。
【例句】人們～地向汽車迎去，又跟著還在緩緩行駛的車子走回來。
【附註】也作「急不可緩」、「急不可耐」。

急脈緩灸 ㄐㄧˊ ㄇㄞˋ ㄏㄨㄢˇ ㄐㄧㄡˇ

【出處】清·曹雪芹《紅樓夢》第七十六回：「黛玉道：『對句不好，合掌。下句推開一步，倒還是急脈緩灸法。』」
【解釋】脈：脈搏。脈搏能反映血壓和心臟收縮的情況，因此醫生可根據脈搏來診斷疾病。灸：中醫的一種治療方法，用燃燒的艾絨燒灼體表穴位，有溫通經絡氣血的作用。
【用法】①比喻用和緩的方法應付急事。②借喻在詩文寫作過程中，故意放鬆一筆，以造成抑揚頓挫之勢。
【例句】事情如此急迫，卻用如此溫吞之法，～怎麼濟事？

急風暴雨 ㄐㄧˊ ㄈㄥ ㄅㄠˋ ㄩˇ

【出處】漢·劉安《淮南子·兵略訓》：「何謂隱之天？大寒甚暑，疾風暴雨，大霧冥晦，因此而爲變者也。」
【用法】①急促而猛烈的風雨。②形容聲勢大、來勢猛，多用來比喻激烈的戰鬥。
【例句】我們這支籃球的勁旅，是經得起～的考驗的。
【附註】也作「疾風暴雨」。

急流勇退 ㄐㄧˊ ㄌㄧㄡˊ ㄩㄥˇ ㄊㄨㄟˋ

【出處】宋·朱熹《五朝名臣言行錄》卷二：「僧熟視若水，久立不語，以火著畫灰作『做不得』三字，徐曰：『急流中勇退人也。』」
【用法】①在急流中果斷退卻。②指人在順利或得意時，爲了避禍及早見機引退。
【例句】在功成名就時，懂得～的，才是眞有智慧的人。

急管繁弦 ㄐㄧˊ ㄍㄨㄢˇ ㄈㄢˊ ㄒㄧㄢˊ

【出處】唐·白居易《憶舊游》詩：「修蛾慢臉燈下醉，急管繁弦頭上催。」
【解釋】管、弦：指管弦樂。
【用法】形容音樂節奏急促音色豐富。
【例句】這個樂團的演出別具特色，～之中，又顯得那樣優雅從容。
【附註】也作「繁弦急管」、「急竹繁絲」。

急公好義 ㄐㄧˊ ㄍㄨㄥ ㄏㄠˋ ㄧˋ

【解釋】急：急於。
【用法】指熱心公益事業，見義勇爲。
【例句】～，是我先民的傳統美德之一，應該發揚光大。
【附註】「好」不能念成ㄏㄠˇ。

急功近利 ㄐㄧˊ ㄍㄨㄥ ㄐㄧㄣˋ ㄌㄧˋ

【出處】漢·董仲舒《春秋繁露·對膠西王》：「仁人者，正其道不謀其利，修其理不急其功。」
【解釋】急：急於。功：功效、成就。

【用法】急於求成，貪圖眼前功利。
【例句】科研工作需要刻苦鑽研，長期努力，～是不行的。

急中生智 ㄐㄧˊ ㄓㄨㄥ ㄕㄥ ㄓˋ

【出處】唐・白居易《和微之詩二十三首序》：「今足下果用所長，過蒙見窘，然敵則氣作，急則計生，四十二章麾掃並畢，不知大敵以爲如何？」
【解釋】智：智謀。
【用法】危急的時候，猛然間想出了辦法。
【例句】深夜坐上賊車，多虧他～，才得脫險。
【附註】也作「急則計生」。

急如星火 ㄐㄧˊ ㄖㄨˊ ㄒㄧㄥ ㄏㄨㄛˇ

【出處】宋・王明清《揮麈錄》卷二：「竭澤而漁，急如星火。」
【解釋】星火：流星的光跡。
【用法】①像流星那樣快地閃過。②比喻非常緊急迫切。
【例句】這項任務～，必須趕快完成。
【附註】也作「急於星火」。

急急如律令 ㄐㄧˊ ㄐㄧˊ ㄖㄨˊ ㄌㄩˋ ㄌㄧㄥˋ

【出處】唐・白居易《祭龍文》：「若三日之內，一雨滂沱，是龍之靈，亦人之幸。禮無不報，神其聽之！急急如律令！」
【用法】①漢代詔書或檄文常以「如律令」或「急急如律令」結尾，意即要求立即按照法律命令辦事。②道士等咒語或符籙文字也用此語。意爲勒令鬼神按符令照辦。

急景凋年 ㄐㄧˊ ㄐㄧㄥˇ ㄉㄧㄠ ㄋㄧㄢˊ

【出處】南朝・宋・鮑照《舞鶴賦》：「去帝鄉之岑寂，歸人寰之喧卑。歲入崢嶸而愁暮，心惆悵而哀離。於是窮陰殺節，急景凋年，涼沙振野，箕風動天！」
【解釋】急景：急促逝去的光景。凋年：晚年。
【用法】急促逝去的光陰，催促人老。

急景流年 ㄐㄧˊ ㄐㄧㄥˇ ㄌㄧㄡˊ ㄋㄧㄢˊ

【出處】宋・晏殊《蝶戀花》詞：「急景流年都一瞬，往事前歡，未免縈方寸。」
【解釋】急景：急促逝去的光景。流年：流水般易逝的年華。
【用法】形容光陰易逝。
【例句】光陰荏苒，～，不知不覺已經是十年過去了。

急起直追 ㄐㄧˊ ㄑㄧˇ ㄓˊ ㄓㄨㄟ

【用法】馬上振作起來，迅速趕上進步較快的人或發展水準較高的事物（有急圖補救的意思）。
【例句】如果還有差距，就應當～，加強管理，努力趕上。

急於求成 ㄐㄧˊ ㄩˊ ㄑㄧㄡˊ ㄔㄥˊ

【解釋】急：急切地。
【用法】想馬上取得成效。
【例句】這是一件細緻的工作，～是不行的。

戢暴鋤強 ㄐㄧˊ ㄅㄠˋ ㄔㄨˊ ㄑㄧㄤˊ

【解釋】戢：止息、遏止。暴：凶惡殘酷的。鋤：鏟除。強：蠻橫不講理。

【用法】遏止鏟除凶惡殘暴的人或事。

【例句】俠義小說中的行俠仗義的英雄，只是一個人做些～的好事，這也不是根本解決問題的方式。

擊節稱賞（ㄐㄧˊ ㄐㄧㄝˊ ㄔㄥ ㄕㄤˇ）

【出處】晉·左思《蜀都賦》：「巴姬彈弦，漢女擊節。」

【解釋】節：一種竹編樂器，可以拍之成聲，起表示音樂節奏的拍子作用，引申爲節拍。擊節：打拍子。

【用法】形容人們對具有強烈藝術感染力的文藝作品的欣賞和讚美。

【例句】他的鋼琴獨奏，有時氣勢磅礴，像萬馬奔騰，有時深沈舒緩，如行雲流水，聽的人無不～，被他那優美的演奏所陶醉。

【附註】也作「擊節稱嘆」。

擊碎唾壺（ㄐㄧˊ ㄙㄨㄟˋ ㄊㄨㄛˋ ㄏㄨ）

【出處】南朝·宋·劉義慶《世說新語·豪爽》：「王處仲（敦）每酒後輒詠：『老驥伏櫪，志在千里；烈士暮年，壯心不已！』以如意打唾壺，壺口盡缺。」

【解釋】唾壺：承唾之器，類似現在的痰盂。

【用法】用以形容極其讚賞詩文之詞。

極目四望（ㄐㄧˊ ㄇㄨˋ ㄙˋ ㄨㄤˋ）

【解釋】極目：盡目力之所及。四望：向四方眺望。

【用法】形容盼望心切。

【例句】我等了三天，每天都在樓上～，也沒見一個人影。

極目遠眺（ㄐㄧˊ ㄇㄨˋ ㄩㄢˇ ㄊㄧㄠˋ）

【出處】三國·魏·王朗《與許靖書》：「子雖在裔土，想亦極目而迴望，側耳而遐聽，延頸而鶴立也。」

【解釋】極目：盡目力之所及。眺：遠望。

【用法】盡目力之所及向遠方眺望。

【例句】我們登上山的頂峰，～，只見眼前展現出一幅壯觀的畫圖：起伏的山巒、蜿蜒的河川、廣闊的田野、錯落的村鎮，這一切是多麼美啊！

極樂世界（ㄐㄧˊ ㄌㄜˋ ㄕˋ ㄐㄧㄝˋ）

【出處】《阿彌陀經》：「從是西方，過十萬億佛土，有世界，名曰：『極樂』。……其國衆生，無有衆苦，但受諸樂，故名『極樂』。」

【用法】①佛教指阿彌陀佛所居住的世界。佛教徒認爲居住在這個地方，就可以獲得光明、清淨和快樂，擺脫人間一切煩惱。②泛指最快樂、最美好的地方。

【例句】校園的阿勃勒落了滿地，獨自徜徉其中，彷彿置身在金沙鋪地的～一般。

極天際地（ㄐㄧˊ ㄊㄧㄢ ㄐㄧˋ ㄉㄧˋ）

【出處】明·馮夢龍《古今小說·晏平仲二桃殺三士》：「據卿之功，極天際地，無可比者。」

【用法】形容同天地一般高大。

【例句】父母養育之恩～，終生難報。

極深研幾（ㄐㄧˊ ㄕㄣ ㄧㄢˊ ㄐㄧ）

【出處】《周易·繫辭上》：「夫《易

》，聖人之所以極深而研幾也。」

【解釋】極：頂點、盡頭。幾：隱微，指事物的苗頭或預兆。

【用法】探索鑽研，深入徹底，審察考核，細微全面。

疾不可為 (ㄐㄧˊ ㄅㄨˋ ㄎㄜˇ ㄨㄟˊ)

【出處】《左傳・成公十年》：「疾不可為也。在肓之上，膏之下，攻之不可，達之不及，藥不至焉，不可為也。」

【解釋】為：醫治。

【用法】指病重垂危，藥力達不到，已經不可醫治了。

【例句】醫生搖著頭說：「～，你們就準備為他料理後事吧！」

疾風掃落葉 (ㄐㄧˊ ㄈㄥ ㄙㄠˇ ㄌㄨㄛˋ ㄧㄝˋ)

【出處】宋・司馬光《資治通鑑・晉紀・淝水之戰》：「以吾擊晉，校其強弱之勢，猶疾風之掃秋葉。」

【解釋】疾：急速、猛烈。

【用法】①大風把落葉一掃而光。②比喻行動迅速，解決得徹底。

【例句】我軍以～之勢，迅速消滅了敵軍。

疾風知勁草 (ㄐㄧˊ ㄈㄥ ㄓ ㄐㄧㄥˋ ㄘㄠˇ)

【出處】南朝・宋、范曄《後漢書・王霸傳》：「光武謂霸曰：『潁川從我者皆逝，而子獨留努力。疾風知勁草！』」

【解釋】疾：急速、猛烈。勁：強勁有力量。

【用法】①在猛烈大風中，才能識別哪種草最堅韌。②比喻在極困難的時刻才能顯示出人的意志堅強，經得起考驗。

【例句】「～」，經過這一場考驗，才真正看清楚誰是真正的忠臣。

【附註】也作「疾風識勁草」。

疾電之光 (ㄐㄧˊ ㄉㄧㄢˋ ㄓ ㄍㄨㄤ)

【出處】清・曹雪芹《紅樓夢》第五十四回：「或如迸豆之急，或如驚馬之馳，或如疾電之光。」

【解釋】疾：急。疾電：迅急的閃電。

【用法】形容變化急速的現象。

疾雷不及掩耳 (ㄐㄧˊ ㄌㄟˊ ㄅㄨˋ ㄐㄧˊ ㄧㄢˇ ㄦˇ)

【出處】《六韜・龍韜・軍勢》：「巧者一決而不猶豫，故疾雷不及掩耳，卒電不及瞑目。」

【解釋】疾：迅急、猛烈。

【用法】①雷聲突作，使人來不及堵住耳朵。②比喻行動特快或勢態發展神速，使人猝不及防。

【例句】我軍採取了～的手段，直搗敵人的心臟，衝進了敵軍的司令部，把他們的指揮官活活捉住了。

【附註】也作「迅雷不及掩耳」。

疾首蹙額 (ㄐㄧˊ ㄕㄡˇ ㄘㄨˋ ㄜˊ)

【出處】《孟子・梁惠王下》：「臣請為王言樂。今王鼓樂於此，百姓聞王鐘鼓之聲，管籥之音，舉疾首蹙頞而相告曰：『吾王之好鼓樂，夫何使我至於此極也！父子不相見，兄弟妻子離散。』」

【解釋】疾首：頭痛。蹙額：皺眉頭。

【用法】形容痛恨、憂苦的樣子。

【例句】他父親對頑劣的小弟束手無策

，每次看到他就～不知如何是好？

【附註】原作「疾首蹙頞」。

疾足先得 ㄐㄧˊ ㄗㄨˊ ㄒㄧㄢ ㄉㄜˊ

【出處】漢・司馬遷《史記・淮陰侯列傳》：「秦失其鹿，天下共逐之，於是高材疾足者先得焉。」

【解釋】疾足：跑得快。

【用法】①跑得快的先得到。②比喻行動迅速的人首先達到目的。

【例句】這個職位大家覬覦良久，而今卻被他～，眞是可惜！

【附註】也作「捷足先登」。

疾言厲色 ㄐㄧˊ ㄧㄢˊ ㄌㄧˋ ㄙㄜˋ

【出處】清・李寶嘉《官場現形記》第五十四回：「那梅大老爺的臉色已經平和了許多，就是問話的聲音也不像先前之疾言厲色了。」

【解釋】厲：嚴肅、嚴厲。

【用法】①說話急切，神色嚴厲。②形容發怒的樣子。

【例句】他對待朋友總是笑容可掬，從來不～。

疾言遽色 ㄐㄧˊ ㄧㄢˊ ㄐㄩˋ ㄙㄜˋ

【出處】南朝・宋・范曄《後漢書・劉寬傳》：「雖在倉促，未嘗疾言遽色。」

【解釋】遽：惶恐、窘迫。

【用法】①說話急躁，神色慌張。②形容不鎭靜的樣子。

【例句】她急急忙忙地跑進屋裏來，張口結舌地話也說不清楚，看着她那～的神色，我只好先讓她定定神再說。

疾惡如仇 ㄐㄧˊ ㄜˋ ㄖㄨˊ ㄔㄡˊ

【出處】南朝・宋・范曄《後漢書・陳蕃傳》：「又前山陽太守翟超，東海相黃浮，奉公不撓，疾惡如仇。」

【解釋】疾：厭惡、憎恨。惡：壞人壞事。

【用法】①痛恨壞人壞事如同仇敵一樣。②形容正義感極強。

【例句】他性子耿介，～很有正義感。

【附註】也作「嫉惡如仇」。「惡」不能念成ㄨˋ。

集大成 ㄐㄧˊ ㄉㄚˋ ㄔㄥˊ

【出處】《孟子・萬章下》：「孔子，聖之時者也，孔子之謂集大成。」

【用法】將各個方面滙集一起，而達到相當完備的地步。

【例句】韓非是法家的～者。

集思廣益 ㄐㄧˊ ㄙ ㄍㄨㄤˇ ㄧˋ

【出處】三國・蜀・諸葛亮《教與軍師長史參軍掾屬》：「夫參署者，集衆思，廣忠益也。」

【解釋】廣：增廣、擴展。益：收益、好處。

【用法】①指集中衆人的智慧，可以取得更大更好的效果。②指集中群衆的智慧，廣泛吸收有益的意見。

【例句】在科研工作中，需要發揮集體智慧，提倡互相交流，互相學習，～，團結奮鬥。

集腋成裘 ㄐㄧˊ ㄧㄝˋ ㄔㄥˊ ㄑㄧㄡˊ

【出處】清・李寶嘉《官場現形記》第十一回：「也有二百的，也有一百的，也有五十的，居然集腋成裘，立刻制捐局裏塡了部照出來。」

【解釋】腋：通稱胳肢窩。這裏特指狐狸腋下的皮，純白珍美。裘：皮衣。
【用法】①狐狸腋下的皮很小，然而把許多塊聚集起來，就能縫成一件皮衣。②比喻積少成多或集衆力以成事。
【例句】我們每人儲蓄十元，全國就是二億元，這種～的辦法，可以爲國家建設聚集大量資金。

集苑集枯

【出處】《國語・晉語二》載：驪姬受晉獻公寵愛，驪姬的兒子奚奇也得到多數大臣的敬重，只有里克敬重不得勢的太子春申。優施作了一首歌勸告里克說：「暇豫之吾吾，不如鳥烏；人皆集於苑，已獨集於枯！」
【解釋】集：落在樹木上。苑：茂盛的樹木。枯：枯樹。
【用法】①有的鳥落在茂盛的樹上，有的鳥落在枯萎的樹上。②比喻志趣不同，行動也不一樣。
【例句】～，人各有志，這是無法勉強的。

己飢己溺

【出處】《孟子・離婁下》：「禹思天下有溺者，由己溺之也；稷異下有飢者，由己飢之也；是以如是其急也。」意指大禹治水，后稷教民稼穡，他們每想到還有陷於水淹、飢餓危難中的人們，是由於自己在工作中沒能盡到責任所造成的，所以就有如此其急的心情，要設法地去加以解救。
【解釋】溺：水淹。
【用法】用作稱頌爲政者關心民間疾苦的套語。
【例句】作爲領導者，應該具有～的精神，關心群衆的疾苦。

己所不欲，勿施於人

【出處】《論語・顏淵》：「己所不欲，勿施於人。」
【解釋】欲：想、希望。勿：不要。施：加。
【用法】自己不願意的，不要強加給別人。
【例句】「～」。你自己不願意給別人當槍使，你怎麼能讓別人給你當槍使呢？

戟指怒目

【解釋】戟指：屈肘伸指如戟形，指點人或怒罵人時常如此。
【用法】①手指指著人，睜大憤怒的眼睛。②形容極其憤怒的樣子。
【例句】這個綁匪終於受到了審判。在把他法庭的時候，被害人家屬～，恨不得當場把他處死才好。

掎角之勢

【出處】明・馮夢龍《東周列國志》第三十二回：「公子元列營於左殿，公子商人列營於朝門，相約爲掎角之勢。」
【解釋】掎：拉住、拖住，引伸爲牽引。掎角：指分兵兩面以牽制敵人。
【用法】比喻把軍隊分開，形成相互配合、支援、牽制敵方的陣勢。

掎挈伺詐

【出處】《荀子・富國》：「有掎挈伺詐，權謀傾覆，以相顛倒，以靡敝之。」

【解釋】掎挈：指摘缺點、過錯。詐：欺詐、陷害。
【用法】①指抓住人家過錯，伺機揑詞進行陷害。②指收羅敵方弱點，伺機行使詐術。
【附註】也作「掎契伺詐」。

掎摭利病 ㄐㄧˇ ㄓˊ ㄌㄧˋ ㄅㄧㄥˋ

【出處】三國・魏・曹植《與楊德祖書》：「劉季緒才不能逮於作者，而好詆呵文章，掎摭利病。」
【解釋】掎摭：指摘。利病：利害、好壞。
【用法】形容品評好壞。
【例句】文藝批評當然是要～的，但對「利」和「病」的評價却又必須有一個完備的標準。

掎裳連襼 ㄐㄧˇ ㄔㄤˊ ㄌㄧㄢˊ ㄧˋ

【出處】晉・潘岳《藉田賦》：「袨服側肩，掎裳連襼。」
【解釋】掎：牽。裳：下身的衣服，裙。襼：衣袖。
【用法】形容人多。
【附註】也作「掎裳連袂」。

擠眉弄眼 ㄐㄧˇ ㄇㄟˊ ㄋㄨㄥˋ ㄧㄢˇ

【出處】元・王實甫《呂蒙正風雪破窰記》第一折：「擠眉弄眼，俐齒伶牙，攀高接貴，順水推船。」
【用法】用擠眉眨眼的小動作示意。
【例句】在大庭廣衆之下，卻～，極不莊重。

濟濟一堂 ㄐㄧˇ ㄐㄧˇ ㄧ ㄊㄤˊ

【出處】《尚書・大禹謨》：「濟濟有衆。」
【解釋】濟濟：衆多的樣子。堂：大廳堂。
【用法】形容許多人聚集在一起。
【例句】在圓山飯店裏舉行的春節聯歡會上，文藝界的朋友們～，眞是熱鬧非凡。
【附註】「濟」不能唸成ㄐㄧˋ。

冀北空群 ㄐㄧˋ ㄅㄟˇ ㄎㄨㄥ ㄑㄩㄣˊ

【出處】唐・韓愈《送溫處士赴河陽軍序》：「伯樂一過冀北之野，而馬群遂空。」意為伯樂（古代善相馬者）經過冀北，好馬便被他選擇殆盡。
【用法】比喻珍貴的東西被挑選一空。
【例句】會上的精巧的工藝品，僅僅展出三天，就已經～，被搶購一空了。

季孫之憂 ㄐㄧˋ ㄙㄨㄣ ㄓ ㄧㄡ

【出處】《論語・季氏》：「吾恐季孫之憂，不在顓臾，而在蕭墻之內也。」
【解釋】季孫：春秋時期魯國大夫。憂：憂患。
【用法】指內部的憂患。
【例句】菲律賓雖不如科威特有強敵壓境，卻有～。

寄人籬下 ㄐㄧˋ ㄖㄣˊ ㄌㄧˊ ㄒㄧㄚˋ

【出處】唐・李延壽《南史・張融傳》：「丈夫當刪詩書，制禮樂，何至因循寄人籬下？」
【解釋】寄：依附、倚靠。籬：籬笆。
【用法】①指文章著述應當自創一體，以「寄人籬下」比喻因襲他人。②比喻依附別人生活，不能獨立。
【例句】因父母早逝，他自少即被親友

收容，嘗盡~的艱辛。

既來之，則安之

【出處】《論語・季氏》：「夫如是，古遠人不服，則修文德以來之，既來之，則安之。」

【解釋】既：已經。來之：使之來。安之：使之安。

【用法】①指既然已經使他來了，就要讓他安心下來。②表示既然來了，就要安下心來。

【例句】「~」，已經來了，就乾脆等開完會再走吧！

既有今日，何必當初

【出處】清・曹雪芹《紅樓夢》第二十八回：「寶玉在身後面嘆道：『既有今日，何必當初？』」

【用法】既然有今天如此不幸或令人煩惱的局面，何必當初又那樣呢？

【例句】~，敢做壞事，就要有勇氣面對今日的局面。

既往不咎

【出處】《論語・八佾》：「子聞之曰：『成事不說，遂事不諫，既往不咎。』」

【解釋】既：已經。咎：怪罪。

【用法】對已經過去的錯事，不再追究責備。

【例句】既然人家已經承認了錯誤，我們就可以~了。

濟貧拔苦

【出處】明・羅貫中《三國演義》第十一回：「竺因此廣舍家財，濟貧拔苦。」

【解釋】濟、拔：幫助、救濟。

【用法】救濟、幫助貧苦的人。

【例句】他憑私人力量~的義行，令人尊敬。

濟河焚舟

【出處】《左傳・文公三年》：「秦伯伐晉，濟河燒舟。」

【解釋】濟：渡。焚：燒毀。

【用法】①領兵渡過河去，然後燒毀船隻。②指誓師前進，作決死的戰鬥。

濟勝之具

【出處】南朝・宋・劉義慶《世說新語・棲逸》：「許掾（詢）好游山水，而體便登陟。時人云：『許非徒有勝情，實有濟勝之具。』」

【用法】①指具備登山涉水的身體條件。②形容身體健壯。

濟弱扶傾

【出處】南朝・梁・周興嗣《千字文》：「（齊）桓公匡合，濟弱扶傾。」

【解釋】濟：接濟、周濟。傾：傾覆，失去依靠，不能自立。

【用法】①指接濟弱小的，扶持不能自立的。②指周濟貧弱者，照應孤寡無依者。

【例句】我們不但要求國家富強，更要負起~的世界責任。

【附註】也作「扶傾濟弱」。

稷蜂社鼠

【出處】西漢・韓嬰《韓詩外傳》：「

稷蜂不攻，而社鼠不熏，非以稷蜂社鼠之神，其所托者善也。」

【解釋】社、稷：古代祭祀土神和穀神的廟。

【用法】①穀神廟裡的蜂，土地廟裡的老鼠。②比喻仗勢欺人、胡作非爲的壞人。

【例句】「小算盤」仗著其主子的勢力魚肉鄉里，對於這種～之流的人物，村上人無不恨之入骨。

繫風捕影 ㄒㄧˋ ㄈㄥ ㄅㄨˇ ㄧㄥˇ

【出處】漢·班固《漢書·郊祀志下》：「聽其言，洋洋滿耳，若將可遇；求之，蕩蕩如繫風捕景（影），終不可得。」

【解釋】繫：拴、縛。捕：逮、捉。

【用法】指事之虛妄，如風不可繫，如影不可捕。

【例句】這些謠言全是～之事，何必相信。

繼世而理 ㄐㄧˋ ㄕˋ ㄦˊ ㄌㄧˇ

【出處】唐·柳宗元《封建論》：「繼世而理者，上果賢乎，下果不肖乎？」

【解釋】繼：繼承。理：統治。

【用法】指世襲制度所規定的統治權代代相傳。

繼往開來 ㄐㄧˋ ㄨㄤˇ ㄎㄞ ㄌㄞˊ

【出處】宋《朱子全書·道統一·周子書》：「此先生之教，所以繼往聖，開來學，而有大功於斯世也。」

【解釋】往：過去。來：未來。

【用法】繼承前人的事業，爲未來開闢道路。

【例句】攀登科學高峰要注重研究發展，我們的科學才能～，發達興旺。

計窮力竭 ㄐㄧˋ ㄑㄩㄥˊ ㄌㄧˋ ㄐㄧㄝˊ

【出處】明·吳承恩《西游記》第六十六回：「我見你計窮力竭，無處求人，獨自個強來支持。」

【用法】①計策使完，力量用盡。②形容一點辦法一點能力都沒有了。

【例句】對他，我已經是～，還是另請高明吧！

計出萬全 ㄐㄧˋ ㄔㄨ ㄨㄢˋ ㄑㄩㄢˊ

【出處】漢·班固《漢書·晁錯傳》：「帝王之道，出於萬全。」

【用法】形容計策謀畫絕對安全，萬無一失。

【例句】請你放心，這方案是在充分調查研究的基礎上制定的，～，有絕對成功的把握。

計深慮遠 ㄐㄧˋ ㄕㄣ ㄌㄩˋ ㄩㄢˇ

【出處】漢·司馬相如《喻巴蜀檄》：「計深慮遠，急國家之難。」

【用法】計謀高深。思慮高遠。

【例句】他～，一經他籌畫的事，沒有不成功的。

計日程功 ㄐㄧˋ ㄖˋ ㄔㄥˊ ㄍㄨㄥ

【解釋】計：計算。程：估量。功：成效。

【用法】①工作的成效可以按日計算。②形容進度快，事業的成功指日可待。

計日而待 ㄐㄧˋ ㄖˋ ㄦˊ ㄉㄞˋ

【出處】三國・蜀・諸葛亮《出師表》：「侍中、尚書（陳震）、長史（張裔）、參軍（蔣琬），此悉貞亮死節之臣。願陛下親之信之，則漢室之隆，可計日而待也。」

【解釋】計日：預期。待：等待。

【用法】①預期很快就可以達到。②形容很快就有實現的可能。

【例句】書稿的完成，已經可以～了。

計無所出

【出處】《三國志・吳書・孫破虜吳夫人傳》裴松之注引《會稽典錄》：「策功曹魏騰，以迕意見譴，將殺之，士大夫憂恐，計無所出。」

【解釋】計：計策、主意。

【用法】想不出好辦法和好主意。

【例句】這件事情迫在眉睫，卻又～，眞令人憂心。

記問之學

【出處】《禮記・學記》：「記問之學，不足以爲人師，必也其聽語乎？」

【用法】指所學不深入，不能領會精神實質，只是死記古書中的雜說，作爲應對問難的學問。

際會風雲

【出處】①漢・王充《論衡・偶會》：「良輔超撥於際會。」②南朝・宋・范曄《後漢書・耿純傳》：「大王以龍虎之姿，遭風雲之時。」

【解釋】際會：遇合。風雲：比喻難得的機會。

【用法】比喻有能力的人遇合於難得之機。

【附註】也作「風雲際會」。

驥服鹽車

【出處】《戰國策・楚策四》：「夫驥之齒至矣，服鹽車而上太行。蹄申膝折，尾湛胕潰，漉汁灑地，白汗交流，中阪遷延，負轅不能上。伯樂遭之，下車攀而哭之，解紵衣以冪之，驥於是俛（俯）而噴，仰而鳴，聲達於天，若出金石聲者，何也？彼見伯樂之知己也。」

【解釋】驥：千里駿馬。服：駕御。

【用法】①駿馬拉鹽車。②比喻懷才不遇。

【例句】一個傑出的生物學家，竟去洗了幾年盤子，眞是～，糟蹋人才！

加官進爵

【出處】明・吳承恩《西游記》第二十六回：「好！好！好！眞是加官進祿也。」

【解釋】加官：在原官職外加領其他官銜。進爵：晉升爵位。

【用法】指官吏增加官銜，晉升官階。

【例句】他毫無治績，卻不斷～，怎能令人心服？

【附註】也作「加官晉爵」、「加冠進祿」。

加膝墜淵

【出處】《禮記・檀弓下》：「今之君子，進人若將加諸膝，退人若將隊（墜）諸淵。」

【用法】①歡喜的時候抱在膝上，不高興的時候便推下深淵。②比喻用人愛憎無常，喜怒多變。③比喻憑個人愛憎，隨意用人。

【例句】對部屬，應該信任，更應該培養；絕不能忽冷忽熱、～，以一時之好惡，任意擺弄。

加磚添瓦（ㄐㄧㄚ ㄓㄨㄢ ㄊㄧㄢ ㄨㄚˇ）

【解釋】添：增加。

【用法】①添一塊磚，加一片瓦。②比喻起點小小的作用。

【例句】雖然我能力有限，但我也有決心為班上的事情～。

【附註】也作「添磚加瓦」。

加人一等（ㄐㄧㄚ ㄖㄣˊ ㄧ ㄉㄥˇ）

【出處】《禮記・檀弓上》：「夫子曰：『獻子加於人一等矣。』」（獻子：指孟獻子。）

【解釋】加：超過、勝過。

【用法】①勝於別人一等。②形容才智突出。

【例句】他的才智～，非同儕所及。

嘉肴美饌（ㄐㄧㄚ ㄧㄠˊ ㄇㄟˇ ㄓㄨㄢˋ）

【出處】明・羅貫中《三國演義》第八回：「（王）允預備嘉肴美饌，候呂布至，允出門迎迓，接入後堂，延之上座。」

【解釋】肴：熟的魚肉等葷菜。饌：飲食。

【用法】珍貴美好的食品。

【例句】一桌的～，引人垂涎。

嘉言善行（ㄐㄧㄚ ㄧㄢˊ ㄕㄢˋ ㄒㄧㄥˊ）

【出處】宋・朱熹《朱子全書・學五》：「見人嘉言善行，則敬慕而紀錄之。」

【解釋】嘉：美妙。善：良善。

【用法】美好的言論，高尚的行為。

【例句】陳老師上課時最喜舉些古往今來的模範人物的～來啓發學生。

【附註】也作「嘉言懿行」、「懿言嘉行」。

家破人亡（ㄐㄧㄚ ㄆㄛˋ ㄖㄣˊ ㄨㄤˊ）

【出處】宋・釋道原《景德傳燈錄・卷十六・澧州樂譜山元安禪師》：「問：『學人未擬歸鄉時如何？』師曰：『家破人亡，子歸何處？』」

【用法】①家庭被破壞，家人死亡。②形容遭受重大天災人禍後的慘景。

【例句】債主們逼得我～。

【附註】也作「家敗人亡」。

家貧如洗（ㄐㄧㄚ ㄆㄧㄣˊ ㄖㄨˊ ㄒㄧˇ）

【用法】①家裡貧窮得像大水沖洗過一樣，一無所有。②形容貧窮到極點。

【例句】我父親由於長期失業，～，生活無著。

家道小康（ㄐㄧㄚ ㄉㄠˋ ㄒㄧㄠˇ ㄎㄤ）

【解釋】家道：家計、家產。小康：指家庭生活維持在中等水平。

【用法】形容家庭生活過得去。

【例句】我父親在銀行當個職員，雖然不愁衣食，也不過～而已。

家道從容（ㄐㄧㄚ ㄉㄠˋ ㄘㄨㄥˊ ㄖㄨㄥˊ）

【出處】明・李昌祺《剪燈餘話・秋千會記》：「所攜豐厚，……又教蒙古生數人，復有月俸，家道從容。」

【解釋】家道：家裡過的光景。從容：經濟寬裕，不緊迫。

【用法】指日子過得寬裕舒適。

【例句】我們這個小康之家，雖不能錦衣玉食，但也不愁溫飽，～。
【附註】「從」不能念成ㄘㄨㄥˊ。

家徒四壁 ㄐㄧㄚ ㄊㄨˊ ㄙˋ ㄅㄧˋ

【出處】漢・班固《漢書・司馬相如傳》：「文君夜亡奔相如，相如與馳歸成都，家徒四壁立。」
【解釋】徒：只、空。壁：牆壁。
【用法】①家裡只剩四周的牆壁。②形容窮得一無所有。
【例句】這所房子已經沒有加鎖的必要了，因為他如今可以說是～了。
【附註】也作「家徒壁立」。

家雞野鶩 ㄐㄧㄚ ㄐㄧ ㄧㄝˇ ㄨˋ

【出處】宋・蘇軾《跋庾征西帖》：「征西初不服逸少，有家雞野鶩之誚，後乃以為伯英再生。」
【解釋】野鶩：野鴨。家雞指己物，野鶩指他人之物。
【用法】①把自己寫的字比作家雞，把別人的字比作野鶩。②比喻厭棄自己妻室而喜外遇的行徑。
【附註】也作「家雞野鶴」。

家學淵源 ㄐㄧㄚ ㄒㄩㄝˊ ㄩㄢ ㄩㄢˊ

【出處】①唐・李延壽《北史・江式傳》：「式少專家學。」②晉・陳壽《三國志・魏書・管寧傳》：「測其淵源，覽其清濁，未有厲俗獨行若寧者也。」
【解釋】家學：家中世代相傳的學問。淵源：原指水源，比喻事物的本源。
【用法】指出身於世代書香門弟，學問紮實、深厚、有根源。
【例句】他的書法，寫得極好，原來是～。

家醜不可外揚 ㄐㄧㄚ ㄔㄡˇ ㄅㄨˋ ㄎㄜˇ ㄨㄞˋ ㄧㄤˊ

【出處】宋・釋普濟《五燈會元》：「僧問：『化城鑒如何是和尚家風？』曰：『不欲說。』曰：『為甚如此？』曰：『家醜不可外揚。』」
【解釋】揚：聲張宣揚。
【用法】①家裡的醜事不可向外面宣揚。②內部不光彩的事不宜向外泄露。
【例句】～，這些事我們還是關起門來檢討，不要貽笑他人。

家常便飯 ㄐㄧㄚ ㄔㄤˊ ㄅㄧㄢˋ ㄈㄢˋ

【出處】宋・釋惟白《續傳燈錄・卷十》：「佛祖言句如家常茶飯。」
【用法】①指家中平常的飯食。②比喻習慣中常見的事情。
【例句】以前小徒工，挨打受氣是～。
【附註】也作「家常茶飯」。

家傳戶誦 ㄐㄧㄚ ㄔㄨㄢˊ ㄏㄨˋ ㄙㄨㄥˋ

【出處】明・沈德符《元曲雜言》：「（《牡丹亭》）家傳戶誦，幾令《西廂》減價。」
【解釋】誦：稱述、述說。
【用法】家家戶戶都在傳誦。
【例句】這本書已經成為～的作品了。

家賊難防 ㄐㄧㄚ ㄗㄟˊ ㄋㄢˊ ㄈㄤˊ

【出處】宋・釋惟白《續傳燈錄》卷三十：「問：『自古至今同生同死時如何？』師曰：『家賊難防。』」
【解釋】家賊：家庭內部的賊或壞人。
【用法】內部的奸賊很難預防。

【例句】～，就是把圍牆築得再高，又有何用？

家言邪說

【出處】《荀子·大略》：「語曰：流丸止於甌臾，流言止於知者。此家言邪學之所以惡儒者也。」
【解釋】家言：一家之言，指偏見。
【用法】私家偏執的邪說。

家無儋石

【出處】漢·班固《漢書·揚雄傳上》：「家產不過十金，乏無儋石之儲，晏如也。」
【解釋】儋：古代容量單位，兩石（二十斗）爲儋。儋石：也作「擔石」，指糧食不多。
【用法】①家裡沒有多少存糧。②形容家境不富裕。
【例句】這幾年，非旱即澇，不光我～，整個縣城都一樣。
【附註】①也作「家無擔石」。②「石」不能念成ㄕˊ。

家喻戶曉

【出處】五代·後晉·劉昫等《舊唐書·魏謩傳》：「雖然，疑似之間，不可家至而戶曉。」
【解釋】喻：明白。曉：知道。
【用法】①家家都清楚，戶戶全知道。②形容人人皆知。
【例句】他可是個～的大人物喔！
【附註】也作「家至戶曉」。

葭莩之親

【出處】漢·班固《漢書·中山靖王傳》：「今群臣非有葭莩之親，鴻毛之重。」
【解釋】葭莩：蘆葦桿內壁的薄膜。
【用法】①比喻關係比較疏遠的親戚。②用爲親戚的代稱。
【例句】我和她不過是～，彼此並不很了解。

夾袋人物

【出處】宋·朱熹《五朝名臣言行錄·丞相許國呂文穆公》：「公（呂蒙正）夾袋中有冊子，每四方人替罷謁見，必問其有何人材？客去，隨即疏之，悉分門類，或有一人而數人稱之者，必賢也。朝廷求賢，取之囊中。」
【解釋】夾袋：帶在身邊的口袋。
【用法】指名列手冊，放在隨身攜帶的口袋裡，以備隨時推荐人物。

夾槍帶棍

【出處】清·曹雪芹《紅樓夢》第三十一回：「姑娘倒尋上我的晦氣！又不像是惱我，又不像是惱二爺，夾槍帶棍，終究是個什麼主意？」
【用法】比喻說話時旁敲側擊，暗含譏諷。
【例句】有什麼批評，不妨直接說，不要～，惹人心煩。

戛然而止

【出處】明·李昌祺《剪燈餘話·五·賈雲華還魂記》：「夫人笑曰：『才爲兄妹，便鍾友愛之情，郎君豈得戛然乎？』」
【解釋】戛然：狀聲詞，形容聲音突然

停止。
【用法】常用以形容聲音突然中止。
【例句】這支樂曲，旋律急促，氣勢宏偉，當樂曲推向高潮時，又～，這個停頓的效果出乎意料地好。

戛玉敲金 ㄐㄧㄚˊ ㄩˋ ㄑㄧㄠ ㄐㄧㄣ

【出處】清・蒲松齡《聊齋志異・八大王》：「雅謔則飛花粲齒，高吟則戛玉敲金。」
【解釋】戛：輕輕地敲打。
【用法】①敲擊金玉發出的聲音。②形容聲調鏗鏘悅耳。

頰上添毫 ㄐㄧㄚˊ ㄕㄤˋ ㄊㄧㄢ ㄏㄠˊ

【出處】唐・房玄齡等《晉書・顧愷之傳》：「嘗圖裴楷像，頰上加三毛，觀者覺神明殊甚。」
【解釋】頰：面頰。毫：細毛。
【用法】比喻文章敘述生動、傳神。
【例句】這位後起之秀，以文筆細膩見長，寫人狀物，～，栩栩有生氣。

假名托姓 ㄐㄧㄚˇ ㄇㄧㄥˊ ㄊㄨㄛ ㄒㄧㄥˋ

【出處】元・關漢卿《調風月》第三折：「燕燕怎敢假名托姓。」
【解釋】假、托：假借。
【用法】假借別人的名姓，冒名頂替。
【例句】大丈夫敢作敢當，何必～。
【附註】也作「冒名頂姓」。

假途滅虢 ㄐㄧㄚˇ ㄊㄨˊ ㄇㄧㄝˋ ㄍㄨㄛˊ

【出處】《左傳・僖公二年》：「晉荀息請以屈產之乘，與垂棘之璧，假道於虞以伐虢。」
【解釋】假途：借路。虢：春秋時諸侯國名。
【用法】泛指以借路爲名，行侵略之實。

假力於人 ㄐㄧㄚˇ ㄌㄧˋ ㄩˊ ㄖㄣˊ

【出處】《列子・湯問》：「恥假力於人，誓手劍以屠黑卵。」
【解釋】假：借助。
【用法】借助他人力量以完成某事。
【例句】這件工作我不能～，必須親自完成它。

假公濟私 ㄐㄧㄚˇ ㄍㄨㄥ ㄐㄧˋ ㄙ

【出處】元・無名氏《陳州糶米》第一折：「他假公濟私，我怎肯和他幹罷了也呵！」
【解釋】假：借。濟：補益。
【用法】假借公家的力量，成全個人的私利。
【例句】他把公家的財物，送給自己的親友，這種～的行爲，眞是可恥！
【附註】「假」不能念成ㄐㄧㄚˋ。

假手於人 ㄐㄧㄚˇ ㄕㄡˇ ㄩˊ ㄖㄣˊ

【出處】南朝・宋・范曄《後漢書・呂布傳》：「諸將謂布曰：『將軍常欲殺劉備，今可假手於（袁）術。』」
【解釋】假：借。
【用法】借別人的手來達到個人目的。
【例句】這些事自己可做，何必～？

假仁假義 ㄐㄧㄚˇ ㄖㄣˊ ㄐㄧㄚˇ ㄧˋ

【出處】宋・朱熹《朱子全書・歷代一・唐》：「漢高祖私意分數少，唐太宗一切假仁假義以行其私。」
【用法】僞裝仁慈善良。
【例句】這些話，全是～的騙人話。

假仁縱敵
ㄐㄧㄚˇ ㄖㄣˊ ㄗㄨㄥˋ ㄉㄧˊ

【出處】《左傳・僖公二十二年》：「宋公及楚人戰於泓。宋人既成列，楚人未既濟。司馬曰：『彼衆我寡，及其未既濟也，請擊之。』公曰：『不可』。既濟而未成列，又以告。公曰：『未可。』既陳而後擊之，宋師敗績，公傷股，門官殲焉。國人皆咎公。公曰：『君子不重傷，不擒二毛。古之爲軍也，不以阻隘也，寡人雖亡國之餘，不鼓不成列。』」宋襄公在戰爭中妄施仁義，不打正在渡河的敵人，不打沒有列陣的敵人，不打受了傷和年歲大的敵人，結果遭到慘敗。

【用法】指姑息養奸，自遺後患。

【例句】～，必致惡果。

甲冠天下
ㄐㄧㄚˇ ㄍㄨㄢˋ ㄊㄧㄢ ㄒㄧㄚˋ

【解釋】甲冠：超越一切。

【用法】①天下第一。②形容某種事物特別突出，不同凡響。

【例句】桂林山水，～，被譽爲中國天然風景中的一顆明珠。

價值連城
ㄐㄧㄚˋ ㄓˊ ㄌㄧㄢˊ ㄔㄥˊ

【出處】漢・司馬遷《史記・廉頗藺相如列傳》載：趙惠文王時，得楚和氏璧。秦昭王聞之，使人遺趙王書，願以十五城請易璧。

【解釋】價：價格。連城：連成一片的許多座城。

【用法】形容某種東西十分珍貴。

【例句】圖書館有幾種珍本書是～的。

【附註】也作「價重連城」。

嫁禍於人
ㄐㄧㄚˋ ㄏㄨㄛˋ ㄩˊ ㄖㄣˊ

【出處】漢・司馬遷《史記・趙世家》：「韓氏所以不入於秦者，欲嫁禍於趙也。」

【解釋】嫁：轉移。

【用法】把災禍推給別人。

【例句】這件事情的主要責任應由你來負，你却～，把責任推到別人身上，這是很卑鄙的。

嫁鷄隨鷄
ㄐㄧㄚˋ ㄐㄧ ㄙㄨㄟˊ ㄐㄧ

【出處】宋・歐陽修《代鳩婦言》詩：「人言嫁鷄逐鷄飛，安知嫁鳩被鳩逐。」

【用法】比喩女子出嫁後，無論丈夫好壞都要永遠跟從。

【例句】現代社會，男女平等，在婚姻問題上，婦女過去所處的「～，嫁狗隨狗」的附庸地位已經徹底改變了。

【附註】原作「嫁鷄逐鷄」。

稼穡艱難
ㄐㄧㄚˋ ㄙㄜˋ ㄐㄧㄢ ㄋㄢˊ

【出處】《尚書・無逸》：「厥父母勤勞稼穡，厥子乃不知稼穡之艱難。」

【解釋】稼：種植穀類。穡：收穫穀物。稼穡：泛指農事勞動，艱難辛苦。

【用法】指糧食來之不易。

【例句】不知～的人，才會暴殄天物。

駕輕就熟
ㄐㄧㄚˋ ㄑㄧㄥ ㄐㄧㄡˋ ㄕㄨˊ

【出處】唐・韓愈《送石處士序》：「若駟馬駕輕車，就熟路，而王良、造父爲之先後也。」

【解釋】駕輕就熟：駕輕車、走熟路。

【用法】比喩對某事有經驗，熟悉情況，做起來容易。

【例句】已經是二度參賽，這次果然覺

得～多了。

駕塵彍風

【出處】唐・韓愈《送窮文》：「去故就新，駕塵彍風，與電爭光。」
【解釋】彍：張滿弩弓。彍風：疾風。
【用法】①捲起塵土，颳起疾風。②形容迅捷急猛。
【例句】他高興得一天也不等了，眞是～，恨不得一下就飛到他妻子身邊去。

嗟來之食

【出處】《禮記・檀弓下》：「齊大饑，黔敖爲食於路，以待餓者而食之。有餓者，蒙袂輯屨，貿貿然來。黔敖左奉食，右執飲，曰：『嗟！來食。』揚其目而視之曰：『予唯不食嗟來之食，以至於斯也！』從而謝焉，終不食而死。」
【解釋】嗟：粗魯的招呼聲，相當於現代漢語中的『噯』或『喂』。
【用法】指帶有侮辱性的施捨。
【例句】只有喪失自尊心的人，才會接受～。

嗟悔無及

【出處】《尚書・盤庚上》：「汝悔身何及。」
【解釋】嗟：嘆息。悔：後悔。無及：來不及。
【用法】嘆息、後悔也來不及了。
【例句】把寶貴的青春在無所事事中白白浪費掉，將來就～了。

接續香烟

【解釋】接續：接替延續。香烟：指祭祀祖先時所焚的香火。
【用法】喻指傳宗接代，祭享不絕。
【例句】我們必須打破傳宗接代，～的舊思想，才能徹底根除重男輕女的舊觀念。

接二連三

【出處】清・曹雪芹《紅樓夢》第九十九回：「賈母還要將李紈等挪進來，爲著元妃薨後，家中事情接二連三，也無暇及此。」
【解釋】接：連續。
【用法】一個接著一個，連續不斷。
【例句】他們家～發生許多不幸的事。

揭竿而起

【出處】漢・司馬遷《史記・陳涉世家》載：秦末，陳勝，吳廣領導衆人起義時，「斬木爲兵（兵器），揭竿爲旗。」
【解釋】揭：舉起。竿：竹竿。
【用法】①高舉旗幟，奮起反抗。②形容秦末，農民起義。③泛指人民起義。

皆大歡喜

【出處】《金剛經》：「皆大歡喜，信受奉行。」
【解釋】皆：全、都。
【用法】個個都非常滿意、高興。
【例句】學生餐廳改變了飯菜供應辦法，不僅學生能吃到熱菜熱飯，餐廳工作人員也感到很方便，因此，對這項改善，他們～。

街談巷議

【出處】漢・張衡《西京賦》：「街談

巷議，彈射臧否。」
【用法】大街小巷裡人們的言談議論。
【例句】～，有時也有一些建設性的見解。
【附註】也作「街談巷語」、「街談巷說」。

街頭巷尾（ㄐㄧㄝ ㄊㄡˊ ㄒㄧㄤˋ ㄨㄟˇ）

【出處】宋・釋惟白《續傳燈錄》卷三：「如何是學人轉身處？師曰：『街頭巷尾』。」
【用法】泛指大街小巷。
【例句】中秋夜，～到處可見遊人。
【附註】也作「街頭市尾」。

階前萬里（ㄐㄧㄝ ㄑㄧㄢˊ ㄨㄢˋ ㄌㄧˇ）

【出處】宋・歐陽修等《新唐書・于延陵傳》：「唐宣宗以于延陵爲建州刺史。入謝，上曰：『去京師幾何？』曰：『八千里。』上曰：『卿到彼，善惡朕皆知之，勿謂甚遠，此階前即萬里也。』」
【用法】①萬里如在階前。②比喻雖然距離遙遠，但誠摯的友情和相互的信任，使彼此的心連結在一起，好像在台階前面那樣近。
【例句】他們兩人雖然身處異地，遠隔重洋，但～，兩人的心是永遠連結在一起的。

佶屈聱牙（ㄐㄧㄝˊ ㄑㄩ ㄠˊ ㄧㄚˊ）

【出處】唐・韓愈《進學解》：「周誥殷盤，佶屈聱牙。」
【解釋】佶屈：屈折，引申爲不通順。聱牙：讀著彆扭不順口。
【用法】形容文句艱澀、不通，讀起來不順口。
【例句】這篇文章讀起來～，令人難以卒讀。
【附註】也作「詰屈聱牙」。

刧富濟貧（ㄐㄧㄝˊ ㄈㄨˋ ㄐㄧˋ ㄆㄧㄣˊ）

【解釋】刧：奪取。濟：救濟。
【用法】強取富人的財產，救濟窮苦的人民。
【例句】廖添丁是台灣民間知名的～的義賊。

孑然一身（ㄐㄧㄝˊ ㄖㄢˊ ㄧ ㄕㄣ）

【出處】明・凌濛初《初刻拍案驚奇》第二十卷：「你孑然一身，如何完得喪事？」
【解釋】孑然：孤獨的樣子。
【用法】①孤單單的一個人。②形容無親無友。
【例句】多少年來，她～，孤苦伶仃，境況十分淒苦。

截髮留客（ㄐㄧㄝˊ ㄈㄚˇ ㄌㄧㄡˊ ㄎㄜˋ）

【出處】唐・房玄齡等《晉書・陶侃母湛氏傳》載：晉朝鄱陽孝廉范逵來陶侃家裏投宿，陶侃家境很窮，一時之間，無法待客，母湛氏把自己的頭髮，截剪了一綹，悄悄賣給了鄰居，得錢買了飯食，款待來客。後范逵知道了這件事，嘆曰：「非此母不生此子。」
【解釋】截髮：剪斷頭髮。留客：款留來客。
【用法】稱讚賢母的美德。

截鐙留鞭（ㄐㄧㄝˊ ㄉㄥˋ ㄌㄧㄡˊ ㄅㄧㄢ）

【出處】宋・曾慥《類說》二十一引王仁裕《開元天寶遺事》：「姚元崇牧荆州，受代日，闔境民吏泣擁馬首，截鐙留鞭，以表瞻戀。」

【解釋】鐙：馬鞍兩旁供脚蹬的東西。鞭：馬鞭子。

【用法】對離職官吏表示挽留惜別的套語。

截斷衆流 ㄐㄧㄝˊ ㄉㄨㄢˋ ㄓㄨㄥˋ ㄌㄧㄡˊ

【出處】宋・葉夢得《石林詩話上》：「禪宗論雲門有三種語：其一爲隨波逐浪句，謂隨物應機，不主故常；其二爲截斷衆流句，謂超出言外，非情識所到；其三爲涵蓋乾坤句，謂泯然皆契，無間可伺。其深淺以是爲序。予嘗戲謂學子言，老杜詩亦有此三種語。……以『百年地僻柴門迥，五月江深草閣寒』，爲截斷衆流句。」

【用法】見識超群，不同凡響的話語。

截趾適屨 ㄐㄧㄝˊ ㄓˇ ㄕˋ ㄐㄩˋ

【出處】南朝・宋・范曄《後漢書・荀爽傳》：「截趾適屨，孰云其愚？」

【解釋】趾：脚。屨：古代用麻、葛等製成的鞋子。

【用法】①割斷脚趾來適應鞋子的大小。②比喻本末倒置，不合理地一味遷就。

【例句】這樣的作法無異～，令人無法苟同。

【附註】也作「刖趾適屨」。

截長補短 ㄐㄧㄝˊ ㄔㄤˊ ㄅㄨˇ ㄉㄨㄢˇ

【出處】宋・度正《性善堂稿，六・條奏便民五事》：「臣今打量軍城周圍，計九百四十三丈，高一丈五尺，址厚一丈六尺，……舊城堙廢之餘，截長補短，可得十之五，爲工約二萬餘工，爲緡約五千餘緡，而城可成矣。」

【解釋】截：切斷。

【用法】①把長的部分切下來，補充短的。②比喻事物長短相濟，以多餘補不足。

【例句】我們相互～，我幫助他解決學理上的問題，他幫助我提高技術。

截然不同 ㄐㄧㄝˊ ㄖㄢˊ ㄅㄨˋ ㄊㄨㄥˊ

【解釋】截然：明顯地分開的樣子。

【用法】形容兩種事物毫無共同之處。

【例句】經過今天一天他對待兩個人～的兩種態度，才讓人看清他眞面目。

捷報頻傳 ㄐㄧㄝˊ ㄅㄠˋ ㄆㄧㄣˊ ㄔㄨㄢˊ

【解釋】捷報：打勝仗的消息，也指勝利的喜訊。頻：屢次，連續多次。

【用法】勝利的喜報不斷地傳來。

【例句】本校籃球隊，球技超群，參加校際比賽，～，令人欣喜！

桀犬吠堯 ㄐㄧㄝˊ ㄑㄩㄢˇ ㄈㄟˋ ㄧㄠˊ

【出處】漢・班固《漢書・鄒陽傳・獄中上書》：「桀之犬可使吠堯，而跖之客可使刺由。」

【解釋】桀：夏代最末的一位君主，殘暴凶惡。堯：傳說中的遠古時代的聖君。

【用法】比喻奴才爲主子效勞，不問善惡好壞。

桀黠擅恣 ㄐㄧㄝˊ ㄒㄧㄚˊ ㄕㄢˋ ㄗˋ

【出處】漢・桓寬《鹽鐵論・本議》：

「匈奴桀黠擅恣，入塞犯厲中國。」

【解釋】桀：凶暴。黠：狡猾。擅恣：專橫放肆。

【用法】凶暴狡詐，專橫放肆的行為。

【例句】軍國主義者～，仗恃着手中掌握著強大的軍事力量，肆無忌憚地欺壓弱小的國家。

桀驁不馴（ㄐㄧㄝˊ ㄠˋ ㄅㄨˋ ㄒㄩㄣˊ）

【出處】清・文康《兒女英雄傳》第十八回：「只是生成一個桀驁不馴的性子，頑劣異常。」

【解釋】桀驁：性情暴烈、倔強。馴：馴服。

【用法】性情凶暴，不服管教。

【例句】為了制服這匹～的野馬，飼養人不知吃了多少苦頭。

【附註】也作「桀傲不軌」。

潔清不洿（ㄐㄧㄝˊ ㄑㄧㄥ ㄅㄨˋ ㄨ）

【出處】唐・韓愈《與李翺書》：「獨安能使我潔清不洿，而處其所可樂哉！」

【解釋】潔清：純潔、清白。洿：同「汙」。

【用法】保持自己純潔的品德，不同流合汙。

【例句】她混迹於十里洋場之中，居然～，令人佩服不已。

潔身自好（ㄐㄧㄝˊ ㄕㄣ ㄗˋ ㄏㄠˋ）

【解釋】潔：純潔。好：喜愛。

【用法】①保持愛護自身純潔的品德，不同流合汙。②指怕招惹是非，只顧自己好，不關心公衆的事情。

【例句】在那軍閥混戰的黑暗年代裏，他既無回天之力，挽狂瀾於既倒，又不願隨波逐流，只得～回到老家閒居。

【附註】「好」不能念成ㄏㄠˇ。

竭力虔心（ㄐㄧㄝˊ ㄌㄧˋ ㄑㄧㄢˊ ㄒㄧㄣ）

【出處】朝・梁・蕭衍《遊鍾山大愛敬寺》詩：「始得展身敬，方乃遂心虔。」

【解釋】竭力：拿出全部力量。虔心：誠心誠意。

【用法】形容誠心誠意地用全力做某件事情。

【例句】為了辦好夜校，我們大家都是～地的工作着。

竭盡全力（ㄐㄧㄝˊ ㄐㄧㄣˋ ㄑㄩㄢˊ ㄌㄧˋ）

【解釋】竭盡：用盡。

【用法】使出全部力量。

【例句】我們一定～去支援這項水利建設工程。

竭智盡忠（ㄐㄧㄝˊ ㄓˋ ㄐㄧㄣˋ ㄓㄨㄥ）

【出處】戰國・楚・屈原《卜居》：「屈原既放，三年不得復見，竭智盡忠……」

【解釋】竭：耗盡。

【用法】①耗盡才智，極盡忠誠。②指毫無保留地使用出自己的才華，表現出無限的忠貞。

【例句】如果每個人都能為國事～，國家自然強大。

竭誠相待（ㄐㄧㄝˊ ㄔㄥˊ ㄒㄧㄤ ㄉㄞˋ）

【解釋】竭：竭盡。誠：真心。

【用法】竭盡真心地相待。

【例句】對於那些旅居國外的僑胞，只要回來，投資也好，觀光也好，我們都一律～。

竭澤而漁 ㄐㄧㄝˊ ㄗㄜˊ ㄦˊ ㄩˊ

【出處】《呂氏春秋・義賞》：「竭澤而漁，豈不獲得？而明年無魚。焚藪而田，豈不獲得？而明年無獸。詐僞之道，雖今偷可，後將無復，非長術也。」

【解釋】竭澤：淘乾水塘。漁：捕魚。

【用法】比喻做事情不留餘地，只圖眼前利益，不顧將來。

【例句】國家財政如果不能量入爲出，不注意累積，就如同殺雞取卵，～，有崩潰的危險。

節節敗退 ㄐㄧㄝˊ ㄐㄧㄝˊ ㄅㄞˋ ㄊㄨㄟˋ

【解釋】節節：逐段、逐次。

【用法】形容連連吃敗仗。

【例句】敵軍在我軍的猛攻下，～。

節哀順變 ㄐㄧㄝˊ ㄞ ㄕㄨㄣˋ ㄅㄧㄢˋ

【出處】《禮記・檀弓下》：「喪禮，哀戚之至也；節哀，順變也，君子念始之者也。」

【解釋】節：節制。順：順應。

【用法】①抑制心中的悲哀，順應變故。②指父母之死是最大的悲哀，但又不要哀傷過度。③用爲吊唁時安慰生者之辭。

【例句】人死不能復生，望你～，多多保重。

節衣縮食 ㄐㄧㄝˊ ㄧ ㄙㄨㄛ ㄕˊ

【出處】宋・陸游《秋穫歌》詩：「我願鄰曲謹蓋藏，縮衣節食勤耕桑。」

【解釋】節：節省。縮：縮減。

【用法】指在生活上省吃省穿，力求節約。

【例句】他用～省下來的錢，買了許多專業書籍。

【附註】也作「縮衣節食」。

節外生枝 ㄐㄧㄝˊ ㄨㄞˋ ㄕㄥ ㄓ

【出處】元・楊顯之《瀟湘雨》第二折：「兀的是閑言閑語甚意思，他怎肯道節外生枝。」

【解釋】節：枝節。

【用法】①枝節上又生出枝節。②比喻在原有問題之外又岔出了新問題。③指故意製造障礙，使問題不能順利解決。

【例句】這件事本來是大家已經商量好了，沒有想到現在又～，使事情複雜化了。

【附註】也作「節上生枝」。

節用裕民 ㄐㄧㄝˊ ㄩㄥˋ ㄩˋ ㄇㄧㄣˊ

【出處】《荀子・富國》：「足國之道，節用裕民，而善臧（藏）其餘。」

【用法】節省開支，使人民富裕。

【例句】～，才是治國之道。

結不解緣 ㄐㄧㄝˊ ㄅㄨˋ ㄐㄧㄝˇ ㄩㄢˊ

【出處】《古詩十九首》：「文彩雙鴛鴦，裁爲合歡被，著以長相思，緣以結不解。」

【解釋】解：解開。緣：緣分。

【用法】①結下了解不開的緣分②指相互關係很深，無法分開了。

【例句】第一次看到壓花展就非常喜愛，和它～了。

結黨營私

【出處】清．李汝珍《鏡花緣》第七回：「今名登黃榜，將來出仕，恐不免結黨營私。」

【解釋】黨：這裏指由於私人利害關係而結成的集團。營私：經營私利。

【用法】指不正派的人結成幫派，謀求私利。

【例句】孔尚任創作《桃花扇》的動機之一，正是要通過對明末權奸～的罪行的揭露，引起人們對現實生活中的權奸的警惕和憎恨。

結草銜環

【出處】①《左傳．宣公十五年》：「魏武子有嬖妾，無子。武子疾，命顆（武子之子）曰：『必嫁是。』疾病，則曰：『必以爲殉。』及卒，顆嫁之，曰：『疾病則亂，吾從其治也。』及輔氏之役，顆見老人結草以亢杜回，杜回躓而顛，故獲之。夜夢之曰：『余，而所嫁婦人之父也。爾用先人之治命，余是以報。』」②南朝．宋．范曄《後漢書．楊震傳》李賢注引《續齊諧記》載：東漢楊寶救了一只黃雀，某夜有一黃衣童子以白環四枚相報，謂當使其子孫潔白，位登三事，有如此環。後楊寶子、孫、曾孫皆顯貴。

【解釋】結草：指糾結野草，絆人的脚。銜環：指用嘴叼着玉環。

【用法】「結草」、「銜環」連用，表示感恩報德，至死不忘。

【例句】你對我全家有活命之恩，就是～也難報於萬一。

結駟連騎

【出處】漢．司馬遷《史記．仲尼弟子列傳》：「子貢相衛，而結駟連騎排藜藿，入窮閻，過謝原憲。」

【解釋】駟：同拉一車的四匹馬。騎：一人一馬的合稱。

【用法】①車馬緊緊相連。②形容車馬衆多，排場濶綽，高官顯赫。

解民倒懸

【出處】《孟子．公孫丑上》：「當今之時，萬乘之國行仁政，民之悅之，猶解倒懸也。」

【解釋】倒懸：頭向下脚向上倒掛着，比喻處境極端困苦危急。

【用法】比喻把人民從水深火熱中解救出來。

【例句】我們必須完成光復大陸之偉業，以～。

【附註】「倒」不能念成ㄉㄠˋ。

解囊相助

【解釋】囊：袋子。

【用法】①解開口袋，拿出錢財來幫助他人。②形容慷慨助人。

【例句】小王的父親去世以後，生活極爲困苦，不少同事～，幫她渡過了難關。

解鈴還須繫鈴人

【出處】明．瞿汝稷《指月錄》卷二十三：「金陵清涼泰欽法燈禪師在衆日，性豪逸，不事事，衆易之，法眼獨契重。眼一日問衆：『虎項金鈴，是誰解得？』衆無對。師適至，眼舉前語問，師曰：『繫者解得。』眼曰：『汝輩輕渠不得。』」
【解釋】繫：縛、繫上。佛教禪宗語。
【用法】後比喻誰惹出來的問題，仍由誰去解決。
【例句】她生氣是因爲你錯怪了她，～，還是你去向她賠禮道歉吧。

解甲歸田

【解釋】解：脫去。甲：古代將士作戰時穿的護身衣。歸：回家。
【用法】①脫下戰袍，回家種田。②指將士退伍回鄉。
【例句】戰爭既已結束，戰士們全部～，恢復往日平靜生活。

解人難得

【出處】南朝・宋・劉慶義《世說新語・文學》：「謝安年少時，請阮光祿（裕）道《白馬論》，爲論以示謝，於時，謝不即解阮語，重相咨盡，阮乃嘆曰：『非但能言人不可得，正索解人亦不可得。』」
【解釋】解人：能理解道理或解開疑難的人。亦指知己。
【用法】指知己不易得。
【例句】～，如今你又要遠渡重洋，負笈西行，怎不令我感傷呢？

解衣推食

【出處】漢・司馬遷《史記・准陰侯列傳》：「漢王授我上將軍印，予我數萬衆，解衣衣我，推食食我。」
【解釋】解衣：脫下衣服。推：讓。
【用法】①脫下自己的衣服給別人穿，讓出食物給別人吃。②形容慷慨施惠，對別人極爲關懷。
【例句】在困難的時候，他們兩人～，相濡以沫，結成爲患難之交。

解疑釋結

【出處】明・羅貫中《三國演義》第二十三回：「飛辯騁詞，溢氣坌湧，解疑釋結，臨敵有餘。」
【解釋】結：癥結，比喻事情難以處理的關鍵所在。
【用法】指把一切疑難和症結全部解除冰釋。

借風使船

【出處】清・曹雪芹《紅樓夢》第九十一回：「今見金桂所爲，先已開了端了，他便樂得借風使船，先弄薛蝌到手，不怕金桂不依。」
【用法】比喻借助別人的力量達到自己的目的。

借刀殺人

【出處】明・汪廷訥《三祝記・造陷》：「恩相明日奏（茫）仲淹爲環慶路經略招討使以平（越）元昊，這所謂借刀殺人。」
【用法】比喻自己不出面，利用別人去陷害他人。
【例句】他這一記～的方法，使得眞是陰險。

借端生事

【解釋】端：事端。
【用法】借助已經出現的事情，故意惹事生非。
【例句】這些人～，我們不要理他們。

借題發揮（ㄐㄧㄝˋ ㄊㄧˊ ㄈㄚ ㄏㄨㄟ）

【出處】清・石玉昆《七俠五義》第四十八回：「聖上即借題發揮道：『你爲何叫盤梔鼠？』」
【用法】①借着某件事情爲題目來做文章，以發表自己的觀點。②現常指借着別的事物發表自己的意見。
【例句】他知道，這不僅僅是爲了兩瓶酒，母女倆一向有芥蒂，今兒個不過是～罷了。

借聽於聾（ㄐㄧㄝˋ ㄊㄧㄥ ㄩˊ ㄌㄨㄥˊ）

【出處】唐・韓愈《答陳生書》：「足下求速化之術不於其人，乃以訪愈，是所謂借聽於聾，求道於盲。」
【用法】①借助於耳聾的人了解天下的事情。②比喻向人求教，而找錯了對象。
【例句】我見識淺薄，你卻向我請益，豈不是～嗎？

借古諷今（ㄐㄧㄝˋ ㄍㄨˇ ㄈㄥˋ ㄐㄧㄣ）

【解釋】借：假托。諷：譏諷、諷刺。
【用法】假托古代的事物來影射諷刺現實。
【例句】他新編的歷史劇，大有～的味道。

借花獻佛（ㄐㄧㄝˋ ㄏㄨㄚ ㄒㄧㄢˋ ㄈㄛˊ）

【出處】元・蕭德祥《殺狗勸夫》楔子：「柳（隆卿）云：『既然哥哥有酒，我們借花獻佛，與哥哥上壽咱。』」
【用法】比喻用別人的東西做人情。
【例句】這些禮品都是別人送的，我～，轉送給你吧。
【附註】原作「寄花獻佛」。

借古喻今（ㄐㄧㄝˋ ㄍㄨˇ ㄩˋ ㄐㄧㄣ）

【解釋】借：假借。
【用法】假借古人古事來比喻今人今事，即用歷史事實來闡發現實生活中的道理。
【例句】今天，他講越王勾踐的故事，～，目的還是爲了教育我們要發憤圖強。

借交報仇（ㄐㄧㄝˋ ㄐㄧㄠ ㄅㄠˋ ㄔㄡˊ）

【出處】漢：司馬遷《史記・游俠列傳・郭解傳》：「（解）以軀借交報仇，藏命作奸剽攻。」
【解釋】借：幫助。
【用法】指幫助別人報仇。
【附註】也作「借客報仇」。

借箸代籌（ㄐㄧㄝˋ ㄓㄨˋ ㄉㄞˋ ㄔㄡˊ）

【出處】漢・司馬遷《史記・留侯世家》載：秦末，楚漢相爭，酈食其勸劉邦立六國的後代，來共同攻楚。劉邦正吃飯時，張良進見，認爲計不可行，就說：「臣請藉（借）前箸爲大王籌之。」
【解釋】箸：筷子。籌：籌碼，引申爲籌劃、計畫。
【用法】①指借用筷子來指畫當時的形勢。②指代人策畫。
【例句】這件事他自有上張，何需你～呢？

借屍還魂（ㄐㄧㄝˋ ㄕ ㄏㄨㄢˊ ㄏㄨㄣˊ）

【出處】元・岳伯川《鐵拐李》第四折：「多虧了呂洞賓師父救了我，着我還魂，被你燒了我的屍骸，着我借東關里青眼老李屠的兒子小李屠的屍首，借屍還魂。」

【解釋】屍：死人的身體。

【用法】①人死後，將靈魂附於他人屍體而復活。②比喻已經沒落或死亡的事物，借助別的事物，又以另一種形式出現。

【例句】過了一段時間，那些被消滅的往往會～，我們一定要嚴加警惕。

戒備森嚴 ㄐㄧㄝˋ ㄅㄟˋ ㄙㄣ ㄧㄢˊ

【出處】①《國語・晉語三》：「日考而羽，戒備畢矣。」②唐・杜牧《朱坡》詩：「偃蹇松公老，森嚴竹降齊。」

【解釋】戒備：警戒防備。森嚴：嚴肅、嚴密。

【用法】警戒防備極其嚴密。

【例句】這個地方是軍事重地，～，任何人不得隨意進出。

戒驕戒躁 ㄐㄧㄝˋ ㄐㄧㄠ ㄐㄧㄝˋ ㄗㄠˋ

【解釋】戒：警惕、防備。躁：性急、不冷靜。

【解釋】①警惕驕傲，防備急躁。②勉勵人嚴格要求，不斷進步。

【例句】年輕人若能～，虛心向人請益，前途自然光明。

疥癩之疾 ㄐㄧㄝˋ ㄌㄞˋ ㄓ ㄐㄧˊ

【出處】明・羅貫中《三國演義》第八十七回：「且雍闓等乃疥癩之疾，丞相只須遣一大將討之，必然成功。」

【解釋】疥：疥瘡。癩：一種頭癬。

【用法】比喻爲害不大的毛病。

【例句】這只是～，不勞大家操心。

【附註】也作「疥癬之疾」、「癬疥之疾」。

藉草枕塊 ㄐㄧㄝˋ ㄘㄠˇ ㄓㄣˇ ㄎㄨㄞˋ

【出處】清・曹雪芹《紅樓夢》第六十四回：「賈珍賈蓉此時爲禮法所拘，不免在靈旁藉草枕塊，恨苦居喪。」

【解釋】藉：坐臥其上。

【用法】①古時居父母之喪，坐臥在草薦上，用土塊做枕頭。②形容十分悲痛。

誡莫如豫 ㄐㄧㄝˋ ㄇㄛˋ ㄖㄨˊ ㄩˋ

【出處】《國語・晉語一》：「誡莫如豫，豫而後給。」

【解釋】誡：指事後引以爲誡。莫如：不如。豫：通「預」，指事前有所準備。

【用法】事後警戒不如事前有充分準備，猶如治病不如防病。

【例句】～，做任何事情，事前的防範總比事後的補救爲好。

交臂失之 ㄐㄧㄠ ㄅㄧˋ ㄕ ㄓ

【出處】《莊子・田子方》：「吾終身與汝交一臂而失之。」

【解釋】交臂：胳膊碰胳膊，指相距很近，擦肩而過。

【用法】形容好機會離着很近，却一下又失去。

【例句】好久不見，好不容易得見，却又陰錯陽差和他～，眞是氣惱！

交頭接耳 ㄐㄧㄠ ㄊㄡˊ ㄐㄧㄝ ㄦˇ

【出處】《前漢春秋平話》：「筵上不

得交頭接耳。」
【用法】頭挨着頭，嘴貼著耳朵。形容兩人靠得很近，低聲私語，說些不能公開的話。
【例句】人們都～地悄悄打聽，猜測着剛才到底出了什麼事情。

交口薦譽（ㄐㄧㄠ ㄎㄡˇ ㄐㄧㄢˋ ㄩˋ）

【出處】唐・韓愈《柳子厚墓誌銘》：「諸公要人……交口薦譽之。」
【解釋】交口：衆口同聲。
【用法】異口同聲稱贊。
【例句】您的大作出版之後，人們～，競相傳看。
【附註】也作「交口稱譽」。

交洽無嫌（ㄐㄧㄠ ㄑㄧㄚˋ ㄨˊ ㄒㄧㄢˊ）

【出處】唐・韓愈《順宗實錄》卷一：「於父子之間慈孝，交洽無嫌。」
【解釋】洽：協商。嫌：猜疑。
【用法】①父子之間共事協商，沒有猜疑。②指双方關係密切，互相信任。
【例句】既然有他和你配合，我們也就放心了，因爲你們之間～，有問題也便於商量。

交淺言深（ㄐㄧㄠ ㄑㄧㄢˇ ㄧㄢˊ ㄕㄣ）

【出處】《戰國策》越策四：「客有見人於服子（宓子賤）者，已而請其罪。服子曰：『公子客獨有三罪：望我而笑，是狎也；談話而不稱師，是倍（背）也，交淺而言深，是亂也。』客曰：『不然。夫望人而笑，是和也；言而不稱師，是庸說也；交淺而言深，是忠也。』」。
【解釋】交淺：相交不深。言深：說話過深。
【用法】指對交情不深的人言談深重。
【例句】初次見面，我就毫不顧忌地提出了這些意見，～，如果有言重之處，還希望不要見怪。

嬌小玲瓏（ㄐㄧㄠ ㄒㄧㄠˇ ㄌㄧㄥˊ ㄌㄨㄥˊ）

【出處】清・曾樸《孽海花》第四回：「衾裏面，緊貼身朝外睡着個嬌小玲瓏的妙人兒。」
【解釋】嬌：俊美可愛。小：小巧。玲瓏：聰明伶俐。
【用法】形容體態窈窕，容顏嫵媚。
【例句】別看她長得～，力氣却很大，一擔水挑起來就走，還顯得很輕鬆！

嬌生慣養（ㄐㄧㄠ ㄕㄥ ㄍㄨㄢˋ ㄧㄤˇ）

【出處】清・曹雪芹《紅樓夢》第七十七回：「原是想他自幼嬌生慣養的，何嘗受過一日委屈。」
【解釋】嬌：寵愛、溺愛。慣：縱容、姑息。
【用法】在過分地寵愛和姑息中生長。
【例句】他自少就～，怎能忍受這樣的委屈？
【附註】也作「慣養嬌生」。

教猱升木（ㄐㄧㄠ ㄋㄠˊ ㄕㄥ ㄇㄨˋ）

【出處】《詩經・小雅・角弓》：「毋教猱升木，如塗塗附。」
【解釋】猱：猴子的一種。
【用法】①教猴子爬樹。②用以比喻教唆壞人做壞事。
【附註】「猱」不能念成ㄖㄡˊ。

焦頭爛額（ㄐㄧㄠ ㄊㄡˊ ㄌㄢˋ ㄜˊ）

【出處】漢・班固《漢書・霍光傳》：「今論功而請賓，曲突徙薪亡（無）恩澤，焦頭爛額爲上客耶？」

【解釋】焦頭：燒焦頭部。爛額：燒傷額部。

【用法】①指救火時受傷的樣子。②比喻十分狼狽、異常窘迫的境遇。

【例句】最近工作進展得很快，因而越來越顯出人手不足的問題，各個部門找我要人，眞弄得我～。

焦金鑠石 ㄐㄧㄠ ㄐㄧㄣ ㄕㄨㄛˋ ㄕˊ

【出處】北齊、劉晝《新論・大質》：「火熱煊赫，焦金爍（鑠）石。」

【解釋】焦：燒、烤。鑠：熔化。

【用法】①使金石熔化。②形容溫度高、酷熱。

【例句】我們探險隊已經深入沙漠地帶了。這裏，天氣炎熱，～，一般人還眞是受不了。

焦躁不安 ㄐㄧㄠ ㄗㄠˋ ㄅㄨˋ ㄢ

【用法】着急煩躁，心裏不安寧。

【例句】這個姑娘的性格眞像一團火，又熱情、又急躁，工廠上剛才偶然出現了一點混亂，她就～地在電話裏和廠長吵了起來。

【附註】「躁」不能寫成「燥」。

焦熬投石 ㄐㄧㄠ ㄠˊ ㄊㄡˊ ㄕˊ

【出處】《荀子・議兵》：「故齊之技擊不可以遇魏氏之武卒，魏氏之武卒不可以遇秦之銳士，秦之銳士不可以當桓、文之節制，桓、文之節制不可以敵湯、武之仁義，有遇之者，若以焦熬投石焉。」

【解釋】焦熬：指煎熬得焦脆了的東西。投：投擲。

【用法】①把焦脆了的東西投擲在石頭上，必然粉碎。②比喻自取滅亡。

膠柱鼓瑟 ㄐㄧㄠ ㄓㄨˋ ㄍㄨˇ ㄙㄜˋ

【出處】漢・司馬遷・《史記・廉頗藺相如列傳》：「藺相如曰：『王以名使括，若膠柱而鼓瑟耳。（趙）括徒能讀其父書傳，不知合變也。』」

【解釋】瑟：古代樂器。柱：瑟上調節弦音的短木。

【用法】①膠把柱粘住，音調不能調整。②比喻拘泥固執，不知變通。

【例句】文學總是要隨着時代的前進而發展的，時代不同了，人們對文學的要求也就不同了，因此，～，死抱住舊的一套不放是不行的。

蕉鹿之夢 ㄐㄧㄠ ㄌㄨˋ ㄓ ㄇㄥˋ

【出處】《列子・周穆王》：「鄭人有薪於野者，遇駭鹿，御而擊之，斃之。恐人見之也，遽而藏諸隍中，覆之以蕉，不勝其喜。俄而遺其所藏之處，遂以爲夢焉。順途而詠其事，傍人有聞者，用其言而取之。」

【解釋】有一個打柴的人，打死了一隻鹿，他把鹿藏在溝裏，上面蓋上蕉葉，後來取鹿時却忘了地方，他迷迷糊糊地以爲是他作了一個夢。

【用法】比喻夢幻或眞假莫辨。

蛟龍得水 ㄐㄧㄠ ㄌㄨㄥˊ ㄉㄜˊ ㄕㄨㄟˇ

【出處】《管子・形勢》：「蛟龍得水而神可立也。」

【解釋】蛟：古代傳說中的無角龍。傳

說蛟龍得水就能興雲作霧，飛騰上天。
【用法】比喻英雄人物得到了施展才能的機會。
【例句】老楊到電腦中心去工作了，這一下他眞如同～，大可以施展一番。

郊寒島瘦（ㄐㄧㄠ ㄏㄢˊ ㄉㄠˇ ㄕㄡˋ）

【出處】宋・蘇軾《祭柳子玉文》：「元(稹)輕白(居易)俗，郊寒島瘦。」
【解釋】郊、島：指唐代詩人孟郊、賈島。寒、瘦：指孟郊、賈島詩的風格簡嗇孤峭。
【用法】泛指風格與之相類似的傑作。
【例句】～，各有特色，端看各人如何欣賞。

驕兵必敗（ㄐㄧㄠ ㄅㄧㄥ ㄅㄧˋ ㄅㄞˋ）

【出處】漢・班固《漢書・魏相傳》：「恃國家之大，矜民人之衆，欲見威於敵者，謂之驕兵，兵驕者滅。」
【解釋】驕兵：恃強輕敵的軍隊。
【用法】恃強輕敵的軍隊必定打敗仗。
【例句】作戰時，行動要謹慎，不可輕敵，切記「～」！

驕奢淫逸（ㄐㄧㄠ ㄕㄜ ㄧㄣˊ ㄧˋ）

【出處】《左傳・隱公三年》：「石碏諫曰：『臣聞愛子，教子以義方，弗納於邪。驕奢淫逸，所自邪也。』」
【解釋】驕：驕橫。奢：奢侈。淫：荒淫。逸：同「佚」，放蕩。
【用法】形容驕橫、奢侈、荒淫無度的糜爛生活。
【例句】他仗著父親留下的家產，～不知節制，遲早要坐吃山空。

驕傲自滿（ㄐㄧㄠ ㄠˋ ㄗˋ ㄇㄢˇ）

【出處】宋・王明清《揮麈後錄》卷八：「(徐師川)既登宥密，頗驕傲自滿。」
【用法】①自以爲了不起，滿足於自己已有的成績。②指自高自大。
【例句】他之所以進步不大，主要是因爲～。

鷦鷯一枝（ㄐㄧㄠ ㄌㄧㄠˊ ㄧ ㄓ）

【出處】《莊子・逍遙遊》：「鷦鷯巢於深林，不過一枝。」
【解釋】鷦鷯：一種小鳥，也稱「巧婦鳥」。
【用法】①鷦鷯鳥小巢巧，只占大樹的一個枝杈。②比喻占用很少，所求有限。
【例句】在過去，老百姓謀求職位非常困難，即使有個職位低、待遇差的工作，也認爲是～，値得慶幸了。

剿撫兼施（ㄐㄧㄠˇ ㄈㄨˇ ㄐㄧㄢ ㄕ）

【解釋】剿：討伐、消滅。撫：安撫，招降撫慰。施：施展。
【用法】剿滅與安撫的手段一齊施展。

狡兔三窟（ㄐㄧㄠˇ ㄊㄨˋ ㄙㄢ ㄎㄨ）

【出處】《戰國策・齊策四》：「馮驩曰：『狡兔有三窟，僅得免其死耳；今君有一窟，未得高枕而臥也，請爲君(孟嘗君)復鑿二窟。』」
【解釋】窟：洞穴。
【用法】①狡猾的兔子有好幾個藏身的洞穴。②比喻藏身的地方多，便於逃避災禍。
【例句】這個罪大惡極的歹徒，儘管有

～的本領，也逃不出警察的手心。

皎如日星

【出處】宋·邵博《聞見後錄》：「皎如日星，不容遺忘。」

【解釋】皎：潔白光明。

【用法】明亮潔白得像白天的太陽，黑夜的星星。

【例句】他老人家的一生，～，永遠銘刻在人們的心裏。

矯矯不群

【出處】①漢·班固《漢書·敍傳下》：「賈生矯矯，弱冠登朝。」②唐·杜甫《春日憶李白》詩：「白也詩無敵，飄然思不群。」

【解釋】矯矯：翹然出衆的樣子。不群：卓異、不平凡。

【用法】指才華出衆，很不平凡。

【例句】他在學生時代就～，在同學中很有威信。

矯情鎮物

【出處】唐·房玄齡等《晉書·謝安傳》：「（謝）玄等既破（苻）堅，有驛書至，安方對客圍棊（棋），看書既竟，便攝放床上，了無喜色，棊如故。客問之，徐答云：『小兒輩遂已破賊。』既罷，還內，過戶限，心甚喜，不覺屐齒之折，其矯情鎮物如此。」

【解釋】矯情：違反常情，故意做作，表示與衆不同。

【用法】故意克制情感，裝出安閑自得的神情，以示鎮定。

【例句】這次失敗，對他的打擊很大，但他～，極力掩飾自己失望的心情。

矯情自飾

【出處】晉·陳壽《三國志·魏書·陳思王植傳》：「文帝御之以術，矯情自飾。」

【解釋】矯情：故意克制情緒。飾：掩飾。

【用法】故意克制情緒來掩飾自己。

矯揉造作

【出處】清，曹雪芹《紅樓夢》第五十一回：「黛玉忙攔道：『這寶姐姐也忒膠柱鼓瑟，矯揉造作了。』」

【解釋】矯：使彎曲的變成直的。揉：使直的變成彎曲的。造作：做作，人爲的，不是出於自然的。

【用法】形容極不自然，故意做作。

【例句】我們的文學藝術作品，應該具有剛健、清新的文風，摒棄過去那種～，華而不實的腐朽氣息。

矯若游龍

【出處】唐·房玄齡等《晉書·王羲之傳》：「論者稱其筆勢，以爲飄若浮雲，矯若驚龍。」

【解釋】矯：矯健、強勁。

【用法】①強勁得像游動的龍一樣。②形容書法筆勢強勁，婀娜多姿。

【附註】也作「矯若驚龍」。

矯枉過正

【出處】漢·班固《漢書·諸侯王表第二》序：「而藩國大者夸州兼郡，連城數十，宮室百官，同制京師，可謂撟（矯）枉過過正矣。」

【解釋】矯：糾正。枉：彎曲。

【用法】①爲把彎曲的東西扭直，超過了限度，結果反而又彎向另一方。②比喻糾正錯誤或偏差超過了應有的限度。
【例句】糾正錯誤的時候，我們應力求恰如其分，不要～。

絞盡腦汁

【用法】形容用盡了心機，想盡了一切辦法。
【例句】面對這個難題，她～也想不出解決的辦法來。

脚不點地

【出處】明·馮楚龍《古今小說》第二十七卷：「七八個老嫗丫環，扯耳朵，拽胳膊，好似六賊戲彌陀一般，脚不點地，擁到新人面前。」
【解釋】點：用脚尖著地。
【用法】形容走得非常快，好像脚尖都沒有着地一樣。
【例句】他走起路來～，雖近在眼前，也追他不著。

脚踏兩隻船

【出處】明·李卓吾《藏書》：「世間道學，好騎兩頭馬，喜踹兩條船。」
【用法】①比喻搖擺不定，做著這樣又想做那樣。②形容存心投機取巧，兩下裏都占着。
【例句】這個人更好～，兩頭都佔着，這是很不好的。

脚踏實地

【出處】宋·邵伯溫《邵氏聞見錄》：「司馬溫公問康節（邵雍）曰：『某何如人？』曰：『君實（司馬光）脚踏實地人也。』」
【用法】比喻做事認眞，實事求是。
【例句】做事要～，才能成功。
【附註】也作「足履實地」。

角巾私第

【出處】唐·房玄齡等《晉書·王濬傳》：「卿旋旆之日，角巾私第，口不言平吳之事。」
【解釋】角巾：古代隱士常戴的一種有稜角的頭巾。私第：私人的宅府。
【用法】指建立功業的官員，退居家中，不誇不驕。

叫苦不迭

【出處】《大宋宣和遺事·亨集》：「徽宗叫苦不迭，向外榻上忽然驚覺來，唬得渾身冷汗。」
【解釋】不迭：不停止。
【用法】連連叫苦不止。

叫苦連天

【出處】明·馮夢龍《古今小說·宋四公大鬧禁張魂》：「王愷大驚，叫苦連天。」
【用法】①大聲不斷地叫苦。②形容苦不堪言。
【例句】一連考了幾天，同學們都～。

教婦初來

【出處】北齊·顏之推《顏氏家訓·教子》：「經諺曰：『教婦初來，教子嬰孩。』誠哉斯語！」
【用法】①指男人要在妻子剛剛嫁來的

時候就加以管教。②意指施教必須及早。

教學相長 ㄐㄧㄠˋ ㄒㄩㄝˊ ㄒㄧㄤ ㄓㄤˇ

【出處】《禮記·學記》：「是故，學然後知不足，教然後知困。知不足然後能自反也，知困後能自強也，故曰教學相長也。」

【解釋】教：傳授學識與技能。學：學習。長：這裏指推進。

【用法】教和學是互相推進的。

【例句】教師在教學工作中，不僅教導了學生，同時也一定會提高自己的學術水準，這就是～。

【附註】「長」不能念成ㄔㄤˊ。

教亦多術 ㄐㄧㄠˋ ㄧˋ ㄉㄨㄛ ㄕㄨˋ

【出處】《孟子·告子下》：「教亦多術矣，予不屑之教誨也者，是亦教誨之而已矣。」

【解釋】術：方式、方法。

【用法】①教育人有多種多樣的方式方法。②指必須靈活地因人施教，不可老用一種方法。

【例句】～怎可墨守舊法，不求進步。

鳩奪鵲巢 ㄐㄧㄡ ㄉㄨㄛˊ ㄑㄩㄝˋ ㄔㄠˊ

【出處】明·羅貫中《三國演義》第三十三回：「公孫恭曰：『袁紹存日，常有吞遼東之心；今袁熙，袁尚兵敗將亡，無處依栖，來此相投，是鳩奪鵲巢之意也。』」

【解釋】鳩：鳥名，班鳩。鵲：鳥名，俗稱喜鵲。

【用法】①斑鳩奪了喜鵲的窩。②比喻霸占別人的財產。

【例句】他趁人之危，併吞他人產業，～，令人不齒！

鳩集鳳池 ㄐㄧㄡ ㄐㄧˊ ㄈㄥˋ ㄔˊ

【出處】宋·司馬光《資治通鑑·唐紀·則天后聖歷二年》：「內史王及善強無學術，然清正難奪，有大臣之節。」胡三省注：「《朝野金載》曰：王及善才行庸猥，風神鈍濁，爲內史時，人號爲：『鳩集鳳池』。」

【解釋】鳩：斑鳩：比喻才能平庸的人。集：聚。鳳池：鳳凰池簡稱，指掌握首要公事的中書省。

【用法】比喻庸才自居要職。

【例句】～，眞正的人才反而無法大展長才，政事又如何能上軌道呢？

鳩形鵠面 ㄐㄧㄡ ㄒㄧㄥˊ ㄏㄨˊ ㄇㄧㄢˋ

【出處】宋·司馬光《資治通鑑，梁簡文帝大寶元年》：「時江南連年旱蝗：富室無食，皆鳥面鵠形。」

【解釋】鳩形：形狀像腹部低陷、胸骨突起的斑鳩。鵠面：臉頰無肉，像長頸尖嘴的黃鵠。

【用法】形容人身體瘦削，面容憔悴。

【例句】社會上，還有成千上萬的～的失業者在街頭徘徊。

【附註】也作「鳥面鵠形」。

久病成醫 ㄐㄧㄡˇ ㄅㄧㄥˋ ㄔㄥˊ ㄧ

【出處】《左傳·定公十三年》：「三折肱，知爲良醫。」

【用法】指人久病，日常不離醫藥，因而懂得一些藥性和醫療的方法。

【例句】～，他現在倒成了辦公室的醫藥顧問了。

久負盛名（ㄐㄧㄡˇ ㄈㄨˋ ㄕㄥˋ ㄇㄧㄥˊ）

【解釋】負：承擔，引申爲享有。
【用法】長久地享有好的名聲。
【例句】故宮～，因此，觀光客一到臺灣就趕快跑去參觀。

久旱逢甘雨（ㄐㄧㄡˇ ㄏㄢˋ ㄈㄥˊ ㄍㄢ ㄩˇ）

【出處】宋・洪邁《容齋隨筆四筆・卷八・得意失意》詩：「久旱逢甘雨，他鄉遇故知。」
【解釋】逢：遇到。甘：甜。
【用法】①乾旱了很久的土地，突然遇到一場好雨。②比喻急切的願望終於實現。
【例句】午後的一場及時雨使農作物重現生機～，無怪農夫個個喜形於色，樂不可支。

久假不歸（ㄐㄧㄡˇ ㄐㄧㄚˇ ㄅㄨˋ ㄍㄨㄟ）

【出處】《孟子・盡心上》：「久假而不歸，惡知其非有也。」
【解釋】假：借用。歸：歸還。
【用法】①長期借用而不歸還原主。②指蓄意呑沒別人財富的可恥行爲。③指長久地沉溺於某種境地，迷而不返。
【例句】圖書館的書是供大家看的，必須按期歸還，如果～，必然會影響圖書的流通。

久而久之（ㄐㄧㄡˇ ㄦˊ ㄐㄧㄡˇ ㄓ）

【出處】清・吳趼人《二十年目睹之怪現狀》第一回：「久而久之，凡在上海來來往往的人開口便講應酬，閉口也講應酬。」
【用法】指過了相當長的時間。
【例句】許多精神上體質上的缺點，也可以傳之子孫，而且～，連社會都蒙受影響。

久要不忘（ㄐㄧㄡˇ ㄧㄠ ㄅㄨˋ ㄨㄤˋ）

【出處】《論語・憲問》：「見利思義，見危授命，久要不忘平生之言。」
【解釋】要：「邀」字的借字，約定之意。久要：很早就約定好了的諾言。
【用法】指做人須以信義爲重，不管怎樣也不忘自己的信念和對人的約定。
【附註】也作「不忘久要」。「要」不能念成ㄧㄠˋ。

久違謦欬（ㄐㄧㄡˇ ㄨㄟˊ ㄑㄧㄥˇ ㄎㄞˋ）

【出處】《莊子・徐無鬼》：「又況乎昆弟親戚之謦欬其側者乎？」
【解釋】謦欬：咳嗽聲，引申爲言笑。
【用法】①指長久沒有聽到對方的談笑聲。②即很久不通消息。
【例句】由於工作關係，十餘年沒有回家鄉，與親友們～，心裡總是惦記着。

九鼎大呂（ㄐㄧㄡˇ ㄉㄧㄥˇ ㄉㄚˋ ㄌㄩˇ）

【出處】漢・司馬遷《史記・平原君列傳》：「毛先從（毛遂）一至楚，而使趙重於九鼎大呂。」
【解釋】九鼎：夏禹鑄的九個鼎，象徵國家政權。大呂：周朝大鐘。「九鼎」和「大呂」都是古代國家的寶器。
【用法】比喻分量重，力量大。

九天九地（ㄐㄧㄡˇ ㄊㄧㄢ ㄐㄧㄡˇ ㄉㄧˋ）

【出處】《孫子・形篇》：「善守者，藏於九地之下；善攻者，動於九天之上。故能自保而全勝也。」

【解釋】傳說天有九重，地也有九重。
【用法】喻指一在天上，一在地下，兩者相比，相差懸殊。
【例句】我們二人的資質如～之差。

九牛二虎之力（ㄐㄧㄡˇ ㄋㄧㄡˊ ㄦˋ ㄏㄨˇ ㄓ ㄌㄧˋ）

【出處】元・鄭德輝《三戰呂布・楔子》：「兄弟，你不知他鞋尖點地，有九牛二虎之力，休要放他小歇。」
【用法】①九頭牛和兩隻老虎的力氣。②比喻力量特別大。
【例句】書店裏擠得水泄不通，我費了～才買到這本書。

九牛一毛（ㄐㄧㄡˇ ㄋㄧㄡˊ ㄧ ㄇㄠˊ）

【出處】漢・司馬遷《報任安書》：「假令僕伏法受誅，若九牛亡一毛，與螻蟻何以異？」
【用法】①九頭牛身上的一根毛。②比喻極為輕微渺小，不值一提。
【例句】就整個社會而言，個人的貢獻不過是～而已。

九流賓客（ㄐㄧㄡˇ ㄌㄧㄡˊ ㄅㄧㄣ ㄎㄜˋ）

【出處】唐・姚思廉《梁書・蕭子顯傳》：「子顯性凝簡，頗負其才氣，及掌選，見九流賓客，不與交談，但舉扇一撝（揮）而已。」
【用法】指多種學術派別人物。
【例句】這次會議的參加者，～應有盡有。
【附註】也作「九流人物」。

九九歸一（ㄐㄧㄡˇ ㄐㄧㄡˇ ㄍㄨㄟ ㄧ）

【解釋】歸：珠算的一種除法。
【例句】①九除以九，商數為一。②喻指化繁為簡，總而言之一句話。
【例句】我看也別瞎出主意了，～，最後只痛痛快快地說一個字就行：去！

九泉之下（ㄐㄧㄡˇ ㄑㄩㄢˊ ㄓ ㄒㄧㄚˋ）

【出處】元・關漢卿《竇娥冤》第四折：「替你孩兒，盡養生送死之禮，我便九泉之下，可也瞑目。」
【解釋】九泉：地下最深處。
【用法】指人死後埋葬屍體的處所。
【例句】他在短短的幾年間，就把家產敗光，如何對得起～的父母呢？

九霄雲外（ㄐㄧㄡˇ ㄒㄧㄠ ㄩㄣˊ ㄨㄞˋ）

【出處】元・王實甫《西廂記》第四本第一折：「魂飛在九霄雲外。」
【解釋】九霄：指天的極高處。
【用法】①在九重天的外面。②比喻無限高遠的地方。
【例句】看著遼闊的大海，心情也隨之開朗舒暢，所有的煩惱都被拋到～。

九朽一罷（ㄐㄧㄡˇ ㄒㄧㄡˇ ㄧ ㄅㄚˋ）

【出處】宋・鄧椿《畫繼・三・岩穴上士》：「畫家於人物，必九朽一罷。謂先以土筆捕取形似，數次修改，故曰九朽；繼以淡墨一描而成，故曰一罷，罷者，畢事也。」
【用法】畫人物的一種畫法。

九轉功成（ㄐㄧㄡˇ ㄓㄨㄢˇ ㄍㄨㄥ ㄔㄥˊ）

【出處】晉・葛洪《抱朴子・金丹》：「其一轉至九轉，遲速各有，日數多少，以此知之耳。其轉數少，其藥力不足，故服之用日多，得仙遲也；其轉數多藥力成，故服之用日少而得仙速也。」

【解釋】道家修仙燒煉金丹，丹以九轉爲貴。轉，有循環變化的意思，即把丹砂燒成汞，再把汞煉成丹砂，燒煉的時間越久，轉數越多，也就是循環變化的次數越多，金丹的功能越高。

【用法】指經過艱苦的磨練，攻克無數難關，終於大功告成了。

【附註】也作「九轉丸成」。

九十其儀

【出處】《詩經．豳風．東山》：「九十其儀。」

【解釋】九十：言其多。

【用法】①指女子出嫁時母親的囑咐。②形容儀節非常繁瑣。

九世之仇

【出處】《公羊傳．莊公四年》載：春秋時，紀侯在周天子面前說了齊哀公的壞話，周天子就處死了齊哀公。後來齊哀公的後代齊襄公滅了紀國，報了九世之仇（從襄公上溯到哀公共九世）。

【解釋】九世：九代。

【用法】①九代的仇恨。②表示久遠的仇怨。

【例句】二次大戰後，廢除了不平等條約，洗雪了帝國主義侵略中國的～。

九儒十丐

【出處】清．趙翼《陔餘叢考》卷四十二：「鄭所南又謂元制：一官、二吏、三僧、四道、五醫、六工、七獵、八民、九儒、十丐。」

【解釋】儒：指讀書人。丐：乞丐，討飯的人。

【用法】相傳元代統治者把人分爲十等，讀書人列爲第九等，居於末等的乞丐之上而已。

九層之台，起於累土

【出處】《老子》第六十四章：「合抱之木，生於毫末。九層之台，起於累土。千里之行，始於足下。」

【解釋】九：指多數。

【用法】①比喻辦事必須從打好基礎做起。②指大事是從小事開始的。

【例句】「～」，任何偉大的事業，都是從小事做起的。

九死一生

【出處】戰國．楚．屈原《離騷》：「亦余心之所善兮，雖九死其猶未悔。」劉良注：「雖九死無一生，未足悔恨。」

【用法】形容經歷了多次生死考驗而倖存下來。

【例句】他在槍林彈雨中～，爲國家付出不少血汗。

九五之尊

【出處】《周易．乾》：「九五，飛龍在天，利見大人。」孔穎達疏：「言九五陽氣盛至於天，故云飛龍在天，此自然之象，猶若聖人有龍德，飛騰而居天位。」

【解釋】《周易．乾卦》中的「九」，是陽爻，「五」指第五爻。

【用法】術數家認爲，《乾卦》九五是帝王的象徵。後來就把至尊的帝位稱作「九五之尊」。

九原可作

【出處】《國語・晉語八》：「趙文子與叔向游於九原曰：『死者若可作也，吾誰與歸！』」

【解釋】九原：山名，春秋時期，晉國的卿大夫都埋葬在這裡，後泛作墓地的代稱，這裏用指長眠地下的古人。可作：有再興起的可能。

【用法】指古人再世，死者復活。這是不能成爲事實的設想。

酒囊飯袋

【出處】《類說》卷二十三引陶岳《荊湖近事》：「馬氏（馬殷）奢僭，諸院王子僕從烜赫，文武之道，未嘗留意，時謂之酒飯袋。」

【解釋】囊：口袋。

【用法】①盛酒和裝飯的口袋。②比喻只會吃喝不會做事的人。

【例句】這個人什麼真才實學也沒有，不過是個～而已。

酒酣耳熱

【出處】三國・魏・曹丕《與吳質書》：「每至觴酌流行，絲竹並奏，酒酣耳熱，仰而賦詩。當此之時，忽然不自知樂也。」

【解釋】酒酣：酒喝得暢快。耳熱：面紅過耳，非常興奮。

【用法】形容酒意正濃，興致勃勃。

【例句】在新年的聚餐會上，人們興致很高，一個個喝得～，仍不肯罷休。

酒池肉林

【出處】漢・司馬遷《史記・殷本紀》：「（帝紂）大衆樂戲於沙丘，以酒爲池，縣（懸）肉爲林，使男女倮，相逐其間，爲長夜之飲。」

【解釋】古代傳說，殷紂王以酒爲池，以肉爲林，達旦痛飲。

【用法】①形容荒淫無度。②形容酒肉之多。

酒食徵逐

【出處】唐・韓愈《柳子厚墓誌銘》：「今夫平居里巷相慕悅，酒食游戲相徵逐。」

【解釋】徵：召，呼喚。逐：跟隨。

【用法】①彼此之間經常地相互約請吃喝玩樂。②形容酒肉朋友之間的交往，不務正業。

【例句】這幾個年輕人，整日～，一點正事也不做。

酒肉朋友

【出處】元・關漢卿《單刀會》第三折：「關雲長是我酒肉朋友，我交他兩隻手送與你那荊州來。」

【用法】在一起只是吃吃喝喝，可以同歡樂，而不能共患難的朋友。

【例句】交朋友是件好事情，但千萬別胡亂交些～。

酒足飯飽

【用法】酒喝足了，飯吃飽了。

【例句】我已經～，再也吃不下了。

酒色財氣

【出處】元・馬致遠《黃粱夢》第四折：「一夢十八年，見了酒色財氣，人我是非，貪嗔痴愛，風霜雨雪。」

【解釋】酒：嗜酒。色：好女色。財：貪財。氣：逞氣。
【用法】嗜酒、好色、貪財、逞氣，四者最容易致禍害人，故並提而作爲人生「四戒」。
【例句】年輕人血氣方剛，正該杜絕～，以免惹禍上身。

酒有別腸 ㄐㄧㄡˇ ㄧㄡˇ ㄅㄧㄝˊ ㄔㄤˊ

【出處】《十六國春秋·閩·景宗紀》：「帝（王曦）曰：『維岳（周維岳）身甚小，何飲酒之多？』左右曰：『酒有別腸，不必長大。』」
【用法】意指酒量大小，不能以身材爲準。
【用法】我眞沒有想到，瘦小枯乾的老李竟然有如此大的酒量，眞是～。

酒言酒語 ㄐㄧㄡˇ ㄧㄢˊ ㄐㄧㄡˇ ㄩˇ

【用法】①指醉漢的言語。②形容胡說八道，語無倫次。
【例句】他的那些～，引得衆人捧腹大笑。

咎由自取 ㄐㄧㄡˋ ㄧㄡˊ ㄗˋ ㄑㄩˇ

【出處】清·吳趼人《二十年目睹之怪現狀》第七十回：「然而據我看來，他實在是咎由自取。」
【解釋】咎：過失、災禍。
【用法】災禍是自己招來的。
【例句】他違反交通規則，出了車禍，這是～。

咎有應得 ㄐㄧㄡˋ ㄧㄡˇ ㄧㄥ ㄉㄜˊ

【出處】清·張春帆《宦海》第七回：「雖然新德標一時冒犯，觸犯烏紳，咎有應得，但是領取人口要繳領狀，是警局的向章，求大人的明鑒。」
【解釋】咎：過失、罪過。
【用法】罪過是自己應當得到的。
【例句】他違規行車，受到行政拘留的處分，這是～。

就地取材 ㄐㄧㄡˋ ㄉㄧˋ ㄑㄩˇ ㄘㄞˊ

【解釋】就地：就在原地。
【用法】在原地找所需的材料或人才。
【例句】當令之計，最好是～。

就地正法 ㄐㄧㄡˋ ㄉㄧˋ ㄓㄥˋ ㄈㄚˇ

【解釋】就地：就在原地。正法：對判死罪者依法處決。
【用法】就在犯罪的地方或當時罪犯所在的地方執行死刑。
【例句】在戰爭中，必須對當場捕獲的破壞者～。

就正有道 ㄐㄧㄡˋ ㄓㄥˋ ㄧㄡˇ ㄉㄠˋ

【出處】《論語·學而》：「就有道而正焉。」
【解釋】就正：請求指正。有道：指有學問和道德的人。
【用法】向有道德學問的人請求指正。
【例句】我學識淺陋，不揣冒昧，特～，望能不客氣地給以指正。

就事論事 ㄐㄧㄡˋ ㄕˋ ㄌㄨㄣˋ ㄕˋ

【出處】清·沈復《浮生六記·閑情記趣》：「貧士起居服食，以及器皿房舍，宜省儉而雅潔。省儉之法，曰：就事論事。」
【解釋】就：按照。

【用法】①只談事情的表面現象，迴避事情的本質和思想。②指按照事情性質實事求是地評論是非。

【例句】①如果想弄清某些社會問題之所以發生，僅僅對個別現象～地討論是不能解決問題的。②對於這次事故應該～，找出事故發生的原因，而不應該硬往政治上扯。

就日瞻雲

【出處】唐・李邕《日賦》：「就日瞻雲兮心若驚。」

【用法】①指賢明的國君恩澤施及黎民百姓。②比喻得近天子。

【附註】也作「瞻雲就日」。

救民水火

【出處】《孟子・梁惠王下》：「今燕虐其民，王往而征之，民以爲將拯己於水火之中也。」

【解釋】救：拯救。水火：水深火熱，形容災難深重。

【用法】從水深火熱之中拯救老百姓。

【例句】我們要反抗暴政，～之中。

救困扶危

【出處】元・無名氏《來生債》第四折：「則爲我救困扶危，疏財仗義。」

【用法】①營救困難痛苦的人，扶持陷於危難中的人。②指仗義助人的行爲。

【例句】他在我最危難時～，這恩德，令我終生感佩。

救火揚沸

【出處】漢・司馬遷《史記・酷吏列傳》：「當是之時，吏治若救火揚沸！」司馬貞《索隱》：「言本弊不除，則其末難止。」

【解釋】救：制止。

【用法】比喻只能治標、不能治本的辦法。

【例句】這樣的作法只是～，並沒有眞正解決問題。

【附註】成語「抱薪救火」和「揚湯止沸」的省併。

救急不救窮

【解釋】只能救一時的急難，不能救長期的窮困。

【用法】朋友之間的幫助，也只能解決一時的困難，～，總不能老靠別人。

救經引足

【出處】《荀子・仲尼》：「志不免乎奸心，行不免乎奸道，而求有君子、聖人之名，辟之是猶伏而咶天，救經而引其足也。」

【解釋】經：上吊。引足：牽動脚。

【用法】①想救上吊的人却去拉他的脚。②比喻做事的方法與目的相違背。

【例句】你沒有好好勸他，反而順着他說些火上澆油的話，這純粹是～，大幫倒忙！

救世濟民

【出處】清・曹雪芹《紅樓夢》第一百十八回：「堯、舜、禹、湯、周、孔，時刻以救民濟世爲心。」

【用法】挽救天下，拯濟百姓。

【例句】革命先烈們時刻以～爲念。

【附註】也作「救民濟世」。

救災恤鄰（ㄐㄧㄡˋ ㄗㄞ ㄒㄩˋ ㄌㄧㄣˊ）

【出處】《左傳・僖公十三年》：「晉荐飢，使乞羅於泰。……（秦伯）謂百里奚：『與諸乎？』對曰：『天災流行，國家代有。救災、恤鄰，道也。行道，有福。』」

【解釋】恤：救濟、安撫。

【用法】表示鄰國之間有互相幫助的義務。

【例句】貴國發生多年罕見之水患，我國慨贈十萬美金，正是友邦之間該有的～的義行。

救死扶傷（ㄐㄧㄡˋ ㄙˇ ㄈㄨˊ ㄕㄤ）

【出處】漢・司馬遷《報任安書》：「且李陵提步卒不滿五千……與單于連戰十有餘日，所殺過當，虜救死扶傷不給。」

【解釋】扶：幫助。

【用法】①救治快要死的人，幫助受傷的人。②形容醫務工作者全心全意為人民服務的精神。

【例句】她讚揚醫務人員～的人道主義精神。

救亡圖存（ㄐㄧㄡˋ ㄨㄤˊ ㄊㄨˊ ㄘㄨㄣˊ）

【出處】清・王無生《論小說與改良社會之關係》：「夫欲救亡圖存，非僅恃一二才士所能為也，必使愛國思想，普及於最大多數之國民而後可。」

【用法】拯救國家的危亡，謀求民族的生存。

【例句】任何有愛國心的中國人，都應該團結起來，～，一致反抗外國侵略者。

舊病復發（ㄐㄧㄡˋ ㄅㄧㄥˋ ㄈㄨˋ ㄈㄚ）

【出處】唐・房玄齡等《晉書・郭舒傳》：「（王）敦曰：『平子（王澄）以卿病狂，故搯鼻灸眉頭，舊疾復發邪！』」

【用法】①老毛病又發作了。②常借指舊嗜好、老習慣又勾回來了。

【例句】沒有想到，他「～」，又同人家大吵大鬧一頓。

舊瓶裝新酒（ㄐㄧㄡˋ ㄆㄧㄥˊ ㄓㄨㄤ ㄒㄧㄣ ㄐㄧㄡˇ）

【出處】《新約・馬太福音》第九章：「耶穌說：『沒有人把新酒裝在舊皮袋裏，若是這樣，皮袋就裂開，酒漏出來，連皮袋也壞了。惟獨把新酒裝在新皮袋裏，兩樣都保住了。』」

【用法】①「五四」新文學運動興起以後，提倡白話文學的人認為文言和舊形式不能表現新內容，常用『舊瓶裝新酒』作比喻。②泛指用舊的形式來表現新的內容。

【例句】採用舊的形式表現新的內容，這並不罕見的，翻一翻我們的現代文學史，就可以看到這種～的現象。

舊地重遊（ㄐㄧㄡˋ ㄉㄧˋ ㄔㄨㄥˊ ㄧㄡˊ）

【解釋】舊地：曾經居住過或遊覽過的地方。

【用法】重新來到曾經居住過的或遊覽過的地方。

【例句】這次到香港，雖然說是～，但因為它變化很大，我卻認不出來了。

舊調重彈（ㄐㄧㄡˋ ㄉㄧㄠˋ ㄔㄨㄥˊ ㄊㄢˊ）

【附註】「重」不能念成ㄓㄨㄥˋ。

【解釋】調：調子、曲調。
【用法】①說的、唱的還是老一套。②比喻把過去的主張或陳舊的理論、觀點重新搬出來。
【例句】他們發表的「備忘錄」，不過是～，一點新的內容都沒有。
【附註】「重」不能念成ㄓㄨㄥˋ。

舊榮新辱（ㄐㄧㄡˋ ㄖㄨㄥˊ ㄒㄧㄣ ㄖㄨˇ）

【出處】元・王實甫《麗春堂》第三折：「……感今懷古，舊榮新辱，都裝入酒葫蘆。」
【用法】①以前的榮譽和現在的恥辱。②形容人生的複雜變遷。

舊恨新仇（ㄐㄧㄡˋ ㄏㄣˋ ㄒㄧㄣ ㄔㄡˊ）

【解釋】恨：仇恨、怨恨。
【用法】①以前的和現在的仇恨。②形容仇恨積累得很多。
【例句】爭吵時，～一件件都被提起。

舊仇宿怨（ㄐㄧㄡˋ ㄔㄡˊ ㄙㄨˋ ㄩㄢˋ）

【解釋】宿：舊有的。
【用法】很久以前就結下的怨仇。
【例句】把過去的戀情比喻成～，未免太過在乎得失，忽略了愛的眞義。

舊愁新恨（ㄐㄧㄡˋ ㄔㄡˊ ㄒㄧㄣ ㄏㄣˋ）

【出處】南唐・馮延巳《採桑子・二》詞：「舊愁新恨知多少，目斷遙天。」
【解釋】恨：遺憾。
【用法】①原有的愁苦，新增加的憾事。②指不愉快的事積到一起了。
【例句】～一齊湧上心頭，她不由得失聲痛哭起來。
【附註】也作「舊恨新愁」。

舊事重提（ㄐㄧㄡˋ ㄕˋ ㄔㄨㄥˊ ㄊㄧˊ）

【用法】①舊日的事情，重新提起。②指因某事觸發，把過去許久的事再提出來。
【例句】三十年過去了，～，不禁感慨系之。

舊雨新知（ㄐㄧㄡˋ ㄩˇ ㄒㄧㄣ ㄓ）

【出處】唐・杜甫《秋述》：「常時車馬之客，舊雨來，今雨不來。」意指舊時賓客遇雨也來，而現在遇雨卻不來了。
【解釋】舊雨：老朋友的代稱。新知：新結識的朋友。
【用法】老朋友和新交。
【例句】本店即日喬遷他處，歡迎～繼續光臨指教。
【附註】也作「舊遇新知」。

兼聽則明，偏信則暗（ㄐㄧㄢ ㄊㄧㄥ ㄗㄜˊ ㄇㄧㄥˊ，ㄆㄧㄢ ㄒㄧㄣˋ ㄗㄜˊ ㄢˋ）

【出處】漢・王符《潛夫論・明闇（暗）》：「君之所以明者，兼聽也；其所以闇者，偏信也。」
【解釋】兼聽：多方面聽取。明：明辨。暗：昏暗。
【用法】聽取多方面的意見，就能明辨是非，正確地認識事物，單聽信一方面的話就糊塗，會犯片面性的錯誤。
【例句】「～」。聽聽不同意見，特別是批評意見，有助於我們克服缺點。
【附註】也作「兼聽則明，偏聽則暗」。

兼權熟計（ㄐㄧㄢ ㄑㄩㄢˊ ㄕㄨˊ ㄐㄧˋ）

【出處】《荀子・不苟》：「見其可欲也，則必前後慮其可惡也者；見其可利也，則必前後慮其害也者；而兼權之，熟計之，然後定其欲惡取捨。」

【解釋】兼：指同時顧到各方面。權：權衡、比較。熟：熟悉、深入。

【用法】①多方面地比較權衡，深入細緻地計劃考慮。②指統籌全局。

【例句】你提的方案，經過我們多次研究，～，認為還不能立即實行。

兼程並進 ㄐㄧㄢ ㄔㄥˊ ㄅㄧㄥˋ ㄐㄧㄣˋ

【解釋】兼程：以加倍速度趕路。

【用法】以加倍的速度，不停地前進。

【例句】為了在天黑前到達，我們不敢休息，向目的地～。

兼收并蓄 ㄐㄧㄢ ㄕㄡ ㄅㄧㄥˋ ㄒㄩˋ

【出處】宋·王洋《東牟集·張帥謝除待製表》：「錄善棄瑕，急堯帝親賢之意；兼收並蓄，無商王求備之心。」

【解釋】兼收：多方面收取。

【用法】①不管內容性質如何不同，把各方面的全都收取保留下來。②指不拘一格，包羅多方面的人或物。

【例句】只有對有關的知識～，才能開闊視野。

【附註】原作「俱收並蓄」。

兼人之量 ㄐㄧㄢ ㄖㄣˊ ㄓ ㄌㄧㄤˋ

【解釋】兼人：加倍於人，一人抵得幾個人。

【用法】①一個人有兩三個人的食量。②指食量超過一般人。

【例句】這個舉重運動員，力氣超過一般人，吃起飯來也有～。

兼人之勇 ㄐㄧㄢ ㄖㄣˊ ㄓ ㄩㄥˇ

【出處】漢·班固《漢書·韓信傳》：「受辱於胯下，無兼人之勇。」

【解釋】兼人：勝過人，一人敵得好多人。勇：勇氣。

【用法】勝過人的勇氣。

【例句】三國時關、張諸將，都有～。

兼弱攻昧 ㄐㄧㄢ ㄖㄨㄛˋ ㄍㄨㄥ ㄇㄟˋ

【出處】《尚書·仲虺之誥》：「兼弱攻昧，取亂侮亡。」

【解釋】兼：吞併。昧：愚昧。

【用法】吞併弱小的、攻取政治昏暗的國家。

【例句】海珊意以為進攻科威特是～的正義之舉。

兼容併包 ㄐㄧㄢ ㄖㄨㄥˊ ㄅㄧㄥˋ ㄅㄠ

【出處】漢·司馬遷《史記·司馬相如列傳》：「必將崇論閎議，創業垂統，為萬世規，故馳騖乎兼容並包，而勤思乎參天貳地。」

【解釋】容：容納。包：包含。

【用法】把有關的各方面全都收納包括進來。

【例句】我們這個研究單位專業性很強，不可能～。

兼而有之 ㄐㄧㄢ ㄦˊ ㄧㄡˇ ㄓ

【出處】《戰國策·秦策》：「以此與天下，天下可兼而有也。」

【用法】①同時進行幾樁事情或占有幾樣東西。②指同時具備或占有有關的兩方面。

【例句】在科學研究方面，基礎科學知識和應用科學知識應該～。

堅壁清野 (ㄐㄧㄢ ㄅㄧˋ ㄑㄧㄥ ㄧㄝˇ)

【出處】晉·陳壽《三國志·魏書·荀彧傳》：「今東方皆以收麥，必堅壁清野以待將軍，將軍攻之不拔，略之無獲，不出十日，則十萬之衆未戰而自困耳。」

【解釋】堅壁：加固營壘。清野：將四野的財物清理收藏起來。

【用法】加固防禦設施，轉移周圍的居民和物資，收割四野已熟的穀物，清除附近的房屋樹木，使敵人攻不下據點，又無法掠奪，因而不能立足。這是一種對付入侵敵人的作戰方法。

【例句】「～」，雖然是兵家之一法，但這畢竟是退守，不是進攻。

堅不可摧 (ㄐㄧㄢ ㄅㄨˋ ㄎㄜˇ ㄘㄨㄟ)

【出處】清·葉燮《原詩·內篇上》：「惟力大而才能堅，故內堅而不可摧也。」

【解釋】堅：堅固。摧：摧毀、徹底破壞。

【用法】非常堅固，摧毀不了。

【例句】我國的三軍是一支～的強大武裝力量。

堅明約束 (ㄐㄧㄢ ㄇㄧㄥˊ ㄩㄝ ㄕㄨˋ)

【出處】漢·司馬遷《史記·廉頗藺相如列傳》：「(相如)謂秦王曰：『秦自繆公以來二十餘君，未嘗有堅明約束者也。』」

【解釋】堅：堅守。明：明確。約束：遵守信約。

【用法】指堅守同盟，遵從信約。

【例句】每個盟國都應該嚴格按約定辦事，～，這樣，才能發揮強大力量。

堅定不移 (ㄐㄧㄢ ㄉㄧㄥˋ ㄅㄨˋ ㄧˊ)

【出處】宋·司馬光《資治通鑑·唐紀·文宗開成五年》：「推心委任，堅定不移，則天下何憂不理哉！」

【解釋】移：改變、變動。

【用法】意志剛強，不動搖地做下去。

【例句】立下志向，就要～地朝著目標走去。

堅苦卓絕 (ㄐㄧㄢ ㄎㄨˇ ㄓㄨㄛˊ ㄐㄩㄝˊ)

【出處】①元·脫脫等《宋史·邵雍傳》：「始爲學，即堅苦刻勵，寒不爐，暑不扇，夜不就席者數年。」②晉·陳壽《三國志·魏書·管寧傳》：「德行卓絕，海內無偶。」

【解釋】堅苦：堅強刻苦。卓絕：獨特無比。

【用法】形容人堅毅無比，絲毫不怕艱苦。

【例句】他的父親早逝，母親～獨力將他們兄弟撫養成人。

堅甲利兵 (ㄐㄧㄢ ㄐㄧㄚˇ ㄌㄧˋ ㄅㄧㄥ)

【出處】《墨子·非攻下》：「於此爲堅甲利兵，以往攻無罪之國。」

【解釋】堅甲：堅固的盔甲。利兵：鋒利的武器。

【用法】①指精良的武器裝備。②指堅強善戰的軍隊。

【例句】在戰爭危險還嚴重存在的今天，就必須有～，建設現代化的國防力量。

堅甲利刃 (ㄐㄧㄢ ㄐㄧㄚˇ ㄌㄧˋ ㄖㄣˋ)

【出處】漢・班固《漢書・晁錯傳》：「堅甲利刃，長短相雜。」
【用法】堅固的鎧甲，銳利的兵刃。

堅強不屈 ㄐㄧㄢ ㄑㄧㄤˊ ㄅㄨˋ ㄑㄩ

【出處】《荀子・法行》：「堅剛而不屈，義也。」
【解釋】屈：屈服。
【用法】堅定、剛強、不屈服。
【例句】即使在敵人嚴刑逼迫下，他仍～，沒有供出任何一個同志的名字。
【附註】也作「堅剛不屈」。

堅貞不屈 ㄐㄧㄢ ㄓㄣ ㄅㄨˋ ㄑㄩ

【解釋】貞：堅定，多指意志或節操。屈：屈服、低頭。
【用法】堅守氣節，不向惡勢力屈服。
【附註】也作「堅貞不渝」。

堅持不懈 ㄐㄧㄢ ㄔˊ ㄅㄨˋ ㄒㄧㄝˋ

【解釋】懈：鬆懈。
【用法】始終抓緊，一點兒不放鬆。
【例句】我們要～地學習，不斷提高自己的知識水準。

堅韌不拔 ㄐㄧㄢ ㄖㄣˋ ㄅㄨˋ ㄅㄚˊ

【出處】宋・蘇軾《賈誼論》：「古人立大事者，不惟有超世之才，亦必有堅忍不拔之志。」
【解釋】韌：柔軟而結實。拔：移動、改變。
【用法】形容意志堅強，不可動搖。
【例句】只有一步一個腳印，～地走下去，才能達到理想的彼岸。
【附註】也作「堅忍不拔」。

堅如磐石 ㄐㄧㄢ ㄖㄨˊ ㄆㄢˊ ㄕˊ

【出處】《玉台新詠・古詩爲焦仲卿作》：「君當作磐石，妾當作蒲葦。蒲葦紉如絲，磐石無轉移。」
【解釋】磐石：大的石頭。
【用法】①像大石頭一樣堅固。②形容非常堅固，不可動搖。
【例句】我們兩國人民的友好團結～，牢不可破。

堅臥烟霞 ㄐㄧㄢ ㄨㄛˋ ㄧㄢ ㄒㄧㄚˊ

【出處】清・吳敬梓《儒林外史》第三十五回：「小弟堅臥烟霞，靜聽好音。」
【解釋】臥：躺下。烟霞：古指山林間的烟雲氣，用爲隱逸之山林的代稱。
【用法】指過悠閑的隱士生活。

奸人之雄 ㄐㄧㄢ ㄖㄣˊ ㄓ ㄒㄩㄥˊ

【出處】《荀子・非相篇》：「夫是之謂奸人之雄。聖王起，所以先誅也……。」
【解釋】奸人：虛僞狡詐之人。雄：魁首。
【用法】①惡人中的首領。②形容爲人極其狡詐，壞到極點。
【例句】過去舊戲裏，把曹操的形象，刻劃成一個～的樣子。

奸淫擄掠 ㄐㄧㄢ ㄧㄣˊ ㄌㄨˇ ㄌㄩㄝˋ

【用法】①搶男霸女，燒殺搶奪。②形容胡作非爲，無惡不作。
【例句】侵略者～，無惡不作，眞是滅絕人性。

尖嘴薄舌 ㄐㄧㄢ ㄗㄨㄟˇ ㄅㄛˊ ㄕㄜˊ

【出處】清・李汝珍《鏡花緣》第三回

：「你既要騙我酒吃，又鬥我圍棋，偏有這些尖嘴薄舌的話說！」

【解釋】嘴舌：指說話。

【用法】說話刁鑽刻薄。

【例句】我不喜歡這個姑娘，說起話來～的，很不厚道。

尖嘴猴腮（ㄐㄧㄢ ㄗㄨㄟˇ ㄏㄡˊ ㄙㄞ）

【出處】清．吳敬梓《儒林外史》第三回：「你不看見城裏張府上那些老爺都有萬貫家私，一個個方面大耳？像你這尖嘴猴腮，也該撒泡尿自己照照。」

【用法】①用以描繪陰險狡猾的人的相貌。②形容貧賤人的寒酸相。

【例句】他那～的模樣，眞令人討厭。

尖酸刻薄（ㄐㄧㄢ ㄙㄨㄢ ㄎㄜˋ ㄅㄛˊ）

【出處】清．曹雪芹《紅樓夢》第五十五回：「分明太太是好太太，都是你們尖酸刻薄，可惜太太有恩無處使！」

【解釋】尖酸：說話帶刺，使人難受。刻薄：冷酷不寬容。

【用法】形容待人，說話冷酷無情，不厚道。

煎鹽疊雪（ㄐㄧㄢ ㄧㄢˊ ㄉㄧㄝˊ ㄒㄩㄝˇ）

【出處】清．吳敬梓《儒林外史》第四十三回：「這日將到大姑塘，風色大作。大爺吩咐急急收了口子，彎了船。那江裏的白頭浪茫茫一片，就如煎鹽疊雪的一般。」

【解釋】煎鹽：經過再製而成純白色的精鹽。疊雪：層層疊起來的白雪。

【用法】①像潔白的精鹽和雪那樣。②形容大江裏奔騰翻滾的浪花。

【例句】江裏的白浪如～一般，眞是美麗。

監守自盜（ㄐㄧㄢ ㄕㄡˇ ㄗˋ ㄉㄠˋ）

【出處】《明律．刑律．賊盜》有「監守自盜倉庫錢糧」一條，謂「凡監臨主守自盜倉庫錢糧等物，不分首從，並贓論罪。」

【解釋】監守：看管。

【用法】盜竊自己所看管的公家財物。

【例句】誰也沒有料到，多次丟失貨款，竟會是他～！

【附註】「監」不能寫成「堅」。

緘口結舌（ㄐㄧㄢ ㄎㄡˇ ㄐㄧㄝˊ ㄕㄜˊ）

【出處】①《孔子家語．觀周》：「孔子觀周，遂入太祖后稷之廟，廟堂右階之前有金人焉，三緘其口而銘其背曰：『古之慎言人也。』」②戰國．愼到《愼子》：「臣下閉口，左右結舌。」

【解釋】緘：封閉。

【用法】①封住了嘴巴，舌頭也不能動了。②指閉著嘴不說話或不敢說話。

【例句】一看見爸爸發了怒，他～，不敢再哭。

肩摩踵接（ㄐㄧㄢ ㄇㄛˊ ㄓㄨㄥˇ ㄐㄧㄝ）

【出處】①《戰國策．齊策一》：「臨淄之途，車轂擊，人肩摩。」②元．脫脫等《宋史．李顯忠傳》：「（李顯忠）入城，宣布德意，不戮一人，中原歸附者踵接。」

【解釋】摩：摩擦。踵：腳跟。

【用法】①人們的肩膀相互摩擦，人們的腳跟接連不斷。②形容人來人往絡繹不絕，非常擁擠。

【例句】人們扶老攜幼，～，趕赴這場盛會。

肩不担担，手不提籃

【出處】清・文康《兒女英雄傳》第二十一回：「不讀書，不務正，肩不担担，手不提籃，胡作非為，以致作了強盜。」

【用法】形容不事生產、不愛勞動、游手好閒、不務正業。

【例句】「～」，却妄想甘食褕衣的生活，這樣的人有什麼出息？

艱難困苦

【用法】處境艱難，生活困苦。

【例句】生活上的～，對於一個讀書人來說，是算不了什麼的。

艱難竭蹶

【解釋】竭蹶：力竭而顛跌，比喻枯竭，多指資財缺乏。

【用法】形容生活非常艱苦困難。

【例句】清朝政府統治時期，由於政治腐敗，許多人處於～之中，存聊以卒歲之感。

艱難曲折

【解釋】曲折：彎彎曲曲。

【用法】①非常困難而經過許多周折。②形容極不順利。

【例句】學問的研究不可能是一帆風順的，而是要經過～的過程，才能取得勝利。

艱難險阻

【出處】《左傳・僖公二十八年》：「險阻艱難，備嘗之矣。」

【用法】指前進道路上的困難、危險和障礙。

【例句】無論在我們前進的道路上有多少～，我們也要勇往直前，絕不退縮。

【附註】原作「險阻艱難」。

艱苦樸素

【解釋】樸素：樸實、節儉。

【用法】指吃苦耐勞、勤儉樸實的作風。

【例句】我們要繼承老一輩企業家～、平易近人的好作風。

艱苦奮鬥

【用法】不畏艱難困苦，進行堅持不懈、英勇頑強的奮鬥。

【例句】沒有先烈過去的～，民國的建立是不可能的。

艱深晦澀

【出處】①宋・黃伯思《東觀餘論・校定楚辭序》：「柳柳州於千祀後，獨能作《天對》以應之，宏深傑異，析理精博，而近世文家亦難遽曉。故分章辨事，以其所對，別附於問，庶幾覽者瑩然，知子厚之文不苟為艱深也。」②宋・陳振孫《直齋書錄解題・別集上》：「為文而晦澀若此，其湮沒弗傳也，宜哉！」

【解釋】艱深：文辭深奧難懂。晦澀：意義隱晦，不順口。

【用法】形容筆調古僻、寓意費解的文章。

【例句】他的這篇《談美》的文章，寫得深入淺出，通俗易懂，一點兒也不像一般美學論文那樣～。

艱苦創業 ㄐㄧㄢ ㄎㄨˇ ㄔㄨㄤˋ ㄧㄝˋ

【用法】①在艱難困苦中創立事業。②形容創業不易。
【例句】我們要保持祖先～的精神。

間不容髮 ㄐㄧㄢ ㄅㄨˋ ㄖㄨㄥˊ ㄈㄚˇ

【出處】漢·枚乘《上書諫吳王》：「繫絕於天，不可復結；墜入深淵，難以復出。其出不出，間不容髮。」
【解釋】間：兩物相隔的空隙。容：容納。髮：頭髮。
【用法】①兩下裏容不下一根頭髮。②比喻情勢、時間非常緊迫，沒有喘息餘地。③比喻任務過緊，騰不出一絲兒空間。
【例句】形勢已到了～的時刻，容不得我再從容考慮了。
【附註】「間」不能念成ㄐㄧㄢˋ。

鞬櫜干戈 ㄐㄧㄢ ㄍㄠ ㄍㄢ ㄍㄜ

【出處】唐·元稹《對才識兼茂明於體用策》：「我太宗文皇帝櫜鞬干戈。」
【解釋】鞬：馬上盛弓箭的器具。櫜：古代盛衣甲或弓箭口袋。鞬櫜：引申為收藏。②干戈：古時的兵器。
【用法】①武器收藏在袋中。②指刀槍入庫，不思戰爭。
【例句】在戰爭危險依然存在的情況下，主張～是不利於制止戰爭的。

儉可養廉 ㄐㄧㄢˇ ㄎㄜˇ ㄧㄤˇ ㄌㄧㄢˊ

【出處】元·脫脫等《宋史·范純仁傳》：「惟儉可以助廉，惟恕可以成德。」
【解釋】儉：節儉。廉：廉潔。
【用法】日常生活節儉可以養成廉潔的美德。
【例句】～，所以日常生活應該盡量儉樸。

剪燭西窗 ㄐㄧㄢˇ ㄓㄨˊ ㄒㄧ ㄔㄨㄤ

【出處】唐·李商隱《夜雨寄北》詩：「何當共剪西窗燭，却話巴山夜雨時。」
【用法】①指同妻子團聚，秉燭長談別離之情。②泛指同親友相聚暢談。
【例句】等到我學成歸來，必和你～，訴說別後之情。
【附註】也作「西窗剪燭」。

揀佛燒香 ㄐㄧㄢˇ ㄈㄛˊ ㄕㄠ ㄒㄧㄤ

【出處】唐·寒山子《寒山詩》一五九：「揀佛燒好香，揀僧歸供養。」
【解釋】揀：挑選。
【用法】比喻厚此薄彼。
【例句】對待朋友應一視同仁，而不應該～。

揀精揀肥 ㄐㄧㄢˇ ㄐㄧㄥ ㄐㄧㄢˇ ㄈㄟˊ

【出處】清·吳敬梓《儒林外史》第二十七回：「像娘這樣費心，還不討他說個是，只要揀精揀肥，我也犯不著要效他這個勞。」
【解釋】揀：挑選。精：最好的。肥：肥美的。
【用法】比喻對事物挑選得很精細。
【例句】他什麼事都好，就是對衣服太～。
【附註】①也作「揀精剔肥」。②參看「挑肥揀瘦」。

簡要不煩 ㄐㄧㄢˇ ㄧㄠˋ ㄅㄨˋ ㄈㄢˊ

【用法】簡單切要，不瑣碎累贅。

【例句】他的這個報告，寫得～。

健步如飛（ㄐㄧㄢˋ ㄅㄨˋ ㄖㄨˊ ㄈㄟ）

【出處】清・蒲松齡《聊齋志異・鳳陽士人》：「麗人牽坐路側，自乃捉足，脫履相假，女喜著之，幸不鑿枘，復起從行，健步如飛。」
【解釋】健步：走起路來很有力量，速度很快。
【用法】形容步伐矯健，走得很快。
【例句】他年紀雖大，但走起山路來仍～，連年輕人都難望項背。

劍拔弩張（ㄐㄧㄢˋ ㄅㄚˊ ㄋㄨˇ ㄓㄤ）

【出處】南朝・梁・袁昂《書評》：「梁鵠書如龍威虎振，劍拔弩張。」
【解釋】弩：用簡單機械來射箭的弓。
【用法】①劍出鞘，弓張開。②形容書法奇崛雄健。③比喻對立雙方各自積極準備，形成一觸即發的緊張態勢。
【例句】我態度強硬，他也不肯讓步，這就形成了～的緊張局面。
【附註】也作「弩張劍拔」。

劍頭一吷（ㄐㄧㄢˋ ㄊㄡˊ ㄧ ㄒㄩㄝˋ）

【出處】宋・蘇軾《再游徑山》詩：「榻上雙痕凜然在，劍頭一吷何須角。」
【解釋】劍頭：指劍環頭小孔。吷：很小的聲音。
【用法】①小聲一吷，不足一聽。②比喻無足輕重的言論。
【例句】這些流言蜚語，不過是～，不值得一理。
【附註】「吷」不能念成ㄐㄩㄝˊ。

劍戟森森（ㄐㄧㄢˋ ㄐㄧˇ ㄙㄣ ㄙㄣ）

【出處】唐・李延壽《北史・李義深傳》：「義深有當世才用而心胸險峭，時人語曰：『劍戟森森李義深。』」
【解釋】戟：古代兵器。森森：形容陰沉可怕或寒氣逼人。
【用法】①劍戟林立，寒光逼人。②比喻爲人陰險可畏，內心有許多打算，不讓人看出來。
【例句】這個對手，～，要好好對付他，不可輕率。

建瓴之勢（ㄐㄧㄢˋ ㄌㄧㄥˊ ㄓ ㄕˋ）

【解釋】建：翻覆。瓴：盛水瓶。建瓴：指把瓶裏的水從高屋脊傾倒下來。
【用法】比喻居高臨下，不可阻擋的形勢。
【例句】戰局對我們十分有利，我軍正以～打擊敵人。

漸入佳境（ㄐㄧㄢˋ ㄖㄨˋ ㄐㄧㄚ ㄐㄧㄥˋ）

【出處】唐・房玄齡等《晉書・顧愷之傳》：「愷之每食甘蔗，恒自尾至本，人或怪之。云：『漸入佳境。』」
【解釋】佳境：美好的境界。
【用法】比喻情況逐漸好轉，或興味逐漸濃厚。
【例句】讀到這個地方，就～了。

箭不虛發（ㄐㄧㄢˋ ㄅㄨˋ ㄒㄩ ㄈㄚ）

【出處】唐・房玄齡等《晉書・陶侃傳》：「朱伺與賊水戰，左右三人上弩給伺，伺望敵射之，箭無虛發。」
【解釋】虛：空。
【用法】形容射箭能手每發必中。

【例句】他～，果然是個神射手。

箭在弦上

【出處】宋·李昉等《太平御覽》五百九十七引《魏書》載：陳琳曾替袁紹寫過一篇檄文，文中辱罵了曹操的祖宗三代。袁紹失敗後，陳琳投奔曹操，曹操問陳說：「卿昔爲本初移書，但可罪狀孤而已，何乃上及祖父邪？」陳琳謝罪說：「箭在弦上，不得不發。」

【用法】①箭已搭在弦上，不得不發。②比喻情況十分緊急，爲形勢所迫，不得不採取某種行動。

【例句】這次行動是我長期醞釀的結果，有如～，不得不發。

【附註】常同「不得不發」連用。

見縫下蛆

【解釋】蛆：蠅類的幼蟲。

【用法】比喻一有機會便做壞事。

【例句】歹徒是慣於「～」的，我們必須提高警惕，不能讓他們有機可趁。

見縫插針

【用法】指利用時機，利用一切可以利用的時間和空間。

【例句】我學到一點東西，主要靠著「～」，把許多零碎時間都充分利用。

見多識廣

【出處】明·馮夢龍《古今小說·蔣興哥重會珍珠衫》：「還是大家寶眷見多識廣，比男子漢眼力倒勝十倍。」

【用法】①見過的多，知道的廣。②形容閱歷深，經驗豐富。

【例句】你走南闖北，～我眞羨慕你。

見兔放鷹

【出處】宋·釋普濟《五燈會元》：「妙湛曰：『布大教網，漉人天魚，不如見兔放鷹，遇獐發箭。』」

【用法】不見實惠決不行動。

【附註】俗諺有「不見兔子不撒鷹」。

見兔顧犬

【出處】《戰國策·楚策四》：「襄王曰：『寡人不能用先生之言，今事至於此，爲之奈何？』莊辛對曰：『臣聞鄙語曰：見菟（同兔）而顧犬，未爲晚也；亡羊而補牢未爲遲也。』」

【解釋】顧：回頭看。

【用法】①見了野兔，再回過頭來喚狗追捕。②比喻事情雖緊急，如及時想辦法還來得及。

【例句】事情雖然已經到了這個程度，如果～，趕快設法補救也還來得及。

見利思義

【出處】《論語·憲問》：「見利思義，見危授命，久要不忘平生之言，亦可以成人矣。」

【用法】①遇見利益先要想到道義。②指重義輕利，不貪分外的好處。

【例句】眞能～，就不會貪贓枉法了。

見利忘義

【出處】漢·班固《漢書·樊酈滕灌傅靳周傳》：「當孝文時，天下以酈寄爲賣友。夫賣友者，謂見利而忘義也。」

【用法】指見有私利可圖就不顧正義。

【例句】漢奸賣國賊一向～，為了發財，是不惜出賣民族利益的。

見獵心喜（ㄐㄧㄢˋ ㄌㄧㄝˋ ㄒㄧㄣ ㄒㄧˇ）

【出處】三國·魏·曹丕《典論自序》：「和風扇物，弓燥手柔，草淺獸肥，見獵心喜。」

【用法】①看見打獵的，觸動了自己打獵的喜好，也想一試。②比喻舊有的愛好難忘，一遇適當的時機就勾起了興致。

【例句】他原是個網球手，雖然二十年沒上場了，一看人家打，就有些～。

見怪不怪（ㄐㄧㄢˋ ㄍㄨㄞˋ ㄅㄨˋ ㄍㄨㄞˋ）

【出處】宋·洪邁《夷堅三志己·卷二·姜七家豬》：「姜佛然曰：『畜生之言，何足為信！我已數月未知之矣。見怪不怪，其怪自壞。』」

【解釋】怪：怪異、奇怪。

【用法】①看到怪異的事物，泰然處之，而不大驚小怪。②形容遇事沉得住氣。

【例句】這種事我見得多了，習以為常，所以也就～了。

見可而進（ㄐㄧㄢˋ ㄎㄜˇ ㄦˊ ㄐㄧㄣˋ）

【出處】《左傳·宣公十二年》：「見可而進，知難而退，軍之善政也。」

【解釋】可：可能。

【用法】①看到軍隊有可能推進時，就向前推進。②泛指在事情有了條件時再去進行。

【例句】做事不可莽撞，一定要等時機成機成熟，～。

見機而作（ㄐㄧㄢˋ ㄐㄧ ㄦˊ ㄗㄨㄛˋ）

【出處】《周易·繫辭下》：「幾者動之微，吉之先見者也。君子見幾而作，不俟終日。」

【解釋】機：時機。作：行動。

【用法】①一發現事物的苗頭就即時行動起來。②指看時機行事，即看情況靈活處理。

【例句】做事要～，不要遲疑，才能取得先機。

【附註】①原作「見幾而作」。（幾：指細微動向，即事物的苗頭。）②也作「見機行事」。

見財起意（ㄐㄧㄢˋ ㄘㄞˊ ㄑㄧˇ ㄧˋ）

【出處】元·無名式《硃砂担》第四折：「剛道個一聲兒惡人回避，早激的他惡哏哏（狠）鬧是非，那裏也見財起意。」

【用法】見到錢財而產生貪心，以致為非作歹。

【例句】經調查證實，這幾個歹徒是～而謀殺人命，現已依法起訴。

見錢眼開（ㄐㄧㄢˋ ㄑㄧㄢˊ ㄧㄢˇ ㄎㄞ）

【出處】明·蘭陵笑笑生《金瓶梅》第十六回：「那薛嫂見錢眼開，說道：『好姐夫……』」

【用法】①看到錢財就眉開眼笑。②形容愛財人的醜相。

【例句】你可真是～，剛一提獎金，馬上就來勁兒了。

見賢思齊（ㄐㄧㄢˋ ㄒㄧㄢˊ ㄙ ㄑㄧˊ）

【出處】《論語·里仁》：「子曰：『見賢思齊焉，見不賢而內自省也。』」

【解釋】賢：指才德兼備的人。思齊：想著要追上、看齊。
【用法】見到品德和才能比自己高強的，就想著向人家學習。
【例句】我們只要具有「～」的精神，學識道德自然就會日益提昇。

見勢不妙 ㄐㄧㄢˋ ㄕˋ ㄅㄨˋ ㄇㄧㄠˋ

【用法】①看到形勢不好。②指情況對自己不利。
【例句】他～，趕緊把證據扔進了火爐裏。

見善若驚 ㄐㄧㄢˋ ㄕㄢˋ ㄖㄨㄛˋ ㄐㄧㄥ

【出處】明・羅貫中《三國演義》第二十三回：「忠果正直，志懷霜雪；見善若驚，嫉惡如仇。」
【解釋】善：好人好事。驚：震動。
【用法】①看見好人好事就受到極大的震動。②向善看齊。
【附註】也作「見善若渴」。

見死不救 ㄐㄧㄢˋ ㄙˇ ㄅㄨˋ ㄐㄧㄡˋ

【出處】元・關漢卿《救風塵》第二折：「你做的個見死不救，可不羞殺桃園中殺白馬，宰烏牛？」
【用法】看到他人艱難危險，已到死亡的絕境，也不幫助或援救。
【例句】她見他居然～，氣得往後再也不和他來往了。

見所未見 ㄐㄧㄢˋ ㄙㄨㄛˇ ㄨㄟˋ ㄐㄧㄢˋ

【出處】漢・揚雄《法言・淵騫》：「日聞所不聞，見所不見。」
【用法】①見到了從來沒有見過的。②形容事物的奇特。
【例句】這裏的許多新奇事，簡直是～、聞所未聞。

見異思遷 ㄐㄧㄢˋ ㄧˋ ㄙ ㄑㄧㄢ

【出處】清・黃小配《大馬篇》第七回：「因此滿胸抑鬱，終不免宗旨不定。見異思遷，是個自然的道理。」
【用法】①看到別的事物，就想改變原來的主意。②指意志不堅定或喜愛不專一。
【例句】學習專業知識要持之以恒，不能～。

見義勇爲 ㄐㄧㄢˋ ㄧˋ ㄩㄥˇ ㄨㄟˊ

【出處】元・脫脫等《宋史・歐陽修傳》：「修……天姿剛勁，見義勇爲。」
【用法】見到合乎正義的事情，就勇敢地去做。
【例句】他又轉向道靜說：「沒想到您倒是個～的女英雄。」

見物不見人 ㄐㄧㄢˋ ㄨˋ ㄅㄨˋ ㄐㄧㄢˋ ㄖㄣˊ

【用法】①只看到物質，看不到人。②形容只強調物質條件，而看不到人的主觀作用。
【例句】必須看到精神的主導作用，糾正那種～的傾向。

見危授命 ㄐㄧㄢˋ ㄨㄟ ㄕㄡˋ ㄇㄧㄥˋ

【出處】《論語・憲問》：「見利思義，見危授命。久要不忘平生之言，亦可以爲成人矣。」
【解釋】危：危險、危難。授命：獻出生命。
【例句】他爲了保護人民生命和財產安全，～，毫不畏懼，充分表現了一個軍人當有的崇高精神。

見微知著 ㄐㄧㄢˋ ㄨㄟ ㄓ ㄓㄨˋ

【出處】漢·班固《白虎通義·情性節》：「智者知也，獨見前聞，不惑於事。見微知著也。」
【解釋】微：小，指剛顯露出的苗頭。著：明顯。
【用法】見到微小的跡象，就能查知發展的趨勢。
【例句】我們只要掌握了義利之辨，就能明察秋毫～。

賤斂貴出 ㄐㄧㄢˋ ㄌㄧㄢˇ ㄍㄨㄟˋ ㄔㄨ

【出處】唐·韓愈《曹成王碑》：「王始政於溫，終政於襄，恒平物估，賤斂貴出。」
【解釋】斂：收集、征收。
【用法】物價賤時收集，貴時賣出。
【例句】奸商用～的手段牟取暴利。

踐墨隨敵 ㄐㄧㄢˋ ㄇㄛˋ ㄙㄨㄟˊ ㄉㄧˊ

【出處】《孫子九地》：「踐墨隨敵，以決戰爭。」
【解釋】踐：履行、實踐。墨：繩墨，指計劃。隨敵：適應敵情的變化。
【用法】實施作戰計劃時，要隨著敵情的變化，決定軍事行動。
【例句】戰場上的形勢總是千變萬化的，～，我們必須隨時根據敵情的變化來及時改變作戰方案。

鑒貌辨色 ㄐㄧㄢˋ ㄇㄠˋ ㄅㄧㄢˋ ㄙㄜˋ

【出處】梁·周興嗣《千字文》：「聆音察理，鑒貌辨色。」
【解釋】鑒：審察。色：臉色。
【用法】①審察表情，辨別臉色。②形容根據對方的表情，採相應的行動。
【例句】參加談判的雙方，在互相～，都想掌握住主動權。

鑒往知來 ㄐㄧㄢˋ ㄨㄤˇ ㄓ ㄌㄞˊ

【出處】《詩經·大雅·蕩》：「殷鑒不遠，在夏后之世。」
【解釋】鑒：鑒察。
【用法】鑒察過去，推知未來。
【例句】你既然在這方面犯過錯誤，～，以後就不要再重犯了。

今非昔比 ㄐㄧㄣ ㄈㄟ ㄒㄧ ㄅㄧˇ

【出處】元·關漢卿《謝天香》第四折：「小官今非昔比，官守所拘，功名在念。」
【解釋】昔：過去。
【用法】①現在不是過去所能比的了。②形容變化很大。
【例句】眞是～啊，幾年沒有回來，家鄉的變化多麼大！

今愁古恨 ㄐㄧㄣ ㄔㄡˊ ㄍㄨˇ ㄏㄣˋ

【出處】唐·白居易《題靈岩寺》詩：「今愁古恨入絲竹，一曲涼州無限情。」
【解釋】恨：遺憾。
【用法】①有感於古今的愁悶和遺憾的情緒。②指很多的感慨。

今朝有酒今朝醉 ㄐㄧㄣ ㄓㄠ ㄧㄡˇ ㄐㄧㄡˇ ㄐㄧㄣ ㄓㄠ ㄗㄨㄟˋ

【出處】唐·權審《絕句》詩：「得即高歌失即休，多悲多恨慢悠悠。今朝有酒今朝醉，明日愁來明日愁。」
【解釋】今朝：今天。
【用法】①今天有酒今天就盡情喝醉。

②比喻只圖眼前過得去，不作長遠的考慮。
【例句】他幾年來抱著～的態度生活，結果弄得自己很狼狽。
【附註】「朝」不能念成ㄔㄠˊ。

今是昨非 ㄐㄧㄣ ㄕˋ ㄗㄨㄛˊ ㄈㄟ

【出處】晉・陶潛《歸去來辭》：「實迷途其未遠，覺今是而昨非。」
【解釋】昨：昨天，指過去。
【用法】①現在是對的，過去是錯的。②指認識過去的錯誤（含有悔悟的意思）。
【例句】經過這次事件，我們終於認識到～，所以下決心徹底糾正錯誤。

今生今世 ㄐㄧㄣ ㄕㄥ ㄐㄧㄣ ㄕˋ

【出處】清・洪昇《長生殿・復召》：「自恨愚昧，上忤聖心，罪應萬死。今生今世，不能夠再睹天顏。」
【解釋】世：人的一生，一輩子。
【用法】①這一生，這一輩子。②指在今後活著的年月裏。
【例句】你對我的恩情，～也難報答。

今月古月 ㄐㄧㄣ ㄩㄝˋ ㄍㄨˇ ㄩㄝˋ

【出處】唐・李白《把酒問月》詩：「今人不見古時月，今月曾經照古人。」
【用法】指月亮古今如一，而人事代謝無常。

巾幗鬚眉 ㄐㄧㄣ ㄍㄨㄛˊ ㄒㄩ ㄇㄟˊ

【出處】清・曾樸《孽海花》第十四回：「如今且說筱亭的夫人，是揚州傅容傳狀元的女兒，容貌說不得美麗，却氣概豐富，倜儻不羣，有巾幗鬚眉之號。」
【解釋】巾幗：女子的頭巾和首飾，借指婦女。鬚眉：鬍鬚、眉毛，借指男兒漢、大丈夫。
【用法】指性格豪爽，有男子氣概的女人。
【例句】她是個性爽朗的～。

巾幗英雄 ㄐㄧㄣ ㄍㄨㄛˊ ㄧㄥ ㄒㄩㄥˊ

【解釋】巾幗：婦女的頭巾和髮飾，代稱婦女。
【用法】婦女當中的傑出人物。
【例句】我更加看出來，紅娘子確實有勇有謀，不愧是～。

斤斤自守 ㄐㄧㄣ ㄐㄧㄣ ㄗˋ ㄕㄡˇ

【出處】清・蒲松齡《聊齋志異・錦瑟》：「生斤斤自守，不敢少至差（蹉）跌。」
【解釋】斤斤：十分拘謹的樣子。
【用法】謹小愼微地自己約束自己，以免犯錯誤、出偏差。

津津樂道 ㄐㄧㄣ ㄐㄧㄣ ㄌㄜˋ ㄉㄠˋ

【出處】清・頤瑣《黃繡球》第七回：「這位萊恩女傑，他才學固然卓越，但他也只從口講指畫入手，每遇鄉愚，津津樂道。」
【解釋】津津：興趣濃厚的樣子。樂道：樂於談論。
【用法】對某種感興趣的事說個沒完。
【例句】高志航將軍的英勇事蹟，至今仍爲大家所～。

津津有味 ㄐㄧㄣ ㄐㄧㄣ ㄧㄡˇ ㄨㄟˋ

【出處】清・頤瑣《黃繡球》第四回：

「將自己與黃繡球怎樣發心，要怎樣做事，並略略將黃繡球忽然開通的話，一直說到那日出門看會以後情形，張先生聽來，覺得津津有味。」

【解釋】津津：興趣濃厚的樣子。

【用法】形容很有滋味或很有興趣。

【例句】大家正談得～，忽然傳來了一陣清脆的鈴聲。

矜功自伐 ㄐㄧㄣ ㄍㄨㄥ ㄗˋ ㄈㄚˊ

【出處】清・曹雪芹《紅樓夢》第五十四回：「這兩個女人倒和氣會說話。他們天天乏了，倒說你們連日辛苦，倒不是那矜功自伐的。」

【解釋】矜功：自以爲有功勞。自伐：自我誇耀。

【用法】誇自己的功績或對人的恩惠。

矜糾收繚 ㄐㄧㄣ ㄐㄧㄡ ㄕㄡ ㄌㄧㄠˊ

【出處】《荀子・議兵》：「矜糾收繚之屬爲之化而調。」

【解釋】矜糾：驕躁。收繚：凶暴。

【用法】形容人的性格驕躁暴戾。

矜才使氣 ㄐㄧㄣ ㄘㄞˊ ㄕˇ ㄑㄧˋ

【解釋】矜：自誇、自負。使氣：意氣用事。

【用法】仗恃著有點才華或能力就意氣用事，盛氣淩人。

【例句】～是你的一大缺點，你應該改改這個毛病。

筋疲力盡 ㄐㄧㄣ ㄆㄧˊ ㄌㄧˋ ㄐㄧㄣˋ

【出處】宋・司馬光《田家詩》：「筋疲力盡不入腹。」

【用法】形容身體非常疲乏，沒有一點力氣。

【例句】這次郊遊，大家登山時，由於我平素缺乏鍛鍊，爬到半山腰，就～了。

【附註】也作「力盡筋疲」。

金榜題名 ㄐㄧㄣ ㄅㄤˇ ㄊㄧˊ ㄇㄧㄥˊ

【出處】五代・五定保《唐摭言》卷三：「何扶，太和九年及第；明年，捷三篇，因以一絕寄舊同年曰：『金榜題名墨上新，今年依舊去年春。花間每被紅粧問，何事重來只一人？』

【解釋】金榜：科舉時代通過殿試而入選的光榮榜。科舉時代，舉人通過京師會試，取得殿試資格，再通過殿試發榜，依考試成績排列名次，統稱之：「金榜題名」。

【用法】指讀書人取得功名和祿位的大喜事。

【例句】～乃人生一大樂事！

金碧輝煌 ㄐㄧㄣ ㄅㄧˋ ㄏㄨㄟ ㄏㄨㄤˊ

【出處】明・吳承恩《西遊記》第四回：「絳紗衣，星辰燦爛；芙蓉冠，金碧輝煌。」

【解釋】金碧：金黃和翠綠的顏色。

【用法】形容建築物裝飾華美，富麗堂皇，光彩奪目。

【例句】圓山飯店內部裝潢得～。

金馬碧鷄 ㄐㄧㄣ ㄇㄚˇ ㄅㄧˋ ㄐㄧ

【出處】漢・班固《漢書・郊祀志下》：「或言益州有金馬、碧鷄之神，可醮祭而致。」

【用法】①指兩座山名。今雲南昆明市

東有金馬山，西有碧鷄山，兩山相對，山上都有神祠，相傳就是漢時祭金馬神和碧鷄神的地方。②傳說中的兩個神仙，金形似馬，碧形似鷄。

金門繡戶

【出處】清・曹雪芹《紅樓夢》第四十一回：「怨不得姑娘不認得，你們在這金門繡戶的，那裏認得木頭。」

【用法】形容富貴人家的內舍。

金迷紙醉

【出處】宋・陶谷《清異錄・金迷紙醉》：「痛醫孟斧，（唐）昭宗時，常以方藥入侍。唐末，竄居蜀中。以其熟於宮故，治居宅法度奇雅，有一小室，窗牖煥明，器皆金紙，光瑩四射，金采奪目。所親見之，歸語人曰：『此室暫憩，令人金迷紙醉。』」

【解釋】比喻驕奢淫逸、腐朽靡爛的生活方式。

【例句】有些人家爲求得溫飽，不得不拼命幹活，而有些人家却過著～的生活，一點也不知惜福。

【附註】也作「紙醉金迷」。

金風玉露

【出處】唐・李商隱《辛未七夕》詩：「由來碧落銀河畔，可要金風玉露時。」

【解釋】金風：秋風。古代以陰陽五行解釋季節演變，「秋」屬「金」，故稱秋風爲「金風」。玉露：清涼潔白像玉石似的露水。

【用法】文學作品中描寫秋天常用的詞語。

【例句】尤其到了秋季，～，天高氣爽，那景色更加迷人了。

金貂換酒

【出處】唐・房玄齡等《晉書・阮孚傳》：「（阮孚）遷黃門侍郎，散騎常侍。嘗以金貂換酒，復爲所司彈劾，帝宥之。」

【解釋】金貂：漢以後皇帝左右侍臣的冠飾。

【用法】①取下冠飾換酒。②形容不拘禮法，恣情縱酒。

金題玉躞

【出處】宋・米芾《書史》：「隋唐藏書，皆金題玉躞，錦贉繡褫。」

【解釋】金題：泥金書寫的題簽。玉躞：繫縛卷軸用的褾帶上的玉別子。

【用法】形容書畫或書籍裝潢得極其精美。

【例句】這部歷史名畫集，不僅內容精采，而且裝幀也極講究，～，令人喜愛。

金童玉女

【出處】唐・徐彥伯《幸白鹿觀應制》詩：「金童擎紫藥，玉女獻青蓮。」

【用法】①神話傳說，是服侍仙人、生有慧根的童男童女。②舊時道家指在仙人身邊，左有金童，右有玉女。

【例句】他的一雙兒女就像～一般可愛慧黠。

金蘭之友

【出處】南朝・梁・劉峻《廣絕交論》：「自昔把臂之英，金蘭之友，曾無羊舌下泣之仁，寧慕卩成分宅之德。」

【用法】①比喻意氣相投的好友。②指同盟結義弟兄。

【例句】我們二人可是同生共死的～，交情自然不凡。

金戈鐵馬（ㄐㄧㄣ ㄍㄜ ㄊㄧㄝˇ ㄇㄚˇ）

【出處】宋．歐陽修《新五代史．李襲吉傳》：「金戈鐵馬，蹂踐於明時。」

【解釋】金戈：金屬製作的戈。鐵馬：披有鐵甲的馬。

【用法】①揮動金戈，騎著戰馬。②指戰爭。③形容戰士們的威武雄姿。

【例句】當年，這位老將軍～馳騁疆場，為抗戰事業立下了卓著的戰功。

金革之難（ㄐㄧㄣ ㄍㄜˊ ㄓ ㄋㄢˋ）

【出處】南朝．宋．范曄《後漢書．宋意傳》：「帝躬服金革之難。」

【解釋】金革：兵器與鎧甲的總稱，引申為戰爭。難：災難。

【用法】指戰爭的災難。

【例句】在軍閥混戰的年代裏，我的家鄉，屢遭～，老百姓苦不堪言。

【附註】①「難」不能念成ㄋㄢˊ。②也作「金革之患」。

金革之世（ㄐㄧㄣ ㄍㄜˊ ㄓ ㄕˋ）

【出處】南朝．梁．庾信《為杞公讓宗師驃騎表》：「當今玉燭調和，既非金革之世。」

【解釋】金革：兵器與鎧甲的總稱，引申為戰亂。世：時代、年月。

【用法】指戰亂的年月。

【例句】現在五十多歲的人，都生於～，對戰亂的苦難是深有體會的。

金革之聲（ㄐㄧㄣ ㄍㄜˊ ㄓ ㄕㄥ）

【出處】唐．韓愈《上巳日燕太學聽彈琴詩序》：「四方無鬥爭金革之聲。」

【解釋】金革：兵器與鎧甲的總稱。

【用法】①兵器與鎧甲相碰撞的聲音。②指戰爭。

金剛怒目（ㄐㄧㄣ ㄍㄤ ㄋㄨˋ ㄇㄨˋ）

【出處】《太平廣記》卷一七四引龐元英《談藪》：「隋吏部侍郎薛道衡嘗游鍾山開善寺，謂小僧曰：『金剛何為努目，菩薩何為低眉？』小僧曰：『金剛努目，所以降伏四魔；菩薩低眉，所以慈悲六道。』道衡憮然不能對。」

【解釋】金剛：寺院山門內的四大天王塑像，俗稱做四大金剛。

【用法】儀容威武，令人望而生畏。

【例句】不料他竟一點不窘，立刻用「～」式，向我大喝一聲。

【附註】原作「金剛努目」。

金龜換酒（ㄐㄧㄣ ㄍㄨㄟ ㄏㄨㄢˋ ㄐㄧㄡˇ）

【出處】唐．李白《對酒憶賀監詩序》：「太子賓客賀公，於長安紫極宮一見余，呼余為『謫仙人』，因解金龜換酒為樂。」

【解釋】金龜：唐代官員的佩飾。

【用法】形容竭盡自己所有款待朋友。

【例句】這次成功，使你獲得很大榮譽，為了慶賀，我要～，和你好好喝一回。

金匱石室（ㄐㄧㄣ ㄍㄨㄟˋ ㄕˊ ㄕˋ）

【出處】漢．班固《漢書．高帝紀下》

：「又與功臣剖符作誓，丹書鐵契，金匱石室，藏之宗廟。」

【用法】古代國家收藏重要文獻之地。

【例句】～之學，一向頗受學者重視。

【附註】也作「石室金匱」。

金谷酒數（ㄐㄧㄣ ㄍㄨˇ ㄐㄧㄡˇ ㄕㄨˋ）

【出處】①晉．石崇《金谷詩序》：「遂各賦詩，以敍中懷，或不能者，罰酒三斗。」②唐．李白《春夜宴從弟桃李園序》：「如詩不成，罰依金谷酒數。」

【解釋】金谷：地名，在今河南洛陽市西北，晉代石崇在此築園，世稱「金谷園」。酒數：指宴會上罰酒的斗數。

【用法】表示罰酒三大杯。

【例句】今天你遲到了，依照～罰你，來！我給你斟滿。

金鼓齊鳴（ㄐㄧㄣ ㄍㄨˇ ㄑㄧˊ ㄇㄧㄥˊ）

【出處】明．羅貫中《三國演義》第十二回：「州衙中一聲炮響，四門烈火，轟天而起；金鼓齊鳴，喊聲如江翻海沸。」

【解釋】金：指金屬製的打擊樂器。

【用法】①金和鼓都是古代行軍作戰時所用的打擊樂器，作戰時一齊敲打起來，以壯聲勢、助軍威。②形容緊張激烈的戰鬥。

【例句】兩軍陣前，～，喊聲震天，殺得天昏地暗。

金科玉律（ㄐㄧㄣ ㄎㄜ ㄩˋ ㄌㄩˋ）

【出處】漢．揚雄《劇秦美新》：「懿律嘉量，金科玉條。」

【解釋】科、律：法律條文。

【用法】①形容科條法令的盡善盡美。②指必須遵守，不能變更的信條（多含有諷刺意味）。

【例句】母親的話，向來被我們奉為～，不容違抗。

【附註】原作「金科玉條」。

金口木舌（ㄐㄧㄣ ㄎㄡˇ ㄇㄨˋ ㄕㄜˊ）

【出處】漢．揚雄《法言．學行》：「天之道不在仲尼乎？仲尼駕說者也；不在茲儒乎？如將復駕其所說，則莫若使諸儒金口而木舌。」

【解釋】金口：指銅質大鈴。木舌：指大鈴肚裏懸繫著的木疙瘩。古代樂器中的「木鐸」，在傳布政令時，搖響「木鐸」，引起人們注意。

【用法】比喻傳經佈道的人士。

金口玉言（ㄐㄧㄣ ㄎㄡˇ ㄩˋ ㄧㄢˊ）

【用法】①稱皇帝所說的話。②恭維人的話。③指說話主觀武斷，任何人都不能變更（含有諷刺意味）。

【例句】任何主管，無論他威信多麼高，也不能把他的任何指示當成不能稍加變動的～。

金壺墨汁（ㄐㄧㄣ ㄏㄨˊ ㄇㄛˋ ㄓ）

【出處】晉．王嘉《拾遺記．周靈王》：「周靈王時，浮提之國獻神通善書二人，乍老乍少，隱形則出聲，聞聲則隱形，出肘間金壺四寸，上有五龍之檢，封以青泥，壺中有墨汁如淳漆，灑地及石，皆成篆隸蝌蚪之字。」

【用法】指最珍貴的書畫用品。

金華殿語（ㄐㄧㄣ ㄏㄨㄚˊ ㄉㄧㄢˋ ㄩˇ）

【出處】南朝・宋・劉義慶《世說新語・言語》：「劉（尹）曰：『此未關至極，自是金華殿之語。』」

【解釋】金華殿：宮殿名。漢成帝曾在此朝夕聽鄭寛中、張禹說《尙書》、《論語》。

【用法】金華殿的講說並不是要言妙道。

金鷄獨立 ㄐㄧㄣ ㄐㄧ ㄉㄨˊ ㄌㄧˋ

【出處】清・李汝珍《鏡花緣》第七十四回：「我是『金鷄獨立』要一足微長。」

【用法】武術中的一種姿勢，指像鷄似的用一足豎立。

【例句】這位特技演員，在七層椅子上來了個～，贏得了一片喝采聲。

金鷄消息 ㄐㄧㄣ ㄐㄧ ㄒㄧㄠ ㄒㄧˊ

【出處】明・施耐庵《水滸傳》第七十二回：「六六雁行連八九，只等金鷄消息。」

【解釋】金鷄：古代頒布大赦令時，豎長桿，桿頭設以口啣絳幡、黃金冠首的金鷄，然後集罪犯，擊鼓，宣讀大赦命。

【用法】指朝廷頒佈赦令招安的消息。

金漿玉醴 ㄐㄧㄣ ㄐㄧㄤ ㄩˋ ㄌㄧˇ

【出處】晉・葛洪《抱朴子・內篇》：「朱草生名山岩石中，汁如血，上金玉投其中，立便可丸如泥，久則成水。以金投之，名爲金漿，以玉投之，名爲玉醴，服之皆長生。」

【解釋】漿：酒。醴：甜酒、甘泉。

【用法】①指仙藥。②指美酒。

【例句】我可沒有什麼～，葫蘆裏裝的不過是四兩老白乾罷了。

金漆馬桶 ㄐㄧㄣ ㄑㄧ ㄇㄚˇ ㄊㄨㄥˇ

【出處】清・文康《兒女英雄傳》第三十四回：「一個個不管肚子裏一團糞草，只顧外面打扮得美服華冠，可不像個金漆馬桶。」

【解釋】馬桶：大小便用的有蓋木桶。

【用法】①描金漆飾的馬桶。②比喩外表神氣活現而肚裏不值一提的蠢人。

【例句】每天西裝革履，可是卻一點內涵也沒有，就像～一般。

金相玉質 ㄐㄧㄣ ㄒㄧㄤˋ ㄩˋ ㄓˊ

【出處】漢・王逸《離騷序》：「所謂金相玉質，百世無匹，名垂罔極，永不刊滅者矣。」

【解釋】相：外表。質：內裏。

【用法】比喩文章的形式和內容都十分完美。

【例句】你的這篇大作，～完美無缺。

【附註】①也作「玉質金相」。②「相」不能念成ㄒㄧㄤ。

金枝玉葉 ㄐㄧㄣ ㄓ ㄩˋ ㄧㄝˋ

【出處】唐・王建《宮中調笑》詞：「蝴蝶，蝴蝶，飛上金枝玉葉。」

【用法】①形容花枝葉的美好。②借稱帝王子孫。

【例句】京劇《打金枝》，演的是駙馬打了～的公主。

金針度人 ㄐㄧㄣ ㄓㄣ ㄉㄨˋ ㄖㄣˊ

【出處】①馮翊《桂苑叢談・史遺》載：「鄭侃女采娘，七夕夜陳香筵，祈於織女。是夕，雲與雨蓋蔽空，駐車，命采娘曰：『吾織女，祈何福？』（采娘）曰：『願乞巧耳。』（織女）乃遺一金針，長寸餘，綴於紙上，置裙中，令三日勿語，汝當奇巧。」②金・元好問《論詩》詩：「鴛鴦繡出從教看，莫把金針度與人。」

【解釋】金針：比喻一種方法、訣竅。度：傳授。

【用法】把金針秘法傳給別人。

【例句】用筆之活可作～。

金翅擘海（ㄐㄧㄣ ㄔˋ ㄅㄛˋ ㄏㄞˇ）

【出處】《大方廣佛華嚴經》卷三十六：「譬如金翅鳥王，飛行虛空，安住虛空，以清淨眼觀察大海龍王宮殿，奮勇猛力以左右翅搏開海水，悉令兩辟，知龍男女有命盡者而撮取之。」

【解釋】金翅：傳說中的大鳥名。擘：分開。

【用法】喻指文章說理透徹，清澈見底。

【例句】他的雜文，抨擊時弊，如～，眞是深刻得很。

金釵十二（ㄐㄧㄣ ㄔㄞ ㄕˊ ㄦˋ）

【出處】梁武帝《河中之水歌》：「頭上金釵十二行，足下絲履五文章。」

【解釋】釵：婦女別在髮髻上的首飾，也用以代指婦女。

【用法】①指女子的首飾繁多。②指姬妾衆多。

金蟬脫殼（ㄐㄧㄣ ㄔㄢˊ ㄊㄨㄛ ㄎㄜˊ）

【出處】元・關漢卿《謝天香》第二折：「便使盡些技倆，干愁斷我肚腸，覓不的個脫殼金蟬這一個謊。」

【解釋】金蟬：昆蟲名，俗稱知了。

【用法】①蟬變爲成蟲時要脫去幼蟲的殼。②比喻用計脫逃而使對方不能立即發覺。

【例句】雖被警方重重包圍，他卻使了～之計，逃得無影無踪。

金城湯池（ㄐㄧㄣ ㄔㄥˊ ㄊㄤ ㄔˊ）

【出處】漢・班固《漢書・蒯通傳》：「皆爲金城湯池，不可攻也。」

【解釋】金：金屬。湯：熱水、開水。池：護城河。

【用法】①金屬鑄成的城牆，沸熱的護城河。②形容堅固不易攻破的城防設施。

【例句】我們的邊防重鎮，防禦得極其嚴密，如同～一般，敵人是無法攻破的。

金石之堅（ㄐㄧㄣ ㄕˊ ㄓ ㄐㄧㄢ）

【出處】漢・枚乘《七發》：「雖有金石之堅，猶將銷鑠而挺解也。」

【用法】像金石一樣堅固。

【例句】他的志向如～，堅定難改。

金石爲開（ㄐㄧㄣ ㄕˊ ㄨㄟˊ ㄎㄞ）

【出處】漢・劉向《新序・雜事四》：「熊渠子見其誠心，而金石爲之開，況於人乎？」

【解釋】金石：指最堅硬的東西。

【用法】①像金石那樣堅硬的東西也被感動了。②形容對人眞誠所產生的強大感染力。

【例句】他夜以繼日、不辭辛苦地工作，精誠所至，～，我相信，他必定會有所創造的。

金舌弊口

【出處】《荀子・正論》：「金舌弊口，猶將無益也。」楊倞注：「金舌：以金爲舌。金舌弊口，喻不言也。」

【用法】指閉口不言。

【例句】這人眞是～，從不輕易講話。

金聲玉振

【出處】《孟子・萬章下》：「孔子之謂集大成，集大成也者，金聲而玉振之也。金聲也者，始條理也；玉振之也者，終條理也。」

【解釋】金：指鐘。玉：指磬。

【用法】①這是孟子對孔子的稱讚，說孔子德才兼備，好像奏樂，以鐘發聲，以磬收韻，集衆音之大成。②比喻才學卓絕。

金字招牌

【用法】①商店用金粉塗字的招牌。②比喻向人炫耀的名義或稱號（多指有名無實的）。

【例句】他打著學者、教授的～，其實並沒有眞才實學。

【附註】也作「金字牌匾」。

金甌無缺

【出處】明・徐宏祖《徐霞客遊記・黔遊日記》：「但各州之地，俱半錯衛屯、半淪苗孽，似非當時金甌無缺矣。」

【解釋】金甌：盛酒的器皿，這裏比喻國土。

【用法】國家疆土完整無缺。

金要足赤，人要完人

【解釋】足赤：純金。完人：沒有缺點的人。

【用法】①要求人十全十美。②指對人的不切實際的苛求。

【例句】「～」，是形而上學的觀點。

金友玉昆

【出處】北魏・崔鴻《十六國春秋・前涼錄・辛攀》：「辛攀，字懷遠，隴西狄道人也。兄鑒曠，弟寶迅，皆以才識著名。秦雍爲之諺曰：『三龍一門，金友玉昆。』」

【解釋】昆：兄弟。

【用法】指一門的親兄弟都才德兼備。

【例句】你們兄弟二人都在文學創作上取得了引人注目的成就，眞可謂～，人才出於一家！

【附註】也作「玉昆金友」、「玉友金昆」。

金吾不禁

【出處】唐・韋述《西都雜記》：「西都京城街衢，有金吾曉暝傳呼，以禁夜行；惟正月十五夜敕記金吾弛禁，前後各一日。」

【解釋】金吾：指城市警防任務。不禁：開放禁令。

【用法】指元宵佳節開放夜禁。

金屋藏嬌

【出處】漢・班固《漢武故事》：「（膠東王）數歲，長公主嫖抱置膝上，問曰：『兒欲得婦不？』膠東王曰：『欲得婦。』長主指左右長御百餘人，皆云不用。末指其女，問曰：『阿嬌好不？』於是乃笑對曰：『好！若得阿嬌作婦，當作金屋貯之也。』」

【解釋】金屋：華貴富麗的房屋。嬌：阿嬌，這裏指漢公主劉嫖的愛女。

【用法】指另築香巢，娶小納妾。

【例句】他雖有溫柔的妻子仍在外～。

金玉滿堂 ㄐㄧㄣ ㄩˋ ㄇㄢˇ ㄊㄤˊ

【出處】《老子》第九章：「金玉滿堂，莫之能守。」

【用法】①形容財產很多。②比喻人的才識豐富。

【例句】這位大財主，雖然是～，奈何兒子不成器，偌大家業，沒有過十年八載，就揮霍得一乾二淨。

金玉良言 ㄐㄧㄣ ㄩˋ ㄌㄧㄤˊ ㄧㄢˊ

【出處】明．馮夢龍《醒世恒言》第三十卷：「房德謝道：『恩相金玉良言，某當終身佩銘。』」

【解釋】金、玉：黃金和美玉。

【用法】比喻非常寶貴的意見或很有益的勸告。

【例句】這番～，聽者無不動容。

金玉其質 ㄐㄧㄣ ㄩˋ ㄑㄧˊ ㄓˊ

【出處】清．李汝珍《鏡花緣》第一回：「不惟金玉其質，亦且冰雪爲心。」

【解釋】質：品質。

【用法】指人的品質如金似玉，無比高尚。

金玉其外，敗絮其中 ㄐㄧㄣ ㄩˋ ㄑㄧˊ ㄨㄞˋ ㄅㄞˋ ㄒㄩˋ ㄑㄧˊ ㄓㄨㄥ

【出處】明．劉基《賣柑者言》：「觀其坐高堂，騎大馬，醉醇醴而飫肥鮮者，孰不巍巍乎可畏，赫赫乎可象也？又何往而不金玉其外，敗絮其中也哉！」

【解釋】金玉：泛指珍寶，比喻美好。敗絮：爛棉花。

【用法】①外表精美而裏面却一團糟。②比喻人或事物外表好、本質壞，表裏不一。

【例句】少數青年人一心追求穿著打扮，但思想空虛，眞是「～」！

僅以身免 ㄐㄧㄣˇ ㄧˇ ㄕㄣ ㄇㄧㄢˇ

【出處】唐．房玄齡等《晉書．謝玄傳》：「難（句難）等相率北走，僅以身免。」

【解釋】僅：只。身：自身。免：免於難，即未被殺或被俘。

【用法】指全軍覆滅，只一人倖存。

【例句】這次戰役死傷慘烈，他亦～。

緊鑼密鼓 ㄐㄧㄣˇ ㄌㄨㄛˊ ㄇㄧˋ ㄍㄨˇ

【解釋】鑼、鼓：都是打擊樂器，經常作爲戲曲的前奏。

【用法】①鑼鼓敲打得很緊急。②比喻相互配合，製造輿論，爲做某種事緊急準備條件。

【例句】運動會的籌備工作，已～地展開。

謹毛失貌 ㄐㄧㄣˇ ㄇㄠˊ ㄕ ㄇㄠˋ

【出處】漢．劉安《淮南子．說林》：「畫者謹毛而失貌。」

【解釋】謹：愼重小心。毛：指微小細緻的地方。

【用法】比喻過分注意細節，而忽視全貌。

謹小慎微 (ㄐㄧㄣˇ ㄒㄧㄠˇ ㄕㄣˋ ㄨㄟˊ)

【出處】漢・劉安《淮南子・人間訓》：「聖人敬小慎微，動不失時。」
【用法】①指用謹慎的態度對待細小的問題，以防造成大的錯誤或損失。②指過分小心謹慎，縮手縮脚，不敢放手去做。
【例句】那種～，無所作爲的懦夫思想必須拋棄。

謹言慎行 (ㄐㄧㄣˇ ㄧㄢˊ ㄕㄣˋ ㄒㄧㄥˊ)

【出處】《禮記・緇衣》：「君子道人以言而禁人以行，故言必慮其所終，而行必稽其所敝，則民謹於言而慎於行。」
【用法】言語行動小心謹慎。
【例句】作爲一個領導者必須～，注意影響，切不可信口開河，也不能草率行事。

錦囊妙計 (ㄐㄧㄣˇ ㄋㄤˊ ㄇㄧㄠˋ ㄐㄧˋ)

【出處】明・羅貫中《三國演義》第五十四回：「汝保主公入吳，當領此三個錦囊，囊中有三條妙計，依次而行。」
【解釋】錦囊：用錦做成的袋子，古人多用以收藏詩文稿件。
【用法】①小說裏描寫足智多謀的人把應付事變的方法寫好放在錦囊裏，交給有關的人，以便對付急驟發生的變化。②比喻能及時解決問題的好辦法。
【例句】不要著急，我有～可爲大家解圍。

錦囊佳製 (ㄐㄧㄣˇ ㄋㄤˊ ㄐㄧㄚ ㄓˋ)

【出處】元・王實甫《西廂記・崔鶯鶯夜聽琴雜劇》第一折：「昨宵箇錦囊佳製明勾引，今日箇玉堂人物難親近。」
【用法】佳製：好的作品。
【例句】他的這一篇文章，可算的是～，值得大家仔細欣賞。
【附註】也作「錦囊佳句」。

錦繡河山 (ㄐㄧㄣˇ ㄒㄧㄡˋ ㄏㄜˊ ㄕㄢ)

【出處】唐・杜甫《清明二首》詩：「秦城樓閣煙花裡，漢主山河錦繡中。」
【解釋】錦繡：華麗精美的絲織品，常用以比喻美好的事物。
【用法】形容山河像錦繡那樣美麗。
【附註】也作「錦繡江山」。
【例句】大好的～正等我們去遊賞呢！

錦繡前程 (ㄐㄧㄣˇ ㄒㄧㄡˋ ㄑㄧㄢˊ ㄔㄥˊ)

【出處】元・賈仲名《對玉梳》第四折：「想著咱錦片前程，十分恩愛。」
【解釋】錦繡：精緻華麗的絲織品，常用以比喻美好的事物。
【用法】形容前途無比光輝燦爛。
【例句】只要肯努力，就有～。
【附註】也作「錦片前程」、「前程似錦」。

錦心繡口 (ㄐㄧㄣˇ ㄒㄧㄣ ㄒㄧㄡˋ ㄎㄡˇ)

【出處】唐・柳宗元《乞巧文》：「駢四儷六，錦心繡口，宮沈羽振，笙簧觸手。」
【解釋】錦、繡：精美艷麗的絲織品，常用以比喻美的事物。
【用法】形容文辭華麗優美。
【例句】這個青年作家寫的散文眞是～，華麗而無雕琢之痕，新巧而無危詭之嫌。

【附註】也作「繡口錦心」、「錦心繡腸」。

錦上添花 ㄐㄧㄣˇ ㄕㄤˋ ㄊㄧㄢ ㄏㄨㄚ

【出處】宋·黃庭堅《了了庵頌》：「又要涪翁作頌，且圖錦上添花。」

【解釋】錦：有彩色花紋的絲織品，比喻鮮艷華美。

【用法】①在錦上面繡上花。②比喻美上加美，好上加好。

【例句】剛升了官，～，又得了個兒子，無怪他喜形於色。

錦衣紈褲 ㄐㄧㄣˇ ㄧ ㄨㄢˊ ㄎㄨˋ

【出處】清·曹雪芹《紅樓夢》第一回：「當此日，欲將已往所賴天恩祖德，錦衣紈褲之時，驕甘饜肥之日……。」

【解釋】錦衣：古代顯貴者穿的華麗的服裝。紈褲：古代富貴人家子弟所穿的細絹褲。

【用法】代指達官貴人的後代。

錦衣玉帶 ㄐㄧㄣˇ ㄧ ㄩˋ ㄉㄞˋ

【出處】清·張問陶《醉後口占》詩：「錦衣玉帶雪中眠，醉後詩魂欲上天。」

【用法】①身穿錦衣，腰繫玉帶。②指顯貴者的華麗的裝束。

錦衣玉食 ㄐㄧㄣˇ ㄧ ㄩˋ ㄕˊ

【出處】北齊·魏收《魏書·常景傳》：「錦衣玉食，可頤其形。」

【解釋】錦衣：華美的服裝。玉食：珍饈美味的飯食。

【用法】①指衣食都極其講究。②形容奢侈、豪華的生活。

【例句】她平素～地享受慣了，怎麼能受得了這樣的苦呢？

僸佅兜離 ㄐㄧㄣˋ ㄇㄟˋ ㄉㄡ ㄌㄧˊ

【出處】漢·班固《東都賦》：「僸佅兜離，罔不具集。」

【用法】我國古代四方少數民族的音樂名稱。

噤若寒蟬 ㄐㄧㄣˋ ㄖㄨㄛˋ ㄏㄢˊ ㄔㄢˊ

【出處】南朝·宋·范曄《後漢書·杜密傳》：「劉勝位為大夫，見禮上賓，而知善不薦，聞惡無言，隱情惜己，自同寒蟬，此罪人也。」

【解釋】噤：閉口不作聲。

【用法】①像秋寒時的「知了」一樣，不再鳴叫了。②形容人不敢作聲。

【例句】一看到老師發了怒，大家全都～，不敢作聲。

浸潤之譖 ㄐㄧㄣˋ ㄖㄨㄣˋ ㄓ ㄗㄣˋ

【出處】《論語·顏淵》：「浸潤之譖，膚受之愬，不行焉，可謂明也已矣。」

【解釋】浸潤：本指水逐漸浸染。譖：指讒言。

【用法】指一點一滴、日積月累而容易發生作用的讒言。

盡付東流 ㄐㄧㄣˋ ㄈㄨˋ ㄉㄨㄥ ㄌㄧㄡˊ

【出處】唐·高適《封丘作》詩：「生事應須南畝田，世情盡付東流水。」

【解釋】盡：全部。付：交付。東流：指向東流去的江河。

【用法】①全部投入江河，一去不復返。②比喻滿懷希望落空或前功盡棄。

【例句】他的如意算盤，在接二連三的打擊下～了。

盡態極妍（ㄐㄧㄣˋ ㄊㄞˋ ㄐㄧˊ ㄧㄢˊ）

【出處】唐·杜牧《阿房宮賦》：「一肌一容，盡態極妍，縵立遠視，而望幸焉。」

【解釋】盡、極：達到了最高限度。妍：美麗。

【用法】指女子各種嫵媚的姿態非常漂亮。

盡力而爲（ㄐㄧㄣˋ ㄌㄧˋ ㄦˊ ㄨㄟˊ）

【出處】《孟子·梁惠王上》：「以若所爲，求若所欲，盡心力而爲之，後必有災。」

【解釋】盡：全部用出。爲：做。

【用法】用全部力量來做。

【例句】這件事我一定～你就放心吧。

盡其所長（ㄐㄧㄣˋ ㄑㄧˊ ㄙㄨㄛˇ ㄔㄤˊ）

【解釋】盡：全部用出。長：擅長，特長。

【用法】把所擅長的東西全發揮出來。

【例句】在這次演唱會上，歌手們都～，演唱了自己最得意的歌曲，觀衆們無不大加讚賞。

【附註】「長」不念成ㄓㄤˇ。

盡心竭力（ㄐㄧㄣˋ ㄒㄧㄣ ㄐㄧㄝˊ ㄌㄧˋ）

【出處】南朝·梁·沈約《宋書·宗越傳》：「帝凶暴無道，而越及譚金·童太壹並爲之用，誅戮群公及何邁等，莫不盡心竭力，故帝憑其爪牙，無所忌憚。」

【用法】①費盡心思，使出全力。②形容做事十分認眞負責。

【例句】爲了早日實現，我們應該～地把自己的工作做好。

盡忠報國（ㄐㄧㄣˋ ㄓㄨㄥ ㄅㄠˋ ㄍㄨㄛˊ）

【出處】唐·李延壽《北史·顏之儀傳》：「公等備受朝恩，當盡忠報國。」

【解釋】盡：全部用出。忠：忠誠。報：報答。

【用法】盡心竭力，不惜犧牲一切來報效國家。

【例句】宋朝名將岳飛「～」是值得崇敬的。

盡善盡美（ㄐㄧㄣˋ ㄕㄢˋ ㄐㄧㄣˋ ㄇㄟˇ）

【出處】《論語·八佾》：「子謂《韶》，盡美矣，又盡善也；謂《武》，盡美矣，未盡善也。」（韶：舜時的樂曲名。武：周武王伐紂勝殷所製作的樂曲名。）

【解釋】盡：達到極限。

【用法】形容事物達到最美好的境地。

【例句】一個人的工作不可能～，要緊的是隨時發現不足之處，及時補救。

盡人事，聽天命（ㄐㄧㄣˋ ㄖㄣˊ ㄕˋ ㄊㄧㄥ ㄊㄧㄢ ㄇㄧㄥˋ）

【解釋】人事：人情事理。天命：上天的意志。

【用法】①竭盡人情事理，聽從天命。②盡心竭力去辦事，至於能否成功，還得由上天的意志決定。

【例句】～，既已盡力，就不必在意成敗。

盡如人意（ㄐㄧㄣˋ ㄖㄨˊ ㄖㄣˊ ㄧˋ）

【解釋】盡：完全。

【用法】完全符合人的心意。

【例句】晚會籌備得太匆忙，節目來不及準備，因此不能～，只好請大家原諒了。

盡如所期（ㄐㄧㄣˋ ㄖㄨˊ ㄙㄨㄛˇ ㄑㄧˊ）

【解釋】盡：完全。期：希望。

【用法】①完全同所希望的一樣。②指事情的結果和所意料的完全相符。

【例句】這件事～，全在我們的掌握之中。

盡入彀中（ㄐㄧㄣˋ ㄖㄨˋ ㄍㄡˋ ㄓㄨㄥ）

【出處】五代・王定保《唐摭言卷一》：「（唐太宗）嘗私幸端門，見新進士綴行而出，喜曰：『天下英雄入吾彀中矣。』」

【解釋】彀中：弓弩射程以內。

【用法】完全在掌握之中。

【例句】所有的歹徒全都～，只待時機成熟，就可將他們繩之以法。

近水樓台先得月（ㄐㄧㄣˋ ㄕㄨㄟˇ ㄌㄡˊ ㄊㄞˊ ㄒㄧㄢ ㄉㄜˊ ㄩㄝˋ）

【出處】宋・俞文豹《清夜錄》：「范文正公（范仲淹）鎮錢塘，兵官皆被薦，獨巡檢蘇麟不見錄，乃獻詩云：『近水樓台先得月，向陽花木易爲春。』」

【用法】①靠近水邊的樓台，先得到月光。②比喻由於近便而得到便利或利益。

【例句】～，無怪他能在衆多的追求者中脫穎而出。

近水惜水（ㄐㄧㄣˋ ㄕㄨㄟˇ ㄒㄧˊ ㄕㄨㄟˇ）

【用法】①鄰近水源雖然用水方便，但也很珍惜水。②形容不浪費。

【例句】儘管我們是生產石油的單位，也不能浪費一滴汽油，要～，爲國家和人民的利益著想。

近朱者赤，近墨者黑（ㄐㄧㄣˋ ㄓㄨ ㄓㄜˇ ㄔˋ，ㄐㄧㄣˋ ㄇㄛˋ ㄓㄜˇ ㄏㄟ）

【出處】晉・傅玄《傅鶉觚傳・太子少傅箴》：「故近朱者赤，近墨者黑；聲和則響清，形正則影直。」

【解釋】朱：朱砂，紅色的顏料。

【用法】①比喻接近好人可以使人變好，接近壞人可以使人變壞。②指環境可以影響、改變人的習性。

【例句】「～」，孩子不懂事，家長一定要注意他經常同什麼人接近，以免受到不良影響。

近在眉睫（ㄐㄧㄣˋ ㄗㄞˋ ㄇㄟˊ ㄐㄧㄝˊ）

【出處】《列子・仲尼》：「雖遠在八荒之外，近在眉睫之內，來干我者，我必知之。」

【解釋】睫：睫毛。

【用法】①近得像在眼前一樣。②形容在非常近的地方。③形容事情緊迫。

【例句】高考已經～了，你要趕快做好準備。

近在咫尺（ㄐㄧㄣˋ ㄗㄞˋ ㄓˇ ㄔˇ）

【出處】宋・蘇軾《杭州謝上表》：「凜然威光，近在咫尺。」

【解釋】咫：古代長度單位，周制八寸，合現在市尺六寸二分二厘。

【用法】形容距離很近。

【例句】我的宿舍與我工作地方～，方便得很。

近悅遠來（ㄐㄧㄣˋ ㄩㄝˋ ㄩㄢˇ ㄌㄞˊ）

【出處】《論語・子路》：「葉公問政。子曰：『近者說(悅)，遠者來。』」

【用法】鄰近的人由於受到恩惠而喜悅，遠方的也聞風趕來歸附。這是孔子行王道的主張。

【例句】我們國家政治安定，民生和樂，所以能～。

進退兩難 ㄐㄧㄣˋ ㄊㄨㄟˋ ㄌㄧㄤˇ ㄋㄢˊ

【出處】明・羅貫中《三國演義》第六十三回：「孔明曰：『既主公在涪關進退兩難之際，亮不得不去。』」

【解釋】①既不能前進，也後退不得。②指處境十分困難。

【例句】事情都做了一半，又不能臨時撒手，眞是～。

進退失據 ㄐㄧㄣˋ ㄊㄨㄟˋ ㄕ ㄐㄩˋ

【出處】宋・陳亮《謝安比王導》：「(桓)溫一心以爲有鴻鵠將至，故氣不足以決之，而進退失據。」

【解釋】據：憑借、依靠。

【用法】前進與後退都無所依靠，以致進退兩難。

【例句】做任何工作，如果沒有計畫，就會～，迷失方向。

進退無門 ㄐㄧㄣˋ ㄊㄨㄟˋ ㄨˊ ㄇㄣˊ

【出處】元・賈仲名《對玉疏》第一折：「送的他離鄉背井，進退無門。」

【用法】指前進無路，後退無門。

進退維谷 ㄐㄧㄣˋ ㄊㄨㄟˋ ㄨㄟˊ ㄍㄨˇ

【出處】《詩經・大雅・桑柔》：「人亦有言，進退維谷。」

【解釋】維：句中語氣詞，加強語氣。谷：比喻困境。

【用法】在困難境地裏進退兩難。

【例句】來勢洶洶的敵人，受到我軍的包圍，陷入了～的境地。

進讒害賢 ㄐㄧㄣˋ ㄔㄢˊ ㄏㄞˋ ㄒㄧㄢˊ

【解釋】讒：讒言，說別人的壞話。賢：賢良，指好人。

【用法】①用壞話陷害好人。②指奸人的行徑。

【例句】這個人整天和那人混在一起，～，作風極不正派。

進銳退速 ㄐㄧㄣˋ ㄖㄨㄟˋ ㄊㄨㄟˋ ㄙㄨˋ

【出處】《孟子・盡心上》：「於不可已而已者，無所不已。於所厚者薄，無所不薄也。其進銳者，其退速。」

【解釋】銳、速：快。進步快，退步也快。

【用法】①比喻讀書、習藝，學得快，不紮實就會忘得更快。②比喻行動過急，實力不濟，失敗必然更快。

【例句】做事必須踏實，否則～，一樣沒有效果。

進寸退尺 ㄐㄧㄣˋ ㄘㄨㄣˋ ㄊㄨㄟˋ ㄔˇ

【出處】《老子》第六十九章：「用兵有言：吾不敢爲主而爲客，不敢進寸而退尺。」

【用法】①前進一寸，後退一尺。②比喻所失多於所得。

【例句】盲目發展，其結果必然是～，造成不應有的損失。

將勤補拙 ㄐㄧㄤ ㄑㄧㄣˊ ㄅㄨˇ ㄓㄨㄛˊ

【解釋】將：用、拿。拙：愚笨。

【用法】用勤快來補償自己的拙笨。
【例句】我這個人不僅思路不敏捷，而且手也慢，所以寫文章時只有採取～的方法，多用一些時間。

將功補過 ㄐㄧㄤ ㄍㄨㄥ ㄅㄨˇ ㄍㄨㄛˋ

【出處】宋・薛居正等《舊五代史・錢鏐傳》：「許降自新之路，將功補過，捨短從長。」
【解釋】補：補償。
【用法】拿功勞抵補過失。
【例句】對於犯了錯誤的人，要給他一個～的機會。

將功贖罪 ㄐㄧㄤ ㄍㄨㄥ ㄕㄨˊ ㄗㄨㄟˋ

【出處】清・曾樸《孽海花》第六回：「我罪雖重大，將功贖罪或許我折準。」
【解釋】將：拿。贖：彌補、抵償。
【用法】拿功勞抵罪過。
【例句】上次你捅了大漏子，今日有機會，可得好好的～。
【附註】也作「將功折罪」。

將計就計 ㄐㄧㄤ ㄐㄧˋ ㄐㄧㄡˋ ㄐㄧˋ

【出處】元・李文蔚《張子房圯橋進履》第三折：「將計就計，不好則說是好。」
【用法】利用對方的計策反過來對付對方。

將心比心 ㄐㄧㄤ ㄒㄧㄣ ㄅㄧˇ ㄒㄧㄣ

【出處】明・湯顯祖《紫釵記》第三十八齣：「太尉不將心比心，小子待將計就計。」
【解釋】將：把。
【用法】用自己的心情和處境去設想對方，即設身處地為別人著想。
【例句】只要能～為人設想，就不會有什麼不愉快的事發生了。

將信將疑 ㄐㄧㄤ ㄒㄧㄣˋ ㄐㄧㄤ ㄧˊ

【出處】唐・李華《弔古戰場文》：「其存其沒，家莫聞知；人或有言，將信將疑。」
【解釋】將：又、且。
【用法】①有些相信，又有些懷疑。②形容對事物的看法處於猶豫不決的狀態，不敢輕信。
【例句】新來的那位同事能不能把這個工作做好，大家～，議論紛紛。

將錯就錯 ㄐㄧㄤ ㄘㄨㄛˋ ㄐㄧㄡˋ ㄘㄨㄛˋ

【出處】宋・釋悟明《聯燈會要・道楷禪師》：「祖師已是錯傳，山僧已是錯說，今日不免將錯就錯，曲為今時。」
【解釋】將：順從。就：遷就。
【用法】①有意識地順從錯誤，遷就錯誤。②指已知錯了，還以訛傳訛。③指將就錯誤，一錯到底。
【例句】既已做錯，就～繼續做下去。

將欲取之，必先與之 ㄐㄧㄤ ㄩˋ ㄑㄩˇ ㄓ ㄅㄧˋ ㄒㄧㄢ ㄩˇ ㄓ

【解釋】《戰國策・魏策一》：「將欲取之，必姑與之。」
【解釋】將：將要。欲：想、希望。與：給予。
【用法】要想取得它，必須先丟掉它。
【附註】也作「欲取姑與」。

江郎才盡 ㄐㄧㄤ ㄌㄤˊ ㄘㄞˊ ㄐㄧㄣˋ

【出處】唐・李延壽《南史・江淹傳》：「嘗宿於冶亭，夢一丈夫，自稱郭璞，謂淹曰：『吾有筆在卿處多年，可以見還。』淹乃探懷中得五色筆一以授之。爾後爲詩，絕無美句，時人謂之才盡。」

【解釋】江郎：南朝梁時人江淹。江淹年輕時作的詩文很有才氣，受當時文人重視。但其年老時作的詩文大不如前，當時人說他「才盡」。

【用法】比喻人的文思枯竭。

【例句】我現在已有～之感，一篇文章也寫不出來了。

江河日下 ㄐㄧㄤ ㄏㄜˊ ㄖˋ ㄒㄧㄚˋ

【出處】清・宗山《詞學集成序》：「詞之爲道，自李唐沿及兩宋，濫觴厥制，漸至紛紜岐出，有江河日下之慨。」

【用法】①江河的水越流越趨向下流去。②比喻事物一天天衰落，情況一天天壞下去。

【例句】社會治安，如～，怎不令人感慨！

江漢朝宗 ㄐㄧㄤ ㄏㄢˋ ㄔㄠˊ ㄗㄨㄥ

【出處】《尙書・禹貢》：「江漢朝宗於海。」

【解釋】江：長江。漢：漢水。朝宗：諸候朝見天子。

【用法】①指百川匯集，順流入海。②比喻大勢所趨，人心所向。

江心補漏 ㄐㄧㄤ ㄒㄧㄣ ㄅㄨˇ ㄌㄡˋ

【出處】元・關漢卿《救風塵》第一折：「恁時節船到江心補漏遲。」

【用法】①船到江心才去修補漏洞，已經晚了。②比喻補救太遲，無濟於事。

【例句】他認爲對已經走上歧途的青年進行教育是～，無濟於事，我却認爲不然，只要進行耐心細緻的教育和引導，這樣的青年是可以重新走上正道的。

江洋大盜 ㄐㄧㄤ ㄧㄤˊ ㄉㄚˋ ㄉㄠˋ

【出處】明・凌濛初《初刻拍案驚奇》第十九卷：「小婦人父及夫，俱爲江洋大盜所殺。」

【用法】指在江河海洋上刼掠的強盜。

【例句】這條航線最近很不安全，因爲有一夥～出沒於海上，沒有武裝護航，一般商船不敢單獨行駛。

薑桂之性 ㄐㄧㄤ ㄍㄨㄟˋ ㄓ ㄒㄧㄥˋ

【出處】元・脫脫等《宋史・晏敦復傳》：「況吾薑桂之性，到老愈辣。」

【例句】他們是「～，老而彌辣」，「蒼松翠柏，屹立長青」。

講信修睦 ㄐㄧㄤˇ ㄒㄧㄣˋ ㄒㄧㄡ ㄇㄨˋ

【出處】《禮記・禮運》：「大道之行也，天下爲公，選賢與（同「舉」）能，講信修睦，……。」

【解釋】講信：講究信義或信用。修睦：謀求和睦。

【用法】指邦國之間彼此講究信用，謀求和睦親善的關係。

匠心獨運 ㄐㄧㄤˋ ㄒㄧㄣ ㄉㄨˊ ㄩㄣˋ

【出處】清・平步青《霞外捃屑》第七卷：「文之模擬龍門（司馬遷），似有套括塡寫者，使人厭棄，至匠心獨運之作，色韵古雅，掌故淹通，實足以與荊川（唐順之）方駕，其眞實本領具在，不能以毀譽掩也。」

【解釋】匠心：巧妙的心思，常指藝術構思。
【用法】①獨創性的運用巧妙的心思。②形容藝術構思的獨創性。
【例句】這幅描寫刼後餘生的油畫，選取了一個非常容易被人忽略的側面來加以表現，這眞是～。

將門有將（ㄐㄧㄤˋ ㄇㄣˊ ㄧㄡˇ ㄐㄧㄤˋ）

【出處】漢·司馬遷《史記·孟嘗君列傳》：「文聞將門必有將，相門必有相。」
【解釋】將門：世代爲將之家。
【用法】將帥家門中出將帥。
【例句】～可見家庭教育影響人之深。
【附註】也作「將門出虎子」。

將相出寒門（ㄐㄧㄤˋ ㄒㄧㄤˋ ㄔㄨ ㄏㄢˊ ㄇㄣˊ）

【出處】元·王實甫《西廂記》第五本第三折：「你道窮民到老是窮民，却不道：『將相出寒門』。」
【解釋】寒門：舊指貧寒人家。
【用法】①相將出身於貧寒家庭。②指貧苦的老百姓之中出人才。
【例句】～，貧困的環境常能使人知所惕勵，成就不凡偉業。

將在外，君命有所不受（ㄐㄧㄤˋ ㄗㄞˋ ㄨㄞˋ，ㄐㄩㄣ ㄇㄧㄥˋ ㄧㄡˇ ㄙㄨㄛˇ ㄅㄨˋ ㄕㄡˋ）

【出處】明·羅貫中《三國演義》第一百零三回：「豈不聞：『將在外，君命有所不受。』安有千里而請戰者乎？」
【用法】①將領遠征在外可以相機作戰，不必事先請戰或等待君主命令而後行動。②指派駐邊遠地區的領導，根據當地具體情況採取行動措施，不機械地按一般性流程行事。
【例句】～，你可以依實際情形決定如何行動，不必事事請示。

將遇良才（ㄐㄧㄤˋ ㄩˋ ㄌㄧㄤˊ ㄘㄞˊ）

【出處】明·施耐庵《水滸傳》第三十四回：「兩個就清風山下廝殺，乃是棋逢敵手難藏幸，將遇良才好用功。」
【解釋】將：將領。良才：高才、本領高的人。
【用法】指雙方本領相當，能人碰上能人。
【例句】～，棋逢敵手，今天的比賽精彩可期。
【附註】多與「棋逢對手」連用。

降格以求（ㄐㄧㄤˋ ㄍㄜˊ ㄧˇ ㄑㄧㄡˊ）

【解釋】降格：降低標準。
【用法】①降低標準去尋求或要求。②指不堅持原來的高標準，嚴格要求。
【例句】隨著年齡的增長，在婚姻對象上他不得不～了。
【附註】「降」不能念成ㄒㄧㄤˊ。

降心相從（ㄐㄧㄤˋ ㄒㄧㄣ ㄒㄧㄤ ㄘㄨㄥˊ）

【出處】《左傳·僖公二十八年》：「今天誘其衷，使皆降心以相從也。」
【用法】①天引導人們的思想，使人們都不按自己的心意，勉強地服從。②指委屈自己的心意服從他人。
【例句】我們所討論的是學術思想的問題，在這些問題上，我唯一服從的是眞理，否則的話，無論多麼大的權威，我也不會～的。

降志辱身 ㄐㄧㄤˋ ㄓˋ ㄖㄨˇ ㄕㄣ

【出處】《論語・微子》：「不降其志，不辱其身，伯夷叔齊與？謂柳下惠、少連，降志辱身矣。」
【用法】①指沒有高潔的志氣。②形容與世俗同流合污。
【例句】我眞不明白，你爲什麼要～，和這些不三不四的人在一起鬼混呢？

兢兢業業 ㄐㄧㄥ ㄐㄧㄥ ㄧㄝˋ ㄧㄝˋ

【出處】《詩經・大雅・雲漢》：「兢兢業業，如霆如雷。」
【解釋】兢兢：小心謹愼的樣子。業業：畏懼的樣子。
【用法】形容做工作謹愼小心，勤懇負責。
【例句】老師們早出晚歸，～，一心爲教育工作奉獻。

旌旗蔽日 ㄐㄧㄥ ㄑㄧˊ ㄅㄧˋ ㄖˋ

【出處】明・羅貫中《三國演義》第八十三回：「且說先生自猇亭布列軍馬，直至川口，接連七百里，前後四十營寨，晝則旌旗蔽日，夜則火光耀天。」
【解釋】旌旗：旗幟的通稱，這裏特指戰旗。
【用法】①戰旗遮住了日光。②形容千軍萬馬的磅礴氣勢。
【例句】多國部隊集結在沙國邊界，～，伊拉克又怎敢輕越雷池一步？

涇清渭濁 ㄐㄧㄥ ㄑㄧㄥ ㄨㄟˋ ㄓㄨㄛˊ

【出處】《詩經・邶風・谷風》：「涇以渭濁。」孔穎達疏：「言涇水以有渭水清，故見涇水濁。」古人曾有「涇清渭濁」或「涇濁渭清」之爭，實際上涇水或渭水的清濁都發生過變化。
【解釋】涇、渭：涇水、渭河，在甘肅、陝西境內。
【用法】①涇水清澈，渭河混濁。②比喻人品清濁、事物好壞，顯而易見。
【例句】一個專事逢迎諂媚；一個卻是篤實做事，～，了然可見。
【附註】也作「渭濁涇清」。

涇渭不分 ㄐㄧㄥ ㄨㄟˋ ㄅㄨˋ ㄈㄣ

【出處】唐・杜甫《秋雨嘆》詩：「去馬來牛不復辨，濁涇清渭何當分。」
【用法】比喻好壞不分，是非不明。
【例句】對人對事，不能～是非不辨。

涇渭分明 ㄐㄧㄥ ㄨㄟˋ ㄈㄣ ㄇㄧㄥˊ

【出處】明・馮夢龍《古今小說・滕大尹鬼斷家私》：「守得一十四歲時，他胸中漸漸涇渭分明，瞞他不得了。」
【解釋】涇、渭：指涇河、渭河，在甘肅、陝西境內。
【用法】①涇河水清，渭河水濁。兩股水合流處，清濁分得特別清楚。②比喻人或物的好壞十分明顯辨別。
【例句】在大家心中，眞和假、善和惡、美和醜是～的。

精疲力竭 ㄐㄧㄥ ㄆㄧˊ ㄌㄧˋ ㄐㄧㄝˊ

【解釋】疲：疲乏。竭：用盡。
【用法】形容精神和體力都疲憊不堪。
【例句】這種辦法叫「蘑菇」戰術。將敵磨得～，然後消滅之。
【附註】也作「精疲力盡」。

精美絕倫 ㄐㄧㄥ ㄇㄟˇ ㄐㄩㄝˊ ㄌㄨㄣˊ

【解釋】精：精巧。絕倫：無與倫比。
【用法】精巧美妙到了極點。
【例句】這件《白蛇傳》牙雕，結構謹嚴，技巧高超，的確是～的藝術品。

精明強幹（ㄐㄧㄥ ㄇㄧㄥˊ ㄑㄧㄤˊ ㄍㄢˋ）

【出處】清·文康《兒女英雄傳》第十三回：「況且隨帶的那些司員，又都是些精明強幹，久經審案的能員，那消幾日，早問出許多贓款來。」
【解釋】精明：精細明察，聰明。
【用法】精細明察，辦事能力強。
【例句】她的婆婆是～的女人。

精打細算（ㄐㄧㄥ ㄉㄚˇ ㄒㄧˋ ㄙㄨㄢˋ）

【用法】形容計算得十分精細。
【例句】他處處～，盡量爲家裏節約每一分錢。

精雕細刻（ㄐㄧㄥ ㄉㄧㄠ ㄒㄧˋ ㄎㄜˋ）

【用法】①精心而細緻地雕刻製作。②指創作藝術作品時盡心竭力，一絲不茍的態度。
【例句】這個牙雕，構思精巧，立意奇崛，刻工上也～，一絲不茍，眞是一件不可多得的藝術傑作。

精力過人（ㄐㄧㄥ ㄌㄧˋ ㄍㄨㄛˋ ㄖㄣˊ）

【出處】漢·班固《漢書·匡衡傳》：「父世農夫，至（匡）衡好學，庸作以供資用，精力尤過絕人。」
【用法】精力旺盛超過一般人。
【例句】老教授～，雖然已經年逾古稀，每天還是要伏案工作八九個小時。

精耕細作（ㄐㄧㄥ ㄍㄥ ㄒㄧˋ ㄗㄨㄛˋ）

【用法】指對農作物精心細緻地耕作。
【例句】我們耕地面積並不算多，所以必須～，努力提高單位面積的產量。

精金百煉（ㄐㄧㄥ ㄐㄧㄣ ㄅㄞˇ ㄌㄧㄢˋ）

【出處】南朝宋·劉義慶《世說新語·文學》：「精金百煉，在割能斷，功則治人，職思靖亂。」
【用法】①經過千百次冶煉的眞金。②比喻經過各種鍛煉和考驗，才能達到純淨或所向無敵的程度。
【例句】他取得這樣的成就絕不是偶然的，～，他是下了很大的苦功的。

精金良玉（ㄐㄧㄥ ㄐㄧㄣ ㄌㄧㄤˊ ㄩˋ）

【出處】宋·程頤《程明道（程顥）先生行狀》：「先生資稟既異，而充養有道，純粹如精金，溫潤如良玉。」
【解釋】精：純潔。良：溫和。
【用法】比喻人品純潔，性情溫和。

精誠團結（ㄐㄧㄥ ㄔㄥˊ ㄊㄨㄢˊ ㄐㄧㄝˊ）

【解釋】精誠：至誠，眞心誠意。
【用法】眞心誠意地團結一致。
【例句】值此國家外交屢遭挫折之時，國人更該～，以開創新機。

精誠所至（ㄐㄧㄥ ㄔㄥˊ ㄙㄨㄛˇ ㄓˋ）

【出處】《莊子·漁父》：「眞者，精誠之至也，不精不誠，不能動人。」
【解釋】精誠：至誠，眞心誠意。至：到。
【用法】指只要專心誠意去做，即使是堅如金石的疑難問題，也能解決。
【例句】我相信「～，金石爲開」，你慢慢會感到我的誠意的。

【附註】也作「精誠所加」。

精神滿腹 ㄐㄧㄥ ㄕㄣˊ ㄇㄢˇ ㄈㄨˋ

【出處】唐・房玄齡等《晉書・溫嶠傳》：「深結錢鳳，為之聲譽，每曰：『錢世儀精神滿腹。』嶠素有知人之稱，鳳聞而悅之。」
【用法】指人富有才智，滿腹經綸。
【例句】陳教授～，極受學子歡迎。

精神煥發 ㄐㄧㄥ ㄕㄣˊ ㄏㄨㄢˋ ㄈㄚ

【解釋】煥發：光彩四射的樣子。
【用法】①精力旺盛，神采飛揚。②形容人精神飽滿、心情愉快。
【例句】自從到任以來，她一直是～，神采奕奕。

精神恍惚 ㄐㄧㄥ ㄕㄣˊ ㄏㄨㄤˇ ㄏㄨ

【出處】北齊・魏收《魏書・爾朱榮傳》：「榮亦精神恍惚，不自支持。」
【解釋】恍惚：糊糊塗塗的樣子。
【用法】指神志不清。
【例句】最近，我由於睡眠不足，常常～，注意力不能集中。

精益求精 ㄐㄧㄥ ㄧˋ ㄑㄧㄡˊ ㄐㄧㄥ

【出處】《論語・學而》：《詩》云：「『如切如磋，如琢如磨。』其斯之謂與？」朱熹注：「言治骨角者，既切之而復磋之；治玉石者，既琢之而復磨之，治之已精，而益求其精也。」
【解釋】精：完美。益：更。
【用法】在完美的基礎上力求更完美。
【例句】他～鑽研醫療技術，使醫療效果有了明顯提高。

精衛填海 ㄐㄧㄥ ㄨㄟˋ ㄊㄧㄢˊ ㄏㄞˇ

【出處】《山海經・北山經》：「發鳩之山，其上多柘木，有鳥焉，其狀如烏，文首，白喙，赤足，名曰『精衛』，其名自詨。是炎帝之女，名曰女娃。女娃游於東海，溺而不返，故為精衛。常銜西山之木石，以堙於東海。」
【用法】①比喻意志堅強，不畏艱難。②懷有深仇大恨，而立志報仇雪恨。
【例句】要成就大事業，就要有～的頑強精神。

經明行修 ㄐㄧㄥ ㄇㄧㄥˊ ㄒㄧㄥˋ ㄒㄧㄡ

【出處】晉・陳壽《三國志・魏書・高柔傳》：「然今博士皆經明行修，一國清選。」（唐、宋時代，科舉取士，有「經明行修科」。）
【解釋】經：儒家經典著作。修：美好的。
【用法】①經學精深，品行美好。②形容人德才兼備。
【例句】陳先生～，真是不可多得的青年俊彥。

經天緯地 ㄐㄧㄥ ㄊㄧㄢ ㄨㄟˇ ㄉㄧˋ

【出處】《左傳・昭公二十八年》：「經天緯地曰文。」
【解釋】經、緯：治理。
【用法】指治理天下的傑出才能。

經年累月 ㄐㄧㄥ ㄋㄧㄢˊ ㄌㄟˇ ㄩㄝˋ

【用法】形容經歷了很長的時間。
【例句】進行科學研究，必須有恆心，～地堅持下去，就一定會有成果。

經綸濟世 ㄐㄧㄥ ㄌㄨㄣˊ ㄐㄧˋ ㄕˋ

【出處】明．羅貫中《三國演義》第三十五回：「水鏡曰：『若孫乾、糜竺之輩，乃白面書生，非經綸濟世之才。』」

【解釋】經綸：整理絲縷，引申爲治理國家大事。

【用法】指治理國家，有益於當世。

【例句】有志青年，都該立下～的宏願，爲世人謀福。

經國大業 ㄐㄧㄥ ㄍㄨㄛˊ ㄉㄚˋ ㄧㄝˋ

【出處】三國．魏．曹丕《典論．論文》：「蓋文章經國之大業，不朽之盛事。」

【解釋】經：治理。業：事業。

【用法】①治理國家的重大事業。②指文章對於國家作用之大。

【例句】文章是～，不朽盛事，豈可不愼？

經久不息 ㄐㄧㄥ ㄐㄧㄡˇ ㄅㄨˋ ㄒㄧˊ

【解釋】息：停止。

【用法】很長時間不停止（多指掌聲或歡呼聲）。

【例句】他的講話，博得了～的掌聲。

經師人師 ㄐㄧㄥ ㄕ ㄖㄣˊ ㄕ

【出處】晉．袁宏《後漢記．靈帝紀上》：「蓋聞經師易遇，人師難遭。故欲以賣絲之質，附近朱藍耳！」

【解釋】經師：傳授儒家經典的學者。人師：教人做人道德的師表。

【用法】指教授經典學術的學者和培育人才品德的老師。

【例句】一個人在年輕時，若能得到一、兩位～的指導，眞是最大的福氣。

經世奇才 ㄐㄧㄥ ㄕˋ ㄑㄧˊ ㄘㄞˊ

【出處】明．羅貫中《三國演義》第三十八回：「玄德曰：『大丈夫抱經世奇才，豈可空老於林泉之下？願先生以天下蒼生爲念，開備愚魯而賜教。』」

【解釋】經：經營、治理。奇：特殊、卓越。

【用法】①治理天下的卓越的才能。②指具有治理天下才能的人。

【例句】諸葛亮是一位難得的～。

經緯萬端 ㄐㄧㄥ ㄨㄟˇ ㄨㄢˋ ㄉㄨㄢ

【出處】漢．揚雄《法言．問神》：「神心恍惚，經緯萬方。」

【解釋】經、緯：織物的直線叫「經」，橫線叫「緯」。端：頭緒。

【用法】比喻頭緒很多。

【例句】這件工作～，僅根據這點不詳盡的資料就著手去做，恐怕不行的。

【附註】原作「經緯萬方」。

經文緯武 ㄐㄧㄥ ㄨㄣˊ ㄨㄟˇ ㄨˇ

【出處】唐．許敬宗《定宗廟樂議》：「雖復聖迹神功，不可得而窺測，經文緯武，敢有寄於名言。」

【解釋】經：織布時拴在織機上的直紗，編織物的縱線。緯：織布時用梭穿織的橫紗，編織物的橫線。

【用法】①以文爲經，以武爲緯。②指文治武功，同時並重。

荊天棘地 ㄐㄧㄥ ㄊㄧㄢ ㄐㄧˊ ㄉㄧˋ

【出處】清．黃小配《廿載繁華夢》第

三十六回：「周庸祐這時在上海，正如荊天棘地，……關卡的吏役人員，個個當拿得周庸祐便有重賞，因此查得十分嚴密，這樣如何逃得出？」

【解釋】荊棘：叢生的多刺小灌木。

【用法】①天地之間，荊棘叢生。②比喻到處是艱險處境，令人行動不得。

【例句】連續遭受這麼多挫折，只覺眼前盡是～，令人動彈不得。

荊棘載途 ㄐㄧㄥ ㄐㄧˊ ㄗㄞˋ ㄊㄨˊ

【解釋】荊棘：叢生的多刺植物，比喻紛亂的局勢或艱難的處境。載途：充滿道路。

【用法】①沿途長滿了荊棘。②比喻環境艱苦，障礙極多。

【例句】在戰爭年代裏，淪陷區的人民在重重壓迫之下，～，寸步難行。

荊棘叢生 ㄐㄧㄥ ㄐㄧˊ ㄘㄨㄥˊ ㄕㄥ

【解釋】荊棘：荊條蒺藜。叢：聚集成堆。

【用法】①荊蔓蒺藜成堆地長了出來。②比喻前進道路上困難很多，阻礙很大。

【例句】通向成功的道路雖然～，但是，也要一往直前。

荊釵布裙 ㄐㄧㄥ ㄔㄞ ㄅㄨˋ ㄑㄩㄣˊ

【出處】宋・李昉等《太平御覽卷七百十八》引《列女傳》：「梁鴻妻孟光，荊釵布裙。」

【解釋】釵：髮髻上的一種首飾。

【用法】①用荊枝作釵，用粗布做衣服。②指婦女服裝簡單樸素。

【例句】為了追求自然清靜的生活，他甘心～和丈夫隱於山林。

荊山之玉 ㄐㄧㄥ ㄕㄢ ㄓ ㄩˋ

【出處】三國・魏・曹植《與楊祖德書》：「人人自謂握靈蛇之珠，家家自謂抱荊山之玉。」

【解釋】荊山：楚荊山。相傳戰國時期，卞和得玉於楚荊山。

【用法】①荊山出產的美玉。②指世間少有的珍品。

【例句】這幅畫，對我來說就像是～一般珍貴。

荊人涉澭 ㄐㄧㄥ ㄖㄣˊ ㄕㄜˋ ㄩㄥ

【出處】《呂氏春秋・察今》：「荊人欲襲宋，使人先表澭水。澭水暴益，荊人弗知，循表而夜涉，溺死者千有餘人，軍驚而壞都舍。」

【解釋】荊人：楚國人。澭：澭水。

【用法】諷刺拘泥於成法，不知道根據情況的變化而變通的行為。

【例句】做事不知臨機應變，只知遵照指示，就如～般必遭失敗。

驚濤駭浪 ㄐㄧㄥ ㄊㄠ ㄏㄞˋ ㄌㄤˋ

【出處】元・馬致遠《岳陽樓》第二折：「如今便岳陽樓來了兩番，空聽的駭浪驚濤，洗不淨愚眉肉眼。」

【解釋】濤：大波浪。駭：使人驚懼。

【用法】①迅猛險惡、使人驚懼的大風浪。②比喻險惡的環境和遭遇。

【例句】槍林彈雨的戰爭年代，哪裡不充滿了～。

【附註】也作「駭浪驚濤」。

驚歎不已 ㄐㄧㄥ ㄊㄢˋ ㄅㄨˋ ㄧˇ

【解釋】嘆：感歎。已：止。
【用法】①由驚異而發出的感歎久久不停。②形容感受至深。
【例句】這些精緻的工藝品，使他～。

驚天動地（ㄐㄧㄥ ㄊㄧㄢ ㄉㄨㄥˋ ㄉㄧˋ）

【出處】唐・白居易《李白墓》詩：「可憐荒塚窮泉骨，曾有驚天動地文。」
【用法】形容聲勢或影響巨大，使人震驚。
【例句】中華民主共和國的成立，是～的大事。

驚弓之鳥（ㄐㄧㄥ ㄍㄨㄥ ㄓ ㄋㄧㄠˇ）

【出處】《戰國策・楚策四》：「異日者，更羸與魏王處京台之下，仰見飛鳥。更羸謂魏王曰：『臣為王引弓虛發而下鳥。』魏王曰：『然則射可至此乎？』更羸曰：『可。』有間，雁從東方來，更羸以虛發而下之。魏王曰：『然則射可至此乎！』更羸曰：『此孽也。』王曰：『先生何以知之？』對曰：『其飛徐而鳴悲。飛徐者，故瘡痛也；鳴悲者，久失群也。故瘡未息而驚心未去也。聞弦音，引而高飛，故瘡隕也。』」
【用法】①受過箭傷而聽到弓聲就驚慌的鳥。②比喻受過驚駭而心有餘悸的人。③比喻人受過一次驚嚇或打擊，再遇到類似的情況，就非常驚恐不安。
【例句】這一股敵人，早已成了～，一聽到我軍進山的消息，就慌忙逃跑。

驚恐萬狀（ㄐㄧㄥ ㄎㄨㄥˇ ㄨㄢˋ ㄓㄨㄤˋ）

【解釋】萬狀：許多種樣子。
【用法】由於害怕而現出的各種情態（含貶義）。
【例句】當這個罪犯發現後面有人追捕他的時候，便～地把贓物扔到河裏。

驚惶不安（ㄐㄧㄥ ㄏㄨㄤˊ ㄅㄨˋ ㄢ）

【解釋】驚惶：驚慌。
【用法】由於緊張害怕而心慌意亂、不鎮靜。
【例句】人群發生了騷動，有大聲喊著口號的，也有亂跑起來的，道靜～地看看她旁邊的那個女學生。

驚魂未定（ㄐㄧㄥ ㄏㄨㄣˊ ㄨㄟˋ ㄉㄧㄥˋ）

【出處】宋・蘇軾《謝思移汝州表》：「隻影自憐命寄江湖之上；驚魂未定，夢遊縲紲之中。」
【用法】受驚後的心情尚未安定下來。
【例句】他脫下身上的大衣，披在～的老人身上，又拉過他那雙凍得僵硬的手。
【附註】也作「驚魂不定」。

驚惶失措（ㄐㄧㄥ ㄏㄨㄤˊ ㄕ ㄘㄨㄛˋ）

【出處】唐・李百藥《北齊書・元暉業傳》：「孝友臨刑，驚惶失措，暉業神色自若。」
【解釋】驚惶：驚慌。失措：舉止失去常態。
【用法】由於驚恐害怕而舉止失常，不知如何是好。
【例句】這次事故，出乎意料之外，因此大家～，一時不知如何好。

驚悸不安（ㄐㄧㄥ ㄐㄧˋ ㄅㄨˋ ㄢ）

【解釋】悸：心跳。

【用法】驚慌心跳，不能安寧。
【例句】多情的女孩子，被她朋友的痛苦嚇住了，顯得～。

驚喜交集

【用法】震驚和喜悅的心情匯集交融在一起。
【例句】他意外地見到了失散多年的親人，不由得～。

驚喜若狂

【出處】清·霽園主人《夜譚隨錄·護軍女》：「少年得其應答，驚喜若狂。」
【用法】①既驚且喜，神態失常，像在發狂似的。②形容喜出望外，過於興奮的情狀。
【例句】長久失業後，聽到自已被錄用的消息，他不禁～。

驚心掉膽

【出處】章炳麟《新方言·釋言》：「今人言懼，猶曰驚心掉膽。」
【解釋】掉：喪失。
【用法】形容心中害怕到極點。
【例句】當她看到這不幸的事件突然發生的時候，不由得～，不知所措。

驚心動魄

【出處】南朝·梁·鍾嶸《詩品·卷上》：「文溫以麗，意悲而遠，驚心動魄，可謂幾乎一字千金。」
【用法】①指作品文字運用得好，使人感受極深，神魂爲之振動。②指精魄受到極大震動，十分緊張。
【例句】在描寫戰爭的影片中，總有許多～的場面。
【附註】也作「動魄驚心」。

驚猿脫兔

【出處】清·吳敬梓《儒林外史》第四十三回：「還虧得苗子的脚底板厚，不怕巉岩荊棘，就如驚猿脫兔，漫山越嶺地逃散了。」
【用法】形容動作敏捷、速度快，就像驚走的猿猴，逃跑的兔子一樣。
【例句】他的身手矯捷，就像～一樣。

驚師動衆

【出處】清·曹雪芹《紅樓夢》第四十五回：「你才說的也是，『多一事不如省一事。』我明日家去，和媽媽說了，只怕燕窩我們家裡還有，與你送幾兩。每日叫丫頭們就熬了，又便宜，又不驚師動衆的。」
【用法】指驚動上下很多人操心勞力。
【例句】只是一點小毛病而已，卻～麻煩大家，眞是心有不安。

驚蛇入草

【出處】宋·《宣和書譜·草書七》：「（釋亞栖）自謂吾書不大不小，得其中道，若飛鳥出林，驚蛇入草。」
【用法】①受驚的蛇潛入草叢中。②形容草書的筆勢矯健迅捷。

井底之蛙

【出處】《莊子·秋水》：「井蛙不可以語於海者，拘於虛也。」
【用法】①井底的青蛙，只能看見井口大的天。②比喻見識狹窄、眼光短淺的人。
【例句】他這個人不過是～，沒見過多

大的世面。

井臼親操 ㄐㄧㄥˇ ㄐㄧㄡˋ ㄑㄧㄣ ㄘㄠ

【出處】南朝・宋・范曄《後漢書・馮衍傳下》：「兒女常自操井臼。」

【解釋】井臼：就井汲水，用石臼舂米，指家務勞動。

【用法】①親自操持家務勞動。②指吃苦耐勞，過清貧的日子。

【例句】即使家中非常富有，他的妻子仍～。

井井有條 ㄐㄧㄥˇ ㄐㄧㄥˇ ㄧㄡˇ ㄊㄧㄠˊ

【出處】宋・樓鑰《攻媿集・六一・通邵領判啓》：「試以劇煩，井井有條而不紊。」

【解釋】井井：整齊不亂的樣子。

【用法】形容有條有理，絲毫不亂。

【例句】她眞是個理家能手，屋子小，東西多，但她却安排得～、整整齊齊。

井渫不食 ㄐㄧㄥˇ ㄒㄧㄝˋ ㄅㄨˋ ㄕˊ

【出處】《周易・井》：「井渫不食，爲我心惻。」

【解釋】渫：除淨泥污。食：吃，引申爲取用。

【用法】①指深井除淨泥污，泉水清澈，有人疑懼，反不取用。②比喻品德清高、才華卓絕的賢士遭嫉，致使懷才不遇。

井中視星 ㄐㄧㄥˇ ㄓㄨㄥ ㄕˋ ㄒㄧㄥ

【出處】《尸子・廣澤》：「因井中視星，所見不過數星。」

【用法】①在井中看星星，只能見到爲數不多的幾顆。②比喻見識狹隘。

【例句】只看過一、兩本書，就想大談人才問題，無異於～，能有什麼建設性的見解。

井水不犯河水 ㄐㄧㄥˇ ㄕㄨㄟˇ ㄅㄨˋ ㄈㄢˋ ㄏㄜˊ ㄕㄨㄟˇ

【出處】清・曹雪芹《紅樓夢》第六十九回：「我和他井水不犯河水，怎麼就冲了他？」

【用法】①比喻彼此界限分明，互不干擾。②指彼此毫無關係。

【例句】我們彼此之間「～」，你做你的，我做我的好了。

【附註】也作「河水不犯井水」。

井然有序 ㄐㄧㄥˇ ㄖㄢˊ ㄧㄡˇ ㄒㄩˋ

【解釋】井然：形容整齊不亂的樣子。

【用法】整齊而次序分明，條理清楚。

【例句】這個庫房的東西擺放得～。

井蛙之見 ㄐㄧㄥˇ ㄨㄚ ㄓ ㄐㄧㄢˋ

【用法】①井底青蛙的見解。②比喻狹隘淺短的見解。

【例句】我原來以爲自己很高明，等到看了這些意見和建議之後，我才感到自己不過是～而已。

景星麟鳳 ㄐㄧㄥˇ ㄒㄧㄥ ㄌㄧㄣˊ ㄈㄥˋ

【出處】明・宋濂等《元史・周恕傳》：「恕自京還，家居十三年，縉紳望之若景星麟鳳，鄉里稱爲先生而不姓。」

【解釋】景星：星名，相傳常出現於有道之國。麟鳳：麒麟、鳳凰。

【用法】比喻極爲稀少之物。

【附註】也作「景星鳳凰」。

徑情直遂 ㄐㄧㄥˋ ㄑㄧㄥˊ ㄓˊ ㄙㄨㄟˋ

【出處】《禮記・檀弓下》：「有直情而徑行者，戎狄之道也，禮道則不然。」
【解釋】徑情：隨意。遂：成功。
【用法】指做事如意，順利獲得成功。
【例句】事物是往返曲折的，而不是～的。

敬陳管見 ㄐㄧㄥˋ ㄔㄣˊ ㄍㄨㄢˇ ㄐㄧㄢˋ

【解釋】敬陳：恭敬地陳述。管見：從管子裡看東西，所見極小。指淺陋的見識。
【用法】恭敬地說明自己淺陋的見識。（多用於自謙詞）。
【例句】關於人才問題，我素無研究，不揣冒昧～，以就教於大方之家。

敬守良箴 ㄐㄧㄥˋ ㄕㄡˇ ㄌㄧㄤˊ ㄓㄣ

【出處】清・李汝珍《鏡花緣》第一回：「非素日恪遵女誡，敬守良箴，何能至此。」
【解釋】箴：勸告、規戒。
【用法】認眞地遵守良好的規戒。
【例句】自小就該讓孩子～，長成後，才不致犯上作亂，踰越規矩。

敬老尊賢 ㄐㄧㄥˋ ㄌㄠˇ ㄗㄨㄣ ㄒㄧㄢˊ

【用法】尊敬年紀大的或有才能、有品德的人。
【例句】我們應該教育青年～。

敬老慈幼 ㄐㄧㄥˋ ㄌㄠˇ ㄘˊ ㄧㄡˋ

【出處】《孟子・告子下》：「敬老慈幼，無忘賓旅。」
【解釋】慈：愛護。
【用法】尊敬老人，愛護幼兒。
【例句】他熱心公益，～的善行，値得大家學習。

敬恭桑梓 ㄐㄧㄥˋ ㄍㄨㄥ ㄙㄤ ㄗˇ

【出處】《詩經・小雅・小弁》：「維桑與梓，必恭敬止。」
【解釋】桑梓：古代家宅旁邊常栽種的樹木，後作家鄉的代稱。
【用法】①外出的人見到桑和梓，容易引起對父母的懷念。②比喻對故鄉的懷念和對故鄉人的尊敬。

敬謝不敏 ㄐㄧㄥˋ ㄒㄧㄝˋ ㄅㄨˋ ㄇㄧㄣˇ

【出處】唐・韓愈《寄盧同》詩：「買羊沽酒謝不敏，偶逢明月曜桃李。」
【解釋】謝：推辭。敏：敏銳、聰明。
【用法】①表示自己愚笨、能力差而予以推辭。②用以辭謝、拒絕對方的要求，含有抱歉之意。
【例句】最近召開座談會，朋友們要我講一講，而我在這方面不過略知一二，實在講不了，因此只好～了。

敬賢禮士 ㄐㄧㄥˋ ㄒㄧㄢˊ ㄌㄧˇ ㄕˋ

【出處】明・羅貫中《三國演義》第三回：「敬賢禮士，賞罰分明，終成大業。」
【解釋】禮：以禮相待。
【用法】對有才能、有品德的人都很尊敬。
【例句】上位者若能～，人才自來。

敬而遠之 ㄐㄧㄥˋ ㄦˊ ㄩㄢˇ ㄓ

【出處】唐・魏徵《十漸不克終疏》：「君子重地，敬而遠之。」
【用法】對那些令人厭惡的人不親近也不得罪，保持一定距離。

【例句】假如對你表面上很尊重地稱呼爲長官，實際上却對你～，這說明你已失去人心。

【附註】原作「敬鬼神而遠之」。

敬業樂群

【出處】《禮記・學記》：「一年視離經辨志，三年視敬業樂群。」

【解釋】敬業：專心致志於學習。樂群：與同學朋友愉快相處，切磋學問。

【用法】形容與他人團結互助，認眞研究學問。

【例句】過去所提倡的～，現在仍有它的意義。

競新鬥巧

【解釋】競、鬥：比賽爭勝。

【用法】賽新奇，比巧妙。

【例句】今年的燈展比往年更加熱鬧，各式各樣的傳統花燈～，一盞比一盞更精緻。

【附註】也作「鬥巧爭新」。

鏡破釵分

【出處】元・無名氏《梧桐葉》第一折：「鏡破釵分，粉消香褪，縈方寸，酒美花新，總是思家恨。」

【解釋】鏡：銅鏡。釵：婦女別在髮髻上的一種首飾。

【用法】①古時戰亂中，夫妻分離時，常把鏡或釵一分爲二，各持一半以爲信物。②比喻夫妻分離。

【例句】無情的戰火，使得他們夫妻從此～。

鏡分鸞鳳

【出處】元・高則誠《琵琶記・臨妝感嘆》：「文場選士，紛紛都是才俊徒，少甚麼鏡分鸞鳳。」

【解釋】鸞鳳：鸞鳥和鳳凰，比喻夫妻。分藏破鏡，鸞鳳分飛。原爲南北朝時代陳朝將亡時，駙馬徐德言與妻樂昌公主分離前，將一面銅鏡打破，各持一半，作爲將來重見時的信物的故事。

【用法】比喻夫妻的離散。

【例句】想當日情深款款，今日卻～，怎不令人心傷？

鏡花水月

【出處】明・謝榛《詩家直說》第一卷：「詩有可解，不可解，不必解，如水月鏡花，勿泥其迹可也。」

【用法】①鏡中花，水中月。②比喻詩文中空靈的意境。③泛喻幻覺中的美好景象或不可捉摸的東西。

【例句】你的詩意很美妙，可惜只是～，總覺不夠厚實。

靜觀默察

【用法】①態度冷靜、默不作聲地反覆觀察。②指客觀地思考、看待一切事物。

【例句】例如畫家畫人物，也是～，爛熟於心，然後凝神結想，一揮而就。

靜如處女，動如脫兔

【出處】《孫子・九地》「是故始如處女，敵人開戶，後如脫兔，敵不及拒。」曹操注：「處女示弱，脫兔往疾也。」

【解釋】處女：未出嫁的女子。脫兔：

逃奔的兔子。

【用法】安靜時好像嫻靜的大姑娘那樣穩重，行動起來就像奔逃的兔子那樣敏捷。

【例句】在敵後展開游擊戰爭，要～，才能有效地打擊敵人。

居停主人（ㄐㄩ ㄊㄧㄥˊ ㄓㄨˇ ㄖㄣˊ）

【出處】唐·盧同《月蝕》詩：「月蝕烏宮十三度，烏為居停主人不覺察。」

【解釋】居停：歇脚停留處。

【用法】寄居處所的主人，俗稱房東。

居高臨下（ㄐㄩ ㄍㄠ ㄌㄧㄣˊ ㄒㄧㄚˋ）

【出處】清·畢沅《續資治通鑑·宋紀·高宗紹興十一年》：「敵居高臨下，我戰地不利，宜少就平曠以致其師，宜可勝。」

【解釋】臨：俯視。

【用法】①站在高處，俯臨低處。②形容佔據有利的位置，有很大的優勢。

【例句】氣象衛星在太空～，利用遙控設備，可以鳥瞰整個世界。

【附註】也作「居高視下」。

居官守法（ㄐㄩ ㄍㄨㄢ ㄕㄡˇ ㄈㄚˇ）

【出處】西漢·司馬遷《史記·商君列傳》：「常人安於故俗，學者溺於所聞，以此兩者居官守法可也，非所與論於法之外也。」

【用法】①身居官職，謹守成法。②指為官清廉，不違法亂紀。

【例句】政府官員，特別是高級首長，都應該～。

居功自恃（ㄐㄩ ㄍㄨㄥ ㄗˋ ㄕˋ）

【解釋】恃：仗恃。

【用法】自以為有了功就有了仗恃，把功勞作為撈取好處的資本。

【例句】他只立了一些小功，就～，眞令人厭惡。

居功自傲（ㄐㄩ ㄍㄨㄥ ㄗˋ ㄠˋ）

【解釋】居功：自以為有功。

【用法】自以為有功而驕傲自大，目空一切。

【例句】任何人都不能～，把自己置於大衆之上。

居心不良（ㄐㄩ ㄒㄧㄣ ㄅㄨˋ ㄌㄧㄤˊ）

【解釋】居心：存心。良：善。

【用法】①存心不善。②指內心存在著惡意或陰謀。

【例句】他既然～，我只有走！

居心叵測（ㄐㄩ ㄒㄧㄣ ㄆㄛˇ ㄘㄜˋ）

【出處】章炳麟《中國之川喜多大尉袁樹勛》：「竊思該生等如果熱心桑梓，何不爭於合同未經僉押以前，而於此時逞無意識之行為，悍然不顧，其居心叵測，難保非藉端搖惑，擾亂治安起見，如不及時嚴禁，萬一暴動，必至釀成交涉，損失國權而後止。」

【用法】存心險惡，不可推測。

【例句】此人～，難以捉摸，對他要敬而遠之。

居心險惡（ㄐㄩ ㄒㄧㄣ ㄒㄧㄢˇ ㄜˋ）

【解釋】居心：存心。險：陰險。惡：惡毒。

【用法】存心陰險惡毒。

【例句】此人～，我們不能不提高警惕。

居安資深（ㄐㄩ ㄢ ㄗ ㄕㄣ）

【出處】《孟子·離婁下》：「君子深造之以道，欲其自得之也。自得之，則居之安。居之安，則資之深。資之深，則取之左右逢其原。故君子欲其自得之也。」
【解釋】居：居積。居安：牢固地掌握所學。資：積蓄。資深：積蓄很深。
【用法】①牢牢地積蓄學識，則造詣自深。②指做學問的正確方法。

居安思危（ㄐㄩ ㄢ ㄙ ㄨㄟ）

【出處】《左傳·襄公十一年》：「《書》曰：『居安思危。』思則有備，有備無患。敢以此規。」
【用法】在平安穩定的時候，要想到可能出現危險與災難。
【例句】～，有備無患，這是我們一貫堅持的戰略方針。

拘神遣將（ㄐㄩ ㄕㄣˊ ㄑㄧㄢˇ ㄐㄧㄤˋ）

【出處】清·曹雪芹《紅樓夢》第六十四回：「芳官竟是個狐狸精變的，就是會拘神遣將的符咒也沒有這麼快。」
【解釋】拘：拘使。
【用法】指神通廣大，能夠指揮天兵天將。
【例句】就算他有～之能，也逃不出警方佈署的天羅地網。

痀僂承蜩（ㄐㄩ ㄌㄡˊ ㄔㄥˊ ㄊㄧㄠˊ）

【出處】《莊子·達生》載：孔子到楚國，在林中遇見一個粘蟬的駝背老人，只見他非常得心應手，從不失誤。孔子問他是什麼原因，老人回答說：「吾處身也，若厥株拘，吾執臂也，若槁木之枝，雖天地之大，萬物之多，而唯蜩翼之知。吾不反不側，不以萬物易蜩之翼，何爲而不得？」孔子謂弟子曰：「用志不分，乃凝於神，其痀僂丈人之謂乎？」
【解釋】痀僂：曲背、駝背。承：粘。蜩：蟬。
【用法】比喻做事專心才能成功。
【例句】要有～的精神，做事才能夠成功。
【附註】也作「承蜩之巧」。

駒齒未落（ㄐㄩ ㄔˇ ㄨㄟˋ ㄌㄨㄛˋ）

【出處】唐·李延壽《北史·楊愔傳》：「此兒駒齒未落，已是我家龍文，更十歲後，當求之千里外。」（龍文：駿馬名。）
【解釋】落：脫落。
【用法】①小馬駒的奶牙還不曾脫落。②比喻人尚在童年。
【例句】他還是個～的小孩，怎能承受這樣大的打擊？

局促不安（ㄐㄩˊ ㄘㄨˋ ㄅㄨˋ ㄢ）

【出處】清·李寶嘉《官場現形記》第十三回：「只見文老爺坐在那裏，臉上紅一陣，白一陣，很覺得局促不安。」
【解釋】局促：拘謹、拘束。
【用法】形容拘謹，不自然、不安定的樣子。
【例句】在她那清澈見底的眸子裏，流露出～的神情。

橘化爲枳（ㄐㄩˊ ㄏㄨㄚˋ ㄨㄟˊ ㄓˇ）

【出處】《考工記·總序》：「橘逾淮

而爲枳……此地氣然也。」
【解釋】枳：植物名，也叫「枸橘」、「臭橘」，果實球形、黃綠色、味酸苦。
【用法】比喻由於環境的影響而品質變壞。
【例句】有些孩子受環境的影響走上邪路，這種～的現象是屢見不鮮的。

跼天蹐地（ㄐㄩˊ ㄊㄧㄢ ㄐㄧˊ ㄉㄧˋ）

【出處】晉．陸機《謝平原內史表》：「跼天蹐地，若無所容。」
【解釋】跼、蹐：畏縮不安的樣子。
【用法】形容十分小心，恐懼不安。

跼蹐不安（ㄐㄩˊ ㄐㄧˊ ㄅㄨˋ ㄢ）

【出處】明．馮夢龍《東周列國志》第十二回：「昭公雖不治罪，心中怏怏，恩禮稍減於昔日。祭足亦覺跼蹐不安，每每稱疾不朝。」
【解釋】跼：腰背彎曲。蹐：小步。跼蹐：謹慎恐懼的樣子。
【用法】形容心中恐懼，行動拘謹、精神不安定。
【例句】她在受到審查之後，有些～。

鞠躬盡瘁，死而後已（ㄐㄩ ㄍㄨㄥ ㄐㄧㄣˋ ㄘㄨㄟˋ，ㄙˇ ㄦˊ ㄏㄡˋ ㄧˇ）

【出處】清．淮陰百一居士《壺天錄》：「大勢已去，只手難撐，不得不以一死報國家。諸葛亮云：『鞠躬盡瘁，死而後已。』即此意也。」
【解釋】鞠躬：恭敬、謹慎。盡瘁：竭盡勞苦。已：止，完結。
【用法】意爲不辭勞苦地貢獻出自己的一切，到死爲止。
【例句】國父一生奔走革命，爲國家民族～。

舉不勝舉（ㄐㄩˇ ㄅㄨˋ ㄕㄥ ㄐㄩˇ）

【解釋】勝：盡。
【用法】①舉也舉不盡。②形容極多。
【例句】在我們的青年中，自學成材的事例～。

舉目無親（ㄐㄩˇ ㄇㄨˋ ㄨˊ ㄑㄧㄣ）

【出處】唐．薛調《劉無雙傳》：「四海至廣，舉目無親戚，未知托身之所。」
【解釋】舉：抬起。
【用法】①抬起眼來看不到一個親人。②形容人地很生疏，無依無靠。
【例句】剛來到台北人生地不熟，又～，眞不知何去何從？

舉鼎絕臏（ㄐㄩˇ ㄉㄧㄥˇ ㄐㄩㄝˊ ㄅㄧㄣˋ）

【出處】漢．司馬遷《史記．秦本紀》：「（秦）武王有力好戲，力士任鄙、烏獲、孟說皆至大官。王與孟說舉鼎，絕臏。」
【解釋】絕：斷。臏：膝蓋骨。
【用法】比喻力不勝任。

舉例發凡（ㄐㄩˇ ㄌㄧˋ ㄈㄚ ㄈㄢˊ）

【出處】南朝．梁．劉勰《文心雕龍．史傳》：「按《春秋》經傳，舉例發凡。」
【解釋】發凡：揭示全書的通例。左丘明爲《春秋》作傳，把《春秋》書法歸納爲若干類例，加以概括說明。
【用法】分類舉例說明一書的體例爲「舉例發凡」。

舉國若狂（ㄐㄩˇ ㄍㄨㄛˊ ㄖㄨㄛˋ ㄎㄨㄤˊ）

【出處】《禮記・雜記下》：「子貢觀於蜡。孔子曰：『賜也，樂乎？』對曰：『一國之人皆若狂，賜未知其樂也。』」
【解釋】舉：全。狂：瘋狂。
【用法】指全國上下群情振奮，縱情歡樂不能自已，都像瘋狂了似的。
【例句】聽到棒球隊贏得冠軍的消息，～，大肆慶祝。

舉棋不定 ㄐㄩˇ ㄑㄧˊ ㄅㄨˋ ㄉㄧㄥˋ

【出處】《左傳・襄公二十五年》：「弈者舉棋不定，不勝其耦。」（耦：同弈的對方。）
【用法】①拿著棋子不知下哪一著好。②比喻臨事猶豫不決，拿不定主意。
【例句】有些同學時至今日，仍在徘徊觀望，～，這是很不對的。

舉賢使能 ㄐㄩˇ ㄒㄧㄢˊ ㄕˇ ㄋㄥˊ

【出處】《禮記・大傳》：「三日舉賢，四日使能。」
【解釋】舉：起用。使：任用。
【用法】①起用賢士，任用能人。②指治國安邦、發展事業的賢明措施。
【附註】也作「舉賢任能」。

舉直錯枉 ㄐㄩˇ ㄓˊ ㄘㄨㄛˋ ㄨㄤˇ

【出處】《論語・述而》：「舉直錯諸枉，則民服。」
【解釋】舉：起用。錯：廢棄。枉：不正直、邪惡。
【用法】①起用正人君子，廢置邪惡小人。②指用人得當。
【例句】在上位者若能～，國事自會清明。

舉止大方 ㄐㄩˇ ㄓˇ ㄉㄚˋ ㄈㄤ

【解釋】舉止：舉動。
【用法】指一個人的行為動作不拘束，堂堂正正。
【例句】她～，儀態端莊，深受大家的尊敬。

舉世矚目 ㄐㄩˇ ㄕˋ ㄓㄨˇ ㄇㄨˋ

【出處】①戰國・楚・屈原《楚辭・漁父》：「舉世皆濁我獨清。」②國語・晉語》：「則恐國人之矚目於我也。」
【解釋】舉：全。矚目：注視。
【用法】全世界的人都注視著。
【例句】兩德的統一，～。

舉手之勞 ㄐㄩˇ ㄕㄡˇ ㄓ ㄌㄠˊ

【出處】唐・韓愈《應科目時與人書》：「如有力者，哀其窮而運轉之，蓋一舉手一投足之勞也。」
【解釋】舉：抬起。
【用法】①一動手就能辦到的一點勞動。②指事情輕而易舉，毫不費力。
【例句】修理一下門窗，對你來說，不過是～而已，算得了什麼呢？
【附註】也作「一舉手之勞」。

舉足輕重 ㄐㄩˇ ㄗㄨˊ ㄑㄧㄥ ㄓㄨㄥˋ

【出處】南朝・宋・范曄《後漢書・竇融傳》：「方蜀漢相攻，權在將軍，舉足左右，便有輕重。」
【用法】①腳下一動就會影響兩邊的輕重平衡。②比喻一個微小的舉動可以牽連全局。③形容所處的地位十分重要。
【例句】他既有眞才實學，又有豐富經

驗，這次新產品試製，他有～的作用。

【附註】也作「舉足重輕」。

舉措失當

【出處】漢・司馬遷《史記・秦始皇本紀》：「舉錯必當，莫不如畫。」

【解釋】舉措：舉動、措施。失當：不恰當。

【用法】指措施不得當。

【例句】敵軍在受到重創以後，心慌意亂，～，軍心更加渙散了。

【附註】從「舉錯（同「措」）必當」演變而來。

舉案齊眉

【出處】南朝・宋・范曄《後漢書・梁鴻傳》：「（梁鴻）依大家臯伯通，居廡下，爲人賃舂。每歸，妻爲具食，不敢於鴻前仰視，舉案齊眉。伯通察而異之，曰：『彼傭能使其妻敬之如此，非凡人也。』」

【解釋】案：古時有脚的托盤。

【用法】表示夫妻之間互相尊重，感情深厚。

【例句】他們夫妻二人極爲恩愛，～令人羨慕。

【附註】也作「梁孟相敬」。

舉一廢百

【出處】《孟子・盡心上》：「所惡執一者，爲其賊道也，舉一而廢百也。」

【解釋】廢：廢棄。百：指種類、數量多。

【用法】①滿足於只認識問題的一面，而廢棄了許多重要的方面。②指見識狹隘，沒有全面觀察和認識事物。

【例句】對事情不能深入研究～，又如何能有積極的建議？

舉一反三

【出處】《論語・述而》：「舉一隅不以三隅反，則不復也。」

【解釋】反：推論。

【用法】①比喻懂得一部分就可以推知其餘。②形容善於學習，能夠由此及彼。

【例句】只有注意對各種體裁的文章進行比較，找出它們的共性與特性，才能～。

【附註】也作「舉一隅反」、「一隅三反」。

舉枉錯直

【出處】《論語・爲政》：「舉枉錯諸直，則民不服。」

【解釋】舉：起用。枉：不正、邪惡。錯：廢棄。

【用法】①起用邪惡小人，廢置正直的人。②指用非其人。

【例句】～，又如何能有清明的政治？

踽踽獨行

【出處】《詩經・唐風・杕杜》：「獨行踽踽，豈無他人？不如我同父！」

【解釋】踽踽：孤獨的樣子。

【用法】①獨自行走。②形容人孤獨無親。

【例句】那個年輕的姑娘，～，來到了陌生的地方。

具體而微

【出處】《孟子・公孫丑上》：「子夏

、子游、子張皆有聖人之一體；冉牛、閔子、顏淵，則具體而微。」

【解釋】具體：事物各組成部分都全備。微：小。

【用法】事物內容各部大體具備，不過規模較小。

【例句】各個社區都建立了圖書館，雖然藏書不多，但是～，基本上也可以滿足民衆的需要了。

屨及劍及

【出處】《左傳．宣公十四年》載：春秋時楚莊王派往秦國的使臣申舟路過宋國時，被宋人所殺。「楚子聞之，投袂而起，屨及於窒皇，劍及於寢門之外，車及於蒲胥之市。秋九月，楚子圍宋。」（窒皇：寢門的通道。）意思是楚莊王急欲出兵給申舟報仇，迫不及待地奔跑出去，奉屨的人追到窒皇，奉劍的人追到寢門之外，駕車的人追到蒲胥之市才追上他。

【解釋】屨：麻、葛等製成的草鞋。

【用法】形容行動堅決迅速。

【例句】做事要即知即行，～，才能有成效。

【附註】也作「劍及屨及」。

屨賤踊貴

【出處】《左傳．昭公三年》：「國之諸市，屨賤踊貴，民人痛疾。」

【解釋】屨：麻、葛等製成的草鞋。踊：古代受過刖刑的人所穿的鞋子。

【用法】①被刖者多，使市場上鞋子跌價而踊則漲價。②喻指刑罰重而濫。

巨鰲戴山

【出處】《列子．湯問》載古代神話：渤海之東有大壑，爲衆水所歸。中有岱輿、員嶠、方壺、瀛洲、蓬萊五山，常隨潮波浮動。天帝命禺強用十五頭巨鰲把五山背起來，五山始峙立不動。

【解釋】戴：頭頂著。

【用法】比喻感恩深重。

拒諫飾非

【出處】《荀子．成相》：「拒諫飾非，愚而上同，國必禍。」

【解釋】諫：勸告。飾：掩蓋。非：錯誤。

【用法】拒絕勸告，掩飾過錯。

【例句】任何人都應虛心接受別人的意見，絕不能～。

【附註】也作「距諫飾非」、「飾非拒諫」。

拒之門外

【解釋】拒：拒絕。

【用法】①把人擋在門外。②形容拒絕協商或共事。

【例句】對於朋友的善意批評，絕不可～。

拒人於千里之外

【出處】《孟子．告子下》：「訑訑之聲音顏色，拒人於千里之外。」（訑訑：自滿自足，不耐煩聽別人講話的樣子。）

【解釋】拒：拒絕。

【用法】①把人擋在千里之外，不讓接近。②形容傲性極強，不願與人接近或毫無商量的餘地。

【例句】倘若正顏厲色，～，倒是自己的損失。

據理力爭 ㄐㄩˋ ㄌㄧˇ ㄌㄧˋ ㄓㄥ

【解釋】據：依據、憑借。

【用法】根據道理竭力爭辯，盡力維護某種觀點或利益。

【例句】對於原則問題，一定要～，堅持到底。

據為己有 ㄐㄩˋ ㄨㄟˊ ㄐㄧˇ ㄧㄡˇ

【解釋】據：占據。

【用法】把別人的或公共的東西占來當做自己的。

【例句】利用職權把集體的財產拿回家去～，這是犯罪行為。

聚精會神 ㄐㄩˋ ㄐㄧㄥ ㄏㄨㄟˋ ㄕㄣˊ

【出處】漢．王褒《聖主得賢臣頌》：「聚精會神，相得益章（彰）。」

【用法】①集中全部精神。②集思廣益的意思。③形容專心致志，精神高度集中。

【例句】他～地看著小說，連有人進來都沒有發覺。

聚沙成塔 ㄐㄩˋ ㄕㄚ ㄔㄥˊ ㄊㄚˇ

【出處】《妙法蓮華經．方便品》：「乃至童子戲，聚沙為佛塔。」

【用法】①把細沙聚成寶塔。②形容聚少成多。

【例句】要懂得～、集腋成裘的道理，注意節約一滴水、一度電、一滴油。

【附註】也作「積沙成塔」。

聚散浮生 ㄐㄩˋ ㄙㄢˋ ㄈㄨˊ ㄕㄥ

【出處】清．曹雪芹《紅樓夢》第一百一十八回：「如今才曉得『聚散浮生』四字，古人說了，不曾提醒一個。」

【用法】指人的一生像水上的浮萍一樣漂浮無定，聚散無常。

【例句】了解～的道理，就能看淡生離死別的苦痛。

聚訟紛紜 ㄐㄩˋ ㄙㄨㄥˋ ㄈㄣ ㄩㄣˊ

【出處】①南朝．宋．范曄《後漢書．曹褒傳》：「諺言：『作舍道邊，三年不成』。會禮之家，名為聚訟，互生疑異，筆不得下。」②南朝．宋．范曄《後漢書．馮衍傳下》：「講聖哲之通論兮，心惛憒而紛紜。」

【解釋】聚訟：眾人爭論，是非不決。紛紜：多而雜亂。

【用法】各式各樣意見爭辯不清，看法很不一致。

【例句】對文法的問題，至今仍～，未有定論。

聚蚊成雷 ㄐㄩˋ ㄨㄣˊ ㄔㄥˊ ㄌㄟˊ

【出處】漢．班固《漢書．中山靖王傳》：「夫眾喣漂山，聚蚊成雷。」

【用法】①很多蚊子聚在一起，它們的聲音就像打雷一樣。②比喻微小的東西，聚集起來能量就很大。

【例句】對於一些謠言不可掉以輕心，～，它能起到瓦解我們的士氣的作用。

踞爐炭上 ㄐㄩˋ ㄌㄨˊ ㄊㄢˋ ㄕㄤˋ

【出處】唐．房玄齡等《晉書．宣帝紀》：「軍還，權遣使乞降，上表稱臣，陳說天命。魏武帝曰：『此兒欲踞吾著爐炭上邪！』」

【解釋】踞：蹲或坐。爐炭：爐火。

【用法】①蹲在爐火之上。②形容處境危險，無法繼續存在下去。

鉅儒宿學（ㄐㄩˋ ㄖㄨˊ ㄙㄨˋ ㄒㄩㄝˊ）

【出處】漢・班固《漢書・公孫劉車王楊蔡陳鄭傳贊》：「桑（弘羊）大夫据當時，合時變，上權利之略，雖非正法，鉅儒宿學不能自解，博物通達之士也。」

【解釋】鉅：通「巨」，很大。宿：老成，久於其事的。

【用法】指學識淵博、學術上有權威的人士。

【例句】鄭老可算得是～了，他在歷史學界的聲譽，國內外學術界都一致公認。

撅豎小人（ㄐㄩㄝ ㄕㄨˋ ㄒㄧㄠˇ ㄖㄣˊ）

【出處】北齊・魏收《魏書・崔浩傳》：「撅豎小人，無大經略，正可殘暴，終爲人所滅耳。」

【解釋】撅豎：卑劣。

【用法】對無恥小人的蔑稱。

【例句】這不過是個～，何必和他一般見識！

倔強倨傲（ㄐㄩㄝˋ ㄐㄧㄤˋ ㄐㄩˋ ㄠˋ）

【出處】漢・桓寬《鹽鐵論・論功》：「（尉佗）倔強倨敖（傲），自稱老夫。」

【解釋】倔強：固執頑強。倨傲：傲慢不恭。

【用法】指人性執拗，態度傲慢。

【例句】他～，即使再有才華，也不值得一顧。

【附註】「倔」不能念成ㄐㄩㄝˊ。「強」不能念成ㄑㄧㄤˊ。

掘室求鼠（ㄐㄩㄝˊ ㄕˋ ㄑㄧㄡˊ ㄕㄨˇ）

【出處】漢・劉安《淮南子・說山訓》：「壞塘以取龜，發屋而求狸，掘室而求鼠，割唇而治齲，桀跖之徒，君子不與。」

【用法】①挖掘房屋，尋找老鼠。②指做事的方法愚笨，不但不能達到目的，而且損失極大。③比喻因小失大。

【例句】在建設國家的過程中，我們一定避免～，殺鷄取卵的蠢事。

掘墓鞭屍（ㄐㄩㄝˊ ㄇㄨˋ ㄅㄧㄢ ㄕ）

【出處】漢・司馬遷《史記・伍子胥列傳》：「及吳兵入郢，伍子胥求昭王，既不得，力掘楚平王墓，出其屍，鞭之三百，然後已。」

【用法】①挖開墳墓，鞭笞屍體。②形容凶惡已極或仇恨極深。

【例句】所有仇怨自該隨著死者歸於黃土，若～，未免太過殘酷。

崛地而起（ㄐㄩㄝˊ ㄉㄧˋ ㄦˊ ㄑㄧˇ）

【解釋】崛：突起，興起。

【用法】①在平地上興起。②形容很快出現的某種新事物。

【例句】關於人才學的研究，是近幾年來～的一門新興科學，它一出現就引起了人們的注意。

攫金不見人（ㄐㄩㄝˊ ㄐㄧㄣ ㄅㄨˋ ㄐㄧㄢˋ ㄖㄣˊ）

【出處】《列子・說符》：「昔齊人有欲金者。清旦衣冠而之市，適鬻金者之所，因攫其金而去。吏捕得之，問曰

：『人皆在焉，子攫人之金何？』對曰：『取金之時不見人，徒見金。』」
【用法】嘲諷爲滿足個人欲望而不顧一切的人。
【例句】光天化日之下行搶，簡直就是～。

攫爲己有（ㄐㄩㄝˊ ㄨㄟˊ ㄐㄧˇ ㄧㄡˇ）
【解釋】攫：攫取。
【用法】用非法手段將非己之物強行占爲自己所有。
【例句】他利用職權，把許多集體財物～。

決一雌雄（ㄐㄩㄝˊ ㄧ ㄘˊ ㄒㄩㄥˊ）
【出處】漢．司馬遷《史記．項羽本紀》：「項王謂漢王曰：『天下洶洶數歲者，徒以吾兩人耳。願與漢王挑戰，決雌雄，毋徒苦天下之民父子也。』」
【解釋】決：決定。雌雄：原指動物的雌性和雄性，引申爲勝敗高下。
【用法】比一比高低，決一下勝敗。
【例句】他們兩個都自詡爲圍棋高手，大夥兒於是決定爲他們辦一場友誼賽，以～，一分高下。

決一死戰（ㄐㄩㄝˊ ㄧ ㄙˇ ㄓㄢˋ）
【解釋】決：決鬥。
【用法】形容拼死拼活地進行一次激戰。
【例句】事到臨頭，只有～，才有可能求得生存。

絕妙好辭（ㄐㄩㄝˊ ㄇㄧㄠˋ ㄏㄠˇ ㄘˊ）
【出處】南朝．宋．劉義慶《世說新語．捷悟》：「魏武（曹操）嘗過曹娥碑下，楊修從。碑背上見題作『黃絹幼婦外孫齏臼』八字……修曰：『黃絹，色絲也，於字爲絕。幼婦，少女也，於字爲妙。外孫，女子也，於字爲好。齏臼，受辛也，於字爲辭。所謂絕妙好辭也。』」
【解釋】辭：文詞、言詞。
【用法】指極美好的文章或文中傳神的詞藻。
【例句】這首描寫江南風光的詩，不僅構思精巧，而且立意新奇，寫出了人們見不到處，確是～。

絕代佳人（ㄐㄩㄝˊ ㄉㄞˋ ㄐㄧㄚ ㄖㄣˊ）
【出處】唐．杜甫《佳人》詩：「絕代有佳人，幽居在空谷。」
【解釋】絕代：冠絕當代。佳：美。
【用法】①當世無雙的美人。②形容女子極爲美貌。
【例句】她眞是個～，無怪乎能榮登選美后座。

絕口不道（ㄐㄩㄝˊ ㄎㄡˇ ㄅㄨˋ ㄉㄠˋ）
【出處】漢．班固《漢書．丙吉傳》：「吉爲人深厚，不伐善。自曾孫遭遇，吉絕口不道前恩，故朝廷莫能明其功也。」
【解釋】絕口：始終不開口。
【用法】閉著嘴不說話。
【例句】他對自己做的好事～，若不是別人送來表揚信，大家就無從知道。

絕裾而去（ㄐㄩㄝˊ ㄐㄩ ㄦˊ ㄑㄩˋ）
【出處】南朝．宋．劉義慶《世說新語．尤悔》：「溫公（溫嶠）初受劉司空（劉琨）使勸進。母崔氏固駐之，嶠絕裾而去。」
【解釋】絕裾：扯斷衣襟。
【用法】①扯斷了衣襟，毅然離去。②形容去意堅決。
【例句】因和經理意見相左，他決定～，另找發展空間。

絕處逢生 (ㄐㄩㄝˊ ㄔㄨˋ ㄈㄥˊ ㄕㄥ)

【出處】明·馮夢龍《警世通言·桂員外途窮懺悔》：「常言：『吉人自有天相』，絕處逢生。」
【解釋】絕處：死路。
【用法】①在死路上找到或遇到活路。②形容在危險絕望的情況下得到一條生路。
【例句】他的心裏漸漸充滿了一種青春的喜悅，一種～的欣幸。

絕世獨立 (ㄐㄩㄝˊ ㄕˋ ㄉㄨˊ ㄌㄧˋ)

【出處】漢·班固《漢書·外戚傳》：「李延年歌曰：『北方有佳人，絕世而獨立，一顧傾人城，再顧傾人國。寧不知傾城與傾國，佳人難再得！』」
【解釋】絕世：冠絕當代。
【用法】①冠絕當代，亭亭獨立。②形容卓然獨立，無與倫比。③指美女的漂亮。
【例句】他是個～的美人，所到之處都能吸引衆人目光。

絕世超倫 (ㄐㄩㄝˊ ㄕˋ ㄔㄠ ㄌㄨㄣˊ)

【出處】漢·蔡邕《陳太丘碑文》：「潁川陳君，絕世超倫，大位未躋，慚於臧文竊位之負，故時人高其德，重乎公相之位也。」
【解釋】倫：類。
【用法】①冠絕當世，出類拔萃。②指絕無僅有，當代第一。
【例句】李叔同先生眞是一位～的藝術奇才。

絕少分甘 (ㄐㄩㄝˊ ㄕㄠˇ ㄈㄣ ㄍㄢ)

【出處】《孝經·援神契》：「母之於子也，鞠養殷勤，推燥居濕，絕少分甘。」
【解釋】絕少：東西少，先分他人不分自己。分甘：有好處分給大家。
【用法】形容自己刻苦，優厚待人。
【例句】這個青年爲人厚道，雖然家境並不好，但總是～，處處想到別人。
【附註】也作「絕甘分少」、「分甘絕少」。

絕聖棄知 (ㄐㄩㄝˊ ㄕㄥˋ ㄑㄧˋ ㄓ)

【出處】《老子》第十九章：「絕聖棄智，民利百倍；絕仁棄義，民復孝慈；絕巧棄利，盜賊無有。」
【解釋】知：通「智」，智慧。
【用法】斷絕聖明，拋棄智慧。

絕無僅有 (ㄐㄩㄝˊ ㄨˊ ㄐㄧㄣˇ ㄧㄡˇ)

【出處】宋·蘇軾《上皇帝書》：「改過不吝，從善如流，此堯舜禹湯之所勉強而力行，秦漢以來之所絕無而僅有。」
【用法】形容極其少有。
【例句】既是著名科學家，文學造詣又非常高，這樣的人十分難得，但也並不是～的。

倔頭倔腦 (ㄐㄩㄝˋ ㄊㄡˊ ㄐㄩㄝˋ ㄋㄠˇ)

【解釋】倔：粗魯。

【用法】性格粗直，態度強硬。
【例句】他遇事總是～的，大家都不願意跟他打交道。
【附註】「倔」不能念成ㄐㄩㄝˊ。

捐金抵璧 ㄐㄩㄢ ㄐㄧㄣ ㄉㄧˇ ㄅㄧˋ

【出處】晉·葛洪《抱朴子·安貧》：「上智不貴難得之財，故唐虞捐金而抵璧。」
【解釋】捐：捨棄。抵：扔掉。
【用法】①拋棄金子，扔掉寶玉。②形容思想境界高的人不以財寶爲重。
【例句】寧肯～，也要保持一身清白。

涓滴不留 ㄐㄩㄢ ㄉㄧ ㄅㄨˋ ㄌㄧㄡˊ

【解釋】涓滴：小水點。
【用法】一點一滴也不遺留。
【例句】他把一罈好酒，～地全部請大家喝了。
【附註】也作「涓滴不漏」。

涓滴成河 ㄐㄩㄢ ㄉㄧ ㄔㄥˊ ㄏㄜˊ

【解釋】涓滴：小水點。
【用法】①河流是由一點一滴的水滙集成的。②形容積少成多。
【例句】無論哪一門學問，都是～，一點點積累起來的。

涓滴歸公 ㄐㄩㄢ ㄉㄧ ㄍㄨㄟ ㄍㄨㄥ

【出處】清·李寶嘉《官場現形記》第三十三回：「小侄自己一個錢的薪水不支，以及天天到局裏辦公事，什麼馬車錢，包車夫，還有吃的香烟、茶葉，都是小侄自己貼的。眞正是涓滴歸公，一絲一毫不敢亂用。」
【解釋】涓滴：小水點。比喻極微小的東西。
【用法】不是應當得到的東西，雖然極少極微，都要繳公，絕不私自侵占。
【例句】在戰爭中繳獲的任何戰利品，都要～，不能私自留下。

涓埃之報 ㄐㄩㄢ ㄞ ㄓ ㄅㄠˋ

【解釋】涓埃：小水點和塵埃。
【用法】比喻極微薄的報答。
【例句】我們慕義來投，過蒙寵信，未嘗有～。

涓埃之功 ㄐㄩㄢ ㄞ ㄓ ㄍㄨㄥ

【出處】明·羅貫中《三國演義》第三回：「恨無涓埃之功，以爲進見之禮。」
【解釋】涓埃：小水點和塵埃。功：功勞。
【用法】比喻功勞極小。
【例句】憑著這點～，就想到處炫耀，眞是無恥。

涓埃之微 ㄐㄩㄢ ㄞ ㄓ ㄨㄟˊ

【出處】唐·韓愈《爲裴相公讓官表》：「於裨補無涓埃之微，而讒謗有丘山之積。」
【解釋】涓埃：小水點和塵埃。
【用法】比喻微乎其微。
【例句】事情雖小到～，但這種精神卻是可貴的。

捲土重來 ㄐㄩㄢˇ ㄊㄨˇ ㄔㄨㄥˊ ㄌㄞˊ

【出處】唐·杜牧《題烏江亭》：「勝敗兵家事不期，包羞忍恥是男兒；江東子弟多才俊，捲土重來未可知。」
【解釋】捲土：人馬奔走捲起塵土。

【用法】比喻失敗後，集結力量，重新恢復勢力。
【例句】雖然這次比賽成績不理想，但只要有恒心，肯吃苦，一定可以在下次的比賽中～，締造佳績。

卷帙浩繁 ㄐㄩㄢˋ ㄓˋ ㄏㄠˋ ㄈㄢˊ

【解釋】卷帙：書籍或書籍的篇章。
【用法】形容書籍或資料極多。
【例句】巴爾扎克在～的《人間喜劇》中，塑造了各式各樣的典型人物。
【附註】「卷」不能念成ㄐㄩㄢ。

狷介之士 ㄐㄩㄢˋ ㄐㄧㄝˋ ㄓ ㄕˋ

【出處】三國．魏．劉劭《人物志上．體別》：「狷介之人，砭清激濁……是故可與守節，難以變通。」
【解釋】狷介：拘謹自守，潔身自好。
【用法】孤僻自傲、不隨流俗的人。
【附註】也作「狷介之人」。「狷」不能念成ㄐㄩㄢ。

君臣佐使 ㄐㄩㄣ ㄔㄣˊ ㄗㄨㄛˇ ㄕˇ

【出處】《神農本草經》：「上藥一百二十種爲君，主養命；中藥一百二十種爲臣，主養性；下藥一百二十種爲佐使，主治病；用藥須合君臣佐使。」
【用法】中醫用藥，藥物起主治作用的爲君，起輔佐作用的爲臣，治療兼症和起制約作用的爲佐，引藥直達病所者爲使。
【例句】用藥須合～，才能發揮療效。

君唱臣和 ㄐㄩㄣ ㄔㄤˋ ㄔㄣˊ ㄏㄜˋ

【出處】《晏子外篇》：「君唱臣和，教之隆也。」
【解釋】和：應和。
【用法】形容臣子緊緊地圍繞國君的意圖去行事。
【例句】～，政令自然容易推展。
【附註】「和」不能念成ㄏㄜˊ。

君聖臣賢 ㄐㄩㄣ ㄕㄥˋ ㄔㄣˊ ㄒㄧㄢˊ

【出處】元．宮大用《范張鷄黍》楔子：「……今日君聖臣賢，正士大夫立功名之秋，爲此來就帝學……。」
【用法】君主聖明，臣子賢良。
【例句】～，國家自然強盛。

君仁臣直 ㄐㄩㄣ ㄖㄣˊ ㄔㄣˊ ㄓˊ

【出處】漢．劉向《新序．雜事》：「魏文侯與士大夫坐。問曰：『寡人何如君？』群臣皆曰：『君仁君也。』次至翟黃，曰：『君伐中山，不以封君之弟，而封君之長子，非仁君。』文侯怒，次至任座。文侯問：『寡人何如君？』任座對曰：『君仁君也。』曰：『子何以言之？』對曰：『臣聞其君仁者其臣直，向者，翟黃之言直，臣是以知君仁君也。』」
【解釋】仁：仁愛。直：正直。
【用法】指君主是聖君，群臣才能直言不諱。

君子不器 ㄐㄩㄣ ㄗˇ ㄅㄨˋ ㄑㄧˋ

【出處】《論語．爲政》：「子曰：『君子不器。』」
【解釋】不器：不像器具那樣，其作用只限於某一方面。
【用法】讚美人是全才。
【例句】郭老的學識淵博，具有多方面的才能，正是所謂～，眞難得啊！

君子一言，快馬一鞭

【解釋】一言：一句話。
【用法】形容乾脆地說出意見，並且決不反悔。
【例句】咱們「～」，既說了就得算！

君暗臣蔽

【解釋】暗：愚昧。蔽：遮蓋、隱瞞。
【用法】君主昏庸無知，臣下就欺瞞蒙蔽。
【例句】一個國家如果～，這個國家是強盛不起來的。

軍法從事

【出處】漢・班固《漢書・王莽傳》：「敢有趁讙犯法，輒以軍法從事。」
【用法】①按照軍中的法規處理。②形容非常嚴厲。
【例句】在軍內，無論何人，敢於違反軍紀、貽誤戰機者，必須以～。

鈞天廣樂

【出處】《列子・周穆王》：「王實以為清都紫微，鈞天廣樂，帝之所居。」
【解釋】鈞天：古代神話傳說天之中央。廣樂：勢大聲宏的仙樂。
【用法】①指神話中天上的音樂。②形容優美雄壯之樂曲。
【例句】這首歌曲如～一般，氣勢磅礴，足以撼動人心。
【附註】「樂」不能念成ㄌㄜˋ。

迥然不同

【出處】《朱子語類・卷十二・學六（持守）》：「說靜坐時與讀書時工夫迥然不同。」
【解釋】迥然：距離很遠的樣子。
【用法】形容差別極大。
【例句】由於人生觀的對立，他們對同一事物，得出的結論，是～的。

炯炯發光

【解釋】炯炯：光亮的樣子。
【用法】形容光亮明澈。
【例句】姑娘用～的眼睛掃了他一眼。

炯炯有神

【解釋】炯炯：光亮的樣子。
【用法】形容眼睛明亮，精神飽滿。
【例句】老人那雙深邃、慈祥的眼睛多麼～。

〔ㄑ部〕

七步之才（ㄑㄧ ㄅㄨˋ ㄓ ㄘㄞˊ）

【出處】南朝・宋・劉義慶《世說新語・文學》：「文帝（曹丕）嘗令東阿王（曹植）七步中作詩，不成者行大法，應聲便爲詩曰：『煮豆持作羹，漉菽以爲汁，萁在釜下燃，豆在釜中泣，本是同根生，相煎何太急！』」

【解釋】七步成詩的才能。相傳三國時魏人曹植能七步成詩。

【用法】指才思敏捷的人。

【例句】清・李汝珍《鏡花緣》第八十六回：「聞得老丈詩學有～，想來素日篇什必多，特來求教。」

七拼八湊（ㄑㄧ ㄆㄧㄣ ㄅㄚ ㄘㄡˋ）

【出處】清・吳趼人《二十年目睹之怪現狀》第八十八回：「就是七拼八湊給了他，我的日子又怎生過呢！」

【解釋】零散地拼湊在一起。

【用法】形容事物雜亂，不純正，沒有內在的條理。

【例句】白報紙成問題，印刷費成問題，就是同仁們的伙食費都是～地勉強敷衍的，薪水更是說不上了。

七零八落（ㄑㄧ ㄌㄧㄥˊ ㄅㄚ ㄌㄨㄛˋ）

【出處】宋・釋惟白《續傳燈錄》：「有文禪師：『無味之談，七零八落。』」

【用法】①形容零散，不完整或不集中的樣子。②指原來整齊或集中的東西現在零零散散了。

【例句】明・馮夢龍《醒世恒言》第十六卷：「一個小小家當，弄得～。」

【附註】也作「七零八碎」、「七零八散」。

七橫八豎（ㄑㄧ ㄏㄥˊ ㄅㄚ ㄕㄨˋ）

【出處】明・馮夢龍《醒世恒言・張淑兒巧智脫楊生》：「旁邊多少舊碑，七橫八豎，碑上字跡模糊。」

【解釋】橫、豎：指橫躺、豎臥。

【用法】形容凌亂不堪，很不整齊。

【附註】也作「橫七豎八」。

七竅生烟（ㄑㄧ ㄑㄧㄠˋ ㄕㄥ ㄧㄢ）

【出處】清・吳趼人《二十年目睹之怪現狀》第四十四回：「他老婆聽了，便氣得三屍亂暴，七竅生烟。」

【解釋】竅：孔。七竅：指兩眼、兩耳、兩鼻孔和口。

【用法】形容憤怒到了極點，好像耳、目、鼻、口中都要冒出烟火來。

【例句】這一席話，把一個性如烈火的姑娘直氣得～。

【附註】也作「七孔生烟」。

七擒七縱（ㄑㄧ ㄑㄧㄣˊ ㄑㄧ ㄗㄨㄥˋ）

【出處】三國時，諸葛亮爲了鞏固蜀漢後方，於蜀建興三年平定南方（包括今四川南部、雲南貴州等地），曾與酋長孟獲交戰，生擒孟獲七次，放了七次。最後使孟獲心悅誠服，不再背叛。

【解釋】擒：捉拿。縱：釋放。

【用法】指充分掌握主動，運用策略，有效地控制對方。

七情六欲
ㄑㄧ ㄑㄧㄥˊ ㄌㄧㄡˋ ㄩˋ

【解釋】欲：欲望。喜、怒、哀、樂、惡、欲為七情；眼、耳、鼻、舌、身、意所生的欲念為六欲。
【用法】形容人的生理屬性。
【例句】人固然有～，此外也還有理想和信念。如果沒有理想和信念，那豈不是行屍走肉！

七折八扣
ㄑㄧ ㄓㄜˊ ㄅㄚ ㄎㄡˋ

【出處】清·石玉昆《七俠五義》第九十六回：「這些店用房錢草料麩子，七折八扣，除了兩錠銀子之外，倒該下五六兩的帳。」
【解釋】七、八：這裡指項目多。折、扣：指按成數削減。
【用法】形容使用各種辦法將原來的數量削減許多。
【例句】這筆補助費，經過審查單位～之後，居然只剩一半了。

七手八脚
ㄑㄧ ㄕㄡˇ ㄅㄚ ㄐㄧㄠˇ

【出處】宋·釋普濟《五燈會元·德光禪師》：「上堂七手八脚，三頭兩面，耳聽不聞，眼覷不見，苦樂逆順，打成一片。」
【用法】形容大家一起動手，忙亂無章的樣子。
【例句】清·曹雪芹《紅樓夢》第三十二回：「衆人一聲答應，～，忙把寶玉送入怡紅院內自己床上臥好。」

七上八下
ㄑㄧ ㄕㄤˋ ㄅㄚ ㄒㄧㄚˋ

【出處】明·施耐庵《水滸傳》第二十六回：「那胡正卿心頭十五個吊桶打水，七上八下。」
【用法】形容心神不定，慌亂不安。
【例句】清·曹雪芹《紅樓夢》第九十一回：「薛蝌此時被寶蟾鬼混了一陣，心中～，竟不知如何是好。」

七嘴八舌
ㄑㄧ ㄗㄨㄟˇ ㄅㄚ ㄕㄜˊ

【出處】清·袁枚《牘外餘言》：「故晉大夫七嘴八舌，冷譏熱嘲，皆由於心之大公也。」
【用法】形容人多嘴雜。
【例句】開班會時，大家～地發表自己的意見。
【附註】參看「七言八語」。

凄風苦雨
ㄑㄧ ㄈㄥ ㄎㄨˇ ㄩˇ

【出處】《左傳·昭公四年》：「春無凄風，秋無苦雨。」
【解釋】凄風：寒冷的風。苦雨：久下成災的雨。
【用法】①形容天氣惡劣。②比喻處境悲慘凄涼。
【例句】夜裡～，我們睡在冰冷的地上，周圍真像墳地一樣的靜寂。
【附註】也作「苦雨凄風」、「凄風冷雨」。

欺天誑地
ㄑㄧ ㄊㄧㄢ ㄎㄨㄤˊ ㄉㄧˋ

【出處】元·無名氏《看錢奴》第一折：「這等窮兒乍富，瞞心昧己，欺天誑地，只要損別人，安自己。」
【解釋】誑：欺騙。欺騙天地神明。
【用法】形容極盡欺詐之能事。
【例句】《三國演義》第五回：「董卓欺天罔地，滅國弒君。」
【附註】也作「欺天罔地」。

欺君罔上（ㄑㄧ ㄐㄩㄣ ㄨㄤˇ ㄕㄤˋ）

【出處】明．羅貫中《三國演義》第二回：「四方盜賊並起，侵掠州郡，其禍皆由十常侍賣官害民，欺君罔上。」

【解釋】欺：欺騙。罔：蒙蔽。

【用法】指欺騙蒙蔽君主。

欺世盜名（ㄑㄧ ㄕˋ ㄉㄠˋ ㄇㄧㄥˊ）

【出處】宋．蘇洵《辨姦論》：「王衍之爲人也，容貌語言，固有以欺世而盜名者。」

【解釋】欺：欺騙。世：世人。盜：盜取。名：名譽。

【用法】指欺騙世人，竊取名譽。

【例句】他那篇論文根本是抄襲的，眞的一個～的騙子。

欺善怕惡（ㄑㄧ ㄕㄢˋ ㄆㄚˋ ㄜˋ）

【出處】宋．蘇軾《東坡志林》六：「水族痴暗，人輕殺之，或云不能償寃，是乃欺善怕惡，殺之，其不仁甚於殺能償寃者。」

【用法】指欺負善良老實的人，害怕強暴凶惡的人。

【例句】他其實是～之徒，你越忍讓，他就越是欺負你。

漆身吞炭（ㄑㄧ ㄕㄣ ㄊㄨㄣ ㄊㄢˋ）

【出處】漢．司馬遷《史記．刺客列傳》：「豫讓又漆身爲厲（癩），吞炭爲啞，使形狀不可知，行乞於市，其妻不識也。」

【解釋】用漆塗身，使全身腫癩；吞下火炭，使聲音變啞。

【用法】指改變形貌、聲音，使人不能辨識。

【附註】也作「吞炭塗身」。

其貌不揚（ㄑㄧˊ ㄇㄠˋ ㄅㄨˋ ㄧㄤˊ）

【出處】《左傳．昭公二十八年》：「今子少不揚，子若無言，吾幾失子矣。」杜預注：「顏貌不揚顯。」

【解釋】其：代詞，他的。不揚：不好看、平庸。

【用法】①指某人的外貌一般，很平常。②形容器物外表不漂亮。

【例句】這些平凡的、～的人，創造了人間少有的奇蹟。

其樂融融（ㄑㄧˊ ㄌㄜˋ ㄖㄨㄥˊ ㄖㄨㄥˊ）

【出處】《左傳．隱公元年》：「公（鄭莊公）入而賦：『大隧之中，其樂也融融！』」

【解釋】其：代詞，其中的。融融：和睦快樂的樣子。

【用法】形容十分快樂、和睦。

【例句】今年春節，我們全家過了個非常難得的團圓年，大年裡，全家人一齊動手包餃子，有說有笑，眞是～！

其應若響（ㄑㄧˊ ㄧㄥˋ ㄖㄨㄛˋ ㄒㄧㄤˇ）

【出處】《莊子．天下》：「其動若水，其靜若鏡，其應若響。」

【解釋】其：代詞，他的。應：應和、附和。響：回聲。他的附和像回聲一樣。

【用法】原是莊子比喻他的「道」像回聲一樣同萬物相應，後來引申爲對答迅速，反應敏捷。

【例句】他反應迅速，問他艱深的數字問題，也能做到～。

【附註】「應」不能念成一ㄥ。

奇龐福艾（ㄑㄧˊ ㄆㄤˊ ㄈㄨˊ ㄞˋ）

【出處】宋·歐陽修等《新唐書·李勣傳》：「(勣)臨事選將，必訾相奇龐福艾者遣之。」

【解釋】奇龐：特大。福艾：福分大。

【用法】迷信者稱人相貌奇偉多福。

奇風異俗（ㄑㄧˊ ㄈㄥ ㄧˋ ㄙㄨˊ）

【用法】指奇特的風俗習慣。

【例句】我們一路上經過了許多國家，見識了許多～、奇人異事。

奇光異彩（ㄑㄧˊ ㄍㄨㄤ ㄧˋ ㄘㄞˇ）

【出處】清·曾樸《孽海花》第十一回：「向裡一望，只見是個窈窕洞房，滿堂奇光異彩，也不辨是金是玉，是花是綉，但覺眼光撩亂而已。」

【用法】形容奇妙的光亮和色彩。

【例句】他一打開珠寶箱，滿眼～，不禁傻了眼。

奇花異草（ㄑㄧˊ ㄏㄨㄚ ㄧˋ ㄘㄠˇ）

【出處】明·馮夢龍《東周列國志》第十五回：「命岸賈於絳州城內，起一座花園，遍求奇花異草，種植其中。」

【用法】指奇特難得的花草。

【例句】御花園中植滿了～，一陣陣異花飄香，令人心醉神迷。

【附註】也作「奇花異木」、「奇花異卉」、「奇樹異草」。

奇貨可居（ㄑㄧˊ ㄏㄨㄛˋ ㄎㄜˇ ㄐㄩ）

【出處】漢·司馬遷《史記·呂不韋列傳》載：戰國末，秦國子楚質於趙，趙不予禮遇，生活困頓，很不得意。陽翟大商人呂不韋在邯鄲作生意，見到他說：「此奇貨可居。」

【解釋】奇貨：珍奇的東西。居：指囤積。

【用法】①指把稀有的貨物囤積起來，等待高價出售。②比喻憑借某種技藝或事物作爲本錢，以撈取功名利祿或別的好處。

【例句】颱風過後，南部豪雨成災，青菜成了～，菜價連漲數倍。

奇技淫巧（ㄑㄧˊ ㄐㄧˋ ㄧㄣˊ ㄑㄧㄠˇ）

【出處】《尚書·泰誓下》：「今商王受，……作奇技淫巧，以悅婦人。」

【解釋】奇：奇異。淫：過分。

【用法】指極爲新奇巧妙。

【例句】這些雕塑，過分追求～，反而損害了它們的藝術價值。

奇正相生（ㄑㄧˊ ㄓㄥˋ ㄒㄧㄤ ㄕㄥ）

【出處】《孫子·勢篇》：「奇正相生，如循環之無端，孰能窮之？」

【解釋】古時軍事用語。古時用兵，以對陣交鋒爲正；設計邀截，襲擊爲奇。二者互相爲用，可以變化無窮。

奇裝異服（ㄑㄧˊ ㄓㄨㄤ ㄧˋ ㄈㄨˊ）

【出處】戰國·楚·屈原《涉江》：「余幼好此奇服兮，年既老而不衰。」

【解釋】標新立異、與衆不同的裝束和打扮。

【用法】泛指式樣奇特古怪的服裝。

【例句】在化裝舞會中，大家莫不～，以吸引別人注意。

奇辭奧旨

【出處】唐·韓愈《讀儀禮》：「於是撮其大要，奇辭奧旨著於篇。」
【解釋】奇辭：奇妙的辭句。奧旨：深沉的含義。
【用法】形容文章語言奇麗，含義很深厚。
【例句】他的散文寫得很好，～，層出不窮。

奇思妙想

【用法】指奇妙的思想。
【例句】她的文章確有許多～，如能再深一步，就更好了。

奇文瑰句

【出處】明·宋濂等《元史·胡長儒傳》：「卓行危論，奇文瑰句。」
【用法】指奇特的文章，瑰麗的詞句。
【例句】這位年輕人的詩，不乏～，但雕琢的痕跡較明顯。

奇文共賞

【出處】晉·陶淵明《移居》詩：「鄰曲時時來，抗言談在昔；奇文共欣賞，疑義相與析。」
【解釋】奇：新奇。賞：欣賞。
【用法】①指新奇的文章共同欣賞。②指內容荒謬怪誕的文章，大家共同評斷、研究。
【例句】這篇文章對問題的分析是何等的犀利，～，大家都來評論一下吧。

旗鼓相當

【出處】晉·陳壽《三國志·魏書·管輅傳》：「故人多愛之而不敬也。」裴松之注引《管輅別傳》：「（管輅）問（單）子春曰：『今欲與輅爲對者，若府君四坐之士邪？』子春曰：『吾欲自與卿旗鼓相當。』」
【解釋】旗鼓：古代軍隊用以發號令的工具，指軍隊的力量和聲勢。
【用法】①指兩軍對敵或敵對競勝。②比喻雙方勢均力敵，不相上下。
【例句】這次上陣對壘的兩個女子排球隊，～，實力都很強。
【附註】也作「鼓旗相當」。

旗開得勝

【出處】元·關漢卿《五侯宴》楔子：「俺父親手下兵多將廣，有五百義兒家將，人人奮勇，個個英雄，端的是旗開得勝，馬到成功。」
【解釋】旗：古時軍隊作戰時用以發號令的工具。號令一出，首戰告捷。
【用法】①本爲祝頌軍隊出征的吉祥話。②比喻事情一開始就獲得了成功。
【例句】本校排球隊～，首戰告捷，後又連贏三場，順利地奪得了冠軍。
【附註】常與「馬到成功」連用。

旗幟鮮明

【出處】明·羅貫中《三國演義》第二十五回：「曹操指山下顏良排的陣勢，旗幟鮮明，槍刀森布，嚴整有威。」
【用法】①指古代交戰時，隊伍軍容嚴整，旗幟光彩鮮艷。②比喻觀點、態度明朗，毫不含糊。
【例句】他的～，表明了絕不妥協的態度。

期期艾艾

ㄑㄧˊ ㄑㄧˊ ㄞˋ ㄞˋ

【出處】漢·司馬遷《史記·張丞相傳》：「帝（漢高祖）欲廢太子……而周昌廷爭之強，上問其說，昌爲人口吃，又盛怒，曰：『臣口不能言，然臣期期知其不可；陛下雖欲廢太子臣期期不奉詔。』」張守節《正義》：「昌以口吃，每語故重言期期也。」（期期：形容說話口吃。）南朝·宋·劉義慶《世說新語·言語》：「鄧艾口吃，語稱艾艾。晉文王戲之曰：『卿云艾艾，定是幾艾？』對曰：『鳳兮鳳兮，故是一鳳。』」（艾艾：形容三國·魏人鄧艾說話口吃的樣子。）

【用法】「期期」、「艾艾」連用，形容口吃，說話不流利。

【例句】他說起話來～，卻又什麼都愛插嘴。

棋逢敵手

ㄑㄧˊ ㄈㄥˊ ㄉㄧˊ ㄕㄡˇ

【出處】唐·房玄齡等《晉書·謝安傳》：「安常棋劣於玄，是日玄懼，便爲敵手而又不勝。」

【解釋】棋：指下棋。逢：遇到。對手：力能相敵的對方，也作「敵手」。

【用法】比喻雙方本領不相上下，勢均力敵。

【例句】這場籃球比賽，雙方眞是～，打得難分難解，出現了多次平手。

歧路亡羊

ㄑㄧˊ ㄌㄨˋ ㄨㄤˊ ㄧㄤˊ

【出處】《列子·說符》：「楊子之鄰人亡羊，既率其黨，又請楊子之豎追之。楊子曰：『嘻！亡一羊，何追者之衆？』鄰人曰：『多歧路。』既反（返），問：『獲羊乎？』曰：『歧路之中又有歧焉，吾不知所之，所以反也。』」

【解釋】歧路：岔道。亡：丟失。

【用法】比喻事情複雜多變，方向不明確，才會誤入歧途。

【例句】探討這個極其複雜的理論問題，我曾經嘗試過，結果是～，找不到門徑。

琪花瑤草

ㄑㄧˊ ㄏㄨㄚ ㄧㄠˊ ㄘㄠˇ

【出處】王轂《夢仙瑤》：「前程漸覺風光好，琪光片片粘瑠草。」

【解釋】琪、瑤：美玉，形容奇異美好。古人想像中仙境裏的奇異芬芳的花草。

【用法】形容晶瑩美麗的花草。

【例句】清·陳忱《水滸後傳》第三十六回：「有座天生石台，直靠在海外，如健康燕子磯一樣，玲瓏剔透，文采可觀，遍生～。」

綦溪利跂

ㄑㄧˊ ㄒㄧ ㄌㄧˋ ㄑㄧˋ

【出處】《荀子·非十二子》：「忍情性綦溪利跂，苟以分異人爲高，不足以合大衆，明大分。」王先謙集解：「綦溪，猶言極深耳。利與離同……離世獨立，故曰離跂。」

【解釋】綦：甚、極。利：通「離」。跂：通「歧」，分歧。

【用法】故作高深，離群獨處。

騎馬找馬

ㄑㄧˊ ㄇㄚˇ ㄓㄠˇ ㄇㄚˇ

【出處】清·李寶嘉《官場現形記》第二十一回：「彼時間騎馬尋馬，只要弄到一筆大大的銀款，賺上百十兩扣頭，就有在裡頭了。」

【解釋】本來就騎著馬，還到別處去找馬。

【用法】比喻已經有了職業，還要找更稱心的職業。

【例句】他嘆一口氣說：「我現在是～，若有更好的工作機會，我絕不會戀棧這裏。」

騎鶴上揚州（ㄑㄧˊ ㄏㄜˋ ㄕㄤˋ ㄧㄤˊ ㄓㄡ）

【出處】南朝・梁・殷芸《商芸小說》：「有客相從，各言所志：或願爲揚州刺史，或願多資財，或願騎鶴上揚州。其一人曰：『腰纏十萬貫，騎鶴上揚州。』欲兼三者。」

【用法】比喻不可能實現的妄想。

【例句】你這些理想若不努力，那也只像～，永不能實現了。

騎虎難下（ㄑㄧˊ ㄏㄨˇ ㄋㄢˊ ㄒㄧㄚˋ）

【出處】唐・房玄齡等《晉書・溫嶠傳》：「今之事勢，義無旋踵，騎猛獸（唐人避諱，改『虎』爲『獸』。）安可中下哉！」

【用法】比喻做事遇到困難，但迫於形勢又不能中止。

【例句】由於事先調查研究不夠，倉促進行，弄得如今～，難以收場。

騎者善墮（ㄑㄧˊ ㄓㄜˇ ㄕㄢˋ ㄉㄨㄛˋ）

【出處】清・蒲松齡《聊齋志異・念秧》：「旨哉古言！騎者善墮。」

【解釋】慣於騎馬的人常常會從馬上跌下來。

【用法】比喻擅長於某一技能的人，往往會疏忽大意，反而招致意外。

【例句】他本來是一個很高明的司機，卻偏偏在人烟稀少、道路平坦的地方出了事故，這眞是所謂「～」。

騏驥過隙（ㄑㄧˊ ㄐㄧˋ ㄍㄨㄛˋ ㄒㄧˋ）

【出處】《莊子・盜跖》：「操有時之具，而托於無窮之間，忽然無異騏驥之馳過隙也。」

【解釋】騏驥：良馬。隙：空隙。

【用法】比喻光陰易逝，就像良馬飛快地從縫間跑過一樣。

【例句】時光匆匆，就如～，若不及時努力，就只能老大徒傷了。

【附註】也作「白駒過隙」。

騏驥一毛（ㄑㄧˊ ㄐㄧˋ ㄧ ㄇㄠˊ）

【出處】《黃伯思記》：「古經與今文不同，此石刻在洛陽，本在洛宮前御史台中，年久摧散，洛人好事者時時得之，若騏驥一毛，虬龍片甲。」

【解釋】騏驥：千里馬。從千里馬身上得到一毛。

【用法】比喻從好的地方得到一星半點的珍寶。

齊大非偶（ㄑㄧˊ ㄉㄚˋ ㄈㄟ ㄡˇ）

【出處】《左傳・桓公六年》：「齊侯欲以文姜妻鄭太子忽，太子忽辭。人問其故，太子曰：『人各有耦（偶），齊大，非吾耦也。』」

【解釋】齊：春秋時諸侯國之一。偶：配偶。

【用法】比喻婚姻不是門當戶對。（舊時凡因門第不相當而辭婚的，常用此語表示不敢高攀）

【例句】我們已經不再來往了。「～」

，我這個出身貧賤的子弟，是高攀不上的。

齊天大聖（ㄑㄧˊ ㄊㄧㄢ ㄉㄚˋ ㄕㄥˋ）

【出處】明・吳承恩《西遊記》第四回：「鬼王聽言，又奏道：『大王有此神通，如何與他養馬？就做個「齊天大聖」有何不可？』猴王聞說，歡喜不勝，連道幾個『好！好！好！』教四健將：『就替我快置個旌旗，旗上寫「齊天大聖」四大字，立竿張掛。』」

【解釋】《西遊記》中猴王孫悟空的稱號。

【用法】指神通廣大。

【例句】你放心！他就如～般無事不能，一定可以把這件事辦得妥妥帖帖。

齊東野語（ㄑㄧˊ ㄉㄨㄥ ㄧㄝˇ ㄩˇ）

【出處】《孟子・萬章上》：「孟子曰：『否。此非君子之言，齊東野人之語也。……』」

【解釋】齊東：指古代齊國（在今山東省北部）東部。野語：鄉下人的話。

【用法】本爲孟子所用的貶辭，後比喻道聽途說、荒唐無稽的話。

【例句】這些傳聞都是些～，只能姑且聽之，怎能深信？

齊梁世界（ㄑㄧˊ ㄌㄧㄤˊ ㄕˋ ㄐㄧㄝˋ）

【出處】清・吳敬梓《儒林外史》第二十九回：「本朝若不是永樂振作一番，信著建文軟弱，久已弄成個齊梁世界了。」

【解釋】齊（公元479年—502年）梁（公元502—557年）是六朝時期偏安南方的兩個王朝，因爲政治腐敗，所以統治時間短暫。

【用法】比喻國家衰弱混亂。

齊紈魯縞（ㄑㄧˊ ㄨㄢˊ ㄌㄨˇ ㄍㄠˇ）

【出處】梁・簡文帝《謝敕賚納袈裟啓》：「荀針奏縷，因制絹而成文；魯縞齊紈，藉馨漿而受彩。」

【解釋】紈：很細的絲織品。縞：白色的絹。古代齊國和魯國出產的白色絹布。

【用法】泛指名貴的絲織品。

【例句】這是本市最具規模的布莊，～莫不具備。

【附註】也作「魯縞齊紈」。

乞漿得酒（ㄑㄧˇ ㄐㄧㄤ ㄉㄜˊ ㄐㄧㄡˇ）

【出處】宋・曾慥《類說・三五》引《意林》：「袁惟正書曰：『歲在申酉，乞漿得酒。』」

【解釋】乞：求討。漿：一般飲料。乞討點漿喝，卻得到了一碗酒。

【用法】比喻得到的超過了所要求的。

【例句】我們上次提出要求增加一些研究經費，上級不但照批，而且還爲我們調撥了一批精密的試驗儀器，這可是～，大大超過了我們的期望。

乞兒馬醫（ㄑㄧˇ ㄦˊ ㄇㄚˇ ㄧ）

【出處】《列子・黃帝》：「自此之後，范氏門徒，路遇乞兒馬醫，弗敢辱也。」

【解釋】乞兒：乞丐。馬醫：獸醫中專治馬病的人。

【用法】泛指地位卑賤的人。

【例句】他雖對～，也是一視同仁。

杞人憂天（ㄑㄧˇ ㄖㄣˊ ㄧㄡ ㄊㄧㄢ）

【出處】《列子・天瑞》：「杞國有人，憂天地崩墜，身亡（無）所寄，廢寢食者。」
【解釋】杞：古代小國名。杞國有人怕天塌下來。
【用法】比喻不必要的考慮或無根據。
【例句】我總覺得照目前的辦法做，我們的工作會遭到失敗，但願這只是我～。
【附註】也作「杞天之慮」、「杞人之慮」。

豈有此理（ㄑㄧˇ ㄧㄡˇ ㄘˇ ㄌㄧˇ）

【出處】梁・蕭子顯《南齊書・虞悰傳》：「郁林（王）廢，悰竊嘆曰：『王，徐遂縛袴廢天子，天下豈有此理耶？』」
【解釋】豈：表示反詰的疑問副詞。
【用法】指哪裡能有這樣的道理。
【例句】你也不問一聲，就把書拿走了，眞是～！

起承轉合（ㄑㄧˇ ㄔㄥˊ ㄓㄨㄢˇ ㄏㄜˊ）

【出處】元・范德機《詩格》：「作詩有四法：起要平直，承要從容，轉要變化，合要淵永。」
【解釋】舊時候寫文章常用的行文的順序，爲詩文寫作結構章法方面的術語，「起」是開端；「承」是承接上文加以申述；「轉」是轉折，以另一方面立論；「合」是結束全文。
【用法】比喻說話或作文因循固定、呆板的公式。
【例句】作文不能只知～，要知還有很多變化方式。

起死回生（ㄑㄧˇ ㄙˇ ㄏㄨㄟˊ ㄕㄥ）

【出處】漢・司馬遷《史記・扁鵲倉公列傳》：「天下盡以扁鵲爲能生死人。扁鵲曰：『越人非能生死人也，此自當生者，越人能使之起耳。』」（生死人：使死人復生。起：治活的意思。）
【解釋】把將要死的人治活。
【用法】①形容醫術高明。②比喻挽救了看來沒有希望的事情。
【例句】《初刻拍案驚奇》第十一卷：「本縣有個小兒科姓馮，眞有～之術。」

起死人，肉白骨（ㄑㄧˇ ㄙˇ ㄖㄣˊ ㄖㄡˋ ㄅㄞˊ ㄍㄨˇ）

【出處】《國語・吳語》：「君王之於越也，緊起死人而肉白骨也。」（緊：是。）
【解釋】使死去的人活過來，使白骨再長出新肉來。
【用法】指給予極大的恩惠。
【例句】我在走投無路的時候，是你拯救了我，你對我的恩情，如同「～」，我是永遠也不會忘記的。

企足而待（ㄑㄧˋ ㄗㄨˊ ㄦˊ ㄉㄞˋ）

【解釋】企足：踮起腳後跟。
【用法】形容迫切期望所盼望的事趕快實現。
【例句】在飢餓中，難民們聽說將有救援來到，莫不～，卻一次又一次地失望了。

器小易盈（ㄑㄧˋ ㄒㄧㄠˇ ㄧˋ ㄧㄥˊ）

【出處】清・李汝珍《鏡花緣》第十二回：「若令器小易盈，妄自尊大，那些驕傲俗吏看見，眞要愧死。」
【解釋】器：容器、器皿。盈：充滿。器皿很小，容易充滿。
【用法】①形容氣量小，不能容納太多的東西。②形容眼光短小，容易自滿。
【例句】受到批評便牢騷滿腹，這種～的人，不可能有大作爲。

器宇軒昂（ㄑㄧˋ ㄩˇ ㄒㄩㄢ ㄤˊ）

【出處】明・羅貫中《三國演義》第三回：「時李儒見丁原背後一人，生得器宇軒昂，威風凜凜。」
【解釋】器宇：風度、儀表。軒昂：風度不一般。
【用法】形容精神飽滿，氣度不凡。
【例句】他～，舉止不凡，頗有大將風度。
【附註】參看「氣宇軒昂」。

契若金蘭（ㄑㄧˋ ㄖㄨㄛˋ ㄐㄧㄣ ㄌㄢˊ）

【出處】《周易・繫辭上》：「二人同心，其利斷金；同心之言，其臭如蘭。」（臭ㄒㄧㄡˋ）
【解釋】契：投合。金蘭：形容交情的信誠。
【用法】比喻朋友意氣相投，且交情深厚。
【例句】他們倆～，大家都很羨慕他們的友情。

棄短取長（ㄑㄧˋ ㄉㄨㄢˇ ㄑㄩˇ ㄔㄤˊ）

【出處】漢・王符《潛夫論・實貢》：「智者棄短取長，以致其功。」
【解釋】棄：捨棄、拋掉。
【用法】指捨棄缺點不足，吸取優點長處。
【例句】他善於學習，能夠～，所以進步很快。
【附註】也作「棄短就長」。

棄甲倒戈（ㄑㄧˋ ㄐㄧㄚˇ ㄉㄠˇ ㄍㄜ）

【出處】明・羅貫中《三國演義》第四十六回：「若是這個月破不得，只可依張子布之言，棄甲倒戈，北面而降之耳！」
【解釋】棄：拋棄。甲：古代軍人穿的鐵片製成的護身衣。倒戈：指臨陣投降對方，轉而攻擊己方。
【用法】形容拋棄原來的武裝，投降敵方，反過來打自己人。
【例句】他向來得到皇上的信任，沒想到居然陣前～。

棄甲曳兵（ㄑㄧˋ ㄐㄧㄚˇ ㄧˋ ㄅㄧㄥ）

【出處】《孟子・梁惠王上》：「塡然鼓之，兵刃旣接，棄甲曳兵而走，或百步而後止，或五十步而後止。」
【解釋】棄：丟棄。甲：古代軍人穿的鐵片製成的護身衣。曳：拖著。兵：兵器。丟下戰服，拖著兵器。
【用法】形容打敗仗狼狽逃竄的樣子。
【例句】敵人剛剛同我軍接觸，就～，狼狽逃走。
【附註】「曳」不能念成ㄒㄧㄝˋ。

棄舊憐新（ㄑㄧˋ ㄐㄧㄡˋ ㄌㄧㄢˊ ㄒㄧㄣ）

【出處】元・關漢卿《望江亭》第二折：「他心兒裡悔，悔。你做的個棄舊憐新，他則是見咱有意，使這般巧謀奸計。」

【解釋】憐：愛憐。
【用法】指男子抛棄原來所愛的女子，又愛上了別的女子。
【例句】他是一個～的無情漢。

棄瑕錄用（ㄑㄧˋ ㄒㄧㄚˊ ㄌㄨˋ ㄩㄥˋ）

【出處】南朝・宋・范曄《後漢書・袁紹傳》：「於是提劍揮鼓，發命東夏，廣羅英雄，棄瑕錄用。」
【解釋】棄：捨棄。瑕：玉上的斑點，比喻錯誤或過失。錄用：錄取任用。
【用法】指任用曾犯過錯誤的人。
【例句】張經理眞是一個寬宏大量的人，能～，廣招人才。

棄若敝屣（ㄑㄧˋ ㄖㄨㄛˋ ㄅㄧˋ ㄒㄧˇ）

【出處】《孟子・盡心上》：「舜視棄天下，猶棄敝蹝（屣）也。」
【解釋】敝：破爛。屣：鞋。
【用法】指如同扔掉破鞋一樣，毫不可惜。
【例句】他以前對女友口口聲聲相愛不渝，沒想到一有新歡，對於舊愛就～了。

棄子逐妻（ㄑㄧˋ ㄗˇ ㄓㄨˊ ㄑㄧ）

【出處】唐・韓愈《御史台上論天旱人飢狀》：「上恩雖宏，下困猶甚，至聞有棄子逐妻以求口食……」
【解釋】棄：丟棄。逐：趕走，強迫離開。丟棄兒子，趕走妻子。
【用法】形容人民生活困苦，以致妻離子散。
【例句】在黑暗的時代，下情往往不能上達，以至於一有天災人害，百姓就只好～以求生存。

棄暗投明（ㄑㄧˋ ㄢˋ ㄊㄡˊ ㄇㄧㄥˊ）

【出處】明・梁辰魚《浣紗記傳奇・交征》：「何不反邪歸正，棄暗投明？」
【解釋】棄：抛棄。離開黑暗的地方，投向光明的地方。
【用法】比喻與邪惡勢力斷絕關係，投向正義一方。
【例句】明・羅貫中《三國演義》第十四回：「公何不～，共成大業？」
【附註】也作「背暗投明」。

氣憤填膺（ㄑㄧˋ ㄈㄣˋ ㄊㄧㄢˊ ㄧㄥ）

【出處】五代・後晉・劉昫等《舊唐書・文宗紀》：「我每思貞觀之時，觀今日之事，往往憤氣填膺耳！」
【解釋】膺：胸膛。
【用法】指憤慨、怒氣填滿了胸膛。
【例句】看到敵人如此猖狂，他不覺～，恨不得立即撲上去，把他們一個個消滅掉！
【附註】原作「憤氣填膺」。

氣吞山河（ㄑㄧˋ ㄊㄨㄣ ㄕㄢ ㄏㄜˊ）

【出處】元・金仁杰《追韓信》第二折：「背楚投漢，氣吞山河。知音未遇，彈琴空歌。」
【解釋】氣勢很大，可吞掉高山大河。
【用法】形容氣魄很大。
【例句】國軍壯志凌雲，～。

氣貫長虹（ㄑㄧˋ ㄍㄨㄢˋ ㄔㄤˊ ㄏㄨㄥˊ）

【出處】《禮記・聘義》：「氣如白虹，天也。」
【解釋】氣：氣概、精神。貫：貫穿。

虹：雨後天空中出現的七彩圓弧。氣勢貫穿天際。

【用法】形容氣勢極其旺盛。

【例句】國慶日軍隊檢閱，看他們軍容整齊，個個英武雄壯，～。

氣急敗壞（ㄑㄧˋ ㄐㄧˊ ㄅㄞˋ ㄏㄨㄞˋ）

【出處】明・施耐庵《水滸傳》第六十七回：「水軍頭領，棹船接濟軍馬，陸續過渡，只見一個人氣急敗壞跑將來，衆人看時，卻是金毛犬段景注。」

【解釋】氣：怒氣。上氣不接下氣，狼狽不堪的樣子。

【用法】形容十分羞怒、慌張。

【例句】爸爸～地訓斥弟弟，我只好偷偷躲到房間裡去避難了。

氣竭形枯（ㄑㄧˋ ㄐㄧㄝˊ ㄒㄧㄥˊ ㄎㄨ）

【解釋】竭：盡。枯：枯槁。力氣已盡，形狀枯槁。

【用法】①形容病人垂危時的樣子。②形容某事即將失敗。

【例句】當我趕到故鄉的醫院時，父親已～、命若懸絲了。

氣息奄奄（ㄑㄧˋ ㄒㄧ ㄧㄢ ㄧㄢ）

【出處】晉・李密《陳情表》：「但以劉日薄西山，氣息奄奄，人命危淺，朝不慮夕。」

【解釋】氣息：呼吸時進出的氣。奄奄：呼吸微弱的樣子。

【用法】①形容快要斷氣時的樣子。②比喻沒落而臨近死亡。

【例句】《二刻拍案驚奇》第十二卷：「嚴蕊吃了無限的磨折，放得出來，～，幾番欲死。」

氣象萬千（ㄑㄧˋ ㄒㄧㄤˋ ㄨㄢˋ ㄑㄧㄢ）

【出處】宋・范仲淹《岳陽樓記》：「予觀夫巴陵勝狀，在洞庭一湖，銜遠山，吞長江，浩浩蕩蕩，橫無際涯，朝暉夕陰，氣象萬千。此則岳陽樓之大觀也。」

【解釋】氣象：景象。

【用法】形容景色和事物多種多樣，富於變化，非常絢麗壯觀。

【例句】船過三峽，只見長江兩岸懸崖峭壁，～。

氣壯山河（ㄑㄧˋ ㄓㄨㄤˋ ㄕㄢ ㄏㄜˊ）

【解釋】氣：氣概。

【用法】形容氣勢像高山大河那樣雄偉豪邁。

【例句】這首歌慷慨激昂，尤其到了末段大合唱，更有～之感。

氣喘如牛（ㄑㄧˋ ㄔㄨㄢˇ ㄖㄨˊ ㄋㄧㄡˊ）

【出處】清・文康《兒女英雄傳》第三十九回：「臉是喝了個漆紫，連樂帶忙，一頭說著只展著嘴，氣喘如牛的拿了條大毛巾擦那腦門子上的汗。」

【用法】形容大聲喘氣的樣子。

【例句】他的運動神經特別差，才跑操場一圈，就已～。

氣衝牛斗（ㄑㄧˋ ㄔㄨㄥ ㄋㄧㄡˊ ㄉㄡˇ）

【出處】唐・崔融《咏寶劍》詩：「匣氣衝牛斗，山形轉轆轤。」

【解釋】氣：怒氣。牛：牽牛星。斗：北斗星。牛斗：泛指天際。

【用法】形容怒氣很盛，直衝天空。

【例句】外傳他賄賂鄉民，取得選票，

他氣得面紅耳赤，～。

【附註】也作「氣貫斗牛」、「氣衝斗牛」。

氣勢磅礴 ㄑㄧˋ ㄕˋ ㄆㄤˊ ㄅㄛˊ

【解釋】磅礴：盛大。

【用法】形容氣勢雄偉、盛大無邊。

【例句】這棟大樓規模宏偉，造型特殊～，傲視群廈。

氣勢洶洶 ㄑㄧˋ ㄕˋ ㄒㄩㄥ ㄒㄩㄥ

【解釋】氣勢：（人或事物）表現出來的某種力量和形勢。洶洶：聲勢盛大的樣子。

【用法】形容來勢十分凶猛或盛怒時的凶惡樣子。

【例句】他沒被那一夥人的～所嚇倒，反而義正辭嚴地逐一予以駁斥。

氣殺鍾馗 ㄑㄧˋ ㄕㄚ ㄓㄨㄥ ㄎㄨㄟˊ

【出處】據清．樵玉山人《鍾馗捉鬼傳》載：鍾馗是唐朝秀才，後考取狀元。皇帝嫌他貌醜，打算另選。於是鍾馗氣得暴跳如雷，自刎而死。

【用法】比喻臉色很難看、滿面怒容的人。

氣數已盡 ㄑㄧˋ ㄕㄨˋ ㄧˇ ㄐㄧㄣˋ

【出處】明．羅貫中《三國演義》第六回：「漢東都洛陽，二百餘年，氣數已衰。」

【解釋】氣數：宿命論說法，指氣運、命運。

【用法】①形容人已生命垂危，即刻就要死亡。②形容某事已經沒有了生命力。

【例句】看他從前一副傲視群雄，不可一世的樣子，如今卻奄奄一息，想必～了。

【附註】也作「氣數已衰」。

氣噎喉堵 ㄑㄧˋ ㄧㄝ ㄏㄡˊ ㄉㄨˇ

【出處】清．曹雪芹《紅樓夢》第三十四回：「此時黛玉雖不是嚎啕大哭，然越是這等無聲之泣，氣噎喉堵，更覺厲害。」

【用法】情緒激動，喉嚨被堵噎住了，喘不過氣來。

【例句】他在極度的悲憤中哭得～，幾乎喘不過氣來。

氣焰囂張 ㄑㄧˋ ㄧㄢˋ ㄒㄧㄠ ㄓㄤ

【解釋】氣焰：指人的威風和氣勢。囂張：放肆、猖狂。

【用法】形容言論、行動十分放肆，態度十分猖狂。

【例句】這些歹徒～，不給他們點厲害嘗嘗，就無法保障我們的安全。

氣焰薰天 ㄑㄧˋ ㄧㄢˋ ㄒㄩㄣ ㄊㄧㄢ

【出處】《左傳．莊公十四年》：「人之所忌，其氣焰以取之。」（意爲一個人所顧忌的事，是由於他自己的氣焰所決定的。）

【解釋】氣焰：指人的威風和氣勢。薰天：像火焰直衝天空。

【用法】形容傲慢囂張到了極點。

【例句】清．李寶嘉《文明小史》第四十一回：「此時康太守正是～，尋常的候補道都不在他眼裡。」

【附註】參看「勢焰薰天」。

氣味相投 ㄑㄧˋ ㄨㄟˋ ㄒㄧㄤ ㄊㄡˊ

【出處】明・馮維敏《不伏老》第三折：「止有老友梁太素，隱居南山之麓，不屑小就，正與小生氣味相投。」

【解釋】氣味：喻指思想作風或意趣愛好。投：合得來。

【用法】比喻雙方思想作風和興趣情調都一樣，十分合得來。

【例句】他和我～，所以一見如故。

氣宇軒昂 ㄑㄧˋ ㄩˇ ㄒㄩㄢ ㄤˊ

【出處】明・馮夢龍《東周列國志》第三十七回：「（趙）盾時年十七歲，生得氣宇軒昂，舉動有則，通《詩》、《書》，精射御。」

【解釋】氣宇：人的儀表、氣概。軒昂：精神飽滿，氣度不凡。

【用法】形容精神飽滿，氣概不凡。

【例句】這個年輕人～，風度不凡，一看就知是一個有作爲的青年。

泣不成聲 ㄑㄧˋ ㄅㄨˋ ㄔㄥˊ ㄕㄥ

【出處】漢・趙曄《吳越春秋・越王無余外傳》：「晝哭夜泣，氣不屬聲。」

【解釋】泣：低聲哭。低聲哭得噎住了氣，出不來聲音。

【用法】形容極度悲傷。

【例句】想到自己飄零的身世，他不禁～。

泣下沾襟 ㄑㄧˋ ㄒㄧㄚˋ ㄓㄢ ㄐㄧㄣ

【解釋】泣：眼淚。襟：衣服胸前的部分。淚水流下來，沾濕了衣襟。

【用法】形容哭得很傷心。

【例句】三國・魏・阮籍《樂論》：「昔季流子向風而鼓琴，聽之者～。」

掐頭去尾 ㄑㄧㄚ ㄊㄡˊ ㄑㄩˋ ㄨㄟˇ

【解釋】掐：去掉。去掉開頭和結尾。

【用法】①比喻將事物弄得沒頭沒尾。②比喻去掉無用或不重要的部分。

【例句】文章中的引文，決不能～，斷章取義。

恰如其分 ㄑㄧㄚˋ ㄖㄨˊ ㄑㄧˊ ㄈㄣˋ

【解釋】恰：恰好、正好。分：分寸。

【用法】辦事和說話正合分寸。

【例句】他的行爲舉止表現得～，相當得體。

【附註】「分」不能念成ㄈㄣ。

切磋琢磨 ㄑㄧㄝ ㄘㄨㄛ ㄓㄨㄛˊ ㄇㄛˊ

【出處】《詩經・衛風・淇澳》：「如切如磋，如琢如磨。」《爾雅・釋器》：「骨謂之切，象謂之磋，玉謂之琢，石謂之磨。」

【解釋】古代把骨頭、象牙、璞玉、石頭加工製作成器皿的工藝過程。

【用法】比喻互相商討研究，以取長補短。

【例句】夜深了，四周一片寂靜，而他們幾個人還在～著這個學術問題。

【附註】「切」不能念成ㄑㄧㄝ。

切膚之痛 ㄑㄧㄝˋ ㄈㄨ ㄓ ㄊㄨㄥˋ

【出處】清・蒲松齡《聊齋志異・冤獄》：「受萬罪於公門，竟屬切膚之痛。」

【解釋】切膚：切身，指與本身關係密切。

【用法】指親身受到的痛苦。

【例句】這次的錯誤發生，讓我感到有

如～，我會時時警惕自己絕不再發生第二次。

切中時弊（ㄑㄧㄝˋ ㄓㄨㄥˋ ㄕˊ ㄅㄧˋ）

【解釋】切：切合。中：恰好對上。弊：弊病。

【用法】指批評恰好說到了當時存在的弊病。

【例句】你所提的見解深刻，頗能～。

【附註】「切」不能念成ㄑㄧㄝ。

切齒腐心（ㄑㄧㄝˋ ㄔˇ ㄈㄨˇ ㄒㄧㄣ）

【出處】漢．司馬遷《史記．刺客列傳》：「此臣之日夜切齒腐心也。」

【解釋】切齒：咬緊牙齒。腐心：形容心中恨極。

【用法】表示非常憤恨。

【例句】雖你對殺父仇人感到～，但仍不可動用私刑，而該由國家法律來制裁。

【附註】也作「切齒拊心」。

怯防勇戰（ㄑㄧㄝˋ ㄈㄤˊ ㄩㄥˇ ㄓㄢˋ）

【出處】唐．姚思廉《梁書．馮道根傳》：「初到阜陵，修城隍，遠斥堠，有如敵將至者，衆頗笑之。道根曰：『怯防勇戰，此之謂也。』」

【解釋】怯：膽小，引申爲小心。

【用法】指小心防禦，勇敢出戰。

【例句】戰爭時應～，而不能只逞匹夫之勇。

愜當之論（ㄑㄧㄝˋ ㄉㄤˋ ㄓ ㄌㄨㄣˋ）

【出處】唐．李延壽《北史．高構傳》：「我讀卿判數遍，詞理愜當，意所不能及也。」

【解釋】愜當：恰如其分，合情合理。

【用法】指十分恰切的言論。

【例句】他的批評最是～。

挈瓶之知（ㄑㄧㄝˋ ㄆㄧㄥˊ ㄓ ㄓˋ）

【出處】《左傳．昭公七年》：「雖有挈瓶之知，守不假器，禮也。」

【解釋】挈瓶：汲水用的瓶，形容裝不了多少水的東西。知：通「智」，聰明、智慧。

【用法】比喻知識淺薄。

挈綱提領（ㄑㄧㄝˋ ㄍㄤ ㄊㄧˊ ㄌㄧㄥˇ）

見「提綱挈領」。

竊鉤竊國（ㄑㄧㄝˋ ㄍㄡ ㄑㄧㄝˋ ㄍㄨㄛˊ）

【出處】《莊子．胠篋》：「彼竊鉤者誅，竊國者爲諸侯。諸侯之門而仁義存焉。」成玄英疏：「鉤者，腰帶鉤也。」意思是：一個偷竊細小物件的人就要受法律制裁，一個公開篡奪國家政權的人反可以變成諸侯。

【解釋】竊：偷。

【用法】比喻是非賞罰，因人因事而有所不同。這是一句諷刺的話。

【例句】所謂～，同樣都是偷竊的行爲，而其結果卻大不相同。

竊竊私語（ㄑㄧㄝˋ ㄑㄧㄝˋ ㄙ ㄩˇ）

【出處】唐．白居易《琵琶行》：「大弦嘈嘈如疾雨，小弦切切如私語。」（切：同「竊」。）

【解釋】竊竊：形容聲音細微。

【用法】指背地裡小聲說話。

【例句】圍著看的人見時間太長，已經

開始～，流露出不滿的神色。

竊位素餐 ㄑㄧㄝˋ ㄨㄟˋ ㄙㄨˋ ㄘㄢ

【出處】漢．班固《漢書．楊惲傳》：「已負竊位素餐之責久矣。」顏師古注：「素，空也；不稱其職，空食祿也。」

【解釋】素：空、白。餐：吃飯。竊取職位，無功受祿。

【用法】指高級官員飽食終日，無所用心。

【例句】在政府的機構中，絕不允許～的人存在。

竊玉偷香 ㄑㄧㄝˋ ㄩˋ ㄊㄡ ㄒㄧㄤ

【出處】唐．房玄齡等《晉書．賈充傳》：「時西域有貢奇香，一著人則經月不歇，帝甚貴之。惟以賜充及大司馬陳騫。其女密盜以遺（韓）壽，充僚屬與壽燕處，聞其芬馥，稱之於充。自是充意知女與壽通，而其門閤嚴峻，不知所由得入。乃夜中陽驚，托言有盜，因使循牆以觀其變。左右白曰：『無餘異，惟東北角如狐狸行處。』充乃考問女之左右，具以狀對。充秘之，遂以女妻壽。」

【用法】比喻男子私戀女子，而暗中與之私通苟合。

【例句】你都這麼年紀一大把了，還搞什麼～的把戲！

【附註】也作「偷香竊玉」。

鍥而不捨 ㄑㄧㄝˋ ㄦˊ ㄅㄨˋ ㄕㄜˇ

【出處】《荀子．勸學》：「鍥而捨之，朽木不折；鍥而不捨，金石可鏤。」

【解釋】鍥：雕刻。捨：停止。雕刻東西，一直刻下去不放棄。

【用法】比喻有恒心，有毅力，堅持不懈。

【例句】無論怎樣的挫折，他都能～地努力，終於開創了一番自己的事業。

【附註】「鍥」不能念成ㄑㄧˋ。

敲冰戛玉 ㄑㄧㄠ ㄅㄧㄥ ㄐㄧㄚˊ ㄩˋ

【出處】宋．楊無咎《逃禪詞．垂絲釣．鄧端友席上贈呂倩倩》：「聽敲冰戛玉，恨雲怨雨，聲聲總在愁處。」

【解釋】戛：輕輕敲打。

【用法】比喻樂調的清潤，猶如擊打冰玉一般。

【例句】晚上，從琴房裡傳出一陣叮咚的琴聲，猶如～一般，清新悅耳，使人不覺聽出了神。

敲骨吸髓 ㄑㄧㄠ ㄍㄨˇ ㄒㄧ ㄙㄨㄟˇ

【出處】宋．釋道原《景德傳燈錄．卷三．第二十八祖菩提達摩》：「昔人求道，敲骨吸髓，刺血濟飢。」

【解釋】髓：骨髓。

【用法】比喻殘酷地剝削、壓榨。

【例句】像他這種～，刮盡搜光的貪官居然能夠位登三公，實在天道寧論！

敲金擊石 ㄑㄧㄠ ㄐㄧㄣ ㄐㄧˊ ㄕˊ

【出處】唐．韓愈《代張籍與李浙東書》：「籍又善於古詩，……閣下憑几而聽之，未必不如聽吹竹彈絲，敲金擊石也。」

【解釋】金：指鐘。擊：敲打。石：指磬。演奏鐘磬等樂器。

【用法】比喻聲調鏗鏘。

【附註】也作「敲金戛石」。

喬遷之喜

【出處】《詩經・小雅・伐木》：「伐木丁丁，鳥鳴嚶嚶，出自幽谷，遷於喬木。」
【解釋】喬遷：鳥兒飛離深谷，遷到高大的樹木上去。
【用法】祝賀人遷居或官職升遷的常用語。
【例句】我送你一套餐具，以祝賀你們～。

喬裝打扮

【出處】清・文康《兒女英雄傳》第三回：「爲的是有一等人往往就扮做討乞的花子，串店的妓女，喬裝打扮的給強盜作眼線，看道兒。」
【解釋】喬裝：也作「喬妝」，指化裝。化裝打扮，改變原來的衣著外表。
【用法】指掩蔽眞相，隱瞞身分。
【例句】花木蘭～，代父從軍，傳爲千古美談。

翹首企足

【解釋】翹首：抬著頭。企足：踮起脚跟。
【用法】形容殷切盼望的樣子。
【例句】三年大旱，百姓們都～地希望天降甘霖。

翹首而望

【解釋】翹：向上昂起。首：頭。抬起頭來張望。
【用法】形容渴望某種事情快速到來。
【例句】孩子們聽到這裡將建設科學館的消息後，都～，希望早日動工。

翹足而待

【出處】漢・司馬遷《史記・高祖本紀》：「大臣內叛，諸侯外反，亡，可蹻足而待也。」（蹻足：同「翹足」。）
【解釋】翹足：抬起脚來。待：等待。
【用法】指短暫的時間即可等到。
【例句】這次和談只要成功，和平的日子可～了。

翹足引領

【出處】三國・魏・陳琳《檄吳將校部曲文》：「是以立功之士，莫不翹足引領，望風響應。」
【解釋】翹足：提起脚跟。引領：伸長頭頸。
【用法】形容盼望急切的樣子。
【例句】聽到最敬愛的姑姑要回國的消息，孩子們莫不～，天天盼望著。

巧不可階

【出處】南朝・梁・簡文帝《與湘東王書》：「時有效謝康樂（靈運）、裴鴻臚（子野）文者，亦頗有惑焉……謝故巧不可階，裴亦質不宜慕。」
【解釋】階：台階，引申爲趕上。
【用法】指心思巧妙得誰也趕不上。
【例句】老玉工潘師傅，一切玉石到了他的手裡，就會變成一件件精美絕倫的藝術品，他的技藝實在是～！

巧發奇中

【出處】漢・司馬遷《史記・孝武本紀》：「少君資好方，善爲巧發奇中。嘗從武安侯飲，坐中有年九十餘老人，少君乃言與其大父遊射處，老人爲兒時，從其大父行，識其處，一坐盡驚。」

【解釋】發：射箭，比喻發言。

【用法】比喻善於伺機發言，並且十分中肯。

【例句】他不僅能言善辯，而且目光敏銳，在和人辯論的時候，每每～，使人無法反駁。

【附註】「中」不能念成ㄓㄨㄥ。

巧婦難爲無米之炊（ㄑㄧㄠˇ ㄈㄨˋ ㄋㄢˊ ㄨㄟˊ ㄨˊ ㄇㄧˇ ㄓ ㄔㄨㄟ）

【出處】宋・陸游《老學庵筆記》卷三：「晏景初尚書，請僧住院，僧辭以窮陋不可爲。景初曰：『高才固易耳。』僧曰：『巧婦安能作無面湯餅乎？』」

【解釋】爲：做。炊：燒火做飯。巧媳婦沒有米也做不出飯來。

【用法】比喻缺少必要條件，事情就做不成。

【例句】他雖然有心把活動辦好，但要錢沒錢，要人沒人，實在～。

巧奪天工（ㄑㄧㄠˇ ㄉㄨㄛˊ ㄊㄧㄢ ㄍㄨㄥ）

【出處】元・趙孟頫《贈放烟火者》詩：「人間巧藝奪天工，煉藥燃燈淸晝同。」

【解釋】奪：勝過。人工的精巧勝過大自然的創造。

【用法】形容技藝巧妙已極。（多指工藝美術。）

【例句】出土的器物焊縫如絲，龍鱗鳳羽均用金銀相錯，形象逼眞。這種創造性的藝術作品充分反映了戰國時藝術家～的聰明智慧。

巧同造化（ㄑㄧㄠˇ ㄊㄨㄥˊ ㄗㄠˋ ㄏㄨㄚˋ）

【出處】《列子・湯問》：「穆王始悅而嘆曰：『人之功巧乃可與造化同功乎？』」

【解釋】巧：心思靈敏，技術高明。造化：大自然創造事物的能力。靈巧得同天地造物一樣高妙。

【用法】形容非常巧妙。

【例句】在盆景藝術展覽會上，看到各地的盆景，無不精美別致，～，使人捨不得離開。

巧立名目（ㄑㄧㄠˇ ㄌㄧˋ ㄇㄧㄥˊ ㄇㄨˋ）

【解釋】名目：各種名稱、項目。

【用法】①指貪官污吏在法定的項目之外，用巧妙的手法另定種種名目，向人民敲詐勒索。②泛指變着法兒地達到某種不正當目的。

【例句】某些企業，採取～手法，獲得了許多不正當的收入。

巧取豪奪（ㄑㄧㄠˇ ㄑㄩˇ ㄏㄠˊ ㄉㄨㄛˊ）

【出處】宋・蘇軾《次韻米芾二王書跋尾》：「巧偷豪奪古來有，一笑誰似痴虎頭。」（虎頭：東晉畫家顧愷之的字。）

【解釋】巧取：耍花招騙取。豪奪：用動力搶奪。

【用法】指用欺騙或暴力的手段奪取別人的財物或權利。

【例句】他藉著～所建立的偌大家產，在數年間就被他的兒子所敗光，眞是怎麼來就怎麼去。

【附註】也作「巧偷豪奪」。

巧詐不如拙誠（ㄑㄧㄠˇ ㄓㄚˋ ㄅㄨˋ ㄖㄨˊ ㄓㄨㄛˊ ㄔㄥˊ）

【出處】《韓非子・說林上》：「故曰：巧詐不如拙誠，樂羊以有功見疑，秦西巴以有罪益信。」
【解釋】詐：欺騙。拙：笨拙。
【用法】指機巧而僞作，不如笨拙而誠實。
【例句】～，做人還是以誠爲要。

巧拙有素（ㄑㄧㄠˇ ㄓㄨㄛˊ ㄧㄡˇ ㄙㄨˋ）

【出處】三國・魏・曹丕《典論・論文》：「至于引氣不齊，巧拙有素，雖在父兄，不能以移子弟。」
【解釋】巧：精巧。拙：笨拙。素：本來的。
【用法】指精巧和笨拙本來就有不同，這是天賦素養不同造成的。
【例句】人本就是～，很多事情是勉強不來的，你就別太苛求他了。

巧舌如簧（ㄑㄧㄠˇ ㄕㄜˊ ㄖㄨˊ ㄏㄨㄤˊ）

【出處】《詩經・小雅・巧言》：「巧言如簧，顏之厚矣。」
【解釋】巧舌：舌頭靈巧，形容能說會道。簧：樂器裡用銅或其它材料製成的發音薄片。
【用法】比喻口齒伶俐，能言善辯。
【例句】事實勝於雄辯，任憑你～，也騙不過大家的眼睛。
【附註】原作「巧言如簧」。

巧言令色（ㄑㄧㄠˇ ㄧㄢˊ ㄌㄧㄥˋ ㄙㄜˋ）

【出處】《尚書・臯陶謨》：「何畏乎巧言令色孔壬！」
【解釋】巧言：表面好聽的虛僞話。色：臉色、表情。令色：向人討好的表情。
【用法】形容用花言巧語和諂媚的神色討好別人。
【例句】此人～，不可輕信。

丘壑涇渭（ㄑㄧㄡ ㄏㄨㄛˋ ㄐㄧㄥ ㄨㄟˋ）

【出處】清・曹雪芹《紅樓夢》第七十九回：「若論心裡的丘壑涇渭，頗步熙鳳的後塵。」
【解釋】丘：小山。壑：山溝。涇：涇水，水流清澈。渭：渭水，水流混濁。
【用法】①指小丘、山溝、涇水、渭水高低混濁分明。②比喻人心裏的各種主意、打算。

秋風過耳（ㄑㄧㄡ ㄈㄥ ㄍㄨㄛˋ ㄦˇ）

【出處】漢・趙曄《吳越春秋・吳王壽夢傳》：「富貴之於我，如秋風之過耳。」
【用法】比喻對事情漠不關心，絲毫不往心裏去。
【例句】清・鄭板橋《題自訂潤例》詩：「畫竹多于買竹錢，紙高六尺價三千。任渠話舊論交接，只當～邊。」
【附註】也作「如風過耳」。

秋風掃落葉（ㄑㄧㄡ ㄈㄥ ㄙㄠˇ ㄌㄨㄛˋ ㄧㄝˋ）

【出處】晉・陳壽《三國志・魏書・辛毗傳》：「以明公之威，應困窮之敵，擊疲弊之寇，無異迅風之振秋葉矣。」
【解釋】蕭瑟的秋風，掃落了枯黃的葉子。
【用法】比喻強大的力量掃蕩腐朽、衰敗的勢力，勢不可擋。
【例句】我百萬雄師，以～之勢，把敵

人消滅了。

秋毫之末 ㄑㄧㄡ ㄏㄠˊ ㄓ ㄇㄛˋ

【出處】《孟子・梁惠王上》：「明足以察秋毫之末。」

【解釋】秋毫：鳥獸在秋天新長出的細毛。末：尖端。

【用法】形容十分細微的東西。

【例句】她是一個非常敏銳的人，可以明察～，任何事情是欺騙不了她的。

秋毫無犯 ㄑㄧㄡ ㄏㄠˊ ㄨˋ ㄈㄢˋ

【出處】漢・司馬遷《史記・淮陰侯列傳》：「大王（劉邦）之入武關，秋毫無所害，除秦苛法，與秦民約法三章耳。秦民無不欲得大王王秦者。」

【解釋】秋毫：鳥獸在秋天新長出的細毛。絲毫不侵犯民衆的利益。

【用法】形容軍隊紀律嚴明。

【例句】我軍進城後，對百姓～，贏得了百姓的愛戴。

秋後算帳 ㄑㄧㄡ ㄏㄡˋ ㄙㄨㄢˋ ㄓㄤˋ

【用法】①原指農民一般在秋天收穫之後，計算一年的收入、支出。②比喻事情過後，進行打擊報復。

【例句】他爲人險詐，小心他來個～。

秋荼密網 ㄑㄧㄡ ㄊㄨˊ ㄇㄧˋ ㄨㄤˇ

【出處】漢・桓寬《鹽鐵論・刑德》：「昔秦法繁於秋荼，而網密於凝脂。」

【解釋】荼：一種苦菜，也指茅草、蘆葦上的白花。像秋天繁茂的苦菜、白花；如網眼細密的魚網。

【用法】比喻刑法苛細。

【例句】重要的是人民的教化工作，否則～徒惹民怨。

【附註】「荼」不能念成ㄔㄚˊ，也不能寫成「茶」。

秋扇見捐 ㄑㄧㄡ ㄕㄢˋ ㄐㄧㄢˋ ㄐㄩㄢ

【出處】漢・班婕妤《怨歌行》：「裁爲合歡扇，團團似明月，出入君懷袖，動搖微風發。常恐秋節至，涼飆奪炎熱，棄捐篋笥中，恩情中道絕。」

【解釋】見：被。捐：棄置。秋涼後，扇子都被拋棄了。

【用法】比喻婦女色衰（年老），被丈夫遺棄了。

【例句】古代帝王所愛只是美色，所以後宮佳麗常懷～之懼。

秋水伊人 ㄑㄧㄡ ㄕㄨㄟˇ ㄧ ㄖㄣˊ

【出處】《詩經・秦風・蒹葭》「蒹葭蒼蒼，白露爲霜，所謂伊人，在水一方。溯洄從之，道阻且長，溯游從之，宛在水中央。」

【解釋】秋水：喻指清澈的眼波，引申爲盼望。伊人：那個人，指意中人。

【用法】指想念中的好朋友。

【例句】戰爭使我和我的妻子失散了，～，各在一方，什麼時候我們才能重逢呢？

秋月春風 ㄑㄧㄡ ㄩㄝˋ ㄔㄨㄣ ㄈㄥ

【出處】唐・白居易《琵琶行》詩：「今年歡笑復明年，秋月春風等閑度。」

【用法】①指良辰美景。②指美好的歲月。

【例句】他眞是一個沒情趣的人，什麼～，對他一點感覺都沒有。

囚首垢面

【解釋】囚首：頭髮不梳像囚犯。垢面：臉上骯髒。

【用法】形容人久不梳洗，以致頭髮蓬亂，臉上骯髒，形同囚犯。

【例句】看你這樣～地去參加朋友的婚宴，未免太過份了吧！

【附註】也作「亂首垢面」。

囚首喪面

【出處】宋・蘇洵《辨奸論》：「囚首喪面而談詩書，此豈其情也哉！」

【用法】指頭髮不梳像囚犯，臉不洗像居喪。

【附註】參看「囚首垢面」、「蓬頭垢面」。

求馬買骨

見「千金買骨」。

求馬唐肆

【出處】《莊子・田子方》：「彼已盡矣，而女（汝）求之以爲有，是求馬于唐肆也。」

【解釋】唐：原指沒有牆壁的屋子，引申爲空乏。肆：店鋪。空店鋪買馬。

【用法】比喻在什麼也沒有的地方去尋求自己所需要的東西。

【例句】哼！他已山窮水盡，你卻還想由他這兒撈一筆，無異是～。

求大同，存小異

【解釋】求：尋求。存：保留。

【用法】指謀求在原則上和主要方面意見一致，各自保留那些非原則的次要方面意見。

【例句】在學術研究上，應該「～」，容許各種學派的存在。

求端訊末

【出處】唐・韓愈《原道》：「人之好怪也，不求其端，不訊其末，惟怪之欲聞。」

【解釋】求：尋求。訊：詢問。端：起始。末：結果。

【用法】指尋求事情的起源，詢問事情的結果。

【例句】我們應該採取實事求是、嚴肅認眞的態度，對任何事都要～，這才是正確的。

求田問舍

【出處】晉・陳壽《三國志・魏書・陳登傳》：「（劉）備曰：『君（指許汜）有國士之名，今天下大亂，帝主失所，望君憂國忘家，有救世之意；而君求田問舍，言無可采，是元龍（陳登字）所諱也。』」

【解釋】田：田地。舍：房屋。

【用法】指只知買田置屋，爲個人利益打算，沒有遠大志向。

【例句】《初刻拍案驚奇》第十八卷：「如今這些貪人，擁着嬌妻美妾，～，損人肥己，搬斤播兩，何等肚腸！」

求同存異

【解釋】求：尋求。存：保留。

【用法】指尋求共同之處，保留不同意見。

【例句】我們之間有一些不同的意見是不奇怪的，但只要本着～的精神，仍然可以很好地合作。
【附註】參見「求大同，存小異」。

求親告友（ㄑㄧㄡˊ ㄑㄧㄣ ㄍㄠˋ ㄧㄡˇ）
【解釋】求親戚資助，向朋友借貸。
【用法】形容處境的困窘。
【例句】我找不到工作，只有～，才勉強度日。

求全之毀（ㄑㄧㄡˊ ㄑㄩㄢˊ ㄓ ㄏㄨㄟˇ）
【出處】《孟子·離婁上》：「有不虞之譽，有求全之毀。」
【解釋】全：全面。毀：詆毀、誹謗。
【用法】①由於要求十全十美，結果招致詆毀。②指要求人完美無缺，因達不到而產生不滿。
【例句】清·曹雪芹《紅樓夢》第五回：「既熟慣，便更覺親密，既親密，便不免有些不虞之隙，～。」

求全責備（ㄑㄧㄡˊ ㄑㄩㄢˊ ㄗㄜˊ ㄅㄟˋ）
【出處】《論語·微子》：「周公謂魯公曰：『君子不施其親，不使大臣，怨乎不以故舊，無大故則不棄也，無求備於一人。』」
【解釋】責：要求。備：完備。
【用法】指人對事情要求完備無缺，十全十美。
【例句】父母對你的期待很高，才會如此對你～，你應該心存感激才是，怎可怨東怨西？

求賢如渴（ㄑㄧㄡˊ ㄒㄧㄢˊ ㄖㄨˊ ㄎㄜˇ）
【出處】唐·魏徵《十漸不克終疏》：「貞觀之初，求賢如渴。」
【解釋】賢：有才能的人。
【用法】指尋求有才能的人像口渴想喝水一樣迫切。
【例句】總經理爲了拓展公司的業務，眞是～。
【附註】也作「求賢若渴」。

求之不得（ㄑㄧㄡˊ ㄓ ㄅㄨˋ ㄉㄜˊ）
【出處】《詩經·周南·關雎》：「求之不得，寤寐思服。」
【用法】指十分嚮往而得不到。
【例句】您能親自參加，正是我們～的，那有不歡迎之理。

求知心切（ㄑㄧㄡˊ ㄓ ㄒㄧㄣ ㄑㄧㄝˋ）
【解釋】追求知識，用心迫切。
【用法】形容一刻不停地讀書、鑽研學問。
【例句】看着這些～的青年，我忘記了疲勞，又接着講了下去。

求人不如求己（ㄑㄧㄡˊ ㄖㄣˊ ㄅㄨˋ ㄖㄨˊ ㄑㄧㄡˊ ㄐㄧˇ）
【出處】《論語·衛靈公》：「君子求諸己，小人求諸人。」
【解釋】求別人幫助不如求自己。
【用法】指要自力更生的意思。
【例句】俗語說：「～。」我們別妄想別人的援手，還是多多自立自強吧！

求仁得仁（ㄑㄧㄡˊ ㄖㄣˊ ㄉㄜˊ ㄖㄣˊ）
【出處】《論語·述而》：「（子貢）入曰：『伯夷叔齊何人也？』（孔子）曰：『古之賢人也。』曰：『怨乎？』曰：『求仁而得仁，又何怨？』」本是孔子讚揚伯夷、叔齊互讓君位達到了「仁」的境界，說他們求仁德便得到了仁德。

【解釋】仁：仁德，儒家的一種道德規範。
【用法】表示如願以償。
【例句】他已經是～，雖死無憾了！請你節哀！

求索無厭

【出處】《呂氏春秋．懷寵》：「征斂無期，求索無厭。」
【解釋】求：追求。索：搜索。厭：滿足。
【用法】指貪欲無止境、無休止地向人民進行搜刮。
【例句】他這樣～，實在令人感到很討厭。

裘弊金盡

【出處】《戰國策．秦策一》：「（蘇秦）說秦王，書十上而說不行，黑貂之裘弊，黃金百斤盡，資用乏絕，去秦而歸。」
【解釋】裘：皮衣。弊：破、損。皮衣破爛了，錢用光了。
【用法】比喻從富有而窮困潦倒。
【例句】他這樣揮霍無度，終至～，求貸無門。

千部一腔

【出處】清．曹雪芹《紅樓夢》第一回：「至於才子佳人等書，則又開口『文君』，滿篇『子建』，千部一腔，千人一面。」
【解釋】部：唐代管音樂的機構，按所管音樂性質的不同，分別爲許多部。後常把「部」理解爲書的卷數。腔：聲腔。各種樂隊唱奏的全是一個腔調，平板單調。
【用法】形容老生常談，沒有新意。
【例句】他們這些評論，都只是～，了無新意。

千篇一律

【出處】南朝．梁．鍾嶸《詩品．卷中．晉司空張華》：「謝康樂云：『張公雖復千篇，猶一體耳。』」
【解釋】千篇文章都是一個樣子。
【用法】①形容作品言談的內容重複，總是那一套。②比喻按一個模式機械地辦事。
【例句】有些公式化、概念化的作品，～，互相雷同，沒有獨特的構思，缺少新鮮的意境。

千門萬戶

【出處】漢．司馬遷《史記．孝武本紀》：「於是作建章宮，度爲千門萬戶。」
【用法】①形容宮殿屋宇廣大。②形容門戶衆多，人口稠密。
【例句】清．盧道悅《迎春》詩：「不須迎向東郊去，春在～中。」
【附註】也作「萬戶千門」。

千帆競發

【解釋】競：競爭。數不清的船隻競相出發。
【用法】①形容事物生機勃勃地向前發展。②比喻朝氣勃勃的局面。
【例句】這個工廠朝氣蓬勃，人人奮發努力，充滿～的新氣息。

千方百計

【出處】宋《朱子語類．卷三十五．論

語十七》：「譬如捉賊相似，須是著起氣力精神，千方百計去趕捉他。」
【解釋】方：方法。計：計謀。
【用法】指想盡一切辦法，用盡一切計謀。
【例句】《紅樓夢》第六十七回：「這裡老太太們為姑娘的病體，～請好大夫配藥診治。」
【附註】也作「百計千方」。

千刀萬剮（ㄑㄧㄢ ㄉㄠ ㄨㄢˋ ㄍㄨㄚˇ）

【出處】明・施耐庵《水滸傳》第三十八回：「千刀萬剮的黑殺才，老爺怕你的不算好漢！」
【解釋】剮：割肉離骨，舊時一種極殘酷的死刑，也稱「凌遲」。
【用法】舊稱凌遲罪為千刀萬剮，後多用以咒罵人該受極刑。
【例句】他這個罪人，即使～都難贖其過。

千端萬緒（ㄑㄧㄢ ㄉㄨㄢ ㄨㄢˋ ㄒㄩˋ）

【出處】三國・魏・曹植《自試令》：「（王）機等吹毛求疵，千端萬緒，然終無可言者。」
【解釋】端：頭。緒：絲頭。
【用法】形容事物繁雜、頭緒很多。
【例句】他心潮起伏，～，不知該從何處說起。
【附註】也作「千緒萬端」、「千頭萬緒」。

千年萬載（ㄑㄧㄢ ㄋㄧㄢˊ ㄨㄢˋ ㄗㄞˇ）

【出處】元・無名氏《來生債》第三折：「我則待顯名兒千年萬載。」
【解釋】載：年。
【用法】形容時間很久。
【例句】革命先烈的光輝業績，～也不會磨滅。

千里迢迢（ㄑㄧㄢ ㄌㄧˇ ㄊㄧㄠˊ ㄊㄧㄠˊ）

【出處】明・馮夢龍《古今小說・范巨卿雞黍死生交》：「辭親別弟到山陽，千里迢迢客夢長。豈為友朋輕骨肉，只因信義迫中腸。」
【解釋】迢迢：遙遠的樣子。
【用法】形容路途十分遙遠。
【例句】她不辭勞苦，～地來到美國洗盤，這又何苦？

千里之堤，潰于蚊穴（ㄑㄧㄢ ㄌㄧˇ ㄓ ㄊㄧˊ，ㄎㄨㄟˋ ㄩˊ ㄨㄣˊ ㄒㄩㄝˋ）

【出處】《韓非子・喻老》：「千丈之堤，以螻蟻之穴潰；百尺之室，以突隙之烟焚。」
【解釋】潰：崩潰。一個小小的螞蟻洞，可以使千里長堤潰決。
【用法】比喻小事或小處不注意就會釀成大禍或造成嚴重損失。
【例句】「～」，我們對於這些看來無關緊要的地方也要倍加小心。

千里之行，始于足下（ㄑㄧㄢ ㄌㄧˇ ㄓ ㄒㄧㄥˊ，ㄕˇ ㄩˊ ㄗㄨˊ ㄒㄧㄚˋ）

【出處】《老子・第六十四章》：「合抱之木，生于毫末；九層之台，起于累土；千里之行，始于足下。」
【解釋】千里遙遠的路程是從腳下第一步開始的。
【用法】比喻任何事情的成功都是從頭開始逐漸累積的。
【例句】任何事情都要從一點一滴的小事開始做起，古人說「～」是很有道理的。

千里之足（ㄑㄧㄢ ㄌㄧˇ ㄓ ㄗㄨˊ）

【出處】西漢·韓嬰《韓詩外傳·卷七》：「使驥不得伯樂，安得千里之足？造父亦無千里之手矣。」

【用法】①原指千里馬。②比喻傑出的人才。

【例句】他的才氣橫溢，眞可謂～。

千里蓴羹（ㄑㄧㄢ ㄌㄧˇ ㄔㄨㄣˊ ㄍㄥ）

【出處】南朝·宋·劉義慶《世說新語·言語》：「陸機詣王武子（濟），武子前置數斛羊酪，指以示陸曰：『卿江東何以敵此？』陸云：『有千里蓴（蒓）羹，但未下鹽豉耳！』」意思是說淡煮未用鹽豉調和的蓴菜羹，即千里湖蓴菜羹，其味甚美。

【解釋】千里：湖名，位於江蘇溧陽縣。蓴：蓴菜，多年生水草，嫩葉可以做湯吃。

【用法】①指本鄉風味特佳的食品。②喻家鄉風味。

【例句】～之美，大概多少加上了一些愛鄉的情懷吧！

千里鵝毛（ㄑㄧㄢ ㄌㄧˇ ㄜˊ ㄇㄠˊ）

【出處】宋·歐陽修《梅聖俞寄銀杏》詩：「鵝毛贈千里，所重以其人。」

【用法】比喻禮輕情意重。

【例句】我沒有什麼東西送給你，只有這本小書，～，請你留下做個小紀念吧。

千里移檄（ㄑㄧㄢ ㄌㄧˇ ㄧˊ ㄒㄧˊ）

【出處】南朝·宋·范曄《後漢書·李固傳》：「上奏南陽太守高賜等臧穢。賜等俱罪，遂共重賂大將軍梁冀。冀爲千里移檄，而固持之愈急也。」

【解釋】檄：古代用來徵召、聲討的文書。日行千里，傳送緊急文書。

【用法】形容十分火急。

千里猶面（ㄑㄧㄢ ㄌㄧˇ ㄧㄡˊ ㄇㄧㄢˋ）

【出處】五代·後晉·劉昫《舊唐書·房玄齡傳》：「高祖嘗謂侍臣曰：『此人深識機宜，足堪委任。每爲我兒陳事，必會人心，千里之外，猶對面語耳。』」

【解釋】猶：好像、如同。雖然相隔千里，卻好像面對面一樣。

【用法】指傳達眞切、準確。

【例句】你在這裏把一切經過都寫得十分詳盡，～，使我好像當面聽你講述一樣。

千了百當（ㄑㄧㄢ ㄌㄧㄠˇ ㄅㄞˇ ㄉㄤˋ）

【出處】宋·《朱子語類·論語》十六：「聖人發憤便忘食，樂便忘憂，直是一刀兩斷，千了百當。」

【解釋】了：完了、結束。當：適當、合適。

【用法】形容一切都很妥當。

【例句】放心，我們會把事辦得～的。

【附註】也作「千了萬當」。

千慮一得（ㄑㄧㄢ ㄌㄩˋ ㄧˋ ㄉㄜˊ）

【出處】《晏子春秋·內篇雜下》：「嬰聞之：『聖人千慮，必有一失；愚人千慮，必有一得。』」

【解釋】慮：思考、謀劃。得：得當、正確。

【用法】①指即使是笨人的意見也有可

難得把她請出來。（续）

取之處。②現多用作提出自己意見時的客氣話。

【例句】我的意見，只當作引玉之磚～，希望大家共同討論，得出正確結論。

【例句】也作「千慮之一得」、「一得之愚」。

千慮一失

ㄑㄧㄢ ㄌㄩˋ ㄧ ㄕ

【出處】《晏子春秋·內篇雜下》：「聖人千慮，必有一失；愚人千慮，必有一得。」

【用法】①指聰明人多次考慮問題，也總是會有疏忽的。②指意外的錯誤。

【例句】作爲一個工程師，他算是很高明的，然而～，偶爾的失誤也在所難免。

【附註】參看「千慮一得」。

千呼萬喚

ㄑㄧㄢ ㄏㄨ ㄨㄢˋ ㄏㄨㄢˋ

【出處】唐·白居易《琵琶行》：「千呼萬喚始出來，猶抱琵琶半遮面。」

【用法】多次地呼叫邀請，再三地催促。

【例句】她一向深居簡出，這次～，好難得把她請出來。

千回百折

ㄑㄧㄢ ㄏㄨㄟˊ ㄅㄞˇ ㄓㄜˊ

【出處】清·鄭燮《濰縣署中與舍弟書·五》：「（方）百川時文，精粹湛深，抽心苗，發奧旨，繪物態，狀人情，千回百折，而卒造乎淺近。」

【解釋】回：道路回旋。折：曲折。

【用法】①形容道路彎彎曲曲。②形容文藝作品或歌聲、樂曲起伏婉轉。

【例句】清·劉鶚《老殘遊記》第二回：「那王小玉唱到極高的三四疊後，陡然一落，又極力逞其～的精神，如一條飛蛇在黃山三十六峰中腰裡盤旋穿插，頃刻之間，周匝數遍。」

千紅萬紫

ㄑㄧㄢ ㄏㄨㄥˊ ㄨㄢˋ ㄗˇ

見「萬紫千紅」。

千嬌百媚

ㄑㄧㄢ ㄐㄧㄠ ㄅㄞˇ ㄇㄟˋ

【出處】唐·張文成《遊仙窟》：「千嬌百媚，造次無可比方；弱體輕身，談之不能備盡。」

【解釋】嬌、媚：美好。

【用法】形容女子姿色體態很美。

【例句】這位老爺雖然已經年近花甲，卻又娶了個～的姨太太。

千金買骨

ㄑㄧㄢ ㄐㄧㄣ ㄇㄞˇ ㄍㄨˇ

【出處】《戰國策·燕策一》載：戰國時燕昭王「卑身厚幣以招賢者。」郭隗對燕昭王說：「臣聞古之君人，有以千金求千里馬者，三年不能得；涓人言于君曰：『請求之。』君遣之，三日得千里馬，馬已死，買其骨五百金，反以報君。君怒曰：『所求者生馬，安事死馬而捐五百金？』涓人對曰：『死馬且買之五百金，況生馬乎？天下必以王之爲能市馬，馬今至矣。』于是不期年，千里之馬至者三。今王城欲致士，先從隗始；隗且見事，況賢于隗者乎？豈遠千里哉？」（涓人：近侍。）

【用法】比喻重金禮聘人才。

【例句】公司爲了再求發展，不惜～，由國外禮聘專家。

【附註】也作「千金市骨」、「求馬買骨」。

千金之子

【出處】漢·司馬遷《史記·越王勾踐世家》：「朱公曰：『殺人而死，職也。然吾聞千金之子不死於市。』告其少子往視之。」

【用法】稱富貴人家的子弟。

【例句】你要知道你可是～，怎可隨意冒這個險。

千金一笑

【出處】漢·崔駰《七依》：「回顧百萬，一笑千金。」

【用法】形容美人的笑顏難得，價值千金。

千金一擲

【出處】唐·李白《自漢陽病酒歸寄王明府》詩：「莫惜連船沽美酒，千金一擲買春芳。」

【用法】①指賭徒用千金投一次賭注。②形容十分奢侈豪華。

【例句】窮苦人民，竭盡全力也難維持一家的溫飽；豪商巨室，～也無非為了買得美人的一笑。

【附註】參見「一擲千金」。

千軍易得，一將難求

【出處】元·馬致遠《漢宮秋》第二折：「徒憑的千軍易得，一將難求。」

【解釋】指募集戰士、編組軍隊是較容易的事，求得一員主將卻很困難。

【用法】形容真正的人才稀少可貴。

【例句】自從他退休後，就再也找不到一個如此有魄力的領導者，真是～。

【附註】也作「三軍易得，一將難求」。

千軍萬馬

【出處】唐·李延壽《南史·陳慶之傳》：「先是洛中謠曰：『名軍大將莫自牢，千軍萬馬避白袍。』」

【用法】形容兵馬極多或聲勢浩大。

【例句】敵人帶著～攻了上來，我們也要奮勇迎敵，死守城池。

千鈞重負

【解釋】鈞：古代重量單位，一鈞合三十斤。擔負着沉重的擔子。

【用法】比喻責任重大。

【例句】他是個硬漢，任何困難、打擊都無法使他屈服，縱然～，他也承擔得起來。

千鈞一髮

見「一髮千鈞」。

千奇百怪

【出處】宋·釋惟白《續傳燈錄》卷四：「如有人在州縣住，或聞或見，千奇百怪，他總將作尋常。」

【用法】指各種各樣的奇怪事物。

【例句】《紅樓夢》第十九回：「且說襲人自幼兒見寶玉性格異常，其淘氣憨頑出於衆小兒之外，更有幾件～、口不能言的毛病兒。」

千秋萬歲

【出處】《韓非子·顯學》：「今巫祝之祝人曰：『使若千秋萬歲！』千秋萬歲之聲聒耳，而一日之壽無徵于人，此人所以簡巫祝也。」

【解釋】秋、歲：指年。千年萬年。

【用法】①極言歲月長久。②常用作祝人長壽之辭。

【附註】也作「萬歲千秋」、「千秋萬歲」。

千辛萬苦 ㄑㄧㄢ ㄒㄧㄣ ㄨㄢˋ ㄎㄨˇ

【出處】元·張之翰《元日》詩：「千辛萬苦都嘗遍，只有吳淞水最甘。」

【用法】各式各樣的艱難困苦。

【例句】元·秦簡夫《趙禮讓肥》第四折：「想當時受盡了～，誰承望有今日駟馬安車。」

千錘百鍊 ㄑㄧㄢ ㄔㄨㄟˊ ㄅㄞˇ ㄌㄧㄢˋ

【出處】晉·劉琨《重贈盧諶》詩：「何意百煉剛，化爲繞指柔。」

【解釋】錘、煉：都是指打鐵煉鋼，除去雜質。

【用法】①比喻對詩文等反覆推敲，多次精心修改。②喻人久經磨鍊，或文章經深思熟慮而完成。

【例句】一把利劍須經過～才成，而人何嘗不是如此？

千瘡百孔 ㄑㄧㄢ ㄔㄨㄤ ㄅㄞˇ ㄎㄨㄥˇ

見「百孔千瘡」。

千山萬壑 ㄑㄧㄢ ㄕㄢ ㄨㄢˋ ㄏㄨㄛˋ

【出處】唐·杜甫《咏懷古迹五首》詩：「群山萬壑赴荆門，生長明妃尚有村。」

【解釋】壑：山溝。

【用法】形容山巒連綿起伏，地形高峻險要。

【例句】越過了～，他終於到達了目的地。

千山萬水 ㄑㄧㄢ ㄕㄢ ㄨㄢˋ ㄕㄨㄟˇ

【出處】唐·宋之問《至端州驛見杜五審言……題壁慨然成咏》詩：「豈意南中歧路多，千山萬水分鄉縣。」

【用法】①形容山川極多。②指路程艱險、遙遠。

【例句】我們雖然相隔～，但共同的理想卻把我們的心緊緊的連在一起。

千人唱，萬人和 ㄑㄧㄢ ㄖㄣˊ ㄔㄤˋ ㄨㄢˋ ㄖㄣˊ ㄏㄜˋ

【出處】漢·司馬相如《上林賦》：「千人唱，萬人和。山林爲之震動，川谷爲之蕩波。」

【解釋】千、萬：言其多。和：應聲隨唱。領唱的人多，應聲隨唱的人更是多。

【用法】形容響應的人很多。

【例句】這個活動～，在全國各地都引起熱烈的響應。

【附註】①也作「千人倡導，萬人應和」。②「和」不能念成ㄏㄜˊ。

千人所指 ㄑㄧㄢ ㄖㄣˊ ㄙㄨㄛˇ ㄓˇ

【出處】漢·班固《漢書·王嘉傳》：「里諺曰：『千人所指，無病而死。』臣常爲之寒心。」

【解釋】千人：衆人，許多人。指：指責。

【用法】指爲衆人所指責。

【例句】陷害岳飛的秦檜是個～，萬人唾罵的大奸臣。

【附註】也作「千夫所指」。

千人一面 ㄑㄧㄢ ㄖㄣˊ ㄧˊ ㄇㄧㄢˋ

【出處】清・曹雪芹《紅樓夢》第一回：「至于才子佳人等書，則又開口『文君』，滿篇『子建』，千部一腔，千人一面。」
【解釋】許多人都是同一種臉譜。
【用法】形容沒有變化。
【附註】參看「千部一腔」。

千姿百態 ㄑㄧㄢ ㄗ ㄅㄞˇ ㄊㄞˋ

【解釋】千、百：言其多。
【用法】形容人、生物或藝術作品極多，各有不同的神韻姿態，妙趣無窮。
【例句】洞內的鐘乳石～，引人入勝。

千載難逢 ㄑㄧㄢ ㄗㄞˇ ㄋㄢˊ ㄈㄥˊ

【出處】梁・蕭子顯《南齊書・庾杲之臨終上世祖表》：「臣以凡庸，謬徼昌運。獎擢之厚，千載難逢。」
【解釋】載：年。逢：遇到。一千年也很難遇到。
【用法】形容機會十分難得。
【例句】這是～的好機會，你千萬不可放棄。

千載流芳 ㄑㄧㄢ ㄗㄞˇ ㄌㄧㄡˊ ㄈㄤ

見「萬古流芳」。

千載一會 ㄑㄧㄢ ㄗㄞˇ ㄧ ㄏㄨㄟˋ

【出處】漢・王褒《聖主得賢臣頌》：「千載一會，論說無疑。」
【解釋】載：指年。會：碰見。一千年只碰見一次。
【用法】比喻機會寶貴難得。
【例句】這次科學大會，集各國科學界之精英，眞是～，盛況空前。

千岩競秀 ㄑㄧㄢ ㄧㄢˊ ㄐㄧㄥˋ ㄒㄧㄡˋ

【出處】南朝・宋・劉義慶《世說新語・言語》：「顧長康從會稽還，人問山川之美。顧云：『千岩競秀，萬壑爭流，草木蒙籠其上，若雲興霞蔚。』」
【解釋】岩：山崖。一座座山岩好像在互相比美。
【用法】形容山景秀麗。
【例句】明・吳承恩《西遊記》第十七回：「萬壑爭流，～。鳥啼不見人，花落樹猶香。」

千岩萬壑 ㄑㄧㄢ ㄧㄢˊ ㄨㄢˋ ㄏㄨㄛˋ

【出處】南朝・宋・劉義慶《世說新語・言語》：「顧長康（愷之）從會稽還，人問山川之美。顧云：『千岩競秀，萬壑爭流，草木蒙籠其上，若雲興霞蔚。』」
【解釋】岩：山崖。
【用法】形容山巒高低重疊，形勢極險峻。
【例句】低頭望去，～，雪峰相連，猶如波濤洶湧的大海。

千萬買鄰 ㄑㄧㄢ ㄨㄢˋ ㄇㄞˇ ㄌㄧㄣˊ

【出處】唐・李延壽《南史・呂僧珍傳》：「初，宋季雅罷南康郡，市宅，居僧珍宅側。僧珍問宅價，曰：『一千一百萬。』怪其貴。季雅曰：『一百萬買宅，一千萬買鄰。』」
【解釋】花千萬買一個好的鄰居。
【用法】形容好鄰居十分可貴。
【例句】這次幸虧他的幫助，才使我家免於回祿之災，古諺說：「～」，其實千萬也難買一個好鄰居啊。

千德隳好（ㄑㄧㄢ ㄉㄜˊ ㄏㄨㄟ ㄏㄠˋ）

【出處】明・羅貫中《三國演義》第六十六回：「魯肅曰：『而皇叔愆德隳好，已得西川，又佔荊州，貪而忘義，恐爲天下所耻笑。』」

【解釋】愆：過失。愆德：損害道義。隳：毀壞。隳好：破壞友好。

【用法】指破壞了道義原則和相互間的友誼。

【附註】「好」不能念成ㄏㄠˇ。

愆戾山積（ㄑㄧㄢ ㄌㄧˋ ㄕㄢ ㄐㄧ）

【出處】晉・陳壽《三國志・蜀書・劉封傳》裴松之注引《魏略》：「臣委質以來，愆戾山積。」

【解釋】愆：過失。戾：罪過。

【用法】指所犯罪過很多，積累起來如同山一樣高。

【例句】你已是～了，還想繼續逍遙法外嗎？

搴旗斬將（ㄑㄧㄢ ㄑㄧˊ ㄓㄢˇ ㄐㄧㄤˋ）

【出處】《吳子・料敵》：「然則一軍之中，必有虎賁之士，力輕扛鼎，足輕戎馬，搴旗斬將，必有能者。」

【解釋】搴：拔取。拔掉敵方的旗幟，砍死敵方的將領。

【用法】形容英勇善戰。

【例句】岳飛在年輕的時候，就～，立下了許多戰功。

【附註】①「將」不能念成ㄐㄧㄤ。②也作「斬將搴旗」。

牽蘿補屋（ㄑㄧㄢ ㄌㄨㄛˊ ㄅㄨˇ ㄨ）

【出處】唐・杜甫《佳人》詩：「侍婢賣珠回，牽蘿補茅屋。」

【解釋】牽：引領。蘿：女蘿，一種爬蔓的植物名。把蘿藤引上房頂來補草屋。

【用法】①形容生活困難，挪東補西。②比喻將就湊合。

【例句】在鄉下的那幾年裏，借住的小屋千瘡百孔，只能～，將就着有一個臨時的住處罷了。

牽強附會（ㄑㄧㄢ ㄑㄧㄤˇ ㄈㄨˋ ㄏㄨㄟˋ）

【解釋】牽強：勉強。附會：把不相干的事物聯繫在一起。

【用法】①把本來沒有某種意義的事物硬說成有某種意義。②指把不相關聯的事物牽扯在一起或混爲一談。

【例句】根本沒有這回事，你怎可爲了炒新聞而～呢？

【附註】「強」不能念成ㄑㄧㄤˊ。

牽腸掛肚（ㄑㄧㄢ ㄔㄤˊ ㄍㄨㄚˋ ㄉㄨˋ）

【出處】明・馮夢龍《古今小說・蔣興哥重會珍珠衫》：「起手時，牽腸掛肚；過後去，喪魄消魂。」

【解釋】牽：拉。

【用法】形容心中十分惦念，放心不下。

【例句】好久不見老友，這些日子我對他～，日夜常思念，不知他過得可安好？

【附註】也作「牽腸掛肚」、「懸腸掛肚」。

牽四掛五（ㄑㄧㄢ ㄙˋ ㄍㄨㄚˋ ㄨˇ）

【解釋】牽：連帶。

【用法】指許多人或事物互相牽連。

【例句】這場皇室內訌，竟接二連三，

～。

牽一髮而動全身

【出處】清・龔自珍《自春徂秋偶有所觸》詩：「一髮不可牽，牽之動全身。」

【用法】比喻動一個極小的部分可以影響全局。

【例句】幾顆螺絲釘的確算不了什麼，但是～，沒有這幾顆螺絲釘，整個機器就無法轉動。

牽羊擔酒

【出處】元・無名氏《舉案齊眉》第四折：「老夫如今牽羊擔酒與孩兒慶喜。」

【解釋】牽著羊，擔著酒。

【用法】表示對人慰勞或慶賀。

【例句】《三國演義》第四十四回：「孔明曰：『愚有一計，並不勞～、納土獻印。』」

謙恭下士

【解釋】謙：謙虛。恭：恭順。下士：屈己尊人。

【用法】形容態度謙和，尊重地位比自己低的人。

【例句】王莽篡位之前，裝作～的樣子，很迷惑了一些人。

【附註】也作「謙遜下士」。

謙謙君子

【出處】《周易・謙》：「謙謙君子，卑以自牧也。」

【解釋】謙謙：謙遜的樣子。

【用法】指謙遜而嚴格要求自己的人。

【例句】王老夫子眞是～，對什麼人都把「忍讓」兩個字放在前頭。

謙讓未遑

【出處】漢・班固《漢書・賈誼傳》：「誼以爲漢興二十餘年，天下和洽，宜當改正朔，易服色制度，定官名，興禮樂。乃草具其儀法，色上黃，數用五，爲官名悉更，奏之。文帝謙讓未皇(遑)也。」

【解釋】遑：閑暇。謙讓都來不及。

【用法】表示很不好意思接受別人的推崇。

【例句】他對別人的這些恭維，實在是～。

遷客騷人

【出處】宋・范仲淹《岳陽樓記》：「遷客騷人，多會於此。」

【解釋】遷：貶謫。遷客：被貶謫到外地的官吏。騷人：詩人。貶謫流放的官吏和多愁善感的詩人。

【用法】泛指失意的文人。

【例句】這個風景勝地有很多歷代～的題詩。

鉛刀一割

【出處】南朝・宋・范曄《後漢書・班超傳》：「超上書請兵曰：『昔魏絳列國大夫，尚能和輯諸戎，況臣奉大漢之威，而無鉛刀一割之用乎？』」

【解釋】鉛刀：用鉛打成的刀，不鋒利，比喻才能低的人（用於別人表示輕視，用於自己表自謙）。割：切割。

【用法】比喻才能平常的人有時也能做出成績來。

【例句】看您憂心忡忡，不知我可否能效～之用？

前不巴村，後不著店

【出處】元・無名氏《桃花女》楔子：「又遇着風雨，前不巴村，後不着店。怎生是好？」

【解釋】巴：靠近。着：貼近。店：旅店。

【用法】①指在旅途趕路，前瞻後顧，望不見村莊和人家，找不到落腳處。②比喻陷入兩頭都無依靠的困境裡。

【例句】這地方～，我們該到那兒落腳呢？

前怕狼，後怕虎

【用法】形容謹小愼微，顧慮重重，畏縮不前。

【例句】做任何事不能～，否則必會一事無成。

【附註】也作「前怕龍，後怕虎」。

前仆後繼

【出處】唐・孫樵《祭梓潼神君文》：「跛馬慍仆，前仆後踣。」（原指前後跌仆，難以前進，後反其意而用之，改「踣」爲「繼」。）

【解釋】仆：倒下。前面的人倒下了，後面的人繼續衝上去。

【用法】形容戰鬥後繼有人情懷，英勇壯烈。

【例句】革命先烈～地殺敵衛國才有今天的我們，大家更該繼續開創這片樂土，別讓它荒廢了！

前門拒虎，後進狼

【出處】元・趙雪航《評史》：「竇氏雖除，而寺人之權從茲盛矣！諺曰：『前門拒虎，後門進狼』，此之謂也。」

【用法】比喻趕走一個壞人，別的壞人又乘機進來。

【例句】吳三桂想藉清兵打闖賊，沒想到卻造成～，變成了千古罪人。

前目後凡

【出處】《公羊傳・僖公五年》：「秋八月，諸侯盟于首戴。諸侯何以不序？一事而再見者，前目而后凡。」

【解釋】目：細目。凡：概略。

【用法】《春秋》的一種筆法，一件事在文中重複出現，對前者詳加說明，後者概略敘述。

前度劉郎

【出處】南朝・宋・劉義慶《幽明錄》載：東漢時的永平年間，劉晨和阮肇在天台山桃源洞遇到神仙。至太康年間，兩人又重到天台山。

【解釋】度：次、回。

【用法】指離去而復來的人。

【例句】周邦彥《瑞龍吟》：「～重到，訪鄰尋里。同時歌舞，只有舊家秋娘，身價如故。」

前功盡棄

【解釋】功：功績。盡：完全。棄：丟掉。

【用法】①指以前取得的功績，完全丟失。②指以前的努力完全白費。

【例句】如果不好好把握這最後十天，努力衝刺，你可會落後別人很多，到時你所投下的心血，就～了。

【附註】也作「前功盡滅」。

前呼後擁

【出處】元·高則誠《琵琶記》第三十二出：「倘或他駟馬高車，前呼後擁，見奴家這般藍縷，不肯相認，可不耽擱了奴家。」

【解釋】前面的人吆喝着開路，後邊的人擁護着。

【用法】①形容權貴僕從衆多，聲勢顯赫。②形容成群結隊而來。

【例句】這些達官顯貴出門時，身旁的人～，好不熱鬧。

前倨後恭

【出處】漢·司馬遷《史記·蘇秦列傳》載：蘇秦在秦國遊說失敗後回家，嫂不給他做飯。後來，他在趙國做了大官，回家時，嫂子見了他就跪拜在地。蘇秦笑着問嫂曰：「何前倨而後恭也？」

【解釋】倨：傲慢、怠慢。恭：恭敬。先時態度怠慢，但是後來態度恭敬有禮。

【用法】形容前後態度截然不同。

【例句】他剛才是那樣盛氣凌人，現在又像洩氣的皮球，做出一副卑恭屈膝的樣子，～，那臉可也眞變得快。

前車之鑒

【出處】《荀子·成相》：「前車已覆，後未知更何覺時？」

【解釋】前車：前面的車子。鑒：鏡子，引申爲教訓。前面的車子翻了，後面的車子應當引爲教訓。

【用法】比喻以往的失敗經驗，可引爲後來的教訓。

【例句】對於他的這種不幸下場，大家都引爲～。

前程似錦

見「錦綉前程」。

前程萬里

【出處】宋·計有功《唐詩紀事·崔鉉》載：崔鉉兒時咏架上鷹，有「萬里碧霄終一去，不知誰是解絛人」之句。韓滉說：「此兒可謂前程萬里。」（絛：同「絲」，用絲線編織成的帶子。）

【解釋】前程：前面的路程。

【用法】形容人的前途遠大。

【例句】這些年輕的大學生們，～，不可限量。

前事不忘，後事之師

【出處】《戰國策·趙策》：「前事之不忘，後事之師。」

【解釋】師：師表、榜樣。

【用法】指記取先前的經驗教訓，作爲以後做事的借鑒。

【例句】我們要善於從過去的工作中吸取教訓，「～」，以免重蹈覆轍。

前人栽樹，後人乘涼

【出處】清·頤瑣《黃綉球》第一回：「俗語說得好：『前人栽樹，後人乘涼。』我們守着祖宗的遺產，過了一生，後來兒孫，自有兒孫之福。」

【用法】比喻前人造福，後人享受。

【例句】我們今天有這麼好的學習環境，是靠前人創造的結果，正所謂「～」。

【附註】也作「前人種樹,後人乘涼」。

前思後想 ㄑㄧㄢˊ ㄙ ㄏㄡˋ ㄒㄧㄤˇ

【出處】清·李汝珍《鏡花緣》第六十六回:「他既得失心重,未有不前思後想。」

【用法】指反覆思考。

【例句】對於兒子的親事,總覺得不能盡如人意,~,也想不出個妥當辦法來。

【附註】也作「思前想後」。

前言不搭後語 ㄑㄧㄢˊ ㄧㄢˊ ㄅㄨˋ ㄉㄚ ㄏㄡˋ ㄩˇ

【出處】宋·釋惟白《續傳燈錄》卷十一:「曰:『向上宗乘又且如何舉唱?』師曰:『前言不及後語。』」

【解釋】搭:搭配。前面的話與後邊的話不搭配。

【用法】比喻說話自相矛盾,語無倫次。

【例句】他講話~,互相矛盾,怎麼令人相信?

前因後果 ㄑㄧㄢˊ ㄧㄣ ㄏㄡˋ ㄍㄨㄛˇ

【出處】梁·蕭子顯《南齊書·高逸傳》:「史臣曰:『今樹以前因,報以後果。』」

【解釋】因:起因。果:結果。

【用法】指事情的全部過程。

【例句】經過一個多月的調查,終於把這件事的~都弄明白了。

前仰後合 ㄑㄧㄢˊ ㄧㄤˇ ㄏㄡˋ ㄏㄜˊ

【出處】元·高文秀《遇上皇》第一折:「東倒西歪,後合前仰,離席上,這酒興顛狂。」

【用法】形容身體大幅度地前後晃動。

【例句】爸爸講了一個有趣的笑話,全家笑得~。

【附註】也作「後合前仰」。

前無古人 ㄑㄧㄢˊ ㄨˊ ㄍㄨˇ ㄖㄣˊ

【出處】唐·陳子昂《登幽州台歌》:「前不見古人,後不見來者。」

【用法】形容有獨創精神,做前人沒有做過的事。

【例句】他的這項創舉,眞是~。

前挽後推 ㄑㄧㄢˊ ㄨㄢˇ ㄏㄡˋ ㄊㄨㄟ

【出處】《左傳·襄公十四年》:「衛君必入,夫二子者,或挽之,或推之,欲無入得乎?」

【解釋】挽:牽引,拉。前邊有人拉着,後邊有人推着。

【用法】形容不得不前進的形勢。

【例句】她近年有了一點進步,這是大家~的結果。

拑口禁語 ㄑㄧㄢˊ ㄎㄡˇ ㄐㄧㄣˋ ㄩˇ

【出處】清·曹雪芹《紅樓夢》第二十二回:「今日賈政在席上也自拑口禁語。」

【解釋】拑:同「鉗」,用東西夾住、限制。

【用法】指像用東西夾住嘴一樣,閉口不言。

【例句】雖然敵人再三威逼,他仍~,不發一言。

【附註】也作「拑口不言」。

潛形匿影 ㄑㄧㄢˊ ㄒㄧㄥˊ ㄋㄧˋ ㄧㄥˇ

【出處】清·畢沅《續資治通鑑》卷一百五十四:「潛形匿影,日夜伺隙。」

【解釋】潛：隱藏，不露在表面。匿：隱藏。隱藏起來，不露身影。
【用法】指不讓人知道。
【例句】她在三十年代蜚聲影壇，是好萊塢的一代紅星，近年來卻～，從不公開露面了。

潛深伏隩 ㄑㄧㄢˊ ㄕㄣ ㄈㄨˊ ㄩˋ

【出處】唐・韓愈《答侯繼書》：「行自念方當遠去，潛深伏隩，與時世不相聞。」
【解釋】潛：隱匿。隩：河岸彎曲的地方。
【用法】形容深藏潛伏，不出頭露面。
【例句】在亂世中，像他這樣的耿介之士，不甘同流合污，就只好～，不問世事了。

潛移默化 ㄑㄧㄢˊ ㄧˊ ㄇㄛˋ ㄏㄨㄚˋ

【出處】清・龔自珍《與秦敦夫書》：「士大夫多瞻仰前輩一日，則胸中長一分邱壑；長一分邱壑，則去一分鄙陋；潛移默化，將來或出或處，所以益人家邦與人風俗不少矣。」
【解釋】潛：暗中。默：無聲無息。
【用法】指人的思想或性格受到環境或別人的感染，逐步在暗中起了變化。
【例句】文學藝術，是在～之中給人思想上、精神上以巨大的影響。
【附註】原作「潛移暗化」。

鉗口結舌 ㄑㄧㄢˊ ㄎㄡˇ ㄐㄧㄝˊ ㄕㄜˊ

【出處】漢・王符《潛夫論・賢難》：「此智士所以鉗口結舌，括囊共默而已者也。」
【解釋】鉗口：閉口。結：打結。
【用法】形容閉緊了嘴不說話。
【例句】他這句話正中要害，使得大家都～，不再有意見。

錢過北斗 ㄑㄧㄢˊ ㄍㄨㄛˋ ㄅㄟˇ ㄉㄡˇ

【出處】清・吳敬梓《儒林外史》第六回：「趙氏在家掌管家務，眞是：錢過北斗，米爛成倉，僮僕成群，牛馬成行，享福度日。」
【解釋】北斗：星宿名。
【用法】形容錢財極多。
【例句】他這幾年縱橫商場，經營得法，今日眞是～，但他從來沒忘了要回饋社會。

錢可通神 ㄑㄧㄢˊ ㄎㄜˇ ㄊㄨㄥ ㄕㄣˊ

【出處】唐・張固《幽閑鼓吹》卷五十二：「唐張延賞判一大獄，召吏嚴緝。明旦見案上留下帖云：『錢三萬貫，乞不問此獄。』張怒擲之。明旦復帖云：『十萬貫。』遂止不問。子弟乘間偵之。張曰：『錢十萬，可通神矣，無不可回之事，吾懼禍及，不得不止。』」
【用法】形容一切以金錢爲轉移，極言金錢魔力之大。
【例句】所謂～。他花了大筆金錢，才救回兒子的命。

黔突暖席 ㄑㄧㄢˊ ㄊㄨˊ ㄋㄨㄢˇ ㄒㄧˊ

【出處】漢・劉安《淮南子・修務訓》：「孔子無黔突，墨子無暖席。」注：「灶突不至於黑，坐席不至於溫，汲汲於行道也。」
【解釋】黔：黑色。突：灶突、烟筒。席：坐席。

【用法】形容忙於世事，各處奔走。

黔驢技窮

【出處】唐・柳宗元《三戒・黔之驢》：「黔無驢，有好事者船載以入，至則無可用，放之山下。虎見之，龐然大物也，以爲神，蔽林間窺之。……他日，驢一鳴，虎大駭，遠遁，以爲且噬己也，甚恐。然往來視之，覺無異能者。……稍近，益狎，蕩倚衝冒。驢不勝怒，蹄之。虎因喜，計之曰：『技止此耳！』因跳踉大㘎，斷其喉，盡其肉，乃去。」

【解釋】黔：今貴州省。窮：盡，沒有了。

【用法】比喻僅有的一點本領已使盡了，再沒有別的辦法了。

【例句】敵人想突圍而使用聲東擊西的計策，我們加緊戒備，不爲所惑，最後，敵人～，只好全部投降。

淺見寡聞

【出處】漢・司馬遷《史記・五帝本紀贊》：「書缺有間矣，其軼乃時時見於他說。非常好學深思，心知其意，固難爲淺見寡聞道也。」

【解釋】寡：少。

【用法】形容見聞不廣，所知不多。

【例句】我～，對於新的科學知識，完全是門外漢。

淺顯易懂

【解釋】淺顯：淺近明顯。

【用法】指淺近明顯，通俗好懂。

【例句】他那邏輯性很強、說服力很大、～的話，句句打動著聽者的心坎。

淺斟低唱

【出處】宋。柳永《鶴冲天》詞：「忍把浮名，換了淺斟低唱。」

【解釋】斟：往杯或碗裏倒酒。緩緩唱酒，聽人低聲歌唱。

【用法】形容悠閑享樂的情態。

【例句】他兩人～，好不悠閒。

淺嘗輒止

【解釋】淺嘗：稍微嘗試一下，沒有深入下去。輒：就。

【用法】形容對事情不深入鑽研，不求甚解。

【例句】在科學研究上，～，是不會有什麼作爲的。

遣詞造句

【用法】遣：派遣，這裏指安排。

【用法】指安排詞語造成完整的句子。

【例句】他的文章精鍊有力，可見他曾在～方面下過很多工夫。

倩人捉刀

【出處】①晉・陳壽《三國志・魏書・陳思王植傳》：「（曹植）善屬文。太祖嘗視其文，謂植曰：『汝倩人邪？』植跪曰：『言出爲論，下筆成章，顧當面試，奈何倩人？』」②南朝・宋・劉義慶《世說新語・容止》：「魏武將見匈奴使，自以形陋，不足雄遠國，使崔季珪代，帝自捉刀立床頭。既畢，令間諜問曰：『魏王何如？』匈奴使答曰：『魏王雅望非常，然床頭捉刀人，此乃英雄也。』魏武聞之，追殺此使。」

【解釋】倩：請別人代自己做事，請託。捉刀：代筆作文。
【用法】指請人代寫文章。
【例句】他這篇演講稿寫得眞精彩，沒想到居然是～的。
【附註】替人作文的人，叫作「捉刀人」。

侵肌裂骨（ㄑㄧㄣ ㄐㄧ ㄌㄧㄝˋ ㄍㄨˇ）

【出處】清・曹雪芹《紅樓夢》第十二回：「現是臘月天氣，夜又長，朔風凜凜，侵肌裂骨。」
【解釋】肌：肌膚。
【用法】形容天氣十分寒冷。
【例句】北方冬天天氣寒冷，～，實非我們這些南方人所能想像。

嶔崎磊落（ㄑㄧㄣ ㄑㄧˊ ㄌㄟˇ ㄌㄨㄛˋ）

【出處】清・吳敬梓《儒林外史》第一回：「雖然如此說，元朝末年，也曾出了一個嶔崎磊落的人。這個人姓王，名冕，在諸暨縣鄉村裏住。」
【解釋】嶔崎：山嶺高峻的樣子。比喻人品格不凡。磊落：形容儀態俊偉。
【用法】形容人儀表品格特異，與衆不同。
【例句】他是個～的人，你居企圖以銀彈收買他，那簡直是妄想。
【附註】也作「嶔崎歷落」。

欽差大臣（ㄑㄧㄣ ㄔㄞ ㄉㄚˋ ㄔㄣˊ）

【出處】清・阮葵生《茶餘客話・欽差官使》：「三品以上用欽差大臣關防，四品以下用欽差官員關防。」
【解釋】明朝皇帝派到外地辦理重大事情的官員叫「欽差」，清朝進而把受特派的官員叫做「欽差大臣」，權力更大。
【用法】現比喻那些被上級機關派到一個地方，不進行調查研究，就憑主觀臆斷指手畫脚、發號施令的人（含諷刺意）。
【例句】他自命爲～，什麼事都不和我們商量，而自作主張。

衾影無慚（ㄑㄧㄣ ㄧㄥˇ ㄨˊ ㄘㄢˊ）

【出處】北齊・劉晝《新論・愼獨》：「故身恒居善，則內無憂慮，外無畏懼。獨立不慚影，獨寢不愧衾。」
【解釋】衾：被子。影：影子。慚：羞愧。
【用法】指行爲端正，從不作壞事，任何時候內心也不會感到不安。
【例句】只要積極爲人服務，做事光明磊落，自然～。
【附註】也作「無愧衾影」。

親不敵貴（ㄑㄧㄣ ㄅㄨˋ ㄉㄧˊ ㄍㄨㄟˋ）

【出處】清・孔尚任《桃花扇》第二十一出：「（淨）我道是誰？（向末介）楊妹丈是咱內親，爲何也不競進？（末）如今親不敵貴了。」
【解釋】親：親戚。敵：相當、匹敵。貴：權貴之人。
【用法】形容人情淡薄，權勢之重。
【例句】我千里迢迢跑到日本去投奔自己的表親，結果是大失所望，～，他怎麼肯幫助我這個窮親戚呢？

親痛仇快（ㄑㄧㄣ ㄊㄨㄥˋ ㄔㄡˊ ㄎㄨㄞˋ）

【出處】漢・朱浮《與彭寵書》：「凡舉事無爲親厚者所痛，而爲見仇者所快。」

【解釋】親者痛心，仇敵高興。
【用法】指做事有損於自己人的錯事。
【例句】我們要分清敵我，不能做～的蠢事。
【附註】也作「親者痛，仇者快」。

親臨其境（ㄑㄧㄣ ㄌㄧㄣˊ ㄑㄧˊ ㄐㄧㄥˋ）

見「身臨其境」。

親賢遠佞（ㄑㄧㄣ ㄒㄧㄢˊ ㄩㄢˇ ㄋㄧㄥˋ）

【出處】唐·韓愈《順宗實錄》卷三：「爾其尊師重傳，親賢遠佞，非禮勿踐，非義勿行。」
【解釋】賢：有才能和品德好的人。佞：巧言諂媚的人。
【用法】指親近重用那些有才能和品質好的人，疏遠那些阿諛奉承的人。
【例句】一個執政者須～，才能不被蒙蔽。

親如骨肉（ㄑㄧㄣ ㄖㄨˊ ㄍㄨˇ ㄖㄡˋ）

【解釋】親：親近。親密得如同骨和肉一樣不能分離。
【用法】形容情誼極爲深厚。
【例句】他的養父母待他～，他卻不知感恩，眞是傷透了兩位老人家的心。

親如手足（ㄑㄧㄣ ㄖㄨˊ ㄕㄡˇ ㄗㄨˊ）

【出處】元·關漢卿《魔合羅》第四折：「想兄弟親如手足。」
【解釋】親：愛、親近。手足：比喻兄弟。
【用法】指朋友之間感情十分深厚，親密得像兄弟一樣。
【例句】我和李明兩人自小一塊長大，後來又在一起工作，一直是～。
【附註】也作「親如兄弟」。

親操井臼（ㄑㄧㄣ ㄘㄠ ㄐㄧㄥˇ ㄐㄧㄡˋ）

【出處】漢·劉向《列女傳·周南之妻》：「家貧親老，不擇官而仕；親操井臼，不擇妻而娶。」
【解釋】操：做、從事。井臼：汲水舂米。
【用法】指親自料理家務。
【例句】他雖有家財萬貫，但夫人卻仍～。

勤能補拙（ㄑㄧㄣˊ ㄋㄥˊ ㄅㄨˇ ㄓㄨㄛˊ）

【解釋】拙：笨、不靈巧。
【用法】指認眞、踏實、努力地做，能夠補償拙笨造成的不足。
【例句】基礎差一點不要緊，～嘛，只要勤學苦練，並不是不能趕上去的。

勤儉持家（ㄑㄧㄣˊ ㄐㄧㄢˇ ㄔˊ ㄐㄧㄚ）

【出處】明·凌濛初《初刻拍案驚奇》第十一卷：「那劉氏勤儉持家，甚是賢慧，夫妻彼此相安。」
【用法】指勤勞儉樸地操持家務。
【例句】他們二人～，幾年下來終於有一棟屬於自己的房子。

擒賊先擒王（ㄑㄧㄣˊ ㄗㄟˊ ㄒㄧㄢ ㄑㄧㄣˊ ㄨㄤˊ）

【出處】唐·杜甫《前出塞》詩：「射人先射馬，擒賊先擒王。」
【解釋】擒：抓、捉。抓賊，先要抓住賊中的首惡分子。
【用法】比喻作事要抓住關鍵。
【例句】《紅樓夢》第五十五回：「（鳳姐道）如今俗話說：『～。』他（

指探春）如今要做法開端，一定要先拿我開端。」

擒縱自如 ㄑㄧㄣˊ ㄗㄨㄥˋ ㄗˋ ㄖㄨˊ

【解釋】擒：抓、捉。縱：放。不管是捕捉還是釋放，都能隨心所欲。

【用法】指完全控制了局勢。

【例句】中華隊由於默契良好，在比賽場上～，形成了一邊倒的局勢。

琴斷朱弦 ㄑㄧㄣˊ ㄉㄨㄢˋ ㄓㄨ ㄒㄧㄢˊ

【出處】清・洪昇《長生殿・倖恩》：「琴斷朱弦，不幸文君早寡。」

【解釋】琴：琴瑟，「琴」與「瑟」均為樂器名，古時以「琴瑟」比喻夫婦。朱弦：染成朱紅色的琴弦。琴瑟斷了弦。

【用法】比喻妻死或夫亡。

琴心劍膽 ㄑㄧㄣˊ ㄒㄧㄣ ㄐㄧㄢˋ ㄉㄢˇ

【出處】元・吳萊《寄董與兒》詩：「小榻琴心展，長纓劍膽舒。」

【解釋】琴為心，劍為膽（柔情俠骨的意思）。

【用法】比喻既有情致，又有膽識。

【例句】她愛上了這個～的青年。

琴瑟不調 ㄑㄧㄣˊ ㄙㄜˋ ㄅㄨˋ ㄊㄧㄠˊ

【解釋】琴瑟：兩種彈撥弦樂器，用以比喻夫婦。琴與瑟演奏得不協調。

【用法】喻指夫妻感情不和諧。

【例句】這一對草率成親的夫妻，終於因為～而離異了。

【附註】「調」不能念成ㄉㄧㄠˋ。

琴瑟之好 ㄑㄧㄣˊ ㄙㄜˋ ㄓ ㄏㄠˇ

【出處】《詩經・周南・關雎》：「窈窕淑女，琴瑟友之。」又《詩經・小雅・常棣》：「妻子好合，如鼓琴瑟。」

【解釋】琴瑟：兩種彈撥弦樂器，古時用以比喻夫婦。

【用法】喻指夫妻感情很和諧。

秦庭之哭 ㄑㄧㄣˊ ㄊㄧㄥˊ ㄓ ㄎㄨ

【出處】《左傳・定公四年》：「申包胥如秦乞師，……立，依于庭墻而哭，日夜不絕聲，勺飲不入口，七日。秦哀公為之賦《無衣》，九頓首而坐。秦師乃出。」

【用法】①原指向別國請求救兵。②泛指哀求別人救助。

【例句】他是一個硬骨頭的人，即使已是山窮水盡，也不肯作～。

秦晉之好 ㄑㄧㄣˊ ㄐㄧㄣˋ ㄓ ㄏㄠˇ

【出處】元・王實甫《西廂記》第二本第一折：「倒陪家門，情願與英雄結婚姻，成秦晉。」

【解釋】春秋時，秦、晉兩國好幾代都結為婚姻。

【用法】稱兩姓聯姻為「秦晉之好」。

【例句】你我兩家既然結成～，就是至親了，又何必客氣呢。

【附註】「好」不能念成ㄏㄠˋ。

秦越肥瘠 ㄑㄧㄣˊ ㄩㄝˋ ㄈㄟˊ ㄐㄧˊ

【出處】唐・韓愈《爭臣論》：「視政之得失，若越人視秦人之肥瘠，忽焉不加喜戚於其心。」

【解釋】肥：胖。瘠：瘦。古代秦國地處西北，越國地處東南，距離很遠，越人對秦人生活的好壞漠不關心。

【用法】比喻疏遠隔膜，毫不相關。
【例句】現在世界各國息息相關，牽一髮而動全身，再也不會有所謂的～。

螓首蛾眉 ㄑㄧㄣˊ ㄕㄡˇ ㄜˊ ㄇㄟˊ

【出處】《詩經・衞風・碩人》：「螓首蛾眉，巧笑倩兮！美目盼兮！」
【解釋】螓：蟬的一種。螓首：額頭廣而方。蛾眉：眉毛彎而細長。
【用法】形容女子容貌長得漂亮。
【例句】那女子～，顧盼生姿。

寢不安席 ㄑㄧㄣˇ ㄅㄨˋ ㄢ ㄒㄧˊ

【出處】《戰國策・齊策五》：「秦王恐之，寢不安席，食不甘味。」
【解釋】寢：睡眠，躺下休息。席：蘆葦竹篾等編成的鋪墊用具。不能在席子上安心地休息。
【用法】形容日夜操勞，不得安歇。
【例句】這次水患，救援人員日夜搶救，～，食不甘味。

寢饋難安 ㄑㄧㄣˇ ㄎㄨㄟˋ ㄋㄢˊ ㄢ

【解釋】寢：睡眠，躺下休息。饋：進食、吃飯。安：安逸。睡不好覺，吃不好飯。
【用法】指憂心忡忡。
【例句】聽到兒子飛機失事的消息，他眞是～，恨不得立刻趕到現場。
【附註】也作「寢食不安」、「寢食難安」。

寢饋其中 ㄑㄧㄣˇ ㄎㄨㄟˋ ㄑㄧˊ ㄓㄨㄥ

【解釋】寢：睡眠，躺下休息。饋：進食、吃飯。起居飲食不離其中。
【用法】指對某項技藝或某一事物入了迷，一時也離不開它。
【例句】他正在研製一種精密儀器，～已經半年多了。

寢食俱廢 ㄑㄧㄣˇ ㄕˊ ㄐㄩˋ ㄈㄟˋ

【解釋】寢：睡眠。食：吃飯。不吃飯也不睡覺。
【用法】形容極爲憂慮或悲傷的樣子。
【例句】母親的病逝，使他哀痛得～。

寢苫枕塊 ㄑㄧㄣˇ ㄕㄢ ㄓㄣˇ ㄎㄨㄞˋ

【出處】《儀禮・既夕禮》：「居倚廬，寢苫枕塊。」賈公彥疏：「孝子寢臥之時，寢於寢苫，以塊枕頭。必寢苫者，哀親之在草。枕塊者，哀親之在土云。」
【解釋】寢苫：睡在草墊。枕塊：枕著土塊。
【用法】古時宗法制所規定的居父母喪的禮節。子從父母之喪起，至入葬期間，不住寢室，睡在草席上，以土塊爲枕頭。
【附註】①也作「寢苫枕草」。（枕草：即以草把爲枕頭。）②「苫」不能讀ㄓㄢ。③「枕」當動詞時，讀ㄓㄣˋ。

沁人肺腑 ㄑㄧㄣˋ ㄖㄣˊ ㄈㄟˋ ㄈㄨˇ

【解釋】沁：滲入。肺腑：人的內臟，喻指內心。滲透到內心。
【用法】形容文藝作品等感人很深。
【例句】他這篇祭文，用情深厚，～，讀者爲沾襟。

沁人心脾 ㄑㄧㄣˋ ㄖㄣˊ ㄒㄧㄣ ㄆㄧˊ

【附註】「沁」不能念成ㄒㄧㄣ。
【出處】宋・林洪《冷泉亭》詩：「一

泓清可沁心脾。」
【解釋】沁：滲入。心脾：人的內臟，喻指內心。
【用法】①指芳香涼爽的空氣或清涼飲料被吸入，內心頓感十分舒適。②形容文學作品美好動人，給人以清新、爽朗的感覺。
【例句】山坡上是一片茶林，山腳下是一片果園，住在這裏，空氣裏充滿著一種～的清香。
【附註】「沁」不能念成ㄒㄧㄣ。

槍林彈雨（ㄑㄧㄤ ㄌㄧㄣˊ ㄉㄢˋ ㄩˇ）

【解釋】槍桿像樹林一樣，子彈像下雨一樣。
【用法】形容炮火密集，戰鬥激烈。
【例句】在～中，他仍奮勇前進。

牆倒衆人推（ㄑㄧㄤˊ ㄉㄠˇ ㄓㄨㄥˋ ㄖㄣˊ ㄊㄨㄟ）

【出處】清・曹雪芹《紅樓夢》第五十五回：「牆倒衆人推，那趙姨娘原有些顛倒，著三不著兩，有了事就都賴他。」
【用法】比喻人一失勢，大夥兒都去打擊他。
【例句】他失敗下台後，衆人交相攻訐，眞是～。

牆上泥皮（ㄑㄧㄤˊ ㄕㄤˋ ㄋㄧˊ ㄆㄧˊ）

【出處】元・無名氏《神奴兒》第一折：「媳婦兒是牆上泥皮。」
【用法】①比喻微賤的附著物。②比喻男子在妻子以外再娶的女子。

強本弱末（ㄑㄧㄤˊ ㄅㄣˇ ㄖㄨㄛˋ ㄇㄛˋ）

【出處】春秋戰國時期，李悝、管子等提出的「重農抑商，發展農業生產」的政策。當時把農業認爲是國家富強的根本，把同農業相對的商業和手工業稱爲「末」。

強弩之末（ㄑㄧㄤˊ ㄋㄨˇ ㄓ ㄇㄛˋ）

【出處】漢・司馬遷《史記・韓長孺列傳》：「且強弩之極，矢不能穿魯縞；冲風之末，力不能漂鴻毛。非初不勁，末力衰也。擊之不便，不如和親。」（魯縞：古代魯國出產的一種白色的生絹。）
【解釋】弩：古時射箭的機械。之：到。末：末端、盡頭。用強勁的弩弓射箭，射程已達盡頭。
【用法】比喻本來強勁的勢力到了衰竭的地步，也不再有力量。
【例句】他以前雖勢力強大，但現已是～，你何必怕他？

強龍不壓地頭蛇（ㄑㄧㄤˊ ㄌㄨㄥˊ ㄅㄨˋ ㄧㄚ ㄉㄧˋ ㄊㄡˊ ㄕㄜˊ）

【解釋】地頭蛇：指當地的強橫無賴，欺壓人民的壞人。
【用法】比喻外地來的豪強也鬥不過當地的惡勢力。
【例句】俗話說：「～。」你還是先忍耐一下吧！
【附註】也作「惡龍不鬥地頭蛇」。

強幹弱枝（ㄑㄧㄤˊ ㄍㄢˋ ㄖㄨㄛˋ ㄓ）

【出處】漢・司馬遷《史記・漢興以來諸侯往年表序》：「大國不過十餘城，小侯不過數十里，……以蕃輔京師。而漢郡八九十，形錯諸侯間，犬牙相臨，秉其阨塞地利，強木幹，弱枝葉之勢，尊卑明而萬事各得其所矣。」

」（阸：同「厄」，險要的。）

【解釋】幹：樹幹，喻指中央。枝：枝葉，喻指地方。加強樹幹，削弱枝葉。

【用法】比喻加強中央權力，削弱地方勢力。

強將手下無弱兵（ㄑㄧㄤˇ ㄐㄧㄤˋ ㄕㄡˇ ㄒㄧㄚˋ ㄨˊ ㄖㄨㄛˋ ㄅㄧㄥ）

【出處】宋．蘇軾《題連公壁》：「俗語云：『強將手下無弱兵』，眞可信。」

【解釋】強將：本領高強的將領。

【用法】指好的領導能帶出一支好的隊伍。

【例句】你帶出來的徒弟不得了，眞是～。

【附註】「將」不能念成ㄐㄧㄤ。

強中更有強中手（ㄑㄧㄤˊ ㄓㄨㄥ ㄍㄥˋ ㄧㄡˇ ㄑㄧㄤˊ ㄓㄨㄥ ㄕㄡˇ）

【出處】元．無名氏《狄青復奪衣襖車》第一折：「他若是相持廝殺統戈矛，端的是強中更有強中手。」

【用法】在有本領的人中間還有本領更高強的人。

【例句】你不要得一次冠軍就志得意滿，須知～。

【附註】也作「強中自有強中手」。

強不知以爲知（ㄑㄧㄤˇ ㄅㄨˋ ㄓ ㄧˇ ㄨㄟˊ ㄓ）

【出處】《呂氏春秋．謹聽》：「不知而自以爲知，百禍之宗也。」《論語．爲政》：「知之爲知之，不知爲不知，是知也。」宋．朱熹注：「子路好勇，蓋有強其所不知以爲知，故夫子告之。」

【解釋】強：勉強。知：懂得。

【用法】指不懂裝懂。

【例句】做學問應該老老實實，絕不能～，那樣不僅害人，而且害己。

【附註】「強」不能念成ㄑㄧㄤˊ。

強打精神（ㄑㄧㄤˇ ㄉㄚˇ ㄐㄧㄥ ㄕㄣˊ）

【出處】唐《敦煌變文．降魔護文》：「六師強打精神，奏其王曰：『我法之內，靈變卒無盡期。』」

【解釋】強：勉強。勉強打起精神。

【例句】你現在身體不好，應當適當休息，不要～硬挺。

【附註】「強」不能念成ㄑㄧㄤˊ。

強聒不舍（ㄑㄧㄤˇ ㄍㄨㄚ ㄅㄨˋ ㄕㄜˇ）

【出處】《莊子．天下》：「見侮不辱，救民之鬥，禁攻寢兵，救世之戰；以此周行天下，上說下教，雖天下不取，強聒而不舍者也。」

【解釋】聒：聲音嘈雜。舍：放棄。

【用法】指人家不願意聽，仍絮絮叨叨個沒完沒了。

【例句】雖然人們早就聽膩了，但他仍然～。

【附註】「強」不能念成ㄑㄧㄤˊ。

強人所難（ㄑㄧㄤˇ ㄖㄣˊ ㄙㄨㄛˇ ㄋㄢˊ）

【出處】清．李汝珍《鏡花緣》第二回：「百花仙子道：『那人王乃四海九州之主，代天宣化，豈肯顛倒陰陽，強人所難。』」

【解釋】強：勉強。

【用法】勉強人家做不願意或不能做的事。

【例句】在條件不具備的情況下，硬要求我們立即完成這項工作，眞是～。

【附註】「強」不能念成ㄑㄧㄤˊ。

強詞奪理 ㄑㄧㄤˇ ㄘˊ ㄉㄨㄛˊ ㄌㄧˇ

【出處】明·羅貫中《三國演義》第四十三回：「座上一人忽立曰：『孔明所言，皆強詞奪理，均非正論，不必再言。』」

【解釋】強：勉強。奪：奪取、爭奪。硬把沒理的說成有理。

【用法】形容無理強辯。

【例句】這篇文章有不少地方是～，不足以服人。

【附註】「強」不能念成ㄑㄧㄤˊ。

強死強活 ㄑㄧㄤˇ ㄙˇ ㄑㄧㄤˇ ㄏㄨㄛˊ

【出處】清·曹雪芹《紅樓夢》第六十三回：「說著大家來敬探春。探春那裏肯飲？卻被湘雲、香菱、李紈等三四個人，強死強活，灌了一鍾才罷。」

【用法】比喻糾纏不放。

【例句】我說不行就是不行，你這樣～也沒用。

【附註】「強」不能念成ㄑㄧㄤˊ。

強顏爲笑 ㄑㄧㄤˇ ㄧㄢˊ ㄨㄟˊ ㄒㄧㄠˋ

【出處】清·李玉《一捧雪傳奇·勢索》：「曲背逢迎，強顏歡笑。」

【解釋】強顏：勉強使顏面作出某種表情。

【用法】指勉強裝出高興的樣子。

【例句】這時我心裏十分難受，却爲了不使別人也過分傷心，只得～，去安慰大家。

【附註】「強」不能念成ㄑㄧㄤˊ。

傾盆大雨 ㄑㄧㄥ ㄆㄣˊ ㄉㄚˋ ㄩˇ

【出處】唐·杜甫《白帝》詩：「白帝城中雲出門，白帝城下雨翻盆。」

【解釋】傾：倒出。雨下得像從盆裡倒出來一樣又大又急。

【用法】形容雨的來勢很猛。

【例句】在回家的路上，我們遇到了～，澆得渾身都濕透了。

傾蓋如故 ㄑㄧㄥ ㄍㄞˋ ㄖㄨˊ ㄍㄨˋ

【出處】《孔子家語·致思》：「孔子之郯，遭程子于途，傾蓋而語終日，甚相親。」

【解釋】蓋：車蓬子。傾蓋：兩車緊靠而使車蓋傾斜。如故：好像老朋友一樣。

【用法】指途中相遇，親切交談，如同老友重逢。

【例句】他們雖是初識，卻是～，捨不得告別。

傾家蕩產 ㄑㄧㄥ ㄐㄧㄚ ㄉㄤˋ ㄔㄢˇ

【出處】晉·陳壽《三國志·蜀書·董和傳》：「貨殖之家，侯服玉食，婚姻葬送，傾家竭產。」

【解釋】傾：倒出。蕩：弄光。

【用法】指全部家產喪失盡淨。

【例句】他已～，卻賭性未改，眞是可悲呀！

【附註】也作「傾家竭產」。

傾箱倒篋 ㄑㄧㄥ ㄒㄧㄤ ㄉㄠˋ ㄑㄧㄝˋ

【出處】明·馮夢龍《古今小說》第一卷：「急得陳大郎性發，傾箱倒篋的尋個遍，只是不見，便破口罵老婆起來。」

【解釋】傾：倒出。篋：小箱子。將箱子裏的所有東西都倒出來。

【用法】形容竭盡所有。
【例句】我已～，卻只有這些，你暫時拿去用吧！
【附註】也作「傾囊倒篋」、「傾筐倒庋」。

傾巢出動（ㄑㄧㄥ ㄔㄠˊ ㄔㄨ ㄉㄨㄥˋ）

【出處】明．施耐庵《水滸傳》第一百零八回：「宋江聞報，與吳用計議道：『賊兵傾巢而來，必是抵死廝併，我將何策勝之？』」
【解釋】傾巢：整窩的鳥兒全出來了，形容全體出動。
【用法】比喻出動全部兵力（多用於貶義）。
【例句】侵略軍～，大舉進攻，結果還是被我們打得丟盔棄甲，狼狽而逃。
【附註】也作「傾巢出犯」。

傾城傾國（ㄑㄧㄥ ㄔㄥˊ ㄑㄧㄥ ㄍㄨㄛˊ）

【出處】漢．班固《漢書．孝武李夫人傳》：「延年侍上起舞歌曰：『北方有佳人，絕世而獨立，一顧傾人城，再顧傾人國，寧不知傾城與傾國，佳人難再得！』」
【解釋】傾：傾覆。
【用法】形容女子容貌十分美麗。
【例句】他是一個～的美女，可惜卻紅顏薄命。
【附註】也作「傾國傾城」。

傾城而出（ㄑㄧㄥ ㄔㄥˊ ㄦˊ ㄔㄨ）

【出處】晉．林子荆《征西官屬送於陟陽侯作》詩：「傾城遠追送，餞我千里道。」
【解釋】傾城：全城人。
【用法】形容人數極多。
【例句】城門一開，士兵們～，殺入敵人陣營。

傾耳注目（ㄑㄧㄥ ㄦˇ ㄓㄨˋ ㄇㄨˋ）

【出處】晉．陳壽《三國志．魏書．陳思王植傳》：「夫能使天下傾耳注目者，當權者是矣，故謀能移主，威能懾下。」
【解釋】注目：集中注意力地看著。
【用法】①形容權勢極大，爲人們所敬畏。②形容注意力非常集中。
【例句】他上課非常用心，～在老師教授的課程上。

傾耳而聽（ㄑㄧㄥ ㄦˇ ㄦˊ ㄊㄧㄥ）

【出處】《禮記．孔子閑居》：「傾耳而聽之，不可得而聞也。」
【解釋】傾：側著。
【用法】指側著耳朵仔細地聽。
【例句】陳叔叔故事講到精彩處，連路人都不禁圍過來，～。

卿卿我我（ㄑㄧㄥ ㄑㄧㄥ ㄨㄛˇ ㄨㄛˇ）

【出處】南朝．宋．劉義慶《世說新語．惑溺》：「王安豐(戎)婦常卿安豐，安豐曰：『婦人卿婿，於禮爲不敬，後勿復爾。』婦曰：『親卿愛卿，是以卿卿，我不卿卿，誰當卿卿？』」
【解釋】卿卿：男女間親昵稱呼。
【用法】形容相互間感情十分親密。
【例句】他們兩個人，一天到晚～，難捨難分，把什麼都忘記了。

清風明月（ㄑㄧㄥ ㄈㄥ ㄇㄧㄥˊ ㄩㄝˋ）

【出處】唐．李延壽《南史．謝晦傳》

：「不妄交接，門無雜賓。有時獨醉，曰：『入吾室者，但有清風；對吾飲者，惟當明月。』」

【解釋】清涼的風，明亮的月。

【用法】形容清閑舒適的環境。

【例句】趁今晚～，我們倆好好暢敘一番吧。

清風兩袖 ㄑㄧㄥ ㄈㄥ ㄌㄧㄤˇ ㄒㄧㄡˋ

見「兩袖清風」。

清規戒律 ㄑㄧㄥ ㄍㄨㄟ ㄐㄧㄝˋ ㄌㄩˋ

【解釋】清規：又稱「百丈清規」，出自《釋門正統》。戒律：出自《僧史略》。

【用法】指佛教徒所遵守的規約、戒條。

【例句】只要一入佛門，所有寺中的～你都必須遵守。

清官難斷家務事 ㄑㄧㄥ ㄍㄨㄢ ㄋㄢˊ ㄉㄨㄢˋ ㄐㄧㄚ ㄨˋ ㄕˋ

【出處】明・馮夢龍《古今小說・滕大尹鬼斷家私》：「常言道：『清官難斷家務事。』我如今管你母子一生衣食充足，你也休做十分大望。」

【解釋】清官：公正廉潔的官吏。斷：斷案。

【用法】指家庭內部的糾紛錯綜複雜，常常是公說公有理，婆說婆有理，清官也不容易判斷清楚。

【例句】「～」我只是一個旁觀者，那有資格給你們評理呢！

清心寡欲 ㄑㄧㄥ ㄒㄧㄣ ㄍㄨㄚˇ ㄩˋ

【出處】元・鄭廷玉《忍字記》第三折：「我奉師父法旨，著你清心寡欲，受戒持齋，不許凡心動。」

【解釋】心地清白，欲念很少。

【用法】形容沒有貪心。

【例句】若能～，那麼雖貧不苦。

【附註】也作「清靜寡欲」。

清濁難澄 ㄑㄧㄥ ㄓㄨㄛˊ ㄋㄢˊ ㄔㄥˊ

【解釋】清水和濁水混在一起，一時難以澄清。

【用法】比喻好壞混在一起，使人很難分辨。

【例句】這裏人員複雜，一時～。

清塵濁水 ㄑㄧㄥ ㄔㄣˊ ㄓㄨㄛˊ ㄕㄨㄟˇ

【出處】三國・魏・曹植《七哀》詩：「君若清路塵，妾若濁水泥，浮沉各異勢，會合何時諧！」

【用法】比喻兩方像清塵、濁水一樣相互隔絕，會合無期。

【例句】我與她僅僅匆匆見過一次，卻在心底留下無法磨滅的印象。然而～今生大概無緣再見了。

清水衙門 ㄑㄧㄥ ㄕㄨㄟˇ ㄧㄚˊ ㄇㄣˊ

【解釋】衙門：舊時官員辦公的機關。

【用法】①表示所任官職沒有什麼油水可撈。②比喻所在的地方沒有額外的好處可取。

【例句】我們這裏是名符其實的～，任何額外收入也沒有。

蜻蜓點水 ㄑㄧㄥ ㄊㄧㄥˊ ㄉㄧㄢˇ ㄕㄨㄟˇ

【出處】唐・杜甫《曲江二首》詩：「穿花蛺蝶深深見，點水蜻蜓款款飛。」（款款：慢慢地。）

【用法】比喻作事浮淺，不認眞、不深

入。

【例句】做學問可是要下苦工夫的，不能只有～。

輕描淡寫 ㄑㄧㄥ ㄇㄧㄠˊ ㄉㄢˋ ㄒㄧㄝˇ

【出處】清·吳趼人《二十年目睹之怪現狀》第四十八回：「臬台見他說得這等輕描淡寫，更是著急。」

【用法】①指描繪時用淺淡的顏色輕輕地著筆。②形容說話或寫文章時對重要的事情有意輕輕帶過。

【例句】遇到這次大難，他居然～地說聲：「小事。」眞令人佩服他的達觀。

輕諾寡信 ㄑㄧㄥ ㄋㄨㄛˋ ㄍㄨㄚˇ ㄒㄧㄣˋ

【出處】《老子·第六十三章》：「夫輕諾必寡信，多易必多難。」

【解釋】諾：許諾、答應。寡：少。

【用法】指輕易地答應人家，很少能守信用。

【例句】對任何事情都應該說到做到，萬不可～。

輕歌曼舞 ㄑㄧㄥ ㄍㄜ ㄇㄢˋ ㄨˇ

【出處】元·喬夢符《兩世姻緣》第一折：「似大姐這般玉質花容，清歌妙舞，在這歌妓位中可是少也。」

【解釋】輕：輕快。曼：體態柔美。

【用法】指輕快的歌曲，優美的舞蹈。

【例句】看到送葬隊伍中，居然有電子花車女郎～，不禁令人感嘆眞是世風日下呀！

【附註】也作「清歌妙舞」。

輕車熟路 ㄑㄧㄥ ㄔㄜ ㄕㄨˊ ㄌㄨˋ

【出處】唐·韓愈《送石處士序》：「若駟馬駕輕車就熟路，而王良、造父(古代善于駕車的人)爲之先後也。」

【解釋】駕駛著輕快的車子，在熟悉的路上走。

【用法】比喻對熟悉的工作有經驗，做起來比較順利。

【例句】你雖然這幾年中斷了研究工作，但過去已經有二三十年的經驗，現在做起來還是～，困難不會很大。

【附註】參看「駕輕就熟」。

輕舉妄動 ㄑㄧㄥ ㄐㄩˇ ㄨㄤˋ ㄉㄨㄥˋ

【出處】《韓非子·解老》：「衆人之輕棄道理而易忘(妄)舉動者，不知其禍福之深大而道闊遠若是也。」

【解釋】輕：輕率。妄：胡亂、任意。

【用法】指不經愼重地考慮就輕率地採取行動。

【例句】在國防上做好充分準備，就可以使侵略者不敢～。

輕裘肥馬 ㄑㄧㄥ ㄑㄧㄡˊ ㄈㄟˊ ㄇㄚˇ

【出處】《論語·雍也》：「赤(公西華)之適齊也，乘肥馬，衣輕裘。」

【解釋】裘：皮襖。

【用法】形容豪華的生活。

【例句】他出門的時候，～，十分的闊氣。

輕裘緩帶 ㄑㄧㄥ ㄑㄧㄡˊ ㄏㄨㄢˇ ㄉㄞˋ

【出處】唐·房玄齡等《晉書·羊祜傳》：「祜在軍常輕裘緩帶，身不披甲。」

【解釋】裘：皮襖。緩：鬆、寬。穿著輕暖的皮襖，繫著寬鬆的帶子。

【用法】形容生活閑適，態度從容。

【例句】清·陳忱《水滸後傳》第十二

回：「樂和選十個彪形大漢，各帶弓刀，自己～，騎著白馬。到城門邊，果然大開，昂然而入。」

輕裘朱履 ㄑㄧㄥ ㄑㄧㄡˊ ㄓㄨ ㄌㄩˇ

【出處】清·孔尚任《桃花扇·媚座》：「朝罷袖香微，換了輕裘朱履，陽春十月，梅花早破紅蕊。」

【解釋】裘：皮襖。履：鞋。穿著輕暖的皮襖和紅色便鞋。

【用法】形容閑適安逸的生活。

【例句】這個昏庸的皇帝自己過著～的生活，卻毫不理會百姓的疾苦。

輕重倒置 ㄑㄧㄥ ㄓㄨㄥˋ ㄉㄠˋ ㄓˋ

【用法】置：放、擺。

【用法】指輕重不分，主次顛倒。

【用法】解決問題要善於找出主要關鍵，這樣就不至於～、手忙脚亂了。

【附註】「倒」不能念成ㄉㄠˇ。

輕重緩急 ㄑㄧㄥ ㄓㄨㄥˋ ㄏㄨㄢˇ ㄐㄧˊ

【出處】宋《朱子全書·諸子一·歐陽子》：「其師生之間，傳受之際，蓋未免裂道與文以爲兩物，而于其輕重緩急本末賓主之分，又未免于倒懸而逆置之也。」

【解釋】緩：慢。輕的、重的、緩慢的、急迫的。

【用法】指事情的主次緩急。

【例句】處理紛紜的事務，應有個～。

【附註】也作「緩急輕重」。

輕世傲物 ㄑㄧㄥ ㄕˋ ㄠˋ ㄨˋ

【出處】明·馮夢龍《警世通言》第二十六卷：「（唐伯虎）爲人放浪不羈，有輕世傲物之志。」

【解釋】輕：輕慢。世：世人。傲：傲慢。物：人。

【用法】指爲人傲慢，鄙棄世俗。

【例句】因爲他少年得志，而造成了他～的待人態度，遲早他一定要吃虧。

輕卒銳兵 ㄑㄧㄥ ㄗㄨˊ ㄖㄨㄟˋ ㄅㄧㄥ

【出處】《戰國策·燕策》：「輕卒銳兵，長驅至國。」

【解釋】輕卒：輕裝的士兵。銳兵：銳利的武器。

【用法】形容軍隊很有戰鬥力。

【例句】～，長驅直入，只用了三天的時間，就把這股殘匪徹底殲滅了。

輕嘴薄舌 ㄑㄧㄥ ㄗㄨㄟˇ ㄅㄛˊ ㄕㄜˊ

【出處】清·曹雪芹《紅樓夢》第三十五回：「襲人聽了話內有因，素知寶釵不是輕嘴薄舌奚落人的，自己想起上日王夫人的意思來，便不再提了。」

【用法】指說話輕率隨便，言語刻薄。

【例句】他已夠不幸了，你們怎麼還忍心～地嘲弄他？

輕財好義 ㄑㄧㄥ ㄘㄞˊ ㄏㄠˋ ㄧˋ

【解釋】輕視財物，喜歡作符合大義的事。

【用法】指人的一種美德。

【例句】古代所謂俠義者流，都是一些～，見義勇爲的人。

【附註】「好」不能念成ㄏㄠˇ。

輕而易舉 ㄑㄧㄥ ㄦˊ ㄧˋ ㄐㄩˇ

【出處】《詩經·大雅·烝民》：「人亦有言，德輶如毛，民鮮克舉之。」

（輶：輕。）朱熹注：「言人皆言德甚輕而易舉，然人莫能舉也。」

【解釋】輕：輕鬆。舉：向上托起。很輕鬆、容易地就將東西舉上去了。

【用法】形容做事毫不費力，非常之容易。

【例句】這件事對他來說，簡直是～。

輕徭薄賦 ㄑㄧㄥ ㄧㄠˊ ㄅㄛˊ ㄈㄨˋ

【解釋】徭：人民承擔的義務勞動。賦：指田地的捐稅。

【用法】指減輕徭役，少收賦稅。

【例句】漢初的統治者接受了秦王朝滅亡的教訓，採取～的政策，使經濟得到了恢復和發展。

輕偎低傍 ㄑㄧㄥ ㄨㄟ ㄉㄧ ㄅㄤˋ

【出處】明·洪昇《長生殿·定情》：「庭花不及嬌模樣，輕偎低傍，這鬢影衣光，掩映出丰姿千狀。」

【解釋】偎：偎倚、挨靠著。傍：依靠著。輕聲的說話，緊密地挨靠著。

【用法】形容非常親密的樣子（多指男女之間）。

【例句】在公園許多角落裏，對對情侶～著。

輕於鴻毛 ㄑㄧㄥ ㄩˊ ㄏㄨㄥˊ ㄇㄠˊ

【出處】漢·司馬遷《報任安書》：「人固有一死，或重於泰山，或輕於鴻毛，用之所趨異也。」

【解釋】鴻毛：大雁的毛。比大雁的毛還輕。

【用法】形容價值很輕微。

【例句】「死有～，重如泰山。」你年紀輕輕，怎可輕言自殺？

青梅竹馬 ㄑㄧㄥ ㄇㄟˊ ㄓㄨˊ ㄇㄚˇ

【出處】唐·李白《長干行》：「郎騎竹馬來，繞床弄青梅，同居長干里，兩小無嫌猜。」

【解釋】青梅：青色的梅子。竹馬：指小孩子將竹竿騎在胯下作馬。

【用法】形容男女兒童天真無邪、親昵的樣子。

【例句】回想小時候，我們倆～，兩小無猜，現在我怎麼能把她忘掉呢？

青面獠牙 ㄑㄧㄥ ㄇㄧㄢˋ ㄌㄧㄠˊ ㄧㄚˊ

【出處】明·許仲琳《封神演義》第六十三回：「（姜）子牙見對營門一人，三首六臂，青面獠牙。」

【解釋】青面：形容面貌很凶惡。獠牙：露在嘴外面的長牙。面目猙獰，有如鬼怪。

【用法】形容凶惡的樣子。

【例句】《紅樓夢》第八十一回：「疼的眼睛前頭漆黑，看見滿屋子都是些～、拿刀舉棒的惡鬼。」

青燈黃卷 ㄑㄧㄥ ㄉㄥ ㄏㄨㄤˊ ㄐㄩㄢˋ

【解釋】青燈：指油燈，其光青瑩，故稱「青燈」。黃卷：書籍，古人用辛味、苦味之物染紙以防蠹，紙色黃，故稱「黃卷」。

【用法】①形容夜間讀書的冷清情景。②指佛經及佛前供設之燈，形容佛教徒孤寂的生活情景。

【例句】他自從受了那次打擊之後，從此隱居佛寺，過著～的生活。

青天白日 ㄑㄧㄥ ㄊㄧㄢ ㄅㄞˊ ㄖˋ

【出處】唐·韓愈《答崔群書》：「青天白日，奴隸亦知其清明。」
【解釋】青天：晴朗的天空。指大白天。
【用法】形容光明的環境。
【例句】在此～之下，人人可以安居樂業。

青天霹靂 ㄑㄧㄥ ㄊㄧㄢ ㄆㄧ ㄌㄧˋ

【出處】宋·陸游《四日夜鷄未鳴起作》詩：「放翁病過秋，忽起作醉墨，正如久蟄龍，青天飛霹靂。」
【解釋】青天：晴朗的天空。霹靂：又急又響的雷聲。
【用法】比喻突然發生令人震驚的意外事件。
【例句】突然接到電報，得知母親病逝，眞是如～，使他悲痛萬分。
【附註】也作「晴天霹靂」。

青黃不接 ㄑㄧㄥ ㄏㄨㄤˊ ㄅㄨˋ ㄐㄧㄝ

【出處】《元典章·戶部·倉庫》：「即日正是青黃不接之際，各處物斛湧貴。」
【解釋】青：指田裡的青苗。黃：指黃熟的莊稼。莊稼尙未長熟，但陳糧已經吃完，銜接不上。
【用法】①形容生活的困乏。②比喻後繼的人力、財力短缺，接應不上。
【例句】月底正是～的時候，這些不知節制的單身漢只好乖乖呆在宿舍。

青紅皀白 ㄑㄧㄥ ㄏㄨㄥˊ ㄗㄠˋ ㄅㄞˊ

【出處】清·曹雪芹《紅樓夢》第三十四回：「媽媽和哥哥且別叫喊，消消停停的，就有個青紅皀白了。」
【解釋】皀：黑色。各種深淺不同的顏色。
【用法】比喻事情的是非曲直、起因結果等等。
【例句】你怎可不分～，就亂罵人了。

青錢萬選 ㄑㄧㄥ ㄑㄧㄢˊ ㄨㄢˋ ㄒㄩㄢˇ

【出處】宋·歐陽修等《新唐書·張荐傳》：「員外郎員半千數爲公卿，稱『(張)鷟文辭猶青銅錢，萬選萬中』。時號鷟『青錢學士』。」
【解釋】青錢：青銅錢。
【用法】比喻文辭出衆，考試屢中。
【例句】張生十年寒窗，才華出衆，必能～。
【附註】也作「萬選青錢」。

青鞋布襪 ㄑㄧㄥ ㄒㄧㄝˊ ㄅㄨˋ ㄨㄚˋ

【出處】唐·杜甫《奉先劉少府新畫山水障歌》：「吾獨何爲在泥滓？青鞋布襪從此始。」
【用法】比喻清苦樸素的隱士生活。
【例句】他過膩了繁華紅塵，寧可在山裡，過著～的生活。
【附註】也作「布襪青鞋」。

青州從事 ㄑㄧㄥ ㄓㄡ ㄘㄨㄥˊ ㄕˋ

【出處】南朝·宋·劉義慶《世說新語·術解》：「桓公(桓溫)有主簿，善別酒，有酒輒令先嘗，好者謂『青州從事』，惡者謂『平原督郵』。」(青州有齊郡，平原有鬲縣。從事，言到臍；督郵，言在鬲(膈)上住。)
【解釋】青州：古代州名，轄境在今山東省東部及北部一帶。從事：古代官名。

【用法】好酒的代稱。

青出於藍 ㄑㄧㄥ ㄔㄨ ㄩˊ ㄌㄢˊ

【出處】《荀子・勸學》：「青，取之於藍，而青於藍。」靛青是從蓼藍中提煉而得，但顏色比蓼藍更深。

【解釋】青：靛青。藍：蓼藍，一種含有靛青素的草。

【用法】①比喻人通過學習可以增長才幹而超過本性。②比喻學生勝過老師或後人勝過前人。

【例句】他塑像的技術比師傅更富有創意，眞是～，更勝於藍。

【附註】①也作「青出於藍,而勝於藍」。②「藍」不能寫成「籃」或「蘭」。

青史留名 ㄑㄧㄥ ㄕˇ ㄌㄧㄡˊ ㄇㄧㄥˊ

【出處】明・施耐庵《水滸傳》第七十一回：「同心報國，青史留名，有何不美！」

【解釋】青史：古代在竹簡上記事，故稱史書爲「青史」。

【用法】指在歷史上留傳下好名聲。

【例句】岳飛當時雖是含寃而死，但能在～，受後人景仰；相反地秦檜則遺臭萬年，受人唾罵。

【附註】也作「青史標名」、「青史傳名」。

青山不老 ㄑㄧㄥ ㄕㄢ ㄅㄨˋ ㄌㄠˇ

【出處】明・羅貫中《三國演義》第六十回：「青山不老，綠水長存。他日事成，必當厚報。」

【解釋】像青山一樣永遠不會衰老。

【用法】①比喻永世長存。②比喻時間久長。

【例句】陳老已經九十歲了，每天早上仍然精神抖擻地晨泳，眞是～。

【附註】常和「綠水長存」連用。

青蠅弔客 ㄑㄧㄥ ㄧㄥˊ ㄉㄧㄠˋ ㄎㄜˋ

【出處】晉・陳壽《三國志・吳志・虞翻傳》裴松之注引《虞翻別傳》：「自恨疏節，骨體不媚，犯上獲罪，當長沒海隅。生無可與語，死從青蠅爲弔客。」

【解釋】弔：祭奠死者或向死者家屬表示慰問。

【用法】指人在生前沒有知己，死後只有蒼蠅來憑弔。

【例句】他生前孤苦零丁，死後也唯有～。

青蠅點素 ㄑㄧㄥ ㄧㄥˊ ㄉㄧㄢˇ ㄙㄨˋ

【出處】《詩經・小雅・青蠅》：「營營青蠅，止於樊，豈弟君子，無信讒言。」（豈弟：同「愷悌」。）

【解釋】青蠅：蒼蠅。點：玷汙。素：白色的生絹。蒼蠅把乾乾淨淨的白色的絹玷汙了。

【用法】①比喻壞人汙蔑忠貞的人。②比喻完美的事受到汙損。

【例句】他一生盡忠朝廷，不料卻遭～，而含寃莫白。

青雲直上 ㄑㄧㄥ ㄩㄣˊ ㄓˊ ㄕㄤˋ

【出處】漢・司馬遷《史記・范雎蔡澤列傳》：「須賈頓首言死罪曰：『賈不意君能自致青雲之上。』」

【解釋】青雲：高空，比喻高官厚爵。

【用法】形容人的地位直線上升。

【例句】他因爲受到皇上的賞識，從此～，官拜大將軍。

情不自禁 ㄑㄧㄥˊ ㄅㄨˋ ㄗˋ ㄐㄧㄣˋ

【出處】南朝・梁・劉遵《七夕穿針》詩：「步月如有意，情來不自禁。」
【解釋】禁：抑制。
【用法】指感情十分激動，自己不能抑制。
【例句】《紅樓夢》第十五回：「寶玉～，然身在車上，只得眼角留情而已。」
【附註】「禁」不能念成ㄐㄧㄣ。

情不可卻 ㄑㄧㄥˊ ㄅㄨˋ ㄎㄜˇ ㄑㄩㄝˋ

【出處】清・李汝珍《鏡花緣》第六十回：「閨臣、紅蕖衆姊妹也再再相留，紫菱情不可卻，只得應允。」
【解釋】卻：推辭。
【用法】指礙於情面無法推卻。
【例句】他再三邀請，我～，只好答應了。

情竇初開 ㄑㄧㄥˊ ㄉㄡˋ ㄔㄨ ㄎㄞ

【出處】明・張居正《請皇太子出閣講學疏》：「蓋人生八歲，則知識漸長，情竇漸開。」
【解釋】竇：孔穴。
【用法】指少年男女開始懂得愛情。
【例句】這個妙齡少女，～，對於對方偶然投來的一瞥，禁不住心頭怦怦直跳。

情投意合 ㄑㄧㄥˊ ㄊㄡˊ ㄧˋ ㄏㄜˊ

【出處】明・吳承恩《西遊記》第二十七回：「那鎭元子與行者結爲兄弟，兩人情投意合。」
【解釋】情：感情。投：相合、融洽。
【用法】形容雙方思想感情很融洽。
【例句】王先生和李小姐第一次見面就～，相談甚歡，我就知道這個媒作成功了。

情同手足 ㄑㄧㄥˊ ㄊㄨㄥˊ ㄕㄡˇ ㄗㄨˊ

【解釋】情：情誼、交情。手足：比喻兄弟。
【用法】指交情很深，如親兄弟一樣。
【例句】他們三人自小一起長大，同甘共苦，～。

情急生智 ㄑㄧㄥˊ ㄐㄧˊ ㄕㄥ ㄓˋ

【用法】指在十分緊急的情況下，突然想出了好辦法。
【例句】他眼看躲不過，～往後一躺，險險閃過那一擊。
【附註】也作「情急智生」。

情見乎辭 ㄑㄧㄥˊ ㄒㄧㄢˋ ㄏㄨ ㄘˊ

【出處】《周易・繫辭下》：「爻象動乎內，吉凶見乎外，功業見乎變，聖人之情見乎辭。」
【解釋】見：即「現」。乎：介詞，在於。
【用法】指內心的思想感情表露在語言文字中。
【例句】在他那首悼念的詩歌中，～一字一句都飽含著強烈的崇敬和懷念之情。
【附註】①作「情見乎言」。②「見」不能念成ㄐㄧㄢˋ。

情見勢屈 ㄑㄧㄥˊ ㄒㄧㄢˋ ㄕˋ ㄑㄩ

【出處】漢・司馬遷《史記・淮陰侯列

傳》：「今將軍欲舉倦罷（疲）之兵，頓之燕堅城之下，欲戰恐久，力不能拔，情見勢屈，曠日糧竭，而弱燕不服，齊必距境以自強也。」

【解釋】見：即「現」。勢：形勢，處境。軍情已經暴露，處於劣勢地位。

【用法】形容處境困難。

【例句】困守這座孤城的敵軍已經是～。只要再施加一下壓力，就有可能迫使他們投降。

【附註】①也作「情見力屈」、「情見勢竭」。②「見」不能念成ㄐㄧㄢˋ。

情景交融 ㄑㄧㄥˊ ㄐㄧㄥˇ ㄐㄧㄠ ㄖㄨㄥˊ

【解釋】交融：互相融合。

【用法】指文藝作品中的景物描寫和感情的抒發緊密結合。

【例句】杜甫的「無邊落木蕭蕭下，不盡長江滾滾來」詩句，不僅氣勢宏大，而且～，確是好詩。

情趣橫生 ㄑㄧㄥˊ ㄑㄩˋ ㄏㄥˊ ㄕㄥ

【解釋】情趣：情調和趣味。橫生：不斷出人意外地產生。

【用法】指文藝作品生動幽默，情節曲折，引人入勝。

【例句】這幅小畫家畫的《母鷄和小鷄》，形態逼眞，～，使人愛不釋手。

情知故犯 ㄑㄧㄥˊ ㄓ ㄍㄨˋ ㄈㄢˋ

見「明知故犯」。

情至意盡 ㄑㄧㄥˊ ㄓˋ ㄧˋ ㄐㄧㄣˋ

【出處】《詩經．大雅．板》：「老夫灌灌。」唐．孔穎達疏：「我老夫教諫汝，其意乃款款然情至意盡，何爲汝等而未知？」

【解釋】情至：情理至深。意盡：心意用盡。

【用法】指盡心竭力地說服教導人。

【例句】老師耐心地開導，眞是～，終於使他受到了感動。

情長紙短 ㄑㄧㄥˊ ㄔㄤˊ ㄓˇ ㄉㄨㄢˇ

【解釋】紙張苦短，情感深長。

【用法】形容要說的話太多。

【例句】我還能寫些什麼呢？～，我的思念寫是寫不完的。

【附註】也作「紙短情長」。

情善迹非 ㄑㄧㄥˊ ㄕㄢˋ ㄐㄧ ㄈㄟ

【出處】宋．蘇轍《寄歐陽舍人書》：「而人之行，有情善而迹非。」

【用法】指感情和睦，但是所走的道路並非一致。

【例句】你問我爲什麼和她分手？我們並不是情感上有什麼隔閡，但～，志趣不同，也是勉強不得的。

情深潭水 ㄑㄧㄥˊ ㄕㄣ ㄊㄢˊ ㄕㄨㄟˇ

【出處】唐．李白《贈汪倫》詩：「桃花潭水深千尺，不及汪倫送我情。」

【解釋】潭：深的水池。

【用法】形容友情的深厚。

【例句】我們二人～，絕不受謠言的影響。

情人眼裡出西施 ㄑㄧㄥˊ ㄖㄣˊ ㄧㄢˇ ㄌㄧˇ ㄔㄨ ㄒㄧ ㄕ

【解釋】西施：春秋時越國人，我國古代出色的美女。

【用法】指相戀中的雙方，總認爲對方很漂亮可愛的。

【例句】俗話說：「～。」果然沒錯！那個兇悍的女孩，他居然認為她很嬌俏。

情有可原 ㄑㄧㄥˊ ㄧㄡˇ ㄎㄜˇ ㄩㄢˊ

【出處】南朝．宋．范曄《後漢書．霍諝（ㄒㄩ）傳》：「光之所至，情即可原，而守闕連年，終不見理。」
【解釋】原：原諒。
【用法】指按人情事理看，有可以原諒的地方。
【例句】他雖觸犯了法律，但那是為了救他的母親，畢竟是～。

情文相生 ㄑㄧㄥˊ ㄨㄣˊ ㄒㄧㄤ ㄕㄥ

【出處】南朝．宋．劉義慶《世說新語．文學》：「孫子荊除婦服，作詩示王武子。王曰：『未知文生於情，情生於文，覽之淒然，增伉儷之重。』」
【解釋】情：思想感情。文：辭藻。
【用法】形容文字悱惻，纏綿動人。
【例句】他這篇悼亡妻文，真是～，令人感動。

晴天霹靂 ㄑㄧㄥˊ ㄊㄧㄢ ㄆㄧ ㄌㄧˋ

見「青天霹靂」。

擎天架海 ㄑㄧㄥˊ ㄊㄧㄢ ㄐㄧㄚˋ ㄏㄞˇ

【出處】元．秦簡夫《趙禮讓肥》第四折：「多謝你個架海梁，擎天柱，生死難忘，今古誰如。」
【解釋】擎：向上托。架：抬起。能托住天，架起海。
【用法】形容本領極大。
【例句】《三國演義》第三回：「（李）肅曰：『賢弟有～之才，四海孰不欽敬？』」
【附註】也作「擎天駕海」。

擎天之柱 ㄑㄧㄥˊ ㄊㄧㄢ ㄓ ㄓㄨˋ

【出處】宋．袁說友《送誠齋》詩：「只今小試回天力，它日擎天看柱臣。」
【解釋】擎：向上托。能托住天空的大柱子。古代神話傳說崑崙山有八柱擎天。
【用法】比喻能擔負重任的人。
【例句】聳立在紐約的自由女神像，是象徵自由的～。

請君入甕 ㄑㄧㄥˇ ㄐㄩㄣ ㄖㄨˋ ㄨㄥˋ

【出處】宋．司馬光《資治通鑑．唐紀．則天皇后天授二年》：「或告文昌右丞周興與丘神勣通謀，太后（武則天）命來俊臣鞫之。俊臣與興方推事對食，謂興曰：『囚多不承，當為何法？』興曰：『此甚易耳！取大甕，以炭四周炙之，令囚入中，何事不承？』俊臣乃索大甕，火圍如興法，因起謂興曰：『有內狀推兄，請兄入此甕。』興惶恐，叩頭伏罪。」
【解釋】甕：大罈子。
【用法】①用對方的方法來對付他自己。②自作自受。
【例句】地下投資公司，用吸引人的高利貸來～，很多貪財的人弄得自己血本無歸。

請自隗始 ㄑㄧㄥˇ ㄗˋ ㄨㄟˇ ㄕˇ

【出處】漢．司馬遷《史記．燕召公世家》：「郭隗曰：『王必欲致士，先從隗始，況賢於隗者，豈遠千里哉！』」

【用法】①指請拿自己做一個榜樣，來吸引一般賢者。②自願帶頭的意思。

【例句】這次活動～，我願意貢獻一己之力。

【附註】①也作「先從隗始」。②參看「千金買骨」。

頃刻之間

【出處】宋·薛居正等《舊五代史·周書·太祖紀》：「環繞而逃避無所。紛紛而逼肋愈間，頃刻之間，安危莫保。」

【解釋】頃刻：片刻。

【用法】指極短暫的時刻。

【例句】上游連降暴雨，洪水～就要來到，人們紛紛向高處躲避。

慶父不死，魯難未已

【出處】《左傳·閔公元年》載：魯公子慶父是魯莊公的弟弟。莊公滿後，立子般爲國君，慶父企圖篡位，便殺死了子般，另立閔公爲君。過了不久，閔公也被慶父所害。由於野心勃勃的慶父先後殺害國君，引起國內局勢不安，激起了人民的憤怒。齊國曾派大夫仲孫湫來魯國慰問，仲孫湫回到齊國對國君說：「不去慶父，魯難未已。」意思是說不殺慶父，魯國的災難就不會停止。

【解釋】難：災難。未已：不能停止。人們常把「慶父」當作災難與戰亂的禍首。

【用法】比喻不把罪魁禍首除掉，就得不到安寧。

【例句】「～」，這幫野心家不被清除出去，安定團結的目的仍然達不到。

【附註】「父」不能念成ㄈㄨˋ。

慶弔不行

【出處】南朝·宋·范曄《後漢書·荀爽傳》：「爽遂耽思經書，慶弔不行，征命不應。」

【解釋】慶：賀喜。弔：唁喪。無論是賀喜還是唁喪，從不與人往來。

【用法】形容與世隔絕。

【例句】他爲人孤僻，～。

罄其所有

【出處】元·脫脫等《宋史·寇準傳》：「陛下不聞乎？博者輸錢欲盡，乃罄所有出之，謂之孤注。」

【解釋】罄：盡、完。

【用法】指把所有的東西全部拿出來。

【例句】我～，也只有這些了。

【附註】「罄」不能寫成「磬」。

罄竹難書

【出處】《呂氏春秋·明理》：「此皆亂國之所生也，不能勝數，盡荊越之竹，猶不能書。」

【解釋】罄：用盡。竹：竹子，古代用竹片寫字。書：寫。

【用法】形容所犯罪惡事實太多，書寫不盡。

【例句】秦始皇在位期間焚書坑儒，種種罪行眞是～。

【附註】「罄」不能寫成「磬」。

區區之衆

【出處】《孔叢子·論勢》：「以區區之衆，居二敵之間。」

【解釋】區區：形容少。

【用法】指很少的幾個人。
【例句】如此～，當然擋不了敵人千軍萬馬，但我們仍須奮戰到底。

屈打成招 ㄑㄩ ㄉㄚˇ ㄔㄥˊ ㄓㄠ

【出處】元・無名氏《爭報恩》第三折：「如今把姐姐拖到宮中，三推六問，屈打成招，早晚押上法場去。」
【解釋】屈：冤屈。招：招供。
【用法】指用嚴刑拷打逼使無罪的人承受不白之冤。
【例句】他在百受折磨之下，終於～了。

屈高就下 ㄑㄩ ㄍㄠ ㄐㄧㄡˋ ㄒㄧㄚˋ

【出處】元・無名氏《啐范叔》第二折：「須賈有何德能，敢勞老相國屈高就下也。」
【解釋】委屈地位高的人，遷就地位低的。
【用法】稱頌人放下架子，接近下屬。
【例句】這位長官肯～，一點都沒有官架子。

屈節辱命 ㄑㄩ ㄐㄧㄝˊ ㄖㄨˇ ㄇㄧㄥˋ

【出處】漢・班固《漢書・蘇武傳》：「屈節辱命，雖生，何面目以歸漢。」
【用法】指失去了節操，辱沒了使命。
【例句】我這次出使，卻～，眞是無顏回國覆命。

屈膝求和 ㄑㄩ ㄒㄧ ㄑㄧㄡˊ ㄏㄜˊ

【出處】漢・司馬遷《史記・司馬相如列傳》：「然後興師出兵，北征匈奴，單于怖駭，交臂受事，詘膝請和。」
【解釋】屈膝：下跪。
【用法】①指下跪降服，請求和解。②指以奴顏婢膝的醜態，向強者獻媚求和。
【例句】這支雜牌軍還沒有和敵人打過一仗，僅僅懾於對方聲勢，就放下武器～了。
【附註】①原作「詘膝請和」。②也作「屈膝請和」。

屈指可數 ㄑㄩ ㄓˇ ㄎㄜˇ ㄕㄨˇ

【出處】唐・韓愈《憶昨行和張十一》詩：「自期殞命在春序，屈指數日憐嬰孩。」
【解釋】扳著手指頭就可以數得清楚。
【用法】形容數目很少。
【例句】距離大考的日期已是～，我們必須加緊努力才行。
【附註】「數」不能念成ㄕㄨˋ。

屈身守分 ㄑㄩ ㄕㄣ ㄕㄡˇ ㄈㄣˋ

【出處】明・羅貫中《三國演義》第十五回：「玄德曰：『屈身守分，以待天時，不可與命爭也。』」
【解釋】屈身：身體彎曲，形容恭敬的樣子。守分：安分守己。
【用法】指恭恭敬敬地待人做事，從不越軌。
【例句】這位三太太是個～的人，贏得全家上下的敬愛。
【附註】「分」不能念成ㄈㄣ。

屈尊駕臨 ㄑㄩ ㄗㄨㄣ ㄐㄧㄚˋ ㄌㄧㄣˊ

【解釋】駕臨：敬辭，指對方到來。降尊俯就，委屈身份光臨。
【用法】多用爲對來訪者所說的客套話。
【例句】倘若不付出辛勤的代價，任何成功都不會～的。

屈尊紆貴 ㄑㄩ ㄗㄨㄣ ㄩ ㄍㄨㄟˋ

【解釋】紆：屈抑。

【用法】指地位高貴的人自抑身分。

【例句】我只是一個小職員，怎敢驚動董事長～來看我？

【附註】參看「紆尊降貴」。

屈一伸萬 ㄑㄩ ㄧ ㄕㄣ ㄨㄢˋ

【出處】漢・趙曄《吳越春秋・王僚使公子光傳》：「專諸者，堂邑人也。伍胥亡楚如吳時，遇之於途，專諸方與人鬥。將就敵，其怒有萬人之氣，甚不可。其妻一呼即還。子胥怪而問其狀。……專諸曰：『子視吾之儀，寧類愚者也，何言之鄙夫。夫屈一人之下，必伸萬人之上。』」

【解釋】伸：展開，引申為凌駕。

【用法】指屈身於一人之下，凌駕於萬人之上。

屈艷班香 ㄑㄩ ㄧㄢˋ ㄅㄢ ㄒㄧㄤ

【出處】唐・杜牧《冬至日寄小姪阿宜》詩：「高摘屈宋艷，濃薰班馬香。」（屈：屈原，宋：宋玉，均擅長辭賦。班：班固，馬：司馬遷，均為史學家。意指文辭兼有《楚辭》、《漢書》、《史記》的優點。）

【解釋】屈：指屈原，戰國時期楚國詩人。屈艷：指屈原作《楚辭》，辭藻艷麗。班：指班固，漢朝文人。班香：指班固作《漢書》，文章芳香。

【用法】形容文辭華美，兼有《楚辭》、《漢書》之長。

【例句】我沒有想到，他的古文竟能寫得這樣好，眞可以稱得上是～，令人玩味無窮。

曲突徙薪 ㄑㄩ ㄊㄨ ㄒㄧˇ ㄒㄧㄣ

【出處】漢・班固《漢書・霍光傳》：「臣聞客有過主人者，見其灶直突，傍有積薪。客謂主人，更為曲突，遠徙其薪，不者，且有火患。主人嘿（默）然不應。俄而家裡失火，鄰里共救之，幸而得息。於是殺牛置酒，謝其鄰人。灼爛者在於上行，餘各以功次座，而不錄言曲突者。人謂主人曰：『鄉（向）使聽客之言，不費牛酒，終亡（無）火患。今論功請賓，曲突徙薪亡（無）恩澤，燋（焦）頭爛額為上客耶！』主人乃寤而請之。」

【解釋】曲：使之彎曲。突：烟囱。徙：遷移。薪：柴。將烟囱改造成彎曲的，搬開灶邊的柴堆，以防火災。

【用法】比喻事先採取措施，才能防止災禍。

【例句】如果～，事先採取安全措施，這場災難本來是可以避免的。

曲盡其妙 ㄑㄩ ㄐㄧㄣˋ ㄑㄧˊ ㄇㄧㄠˋ

【出處】晉・陸機《文賦序》：「故作《文賦》以述先士之盛藻，因論作文之利害所由，他日殆可謂曲盡其妙。」

【解釋】曲：委婉曲折地。盡：充分表達。妙：美好。委婉曲折地把微妙的地方表達了出來。

【用法】形容表達的能力技巧高強。

【例句】這篇小說描寫了三個人物的心理特徵，無不～。

曲徑通幽 ㄑㄩ ㄐㄧㄥˋ ㄊㄨㄥ ㄧㄡ

【出處】唐・常建《題破山寺後禪院》

詩：「曲徑通幽處，禪房花木深。」

【解釋】曲：彎曲。徑：小路。幽：指幽深僻靜的地方。

【用法】指彎曲的小路，通向幽深僻靜的地方。

【例句】這條山路沿途風景優美、～，實在是不可多得的人間勝地。

曲意逢迎（ㄑㄩ ㄧˋ ㄈㄥˊ ㄧㄥˊ）

【出處】明．羅貫中《三國演義》第八回：「（董）卓偶染小疾，貂蟬衣不解帶，曲意逢迎，卓心愈喜。」

【解釋】曲意：改變自己的意志。逢迎：迎合、奉承。

【用法】形容阿諛討好的樣子。

【例句】這篇諷刺作品，寥寥幾筆就勾勒出了一個～的馬屁精的畫像。

趨名逐利（ㄑㄩ ㄇㄧㄥˊ ㄓㄨˊ ㄌㄧˋ）

【解釋】趨：奔向。逐：追逐。

【用法】指追求名譽和個人利益。

【例句】千萬不可爲了～，而喪失了爲人處世的原則。

趨吉避凶（ㄑㄩ ㄐㄧˊ ㄅㄧˋ ㄒㄩㄥ）

【出處】明．羅貫中《三國演義》第四十六回：「採取趨吉避凶的措施。」

【解釋】趨：奔向。吉：吉祥。

【用法】指走向吉利美好的方面，躲避凶禍災難。

【例句】凡人都有～的心理，你又怎麼怪別人背你而去？

趨之若鶩（ㄑㄩ ㄓ ㄖㄨㄛˋ ㄨˋ）

【出處】清．張廷玉等《明史．蕭如薰傳》：「如薰亦能詩，士趨之若鶩，賓座常滿。」

【解釋】趨：奔向、歸附。鶩：野鴨。像野鴨一樣，成群地跑過去。

【用法】比喻很多人爭相追求、前往。

【例句】最近房地產高漲，很多投資人都～，沒想到發生不景氣，都叫苦連天。

【附註】「鶩」不可寫成「騖」。

趨炎附勢（ㄑㄩ ㄧㄢˊ ㄈㄨˋ ㄕˋ）

【出處】宋《朱子語類》第八十三卷：「左氏是個猾頭熟事，趨炎附勢之人。」

【解釋】趨：迎合。附：依附。炎、勢：喻指權貴者。

【用法】指奉承、投靠有權有勢的人。

【例句】他是一個～，毫無廉恥心的小人。

【附註】也作「趨炎附熱」、「趨炎奉勢」。

驅羊攻虎（ㄑㄩ ㄧㄤˊ ㄍㄨㄥ ㄏㄨˇ）

【出處】漢．司馬遷《史記．張儀列傳》：「且夫爲從者，無以異於驅群羊而攻猛虎，虎之與羊不格明矣。今王不與猛虎而與群羊，臣竊以爲大王之計過也。」

【解釋】驅：驅趕。驅趕著羊群去攻擊老虎。

【用法】比喻以弱攻強，力量相差懸殊，一定會遭到覆滅。

【例句】你帶著這些敗兵殘將要反攻，無異是～，不如先回去休養生息。

祛病延年（ㄑㄩ ㄅㄧㄥˋ ㄧㄢˊ ㄋㄧㄢˊ）

【出處】明．吳承恩《西遊記》第七十

九回：「行者道：『陛下，從此色欲少貪，陰功多積，凡百事將長補短，自足以祛病延年。』」

【解釋】祛：除去。

【用法】除去疾病，延長壽命。

【例句】多做一些適量的運動，對於老年人來說，是可以起到～作用的。

取快一時（ㄑㄩˇ ㄎㄨㄞˋ ㄧˊ ㄕˊ）

【出處】元．吳師道《舟行得風》詩：「我行小時亦何審，人生取快寧多時。」

【用法】指只圖暫時的快樂，不顧其他利害關係。

【例句】我們應有長遠打算，不能只～，而貽患未來。

取精用弘（ㄑㄩˇ ㄐㄧㄥ ㄩㄥˋ ㄏㄨㄥˊ）

【出處】《左傳．昭公七年》：「鄭雖無腆，抑諺曰『蕞ㄗㄨㄟˋ爾國』，而三世執其政柄，其用物也弘矣，其取精也多矣。」杜注：「蕞，小貌。」

【解釋】精：精華。用：採用。弘：大。指居官掌權時間長，所用多而精。

【用法】①指根基深厚。②指從大量資料中吸取精華。

【例句】他善於歸納整理，～。

【附註】也作「取精用宏」。

取其精華，去其糟粕（ㄑㄩˇ ㄑㄧˊ ㄐㄧㄥ ㄏㄨㄚˊ，ㄑㄩˋ ㄑㄧˊ ㄗㄠ ㄆㄛˋ）

【解釋】精華：事物最重要、最好的部分。糟粕：酒糟、豆渣一類的東西，喻指無用的東西。

【用法】指吸取那些精美有意義的東西，剔除那些沒有用的東西（多用於繼承古代文化藝術遺產方面）。

【例句】對古代的和外國的文化，要～，不能生吞活剝。

取之不盡，用之不竭（ㄑㄩˇ ㄓ ㄅㄨˋ ㄐㄧㄣˋ，ㄩㄥˋ ㄓ ㄅㄨˋ ㄐㄧㄝˊ）

【出處】宋．蘇軾《前赤壁賦》：「惟江上之清風，與山間之明月，耳得之而為聲，目遇之而成色，取之無禁，用之不竭，是造物者之無盡藏也，而吾與子之所共適。」

【解釋】竭：盡、完。拿不完，且用不盡。

【用法】形容非常豐富。

【例句】我國有～的自然資源。

【附註】原作為「取之無禁，用之不竭」。

取長補短（ㄑㄩˇ ㄔㄤˊ ㄅㄨˇ ㄉㄨㄢˇ）

【出處】《孟子．滕文公上》：「今滕，絕長補短，將五千里也。」

【解釋】吸取人家的長處，彌補自己短處。

【用法】泛指在同類事物中吸取這個的長處，彌補那個的短處。

【例句】尺有所短，寸有所長，大家如能～，就一定能共同進步。

【附註】參看「截長補短」。

取而代之（ㄑㄩˇ ㄦˊ ㄉㄞˋ ㄓ）

【出處】漢．司馬遷《史記．項羽本紀》：「秦始皇帝遊會稽，渡浙江，（項）梁與（項）籍俱觀。籍曰：『彼可取而代之也。』」

【用法】①指奪取別人的地位、權力而代替他。②泛指用這個事物去代替另一事物。

【例句】這片違建終於拆除了，～的是一座美麗的公園。

取易守難
ㄑㄩˇ ㄧˋ ㄕㄡˇ ㄋㄢˊ

【出處】唐・魏徵《諫太宗十思疏》：「豈取之易，守之難乎？」

【解釋】取得天下容易，守住天下很困難。

【用法】形容創業容易，守業難。

【例句】古有明訓「～」，所以我們要比創業時更要努力。

取友必端
ㄑㄩˇ ㄧㄡˇ ㄅㄧˋ ㄉㄨㄢ

【出處】《孟子・離婁下》：「夫尹公之他，端人也，其取友必端矣。」

【解釋】取：選取。端：端正。

【用法】①指正派人所選擇的朋友必然也端正。②指選取友人必須是品行端正的。

【例句】你還年輕，缺少社會經驗。因此，你必須記住我一再囑咐你的話：「～」。

曲高和寡
ㄑㄩˇ ㄍㄠ ㄏㄜˋ ㄍㄨㄚˇ

【出處】戰國・楚・宋玉《對楚王問》：「客有歌於郢中者，其始曰《下里》、《巴人》，國中屬而和者數千人；其爲《陽阿》、《薤露》，國中屬而和者數百人；其爲《陽春》、《白雪》，國中屬而和者不過數十人；引商刻羽，雜以流徵(ㄓˇ)，國中屬而和者不過數人而已。是其曲彌高，其和彌寡。」(風：諷。)

【解釋】曲：樂曲曲調。和：跟著別人唱。樂曲的格調越高深，能跟著唱的人就越少。

【用法】①比喻知音難得。②指言論或作品不通俗，能了解的人很少。

【例句】你提的意見很好，只可惜～。

【附註】「曲」不能念成ㄑㄩ。「和」不能念成ㄏㄜ。

曲終奏雅
ㄑㄩˇ ㄓㄨㄥ ㄗㄡˋ ㄧㄚˇ

【出處】漢・司馬遷《史記・司馬相如傳贊》：「相如雖多虛辭濫說，然其要歸，引之節儉，此與《詩》之風諫何異？揚雄以爲靡麗之賦，勸百風一，猶馳騁鄭衛之聲，曲終而奏雅，不已虧乎？」(風：諷。)

【解釋】曲：泛指各種樂曲。雅：雅樂。指首樂曲到終結時奏出了雅正的樂音。

【用法】①指作品主要傾向不好，好比奏靡靡之音，在結束時才奏點雅樂。②指文章或藝術品在結尾時顯得非常精彩。

【例句】這篇散文開始讀起來沒有什麼吸引人的地方，誰知讀到後來，居然～，結尾時極爲精彩。

【附註】「曲」不能念成ㄑㄩ。

去末歸本
ㄑㄩˋ ㄇㄛˋ ㄍㄨㄟ ㄅㄣˇ

【出處】漢・班固《漢書・地理志下》：「(召)信臣勸民農桑，去末歸本，郡以殷富。」

【解釋】古代經濟以農業爲本，工商業爲末。

【用法】①指捨棄工商業，回到農業生產上去。②泛指放棄不正當的或次要的，回到正當的或重要的方面。

【例句】參加社團活動當然很好，但一口氣參加四個，未免太多，我希望你～，多用心在學業上。

去天尺五 ㄑㄩˋ ㄊㄧㄢ ㄔˇ ㄨˇ

【出處】《辛氏三秦記》：「城南韋、杜，去天尺五。」
【解釋】去：離開。天：指宮廷。
【用法】形容離宮廷十分近。

去故就新 ㄑㄩˋ ㄍㄨˋ ㄐㄧㄡˋ ㄒㄧㄣ

【出處】唐・韓愈《送窮文》：「子啜一觴，攜朋挈儔，去故就新。」
【解釋】去：離開。故：舊的。就：趨向。
【用法】①指離開舊地方，去到新的地方去。②泛指排除陳舊的，趨向新生的。
【例句】任何事物都在發展，在前進，我們應該適應事物的發展規律，～，跟上時代的步伐。

去害興利 ㄑㄩˋ ㄏㄞˋ ㄒㄧㄥ ㄌㄧˋ

【出處】唐・韓愈《國子助教河東薛君墓誌銘》：「後佐河陽軍，任事去害興利。」
【解釋】去：除掉。興：興辦。
【用法】指去掉有害的，興辦有利的。
【例句】我們必須～，爲地方百姓多做好事。
【附註】也作「除害興利」。

去甚去泰 ㄑㄩˋ ㄕㄣˋ ㄑㄩˋ ㄊㄞˋ

【出處】《老子・第二十九章》：「是以聖人去甚、去奢、去泰。」
【解釋】去：離開。泰、甚：過分。
【用法】指作事力戒太過、太甚。
【例句】批評人不可言過其實，應該～，把握一定的分寸。
【附註】也作「去泰去甚」。

去粗取精 ㄑㄩˋ ㄘㄨ ㄑㄩˇ ㄐㄧㄥ

【解釋】去：除掉。粗：粗糙。精：精華。
【用法】除掉粗糙的部分，留取精華的部分。
【例句】作家的創作過程，也就是對生活進行～、去僞存眞、由表及裡的加工改造的過程。
【附註】參看「去蕪存精」。

去惡務盡 ㄑㄩˋ ㄜˋ ㄨˋ ㄐㄧㄣˋ

【出處】《左傳・哀公元年》：「樹德莫如滋，去疾莫如盡。」
【用法】表示不可姑息壞人壞事。
【例句】～，否則春風吹又生。

去蕪存精 ㄑㄩˋ ㄨˊ ㄘㄨㄣˊ ㄐㄧㄥ

【解釋】蕪：雜草、糟粕。存：留。精：精華。
【用法】指除去糟粕，保留精華。
【例句】一件文學作品必須千錘百鍊，～，才能成爲曠世佳作。
【附註】也作「去蕪存菁」。參看「去粗取精」。

去僞存眞 ㄑㄩˋ ㄨㄟˋ ㄘㄨㄣˊ ㄓㄣ

【出處】宋・釋惟白《續傳燈錄・十二・褒禪傳禪師》：「權衡在手，明鏡當台，可以摧邪輔正，可以去僞存眞。」
【解釋】去：除掉。僞：虛假。
【用法】指除掉虛假的部分，保留眞實的部分。
【例句】這些材料是非常龐雜的，我們

必須認眞地加以鑑別，～，這樣才能使它們發揮應有的作用。

闃無人跡（ㄑㄩˋ ㄨˊ ㄖㄣˊ ㄐㄧ）

【出處】《周易・豐》：「窺其戶，闃其無人。」

【解釋】闃：寂靜。

【用法】指十分寂靜，沒有人的踪跡和聲音。

【例句】在我們校園的後面，有一片小樹林，這裡一到傍晚，就～，是個十分幽靜的地方。

【附註】「闃」不能寫成「閴」。

卻客疏士（ㄑㄩㄝˋ ㄎㄜˋ ㄕㄨ ㄕˋ）

【出處】秦・李斯《諫逐客書》：「向使四君卻客而不內（納），疏士而不用，是使國無富利之實，而秦無強大之名也。」（四君：指秦穆公、秦孝公、秦惠王、秦昭王。）

【解釋】卻：拒絕。疏：疏遠。客：外來人。士：讀書人。

【用法】指囿於地方觀念，不用外來的人；妒賢嫉能，也不用有才能的人。

【例句】當一個領導者，要有開闊的胸襟，如此～，怎能成大事？

卻之不恭（ㄑㄩㄝˋ ㄓ ㄅㄨˋ ㄍㄨㄥ）

【出處】《孟子・萬章下》：「郤之爲不恭，何哉？」（郤：同「卻」。）

【解釋】卻：拒絕。別人送的東西，自己心裡盤算受還是不受？如不受就是對人不恭敬。

【用法】用爲接受別人禮物的客套話。

【例句】～，我只好收下了。

雀屏中選（ㄑㄩㄝˋ ㄆㄧㄥˊ ㄓㄨㄥˋ ㄒㄩㄢˇ）

【出處】五代・後晉・劉昫等《舊唐書・高祖竇皇后傳》：「（竇毅）謂長公主曰：『此女才貌如此，不可妄以許人，當爲求賢夫。』乃於門屏畫二孔雀，諸公子有求婚者，輒與兩箭射之，潛約中目者許之。前後數十輩莫能中。高祖後至，兩發各中一目，毅大悅，遂歸於我帝。」

【解釋】雀屏：畫有孔雀的門屏。

【用法】指被選中爲婿。

【例句】他在衆多的追求者中，～，不禁喜出望外。

雀小臟全（ㄑㄩㄝˋ ㄒㄧㄠˇ ㄗㄤˋ ㄑㄩㄢˊ）

見「麻雀雖小，五臟俱全」。

鵲笑鳩舞（ㄑㄩㄝˋ ㄒㄧㄠˋ ㄐㄧㄡ ㄨˇ）

【出處】漢・焦贛《易林・噬嗑之離》：「鵲笑鳩舞，來遺我酒。」

【解釋】鵲：喜鵲。鳩：斑鳩。

【用法】用作喜慶的祝詞。

鵲巢鳩佔（ㄑㄩㄝˋ ㄔㄠˊ ㄐㄧㄡ ㄓㄢˋ）

【出處】《詩經・召南・鵲巢》：「維鵲有巢，維鳩居之。」毛傳：「鳲鳩不自爲巢，居鵲之成巢。」

【解釋】鵲：喜鵲。鳩：斑鳩。喜鵲的窩被斑鳩占居了。

【用法】①比喻女子出嫁，以夫家爲家。②比喻強占他人的住處。

【例句】他原來有一間住房，但～，被別人強行搬進去占住了。

【附註】也作「鵲巢鳩居」。

全力以赴（ㄑㄩㄢˊ ㄌㄧˋ ㄧˇ ㄈㄨˋ）

【解釋】赴：往、到。把全部的力量都投進去。
【用法】表示極端重視。

全功盡棄 ㄑㄩㄢˊ ㄍㄨㄥ ㄐㄧㄣˋ ㄑㄧˋ

【解釋】功：為求得成效而用的力量。棄：丟掉，白費了。
【用法】指全部勞動完全白費了。
【例句】沒有料到這個毫不引人注意的地方出了差錯，竟會影響全局，弄得～。
【附註】參看「前功盡棄」。

全軍覆沒 ㄑㄩㄢˊ ㄐㄩㄣ ㄈㄨˋ ㄇㄛˋ

【出處】五代．後晉．劉昫等《舊唐書．李希烈傳》：「官軍皆為其所敗，荊南節度史張伯儀全軍覆沒。」
【解釋】覆沒：船翻沉。
【用法】①比喻全部喪失。整個軍隊全被消滅。②比喻遭到徹底失敗。
【例句】滑鐵盧一戰，雄視歐洲的拿破侖～，遭到慘敗。
【附註】「覆」不能寫成「復」。

全知全能 ㄑㄩㄢˊ ㄓ ㄑㄩㄢˊ ㄋㄥˊ

【解釋】全部都知道，全部都能做。
【用法】形容無所不知，無所不能。
【例句】無論多麼高明的領導者都不會是～的，因此，都應該虛心學習。

全始全終 ㄑㄩㄢˊ ㄕˇ ㄑㄩㄢˊ ㄓㄨㄥ

【出處】明．吳承恩《西遊記》第四十八回：「行者道：『為人為徹，一定等那大王來吃了，才是個全始全終；不然，又教他降災貽害，反為不美。』」
【用法】指做事首尾一致，有始有終。
【例句】工作要～，有頭有尾，不能半途而廢。

全受全歸 ㄑㄩㄢˊ ㄕㄡˋ ㄑㄩㄢˊ ㄍㄨㄟ

【出處】《禮記．祭義》：「父母全而生之，子全而歸之，可謂孝矣。不虧其體，不辱其身，可謂全矣。」
【用法】指子女的身體受自父母，應當潔身自愛，在死時以完美無垢的身體給父母一個交待。
【例句】身體髮膚受之父母，我們必須～，這是基本孝道。

拳不離手，曲不離口 ㄑㄩㄢˊ ㄅㄨˋ ㄌㄧˊ ㄕㄡˇ，ㄑㄩˇ ㄅㄨˋ ㄌㄧˊ ㄎㄡˇ

【解釋】拳：拳術。曲：歌曲。練武的人經常打拳，練唱的人經常唱歌。
【用法】比喻堅持勤學練習，以求達到十分熟練的程度。
【例句】不少文藝工作者做到「～」，因此他們的藝術達到了爐火純青的地步。

拳打腳踢 ㄑㄩㄢˊ ㄉㄚˇ ㄐㄧㄠˇ ㄊㄧ

【出處】元．李壽卿《伍員吹簫》第一折：「我便拳撞腳踢，也不怕他不死。」
【解釋】用拳頭打，用腳踢。
【用法】指徒手打人或相互搏鬥時的動作。
【例句】敵人～地把他揍了一頓，他咬緊牙關，連哼也沒有哼一聲。

拳拳服膺 ㄑㄩㄢˊ ㄑㄩㄢˊ ㄈㄨˊ ㄧㄥ

【出處】《禮記．中庸》：「得一善，則拳拳服膺而弗失之矣。」
【解釋】拳拳：形容懇切。膺：胸。服

膺：謹記在心。
【用法】表示態度誠懇，對某事心悅誠服。
【例句】對於你的勸告，我當～，身體力行。

拳拳之忠

【出處】漢·司馬遷《報任安書》：「拳拳之忠，終不能自列。因爲誣上，卒從吏議。」
【解釋】拳拳：形容懇切。忠：忠誠。
【用法】形容非常懇切、忠誠，一片眞心實意。
【例句】諸葛亮不負劉備托孤，對阿斗報以～，但是，阿斗是一個扶不起來的天子，因此，諸葛亮畢其一生所建立的基業，還是葬送在他手中了。

拳拳盛意

【解釋】拳拳：形容懇切。盛意：意情厚意。
【用法】表示態度懇切，發自內心的深情厚意。
【例句】您的～，我是感激萬分的，但我不能那樣做，請您諒解。

權衡得失

【解釋】權：稱坨。衡：稱桿。權衡：比較、衡量。得失：所得和所失，即成功和失敗。
【用法】指考慮一件事的成果和損失。
【例句】～，我下定決心還是留下來。

權衡利弊

【解釋】權：稱坨。衡：稱桿。權衡：比較、衡量。
【用法】指比較一下哪一個有利哪一個有害。
【例句】要不要改變產品的方向，必須從多方面～。
【附註】參看「權衡得失」。

權衡輕重

【出處】《莊子·胠篋》：「爲之權衡以稱之。」
【解釋】權：稱坨。衡：稱桿。權衡：比較、衡量。衡量哪個輕哪個重。
【用法】比喻分清主要的和次要的。
【例句】究竟是先解決職工宿舍問題，還是先解決辦公樓的擴建？必須～，才能定下來。

權宜之計

【出處】漢·班固《漢書·張耳陳餘傳》：「耳、餘說武臣曰：『王王趙，非楚意，特以計賀王。』」顏師古注：「言力不能制，且事安撫爲權宜之計耳。」
【解釋】權宜：因時因事而變通辦法。
【用法】指爲了應付事情的變化而暫時採取的適宜辦法。
【例句】這個辦法雖不好，但這只是～。先度過目前的難關，我們會再想更好的辦法。

泉石膏肓

【解釋】泉石：指山水、園林佳勝之處。膏肓：我國古代醫學上把心尖脂肪叫「膏」，心臟和隔膜之間叫「肓」，認爲是藥力達不到的地方。
【用法】指愛山水、園林成爲癖病。
【例句】他遊山玩水的興致眞是大得很

，每到一處勝境，都流連忘返，眞所謂～！

泉石之樂（ㄑㄩㄢˊ ㄕˊ ㄓ ㄌㄜˋ）

【解釋】泉石：指山水、園林佳勝之處。樂：樂趣。

【用法】指生活在山水園林之中，享受其中的樂趣。

【例句】我十分羨慕那些居住在名山勝境的人，他們可以常常享受～，這也是一大幸事。

犬馬之報（ㄑㄩㄢˇ ㄇㄚˇ ㄓ ㄅㄠˋ）

【出處】元・無名氏《連環計》第二折：「呂布至死也不忘大德，當效犬馬之報。」

【解釋】犬馬：封建時代臣下對君主或下對上常自比爲「犬馬」，表示其忠誠。

【用法】指像犬馬那樣供人驅使，以報其恩情。

【例句】對你的大恩大德，我實在無以爲報，只能效～。

犬馬之年（ㄑㄩㄢˇ ㄇㄚˇ ㄓ ㄋㄧㄢˊ）

【出處】《京本通俗小說・西山一窟鬼》：「教授問：『婆婆高壽？』婆子道：『老媳婦犬馬之年七十有五。』」

【解釋】犬馬：臣下對君主或下對上常自比爲「犬馬」。年：年齡。

【用法】下對上指自已年歲時的謙詞。

【例句】老漢～六十，虛長縣爺五歲。

犬馬之勞（ㄑㄩㄢˇ ㄇㄚˇ ㄓ ㄌㄠˊ）

【出處】明・施耐庵《水滸傳》第六十三回：「李某不才，食祿多矣，無功報德，願施犬馬之勞。」

【解釋】犬馬：臣下對君主或下對上常自比爲「犬馬」，表示忠誠。

【用法】比喩甘願爲主子或他人奔走效勞。

【例句】《三國演義》第三十八回：「孔明見其意甚誠，乃曰：『將軍既不相棄，願效～。』」

犬兎之爭（ㄑㄩㄢˇ ㄊㄨˋ ㄓ ㄓㄥ）

【出處】《戰國策・齊策三》載：齊宣王想攻打魏國，上大夫淳于髡對宣王講了犬兎追逐兩敗俱傷的故事勸說宣王：「韓子盧者，天下之疾犬也；東郭逡者，海內之狡兎也，韓子盧逐東郭逡，環山者三，騰山者五；兎極於前，犬廢於後；犬兎俱罷（疲），各死其處。田父見之，無勞勌之苦而擅其功。」（疾犬：善跑的狗。廢：困倦。罷（ㄆㄧˊ）通「疲」。勌：同「倦」。）

【用法】比喩無益之爭。

【例句】你們兩人如此作～，何益？

犬牙相制（ㄑㄩㄢˇ ㄧㄚˊ ㄒㄧㄤ ㄓˋ）

【出處】漢・司馬遷《史記・孝文本紀》：「高帝封王子弟，犬牙相制，此所謂磐石之宗也。」

【解釋】犬牙：狗的牙齒。制：牽制。

【用法】比喩地界接連，如犬牙交錯，可以互相牽制。

【附註】參看「犬牙相錯」。

犬牙相錯（ㄑㄩㄢˇ ㄧㄚˊ ㄒㄧㄤ ㄘㄨㄛˋ）

【出處】漢・班固《漢書・中山靖王傳

》：「諸侯王自以骨肉至親，先帝所以廣封連城，犬牙相錯者，為磐石宗也。」顏師古注：「錯，雜也，其言地相交雜。」

【解釋】犬牙：狗的牙齒。錯：交錯。

【用法】①比喻交界線很曲折。②也比喻多種因素交叉的複雜情況。

【例句】敵我雙方～，形成了包圍和反包圍的複雜局面。

【附註】也作「犬牙交錯」。

勸百諷一

【出處】漢・班固《漢書・司馬相如傳贊》：「楊雄以為靡麗之賦，勸百而諷一。」顏師古注：「奢靡之辭多，而節儉之言少也。」指揚雄作賦，雖然有意地諷諫，但因講求詞藻，鋪張過多，結果適得其反。

【用法】①形容著書行文，不能使人警誡，反而在無形中勸誘人學壞。②形容得不償失。

【例句】文學作品必須注意對社會的影響，這篇小說，雖意在告誡人們必須注意青少年的教育問題，但由於過多渲染犯罪細節，結果是～，效果反而不好。

勸善懲惡

【出處】南朝・宋・范曄《後漢書・賈逵傳》：「今《左氏》崇君父、卑臣子，強幹弱枝，勸善戒惡，至明至切，至直至順。」

【解釋】勸：勸勉。懲：懲罰。

【用法】指勸勉善者，懲罰惡者。

【例句】他一上任就～，地方大治。

群魔亂舞

【解釋】一群魔鬼亂哄哄地起舞。

【用法】比喻一些壞人猖狂活動的醜象。

【例句】在那～的黑暗時代裡，他用自己的行為和生命，為我們譜出一曲悲壯的正義之歌。

群分類聚

【出處】《周易・繫辭上》：「方以類聚，物以群分，吉凶生矣。」

【解釋】適合群的按群分開，同類的就聚攏在一起。

【用法】指人或物按其固有的共性形成的分類。

【例句】他的品行不好，所結交的也都是不好的朋友，果然是～。

群龍無首

【出處】《周易・乾》：「用九，見群龍無首，吉。」意為群龍出現，其中無龍王，但龍各有剛健之德，故吉。

【解釋】首：頭，引申為領袖。一群龍沒有一個領頭的。

【用法】比喻眾人會集，沒有領頭人。

【例句】我們既然是個團體，就應該有組織、有領導人，否則～，各行其是，那是什麼事也做不成的。

群鴻戲海

【出處】唐・張彥遠《法書要錄》：「王羲之書如群鴻戲海。」

【解釋】鴻：鴻雁。海：指大湖。像許多飛鴻在大湖裡遊戲一樣。

【用法】形容書法遒勁靈活。

群居終日，言不及義

【出處】《論語・衛靈公》：「子曰：『群居終日，言不及義，好行小惠，難矣哉！』」

【解釋】一群人聚集在一起，整天也不談一句有道理的話。

【用法】形容成天胡扯，不說正經事。

【例句】這些人～，對社會一點貢獻都沒有。

群起而攻之（ㄑㄩㄣˊ ㄑㄧˇ ㄦˊ ㄍㄨㄥ ㄓ）

【出處】《論語・先進》：「子曰：『非吾徒也，小子鳴鼓而攻之可也！』」（小子：指門人、弟子。）

【解釋】群：衆人。攻：攻擊。

【用法】指衆人一同起來指責攻擊他。

【例句】沒有料到，我的一席話，竟遭到大家反對，人們～。但是，雖然如此，我仍然不放棄我的意見。

群輕折軸（ㄑㄩㄣˊ ㄑㄧㄥ ㄓㄜˊ ㄓㄡˊ）

【出處】《戰國策・魏策一》：「臣聞積羽沉舟，群輕折軸，衆口鑠金，故願大王熟計之也。」

【解釋】群：許多東西。軸：車軸。即使是輕的東西，堆積過多，也能把車軸壓斷。

【用法】比喻小的壞事如任其滋長，也會造成嚴重後果。

【例句】不要以爲這些都是小事情就馬馬虎虎、不堅持原則。要知道，積羽沉舟、～，小事情也會影響集體的信譽。

群雌粥粥（ㄑㄩㄣˊ ㄘ ㄓㄨ ㄓㄨ）

【出處】唐・韓愈《琴操・雉朝飛》詩：「當東而西，當啄而飛，隨飛隨啄，群雌粥粥。」

【解釋】雌：本義指母鳥，此指婦女。粥粥：鳥相呼聲，原指群鳥鳴叫相呼應。

【用法】喻許多婦女聚在一塊兒絮語。

【例句】這些長舌婦一聚在一起，就只聽到～，眞令人受不了。

群策群力（ㄑㄩㄣˊ ㄘㄜˋ ㄑㄩㄣˊ ㄌㄧˋ）

【出處】漢・揚雄《法言・重黎》：「漢屈群策，群策屈群力。」李軌注：「屈，盡也。言漢能屈己以用群臣之策，群臣能屈己以悅群士之力，故勝也。」

【解釋】策：計策、主意。大家出主意、出力氣。

【用法】形容集中群衆的智慧和力量。

【例句】我們要腳踏實地，～，努力把教育工作做好。

群而不黨（ㄑㄩㄣˊ ㄦˊ ㄅㄨˋ ㄉㄤˇ）

【出處】《論語・衛靈公》：「子曰：『君子矜而不爭，群而不黨。』」

【解釋】群：合群。黨：宗派。

【用法】指合群相處但並不鬧派別。

【例句】他能與任何人相處，卻又不偏私，的確能做到～。

群蟻附羶（ㄑㄩㄣˊ ㄧˇ ㄈㄨˋ ㄕㄢ）

【出處】《莊子・徐無鬼》：「羊肉不慕蟻，蟻慕羊肉，羊肉羶也。舜有羶行，百姓悅之，故三徙成都，至鄧之虛，而十有萬家。」

【解釋】羶：羊臊氣，引申爲類似羊臊氣。一群螞蟻附在有腥羶氣味的東西上。

【用法】比喻追逐的人很多。

【例句】他的能力很強，～，很多人投靠他，於是勢力就漸漸強大了。

群英薈萃 ㄑㄩㄣˊ ㄧㄥ ㄏㄨㄟˋ ㄘㄨㄟˋ

【解釋】英：才能出衆的人。薈萃：會集、聚集。

【用法】許多才能出衆的人聚在一起。

【例句】今日聚會，～，我哪有資格當主席？

裙屐少年 ㄑㄩㄣˊ ㄐㄧ ㄕㄠˋ ㄋㄧㄢˊ

【出處】唐・李延壽《北史・邢巒傳》：「蕭深藻是裙屐少年，未洽政務。」

【解釋】屐：木鞋。穿裙子、著木屐是六朝貴族子弟的流行衣著。

【用法】指衣著考究、無所事事的富家子弟。

【例句】這些～，養尊處優，是成不了大事的。

煢煢孑立，形影相弔 ㄑㄩㄥˊ ㄑㄩㄥˊ ㄐㄧㄝˊ ㄌㄧˋ ㄒㄧㄥˊ ㄧㄥˇ ㄒㄧㄤ ㄉㄧㄠˋ

【出處】漢・張衡《思玄賦》：「何孤行之煢煢兮，孑不群而介立。」

【解釋】煢煢：孤獨，無所依靠的樣子。孑立：孤單地立著。形：身形。弔：慰問。

【用法】形容無依無靠，十分孤獨。

【例句】自從妻子死後，只剩下他一個人，～，生活變得孤單而又寂寞。

瓊樓玉宇 ㄑㄩㄥˊ ㄌㄡˊ ㄩˋ ㄩˇ

【出處】晉・王嘉《拾遺記》：「翟乾祐於江岸玩月，或問：『此中何有？』翟笑曰：『可隨我觀之。』俄見瓊樓玉宇爛然。」（爛然：明亮的樣子。）

【解釋】瓊：美玉。「瓊樓」和「玉宇」，是傳說中仙人居住的樓台宮殿。

【用法】形容瑰麗堂皇的建築物。

【例句】當年的～，如今只剩斷垣殘壁，實在令人感嘆。

瓊林玉樹 ㄑㄩㄥˊ ㄌㄧㄣˊ ㄩˋ ㄕㄨˋ

【出處】唐・蔣防《霍小玉傳》：「但覺一室之中，若瓊林玉樹，互相照耀。」

【解釋】瓊：美玉。

【用法】形容精美華麗的陳設。

【例句】他的新居佈置非常華麗，～，互相輝映。

瓊漿玉液 ㄑㄩㄥˊ ㄐㄧㄤ ㄩˋ ㄧㄝˋ

【出處】戰國・楚・宋玉《招魂》：「華酌既陳，有瓊漿些。」

【解釋】瓊：美玉。古代傳說用美玉製成的漿液，喝了可以成仙。

【用法】比喻名貴的美酒或飲料。

【例句】她這時的心情很不好，就是～也是難以下咽的。

【附註】①也作「玉液瓊漿」。②「液」語音ㄧㄝ。

窮不失義 ㄑㄩㄥˊ ㄅㄨˋ ㄕ ㄧˋ

【出處】《孟子・盡心上》：「故士窮不失義，達不離道。」

【解釋】窮：不得志。義：道義。

【用法】指雖然不得志，卻也不違背道義。

【例句】孩子！我們～，不可因爲窮而喪失了我們做人的原則。

窮兵黷武 ㄑㄩㄥˊ ㄅㄧㄥ ㄉㄨˊ ㄨˇ

【出處】晉・陳壽《三國志・吳書・陸

抗傳》：「而聽諸將徇名，窮兵黷武，動費萬計。士卒彫瘁，寇不為衰，而我已大病矣！」

【解釋】窮兵：用盡全部兵力。黷武：濫用武力。

【用法】指使用全部兵力，肆意發動戰爭。

【例句】秦始皇～，毫不體恤民生疾苦，所以死後不久，秦朝就被推翻了。

窮達有命（ㄑㄩㄥˊ ㄉㄚˊ ㄧㄡˇ ㄇㄧㄥˋ）

【出處】漢・班彪《王命論》：「窮達有命，吉凶由人。」

【解釋】窮：不得志，不顯貴。達：得志、顯貴。

【用法】指不得志或顯達都是命裡注定的。

【例句】唉！今日我會落到這種境地，也只有以～來自我安慰了。

窮當益堅（ㄑㄩㄥˊ ㄉㄤ ㄧˋ ㄐㄧㄢ）

【出處】南朝・宋・范曄《後漢書・馬援傳》：「（援）嘗謂賓客曰：『丈夫為志，窮當益堅，老當益壯。』」

【解釋】窮：不得志。益：更。

【用法】指處境困難而意志應更堅定。

【例句】我們中國人是有志氣的，～，困難絕嚇不倒我們！

【附註】也作「窮且益堅」。

窮途末路（ㄑㄩㄥˊ ㄊㄨˊ ㄇㄛˋ ㄌㄨˋ）

【出處】清・文康《兒女英雄傳・第五回》：「你如今是窮途末路，舉目無依。」

【解釋】窮途：絕路。末路：路的盡頭。

【用法】形容已經到了無路可走的境地（現常用於貶義）。

【例句】這個暴君種種暴行，逼得自己走到～。

窮途潦倒（ㄑㄩㄥˊ ㄊㄨˊ ㄌㄠˇ ㄉㄠˇ）

【用法】形容無路可走，非常失意。

【例句】戰爭期間，他們全家流落到四川，～，求告無門，只能靠著典當暫且維持生活。

窮鳥入懷（ㄑㄩㄥˊ ㄋㄧㄠˇ ㄖㄨˋ ㄏㄨㄞˊ）

【出處】晉・陳壽《三國志・魏書・邴原傳》：「（劉）政窘急，往投原。」裴松之注引《魏氏春秋》：「政投原曰：『窮鳥入懷。』原曰：『安知斯懷之可入邪（耶）？』」意思是劉政有勇力計謀，受人迫害，因避公孫度捕捉而投奔邴原，自稱「窮鳥入懷」。

【解釋】無處棲身的鳥投入人的懷抱。

【用法】比喻處境困窘而投靠別人。

【例句】他實在走投無路，只好～，暫時投靠你了。

窮年累月（ㄑㄩㄥˊ ㄋㄧㄢˊ ㄌㄟˇ ㄩㄝˋ）

【出處】《荀子・榮辱》：「又欲夫餘財蓄積之富也，然而窮年累世，不知不足，是人之情也。」

【解釋】窮年：年初到年終，整年。累月：持續幾個月。

【用法】形容連續不斷，時間久長。

【例句】我～地在這方面研究，今日才有如此小小成就。

【附註】原作「窮年累世」。

窮理盡性（ㄑㄩㄥˊ ㄌㄧˇ ㄐㄧㄣˋ ㄒㄧㄥˋ）

【出處】《周易・說卦》：「窮理盡性

，以至於命。」

【解釋】窮：尋求到盡頭。窮理：窮究事物的道理。

【用法】①指徹底推究事物的道理，透徹了解人類的天性。②泛指窮究事理。

【例句】他就是因爲具有～的精神，才成爲偉大的哲學家。

窮寇勿追（ㄑㄩㄥˊ ㄎㄡˋ ㄨˋ ㄓㄨㄟ）

【出處】《孫子・軍爭》：「歸師勿遏，圍師必闕，窮寇勿追，此用兵之法也。」意指追擊殘敵，要講究策略，如過於急迫，反而達不到消滅敵人的目的。

【解釋】窮寇：窮途末路的賊寇，泛指殘敗的敵人。不追無路可逃的敵人。

【用法】比喻不逼人過甚。

【例句】你已打敗他了，～，就放他一馬吧！

窮困潦倒（ㄑㄩㄥˊ ㄎㄨㄣˋ ㄌㄠˇ ㄉㄠˇ）

【出處】唐・杜甫《登高》詩：「艱難苦恨繁霜鬢，潦倒新停濁酒杯。」

【解釋】潦倒：失意。

【用法】指生活貧困，失意頹喪。

【例句】他的晚年過著～的生活。

窮極無聊（ㄑㄩㄥˊ ㄐㄧˊ ㄨˊ ㄌㄧㄠˊ）

【出處】宋・費昶《思公子》詩：「虞卿亦何命，窮極若無聊。」

【解釋】無聊：精神空虛，無所寄托。

【用法】指困窘到了極點，精神無所依靠。

【例句】你什麼事不好做，卻把大好光陰浪費在閑扯、打牌上，眞是～！

窮家富路（ㄑㄩㄥˊ ㄐㄧㄚ ㄈㄨˋ ㄌㄨˋ）

【出處】清・石玉昆《三俠五義》第二十三回：「銀子雖多，賢弟只管拿去。俗語說得好：『窮家富路。』」

【用法】指在家應當節儉，外出時應多帶盤纏，以備不時之需。

【例句】你用不著擔心家裡，還是多帶些錢吧，常言說「～」，免得旅途中爲難。

窮泉朽壤（ㄑㄩㄥˊ ㄑㄩㄢˊ ㄒㄧㄡˇ ㄖㄤˇ）

【出處】晉・潘岳《哀求逝文》：「委蘭房兮繁華，襲窮泉兮朽壤。」

【解釋】窮泉：泉下，指地層的深處。朽壤：腐爛的土壤。

【用法】指人死後埋葬的地方。

【例句】凡人死後，所擁有的也只是～，生前又何必貪多務得？

窮鄉僻壤（ㄑㄩㄥˊ ㄒㄧㄤ ㄆㄧˋ ㄖㄤˇ）

【出處】宋・曾鞏《敍盜》：「窮鄉僻壤、大川長谷之間，自中家以上，日暮持錢，無告糴之所。」

【解釋】僻：偏僻。壤：土地。

【用法】指荒遠偏僻的地區。

【例句】像你這種人才，卻在～的鄉下學校當個小教員，實在委屈你了。

窮巷掘門（ㄑㄩㄥˊ ㄒㄧㄤˋ ㄐㄩㄝˊ ㄇㄣˊ）

【出處】《戰國策・秦策一》：「且夫蘇秦，特窮巷掘門，桑戶棬樞之士耳。」鮑彪注：「掘門，鑿垣爲門。」

【解釋】窮巷：僻巷。掘門：簡陋的門戶。

【用法】形容住在荒僻的里巷，簡陋的土屋。

【例句】王冕少年時代非常窮苦，居於～，但因刻苦好學，竟在繪畫和詩歌方面都取得了很大的成就。

窮形盡相（ㄑㄩㄥˊ ㄒㄧㄥˊ ㄐㄧㄣˋ ㄒㄧㄤˋ）

【出處】晉・陸機《文賦》：「雖離方而遯員(圓)，期窮形而盡相。」呂向注：「不見方圓之形，終期盡物之象也。相，象也。」
【解釋】窮：窮盡。相：相貌。
【用法】①指文學作品描繪得十分細膩，形象生動，表露盡致。②指人的醜態畢露。
【例句】看這些人為了追求名利，逢迎諂媚的各種～，實在令人不恥。
【附註】「相」不能念成ㄒㄧㄤ。

窮凶極惡（ㄑㄩㄥˊ ㄒㄩㄥ ㄐㄧˊ ㄜˋ）

【出處】漢・班固《漢書・王莽傳贊》：「窮凶極惡，流毒諸夏。」
【解釋】窮：極端。
【用法】指極端殘暴惡毒。
【例句】他並非～之徒，希望你能給他一個改過自新的機會。

窮愁潦倒（ㄑㄩㄥˊ ㄔㄡˊ ㄌㄠˇ ㄉㄠˇ）

【解釋】窮愁：窮困愁苦。潦倒：頹喪、不得志。
【用法】形容生活貧困，無法過活。
【附註】參看「窮途潦倒」。

窮奢極欲（ㄑㄩㄥˊ ㄕㄜ ㄐㄧˊ ㄩˋ）

【出處】漢・班固《漢書・谷永傳》：「窮奢極欲，湛湎荒淫，婦言是從，誅逐仁賢，離逖骨肉，群小用事，……百姓愁怨。」
【解釋】窮：極、盡。奢：奢侈、浪費。欲：欲望、奢望。極端的奢侈和貪慾。
【用法】形容荒淫腐化無度，任意地揮霍浪費。
【例句】清末和珅據說以珍珠粉為食，日食萬錢，真是～到極點。

窮山惡水（ㄑㄩㄥˊ ㄕㄢ ㄜˋ ㄕㄨㄟˇ）

【解釋】窮山：荒山。惡水：有危害的河川。
【用法】形容自然條件非常惡劣。
【例句】經過長期的奮鬥，在這～的地方，已經長出了茂盛的莊稼。

窮鼠囓狸（ㄑㄩㄥˊ ㄕㄨˇ ㄋㄧㄝˋ ㄌㄧˊ）

【出處】漢・桓寬《鹽鐵論・詔聖》：「死不再生，窮鼠囓狸。」
【解釋】囓：咬。狸：狸貓。餓極了的老鼠也要咬貓。
【用法】比喻被人欺壓，逼得無路可走，雖力不能敵也要反抗爭鬥。
【例句】～，當人們被逼得走投無路時，必然要以死相拚。

窮則思變（ㄑㄩㄥˊ ㄗㄜˊ ㄙ ㄅㄧㄢˋ）

【解釋】窮：窮盡。思：琢磨、考慮。
【用法】①指事物到了盡頭，就要發生變化。②指人在困境中就要想法改變自己的處境。
【例句】困難當然是壞事情，然而～，又能把壞事變為好事。

窮而後工（ㄑㄩㄥˊ ㄦˊ ㄏㄡˋ ㄍㄨㄥ）

【出處】宋・歐陽修《梅聖俞詩集序》：「蓋愈窮則愈工，然則非詩之能窮人，殆窮者而後工也。」

【用法】指文人處境窮困，詩就寫得好。

【例句】李後主、李清照都是～，在困苦的環境中才有血淚的佳作傳世，是幸還是不幸？

窮閻漏屋（ㄑㄩㄥˊ ㄧㄢˊ ㄌㄡˋ ㄨ）

【出處】《荀子．儒效》：「（儒者）雖隱於窮閻漏屋，人莫不貴之。貴道誠存也。」

【解釋】閻：里巷。漏：同「陋」，簡陋。

【用法】指偏僻、狹小、簡陋的住所。

【例句】他雖然住在～之中，卻絕不肯覥顏事權貴。

【附註】也作「窮巷陋室」。

窮猿投林（ㄑㄩㄥˊ ㄩㄢˊ ㄊㄡˊ ㄌㄧㄣˊ）

【出處】唐．房玄齡等《晉書．李充傳》：「窮猿投林，豈暇擇木！」

【解釋】窮猿：被獵人緊追的猿猴。

【用法】比喻人的處境危險，急於選擇棲身的地方。

【例句】宋．蘇軾《與王定國書》：「近在常置得一小莊子，歲可得百石，似可足食。非不知揚州之美，～，不暇擇木也。」

窮原竟委（ㄑㄩㄥˊ ㄩㄢˊ ㄐㄧㄥˋ ㄨㄟˇ）

【出處】《禮記．學記》：「三王之祭川也，皆先河而後海，或源也，或委也，此之謂務本。」孔穎達疏：「言三王祭百川之時，皆先祭河而後祭海也。或先祭其源，或後祭其委。河爲海本，源爲委本。」

【解釋】窮：尋求到盡頭。原：源、起源。竟：追究。委：末尾。原委：事情從頭到尾的經過。

【用法】比喻深入探求事物的前因。

【例句】任何事物都有它自己的發展過程，我們應該～，把它搞清楚。

〔ㄒ部〕

吸風飲露（ㄒㄧ ㄈㄥ ㄧㄣˇ ㄌㄨˋ）

【出處】《莊子・逍遙遊》：「藐姑射之山，有神人居焉。肌膚若冰雪，綽約若處子，不食五穀，吸風飲露。」

【用法】①指神仙不食五穀。②指迷信的人幻想成仙而不進烟火燒煑的飲食。

【例句】人光靠～是活不下去的，還是要吃點人間火食。

嘻皮笑臉（ㄒㄧ ㄆㄧˊ ㄒㄧㄠˋ ㄌㄧㄢˇ）

【出處】淸・曹雪芹《紅樓夢》第三十回：「你要仔細，你見我和誰玩過！有和你素日嘻皮笑臉的姑娘們，你該問他們去！」

【用法】形容嘻嘻哈哈，不嚴肅、不莊重的樣子。

【例句】班長隨又～岔了一句。

嬉笑怒罵（ㄒㄧ ㄒㄧㄠˋ ㄋㄨˋ ㄇㄚˋ）

【出處】宋・黃庭堅《東坡先生眞贊》：「東坡之酒，赤壁之笛，嬉笑怒罵，皆成文章。」

【用法】指由各種感情的產生的不同活動。

【例句】先生的雜文，揮洒自如，不拘一格，～，皆成文章。

【附註】常與「皆文章」連用，指寫文章手法靈活多樣，不拘一格，無論是嬉笑怒罵的文字或大小事物，順手拈來，借題發揮，都能寫成好文章。

希世之珍（ㄒㄧ ㄕˋ ㄓ ㄓㄣ）

【出處】元・歐陽玄《題紫微老人大字歌》：「家藏有此希世珍。」

【解釋】希世：世間少有。

【用法】人間稀罕難得的珍寶。

【例句】在故宮博物館展出的珠寶玉器，都是些～。

悉索敝賦（ㄒㄧ ㄙㄨㄛˇ ㄅㄧˋ ㄈㄨˋ）

【出處】《左傳・襄公八年》：「敝邑之人，不敢寧處，悉索敝賦，以討於蔡，獲司馬燮，獻於邢丘。」

【解釋】悉：全部。索：搜索。敝：對人稱自己的客氣話。賦：古代按田賦出兵車甲士，代指兵力。搜索出本國全部的兵力。

【用法】泛指盡其所有以相供給。

【例句】爲了抗戰，我們當～，以供軍需。

【附註】也作「悉獲弊賦」、「悉索薄賦」。

熙來攘往（ㄒㄧ ㄌㄞˊ ㄖㄤˇ ㄨㄤˇ）

【解釋】熙、攘：喧鬧、紛亂的樣子。

【用法】形容人來人往，非常熱鬧。

【例句】百貨公司一帶～，一片繁榮景象。

熙熙攘攘（ㄒㄧ ㄒㄧ ㄖㄤˇ ㄖㄤˇ）

【出處】漢・司馬遷《史記・貨殖列傳》：「天下熙熙，皆爲利來；天下壤壤，皆爲利往。」（壤：通「攘」。）

【解釋】熙熙：和樂的樣子。攘攘：紛亂的樣子。

【用法】形容人的來往頻繁，非常之熱鬧。
【例句】在～的人流中，他一眼就看見了她，急忙趕了過去。

稀奇古怪 ㄒㄧ ㄑㄧˊ ㄍㄨˇ ㄍㄨㄞˋ

【解釋】稀奇：稀少而新奇。古怪：生疏罕見的。
【用法】形容稀少而怪誕的事情。
【例句】最近，我們這裏出了不少～的事情。

羲皇上人 ㄒㄧ ㄏㄨㄤˊ ㄕㄤˋ ㄖㄣˊ

【出處】晉・陶潛《與子儼等疏》：「嘗言五六月中北窗下臥，遇涼風暫至，自謂是羲皇上人。」
【解釋】羲皇：古時伏羲氏。上：在先，前、先於古時伏羲氏的人。
【用法】指無拘無束，無憂無慮，最自由自在的原始人。
【例句】倘能卸下繁重的工作負擔，過著「～」般自在的生活，必能紓解你緊繃的精神。

膝下猶虛 ㄒㄧ ㄒㄧㄚˋ ㄧㄡˊ ㄒㄩ

【解釋】膝下：膝蓋下。猶：還。虛：空、無。
【用法】指沒兒沒女。
【例句】他們結婚已經十幾年了，但因爲～，總覺得很遺憾。

膝癢搔背 ㄒㄧ ㄧㄤˇ ㄙㄠ ㄅㄟˋ

【出處】漢・桓寬《鹽鐵論・利議》：「諸生無能出奇計，遠圖匈奴安邊境之策，抱枯竹，守空言，不知趨舍之宜，時世之變，議論無所依，如膝癢而搔背。」
【解釋】膝：膝蓋。搔：用手指甲輕抓。膝蓋發癢卻用手指甲去搔脊背。
【用法】①指搔不到癢處。②比喻說話不中肯或辦事抓不著主要關鍵。
【例句】你的這篇文章，～，沒有抓住要領，要改寫怕是很費力的。

西鄰責言 ㄒㄧ ㄌㄧㄣˊ ㄗㄜˊ ㄧㄢˊ

【出處】《左傳・僖公十五年》：「西鄰責言，不可償也。」
【解釋】西鄰：西邊的鄰國。責：問罪於人。
【用法】泛指別人前來責難。

蹊田奪牛 ㄒㄧ ㄊㄧㄢˊ ㄉㄨㄛˊ ㄋㄧㄡˊ

【出處】《左傳・宣公十一年》：「牽牛以蹊人之田，而奪之牛。牽牛以蹊者，信有罪矣，而奪之牛，罰已重矣。」
【解釋】蹊：踐踏。奪：強奪。
【用法】比喻處罰過重，罰不當罪。
【例句】他只不過擦撞到你的車燈，你竟要求賠償一部新車，這是「～」的作法，十分不合理。

席不暇暖 ㄒㄧˊ ㄅㄨˋ ㄒㄧㄚˊ ㄋㄨㄢˇ

【出處】漢・劉安《淮南子・修務》：「孔子無黔突，墨子無煖席。」
【解釋】席：座位。暇：空閑的時間。
【用法】形容忙碌得很，連座位都沒坐熱就又走了。
【例句】他爲了工作，整天東奔西跑，簡直是～。

席豐履厚（ㄒㄧˊ ㄈㄥ ㄌㄩˇ ㄏㄡˋ）

【出處】清・吳趼人《二十年目睹之怪現狀》第十四回：「你看他們帶上幾年兵船，就都一個個的席豐履厚起來，那裏還肯去打仗！」

【解釋】席：坐席、職位。履：鞋，引伸爲踩著，占有。

【用法】憑藉職位占有優厚的財物。

【例句】他才當幾年經理，就能～，眞叫人不服！

席地而坐（ㄒㄧˊ ㄉㄧˋ ㄦˊ ㄗㄨㄛˋ）

【出處】宋・薛居正等《舊五代史・李茂貞傳》：「但御軍整衆，都無紀律，當食則造庖厨，往往席也而坐。」

【解釋】席：座席。指古人鋪座席於地而坐。

【用法】泛指以地爲座席而坐，也就是說就地坐下。

【例句】在星空下，大夥兒～，有的彈吉他，有的引吭高歌，好不快樂。

席捲天下（ㄒㄧˊ ㄐㄩㄢˇ ㄊㄧㄢ ㄒㄧㄚˋ）

【出處】漢・賈誼《過秦論》：「有席捲天下，包舉宇內，囊括四海之意，並吞八荒之心。」

【解釋】席捲：像捲席子，包括無餘。

【用法】形容勢力雄厚，有征服世界的力量。

【例句】他野心勃勃，企圖～，征服世界。

席珍待聘（ㄒㄧˊ ㄓㄣ ㄉㄞˋ ㄆㄧㄣˋ）

【出處】《禮記・儒行》：「儒有席上之珍以待聘。」孔穎達疏：「席，猶鋪陳也，珍謂美善之道，言儒能鋪陳上古堯舜之道以待君上聘召也。」

【解釋】席：鋪陳。珍：治國之術。

【用法】泛指恃才待用。

【例句】小郭～，期望識才伯樂舉用他，以發揮所長。

息交絕游（ㄒㄧ ㄐㄧㄠ ㄐㄩㄝˊ ㄧㄡˊ）

【出處】晉・陶淵明《歸去來辭》：「歸去來兮！請息交以絕游。」

【解釋】息：停止。絕：斷絕。交、游：指朋友往來等社交活動。

【用法】形容避絕塵俗，不問世事，過清閑的隱士生活。

【例句】從前有的人，遭受挫折後，常常採取～、杜門謝客的處世態度。

息軍養士（ㄒㄧ ㄐㄩㄣ ㄧㄤˇ ㄕˋ）

【出處】明・羅貫中《三國演義》第六十六回：「按甲寢兵，息軍養士，待時而動。」

【解釋】息、養：休息教養。軍、士：軍隊的官兵。

【用法】休整軍隊，積蓄力量，以利再戰。

【例句】敵人～，是爲蓄積更大的力量，以發動全面攻擊，我們不可不注意。

息黥補劓（ㄒㄧ ㄑㄧㄥˊ ㄅㄨˇ ㄧˋ）

【出處】《莊子・大宗師》：「許由曰：『而奚爲來軹？夫堯既已黥汝以仁義，而劓汝以是非矣，汝將何以游夫遙蕩恣睢轉徙之塗乎？』意而子曰：『……庸詎知夫造物者之不息我黥而補我劓，使我乘成以隨先生邪？』」

【解釋】息：養息好。黥：在人的額頰

等處刺字。補：整補好。劓：古代五刑中割掉鼻子的刑罰。

【用法】①比喻恢復本來的面目，回復人的天性。③泛指糾正過錯、改正缺點。

【例句】犯過錯誤的人，如能～，有所悔改，還是可以成爲新人的。

息息相關

【解釋】息：呼吸時進出的氣，呼吸相關連。

【用法】比喻彼此關係密切。

【例句】水與生命的起源～，水是生命的搖籃。

息事寧人

【出處】南朝・宋・范曄《後漢書・章帝紀》：「其令有司，罪非殊死，且勿案驗，及吏人條書相告，不得聽受，冀以息事寧人，敬奉天氣。」

【解釋】息事：把事情平息。寧人：使人安寧，和睦相處。

【用法】①指不多事，使人民得到安寧。②指從中調解，使爭端平息，彼此相安，或在糾紛中企圖減少爭執，作無原則的讓步。

【例句】小于從不爲了～而放棄原則。

息壤在彼

【出處】《戰國策・秦策二》：「武王曰：『請與子盟。』於是與之盟於息壤，果攻宜陽。五月而不能拔也，樗裏疾、公孫衍二人讒爭之王。王將聽之，召甘茂而告之。甘茂對曰：『息壤在彼！』王曰：『有之。』因悉起兵，復使甘茂攻之，遂拔宜陽。」

【解釋】息壤：地名，秦邑名。現在何處不可考。

【用法】用以爲「信誓」的代稱。

息影家園

【出處】唐・白居易《香爐峰下新卜山居草堂初成》詩：「喜入山林初息影，厭趨朝市又勞生。」

【解釋】息影：退隱閑居。

【用法】形容回到家裏過安閑自在的生活。

【例句】我既無力扭轉乾坤，又不甘同流合污，只好～、潔身自好了。

惜墨如金

【出處】明・陶宗儀《輟耕錄》第八卷引黃公望《畫山水訣》：「作畫用墨最難，但先用淡墨，積至可觀處，然後用焦墨、濃墨，分出畦徑、遠近，故在生紙上有許多滋潤處，李成惜墨如金是也。」

【用法】①指作畫時不輕易落筆。②指寫字、作文嚴肅認眞，不輕易動筆。

【例句】青年作家要學習老一輩作家那種～、一絲不苟的嚴肅作風。

惜老憐貧

【出處】清・曹雪芹《紅樓夢》第三十九回：「平兒忙道：『你快去，不相干的。我們老太太最是惜老憐貧的。』」

【解釋】惜：疼愛。憐：同情。

【用法】疼愛、同情年老和貧苦的人。

【例句】小李深富同情心，最能～。他經常到養老院慰問無依老人或出錢救濟貧困人家。

惜指失掌 ㄒㄧˊ ㄓˇ ㄕ ㄓㄤˇ

【出處】唐·李延壽《南史·阮佃夫傳》：「廬江何恢有妓張耀華美而有寵，（恢）爲廣州刺史，將發，要佃夫飲，設樂，見張氏，悅之，頻求。恢曰：『恢可得，此人不可得也。』佃夫拂衣出戶，曰：『惜指失掌邪？』遂諷有司以公事彈恢。」
【用法】比喻因小失大。
【例句】他斤斤計較於眼前的得失，而不顧全局之利害，眞是～，因小失大了！

惜玉憐香 ㄒㄧˊ ㄩˋ ㄌㄧㄢˊ ㄒㄧㄤ

【出處】元·張可久《普天樂·收心曲》：「關心三月春，開口千金笑，惜玉憐香何時了。」
【解釋】惜、憐：珍惜、疼愛。玉、香：借指女子。
【用法】比喻對女子溫情愛護。
【例句】這男子雖然十分粗魯，但倒挺知～的。對待他妻子，他可是體貼入微、呵護備至呢！

習非成是 ㄒㄧˊ ㄈㄟ ㄔㄥˊ ㄕˋ

【出處】漢·揚雄《法言·學行》：「一哄之市，必立之平；一卷之書，必立之師。習乎習，以習非之勝是，況習是之勝非乎？」
【用法】習慣於錯誤的，反以爲是正確的。
【例句】衆人～，竟不願接納正確的說法，這可怎麼辦？
【附註】原作「習非勝是」。

習慣成自然 ㄒㄧˊ ㄍㄨㄢˋ ㄔㄥˊ ㄗˋ ㄖㄢˊ

【出處】漢·班固《漢書·賈誼傳》：「少成若天性，習貫如自然。」（貫：同「慣」。）
【用法】習慣了以後就變成平常的事。
【例句】雖然環境不同，但～，住久了，我們必能適應。

習以爲常 ㄒㄧˊ ㄧˇ ㄨㄟˊ ㄔㄤˊ

【出處】北齊·魏收《魏書·太武五王傳》：「將相多尚公主，王侯亦娶后族，故無妾媵，習以爲常。」
【用法】指對經常接觸的事不注意，沒有分析，以爲它們從來就是這樣。
【例句】詩人就是要善於把人們～的東西挖掘出來，使之發出神奇的光彩。

習焉不察 ㄒㄧˊ ㄧㄢ ㄅㄨˋ ㄔㄚˊ

【出處】《孟子·盡心上》：「行之而不著焉，習矣而不察焉，終身由之而不知其道者，衆也。」
【解釋】習：習慣。焉：於此。察：覺察。
【用法】習慣於某事，其中有問題也覺察不出來。
【例句】他生活在那樣的環境中，久而久之，～，對一些不良現象竟是視若無睹。

習與性成 ㄒㄧˊ ㄩˇ ㄒㄧㄥˋ ㄔㄥˊ

【出處】《尚書·太甲上》：「茲乃不義，習與性成。」
【解釋】性：性格。
【用法】什麼樣的習慣能養成什麼樣的性格，即習以爲常的意思。
【例句】她自小嬌生慣養，～，養成了

好逸惡勞的不良習慣。

襲人故智 ㄒㄧˊ ㄖㄣˊ ㄍㄨˋ ㄓˋ

【解釋】襲：因襲、套用。智：指計策、謀略。

【用法】因襲或套用他人用過的謀略和辦法。

【例句】應該根據實際情況考慮問題，不問形勢有無變化而～，否則，是很難把事情辦好的。

喜不自勝 ㄒㄧˇ ㄅㄨˋ ㄗˋ ㄕㄥ

【出處】元・王實甫《西廂記》第五本第四折：「小生去時，夫人親自餞行，喜不自勝。」

【解釋】勝：勝任，能承擔。

【用法】高興地得意忘形，有些控制不住自己。

【例句】我們兩人得到考試錄取的消息後，當然是～的。

喜眉笑眼 ㄒㄧˇ ㄇㄟˊ ㄒㄧㄠˋ ㄧㄢˇ

【用法】形容面帶笑容，十分高興。

【例句】今年提前完成了生產目標。人人～地去參加慶功會。

喜怒不形於色 ㄒㄧˇ ㄋㄨˋ ㄅㄨˋ ㄒㄧㄥˊ ㄩˊ ㄙㄜˋ

【出處】宋・司馬光《資治通鑑・唐紀・文宗開成五年》：「（潁王）瀍沈毅有斷，喜慍不形於色。」

【解釋】色：臉色。

【用法】形容人沉著有涵養，內心的活動和感情的變化，不輕易表現出來。

【例句】老闆～，我很難猜透他對這事的感受。

喜怒哀樂 ㄒㄧˇ ㄋㄨˋ ㄞ ㄌㄜˋ

【出處】《禮記・中庸》：「喜怒哀樂之未發謂之中，發而皆中節謂之和。」

【用法】形容人們內心感情上種種不同的表現。

【例句】～是人之常情，你怎能苛求一個小孩不能發脾氣？

喜怒無常 ㄒㄧˇ ㄋㄨˋ ㄨˊ ㄔㄤˊ

【出處】清・曹雪芹《紅樓夢》第二十七回：「他兄妹間多有不避嫌疑之處，嘲笑不忌，喜怒無常。」

【解釋】無常：不正常，變化不定。

【用法】指對人對事，時而喜，時而怒，變化不定。

【例句】這個人性情不定、～，是很難相處的。

喜氣洋洋 ㄒㄧˇ ㄑㄧˋ ㄧㄤˊ ㄧㄤˊ

【出處】宋・范仲淹《岳陽樓記》：「登斯樓也，則有心曠神怡，寵辱皆忘，把酒臨風，其喜氣洋洋者矣。」

【解釋】洋洋：得意的樣子。一臉歡喜氣，很是得意的樣子。

【用法】形容心裏極高興的表現。

【例句】婚禮中洋溢著～的氣氛。眾賓客紛紛舉杯祝賀這對新人。

喜新厭舊 ㄒㄧˇ ㄒㄧㄣ ㄧㄢˋ ㄐㄧㄡˋ

【出處】清・文康《兒女英雄傳》第二十七回：「不怕你有喜新厭舊的心腸，我自有換斗移星的手段。」

【解釋】厭：厭惡、憎嫌。

【用法】喜歡新的，憎嫌舊的。指喜好的不專一。

【例句】這個～的人，進城不久，就把

自己的未婚妻拋棄了

喜形於色（ㄒㄧˇ ㄒㄧㄥˊ ㄩˊ ㄙㄜˋ）

【出處】宋・孫光憲《北夢瑣言》卷三：「長樂公主拜謝，辭出宅，速鞭而歸，於通衢遇友人鄭賓，見其喜形於色，駐馬懇詰。」

【解釋】形：形容、表現。色：臉色。滿心歡喜都表現在臉色上了。

【用法】形容內心喜悅，不可抑制。

【例句】爸爸每買到一本好書，總是～，如同得到了什麼寶貝一樣。

喜出望外（ㄒㄧˇ ㄔㄨ ㄨㄤˋ ㄨㄞˋ）

【出處】宋・蘇軾《與李之儀書》：「契闊八年，豈謂復有天日，漸近中原，辱書尤數，喜出望外。」

【解釋】望外：在希望或意料之外。

【用法】形容意外好事突然出現時的歡樂。

【例句】十九年來，我一直盼你回來，如今見到你，眞使我～啊！

喜從天降（ㄒㄧˇ ㄘㄨㄥˊ ㄊㄧㄢ ㄐㄧㄤˋ）

【出處】《京本通俗小說・西山一窟鬼》：「教授聽得說罷，喜得天降，笑逐顏開。」

【用法】比喻意想不到的喜悅。

【例句】這次設計的橋樑意外地評爲優等獎，並且決定在明年按照設計在此地建造一座橋，這眞使他～！

喜聞樂見（ㄒㄧˇ ㄨㄣˊ ㄌㄜˋ ㄐㄧㄢˋ）

【用法】形容人愛聽愛看的有趣事物。

【例句】相聲是人們～的一種大衆化的文藝形式。

喜躍抃舞（ㄒㄧˇ ㄩㄝˋ ㄅㄧㄢˋ ㄨˇ）

【出處】《列子・湯問》：「（韓）娥還，復爲曼聲長歌，一里老幼，喜躍抃舞，弗能自禁，忘向之悲也。」

【解釋】躍：跳躍。抃：鼓掌。舞：跳舞。

【用法】形容歡樂之極、手舞足蹈的情形。

【例句】在得知高中榜首後，他～，欣喜若狂。

徙木爲信（ㄒㄧˇ ㄇㄨˋ ㄨㄟˊ ㄒㄧㄣˋ）

【出處】漢・司馬遷《史記・商君列傳》：「令既具，未布，恐民之不信，已乃立三丈之木於國都市南門，募民有能徙置北門者予十金。民怪之，莫敢徙。復曰：『能徙者五十金。』有一人徙之，輒予五十金，以明不欺。卒下令。」

【解釋】商鞅變法，以徙木昭示信用。

【用法】表示說到做到。

【例句】答應你的事，我說到做到，～，絕不食言。

徙宅忘妻（ㄒㄧˇ ㄓㄞˊ ㄨㄤˋ ㄑㄧ）

【出處】《孔子家語・賢君》：「寡人聞忘之甚者，徙而忘其妻，有諸？」

【解釋】徙宅：搬家。

【用法】比喻辦事荒唐粗心，忘性特別大。

【例句】此人～，粗心已極，什麼事也不敢交給他！

洗耳恭聽（ㄒㄧˇ ㄦˇ ㄍㄨㄥ ㄊㄧㄥ）

【出處】元・周權《秋霽》詩：「酒醒誰鼓《松風操》？炷罷爐熏洗耳聽。」
【用法】形容誠心敬意地聽人講話的態度。
【例句】有意見請說，我們～。

洗垢求瘢 ㄒㄧˇ ㄍㄡˋ ㄑㄧㄡˊ ㄅㄢ

【出處】漢・趙壹《刺世疾邪賦》：「所好，則鑽皮出其毛羽；所惡，則洗垢求其瘢痕。」
【解釋】洗垢：洗淨了汚垢。求瘢：尋找疤痕。
【用法】比喻對別人的缺點或錯誤千方百計地挑剔。
【例句】你如此好挑剔，～地，從不放過別人的一點小缺失，李小姐怎可能願意與你交往？

洗心滌慮 ㄒㄧˇ ㄒㄧㄣ ㄉㄧˊ ㄌㄩˋ

【出處】明・吳承恩《西遊記》第八回：「他洗心滌慮，再不傷生，專等取經人。」
【解釋】洗滌：清洗乾淨，引申爲肅清。慮：思慮。
【用法】形容棄舊圖新的行爲。
【例句】他既已發願要～、重新做人，你就再給他一次機會嘛！

洗心革面 ㄒㄧˇ ㄒㄧㄣ ㄍㄜˊ ㄇㄧㄢˋ

【出處】①《周易・繫辭上》：「六爻之義易以貢，聖人以此洗心，退藏於密。」②《周易・革》：「上六，君子豹變，小人革面。」
【解釋】洗心：清除思想中的汚濁。革面：改變原來的面目。
【用法】比喻犯了錯誤的人徹底悔悟，重新做人。
【例句】我們一方面整肅法紀，給犯罪分子以堅決的打擊；另一方面，也要加強宣導，教育他們，使他們～，重新做人。

洗手不幹 ㄒㄧˇ ㄕㄡˇ ㄅㄨˋ ㄍㄢˋ

【出處】清・文康《兒女英雄傳》第二十一回：「我黑金剛從今洗手不幹。」
【解釋】洗手：指放棄某種勾當，原是盜賊的行話。
【用法】泛指從今以後不再幹過去的事了。
【例句】這個利欲薰心的投機分子，怎麼肯～，就此罷休呢？

洗手奉職 ㄒㄧˇ ㄕㄡˇ ㄈㄥˋ ㄓˊ

【出處】唐・韓愈《唐故中散大夫少府監胡良公墓神道碑》：「建中四年，侍郎趙贊爲度支使，荐公爲監察御史，王饋給渭橋以東軍，洗手奉職，不以一錢假人。」
【用法】指廉潔奉公，忠於職守。
【例句】這位官員，～，廉潔無私，因此贏得百姓的頌揚。

洗雪逋負 ㄒㄧˇ ㄒㄩㄝˇ ㄅㄨ ㄈㄨˋ

【出處】南朝・宋・范曄《後漢書・段熲傳》：「洗雪百年之逋負，以慰忠將之亡魂。」
【解釋】洗雪：清除、洗掉。逋負：未償還的舊債。
【用法】報仇雪恨，完成自己的夙願。
【例句】我曾發誓要～，我必會實現我的誓言的。

夕陽古道 ㄒㄧˋ ㄧㄤˊ ㄍㄨˇ ㄉㄠˋ

【出處】元·馬致遠《天淨沙·秋思》：「枯藤老樹昏鴉，小橋流水人家。古道西風瘦馬。夕陽西下，斷腸人在天涯。」

【用法】比喻淒涼愁苦的景象。

【例句】他此時已是～，你何必再逼迫他？

細大不捐 ㄒㄧˋ ㄉㄚˋ ㄅㄨˋ ㄐㄩㄢ

【出處】唐·韓愈《進學解》：「貪多務得，細大不捐。」

【解釋】細：微小。大：重大。捐：捨棄。

【用法】意指事物不拘大小輕重，都要兼收並蓄、點滴不遺。

【例句】如果～地都標示出來，那會寫成十幾萬字的校勘記了。

細枝末節 ㄒㄧˋ ㄓ ㄇㄛˋ ㄐㄧㄝˊ

【出處】《禮記·樂記》：「鋪筵席，陳尊俎，設籩豆，以升降爲禮者，禮之末節也。」

【用法】比喻無礙大體、很不重要的小事情。

【例句】提高質量，降低消耗，決不是～的小事，而是關係到產品有沒有競爭能力的大問題。

細針密縷 ㄒㄧˋ ㄓㄣ ㄇㄧˋ ㄌㄩˇ

【出處】清·文康《兒女英雄傳》第二十六回：「這位姑娘雖是細針密縷的一個心思，卻是海闊天空的一個性氣。」

【解釋】縷：線。針脚細，縫線密。

【用法】①指精湛的縫紉工夫。②比喻思考嚴密，做事周到。

【例句】他是個～型的人，你大可放心把事情交給他處理。

細水長流 ㄒㄧˋ ㄕㄨㄟˇ ㄔㄤˊ ㄌㄧㄡˊ

【出處】清·翟灝《通俗編·地理》引《遺教經》：「汝等常勤精進，譬如小水長流，則能穿石。」

【用法】①比喻一點一滴持續不斷地做某件工作。②比喻節約使用財物或人力，使經常不缺。

【例句】過日子不能沒有計劃，用錢的時候，要～，今年想要到明年。

舄烏虎帝 ㄒㄧˋ ㄨ ㄏㄨˇ ㄉㄧˋ

【出處】宋·陸佃《埤雅·釋烏鵲》：「舄九寫而爲烏，虎三寫而爲帝，言書之轉易如此。」

【用法】指文字形近，傳抄錯誤。

【例句】抄書要看清楚內容，不要～亂抄一通。

隙大牆壞 ㄒㄧˋ ㄉㄚˋ ㄑㄧㄤˊ ㄏㄨㄞˋ

【出處】《商君書·修權》：「諺曰：『蠹衆而木折，隙大而牆壞。』故大臣爭於私而不顧其民，則下離上。」

【解釋】隙：裂縫。裂縫大了牆壁就要倒塌。

【用法】比喻漏洞大了，會釀成禍害。

【例句】不要忽視小毛病，～，你可要注意。

隙中觀鬥 ㄒㄧˋ ㄓㄨㄥ ㄍㄨㄢ ㄉㄡˋ

【出處】宋·蘇軾《超然台記》：「如隙中之觀鬥，又烏知勝負之所在？」

【解釋】隙：門隙、門縫。
【用法】比喻看不到整個兒情況。
【例句】對於爭論的問題僅僅靠道聽途說就妄加議論，不過是～而已。

鬩牆之爭（ㄒㄧˋ ㄑㄧㄤˊ ㄓ ㄓㄥ）

【出處】《詩經・小雅・常棣》：「兄弟鬩於牆，外御其侮。每有良朋，烝也無戎。」
【解釋】鬩：爭吵。
【用法】①專指兄弟之間的家庭爭鬥。②引申爲內部爭鬥。
【例句】在父親死後，他們兄弟之間，爲了一點遺產，發生了～。

瞎字不識（ㄒㄧㄚ ㄗˋ ㄅㄨˋ ㄕˋ）

【出處】宋・馬永卿《嬾眞子》：「魯威武仲名紇，孔子之父郰人紇，乃叔梁紇也。皆音恨發反，而世人多呼爲核。有一小說，唐蕭穎士輕薄，有同人誤呼武仲名，因曰：『汝紇字也不識！』或以爲瞎字不識，誤矣！」（蕭穎士：唐朝時晉陵、即今江蘇常州人，博學精深。蕭穎士輕薄：是指蕭穎士故意湊趣逗笑的意思。紇、瞎：江蘇地方音當時相同，所以用以取笑。）
【用法】譏笑人是睜眼瞎子，一個字也不認得。
【例句】他～，你寫得天花亂墜也是白搭。

匣裏龍吟（ㄒㄧㄚˊ ㄌㄧˇ ㄌㄨㄥˊ ㄧㄣˊ）

【出處】晉・王嘉《拾遺記》卷一：「帝顓頊有曳影之劍，騰空而舒，若四方有兵，此劍則飛起，指其方則克伐。未用之時，常於匣內如龍虎之吟。」
【解釋】指寶劍在匣中發出龍吟般的聲響。
【用法】①指寶劍的神通，②比喻人雖在野，而聲望卻揚名於世。
【例句】此人是～，雖在野，但影響力可不小。

匣劍帷燈（ㄒㄧㄚˊ ㄐㄧㄢˋ ㄨㄟˊ ㄉㄥ）

【出處】晉・葛洪《西京雜記》卷一：「高帝斬白蛇劍，劍上有七彩珠，九華玉以爲飾，雜厠五色琉璃爲劍匣，劍在室中，光景（影）猶照於外。」
【解釋】匣劍：匣子裏的寶劍。帷燈：圍幕中的燈光。
【用法】①指燈光劍影，若隱若現。②評價詩文傳記中描寫景物、人情、事態，有若隱若現的奇妙手法。③比喻事情遮掩不住或故意吐露消息，引人注意。

狹路相逢（ㄒㄧㄚˊ ㄌㄨˋ ㄒㄧㄤ ㄈㄥˊ）

【出處】古樂府《相逢行》詩：「相逢狹路間，道隘不容車。」
【用法】①指兩車在窄路上相遇，躲避不開。②喻指仇人見面兩不相容。
【例句】仇人相見，本來格外眼明，況且是～。

瑕不掩瑜（ㄒㄧㄚˊ ㄅㄨˋ ㄧㄢˇ ㄩˊ）

【出處】《禮記・聘義》：「瑕不揜（掩）瑜，瑜不揜瑕，忠也。」
【解釋】瑕：玉上的斑點。掩：遮掩。瑜：美玉的光采。玉上的斑點不能遮掩美玉的光彩。
【用法】比喻人或事物的缺點掩蓋不了

其優點和長處。

【例句】她有一些缺點，但是～，從各方面說，她都是非常難得的人才。

瑕瑜互見（ㄒㄧㄚˊ ㄩˊ ㄏㄨˋ ㄐㄧㄢˋ）

【出處】清·平步青《霞外攟屑》第七卷：「(楊)升庵論文，瑕瑜互見。」

【解釋】瑕：玉上的斑點。瑜：玉的光彩。玉的斑點和玉的光彩互有所見。

【用法】比喻事物有缺點，也有優點。

【例句】這本小說集，～，缺點和長處都很明顯。

遐思遙愛（ㄒㄧㄚˊ ㄙ ㄧㄠˊ ㄞˋ）

【出處】清·曹雪芹《紅樓夢》第三十五回：「只因那寶玉聞得傳試有個妹子，名喚傅秋芳，也是個瓊閨秀玉，常聽人說，才貌俱全，雖自未親睹，然遐思遙愛之心，十分誠敬。」

【用法】形容愛慕的深切。

【例句】他對你～，愛慕之深，是筆墨難以形容的，而你竟然無動於衷！

遐邇一體（ㄒㄧㄚˊ ㄦˇ ㄧ ㄊㄧˇ）

【出處】漢·司馬遷《史記·司馬相如列傳》：「遐邇一體，中外提福，不亦康乎？」

【用法】比喻天下一家，沒有遠近、親疏的區分。

【例句】在用人方面，他～，任人唯賢，絕不偏袒自己人，絕不循私情。

遐邇聞名（ㄒㄧㄚˊ ㄦˇ ㄨㄣˊ ㄇㄧㄥˊ）

【用法】形容名聲大。

【例句】江西景德鎮的瓷器質地優良，工藝精美，自古～。

下阪走丸（ㄒㄧㄚˋ ㄅㄢˇ ㄗㄡˇ ㄨㄢˊ）

【出處】漢·荀悅《前漢記》：「君計莫若以黃屋朱輪以迎范陽令，使馳騖乎燕趙之郊，則邊城皆喜，相率而降。由(猶)此以下陂而走丸也。」

【解釋】阪：斜坡。走：迅速地移動。丸：球形的小東西。順著斜坡滾動彈丸。

【用法】①比喻敏捷迅速而不停滯。②比喻說話流利，毫無阻礙。

【例句】他講起話來，有如～，流利極了。

下筆千言（ㄒㄧㄚˋ ㄅㄧˇ ㄑㄧㄢ ㄧㄢˊ）

【出處】明·東魯古狂生《醉醒石》第六回：「唐明皇時，隴西人李微……少年博學，詩詞書翰，無有不工，眞是下筆千言，倚馬可待。」

【用法】形容文思敏捷。

【例句】這可眞是「～，離題萬里」，寫了這樣洋洋洒洒一大篇，全不知所云，這樣的文章是毫無價値的。

【附註】與「離題萬里」連用。指做文章長篇大論，離主題相去很遠。

下筆成章（ㄒㄧㄚˋ ㄅㄧˇ ㄔㄥˊ ㄓㄤ）

【出處】晉·陳壽《三國志·魏書·文帝紀》：「文帝天資文藻，下筆成章。」

【用法】形容才華橫溢，思路敏捷，一動筆就能寫成文章。

【例句】寫篇報告對你這個～的學者來說，還能算得一回事？

【附註】也作「下筆成篇」。

下不爲例 ㄒㄧㄚˋ ㄅㄨˋ ㄨㄟˊ ㄌㄧˋ

【出處】清・張春帆《宦海》第十八回：「既然如此，只此一次，下不爲例如何?」

【解釋】例：先例，可以作爲依據的成例。

【用法】表示只能通融這一次。

【例句】這回通融一下！但是～，以後就不能再這麼辦。

下馬看花 ㄒㄧㄚˋ ㄇㄚˇ ㄎㄢˋ ㄏㄨㄚ

【用法】比喻深入實際，調查研究。

【例句】我以前來過這裏，不過是走馬看花，這次來要多住幾天，來個～，多了解了解情況。

下里巴人 ㄒㄧㄚˋ ㄌㄧˇ ㄅㄚ ㄖㄣˊ

【出處】戰國・楚・宋玉《對楚王問》：「客有歌於郢中者，其始曰《下里巴人》，國中屬而和者數千人……其爲《陽春白雪》，國中屬而和者不過數十人。」

【解釋】指春秋戰國時期楚國的鄉土歌曲。

【用法】喻指通俗的文藝作品。

【例句】認爲群衆永遠只能接受「～」，那是一種偏見，事實上，群衆也要「陽春白雪」。

下氣怡聲 ㄒㄧㄚˋ ㄑㄧˋ ㄧˊ ㄕㄥ

【出處】《禮記・內則》：「下氣怡聲，問衣燠寒。」注：「燠，暖也。」

【解釋】下氣：氣息低下，表示恭敬。怡聲：和悅的聲音。和悅的聲氣，表示恭順的樣子。

【用法】形容子女侍奉父母的恭順。

【例句】侍奉父母最難得的，是能～、臉色和悅。

【附註】也作「下氣怡色」、「怡聲下氣」。

下喬入幽 ㄒㄧㄚˋ ㄑㄧㄠˊ ㄖㄨˋ ㄧㄡ

【出處】《孟子・滕文公》：「未聞下喬木而入於幽谷者。」

【解釋】喬：高大的樹木。幽：幽谷，深暗的山谷。由高大的樹木上下來，走向陰暗的山谷裏去。

【用法】比喻從光明走向黑暗，自甘墮落或退步。

下情上達 ㄒㄧㄚˋ ㄑㄧㄥˊ ㄕㄤˋ ㄉㄚˊ

【出處】南朝・梁・沈約《宋書・索虜傳》：「雖盡節奉命，未能令上化下布，而下情上達也。」

【用法】把下面的情況向上面反映。

【例句】倘能～，讓部長知道實際情形，必能減少一些不滿的。

下車伊始 ㄒㄧㄚˋ ㄐㄩ ㄧ ㄕˇ

【出處】①《禮記・樂記》：「武王克殷反商，未及下車，而封黃帝之後於薊。」②《隋書・劉行本傳》：「然臣下車之始，與其如約。此吏故違，請加徒一年。」

【解釋】下車：舊指新官剛到任。伊始：剛一開始。

【用法】①舊時新官到任的文告中，常用以表示剛剛到任。②喻指剛到一個新的地方，還不了解情況。

【例句】有許多人，～，就哇喇哇喇地發議論、提意見，這也批評，那也指責，其實這種人十個有十個要失敗。因爲這種議論和批評，沒有經過周密調查，不過是無知妄說。

下塞上聾（ㄒㄧㄚˋ ㄙㄞ ㄕㄤˋ ㄌㄨㄥˊ）

【出處】唐・韓愈《子產不毀鄉校頌》：「川不可防，言不可弭，下塞上聾，邦其傾矣。」

【解釋】塞：堵塞不通。聾：耳朵的聽覺失靈。

【用法】比喻眞實情況不能上傳下達。

【例句】一幢小樓，一道高牆，把作家和現實隔開了，從此～，他再也聽不到這世界的眞實聲音了。

夏爐冬扇（ㄒㄧㄚˋ ㄌㄨˊ ㄉㄨㄥ ㄕㄢˋ）

【出處】漢・王充《論衡・逢遇》：「作無益之能，納無補之說，以夏進爐，以冬奏扇，爲所不欲得之事，獻所不欲聞之語，其不遇禍，幸矣，何福祐之有乎？」

【用法】比喻人作事不合時宜，徒勞無益。

【例句】在幾經研究、確定方案以後，他又瞎提建議，打亂了工作步驟，眞是～，一點好作用也不起！

夏蟲語冰（ㄒㄧㄚˋ ㄔㄨㄥˊ ㄩˇ ㄅㄧㄥ）

【出處】《莊子・秋水》：「夏蟲不可以語於冰者，篤於時也。」（篤：困，引申爲被拘束、受限制。）

【解釋】夏蟲：夏天生的昆蟲。

【用法】比喻跟人談論不可認識的事物，白費唇舌。

【例句】你眼光如此淺，我眞是～，自討沒趣。

【附註】原作「夏蟲不可以語於冰」。

夏日可畏（ㄒㄧㄚˋ ㄖˋ ㄎㄜˇ ㄨㄟˋ）

【出處】《左傳・文公七年》：「酆舒問於賈季曰：『趙衰、趙盾孰賢？』對曰：『趙衰，冬之日也。趙盾，夏之日也。』」晉・杜預注：「冬日可愛，夏日可畏。」

【解釋】夏天的太陽晒得人難受，很可怕。

【用法】比喻人嚴厲可畏，不容親近。

【例句】～！他表情嚴肅，不苟言笑，我可不敢和他交談。

夏五郭公（ㄒㄧㄚˋ ㄨˇ ㄍㄨㄛ ㄍㄨㄥ）

【出處】《春秋・桓公十四年》：「十有四年春正月，公會鄭伯於曹。無冰。夏五。」杜預注：「不書月，闕文。」郭公：古人名。《春秋・莊公二十四年》：「冬，戎侵曹。曹羈出奔陳。赤歸於曹。郭公。」杜預注：「無傳，蓋經闕誤也。」這兩個地方都是《春秋》中有脫漏的地方。

【用法】比喻書籍有缺文。

【例句】這本秘籍，～，缺文甚多，豈能稱爲善本書？

夏雨雨人（ㄒㄧㄚˋ ㄩˇ ㄩˋ ㄖㄣˊ）

【出處】漢・劉向《說苑・貴德》：「管仲上車曰：『嗟茲乎！吾窮必矣！吾不能以春風風人，吾不能以夏雨雨人，吾窮必矣！』」

【用法】比喻及時給人教育或幫助。

【例句】你這番感人的言談，有如～般，滋潤了我們的心靈。

挾天子以令諸侯（ㄒㄧㄝˊ ㄊㄧㄢ ㄗˇ ㄧˇ ㄌㄧㄥˋ ㄓㄨ ㄏㄡˊ）

【出處】《戰國策・秦策》：「據九鼎，按圖籍，挾天子以令天下，天下莫敢不從。」

【解釋】挾：挾制，用強力逼迫就範。

【用法】比喻假借名義，發號施令。

【例句】曹操竟～，逼迫群雄全聽令於他。

挾長挾貴（ㄒㄧㄝˊ ㄓㄤˇ ㄒㄧㄝˊ ㄍㄨㄟˋ）

【出處】《孟子・萬章下》：「不挾長，不挾貴，不挾兄弟而友，友也者，友其德也。」

【解釋】挾：挾持、倚仗。長：年長、歲數。貴：顯貴，地位高。

【用法】自恃年長或尊貴，用以淩人。

【例句】你不必在那兒～，自以爲是，我可不吃你這一套。

挾山超海（ㄒㄧㄝˊ ㄕㄢ ㄔㄠ ㄏㄞˇ）

【出處】《孟子・梁惠王上》：「挾泰山以超北海，語人曰：『我不能。』是誠不能也。」

【解釋】挾：用胳膊夾起來。超：跨越。用胳膊把山夾起來跨越大海。

【用法】比喻根本不能做到的事。

【例句】你讓我自己去完成這項工作，就像～一樣，我是根本不可能辦到。

攜手並肩（ㄒㄧ ㄕㄡˇ ㄅㄧㄥˋ ㄐㄧㄢ）

【解釋】攜手：手拉著手。並肩：肩靠著肩。

【用法】形容十分親密，一致行動。

【例句】我們只有～地合作，才能把這一重要工程按期完成。

斜風細雨（ㄒㄧㄝˊ ㄈㄥ ㄒㄧˋ ㄩˇ）

【出處】唐・張志和《漁歌子》詞：「青箬笠，綠蓑衣，斜風細雨不須歸。」

【解釋】斜風：旁側吹來的小風。細雨：濛濛小雨。

【用法】形容小的風雨。

【例句】那天，～，好有詩情畫意。

脅肩累足（ㄒㄧㄝˊ ㄐㄧㄢ ㄌㄟˇ ㄗㄨˊ）

【出處】宋・司馬光《資治通鑑・漢景帝三年》：「脅肩累足，猶懼不見釋。」（釋：寬恕、原諒。）

【解釋】脅肩：聳起雙肩。累足：並著兩腳。

【用法】形容畏懼的樣子。

【例句】這時，那漢奸又裝出一副～的醜態，更加引起人們的憎恨和蔑視。

脅肩諂笑（ㄒㄧㄝˊ ㄐㄧㄢ ㄔㄢˇ ㄒㄧㄠˋ）

【出處】《孟子・滕文公》：「脅肩諂笑，病於夏畦。」

【解釋】脅肩：把雙肩收攏或聳起來，表示恭順的樣子。諂笑：獻媚地裝出笑容。

【用法】形容逢迎巴結人的醜態嘴臉。

【例句】這個無恥敗類，認賊作父，對侵略者～的醜惡嘴臉，實在讓人很心！

邪不侵正（ㄒㄧㄝˊ ㄅㄨˋ ㄑㄧㄣ ㄓㄥˋ）

【出處】唐・韋絢《劉賓客嘉話錄》：「此邪法也。臣聞邪不勝正，若使咒臣，必不能行。」

【用法】不正當的侵犯不了或壓不倒正當的。

【例句】～，眞理畢竟是會勝利的。

邪魔外道（ㄒㄧㄝˊ ㄇㄛˊ ㄨㄞˋ ㄉㄠˋ）

【出處】《藥師經》下：「又信世間邪魔外道、妖孽之師，妄說禍福。」

【用法】①佛家語，指妨害正道（菩提）的邪說和行爲。②指妖精鬼怪。③指異端邪說。

【例句】～弄來的東西，我不稀罕！

邪書僻傳（ㄒㄧㄝˊ ㄕㄨ ㄆㄧˋ ㄓㄨㄢˋ）

【出處】清·曹雪芹《紅樓夢》第二十九回：「原來寶玉自幼生成來的有一種下流痴病，況從幼時和黛玉耳鬢廝磨，心情相對，如今稍知些事，又看了些邪書僻傳，……」

【解釋】邪：淫邪不正。僻：冷僻、怪異。

【用法】指內容荒誕不經的書籍。

【例句】要嚴禁幼童看這些～，以免心靈受污染。

血淚盈襟（ㄒㄧㄝˇ ㄌㄟˋ ㄧㄥˊ ㄐㄧㄣ）

【出處】唐·白居易《虢州刺史崔公墓誌銘》：「遂置笏伏陛，極言是非，血淚盈襟，詞竟不屈。」

【解釋】血淚：最傷心的眼淚。盈：滿。傷心的眼淚洒滿了衣襟。

【用法】指痛心已極，淚下如雨。

【例句】大好江山，竟淪入異族手中。想及此，他不禁～，自恨不能有所作爲。

血流漂杵（ㄒㄧㄝˇ ㄌㄧㄡˊ ㄆㄧㄠ ㄔㄨˇ）

【出處】《尙書·武成》：「會於牧野，罔有敵於我師，前徒倒戈，攻於後以北，血流漂杵。」（罔有：沒有。前徒：前面的士兵。北：打了敗仗。）

【解釋】杵：搗東西的棒槌。血流之多，把搗東西的棒槌都漂了起來。

【用法】形容打仗時死傷極多。

【例句】寡人大軍十五萬，揮兵南下，那時，就要你全國～！

血流成河（ㄒㄧㄝˇ ㄌㄧㄡˊ ㄔㄥˊ ㄏㄜˊ）

【出處】五代·後晉·劉昫等《舊唐書·李密傳》：「屍骸蔽野，血流成河，積怨滿於山川，號哭動於天地。」

【用法】形容被殺的人極多。

【例句】周師到了牧野，和紂王的兵大戰，殺得他們屍橫遍野、～，連木棍也浮起來，彷彿水上的草梗一樣！

血口噴人（ㄒㄧㄝˇ ㄎㄡˇ ㄆㄣ ㄖㄣˊ）

【出處】清·李綠園《歧路燈》第六十四回：「一向不曾錯待你，只要你的良心，休血口噴人。」

【解釋】血口：血盆大口。

【用法】比喻用惡毒的語言誣陷他人。

【例句】你怎麼敢～？你居然這樣陷害我！

血海深仇（ㄒㄧㄝˇ ㄏㄞˇ ㄕㄣ ㄔㄡˊ）

【用法】形容有血債的深仇大恨。

【例句】敵人殘酷地殺害了我們的許多同胞，這～，我們要牢記在心頭！

血氣方剛（ㄒㄧㄝˇ ㄑㄧˋ ㄈㄤ ㄍㄤ）

【出處】《論語·季氏》：「及其壯也，血氣方剛，戒之在鬥。」

【解釋】血氣：指精力。方：正。剛：旺盛。

【用法】形容年輕人精力正旺盛。
【例句】這些年輕小伙子，一個個～，像小老虎一樣。

血債累累

【解釋】累累：數目過多，都數不過來了。
【用法】形容罪大惡極。
【例句】這個惡霸～，民憤極大，不鎮壓不足以平民憤。

血肉橫飛

【出處】清·陳天華《獅子吼》第八回：「即有八個如狼似虎的獄吏，各執竹條，縱橫亂打。足足打了四個小時，打得血肉橫飛，方才喪命。」
【解釋】橫飛：亂飛。
【用法】形容因遭受爆炸或其他意外災禍死傷時，血肉四濺的慘狀。
【例句】敵人那倉促間集合起來的隊伍，就在這毫無遮掩的甲板上，被我們打得～，屍體狼藉。

血肉相聯

【用法】比喻關係極密切，不可分離。
【例句】他的作品之所以有力量，就在於他永遠相信生活，與生活～，不斷地從生活中吸取無窮的力量。

屑榆爲粥

【出處】宋·歐陽修等《新唐書·陽城傳》：「歲飢，屛迹不過鄰里，屑榆爲粥，講論不輟。」
【用法】指度荒的困苦生活。
【例句】在那荒亂時代，他們只好～，勉強存活下去。

泄露天機

【出處】宋·釋惟白《續傳燈錄》第二十一卷：「無限天機一時漏泄。」
【解釋】天機：自然的機密。泄漏了自然的機密。
【用法】泛指泄漏機密。
【例句】你怎麼可～，讓他事先得知這次人事調動的情形。

燮理陰陽

【出處】《尚書·周官》：「立太師、大傅、太保，茲惟三公，論道經邦，燮理陰陽。」
【解釋】燮理：協調治理。
【用法】指大臣輔佐君主治理國事。
【例句】他日夜～，爲公務忙碌。

蟹匡蟬緌

【出處】《禮記·檀弓下》：「成人有其兄死而不爲衰（縗）者，聞子皐將爲成宰，遂爲衰。成人曰：『蠶則績而蟹有匡，范則冠者蟬有緌；兄則死而子皐爲之衰。』」陳澔集說引朱氏曰：「絲之績者，必由乎匡之所盛，然蟹之有匡，非爲蠶之績也，爲背而已。首之冠者，必資乎緌之所飾，然蟬之有緌，非爲范之冠也，爲喙而已。兄死者必爲之服衰，然成人之服衰，非爲兄之死也，爲子皐而已。」
【解釋】蟹匡：蟹的背殼。蟬緌：蟬的針喙。指蠶績（蠶繭）與蟹匡、范冠（蜂頭頂上的觸角）與蟬緌兩類外形相近，實際各不相關。
【用法】比喻互不相干，強拉關係。
【例句】你別在那裏～地，強拉關係。

邂逅相遇（ㄒㄧㄝˋ ㄍㄡˋ ㄒㄧㄤ ㄩˋ）

【出處】《詩經・鄭風・野有蔓草》：「有美一人，清揚婉兮。邂逅相遇，適我願兮。」

【解釋】邂逅：意外地遇見。

【用法】形容無意中相遇。

【例句】這兩個十幾年沒見面的老朋友，在大會上～，眞是喜出望外。

嘵嘵不休（ㄒㄧㄠ ㄒㄧㄠ ㄅㄨˋ ㄒㄧㄡ）

【出處】唐・韓愈《重答張籍書》：「擇其可語者誨之，猶時與吾悖，其聲嘵嘵。」

【解釋】嘵嘵：爭辯聲。休：停止。

【用法】形容爭辯不止（含貶義）。

【例句】他們兩人整日～，吵得衆人心神不寧。

宵衣旰食（ㄒㄧㄠ ㄧ ㄍㄢˋ ㄕˊ）

【出處】五代・後晉・劉昫等《舊唐書・劉蕡傳》：「若夫任賢惕厲，宵衣旰食，宜黜左右之纖佞，進股肱之大臣。」

【解釋】宵：夜。旰：晚。黑夜天不亮的時候就起床穿衣，天都很晚了才吃飯。

【用法】指勤勞政事。

【例句】他多次自勵，只要能平亂，那怕是～，頭上再添幾許白髮，也在所不計。

枵腹從公（ㄒㄧㄠ ㄈㄨˋ ㄘㄨㄥˊ ㄍㄨㄥ）

【出處】清・李寶嘉《活地獄》楔子：「到了這個分上，要想他們毀家紓難，枵腹從公，恐怕走遍天涯，如此好人，也找不出一個。」

【解釋】枵腹：空著肚子，指飢餓。從公：從事公務。

【用法】形容一心爲公，發憤忘食地工作。

【例句】爲了趕工作，他常常連飯也顧不上吃，這眞是～！

簫韶九成（ㄒㄧㄠ ㄕㄠˊ ㄐㄧㄡˇ ㄔㄥˊ）

【出處】《尚書・益稷》：「簫韶九成，鳳凰來儀。」

【解釋】簫韶：指舜樂。九成：九個樂章。

【用法】借指優美典雅的樂曲反覆地在演奏。

蕭郎陌路（ㄒㄧㄠ ㄌㄤˊ ㄇㄛˋ ㄌㄨˋ）

【出處】唐・崔郊《贈婢》詩：「侯門一入深如海，從此蕭郎是路人。」

【解釋】蕭郎：舊指女子所愛的男子。陌路：指陌路人，即素不相識的陌生人。

【用法】指女方把相愛的男子當作陌生人來對待。

【例句】自此，我和你～，這份情份就此兩斷。

蕭規曹隨（ㄒㄧㄠ ㄍㄨㄟ ㄘㄠˊ ㄙㄨㄟˊ）

【出處】漢・司馬遷《史記・曹相國世家》：「蕭何爲法，顜若畫一，曹參代之，守而勿失。」

【解釋】蕭：蕭何，西漢開國丞相。曹：曹參，繼蕭何之後的丞相。

【用法】比喻按照前人的成規辦事。

【例句】社會是發展的，一定要～，那就不合實際了。

蕭牆禍起 ㄒㄧㄠ ㄑㄧㄤˊ ㄏㄨㄛˋ ㄑㄧˇ

【出處】《論語．季氏》：「吾恐季孫之憂，不在顓臾，而在蕭牆之內也。」

【解釋】蕭牆：古代宮室內當門的小牆。比喻內部。禍起：禍亂發生。

【用法】喻指變亂出自內部。

【例句】許多政局不穩的國家，往往在總統或元首不在時～、內部發生了政變。

蕭曹避席 ㄒㄧㄠ ㄘㄠˊ ㄅㄧˋ ㄒㄧˊ

【出處】五代．後晉．劉昫等《舊唐書．李德裕傳論》：「語文章，則嚴、馬扶輪；論政事，則蕭、曹避席。」

【解釋】蕭、曹：指漢高祖的丞相蕭何、曹參。避席：起立離座，表示敬意。

【用法】比喻對政治才能極大，所受的尊敬超過前人。

【例句】這幾個自視甚高的小伙子，都知～，你就可知李老是多麼地受人景仰。

逍遙法外 ㄒㄧㄠ ㄧㄠˊ ㄈㄚˇ ㄨㄞˋ

【解釋】逍遙：行為浪蕩，放任自流，無拘無束。法：法律。

【用法】形容在逃罪犯沒有得到應有的制裁。

【例句】對於違法亂紀者，必須繩之以法，決不能任其～。

逍遙自在 ㄒㄧㄠ ㄧㄠˊ ㄗˋ ㄗㄞˋ

【出處】宋．釋普濟《五燈會元》：「二十四臘，逍遙自在，逢人則喜，見佛不拜。」

【解釋】逍遙：放任不羈、悠然自得的樣子。

【用法】形容無拘無束、自由自在地生存。

【例句】倒不如像小李，放下名利之心，～。

銷魂奪魄 ㄒㄧㄠ ㄏㄨㄣˊ ㄉㄨㄛˊ ㄆㄛˋ

【出處】清．吳敬梓《儒林外史》第四十一回：「鹽商富貴奢華，多少士大夫見了就銷魂奪魄；你一個弱女子，視如土芥，這就可敬的極了！」

【解釋】銷：消失。奪：奪去。魂、魄：指人的精神靈氣。

【用法】喻指人在某種強烈刺激下，六神無主，不能自己。

【例句】看著桌上那一疊鈔票，他竟～，忘了他堅持的原則。

銷聲匿迹 ㄒㄧㄠ ㄕㄥ ㄋㄧˋ ㄐㄧ

【出處】宋．孫光憲《北夢瑣言》卷十：「唐世長安有宗小子者……與四川節度使陳敬瑄微時遊處，因色失歡。……京國亂離，僖皇幸蜀。家生避地，亦到錦江，然畏穎川（指陳敬瑄）知之，遂旅遊資中郡，銷聲匿迹，惟恐人知。」

【解釋】銷：消滅。匿：隱藏。迹：行迹。

【用法】比喻秘密隱藏起來，不出聲，不露面。

【例句】他生平最是趨炎附勢的，如何肯～。

驍勇善戰 ㄒㄧㄠ ㄩㄥˇ ㄕㄢˋ ㄓㄢˋ

【出處】梁．蕭子顯《南齊書．戴僧靜傳》：「其黨輔國將軍孫曇瓘驍勇善戰，每蕩一合，輒大殺傷，官軍死者百餘人。」

【例句】李廣是位～的將領，他射箭的本領，尤其令人折服。

小不忍則亂大謀

【出處】《論語・衛靈公》：「巧言亂德，小不忍則亂大謀。」

【解釋】忍：容忍、讓步。大謀：全局策略。

【用法】比喻做事必須顧全大體，不可因小失大。

【例句】「～」，你應該沉住氣，不要動不動就動肝火。

小題大作

【出處】清・朱皠《翡翠園傳奇》第七折：「你們這班朋友，慣是小題大作。」

【解釋】明、清科舉中的試題，有大題、小題之分，摘取「五經」中的文句爲題的叫大題，摘取「四書」裏的文句爲題的叫小題。做小題文章使用大題文章的章法叫「小題大作」。

【用法】喻指原本就是微末的小事，卻故意大張旗鼓地去搞（含不值得、不應當的意思）。

【例句】迎春笑道：「沒有什麼，只不過他們～罷了，何必問他。」

小鳥依人

【出處】五代・後晉・劉昫等《舊唐書・長孫無忌傳》載：唐太宗（李世民）評論功臣得失，說：「（褚遂良）學問稍長，性亦堅正，既寫忠誠，甚親附於朕，譬如飛鳥依人，自加憐愛。」

【解釋】依：依戀、依附。

【用法】①形容親切可愛。②泛喻少女、小孩嬌稚可愛。

【例句】這孩子總是輕輕地拉著阿姨的手，不忍離開，眞像～一樣，讓人疼愛。

小廉曲謹

【出處】宋・朱熹《答或人書》：「鄉原是一種小廉曲謹、阿世徇俗之人。」（原：通「愿」，謹愼，善良。鄉原：鄉里中的老好人。）

【用法】指只講究小節、拘謹於小事而不能識大體。

【例句】此人～，不足委以重任。

小姑獨處

【出處】南朝樂府《青溪小姑曲》：「小姑所居，獨處無郎。」

【解釋】小姑：年輕的姑娘。獨處：在獨自的生活中。

【用法】指少女尚未出嫁。

【例句】她至今仍是～，假使有理想對象，不妨介紹給她。

小國寡民

【出處】《老子》第八十章：「小國寡民，……雖有舟輿，無所乘之，雖有甲兵，無所陳之，使人復結繩而用之。」

【用法】指國小人少，力量很薄弱。

【例句】國際局勢是很現實的，～，是很難在決定問題上取得影響力的。

小康之家

【出處】宋・洪邁《夷堅志・五郎君》：「（劉）庠不能治生，貧悴落魄，……然久困于窮，冀以小康。」
【解釋】小康：經濟比較寬裕，全家老少不愁吃穿。
【用法】指有一定經濟水平的家庭。
【例句】過去，我們不過是～而已。

小己得失
ㄒㄧㄠˇ ㄐㄧˇ ㄉㄜˊ ㄕ

【出處】漢・司馬遷《史記・司馬相如列傳》：「《小雅》譏小己之得失，其流及上。」
【解釋】小己：小我。
【用法】指個人的得失。
【例句】不要爲了～，而忽略了國家利益。

小家碧玉
ㄒㄧㄠˇ ㄐㄧㄚ ㄅㄧˋ ㄩˋ

【出處】晉・孫綽《情人碧玉歌》：「碧玉小家女，不敢攀貴德。感郎意氣重，遂得結面蘭。」
【解釋】碧玉：劉碧玉，汝南王妾名。
【用法】泛指小戶人家的女兒。
【例句】她雖然是個～，但言行舉止却落落大方。

小巧玲瓏
ㄒㄧㄠˇ ㄑㄧㄠˇ ㄌㄧㄥˊ ㄌㄨㄥˊ

【出處】宋・辛棄疾《稼軒長短句・臨江仙》詞：「莫笑吾家蒼壁小，稜層勢欲摩空。相知唯有主人翁；有心雄華泰，無意巧玲瓏。」
【解釋】玲瓏：靈巧的樣子。
【用法】①形容器物形體小而精巧。②形容人體態纖美，雖身材不高，却靈巧活潑。
【例句】這些盆景～，姿態動人，令人愛不釋手。

小隙沉舟
ㄒㄧㄠˇ ㄒㄧˋ ㄔㄣˊ ㄓㄡ

【出處】《關尹子・九藥》：「勿輕小事，小隙沉舟。」
【解釋】隙：裂縫。小裂縫可使舟船沉沒。
【用法】比喻小的缺漏能造成大禍害。
【例句】對於小的漏洞不能輕輕放過，因爲「～」，它會給我們造成難以計量的損失。

小黠大痴
ㄒㄧㄠˇ ㄒㄧㄚˊ ㄉㄚˋ ㄔ

【出處】唐・韓愈《送窮文》：「驅我令去，小黠大痴。」
【解釋】黠：聰慧。痴：呆痴。
【用法】在小事上聰明，而在大的問題上却糊塗無知。
【例句】他～，不能託付他這麼重要的任務。

小心翼翼
ㄒㄧㄠˇ ㄒㄧㄣ ㄧˋ ㄧˋ

【出處】《詩經・大雅・大明》：「維此文王，小心翼翼。」漢・鄭玄箋：「小心翼翼，恭愼貌。」
【解釋】翼翼：恭敬、謹愼的樣子。
【用法】形容舉止謹愼小心，從不疏忽懈怠。
【例句】她把散落在地上的東西，～地都拾了起來。

小懲大誡
ㄒㄧㄠˇ ㄔㄥˊ ㄉㄚˋ ㄐㄧㄝˋ

【出處】《周易・繫辭下》：「小懲而大誡，此小人之福也。」
【解釋】懲：懲處、責罰。誡：警告、

勸戒。

【用法】指不是爲懲罰而懲罰，目的在於吸取教訓、對小錯加以懲誡，使之不犯大的錯誤。

【例句】在這個問題上給他處分，是爲了～，使他以後不犯大錯誤。

小時了了 ㄒㄧㄠˇ ㄕˊ ㄌㄧㄠˇ ㄌㄧㄠˇ

【出處】南朝・宋・劉義慶《世說新語・言語》載：東漢時期，孔融十歲時，去拜見李膺。李膺和賓客們對他都十分賞識，唯獨陳韙說：「小時了了，大未必佳。」孔融隨着說：「想君小時，必當了了。」使得陳韙很窘。

【解釋】了了：聰敏伶俐，明白事理。

【用法】人在少年時期就聰敏伶俐，明白事理。意指長大了未必成材。

【例句】這孩子～，長大了以後如何則不敢說了。

小試鋒芒 ㄒㄧㄠˇ ㄕˋ ㄈㄥ ㄇㄤˊ

【解釋】小試：稍試、略試。鋒芒：一作「鋒鋩」，刀劍等的刃口和尖端。

【用法】稍微顯示一下本領。

【例句】籃球隊昨日～，就勝客隊二十分。

小才大用 ㄒㄧㄠˇ ㄘㄞˊ ㄉㄚˋ ㄩㄥˋ

【出處】唐・白居易《常樂里閑居偶題十六韻》詩：「小才難大用，典校在秘書。」

【解釋】才：人才。用：任用。

【用法】指用人不當，人不稱職。

【例句】大才小用會浪費人才，～則會使事情搞糟，所以用人一定要慎重。

小巫見大巫 ㄒㄧㄠˇ ㄨ ㄐㄧㄢˋ ㄉㄚˋ ㄨ

【出處】《莊子》佚文：「小巫見大巫，拔茅而棄，此其所以終身弗如也。」

【解釋】小巫見到大巫，就無法施展法術。

【用法】比喻兩者能力相差懸殊，不成比例。

【例句】講到耍權術，呂后比起她來，自然是「～」了。

曉風殘月 ㄒㄧㄠˇ ㄈㄥ ㄘㄢˊ ㄩㄝˋ

【出處】宋・柳永《雨霖鈴》詞：「今宵酒醒何處，楊柳岸，曉風殘月。」

【用法】①指天色微明時的景色。②形容冷落淒涼的意境。③形容歌妓的清唱。

曉行夜宿 ㄒㄧㄠˇ ㄒㄧㄥˊ ㄧㄝˋ ㄙㄨˋ

【出處】元・鄭廷玉《楚昭公》第一折：「但願你曉行夜宿無辭憚。」

【解釋】行：趕路。宿：住店。白日趕路，夜晚住店。

【用法】形容長途旅行的情況。

【例句】郭生～，終於回到了久別的故鄉。

曉以利害 ㄒㄧㄠˇ ㄧˇ ㄌㄧˋ ㄏㄞˋ

【解釋】曉：告知。

【用法】把利害關係明白地告知對方，使其正確行動。

【例句】對於那些誤入歧途的青年，必須～讓他們及早回頭。

【附註】也作「喻以利害」。

笑比河清 ㄒㄧㄠˋ ㄅㄧˇ ㄏㄜˊ ㄑㄧㄥ

【出處】元・脫脫等《宋史・包拯傳》

：「人以包拯笑比黃河清。」

【解釋】河清：黃河水泥沙混濁，古有千年一清之說，比喻不易遇到的事。

【用法】形容人態度極嚴肅，從不輕易發笑。

【例句】他爲人嚴厲，「～」，要想親近他，是很難的。

笑裏藏刀（ㄒㄧㄠˋ ㄌㄧˇ ㄘㄤˊ ㄉㄠ）

【出處】唐．白居易《勸酒十四首》詩：「且滅嗔中火，休磨笑裏刀。」

【解釋】指臉上帶笑，內藏殺機。

【用法】形容假慈善、眞歹毒的人。

【例句】他這個人「～」，你可千萬不要中了他的圈套！

笑容滿面（ㄒㄧㄠˋ ㄖㄨㄥˊ ㄇㄢˇ ㄇㄧㄢˋ）

【用法】形容內心欣善、滿臉和悅的顏色。

【例句】一看是她來了，他立刻～迎上去。

笑容可掬（ㄒㄧㄠˋ ㄖㄨㄥˊ ㄎㄜˇ ㄐㄩ）

【出處】明．羅貫中《三國演義》第九十五回：「果見孔明坐於城樓之上，笑容可掬，焚香操琴。」

【解釋】掬：兩手平捧起，一次就叫一掬。

【用法】形容人心情愉快，滿面笑容，可用手捧取。

【例句】他一副～的樣子，大概是事情進行很順利吧！

笑逐顏開（ㄒㄧㄠˋ ㄓㄨˊ ㄧㄢˊ ㄎㄞ）

【出處】明．施耐庵《水滸傳》第四十二回：「宋江見了，喜從天降，笑逐顏開。」

【解釋】逐：隨。顏：面容。

【用法】形容滿心歡喜、熱情洋溢的神態。

【例句】看到孫兒來訪，老李～開心極了！

休明盛世（ㄒㄧㄡ ㄇㄧㄥˊ ㄕㄥˋ ㄕˋ）

【出處】晉．潘岳《西征賦》：「當休明之盛世，托菲薄之陋質。」

【解釋】休：美好。明：清平。盛：興盛。

【用法】美好清平的興盛時代。

【例句】在這～，我們更應好好努力，以提昇全民的生活品質。

休戚相關（ㄒㄧㄡ ㄑㄧ ㄒㄧㄤ ㄍㄨㄢ）

【出處】《國語．周語下》：「晉國有憂，未嘗不戚，有慶，未嘗不怡。……爲晉休戚，不背本也。」

【解釋】休：喜、吉。戚：憂、禍、凶。關：關連、牽連。

【用法】彼此在喜憂、福禍、吉凶方面都有相同的利害關係。

【例句】《紅樓夢》中賈、王、薛、史四大家族～，一榮俱榮，一損俱損。

休戚與共（ㄒㄧㄡ ㄑㄧ ㄩˇ ㄍㄨㄥˋ）

【出處】唐．房玄齡等《晉書．王導傳》：「於時庾亮以望重地逼，出鎭於外。南蠻校尉陶稱間說亮當舉兵內向，或勸導密爲之防。導曰：『吾與元規（庾亮字）休戚是同，悠悠之談，宜絕智者之口。』」

【解釋】休：喜、吉。戚：憂、禍、凶。與共：共同在一起。

【用法】形容彼此同甘共苦。

【例句】朝鮮是我國的近鄰，我們兩國有着唇齒相依、~的友好關係。

休聲美譽

【出處】明·羅貫中《三國演義》第四回：「陳留王協，聖德偉懋，規矩肅然；居喪哀戚，言不以邪；休聲美譽，天下所聞；宜承洪業，爲萬世統。」

【解釋】休：美好。聲：聲望。譽：名譽。

【用法】美好的聲譽。

【例句】因他的樂善好施，所以才能擁有「~」而遐邇傳聞。

休養生息

【出處】唐·韓愈《平淮西碑》：「高宗、中（中宗）、睿（睿宗），休養生息。」

【解釋】休養：休息與調養。生息：繁殖人口。

【用法】指經過動亂之後，爲了維持比較安定的社會秩序、減輕人民負担、恢復生產所採取的措施。

【例句】經過此次大動亂，爲使國力復甦，必得「~」一番。

修德愼罰

【出處】明·羅貫中《三國演義》第一百二回：「且勸吳主修德愼罰，以安內爲念，不當以黷武爲事。」

【解釋】修德：修養道德。愼罰：愼重刑罰。

【用法】形容舊時行仁政、安定民心的政治措施。

【例句】爲政者，當~，如此才能獲得群衆的支持。

修心養性

【出處】元·吳昌齡《東坡夢》第二折：「則被這東坡學士相調戲，可着我滿寺裏告他誰，我如今修心養性在廬山內，怎生瞞過了子瞻，賺上了牡丹，却教誰來替？」

【解釋】修心：使心靈純潔。養性：使本性不受損害。

【用法】通過自我反省體察，使身心人格達到完美的境地。

【例句】我縱欲~，那得此半年空閑，幕天席地的日子？

【附註】也作「修眞養性」。

修飾邊幅

【出處】南朝。宋·范曄《後漢書·馬援列傳》：「天下雌雄未定，公孫不吐哺走迎國士，與圖成敗，反修飾邊幅，如偶人形。此子何足久稽天下士乎？」

【解釋】修飾：整理裝飾，使整齊美觀。邊幅：指布帛的邊緣，借喻人的儀表、衣着。

【用法】比喻修飾外貌，不求實際。

【例句】他只知~，追求外在的亮麗；從不知多讀書，以提昇思想層次。

修身立節

【出處】唐·韓愈《與汝州盧郎中論薦侯喜狀》：「士之修身立節，竟不遇知己。」

【用法】修：修養自身的言行，樹立忠貞的節操。

【例句】張生~，雖終身不遇明主，但

他的風範，仍贏得後人的贊佩。

修身潔行

【出處】漢・司馬遷《史記・魏公子列傳》：「魏有隱士曰侯嬴，年七十，家貧，爲大梁夷門監者。公子聞之，往請，欲厚遺之。不肯受，曰：『臣修身潔行數十年，終不以監門困故而受公子財。』」

【解釋】潔：修整、端正。

【用法】修養身心以端正品行。

【例句】他一生～，不肯屈就現實的壓力。

修仁行義

【出處】漢・司馬遷《史記秦楚之際月表》：「湯武之王，乃由契、后稷修仁行義十餘世，不期而會孟津八百諸侯，猶以爲未可，其後乃放弒。」

【解釋】修：培養。行：推行。

【用法】建立愛民的仁政，推行正義的措施。

【例句】～只爲俯仰無愧，對得起自己的良心。

羞人答答

【出處】元・王實甫《西廂記》第四本楔子：「羞人答答的，怎生去！」

【解釋】羞：害臊。答答：靦腆、不好意思的樣子。

【用法】使人害臊、不好意思的樣子。

【例句】這姑娘眞靦腆，和生人說話時，總是一副～的神情。

羞與爲伍

【出處】漢・司馬遷《史記・淮陰侯列傳》：「信常過樊將軍噲，噲跪拜送迎，言稱臣，曰：『大王乃肯臨臣。』信出門笑曰：『生乃與噲等爲伍！』」

【解釋】爲伍：在一起，作伙伴。

【用法】以跟自己所輕視的人在一起感到是可恥的。

【例句】他幹出這樣丟人現眼的事，我們大家都～！

朽木糞土

【出處】《論語・公冶長》：「宰予晝寢，子曰：『朽木不可雕也，糞土之墻不可圬也，於予與何誅！』」

【解釋】朽木：腐爛的木頭。糞土：髒土臭泥。

【用法】比喻不堪培養和造就的人。

【例句】有少數人一天到晚游手好閒，無所事事，惹事生非，是道地的～。

朽木難雕

【出處】《論語・公冶長》：「朽木不可雕也，糞土之墻不可圬也。於予與何誅！」

【解釋】朽木：腐爛了的木頭。難雕：不容易加工雕鏤。

【用法】比喻腐敗透頂或墮落到不可救藥的人難以進行教育。

【例句】對於那些同學，絕不能認爲他們是～而放棄對他們的教育。

秀出班行

【出處】唐・韓愈《唐故江南西道觀察使洪州刺史太原王公神道碑銘》：「秀出班行，乃動帝目。」

【解釋】秀：特異、優秀。班行：同輩

、同列。

【用法】形容才質很優異，超過同輩的人。

【例句】在今年的高考中，姊姊～，成績突出，名列第一。

秀色可餐（ㄒㄧㄡˋ ㄙㄜˋ ㄎㄜˇ ㄘㄢ）

【出處】晉・陸機《日出東南隅行》：「秀色若可餐。」

【解釋】秀：娟秀，面容秀麗。可餐：可以吃。

【用法】①指女子姿色娟秀可愛。②指景色清秀美麗。

【例句】這個姑娘出落得聰明伶俐～。

秀而不實（ㄒㄧㄡˋ ㄦˊ ㄅㄨˋ ㄕˊ）

【出處】《論語・子罕》：「子曰：『苗而不秀者有矣夫！秀而不實者有矣夫！』」

【解釋】秀：指禾類植物開花。實：果實、種子。莊稼光吐花而不結果實。

【用法】①指有相當成就的人而早年夭折。②比喻只學到一些皮毛，實際上並沒有成就。

【例句】他學習成績表面上還不錯，但是～，學得並不紮實。

秀外慧中（ㄒㄧㄡˋ ㄨㄞˋ ㄏㄨㄟˋ ㄓㄨㄥ）

【出處】唐・韓愈《送李愿歸盤谷序》：「曲眉豐頰，清聲而便體，秀外而慧中。」

【用法】①形容人有才貌。②指女性聰明漂亮。

【例句】他的小女兒溫柔娟秀，伶俐乖巧，眞是～，被他視爲掌上明珠。

綉闥雕甍（ㄒㄧㄡˋ ㄊㄚˋ ㄉㄧㄠ ㄇㄥˊ）

【出處】唐・王勃《滕王閣序》：「披綉闥，俯雕甍。」

【解釋】闥：門樓上的小屋。甍：屋脊。五彩繪畫的門樓，經過雕刻設計的屋脊。

【用法】形容建築物的精巧、雄偉。

【例句】曲阜孔宅，～畫樑玉柱。

綉花枕頭（ㄒㄧㄡˋ ㄏㄨㄚ ㄓㄣˇ ㄊㄡˊ）

【出處】清・彭養鷗《黑籍寃魂》第六回：「頂冠束帶，居然官宦人家，誰敢說他是個綉花枕頭，外面綉得五色燦爛，裏面却包着一包稻草。」

【解釋】綉花的枕頭，外表美觀，而內部則全爲糠秕、稻草。

【用法】比喻虛有其表而無眞才實學的人。

【例句】他只不過是個～，空有英俊的外表，其實一點眞才實學都沒有。

臭味相投（ㄒㄧㄡˋ ㄨㄟˋ ㄒㄧㄤ ㄊㄡˊ）

【出處】《左傳・襄公八年》：「今譬於草木，寡君在君，君之臭味也。」

【解釋】臭味：氣味。相投：相互合得來。

【用法】①指彼此情趣相投的人爲「臭味相投」。②現在多用於貶義，比喻有同樣壞思想、壞作風的人，彼此很合得來。

【例句】他們兩個～，認識不久就勾結在一起，搞投機的非法活動。

袖手旁觀（ㄒㄧㄡˋ ㄕㄡˇ ㄆㄤˊ ㄍㄨㄢ）

【出處】唐・韓愈《祭柳子厚文》：「不善爲斫，血指汗顏，巧匠旁觀，縮手袖間。」

【解釋】袖手：把手放在袖子裏。

【用法】比喻置身事外，不加過問或協助。

【例句】管理企業是大家的事，誰也不應該～。

仙凡路隔 ㄒㄧㄢ ㄈㄢˊ ㄌㄨˋ ㄍㄜˊ

【出處】清・曹雪芹《紅樓夢》第一百零九回：「寶玉醒來，見衆人都起來了，自己連忙爬起來，揉著眼睛，細想昨夜又不曾夢見，可是仙凡路隔了。」

【解釋】仙：神仙。凡：凡人。路隔：道路隔絕，不能相通。

【用法】比喻相差懸殊、無法溝通的兩個世界。

【例句】你我無緣，～，就此分離，各自婚嫁吧！

仙風道骨 ㄒㄧㄢ ㄈㄥ ㄉㄠˋ ㄍㄨˇ

【出處】唐・李白《大鵬賦序》：「余昔於江陵・見天台司馬子微，謂余有仙風道骨，可與神遊八極之表，因著《大鵬遇稀有鳥賦》以自廣。」

【解釋】仙家的風度，得道人的骨格。

【用法】形容人的風度神采不同凡俗。

【例句】他這身～，是與生俱來的，誰也模仿不來。

仙露明珠 ㄒㄧㄢ ㄌㄨˋ ㄇㄧㄥˊ ㄓㄨ

【出處】唐・釋道宣《廣弘明集・唐太宗・三藏聖教序》：「有玄奘法師者，法門之領袖也。……松風水月，未足比其清華；仙露明珠，詎能方其朗潤。」

【用法】①形容人的神采秀異脫俗。②比喻書法圓潤俊秀。

仙山瓊閣 ㄒㄧㄢ ㄕㄢ ㄑㄩㄥˊ ㄍㄜˊ

【出處】漢・司馬遷《史記・封禪書》：「自威（齊威王）、宣（齊宣王）、燕昭使人入海求蓬萊、方丈、瀛洲。此三神山者，其傳在勃海中，去人不遠；患且至，則船風引起而去。蓋嘗有至者，諸仙人及不死之藥皆在焉。其物禽獸盡白，而黃金銀爲宮闕。未至，望之如雲，及到，三神山反居水下。臨之，風輒引去，終莫能至云。」

【解釋】仙山：神仙居住的山。瓊閣：美玉砌成的樓閣。

【用法】①古代傳說中神仙的住處。②比喻幻想中的美妙境界。

【例句】傳說這島上有～，你想不想去一探究竟？

仙姿佚貌 ㄒㄧㄢ ㄗ ㄧˋ ㄇㄠˋ

【出處】清・洪昇《長生殿》第三十八回：「那娘娘生得來仙姿佚貌，說不盡幽閑窈窕。」

【解釋】佚：佚女、美女。

【用法】形容女子姿色極美。

【例句】環球小姐，不但個個～，而且才華出衆，迷倒多少少年郎。

先發制人 ㄒㄧㄢ ㄈㄚ ㄓˋ ㄖㄣˊ

【出處】漢・班固《漢書・項籍傳》：「先發制人，後發制於人。」

【解釋】發：發動。制：制伏、控制。

【用法】①比喻戰爭中先下手爭取主動權。②泛指先下手壓制人，取得主動權。

【例句】我們以～的策略，打得敵人手忙腳亂，狼狽不堪。

先得我心 ㄒㄧㄢ ㄉㄜˊ ㄨㄛˇ ㄒㄧㄣ

【出處】《孟子・告子上》：「心之所同然者何也？謂理也，義也，聖人先得我心之所同然耳。故理義之悅我心，猶芻豢之悅我口。」

【用法】指心性相近，早相共鳴。

【例句】我倆默契很好，他總能「～」，與我起共鳴；而我也能先知其意，知道他的看法。

先睹爲快 ㄒㄧㄢ ㄉㄨˇ ㄨㄟˊ ㄎㄨㄞˋ

【出處】唐・韓愈《與少室李拾遺書》：「朝廷之士，引頸東望，若景星鳳皇(凰)之始見也，爭先睹之爲快。」

【解釋】睹：看見。快：快樂。

【用法】形容急切的盼望。

【例句】這部小說，我～，等明天再借你欣賞。

先天不足 ㄒㄧㄢ ㄊㄧㄢ ㄅㄨˋ ㄗㄨˊ

【出處】清・李汝珍《鏡花緣》第二十六回：「小弟聞得仙人與虛合體，日中無影；又老人之子，先天不足，亦或日中無影。壽麻之人無影，不知何故。」

【解釋】先天：人或動物的胚胎時期，不足：不夠健壯。

【用法】①指人或動物在母體孕育中接受遺傳和營養方面不好，胎兒生下來就弱。②比喻事物的根底差，不堅牢。

【例句】①這孩子～，後天失調，所以身體一直很弱。②這件工程之所以出現問題，重要的原因還是因爲～，基礎沒有打好。

先天下之憂而憂，後天下之樂而樂 ㄒㄧㄢ ㄊㄧㄢ ㄒㄧㄚˋ ㄓ ㄧㄡ ㄦˊ ㄧㄡ，ㄏㄡˋ ㄊㄧㄢ ㄒㄧㄚˋ ㄓ ㄌㄜˋ ㄦˊ ㄌㄜˋ

【出處】宋・范仲淹《岳陽樓記》：「不以物喜，不以己悲。居廟堂之高，則憂其民；處江湖之遠，則憂其君。是進亦憂，退亦憂，然則何時而樂耶？其必曰：『先天下之憂而憂，後天下之樂而樂！』」

【用法】吃苦擔憂在人們前頭，快樂享受退到人們後邊。

【例句】有志青年，當有「～」的精神，如此我們的國家才有希望！

先禮後兵 ㄒㄧㄢ ㄌㄧˇ ㄏㄡˋ ㄅㄧㄥ

【出處】明・羅貫中《三國演義》第十一回：「郭嘉諫曰：『劉備遠來救援，先禮後兵，主公當用好言答之，以慢備心。』」

【解釋】禮：禮貌、禮節。兵：指動用武力。

【用法】在解決爭端之前，先採取有禮貌的方法同對方交涉，如行不通再以強硬的手段或武力解決。

【例句】我們～，先和他談談，如果談不通那就只好不客氣了。

先公後私 ㄒㄧㄢ ㄍㄨㄥ ㄏㄡˋ ㄙ

【出處】《孔叢子・記義》：「於『東山』，見周公之先公而後私也。」

【用法】先考慮國家和集體，然後再考慮個人。

【例句】我們還是～爲是，先做聯繫工

作，剩下的時間再去給自己買東西。

先見之明

【出處】南朝・宋・范曄《後漢書・楊彪傳》：「後子修爲曹操所殺，操見彪問曰：『公何瘦之甚？』對曰：『愧無日磾先見之明，猶懷老牛舐犢之愛。』」（日磾，西漢人。）
【解釋】先見：預見。明：眼光。有預先看到事物必然結果的眼光。
【用法】指對於問題的發展和結果有正確的預見。
【例句】你先前說我總會好起來，實在是有～。

先驅螻蟻

【出處】《戰國策・楚策》：「（楚王）仰天而笑曰：『樂矣！今日之游也，寡人萬歲千秋之後，誰與樂此矣？』安陵君泣數行而進曰：『臣入則編席，出則陪乘。大王萬歲千秋之後，願得以身試黃泉，蓐螻蟻。』」
【解釋】驅：驅除。螻蟻：螻蛄螞蟻。
【用法】形容效命於人，爲人打前鋒。
【例句】戰國四公子能禮賢下士，因此能招得勇士爲他們～。

先下手爲強

【出處】唐・李延壽《北史・元胄傳》：「帝猶不悟，曰：『彼無兵馬，復何能爲？』胄曰：『兵馬悉他家物，一先下手，大事便去。胄不辭死，死何益耶？』」
【用法】趁對方沒有充分準備，首先下手，可占取優勢。
【例句】要想贏得這場競爭，必得～，不要再遲疑不決，以免良機坐失。

先知先覺

【出處】《孟子・萬章上》：「使先知覺後知，使先覺覺後覺。」
【解釋】知：知道。覺：覺悟。指對事物的認識和見解先於常人。
【用法】形容智慧超出一般人的人。
【例句】他先時講的話，漸漸大家都記起來了，大家都贊成他，恭維他是～。

先斬後奏

【出處】漢・班固《漢書・申屠嘉傳》：「吾悔不先斬錯乃請之。」顏師古注：「言先斬而後奏。」
【解釋】斬：殺頭。奏：封建時代臣子對皇帝報告。
【用法】①先將要犯處死，然後再報告皇帝。②指先把事情處理了，然後再向上級報告。
【例句】①他是欽差大臣，有～的全權。②對於重大的問題要事先請示，決不允許～。

先聲奪人

【出處】《左傳・昭公二十一年》：「軍志有之：『先人有奪人之心，後人有待其衰。』盍去其勞，且未定也，伐諸？」注：「奪敵人之戰心也。」
【解釋】聲：聲勢、聲威。
【用法】指用兵時先大張聲威，以挫傷敵人的士氣。
【例句】球賽一開始，我們就採取攻勢，～首開紀錄，攻進一球。

先聲後實

【出處】漢・司馬遷《史記・淮陰侯列傳》：「兵固有先聲後實者，此之謂也。」
【解釋】實：實力。
【用法】指先樹立聲威挫折敵方士氣，然後再用武力制伏敵人。

先入爲主 ㄒㄧㄢ ㄖㄨˋ ㄨㄟˊ ㄓㄨˇ

【出處】漢・班固《漢書・息夫躬傳》：「唯陛下觀覽古戒，反覆參考，無以先入之語爲主。」
【用法】比喻對事物的看法先有了成見或偏見。
【例句】凡不受～的成見所限，而能善用部屬才能的人，必可成就大事。

先意承旨 ㄒㄧㄢ ㄧˋ ㄔㄥˊ ㄓˇ

【出處】《韓非子・八姦》：「此人主未命而唯唯，未使而諾，先意承旨，觀貌察色，以先呈心者也。」
【解釋】意：意識、揣摩。旨：尊長的意志。事先體會尊長的心思，秉承尊長的意思，
【用法】形容對君主忠心和對父母的孝順。
【例句】李強做事，總能～，因此很得尊長歡心。
【附註】「旨」也作「志」或「指」。

先憂後樂 ㄒㄧㄢ ㄧㄡ ㄏㄡˋ ㄌㄜˋ

【出處】漢・劉向《說苑・談叢》：「先憂事者後樂，先慠事者後憂。」
【解釋】憂：苦。樂：安樂。先要操心吃苦，而後才有安樂享受。
【用法】憂苦在人前，享樂退在人後。
【例句】現代的年輕人，個個好逸惡勞，那裏懂得～的道理呢？

先務之急 ㄒㄧㄢ ㄨˋ ㄓ ㄐㄧˊ

【出處】《孟子・盡心上》：「孟子曰：『知者無不知也，當務之爲急。……堯舜之知而不偏物，急先務也。』」
【解釋】先務：需要最先做的事。
【用法】指最急着要做的事。
【例句】我們的～是進行整頓。

先我着鞭 ㄒㄧㄢ ㄨㄛˇ ㄓㄨㄛˊ ㄅㄧㄢ

【出處】南朝・宋・劉義慶《世說新語・賞譽》劉孝標注引虞預《晉書》：「劉琨與親舊書曰：『吾枕戈待旦，志梟逆虜，常恐祖生（逖）先吾着鞭耳。』」
【解釋】着鞭：催馬加鞭。
【用法】指比我先加上了一把力，跑到我的前方。
【例句】我國若不能先自下手，自辦鋃行，自築鐵路，必被外人～，倒是心腹大患哩！

掀風鼓浪 ㄒㄧㄢ ㄈㄥ ㄍㄨˇ ㄌㄤˋ

【解釋】掀：掀起。鼓：動。掀起風波，鼓動浪潮。
【用法】比喻搬弄是非，煽動情緒，挑起事端。
【例句】這人最愛～，搬弄是非，我們絕不要受影響。

掀天揭地 ㄒㄧㄢ ㄊㄧㄢ ㄐㄧㄝ ㄉㄧˋ

【出處】宋・辛斅《寇忠愍詩集後序》：「萊公兩朝大臣，勛業之盛，掀天揭地。」（萊公：寇準。）

【用法】形容聲勢巨大的變革。

【例句】當時正是～大革命的時代，需要我們青年人去幹一番事業。

【附註】也作「掀天斡地」。

纖毫畢現

【解釋】纖毫：比喻細微的東西。畢：全。

【用法】比喻極細微的東西都暴露了出來。

【例句】那些人類肉眼不能察覺的細菌、病毒等微小的東西，在顯微鏡下，都～。

纖毫不爽

【出處】南朝・梁・沈約《宋書・律曆志下》：「凡此四蝕，皆與臣法符同，纖毫不爽。而（戴）法興所据，頓差十度。」

【解釋】纖毫：細小毫毛。爽：差錯。

【用法】形容絲毫差錯都沒有。

【例句】這是一台精密車床，各種機械配合都極爲精確；特別是傳動部分，～，操作也非常靈便。

纖悉無遺

【出處】宋・李光《莊簡集・論王子獻等劄子》：「蒲魚荷芡之利，皆日計月課，纖悉無遺，遂致泊旁之人，無所衣食。」

【解釋】纖悉：細微、詳盡。遺：遺漏。

【用法】一點也沒有遺漏。

【例句】作爲一個會計，她是非常稱職的，多年以來，～，從沒有弄錯過一筆帳。

【附註】也作「纖屑無遺」。

鮮衣凶服

【出處】漢・班固《漢書・尹賞傳》：「雜舉長安中輕薄少年惡子，無市籍商販作務，而鮮衣凶服，被鎧扞、持刀兵者，惡籍之。」王先謙補注引周壽昌曰：「凶服，蓋凶徒作亂之服。」

【解釋】鮮：艷麗。凶服：素色的喪服。用鮮麗的衣料作喪服，成了違反風俗的奇裝異服。

【用法】形容放蕩無賴的裝飾打扮。

【例句】紈袴弟子身著～，絲毫不理會路人異樣的眼光。

咸與維新

【出處】《尚書・胤征》：「殲厥渠魁，脅從罔治，舊染汙俗，咸與維新。」

【解釋】咸：全、都。維新：革新。

【用法】一切都要改革更新。

嫌好道歹

【出處】明・馮夢龍《古今小說・楊思溫燕山逢故人》：「老媳婦沒興，嫁得此畜生，全不曉事；逐日送些茶飯，嫌好道歹，且是得人憎。」

【解釋】嫌：憎惡。道歹：說壞。

【用法】指挑挑揀揀，總不滿意。

【例句】現今老闆難爲，員工對於福利制度，總是～。

弦外之音

【出處】南朝・宋・范曄《獄中與諸甥侄書》：「吾於音樂，聽功不及自揮，但所精非雅聲爲可恨。然至於一絕處，亦復何異邪！其中體趣，言之不盡。弦外之意，虛響之音，不知所從而來。」

【解釋】弦：琴弦。琴弦聲外的餘音。

【用法】比喻言外之意，即言語的本義以外還有其他耐人尋味的引申意義。

【例句】這番話的～，只有傻子才聽不出來。

涎皮賴臉（ㄒㄧㄢˊ ㄆㄧˊ ㄌㄞˋ ㄌㄧㄢˇ）

【用法】指厚著臉皮跟人糾纏，惹人厭煩的樣子。

【例句】瞧他那～的樣子，眞討厭。

涎言涎語（ㄒㄧㄢˊ ㄧㄢˊ ㄒㄧㄢˊ ㄩˇ）

【出處】清・曹雪芹《紅樓夢》第四十四回：「那賈璉撒嬌撒痴，涎言涎語的還只管亂說。」

【用法】形容厚着臉皮、撒着賴說話。

【例句】對付～的無賴漢，最好的方法就是給他當頭一棒。

賢否不明（ㄒㄧㄢˊ ㄆㄧˇ ㄅㄨˋ ㄇㄧㄥˊ）

【出處】清・吳敬梓《儒林外史》第三十二回：「雖說施恩不望報，却也不可這般賢否不明。」

【解釋】賢否：好壞。

【用法】指不明是非好歹。

【例句】若不是昏君～，大好江山絕不致淪入夷狄之手。

賢良方正（ㄒㄧㄢˊ ㄌㄧㄤˊ ㄈㄤ ㄓㄥˋ）

【出處】漢・司馬遷《史記・平準書》：「當是之時，招尊方正賢良文學之士，或至公卿大夫。」

【用法】指品德完美，言行正直無私。

【例句】鄉里出一位～之士，即能移風易俗。

【附註】也作「方正賢良」。

賢賢易色（ㄒㄧㄢˊ ㄒㄧㄢˊ ㄧˋ ㄙㄜˋ）

【出處】《論語・學而》：「子夏曰：『賢賢易色，事父母，能竭其力；事君，能致其身；與朋友交，言而有信。』」

【解釋】賢賢：前一個「賢」字作動詞用，指尊重；後一「賢」字作名詞用，指賢者。易色：指輕視美色。

【用法】尊重賢者而不重美色。

【例句】世風日下，欲求一狂狷之士，已不可得，何況是～的君子呢？

銜胆棲冰（ㄒㄧㄢˊ ㄉㄢˇ ㄑㄧ ㄅㄧㄥ）

【出處】唐・房玄齡等《晉書・武帝紀》：「以大耻未雪，銜胆棲冰，勉從群議。」

【解釋】銜胆：口含苦胆。棲冰：在冰冷的地方棲身。

【用法】形容爲了雪耻和振興，忍辱負重，在艱苦中磨煉自己。

【例句】欲收復神州，一雪淪陷之恥，必待全國上下～，方有可爲。

銜口墊背（ㄒㄧㄢˊ ㄎㄡˇ ㄉㄧㄢˋ ㄅㄟˋ）

【出處】清・曹雪芹《紅樓夢》第七十二回：「鳳姐道：『我不等着銜口墊背，忙什麼呢！』」

【解釋】銜口：給死屍嘴含上珍珠、玉石或米作壓舌物。墊背：在死屍墊褥下面放錢。是古代人殮葬時的一種迷信習俗。

【用法】喻指死亡。

【例句】何必汲汲於名利，～後，又能帶走多少錢財呢？

銜華佩實 ㄒㄧㄢˊ ㄏㄨㄚˊ ㄆㄟˋ ㄕˊ

【出處】《藝文類聚》八十一引梁・沈約《愍衰草賦》：「昔時兮春日，昔日兮春風。銜華兮佩實，垂綠兮散紅。」

【解釋】銜：包含。華：同「花」。佩：佩戴。實：果實。

【用法】①指草木開花結果。②比喻文章形式完美，內容充實。

【例句】這篇文章內容充實，文采秀麗，眞可謂～！

銜尾相隨 ㄒㄧㄢˊ ㄨㄟˇ ㄒㄧㄤ ㄙㄨㄟˊ

【出處】漢・班固《漢書・匈奴傳》：「如遇險阻，銜尾相隨。」

【解釋】銜尾：前後相接。

【用法】形容一個跟著一個，首尾相隨著。

【例句】一隻隻駱駝～，排成長長的一隊，在沙漠上前進著。

銜勇韜力 ㄒㄧㄢˊ ㄩㄥˇ ㄊㄠ ㄌㄧˋ

【出處】唐・柳宗元《獻平淮夷伯雅表》：「銜勇韜力，日思予殛。」

【解釋】銜：含。韜：掩藏。把勇氣與力量掩蓋起來。

【用法】比喻收斂鋒芒，待時機成熟而起的意思。

【例句】凡知愛惜羽毛，～的人，日後成就必定非凡。

閒磕牙 ㄒㄧㄢˊ ㄎㄜ ㄧㄚˊ

【出處】《京本通俗小說・碾玉觀音》：「郭排軍禁不住閒磕牙。」

【解釋】磕牙：指說話。

【用法】指說閒話、聊天。

【例句】敗事者，常是那些喜歡東家長，西家短的～者。

閒情逸致 ㄒㄧㄢˊ ㄑㄧㄥˊ ㄧˋ ㄓˋ

【出處】清・文康《兒女英雄傳》第三十八回：「老爺這趟出來，更是閒情逸致，正要問問沿途的風物。」

【解釋】逸：安逸。致：興致。

【用法】閒散的心情，安逸的興致。

【例句】窮到透頂、愁得要死的人，哪還有這樣多～來著？

閒邪存誠 ㄒㄧㄢˊ ㄒㄧㄝˊ ㄘㄨㄣˊ ㄔㄥˊ

【出處】《周易・乾・文言》：「閒邪存其誠。」孔穎達疏：「閒邪存其誠者，言防閒邪惡，當自存其誠實也。」

【解釋】閒：防範、約束。

【用法】防範邪惡，保持誠正。古人自我修養的方法。

【例句】自古聖賢，沒有不重視～的工夫。

閒愁萬種 ㄒㄧㄢˊ ㄔㄡˊ ㄨㄢˋ ㄓㄨㄥˇ

【出處】元・李好古《張生煮海》第一折：「眞乃是消磨了閒愁萬種。」

【解釋】閒愁：說不出的煩惱。

【用法】形容精神空虛，多愁善感，百無聊賴。

【例句】只有少不更事的富家公子，才有～；貧賤子弟爲謀生計，那能有功夫閒愁！

閒雲孤鶴 ㄒㄧㄢˊ ㄩㄣˊ ㄍㄨ ㄏㄜˋ

【出處】宋・尤袤《全唐詩話》：「僧貫休姓姜氏，字德隱，婺州蘭谿人。

錢鏐自稱吳越國王。休以詩投之曰：『貴逼身來不自由，幾年勤苦踏林邱。滿堂花醉三千客，一劍霜寒十四州。』鏐諭改為四十州乃可相見。曰：『州亦難添，詩亦難改。閒雲孤鶴，何天而不可飛？』遂入蜀。」

【解釋】閒：閒散。閒散的雲彩，孤獨的仙鶴。

【用法】清閒自在、無牽無掛的人。

【例句】辭官歸隱後，才知～的逍遙，遠勝過萬丈紅塵的燈紅酒綠。

【附註】也作「閒雲野鶴」。

顯露端倪 ㄒㄧㄢˇ ㄌㄨˋ ㄉㄨㄢ ㄋㄧˊ

【解釋】顯露：顯現、暴露。端倪：頭緒、線索。

【用法】指已經看到了事情的頭緒或線索。

【例句】從日常表現上，他倆的不同尋常關係已經～，只是還沒有公開就是了。

顯親揚名 ㄒㄧㄢˇ ㄑㄧㄣ ㄧㄤˊ ㄇㄧㄥˊ

【出處】《孝經．開宗明義》：「立身引道，揚名於後世，以顯父母，孝之終也。」

【解釋】顯：顯現。親：父母。

【用法】使父母顯耀，使自己揚名。

【例句】倘得一官半職，～，封妻蔭子，光耀門閭，乃兒之志也。（明．吳承恩．西遊記）

獻可替否 ㄒㄧㄢˋ ㄎㄜˇ ㄊㄧˋ ㄈㄡˇ

【出處】《左傳．昭公二十年》：「君所謂可，而有否焉，臣獻其否，而成其可；君所謂否，而有可焉，臣獻其可，以去其否。」

【解釋】獻：提供出。替：替換掉。提供出適當或可行的，替換掉不適當或不可行的。

【用法】指對人勸善規過，陳述利害。

現身說法 ㄒㄧㄢˋ ㄕㄣ ㄕㄨㄛ ㄈㄚˇ

【出處】《楞嚴經》卷六：「我與彼前，皆現其身而為說法，令其成就。」

【解釋】佛教用語。指佛能夠在眾生面前現出種種身形，為之說法。

【用法】比喻以親身經歷為例證，向人進行講解或勸導。

【例句】座談會上，許多人～，用自己的親身經歷痛陳了「安非他命」的危害。

陷堅挫銳 ㄒㄧㄢˋ ㄐㄧㄢ ㄘㄨㄛˋ ㄖㄨㄟˋ

【出處】漢．司馬遷《史記．魏其武安侯列傳》：「灌孟年老，潁陰侯彊（強）請之，鬱鬱不得意，故戰常陷堅，遂死吳軍中。」

【解釋】陷堅：深入或攻破敵陣。挫銳：挫折敵人銳氣。

【用法】指攻克強敵，重重挫傷敵軍的士氣。

陷身囹圄 ㄒㄧㄢˋ ㄕㄣ ㄌㄧㄥˊ ㄩˇ

【解釋】囹圄：監獄。

【用法】被拘禁押進監獄，失去行動自由。

【例句】司馬遷～，卻因此更激發他完成史記的決心。

心病難醫 ㄒㄧㄣ ㄅㄧㄥˋ ㄋㄢˊ ㄧ

【出處】宋．釋道原《景德傳燈錄》卷

二十九：「若與空王為弟子，莫教心病最難醫。」
【用法】指人的思想病不好治。
【例句】現代醫藥發達，各種疑難雜症都能治，唯獨～。

心不在焉 ㄒㄧㄣ ㄅㄨˋ ㄗㄞˋ ㄧㄢ

【出處】《禮記・大學》：「心不在焉，視而不見，聽而不聞，食而不知其味。」
【解釋】焉：文言虛詞，相當於「於此」，意思是在這裏。
【用法】形容用心不專。
【例句】最近，她總是～，好像有什麼心事似的。

心不由主 ㄒㄧㄣ ㄅㄨˋ ㄧㄡˊ ㄓㄨˇ

【用法】為情感所激動，心意失去自制能力，不再由理智所支配。
【例句】我雖然想控制自己的感情，但是～，一點辦法也沒有。

心平氣和 ㄒㄧㄣ ㄆㄧㄥˊ ㄑㄧˋ ㄏㄜˊ

【出處】宋・蘇軾《菜羹賦》：「先生心平而氣和，故雖老而體胖。」
【解釋】氣：氣度。
【用法】形容不急躁，有耐性。
【例句】處理事務要～，若是動輒大打出手，非但無益於事，反倒礙事。

心滿意足 ㄒㄧㄣ ㄇㄢˇ ㄧˋ ㄗㄨˊ

【出處】明・施耐庵《水滸傳》第三十一回：「武松道：『我方才心滿意足，走了罷休。』」
【用法】稱心如意，非常滿足。
【例句】只要能讓我參加這項建設工作，我也就～了。

心明眼亮 ㄒㄧㄣ ㄇㄧㄥˊ ㄧㄢˇ ㄌㄧㄤˋ

【用法】形容看事敏銳，是非清楚。
【例句】別以為校長老邁昏庸，你可以混水摸魚，其實他～，明年發聘書時，你就知道了。

心慕手追 ㄒㄧㄣ ㄇㄨˋ ㄕㄡˇ ㄓㄨㄟ

【出處】唐・房玄齡等《晉書・王羲之傳贊》：「玩之不覺為倦，覽之莫識其端，心慕手追，此人而已，其餘區區之類，何足論哉！」
【解釋】慕：景仰、愛慕。追：追隨仿效。
【用法】形容對前人的藝術的繼承和仿效。
【例句】對於齊白石，雖然我～，卻仍然難以望其項背。

心煩技癢 ㄒㄧㄣ ㄈㄢˊ ㄐㄧˋ ㄧㄤˇ

【出處】晉・潘岳《射雉賦》：「屏發布而累息，徒心煩而技癢。」
【解釋】心煩：心情煩躁。技癢：指急於要顯露自己的專長。
【用法】形容有某種技藝或專長的人，在一定條件下急於表現的情態。
【例句】看到舞台上的演出，她不覺也有些～。

心煩意亂 ㄒㄧㄣ ㄈㄢˊ ㄧˋ ㄌㄨㄢˋ

【出處】戰國・楚・屈原《卜居》：「心煩慮亂，不知所從。」
【解釋】心煩：心情煩躁。意亂：思想雜亂。
【用法】形容苦悶焦躁的心情。

【例句】小孩子的哭聲，攪得她～。

心服口服

【出處】《莊子・寓言》：「利義陳乎前，而好惡是非，直服人之口而已矣。使人乃以心服，而不敢蘁立，定天下之定。」

【用法】形容對某人或某事心悅誠服。

【例句】只有講道理才能使人～。

心浮氣躁

【出處】清・李寶嘉《官場現形記》第三十回：「畢竟當武官的心粗氣浮，也不管跟前有人沒人。」

【解釋】心浮：心情飄浮，不踏實。氣躁：氣性氣躁。

【用法】形容為人處事不沈着不冷靜。

【例句】這姊弟兩人，一個沈穩持重，一個～，性格上差得很遠。

【附註】也作「心粗氣浮」。

心腹之患

【出處】《左傳・哀公十一年》：「子胥……諫曰：『越在我，心腹之疾也。』」

【解釋】心腹：比喻要害的地方。患：病害。體內致命地方的疾病。

【用法】比喻嚴重的隱患。

【例句】過去，黃河水害一直是沿岸人民的～。

【附註】也作「心腹之疾」。

心腹之交

【出處】明・施耐庵《水滸傳》第三十九回：「通判乃是心腹之交，徑入來同坐何妨！」

【解釋】心腹：推心置腹。

【用法】指最知心的好友。

【例句】他是我的～，你們不必忌憚，有話就直說吧！

心到神知

【出處】清・曹雪芹《紅樓夢》第十一回：「邢夫人、王夫人道：『我們來原為給大老爺拜壽，這豈不是我們來過生日來了麼？』鳳姐兒說：『大老爺原是好養靜，已修煉成了，也算得是神仙了。太太們這麼一說，就叫作「心到神知」了。』」

【解釋】指盡到誠心，神鬼能知。

【用法】指自己盡到心意，別人就能領會。

【例句】為人處事講求的是～。只要你是誠心誠意的，我就心領了，至於這份厚禮，還是請你收回。

心膽俱裂

【出處】明・羅貫中《三國演義》第三十七回：「竊念備漢朝苗裔，濫叨名爵，伏睹朝廷陵替，綱紀崩摧，群雄亂國，惡黨欺君，備心膽俱裂。」

【解釋】俱：全、都。心和膽全都碎裂了。

【用法】形容人在劇烈恐怖氣氛作用下所形成的巨大驚懼感。

【例句】敵人一聽到是飛將軍李廣親率大軍而來，就～，魂飛魄散。

心蕩神迷

【出處】清・李汝珍《鏡花緣》第九十八回：「陽衍正在心蕩神迷，一聞此語，慌忙接過芍藥道：『承女郎見愛，何福能消！但未識芳閨何處？』」

【解釋】蕩：蕩漾不定。迷：迷離、恍惚。

【用法】形容魂不守舍，難以自持的樣子。

【例句】這位紅衣女郎在池邊搔首弄姿，搞得兩旁的年輕小伙子個個～。

心勞日拙

【出處】《尚書・周官》：「作德，心逸日休；作僞，心勞日拙。」

【解釋】拙：拙劣。

【用法】形容弄虛作假、幹壞事的人，即使用盡心機也白費，日子一天比一天不好過。

【例句】法國皇室面對日益蓬勃的自由聲浪，已是～，束手無策了。

心力交瘁

【解釋】交：同時、一齊。瘁：極度疲勞。

【用法】形容對待工作盡心竭力，致使勞累過度。

【例句】中山先生一生爲革命奔走，～，民國十四年病逝於北京。

心靈手巧

【解釋】心和手都非常靈巧。

【用法】①形容能工巧匠在藝術構思和技藝手法方面的獨特表現。②泛指青年人天資聰敏，精明能幹。

【例句】這姑娘不但長得俊，而且～，眞是百裡挑一。

心領神會

【出處】明・李東陽《麓堂詩話》：「律者，規矩之謂，而其爲調，則有巧存焉；苟非心領神會，自有所得，雖日提耳而教之，無益也。」

【解釋】領：領會、明白。會：會意、理解。

【用法】①形容對某事很容易地就獲得了深刻的認識。②指不用把眞情明擺出來，只看當時情況，大家就心照不宣了。

【例句】在他們之間幾乎用不着說話，一個手勢，一個眼神，彼此就可以～了。

心亂如麻

【出處】明・馮夢樓《古今小說・月明和尚度柳翠》：「心亂如麻，遂乃輕移蓮步，走至長老房邊。」

【用法】形容心情十分煩亂，對事拿不出辦法和主見來。

【例句】我～，一時也不知道怎麼辦才好。

心廣體胖

【出處】《禮記・大學》：「富潤屋，德潤身，心廣體胖。」

【解釋】廣：寬闊。胖：安詳舒坦。

【用法】①指有修養的人心胸寬闊，身體面貌自然地安詳舒坦。②指心寬想得開或不動腦子，而身體肥胖。

【例句】老鄭整天無憂無慮，個性又很開朗，難怪會～，體重一天一天地增加。

心口如一

【出處】清・李汝珍《鏡花緣》第六十五回：「董花鈿道：『紫芝妹妹嘴雖

利害，好在心口如一，直截了當，倒是一個極爽快的。』」

【用法】形容誠實爽直，表裏一樣。

【例句】她從來是～，不說半句假話。

心曠神怡（ㄒㄧㄣ ㄎㄨㄤˋ ㄕㄣˊ ㄧˊ）

【出處】宋・范仲淹《岳陽樓記》：「登斯樓也，則有心曠神怡，寵辱偕忘，把酒臨風，其喜洋洋者矣。」

【解釋】曠：曠達、開朗。怡：舒暢愉快。

【用法】形容自然景色給人以神清氣爽的精神享受。

【例句】一到避暑山莊，就使我們感到～。

心狠手辣（ㄒㄧㄣ ㄏㄣˇ ㄕㄡˇ ㄌㄚˋ）

【解釋】狠：凶狠。辣：毒辣。

【用法】形容惡人的凶殘歹毒。

【例句】這個特務頭子～，什麼陰險手段都使得出來。

心寒齒冷（ㄒㄧㄣ ㄏㄢˊ ㄔˇ ㄌㄥˇ）

【解釋】心寒：心裏打寒顫。齒冷：張口嘆氣的時間長了，牙齒會感到冷。

【用法】形容對於挫傷感情或傷心事的慨嘆。

【例句】對於他這種恩將仇報的行爲，不能不使人感到～。

心花怒放（ㄒㄧㄣ ㄏㄨㄚ ㄋㄨˋ ㄈㄤˋ）

【出處】清・李寶嘉《文明小史》第六十四回：「平中丞此時喜得心花怒放，連說：『難爲他了！難爲他了！』」

【解釋】心花：佛教語，比喻清淨善良的心。

【用法】形容高興到極點。

【例句】聽說兒子當了模範生，老太太高興得～。

心懷叵測（ㄒㄧㄣ ㄏㄨㄞˊ ㄆㄛˇ ㄘㄜˋ）

【出處】明・羅貫中《三國演義》第五十七回：「馬岱諫曰：『曹操心懷叵測，叔父若往，恐遭其害。』」

【解釋】叵：不可。測：測度。

【用法】比喻害人的奸詐心計。

【例句】～的敵人突然又表現出「善心」來了，這倒要更加提防了，他們一定又在搞什麼新花樣！

心懷鬼胎（ㄒㄧㄣ ㄏㄨㄞˊ ㄍㄨㄟˇ ㄊㄞ）

【出處】明・凌濛初《二刻拍案驚奇》第九卷：「誰知素梅心懷鬼胎，只是長吁短嘆。」

【解釋】懷：懷藏著。鬼胎：比喻不可告人的念頭。

【用法】比喻不可告人的目的和心機。

【例句】別看楊生一臉老實相，其實他～，不安好心。

心灰意懶（ㄒㄧㄣ ㄏㄨㄟ ㄧˋ ㄌㄢˇ）

【出處】元・喬吉《玉交枝・閒適二曲》：「不是我心灰意懶，怎陪伴愚眉肉眼。」

【解釋】灰：死灰，熄滅了的火灰。懶：懶散、不振作。

【用法】形容消極頹喪的情態。

【例句】自從生意失敗後，張三～，再也提不起勁來東山再起。

心慌意亂（ㄒㄧㄣ ㄏㄨㄤ ㄧˋ ㄌㄨㄢˋ）

【出處】清・文康《兒女英雄傳》第二

十六回：『姑娘此時心慌意亂，如生芒刺，如坐針毡。』」

【用法】指遇事不沈着、不冷靜或缺乏經驗，沒有一定的主意。

【例句】一聽到兒子要走，她就～，不知道該怎麼辦了。

心急如火

【出處】五代・前蜀・韋穀《才調集・韋莊〈秋日早行〉》詩：「行人自是心如火，兎走烏飛不覺長。」

【用法】形容心情十分焦急。

【例句】高中聯考已迫在眉睫，父母～，而李四竟仍悠哉游哉地看漫畫書。

【附註】也作「心急如焚」、「心急火燎」。

心焦性暴

【出處】明・吳承恩《西遊記》第二十二回：「却說行者見他不肯上岸，急得他心焦性暴，恨不得一把抓來。」

【解釋】焦：焦急。暴：暴躁。

【用法】形容急躁的性情和表現。

【例句】小陳做事～，難怪常挨老闆刮鬍子。

心堅石穿

【出處】宋・王楙《野客叢書・心堅石穿》載：南朝有個傅先生，自幼好道，他用木鑽鑽五尺厚的石盤，花費四十七年的工夫，石穿得丹。

【解釋】心堅：心意專一。石穿：頑石能打穿。

【例句】比喻決心大、毅力強，就沒有攻不破的難關。

【例句】～，只要有鍥而不捨的精神，任何困難都可以克服。

心驚肉跳

【出處】《元曲選・爭報恩》第三折：「不知怎麼，這一會兒心驚肉跳，這一雙好小脚兒再走也走不動了。」

【用法】形容因恐懼而心神不安。有時也表示由恐懼心理的作用，便認爲是災難臨頭的預兆。

【例句】在那個悶熱的夜晚，發生那種淑嫻現在想起還～的事情，使她的精神受到極大的創傷。

【附註】也作「心驚肉顫」。

心旌搖搖

【出處】漢・司馬遷《史記・蘇秦傳》：「心搖搖然如懸旌。」

【解釋】旌：古代旗幟的一種，綴旄牛尾於竿頭，用以指揮或開道。

【用法】形容心神不定。

【例句】他沒有想到在這個地方遇見了玉珍，這時，他不禁有些～、不知所措了。

心虔志誠

【出處】明・吳承恩《西遊記》第九十九回：「諸神道：『委實心虔志誠，料不能逃菩薩洞察。』」

【解釋】虔：恭敬。誠：誠懇。

【用法】居心恭敬，意念誠懇。

【例句】我～地祈求你的原諒，希望你再給我一次機會。

心傾神馳

【解釋】傾：傾倒。馳：飛奔。

【用法】形容對自己傾心愛慕的東西，

心早已嚮往了。

【例句】在敍述平常事物時，也使人～，這就需要具有藝術上的功力。

心去難留（ㄒㄧㄣ ㄑㄩˋ ㄋㄢˊ ㄌㄧㄡˊ）

【出處】南朝・梁・王僧孺《爲姬人自傷詩》：「斷弦猶可續，心去最難留。」

【用法】形容人不同心，就無法在一起行事。

【例句】由他去吧，～，留得他的人，也留不住他的心啊！

心血來潮（ㄒㄧㄣ ㄒㄧㄝˇ ㄌㄞˊ ㄔㄠˊ）

【出處】明・許仲琳《封神演義》第三十四回：「乾元山金光洞有太乙眞人閒坐碧游床，正運元神，忽心血來潮。……心血來潮者，心中忽動耳。」

【用法】形容心裏突然產生某種念頭。

【例句】張三性好靜，但～，他也會與三五好友狂歌亂舞一番的。

心小志大（ㄒㄧㄣ ㄒㄧㄠˇ ㄓˋ ㄉㄚˋ）

【出處】漢・劉安《淮南子・主術訓》：「凡人之論，心欲小而志欲大，智欲圓而行欲方，能欲多而事欲鮮。」

【解釋】小：細微。大：遠大。

【用法】處事細心，立志遠大。

【例句】古今中外，凡是成大事，立大業者，無不是～。

心閒手敏（ㄒㄧㄣ ㄒㄧㄢˊ ㄕㄡˇ ㄇㄧㄣˇ）

【出處】三國・魏・嵇康《琴賦》：「於是器冷弦調，心閒手敏。」

【解釋】閒：嫻熟。

【用法】形容能得心應手。

【例句】她的琵琶彈得不僅～，而且感情充沛，使人聽了之後心動神搖，不能自已。

心心相印（ㄒㄧㄣ ㄒㄧㄣ ㄒㄧㄤ ㄧㄣˋ）

【出處】《黃檗傳心法要》：「自如來付法迦葉以來，心心印心，心心不異。」

【解釋】相印：相同。

【用法】①形容雙方的思想境界和感情完全一致。②指意氣相投。

【例句】與人交往，貴在知心；倘能～，又何必多賴言詮。

心嚮往之（ㄒㄧㄣ ㄒㄧㄤˋ ㄨㄤˇ ㄓ）

【出處】漢・司馬遷《史記・孔子世家》：「高山仰止，景行行止，雖不能至，然心嚮往之。」

【解釋】嚮往：崇敬仰慕。

【用法】從心靈深處表示崇敬仰慕。

【例句】對於巴黎，很久以來我一直～，現在終於如願以償了。

心直口快（ㄒㄧㄣ ㄓˊ ㄎㄡˇ ㄎㄨㄞˋ）

【出處】元・張國賓《羅李郎》第四折：「哥哥是心直口快射糧軍。」

【用法】形容性情直爽，心裡有什麼就說什麼，存不住話。

【例句】他有什麼說什麼，從來不會話到嘴邊留半句，是個～的人。

心志難奪（ㄒㄧㄣ ㄓˋ ㄋㄢˊ ㄉㄨㄛˊ）

【出處】《論語・子罕》：「三軍可奪帥也，匹夫不可奪志也。」

【解釋】心志：抱負、志向。奪：轉移。

【用法】形容意志堅定難移。

【例句】「～！」你縱使能拘留我，但不可能改變我的決心。

心照不宣（ㄒㄧㄣ ㄓㄠˋ ㄅㄨˋ ㄒㄩㄢ）

【出處】晉・潘岳《夏侯常侍誄》：「心照神交，唯我與子。」

【解釋】照：明白。宣：公開說明。

【用法】形容互相早已有默契。

【例句】我們彼此～，用不着再多說什麼了。

心照神交（ㄒㄧㄣ ㄓㄠˋ ㄕㄣˊ ㄐㄧㄠ）

【出處】晉・潘岳《夏侯常侍誄》：「心照神交，唯我與子。」

【解釋】兩心對照，相知默契，精神之交，不拘形迹。

【用法】指志趣相投、道義相交的老朋友。

【例句】相識滿天下，不若一個～的知己。

心中有數（ㄒㄧㄣ ㄓㄨㄥ ㄧㄡˇ ㄕㄨˋ）

【出處】《莊子・天道》：「不徐不疾，得之於手即應於心，口不能言，有數存焉於其間。」（其間：即指心中而言。）

【用法】心裡知道事情的原委和底細，內心已有主意，只是沒有表露出來。

【例句】每個人～，不必裝作什麼事都不知道的樣子。

【附註】也作「胸中有數」。

心中無數（ㄒㄧㄣ ㄓㄨㄥ ㄨˊ ㄕㄨˋ）

【用法】心裡不了解事情的原委和底細，沒有什麼辦法和主意。

【例句】他雖然素稱「博學」，熟讀經史，可是對此却～。

【附註】也作「胸中無數」。

心馳神往（ㄒㄧㄣ ㄔˊ ㄕㄣˊ ㄨㄤˇ）

【解釋】馳：奔馳。往：去。

【用法】形容對於不平凡的人或事的一種急切、熱烈嚮往的心情。

【例句】聽完地理老師對於西湖美景的介紹後，同學們不禁～。

心潮澎湃（ㄒㄧㄣ ㄔㄠˊ ㄆㄥˊ ㄆㄞˋ）

【解釋】澎湃：波濤衝擊的聲音。

【用法】形容心情激蕩，百感交集，不能自已。

【例句】在這個時刻，我們～，更加懷念敬愛的老師。

心長力短（ㄒㄧㄣ ㄔㄤˊ ㄌㄧˋ ㄉㄨㄢˇ）

【解釋】長：長大。短：短缺。

【用法】指理想過高，實力欠缺。

【例句】今天仲翁來招呼我們，實在我們～，對不起極了。

心醇氣和（ㄒㄧㄣ ㄔㄨㄣˊ ㄑㄧˋ ㄏㄜˊ）

【出處】唐・韓愈《答尉遲生書》：「形大而聲宏，行峻而言厲，心醇而氣和。」

【解釋】醇：純厚樸實。氣：氣質。

【用法】形容人憨厚老實。

【例句】對待自己的同學，應該～，不要過分挑剔。

心手相應（ㄒㄧㄣ ㄕㄡˇ ㄒㄧㄤ ㄧㄥˋ）

【出處】唐・李延壽《南史・蕭子雲傳》：「其書迹雅，爲武帝所重。帝嘗論書曰：『筆力勁駿，心手相應，巧逾杜度，美過崔寔（實），當與（鍾）元常並驅爭先。』」

【解釋】相應：互相適應。

【用法】①形容書畫工力精深，筆下傳神，能隨心所欲。②形容文章、藝術的構思與手法奇妙精湛，運用得體。

【例句】無論書法和繪畫，眞正達到～的程度，確是不容易的。

心神不定（ㄒㄧㄣ ㄕㄣˊ ㄅㄨˋ ㄉㄧㄥˋ）

【出處】明·吳承恩《西遊記》第四十回：「若做了皇帝，就要留長頭髮，黃昏不睡，五鼓不眠，聽有邊報，心神不安。」

【用法】心思不平靜，精神不安定。

【例句】他只是望著杯中一縷裊裊上升的茶煙，～地在想甚麼。

【附註】也作「心神不安」、「心神不寧」。

心神恍惚（ㄒㄧㄣ ㄕㄣˊ ㄏㄨㄤˇ ㄏㄨ）

【出處】唐·無名氏《東陽夜十聖錄》：「自虛心神恍惚，未敢遽前門揖。」

【解釋】恍惚：心思不定，神志不清。

【用法】形容人心裡亂糟糟的，精神很不集中。

【例句】聽到這噩耗，他～，對方在說什麼，他一句也沒聽進去。

心術不正（ㄒㄧㄣ ㄕㄨˋ ㄅㄨˋ ㄓㄥˋ）

【出處】明·羅貫中《三國演義》第十九回：「汝心術不正，吾故棄汝。」

【解釋】心術：居心。

【用法】指思想奸詐、狡猾，不老實。

【例句】這人～，你最好不要跟他在一起。

心如刀割（ㄒㄧㄣ ㄖㄨˊ ㄉㄠ ㄍㄜ）

【出處】元·秦簡夫《趙禮讓肥》第一折：「待著些粗糲，眼睜睜俺子母各天涯，想起來我心如刀割。」

【用法】形容傷痛已極。

【例句】你這麼說，讓我～，痛心不已啊！

心如鐵石（ㄒㄧㄣ ㄖㄨˊ ㄊㄧㄝˇ ㄕˊ）

【出處】漢·曹操《敕王必領長史令》：「忠能勤事，心如鐵石，國之良吏也。」

【用法】形容不易動感情或冷漠無情。

【例句】他～，一點同情心都沒有，你不必再求他了。

心如古井（ㄒㄧㄣ ㄖㄨˊ ㄍㄨˇ ㄐㄧㄥˇ）

【出處】唐·孟郊《烈女操》詩：「波濤誓不起，妾心古井水。」

【解釋】古井：年代久遠的枯井。

【用法】比喻堅守節操，不爲世情所動搖。

【例句】自從丈夫去世後，她～，從未想過再創第二春的事。

心如懸旌（ㄒㄧㄣ ㄖㄨˊ ㄒㄩㄢˊ ㄐㄧㄥ）

【出處】《戰國策·楚策一》：「楚王曰：『……寡人臥不安席，食不甘味，心搖搖如懸旌而無所終薄。』」

【解釋】懸旌：懸掛在空中的旌旗，飄動不停。

【用法】形容心神不定，提心吊膽。

【例句】聽到家鄉遭水災的消息以後，我就～，總也安定不下來。

心如止水（ㄒㄧㄣ ㄖㄨˊ ㄓˇ ㄕㄨㄟˇ）

【出處】《莊子・德充符》：「人莫鑑於流水，而鑑於止水。」
【解釋】止水：停止流動的水。
【用法】形容思想非常穩定、平靜。
【例句】～，這也是一種本領，而我是辦不到的。

心如死灰（ㄒㄧㄣ ㄖㄨˊ ㄙˇ ㄏㄨㄟ）

【出處】《莊子・齊物論》：「形固可使如槁木，心固可使如死灰乎？」
【解釋】死灰：完全熄滅了的火灰。
【用法】指心灰意懶。
【例句】我縱然～，也難把往事輕易忘記。

心醉魂迷（ㄒㄧㄣ ㄗㄨㄟˋ ㄏㄨㄣˊ ㄇㄧˊ）

【出處】北齊・顏之推《顏氏家訓・慕賢》：「所值名賢，未嘗不心醉魂迷，向慕之也。」
【用法】①形容欽佩、崇拜到極點。②指爲某事所迷惑而神智不清。
【例句】看著他～，快要暈過去的樣子，她趕快給他端來一杯冷飲。

心慈手軟（ㄒㄧㄣ ㄘˊ ㄕㄡˇ ㄖㄨㄢˇ）

【解釋】慈：仁慈、和善。手軟：不能果斷地辦事。
【用法】形容優柔寡斷、姑息養奸的庸人行徑。
【例句】對敵人絕不能～。

心存芥蒂（ㄒㄧㄣ ㄘㄨㄣˊ ㄐㄧㄝˋ ㄉㄧˋ）

【出處】宋・蘇軾《送路都曹》詩：「恨無乖崖老，一洗芥蒂胸。」
【解釋】芥蒂：本作「蔕芥」，細小的梗塞物。
【用法】比喻積存在心裡的怨恨不快。
【例句】雖然我盡力去加強我們之間的關係，但他一直～，所以進展不大。

心存魏闕（ㄒㄧㄣ ㄘㄨㄣˊ ㄨㄟˋ ㄑㄩㄝˋ）

【出處】《莊子・讓王》：「身在江湖之上，心居乎魏闕之下。」
【解釋】心存：心中不忘。魏闕：古代宮庭門外的兩座高建築物，上圓下方，上端爲樓觀，下邊是懸掛法令的地方，也稱「象魏」或「象闕」，因以爲朝廷的代稱。
【用法】比喻對國家和君主念念不忘。
【例句】他雖息官退隱，但～，仍一心想報效朝廷。

心碎腸斷（ㄒㄧㄣ ㄙㄨㄟˋ ㄔㄤˊ ㄉㄨㄢˋ）

【出處】清・曹雪芹《紅樓夢》第二十八回：「試想林黛玉的花顏月貌，將來亦到無可尋覓之時，寧不心碎腸斷。」
【用法】形容極度悲傷。
【例句】聽到這惡耗，我不禁～，往後日子叫我怎麼過呢？

心安理得（ㄒㄧㄣ ㄢ ㄌㄧˇ ㄉㄜˊ）

【用法】自認爲自己的言行符合情理，心中安然自得。
【例句】她對我的體貼和照顧，我怎能～地接受呢？

心有靈犀一點通（ㄒㄧㄣ ㄧㄡˇ ㄌㄧㄥˊ ㄒㄧ ㄧ ㄉㄧㄢˇ ㄊㄨㄥ）

【出處】唐・李商隱《無題》詩：「身無彩鳳雙飛翼，心有靈犀一點通。」

【解釋】靈犀：有靈性的犀牛。相傳犀牛是一種靈獸，它的角上有條白紋，從角尖通向頭腦，感應靈敏。

【用法】①喻指戀愛的男女，心心相印。②喻指彼此心領神會，心意相通。

【例句】「～」，他們在玩弄陰謀詭計上，倒眞是很有默契啊！

心有鴻鵠（ㄒㄧㄣ ㄧㄡˇ ㄏㄨㄥˊ ㄏㄨˊ）

【出處】《孟子．告子上》：「使弈秋誨二人弈，其一人專心致志，惟弈秋之爲聽；一人雖聽之，一心以爲有鴻鵠將至，思援弓繳而射之，雖與之俱學，弗若之矣。爲是其智弗若與？曰：非然也。」

【解釋】鴻鵠：天鵝。

【用法】形容學習、工作不專心。

心有餘悸（ㄒㄧㄣ ㄧㄡˇ ㄩˊ ㄐㄧˋ）

【解釋】悸：心跳、害怕。

【用法】危險的事情雖然過去了，但回想起來仍感到恐懼。

【例句】寶田～地說：「老二，欠流氓的債，可苦人哪！」

心有餘而力不足（ㄒㄧㄣ ㄧㄡˇ ㄩˊ ㄦˊ ㄌㄧˋ ㄅㄨˋ ㄗㄨˊ）

【出處】《論語．里仁》：「有能一日用其力於仁矣乎？我未見力不足者，蓋有之矣，我未之見也。」

【用法】心裡很想做到，可是力量達不到。

【例句】對於這件事，我～請你諒解。

心無二用（ㄒㄧㄣ ㄨˊ ㄦˋ ㄩㄥˋ）

【出處】漢．桓譚《新論．專學》：「使左手畫方，右手畫圓，令一時俱成，雖執規矩之心，迴剟劂之手，而不能成者，由心不兩用，則手不並運也。」

【用法】指心思一時只能只能專注在一件事上，不能分散精力。

【例句】學習必須～才能學好。

【附註】「二」原作「兩」。

心爲形役（ㄒㄧㄣ ㄨㄟˊ ㄒㄧㄥˊ ㄧˋ）

【出處】晉．陶潛《歸去來辭》：「既自以心爲形役，奚惆悵而獨悲？」

【解釋】爲：被。形役：受生活、功名利祿驅使。

【用法】形容人的思想不自由，幹一些違心的事情。

【例句】一個人～後，生命怎會自在，生活怎能無拘？

心餘力絀（ㄒㄧㄣ ㄩˊ ㄌㄧˋ ㄔㄨˋ）

【解釋】絀：不夠。

【用法】心裡很想做，但力量不夠用。

【例句】對於這件事，我是～，幫不上忙，請你多多諒解吧。

心悅誠服（ㄒㄧㄣ ㄩㄝˋ ㄔㄥˊ ㄈㄨˊ）

【出處】《孟子．公孫丑上》：「以德服人者，中心悅而誠服也。」

【解釋】悅：高興、愉快。誠：眞心、懇切。

【用法】誠心誠意地折服或佩服。

【例句】對於你這番裁決，我～，絕不會再有意見的。

心猿意馬（ㄒㄧㄣ ㄩㄢˊ ㄧˋ ㄇㄚˇ）

【出處】漢．魏伯陽《參同契》注：「心猿不定，意馬四馳。」

【用法】形容心神不定，心情很難加以控制。

【例句】做學問可不能～，而應選定方向，一心一意地堅持下去。

新沐者必彈冠（ㄒㄧㄣ ㄇㄨˋ ㄓㄜˇ ㄅㄧˋ ㄊㄢˊ ㄍㄨㄢ）

【出處】戰國・楚・屈原《漁夫》：「新沐者必彈冠，新浴者必振衣，安能以身之察察，受物之汶汶者乎？寧赴湘流，葬於江魚之腹中，又安能以皎皎之白，而蒙世俗之塵埃乎？」（察察：潔白。汶汶：沾辱。）

【解釋】沐：洗頭髮。剛剛洗完頭髮的人一定要把帽子上的塵土彈去。

【用法】比喻人要潔身自好。

【例句】「～」，盼你潔身自好，重新做人。

新亭對泣（ㄒㄧㄣ ㄊㄧㄥˊ ㄉㄨㄟˋ ㄑㄧˋ）

【出處】唐・房玄齡等《晉書・王導傳》載：元帝時，丞相王導與客宴新亭，周顗中坐而嘆曰：「風景不殊，舉目有河山之異。」大家都無限傷感，相對流涕，獨有王導愀然變色說：「當共勠力王室，克復神州，何至作楚囚對泣耶！」

【解釋】新亭：故址在今江蘇省江寧縣（南京）南，三國吳時建築物。西晉末，過江人士每逢假日在這裡飲宴。

【用法】比喻憂國憂時者悲憤的情緒或對故國的懷念。

【例句】國家處境困頓，我們當力圖振作，重振國威，豈可～，虛費時光。

新來乍到（ㄒㄧㄣ ㄌㄞˊ ㄓㄚˋ ㄉㄠˋ）

【出處】清・曹雪芹《紅樓夢》第九十九回：「我們新來乍到，又不與別位老爺很來往，誰肯送信？」

【解釋】乍：初、剛。

【用法】形容對各方面的情況很生疏。

【例句】春蘭看這人～，倒不怯生。

新婚燕爾（ㄒㄧㄣ ㄏㄨㄣ ㄧㄢˋ ㄦˇ）

【出處】《詩經・邶風・谷風》：「燕爾新昏（婚），如兄如弟。」

【解釋】燕爾：即「宴爾」，快樂愉悅。

【用法】形容新婚愉快的情形。

【例句】小王和小李，正是～，兩人形影相隨，好得連一步也不肯離開。

新硎初試（ㄒㄧㄣ ㄒㄧㄥˊ ㄔㄨ ㄕˋ）

【出處】《莊子・養生主》：「是以十九年而刀刃若新發於硎。」

【解釋】硎：磨刀石。新硎：新磨出的刀刃。初次使用剛磨好的刀。

【用法】喻初露鋒芒。

【例句】他～，竟就一鳴驚人，贏得此次優勝。

新仇舊恨（ㄒㄧㄣ ㄔㄡˊ ㄐㄧㄡˋ ㄏㄣˋ）

【用法】形容仇恨深沉，不共戴天。

【例句】～我們要和他統統算清楚。

新愁舊恨（ㄒㄧㄣ ㄔㄡˊ ㄐㄧㄡˋ ㄏㄣˋ）

【出處】唐・韓偓《三月》詩：「新愁舊恨眞無奈，須就鄰家甕底眠。」

【解釋】愁：憂煩苦悶。恨：遺憾、悔恨。

【用法】形容思慮現狀、回憶往事而有無限憂傷、怨恨的情緒。

【例句】多少～湧上心頭，她不由得抽泣起來。

新陳代謝

【出處】漢・劉安《淮南子・兵略訓》：「若春秋有代謝，若日月有晝夜，終而復始，明而復晦。」

【解釋】陳：舊。代謝：更替變化。

【用法】指新事物代替舊事物。

【例句】工作人員的～，是很自然的，也是十分必要的。

欣喜若狂

【用法】形容高興到了極點。

【例句】當我國少棒經過艱苦奮戰，終於奪得世界冠軍的消息傳來之後，人們～，奔走相告。

欣欣向榮

【出處】晉・陶潛《歸去來辭》：「木欣欣以向榮，泉涓涓而始流。」

【解釋】欣欣：生氣勃勃的樣子。榮：繁榮興旺。

【用法】指草木長得繁盛茂密，一片生氣。

【例句】經過一番整頓，公司又再呈現～的景象。

薪盡火傳

【出處】《莊子・養生主》：「指窮於爲薪，火傳也，不知其盡也。」

【解釋】薪：木柴。前柴燒盡，後柴又繼續燃著，火種相遞地留傳下去。原是莊子所謂的形骸有盡但精神不滅的觀點。

【用法】喻老師講學，學生受業，學問一代接一代地留傳下來。

【例句】對於古樂，他研究有年。值得慶幸的是，他培養了幾個得意門生，～，對於古樂總算後繼有人了。

馨香禱祝

【解釋】馨香：燒香時香氣遠聞。禱祝：祈禱祝願。

【用法】①指迷信的人虔誠地求神拜佛、祈禱祝願。②眞誠地期望。

【例句】我們～，盼望此次少棒再度揚威國際。

伈伈睍睍

【出處】唐・韓愈《祭鱷魚文》「刺史雖駑弱，亦安肯爲鱷魚低首下心，伈伈睍睍，爲民吏羞，以偷活於此邪！」

【解釋】伈伈：恐懼、害怕的樣子。睍睍：低頭小視的樣子。

【用法】形容畏縮不前，不敢正眼看的樣子。

信筆塗鴉

【出處】唐・盧同《示添丁》詩：「忽來案上飛墨汁，塗抹詩書如老鴉。」

【解釋】信筆：隨便用筆。塗鴉：指用筆隨手亂抹畫。

【用法】形容字寫得不好。有時也用爲表示自己字或文章寫得不好的自謙話。

【例句】我的文章和新詩，不過是～而已，實在不值得一評。

【附註】也作「信手塗鴉」。

信不由衷

【出處】《左傳・隱公三年年》：「信不由中，質無益也。」

【解釋】信：誠實。衷：內心。

【用法】比喻假意敷衍。

【例句】你～，隨意敷衍我，眞令我氣憤。

信口開河 ㄒㄧㄣˋ ㄎㄡˇ ㄎㄞ ㄏㄜˊ

【出處】元・關漢卿《魯齋郎》第四折：「你休只管信口開合，絮絮聒聒。」

【解釋】信：聽憑。

【用法】毫無根據地隨便亂說。

【例句】這些都是我一個人在這兒～，將來的全集刊布後，凡是細心閱讀過它的人，我相信都會發生同感。

【附註】原作「信口開合」。

信口雌黃 ㄒㄧㄣˋ ㄎㄡˇ ㄘ ㄏㄨㄤˊ

【出處】南朝・梁・劉峻《廣絕交論》：「雌黃出其脣吻。」李善注引《晉陽秋》：「王衍字夷甫，能言，於意有不安者，輒更易之，時號『口中雌黃』。」

【解釋】信口：隨便開口。雌黃：礦物名，即雞冠石，黃褐色，可作顏料。古時寫字用黃紙，寫錯了就用雌黃塗了重寫。後把胡亂竄改叫「雌黃」。

【用法】比喻不顧事實，隨便亂說。

【例句】你這人眞是～，難道老伯母是該死不成？

【附註】也作「妄下雌黃」。

信及豚魚 ㄒㄧㄣˋ ㄐㄧˊ ㄊㄨㄣˊ ㄩˊ

【出處】《周易・中孚》：「豚魚吉，信及豚魚也。」王弼注：「魚者，蟲之隱者也；豚者，獸之微賤者也。爭競之道不興，中信之德淳著，則雖微隱之物，信皆及也。」

【解釋】信：信用。及：達到。豚：小豬。把信用施加到小豬和魚等小動物身上。

【用法】形容誠信昭著。

【例句】他～，是個可信賴的人。

信誓旦旦 ㄒㄧㄣˋ ㄕˋ ㄉㄢˋ ㄉㄢˋ

【出處】《詩經・衛風・氓》：「信誓旦旦，不思其反。」

【解釋】信誓：眞誠的誓言。旦旦：誠實的樣子。

【用法】形容誓言說得極誠摯而明確。

【例句】對於那些經常～地發誓許願的人，反應該提高警惕。

信手拈來 ㄒㄧㄣˋ ㄕㄡˇ ㄋㄧㄢ ㄌㄞˊ

【出處】宋・釋惟白《續傳燈錄》第八卷：「假饒信手拈來，也是殘羹餿飯。」

【解釋】信手：隨手。拈：用指頭捏取東西。

【用法】形容寫文章時引經據典或運用詞藻得心應手。

【例句】他才思敏捷，～，又是一句佳言。

信賞必罰 ㄒㄧㄣˋ ㄕㄤˇ ㄅㄧˋ ㄈㄚˊ

【出處】《韓非子・外儲說右上》：「信賞必罰，其足以戰。」

【解釋】信：認眞。必：一定。

【用法】形容賞罰分明。

【例句】身為領導人物，必得～，才能贏得擁戴。

信而好古 ㄒㄧㄣˋ ㄦˊ ㄏㄠˋ ㄍㄨˇ

【出處】《論語・述而》：「述而不作，信而好古，竊比於我老彭。」

【解釋】信：相信。好：愛好。

【用法】相信而且愛好古代的東西。

信而有徵

【出處】《左傳・昭公八年》：「君子之言，信而有徵。」
【解釋】信：眞實、可信。徵：證據。
【用法】形容事情有根據，可以憑信。
【例句】這件事是～的，我沒有騙你。

信以爲本

【出處】《左傳・昭公元年》：「武將信以爲本，循而行之。」（武：指晉國的趙武。）
【解釋】信：誠實。
【用法】比喻言行要守信用。

信以爲眞

【出處】清・曹雪芹《紅樓夢》第三十九回：「寶玉又問他地名庄名，來往遠近，坐落何方，劉老老便順口謅了出來。寶玉信以爲眞。」
【解釋】信：相信。
【用法】指把虛假的情況或謊言信爲眞有其事。
【例句】她說得有枝有葉的，我當時眞～了，誰知道她竟是故意騙我的。

信言不美

【出處】《老子》第八十一章：「信言不美，美言不信。」
【解釋】信：眞實。美：美妙、漂亮。
【用法】眞實話未經雕琢，故不漂亮。

釁起蕭墻

【出處】南朝・宋・范曄《後漢書・傅燮傳》：「此皆釁發蕭墻而禍延四海也。」
【解釋】釁：縫隙，引申爲事端。蕭墻：古代宮室內當門的小墻，引申爲內部。
【用法】比喻事端或災禍起於內部。
【例句】他最近心情不很愉快。這個老實人沒想到竟會～，鬧起家庭糾紛。

相反相成

【出處】漢・班固《漢書・藝文志》：「其言雖殊，譬猶水火，相滅亦相生也；仁之與義，敬之與和，相反而皆相成也。」
【解釋】相反：矛盾的雙方互相排斥或互相鬥爭。相成：互相促成。
【用法】相反的事物有相成的作用。
【例句】怎樣解釋戰爭中提倡勇敢犧牲呢？豈非與「保護自己」相矛盾？實際上並不互相矛盾，而是～的。

相輔相成

【用法】兩種事物相互補充，有效配合，互相促進。
【例句】自由與紀律，是對立統一的，是～的，失掉一方，它方就不存在。

相得益彰

【出處】漢，司馬遷《史記・伯夷列傳》：「伯夷叔齊雖賢，得夫子而名益彰。」
【解釋】相得：相稱，互相投合。益：更加。彰：顯著。
【用法】因互相配合、協助，使雙方的作用和能力能更好地發揮出來。
【例句】有些作品從生活出發，同時寫兩個人物，讓他們互相輝映，～，也是可以的。

相提並論

【出處】漢·司馬遷《史記·魏其武安侯列傳》：「相提而論，是自明揚主上之過。」

【解釋】並：混合、合併。論：談論。

【用法】把不相等同的人或事物合併在一起，不加區分，一概而論。

【例句】你怎能將我與他～？我跟他可不是同類的人！

相煎太急

【出處】南朝·宋·劉義慶《世說新語·文學》：「文帝（曹丕）嘗令東阿王（丕弟曹植）七步中作詩，不成者行大法。應聲便爲詩曰：『煮豆持作羹，漉菽以爲汁，萁在釜下燃，豆在釜中泣；本是同根生，相煎何太急。』帝深有慚色。」

【用法】比喻兄弟不容，殘酷相鬥。

【例句】你和他是結拜好兄弟，何必～？衝著過去的情份，你們就停止爭鬥吧！

相驚伯有

【出處】《左傳·昭公七年》：「鄭人相驚以伯有，曰：『伯有至矣。』則皆走，不知所往。」

【解釋】伯有：春秋時鄭國大夫良霄，字伯有，在他主持國政時，因和貴族駟帶發生爭執而被殺，後來傳說他變成厲鬼作祟，因以用作「厲鬼」的代稱。一聽說伯有來了，人們都互相驚恐奔逃。

【用法】形容無中生有，自相驚擾。

相敬如賓

【出處】《左傳·僖公三十三年》：「臼季使過冀，見冀缺耨，其妻饁之敬，相待如賓。」

【解釋】互相敬重就像與貴客相處。

【用法】形容夫妻間互相尊重體貼。

【例句】結婚幾年來，他們夫妻之間一直～，十分恩愛。

相去無幾

【用法】形容兩者差別不大。

【例句】兩篇文章的着眼點不同，但基本觀點卻是～的。

相去萬里

【解釋】去：距離。

【用法】比喻距離很遠或區別很大。

【例句】本來，他們想讓我支持他們的觀點，可是我在研究了這篇作品之後，我的看法與他們竟是南轅北轍，～。

相形見絀

【出處】清·吳趼人《二十年目睹之怪現狀》第九十回：「他一個部曹，戴了個水晶頂子去當會辦，比着那紅藍色的頂子，未免相形見絀。」

【解釋】相形：相互比較對照。絀：不足、不夠。

【用法】兩者對比，就顯出高低差別。

【例句】他畫的畫，在我們這個山村小縣裡簡直了不得了，一拿到大地方，就～了。我們驚奇地發現：原來還有畫得比他好的人！

相形失色

【解釋】相形：互相比較。失色：沒有光彩。
【用法】指經過比較，相差很遠。
【例句】在沙漠那樣生活困難的環境裡……，千年萬代地鍛煉着仙人掌，經過這樣長期的「自然的選擇」，仙人掌終於鍛煉出這樣一種使普通植物爲之～的倔強性格和卓特風格。

相知恨晚（ㄒㄧㄤ ㄓ ㄏㄣˋ ㄨㄢˇ）

【出處】漢·司馬遷《史記·魏其武安侯列傳》：「（魏其、灌夫）兩人相爲引重，其游如父子然。相得歡甚，無厭，恨相知晚也。」
【解釋】知：認識。恨：遺憾。
【用法】表示對對方的敬慕。
【例句】昨天兩人暢談了一夜，大有～之感。

相知有素（ㄒㄧㄤ ㄓ ㄧㄡˇ ㄙㄨˋ）

【解釋】素：平素、一向。
【用法】指一向彼此了解的好友。
【例句】我和他「～」，我相信他不會做這種事的。

相持不下（ㄒㄧㄤ ㄔˊ ㄅㄨˋ ㄒㄧㄚˋ）

【出處】漢·司馬遷《史記·項羽本紀》：「楚漢久相持未決。」
【解釋】相持：互相爭執。不下：不能解決。
【用法】互相爭執，各不相讓，無法解決。
【例句】他們各執己見，～，談了兩個小時也沒有談出結果。

相視而笑，莫逆于心（ㄒㄧㄤ ㄕˋ ㄦˊ ㄒㄧㄠˋ，ㄇㄛˋ ㄋㄧˋ ㄩˊ ㄒㄧㄣ）

【出處】《莊子·大宗師》：「子桑戶、孟子反、子琴張三人……相視而笑，莫逆于心。」
【解釋】莫逆：彼此友誼極深。
【用法】形容雙方感情非常深厚，心意相通。

相生相克（ㄒㄧㄤ ㄕㄥ ㄒㄧㄤ ㄎㄜˋ）

【解釋】生：生發。克：克制。互相生發，互相克制。
【用法】指二者互相依存，互相制約。
【附註】五行家有相生相克的學說。（五行：指金、木、水、火、土。相生：指木生火、火生土、土生金、金生水、水生木。相克：指木克土、土克水、水克火、火克金、金克木。）

相忍爲國（ㄒㄧㄤ ㄖㄣˇ ㄨㄟˋ ㄍㄨㄛˊ）

【出處】《左傳·昭公元年》：「魯以相忍爲國也，忍其外，不忍其內，焉用之？」
【用法】爲了國家的利益而相互忍讓。
【例句】雙方只要都有～的願望，歧見就可以解決。

相濡以沫（ㄒㄧㄤ ㄖㄨˊ ㄧˇ ㄇㄛˋ）

【出處】《莊子·大宗師》：「泉涸，魚相與處於陸，相呴以濕，相濡以沫，不如相忘於江湖。」
【解釋】濡：浸潤。沫：唾液。
【用法】比喻在患難之中互相救護。
【例句】在困難的時候，我們兩個人～，互相安慰，總算是熬過了那一段艱難歲月。
【附註】也作「以沫相濡」。

相安無事 ㄒㄧㄤ ㄢ ㄨˊ ㄕˋ

【出處】宋・鄧牧《伯牙琴・吏道》：「古者君民間相安無事者，固不得無吏，而為員不多。」

【解釋】相：互相、彼此。安：安定、安穩。

【用法】指彼此之間和睦相處，平安無事。

【例句】過去這小倆口兒總是因為家務事鬧口角，近來，由於鄰居幫忙，家務料理得井井有條，他們也就～了。

相依為命 ㄒㄧㄤ ㄧ ㄨㄟˊ ㄇㄧㄥˋ

【出處】唐・李密《陳情表》：「臣無祖母，無以至今日；祖母無臣，無以終餘年。母孫二人，更相為命，是以區區不能廢遠。」

【解釋】依：依靠。互相依靠，維持活命。

【用法】形容相互不可分離。

【例句】母親死去已經三年，死而復生的只有這些亂草，和我們～的母親卻是永遠不再回來。

相映成趣 ㄒㄧㄤ ㄧㄥˋ ㄔㄥˊ ㄑㄩˋ

【解釋】映：對照、映襯。趣：興趣、趣味。

【用法】①指山水、花木互相掩映，更顯異趣。②指互相對照、映襯著，就顯得更有趣味。更有意思。

【例句】院子裡的假山和水池，池中的荷花和游魚，眞是～，盡得其妙。

香消玉減 ㄒㄧㄤ ㄒㄧㄠ ㄩˋ ㄐㄧㄢˇ

【出處】元・賈仲名《蕭淑蘭》第二折：「則為他粉悴胭憔，端的是香消也那玉減。」

【解釋】香、玉：舊詩文中用作美人的代稱。消、減：消瘦。

【用法】美人的容貌日見消瘦。

【例句】她日夜思念夫君，茶不飲、飯不思，於是漸漸～，失去往日光采。

香銷玉殞 ㄒㄧㄤ ㄒㄧㄠ ㄩˋ ㄩㄣˇ

【解釋】香、玉：舊時文人用作女子的代稱。銷：也作「消」，毀。殞：死亡。

【用法】比喻美女的夭亡。

【例句】待到人們去救時，她早已～，氣絕多時了。

香草美人 ㄒㄧㄤ ㄘㄠˇ ㄇㄟˇ ㄖㄣˊ

【出處】漢・王逸《楚辭章句・離騷序》：「《離騷》之文，以《詩》取興，引類譬喻。故善鳥香草，以配忠貞；惡禽臭物，以比讒佞；靈修美人，以媲於君。」

【用法】指忠君愛國的思想。

詳情度理 ㄒㄧㄤˊ ㄑㄧㄥˊ ㄉㄨㄛˋ ㄌㄧˇ

【出處】清・曹雪芹《紅樓夢》第七十四回：「鳳姐詳情度理，說：『他們必不敢多說一句話，倒別委屈了他們。』」

【解釋】詳：端詳。度：推測。

【用法】形容依據情況推理論斷。

【例句】經這一番～，我終於知道了眞相。

降龍伏虎 ㄒㄧㄤˊ ㄌㄨㄥˊ ㄈㄨˊ ㄏㄨˇ

【出處】南朝・梁・釋惠皎《高僧傳》

卷十：「（涉公）能以秘咒咒下神龍。」唐・釋道宣《續高僧傳》卷十六：「（僧稠）聞兩虎交鬥，咆響震岩，乃以錫杖中解，各散而去。」

【解釋】降、伏：使馴服。使惡龍歸降，使猛虎馴服。

【用法】①佛教中形容高僧法力強大。②比喻力量強大，能戰勝重大困難或惡勢力。

【例句】我們青年人要有那麼一股～的勁頭，敢於闖出一條新路來。

降邪從正

【出處】明・吳承恩《西遊記》第四十四回：「望爺爺與我們雪恨消災，早進城降邪從正也。」

【解釋】降：降伏。從：歸從。

【用法】降伏邪魔，使之改邪歸正。

響徹雲霄

【解釋】徹：透過。雲霄：非常高的天空。

【用法】形容聲音宏大嘹亮。

【例句】廣場上歡聲雷動，口號聲和歡呼聲～。

響遏行雲

【出處】《列子・湯問》：「薛譚學謳於秦青，未窮青之技，自謂盡之，遂辭歸。秦青弗止，餞於郊衢，撫節悲歌，聲振林木，響遏行雲。薛譚乃謝，求反，終身不敢言歸。」

【解釋】遏：阻止。指聲音高入雲霄，把浮動着的雲彩也阻止了。

【用法】形容歌聲嘹亮有力，且悅耳動聽。

【例句】他那高吭的歌聲，～，使人久久難忘。

想入非非

【出處】《楞嚴經》：「識性不動，以滅窮研，於無盡中，發實盡性，如存不存，若盡不盡，如是一類，名非想非非想處。」

【解釋】非非：佛經之語。意指思想進入了如存不存、若盡非盡的境界中去了。

【用法】①形容想法大膽、新奇。②喻指荒唐離奇、不着邊際的胡思亂想。

【例句】他把自己的想法告訴了同伴，同伴笑笑說：「別～了，腳踏實地才是成功的正確道路。」

想望風采

【出處】漢・班固《漢書・霍光傳》：「天下想聞其風采。」

【解釋】想望：懷念、思慕。風采：風度神采。

【用法】表示對人的渴望和仰慕。

【例句】久聞其名，更～，希望能有機會與他見面。

向壁虛造

【出處】漢・許慎《說文解字序》：「世人大共非訾，以爲好奇者也，故詭更正文，鄉（向）壁虛造不可知之書，變亂常行，以耀於世。」

【解釋】向壁：臉對著牆。虛造：弄虛做假。

【用法】比喻文章詞句，憑空捏造，出於杜撰。

【例句】創作必須從生活出發，～是寫

不出好作品的。

向平願了（ㄒㄧㄤˋ ㄆㄧㄥˊ ㄩㄢˋ ㄌㄧㄠˇ）

【出處】南朝・宋・范曄《後漢書，逸民傳》載：隱士向長在子女的婚嫁大事了結後，遂不問家事，出遊名山大川，不知所終。

【解釋】向平：即「向長」，字子平，東漢時期光武帝建武中隱士。願了：指父母對子女婚嫁、自立門戶的願望已了結。

【用法】泛指完成了子女的終身大事，落得了一身清閒。

【例句】我～，從此不再為兒女婚嫁操心，可結束事業遊山玩水去了。

【附註】子女的婚事也稱作「向平之願」。

向火乞兒（ㄒㄧㄤˋ ㄏㄨㄛˇ ㄑㄧˇ ㄦˊ）

【出處】五代・後周・王仁裕《開元天寶遺事》下：「張九齡見朝士趨附楊國忠，語人曰：『此曹皆向火乞兒，一旦火爐灰冷，當冷裂肌膚矣。』」

【解釋】向火：臉對着火取暖。乞兒：乞丐、叫化子。

【用法】比喻那些趨炎附勢，巴結權貴的人。

【例句】這人是個～，專會逢迎巴結，實在令人厭惡。

向聲背實（ㄒㄧㄤˋ ㄕㄥ ㄅㄟˋ ㄕˊ）

【出處】三國・魏・曹丕《典論・論文》：「常人貴遠賤近，向聲背實，又患闇於己見，謂己為賢。」

【解釋】聲：聲名，這裡指虛名。背：違背。

【用法】只嚮往虛名，而不求實際。

【例句】你如此作法，～，是不可能長久的。

向隅而泣（ㄒㄧㄤˋ ㄩˊ ㄦˊ ㄑㄧˋ）

【出處】漢・劉向《說苑・貴德》：「今有滿堂飲酒者，有一人獨索然向隅而泣，則一堂之人皆不樂矣。」

【解釋】隅：牆角。泣：無聲地哭。面對牆角哭泣。

【用法】形容異常孤立，無可奈何，只能絕望地哀泣。

【例句】誰不懂這個歷史的規律，誰就會變成～的可憐蟲。

相門有相（ㄒㄧㄤˋ ㄇㄣˊ ㄧㄡˇ ㄒㄧㄤˋ）

【出處】漢・司馬遷《史記・孟嘗君列傳》：「文聞將門必有將，相門必有相。」

【解釋】相：輔助君主掌管國事的最高官吏，後來稱作宰相、丞相、相國。宰相門裡有具備宰相的才能者。

【用法】指各門子弟能繼承父兄事業。

【例句】～，令郎的表現，真得郭老您的真傳呢！

相機行事（ㄒㄧㄤˋ ㄐㄧ ㄒㄧㄥˊ ㄕˋ）

【出處】明・施耐庵《水滸傳》第九十二回：「吳用聽罷，對宋江計議，便喚時遷、石秀近前密語道：『如此依計，往花榮軍前，密傳將令，相機行事。』」

【解釋】相機：察看機會。

【用法】觀察當時情況的發展變化，靈活地處理事情。

【例句】你到了那裡就應該～，靈活應

變了！

相機而動（ㄒㄧㄤˋ ㄐㄧ ㄦˊ ㄉㄨㄥˋ）

【解釋】相機：察看機會。

【用法】根據時機和形勢而採取行動。

【例句】你率領一支小分隊插入敵後，要～，機智靈活地打擊敵人。

【附註】也作「相時而動」。

象形奪名（ㄒㄧㄤˋ ㄒㄧㄥˊ ㄉㄨㄛˊ ㄇㄧㄥˊ）

【出處】清・曹雪芹《紅樓夢》第十七回：「又有叫作什麼綠荑的，還有什麼丹椒、蘼蕪、風蓮見於《蜀都賦》。如今年深歲改，人不能識，故皆象形奪名，漸漸的喚差了，也是有的……。」

【解釋】奪：決定。

【用法】指依據事物形態特徵決定它的名字。

象箸玉杯（ㄒㄧㄤˋ ㄓㄨˋ ㄩˋ ㄅㄟ）

【出處】《韓非子・喻老》：「昔者紂爲象箸，而箕子怖。以爲象箸必不加於土鉶，必將犀玉之杯。象箸玉杯，必不羹菽藿，則必旄象豹胎。旄象豹胎，必不衣短褐而食於茅屋之下，則錦衣九重，廣室高台。」

【用法】形容非常奢侈的腐朽生活。

【例句】他生活奢侈之至，每食必～，持此以往，必將傾家蕩產。

象齒焚身（ㄒㄧㄤˋ ㄔˇ ㄈㄣˊ ㄕㄣ）

【出處】《左傳・襄公二十四年》：「象有齒以焚其身。」

【解釋】焚：毀滅、僵死。大象因爲有珍貴的牙齒而招致殺身之禍。

【用法】比喻人因財富多而得禍。

【例句】～，擁有這千萬遺產，那裏值得慶賀？

象牙之塔（ㄒㄧㄤˋ ㄧㄚˊ ㄓ ㄊㄚˇ）

【出處】原是十九世紀法國文藝批評家聖佩韋批評同時代浪漫主義詩人維尼的話。

【用法】泛指「爲藝術而藝術」的文藝家脫離社會現實的個人主觀幻想的藝術天地。

【例句】但這些我都不管，因爲我幸而還沒有爬上「～」去，正無須怎樣小心。

像煞有介事（ㄒㄧㄤˋ ㄕㄚˋ ㄧㄡˇ ㄐㄧㄝˋ ㄕˋ）

【解釋】像煞：像極。介：那麼。

【用法】指裝模作樣，好像眞有那麼一回事似的。

【例句】這幼童學起歌星唱歌，～的，有模有樣，挺有趣的。

【附註】也作「煞有介事」。

相鼠有皮（ㄒㄧㄤˋ ㄕㄨˇ ㄧㄡˇ ㄆㄧˊ）

【出處】《詩經・鄘風・相鼠》：「相鼠有皮，人而無儀；人而無儀（義），不死何爲！」

【解釋】相：視、觀察。仔細觀察老鼠尚且有皮。

【用法】指人須知廉恥，講求禮義。

【例句】～，人要有恥，不要再做這昧良心的勾當。

項背相望（ㄒㄧㄤˋ ㄅㄟˋ ㄒㄧㄤ ㄨㄤˋ）

【出處】南朝・宋・范曄《後漢書・左雄傳》：「監司項背相望，與同疾疢。」（疢疢：急熱病。）李賢注：「項背相望，謂前後相顧也。」

【解釋】項背：人的後脖和後脊背。相望：相互看得見。

【用法】形容人群擁擠，連續不絕。

【例句】廣場上，人群～，川流不息。

項莊舞劍，意在沛公

【出處】漢·司馬遷《史記·項羽本紀》載：楚漢相爭時，項羽的謀士亞父范增看出劉邦是和項羽爭天下的人。在「鴻門」宴會上，范增想除掉劉邦，讓項莊舞劍，以便乘機殺死劉邦。劉邦的謀士張良看破其中意圖，對樊噲說：「今者項莊拔劍舞，其意常在沛公也。」

【解釋】項莊：楚霸王項羽手下的武將，於鴻門宴中假意舞劍，欲殺沛公（漢高祖劉邦）。

【用法】比喻行動或言論隱約針對某一個人，或別有意圖的舉動。

【例句】他的這番議論是「～」，看來暗裡是指着我的！

惺惺惜惺惺

【出處】元·王實甫《西廂記》第一本第三折：「方信道：惺惺的自古惜惺惺。」

【解釋】惺惺：指聰明、機警的人。聰明人愛惜聰明人。

【用法】形容性格才情相同的人互相愛惜。

【例句】二人相見之事，寫得大有英雄識英雄，～之概，雖然在辭句間不免加了些粉飾。

惺惺作態

【解釋】惺惺：這裡指「假惺惺」（即假意）的樣子。

【用法】形容虛偽，不老實。

【例句】你不必～，裝這副嘴臉，我可不信你這一套。

星飛電急

【出處】元·施惠《拜月亭·奉使臨番》：「火速便馳驛，等回音，星飛電急。」

【解釋】流星飛奔，閃電急馳。

【用法】形容傳遞音信緊急快速。

【例句】前方吃緊，小李～地趕赴後方求援。

星離雨散

【出處】唐·李白《憶舊遊寄譙郡元參軍》詩：「當筵意氣凌九霄，星離雨散不終朝。」

【用法】形容朋友們的分離。

【例句】我中學時代的老同學，早已～，各奔前程了。

星羅棋布

【出處】漢·班固《西都賦》：「列卒周匝，星羅雲布。」

【解釋】羅：羅列。布：分布。

【用法】形容數量很多，分布的面積很廣。

【例句】在鏡泊湖中，有～的大小島嶼，天光水色縈繞其間。

星火燎原

【出處】《尚書·盤庚上》：「若火之

燎於原，不可向邇。」

【解釋】星：一星半點兒。燎：延燒。原：原野。一點兒火星，可以把整個原野燒起來。

【用法】①比喻微小的事物終可能成長壯大。②比喻新生的力量，儘管開始時力量微小，但有生命力，很快就可以發展成不可戰勝的力量。

【例句】～，請不要在這樹林中起火烤肉。

星星之火（ㄒㄧㄥ ㄒㄧㄥ ㄓ ㄏㄨㄛˇ）

【出處】明．吳承恩《西遊記》第十六回：「這是星星之火，能燒萬頃之田。」

【解釋】星星：細小的。

【用法】比喻物體雖小，威力極大。

【例句】雖只是～，但一旦壯大，那威力可是無窮的。

星馳電走（ㄒㄧㄥ ㄔˊ ㄉㄧㄢˋ ㄗㄡˇ）

【出處】元．楊顯之《瀟湘雨》楔子：「腿上無毛嘴有髭，星馳電走不違時，沿河兩岸長巡哨，以此加為排岸司。」

【解釋】馳：急行。走：跑。

【用法】形容速度極快。

【例句】好容易才把貴廷拉出旅館，拖上火車，～地趕到那兒。

【附註】也作「星馳電掣」。

星移斗轉（ㄒㄧㄥ ㄧˊ ㄉㄡˇ ㄓㄨㄢˇ）

【出處】明．馮夢龍《醒世恒言．呂洞賓飛劍斬黃龍》：「抬頭觀看，星移斗轉，正是三更時分。」

【解釋】移：移動。斗：指北斗星。轉：轉換。星、斗挪移，轉換了位置。

【用法】比喻時間、季節的改變。

【例句】～，不覺十年過去了，而我在遺傳學研究上依然沒有較大突破，怎能不焦急呢？

【附註】也作「星移斗換」、「移星換斗」。

腥聞在上（ㄒㄧㄥ ㄨㄣˊ ㄗㄞˋ ㄕㄤˋ）

【出處】《尚書．酒誥》：「腥聞在上，故天降喪於殷。」

【解釋】腥聞：原指酒肉的腥味，引申為壞的名聲。上：上天。

【用法】比喻醜惡的名聲傳遍天下。

【例句】他做惡多端，～，終於遭到放逐。

興風作浪（ㄒㄧㄥ ㄈㄥ ㄗㄨㄛˋ ㄌㄤˋ）

【出處】元．無名氏《二郎神醉射鎖魔鏡》第一折：「嘉州有冷熱二河，河內有一健蛟，興風作浪，損害人民。」

【解釋】興、作：掀起。指神話中妖魔鬼怪施展法術掀起風浪。

【用法】比喻壞人製造事端，故意進行搗亂。

【例句】這人不做好事，專會～，挑起事端。

興利除弊（ㄒㄧㄥ ㄌㄧˋ ㄔㄨˊ ㄅㄧˋ）

【出處】《管子．君臣下》：「為民興利除害，正民之德。」

【解釋】興：興辦。除：消除。

【用法】興辦有利的事業，消除有害的弊病。

【例句】我們之所以要進行調整，就是為了～，使經濟建設更迅速地向前發展。

興師動眾

【出處】戰國・衛・吳起《吳子・勵士》：「夫發號布令，而人樂聞；興師動眾，而人樂戰；交兵接刃，而人樂死。」

【解釋】興：起，發動。師、眾：軍隊，大隊人馬。指大隊人馬調防或者出征。

【用法】指發動很多人做某件事（多含貶義）。

【例句】這時，她既贊同國王不用～的辦法平定叛亂，又擔心國王只帶少數親兵去會有風險。

【附註】也作「勞師動眾」。

興師問罪

【出處】唐・李延壽《北史・隋煬帝紀》：「商郊問罪，周發成文王之志。」

【解釋】興：發動。師：軍隊。古代雙方交戰時，進攻的一方宣布對方罪狀，作為自己出兵的理由。

【用法】引申為嚴厲責問。

【例句】我究竟犯了什麼大錯，居然勞駕你親自登門來～？

興訛造訕

【出處】唐・韓愈《送窮文》：「凡此五鬼，為吾五患，飢我寒我，興訛造訕，能使我迷。」

【解釋】興：掀起。訛：謠言。訕：毀謗。

【用法】形容對人造謠污蔑。

【例句】小李最會～，污蔑同事，因而受到眾人排斥。

興妖作怪

【解釋】妖、怪：傳說中害人的精靈。

【用法】比喻暗中破壞搗亂。

【例句】你們把這個老頭子給我抓起來，不准他到別處去～！

興雲致雨

【出處】明・程明善《嘯餘譜序》：「至於走電奔雷，興雲致雨，閑泄陰陽，役使神鬼，孰非聲為之耶？」

【解釋】興雲：布下雲彩。致雨：使下雨。神話傳說，神龍有布雲作雨的威力。

【用法】喻樂曲詩文，聲勢雄壯，不同凡響。

【例句】久旱不雨，生靈塗炭，仙人不忍目睹此景象，因此～，為大地降下甘霖。

興旺發達

【用法】形容事業欣欣向榮，景況蒸蒸日上。

【例句】青年一代，正是我們的事業必定要～的希望之所在。

刑天爭神

【出處】《山海經・海外西經》：「奇肱之國在北，其人一臂三目，有陰有陽，乘文馬。有鳥焉，兩頭，赤黃色，在其旁。刑天與帝至此爭神。帝斷其首，葬之常羊之山。乃以乳為目，以臍為口，操干戚以舞。」

【解釋】刑天：我國神話中的人物。刑天敢於和天帝爭奪神位。

【用法】比喻大無畏的精神。

形單影隻 ㄒㄧㄥˊ ㄉㄢ ㄧㄥˇ ㄓ

【出處】唐·韓愈《祭十二郎文》：「承先人後者，在孫惟汝，在子惟吾，兩世一身，形單影隻。」

【解釋】形：人的身形。影：人影。隻：個。

【用法】形容形影孤單，沒有同伴。

【例句】她剛來到這裡，人生地疏，感到～。

形格勢禁 ㄒㄧㄥˊ ㄍㄜˊ ㄕˋ ㄐㄧㄣˋ

【出處】漢·司馬遷《史記·孫子吳起列傳》：「夫解雜亂糾紛者不控捲（拳），救鬥者不搏撠，批亢擣虛，形格勢禁，則自爲解耳。」

【解釋】格：阻礙。禁：制止。指阻止搏鬥或平息糾紛要善於乘虛取勢，抓住鬥者的要害，鬥者雙方因形勢的限制而自然分開。

【用法】指因受形勢的牽掣阻礙，事情不能進行。

【例句】由於～，我雖然有些想法，卻也無能爲力。

形迹可疑 ㄒㄧㄥˊ ㄐㄧ ㄎㄜˇ ㄧˊ

【出處】清·蒲松齡《聊齋志異·房文淑》：「鄧以形迹可疑，故亦不敢告人，托之歸寧而已。」

【用法】指行動和神色異常，令人心生懷疑。

【例句】她覺得此人有許多～的地方。

形具神生 ㄒㄧㄥˊ ㄐㄩˋ ㄕㄣˊ ㄕㄥ

【出處】《荀子·天論》：「天職既立，天功既成，形具而神生，好惡、喜怒、哀樂臧（藏）焉，夫是之謂天情。」

【解釋】形：形體。神：精神。

【用法】指人的形體具備，精神就隨着產生。

形銷骨立 ㄒㄧㄥˊ ㄒㄧㄠ ㄍㄨˇ ㄌㄧˋ

【出處】清·蒲松齡《聊齋志異·葉生》：「榜既放，依然鎩羽，生嗒喪而歸，愧負知己，形銷骨立，痴若木偶。」（鎩羽：羽毛摧落，比喻失意、受挫折。）

【解釋】形：身形。銷：通「消」，消瘦。骨：骨架。

【用法】形容身體極爲消瘦。

【例句】爲三度名落孫山，他極爲失意，終日怨歎，不吃不睡，終致～，不成人樣。

形形色色 ㄒㄧㄥˊ ㄒㄧㄥˊ ㄙㄜˋ ㄙㄜˋ

【出處】《列子·天瑞》：「……有形者、有形形者；……有色者，有色色者。」

【解釋】指生出這種形體、這種顏色。

【用法】形容一時出現的人或事物很多，不相類同，各種各樣。

【例句】世上就是有～的各樣人，才會如此多彩多姿。

形勢逼人 ㄒㄧㄥˊ ㄕˋ ㄅㄧ ㄖㄣˊ

【用法】指形勢發展很快，逼使人們不得不更加努力或不能再停滯不前了。

【例句】～，使我不得不做如此的決定，請你諒解。

形神不全 ㄒㄧㄥˊ ㄕㄣˊ ㄅㄨˋ ㄑㄩㄢˊ

【出處】《戰國策·齊策》：「士生乎鄙野，推選則祿焉，非不遂遵也，然而形神不全。」
【解釋】形神：形象和精神。形象與精神不能保全。
【用法】泛指精神、形象不完美。
【例句】她的畫～，沒有什麼值得稱讚的地方。

形如槁木（ㄒㄧㄥˊ ㄖㄨˊ ㄍㄠˇ ㄇㄨˋ）

【出處】《莊子·齊物論》：「形固可使如槁木，心固可使如死灰乎？」
【解釋】槁：乾枯。
【用法】形態像乾枯的樹木。
【例句】他臥床半年，已經被病痛折磨得～了。

形容枯槁（ㄒㄧㄥˊ ㄖㄨㄥˊ ㄎㄨ ㄍㄠˇ）

【出處】戰國·楚·屈原《楚辭·漁父》：「顏色憔悴，形容枯槁。」
【解釋】形容：身形面容。枯槁：面容憔悴的樣子。
【用法】身形面容憔悴不堪。
【例句】爲了思索人生意義，他面壁十年，出關後，他～，憔悴不堪，這股精神是十分令人敬佩的。

形影不離（ㄒㄧㄥˊ ㄧㄥˇ ㄅㄨˋ ㄌㄧˊ）

【出處】《呂氏春秋·孝行覽·首詩》：「聖人之見時，若步之與影之不可離。」
【解釋】形影：身形、人影。身形和人影緊緊相隨，永不離分。
【用法】形容關係密切，總是在一起。
【例句】她們從小一同上學，以後一同工作，相處感情很好，一直是～。
【附註】也作「形影相隨」。

形影相弔（ㄒㄧㄥˊ ㄧㄥˇ ㄒㄧㄤ ㄉㄧㄠˋ）

【出處】晉·陳壽《三國志·魏書·陳思王植傳》：「竊感《相鼠》之篇，無禮遄死之義，形影相弔，五情愧赧。」
【解釋】形影：形體影子。弔：慰問。自己的身體和影子互相安慰。
【用法】形容孤單無靠。
【例句】自從妻子去世以後，他煢煢孑立，～，過着一種非常孤單寂寞的生活。
【附註】也作「形影相親」。

行百里者半九十（ㄒㄧㄥˊ ㄅㄞˇ ㄌㄧˇ ㄓㄜˇ ㄅㄢˋ ㄐㄧㄡˇ ㄕˊ）

【出處】《戰國策·秦策》：「詩云：『行百里者，半九十。』此言末路之難也。」
【解釋】行：走。要走一百里路，走了九十里才算走了一半。
【用法】比喻做事越是接近成功或尾聲，就越要集中精力，不能鬆懈。也用爲勉勵人作事要善始善終。
【例句】「～」，什麼工作，最後總是有一定困難的，我們不要被困難所嚇倒，而要振作精神，堅持到底。

行不由徑（ㄒㄧㄥˊ ㄅㄨˋ ㄧㄡˊ ㄐㄧㄥˋ）

【出處】《論語·雍也》：「子遊爲武城宰。子曰：『女（汝）得人焉耳乎？』曰：『有澹台滅明者，行不由徑，非公事，未嘗至於偃之室也。』」
【解釋】行：走路。徑：小道。指走路只走大道，不走小路。
【用法】比喻爲人作事規矩、正派。

【例句】教我英語的王老師，是一位～的老實人。

行同狗彘 ㄒㄧㄥˊ ㄊㄨㄥˊ ㄍㄡˇ ㄓˋ

【出處】漢‧賈誼《治安策》：「反君事仇，行若狗彘。」

【解釋】行：行為。彘：豬。

【用法】指行為無耻的人就如同豬狗一般。

【例句】此人一慣偷雞摸狗，～，誰能看得起他呢？

行好積德 ㄒㄧㄥˊ ㄏㄠˇ ㄐㄧ ㄉㄜˊ

【出處】清‧曹雪芹《紅樓夢》第五十九回：「那婆子又央衆人道：『我雖錯了，姑娘們吩咐了，以後改過。姑娘們那不是行好積德？』」

【解釋】行好：做好事。積德：累積功德。

【用法】勸人行善做好事的套語。

【例句】～，多做點好事，以彌補你的罪過。

行將就木 ㄒㄧㄥˊ ㄐㄧㄤ ㄐㄧㄡˋ ㄇㄨˋ

【出處】《左傳‧僖公二十三年》：「（重耳）將適齊，謂季隗曰：『待我二十五年，不來而後嫁。』對曰：『我二十五年矣，又如是而嫁，則就木焉。』」

【解釋】行將：即將、快要。就木：進棺材。

【用法】比喻人快死了。

【例句】我已經是～的人了，希望年輕一代能把事業延續下去。

行峻言厲 ㄒㄧㄥˊ ㄐㄩㄣˋ ㄧㄢˊ ㄌㄧˋ

【出處】唐‧韓愈《答尉遲生書》：「形大而聲宏，行峻而言厲，心醇而氣和。」

【解釋】行：行為。峻：嚴厲。

【用法】指一個人的行為和言語都非常嚴厲。

【例句】他～，是很難親近的。

行成于思 ㄒㄧㄥˊ ㄔㄥˊ ㄩˊ ㄙ

【出處】唐‧韓愈《進學解》：「業精於勤，荒於嬉；行成於思，毀於隨。」（毀：失敗。隨：隨便，漫不經心）

【解釋】行：行動、作事。思：思考。

【用法】作事或處理問題成功是因為進行了周密的思考。

【例句】～，做事情要多動動腦子，好好地想想。

行屍走肉 ㄒㄧㄥˊ ㄕ ㄗㄡˇ ㄖㄡˋ

【出處】東晋‧王嘉《拾遺記》第六卷：「（任末）臨終誡曰：『夫人好學，雖死若存；不學者，雖存，謂之行屍走肉耳。』」

【解釋】行屍：能行動的屍體。走肉：能活動的沒有靈魂的肉體。

【用法】比喻庸碌無能、無所作為者。

【例句】一個人如果只想到自己，無異於～，縱使能活一百歲，也是沒有意義的。

行若無事 ㄒㄧㄥˊ ㄖㄨㄛˋ ㄨˊ ㄕˋ

【解釋】行：行止、動靜。若：像。

【用法】指在危急關頭，態度鎮靜，毫不慌亂。

【例句】在形勢已經危急的時候，他却

～，鎮靜如常，這是很難得的。

行則連輿，止則接席 ㄒㄧㄥˊ ㄗㄜˊ ㄌㄧㄢˊ ㄩˊ，ㄓˇ ㄗㄜˊ ㄐㄧㄝ ㄒㄧˊ

【出處】三國・魏・曹丕《與吳質書》：「昔日遊處，行則連輿，止則接席，何曾須臾相失。」

【解釋】行：行路。輿：篷車或轎子。止：停步休息。席：席位、座位。外出時車或轎相連，休息時座位相接。

【用法】形容兩個人形影不離，關係密切。

【例句】他是我多年知己，年輕的時候，我們～，相處得非常融洽。

行有餘力 ㄒㄧㄥˊ ㄧㄡˇ ㄩˊ ㄌㄧˋ

【出處】《論語・學而》：「弟子入則孝，出則弟（悌），謹而信，泛愛衆，而親仁。行有餘力，則以學文。」

【用法】指在完成規定的功課後，還有剩餘的精力。

【例句】讀書之餘，～，你可去學些技藝，培養興趣。

行遠自邇 ㄒㄧㄥˊ ㄩㄢˇ ㄗˋ ㄦˇ

【出處】《禮記・中庸》：「君子之道，譬如行遠必自邇，譬如登高必自卑。」

【解釋】行：走。邇：近。走遠路必須從最近的一步走起。

【用法】比喻做事情要由淺而深，由表及裡，循序漸進。

【例句】做任何事情都應該～，不可好高騖遠，妄想一步登天。

行雲流水 ㄒㄧㄥˊ ㄩㄣˊ ㄌㄧㄡˊ ㄕㄨㄟˇ

【出處】宋・蘇軾《與謝民師推官書》：「所示書教及詩賦雜文，觀之熟矣。大略如行雲流水，初無定質，但常行於所當行，常止於所不可不止。」

【解釋】行雲：天空飄蕩的雲彩，自然變幻，千姿百態。流水：潺潺流水，自由自在。

【用法】比喻寫文章，行文揮灑自如，無拘無束。

【例句】這篇文章結構如～，層次分明，前後呼應。

幸災樂禍 ㄒㄧㄥˋ ㄗㄞ ㄌㄜˋ ㄏㄨㄛˋ

【出處】《左傳・僖公十四年》：「秦飢，使乞糴於晉，晉人弗與。慶鄭曰：『背施無親，幸災不仁，貪愛不祥，怒鄰不義，四德皆失，何以守國？』」《左傳・莊公二十年》：「哀樂失時，殃咎必至。今王子頹歌舞不倦，樂禍也。」

【解釋】幸：慶幸、高興。樂：樂意、快活。

【用法】見別人遭受飛災橫禍時，自己心裡反而高興快活。

【例句】對犯錯誤的人不給予幫助，反而～，這不是與人爲善的態度。

性命攸關 ㄒㄧㄥˋ ㄇㄧㄥˋ ㄧㄡ ㄍㄨㄢ

【出處】清・張春帆《宦海》第十一回：「這個性命交關的事情，不是可以試得的。」

【解釋】攸：所。關乎人或團體生死存亡的大事。

【用法】形容事情非常重要。

【例句】這是～的大事，千萬不能等閑視之。

【附註】也作「性命交關」。

興高采烈（ㄒㄧㄥˋ ㄍㄠ ㄘㄞˇ ㄌㄧㄝˋ）

【出處】南朝・梁・劉勰《文心雕龍・體性》：「叔夜（嵇康）俊俠，故興高而采烈。」

【解釋】采：神采。原指文章旨趣高超，言詞犀利。

【用法】形容興致勃勃，情緒飽滿、歡快。

【例句】團員們一面吃飯，一面～地討論今天比賽的情況。

興會淋漓（ㄒㄧㄥˋ ㄏㄨㄟˋ ㄌㄧㄣˊ ㄌㄧˊ）

【出處】①南朝・梁・沈約《宋書・謝靈運傳論》：「爰逮宋氏，顏謝騰聲，靈運之興會標舉，延年之體裁明密，並方軌前秀，垂範（范）後昆。」②唐・李商隱《韓碑》：「公退齋戒坐小閣，濡染大筆何淋漓。」

【解釋】興會：泛指興致、興味。淋漓：酣暢的樣子。

【用法】指興致勃勃，痛快淋漓。

【例句】抱持著純藝術的欣賞境界去吟詠玩索詩文，比較容易感受到～的意味。

興盡悲來（ㄒㄧㄥˋ ㄐㄧㄣˋ ㄅㄟ ㄌㄞˊ）

【出處】唐・王勃《滕王閣序》：「天高地迥，識宇宙之無窮；興盡悲來，知盈虛之有數。」

【用法】高興的勁兒過去了，使人悲苦的事又來了。

【例句】她們在除夕之夜，正高高興興地吃年夜飯，不知誰突然提到了姐姐離婚的事，大家不由得～，都不聲不響了。

興致勃勃（ㄒㄧㄥˋ ㄓˋ ㄅㄛˊ ㄅㄛˊ）

【出處】清・李汝珍《鏡花緣》第五十六回：「到了郡考，衆人以爲緇氏必不肯去，誰知他還是興致勃勃道：『以天朝之大，豈無看文巨眼！』」

【解釋】勃勃：興盛、旺盛的樣子。

【用法】興頭很高，情緒很好。

【例句】小萍對服裝設計感覺～，今後她可能考慮走這條路。

興味索然（ㄒㄧㄥˋ ㄨㄟˋ ㄙㄨㄛˇ ㄖㄢˊ）

【出處】清・王韜《瀛壖雜志》：「溽暑蒸鬱，看花之興味索然矣。」

【解釋】興：興致、興趣。索然：毫無興趣的樣子。

【用法】一點興趣也沒有了。

【例句】這篇小說開頭還不錯，但後面卻很平淡，使人～了。

【附註】也作「興味蕭然」。

噓枯吹生（ㄒㄩ ㄎㄨ ㄔㄨㄟ ㄕㄥ）

【出處】南朝・宋・范曄《後漢書・鄭太傳》：「孔公緒，清談高論，噓枯吹生，並無軍旅之才，執銳之幹。」

【解釋】噓、吹：吹氣。

【用法】形容口才好，善於吹噓，能把活的說死，死的說活。

【例句】他最善於～，你可不要輕易相信他的話。

噓寒問暖（ㄒㄩ ㄏㄢˊ ㄨㄣˋ ㄋㄨㄢˇ）

【解釋】噓寒：用呵出的熱氣使寒冷的人感到溫暖。問暖：指問寒問暖。

【用法】形容對別人的生活十分關心。

【例句】小李非常關心同鄉老人生活，

經常到老人家裏～。

盱衡厲色

【出處】漢・班固《漢書・王莽傳》：「當此之時，公運獨見之明，奮亡前之威，盱衡厲色，振揚武怒。」

【解釋】盱衡：揚眉張目。

【用法】橫眉怒目，面色嚴厲。

【例句】衆人看到經理～地走進會場，個個噤若寒蟬。

虛比浮詞

【出處】清・曹雪芹《紅樓夢》第五十六回：「探春笑道：『雖也看過，不過是勉人自勵，虛比浮詞，那裡眞是有的。』」

【解釋】虛比：虛擬的比方。浮詞：浮泛的話。

【用法】泛泛地講空話。

【例句】這書中盡是～，空泛言論，實在不值得精讀。

虛美薰心

【出處】漢・路溫舒《尚德緩刑書》：「虛美薰心，實禍蔽塞。」

【解釋】虛：虛假。薰心：迷了心竅。

【用法】指被表面上的美好假像所迷惑了。

【例句】作爲一個領導人物，頭腦不清醒，又愛聽好話，～，工作一定是辦不好的。

虛費詞說

【出處】明・羅貫中《三國演義》第四十二回：「劉使君與孫將軍自來無舊，恐虛費詞說。」

【解釋】虛：空。

【用法】指說了不能起絲毫作用。

【例句】你不必～，白費力氣了，他不可能聽你的。

虛懷若谷

【出處】《老子》第十五章：「敦兮其若樸，曠兮其若谷，混兮其若濁。」

【解釋】虛懷：虛心。谷：山谷。

【用法】形容非常謙虛，能容納不同意見。

【例句】做學問要～，才可能吸收到更多的新知。

虛晃一槍

【出處】清・陳忱《水滸後傳》第三回：「欒廷玉抵擋不住，虛幌（晃）一槍，敗陣而走。」

【用法】形容表面作出一種姿態，佯爲進攻，以便退却。

【例句】他昨天提出購置設備的要求，我看是～，他的眞正意圖是對你提出的改革方案有意見，又不便反對，所以才出了這道難題。

虛己以聽

【出處】西漢・韓嬰《韓詩外傳》卷二：「君子盛德而卑，虛己以受人。」

【解釋】虛己：虛心。

【用法】形容接受意見的態度誠懇。

【例句】他對群衆的意見，總是採取～的態度。

虛驕恃氣

【出處】《莊子・達生》：「紀渻子爲王養鬥雞。十日而問雞已乎？曰：『

未也，方虛憍（驕）而恃氣。』」

【解釋】虛驕：虛浮而驕矜。恃氣：意氣用事。

【用法】指因修養不夠而驕傲自滿、盛氣凌人。

【例句】凡是～自以為是的人，是很難有進步的。

虛情假意

【出處】明·吳承恩《西遊記》第三十四：「那妖精巧語花言，虛情假意的答道：『主公，微臣自幼兒好習弓馬，採獵為生。』」

【用法】表面上虛偽的熱情與好意。

【例句】她對人總是～，時間一長，人們都看清了她，因而就和她疏遠了。

虛擲年華

【解釋】虛擲：白白地拋掉。年華：歲月、時光。

【用法】形容無所作為，白白地把時光浪費掉。

【例句】青年人要勤奮學習，努力提高本領，切不可胸無大志、～。

【附註】也作「虛度年華」。

虛舟飄瓦

【出處】明·湯顯祖《牡丹亭·謁遇》：「老大人，便真是，飢不可食，寒不可衣，看他似虛舟飄瓦。」

【例句】那無依老人，就如～一般，真不知有誰能依靠？實在可憐。

虛張聲勢

【出處】唐·韓愈《論淮西事宜狀》：「淄青、恒冀兩道，與蔡州氣類略同，今聞討伐元濟，人情必有救助之意，然皆暗弱，自保無暇，虛張聲勢，則必有之。」

【解釋】張：張揚。聲勢：聲威氣勢。

【用法】假裝出強大的氣勢。以嚇唬或迷惑對方。

【例句】他連夜派了一支精兵，故意～，使敵軍誤以為要來劫營，其實是去埋伏在南邊的一個險要隘口。

虛左以待

【出處】漢·司馬遷《史記·魏公子列傳》：「公子從車騎，虛左，自迎夷門侯生。」

【解釋】虛：空着。左：古代車騎以左為尊位。

【用法】空着尊位恭候別人。

【例句】我們～，等候您的大駕光臨。

虛詞詭說

【出處】漢·司馬遷《史記·司馬相如列傳》：「相如雖多虛辭濫說，然其要歸引之節儉，此與《詩》之風諫何異。」

【解釋】虛：虛假、虛誇。詭：怪異多變。

【用法】虛誇、怪異的說法。

【例句】他盡會編些～來欺騙我，我再也不上他的當。

【附註】也作「虛辭濫說」。

虛有其表

【出處】唐·鄭處誨《明皇雜錄》載：唐玄宗時的蕭嵩身高體壯。一次，他給玄宗起草了一道詔書，玄宗看了很不滿意，於是「擲其草於地，曰：『

虛有其表耳！』」

【解釋】表：外表、外貌。

【用法】形容外表好看、實質不行或有名無實的人或物。

【例句】表面上看來他倒是精明能幹的，其實不過是～，辦起事來總是抓不到重點。

虛應故事 ㄒㄩ ㄧㄥˋ ㄍㄨˋ ㄕˋ

【出處】明．馮夢龍《醒世恒言．一文錢小隙造奇冤》：「到底老人家，只好虛應故事。」

【解釋】故事：例行的事。

【用法】應付、敷衍例行的事。

【例句】對待工作應該嚴肅認眞，而不應該～，對付過去就了事。

虛無縹緲 ㄒㄩ ㄨˊ ㄆㄧㄠ ㄇㄧㄠˇ

【出處】唐．白居易《長恨歌》：「忽聞海上有仙山，山在虛無縹緲間。」

【解釋】虛無：虛幻不實。縹緲：隱隱約約若有若無的樣子。

【用法】①形容神仙的居處在虛幻迷離似有若無的空間。②形容不可捉摸、無法兌現的東西。

【例句】連她自己也覺得，她那些設想只不過是一些～，無法實現的幻想。

虛位以待 ㄒㄩ ㄨㄟˋ ㄧˇ ㄉㄞˋ

【出處】漢．司馬遷《史記．魏公子列傳》：「公子於是乃置酒大會賓客。坐定，公子從車騎，虛左，自迎夷門侯生。」

【用法】空着席位等候。

【例句】這次學術討論會，我們～，等着您來給我們作一次報告。

【附註】也作「虛席以待」。

虛文縟節 ㄒㄩ ㄨㄣˊ ㄖㄨˋ ㄐㄧㄝˊ

【解釋】文、節：指禮節、儀式。縟：繁重。繁瑣不切實際的禮節或儀式。

【用法】比喻繁瑣、不必要的手續。

【例句】過去那些令人難以忍受的～，如今完全改了。

虛往實歸 ㄒㄩ ㄨㄤˇ ㄕˊ ㄍㄨㄟ

【出處】《莊子．德充符》：「立不教，坐不論，虛而往，實而歸。」

【解釋】虛往：虛懷而往。實歸：有所得而回。

【用法】空手而去，有所獲而回。

【例句】這回～，大有斬獲，眞是大快我心。

虛與委蛇 ㄒㄩ ㄩˇ ㄨㄟ ㄧˊ

【出處】《莊子．應帝王》：「鄉（向）吾示之以未始出吾宗，吾與之虛而委蛇。」

【解釋】虛：虛己。委蛇：順隨，應付事情。

【用法】指假意殷勤，敷衍應付。

【例句】爲了工作的需要，我只好與這些討厭的人～一番。

虛譽欺人 ㄒㄩ ㄩˋ ㄑㄧ ㄖㄣˊ

【出處】明．羅貫中《三國演義》第四十三回：「非比誇辯之徒，虛譽欺人。」

【用法】以虛假的榮譽騙人。

【例句】他～，其實一點眞才實學都沒有。

徐娘半老，風韻猶存

【出處】唐·李延壽《南史·後妃傳下》：「徐娘雖老，猶尚多情。」

【解釋】徐娘：指梁元帝（蕭繹）妃徐氏。風韻：風流神韻。徐娘雖已半老，而風流神韻依然存在。

【用法】泛指中年婦女仍保留有青年時的活力和神態。

【例句】書中的男人的年紀和相貌，總是寫得老實可靠，一遇到女人，就要發揮才藻，不是「～」，就是「豆蔻年華，玲瓏可愛」。

栩栩如生

【出處】《莊子·齊物論》：「昔者莊周夢爲蝴蝶，栩栩然蝴蝶也。」

【解釋】栩栩：歡暢的樣子。

【用法】形容藝術形象生動活潑，好像活的一樣。

【例句】這些畫裡的蝦所以～，是由於他深刻觀察過眞正的蝦的生活，筆墨變化、寫照傳神已經達到了極高境界的緣故。

恤孤念寡

【出處】明·吳承恩《西遊記》第四十四回：「他手下有個徒弟，乃齊天大聖，神通廣大，專秉忠良之心，與人間報不平之事，濟困扶危，恤孤念寡。」

【解釋】恤：撫恤。念：憐念。

【用法】形容對無依無靠的人的關心照顧。

【例句】他～，同情心到處流露，難怪村人如此讚揚他。

恤近忽遠

【出處】明·羅貫中《三國演義》第十八回：「紹（袁紹）恤近忽遠，公（曹操）慮無不周，此仁勝也。」

【解釋】恤：憐惜、救濟。忽：疏忽。

【用法】對自己親近的加以照顧，對不親近的就予以忽視。

【例句】他～，只照顧自己人，難怪不得民心。

旭日東升

【解釋】旭日：初升的太陽。早晨的太陽剛從東方升起。

【用法】形容充滿青春活力、朝氣蓬勃的景象。

【例句】小張的事業有如～，充滿蓬勃氣象。

畜妻養子

【出處】《孟子·梁惠王上》：「必使仰足以事父母，俯足以畜妻子。」

【解釋】畜：養。

【用法】指養活妻子兒女。

【例句】生活的基本要求，至少要能～，如此社會才不會起動亂。

學非所用

【出處】南朝·宋·范曄《後漢書·張衡傳》：「必也學非所用，木有所仰，故臨川將濟，而舟楫不存焉。」

【用法】比喻所學與實踐相脫節。

【例句】我們必須逐步改變～的現象，使人才資源充分發揮作用。

學富五車

【出處】《莊子．天下》：「惠施多方，其書五車。」
【解釋】五車：指五車書。指學識足有五車書那樣豐富。
【用法】形容人讀書多，學識淵博。
【例句】這位老學者～，在無機化學方面有很深的造詣。

學者如牛毛，成者如麟角

【出處】三國．魏．蔣濟《蔣子萬濟論》：「學者如牛毛，成者如麟角。」
【解釋】牛毛：言其多。麟角：麒麟頭上的角，言其少。學的人極多，成功的人極少。
【用法】形容要取得事業上的成功很不容易。
【例句】「～」，要想在雕刻上成名，不下深刻的工夫，是很難成功的。

學然後知不足

【出處】《禮記．學記》：「雖有嘉肴，弗食，不知其旨也；雖有至道，弗學，不知其善也。故學然後知不足，教然後知困。」
【解釋】在不斷地學習之後才能發現和了解自己不足的地方。
【用法】用作勉勵學習之語。
【例句】古人說「書到用時方恨少」，又說「～」，這些話都是很有道理的。科學技術在不斷進步，我們掌握的知識有落伍現象，這就產生了「用時方恨少」的問題。知識領域無比寬闊，越是深入，越會發現有許多新的領域，這又產生了～的感覺。

學如穿井

【出處】宋．張君房《雲笈七籤》：「學道當如穿井，井愈深，土愈難出。不堅其心，正其行，豈得見泉源也？」
【解釋】穿：鑿通。
【用法】比喻在學習當中，學到的知識越深也就越難，因此爲了獲得更深的學問，必須要有百折不撓的精神。
【例句】～，不一直堅持下去，是很難有所收穫的。

學而不厭

【出處】《論語．述而》：「子曰：『默而識之，學而不厭，誨人不倦，何有於我哉！』」
【解釋】厭：厭棄、滿足。專心學習，從不厭棄、滿足。
【用法】形容好學。
【例句】他無論工作多忙，都要抽出一定的時間學習，從不間斷。這種～的精神，是值得我們學習的。

學以致用

【解釋】致用：得到利用。
【用法】學習了知識，要應用到實際上去。
【例句】對有專長的人，要做到～，才能有效地發揮他們的長處。

學無止境

【解釋】止境：盡頭。
【用法】指在學習知識上是沒有盡頭的。用於激勵人要奮進不息。
【例句】～，我們必須活到老學到老。

學無所遺

【出處】三國・魏・曹丕《典論論文》：「斯七子者，於學無所遺，於辭無所假。」
【解釋】遺：遺漏。
【用法】形容學識淵博，無所不曉。
【例句】老一代文人的知識都是相當淵博的，但誰也不能說～了。

雪膚花貌

【出處】唐・白居易《長恨歌》：「中有一人字太眞，雪膚花貌參差是。」
【解釋】雪膚：皮膚潔白如雪。花貌：容貌美麗如花。
【用法】形容女性的美。
【例句】傳說中的嫦娥是一個～、唇紅齒白、端莊美麗的仙女。

雪泥鴻爪

【出處】宋・蘇軾《和子由澠池懷舊》詩：「人生到處知何似？應似飛鴻踏雪泥，泥上偶然留指爪，鴻飛那復計東西。」
【解釋】鴻：鴻雁。鴻雁在雪上走過時留下的爪印。
【用法】比喻往事遺留下的痕迹。
【例句】我又回到小時上學的城市，這裡已經發生了極大的變化，然而～，依稀可見，勾起了我對往事的回憶。

雪虐風饕

【出處】唐・韓愈《祭河南張員外文》：「歲弊寒凶，雪虐風饕。」
【解釋】虐：暴虐。饕：貪殘。
【用法】形容風雪交加，氣候惡劣。
【例句】雖然～，但那幾株臘梅却還是含芳吐艷，生機盎然。

雪窖冰天

【出處】元・脫脫等《宋史・朱弁傳》：「王倫還朝，……又以弁奉送徽宗大行之文爲獻，其辭有曰：『嘆馬角之未生，魂銷雪窖；攀龍髯而莫逮，淚灑冰天。』」
【用法】形容北方邊疆冰天雪地的嚴寒。
【例句】在～中，他一個人踽踽獨行。

雪兆豐年

【出處】清・李汝珍《鏡花緣》第三回：「古人云：『雪兆豐年』。」
【解釋】兆：預示。
【用法】指頭一年冬天下的大雪預示着來年農作物大豐收。
【例句】今年冬季，雪下得很大，～，明年可能有一個好年成。

雪中送炭

【出處】宋・范成大《大雪送炭與芥隱》詩：「不是雪中須送炭，聊裝風景要詩來。」
【解釋】在嚴寒大雪的天氣，給人送炭取暖。
【用法】比喻在別人困難或急需時，及時地給予幫助。
【例句】世風日下，人情澆薄，「錦上添花」的，大有人在；「～」的，卻寥寥無幾。

雪上加霜

【出處】宋・釋道原《景德傳燈錄・大

陽和尚》：「伊（禪師）退步而立。師云：『汝只解瞻前，不解顧後。』伊云：『雪上更加霜。』」

【用法】比喻災禍接連而至，使苦上加苦。

【例句】他事業已出現危機，你竟又造謠中傷他的人格，這豈不是～，十分不人道。

削木爲吏 ㄒㄩㄝˋ ㄇㄨˋ ㄨㄟˊ ㄌㄧˋ

【出處】漢・司馬遷《報任安書》：「故士有畫地爲牢，勢不可入，削木爲吏，議不可對，定計於鮮也。」意思是即使獄卒是木製的，也覺得他很難對付。

【解釋】削：用刀切削。吏：監獄中的獄卒。用木頭切削成的獄卒。

【用法】形容獄卒凶狠殘暴，使人無法忍受。

【附註】也作「刻木爲吏」。

削髮披緇 ㄒㄩㄝˋ ㄈㄚˇ ㄆㄧ ㄗ

【出處】清・吳敬梓《儒林外史》第八回：「分別去後，王惠另覓了船入到太湖，自此更姓改名，削髮披緇去了。」

【解釋】削髮：剃光了頭髮。披緇：穿上黑色的外衣。

【用法】指皈依佛門，出家當和尚、當尼姑。

【例句】遭逢如此巨變後，他看破紅塵，～，遁入空門。

【附註】也作「剪髮披緇」。

削鐵如泥 ㄒㄩㄝˋ ㄊㄧㄝˇ ㄖㄨˊ ㄋㄧˊ

【出處】明・羅貫中《三國演義》第四十一回：「那青虹劍砍鐵如泥，鋒利無比。」

【解釋】削：用刀切削。切削鐵器就同剗泥一樣。

【用法】形容兵器極其鋒利。

【例句】這口劍雖不能說～，也似花馬劍一般鋒利。

【附註】也作「砍鐵如泥」。

削株掘根 ㄒㄩㄝˋ ㄓㄨ ㄐㄩㄝˊ ㄍㄣ

【出處】《戰國策・秦策一》：「削株掘根，無與禍鄰，禍乃不存。」

【解釋】株：樹幹。砍伐樹幹，挖掘樹根。

【用法】指除根滅種，以絕後患。

【例句】～，才能免除後患，你切不可婦人之仁，遲疑不決。

削足適履 ㄒㄩㄝˋ ㄗㄨˊ ㄕˋ ㄌㄩˇ

【出處】漢・劉安《淮南子・說林訓》：「骨肉相愛，讒賊間之，而父子相危。夫所以養而害所養，譬猶削足而適履，殺頭而便冠。」

【解釋】削：用刀切削。適：適應。履：鞋。指腳大鞋小，把腳削下去一部分，以適應鞋的大小。

【用法】比喻辦法不當，輕重倒置。

【例句】是借用，就難免有「～」和「掛一漏萬」的毛病了。

削衣貶食 ㄒㄩㄝˋ ㄧ ㄅㄧㄢˇ ㄕˊ

【出處】唐・韓愈《清河郡公房公墓碣銘》：「時公私有餘，削衣貶食，不立資遺，以班親舊朋友爲義。」

【解釋】削：減輕。貶：降低。削減衣服，降低飲食水準。

【用法】比喻省吃儉用的意思。

【例句】今日物價飛漲，一般職員就是～也只勉強維持生活水準而已。

穴居野處 ㄒㄩㄝˊ ㄐㄩ ㄧㄝˇ ㄔㄨˇ

【出處】《周易・繫辭下》：「上古穴居而野處。後世聖人易之以宮室，上棟下宇以待風雨，蓋取諸大壯。」

【用法】形容人類在遠古時期原始的生活狀態。

【例句】在這荒山野嶺之上，我就好像我們的老祖先一樣，過了好幾天～的生活。

喧賓奪主 ㄒㄩㄢ ㄅㄧㄣ ㄉㄨㄛˊ ㄓㄨˇ

【出處】清・阮葵生《茶餘客話》第二十卷：「用三白酒或雪酒，不滿瓶，虛二三寸，編竹爲十字或井字障口，不令有餘不足。新摘茉莉數十朵，線繫其蒂懸竹下，令齊，離酒一指許，用紙封固，尋日香透。餘仿爲之，香則噴鼻而酒味變矣。不論酒而論香，是爲喧賓奪主。」

【解釋】喧：大聲說話。奪：搶占。大聲說話的客人搶占了主人的位置。

【用法】比喻主次顛倒，亂了順序；或外來的占了原有的事物的位置。

【例句】這篇小說，枝蔓橫生，～，主題被大大削弱了。

喧囂一時 ㄒㄩㄢ ㄒㄧㄠ ㄧˋ ㄕˊ

【解釋】喧囂：叫囂、喧嚷。只喧嚷叫囂了很短的時間。

【用法】形容曇花一現的事物，很快就完了。

【例句】只能容他～，豈可讓他囂張一世，讓我們共同去對付他。

揎拳捋袖 ㄒㄩㄢ ㄑㄩㄢˊ ㄌㄨㄛ ㄒㄧㄡˋ

【出處】元・武漢臣《生金閣》第三折：「他看着我揎拳攞（捋）袖，舒着拳頭要打我。」

【解釋】揎拳：捲袖出拳。捋袖：捋袖露臂。

【用法】形容即將打架或動手的樣子。

【例句】他「～」，一副準備與人打架的樣子，你要小心點才好。

【附註】也作「揎拳裸袖」。

揎拳攘臂 ㄒㄩㄢ ㄑㄩㄢˊ ㄖㄤˇ ㄅㄧˋ

【解釋】揎拳：捲袖出拳。攘臂：捋衣露臂。

【用法】形容振奮或發怒的樣子。

【例句】話音剛落，他就～，躍躍欲試了。

軒軒甚得 ㄒㄩㄢ ㄒㄩㄢ ㄕㄣˋ ㄉㄜˊ

【出處】宋・歐陽修《新唐書・孔戣傳》：「戣自以適所志，軒軒自得。」

【解釋】軒軒：意氣高昂的樣子。

【用法】意氣高昂，非常自得。

【例句】他～，頗爲得意地訴說著他的光榮史。

軒車載鶴 ㄒㄩㄢ ㄐㄩ ㄗㄞˋ ㄏㄜˋ

【出處】《左傳・閔公二年》：「衛懿公好鶴，鶴有乘軒者。將戰，國人受甲者皆曰：『使鶴！鶴有祿位，余焉能戰！』」

【解釋】軒車：古代一種有帷幕的車。指衛懿公愛鶴，使鶴享有祿位，配以軒車。

【用法】比喻胡亂封官。

【例句】國君年老昏聵，竟～，胡亂地封起官來。

軒然大波（ㄒㄩㄢ ㄖㄢˊ ㄉㄚˋ ㄆㄛ）

【出處】唐・韓愈《岳陽樓別竇司直》詩：「軒然大波起，宇宙隘而妨。」

【解釋】軒然：高高湧起的樣子。高高湧起的大波浪。

【用法】比喻大的糾紛或風潮。

【例句】他這番表白，在我們公司引發了～，要想平息這次的紛爭，恐怕問題重重！

懸燈結彩（ㄒㄩㄢˊ ㄉㄥ ㄐㄧㄝˊ ㄘㄞˇ）

【出處】清・曹雪芹《紅樓夢》第七十一回：「至二十八日，兩府中俱懸燈結彩，屏開鸞鳳，褥設芙蓉。笙簫鼓樂之音，通衢越巷。」

【解釋】懸燈：把燈籠高高地掛起來。結彩：用彩綢或花紙把建築物裝飾起來。

【用法】形容喜慶日子的歡快、熱烈的場面。

【例句】春節期間，家家～，眞是好不熱鬧。

懸駝就石（ㄒㄩㄢˊ ㄊㄨㄛˊ ㄐㄧㄡˋ ㄕˊ）

【出處】唐・釋道世《法苑珠林・卷六十六・愚贛・磨刀》引《百喻經》載：古時有人得一死駝，剝皮嫌刀鈍。樓上有一塊磨刀石，他一會兒上樓去磨刀，一會兒又下樓去剝皮，他感到不勝其煩。然而爲了就近磨刀，他沒把磨刀石搬下樓來，却費了很大力氣把死駱駝掛到樓上。

【解釋】懸：吊掛。就：遷就。

【用法】形容處理事情輕重倒置、愚蠢可笑。

【例句】在工業設計上，必須考慮原料來源的問題，否則，無異於～，帶來很大的浪費。

懸河瀉水（ㄒㄩㄢˊ ㄏㄜˊ ㄒㄧㄝˋ ㄕㄨㄟˇ）

【出處】唐・房玄齡等《晉書・郭象傳》：「太尉王衍每云：『聽象（郭象）語，如懸河瀉水，注而不竭。』」

【解釋】水像瀑布似地傾瀉而下。

【用法】比喻說話滔滔不絕或寫文章文辭流暢奔放。

【例句】他很善於雄辯，每當與人爭論起來的時候，他的話如同～，使人無法插嘴。

【附註】也作「懸河注水」。

懸而未決（ㄒㄩㄢˊ ㄦˊ ㄨㄟˋ ㄐㄩㄝˊ）

【解釋】懸：掛起來。決：解決、決斷。

【用法】指某一件事情一直拖在那裡，沒有得到解決。

【例句】由於老蔡的阻撓、抗議，致使這個提案，始終～，無法通過。

懸崖勒馬（ㄒㄩㄢˊ ㄧㄞˊ ㄌㄜˋ ㄇㄚˇ）

【出處】清・紀昀《閱微草堂筆記》卷十六：「忽迷忽悟，能勒馬懸崖耳。」

【解釋】懸崖：高而陡的山崖。勒：拉緊馬繮繩。在懸崖峭壁前勒住了馬。

【用法】比喻到了危險的邊緣及時醒悟回頭。

【例句】我們鄭重宣布：你們必須～，停止對我國海域的武裝挑釁，否則，由此引起的一切後果，你們要負全部責任。

懸崖峭壁（ㄒㄩㄢˊ ㄧㄞˊ ㄑㄧㄠˋ ㄅㄧˋ）

【出處】明・施耐庵《水滸傳》第八十六回：「四面盡是高山，左右是懸崖峭壁，只見高山峻嶺，無路可登。」
【解釋】懸崖：高而陡的山崖。峭壁：陡直的山崖。
【用法】形容山勢十分險峻。
【例句】車子如騰雲駕霧，行駛在～的邊緣上。
【附註】也作「懸崖陡壁」。

旋乾轉坤（ㄒㄩㄢˊ ㄑㄧㄢˊ ㄓㄨㄢˇ ㄎㄨㄣ）

【出處】唐・韓愈《潮州刺史謝上表》：「陛下即位以來，躬親聽斷，旋乾轉坤。……天戈所麾，莫不寧順。」
【解釋】旋、轉：轉動、變換。乾、坤：《周易》中的兩個卦名，指陰陽兩種對立勢力，引申爲天地、日月、男女等代稱。
【用法】轉換乾坤位置，比喻根本性的變化。
【例句】我是不相信文藝～的力量，但倘有人要在別方面應用它，我以爲也可以。譬如「宣傳」就是。

玄酒瓠脯（ㄒㄩㄢˊ ㄐㄧㄡˇ ㄏㄨˋ ㄈㄨˇ）

【出處】晉・程曉《贈傅咸》詩：「厥醴伊何、玄酒瓠脯。」
【解釋】玄酒：古代稱行祭禮時當酒用的水。瓠：蔬菜名。瓠脯：以蔬菜代替肉類和果品。
【用法】比喻生活清貧、儉樸。
【例句】雖然～，生活貧困些，但不必再看那些小人的嘴臉，總覺心靈平靜些。

玄之又玄（ㄒㄩㄢˊ ㄓ ㄧㄡˋ ㄒㄩㄢˊ）

【出處】《老子》第一章：「玄之又玄，衆妙之門。」
【解釋】玄：奧妙、微妙。
【用法】形容非常奧妙，使人難以捉摸、理解。
【例句】你的這套理論，眞是～，令人無法理解。

烜赫一時（ㄒㄩㄢˇ ㄏㄜˋ ㄧˋ ㄕˊ）

【出處】宋・王安石《上杜學士書》：「雖將相大臣，氣勢烜赫，上所尊寵……一有罪過，糾詰按治。」
【解釋】烜赫：盛大、顯著。
【用法】指在一段時間內聲名、氣勢很盛（多含貶義）。
【例句】羅馬曾做過～的羅馬帝國的都城，留下了不少雄偉的古蹟。

炫玉賈石（ㄒㄩㄢˋ ㄩˋ ㄍㄨˇ ㄕˊ）

【出處】漢・揚雄《法言・問道》：「炫玉而賈石者，其狙詐乎？」
【解釋】炫：故意顯示。賈：賣。故意向人顯示美玉，而實際出賣的竟是石頭。
【用法】比喻騙人的無恥行爲。
【例句】這人最大的毛病就是不老實，～是他的拿手好戲。

絢麗多彩（ㄒㄩㄢˋ ㄌㄧˋ ㄉㄨㄛ ㄘㄞˇ）

【解釋】絢：絢爛，有文彩的樣子。
【用法】形容五色繽紛，非常好看。
【例句】節日夜晚的焰火，眞是～，好看極了。

熏陶成性

【出處】元·脫脫等《宋史·程頤傳》：「今夫人民善教其子弟者，亦必延名德之士，使與之處，以熏成性。」

【解釋】熏陶：熏染陶冶，感染磨煉。

【用法】在長期的感染磨煉中養成的好品性。

【例句】教育子女要從小就爲他營造好環境，日久，～，自能成爲品行端正的人。

薰蕕不同器

【出處】《孔子家語·致思》：「回聞薰蕕不同器而藏。堯桀不共國而治，以其類異也。」

【解釋】薰：香草。蕕：臭草。香草和臭草不能收藏在一個器物裡。

【用法】比喻好和壞不能共處。

【例句】～，冰炭不同爐，我們和敵人是不能共處的。

【附註】也作「薰蕕異器」。

尋根究柢

【出處】清·曹雪芹《紅樓夢》第一百二十回：「似你這樣尋根究柢，便是刻舟求劍，膠柱鼓瑟了。」

【解釋】尋：尋求。究：追究。

【用法】形容什麼事都要問個所以然。

【例句】孩子們的求知欲是很強的，無論遇到什麼問題都好～，做父母的應該耐心講解，不要嫌煩，這對啓廸孩子的智力是非常重要的。

尋行數墨

【出處】宋·釋道原《景德傳燈錄》卷二九：「口內誦經千卷，體上問經不識。不解佛法圓通，徒苦尋行數墨。」

【解釋】墨：指文字或文章。順著文章的行間數字句。

【用法】形容讀書只會背誦字句，不了解精神實質。

【例句】讀書要掌握要領，單是～，長進是不會大的。

尋花問柳

【出處】元·谷子敬《城南柳》楔子：「只等的紅雨散，綠雲收，我那其間，尋花問柳，重到岳陽樓。」

【解釋】花、柳：比喻妓女。

【用法】①到郊外遊樂。②指浪蕩子弟找妓女鬼混。

【例句】你到處～，不怕染上不治之疾嗎？

尋歡作樂

【用法】不務正業，追求享樂。

【例句】這些紈袴子弟，成天只知～，什麼正事也不會幹。

尋瑕伺隙

【出處】漢·吾丘壽王《驃騎論功論》：「內用商鞅李斯之謀，外用白起王翦之兵，窺閑伺隙。」

【解釋】瑕：玉上的斑點，比喻小毛病。伺隙：窺測可乘之機。

【用法】指找毛病、等時機，作尋釁的準備。

【例句】小郭每每～，與小李爲難，只因小李曾在會議上否決過他的提案。

尋釁鬧事

【解釋】釁：嫌隙、爭端。

【用法】找尋嫌隙，製造事端。

【例句】這夥歹徒，沒有事情可幹，就專門～、打架鬥毆。

尋枝摘葉 ㄒㄩㄣˊ ㄓ ㄓㄞ ㄧㄝˋ

【出處】宋・嚴羽《滄浪詩話・詩譯》：「建安之作，全在氣象，不可尋枝摘葉。」

【用法】比喻追求事物次要的、非根本性的東西。

【例句】對於杜甫的文學思想，必須進行全面研究，不可～。

尋事生非 ㄒㄩㄣˊ ㄕˋ ㄕㄥ ㄈㄟ

【用法】故意找他人的岔子，以製造糾紛。

【例句】這孩子到處～，眞讓人不放心啊！

尋踪覓迹 ㄒㄩㄣˊ ㄗㄨㄥ ㄇㄧˋ ㄐㄧ

【出處】元・李如古《張生煮海》第二折：「小生張伯騰，恰才遇着的那個女子，人物非凡，因此尋踪覓迹，前來尋他。」

【解釋】踪、迹：行動所留的痕迹。覓：尋找。

【用法】尋找踪影和痕迹。

【例句】爲了偵破這件行凶殺人案，偵探～，終於發現了一些重大線索。

尋死覓活 ㄒㄩㄣˊ ㄙˇ ㄇㄧˋ ㄏㄨㄛˊ

【出處】元・關漢卿《金錢池》第二折：「只爲杜蕊娘他把俺赤心相待，時常與這虔婆合氣，尋死覓活，無非是爲俺家的緣故。」

【用法】①形容人遭受沉重打擊後，痛不欲生，要走絕路，十分悲痛。②形容要死要活地要無賴、嚇唬人。

【例句】每遇不滿，他就～，鬧得全家上下不得安寧。

徇情枉法 ㄒㄩㄣˋ ㄑㄧㄥˊ ㄨㄤˇ ㄈㄚˇ

【出處】清・曹雪芹《紅樓夢》第四回：「雨村便徇情枉法，胡亂判斷了此案。」

【解釋】徇：曲從，無原則地依從。枉：使歪曲。

【用法】指曲從私情，不顧國法而錯斷案件。

【例句】這縣令～，經常胡亂判案，因此遭到革職。

徇私舞弊 ㄒㄩㄣˋ ㄙ ㄨˇ ㄅㄧˋ

【出處】明・施耐庵《水滸傳》八十三回：「誰想這官員，貪濫無厭，徇私作弊，克減酒肉。」

【解釋】徇私：爲個人利益或私人關係而做不合法的事。舞弊：以欺騙的方式做違法的事。

【用法】曲從私情，弄虛作假幹壞事。

【例句】凡是～的，都要按照國法嚴格處理。

循名責實 ㄒㄩㄣˊ ㄇㄧㄥˊ ㄗㄜˊ ㄕˊ

【出處】《韓非子・定法》：「術者，因任而授官，循名而責實。操殺生之柄，課群臣之能者也，此人主之所執也。」（任：能力。）

【解釋】循：按照。責：求。

【用法】按照名義來考核內容，要求名副其實。

【例句】我們一定要～，不能徒慕虛名而已。

循道不違

【出處】唐・韓愈《河南府去曹參軍盧府君夫人苗氏墓志銘》：「循道不違，厥聲彌劭。」
【解釋】循：遵照。違：違背。
【用法】遵循道德規範而不違反。
【例句】只要～，就不會出大差錯。

循規蹈矩

【出處】明・吳承恩《西遊記》第九十八回：「這唐僧循規蹈矩，同悟空、悟能、悟淨，牽馬挑擔，徑入山門。」
【解釋】循：遵照。蹈：踩。規、矩：圓規與角尺，都是用來定方圓的標準工具，這裡指一切行動的準則。
【用法】形容一舉一動都按規矩辦事，不敢有越軌行動。
【例句】他是個～的學生，因此每位老師都很喜歡他。

循環往復

【出處】漢・司馬遷《史記・高祖紀贊》：「三王之道若循環，終而復始。」
【解釋】循環：事物周而復始地變化或運動。
【用法】指反覆進行，沒有止息。
【例句】這樣的情況，再這樣～下去，恐怕他會承受不了，而精神錯亂。

循序漸進

【出處】《論語・憲問》：「不怨天，不尤人，下學而上達，知我者其天乎？」宋・朱熹注：「此但言其反己自修，循序漸近耳。」
【解釋】循：順着、按照。序：次序。漸：逐步。
【用法】指按照一定的程序、步驟一步一步地進行。
【例句】我覺得在教學上首先應該注意的就是指導學生～。

循循善誘

【出處】《論語・子罕》：「夫子循循然善誘人。」
【解釋】循循：有次序、有步驟的樣子。誘：啓發、引導。耐心而有步驟地啓發、引導所教對象。
【用法】形容教導有方。
【例句】她愛學生，對學生的缺點，總是能採取～，耐心幫助的態度。

詢事考言

【出處】《尚書・舜典》：「詢事考言，乃言底可績。」疏：「謂我考汝言、汝所爲之事，皆副汝所謀，致可以立功也。」
【解釋】詢：問。考：審查。審核所做的事和所講的話。
【用法】形容認眞檢查，總結工作。
【例句】你要能～，不要被屬下的花言巧語蒙蔽。

兄肥弟瘦

【出處】漢・班固等《東觀漢記》卷十七：「趙孝字長平，沛國蘄人。兄弟怡怡，鄉黨歸德。王莽時，天下亂，人相食。弟禮爲賊所得，孝聞即自縛詣賊曰：『禮久餓羸瘠，不如孝肥。』賊並放之。」

【用法】形容兄弟相親，情誼深厚。

兄弟孔懷（ㄒㄩㄥ ㄉㄧˋ ㄎㄨㄥˇ ㄏㄨㄞˊ）

【出處】《詩經・小雅・常棣》：「死喪之威，兄弟孔懷。」箋：「死喪可畏怖之事，唯兄弟之親甚相思念。」
【解釋】孔：甚、很。懷：思念。
【用法】兄弟彼此間非常思念、關懷。
【例句】戰後，他們兄弟分隔兩地，～，思念非常。

兄弟鬩牆（ㄒㄩㄥ ㄉㄧˋ ㄒㄧˋ ㄑㄧㄤˊ）

【出處】《詩經・小雅・常棣》：「兄弟鬩於牆，外御其務（侮）。」（意指兄弟間儘管內部相爭，但一遇外來欺侮，就會共同對外。）
【解釋】鬩：相爭。牆：牆內，指家庭內部。
【用法】喻指內部的紛爭。
【例句】在家族事業存亡的關頭，我們豈可再～，置先人事業於不顧呢？

兄死弟及（ㄒㄩㄥ ㄙˇ ㄉㄧˋ ㄐㄧˊ）

【出處】《公羊傳・昭公二十三年》：「不與當者，不與當，父死子繼、兄死弟及之辭也。」
【解釋】及：繼、接續。
【用法】哥哥死去，由弟弟來接續。
【例句】若是子孫不肖，就不必強求父死子繼。～，也是可以的。
【附註】也作「兄終弟及」。

凶多吉少（ㄒㄩㄥ ㄉㄨㄛ ㄐㄧˊ ㄕㄠˇ）

【出處】明・馮夢龍《東周列國志》三十二回：「高虎曰：『主公抱病半月，被奸臣隔絕內外，聲息不通。世子此夢，凶多吉少。』」
【解釋】凶：凶惡、不吉利。
【用法】形容十有八九要倒楣。
【例句】此次遠征，恐怕～，你要有心理準備。

凶年飢歲（ㄒㄩㄥ ㄋㄧㄢˊ ㄐㄧ ㄙㄨㄟˋ）

【出處】《孟子・梁惠王下》：「凶年飢歲，君之民，老弱轉乎溝壑，壯者散而之四方者，幾千人矣。」
【用法】指荒年，缺糧的歲月。
【例句】在～，路上餓死的人很多，這景況十分淒涼。

凶相畢露（ㄒㄩㄥ ㄒㄧㄤˋ ㄅㄧˋ ㄌㄨˋ）

【解釋】畢：完全。
【用法】凶狠歹毒的本相完全暴露了出來。
【例句】這個僞君子，終於～了。

凶終隙末（ㄒㄩㄥ ㄓㄨㄥ ㄒㄧˋ ㄇㄛˋ）

【出處】南朝・宋・范曄《後漢書・王丹傳》：「張、陳凶其終，蕭、朱隙其末，故知全之者鮮矣。」
【解釋】凶：不吉利、不幸。隙：嫌隙。終、末：告終、結尾。指原來是好朋友，有以不幸告終的，也有因感情破裂結尾的。
【用法】比喻友情常常不能全始全終。
【例句】世事無常，雖是親朋好友，也可能因事反目，～，誰能保證友誼長存？

凶神惡煞（ㄒㄩㄥ ㄕㄣˊ ㄜˋ ㄕㄚ）

【出處】元・無名氏《桃花女》第三折：「要擇此凶神惡煞的時日，來害我性命。」

【解釋】煞：凶神。傳說中，形相怕人、專司給人們降災降禍的神祇。

【用法】形容滿臉邪氣、凶相畢露的人物。

【例句】搶匪們像～一樣闖了進來，翻箱倒櫃，把我家裡折騰個底兒朝天。

洶湧澎湃（ㄒㄩㄥ ㄩㄥˇ ㄆㄥ ㄆㄞˋ）

【出處】漢・司馬相如《上林賦》：「沸乎暴怒，洶湧澎湃。」

【解釋】洶湧：波濤翻騰上湧的樣子。澎湃：大浪互相擊撞的聲響。

【用法】形容聲勢浩大。

【例句】～的大海，碧波萬頃的湖泊，奔騰不息的江河，飛流直下的瀑布，都是水表現出來的一幅又一幅蔚爲壯觀的奇景。

胸羅錦繡（ㄒㄩㄥ ㄌㄨㄛˊ ㄐㄧㄣˇ ㄒㄧㄡˋ）

【出處】清・李汝珍《鏡花緣》第五十二回：「談春秋胸羅錦繡，講禮制口吐珠璣。」

【解釋】羅：分布、排列。錦繡：精緻華麗的絲織品。

【用法】形容才華橫溢，學識淵博。

【例句】此人～，是難得的人才，你可不要小看他啊！

胸懷大志（ㄒㄩㄥ ㄏㄨㄞˊ ㄉㄚˋ ㄓˋ）

【出處】明・羅貫中《三國演義》第二十一回：「夫英雄者，胸懷大志，腹有良謀，有包藏宇宙之機，吞吐天地之志者也。」

【用法】胸中有遠大的志向。

【例句】他～，一心想出人頭地，因此終年孜孜不倦，勤奮讀書。

胸中鱗甲（ㄒㄩㄥ ㄓㄨㄥ ㄌㄧㄣˊ ㄐㄧㄚˇ）

【出處】晉・陳壽《三國志・蜀書・陳震傳》：「諸葛亮與長史蔣琬、侍中董允書曰：『孝起（陳震字）前臨至吳，爲我說正方（李嚴字），腹中有鱗甲，鄉黨以爲不可近。』」

【解釋】鱗甲：比喻心計。

【用法】指人存心險惡。

【例句】你不要被他那副卑躬屈膝的模樣矇騙，其實他～，心計很深，你要小心。

胸中甲兵（ㄒㄩㄥ ㄓㄨㄥ ㄐㄧㄚˇ ㄅㄧㄥ）

【出處】北齊・魏收《魏書・崔浩傳》：「又召新降高車渠帥數百人，賜酒食於前，世祖指浩以示之，曰：『汝曹視此人，尪纖懦弱，手不能彎弓持矛，其胸中所懷乃逾於甲兵。』」

【解釋】甲兵：披甲的兵士，比喻雄才偉略。

【用法】指胸中懷有雄才偉略。

【例句】此人乍看懦弱無能，其實～，非你我所能及。

胸中無墨（ㄒㄩㄥ ㄓㄨㄥ ㄨˊ ㄇㄛˋ）

【出處】宋・吳子良《林下偶談》：「俚俗謂不能文者爲胸中無墨，蓋亦有據，通典載：北齊策秀才書，有濫劣者，飲墨水一升。（蘇）東坡監試呈詩試官云：『麻衣如再著，墨水眞可飲。』」

【用法】比喻人沒有學問。

【例句】這人～，與他言談眞覺索然無味。

胸有城府 ㄒㄩㄥ ㄧㄡˇ ㄔㄥˊ ㄈㄨˇ

【出處】唐・房玄齡等《晉書・愍帝紀》：「昔高祖宣皇帝（司馬懿）以雄材碩量，應時而仕……性深阻若有城府，而能寬綽以容納。」

【解釋】城府：城市和官府，喻指令人難以捉摸的深謀打算。

【用法】胸中有深遠難測的用心。

【例句】此人貌似無能，其實～。

胸無大志 ㄒㄩㄥ ㄨˊ ㄉㄚˋ ㄓˋ

【解釋】大志：遠大的理想和抱負。

【用法】指胸中沒有遠大理想和志願。

【例句】那些～的姑娘，把汽車、洋房當成了追求的目標，是很可悲的。

胸無點墨 ㄒㄩㄥ ㄨˊ ㄉㄧㄢˇ ㄇㄛˋ

【出處】清、淮陰百一居士《壺天錄》：「鄉曲塾師，盡有胸無點墨，識字甚寡，茫然於訓詁句讀而踞座臯比者。」

【用法】形容人不識字、沒有學問。

【例句】我雖然不至於～，但讀書很少，學問是談不到的。

胸無城府 ㄒㄩㄥ ㄨˊ ㄔㄥˊ ㄈㄨˇ

【出處】元・脫脫等《宋史・傅堯俞傳》：「堯俞厚重寡言，遇人不設城府，人自不忍欺。」

【解釋】城府：城市和官府，喻指令人難以捉摸的深謀打算。

【用法】比喻人的襟懷很坦白，無所隱諱。

【例句】秘書長～，說話直來直去。

胸無宿物 ㄒㄩㄥ ㄨˊ ㄙㄨˋ ㄨˋ

【出處】南朝・宋・劉義慶《世說新語・賞譽下》：「庾赤玉（庾統）胸中無宿物。」

【解釋】宿物：舊有物，比喻成見。

【用法】指心地坦率，沒有成見。

【例句】老張為人是～的，從來也不會和人記什麼仇。

熊羆入夢 ㄒㄩㄥˊ ㄆㄧˊ ㄖㄨˋ ㄇㄥˋ

【出處】《詩經・小雅・斯干》：「吉夢維何？維熊維羆……維熊維羆，男子之祥。」

【解釋】熊、羆：皆為猛獸。舊以熊羆連稱為生男之兆。

【用法】祝人生男賀辭。

【例句】昨夜～，這次恐怕會生男孩。

熊心豹膽 ㄒㄩㄥˊ ㄒㄧㄣ ㄅㄠˋ ㄉㄢˇ

【解釋】熊的心、豹的膽。

【用法】比喻心氣壯、膽子大，多麼大的危險也毫不懼怕。

【例句】他真是～、無所畏懼，就是上刀山下火海，連眉頭都不皺的。

雄飛雌伏 ㄒㄩㄥˊ ㄈㄟ ㄘˊ ㄈㄨˊ

【出處】南朝・宋・范曄《後漢書・趙典傳》：「（趙溫）嘆曰：『大丈夫當雄飛，安能雌伏！』」

【解釋】雄鳥飛往四處覓食，雌鳥趴在窩裡。

【用法】喻雄心奮發、銳意上進與隱退出世、不思進取的兩種表現。

【例句】他們兄弟兩人，～，性格相差甚遠。

雄雞斷尾

【出處】《左傳·昭公二十二年》：「賓孟適郊，見雄雞自斷其尾，問之侍者。曰：『自憚其犧也。』」注：「畏其爲犧牲，故自殘毀。」

【解釋】公雞自己弄斷了尾巴。

【用法】比喻害怕被他人殺害而先自殘害。

【例句】他～，事先斷了一隻手臂，只爲求得存活下去的機會。

雄唱雌和

【出處】唐·韓愈《司徒兼侍中中書令贈太尉許國公神道碑銘》：「盜連爲群，雄唱雌和，首尾一身。」

【用法】比喻彼此勾結、配合。

【例句】這群人～，彼此勾結，你要小心他們坐大。

雄姿英發

【出處】宋·蘇軾《念奴嬌·赤壁懷古》詞：「遙想公瑾當年，小喬初嫁了，雄姿英發。」

【用法】形容威武雄壯的身姿。

【例句】李小將～，贏得許多女子的愛慕。

雄才大略

【出處】漢·班固《漢書·武帝紀贊》：「如武帝之雄材（才）大略，不改文景之恭儉，以濟斯民，雖《詩》、《書》所稱，何有加焉？」

【解釋】雄：雄偉。略：計謀、策略。

【用法】指傑出的才能和謀略。

【例句】一個有～的人，決不會斤斤計較一些雞毛蒜皮的小事。

〔ㄓ部〕

之乎者也（ㄓ ㄏㄨ ㄓㄜˇ ㄧㄝˇ）

【出處】唐·盧言《盧氏雜說》：「李曰：『公何會，豈是助語，共之乎者也何別？』」

【解釋】之、乎、者、也：文言文裡常用的虛詞。

【用法】諷刺咬文嚼字的人。

【例句】此人眞是個古老董，說起話來～的，實在可笑。

之死靡它（ㄓ ㄙˇ ㄇㄧˇ ㄊㄨㄛ）

【出處】《詩經·鄘風·柏舟》：「泛彼柏舟，在彼中河。髧彼兩筆，實維我儀。之死矢（誓）靡它，母也天只，不諒人只。」

【解釋】之：至、到。靡：沒有。到死也沒有二心。

【用法】①指婦女立誓不改嫁。②泛指志趣專一，至死不變。

【例句】小倩含著眼淚說道：「我這一輩子從一而終，～！要我再嫁，那是絕不可能的。」

【附註】也作「至死靡它」。

支分節解（ㄓ ㄈㄣ ㄐㄧㄝˊ ㄐㄧㄝˇ）

【出處】宋·朱熹《中庸章句·序》：「分支節解，脈絡貫通。」

【解釋】支、節：指文章中的一章、一段。

【用法】分章按段，詳細解析。

【例句】在老師～地分析解說下，我終於了解了這篇文章的要義。

支離破碎（ㄓ ㄌㄧˊ ㄆㄛˋ ㄙㄨㄟˋ）

【出處】清·魏僖《堯峰文鈔·答陳靄公論文書一》：「僕嘗遍讀諸子百氏大家名流與夫神仙浮屠之書矣……而及其求之以石，則小者多支離破碎而不合，大者乃敢於披猖磔裂，盡決去聖人畔岸，而剪拔其藩籬。」

【解釋】支離：殘缺。

【用法】形容殘缺不全，四分五裂。

【例句】我時常爲報刊寫點文章，然經主編刪除後，都已～。

支吾其詞（ㄓ ㄨˊ ㄑㄧˊ ㄘˊ）

【出處】清·李寶嘉《官場現形記》第三十二回：「余藎臣見王小五子揭出他的短處，只得支吾其詞道：『他的差使本來要委的了。銀子是他該我的，如今他還我，並不是花了錢買差使的。』」

【解釋】支吾：躲閃、搪塞。

【用法】用含混不清或不相干的話來搪塞應付，避免涉及眞實情況。

【例句】當我問她時，她～，不肯說清楚。

枝葉扶疏（ㄓ ㄧㄝˋ ㄈㄨˊ ㄕㄨ）

【出處】晉·乾寶《搜神記》卷十八：「田中有大樹十餘圍，枝葉扶疏，蓋地數畝。」

【解釋】扶疏：繁茂紛披的樣子。生枝長葉，繁茂紛披。

【用法】比喻同宗旁支，家族繁盛，子孫興旺。

【例句】因老祖宗積德庇蔭，才使我後代子孫～，今後你們仍要效法祖宗精神，行善積德，以使我家族能綿衍不斷。

知白守黑（ㄓ ㄅㄞˊ ㄕㄡˇ ㄏㄟ）

【出處】《老子》：「知其白，守其黑，爲天下式。」
【用法】心裡雖然是非分明，但要安於闇昧，以沉默自處。
【例句】在這眞理不明的時代，爲求自保，只得～，這實在是不得已的。

知己知彼（ㄓ ㄐㄧˇ ㄓ ㄅㄧˇ）

【出處】《孫子．謀攻》：「知彼知己，百戰不殆。」
【解釋】彼：對方。
【用法】對自己和對方的情況都很了解。
【例句】「～，百戰百勝」，在下手前，你該先去探聽對方虛實。

知命之年（ㄓ ㄇㄧㄥˋ ㄓ ㄋㄧㄢˊ）

【出處】《論語．爲政》：「吾十有五而志於學，三十而立，四十而不惑，五十而知天命，六十而耳順，七十而從心所欲，不逾矩。」
【解釋】命：天命。指到了五十歲的年紀。
【用法】意思是孔子認爲自己到了五十歲就懂得了天的意旨。後人因稱五十歲爲「知命之年」。
【例句】你已經到了～，怎麼有時還這麼天眞呢？

知法犯法（ㄓ ㄈㄚˇ ㄈㄢˋ ㄈㄚˇ）

【出處】清．吳敬梓《儒林外史》第四回：「好僧官老爺！知法犯法！」
【解釋】法：法律。犯：違犯。
【用法】懂得法律，卻故意違犯法律。
【例句】他～，應該罪加一等。

知疼著熱（ㄓ ㄊㄥˊ ㄓㄠˊ ㄖㄜˋ）

【出處】清．曹雪芹《紅樓夢》第六十五回：「無奈二姐兒倒是個多情人，以爲賈璉是終身之主了，凡事倒還知疼著熱。」
【解釋】著：感受。
【用法】形容對人體貼入微，事事關心（多用於夫妻之間）。
【例句】他很幸福，因爲他有一個～的妻子。

知難而退（ㄓ ㄋㄢˊ ㄦˊ ㄊㄨㄟˋ）

【出處】《左傳．僖公二十八年》：「軍志曰：『允當則歸。』又曰：『知難而退。』」
【解釋】指作戰時要見機而動，而不要辦實在做不到的事。
【用法】看見困難就退縮不前。
【例句】你只要堅持，再三拒絕，最後他會～的。

知難行易（ㄓ ㄋㄢˊ ㄒㄧㄥˊ ㄧˋ）

【用法】了解、懂得其中的道理較困難，實際去做卻很容易。
【例句】觀念要先溝通清楚，只要大家觀念相通，取得了共識，要實行就簡單了，所謂「～」，就是這個道理。

知難而進（ㄓ ㄋㄢˊ ㄦˊ ㄐㄧㄣˋ）

【用法】明知有困難，仍堅持前進。
【例句】～，這可能是他取得成功的一

個重要原因。

知過必改

【出處】《論語・子罕》：「過則勿憚改。」

【用法】知道自己有過錯就一定改正。

【例句】我們要做到～，只有這樣才能不斷進步。

知其不可爲而爲之

【出處】《論語・憲問》：「子路宿於石門，晨門曰：『奚自？』子路曰：『自孔氏。』曰：『是知其不可爲而爲之者歟？』」

【用法】明知事情不能辦，卻硬著頭皮去幹。

【例句】我之所以～，也是出於無奈。

知其然而不知所以然

【解釋】然：這樣、如此。

【用法】只知道是這樣，而不知道爲什麼是這樣。

【例句】我對於許多物理現象只是～。

知其一，不知其二

【出處】《詩經・小雅・小旻》：「不敢暴虎，不敢憑河，人知其一，莫知其它。」

【解釋】只知道事物的一個方面，不知道另一方面。

【用法】形容對事物的認識不全面。

【例句】你～，怎麼好妄下斷語呢？

【附註】也作「只知其一，不知其二」。

知情達理

見「通情達理」。

知希則貴

【出處】《老子》第七十章：「知我者希，則我者貴。」

【解釋】知：了解。則：做爲榜樣來效法。貴：珍貴。

【用法】指了解我的人稀少，效法我的人很難得。

【例句】朋友、學生當中，～，我空有這些學問，卻很少有人能替我發揚，可嘆！

知雄守雌

【出處】《老子・反樸》：「知其雄，守其雌，爲天下谿（溪）。」

【解釋】雄：比喻尊貴、有力。雌：這裡比喻卑下、柔弱。

【用法】棄剛守柔，與人無爭。

【例句】爲求自保，你要～與人無爭。

知之爲知之

【出處】《論語・爲政》：「知之爲知之，不知爲不知，是知也。」

【用法】知道就知道，不要不懂裝懂。

【例句】作爲一個教師並不可能什麼全懂，因此應該採取「～」的態度，而不能強不知以爲知。

知止不殆

【出處】《老子》第四十四章：「知足不辱，知止不殆，可以長久。」

【解釋】殆：危險。

【用法】知道適可而止的人就不會遇到危險。

【例句】「～」，希望你適可而止，不

要逼人太甚，否則狗急跳牆，屆時一切後果全由你負責。

知恥爲勇

【出處】《禮記·中庸》：「子曰：『好學近乎知，力行近乎仁，知恥近乎勇。』」

【用法】懂得羞恥就算是勇敢的人。

【例句】我們公務員，都是爲民衆辦事的，因此應當~，聞過則喜。

知書達禮

【出處】元·無名氏《馮玉蘭》第一折：「只我這知書達禮當恭謹，怎肯著出乖露丑遭談論。」

【解釋】達：通達、懂得。念過書，懂得禮貌。

【用法】稱讚有文化修養、有禮貌的讀書人。

【例句】~的人是講公道話的。

知人論世

【出處】《孟子·萬章下》：「頌其詩，讀其書，不知其人，可乎？是以論其世也。」

【解釋】指爲了解一個人，要研究他所處的時代背景。

【用法】指鑒別人物的好壞，議論世事的得失。

【例句】倘要~，非看編年的文集不可的。

知人之明

【解釋】明：明智。

【用法】有認識人和了解人的眼力。

【例句】我們身爲領導者的要有~，才能把工作做好。

知人知面不知心

【出處】明·施耐庵《水滸傳》第四十五回：「畫龍畫虎難畫骨，知人知面不知心。」

【解釋】可以了解人的外表，卻難以了解人的內心。

【用法】形容知人之難。

【例句】咱們家人多手雜，自古說的「~」，那裡保得住誰是好的？

知人善任

【出處】漢·班彪《王命論》：「蓋在高祖，其興也有五：一曰帝堯之苗裔，二曰體貌多奇偉，三曰神武有徵應，四曰寬明而仁恕，五曰知人善任使。」

【解釋】知：了解。任：使用。

【用法】能識別人的賢愚善惡，能很好地使用人。

【例句】優秀的政策推動者，應該是~的伯樂。

知榮守辱

【出處】《老子》第二十八章：「知其榮，守其辱爲天下谷。」

【解釋】守：安於。

【用法】雖然知道怎樣可得榮譽，卻安於屈辱的地位。

【例句】郭公能~，以身自下，他的風範是令人敬佩的。

知子莫若父

【出處】《管子·大匡》：「鮑叔曰：『先人有言，知子莫若父，知臣莫若君。』」

【解釋】知：熟悉。莫：沒有人。若：像。

【用法】指唯有當父親的最了解兒子的一切。

【例句】當眞是～，若不是郭老您出面處理，令郎這檔事可就更棘手了。

知足不辱（ㄓ ㄗㄨˊ ㄅㄨˋ ㄖㄨˇ）

【出處】《老子》第四十四章：「知足不辱，知止不殆，可以長久。」

【用法】知道滿足就不會受到羞辱。用以勸人不要貪得無厭。

【例句】常言：「～。」官人宜急流勇退，爲山林娛老之計。

知易行難（ㄓ ㄧˋ ㄒㄧㄥˊ ㄋㄢˊ）

【出處】《尙書・說命》：「稽首曰：非知之艱，行之惟艱。」注：「言知之易，行之難，以勉高宗。」

【解釋】知：了解、懂得。

【用法】了解、懂得道理較容易，實際去做卻很困難。

【例句】唉！「～」！了解道理是很容易的，但最重要的還是付諸行動。

知義多情（ㄓ ㄧˋ ㄉㄨㄛ ㄑㄧㄥˊ）

【出處】清・曹雪芹《紅樓夢》第十六回：「誰知愛勢貪財的父母，卻養了一個知義多情的女兒，聞得退了前夫，另許李門，他便一條汗巾悄悄的尋了自盡。」

【解釋】義：情義。

【用法】懂得情義，富於感情。

【例句】她雖長得平凡，卻是個～的人，你可要珍惜她對你的情意。

知無不言（ㄓ ㄨˊ ㄅㄨˋ ㄧㄢˊ）

【出處】唐・房玄齡等《晉書・劉聰傳》：「當念爲知無不言，勿恨往日言不用也。」

【解釋】言：說。凡是知道的，沒有不說的。

【用法】指毫無保留地把自己的意見都提出來。

【例句】希望大家～，言無不盡，多提寶貴意見。

知遇之恩（ㄓ ㄩˋ ㄓ ㄣ）

【解釋】知遇：得到賞識和重用。

【用法】受人賞識和重用的恩情。

【例句】諸葛亮爲報答劉備「三顧茅廬」和「臨終托孤」的～，他「親理細事，汗流終日」，直至「鞠躬盡瘁，死而後已」。

芝焚蕙嘆（ㄓ ㄈㄣˊ ㄏㄨㄟˋ ㄊㄢˋ）

【出處】晉・陸機《嘆逝賦》：「信松茂而柏悅，嗟芝焚而蕙嘆。」

【解釋】芝、蕙：香草。焚：燒。芝與蕙同類，在焚燒芝的時候，蕙表示傷嘆。

【用法】比喻物傷其類。

【例句】「今日油烹蒯徹，正所謂兔死狐悲，～，請丞相自思之。」

芝蘭之室（ㄓ ㄌㄢˊ ㄓ ㄕˋ）

【出處】漢・戴德《大戴禮》：「與君子遊，信乎如入蘭芷之室，久而不聞，則與之化矣。」

【解釋】芝、蘭：香花。充滿清香的屋

子。
【用法】比喻品德高尚的人居住之處。
【例句】倘得入～，與君秉燭長談，我今世就沒有任何遺憾了。

芝蘭玉樹

【出處】唐・房玄齡等《晉書・謝安傳》：「（謝玄）少穎悟，與從兄朗俱爲叔父安所器重。安嘗戒約子侄，因曰：『子弟亦何豫（預）人事，而正欲使其佳？』諸人莫有言者，玄答曰：『譬如芝蘭玉樹，欲使其生于庭階耳。』安悅。」
【用法】比喻有良好教養的子弟。
【例句】令郎眞不愧是～，那彬彬文質，實在難得。

芝艾俱焚

【出處】晉・陳壽《三國志・魏書・公孫度傳》裴松之注引《魏略》：「若苗穢害田，隨風烈火，芝艾俱焚，安能自別乎？」
【解釋】芝：一種香草。艾：臭草名。焚：燒。
【用法】比喻無論貴賤賢愚同歸於盡。
【例句】你這麼做，豈不是搞得～，連那些優秀才質的人也要受到牽累。

隻鱗片甲

【解釋】隻：單獨的。甲：甲殼。一片鱗，一片甲。
【用法】比喻零落的片斷或很小的一部分。
【例句】這裡的三篇信札體的論文，便是他這類著作的～。

隻輪不返

【出處】《公羊傳・僖公三十三年》：「然而晉人與姜戎要之殽而擊之，匹馬只輪無反（返）者。」
【解釋】連一個車輪子也沒有回去。
【用法】泛指全軍覆沒。
【例句】今日不是某誇口自荐，若用某爲將，必使齊兵～。

隻雞斗酒

【出處】漢・曹操《祀故太尉橋玄文》：「又承從容約誓之言：『殂逝之後，路有經由，不以斗酒隻雞過相沃酹，車過三步，腹痛勿怪。』雖臨時戲笑之言，非至親之篤好，胡肯爲此辭乎？」
【解釋】斗：古代盛酒的器皿。一隻雞一壺酒。古人弔祭亡友，携雞酒至墓前爲禮。
【用法】①用爲祭奠亡友之辭。②指招待來客。
【例句】既然肯來赴約呵，您兄弟～，等待我的哥哥也。

隻雞絮酒

【出處】南朝・宋・范曄《後漢書・徐穉傳》：「穉嘗爲太尉黃瓊所辟，不就。及瓊卒準葬，穉乃負糧徒步到江夏赴之，設雞酒薄祭，哭畢而去，不告姓名。」
【用法】祭文中常用「隻雞絮酒」表示祭品菲薄。
【例句】今日準備這～，望你在九泉之下好好享用。

隻字不提

【解釋】一個字也不說。
【用法】表示根本不提某事。
【例句】她在來信中對於自己的病～。

隻字片紙 ㄓ ㄗˋ ㄆㄧㄢˋ ㄓˇ

【解釋】寫的字用的紙都很少，不能充分表達思想。
【用法】形容寫得很簡略。
【例句】她的來信總是～，叫人猜不透是怎麼回事。

隻言片語 ㄓ ㄧㄢˊ ㄆㄧㄢˋ ㄩˇ

【用法】形容零碎的，不能表達完整意思的話。
【例句】抓住作品中～大做文章，這種批評是必須加以反對的。

執鞭墜鐙 ㄓˊ ㄅㄧㄢ ㄓㄨㄟˋ ㄉㄥˋ

【出處】明·羅貫中《三國演義》第二十八回：「願將軍不棄，收爲步卒，早晚執鞭隨鐙，死亦甘心！」
【解釋】執：拿著。鐙：掛在馬鞍兩旁供腳登踏的東西。
【用法】比喻願意爲人效勞。
【例句】那國王慌忙跪下道：「師父，你是我重生父母一般，莫說挑擔，情願～，伏待老爺，同行上西天去。」
【附註】也作「執鞭隨鐙」。

執迷不悟 ㄓˊ ㄇㄧˊ ㄅㄨˋ ㄨˋ

【出處】唐·姚思廉《梁書·武帝紀》：「若執迷不悟，距逆王師，大衆一臨，刑茲罔赦，所謂火烈高原，芝蘭同泯。」
【解釋】執：堅持、固執。迷：迷惑。悟：醒悟。
【用法】對事物分辨不清，堅持錯誤而不醒悟。
【例句】你再～，不肯悔改，我只好放棄你。

執法不阿 ㄓˊ ㄈㄚˇ ㄅㄨˋ ㄜ

【解釋】執：執行。阿：偏袒。執行法律不偏袒。
【用法】形容執法者公正無私。
【例句】法官就應該～，堅持法律之前人人平等。

執法如山 ㄓˊ ㄈㄚˇ ㄖㄨˊ ㄕㄢ

【解釋】執：執行。如山：像山一樣不動。比喻堅定，不動搖。
【用法】形容執行法律堅決、嚴格。
【例句】這法官～，你想請他通融，絕對是不可能的。

執牛耳 ㄓˊ ㄋㄧㄡˊ ㄦˇ

【解釋】執：拿著。古代諸侯訂立盟約，要殺牲飲血。主盟人則親自割牛耳取血，以表誠意。
【用法】①指盟主。②泛指在某一方面居於領導或領先地位。
【例句】在唐詩人中，～者，當然是李白與杜甫了。

執兩用中 ㄓˊ ㄌㄧㄤˇ ㄩㄥˋ ㄓㄨㄥ

【出處】《禮記·中庸》：「執其兩端，用其中於民，其斯以爲舜乎？」鄭玄注：「兩端，過與不及也，用其中於民，賢與不肖皆解行之也。」
【解釋】執：執掌。
【用法】指不偏不倚，因時制宜折中的

意思。

【例句】處理許多問題採取~的態度還是有道理的。

執柯作伐 (ㄓˊ ㄎㄜ ㄗㄨㄛˋ ㄈㄚˊ)

【出處】《詩經・伐柯》:「伐柯如之何!匪斧不克。取妻如之何?匪媒不得。」

【解釋】執:拿著。柯:斧柄。伐:砍。拿著斧子去砍樹。

【用法】給別人作媒就叫做「執柯作伐」。

【例句】感謝你的~,才使我們倆有今天。

執經叩問 (ㄓˊ ㄐㄧㄥ ㄎㄡˋ ㄨㄣˋ)

【出處】明・宋濂《送東陽馬生序》:「嘗趨百里外,從鄉之先達,執經叩問。」

【解釋】執:拿著。經:經書。叩:詢問。拿著經書,向人請教。

【用法】指虛心向人學習。

【例句】這學生遠從美國來向你~,你怎麼好拒絕?就讓他進來吧!

執經問難 (ㄓˊ ㄐㄧㄥ ㄨㄣˋ ㄋㄢˋ)

【出處】漢・班固《漢書・于定國傳》:「身執經,北面備弟子禮。」

【解釋】執:拿著。經:經書。難:疑難。拿著經書,請人解答疑難問題。

【用法】指向人求教。

【例句】今我~來了,煩請閣下啓我茅塞。

擲地作金石聲 (ㄓˊ ㄉㄧˋ ㄗㄨㄛˋ ㄐㄧㄣ ㄕˊ ㄕㄥ)

【出處】唐・房玄齡等《晉書・孫綽傳》載:孫綽曾作《天台山賦》,文辭和風格都很好,寫後,拿給范榮期看,說:「卿誡擲地,當作金石聲也。」

【解釋】擲:投、扔。金石:鐘磬之類的樂器,音色清脆優美。

【用法】①比喻文章文辭優美,聲調鏗鏘。②形容才華很高。

【例句】常言說:「妙筆生花」、「~」等等,就是說:散文如果「有聲有色」,其引起人的共鳴很大。

【附註】也作「擲地金聲」、「作金石聲」。

擲果潘安 (ㄓˊ ㄍㄨㄛˇ ㄆㄢ ㄢ)

【出處】南朝・宋・劉義慶《世說新語・容止》:「潘安妙有姿容,好神情。少時挾彈出洛陽道,婦人遇者,莫不連手共縈之。」劉孝標注引《語林》:「安仁至美,每行,老嫗以果擲之滿車。」

【解釋】晉潘安姿貌美麗,每出門,婦人常以果擲之。

【用法】形容美男子爲女子所愛慕。

擲鼠忌器 (ㄓˊ ㄕㄨˇ ㄐㄧˋ ㄑㄧˋ)

見「投鼠忌器」。

擿埴索塗 (ㄓˊ ㄓˊ ㄙㄨㄛˇ ㄊㄨˊ)

【出處】漢・揚雄《法言・修身》:「擿埴索塗,冥行而已矣。」

【解釋】擿:投。埴:粘土,指地。指盲人以手杖點地,探求著道路。

【用法】比喻暗中摸索,不容易成功。

【例句】學習要能好問,多去請教先進,否則~,常常徒勞無功。

植黨營私（ㄓˊ ㄉㄤˇ ㄧㄥˊ ㄙ）

【出處】清・文康《兒女英雄傳》第三十四回：「一邊是一味的向家庭植黨營私，去作那罔人的勾當。」

【解釋】植：培植、樹立。

【用法】培植黨羽，圖謀私利。

【例句】這群人～，誤國誤民。

【附註】參看「結黨營私」。

直眉瞪眼（ㄓˊ ㄇㄟˊ ㄉㄥˋ ㄧㄢˇ）

【出處】清・曹雪芹《紅樓夢》第六十二回：「連司棋都氣了個直眉瞪眼，無計挽回，只得罷了。」

【用法】①形容發怒的樣子。②形容呆痴的樣子。

【例句】他～地站在那裡，一句話也不說。

直木先伐（ㄓˊ ㄇㄨˋ ㄒㄧㄢ ㄈㄚˊ）

【出處】《莊子・山木》：「是故其行列不斥，而外人卒不得害，是以免於患。直木先伐，甘井先竭。」

【解釋】木：樹。樹幹筆直的樹，先被砍伐。

【用法】比喻有才幹的人先遇到禍害。

【例句】你不要太張揚自己的才華，～，小心被暗箭中傷。

直搗黃龍（ㄓˊ ㄉㄠˇ ㄏㄨㄤˊ ㄌㄨㄥˊ）

【出處】元・脫脫等《宋史・岳飛傳》：「飛大喜，語其下曰：『今番直抵黃龍府，與諸君痛飲耳。』」

【解釋】搗：打擊。黃龍：金朝都城，今吉林省農安縣。一直打到黃龍。

【用法】①指把敵人趕出去，徹底消滅。②泛指不達目標不肯罷休。

【例句】這件工作確實不是短期內能完成的，但我有～的決心，無論經過多少艱難曲折，一定要完成任務！

直道守節（ㄓˊ ㄉㄠˋ ㄕㄡˇ ㄐㄧㄝˊ）

【解釋】直道：公正地爲人處事。

【用法】遵守正義，不改其節操。

【例句】敵方雖然再三威脅利誘，但張老仍～，毫不屈服。

直道而行（ㄓˊ ㄉㄠˋ ㄦˊ ㄒㄧㄥˊ）

【出處】《論語・衛靈公》：「如有所譽者，其有所試矣。斯民也，三代之所以直道而行也。」

【解釋】直道：正道，沒有偏私。

【用法】毫無偏私地辦事。

【例句】面對此事，你～即是，不必顧慮太多！

直諒多聞（ㄓˊ ㄌㄧㄤˋ ㄉㄨㄛ ㄨㄣˊ）

【出處】《論語・季氏》：「孔子曰：『益者三友，損者三友。友直、友諒、友多聞，益矣。友便辟、友善柔、友便佞，損矣。』」

【解釋】直：正直。諒：守信用、誠實。聞：見識。

【用法】對朋友的稱讚。

【例句】像這樣～的朋友多交幾個，也是一大幸事。

直截了當（ㄓˊ ㄐㄧㄝˊ ㄌㄧㄠˇ ㄉㄤˋ）

【出處】清・李汝珍《鏡花緣》第六十五回：「紫芝姊妹嘴雖利害，好在心口如一，直截了當，倒是一個極爽快的。」

【解釋】直截：不拐彎抹角。「截」也作「捷」。了當：爽快。

【用法】指言語、行動簡明爽快，不繞彎子。

【例句】有話就～地說吧，用不著吞吞吐吐。

直情徑行 ㄓˊ ㄑㄧㄥˊ ㄐㄧㄥˋ ㄒㄧㄥˊ

【出處】《禮記・檀弓下》：「有直情而徑行者，戎狄之道也，禮道則不然。」

【解釋】直：順著。徑：直截了當。行：做。

【用法】任憑自己的性子，率直地幹下去。

【例句】無論對什麼事，都應該冷靜對待，一味～，只能把事情搞糟。

直性狹中 ㄓˊ ㄒㄧㄥˋ ㄒㄧㄚˊ ㄓㄨㄥ

【出處】三國・魏・嵇康《與山巨源絕交書》：「吾直性狹中，多所不堪。」

【解釋】直：剛直。狹：窄。中：指心胸。

【用法】剛直成性，不善逢迎，心胸狹窄，不能容人。

【例句】這人～，既不善逢迎，又不能容人，難怪老闆要辭退他。

直壯曲老 ㄓˊ ㄓㄨㄤˋ ㄑㄩ ㄌㄠˇ

【出處】《左傳・僖公二十八年》：「師直為壯，曲為老，豈在久乎？」

【解釋】老：象徵衰竭，引申為氣餒。

【用法】理直氣壯，理曲氣餒。

【例句】「～」，你可要搞清楚自己是不是合理，免得到時下不了臺。

直衝橫撞 ㄓˊ ㄔㄨㄥ ㄏㄥˊ ㄓㄨㄤˋ

見「橫衝直撞」。

直抒己見 ㄓˊ ㄕㄨ ㄐㄧˇ ㄐㄧㄢˋ

【解釋】直：直率、爽快。抒：發。

【用法】坦率地發表自己的意見。

【例句】請大家～，不要有什麼顧慮。

直言不諱 ㄓˊ ㄧㄢˊ ㄅㄨˋ ㄏㄨㄟˋ

【出處】唐・房玄齡等《晉書・劉波傳》：「臣鑒先徵，竊惟今事，是以敢肆狂瞽，直言無諱。」

【解釋】直言：直說、不隱瞞。諱：隱瞞、避忌。

【用法】有話直說，毫無顧慮。

【例句】小李知道～是老闆對他身邊的工作人員最起碼的要求。

【附註】也作「直言無諱」。

直言骨鯁 ㄓˊ ㄧㄢˊ ㄍㄨˇ ㄍㄥˇ

【出處】唐・韓愈《諍臣論》：「朝廷有直言骨鯁之臣。」

【解釋】骨鯁：也作「骨梗」，比喻剛直、剛勁。

【用法】敢於講真話，剛直不阿。

【例句】公司中有～的人，才能發現公司缺失，改善公司現狀。

直言極諫 ㄓˊ ㄧㄢˊ ㄐㄧˊ ㄐㄧㄢˋ

【出處】漢・班固《漢書・文帝紀》：「舉賢忠方正，能直言極諫者。」

【解釋】極：盡力。諫：下對上進忠言。

【用法】直話直講，極力進行忠告。

【例句】這忠心耿耿的僕人～，希望主人能回心轉意，誰知竟因此被免職。

直言賈禍 ㄓˊ ㄧㄢˊ ㄍㄨˇ ㄏㄨㄛˋ

【出處】《左傳·成公十五年》：「子好直言，必及於難。」

【解釋】直言：直說，不隱晦。賈：買入，引申爲招致。

【用法】坦率地把話說出來就會招致禍害。

【例句】因爲怕～，所以他只好三緘其口，裝聾作啞了。

【附註】也作「直言取禍」。

質樸無華

【解釋】質樸：樸實。華：華麗，這裡指華而不實。

【用法】樸實而毫無虛誇。

【例句】他爲人熱情誠懇，平易近人，～。

質疑問難

【出處】《東觀漢記·賈宗傳》：「每宴客，令與當世大儒司徒丁鴻問難傳經。」

【解釋】質：質詢、詢問。質疑：提出疑問。問難：對搞不清楚的問題進行反覆討論、分析或辯論。

【用法】提出疑難問題請人解答或相互討論。

【例句】教師要充分利用輔導時間，讓學生～。

跖狗吠堯

【出處】《戰國策·齊策》：「跖之狗吠堯，非貴跖而賤堯也。狗固吠非其主。」

【解釋】跖：人名。堯：傳說中遠古時代的聖君。跖的狗會向堯又咬又叫的。

【用法】比喻各爲其主，沒有顧及是非標準。

【例句】～，各爲其主，你就不要爲難他了！

【附註】參看「桀犬吠堯」。

只可意會，不可言傳

【出處】清·劉大櫆《論文偶記》：「凡行文多寡短長，抑揚高下，無一定之律，而有一定之妙，可以意會，而不可言傳。」

【解釋】意會：以心領會。只能用心去揣摩體會，無法用言語具體地表達出來。

【用法】指道理奧妙，難以說明。

【例句】有些詩歌確實是～，其妙處只能自己逐漸體會。

【附註】參看「不可言宣」。

只見樹木，不見森林

【用法】比喻只看到個別的、片面的、局部的，看不到大量的、全面的、整體的。

【例句】讀書要以了解全書精義爲要，不然～，就失去作者的本意了。

【附註】也作「見木不見林」。

只許州官放火，不許百姓點燈

【出處】宋·陸游《老學庵筆記》第五卷：「田登作郡，自諱其名，觸者必怒，吏卒多被榜笞，於是舉州皆謂燈爲火。值上元放燈，吏人遂書榜揭於市曰：『本州依例放火三日。』」

【解釋】州官：指古時候一州地方的長官。

【用法】指統治者可以胡作非為，專制蠻橫，卻不許人民有一點自由。

【例句】在君主統治時代，～；如今，在民主的時代，這種專橫跋扈的作風就行不通。

只知其一，不知其二

見「知其一，不知其二」。

只爭朝夕

【解釋】朝：早上。夕：晚上。朝夕：一朝一夕，指很短的時間。力爭在很短時間內解決問題。

【用法】形容爭分奪秒、緊張工作的精神。

【例句】我們要以～的精神，把店裏的貨物迅速整頓好。

只此一家，別無分店

【解釋】原為舊時一些店鋪招攬生意的用語。向顧客表明他沒有分店，要買某種名牌產品，只有到這裡來。

【用法】泛指某種東西只有某處才有，別處根本找不到（含有獨一無二的意思）。

【例句】這種小商品的經營，～，因此東西雖平常，卻也奇貨可居了。

只要功夫深，鐵杵磨成針

【解釋】杵：舂米或捶衣用的棒。只要肯下功夫，鐵杵也能磨成針。

【用法】比喻只要堅持不懈，肯下功夫，做任何事都能取得成功。

【例句】～！只要你有心學，要想在這行出頭，是不會很難的。

【附註】參看「磨杵成針」。

咫尺天涯

【出處】元·王舉之《折桂令·蝦須簾》：「咫尺天涯，別是乾坤。」

【解釋】咫：古代長度單位，周代八寸叫咫，合現在市尺六寸二分二厘。咫尺：比喻距離很近。天涯：天邊，指距離很遠。

【用法】距離雖近，但卻像遠在天邊一樣，很難相見。

【例句】可憐一對小夫妻，成婚不及數月，從此便～了。

咫尺千里

【出處】唐·魚玄機《隔漢江寄子安》詩：「烟裡歌聲隱隱，渡頭月色沉沉，含情咫尺千里，況聽家家遠砧。」

【解釋】咫：古代長度單位，周代八寸叫咫，合現在市尺六寸二分二厘。咫尺：比喻距離很近。

【用法】①距離雖近，卻像相隔有千里遠一樣，很難相見。多指人為的隔閡。②也指在有限的畫面上畫出千山萬水的氣勢。

【例句】這幅山水畫，畫面不大，但內容卻很豐富。雲霧繚繞的山峰，浩渺無際的烟波，是那樣的開闊，那樣壯觀，真是畫不盈尺，卻具有～之勢。

咫尺之功

【出處】《戰國策·秦策》：「雖有高世之名，無咫尺之功者，不賞。」

【解釋】咫：古代長度單位。咫尺：比喻距離很近，這裡指微小。功：指功勞。

【用法】微小的功勞。

【例句】不過是～，那須如此宣揚。

咫尺萬里（ㄓˇ ㄔˇ ㄨㄢˋ ㄌㄧˇ）

見「尺幅萬里」。

指不勝屈（ㄓˇ ㄅㄨˋ ㄕㄥ ㄑㄩ）

【出處】清・袁枚《小蒼山房文集・與孫輔之秀才書》：「凡此之類，指不勝屈。」

【解釋】指：手指。勝：盡。屈：彎曲，指計算數目。

【用法】形容數量很多，扳著指頭也數不過來。

【例句】百貨商店裡，商品品類繁多，簡直～。

指破迷津（ㄓˇ ㄆㄛˋ ㄇㄧˊ ㄐㄧㄣ）

【解釋】指：指出。破：使真相露出，揭穿。津：渡口。迷津：迷誤的道路。指明迷誤。

【用法】比喻為人指出應該走的道路或方向。

【例句】你那一番懇切勸告，～，使我頓時清醒了。

指名道姓（ㄓˇ ㄇㄧㄥˊ ㄉㄠˋ ㄒㄧㄥˋ）

見「提名道姓」。

指腹割衿（ㄓˇ ㄈㄨˋ ㄍㄜ ㄐㄧㄣ）

【出處】元・脫脫等《元史・刑法志・戶婚》：「諸男女議婚，有以指腹割衿為定者，禁之。」

【解釋】封建社會，雙方父母給尚未出世的子女預訂婚約稱「指腹」；割男女幼兒的衣襟以訂婚約稱「割衿」。

【用法】指父母為尚未出世或幼小的子女約定婚姻。

【例句】這是什麼時代了？還來這一套～，你敢擔保你兒子長大後，就一定聽你安排？

【附註】也作「指腹裁襟」。

指腹為婚（ㄓˇ ㄈㄨˋ ㄨㄟˊ ㄏㄨㄣ）

【出處】北齊・魏收《魏書・王寶興傳》：「尚書盧遐妻，崔浩女也。初寶興母與遐妻俱孕，浩謂曰：『汝等將來所生，皆我之自出，可指腹為親。』」

【用法】指古時候父母為尚未出生的子女約定婚姻。

【例句】彼時九王爺因娘娘又懷身孕，曾與駱老爺～，倘生郡主，情願與駱公子再續前姻。

指東劃西（ㄓˇ ㄉㄨㄥ ㄏㄨㄚˋ ㄒㄧ）

【出處】宋・釋悟明《聯燈會要・二三・德用禪師》：「際山今日去卻之乎者也，更不指東畫西。」

【解釋】畫指亂畫。

【用法】比喻有意避開主題，東拉西扯的。

【例句】只見場上簇擁著幾十個人，他妻子在那裡～的亂嚷。

【附註】也作「指東畫西」。

指天畫地（ㄓˇ ㄊㄧㄢ ㄏㄨㄚˋ ㄉㄧˋ）

【出處】漢・司馬遷《史記・魏其武安侯列傳》：「不如魏其、灌夫日夜招聚天下豪傑壯士與議論，腹誹而心謗，不做視天而俯畫地，辟倪（睥睨）兩宮間，幸天下有變，而欲有大功。」

【解釋】用手指天指地。
【用法】形容直率、毫無顧忌的神態。
【例句】你越叫他小點聲，他越是扯開嗓子，～地大聲嚷嚷。

指天誓日（ㄓˇ ㄊㄧㄢ ㄕˋ ㄖˋ）

【出處】唐・韓愈《柳子厚墓志銘》：「指天日涕泣，誓生死不相背負，眞若可信。」
【說明】指著天和太陽發誓。以表堅定或忠誠。
【例句】當困難的時候，他～，表示絕不變心。但一旦得志，就百般挑剔。這樣的人是不值得愛的。

指天射魚（ㄓˇ ㄊㄧㄢ ㄕㄜˋ ㄩˊ）

【出處】漢・劉向《說苑・尊賢》：「秦用趙高，而天下知其亡也。非其人而欲有功，譬其若夏至之日而欲夜之長，射魚指天而欲發之當。」
【解釋】向天空去射河裏魚。
【用法】比喩毫無所得。
【例句】這次去，原冀望能有所獲得，誰知竟是～，一無所獲。

指佞觸邪（ㄓˇ ㄋㄧㄥˋ ㄔㄨˋ ㄒㄧㄝˊ）

【出處】①晉・張華《博物志》四：「堯時有屈軼草生於庭，佞人入朝，則屈而指之。一名指佞草。」②唐・房玄齡等《晉書・輿服志》：「法冠或謂之定獬豸冠。獬豸神羊，能觸邪佞。」
【解釋】指佞：揭奸佞。觸邪：指釋、道家的法冠，也叫獬豸冠，有觸及邪祟的功能。
【用法】指揭露奸僞，觸傷邪惡。
【例句】他毅然挺身～，大家都說他勇氣可嘉！

指鹿爲馬（ㄓˇ ㄌㄨˋ ㄨㄟˊ ㄇㄚˇ）

【出處】漢・司馬遷《史記・秦始皇本紀》：「趙高欲爲亂，恐群臣不聽，乃先設驗，持鹿獻於二世，曰：『馬也。』二世笑曰：『丞相誤邪？謂鹿爲馬。』問左右，左右或默，或言馬以阿順趙高。或言鹿者，高因陰中諸言鹿者以法。後群臣皆畏高。」
【解釋】把鹿說成是馬。
【用法】比喩人有意顚倒黑白，混淆是非。
【例句】你說的話雖不是～，卻也是以羊易牛。

指揮若定（ㄓˇ ㄏㄨㄟ ㄖㄨㄛˋ ㄉㄧㄥˋ）

【出處】唐・杜甫《咏懷古蹟五首》：「伯仲之間見伊呂，指揮若定失蕭曹。」（伊：伊尹。呂：呂尙。蕭：蕭何。曹：曹參。）
【解釋】若：如。定：定局。
【用法】指揮調度從容鎭定，胸有成竹，有勝利把握。
【例句】陳司令成竹在胸，～，是個了不起的軍事家。

指鷄罵狗（ㄓˇ ㄐㄧ ㄇㄚˋ ㄍㄡˇ）

【解釋】指著鷄罵狗。
【用法】比喩表面上罵這個人，實際上卻是罵另一個人。
【例句】「他這明明是～嘛！我不管，你一定要嚴懲他！」小屏任性地說。
【附註】參看「指桑罵槐」、「捉鷄罵狗」。

指事類情 ㄓˇ ㄕˋ ㄌㄟˋ ㄑㄧㄥˊ

【出處】漢・司馬遷《史記・老子韓非列傳》：「然善屬書離辭，指事類情，用剽剝儒、墨，雖當宿學不能自解免也。」

【解釋】類：類推。

【用法】形容不實的敍述和牽強武斷的推論。

【例句】每回和你談事情，你就～，妄自猜測，把事情都說壞了，下回，再也不跟你說了。

指手劃脚 ㄓˇ ㄕㄡˇ ㄏㄨㄚˋ ㄐㄧㄠˇ

【出處】明・施耐庵《水滸傳》第七十五回：「見這李虞侯、張幹辦在宋江前面，指手劃脚，你來我去，都有心要殺這斷，只是礙著宋江一個，不敢下手。」

【解釋】說話時，手脚並用，做出各種動作。

【用法】①形容說話放肆無忌或得意忘形的樣子。②形容不負責任地亂加指點和批評。

【例句】一語未了，只見寶玉跑至圍屏燈前，～，信口批評。

【附註】也作「指手畫脚」。

指山賣磨 ㄓˇ ㄕㄢ ㄇㄞˋ ㄇㄛˋ

【出處】明・徐復祚《紅梨記傳奇》：「他指山賣磨，見雀張羅。」

【解釋】磨：碾糧食的工具，多用石頭製成。指著山上的石頭當磨來賣。

【用法】比喻事情還沒有頭緒，就過早說出去或答應下來。

【例句】我們無論搞什麼都必須有一定的把握，而不能幹～的事。

指日可待 ㄓˇ ㄖˋ ㄎㄜˇ ㄉㄞˋ

【出處】清・錢彩《說岳全傳》第三十一回：「是以我主上神聖，泥馬渡江，正位金陵，用賢任能，中興指日可待。」

【解釋】指日：不日，可以指明的日子，意爲爲期不遠。待：期待。

【用法】形容某件事情或希望很快就要實現。

【例句】新樓已建成，遷進新居的日子已是～了。

指桑罵槐 ㄓˇ ㄙㄤ ㄇㄚˋ ㄏㄨㄞˊ

【出處】清・曹雪芹《紅樓夢》第十六回：「咱們家所有的這些管家奶奶，那一個是好纏的？錯一點兒他們就笑話打趣，偏一點兒，他們就指桑罵槐的抱怨。」

【解釋】桑：桑樹。槐：槐樹。表面上指著桑樹，實際上在罵槐樹。

【用法】比喻指甲罵乙。

【例句】這個人眞無聊，成天不乾不淨，～，鄰居們都不屑於理他。

【附註】參看「指雞罵狗」、「捉雞罵狗」。

指雁爲羹 ㄓˇ ㄧㄢˋ ㄨㄟˊ ㄍㄥ

【出處】元・關漢卿《調風月》第三折：「終身無，簸箕星，指雲中，雁作羹。」

【解釋】羹：煮成的帶濃汁的食品。指著空中的大雁說是用它作羹。

【用法】比喻以不落實的東西來聊以自慰。

【例句】事到如今，只好畫餅充飢，～，聊自安慰，否則又能怎麼樣呢？

止暴禁非（ㄓˇ ㄅㄠˋ ㄐㄧㄣˋ ㄈㄟ）

【出處】《莊子・盜跖》：「使子路去其危冠，解其長劍，而受教於子，天下皆曰：『孔丘能止暴禁非。』」

【解釋】止：息。暴：凶暴。非：不合理的。

【用法】平息凶暴殘忍的行爲，禁止不合理的事情。

【例句】李老師就是有～的能耐，看那幾個學校老大，在他管教下，那一個不是服服貼貼的。

止談風月（ㄓˇ ㄊㄢˊ ㄈㄥ ㄩㄝˋ）

【出處】唐・姚思廉《梁書・徐勉傳》：「常與門人夜集，客有虞皓，求詹事五官，勉正色答云：『今夕只可談風月，不宜及公事。』故時人服其無私。」

【解釋】止：只、僅。風月：風和月，泛指景色，也指男女愛情。

【用法】①泛指無關大局的事。②引申爲閑情逸致。

【例句】難得偷得浮生半日閒，今日我們就放輕鬆些，～，不提公事。

止戈爲武（ㄓˇ ㄍㄜ ㄨㄟˊ ㄨˇ）

【出處】《左傳・宣公十二年》：「潘黨曰：『……臣聞克敵，必示子孫，以無忘武功。』楚子曰：『非爾所知也。夫文，止戈爲武。』」

【解釋】戈：古代的武器。「止」、「戈」兩個字合成一個「武」字。

【用法】止息兵戈，方是眞正的武德。

【例句】「～」這是尙武者所應奉行的理念，至於有些人動輒拳打脚踢的，那不是眞正的武者。

止足之分（ㄓˇ ㄗㄨˊ ㄓ ㄈㄣˋ）

【出處】南朝・宋・劉義慶《世說新語・言語》：「孫倬賦遂初，筑室畎川，自言見止足之分也。」

【解釋】止足：知止（懂得適可而止）、知足（知道滿足）。分：本分。知道滿足於本分。

【用法】指沒有非分的妄想。

【例句】這人很守～，因而別人不會對他心生嫉妒。

止足之計（ㄓˇ ㄗㄨˊ ㄓ ㄐㄧˋ）

【出處】漢・班固《漢書・疏廣傳贊》：「行止足之計，免辱殆之累。」

【解釋】止足：即知止（懂得適可而止）、知足（知道滿足）。計：心計、打算。

【用法】指免遭屈辱和禍患的計策。

【例句】你要奉行～，才能免於禍害。

止足之戒（ㄓˇ ㄗㄨˊ ㄓ ㄐㄧㄝˋ）

【出處】南朝・梁・任昉《王文憲集・序》：「安以歲暮之期，申以止足之戒。」

【解釋】止足：知止（懂得適可而止）、知足（知道滿足）。戒：戒心。

【用法】要以知止和知足爲戒，不要過分，不要不知足。

【例句】今後你踏入社會，自立門戶，要謹記～，事事適可而止，且要能知足，如此你的生活必當安適無憂！

止於至善（ㄓˇ ㄩˊ ㄓˋ ㄕㄢˋ）

【出處】《禮記・大學》：「大學之道，在明明德，在親民，在止於至善。」
【解釋】至善：指無上完美的境界。
【用法】達到無上完美的境域爲止。
【例句】爲人做事當要能自我期許，務必～而後已，切不可自我貶抑，敷衍了事。

紙短情長（ㄓˇ ㄉㄨㄢˇ ㄑㄧㄥˊ ㄔㄤˊ）

見「情長紙短」。

紙田墨稼（ㄓˇ ㄊㄧㄢˊ ㄇㄛˋ ㄐㄧㄚˋ）

【出處】宋・謝維新《古今合璧事類備要》：「蔡洪赴洛，人問關口舊業。曰：『紙爲良田，筆爲鋤來，墨爲稼穡，義理爲豐年。』」
【解釋】稼：稼穡，種收五穀。把紙當做良田，運墨比作稼穡。
【用法】指從事寫作生活。
【例句】我也是種田的啊！不同的只是我～，從事筆耕。

紙貴洛陽（ㄓˇ ㄍㄨㄟˋ ㄌㄨㄛˋ ㄧㄤˊ）

見「洛陽紙貴」。

紙上談兵（ㄓˇ ㄕㄤˋ ㄊㄢˊ ㄅㄧㄥ）

【出處】漢・司馬遷《史記・廉頗藺相如列傳》：「趙王因以（趙）括爲將，代廉頗。藺相如曰：『王以名使括，若膠柱而鼓瑟耳。括徒能讀其父書傳，不知合變也。』趙王不聽，遂將之。趙括自少時學兵法，言兵事，以天下莫能當。嘗與其父奢言兵事，奢不能難，然不謂善。括母問奢其故，奢曰：『兵，死地也，而括易言之。使趙不將括即已，若必將之，破趙軍者必括也。』」
【解釋】只能空談打仗，實際卻上不了陣。
【用法】比喻只憑書本知識，夸夸其談，不能解決實際問題。
【例句】我們不要只是～，而要深入工地，進行實際調查。

紙醉金迷（ㄓˇ ㄗㄨㄟˋ ㄐㄧㄣ ㄇㄧˊ）

見「金迷紙醉」。

趾高氣揚（ㄓˇ ㄍㄠ ㄑㄧˋ ㄧㄤˊ）

【出處】《左傳・桓公十三年》：「楚屈瑕伐羅，斗伯比送之，還，謂其御曰：『莫敖必敗，舉趾高，心不固矣。』」（莫敖：屈瑕的字。）
【解釋】趾：脚。走路時把脚抬得高高的，神氣十足。
【用法】形容驕傲自滿、得意忘形的樣子。
【例句】～的敵人，在英勇戰士們的迎頭痛擊下被打得暈頭轉向。

志美行厲（ㄓˋ ㄇㄟˇ ㄒㄧㄥˋ ㄌㄧˋ）

【出處】南朝・宋・范曄《後漢書・張堪傳》：「年十六，受業長安，志美行厲，諸儒號曰『聖童』。」
【解釋】美：嘉、善。厲：嚴肅。
【用法】志向遠大，言行端正。
【例句】小李～，是個很難得的人才。

志大量小（ㄓˋ ㄉㄚˋ ㄌㄧㄤˋ ㄒㄧㄠˇ）

【出處】宋・蘇軾《賈誼論》「賈生志

大而量小，才有餘而識不足也。」
【解釋】志：志向。量：度量、胸襟。
【用法】抱負很大，但胸襟狹隘。
【例句】可惜他～，難於共事，這是他致命的弱點。

志大才疏（ㄓˋ ㄉㄚˋ ㄘㄞˊ ㄕㄨ）

【出處】南朝・宋・范曄《後漢書・孔融傳》：「融負其高氣，志在靖難，而才疏意廣，迄無成功。」
【解釋】志：志向。疏：空虛、淺薄。志向很高，才能很低。
【用法】形容志向與才能極不相稱。
【例句】弟在廣州所談魏晉事，蓋實有感而發，～，哀北海之終不免也。

志得意滿（ㄓˋ ㄉㄜˊ ㄧˋ ㄇㄢˇ）

【出處】明・凌濛初《初刻拍案驚奇》第三十八卷：「（張郎）未免志得意滿，自係自主，要另立個鋪排，把張家來出景，漸漸把丈人丈母放在腦後，倒像人家不是劉家的一般。」
【用法】由於志向得到實現而心滿意足了。
【例句】看他那副～，洋洋得意的樣子，一點也不把別人放在眼裏，我倒要看看他能得意到什麼時候！

志同道合（ㄓˋ ㄊㄨㄥˊ ㄉㄠˋ ㄏㄜˊ）

【出處】宋・陳亮《與呂伯恭正字書》：「天下事常出於人意料之外，志同道合，便能引其類。」
【解釋】志：志向、志趣。道：思想體系。
【用法】彼此志趣、理想和意見都一致，或所從事的事業相同。
【例句】由於～，能夠互相幫助，因此，我們的工作很順利。

志高氣揚（ㄓˋ ㄍㄠ ㄑㄧˋ ㄧㄤˊ）

【出處】漢・司馬遷《史記・蘇秦傳》：「家殷人足，志高氣揚。」
【用法】志高氣昂而自得。
【例句】初入政壇不久，就一直步步高陞，因此小楊更顯～，得意揚揚。

志在四方（ㄓˋ ㄗㄞˋ ㄙˋ ㄈㄤ）

【出處】明・馮夢龍《東周列國志》第二十五回：「妾聞『男子志在四方』。君壯年不圖出仕，乃區區守妻子坐困乎？」
【解釋】四方：天下。偉大志向，立足於天下。
【用法】形容有遠大的抱負和理想。
【例句】作爲中國的青年應該～，怎麼死死地非留在大城市不可呢？

智名勇功（ㄓˋ ㄇㄧㄥˊ ㄩㄥˇ ㄍㄨㄥ）

【出處】《史記・自序》：「子房（張良）計謀其事，無知（智）名，無勇功。」
【解釋】智：智謀、謀略。勇：勇力。
【用法】形容人文武全才。
【例句】杜將軍～，實不愧是「一代將才」。

智貴免禍（ㄓˋ ㄍㄨㄟˋ ㄇㄧㄢˇ ㄏㄨㄛˋ）

【出處】晉・陳壽《三國志・蜀書・劉封傳》：「夫智貴免禍，明尚風達。」
【解釋】智：聰明智慧。
【用法】人的聰明才智，正當使用，可以避免災禍。

【例句】～，而你這番作爲，眞有愧「才子」之名。

智盡能索（ㄓˋ ㄐㄧㄣˋ ㄋㄥˊ ㄙㄨㄛˇ）

【出處】漢·司馬遷《史記·貨殖列傳》：「此有知（智）盡能索耳，終不餘力而讓財矣。」
【解釋】智：智謀。能：才能。索：完、盡。
【用法】智慧和能力都已用盡。
【例句】一個人的學問再多，能力再大，也會有～的時候，所謂三個臭皮匠，勝過一個諸葛亮。

智者千慮，必有一失（ㄓˋ ㄓㄜˇ ㄑㄧㄢ ㄌㄩˋ，ㄅㄧˋ ㄧㄡˇ ㄧ ㄕ）

【出處】漢·司馬遷《史記·淮陰侯列傳》：「臣聞智者千慮，必有一失；愚者千慮，必有一得。」
【解釋】智者：聰明、有見識的人。千慮：多次考慮。失：差錯。
【用法】不管多聰明的人，在千百次的考慮中，總會出現一次錯誤。
【例句】～，雖然他是聞名海內的學者，也難免會有一些小的疏漏。

智圓行方（ㄓˋ ㄩㄢˊ ㄒㄧㄥˊ ㄈㄤ）

【出處】漢·劉安《淮南子·主朮訓》：「凡人之言曰，心欲小而志欲大，知（智）欲員（圓）而行欲方。能欲多而事欲鮮。智員（圓）者，無不知也；行方者，有不爲也。」
【解釋】智：智謀。行：行爲。方：方正。
【用法】考慮問題要通達，辦事要公正。
【例句】張校長～，自他接任本校校長之職後，校風爲之丕變。

智勇雙全（ㄓˋ ㄩㄥˇ ㄕㄨㄤ ㄑㄩㄢˊ）

【出處】元·張國賓《薛仁貴》楔子：「憑著您孩子學成武藝，智勇雙全，若在兩陣之間，怕不馬到成功！」
【解釋】智：智謀。
【用法】既有智謀，又很勇敢，二者兼備。
【例句】李將軍～，既有勇力，又有智謀。

治標不治本（ㄓˋ ㄅㄧㄠ ㄅㄨˋ ㄓˋ ㄅㄣˇ）

【解釋】本：草本的莖或根，指事物的根本或根源。
【用法】只從表面上、枝節上加以治理，不從根本加以解決。
【例句】某些西方國家爲制止通貨膨脹，採取大量裁減工作人員的辦法，這是～，通貨膨脹未必能制止，而失業問題卻會尖銳化。

治兵振旅（ㄓˋ ㄅㄧㄥ ㄓㄣˋ ㄌㄩˇ）

【出處】《唐鐃歌·鼓吹曲十二篇》：「每有戒事，治兵振旅，幸歌臣詞以爲容。」
【解釋】兵、旅：泛指軍隊。
【用法】訓練軍隊，振作士氣。

治病救人（ㄓˋ ㄅㄧㄥˋ ㄐㄧㄡˋ ㄖㄣˊ）

【解釋】治好病，把人救活。
【用法】比喻對人進行善意的批評，幫助他改正錯誤。
【例句】對待犯錯的同學，應採取～的態度，不能打罵了事。

治亂存亡（ㄓˋ ㄌㄨㄢˋ ㄘㄨㄣˊ ㄨㄤˊ）

【出處】①《呂氏春秋・察微》：「治亂存亡則不然，如可知，如可不知，如可見，如可不見。故智士賢者相與積心愁慮以求之。」②宋・歐陽修《朋黨論》：「嗟夫！治亂興亡之跡，爲人君者，可以鑒矣！」

【用法】天下大勢的治理或混亂，國家政體的存續或消亡。

【附註】也作「治亂興亡」。

治國安民 (ㄓˋ ㄍㄨㄛˊ ㄢ ㄇㄧㄣˊ)

【出處】漢・班固《漢書・食貨志》：「財者，帝王所以聚人守位，養成群生，奉順天德，治國安民之本也。」

【用法】把國家治理好，讓人民安居樂業。

【例句】身爲國君，當把～當作第一要務，豈可沈迷酒色，怠忽職責。

治絲益棼 (ㄓˋ ㄙ ㄧˋ ㄈㄣˊ)

【出處】《左傳・隱公四年》：「臣聞以德和民，不聞以亂。以亂，猶治絲而棼之也。」

【解釋】治：整理。益：越發、更加。棼：紛亂。整理蠶絲，不找好頭緒，其結果是越搞越亂。

【用法】比喻用錯誤的方法去解決問題，使問題不僅得不到解決，反而更加複雜化。

【例句】凡事鬍子眉毛一把抓，不分主次輕重，反而會弄得～，一團混亂。

炙冰使燥 (ㄓˋ ㄅㄧㄥ ㄕˇ ㄗㄠˋ)

【出處】《抱朴子・刺驕》：「欲望肅雍濟濟，後生有式，是猶炙冰使燥，積灰令熾矣。」

【解釋】炙：烤。用火烤，企圖使之乾燥。

【用法】比喻枉費力氣，徒勞無功。

【例句】你不必～，白費力氣了，我是絕對不會再幫你的。

炙手可熱 (ㄓˋ ㄕㄡˇ ㄎㄜˇ ㄖㄜˋ)

【出處】宋・歐陽修等《新唐書崔鉉傳》：「時語曰：『鄭（鄭魯）、楊（楊紹復）、段（段瑰）、薛（薛蒙），炙手可熱。』」

【解釋】炙：烤、燒。手熱得燙人。

【用法】比喻權力大，氣焰極盛。

【例句】他～，各公司都在爭取，您可要把握這次機會拉攏他加入。

知小謀大 (ㄓˋ ㄒㄧㄠˇ ㄇㄡˊ ㄉㄚˋ)

【出處】《周易・繫辭下》：「德薄而位尊，知（智）小而謀大，力小而任重，鮮不及矣。」

【解釋】知：通「智」，才智。謀：規劃。才智過小，而謀劃大事。

【用法】形容作力不勝任的事。

【例句】你～，實在自不量力。

知者樂水 (ㄓˋ ㄓㄜˇ ㄧㄠˋ ㄕㄨㄟˇ)

【出處】《論語・雍也》：「知者樂水，仁者樂山，知者動，仁者靜。」

【解釋】知者：富有才智的人。樂：喜愛。

【用法】智力強的人，通事理，頭腦敏銳，無往不利，有如流水。

【例句】古人有謂：「～。」看你對於各類水癡狂的樣子，想必頭腦也不差才是，可是怎麼竟不知如何待人處世呢？

知出乎爭（ㄓˋ ㄔㄨ ㄏㄨ ㄓㄥ）

【出處】《莊子・人間世》：「德蕩乎名，知（智）出乎爭。」

【解釋】知：通「智」，精明機智。

【用法】精明機巧是從反覆爭奪中鍛鍊出來的。

【例句】～，你過度放縱小孩，不讓他們改變做事態度，正是愛之，適足以害之。

知以藏往（ㄓˋ ㄧˇ ㄘㄤˊ ㄨㄤˇ）

【出處】《周易・繫辭上》：「神以知來，知（智）以藏往。」

【解釋】知：通「智」，才智。以：已經。人的才智包藏在以往的事物中。亦即記其往事而藏之，以爲來日之借鑒。

【用法】指才智來源於經驗教訓。

【例句】你該謹記過去的教訓，～，切勿忽略歷史的重要性。

稚齒婑媠（ㄓˋ ㄔˇ ㄨㄛˇ ㄊㄨㄛˇ）

【出處】《列子・楊朱》：「穆之後庭，比房數十，皆擇稚齒婑媠者以盈之。」

【解釋】稚齒：年少。婑媠：美好的樣子。

【用法】指年輕而又美麗的女子。

【例句】庭院中，～來來往往，好不熱鬧。

置之不理（ㄓˋ ㄓ ㄅㄨˋ ㄌㄧˇ）

【出處】清・黃小配《廿載繁華夢》第十六回：「各人聽了，反不以爲是，就有說他是賺錢多的，又有說他是願貧不願富的，鄧儀卿種種置之不理而已。」

【解釋】置：安放、擱開。理：理睬。

【用法】放在一邊，不加理睬。

【例句】無論爲毀爲譽，是假是眞，我都～。

置之不顧（ㄓˋ ㄓ ㄅㄨˋ ㄍㄨˋ）

【解釋】置：安放、擱開。顧：照顧、關心。

【用法】放在那裡不管。

【例句】我們不能對他人的利益～，只考慮個人的得失。

置之度外（ㄓˋ ㄓ ㄉㄨˋ ㄨㄞˋ）

【出處】南朝・宋・范曄《後漢書・隗囂公孫述傳》載：公元二十五年，劉秀建立了東漢政權，但許多豪強仍各據一方。劉秀先後把函谷關以東的割據勢力消滅了，最後尚有隗囂和公孫述未除。劉秀想暫時不對他們用兵，於是對衆將說：「且當置此兩子於度外耳。」（兩子：乃指隗囂與公孫述。）

【解釋】置：安放、擱開。度：打算、考慮。把它放在考慮的問題之外。

【用法】形容不放在心上。

【例句】對於這事，你不可再～，再怎麼說，他還是你弟弟，你至少要設法使他免於一死。

置之死地而後快（ㄓˋ ㄓ ㄙˇ ㄉㄧˋ ㄦˊ ㄏㄡˋ ㄎㄨㄞˋ）

【解釋】置：安放、擱開。快：痛快、高興。把人弄到死的地步才算痛快。

【用法】形容心腸狠毒，毫不留情。

【例句】你爲何要如此狠毒？一副～的樣子，看了我都覺得不忍心。

置之死地而後生

【出處】《孫子・九地篇》:「投之亡地然後存,陷之死地然後生。」

【解釋】置:安放、擱開。生:生存。

【用法】處在不決戰就會敗亡的境地,然後才能奮勇向前,殺敵取勝,以求得生存。

置諸高閣

【解釋】置:放置、擱開。諸:之於。閣:放東西的架子。放在高高的架子上。

【用法】比喻放著不用。

【例句】買了這麼多書,你竟~,一本也沒利用,好可惜。

【附註】參看「束之高閣」。

置身事外

【出處】清・文康《兒女英雄傳》第二十二回:「你我且置身事外,袖手旁觀。」

【解釋】置:安放、擱開。身:自己。把自身擺在事情之外。

【用法】形容毫不關心,不聞不問。

【例句】對於這場爭論,他採取了~、不聞不問的態度。

置水之情

【出處】南朝・梁・沈約《齊故安陵昭王碑文》:「盡任棠置水之情。」

【解釋】置:安放、擱開。勉勵人清正廉潔的深情。

【用法】比喻深情寄意的請求。

【例句】你這~,我永銘於心,他日有成,必當親身登門拜謝。

置若罔聞

【出處】清・曹雪芹《紅樓夢》第十六回:「寧榮兩處上下內外人等,莫不歡天喜地,獨有寶玉置若罔聞。」

【解釋】置:安放、擱開。若:好像。罔:沒有。放在一邊,好像沒有聽到一樣。

【用法】形容不加理睬。

【例句】我不斷爲他分析這利害關係,他竟~,眞叫我氣憤。

至大至剛

【出處】《孟子・公孫丑上》:「其爲氣也,至大至剛,以直養而無害,則塞乎天地之間。」

【解釋】至:極。剛:剛強、堅強。

【用法】指極偉大,極堅強。

【例句】他說「~」,說「養勇」,都是帶有激勵作用的。

至大無外

【出處】《莊子・天下》:「至大無外,謂之大一。」

【解釋】至:極。

【用法】指天地極大,包羅萬象,在天地之外,一無所有。

【例句】知道嗎?~,才是眞正的大。

至當不易

【出處】明・李贄《焚書・讀史・孔明爲後主寫申韓管子六韜》:「獨儒家者流,泛濫而靡所適從,則以所欲者衆耳。故汲長孺謂其內多欲而外施仁義,而論六家要指者,又以『博而寡要，勞而少功』八字概之，可謂至當不易之定論。」

【解釋】至：最。當：恰當。易：改變、變換。非常恰當，不能改變。

【用法】形容處理的事情或發表的議論都很正確的。

【例句】你的這番議論，眞是～，我是完全贊成的。

至理名言（ㄓˋ ㄌㄧˇ ㄇㄧㄥˊ ㄧㄢˊ）

【解釋】至：最。理：道理。名：著名的。

【用法】最正確的道理，最精闢的言論。

【例句】很對！你的話倒是～，我想庸醫殺人怕眞同貪官汚吏一樣的厲害呢！

至高無上（ㄓˋ ㄍㄠ ㄨˊ ㄕㄤˋ）

【出處】漢．劉安《淮南子．繆稱訓》：「道，至高無上，至深無下，平乎準，直乎繩，圓乎規，方乎矩。」

【解釋】至：最。

【用法】已經是最高的，再也沒有更高的了。

【例句】我把原來屬於～的單于的兵馬，還給～的單于了。

至公無私（ㄓˋ ㄍㄨㄥ ㄨˊ ㄙ）

【出處】漢．馬融《忠經》：「中者，中也，至公無私。」

【解釋】至：大。

【用法】大公無私，不謀求一點兒個人私利。

【例句】他日爲官，你當謹記～，事事以人民出發，爲社會福祉盡力。

至敬無文（ㄓˋ ㄐㄧㄥˋ ㄨˊ ㄨㄣˊ）

【出處】《禮記．禮器》：「至敬無文，父黨無容。」

【解釋】至敬：極高的敬意。文：文飾，指虛僞無用的舉動。

【用法】極大的敬意是不用虛假客套形式的。

【例句】「～！」我就不多費辭，請受我三拜即是。

至親骨肉（ㄓˋ ㄑㄧㄣ ㄍㄨˇ ㄖㄡˋ）

【出處】明．凌濛初《初刻拍案驚奇》第二卷：「除是至親骨肉，終日在面前的，用意體察，才看得出來。」

【用法】關係最親近的親人。

【例句】他對待這個老朋友的遺孤勝過～。

至小無內（ㄓˋ ㄒㄧㄠˇ ㄨˊ ㄋㄟˋ）

【出處】《莊子．天下》：「至小無內，謂之小一。」

【解釋】至：極。

【用法】形容小到內部沒有一點空隙。

【例句】你這東西能算是天下最小的東西嗎？～，那才是最小，你這東西中間還能塞入氣體，絕不是最小！

至信辟金（ㄓˋ ㄒㄧㄣˋ ㄅㄧˋ ㄐㄧㄣ）

【出處】《莊子．桑庚楚》：「至仁無親，至信辟金。」注：「金玉者小信之質耳，至信則除矣。」

【解釋】至信：最誠實，極重信用的人。辟：同「避」；避絕、屏除。

【用法】最誠實、守信用的人，不用金玉爲信物。

【例句】「～！」我信得過你，這抵押物就不必了。

至智不謀 ㄓˋ ㄓˋ ㄅㄨˋ ㄇㄡˊ

【出處】《莊子・庚桑楚》：「至義不物，至智不謀，未可幾也。」

【解釋】至智：極聰明的人。謀：謀略、計謀。

【用法】極聰敏的人可以不用謀略。

【例句】～，只有那些自以爲是的「小聰明」，才會終日爲設計謀而傷腦筋。

至誠如神 ㄓˋ ㄔㄥˊ ㄖㄨˊ ㄕㄣˊ

【出處】《禮記・中庸》：「至誠之道，可以前知。國家將興，必有禎祥，國家將亡，必有妖孽。見乎蓍龜，動乎四體，禍福將至。善，必先知之，不善，必先知之，故至誠如神。」

【解釋】至誠：最誠實，眞心誠意。

【用法】精誠所至，能夠感動天地，推知事物的發展。

【例句】他～，能推知事物的發展，你不妨去向他求助。

至聖至明 ㄓˋ ㄕㄥˋ ㄓˋ ㄇㄧㄥˊ

【出處】宋・孫光憲《北夢瑣言》卷一：「臣等聞玄祖之道，用慈儉爲先；素王之風，以仁義是首，相沿百世，作則千年，至聖至明，不可易也。」

【解釋】至：極、最。

【用法】最神聖最賢明。

【例句】他說：「當今皇上～，深得全民愛戴。」

至人無夢 ㄓˋ ㄖㄣˊ ㄨˊ ㄇㄥˋ

【出處】清・樊增祥《絕句》詩：「無想無因亦無夢，穴車齧杵更何人？」

【解釋】至人：道德修養達到最高境界的人，也稱「聖人」。

【用法】聖人不會妄想，故能不做夢。

【例句】自古～，你夢境忽來，未必無端。

至人無己 ㄓˋ ㄖㄣˊ ㄨˊ ㄐㄧˇ

【出處】《莊子・逍遙遊》：「至人無己，神人無功，聖人無名。」注：「無己故順物，順物而至矣。」

【解釋】至人：道德修養達到最高境地的人。無己：不從自我出發。

【用法】品德高尙的人，時時事事不考慮自己。

【例句】「～」像你這樣念念不忘自己，怎能說已修養到家呢？

至人無親 ㄓˋ ㄖㄣˊ ㄨˊ ㄑㄧㄣ

【出處】《莊子・天運》：「曰：『請問至人？』莊子曰：『至人無親。』」

【解釋】至人：品德修養達到最高境界的人。親：指私親。

【用法】品德修養最高尙的人，事事時時出以公心，不分親疏。

【例句】他眞做到「～」的地步，事事出以公心，而不分親疏。

至人無爲 ㄓˋ ㄖㄣˊ ㄨˊ ㄨㄟˊ

【出處】《莊子・知北遊》：「聖人者原天地之美而達萬物之理，是故至人無爲，大聖不做。」注：「任其自爲而已。」

【解釋】至人：品德修養最高尙的人。無爲：老莊學派認爲以德威感化人民，不用政刑。

【用法】指賢明的領導人善於引導人民

自發向上，不靠嚴刑苛法統治人民。

【例句】「～」最高明的領導技巧，即在無爲而無不爲。

至仁忘仁 ㄓˋ ㄖㄣˊ ㄨㄤˋ ㄖㄣˊ

【出處】《呂氏春秋・任教》：「至智棄智，至仁忘仁。」

【解釋】至仁：最有道德的人。忘：忘記，不以爲念。

【用法】極有道德的人，事事合於規範，不必常常再想著仁德。

【例句】～，才是最高的修養境界，至於那些還時時心想行仁的，還只是其次的。

至死不變 ㄓˋ ㄙˇ ㄅㄨˋ ㄅㄧㄢˋ

【出處】《禮記・中庸》：「國無道，至死不變，強哉矯。」

【解釋】至：到。到死都不改變。

【用法】①形容人的頭腦僵化，頑固到底。②形容人堅持自己的意見一直不改變。

【例句】①～，帶著花崗岩頭腦去見上帝的人，肯定是有的，那也無關眞理。②他堅信自己走的道路是正確的，因而不管風吹雨打，～。

至死不悟 ㄓˋ ㄙˇ ㄅㄨˋ ㄨˋ

【出處】唐・柳宗元《臨江之麋》：「麋出門，見外犬在道甚衆，走欲與爲戲，外犬見而喜且怒，共殺食之，狼藉道上，麋至死不悟。」

【解釋】至：到。悟：醒悟、覺悟。

【用法】到死都不覺悟。

【例句】他食古不化，～，搞得妻離子散，可悲啊！

至死靡它 ㄓˋ ㄙˇ ㄇㄧˇ ㄊㄨㄛ

見「之死靡它」。

至矣盡矣 ㄓˋ ㄧˇ ㄐㄧㄣˋ ㄧˇ

【出處】《莊子・庚桑楚》：「古之人，其知有所至矣。惡乎至，有以爲未始有物者,至矣盡矣,弗可以加矣！」

【解釋】至：極、最。盡：達到極致。

【用法】①形容用盡了一切辦法，費盡了全部力氣。②形容某種事物達到了無以復加的程度。

【例句】①爲了她，我們費的精神已經是～，但她固執己見，也就無法可想了。②杜甫的《水檻遣心》一詩，只輕輕幾筆，就把村居野眺之景寫得～，天然工巧，令人嘆爲觀止。

陟岵陟屺 ㄓˋ ㄏㄨˋ ㄓˋ ㄑㄧˇ

【出處】《詩經・魏風・陟岵》：「陟彼岵兮，瞻望父兮……陟彼屺兮，瞻望母兮。」

【解釋】陟：升、登。岵：有草木的山。屺：無草木的山。

【用法】指思念父母。

【例句】遠在異國求學，～更加思念雙親，不知老人家現況如何？

【附註】也作「陟岵瞻望」。

渣滓濁沫 ㄓㄚ ㄗˇ ㄓㄨㄛˊ ㄇㄛˋ

【出處】清・曹雪芹《紅樓夢》第二十回：「他便料定天地間有靈淑之氣只鍾於女子，男兒們不過是些渣滓濁沫而已。」

【解釋】渣滓：物品的提取精華後所剩的廢物。濁沫：渾濁的泡沫飄浮物。

像廢渣和渾濁的泡沫一樣。

【用法】①形容無用之物。②比喻對社會沒有一點用處或對社會起破壞作用的人。

【例句】這全是一些～，他竟然保護得像什麼至寶似的，眞是可笑。

乍入蘆圩，不知深淺（ㄓㄚˋ ㄖㄨˋ ㄌㄨˊ ㄨㄟˊ，ㄅㄨˋ ㄓ ㄕㄣ ㄑㄧㄢˇ）

【出處】明·吳承恩《西遊記》第三十二回：「假若不與他實說，蒙著頭，帶著他走，常言道：『乍入蘆圩，不知深淺。』」

【解釋】乍：剛剛、起初。圩：圩子，同「圍子」。新到一片蘆葦地，不知這裡邊的深淺。

【用法】比喻到一個新地方，不熟悉情況，要行動謹愼。

【例句】初來到這西門町，眞如～，我們可要小心謹愼，以免走失了。

乍往乍來（ㄓㄚˋ ㄨㄤˇ ㄓㄚˋ ㄌㄞˊ）

【解釋】乍：忽然。往：去。忽然去，忽然來。

【用法】形容來去不定。

【例句】他～地，把這兒當成什麼地方呀！

遮天蔽日（ㄓㄜ ㄊㄧㄢ ㄅㄧˋ ㄖˋ）

【出處】北魏·酈道元《水經注·江水》：「自三峽七百里中，兩岸連山，略無闕處。重岩迭嶂，隱天蔽日。」

【解釋】把天空遮住了，把太陽也擋住了。

【用法】形容所佔的面積很大。

【例句】強風激起的海浪，～，洶湧澎湃，十分壯觀。

遮天蓋地（ㄓㄜ ㄊㄧㄢ ㄍㄞˋ ㄉㄧˋ）

見「彌天蓋地」。

遮人耳目（ㄓㄜ ㄖㄣˊ ㄦˇ ㄇㄨˋ）

【出處】清·李寶嘉《官場現形記》第三十三回：「因爲幕友趙大架子被參在內，留住衙門恐怕不便，就叫自己兄弟二人通信給他，叫他暫時搬出衙門，好遮人耳目。」

【解釋】遮：掩蓋。避免別人知道。

【用法】指玩弄手法，掩蔽眞相。

【例句】就這一個老僕人，他爲著～也沒作僕人看待，還讓他坐在同一個桌子上吃酒哩！

【附註】也作「遮人眼目」。

折槁振落（ㄓㄜˊ ㄍㄠˇ ㄓㄣˋ ㄌㄨㄛˋ）

【出處】漢·劉安《淮南子·人間訓》：「於是陳勝起於大澤，奮臂大呼，天下席捲而至於戰，劉項興義兵隨而定，若折槁振落。」

【解釋】槁：枯枝。折斷枯枝，吹落幹葉。

【用法】比喻輕而易舉，一點兒也不費力。

【例句】要對付他，就如～般的輕易。老闆您放心，一切包在我身上，不出三日，我一定把事情辦妥。

折戟沉沙（ㄓㄜˊ ㄐㄧˇ ㄔㄣˊ ㄕㄚ）

【出處】唐·杜牧《赤壁》詩：「折戟沉沙鐵未銷，自將磨洗認前朝，東風不與周郎便，銅雀春深鎖二喬。」

【解釋】戟：古代的一種兵器。戟折斷了，埋在泥沙中成了廢鐵。

【用法】形容失敗之慘狀。
【例句】謀反事機敗露後，他倉惶外逃，落得個～的下場。

折節下士 ㄓㄜˊ ㄐㄧㄝˊ ㄒㄧㄚˋ ㄕˋ

【出處】晉・陳壽《三國志・魏書・袁紹傳》：「紹有姿貌威容，能折節下士，士多附之，太主少與交焉。」
【解釋】折節：屈己下人，降低身分。
【用法】屈己下人，尊重有才幹的人。
【例句】劉備能～，因而贏得賢者的信任。

折節向學 ㄓㄜˊ ㄐㄧㄝˊ ㄒㄧㄤˋ ㄒㄩㄝˊ

【出處】南朝・宋・范曄《後漢書・段熲傳》：「熲少便習弓馬，尚游俠，輕財賄，長乃折節好古學。」
【解釋】折節：改變過去的志向、作風。
【用法】形容努力刻苦，奮發學習。
【例句】程昱自此～，遍訪名師，終成爲一代宗師。
【附註】也作「折節讀書」。

折長補短 ㄓㄜˊ ㄔㄤˊ ㄅㄨˇ ㄉㄨㄢˇ

【出處】《韓非子・初見秦》：「今秦地折長補短，方數千里。」
【解釋】折：弄斷。弄斷長的去補足短的。
【用法】比喻用多餘補不足。
【例句】有的一捆多三、四斤，有的一捆少二、三斤，～，就都按二十斤算吧。
【附註】也作「斷長補短」。

折衝千里 ㄓㄜˊ ㄔㄨㄥ ㄑㄧㄢ ㄌㄧˇ

【出處】《呂氏春秋・召類》：「夫修之於廟堂之上，而衝折乎千里之外者，其司城子罕之謂乎？」
【解釋】衝：戰車的一種。折衝：使敵軍衝陣的戰車後撤，即遠遠地擊退敵軍。
【用法】使敵人折服於千里之外。
【例句】李將軍～，英名遠播，實不愧是當代將才。

折衝之臣 ㄓㄜˊ ㄔㄨㄥ ㄓ ㄔㄣˊ

【出處】漢・班固《漢書・王尊傳》：「誠國家爪牙之吏，折衝之臣。」
【解釋】折衝：折服敵人衝擊的力量。
【用法】形容國家棟樑之臣。
【例句】您是～，在此國家存亡之秋，更要保重身體，以爲國用。

折衝尊俎 ㄓㄜˊ ㄔㄨㄥ ㄗㄨㄣ ㄗㄨˇ

【出處】《晏子春秋・內篇雜上》：「夫不出尊俎之間，而折衝於千里之外，晏子之謂也。」
【解釋】折衝：折服敵人衝擊的力量。尊俎：古人盛酒和盛肉的器皿，常作宴會的代稱。
【用法】①比喻不用武力而在宴會談判中制勝對方。②泛指出色的外交活動。
【例句】辦個小雜誌，就這麼麻煩，我不會忍耐，幸而茅先生還能夠和他們～，所以至今還沒有鬧開。

折衝禦侮 ㄓㄜˊ ㄔㄨㄥ ㄩˋ ㄨˇ

【出處】《詩經・大雅・緜》：「予曰有禦侮。」傳：「武臣折衝曰禦侮。」疏：「能折止敵人之衝突者。」
【解釋】折衝：折伏敵人衝擊的力量。

禦侮：抵禦外侮。
【用法】指抵制、挫敗來犯的敵人。
【例句】岳將軍～，擊敗來犯元兵，本可直搗黃龍，恢復宋祚，奈何小人作梗，復興大業遂功虧一簣。

折首不悔（ㄓㄜˊ ㄕㄡˇ ㄅㄨˋ ㄏㄨㄟˇ）

【出處】宋・李覯《袁州學記》：「草茅危言者，折首而不悔。」
【解釋】折首：斷頭。殺了頭也不會後悔。
【用法】形容意志堅定。
【例句】我既已承諾此事，必會全力以赴，雖～，你大可放心。

折足覆餗（ㄓㄜˊ ㄗㄨˊ ㄈㄨˋ ㄙㄨˋ）

【出處】《周易・繫辭下》：「《易》曰：『鼎折足，覆公餗，其形渥，凶。』言不勝其任也。」意思是古時帝王公卿列鼎而食，鼎足斷了，鼎裡的食物翻掉。
【解釋】餗：鼎中的食物。
【用法】比喻力不勝任，必導致失敗。
【例句】～，徒然無功。你可要盡力而爲，切勿好高騖遠，任性逞強。
【附註】也作「折鼎覆餗」。

輒作數日惡（ㄓㄜˊ ㄗㄨㄛˋ ㄕㄨˋ ㄖˋ ㄜˋ）

【出處】南朝・宋・劉義慶《世說新語・言語》：「謝太傅語王右軍曰：『中年傷於哀樂，與親友別，輒作數日惡。』王曰：『年在桑榆，自然至此，正賴絲竹陶寫，恒恐兒輩覺，損歡樂之趣。』」
【解釋】輒：總是、就。惡：心中難受。總是接連幾天心裡感到難受。
【用法】形容因外界刺激而產生的難受心情。
【例句】余家舊有蒲松齡先志異鈔本，亦不知其何從得。後爲人借去傳看，竟失所在。每一念及，～，然亦付之阿閦佛國而已。

轍鮒之急（ㄓㄜˊ ㄈㄨˋ ㄓ ㄐㄧˊ）

【解釋】轍鮒：「涸轍之鮒」的縮語，比喻處於困境的人。急：危急。
【用法】指處於困境的人。
【例句】想當時，我有～，你非但不幫我，還落井下石，今日你有如此遭遇，是報應啊！
【附註】參看「涸轍之鮒」。

轍亂旗靡（ㄓㄜˊ ㄌㄨㄢˋ ㄑㄧˊ ㄇㄧˇ）

【出處】《左傳・莊公十年》：「吾視其轍亂，望其旗靡，故逐之。」
【解釋】轍：車轍。車轍軋出的痕迹。靡：倒下。車轍錯亂，旗幟倒下。
【用法】形容軍隊潰敗時的情況。
【例句】這一仗打得敵人落花流水，～，眞是大快人心。

債多不愁（ㄓㄞˋ ㄉㄨㄛ ㄅㄨˋ ㄔㄡˊ）

【出處】清・翟灝《通俗編・貨財・債多不愁》引李流芳詩：「人言債多人不愁，我因爲債終夜憂。」
【解釋】債：欠別人的錢財。
【用法】欠債過多，反而不爲還債發愁了。
【例句】他因酗酒，負債累累，但仍不改前非，正像人們常說的「～，虱多不咬」一樣，這樣活著根本是毫無意義。

債台高築（ㄓㄞˋ ㄊㄞˊ ㄍㄠ ㄓㄨˊ）

【出處】漢・班固《漢書・諸侯王表序》：「分爲二周，有逃責（債）之台。」顏師古注：「服虔曰：『周赧王負責（債），無以歸之，主迫責急，乃逃於此台，後人因以名之。』」
【解釋】債：欠別人的錢財。
【用法】形容欠債非常多。
【例句】由於他不善於料理生活，花錢時大手大脚，不久就弄得～。

招兵買馬（ㄓㄠ ㄅㄧㄥ ㄇㄞˇ ㄇㄚˇ）

【出處】明・無名氏《白兔記》：「朝廷有旨，著俺招兵買馬，積草聚糧。」
【用法】指組織軍隊，擴充力量。
【例句】叛軍到處～，割據一方。
【附註】也作「招軍買馬」。

招風攬火（ㄓㄠ ㄈㄥ ㄌㄢˇ ㄏㄨㄛˇ）

【出處】明・馮夢龍《古今小說・蔣興哥重會珍珠衫》：「地方輕薄子弟不少，你又生得美貌，莫在門前窺瞰，招風攬火。」
【用法】比喻招惹是非。
【例句】你呀！正事不幹，儘是～，惹了這麼多是非，實在叫我失望。

招風惹草（ㄓㄠ ㄈㄥ ㄖㄜˇ ㄘㄠˇ）

【出處】清・曹雪芹《紅樓夢》第三十四回：「薛蟠道：『你只會怨我顧前不顧後，你怎麼不怨寶玉外面招風惹草的呢？』」
【用法】比喻招惹是非。
【例句】你丈夫不惟遮不得風，避不得雨，且還要～。
【附註】也作「招風惹雨」。

招魂揚幡（ㄓㄠ ㄏㄨㄣˊ ㄧㄤˊ ㄈㄢ）

【解釋】招魂：古代喪禮謂人剛死時升屋召回其靈魂。幡：一種垂直懸掛的窄長的旗子，這裡指舊俗靈柩前所立的招魂幡。
【用法】比喻爲消失的舊事物復活進行鼓吹。
【例句】爲被推翻的政府～的殘餘勢力總是會有的。

招架不住（ㄓㄠ ㄐㄧㄚˋ ㄅㄨˋ ㄓㄨˋ）

【出處】明・許仲琳《封神演義》第四十八回：「姚天君招架不住，掩一鐧，望陣內便走。」
【解釋】抵擋不住。
【用法】形容無法完成或應付不了的事物。
【例句】敵人猛烈戰火一波一波襲來；再不派援軍支援，我恐怕要～了。

招權納賄（ㄓㄠ ㄑㄩㄢˊ ㄋㄚˋ ㄏㄨㄟˋ）

【出處】漢・班固《漢書・季布傳》：「辯士曹丘生數招權，顧金錢。」
【解釋】招權：弄權、攬權。納：接受。賄：賄賂。
【用法】玩弄權術，接受賄賂。
【例句】原來這舍人的父親名喚馮彪，是童貫標下的排陣指揮，廣有機謀，～，童貫托爲心腹。

招賢納士（ㄓㄠ ㄒㄧㄢˊ ㄋㄚˋ ㄕˋ）

【出處】漢・班固《漢書・成帝紀・鴻嘉二年》：「招賢選士之路，鬱滯而不通。」

【解釋】招：以公開的方式使人來。納：接納。賢、士：指有道德、有才能的人。

【用法】廣泛搜羅有用的人。

【例句】我們張貼招賢榜，廣泛～，效果十分顯著。

招降納叛

【出處】宋・俞德鄰《佩韋齋輯聞》卷一：「漢高祖經營之初，招亡納叛。既定天下，則崇節義以礪風俗，蓋知以馬上得之，不可以馬上治之也。」

【解釋】招：招收。納：接收。

【用法】招納敵方投降、叛變過來的人，以擴大自己的勢力。

【例句】對方已軍心不穩，我們不妨設懸賞～，一方面削弱對方實力，一方面擴大自己的勢力。

【附註】也作「招亡納叛」。

招之不來

【出處】漢・司馬遷《史記・汲鄭列傳》：「（汲黯）守城深堅，招之不來，麾之不去，雖自謂賁育亦不能奪之矣。」（賁育：孟賁、夏育，皆為秦武王勇士。）

【解釋】招：喚。

【用法】形容人個性耿直，堅貞不渝，不肯低三下四。

【例句】孔明有節操，～，必得主上親自登門邀請，才能請得出諸葛孔明。

招是惹非

見「惹是生非」。

招搖過市

【出處】漢・司馬遷《史記・孔子世家》：「（衛）靈公與夫人同車，宦者雍渠參乘，出，使孔子為次乘，招搖市過之。」

【解釋】招搖：張揚，故意炫耀。市：交易物品的場所。這裡指市鎮熱鬧的地方。

【用法】形容故意在眾人面前炫耀自己，以引人注目。

【例句】在城市中的愛時髦的人們乘著搶眼的流線型汽車，～！

招搖撞騙

【出處】《清會典事例・七四八・刑部・吏律職制》：「學臣應用員役，儻有招搖撞騙及受賄傳遞等弊，提調官不行訪拿究治者，亦交議處。」

【解釋】招搖：張揚、炫耀。撞騙：找機會騙人。

【用法】假借名義，到處進行欺詐蒙騙之事。

【例句】我對他的誇誇其談有點兒半信半疑，因為有人說他總是吹噓自己，到處～。

昭穆倫序

【出處】《禮記・祭統》：「夫祭有昭穆。昭穆者，所以別父子、遠近、長幼、親疏之序而無亂也。」

【解釋】昭穆：宗廟或墓地的輩次排列，始祖居中，二世、四世、六世居左稱「昭」，三世、五世、七世居右稱「穆」，用以區分宗族內部長幼、親疏。倫序：倫常次序。

【用法】泛指大家族的輩分。

【例句】這～，豈可失次？叫他們重新行禮，務必長幼有序。

昭昭在目（ㄓㄠ ㄓㄠ ㄗㄞˋ ㄇㄨˋ）

【出處】唐．裴度《寄李翺書》：「賈誼之文，化成之文也，鋪陳帝王之道，昭昭在目。」

【解釋】昭昭：明顯。明明白白地在人們的眼裡。

【用法】形容看得很明白。

【例句】我的觀點，在文章中都講了，～，沒有什麼可隱諱的。

昭然若揭（ㄓㄠ ㄖㄢˊ ㄖㄨㄛˋ ㄐㄧㄝ）

【出處】《莊子．達生》：「今汝飾知以驚愚，修身以明汚，昭、昭乎，若揭日月而行也。」（意為明顯得像舉著太陽、月亮走路一樣。）

【解釋】昭然：明顯的樣子。揭：高舉。

【用法】形容眞相大白，無可掩蓋。

【例句】現在事實～，總算可還我淸白了吧！

朝不保夕（ㄓㄠ ㄅㄨˋ ㄅㄠˇ ㄒㄧ）

【出處】宋．吳箕《常談》：「在內大臣，朝不保夕，今得閑不去，後來去豈可得耶？」

【解釋】朝：早晨。夕：傍晚。保得住早晨，不一定保得住晚上。

【用法】形容情況危急難保。

【例句】他的病情已經垂危，恐怕是～了。

朝不謀夕（ㄓㄠ ㄅㄨˋ ㄇㄡˊ ㄒㄧ）

【出處】《左傳．昭公元年》：「老夫罪戾是懼，焉能恤遠，吾儕偷食，朝不謀夕，何其長也。」（吾儕：我輩、我們。）

【解釋】朝：早晨。謀：謀劃、打算。夕：傍晚。顧得了早上，顧了不爲晚上打算。

【用法】形容形勢危急，無法預料。

【例句】那時候，我父親長期失業，生活無著，～，備嘗艱辛。

朝不慮夕（ㄓㄠ ㄅㄨˋ ㄌㄩˋ ㄒㄧ）

【出處】晉．李密《陳情表》：「但以劉日薄西山，氣息奄奄，人命危淺，朝不慮夕。」

【解釋】早晨不能顧及晚上。

【用法】形容形勢危急，只能爲眼前打算。

【例句】情勢已演變成這樣，我們都～了，那能想那麼多，先解決眼前危機罷。

朝不及夕（ㄓㄠ ㄅㄨˋ ㄐㄧˊ ㄒㄧ）

【出處】《左傳．僖公七年》：「朝不及夕，何以待君？」

【解釋】朝：早晨。及：到。夕：傍晚。早上等不到晚上。

【用法】形容事出危急，刻不容緩。

【例句】事已危急，～！主公您快離開，其他事務我知道怎麼處理的。

朝發夕至（ㄓㄠ ㄈㄚ ㄒㄧ ㄓˋ）

【出處】北魏．酈道元《水經注．江水》：「或王命急宣，有時朝發白帝，暮至江陵。」

【解釋】朝：早晨。發：出發。夕：傍晚。早晨出發，傍晚就到達了。

【用法】形容路程不遠或交通便利。

【例句】火車修通了以後，這個路段可以～，那時就方便多了。

朝飛暮捲 ㄓㄠ ㄈㄟ ㄇㄨˋ ㄐㄩㄢˇ

【出處】唐・王勃《滕王閣》詩：「畫棟朝南浦雲，朱帘暮捲西山雨。」

【解釋】朝：早晨。暮：傍晚。

【用法】形容天氣的變化和景色的優美。

【例句】此山景致優美，～，氣象萬千，因此吸引了衆多遊客前往參觀。

朝打暮罵 ㄓㄠ ㄉㄚˇ ㄇㄨˋ ㄇㄚˋ

【出處】清・曹雪芹《紅樓夢》第十九回：「如今幸而賣到這個地方，吃穿和主子一樣，又不朝打暮罵。」

【解釋】朝：早晨。暮：傍晚。從早到晚打罵不停。

【用法】形容遭受歧視和虐待。

【例句】學徒除了像牛馬一樣幹活外，還常被老闆～，十分可憐。

朝督暮責 ㄓㄠ ㄉㄨ ㄇㄨˋ ㄗㄜˊ

【出處】唐・李靖《李衛公問對》上：「雖朝督暮責，無益於事矣！」

【解釋】朝：白天。暮：傍晚。

【用法】從早到晚不停地督促、檢查，毫不放鬆。

【例句】新任校長～，毫不放鬆，壓得我們喘不過氣來。

朝梁暮陳 ㄓㄠ ㄌㄧㄤˊ ㄇㄨˋ ㄔㄣˊ

【出處】明・楊慎《升庵詩話・蕭子顯・春別》：「『淇水昨送淚沾巾，紅妝宿昔已迎新，昨別下淚而送舊，今已紅妝而迎新。』……六朝居臣，朝梁暮陳，何異於此？」

【解釋】朝：早晨。暮：晚間。梁、陳：六朝時代的國名。早晨作梁朝的臣子，晚上梁滅了，新建陳朝，馬上又當陳朝的臣子。

【用法】比喻反覆無常。

【例句】此人心性不定，～，你與他共事，恐怕不利。

【附註】參看「朝秦暮楚」。

朝令夕改 ㄓㄠ ㄌㄧㄥˋ ㄒㄧ ㄍㄞˇ

【出處】漢・晁錯《論貴粟疏》：「急政暴虐，賦斂不時，朝令而暮改。」

【解釋】朝：早晨。夕：傍晚。早晨發布的命令，晚上就改變。

【用法】形容政策、法令改變得太快，讓人無所適從。

【例句】一會兒要週考，一會兒又說要廢除，朝令夕改，叫我們如何是好？

【附註】也作「朝令暮改」。

朝歌夜弦 ㄓㄠ ㄍㄜ ㄧㄝˋ ㄒㄧㄢˊ

【出處】唐・杜牧《阿房宮賦》：「朝歌夜弦，爲秦宮人。」

【解釋】朝：早晨。弦：樂器上的弦線。從早到晚歌舞奏樂不停。

【用法】形容歡樂歌舞的景象。

【例句】難得政治清明，我們才得～；想當年在異族統治下，民不聊生，那還有閒情逸致欣賞音樂。

朝更暮改 ㄓㄠ ㄍㄥ ㄇㄨˋ ㄍㄞˇ

【出處】清・曹雪芹《紅樓夢》第八十六回：「三妹妹他從不會朝更暮改的。」

【解釋】朝：早晨。暮：傍晚。早晨剛改過來，晚上又變了。

【用法】形容一會兒一個主意。

【例句】你的意見～的，叫我們怎麼辦事？眼看日子迫近了，你倒是確定好要怎麼做，行不行？
【附註】參看「朝令夕改」。

朝過夕改（ㄓㄠ ㄍㄨㄛˋ ㄒㄧˋ ㄍㄞˇ）

【出處】漢・班固《漢書・翟方進傳》：「傳不云乎：『朝過夕改，君子與之。』君何疑焉？」
【解釋】朝：早晨。夕：傍晚。早晨發現了過失，晚上就改正了。
【用法】形容改正錯誤的迅速。
【例句】他別的長處沒有，就是能～，這也是一大優點。

朝觀暮覽（ㄓㄠ ㄍㄨㄢ ㄇㄨˋ ㄌㄢˇ）

【出處】唐・張彥遠《名畫記》：「高平公進書畫表曰：『前代帝王多求遺逸，朝觀夕覽，收鑒於斯。』」
【解釋】朝：白天。暮：傍晚。覽：看。白天也看，晚間也看。
【用法】形容對寶貴的東西愛不釋手。
【例句】他對新得的前宋碑帖愛不釋手，～，珍惜非常。

朝歡暮樂（ㄓㄠ ㄏㄨㄢ ㄇㄨˋ ㄌㄜˋ）

【出處】明・湯顯祖《牡丹亭・虜諜》：「聽得他粧點杭州，勝似汴梁風景。一莊西湖，朝歡暮樂。」
【解釋】朝：早晨。暮：晚間。早晨、晚上都歡樂。
【用法】形容一片歡快景象。
【例句】此地景色怡人，～，一副昇平氣象。

朝齏暮鹽（ㄓㄠ ㄐㄧ ㄇㄨˋ ㄧㄢˊ）

【出處】唐・韓愈《送窮文》：「太學四年，朝齏暮鹽，惟我保汝，人皆汝嫌。」
【解釋】朝：早晨。齏：切碎的醃菜。暮：晚間。早飯就醃菜，晚上蘸鹽下飯。
【用法】形容生活困難、清苦。
【例句】股市失利，害我損失大半家產，現在只能～過日子。你來訪，我實在拿不出好酒好菜招待，這粗茶淡飯就請你將就些。

朝氣蓬勃（ㄓㄠ ㄑㄧˋ ㄆㄥˊ ㄅㄛˊ）

【解釋】朝氣：精神振作，力求進取的氣概。蓬勃：旺盛的樣子。
【用法】①形容生氣勃勃，充滿活力。②比喻積極向上、奮發有為的精神。
【例句】全國人民～，幹勁十足。

朝乾夕惕（ㄓㄠ ㄑㄧㄢˊ ㄒㄧˋ ㄊㄧˋ）

【出處】《周易・乾卦》：「君子終日乾乾，夕惕若厲，無咎。」
【解釋】朝：早晨。乾：乾乾，自強不息的樣子。夕：晚上。惕：小心謹慎的樣子。
【用法】從早到晚都是勤勤懇懇，不敢懈怠。
【例句】蒙您信賴，我只有～，盡忠職守，以回報您知遇之恩。

朝秦暮楚（ㄓㄠ ㄑㄧㄣˊ ㄇㄨˋ ㄔㄨˇ）

【出處】明・畢魏《竹葉舟傳奇・黨聚》：「因其貴戚王愷，富堪敵國，比太僕更覺奢華，為此我心未免朝秦暮楚。」（太僕：指石崇。）

【解釋】朝：早晨。暮：傍晚。秦、楚：戰國時期的兩個強國。戰國時期，秦、楚兩大強國對立，時常打仗。有些弱小國家一會兒倒向秦國，一會兒倒向楚國。
【用法】①比喻沒有原則，反覆無常。②比喻行踪不定。
【例句】對於三心二意、～的人，我向鄙視。

朝夕相處（ㄓㄠ ㄒㄧ ㄒㄧㄤ ㄔㄨˇ）

見「日夕相處」。

朝夕之策（ㄓㄠ ㄒㄧ ㄓ ㄘㄜˋ）

【出處】漢．班固《答賓戲》：「意者且運朝夕之策。」
【解釋】朝夕：一早一晚。策：計策。一早一晚的打算。
【用法】形容只圖眼前一時過得去的計策。
【例句】你這計策是～，救得了眼前，那救得了以後？

朝朝暮暮（ㄓㄠ ㄓㄠ ㄇㄨˋ ㄇㄨˋ）

【出處】戰國．楚．宋玉《高唐賦》：「旦為朝雲，暮為行雨，朝朝暮暮，陽台之下。」
【解釋】朝：早晨。暮：晚上。天天從早到晚。
【用法】形容一天到晚廝守在一起。
【例句】他們倆耳鬢廝磨，～，總是寸步不離。

朝朝寒食，夜夜元宵（ㄓㄠ ㄓㄠ ㄏㄢˊ ㄕˊ，ㄧㄝˋ ㄧㄝˋ ㄩㄢˊ ㄒㄧㄠ）

【出處】元．白仁甫《梧桐雨》第一折：「寡人自從得了楊妃，真所謂朝朝寒食，夜夜元宵也。」
【解釋】朝朝、夜夜：天天，早晚。寒食：節令名，農曆清明節前一日或二日。元宵：節令名，農曆正月十五夜。天天都像過節一樣。
【用法】形容豪華歡樂的生活。
【例句】你生在富人家～，那曉得路有餓死骨這般悽慘景象。

朝真暮偽（ㄓㄠ ㄓㄣ ㄇㄨˋ ㄨㄟˇ）

【出處】唐．白居易《放言》詩：「朝真暮偽何人辨？」
【解釋】朝：白天，屬陽，象徵明處。暮：晚間，屬陰，象徵暗處。偽：虛假。
【用法】指外貌真誠，內心虛偽，令人難測。
【例句】李四～，居心叵測，你與他共事，恐怕要吃虧的。

朝成暮遍（ㄓㄠ ㄔㄥˊ ㄇㄨˋ ㄅㄧㄢˋ）

【出處】唐．李延壽《南史．劉孝綽傳》：「辭藻為後進所宗，每作一篇，朝成暮遍，好事咸傳誦……」
【解釋】朝：早晨。暮：傍晚。遍：普遍。早晨才寫成的文章，晚間就到處傳誦了。
【用法】形容作品出色，極受歡迎。
【例句】文章一印出，～，一時洛陽紙貴，人人傳誦。

朝穿暮塞（ㄓㄠ ㄔㄨㄢ ㄇㄨˋ ㄙㄞ）

【出處】梁．蕭子顯《南齊書．東昏侯紀》：「興築繕造，日夜不窮，晨構夕毀，朝穿暮塞。」
【解釋】朝：白天。暮：傍晚。白天穿

鑿通道，晚間塡堵坎坷。

【用法】指動土施工，晝夜不停。

【例句】爲早日完成捷運工程，以紓解交通困境，施工單位～日夜趕工。

朝施暮戮（ㄓㄠ ㄕ ㄇㄨˋ ㄌㄨˋ）

【出處】宋．歐陽修等《新唐書．柳澤傳》：「夫驕奢起於親貴，綱紀亂於寵幸。禁之於親貴，則天下從；制之於寵幸，則天下畏。親貴爲而不禁，寵幸撓而不制，故政不常，令不一，則奸詐起而暴亂生焉，雖朝施暮戮而法不行矣。」

【解釋】朝施：白天施刑。暮戮：夜晚殺人。

【用法】比喻執法極嚴。

【例句】這獄官～，是不會輕易放過罪犯的，你可不要輕易觸犯規條才好。

朝升暮合（ㄓㄠ ㄕㄥ ㄇㄨˋ ㄍㄜˇ）

【出處】明．淩濛初《二刻拍案驚奇》第二十八回：「若有得一兩二兩贏餘，便也留著些做個根本，而今只好綳綳拽拽，～過去，那得贏餘？」

【解釋】朝：早晨。暮：傍晚。升、合：容量單位。市制十合爲一升。早晨買一升，晚上買一合。指零碎買米。

【用法】形容生活很貧困，家無隔夜之糧。

【例句】我今日家道中落，～，那會有餘錢借給你？

朝生暮死（ㄓㄠ ㄕㄥ ㄇㄨˋ ㄙˇ）

【解釋】朝：早晨。暮：傍晚。早晨生下來，晚上就死掉。

【用法】形容生命極爲短促。

【例句】秋蟬～，生命雖短，但仍不忘在存活時，大展歌喉，顯露特長；今你堂堂七尺之軀，竟不知珍惜生命，實在可悲。

【附註】參看「朝榮夕滅」。

朝榮夕滅（ㄓㄠ ㄖㄨㄥˊ ㄒㄧ ㄇㄧㄝˋ）

【出處】唐．房玄齡等《晉書．王沈傳》：「朝榮夕滅，旦飛暮沈（沉）。」

【用法】比喻人的生死、榮辱變化總無常。

【例句】人事無常，～，你又何必在意這一時的榮華？

朝奏暮召（ㄓㄠ ㄗㄡˋ ㄇㄨˋ ㄓㄠˋ）

【出處】漢．司馬遷《史記．平津侯主父列傳．主父偃傳》：「乃上書闕下，朝奏，暮召入見。」

【解釋】朝：早晨。奏：臣子向君主上書進言。暮：晚間。早晨上書，黃昏時即被召見。

【用法】指君主求賢若渴，人才起用極快。

【例句】當今聖上求才若渴，～，只要你眞有才華，是不怕被埋沒的。

【辨誤】也作「朝奏夕召」。

朝思暮想（ㄓㄠ ㄙ ㄇㄨˋ ㄒㄧㄤˇ）

【出處】宋．柳永《傾杯樂》詞：「朝思暮想，自家空憑添淸瘦。」

【解釋】朝：早晨。暮：傍晚。早晨在想，晚上也在想。

【用法】形容思念殷切。

【例句】她終於認出了這就是她～的人，不覺喜出望外。

朝思夕計 ㄓㄠ ㄙ ㄒㄧˋ ㄐㄧˋ

【出處】南朝・陳・徐陵《答諸求官人書》：「僕七十之歲，朝思夕計，並願與諸賢爲眞善知識。」
【解釋】朝：白天。夕：晚間。計：設想。白天考慮，晚間計劃。
【用法】比喻時刻在想辦法。
【例句】我～，時刻在想法子替你脫罪，怎奈父親已鐵了心，再也不願助你，我實在無法可想了。

朝斯夕斯 ㄓㄠ ㄙ ㄒㄧˋ ㄙ

【出處】《三字經》：「朝於斯，夕於斯。」
【解釋】朝：早晨。夕：晚上。斯：這、此。早晨這樣，晚上也是這樣。
【用法】形容學習勤奮，有恒心。
【例句】他眞是個「書呆子」，～，總是手不釋卷。

朝益暮習 ㄓㄠ ㄧˋ ㄇㄨˋ ㄒㄧˊ

【出處】《管子・弟子職》：「朝益暮習。」
【解釋】朝：白天。益：有所收獲。暮：晚上。白天學習新知識，晚上就溫習。
【用法】形容學習刻苦用功。
【例句】王五實在是位難能可貴的學生，他～，勤奮努力，可作爲你們的模範。

朝三暮四 ㄓㄠ ㄙㄢ ㄇㄨˋ ㄙˋ

【出處】《莊子・齊物論》：「狙公賦芧，曰：『朝三而莫（暮）四。』衆狙皆怒。曰：『然則朝四而莫暮三。』衆狙皆悅。名實未虧，而喜怒爲用，亦因是也。」
【解釋】朝：早晨。暮：傍晚。
【用法】①指實質不變，用改換名目的手法使人上當。②比喻變化多端或反覆無常。
【例句】他這人～的，他的話絕對不可相信。

朝聞夕改 ㄓㄠ ㄨㄣˊ ㄒㄧˋ ㄍㄞˇ

【出處】唐・房玄齡等《晉書・周處傳》：「古人貴朝聞夕改，……且患志之不立，何憂名之不彰。」
【解釋】朝：早晨。夕：晚間。改：改正。早晨聽到了意見，晚間就改正錯誤。
【用法】形容從善如流，很快改過。
【例句】子路個性率直，勇於改過，他～，從善如流，是値得效法的。

朝聞夕死 ㄓㄠ ㄨㄣˊ ㄒㄧˋ ㄙˇ

【出處】《論語・里仁》：「子曰：『朝聞道，夕死可矣。』」
【解釋】朝：早晨。夕：傍晚。早晨聽到眞理，到傍晚死去也無遺憾。
【用法】形容對眞理的渴望心情。
【例句】今日能領受閣下一番教誨，我雖～，也無遺憾。

朝雲暮雨 ㄓㄠ ㄩㄣˊ ㄇㄨˋ ㄩˇ

【出處】戰國・楚・宋玉《高唐賦》：「昔者先王嘗遊高唐，怠而晝寢，夢見一婦人，曰：『妾，巫山之女也，爲高唐之客，聞君遊高唐，願荐枕席。』王因幸之。去而辭曰：『妾在巫山之陽，高丘之阻，旦爲朝雲，暮爲行雨。朝朝暮暮，陽台之下。』」

【解釋】朝：早晨。暮：傍晚

【用法】指男女歡合。

【例句】我想著香閨少女，但生的嫩色嬌顏，都只愛～，那個肯鳳隻鸞單？

召之即來，揮之即去

【出處】宋・辛棄疾《沁園春》詞：「麾之即去，招亦須來。」

【解釋】一召呼就來，一揮手就離開。

【用法】形容唯命是從。

【例句】在大公司裡，像我們這樣的小人物，當然只能是「～」了。

照本宣科

【出處】元・關漢卿《西蜀夢》第三折：「也不用僧人持咒，道士宣科。」

【解釋】照：依照。本：文本、書本。宣科：念誦。指道士念經照樣子一成不變地宣讀。

【用法】形容只是拘泥於現成的文體、書本，死板地念誦，沒有一點創造性、靈活性。

【例句】用～的講授方法，學生是不會歡迎的。

照貓畫虎

【解釋】照著貓的樣子去畫老虎。

【用法】形容只是形式上模仿，實際上並不一定理解。

【例句】小孩子開始學畫，都是～。

照葫蘆畫瓢

【解釋】瓢：用葫蘆製作的舀水工具。按照葫蘆的樣子去畫瓢。

【用法】比喻按原樣模仿。

【例句】你就會～，別人怎樣做，你也怎樣做。

周貧濟老

【出處】清・曹雪芹《紅樓夢》第七十一回：「我想老太太好日子，發狠的還要捨錢捨米，周貧濟老，咱們先倒挫磨起老奴才了？」

【解釋】周濟：救濟、幫助。

【用法】對老弱貧窮的人給以幫助和救濟。

【例句】李老～，樂善好施，在本鄉很有人望。

周郎顧曲

見「顧曲周郎」。

周妻何肉

【出處】唐・李延壽《南史・周顒傳》：「顒雖有妻子，獨處山舍，何胤亦精信佛法，無妻。文惠太子問顒：『卿精進何如何胤？』顒曰：『三塗八難，共所未免，然各有累。』太子曰：『累伊何？』對曰：『周妻何肉。』」

【解釋】周：指南齊的周顒。何：指梁代的何胤。周顒有妻，何胤吃肉，學佛修行，各有所累。

【用法】喻指飲食男女影響事業。

【例句】雖有心修佛，但～，影響我的修持，所以至今仍無所成。

周情孔思

【出處】唐・李漢《韓昌黎集・序》：「日光玉潔，周情孔思。」

【解釋】周公的感情，孔子的思想。

【用法】①喻指古聖先賢的情感思想。

②讚譽詩文格調古樸清高。

【例句】閣下文筆～，格調清高古樸。自成一格。

周而不比（ㄓㄡ ㄦˊ ㄅㄨˋ ㄅㄧˋ）

【出處】《論語．爲政》：「君子周而不比，小人比而不同。」

【解釋】周：以忠信相結合。比：結黨營私。

【用法】形容正派人以正道交往而不結黨營私。

【例句】小陳～，是很難拉攏的。你要他加入我們這一邊，我看是不成的。

周而復始（ㄓㄡ ㄦˊ ㄈㄨˋ ㄕˇ）

【出處】漢．班固《漢書．禮樂志》：「陽明五行，周而復始。」

【解釋】周：環繞一圈。復：又、再。

【用法】循環往復，一圈一圈地繼續運轉。

【例句】一年四季，春夏秋冬，～，又該是年節將近了。

粥少僧多（ㄓㄡ ㄕㄠˇ ㄙㄥ ㄉㄨㄛ）

見「僧多粥少」。

舟中敵國（ㄓㄡ ㄓㄨㄥ ㄉㄧˊ ㄍㄨㄛˊ）

【出處】漢．司馬遷《史記．孫子吳起列傳》：「武侯浮西河而下，中流，顧而謂吳起曰：『美哉乎山河之固，此魏國之寶也。』起對曰：『在德不在險，……若君不修德，舟中之人盡爲敵國也。』」

【解釋】同船的人都成了敵人。

【用法】形容衆叛親離。

【例句】他再如此殘暴不仁，終有一天會～，衆叛親離的。

舟水之喻（ㄓㄡ ㄕㄨㄟˇ ㄓ ㄩˋ）

【出處】晉．陳壽《三國志．魏書．王基傳》：「願陛下深察東野之弊，留意舟水之喻，息奔駟于未盡，節力役于未固。」

【解釋】舟：船。把船和水比作國君和人民，水能載船，也能翻船；國君能適應人民的願望，就受到人民的尊重和愛戴，否則人民不滿，也能把國君推翻。

【用法】形容人民力量的巨大。

【例句】爲人君者，當勤政愛民，謹記～，切勿倒行逆施，否則終有覆舟難逃的一天。

譸張爲幻（ㄓㄡ ㄓㄤ ㄨㄟˊ ㄏㄨㄢˋ）

【出處】《尚書．無逸》：「民無或胥（與），譸張爲幻。」

【解釋】譸張：也作「侜張」，欺騙，作僞。

【用法】用欺騙迷惑人。

【例句】我因爲貪小便宜，給了騙子二三千塊錢，虧他來找我，不然就不知要怎樣的被～了。

肘腋之患（ㄓㄡˇ ㄧㄝˋ ㄓ ㄏㄨㄢˋ）

【出處】晉．陳壽《三國志．蜀書．法正傳》：「（諸葛）亮答曰：『主公之在公安也，北畏曹公之彊（強），東憚孫權之逼，近則懼孫夫人生變于肘腋之下，當斯之時，進退狼跋。』」

【解釋】肘腋：胳膊肘兒和夾肢窩，比喻極接近自己的地方。

【用法】產生於身旁的禍患。

【例句】今有~，竟仍不知，我爲你感到悲哀。

晝伏夜行（ㄓㄡˋ ㄈㄨˊ ㄧㄝˋ ㄒㄧㄥˊ）

【出處】《戰國策・秦策》：「伍子胥橐載而出昭關，夜行而晝伏，至於蔆夫。」

【解釋】伏：藏躲。行：指趕路。白晝藏躲，夜間趕路。

【用法】指爲避免被人發現所採取的秘密行動。

【例句】此行前往，你千萬~，隱藏行踪，莫讓對方探知。

晝耕夜誦（ㄓㄡˋ ㄍㄥ ㄧㄝˋ ㄙㄨㄥˋ）

【出處】《北齊・魏收・崔光傳》：「家貧好學，晝耕夜誦，佣書以養父母。」

【解釋】誦：讀書。白天耕種，夜晚讀書。

【用法】形容在艱苦的環境中利用時間學習。

【例句】雖然家境寒苦，但他仍~，勤勉學習，終於成爲當代學術巨擘。

晝慨宵悲（ㄓㄡˋ ㄎㄞˇ ㄒㄧㄠ ㄅㄟ）

【出處】南朝・梁・沈約《宋書・魯爽傳》：「嵩霍咫尺，山河匪遙，夷庚雍塞，隔同天地，痛心疾首，晝慨宵悲。」

【解釋】晝：白天。宵：夜晚。

【用法】日夜哀嘆不止。

【例句】一想到他的下場如此悲慘，我不禁~，爲他感歎不已。

晝思夜想（ㄓㄡˋ ㄙ ㄧㄝˋ ㄒㄧㄤˇ）

【解釋】晝：白天。日夜思念。

【用法】形容思念深切。

【例句】兒子一走，她~，竟然一病不起。

【附註】參看「朝思暮想」。

晝夜不捨（ㄓㄡˋ ㄧㄝˋ ㄅㄨˋ ㄕㄜˇ）

【出處】《論語・子罕》：「子在川上曰：『逝者如斯夫！不捨晝夜。』」

【解釋】晝：白天。捨：止。白天晚上都不停。

【用法】形容勤奮地學習或工作，到了晝夜不停的地步。

【例句】他爲了完成這項科學研究，眞是廢寢忘食、~。

沾親帶故（ㄓㄢ ㄑㄧㄣ ㄉㄞˋ ㄍㄨˋ）

【出處】元・高文秀《黑旋風》、第四折：「因此上裝一個送飯的沾親帶友，那一個管牢的便不亂扯胡揪。」

【解釋】故：熟悉的人。

【用法】有親戚朋友的關係。

【例句】我們這個村子和鄰村~的人很多。

【附註】也作「沾親帶友」。

沾沾自喜（ㄓㄢ ㄓㄢ ㄗˋ ㄒㄧˇ）

【出處】漢・司馬遷《史記・魏其武安侯列傳》：「魏其者，沾沾自喜耳，多易，難以爲相，持重。」

【解釋】沾沾：得意的樣子。

【用法】覺得自己不錯而得意。

【例句】他們這樣~於一得之功，是因爲只看到自己那個小天地，忘記了山外有山，天外還有天。

瞻前顧後 ㄓㄢ ㄑㄧㄢˊ ㄍㄨˋ ㄏㄡˋ

【出處】戰國・楚・屈原《離騷》：「瞻前而顧後兮，相觀民之計極。」
【解釋】瞻：往前看。顧：向後看。看前面又看看後面。
【用法】①形容作事謹慎，考慮周到。②形容顧慮太多，猶疑不定。
【例句】他膽子很小，一點小事也～，不敢拿主意。

瞻情顧意 ㄓㄢ ㄑㄧㄥˊ ㄍㄨˋ ㄧˋ

【出處】清・曹雪芹《紅樓夢》第十六回：「(鬼判)反叱咤秦鍾道：『……我們陰間上下都是鐵面無私的，不比陽間瞻情顧意，有許多的關碍處。』」
【解釋】瞻：看看。顧：照顧。
【用法】照顧人情和面子。
【例句】你踏入社會做事，可要～，千萬不要輕易得罪別人。

瞻望咨嗟 ㄓㄢ ㄨㄤˋ ㄗ ㄐㄧㄝ

【出處】宋・歐陽修《書錦堂記》：「相與駢肩累迹，瞻望咨嗟。」
【解釋】瞻望：前顧後看。咨嗟：嘆息。前顧後看，不住地嘆息。
【用法】形容感慨極多。
【例句】看到這對父母耗盡家產，只為使這小孩存活下去，我不禁～，感慨良深。

瞻雲就日 ㄓㄢ ㄩㄣˊ ㄐㄧㄡˋ ㄖˋ

見「就日瞻雲」。

展轉推托 ㄓㄢˇ ㄓㄨㄢˇ ㄊㄨㄟ ㄊㄨㄛ

【出處】明・瞿佑《剪燈新話・三山福地志》：「展轉推托，遂及半年。」
【解釋】展轉：同「輾轉」，循還反覆。推托：藉故推延。
【用法】指一再拖延推辭。
【例句】人家已～多次，你又何必強迫他呢？

展翅高飛 ㄓㄢˇ ㄔˋ ㄍㄠ ㄈㄟ

【出處】唐・柳宗元《放鷓鴣詞》詩：「破籠展翅當遠去，同類相呼莫相顧。」
【解釋】展：張開。
【用法】張開翅膀，高高飛去。
【例句】終於等到這個機會，可讓我～了，三年後，我必定使你刮目相看。

展眼舒眉 ㄓㄢˇ ㄧㄢˇ ㄕㄨ ㄇㄟˊ

【解釋】展、舒：張開、舒展開。
【用法】形容心情高興、無憂無慮的樣子。
【例句】兒子將從外地回來團聚，她今天特別高興，～，臉上總露著笑容。

嶄露頭角 ㄓㄢˇ ㄌㄨˋ ㄊㄡˊ ㄐㄧㄠˇ

【出處】唐・韓愈《柳子厚墓誌銘》：「雖年少，已自成人，能取進士第，嶄然露頭角。」
【解釋】嶄：突出的樣子。
【用法】比喻一下子就顯示出其才能和本領。
【例句】她在十六歲時登台演出就～，顯示了她的藝術才華。
【附註】也作「顯露頭角」。參看「頭角崢嶸」。

斬木揭竿 ㄓㄢˇ ㄇㄨˋ ㄐㄧㄝ ㄍㄢ

【出處】漢・賈誼《過秦論》上：「斬

木為兵，揭竿為旗，天下雲合響應，贏糧而景從，山東豪傑並起而亡秦族矣。」

【解釋】斬：砍。揭：舉起。竿：竹竿。砍下樹木當成武器，舉起竹竿當成軍旗。

【用法】比喻武裝起義。

【例句】現在時機已成熟，我們可以～，推翻這昏君。

斬釘截鐵 ㄓㄢˇ ㄉㄧㄥ ㄐㄧㄝˊ ㄊㄧㄝˇ

【出處】宋．釋道原《景德傳燈錄．洪州雲居道膺禪師》：「所謂衆曰：『學佛法底人，如斬釘截鐵始得。』」

【用法】比喻處理事情或說話果斷、堅決、毫不猶豫、拖沓。

【例句】他～地說：「放心吧，把這件事交給我，我保證完成！」

斬頭去尾 ㄓㄢˇ ㄊㄡˊ ㄑㄩˋ ㄨㄟˇ

【解釋】斬：砍掉。砍去頭部，去掉尾部。

【解釋】指只剩下中間一部分，或指把整體分割開。

【例句】由於我軍執行上述方針，敵人即被我軍～，一截一截地個個擊破。

斬盡殺絕 ㄓㄢˇ ㄐㄧㄣˋ ㄕㄚ ㄐㄩㄝˊ

【出處】元．高文秀《澠池會》第四折：「將秦國二將活挾將來了，將衆兵斬盡殺絕也。」

【解釋】斬殺乾淨，徹底消滅。

【用法】比喻辦事不留有餘地。

【例句】大聖聽得，方才使鐵棒支住鈎子道：「我本待～，爭奈你不曾犯法。」

斬將搴旗 ㄓㄢˇ ㄐㄧㄤˋ ㄑㄧㄢ ㄑㄧˊ

見「搴旗斬將」。

斬草除根 ㄓㄢˇ ㄘㄠˇ ㄔㄨˊ ㄍㄣ

【出處】《左傳．隱公六年》：「為國家者，見惡，如農夫之務去草焉，芟夷蘊崇之，絕其本根，勿使能殖，則善者信矣。」（芟夷：除草。蘊崇：積聚、堆積。）

【解釋】斬草：割草。除草要連根拔，使草不能再長。

【用法】比喻除去禍根以免後患。

【例句】他使盡陰謀詭計，陷害我們，以達到他～的目的。

斬岸堙溪 ㄓㄢˇ ㄢˋ ㄧㄣ ㄒㄧ

【出處】《呂氏春秋．權勛》：「夙繇之君，將斬岸堙谿（溪）以迎鐘。」（鐘：青銅器。）

【解釋】斬岸：砍削高的地方。堙溪：填平山間的流水溝渠。鏟平坡岸，填平溝渠。

【用法】比喻開闢平坦的道路。

【例句】榮民～，開闢中橫公路，雖驚險萬分，但榮民們勇往邁進，毫不退縮，他們的精神令人讚佩。

輾轉反側 ㄓㄢˇ ㄓㄨㄢˇ ㄈㄢˇ ㄘㄜˋ

【出處】《詩經．周南．關雎》：「求之不得，寤寐思服，悠哉悠哉，輾轉反側。」意思是：想自己的心上人，想了很久，翻來覆去地睡不著。

【解釋】輾轉：翻來覆去。反側：反覆。

【用法】形容心中有事翻來覆去地睡不著。

【例句】這一夜，我～，怎麼也不能入

睡。

輾轉伏枕

【出處】《詩經·陳風·澤陂》：「寤寐無爲，輾轉伏枕。」

【解釋】輾轉：反覆不止。伏枕：伏臥在枕頭上。

【用法】因思緒牽擾，翻身多次，不能入睡。

【例句】今夜我～，始終不能入睡，想及家庭遭此殷憂，不知該如何因應才好？

【附註】也作「悠悠伏枕」。

輾轉相傳

【解釋】輾轉：經過許多曲折。

【用法】形容經過許多人的口，互相傳遞消息。

【例句】前些年有不少小道消息，經過～，變得越來越離奇，越來越難以讓人相信。

【附註】也作「輾轉相告」。

占山爲王

【解釋】占據山頭，充當大王。

【用法】比喻獨霸一方，稱霸逞強。

【例句】舊社會的行會、幫派組織大多是～，獨霸一方。

戰天鬥地

【用法】形容征服和改造大自然的英雄氣概。

【例句】嚴重的地震災害，更激發了本地居民～的韌性。

戰栗失箸

【出處】晉·陳壽《三國志·蜀書·先主傳》：「先主（劉備）未發，是時曹公（操）從容謂先主曰：『今天下英雄，惟使君與操耳。本初（袁昭）之徒，不足數也。』先主方食，失匕箸。」

【解釋】戰栗：恐懼的樣子。箸：筷子。害怕得連手裏的筷子都掉了。

【用法】形容嚇得失去了常態。

【例句】哀號之聲震天，百官～，董卓飲食談笑自若。

戰火紛飛

【解釋】戰火：指戰爭。

【用法】形容戰鬥正激烈進行。

【例句】在～的年代裏，多少家庭妻離子散，那景況是多麼淒慘。

戰戰兢兢

【出處】《詩經·小雅·小旻》：「戰戰兢兢，如臨深淵，如履薄冰。」

【解釋】戰戰：恐懼發抖的樣子。兢兢：小心謹慎的樣子。

【例句】警察的喝止，使這個通緝犯張惶失措，～地舉起了雙手。

戰無不勝

【出處】《戰國策·齊策》：「戰無不勝，而不知止者，身且死，爵且後歸，猶爲蛇足也。」

【解釋】打仗，沒有不取勝的。

【用法】形容力量強大，所向無敵。

【例句】自先王以來，楚兵～。

站腳助威

【解釋】威：聲勢。
【用法】站在旁邊，加強聲勢。（有捧場之意。）
【例句】我對你們討論的問題知之甚少，我參加不過是～罷了。

珍樓寶屋（ㄓㄣ ㄌㄡˊ ㄅㄠˇ ㄨ）

【出處】《淵鑒類函．佛寺》三：「唐高力士於來廷坊建佛寺，珍樓寶屋，竭盡國資。」
【用法】指珍貴豪華的建築物。
【例句】這暴發戶自獲得暴利後，不知善用，竟全用來支付他奢華的生活。他在當地建了一棟～，只是其中之一而已。

珍禽奇獸（ㄓㄣ ㄑㄧㄣˊ ㄑㄧˊ ㄕㄡˋ）

【出處】《尚書．旅獒》：「犬馬非其土性不畜，珍禽奇獸不育於國。」
【解釋】禽：飛禽、鳥。
【用法】珍貴、稀奇的飛禽走獸。
【例句】這間動物園裏，養了許多～，眞的很值得一看，有機會，我帶你去參觀。
【附註】也作「珍禽異獸」。

珍饈美饌（ㄓㄣ ㄒㄧㄡ ㄇㄟˇ ㄓㄨㄢˋ）

【解釋】饈：滋味好的食物。饌：飯食。
【用法】珍貴而美好的食品。
【例句】以前，這個少爺公子吃的是～，穿的是綾羅綢緞，現在讓他靠自己勞力吃飯，他就受不了啦！

珍產淫貨（ㄓㄣ ㄔㄢˇ ㄧㄣˊ ㄏㄨㄛˋ）

【出處】宋．王安石《慈谿縣學記》：「慈谿小邑，無珍產淫貨。」
【用法】珍奇的土產，誘人的異物。
【例句】我們是個小康之家，那會有什麼～的？大爺！您恐怕要失望了！

珍藏密斂（ㄓㄣ ㄘㄤˊ ㄇㄧˋ ㄌㄧㄢˇ）

【出處】清．曹雪芹《紅樓夢》第七十七回：「寶釵笑道：『這東西雖然值錢，總不過是藥，原該濟衆散人才是，咱們比不得那沒見過世面的人家，得了這個，就珍藏密斂的。』」
【解釋】斂：收起。
【解釋】非常珍重，謹謹愼愼地收藏起來。
【例句】有好東西就該拿出來享用，像你～，始終不用，想當古董是嗎？

眞憑實據（ㄓㄣ ㄆㄧㄥˊ ㄕˊ ㄐㄩˋ）

【出處】清．彭養鷗《黑籍冤魂》第五回：「我本是個安分良民，人家說我私販鴉片，都是報讎，沒有什麼眞憑實據。」
【用法】確鑿可信的憑據。
【例句】你講這話可要有～，否則我就到法院告你誣陷！

眞金不怕火煉（ㄓㄣ ㄐㄧㄣ ㄅㄨˋ ㄆㄚˋ ㄏㄨㄛˇ ㄌㄧㄢˋ）

【用法】比喻正直無私、有堅強意志的人，能夠經得起任何考驗。
【例句】在集中營裡，他受盡折磨，但始終堅貞不屈，的確是～。

眞金不鍍（ㄓㄣ ㄐㄧㄣ ㄅㄨˋ ㄉㄨˋ）

【出處】唐．李紳《答章孝標》詩：「假金方用眞金鍍，若是眞金不鍍金，十載長安得一第，何須空腹用高心。」
【解釋】鍍：鍍金。眞金不須鍍金。

【用法】比喻有眞才實學的人，從不裝點門面。
【例句】我這是～，那須靠這些文憑來提高身價。

眞槍實彈 ㄓㄣ ㄑㄧㄤ ㄕˊ ㄉㄢˋ
【解釋】實彈：裝了火藥的武器。指眞正的殺傷武器。
【用法】比喻眞實可信的論據或激烈的衝突。

眞心誠意 ㄓㄣ ㄒㄧㄣ ㄔㄥˊ ㄧˋ
【出處】元・無名氏《百花亭》第三折：「常言道：海深須見底，各辨著個眞心實意。」
【用法】眞實誠懇的心意。
【例句】他感到不能再開玩笑了，小妹是在～地和她談話。
【附註】也作「眞心實意」。

眞相大白 ㄓㄣ ㄒㄧㄤˋ ㄉㄚˋ ㄅㄞˊ
【解釋】眞相：眞實的面目。大白：徹底清楚。
【用法】眞實的情況徹底弄清楚了。
【例句】這個案件雖然複雜，但經過警察人員的周密調查，終於使案情～。

眞知灼見 ㄓㄣ ㄓ ㄓㄨㄛˊ ㄐㄧㄢˋ
【出處】明・馮夢龍《警世通言》第三卷：「眞知灼見者，尚且有誤，何況其他。」
【解釋】眞：眞實、正確。灼：明白、透徹。
【用法】正確而又深刻的認識和見解。
【例句】這本新出版的論《紅樓夢》的著作，確有～，讀之使人耳目一新。

眞僞莫辨 ㄓㄣ ㄨㄟˋ ㄇㄛˋ ㄅㄧㄢˋ
【解釋】僞：假。莫：不。
【用法】眞的、假的不能分辨。
【例句】唐僧～，人妖不分，趕走了孫悟空，正中白骨精下懷。

眞贓實犯 ㄓㄣ ㄗㄤ ㄕˊ ㄈㄢˋ
【解釋】眞：確鑿的。
【用法】贓證確鑿，犯罪屬實。
【例句】這下，～，罪證確鑿，你無話可說了吧！

眞才實學 ㄓㄣ ㄘㄞˊ ㄕˊ ㄒㄩㄝˊ
【出處】明・施耐庵《水滸傳》第二十九回：「這一撲，有名喚做『玉環步，鴛鴦腳』——這是武松平生的眞才實學，非同小可。」
【解釋】眞正的才能，紮實的學問。
【用法】指有眞正本領。
【例句】我可是憑～才贏得這地位的，你要不服，就展現你的實力讓我瞧瞧！果眞勝我，我一定將這寶座拱手讓賢。

箴規磨切 ㄓㄣ ㄍㄨㄟ ㄇㄛˊ ㄑㄧㄝ
【出處】唐・韓愈《答馮宿書》：「朋友道缺絕久，無有相箴規磨切之道。」
【解釋】箴規：規諫、勸戒。磨：磨鍊。切：切磋。
【用法】互相批評，互相幫助。
【例句】眞正的好朋友就要彼此～，共同進步。
【附註】也作「切磨箴規」。

針鋒相對 ㄓㄣ ㄈㄥ ㄒㄧㄤ ㄉㄨㄟˋ

【出處】宋·釋道原《景德傳燈錄·天台上德韶國禪師》：「夫一切問答，如針鋒相投，無纖毫參差。」
【解釋】針鋒：針尖。針尖對針尖。
【用法】比喻雙方爭辯或鬥爭尖銳對立，各不相讓。
【例句】會場上，張三、李四～，毫不相讓，主席忙打圓場，好不容易才平息這場紛爭。

針頭線腦 ㄓㄣ ㄊㄡˊ ㄒㄧㄢˋ ㄋㄠˇ

【出處】清·蒲松齡《醒世姻緣》第八回：「這是五十兩碎銀子，與你大嬸買針頭線腦使用。」
【用法】指婦女用的零星物品。
【例句】我這袋中，盡是些～的，你搶了去，也沒多大用處，就還我吧！

針尖對麥芒 ㄓㄣ ㄐㄧㄢ ㄉㄨㄟˋ ㄇㄞˋ ㄇㄤˊ

【用法】比喻互不相讓，一個比一個厲害，一個比一個尖刻。
【例句】他們兄弟倆，～，一個比一個尖刻厲害，你還是少插手去管他們的家務事。

甑塵釜魚 ㄓㄣˋ ㄔㄣˊ ㄈㄨˇ ㄩˊ

【出處】南朝·宋、范曄《後漢書·范冉傳》：「所止單陋，有時絕粒，窮居自若，言貌無改，閭里歌之曰：『甑中生塵范史雲，釜中生魚范萊蕪。』」（范冉：字史雲，桓帝時為萊蕪長。）
【解釋】甑：瓦製煮食物的炊具。釜：鍋。甑中積滿塵土，釜中生了蠹魚。
【用法】形容貧苦人家斷炊已久。
【例句】辛老師終年為鑽研學問用心，至於家居生活如何，他從不在意，甚至～，他依然樂在其中。

枕席過師 ㄓㄣˇ ㄒㄧˊ ㄍㄨㄛˋ ㄕ

【出處】漢·班固《漢書·趙充國傳》：「治湟峽中道橋，令可至鮮水，以制西域，信威千里，從枕席上過師，十一也。」顏師古注：「鄭氏曰：『橋成，軍行安易，若於枕席上過師也。』」
【解釋】枕席：枕頭和席子。這裡即指床舖。師：軍隊。從臥榻上過軍隊。
【用法】比喻行軍道路平坦、安全而順利。
【例句】這一路上～，好不順利，想必是天助我軍。

振臂一呼 ㄓㄣˋ ㄅㄧˋ ㄧ ㄏㄨ

【出處】漢·李陵《答蘇武書》：「然陵振臂一呼，創病皆起。」
【解釋】振：揮動。
【用法】揮動手臂，奮起號召。
【例句】他～，成千成萬的人就跟著他起來抗暴。

振奮人心 ㄓㄣˋ ㄈㄣˋ ㄖㄣˊ ㄒㄧㄣ

【解釋】振奮：振作奮發。
【用法】使人振作奮發。
【例句】這消息傳來，真是～，想我大中華仍大有可為，我們更應奮發振作，以重揚國威。

振鷺充庭 ㄓㄣˋ ㄌㄨˋ ㄔㄨㄥ ㄊㄧㄥˊ

【出處】漢·揚雄《劇秦美新》：「振鷺之聲充庭，鴻鸞之黨漸階。」註：「振鷺、鴻鸞，喻賢也。」

【解釋】振：群鳥飛翔的樣子。振鷺：《詩經・周頌》有《振鷺》篇，本以白鷺的潔白比喻人儀容的修整。後因以喻指操行純潔的衆多賢士。充庭：充滿朝廷。

【用法】滿朝都是操行純潔的賢士。

【例句】當今～，正是重振國威的好時機，你是百官之長，當爲衆人表率，勵精圖治。

振聾發聵（ㄓㄣˋ ㄌㄨㄥˊ ㄈㄚ ㄎㄨㄟˋ）

見「發聾振聵」。

振振有詞（ㄓㄣˋ ㄓㄣˋ ㄧㄡˇ ㄘˊ）

【解釋】振振：理直氣壯的樣子。理直氣壯地說起話來沒完沒了。

【用法】①形容自以爲有理而大發議論。②形容強詞奪理。

【例句】他明明錯了，卻還～地爲自己辯護。

枕戈待旦（ㄓㄣˇ ㄍㄜ ㄉㄞˋ ㄉㄢˋ）

【出處】唐・房玄齡等《晉書・劉琨傳》：「吾枕戈待旦，志梟逆虜。」

【解釋】枕：頭枕著。戈：古代一種兵器。旦：天亮。晚上睡覺，枕著兵器，等待天明。

【用法】形容殺敵報國心切，一刻也不鬆懈。

【例句】說是「～」的，到入夜還沒有動身；說是「誓死抵抗」的，看見一百多個敵兵就逃走了。

枕戈寢甲（ㄓㄣˇ ㄍㄜ ㄑㄧㄣˇ ㄐㄧㄚˇ）

【出處】唐・房玄齡等《晉書・赫連勃勃載記》：「朕無撥亂之才，不能弘濟兆庶，自枕戈寢甲，十有二年，而四海未同，遺寇尚熾。」

【解釋】枕：頭枕著。戈：古代一種兵器。寢：睡覺。甲：古代武士作戰時所穿的鎧甲。睡覺時頭枕著兵器，身穿著鎧甲。

【用法】形容時刻保持警惕，準備迎擊敵人。

【例句】敵人隨時來襲，衆將官可要～，保持警戒！

【附註】也作「枕戈坐甲」。

枕石漱流（ㄓㄣˇ ㄕˊ ㄕㄨˋ ㄌㄧㄡˊ）

【出處】晉・陳壽《三國誌・蜀書・彭漾傳》：「伏見處士緜竹秦宓膺山甫之德，履雋生之直，枕石漱流，吟詠縕袍，偃息於仁義之途，恬淡於浩然之域，高概節行，守眞不虧，雖古人潛遁，蔑以加旃。」

【解釋】用石頭作枕頭，用山泉洗漱。

【用法】比喻隱居山林。

【例句】古人～，不與俗爭，才能清靜心靈，昇華精神境界。

【附註】也作「枕流漱石」。參閱「漱石枕流」。

陣馬風檣（ㄓㄣˋ ㄇㄚˇ ㄈㄥ ㄑㄧㄤˊ）

見「風檣陣馬」。

震天動地（ㄓㄣˋ ㄊㄧㄢ ㄉㄨㄥˋ ㄉㄧˋ）

【出處】晉・陳壽《三國志・魏書・文帝紀》裴松之注：「惟黃初五年七月五日，大行皇帝崩，嗚呼哀哉！於時天震地駭。」

【解釋】震動了天地。

【用法】形容聲勢浩大或氣勢雄偉。
【例句】楚軍英勇向前衝去，喊殺之聲～。
【附註】也作「震天撼地」、「震撼天地」。

震古鑠今（ㄓㄣˋ ㄍㄨˇ ㄕㄨㄛˋ ㄐㄧㄣ）

【解釋】鑠：同「爍」，閃動，光明照耀。震驚古人，顯耀當世。
【用法】形容事業或功績的偉大，不僅超越古人，而且可以顯赫於世人。
【例句】他一輩子創下的豐功偉績，可以寫成～的光輝詩篇。

震撼人心（ㄓㄣˋ ㄏㄢˋ ㄖㄣˊ ㄒㄧㄣ）

【解釋】撼：搖動。
【用法】指某件事使人震動很大。
【例句】杜甫的詩歌，具有一股～的力量。

震主之威（ㄓㄣˋ ㄓㄨˇ ㄓ ㄨㄟ）

【出處】漢・司馬遷《史記・淮陰侯列傳》：「今足下戴震主之威，挾不賞之功，歸楚，楚人不信；歸漢，漢人震恐，足下欲持是安歸乎？夫勢在人臣之位而有震主之威，名高天下，竊爲足下危亡。」
【解釋】震：震撼。威：威勢。使君主感到震動的威勢。
【用法】指臣下威名過高，難免遭君主的忌恨。
【例句】今您盛名遠播，有～，恐遭不測，爲保全名節，我勸您急流勇退才好。

震耳欲聾（ㄓㄣˋ ㄦˇ ㄩˋ ㄌㄨㄥˊ）

【解釋】欲：將要。
【用法】聲音大得把耳朵都要震聾了。
【例句】同學們欣喜若狂，發出了～的歡呼聲。

張大其辭（ㄓㄤ ㄉㄚˋ ㄑㄧˊ ㄘˊ）

【出處】清・李寶嘉《官場現形記》第五十六回：「傅二棒錘索性張大其詞，說得天花亂墜。」
【解釋】張大：擴大、張揚。辭：言語。
【用法】形容故意言過其實。
【例句】描寫景物要符合實際，～，往往失眞。
【附註】也作「張大其事」。

張燈結彩（ㄓㄤ ㄉㄥ ㄐㄧㄝˊ ㄘㄞˇ）

【出處】明・羅貫中《三國演義》第六十九回：「告諭城內居民，盡張燈結彩，慶賀佳節。」
【解釋】張：設置。結：繫。彩：多色的綢子。掛上燈籠，紮上彩綢。
【用法】形容節日或喜慶事時的熱鬧景象。
【例句】今天，遊樂場建成後第一次開幕，從大門到走廊，到處～，充滿著歡樂的氣氛。

張冠李戴（ㄓㄤ ㄍㄨㄢ ㄌㄧˇ ㄉㄞˋ）

【出處】明・田藝衡《留青日札・張公帽賦》：「諺云：『張公帽掇在李公頭上。』有人作賦云：『物各有主，貌貴相宜；竊張公之帽也，假李老而戴之。』」
【解釋】冠：帽子。把姓張的帽子戴在姓李的頭上。
【用法】比喻弄錯了對象。

【例句】～、移花接木、嫁禍於人等，是他慣用的卑劣手段。

張公吃酒李公醉

【出處】唐朝武后時張易之兄弟當權，李氏王朝大權旁落，曾有「張公吃酒李公醉」之謠。民間唱曲作「張公吃酒李公顚」。（見唐・張鷟《耳目記》、孫棨《孫內翰北里誌・張住住》）

【用法】①比喻一方取得實益，一方徒負虛名。②比喻由於誤會而代人受過。

【例句】我這次是～，寃枉之至。

張口結舌

【出處】清・文康《兒女英雄傳》第二十三回：「公子被他問的張口結舌，面紅過耳。」

【解釋】結舌：舌頭轉動不了。張著嘴巴說不出話來。

【用法】①形容辯論時理屈詞窮，無言以對。②形容突然遇到意外，驚得一時說不出話來。

【例句】兇手感到這聲音像是一個鐵棒打在他的頭上，他轉頭一看，大驚失措，～。

張皇失措

【出處】清・釆蘅子《蟲鳴漫錄》：「遍索新郎不得，合家大噪，遠近尋覓，麋生與表妹亦張惶失措。」

【解釋】張皇：慌張、驚恐。措：安放、處置。失措：舉動失去常態。

【用法】形容舉止慌張，失去常態。

【例句】事前不作好準備，一旦出了問題就難免～。

張敞畫眉

【出處】漢・班固《漢書・張敞傳》：「敞爲京兆……又爲婦畫眉，長安中傳張京兆眉嫵。」（眉嫵：指眉毛的式樣美好。）

【解釋】張敞：漢代河東平陽人，宣帝時爲京兆尹。嘗爲妻畫眉。

【用法】比喻夫妻恩愛，感情甚好。

【例句】～，相如病渴，雖爲儒者所譏，然夫妻之情，人倫之本，此謂之正色。

張三李四

【出處】宋・釋道原《景德傳燈錄》第十九卷：「有人從佛殿後過，見是張三李四。」

【解釋】假設的姓名。泛指某人或某些人。

【例句】他一向心腸很好，只要有求於他，無論～，他從來沒有拒絕過。

張牙舞爪

【出處】《敦煌變文集・孔子項托相問書》附錄二《新編小兒難孔子》：「魚生三日游于江湖，龍生三日張牙舞爪。」

【解釋】張：張開。舞：揮舞。

【用法】形容野獸的凶相。形容惡人猖狂凶惡的樣子。

【例句】這裏依舊是他豢養過的東西在～，他所勾結的人到處在顚倒是非，興風作浪，這裏簡直還是他的天下。

張筵設戲

【解釋】張：陳設、鋪排。筵：酒席。

設：安排。吃酒看戲。

【用法】形容大事張羅，鋪張浪費。

【例句】他雖然家道富有，卻反對子女初生時的三朝、滿月、百日、周歲的～。

張王李趙（ㄓㄤ ㄨㄤˊ ㄌㄧˇ ㄓㄠˋ）

【出處】漢・應劭《風俗通》：「張王李趙，黃帝賜姓也。」

【用法】泛指常見的一些人。

【例句】他記性眞好，只要見過一面，不管～，他都能叫出名字來。

彰明較著（ㄓㄤ ㄇㄧㄥˊ ㄐㄧㄠˋ ㄓㄨˋ）

【出處】漢・司馬遷《史記・伯夷列傳》：「此其尤大彰明較著者也。」

【解釋】彰、明、較、著：都是明顯的意思。

【用法】形容事情和道理都極其明白顯著。

【例句】這種不祥之兆～，一家人不免憂心忡忡。

彰善癉惡（ㄓㄤ ㄕㄢˋ ㄉㄢˋ ㄜˋ）

【出處】《尚書・畢命》：「彰善癉惡，樹之風聲。」

【解釋】彰：表揚。癉：憎恨。

【用法】表揚善的，斥責惡的。

【例句】報紙應常常刊登好人好事，批評不良傾向，起到～，鼓舞人們前進的作用。

彰往察來（ㄓㄤ ㄨㄤˇ ㄔㄚˊ ㄌㄞˊ）

【出處】《周易・繫辭下》：「夫《易》彰往而察來，顯微而闡幽。」

【解釋】彰：明析。往：已往。察：考察。

【用法】明析已往的事情，考察未來的發展。

【例句】你做事要～，切勿莽撞行事。

【附註】也作「彰往考來」。

獐頭鼠目（ㄓㄤ ㄊㄡˊ ㄕㄨˇ ㄇㄨˋ）

【出處】五代・晉・劉昫等《舊唐書・李揆傳》：「待中苗晉卿，累薦元載爲重官。揆自持門望，以載地寒，意甚較易，不納，而謂晉卿曰：『龍章風姿之士不見用，獐頭鼠目之子乃求官。』」

【解釋】獐：一種動物，相術家相傳以頭削骨露者謂獐頭，眼凹睛圓者謂鼠目。

【用法】①形容人的樣子寒酸卑賤，儀表猥瑣，神情狡詐。②形容面目醜陋、心術不正的人。

【例句】此人～，形貌猥瑣，使人一看就討厭。

掌上明珠（ㄓㄤˇ ㄕㄤˋ ㄇㄧㄥˊ ㄓㄨ）

【出處】晉・傅玄《鶉觚集・短歌行》：「昔君視我，如掌中明珠；何意一朝，棄我溝渠。」

【用法】①指極鍾愛的人。②指受父母疼愛的女兒。③比喻十分珍貴的東西。

【例句】她從小嬌生慣養，成爲她父母的～。

長他人志氣，滅自己威風（ㄓㄤˇ ㄊㄚ ㄖㄣˊ ㄓˋ ㄑㄧˋ，ㄇㄧㄝˋ ㄗˋ ㄐㄧˇ ㄨㄟ ㄈㄥ）

【出處】明・施耐庵《水滸傳》第六十三回：「哥哥這般長別人志氣，滅自己威風，且看兄弟去如何。」

【用法】形容助長敵方的聲勢，輕視自己的力量，給自己洩氣。

【例句】你這一說，豈不～！我就不信我們鬥不過他們。

【附註】也作「長他人銳氣，滅自己威風」。

長年三老 ㄓㄤˇ ㄋㄧㄢˊ ㄙㄢ ㄌㄠˇ

【出處】唐・杜甫《撥悶》詩：「長年三老遙憐汝，捩舵開頭捷有神。」

【用法】指船工。

【例句】這位～，做事踏實，能吃苦，你為他安插一份工作嘛！

仗馬寒蟬 ㄓㄤˋ ㄇㄚˇ ㄏㄢˊ ㄔㄢˊ

【出處】南朝・宋・范曄《後漢書・杜密傳》：「劉勝位為大夫，見禮上賓，而知賢不薦，聞惡無言，隱情惜己，自同寒蟬，此罪人也。」五代・後晉・劉昫等《舊唐書・李林甫傳》：「君等獨不見立仗馬乎！終日無聲，而飫三品當豆，一鳴則斥之矣。」（飫：飽食。）

【解釋】仗馬：古代的立仗馬，即皇宮伸仗隊中的立馬。蟬：昆蟲，俗稱「知了」。像皇宮門外的立仗馬和深秋的知了。

【用法】比喻不敢說話。

【例句】這莽漢抽出刀子，怒吼一聲，衆人如～，頓時都緊閉雙唇，不敢再有意見。

【附註】也作「寒蟬仗馬」。

仗氣使酒 ㄓㄤˋ ㄑㄧˋ ㄕˇ ㄐㄧㄡˇ

【出處】唐・李百藥《北齊書・崔瞻傳》：「與趙郡李概為莫逆之交。概將東還，瞻遺之書曰：『仗氣使酒，我之常弊，詆訶指切，在卿尤甚。』」

【解釋】仗氣：任性。使酒：發酒氣。

【用法】藉酒發瘋。

【例句】他又在～，借酒說瘋話了。你不必理會他，只管離去就是。

仗勢欺人 ㄓㄤˋ ㄕˋ ㄑㄧ ㄖㄣˊ

【出處】元・王實甫《西廂記》第五本第三折：「他學師友，君子務本，你倚父兄，仗勢欺人。」

【解釋】仗：凭借、倚仗。

【用法】依仗勢力欺壓別人。

【例句】許多人～，用強迫命令的方式去完成工作。

仗義執言 ㄓㄤˋ ㄧˋ ㄓˊ ㄧㄢˊ

【出處】明・馮夢龍《警世通言・范鰍兒雙鏡重圓》：「此人姓范名汝為，仗義執言，救民水火。」

【解釋】仗義：主持正義。執：堅持。

【用法】主持正義說公道話。

【例句】他為人公正，敢於～。

仗義疏財 ㄓㄤˋ ㄧˋ ㄕㄨ ㄘㄞˊ

【出處】元・楊文奎《兒女團圓》第二折：「我則是報答你仗義疏財的恩。」

【解釋】仗義：講義氣。疏：分散。

【用法】為了義氣拿出自己的錢財來幫助別人。

【例句】吳用道：「這是一個～的好男子，如何不與他相見？」

爭名于朝，爭利于市 ㄓㄥ ㄇㄧㄥˊ ㄩˊ ㄔㄠˊ ㄓㄥ ㄌㄧˋ ㄩˊ ㄕˋ

【出處】《戰國策・秦策》：「司馬錯

論伐蜀：『臣聞爭名者於朝，爭利者於市。』」
【解釋】朝：朝廷。市：集市。爲官者爭名，爲商者爭利。
【用法】形容爭名奪利的市俗作風。
【例句】這種～的庸俗作風是我們應該反對的。
【附註】也作「爭名奪利」。

爭分奪秒 ㄓㄥ ㄈㄣ ㄉㄨㄛˊ ㄇㄧㄠˇ

【出處】唐．房玄齡等《晉書．陶侃傳》：「常語人曰：『大禹聖者，乃惜寸陰，至於衆人，當惜分陰。』」
【解釋】分、秒：指極短的時間。
【用法】形容時間抓得很緊，不放過一分一秒。
【例句】爲了國家建設，工人們～，夜以繼日地工作著。
【附註】參看「分秒必爭」。

爭風吃醋 ㄓㄥ ㄈㄥ ㄔ ㄘㄨˋ

【出處】明．馮夢龍《醒世恆言．兩縣令競議婚孤女》：「那時我爭風吃醋便遲了。」
【解釋】爭：爭奪。風：風韻，多指女人。
【用法】比喻互相妒嫉而明爭暗鬥，多指男女關係而言。
【例句】這兩個男生爲了小萍～，竟在宴席上大打出手。

爭天抗俗 ㄓㄥ ㄊㄧㄢ ㄎㄤˋ ㄙㄨˊ

【用法】與大自然進行爭鬥，與落後的風俗習慣進行抗爭。
【例句】他始終不肯隨波逐流，這種～的精神，我們一定要好好學習。

爭奇鬥艷 ㄓㄥ ㄑㄧˊ ㄉㄡˋ ㄧㄢˋ

【解釋】爭、鬥：比賽、爭勝。
【用法】以新奇艷麗來博得別人的讚賞
【例句】在花市上，各種名花～，使人看得眼花撩亂。

爭強好勝 ㄓㄥ ㄑㄧㄤˊ ㄏㄠˋ ㄕㄥˋ

【出處】清．曹雪芹《紅樓夢》第五十二回：「寶玉是偏在你們身上留心用意，爭強好勝的。」
【解釋】強：優勝。好：喜愛。
【用法】形容事事處處都想超過別人。
【例句】他個性強，～，就是不服輸。
【附註】也作「爭強要勝」。

爭權奪利 ㄓㄥ ㄑㄩㄢˊ ㄉㄨㄛˊ ㄌㄧˋ

【用法】爭奪權勢和名利。
【例句】他們就只曉得～，草菅人命。

爭先恐後 ㄓㄥ ㄒㄧㄢ ㄎㄨㄥˇ ㄏㄡˋ

【出處】《韓非子．喻老》：「今君後則欲逮臣，先則恐逮于臣。」
【用法】搶在前頭，唯恐落後。形容奮勇進取的熱烈緊張場面。
【例句】看到戰友因公負傷，傷勢垂危，戰士們～地要求捐血。

爭長論短 ㄓㄥ ㄔㄤˊ ㄌㄨㄣˋ ㄉㄨㄢˇ

【出處】清．李寶嘉《文明小史》第五回：「那礦師本來還想同柳知府爭長論短，聽見金委員如此一說，也就罷手。」
【解釋】長、短：指正確和錯誤、是和非、優和劣。
【用法】指計較和爭執一些不太重要的

事情。
【例句】在小問題上何必～、斤斤計較呢？
【附註】也作「競短爭長」、「爭長競短」。

爭榮誇耀（ㄓㄥ ㄖㄨㄥˊ ㄎㄨㄚ ㄧㄠˋ）

【出處】清・曹雪芹《紅樓夢》第三十一回：「襲人見了自己吐的鮮血在地，也就冷了半截。想着往日常聽人說：少年吐血，年月不保，縱然命長，終是廢人了。想起此言，不覺將素日想著後來爭榮誇耀之心，盡皆灰心了。」
【用法】爭榮譽顯耀自己。
【例句】他平日～，好不威風，今遭此巨變，他該知收斂才是。

崢嶸軒峻（ㄓㄥ ㄖㄨㄥˊ ㄒㄩㄢ ㄐㄩㄣˋ）

【出處】清・曹雪芹《紅樓夢》第二回：「大門外雖冷落無人，隔著圍牆一望，裡面廳殿樓閣，也還都崢嶸軒峻。」
【解釋】崢嶸：特出。軒：高。峻：高大。
【用法】形容氣象宏偉，氣派很大。
【例句】中正紀念堂～，氣象宏偉，吸引了許多遊客。

蒸蒸日上（ㄓㄥ ㄓㄥ ㄖˋ ㄕㄤˋ）

【解釋】蒸蒸：熱氣上升。
【用法】形容事業興旺發達，天天向上發展。
【例句】我們跨國企業業績生氣勃勃，～。

蒸沙成飯（ㄓㄥ ㄕㄚ ㄔㄥˊ ㄈㄢˋ）

【出處】《楞嚴經・卷六・四》：「若不斷淫，修禪定者，如蒸沙石，欲其成飯，經百千刼，只名熱沙。何以故？此非飯，本沙石成故。」
【解釋】把沙子蒸成飯。
【用法】比喻不可能成功的事情。
【例句】不努力工作却想獲得成功，猶如～，是不可能的。
【附註】也作「蒸沙作飯」、「蒸沙爲飯」。

錚錚有聲（ㄓㄥ ㄓㄥ ㄧㄡˇ ㄕㄥ）

【出處】清・孔尚任《桃花扇》第十二齣：「他也是敝世兄，在復社中錚錚有聲，豈肯爲此？」
【解釋】錚錚：狀聲詞。指金屬撞擊所發出的聲響。
【用法】比喻人的聲譽很高。
【例句】此人享有令譽，在會議中發言～，衆人無不佩服。

整舊如新（ㄓㄥˇ ㄐㄧㄡˋ ㄖㄨˊ ㄒㄧㄣ）

【出處】明・吳承恩《西遊記》第六十三回：「行者却將芝草把十三層塔層層掃過安在瓶內，溫養舍利子，這才是整舊如新，霞光萬道，瑞雲千條。」
【解釋】整：修理。
【用法】把舊的修復得像新的一樣。
【例句】老師傅是個巧手，那些破破爛爛的東西，經過他修理以後，～。

整軍經武（ㄓㄥˇ ㄐㄩㄣ ㄐㄧㄥ ㄨˇ）

【出處】《左傳・宣公十二年》：「見可而進，知難而退，軍之善政也；兼弱攻昧，武之善經也。子姑整軍而經武乎，猶有弱而昧者，何必楚？」
【解釋】整：整頓。經：經營、治理。

【用法】把軍備武裝整頓齊備。
【例句】一旦國家無內顧之憂，陛下即可以～，對東虜大張撻伐，以雪今日之恥，永絕邊境之患。

政龐土裂 ㄓㄥˋ ㄆㄤˊ ㄊㄨˇ ㄌㄧㄝˋ

【出處】唐・劉禹錫《柳河東集序》：「夫政龐而土裂。」
【解釋】政：政策、政令。龐：龐雜。土：國土。裂：分裂。政治混亂，國家分裂。
【用法】指政令不能統一，地方勢力割據。
【例句】當今～，倡言振興國威，豈不是奢言？

政通人和 ㄓㄥˋ ㄊㄨㄥ ㄖㄣˊ ㄏㄜˊ

【出處】宋・范仲淹《岳陽樓記》：「政通人和，百廢俱興。」
【用法】政治統一，百姓和睦。
【例句】當世～，正是建國契機，我們當掌握時機，努力從事建設。

政出多門 ㄓㄥˋ ㄔㄨ ㄉㄨㄛ ㄇㄣˊ

【出處】《左傳・襄公三十年》載：陳國國君大權旁落，幾個卿大夫分別掌權，各行其事。
【解釋】政：政令。政令出自幾個卿大夫之手。
【用法】形容大權旁落，權力分散。
【例句】～，難怪各項政令推行總是窒礙難行。

正本清源 ㄓㄥˋ ㄅㄣˇ ㄑㄧㄥ ㄩㄢˊ

【出處】漢・班固《漢書・刑法志》：「豈宜惟思所以清原（源）正本之論，刪定律令。」
【解釋】正：使之正，整頓。本：根本。正本：從根本上整治好。清源：從頭清理。源：水源，引申事物的開始。從根本上加以整頓、清理。
【用法】形容徹底解決問題。
【例句】爲了～，我們應正視儒家學說的時代價值，以徹底解決當今的社會問題。

正理平治 ㄓㄥˋ ㄌㄧˇ ㄆㄧㄥˊ ㄓˋ

【出處】《荀子・性惡》：「凡古今天下之所謂善者，正理平治也；所謂惡者，偏險悖亂也。」
【解釋】正理：正道、正義。平治：太平。
【用法】指合乎於規範，使社會安定有秩序。
【例句】治國目標，當以～爲依歸，你切勿以眼前小成自滿，仍要多多努力才是。

正襟危坐 ㄓㄥˋ ㄐㄧㄣ ㄨㄟˊ ㄗㄨㄛˋ

【出處】漢・司馬遷《史記・日者列傳》：「宋忠、賈誼瞿然而悟，獵纓正襟危坐。」
【解釋】正：整理。危：正、端正。整理好衣襟，端端正正地坐著。
【用法】①形容嚴肅或恭敬的樣子。②形容拘謹的樣子。
【例句】我們爲什麼不可以借用這種方法，多出幾本饒有趣味的文藝理論書籍，讓廣大的讀者閱讀的時候，沒有那種「硬著頭皮，～」的滋味呢？

正經八百 ㄓㄥˋ ㄐㄧㄥ ㄅㄚ ㄅㄞˇ

【用法】正正經經、嚴肅認真的樣子。
【例句】她說她要回鄉下去，我起初不信，但一看她那～的樣子，我也就相信了。
【附註】也作「正經八擺」。

正氣凜然 ㄓㄥˋ ㄑㄧˋ ㄌㄧㄣˇ ㄖㄢˊ

【解釋】凜然：表情嚴肅而使人敬畏的樣子。
【用法】形容正直無私，堅持正義而不可侵犯的氣概。
【例句】在法場上，他仍是～，把那些降臣罵得不敢再勸下去了。

正正之旗 ㄓㄥˋ ㄓㄥˋ ㄓ ㄑㄧˊ

【出處】《孫子・軍爭》：「無邀正正之旗，勿擊堂堂之陣。」（邀：半路攔截。）
【解釋】正正：整齊的樣子。
【用法】指排列整齊的軍隊。
【例句】話說劉九公看子牙兵士按五萬而出，左右顧盼，進退舒徐，紀律嚴肅，井井有條，兵威甚整，眞堂堂之陣，～。

正中下懷 ㄓㄥˋ ㄓㄨㄥˋ ㄒㄧㄚˋ ㄏㄨㄞˊ

【出處】明・施耐庵《水滸傳》第六十三回：「蔡福聽了，心中暗喜：『如此發放，正中下懷。』」
【解釋】正：恰好。下懷：指自己的心意。
【用法】正合自己的心意。
【例句】他正想上街，父親叫他去買東西，這一下子～，他馬上高興地答應了。

正人君子 ㄓㄥˋ ㄖㄣˊ ㄐㄩㄣ ㄗˇ

【出處】五代・後晉・劉昫等《舊唐書・崔胤傳》：「胤所悅者闒茸下輩，所惡者正人君子。」
【用法】指品德高尚、正直無私的人。
【例句】李君是個～，他絕不會幹這樣的勾當。

正色立朝 ㄓㄥˋ ㄙㄜˋ ㄌㄧˋ ㄔㄠˊ

【出處】《公羊傳・桓公二年》：「孔父正色而立於朝，則人莫敢過而致難於其君者，孔父可謂義形於色矣。」
【解釋】正色：態度嚴肅而不可侵犯。朝：朝廷。
【用法】比喻不諂媚阿諛和不畏強暴的人。
【例句】文天祥～，毫無畏懼之色。

正言厲色 ㄓㄥˋ ㄧㄢˊ ㄌㄧˋ ㄙㄜˋ

【出處】南朝・宋・范曄《後漢書・翟酺傳》：「目見正容，耳聞正言。」
【解釋】正言：語言嚴正。厲：嚴厲。色：臉色。
【用法】說話時，臉色很嚴肅，語言嚴厲。
【例句】李子亭先前也不在意，後來見他～大義凜然的光景，不免又拿他當個好人。

正顏厲色 ㄓㄥˋ ㄧㄢˊ ㄌㄧˋ ㄙㄜˋ

【出處】清・曹雪芹《紅樓夢》第十九回：「黛玉見他說的鄭重，又且正顏厲色，只當是眞事。」
【解釋】正顏：表情嚴肅。厲：嚴厲。
【用法】形容板著面孔，神情嚴肅。
【例句】我們意欲上前同她談談，無奈

這些婦女都是～，顯得我們冒昧唐突。

證龜成鱉（ㄓㄥˋ ㄍㄨㄟ ㄔㄥˊ ㄅㄧㄝ）

【出處】《東坡志林》：「然至其惑於衆口，則顛倒錯謬如此，俚語曰：『證龜成鱉，此未足怪也。』」

【解釋】龜：烏龜。鱉：甲魚，俗稱王八。

【用法】把烏龜證實成甲魚以混淆人們視聽。

【例句】對方最善於～，混淆視聽的，你可千萬不要中了他的計謀。

【附註】義同「指鹿爲馬」。

證據確鑿（ㄓㄥˋ ㄐㄩˋ ㄑㄩㄝˋ ㄗㄠˊ）

【出處】清．吳趼人《二十年目睹之怪現狀》第四十八回：「起先是百計出脫，也不知費了多少錢，無奈證據確鑿，情眞罪當，無可出脫。」

【用法】證據確實可靠。

【例句】現在～，你還有什麼話可說？

鄭重其事（ㄓㄥˋ ㄓㄨㄥˋ ㄑㄧˊ ㄕˋ）

【出處】清．曹雪芹《紅樓夢》第四回：「他便一眼看上了，立意買來作妾……所以鄭重其事，必得三日後方進門。」

【解釋】鄭重：嚴肅認眞。

【用法】形容說話辦事態度謹慎嚴肅。

【例句】她～地把這一包東西交到了我的手裏。

鄭聲亂雅（ㄓㄥˋ ㄕㄥ ㄌㄨㄢˋ ㄧㄚˇ）

【出處】《論語．陽貨》：「子曰：『惡紫之奪朱也，惡鄭聲之亂雅樂也，惡利口之覆邦家者。』」

【解釋】鄭聲：春秋時代鄭國的音樂，舊時被認爲淫靡的聲樂。雅：莊嚴的雅樂。鄭國淫靡的聲樂擾亂了莊嚴的雅樂。

【用法】比喻以邪侵正。

【例句】在此眞理不明的時代，～之事時有所聞。

鄭人買履（ㄓㄥˋ ㄖㄣˊ ㄇㄞˇ ㄌㄩˇ）

【出處】《韓非子．外儲說左上》：「鄭人有欲買履者，先自度其足，而置之其坐，至之市，而忘操之，已得履，乃曰：『吾忘持度。』反歸取之，及反，市罷，遂不得履。人曰：『何不試之以足？』曰：『寧信度，無自信也。』」

【解釋】鄭人：春秋時鄭國人。履：鞋子。

【用法】諷喻那些只相信條文，不願客觀實際的人。

【例句】你這樣正是～，死守條文，卻不知因時制宜，實在可笑之至。

鄭人爭年（ㄓㄥˋ ㄖㄣˊ ㄓㄥ ㄋㄧㄢˊ）

【出處】《韓非子．外儲說左上》：「鄭人有與爭年者，一人曰：『吾與堯同年。』其一人曰：『我與黃帝之兄同年。』訟此而不決，以息者爲勝耳。」

【解釋】鄭人：春秋時鄭國人。年：年齡。

【用法】比喻沒有意義的爭論。

【例句】～，再爭下去，徒然耗費時日，卻一點兒意義都沒有，我看就此終止吧！

鄭衛之音（ㄓㄥˋ ㄨㄟˋ ㄓ ㄧㄣ）

【出處】《禮記・樂記》：「魏文侯問于子夏曰：『吾端冕而聽古樂，則唯恐臥，聽鄭衛之音，則不知倦。敢問古樂之如彼，何也？新樂之如此，何也？』子夏曰：『鄭衛之音，亂世之音也，比于慢矣，桑間濮上之音，亡國之音也。』」

【解釋】鄭、衛：春秋時兩小國。音：音樂。原指春秋戰國時鄭、衛等國的民間音樂。

【用法】淫靡之樂的代稱。

【例句】你終日盡聽～，難怪一點兒優雅氣質都沒有。

朱門酒肉臭 ㄓㄨ ㄇㄣˊ ㄐㄧㄡˇ ㄖㄡˋ ㄔㄡˋ

【出處】唐・杜甫《自京赴奉先縣咏懷五百字》詩：「朱門酒肉臭，路有凍死骨。」

【解釋】朱門：紅漆大門，指富貴人家。有錢的人家奢侈浪費，吃用不盡。

【用法】形容貧富懸殊的社會狀況。

【例句】從這裡，她明白了「～」的原因，明白了她媽因爲什麼而死去。

朱門繡戶 ㄓㄨ ㄇㄣˊ ㄒㄧㄡˋ ㄏㄨˋ

【出處】清・蒲松齡《聊齋志異・封三娘》：「封曰：『娘子朱門繡戶，妾素無葭莩親，慮致譏嫌。』」

【解釋】朱門：紅漆大門。繡戶：華麗的居室。

【用法】①指富貴人家婦女的住房。②指富貴人家。

【例句】雖然身在～，但他還是時時想到那些挨餓受凍的貧民，不知他們何時才能脫離貧困。

朱輪華轂 ㄓㄨ ㄌㄨㄣˊ ㄏㄨㄚˊ ㄍㄨˇ

【出處】漢・司馬遷《史記・張耳陳餘列傳》：「令范陽令乘朱輪華轂，使馳驅燕趙郊。」

【解釋】轂：車輪中的圓木。古代顯貴者所乘的紅色華麗的車子。

【用法】指作官的人。

【例句】在此偏僻的鄉野，竟有～來往，十分不尋常，你前去打聽打聽，探知實情。

朱干玉戚 ㄓㄨ ㄍㄢ ㄩˋ ㄑㄧ

【出處】《禮記・明堂位》：「朱干玉戚，冕而舞《大武》。」

【解釋】干：盾。戚：斧。赤色的盾牌，玉飾大斧。古代武舞所執的兵器。後作爲儀仗用。

【例句】國宴上，～井然有序排列著，好不威武。

朱唇皓齒 ㄓㄨ ㄔㄨㄣˊ ㄏㄠˋ ㄔˇ

【出處】戰國・楚・屈原《楚辭・大招》：「朱唇皓齒，嫭以姱只。」（嫭、姱：美好的樣子。只：語氣詞。）

【解釋】朱：大紅色。皓：潔白。紅紅的嘴唇，白白的牙齒。

【用法】形容容貌俊俏秀麗。

【例句】畫中的仕女，～，十分秀麗。

朱衣點頭 ㄓㄨ ㄧ ㄉㄧㄢˇ ㄊㄡˊ

【出處】明・陳耀文《天中記》卷二十八引《侯鯖錄》：「歐陽修知貢舉日，每遇考試卷，坐後常覺一朱衣時復點頭，然後其文入格……始疑侍吏，及回顧之，一無所見。因語其事幹同列，爲之三嘆。嘗有句云：『唯願朱衣一點頭。』」
【用法】科舉中選的代稱。
【例句】年年科舉，歲歲觀場，不能得～，黃榜標名，是我這輩子最深的遺憾！

朱衣使者（ㄓㄨ ㄧ ㄕˇ ㄓㄜˇ）

【出處】清・梁章巨《稱謂錄》：「朱衣使者，宋人詩中屢見，亦言試官也。」
【用法】科舉時代的考試官。
【例句】考場上，衆考生焦慮地等待～的到來，過了好些時候，才見試官姍姍而來。

珠箔銀屏（ㄓㄨ ㄅㄛˊ ㄧㄣˊ ㄆㄧㄥˊ）

【出處】唐・白居易《長恨歌》：「攬衣推枕起徘徊，珠箔銀屏迤邐開。」
【解釋】箔：簾子。屏：屏風。珠綴的簾子，銀製的屏風。
【用法】形容神仙洞府陳設華美。
【例句】此處～，似若人間仙境。

珠槃玉敦（ㄓㄨ ㄆㄢˊ ㄩˋ ㄉㄨㄟˋ）

【出處】《周禮・天官・玉府》：「若合諸侯則共珠槃玉敦。」注：「古者以槃盛血，以敦盛食。合諸侯者必割牛耳，取其血歃之以盟。珠槃以盛牛耳。」
【解釋】敦：槃類，珠玉以爲飾。
【用法】天子與諸侯歃血爲盟的器皿。
【例句】且備～，歃血爲盟，今後我們就是站在同一邊的盟友，可要彼此照應。

珠聯璧和（ㄓㄨ ㄌㄧㄢˊ ㄅㄧˋ ㄏㄜˊ）

【出處】漢・班固《漢書・律曆志上》：「日月如合璧，五星如連珠。」
【解釋】珠：珍珠。璧：美玉。珍珠串聯在一起，美玉結合在一塊兒。
【用法】比喻傑出的人才或美好的事物湊在一起，配合得很好。
【例句】分別數年的一對情人如今又在一起，一塊兒爲藝術奉獻，這眞是～啊！

珠宮貝闕（ㄓㄨ ㄍㄨㄥ ㄅㄟˋ ㄑㄩㄝˋ）

【出處】戰國・楚・屈原《楚辭・九歌・河伯》：「魚鱗屋兮龍堂，紫貝闕兮朱宮。」注：「言河伯所居，以魚鱗蓋屋，堂畫蛟龍之文，紫貝作闕，朱丹其宮。」（朱：一作「珠」。）
【解釋】貝：寶貝。闕：宮殿前的門觀。指黃河之神所居的珠光寶氣燦爛奪目的宮殿。
【用法】泛指華麗的建築。
【例句】倘能在～住上幾天，那該有多好！

珠光寶氣（ㄓㄨ ㄍㄨㄤ ㄅㄠˇ ㄑㄧˋ）

【解釋】珠、寶：珍珠寶石一類的飾物。光、氣：形容閃耀著光彩。
【用法】喻指裝飾華麗，燦爛輝煌。
【例句】那大概像古墓裡的貴婦人似的，滿身都是～。

珠輝玉映（ㄓㄨ ㄏㄨㄟ ㄩˋ ㄧㄥˋ）

【出處】清・吳敬梓《儒林外史》第二十九回：「小弟雖年少，浪遊江湖，閱人多矣，從不曾見先生珠輝玉映，眞乃天上仙班。」

【解釋】珍珠和寶玉的光彩相互輝映。

【用法】形容光彩煥發。

【例句】此人～，必非一般常人。

珠還合浦（ㄓㄨ ㄏㄨㄢˊ ㄏㄜˊ ㄆㄨˇ）

見「合浦還珠」。

珠翠之珍（ㄓㄨ ㄘㄨㄟˋ ㄓ ㄓㄣ）

【出處】三國・魏・曹植《七啓》：「山鷄斥鴳，珠翠之珍。」張銑注：「珠翠之珍，謂蜯(蚌)肉及翠鳥肉。」

【用法】指水陸所產的美味食物。

【例句】席間，～不絕，主人盛情著實叫人感動。

珠圍翠繞（ㄓㄨ ㄨㄟˊ ㄘㄨㄟˋ ㄖㄠˋ）

見「翠繞珠圍」。

珠玉在側（ㄓㄨ ㄩˋ ㄗㄞˋ ㄘㄜˋ）

【出處】唐・房玄齡等《晉書・衛玠傳》：「玠風神秀異，驃騎將軍王濟，玠之舅也，每見玠輒曰：『珠玉在側，覺我形穢。』」

【解釋】珠玉：珍珠美玉，此處借指高尙不俗的人。側：旁。

【用法】比喻道德高尙，儀態不凡的人在自己的身旁。

【例句】今我～，更是自慚形穢，往後可請先生不吝指教，以進德修業。

珠圓玉潤（ㄓㄨ ㄩㄢˊ ㄩˋ ㄖㄨㄣˋ）

【出處】唐・張文琮《咏水》詩：「方流涵玉潤，圓折動珠光。」

【解釋】潤：細膩、光滑。像珍珠那樣精圓，像美玉那樣細潤。

【用法】①形容文辭華麗，聲韻協調。②形容歌喉甜潤流暢，音色十分悅耳動聽。

【例句】她的歌聲～，十分動聽。

蛛絲馬迹（ㄓㄨ ㄙ ㄇㄚˇ ㄐㄧ）

【出處】清・王家賁《別雅・序》：「此書則又大開通同轉假之門，泛濫浩博，幾疑天下無字不可通用，而實則蛛絲馬迹，原原本本，具在古書。」

【解釋】順著蛛絲可以找到蜘蛛的所在，跟著馬蹄的印迹就可以尋到馬的去向。

【用法】比喻隱約可尋的線索和迹象。

【例句】警察人員就按這些～，深入調查研究，破獲了一起重大的詐騙案件。

蛛網塵埃（ㄓㄨ ㄨㄤˇ ㄔㄣˊ ㄞ）

【用法】比喻那些陳舊、腐朽、骯髒的東西。

【例句】他頭腦裡的～太多了，因此，需要對他嚴加批評，否則他是難以改正的。

誅求無時（ㄓㄨ ㄑㄧㄡˊ ㄨˊ ㄕˊ）

【出處】《左傳・襄公三十一年》：「以敝邑褊小，介於大國，誅求無時，是以不敢寧居。」

【解釋】誅求：苛求、勒索。

【用法】不斷地進行勒索，沒有滿足的時候。

【例句】這惡霸貪求無厭，～，我們不能任他如此囂張下去。

誅求無已（ㄓㄨ ㄑㄧㄡˊ ㄨˊ ㄧˇ）

【出處】漢・董仲舒《春秋繁露・王道》：「桀紂驕溢妄利，誅求無已，天下空虛。」
【解釋】誅求：苛求、勒索。無已：不止。
【用法】勒索詐取沒完沒了。
【例句】舊社會苛捐雜稅名目繁多，～，老百姓眞沒法活了！
【附註】也作「誅求無厭」。參看「誅求無時」。

誅心之論 ㄓㄨ ㄒㄧㄣ ㄓ ㄌㄨㄣˋ

【出處】春秋時期，晉國的趙穿殺了國君晉靈公，身爲正卿的趙盾沒有聲討趙穿。晉國的史官據此，在記載這件事時，寫爲「趙盾弒其君。」李賢注：「晉史，書趙盾弒君。趙盾曰：『天乎無辜！吾不弒君。』太史曰：『爾爲仁爲義，人殺爾君，而不討賊，此非弒君如何？』此赦事誅意也。」
【解釋】誅心：猶「誅意」，譴責人心。指不是只凭事態現象，而是深入人的內心做出的譴責和論斷。
【用法】泛指深刻的議論。
【例句】那時他雖滿嘴只說未將剪子帶來，其實只想以手代剪。這個『撕』字乃～。

誅鋤異己 ㄓㄨ ㄔㄨˊ ㄧˋ ㄐㄧˇ

【解釋】誅：殺害。鋤：鏟除。
【用法】指消滅和淸除在政治上反對自己或與自己意見不合的人。
【例句】他一即位，就～，以鞏固自己的勢力。

諸如此類 ㄓㄨ ㄖㄨˊ ㄘˇ ㄌㄟˋ

【出處】唐・房玄齡等《晉書・劉頌傳》：「諸如此類，亦不得已已。」
【解釋】諸：衆多。有許多類似這樣的事情。
【用法】表示其他可以以此來類推。
【例句】～的妙文，我見識得也不算少了！

諸子百家 ㄓㄨ ㄗˇ ㄅㄞˇ ㄐㄧㄚ

【出處】漢・司馬遷《史記・屈原賈生列傳》：「賈生年少，頗通諸子百家之書。文帝召以爲博士。」
【解釋】諸子：指先秦各學派的代表人物，如：儒家的孔子、孟子；法家的商鞅、韓非子；道家的老子；墨家的墨子等。也指其代表作。百家：泛指所有派別。
【用法】我國先秦學術思想派別的一個總稱。
【例句】～各有自己的見解，就其影響來說，則只有儒家學派影響最大。

諸惡莫作 ㄓㄨ ㄜˋ ㄇㄛˋ ㄗㄨㄛˋ

【出處】《大般涅槃經》：「諸惡莫作，諸善奉行。」
【解釋】諸惡：各種壞事。佛家語。凡是壞事都不要做。
【用法】用以勸人行善。
【例句】勸君諸善奉行，但是～。

豬突豨勇 ㄓㄨ ㄊㄨˊ ㄒㄧ ㄩㄥˇ

【出處】漢・班固《漢書・食貨志下》：「匈奴侵寇甚，（王莽）大募天下囚徒人奴，名曰豬突豨勇。」
【解釋】豨：野豬。
【用法】喻指拼命向前衝，不怕死的人

（含貶義）。

【例句】這群人～，蠻橫得很，你千萬別去招惹他們。

銖兩悉稱 ㄓㄨ ㄌㄧㄤˇ ㄒㄧ ㄔㄣˋ

【解釋】銖兩：形容分量的輕重。悉：都、全。稱：合適、相當。

【用法】①形容兩下相比，輕重相當，分毫不差。②形容雙方實力均衡，不相上下。

【例句】這兩幅畫倒是～，很難分出誰優誰劣來。

銖兩之奸 ㄓㄨ ㄌㄧㄤˇ ㄓ ㄐㄧㄢ

【出處】漢・班固《漢書・趙廣漢傳》：「及吏受取請求銖兩之奸，皆知之。」

【解釋】銖：我國古代的重量單位，二十四銖為一兩，十六兩為一斤。銖兩：一銖一兩，形容份量輕微。奸：邪惡行為。

【用法】指一點一滴極其輕微的邪惡行為。

【例句】為人當嚴以律己，即使是～，也不可輕視。

銖積寸累 ㄓㄨ ㄐㄧ ㄘㄨㄣˋ ㄌㄟˇ

【出處】宋・蘇軾《裙靴銘》：「寒女之絲，銖積寸累。」（絲：絲織品。）

【解釋】銖：我國古代的重量單位，二十四銖為一兩，十六兩為一斤。銖、寸：這裡都形容極微小的數量。一銖一寸地積累起來。

【用法】①形容事物完成是由小到大，由少到多的。②形容完成一件事情是不容易的。

【例句】這些經驗，都是他在長期教學中～，總結起來的，非常值得我們珍惜。

竹帛之功 ㄓㄨˊ ㄅㄛˊ ㄓ ㄍㄨㄥ

【出處】漢・班固《漢書・蘇武傳》：「李陵置酒賀武曰：『今足下還歸，揚名于匈奴，功顯於漢室，雖古竹帛所載，丹青所畫，何以過於卿！』」

【解釋】竹帛：竹簡和白絹，古代供書寫的用品，代指史冊。

【用法】名垂史冊的功績。

【例句】郭公這～，無人可及，我等佩服非常。

竹苞松茂 ㄓㄨˊ ㄅㄠ ㄙㄨㄥ ㄇㄠˋ

【出處】《詩經・小雅・斯干》：「如竹苞矣，如松茂矣。」（《斯干》相傳是周宣王建造宮室時唱的詩。）

【解釋】苞：叢生而繁密。像竹子和松樹那樣繁榮茂盛。

【用法】①比喻家族興盛。②舊時也作新屋落成的頌詞。

【例句】席上，眾人齊舉杯，同聲祝賀主人～，家族興盛。

竹報平安 ㄓㄨˊ ㄅㄠˋ ㄆㄧㄥˊ ㄢ

【出處】唐・段成式《酉陽雜俎續集・支植下》：「衛公（李德裕）言：『北都惟童子寺有竹一窠，才長數尺，相傳其寺網維，每日報平安。』」（網維：主管僧寺事務的和尚。）

【解釋】指總管向家主人報告：「培植的竹子生長正常，平安無恙。」後改報竹為「竹報」。竹報：寫竹筒，作報告，舊時用作家信的代稱。

【用法】指家信告語全家平安。

【例句】春節期間，許多人家紛紛貼上「～」四字的橫聯，以討個吉利。

竹馬之友（ㄓㄨˊ ㄇㄚˇ ㄓ ㄧㄡˇ）

【出處】唐・房玄齡《晉書・殷洪傳》：「桓溫語人曰：『少時吾與浩共騎竹馬。』」

【解釋】竹馬：把竹竿當作馬，騎竹馬是兒童的遊戲。

【用法】指小時一同騎竹馬作遊戲的朋友。

【例句】他是我的～，情誼非比尋常，今日他有困難，我當然義不容辭協助他。

竹頭木屑（ㄓㄨˊ ㄊㄡˊ ㄇㄨˋ ㄒㄧㄝˋ）

【出處】唐・房玄齡《晉書・陶侃傳》：「時造船，木屑及竹頭，悉令舉掌之，咸不解所以。後正會積雪初晴，廳事前餘雪猶濕，以屑布地。及桓溫伐蜀，又以侃所貯竹頭作釘裝船。」

【解釋】竹頭：竹子的碎片。木屑：木頭的碎片。

【用法】比喻可以利用的廢物。

【例句】雖是～，也都有它的功用，更何況是這一張張的白紙，你怎可隨意丟棄？

竹籃打水（ㄓㄨˊ ㄌㄢˊ ㄉㄚˇ ㄕㄨㄟˇ）

【出處】明・蘭陵笑笑生《金瓶梅》第九十一回：「閃的我樹倒無蔭，竹籃打水。」

【用法】比喻勞而無功，結果落得一場空。

【例句】你這是～嘛！當然不可能會成功！

築室反耕（ㄓㄨˋ ㄕˋ ㄈㄢˇ ㄍㄥ）

【出處】《左傳・宣公十五年》載：春秋時，楚莊王伐宋，圍宋九月而宋不降。申叔時僕，曰：「築室，反耕者，宋必聽命。」從之。宋人懼，使華元夜入楚師，求退兵。杜預注：「築室於宋，分兵歸田，示無去志。」（申叔時僕：申叔時當時爲楚王駕車。）

【用法】表示作長久屯兵之計。

【例句】對方既緊閉城門，不攻不降，我們不如～，待其糧盡，再作打算。

築室道謀（ㄓㄨˋ ㄕˋ ㄉㄠˋ ㄇㄡˊ）

【出處】《詩經・小雅・小旻》：「如彼築室於道謀。是用不潰於成。」

【解釋】道：道路。謀：商議。蓋房子請教過路的行人。

【用法】比喻辦事情却找一些毫不相干的人去求教，而自己毫無主見，是辦不成事的。

【例句】辦事應有主見，否則～，盡聽一些不相干的意見，那是什麼事也幹不成的。

逐兔先得（ㄓㄨˊ ㄊㄨˋ ㄒㄧㄢ ㄉㄜˊ）

【出處】古語：「萬人逐兔，一人獲之，貪者悉止，分定故也。」

【解釋】逐：追趕。

【用法】誰先抓到手就歸誰，別人不能再爭。

【例句】做人要講理，「～」，這東西既然是我先找到的，當然就歸我所有。

逐日追風（ㄓㄨˊ ㄖˋ ㄓㄨㄟ ㄈㄥ）

【出處】唐・姚思濂《梁書・元帝紀》

：「騎則逐日追風，弓則吟猿落雁。」
【解釋】逐日：追逐太陽。追風：追趕風。
【用法】形容馬跑得極快。
【例句】李君一跨上馬，那馬兒即刻～地向前奔騰。霎時間，他就不見蹤影了。

主觀臆斷 ㄓㄨˇ ㄍㄨㄢ ㄧˋ ㄉㄨㄢˋ

【解釋】主觀：不依據實際情況而固執己見。臆斷：憑臆想進行判斷。
【用法】不依據客觀實際情況，只憑主觀對事物做出判斷。
【例句】唐僧在妖魔的蒙蔽下，～，一錯再錯，竟把悟空趕走了。

主少國疑 ㄓㄨˇ ㄕㄠˋ ㄍㄨㄛˊ ㄧˊ

【出處】宋·司馬光《資治通鑑·後梁記·太祖開平二年》注：「地親而屬尊者，居主少國疑之時，可不戒哉？」
【解釋】少：年少、年幼。疑：疑難。
【用法】君主年幼，政權不穩，國事多疑。
【例句】～，恐生變，故請親王攝政，以穩定國勢。

主聖臣良 ㄓㄨˇ ㄕㄥˋ ㄔㄣˊ ㄌㄧㄤˊ

【出處】唐·白居易《敢諫鼓賦》：「聲聞於外，以彰我主聖臣良；道在中，以表我上忠下敬。」
【解釋】聖：聖明。良：賢良。
【用法】君主聖明，臣下忠良。
【例句】我皇朝～，今遭此憂患，是時運不佳所致，倘時來運轉，必將重振我大漢國威。

主聖臣直 ㄓㄨˇ ㄕㄥˋ ㄔㄣˊ ㄓˊ

【出處】漢·班固《漢書·薛廣德傳》：「先政光祿大夫張猛進曰：『臣聞主聖臣直，乘船危，就橋安，聖主不乘危，御史大夫言可聽。』」
【解釋】聖：明智。直：正直。君主明智，臣下正直。
【用法】比喻上行下效。
【例句】當今～，舉朝氣象爲之一新，是天不亡我大宋之兆。

主辱臣死 ㄓㄨˇ ㄖㄨˇ ㄔㄣˊ ㄙˇ

【出處】《國語。越語下》：「范蠡曰：『爲人臣者，君憂臣勞，君辱臣死。』」
【解釋】辱：指蒙受恥辱。死：指盡忠而死。
【用法】指君主蒙受恥辱，爲臣的盡忠以死。
【例句】～，這是我家世代遵奉的信條，先祖爲主而死，先父爲君捐軀，今我不避死，是爲保全我楊家盡忠傳統，請閣下不必多言，只請代爲照料一家老少我就感激不盡。

主憂臣勞 ㄓㄨˇ ㄧㄡ ㄔㄣˊ ㄌㄠˊ

【出處】漢·司馬遷《史記·越王勾踐世家》：「臣聞主憂臣勞，主辱臣死。昔者君王辱於會稽，所以不死，爲此事也。」
【解釋】憂：憂患。
【用法】君王有憂患，臣下服其勞。
【例句】～，這是爲人臣者應盡的義務，今主上有難，我義不容辭當爲主上您分憂解勞。

主文譎諫（ㄓㄨˇ ㄨㄣˊ ㄐㄩㄝˊ ㄐㄧㄢˋ）

【出處】《毛詩·序》：「主文而譎諫，言之者無罪，聞之者足以戒。」
【解釋】主文：用比喻來規勸。譎諫：委婉諷諭。
【用法】用比喻、諷刺的方法委婉規勸。
【例句】比興都是《大序》所謂「～」；不直陳而用譬喻叫「主文」，委婉諷刺叫「譎諫」。說的人無罪，聽的人卻可警戒自己。

屬毛離裡（ㄓㄨˇ ㄇㄠˊ ㄌㄧˊ ㄌㄧˇ）

【出處】《詩經·小雅·小弁》：「靡瞻匪父，靡依匪母。不屬於毛？不離於裡？」
【用法】比喻子女與父母的關係十分親密。
【例句】這家老小～，親密之至，實令人羨慕。

屬辭比事（ㄓㄨˇ ㄘˊ ㄅㄧˇ ㄕˋ）

【出處】《禮記·經解》：「屬辭比事，《春秋》教也。」
【解釋】屬：連續。比：考校。
【用法】①指連綴文辭，排列史事。②泛稱撰文記事。
【例句】教研所編輯的這份資料，～，有可取之處。

屬垣有耳（ㄓㄨˇ ㄩㄢˊ ㄧㄡˇ ㄦˇ）

【出處】《詩經·小雅·小弁》：「君子無易而言，耳屬於垣。」
【解釋】屬垣：以耳附牆，偷聽人家說話。
【用法】指隔牆有耳，說話要注意。
【例句】你說話要謹慎，～，小心你這番話傳到老闆耳裏，到時不被炒魷魚才怪。

拄笏看山（ㄓㄨˇ ㄏㄨˋ ㄎㄢˋ ㄕㄢ）

【出處】南朝·宋·劉義慶《世說新語·簡傲》：「晉王子猷（徽之）爲桓車騎（桓沖）參軍，桓謂王曰：『在府久，比當相料理。』初不答，直高視，以手版拄頰云：『西山朝來，致有爽氣。』」
【解釋】笏：古時大臣上朝時拿著的狹長手板，多用象牙或竹片製成，可記事。
【用法】指雖爲官而有閑情雅致。
【例句】東坡先生任杭州太守時，不忘～，閑情雅致，一如既往。

煮豆燃萁（ㄓㄨˇ ㄉㄡˋ ㄖㄢˊ ㄑㄧˊ）

【出處】南朝·宋·劉義慶《世說新語·文學》：「文帝（曹丕）嘗令東阿王（曹植）七步中作詩，不成者行大法。（曹植）應聲便爲詩曰：『煮豆持作羹，漉菽以爲汁，萁在釜下燃，豆在釜中泣，本是同根生，相煎何太急！』帝深有慚色。」
【解釋】燃：燒。萁：豆秸。用豆秸當柴煮豆子。
【用法】比喻兄弟間自相殘害。
【例句】在抗日組織中，各派之間有時互相攻訐，這是～，只能於敵人有利。

煮弩爲糧（ㄓㄨˇ ㄋㄨˇ ㄨㄟˊ ㄌㄧㄤˊ）

【出處】南朝·宋·范曄《後漢書·耿恭傳》：「耿恭以單兵固守孤城，鹵山爲井，煮弩爲糧，出於萬死，無一生之望。」
【解釋】弩：指弩弦，弓上用以發箭的牛筋繩。指城被圍時，城內絕糧，以弩弦作糧食的代用品。
【用法】形容絕糧時的困苦情況。
【例句】城池被圍困達數月之久，城中軍民只得～，勉強支持，只望援軍早日來到，以解圍紓困。

煮鶴焚琴（ㄓㄨˇ ㄏㄜˋ ㄈㄣˊ ㄑㄧㄣˊ）
見「焚琴煮鶴」。

煮粥焚須（ㄓㄨˇ ㄓㄡ ㄈㄣˊ ㄒㄩ）
【出處】宋・歐陽林等《新唐書・李勣傳》：「其姊病，嘗自爲粥而燎其須。姊戒止。答曰：『姊多疾，而勣且老，雖欲數進粥，尚幾何？』」
【解釋】須：鬍鬚。爲熬粥而燒着了鬍鬚。
【用法】形容姊弟之間的友愛。
【例句】楊家姊弟，～，友愛非常，在鄉里傳爲美談。

助邊輸財（ㄓㄨˋ ㄅㄧㄢ ㄕㄨ ㄘㄞˊ）
見「輸財助邊」。

助桀爲虐（ㄓㄨˋ ㄐㄧㄝˊ ㄨㄟˊ ㄋㄩㄝˋ）
【出處】漢・司馬遷《史記・留侯世家》：「良曰：夫秦爲無道，故沛公得至此。夫爲天下除殘賊，宜縞素爲資，今始入秦，即安其樂，此所謂『助桀爲虐』。」
【解釋】桀：夏朝的最後一個君主，傳說中的暴君。虐：殘暴。幫助桀幹暴虐的事。
【用法】比喻幫助惡人幹壞事。
【例句】此人惡名昭彰，人人避之唯恐不及，而你竟～，替他催討債務，我對你眞是失望極了。

助紂爲虐（ㄓㄨˋ ㄓㄡˋ ㄨㄟˊ ㄋㄩㄝˋ）
【出處】《孟子・滕文公下》：「周公相武王，誅紂伐奄。」宋・朱熹注：「奄，東方之國，助紂爲虐者也。」
【解釋】紂：商朝最後一個君王，歷史上有名的暴君。虐：殘暴。
【用法】幫助壞人幹壞事。
【例句】賈瑞助着薛蟠圖些銀錢酒肉，一任薛蟠橫行霸道，他不但不去管約，反「～」討好兒。

助人爲樂（ㄓㄨˋ ㄖㄣˊ ㄨㄟˊ ㄌㄜˋ）
【用法】把幫助別人當作快樂。
【例句】對青少年，應提倡熱愛～的好風尚。

助我張目（ㄓㄨˋ ㄨㄛˇ ㄓㄤ ㄇㄨˋ）
【出處】三國・魏・曹植《與吳質書》：「墨翟，不好伎，何爲過朝歌而回車乎？足下好伎，而正值墨氏回車之縣，想足下助我張目也。」（伎：聲樂。）
【解釋】張目：助長聲勢。爲我助長聲勢。
【用法】指別人贊助自己的言行，而使自己氣勢更壯。
【例句】敵軍中～的人，較以前增加百倍，才曉得人心思變，是實有的。

祝不勝詛（ㄓㄨˋ ㄅㄨˋ ㄕㄥ ㄗㄨˇ）
【出處】宋・洪邁《容齋四筆》三：「一人祝之，一國詛之，一祝不勝萬詛，國亡不亦宜乎？」
【解釋】祝：祝頌。勝：敵得過。詛：咒罵的人過多，寡不敵衆。
【用法】指祝頌的人太少，咒罵的人過多，寡不敵衆。
【例句】此人爲惡多端，因而～，是預料中事。

祝哽祝噎（ㄓㄨˋ ㄍㄥˇ ㄓㄨˋ ㄧㄝ）

【出處】漢．班固《漢書．賈山傳》：「天子之尊，四海之內其義莫不爲臣。然而養三老於大學，親執醬而餽，執爵而酉酳祝餉在前，祝鯁在後。」注：「酉，古噎字，謂食上下也。以老人好哽噎，故爲備祝以祝之。」
【解釋】祝：以言告神祈福。哽、噎：食物堵住喉嚨和食道。
【用法】古代敬老、養老之禮。老年人進食時多哽噎，故置人於前後祝之，使不哽噎。
【例句】古人爲表敬老，～，對老年人關心備至，此優良習俗實應發揚。

著書立說（ㄓㄨˋ ㄕㄨ ㄌㄧˋ ㄕㄨㄛ）

【出處】清．吳敬梓《儒林外史》第三十五回：「將南京玄武湖賜與莊尙志著書立說，鼓吹休明。」
【解釋】著書：寫書。說：學說、主張。
【用法】把自己的主張寫成書，建立自己的學說。
【例句】他到了晚年，把全部的精力都放在～上了。

著作等身（ㄓㄨˋ ㄗㄨㄛˋ ㄉㄥˇ ㄕㄣ）

【出處】元．脫脫等《宋史．賈黃中傳》：「黃中幼聰悟，方五歲，玭每旦令正立，課其誦讀。」
【解釋】寫的著作堆起來有作者身體那麼高。
【用法】形容著作極多。
【例句】會上陳列了他多年來的全部著作，那時他已是～了。

鑄成大錯（ㄓㄨˋ ㄔㄥˊ ㄉㄚˋ ㄘㄨㄛˋ）

【出處】宋．司馬光《資治通鑑．唐．昭宗大祐三年》載：當時割據魏州一帶的軍閥羅紹威把另一軍閥朱全忠引進來，消滅了原來魏州牙將的軍隊，但因供應朱全忠及其部下，把自己的積蓄用得精光，羅懊悔說：「合六州四十三縣鐵，不能爲此錯也。」
【解釋】鑄：鑄造，把熔煉後的金屬倒在模型裡製成器物。錯：本義爲銼刀，這裡借作「錯誤」解，是雙關用法。鑄成一把大銼刀。
【用法】指造成大錯誤。
【例句】他不聽朋友善意批評，一意孤行，終於～，後悔莫及！

鑄山煮海（ㄓㄨˋ ㄕㄢ ㄓㄨˇ ㄏㄞˇ）

【出處】漢．司馬遷《史記．吳王濞列傳》：「吳王即山鑄錢，煮海水爲鹽，誘天下豪傑，白頭舉事。」
【解釋】鑄山：熔煉山中銅礦以爲錢。煮海：煮海水以爲鹽。
【用法】比喻大量聚斂錢財。
【例句】此惡霸在鄉裡無惡不作，～，剝削人民錢財，搞得鄉民民不聊生，實在可惡！非得嚴厲制裁他不可。

駐顏無術（ㄓㄨˋ ㄧㄢˊ ㄨˊ ㄕㄨˋ）

【解釋】駐：停留。顏：容顏。術：方

法。

【用法】沒有一個好辦法能保留人的容顏，使之青春常在。

【例句】～，隨着歲月的流逝，我已經越來越蒼老了。

抓綱帶目（ㄓㄨㄚ ㄍㄤ ㄉㄞˋ ㄇㄨˋ）

【解釋】綱：網的總繩，引申爲事物的主要環節。目：網上的眼，引申爲次要部分。

【用法】比喻辦事情、做工作的時候要抓住主要環節帶動其餘。

【例句】在工作中，要善於～，不要眉毛鬍子一把抓。

抓尖要強（ㄓㄨㄚ ㄐㄧㄢ ㄧㄠˋ ㄑㄧㄤˊ）

【出處】清・曹雪芹《紅樓夢》第七十四回：「天天打扮的像那西施樣子，在人眼前能說慣道，抓尖要強。」

【用法】形容爭強好勝，處處都不輸人。

【例句】他又在那兒～了，眞惹人厭。

抓耳撓腮（ㄓㄨㄚ ㄦˇ ㄋㄠˊ ㄙㄞ）

【出處】明・吳承恩《西遊記》第一回：「那些猴有胆大的都跳進去了，胆小的一個個伸頭縮頸，抓耳撓腮，大聲叫喊。」

【解釋】抓耳朵和腮幫子。

【用法】形容焦急忙亂或無法可施的樣子。

【例句】大郎聽罷，直氣得～，沒有是處。

捉班做勢（ㄓㄨㄛ ㄅㄢ ㄗㄨㄛˋ ㄕˋ）

【出處】明・馮夢龍《醒世恒言・賣油郎獨占花魁》：「只是尋得上頭來，你却莫要捉班做勢。」

【用法】擺架子，裝腔做勢。

【例句】你不必～了，別人吃你這一套，我可不吃。

捉刀代筆（ㄓㄨㄛ ㄉㄠ ㄉㄞˋ ㄅㄧˇ）

【出處】南朝・宋・劉義慶《世說新語・容止》：「魏武（曹操）將見匈奴使，自以形陋不足雄遠國，使崔季珪（琰）代，帝自捉刀立床頭。既畢，令間諜問曰：『魏王何如？』匈奴使答曰：『魏王雅望非常，然床頭捉刀人，此乃英雄也。』」

【用法】指代人出力或代寫文章。

【例句】這些年來，我不過幹些～的事情而已，自己沒有從事過任何著述。

捉鷄罵狗（ㄓㄨㄛ ㄐㄧ ㄇㄚˋ ㄍㄡˇ）

【出處】明・馮夢龍《醒世恒言・陳多壽生死夫妻》：「把一團美意，看作不良之心，捉鷄罵狗，言三語四，影射的發作了一場。」

【解釋】捉：捕、拿。

【用法】比喻借此罵彼

【例句】你有話就直說，何必～，指桑罵槐的！

捉襟見肘（ㄓㄨㄛ ㄐㄧㄣ ㄐㄧㄢˋ ㄓㄡˇ）

【出處】《莊子・讓王》：「曾子居衛……三日不舉火，十年不製衣，正冠而纓絕，捉衿（襟）而肘見，納履而踵決。」

【用法】①形容衣服破爛，生活窮困。②比喻困難重重，顧此失彼。

【例句】那幾年裡，由於家母生病，我眞有點～，生活很困難。

捉賊捉贓 ㄓㄨㄛ ㄗㄟˊ ㄓㄨㄛ ㄗㄤ

【出處】宋・胡大初《晝帘緒論・治獄》：「諺曰：『捉賊捉贓，捉奸須捉双。』此雖俚言，極為有道。」
【解釋】贓：用貪污受賄或盜竊等違法手段所取得的財物。捉賊要抓住贓證。
【用法】比喻處理問題要有直憑實據。
【例句】～，捉奸見雙，又無佐證，如何斷得他罪？
【附註】也作「捉賊見贓」。

卓立鷄群 ㄓㄨㄛˊ ㄌㄧˋ ㄐㄧ ㄑㄩㄣˊ

見「鶴立鷄群」。

卓犖不羈 ㄓㄨㄛˊ ㄌㄨㄛˋ ㄅㄨˋ ㄐㄧ

【出處】宋・王安石《泰州海陵縣主簿許君墓志銘》：「君既與兄元相友愛稱天下，而自少卓犖不羈。」
【解釋】卓犖：超絕出衆。羈：束縛、限制。
【用法】比喻人俊逸，有才華，無拘無束，豪放過人。
【例句】李君～，可是本校鼎鼎大名的才子。

卓犖英姿 ㄓㄨㄛˊ ㄌㄨㄛˋ ㄧㄥ ㄗ

【出處】清・吳敬梓《儒林外史》第二十九回：「有分教，風流高會，江南又見奇踪；卓犖英姿，海內都傳雅韵。」
【解釋】卓犖：超絕出衆。
【用法】英俊而威武的儀態，超出一般。
【例句】此人～，非常人可比，將來必能成就大業。

卓爾不群 ㄓㄨㄛˊ ㄦˇ ㄅㄨˋ ㄑㄩㄣˊ

【出處】漢・班固《漢書・梁十三王傳贊》：「夫唯大雅，卓爾不群。」
【解釋】卓爾：高高直立的樣子。不群：和一般人不同。高高直立，超出一般，與衆不同。
【用法】形容道德、學問的成就超過平常的人。
【例句】大詩人～，用詩為自己立下了一座紀念碑。
【附註】也作「卓然不群」。

卓有成效 ㄓㄨㄛˊ ㄧㄡˇ ㄔㄥˊ ㄒㄧㄠˋ

【解釋】卓：高超的，不平凡的。
【用法】有非常顯著、突出的成績和效果。
【例句】這個公關小組的研究工作～，取得了很大的進展。

拙嘴笨舌 ㄓㄨㄛ ㄗㄨㄟˇ ㄅㄣˋ ㄕㄜˊ

見「笨嘴拙舌」。也作「拙嘴笨腮」。

拙於用大 ㄓㄨㄛ ㄩˊ ㄩㄥˋ ㄉㄚˋ

見「大瓠之用」。

擢髮難數 ㄓㄨㄛˊ ㄈㄚˇ ㄋㄢˊ ㄕㄨˇ

【出處】漢・司馬遷《史記・范睢蔡澤列傳》載：戰國時，魏國須賈曾誣害范睢。後睢為秦相，賈使秦，遂謝罪。「睢曰：『汝罪有幾？』(須賈)曰：『擢賈之髮，以續賈之罪，尚未足。』」
【解釋】擢髮：拔下頭髮。就像拔下來的頭髮數都數不清。
【用法】形容罪行之多，無法計算。
【例句】法西斯分子對人民犯下的罪行，眞是～，罄竹難書。

【附註】也作「擢髮莫數」。

斲雕爲樸 ㄓㄨㄛˊ ㄉㄧㄠ ㄨㄟˊ ㄆㄨˊ

【出處】漢・司馬遷《史記・酷吏列傳》：「漢興，破觚而爲圜，斲雕而爲樸。」

【解釋】斲：砍、削。雕：雕飾、過分的修飾。

【用法】削去過分的雕飾，使之更質樸無華。

【例句】我這樣做，是爲～，洗去他一身的紈袴氣息，讓他能恢復樸質的本貌。

斲輪老手 ㄓㄨㄛˊ ㄌㄨㄣˊ ㄌㄠˇ ㄕㄡˇ

【出處】《莊子・天道》記載：一個做輪子的老工匠自述他的斫削經驗爲「不徐不疾，得之於手，而應手心。」而他所以能這樣，是因爲「行車七十，而老斫輪。」（斫：斲）

【解釋】斲：砍、削。砍木頭做車輪的老手。

【用法】比喻技術精湛或經驗很豐富的人。

【例句】看他運刀不疾不徐，得心應手的模樣，眞不愧是～。

濯濯童山 ㄓㄨㄛˊ ㄓㄨㄛˊ ㄊㄨㄥˊ ㄕㄢ

見「童山濯濯」。

濯纓濯足 ㄓㄨㄛˊ ㄧㄥ ㄓㄨㄛˊ ㄗㄨˊ

【出處】《孟子・離婁下》：「『滄浪之水清兮，可以濯我纓，滄浪之水濁兮，可以濯我足。』孔子曰：『小子聽之，清斯濯纓，濁斯濯足矣，自取之也。』」意思是清水可洗帽帶，濁水可洗脚。

【解釋】濯：洗滌。纓：繫帽的絲帶。足：脚。

【用法】①比喻敬重、輕蔑均由人自取。②表示避世隱居或清高自守之意。

【例句】世勢如此紛亂，即使我有心，也很難改變現狀。罷了！我～去了，眼不見爲淨。

着手成春 ㄓㄨㄛˊ ㄕㄡˇ ㄔㄥˊ ㄔㄨㄣ

【出處】唐・司空圖《詩品・自然》：「俯拾即是，不取諸鄰，俱道適往，著（着）手成春。如逢花開，如瞻歲新。」

【解釋】着手：動手。成春：轉成了春天。

【用法】①比喻技巧高明的詩人，出語就清新自然。②比喻醫術高明，能夠手到病除。

【例句】老中醫周大夫有富豐的臨床經驗和～的高明醫術。

【附註】參看「妙手回春」。

酌盈劑虛 ㄓㄨㄛˊ ㄧㄥˊ ㄐㄧˋ ㄒㄩ

【出處】《清會典事例・戶部・積儲》：「以別州縣谷價之贏餘，添補采買，爲酌盈劑虛，挹彼德茲之計。」

【解釋】酌盈：酌取盈餘的。劑虛：調節不足的。

【用法】形容取多補少，調濟餘缺。

【例句】他在股票市場上，損失太多，現在不得不～，拿石化公司的盈餘來塡補虧損。

踔厲風發 ㄓㄨㄛˊ ㄌㄧˋ ㄈㄥ ㄈㄚ

【出處】唐・韓愈《柳子厚墓誌銘》：

「議論證據古今，出入經史百子，踔厲風發，率常屈其座人。」

【解釋】踔厲：形容議論縱橫。風發：其勢如風，連綿不斷。

【用法】形容議論雄辯有力。

【例句】他不僅寫一手好文章，而且談起話來～，使在座的人都為之傾倒。

踔絕之能 ㄓㄨㄛˋ ㄐㄩㄝˊ ㄓ ㄋㄥˊ

【出處】漢・班固《漢書・孔光傳》：「非有踔絕之能，不相逾越。」

【解釋】踔絕：高超獨特。

【用法】高超獨特的才能。

【例句】林大哥在男子體操項目上具有高人一等的～。

椎髻布衣 ㄓㄨㄟ ㄐㄧˋ ㄅㄨˋ ㄧ

【出處】南朝・宋・范曄《後漢書・梁鴻傳》：「（孟光）乃更為椎髻，著布衣，操作而前。鴻大喜曰：『此眞梁鴻妻也。』」

【解釋】椎髻：一撮之髻，形狀如椎。布衣：布製的衣服。

【用法】指婦女樸素的服飾。

【例句】衆女客無不打扮得光鮮艷麗，此時看到她～進來，衆人莫不愕然。

追本窮源 ㄓㄨㄟ ㄅㄣˇ ㄑㄩㄥˊ ㄩㄢˊ

【解釋】追：追尋、追究。本：樹木的根。窮：深入探求。源：水的源頭。追究樹木的根本，探求水的源頭。

【用法】比喻追究、尋找事物發生的根源。

【例句】為了找出這種病的病因，齊大夫對每一病例都細心研究，～。

【附註】也作「追本溯源」。

追名逐利 ㄓㄨㄟ ㄇㄧㄥˊ ㄓㄨˊ ㄌㄧˋ

【解釋】追、逐：追求

【用法】追求名和利。

【例句】我們從事科學研究，不是為～，而是為建設國家貢獻力量。

追根究柢 ㄓㄨㄟ ㄍㄣ ㄐㄧㄡˋ ㄉㄧˇ

見「刨根問柢」。

追悔莫及 ㄓㄨㄟ ㄏㄨㄟˇ ㄇㄛˋ ㄐㄧˊ

見「後悔無及」。

追亡逐北 ㄓㄨㄟ ㄨㄤˊ ㄓㄨˊ ㄅㄟˇ

【出處】漢・賈誼《過秦論》上：「追亡逐北，伏屍百萬，流血漂櫓。」

【解釋】亡、北：指戰敗的逃兵。

【用法】追擊敗逃的敵人。

【例句】抗日時期，我軍強渡長江之後，～一直打到南方。

【附註】也作「追奔逐北」。

錐刀之末 ㄓㄨㄟ ㄉㄠ ㄓ ㄇㄛˋ

【出處】《左傳・昭公六年》：「錐刀之末，將盡爭之。」

【解釋】末：梢、尖兒

【用法】比喻微小的利益

【例句】這～，有何可爭，你們何必爭得頭破血流，多不值得！

【附註】也作「錐刀之利」。

錐刀之用 ㄓㄨㄟ ㄉㄠ ㄓ ㄩㄥˋ

【出處】三國・魏・曹植《求自試表》：「若使陛下出不世之詔，效臣錐刀之用。」

【解釋】鐵錐、小刀的功用。

【用法】比喻用處微小。
【例句】我願效～，貢獻一己的力量，只要你肯用我。

錐處囊中

【出處】漢·司馬遷《史記·平原君虞卿列傳》：「夫賢士之處世也，譬若錐之處囊中，其末立見。」
【解釋】處：放置。囊：口袋。錐子放在口袋裡，錐尖就會露出來。
【用法】比喻有才智的人總是會顯露頭角，不會長久被埋沒的。
【例句】只要你眞有才華，～，別人立即知道，你又何必在乎此時的職位高低。

墜茵落溷

【出處】唐·李延壽《南史·范縝傳》：「（竟陵王）子良問曰：『君不信因果，何得富貴貧賤？』縝曰：『人生如樹花同發，隨風而墮。自有佛帘幌墮於茵席之上，自有籬墻落於糞溷之中。』」
【解釋】茵：褥子。溷：糞坑。有的落在褥子上，有的掉在糞坑裡。
【用法】比喻人的地位高下貴賤不同。
【例句】人生在世，～，各有因果，你又何必強求？

惴惴不安

【出處】《詩經·秦風·黃鳥》：「臨其穴，惴惴其慄。」
【解釋】惴惴：憂愁恐懼的樣子。
【用法】形容害怕、憂慮而不安定的神氣。
【例句】拍完片之後，我們心裡～，因爲我們覺得這部片子藝術水準上還比較粗糙。

專橫跋扈

【出處】南朝·宋·范曄《後漢書·梁冀傳》：「帝少而聰慧，知冀驕橫，嘗朝群臣，目冀曰：『此跋扈將軍也。』」
【解釋】橫：專獨蠻橫。跋扈：霸道、不講理。
【用法】獨斷專行，蠻不講理。
【例句】我們絕不允許～、獨斷專行。

專權恣肆

【出處】明·羅貫中《三國演義》第一百一十八回：「鄧艾專權恣肆，結好蜀人，早晚必反矣。」
【解釋】專權：獨攬大權。恣肆：放縱，沒有約束。
【用法】大權獨攬，任意胡爲。
【例句】如今魏丞相～，百官敢怒不敢言，又能如何？我朝國祚恐怕盡矣。

專心向公

【出處】晉·陳壽《三國志·魏書·杜畿傳》：「不結交援，專心向公。」
【用法】一心爲公，不懷私心。
【例句】鄭主任～，因此贏得屬下普遍愛戴！

專心一志

【出處】《荀子·性惡》：「今使途之人服術爲學，專心一志，思索熟察，加日懸久，稱善而不息，則通於神明，參於天地矣。」
【解釋】志：一心一意。

【用法】形容十分專心。
【例句】他在工作上紮實肯幹，無論上級交給什麼任務，他總是～地完成。

專心致志（ㄓㄨㄢ ㄒㄧㄣ ㄓˋ ㄓˋ）

【出處】《孟子・告子上》：「今夫奕之爲數，小數也，不專心致志，則不得也。」
【解釋】致：盡。志：志向、志趣。
【用法】專心地做一件事。
【例句】他～地研究着氣象圖。

專一不移（ㄓㄨㄢ ㄧ ㄅㄨˋ ㄧˊ）

【出處】漢・班固《白虎通・情性》：「儲，誠也，專一不移也。」
【解釋】移：移動、動搖。專心一志，毫不動搖。
【用法】形容心誠志專。
【例句】我對你的情意～，我可對天發誓。

專欲難成（ㄓㄨㄢ ㄩˋ ㄋㄢˊ ㄔㄥˊ）

【出處】《左傳・襄公十年》：「子產曰：『衆怒難犯，專欲難成，合二難以安國，危之道也。』」
【解釋】專：獨斷專橫。欲：欲望。難：不容易。
【用法】獨斷專橫的欲望，不容易得到成功。
【例句】老總～，此次他親自出馬，這筆生意恐怕不容易談成。

轉敗爲功（ㄓㄨㄢˇ ㄅㄞˋ ㄨㄟˊ ㄍㄨㄥ）

【出處】《戰國策・齊策三》：「孟嘗君可語善爲事矣，轉禍爲功。」
【解釋】轉：轉變。功：成功。變失敗爲成功。
【用法】形容人頗有機智，善於敗中取勝。
【例句】項羽就是有～的奇才，可惜爲人不忍，大好江山拱手送給了劉邦。
【附註】也作「轉禍爲功」、「轉助爲功」。

轉敗爲勝（ㄓㄨㄢˇ ㄅㄞˋ ㄨㄟˊ ㄕㄥˋ）

見「反敗爲勝」。

轉盼流光（ㄓㄨㄢˇ ㄆㄢˋ ㄌㄧㄡˊ ㄍㄨㄤ）

【出處】清・曹雪芹《紅樓夢》第六十五回：「本是一双秋水眼，再吃了幾杯酒，越發橫波入鬢，轉盼流光。」
【解釋】盼：顧盼、看。流光：飄忽不定，光彩閃耀。
【用法】形容美麗的女子靈活而多情的眼神。
【例句】那女子～，吸引了多少青年才俊的心啊！

轉禍爲福（ㄓㄨㄢˇ ㄏㄨㄛˋ ㄨㄟˊ ㄈㄨˊ）

【出處】《戰國策・燕策一》：「聖人之制事也，轉禍而爲福，因敗而爲公。故桓公負婦人而名益尊，韓獻開罪而交愈固。」
【解釋】消除災禍，轉爲幸福。
【用法】形容把壞事變爲好事。
【例句】他這次被洪水截在路上，本來是很不幸的，哪裡料到，居然～，却在路上結識了許多好朋友。

轉戰千里（ㄓㄨㄢˇ ㄓㄢˋ ㄑㄧㄢ ㄌㄧˇ）

【出處】漢・司馬遷《報任安書》：「轉鬥千里，矢盡道窮，救兵不至，士卒死傷如積。」

【用法】形容到處作戰，在戰鬥生活中歷經了許多地方。

【例句】這個戰士，跟隨長官，足跡踏遍了大江南北。

轉益多師（ㄓㄨㄢˇ ㄧˋ ㄉㄨㄛ ㄕ）

【出處】唐・杜甫《戲爲六絕句之六》詩：「別裁僞體親風雅，轉益多師是汝師。」

【用法】不同的師承學習更多的東西。

【例句】在藝術創作中，還是「～」爲好，博采衆家之長，才能有更好的創新。

轉危爲安（ㄓㄨㄢˇ ㄨㄟ ㄨㄟˊ ㄢ）

【出處】漢・劉向《戰國策・序》：「皆高才秀士，度時君之所能行，出奇策異智，轉危爲安，運亡爲存，亦可喜，亦可觀。」

【用法】從危險轉化爲平安。

【例句】她一見他～，心裡是多麼高興啊，

轉彎抹角（ㄓㄨㄢˇ ㄨㄢ ㄇㄛˇ ㄐㄧㄠˇ）

【出處】元・秦簡夫《東堂老》第一折：「轉彎抹角，可早來到李家門首。」

【解釋】轉彎：拐彎兒。抹角：緊挨着犄角兒繞過。

【用法】①形容道路曲折或走曲折的路。②形容說話、寫文章等繞彎，不直截了當。

【例句】都是自己人，何必～，就直截了當地說吧！

【附註】也作「拐彎抹角」。

諄諄告誡（ㄓㄨㄣ ㄓㄨㄣ ㄍㄠˋ ㄐㄧㄝˋ）

【出處】《詩經・大雅・抑》：「誨爾諄諄。」

【解釋】諄諄：懇切、耐心的樣子。誡：勸告。

【用法】懇切、耐心的勸告。

【例句】導師～我們，理論要聯繫到實際。

諄諄教誨（ㄓㄨㄣ ㄓㄨㄣ ㄐㄧㄠˋ ㄏㄨㄟˋ）

【解釋】諄諄：懇切、耐心的樣子。教誨：教訓、教導。

【用法】懇切、耐心地教導。

【例句】老師！三年來承您～使我獲益良多，此恩此德我永世不忘。

莊生夢蝶（ㄓㄨㄤ ㄕㄥ ㄇㄥˋ ㄉㄧㄝˊ）

【出處】《莊子・齊物論》：「昔者莊周夢爲蝴蝶，栩栩然蝴蝶也。自喻適志與？不知周也。俄然覺，則蘧蘧然周也。不知周之夢爲蝴蝶與，蝴蝶之夢爲周與？周與蝴蝶，則必有分矣。此之謂物化。」

【用法】比喻撲朔迷離的情境，或對往事的追懷和夢想。

【例句】此時我似～，不知我是主？還是客？

裝模作樣（ㄓㄨㄤ ㄇㄛˊ ㄗㄨㄛˋ ㄧㄤˋ）

【出處】元・無名氏《凍蘇秦》第三折：「冷酒冷粉冷湯，着咱如何近傍，白般妝模作樣，訕笑寒酸魍魎。」

【解釋】模、樣：姿態。

【用法】故作姿態，裝作了不起或不同尋常的樣子。

【例句】別~的了，事情我早就弄清楚了。

裝瘋賣傻 ㄓㄨㄤ ㄈㄥ ㄇㄞˋ ㄕㄚˇ

【解釋】賣：賣弄。

【用法】假裝成瘋瘋癲癲、傻里傻氣的樣子。

【例句】她是~，不要理她。

裝點門面 ㄓㄨㄤ ㄉㄧㄢˇ ㄇㄣˊ ㄇㄧㄢˋ

【出處】元·秦簡夫《東堂老》第一折：「止則有這兩件兒衣服，裝點着門面。」

【解釋】裝點：修飾點綴。門面：商店沿街的鋪面房屋，引申為外觀、外表。把店舖門面房子裝飾修整一下。

【用法】比喻在外表上裝裝樣子來給人看。

【例句】他這人最愛慕虛榮，平日就知~，從不踏實地充實自我。

裝點一新 ㄓㄨㄤ ㄉㄧㄢˇ ㄧ ㄒㄧㄣ

【出處】宋·周密《武林舊事》卷二：「凡諸苑亭榭花木，裝點一新。」

【解釋】裝點：修飾點綴。

【用法】經過修飾點綴，使事物煥然一新。

【例句】今天我們舉行同學會，同學們把教室~。

裝聾作啞 ㄓㄨㄤ ㄌㄨㄥˊ ㄗㄨㄛˋ ㄧㄚˇ

【出處】元·馬致遠《青衫淚》第四折：「可怎生裝聾作啞。」

【解釋】裝成聾子和啞巴。

【用法】形容故意置身事外，裝作沒有聽到，不說話，也不表態。

【例句】你問他什麼，他都~，一句話也不回答。

裝潢門面 ㄓㄨㄤ ㄏㄨㄤˊ ㄇㄣˊ ㄇㄧㄢˋ

【解釋】潢：將白紙染成色紙。裝潢：原指裝裱字畫。也指貨物的包裝。門面：商店沿街的舖面房屋，引申為外觀、外表。

【用法】比喻把外表裝飾得漂漂亮亮，做給人看。

【例句】他擺了一架子書不過是~罷了，他是從來也不看的。

【附註】參見「裝點門面」。

裝腔作勢 ㄓㄨㄤ ㄑㄧㄤ ㄗㄨㄛˋ ㄕˋ

【解釋】腔：腔調。勢：姿勢。

【用法】故意拿腔拿調，裝假做作，引人注意，或故做姿態來欺騙、嚇唬人。

【例句】這個演員~，矯揉造作，演技實在不太高明。

【附註】參看「拿腔做勢」

裝怯作勇 ㄓㄨㄤ ㄑㄩㄝˋ ㄗㄨㄛˋ ㄩㄥˇ

【解釋】怯：害怕、胆小。

【用法】本來是內心怯懦的人，却故意裝成勇敢的樣子。

【例句】我以為「打死老虎」者，~，頗為滑稽，雖然不免有卑怯之嫌，却怯得令人可愛。

裝傻充愣 ㄓㄨㄤ ㄕㄚˇ ㄔㄨㄥ ㄌㄥˋ

【解釋】裝：假裝。充：冒充。

【用法】不傻裝傻、不愣裝愣地故意裝出一副痴呆莽撞的樣子。

【例句】在敵人盤查的時候，他~地胡打岔，居然把敵人騙了過去。

裝神弄鬼

【出處】清・曹雪芹《紅樓夢》第三十七回：「又笑道：『你們別和我裝神弄鬼的。』」

【解釋】扮成神鬼。

【用法】比喻故意搗鬼，玩弄玄虛。

【例句】誰又再～了，被我逮到，我絕不輕饒！

【附註】參看「做神做鬼」。

壯志凌雲

【解釋】壯志：宏偉的志向。凌雲：直上雲霄。

【用法】形容志向宏偉、遠大。

【例句】我們這一代年輕人～，都有勇攀科學高峰的勇氣和決心。

【附註】參看「凌雲之志」。

壯志未酬

【解釋】壯志：宏偉的志向。酬：實現。

【用法】宏偉的志願尚未實現。

【例句】無數革命前輩，～，就光榮犧牲了，我們一定要繼承他們的遺志，把革命事業完成。

壯士解腕

【出處】晉・陳壽《三國志・魏書・陳泰傳》：「古人有言，蝮蛇螫手，壯士解腕。」意思是蝮蛇有劇毒，手腕被蛇咬了，勇敢的人就會毫不猶豫立即截斷手腕，免得毒性蔓延到全身。

【解釋】壯士：勇士。解：分解。

【用法】比喻做事要當機立斷，犧牲局部，保存全體，以免姑息養奸，因小失大。

【例句】為顧全大局，您務必～，廢了貴妃，否則衆怒難平，恐怕會連累到皇上您。

【附註】也作「壯士斷腕」。

中飽私囊

【出處】《韓非子・外儲說右下》：「薄疑謂趙簡主曰：『君之國中飽。』簡主欣然而喜曰：『何如焉？』對曰：『府庫空虛於上，百姓貧餓於下，然而奸吏富矣。』」

【解釋】中飽：中間得利。

【用法】指從中取利。

【例句】這個貪汚的人，利用職務之便，以種種非法手段，把大批公款～，構成了犯罪行為。

中道而廢

【出處】《論語・雍也》：「力不足者，中道而廢，今女畫。」（女：同「汝」。畫：停止。）

【解釋】中道：中途、半路。廢：廢棄、停止。

【用法】比喻事情做了一半就不幹了。

【例句】做事要有始有終，絕不可～。

【附註】也作「中道而止」。

中天婺煥

【出處】明・邱濬《故事成語考・老壽幼延》：「賀女壽曰：『中天婺煥。』」

【解釋】中天：天空正中。婺：婺女，星名，即女宿，二十八宿之一；又指已出嫁的婦女。煥：光采四射。天空中的婺女星光彩四射。

【用法】用作婦女壽誕的賀辭。

【例句】～，可喜可賀。敬備薄禮，望

請笑納。

中通外直 ㄓㄨㄥ ㄊㄨㄥ ㄨㄞˋ ㄓˊ

【出處】宋・周敦頤《愛蓮說》：「中通外直，不蔓不枝。」
【解釋】指荷梗內部有孔通氣，外形挺直。
【用法】比喻君子心思開明，行爲正直。
【例句】此人～，是個益友。

中立不倚 ㄓㄨㄥ ㄌㄧˋ ㄅㄨˋ ㄧˇ

【出處】《禮記・中庸》：「故君子和而不流，強哉矯！中立而不倚，強哉矯！」
【解釋】倚：偏。
【用法】保持中立，不偏不倚。
【例句】對於此事，我～，絕不插手支持任何一方。

中流砥柱 ㄓㄨㄥ ㄌㄧㄡˊ ㄉㄧˇ ㄓㄨˋ

【出處】《晏子春秋・內篇諫下》：「吾黨從君濟河，黿銜左驂，以入砥柱之中流。」
【解釋】中流：河流中間。砥柱：山名，今河南省三門峽東。挺立在黃河激流中的砥柱山，任憑河水沖擊，屹然不動。
【用法】比喻人英勇堅強，能在任何險惡的環境中，以堅毅的精神和勇氣起支柱作用。
【例句】知識分子是國家的～，我們理當給予支持。

中流擊楫 ㄓㄨㄥ ㄌㄧㄡˊ ㄐㄧˊ ㄐㄧˊ

【出處】唐・房玄齡等《晉書・祖逖傳》載：東晉初，祖逖任豫州刺史，渡江北伐苻秦，「中流擊楫而誓曰：『祖逖不能清中原而復濟者，有如大江！』」
【解釋】中流：河流中間。楫：船槳。
【用法】比喻決心要收復失地的豪情壯志。
【例句】李將軍～，發誓不收復失地，勢不回朝。

中冓之言 ㄓㄨㄥ ㄍㄡˋ ㄓ ㄧㄢˊ

【出處】《詩經・鄘風・墻有茨》：「中冓之言，不可道也。」
【解釋】中冓：內室。內室裡說的私房話。
【用法】指有傷風化的汚穢語言。
【例句】你怎可當衆說這～，眞是沒水準。
【附註】也作「中冓丑言」。

中饋猶虛 ㄓㄨㄥ ㄎㄨㄟˋ ㄧㄡˊ ㄒㄩ

【出處】《周易・家人》：「無攸遂，在中饋。」
【解釋】饋：家庭生活事務，舊時一概由家庭主婦主持；後用作妻子的代稱。
【用法】妻子還空缺著呢！
【例句】他是上年八月斷弦，目下～。

中西合璧 ㄓㄨㄥ ㄒㄧ ㄏㄜˊ ㄅㄧˋ

【出處】清・李寶嘉《官場現形記》第三十一回：「這長苗子是我們中國原有的，如今攙在這德國操內，中又不中，外又不外，倒成了一個中外合璧。」
【解釋】合璧：圓形中間有孔的叫璧，半圓形的叫半璧。兩個半璧合成一個叫合璧。
【用法】中國的和西方的東西結合到一

起。

【例句】她轉過臉去看墻壁上的字畫。那也是「～」的，張大千的老虎立軸旁邊陪襯着兩列五彩銅版印的西洋繪畫。

【附註】也叫「中外合璧」。

中心是悼 ㄓㄨㄥ ㄒㄧㄣ ㄕˋ ㄉㄠˋ

【出處】《詩經．邶風．終風》：「謔浪笑敖（傲），中心是悼。」

【解釋】中心：內心。悼：傷痛。

【用法】內心極爲傷痛。

【例句】聽聞兒子墜機失事，郭公～，不禁當場落淚。

中心如醉 ㄓㄨㄥ ㄒㄧㄣ ㄖㄨˊ ㄗㄨㄟˋ

【出處】《詩經．王風．黍離》：「行邁靡靡，中心如醉。」

【解釋】中心：內心。醉：酒醉。

【用法】內心恍惚迷離，就像酒醉時不能自持一樣。

【例句】在佳人殷勤招待下，他～，想及自己，眞是三生有幸，才能蒙得佳人如此青睞。

中心如噎 ㄓㄨㄥ ㄒㄧㄣ ㄖㄨˊ ㄧㄝ

【出處】《詩經．王風．黍離》：「彼黍離離，彼稷之實，行邁靡靡，中心如噎。」

【解釋】中心：內心。噎：食物塞住喉嚨。心中抑鬱不舒，就像食物塞住了喉嚨一樣。

【用法】形容人因多愁多苦，心思鬱結，不能自解。

【例句】自與小萍分手後，志偉～，鬱鬱寡歡。

中心搖搖 ㄓㄨㄥ ㄒㄧㄣ ㄧㄠˊ ㄧㄠˊ

【出處】《詩經．王風．黍離》：「彼黍離離，彼稷之實，行邁靡靡，中心搖搖。」

【解釋】中心：內心。搖搖：心神不安的樣子。

【用法】形容心神恍惚，難以自持。

【例句】聽完宣判後，那犯人頓時～，想自己竟犯下這滔天大罪，眞是悔不當初。

中正無私 ㄓㄨㄥ ㄓㄥˋ ㄨˊ ㄙ

【出處】《管子．五輔》：「爲人君者中正而無私，爲人臣者忠信而不黨。」

【解釋】中正：正直。

【用法】端莊正直，不存私心。

【例句】李經理～，事事以公司爲念，不計個人得失，實屬難得。

中正無邪 ㄓㄨㄥ ㄓㄥˋ ㄨˊ ㄒㄧㄝˊ

【出處】《禮記．樂記》：「中正無邪，禮之質也。」

【解釋】中正：端莊正直。邪：邪僻。

【用法】端莊正直，沒有偏邪。

【例句】此人～，你可把公司要務交付給他。

中外馳名 ㄓㄨㄥ ㄨㄞˋ ㄔˊ ㄇㄧㄥˊ

【解釋】馳名：名聲傳播得很遠。

【用法】名聲傳遍了國內外。

【例句】金門所產的「高粱」是～的名酒。

中原逐鹿 ㄓㄨㄥ ㄩㄢˊ ㄓㄨˊ ㄌㄨˋ

【出處】漢・司馬遷《史記・淮陰侯列傳》：「秦失其鹿，天下共逐之。」
【解釋】中原：古時指我國中部地域。逐：追逐。
【用法】比喻群雄四起，爭奪天下。
【例句】三國時代，諸侯並起，～，展開了一場爭鬥。

中庸之道（ㄓㄨㄥ ㄩㄥ ㄓ ㄉㄠˋ）

【出處】《論語・雍也》：「中庸之德也，其至矣乎！」
【解釋】中：不偏。庸：平常。道：道理，這裡指處世態度。
【用法】不偏不倚的處理態度。
【例句】今後處世當謹守～，過猶不及，於己有害，你要避免。

忠不避危（ㄓㄨㄥ ㄅㄨˋ ㄅㄧˋ ㄨㄟˊ）

【出處】《鼈晏子・重而導者》：「忠不避危，愛無惡言。」
【解釋】避：迴避。
【用法】忠心耿耿，不會迴避危險。
【例句】他們～，以身護主，最後被亂箭穿心而亡。

忠不可兼（ㄓㄨㄥ ㄅㄨˋ ㄎㄜˇ ㄐㄧㄢ）

【出處】《呂氏春秋・權勛》：「利不可兩，忠不可兼。」
【解釋】兼：同時并進。
【用法】不可能兼作兩個國君的忠臣，即所謂一臣不事二主。
【例句】文天祥～，義不臣事北朝。其人風範將流芳萬世。

忠不違君（ㄓㄨㄥ ㄅㄨˋ ㄨㄟˊ ㄐㄩㄣ）

【出處】晉・陳壽《三國志・魏書・臧洪傳》：「義不背親，忠不違君。」
【解釋】違：違反。
【用法】忠直的人不會違反他的君主。
【例句】此人～，是個相當值得信賴的僕人。

忠告善道（ㄓㄨㄥ ㄍㄠˋ ㄕㄢˋ ㄉㄠˋ）

【出處】《論語・顏淵》：「子貢（端木賜）問友。子曰：『忠告而善道之，不可則止，毋自辱焉。』」
【解釋】道：同「導」，誘導，引導。
【用法】忠言相告，善言引導。
【例句】朋友的～，你要接受，切勿剛愎自用，自毀前途。

忠肝義胆（ㄓㄨㄥ ㄍㄢ ㄧˋ ㄉㄢˇ）

【出處】《宋遺民錄・汪無量・浮丘道人・招魂歌》：「忠肝義胆不可狀，要與人間留好樣。」
【用法】赤胆忠心的意思。
【例句】通過戰火的考驗，證明他是一個～，愛憎分明的愛國者。

忠孝不並（ㄓㄨㄥ ㄒㄧㄠˋ ㄅㄨˋ ㄅㄧㄥˋ）

【出處】唐・封演《封氏聞見記・定謚》：「姑處事殊，忠孝不並。已爲孝子，不得爲忠臣；爲忠臣，不得爲孝子。」
【解釋】不並：不能同時並行，不能兩全。盡忠不能盡孝，盡孝不能盡忠。
【用法】忠孝不能兩全。
【例句】面對這～的時局，我只得棄孝守忠了。

忠孝兩全（ㄓㄨㄥ ㄒㄧㄠˋ ㄌㄧㄤˇ ㄑㄩㄢˊ）

【出處】唐・李商隱《爲濮陽公陳許上

表》：「貴忠孝之兩全，則迹可移孝；正文武之二道，則武可輔文。」

【用法】指人知止知足，壯年爲國效忠，老來退隱守孝，謂之忠孝兩全。

【例句】他～，雖死猶榮。

忠心耿耿 ㄓㄨㄥ ㄒㄧㄣ ㄍㄥˇ ㄍㄥˇ

【出處】清·李汝珍《鏡花緣》第五十七回：「大公子文藝道：『當日今尊伯伯爲國捐軀，雖大事未成，然忠心耿耿，自能名垂不朽。』」

【解釋】耿耿：正直、忠誠的樣子。

【用法】形容非常忠誠。

【例句】他～地爲他工作了幾十年，從來沒有講過價錢。

忠心赤胆 ㄓㄨㄥ ㄒㄧㄣ ㄔˋ ㄉㄢˇ

見「赤胆忠心」。

忠信樂易 ㄓㄨㄥ ㄒㄧㄣˋ ㄌㄜˋ ㄧˋ

【出處】明·王守仁《教條示龍場諸生》：「忠信樂易，表裡一致。」

【解釋】忠：忠厚。信：誠實。樂：愉快。易：平易、和順。

【用法】指居心忠厚，待人誠實、和藹，平易近人。

【例句】新上任縣令～，是個口碑很好的好官。

忠貞不二 ㄓㄨㄥ ㄓㄣ ㄅㄨˋ ㄦˋ

【解釋】忠貞：忠誠而堅定不移。不二：專一、一心一意。

【用法】忠誠堅貞而不三心二意。

【例句】她對於自己的信念～的。

忠貞不渝 ㄓㄨㄥ ㄓㄣ ㄅㄨˋ ㄩˊ

【解釋】忠貞：忠誠而堅定不移。渝：改變。

【用法】忠誠堅貞，永不變心。

【例句】對於自己的事業，她～，毫不動搖。

忠臣烈士 ㄓㄨㄥ ㄔㄣˊ ㄌㄧㄝˋ ㄕˋ

【出處】唐·魏徵《隋書·李文博傳》：「至治亂得失，忠臣烈士，未嘗不反復吟翫（玩）。」

【用法】忠心的臣子和爲國壯烈獻身的人。

【例句】～的後裔，我們當加以禮遇，至少使他們生活不虞匱乏。

忠言逆耳 ㄓㄨㄥ ㄧㄢˊ ㄋㄧˋ ㄦˇ

【出處】《韓非子·外儲說左下》：「夫良葯苦於口，而智者勸飲之，知其入而已己疾也；忠言拂於耳，而明主聽之，知其可以致功也。」

【解釋】忠言：誠懇勸告的話。逆耳：不順耳、不中聽之言。

【用法】誠懇正直的勸告聽起來雖然不舒服，但有利於改正錯誤。

【例句】希望你眞正懂得～的道理，採納批評。

終非池中物 ㄓㄨㄥ ㄈㄟ ㄔˊ ㄓㄨㄥ ㄨˋ

【出處】晉·陳壽《三國志·吳書·周瑜傳》：「劉備以梟雄之姿，而有關羽、張飛熊虎之將，恐蛟龍得雲雨，終非池中物也。」

【解釋】池中物：比喻蟄伏尚未出人頭地的人。

【用法】意指總有一天會出人頭地的人的。

【例句】此人~，你又何必強留他？不如讓他出去發展，他必能成就一番大業的。

終天之慕 ㄓㄨㄥ ㄊㄧㄢ ㄓ ㄇㄨˋ

【出處】南朝・梁・沈約《爲齊竟陵王講解疏》：「終天之慕，不續於短年。」

【解釋】終天：終身。慕：仰慕、嚮往。終身的嚮往。

【用法】比喻至死不忘的懷念。

【例句】我~，即期望能一睹您的風采，想不到今日竟有緣與您對酌，實是我的榮幸。

終天之恨 ㄓㄨㄥ ㄊㄧㄢ ㄓ ㄏㄣˋ

【出處】商・高則誠《琵琶記・一門旌獎》：「卑人空懷罔極之思，徒抱終天之恨。」

【解釋】終天：終身、一輩子。恨：悔恨、遺憾。

【用法】終身的遺憾事。

【例句】歷來中國革命的失敗，都是被個人私利二字絞殺的，無數革命先烈，爲此而抱~。

終南捷徑 ㄓㄨㄥ ㄋㄢˊ ㄐㄧㄝˊ ㄐㄧㄥˋ

【出處】宋・歐陽修等《新唐書・盧藏用傳》載：盧藏用想入朝做官，就隱居在京城附近的終南山裡，希望得到徵召。後來果然被召去做了官。同時代的司馬承禎也想走盧的老路。盧藏用指着終南山說：「此中大有嘉（佳）處。」司馬承禎說：「以僕視之，仕宦之捷徑耳！」

【解釋】終南：終南山，今陝西省西安市西南。捷徑：較近的路。

【用法】指謀取官職或求得名利的捷徑。

【例句】承您指示這條~，年後倘眞升職，我必厚禮答謝。

終虛所望 ㄓㄨㄥ ㄒㄩ ㄙㄨㄛˇ ㄨㄤˋ

【出處】清・李汝珍《鏡花緣》第一回：「豈非鏡花水月，終虛所望麼？」

【解釋】終：結果。

【用法】最後希望落空。

【例句】想不到終年努力，竟~。唉！可悲！

終身大事 ㄓㄨㄥ ㄕㄣ ㄉㄚˋ ㄕˋ

【出處】清・陳忱《水滸後傳》第十二回：「（花逢春）道：『但本中華世冑，恐蠻女陋劣，誤了終身大事。』」

【解釋】終身：一輩子。一生中最大的事情。

【用法】指男女間的婚事。

【例句】你自己的~現在是應該考慮的時候了。

終始如一 ㄓㄨㄥ ㄕˇ ㄖㄨˊ ㄧ

見「始終如一」。

終始一貫 ㄓㄨㄥ ㄕˇ ㄧ ㄍㄨㄢˋ

【出處】漢・班固《漢書・王莽傳》：「終始一以貫之，而謂備矣。」

【解釋】終：結果。始：開頭。貫：穿透。

【用法】事物的開始與終止，堅持同一的宗旨貫穿到底，毫不變動。

【例句】對於物理的喜好，他~，不曾改變。

終身之計，莫如樹人（ㄓㄨㄥ ㄕㄣ ㄓ ㄐㄧˋ，ㄇㄛˋ ㄖㄨˊ ㄕㄨˋ ㄖㄣˊ）

【出處】《管子・權修》：「十年之計，莫如樹林，終身之計，莫如樹人。」
【解釋】終身：人的一生。樹人：培育人才。
【用法】人生最重要的事情，莫過於培育人才。
【例句】有人說：「～」我現在就是從事樹人的工作。

終身之醜（ㄓㄨㄥ ㄕㄣ ㄓ ㄔㄡˇ）

【出處】《莊子・外物》：「惠（施）以歡爲驚，終身之醜。」
【解釋】終身：人的一生。
【用法】一輩子的醜事。
【例句】這事眞是～，我至死都會爲此事所苦。

終身之惡（ㄓㄨㄥ ㄕㄣ ㄓ ㄜˋ）

【出處】南朝・宋・范曄《後漢書・馮衍傳》：「孫林父違穆子之戒，故陷終身之惡。」
【解釋】終身：人的一生。惡：壞。
【用法】一輩子受影響的壞事。
【例句】殺人放火，是～，你絕不可做啊！

終身之憂（ㄓㄨㄥ ㄕㄣ ㄓ ㄧㄡ）

【出處】《禮記・檀弓上》：「君子有終身之憂，而無一朝之患。」
【解釋】終身：人的一生。憂：憂慮。
【用法】一生的憂慮。
【例句】我～，就是憂慮你們這群孩子，你們個個可要好好做人，那我死也瞑目。

終而復始（ㄓㄨㄥ ㄦˊ ㄈㄨˋ ㄕˇ）

見「周而復始」。

鍾靈毓秀（ㄓㄨㄥ ㄌㄧㄥˊ ㄩˋ ㄒㄧㄡˋ）

【出處】唐・柳宗元《馬退山茅亭記》：「蓋天鍾秀於是，不限遐裔也。」
【解釋】鍾：凝聚、集中。毓：同「育」，產生、養育、孕育。凝聚了天地間的靈氣，孕育了優秀而有才華的人物。
【用法】指山川秀麗，人才輩出。
【例句】江南一帶～，確實出了不少人才。

鐘鳴鼎食（ㄓㄨㄥ ㄇㄧㄥˊ ㄉㄧㄥˇ ㄕˊ）

【出處】《史記・貨殖列傳》：「洒削，薄技耳，而郅氏鼎食，馬醫淺方，張里擊鐘。」
【解釋】鐘：古代樂器。鼎：古代炊具。鼎食：吃飯時排列好幾個鼎盛食物。吃飯的時候奏樂、列鼎。
【用法】形容貴族和富貴人家豪華、奢侈的生活。
【例句】表面看來，這個掠盡民脂民膏、侈華無度的所謂「～之家」的圍墻，似乎是很高的，實際上它卻遮斷不了在這個家族內部的形形色色的問題。

鐘鳴漏盡（ㄓㄨㄥ ㄇㄧㄥˊ ㄌㄡˋ ㄐㄧㄣˋ）

【出處】漢・崔寔《政論》：「鐘鳴漏盡，洛陽城中，不得有行者。」
【解釋】鐘：古代樂器。舊時也用敲鐘來報時辰。漏：漏壺，古代用來計時之器。晨鐘已鳴，夜漏將盡。
【用法】比喻年歲已老大，活不了多久

了。

【例句】我已經是近八十歲的老人了，～，朝不慮夕，因為我希望在有限的歲月裡，把自己的一些經驗寫出來，也算是一點貢獻吧。

鍾儀奏楚（ㄓㄨㄥ ㄧˊ ㄗㄡˋ ㄔㄨˇ）

【出處】《左傳·成公九年》：「晉侯觀於軍府，見鍾儀，同之曰：『南冠而縶者誰也？』有司對曰：『鄭人所獻楚囚也。』……公曰：『能樂乎？』對曰：『先父之職官也，敢有二事？』使與之琴，操南音。……公語苑文子。文子曰：『楚囚，君子也。言稱先職，不背本也；樂操土風，不忘舊也。』」

【解釋】鍾儀：春秋時代楚人。奏：操琴、彈琴。鍾儀彈琴作楚音。

【用法】比喻人不忘舊。

【例句】我雖人在異邦，但～，絕不會忘了自己是中國人。

冢中枯骨（ㄓㄨㄥˇ ㄓㄨㄥ ㄎㄨ ㄍㄨˇ）

【出處】晉·陳壽《三國志·蜀書·先主傳》：「孔融謂先主曰：『袁公路（袁術）豈憂國忘家者邪？冢中枯骨，何足介意！』」

【解釋】冢：墳墓。墳墓裡的枯骨。

【用法】比喻雖然活着，却和死了差不多的人。

【例句】袁術雖然擁兵自重，但在雄才大略的曹操看來，他不過是～而已。

踵決肘見（ㄓㄨㄥˇ ㄐㄩㄝˊ ㄓㄡˇ ㄒㄧㄢˋ）

【出處】《莊子·讓王》：「捉衿而肘見，納履而踵決。」（捉衿：整一整衣襟。納履：提鞋、穿鞋。）

【解釋】踵：脚後跟，引申為鞋後跟。決：裂開、綻開。見：露出。鞋破了，露出脚後跟，衣服破了，露出了胳膊肘。

【用法】形容衣着破爛不堪，生活窮困潦倒。

【例句】他已～，自顧不暇了，那可能再支助你。

踵事增華（ㄓㄨㄥˇ ㄕˋ ㄗㄥ ㄏㄨㄚˊ）

【出處】梁·蕭統《昭明文選·序》：「蓋踵其事而增華，變其本而加厲。物既有之，文亦宜然。」

【解釋】踵：追隨、因襲。華：光彩。在前人事業或成果的基礎上再增添一些光彩。

【用法】指繼承前人的事業並加再以發展。

【例句】那些禮節是很煩瑣的，～的多，表示誠意的少，已經不全是合人情的了。

中石沒矢（ㄓㄨㄥˋ ㄕˊ ㄇㄛˋ ㄕˇ）

【出處】漢·班固《漢書·李廣傳》：「廣出獵，見草中石，以為虎而射之，中石沒矢。視之，石也。」

【用法】比喻力大無比。

【例句】李廣一箭射出，～，更叫手下佩服。

種瓜得瓜，種豆得豆（ㄓㄨㄥˋ ㄍㄨㄚ ㄉㄜˊ ㄍㄨㄚ，ㄓㄨㄥˋ ㄉㄡˋ ㄉㄜˊ ㄉㄡˋ）

【出處】《涅槃經》：「種瓜得瓜，種李得李。」

【解釋】種什麼就收穫什麼。

【用法】比喻做什麼事，就會得什麼樣

結果。
【例句】「～」，你種什麼因，就得什麼果，因此還是要多做善事才好。

眾叛親離

【出處】《左傳・隱公四年》：「阻兵無眾，安忍無親，眾叛親離，難以濟矣。」（阻兵：依仗武力。安忍：無動於衷地幹殘忍的事情。濟：成功。）
【解釋】眾：眾人。叛：背叛。離：離開。大多數人和親戚都背離了自己。
【用法】形容陷於完全孤立的境地。
【例句】由於他飛揚跋扈，終於落得～，徹底孤立了。

眾毛攢裘

【出處】明・吳承恩《西遊記》第六十九回：「常言道：『眾毛攢裘。』」
【解釋】攢：聚在一起，拼湊。裘：皮衣。許多零碎毛衣，能拼湊成一件皮衣。
【用法】比喻集少成多。
【例句】～，積少成多，只要我們團結一致，必能發揮很大的力量的。
【附註】參看「集腋成裘」。

眾目睽睽

【出處】唐・韓愈《鄆州谿堂詩序》：「公私掃地未立，新舊不相保持，萬目睽睽，公於此時能安以治之。」
【解釋】眾：眾人。睽睽：睜大眼睛。大家都睜大了眼睛注視着。
【用法】指在大家注視或監視之下，壞人壞事無法隱藏。
【例句】在～之下，他已經握成拳頭的手，又緩緩鬆開了。
【附註】原作「萬目睽睽」。

眾目昭彰

【出處】明・凌濛初《初刻拍案驚奇》第十五卷：「在你家裡搜出人腿來，眾目昭彰，一傳出去，不到得輕放過了你。」
【解釋】眾：眾人。昭彰：明顯。
【用法】大家都看得清清楚楚。
【例句】～，你還想狡辯，不給你一點顏色瞧瞧，我看你是不會承認的。

眾怒難犯

【出處】《左傳・襄公十年》：「眾怒難犯，專欲難成。」
【解釋】眾：眾人。犯：觸犯、冒犯。群眾的憤怒是不可冒犯的。
【用法】不要去冒犯和觸怒大多數人。
【例句】到底是天理難容，～，你就自首去吧！

眾寡不敵

見「寡不敵眾」。

眾寡懸殊

【解釋】眾：多。寡：少。懸殊：差得太多。
【用法】双方力量差得太多。
【例句】雖然敵我双方～，但我們機智靈活，英勇善戰，終於以少勝多，把敵人打了個落花流水！

眾口紛紜

【出處】清・蒲松齡《聊齋志異・阿纖》：「女曰：『君無二心，妾豈不知？但衆口紛紜，恐不免秋扇之捐。』」
【解釋】紛紜：多而雜亂。
【用法】人多嘴雜，議論紛紛。
【例句】這件事聽起來是難以令人置信的，特別是～，其說不一，就更加使人不知所措了。

衆口難調（ㄓㄨㄥˋ ㄎㄡˇ ㄋㄢˊ ㄊㄧㄠˊ）

【出處】宋．釋惟白《續傳燈錄》第二卷：「一雨所潤爲什麼萬木不同？師曰：『羊羹雖美，衆口難調。』」
【解釋】調：協調。指大家口味不同，想做出讓所有的人都滿意的飯菜是很困難的。
【用法】①比喻各人說法不同，難以協調一致。②比喻爲衆人辦事很難做到人人滿意。
【例句】「～」，要想把工作做得讓人人都滿意，談何容易啊！

衆口囂囂（ㄓㄨㄥˋ ㄎㄡˇ ㄒㄧㄠ ㄒㄧㄠ）

【出處】唐．韓愈《子產不毀鄉校頌》：「遊於鄉校，衆口囂囂。」
【解釋】囂：喧嚷、吵嚷。
【用法】大家都吵吵嚷嚷地說着。
【例句】此時～，大家都堅持自己的意見，臺上的主席也不知如何是好。

衆口鑠金（ㄓㄨㄥˋ ㄎㄡˇ ㄕㄨㄛˋ ㄐㄧㄣ）

【出處】《國語．周語下》：「故諺曰：衆心成城，衆口鑠金。」
【解釋】鑠：熔化。金：泛指一切金屬。
【用法】比喻輿論的力量很大，衆口一詞，就會把本來不存在或不正確的東西當做是存在的或正確的。
【例句】～，危邦宜愼，所以我現在也不住在舊寓裡。

衆口一詞（ㄓㄨㄥˋ ㄎㄡˇ ㄧˋ ㄘˊ）

【出處】明．凌濛初《初刻拍案驚奇》第二十四卷：「適才仇老所言婚事，衆口一詞，此美事也，有何不可？」
【解釋】大家所說的話都是一樣的。
【用法】形容對某事物大家的意見都一致。
【例句】對於這事，～，大家都期待你出面，你就不要再推辭了。
【附註】也作「衆口一腔」。

衆好必察（ㄓㄨㄥˋ ㄏㄠˋ ㄅㄧˋ ㄔㄚˊ）

【出處】《論語．衛靈公》：「衆惡之，必察焉；衆好之，必察焉。」
【解釋】衆人：大家喜愛。
【用法】大家都喜歡的不一定就好，必須加以調查，才可以確證。
【例句】～，才能免於被衆人誤導，做出錯誤的決定。

衆擎易舉（ㄓㄨㄥˋ ㄑㄧㄥˊ ㄧˋ ㄐㄩˇ）

【解釋】擎：向上托。多數人一齊用力就容易把東西舉起來。
【用法】比喻大家團結一致，齊心協力，就容易把事情辦成。
【例句】由於群衆動員起來了，防水堤僅用了三天功夫就修好了，這眞是～啊！

衆星捧月（ㄓㄨㄥˋ ㄒㄧㄥ ㄆㄥˇ ㄩㄝˋ）

【出處】《論語．爲政》：「子曰：『爲政以德，譬如北辰，居其所而衆星共之。』」
【解釋】衆：多。許多星星圍繞着一個

月亮。

【用法】比喻許多東西環繞着一個中心；或許多人擁戴着一個他們所尊崇的人。

【例句】大家～似地把他擁到了會場的中心。

【附註】原作「眾星拱月」。

眾星拱北

【出處】《論語．為政》：「為政以德，譬如北辰，居其所而眾星共（拱）之。」

【解釋】拱：環繞在周圍保衛着。北：北辰，北極星。天上眾星拱衛北辰。

【用法】指有為的國君在位，得到天下臣民的擁戴。

【例句】恰似～，萬水朝東，大夥兒共同推舉張老首領。

眾煦漂山

【出處】漢．班固《漢書．中山靖王傳》：「眾煦漂山，聚蚊成雷。」

【解釋】眾：眾人。煦：吹氣。漂：動搖。萬眾吹氣，能吹動大山。

【用法】形容人多力量大。

【例句】我們個人的力量是微不足道的，然而～，團體的力量卻是不能忽視的。

眾志成城

【出處】《國語．周語下》：「故諺曰：『眾心成城，眾口鑠金。』」

【解釋】萬眾一心，就可以像不可摧毀的城堡一樣堅強穩固。

【用法】比喻大家團結一致，力量無比強大。

【例句】全國人民團結一致，就能～，完成復國大業。

【附註】原作「眾心成城」。

眾矢之的

【解釋】眾：多。矢：箭。的：箭靶的中心。很多箭集中射擊的靶子。

【用法】比喻大家集中攻擊的對象。

【例句】我發表了一點意見，卻沒有料到竟因此而成了～了。

眾人拾柴火焰高

【用法】比喻人多力量大。

【例句】～，只要全體人員動員起來了，大家共同努力，工作就一定能夠完成。

眾所周知

【解釋】眾：眾人。周：普遍、全面。

【用法】大家全都知道。

【例句】我們對這個問題的立場是一貫的，～的。

眾惡必察

【出處】《論語．衛靈公》：「眾惡之，必察焉；眾好之，必察焉。」

【解釋】惡：討厭、憎惡。察：考查。

【用法】大家都不喜歡的，必須加以調查，才可以確信。

【例句】考查人物的是非，～，眾好亦須調查，才能免於失誤。

眾望所歸

【出處】唐．房玄齡等《晉書》卷六十：「史臣曰：……於時武皇之胤，惟有建興，眾望攸歸，曾無與二。」

【解釋】衆：衆人。望：期望。歸：向往、歸附。爲大家一致所期望和敬仰的。
【用法】形容威望很高。
【例句】由您來担任協會的主席，是～，請您不必過謙。

重德不報 ㄓㄨㄥˋ ㄉㄜˊ ㄅㄨˋ ㄅㄠˋ

【出處】漢．司馬遷《史記．鄭世家》：「故鄭亡。厲公突在櫟者使人誘刼鄭大夫甫假，要以求入。假曰：『舍我，我爲君殺鄭子而入君。』厲公與盟，乃舍之。六月早子，假殺鄭子及其二子而迎厲公突，……（厲公）入而讓其伯父原曰：『我亡國外居，伯父無意入我，亦甚矣！』原曰：『事君無二心，人臣之職也，原知罪矣。』遂自殺。厲公於是謂甫假曰：『子之事君有二心矣。』遂誅之。假曰：『重德不報，誠然哉！』」
【解釋】重德：大德。報：報答。
【用法】指對人施恩德太大，不能獲得相應的報答。
【例句】～，實是因今生今世難以回報，待我下輩子做牛做馬，供你驅使，以感謝您的大恩大德。

重利盤剝 ㄓㄨㄥˋ ㄌㄧˋ ㄆㄢˊ ㄅㄛ

【出處】清．曹雪芹《紅樓夢》第一百零五回：「好個重利盤剝！很該全抄。請王爺就此坐下，叫奴才去全抄來，再候定奪罷。」
【解釋】利：利息。盤剝：盤算剝削。
【用法】指高利放債，進行剝削。
【例句】李婆～，很沒天良，眞該告發她，免得我們再受她剝削。

重厚少文 ㄓㄨㄥˋ ㄏㄡˋ ㄕㄠˇ ㄨㄣˊ

【出處】漢．司馬遷《史記．高祖本紀》：「周勃重厚少文，然安劉氏者必勃也，可令爲太尉。」
【解釋】重：甚、最。厚：敦厚、誠樸忠實。少：缺乏。
【用法】指人誠樸忠實，但缺乏文化教養。
【例句】這人～，恐怕不適合擔任這職位。

重賞之下，必有勇夫 ㄓㄨㄥˋ ㄕㄤˇ ㄓ ㄒㄧㄚˋ ㄅㄧˋ ㄧㄡˇ ㄩㄥˇ ㄈㄨ

【出處】漢．黃石公《黃石公三路》上：「香餌之下，必有懸魚，重賞之下，必有死夫。」
【用法】肯出重賞，一定會有拚死效力的人。
【例句】～。只要你願意出錢懸賞，必然有人會願意替你辦妥這件事的。

重此抑彼 ㄓㄨㄥˋ ㄘˇ ㄧˋ ㄅㄧˇ

【解釋】重：重視。抑：壓制、貶低。重視這個，壓制那個。
【用法】形容待人或處事不平等。
【例句】身爲領導人員，怎可～，虧待我們，這是不公平的。

重財輕義 ㄓㄨㄥˋ ㄘㄞˊ ㄑㄧㄥ ㄧˋ

【出處】唐．韓愈《論捕賊行賞表》：「重財輕義，不能深達事體。」
【解釋】重：看重。輕：輕視。
【用法】看重財利而輕視道義。
【例句】這人～，不值得交往。

重而無基

ㄓㄨㄥˋ ㄦˊ ㄨˊ ㄐㄧ

【出處】《左傳・哀公二十六年》：「左師曰：『縱之，使盈其罪，重而無基，能無斃乎？』」

【解釋】重：強大。基：根基。貌似強大，但是根基不牢。

【用法】比喻虛而不實。

【例句】此國～，不足畏懼！

重於泰山

ㄓㄨㄥˋ ㄩˊ ㄊㄞˋ ㄕㄢ

【出處】漢・司馬遷《報任安書》：「人固有一死，或重於泰山，或輕於鴻毛，用之所趨導也。」

【解釋】泰山：在山東省泰安縣北。比泰山還要重。

【用法】極言崇高而貴重。

【例句】古人說：「死有～，輕於鴻毛。」為國家的利益而死，就比泰山還重；為個人私利去死，就比鴻毛還輕。

【附註】參看「輕於鴻毛」。

〔彳部〕

吃裏扒外

【用法】指站在某一方面，享受其好處，暗地卻又為另一方面辦事。

【例句】你竟敢～，實在太不應該了！

吃糠咽菜

【解釋】糠：稻、麥等穀物的皮、殼。菜：野菜。咽：吞。

【用法】①指吃穀糠，吞野菜。②形容生活的貧困和艱辛。

【例句】收割下的不多的糧食，全都交了租，我們一家老小只有～了。

吃苦耐勞

【用法】①指能克服困難、肯於吃苦。②形容人堅忍不拔的精神。

【例句】在戰地輾轉採訪了一年，記者們～，過著同士兵一樣的生活，做了不少工作。

吃著不盡

【出處】宋・魏泰《東軒筆錄》卷十四：「王沂公曾青州發解，及南省程試，皆為首冠。中山劉子儀為翰林學士，對語之曰：『狀元試三場，一生吃著不盡。』沂公正色答曰：『曾平生之志，不在溫飽。』」

【解釋】著：穿衣。

【用法】①吃不完，穿不盡。②指一輩子不愁吃穿，生活非常舒適。

【例句】常言某處有一金佛，可往取歸，一生～。

【附註】「著」不能念成輕聲・ㄓㄜ。

吃穿用度

【出處】清・曹雪芹《紅樓夢》第三回：「這黛玉常聽母親說，他外祖母家與別人家不同。他近日所見的這幾個三等的僕婦，吃穿用度，已是不凡。」

【解釋】用度：費用。

【用法】指吃的、穿的等用以度日的花費。

【例句】他出手大方，為人慷慨，一個月下來～，耗費龐大驚人。

吃一塹，長一智

【解釋】塹：壕溝，引申為挫折。

【用法】受一次挫折，長一分才智。

【例句】工作上的失敗不要緊，只要注意吸取教訓，總結經驗，就能避免再犯類似的錯誤，也就是所謂「～」。

吃衣著飯

【出處】清・潘永因《宋稗類鈔》：「兮人米穀登場，則去米制衣，及至後來糧竭，便典衣而食，謂之著飯吃衣。或傳食絹方為神仙上藥；又寒疾者蓋稻薦常愈。人嘲曰：『君吃衣著飯，大是奇方。』」

【解釋】著：穿。

【用法】①吃衣裳穿米飯。②形容生活艱苦或安排不當。③也比喻怪異的醫療方法。

【例句】戰爭期間，～的艱困情形比比皆是！

嗤之以鼻

【出處】清・頤瑣《黃綉球》第七回：「其初在鄉自立一學校，說於鄉，鄉人笑之；說於市，市人非之；請於巨紳貴族，更嗤之以鼻。」

【解釋】嗤：嗤笑、譏笑。

【用法】用鼻子發出笑聲，表示輕蔑。

【例句】面對著揑造的「罪狀」，他輕蔑地對編造者～。

痴心妄想

【出處】明・馮夢龍《古今小說・蔣興哥重會珍珠衫》：「大凡人不做指望，倒也不在心上；一做指望，便痴心妄想，時刻難過。」

【解釋】痴：痴迷。妄：荒唐、胡亂。

【用法】指脫離實際、不能實現的胡亂的想法。

【例句】我們要紮根於社會之中，誰想要脫離社會，那是～！

痴人說夢

【出處】宋・惠洪《冷齋夜話》卷九：「僧伽龍朔（唐高宗年號）中，遊江淮間，其迹甚異。有問之曰：『汝何姓？』答曰：『姓何。』又問：『何國人？』答曰：『何國人？』唐李邕作碑，不曉其言，乃書傳曰：『大師姓何，何國人。』此正所謂對痴人說夢耳。」

【解釋】痴：呆、傻。

【用法】①指對痴人說夢話而被痴人當作眞話。②現用來譏諷某些天眞幼稚的說法。③也指某些荒唐、怪誕的語言。

【例句】什麼條件都不具備，硬說去搞什麼白手起家，這純粹是～！

痴人囈語

【解釋】囈語：夢話。

【用法】①傻人說夢話。②比喻胡說八道。

【例句】你說的這些話毫無用處，不過是～罷了。

魑魅魍魎

【出處】《左傳・宣公三年》：「魑魅罔兩，莫能逢之。」

【解釋】魑魅、魍魎（同「罔兩」）：古代傳說中山澤的鬼怪妖精。

【用法】比喻各式各樣的壞人。

【例句】如今把事實指出，愈使～無所遁形於光天日之下了。

【附註】「魑」不能念成ㄌㄧˊ。「魅」不能念成ㄇㄛˋ。

鴟目虎吻

【出處】漢・班固《漢書・王莽傳》：「是時有用方技待詔黃門者，或問以莽形貌，待詔曰：『莽所謂鴟目虎吻豺狼之聲者也，故能食人，亦當爲人所食。』」

【解釋】鴟：鷂鷹，一種凶猛的肉食性鳥類。吻：指動物的嘴。

【用法】①鷂鷹眼、老虎嘴。②形容相貌凶狠。

【例句】老陳雖長得一副～的凶相，卻有著菩薩般的好心腸。

持平之論

【出處】漢・班固《漢書・杜延年傳》

：「延年論議持平。」
【解釋】持平：公平、公正。
【用法】①指公平的言論。②也指調和、折衷的議論。
【例句】這篇評論文章既指出了作品的長處，又實事求是地指出了它的不足，並無偏頗之處，可以算是～了。

持祿養交

【出處】《荀子·臣道》：「不知君之榮辱，不卹國之臧否(ㄆㄧˇ)，偷合苟容，以持祿養交而已耳，謂之國賊。」
【解釋】持：保持。祿：祿位、官爵。養交：厚待與皇帝經常接觸的人。
【用法】為了保住自己的官位和俸祿，去巴結討好那些常和皇帝接近的權貴們。

持之以恒

【解釋】持：保持。恒：恒心。
【用法】有恒心地堅持下去。
【例句】培養人才，是一項長期的工作，要～，堅持到底。

持之有故，言之成理

【出處】《荀子·非十二子》：「然而其持之有故，其言之成理。」
【解釋】故：緣故，這裏指根據。理：理由。
【用法】指言論、主張有理有據。
【例句】我們鼓勵自由學術討論，無論是什麼觀點，只要～，我們都允許發表。

持盈保泰

【出處】①《詩經·大雅·鳧鷖》小序：「太平之君子，能持盈守成。」②晉·葛洪《抱朴子·外篇·行品》：「每居卑而推功，雖處泰而滋恭者，謙人也。」
【解釋】持盈：守住已成的事業。泰：平安。
【用法】①守住已成事業，保持安寧。②指在安寧的生活中謹慎不驕，免招禍患。
【例句】他不敢有所造次，～地保持目前擁有的官階與職務。

池中物

【出處】唐·房玄齡《晉書·劉元海載記》：「蛟龍得雲雨，非復池中物也。」
【用法】①養在水池裏的小魚小蝦。②比喻久居人下，沒有遠大抱負的人。

池魚籠鳥

【出處】晉·潘岳《秋興賦》：「僕，野人也。偃息不過茅屋茂林之下，談話不過農夫田父之客。攝言承乏，猥厠朝列。夙興晏寢，匪遑底寧。譬猶池魚籠鳥，有江湖山藪之思，於是染翰操紙，慨然而賦。」
【用法】①池中的魚，籠中的鳥。②比喻受到束縛，行動不自由的人。

池魚之殃

見「城門失火，殃及池魚」。也作「池魚之禍」。

踟躕不前

【解釋】踟躕：猶豫、徘徊的樣子。
【用法】①猶豫不決，不向前進。②比

喻遇事猶豫，不能果敢地去做。
【例句】面對困難的時候，要鼓起勇氣去戰勝它，而不應該瞻前顧後～。

馳馬思墜（ㄔˊ ㄇㄚˇ ㄙ ㄓㄨㄟˋ）

【解釋】馳：奔馳。墜：落下。
【用法】①騎馬飛奔的時候，要經常想到摔下馬的危險。②比喻在順利的情況下，要對可能產生的問題和遇到的挫折有足夠的心理準備。

馳名中外（ㄔˊ ㄇㄧㄥˊ ㄓㄨㄥ ㄨㄞˋ）

【解釋】馳名：聲名遠揚。
【用法】聲名傳播至國內外。
【例句】「高粱」是～的名酒。

馳名於世（ㄔˊ ㄇㄧㄥˊ ㄩˊ ㄕˋ）

【出處】晉・常璩《華陽國志・後賢志》：「皆辭章燦麗，馳名當世。」
【解釋】馳：傳揚。世：世界。
【用法】名聲流傳在當世。
【例句】我國的牙雕、刺綉、漆器等手工藝品，～，深受歐美客戶的歡迎。

尺布斗粟（ㄔˇ ㄅㄨˋ ㄉㄡˇ ㄙㄨˋ）

【出處】漢・司馬遷《史記・淮南衡山列傳》載：漢文帝弟淮南王劉長謀反失敗，在被押往蜀郡途中絕食而死。有民謠說：「一尺布，尚可縫；一斗粟，尚可舂；兄弟二人不能相容。」
【用法】①一尺布，一斗粟。②原指瑣碎小事。③後用以表示兄弟不和。
【例句】他們雖然是親兄弟，却常常因爲各自的私利，出現一些～之爭。
【附註】也作「斗粟尺布」。

尺步繩趨（ㄔˇ ㄅㄨˋ ㄕㄥˊ ㄑㄩ）

見「繩趨尺步」。

尺幅萬里（ㄔˇ ㄈㄨˊ ㄨㄢˋ ㄌㄧˇ）

【出處】唐・李延壽《南史・竟陵文宣王子良傳》：「（賁）幼好學，有文才，能書善畫，於扇上圖山水，咫尺之內，便覺萬里之遙。」
【解釋】尺幅：一尺見方的畫幅。
【用法】①一尺見方的畫幅畫出萬里江山。②比喻篇幅不大，內容却很豐富，而且寓意深遠。
【例句】元人黃公望的山水畫，眞是～，意境深遠，使人玩味無窮。
【附註】也作「咫尺萬里」。

尺短寸長（ㄔˇ ㄉㄨㄢˇ ㄘㄨㄣˋ ㄔㄤˊ）

【出處】《楚辭・卜居》：「夫尺有所短，寸有所長。」
【用法】①尺比寸長，但在某種情形下就會顯得短；寸比尺短，但在某種情形下就會顯得長。②比喻人或事物各有長處和短處。
【例句】各種文學體裁都有着各自不同的特點，各有其所長，又各有一定的局限，這種～的狀況是不可避免的。

尺蠖求伸（ㄔˇ ㄏㄨㄛˋ ㄑㄧㄡˊ ㄕㄣ）

【出處】《周易・繫辭下》：「尺蠖之屈，以求信（伸）也。」
【解釋】尺蠖：蛾的幼蟲，行動時身體先屈後伸。
【用法】①尺蠖爬行時，它的身體在蜷屈中求伸展。②比喻先退讓，以求進取。③也比喻人處世有術，能屈也能伸。

【附註】也作「屈蠖求伸」。

尺澤之鯢（ㄔˇ ㄗㄜˊ ㄓ ㄋㄧˊ）

【出處】戰國・楚・宋玉《對楚王問》：「夫尺澤之鯢，豈能與之量江海之大哉？」

【解釋】澤：積水的坑窪地。尺澤：小水坑。鯢：小魚。

【用法】①小水坑中的小魚。②比喻見識淺薄、沒有見過世面的人。

【例句】我們這些剛從山裏出來的孩子，眞像～一樣，是沒有見過大世面的，所以乍到大都市，都有點手足無措。

尺寸可取（ㄔˇ ㄘㄨㄣˋ ㄎㄜˇ ㄑㄩˇ）

【出處】明・羅貫中《三國演義》第八十三回：「陸遜聽畢，掣劍在手，厲聲曰：『僕雖一介書生，今蒙主上托以重任者，以吾有尺寸可取，能忍辱負重故也。』」

【解釋】尺、寸：言其少。

【用法】①很少的可取之處。②常用以表示自謙。

【例句】我的這篇文章寫得很粗糙，如有～之處，尚請能大力斧正。

尺寸之地（ㄔˇ ㄘㄨㄣˋ ㄓ ㄉㄧˋ）

【出處】漢・司馬遷《史記・主父偃傳》：「然不能西攘尺寸之地。」

【解釋】尺、寸：言其少。

【用法】指一點兒土地。

【例句】我們中國決不去侵略欺侮其他國家，我們不要不屬於我們的～。

尺寸之功（ㄔˇ ㄘㄨㄣˋ ㄓ ㄍㄨㄥ）

【出處】《戰國策・燕策上》：「夫民勞而實費，又無尺寸之功，破宋肥仇，而世負其禍矣。」

【解釋】尺寸：言其少。

【用法】指微小的功勞。

【例句】他沒有～，僅僅是憑着逢迎獻媚而爬上去的。

齒白唇紅（ㄔˇ ㄅㄞˊ ㄔㄨㄣˊ ㄏㄨㄥˊ）

【出處】明・施耐庵《水滸傳》第二十回：「那廝喚作『小張三』，生得眉清目秀，齒白唇紅。」

【用法】①牙齒雪白，嘴唇鮮紅。②形容人的相貌英俊。

【例句】陳公子長得眉清目秀，～，俊俏極了！

【附註】也作「唇紅齒白」。

齒若編貝（ㄔˇ ㄖㄨㄛˋ ㄅㄧㄢ ㄅㄟˋ）

【出處】漢・班固《漢書・東方朔傳》：「臣朔年二十二，長九尺三寸，目若懸珠，齒若編貝。」

【解釋】編貝：古代把貝殼當貨幣，用繩子把一樣大小的貝殼穿成串稱「編貝」。

【用法】指牙齒生得整齊潔白就像編成串的貝殼一樣。

【例句】陳小姐身材修長，眉似遠山，～，秀氣極了。

齒牙爲禍（ㄔˇ ㄧㄚˊ ㄨㄟˊ ㄏㄨㄛˋ）

【出處】漢・司馬遷《史記・晉世家》：「初，獻公將伐驪戎，(史蘇)卜曰：『齒牙爲禍。』及破驪戎，獲驪姬，愛之，竟以亂晉。」

【解釋】齒牙：指讒言。

【用法】指讒言釀成禍亂。

齒牙餘論

【出處】《南史・謝朏傳》：「朓好獎人才。孔顗(一)粗有才筆，未爲時知。孔珪嘗令草讓表。朓嗟吟良久，謂珪曰：『士子聲名未立，應共獎成，無惜齒牙餘論。』」。

【用法】稱揚別人或爲某事說好話。

【例句】對於青年作者的新作，我們應該熱心扶植，不惜～，予以鼓勵。

齒亡舌存

【出處】漢・劉向《說苑・敬慎》：「常摐有疾，老子往問焉。……張其口而示老子，曰：『吾舌存乎？』老子曰：『然』。『吾齒存乎？』老子曰：『亡。』常摐曰：『子知之乎？』老子曰：『夫舌之存也，豈非其柔耶？齒之亡也，豈非以其剛耶？』常摐曰：『嘻！是已，天下之事已盡矣。何以復語子哉！』」

【解釋】亡：不存在。

【用法】①牙齒沒了，舌頭還存在。②比喻剛強的人容易遭殃，而柔順的人卻能存在。③舊時常用以宣揚消極退讓、保全自己的處世哲學。

叱咤風雲

【出處】唐・姚思廉《梁書・元帝紀・蕭繹討侯景檄》：「叱咤則風雲興起，鼓動則嵩華倒拔。」

【解釋】叱咤：大聲呼喝、怒喝。

【用法】①一聲怒喝，風雲變色。②形容聲威極大，可以左右形勢。

【例句】人們眼前似乎出現了關雲長那～的形象，耳邊響起了他那鏗鏘有力的唱腔。

赤膊上陣

【出處】明・羅貫中《三國演義》第五十九回：「許褚性起，飛回陣中，卸下盔甲，渾身筋突，赤體提刀，翻身上馬，來與馬超決戰。」

【解釋】赤膊：裸露上身。

【用法】①不穿衣甲，裸露上身，上陣作戰。②形容顯示剽悍，全力以赴地進行戰鬥。③現多指反面人物撕掉僞裝，不顧一切地跳出來進行搗亂和破壞。

【例句】經過多次失敗之後，他終於～，親自出馬了。

赤貧之士

【出處】清・吳敬梓《儒林外史》第三回：「金有余道：『也只爲赤貧之士，又無館做，沒奈何上了這一條路。』」

【解釋】赤貧：窮得一無所有。

【用法】①窮得一無所有的讀書人。②泛指窮得無法生活的人。

赤貧如洗

【出處】清・吳敬梓《儒林外史》第三十一回：「他老人家兩個兒子，四個孫子，家裏仍然赤貧如洗。」

【解釋】赤：一無所有。

【用法】窮得一無所有，像經過洗刼一樣。

【例句】張老頭做了一輩子生意，到頭來還是～。

赤膽忠心

【出處】明・許仲琳《封神演義》第五十二回：「臣空有赤膽忠心，無能回其萬一。」
【解釋】赤：赤誠。忠：忠誠。
【用法】形容十分忠誠。
【例句】不管環境多麼惡劣，前途多麼坎坷，他對國家的～，從來沒有絲毫動搖過。

赤地千里（ㄔˋ ㄉㄧˋ ㄑㄧㄢ ㄌㄧˇ）

【出處】漢・司馬遷《史記・樂書》：「晉國大旱，赤地千里。」
【解釋】赤：光禿禿的。赤地：寸草不生的土地。千里：遼濶的區域。
【用法】①廣大地區寸草不生。②形容受特大自然災害後造成的嚴重後果。
【例句】前年發生的一場大旱災，結果是～，數百萬人民無家可歸。

赤口毒舌（ㄔˋ ㄎㄡˇ ㄉㄨˊ ㄕㄜˊ）

【出處】唐・盧同《月蝕》詩：「鳥爲居停主人不覺察，貪向何人家，行赤口毒舌，毒蟲頭上吃却月，不啄殺。」
【用法】①沾血的嘴，帶毒汁的舌頭。②形容言語惡毒，出口傷人。③也指口舌之爭。
【例句】你這樣～地糟踏人，不覺得可恥嗎？
【附註】也作「赤口白舌」。

赤縣神州（ㄔˋ ㄒㄧㄢˋ ㄕㄣˊ ㄓㄡ）

【出處】漢・司馬遷《史記・孟子荀卿列傳》記載戰國時齊人鄒衍的「大九州」學說：「中國名曰赤縣神州，赤縣神州內自有九州。」
【用法】中國的別稱。

赤心報國（ㄔˋ ㄒㄧㄣ ㄅㄠˋ ㄍㄨㄛˊ）

【出處】宋・司馬光《資治通鑑・陳紀・文帝天嘉元年》：「楊愔大言曰：『諸王反逆，欲殺忠良邪？尊天子，削諸侯，赤心報國，何罪之有？』」
【解釋】赤心：赤誠的心。報：報效。
【用法】一片眞心報效國家。
【例句】這位愛國之士，迢迢萬里，返回故土，～，幾年來，爲國家，爲社會，做了許多有益的事情。

赤心相待（ㄔˋ ㄒㄧㄣ ㄒㄧㄤ ㄉㄞˋ）

【出處】元・喬夢符《兩世姻緣》第一折：「做了一程夫妻，彼此赤心相待，白首相期。」
【解釋】赤心：眞心誠意。
【用法】彼此間以眞心誠意相對待。
【例句】無論夫妻或朋友，都應～。

赤誠相見（ㄔˋ ㄔㄥˊ ㄒㄧㄤ ㄐㄧㄢˋ）

【解釋】赤誠：十分眞誠。
【用法】眞心實意地相對待。
【例句】你能這樣～，我是很感動的，而這也正是我們彼此信任的表現。

赤舌燒城（ㄔˋ ㄕㄜˊ ㄕㄠ ㄔㄥˊ）

【出處】漢・揚雄《太玄經・干》：「赤舌燒城，吐水於瓶。測曰：『赤舌吐水，君子以解祟也。』」②陳本禮《太玄闡秘》卷一：「赤舌燒城，猶衆口鑠金之意，小人架辭誣害君子，其舌赤若火，勢欲燒城。」（鑠ㄕㄨㄛˋ：熔化。）
【解釋】赤舌：火舌，喻指讒言。

【用法】比喻流言蜚語或讒言的危害極大。

【例句】～，謠言也是可以殺人的。

赤手空拳

【出處】元・馬致遠《任風子》第一折：「爭奪他赤手空拳。」

【解釋】赤：空。

【用法】①兩手空空，什麼東西也沒拿。②指在進行戰爭時手中沒有武器。③也用以比喻毫無憑藉。

【例句】古代小說中很有幾個～的打虎英雄，然而爲人們廣爲傳誦的却只有在景陽崗上打虎的武松。

赤身露體

【用法】①光著身子，裸露肉體。②也用以喻指衣著過於短小，袒露肉體的不文明打扮。

【例句】他～的，石像似的站在荒野的中央，不知怎麼了。

赤繩繫足

【出處】唐・李復言《續幽怪錄》：「固問囊中何物，曰：『赤繩子。以繫夫婦之足，雖仇敵之家，貧賤懸隔，天涯從宦，吳楚異鄉，此繩一繫，終不可逭。』」

【用法】古時傳說，婚姻由月下老人確定。

【例句】這一對戀人是什麼時候～的，誰也說不清，不過很久以來他們就已經互相傾心了。

【附註】也作「紅繩繫足」。

赤子之心

【出處】《孟子・離婁下》：「大人者，不失其赤子之心者也。」

【解釋】赤子：初生的嬰兒。

【用法】比喻純眞無邪的心。

【例句】我同郭老接觸多年，印象最深的是他非常眞誠，他爲人處事沒有半點虛假。我認爲他有一顆眞誠的～。

差堪告慰

【解釋】差堪：還算能夠。慰：使人心情安適。

【用法】還算能夠相告，使人心情感到安適。

【例句】我仍碌碌，但身體尚稱康健，～耳。

【附註】「差」不能念成ㄔㄚˋ或ㄔㄞ。

差強人意

【出處】南朝・宋・范曄《後漢書・吳漢傳》：「帝（劉秀）遣時人觀大司馬（吳漢）何爲，還言方修戰攻之具，乃嘆曰：『吳公差強人意，隱若一敵國矣。』」

【解釋】差：稍微地、比較地。

【用法】①原意爲甚能振奮人的意志。②後表示比較地能使人滿意。

【例句】這篇作品雖然還不成熟，但語言的運用還算～。

【附註】「差」不能念成ㄔㄚˋ或ㄔㄞ。

差之毫厘，謬以千里

【出處】《禮記・經解》：「《易》曰：君子愼始，差若豪氂（毫厘），繆以千里。」

【解釋】差、謬：差錯、錯誤。毫、厘：很小的長度計算單位。

【用法】形容事情開頭有一點小差錯，結果就會造成嚴重的錯誤。
【例句】從事尖端科學技術，必須精益求精，一絲不苟，否則就會～，給國家帶來巨大的損失。

差足自喜

【解釋】差：略、尚。足：可。
【用法】①略可自喜。②指自己覺得還可自慰。
【例句】老張雖已年邁，但健步如飛，健飯如恒，～。

差與比肩

【解釋】差：指大致還可以。
【用法】意謂勉強可以相比。
【例句】在一百二十回的《三國演義》巨著中，僅有孫權撫慰周泰的故事，能夠和劉備三請諸葛的故事～。

插科打諢

【出處】明・陶宗儀《輟耕錄》：「發科打諢，不離機鋒。」
【解釋】插科：戲曲表演中的動作。打諢：詼諧的言語。
【用法】①穿插在戲曲表演中令人發笑的動作和言語。②現用以指在鄭重的場合中插入的戲謔動作或言語。
【例句】用～的噱頭來增加戲劇效果，只能偶一爲之，否則是會損害藝術的整體效果。

插腳之地

見「立錐之地」。

插圈弄套

【用法】①指設下圈套，陷害他人。②形容陰謀的手段。
【例句】他做神弄鬼，～，引誘這個老實人上當。

插燭板床

【出處】唐・李延壽《南史・傅昭傳》：「傅昭爲中書通事舍人時，居此職者皆權傾天下，昭獨廉靜，無所干豫，器服率陋，身安粗糲，常插燭板床，明帝聞之，賜漆盒燭盤。」
【用法】①指用木頭做成的極簡陋的蠟燭插架。②形容生活作風廉潔樸素。

插翅難飛

【出處】唐・韓愈《寄崔二十六立之》詩：「安有巢中鷇（小鳥），插翅飛天陲？」
【用法】①插上翅膀也不容易飛出去②形容無法逃脫。
【例句】我軍的包圍像鐵圈一樣，敵人已是籠中之鳥，～。

插翅難逃

【附註】參看「插翅難飛」。
【出處】明・馮夢龍《東周列國誌》第三十六回：「重耳雖插翅難逃也！」
【用法】①插上翅膀也不容易飛逃出去。②形容已陷在嚴密的控制中，無法逃脫。③常用以形容被包圍的敵人。
【例句】在我軍層層包圍之中，敵人末日已到，他們知道自己已經～，就只好投降了。

察能論行

【出處】《戰國策・燕策》：「故察能

而授官者，成功之君也；論行而結交者，立名之士也。」

【解釋】能：能力。行：品行。

【用法】意指考察能力，評定品行。

【例句】使用幹部要～，不能只以聽話不聽話爲標準。

察見淵魚（ㄔㄚˊ ㄐㄧㄢˋ ㄩㄢ ㄩˊ）

【出處】漢・司馬遷《史記・吳王濞列傳》：「且夫『察見淵魚，不祥。』」

【解釋】淵：深潭。

【用法】①能明察深潭裏的魚。②比喻能探知人的隱私。

察察爲明（ㄔㄚˊ ㄔㄚˊ ㄨㄟˊ ㄇㄧㄥˊ）

【出處】唐・房玄齡等《晉書・皇甫謐傳》：「欲溫溫而和暢，不欲察察而明切也。」

【解釋】察察：苛察、繁瑣地考查，辨別分析。明：精明。

【用法】①把考查瑣細小事物當作精明。②指只苛察細小事物而忘記了大的方面。

【例句】不能從全盤考量，只是～，在細枝末節上花力氣，這是缺乏整體計劃的表現。

察言觀色（ㄔㄚˊ ㄧㄢˊ ㄍㄨㄢ ㄙㄜˋ）

【出處】《論語・顏淵》：「夫達也者，質直而好義，察言而觀色，慮以下人。」

【解釋】色：臉色。

【用法】①琢磨人說的話，觀察人的臉色。②指從觀察人的說話和臉色來揣摹別人的心思或想法。

【例句】老王並不繼續追問，只暗中～，心中有數。

【附註】參看「鑒貌辨色」。

查無實據（ㄔㄚˊ ㄨˊ ㄕˊ ㄐㄩˋ）

【解釋】查：檢查。實：確實、確鑿。

【用法】①經過調查，但沒有發現確鑿的證據。②過去官場常用「查無實據，事出有因」作爲敷衍塞責的託詞。

【例句】儘管他有一些可疑之處，然而～，還是不能輕率地下結論。

茶飯無心（ㄔㄚˊ ㄈㄢˋ ㄨˊ ㄒㄧㄣ）

【用法】①不想喝茶，不想吃飯。②形容因心情不好，對飲食不感興趣。

【例句】他近來魂不守舍，～，到底有什麼心事呢？

茶餘飯後（ㄔㄚˊ ㄩˊ ㄈㄢˋ ㄏㄡˋ）

【用法】①喝茶吃飯以後。②泛指休息和空閒的時間。

【例句】～，月白風清，約兩個密友，吸著烟捲兒，嚐著時新果子，促膝談心，隨興之所至。

【附註】也作「茶餘酒後」。

姹紫嫣紅（ㄔㄚˋ ㄗˇ ㄧㄢ ㄏㄨㄥˊ）

【出處】明・湯顯祖《牡丹亭・驚夢》：「原來姹紫嫣紅開遍，似這般都付與斷井頹垣。」

【解釋】姹：美麗。嫣：嬌好。

【用法】指各種顏色艷麗的花。

【例句】在花市上，千百種花卉，～，爭奇鬥妍，使人留連忘返。

【附註】也作「嫣紅姹紫」。

釵荊裙布（ㄔㄞ ㄐㄧㄥ ㄑㄩㄣˊ ㄅㄨˋ）

【出處】清・曹雪芹《紅樓夢》第五十七回：「因薛姨媽看見邢岫烟生得端雅穩重，且家道貧寒，是個釵荊裙布的女兒。」

【解釋】釵：舊時婦女用的簪子。

【用法】①釵用荊條做的，裙子是用布縫的。②形容服飾樸素，貧寒淡泊的婦女。

【例句】～的蓬門淑女，風度氣質未必輸給大富千金呢！

柴米夫妻（ㄔㄞˊ ㄇㄧˇ ㄈㄨ ㄑㄧ）

【用法】①爲柴米的需要而結合的夫妻。③比喻夫妻結合沒有誠摯的愛情基礎，只是以物質需要爲目的，不能白頭偕老。

【例句】她由於生計無著，不得已就和這個四十多的漢子結成了～。

柴車幅巾（ㄔㄞˊ ㄔㄜ ㄈㄨˊ ㄐㄧㄣ）

【出處】南朝・宋・范曄《後漢書・韓康傳》：「亭長以韓徵君（康）當過，方髮人牛修道橋，及見康柴車幅巾，以爲田叟也。」

【解釋】柴車：粗劣的車。幅巾：用絹一幅束頭髮（儒雅的裝束）。

【用法】①坐著柴車，不戴帽子，用絹束著頭髮。②表示行爲作風儉樸、平常。

【例句】瞧他一副～的模樣，即可推知他的日常生活清貧、儉樸。

豺狼當道（ㄔㄞˊ ㄌㄤˊ ㄉㄤ ㄉㄠˋ）

【出處】漢・班固《漢書・孫寶傳》：「豺狼橫道，不宜復問狐狸。」

【解釋】當道：橫在道路當中。

【用法】比喻壞人當權得勢。

【例句】在那黑暗的年代裏，～，老百姓簡直活不下去了。

豺狼虎豹（ㄔㄞˊ ㄌㄤˊ ㄏㄨˇ ㄅㄠˋ）

【用法】比喻爲非做歹、奸滑狠毒的壞人。

【例句】小陳面對著流氓，憤怒地痛斥說：「你們這一群～，早晚一定會得到報應的！」

豺狼成性（ㄔㄞˊ ㄌㄤˊ ㄔㄥˊ ㄒㄧㄥˋ）

【出處】南朝・梁・沈約《宋書・竟陵王誕傳》：「有靦面目，豺狼爲性。」

【解釋】豺：一種類似狼的凶殘野獸。

【用法】①像豺狼似的凶殘習性。②比喻人陰險狠毒。

【例句】法西斯匪徒～，在大屠殺中甚至連孩子也不放過！

纏綿悱惻（ㄔㄢˊ ㄇㄧㄢˊ ㄈㄟˇ ㄘㄜˋ）

【出處】《楚辭・九歌・湘君》：「隱思君兮陫側。」

【解釋】纏：纏繞、縈繞。綿：綿綿不斷。纏綿：心緒鬱結難解。悱惻：悲苦、淒切。

【用法】形容心情悲傷、痛苦而又無法解脫，淒苦的感情纏綿不絕。

【例句】這部描寫愛情的作品，寫得～，眞實感人。

蟬不知雪（ㄔㄢˊ ㄅㄨˋ ㄓ ㄒㄩㄝˇ）

【出處】漢・桓寬《鹽鐵論》：「以所不睹不信人，若蟬之不知雪。」

【解釋】蟬：昆蟲，俗名「知了」。

【用法】①蟬活不到冬天，因此從來沒

見過雪。②比喻見識不廣。
【例句】這人閉目塞聽，卻又頑固自信，正如～，根本不了解大千世界是個什麼樣子的。

蟬腹龜腸（ㄔㄢˊ ㄈㄨˋ ㄍㄨㄟ ㄔㄤˊ）

【出處】唐·李延壽《南史·檀珪傳》：「珪訴僧虔求祿不得，與僧虔書曰：『蟬腹龜腸，爲日已久。』」
【解釋】蟬：昆蟲，俗名「知了」。
【用法】①知了的肚子，烏龜的腸子。②比喻肚內無食，飢餓難當。（傳說蟬只喝露水，龜可長久不食。）
【例句】連年大旱，百姓們～，不得不離鄉背井去逃荒。

蟬衫麟帶（ㄔㄢˊ ㄕㄢ ㄌㄧㄣˊ ㄉㄞˋ）

【出處】唐·溫庭筠《舞衣曲》：「夜向蘭堂思楚舞，蟬衫麟帶壓愁香。」
【用法】①蟬翼衫、麟紋帶。②指又薄又輕、艷麗的舞衣和彩色的舞帶。
【例句】舞台上，飾演散花仙子的舞者，～，婀娜多姿。

蟾宮折桂（ㄔㄢˊ ㄍㄨㄥ ㄓㄜˊ ㄍㄨㄟˋ）

【出處】唐·溫庭筠《春日將欲東歸寄新及第苗紳先輩》詩：「猶喜故人先折桂，自憐羈客尚飄蓬。」
【解釋】古人傳說：月亮裏有蟾蜍、桂樹，蟾宮就是月宮。
【用法】①指在月宮裏攀折月中桂。②比喻科舉時代考中進士。
【例句】李家少爺～，中了進士，眞是個好消息！

讒言訕語（ㄔㄢˊ ㄧㄢˊ ㄕㄢˋ ㄩˇ）

【出處】明·吳承恩《西遊記》第四十六回：「我們也錯看了這猴子了！平時間讒言訕語，聞他耍子，怎知他有這般眞實本事！」
【解釋】讒：鑿，引申爲傷害。訕：毀謗、譏諷。
【用法】刻薄、嘲諷的語言。
【例句】他最喜歡以～在背後說人閒話了。

饞涎欲滴（ㄔㄢˊ ㄒㄧㄢˊ ㄩˋ ㄉㄧ）

【出處】唐·柳宗元《招海賈文》：「更笑迭怒，垂涎閃舌兮。」
【解釋】涎：口水。欲：將要。
【用法】①饞得連口水都要滴下來了。②比喻渴望得到某種事物。
【例句】面對滿桌菜餚，不禁令人～。
【附註】①也作「垂涎欲滴」。②「涎」不能念成ㄧㄢˊ。

諂笑脅肩（ㄔㄢˇ ㄒㄧㄠˋ ㄒㄧㄝˊ ㄐㄧㄢ）

見「脅肩諂笑」。

諂上欺下（ㄔㄢˇ ㄕㄤˋ ㄑㄧ ㄒㄧㄚˋ）

【解釋】諂：諂媚、逢迎。
【用法】意指對地位比自己高的人奉承，對地位低的人欺壓。
【例句】對於那種慣會～的人是要留心的。

闡幽顯微（ㄔㄢˇ ㄧㄡ ㄒㄧㄢˇ ㄨㄟ）

【出處】《周易·繫辭下》：「夫《易》彰往而察來，而微顯闡幽。」
【解釋】闡：闡明。幽：幽深。
【用法】①講明深奧和精微的道理。②

形容研究深入，能啓發人認識未知。

【例句】老教授的這部著作～，提出了很多獨到的見解。

償其大欲（ㄔㄤˊ ㄑㄧˊ ㄉㄚˋ ㄩˋ）

【出處】《孟子·梁惠王上》：「然則王之所大欲可知已：欲辟土地，朝秦楚，莅中國而撫四夷也。」

【解釋】償：達到、滿足。欲：欲望。大欲：野心。

【用法】意指滿足了他最大的欲望，或達到了他的野心。

【例句】這種貪婪成性的人，在什麼情況下都難以～。

嚐鼎一臠（ㄔㄤˊ ㄉㄧㄥˇ ㄧ ㄌㄨㄢˊ）

【出處】《呂氏春秋·察今》：「嚐一脟（臠）肉，而知一鑊之味，一鼎之調。」

【解釋】鼎：古代用以烹煮的器具。臠：切成片或塊的肉。

【用法】①意指嚐鼎中的一塊肉，就能知道全鼎的肉的滋味。②比喻根據部分的了解，可以推知全體。

【例句】可惜這部詩選尚未完成，我們只能夠～！

常備不懈（ㄔㄤˊ ㄅㄟˋ ㄅㄨˋ ㄒㄧㄝˋ）

【解釋】備：準備、防備。懈：懈怠、放鬆。

【用法】①時常準備著，從不鬆懈。②形容警惕性高。

【例句】面對敵人的侵略威脅，我們必須～，做好反侵略的準備。

腸肥腦滿（ㄔㄤˊ ㄈㄟˊ ㄋㄠˇ ㄇㄢˇ）

【出處】唐·李百藥《北齊書·琅玡王儼（ㄧㄢˇ）傳》：「琅玡王年少，腸肥腦滿，輕爲舉措。」

【解釋】腸肥：肚子大，指體胖。

【用法】形容生活優裕，終日無所事事，養得大腹便便、肥頭大耳的樣子。

【例句】前妻之子們個個枯瘦如柴，自己生的卻養得～。

【附註】也作「腦滿腸肥」。

長篇大論（ㄔㄤˊ ㄆㄧㄢ ㄉㄚˋ ㄌㄨㄣˋ）

【出處】清·曹雪芹《紅樓夢》第七十九回：「長篇大論，不知說的是什麼。」

【用法】冗長的文章，滔滔不絕的言論，多用於貶義。

【例句】寫文章作報告要簡明扼要，有的放矢，不要～，不著邊際。

長篇累牘（ㄔㄤˊ ㄆㄧㄢ ㄌㄟˇ ㄉㄨˊ）

【出處】清·吳敬梓《儒林外史》第五回：「本府親自看過，長篇累牘，後面還有你的名姓圖書。」

【解釋】累：重疊。牘：古代寫字用的木版。

【用法】指著作篇幅很長。

【例句】金庸先生的每套武俠小說都是～，架構恢宏。

長命百歲（ㄔㄤˊ ㄇㄧㄥˋ ㄅㄞˇ ㄙㄨㄟˋ）

【出處】《元曲選外編·藍采和》第四折：「這廝淡則淡到長命百壽。」

【用法】①壽命長達一百歲。②常用來祝福長壽。

【例句】晚輩兒孫們按著次序給老奶奶拜壽，他們共同祝福老奶奶～。

長命富貴（ㄔㄤˊ ㄇㄧㄥˋ ㄈㄨˋ ㄍㄨㄟˋ）

【出處】五代・後晉・劉昫等《舊唐書・姚崇傳》：「經云：『求長命得長命，求富貴得富貴。』」

【解釋】富貴：有錢有勢。

【用法】①壽命長，有錢有地位。②過去常用來表示祝福。

【例句】關於孩子的名字，秀才是煞費苦心地想著，但總想不出一個相當的字來。據老婦人的意見，還是從「～」或「福祿壽喜」裡揀一字。

長風破浪（ㄔㄤˊ ㄈㄥ ㄆㄛˋ ㄌㄤˋ）

【出處】①唐・房玄齡等《晉書・宋慤傳》：「叔父問所志，慤曰：願乘長風，破萬里浪。」②李白《行路難》詩：「長風破浪會有時，直掛雲帆濟滄海。」

【用法】形容遠大的抱負或乘勢前進的氣勢。

【例句】全國人民在政府的領導下，定能～，與其他各先進國家並駕齊驅。

【附註】參看「乘風破浪」。

長短有命（ㄔㄤˊ ㄉㄨㄢˇ ㄧㄡˇ ㄇㄧㄥˋ）

【出處】晉・陳壽《三國志・魏志・陳群傳》：「長短有命，存亡有分。」

【解釋】長短：指生命的長短。命：命運。

【用法】①人的壽命是注定的。②指萬事萬物皆由天定。

【例句】我們家中那位老婆婆成天念叨著：「～，富貴在天，人不能和命爭。」聽起來眞叫人好氣又好笑。

長亭短亭（ㄔㄤˊ ㄊㄧㄥˊ ㄉㄨㄢˇ ㄊㄧㄥˊ）

【出處】唐・李白《菩薩蠻》詞：「何處是歸程？長亭更短亭。」

【用法】①指古代建築在大道邊上遠遠近近的驛站亭舍，常用爲餞別的場所。②也用指路程的遙遠。

長年累月（ㄔㄤˊ ㄋㄧㄢˊ ㄌㄟˇ ㄩㄝˋ）

【解釋】長年：年復一年。累月：月復一月。

【用法】形容經歷的時間很長。

【例句】由於領導者改變了作風，使得許多～沒能解決的問題，迅速得到了解決。

長慮顧後（ㄔㄤˊ ㄌㄩˋ ㄍㄨˋ ㄏㄡˋ）

【出處】《荀子・榮辱》：「凡不長慮顧後，而恐無以繼之故也。」

【解釋】慮：思考。顧：照顧。

【用法】從長考慮，顧及將來。

【例句】李伯父～，不肯輕易下決定是有道理的。

長歌當哭（ㄔㄤˊ ㄍㄜ ㄉㄤˋ ㄎㄨ）

【出處】漢雜曲歌辭《悲歌》：「悲歌可以當泣，遠望可以當歸。」

【解釋】長歌：長聲歌咏，引申指寫詩和文章。當：權當、當作。

【用法】用賦詩寫文章來抒發心中的悲憤和不滿。

【例句】看到自己好友的犧牲，悲痛之情鬱結胸懷，唯有～，借以略表自己的哀思。

長久之計（ㄔㄤˊ ㄐㄧㄡˇ ㄓ ㄐㄧˋ）

【解釋】計：計劃、策略。

【用法】長遠的策略和打算。
【例句】本地區沒有糧食儲備，遇到荒年，只好仰賴外來接濟，這不是～。

長江天塹（ㄔㄤˊ ㄐㄧㄤ ㄊㄧㄢ ㄑㄧㄢˋ）

【出處】唐・李延壽《南史・孔范傳》：「長江天塹，古來險隔，虜軍豈能飛渡？」
【解釋】塹：溝渠，代指防禦工事。
【用法】長江天險是天然的防禦工事。
【附註】「塹」不能念成ㄓㄢˇ。

長江後浪催前浪（ㄔㄤˊ ㄐㄧㄤ ㄏㄡˋ ㄌㄤˋ ㄘㄨㄟ ㄑㄧㄢˊ ㄌㄤˋ）

【出處】元・關漢卿《關大王獨赴單刀會》第三折：「長江，今幾經戰場，却正是後浪催前浪。」
【用法】比喻事物不斷推陳出新，人類在不斷地更新換代。
【例句】～，看來我們該把棒子交給年輕人了！
【附註】常與「一代新人換舊人」相連用。

長頸鳥喙（ㄔㄤˊ ㄐㄧㄥˇ ㄋㄧㄠˇ ㄏㄨㄟˋ）

【出處】《吳越春秋》：「范蠡遺書文種曰：『越王爲人長頸鳥喙，鷹視狼步，可以共患難，而不可共處樂。』」
【解釋】頸：脖子。喙：鳥嘴。
【用法】①嘴尖脖子長。②形容奸詐的樣子。
【例句】瞧他一副～的樣子，一看就知道不是好人。

長驅直入（ㄔㄤˊ ㄑㄩ ㄓˊ ㄖㄨˋ）

【出處】《戰國策・燕策二》：「輕卒銳兵，長驅至國。」
【解釋】驅：快跑。
【用法】經常用以形容進軍的神速和順利。
【例句】我們根據著數日來的～，相信先鋒部隊已經進入了敵軍陣地。
【附註】也作「長驅直進」、「長驅逕入」。

長袖善舞（ㄔㄤˊ ㄒㄧㄡˋ ㄕㄢˋ ㄨˇ）

【出處】《韓非子・五蠹》：「鄙諺曰：『長袖善舞，多錢善賈。』此言多資之易爲工也。」（賈ㄍㄨˇ：經商做買賣。）
【用法】①衣袖長，善於起舞。②比喻有所依靠，做事容易成功。③也用以形容有手段的人善於營私。
【例句】俗話說，「～，多財善賈」，生活之於創作是多多益善的。

長吁短嘆（ㄔㄤˊ ㄒㄩ ㄉㄨㄢˇ ㄊㄢˋ）

【出處】《樂府群珠・無名氏〈金字經〉》：「短嘆長吁三兩聲。」
【解釋】吁：嘆氣。
【用法】①長聲短聲不住地嘆息。②形容人憂傷的情狀。
【例句】這姑娘像是有什麼心事似的，成天～，愁眉不展。
【附註】「吁」不能念成ㄩ。

長治久安（ㄔㄤˊ ㄓˋ ㄐㄧㄡˇ ㄢ）

【出處】漢・司馬遷《史記・屈原賈生列傳》：「建久安之勢，成長治之業。」
【用法】長期的太平安定。
【例句】暴君爲了維護一個～的局面，不惜使用殘酷的刑罰，其結果恰恰是更加激起了人民的反抗。

【附註】也作「久安長治」。

長齋繡佛 (ㄔㄤˊ ㄓㄞ ㄒㄧㄡˋ ㄈㄛˊ)

【出處】唐．杜甫《飲中八仙歌》：「蘇晉長齋繡佛前，醉中往往愛逃禪。」

【解釋】齋：素食。繡佛：絲線繡成的佛像。

【用法】①供奉佛像，長期吃素。②指對宗教的信仰。

【例句】有位姓尹的老太太，年紀已在五十以上。一人孤居，～。

長枕大被 (ㄔㄤˊ ㄓㄣˇ ㄉㄚˋ ㄅㄟˋ)

【出處】宋．樂史《楊太眞外傳》：「九載二月，上舊置五王帳，長枕大被，與兄弟共處其間。」

【用法】形容兄弟之間友愛。

【例句】我們兄弟之間，～，形影相隨，始終是非常和睦的。

長生不老 (ㄔㄤˊ ㄕㄥ ㄅㄨˋ ㄌㄠˇ)

【出處】《太上純陽眞經．了三得一經》：「天一生水，人同自然，腎爲北極之樞，精食萬化，滋養百骸，賴以永年而長生不老。」

【用法】①長期生存，永不衰老。②舊指神仙和得道的人永遠不會死亡。③常用以對人表示祝福。

【例句】生老病死是自然的規律，所謂～不過是夢想罷了。

長生久視 (ㄔㄤˊ ㄕㄥ ㄐㄧㄡˇ ㄕˋ)

【出處】《老子》第五十九章：「有國之母，可以長久，是謂深根固柢，長生久視之道。」

【解釋】久視：耳目不衰。

【用法】形容人壽命長，眼不花，耳不聾。

【例句】經常參加體育活動，是能夠～的最好的辦法。

長繩繫日 (ㄔㄤˊ ㄕㄥˊ ㄒㄧˋ ㄖˋ)

【出處】晉．傅玄《九曲歌》：「歲暮景邁群光絕，安得長繩繫白日！」

【解釋】繫：拴住。

【用法】①用長繩把太陽拴住。②指把時光留住。

【例句】爲了補上浪費的時間，恨不能～，一天當兩天用才好！

長足進步 (ㄔㄤˊ ㄗㄨˊ ㄐㄧㄣˋ ㄅㄨˋ)

【解釋】長足：指進展迅速。

【用法】形容進步大、速度快。

【例句】這二年來，看到她有了～，我們非常高興。

【附註】參看「長足進展」。

長足進展 (ㄔㄤˊ ㄗㄨˊ ㄐㄧㄣˋ ㄓㄢˇ)

【解釋】長足：指進展迅速。

【用法】形容進步快、成績大。

【例句】經濟升級以後，我國工商業都獲得了～。

【附註】參看「長足進步」。

長此以往 (ㄔㄤˊ ㄘˇ ㄧˇ ㄨㄤˇ)

【用法】長期這樣下去。

【例句】近日仍忙，頗苦於寫少而談多，～，必將空疏。

長材短用 (ㄔㄤˊ ㄘㄞˊ ㄉㄨㄢˇ ㄩㄥˋ)

【出處】清．孔尚任《桃花扇．選優》

：「看此歌妓，聲容俱佳，豈可長材短用，還派做正旦罷！」

【用法】①大材小用。②指人不能充分發揮才能，物不能充分得到利用。

【例句】這位年青人精通業務又任勞任怨，天天讓他打雜，豈不是～。

長安道上（ㄔㄤˊ ㄢ ㄉㄠˋ ㄕㄤˋ）

【出處】五代・無名氏《賀聖朝》詞：「長安道上行客，依舊名深利切。」

【解釋】長安：古都城，今西安附近，屬陝西省，漢唐也稱西京。

【用法】舊時喻指名利場所。

長安居大不易（ㄔㄤˊ ㄢ ㄐㄩ ㄉㄚˋ ㄅㄨˋ ㄧˋ）

【出處】唐・張固《幽閑鼓吹》：「白尚書應舉初至京，以詩謁著作顧況，顧睹姓名，熟視白公曰：『米價方貴，居亦弗易。』乃披卷，首篇曰：『離離原上草，一歲一枯榮。野火燒不盡，春風吹又生。』即嗟賞曰：『道得個語，居即易矣。』因爲之延譽，聲名大振。」

【用法】①按「（白）居易」二字作出的戲言。②後用以比喻在都市裡求生活很不容易。

【例句】抗日戰爭時，我在重慶生活了半年，米珠薪桂，眞是～。

【附註】也作「居大不易」。

長夜難明（ㄔㄤˊ ㄧㄝˋ ㄋㄢˊ ㄇㄧㄥˊ）

【用法】比喻黑暗歲月長期存在。

【例句】在那黑暗的年代裡，眞是什麼時候才能熬出頭呢？

長夜之飲（ㄔㄤˊ ㄧㄝˋ ㄓ ㄧㄣˇ）

【出處】《韓非子・五蠹》：「紂爲長夜之飲。」

【用法】①通宵達旦地設宴暢飲。②指徹夜歡飲，淫樂無度。③也指以酒助興，不計更長漏永，與貴客或老友把酒敘舊，良夜苦短。

【例句】多年不見，讓我們作～，共敍舊情吧！

【附註】也作「長夜飲」。

惝怳迷離（ㄔㄤˇ ㄏㄨㄤˇ ㄇㄧˊ ㄌㄧˊ）

【解釋】惝怳：也作「倘況」，失意的樣子。迷離：模糊不清。

【用法】意指茫然若失而迷糊不清的樣子。

【例句】自從她失去孩子以後，整天～不知道自己在做些什麼。

敞胸露懷（ㄔㄤˇ ㄒㄩㄥ ㄌㄨˋ ㄏㄨㄞˊ）

【用法】①敞開衣服，露出胸部。②形容作風粗野，沒有禮貌。

【例句】他總是～的，不成個樣了

倡條冶葉（ㄔㄤ ㄊㄧㄠˊ ㄧㄝˇ ㄧㄝˋ）

見「冶葉倡條」。

倡而不和（ㄔㄤˋ ㄦˊ ㄅㄨˋ ㄏㄜˋ）

【出處】漢・劉安《淮南子・繆稱訓》：「倡而不和，意而不戴。」

【解釋】倡：同「唱」。和：響應。

【用法】①領唱無人應和。②形容有人倡導，但無人響應的一種冷清局面。

【例句】他本來以爲他的提議會收到一呼百應之效，沒有料到竟是～，無人理睬。

【附註】「和」不能唸成ㄏㄜˊ。

倡言惑衆 ㄔㄤˋ ㄧㄢˊ ㄏㄨㄛˋ ㄓㄨㄥˋ

【出處】清·孔尚任《桃花扇·選優》：「那奸人倡言惑衆，久已搜拿。」
【解釋】倡：提倡、宣揚。
【用法】宣揚流言蜚語，惑亂人心。
【例句】～之人，應受到輿論及法律的雙重制裁。

唱籌量沙 ㄔㄤˋ ㄔㄡˊ ㄌㄧㄤˊ ㄕㄚ

【出處】唐·李延壽《南史·檀道濟傳》：「道濟時與魏軍三十餘戰，多捷。軍至歷城，以資運竭，乃還。時人降魏者，俱說糧食已罄。於是，士卒憂懼，莫有固志。道濟夜唱籌量沙，以所餘少米散其上。及旦，魏軍謂資糧有餘，故不復追。」
【解釋】唱：喊報。籌：計數用具。唱籌：唱數計籌。
【用法】①量沙時唱數計籌。②後多用以比喻以少報多，以無報有，弄虛做假，掩飾眞象的行爲。
【例句】有的單位不是實事求是，而是虛報成果，騙取績效，這種～的做法，造成了不良的影響。

悵然若失 ㄔㄤˋ ㄖㄢˊ ㄖㄨㄛˋ ㄕ

【出處】南朝·宋·劉義慶《世說新語·雅量》：「殷（浩）悵然自失。」
【解釋】悵然：失意、懊惱。
【用法】形容心情愁苦，像丟了東西一樣。
【例句】這段時間，他一天到晚～，動不動就坐在那裏發呆。
【附註】也作「悵然如有所失」。

暢通無阻 ㄔㄤˋ ㄊㄨㄥ ㄨˊ ㄗㄨˇ

【解釋】暢：暢快、痛快。
【用法】通行暢快，毫無阻礙。
【例句】爲了方便旅客，鐵路單位千方百計克服了種種困難，保證列車～。
【附註】也作「暢行無阻」。

暢所欲言 ㄔㄤˋ ㄙㄨㄛˇ ㄩˋ ㄧㄢˊ

【解釋】暢：盡情、痛快。
【用法】盡情地把要講的話全部講了出來。
【例句】參加全國科學大會的代表們，在討論中各抒己見，～地提出了許多有關科學技術的發展、科技人材的培養等方面的建議。

超凡入聖 ㄔㄠ ㄈㄢˊ ㄖㄨˋ ㄕㄥˋ

【出處】宋《朱子全書》卷一：「且看聖人是如何？常人是如何？自己因甚便不似聖人？因甚便這是常人？就此理會得透，自可超凡入聖。」
【解釋】超：超出、勝過。凡：凡人，一般人。聖：聖人，思想和道德都很高尙的人。
【用法】超越了一般人，進入聖人的行列。
【例句】領導者的偉大，是因爲他集中了大家的智慧，絕不是因爲他們是～的「先知」或「天才」。
【附註】也作「超凡越聖」、「入聖超凡」。

超度衆生 ㄔㄠ ㄉㄨˋ ㄓㄨㄥˋ ㄕㄥ

【解釋】超度：超脫度化，佛教用語。衆生：大衆。
【用法】①用唸經來使死人脫離苦海。

②也泛指做善事幫助許多的人脫離苦難。

【例句】佛家子弟慈悲為懷～，值得敬重！

超今冠古 ㄔㄠ ㄐㄧㄣ ㄍㄨㄢˋ ㄍㄨˇ

【出處】唐・韓愈《賀册尊號表》：「赫赫巍巍，超今冠古。」

【解釋】冠：超出眾人，位居第一。

【用法】①超越了現代，勝過了古代。②形容古今少有。

【例句】宋朝文學大家蘇東坡才華橫溢、在書、畫、詞、文各方面，都具有～的地位。

超絕塵寰 ㄔㄠ ㄐㄩㄝˊ ㄔㄣˊ ㄏㄨㄢˊ

【解釋】超：高超。絕：無比。塵寰：紅塵寰宇，人世之間。

【用法】①指在人世之間高超無比。②形容某種造詣的高妙。

【例句】她的演唱～，受到廣大聽眾的熱烈歡迎。

超群絕倫 ㄔㄠ ㄑㄩㄣˊ ㄐㄩㄝˊ ㄌㄨㄣˊ

【出處】晉・陳壽《三國志・蜀志・關羽傳》：「亮（諸葛亮）遺知羽護前，乃答之曰：『孟起（馬超）兼資文武，雄烈過人，一世之傑，黥彭之徒，當與翼德（張飛）並驅爭先，猶未及髯（指關羽）之絕倫逸群也。』」

【解釋】超：高出。群：眾人。絕：沒有。倫：倫比、匹敵。

【用法】高出眾人之上，沒有能與其相比的。

【例句】將軍具有卓越的政治才能和組織才能，是一位出類拔萃、～的軍事家。

超超玄箸 ㄔㄠ ㄔㄠ ㄒㄩㄢˊ ㄓㄨˋ

【出處】南朝・宋・劉義慶《世說新語・言語》：「諸名士共至洛水戲，還，樂令問王夷甫曰：『今日戲，樂乎？』王曰：『裴僕射善談名理，混混有雅致，張茂先論史漢，靡靡可聽，我與王安豐說延陵、子房，亦超超玄箸。』」

【解釋】超超：超然再超然，很不一般。玄：神妙。箸：通「著」，顯明。

【用法】形容談話深刻動聽。

【例句】張教授的講演～，頗受歡迎！

超塵拔俗 ㄔㄠ ㄔㄣˊ ㄅㄚˊ ㄙㄨˊ

【出處】南朝・齊・孔稚圭《北山移文》：「夫以耿介拔俗之標，瀟灑出塵之想。」

【用法】①超出人間的。②原指佛教徒修行功夫深。③現在用以形容思想或行為高於一般人。

【例句】這人自以為～，高人一等，實在是沒有自知之明。

超然物外 ㄔㄠ ㄖㄢˊ ㄨˋ ㄨㄞˋ

【出處】宋・蘇軾《超然臺記》：「予弟子由適在濟南，聞而賦之，且名其臺曰『超然』。以見予之無所往而不樂者，蓋游於物之外也。」

【解釋】超然：超脫於。物外：世外或事物之外。

【用法】①超脫於塵世之外，意指對現實的一切都不感興趣。②有時也指置身於某事之外。

【例句】在這時代中，我們不應該～，

而應該積極地投身於建設國家的宏偉事業中。

超然象外

【出處】唐・司空圖《詩品・雄渾》：「超以象外，得其環中。」
【解釋】超然：高超脫俗的樣子。象：萬象，宇宙間的一切事物或現象。
【用法】①超脫於物象以外。②形容文藝作品意境雄渾，灑脫超俗。③也指人置身世外，無牽無掛，襟懷坦蕩，逍遙自得。
【例句】人倘能夠～，倒也是一種難得的清福。
【附註】也作「超以象外」。

超軼絕塵

【出處】《莊子・徐無鬼》：「天下焉有成材，若恤若失，若喪其一，若是者超軼絕塵，不知其所。」
【解釋】軼：車轍。塵：踪迹。
【用法】①超越前車，不留塵迹。③形容馬跑得飛快。
【例句】齊白石的畫具有一種～的神韻，是一般畫家難於望其項背的。

嘲風詠月

【出處】唐・白居易《將歸謂村先寄舍弟》詩：「詠月嘲風先要減，登山臨水亦宜稀。」
【解釋】風：風光。月：月色。風月：後也喻指男女之情。
【用法】以風、月或男女之情為題吟詩作文。
【例句】鴛鴦蝴蝶派的文人所寫的那些～之作，是沒有什麼價值的。

巢毀卵破

【出處】南朝・宋・范曄《後漢書・孔融傳》：「二子方弈棋，融被收而不動。左右曰：『父執而不起，何也？』答曰：『安有巢毀而卵不破乎？』」
【用法】①鳥巢被毀，鳥卵必破。②比喻災禍牽連，無法倖免。
【例句】在遭到敵國侵略的時候，～，全國人民都陷入災難之中，個人的安寧也就談不到了。
【附註】參看「覆巢無完卵」、「覆巢破卵」。

車馬輻輳

【出處】清・文康《兒女英雄傳》第一回：「兩旁歧途曲巷中，有無數的車馬輻輳，冠蓋飛揚，人往人來，十分熱鬧。」
【解釋】輻輳：車的輻條滙集到車輪的中心。
【用法】①車子和馬匹由四面八方聚集在一起。②形容熱鬧的場面。
【例句】廟會之日，各大城市～，好不熱鬧。

車殆馬煩

【出處】三國・魏・曹植《洛神賦》：「日既西傾，車殆馬煩。」
【解釋】殆：通「怠」，怠惰。煩：勞煩。
【用法】①車輪不轉了，馬也疲憊了。②形容行旅勞煩困苦。
【例句】在長途跋涉之後，他已經是～，什麼都顧不了。

車到山前必有路

【用法】①比喻在困難面前總會想到法子的。②常用以寬慰窘困中的人。

【例句】你所說的困難的確是事實，但用不著唉聲嘆氣，～，我想困難總是可以解決的。

車攻馬同

【出處】《詩經・小雅・車攻》：「我車既攻，我馬既同。」

【解釋】攻：堅固、精緻。同：齊、聚。

【用法】車子堅固精緻，馬匹齊整雄壯。

【例句】千乘之國，～，軍容壯盛。

車轄鐵盡

【出處】晉・崔豹《古今注・卷上・輿服第一》載：越裳氏來進貢，找不到回去的路了，周公用指南車把使者送回國，等到回來時，車轄都磨光了。

【解釋】車轄：車子的輪轄鐵銷子。鐵盡：把鐵銷子都磨光了。

【用法】形容旅途遙遠。

【例句】這次南極一行，何止數千里的旅程，半月有餘，才走了不到一半，難免有～之嘆！

車轍馬迹

【出處】《左傳・昭公十二年》：「昔(周)穆王欲肆其心，周行天下，將皆必有車轍馬迹焉。」

【用法】①車轍痕，馬足迹。②指在行動中留下的踪迹。

【例句】對於失踪的一名探險隊員，我們動員全體人員去尋找，但～俱無，該上哪去找呢？這實在叫人爲難！

車水馬龍

【出處】南朝・宋・范曄《後漢書・馬後記》：「前過濯龍門上，見外家問起居者，車如流水，馬如游龍。」②南唐・李煜《望江南》詞：「還似舊時游上苑，車如流水馬如龍，花月正春風。」

【用法】①車像流水，馬像游龍。②形容繁榮熱鬧，車馬來往不絕。

【例句】到這裡來參觀的民衆和國際友人，～，絡繹不絕。

車在馬前

【出處】《禮記・學記》：「始駕馬者反之，車在馬前。」疏：「駕馬之法，大馬本駕在車前，今將馬子繫隨車後而行，故曰車在馬前。所以然者，此駒既未曾駕車，若忽駕之，必當驚奔，今以大馬牽車於前，而繫駒於後，使此駒日日見車之行，其駒慣習而後駕之，不復驚也。」

【用法】①指行車在前，小馬尾隨車後。②後用以比喻培植新人，必須先示範，言傳身教，先從小事入手。

【例句】劇校的學生總是在台下反覆觀摩老演員的演出，這種～的訓練方法，是很有道理的。

車載斗量

【出處】晉・陳壽《三國志・吳志・孫權傳》：「遣都尉趙咨使魏。」裴松之注引《吳書》：「如臣之比，車載斗量，不可勝數。」

【解釋】載：裝載。

【用法】①用車裝載，拿斗來量。②比

喻數量極多。

【例句】我是個很普通的人，像我這樣的人還不是～，有什麼稀奇的呢。

【附註】「載」不能念成ㄗㄞˇ。「量」不能念成ㄌㄧㄤˋ。

扯篷拉縴（ㄔㄜˇ ㄆㄥˊ ㄌㄚ ㄑㄧㄢˋ）

【出處】清·曹雪芹《紅樓夢》第十五回：「鳳姐又道：『我比不得他們扯篷拉縴的圖銀子。』」

【解釋】篷：船帆。縴：縴繩，船縴。

【用法】①掛船帆拉船網。②喻指一般不正當的介紹撮合，以及關說人情，從中取利的行為。

【例句】李大娘專門搞那些～的勾當，令人不齒。

徹頭徹尾（ㄔㄜˋ ㄊㄡˊ ㄔㄜˋ ㄨㄟˇ）

【出處】宋·程顥《中庸》注：「誠者，物之終始，猶俗言徹頭徹尾。」

【解釋】徹：通、透。

【用法】意指從頭到尾，自始至終。

【例句】小馬不但是一個闊少爺，而且是一個～的書呆子。

徹上徹下（ㄔㄜˋ ㄕㄤˋ ㄔㄜˋ ㄒㄧㄚˋ）

【出處】宋《二程全書·遺書一》：「夫徹上徹下，不過如此。」

【解釋】徹：通、透。

【用法】①意指貫通上下。②也用以形容對道理懂得透徹。

【例句】無論辦什麼事都不能違背事物的客觀規律，這種～的道理，任何稍有科學頭腦的人都是可以理解的。

塵飯塗羹（ㄔㄣˊ ㄈㄢˋ ㄊㄨˊ ㄍㄥ）

【出處】《韓非子·外儲說左上》：「夫嬰兒相與戲也，以塵為飯，以塗為羹，以木為胾，然至日晚必歸餉者，塵飯塗羹可以戲而不可食也。夫稱上古之傳頌，辨而不愨，道先王仁義而不能正國者，此亦可以戲而不可以為治也。」（胾：大塊的肉。愨：誠篤。）

【解釋】塗：稀泥。

【用法】①用塵土當飯，用稀泥當羹湯。②指兒童的遊戲。③比喻只有虛假形式，不能收到實效。

【例句】他不經過調查研究，只靠閉門造車，設計出來的東西不過是～，任何實用價值也沒有。

塵垢粃糠（ㄔㄣˊ ㄍㄡˋ ㄅㄧˇ ㄎㄤ）

【出處】《莊子·逍遙遊》：「是其塵垢粃糠，將猶陶鑄堯舜者也。」（意指神人能把廢物造就出帝堯帝舜來，是卑視治理天下者的意思。）

【解釋】塵：灰塵。垢：汙穢。粃：中空或不飽滿的穀粒。糠：從稻、麥等穀物上脫下的皮、殼。

【用法】比喻瑣屑無用的廢物。

【例句】諸如此類～之物，瑣屑無用，就不要積存了！

晨昏定省（ㄔㄣˊ ㄏㄨㄣ ㄉㄧㄥˋ ㄒㄧㄥˇ）

【出處】《禮記·曲禮上》：「凡為人子之禮，冬溫而夏凊，昏定而晨省。」

【解釋】晨：早晨。昏：晚間。定：請安。省：探視。

【用法】①早起探視，晚間請安。②舊時子女對父母的禮節。

【例句】她老人家的這個兒媳婦，～，對她照顧得格外周到，比女兒還要強哩。

【附註】①也作「昏定晨省」。②「省」不能念成ㄕㄥˇ。

晨鐘暮鼓（ㄔㄣˊ ㄓㄨㄥ ㄇㄨˋ ㄍㄨˇ）

【出處】唐．李咸用《山中》詩：「朝鐘暮鼓不到耳，明月孤帆長掛情。」

【解釋】晨：日出時。暮：日落時。

【用法】①日出敲鐘，日落擊鼓。寺廟建築有鐘樓鼓樓，設置鐘鼓，用以報時。②後常用「晨鐘暮鼓」比喻令人警悟的言語。

【例句】師長的教誨，有如～，令人警醒！

【附註】也作「暮鼓晨鐘」。

沉博絕麗（ㄔㄣˊ ㄅㄛˊ ㄐㄩㄝˊ ㄌㄧˋ）

【出處】漢．揚雄《答劉歆書》：「雄爲郎之歲，自奏少不得學，而心好沈（沉）博絕麗之文，願不受三歲之奉，且休脫直事之繇，得肆心廣意，以自克就。」

【解釋】沉：深。博：廣。絕麗：華美無比。

【用法】指文章意趣深、取材廣，詞藻華美無比。

【例句】徐志摩的散文～，深獲讀者的喜愛！

沉默不語（ㄔㄣˊ ㄇㄛˋ ㄅㄨˋ ㄩˇ）

見「默不作聲」。

沉默寡言（ㄔㄣˊ ㄇㄛˋ ㄍㄨㄚˇ ㄧㄢˊ）

【出處】五代．後晉．劉昫等《舊唐書．梁崇義傳》：「沉默寡言，衆悅之，累遷爲偏裨。」

【解釋】沉默：沉靜、不聲不響。寡：少。

【用法】不聲不響，很少說話。

【例句】年輕時他替地主看墳，孤零零地住在柏樹墳地的小土屋裏，養成了～的習慣。

【附註】也作「沉密寡言」「沉靜寡言」。

沉李浮瓜（ㄔㄣˊ ㄌㄧˇ ㄈㄨˊ ㄍㄨㄚ）

【出處】三國．魏．曹丕《與朝歌令吳質書》：「浮甘瓜於清泉，沉朱李於寒水。」

【用法】①放在水裡的李子和瓜，李子沉到水底，瓜浮在水面上。②指冷食瓜果。

【附註】也作「浮瓜沉李」。

沉機觀變（ㄔㄣˊ ㄐㄧ ㄍㄨㄢ ㄅㄧㄢˋ）

【解釋】沉：深藏。機：機智。

【用法】①深藏機智，觀察變化。②形容頭腦裡辦法多，具有隨機應變的才能。

【例句】不要看他表面上不言不語，其實他頭腦冷靜，很善於～。

沉潛剛克（ㄔㄣˊ ㄑㄧㄢˊ ㄍㄤ ㄎㄜˋ）

【出處】《尚書．洪範》：「彊弗友剛克，燮友柔克，沈（沉）潛剛克，高明柔克。」

【解釋】沉潛：沉靜含蓄。

【用法】①沉靜、潛默的人要用剛強去克服。②指剛與柔雖表現方式不同，但有殊途同歸的作用。

【附註】也作「沉漸剛克」。

沉渣泛起（ㄔㄣˊ ㄓㄚ ㄈㄢˋ ㄑㄧˇ）

【解釋】渣：渣滓、廢物。泛：浮、漂起。
【用法】①沉在水裡的渣滓漂浮了起來。②比喻各種陳腐的東西，在一定條件下又出來擴散。
【例句】每當社會動亂的時候，總有一些有用心的人，～，興風作浪。

沉舟破釜

見「破釜沉舟」。

沉灶產蛙

【出處】《國語．晉語九》：「晉師圍而灌之，沉灶產蛙，民無叛意。」
【用法】①沉沒在大水中的鍋灶裡滋生了青蛙。②指水患使人民受到了嚴重災難。
【例句】遭到水患的百姓猶如～，苦不堪言！
【附註】也作「臼灶生蛙」。

沉思默慮

【出處】明．吳承恩《西遊記》第五十九回：「樵子見行者沉思默慮，嗟嘆不已。」
【解釋】沉：深。默：不出聲。
【用法】深深地思索，默默地考慮。
【例句】經過幾天的～，他終於下定了決心。
【附註】也作「沉思默想」。

沉吟不決

【出處】三國．魏．曹操《秋胡行》：「沉吟不決，遂上升天。」
【解釋】沉吟：沉思吟味，引申爲猶豫、遲疑。決：決定、決斷。
【用法】遲疑而不能作出決定。
【例句】人們期待著他的回答，但他却～，拿不定主意。

沉魚落雁

【出處】《莊子．齊物篇》：「毛嬙、麗姬，人之所美也。魚見之深入，鳥見之高飛。」
【用法】①魚沉水底，雁落平沙。②原指女子雖貌美，然魚、鳥無法欣賞，魚入深水，鳥兒高飛，躲避起來。③後人用落雁代鳥飛，形容絕色女子。
【例句】西施有～之貌，無怪乎列名我國四大美人之一。
【附註】參看「閉月羞花」。

沉鬱頓挫

【出處】唐．杜甫《進雕賦表》：「至於沉鬱頓挫，隨時敏捷，揚雄、枚皋之徒，庶可企及也。」
【解釋】沉鬱：深沉鬱積。頓挫：停頓轉折。
【用法】指詩文的風格深沉蘊藉，語勢有停頓轉折。
【例句】杜甫的詩歌～，而又豪縱恣肆，是人們難以企及的

沉冤莫白

【出處】①宋．張商英《鄂州謝上表》：「雖有沉冤，莫能往訴。」②明．許仲琳《封神演義》第九十七回：「昏君受辛！你君欺臣妻，吾爲守貞立節，墜樓而死，沉冤莫白。」
【解釋】沉冤：難以辯白或久未昭雪的冤屈。白：辯白、弄明白。
【用法】喻指極大的冤屈得不到昭雪。

【例句】在暴君統治下的黑暗年代，多少人民受盡欺壓，～。

臣門如市（ㄔㄣˊ ㄇㄣˊ ㄖㄨˊ ㄕˋ）

【出處】漢．班固《漢書．鄭崇傳》：「崇對（漢哀帝）曰：『臣門如市，臣心如水。』」

【解釋】臣：君主時期的官吏。市：集市。

【用法】①臣子的家門就像集市一樣。②形容權貴之家賓客來往頻繁。

臣心如水（ㄔㄣˊ ㄒㄧㄣ ㄖㄨˊ ㄕㄨㄟˇ）

【出處】漢．班固《漢書．鄭崇傳》：「崇對（漢哀帝）曰：『臣門如市，臣心如水。』」

【解釋】臣：君主時期的官吏。

【用法】①臣子的心地潔白如水。②喻指操行廉潔。

【例句】～，絕不愧對君主與朝廷！

陳蕃下榻（ㄔㄣˊ ㄈㄢ ㄒㄧㄚˋ ㄊㄚˋ）

【出處】唐．王勃《滕王閣序》：「人傑地靈，徐孺下陳蕃之榻。」

【解釋】陳蕃：漢汝南人，官至太傅，封高陽侯。南朝．宋．范曄《後漢書．徐稚傳》載：「蕃在郡不接賓客，唯稚來特設一榻，去則縣之。後舉有道，家拜太原太守，皆不就。」

【用法】後用以比喻以禮對待有才德的人。

陳力就列（ㄔㄣˊ ㄌㄧˋ ㄐㄧㄡˋ ㄌㄧㄝˋ）

【出處】《論語．季氏》：「周任有言曰：『陳力就列，不能者止。』」

【解釋】陳力：獻出才力。就列：歸入行列。指爲官。

【用法】指貢獻出自己的才能去擔負職務。

【例句】每位組員都能～，必可有一番不錯的作爲。

陳規陋習（ㄔㄣˊ ㄍㄨㄟ ㄌㄡˋ ㄒㄧˊ）

【解釋】陳：陳舊。陋：不好、不合理。

【用法】指陳舊的規章制度，不好的習俗或不合理的慣例。

【例句】一切～，都應在破除之列。

陳陳相因（ㄔㄣˊ ㄔㄣˊ ㄒㄧㄤ ㄧㄣ）

【出處】漢．司馬遷《史記．平準書》：「太倉之粟，陳陳相因，充溢露積於外，至腐敗不可食。」

【解釋】陳：陳舊。因：沿襲。

【用法】①原指京城倉庫裡的糧食一年一年地不斷累積，以至腐爛。②後用來比喻因循守舊，不圖創新。

【例句】近百年來，人們思想得到解放，敢於發表自己的意見，因此，很少看到過去那種～的言論了。

陳善閉邪（ㄔㄣˊ ㄕㄢˋ ㄅㄧˋ ㄒㄧㄝˊ）

【出處】《孟子．離婁上》：「責難於君謂之恭，陳善閉邪謂之敬，吾君不能謂之賊。」

【解釋】陳：條陳、分條陳述。閉：閉塞。

【用法】①把完善的建議分條陳述以閉塞君主的邪惡想法。②泛指用正確的東西去堵塞錯誤的。

【例句】提倡書香社會，才能～，遏止不良風氣的蔓延。

陳詞濫調 ㄔㄣˊ ㄘˊ ㄌㄢˋ ㄉㄧㄠˋ

【解釋】陳：陳舊。濫：空泛、失眞。
【用法】陳舊的言詞，空泛的論調。
【例句】如果只是沿用～，作品本身絕不可能給予讀者深刻的印象。

陳言務去 ㄔㄣˊ ㄧㄢˊ ㄨˋ ㄑㄩˋ

【出處】唐・韓愈《與李翊（ㄧˋ）書》「惟陳言之務去，戛（ㄐㄧㄚˊ）戛乎其難哉！」
【解釋】陳：陳舊。言：語言、文字。務：務必。
【用法】①陳舊的言詞一定要去掉。②指說話辦事不要老重覆人家的老話。
【例句】作爲一個詩人，必須在語言的礦藏中去尋找最富有表現力的因素，眞正做到～，這當然不是一件很簡單的事情。

稱體裁衣 ㄔㄣˋ ㄊㄧˇ ㄘㄞˊ ㄧ

【出處】梁・蕭子顯《南齊書・張融傳》：「（太祖）手詔賜融衣曰：……『今送一通故衣，意謂雖故，乃勝新。是吾所著，已令裁減，稱卿之體。』」
【解釋】稱：適合、相符。
【用法】①按照適合身體的高矮肥瘦的尺寸裁制衣服。②比喻按照客觀實際情況辦事。
【例句】我們無論做什麼事，都應該～，不能不顧客觀條件。

稱家有無 ㄔㄣˋ ㄐㄧㄚ ㄧㄡˇ ㄨˊ

【出處】《禮記・檀弓上》：「子游問喪具，夫子曰：『稱家之有亡（無）。』」
【解釋】稱：適合。
【用法】指婚喪費用寧儉勿奢，必須適合家庭財力的情況。
【例句】婚喪喜慶，必須～才算合情合理。
【附註】「稱」不能念成ㄔㄥ。

稱心如意 ㄔㄣˋ ㄒㄧㄣ ㄖㄨˊ ㄧˋ

【出處】唐・房玄齡等《晉書・蔡謨傳》：「才不副意，略不稱心。」（副：符合。）
【解釋】稱：符合。如：適合。
【用法】完全合乎心意。
【例句】像你這樣的小伙子還怕找不到一個～的人兒，何必要那樣委屈求全呢！
【附註】①也作「趁心如意」。②「稱」不能念成ㄔㄥ。③參看「遂心如意」。

趁風使船 ㄔㄣˋ ㄈㄥ ㄕˇ ㄔㄨㄢˊ

見「乘風轉舵」。

趁火打刼 ㄔㄣˋ ㄏㄨㄛˇ ㄉㄚˇ ㄐㄧㄝˊ

【解釋】趁：利用機會。刼：搶刼。
【用法】①趁人家失火時去搶刼。②比喻在別人遇到危險和困難時，去乘機撈一把。
【例句】慣常～的他，趁她丈夫出海遇難的時候，就逼著她賣身葬夫，二十塊錢就寫了賣身契。

趁心如意 ㄔㄣˋ ㄒㄧㄣ ㄖㄨˊ ㄧˋ

見「稱心如意」。

趁熱打鐵 ㄔㄣˋ ㄖㄜˋ ㄉㄚˇ ㄊㄧㄝˇ

【用法】①趁著鐵被燒熱，及時鍛打。

②比喻不失時機，立即行動。
【例句】敵軍剛吃了敗仗，我軍應～，繼續追擊。

撐腸拄肚（ㄔㄥ ㄔㄤˊ ㄓㄨˇ ㄉㄨˋ）

【出處】唐盧同《月蝕》詩：「撐腸拄肚礧傀如山丘，自可飽死更不偷。」
【解釋】撐：裝滿。拄：支撐。
【用法】形容腹中飽滿，容納很多。

瞠目結舌（ㄔㄥ ㄇㄨˋ ㄐㄧㄝˊ ㄕㄜˊ）

【出處】清·霽園主人《夜談隨錄·梨花》：「因耳語其故，公子大駭，入艙隱叩細君，細君結舌瞠目。」
【解釋】瞠目：瞪著眼睛。結舌：舌頭動不了。
【用法】①瞪著眼睛說不出話來。②形容受窘或驚呆的樣子。
【例句】老師問問題的時候，學生必須傾耳靜聽，注意前後內容的線索，否則突然被問到，便不免～，不知所云了。
【附註】①也作「結舌瞠目」。②「瞠」不能念成ㄊㄤ。

瞠乎其後（ㄔㄥ ㄏㄨ ㄑㄧˊ ㄏㄡˋ）

【出處】《莊子·田子方》：「夫子步，亦步也；夫子言，亦言也；夫子趨，亦趨也；夫子辯，亦辯也；夫子馳，亦馳也；夫子言道，（顏）回乃言道也，及奔逸絕塵，而回瞠若乎後者。」
【解釋】瞠：瞪眼。乎：文言介詞，同「於」。
【用法】①在後面乾瞪著眼。②形容落在後面趕不上。
【例句】他在這方面造詣很深，我只能～了。

稱孤道寡（ㄔㄥ ㄍㄨ ㄉㄠˋ ㄍㄨㄚˇ）

【出處】元·關漢卿《關大王赴單刀會》：「俺哥哥（劉備）稱孤道寡世無雙，俺關（關羽）某匹馬單刀鎮荊襄。」
【解釋】孤、寡：封建帝王的自稱。
【用法】①喻指自封為王。②現多比喻目中無人，妄自尊大。
【例句】現在是自由民主的時代，人民是主人，任何人都不可能～了。

稱奇道絕（ㄔㄥ ㄑㄧˊ ㄉㄠˋ ㄐㄩㄝˊ）

【出處】清·曹雪芹《紅樓夢》第五十八回：「寶玉聽了這呆話，獨合了他的呆性，不覺又喜又悲，又稱奇道絕。」
【解釋】稱、道：誇說。絕：獨特。
【用法】對罕見、獨特的事物表示驚異和喜愛。
【例句】參觀完故宮博物院之後，外國友人對中國文物～大加讚賞。

稱兄道弟（ㄔㄥ ㄒㄩㄥ ㄉㄠˋ ㄉㄧˋ）

【出處】清·李寶嘉《官場現形記》第十二回：「見了同事周老爺一班人，格外顯得殷勤，稱兄道弟，好不熱鬧。」
【用法】①朋友間以兄弟相稱。②表示朋友間的感情深厚，關係密切。③也指不顧原則地講哥們義氣。
【例句】他一會兒要和你～，一會兒又罵得你狗血淋頭，眞是不合情理！

稱賞不置（ㄔㄥ ㄕㄤˇ ㄅㄨˋ ㄓˋ）

【解釋】稱賞：讚美。不置：不住地。
【用法】①不住地讚美。②形容對事物

的喜愛。
【例句】對於民間老藝人的精湛技藝，國際友人看後～。

稱頌備至

【解釋】備至：各方面俱到。
【用法】①稱讚和頌揚到了極點。②形容對人或物的無比推崇。
【例句】他在文章中，對於曾經給過他深遠影響的老師～。

稱王稱霸

【解釋】王：君主。霸：霸主，古稱諸侯的首領。
【用法】①自稱爲君主，自命爲霸主。②比喻憑藉勢力，飛揚跋扈，獨斷專行。
【例句】殖民主義者～的時代已經一去不復返了。

乘風破浪

【出處】唐·房玄齡等《晉書·宋慤傳》：「叔父問所志，慤曰：願乘長風，破萬里浪。」
【解釋】乘：趁著。
【用法】①趁著順風，破浪前進。②比喻有遠大的志向和抱負，不畏困難，奮勇前進。③也用以形容利用有利的形勢和條件繼續前進。
【例句】中國青年要有志氣，敢於在困難面前，投身於生活的激流，～，奮勇前進。

乘風轉舵

【解釋】乘：利用、趁著。
【用法】①利用風勢，轉換船舵。②比喻看機會做事情。
【例句】他聽出來上司的意圖和自已想的完全不同，就急忙～，順著上司的口氣說下去，彷彿這就是他的意見。
【附註】①也作「趁風使船」。②參看「看風使舵」、「隨風轉舵」。

乘桴浮海

【出處】《論語·公冶長》：「子曰：『道不行，乘桴浮於海，從我者其由歟？』子路聞之喜。子曰：『由也！好勇過我，無所取材。』」
【解釋】桴：用竹、木編結成的小筏子。一般大型的叫筏，小的叫桴，俗稱竹筏、木排。
【用法】①乘坐小木排，漂浮在海上。②指入海隱逸、遠離現實。

乘龍佳婿

【出處】漢·劉向撰《列仙傳》載：蕭史（相傳春秋時人）善於吹簫作鳳鳴，秦穆公把女兒弄玉許配了他，他教弄玉吹簫，後來「弄玉乘鳳，蕭史乘龍」共飛升去，得道成了神仙。
【解釋】乘龍：騎龍上天，得道成仙。
【用法】①形容非凡的好女婿。②常用作夫婿或女婿的贊詞。
【例句】我有你這樣一位坦腹東床的～，我是光榮得很啦。

乘火打劫

見「趁火打劫」。

乘機而入

【解釋】乘：趁、利用。
【用法】指利用機會進入。

【例句】如果我們放鬆警惕，敵人就會～。

【附註】參看「乘虛而入」。

乘堅策肥 (ㄔㄥˊ ㄐㄧㄢ ㄘㄜˋ ㄈㄟˊ)

【出處】漢・晁錯《論貴粟疏》：「乘堅策肥，履絲曳縞。」

【解釋】乘：坐。堅：堅固的車子。策：驅趕。肥：肥壯的馬。

【用法】①坐著堅固的車子，趕著體壯膘肥的馬。②形容生活奢華。

【例句】古代官吏大多～，生活奢華，只有少數能深入民間，體恤民情！

乘其不備 (ㄔㄥˊ ㄑㄧˊ ㄅㄨˋ ㄅㄟˋ)

【解釋】乘：趁。

【用法】利用別人沒有防備的時機，去侵害對方。

【例句】一個慣竊在候車室～偷盜旅客財物，終於被警察抓獲歸案。

【附註】也作「乘人不備」。

乘興而來 (ㄔㄥˊ ㄒㄧㄥˋ ㄦˊ ㄌㄞˊ)

【出處】唐・房玄齡等《晉書・王徽之傳》：「徽之曰：『本乘興而來，興盡而返，何必見安道(戴逵)耶？』」

【解釋】興：興致、高興。

【用法】①趁著當時的興致來的。②常指高高興興地到來。

【例句】我們抱著滿腔希望來看這次精彩的表演，沒料到票早就賣光了，眞是～，敗興而歸。

乘虛而入 (ㄔㄥˊ ㄒㄩ ㄦˊ ㄖㄨˋ)

【出處】明・羅貫中《三國演義》第二十四回：「今曹操東征劉玄德，許昌空虛，若以義兵乘虛而入，上可以保天子，下可以救萬民。」

【解釋】虛：空隙。

【用法】趁著空隙或趁人沒有防備時進入。

【例句】兩廣總督葉名琛昏憒自矜，玩忽輕敵，絲毫不作應戰準備，英、法侵略聯軍遂～，占領了廣州。

乘車戴笠 (ㄔㄥˊ ㄔㄜ ㄉㄞˋ ㄌㄧˋ)

【出處】《越謠歌》：「君乘車，我戴笠，他日相逢下車揖；君擔簦（古時一種斗笠），我跨馬，他日相逢爲君下。」

【解釋】笠：斗笠，用竹箬或棕皮編成的一種帽子。

【用法】①乘車人和戴笠人。②喻指友情深厚，不因彼此富貴貧賤的變化而改變。③後用以比喻至交。

【例句】他倆雖貧富懸殊，但情誼篤厚，可謂～之交。

【附註】也稱至交爲「車笠交」。

乘時乘勢 (ㄔㄥˊ ㄕˊ ㄔㄥˊ ㄕˋ)

【出處】《孟子・公孫丑上》：「雖有智慧，不如乘勢，雖有鎡基，不如待時。」(鎡基：用以耕種鋤刨的農具。)

【用法】指趁著時勢而動，可以取得事半功倍的效果，所謂機不可失，時不再來，必須抓緊，不容遲疑。

【附註】原作「乘勢待時」。

乘人之危 (ㄔㄥˊ ㄖㄣˊ ㄓ ㄨㄟˊ)

【出處】南朝・宋・范曄《後漢書・蓋勛傳》：「謀事殺良，非忠也；乘人之危，非仁也。」

【解釋】乘：趁。危：危險、災難。
【用法】趁別人失利或有危難的時候，去要挾、侵害對方。
【例句】在別人遇到困難的時候，他不僅不去幫助人家，而且還～，大敲竹槓，這種作風實在惡劣極了。

城北徐公

【出處】《戰國策．齊策一》：「城北徐公，齊國之美麗者也。」
【用法】①城北的徐公。②舊時用作美男子的代稱。
【例句】有些女性同事長期找不到對象，主要因爲太挑剔，一心想找個～，當然姻緣難成！

城門失火，殃及池魚

【出處】《太平廣記》卷四六六引《風俗通義》：「舊說池仲魚，人姓字也，居宋城門，城門失火，延及其家，仲魚燒死。又云，宋城門失火，人汲取池中水，以沃灌之，池中空竭，魚悉露死，喻惡之滋，並傷良謹也。」
【解釋】殃：災禍。池：護城河。
【用法】①爲救城門的失火，取用護城河裡的水，護城河乾了，致使魚遭了殃。②比喻因不相干的事，被牽累受害。
【例句】這兩大幫派爲爭奪勢力範圍火拼起來，倒霉的却是老百姓，這眞是～！
【附註】也作「池魚之殃」、「殃及池魚」。

城府甚深

【出處】唐．房玄齡等《晉書．孝愍帝紀論》：「性深阻若城府，而能寬綽容納。」
【解釋】城府：城市與官府，喻指待人接物的心機。
【用法】比喻非常有心計，令人難以揣測。
【例句】這人～，一下子你是看不透他的。

城狐社鼠

【出處】《晏子春秋．內篇問上》：「夫社，束木而涂之，鼠因而托焉，熏之則恐燒其木，灌之則恐改其涂。此鼠所以不可得殺者，以社故也。」
【解釋】社：土地廟。
【用法】①住在城牆裡的狐狸，藏在土地廟裡的老鼠。②比喻有所依恃的壞人。
【例句】國家社會中，難免有些～之流，我們必須小心防範才是！
【附註】①也作「社鼠城狐」。②參看「稷蜂社鼠」。

城下之盟

【出處】《左傳．桓公十二年》：「楚伐絞……大敗之，爲城下之盟而還。」
【解釋】盟：盟約、和約。
【用法】因戰敗或強敵兵臨城下而被迫簽訂的屈辱性和約。
【例句】清朝末年，朝廷屈服於列強的壓力，訂立了一連串屈辱的～。

懲忿窒欲

【出處】《周易．損》：「損，君子以懲忿窒欲。」
【解釋】懲：警戒、制止。窒：阻塞、

堵死。

【用法】克制心中的不滿情緒，抑止非分的欲望。

【例句】身為政府官員，一定要一切為國家的利益着想，～，一心奉公。

懲羹吹齏（ㄔㄥˊ ㄍㄥ ㄔㄨㄟ ㄐㄧ）

【出處】《楚辭・九章・惜誦》：「懲于羹者而吹齏兮，何不變此志也。」

【解釋】懲羹：被懲于羹，亦即被熱羹燙過。齏：細切的冷食肉菜。

【用法】①曾被熱羹燙過的人，在吃冷菜時也要吹一下。②比喻由於吃過虧而遇事過分小心。

【例句】他因為曾經犯過錯誤，現在～，事事都謹慎小心了。

懲前毖後（ㄔㄥˊ ㄑㄧㄢˊ ㄅㄧˋ ㄏㄡˋ）

【出處】《詩經・周頌・小毖》：「予其懲而毖後患。」

【解釋】懲：懲戒。毖：謹慎。

【用法】①懲戒以前犯過的錯誤，使今後的行為謹慎一些。②喻指把以前的錯誤當作是教訓，引以為戒，不再重犯。

【例句】對於犯錯的同學，要堅持～的方針，使他們改過遷善。

懲惡勸善（ㄔㄥˊ ㄜˋ ㄑㄩㄢˋ ㄕㄢˋ）

【出處】《左傳・成公十四年》：「懲惡而勸善。」

【用法】嚴懲奸邪淫惡，勸勉人心向善。

【例句】許多戲劇節目，都具有～的教育意義。

懲一儆百（ㄔㄥˊ ㄧ ㄐㄧㄥˇ ㄅㄞˇ）

見「殺一儆百」。也作「懲一警百」。

成敗利鈍（ㄔㄥˊ ㄅㄞˋ ㄌㄧˋ ㄉㄨㄣˋ）

【出處】三國・蜀・諸葛亮《後出師表》：「臣鞠躬盡瘁，死而後已。至於成敗利鈍，非臣之明所能逆睹也。」

【解釋】鈍：不鋒利，引申為不順利。

【用法】①成功、失敗、順利、困難。②泛指處事的各種情況和結果。

【例句】他只知行天子之命，推行四海一家之策，其他～，一概不計。

成敗論人（ㄔㄥˊ ㄅㄞˋ ㄌㄨㄣˋ ㄖㄣˊ）

【出處】宋・蘇軾《孔北海贊序》：「世以成敗論人物，故（曹）操得在英雄之列。」

【解釋】論：評定。

【用法】以事業的成功或失敗作為標準，來評論人物。

【例句】僅僅以～是不對的，只有全面地進行分析，才能作出公正的評論。

【附註】也作「成敗論英雄」。

成名立業（ㄔㄥˊ ㄇㄧㄥˊ ㄌㄧˋ ㄧㄝˋ）

【用法】①成就功名，建立事業。②指獲得很大的成就。

【例句】此地治安，依然烏烟瘴氣，想乘這次風潮～者多，故清滌甚難。

成年累月（ㄔㄥˊ ㄋㄧㄢˊ ㄌㄟˇ ㄩㄝˋ）

【出處】清・文康《兒女英雄傳》第二十二回：「平白的沒事還在這裡成年累月的閑住着。」

【用法】①一年復一年，一月復一月。②指時間的長久和持續。

【例句】她就是這樣風裏來風裏去，～地在咱們工廠裏工作着。

成龍配套 ㄔㄥˊ ㄌㄨㄥˊ ㄆㄟˋ ㄊㄠˋ

【解釋】成龍：點睛成龍。
【用法】指經過調整、搭配，組成完整的系統。
【例句】經過幾年的努力，這個地區在水利建設方面，已經做到了～。
【附註】參看「畫龍點睛」。

成家立業 ㄔㄥˊ ㄐㄧㄚ ㄌㄧˋ ㄧㄝˋ

【出處】宋·釋惟白《續傳燈錄》卷十一：「問『中頭未見四祖時如何？』師曰：『成家立業。』問：『見後如何？』師曰：『立業成家。』」
【解釋】成家：組成家庭，即結婚。立業：建立事業。
【用法】常指能獨立生活。
【例句】你看，他年紀這麼大了，也應該～。

成千上萬 ㄔㄥˊ ㄑㄧㄢ ㄕㄤˋ ㄨㄢˋ

【出處】清·曾樸《孽海花》第二十六回：「再者我的手頭散漫慣的，從小沒學過做人家的道理，到了老爺這裏，又由着我的性兒，成千累萬的花。」
【用法】①累計成千，達到萬數。②指數量極大。
【例句】這次的年終演唱會吸引了～的聽衆，眞是盛況空前！
【附註】①也作「成千成萬」、「成千累萬」。②參看「盈千累萬」。

成群結隊 ㄔㄥˊ ㄑㄩㄣˊ ㄐㄧㄝˊ ㄉㄨㄟˋ

【出處】明·羅貫中《三國演義》第九十五回：「忽然山中居民，成群結隊，飛奔而來，報說魏兵已到。」
【例句】①指人們聚集起來成了群，結合成了隊伍。②形容人很多。
【例句】青年男女們，你伴我，我叫她，～地奔上山崗。

成竹在胸 ㄔㄥˊ ㄓㄨˊ ㄗㄞˋ ㄒㄩㄥ

【出處】宋·蘇軾《文與可畫篔簹谷偃竹記》：「故畫竹，必先得成竹於胸中，執筆熟視，乃見其所欲畫者，急起從之，振筆直遂，以追其所見，如兎起鶻落，少縱則逝矣。」
【解釋】成竹：竹子的形象完整。胸：胸懷。
【用法】①畫竹子之前，心裏就有了竹子的形象。②後比喻做事早有一定的主張和計劃。
【例句】這件事，我已～，你就不必過分擔心了。

成事不說 ㄔㄥˊ ㄕˋ ㄅㄨˋ ㄕㄨㄛˋ

【出處】《論語·八佾》：「子聞之曰：『成事不說，遂事不諫，既往不咎。』」
【解釋】說：議論、談論。
【用法】①已成的事，不再去議論。②也指舊事不談了。

成事不足，敗事有餘 ㄔㄥˊ ㄕˋ ㄅㄨˋ ㄗㄨˊ ㄅㄞˋ ㄕˋ ㄧㄡˇ ㄩˊ

【出處】清·李綠園《歧路燈》第一百零五回：「部裏書辦們，成事不足，壞事有餘。」
【解釋】成事：把事情辦好。敗事：把事情搞壞。
【用法】①指能力不夠，方法不當或居

心不良，不能把事情辦好，而把事情搞壞。②常指不中用或作事不壞好意的人。

【例句】這個人～，許多事情都壞在他手裏。

成事在人（ㄔㄥˊ ㄕˋ ㄗㄞˋ ㄖㄣˊ）

【用法】事情的成功是由人來決定的。

【例句】無數事實證明，我們之所以能戰勝自然災害，完全是由於～，而不在天。

【附註】參看「事在人爲」。

成雙作對（ㄔㄥˊ ㄕㄨㄤ ㄗㄨㄛˋ ㄉㄨㄟˋ）

【出處】元・無名氏《百花亭》第三折：「假若是怨女曠夫，買吃了成雙作對。」

【用法】①配成一雙，作成一對。②指使未婚男女結成夫妻。

【例句】劉媒婆最樂於爲情投意合的未婚男女～了！

成人之美（ㄔㄥˊ ㄖㄣˊ ㄓ ㄇㄟˇ）

【出處】《論語・顏淵》：「子曰：『君子成人之美，不成人之惡。小人反是。』」

【解釋】成：成全、幫助。美：好事。

【用法】指幫助別人達到目的或成全別人的好事。

【例句】你們既然情投意合，我一定～，促成你們的婚事。

成仁取義（ㄔㄥˊ ㄖㄣˊ ㄑㄩˇ ㄧˋ）

【出處】①《論語・衞靈公》：「志士仁人，無求生以害仁，有殺身以成仁。」②《孟子・告子上》：「生，亦我所欲也，義，亦我所欲也，二者不可得兼，舍生而取義者也。」③南宋丞相文天祥爲元所俘，不屈被害。在他的衣帶上有一首贊詞：「孔曰成仁，孟云取義……而今而後，庶幾無愧。」

【解釋】仁：仁愛。義：道義、正義。

【用法】指人爲了成就高尚的事業而就義。

【例句】我們要永遠記住，爲革命事業～的先烈們的不朽功績。

成則公侯，敗則賊子（ㄔㄥˊ ㄗㄜˊ ㄍㄨㄥ ㄏㄡˊ，ㄅㄞˋ ㄗㄜˊ ㄗㄟˊ ㄗˇ）

【出處】清・曹雪芹《紅樓夢》第二回：「依你說，成則公侯，敗則賊子。」

【用法】指成功的當了王侯，失敗的就稱爲賊寇，沒一定的是非道理。

【附註】也作「成則爲王，敗則爲寇」、「成則爲王，敗則爲賊」。

成也蕭何，敗也蕭何（ㄔㄥˊ ㄧㄝˇ ㄒㄧㄠ ㄏㄜˊ，ㄅㄞˋ ㄧㄝˇ ㄒㄧㄠ ㄏㄜˊ）

【出處】宋・洪邁《容齋續筆・蕭何給韓信》：「韓信爲人告反，呂后欲召，恐其不就。乃與蕭相國謀，紿信入賀，則被誅。信之爲大將軍，實蕭何所薦，今其死也，又出其謀。故俚語有『成也蕭何、敗也蕭何』之語。」

【用法】①成事的人是蕭何，壞事的人也是蕭何。②指事情的成敗，好壞完全出於一個人的策劃。

【例句】辦這件事是你的主意，打退堂鼓也是你的主意，眞是～。

承平盛世（ㄔㄥˊ ㄆㄧㄥˊ ㄕㄥˋ ㄕˋ）

【出處】漢・班固《漢書・食貨志上》：「今累世承平。」

【解釋】承平：太平。

【用法】天下太平、國運昌盛的時代。
【例句】風調雨順，～，眞是百姓之福啊！
【附註】也作「太平盛世」。

承蜩之巧

見「痀瘻承蜩」。

承天之祐

【出處】《周易．大有》：「自天祐之，吉無不利。」
【解釋】承：受、托。祐：舊指天賜的福氣或神明的護祐。
【用法】①承受天、神賜予的福氣或護祐。②意指人身平安、凡事順遂。
【附註】也作「受天之祐」、「承天之祐」。

承歡膝下

【出處】①《孝經．聖治》：「故親生之膝下，以養父母日嚴。」鄭玄注：「膝下，謂孩幼之時也。」②唐．駱賓王《上廉使啓》：「冀塵迹丘中，絕漢機於俗網，承歡膝下，馭潘輿於家園。」
【用法】①指小兒女依傍在父母膝前，博得父母的歡心與愛撫。②也指在父母跟前克盡孝道，讓父母享受歡樂的生活。
【例句】我已到了風燭殘年，跟前有個小孫女～，晚景也不寂寞。
【附註】也作「膝下承歡」。

承先啓後

【解釋】承：繼承。啓：啓發。
【用法】①繼承前代的，啓發後人。②多指研究學問總結前人的成果，爲後人開拓道路。
【例句】在文學史上，許多傑出的作家，都在不同程度上起了～的作用。
【附註】①也作「承前啓後」。②參看「繼往開來」。

承上啓下

【用法】①承接上面的，引出下面的。②指文章的結構。③也可泛指把事業或學問接過來傳下去。
【例句】這段文字不能刪去，因爲它具有～的作用。

程門立雪

【出處】①宋《二程全書．遺書十二》：「伊川瞑目而坐，二子侍立。既覺，顧謂曰：『賢輩尚在此乎？』曰：『既晚且休矣。』及出門，門外雪深一尺。」②元．脫脫等《宋史．楊時傳》：「至是，又見程頤於洛，時蓋年四十矣。一日見頤，頤偶瞑坐，（楊）時與（宋）游酢侍立不去。頤既覺，則門外雪深一尺矣。」（楊時，字中立，隱於龜山，世稱龜山先生。）
【解釋】程：程頤，宋朝著名的學者。立：侍立。
【用法】指尊師重道。
【例句】不少年輕人頗有～的精神，爲學習知識，非常誠摯地向一切有專長的人們請教。

誠惶誠恐

【出處】三國．魏．曹植《上責躬應詔詩表》：「臣植誠惶誠恐，頓首頓首。」
【解釋】誠：確實。惶、恐：惶恐，驚

慌害怕。

【用法】①非常驚惶、恐懼。②原是封建時代官員對皇帝上奏章時用的套話。③現在形容極端小心以致恐懼不安的樣子。④有時也用作諷刺對方權勢的反語。

【例句】一些成了驚弓之鳥的隊員們總算～地先後把那段佈滿地雷的地面通過了。

誠心誠意

【出處】清·曹雪芹《紅樓夢》第六回：「老老你放心。大遠的誠心誠意來了，豈有個不叫你見眞佛兒去的呢？」

【解釋】誠：眞誠。

【用法】形容非常眞摯誠懇。

【例句】王校長，你～這樣做，我們很感激，家長也會歡迎。

【附註】參看「實心實意」。

逞性妄爲

【解釋】逞性：任性。妄：胡亂。

【用法】任着性子，胡作非爲。

【例句】做父母的應該嚴格要求自己的子女，不應嬌慣放縱，讓他們～。

逞凶肆虐

【解釋】逞：施展。肆：放肆。虐：殘暴。

【用法】放縱地行凶作惡，任意地進行殘害。

【例句】那惡霸，依仗財勢，～，魚肉鄉里，逼得多少人家破人亡！

秤不離坨

【解釋】跎：秤坨，也叫「秤錘」。

【用法】①秤不能離開跎②形容關係密切，不可分離。③也指兩者分開後，都毫無用處。

【例句】採礦和冶煉，就像～一樣，兩者是密不可分的。

【附註】也作「秤不離錘」。

秤平斗滿

【用法】形容斤量足夠，買賣公平。

【例句】做生意一定要～，不能讓顧客吃虧。

秤薪而爨

【出處】漢·劉安《淮南子·泰族訓》：「秤薪而爨，數米而炊，可以治小，而未可以治大也。」

【解釋】秤：衡量重量。爨：燒火煮飯。

【用法】①用秤秤好薪炭，再燒火煮飯。②比喻計較日常瑣事，不從大處着眼。

【例句】這個工廠管理上很亂，關鍵是主管抓不到要點，一方面～，數米而炊，似乎很懂得節約；另一方面，生產出大批次品、廢品，造成極大的浪費，若不進行全面整頓，局面是難以扭轉的。

抽薪止沸

【出處】《呂氏春秋·數盡篇》：「夫以湯止沸，沸愈不止，去其火，則止矣。」

【解釋】薪：柴火。沸：沸騰。

【用法】①抽掉鍋下的柴草，使鍋裡的開水停止沸騰。②比喻從根本上解決問題。

【例句】要想使這個工廠從虧損變成盈利，只有～，徹底改變人事結構才有可能。

【附註】參看「斧底抽薪」。

抽絲剝繭

【用法】①絲得一根一根地抽，繭要一層一層地剝。②形容分析事物極為周密，而且一步一步很有層次。

【例句】調查局～地分析這件案情，希望能找出線索，早日破案。

仇人相見，分外眼紅

【出處】元・李致遠《還牢末》第一折：「仇人相見，分外眼明，我領著大人的言語，拿李孔目去來。」

【解釋】仇人：懷有仇恨的寃家對頭。分外：格外。眼紅：怒火迸發，眼露凶光。

【用法】①寃家對頭相見之下，格外地紅了眼。②極言仇恨之深。

【例句】羅曹兩家是寃家宿敵，～，你從中斡旋，得格外小心。

【附註】也作「仇人相見，分外眼明」、「仇人相見，分外眼睜」。

愁眉不展

【出處】《文苑英華・姚鵠〈隨州獻李侍御〉詩》：「歸隱每懷空竟夕，愁眉不展幾經春。」

【解釋】展：舒展。

【用法】①愁鎖眉間，不得舒展。②形容心事重重的樣子。

【例句】文姬已改著漢裝，但仍～，強為鎮靜。

愁眉啼妝

【出處】南朝・宋・范曄《後漢書・五行志一》：「桓帝元嘉中，京都婦女作愁眉、啼妝、墮馬髻，折要（腰）步、齲齒笑。所謂愁眉者細而曲折。啼妝者，薄拭目下若啼處。」

【解釋】愁眉：畫成細而曲折的眼眉。啼妝：把臉上的脂粉輕輕地拭去一線，裝作才落過眼淚的樣子。

【用法】指舊時婦女的一種的化妝術。

愁眉苦臉

【出處】清・吳敬梓《儒林外史》第四十七回：「成老爹氣的愁眉苦臉，只得自己走出去回那幾個鄉里人去了。」

【解釋】苦：痛苦。

【用法】①愁鎖雙眉，臉色顯露痛苦的表情。②形容愁容滿面的樣子。

【例句】一個個都是沒精打采，～，誰見誰也不說話。

愁眉鎖眼

【解釋】鎖：緊皺。

【用法】①愁上眉間，緊皺雙眼。②形容發愁、苦惱的樣子。

【例句】看着他成天～的樣子，讓人心裏眞不是滋味。

愁腸百結

【出處】《敦煌變文集・王昭君變文》：「愁腸百結虛成着，口口口（缺文）行沒處論。」

【解釋】愁：憂愁。腸：心腸。百結：極多的結頭。

【用法】①憂愁苦惱的心腸凝成了無數的疙瘩。②形容憂思凝聚難以解脫。

【例句】又是年關了，楊老夫婦～，惦念着孤零零遠在異鄉的小女兒。

【附註】也作「愁腸九回」。

愁雲慘霧（ㄔㄡˊ ㄩㄣˊ ㄘㄢˇ ㄨˋ）

【出處】宋・釋道原《景德傳燈錄》卷二十二：「衆作禮問曰：『雲愁霧慘，大衆嗚呼，請賜一言，未在告別。』」

【解釋】①愁苦的思緒像陰暗的烏雲，淒慘的情景似瀰漫着的濃霧。②形容極端愁苦淒慘的景象。

【例句】飛機失事的消息傳來後，陳家陷入一片～之中。

【附註】也作「雲愁霧慘」。

稠人廣座（ㄔㄡˊ ㄖㄣˊ ㄍㄨㄤˇ ㄗㄨㄛˋ）

【出處】唐・姚思廉《梁書・蕭子顯傳》：「始預九日朝宴，稠人廣座。」

【解釋】稠：多而密。廣：衆多。

【用法】泛指人很多的場合。

【例句】在他剛上大學的時候，面對三五個人，他就緊張地張不開嘴，現在，即使在～之中，也可以非常從容地侃侃而談。

【附註】也作「稠人廣衆」。

躊躇不決（ㄔㄡˊ ㄔㄨˊ ㄅㄨˋ ㄐㄩㄝˊ）

【解釋】躊躇：猶豫。決：決斷。

【用法】形容猶豫不定的樣子。

【例句】車馬上要開了，但她卻～地退到一邊，猶猶豫豫地不知道該不該上車。

躊躇不前（ㄔㄡˊ ㄔㄨˊ ㄅㄨˋ ㄑㄧㄢˊ）

【出處】《楚辭・九辯》：「事亹亹而覬進兮，蹇淹留而躊躇。」（亹ㄨㄟˇ：勤勉貌。）

【解釋】躊躇：猶豫。

【用法】猶豫不決，不敢前進。

【例句】在我們的建設事業中，將會遇到許多困難，我們不能在困難面前～，而應該用大家的力量去戰勝它。

躊躇滿志（ㄔㄡˊ ㄔㄨˊ ㄇㄢˇ ㄓˋ）

【出處】《莊子・養生主》：「動刀甚微，謋然已解，如土委地。提刀而立，爲之四顧，爲之躊躇滿志。」

【解釋】躊躇：從容自得的樣子。

【用法】形容心滿意足，十分得意。

【例句】送走了客人後，老吳～地在大客廳上踱了一會兒。

醜態百出（ㄔㄡˇ ㄊㄞˋ ㄅㄞˇ ㄔㄨ）

【出處】清・李汝珍《鏡花緣》第六十七回：「（他們）得失心未免過重，以致弄的忽哭忽笑，醜態百出。」

【解釋】醜：醜惡。

【用法】①做出各種各樣醜惡的形態。②形容醜惡的表演或醜惡的行爲。

【例句】爲了升個一官半職，他使出了渾身解數去逢迎上司，眞是～，令人作嘔。

醜類惡物（ㄔㄡˇ ㄌㄟˋ ㄜˋ ㄨˋ）

【出處】《左傳・文公十八年》：「醜類惡物，頑嚚不友。」（嚚ㄧㄣˊ：奸詐。）

【用法】指醜惡的壞人。

醜腔惡態（ㄔㄡˇ ㄑㄧㄤ ㄜˋ ㄊㄞˋ）

【出處】清・孔尚任《桃花扇・罵筵》

：「趙文華陪着嚴嵩，抹粉臉席前趨奉；醜腔惡態，演出眞鳴鳳。」

【用法】卑賤的聲調，醜惡的樣子。

【例句】瞧他那副～的模樣，實在令人討厭。

醜聲四溢（ㄔㄡˇ ㄕㄥ ㄙˋ ㄧˋ）

【解釋】聲：名聲。溢：外流。

【用法】①醜惡的名聲到處傳播。②形容臭名遠揚。

【例句】這個人早就～了，因此，無論他走到哪裏，人人都敬而遠之，誰也不肯和他打交道。

醜聲遠播（ㄔㄡˇ ㄕㄥ ㄩㄢˇ ㄅㄛˋ）

【出處】南朝·梁·沈約《宋書·盧陵孝獻王義眞傳》：「咸陽之酷，醜聲遠播。」

【解釋】播：傳播。

【用法】醜惡的名聲傳播到遠方。

【例句】小林～，大家都不願和他交朋友了！

臭不可當（ㄔㄡˋ ㄅㄨˋ ㄎㄜˇ ㄉㄤ）

【出處】唐·柳宗元《東海若》：「東海若陸游，登孟諸之阿，得二瓠焉。剖而振其犀以嬉，取海水雜糞壤蟯蚘而實之，臭不可當也。」

【解釋】當：承受。

【用法】①臭得使人不能忍受。②形容名聲極壞。

【例句】這個靠着販賣毒品而發大財的毒品販子，在這一帶的名聲簡直是～了。

【附註】也作「臭不可聞」。

臭名昭著（ㄔㄡˋ ㄇㄧㄥˊ ㄓㄠ ㄓㄨˋ）

【解釋】昭著：明白、顯著。

【用法】醜惡的名聲人人都知道。

【例句】秦始皇～，遺臭萬年。

臭名遠揚（ㄔㄡˋ ㄇㄧㄥˊ ㄩㄢˇ ㄧㄤˊ）

【解釋】揚：傳播。

【用法】壞名聲傳播得很遠。

【例句】用「莫須有」的罪名殺害了岳飛的秦檜，已經是～，成了千古的罪人！

臭肉來蠅（ㄔㄡˋ ㄖㄡˋ ㄌㄞˊ ㄧㄥˊ）

【出處】宋·釋道原《五燈會元》卷十一：「僧問慧然如何是祖師西來意？曰：臭肉來蠅。」又「蟻子解尋腥處走，蒼蠅偏向臭邊飛。」

【用法】①腐臭的肉招來蒼蠅。②比喻本身沒有毛病，不會招來壞人壞事。

【例句】她之所以變壞，固然有環境原因，但不可否認，她自身思想偏激，才會～，有壞人來同她勾搭。

臭味相投（ㄔㄡˋ ㄨㄟˋ ㄒㄧㄤ ㄊㄡˊ）

【出處】清·李寶嘉《官場現形記》第二十九回：「所謂『臭味相投』，正是這個道理。」

【解釋】臭味：壞味。

【用法】①壞味道互相投合。②比喻有同樣壞毛病、惡嗜好的人就彼此相聚集。

【例句】這兩個人～，所以一拍即合。

【附註】①「臭」又讀作ㄒㄧㄡˋ，當氣味講。②參看「臭味相投」。

出沒無常（ㄔㄨ ㄇㄛˋ ㄨˊ ㄔㄤˊ）

【出處】明・徐宏祖《徐霞客遊記・滇遊日記》：「又西北平行者一里，下眺嶺西深墜而下，而杳不可見；嶺東屏峙而上，而出沒無常。」
【用法】①出現和消失都沒有規律。②形容變化多端。
【例句】游擊隊～，靈活機動地打擊敵人。

出謀劃策（ㄔㄨ ㄇㄡˊ ㄏㄨㄚˋ ㄘㄜˋ）

【解釋】謀：謀略。劃：籌劃。
【用法】①制定計謀策略。②常指爲人出主意。
【例句】恰好容先生這天一早又有急事上省城去了，沒有個～的人，趙主任更感到焦急沉重。

出頭露面（ㄔㄨ ㄊㄡˊ ㄌㄡˋ ㄇㄧㄢˋ）

【出處】明・施耐庵《水滸傳》第一百零四回：「段三娘從小出頭露面，況是過來人，慣家兒，也不害什麼羞恥。」
【用法】①在人多的場合公開出現。②也指在衆人面前出風頭表現自己。
【例句】人家這些個閨女們，可不像咱們年輕的時候啦，都～地做起大事來了。

出頭之日（ㄔㄨ ㄊㄡˊ ㄓ ㄖˋ）

【出處】元・無名氏《馬陵道》第三折：「不知幾時才得個出頭之日也呵。」
【用法】脫離困境，擺脫壓制的日子。
【例句】暴君當政，老百姓不知何時才有～。

出頭有日（ㄔㄨ ㄊㄡˊ ㄧㄡˇ ㄖˋ）

【用法】擺脫受壓制的困境，已經爲期不遠。
【例句】數次戰爭中，我軍節節勝利，大家感到～了。

出類拔萃（ㄔㄨ ㄌㄟˋ ㄅㄚˊ ㄘㄨㄟˋ）

【出處】《孟子・公孫丑上》：「出乎其類，拔乎其萃。」
【解釋】出類：超出同類。拔：高出。萃：草叢生的樣子，比喻聚集在一起的人或物。
【用法】①超出同類，高出一般。②形容人的才能或品德出衆。
【例句】縱觀歷史，各個朝代都有～的文學大家！
【附註】也作「出群拔萃」。

出谷遷喬（ㄔㄨ ㄍㄨˇ ㄑㄧㄢ ㄑㄧㄠˊ）

【出處】《詩經・小雅・伐木》：「出自幽谷，遷於喬木。」
【解釋】谷：山谷。喬：高，這裏指喬木，即一種枝幹高大的樹木。
【用法】①原指黃鶯由幽深的山谷移出，遷居在高大的喬木上。②後用以慶賀人遷居或升官。
【例句】近幾年來，這裏新蓋了大批住宅，你們也分到了一層～，居住條件眞是大大改善了。

出乖露醜（ㄔㄨ ㄍㄨㄞ ㄌㄡˋ ㄔㄡˇ）

【出處】金・董解元《西廂》第六卷：「已憑地出乖弄醜，潑水再難收。」
【解釋】乖：乖謬，違背常理。
【用法】指在衆人面前出醜丟臉。

【例句】我必須好好準備一下再去演講，不然，在大庭廣衆之中～，可就不好下臺了。

出口成章 ㄔㄨ ㄎㄡˇ ㄔㄥˊ ㄓㄤ

【出處】明・羅貫中《三國演義》第七十九回：「歆曰：『人皆言子建出口成章，臣未深信。主上可召入，以才試之。』」

【用法】①脫口而出的話，就能成篇章。②形容學識淵博，文思敏捷，或能說善道。

【例句】江主任，您眞是～，要是記下來，不用修改就能拿去登報。

出乎意料 ㄔㄨ ㄏㄨ ㄧˋ ㄌㄧㄠˋ

【解釋】出：超出。乎：義同「於」。意料：想像。

【用法】①超出於想像。②指事情發展想像不到。

【例句】我家老奶奶的病，今天才知道的，眞～之外。

出將入相 ㄔㄨ ㄐㄧㄤˋ ㄖㄨˋ ㄒㄧㄤˋ

【出處】五代・後晉・劉昫等《舊唐書・李德裕傳》：「出將入相，三十年不復重遊。」

【解釋】將：帶兵。相：輔助。

【用法】①在外能領兵打仗，在內能輔助朝政。②形容文武兼備。③也指官居高位。

【例句】唐代的極盛，得力於～之才的輔助。

出其不意 ㄔㄨ ㄑㄧˊ ㄅㄨˋ ㄧˋ

【出處】《孫子・計篇》：「攻其無備，出其不意。」

【解釋】意：意想、預料。

【用法】出乎人的意料。

【例句】咱們人馬太少，還是謹慎爲是，況且又是大天白日，縱然～佔點便宜，也會露了咱們自家的底兒。

【附註】參看「攻其不備」。

出奇制勝 ㄔㄨ ㄑㄧˊ ㄓˋ ㄕㄥˋ

【出處】《孫子・勢篇》：「凡戰者，以正合，以奇勝。故善出奇者，無窮如天地，不竭如江河。」

【解釋】奇：奇兵、奇計。制勝：奪取勝利。

【用法】指用別人意想不到的策略取得勝利。

【例句】在兵力如此懸殊的戰陣中，想要以寡擊衆，必須有～的計謀才行。

出師不利 ㄔㄨ ㄕ ㄅㄨˋ ㄌㄧˋ

【解釋】師：軍隊。利：順利。

【用法】①出戰不順利。②形容事情一開始就進行得不順利。

【例句】沒有想到，這次有點～，剛剛來到山裏就下起雨來，把考察工作拖了好幾天。

出世離群 ㄔㄨ ㄕˋ ㄌㄧˊ ㄑㄩㄣˊ

【出處】清・曹雪芹《紅樓夢》第一百一十八回：「他只顧把這些『出世離群』的話當作一件正經事，終久不妥！」

【解釋】出世：脫離塵世。離群：離開人群。

【用法】舊指出家當和尚。

【例句】大哥不知受了什麼打擊，竟有

~的念頭！

出手得盧 ㄔㄨ ㄕㄡˇ ㄉㄜˊ ㄌㄨˊ

【出處】唐・李延壽《南史・張瓌傳》：「瓌以百口一擲，出手得盧矣。」(指張瓌受齊高帝密詔，計誅劉遐的事。)

【解釋】盧：古時樗蒲戲，一擲五個子都是黑的叫做盧，是最勝采。

【用法】①出手就擲得了盧。②形容一舉取得全勝。

【例句】在中學校際賽中，本校的男女隊雖然都是第一次參加比賽，卻~，雙雙獲勝。

出山濟世 ㄔㄨ ㄕㄢ ㄐㄧˋ ㄕˋ

【解釋】濟世：做有益於人間的事情。

【用法】①原指隱士出來參與政事。②後泛指有才能的人出來工作。

【例句】民國之後，親戚朋友中有許多人覺得他有非常之才，不~，未免可惜，但他卻一一謝絕了。

出山泉水 ㄔㄨ ㄕㄢ ㄑㄩㄢˊ ㄕㄨㄟˇ

【出處】唐・杜甫《佳人》詩：「在山泉水清，出山泉水濁。」

【用法】①指流出山外的泉水便失去水質的純潔。②比喻隱士出仕爲官會喪失清高的品德。

出神入化 ㄔㄨ ㄕㄣˊ ㄖㄨˋ ㄏㄨㄚˋ

【出處】元・王實甫《西廂記》第二本第二折：「我不曾出聲，他連忙答應。」清・金聖嘆批：「眞正出神入化之筆。」

【解釋】神：神妙。化：化境，極高的境界。

【用法】①出於神妙，進入化境。②形容技藝極高，達到了絕妙的境地。

【例句】表演《天鵝湖》的年輕舞者們，動作嫻熟，舞姿優美，對劇中人物的性格不僅有深刻的理解，而且表演得~，使人嘆爲觀止。

出生入死 ㄔㄨ ㄕㄥ ㄖㄨˋ ㄙˇ

【出處】《老子》第五十章：「出生入死，生之徒（途）十有三，死之徒（途）十有三。」

【用法】①原意爲從出生到死去。②後常用以形容爲某種事業敢冒生命危險，勇於鬥爭。

【例句】黃花崗七十二烈士，在推翻滿清的過程中，曾經爲革命事業~，進行了不屈不撓的戰鬥。

出水芙蓉 ㄔㄨ ㄕㄨㄟˇ ㄈㄨˊ ㄖㄨㄥˊ

【出處】南朝・梁・鍾嶸《詩品》：「謝（靈運）詩如芙蓉出水。」

【解釋】芙蓉：荷花。

【用法】①剛露出水面的荷花。②原比喻詩寫得清新。③後也用以形容女子的容貌清秀美麗。

【例句】①他的詩句，恰似~，清新雋永，讀來沁人心脾。②這個姑娘素雅大方，清秀美麗，像一朵~，給人留下了難以忘懷的印象。

【附註】也作「芙蓉出水」。

出人頭地 ㄔㄨ ㄖㄣˊ ㄊㄡˊ ㄉㄧˋ

【出處】宋・歐陽修《與梅聖俞書》：「讀軾（蘇軾）書，不覺汗出，快哉快哉！老夫當避路，放他出一頭地也。」

【用法】形容超過一般，高人一等。

【例句】他那從小放縱任性的教養，渴望着～的欲望，以及他的強烈的嫉妒心，使他的性格變幻無常，時而陰鬱，時而狂暴。

出人意外

【出處】唐·李延壽《南史、袁憲傳》：「憲常招引諸生，與之談論新義，出人意表，同輩咸嗟服焉。」

【解釋】出：超出。意外：想像之外。

【用法】超出人們的意想。

【例句】他這次高考的成績這麼好，大大～。

【附註】也作「出人意表」、「出人意料」。

出爾反爾

【出處】《孟子·梁惠王下》：「出乎爾者，反乎爾者也。」

【解釋】爾：你。

【用法】①你怎樣對待別人，別人也會同樣對待你。②現指說話不算數或做了事又反悔，表示言行前後矛盾，反覆無常。

【例句】好幾次了，商量好的事情他又推翻，他這種～的態度，讓人非常惱火！

出以公心

【用法】①指以公正無私的用心為出發點。②形容辦事公正，不圖謀私利。

【例句】事事～，所以才無所畏懼。

出言不遜

【出處】晉·陳壽《三國志·魏志·張郃傳》：「圖（郭圖）慚，又更譖郃曰：『郃快軍敗，出言不遜。』郃懼，乃歸太祖。」

【解釋】遜：恭順。

【用法】說話不禮貌，態度傲慢。

【例句】儘管他～，我們還是應該耐心地說服他。

出言無狀

【出處】明·吳承恩《西遊記》第三十三回：「這頭潑猴，出言無狀。」

【用法】說話沒有禮貌，太放肆。

【例句】小女～，還請多多包涵。

出淤泥而不染

【出處】宋·周敦頤《愛蓮說》：「予獨愛蓮之出淤泥而不染，濯清漣而不妖。」

【解釋】淤泥：水底的爛泥。染：沾。

【用法】①從污泥中生出來却不沾染污泥。②比喻在污濁的環境裏能保持純潔，不受壞影響。

【例句】雖然她所處的環境很不好，但她却能～，一點兒也沒有沾染上不良的習慣和作風。

初發芙蓉

見「出水芙蓉」。

初度之辰

【出處】戰國·楚·屈原《離騷》：「皇覽揆余初度兮，肇錫余以嘉名。」

【用法】①初生之時。②後指生日。

【例句】這是董先生八十～作的詩，很有老當益壯的氣概。

初露鋒芒 ㄔㄨ ㄌㄨˋ ㄈㄥ ㄇㄤˊ

【解釋】鋒芒：刀劍的刃口和尖端，引中爲人的稜角和銳氣。

【用法】比喻初次顯示出稜角或表現出才能。

【例句】我國跳水運動員在這次國際比賽中～，創造了優異的成績，贏得了國際體壇的好評。

初露頭角 ㄔㄨ ㄌㄨˋ ㄊㄡˊ ㄐㄧㄠˇ

【用法】比喻青年人剛剛顯露的才華和氣概。

【例句】他在地質學的學術會議上～，宣讀了那篇論述地質學的文章，受到了參加會議的人們的重視。

初寫黃庭 ㄔㄨ ㄒㄧㄝˇ ㄏㄨㄤˊ ㄊㄧㄥˊ

【出處】晉·王羲之有小楷《黃庭經》字迹。從前品評書法有「初寫黃庭，恰到好處」的說法。

【解釋】黃庭：指《黃庭經》，道家經典。

【用法】比喻作事情恰到好處。

【例句】我很喜歡這本唐詩選注，雖然有人認爲注釋稍嫌簡單，但我以爲它避免了過去注釋的煩瑣，可算得是「～，恰到好處」。

初出茅廬 ㄔㄨ ㄔㄨ ㄇㄠˊ ㄌㄨˊ

【出處】明·羅貫中《三國演義》第三十九回：「直須驚破曹公膽，初出茅廬第一功。」

【解釋】茅廬：草屋。諸葛亮隱居南陽臥龍崗，住所是茅廬草舍，他感念劉備三顧茅廬的誠意，接受邀請，就任軍師。首戰用火燒博望坡，大敗曹兵，立下了戰功。

【用法】①原指他初出茅廬就打了勝仗。②後用以比喻剛剛進入社會，缺乏經驗。③也比喻剛參加工作。

【例句】那傻小子是～，我們應該多多教導他。

初生牛犢不怕虎 ㄔㄨ ㄕㄥ ㄋㄧㄡˊ ㄉㄨˊ ㄅㄨˋ ㄆㄚˋ ㄏㄨˇ

【出處】明·羅貫中《三國演義》第七十四回：「俗云：初生牛犢不懼虎。」

【解釋】犢：小牛。

【用法】①剛生下的小牛犢不怕老虎，因爲不知老虎的厲害。②喻指剛進入社會的青年人思想上沒有顧慮，敢想敢做。

【例句】他憑着一股熱情，用～的勁頭，硬是選定了這個人們視爲高難度的尖端科技作爲研究項目。

【附註】也作「初生牛犢不懼虎」。

芻蕘之議 ㄔㄨˊ ㄖㄠˊ ㄓ ㄧˋ

【出處】①《詩經·大雅·板》：「先民有言，詢於芻蕘。」②唐·魏徵《十漸不克終疏》：「伏願陛下採臣狂鼓之言，芻蕘之議，冀千慮一得。」

【解釋】芻蕘：砍柴的人。議：意見和建議。

【用法】①比喻淺博、粗陋的意見和建議。②一般用於表示自謙。

【例句】這些～，雖然明知道用處不大，提出來無非是請你參考就是了。

鋤暴安良 ㄔㄨˊ ㄅㄠˋ ㄢ ㄌㄧㄤˊ

見「除暴安良」。

鋤強扶弱

【出處】明．凌濛初《二刻拍案驚奇》第十二卷：「此等鋤強扶弱的事，不是我，誰人肯做？」
【解釋】鋤：鏟除。
【用法】鏟除強暴，扶助弱者。
【例句】《水滸傳》裏的許多英雄人物，都是～的好漢。

除暴安良

【出處】清．李汝珍《鏡花緣》第六十回：「俺聞劍客行為莫不至公無私，倘心存偏袒，未有不遭惡報；至除暴安良，尤為切要。」
【解釋】暴：暴徒，泛指殘害人民的人。良：善良的人民。
【用法】除掉為非作歹的壞人，使善良的人民得以安身。
【例句】我軍每到一處，首先～，安定人心。
【附註】也作「鋤暴安良」、「安良除暴」。

除害滅病

【解釋】害：對人有害的東西，如蒼蠅、蚊子、老鼠等等。
【用法】清除對人有害的東西，以消滅疾病。
【例句】貫徹預防為主的方針，廣泛推展以～為中心的全國衛生運動。

除害興利

見「去害興利」。

除舊布新

【出處】《左傳．昭公十七年》：「慧（彗星），所以除舊布新也。」
【解釋】布：展開。
【用法】除去舊的，展開新的。
【例句】時代在不斷前進，我們要作～的先鋒戰士，不能當因循守舊的保守派。
【附註】也作「除舊更新」。

除邪懲惡

【用法】①清除奸邪，懲罰凶惡。②指與人間敗類誓不兩立的俠義行為。
【例句】他愛看俠士小說，因此發了遊俠狂，硬要到各處去～，碰了種種釘子。

除塵滌垢

【解釋】滌：滌蕩。垢：汙垢。
【用法】①清除灰塵，滌蕩汙垢。②比喻掃除一切黑暗勢力。③也比喻清除陳舊的不合理的事物。
【例句】回憶一下，過去對內為了～，對外為了擊退敵患，我們付出了多麼大的代價。

除殘去穢

【出處】宋．司馬光《資治通鑑》卷六十五：「將軍以神武雄才，兼仗父兄之烈，……當橫行天下，為漢家除殘去穢。」
【解釋】殘：凶殘。穢：汙濁。
【用法】比喻掃除壞人壞事。
【例句】我軍剛剛進入大城市的時候，除了維持治安以外，還要做大量的～的工作，以整頓社會秩序。

除惡務盡

【出處】《左傳·哀公元年》：「樹德莫如滋，去疾莫如盡。」
【解釋】惡：邪惡，指壞人壞事。務：必須、一定。
【用法】清除壞人壞事一定要乾淨、徹底。
【例句】對於壞人壞事要～，不能心慈手軟。

杵臼之交

【出處】南朝·宋·范曄《後漢書·吳祐傳〉：「時公孫穆來遊太學，無資糧，乃變服客佣，爲祐賃舂。祐與語，大驚，遂共定交於杵臼之間。」
【解釋】杵臼：木棒與石臼，是舂米用的工具。
【用法】後用以指不嫌貧賤、不計身份而結交的好友。
【例句】他倆結爲～情誼深厚、恒常！
【附註】也作「杵臼交」。

楚夢雲雨

【出處】戰國·楚·宋玉《高唐賦序》：「昔者先王（楚懷王）嘗遊高唐，怠而晝寢，夢見一婦人曰：『妾巫山之女也，爲高唐之客，聞君遊高唐，願荐枕席。』王因幸之，去而辭曰：『妾在巫山之陽，高丘之阻，旦爲朝雲，暮爲行雨，朝朝暮暮，陽台之下。』」
【用法】①楚王夢，雲雨情。②後用以比喻男女親膩。

楚館秦樓

【出處】元·張國賓《薛仁貴》第三折：「不甫能待的孩兒成立起，把爹娘不同個天和地，也不知他在楚館秦樓貪戀著誰，全不想養育的深恩義。」
【解釋】古人詩歌中常以「楚館」「秦樓」代指歌舞場所。
【用法】泛指歌舞娛樂場所。
【例句】南宋時期，偏安江南的達官貴人，不思禦敵，卻流連於～之間，過著醉生夢死的生活。
【附註】也作「秦樓楚館」。

楚弓楚得

【出處】①漢·劉向《說苑·至公》：「楚共王出獵而遺其弓，左右請求之。共王曰：『止！楚人遺弓，楚人得之，又何求焉？』」②《孔子家語·好生》：「楚人失弓，楚人得之。」
【用法】①楚國人丟失的弓被楚國人拾得。②比喻利不外溢。
【例句】其他單位來學習先進經驗和技術，我們卻要技術保密，這是不應該的。他們來學習，也是爲加快國家建設的腳步，～，這有什麼不好呢？

楚囚對泣

【出處】①《左傳·成公九年》：「楚於重侵陳以救鄭。晉侯觀於軍府，見鍾儀，問之曰：『南冠而縶者，誰也？』有司對曰：『鄭人所獻楚囚也。』」②唐·房玄齡等《晉書·王導傳》：「過江人士，每至暇日，相要（邀）出新亭飲宴。周顗中坐而嘆曰：『風景不殊，舉目有江河之異。』皆相視流涕。惟（王）導愀然變色曰：

『當共戮力王室，克復神州，何至作楚囚相對泣邪！』衆收淚而謝之。」

【解釋】楚囚：春秋戰國時期被俘的楚國人。

【用法】後用以泛指怯懦的人們，像楚囚一樣，面對國難重重或某種惡劣的遭遇束手無策，只會相對著憂傷地悲泣。

【例句】在戰爭期間，有那麼一些人，面對山河破碎的局面，只是～，束手無策。

楚楚動人（ㄔㄨˇ ㄔㄨˇ ㄉㄨㄥˋ ㄖㄣˊ）

【出處】《詩經・曹風・蜉蝣》：「蜉蝣之羽，衣裳楚楚。」

【解釋】楚楚：鮮明整潔的樣子。

【用法】形容美好的樣子引人憐愛。

【例句】這個姑娘長得十分俊俏，～。

楚楚可憐（ㄔㄨˇ ㄔㄨˇ ㄎㄜˇ ㄌㄧㄢˊ）

【出處】南朝・宋・劉義慶《世說新語・言語》：「(孫綽)齋前種一株松，恒自手壅治之。高士遠(柔)時亦鄰居，語孫曰：『松樹子非不楚楚可憐，但永無棟梁用耳！』」(壅：ㄩㄥ：以土壤、肥料培養樹的根部。松樹子：小松樹。)

【解釋】楚楚：整齊纖弱的樣子。憐：憐愛、憐憫。

【用法】①指小松樹整齊纖弱的樣子很可愛。②也指人腼腆柔弱的樣子怪可憐的。

【例句】老陸一面說，一面瞧喜兒神色十分慌張，大非平時飛揚跋扈能說慣話的情形，便覺得他～，再不能多說一句。

楚材晉用（ㄔㄨˇ ㄘㄞˊ ㄐㄧㄣˋ ㄩㄥˋ）

【出處】《左傳・襄公二十六年》：「晉卿不如楚，其大夫則賢，皆卿材也。如杞、梓、皮革，自楚往也。雖楚有材，晉實用之。」

【解釋】楚晉：春秋時代的諸侯國名。材：人才。

【用法】①楚國的人才晉國使用。②比喻有才能的人在本國得不到任用，在別國卻受到重用。

【例句】英國在二十世紀五十年代以後，人才外流日趨嚴重，許多傑出的科技人才跑到美國，這種～的現象，引起了英國政府的憂慮。

楚尾吳頭（ㄔㄨˇ ㄨㄟˇ ㄨˊ ㄊㄡˊ）

見「吳頭楚尾」。

楚王好細腰（ㄔㄨˇ ㄨㄤˊ ㄏㄠˋ ㄒㄧˋ ㄧㄠ）

【出處】《墨子・兼愛中》：「昔者，楚靈王好士細要，故靈王之臣，皆以一飯爲節。脅息然後帶，扶牆然後起。比期年，朝有黧黑之色。」(要：同「腰」。脅息：屏住呼吸。)②《韓非子・二柄》：「楚王好細腰，而國中多餓人。」

【用法】借喻上行下效，上有所好，下必盛之。

【附註】「好」不能念成ㄏㄠˇ。

礎潤而雨（ㄔㄨˇ ㄖㄨㄣˋ ㄦˊ ㄩˇ）

【出處】①漢・劉安《淮南子・說林》：「山蒸雲，柱礎潤。」②宋・蘇洵《辨奸論》：「事有必至，理有固然。惟天下之靜者，乃能見微而知著。

月暈而風，礎潤而雨，人人知之。」
【解釋】礎：立柱下面的石墩。潤：潮濕。
【用法】①立柱下面的石墩泛潮，主有雨。爲最顯明的氣象常識。②比喻事故發生前的預兆。

處高臨深（ㄔㄨˇ ㄍㄠ ㄌㄧㄣˊ ㄕㄣ）

【出處】漢．揚雄《酒箴》：「處高臨深，動常近危。」
【解釋】處高：處在顯貴重要地位。臨深：如臨深淵。
【用法】①處在顯貴的地位，好比面臨著深淵。②舊時指官職高了常有危險性。
【例句】地位高了，權力也大了，應該意識到～，千萬不可以養成高高在上的官僚習氣。
【附註】「處」不能念成ㄔㄨˋ。

處心積慮（ㄔㄨˇ ㄒㄧㄣ ㄐㄧ ㄌㄩˋ）

【出處】《穀梁傳．隱公元年》：「何甚乎鄭伯？甚鄭伯之處心積慮，成於殺也！」
【解釋】處心：存心。積：蓄積。
【用法】①用盡心計，蓄意日久。②也指千方百計地策劃謀算做不正當的事情。
【例句】這些無惡不作的流氓～地到處陷害好人。
【附註】「處」不能念成ㄔㄨˋ。

處之泰然（ㄔㄨˇ ㄓ ㄊㄞˋ ㄖㄢˊ）

【出處】明．宋濂等《元史．許衡傳》：「家貧、躬耕、粟熟則食粟，不熟則食糠核菜茹，處之泰然。」
【解釋】處：對待。泰然：安然。
【用法】①指在各種情況下，都能沉着鎮定地對待事物。②也指對事情無動於衷。
【例句】雖然危險已經迫在眉睫，他却能～，一點兒也不慌張。
【附註】①也作「泰然處之」。②「處」不能念成ㄔㄨˋ。

怵目驚心（ㄔㄨˋ ㄇㄨˋ ㄐㄧㄥ ㄒㄧㄣ）

見「觸目驚心」。

觸目皆是（ㄔㄨˋ ㄇㄨˋ ㄐㄧㄝ ㄕˋ）

【出處】南朝．宋．劉義慶《世說新語．容止》：「今日之行，觸目見琳琅珠玉。」
【解釋】觸目：目光所及。
【用法】①眼睛所見到的都是。②形容事物之多。
【例句】臺北街頭眞是人山人海，與二十年前大不相同，單是服飾店就～。

觸目驚心（ㄔㄨˋ ㄇㄨˋ ㄐㄧㄥ ㄒㄧㄣ）

【出處】梁．蕭子顯《南齊書．豫章文獻王傳》：「緬尋遺烈，觸目崩心。」
【解釋】驚：震驚。
【用法】①眼睛看到，心裏感到吃驚。②形容事態嚴重，引起震驚。
【例句】親身經歷過戰爭痛苦的人，看到刀、槍就不禁～。
【附註】也作「怵目驚心」。

觸目神傷（ㄔㄨˋ ㄇㄨˋ ㄕㄣˊ ㄕㄤ）

【解釋】觸：接觸。神：神思。傷：哀傷。

【用法】兩眼見到的地方，使人精神哀傷。

【例句】去年我返回老家，不料鄉里窮困至極，凋敝如此，不禁使人～。

觸類旁通

【出處】《周易・繫辭上》：「引而伸之，觸類而長之，天下之能事畢矣。」

【解釋】觸：接觸。旁通：廣爲通曉，曲盡其義。

【用法】指遇到事物能類推通曉。

【例句】我眞高興得到各種新鮮的想法，讓我對於生活能～的再加思索。

觸機便發

【出處】五代・後晉・劉昫等《舊唐書・韋思廉傳》：「吾狂鄙之性，假以雄權，觸機便發，固亦爲身災也。」

【解釋】機：機紐，弓弦正中部位用以發射箭或彈的裝置。

【用法】比喻人性情暴躁遇事就發起火來。

【例句】他那種～的火爆脾氣，令人難以領教。

【附註】也作「觸機即發」。

觸景生情

【出處】清・趙翼《甌北詩話》第四卷：「坦易者多觸景生情，因事起意。」

【解釋】觸：接觸。

【用法】看到某種景物，觸發了某種情緒。

【例句】詩歌運用比興，託物喻志，～，這就是形象思維的方法。

【附註】①也作「見景生情」。②參看「即景生情」。

觸物傷情

【出處】清・曹雪芹《紅樓夢》第六十七回：「惟有黛玉看見他家鄉之物，儘自觸物傷情。」

【解釋】觸：看到。

【用法】看到某種事物，引發出悲傷的情感。

【例句】快把這張照片收起來，免得姊姊又～。

揣情度理

見「詳情度理」。

川流不息

【出處】《論語・子罕》：「子在川上曰：『逝者如斯夫，不舍晝夜。』」②梁・周興嗣《千字文》：「川流不息，淵澄取映。」

【解釋】川：河流。息：停止。

【用法】①河水流個不停。②指事物發展永不停止。③現一般比喻行人或車輛、船隻來往頻繁，接連不斷。

【例句】他的新作品已成爲暢銷書，最顯著的情形是任何一家書店都擠滿着熱心讀者，自朝至暮～。

川壅必潰

【出處】《國語・周語上》：「邵公曰：『是障之也。防民之口，甚於防川。川壅而潰，傷人必多，民亦如之。是故爲川者，決之使導，爲民者，宣之使言。』」

【解釋】壅：堵塞。潰：決口，堤岸崩壞。

【用法】①堵塞河流，必然會導致決口

之害。②比喻辦事要因勢利導，否則就會導致不良的後果。

【例句】群衆的情緒必須加以疏導，否則～，必成禍患！

穿壁引光（ㄔㄨㄢ ㄅㄧˋ ㄧㄣˇ ㄍㄨㄤ）

【出處】晉·葛洪《西京雜記》卷二：「匡衡字稚圭，好學貧而無燭，鄰舍有燭而不逮，衡乃穿壁引其光，以書映而讀之。」

【用法】①穿透牆壁，引進亮光。②形容好學，刻苦讀書。

【例句】學習條件雖然稍差，但要有古人～的精神，克服困難，就能把知識學到手，學得好。

【附註】參看「鑿壁偷光」。

穿房過屋（ㄔㄨㄢ ㄈㄤˊ ㄍㄨㄛˋ ㄨ）

【用法】①指有穿房過屋的交情。②比喻友誼深厚，往來密切，妻兒不避。

【例句】他們兩家好得像一家人一樣，～從來沒有什麼避諱的。

【附註】也作「穿門過戶」。

穿井得人（ㄔㄨㄢ ㄐㄧㄥˇ ㄉㄜˊ ㄖㄣˊ）

【出處】《呂氏春秋·察傳》：「宋之丁氏，家無井，而出溉汲，常一人居外。及其家穿井，告人曰：『吾穿井得一人。』有聞而傳之者曰：『丁氏穿井得一人。』國人道之，聞之於宋君。宋君令人問之於丁氏。丁氏對曰：『得一人之使，非得一人於井中也！』」

【解釋】穿井：鑿井。

【用法】後用以比喻爲以訛傳訛。

穿針引線（ㄔㄨㄢ ㄓㄣ ㄧㄣˇ ㄒㄧㄢˋ）

【出處】漢·劉向《說苑·善說》：「孟嘗君曰：『寡人聞之，縷因針而入，不用針而急；嫁女因媒而成，不因媒而親。』」

【用法】①指在男女之間進行的撮合。②現在用以比喻在兩方之間進行聯繫和拉攏。

【例句】這次物資交流會議起了～的作用，使生產單位產生和消費單位密切配合。

穿鑿附會（ㄔㄨㄢ ㄗㄠˊ ㄈㄨˋ ㄏㄨㄟˋ）

【出處】宋·洪邁《容齋續筆·義理之說無窮》：「經典義理之說，最爲無窮，以故解釋傳疏，自漢至今，不可概數，至有一字而數說者。……用是知好奇者，欲穿鑿附會，固各有說云。」

【解釋】穿鑿：對講不通的道理強作解釋。附會：把毫無關係的事物硬扯在一起。

【用法】指爲了某種目的，任意牽合事物，強作解釋。

【例句】其中雖然有幾點還中肯，然而～者多，閱之令人失笑。

【附註】①也作「附會穿鑿」、「穿鑿傳會」、「失之穿鑿」。②參看「牽強附會」。

穿窬之盜（ㄔㄨㄢ ㄩˊ ㄓ ㄉㄠˋ）

【出處】《論語·陽貨》：「子曰：『色厲而內荏，譬諸小人，其猶穿窬之盜也與！』」

【解釋】穿窬：掘壁洞入戶行竊。

【用法】指穿牆打洞危害人民的盜賊。
【例句】～～雖非大惡，仍須加以掃除才是！

穿雲裂石（ㄔㄨㄢ ㄩㄣˊ ㄌㄧㄝˋ ㄕˊ）

【出處】宋・蘇軾《李委吹笛詩叙》：「呼之使前，則青中紫裘，腰笛而已。既奏新曲，又快奏數弄，嘹然有穿雲裂石之聲。」
【解釋】穿：透破。
【用法】①衝破雲天，震裂石頭。②形容聲音高亢嘹亮。
【例句】他的歌聲高亢激越，～，博得了廣大聽衆的讚賞。

傳道窮經（ㄔㄨㄢˊ ㄉㄠˋ ㄑㄩㄥˊ ㄐㄧㄥ）

【出處】清・吳敬梓《儒林外史》第二十六回：「這些中進士、做翰林的，和他說到傳道窮經，他便說迂而不當。」
【解釋】道：孔孟之道。窮：窮盡。經：經典。
【用法】傳授道理窮盡經典。
【例句】讀書人都具有～的使命感！

傳經送寶（ㄔㄨㄢˊ ㄐㄧㄥ ㄙㄨㄥˋ ㄅㄠˇ）

【用法】把成功的經驗和辦法傳送給別人。
【例句】他們熱烈歡迎教授團到這裏來～。

傳檄而定（ㄔㄨㄢˊ ㄒㄧˊ ㄦˊ ㄉㄧㄥˋ）

【出處】漢・司馬遷《史記・淮陰侯列傳》：「今大王舉而東，三秦可傳檄而定也。」
【解釋】檄：申討文書。
【用法】指不必出兵征戰，只要發出申討文書，叛亂就可以平定。

傳神阿堵（ㄔㄨㄢˊ ㄕㄣˊ ㄜ ㄉㄨˇ）

【出處】南朝・宋・劉義慶《世說新語・巧藝》：「顧長康（愷之）畫人，或數年不點目精（睛）。人問其故，顧曰：『四體妍蚩（美醜），本無關於妙處，傳神寫照，正在阿堵中。』」（阿堵：這個，這裏指眼睛。）
【解釋】傳神：指藝術表現力達到出神入化的境地，所叙述、描繪、雕塑的人與物神態活潑生動，栩栩如生。阿堵：六朝人的口語，相當於現代的「這個」、「這裏」。
【用法】傳神之處，正在這裏。
【附註】「阿」不能念成ㄚ。

傳宗接代（ㄔㄨㄢˊ ㄗㄨㄥ ㄐㄧㄝ ㄉㄞˋ）

【解釋】宗：宗族。代：後代。
【用法】①傳延宗族，接續後代。②指宗嗣綿延，一代接一代地傳下去。③形容繼承有人。
【例句】重男輕女的思想並沒有消除，主因在於人們傳統的～的思想還存在着。

傳聞異辭（ㄔㄨㄢˊ ㄨㄣˊ ㄧˋ ㄘˊ）

【出處】《公羊傳》：「何以不日？遠也。所見異辭，所聞異辭，所傳聞異辭。」何休注：「所傳聞者，謂隱、桓、莊、閔、僖、高祖曾祖時事也。」
【解釋】傳聞：原指久遠的事，後爲聽到的傳說。
【用法】①原指《春秋》記錄年世遠近的事，措辭各不相同。②現在一般指傳聞的說法往往不一致，與原義有出入。

【例句】對某些歷史現象有爭論並沒有什麼不正常，因爲～在所難免。

喘息未定

【出處】明．施耐庵《水滸傳》第七十七回：「方才進步，喘息未定，只見前面塵起，叫殺連天。」

【解釋】喘息：呼吸急促。

【用法】①呼吸急促，還沒有平穩下來。②形容情緒緊張，事情緊迫。

【例句】接力賽跑後，大夥～，必須休息一陣子才行。

舛訛百出

【解釋】舛：錯亂。訛：錯誤。

【用法】①錯亂的地方很多。②一般指書籍的寫作或印製不精。

【例句】這部歷史劇，寫得～，連修改的可能性都很小。

串通一氣

【解釋】串通：互相勾結。

【用法】意指人互相勾結，一個鼻孔出氣。

【例句】他們～，狼狽爲奸，做了很多壞事。

創巨痛深

【出處】《禮記．三年問》：「創巨者，其日久；痛甚者，其愈遲；三年者，稱情而立文，所以爲至痛極也。」

【解釋】創：創傷。

【用法】①創傷很大，痛苦很深。②指受到的打擊和損害非常嚴重。

【例句】自從鴉片戰爭以來，我們受盡了帝國主義者的欺壓，～，這是永遠也不能忘記的。

【附註】「創」不能念成ㄔㄨㄤˋ。

創痍未瘳

【出處】漢．司馬遷《史記．季布列傳》：「秦以事於胡，陳勝等起，於今創痍未瘳。」

【解釋】創痍：創傷。瘳：病癒、康復。

【用法】比喻戰後的殘破還沒有復原。

【例句】戰火雖然已經平息，但是這座經過激戰的城市，至今還～，到處是斷壁殘垣。

【附註】①「創」不能念成ㄔㄨㄤˋ。②「瘳」不能寫成「廖」，也不能念成ㄌㄧㄠˊ。

瘡痍滿目

【出處】唐．杜甫《北征》詩：「乾坤含瘡痍，憂虞何時畢？」

【解釋】瘡痍：創傷，指遭受戰爭或自然災害破壞後的情景。

【用法】①目光所及，到處是荒涼破敗的景象。②比喻受破壞的程度極爲嚴重。

【例句】一場戰火以後，這個小小的城鎮，已經是～，慘不忍睹。

窗明几淨

【出處】宋．洪邁《夷堅志》：「高堂素壁，無舒卷之勞；明窗淨几，有坐臥之安。」

【解釋】几：小桌。

【用法】形容房間收拾得整潔乾淨。

【例句】這間小屋雖然陳設簡單，却是

～，給人一種樸素整潔的感覺。

【附註】①也作「明窗淨几」。②「几」不能念成ㄐㄧˇ。

床頭金盡 ㄔㄨㄤˊ ㄊㄡˊ ㄐㄧㄣ ㄐㄧㄣˋ

【出處】唐·張籍《行路難》詩：「君不見床頭黃金盡，壯士無顏色。」

【解釋】金：錢。

【用法】①身邊的錢財用光了。②形容陷入貧困、拮据的境地。

【例句】我流落在這個小地方，～，舉目無親，已經到了山窮水盡的地步。

床下牛鬥 ㄔㄨㄤˊ ㄒㄧㄚˋ ㄋㄧㄡˊ ㄉㄡˋ

【出處】唐·房玄齡《晉書·殷仲堪傳》：「仲堪父嘗患耳聰，聞床下蟻動，謂之牛鬥。」

【用法】①指因病弱體衰，聽覺嚴重過敏，錯把床下蟻群的活動當作牛在相鬥。②形容人神經過敏，自已恐嚇自己。

【例句】父親年邁，聽覺過敏，常有～之誤。

床上安床 ㄔㄨㄤˊ ㄕㄤˋ ㄢ ㄔㄨㄤˊ

見「疊床架屋」。

創意造言 ㄔㄨㄤˋ ㄧˋ ㄗㄠˋ ㄧㄢˊ

【出處】唐·李翺《答朱載言書》：「六經之詞也，創意造言，皆不相師。」

【用法】指立意和用語不落窠臼皆有創新。

【例句】近幾年來，文壇新秀迅速地成長起來，他們的作品，～都敢於打破傳統，另闢蹊徑。

創業垂統 ㄔㄨㄤˋ ㄧㄝˋ ㄔㄨㄟˊ ㄊㄨㄥˇ

【出處】《孟子·梁惠王下》：「苟爲善，後世子孫必有王者矣。君子創業垂統，爲可繼也。」

【解釋】垂統：傳給後代。

【用法】創立基業，讓後代傳下去。

【例句】各朝帝王～，盼能成就千秋萬世之業。

吹波助瀾 ㄔㄨㄟ ㄅㄛ ㄓㄨˋ ㄌㄢˊ

見「推波助瀾」。

吹毛求疵 ㄔㄨㄟ ㄇㄠˊ ㄑㄧㄡˊ ㄘ

【出處】《韓非子·大體》：「不吹毛而求小疵，不洗垢而察難知。」

【解釋】疵：疵點，小毛病、小錯。

【用法】①吹開皮毛，尋求疵點。②比喻故意挑剔，找毛病。

【例句】他～，抓住工作上的個別缺點，就全盤否定所取得的成績。

【附註】參看「洗垢求瘢」、「摘抉細微」。

吹大法螺 ㄔㄨㄟ ㄉㄚˋ ㄈㄚˇ ㄌㄨㄛˊ

【出處】《金光明經·贊嘆品》四：「吹大法螺，擊大法鼓，燃大法炬，雨勝法雨。」

【解釋】大法螺：用大海螺殼做成的樂器，吹起來響聲很大，佛家說法時用它來壯大聲勢。

【用法】後常用作批評人空口說大話的諷刺語。

【例句】他說得天花亂墜，但誰也不相信，因爲人人都知道此公是個～的慣家！

吹彈得破 ㄔㄨㄟ ㄊㄢˊ ㄉㄜˊ ㄆㄛˋ

【出處】元・王實甫《西廂記・崔鶯鶯夜聽琴雜劇》第三折：「觀俺姐姐這個臉兒吹彈得破，張生有福也呵！」

【用法】①指吹一口氣或彈一下指頭就破。②形容女子皮膚的細嫩。

【例句】陳姊姊天生麗質，皮膚～，漂亮極了。

吹灰之力 ㄔㄨㄟ ㄏㄨㄟ ㄓ ㄌㄧˋ

【出處】明・吳承恩《西遊記》第四十四回：「若是我兩個引進你，乃吹灰之力。」

【用法】①吹灰塵的力氣。②形容極其微小的氣力。

【例句】這件小事，不費～就能辦好，何必這樣興師動衆。

吹灰找縫 ㄔㄨㄟ ㄏㄨㄟ ㄓㄠˇ ㄈㄥˋ

【用法】①吹掉灰塵，尋找細小的縫隙。②形容挖空心思，尋找可乘之隙。

【例句】同事之間應該實事求是，不應該～，千方百計找人家的毛病。

吹氣如蘭 ㄔㄨㄟ ㄑㄧˋ ㄖㄨˊ ㄌㄢˊ

【出處】戰國・楚・宋玉《神女賦》：「陳嘉辭而雲對兮，吐芬芳其若蘭。」

【用法】①指美人嘴裏呼出的氣息像蘭花那樣的清香。②形容女子的可愛。

【例句】古代美女常被描寫成～、蓮步輕移的神態，相當令人著迷！

【附註】也作「吹氣若蘭」、「吹氣勝蘭」。

吹簫乞食 ㄔㄨㄟ ㄒㄧㄠ ㄑㄧˇ ㄕˊ

【出處】漢・司馬遷《史記・范雎蔡澤列傳》：「伍子胥橐載而出昭關，夜行晝伏，至於陵水，無以糊其口，膝行蒲伏，稽首肉袒，鼓腹吹篪，乞食於吳市。」裴駰集解引徐廣曰：『篪，一作簫。』」

【解釋】乞：向人討要。

【用法】①吹簫討飯吃。②原指春秋時伍子胥因父、兄遇害，出走逃出昭關後，無以糊口，在吳市吹簫乞食。③後用指英雄被困而沿街乞討。

吹吹打打 ㄔㄨㄟ ㄔㄨㄟ ㄉㄚˇ ㄉㄚˇ

【出處】清・孔尚任《桃花扇・聽稗》：「俺倒去吹吹打打伏待著他聽。」

【用法】①指吹着笙簫，打起鑼鼓。②形容熱鬧的情景。

【例句】李家辦喜事，一早就～的好不熱鬧。

吹影鏤塵 ㄔㄨㄟ ㄧㄥˇ ㄌㄡˋ ㄔㄣˊ

【出處】《關尹子》：「言之如吹影，思之如鏤塵，聖智造迷，鬼神不識。」

【解釋】鏤：雕刻。

【用法】①吹影子，在塵土微粒上雕刻。②指看不到形象和踪迹。③也用以比喻白費力氣。

【例句】不肯下功夫進行研究，只是關在屋子裏苦思冥想，這不過是～，什麼成果也不會有的。

【附註】也作「鏤塵吹影」。

炊沙作飯 ㄔㄨㄟ ㄕㄚ ㄗㄨㄛˋ ㄈㄢˋ

【出處】①《楞嚴經》：「若不斷淫修禪定者，如蒸砂石，欲其成飯，經百千劫，祇名熱砂。何以故？此非飯，本砂石故。」②唐．顧況《行路難》詩：「君不見擔雪塞井空用力，炊沙作飯豈堪吃！」

【用法】①煮沙子當作飯。②比喻勞而無功，白費氣力。

【例句】沒有技術，沒有資源，硬要白手起家，實在是～，白費力氣。

炊金饌玉 ㄔㄨㄟ ㄐㄧㄣ ㄓㄨㄢˋ ㄩˋ

【出處】唐．駱賓王《帝京篇》詩：「平臺戚裏帶崇墉，炊金饌玉待鳴鐘。」

【解釋】炊：燒菜燒飯。饌：酒食。

【用法】①用金器皿烹調菜飯，用玉碗盞飲酒用餐。②形容飲宴豪奢。

【例句】你們家動輒～，大宴賓客，怎能體會貧寒人家的清苦？

垂暮之年 ㄔㄨㄟˊ ㄇㄨˋ ㄓ ㄋㄧㄢˊ

【出處】宋．張元幹《醉落魄》詞：「天涯萬里情懷惡，年華垂暮猶離索。」

【解釋】垂暮：天將晚的時候。

【用法】喻指老年。

【例句】雖然已經到了～，但老驥伏櫪，志在千里，他還要著書立說，爲社會作出新貢獻。

【附註】也作「年華垂暮」。

垂頭搨翼 ㄔㄨㄟˊ ㄊㄡˊ ㄊㄚˋ ㄧˋ

【出處】漢．陳琳《討曹操檄文》：「方畿之內，簡練之臣，皆垂頭搨翼，莫所憑恃。」

【解釋】搨：垂着。翼：翅膀。

【用法】①低着腦袋，耷（ㄉㄚ）垂着翅膀。②比喻情緒低落，精神不振。

【例句】敵人受到沉重打擊之後，從上到下～，士氣一落千丈。

垂頭喪氣 ㄔㄨㄟˊ ㄊㄡˊ ㄙㄤˋ ㄑㄧˋ

【出處】唐．韓愈《送窮文》：「主人於是垂頭喪氣，上手稱謝。」

【用法】①低着腦袋，失去勇氣。②形容萎靡不振，精神沮喪。

【例句】敵機盤旋數圈之後，顯然什麼也沒有發現，就～地飛走了。

垂拱而治 ㄔㄨㄟˊ ㄍㄨㄥˇ ㄦˊ ㄓˋ

【出處】《尚書．武成》：「惇信明義，崇德報功，垂拱而天下治。」

【解釋】垂：垂衣。拱：兩手交握於胸前。治：安定、太平。

【用法】①垂衣拱手就使國家得到太平。②古代形容無爲而治。

【例句】古代不少君主減輕賦稅、休養生息，造就了～的局面。

垂涎三尺 ㄔㄨㄟˊ ㄒㄧㄢˊ ㄙㄢ ㄔˇ

【解釋】涎：口水。

【用法】①流出的口水有三尺長。②原形容嘴饞到極點。③現多指見到別人的好東西，極想要據爲己有的貪婪樣子。

【例句】十九世紀末，津巴布韋發現金礦的消息，使～的英國殖民主義者急不可待地竄進了津巴布韋。

垂涎欲滴 ㄔㄨㄟˊ ㄒㄧㄢˊ ㄩˋ ㄉㄧ

【附註】「涎」不能念成ㄧㄢˊ。見「饞涎欲滴」。

垂死掙扎 ㄔㄨㄟˊ ㄙˇ ㄓㄥ ㄓㄚ

【解釋】垂：接近。

【用法】臨近死亡的最後掙扎。

【例句】敵軍必然不甘心自己的失敗，他們必然還要做～。

搥胸頓足

【出處】明·羅貫中《三國演義》第五十六回：「孔明說罷，觸動玄德衷腸，眞個搥胸頓足，放聲大哭。」

【解釋】頓：跺。

【用法】①用拳搥打胸部，跺着兩脚。②形容非常悲痛或懊悔的樣子。

【例句】白天他像喜鵲似的有說有笑，晚上却煩惱地～，眞是奇怪！

椎牛饗士

【出處】南朝·宋·范曄《後漢書·吳漢傳》：「漢將輕騎迎與之戰，不利，墮馬傷膝，還營。……諸將謂漢曰：『大敵在前而公傷臥，衆人懼矣。』漢乃勃然裹創而起，椎牛饗士……於是軍士激怒，人倍其氣。」

【解釋】椎牛：殺牛隻。饗士：犒賞軍兵。

【用法】指鼓舞士氣的措施。

【例句】古來征戰，戰敗的一方常用～的措施，藉以鼓舞士氣振奮民心。

椎心泣血

【出處】漢·李陵《答蘇武書》：「何圖志未立而怨已成，計未從而骨肉受刑，此陵所以仰天椎心而泣血也。」

【解釋】椎：搥打。

【用法】①痛苦得搥打自己的胸部，悲憤得哭乾眼淚、流出了鮮血。②形容極度悲痛。

【例句】對於兒子的犧牲，她悲痛得～，讓旁人不知道怎樣安慰她才好。

春冰虎尾

見「虎尾春冰」。

春夢無痕

【出處】宋·蘇軾《與潘郭二先生出郊尋春》詩：「人似秋鴻來有信，事如春夢了無痕。」

【解釋】春夢：美夢。

【用法】①美夢難尋，不留痕跡。②指人生富貴如過眼雲烟轉瞬消失，連一點影子也望不見了。

【例句】回顧過往，只覺富貴名利皆如～，了無踪跡。

春風滿面

【解釋】春風：比喻笑容。

【用法】形容情緒愉快，滿臉高興的樣子。

【例句】在參加全國科學大會之後，老教授更是幹勁十足，一提起這次盛會，他就興致勃勃，～，顯得特別地高興。

【附註】參看「滿面春風」。

春風風人

【出處】漢·劉向《說苑·貴德》：「管仲上車曰：『嗟茲乎！我窮必矣！吾不能以春風風人，吾不能以夏雨雨(ㄩˋ)人，吾窮必矣！』」

【解釋】風人：吹人，用和暖的風去吹拂別人。

【用法】比喻及時對人進行教育或給予幫助。

【例句】作爲人類靈魂的工程師，就要

～，用優秀的作品，去提高人們的思想情操。

【附註】①第二個「風」字作動詞用，不能念成ㄈㄥ。②請參看「夏雨雨人」。

春風得意

【出處】唐・孟郊《登科後》詩：「春風得意馬蹄疾，一日看盡長安花。」

【用法】①和暖的春風很適合人的心意。②舊時用以稱進士及第。③現常用以形容心滿意足，喜形於色。

【例句】他現在出了書，又得了學位，還有幾個學校爭着聘他任教，眞是～的時候。

春風化雨

【出處】①漢・劉向《說苑・貴德》：「吾不能以春風風人……」②《孟子・盡心上》：「有如時雨化之者。」

【用法】①使萬物復甦的和風和能滋長萬物的細雨。②比喻良好的教育和勸誡。

【例句】百年樹人的教育事業，就是要像～一樣，讓下一代在德、智、體、群、美五方面都得到發展。

春風夏雨

【出處】漢・劉向《說苑・貴德》：「管仲上車曰：『嗟茲乎！我窮必矣！吾不能以春風風人，吾不能以夏雨雨人，吾窮必矣！』」

【用法】①春風宜人，驅寒送暖；夏雨及時，消暑降溫。②比喻熱心培育人材，使受教者感到溫暖；並相機規勸，使徘徊歧路的人導入正途。

【例句】身爲教育工作者，應發揮～的精神，造就人才、培育人才！

春風一度

【出處】元・王實甫《麗堂春》第三折：「到今日身無所如，想天公也有安排我處，可不道呂望嚴陵自千古，這便算的我春風一度。」

【解釋】一度：一次、一回、一番、一遭。

【用法】①指春風得意一回。②比喻揚眉吐氣一次。③也指溫存一番。

【例句】今年聯考，他金榜題名，正是～之時呢！

春暖花開

【用法】①春天氣候和暖，百花盛開。②形容景色很優美。③也比喻從逆境轉入順境，指進行各種工作的有利時機。

【例句】幾年來的遭遇，像一場惡夢一樣過去了，如今又是～，該打起精神重新大幹一番了。

春蘭秋菊

【出處】《楚辭・九歌・禮魂》：「春蘭兮秋菊，長無絕兮終古。」

【用法】①春天的蘭花，秋天的菊花，雖然開放的季節不同，却都很美麗。②比喻在不同的時期或領域中各有出色的人物。

【例句】他們兄弟兩人，一個在科學上，一個在文學上都取得了很大成就，眞是～，各有千秋。

春露秋霜

【出處】《禮記・祭義》：「是故君子合諸天道，春禘、秋嘗。霜露既降，君子履之，必有淒愴之心，非其寒之謂也；春，雨露既濡，君子履之，必有怵惕之心，如將見之。」（禘、嘗：祭祀的名稱。）
【用法】①春季雨露日，秋季霜降時。②指後輩在春秋兩季因感於時令而祭祀祖先。③後用以表示對先人的悼念。④也比喻恩澤和威嚴。

春光明媚 ㄔㄨㄣ ㄍㄨㄤ ㄇㄧㄥˊ ㄇㄟˋ

【出處】元・楊文奎《兒女團圓》第一折：「莫不是春光明媚！既不沙可怎生有梨花亂落，在這滿空飛？」（不沙：轉折詞。）
【解釋】明媚：鮮明可愛。
【用法】春天的風光絢麗多彩，鮮麗悅目。
【例句】三月的杭州，正是～，風景宜人的季節。

春困秋乏 ㄔㄨㄣ ㄎㄨㄣˋ ㄑㄧㄡ ㄈㄚˊ

【用法】指春秋天氣易使人困倦疲乏。
【例句】一年四季中，～最是難耐！

春寒料峭 ㄔㄨㄣ ㄏㄢˊ ㄌㄧㄠˋ ㄑㄧㄠˋ

【出處】宋・釋普濟《五燈會元》卷十九：「春寒料峭，凍殺年少。」
【解釋】料峭：形容春天的微寒。
【用法】春季的冷空氣，使人感到微微寒意。
【例句】在初春的溪頭，～，你身子單薄，要多加注意。

春花秋月 ㄔㄨㄣ ㄏㄨㄚ ㄑㄧㄡ ㄩㄝˋ

【出處】南唐・李煜《虞美人》詞：「春花秋月何時了，往事知多少！小樓昨夜又東風，故國不堪回首月明中。」
【用法】①三春花好，中秋月圓。②比喻人生最美好的時刻。
【例句】人生的黃金時代，猶如～，值得珍惜、把握！
【附註】也作「秋月春花」。

春華秋實 ㄔㄨㄣ ㄏㄨㄚˊ ㄑㄧㄡ ㄕˊ

【出處】晉・陳壽《三國志・魏志・邢顒傳》：「采庶子之春華，忘家丞之秋實。」（庶子：指劉楨，以文章華麗，使人敬愛。家丞：指刑顒，以操行敦樸，受人尊重。）
【解釋】華：花朵。實：果實。
【用法】①原指魏曹植（子建）和文章有名的劉楨交往親近，與操行敦樸的刑顒，却很疏遠。②春天盛開的鮮艷花朵，秋天結出的豐碩果實。③比喻享有聲譽的文章和受人尊重的操行。
【例句】一批新作家，異軍突起，也寫出了好作品，眞是～，碩果纍纍。

春秋筆法 ㄔㄨㄣ ㄑㄧㄡ ㄅㄧˇ ㄈㄚˇ

【出處】漢・司馬遷《史記・孔子世家》：「孔子在位聽訟，文辭有可與人共者，弗獨有也。至於爲《春秋》，筆則筆，削則削，子夏之徒不能贊一辭。」
【解釋】古人以爲孔子修訂史書《春秋》，行文中暗寓褒貶，含有「微言大義」。
【例句】我原本不過是貪圖少寫一個字，並非有什麼～。

春秋鼎盛

【出處】漢・賈誼《新書・宗首》：「天子春秋鼎盛。」
【解釋】春秋：指年齡、時代。鼎：正、當。
【用法】①正當壯年。②也指正當興盛的時代。
【例句】漢唐二朝，正是我國~時期。

春秋責備賢者

【出處】宋・歐陽修等《新唐書・太宗本紀贊》：「《春秋》之法，常責備於賢者。」
【解釋】春秋：古籍名，爲編年體史書，相傳孔子據魯史修訂而成。責備：要求人盡善盡美，沒有缺點（責：要求。備：完備。）賢者：賢明之士。
【用法】①《春秋》對賢明人士常從嚴要求。②後常在對人批評提出意見時，用以表示對對方的愛護和尊重。
【例句】大家應嚴格地互相要求，對學習能力高的同學更要以高標準要求，所謂能力~是有一定道理的。

春秋無義戰

【出處】《孟子・盡心下》：「孟子曰：『春秋無義戰。』」
【用法】春秋戰國時期沒有眞正爲正義而打的戰爭。
【例句】古人說：「~」，當年帝國主義侵華則更是如此。

春山如笑

【出處】宋・郭熙《林泉高致・山水訓》：「眞山水之烟嵐，四時不同：春山澹冶而如笑，夏山蒼翠而如滴，秋山明淨而如妝，冬山慘淡而如睡。」
【用法】春天山色明媚像人滿面含笑似的。
【例句】~、蒼翠如濯，好一幅宜人山景！

春樹暮雲

【出處】唐・杜甫《春日憶李白》詩：「渭北春天樹，江東日暮雲。何時一樽酒，相與細論文？」
【用法】①春季的樹，日落時的雲。②當時杜甫在渭北，李白在江南，後來就用「春樹暮雲」比喻對遠方朋友的思念。
【例句】我與菁姊，離別已三年，不禁有~之思！
【附註】也作「暮雲春樹」。

春色滿園

見「滿園春色」。

春誦夏弦

【出處】《禮記・文王世子》：「春誦夏弦，大師詔之。」
【解釋】誦：朗誦。弦：弦歌，弦樂伴奏而歌。
【用法】①指古代學詩的方法，在春天朗誦詩，到夏季就用弦樂伴奏而歌。②本指學詩之法因時而異。③後泛指讀書學習。

春意盎然

【解釋】意：意味。盎然：豐滿、濃厚的樣子。
【用法】春天的意味正濃。

【例句】我隨旅遊團在三月間來到東京，這裏正是～的季節。

春蚓秋蛇

【出處】南朝·梁·沈約《晉書·王羲之傳》：「（蕭）子雲近世擅名江表，然僅得成書，無丈夫之氣，行行（ㄏㄤˊ）若縈春蚓，字字如綰秋蛇。」

【用法】①春天的蚯蚓與秋天的蛇。②比喻書法拙劣，像蚯蚓和蛇的行跡那樣彎曲無章法。

【例句】林小弟的字寫得像～，拙劣極了，有待加強。

春雨如油

【出處】①宋·釋道原《景德傳燈錄》卷一：「春雨一滴滑如油。」②舊啓蒙讀物《神童詩》引明·解縉《春雨》詩：「春雨貴如油，下得滿街流，滑倒解學士，笑壞一群牛。」

【用法】形容春雨可貴。

【例句】～、滋潤大地，使作物欣欣向榮！

椿萱幷茂

【出處】①《莊子·逍遙遊》：「上古有大椿者，以八千歲爲春，八千歲爲秋。」②《詩經·衛風·伯兮》：「焉得諼（萱）草，言樹之背。」③唐·矣融《送徐浩》詩：「知君此去情偏切，堂上椿萱雪滿頭。」

【解釋】椿：椿庭。古代指父親。萱：萱堂，指母親。

【用法】比喻父母都還健在。

【例句】～，能夠克盡人子之誼，是人生一大樂事！

唇紅齒白

見「齒白唇紅」。

唇焦口燥

見「口燥唇乾」。

唇焦舌敝

【出處】漢·司馬遷《史記·仲尼弟子列傳》：「勾踐頓首再拜曰：『孤嘗不料力，乃與吳戰，困於會稽，痛入於骨髓，日夜焦唇乾舌，徒欲與吳王接踵而死，孤之願也。』」

【解釋】敝：破。

【用法】①嘴唇乾燥，舌頭裂口。②形容說話過多，疲勞過甚。

【例句】我已說得～，也阻擋不住他的決定。

【附註】也作「焦唇乾舌」、「舌敝唇焦」。

唇槍舌劍

【出處】元·武漢臣《玉壺春》第二折：「顯吹彈歌舞，論角徵宮商，使心猿意馬，逞舌劍唇槍。」

【用法】①嘴唇像槍，舌頭似劍。②形容爭辯時言詞鋒利，用語尖刻。

【例句】他們各執己見，～地爭論不休，誰也沒能說服誰。

【附註】也作「舌劍唇槍」。

唇齒相依

【出處】晉·陳壽《三國志·魏志·鮑勛傳》：「王師屢征而未有所克者，蓋以吳、蜀唇齒相依，憑阻山水，有難拔之勢故也。」

【用法】①嘴唇和牙齒相互依存。②比喻相互關係極爲密切，互相依助。

【例句】相鄰兩國山水相連，～，結盟互助，才是生存之道。

【附註】參看「唇亡齒寒」。

唇齒之戲（ㄔㄨㄣˊ ㄔˇ ㄓ ㄒㄧˋ）

【出處】明·羅貫中《三國演義》第八十六回：「足下深知安邦定國之道，何在唇齒之戲哉！」

【解釋】唇齒：代指言語。戲：嘲弄、開玩笑。

【用法】①在言語上開玩笑。②指互相辯難抬槓。

【例句】老王最好～，你可別認眞！

唇亡齒寒（ㄔㄨㄣˊ ㄨㄤˊ ㄔˇ ㄏㄢˊ）

【出處】《左傳·僖公五年》載：晉國第二次借道虞國去攻打虢（ㄍㄨㄛˊ）國，虞國的大臣宮之奇勸虞國的國君說：「虢，虞之表也。虢亡，虞必從之……諺所謂『輔車相依，唇亡齒寒』者，其虞、虢之謂也。」（輔：頰骨。車：牙床。）

【用法】①嘴唇沒了，牙齒就會覺得寒冷了。②比喻兩者相互依存，利害相關。

【例句】趙國和我們是兄弟之邦，趙國亡了，秦國一定會來吞併我們。我們不要忘記了「～」的教訓。

【附註】參看「唇齒相依」。

蒓羹鱸膾（ㄔㄨㄣˊ ㄍㄥ ㄌㄨˊ ㄎㄨㄞˋ）

【出處】唐·房玄齡等《晉書·張翰傳》：「翰因見秋風起，乃思吳中菰菜、蒓羹、鱸魚膾，曰：『人生貴得適志，何能羈宦數千里以要名爵乎！』遂命駕而歸。」

【解釋】蒓：蒓菜，多年生水草，嫩葉可以做湯。羹：煮成或蒸成的有濃汁的食品。鱸：鱸魚。膾：切得很細的肉。

【用法】①蒓菜羹和鱸魚片。②指南方風味的佳菜。③後用以比喻思念故鄉。

【例句】我離開故鄉，轉眼之間已經十多年了，年歲漸長，不免經常有～之思。

【附註】也作「蒓鱸之思」。

醇酒婦人（ㄔㄨㄣˊ ㄐㄧㄡˇ ㄈㄨˋ ㄖㄣˊ）

【出處】漢·司馬遷《史記·魏公子列傳》：「公子（信陵君）自知再以毀廢，乃謝病不朝，與賓客爲長夜飲，飲醇酒，多近婦女。日夜爲歡飲者四歲，竟病酒而卒。」

【解釋】醇酒：質量很高的美酒。

【用法】後用以比喻沉溺於酒色，生活頹廢腐化。

【例句】在君主時代，許多末代皇帝都是沉溺於～，不問國事。

鶉居鷇食（ㄔㄨㄣˊ ㄐㄩ ㄎㄡˋ ㄕˊ）

【出處】《莊子·天地》：「夫聖人鶉居而鷇食，鳥行而無彰。」

【解釋】鶉：鵪鶉，鳥名。鷇：須待母鳥哺食的雛鳥。

【用法】①鵪鶉沒有正常固定的住所，雛鳥只單純地等待母鳥哺食。②比喻生活單純簡樸。

【例句】十多年來，過慣了～的生活，倒也不感到十分艱苦。

鶉衣百結

【出處】①《荀子・大略》：「子夏貧，衣若懸鶉。」②清・程麟《此中人語・乞丐風流》：「鶉衣百結走風塵，落魄誰憐此一身？」
【解釋】鶉衣：鶉鳥尾禿，像補綴的補丁一樣；比喻破舊衣裳。百結：縫補的地方很多。
【用法】形容生活的困苦。
【例句】他在深山野地裏呆了整整一年，回家時，～，簡直狼狽得不成樣子了。

蠢蠢欲動

【出處】南朝・宋・劉敬權《異苑・句容水脈》：「掘得一黑物，無有首尾，形如數百斛舡，長數十丈，蠢蠢而動。」（舡：船。）
【解釋】蠢蠢：蟲子爬行蠕動的樣子。
【用法】比喻敵人準備進攻，或壞人將要進行破壞活動。
【例句】敵軍敗逃之後，～仍有反擊之心，我軍須提高戒備才行！

啜菽飲水

【出處】《禮記・檀弓下》：「孔子曰：『啜菽飲水盡其歡，斯之謂孝。』」
【解釋】啜：吃。菽：豆類。
【用法】①吃的是豆子，喝的是清水。②形容生活清苦。
【例句】作爲一個知識分子，只要能學以致用，生活上即使～，也是很高興的。

惙怛傷悴

【出處】南朝・宋・范曄《後漢書・梁鴻傳》：「心惙怛兮傷悴，志菲菲兮升降。」
【解釋】惙怛：憂鬱、愁苦。傷悴：悲苦。
【用法】①憂鬱愁苦，神色憔悴。②形容精神憂傷過甚。
【例句】父母雙亡的打擊，使得他～、憂鬱悲苦！

綽綽有餘

【出處】《詩經・小雅・角弓》：「此令兄弟，綽綽有裕。」
【解釋】綽綽：寬寬裕裕地。
【用法】形容十分寬裕。
【例句】本來每天要三十人輪流管三個機房，現在只需三個人便～了。
【附註】①也作「綽有餘裕」。②「綽」不能念成ㄓㄨㄛ。

綽有餘力

【用法】有用不完的剩餘力量或才能。
【例句】這位年輕人精力充沛，對於分配給他的工作，輕鬆愉快地完成之後，也還～。

綽約多姿

【出處】《莊子・逍遙遊》：「肌膚若冰雪，綽約若處子。」
【解釋】綽約：體態嬌柔的樣子。
【用法】①嬌柔嫵媚，姿容極美。②形容女子的秀麗姿態。
【例句】在芭蕾舞劇《薇奧麗塔》中扮演主角的演員，不僅舞技純熟，而且～，贏得了全體觀眾的讚賞。

充類至盡

【出處】《孟子・萬章下》：「夫謂：『非其有而取之者，盜也。』充類至義之盡也。」

【解釋】充類：引申推廣到同類的事理。至盡：歸根結底。

【用法】總括同類事物，推論到底。

充閭之慶

【出處】唐・房玄齡等《晉書・賈充傳》：「賈充，字公閭，平陽襄陵人也。父逵，魏豫州刺史，陽里亭侯。逵晚始生充，言後當有充閭之慶，故以爲名焉。」

【解釋】充閭：意指光大門戶。慶：喜慶。

【用法】①光大門戶的大喜事。②後用作親友生子的賀辭。

【例句】林家有～，我們應該到林府拜訪並恭賀！

充箱盈架

【出處】清・孔尚任《桃花扇・逮社》：「你看十三經、廿一史、三教九流、諸子百家、腐爛時文、新奇小說，上下充箱盈架，高低列肆連樓。」

【解釋】充、盈：滿。

【用法】①盛滿書箱，擺滿書架。②形容藏書豐富。

【例句】走進李教授的書房，各類書籍～，藏書之豐，令人嘆爲觀止。

充耳不聞

【出處】《詩經・邶風・旄丘》：「叔兮伯兮，褎如充耳。」

【解釋】充：堵。聞：聽。

【用法】①塞住耳朵不聽。②形容不聽別人的意見或勸告。

【例句】對現實中存在的問題視而不見，對輿論的呼聲～，這是十足的官僚作風。

衝鋒陷陣

【出處】唐・李百藥《北齊書・崔　傳》：「衝鋒陷陣，大有其人。」

【用法】①向敵人衝擊，深入敵人陣地。②形容作戰非常勇敢。

【例句】在保衛文化上，無疑的，他是最勇於向弊端～的代表人物。

沖口而出

【出處】宋・蘇軾《跋歐陽公書》：「此數十紙，皆文公沖口而出，縱手而成，初不加意者也。」

【用法】指不加思索就隨口說出來。

【例句】在氣頭上，我那刺傷人的話～，平靜下來以後，自己也有些後悔。

崇論閎議

【出處】漢・司馬遷《史記・司馬相如列傳》：「且夫賢君之踐位，必將崇論閎議，創業垂統，爲萬世規。」

【解釋】崇：高。閎：宏大。

【用法】指高明的見解和超出一般的議論。

【例句】高教授在這次講演中並沒有發表～，頗令聽眾失望。

崇山峻嶺

【出處】晉・王羲之《蘭亭集序》：「此地有崇山峻嶺，茂林修竹。」

【解釋】崇、峻：高大。
【用法】①高大的山嶺。②形容山勢的壯美。
【例句】遠處，濃濃的雲霧，籠罩著會稽的～。

崇洋媚外（ㄔㄨㄥˊ ㄧㄤˊ ㄇㄟˋ ㄨㄞˋ）

【解釋】崇：崇拜。媚：諂媚。
【用法】崇拜外國的事物，向外國人獻媚。
【例句】我們要學習外國的先進技術，先進經驗，把這叫做～是錯誤的。

蟲臂鼠肝（ㄔㄨㄥˊ ㄅㄧˋ ㄕㄨˇ ㄍㄢ）

【出處】《莊子·大宗師》：「以汝爲鼠肝乎？以汝爲蟲臂乎？」
【用法】①昆蟲的臂膀，老鼠的肝臟。②比喻人和事物隨緣變化。
【附註】也作「鼠肝蟲臂」。

蟲沙猿鶴（ㄔㄨㄥˊ ㄕㄚ ㄩㄢˊ ㄏㄜˋ）

見「猿鶴蟲沙」。

蟲魚之學（ㄔㄨㄥˊ ㄩˊ ㄓ ㄒㄩㄝˊ）

【出處】唐·韓愈《論皇甫湜公安園池詩書其後》詩：「《爾雅》注蟲魚，定非磊落人。」（磊落：開朗、灑脫。）
【用法】①爲蟲類魚類作瑣屑考證的學問。②泛指一切繁瑣考證之學。

重門擊柝（ㄔㄨㄥˊ ㄇㄣˊ ㄐㄧ ㄊㄨㄛˋ）

【出處】《周易·繫辭下》：「重門擊柝，以待暴客。」
【解釋】重門：門戶重疊。柝：值更時敲擊的木梆。
【用法】①在重疊的門戶間派有敲擊木梆值更巡夜的更夫。②形容夜間戒備森嚴。
【例句】古代京城附近，往往～戒備森嚴。
【附註】「柝」不能寫成「折」、「拆」、「析」，不能念成ㄓㄜˊ、ㄔㄞ、ㄒㄧ。

重蹈覆轍（ㄔㄨㄥˊ ㄉㄠˋ ㄈㄨˋ ㄔㄜˋ）

【出處】南朝·宋·范曄《後漢書·竇武傳》：「今不慮前事之失，復循覆車之軌。」
【解釋】蹈：踏上。覆：翻倒。轍：車輪軋出的痕迹。
【用法】①走上翻過車的老路。②比喻不接受教訓，又走上失敗的老路。
【例句】不認眞吸取教訓，就難免～。

重彈老調（ㄔㄨㄥˊ ㄊㄢˊ ㄌㄠˇ ㄉㄧㄠˋ）

【用法】①重新彈起老曲調。②比喻把已經陳舊的觀點理論又拿了出來。
【例句】他這篇洋洋灑灑的大作，只不過是～而已，因此沒有引起任何的回響。
【附註】①也作「老調重彈」。②「重」不能念成ㄓㄨㄥˋ。③參看「舊調重彈」。

重巒疊嶂（ㄔㄨㄥˊ ㄌㄨㄢˊ ㄉㄧㄝˊ ㄓㄤˋ）

見「層巒疊嶂」。也作「重岩疊嶂」。

重規疊矩（ㄔㄨㄥˊ ㄍㄨㄟ ㄉㄧㄝˊ ㄐㄩˇ）

【出處】晉·陳壽《三國志·蜀志·郤正傳》：「君臣協美於朝，黎庶欣戴於野，動若重規，靜若迭矩。」

【解釋】重：重合。疊：重疊。規：圓規。矩：曲尺。

【用法】①規與規相重，矩與矩相疊，弧度角度完全一樣。②比喻上下關係和諧，動靜一致。③現多用以形容因襲重複。

【例句】藝術創造必須有新意，～是不利於發展的。

【附註】「重」不能念成ㄓㄨㄥˋ。

重見天日 ㄔㄨㄥˊ ㄐㄧㄢˋ ㄊㄧㄢ ㄖˋ

【出處】明·羅貫中《三國演義》第二十八回：「周倉頓首告曰：『倉乃一粗莽之夫，失身為盜，今遇將軍，如重見天日，豈忍復錯過！』」

【解釋】天日：天上的太陽，引申為光明。

【用法】比喻脫離黑暗的環境，重新見到光明。

【例句】一大批被禁的東歐藝術作品，現在終於～了。

重金兼紫 ㄔㄨㄥˊ ㄐㄧㄣ ㄐㄧㄢ ㄗˇ

【出處】宋·司馬光《資治通鑑·漢靈帝光和二年》：「又併及家人，重金兼紫。」

【解釋】重：重複。兼：加倍。金紫：金印紫綬的簡稱。秦、漢時相國、丞相、太尉、大司空、太傅、列侯等皆金印紫綬。

【用法】①指全家人有幾份金印紫綬。②舊時形容高官輩出，門庭顯赫。

【附註】「重」不能念成ㄓㄨㄥˋ。

重熙累洽 ㄔㄨㄥˊ ㄒㄧ ㄌㄟˇ ㄑㄧㄚˋ

【出處】漢·班固《東都賦》：「至乎永平之際，重熙而累洽。」

【解釋】重熙：極其光明、興盛的樣子。累洽：極其和諧。

【用法】形容時世太平，異常隆盛。

【附註】「重」不能念成ㄓㄨㄥˋ。

重新做人 ㄔㄨㄥˊ ㄒㄧㄣ ㄗㄨㄛˋ ㄖㄣˊ

【用法】指以認識、悔改所犯罪過為起點而重做新人。

【例句】他已經受到了懲罰，得到了教訓，就應該讓他好好地～。

重整旗鼓 ㄔㄨㄥˊ ㄓㄥˇ ㄑㄧˊ ㄍㄨˇ

【解釋】旗、鼓：戰旗戰鼓，古代軍隊發號施令的用具。

【用法】①重新整頓起戰旗戰鼓。②比喻失敗之後，重新進行整頓，準備再做。

【例句】中華男籃以一分之差輸給了美國隊，屈居第二，但國手們並不因失敗而氣餒，他們決心～，在下屆比賽中奪回錦標！

【附註】「重」不能念成ㄓㄨㄥˋ。

重生父母 ㄔㄨㄥˊ ㄕㄥ ㄈㄨˋ ㄇㄨˇ

見「再生父母」。

重足而立，側目而視 ㄔㄨㄥˊ ㄗㄨˊ ㄦˊ ㄌㄧˋ ㄘㄜˋ ㄇㄨˋ ㄦˊ ㄕˋ

【出處】漢·司馬遷《史記·汲黯列傳》：「令天下重足而立，側目而視矣！」

【解釋】重足：雙腳疊起。側目：斜著眼睛。

【用法】①疊起腳站著，不敢移動；斜著眼睛看，不敢正視。②形容非常恐懼的樣子或敢怒不敢言的樣子。
【例句】在秦始皇的殘暴統治下，天下人民「～」敢怒而不敢言。
【附註】參看「側目而視」。

重作馮婦

見「再作馮婦」。

重溫舊夢

【用法】①比喻回憶過去所經歷過的情景，希望重新再來。②一般用之於貶義。
【例句】過去他們曾經一同度過一段幸福而又愉快的歲月，但他卻把她遺棄了，現在又想～，這恐怕是不可能的了。

寵辱不驚

【出處】宋·歐陽修等《新唐書·盧承慶傳》：「初承慶典選，校百官考。有坐漕舟溺者，承慶以失所載，考中下；以示其人，無慍也。更曰：『非力所及。』考中中，亦不喜。承慶嘉之曰：『寵辱不驚，考中上。其能著人善類此。』」
【解釋】寵：寵愛。
【用法】①對受寵或受辱都不驚詫。②表示對得失不介意，置之度外。
【例句】作為一個科學工作者，他從來是～的，根本不去注意什麼榮譽和地位，而整天待在實驗室裏弄他的研究項目。

寵辱皆忘

【用法】①得寵和受辱都不計較。②常指一種通達的超絕塵世的態度。

寵辱若驚

【出處】《老子》第十三章：「得之若驚，失之若驚，是謂寵辱若驚。」
【解釋】驚：驚惶不安。
【用法】①受寵和受辱都感到驚惶不安。②形容人患得患失。

〔尸部〕

失敗為成功之母

【解釋】母：能生發其他事物的。

【用法】指從失敗中汲取教訓，就能獲得成功。

【例句】～，總結工作中失敗的教訓，對今後取得成功是必要的。

【附註】也作「失敗是成功之母」。

失道寡助

【出處】《孟子・公孫丑下》：「得道者多助，失道者寡助。」

【解釋】寡：少。

【用法】指違背道義的人，就不得人心，很少有人幫助他，而必然孤立。

【例句】他是注定會失敗的，因為～，從目前大家的反對聲浪便可見一斑。

【附註】參看「得道多助，失道寡助」。

失魂落魄

【出處】明・凌濛初《初刻拍案驚奇》第二十五卷：「做子弟的，失魂落魄，不惜餘生。」

【解釋】失落了魂魄。

【用法】形容人非常驚慌或憂慮，而心神不寧，舉止失常的狀態。

【例句】看他那副～的樣子，可能是受了什麼打擊。

【附註】也作「失魂喪魄」、「喪魂落魄」、「亡魂失魄」。

失驚打怪

【出處】宋・洪邁《夷堅三志・善謔詩詞》：「張才甫太尉居烏戍，效遠公、蓮社，與僧俗為念佛會。御史論其白衣吃菜，遂賦《鵲橋仙》詞云：『遠公、蓮社，流傳圖畫，千古聲名猶在。後人多少繼遺蹤，到我便失驚打怪。』」

【用法】覺得驚異奇怪，即非常大驚小怪。

【例句】明・羅貫中《三國演義》第四十九回：「不許擅離方位，不許交頭接耳，不許失口亂言，不許～，如違令者，斬！」

失之東隅，收之桑榆

【出處】南朝・宋・范曄《後漢書・馮異傳》載劉秀《勞馮異詔》：「始雖垂翅回谿（溪），終能奮翼黽池，可謂失之東隅，收之桑榆。」

【解釋】東隅：東方，日出處，指早上。桑榆：西方，日落時餘光落在桑樹榆樹之間，指晚上。

【用法】早有所失，晚上則有所得。比喻這個方面失敗了，另一個方面得到補償。

【例句】這些年來，我在學業方面一無所成，但却獲得了許多寶貴的工作經驗，這也算是～吧。

失之毫厘，謬以千里

見「差之毫厘，謬以千里」。也作「失之毫厘，差以千里」。

失之交臂

見「交臂失之」。

失之穿鑿（ㄕ ㄓ ㄔㄨㄢ ㄗㄨㄛˋ）

見「穿鑿附會」。

尸橫遍野（ㄕ ㄏㄥˊ ㄅㄧㄢˋ ㄧㄝˇ）

【出處】明·羅貫中《三國演義》第七回：「不到數合，蔡瑁敗走。堅驅大軍，殺得尸橫遍野。」

【解釋】尸：屍體。橫：交錯。屍體布滿四野。

【用法】形容經過激烈戰鬥或流血事件後死人極多的慘狀。

【例句】明·施耐庵《水滸傳》第四十回：「當下去十字街口，不問官軍百姓，殺得～，血流成渠，推倒傾翻的，不計其數。」

尸居龍見（ㄕ ㄐㄩ ㄌㄨㄥˊ ㄒㄧㄢˋ）

【出處】《莊子·在宥》：「故君子苟能無解其五藏，無擢其聰明，尸居而龍見，淵默而雷聲。」

【解釋】尸：屍體。居：停留。見（現）：出現。

【用法】像屍體那樣停留不動，像龍那樣出現，即靜如尸而動如龍。

【附註】「見」不能念成ㄐㄧㄢˋ。

尸居餘氣（ㄕ ㄐㄩ ㄩˊ ㄑㄧˋ）

【出處】唐·房玄齡等《晉書·宣帝紀·正始九年》：「會河南尹李將蒞荊州，來候帝。帝詐病篤，……勝退告（曹）爽曰：『司馬公尸居餘氣，形神已離，不足慮矣。』」

【解釋】尸：屍體。居：停留。餘：剩餘。氣：氣息。指人像尸體一樣地躺在那裏，僅存一點氣息。

【用法】①原形容人已奄奄一息，即將死去。②後多指人暮氣沉沉，無所作爲，比死屍只多一口氣。

【例句】這個人整日無所事事，暮氣沈沈，一副～的樣子。

尸位素餐（ㄕ ㄨㄟˋ ㄙㄨˋ ㄘㄢ）

【出處】①《尚書·五子之歌》：「太康尸位，以逸豫滅厥德，黎民咸貳。」②漢·班固《漢書·朱云傳》：「今朝廷大臣，上不能匡主，下亡（無）以益民，皆尸位素餐。孔子所謂『鄙夫不可以事君，苟患失之，亡（無）所不至者也。』」

【解釋】尸位：像死屍一樣空占著職位而不做事。素餐：不做事而白吃飯。

【用法】指空占著職位而白吃飯不好好做事。

【例句】這個機構，有許多人是～混日子，難怪辦事效率這麼低。

【附註】也作「尸祿素餐」。參看「竊位素餐」。

師道尊嚴（ㄕ ㄉㄠˋ ㄗㄨㄣ ㄧㄢˊ）

【出處】《禮記·學記》：「凡學之道，嚴師爲難。師嚴然後道尊，道尊然後民知敬學。」

【解釋】師道：爲師之道。

【例句】「～」還是要的，當老師而沒有尊嚴，怎麼教育孩子們呢？

師心自用（ㄕ ㄒㄧㄣ ㄗˋ ㄩㄥˋ）

【出處】北齊·顏之推《顏氏家訓·勉學》：「見有閉門讀書，師心自是，稠人廣座，謬誤差失者多矣。」

【解釋】師心：以自己的心意爲師，即只相信自己的意念。自用：只憑自己的主觀意圖行事，不虛心向人求教。
【用法】指固執己見，自以爲是。
【例句】有些人～，獨斷專行，却又偏偏不懂方法，怎麼不給社會造成損失呢？

師直爲壯 (ㄕ ㄓˊ ㄨㄟˊ ㄓㄨㄤˋ)

【出處】《左傳．僖公二十八年》：「師直爲壯，曲爲老，豈在久乎？」
【解釋】師：軍隊。直：正義的。壯：威武雄壯。
【用法】指軍隊爲正義而戰，就會士氣旺盛、威武雄壯。
【例句】我們是爲了保衛國家而戰，～，所以定可戰勝來犯之敵人。

師出有名 (ㄕ ㄔㄨ ㄧㄡˇ ㄇㄧㄥˊ)

【出處】《禮記．檀弓下》：「師必有名，人稱之斯師也者，則謂之何？」
【解釋】師：軍隊。名：名義，指正當理由。
【用法】①出兵具有正當的理由。②也泛指做事有正當的理由，而名正言順。
【例句】他這次作戰，是爲了討伐暴君，拯救百姓，～，定能得到大家的支持。

師出無名 (ㄕ ㄔㄨ ㄨˊ ㄇㄧㄥˊ)

【出處】①《禮記．檀弓下》：「君王討敝邑之罪，又矜而赦之，師與有無名乎？」②漢．班固《漢書．高帝紀上》：「出兵無名，事故不成。」
【解釋】師：軍隊。名：名義，指正當理由。
【用法】①出師作戰，沒有正當理由。②也泛指做事沒有正當理由。
【例句】你們這次行動，～，成功的機率不大。

獅威勝虎 (ㄕ ㄨㄟ ㄕㄥˋ ㄏㄨˇ)

【出處】宋朝陳季常的妻子柳氏悍妒，每當季常宴客，召有歌妓時，她就用棍敲壁，大聲呼喝，客人都被嚇走。蘇軾贈季常詩：「忽聞河東獅子吼，拄杖落地心茫然。」（河東：指柳氏。）
【解釋】勝：勝過、超過。獅子的威力超過老虎。
【用法】舊時比喻婦人悍妒過甚。
【例句】自古以來，男人最怕娶到悍妒潑辣、～的妻子。

虱處褌中 (ㄕ ㄔㄨˇ ㄎㄨㄣ ㄓㄨㄥ)

【出處】晉．阮籍《大人先生傳》：「汝強不見夫虱之處于褌之中乎！逃乎深縫，匿乎壞絮，自以爲吉宅也。行不敢離縫際，動不敢出褌襠，自以爲得繩墨也。然類丘火流，焦邑滅都，群虱處于褌中而不能出也。君子之處域內，何異夫虱之處褌中乎？」
【解釋】虱：虱子。處：停留，指躲在。褌：褲子。虱子躲在褲子裏活着。
【用法】比喻局限在世俗生活中的人們沒有廣闊的天地。
【例句】死死地守在家門口，什麼地方都不肯去，也不敢去，說句不大客氣的話，就像～一輩子就生活在夾縫裏面。

詩禮之家 (ㄕ ㄌㄧˇ ㄓ ㄐㄧㄚ)

【出處】明・郎瑛《七修類稿・荒親》：「因仍苟且，多為惜財之小而忘大義，奈何詩禮之家，亦如是耶！」
【用法】指讀詩書、守禮法的人家。
【例句】陳氏兄弟，博涉群書，舉止合宜，想必出自～。

詩情畫意 ㄕ ㄑㄧㄥˊ ㄏㄨㄚˋ ㄧˋ

【用法】形容自然景色或事物很美，如同詩畫中的境界一樣。
【例句】溫馨的春夜，月色溶溶，柳絲搖曳，遠遠地又傳來優美動聽的小提琴聲，這情景，眞是說不出的～。

詩中有畫 ㄕ ㄓㄨㄥ ㄧㄡˇ ㄏㄨㄚˋ

【出處】宋・蘇軾《東坡題跋・書摩詰〈藍關烟雨圖〉》：「味摩詰之詩，詩中有畫。」（摩詰：唐朝詩人王維。）
【用法】①形容描寫自然景物的詩，寫得具體、逼眞而又生動，使讀者宛如置身於圖畫之中。②也形容詩歌意境深邃優美。
【例句】清・李汝珍《鏡花緣》第九十回：「春暉道：『昨日我們在百藥圃摘花折草，引惹那些蜂蝶滿園飛舞，眞是蝶亂蜂狂。今觀此句，古人所謂「～」，果眞不錯。』」
【附註】參看「畫中有詩」。

什襲而藏 ㄕˊ ㄒㄧˊ ㄦˊ ㄘㄤˊ

【出處】宋・李昉等《太平御覽・卷五十一引〈闕子〉》：「宋之愚人得燕石于梧台之東，歸而藏之，以為大寶。周客聞而觀焉。主人端冕玄服以發寶。華匱十重，緹巾十襲。」
【解釋】什：通十，形容多。襲：量詞，層，套。什襲：指物品一層層包起來。
【用法】①把物品一層層地包裹起來而藏著。②指珍重地把物品收藏好。
【例句】馮夢龍《東周列國志》第九十六回：「今日無意中落於君手，此乃無價之寶，須～，萬不可輕示於人也。」
【附註】也作「什襲珍藏」。

什伍東西 ㄕˊ ㄨˇ ㄉㄨㄥ ㄒㄧ

【出處】唐・韓愈《三星行》詩：「名聲相乘除，得少失有餘。三星各在天，什伍東西陳。」
【解釋】什：通十。伍：通五。十個在東，五個在西。
【用法】①原指南斗六星、牽牛六星、箕四星等分布得很雜亂。②後用以形容事物錯雜混亂。
【例句】此人不修邊幅，連家中的擺設也是～、雜錯亂置。

十病九痛 ㄕˊ ㄅㄧㄥˋ ㄐㄧㄡˇ ㄊㄨㄥˋ

【出處】清・曹雪芹《紅樓夢》第一百零二回：「如今我惟身子是十病九痛的，你二嫂子也是三日兩日不好。」
【用法】形容身上病很多，感到虛弱難受。
【例句】她從小就是個藥罐子，～，不知花了多少錢，總是治不好。

十步芳草 ㄕˊ ㄅㄨˋ ㄈㄤ ㄘㄠˇ

【出處】漢・劉向《說苑・談叢》：「十步之澤，必有香草；十室之邑，必有忠士。」

【解釋】在十步以內就有芳香的花草。
【用法】比喻到處都有人才。
【例句】有些人總是大嘆找不到人才，其實～，問題是能不能打破成見，大膽任用這些人才罷了。

十步九回頭（ㄕˊ ㄅㄨˋ ㄐㄧㄡˇ ㄏㄨㄟˊ ㄊㄡˊ）

【出處】元．高則誠《琵琶記．伯喈夫妻分別》：「他那裡，漫凝眸，正是馬行十步九回頭。」
【用法】形容目送情牽，不忍分離的樣子。
【例句】看他～，依依不捨的樣子，就知道他們是一對新婚夫妻。

十面埋伏（ㄕˊ ㄇㄧㄢˋ ㄇㄞˊ ㄈㄨˊ）

【出處】元．無名氏《抱妝盒》第二折：「從今後跳出了九重圍子連環寨，脫離了十面埋伏大會垓。」
【用法】指四面八方布置了重重伏兵。
【例句】敵軍～，我們必須以寡擊衆、突破重圍。

十目所視，十手所指（ㄕˊ ㄇㄨˋ ㄙㄨㄛˇ ㄕˋ ㄕˊ ㄕㄡˇ ㄙㄨㄛˇ ㄓˇ）

【出處】《禮記．大學》：「曾子曰：『十目所視，十手所指，其嚴乎！』」
【解釋】十：言其多。很多眼睛在看著，很多隻手在指著。
【用法】指一個人的舉動瞞不過衆人，若有過失，就會受到很多人指責。
【例句】這些爲非作歹的傢伙，終於成了～的罪人。

十風五雨（ㄕˊ ㄈㄥ ㄨˇ ㄩˇ）

【出處】宋．陸游《村居初夏之四》詩：「斗酒隻雞人笑樂，十風五雨歲豐穰。」
【解釋】十天一颳風，五天一下雨。
【用法】形容風調雨順。
【例句】今年入春以來，～，糧食豐收在望。
【附註】參看「五風十雨」。

十拿九穩（ㄕˊ ㄋㄚˊ ㄐㄧㄡˇ ㄨㄣˇ）

【出處】明．阮大鋮《燕子箋．購幸》：「此是十拿九穩，必中的計較。」
【用法】指辦事情很有把握或猜得非常準確。
【例句】他辦事向來很謹慎，保證～，你放心好了。
【附註】也作「十拿九準」。

十年寒窗（ㄕˊ ㄋㄧㄢˊ ㄏㄢˊ ㄔㄨㄤ）

【出處】元．石子章《竹塢聽琴》第三折：「十載寒窗積雪餘，讀得人間萬卷書。」
【解釋】在寒窗下長期刻苦讀書。
【用法】形容閉門苦讀時間很久。
【例句】～，總算沒有白辛苦，在訓詁學方面他的研究是頗有成績的。
【附註】①也作「十載寒窗」、「十年窗下」。②參看「一舉成名」。

十年生聚，十年教訓（ㄕˊ ㄋㄧㄢˊ ㄕㄥ ㄐㄩˋ ㄕˊ ㄋㄧㄢˊ ㄐㄧㄠˋ ㄒㄩㄣˋ）

【出處】《左傳．哀公元年》載：吳越之戰，吳打敗越，伍員勸吳王就此滅亡越國，免除後患。吳王不聽。「（伍員）退而告人曰：『越十年生聚，而十年教訓，二十年之外，吳其爲沼乎？』」（沼：池沼。「吳其爲沼乎？」意指吳大概會被滅亡。）
【解釋】生聚：獎勵生育，積聚財富。

教訓：教育人民，加強訓練。
【用法】後用以表示積極聚集實力，振興國家。
【例句】勾踐經過～，終於打敗吳王，一雪前恥。

十年樹木，百年樹人 ㄕˊ ㄋㄧㄢˊ ㄕㄨˋ ㄇㄨˋ，ㄅㄞˇ ㄋㄧㄢˊ ㄕㄨˋ ㄖㄣˊ

【出處】《管子・權修》：「一年之計，莫如樹谷；十年之計，莫如樹木；終身之計，莫如樹人。」
【解釋】樹：種植、培育。木：樹。人：人才。
【用法】①指培養人才是長遠之計。②也指培養人才的不易。
【例句】～，培養人才是根本，因此，我們必須千方百計地辦好教育。
【附註】參看「百年樹人」。

十行俱下 ㄕˊ ㄏㄤˊ ㄐㄩˋ ㄒㄧㄚˋ

見「一目十行」。

十全十美 ㄕˊ ㄑㄩㄢˊ ㄕˊ ㄇㄟˇ

【用法】①指十分齊全，十分美好。②形容完美無缺。
【例句】在世界上，能夠～的事是很難得的。

十指連心 ㄕˊ ㄓˇ ㄌㄧㄢˊ ㄒㄧㄣ

【解釋】十個指頭，指指連心。
【用法】比喻骨肉間互相牽連，有同等密切的關係。
【例句】當她聽到老二不幸犧牲的消息後心都快碎了。～，哪一個孩子不是她心上的肉呢？

十室九空 ㄕˊ ㄕˋ ㄐㄧㄡˇ ㄎㄨㄥ

【出處】晉・葛洪《抱朴子・用刑》：「徐福出而重號咷之仇，趙高入而屯豺狼之黨，天下欲反，十室九空。其所以亡，豈由嚴刑。」
【解釋】室：人家。十戶人家有九戶無人。
【用法】形容破產、流亡的蕭條景況。
【例句】連年戰禍，使得這個小小的城鎭～，一片凄涼。

十室之邑，必有忠信 ㄕˊ ㄕˋ ㄓ ㄧˋ，ㄅㄧˋ ㄧㄡˇ ㄓㄨㄥ ㄒㄧㄣˋ

【出處】《論語・公冶長》：「子曰：『十室之邑，必有忠信如丘者焉，不如丘之好學也。』」
【解釋】室：人家。邑：人民聚居之處。忠信：忠誠信實的人。十戶人家的小地方，必定有忠誠信實的好人。
【用法】意謂忠信之人是處處都有的。
【例句】明・羅貫中《三國演義》第三十五回：「水鏡曰：『豈不聞孔子云：「～，何謂無人？」』」

十日之飲 ㄕˊ ㄖˋ ㄓ ㄧㄣˇ

【出處】漢・司馬遷《史記・范雎列傳・秦昭王與平原君書》：「寡人聞君之高義。願與君爲布衣之友，君幸過寡人，寡人願與君爲十日之飲。」
【解釋】飲：指飲酒。
【用法】指朋友間相約作較長時間的敘會。
【例句】我與老王已數年未見，這次聚會、當痛痛快快，來他個～，不歡不散。

十惡不赦 ㄕˊ ㄜˋ ㄅㄨˋ ㄕㄜˋ

【出處】唐・魏徵《隋書・刑法志》：

「又列重罪十條：一曰反逆，二曰大逆，三曰叛，四曰降，五曰惡逆，六曰不道，七曰不敬，八曰不孝，九曰不義，十曰內亂。其犯此十者，不在八議論贖之限。」

【解釋】十惡：舊刑律，指十種不可赦免的重罪。赦：赦免，減輕或免除對罪犯的刑罰。

【用法】指罪大惡極，不可寬恕。

【例句】這個～的搶匪，終於向法律低頭，伏罪自新。

十羊九牧 ㄕˊ ㄧㄤˊ ㄐㄧㄡˇ ㄇㄨˋ

【出處】唐・魏徵《隋書・楊尚希傳》：「當今郡縣，倍多於古。或地無百里，數縣並置，或戶不滿千，二郡分領……所謂民少官多，十羊九牧。」

【解釋】牧：放牧牲畜的人。十隻羊竟有了九個牧羊人。

【用法】①比喻民少官多。②也比喻政令不一，使人無所適從。

【例句】一個小小的機關，就有六七個頭兒，眞是～，非整頓不可。

十萬火急 ㄕˊ ㄨㄢˋ ㄏㄨㄛˇ ㄐㄧˊ

【解釋】十萬：表示強調。

【用法】形容形勢萬分的緊急，刻不容緩。

【例句】正在出差的老王，忽然收到一封～的電報，叫他馬上回去。

實逼處此 ㄕˊ ㄅㄧ ㄔㄨˇ ㄘˇ

【出處】《左傳・隱公十一年》載：春秋時期，諸侯混戰，互相呑併，魯、齊、鄭三國聯合攻打許國，齊侯把戰敗的許國交給了鄭國，於是許國被鄭國占領，變成了鄭國的附屬國，鄭莊公對許國大夫百里說：「無滋他族，實偪（逼）處此，以與我鄭國急此土地。」

【用法】原指爲形勢所逼而不得不占據此地。後指爲情勢所迫而不得不如此去做。

【例句】請你原諒，～，我不得不這樣做。

【附註】「處」不能唸成ㄔㄨˋ。

實心實意 ㄕˊ ㄒㄧㄣ ㄕˊ ㄧˋ

【出處】清・曹雪芹《紅樓夢》第一百零九回：「五兒聽了，句句都是寶玉調戲之意，知這位呆爺却是實心實意的話。」

【用法】指眞誠老實的心意。

【附註】參看「誠心誠意」。

實至名歸 ㄕˊ ㄓˋ ㄇㄧㄥˊ ㄍㄨㄟ

【出處】清・吳敬梓《儒林外史》第十五回：「敦倫修行，終受當事之知；實至名歸，反作終身之玷。」

【解釋】實：實際成就。至：達到。名：名望、聲譽。歸：到來。

【用法】指有了實際的成就，就會得到應有的聲譽。

【例句】稱他爲文字學大師，眞是～，再貼切不過了。

實事求是 ㄕˊ ㄕˋ ㄑㄧㄡˊ ㄕˋ

【出處】漢・班固《漢書・河間獻王劉德傳》：「修學好古，實事求是。從民得善書，必爲好寫與之，留其眞。」

【解釋】實：察實。事：客觀存在的事物。求：探求。是：正確，這裡指事物及探求其內部眞相。

【用法】①察究客觀存在的事物而探求其內部眞相。②也指按照事物的實際情況而正確地對待和處理。

【例句】對於一部文學作品的評價，總應採取～的態度，好處說好，不好處就說不好，這才對作者和讀者都有幫助。

實與華違（ㄕˊ ㄩˇ ㄏㄨㄚˊ ㄨㄟˊ）

【出處】唐・韓愈《上考功崔虞部書》：「其一人則莫之聞矣，實與華違，行與時乖。」

【解釋】實：果實。華：花。違：違反。結的果實和開的花不相合。

【用法】比喻人的才華相當而結局下場不同。

【例句】這兩人都頗具才華，但結果却是～，一個人平步青雲，另一人却沒沒無聞。

實與有力（ㄕˊ ㄩˇ ㄧㄡˇ ㄌㄧˋ）

【解釋】與：贊助。

【用法】指確實幫了大忙。

【例句】我能學成歸來，除了教授的指導有功之外，妻子的照顧及關懷，也是～。

拾金不昧（ㄕˊ ㄐㄧㄣ ㄅㄨˋ ㄇㄟˋ）

【出處】清・李綠園《歧路燈》第一百零八回：「把家人名分扯倒，又表其拾金不昧。」

【解釋】金：錢財。現泛指貴重物品。昧：隱藏。

【用法】指拾到錢財或物品不隱藏起來據爲己有，而設法歸還失主。

【例句】小紅和小明拾到美金八百多元，立即交還給失主。他們這種～的行爲，受到了大家的讚揚。

拾人涕唾（ㄕˊ ㄖㄣˊ ㄊㄧˋ ㄊㄨㄛˋ）

【出處】宋・嚴羽《滄浪詩話・自序》：「僕之詩話是自鑿破此片田地，非拾人涕唾得來者。」

【解釋】涕：鼻涕。唾：唾沫。拾取別人的鼻涕和唾沫。

【用法】比喻因襲別人的言論、見解。

【例句】寫文章要有新意，～，終是下品。

【附註】也作「拾人唾涕」。

拾人牙慧（ㄕˊ ㄖㄣˊ ㄧㄚˊ ㄏㄨㄟˋ）

【出處】南朝・宋・劉義慶《世說新語・文學》：「殷中軍（浩）云：『（韓）康伯未得我牙後慧。』」

【解釋】牙慧：卽「牙後慧」。

【用法】指蹈襲別人的言論。拾取別人說過的隻言片語而作爲自己的話來述說。

【例句】這篇洋洋洒洒的大文，毫無見地，不過是～而已。

拾遺補闕（ㄕˊ ㄧˊ ㄅㄨˇ ㄑㄩㄝ）

【出處】漢・司馬遷《報任安書》：「次之，又不能拾遺補闕，招賢進能，顯岩穴之士。」

【解釋】遺：遺漏。補：補充。闕：通「缺」，空缺。

【用法】拾取遺漏的，補充空缺的。

【例句】我編成這部字典，是希望能做

到～，爲一些好學之士盡份心力。

【附註】「闕」不能念成ㄑㄩㄝ。

時不可失（ㄕˊ ㄅㄨˋ ㄎㄜˇ ㄕ）

【出處】《國語・晉語》：「時不可失，喪不可久。」

【解釋】時：時機。失：錯過。

【用法】指有利的時機不可錯過。

【例句】這是最後一次機會了，～，希望你趕快拿定主意。

時不再來（ㄕˊ ㄅㄨˋ ㄗㄞˋ ㄌㄞˊ）

【出處】《國語・越語下》：「得時無怠，時不再來，天予不取，反爲之災。」

【解釋】時機一過，就不可能再度重來。

【用法】多用以鼓勵人進取或用以自我警策。

【例句】年輕的朋友們！千萬不要總是明日復明日地因循怠惰下去了，要知道～，那逝去的歲月啊將永遠地逝去了！

時不我與（ㄕˊ ㄅㄨˋ ㄨㄛˇ ㄩˇ）

【出處】三國・魏・嵇康《幽憤詩》：「實恥訟冤，時不我與！」

【解釋】與：給與。時光一去，就永遠不能再回來。

【用法】有慨嘆追悔的意思。

【例句】我們一定要珍惜自己的青春，如果把時間白白地浪費了，那麼，～，後悔也就晚了。

【附註】也作「歲不我與」。

時來運轉（ㄕˊ ㄌㄞˊ ㄩㄣˋ ㄓㄨㄢˇ）

【出處】南朝・梁・任昉《策秀才》：「因藉時來，乘此歷運。」李善注引《魏志・劉廣上疏》曰：「臣遭乾坤之靈，值時來之運。」

【解釋】時：時機。運：命運。

【用法】指時機到來，命運好轉。

【例句】這幾年我～，境況有了非常顯著的變化。

【附註】也作「時來運來」。

時和歲豐（ㄕˊ ㄏㄜˊ ㄙㄨㄟˋ ㄈㄥ）

【出處】《詩經・小雅・華黍》小序：「華黍，時和歲豐，宜黍稷也。」

【解釋】時：時世。和：和諧。歲：年景。豐：豐收。時世安寧，年景豐收。

【用法】形容太平盛世。

【例句】今年風調雨順，國泰民安，因此獲得一次大豐收，眞是～，萬民歡騰。

【附註】也作「時和年豐」。

時過境遷（ㄕˊ ㄍㄨㄛˋ ㄐㄧㄥˋ ㄑㄧㄢ）

【解釋】遷：變遷。

【用法】指時代已經過去，環境也隨之變遷了。

【例句】嚴格地說，任何秘密都有它的時間性。在一定時間內稱之爲秘密，當～之後，也就不再具有價值了。

【附註】參看「事過境遷」。

時乖運蹇（ㄕˊ ㄍㄨㄞ ㄩㄣˋ ㄐㄧㄢˇ）

【出處】元・白仁甫《牆頭馬上》第二折：「早是抱閑怨，時乖運蹇。」

【解釋】時：時運。乖：背戾。運：命運。蹇：不順利。時運不好。

【用法】指做事總是陰錯陽差，不順心如意。

【例句】明・施耐庵《水滸傳》第五十六回：「自從父親亡故之後，～，一向流落江湖。」

【附註】也作「時乖命蹇」。

時絀舉贏（ㄕˊ ㄔㄨˋ ㄐㄩˇ ㄧㄥˊ）

【出處】漢・司馬遷《史記・韓世家》：「往年秦拔宜陽，今年旱，昭侯不以此時卹民之急，而顧益奢，此謂時絀舉贏。」

【解釋】時：當前、現在。絀：不足。贏：盈餘，指富有。

【用法】指當前財力不足，而舉辦的事卻很奢侈。

【例句】她總是不能量入為出，收入不多卻要擺闊氣，這樣～，日子可夠過的？

時殊風異（ㄕˊ ㄕㄨ ㄈㄥ ㄧˋ）

【出處】漢・班固《漢書・東方朔傳》：「使（蘇）秦、（張）儀與僕並生於今之世，曾不得掌故，安敢望常侍郎乎？故曰：『時異事異。』」

【解釋】時：時代。風：風俗。殊、異：不同。

【用法】指時代不同，風俗也不同。

【例句】我的祖父不了解～，時代變了，一切也都在變的道理，因此總是對新事物搖頭，慨嘆著人心不古。

時移俗易（ㄕˊ ㄧˊ ㄙㄨˊ ㄧˋ）

【出處】漢・劉安《淮南子・齊俗訓》：「時移則俗易。」

【解釋】時：時代。俗：習俗。移、易：改變。

【用法】指時代變了，社會風氣也改變了。

【例句】你看街上到處可見男人留長髮、戴耳環，真是～。

【附註】也作「時移世改」。

時隱時現（ㄕˊ ㄧㄣˇ ㄕˊ ㄒㄧㄢˋ）

【解釋】時：有時候。隱：隱沒。現：出現。有時隱沒，有時出現。

【用法】形容遠處景物忽明忽暗的景象。

【例句】極目遠眺，玉山那蒼郁的峰頂在雲霧中～，展現出一幅神秘而又壯觀的景象。

時移物換（ㄕˊ ㄧˊ ㄨˋ ㄏㄨㄢˋ）

【出處】清・孔尚任《桃花扇・哭主》：「且說人生最難得的是亂離之後，骨肉重逢，總是地北天南，時移物換，經幾番凶荒戰鬥，怎免得梗泛萍漂。」

【解釋】時：時代。移：變遷。換：變換。

【用法】由於時代變遷，一切景物也換了樣。

【例句】無論經過多少變遷，～，我倆真誠的友誼永遠存在。

石破天驚（ㄕˊ ㄆㄛˋ ㄊㄧㄢ ㄐㄧㄥ）

【出處】唐・李賀《李憑箜篌引》詩：「十二門前融冷光，二十三絲動紫皇。女媧煉石補天處，石破天驚逗秋雨。」（箜篌：古樂器。）

【解釋】山崩石裂，有驚天動地之勢。

【用法】原形容箜篌的樂聲忽而低沈，忽而高亢，出人意想，使人彷彿進入不可名狀的奇境。後比喻文章、議論精闢奇絕，有驚人之筆。或泛喻事出意外，使人震驚。

【例句】這本小說、描寫一位藝術家的愛情生活及創作歷程，寫來婉轉曲折、扣人心弦、而又時有～之筆，十分值得一讀。

石火電光（ㄕˊ ㄏㄨㄛˇ ㄉㄧㄢˋ ㄍㄨㄤ）

見「電光石火」。

石沈大海（ㄕˊ ㄔㄣˊ ㄉㄚˋ ㄏㄞˇ）

【出處】元・王實甫《西廂記》第四本第一折：「他若是不來，似石沈大海。」

【用法】好像石頭沈沒在大海裡。比喻無影無踪，杳無信息。

【例句】清・李汝珍《鏡花緣》第三十二回：「至第三日，又帶幾個水手，分頭尋找，也是枉然。一連找了數日，竟似～。」

石室金匱（ㄕˊ ㄕˋ ㄐㄧㄣ ㄍㄨㄟˋ）

見「金匱石室」。

食不甘味（ㄕˊ ㄅㄨˋ ㄍㄢ ㄨㄟˋ）

【出處】《戰國策・楚策一》：「楚王曰：『寡人臥不安席，食不甘味。』」

【解釋】食：吃。甘：美味。

【用法】心事重重，形容思慮過度，連吃東西都吃不出滋味。

【例句】明・羅貫中《三國演義》第九十七回：「臣受命之日，寢不安席，～。」

食不果腹（ㄕˊ ㄅㄨˋ ㄍㄨㄛˇ ㄈㄨˋ）

【出處】《莊子・逍遙遊》：「適莽蒼者，三餐而反，腹猶果然。」

【解釋】果：飽。

【用法】指吃不飽肚子。

【例句】眞想不到在這麼富裕的國家，仍有～、衣不蔽體的百姓。

食不下咽（ㄕˊ ㄅㄨˋ ㄒㄧㄚˋ ㄧㄢˋ）

【出處】唐・韓愈《張中丞傳後叙》：「(南)霽雲慷慨語曰：『雲來時，睢陽之人不食月餘日矣，雲雖欲獨食，不忍；雖食，且不下咽。』」

【用法】形容極度憂愁，吃不下飯。

【例句】聯考快到了，許多考生～、睡不安寢，擔心自己的表現不理想。

食不重味（ㄕˊ ㄅㄨˋ ㄔㄨㄥˊ ㄨㄟˋ）

【出處】《韓非子・外儲說左下》：「食不二味，坐不重席。」

【解釋】吃飯時不要兩樣以上的菜餚，形容生活儉樸。

【例句】他雖然收入不低，但多年來一直是～，生活十分儉樸。

【附註】也作「食不二味」、「食不兼味」。

食不厭精，膾不厭細（ㄕˊ ㄅㄨˋ ㄧㄢˋ ㄐㄧㄥ ㄎㄨㄞˋ ㄅㄨˋ ㄧㄢˋ ㄒㄧˋ）

【出處】《論語・鄉黨》：「食不厭精，膾不厭細。食饐而餲，魚餒而肉敗，不食(糧食經久而腐臭了，魚和肉腐爛了，不吃)。」

【解釋】食：米糧。厭：嫌。精：舂得很細的上等米。膾：細切的肉、魚。米糧不嫌舂得精，肉、魚不嫌切得精細。

【用法】泛指飲食很講究。

【例句】這樣的粗茶淡飯，她這個～的有錢人家的千金，也居然吃得津津有味。

食毛踐土（ㄕˊ ㄇㄠˊ ㄐㄧㄢˋ ㄊㄨˇ）

【出處】《左傳．昭公七年》：「封略之內，何非君土？食土之毛，誰非君臣？」
【解釋】毛：指土地裡生長出來五穀蔬菜等植物。踐：踩。
【用法】吃的是國君土地上生產之物。意指生活是國君賜給的。
【例句】清．吳趼人《痛史》第二十一回：「～偏知感，地厚天高亂頌揚。」

食古不化（ㄕˊ ㄍㄨˇ ㄅㄨˋ ㄏㄨㄚˋ）

【出處】清．陳撰《玉幾山房畫外錄》卷下載惲向《題自作畫册》：「可見定欲爲古人而食古不化，畫虎不成，刻舟求劍之類也。」
【解釋】食：吃，引申爲吸收。古：指古代的知識。
【用法】學習古代的知識只是生吞活剝，而不善於結合現實狀況靈活地運用，如同吃了東西却不能消化一樣。
【例句】他整天鑽到古書堆裡，但是～，學了也不會有用。
【附註】參看「泥古不化」。

食前方丈（ㄕˊ ㄑㄧㄢˊ ㄈㄤ ㄓㄤˋ）

【出處】《孟子．盡心下》：「食前方丈，侍妾數百人，我得志弗爲也。」
【解釋】方丈：一丈見方。吃飯的時候，面前一丈見方的地方都擺滿了豐盛美餐。
【用法】形容生活極其奢侈豪華。
【例句】用錢要合宜，～，日散千金的奢侈生活，是不值得稱揚羨慕的。
【附註】也作「美食方丈」。

食之無味，棄之可惜（ㄕˊ ㄓ ㄨˊ ㄨㄟˋ，ㄑㄧˋ ㄓ ㄎㄜˇ ㄒㄧ）

【出處】《三國志．魏書．武帝紀》裴松之注引《九州春秋》：「時王（曹操）欲還，出令曰：『鷄肋。』官屬不知所謂。主簿楊修便自嚴裝。人驚問修：『何以知之？』修曰：『夫鷄肋，棄之如可惜，食之無所得，以比漢中，知王欲還也。』」
【解釋】吃著沒滋味，丟掉又可惜。
【用法】比喻事情進行下去，作用並不大，就此放手，又覺得有點捨不得。
【例句】我現在弄的這個東西眞像「鷄肋」一樣，～！

食指繁多（ㄕˊ ㄓˇ ㄈㄢˊ ㄉㄨㄛ）

【出處】清．蒲松齡《聊齋志異．小二》：「食指數百無冗日。」
【解釋】食指：手的第二指，比喻家庭中依靠供養的人口。
【用法】指家庭中賴以供養的人口過多。
【例句】小時候，我父親是個小學教員，薪水微薄，物價飛漲，而又～，那苦日子簡直難以想像。

食少事繁（ㄕˊ ㄕㄠˇ ㄕˋ ㄈㄢˊ）

【出處】唐．房玄齡《晉書．宣帝紀》：「先是，亮使至，帝（司馬懿）問曰：『諸葛公起居何如，食可幾米？』對曰：『三、四升。』次問政事，曰：『二十罰以上，皆自省覽。』帝既而告人曰：『諸葛孔明其能久乎？』竟如其言。」
【解釋】事：指公事。繁：繁多。飯量減少而處理的公事繁多。

【用法】形容雖然體力衰退，却仍在堅持做繁重的工作。

【例句】你年紀大了，像這樣～，長此下去，恐怕體力吃不消的。

【附註】也作「食少事煩」。

食日萬錢 ㄕˊ ㄖˋ ㄨㄢˋ ㄑㄧㄢˊ

【出處】唐·房玄齡等《晉書·何曾傳》：「食日萬錢，猶曰無下箸處。」（箸：筷子。）

【解釋】一天的飯食要花上萬的錢。

【用法】形容飲食過分奢侈。

【例句】雖然有錢，也不必過得～的奢侈生活，不如捐些出來作慈善事業，豈不更有意義？

食肉寢皮 ㄕˊ ㄖㄡˋ ㄑㄧㄣˇ ㄆㄧˊ

【出處】《左傳·襄公二十一年》：「然二子（指齊將殖綽、郭最）者，譬於禽獸，臣食其肉而寢處其皮矣。」

【解釋】寢：睡覺。吃敵人的肉並剝下敵人的皮來當鋪蓋睡覺。

【用法】形容對敵人的深仇大恨。

【例句】明·吳承恩《西遊記》第九回：「却說殷小姐痛恨劉賊，恨不～。」

食租衣稅 ㄕˊ ㄗㄨ ㄧˋ ㄕㄨㄟˋ

【出處】漢·班固《漢書·食貨志下》：「縣官當食租衣稅而已。」（縣官：指朝廷或官府。）

【解釋】食：吃。衣：穿。吃飯穿衣都靠租稅。

【用法】指靠百姓繳納的租稅過生活。

【附註】「衣」不能念成ㄧ。

食而不化 ㄕˊ ㄦˊ ㄅㄨˋ ㄏㄨㄚˋ

【出處】《西軒客談》：「前輩說，作詩作文，記事雖多，亦恐不化，余意亦然。謂如人之善飲食者，殽蔌脯醢，酒茗果物，雖是食盡，須得其化，則清者爲脂膏，人只見肥美而已。若是不化，少間吐出，物物俱在，爲文亦然。」

【解釋】食：吃。化：消化。吃下東西却不能消化。

【用法】比喻學過的知識不能透徹理解，融會貫通。

【例句】他像念經一樣，把這些條文都背下來了，但是～，却一條也沒有掌握。

食而不知其味 ㄕˊ ㄦˊ ㄅㄨˋ ㄓ ㄑㄧˊ ㄨㄟˋ

【出處】《禮記·大學》：「心不在焉，視而不見，聽而不聞，食而不知其味。」

【解釋】吃東西却不知道那樣東西的滋味。

【用法】比喻讀書不能深入體會其中的含義。

【例句】他在學習中一向是淺嘗輒止。所以書讀了也不少，但～，收穫也就微乎其微了。

食言而肥 ㄕˊ ㄧㄢˊ ㄦˊ ㄈㄟˊ

【出處】《左傳·哀公二十五年》載：魯國大夫孟武伯常常說話不算話，哀公很反感，在一次宴席上，孟武伯問一個說哀公的身體很胖的寵臣說：「何肥也？」哀公乘機譏刺孟武伯而揷話說：「是食言多矣，能無肥乎？」

【解釋】食：吞沒。食言：不履行諾言。肥：身體發胖。

【用法】形容人只圖佔便宜，言而無信，不履行諾言。

【例句】此人說話從來不算數，像這種～的人，是不能信任的。

【附註】參看「自食其言」。

食無求飽，居無求安

【出處】《論語·學而》：「君子食無求飽，居無求安，敏於事而愼於言，就有道而正焉，可謂好學而已。」

【解釋】居：居住。安：安適。吃飯不要求過飽，居住不要求舒適。

【用法】指生活要求不高。

【例句】父親的一生都是安分守己、～，他是從來沒有非分之想的。

食玉炊桂

【出處】《戰國策·楚策三》：「楚國之食貴於玉，薪貴於桂，謁者難得見如鬼，王難得見如天帝，今令臣（蘇秦）食玉炊桂，因鬼見帝。」（謁者：古代負責傳達和接待的官員。）

【解釋】食：米糧。炊：燒火做飯，這裡指燒的柴火。桂：價值很高的肉桂樹。

【用法】食糧如珠玉，柴火似肉桂。形容物價過高，生活負擔很重。

【例句】二次大戰結束後，物價一日三漲，眞是～，老百姓簡直沒法再活下去。

使臂使指

【出處】《管子·輕重乙》：「請與之立壤，列天下之旁。天子中立，地方千里。兼霸之壤，三百有餘里，佌諸侯度百里，負海子男者度七十里。若此，則如胸之使臂，臂之使指也。」

【解釋】使：讓、指使。臂：臂膀。指：手指。讓臂膀指使手指。

【用法】比喻運用自如或指揮如意。

【例句】她操縱起那台龐大的吊車，就像～一樣自如無礙。

使貪使愚

【出處】宋·歐陽修等《新唐書·侯君集傳》：「軍法曰：『使智，使勇，使貪，使愚。故智者樂立其功，勇者好行其志，貪者邀趨其利，愚者不計其死。』是以前聖使人，必收所長而棄所短。」

【解釋】使：用。貪：愛財、總不滿足。愚：愚笨。

【用法】比喻利用人之所短以發揮其所長。

【例句】每個人都有長處和短處，因此，以前的政治家、軍事家能「～」就是讓他們發揮自己的長處，掩飾其缺點啊！

【附註】也作「使愚使過」。

使功不如使過

【出處】南朝·宋·范曄《後漢書·索盧放傳》：「太守受誅，誠不敢言；但恐天下惶懼，各生疑變。夫使功者不如使過，願以身代太守之命。」

【解釋】使：用。使用居功自傲者不如使用想將功補過的人。

【用法】指有功者多驕，而有過者自戒自勉，往往能將功贖罪。

【例句】所謂「～」，這些人想將功贖罪，表現一定比那些自驕自傲者好。

使酒仗氣 ㄕˇ ㄐㄧㄡˇ ㄓㄤˋ ㄑㄧˋ

見「仗氣使酒」。

使智使勇 ㄕˇ ㄓˋ ㄕˇ ㄩㄥˇ

【出處】宋・歐陽修等《新唐書・侯君集傳》：「軍法曰：『使智，使勇，使貪，使愚。故智者樂立其功，勇者好行其志，貪者邀趨其利，愚者不計其死。』是以前聖使人，必收所長而棄所短。」

【解釋】使：用。有智謀的人，使用其智謀；勇敢的人，使用其勇氣。

【用法】意爲要用人之所長，以收到最好的功效。

【例句】作爲一個主管，必須善於使用幹部，～，讓每個人都能發揮自己的所長。

使羊將狼 ㄕˇ ㄧㄤˊ ㄐㄧㄤˋ ㄌㄤˊ

【出處】漢・司馬遷《史記・留侯世家》：「且太子所與俱諸將，皆嘗與上定天下梟將也，今使太子將之，此無異使羊將狼也，皆不肯爲盡力，其無功必矣。」

【解釋】將：統率、指揮。派羊去指揮狼。

【用法】比喻以力弱者統率勢強者，必難成功。

【例句】派他來主持這個大會議，無異是～，難有成效。

使蚊負山 ㄕˇ ㄨㄣˊ ㄈㄨˋ ㄕㄢ

【出處】《莊子・應帝王》：「其於治天下也，猶涉海鑿河，而使蚊負山也。」

【解釋】使：派、讓。負：背。讓蚊子去背大山。

【用法】形容力不勝任。

【例句】要我們兩個手無縛雞之力的人來搬動千斤鼎，簡直是～，毫無可能的。

始亂終棄 ㄕˇ ㄌㄨㄢˋ ㄓㄨㄥ ㄑㄧˋ

【出處】唐・元稹《鶯鶯傳》：「始亂之，終棄之。」

【解釋】始：開始。終：終了。棄：拋棄。

【用法】指玩弄女性的不道德行爲。

【例句】這個人道德敗壞，～，害得那個姑娘差一點兒喪了命。因此，他該受到應有的懲罰。

始終不懈 ㄕˇ ㄓㄨㄥ ㄅㄨˋ ㄒㄧㄝˋ

【解釋】始：開始。終：終了。懈：鬆懈。

【用法】由始至終，一直堅持不鬆懈。

【例句】無論工作有多大困難，他都～地堅持下去。

始終不渝 ㄕˇ ㄓㄨㄥ ㄅㄨˋ ㄩˊ

【出處】唐・房玄齡等《晉書・謝安傳》：「安雖受朝寄，然東山之志，始末不渝。」

【解釋】始：開始。終：終了。渝：改變。

【用法】指自始至終，一直堅持不改變心意。

【例句】儘管他的妻子已經殘廢了，他對她的愛情卻是～。

始終如一 ㄕˇ ㄓㄨㄥ ㄖㄨˊ ㄧ

【出處】唐・李百葯《北齊書・封隆之傳》：「自出納軍國垂二十年，契闊艱虞，始終如一。」
【解釋】始：開始。終：終了。
【用法】由始至終，一貫如此，沒有變化。
【例句】幾十年來，他對家庭、及社會的熱愛，～。
【附註】原作「終始如一」。

始作俑者 ㄕˇ ㄗㄨㄛˋ ㄩㄥˇ ㄓㄜˇ

【出處】《孟子・梁惠王上》：「仲尼曰：『始作俑者，其無後乎！為其像人而用之也。』」（孔子反對用俑殉葬，他詛咒用俑殉葬的創始者將斷子絕孫。）
【解釋】始：開始。俑：古代用作殉葬的木偶或陶人。最初製作俑來殉葬的人。
【用法】比喻惡劣風氣的創始者。
【例句】他最先發表文章鼓吹崇洋媚外，眞可以說是～。

史不絕書 ㄕˇ ㄅㄨˋ ㄐㄩㄝˊ ㄕㄨ

【出處】《左傳・襄公二十九年》：「魯之於晉也，職貢不乏，玩好時至，公卿大夫，相繼於朝，史不絕書。」
【解釋】史：史書。絕：斷。書：寫。
【用法】指同類的事接連發生，史書上不斷地有所記載。
【例句】外戚宦官亂政之事，眞是～。

史無前例 ㄕˇ ㄨˊ ㄑㄧㄢˊ ㄌㄧˋ

【解釋】史：歷史。前例：先例，先前曾經出現的事例。
【用法】指歷史上沒有過這類先例。
【例句】女人當皇帝，這在唐朝之前，可算是～。

史魚秉直 ㄕˇ ㄩˊ ㄅㄧㄥˇ ㄓˊ

【出處】《論語・衛靈公》：「直哉史魚！邦有道，如矢；邦無道，如矢。」
【解釋】魚：名鰌，字子魚，春秋時代衛國的大夫，以直諫著名。秉：秉性。直：正直。史魚秉性正直。
【用法】形容人剛直不屈。
【例句】第一節歷史課，老師便講述了「～」的故事，並勉勵我們學習他剛直不屈的性情。
【附註】參看「史魚歷節」。

史魚歷節 ㄕˇ ㄩˊ ㄌㄧˋ ㄐㄧㄝˊ

【出處】明・羅貫中《三國演義》第二十三回：「史魚歷節，殆無以過也。」
【解釋】史魚：名鰌，字子魚，春秋時代衛國的大夫，以直諫著名。歷：指歷盡，徹底盡到。節：節操。史魚歷盡節操（相傳史魚有以死諫諍衛君，阻止衛君任用壞人做大臣的事蹟）。
【用法】形容保持操守，堅持正義而忠貞不渝。
【例句】以前的史官，能做到像「～」的人眞是少之又少。
【附註】參看「史魚秉直」。

豕突狼奔 ㄕˇ ㄊㄨˊ ㄌㄤˊ ㄅㄣ

見「狼奔豕突」。

豕交獸畜 ㄕˇ ㄐㄧㄠ ㄕㄡˋ ㄒㄩˋ

【出處】《孟子・盡心上》：「食而弗愛，豕交之也；愛而不敬，獸畜之也。」

【解釋】豕：豬。畜：飼養。同人相交，像對待畜養豬和其他獸類一樣。
【用法】比喻待人不恭敬。
【例句】像他這種「～」的人，根本不值得我們眞誠相待。
【附註】「畜」不能念成ㄔㄨˋ。

世風不古 ㄕˋ ㄈㄥ ㄅㄨˋ ㄍㄨˇ

【解釋】世風：社會風氣。古：指古拙樸實。
【用法】社會風氣不像古代那樣樸實。
【例句】這老爺子對今天的一切都看不順眼，成天慨嘆著～。

世風日下 ㄕˋ ㄈㄥ ㄖˋ ㄒㄧㄚˋ

【解釋】世風：社會風氣。下：沈落下去。
【用法】社會風氣日趨敗壞。
【例句】在目前一般人眼裡，金錢至上，親朋如同路人，眞是～，越來越腐敗了。

世代相傳 ㄕˋ ㄉㄞˋ ㄒㄧㄤ ㄔㄨㄢˊ

【解釋】世世代代流傳著。
【例句】西南民族在～的節日裡，男女青年興高采烈在一起唱歌跳舞，並選定自己稱心的對象。

世代簪纓 ㄕˋ ㄉㄞˋ ㄗㄢ ㄧㄥ

【解釋】簪纓：別髮髻的頭簪和束髮的纓絡，古時達官貴人用作冠飾，把冠固著在頭上，借指官宦人家。
【用法】世世代代都是作高官的仕宦人家。
【例句】這老房子的淒涼景象，暗示這～的大家，如今已是衰落了。

世態炎涼 ㄕˋ ㄊㄞˋ ㄧㄢˊ ㄌㄧㄤˊ

【出處】元・無名氏《凍蘇秦》第四折：「暢道威震諸侯，腰懸六印，也索把世態炎涼心中暗忖。」
【解釋】世態：社會上人們之間相互對待的態度。炎：指親熱。涼：指冷漠。
【用法】形容人們對得勢者親熱趨奉，對失勢者冷漠疏遠。
【例句】在他得意顯赫之時，多少人逢迎巴結，如今，連個問候的人都沒有，眞令人感嘆～。

世界大同 ㄕˋ ㄐㄧㄝˋ ㄉㄚˋ ㄊㄨㄥˊ

【出處】《禮記・禮運》：「大道之行也，天下為公。選賢與能，講信修睦，故人不獨親其親，不獨子其子，使老有所終，壯有所用，幼有所長，鰥寡孤獨廢疾者皆有所養……是謂大同。」
【解釋】大同：我國古代一些思想家心目中的理想社會。
【用法】指天下是大家共有共享的，充滿平等、自由的景象。
【例句】三民主義的理想目標就是要達到～的境地。

世上無難事，只怕有心人 ㄕˋ ㄕㄤˋ ㄨˊ ㄋㄢˊ ㄕˋ ㄓˇ ㄆㄚˋ ㄧㄡˇ ㄒㄧㄣ ㄖㄣˊ

【出處】明・吳承恩《西遊記》第二回：「祖師道：『世上無難事，只怕有心人。』」
【用法】世界上沒有難辦的事，只要有決心，有毅力，一定能辦成。
【例句】～，只要我們有決心、有毅力

，再大的困難也能克服。

【附註】也作「天下無難事，只怕有心人」。

世殊事異

【出處】《韓非子．五蠹》：「故文王行義而喪其國，是仁義用於古而不用於今也。故曰：世異則事異。」

【解釋】世：時代。殊、異：不同。

【用法】時代不同了，事情也不同。

【例句】如今～，還用老眼光看問題是不行的了。

世外桃源

【解釋】東晉詩人陶淵明在《桃花源記》一文與附詩中憑幻想所虛構的一個與世隔絕的安定美好的地方。

【用法】比喻虛幻而超脫現實的安樂美好的境界。

【例句】清澈的溪流、婉轉的鳥語、翠綠的山林，在繁雜的都市中，竟也有這麼一處～。

事倍功半

【出處】清．李寶嘉《官場現形記》第三十四回：「靠著善書教化人終究事倍功半。」

【解釋】事：做。功：功效。下一倍工夫，收一半成效。

【用法】指費力大，收效小，工作效率低。

【例句】由於方法不對，力氣花了不少，但卻～，收效很不理想。

事半功倍

【出處】《孟子．公孫丑上》：「當今之時，萬乘之國行仁政，民之悅之，猶解倒懸也。故事半之人，功必倍之，惟此時為然。」

【解釋】事：做。功：功效。下一半功夫，收加倍功效。

【用法】指用力少，收效大，工作效率高。

【例句】能做到口到、手到、耳到、心到、眼到，五種功夫，那麼讀書效率自然是～。

事必躬親

【出處】清．李寶嘉《官場現形記》第五十九回：「于舅太爺卻勤勤懇懇，事必躬親，於這位外甥的事格外當心。」

【解釋】事：事情。必：一定。躬親：親自去做。

【用法】凡事必定親自去做。

【例句】許多重要的工作，他都是～，所以忙得不可開交。

事不過三

【出處】明．吳承恩《西遊記》第二十七回：「我倒打死他，替你除了害，你卻不認得，反信了那呆子讒言冷語，屢次逐我。常言道：『事不過三。』我若不去，真是個下流無恥之徒。」

【用法】指同樣事件的發生，不得超過三次。

【例句】～，我再也不受你欺騙了。

事不關己，高高掛起

【解釋】事情跟自己的切身利益無關，就不聞不問。

【用法】形容人非常自私，不關心集團

利益。

【例句】近一年來，他變得主動積極了，過去那種「～」的作風有了明顯的改變，這是一個很大的進步。

事不宜遲（ㄕˋ ㄅㄨˋ ㄧˊ ㄔˊ）

【出處】元・賈仲名《蕭淑蘭》第四折：「事不宜遲，收拾了便令媒人速去。」

【解釋】宜：應當。

【用法】事情，不應當遲延，以免錯過時機。

【例句】明・施耐庵《水滸傳》第十八回：「莊客看見，來報與晁蓋說道：『官軍到了，～。』」

事怕行家（ㄕˋ ㄆㄚˋ ㄏㄤˊ ㄐㄧㄚ）

【解釋】行家：內行人。

【用法】事情即使棘手，行家也能處理完滿。

【例句】我們的電視機昨天晚上出了毛病，我拿它一點辦法也沒有，老李一來，稍稍一動就把問題解決了，這眞是～啊！

【附註】「行」不能念成ㄒㄧㄥˊ。

事後聰明（ㄕˋ ㄏㄡˋ ㄘㄨㄥ ㄇㄧㄥˊ）

【用法】指事情過去之後，才悟出其中的情由和應付的辦法。

【例句】你總是～，當時你怎麼一點主意也拿不出來呢？

事過境遷（ㄕˋ ㄍㄨㄛˋ ㄐㄧㄥˋ ㄑㄧㄢ）

【出處】清・頤瑣《黃綉球》第三回：「黃綉球與黃通理事過境遷，已不在心上。」

【解釋】遷：變遷。

【用法】指事情已經過去，情況也改變了。

【例句】你問起我們以前的事情，如今～，我不想再談它了。

【附註】參看「時過境遷」。

事齊事楚（ㄕˋ ㄑㄧˊ ㄕˋ ㄔㄨˇ）

【出處】《孟子・梁惠王下》：「滕文公語曰：『滕，小國也，間於齊楚，事齊乎？事楚乎？』」

【解釋】事：侍奉。齊、楚：春秋時的兩大強國。依附於齊國呢？還是依附楚國呢？

【用法】比喻處在兩強之間，不能得罪任何一方而左右爲難。

【例句】你必須拿定主意，～各有利弊得失，不要再猶豫了。

事修謗興（ㄕˋ ㄒㄧㄡ ㄅㄤˋ ㄒㄧㄥ）

【出處】唐・韓愈《原毀》：「事修而謗興，德高而毀來。」

【解釋】修：整治。謗：誹謗。

【用法】指革新者必然會受到守舊者的攻擊。

【例句】許多有心改革的人，往往會遭到～的困擾。

事出有因（ㄕˋ ㄔㄨ ㄧㄡˇ ㄧㄣ）

【解釋】因：原因。

【用法】事情的發生或出現都是有原因的。

【例句】她採取了一個出人意外的行動，我相信是～的。

【附註】常與「查無實據」連用。

事實勝於雄辯
ㄕˋ ㄕˊ ㄕㄥˋ ㄩˊ ㄒㄩㄥˊ ㄅㄧㄢˋ

【解釋】雄辯：強有力的辯論。事實勝過強有力的辯論。
【用法】指事實是最具有說服力而無可辯駁的。
【例句】～，你們工廠的產品質量如何，實驗數據已經擺在那裡了，有什麼可爭的呢！

事在人爲
ㄕˋ ㄗㄞˋ ㄖㄣˊ ㄨㄟˊ

【出處】明．馮夢龍《東周列國志》第六十九回：「事在人爲耳，彼朽骨者何知。」
【用法】指事情的成功就在於人努力去做。
【例句】～，只要能有鍥而不捨的決心，那怕不能成功？
【附註】參看「成事在人」。

事有必至，理有固然
ㄕˋ ㄧㄡˇ ㄅㄧˋ ㄓˋ，ㄌㄧˇ ㄧㄡˇ ㄍㄨˋ ㄖㄢˊ

【出處】《戰國策．齊策四》：「譚拾子曰：『事有必至，理有固然，君知之乎？』」
【解釋】至：到達。固然：原本如此。
【用法】指事物有必然到達的終極，事理有原本如此的根據。
【例句】～，我之所以這樣做，是因爲事情本身要求我非這樣不可。

事無不可對人言
ㄕˋ ㄨˊ ㄅㄨˋ ㄎㄜˇ ㄉㄨㄟˋ ㄖㄣˊ ㄧㄢˊ

【出處】元．脫脫等《宋史．司馬光傳》：「平生所爲，未嘗有不可對人言者。」
【解釋】所做所爲沒有不能對人講的。
【用法】指行爲光明磊落，無可隱瞞。
【例句】～，我的任何事情都可以公開講出來！

事無巨細
ㄕˋ ㄨˊ ㄐㄩˋ ㄒㄧˋ

【解釋】巨細：大小。
【用法】指事情不分大小，都花同樣精神對待。
【例句】他做事一向踏實，無論上級交付什麼工作，～，他都能按時完成。

事與願違
ㄕˋ ㄩˇ ㄩㄢˋ ㄨㄟˊ

【出處】《王仁經．四無常偈》：「生老病死，事與願違，欲深禍重，瘡疣無外。」
【解釋】願：願望。違：違反。
【用法】事實跟願望相反。
【例句】他希望今年能如願考上醫學院，結果～，還是落榜了。
【附註】也作「事與心違」。

勢不兩立
ㄕˋ ㄅㄨˋ ㄌㄧㄤˇ ㄌㄧˋ

【出處】《韓非子．人主》：「故有術不必用，而勢不兩立，法術之士焉能無危？」
【解釋】勢：指情勢。兩立：指雙方並存。
【用法】互相矛盾的雙方形成尖銳對立的情勢，彼此不能並存。
【例句】科學同迷信是～的。
【附註】也作「誓不兩立」。

勢不可當
ㄕˋ ㄅㄨˋ ㄎㄜˇ ㄉㄤ

【出處】唐．房玄齡等《晉書．郗鑒傳》：「群逆縱逸，其勢不可當，可以算屈，難以力競。」（算：計謀。）
【解釋】勢：指來勢，即事物到來的氣

勢。當：抵擋。

【用法】來勢凶猛，不可抵擋。

【例句】歐洲人民反對這種主張的浪潮，洶湧澎湃、～。

勢利之交 ㄕˋ ㄌㄧˋ ㄓ ㄐㄧㄠ

【出處】《漢書・張耳陳餘傳贊》：「勢利之交，故人羞之。」

【解釋】勢：權勢。利：利益。交：交往、交誼。爲權勢、利益而進行的交往。

【用法】指趨炎附勢的朋友。

【例句】這兩個在動亂中飛黃騰達的人物，表面上形影不離，其實不過是～，互相利用而已。

勢合形離 ㄕˋ ㄏㄜˊ ㄒㄧㄥˊ ㄌㄧˊ

【出處】三國・魏・何晏《景福殿賦》：「桁梧複迭，勢合形離。」

【解釋】勢：指氣勢。形：指形體。

【用法】指氣勢相合，形體卻分離。

【附註】參看「貌合神離」。

勢均力敵 ㄕˋ ㄐㄩㄣ ㄌㄧˋ ㄉㄧˊ

【出處】《逸周書・史記》：「昔有南氏有二臣，貴寵，力均勢敵。」

【解釋】勢：勢力。均：均衡、相等。敵：匹敵、相當。

【用法】兩方勢力相當，分不出強弱。

【例句】這場球賽，雙方～。鹿死誰手，是很難預料的。

【附註】也作「力敵勢均」。

勢成騎虎 ㄕˋ ㄔㄥˊ ㄑㄧˊ ㄏㄨˇ

【解釋】勢：指情勢。

【用法】情勢已造成騎虎難下的狀況。

【例句】這項工程草率施行，如今已經～，進退兩難了。

【附註】參看「騎虎難下」。

勢如破竹 ㄕˋ ㄖㄨˊ ㄆㄛˋ ㄓㄨˊ

【出處】唐・房玄齡等《晉書・杜預傳》：「今兵威已振，譬如破竹，數節之後，皆迎刃而解。」

【解釋】勢：指情勢。形勢的發展就像劈竹子似地順利。

【用法】形容戰鬥或工作的推進毫無阻礙，節節勝利。

【例句】我校女排頑強奮戰，連挫強隊，～，終於奪得了全國總冠軍。

【附註】參看「破竹之勢」。

勢如累卵 ㄕˋ ㄖㄨˊ ㄌㄟˇ ㄌㄨㄢˇ

【解釋】勢：指情勢。累：堆疊。

【用法】情勢相當危急，就像堆疊著的蛋馬上就要塌下來一樣。

【例句】這座被圍困的城市，內無糧草，外無救兵，～，萬分危急。

勢如彍弩 ㄕˋ ㄖㄨˊ ㄎㄨㄛˋ ㄋㄨˇ

【出處】《孫子・兵勢》：「勢如彍弩。」

【解釋】勢：指情勢。彍：把弓拉滿。弩：弩弓（古時一種利用機械力量發射箭的弓）。情勢如同拉滿弩弓一樣。

【用法】形容形勢極爲緊張。

【例句】雙方嚴陣以待，～，有一觸卽發之勢。

勢在必行 ㄕˋ ㄗㄞˋ ㄅㄧˋ ㄒㄧㄥˊ

【解釋】勢：指情勢。

【用法】情勢已經發展到緊要關頭，必須採取行動。

【例句】為了挽救產婦及胎兒的性命，看來剖腹手術是～的了。

勢焰薰天 ㄕˋ ㄧㄢˋ ㄒㄩㄣ ㄊㄧㄢ

【解釋】勢：指權勢。焰：指氣焰。權勢氣焰高得薰天。

【用法】形容惡勢力影響之大。

【例句】這個踩着別人爬上去的勢利小人，一朝有權，就～，不可一世，什麼人也不放在眼裡。

【附註】參看「氣焰薰天」。

嗜痂成癖 ㄕˋ ㄐㄧㄚ ㄔㄥˊ ㄆㄧˇ

【出處】唐・李延壽《南史・劉穆之傳》：「（穆之孫）邕性嗜食瘡痂，以為味似鰒魚。」

【解釋】嗜：特別愛好。痂：癒瘡口，或傷口癒合表面所結的乾皮。癖：怪癖，特有的習性。

【用法】形容人所養成的怪癖的習性。

【例句】他喜歡聞臭味道，眞好比～，奇怪異常。

【附註】也作「嗜痂有癖」、「嗜痂之癖」。「癖」音ㄆㄧˇ，一般人多誤唸為ㄆㄧˋ。

嗜殺成性 ㄕˋ ㄕㄚ ㄔㄥˊ ㄒㄧㄥˋ

【解釋】嗜：特別愛。特別喜好殺人，成了習性。

【用法】形容惡勢力或壞人的凶狠與殘暴。

【例句】這群～的暴徒，終於受到法律的制裁。

噬臍莫及 ㄕˋ ㄑㄧˊ ㄇㄛˋ ㄐㄧˊ

【出處】《左傳・莊公六年》：「若不早圖，後君噬臍，其及圖之乎？」

【解釋】噬：咬。臍：肚臍。指人咬自己的肚臍是不能咬到的。

【用法】比喻情勢緊急才來補救，後悔來不及。

【例句】平時掉以輕心，直到兵臨城下才倉促應戰，眞是～。

【附註】也作「噬臍何及」。

士窮見節 ㄕˋ ㄑㄩㄥˊ ㄒㄧㄢˋ ㄐㄧㄝˊ

【出處】唐・韓愈《柳子厚墓志銘》：「嗚呼！士窮節乃見節義。」

【解釋】士：讀書人。窮：困窘。節：節操。

【用法】讀書人在困窘的境遇中才能表現出節操來。

【例句】他在相當困難的處境中，始終堅貞不渝，眞可謂～。

士為知己者死 ㄕˋ ㄨㄟˋ ㄓ ㄐㄧˇ ㄓㄜˇ ㄙˇ

【出處】《戰國策・趙策一》：「豫讓遁逃山中，曰：『嗟呼！士為知己者死，女為說（悅）己者容，吾其報知氏之讎（仇）矣。』」

【解釋】士：有才識的人。知己者：彼此了解而交誼很深的人。

【用法】有才識的人為了知己的人而不惜犧牲生命。

【例句】他這首詩流露了懷才不遇的情緒，同時也表現出了～的思想。

室怒市色 ㄕˋ ㄋㄨˋ ㄕˋ ㄙㄜˋ

【出處】《左傳・昭公十九年》：「諺所謂『室亦怒，市于色』者，楚之謂矣。」

【解釋】室：家。市：指在外面。色：

臉色。
【用法】指在家裡受氣，遷怒於外人。
【例句】你要找出兩人爭吵的眞正原因，不可～，遷怒他人。

室如懸磬
ㄕˋ ㄖㄨˊ ㄒㄩㄢˊ ㄑㄧㄥˋ

【出處】《公傳・僖公二十六年》：「齊侯曰：『室如縣（懸）磬，野無青草，何恃而不恐？』」
【解釋】磬：器皿。屋子就像懸吊着的空器皿。
【用法】意指國庫空無所有，也指家境極其貧寒。
【例句】當年，我們退居來台時，過著～，一貧如洗的生活，經過幾十年的努力，如今家家豐衣足食，不可同日而語也。
【附註】「磬」亦作「罄」(古樂器)。

室邇人遠
ㄕˋ ㄦˇ ㄖㄣˊ ㄩㄢˇ

【出處】《詩經・鄭風・東門之墠》：「其室則邇，其人甚遠。」
【解釋】邇：近。房屋距離很近，人却距離很遠。
【用法】表示對人的思念或對死者的悼念。
【例句】他今日經過朋友故居，想起以前兩人的感情，不禁嘆道：「～。」
【附註】也作「室邇人遙」、「室邇人遐」。

市井之民
ㄕˋ ㄐㄧㄥˇ ㄓ ㄇㄧㄣˊ

【出處】《孟子・萬章下》：「在國曰市井之臣，在野曰草莽之臣，皆謂庶人。」
【解釋】市井：古指買賣場所，引申指城鎮。
【用法】舊指城鎮裡的百姓。

市井之徒
ㄕˋ ㄐㄧㄥˇ ㄓ ㄊㄨˊ

【出處】漢・司馬遷《史記・刺客列傳・聶政傳》：「嗟乎！政乃市井之人，鼓刀以屠。」
【解釋】市井：古指買賣場所，引申指城鎮。徒：身份微賤的人，指商販、平民。
【用法】形容庸俗、愚昧、唯利是圖的人。
【例句】我們只不過是～，怎麼配娶達官貴人的女兒。
【附註】參看「市井庸愚」。

市井庸愚
ㄕˋ ㄐㄧㄥˇ ㄩㄥ ㄩˊ

【解釋】市井：古指買賣場所，引申指城鎮。庸：庸俗，指庸人。愚：愚昧，指愚人。城鎮中無知的平民商賈。
【用法】形容唯利是圖的小人。
【例句】但是此輩無非～，只知唯利是趨。
【附註】參看「市井之徒」。

式好之情
ㄕˋ ㄏㄠˇ ㄓ ㄑㄧㄥˊ

【出處】《詩經・小雅・斯干》：「兄及弟矣，式相好矣，無相猶矣。」
【解釋】式：古發詞語。好：指兄弟和睦。
【用法】兄弟相好的深情。
【例句】他們的家庭教育十分成功，光看兄弟間的～，就不是一般人能比得上的。

拭面容言
ㄕˋ ㄇㄧㄢˋ ㄖㄨㄥˊ ㄧㄢˊ

【出處】明·馮夢龍《東周列國志》第三十五回：「婦人輕喪武夫功，先軫當時怒氣沖，拭面容言無慍意，方知嗣伯屬襄公。」
【解釋】拭：擦。容：容納。擦去別人吐在自己臉上的唾沫，容納別人提出的意見。
【用法】原指春秋時晉國襄公識賢納諫的事。後泛指接受別人的批評。
【例句】能夠有～這種雅量與品德的人，眞是少之又少。

拭目以待 ㄕˋ ㄇㄨˋ ㄧˇ ㄉㄞˋ

【出處】三國·魏·楊修《答臨淄侯箋》：「觀者駭視而拭目，聽者傾首而竦耳。」
【解釋】拭：擦。擦亮眼睛等著瞧。
【用法】形容十分殷切地期待或確有把握地等待事情的出現。
【例句】明·羅貫中《三國演義》第四十三回：「朝廷舊臣，山林隱士，無不～。」

恃功務高 ㄕˋ ㄍㄨㄥ ㄨˋ ㄍㄠ

【出處】明·羅貫中《三國演義》第一百零五回：「魏延平日恃功務高，人皆下之。」
【解釋】恃：仗恃、倚仗。務：追求。高：高傲。
【用法】仗恃自己有功勞而追求過高的目標。
【例句】這個人只不過替大家出了一點力，便～，眞是要不得。

恃強凌弱 ㄕˋ ㄑㄧㄤˊ ㄌㄧㄥˊ ㄖㄨㄛˋ

【出處】明·馮夢龍《警世通言》卷三：「那桀紂有何罪過？也無非倚貴欺賤，恃強凌弱，總來不過是使勢而已。」
【解釋】恃：仗恃。凌：欺凌。
【用法】依仗力量強大，欺侮弱小。
【例句】～的事件，在歷史記載中，層出不窮。
【附註】也作「恃強欺弱」。

恃強倚寵 ㄕˋ ㄑㄧㄤˊ ㄧˇ ㄔㄨㄥˇ

【出處】清·李汝珍《鏡花緣》第二回：「爭奈這嫦娥恃強倚寵，賣弄新鮮題目。」
【解釋】恃：仗恃。倚：倚仗。
【用法】仗恃自己手段高強，又倚仗主人的寵愛。
【例句】在古代朝廷中，有許多后妃總是～，爭權鬥利。

恃才不學 ㄕˋ ㄘㄞˊ ㄅㄨˋ ㄒㄩㄝˊ

【出處】宋·王安石《傷仲永》載：神童方仲永，五歲即善詩，但由於恃才不學，長大便泯然而爲一般的人了。
【解釋】恃：仗恃、倚仗。
【用法】仗恃自己有天才，不用心去學習。
【例句】這個孩子很聰明，但是～，結果聰明反被聰明誤。

恃才放曠 ㄕˋ ㄘㄞˊ ㄈㄤˋ ㄎㄨㄤˋ

【出處】明·羅貫中《三國演義》第七十二回：「原來楊修爲人恃才放曠，數犯曹操之忌。」
【解釋】恃：仗恃、倚仗。放曠：言行放蕩。
【用法】仗恃自己才高，言行放蕩不羈。

【例句】有才能的人，更應懂得謙虛，千萬不可～。

恃才傲物

【出處】唐·姚思廉《梁書·蕭子顯傳》：「恃才傲物，宜謚曰驕。」

【解釋】恃：仗恃、倚仗。傲：傲視、看不起。物：指衆人。

【用法】仗恃著自己才高，看不起任何人。

【例句】這個青年～，人際關係相當不好。

【附註】「恃」不能念成尸ˊ。

恃直不戒

【出處】唐·韓愈《釋言》：「夫佞人不能遠，則有時而信之矣，今我恃直而不戒，禍其至哉！」

【解釋】恃：仗恃、倚仗。戒：戒備。

【用法】自恃正直，不加戒備。

【例句】他是個好人，但是由於～，却碰了不少釘子。

是非顛倒

見「顛倒好非」。

是非曲直

【出處】宋《朱子全書·論語六·泰伯》：「都無是非曲直，下梢於自己分，却恐無益。」

【解釋】是：對、正確。非：不對、錯誤。曲：無理。直：有理。

【用法】指對事理的評斷。

【例句】我的意見對不對，請大家來評論，我相信，～，是一定可以搞清楚的。

是古非今

【出處】漢·司馬遷《史記·秦始皇本紀》：「有敢偶語《詩》《書》者棄市。以古非今者族。吏見知不舉者與同罪。」

【解釋】是：對、正確（作動詞用）。非：不對、錯誤（作動詞用）。

【用法】認爲古代的一切都對都好，現代的一切都不對都不好。

【例句】做學問要客觀，不可有～的成見才好。

是可忍，孰不可忍

【出處】《論語·八佾》：「孔子謂季氏：『八佾舞于庭，是可忍也，孰不可忍也！』」

【解釋】是：這。孰：什麼。如果這都可以容忍，那什麼不可以忍呢？

【用法】意謂絕不可容忍。

【例句】敵人一再侵犯我邊界，殺害我人民，～，我們一定要予以還擊。

是是非非

【出處】《荀子·修身》：「是是、非非謂之知，非是、是非謂之愚。」

【解釋】是：對、正確。非：不對、錯誤。前一個「是」和「非」都作動詞用。以是爲是，以非爲非。

【用法】指按照客觀實際評斷是非。

【例句】王實甫《西廂記》第一本第二折：「老夫人處事溫儉，治家有方，～，人莫敢犯。」

舐皮論骨

【解釋】舐：舔。剛剛挨了一下皮膚，

就大談肉裡的骨頭。
【用法】比喻只看到一點表面現象就妄加評論。
【例句】對這事的來龍去脈，我們應弄清楚再評論，千萬不可以～，妄加批判。

舐犢情深（ㄕˋ ㄉㄨˊ ㄑㄧㄥˊ ㄕㄣ）

【出處】南朝·宋·范曄《後漢書·楊彪傳》：「子修為操所殺。曹見彪曰：『公何瘦之甚？』對曰：『愧無日磾先見之明，猶懷老牛舐犢之愛。』」
【解釋】舐：用舌頭舔。犢：牛犢。母牛用舌頭舔着小牛犢表現出深切的愛護之情。
【用法】比喻人疼愛子女的感情很深。
【例句】我們都老了，唯一的兒子遠行，總不免～，有些依依不捨。
【附註】參看「老牛舐犢」。

舐糠及米（ㄕˋ ㄎㄤ ㄐㄧˊ ㄇㄧˇ）

【出處】漢·司馬遷《史記·吳王濞列傳》：「俚語有之，舐糠及米。」
【解釋】舐：舔。糠：穀皮。及：到。舔掉糠以後，再舔到的就是米。
【用法】指先侵蝕其表，再侵蝕其裡。

舐癰吮痔（ㄕˋ ㄩㄥ ㄕㄨㄣˇ ㄓˋ）

見「吮癰舐痔」。

視白成黑（ㄕˋ ㄅㄞˊ ㄔㄥˊ ㄏㄟ）

【出處】唐·柳宗元《瓶賦》：「視白成黑，顛倒妍媸。」
【解釋】視：看。把白色看成了黑色。
【用法】比喻顛倒美醜、善惡或是非。
【例句】有些人不懂什麼是美，什麼是醜，因此～，以醜為美，這大概就是所謂「美盲」吧。

視茫髮蒼（ㄕˋ ㄇㄤˊ ㄈㄚˇ ㄘㄤ）

【出處】唐·韓愈《祭十二郎文》：「吾年未四十，而視茫茫，而髮蒼蒼，而齒牙動搖。」
【解釋】視：指視覺。茫：指看不清楚，昏花。髮：頭髮。蒼：灰白色。
【用法】形容人衰老，視覺不清，頭髮蒼白。
【例句】一別三十餘年，如今我們都已經是～了。

視民如傷（ㄕˋ ㄇㄧㄣˊ ㄖㄨˊ ㄕㄤ）

【出處】《左傳·哀公元年》：「臣聞國之興也，視民如傷，是其福也。其亡也，以民為土芥，是其禍也。」
【解釋】傷：傷害。看待老百姓好像他們已經受了傷害一樣。
【用法】形容對人民極為體貼。
【例句】要是個個國君都能～，照顧天下百姓，那可真是人民之福。

視丹如綠（ㄕˋ ㄉㄢ ㄖㄨˊ ㄌㄩˋ）

【出處】三國·魏·《嵇中散集·郭遐叔贈嵇叔夜》：「心之憂矣，視丹如綠。」
【解釋】視：看。丹：紅色。把紅色看成綠色。
【用法】意指憂慮過甚，以致精神恍惚，視覺模糊。

視同路人（ㄕˋ ㄊㄨㄥˊ ㄌㄨˋ ㄖㄣˊ）

【出處】明·凌濛初《初刻拍案驚奇》卷三十：「漫然視若路人，甚而等之仇敵。」

【解釋】視：看待。路人：行路的人。看作跟自己毫不相干的路上的行人一樣。

【用法】形容把親人或熟人看作爲陌生人。

【例句】他們兄弟二人，長期不和睦，彼此～。

視同兒戲（ㄕˋ ㄊㄨㄥˊ ㄦˊ ㄒㄧˋ）

【出處】漢·司馬遷《史記·絳侯周勃世家》：「（漢）文帝曰：『曩者霸上、棘門軍，若兒戲耳，其將固可襲而虜也。』」

【解釋】視：看待。兒戲：孩兒們玩耍。看成是孩兒們在玩耍一樣。

【用法】形容對重要的事情極不重視。

【例句】婚姻是人生大事，怎可～？

視人猶芥（ㄕˋ ㄖㄣˊ ㄧㄡˊ ㄐㄧㄝˋ）

【出處】晉·葛洪《抱朴子·刺驕》：「器滿得意，視人猶芥。」

【解釋】視：看待。猶：像。芥：草芥，小草，把別人看得像草芥一樣。

【用法】指高傲自大，看不起人。

【例句】軍閥割據時代，只知爭權奪利，～，怎麼會關心百姓疾苦呢？

【附註】參看「視如土芥」。

視如敝屣（ㄕˋ ㄖㄨˊ ㄅㄧˋ ㄒㄧˇ）

【出處】《孟子·盡心上》：「舜視棄天下，猶棄敝蹝（屣）也。」

【解釋】視：看待。敝：破舊。屣：鞋。看得像破舊的鞋子一樣。

【用法】形容將某物視如廢物，毫不吝惜的丟棄。

【例句】這些資料是我多年積累起來的，我把它視如珍寶，他們卻～，給全部毀掉了。

【附註】參看「棄若敝屣」。

視如土芥（ㄕˋ ㄖㄨˊ ㄊㄨˇ ㄐㄧㄝˋ）

【出處】《孟子·離婁下》：「君之視臣如土芥，則臣視君如寇仇。」

【解釋】視：看待。土芥：土和草，看得像土和草一樣。

【用法】形容極其輕視。

【附註】參看「視人猶芥」。

視如寇仇（ㄕˋ ㄖㄨˊ ㄎㄡˋ ㄔㄡˊ）

【出處】《孟子·離婁下》：「君之視臣如土芥，則臣視君如寇仇。」

【解釋】視：看待。寇仇：仇敵。

【用法】指像仇敵那樣看待。

【例句】同學之間，有些利害衝突，應本著團結友愛的精神，互諒互讓，絕不能彼此～明爭暗鬥。

視若無睹（ㄕˋ ㄖㄨㄛˋ ㄨˊ ㄉㄨˇ）

【出處】唐·韓愈《應科目時與人書》：「是以有力者遇之，熟視之若無睹也。」

【解釋】視：看。若：像。睹：看見。看了就像沒看見一樣。

【用法】形容對事物漠不關心。

【例句】走在街上，看到師長應打招呼，不可～。

視死如歸（ㄕˋ ㄙˇ ㄖㄨˊ ㄍㄨㄟ）

【出處】《管子·小匡》：「平原廣牧，車不結轍，士不旋踵，鼓之而三軍之士視死如歸，臣不如王子城父。」

【解釋】視：看待。歸：回。把死看作回家一樣。
【用法】形容能爲正義而犧牲，在所不辭。
【例句】黃花岡七十二烈士，拋頭顱、灑熱血，～偉大的情操，永遠被我們崇敬。

視而不見（ㄕˋ ㄦˊ ㄅㄨˋ ㄐㄧㄢˋ）

【出處】《老子》第十四章：「視而不見名曰夷，聽之不聞名曰希。」
【解釋】視：指看的動作。見：指看的結果。
【用法】形容不在意地看待事物。
【例句】對於社會上的許多現象，我們應多加關心，不可～。
【附註】常同「聽而不聞」連用。

視爲畏途（ㄕˋ ㄨㄟˊ ㄨㄟˋ ㄊㄨˊ）

【出處】《莊子．達生》：「夫畏涂（途）者，十殺一人，則父子兄弟相戒也，必盛卒徒而後敢出焉。」
【解釋】視：看待。畏途：艱險可怕的道路。
【用法】比喻事情相當艱難，沒有膽量去進行。
【例句】這座高峻的山，一向被各國登山家們～，我國登山健兒卻不畏艱險，從北坡登上山頂，在登山史上寫下了光輝的一頁。

識時務者爲俊傑（ㄕˋ ㄕˊ ㄨˋ ㄓㄜˇ ㄨㄟˊ ㄐㄩㄣˋ ㄐㄧㄝˊ）

【出處】《三國志．蜀書．諸葛亮傳》注引《襄陽志》：「（司馬）德操曰：『儒生俗士，豈識時務？識時務者，在乎俊傑。』」
【解釋】時務：當時的社會形勢。俊傑：英俊傑出的人物。
【用法】指認清當時社會形勢而順應時代潮流的人，才是英俊傑出的人物。
【例句】所謂～，在強大的反對聲浪中，你又何必固執己見，剛愎自用呢？

識途老馬（ㄕˋ ㄊㄨˊ ㄌㄠˇ ㄇㄚˇ）

【出處】清．文康《兒女英雄傳》第十三回：「既承你以我爲識途老馬，我卻有無多的幾句話，恐你不信。」
【解釋】途：路徑。認識路徑的老馬。
【用法】比喻對某種事情熟悉而富於經驗的人。
【例句】他打了幾十年的獵，你要找個好嚮導帶你進山，他可是個～，你大可以放心。
【附註】參看「老馬識途」。

誓不兩立（ㄕˋ ㄅㄨˋ ㄌㄧㄤˇ ㄌㄧˋ）

見「勢不兩立」。

誓不甘休（ㄕˋ ㄅㄨˋ ㄍㄢ ㄒㄧㄡ）

【解釋】誓：發誓。甘休：甘願罷休。
【用法】發誓要堅持到底，決不善罷甘休。
【例句】我們不把這工作完成，絕對是～的。
【附註】也作「誓不罷休」。

誓死不二（ㄕˋ ㄙˇ ㄅㄨˋ ㄦˋ）

【解釋】誓：發誓。不二：不生二心。
【用法】發誓到死也不變心。
【例句】青年人對國家的熱愛是～的。

適逢其會（ㄕˋ ㄈㄥˊ ㄑㄧˊ ㄏㄨㄟˋ）

【出處】清·文康《兒女英雄傳》第二十九回：「適逢其會，順天府開著捐輸例，便給他捐了個七缺後的候選。」
【解釋】適：恰好。逢：碰到。會：機會、時機。
【用法】恰好碰到了那個機會。
【例句】好久不曾逛書展了，今日～，有個國際性展覽，怎可錯過？

適得其反 （ㄕˋ ㄉㄜˊ ㄑㄧˊ ㄈㄢˇ）
【解釋】適：恰好。
【用法】恰好得到同願望相反的結果。
【例句】她雖然是一片好心，但畢竟考慮不周，結果～，把人家給得罪了。

適可而止 （ㄕˋ ㄎㄜˇ ㄦˊ ㄓˇ）
【出處】《論語·鄉黨》：「不多食。」朱熹注：「適可而止，無貪心也。」
【解釋】適可：適宜。到了適當的地步就止住。
【用法】指恰到好處便罷，不要過分。
【例句】她見話已說到節骨眼上，就～，轉了話題。

釋回增美 （ㄕˋ ㄏㄨㄟˊ ㄗㄥ ㄇㄟˇ）
【出處】《禮記·禮器》：「禮釋回，增美質，措則正，施則行。」
【解釋】釋：解除、去掉。回：邪辟。美：指素質。
【用法】除去邪辟之處，增強美好的素質。
【例句】一個好的碾玉匠，的確可以發揮～的功用，將玉器的美感，表現無遺。

飾非拒諫 （ㄕˋ ㄈㄟ ㄐㄩˋ ㄐㄧㄢˋ）
見「拒諫飾非」。

飾非掩醜 （ㄕˋ ㄈㄟ ㄧㄢˇ ㄔㄡˇ）
【出處】清·曹雪芹《紅樓夢》第五回：「多少輕薄浪子，皆以『好色不淫』爲解，又以『情而不淫』作案，此皆飾非掩醜之語耳！」
【解釋】飾：掩飾。非：錯誤。醜：醜惡。
【用法】掩飾錯誤和醜惡的行爲。
【例句】此人生性風流，卻說自己好色不淫，眞是～，愈描愈黑。

殺伐決斷 （ㄕㄚ ㄈㄚˊ ㄐㄩㄝˊ ㄉㄨㄢˋ）
【出處】清·曹雪芹《紅樓夢》第十三回：「若說料理不開，從小兒大妹妹玩笑時就有殺伐決斷，如今出了閣在那府裡辦事，越發歷練老成了。」
【解釋】伐：討伐、進攻。
【用法】泛指處事作出決斷的能力。
【例句】事情總要有個結果，快些～，不要再拖延下去了。

殺敵致果 （ㄕㄚ ㄉㄧˊ ㄓˋ ㄍㄨㄛˇ）
【出處】《左傳·宣公二年》：「殺敵爲果，致果爲毅。」
【解釋】致：取得、得到。果：果敢，也指戰果。
【用法】後稱奮勇殺敵以立戰功爲「殺敵致果」。
【例句】我們一定要進行嚴格的軍事訓練，這樣才能在戰爭中～，得到大勝利。

殺雞取卵 （ㄕㄚ ㄐㄧ ㄑㄩˇ ㄌㄨㄢˇ）

【出處】出於希臘《伊索寓言》的故事。
【解釋】卵：蛋。爲了得到鷄蛋，不惜殺掉鷄。
【用法】①比喻只顧貪圖眼前的好處而損壞長久的利益。②也用以比喻貪得無厭的人不惜盡其所有以營求暴利。
【例句】爲了大興土木，竟把一片樹林砍光，這種～的蠢事，一定要堅決制止！
【附註】也作「殺鷄取蛋」。

殺鷄嚇猴 ㄕㄚ ㄐㄧ ㄒㄧㄚˋ ㄏㄡˊ

【出處】清・李寶嘉《官場現形記》第五十三回：「俗話說得好，叫做『殺鷄駭猴』。拿鷄子宰了，那猴兒自然害怕。」
【用法】比喻懲罰一個人來嚇唬別的人，以使其順從。
【例句】老師先找一位最愛說話的同學出來處罰，以達到～的效果。

殺鷄焉用牛刀 ㄕㄚ ㄐㄧ ㄧㄢ ㄩㄥˋ ㄋㄧㄡˊ ㄉㄠ

見「割鷄焉用牛刀」。

殺家紓難 ㄕㄚ ㄐㄧㄚ ㄕㄨ ㄋㄢˋ

見「毀家紓難」。

殺妻求將 ㄕㄚ ㄑㄧ ㄑㄧㄡˊ ㄐㄧㄤˋ

【出處】漢・司馬遷《史記・孫子吳起列傳》：「齊人攻魯，魯欲將吳起。吳起取（娶）齊女爲妻，而魯疑之。吳起於是欲就名，遂殺妻以明不與齊也。魯卒以爲將。將而攻齊，大破之。」
【解釋】求：謀求。爲了謀得將軍的職位，不惜殺害自己的妻子。
【用法】比喻爲追求功名而不惜傷天害理。
【例句】「吳起～，此殘忍之極，其心不可測也。」（明・馮雲龍・東周列國志第八十六回）
【附註】「將」不能念成ㄐㄧㄤ。

殺氣騰騰 ㄕㄚ ㄑㄧˋ ㄊㄥˊ ㄊㄥˊ

【出處】元・無名氏《氣英布》第四折：「殺氣騰騰蔽遠空，一氣傳語似金鐘，兩家賭勝分成敗，只在來人啓口中。」
【解釋】殺氣：凶惡的氣勢。騰騰：氣勢很盛的樣子。
【用法】表現出要殺人的凶惡氣勢。
【例句】大將軍面對～的敵人，仍然指揮若定，神色自然。

殺身成仁 ㄕㄚ ㄕㄣ ㄔㄥˊ ㄖㄣˊ

【出處】《論語衛靈公》：「志士仁人，無求生以害仁，有殺身以成仁。」
【解釋】成：成全。仁：仁義。
【用法】原指不惜犧牲生命以成全仁義。現用以指爲實現崇高理想或維護正義的事業而不惜獻出生命。
【例句】以身許國，～，這不是一般人能辦到的。
【附註】參看「成仁取義」。

殺人不見血 ㄕㄚ ㄖㄣˊ ㄅㄨˋ ㄐㄧㄢˋ ㄒㄧㄝˇ

【出處】明・馮夢龍《醒世恒言・徐老僕義憤成家》：「那李林甫混名叫做李猫兒，平時不知壞了多少大臣，乃是殺人不見血的劊子手。」
【解釋】殺了人而讓人看不出一點血。

【用法】形容害人的手段非常陰險狠毒，十分隱蔽，不露形跡。
【例句】「精神毒害」是一把～的軟刀子，使你萎靡，使你墮落，更使你毀滅。

殺人不用刀

【出處】宋・釋普濟《五燈會元》卷十七：「問：『如何是衲僧口？』師曰：『殺人不用刀。』」（衲僧：穿百衲衣的僧侶。）
【用法】比喻用嘴或筆陷害人於死地。
【例句】此人嘴巴刻薄，筆端犀利，眞可～。

殺人須見血

【出處】宋・釋惟白《續傳燈錄》卷三十四：「爲人須爲徹，殺人須見血，德山與岩頭，萬里一條鐵。」
【用法】比喻做事要徹底，沒有半點含糊。
【例句】所謂「～，救人須救徹」，你既然做學徒，就得把功夫學得好，才算是成功啊！

殺人如麻

【出處】漢・班固《漢書・天文志》：「後秦遂以兵內兼六國，外攘四夷，死人如亂麻。」
【用法】①形容殺死的人多得像亂麻一樣數不清。②也用以形容殺人成性，任意屠宰生靈。
【例句】日寇在南京屠城時，眞是～。

殺人越貨

【出處】《尙書・康誥》「殺越人於貨，暋不畏死。」
【解釋】越：搶劫。
【用法】殺害人的性命，搶劫人的財物。指盜匪的行爲。
【例句】這夥強盜，～，無所不爲，害得民不聊生。

殺一儆百

【出處】漢・班固・《畫書尹翁歸傳》：「其有所取也，以一警百，吏民皆服，恐懼改行……自新。」
【解釋】儆：警戒。
【用法】處罰一個人以警戒許多人。
【例句】滿清政府悍然殺害革命志士，妄想達到～的目的，可是烈士們不爲所動，均願捨身救中華。
【附註】①也作「殺一警百」、「懲一儆百」。②參看「以一警百」。

鎩羽而歸

【出處】南朝・宋・鮑照《拜侍郎上疏》：「鎩羽暴鱗，復見翻躍。」
【解釋】鎩羽：羽毛摧落，比喻失意。
【用法】指不得意或遭到失敗而灰溜溜地回來。
【例句】這批軍隊雖經嚴格訓練，但面對強悍的我軍，仍是～。

煞有介事

見「像煞有介事」。

煞費苦心

【出處】清・彭養鷗《黑籍冤魂》第三回：「這煎烟方法，我是煞費苦心，三番五次的試驗，方才研究得精密。」
【解釋】煞：很、極。

【用法】費盡了心思。

【例句】他～地辛苦經營，才有今日之成就。

【附註】「煞」不能念成ㄕㄚ。

歃血爲盟（ㄕㄚˋ ㄒㄧㄝˇ ㄨㄟˊ ㄇㄥˊ）

【出處】《穀梁傳．莊公二十七年》：「衣裳之會十有一，未嘗有歃血之盟也，信厚也。」

【解釋】歃：飲。歃血：古代舉行盟會時，口含牲畜之血或以指蘸牲畜之血塗於口旁，表示信誓。

【用法】形容誠心誠意地訂立盟約。

【例句】「騰乃取酒～曰：吾等誓死不負所約。」（明．羅貫中．三國演義第二十回）

舌敝唇焦（ㄕㄜˊ ㄅㄧˋ ㄔㄨㄣˊ ㄐㄧㄠ）

作「舌乾唇燥」。見「唇焦舌敝」。

舌敝耳聾（ㄕㄜˊ ㄅㄧˋ ㄦˇ ㄌㄨㄥˊ）

【出處】《戰國策．秦策一》：「舌敝耳聾，不見成功。」

【解釋】敝：破。講的人把舌頭都講破了，聽的人把耳朵都聽聾了。

【用法】①形容議論繁雜。②也指舌頭不靈便，聽力也很差，形容老年人的遲鈍。

【例句】他老人家已經是～了，但他仍然沒有停止工作，這種精神實在讓我們佩服。

舌撟不下（ㄕㄜˊ ㄐㄧㄠˇ ㄅㄨˋ ㄒㄧㄚˋ）

【出處】漢．司馬遷《史記．扁鵲倉公列傳》：「中庶子聞扁鵲言，目眩然而不瞚，舌撟然而不下。」（瞚：同「瞬」，眨眼。）

【解釋】撟：翹起。翹起舌頭，好久不能放下。

【用法】形容驚訝或吃驚時的神態。

【例句】她聽鬼故事那目不轉睛，～的神態，眞是已完全沈浸在驚險的情節裡。

【附註】「撟」不能寫成「橋」，不能念成ㄑㄧㄠˊ。

舌劍唇槍（ㄕㄜˊ ㄐㄧㄢˋ ㄔㄨㄣˊ ㄑㄧㄤ）

見「唇槍舌劍」。

蛇蠍心腸（ㄕㄜˊ ㄒㄧㄝ ㄒㄧㄣ ㄔㄤˊ）

【出處】元．無名氏《抱妝盒》第二折：「便是蛇蠍心腸，不似恁般毒害。」

【解釋】蠍：一種毒蟲。有蛇蠍一樣狠毒的心腸。

【用法】形容人心狠毒。

【例句】這個人有一副～，他想盡一切歹毒的法子去整治敵人！

蛇行斗折（ㄕㄜˊ ㄒㄧㄥˊ ㄉㄡˇ ㄓㄜˊ）

【出處】唐．柳宗元《至小丘西小石潭記》：「潭西南而望，斗折蛇行，明滅可見。」

【解釋】斗：北斗七星。成杓形。

【用法】指像蛇那樣蜿蜒爬行和像北斗七星那樣曲折。

【例句】這裡的山路～，又沒有標誌，走著走著就迷失了方向。

【附註】也作「斗折蛇行」。

蛇影杯弓（ㄕㄜˊ ㄧㄥˇ ㄅㄟ ㄍㄨㄥ）

見「杯弓蛇影」。

蛇欲吞象

【解釋】蛇想吞吃大象。

【用法】比喻貪心極大。

【例句】你小小年紀，慾望就這麼大，要求就這麼多，眞好比～。

【附註】參見「巴蛇吞象」、「一蛇吞象」。

捨本逐末

【出處】《戰國策・齊策》：「故有問，捨本而問末者耶？」

【解釋】捨：捨棄。逐：追求。本：根本。末：枝節。捨棄根本的、主要的，而追求枝節的、次要的。

【用法】比喻做事不從根本著眼，而在枝節上用功夫。

【例句】不探討眞正原因而只就表面現象來大作文章，眞是～。

【附註】也作「捨本求末」、「棄本逐末」。

捨命陪君子

【出處】明・馮夢龍《古今譚概・雅浪部》第二十六回：「李西涯（明正德間任朝官）在翰林時，一日陪郡侯席，過飲大觥，醉而言曰：『治生今日捨命陪君子，老先生不要輕生。』」

【解釋】捨命：置個人的性命於不顧。君子：對對方的尊稱。

【用法】指豁出性命來奉陪對方盡興爲止。

【例句】您難得到台北一遊，今日我就～，與您暢遊通宵吧。

捨短取長

【出處】漢・班固《漢書・藝文志》：「若能修六藝之術，而觀此九家之言，捨短取長，則可以通萬方之略矣。」

【解釋】短：短處、缺點。長：長處、優點。

【用法】不計較別人的短處或缺點，取其長處或優點而加以使用。

【例句】選用幹部也是一種藝術，必須對自己的幹部的長處和短處都有所了解，然後～，對每一個人都加以適當的安排，使其能發揮自己的長處。

捨己救人

【解釋】捨：捨棄。

【用法】指不惜犧牲自己的生命去拯救別人。

【例句】他那～的高貴情操，永遠値得世人學習。

捨己從人

【出處】《尚書・大禹謨》：「稽於衆，捨己從人。」（稽：爭論。）

【解釋】捨：放棄。從：聽從。

【用法】指放棄自己的不對的，接受別人的正確的。

【例句】我們既要敢於堅持自己的意見，也要能做到～。

捨己爲人

【出處】《論語・先進》：「夫子（孔子）喟然嘆曰：『吾與點也。』」宋・朱熹注：「曾點之學……初先無捨己爲人之意，而其胸次悠然，直與天地萬物上下同流，各得其所之妙。」

【解釋】捨：捨棄。

【用法】為別人的利益而犧牲自己的利益。

【例句】林覺民烈士～，救國救民的行為，將永留青史，為後世之典範。

捨近求遠 ㄕㄜˇ ㄐㄧㄣˋ ㄑㄧㄡˊ ㄩㄢˇ

【出處】《孫子・九地》：「易其居，遷其途，捨近即遠。」

【解釋】捨：捨棄。捨棄近的而追求遠的。

【用法】指做事迂迴繞遠而不切實際。

【例句】清・曹雪芹《紅樓夢》第七十六回：「可見咱們天天是～。現有這樣詩人在此，卻天天去紙上談兵。」

【附註】也作「捨近圖遠」。

捨車保帥 ㄕㄜˇ ㄐㄩ ㄅㄠˇ ㄕㄨㄞˋ

【解釋】捨：捨棄。車、帥：中國象棋的兩種棋子。（「車」：表示戰車。「帥」：表示軍中主將。）

【用法】比喻為了保護主要的而捨棄次要的。

【例句】這個間諜這麼容易就被我們捉住，可能是敵方～的計謀，我們必須提高警覺，小心應變。

【附註】也作「捨車馬，保將帥」。

捨邪歸正 ㄕㄜˇ ㄒㄧㄝˊ ㄍㄨㄟ ㄓㄥˋ

見「改邪歸正」。

捨身求法 ㄕㄜˇ ㄕㄣ ㄑㄧㄡˊ ㄈㄚˇ

【解釋】捨身：捨棄身體，原指佛教徒犧牲肉身以表示虔誠。求法：尋求佛法。

【用法】原指佛教徒為取得真經不惜捨棄生命。後用以指為追求真理而不惜犧牲自己。

【例句】自古以來，許多人為了追求真理或信仰，不惜犧牲性命，這種～的執著精神，很讓人敬佩。

捨生取義 ㄕㄜˇ ㄕㄥ ㄑㄩˇ ㄧˋ

【出處】《孟子・告子上》：「生，亦我所欲也；義，亦我所欲也。二者不可得兼，捨生而取義者也。」

【解釋】捨：捨棄。生：生命。義：正義。

【用法】指為了維護正義而犧牲生命。

【例句】面臨生死關頭而能～的人，才算是「大勇」。

捨死忘生 ㄕㄜˇ ㄙˇ ㄨㄤˋ ㄕㄥ

【出處】元・李直夫《虎頭牌》第三折：「想俺祖父捨死忘生，赤心報國，今日子孫承襲，也非是容易得來的。」

【解釋】捨：捨棄。不顧生命危險，竭盡全力。

【用法】指把個人的生死置之度外，不放在心上。

【例句】這次打仗能夠勝利，全靠英勇的將士們～，與敵軍對抗。

【附註】也作「捨生忘死」。

捨我其誰 ㄕㄜˇ ㄨㄛˇ ㄑㄧˊ ㄕㄟˊ

【出處】《孟子・公孫丑下》：「如欲平治天下，當今之世，捨我其誰也？」

【解釋】捨：捨棄、除去。

【用法】①指除了我以外，沒有人可以擔當。②現多指目中無人，態度狂妄。

【例句】他雖然天資極佳，但那目空一切～的狂妄態度卻令人反感。

捨文求質

【解釋】捨：捨棄。文：文采。質：樸實。

【用法】指不重文采，而求樸實。

【例句】他的作品～，具有一種獨特的風格。

射石飲羽

【出處】《呂氏春秋・精通》：「養由基射光(兕)中石，矢乃飲羽，誠乎光也。」

【解釋】飲：隱沒。羽：箭尾的羽毛。箭射中石頭，一下把箭尾的羽毛都隱沒進去了。

【用法】原形容射出的箭力量很大，後形容武藝高強。

【例句】除了李廣將軍之外，還有誰具備～的本領？

涉筆成趣

【解釋】涉筆：動筆。趣：趣味。

【用法】指一動筆就能產生出富有趣味的作品。

【例句】豆棚瓜架，田舍風光，眼前景物，一經點染，眞是～，耐人尋味。

社鼠城狐

見「城狐社鼠」。

設弧之辰

【出處】《禮記・內則》：「子生，男子設弧於門左，女子設帨（巾）於門右。」鄭玄注：「弧者，示有事於武也。」

【解釋】弧：弓。辰：時辰，日子。

【用法】舊指男子的生日。亦簡稱「設弧」。

【附註】參看「設帨良辰」。

設身處地

【出處】《禮記・中庸》：「體群臣也。」朱熹注：「體，謂設以身處其地而將其心也。」

【解釋】設：設想。設想自己處在他人的地位或境地之中。

【用法】指從別人的立場或角度出發，而爲別人著想。

【例句】不要只是責備他人，也得～爲對方著想。

【附註】「處」不能念成ㄔㄨˋ。

設帨良辰

【解釋】帨：女子的佩巾。辰：時辰、日子。

【用法】舊指女子的生日。

【附註】亦簡稱「設帨」。參看「設帨之辰」。

赦不妄下

【出處】晉・常璩《華陽國誌・劉後主誌》：「治世以大德，不以小惠，故亮時，軍旅屢興，赦不妄下也。」

【解釋】赦：指赦令，免除刑罰的命令。妄：胡亂。不亂下赦令。

【用法】指有罪的當罰必罰，否則必失威信。

【例句】爲政者對任何案情均須明察秋毫，～，然後百姓才會服從。

赦事誅意

【出處】南朝・宋・范曄《後漢書・霍

謂傳》：「《春秋》之義，原情定過，赦事誅意，故許止雖弒君而不罪，趙盾以縱賊而見書。」

【解釋】赦：赦免。事：指罪惡事實。誅：處罰。意：指不良意圖。

【用法】指赦免有罪行的人而懲罰圖謀不軌而並無具體行動的人。

【例句】法律的根據就是事實，～，從法律的角度來看是不能成立的。

稍遜一籌（ㄕㄠ ㄒㄩㄣˋ ㄧˋ ㄔㄡˊ）

【解釋】遜：差、比不上。籌：籌碼，計數的工具。

【用法】指稍微差一些。

【例句】小明和她妹妹相比，在理化方面，他比妹妹強；在文科方面，他則～。

【附註】也作「略遜一籌」。

稍勝一籌（ㄕㄠ ㄕㄥˋ ㄧˋ ㄔㄡˊ）

【出處】《秋瑾集·致秋譽章書其九》：「吾哥雖稍勝一籌，而無告語則同，無戚友之助亦同。」

【解釋】籌：籌碼，計數的工具。

【用法】指稍微強一些。

【例句】這場足球踢成平手，但平心而論，地主隊在耐力、技巧和經驗等方面比起對手來都還是～。

【附註】也作「略勝一籌」。

稍縱即逝（ㄕㄠ ㄗㄨㄥˋ ㄐㄧˊ ㄕˋ）

【出處】宋·蘇軾《文與可畫篔簹谷偃竹記》：「振筆直遂，以追其所見，如兔起鶻落，少縱則逝矣。」（少：同「稍」。）

【解釋】縱：放鬆。逝：消失。稍微一放就消失了。

【用法】形容時間或機會等很容易就過去。

【例句】時間是非常寶貴的，而且～，所以我們必須充分利用時間，盡可能地多做貢獻。

少安毋躁（ㄕㄠˇ ㄢ ㄨˊ ㄗㄠˋ）

【出處】①《左傳·襄公七年》：「吾子其少安。」②唐·韓愈《答呂醫山人書》：「方將坐足下三浴而三熏之，聽仆之所爲，少安無（毋）躁。」

【解釋】少：稍微。安：安穩、安心。毋：不要。躁：急躁。

【用法】指安心等待一下，不要急躁。

【例句】請耐心等候通知，～。

【附註】「少」不能念成ㄕㄠˋ。

少頭無尾（ㄕㄠˇ ㄊㄡˊ ㄨˊ ㄨㄟˇ）

【用法】形容殘缺不全。

【例句】這孩子的表達能力實在太差，講個故事也總是～的。

【附註】也作「缺頭少尾」。

少見多怪（ㄕㄠˇ ㄐㄧㄢˋ ㄉㄨㄛ ㄍㄨㄞˋ）

【出處】漢·牟融《牟子》：「諺云：『少所見，多所怪，睹橐駝，謂馬腫背。』」（橐駝：駱駝。）

【用法】指見識少，遇事便以爲奇怪。

【例句】我們應增廣見聞，才不會犯了～的毛病。

【附註】「少」不能念成ㄕㄠˋ。

少氣無力（ㄕㄠˇ ㄑㄧˋ ㄨˊ ㄌㄧˋ）

【出處】明·吳承恩《西遊記》第十八回：「那女兒認得是他父親的聲音，

才少氣無力的應了一聲。」

【用法】形容精神萎靡不振。

【例句】他因被拘禁了幾日，所以說起話來，～的。

【附註】參看「有氣無力」。

少私寡欲（ㄕㄠˇ ㄙ ㄍㄨㄚˇ ㄩˋ）

【出處】《莊子・山木》：「南越有邑焉，名為建德之國，其民愚而樸，少私而寡欲。」

【解釋】寡：少。欲：欲望。

【用法】指個人的欲望很少。

【例句】他因久居鄉間，～，早已不想到都市來生活了。

少而精（ㄕㄠˇ ㄦˊ ㄐㄧㄥ）

【出處】清・畢沅《續資治通鑑・宋紀・英宗治平二年》：「司馬光言：『國家患在兵不精，不患不多。夫兵少而精，則衣糧易供，公私充足，一人可以當十，遇敵必能取勝。』」

【解釋】精：精良、完美。

【用法】指數量少而質量精。

【例句】你們那裡人雖不多，但是～，每個人都能獨當一面。

少不更事（ㄕㄠˋ ㄅㄨˋ ㄍㄥ ㄕˋ）

【出處】《晉書・周顗傳》：「顗曰『君少年未更事。』」

【解釋】少：年紀輕。更：經歷。年紀輕，沒有經歷過多少事。

【用法】形容經驗很少。

【例句】對於～的青少年，我們應付出更多的愛心和耐心，輔導他們步入正途。

【附註】也作「少不經事」。

少年老成（ㄕㄠˋ ㄋㄧㄢˊ ㄌㄠˇ ㄔㄥˊ）

【出處】漢・趙岐《三輔決錄》晉・摯虞注：「韋主簿雖少，有老成之風。」

【解釋】老成：老練成熟。

【用法】①指雖然年紀輕，言語舉止或處理事務卻顯得老練穩重。②也形容年紀雖輕，卻沒有朝氣。

【例句】現在的青少年，十之八九都是～。

少小無猜（ㄕㄠˋ ㄒㄧㄠˇ ㄨˊ ㄘㄞ）

【出處】唐・李白《長干行》詩：「同居長干里，少小無嫌猜。」

【解釋】猜：嫌疑。

【用法】指男女在兒時一起玩耍，天真無邪，不避嫌疑。

【例句】我倆當時～，雖然假扮成新娘和新郎，實還不知新娘和新郎有什麼關係。

少壯不努力，老大徒傷悲（ㄕㄠˋ ㄓㄨㄤˋ ㄅㄨˋ ㄋㄨˇ ㄌㄧˋ，ㄌㄠˇ ㄉㄚˋ ㄊㄨˊ ㄕㄤ ㄅㄟ）

【出處】漢樂府《長歌行》：「百川東到海，何時復西歸？少壯不努力，老大徒傷悲。」

【解釋】少壯：年輕力壯。老大：年老。徒：白白地。年輕力壯時不發憤努力，到了老年悲傷後悔也來不及了。

【用法】常用以激勵青年人抓住時光努力學習或工作。

【例句】「～」，我們必須善用時間學習，決不能虛度青春。

少成若性（ㄕㄠˋ ㄔㄥˊ ㄖㄨㄛˋ ㄒㄧㄥˋ）

【出處】《大戴禮記·保傅》：「少年若性，習貫（慣）之爲常。」
【解釋】少：年紀輕。性：指天性。
【用法】指從幼年養成的習慣就好像天性一樣。
【例句】對於幼兒的教育，我們應當加以重視，因爲～，影響深遠啊。

刪繁就簡（ㄕㄢ ㄈㄢˊ ㄐㄧㄡˋ ㄐㄧㄢˇ）

【出處】①《尚書·緯》：「刪夷繁亂。」②明·王陽明《王文成公全書·卷一·傳習錄上》：「如孔子退修六籍，刪繁就簡，開示來學。」
【解釋】刪：刪去。就：從、歸。
【用法】去掉繁瑣的，使之歸於簡單。
【例句】新的規章制度是在原規章制度的基礎上，經過～，又根據實際情況加以修改而制定出來的。

姍姍來遲（ㄕㄢ ㄕㄢ ㄌㄞˊ ㄔˊ）

【出處】《畫書·外戚傳》：「立而望之，偏何姍姍其來遲。」
【解釋】姍姍：行走緩慢從容的樣子。來遲：來得晚。
【用法】形容不慌不忙地來得很晚。
【例句】每次約會，她總是～，令對方等得心煩氣躁。

山奔海立（ㄕㄢ ㄅㄣ ㄏㄞˇ ㄌㄧˋ）

【出處】明·袁宏道《徐文長傳》：「山奔海立，沙起雷行，雨鳴樹偃。」
【解釋】高山好像在飛奔，大海彷彿豎立起來。
【用法】形容氣勢非常大。
【例句】他的文筆，氣勢浩大，閱之頗有～之感。

山崩地裂（ㄕㄢ ㄅㄥ ㄉㄧˋ ㄌㄧㄝˋ）

【出處】漢·班固《漢書·元帝紀》：「山崩地裂，山泉湧出。」
【解釋】高山崩塌，大地裂陷。
【用法】形容滄海桑田般的巨變或震天動地般的巨響。
【例句】大地震的時候，整個城市像～一樣，剎那間房倒屋塌，成爲一片廢墟。
【附註】也作「山崩地陷」。

山盟海誓（ㄕㄢ ㄇㄥˊ ㄏㄞˇ ㄕˋ）

【出處】宋·趙長卿《賀新郎》：「終待說山盟海誓，這恩情到此非容易。」
【解釋】形容盟誓堅定不移，如山海一樣永恒不變。
【用法】多指男女間深情相愛，永不變心。
【例句】他們兩個人～，決心永遠也不分開。
【附註】也作「海誓山盟」。

山明水秀（ㄕㄢ ㄇㄧㄥˊ ㄕㄨㄟˇ ㄒㄧㄡˋ）

【出處】宋·黃庭堅《驀山溪·贈衛陽陳湘》：「眉黛斂秋波，盡湖南，山明水秀。」
【解釋】秀：秀麗。
【用法】山水明麗，風景優美。
【例句】～的江南風光，向來吸引不少遊客留連忘返。
【附註】也作「山清水秀」、「水秀山明」、「秀水明山」。

山木自寇（ㄕㄢ ㄇㄨˋ ㄗˋ ㄎㄡˋ）

【出處】《莊子・人間世》：「山木自寇也，膏火自煎也。」
【解釋】山上的樹木，因爲長成爲有用之材而被人砍伐。
【用法】比喻因爲有用而不免於禍。

山頹木壞（ㄕㄢ ㄊㄨㄟˊ ㄇㄨˋ ㄏㄨㄞˋ）

【出處】《禮記・檀弓上》：「孔子蚤(早)作，負手曳杖，消遙於門，歌曰：『泰山其頹乎！梁木其壞乎！哲人其萎乎！』……蓋寢疾七日而歿。」
【解釋】山：泰山。頹：倒塌。木：梁木。泰山崩塌，梁柱折亂。
【用法】比喻重要人物死亡。
【例句】他的突然逝世，對整個社會之影響，有如～，不知有誰能承繼他的志業？

山南海北（ㄕㄢ ㄋㄢˊ ㄏㄞˇ ㄅㄟˇ）

【出處】清・曹雪芹《紅樓夢》第五十七回：「薛姨媽道：『比如你姐妹兩個的婚姻，此刻也不知在眼前，也不知在山南海北呢！』」
【用法】指遙遠的地方。
【例句】來自～的代表，興高采烈地講著各自的意見。
【附註】參看「天南地北」。

山高路險（ㄕㄢ ㄍㄠ ㄌㄨˋ ㄒㄧㄢˇ）

【出處】明・吳承恩《西遊記》第二十回：「上西天拜佛走遭，怕甚麼山高路險，水闊波狂。」
【用法】比喻前進的路上充滿了艱難險阻。
【例句】爲了完成任務，他不顧～，勇往直前。
【附註】也作「山高水險」、「水遠山高」。

山高水低（ㄕㄢ ㄍㄠ ㄕㄨㄟˇ ㄉㄧ）

【出處】明・施耐庵《水滸傳》第四回：「趙員外道：『若是留提轄在此，誠恐有些山高水低，教提轄怨悵。』」
【用法】比喻不測的遭遇。
【例句】「你若果有些～，這事都在我老僧身上。」（吳敬梓・儒林外史第二十回）

山高水長（ㄕㄢ ㄍㄠ ㄕㄨㄟˇ ㄔㄤˊ）

【出處】唐・劉禹錫《望賦》：「龍門不見兮，雲霧蒼蒼。喬木何許兮，山高水長。」
【用法】①指人的品德高尚，像山一樣高聳，像水一樣長流，影響深遠。②比喻恩情的深厚。
【例句】你對我家的恩德，眞是～。

山光水色（ㄕㄢ ㄍㄨㄤ ㄕㄨㄟˇ ㄙㄜˋ）

【出處】元・范子安《竹葉舟》第三折：「一葉逡巡送客歸，山光水色自相依。」
【解釋】山景清麗，水色明淨。
【用法】形容山水秀麗，景色宜人。
【例句】我的家鄉是一座背山面水的小村莊，每到傍晚，夕陽把金色的光芒斜抹在青翠的山坡和彎曲的河面上，那時～，又添上了一種神奇的意境，宛如在童話世界裡一樣。
【附註】也作「水色山光」。

山河破碎（ㄕㄢ ㄏㄜˊ ㄆㄛˋ ㄙㄨㄟˋ）

【出處】南宋．文天祥《過零丁洋》詩：「山河破碎風飄絮，身世浮沉雨打萍。」
【解釋】山河：指國家的疆土。
【用法】指國土遭劫，出現一片支離破碎的慘景。
【例句】國土淪亡，～，我輩怎可耽溺物質享樂而不奮起救國？

山呼海嘯（ㄕㄢ ㄏㄨ ㄏㄞˇ ㄒㄧㄠˋ）

【解釋】山在呼號，海在咆嘯。
【用法】形容氣勢盛大。也形容極為惡劣的自然情況。
【例句】狂風驟起，村外傳來一陣～似的喧鬧聲，那條平靜的河，如今翻捲著浪濤，滾滾地向東流去。

山輝川媚（ㄕㄢ ㄏㄨㄟ ㄔㄨㄢ ㄇㄟˋ）

【出處】晉．陸機《文賦》：「石韞玉而生輝，水懷珠而川媚。」
【解釋】輝：光輝。媚：美好。山色映現光輝，河川顯得美好。
【用法】形容風景非常優美。
【例句】我的家鄉，正是在～的江南。

山鷄舞鏡（ㄕㄢ ㄐㄧ ㄨˇ ㄐㄧㄥˋ）

【出處】南朝．宋．劉敬叔《異苑》卷三：「山鷄愛其毛羽，映水則舞。魏武時，南方獻之，帝欲其鳴舞而無由。公子蒼野（曹沖）令置大鏡其前，鷄鑑形而舞不知止，遂之死。」
【解釋】山鷄：野鷄。山鷄照著鏡子起舞。
【用法】比喻顧影自憐。
【例句】她照著鏡子左看右看，那種～的神態，使人覺得十分可笑。

山棲谷飲（ㄕㄢ ㄑㄧ ㄍㄨˇ ㄧㄣˇ）

【出處】北齊．魏收《魏書．孝明帝紀》：「其懷道丘園，昧跡板筑，山棲谷飲，舒卷從時者。」
【解釋】棲：居住。飲：隱沒。
【用法】在深山狹谷裡過著隱居生活。
【例句】他放棄了高官厚祿，寧可在此過著～的生活。

山窮水盡（ㄕㄢ ㄑㄩㄥˊ ㄕㄨㄟˇ ㄐㄧㄣˋ）

【出處】清．蒲松齡《聊齋志異．李八缸》：「苟不至山窮水盡時，勿望給與也。」
【解釋】窮：盡。山和水都到了盡頭，前面已經無路可走。
【用法】比喻陷入絕境。
【例句】遇到困難不要氣餒，因為「～疑無路，柳暗花明又一村」。

山珍海錯（ㄕㄢ ㄓㄣ ㄏㄞˇ ㄘㄨㄛˋ）

【出處】唐．韋應物《長安道》詩：「山珍海錯棄藩籬，烹犢炰羔如折葵。」
【解釋】山珍：山野間出產的珍奇的食品。海錯：海味，海洋中出產的珍奇的食品。
【用法】泛指各種珍奇難得的食品。
【例句】即使餐餐都是～，也總有吃膩的時候。
【附註】也作「山珍海味」。

山中宰相（ㄕㄢ ㄓㄨㄥ ㄗㄞˇ ㄒㄧㄤˋ）

【出處】唐．李延壽《南史．陶弘景傳》：「國家每有吉凶征討大事，無不前以咨詢。月中常有數信，時人謂為山中宰相。」

【解釋】南朝梁時，陶弘景在茅山隱居，屢聘不出。梁武帝常向他請教國家大事，人稱之為「山中宰相」。
【用法】比喻隱居的高賢。
【例句】古代的隱士中，有幾位頗具～之風範。

山重水複 ㄕㄢ ㄔㄨㄥˊ ㄕㄨㄟˇ ㄈㄨˋ

【出處】宋・陸游《遊山西村》詩：「山重水複疑無路，柳暗花明又一村。」
【解釋】山巒重疊，河水環繞。
【例句】我是在山區的一個小村落中長大的，那兒雖然沒有江南那樣山明水秀，景色宜人，但也～，別有一番情趣，使我無論走到那裡，都是一直懷念著它。

山陬海澨 ㄕㄢ ㄗㄡ ㄏㄞˇ ㄕˋ

【解釋】陬：角落。澨：水邊。
【用法】指遙遠偏僻的地方。
【例句】軍閥混戰的年代裡，就是在～也無法過平靜的生活。

山搖地動 ㄕㄢ ㄧㄠˊ ㄉㄧˋ ㄉㄨㄥˋ

見「地動山搖」。

山肴野蔌 ㄕㄢ ㄧㄠˊ ㄧㄝˇ ㄙㄨˋ

【出處】宋・歐陽修《醉翁亭記》：「山肴野蔌，雜然而前陳者，太守宴也。」
【解釋】肴：魚肉之類的葷菜。蔌：蔬菜。
【用法】①指各種野味和蔬菜。②形容粗淡的飯菜，用為待客時的自謙語。
【例句】我們在深山密林裡宿營，吃了一頓～，倒是別有風味。
【附註】也作「野蔌山肴」。

山陰道上，應接不暇 ㄕㄢ ㄧㄣ ㄉㄠˋ ㄕㄤˋ ㄧㄥ ㄐㄧㄝ ㄅㄨˋ ㄒㄧㄚˊ

【出處】南朝宋・劉義慶《世說新語・言語》：「王子敬云：『從山陰道上行，山川自相映發，使人應接不暇。』」
【用法】原指一路山川秀麗景物繁多，使人目不暇接，後指事情頭緒紛繁，使人難於應付。
【例句】這本小說，運用優美的文詞，加上作者的智慧，情感及藝術修養，使我們在閱讀時，有～的感受。

山雨欲來風滿樓 ㄕㄢ ㄩˇ ㄩˋ ㄌㄞˊ ㄈㄥ ㄇㄢˇ ㄌㄡˊ

【出處】唐・許渾《咸陽城東樓》詩：「溪雲起初日沉閣，山雨欲來風滿樓。」
【解釋】欲：將要。大雨將要來臨之時，風聲充滿了樓閣。
【用法】比喻重大事件發生之前到處充滿了緊張的氣氛和跡象。
【例句】中東局勢越來越緊張，大有～之勢。

潸然淚下 ㄕㄢ ㄖㄢˊ ㄌㄟˋ ㄒㄧㄚˋ

【出處】①《詩經・小雅・大東》：「潸焉出涕。」②唐・李賀《金銅仙人辭漢歌》序：「宮官既拆盤，仙人臨載，乃潸然淚下。」
【解釋】潸然：流淚的樣子。
【用法】形容眼淚流了下來。
【例句】她說到傷心處，不禁～。

珊瑚在網 ㄕㄢ ㄏㄨˊ ㄗㄞˋ ㄨㄤˇ

【出處】宋・歐陽修等《新唐書・拂菻

國傳》：「海中有珊瑚洲，海人乘大舶墮鐵網水底。珊瑚初生磐石上，白如菌，一歲而黃，三歲赤，枝格交錯，高三四尺，鐵發其根，系網舶上，絞而出之。」

【用法】比喻有才華的人都被網羅在一起。

【附註】參看「鐵網珊瑚」。

芟夷大難（ㄕㄢ ㄧˊ ㄉㄚˋ ㄋㄢˋ）

【出處】晉・陳壽《三國志・蜀書・諸葛亮傳》：「今操（曹操）芟夷大難，略已平矣。」

【解釋】芟夷：削除、鏟除。

【用法】指鏟除大災難。

【例句】雖然有許多實際困難，但他爲～而奮鬥的決心卻毫不動搖。

閃爍其辭（ㄕㄢˇ ㄕㄨㄛˋ ㄑㄧˊ ㄘˊ）

【解釋】閃爍：指說話吞吞吐吐。辭：言詞。形容說話吞吞吐吐。

【用法】不肯坦率地把意見講清楚。

【例句】對於這個問題，他～，不肯表明自己的態度。

善罷甘休（ㄕㄢˋ ㄅㄚˋ ㄍㄢ ㄒㄧㄡ）

【出處】清・曹雪芹《紅樓夢》第六十五回：「奶奶就是讓著他，他看見奶奶比他標致，又比他得人心兒，他就善罷甘休了？」

【解釋】善、甘：指輕易地。罷、休：停止。

【用法】指輕易地了結糾紛，不再鬧下去（多用於否定）。

【例句】事情不查個水落石出，他是不會～的。

善刀而藏（ㄕㄢˋ ㄉㄠ ㄦˊ ㄘㄤˊ）

【出處】《莊子・養生主》：「善刀而藏之。」

【解釋】善：通「繕」，修治，引申爲擦拭。把刀擦淨，收藏起來。

【用法】比喻適可而止，懷才退隱。

【例句】古時候，有些耿介之士，寧可激流勇退，～也絕不和世俗來同流合汚。

善男信女（ㄕㄢˋ ㄋㄢˊ ㄒㄧㄣˋ ㄋㄩˇ）

【出處】《金剛經六譯疏記》：「善男信女有二義，一以人稱，是曰衆人也；一以法喻，以羅漢性剛直，……表爲善男子。菩薩性柔和慈悲，……表爲善女人。」

【用法】①指信仰佛教的男女。②泛指盲目崇拜迷信活動的人。

【例句】龍山寺香火頗盛，每日均有許多～前往膜拜。

善價而沽（ㄕㄢˋ ㄐㄧㄚˋ ㄦˊ ㄍㄨ）

【出處】《論語・子罕》：「子貢曰：『有美玉於斯，韞匵而藏諸？求善賈而沽諸？』子曰：『沽之哉！沽之哉！我待賈者也！』」

【解釋】善賈：高價。沽：賣。

【用法】指有好價錢才賣出去。也比喻有才能的人，遇到眞正賞識自己的人才肯發揮才幹。

【例句】他自以爲有了不起的本領，認爲安排的職位太低，便要～。

善騎者墮（ㄕㄢˋ ㄑㄧˊ ㄓㄜˇ ㄉㄨㄛˋ）

見「騎者善墮」。

善氣迎人

【出處】《管子・心術下》：「善氣迎人，親如兄弟。」
【解釋】善：親善。氣：態度。用親善的態度對待人。
【用法】形容和藹可親的樣子。
【例句】他的人緣很好，每日總是～，態度親切。

善財難捨

【出處】明・吳承恩《西遊記》第四十二回：「菩薩罵道：『你這猴子！你便一毛也不拔，教我這善財也難捨。』」
【解釋】善財：原為釋迦牟尼弟子名，後取「善」之「愛惜」意，指「愛惜錢財」。捨：「施捨」。謂人愛惜錢財，不願施捨於人。
【用法】形容非常吝嗇。
【例句】這富翁雖是家財萬貫，但卻～，一毛不拔。

善始善終

【出處】《莊子・大宗師》：「善妖善老，善始善終。」
【解釋】善：好的。
【用法】事情有好的開端，好的結局，自始至終都很圓滿。
【例句】希望這一次你能～，不要再像過去那樣半途而廢。

善善從長

【出處】《公羊傳・昭公二十年》：「君子之善善也長，惡惡也短；惡惡止其身，善善及子孫。」
【解釋】善善：前一「善」字是讚許的意思，後一「善」字指美好的事物。從：跟隨，引申為學習。
【用法】原指頌揚美德，源遠流長。現指讚美好的事物，學習別人的長處。
【例句】一個人只要能～，那就一定會很快地進步。
【附註】「長」不能念成ㄓㄤˇ。

善善惡惡

【出處】①《公羊傳・僖公十七年》：「君子之惡惡也疾始，善善也樂終。」②漢・司馬遷・《史記太史公自序》：「善善惡惡，賢賢賤不肖。」
【解釋】善善：前一「善」字是讚許的意思，後一「善」字指美好的事物。惡惡：前一「惡」ㄨˋ字是憎惡的意思，後一「惡」ㄜˋ字是惡劣的意思。
【用法】稱讚好人好事，憎惡壞人壞事。
【例句】他為人正直，～，表現得十分清楚。

善自為謀

【出處】《左傳・桓公六年》：君子曰：「善自為謀。」
【解釋】善：善於。謀：謀劃。
【用法】指善於謀劃，也指善於為自己打算。
【例句】你是～的，這件事你一定會處理得很好。

善有善報

【出處】元・無名氏《來生債》第一折：「便好道，善有善報，惡有惡報，不是不報，時辰未到。」
【解釋】善：好的。報：報應。作好事必

有好報應。常與「惡有惡報」連用。

【例句】他平日樂善好施，相信～，上天一定會眷顧他的。

善為說辭 ㄕㄢˋ ㄨㄟˊ ㄕㄨㄛ ㄘˊ

【出處】《孟子·公孫丑上》：「宰我、子貢善為說辭。」

【用法】形容非常會說話。後指替人說好話。

【例句】在他的面前，希望你～，無論如何也要給我們一點支援。

善與人交 ㄕㄢˋ ㄩˇ ㄖㄣˊ ㄐㄧㄠ

【出處】《論語·公冶長》：「子曰：『晏平仲善與人交，久而敬之。』」

【用法】善於和別人交朋友。

【例句】老王最大的優點就是～，他走到哪裏，哪裏都有朋友，人緣非常好。

掞藻飛聲 ㄕㄢˋ ㄗㄠˇ ㄈㄟ ㄕㄥ

【出處】唐·蕭穎士《贈書司業書》：「今朝野之際，文場至廣，掞藻飛聲，森然林植。」

【解釋】掞：發舒。藻：辭藻。飛：飛揚。聲：聲譽。

【用法】指運用文學才能，使其聲名遠揚。

【例句】他頗有天才，又精於～，因此在文藝界享有盛名。

擅自為謀 ㄕㄢˋ ㄗˋ ㄨㄟˊ ㄇㄡˊ

【解釋】擅自：自作主張。謀：打算。

【用法】指超越權限而自作主張地進行謀畫。

【例句】有關大家的事，就應該和大家一起商量，不要～。

擅作威福 ㄕㄢˋ ㄗㄨㄛˋ ㄨㄟ ㄈㄨˊ

【出處】《漢書·諸侯王表》：「因母后之權，假伊周之稱，顓作威福。」（顓ㄓㄨㄢ：專。）

【解釋】擅：任意。隨心所欲地作威作福。

【例句】作為一個機關主管，應當以身作則而不可～

伸頭探腦 ㄕㄣ ㄊㄡˊ ㄊㄢˋ ㄋㄠˇ

見「舒頭探腦」。

參橫斗轉 ㄕㄣ ㄏㄥˊ ㄉㄡˇ ㄓㄨㄢˇ

見「斗轉參橫」。

參辰卯酉 ㄕㄣ ㄔㄣˊ ㄇㄠˇ ㄧㄡˇ

【出處】元·王實甫《西廂記》第四本第二折：「不爭和張解元參辰卯酉，便是與崔相國出乖弄丑。」

【解釋】參、辰：二星宿名，此出彼沒，不同時出現。卯：十二時辰之一，下午五時至七時。參星酉時出現于西方，辰星卯時出現于東方。

【用法】比喻冤家對頭，勢不兩立。

【例句】他們兩人總是一見面就吵個不停，好像～、勢不兩立。

【附註】①「參」音ㄕㄣ，不能唸成ㄘㄢ或ㄙㄢ。②也作「參辰日月」。

參商之虞 ㄕㄣ ㄕㄤ ㄓ ㄩˊ

【出處】《紅樓夢》第二十一回：「彼含其功，則無參商之虞矣。」

【解釋】參、商：二星宿名。參在西，商在東，此出彼沒，永不相見。虞：憂慮。

【用法】①比喻人分離不得見面的憂慮。②也比喻有不和睦的可能。

深閉固拒 ㄕㄣ ㄅㄧˋ ㄍㄨˋ ㄐㄩˋ

【解釋】固：堅決。拒：拒絕。
【用法】堅決拒絕接受新事物或別人的意見。
【例句】對西方文化既不能～，也不能照單全收，而應該取其精華，棄其糟粕。

深不可測 ㄕㄣ ㄅㄨˋ ㄎㄜˇ ㄘㄜˋ

【出處】宋·馬永卿《嬾眞子》卷五：「世言魏公世居河朔，故其狀貌奇偉，而有厚重之德。然生于泉州，故爲人亦微任術數，深不可測。」
【解釋】深得無法測量。
【用法】形容極深。也比喻人心隱晦，難以測度。
【例句】不管人們如何詢問她，她總是不置可否，面露微笑，眞令人有～之感。

深謀遠慮 ㄕㄣ ㄇㄡˊ ㄩㄢˇ ㄌㄩˋ

【出處】漢·賈誼《過秦論》：「深謀遠慮，行軍用兵之道，非及曩時之士也。」（曩時：以前。）
【解釋】謀：計議：計劃。慮：考慮。
【用法】指周密地計劃，從長遠考慮。
【例句】凡事應該～，不可草率急躁。
【附註】①也作「深慮遠圖」。②參看「計深慮遠」。

深明大義 ㄕㄣ ㄇㄧㄥˊ ㄉㄚˋ ㄧˋ

【解釋】明：明白、清楚。大義：大道理。
【用法】深深地明白大道理。
【例句】她是一個～的女人，對她丈夫所作的一切，都看在眼裡，並在暗中幫助着、祈禱着。

深厲淺揭 ㄕㄣ ㄌㄧˋ ㄑㄧㄢˇ ㄑㄧˋ

【出處】《詩經·邶風·匏有苦葉》：「深則厲，淺則揭。」
【解釋】厲：不脫衣服涉水。揭：撩起衣服過河。涉深水時須和衣而渡，涉淺水時只撩起衣服就行。
【用法】比喻根據不同的情況採取不同的行動。
【例句】做任何事都得先衡量情況，～，然後找出適當的方法，必可事半功倍。
【附註】「揭」音ㄑㄧˋ，不可唸成ㄐㄧㄝ。

深慮遠議 ㄕㄣ ㄌㄩˋ ㄩㄢˇ ㄧˋ

【出處】明·羅貫中《三國演義》第一百零五回：「此事當深慮遠議，不可造次。」
【解釋】深：深入仔細地考慮，從長計議。
【例句】～的人，決不會草率行事。

深溝高壘 ㄕㄣ ㄍㄡ ㄍㄠ ㄌㄟˇ

【出處】《孫子·虛實》：「故我欲戰，敵雖高壘深溝，不得不與我戰者，攻其所必救也。」
【解釋】壘：營壘。挖深壕溝，築高營壘。
【用法】指加強防禦工事。也形容堅固的防禦工事。
【例句】敵人～，層層設防，我們硬打硬衝很難奏效，只能採取迂迴戰術才能取勝。」

深根固底（ㄕㄣ ㄍㄣ ㄍㄨˋ ㄉㄧˇ）

【出處】《老子》五十九章：「有國之母，可以長久，是謂深根固底，長生久視之道。」
【解釋】底：樹根。
【用法】指根基深固不可動搖。
【例句】明·羅貫中《三國演義》第十二回：「昔高祖保關中，光武據河內，皆～，以制天下，進足以勝敵，退足以堅守，故雖有困，終濟大業。」
【附註】①也作「深根固蒂」、「深根固本」。②參看「根深蒂固」。

深耕易耨（ㄕㄣ ㄍㄥ ㄧˋ ㄋㄡˋ）

【出處】《孟子·梁惠王》：「省刑罰，薄稅斂，深耕易耨，壯者以暇日，修其孝悌忠信。」
【解釋】易：迅速。
【用法】形容努力從事農業生產。
【例句】農夫們利用今年風調雨順，莫不～，希望有好收成。

深居簡出（ㄕㄣ ㄐㄩ ㄐㄧㄢˇ ㄔㄨ）

【出處】唐·韓愈《送浮屠文暢師序》：「夫獸深居而簡出，懼物之爲己害也。」
【解釋】簡：少。
【用法】原指動物隱藏在深山裏很少出來，後用以指人總是待在家裏、很少出門。
【例句】她平日總是～，很少與外界接觸。

深更半夜（ㄕㄣ ㄍㄥ ㄅㄢˋ ㄧㄝˋ）

見「半夜三更」。

深情厚誼（ㄕㄣ ㄑㄧㄥˊ ㄏㄡˋ ㄧˊ）

【出處】清·名教中人《好逑傳》第十二回：「因見過公子深情厚意，懇懇款留，只得坐下。」
【解釋】誼：情誼。深厚的情誼。
【例句】我因感念彼此的～，所以答應了他的要求。
【附註】也作「深情厚意」。

深入不毛（ㄕㄣ ㄖㄨˋ ㄅㄨˋ ㄇㄠˊ）

【出處】晉·陳壽《三國志·蜀書·諸葛亮傳》：「五月渡瀘，深入不毛。」
【解釋】不毛：指不毛之地，即不長莊稼的貧瘠土地或地帶。
【用法】指深入荒涼的地方。
【例句】她作爲一個記者，隨著探險隊～，歷盡辛苦，不知不覺已經兩個多月了。

深入淺出（ㄕㄣ ㄖㄨˋ ㄑㄧㄢˇ ㄔㄨ）

【用法】道理陳述得很深刻，使用的語言卻淺顯易懂。
【例句】老師的講解～，明白易懂。
【附註】也作「淺出深入」。

深入人心（ㄕㄣ ㄖㄨˋ ㄖㄣˊ ㄒㄧㄣ）

【出處】明·馮夢龍《東周列國志》第二十回：「且君新得諸侯，非有存亡興滅之德，深入人心，恐諸侯之兵，不爲我用。」
【用法】形容給人影響很深，而爲人所接受。

【例句】實踐是試驗眞理的唯一標準，這一科學論斷，越來越～了。

深藏若虛 ㄕㄣ ㄘㄤˊ ㄖㄨㄛˋ ㄒㄩ

【出處】漢·司馬遷《史記·老莊申韓列傳》：「吾聞之，良賈（ㄍㄨˇ）深藏若虛。君子盛德，容貌若愚。」

【解釋】若：如同。虛：空虛、沒有。深深地隱藏起財寶，如同什麼也沒有一樣。

【用法】比喻有眞才實學的人不在人前顯露。

【例句】這位飽學之士～，從不賣弄自己的學問。

深思熟慮 ㄕㄣ ㄙ ㄕㄡˊ ㄌㄩˋ

【出處】①戰國·楚·屈原《漁父》：「何故深思高舉，自令放爲？」②漢·司馬遷《史記·穰侯列傳》：「願君熟慮之。」

【解釋】熟：仔細、周密。

【用法】指深入周密地考慮。

【例句】我平生從來沒有一次偶然的發明，我的一切發明都是經過～，嚴格試驗的。

深思遠慮 ㄕㄣ ㄙ ㄩㄢˇ ㄌㄩˋ

【出處】南朝·宋·范曄《後漢書·孝和孝殤帝紀》：「先帝即位，務休力役，然猶深思遠慮，安不忘危，探觀舊典，復收塩鐵，欲以防備不虞，寧安邊境。」

【用法】指考慮問題，既周到又具有遠見。

【例句】這問題必須～，不可如此倉促地決定。

深惡痛絕 ㄕㄣ ㄨˋ ㄊㄨㄥˋ ㄐㄩㄝˊ

【出處】元·王實甫《西廂記》第三本第四折金聖嘆批：「不言誰送來與先生者，深惡而痛絕之至也。」

【解釋】深、痛：表示甚、極的意思。惡：憎惡。絕：決絕。

【用法】指十分憎惡厭棄。

【例句】對於他的種種劣行，早已引起人們的～。

【附註】也作「深惡痛疾」。（疾：厭惡。）「惡」不能念成ㄜˋ。

深文周納 ㄕㄣ ㄨㄣˊ ㄓㄡ ㄋㄚˋ

【出處】①漢·司馬遷《史記·酷吏列傳》：「（張湯）與趙禹共定諸律令，務在深文。」②漢·班固《漢書·路溫舒傳》：「上奏畏却，則鍛鍊而周內（納）之。」（鍛鍊：比喻捏造罪名。）

【解釋】深文：制定和援引法律條文苛細嚴峻。周：周密、不放鬆。納：使人陷入。

【用法】爲了給人定罪，盡量苛刻地援引法律條文。也指不根據事實而強加罪名於人。

【例句】他的這篇文章，～陷人以罪，實在是惡毒得很！

身敗名裂 ㄕㄣ ㄅㄞˋ ㄇㄥˊ ㄌㄧㄝˋ

【出處】宋·辛棄疾《賀新郎·別茂嘉十二弟》詞：「將軍百戰身名裂，向河梁，回頭萬里，故人長絕。」

【解釋】身：身分、地位。敗：毀壞。裂：破壞。地位喪失，名譽掃地。

【用法】指爲非作歹的人終於遭到徹底

的失敗。

【例句】因為他做了許多昧天良的事，而導致～。

身不由己
ㄕㄣ ㄅㄨˋ ㄧㄡˊ ㄐㄧˇ

【出處】明·羅貫中《三國演義》第七十四回：「上命差遣，身不由己。望君侯憐憫，誓以死報。」

【解釋】身：自身。由：聽從。

【用法】指自身的行為不聽從自己的思想支配！

【例句】我當時只覺眼前一片黑暗，金星亂冒，～，便昏倒在地了。

【附註】也作「身不由主」。

身名俱泰
ㄕㄣ ㄇㄧㄥˊ ㄐㄩˋ ㄊㄞˋ

【出處】唐·房玄齡等《晉書·石崇傳》：「士當身名俱泰，何至甕牖哉？」（甕牖：用破缸做的窗戶。）

【解釋】身：身分。名：名聲。俱：都。泰：安然。

【用法】指身分和名聲都很好。

【例句】他自小便不斷努力奮發，因此，有如今～的生活。

身體力行
ㄕㄣ ㄊㄧˇ ㄌㄧˋ ㄒㄧㄥˊ

【出處】①漢·劉安《淮南子·氾論訓》：「故聖人以身體之。」②《禮記·中庸》：「力行近乎仁。」

【解釋】身：親身。體：體驗。力：努力。

【用法】指親身體驗，努力實踐。

【例句】為學貴在～，切實實踐。

身臨其境
ㄕㄣ ㄌㄧㄣˊ ㄑㄧˊ ㄐㄧㄥˋ

【出處】晉·陳壽《三國志·吳書·吳主傳》：「而曹公已臨其境。」

【解釋】身：親身。臨：到。境：境地、處境。

【用法】親身到了那個境地。

【例句】人說桂林山水甲天下，今日～，果然名不虛傳。

【附註】也作「身歷其境」、「親臨其境」。參看「如臨其境」。

身懷六甲
ㄕㄣ ㄏㄨㄞˊ ㄌㄧㄡˋ ㄐㄧㄚˇ

【出處】清·李汝珍《鏡花緣》第十回：「偏偏媳婦身懷六甲，好容易逃至海外，生下紅蕖孫女，就在此處敷衍度日。」

【用法】舊時稱婦女懷孕。

【例句】尊夫人已經～，怎能長途跋涉呢！。

身價百倍
ㄕㄣ ㄐㄧㄚˋ ㄅㄞˇ ㄅㄟˋ

【解釋】身價：指人的社會地位。身價提高了一百倍。

【用法】形容人的社會地位迅速提高。（多指不正常的狀況。）

【例句】他剛剛發表了一篇文章，馬上就～，似乎成為名人了。

【附註】參看「聲價百倍」。

身教重於言教
ㄕㄣ ㄐㄧㄠˋ ㄓㄨㄥˋ ㄩˊ ㄧㄢˊ ㄐㄧㄠˋ

【用法】指親身示範去教導人比用言語去教導人，效果更好。

【例句】～，在上位者就應該以身作則，用自己的行動去影響大眾。

身經百戰
ㄕㄣ ㄐㄧㄥ ㄅㄞˇ ㄓㄢˋ

【出處】北宋·司馬光《資治通鑑·後唐紀·莊宗同光三年》：「且群臣或

從陛下歲久，身經百戰，所得不過一州。」
【解釋】身：親身。百：極言其多。親身經歷過許多次戰鬥。
【用法】形容富於實戰經驗，或泛喻具有豐富的實際經驗。
【例句】在隊伍前面走着的是～的老兵們。

身輕言微 ㄕㄣ ㄑㄧㄥ ㄧㄢˊ ㄨㄟˊ

見「人微言輕」。

身先士卒 ㄕㄣ ㄒㄧㄢ ㄕˋ ㄗㄨˊ

【出處】南朝・梁・沈約《宋書・檀道濟傳》：「率勵文武，身先士卒，所向摧破。」
【解釋】身：親自。先：走在前面。
【用法】指打仗時將帥親自帶頭，衝在士兵的前面。現多用以比喻在工作中，領先帶頭走在大家之前。
【例句】李將軍深得擁護，因爲每遇戰事，他總是～。

身心交瘁 ㄕㄣ ㄒㄧㄣ ㄐㄧㄠ ㄘㄨㄟˋ

【解釋】身心：身體和精神。瘁：過度勞累。
【用法】身體和精神都非常勞累。
【例句】十年以後，她老了，已經是～，力不能支了。

身首異處 ㄕㄣ ㄕㄡˇ ㄧˋ ㄔㄨˋ

【出處】北齊・魏收《魏書・昭成子孫列傳》：「陵恐其救至，未及拔劍，以刀子戾其頸，使身首異處。」
【解釋】異處：兩下分開，不在一處了。
【用法】指人被砍頭。
【例句】許仲琳《封神演義》第九回：「我自正位東宮，並無失德，縱有過惡，不過貶謫，也不至～。」
【附註】也作「身首異地」。

身在江湖，心懸魏闕 ㄕㄣ ㄗㄞˋ ㄐㄧㄤ ㄏㄨˊ ㄒㄧㄣ ㄒㄩㄢˊ ㄨㄟˋ ㄑㄩㄝˋ

【出處】《莊子・讓王》：「身在江湖之上，心居乎魏闕之下。」
【解釋】江湖：舊指隱士的居處。懸：懸念、惦記。魏闕：古時宮門上巍然高出的樓觀，用作「朝廷」的代稱。
【用法】①指雖然隱居在野，心裡仍然惦記着朝政。②後常用以諷刺迷戀功名的假隱士。
【例句】清・吳敬梓《儒林外史》第十一回：「總是老先生～，故你憂愁抑鬱，現出此症。」

身在曹營心在漢 ㄕㄣ ㄗㄞˋ ㄘㄠˊ ㄧㄥˊ ㄒㄧㄣ ㄗㄞˋ ㄏㄢˋ

【出處】東漢末年，軍閥混戰，與劉備結義爲兄弟的關羽被曹操俘獲，曹操愛慕關羽的英才，禮遇甚厚，想要留下他，但關羽雖在曹營，心裡卻思念着劉備。後來一聽到劉備的下落，就離開曹營，投奔劉備。劉備是漢朝帝王的後裔，所以說：「心在漢」。（見《三國演義》）
【用法】泛指人雖然身在此處，卻是心向彼方。
【例句】爲了生計，他不得不在敵人租界裡工作，但是～，他無時無刻不在盼望著我軍勝利歸來。

身無長物 ㄕㄣ ㄨˊ ㄓㄤˋ ㄨˋ

見「別無長物」。

身外之物
（ㄕㄣ ㄨㄞˋ ㄓ ㄨˋ）

【出處】元・蔣子正《山房隨筆》引劉改之（劉過）詩：「拔毫已付管城子，爛首曾封關內侯。死後不知身外物，也隨尊酒伴風流。」（管城子：筆。）

【解釋】身：身體。物：東西、事物。自己身體以外的東西。

【用法】泛指財物，而含無足輕重的意思。

【例句】金銀財寶，不過是～，何必汲汲追求？

身微命賤
（ㄕㄣ ㄨㄟˊ ㄇㄧㄥˋ ㄐㄧㄢˋ）

【出處】唐・韓愈《袁州刺史謝上表》：「……又蒙赦其罪累，授以方州，德至恩弘，身微命賤，無階答謝。」

【解釋】身：身分。微：低微。賤：卑賤。

【用法】身分低微，命運不好。

【例句】一位好官，不會因百姓的～而不管事。

身亡命殞
（ㄕㄣ ㄨㄤˊ ㄇㄧㄥˋ ㄩㄣˇ）

【出處】清・曹雪芹《紅樓夢》第三十三回：「寶玉素日雖然口角伶俐，此時一心卻為金釧感傷，恨不得也身亡命殞。」

【解釋】身、命：生命。亡、殞：死亡。

【用法】指人死亡。

【例句】昨日才見他生龍活虎般，怎麼今天就傳出他～的消息？

神不知鬼不覺
（ㄕㄣˊ ㄅㄨˋ ㄓ ㄍㄨㄟˇ ㄅㄨˋ ㄐㄩㄝˊ）

【出處】元・無名氏《冤家債主》第二折：「這煩惱神不知，鬼不覺，天來高，地來厚。」

【用法】比喻做事隱密，不為人知。

【例句】他～地深入敵軍陣地，偵察著敵情。

神不守舍
（ㄕㄣˊ ㄅㄨˋ ㄕㄡˇ ㄕㄜˋ）

【出處】清・曹雪芹《紅樓夢》第八十七回：「怎奈神不守舍，一時如萬馬奔馳。」

【解釋】神：精神。舍：本為房舍，這裡指人的軀體。

【用法】形容心神不定。

【例句】他暗戀對方已久，竟到了～的地步。

神佛不佑
（ㄕㄣˊ ㄈㄛˊ ㄅㄨˋ ㄧㄡˋ）

【解釋】佑：保佑。

【用法】形容人作惡多端或行為惡劣，連神仙和佛祖都不保佑。

【例句】作惡多端的人，總是惹人厭惡，並且～。

神道設教
（ㄕㄣˊ ㄉㄠˋ ㄕㄜˋ ㄐㄧㄠˋ）

【出處】《周易・觀》：「觀天之神道，而四時不忒，聖人以神道設教，而天下服矣。」

【解釋】神道：天道，古人認為是神妙莫測的自然規律。設：設立。教：教化。

【用法】指以神道來教化人，現用以泛指利用鬼神迷信愚弄人民。

【例句】這個宗教團體，假借～之名來欺騙愚弄無知的人們，真是可惡。

神通廣大 ㄕㄣˊ ㄊㄨㄥ ㄍㄨㄤˇ ㄉㄚˋ

【出處】宋・無名氏《大唐三藏取經記・入王母地之處第十一》：「你神通廣大，去必無妨。」
【解釋】神通：原為佛教用語，指修行有成就的佛教徒所具備的神奇能力，後泛指超凡的本領。
【用法】也用以形容善於鑽營投資，活動能力很強（含貶義）。
【例句】西遊記中的孫悟空，～，法力高強，所以能保護師父度難關，取眞經。

神龍見首不見尾 ㄕㄣˊ ㄌㄨㄥˊ ㄐㄧㄢˋ ㄕㄡˇ ㄅㄨˋ ㄐㄧㄢˋ ㄨㄟˇ

【出處】清・趙執信《談龍錄》載：有一次趙執信與洪昇同在王士禛宅論詩，洪昇說：「詩如龍然，首尾爪角鱗鬣，一不具，非龍也。」王士禛不同意，他說：「詩如神龍，見其首不見其尾，或雲中露一爪一鱗而已，安得全體？」
【用法】①原指詩的神韻而言。②後用以比喻人的行踪詭祕，難以捉摸。
【例句】這人總是～的，誰也摸不清他到底是個什麼樣的人物。

神鬼莫測 ㄕㄣˊ ㄍㄨㄟˇ ㄇㄛˋ ㄘㄜˋ

【出處】明・羅貫中《三國演義》第八十七回：「諸將皆拜伏曰：『丞相機算，神鬼莫測！』」
【解釋】神仙鬼怪也無法揣測。
【用法】指極其詭詐狡滑。
【例句】他肚子裡賣些什麼膏藥，眞是～。

神工鬼斧 ㄕㄣˊ ㄍㄨㄥ ㄍㄨㄟˇ ㄈㄨˇ

見「鬼斧神工」。

神嚎鬼哭 ㄕㄣˊ ㄏㄠˊ ㄍㄨㄟˇ ㄎㄨ

見「鬼哭神嚎」。

神乎其神 ㄕㄣˊ ㄏㄨ ㄑㄧˊ ㄕㄣˊ

【出處】《莊子・天地》：「深之又深而能物焉，神之又神而能精焉。」
【解釋】神：神奇。乎：古代形容詞的詞尾。其：古漢語的形容詞的詞頭。
【用法】形容非常神奇。也指故弄玄虛，顯得神祕。
【例句】這位魔術師的技術，～，令人嘆為觀止。

神魂顛倒 ㄕㄣˊ ㄏㄨㄣˊ ㄉㄧㄢ ㄉㄠˇ

【出處】明・馮夢龍《醒世恒言・陸五漢硬留合色鞋》：「……神魂顛倒，連家裏也不思想。」
【解釋】神魂：神志。
【用法】形容過份迷戀，以致心神不定，失去常態。
【例句】他因深愛著那位女子而顯出～的樣子。

神魂失據 ㄕㄣˊ ㄏㄨㄣˊ ㄕ ㄐㄩˋ

【出處】清・曹雪芹《紅樓夢》第二十一回：「是夜，多渾蟲醉倒在炕，二鼓人定，賈璉便溜進來相會，一見面，早已神魂失據。」
【解釋】神魂：神志。據：依托。
【用法】形容神志失去常態。
【例句】黑暗中，一副陰森森的景象，突然間，一聲淒厲的慘叫，嚇得我是～。

神機妙算 ㄕㄣˊ ㄐㄧ ㄇㄧㄠˋ ㄙㄨㄢˋ

【出處】南朝・宋・范曄《後漢書・王渙傳》：「又能以譎數發擿奸伏，京師稱嘆，以爲渙有神算。」（李賢注：「智算若神也。」）

【解釋】神：神奇。機：機智。算：謀劃。神奇的機智，巧妙地謀劃。

【用法】形容機智過人，計謀高明。

【例句】這位偵探～，猜測得是絲毫不差。

【附註】也作「妙算神機」。

神氣活現 ㄕㄣˊ ㄑㄧˋ ㄏㄨㄛˊ ㄒㄧㄢˋ

【解釋】神氣：自以爲得意而傲慢的神情。活現：逼眞地顯示出來。

【用法】形容非常突出地表現出得意而又傲慢的樣子。

【例句】他又～地來到十字街口，清了清喉嚨，拿出了架勢，講起他的巧遇來了。

神清氣爽 ㄕㄣˊ ㄑㄧㄥ ㄑㄧˋ ㄕㄨㄤˇ

【出處】清・曹雪芹《紅樓夢》第七十六回：「微風一過，粼粼然池面皺碧疊紋，眞令人神清氣爽。」

【解釋】神：精神。氣：指人的精神狀態。

【用法】形容人的精神感到清醒爽快。

【例句】面對著美麗的景色，不禁感到～。

神州陸沉 ㄕㄣˊ ㄓㄡ ㄌㄨˋ ㄔㄣˊ

【出處】唐・房玄齡等《晉書・桓溫傳》：「與諸僚屬登平乘樓，眺矚中原，慨然曰：『遂使神州陸沉，百年丘墟，王夷甫諸人不得不任其責！』」

【解釋】神州：指中國。陸沉：比喻國土沉淪，並非由於洪水，而是由於禍亂。

【用法】比喻領土被人占領。

神差鬼使 ㄕㄣˊ ㄔㄞ ㄍㄨㄟˇ ㄕˇ

見「鬼使神差」。

神出鬼沒 ㄕㄣˊ ㄔㄨ ㄍㄨㄟˇ ㄇㄛˋ

【出處】①漢・劉安《淮南子・兵略訓》：「善者之動也，神出而鬼行。」②三國・蜀・諸葛亮《陰符經注》：「八卦之象，申而用之；六十甲子，轉而用之，神出鬼入，萬明一矣。」

【解釋】出：出現。沒：消失。像神鬼一樣來無蹤、去無影。

【用法】①原比喻用兵神奇，機動迅速。②也泛喻善於變化，靈活巧妙。③後多用於比喻行動詭異、捉摸不定。

【例句】我軍活用戰術，～，將對方打得落花流水。

神施鬼設 ㄕㄣˊ ㄕ ㄍㄨㄟˇ ㄕㄜˋ

【出處】唐・韓愈《貞曜先生墓誌銘》：「神施鬼設，間見層出。」

【解釋】施、設：指設計。

【用法】形容技巧高超，有神工鬼斧之妙。

【例句】這棟建築物、宏偉壯濶，令人有～之感。

神采煥發 ㄕㄣˊ ㄘㄞˇ ㄏㄨㄢˋ ㄈㄚ

【出處】明・宋濂等《元史・趙孟頫傳》：「孟頫才氣英邁，神采煥發，如神仙中人。」

【解釋】神采：人所顯露的神情風采。煥發：光彩四射。
【用法】形容精神飽滿，生氣蓬勃。
【例句】王伯伯近來家中喜事不斷，人也顯得～。

神采奕奕 ㄕㄣˊ ㄘㄞˇ ㄧˋ ㄧˋ

【解釋】神采：人表露於面部的神氣和光采。奕奕：精神煥發的樣子。
【出處】清．吳趼人《二十年目睹之怪現狀》第三十七回：「我在底下看着，果然神采奕奕。」
【用法】形容精神旺盛，容光煥發。
【例句】雖然經過一天的辛勤奔波，他仍然顯得精神煥發、～。

神思恍惚 ㄕㄣˊ ㄙ ㄏㄨㄤˇ ㄏㄨ

【出處】元．楊顯之《瀟湘雨》第四折：「一者是心中不足，二者是神思恍惚，恰合眼父子相逢，正數說當年間阻，忽然的好夢驚回。」
【解釋】神思：精神、思緒。恍惚：神志不清。
【用法】形容心神不安，神情渙散。
【例句】他看這姑娘～，便遞給她一杯水，安慰她說：「你不要胡思亂想了……。」

神色不驚 ㄕㄣˊ ㄙㄜˋ ㄅㄨˋ ㄐㄧㄥ

【出處】宋．釋道原《景德傳燈錄．卷十．荊南白馬曇照禪師》：「和尚當時被節度使拋向水中，神色不動，如今何得恁麼地？」（恁麼：如此、這樣。）
【解釋】神色：神情。神情顯得沒有受到驚動，而十分鎮定。
【例句】手榴彈在他身旁冒着烟，他卻～，飛起一脚，就把手榴彈踢到山下去了。
【附註】也作「神色不動」。

神色自若 ㄕㄣˊ ㄙㄜˋ ㄗˋ ㄖㄨㄛˋ

【出處】唐．房玄齡等《晉書．王戎傳》：「猛獸在檻中，虓吼震地，衆皆奔走，戎獨立不動，神色自若。」（虓：ㄒㄧㄠ虎叫。）
【解釋】神色：神情。自若：自然，不改變常態。
【用法】形容臨事鎮定，神情不變，仍像原來的樣子。
【例句】面臨緊張的情勢，將軍仍～、指揮部隊。

神搖意奪 ㄕㄣˊ ㄧㄠˊ ㄧˋ ㄉㄨㄛˊ

【出處】清．蒲松齡《聊齋志異．畫壁》：「朱注目久，不覺神搖意奪，恍然凝思，身忽飄飄，如駕雲霧。」
【解釋】搖：動搖。奪：喪失。
【用法】指神情爲某種事物所吸引而不能自持。
【例句】當我走進科學博覽會的場地後那種種神奇、變化莫測的表演，使人彷彿置身未來世界，不覺～，竟好像把什麼都忘記了似的。

神完守固 ㄕㄣˊ ㄨㄢˊ ㄕㄡˇ ㄍㄨˋ

【出處】唐．韓愈《送高閑上人序》：「苟可以寓其巧智，使機應於心，不挫於氣，則神完而守固。」
【解釋】神：精神。完：完美。守：操守。固：堅持。
【用法】指精神高尚而保持操守。

【例句】能在惡劣環境中，做到～的人，總是令人敬佩。

審己度人（ㄕㄣˇ ㄐㄧˇ ㄉㄨㄛˋ ㄖㄣˊ）

【出處】三國・魏・曹丕《典論・論文》：「蓋君子審己以度人，故能免於斯累而作論文。」

【解釋】審：審查。度：估量。

【用法】先審查自己，再估量別人。

【例句】王老～，眞是謙虛的長者。

【附註】「度」不能念成ㄉㄨˋ。

審時度勢（ㄕㄣˇ ㄕˊ ㄉㄨㄛˋ ㄕˋ）

【出處】清・洪仁玕《資政新篇》：「夫事有常變，理有窮通。故事有今不可行，而不可永定者，爲後之禍。其理在於審時度勢與本末強弱耳。」

【解釋】審：審察。度：估計。勢：形勢。

【用法】審察當前的狀況，估量客觀的形勢。

【例句】我們應該～，好跟上時代的潮流。

愼終追遠（ㄕㄣˋ ㄓㄨㄥ ㄓㄨㄟ ㄩㄢˇ）

【出處】《論語・學而》：「曾子曰：『愼終追遠，民德歸厚矣。』」

【解釋】愼，愼重。終：壽終，這裏指父母的死亡。追：指追念、追祭。遠：指遠祖。

【用法】指愼重地處理父母的喪事，虔誠地追祭遠代的祖先。

【例句】～是中國幾千年來的傳統倫理美德。

愼終如始（ㄕㄣˋ ㄓㄨㄥ ㄖㄨˊ ㄕˇ）

【出處】《老子》第六十四章：「愼終如始，則無敗事。」

【解釋】愼：謹愼。當事情結束時，要像開頭一樣謹愼對待。

【用法】指辦事一直謹愼從事。

【例句】工作已經進行到快要收尾的時候，這當口更要認眞，～，否則就會功虧一簣。

愼於接物（ㄕㄣˋ ㄩˊ ㄐㄧㄝ ㄨˋ）

【出處】漢・司馬遷《報任少卿書》：「曩者辱賜書，教以愼於接物，推賢舉士爲務。」（曩者：從前。）

【解釋】愼：謹愼。物：別人、衆人。

【用法】指在待人接物中小心謹愼。

【例句】于老師一向～，却也受到人們的非議。

甚囂塵上（ㄕㄣˋ ㄒㄧㄠ ㄔㄣˊ ㄕㄤˋ）

【出處】《左傳・成公十六年》：「楚子登巢東以望晉東……曰：『甚囂，且塵土上矣。』」

【解釋】甚：很。囂：喧囂。塵土：塵土飛揚。人聲喧鬧，塵土飛揚。

【用法】①原形容軍中準備戰鬥時的忙亂情景。②後用以形容消息廣泛流傳，衆人議論紛紛。③現常指反動言論極爲囂張。

【例句】「讀書無用論」曾經有一度～，害得許多青年人都不去讀書了。

蜃樓海市（ㄕㄣˋ ㄌㄡˊ ㄏㄞˇ ㄕˋ）

見「海市蜃樓」。

傷風敗俗（ㄕㄤ ㄈㄥ ㄅㄞˋ ㄙㄨˊ）

【出處】漢・班固《漢書・貨殖傳》：「傷化敗俗，大亂之道也。」
【解釋】傷：傷害。敗：敗壞。
【用法】敗壞傳統的風尚習俗。
【例句】我們支持「掃黃運動」，因爲色情行業的確是～。

傷天害理
ㄕㄤ ㄊㄧㄢ ㄏㄞˋ ㄌㄧˇ

【出處】清・蒲松齡《聊齋志異・呂無病》：「堂上公以我爲天下之齷齪教官，勒索傷天害理之錢，以吮人癰痔者耶？」
【解釋】天理：天然的道理。
【用法】指凶狠殘暴，滅絕人性。
【例句】這綁匪做了許多～的勾當，如今被警方逮捕，眞是大快人心。
【附註】也作「傷情害理」。參看「忍心害理」。

傷弓之鳥
ㄕㄤ ㄍㄨㄥ ㄓ ㄋㄧㄠˇ

【出處】《戰國策・楚策四》載：楚國春申君欲起用臨武君爲大將以抗秦，趙國使者魏加說，臨武君曾爲秦兵所敗，而懾于秦兵威力，就會像離群受傷的鳥一樣，聽到弓弦聲便驚慌下墜，故不宜抗秦主將。
【解釋】被箭射傷過的鳥。
【用法】比喻受過禍害的人心有餘悸，遇風吹草動就驚恐萬分。
【例句】自從受到傷害之後，她一聽到「搶」字，便如～，驚悸猶存。
【附註】參看「驚弓之鳥」。

傷化虐民
ㄕㄤ ㄏㄨㄚˋ ㄋㄩㄝˋ ㄇㄧㄣˊ

【出處】明・羅貫中《三國演義》第二十二回：「司空曹操，祖父中常侍騰，與左悺、徐璜，並作妖孽，饕餮放橫，傷化虐民。」
【解釋】傷：傷害。化：風俗。虐：殘害。
【用法】指破壞傳統的風尚習俗，殘害黎民百姓。
【例句】古代的暴君，不但不能行仁政、愛百姓，反而～，無怪乎被天下蒼生所推翻。

傷筋動骨
ㄕㄤ ㄐㄧㄣ ㄉㄨㄥˋ ㄍㄨˇ

【出處】元・無名氏《蝴蝶夢》第二折：「打的來傷筋動骨，更疼似懸頭刺股。」
【用法】指身體受到損傷，也用以比喻事物受到損害。
【例句】古代的人一旦犯錯，往往被官府打得～，以示懲戒。

傷心慘目
ㄕㄤ ㄒㄧㄣ ㄘㄢˇ ㄇㄨˋ

【出處】唐・李華《弔古戰場文》：「傷心慘目，有如是耶？」
【解釋】傷心：令人內心感到悲傷。慘目：讓人目睹感到淒慘，使人不忍目睹。
【用法】形容情景非常悲慘，使人不忍目睹。
【例句】伊朗大地震後，整個災區一片～，令人不忍卒睹。

傷春悲秋
ㄕㄤ ㄔㄨㄣ ㄅㄟ ㄑㄧㄡ

【解釋】傷：憂思、悲傷。因季節、景物的變化而引起的悲傷情緒。
【用法】形容多愁善感。
【例句】詩人，應該是時代精神的歌者。如果只是作些～、無病呻吟的文章，那是會被文學史所唾棄的。

賞不當功（ㄕㄤˇ ㄅㄨˋ ㄉㄤˋ ㄍㄨㄥ）

【出處】漢·班固《漢書·刑法志》：「賞不當功，刑不當罪。」
【解釋】賞：獎賞。當：相當。
【用法】獎賞和所立的功勞不相當。
【例句】這次評選十分公平，沒有出現～的現象。

賞不逾時（ㄕㄤˇ ㄅㄨˋ ㄩˊ ㄕˊ）

【出處】漢·班固《漢書·翟方進傳》：「賞不逾時，欲民速睹爲善之利也。」
【解釋】賞：獎賞。逾：超越。對人獎賞必須及時才能有很好的效果。
【用法】指獎賞必須及時才能有很好的效果。
【例句】獎賞他人必須做到～，才能收到最好的效果。

賞罰分明（ㄕㄤˇ ㄈㄚˊ ㄈㄣ ㄇㄧㄥˊ）

【出處】漢·班固《漢書·張敞傳》：「敞爲人敏疾，賞罰分明。」
【解釋】賞：獎賞。罰：處罰。獎賞有功者，處罰有過者，界限十分清楚。
【例句】他是位要求嚴格、～的好主管，因此部下都十分敬重他。
【附註】也作「賞罰嚴明」。

賞心樂事（ㄕㄤˇ ㄒㄧㄣ ㄌㄜˋ ㄕˋ）

【出處】南朝·宋·謝靈運《擬魏太子鄴中集詩·首序》：「天下良辰、美景、賞心、樂事，四者難並。」
【解釋】賞心：心情歡暢。
【用法】①指歡暢的心情和愉快的事物。②現也指使人心情舒暢、愉快的事物。
【例句】緊張工作之餘，帶著孩子們到公園裡玩玩，確實是一件～。

賞心悅目（ㄕㄤˇ ㄒㄧㄣ ㄩㄝˋ ㄇㄨˋ）

【解釋】賞心：心情歡暢。悅目：看了舒服。
【用法】使人看了舒服，心情愉快。
【例句】藝術作品必須使人～，善聞樂見，才能發揮其教育作用。

賞善罰淫（ㄕㄤˇ ㄕㄢˋ ㄈㄚˊ ㄧㄣˊ）

【出處】《國語·周語中》：「單子知陳必亡，天道賞善而罰淫。」
【解釋】賞：獎賞。善：善良的。罰：處罰。淫：邪惡的。
【用法】指獎勵善良的，懲罰邪惡的。也指做善事有好報，做壞事有惡報。
【例句】國君必須勤政愛民，～，人民才會遵從他的命令。

上不着天，下不着地（ㄕㄤˋ ㄅㄨˋ ㄓㄠˊ ㄊㄧㄢ，ㄒㄧㄚˋ ㄅㄨˋ ㄓㄠˊ ㄉㄧˋ）

【出處】《韓非子·解老》：「上不屬天，下不着地。」
【用法】形容不上不下，沒有着落。
【例句】你簡直太大意了！你這麼一搞，弄得現在「～」的，讓人乾着急也沒辦法。

上天入地（ㄕㄤˋ ㄊㄧㄢ ㄖㄨˋ ㄉㄧˋ）

【出處】唐、白居易《長恨歌》：「爲感君王輾轉思，遂教方士殷勤覓，排雲馭氣奔如電，升天入地求之遍。」
【用法】①指有所尋求、急於得到而不

辭艱難、到處奔走。②後喻指不怕千難萬險，想盡一切辦法。

【例句】即使歷盡艱難，～，我也要找到自己的親生媽媽。

上天無路，入地無門（ㄕㄤˋ ㄊㄧㄢ ㄨˊ ㄌㄨˋ，ㄖㄨˋ ㄉㄧˋ ㄨˊ ㄇㄣˊ）

【出處】宋・釋悟明《聯燈會要・第二十八卷・體柔禪師》：「進前即觸途成滯，退後即噎氣塡胸，直得上天無路，入地無門。」

【用法】形容無路可走，陷入絕境。

【例句】明・施耐庵《水滸傳》第三十四回：「閃得我如今～，～，我若尋見那人時，直打碎這條狼牙棒便罷！」

【附註】參看「入地無門」。

上樓去梯（ㄕㄤˋ ㄌㄡˊ ㄑㄩˋ ㄊㄧ）

【出處】①晉・陳壽《三國志・蜀書・諸葛亮傳》：「劉表長子琦，亦深器亮。表受後妻之言，愛少子琮，不悅於琦。琦每欲與亮謀自安之術，亮輒拒塞，未與處畫。琦乃將亮游觀後園，共上高樓。飲宴之間，令人去梯，因謂亮曰：『今日上不至天，下不至地，言出子口，入於吾耳，可以言未？』亮答曰：『君不見申生在內而危，重耳在外而安乎？』琦意感悟。」②唐・徐堅《初學記》第二十四卷引晉・郭澄之《郭子》：「殷中軍（浩）廢後，恨簡文曰：『上人著百丈樓上，担梯將去。』」

【用法】①意指秘密談話。②也比喻慫恿人上當。

【例句】①兩位主要人物～，不知進行什麼秘談。②此人人品不好，專搞些～的事。

【附註】參看「上樹拔梯」。

上漏下濕（ㄕㄤˋ ㄌㄡˋ ㄒㄧㄚˋ ㄕ）

【出處】《莊子・讓王》：「原憲居魯，環堵之室，茨以生草，蓬戶不完……上漏下濕，匡坐而弦。」

【解釋】屋頂漏雨，地下潮濕。

【用法】形容居住條件惡劣，房屋破漏不能蔽風雨。

【例句】我們的房子已經年久失修，～，很難居住了。

上樑不正下樑歪（ㄕㄤˋ ㄌㄧㄤˊ ㄅㄨˋ ㄓㄥˋ ㄒㄧㄚˋ ㄌㄧㄤˊ ㄨㄞ）

【出處】①晉・楊泉《物理論》：「上不正，下參差。」（參差：長短不齊的樣子。）②清・無名氏《鐵冠圖・夜樂》：「不要怪他們，這叫做上梁不正下梁歪。」

【用法】比喻居上位的人行爲不正，在下邊的人也會跟着學壞。

【例句】難怪這小孩品行不好，原來是～。

【附註】也作「上樑不正下樑蹺」。

上和下睦（ㄕㄤˋ ㄏㄜˊ ㄒㄧㄚˋ ㄇㄨˋ）

【出處】南朝・梁・周興嗣《千字文》：「上和下睦，夫唱婦隨。」

【解釋】和、睦：相處得好。

【用法】上級和下級或上輩和下輩相處得很好。

【例句】我們這個團體向來是很和諧的，～，團結友愛，因此，每項工作都做的很好。

上交不諂（ㄕㄤˋ ㄐㄧㄠ ㄅㄨˋ ㄔㄢˇ）

【出處】《周易．繫辭下》：「君子上交不諂，下交不瀆。」
【解釋】諂：諂媚、奉承。
【用法】與地位較高的人交往不奉承拍馬。
【例句】王先生人品清高，～，雖然失去了很多升遷機會，但我們都敬重他。

上勤下順 ㄕㄤˋ ㄑㄧㄣˊ ㄒㄧㄚˋ ㄕㄨㄣˋ

【出處】唐．韓愈《鄆州谿堂詩》：「惟所令之不亦順乎！上勤下順遂濟登茲。」
【解釋】勤：勤奮。順：順從、服從。
【用法】指在上位的人勤奮工作，下面的人就會服從他的領導。
【例句】作為一個主管，必須處處以身作則，～，工作就容易推動了。

上下交征 ㄕㄤˋ ㄒㄧㄚˋ ㄐㄧㄠ ㄓㄥ

【出處】《孟子．梁惠王上》：「上下交征利，而國危矣。」
【解釋】交：互相。征：求取。
【用法】指上上下下互相爭奪私利。
【例句】一個團體，乃至一個國家，只要有～的現象，那麼就危險了。

上下其手 ㄕㄤˋ ㄒㄧㄚˋ ㄑㄧˊ ㄕㄡˇ

【出處】《左傳．襄公二十六年》：「楚子、秦人侵吳，及雲婁，聞吳有備而還。遂侵鄭。五月，至於城麇。鄭皇頡戍之，出，與楚師戰，敗。穿封戌囚皇頡。公子圍與之爭之，正於伯州犂。伯州犂曰：『請問於囚。』乃立囚。伯州犂曰：『所爭，君子也，其何不知？』上其手，曰：『夫子為王子圍，寡君之貴介弟也。』下其手曰：『此子為穿封戌，方城外之縣尹也。誰獲子？』囚曰：『頡遇王子，弱焉。』」（弱：敗。）
【用法】暗中勾結，玩弄手法，串通作弊。
【例句】這位主管與手下兩人勾結，～，貪汙了許多錢。
【附註】參看「高下其手」。

上下有節 ㄕㄤˋ ㄒㄧㄚˋ ㄧㄡˇ ㄐㄧㄝˊ

【出處】明．羅貫中《三國演義》第六十五回：「恩榮並濟，上下有節。為治之道，於斯著矣。」
【解釋】節：節度。
【用法】指不論職位高或低都有法度約束。
【例句】這個團體相處和睦、～，各方面表現都令人刮目相看。

上行下效 ㄕㄤˋ ㄒㄧㄥˊ ㄒㄧㄚˋ ㄒㄧㄠˋ

【出處】①漢．班固《白虎通．三教》：「教者，效也。上為之，下效之。」②唐．馬總《意林》引崔寔《政論》：「上行下效，然謂之教。」
【解釋】行：做。效：仿效、模仿。
【用法】上級或上輩怎樣做，下級或下輩就會仿效（多用於貶義）。
【例句】在上位的人要以身作則，因為～，影響深遠。

上智下愚 ㄕㄤˋ ㄓˋ ㄒㄧㄚˋ ㄩˊ

【出處】《論語．陽貨》：「子曰：『唯上知（智）與下愚不移。』」
【解釋】知：同「智」。
【用法】指上等的智者，下等的愚人。

上烝下報

【出處】①《左傳·桓公十六年》：「衛宣公烝於夷姜，生急子、屬諸右公子。」②《左傳·宣公三年》：「文公報鄭子之妃，曰陳嬀，生子華、子臧。」

【解釋】①古時晚輩男子與長輩女子通姦爲烝。②古時長輩男子與晚輩女子通姦爲報。

【用法】泛指亂倫。

【例句】「至於～，同人道於獸禽。」（明·馮夢龍《醒世恒言》卷十五）

上諂下瀆

【出處】《周易·繫辭下》：「君子上交不諂，下交不瀆。」

【解釋】諂：諂媚、奉承。瀆：輕慢、褻瀆。

【用法】指對上奉承拍馬，對下輕慢褻瀆。

【例句】這位同事～，給大家留下了很壞的印象。

上樹拔梯

【出處】宋·釋曉瑩《羅湖野錄》第一卷：「黃太史魯直憂居里閈，有手帖與興化海老曰：『……此事黃龍興化亦當作助道之緣，共出一臂，莫送人上樹拔却梯也。』」（憂：丁憂，父母之喪。里閈：鄉里。）

【解釋】送人上了樹却把梯子搬走。

【用法】比喻誘使人上前而斷其後路，使人處於困境。

【例句】這個人盡幹些～的事，讓別人上當。

上醫醫國

【出處】《國語·晉語八》：「文子曰：『醫及國家乎？』對曰：『上醫醫國，其次醫人，固醫官也。』」

【解釋】上醫：高明的醫生。比喻有很高才能的人。醫國：爲其國家除患祛弊。

【用法】指有很高才幹的人能治理好國家。

【例句】一位賢君應廣納諫言，重用人才，方能使～，人盡其才。

上有所好，下必甚焉

【出處】《孟子·滕文公上》：「上有好者，下必有甚焉者矣。」

【解釋】上：居上位的人。好：愛好。甚：更厲害、更嚴重。焉：代詞，相當於「之」。居上位的人有哪一種愛好，在下面的人必定愛好的更厲害。

【用法】指上行下效，影響深重。

【例句】～。居上位者、能不謹慎嗎？

【附註】「好」不能念成ㄏㄠˇ。

上無片瓦，下無立錐之地

【出處】①《新唐書·五行志》：「咸通時童謠曰：『頭無片瓦，地有殘灰。』」②宋·釋道原《景德傳燈錄·卷二十·揚州豐化和尚》：「上無片瓦，下無卓錐，學人向什麼處立？」（卓：直立。）

【用法】形容貧窮到了極點。

【例句】他不事生產、好吃懶做，已經

窮到～的地步。

【附註】①也作「上無片瓦，下無插針之地」。②參看「無立錐之地」。

上聞下達（ㄕㄤˋ ㄨㄣˊ ㄒㄧㄚˋ ㄉㄚˊ）

【出處】唐・韓愈《與李翺書》：「布衣韋帶之士，談道義者多乎。以僕遑遑於其中，能上聞而下達乎？」

【解釋】聞：聽見。達：明白。

【用法】使上級知道，下邊的人明白。

【例句】我們不能只求作到～，而應更積極地擴展工作。

尚德緩刑（ㄕㄤˋ ㄉㄜˊ ㄏㄨㄢˇ ㄒㄧㄥˊ）

【出處】唐・路溫舒《尚德緩刑書》：「路溫舒上書，言宜尚德緩刑。」

【解釋】尚：崇尚。德：德政。緩：放寬。

【用法】崇尚德政，放寬刑罰。

【例句】懲罰不是目的，而是手段，目的是爲了挽救他，因此，我們還是應該～，不要動不動就嚴懲。

勝任愉快（ㄕㄥˋ ㄖㄣˋ ㄩˊ ㄎㄨㄞˋ）

【出處】漢・司馬遷《史記・酷吏列傳序》：「當是之時，吏治若救火揚沸，非武健嚴酷，悉能勝其任而愉快乎！」

【解釋】勝任：能力足以擔當。

【用法】能承擔重任，而又令人滿意地完成任務。

【例句】他們有豐富的教學經驗，擔任這門課程，是完全能夠～的。

升堂拜母（ㄕㄥ ㄊㄤˊ ㄅㄞˋ ㄇㄨˇ）

【出處】晉・陳壽《三國志・吳書・周瑜傳》：「（孫）堅子策與瑜同年，獨相友善，瑜推道南大宅以舍策，升堂拜母，有無通共。」

【解釋】古代的禮節，彼此友誼深厚的人，互相拜訪時，常進入後堂去拜候對方的母親。《太平御覽》引《後漢書・謝承傳》載：范式和張劭是至交好友，情同手足，二人告老辭官，各歸故里。兩年後，范式應約，來到張劭家裏，升堂拜母，會見家小。張母備酒接待，盡歡而別。

【用法】後指結成深厚的情誼，如同一家人。

【附註】也作「登堂拜母」。

升堂入室（ㄕㄥ ㄊㄤˊ ㄖㄨˋ ㄕˋ）

【出處】《論語・先進》，「由（子路）也升堂矣，未入于室也。」

【解釋】升：登上。堂：廳堂。室：內室。登上廳堂又進入內室。

【用法】比喻學識由淺入深，達到了很高的造詣。

【例句】無論學習哪一門學科，要想～，就必須下苦功夫。

【附註】也作「入室升堂」。

升高能賦（ㄕㄥ ㄍㄠ ㄋㄥˊ ㄈㄨˋ）

見「登高能賦」。

生搬硬套（ㄕㄥ ㄅㄢ ㄧㄥˋ ㄊㄠˋ）

【用法】形容不根據實際情況，機械地採取別人的經驗和方法。

【例句】學習外國的長處，不能～，必須結合本國的實際情況。

生不逢辰（ㄕㄥ ㄅㄨˋ ㄈㄥˊ ㄔㄣˊ）

【出處】《詩經・大雅・桑柔》：「我生不逢辰，逢天僤怒。」
【解釋】逢：遇到。辰：時辰、日子。出生沒有遇到好的時辰。（舊時觀念，認爲人出生的時辰的好壞決定一生的命運。）
【用法】常指人沒遇上好的時機而不得志。
【例句】他是個很有才能的青年，可惜～，年紀輕輕就染上不治之症。
【附註】也作「生不逢時」。

生命攸關 ㄕㄥ ㄇㄧㄥˋ ㄧㄡ ㄍㄨㄢ

【解釋】攸：相當於「所」。關係到人的生命。
【用法】形容事關重大。
【例句】保護森林資源，是人類～的大事，因此引起了各國政府的重視。
【附註】也作「生死攸關」。

生佛萬家 ㄕㄥ ㄈㄛˊ ㄨㄢˋ ㄐㄧㄚ

見「萬家生佛」。

生棟覆屋 ㄕㄥ ㄉㄨㄥˋ ㄈㄨˋ ㄨ

【出處】《管子・形勢解》：「棟生橈不勝任則屋覆，而人不怨者，其理然也。……故曰：『生棟覆屋，怨怒不及，……』」
【解釋】棟：房屋的正樑。生棟：即房樑曲折。覆：傾倒。房樑折斷致使房屋倒塌。
【用法】比喻人力難以防止發生的自然災害。
【例句】颱風、地震等自然災禍，就好比～，是人力無法防止的。

生呑活剝 ㄕㄥ ㄊㄨㄣ ㄏㄨㄛˊ ㄅㄛ

【出處】唐・劉肅《大唐新語・諧謔》：「有棗強尉張懷慶，好偷名士文章，人爲之諺曰：『活剝張昌齡，生呑郭正一。』」
【用法】比喻生硬地照搬或機械地模仿人家的言辭、理論、經驗、方法等，而不結合實際。
【例句】他們從歐洲回來，只知道～地談論外國的一切事物。

生拉硬拽 ㄕㄥ ㄌㄚ ㄧㄥˋ ㄓㄨㄞˋ

【用法】①比喻把沒有關係的事物扯在一起。②也用於使人勉強聽從。
【例句】把毫不相干的事～地攬到一起，是永遠也說不清的事。

生老病死 ㄕㄥ ㄌㄠˇ ㄅㄧㄥˋ ㄙˇ

【出處】南朝・宋・劉義慶《世說新語・雅量》：「雞猪魚蒜，逢着便吃；生老病死，時至則行。」
【解釋】佛教將「生、老、病、死」看作是人生的「四苦」。（見《大乘義章・三》）
【用法】概稱人在一生中的重要的遭際，泛指生育、養老、醫療、殯葬等事。
【例句】在先進國家中，人民的～都得到了社會的關懷和照顧。

生離死別 ㄕㄥ ㄌㄧˊ ㄙˇ ㄅㄧㄝˊ

【出處】漢・無名氏《爲焦仲卿妻作》詩：「生人作死別，恨恨那可論！」
【解釋】死別：永別，到死不能再見。
【用法】指難以重見或永不再相見的離別。
【例句】這對可憐的夫妻，在戰亂中，

飽嚐了～的痛苦。

生靈塗炭（ㄕㄥ ㄌㄧㄥˊ ㄊㄨˊ ㄊㄢˋ）

【出處】《尚書・仲虺之誥》：「有夏昏德，民墜塗炭。」
【解釋】生靈：生民、百姓。塗炭：爛泥和炭火。
【用法】比喻極其困苦的境地。形容人民處於極端困苦的境地中。
【例句】敵人掃蕩之時，村舍夷平，～血染大地。
【附註】也作「生民塗炭」。

生龍活虎（ㄕㄥ ㄌㄨㄥˊ ㄏㄨㄛˊ ㄏㄨˇ）

【出處】《朱子全書・理性四・定性》：「不然，只見得他如生龍活虎相似，更把提不得。」
【用法】比喻富有生氣，充滿活力。
【例句】他上課時無精打采，下課時却如～一般。

生公說法（ㄕㄥ ㄍㄨㄥ ㄕㄨㄛ ㄈㄚˇ）

【出處】《蓮杜高賢傳》：「竺道生入虎山丘，聚石為徒，講《涅盤經》，群石皆為點頭。」
【解釋】生公：晉末高僧竺道生，也稱生公。竺道生說法，能令頑石點頭。
【用法】比喻由精通者親自來講解，一定能講得透徹而使人感化。
【例句】這次的弘揚法會，能請到慈濟大師來講道，定能如～，令人深感佛法無邊。

生花妙筆（ㄕㄥ ㄏㄨㄚ ㄇㄧㄠˋ ㄅㄧˇ）

見「妙筆生花」。

生寄死歸（ㄕㄥ ㄐㄧˋ ㄙˇ ㄍㄨㄟ）

【出處】漢・劉安《淮南子・精神訓》：「生，寄也；死，歸也。」
【解釋】寄：寄寓。歸：歸宿。活著是在作客，死去才是歸宿。
【用法】舊時指一些人把生死看得很奇怪。
【例句】他性情曠達，對於人世看得很開，總認為～，一切順其自然。

生聚教訓（ㄕㄥ ㄐㄩˋ ㄐㄧㄠˋ ㄒㄩㄣˋ）

【出處】《左傳・哀公元年》：「越十年生聚，而十年教訓，二十年之外，吳其為沼乎！」
【解釋】生聚：繁殖人口，聚積物力。教訓：教育、訓練。
【用法】指獎勵人口繁殖，努力發展生產，訓練人民，富國強兵。
【例句】經過長久的～，句踐終能打敗夫差，雪恥復仇。

生氣勃勃（ㄕㄥ ㄑㄧˋ ㄅㄛˊ ㄅㄛˊ）

【解釋】生氣：生命力、活力。勃勃：旺盛的樣子。
【用法】形容充滿了生命力，而富有朝氣。
【例句】我們剛剛來到預備下榻的地方，一群～的青年男女就一窩蜂似地湧來了。
【附註】也作「生機勃勃」。

生張熟李（ㄕㄥ ㄓㄤ ㄕㄨˊ ㄌㄧˇ）

【出處】宋・沈括《夢溪筆談》卷十六：「北都有妓女，美色而舉止生梗，士人謂之『生張八』。因府會，寇忠愍(准)令乞詩於魏處士野。野贈之詩曰：「君爲北道生張八，我是西州熟魏三。莫怪尊前無笑語，半生半熟未相諳。』」

【解釋】張、魏：都是姓氏。這裏是泛指。

【用法】指互不熟悉。

生衆食寡 ㄕㄥ ㄓㄨㄥˋ ㄕˊ ㄍㄨㄚˇ

【出處】《禮記・大學》：「生財有大道，生之者衆，食之者寡，爲之者疾，用之者舒，則財恒足矣。」

【解釋】衆：多。寡：少。生產者多，消費者少。

【用法】形容財富充足。

【例句】一個國家，若是～，社會福利制度良好，必定人民生活富足。

生齒日繁 ㄕㄥ ㄔˇ ㄖˋ ㄈㄢˊ

【出處】宋・程頤《論十事札子》：「今則蕩然無法，富者跨州縣而莫之止，貧者流離餓殍而莫之恤，幸民雖多而衣食不足者，蓋無紀極，生齒日益繁而不爲之制。」

【解釋】生齒：嬰兒長出乳齒。古代凡是已生乳齒的男女都登入戶籍，故常借指人口。日：一天一天地。繁：衆多。

【用法】指人口日益增多。

【例句】近來各國多推行家庭計畫，因爲擔心～，國家無法負荷而使生活水準下降。

生世不諧 ㄕㄥ ㄕˋ ㄅㄨˋ ㄒㄧㄝˊ

【出處】南朝・宋・范曄《後漢書・周澤傳》：「生世不諧，作太常妻，一歲三百六十日，三百五十九日齋。（齋：齋戒，祭祀前整潔身心。）

【解釋】諧：和諧、融洽。

【用法】形容命運不濟。

【例句】不肯奮發努力，卻嘆息～，這是沒有出息的。

生事微渺 ㄕㄥ ㄕˋ ㄨㄟˊ ㄇㄧㄠˇ

【出處】明・湯顯祖《牡丹亭・言懷》：「所恨俺自小孤單，生事微渺。」

【解釋】生事：生計、謀生之道。微渺：渺茫。

【用法】指生活非常艱難。

【例句】他自幼孤苦伶丁，～，過著艱困的日子。

生殺予奪 ㄕㄥ ㄕㄚ ㄩˇ ㄉㄨㄛˊ

【出處】《荀子・王制》：「故喪祭、朝聘、師旅，一也。貴賤、殺生、予奪，一也。」

【解釋】生：讓人活。殺：殺死人。予：給予。奪：奪取。

【用法】指統治者掌握着隨意處置人民生命財產的權力。

【例句】一旦大權落入野心家之手，他們就可以～，使人民遭受苦難。

生生不已 ㄕㄥ ㄕㄥ ㄅㄨˋ ㄧˇ

【出處】宋周敦頤《太極圖說》：「二氣交感。化生萬物，萬物生生而變化無窮焉。」

【解釋】生生：中國哲學術語，指變化和新生事物的發生。不已：沒有休止的時候。

【用法】指在發展變化中新事物的產生是沒有窮盡的。

【例句】新生事物，～，這是一個不可

抗拒的規律。

生榮死哀（ㄕㄥ ㄖㄨㄥˊ ㄙˇ ㄞ）

【出處】《論語·子張》：「其生也榮，其死也哀，如之何其可及也？」

【解釋】榮：光榮。哀：哀悼。活着有榮譽，死了被哀悼。

【用法】指爲世人所尊崇愛戴，不以生死而不同。常用以稱頌受人敬重的死者。

【例句】看着送葬的人群，我不由得想：像他這樣～的人，也是不多見的。

生則同衾，死則同穴（ㄕㄥ ㄗㄜˊ ㄊㄨㄥˊ ㄑㄧㄣ，ㄙˇ ㄗㄜˊ ㄊㄨㄥˊ ㄒㄩㄝˊ）

【出處】①《詩經·王風·大車》：「死則同穴。」②元·王實甫《西廂記》第四本第四折：「不戀豪傑，不羨驕奢，自願地生則同衾，死則同穴。」

【解釋】衾：被子。穴：墓穴。活着同蓋一條被子，死了同葬一座墳里。

【用法】表示夫婦愛情深厚。

【例句】他們這對患難夫妻，歷經許多挫折，而情愛彌堅，常說但願～。

生財有道（ㄕㄥ ㄘㄞˊ ㄧㄡˇ ㄉㄠˋ）

【出處】《禮記·大學》：「生財有大道，生之者衆，食之則寡，爲之者疾，用之者舒，則財恒足矣。」

【解釋】生財：指開發財源，增加財富。道：途徑、方法。

【用法】指有賺錢發財的門路（多用爲貶義）。

【例句】你別看他腹內空空，却是～，不到三年的功夫，居然手頭濶綽起來了。

生死肉骨（ㄕㄥ ㄙˇ ㄖㄡˋ ㄍㄨˇ）

【出處】《左傳·襄公二十二年》：「吾見申叔夫子，所謂生死而肉骨也。」

【解釋】生死：使死人復生。肉骨：使白骨生肉。

【用法】形容恩德極大。

【例句】你這樣成全我，眞是～我永遠也不會忘記。

生死存亡（ㄕㄥ ㄙˇ ㄘㄨㄣˊ ㄨㄤˊ）

【出處】《左傳·定公十五年》：「夫禮，死生存亡之體也。」

【解釋】生存或死亡。

【用法】指決定成敗的緊要關頭。

【例句】在這～的關頭，每個人都要咬緊牙根，奮力一搏。

生於憂患，死於安樂（ㄕㄥ ㄩˊ ㄧㄡ ㄏㄨㄢˋ，ㄙˇ ㄩˊ ㄢ ㄌㄜˋ）

【出處】《孟子·告子下》：「入則無法家拂士，出則無敵國外患者，國恒亡。然後知生於憂患，死於安樂也。」

【解釋】憂患：困苦患難。安樂：安寧、快樂。

【用法】憂患的處境可以使人發憤而得生，安樂的生活可以使人懈怠而致滅亡。

【例句】越王勾踐臥薪嘗膽的故事深刻地揭示了～的眞理。

生而知之（ㄕㄥ ㄦˊ ㄓ ㄓ）

【出處】《論語·述而》：「子曰：『我非生而知之者，好古敏以求之者也。』」

【解釋】生下來就明白知識和道理。

【例句】不是每個人都具有～的本領，因此，努力還是重要的。

笙磬同音
ㄕㄥ ㄑㄧㄥˋ ㄊㄨㄥˊ ㄧㄣ

【解釋】笙：簧管樂器。磬：古代石製打擊樂器。笙和磬發出的音響十分和諧。

【用法】比喻情趣相同的人，彼此言行十分協調。

【例句】他們倆人是老搭檔了，一唱一合，～，不論什麼問題總是能觀點一致。

【附註】「磬」不能寫成「罄」。

聲名狼藉
ㄕㄥ ㄇㄧㄥˊ ㄌㄤˊ ㄐㄧˊ

【出處】漢・司馬遷《史記・蒙恬列傳》：「惡聲狼藉，布于諸國。」

【解釋】聲名：名譽。狼藉：舊傳狼群常藉草而臥，起來就把草踏亂來消除痕跡。

【用法】用以形容亂七八糟。也形容名譽壞到極點。

【例句】他因犯案累累而～。

聲東擊西
ㄕㄥ ㄉㄨㄥ ㄐㄧ ㄒㄧ

【出處】①《韓非子・說林上》：「今荊人起兵將攻齊，臣恐其攻齊爲聲而以襲秦爲實也，不如備之戍東邊。」②唐・杜佑《通典、兵典六》：「聲言擊東，其實擊西。」

【解釋】聲東：在東面虛張聲勢。擊西：在西面實行攻擊。軍事上使敵方產生錯覺以出奇制勝的一種戰術。

【用法】意謂表面上宣稱要攻擊這邊，實際上却暗中攻擊那邊。

【例句】敵人中了我軍～的圈套而潰不成軍。

聲價十倍
ㄕㄥ ㄐㄧㄚˋ ㄕˊ ㄅㄟˋ

【出處】唐・李白《與韓荊州書》：「一登龍門，則聲價十倍。」

【解釋】聲價：指名譽地位。聲望和社會地位增高了十倍。

【用法】形容名譽地位提高極快。

【例句】她因主演了這部電影而～。

【附註】參看「身價百倍」。

聲氣相求
ㄕㄥ ㄑㄧˋ ㄒㄧㄤ ㄑㄧㄡˊ

見「同聲相應，同氣相求」。

聲銷迹滅
ㄕㄥ ㄒㄧㄠ ㄐㄧ ㄇㄧㄝˋ

見「銷聲匿迹」。

聲振林木
ㄕㄥ ㄓㄣˋ ㄌㄧㄣˊ ㄇㄨˋ

【出處】《列子・湯問》：「撫節悲歌，聲振林木，響遏行雲。」

【解釋】聲：指歌聲。歌聲使林木隨之振動。

【用法】形容歌聲高亢優美。

【例句】那嘹亮的歌聲，十分慷慨激昂，～。

聲振寰宇
ㄕㄥ ㄓㄣˋ ㄏㄨㄢˊ ㄩˇ

【出處】唐・李延壽《南史・梁本紀》：「（高祖）介胄仁義，折衝尊俎，聲振寰宇，澤流遐裔。」

【解釋】寰宇：天下、整個世界。

【用法】形容聲威極盛。

【例句】中國古代漢唐兩朝、文治武功均強，可謂～。

聲勢浩大
ㄕㄥ ㄕˋ ㄏㄠˋ ㄉㄚˋ

【出處】明・施耐庵《水滸傳》第六十

三回：「如今宋江領兵圍城，聲勢浩大，不可抵敵。」
【用法】指聲威和氣勢非常盛大。
【例句】我軍～，十分驍勇善戰，連連奏捷。

聲勢顯赫（ㄕㄥ ㄕˋ ㄒㄧㄢˇ ㄏㄜˋ）

【解釋】顯赫：指權勢很盛。
【用法】形容聲名昭著，氣勢逼人。
【例句】他平步青雲，一時～，炙手可熱。

聲勢洶洶（ㄕㄥ ㄕˋ ㄒㄩㄥ ㄒㄩㄥ）

【解釋】洶洶：原指水勢很猛。
【用法】形容聲勢氣勢極大。
【例句】一些群衆憤怒地湧上街頭，～，抗議環境、空氣汙染太嚴重了。

聲生勢長（ㄕㄥ ㄕㄥ ㄕˋ ㄓㄤˇ）

【出處】唐・韓愈《曹成王碑》：「法成令修，治出張施，聲生勢長。」
【用法】聲名越高，勢力越大。
【附註】「長」不能念成ㄔㄤˊ。

聲罪致討（ㄕㄥ ㄗㄨㄟˋ ㄓˋ ㄊㄠˇ）

【出處】《國語・晉語五》：「是故伐備鐘鼓，聲其罪也。」
【解釋】聲：宣布。
【用法】宣布對方的罪行而進行討伐。
【例句】土匪頭子被擒，人們正在進行～的工作。

聲嘶力竭（ㄕㄥ ㄙ ㄌㄧˋ ㄐㄧㄝˊ）

【解釋】嘶：聲音啞。竭：盡。喊得聲音都啞了，力氣也用盡了。
【用法】形容拼命地叫喊、呼號。
【例句】我們為拔河比賽加油，喊得實在是～。

聲色貨利（ㄕㄥ ㄙㄜˋ ㄏㄨㄛˋ ㄌㄧˋ）

【出處】清・曹雪芹《紅樓夢》第二十五回：「那僧道：『長官有所不知，那「寶玉」原是靈的，只因為聲色貨利所迷，故此不靈了。』」
【解釋】聲色：指歌舞與女色。貨：財貨，財物。利：利祿。
【用法】泛指一切奢侈、庸俗的事物。
【例句】一般人常被～給迷惑住，而犯下許多罪。

聲色俱厲（ㄕㄥ ㄙㄜˋ ㄐㄩˋ ㄌㄧˋ）

【出處】唐・房玄齡等《晉書・明帝紀》：「大會百官而問溫嶠曰：『皇太子以何德稱？』聲色俱厲，必欲使有言。」
【解釋】聲：指說話聲。色：臉色。俱：都。厲：嚴厲。
【用法】指說話的聲音和臉色都顯得非常嚴厲。
【例句】談到有人行賄之事，他～，憤慨已極。

聲色犬馬（ㄕㄥ ㄙㄜˋ ㄑㄩㄢˇ ㄇㄚˇ）

【出處】《唐宋傳記奇集・李師師外傳》：「於是童貫、朱勔輩復導以聲色狗馬宮室苑囿之樂。」
【解釋】聲色：指歌舞與女色。犬馬：指養狗和騎馬。
【用法】形容荒淫享樂的生活。
【例句】那些人，在國家面臨存亡關頭時，依然是～，荒淫無度。

【附註】也作「聲色狗馬」。

聲音笑貌（ㄕㄥ ㄧㄣ ㄒㄧㄠˋ ㄇㄠˋ）

【出處】《孟子．離婁上》：「恭儉豈可以聲音笑貌爲哉！」

【用法】指人的言談、表情等。

【例句】乍一見面，她的～，就和我的老同學一樣，只是她更年輕，更清秀一些罷了。

聲應氣求（ㄕㄥ ㄧㄥˋ ㄑㄧˋ ㄑㄧㄡˊ）

【解釋】應：應和。求：求聚。

【用法】形容朋友之間志趣相投，像相同的聲音互相應和，相同的氣味互相融合一樣。

【例句】她剛讀了他信中的頭幾句話，就完全明白了他的苦惱和他的心情，他們畢竟是～的一對知心朋友。

【附註】參看「同聲相應，同氣相求」。

聲威大震（ㄕㄥ ㄨㄟ ㄉㄚˋ ㄓㄣˋ）

【解釋】震：震驚。名聲和威望使人大爲震驚。

【用法】形容聲勢極大。

【例句】我軍的隊伍不斷壯大，眞是兵強馬壯，橫掃千軍，～。

聲聞過情（ㄕㄥ ㄨㄣˊ ㄍㄨㄛˋ ㄑㄧㄥˊ）

【出處】《孟子．離婁下》：「苟爲無本，七八月之間雨集，溝澮皆盈，其涸也，可立而待也，故聲聞過情，君子恥之。」

【解釋】聲聞：聲望。過：超過。情：情況。

【用法】聲望超過了實際情況。

【例句】君子應求名實相符，倘若～，則有何值得尊敬之處呢？

聲譽鵲起（ㄕㄥ ㄩˋ ㄑㄩㄝˋ ㄑㄧˇ）

【解釋】聲譽：聲望和名譽。鵲起：像喜鵲飛起似的。

【用法】形容聲譽提高得很快。

【例句】自從這本小說暢銷之後，作者馬上～、平步青雲了。

繩鋸木斷（ㄕㄥˊ ㄐㄩˋ ㄇㄨˋ ㄉㄨㄢˋ）

【解釋】繩子也能鋸斷木頭。

【用法】比喻只要堅持不懈地去做，力量雖小，最後也能取得成功。

【例句】皇天不負苦心人，只要工夫到了，就能～、水滴石穿。

【附註】參看「水滴石穿」。

繩其祖武（ㄕㄥˊ ㄑㄧˊ ㄗㄨˇ ㄨˇ）

【出處】《詩經．大雅．下武》：「昭茲來許，繩其祖武。」（武：脚印。）

【解釋】繩：繼續。祖武：祖先的遺迹、事業。

【用法】指繼承祖先的事業。

【例句】一個人必須懂得～，繼往開來，才能在自己工作上，更有發展。

繩愆糾謬（ㄕㄥˊ ㄑㄧㄢ ㄐㄧㄡ ㄇㄧㄡˋ）

【出處】《尚書．冏命》：「惟予一人無良，實賴左右前後有位之士，匡其不及，繩愆糾謬，格其非心，俾克紹先烈。」

【解釋】繩：糾正。愆：過失。糾：舉發。謬：錯誤。

【用法】指舉發及糾正錯誤。

【例句】王先生是個値得敬重的長輩，對於我們的缺點，～，使我們能及時改正。

繩趨尺步（ㄕㄥˊ ㄑㄩ ㄔˇ ㄅㄨˋ）

【出處】元・脫脫等《宋史・朱熹傳》：「方是時，士之繩趨尺步，稍以儒名者，無所容其身，而熹日與諸生講學不休。」
【解釋】繩、尺：工匠校曲直、量長短的工具（「繩」指木工用的墨線），引申爲「法度」。
【用法】指一舉一動都有法度。
【例句】他的一切行爲，從來都是～、一板一眼的。
【附註】也作「尺步繩趨」。

繩之以法（ㄕㄥˊ ㄓ ㄧˇ ㄈㄚˇ）

【出處】梁・蕭子顯《南齊書・武帝紀》：「如故有違，繩之以法。」
【解釋】繩：木工用的墨線，是校正曲直的工具，引申爲制裁。法：法律、法令制度。
【用法】指用法律或法令制裁。
【例句】對於不法之徒，必須～，才能維持社會的正常秩序。

繩床瓦灶（ㄕㄥˊ ㄔㄨㄤˊ ㄨㄚˇ ㄗㄠˋ）

【出處】清・曹雪芹《紅樓夢》第一回：「所以蓬牖茅椽，繩床瓦灶，並不足妨我襟懷。」
【解釋】繩床：即交椅，也叫「胡床」。瓦灶：土坯爐灶。
【用法】指簡陋的生活用具。形容生活艱苦。
【例句】看他的家裡，～，就知道生活極爲清苦。

省吃儉用（ㄕㄥˇ ㄔ ㄐㄧㄢˇ ㄩㄥˋ）

【出處】明・凌濛初《二刻拍案驚奇》第二十二卷：「雖不及得富盛之時，却是省吃儉用，勤心苦胝，衣食盡不缺了。」
【解釋】省、儉：節約、不浪費。
【用法】形容生活儉樸節省。
【例句】清・吳敬梓《儒林外史》第四十七回：「虞華軒在家，～，積起幾兩銀子。」

剩水殘山（ㄕㄥˋ ㄕㄨㄟˇ ㄘㄢˊ ㄕㄢ）

見「殘山剩水」。

勝敗乃兵家之常（ㄕㄥˋ ㄅㄞˋ ㄋㄞˇ ㄅㄧㄥ ㄐㄧㄚ ㄓ ㄔㄤˊ）

【出處】五代・後晉・劉昫等《舊唐書・裴度傳》：「一勝一敗，兵家常事。」
【解釋】乃：是。兵家：指用兵的人。常：經常，這裏指經常的事。
【用法】勝利或失敗是指揮戰爭的人所常有的事。
【例句】～，輸了也用不著氣餒，下次比賽再贏回來啊！
【附註】也作「勝敗乃兵家常事」、「勝負乃兵家常事」。

勝不驕，敗不餒（ㄕㄥˋ ㄅㄨˋ ㄐㄧㄠ，ㄅㄞˋ ㄅㄨˋ ㄋㄟˇ）

【出處】《商君書・戰法》：「勝而不驕，敗而不怨。」
【解釋】驕：驕傲。餒：氣餒，失去勇氣。
【用法】指勝利不驕傲，失敗不氣餒。
【例句】我們的運動員，具有～的精神，堅決、勇敢，一定能在國際比賽中爲我們爭得榮譽。

勝殘去殺

【出處】《論語·子路》：「善人爲邦百年，亦可以勝殘去殺矣。」
【解釋】勝：制服。殘：殘暴。去：除掉。殺：弄死。
【用法】指制服殘暴，免除虐殺。
【例句】一位仁君，不僅可以勤政愛民，更可以~。
【附註】也作「捐殘去殺」。

勝讀十年書

【出處】宋《二程全書·遺書二十二上·伊川語錄》：「古人有言曰：『共君一夜話，勝讀十年書。』若一日有所得，何止勝讀十年書也！」
【解釋】勝：超過。超過了苦念十年書的收穫。
【用法】形容收益極大。
【例句】你談的這些事情，簡直聞所未聞，使我大開眼界，這眞是「聞君一席話，~」！

勝友如雲

【出處】唐·王勃《滕王閣序》：「十旬休暇，勝友如雲；千里逢迎，高朋滿座。」
【解釋】勝：指才智出衆。
【用法】指才智出衆的朋友們都雲集一處。
【例句】我們學校六十周年校慶時，國內各地和海外的許多校友回到母校，參加慶祝活動，一時~，一片歡騰景象。

盛名之下，其實難副

【出處】漢·李固《遺黃瓊書》：「嘗聞語曰：『嶢嶢者易折，皎皎者易汚。陽春白雪，和者必寡；盛名之下，其實難副。』」
【解釋】盛名：很大的名聲。實：實際。副：相稱、符合。
【用法】聲名很大的人，他的實際却很難跟聲名相稱（常用以提醒人要有自知之明，謙虛謹愼）。
【例句】由於我在遺傳學上有一點新的見解，引起了國內外的注意，來信請教者與日俱增，我深感~，那麼多問題，我哪裏回答得出來啊！

盛極一時

【出處】清·方東樹《劉悌堂詩集序》：「劉氏名弗耀於遠，而其說盛行一時。」
【用法】形容一時非常興盛或流行。
【例句】棒球運動在十年前曾~。

盛氣凌人

【出處】宋《朱子全書·學五·教人》：「凡事謙恭，不得尙氣凌人，自取其辱。」
【解釋】盛氣：驕橫的氣勢。凌：凌駕。
【用法】指驕橫的氣勢凌駕於人。
【例句】他批評人是從關心愛護出發的，從來不~，因而使人心悅誠服。

盛情難却

【解釋】盛情：深厚的情意。却：推辭、不接受。
【用法】指深厚的情意難以推辭。
【例句】我平素不愛參加社交活動，這次來，實在是~。

盛食厲兵（ㄕㄥˋ ㄕˊ ㄌㄧˋ ㄅㄧㄥ）

【出處】《商君書・兵守》：「壯男之軍，使盛食厲兵，陳(陣)而待敵。」

【解釋】盛：充足。厲：礪、磨。兵：武器。

【用法】指飽餐並磨快兵器，準備要戰鬥了。

【例句】我軍～，以逸待勞，準備迎擊來犯之敵。

盛衰榮辱（ㄕㄥˋ ㄕㄨㄞ ㄖㄨㄥˊ ㄖㄨˋ）

【解釋】興盛、衰敗、榮耀、耻辱。

【用法】概指人事變化的各種不同的情況。

【例句】紅樓夢中，描述了賈府的～，不禁讓人感嘆，世事多變化。

盛筵難再（ㄕㄥˋ ㄧㄢˊ ㄋㄢˊ ㄗㄞˋ）

【出處】唐・王勃《滕王閣序》：「勝地不常，盛筵難再。」

【解釋】盛：盛大。筵：筵席。盛大的筵席難以再得。

【用法】泛喻美好的光景不可多得。

【例句】今日一別，再見面的機會怕是不太多了，～，讓我們痛痛快快地喝一杯吧！

聖經賢傳（ㄕㄥˋ ㄐㄧㄥ ㄒㄧㄢˊ ㄓㄨㄢˋ）

【出處】晉・張華《博物志》卷四：「聖人制作曰經，賢者著述曰傳。」

【解釋】聖：聖人，指品德高尚，智慧超凡的人。賢：賢人，指有才德的人。經：經典。傳：注釋或解釋經義的文字。

【用法】舊時將儒家代表人物奉爲「聖」、「賢」，而將儒家的所謂經書及其傳注合稱爲「聖經賢傳」。

【例句】那些所謂「～」，我一點興趣也沒有，倒是野史雜說很能吸引我。

聖人忘情（ㄕㄥˋ ㄖㄣˊ ㄨㄤˋ ㄑㄧㄥˊ）

見「太上忘情」。

收回成命（ㄕㄡ ㄏㄨㄟˊ ㄔㄥˊ ㄇㄧㄥˋ）

【出處】清・黃鈞宰《金壺七墨・吳門秀士書》：「初，林公（則徐）遣戍，御史陳莊鏞抗疏力爭，請上收回成命。」

【用法】收回已發布的命令、指示或決定，停止執行。

【例句】這次發放奬金的決定，因不符合財政制度，只好～了。

收視反聽（ㄕㄡ ㄕˋ ㄈㄢˇ ㄊㄧㄥ）

【出處】晉・陸機《文賦》：「其始也，皆收視反聽，耽思傍訊。」

【解釋】收：收回。反：反還。收回視綫，反還聽覺（即不看不聽）。

【用法】指摒除外界事物的干擾，去安心靜氣地思考問題的究竟。

【例句】關於這次爭論的要點，我雖～，也還是不得其解。

守分安命（ㄕㄡˇ ㄈㄣˋ ㄢ ㄇㄧㄥˋ）

【解釋】遵守本分，安於天命。

【用法】指不作非分之想，不去輕舉妄動，一切聽其自然。

【例句】他是個～的人，從來不去爭取非法之名與利。

【附註】①參看「安分守己」。②「分」不能念成ㄈㄣ。

守口如瓶

【出處】唐・道世《諸經要集・擇交部・懲過》引《維摩經》：「防意如城，守口如瓶。」
【解釋】把守着嘴不說，像塞緊的瓶子一樣。
【用法】形容說話謹慎或嚴守秘密。
【例句】機要工作人員，對外要～，絕不能隨便講話，以免造成損失。

守經達權

【出處】①漢・班固《漢書貢禹傳》：「守經據古，不阿當世。」②元・脫脫等《宋史・洪邁傳》：「上（宋孝宗）謂輔臣曰：『不謂書生能臨事達權。』」
【解釋】守：遵守。經：常規。達：通曉。權：權變，靈活。遵守常規而且能通達權變，靈活處理。
【用法】指人堅持正直而處事得體。
【例句】他品行端正，辦事又能～，難怪能得到上司的賞識。

守經據古

【出處】漢・班固《漢書・貢禹傳》：「守經據古，不阿當世。」
【解釋】守：遵守。經：經典。據：依據。古：指古訓。
【用法】遵守經典，依據古訓。
【例句】處理事情應該斟酌現況，善於權衡，凡事～是行不通的。

守正不撓

【出處】漢・班固《漢書・劉向傳》：「君子獨處，守正不撓。」
【解釋】正：正道。撓：彎曲、偏私。堅守正道，不徇私情。
【用法】形容人正直無私。
【例句】作爲一個好法官，必須執法如山，～。

守株待兔

【出處】《韓非子・五蠹》：「宋人有耕者，田中有株，兔走觸株，折頸而死，因釋其耒而守株，冀復得兔。兔不可復得，而身爲宋國笑。今欲以先王之政，治當世之民，皆守株之類也。」
【解釋】守：守候。株：露出地面的樹根。待：等待。守在樹根處等兔子。
【用法】比喻死守狹隘經驗而不知變通，或抱着僥倖心理而妄想不勞而獲。
【例句】努力耕耘，得來的收穫是最可貴的，我們千萬不可抱着～、妄想不勞而獲的心理。
【附註】也作「守株伺兔」。

守常不變

【出處】三國・魏・嵇康《養生論》：「謂商無十倍之價，農無百斛之望，此守常而不變者也。」
【解釋】守：保持。常：指常規、常理。
【用法】指保持常規而不變動。
【例句】在科學技術進步很快的今天，仍然～，是很難迅速發展的。

守身如玉

【出處】《孟子・離婁上》：「孰不爲守？守身，守之本也。」
【用法】指保持自己的節操，像玉石一

樣純潔無瑕。

【例句】清・劉鶚《老殘遊記》第二回：「但其中十個人裡一定總有一兩個～，始終不移的。」

守如處女（ㄕㄡˇ ㄖㄨˊ ㄔㄨˇ ㄋㄩˇ）

【出處】《孫子・九地》：「是故始如處女，敵人開戶；後如脫兔，敵不及拒。」

【解釋】處女：未出嫁的女子。脫兔：逃跑的兔子。

【用法】指採取守勢時，像處女那樣靜重；進行攻擊時，像奔跑的兔子那樣靈活機敏。

【例句】清・曹雪芹《紅樓夢》第七十三回：「黛玉笑道：『這倒不是道家法術，倒是用兵最精的所謂「～，出如脫兔」，「出其不備」的妙策。』」

【附註】「處」不能念成ㄔㄨˋ。

守望相助（ㄕㄡˇ ㄨㄤˋ ㄒㄧㄤ ㄓㄨˋ）

【出處】《孟子・滕文公上》：「死徙無出鄉，鄉田同井，出入相友，守望相助，疾病相扶持，則百姓親睦。」

【解釋】守：防守。望：瞭望。指在防禦之中，相鄰各處守衛、瞭望，互相協助。

【例句】各村要彼此～，加強團結，才能不被侵犯。

手不停揮（ㄕㄡˇ ㄅㄨˋ ㄊㄧㄥˊ ㄏㄨㄟ）

【出處】明・馮夢龍《警世通言》第九卷：「李白左手將須一拂，右手舉起中山兔穎，向五花箋上，手不停揮，須臾，草就嚇蠻書。」

【解釋】手不停地揮動着。

【用法】常用以形容不停地書寫。

【例句】整個假期中，他～，終於完成了全部講稿。

【附註】也作「手不停毫」。

手不釋卷（ㄕㄡˇ ㄅㄨˋ ㄕˋ ㄐㄩㄢˋ）

【出處】《三國志・吳書・呂蒙傳》注引《江表傳》：「孫權謂呂蒙及蔣欽曰：『光武（劉秀）當兵馬之務，手不釋卷。孟德亦自謂老而好學，何獨不自勉勖邪？』」

【解釋】釋：放下。卷：指書本。手裡不放下書本。

【用法】形容讀書用功，勤奮好學。

【例句】她廢寢忘食，～，總是刻苦地學習。

手胼足胝（ㄕㄡˇ ㄆㄧㄢˊ ㄗㄨˊ ㄓ）

【出處】《荀子・子道》：「有人於此，夙興夜寐，耕耘樹藝，手足胼胝以養其親，然而無孝之名，何也？」

【解釋】胼、胝：手掌、脚底因勞動、走路常摩擦而生成老繭。

【例句】我們當飲水思源、毋忘祖先～，篳路藍縷的艱辛。

【附註】①也作「手足胼胝」。②參看「手足重繭」。

手忙脚亂（ㄕㄡˇ ㄇㄤˊ ㄐㄧㄠˇ ㄌㄨㄢˋ）

【出處】宋・釋普濟《五燈會元・卷十一・大悲和尚》：「問：『如何是大悲境？』師曰：『千眼都來一只收。』曰：『如何是境中人？』師曰：『手忙脚亂。』」

【用法】形容人動作忙亂，沒有條理。

【例句】我～地把屋子剛收拾完，她就

領着客人走進屋裡來了。

【附註】也作「手脚忙亂」。

手到病除 ㄕㄡˇ ㄉㄠˋ ㄅㄧㄥˋ ㄔㄨˊ

【出處】元・無名氏《碧桃花》第二折：「太醫云：『嬷嬷，你放心，小人三代行醫，醫書脈訣，無不通曉，包你的手到病除。』」

【解釋】手一按脈，開方治療，疾病就消除。

【用法】①形容醫道高明。②也比喻工作能力強，解決問題快。

【例句】明・施耐庵《水滸傳》第六十五回：「百藥不能得治，後請得建康府安道全，～。」

【附註】也作「藥到病除」。

手到擒來 ㄕㄡˇ ㄉㄠˋ ㄑㄧㄣˊ ㄌㄞˊ

【出處】明・吳承恩《西遊記》第六十二回：「我共師兄去，手到擒來。」

【解釋】擒：捉拿。手一到，就捉拿過來了。

【用法】比喻辦事極有把握，不須費力就把事辦得很好。

【例句】明・施耐庵《水滸傳》第三十三回：「此計大妙，却似甕中捉鱉，～。」

【附註】也作「手到擒拿」、「手到拿來」。

手快脚輕 ㄕㄡˇ ㄎㄨㄞˋ ㄐㄧㄠˇ ㄑㄧㄥ

【解釋】兩隻手動作快，兩隻脚走路輕。

【用法】形容人動作輕快。

【例句】老馬已經是五十出頭的人了，但是行動起來却～。

手揮目送 ㄕㄡˇ ㄏㄨㄟ ㄇㄨˋ ㄙㄨㄥˋ

見「目送手揮」。

手急眼快 ㄕㄡˇ ㄐㄧˊ ㄧㄢˇ ㄎㄨㄞˋ

【出處】明・吳承恩《西遊記》第二十一回：「全憑着手疾眼快，必須要力壯身強。」

【解釋】急：快。手和眼的動作都很快。

【用法】形容人很機警，動作很靈敏。

【例句】事情緊急，必須要派個～的人才能解決。

【附註】也作「手疾眼快」。

手下留情 ㄕㄡˇ ㄒㄧㄚˋ ㄌㄧㄡˊ ㄑㄧㄥˊ

【用法】動手處理問題時，給人留些情面，不要過分。

【例句】她開玩笑地說：「還是請你～吧，不然的話，我可是無地自容了。」

手足之情 ㄕㄡˇ ㄗㄨˊ ㄓ ㄑㄧㄥˊ

【出處】①唐・李華《吊古戰場文》：「誰無兄弟？如足如手。」②宋・蘇轍《爲兄軾下獄上書》：「臣竊哀其志，不勝手足之情。」

【解釋】手足：比喻親兄弟。

【用法】指親兄弟之間有着血肉關係的情分。

【例句】我們在患難中結下的深厚情誼，勝過了～。

手澤之遺 ㄕㄡˇ ㄗㄜˊ ㄓ ㄧˊ

【出處】①《禮記・玉藻》：「父沒而不能讀父之書，手澤存焉爾。」②北齊・顏之推《顏氏家訓・文章》：「潘岳《悼亡賦》：『乃愴手澤之遺。』」

【解釋】手澤：爲手上的汗所沾潤。
【用法】皆指親人的遺物。
【例句】自從父親過世後，他總是目睹～而愴然淚下。

手足重繭

【出處】①漢・劉安《淮南子・修務訓》：「昔者楚欲攻宋，墨子聞而悼之，自魯趨而往，十日十夜，足重繭而不休息。」②清・蒲松齡《聊齋誌異・勞山道士》：「手足重繭，不堪其苦。」
【解釋】繭：同「趼」，手掌或脚掌上因勞動或走路等摩擦而生成硬皮。手上足上長滿層層老繭。
【用法】形容長期奔波勞瘁。
【例句】父母親爲了我們的溫飽而終日辛勞，～，我們怎麼不知孝順呢？
【附註】①「重」不能念成ㄓㄨㄥˋ②參看「手胼足胝」。

手足無措

【出處】《論語・子路》：「刑罰不中，則民無所措手足。」
【解釋】措：安放。手和脚都沒有適當的地方安放。
【用法】形容絲毫沒有辦法或慌亂到了極點，不知怎樣才好。
【例句】妹妹把媽媽心愛的珍珠項鍊弄丟了，一時嚇得～，不知如何是好！
【附註】也作「無所措手足」。

手眼通天

【解釋】手眼：手段，指待人處事所要的不正當的方法。通天：上通天界，指高超無比。要弄權術的本事相當高明。
【用法】比喻善於鑽營，手腕不尋常。
【例句】這是一個～的人物，什麼事情都能辦得到。

手無縛雞之力

【出處】元・無名氏《賺蒯通》第一折：「那韓信手無縛雞之力。」
【解釋】縛：捆綁。兩手沒有捆綁一隻雞的力氣。
【用法】①形容體弱無力。②也形容人身弱力小。
【例句】明・施耐庵《水滸傳》第六十八回：「文不能安邦，武又不能附衆，～，身無寸箭之功。」

手無寸鐵

【出處】明・羅貫中《三國演義》第一百零九回：「背後郭淮引兵趕來，見（姜）維手無寸鐵，乃驟馬挺槍追之。」
【解釋】寸：一寸，指數量極少。鐵：指武器。
【用法】手裡沒有一點兒武器。形容赤手空拳，沒拿一點兒武器。
【例句】他～，却能憑機智嚇阻搶匪，眞是難得。

手舞足蹈

【出處】《禮記・樂記》：「嗟嘆之不足,故不知手之舞之,足之蹈之也。」
【解釋】蹈：跳動。兩隻手舞動，兩隻脚跳動。
【用法】形容人極其高興的情態。
【例句】清・曹雪芹《紅樓夢》第四十一回：「當下劉姥姥聽見這般音樂，

且又有了酒，越發喜得～起來。」

首當其衝

【出處】漢・班固《漢書・五行志下之上》：「鄭當其衝，不能修德。」
【解釋】首：最先、第一個。當：對着、面對。衝：要衝。
【用法】指最先受到攻擊或蒙受災難。
【例句】每次總經理一生氣，他總是～地被批評。
【附註】「當」不能念成ㄉㄤˋ。

首丘之情

見「狐死首丘」。

首屈一指

【出處】清・文康《兒女英雄傳》第二十九回：「千古首屈一指的孔聖人便是一位有號的。」
【解釋】首：最先。屈：彎。指：人姆指。
【用法】指扳指頭計數時，首先彎下的是大姆指，表示居於首位。
【例句】他是此地～的大文學家。

首善之區

【出處】漢・班固《漢書・儒林傳序》：「故教化之行也，建首善自京師始。」
【解釋】首：第一。善：好。區：地區。
【用法】堪稱模範的最好地區。是指首都。
【例句】台北市是台灣的～，各種設施俱全。

首鼠兩端

【出處】漢・司馬遷《史記・魏其武安侯列傳》：「武安已罷朝，出止車門，召韓御史大夫載。怒曰：『與長孺（安國字）共一老禿翁，何爲首鼠兩端？』」
【解釋】首鼠：也作「首尾」，即「躊躇」。端：頭。
【用法】指躊躇不決或搖擺不定。
【例句】希望你能當機立斷，～，猶豫不決是不能解決事情的。
【附註】也作「首施兩端」。

首尾相應

【出處】《孫子・九地》：「故善用兵者，譬如率然。率然者，常山之蛇也。擊其首則首至，擊其中則首尾俱至。」
【解釋】首：頭。應：接應、呼應。
【用法】指開頭的部分和結尾的部分互相接應。
【例句】這部小說雖然情節曲折，結構複雜，但卻層次分明，～。

受天之祜

見「承天之佑」。

受寵若驚

【出處】《老子》第十三章：「寵辱若驚，貴大患若身。何謂寵辱若驚？寵爲上，辱爲下，得之若驚，失之若驚，是謂寵辱若驚。」
【解釋】寵：寵愛。驚：震動。
【用法】指人意外地受到過分寵愛，心情爲之震動，很不平靜。
【例句】董事長忽然對我百般厚愛，眞

令人～。

壽比南山 ㄕㄡˋ ㄅㄧˇ ㄋㄢˊ ㄕㄢ

【出處】《詩經・小雅・天保》：「如月之恒，如日之升，如南山之壽。」

【解釋】壽：長壽。南山：秦嶺，即終南山，山嶺綿延，山脈極遠。

【用法】指人壽命長久，好比終南山脈那樣（祝人長壽之辭）。

【例句】今天是沈老的七十大壽，學生們在壽宴上頻頻舉杯，祝賀他～。

壽陵失步 ㄕㄡˋ ㄌㄧㄥˊ ㄕ ㄅㄨˋ

【出處】《莊子・秋水》：「且子獨不聞壽陵餘子之學行於邯鄲與？未得國能，又失其故行矣，直匍匐而歸耳。」

【解釋】壽陵：古地名，屬燕邑，這裡指燕國少年。失步：遺忘了自己原來走路的步伐。燕國少年到邯鄲學走路沒有學成，反而把自己原來走路怎樣邁步都忘了。

【用法】指胡亂模仿別人不成，反而失去了原來的樣子。

【例句】一個人要有自己的風格，自己的思想，盲目學習只會落得～，優點盡失。

【附註】參看「邯鄲學步」。

壽享期頤 ㄕㄡˋ ㄒㄧㄤˇ ㄑㄧ ㄧˊ

【出處】《禮記・曲禮上》：「百年曰期頤。」

【解釋】壽：壽命。享：享有。期頤：指百歲。

【用法】指享有百歲的壽命。

【例句】王老德高望重，～，在地方上頗有名聲。

【附註】①也作「壽越期頤」。②「期」不能念成ㄑㄧˊ。

壽終正寢 ㄕㄡˋ ㄓㄨㄥ ㄓㄥˋ ㄑㄧㄣˇ

【出處】明・許仲琳《封神演義》第十一回：「你道朕不能善終，你自誇善終正寢，非侮君而何？」

【解釋】壽終：指年老而自然地死去。正寢：指家宅的正房，人死後靈柩停放之處。

【用法】年老而自然死於家中。

【例句】一個人能問心無愧且～於家中，可謂死而無憾。

壽元無量 ㄕㄡˋ ㄩㄢˊ ㄨˊ ㄌㄧㄤˋ

【出處】元・吳昌齡《東波夢》第四折：「爇龍涎一炷透穹蒼，祝吾王壽元無量。」（龍涎：香名。）

【解釋】壽元：壽命。無量：沒有限度。

【用法】祝人長壽的頌辭。

【例句】在他的生日宴會中，大家均祝福主人翁～。

授受不親 ㄕㄡˋ ㄕㄡˋ ㄅㄨˋ ㄑㄧㄣ

【出處】《孟子・離婁上》：「淳於髡曰：『男女授受不親，禮與？』孟子曰：『禮也。』」

【解釋】授：給予。受：接受。

【用法】舊指男女不能互相親手遞交和接受東西。

【例句】現在不是男女～的時代了，對於男女之間的正常交往，爲何那麼大驚小怪呢？

獸聚鳥散 ㄕㄡˋ ㄐㄩˋ ㄋㄧㄠˇ ㄙㄢˋ

【出處】漢・司馬遷《史記・主父偃列

傳》：「夫匈奴之性，獸聚而鳥散，從之如摶影。」

【用法】像鳥獸一樣聚散無常。

【例句】他們不過是一群～之徒，是成不了什麼大氣候的。

瘦骨伶仃（ㄕㄡˋ ㄍㄨˇ ㄌㄧㄥˊ ㄉㄧㄥ）

【解釋】伶仃：也作「零丁」，孤獨無依無靠的樣子。

【用法】形容人消瘦到了極點。

【例句】在她的腦海裡，不時的浮現出他那～的身影。

瘦骨嶙峋（ㄕㄡˋ ㄍㄨˇ ㄌㄧㄣˊ ㄒㄩㄣˊ）

【解釋】嶙峋：山崖突兀的樣子。

【用法】形容人瘦削得皮包骨，就像山崖突兀的樣子。

【例句】～的小林，經過種種的鍛鍊，現在竟然壯實得像個牛犢了！

書不盡言，言不盡意（ㄕㄨ ㄅㄨˋ ㄐㄧㄣˋ ㄧㄢˊ，ㄧㄢˊ ㄅㄨˋ ㄐㄧㄣˋ ㄧˋ）

【出處】《周易・繫辭上》：「子曰：『書不盡言，言不盡意』，然則聖人之意，其不可見乎？」

【解釋】書：書本、書信。言：言詞。意：意思。

【用法】原指書本上有寫不盡的言詞，言詞的意義也深奧無窮。形容詞句簡練，含意精深。後常用作書信的結尾語，指心理要說的話，信上沒能寫完，而寫在信裡的話也表達不盡心情。

【例句】～，我的心情，是寫不完的，也是無法寫清楚的。

書不舛錯（ㄕㄨ ㄅㄨˋ ㄔㄨㄢˇ ㄘㄨㄛˋ）

【出處】清・曹雪芹《紅樓夢》第七十三回：「且理熟了書，預備明兒盤考，只能書不舛錯，就有別事，也可搪塞。」

【用法】舛：差錯。

【例句】老師要求嚴格，只能～，不可混水摸魚。

書香門第（ㄕㄨ ㄒㄧㄤ ㄇㄣˊ ㄉㄧˋ）

【用法】指世代相傳的讀書人家。

【例句】他生長在一個～裡，受家庭的影響，從小時候起就對書畫發生了濃厚的興趣。

書聲琅琅（ㄕㄨ ㄕㄥ ㄌㄤˊ ㄌㄤˊ）

【出處】清・紀昀《閱微草堂筆記》第三卷：「明季有書生獨行叢莽間李書聲琅琅，怪曠野那得有是。」

【用法】形容讀書聲音響亮悅耳。

【例句】漫步經過學堂門口，只聽到～、清亮悅耳。

【附註】也作「書聲朗朗」。

書生氣十足（ㄕㄨ ㄕㄥ ㄑㄧˋ ㄕˊ ㄗㄨˊ）

【解釋】書生：讀書人。氣：習氣。

【用法】指思想幼稚，認識模糊，看問題非常簡單，書呆子氣很足。

【例句】這位老教師，竟天真地以為一紙公文就可以解決一切問題，真是啊～。

殊途同歸（ㄕㄨ ㄊㄨˊ ㄊㄨㄥˊ ㄍㄨㄟ）

【出處】漢・劉安《淮南子・本經訓》：「異路而同歸。」

【解釋】殊：不同的。途：途徑。歸：趨向於一處。

【用法】比喻採取不同的方式而達到同

樣的目的。

【例句】他們從不同的角度對這個問題進行研究，結果～，得出了完全相同的結論。

【附註】①也作「同歸殊途」。②參看「異途同歸」。

殊禮異務 ㄕㄨ ㄌㄧˇ ㄧˋ ㄨˋ

【出處】漢．司馬遷《史記．秦楚之際月表》：「帝王者，各殊禮而異務，要以成功爲統記，豈可緄乎？」

【解釋】殊、異：不同。禮：指禮俗。務：事務、事情。

【用法】指不同的禮俗和情況。

【例句】對於各地的～，我們多加研究，定能增進自己的了解程度。

殊功異德 ㄕㄨ ㄍㄨㄥ ㄧˋ ㄉㄜˊ

【出處】唐．韓愈《進撰平淮泗碑所表》：「竊維自古神聖之君，既立殊功異德卓絕之迹。」

【解釋】殊異：特殊的。功：功勞。德：恩德。

【用法】特殊的功德。

【例句】李將軍爲朝廷所建立的～，文武百官都無法望其項背。

殊深軫念 ㄕㄨ ㄕㄣ ㄓㄣˇ ㄋㄧㄢˋ

【解釋】殊：非常。軫念：悲痛地懷念。

【用法】非常深切、十分悲痛地懷念。

【例句】王老師逝世的消息傳來之後，想起他生前對我的教誨及幫助，更添無限～。

疏不間親 ㄕㄨ ㄅㄨˋ ㄐㄧㄢˋ ㄑㄧㄣ

【出處】《管子．五輔》：「夫然，則下不倍（背叛）上，臣不弒君，賤不逾貴，少不凌長，遠不間親，新不間舊，小不加大，淫不破義。凡此八者，禮之經也。」

【解釋】疏：疏遠，指關係疏遠的人。間：離間。親：親近，指關係親近的人。

【用法】關係疏遠的人不離間關係親近的人。

【例句】所謂「～」，他們之間的深厚情誼不是別人可以任意破壞的。

【附註】①參看「親不隔疏」。②「間」不能念成ㄐㄧㄢ。

疏謀少略 ㄕㄨ ㄇㄡˊ ㄕㄠˇ ㄌㄩㄝˋ

【出處】清．曹雪芹《紅樓夢》第三十六回：「寶玉道：『那武將要是疏謀少略的，他自己無能，白送了性命。』」

【解釋】疏、少：缺乏。謀、略：計謀、策略。

【用法】缺少計謀策略。

【例句】一個軍人，若是～，那他的性命就危險了。

疏密有致 ㄕㄨ ㄇㄧˋ ㄧㄡˇ ㄓˋ

【解釋】疏：稀疏。密：茂密。致：情趣。

【用法】指園林的布置或繪畫的布局有稀疏淺淡處，也有茂密濃重處，很有情趣。

【例句】這幅竹子，畫得～，頗有宋人神韻。

疏親慢友 ㄕㄨ ㄑㄧㄣ ㄇㄢˋ ㄧㄡˇ

【出處】清．鄂比贈曹雪芹聯語云：「

遠富近貧，以禮相交天下少；疏親慢友，因財而散世間多。」

【解釋】疏：疏遠。慢：怠慢。

【用法】疏遠親族，怠慢朋友。

【例句】他自從迷上賭博之後，不務正業，～，令人惋惜。

疏財仗義（ㄕㄨ ㄘㄞˊ ㄓㄤˋ ㄧˋ）

【出處】元・無名氏《來生債》第四折：「則為我救困扶危，疏財仗義，都做了注福消愆。」

【解釋】疏：疏散。仗：憑靠。義：義氣。時常疏散錢財，專憑義氣行事。

【用法】指愛救助窮人，管不平事。

【例句】《水滸》裡的宋江，之所以有號召力，是因為他～，濟困扶危，結交英豪，義氣深重。

【附註】參看「仗義疏財」。

疏而不漏（ㄕㄨ ㄦˊ ㄅㄨˋ ㄌㄡˋ）

見「天網恢恢，疏而不漏」。

舒頭探腦（ㄕㄨ ㄊㄡˊ ㄊㄢˋ ㄋㄠˇ）

【出處】明・凌濛初《二刻拍案驚奇》第六回：「只是舒頭探腦，望裡邊一望，又退立了兩步。」

【解釋】舒：伸展。

【用法】伸頭探腦袋。形容喻喻咕咕地張望，窺測動靜。

【例句】這個人站在那裡，～，不知到底要做什麼。

【附註】也作「伸頭探腦」。

舒憂娛悲（ㄕㄨ ㄧㄡ ㄩˊ ㄅㄟ）

【出處】唐・韓愈《上兵部李侍郎書》：「南行詩一卷，舒憂娛悲，雜以瓌怪之言。」

【解釋】舒：寬解（作使動詞用）。憂：憂愁。娛：快樂（作使動詞用）。悲：悲傷。

【用法】平舒鬱悶，舒解悲苦；使憂愁得到寬解，使悲傷轉為快樂。

【例句】當心情煩悶的時候，不妨去海邊走走，看一看無際的大海，定能～，回復平靜。

輸攻墨守（ㄕㄨ ㄍㄨㄥ ㄇㄛˋ ㄕㄡˇ）

【出處】《墨子・公輸》：「楚王曰：『公輸般為我造雲梯，必取宋。』於是見公輸般。子墨子解帶為城，以牒為械。公輸般九設攻城之機變，子墨子九距之。公輸般之攻械盡，子墨子之守圉有餘。」

【解釋】輸：公輸般，春秋時魯人，也稱「魯班」。墨：墨子。

【用法】比喻只要出現一種進攻戰術，就會有一種守禦的方法。

【例句】放心吧！儘管敵人來勢洶洶，但是～，我們自有守禦方法。

輸財助邊（ㄕㄨ ㄘㄞˊ ㄓㄨˋ ㄅㄧㄢ）

【出處】漢・班固《漢書・卜式傳》：「時漢方事匈奴，往上書，願輸家財半助邊。」

【解釋】輸：捐獻。邊：邊防。

【用法】捐獻財力，以幫助防邊。

【例句】近來社會上發起捐獻運動，大家皆願～，充實國防。

【附註】也作「助邊輸財」。

淑質貞亮（ㄕㄨˊ ㄓˋ ㄓㄣ ㄌㄧㄤˋ）

【出處】明・羅貫中《三國演義》第二

十三回引孔融《荐彌衡表》「竊見處士平原彌衡，年二十四，字正平，淑質貞亮，英才卓躒。」

【解釋】淑：善良、美好。質：品質。貞：堅貞。亮：指亮節。

【用法】指善良的品質，堅貞的節操。

【例句】柳員外品格高潔、～，頗得地方人士敬重。

熟能生巧（ㄕㄡˊ ㄋㄥˊ ㄕㄥ ㄑㄧㄠˇ）

【出處】清・李汝珍《鏡花緣》第三十一回：「俗語說的：『熟能生巧。』舅兄昨日讀了一夜，不但他已嚼出此中意味，並且連寄女也都聽會，所以隨問隨答，毫不費事。」

【用法】技能熟練了，就會產生靈巧的辦法。

【例句】學外語，要下苦功夫，多聽，多說，日子一長，～，也就能流利地用外語講話了。

熟視無睹（ㄕㄡˊ ㄕˋ ㄨˊ ㄉㄨˇ）

【出處】晉・劉伶《酒德頌》：「靜聽不聞雷霆之聲，熟視不睹泰山之形。」

【解釋】熟：習慣、常見。視：看。睹：看見。儘管經常看到，却跟沒有看見一樣。

【用法】指對事物不關心、不重視。

【例句】我們對於社會上的種種現象，切不可～，一定要加以關心。

菽水承歡（ㄕㄨˊ ㄕㄨㄟˇ ㄔㄥˊ ㄏㄨㄢ）

【出處】《禮記，檀弓下》：「子路曰：『傷哉貧也，生無以爲養，死無以爲禮也！』孔子曰：『啜菽飲水盡其歡，斯之謂孝。』」

【解釋】菽：豆類的總稱。承歡：迎合他人的意思來取得歡快的心情。

【用法】舊指侍奉父母，取得歡心。指雖然吃豆食，喝白水，侍奉父母盡孝道，也能取得父母的歡心。

【例句】清・吳敬梓《儒林外史》第八回：「蘧公子道：『老先生！人生賢不肖，倒也不在科名，晚生只願家君早歸田里，得以～，這是人生至樂之事。』」

數不勝數（ㄕㄨˇ ㄅㄨˋ ㄕㄥ ㄕㄨˇ）

【解釋】數：計算。勝：盡。指多得數都數不過來。

【用法】形容數量極多，難以計算。

【例句】在世界上，昆蟲種類之多是～的。

【附註】「數」不能念成ㄕㄨˋ。

數米量柴（ㄕㄨˇ ㄇㄧˇ ㄌㄧㄤˊ ㄔㄞˊ）

【出處】清・吳敬梓《儒林外史》第四十五回：「只因這一番，有分教：風塵惡俗之中，亦藏俊彥；數米量柴之外，別有經綸。」

【用法】喻過分計較瑣碎之事。也形容生活困窘。

【例句】家母過慣了～的日子，所以十分勤儉樸素。

數米而炊（ㄕㄨˇ ㄇㄧˇ ㄦˊ ㄔㄨㄟ）

【出處】《莊子・庚桑楚》：「簡發而櫛，數米而炊。」

【解釋】炊：燒飯。數著米粒燒飯。

【用法】①比喻過分計較瑣碎小事，多勞少動。②也形容貪婪吝嗇。③又形容物少價貴，生活困窘、不得不節衣縮食。

【例句】做事須從大處著眼，膽大心細，像你這樣～，一定事倍功半。

數典忘祖（ㄕㄨˇ ㄉㄧㄢˇ ㄨㄤˋ ㄗㄨˇ）

【出處】《左傳·昭公十五年》載：春秋時，晉國大夫籍談出使周朝，周景王問他，何以晉國不納貢？籍談回答說，晉國從來沒有受過王室的賞賜，哪有器物來貢獻？周景王把晉國從始祖唐叔開始，曾不斷受過王室賞賜的事一一列舉出來，然後譏諷道：「籍父其無後乎？數典而忘其祖。」意思是說籍談身爲晉國司典的後裔，說起國家的禮制掌故來，竟把曾經掌管史冊的自己祖先都忘記了。

【解釋】數：數說。典：史冊。祖：祖宗。

【用法】比喻忘本。也用以比喻對本國歷史無知。

【例句】我們不能～，把自己民族的光榮歷史、光輝成就一筆抹殺。

數黑論黃（ㄕㄨˇ ㄏㄟ ㄌㄨㄣˋ ㄏㄨㄤˊ）

【出處】元·柯丹邱《荊釵記·逼嫁》：「賊潑賤閉嘴，數黑論黃講甚的？」

【用法】比喻說三道四。

【例句】明·凌濛初《初刻拍案驚奇》第三十四回「一張花嘴，～，指東話西，專在官宦人家打踅。」

【附註】也作「數黃道白」、「數黃道黑」、「數白道黑」。

數九寒天（ㄕㄨˇ ㄐㄧㄡˇ ㄏㄢˊ ㄊㄧㄢ）

【解釋】九：由冬至起，每九天爲一「九」，共九個「九」。數九：進入從冬至開始的「九」。

【用法】指嚴寒的日子。

【例句】在～裡，她連一件棉衣都沒有，凍得渾身抖作一團。

【附註】也作「數九天氣」。

數一數二（ㄕㄨˇ ㄧ ㄕㄨˇ ㄦˋ）

【出處】清·曹雪芹《紅樓夢》第七十九回：「這門親原是老親，且又和我們是同住戶部掛名行商，也是數一數二的大門戶。」

【解釋】數：比較起來最突出。

【用法】指位居第一或第二，顯得最突出。

【例句】他的技術，在我們廠裡算得上是～的了。

數往知來（ㄕㄨˇ ㄨㄤˇ ㄓ ㄌㄞˊ）

【出處】《周易·說卦》：「數往者順，知來者逆，是故《易》逆數也。」

【解釋】數：追數。往：既往。來：將來。追數既往，便知將來。

【用法】指根據事物發展規律，從過去曾經存在的情況可預測未來必然發生的現象。

【例句】～，從這位同學過去一向很少履行自己的諾言來看，可以斷定這回他還是不會交作業。

暑去寒來（ㄕㄨˇ ㄑㄩˋ ㄏㄢˊ ㄌㄞˊ）

【出處】《周易·繫辭下》：「寒往則暑來，暑往則寒來。」

【解釋】暑：指暑天。寒：指寒冬。暑天過去，寒冬到來。

【用法】形容時光流逝很快。

【例句】時間過得眞快，～，轉眼一年

就要過去了，而我的論文却還沒有完成，心裡委實焦急。

暑雨祁寒（ㄕㄨˇ ㄩˇ ㄑㄧˊ ㄏㄢˊ）

【出處】《尚書・君牙》：「夏暑雨，小民惟曰怨咨，冬祈寒，小民亦惟曰怨咨。」

【解釋】祁：盛、大。夏季大雨，冬季盛寒。

【用法】形容人民生活的艱難。

【例句】想當年流浪他鄉，～，受盡苦楚。

蜀錦吳綾（ㄕㄨˇ ㄐㄧㄣˇ ㄨˊ ㄌㄧㄥˊ）

【出處】明・吳承恩《西遊記》第八十二回：「微風初動，輕風飄展開蜀錦吳綾；細雨才收，嬌滴滴露出冰肌玉質。」

【解釋】蜀錦：四川生產的彩錦。吳綾：綾的一種，最初產於吳郡。

【用法】泛指各種精美的絲織品。

蜀犬吠日（ㄕㄨˇ ㄑㄩㄢˇ ㄈㄟˋ ㄖˋ）

【出處】唐・柳宗元《答韋中立論師道書》：「屈子賦曰：『邑犬群吠，吠所怪也。』僕往聞庸、蜀之南，恒雨少日，日出則犬吠。」

【解釋】蜀：古蜀國，今四川。犬：狗。吠：狗叫。日：太陽。四川多霧，難得出現太陽，那裡的狗偶然看見日出，就對着太陽叫。

【用法】比喻少見多怪。

【例句】女性擔任高級官員，如今已是平常的事，像你這樣大驚小怪，無異是～。

【附註】參看「粵犬吠雪」。

黍離麥秀（ㄕㄨˇ ㄌㄧˊ ㄇㄞˋ ㄒㄧㄡˋ）

【出處】①《詩經・王風・黍離》：「彼黍離離，彼稷之苗。行邁靡靡，中心搖搖。」②漢・司馬遷《史記・宋微子世家》：「其後箕子朝周，過故殷墟，感宮室毀壞，生禾黍，箕子傷之……乃作《麥秀》之詩以歌咏之，其詩曰：『麥秀漸漸兮，禾黍油油。彼狡僮兮，不與我好兮！』」

【用法】哀傷亡國之辭。

【附註】也作「黍油麥秀」、「麥秀黍離」。

鼠目寸光（ㄕㄨˇ ㄇㄨˋ ㄘㄨㄣˋ ㄍㄨㄤ）

【用法】老鼠的眼光只有一寸遠。比喻人眼光短淺，沒有遠見。

【例句】那種胸無大志、～、滿足於微小成就的心理必須掃除，才能有眞正的成果。

鼠肚雞腸（ㄕㄨˇ ㄉㄨˋ ㄐㄧ ㄔㄤˊ）

【出處】華而實《漢衣冠》三：「博洛說：『別瞧黃大人鼠肚雞腸，可是他的智囊，大清國有功之臣……』」

【解釋】比喻人氣量狹小。

【例句】別看他人高馬大，相貌堂堂，却是個～，氣量狹小之人。

【附註】也作「鼠腹蝸腸」。

鼠肝蟲臂（ㄕㄨˇ ㄍㄢ ㄔㄨㄥˊ ㄅㄧˋ）

見「蟲臂鼠肝」。

鼠竊狗盜（ㄕㄨˇ ㄑㄧㄝˋ ㄍㄡˇ ㄉㄠˋ）

【出處】漢・司馬遷《史記・劉敬叔孫通列傳》：「此時群盜鼠竊狗盜耳，

何足置之齒牙間！」

【解釋】竊、盜：偷。像老鼠或狗那樣地盜竊。

【用法】指小偷行爲。

【例句】這個靠着吹牛拍馬屁爬上去的人物，表面裝着溫文爾雅的樣子，其實不過是～之徒！

【附註】也作「鼠竊狗偷」。

鼠雀之輩（ㄕㄨˇ ㄑㄩㄝˋ ㄓ ㄅㄟˋ）

【出處】明・羅貫中《三國演義》第二十三回：「荀彧急止之曰：『量鼠雀之輩，何足汙刀？』」

【解釋】輩：一類人。像老鼠麻雀之類的人。

【用法】比喻沒有才能的庸人。

【例句】他力圖改革，但專門用些～來辦事，依我看，還是無法成功。

鼠牙雀角（ㄕㄨˇ ㄧㄚˊ ㄑㄩㄝˋ ㄐㄧㄠˇ）

【出處】《詩經・召南・行露》：「誰謂雀無角，何以穿我屋？……誰謂鼠無牙，何以穿我墉？」

【用法】①指強暴侵擾所引起的爭端。②後用作爭訟之辭。

【附註】也作「雀魚之爭」。

曙後星孤（ㄕㄨˋ ㄏㄡˋ ㄒㄧㄥ ㄍㄨ）

【出處】唐・孟棨《本事詩・休證》：「崔曙進士作《明堂火珠詩試帖》曰：『夜來双月滿，曙後一星孤。』當時以爲警句。及來年，曙卒，唯一女名星星。人始悟其自讖也。」

【解釋】曙：天剛亮。孤：單獨。

【用法】舊指人死後僅遺孤女。

束帛加璧（ㄕㄨˋ ㄅㄛˊ ㄐㄧㄚ ㄅㄧˋ）

【出處】《儀禮・聘禮》：「受享束帛加璧，尊德也。」

【解釋】束：一捆。帛：絲織品的總稱。璧：玉。禮品包括一捆絲織品，再加上美玉。

【用法】古代指最貴重的禮物。

【例句】皇上派遣使者、～、駟馬安車，以迎接德高望重的老臣。

束馬懸車（ㄕㄨˋ ㄇㄚˇ ㄒㄩㄢˊ ㄐㄩ）

【出處】《國語・齊語》：「懸車束馬，逾太行與辟耳之谿拘夏。」

【解釋】束：捆、綁。懸：懸掛。指行山路時，將馬脚包住，將車子掛牢，以防跌滑。

【用法】形容山路艱險難走。

【例句】此處山路陡峭難行，我等須～，小心行走。

束帶矜莊（ㄕㄨˋ ㄉㄞˋ ㄐㄧㄣ ㄓㄨㄤ）

【出處】梁・周興嗣《千字文》：「束帶矜莊，徘徊瞻眺。」

【解釋】束：紮束。帶：玉帶，朝廷服飾。矜莊：莊重。

【用法】腰紮玉帶，態度莊重。

【例句】王丞相～，望之儼然是個正直的好官。

束手待斃（ㄕㄨˋ ㄕㄡˇ ㄉㄞˋ ㄅㄧˋ）

【出處】明・羅貫中《三國演義》第七回：「蔡瑁曰：『子柔之言，直拙計也。兵臨城下，將至壕邊，豈可束手待斃！某雖不才，願請軍出城，以決一戰。』」

【解釋】束：束縛、捆綁。斃：死。綁

起手來等死。
【用法】比喻危難關頭，不想辦法應付，只消極地坐等失敗或滅亡。
【例句】大軍當前，當奮力殺出重圍，怎可在此～？

束手就擒（ㄕㄨˋ ㄕㄡˇ ㄐㄧㄡˋ ㄑㄧㄣˊ）

【出處】清．吳敬梓《儒林外史》第八回：「寧王鬧了兩年，不想被新建伯王守仁一陣殺敗，束手就擒。」
【解釋】束：束縛、捆綁。就：靠近。擒：捉拿。捆起手去讓人家捉住。
【用法】①指不加抵抗地讓人俘虜自己。③也形容無力反抗或無從脫身。
【例句】小偷眼見無路可逃，只好乖乖～。

束手束脚（ㄕㄨˋ ㄕㄡˇ ㄕㄨˋ ㄐㄧㄠˇ）

【解釋】束：捆、綁。捆住了手和脚。
【用法】形容過分小心，做事不敢放開手脚去幹。
【例句】他做起事來總是～，不敢放開心胸，所以，很難得到上司的重用。
【附註】參看「縮手縮脚」。

束手無策（ㄕㄨˋ ㄕㄡˇ ㄨˊ ㄘㄜˋ）

【出處】《五代史評話．唐下》：「唐軍又到，倉惶駭愕……諸將相束手無策。」
【解釋】束：捆、綁。策：計策。像綁住了手似的，無法應付。
【用法】形容遇到問題沒有辦法解決。
【例句】面臨難題，應運用頭腦，小心應付，不可～。
【附註】也作「束手無措」。

束身自修（ㄕㄨˋ ㄕㄣ ㄗˋ ㄒㄧㄡ）

【解釋】束：約束。
【例句】在古代社會裡，念書人～，爲的是掙個功名，以爲進身之階。
【附註】也作「束身自好」。

束身自重（ㄕㄨˋ ㄕㄣ ㄗˋ ㄓㄨㄥˋ）

【解釋】束：約束。重：尊重、看重。
【用法】約束自己，自己看重自己。
【例句】明代歷史學家談遷，一生清貧，却～，從不趨奉豪門。
【附註】也作「束身自持」、「束身自尊」、「束身自愛」。

束之高閣（ㄕㄨˋ ㄓ ㄍㄠ ㄍㄜˊ）

【出處】南朝．宋．劉義慶《世說新語．豪爽》：「庾稺恭（翼）即常有中原之志。」梁．劉孝標注引《漢晉春秋》：「是時杜義、殷浩諸人盛名冠世，翼（稺恭）未之貴也，常曰：『此輩宜束之高閣，俟天下淸定，然後議其所任耳。』」
【解釋】束：捆、綁。閣：擱置東西的櫥櫃。捆起來放在高閣上。
【用法】比喻擱下不用或棄置不管。
【例句】對於學習過的知識，必須加以運用實行，不可任意～才是眞正的知行合一。
【附註】參看「置諸高閣」。

束緼請火（ㄕㄨˋ ㄩㄣˋ ㄑㄧㄥˇ ㄏㄨㄛˇ）

【出處】漢．班固《漢書．蒯通傳》：「臣之里婦，與里之諸母善也。里婦夜亡肉，姑以爲盜，怒而逐之。婦晨去，過所善諸母，語以事而謝之。里母曰：『女（汝）安行，我令而（爾）家追女（汝）矣。』吏束縕請火於亡肉家，曰：『昨夜暮，犬得肉，爭鬥相殺，請火治之。』亡肉家遽追呼其婦。故里母非談說之士地，束縕乞火非還婦之道也。然事有適可，理有相感，臣請乞火於曹相國。」

【解釋】縕：亂麻。請：求取。火：火種。一束亂麻做火繩，去向鄰居求火種。

【用法】比喻用理求人而暗中助人的方式為別人排難解紛。

樹碑立傳（ㄕㄨˋ ㄅㄟ ㄌㄧˋ ㄓㄨㄢˋ）

【解釋】碑：鐫刻銘文的石碑。傳：敘述生平事迹的傳記。

【用法】原指樹立碑銘傳記，歌功頌德。現指為抬高聲望而樹立個人威信（含貶義）。

【例句】歷代許多統治者都喜歡為自己～，希望名垂千古。

樹大招風（ㄕㄨˋ ㄉㄚˋ ㄓㄠ ㄈㄥ）

【出處】明．吳承恩《西遊記》第三十三回：「這正是樹大招風風撼樹，人為名高名喪人。」

【用法】比喻人名聲地位過高，惹人注目，容易招致災禍。

【例句】王老先生在地方上遠近馳名，不料竟遭小人陷害，眞可謂～。

【附註】也作「樹高招風」。

樹德務滋（ㄕㄨˋ ㄉㄜˊ ㄨˋ ㄗ）

【出處】《尙書．泰誓下》：「樹德務滋，除惡務本。」

【解釋】樹：立。德：德惠。務：務必。滋：增溢。

【用法】向百姓施行德惠，務求普遍。

【例句】歷代賢明君主，莫不要求自己做到～、澤被百姓。

樹倒猢猻散（ㄕㄨˋ ㄉㄠˇ ㄏㄨˊ ㄙㄨㄣ ㄙㄢˋ）

【出處】宋．龐元英《談藪》載：侍郎曹咏，依附權奸秦檜，作威作福，不可一世。曹的內兄厲德新一向反對他，厲當里正時，曹叫地方官對他百般地刁難威脅，但厲始終不屈服。等到秦檜一死，曹就被貶了官，這時厲派人給曹送去一封信，曹拆信一看，竟是一篇《樹倒猢猻散賦》。

【解釋】猢猻：猴子。樹一倒下，樹上的群猴也就散了伙。

【用法】比喻權奸垮台，依附的人失掉靠山，也就離散了。

【例句】清．曹雪芹《紅樓夢》第十三回：「如今我們家赫赫揚揚已將百載，一日倘或樂極生悲，若應了那句『～』的俗語，豈不虛稱了一世詩書舊族了！」

樹之風聲（ㄕㄨˋ ㄓ ㄈㄥ ㄕㄥ）

【出處】《尙書．畢命》：「彰善癉（ㄉㄢˋ）惡，樹之風聲。」

【解釋】樹：樹立。風聲：指好的風氣。

【用法】樹立好風氣。

【例句】許多地方官員，希望使百姓能安居樂業，並且～，建立良好民風。

樹欲靜而風不止（ㄕㄨˋ ㄩˋ ㄐㄧㄥˋ ㄦˊ ㄈㄥ ㄅㄨˋ ㄓˇ）

【出處】西漢．韓嬰《韓詩外傳》第九卷：「樹欲靜而風不止，子欲養而親不待也！」

【用法】樹要靜下來，可是風卻不住地

刮。比喻客觀情勢不以人的主觀願望爲轉移。

【例句】～，趁著雙親健在，應好好盡孝。

漱石枕流（ㄕㄨˋ ㄕˊ ㄓㄣˇ ㄌㄧㄡˊ）

【出處】南朝・宋・劉義慶《世說新語・排調》：「孫子荆（楚）年少時，欲隱，語王武子（濟）：『當枕石漱流』，誤曰：『漱石枕流。』王曰：『流可枕，石可漱乎？』孫曰：『所以枕流，欲洗其耳；所以漱石，欲礪其齒。』」

【解釋】漱：漱口。枕：枕着。流：流水。

【用法】用石頭漱口，把流水當枕頭。

【例句】古代有許多志節堅貞，～的隱士，不慕名利而退居山林之間。

【附註】參看「枕石漱流」。

豎起脊樑（ㄕㄨˋ ㄑㄧˇ ㄐㄧˇ ㄌㄧㄤˊ）

【出處】宋・陳亮《癸卯秋答元晦秘書書》：「伯恭欽夫敏妙固未易及，然正大之體，挺特之氣，豎起脊梁，當時輕重有無，獨於門下歸心而已。」

【解釋】豎：豎直。比喻振作起精神。

【用法】俗說挺直腰板。比喻振作起精神。

【例句】作爲中國人，就要～，絕不能低三下四、喪權辱國。

豎子不足與謀（ㄕㄨˋ ㄗˇ ㄅㄨˋ ㄗㄨˊ ㄩˇ ㄇㄡˊ）

【出處】漢・司馬遷《史記・項羽本紀》：「亞父（范增）受玉斗，置之地，拔劍撞而破之，因：『唉！豎子不足與謀。』」

【解釋】豎子：小子（對人的蔑稱）。不足：不值得。與：相與、共同。謀：商量。

【用法】小子不值得和他商量大事。表示對人極爲輕蔑。

【例句】碰到危難的時候，他就猶豫徘徊起來，平時那股慷慨激昂的勁頭全都無影無踪了。看到這番情景，她不勝感慨地說：「～！」

豎子成名（ㄕㄨˋ ㄗˇ ㄔㄥˊ ㄇㄧㄥˊ）

【出處】漢・司馬遷《史記・孫子吳起列傳》：「龐涓自知智窮兵敗，乃自剄曰：『遂成豎子之名。』」

【解釋】豎子：小子（對人的蔑稱）。成名：成就事業而獲得名聲。

【用法】①對別人的成名表示輕蔑而不服氣。②有時也用作自謙之辭，表示自己原算不得英雄，而有所作爲，則是時勢所促成的。

【例句】老王對於同學的出名，總是不以爲然，並且嘲笑他們是～，機緣湊巧罷了。

述而不作（ㄕㄨˋ ㄦˊ ㄅㄨˋ ㄗㄨㄛˋ）

【出處】《論語・述而》：「述而不作，信而好古，竊比於我老彭。」

【解釋】述：闡述、講述。作：創作。

【用法】只闡述前人的成說，而自己則沒有創見。

【例句】這些年來，我不過是整理一些古籍，～而已。

鉥肝劌腎（ㄕㄨˋ ㄍㄢ ㄍㄨㄟˋ ㄕㄣˋ）

【出處】明・宋濂《徐方舟墓誌銘》：「睦州詩派，方舟悉取而諷詠之，鉥肝刪腎，期超邁之乃已。」

【解釋】鉥：長針，指針刺。劌：刺傷。肝、腎：心肝、腎臟，引申爲心思、神經。

【用法】心肝、神經被刺傷。比喻苦用心思，勞心傷神。

【例句】張校長這幾年來苦用心思，～，希望使校譽更加良好。

說地談天（ㄕㄨㄛ ㄉㄧˋ ㄊㄢˊ ㄊㄧㄢ）

見「談天說地」。

說東道西（ㄕㄨㄛ ㄉㄨㄥ ㄉㄠˋ ㄒㄧ）

【出處】宋・釋惟白《續傳燈錄》卷二十：「那堪長老鼓兩片皮，搖三寸舌，說東道西，指南言北。」

【解釋】道：說、講。說東家，講西家。

【用法】指信口議論，說詞極多。

【例句】到處～，傳播一些道聽塗說的所謂「小道消息」，這是很不好的。

說黃道黑（ㄕㄨㄛ ㄏㄨㄤˊ ㄉㄠˋ ㄏㄟ）

見「論黃數黑」。也作「說白道黑」。

說謊調皮（ㄕㄨㄛ ㄏㄨㄤˇ ㄊㄧㄠˊ ㄆㄧˊ）

【出處】元・無名氏《度柳翠》楔子：「你這和尚，風張風勢，說謊調皮，沒些兒至誠的。」

【解釋】說謊話，不老實。

【例句】這個小混混，成日不務正業，～，眞是沒出息。

說親道熱（ㄕㄨㄛ ㄑㄧㄣ ㄉㄠˋ ㄖㄜˋ）

【出處】清・曹雪芹《紅樓夢》第七十六回：「你是個明白人，還不自己保養？可恨寶姐姐琴妹妹天天說親道熱……到如今，便扔下咱們，自己賞月去了。」

【解釋】說親切熱情的話。形容只在口頭上親熱。

【例句】別看他表面上～，其實心裡卻不是如此。

說長道短（ㄕㄨㄛ ㄔㄤˊ ㄉㄠˋ ㄉㄨㄢˇ）

【出處】漢・崔瑗《座右銘》：「無道人之短，無說己之長。」

【解釋】說長處，講短處。

【用法】指議論人的是非好壞。

【例句】李太太是附近出名的長舌婦，整日～，論人是非。

【附註】也作「說短論長」。

說時遲，那時快（ㄕㄨㄛ ㄕˊ ㄔˊ ㄋㄚˋ ㄕˊ ㄎㄨㄞˋ）

【出處】明・施耐庵《水滸傳》第九十一回：「耿恭急叫閉門，說時遲，那時快，魯智深、李逵早已搶入城來。」

【用法】指說話比不上行動快，沒等話講完，情況卻先出現了（舊章回小說的慣用語）。

說嘴打嘴（ㄕㄨㄛ ㄗㄨㄟˇ ㄉㄚˇ ㄗㄨㄟˇ）

【出處】清・曹雪芹《紅樓夢》第七十四回：「王家的無處煞氣，只好打着自己的臉罵道：『老不死的娼婦，怎麼造下孽了，說嘴打嘴，現世現報。』」

【用法】說大話出了醜，就好像是打自己的嘴巴。

【例句】我們應實話實說，否則～，就難爲情了。

說曹操，曹操到

【用法】正說着曹操，曹操就來到了。泛指正提到某人，某人就來了。

【例句】這可眞是～，我們正說你呢，你就進來了。

說三道四

【出處】清・翟灝《通俗編・言笑・說三道四》：「女論語：『莫學他人，不知朝暮，走遍鄉村，說三道四。』」

【用法】指任意亂說亂講，惹是生非。

【例句】有意見應該當面提，不要在背後～的，這樣會影響整個團體。

說一不二

【出處】清・文康《兒女英雄傳》第四十回：「到了在他娘子面前，卻從來說一不二。」

【用法】指語意肯定，說到做到，決不變樣。

【例句】請放心吧，我們是～的，既然答應了，就一定要辦到。

說一是一，說二是二

【出處】清・曹雪芹《紅樓夢》第六十五回：「皆因他一時看得人都不及他，只一味哄着老太太、太太兩個人喜歡，他說一是一，說二是二，沒人敢攔他。」

【用法】指說什麼就是什麼，不能違背。

【例句】～，我們不能任意更改諾言。

數見不鮮

【出處】漢・司馬遷《史記・酈生陸賈列傳》：「一歲中往來過他客，率不過再三過，數見不鮮，無久慁公爲也。」（慁：攪擾。）

【解釋】數：屢次、頻繁。鮮：新鮮。

【用法】①原指對於經常來見的客人就不用新宰的鮮禽畜肉相招待。②後用以指同一的人或事物屢次見到，就不新奇稀罕。

【例句】強權國家以援助爲名，公然干涉他國內政的事，已～。

【附註】①也作「累見不鮮」、「屢見不鮮」。②「數」不能念成ㄕㄨˇ或ㄕㄨˋ。

碩大無朋

【解釋】碩：大。朋：比，倫比。

【用法】本指形體魁梧無比。後泛指巨大無比。

【例句】整個地球可以想像成一塊～的磁石。

碩果累累

【解釋】碩果：大果實，喻指巨大的成績。累累：形容累積極多。

【用法】指結的肥碩果實非常多。也比喻取得的巨大成績相當多。

【例句】這些年來，他熬過多少個不眠之夜，辛勤地從事着研究工作，皇天不負苦心人，如今已是～，好幾部有價值的學術著作已經問世了。

碩果僅存

【出處】《周易・剝》：「上九，碩果不食。」

【解釋】碩果：大果實。

【用法】僅僅存留下來的巨大果實。比喻隨着時代的推移，經過淘汰而留存的罕有可貴的人或事物。
【例句】王老先生是老一代畫家中，～的藝術巨匠。

碩學通儒

ㄕㄨㄛˋ ㄒㄩㄝˊ ㄊㄨㄥ ㄖㄨˊ

【出處】南朝・宋・范曄《後漢書・杜林傳》：「（杜林）博洽多聞，時稱通儒。」
【解釋】碩學：學問淵博的人。通儒：舊指通曉儒家文獻典故的學者。
【用法】泛指學識淵博的學者。
【例句】在現代社會中，熟悉舊文學的～已不多見了。
【附註】也作「通儒碩學」。

碩彥名儒

ㄕㄨㄛˋ ㄧㄢˋ ㄇㄧㄥˊ ㄖㄨˊ

【出處】清・吳敬梓《儒林外史》第八回：「公子好客，結多少碩彥名儒；相府開筵，常聚些布衣書帶。」
【解釋】碩：大。彥：有才學的人。名：有名聲的。儒：讀書人。
【用法】有名氣的大學者。
【例句】這次學術會議，各地～聚集一堂，想必成果豐富。
【附註】①也作「碩學鴻儒」。②參看「碩學通儒」。

鑠石流金

ㄕㄨㄛˋ ㄕˊ ㄌㄧㄡˊ ㄐㄧㄣ

見「流金鑠石」。

摔喪駕靈

ㄕㄨㄞ ㄙㄤ ㄐㄧㄚˋ ㄌㄧㄥˊ

【出處】清・曹雪芹《紅樓夢》第十三回：「又有小丫環名寶珠的，因秦氏無出，乃願為義女，請任摔盆駕靈之任。」
【解釋】摔喪：指摔喪盆子或摔喪罐子，舊時的喪禮，在靈柩出殯時，主喪的人摔一瓦盆或瓦罐，然後起扛。駕靈：主喪的孝子在靈柩前面領路。
【用法】指親喪時，當孝子的禮節。
【附註】「喪」不能念成ㄙㄤˋ。

率馬以驥

ㄕㄨㄞˋ ㄇㄚˇ ㄧˇ ㄐㄧˋ

【出處】漢・揚雄《法言・修身》：「或曰：『治己以仲尼，仲尼奚寡也？』曰：『率馬以驥，不亦可乎？』」
【解釋】率：率領。以：用。驥：良馬。用良馬來帶領一般的人。
【用法】比喻以有才能的人來帶動一般的人。
【例句】所謂～，這就是政府要大量任用賢才，舉薦有能力之人的原因。

率獸食人

ㄕㄨㄞˋ ㄕㄡˋ ㄕˊ ㄖㄣˊ

【出處】《孟子・梁惠王上》：「庖有肥肉，廄有肥馬，民有飢色，野有餓莩，此率獸而食人也。獸相食，且人惡之，為民父母，行政，不免于率獸而食人，惡在其為民父母也？」
【解釋】率：率領。帶領着野獸吃人。
【用法】比喻貪官虐民，政治腐敗。
【例句】軍閥混戰時期的舊中國，天災人禍，連綿不斷，各地軍閥又橫征暴斂，殘害百姓，眞是～。

率爾操觚

ㄕㄨㄞˋ ㄦˇ ㄘㄠ ㄍㄨ

【出處】晉・陸機《文賦》：「或操觚以率爾，或含毫以邈然。」
【解釋】率爾：輕率地。觚：古人用作書寫的木簡。操觚：指寫文章。
【用法】原指文思敏捷，後指以輕率的態度進行寫作。

【例句】寫作文章是一件神聖的事，影響深遠，切不可～，輕率落筆。

率由舊章 ㄕㄨㄞˋ ㄧㄡˊ ㄐㄧㄡˋ ㄓㄤ

【出處】《詩經．大雅．假樂》：「不愆不忘，率由舊章。」
【解釋】率：一概。由：順隨。章：章程。
【用法】一概遵照舊有的規章辦理。
【例句】雖然上司大力倡導革新，但手下的人辦事卻老是～，因此，成果並不好。

水波不興 ㄕㄨㄟˇ ㄅㄛ ㄅㄨˋ ㄒㄧㄥ

【出處】宋．蘇軾《前赤壁賦》：「清風徐來，水波不興。」
【解釋】興：起。水上不起波瀾。
【用法】①形容平靜的水面。②也有時指局勢安定，沒有壞人滋事作亂。
【例句】在一個月夜裏，我們在湖邊散步，這時，～，湖平如鏡，一輪明月，映在水中，那景色是那樣美，那夜又是那樣靜。

水磨工夫 ㄕㄨㄟˇ ㄇㄛˊ ㄍㄨㄥ ㄈㄨ

【出處】明．馮夢龍《醒世恒言》第十五卷「今日撞了一日，並不曾遇得個可意人兒。不想這所在倒藏着如此妙人。須用些水磨工夫撩撥他，不怕不上我的鈎兒。」
【解釋】水磨：加水細磨。
【用法】比喻細緻精密的工夫。
【例句】眞虧他有這種～，精挑細選，購得這麼好的禮品。

水米無交 ㄕㄨㄟˇ ㄇㄧˇ ㄨˊ ㄐㄧㄠ

【出處】元．關漢卿《謝天香》第四折：「若使他仍前迎新送舊，賢弟可不辱抹了高才大名。老夫在此爲理三年，治百姓水米無交，於天香秋毫不染。」
【解釋】連一杯水、一撮米的交往也沒有。
【用法】指相互之間一點也沒有關係。
【例句】我和他從不相識，可說是～。

水木清華 ㄕㄨㄟˇ ㄇㄨˋ ㄑㄧㄥ ㄏㄨㄚˊ

【出處】晉．謝琨《游西池》詩：「景晨鳴禽集，水木湛清華。」
【解釋】木：樹。清：清澈。華：繁盛。水很清澈，樹木繁盛。
【用法】形容優美的園林景色。
【例句】這個花園雖然不大，但曲水長流，環抱着翠柏修竹，卻顯得～，很是玲瓏可愛。

水到渠成 ㄕㄨㄟˇ ㄉㄠˋ ㄑㄩˊ ㄔㄥˊ

【出處】宋．釋道原《景德傳燈錄．第十二卷．仰山南塔光湧禪師》：「又手問：『如何是妙用一句？』師曰：『水到渠成。』」
【解釋】渠：水道、溝渠。水流到的地方，很自然地形成了一道溝渠。
【用法】比喻條件成熟時，事情自然成功。
【例句】有些問題，只有在條件具備～的時候，才能從根本上獲得解決。

水滴石穿 ㄕㄨㄟˇ ㄉㄧ ㄕˊ ㄔㄨㄢ

【出處】《漢書．枚乘傳》：「泰山之溜（ㄌㄧㄡ）穿石，單極之絖（綆）

斷乾。水非石之鑽，索非木之鋸，漸靡使之然也。」

【解釋】水不停滴，能把石頭穿個洞。

【用法】比喻力量雖小，只要堅持不懈地努力，難辦的事也能辦成。

【例句】你要堅持下去。相信～，只要付出努力，一定會獲得成功的。

水天一色

【出處】唐・王勃《滕王閣序》：「落霞與孤鶩齊飛，秋水共長天一色。」

【解釋】水和天一個顏色，分不出來。

【用法】形容天空、水域遼闊。

【例句】遠眺湖水，映著天光雲影，眞是～，景致宜人

水土不服

【出處】晉・陳壽《三國志・吳書・周瑜傳》：「不習水土，必生疾病。」

【解釋】水土：指一個地區的氣候和自然環境。服：適應。

【用法】指新到一個地方，對那裏的氣候和自然環境不能適應。

【例句】我剛從澳洲來到台北，有些～，病了好幾天。

水來土掩，兵來將迎

見「兵來將擋，水來土掩」。

水陸畢陳

【出處】唐・白居易《輕肥》詩：「罇罍溢九醖，水陸羅八珍。」

【解釋】水陸：指水產和陸產的各種珍貴菜肴。畢：全。陳：陳列。

【用法】形容豐盛的酒席。

【例句】王先生的壽宴，～，山珍海味，令人歎爲觀止。

水落石出

【出處】宋・歐陽修《醉翁亭記》：「野芳發而幽香，佳木秀而繁陰，風霜高潔，水落而石出者，山間之四時也。」

【解釋】水退落下去，石頭露出來。

【用法】原指自然景色，後常用以比喻事情眞相大白。

【例句】不必著急，事情終有眞相大白，～的一天。

水火兵蟲

【用法】①指使書籍遭受損毀的四種災害。②也泛指各種天災人禍。

【例句】這些幾百年前的古書，歷經種種～，仍能保存良好，眞是不簡單。

水火不相容

【出處】漢・班固《漢書・郊祀志下》：「《易》有八卦，乾坤六子，水火不相逮，雷風不相悖，山澤通氣，然後能變化，既成萬物也。」

【解釋】相容：互相容納。水和火是兩種性質相反的東西，根本不能互相容納。

【用法】比喻人或事物彼此本質相反，根本對立，不能相容。

【例句】認爲科學和幻想是～的看法，實在是一種偏見。

【附註】參看「冰炭不同器」、「冰炭不相容」。

水火之中

【出處】《孟子・梁惠王下》：「今燕

虐其民，王往而征之，民以爲將拯民于水火之中也。」
【解釋】水火：水災、火災，泛指災難。
【用法】在災難困苦之中。
【例句】百姓正在受難，敵人燒殺搶掠，無所不用其極，我們國軍有責任救人民於～。

水火無交（ㄕㄨㄟˇ ㄏㄨㄛˇ ㄨˊ ㄐㄧㄠ）

【出處】唐·魏徵《隋書·趙軌傳》：「別駕在官，水火不與百姓交。」
【解釋】交：交接。原指一水一火也不和百姓去交接。
【用法】形容操行廉潔，官與民沒有私人往來。
【例句】我們的老長官，三十多年來，爲群衆服務，從來～，深受大家的尊敬。

水火無情（ㄕㄨㄟˇ ㄏㄨㄛˇ ㄨˊ ㄑㄧㄥˊ）

【出處】宋·湯厚《畫鑒·唐畫》：「世言孫位畫水，張南本畫火。水火本無情之物，二公深得其理。」
【用法】指水與火毫無情面，常造成災害，危及人們的生命財產。
【例句】這場大火，把幾家人的財產燒得蕩然無存，這才是～啊！

水晶燈籠（ㄕㄨㄟˇ ㄐㄧㄥ ㄉㄥ ㄌㄨㄥˊ）

【出處】元·脫脫等《宋史·劉隨傳》：「隨臨事明銳敢行，在蜀，人號爲水晶燈籠。」
【解釋】用水晶石做成的燈籠。
【用法】比喻對事物了解得非常清楚。
【例句】別看他年輕，心裡卻透亮得和～一樣。

水清石見（ㄕㄨㄟˇ ㄑㄧㄥ ㄕˊ ㄒㄧㄢˋ）

【出處】《古樂府·艷歌行》：「語卿且勿眄，水清石自見。」
【解釋】見：即「現」。水清澈，石子就顯現出來了。
【用法】比喻事情的眞相在一定的條件下自然明白。
【例句】這件事情你也不必着急，～，早晚是會弄清楚的。
【附註】「見」不能念成ㄐㄧㄢˋ。

水清無魚（ㄕㄨㄟˇ ㄑㄧㄥ ㄨˊ ㄩˊ）

【出處】漢·戴德《大戴禮記·子張問入宮》：「故水至清則無魚，人至察則無徒。」
【解釋】水過於清澈，魚難以生存，就沒有魚了。
【用法】比喻人太聰明而過分苛察，就不能容人。
【例句】對人的使用，要看大節，看主要，不能有一點缺點就全盤否定。～，一味要求一切人都是完人，那你就任何人也不能任用了。

水秀山明（ㄕㄨㄟˇ ㄒㄧㄡˋ ㄕㄢ ㄇㄧㄥˊ）

見「山明水秀」。

水洩不通（ㄕㄨㄟˇ ㄒㄧㄝˋ ㄅㄨˋ ㄊㄨㄥ）

【出處】宋·釋普濟《五燈會元·卷十·靈隱延珊禪師》：「若也水洩不通，便教上座無安身立命處。」
【解釋】洩：流出。通路被堵死，水洩不出去。
【用法】①形容積累過多，非常擁擠。

②也用以形容包圍極嚴密。

【例句】台北東區百貨精品店林立，每到假日，購物及逛街人潮總把街道擠得～。

【附註】也作「水楔不通」。

水性楊花

【出處】元・古杭書會《小孫屠》：「你休得強惺惺，楊花水性無憑準。」

【解釋】水性流動不定，楊花隨風輕飄。

【用法】比喻女子作風輕浮，愛情不專。

【例句】對於這位～的女子，你又何必留戀呢？

水漲船高

【出處】宋・釋道原《景德傳燈錄》：「水漲船高，泥多佛大。」

【解釋】高：升高。水位上漲，船身也隨着升高。

【用法】比喻隨着基礎的提高，賴以存在的事物也相應地提高。

【例句】清・李寶嘉《官場現形記》第五十九回：「幾回事情一來，他曉得人家有仰仗他的地方，頓時～，架子亦慢慢的大了起來。」

【附註】①原作「水長船高」。②參看「泥多佛大」。

水中撈月

【出處】宋・釋道原《景德傳燈錄》第七卷：「尸利云：『佛性猶如水中月，可見不可取。』」

【解釋】到水中去撈月亮。

【用法】比喻虛幻的事物，空費力氣，永不可得。

【例句】與其空想～，虛幻不實的事物，不如好好地努力，求取成功果實。

水深火熱

【出處】《孟子・梁惠王下》：「簞食壺漿以迎王師，豈有他哉？避水火也。如水益深，如火益熱，亦運而已矣。」

【用法】比喻極其艱難困苦的處境。

【例句】生活在暴政之下的人民，就好比置身在～之中，十分可憐。

水乳交融

【出處】宋・釋道原《景德傳燈錄》第二十八卷：「水乳難辨。」

【解釋】交融：互相融合。

【用法】比喻結合緊密無間，關係十分融洽。

【例句】好的藝術作品，應是神形兼備，神與形～地結合在一起的。

水色山光

見「山光水色」。

水月鏡花

見「鏡花水月」。

水遠山高

見「山高路險」。

睡眼惺忪

【出處】明・湯顯祖《牡丹亭・鬧殤》：「不提防你後花園閑夢銃，不分明再不惺忪。」

【解釋】惺忪：剛甦醒的樣子。

【用法】形容剛剛睡醒，還有點不太清醒。

【例句】一大早到校，有些同學還～，一副剛剛睡醒的樣子。

吮癰舐痔（ㄕㄨㄣˇ ㄩㄥ ㄕˋ ㄓˋ）

【出處】《莊子．列禦寇》：「秦王有病召醫，破癰潰痤者，得車一乘；舐痔者，得車五乘。所治愈下，得車愈多。」

【解釋】癰吮：吮吸。癰：一種毒瘡。舐：舔。痔：痔瘡。

【用法】用嘴吮吸癰瘡，用舌頭舔痔瘡。形容小人向權貴獻媚的下作行爲。

【例句】這些野心家們，對於那些～，爲他們效犬馬之勞的人，又是賜以桂冠，又是委以重任，眞是慷慨得很！

【附註】也作「吮痔舐癰」、「舐癰吮痔」。

瞬息即逝（ㄕㄨㄣˋ ㄒㄧ ㄐㄧˊ ㄕˋ）

【解釋】瞬息：一眨眼、一呼吸的極短時間。逝：消逝。

【用法】在極短的時間內就消逝了。

【例句】有些化學物理現象～，如不利用現代化的科學試驗儀器，是難以記錄下來的。

瞬息萬變（ㄕㄨㄣˋ ㄒㄧ ㄨㄢˋ ㄅㄧㄢˋ）

【出處】清．吳趼人《痛史》第十六回：「軍情瞬息萬變，莫說我們到南邊還要好幾天，就是此時，文丞相也不知在那裡了。」

【解釋】瞬息：一眨眼、一呼吸的極短時間。萬變：極言變化之多。

【用法】形容變化迅速多端。

【例句】國際情勢是～的，我們一定要莊敬自強，充實國防，才能在世界上生存。

舜年堯日（ㄕㄨㄣˋ ㄋㄧㄢˊ ㄧㄠˊ ㄖˋ）

見「堯天舜日」。也作「舜日堯天」。

順風轉舵（ㄕㄨㄣˋ ㄈㄥ ㄓㄨㄢˇ ㄉㄨㄛˋ）

見「隨風轉舵」。也作「順風使舵」。

順風吹火（ㄕㄨㄣˋ ㄈㄥ ㄔㄨㄟ ㄏㄨㄛˇ）

【出處】天然痴叟《石點頭》第七回：「我雖叨在宦途，要舉荐你廣游大人門下，不過順風吹火，不爲難事。」

【解釋】順着風勢吹火。

【用法】比喻利用條件，費力不大，就容易奏效。

【例句】這件事情能請到他幫忙，無異～，自然容易成功。

順風而呼（ㄕㄨㄣˋ ㄈㄥ ㄦˊ ㄏㄨ）

【出處】《荀子．勸學》：「登高而招，臂非加長也，而見者遠；順風而呼，聲非加疾也，而聞者彰。」

【解釋】順着風向呼喊，聲音可以傳得很遠。

【用法】比喻憑借外力可以有較好效果。

【例句】有些難題，若能善於利用他人的特長，就好比～，效果自然增大。

順藤摸瓜（ㄕㄨㄣˋ ㄊㄥˊ ㄇㄛ ㄍㄨㄚ）

【解釋】順着瓜藤去摸瓜。

【用法】比喻循着一定線索去探究事物的根底。

【例句】敵人抓住了線索，要從他這兒～，拔出插在他們眼裡的那顆釘子。

順天應人（ㄕㄨㄣˋ ㄊㄧㄢ ㄧㄥˋ ㄖㄣˊ）

【出處】《周易・革卦》：「湯武革命，順乎天而應乎人。」
【解釋】天：指天命或天下大勢。應：適應。人：指人心所向。
【用法】順循天下大勢，適應人心所向。
【例句】只要革命行動是～的，自然響應者衆，容易成功。

順理成章 ㄕㄨㄣˋ ㄌㄧˇ ㄔㄥˊ ㄓㄤ

【出處】宋《朱子全書・論語》：「文者，順理而成章之謂。」
【解釋】理：條理，道理。章：文章。
【用法】①指順着條理，就能寫成文章。②也指做事合於情理。
【例句】因爲他倆是好朋友，又考上同一所大學，於是～，便合租房子，一同生活。

順之者昌，逆之者亡 ㄕㄨㄣˋ ㄓ ㄓㄜˇ ㄔㄤ，ㄋㄧˋ ㄓ ㄓㄜˇ ㄨㄤˊ

【出處】《莊子・盜跖》：「順吾意生則生，逆吾心則死。」
【解釋】順：順從。之：他，它。昌：昌盛。逆：違反。亡：滅亡、死亡。
【用法】指順從他（它）的人就能得到發展；違反他（它）的人就會滅亡。
【例句】很多暴君，總是採取「～」的態度來對待人民，人民自然生活在水深火熱之中。

順手牽羊 ㄕㄨㄣˋ ㄕㄡˇ ㄑㄧㄢ ㄧㄤˊ

【出處】明・施耐庵《水滸傳》第九十九回：「前面馬靈正在飛行，卻撞着一個胖大和尚，劈面搶來，把馬靈一禪杖打翻，順手牽羊，早把馬靈擒住。」
【解釋】隨手牽走了羊。
【用法】①比喻手疾眼快，有借力使力的智能或技巧。②也用以比喻趁機順便把人家東西拿走。
【例句】在人多擁擠的商區，最須提防那些～的小偷。

順水推舟 ㄕㄨㄣˋ ㄕㄨㄟˇ ㄊㄨㄟ ㄓㄡ

【出處】元・康進之《李逵負荆》第三折：「你休得順水推舟，偏不許我過河拆橋。」
【解釋】順着流水推船。
【用法】比喻就着情勢行事。
【例句】清・曹雪芹《紅樓夢》第四回：「小的聽見老爺補升此任，係賈府王府之力，此薛蟠即賈府之親，老爺何不～，做個人情，將此案了結？」
【附註】也作「順水推舡」、「順水推船」、「順水行舟」。

順水人情 ㄕㄨㄣˋ ㄕㄨㄟˇ ㄖㄣˊ ㄑㄧㄥˊ

【出處】明・馮夢龍《東周列國志》第九十九回：「不韋乃盡出黃金共六百斤，以三百斤遍賂南門守城將軍，…：與南門守將說個方便。守將和軍卒都受了賂賄，落得做個順水人情。」
【解釋】就着機會，並不費事地順便給人以好處。
【例句】清・李寶嘉《官場現形記》第四十四回：「有幾家年禮未被前任收去的，聽了他說，樂得做個～。」

雙瞳剪水 ㄕㄨㄤ ㄊㄨㄥˊ ㄐㄧㄢˇ ㄕㄨㄟˇ

【出處】唐・李賀《唐兒歌》：「一雙瞳人剪秋水。」
【解釋】雙瞳：一對瞳仁，指眼睛。剪：淺。剪水：指清澈見底。

【用法】一對明亮像秋水的眼睛。形容女子晶瑩閃光的雙眼。

【例句】她長得唇紅齒白，亭亭玉立，尤其那對～，不知迷煞多少青年。

雙柑斗酒（ㄕㄨㄤ ㄍㄢ ㄉㄡˇ ㄐㄧㄡˇ）

【出處】唐·馮贄《雲仙雜記》卷三引《商隱外書》：「戴顒春携雙柑斗酒，人問何之，曰：『往聽黃鸝聲。此俗耳針砭，詩腸鼓吹，汝知之乎？』」

【解釋】柑：柑桔。兩枚柑桔一斗酒。

【用法】指遊春用以助詩興的佳品。

雙管齊下（ㄕㄨㄤ ㄍㄨㄢˇ ㄑㄧˊ ㄒㄧㄚˋ）

【出處】唐·張彥遠《歷代名畫記》載：「張璪畫松，能握雙管，一時齊下，一爲生枝，潤含春澤，一爲枯乾，慘同秋色。」

雙宿雙飛（ㄕㄨㄤ ㄙㄨˋ ㄕㄨㄤ ㄈㄟ）

【出處】宋·尤袤《全唐詩話》卷六：「眼想心思夢裡驚，無人知我此時情，不如池上鴛鴦鳥，雙宿雙飛過一生。」

【解釋】就像鳥兒雙雙棲止、雙雙飛翔一樣。

【用法】比喻夫妻同處，感情親密。

【例句】熱戀中的青年男女，莫不希望像天上的比翼鳥，～過一生。

孀妻弱子（ㄕㄨㄤ ㄑㄧ ㄖㄨㄛˋ ㄗˇ）

【出處】《列子·湯問》：「汝心之固，固不可徹，曾不若孀妻弱子。」

【解釋】寡婦和年幼的孤兒。

【例句】他英年早逝，留下可憐的～，令人同情。

霜露之病（ㄕㄨㄤ ㄌㄨˋ ㄓ ㄅㄧㄥˋ）

【出處】漢·司馬遷《史記·平津侯列傳》：「蓋君子善善惡惡，君若謹行，常在朕躬。君不幸罹霜露之病，何恙不已，乃上書歸侯，乞骸骨，是章（彰）朕之不德也。今事少間，君其省思慮，一精神，輔以醫藥。」

【用法】因爲受到風寒而引起的疾病。常指感冒。

【例句】近來氣候多變，須當心身體免得染上～。

爽然若失（ㄕㄨㄤˇ ㄖㄢˊ ㄖㄨㄛˋ ㄕ）

【出處】漢·司馬遷《史記·屈原賈生列傳》：「及見賈生弔之，又怪屈原以彼其材，游諸侯，何國不容，而自令若是。讀《鵩鳥賦》，同生死，輕去就，又爽然自失矣！」

【解釋】爽然：茫然，沒有主見的樣子。若：如、像。失：丟失。神情茫然，若有所失。

【用法】形容心裡沒有主見。

【例句】他老是一副～的神情，一點兒也不像是個二十幾歲的年輕人。

【日部】

日薄西山（ㄖˋ ㄅㄛˊ ㄒㄧ ㄕㄢ）

【出處】晉・李密《陳情表》：「但以（祖母）劉日薄西山，氣息奄奄，人命危淺，朝不慮夕。」

【解釋】薄：迫近。太陽快要落山。

【用法】比喻人已衰老或事物已腐朽，正接近死亡。

【例句】你父親生命垂危，已～，你如何忍心不回去看他。

【附註】「薄」不能唸成ㄅㄠˊ。

日薄崦嵫（ㄖˋ ㄅㄛˊ ㄧㄢ ㄗ）

【出處】戰國・楚・屈原《離騷》：「吾令羲和弭節兮，望崦嵫而勿迫。」（羲和：神話中的人物，相傳是給太陽駕車的。弭節：駐車。）

【解釋】薄：迫近。崦嵫：山名，在甘肅省天山縣西。古代常指太陽落下去的地方。太陽迫近崦嵫山，即太陽快要落山了。

【用法】比喻人已到暮年或事物已到盡頭，即將死亡。

【例句】我已經是～的老人了，怎麼會在乎這些世俗的名利？

【附註】「薄」不能唸成ㄅㄠˊ。

日不暇給（ㄖˋ ㄅㄨˋ ㄒㄧㄚˊ ㄐㄧˇ）

【出處】漢・司馬遷《史記・封禪書》：「雖受命而功不至，至梁父矣而德不洽，洽矣而日有不暇給，是以即事用希。」

【解釋】暇：空閑。給：豐足。

【用法】形容事情繁多，時間不夠用。

【例句】我整天忙得不可開交，眞是～。

【附註】「給」不能念成ㄍㄟˇ，不能解釋成「給予」。

日暮途窮（ㄖˋ ㄇㄨˋ ㄊㄨˊ ㄑㄩㄥˊ）

【出處】戰國・吳起《吳子・治兵》：「日暮道遠，必數上下。」

【解釋】暮：日落之時，傍晚。窮：窮盡。天快要黑下來，路已走到盡頭。

【用法】比喻力盡計窮，臨到末日。

【例句】侵略軍數次猛攻要塞不克，從此～，終於失敗。

日東月西（ㄖˋ ㄉㄨㄥ ㄩㄝˋ ㄒㄧ）

【出處】漢・蔡文姬《胡笳十八拍》：「十六拍兮思茫茫，我與兒兮各一方，日東月西徒相望，不得相隨兮空斷腸。」

【解釋】太陽在東方，月亮在西方。

【用法】比喻異地遠離，難以聚首。

【例句】我的兄弟三十多年前去了日本，至今～，無法團聚。

日理萬機（ㄖˋ ㄌㄧˇ ㄨㄢˋ ㄐㄧ）

【出處】《尚書・皋陶謨》：「兢兢業業，一日二日萬幾。」孔安國傳：「幾，微也。言當戒懼萬事之微。」

【解釋】理：處理。機：事務。一日之中處理上萬的事務。

【用法】常指國家領導人每天忙於處理紛繁的政務。

【例句】他身爲國家元首～，但仍每天撥出時間來教育他的子女。

日落西山 ㄖˋ ㄌㄨㄛˋ ㄒㄧ ㄕㄢ

【解釋】太陽降落到了西山。

【用法】①指黃昏時刻。②也用以比喻人已垂老，生命不久。

【附註】參看「日薄西山」。

日積月累 ㄖˋ ㄐㄧ ㄩㄝˋ ㄌㄟˇ

【出處】宋・司馬光《資治通鑑・唐紀・文宗開成五年》：「小過皆含容不言，日累月積，以至禍敗。」

【用法】指一天一天，一月一月地不斷積累。

【例句】當時只是一時施工疏忽，沒想～，居然成了一個大漏洞。

日計不足，歲計有餘 ㄖˋ ㄐㄧˋ ㄅㄨˋ ㄗㄨˊ ㄙㄨㄟˋ ㄐㄧˋ ㄧㄡˇ ㄩˊ

【出處】《莊子・庚桑楚》：「庚桑子之始來，吾灑然異之。今吾日計之而不足，歲計之而有餘，庶幾其聖人乎？」

【解釋】日：天。計：計算。足：足夠。歲：年。餘：多餘。按天計算，數不算多；成年累計，就很可觀了。

【用法】指日積月累，聚少成多。

【例句】或許你覺得一天三十分鐘英文不多，但只要你有恆心，～，到時英文自然頂呱呱。

日久天長 ㄖˋ ㄐㄧㄡˇ ㄊㄧㄢ ㄔㄤˊ

【出處】淸・曹雪芹《紅樓夢》第六十九回：「日久天長，這些奴才們跟前，怎麼說嘴呢？」

【用法】形容時間長久。

【例句】他本以爲做這件壞事沒人知，但～，最後還是露了馬腳。

日久見人心 ㄖˋ ㄐㄧㄡˇ ㄐㄧㄢˋ ㄖㄣˊ ㄒㄧㄣ

【出處】元・無名氏《爭報恩》第一折：「路遙知馬力，日久見人心。」

【用法】指相處的日子久了，就可以看出人的眞實內心。

【例句】俗話說得好：「路遙知馬力，～」雖然你現在受盡委曲，但最後大家還是會了解你的用心良苦。

日就月將 ㄖˋ ㄐㄧㄡˋ ㄩㄝˋ ㄐㄧㄤ

【出處】《詩經・周頌・敬之》：「日就月將，學有緝熙於光明。」（緝熙：光明的樣子。）孔穎達疏：「日就，請學之使每日有成就；月將，謂至於一月則有可行。言當習之以積漸也。」

【解釋】就：成就。將：漸進。

【用法】①本指學習每天有成就，每月有進步。②也泛指日積月累。

【例句】這些資料，是我～，逐漸積累起來的。

日近長安遠 ㄖˋ ㄐㄧㄣˋ ㄔㄤˊ ㄢ ㄩㄢˇ

【出處】南朝・宋・劉義慶《世說新語・夙惠》：「晉明帝數歲，坐元帝膝上。有人從長安後……因問明帝：『汝意謂長安何如日遠？』答曰：『日遠。不聞人從日邊來，居然可知。』元帝異之。明日，集群臣宴會，告以此意，更重問之，乃答曰：『日近。』元帝失色曰：『爾何故異昨日之言邪？』答曰：『舉目見日，不見長安。』」（亦見《晉書・明帝紀》）

【用法】舊時借指嚮往帝都而不得至。

日進有功

【解釋】日：天。進：上進。功：成就。天天上進，就有成就。
【用法】指學術、技藝的成就是在持之以恒的勤學苦練中取得的。
【例句】他有一股頑強執着的精神，雖然底子薄一點，但十年如一日，不間斷地鑽研着，～，終於成了一個學有專長的人材。

日居月諸

【出處】《詩經・北風・日月》：「日居月諸，照臨下土。」
【解釋】居、諸：語助詞。
【用法】本指日月，後用指時光流逝。
【例句】唉！～，當年一別，已隔二十年，我們都老了。

日清月結

【解釋】每天每月都結算清楚。
【用法】常用以形容會計人員的工作認眞，帳目清楚。
【例句】小林担任會計以來，財務支出做到了～，一切清清楚楚。

日下無雙

【出處】唐・姚思廉《梁書・伏挺傳》：「及長，有才思，好屬文，爲五言詩，善效謝康樂體。父友人樂安任昉深相嘆異，常曰：『此子日下無雙。』」
【用法】指才高超羣，無人可比。
【例句】他的劍術之精，眞是～。

日削月割

【出處】宋・蘇洵《六國論》：「日削月割，以趨滅亡。」
【解釋】削：分割。割：割讓。每天每月割讓土地。
【用法】形容一味割地求和。
【例句】清末政府荏弱無能，任列強予取予求，～，國勢益衰。
【附註】「削」語音ㄒㄧㄠ。

日削月朘

【出處】漢・班固《漢書・董仲舒傳》：「民日削月朘，寖以大窮。」（寖：同「浸」，漸漸。）
【解釋】削：削弱。朘：剝削。一天一天地削弱，一月一月地剝削。
【用法】指不斷地搜刮剝削。
【例句】在帝制時代，若百姓沒有遇到英明君主，就只好任憑王室與貪官污吏～。

日新月異

【出處】《禮記・大學》：「苟日新，日日新，又日新。」
【解釋】新：更新。異：不同。天天更新，月月不同。
【用法】形容發展進步很快。
【例句】當今科學進步眞是～，很多發明在十年前是想像不到的。

日省月試

【出處】《禮記・中庸》：「日省月試，即廩稱事，所以勸百工也。」
【解釋】省：察看、檢查。
【用法】經常考核。
【例句】對於孩子的功課必須～，經常考核，才能督促其用功。

【附註】①也作「日省月課」。（課：按一定標準試驗、考核。）②「省」不能念成ㄕㄥ。

日中必彗（ㄖˋ ㄓㄨㄥ ㄅㄧˋ ㄏㄨㄟˋ）

【出處】《六韜・守土》：「日中必彗，操刀必割……日中不彗，是謂失時；操刀不割，失利之期。」

【解釋】中午陽光強烈，正好晒東西。

【用法】比喻作事必須及時，不宜延誤。

【例句】他在當時不能把握～的原則，以致錯失良機。

日中則昃（ㄖˋ ㄓㄨㄥ ㄗㄜˊ ㄗㄜˋ）

【出處】《周易・豐》：「日中則昃，月盈則食，天地盈虛，與時消息，而況於人乎！」

【解釋】則：就。昃：太陽西斜。太陽升到正中就開始西斜。

【用法】比喻事物發展到了頂點，就會由盛到衰。

【例句】《三國演義》第六十五回：「（李）彼曰：『吾聞越之西子，善毀者不能閉其美；齊之無鹽，善美者不能掩其醜。『～，月滿則虧』，此天下之常理也。」

日中爲市（ㄖˋ ㄓㄨㄥ ㄨㄟˊ ㄕˋ）

【出處】《周易・繫辭下》：「日中爲市，致天下之民，聚天下之貨，交易而退，各得其所。」

【解釋】日中：太陽當頭，指中午。市：買賣貨物。正午進行交易。

【用法】指古代以物易物的集市活動。

【例句】古人買賣不方便，不像現在商店林立，只能以～。

日出而作（ㄖˋ ㄔㄨ ㄦˊ ㄗㄨㄛˋ）

【出處】唐堯・《擊壤歌》：「日出而作，日入而息。」

【用法】指太陽出來就開始工作。

【例句】當地的村民都過著～，日落而息的平靜生活。

日食萬錢（ㄖˋ ㄕˊ ㄨㄢˋ ㄑㄧㄢˊ）

【出處】唐・房玄齡等《晉書・何曾傳》：「日食萬錢，猶曰無下箸處。」

【解釋】一天的吃喝就要花費上萬的錢財。

【用法】形容生活極端奢侈靡費。

【例句】許多富商巨賈把～當成誇耀自己財富而自豪，卻不知這只是無聊的浪費。

日上三竿（ㄖˋ ㄕㄤˋ ㄙㄢ ㄍㄢ）

【出處】原作「日出三竿」。梁・蕭子顯《南齊書・天文志上・日光色》：「永明五年十一月丁亥，日出高三竿，朱色赤黃。」

【解釋】太陽升上來超出地面有三根竹竿之高。約指上午八、九點鐘光景。

【用法】形容時候不早了。

【例句】明・吳承恩《西遊記》第十回：「及～，方有旨意出來道：『朕心不快，衆官免朝。』」

日升月恒（ㄖˋ ㄕㄥ ㄩㄝˋ ㄏㄥˊ）

【出處】《詩經・小雅・天保》：「如月之恒，如日之升。」

【解釋】升：日出。恒：上弦月漸滿。像旭日剛升起，像上弦月漸趨盈滿。

【用法】比喻事物正當興盛的時候（常

用為祝人事業發展的頌語）。

日坐愁城（ㄖˋ ㄗㄨㄛˋ ㄔㄡˊ ㄔㄥˊ）

【出處】宋・范成大《次韻代答劉文潛》詩：「一曲紅窗聲裏怨，如今分作兩愁城。」

【解釋】愁城：比喻被憂愁所包圍。

【用法】指整天沈浸在無法解脫的愁苦之中。

【例句】陳媽媽對於小華在外為非作歹的事束手無策，只能～以淚洗面。

日無暇晷（ㄖˋ ㄨˊ ㄒㄧㄚˊ ㄍㄨㄟˇ）

【解釋】暇：空閑。晷：日影，比喻時間。

【用法】指從早忙到晚，沒有空閑的時間。

【例句】我每天忙得～，他卻像沒事人似的，眞令人生氣。

日月麗天（ㄖˋ ㄩㄝˋ ㄌㄧˋ ㄊㄧㄢ）

【出處】《周易・離》：「日月麗乎天，百谷草木麗乎土。」

【解釋】麗：附麗、附着。像日月懸掛在天空上。

【用法】比喻永恒不變。

【例句】我對你的眞誠心意，猶如～，永不改變。

日月合璧（ㄖˋ ㄩㄝˋ ㄏㄜˊ ㄅㄧˋ）

【出處】漢・班固《漢書・律曆志上》：「日月如合璧，五星如連珠。」

【解釋】合璧：指日、月、五星合聚。日月同升，出現於陰曆的朔日（陰曆初一），在我國很少見。

【用法】古人以為這是國家吉祥的徵兆。

【例句】所謂～，其實只是一種自然的科學現象，與吉凶無關。

日月交食（ㄖˋ ㄩㄝˋ ㄐㄧㄠ ㄕˊ）

【出處】元・康進之《李逵負荊》第二折：「俺兩個半生來豈有些嫌隙，到今日却做了日月交食。」

【解釋】交：互相。

【用法】比喻人彼此作對，互相爭鬥。

【例句】你二人並無宿仇，為何～，不能和平相處。

日月經天，江河行地（ㄖˋ ㄩㄝˋ ㄐㄧㄥ ㄊㄧㄢ，ㄐㄧㄤ ㄏㄜˊ ㄒㄧㄥˊ ㄉㄧˋ）

【出處】南朝・宋・范曄《後漢書・桓譚馮衍傳》：「其事昭昭，日月經天，江海帶地，不足以此。」

【解釋】經：經過。像太陽和月亮每天經過天空，像江河永遠流經大地。

【用法】比喻永恒不變。

【例句】深受人民愛戴的偉人，他的豐功偉業有如～。

【附註】「行」不能念成ㄏㄤˊ。

日月重光（ㄖˋ ㄩㄝˋ ㄔㄨㄥˊ ㄍㄨㄤ）

【出處】《尚書・顧命》：「昔君文王、武王宣重光。」清・孫醫星衍疏：「重光者，言文武化成之德，比於日月也。」

【解釋】重光：重放光明。太陽和月亮重放光輝。

【用法】形容動亂後出現的清明安定局面。

【例句】經歷多年戰亂，今日才得～。

日月參辰（ㄖˋ ㄩㄝˋ ㄕㄣ ㄔㄣˊ）

【出處】元・蕭德祥《殺狗勸夫》第一折：「也不是我特故的把哥哥來恨，他不思忖同一爺娘骨肉，却和我做日月參辰。」

【解釋】參辰：參星和辰星（即商星），參星在東，辰星在西。太陽落，月亮出，參星隱，辰星現。

【用法】比喻人彼此不和，相互作對。

【例句】我何處得罪了他，爲何總與我做～。

【附註】「參」不能念成ㄘㄢ。

日月如梭 ㄖˋ ㄩㄝˋ ㄖㄨˊ ㄙㄨㄛ

【出處】明・施耐庵《水滸傳》第六十二回：「光陰荏苒，日月如梭，早過一月有餘。」

【解釋】梭：織布時牽引緯線（橫線）的工具。太陽和月亮的運行像穿梭似的。

【用法】比喻時間迅速地過去。

【例句】光陰似箭，～，轉眼又是一年了！

日月入懷 ㄖˋ ㄩㄝˋ ㄖㄨˋ ㄏㄨㄞˊ

【出處】晉・陳壽《三國志・吳書・孫破虜夫人傳》：「於是遂許爲婚，生四男一女。」裴松之注引《搜神記》：「初，夫人孕而夢月入其懷，既而生策。及權在孕，又夢日入其懷，以告堅曰：『昔妊策，夢月入我懷，今也又夢日入我懷，何也？』堅曰：「日月者陰陽之精，極貴之像，吾子孫其興乎？」

【解釋】如同日月進入懷中。

【用法】①祝賀人懷孕生子。②形容人相貌明朗。

惹花拈草 ㄖㄜˇ ㄏㄨㄚ ㄋㄧㄢˊ ㄘㄠˇ

【出處】王實甫《西廂記》第二本第二折：「我從來斬釘截鐵常居一，不似恁惹花拈草沒掂三。」

【解釋】惹、拈：指挑逗、勾引。花、草：比喻女子。

【用法】指男子在外面挑逗、勾引女人，搞不正當的男女關係。

【例句】他在外面到處～，行爲不軌。

【附註】也作「惹草拈花」。「拈」不能念成ㄓㄢ。

惹火燒身 ㄖㄜˇ ㄏㄨㄛˇ ㄕㄠ ㄕㄣ

【出處】明・東魯古狂生《醉醒石》第三回：「莊上人見典史親來捉獲，不知一件什麼天大的事，生怕惹火燒身，連忙把余琳並馮氏，都送將出來。」

【解釋】惹：招引。

【用法】比喻自己招惹災禍害自己。

【例句】有意見，我就要提，就算是～吧，我也不怕。

惹是生非 ㄖㄜˇ ㄕˋ ㄕㄥ ㄈㄟ

【解釋】惹：招引。是、非：糾紛、口舌（指不好的事情）。

【用法】招惹是非，引起口角或糾紛。

【例句】你都這麼大了，還給媽媽添麻煩，～，是什麼道理？

【附註】也作「惹事生非」、「招是惹非」。

惹人注目 ㄖㄜˇ ㄖㄣˊ ㄓㄨˋ ㄇㄨˋ

【用法】指引人特別注意。

【例句】她的一身打扮，非常～。

熱淚盈眶 ㄖㄜˋ ㄌㄟˋ ㄧㄥˊ ㄎㄨㄤ

【解釋】熱淚：因十分激動而流出的淚水。盈：充滿。眶：眼眶。
【用法】形容感情非常激動。
【例句】即將要畢業了，她不禁～，依依之情油然而生。

熱氣騰騰 ㄖㄜˋ ㄑㄧˋ ㄊㄥˊ ㄊㄥˊ

【出處】明．吳承恩《西遊記》第五回：「那飯熱氣騰騰的。」
【解釋】熱氣：溫度高的氣體，比喻熱烈的情緒或氣氛。騰騰：氣體不斷上升的樣子。
【用法】①形容氣體很盛，蒸蒸向上。②也比喻情緒高昂，氣氛熱烈。
【例句】當～，香氣四溢的烤河豚端上來時，老饕們不禁食指大動。

熱腸冷面 ㄖㄜˋ ㄔㄤˊ ㄌㄥˇ ㄇㄧㄢˋ

【解釋】熱：指對人情意深厚。腸：指心腸。冷：指不熱情。
【用法】形容人內心很熱情，而面部表情卻顯得冷漠。
【例句】你是不了解他，相處時間長了，你就會知道他是一個～的人。

饒有興味 ㄖㄠˊ ㄧㄡˇ ㄒㄧㄥˋ ㄨㄟˋ

【解釋】饒：多，豐富。興味：興趣、趣味。
【用法】富有趣味。
【例句】暑假期間，我們十幾個朋友到尼泊爾去，作了一次～的旅遊。
【附註】「興」不能念成ㄒㄧㄥ。

柔能克剛 ㄖㄡˊ ㄋㄥˊ ㄎㄜˋ ㄍㄤ

【解釋】克：克制。溫和的能夠克制剛強的。
【用法】常用來比喻處世待人不用粗暴手段而能克制對方。
【例句】你應該穩重、沈着，～，用你的冷靜一定能制服對方的狂熱。

柔心弱骨 ㄖㄡˊ ㄒㄧㄣ ㄖㄨㄛˋ ㄍㄨˇ

【出處】《列子．湯問》：「其國名曰終北……人性婉而從物，不競不爭，柔心而弱骨，不驕不忍。」
【用法】形容性情柔和。
【例句】那個女孩子～，惹人疼愛。

柔腸寸斷 ㄖㄡˊ ㄔㄤˊ ㄘㄨㄣˋ ㄉㄨㄢˋ

【出處】宋．歐陽修《踏莎行》詞：「寸寸柔腸，盈盈粉淚，樓高莫近危欄倚。」
【解釋】柔腸：柔軟的心腸。多指女性的纏綿情意。柔軟的心腸一寸一寸地斷裂了。
【用法】形容婦女愁思過甚。
【例句】他聽到父母雙雙殉難的消息，哭得～，旁觀者也不禁爲之垂淚。

柔茹剛吐 ㄖㄡˊ ㄖㄨˊ ㄍㄤ ㄊㄨˇ

【出處】《詩經．大雅．烝民》：「人亦有言，柔則茹之，剛則吐之。」
【解釋】柔：軟。茹：吃。剛：硬。軟的吃掉，硬的吐出。
【用法】比喻欺弱避強，欺軟怕硬。
【例句】他是一個～，吃軟怕硬，專欺弱小的孬種！

肉袒面縛 ㄖㄡˋ ㄊㄢˇ ㄇㄧㄢˋ ㄈㄨˋ

【出處】漢．司馬遷《史記．宋微子世

家》：「周武王伐紂克殷，微子乃持其祭器造於軍門，肉袒面縛，左牽羊，右把茅，膝行而前以告。於是武王乃釋微子，復其位如故。」

【解釋】肉袒：脫去上衣，裸露肢體。古人謝罪或祭祀時，常脫去上衣，裸露肢體，表示虔誠和惶懼。面縛：兩手反綁面對勝利者，表示不再抵抗。

【用法】古時投降的儀式。

肉袒負荊（ㄖㄡˋ ㄊㄢˇ ㄈㄨˋ ㄐㄧㄥ）

【出處】漢．司馬遷《史記．廉頗藺相如列傳》：「廉頗聞之，肉袒負荊，因賓客至藺相如領謝罪。」

【解釋】肉袒：脫去上衣，裸露肢體。古人謝罪或祭祀時，常脫去上衣，裸露肢體，表示虔誠惶懼。負：背着。荊：荊杖，古代用荊條做成的刑杖。

【用法】指脫去上衣，裸露肢體，背着荊杖，表示向人陪禮請罪。

肉食者鄙（ㄖㄡˋ ㄕˊ ㄓㄜˇ ㄅㄧˇ）

【出處】《左傳．庄公十年》：「（曹）劌曰：「肉食者鄙，未能遠謀。」

【解釋】肉食者：吃肉的人，指身居高位、享受厚祿的人。鄙：庸俗淺陋。

【用法】指居高位、享厚祿的人鄙陋無知，眼光短淺。

【例句】這些養尊處優的人實在是廢物，正如古人所說的：「～」一樣，他們除了鬥雞走馬以外，別的什麼也不懂。

肉眼凡胎（ㄖㄡˋ ㄧㄢˇ ㄈㄢˊ ㄊㄞ）

【出處】明．吳承恩《西遊記》第三十回：「他們都是些肉眼凡胎，却當做好人。」

【解釋】肉眼：佛經裡所說五眼（天眼、肉眼、慧眼、法眼、佛眼）之一。見近不見遠、見前不見後、見明不見暗的肉身之眼，泛指俗眼。凡胎：俗胎。

【用法】形容俗人淺見低能，對人或事物不識美醜、不辨善惡。

【例句】程先生的高見，豈是一般～的人所能接受。

【附註】也作「肉眼凡夫」。

然荻讀書（ㄖㄢˊ ㄉㄧˊ ㄉㄨˊ ㄕㄨ）

【出處】北齊．顏之推《顏氏家訓．勉學》：「梁世彭城劉綺，齊州刺史勃之孫，早孤家貧，燈燭難辦，常買荻尺寸折之，然明夜讀。」

【例句】古人～之勤苦，是今日富裕社會中的小孩很難體會的。

【附註】「然」通「燃」。

燃眉之急（ㄖㄢˊ ㄇㄟˊ ㄓ ㄐㄧˊ）

【出處】宋．釋普濟《五燈會元》第十六卷：「問：『如何是急切一句？』師曰：『火燒眉毛。』」

【解釋】燃眉：火燒眉毛。像火燒眉毛那樣的緊急。

【用法】形容非常緊迫的情況。

【例句】唉！遠水救不了近火，這些意見雖好，但怎麼救得～？

染蒼染黃（ㄖㄢˇ ㄘㄤ ㄖㄢˇ ㄏㄨㄤˊ）

【出處】《墨子．所染》：「見染絲者而嘆曰：『染於蒼則蒼，染於黃則黃。』」

【解釋】蒼：青色。染成青的就是青的，染成黃的就是黃的。
【例句】比喻變化不定。
【例句】在亂世中，許多人只好聽天由命，感嘆世事變化無常，幾年過去，～，誰能預料！
【附註】也作「蒼黃翻覆」。

染絲之嘆 ㄖㄢˇ ㄙ ㄓ ㄊㄢˋ

【出處】《墨子・所染》：「子墨子見染絲者而嘆曰：『染於蒼則蒼，染於黃則黃。所入者變，其色亦變。五入而已爲五色矣。故染不可不愼也。』非獨染絲然也，國亦有染。」
【用法】①原意爲治國也同染絲一樣，好壞決定於不同的方針和辦法。②今常用以比喻社會風氣或教育對人的影響。
【例句】如今社會充斥暴力，連小孩看的漫畫都不放過，不禁令人有～。

人百其身 ㄖㄣˊ ㄅㄞˇ ㄑㄧˊ ㄕㄣ

【出處】《詩經・秦風・黃鳥》：「如可贖兮，人百其身。」
【解釋】百其身：死一百次。願意死一百次來換取死者的復生。
【用法】表示對死者的沈痛悼念。

人不聊生 ㄖㄣˊ ㄅㄨˋ ㄌㄧㄠˊ ㄕㄥ

見「民不聊生」。

人不可貌相 ㄖㄣˊ ㄅㄨˋ ㄎㄜˇ ㄇㄠˋ ㄒㄧㄤˋ

【解釋】貌：容貌、外貌。相：觀察人或事物的外貌，以判斷其高下。
【用法】人不能單憑外表來判斷其優劣。常與「海水不可斗量」連用。
【例句】她表面上看起來很纖弱，但在國際柔道賽中，竟是那樣勇猛頑強，連連挫敗世界名將，眞是～。
【附註】①也作「凡人不可貌相」。②「相」不能念成ㄒㄧㄤ。

人不知，鬼不覺 ㄖㄣˊ ㄅㄨˋ ㄓ，ㄍㄨㄟˇ ㄅㄨˋ ㄐㄩㄝˊ

【出處】元・無名氏《爭報恩》第一折：「恁做事可甚人不知，鬼不覺。」
【用法】形容行動極其秘密，絲毫不爲人所察覺。
【例句】我們的先鋒部隊～地摸到了敵人戰壕裏。

人怕出名豬怕壯 ㄖㄣˊ ㄆㄚˋ ㄔㄨ ㄇㄧㄥˊ ㄓㄨ ㄆㄚˋ ㄓㄨㄤˋ

【出處】清・曹雪芹《紅樓夢》第八十三回：「俗話兒說的，人怕出名豬怕壯，況且又是個虛名兒。」
【用法】①指人怕出名後惹來麻煩，如同豬長壯了要被宰掉。②也指人出名後唯恐有損於名聲，而多所顧慮，不求創新的保守心理。
【例句】所謂～，所以做人還是應該謙虛內斂些。
【附註】也作「人怕出名，豬怕肥」。

人莫予毒 ㄖㄣˊ ㄇㄛˋ ㄩˊ ㄉㄨˊ

【出處】《左傳・宣公十二年》：「及楚王殺子玉，公喜而後可知也，曰：『莫予毒也已。』是晉再克，而楚再敗也，楚是以再世不競。」
【解釋】莫：沒有誰。予：我。毒：危害，傷害。
【用法】指沒有人能傷害我，即誰也不能把我怎麼樣。
【附註】參看「莫予毒也」。

人謀不臧（ㄖㄣˊ ㄇㄡˊ ㄅㄨˋ ㄗㄤ）

【解釋】謀：謀劃。臧：善、好。

【用法】指人的謀劃不妥善（常用於表明事之所以未成）。

【例句】這次的突擊檢查未能奏效，完全是因為～。

人面桃花（ㄖㄣˊ ㄇㄧㄢˋ ㄊㄠˊ ㄏㄨㄚ）

【出處】相傳唐朝詩人崔護未及第時，曾於清明日獨遊長安城南，見一莊居，叩門求飲，有女子獨倚小桃柯佇立，而意屬殊厚。來歲清明，崔又往尋之，則門扉無人，因題《遊城南》詩於左扉曰：「去年今日此門中，人面桃花相映紅。人面不知何處去，桃花依舊笑春風。」

【用法】①本指男女相識隨即分離，而男子追懷往事的悵惘之情。②也指內心愛慕而又不能相見的女子。③或指事已過去，不可復得。

【例句】她如今在哪裡呢？我一點也不知道，然而，我卻不能忘掉她，每當我走過她流連過的地方，總不免有～之感。

人面獸心（ㄖㄣˊ ㄇㄧㄢˋ ㄕㄡˋ ㄒㄧㄣ）

【出處】《列子・黃帝》：「夏桀、殷紂、魯桓、楚穆，狀貌七竅皆同於人，而有禽獸之心。」

【用法】指外貌似人，內心卻像兇惡的野獸一樣狠毒。

【例句】清・李汝珍《鏡花緣》第十回：「大蟲見了『獸面人心』的既不敢傷，若見了『～』的如何不啖！」

人命關天（ㄖㄣˊ ㄇㄧㄥˋ ㄍㄨㄢ ㄊㄧㄢ）

【出處】元・無名氏《殺狗勸夫》第四折：「人命關天，分甚麼首從。」

【用法】指人命事件，關係重大。

【例句】這個案子審理時必須進行充分的調查，～，草率了事是不行的。

人命危淺（ㄖㄣˊ ㄇㄧㄥˋ ㄨㄟˊ ㄑㄧㄢˇ）

【出處】晉・李密《陳情表》：「但以（祖母）劉日薄西山，氣息奄奄，人命危淺，朝不慮夕。」

【解釋】危：危急。淺：時間短。

【用法】壽命不長，即將死亡。

【例句】他已病入膏肓，～。

人模人樣（ㄖㄣˊ ㄇㄡˊ ㄖㄣˊ ㄧㄤˋ）

【出處】元・無名氏《看錢奴》第三折：「他也似個人模人樣。」

【解釋】像人的模樣。

【用法】①指小兒有成人相（親暱語）。②或指人態度舉止儼然與身分不相稱（諷刺語）。

【例句】瞧你，居然～充起學者來了！

【附註】①也作「人模狗樣」。②「模」不能念成ㄇㄛˊ。

人非木石（ㄖㄣˊ ㄈㄟ ㄇㄨˋ ㄕˊ）

【出處】漢・司馬遷《報任少卿書》：「身非木石，獨與法吏為伍，深幽囹圄之中，誰可告愬者？」（愬：訴。）

【解釋】人不是草木和石頭。

【用法】意為人不是沒有思想感情的木石，而是有思想感情的。

【例句】～，大家聽了王老師的這番話都感動得涕泗縱橫。

人非聖賢，孰能無過

【解釋】聖賢，聖人和賢人，舊指智慧超群，品德高尚的人。孰：誰。
【用法】指一般人不是聖人和賢人，誰能夠沒有過失？
【例句】～？他有了錯誤，我們應該幫助他吸取教訓，而不能歧視他、疏遠他。

人浮於事

【出處】《禮記．坊記》：「故君子與其使食浮於人也，寧使人浮於食。」注：「食謂祿也，在上曰浮。祿勝己則近貪，己勝祿則近廉。」
【解釋】浮：超過、多餘。事：事情、工作。
【用法】①原指人的才能高於所得俸祿。②後用以指工作人員的數目超過實際工作的需要，即人多事少或人員過多。
【例句】現在社會～，想要找份好工作，豈是那麼簡單的事？

人地生疏

【解釋】對人和地方都不熟悉。
【用法】形容初到一個環境，對一切都不熟悉。
【例句】初到貴寶地，～，請多指教。

人定勝天

【出處】《逸周書．文傳》：「人強勝天。」
【用法】指人們利用智慧和力量一定能夠戰勝自然。
【例句】我們相信～，我們能夠戰勝一切自然災害。

人多口雜

【解釋】雜：雜亂，多種多樣。
【用法】指人一多了，說法就多種多樣，說什麼的都有了（多用於貶義）。
【例句】他們這裡～，說好話的人少，說歹話的人多。

人多智廣

【解釋】人多智慧多。
【用法】常用以強調人多出智慧。
【例句】這件事，還是多找人商量一下好，～，也許能想出好辦法。

人多勢衆

【出處】清．曹雪芹《紅樓夢》第十回：「話說金榮因人多勢衆，又兼賈瑞勒令賠了不是，給秦鐘磕了頭，寶玉方才不吵鬧了。」
【用法】指人多勢力大。
【例句】他們雖～，但內部不團結，我們仍有獲勝的機會。

人多手雜

【用法】大家一起插手，引起混亂。
【例句】我們這裡～，各人的工具要保管好，不然的話，你拿我也拿，要用的時候就找不着了。

人頭畜鳴

【出處】漢．司馬遷《史記．秦始皇本紀》：「（胡亥）誅斯、去疾，任用趙高。痛哉言乎！人頭畜鳴。」
【解釋】畜：禽獸。鳴：叫。雖是人的

長相，却像畜生那樣鳴叫。

【用法】①意謂雖然是人，可是愚蠢得像畜生。②後指人的行爲極端惡劣。

【例句】這夥野心家一上台，就～，爲非作歹。

人同此心，心同此理 ㄖㄣˊ ㄊㄨㄥˊ ㄘˇ ㄒㄧㄣ ㄒㄧㄣ ㄊㄨㄥˊ ㄘˇ ㄌㄧˇ

【用法】指人們對於事情往往有相同的感受和想法。

【例句】你不喜歡被騙，～，又怎忍心騙人。

人來人往 ㄖㄣˊ ㄌㄞˊ ㄖㄣˊ ㄨㄤˇ

【出處】清・曹雪芹《紅樓夢》第一百一十回：「這兩天人來人往，我瞧著那些人都照應不到，想必你沒有吩咐。」

【用法】形容行人很多，來往不斷。

【例句】辦公室門口～，進進出出，你們站這兒聊天，會妨礙交通喔！

人老珠黃 ㄖㄣˊ ㄌㄠˇ ㄓㄨ ㄏㄨㄤˊ

【用法】指人衰老而不再受重視，就像年久變黃而不値錢的珍珠一樣。

【例句】他們的愛情堅貞，即使太太已～，在他眼中仍是當年那位善解人意的溫柔女孩。

人離鄉賤 ㄖㄣˊ ㄌㄧˊ ㄒㄧㄤ ㄐㄧㄢˋ

【出處】明・吳承恩《西遊記》第三十六回：「長老聞言，滿眼垂淚道：『可憐，可憐！這才是人離鄉賤！』」

【解釋】鄉：家鄉。賤：輕賤。

【用法】指人離開了家鄉，人地生疏，不被人看重。

【例句】咳！～，到了外國僑居，我們只能算是二等國民。

人困馬乏 ㄖㄣˊ ㄎㄨㄣˋ ㄇㄚˇ ㄈㄚˊ

【出處】明・施耐庵《水滸傳》第七十七回：「馬步三軍沒了氣力，人困馬乏。」

【解釋】人馬都很困乏。

【用法】多指在征戰或旅行中因勞累過度而疲憊不堪。

【例句】這次敵軍遠征三千里，至此已是～，而我們正是以逸待勞。

人喊馬嘶 ㄖㄣˊ ㄏㄢˇ ㄇㄚˇ ㄙ

【出處】明・凌濛初《二刻拍案驚奇》第十四卷：「只聽得外面喧嚷，似有人喊馬嘶之聲，漸漸近前堂來了。」

【用法】形容一片喧鬧的景象。

【例句】大批強盜進入了山村，這個原本寂靜的小山村，頓時～，變了個樣子。

人給家足 ㄖㄣˊ ㄐㄧˇ ㄐㄧㄚ ㄗㄨˊ

【出處】漢・司馬遷《史記・太史公自序》：「要曰強本節用，則人給家足之道也。」

【解釋】給、足：富裕，豐足。

【用法】指人人富裕，家家豐足。

【例句】大家現在都能過著～的日子，實在應該感謝政府安定社會的德政。

【附註】①也作「家給人足」。②「給」不能念成ㄍㄟˇ。

人傑地靈 ㄖㄣˊ ㄐㄧㄝˊ ㄉㄧˋ ㄌㄧㄥˊ

【出處】唐・王勃《滕王閣序》：「人傑地靈，徐孺下陳蕃之榻。」

【解釋】人傑：傑出的人。靈：特別好。意指人使地增色，地因人而著名。

【用法】①即傑出人物出生或到過的地方，便成為名勝之地。②或指傑出人物生於靈秀之地。

【例句】這個地方不但風景優美，並且出了很多個人才，眞是～。

【附註】也作「地靈人傑」。

人間地獄（ㄖㄣˊ ㄐㄧㄢ ㄉㄧˋ ㄩˋ）

【解釋】地獄：傳說人死後靈魂受折磨的地方。

【用法】指人間十分黑暗的悲慘苦難的生活環境。

【例句】在經過暴動後，目所見是斷肢殘臂，血流成河；耳所聞是呻吟哀號聲，活像一個～。

人盡其才（ㄖㄣˊ ㄐㄧㄣˋ ㄑㄧˊ ㄘㄞˊ）

【出處】漢·劉安《淮南子·兵略訓》：「若乃人盡其才，悉用其力。」

【解釋】盡：全部用出。

【用法】指每人都充分發揮他的才能。

【例句】唯有～，各人發揮自己最大的能力，這件重任才能順利完成。

人棄我取（ㄖㄣˊ ㄑㄧˋ ㄨㄛˇ ㄑㄩˇ）

【出處】漢·司馬遷《史記·貨殖列傳》：「當魏文侯時，李克務盡地力，而白圭樂觀時變，故人棄我取，人取我與。」

【用法】①原指商人用「人棄我取，人取我與」的辦法廉價收購滯銷物品，伺機高價出售以謀取厚利。②後指人興趣或見解與衆不同。

【例句】他這個人處事總是採取一種「～，人取我與」的態度，與一般人不一樣。

人琴俱亡（ㄖㄣˊ ㄑㄧㄣˊ ㄐㄩˋ ㄨㄤˊ）

【出處】南朝·宋·劉義慶《世說新語·傷逝》：「王子猶（徽之）子敬（獻之）俱病篤，而子敬先亡。子猶……來奔喪，……便徑入坐靈床上，取子敬琴彈。弦即不調，擲地云：『子敬，子敬，人琴俱亡！』」

【解釋】俱：全、都。亡：死亡。人死了，琴也沒有了。

【用法】表示見到遺物而悼念故友的悲痛心情。

人情冷暖（ㄖㄣˊ ㄑㄧㄥˊ ㄌㄥˇ ㄋㄨㄢˇ）

【出處】唐·白居易《迂叟》詩：「冷暖俗情諳世路，是非閒論任交親。」

【用法】指人情的冷淡和溫暖。

【例句】我已經活了大半輩子，對～是深有體會了。

人情世故（ㄖㄣˊ ㄑㄧㄥˊ ㄕˋ ㄍㄨˋ）

【出處】明·馮夢龍《醒世恒言·張淑兒巧智脫楊生》：「可惜你滿腹文章，看不出人情世故。」

【解釋】人情：人之常情。世故：待人接物的處世經驗。

【用法】指為人處世的道理。

【例句】你已經這麼大了，怎麼一點～都不懂？

人去樓空（ㄖㄣˊ ㄑㄩˋ ㄌㄡˊ ㄎㄨㄥ）

【出處】唐·崔顥《黃鶴樓》詩：「昔人已乘黃鶴去，此地空餘黃鶴樓。黃鶴一去不復返，白雲千載空悠悠。」

【解釋】人已離去，樓台空蕩。
【用法】表達睹物思人的感慨。
【例句】當我重訪友人故居的時候，只見～，不禁感慨萬端。

人心不古（ㄖㄣˊ ㄒㄧㄣ ㄅㄨˋ ㄍㄨˇ）

【出處】清・李汝珍《鏡花緣》第五十五回：「奈近來人心不古，都尚奢華。」
【用法】指人心敗壞，不如古人淳厚。
【例句】今日的社會，人們自私自利，互相猜疑，眞是～呀！

人心惶惶（ㄖㄣˊ ㄒㄧㄣ ㄏㄨㄤˊ ㄏㄨㄤˊ）

【出處】明・馮夢龍《古今小說・遊酆都胡母迪吟詩》：「今行在草創，人心惶惶。」
【解釋】惶惶：恐懼不安的樣子。
【用法】指人們的內心恐懼不安。
【例句】消息傳到小鎭上，鬧得～，日夜不安。

人心向背（ㄖㄣˊ ㄒㄧㄣ ㄒㄧㄤˋ ㄅㄟˋ）

【出處】清・畢沅《續資治通鑑・宋紀・高宗紹興四年》：「彼劉豫挾金為重，簽軍本吾赤子，人心向群，久當自携，持重以待之，輕兵以擾之，君計得矣。」
【解釋】人心：指衆人的感情、願望等。向：歸向，指擁護。背：背離，指反對。
【用法】指人民群衆的擁護或反對。
【例句】敵人進攻我們是違反道義的，我們反抗敵人是正義的，～，必然會使敵敗我勝。

人心洶洶（ㄖㄣˊ ㄒㄧㄣ ㄒㄩㄥ ㄒㄩㄥ）

【出處】五代・後晉・劉昫等《舊唐書・陸贄傳》：「人心驚疑，如風濤然，洶洶靡定。」
【解釋】洶洶：也作「訩訩」，紛擾不定的樣子。
【用法】指人心惶亂，紛擾不定。
【例句】那次毀滅性大地震以後，～，一日數驚，一連幾天，誰也不敢進屋裏去。

人心如面（ㄖㄣˊ ㄒㄧㄣ ㄖㄨˊ ㄇㄧㄢˋ）

【出處】《左傳，襄公三十一年》：「人心之不同，如其面焉，吾豈敢謂子面如吾面乎！」
【用法】指人的思想情感像人的面貌一樣，各不相同。

人心所向（ㄖㄣˊ ㄒㄧㄣ ㄙㄨㄛˇ ㄒㄧㄤˋ）

【出處】唐・房玄齡等《晉書・熊遠傳》：「人心所歸，惟道與義。」
【解釋】人心：指衆人的感情、願望等。向：向著。
【用法】指群衆一致嚮往和擁護的。
【例句】陳老，您是～、衆望所歸，無論如何，請您接下這個職位。
【附註】也作「人心所歸」

人心惟危（ㄖㄣˊ ㄒㄧㄣ ㄨㄟˊ ㄨㄟˊ）

【出處】《尚書・大禹謨》：「人心惟危，道心惟微。」蔡沈集傳：「人心易私而難公，故危。」
【解釋】惟：句中語氣詞。危：危險。
【用法】指人性險惡，居心叵測。
【例句】古有明訓「～」，你出社會後，為人處事方面都要特別小心注意。

人之將死，其言也善

【出處】《論語·泰伯》：「曾子言曰：『鳥之將死，其鳴也哀；人之將死，其言也善。』」

【用法】指人在臨死時，所說的說都是善意的。

【例句】他雖然一生作惡多端，但「～」，就相信他的話吧！

人之常情

【出處】南朝·梁·江淹《雜體詩三十八首·序》：「又貴遠賤近，人之常情；重耳輕目，俗之恒弊。」

【用法】指人們的一般的心情。

【例句】看到悲劇而流淚，乃是～，表示他有憐憫之心，你爲何笑人家？

人中麒麟

【出處】唐·李延壽《南史·徐勉傳》：「（徐）勉幼孤貧，早勵淸節。年六歲，屬霖雨，家人祈霽，率爾爲文，見稱耆宿。好長好學，宗人孝嗣見之，嘆曰：『此所謂人中麒麟，必能致千里。』」

【例句】陳老師非常賞賜你，直誇你是～。

人中之龍

【出處】唐·房玄齡等《晉書·宋纖傳》載：「宋纖隱居不仕，太守馬岌嘆道：『名可聞，而身不可見；德可仰，而形不可睹；吾而今而後知先生人中之龍也。』」

【用法】比喻出類拔萃的人。

【例句】哪個父母不希望自己子女成爲～，人中之鳳？

人衆勝天

【出處】漢·司馬遷《史記·伍子胥列傳》：「吾聞之，人衆者勝天，天定亦能破人。」

【用法】指人多力量大，可戰勝自然。

【例句】～，只要我們同心協力，又何懼這小小風浪？

【附註】參看「人定勝天」。

人事代謝

【出處】唐·孟浩然《與諸子登峴山》詩：「人事有代謝，往來成古今。」

【解釋】謝：交替、更替。

【用法】指人世間事物不斷滋生發展，以更替舊的事物。

【例句】～，這是正常的現象。因此，我們要主動培養和提拔年輕一代，來接我們的班。

人壽年豐

【解釋】壽：長壽。年：年成。豐：豐收。人長壽，年成也好。

【用法】形容太平盛世的美好生活。

【例句】好在這些年，年年都有好收成。眞正是～，喜事重重。

人山人海

【出處】明·施耐庵《水滸傳》第五十一回：「如今（白秀英）見在勾欄裡說唱諸般品調，每日有那一般打散，或是戲舞，或是吹彈，或是歌唱，賺得那人山人海價看。」

【用法】形容滙集的人非常多，就像大山大海那樣。

【例句】在我的印象中，西門町無論早晨或深夜都是擠滿了人潮，尤其有好片上映時，更是～，擠得水洩不通。

人神共憤（ㄖㄣˊ ㄕㄣˊ ㄍㄨㄥˋ ㄈㄣˋ）

【出處】唐・駱賓王《討武曌檄》：「人神之所共嫉，天地之所不容。」

【解釋】人神：人與神。憤：憤怒。

【用法】形容民憤極大。

【例句】這幫強盜，燒殺擄掠，奸淫婦女，無所不爲，其殘暴已達到天怒人怨，～的地步了。

人聲鼎沸（ㄖㄣˊ ㄕㄥ ㄉㄧㄥˇ ㄈㄟˋ）

【出處】明・馮夢龍《醒世恒言，劉小官雌雄兄弟》：「一日午後，劉方在店中收拾，只聞得人聲鼎沸。」

【解釋】鼎：古代炊具，多用青銅製成，圓形三足兩耳。沸：沸騰。人聲像鼎裡的水沸騰一樣。

【用法】形容人聲喧囂嘈雜。

【例句】我脫下外套就朝著機聲隆隆、～的工地走去。

人生七十古來稀（ㄖㄣˊ ㄕㄥ ㄑㄧ ㄕˊ ㄍㄨˇ ㄌㄞˊ ㄒㄧ）

【出處】唐・杜甫《曲江》詩：「酒債尋常行處有，人生七十古來稀。」

【解釋】稀：稀少。

【用法】指人活到七十高齡自古以來是不多見的。

【例句】以前因爲醫學不發達，所以才有「～」的講法，現在身體硬朗的老先生、老太太到處是，反而說「人生七十才開始」。

人生如寄（ㄖㄣˊ ㄕㄥ ㄖㄨˊ ㄐㄧˋ）

【出處】三國・魏・曹丕《善哉行》詩：「人生如寄，多憂何爲！」

【用法】感嘆人的生命短促，如同暫時寄居世間（含感傷情緒）。

【例句】唉！～呀！你又何必爲這些小名小利，與人爭吵不休？

人生如朝露（ㄖㄣˊ ㄕㄥ ㄖㄨˊ ㄓㄠ ㄌㄨˋ）

【出處】三國・魏・曹操《短歌行》詩：「對酒當歌，人生幾何？譬如朝露，去日苦多。」

【解釋】朝露：早晨的露水，太陽一曬，即行消失。

【用法】指人的一生像早晨的露水那樣短暫（含頹廢意識）。

【例句】～，轉眼都成空。

【附註】「朝」不能念ㄔㄠˊ。

人人自危（ㄖㄣˊ ㄖㄣˊ ㄗˋ ㄨㄟ）

【出處】漢・司馬遷《史記・李斯列傳》：「法令誅罰，日益刻深，群臣人人自危，欲畔者衆。」（畔：通「叛」。）

【用法】指人人都感到自身危險而恐怖不安。

【例句】發生戰爭時，人心惶惶，～，更無暇他顧了。

人自爲戰（ㄖㄣˊ ㄗˋ ㄨㄟˋ ㄓㄢˋ）

【出處】漢・司馬遷《史記・淮陰侯列傳》：「此所謂驅市人而戰之，其勢非置之死地，使人人自爲戰。」

【用法】①指人主動奮戰。②現多指人人能獨立作戰。

【例句】在激烈的巷戰中，戰士們～，

英勇殺敵，很快取得了勝利。

人才輩出 ㄖㄣˊ ㄘㄞˊ ㄅㄟˋ ㄔㄨ

【出處】清·畢沅《續資治通鑑·元紀·世祖至元二十年》：「得如左丞許衡教國子，則人才輩出矣。」

【解釋】人才：也作「人材」，指德才兼備的人或有某種特長的人。輩出：一批一批地連續出現。

【用法】形容代代有人才湧現或人才不斷地湧現。

【例句】我國在這方面的研究眞是～，所以才有今日輝煌的成果。

人才薈萃 ㄖㄣˊ ㄘㄞˊ ㄏㄨㄟˋ ㄘㄨㄟˋ

【解釋】人才：也作「人材」，指德才兼備的人或有某種特長的人。薈萃：會集，聚集。

【用法】形容人才很多、很集中。

【例句】戰國時代，～，各國爭相訪求賢才，以擴展自己的勢力。

人才濟濟 ㄖㄣˊ ㄘㄞˊ ㄐㄧˇ ㄐㄧˇ

【出處】清·李汝珍《鏡花緣》第六十二回：「（唐）閨臣見人才濟濟，十分歡悅。」

【解釋】人才：也作「人材」，指德才兼備的人或有某種特長的人。濟濟：衆多的樣子。

【用法】形容人才衆多。

【例句】在全國科學大會上宣讀了一批學術論文，它們無論在數量上還是質量上，都充分顯示了我國科學領域～的興旺景象。

【附註】「濟」不可念成ㄐㄧˋ。

人財兩空 ㄖㄣˊ ㄘㄞˊ ㄌㄧㄤˇ ㄎㄨㄥ

【出處】明·凌濛初《初刻拍案驚奇》第三十六卷：「他有偌多的東西在我擔裡，我若同了這帶脚的貨去，前途被他喊破，可不人財兩失。」

【用法】指人和財產都沒有了。

【例句】張先生喜歡賭博，最後弄得～，家破人亡，想回頭已來不及了。

人死留名 ㄖㄣˊ ㄙˇ ㄌㄧㄡˊ ㄇㄧㄥˊ

【出處】宋·歐陽修《新五代史·王彥章傳》：「彥章武人，任不知書，常爲俚語謂人曰：『豹死留皮，人死留名。』」

【用法】①指在生前建功立業，死後留名後世②指人應死得其所，而留下美名於後世。

【例句】豹死留皮，～。我們寧可犧牲，也絕不能讓下一代人罵我們「貪生怕死」。

人而無信，不知其可 ㄖㄣˊ ㄦˊ ㄨˊ ㄒㄧㄣˋ ㄅㄨˋ ㄓ ㄑㄧˊ ㄎㄜˇ

【出處】《論語·爲政》：「人而無信，不知其可也。」

【解釋】信：信用。可：可以，行。做一個人，卻不講信用，眞不知道那怎麼行。

【用法】指人不講信用是不行的。

【例句】古人說得好：「～。」不講信用的人是沒有人肯和他打交道的。

人一己百 ㄖㄣˊ ㄧ ㄐㄧˇ ㄅㄞˇ

【出處】《禮記·中庸》：「人一能之，己百之；人十能之，己千之。果能此道也，雖愚必明，雖柔必強。」

【解釋】別人用一分的力量能做到的，

自己則用百倍的力量去趕上。
【用法】指奮力自強，不落在別人的後邊。
【例句】現代社會競爭激烈，我們要想超越別人，必須～，付出更多的努力才行。

人言可畏（ㄖㄣˊ ㄧㄢˊ ㄎㄜˇ ㄨㄟˋ）

【出處】《詩經・鄭風・將仲子》：「人之多言，亦可畏也。」
【用法】指衆人的議論是可怕的。
【例句】雖然我們自知這樣做是對的，但是～，我們還是應該暫停一下吧！先做好溝通的工作。

人仰馬翻（ㄖㄣˊ ㄧㄤˇ ㄇㄚˇ ㄈㄢ）

【出處】清・曹雪芹《紅樓夢》第一百五十回：「那巧姐兒是日夜啼哭，也是病了。所以榮府中又鬧得馬仰人翻。」
【用法】①形容慘敗的狀態。②也用以比喻亂得不可收拾的樣子。
【例句】在障礙競賽中，只要一不小心就會摔得～，但選手們都屢仆屢起，奮戰不懈。
【附註】也作「馬仰人翻」。

人無遠慮，必有近憂（ㄖㄣˊ ㄨˊ ㄩㄢˇ ㄌㄩˋ，ㄅㄧˋ ㄧㄡˇ ㄐㄧㄣˋ ㄧㄡ）

【出處】《論語・衛靈公》：「子曰：『人遠慮，必有近憂。』」
【用法】人若沒有長遠的考慮，必定會有近在眼前的憂患。
【例句】這次火災會造成這麼大的傷亡，是因爲大家都佔用了防火巷，再次證明了「～」的道理。

人微言輕（ㄖㄣˊ ㄨㄟ ㄧㄢˊ ㄑㄧㄥ）

【出處】南朝・宋・范曄《後漢書・孟嘗傳》：「臣前後七表，……而身輕言微，終不蒙察。」
【解釋】微：卑微。輕：輕微。
【用法】指地位卑微，言論主張不受重視，不起作用。
【例句】報告最好由你來作，我～，講話起不了多大作用。

人爲刀俎，我爲魚肉（ㄖㄣˊ ㄨㄟˊ ㄉㄠ ㄗㄨˇ，ㄨㄛˇ ㄨㄟˊ ㄩˊ ㄖㄡˋ）

【出處】漢・司馬遷《史記・項羽本紀》：「如今人方爲刀俎我爲魚肉。」
【解釋】刀俎：切肉的刀和砧板，指宰割的工具。人家是刀和砧板，我是被宰割的魚和肉。
【用法】指人家掌握生殺大權，自己處在被宰割的地位。
【例句】滿清末年，～，我國任列強宰割。

人欲橫流（ㄖㄣˊ ㄩˋ ㄏㄥˊ ㄌㄧㄡˊ）

【解釋】人欲：人的欲望。橫流：泛濫。對個人的欲望任意放縱，不加約束。
【用法】指社會道德敗壞，情慾放縱，無所不爲。
【例句】現代工商業社會，功利主義彌漫，～，再也沒有過去社會的樸實了。

人云亦云（ㄖㄣˊ ㄩㄣˊ ㄧˋ ㄩㄣˊ）

【出處】宋・蘇軾《次韻定慧欽長老見寄八首》詩：「我醉君且去，陶云吾亦云。」
【解釋】云：說。亦：也。人家說什麼，自己也跟着說什麼。
【用法】形容沒有主見和創見。

【例句】寫論文要有獨創精神，不要～，拾人牙慧。

仁民愛物

【出處】《孟子・盡心上》：「親親而仁民，仁民而愛物。」

【解釋】仁：仁愛，指同情、愛護和幫助人的思想感情。

【用法】指對人民仁愛，對萬物愛惜。（含有博愛的意思。）

【例句】這位縣長非常關愛民衆，是個～的好長官。

仁漿義粟

【出處】晉・乾寶《搜神記・卷十一・楊伯雍》：「公汲水作義漿于坂實，行者皆飲之。」南朝・宋・范曄《後漢書・黃香傳》：「時被水年飢，……于是豐富之家，各出義穀，助官稟貸。」（義漿、義穀：即「仁漿義粟」。）

【解釋】漿：飲料，泛指布施的餞米。

【用法】舊時對慈善賑濟的稱頌語。

仁心仁術

【解釋】仁：仁愛的心腸。仁術：儒家稱施行所謂仁政的策略，舊時也指醫術。

【用法】①以仁愛之心行仁政之術。②也指以仁愛之心行醫術（頌揚醫生之語）。

【例句】陳醫生診所內掛滿了病人所送的「～」、「華陀再世」……等牌匾。

仁至義盡

【出處】《禮記・郊特牲》：「臘之祭也，主先嗇而祭司嗇也，祭百種以報嗇也，仁之至，義之盡也。」孔穎達疏：「不忘恩報之，是仁；有功必報之，是義也。」（臘祭：周代的一種祭祀，每年十二月舉行。）

【解釋】至、盡：到底的意思。

【用法】①原指報答有功於農事的神，有功必報，就算盡了「仁義之道」。②後用以指對人的愛護、關懷、幫助，盡了最大的努力。

【例句】我對他已是～，以後發展都要看他自己了。

仁者必壽

【出處】《論語・雍也》：「知者動，仁者靜；知者樂，仁者壽。」

【解釋】壽：長壽。

【用法】指有仁德的人必定長壽。

仁者見仁，智者見智

【出處】《周易・繫辭上》：「仁者見之謂之仁，知者見之謂之智。」（知：同「智」。）

【用法】指對同一個問題，各人觀察的角度不同，見解也不相同。

【例句】「～」，對於學術問題有不同見解，這是正常的現象。

【附註】也作「見仁見智」。

仁人君子

【出處】唐・房玄齡《晉書・刑法志》：「劉過其罪，死不可生，縱虐于此，歲以巨計，此乃仁人君子所不忍聞，而況行之于政乎？」

【解釋】仁：仁愛，指同情、愛護和幫

助人的思想感情。君子：有高尙品德的人。

【用法】稱仁愛正直的人，或有仁愛之心而樂於助人的人。

【例句】各位～希望你們能慷慨解囊，幫助這些可憐的孩子。

仁人志士

【出處】《論語・衛靈公》：「志士仁人，無求生以害仁，有殺身以成仁。」

【解釋】仁人：有仁愛之心的人。志士：有志向、守節操的人。

【用法】①原指有仁愛之心和崇高志向的人。②現指愛國的願意爲革命事業獻身的人。

【例句】我們要讓這些～的犧牲有代價，也就是完成他們未了的功業。

【附註】原作「志士仁人」。

仁義道德

【出處】唐・韓愈《原道》：「後之人，其欲聞仁義道德之說，孰從而聽之。」

【解釋】仁義：仁愛和正義。

【用法】①指講求仁愛和正義的道德。這是儒家所宣揚的行爲準則。②今多指虛僞的表現（含貶義）。

【例句】他滿口～，但行爲卻沒有一樣是正當的。

忍俊不禁

【出處】唐・趙璘《因話錄・卷五・征部》：「尙書省二十四司印、故事，悉納直廳……楊虔州虞卿任吏部員外郎，始置柜加鐍以貯之，人以爲便，至今不改。柜初成，周戌時爲吏部郎中，大書其上，戲作考詞狀：『當有千有萬，忍俊不禁考上下。』」（鐍ㄐㄩㄝˊ：箱上安鎖的環狀物。）

【解釋】忍俊：原指抑制鋒芒外露，後指含笑。不禁：抑制不住，禁不住。

【用法】①本謂人熱中於所求，即使要抑制鋒芒外露也難以自我克制。②後謂忍不住發笑。

【例句】他的作品幽默而富有風趣，談起來往往令人～，但笑過之後，又感到有一種說不出的苦澀的味道，使人久久不能釋懷。

【附註】「禁」不能念成ㄐㄧㄣˋ。

忍氣吞聲

【解釋】忍氣：受了氣勉強忍耐。吞聲：把話吞到肚子裡，不敢出聲。

【用法】形容受了氣而強自忍下，不能說出來。

【例句】《水滸傳》第二十四回：「武大～，由他自罵，心裡只依照兄弟的言語，眞個每日只做一半炊餅出去賣，未晚便歸。」

忍辱負重

【出處】晉・陳壽《三國志・吳書・陸遜傳》：「國家所以屈諸君使相承望者，以僕有尺寸可稱，能忍辱負重故也。」

【用法】指忍受屈辱，擔負重任。

【例句】敵後工作人員～，忍受別人的唾罵，依然默默地爲國家付出自己的一份心力。

【附註】「辱」又讀ㄖㄨˋ。

忍辱偷生

【出處】明．羅貫中《三國演義》第八回「妾恨不即死，止因未與將軍一決，故且忍辱偷生。」
【解釋】偷生：苟且地活着。
【用法】指忍受侮辱，勉強活着。
【例句】他爲了要找機會復仇，只得～。
【附註】也作「忍恥偷生」。「辱」又讀ㄖㄨˋ。

忍辱含垢

【出處】南朝．宋．范曄《後漢書．曹世叔妻傳》：「有善莫名，有惡莫辭，忍辱含垢，常若畏懼，是謂卑弱下人也。」
【解釋】含：心裏懷着。垢：恥辱。
【用法】忍受恥辱。
【例句】這些百姓在敵人的鐵蹄下～地活著，但只要有機會，他們就會起義反抗的。
【附註】①也作「忍辱含羞」、「含垢忍辱」。②「辱」又讀ㄖㄨˋ。

忍尤含垢

【解釋】忍、含：容忍。尤：指責、歸罪。垢：汚辱。
【用法】指被迫忍受罪尤和汚辱。
【例句】在那黑暗的年代裏，她只有～，到哪裏去申訴呢？

忍尤攘垢

【出處】戰國．楚．屈原《離騷》：「屈心而抑志兮，忍尤而攘垢。」
【解釋】尤：罪過。攘：排除。詬：恥辱。
【用法】指暫時含忍罪過，以待將來除去恥辱。
【例句】勾踐肯屈身爲僕，就是爲了～復興自己的國家。
【附註】「攘」當「排除」時讀ㄖㄤˇ，當「紛亂」時讀ㄖㄤˊ。

忍無可忍

【出處】《論語．八佾》：「是可忍也，孰不可忍也。」
【用法】指忍受到無法再忍受，即再也忍受不下去了。
【例句】對於他這種目無尊長的行爲，我已是～

荏弱無能

【解釋】荏弱：軟弱。
【用法】指軟弱無能。
【例句】劉璋是個～之輩，他當然不是劉備的對手。

任達不拘

【出處】唐．房玄齡等《晉書．阮咸傳》：「咸任達不拘，與叔父籍爲竹林之游，當世禮法者譏其所爲。」
【用法】指放任而不受禮法的拘束。
【例句】他是一個～的人，對於旁人的閒言閒語，根本就不放在心上。

任勞任怨

【出處】漢．桓寬《鹽鐵論．刺權》：「蒙其憂，任其勞。」
【解釋】任：擔任、承擔。
【用法】指做事不辭勞苦，不怕怨言。
【例句】他的職位升遷的如此快，完全是因爲他～的工作態度。

任其自然

【出處】宋・周密《齊東野語》卷七：「不要在固定臟氣之外，任其自然耳。」

【解釋】任：聽憑、不管。

【用法】指對人、對事聽憑他（它）自由發展，不加約束或引導。

【例句】他的媽媽對他屢勸不聽，實在心灰意懶，只好～了。

【附註】也作「聽其自流」、「聽其自然」。

任情恣性（ㄖㄣˋ ㄑㄧㄥˊ ㄗˋ ㄒㄧㄥˋ）

【出處】清・曹雪芹《紅樓夢》第十九回：「（寶玉）近來仗着祖母溺愛，父母亦不能十分嚴緊拘管，更覺放縱弛蕩，任情恣性。」

【解釋】任、恣：放縱，無拘束。

【用法】指放任自己的性情，不加約束。

【例句】就是因爲你們的溺愛，才造成他這種～的個性。

任重道遠（ㄖㄣˋ ㄓㄨㄥˋ ㄉㄠˋ ㄩㄢˇ）

【出處】《論語・泰伯》：「士不可以不弘毅，任重而道遠。仁以爲己任，不亦重乎？死而後已，不亦遠乎？」

【解釋】任：負擔。擔子重而路途長。

【用法】比喻責任重大，並要經歷長期艱苦奮鬥。

【例句】您身爲國家要員～，千萬要保重身體。

【附註】也作「道遠任重」。

任重才輕（ㄖㄣˋ ㄓㄨㄥˋ ㄘㄞˊ ㄑㄧㄥ）

【出處】三國・蜀・諸葛亮《與參軍掾屬教》：「任重才輕，故多闕漏。」

【解釋】責任重大，但才能不足。

【用法】表示不能勝任。常用爲接受委任時的自謙辭。

【例句】我實在～，希望大家以後能不吝於指教。

任人宰割（ㄖㄣˋ ㄖㄣˊ ㄗㄞˇ ㄍㄜ）

【解釋】任：聽憑。宰割：殺牲割肉。

【用法】比喻侵略、壓迫、剝削、壓迫或侵略。

【例句】滿清末年，政府無能，只好～，任由列強鯨吞蠶食。

任人唯賢（ㄖㄣˋ ㄖㄣˊ ㄨㄟˊ ㄒㄧㄢˊ）

【出處】《尙書・咸有一德》：「任官惟賢才，左右惟其人。」（惟：同「唯」。賢才：德和才。）

【解釋】任：任用。唯：只。賢：指有德有才的人。

【用法】指任人只挑選德才兼備的人，而不管他跟自己的關係如何。

【例句】「～」，用人不能只考慮他與自己的親疏遠近，唯有任用有才能的人，公司才會有發展。

認敵爲友（ㄖㄣˋ ㄉㄧˊ ㄨㄟˊ ㄧㄡˇ）

【解釋】認敵人作朋友。

【用法】指人思想糊塗，敵友分辨不清。

【例句】我們絕不能界線不明，～。

認賊作父（ㄖㄣˋ ㄗㄟˊ ㄗㄨㄛˋ ㄈㄨˋ）

【解釋】賊：指嚴重危害國家、民族和人民的壞人。把仇敵當作父親一樣看待。

【用法】常指賣身投靠壞人或敵人。

【例句】這個叛徒～，出賣了自己，出

賣了國家。

穰穰滿家（ㄖㄤˊ ㄖㄤˊ ㄇㄢˇ ㄐㄧㄚ）

【出處】漢・司馬遷《史記・滑稽列傳》：「甌窶滿篝，汙邪滿車，五穀蕃熟，穰穰滿家。」（甌窶：狹小的高地。甌窶滿篝：希望狹小的高地也能豐收。汙邪：地勢低下，指容易積水的劣田。汙邪滿車：希望在低下的田地裏有薪柴滿車。）

【解釋】穰穰：數量多，豐盛。

【用法】①形容糧食很多，裝滿倉庫。②也形容貯藏的東西很多。

攘往熙來（ㄖㄤˇ ㄨㄤˇ ㄒㄧ ㄌㄞˊ）

見「熙往攘來」。

讓禮一寸，得禮一尺（ㄖㄤˋ ㄌㄧˇ ㄧˊ ㄘㄨㄣˋ，ㄉㄜˊ ㄌㄧˇ ㄧˋ ㄔˇ）

【出處】三國・魏・曹操《讓禮令》：「里諺曰：『讓禮一寸，得禮一尺，斯合經之要矣。』」

【解釋】讓：謙讓。

【用法】指對別人表示一點禮讓，就能得到別人對自己更大的尊重。

【例句】「～」，要別人尊重自己，就必須先尊重別人。

讓高山低頭，叫河水讓路（ㄖㄤˋ ㄍㄠ ㄕㄢ ㄉㄧ ㄊㄡˊ，ㄐㄧㄠˋ ㄏㄜˊ ㄕㄨㄟˇ ㄖㄤˋ ㄌㄨˋ）

【解釋】讓大自然聽從人們的使喚。

【用法】形容人們征服自然、改造客觀世界的雄偉氣魄、堅定決心和強大力量。

【例句】全國只要團結一致，上下一心，就可以～。

讓棗推梨（ㄖㄤˋ ㄗㄠˇ ㄊㄨㄟ ㄌㄧˊ）

【出處】①唐・李延壽《南史・王泰傳》：「年數歲時，祖母集諸孫侄散棗栗于床。群兒競之，泰獨不取。問其故，對曰：『不取，自當得賜。』由是中表異之。」②南朝・宋・范曄《後漢書・孔融傳》：「融幼有異才。」李賢注引融家傳：「年四歲時，每與諸兄共食梨，融輒引小者。大人問其故，答曰：『我小兒，法當取小者。』由是宗族奇之。」

【解釋】推讓棗或梨。

【用法】指兄弟之間的禮讓。

【例句】他那種～的精神，值得我們欽佩，也堪作楷模。

如臂使指（ㄖㄨˊ ㄅㄟˋ ㄕˇ ㄓˇ）

【出處】漢・班固《漢書・賈誼傳》：「如身之使臂，臂之使指。」

【解釋】臂：臂膀。指：手指。像臂膀指使手指一樣。

【用法】比喻指揮如意。

【例句】我們的指揮官，具有豐富的作戰經驗，指揮戰鬥～，靈活機動。

如不勝衣（ㄖㄨˊ ㄅㄨˋ ㄕㄥ ㄧ）

【出處】《禮記・檀弓》：「晉人謂文子知人。文子其中退然，如不勝衣。」

【解釋】勝：承受，能承擔。好像承受不了衣服似的。

【用法】形容人身體瘦弱不堪。

【例句】她是那樣嬌小，眞是～。

【附註】①參看「弱不勝衣」。②「勝」不可讀ㄕㄥˋ。

如芒在背（ㄖㄨˊ ㄇㄤˊ ㄗㄞˋ ㄅㄟˋ）

【出處】漢・班固《漢書・霍光傳》：「宣帝始立，謁見高座，大將軍光從驂乘，上內嚴憚之，若有芒刺在背。」

【解釋】芒：芒刺，草木莖葉、果殼上的小刺。像芒刺扎在後背上一樣。

【用法】形容人心情極度不安的狀態。

【例句】她一語道破了他的隱私，使他～，再也坐不住了。

如夢初醒（ㄖㄨˊ ㄇㄥˋ ㄔㄨ ㄒㄧㄥˇ）

【出處】《京本通俗小說・拗相公》：「到五更，如夢初覺，叫道：『詫異！詫異！』」

【解釋】好樣作夢剛醒一樣。

【用法】比喻在別人或某件事情的啓發下，從糊塗錯誤的認識中剛剛悟醒過來。

【例句】聽了她的一番話，我才～似的，了解了事情的眞相。

【附註】也作「如夢方醒」。

如法炮製（ㄖㄨˊ ㄈㄚˇ ㄆㄠˊ ㄓˋ）

【出處】清・文康《兒女英雄傳》第五回：「第明日早走，依舊如法泡（炮）製，也不怕他飛上天去。」

【解釋】炮製：用烘、炒等方法將原藥製成藥材。依照成法炮製中藥材。

【用法】比喻完全照現成方法去做。

【例句】既然我們無法另創新意，只好蕭規曹隨，～一番了。

【附註】「炮」不能念成ㄆㄠˋ。

如登春台（ㄖㄨˊ ㄉㄥ ㄔㄨㄣ ㄊㄞˊ）

【出處】《老子》第二十章：「衆人熙熙，如享太牢，如登春台。」

【解釋】春台：美好的遊覽之地。

【用法】形容生活環境極好，如同進入勝地一般。

如墮五里霧中（ㄖㄨˊ ㄉㄨㄛˋ ㄨˇ ㄌㄧˇ ㄨˋ ㄓㄨㄥ）

【解釋】墮：落、掉。好像掉在很大的烟霧裏。

【用法】比喻模模糊糊摸不着頭腦或辨不清方向。

【例句】這場辯論由於雙方都沒有把握住問題的實質，爭來爭去，反而使聽衆～，弄不明白他們究竟爭論的是什麼。

如湯沃雪（ㄖㄨˊ ㄊㄤ ㄨㄛˋ ㄒㄩㄝˇ）

【出處】漢・枚乘《七發》：「小飯大歠，如湯沃雪。」（歠：飲、喝。）

【解釋】湯：熱水。沃：澆。像熱水澆在雪上，雪馬上就融化。

【用法】比喻做事情極容易解決。

【例句】他做事情精明幹練，這種小事請他做，簡直就是～，毫不費力。

【附註】也作「如湯灌雪」、「如湯澆雪」、「如湯潑雪」。

如鳥獸散（ㄖㄨˊ ㄋㄧㄠˇ ㄕㄡˋ ㄙㄢˋ）

【出處】漢・班固《漢書・李陵傳》：「今無兵復戰，天明坐縛矣；如鳥獸散，猶有得脫歸報天子者。」

【解釋】像受驚的飛鳥走獸一樣四處逃散。

【用法】比喻某個集團或組織一下子亂糟糟地散了（含貶義）。

【例句】王大叔大聲一吼，那羣小孩馬上～，留下滿地未熟的橘子。

如牛負重

【解釋】像牛擔着沉重的東西一樣。
【用法】比喻負擔沉重。
【例句】他拖着一家老小在飢餓邊緣掙扎着，～，不知道能捱到哪一天！

如雷貫耳

【出處】元·無名氏《凍蘇秦》第一折：「久聞先生大名，如雷貫耳。」
【解釋】貫：穿過。像雷聲震動耳朵一樣。
【用法】比喻人的名聲很大。
【例句】久仰了！您的大名眞是～。
【附註】也作「如雷灌耳」。

如狼牧羊

【出處】漢·司馬遷《史記·義縱列傳》：「寧成爲濟南都尉，其治如狼牧羊。」
【解釋】如同狼放牧羊一樣。
【用法】比喻酷吏欺壓殘害人民。
【例句】在元代社會裏，絕大多數的官吏都是貪婪成性的，讓他們來治理百姓，眞是～，越治百姓越活不下去！

如狼似虎

【出處】戰國·尉繚《尉繚子·武議》：「一人之兵，如狼如虎如風如雨，如雷如霆，震震冥冥，天下皆驚。」
【解釋】好像狼和虎一樣。
【用法】①本喻勇猛。②後喻凶暴殘忍。
【例句】一群～的匪軍闖進門，不由分說，就把他五花大綁地捆了起來。

如臨大敵

【出處】清·吳趼人《二十年目睹之怪現狀》第五十八回：「到了撫院，又碰了止轅，衙門裏紮了許多兵，如臨大敵。」
【解釋】臨：面對。好像面對着強大的敵人一樣。
【用法】形容把情況看得十分嚴重、緊張，戒備森嚴。
【例句】他們天剛亮就起來了，靜悄悄地集合在操場上等待着，～似的，一個個緊張得不得了。

如臨其境

【解釋】臨：到達。好像親身到達了那種境界一樣。
【用法】形容藝術作品生動逼眞，引人入勝。
【例句】這篇描寫風景的散文，寫得那樣眞切優美，使人有～之感。

如臨深淵，如履薄冰

【出處】《詩經·小雅·小旻》：「戰戰兢兢，如臨深淵，如履薄冰。」
【解釋】臨：面臨。淵：深潭。履：踩。好像面臨深潭，好像踩着薄冰。
【用法】比喻處於危險的境地而提心吊膽，戰戰兢兢。
【例句】他小心翼翼地扶着欄杆爬上了滑梯，～一般，提心吊膽地把那球也似的胖墩墩的身子伏在了滑梯上，然後，眼一閉就滑了下來。

如履平地

【解釋】履：走。像走在平地一樣。
【用法】形容毫無阻礙，可以安穩輕快

地前進。
【例句】在障礙賽中，他身手矯健，無論是獨木橋、斷牆、鐵絲網，他都～，飛快地跑了過去。

如鯁在喉 ㄖㄨˊ ㄍㄥˇ ㄗㄞˋ ㄏㄡˊ

見「骨鯁在喉」。

如開茅塞 ㄖㄨˊ ㄎㄞ ㄇㄠˊ ㄙㄜˋ

【解釋】像打開了被茅草堵塞着的路徑一樣。
【用法】形容受到啓發，使閉塞的思路忽然暢通或對迷惘不解的事物立時明白過來。
【例句】聽您的一席話，使我～，獲益不少。
【附註】「塞」不能念成ㄙㄞ或ㄙㄞˋ。

如虎添翼 ㄖㄨˊ ㄏㄨˇ ㄊㄧㄢ ㄧˋ

【出處】三國．蜀．諸葛亮《心書．兵機》：「將能執兵之權，操兵之勢，而臨群下，譬如猛虎加之羽翼，而翱翔四海。」
【解釋】翼：翅膀。好像老虎添了翅膀。
【用法】①比喻強者增添力量更強大，②比喻惡者增添力量更凶惡。
【例句】這個黑幫老大自從「快手七」的加入後，更是～，無惡不作。
【附註】也作「如虎生翼」。

如花似錦 ㄖㄨˊ ㄏㄨㄚ ㄙˋ ㄐㄧㄣˇ

【出處】清．黃小配《廿載繁華夢》第三回：「那香屏自從嫁了周庸祐，早卸了孝服，換得渾身如花似錦。」
【解釋】錦：有彩色花紋的絲織品。
【用法】形容人的前程或風景美好。
【例句】這個公園經過老王的數年經營，才有今日～的景象。

如花似玉 ㄖㄨˊ ㄏㄨㄚ ㄙˋ ㄩˋ

【出處】《詩經．魏風．汾沮洳》：「彼其之子，美如英……彼其之子，美如玉。」吳闓生注：「英，華(花)也。」
【解釋】像鮮花又像美玉。
【用法】形容女子的美貌。
【例句】這姑娘不但長得～，而且性格溫柔恬靜，使不少年輕小伙子傾倒在她石榴裙下。

如火如荼 ㄖㄨˊ ㄏㄨㄛˇ ㄖㄨˊ ㄊㄨˊ

【出處】《國語．吳語》：「吳王昏乃戒，令萬人以爲方陣，皆白裳、白旗、素甲、白羽之矰，望之如荼。王親秉鉞，載白旗，以中陳(陣)而立。左軍亦如之，皆赤裳、赤旟、丹甲、朱羽之矰，望之如火。」(矰：短箭。旟：古代旗幟的一種。)
【用法】①原指軍容整肅和雄偉。②後用以形容氣勢蓬勃旺盛或聲勢浩大熱烈。
【例句】當大地震的消息一傳來，各國都伸出援手，～地展開救援活動。
【附註】①也作「如荼如火」。②「荼」不能念成ㄔㄚˊ，不能寫成「茶」。

如火燎原 ㄖㄨˊ ㄏㄨㄛˇ ㄌㄧㄠˊ ㄩㄢˊ

【出處】《尚書．盤庚上》：「若火之燎于原，不可向邇，其猶可撲滅。」
【解釋】原：原野。如野火在原野燃燒。
【用法】比喻一種蓬勃發展不可阻擋的力量。

【例句】儘管他極力防止，但是謠言仍～般傳開。

【附註】「燎」當「延燒」講時唸ㄌㄧㄠˊ；當「光明」講時唸ㄌㄧㄠˇ。

如獲至寶 ㄖㄨˊ ㄏㄨㄛˋ ㄓˋ ㄅㄠˇ

【出處】宋・李光《與胡邦衡書》：「忽蜀僧行密至，袖出『寂照庵』三字，如獲至寶。」

【解釋】獲：得到。至：最。好像得到了最好的寶貝。

【用法】形容對所得到的東西非常喜愛。

【例句】奇怪！這個別人不要的破桶，他卻～。

如簧之舌 ㄖㄨˊ ㄏㄨㄤˊ ㄓ ㄕㄜˊ

【出處】《詩經・小雅・巧言》：「巧言如簧，顏之厚矣。」

【解釋】簧：樂器中用以振動發聲的薄片。

【用法】比喻能說善道。

【例句】他生就的～，能把死人說活。

如飢似渴 ㄖㄨˊ ㄐㄧ ㄙˋ ㄎㄜˇ

【出處】晉・陳壽《三國志・魏書・陳思王植傳》：「遲奉聖顏，如飢如渴。」

【用法】形容要求很迫切。

【例句】我～地把二十幾頁的長文，一口氣讀下去。

如膠似漆 ㄖㄨˊ ㄐㄧㄠ ㄙˋ ㄑㄧ

【出處】漢・司馬遷《史記・魯仲連鄒陽列傳》：「感于心，合于行，親于膠漆，昆弟不能離，豈惑于衆口哉？」

【用法】形容關係極其親密，彼此難捨難分（多指男女之間或朋友之間感情深厚）。

【例句】《水滸傳》第二十回：「那張三和這婆惜，～，夜去明來，街坊上人也都知了。」

如箭離弦 ㄖㄨˊ ㄐㄧㄢˋ ㄌㄧˊ ㄒㄧㄢˊ

【解釋】像箭離開弓弦一樣。

【用法】形容奔向目標時動作神速。

【例句】槍聲一響，運動員們～，向終點飛奔。

如箭在弦 ㄖㄨˊ ㄐㄧㄢˋ ㄗㄞˋ ㄒㄧㄢˊ

【解釋】像箭已放在弦上一樣，不得不發。

【用法】比喻事情到了不得不做的地步。

【例句】我也明白，過早地把事情攤開並不是上策，但～，不得不如此了。

如泣如訴 ㄖㄨˊ ㄑㄧˋ ㄖㄨˊ ㄙㄨˋ

【出處】宋・蘇軾《前赤壁賦》：「其聲嗚嗚然，如怨如慕，如泣如訴，餘音裊裊，不絕如縷。」

【解釋】泣：小聲哭。訴：訴說。像在哭泣，像在訴說。

【用法】形容哀戚婉轉的抒情樂聲。

【例句】～的琴聲，打動了聽衆的心。

如切如磋 ㄖㄨˊ ㄑㄧㄝ ㄖㄨˊ ㄘㄨㄛ

【出處】《詩經・衛風・淇澳。》：「有匪君子，如切如磋，如琢如磨。」

【解釋】切：將骨頭加工成器物。磋：將象牙加工成器物。切磋：比喻共同研討。

【用法】指共同研究學習，互相取長補

短。

【附註】「切」不能念成ㄑㄧㄝˋ。

如丘而止（ㄖㄨˊ ㄑㄧㄡ ㄦˊ ㄓˇ）

【出處】《荀子・宥坐》：「孔子曰：『如垤而進，吾已矣。』」（垤：ㄉㄧㄝˊ，小土墩。已：完畢。）

【解釋】如：到。丘：小山。到了小山下就停下來。

【用法】比喻不求進步。

【例句】學習要刻苦，要有毅力，否則，遇到困難就～，是根本學不好的。

如塤如篪（ㄖㄨˊ ㄒㄩㄣ ㄖㄨˊ ㄔˊ）

【出處】《詩經・大雅・板》：「天之牖民，如塤如篪。」

【解釋】塤、篪：古樂器名。聲名相和。

【用法】比喻兄弟間和睦。

【例句】他們兄弟兩人感情和睦～。

如錐畫沙（ㄖㄨˊ ㄓㄨㄟ ㄏㄨㄚˋ ㄕㄚ）

【出處】宋・姜夔《續書譜・用筆》：「用筆……如錐畫沙……欲其匀而藏鋒。」

【解釋】就像用錐子在沙子上畫出來的一樣。

【用法】形容書法筆力均匀不露鋒芒。

如出一口（ㄖㄨˊ ㄔㄨ ㄧˋ ㄎㄡˇ）

【出處】《韓非子・內儲說下・六微》：「燕人其妻有私通于士，其夫早自外而來，士適出。夫道：『何客也？』其妻曰：『無客。』問左右，左右言無有，如出一口。」

【解釋】如同從一張嘴裏說出來。

【用法】形容衆口同聲，說法一樣。

【例句】當徵求意見時，大家～，都沒有異議。

如出一轍（ㄖㄨˊ ㄔㄨ ㄧˋ ㄔㄜˋ）

【解釋】轍：車轍，車輪壓出的痕迹。好像如同一個車轍。

【用法】形容兩種事情或言論非常相像。

【例句】你們兩個人所犯的錯誤簡直是～，就一起檢討，看看如何補救吧！

【附註】「轍」語音ㄓㄜˊ。

如椽之筆（ㄖㄨˊ ㄔㄨㄢˊ ㄓ ㄅㄧˇ）

【出處】唐・房玄齡等《晉書・王珣傳》：「珣夢人以大筆如椽與之，既覺，語人云：『此當有大手筆。』俄而帝崩，哀册、謚議，皆珣所草。」

【解釋】椽：椽子，安在梁上支架屋面和瓦片的木條。形容像椽子一樣的大筆。

【用法】①指大著作或重要的文字。②也用以比喻筆力雄健。

【例句】大書法家舉起～一揮，馬上就完成了一幅佳作。

【附註】也作「如椽筆」。

如拾地芥（ㄖㄨˊ ㄕˊ ㄉㄧˋ ㄐㄧㄝˋ）

【出處】梁・任昉《天監三年策秀才文》：「輜軿青紫，如拾地芥，而惰游廢業，十室而九。」（輜ㄗ：古代一種有帷蓋的大車。軿ㄆㄧㄢˊ：古代貴族婦女所乘的有帷幕的車。）

【解釋】地芥：地上的雜草。像拾取地上的雜草一樣。

【用法】比喻可以輕易得到。

【例句】像他這種人才眞是～，到處都有，他偏又自視頗高，以至於高不成低不就。

如釋重負

【出處】《穀梁傳．昭公二十九年》：「昭公出奔，民如釋重負。」

【解釋】釋：放下。負：負擔。像放下重擔子一樣。

【用法】形容消除緊張而沉重的心情之後的輕鬆愉快。

【例句】考完聯考，大家都覺得～，相約去看場電影散散心。

如數家珍

【解釋】家珍：家中藏的寶物。像數家中所藏的珍寶一樣。

【用法】比喻對所列舉的事物或所講述的事情十分熟悉。

【例句】那天參觀博物館，聽他對那些收藏品的介紹，簡直～，眞是欽佩他的學問淵博。

【附註】「數」不能念成ㄕㄨˋ。

如水投石

【出處】宋．楊時《龜山語錄》：「時謝顯道亦在。謝爲人誠實，但聰悟不及先生。故明道每言楊君聰明，謝君如水投石，然亦未嘗不稱其善。」

【解釋】就像水澆石頭一樣，一點也澆不進去。

【用法】①比喻聽而不聞。②也比喻說了半天毫無效果。

【例句】我對他的勸告簡直是～，他一點都沒聽進去。

如日方升

【出處】《詩經．小雅．天保》：「如月之恒，如日之升，如南山之壽。」

【解釋】像太陽剛剛升起一樣。

【用法】比喻正處於堅強的生命力。

【例句】王主任年輕而有幹勁，正～，前途無量。

如日中天

【解釋】好像太陽升在天空的正中。

【用法】形容事物正處在十分興盛的階段。

【例句】他的聲望正是～，卻發生了這件醜聞，眞是令人惋惜呀！

如人飲水，冷暖自知

【出處】唐．裴休《黃蘗山斷際禪師傳心法要》：「如人飲水，冷暖自知，某甲在五祖會中，枉用三十年工夫。」

【用法】比喻親身的體驗，了解得最爲眞切。

【例句】許多青年羨慕演員，以爲演員這個職業輕鬆有趣，這實在是一種誤解。其實，～，當過演員的都知道，這個職業並不輕鬆的。

如入寶山空手回

【出處】元．楊顯之《酷寒亭．楔子》：「正是當權若不行方便，如入寶山空手回。」

【解釋】像進入了寶山，却沒有取得寶物，空手而回。

【用法】比喻本來應該是大有收穫，却是一無所得。

【例句】你進了圖書館，卻只爲了吹冷氣打瞌睡，眞有～。

如入無人之境

【出處】宋·薛居正等《舊五代史·杜重威傳》：「每敵騎數十驅漢人千萬過城下，如入無人之境。」
【解釋】像進入沒有人的地方一樣。
【用法】比喻打仗時戰士勇猛異常，衝入敵陣，敵人無法抵抗。
【例句】衝鋒號聲一響，我軍就勇猛地衝向敵陣，所到之處，敵軍都望風而逃，我軍～。

如左右手 ㄖㄨˊ ㄗㄨㄛˇ ㄧㄡˋ ㄕㄡˇ

【出處】《孫子·九地》：「夫吳人與越人相惡也。當其同舟共濟，遇風，其相救也，如左右手。」
【解釋】像一個人的左右手一樣。
【用法】比喻最親近的得力助手。
【例句】吳秘書是我們老校長的得力助手，～一樣，一時也離不開他。
【附註】也作「左右手」。

如坐針氈 ㄖㄨˊ ㄗㄨㄛˋ ㄓㄣ ㄓㄢ

【出處】唐·房玄齡《晉書·杜錫傳》：「（錫）累遷太子中舍人。性亮直忠烈，屢諫愍懷太子，言辭懇切，太子患之。後置針着錫常所坐處氈中，刺之流血。」
【解釋】像坐在插着針的氈子上。
【用法】形容心神不寧，坐臥不安。
【例句】明·馮夢龍《古今小說》第一卷：「却說三巧兒自丈夫出堂之后，～，一聞得退衙，便迎住問個消息。」

如坐春風 ㄖㄨˊ ㄗㄨㄛˋ ㄔㄨㄣ ㄈㄥ

【出處】宋《二程全書·外書十二》：「朱公掞來見明道（程顥）于汝，歸，謂人曰：『光庭在春風中坐了一個月。』」
【解釋】就像沐浴在春風中間。
【用法】比喻受到良師的教誨。
【例句】在楊老師耐心而有趣的教導之下，學生眞是～。

如坐雲霧 ㄖㄨˊ ㄗㄨㄛˋ ㄩㄣˊ ㄨˋ

【出處】北齊·顏之推《顏氏家訓·勉學》：「或因家世餘緒，得一階半級，便謂爲足，安能自若。及有吉凶大事，議論得失，蒙然張口，如坐雲霧。」
【用法】比喻昏昧不明，不能辨析事理。
【例句】他神智不清，你偏找他商量，結果怎麼樣？你說半天，他却～，仍然是什麼也弄不明白。

如醉方醒 ㄖㄨˊ ㄗㄨㄟˋ ㄈㄤ ㄒㄧㄥˇ

【出處】明·吳承恩《西遊記》第五十四：「三藏聞言，如醉方醒，似夢初覺，樂以忘懷，稱謝不盡。」
【解釋】方：剛才。就如同喝醉酒才醒過來一樣。
【用法】比喻剛剛從沉迷中醒悟過來。
【例句】小吳一直把這個經濟犯當成關心自己的好人，當他看到那些罪證的時候，不覺出了一身冷汗，他～，暗自想道：「好險啊，我差點兒上了他的當！」

如醉如痴 ㄖㄨˊ ㄗㄨㄟˋ ㄖㄨˊ ㄔ

【出處】明·東魯古狂生《醉醒石》第十三回：「眞也弄得個如醉如痴，眠思夢想。」
【用法】形容對某一事物極度迷戀而一心專注的神情。

【例句】她懷裏抱着琵琶，奏出時而委曲婉轉，時而奔放激越的樂曲，使人聽得～。
【附註】也作「如痴如醉」。

如操左券（ㄖㄨˊ ㄘㄠ ㄗㄨㄛˇ ㄑㄩㄢˋ）

【出處】漢·司馬遷《史記·田敬仲世家》：「常執左券，以責秦韓。」
【解釋】操：拿、掌握。券：古代稱契約爲券，用竹做成，分左右兩聯，立約雙方各執其一以爲信，執左券者是有權的，執右券者是需要盡義務的，因此能操左券就是勝利。
【用法】比喻事情有把握。
【例句】您是建築設計的專家，既有豐富的理論知識，又有長期的實務經驗，您的設計方案在競賽中得獎，該是～的吧。
【附註】「券」不能念成ㄐㄩㄢˋ。

如喪考妣（ㄖㄨˊ ㄙㄤ ㄎㄠˇ ㄅㄧˇ）

【出處】《爾雅·釋親》：「父曰考，母曰妣。」《尚書·舜典》：「二十有八載，帝乃殂落，百姓如喪考妣。」（殂ㄘㄨˊ落：死亡。）
【解釋】好像死了父母一樣地悲痛。
【附註】也作「若喪考妣」。

如蟻附羶（ㄖㄨˊ ㄧˇ ㄈㄨˋ ㄕㄢ）

【出處】《莊子·徐無鬼》：「羊肉不慕蟻，蟻慕羊肉，羊肉羶也。」
【解釋】蟻：螞蟻。附：附着。羶：羊羶氣。像螞蟻附在有羶氣的東西上。
【用法】①比喻許多臭味相投的人追求某種醜惡的事物。②也用以比喻依附有錢有勢的人，及追求名利的齷齪的行爲。
【例句】上海一夥流氓地痞，投在他的門下，～，幹盡了壞事。

如意郎君（ㄖㄨˊ ㄧˋ ㄌㄤˊ ㄐㄩㄣ）

【解釋】如意：符合心意。郎君：舊時婦女對丈夫的稱呼。
【用法】稱心如意的丈夫。
【例句】王三姐奉父命用拋彩球的辦法去選一個～，結果選上了薛平貴。

如意算盤（ㄖㄨˊ ㄧˋ ㄙㄨㄢˋ ㄆㄢˊ）

【出處】清·李寶嘉《官場現形記》第四十四回：「好便宜！你倒會打如意算盤，十三個半月工錢，只付三個月！你同我了事，我却不同你干休！」
【用法】比喻完全照主觀願望，而單從自己的好處所作的打算。
【例句】他心裏打著～，想把這筆錢拿來添購一輛車子，卻沒想到他太太放高利貸被坑了，不禁捶胸頓足。

如飲醍醐（ㄖㄨˊ ㄧㄣˇ ㄊㄧˊ ㄏㄨˊ）

【出處】清·吳敬梓《儒林外史》第三十四回：「遲衡山道：『少卿妙論，令我聞之如飲醍醐。』」
【解釋】醍醐：煉乳酪時，上面一層凝結爲酥，酥上如油的爲醍醐，味極甘美。
【用法】①佛教比喻最高的佛法。②好像飲醍醐一樣感到愉快舒暢。
【例句】聽你一番精言妙論，讓我眞是感到～渾身舒暢。
【附註】參看「醍醐灌頂」。

如蠅逐臭（ㄖㄨˊ ㄧㄥˊ ㄓㄨˊ ㄔㄡˋ）

【出處】清・曹雪芹《紅樓夢》第七十七回：「便每日家打扮的妖妖調調，兩隻眼兒水汪汪的，招惹的賴大家人如蠅逐臭，漸漸做出些風流勾當來。」
【解釋】逐：追趕。像蒼蠅追逐臭味一樣。
【用法】形容壞人追求惡事物或勢利者趨附權貴的卑劣行爲。
【例句】他用錢買了一個官位，一些無恥小人也～地巴結他。

如影隨形 (ㄖㄨˊ ㄧㄥˇ ㄙㄨㄟˊ ㄒㄧㄥˊ)

【解釋】好像影子老是跟着身體一樣。
【用法】比喻關係十分密切，從不分離。
【例句】他倆打得火熱，簡直～，無論在什麼地方，只要有他，就必定也有她。

如聞其聲，如見其人 (ㄖㄨˊ ㄨㄣˊ ㄑㄧˊ ㄕㄥ，ㄖㄨˊ ㄐㄧㄢˋ ㄑㄧˊ ㄖㄣˊ)

【出處】唐・韓愈《獨孤申叔哀辭》：「濯濯其英，曄曄其光，如聞其聲，如見其容。」
【解釋】聞：聽見。像聽到的聲音，像見到他本人一樣。
【用法】形容人物形象刻畫得非常生動、逼眞。
【例句】儒林外史所描寫的幾個不同類型的知識分子形象，栩栩如生，讀後使人～。

如魚得水 (ㄖㄨˊ ㄩˊ ㄉㄜˊ ㄕㄨㄟˇ)

【出處】《晏子春秋・卷四・內篇問下》：「臣聞君子如美，淵澤容之，衆人歸之，如魚有依，極其游泳之樂。」
【解釋】好像魚得水到一樣。
【用法】比喻得到跟自己很投合的人或對自己很合適的環境。
【例句】文王得到姜太公的幫助，眞是～，對國政更有助益。

如願以償 (ㄖㄨˊ ㄩㄢˋ ㄧˇ ㄔㄤˊ)

【出處】清・吳趼人《二十年目睹之怪現狀》第一百零一回：「況且他家裏人既然有心弄死他，等如願以償之後，賊人心虛，怕人議論，豈有不盡力推在醫生身上之理？」
【解釋】如：按照。願：願望。償：滿足。按照願望而得到滿足。
【用法】指願望實現。
【例句】我很想在今年能把這個難關渡過，能否～呢，這可就無法斷定了。
【附註】「償」不能念成ㄕㄤˇ。

如運諸掌 (ㄖㄨˊ ㄩㄣˋ ㄓㄨ ㄓㄤˇ)

【出處】《孟子・公孫丑上》：「由湯至武丁，賢聖之君六、七作，天下歸久矣，久則難變也，武丁朝諸侯，有天下，猶運之掌也。」
【解釋】運：轉動。諸：相當于「之、于」（「之」是代詞）。掌：手掌。如同在手掌上轉動東西一樣。
【用法】形容極其容易。
【例句】由於他們對你非常信任，所以你去進行說服工作，一定是～，很快解決問題。

孺子可教 (ㄖㄨˊ ㄗˇ ㄎㄜˇ ㄐㄧㄠˋ)

【出處】漢・司馬遷《史記・留侯世家》載：張良在下邳避難時，曾步游圯上，遇一老父，老父故意將鞋子掉在圯下，叫張良下去取來並給他穿上。張良強忍著怒氣照辦了。老父穿上鞋走了一里多路，又回來對張良說：「孺子可教矣。後五日平明，與我會此。」於是把《太公兵法》傳授給了張良。（圯ㄧˊ：橋。父ㄈㄨˇ：指黃石公。）

【解釋】孺子：兒童，後生。

【用法】指年輕人能造就成材，可以接受教誨。

【例句】這個孩子聰明伶俐，簡單的口算，誰也比不上他那麼快，朋友們都高興地拍着他的頭說：「～。」

茹毛飲血（ㄖㄨˊ ㄇㄠˊ ㄧㄣˇ ㄒㄧㄝˇ）

【出處】《禮記・禮運》：「未有火化，食草木之頭，鳥獸之肉，飲其血，茹其毛；未有麻絲，衣其羽皮。」

【解釋】茹：吃。

【用法】指太古時期，人們不知熟食，捕到禽獸連毛帶血地生吃。

【例句】根據歷史證據顯示北京人已會使用火，不再過著～的生活。

【附註】原作「飲血茹毛」。

茹苦含辛（ㄖㄨˊ ㄎㄨˇ ㄏㄢˊ ㄒㄧㄣ）

【出處】宋・蘇軾《中和願相院記》：『茹苦含辛，更百千萬億生而後成。』

【解釋】茹：吃，引申為「含」。辛：痛苦。

【用法】形容忍受艱難困苦。

【例句】陳老太太～地獨立把八個小孩撫養成人，眞是不簡單！

【附註】也作「含辛茹苦」。

茹柔吐剛（ㄖㄨˊ ㄖㄡˊ ㄊㄨˇ ㄍㄤ）

見「柔茹剛吐」。

乳臭未乾（ㄖㄨˇ ㄒㄧㄡˋ ㄨㄟˋ ㄍㄢ）

【出處】漢・班固《漢書・高帝紀上》：「（酈）食其還，漢王問：『魏大將誰也？』對曰：『柏直。』王曰：『是口尚乳臭，不能當韓信。』」

【解釋】乳臭：奶腥氣還沒有退掉。

【用法】指年幼無知。常用以表示對年輕人的蔑視。

【例句】他明明是個～的小子却偏偏喜歡裝個大人樣。

入不敷出（ㄖㄨˋ ㄅㄨˋ ㄈㄨ ㄔㄨ）

【出處】清・曹雪芹《紅樓夢》第一百零七回：「但是家計蕭條，入不敷出。賈政又不能在外應酬。」

【解釋】敷：足夠。

【用法】收入的不夠支出。

【例句】我在生活上由於沒有計劃，花錢隨便，所以月月都弄得～。

入幕之賓（ㄖㄨˋ ㄇㄨˋ ㄓ ㄅㄧㄣ）

【出處】唐・房玄齡等《晉書・郗超令》：「謝安與王坦之嘗詣溫（桓溫）論事，溫令超帳中臥聽之，風動帳闗，安笑曰：『郗生可謂入幕之賓矣。』
」

【解釋】幕：帳幕，這裏指「幕府」，即古時將帥的府署。賓：賓客。

【用法】①舊指進入幕府商談機密的幕僚（古代將帥幕府中的參謀等）。②比喻婦女私姘的男子。

【例句】他成了紅牌舞女小紅的～後，居然忝不知恥地到處宣揚，以為自己很有魅力。

入木三分（ㄖㄨˋ ㄇㄨˋ ㄙㄢ ㄈㄣ）

【出處】唐・張懷瓘《書斷・二・王羲之》載：相傳晉代書法家王羲之書寫祝版（祭祀時寫祝詞的木板），工人用刀刻字時，發現字痕透入木板有三分深。
【用法】①原本指書法筆力遒勁。②後用以比喻思想、議論的深刻。
【例句】清・鄭燮（版橋）曾撰聯語曰：「搔癢不着贊何益，～罵亦精。」

入地無門（ㄖㄨˋ ㄉㄧˋ ㄨˊ ㄇㄣˊ）

【用法】形容處境極其窘迫，沒有出路。
【例句】在我軍包圍之下，這夥殘匪已經～，只好打着白旗投降了。

入國問俗（ㄖㄨˋ ㄍㄨㄛˊ ㄨㄣˋ ㄙㄨˊ）

【出處】《禮記・曲禮上》：「入竟（境）而問禁，入國而問俗，入門而問諱。」
【解釋】國：本指都城。俗：風俗，習慣。
【用法】指進入別國時，先要了解那裏的風俗。
【例句】在外交活動中，我們要～，尊重人家的風俗習慣。
【附註】也作「入境問俗」。

入主出奴（ㄖㄨˋ ㄓㄨˇ ㄔㄨ ㄋㄨˊ）

【出處】唐・韓愈《原道》：「其言道德仁義者，不入于楊，則入于墨；不入于老，則入于佛。入于彼，必出于此。入則主之，出者奴之；入者附之，出者汚之。」
【解釋】這本是韓愈站在儒家的立場，攻擊楊、墨、佛、老為異端的話。他認為採納異端者則必然排斥儒家，以主張異端而以儒家為奴。
【用法】①泛指在學術思想上信仰某一種學說，往往就會排斥另一種學說，把信仰的學說奉為主，把不信仰的學說視為奴。②也用以指學術界的不同派別持門戶之見。
【例句】這個學派是～的，一點都沒有開闊的胸襟。

入世不深（ㄖㄨˋ ㄕˋ ㄅㄨˋ ㄕㄣ）

【解釋】入世：指投身到社會裏。不深：歷時短。
【用法】指投身到社會的時間短，閱歷淺。
【例句】這些年輕人～，缺乏社會經驗。
【附註】又作「涉世未深」。

入室升堂（ㄖㄨˋ ㄕˋ ㄕㄥ ㄊㄤˊ）

見「升堂入室」。

入室操戈（ㄖㄨˋ ㄕˋ ㄘㄠ ㄍㄜ）

【出處】南朝・宋・范曄《後漢書・鄭玄傳》：「時任城何休好《公羊》學，遂著《公羊墨守》、《左氏膏肓》、《谷梁廢疾》。玄乃發《墨守》、針《膏肓》、起《廢疾》。休見而嘆曰：『康成（鄭玄）入吾室，操吾矛，以伐我乎！』」
【解釋】操：拿。戈：古代兵器。
【用法】比喻就對方的理論反駁對方。
【例句】他理路不清，常自相矛盾，你就以～的方式反擊他吧！

入水問漁（ㄖㄨˋ ㄕㄨㄟˇ ㄨㄣˋ ㄩˊ）

【出處】《呂氏春秋・疑似》：「入于水而問漁師。」

【解釋】水：指江河湖海。漁：指捕漁人。進入江河湖海區域時要請教捕漁人。
【用法】泛指到這陌生的地方要入鄉問俗。
【例句】我們來到了一個新地方，必須先～，以免觸犯其禁忌。
【附註】也作「入澤問童」。指到了沼澤地區時要請教土生土長的孩童。

入吾彀中 ㄖㄨˋ ㄨˊ ㄍㄡˋ ㄓㄨㄥ

【出處】五代．王定保《唐摭言》卷一：「(唐太宗)私幸端門，見新進士綴行而出，喜曰：『天下英雄入吾彀中矣！』」
【解釋】彀：張滿的弓弩。彀中：指箭能射到範圍之中，即射程之內。進到我的弓箭的射程之內了。
【用法】比喻進入所設的圈套之中或自己的掌握之中。
【例句】您放心，雖然敵人很狡猾，我料定他們是識不破我的，只要給他們一點好處，就不愁不～，乖乖地按我們的安排行事。
【附註】「彀」不可寫成「穀」。

弱不禁風 ㄖㄨㄛˋ ㄅㄨˋ ㄐㄧㄣ ㄈㄥ

【出處】唐．杜甫《江雨有懷鄭典設》詩：「亂波分披已打岸，弱龍狼籍不禁風。」
【解釋】弱：軟弱、瘦弱。禁：經受、承受。嬌弱得連風都經受不起。
【用法】形容人嬌弱不堪。
【例句】他長得瘦瘦小小，一副～的樣子，應該多吃些營養品。
【附註】「禁」不能唸成ㄐㄧㄣˋ，也不能寫成「經」。

弱不勝衣 ㄖㄨㄛˋ ㄅㄨˋ ㄕㄥ ㄧ

【出處】《荀子．非相》：「葉公子高微小短瘠，行若將不勝其衣。」
【解釋】勝：能夠承擔或承受。
【用法】形容人瘦弱得連衣服的重量都承受不起。
【例句】《紅樓夢》第三回：「衆人見黛玉年紀雖小，其舉止言談不俗，身體面貌雖～，却有一段風流態度。」
【附註】參看「如不勝衣」。

弱肉強食 ㄖㄨㄛˋ ㄖㄡˋ ㄑㄧㄤˊ ㄕˊ

【出處】唐．韓愈《送浮屠文暢師序》：「夫獸深居而簡出，懼物之為己害也，猶且不能脫焉。弱之肉，強之食。」
【解釋】弱：弱者。強：強者。
【用法】①原指動物中弱的被強的吞食。②比喻弱者被強者吞併。③後多比喻強國併吞弱國。
【例句】這個人品行不好，仗著自己人高馬大，就～，欺負弱小。

弱如扶病 ㄖㄨㄛˋ ㄖㄨˊ ㄈㄨˊ ㄅㄧㄥˋ

【出處】清．曹雪芹《紅樓夢》第十七回：「寶玉云：『大約騷人詠士以此花紅若施脂，弱如扶病，近乎閨閣風度。』」
【解釋】扶病：支持病體。弱得很，像扶持着病體一樣。
【用法】形容身體極弱。
【例句】中國人欣賞的美女是嬌滴滴的，如黛玉般～，其實這是病態美。

若即若離

【出處】《圓覺經》卷上：「不即不離，無縛無脫。」

【解釋】若：好像。即：靠近。好像接近，又好像不接近。

【用法】①形容對人保持一定距離，不十分親近，也不過於疏遠。②指事物之間似有聯繫而不密切。

【例句】他每次對我都忽冷忽熱，~，令人捉摸不定。

【附註】也作「不即不離」。

若敖鬼餒

【出處】《左令·宣公四年》：「初，楚司馬子良生子越椒。子文曰：『必殺之。是子也，熊虎之狀，而豺狼之聲，弗殺，必滅若敖氏矣。諺曰：「狼子野心。」是乃狼也，其可畜乎？』子良不可。子文以爲大戚，及將死，聚其族曰：『椒也知政，乃速行矣，無及于難。』且泣曰：『鬼猶求食，若敖氏之鬼，不其餒而？』」

【解釋】若敖：複姓。周代楚王熊咢生子熊儀，命名爲若敖，後即沿爲姓氏。餒：飢餓。若敖氏的鬼將因滅宗，無人祭祀而挨餓。

【用法】比喻子孫斷絕，沒有後代。

若要人不知，除非己莫爲

【出處】漢·枚乘《上書諫吳王》：「欲人勿聞，莫若勿言；欲人勿知，莫若勿爲。」

【解釋】若：如果。要想讓人不知道，除非自己不去做。

【用法】指自己做了什麼事情，總是隱瞞不住的。

【例句】「~」，你想瞞是瞞不住的。

【附註】也作「欲人勿知，莫若無爲」。

若有所失

【出處】清·蒲松齡《聊齋志異·黃九郎》：「生悒悒若有所失，忘啜廢枕，日漸委悴。」

【解釋】若：好像。好象丟掉了什麼東西似的。

【用法】①形容心神不定，②或表示一種空虛悵惘、無所寄託的神情。

【例句】自從孩子走了以後，我~地什麼也做不了。

若無其事

【解釋】若：好像。好像沒有那麼回事似的。

【用法】①形容遇事鎮定，不動聲色。②也用以指不把事情放在心上。

【例句】他壓下滿腔怒火，做出一副~的樣子，繼續談了下去。

瑞雪兆豐年

【解釋】瑞：吉祥。瑞雪：因冬雪能殺蟲保溫，有利於農作物生長，是應時的好雪，農民便把冬雪看作來年豐收的瑞兆。兆：預兆。

【用法】指適時的好雪預示着豐收的年景。

銳不可當

【出處】南朝·宋·范曄《後漢書·吳漢傳》：「其鋒不可當。」

【解釋】銳：銳利。當：抵擋。銳利得不可抵擋。
【用法】形容勇往直前的氣勢不可抵擋。
【例句】我軍以～之勢，粉碎了敵人數十萬大軍。

軟硬兼施 ㄖㄨㄢˇ ㄧㄥˋ ㄐㄧㄢ ㄕ

【解釋】施：施展。
【用法】指軟的手段和硬的手段一齊施展出來（含貶義）。
【例句】清朝對於漢人的統治，是採用～，懷柔與高壓並行的政策。

軟玉溫香 ㄖㄨㄢˇ ㄩˋ ㄨㄣ ㄒㄧㄤ

【出處】元・載善夫《風光好》第二折：「端的是風清月朗，可甚麼軟玉溫香。」
【解釋】軟：柔和。溫：溫和。玉、香：都是女子的代稱。
【用法】指溫柔的年輕女性。
【例句】他整天就陷在～的溫柔鄉中，一點都不思振作，祖傳的偌大家產就如此敗光了。
【附註】也作「軟香溫玉」。

阮囊羞澀 ㄖㄨㄢˇ ㄋㄤˊ ㄒㄧㄡ ㄙㄜˋ

【出處】宋・陰時夫《韻府羣玉・陽韻・一錢囊》：「阮孚持一皀囊，游會稽。客問：『囊中何物？』曰：『但有一錢守囊，恐其羞澀。』」
【解釋】阮：指晉代人阮孚。囊：口袋。阮囊：指阮孚的錢袋。羞澀：害羞，難爲情。
【用法】原意是阮孚爲錢袋錢少而害羞，後泛指自己缺乏金錢，經濟困難。
【例句】這部大型工具書，我當然想買，但～，只好作罷了。

容頭過身 ㄖㄨㄥˊ ㄊㄡˊ ㄍㄨㄛˋ ㄕㄣ

【出處】南朝・宋・范曄《後漢書・西羌傳》東漢・虞詡疏：「今三郡未復，園陵單外，而公卿選懦，容頭過身。」（選懦：同「巽懦」，柔弱畏怯的樣子。）
【解釋】容頭：頭部能夠伸得進去。指像獸穿過洞穴那樣，只要頭部伸得進去，身子也就鑽過去了。
【用法】比喻得過且過。

容光煥發 ㄖㄨㄥˊ ㄍㄨㄤ ㄏㄨㄢˋ ㄈㄚ

【解釋】容光：面容顯露神采。煥發：光彩四射。面容豐潤而光彩四射。
【用法】形容人身體健康，精神振奮。
【例句】他經過一夜的好睡之後，精神飽滿、～，和昨晚的模樣簡直判若兩人。

戎馬倥傯 ㄖㄨㄥˊ ㄇㄚˇ ㄎㄨㄥˇ ㄗㄨㄥˇ

【出處】清・淮陽百一居士《壺天錄》：「然而于戎馬倥傯，火勢已烈，隻手難撐，不得不以一死報國家。」
【解釋】戎馬：軍馬，借指軍事。倥傯：事多，繁忙。在戰爭中奔走忙碌。
【用法】形容軍務繁忙。
【例句】陳將軍因～，沒辦法親自來接您。
【附註】「傯」不能唸成ㄘㄨㄥ。

戎馬生涯 ㄖㄨㄥˊ ㄇㄚˇ ㄕㄥ ㄧㄚˊ

【解釋】戎馬：軍馬，借指軍事。生涯：從事某種職業而賴以生活。
【用法】指從軍作戰的生活。

【例句】王中將在四十年的～之後，終於光榮地退伍了。

榮華富貴
ㄖㄨㄥˊ ㄏㄨㄚˊ ㄈㄨˋ ㄍㄨㄟˋ

【出處】明・凌濛初《初刻拍案驚奇》第二十二卷：「話說人生榮華富貴，眼前的多是空花，不可認爲實相。」

【解釋】榮華：草木開花，引申爲昌盛、顯達，指在官場上地位高而有名聲。富貴：有錢有地位。

【用法】①形容有錢有勢，顯耀一時。②也指奢侈豪華的生活。

【例句】《紅樓夢》第一百一十八回：「論起～，原不過是『過眼雲烟』。」

【附註】也作「富貴榮華」。

榮宗耀祖
ㄖㄨㄥˊ ㄗㄨㄥ ㄧㄠˋ ㄗㄨˇ

【出處】元・石君寶《曲江池》第四折：「今幸得一學登科，榮宗耀祖。」

【解釋】爲宗族增光，使祖先榮耀。

【用法】舊指登科出仕，光耀門庭。

【例句】《紅樓夢》第三十三回：「賈政聽這話不像，忙跪下含淚說道：『兒子管他，也爲的是～。』」

【附註】也作「光宗耀祖」。

融會貫通
ㄖㄨㄥˊ ㄏㄨㄟˋ ㄍㄨㄢˋ ㄊㄨㄥ

【出處】宋《朱子全書・學三》：「學一而反三，聞一而知十，乃學者用功之深，窮理之熟，然后能融會貫通，以至于此。」

【解釋】融會：融合、領會。貫通：全部透徹地理解。

【用法】指把各方面的知識或道理融合貫穿起來，而得到全面透徹的理解。

【例句】爲學首重在於～，你如此生呑活剝，一點效用都沒有。

冗詞贅句
ㄖㄨㄥˇ ㄘˊ ㄓㄨㄟˋ ㄐㄩˋ

【解釋】冗、贅：多餘的、無用的。

【用法】指詩文中多餘無用的話。

【例句】這篇文章～較多，要再刪改一下才好。

【卩部】

孜孜不倦（ㄗ ㄗ ㄅㄨˋ ㄐㄩㄢˋ）

【出處】《尚書・君陳》：「惟日孜孜，無敢逸豫。」（逸豫：安樂。）

【解釋】孜孜：勤勉的樣子，同「孶孶」。

【用法】勤勤懇懇，不知疲倦。

【例句】她由於～地學習，短短的兩年，基本上掌握了英語。

孶孶不息（ㄗ ㄗ ㄅㄨˋ ㄒㄧˊ）

【解釋】孶孶：同「孜孜」，勤勉的樣子。

【用法】勤勤懇懇，從不中斷。

【例句】在寫作技巧上，我們應該～地學習，掌握的技巧越多，寫起來才越是得心應手。

趑趄不前（ㄗ ㄐㄩ ㄅㄨˋ ㄑㄧㄢˊ）

【出處】《周易・夬》：「臀無膚，其行次且。」

【解釋】趑趄：欲進不前、遲疑畏縮的樣子。

【用法】形容碰到困難，猶豫徘徊，不敢前進。

【例句】他是個沒有堅定信念的人，一遇到困難和挫折就會～。

錙銖必較（ㄗ ㄓㄨ ㄅㄧˋ ㄐㄧㄠˋ）

【出處】明・凌濛初《二刻拍案驚奇》第三十一卷：「就是族中支派，不論親疏，但與他財利交關，錙銖必較，一些情面也沒有的。」

【解釋】錙銖：都是古代重量單位，六銖等於一錙，四錙等於一兩。較：計較。

【用法】形容對很少的錢或很小的事都要斤斤計較。

【例句】對於教職員的薪水，有時是～的，離開學校十來天也想扣，所以我不想沾放假中的薪水的便宜，自今天起，扣足一個月。

【附註】也作「錙銖較量」。

龇牙咧嘴（ㄗ ㄧㄚˊ ㄌㄧㄝˇ ㄗㄨㄟˇ）

【解釋】龇：露着（牙齒）。咧：嘴向兩邊伸展。伸展嘴露着牙。

【用法】①形容痛苦難忍的樣子。②形容凶狠的樣子。

【例句】①滾開的水濺到了他的脚上，他疼得～地大叫了一聲。②這頭小老虎還挺凶呢，一逗它就～地嚇唬人。

子虛烏有（ㄗˇ ㄒㄩ ㄨ ㄧㄡˇ）

【出處】漢・司馬相如《子虛賦》：「楚使子虛使於齊，王悉發車騎，與使者出畋。畋罷，子虛過姹烏有先生，亡（無）是公存焉。」

【解釋】漢朝司馬相如作《子虛賦》，虛構了子虛先生、烏有先生和亡是公三個人物互相問答。「子虛」是並非眞實之意，「烏有」是哪有此事之意。

【用法】表示沒有的、不眞實的或假托的事情。

【例句】至於兒女鍾情，賓客解嘲，雖稍有點染，亦屬～。

子曰詩云

【出處】元·宮大用《范張鷄黍》第一折：「我堪恨那伙老喬民，用這等小猢猻，但學得妝點皮膚，子曰詩云。」

【解釋】子：指孔子。詩：指《詩經》。

【用法】泛指儒家言論和經典著作。

【例句】他只不過才讀上幾天私塾罷了，竟就人前人後～，一副博學的樣子，其實熟知他的人，都曉得他肚裡有幾分墨水。

紫氣東來

【出處】漢·司馬遷《史記·老子韓非列傳》司馬貞《索隱》引漢·劉向《列仙傳》：「老子西游，關令尹喜望見有紫氣浮關，而老子果乘青牛而過也。」

【解釋】紫氣：古時所謂祥瑞之氣。傳說老子出函谷關，關令尹喜見有紫氣從東而來，知道將有聖人來。後果然老子在此經過。

【用法】表示祥瑞徵兆。

【例句】昨夜夢中，見～，我想必將有貴人相助，沒想到你這救星竟然眞的來了。

字裡行間

【出處】南朝·梁·簡文帝《答新渝侯和詩書》：「垂示三首，風雲吐於行間，珠玉生於字裡。」

【解釋】字裡：詞語裡面。行間：一行行文字之間。

【用法】指文章中透露出的某種思想感情。

【例句】這篇文章的～，充滿了樂觀主義精神。

字斟句酌

【出處】清·紀昀《閱微草堂筆記》第一卷：「宋儒積一生精力，字斟句酌，亦斷非漢儒所及。」

【解釋】斟酌：估量，指對文字運用是否得當加以推敲。一個字、一句話地進行推敲。

【用法】形容寫作或講話愼重認眞。

【例句】他對自己的論文總是～，仔細推敲，精益求精。

字正腔圓

【用法】唱歌或唱戲時吐字清楚，唱腔圓潤。

【例句】這個小演員唱得還缺少特色，但～，有一定的基礎，再進行嚴格的訓練，是很有前途的。

字若塗鴉

【出處】唐·盧同《示添丁》詩：「塗抹詩書如老鴉。」

【解釋】塗：隨意地寫字或畫畫。

【用法】比喻書法之拙劣或不認眞寫。

【例句】你來信索字，敢不從命？奈何～，拿出去怕要貽笑大方的。

字字珠璣

【解釋】珠：珍珠。璣：不圓的珠子。珠璣：大大小小的珠子。字字都像珍珠一樣。

【用法】比喻詩文的優美。

【例句】我最近看到一本詩集，展讀之後，感到詩寫得很高明，眞可以稱得上是～。

恣行無忌

【解釋】恣：任意、放縱。忌：顧忌、畏懼。
【用法】任意胡作非為，毫無顧忌。
【例句】由於父母嬌慣寵愛，他越來越～了。

恣睢自用

【出處】《呂氏春秋・懷寵》：「子之在上，無道據傲，荒怠貪戾，虐衆恣睢自用也。」
【解釋】恣睢：放縱、暴戾的樣子。
【用法】放縱殘暴，剛愎自用。
【例句】作國君的人，～，殘暴無道，必會招來民怨，甚至引發叛亂。

恣意妄為

【出處】漢・班固《漢書・杜周傳》：「曲陽侯（玉）根前為三公輔政，知趙昭儀殺皇子，不輒白奏，反與趙氏比周，恣意妄行。」
【解釋】恣：放縱。恣意：任意。妄：亂。妄為：胡作非為。
【用法】任意地胡作非為。
【例句】他倚仗官府庇護，～，魚肉鄉里。
【附註】也作「恣意妄行」。

自拔來歸

【出處】宋・歐陽修等《新唐書・李勣傳》：「（武德）三年，自拔來歸，從秦王伐東都，戰有功。」
【解釋】自拔：自己主動脫離惡劣的境遇。來歸：歸向我們。
【用法】指敵方投誠人員。
【例句】戰爭末期，敵方官兵～的員日益增多，使敵我力量的消長，更加有利於我們。

自暴自棄

【出處】《孟子・離婁上》：「自暴者，不可與有言也；自棄者，不可與有為也。言非禮義，謂之自暴也；吾身不能居仁由義，謂之自棄也。」
【解釋】自暴：糟蹋自己。自棄：鄙棄自己。
【用法】形容自己看不起自己，甘於落後，不求上進。
【例句】他悲觀失望，～；可是有些人卻是多麼堅強、多麼勇敢啊！

自比於金

【出處】宋・歐陽修等《新唐書・魏徵傳》：「朕方自比於金，以卿為良匠而加礪焉。」
【解釋】金：指礦金。把自己比作等待鍛冶的礦金。
【用法】比喻需要賢能的人精心培育，自己才能成器。
【例句】楚王～，渴求賢才佐政。

自賣自誇

【用法】自己吹噓自己的貨物是好的。
【例句】東西好不好要大家來說，～是沒有用的。

自鳴得意

【出處】清・蒲松齡《聊齋志異・江城》：「姊妹相逢無他語，惟各以闔威自鳴得意。」
【解釋】鳴：表示。自己認為自己很得

意。

【用法】形容洋洋得意的傲人神氣。

【例句】你的話不錯，強大者不必～，弱小者毋庸垂頭喪氣。

自命不凡（ㄗˋ ㄇㄧㄥˋ ㄅㄨˋ ㄈㄢˊ）

【出處】清·淮陰百一居士《壺天錄》：「類縣沈童者，年甫冠，習帖括，自命不凡，有太阿出匣遽化長虹之概。」

【解釋】自命：自己認爲。不凡：不尋常。

【用法】自己認爲自己高人一等，很不一般。

【例句】我年輕的時候也是一個～、不知天高地厚的毛頭小伏子，但如今總算有自知之明了。

自得其樂（ㄗˋ ㄉㄜˊ ㄑㄧˊ ㄌㄜˋ）

【出處】明·陶宗儀《輟耕錄》第二十卷：「白翎雀生於烏桓朔漠之地，雌雄知鳴，自得其樂。」

【解釋】樂：快樂、樂趣。

【用法】自己在從事某項活動中覺得有趣味。

【例句】老頭兒有個老伴兒，帶一個伙計，就這麼活着，倒也～。

自投羅網（ㄗˋ ㄊㄡˊ ㄌㄨㄛˊ ㄨㄤˇ）

【出處】三國·魏·曹植《野田黃雀行》詩：「不見籬間雀？見鷂自投羅。」

【解釋】羅網：捕鳥的器具。自己鑽進羅網裡去。

【用法】比喻自己上當或送死。

【例句】鳳姐因他～，少不得的再尋別計令他知改。

自力更生（ㄗˋ ㄌㄧˋ ㄍㄥ ㄕㄥ）

【用法】靠自己的力量，振奮起來，把事情辦好，獲得新生。

【例句】～是本公司未來的方針之一。

自立門戶（ㄗˋ ㄌㄧˋ ㄇㄣˊ ㄏㄨˋ）

【解釋】門戶：派別。

【用法】形容從某一集團中分立出來，自己另搞一套。

【例句】現在我已與小峰分家，《烏合叢書》歸他印，《未名叢刊》則分出～。

自高自大（ㄗˋ ㄍㄠ ㄗˋ ㄉㄚˋ）

【出處】北齊·顏之推《顏氏家訓·勉學》：「見人讀數十卷書，便自高自大，凌忽長者，輕慢同列，人疾之如讎敵，惡之如鴟梟。」（鴟梟：貓頭鷹。）

【解釋】把自己看得很高大。

【用法】形容自以爲了不起。

【例句】一個～的人是很難進步的。

自告奮勇（ㄗˋ ㄍㄠˋ ㄈㄣˋ ㄩㄥˇ）

【出處】清·文康《兒女英雄傳》第四十回：「就因着自告奮勇求個恩典，說奴才情願巴結這個缺！」

【解釋】告：表示。奮勇：鼓起勇氣。

【用法】形容自己主動請求承担某項很難的任務。

【例句】他馬上～，帶領游擊隊員穿過敵人的封鎖綫。

自給自足（ㄗˋ ㄐㄧˇ ㄗˋ ㄗㄨˊ）

【出處】晉·陳壽《三國志·吳書·步隲傳》：「種瓜自給。」

【解釋】給：供給。
【用法】依靠自己的生產，滿足自己的需要。
【例句】我們的輕工業產品不僅要做到～，而且還要大量出口。

自甘墮落 ㄗˋ ㄍㄢ ㄉㄨㄛˋ ㄌㄨㄛˋ

【解釋】甘：甘心、自願。墮落：向壞的方向發展。
【用法】自己心甘情願落後下去。
【例句】他～，不求上進，任誰都救不了他了。

自顧不暇 ㄗˋ ㄍㄨˋ ㄅㄨˋ ㄒㄧㄚˊ

【出處】唐・房玄齡等《晉書・劉曜載記》：「彼方憂自固，何暇來耶？」
【解釋】暇：空閑。不暇：忙不過來，沒有時間。
【用法】表示沒有可能或很難再照顧別的。
【例句】這兩個月任務太重，我已經是～，因此沒有時間和精力去照顧其他方面了。

自鄶以下 ㄗˋ ㄎㄨㄞˋ ㄧˇ ㄒㄧㄚˋ

【出處】《左傳・襄公二十九年》載：吳國的季札在魯國觀賞周代的舞樂，對一些諸侯國的樂曲都作了評價，但對鄶國以下的就再沒有評論了。「吳公子札來聘……請觀於周樂。使工爲之歌《周南》、《召南》，曰：『美哉！始基之矣，猶未也。然勤而不怨矣。』……爲之歌陳，曰：『國無主，其能久乎？』自鄶以下無譏焉。」
【解釋】鄶：西周時的諸侯國名。
【用法】指某某以下就不值得一談了。
【例句】他召集的這批人，個個昏庸無能，至於前一批，更是～，不值得一談。

自愧不如 ㄗˋ ㄎㄨㄟˋ ㄅㄨˋ ㄖㄨˊ

【出處】《戰國策・齊策一》：「明日徐公來，熟視之，自以爲不如。」
【用法】自己慚愧不如別人。
【例句】和他相比，無論是學識、品德和修養，我都～。

自驚自怪 ㄗˋ ㄐㄧㄥ ㄗˋ ㄍㄨㄞˋ

【出處】清・曹雪芹《紅樓夢》第五十二回：「晴雯笑道：『也不用我叫去，這小蹄子已經自驚自怪的了。』」
【用法】自己感到害怕又驚異（含自己嚇唬自己之意）。
【例句】看他～的模樣，實在可笑。

自掘墳墓 ㄗˋ ㄐㄩㄝˊ ㄈㄣˊ ㄇㄨˋ

【解釋】掘：挖、刨。自己給自己挖墳墓。
【用法】形容自找死路，自取滅亡。
【例句】軍國主義者企圖用戰爭來解決經濟危機問題，實際上是～。

自覺自願 ㄗˋ ㄐㄩㄝˊ ㄗˋ ㄩㄢˋ

【用法】自己認識到應該如此，並且也甘心如此。
【例句】我們的改革，必須在群衆～的基礎上才能順利進行。

自欺欺人 ㄗˋ ㄑㄧ ㄑㄧ ㄖㄣˊ

【出處】《朱子語類》第十八卷：「因

說『自欺欺人。』曰：『欺人亦是自欺，此又是自欺之甚者。』」

【解釋】自欺：自我欺騙。

【用法】用自己都難以置信的話或手法去欺騙別人。

【例句】所謂「限制戰略武器」會談，不過是一幕～的假裁軍的鬧劇。

自求多福（ㄗˋ ㄑㄧㄡˊ ㄉㄨㄛ ㄈㄨˊ）

【出處】《詩經．大雅．文王》：「無念爾祖，聿修厥德。永言配命，自求多福。」

【用法】自己去尋求、探索，得到更多的幸福。

【例句】此後沒有人能協助你，你可要～。

自輕自賤（ㄗˋ ㄑㄧㄥ ㄗˋ ㄐㄧㄢˋ）

【出處】明．馮夢龍《古今小說》第二卷：「又且他家差老院公請你，有憑有據，須不是你自輕自賤。」

【用法】自己卑視自己，不知自重。

【例句】「黛玉又道：『這還可恕。你爲什麼又和雲兒使眼色兒，這安的是什麼心？莫不是他和我玩，他就～了？』」

自強不息（ㄗˋ ㄑㄧㄤˊ ㄅㄨˋ ㄒㄧ）

【出處】《周易．乾卦》：「天行健，君子以自強不息。」

【用法】自己努力向上，毫不懈怠。

【例句】偉大的中華民族～，艱苦奮鬥，必將躍居世界的前列。

自取滅亡（ㄗˋ ㄑㄩˇ ㄇㄧㄝˋ ㄨㄤˊ）

【出處】《陰符經》下：「沈水入火，自取滅亡。」

【用法】自己走上失敗或毀滅的道路。

【例句】凡是與人民爲敵的人，必定是～。

自暇自逸（ㄗˋ ㄒㄧㄚˊ ㄗˋ ㄧˋ）

【出處】明．羅貫中《三國演義》第二百零五回：「而乃自暇自逸，惟宮台是飾，必有危亡之禍矣。」

【解釋】暇：空閑無事。逸：安閑。

【用法】形容飽食終日無所用心。

【例句】倘使全國民衆都～，終日無所事事，國家的未來如何，是可想而知的。

自信不疑（ㄗˋ ㄒㄧㄣˋ ㄅㄨˋ ㄧˊ）

【出處】宋．蘇軾《司馬溫公行狀》：「故爲政之日，自信而不疑。」

【用法】自己完全相信自己，毫不懷疑。

【例句】對於這一場爭論，雖然我屬於少數，但我對自己論點的正確～。

自相矛盾（ㄗˋ ㄒㄧㄤ ㄇㄠˊ ㄉㄨㄣˋ）

【出處】《韓非子．難一》載：有一個人賣矛和盾。先誇他的盾是最堅固，說是什麼武器也戳不破它；又誇他的矛最銳利，說是什麼東西都能刺穿。有人問他拿你的矛來刺你的盾怎麼樣呢？那人便沒法回答了。

【解釋】矛：古代進攻用的武器。盾：古代防禦用的盾牌。

【用法】比喻語言、行動前後自相抵觸。

【例句】他的發言～，後面的論證恰恰否定了前面的論點。

自相驚擾（ㄗˋ ㄒㄧㄤ ㄐㄧㄥ ㄖㄠˇ）

【出處】《左傳・昭公七年》：「鄭人相驚以伯有，曰：『伯有至矣！』則皆走，不知所往。」

【用法】自己人互相驚動，引起不安。

【例句】強烈地震過後，餘震還在繼續，幸好及時採取了有力措施，安定民心，以免～。

自相殘殺 (ㄗˋ ㄒㄧㄤ ㄘㄢˊ ㄕㄚ)

【出處】唐・房玄齡等《晉書・石季龍載記下》：「季龍十三子，五人爲冉閔所殺，八人自相殘害。」

【解釋】殘：毀壞、傷害。

【用法】自己人殺害自己人。

【例句】羅馬貴族把強壯的奴隸訓練成角鬥士，強迫他們在角鬥場上～。

【附註】原作「自相殘害」。

自相魚肉 (ㄗˋ ㄒㄧㄤ ㄩˊ ㄖㄡˋ)

【出處】唐・房玄齡等《晉書・劉元海載記》：「劉宣等固諫曰：『今司馬氏父子兄弟自相魚肉，此天慶晉德，授之於我。』」

【解釋】魚肉：這裡指當做魚肉宰割，比喻殘殺。

【用法】自己人互相殘殺。

【例句】他們兄弟～，我們可利用此時接收唐氏企業。

自行其是 (ㄗˋ ㄒㄧㄥˊ ㄑㄧˊ ㄕˋ)

【解釋】是：正確。

【用法】按自己認定的辦法行事。

【例句】他一味地～，別人怎麼議論，他是不在乎的。

自知之明 (ㄗˋ ㄓ ㄓ ㄇㄧㄥˊ)

【出處】《老子》第三十三章：「知人者智，自知者明。」

【解釋】明：認識和洞察事物的能力。

【用法】形容對自己有一個正確的估價。

【例句】他臨死之前將全稿燒掉，是有～的。

自僝自僽 (ㄗˋ ㄔㄢˊ ㄗˋ ㄓㄡˋ)

【出處】元・無名氏《寃家債主》第二折：「到如今夫妻情，父子恩，都作了一筆勾，落得個自僝自僽。」

【解釋】僝、僽：煩惱、埋怨。

【用法】自尋煩惱，自相埋怨。

【例句】此事已成定局，你再～又有什麼用呢？

自成一家 (ㄗˋ ㄔㄥˊ ㄧˋ ㄐㄧㄚ)

【出處】北齊・魏收《魏書・祖瑩傳》：「文章須自出機杼，成一家風骨。」

【用法】形容不模仿他人，在某種學問上或技術上有獨到的見解和風格，自成一派。

【例句】清人李自珍在中國醫學方面～，有許多獨到的地方。

自出機杼 (ㄗˋ ㄔㄨ ㄐㄧ ㄓㄨˋ)

見「獨出機杼」。

自出心裁 (ㄗˋ ㄔㄨ ㄒㄧㄣ ㄘㄞˊ)

見「獨出心裁」。

自吹自擂 (ㄗˋ ㄔㄨㄟ ㄗˋ ㄌㄟˊ)

【解釋】吹：吹喇叭。擂：打鼓。自己吹喇叭，自己打鼓。

【用法】比喻自我吹噓。

【例句】你這個～的毛病得改改才好。

自食其力

【出處】《禮記・禮器》：「食物無數。」陳澔注：「食力，自食其力之人，農工商賈庶人之屬也。」

【用法】依靠自己的勞動來維持生活。

【例句】他是向來主張~的，常說女人可以畜牧，男人就該種田。

自食其果

【解釋】果：後果。

【用法】指自己做了壞事或做錯事，使自己受到應有的損害或懲罰。

【例句】叛亂份子倒行逆施，必將~，加速自己的滅亡。

【附註】參看「自作自受」。

自食其言

【出處】《尚書・湯誓》：「爾無不信，朕不食言。」

【解釋】把自己說的話又咽了回去。

【用法】比喻說話不算數，不守信用。

【例句】他總是出爾反爾，~，誰還肯和他打交道呢？

【附註】參看「食言而肥」。

自始至終

【出處】南朝・梁・沈約《宋書・武三王傳》：「義恭性嗜不恒，日時移變，自始至終，屢遷宅第。」

【解釋】從開始到末了。

【用法】表示一貫到底的意思。

【例句】晚會上，~充滿歡樂的氣氛。

自生自滅

【解釋】自發地發生、生長，又自然地消亡。

【用法】形容對事物的生死存亡漠不關心。

【例句】對於新生事物應該愛護、培養、幫助，使它能健康發展，而不能任其~。

自然而然

【出處】清・李漁《閑情偶寄・大收煞》：「須要自然而然，水到渠成。」

【用法】事物本來就是這樣。

【例句】他從不肯努力學習，~成績會低落。

自作多情

【用法】自己依靠想像，投入感情很深的樣子。

【例句】自己鑽到愛情故事裡，幻想是其中的男主角，~起來，結果把自己弄得成天魂不守舍。

自作孽

【出處】《尚書・太甲中》：「天作孽，猶可違；自作孽，不可逭。」（違：避。逭：逃。）

【解釋】孽：罪惡，自己造成的罪惡。

【用法】意爲自己的罪惡自己來承担。

【例句】這樣的結果，是他~，怨不得別人。

自作解人

見「強作解人」。

自作自受

【出處】唐・《目蓮緣起變文》：「汝母在生之日，都無一片善心，終朝殺害生靈，每日欺淩三寶。自作自受，非天與人。」

【解釋】受：承受。自己做錯了事應由自己來承受不好的結果。

【用法】形容禍由自取。

【例句】我說：「若是打折了手脚，也是他～。」

自作聰明 (ㄗˋ ㄗㄨㄛˋ ㄘㄨㄥ ㄇㄧㄥˊ)

【出處】《尚書．蔡仲之命》：「率自中，無作聰明亂舊章。」

【解釋】自以爲自己很聰明。

【用法】形容人主觀很強地辦事，輕率逞能。

【例句】他不聽別人的建議，～瞎指揮，結果把次序搞亂了。

自慚形穢 (ㄗˋ ㄘㄢˊ ㄒㄧㄥˊ ㄏㄨㄟˋ)

【出處】南朝．宋．劉義慶《世說新語．容止》：「驃騎王武子，是衛玠之舅，俊爽有風姿，見玠輒嘆曰：珠玉在側，覺我形穢。」

【解釋】慚：羞慚、慚愧。穢：骯髒。形穢：形象醜極，容貌不體面。

【用法】因爲自己有缺點或不如別人而感到慚愧。

【例句】自己水準低，根底淺，在她的面前，總有些～。

【附註】也作「自覺形穢」。

自私自利 (ㄗˋ ㄙ ㄗˋ ㄌㄧˋ)

【出處】唐．房玄齡等《晉書．潘尼傳》：「憂患之接，必生於自私，而興於有欲。」

【用法】私心很重，只爲個人利益打算。

【例句】他這人全無心肝，只知道～，吃得白白胖胖，什麼壞事都做得出，結果落得這個下場。

自貽伊戚 (ㄗˋ ㄧˊ ㄧ ㄑㄧ)

【出處】《詩經．小雅．小明》：「心之憂矣，自貽伊戚。」

【解釋】貽：本作「詒」，遺留。伊：是，此。戚：憂愁、悲哀。

【用法】自尋煩惱，自招禍殃。

【例句】他是～，自尋煩惱，別理他！

自以爲非 (ㄗˋ ㄧˇ ㄨㄟˊ ㄈㄟ)

【解釋】非：錯誤。自己以爲錯了。

【用法】常指認識到自己的弱點、缺點或錯誤。

【例句】我們應該有～的精神，經常想到自己的弱點和不足。

自以爲得計 (ㄗˋ ㄧˇ ㄨㄟˊ ㄉㄜˊ ㄐㄧˋ)

【出處】唐．韓愈《柳子厚墓誌銘》：「一旦臨小利害，僅如毛髮比，反眼若不相識，落陷阱不一引手救，反擠之，又下石焉者，皆是也，此禽獸夷狄所不忍爲，而其人自視以爲得計，聞子厚之風，亦可以少愧矣。」

【解釋】得計：計謀得逞。

【用法】自己以爲自己所算計的事得逞了（多用於諷刺）。

【例句】「却說魏延燒斷棧道，屯兵南谷，把住隘口，～；不想楊儀、姜維星夜引兵抄到南谷之後。」

自以爲是 (ㄗˋ ㄧˇ ㄨㄟˊ ㄕˋ)

【出處】《荀子．榮辱》：「凡門者必自以爲是，而以人爲非也。」

【解釋】是：正確。自認爲自己正確。

【用法】形容主觀、不虛心，看不見自己的缺點。
【例句】我明白了，我這次的失敗就是由於主觀武斷，～。

自崖而反 ㄗˋ ㄧㄞˊ ㄦˊ ㄈㄢˇ

【出處】《莊子・山木》：「君其涉於江而浮於海，望之而不見其崖，愈往而不知其所窮，送君者皆自崖而反，君自此遠矣！」
【用法】指超然獨立，遠不可攀。後常用爲送行之辭。

自業自得 ㄗˋ ㄧㄝˋ ㄗˋ ㄉㄜˊ

【出處】《正法念經》：「獄卒呵責罪人說，偈曰：非導人作惡，非人受苦報，自業自得果，衆人皆如是。」
【解釋】業：佛教稱一切行爲、言語、思想爲業，分別稱作身業、口業、意業，合稱「三業」。業有善業，一般專指惡業。佛家語，意爲自己作的業，自己遭報應。
【用法】指自作自受。
【例句】他呀！～，自作自受，不值得同情。

自由泛濫 ㄗˋ ㄧㄡˊ ㄈㄢˋ ㄌㄢˋ

【解釋】泛濫：河水溢出兩岸，造成災害。
【用法】比喻某種錯誤思想或言行不受約束地自由發展、任意擴大。
【例句】我們絕不能允許毒品的～。

自由放任 ㄗˋ ㄧㄡˊ ㄈㄤˋ ㄖㄣˋ

【解釋】放任：聽其自然，不加干涉。
【用法】形容不受拘束聽其自然發展。
【例句】我們要過民主生活，但我們反對～。
【附註】參看「放任自流」。

自由自在 ㄗˋ ㄧㄡˊ ㄗˋ ㄗㄞˋ

【出處】唐《六祖大師法寶壇經・頓漸品第八》：「自由自在，縱橫盡得，有何可立？」
【用法】形容清閑安逸，不受約束。
【例句】她哼着歌，～地走來走去。

自由散漫 ㄗˋ ㄧㄡˊ ㄙㄢˇ ㄇㄢˋ

【解釋】散漫：鬆鬆垮垮，不守紀律。
【用法】無組織，無紀律，鬆鬆垮垮。
【例句】她在朋友的幫助下，逐漸克服了～的作風。

自有公論 ㄗˋ ㄧㄡˇ ㄍㄨㄥ ㄌㄨㄣˋ

【解釋】公論：大衆的評論。
【用法】對某事大家必然會有公正的評論。
【例句】我並不在乎他的攻擊，是非～，大家是會給我的作品以正確的評價的。

自言自語 ㄗˋ ㄧㄢˊ ㄗˋ ㄩˇ

【出處】元・無名氏《桃花女》第四折：「你這般鬼鬼促促的，在這裡自言自語，莫不要出城去砍那桃樹麼？」
【用法】自己跟自己說話。
【例句】（蔡文姬）時時又～：「怎麼辦呢？到底是回去，還是不回去？」

自我標榜 ㄗˋ ㄨㄛˇ ㄅㄧㄠ ㄅㄤˇ

【解釋】標榜：吹噓、誇耀。
【用法】自己吹噓、誇耀自己。

【例句】他一向以什麼有風格的詩人來～，其實，他的詩不過是東拼西湊的仿製品而已。

自我陶醉

【出處】唐·崔曙《九日登望仙台》詩：「且欲近尋彭澤宰，陶然其醉菊花杯。」

【用法】形容盲目地自我欣賞。

【例句】這個年輕人正～於他所取得的一點兒小小的成功哩，使人覺得他天眞得可愛，又幼稚得可笑。

自我解嘲

【解釋】嘲：嘲笑、譏諷。解嘲：用言語或行動來掩飾自己的窘境或被人嘲笑的事情。

【用法】自己爲自己可能受到的嘲笑進行辯解或掩飾。

【例句】她～地笑了一笑，趕快把話題扯開了。

自我作故

【出處】唐·劉知幾《史通·申左》：「夫自我作故，無所準繩。」

【解釋】自：從、由。作故：也作「作古」，權作古人，創始、創新。由我創始更新。

【用法】①指不拘泥舊法，以獨創精神進行創造。②指古制不適用或無可因襲而自創規模。

【例句】訂立規則，要因時制宜，～。

自我安慰

【解釋】安慰：使心情安適。

【用法】自己安慰自己。

【例句】在這種百無聊賴的情況下，她只好盡量想想他的好處，來～一番。

自圓其說

【出處】清·李寶嘉《官場現形記》第五十五回：「（史其祥）躊躇了半天，只得仰承憲意，自圓其說道：『職道的話原是一時愚昧之談，作不得準的。』」

【解釋】圓：圓滿、周全。說：意見、觀點。

【用法】①形容自己提出的理由或論據可以支持或解釋自己的論點，不自相矛盾。②形容找理由或藉口來掩飾自己的謊話或錯誤言論，不出破綻。

【例句】他的文章表面上看來是可以～的，仔細推敲，卻發現不少漏洞。

自怨自艾

【出處】《孟子·萬章上》：「太甲悔過，自怨自艾。」

【解釋】原意是對自己的錯誤，有所悔恨，自己要改正。

【用法】自己悔恨而沒有改正的意思。

【例句】你應該正視自己的錯誤，勇敢地改正，不可一味地垂頭喪氣～。

自用則小

【出處】《尚書·仲虺之誥》：「好問則裕，自用則小。」

【解釋】自用：自以爲是，恃自己的聰明才力行事。

【用法】主觀武斷，就辦不成大事。

【例句】想成就大業，要能接納各方意見，倘使主觀武斷，～，你要謹記！

砸鍋賣鐵（ㄗㄚˊ ㄍㄨㄛ ㄇㄞˋ ㄊㄧㄝˇ）

【解釋】把鍋砸爛了當廢鐵賣。
【用法】形容不惜傾家蕩產，盡自己所有，全部拿出。
【例句】當初我不惜～，為你紓困；如今你卻如此待我，怎不叫我心寒。

雜亂無章（ㄗㄚˊ ㄌㄨㄢˋ ㄨˊ ㄓㄤ）

【出處】唐・韓愈《送孟東野序》：「其為言也，亂雜而無章。」
【解釋】雜亂：龐雜紊亂。章：條理。
【用法】龐雜而沒有條理。
【例句】眞正好的藝術作品，並不是某些感性材料～的堆積，而是人類認識的理性階段的產物。

雜七雜八（ㄗㄚˊ ㄑㄧ ㄗㄚˊ ㄅㄚ）

【用法】形容各種事物雜揉在一起，非常混亂。
【例句】屋子裡很亂，堆了一些～的東西。

雜學旁收（ㄗㄚˊ ㄒㄩㄝˊ ㄆㄤˊ ㄕㄡ）

【出處】清・曹雪芹《紅樓夢》第八回：「寶釵笑道：『寶兄弟，虧你每日家雜學旁收的，難道就不知道酒性最熱……』」
【解釋】雜學：不專主一家的學術。舊時也指科舉文章以外的各種學問。旁：廣泛。
【用法】多方面地、廣泛地積累知識。
【例句】他這人～，樣樣都懂。

雜然相許（ㄗㄚˊ ㄖㄢˊ ㄒㄧㄤ ㄒㄩˇ）

【出處】《列子・湯問》：「北山愚公……聚室而謀曰：『吾與汝畢力平險，指通豫南，達於漢陰，可乎？』雜然相許。」
【解釋】雜然：紛紛地。許：贊同。
【用法】表示贊成。
【例句】老李一番論斷後，大伙兒～，表態支持。

雜採衆說（ㄗㄚˊ ㄘㄞˇ ㄓㄨㄥˋ ㄕㄨㄛ）

【解釋】雜：多種多樣地。採：採取。說：學說、說法。
【用法】廣泛地採取各種學說、說法。
【例句】《韵學集成》是根據當時流行的各種古今字書、注釋，～，兼收並蓄。

嘖嘖稱羨（ㄗㄜˊ ㄗㄜˊ ㄔㄥ ㄒㄧㄢˋ）

【解釋】嘖嘖：形容說話聲。
【用法】一片稱道羨慕的聲音。
【例句】看到他高超技藝，觀衆無不～。

嘖嘖稱善（ㄗㄜˊ ㄗㄜˊ ㄔㄥ ㄕㄢˋ）

【解釋】嘖嘖：形容說話聲。
【用法】一片讚揚叫好的聲音。
【例句】看到他肯於幫助窮苦的人，老人們無不～。

嘖有煩言（ㄗㄜˊ ㄧㄡˇ ㄈㄢˊ ㄧㄢˊ）

【出處】《左傳・定公四年》：「會同難，嘖有煩言，莫之治也。」
【解釋】嘖：爭論、爭辯。煩言：責備或不滿的話。
【用法】議論紛紛，抱怨責備。
【例句】我輩與遺老，本不能志同道合，其～，正應有之事，記之聊共哂耳。

擇肥而噬（ㄗㄜˊ ㄈㄟˊ ㄦˊ ㄕˋ）

【出處】清·吳趼人《糊塗世界》第九卷：「上頭限了首縣三天限，首縣限了差役一天半限。這些差役個個磨拳擦掌，擇肥而噬。到得次日一早，果然捉了七個人來。」

【解釋】擇：挑選。噬：咬。挑着肥的吃。

【用法】比喻選擇有錢的人去敲詐勒索。

【例句】這些土匪專門搶刼～，像你這樣一貧如洗，他們是不屑「造訪」的。

擇鄰而居（ㄗㄜˊ ㄌㄧㄣˊ ㄦˊ ㄐㄩ）

【出處】唐·白居易《與元八卜鄰先有是贈》詩：「每因暫出猶思伴，豈得安居不擇鄰。」

【解釋】擇：選擇。

【用法】選擇有好鄰居的地方去住。

【例句】近朱者赤，近墨者黑。爲了天眞純潔的孩子的成長著想，我們應該注意～。

擇善固執（ㄗㄜˊ ㄕㄢˋ ㄍㄨˋ ㄓˊ）

【出處】《禮記·中庸》：「擇善而固執之者也。」

【解釋】擇：選擇。固執：堅持。

【用法】選擇好的，並加以堅持。

【例句】他這人講好聽是～，講難聽就好冥頑不化。

擇善而從（ㄗㄜˊ ㄕㄢˋ ㄦˊ ㄘㄨㄥˊ）

【出處】《論語·述而》：「三人行必有我師焉，擇其善者而從之，其不善者而改之。」

【解釋】擇：選擇。選擇其中好的，跟着做。

【用法】指能發現別人的優點，並學習這些優點。

【例句】要～，學習別人的長處，不斷提升，不斷進步。

擇優錄取（ㄗㄜˊ ㄧㄡ ㄌㄨˋ ㄑㄩˇ）

【解釋】擇：選擇。錄取：考取、任用。

【用法】選擇優秀的錄取、任用。

【例句】大學招生原則將是德、智、體、群全面考核，～。

擇焉不精（ㄗㄜˊ ㄧㄢ ㄅㄨˋ ㄐㄧㄥ）

【出處】唐·韓愈《原道》：「荀（荀況）與揚（揚雄）也，擇焉而不精，語焉而不詳。」

【解釋】擇：選擇。精：精粹。

【用法】經過選擇却不夠精粹。

【例句】他的文章在取材上是相當豐富的，但可惜～，多少有些蕪雜。

澤及枯骨（ㄗㄜˊ ㄐㄧˊ ㄎㄨ ㄍㄨˇ）

【出處】《呂氏春秋·孟冬記·異用》：「文王賢矣，澤及髊骨，又況於人乎！」（髊：同「骴」。髊骨：肉未爛盡的骸骨。）

【解釋】澤：恩澤、恩惠。枯骨：枯朽的骨骼，指死屍。死去很久的人都能得到恩惠。

【用法】形容恩德無量。

【例句】衆人聽見此言，大呼曰：「聖德之君，～，何況我等人民，無不沾雨露之恩。」

責備賢者（ㄗㄜˊ ㄅㄟˋ ㄒㄧㄢˊ ㄓㄜˇ）

【解釋】責備：要求人完整無疵。賢者：有才德的人。
【用法】爲指出有才德有聲望的人的缺點時的一種委婉的說法。
【例句】他這番話是～，盼您聲望不墜而說的，望您諒解。

責己以周，待人以約（ㄗㄜˊ ㄐㄧˇ ㄧˇ ㄓㄡ，ㄉㄞˋ ㄖㄣˊ ㄧˇ ㄩㄝ）

【解釋】責：要求。周：完備、周到，引申爲嚴格。約：簡單，引申爲不苛求。
【用法】要求自己要嚴格，對待別人要寬厚。
【例句】一個領導幹部如果不能做到～，那麼他就很難樹立威信。

責先利後（ㄗㄜˊ ㄒㄧㄢ ㄌㄧˋ ㄏㄡˋ）

【出處】唐・韓愈《送窮文》：「面醜心妍，利居衆後，責在人先。」
【解釋】責：責任。利：利益。盡義務在衆人之前，分享利益在衆人之後。
【用法】對先人後己高尚品德的讚美。
【例句】他爲人總是～，我們這些部屬怎不心生感動？今天他有難，我們即使赴湯蹈火，也義不容辭。

責重山岳（ㄗㄜˊ ㄓㄨㄥˋ ㄕㄢ ㄩㄝˋ）

【出處】南朝・梁・任昉《爲齊明帝讓宣城郡公第一表》：「但命輕鴻毛，責重山岳。」
【解釋】岳：高大的山。（東岳泰山，南岳衡山，西岳華山，北岳恒山，中岳嵩山，稱爲五岳。）
【用法】責任重大如同山岳一樣。
【例句】您～，豈可輕易出城？請爲國多珍重，切勿赴約。

責人以詳，待己以廉（ㄗㄜˊ ㄖㄣˊ ㄧˇ ㄒㄧㄤˊ，ㄉㄞˋ ㄐㄧˇ ㄧˇ ㄌㄧㄢˊ）

【出處】唐・韓愈《原毀》：「今之君子則不然，其責人也詳，其待己也廉。詳，故人難於爲善；廉，故自取也少。」
【解釋】責：要求。詳：周詳、完備；引申爲苛求。廉：廉潔，引申爲要求少。
【用法】對他人要求很苛刻，對自己要求則少而輕。
【例句】如果作爲老師却～，那又怎麼能爲人師表呢？

責有攸歸（ㄗㄜˊ ㄧㄡˇ ㄧㄡ ㄍㄨㄟ）

【解釋】攸：所。歸：歸屬。責任有所歸屬。
【用法】指責任應該由誰承担是推卸不掉的。
【例句】各個部門都有人負責，～爲什麼還要單獨再設立一個多餘的機構呢？

責無旁貸（ㄗㄜˊ ㄨˊ ㄆㄤˊ ㄉㄞˋ）

【解釋】責：責任。貸：推卸。
【用法】自己應盡的責任，不能推卸給別人。
【例句】救死扶傷乃是我們醫務工作者～的義務。

再接再厲（ㄗㄞˋ ㄐㄧㄝ ㄗㄞˋ ㄌㄧˋ）

【出處】唐・韓愈、孟郊《鬥鷄聯句》：「一噴一醒然，再接再厲乃。」指鬥鷄時，每次交鋒以前，雄鷄都要磨快利嘴。
【解釋】接：接觸、交鋒。厲：通「礪」，磨利，奮勉。

【用法】比喻一次又一次地努力，一點也不鬆懈。

【例句】我們一定要～，爲奪取最後勝利而奮鬥。

再實之木，其根必傷

【出處】漢・劉安《淮南子・人間訓》：「夫再實之木根必傷，掘藏之家必有殃。」注：「掘藏，謂發冢得伏藏，無功受財。」

【解釋】再實：一年兩次開花結果。傷：損傷。一棵樹多次接連不斷地結果，樹根必定受損傷。

【用法】①比喻獲得不應得到的東西，必定要出毛病。②比喻外面消耗過多，根基必受損傷。

【例句】～。這筆錢是非分之財，你還是送還人家才好。

再生父母

【出處】明・宋濂等《元史・烏古孫澤傳》：「烏古孫澤知興化軍，繼改軍爲路，授澤行總管府事。民迎候道左曰：『是曩昔再生父母也。』」

【解釋】再生：重生。使自己得到第二次生命的人。

【用法】比喻恩情很重，使自己又獲得一次生命。多用爲感激別人拯救之語。

【例句】他感激這位老人家在敵人殘酷掃蕩的惡劣環境中掩護了他，留他養好了傷，因此，他把老人家看成是～。

【附註】也作「重生父母」。

再衰三竭

【出處】《左傳・莊公十年》：「夫戰，勇氣也。一鼓作氣，再而衰，三而竭。」

【解釋】再：第二次。竭：盡。

【用法】形容士氣逐漸低落。

【例句】通過決議的方案，就該立即執行，一拖再拖，～，屆時就辦不好事。

再造之恩

【出處】南朝・梁・沈約《宋書・王僧達傳》：「再造之恩，不可妄屬。」

【解釋】再造：重生。

【用法】形容給人以第二次生命的恩德。

【例句】您這～，我衷心感激，往後有事，我隨時候傳，即使赴湯蹈火，也在所不辭。

再作馮婦

【出處】《孟子・盡心下》：「晉人有馮婦者，善搏虎，卒爲善士則。之野，有衆逐虎，虎負嵎，莫之敢攖。望見馮婦，趨而迎之。馮婦攘臂下車。衆皆悅之，其爲士者笑之。」

【解釋】再作：第二次當上。

【用法】比喻又幹起舊行當來。

【例句】現在這一位經理，聽說，他的出來就職，是因爲某公司要來立案，表決時可以多一個贊成者，所以～的。

【附註】也作「重作馮婦」。

再三再四

【出處】明・施耐庵《水滸傳》第二十回：「再三再四，扶晁蓋坐了。」

【用法】反覆一次又一次。

【例句】他本來不想去，可是人家～地邀請，盛請難却，他只好去了。

在天之靈

【出處】天：天堂。靈：靈魂。升了天的靈魂。
【用法】指受人愛戴和尊敬的人死後精神不死。
【例句】我並非說，大家都須天天去痛哭流涕，以憑弔先烈的～。

在谷滿谷，在坑滿坑（ㄗㄞˋ ㄍㄨˇ ㄇㄢˇ ㄍㄨˇ，ㄗㄞˋ ㄎㄥ ㄇㄢˇ ㄎㄥ）

【出處】《莊子．天運》：「吾又奏之以陰陽之和，燭之以日月之明，其聲能短能長，能柔能剛，變化齊一，不主故常。在谷滿谷，在坑滿坑。」
【用法】形容盛多、充滿，到處都是。
【例句】春節期間，遊樂場人山人海，～，好不熱鬧。

在官言官（ㄗㄞˋ ㄍㄨㄢ ㄧㄢˊ ㄍㄨㄢ）

【出處】《禮記．曲禮下》：「君命，大夫與士肄；在官言官，在府言府，在庫言庫，在朝言朝。」孔穎達疏：「若君命之在官，則臣當展習言議在官之事。」
【解釋】言：說。
【用法】比喻處在什麼地位說什麼話。
【例句】今我～，這是我無法苟同的。

在劫難逃（ㄗㄞˋ ㄐㄧㄝˊ ㄋㄢˊ ㄊㄠˊ）

【解釋】劫：佛教認爲世界分爲成、住、壞、空四個時期，叫「四劫」。壞劫時，有火、風、水三災出現，世界歸於毀滅。故劫就是大災難。迷信認爲命中注定要遭受災禍，想逃是逃不了的。
【用法】指不可避免的災禍。
【例句】他是～了，這次恐怕無法避開鞭刑了。

在所不惜（ㄗㄞˋ ㄙㄨㄛˇ ㄅㄨˋ ㄒㄧ）

【出處】《避兵十日記》：「果能攖城固有，區區民房，原在所不惜。」
【解釋】惜：可惜，吝惜。
【用法】表示決不吝惜。
【例句】爲了國家的利益，這些人，是那樣赤胆忠心地獻出自己的一切，甚至獻出自己的生命也～。

在所不辭（ㄗㄞˋ ㄙㄨㄛˇ ㄅㄨˋ ㄘˊ）

【解釋】辭：推辭。
【用法】完全接受，決不推辭。
【例句】當祖國需要的時候，即使是赴湯蹈火，我也～。

在所難免（ㄗㄞˋ ㄙㄨㄛˇ ㄋㄢˊ ㄇㄧㄢˇ）

【用法】表示難以避免。
【例句】初學外語，發音不準，用詞不當，是～的。

在所自處（ㄗㄞˋ ㄙㄨㄛˇ ㄗˋ ㄔㄨˇ）

【出處】漢．司馬遷《史記．李斯列傳》：「李斯者，楚上蔡人也。年少時，爲郡小吏，見吏舍廁中鼠食不絜，近人、犬，數驚恐之。斯入倉，觀倉中鼠，食積粟，居大廡之下，不見人、犬之憂。於是李斯乃嘆曰：『人之賢、不肖，譬如鼠矣，在所自處耳！』」
【解釋】原意說明人處世應該爭取有利的環境。
【用法】指在一定的社會環境中，去選擇立身之地。
【例句】剛踏入社會的年輕人，要知～，選擇適當的立身之地。

載歌載舞

【解釋】載：文言助詞。又唱歌，又跳舞。
【用法】形容盡情歡樂。
【例句】兒童節，孩子們～，歡度自己的節日。

載酒問字

【出處】漢・班固《漢書・揚雄傳》：「乃劉棻嘗從雄學作奇字。」又「家素貧，耆（嗜）酒，人希至其門，時有好事者，載酒肴從游學。」
【解釋】載酒：攜帶着酒肴。問字：問有關文字的學問，引申爲求學。
【用法】形容勤學好問。
【例句】學生中倘有一、二個能～，勤學好問，那就十分不錯了。

載笑載言

【出處】《詩經・衞風・氓》：「既見復關，載笑載言。」（復關：所思念的男人居住的地方。）
【解釋】載：文言助詞。
【用法】一邊說，一邊笑。
【例句】座談會上，這群青年學生～，熱鬧得很。

載舟覆舟

【出處】《孔子家語・五儀解》：「夫君者舟也，庶人者水也。水所以載舟，亦所以覆舟。」
【解釋】載：負担、承受。覆：翻。
【用法】能托着船，也能翻船。
【例句】事理沒有一成不變的，～沒有定數，端看你如何睿智抉擇。

賊頭賊腦

【用法】行動鬼鬼祟祟，作風不正派。
【例句】他～地總想窺探我們在幹什麼，眞叫人討厭。

賊喊捉賊

【解釋】做賊的人叫喊捉賊。
【用法】比喻壞人幹了壞事，企圖混淆視聽，轉移目標，反誣別人幹了壞事而使自己脫罪。
【例句】～、以假亂眞，是他們慣用的伎倆。

賊去關門

【出處】宋・釋道原《景德傳燈錄》第二十一卷：「杭州傾心寺，法瑫一禪師上堂……僧問曰：『若不遇於師，幾成走作？』師曰：『賊去關門。』」
【解釋】去：離開。賊已經走了才去關門。
【用法】比喻事前不警惕，出了事故才去防範。
【例句】平時不注意防盜，等出了問題，～也就晚了。
【附註】也作「賊出關門」。

賊人膽虛

【出處】清・曹雪芹《紅樓夢》第七十一回：「誰知他賊人膽虛，只當鴛鴦已看見他的首尾了，生恐叫喊出來，使衆人知覺，更不好。」
【解釋】膽虛：胆怯、害怕、心慌。
【用法】比喻做了壞事不免時刻担心，心裡不踏實。
【例句】犯罪分子雖然表面裝得很鎭靜

，但是～，整日坐臥不寧，終於露出馬脚？

【附註】也作「賊人心虛」。

遭家不造（ㄗㄠ ㄐㄧㄚ ㄅㄨˋ ㄗㄠˋ）

【出處】《詩經・周頌》：「閔予小子，遭家不造。嬛嬛在疚。於乎皇考！」（嬛嬛：孤獨憂傷的樣子。於乎：同「嗚呼」。）

【解釋】遭：遭遇。造：成。原爲周成王居父喪時自哀之辭。遭武王崩，家道未成。

【用法】泛指家中遭到不幸。

【例句】「予小子～，金寇猖狂，二帝北轅，九廟丘墟。」

鑿壁偷光（ㄗㄠˊ ㄅㄧˋ ㄊㄡ ㄍㄨㄤ）

【出處】晉・葛洪《西京雜記》卷二：「匡衡勤學而無燭，鄰舍有燭而不逮，衡乃穿鑿引其光，以書暎（映）光而讀之。」

【解釋】鑿：挖。挖通墻壁，偷借隔壁一點光亮。

【用法】形容刻苦讀書，好學不倦。

【例句】現在的學生能～，刻苦讀書的，有幾個？

【附註】也作「鑿壁透光」。參看「穿鑿引光」。

鑿龜數策（ㄗㄠˊ ㄍㄨㄟ ㄕㄨˇ ㄘㄜˋ）

【出處】《韓非子・飾邪》：「趙又嘗鑿龜數策而北伐燕，將刼燕以逆秦，兆曰大吉……趙以其大吉，地削兵辱，主不得意而死。」

【解釋】策：蓍草，古代占卜的用品。

【用法】用龜甲、蓍草來卜筮的迷信的作法。

【例句】凡事盡力而爲即是，～的迷信作法，是無法助你成功的，一切操之在己啊！

【附註】鑿龜是鑽灼龜甲，看灼開的裂紋，以推測吉凶。數策是數蓍草的莖，以分組計數中看吉凶。

鑿鑿有據（ㄗㄠˊ ㄗㄠˊ ㄧㄡˇ ㄐㄩˋ）

【出處】明・徐宏祖《徐霞客遊記・滇遊日記》：「龔起潛爲余談之甚晰，皆鑿鑿可據。」

【解釋】鑿鑿：確實。

【用法】指證據確鑿。

【例句】衆口一詞，～。

早韭晚菘（ㄗㄠˇ ㄐㄧㄡˇ ㄨㄢˇ ㄙㄨㄥ）

【出處】唐・李延壽《南史・周顒傳》：「文惠太子問顒菜食何味最佳，顒曰：『春初早韭，秋末晚菘。』」

【解釋】韭、菘：蔬菜名。菘的品種較多，色微青的叫青菜，色白的叫白菜，色淡黃的叫黃芽菜。早春的韭菜，晚秋的菘菜。

【用法】泛指應時的蔬菜。

【例句】年紀大了，嘴也刁了，～總想吃口新鮮的，貴賤就不問了。

早知今日，悔不當初（ㄗㄠˇ ㄓ ㄐㄧㄣ ㄖˋ ㄏㄨㄟˇ ㄅㄨˋ ㄉㄤ ㄔㄨ）

【出處】宋・釋普濟《五燈會元》卷十六：「早知今日事，悔不慎當初。」

【解釋】早知會吃今日苦，悔不慎重在當初。

【用法】指沒有預見，以至惡果自食，追悔莫及。

【例句】～，她現在一肚子話向誰說去

呢？當初，草草結婚，彼此並不了解，如今鬧得非分開不可了。

早出晚歸

【出處】《戰國策・齊第六》：「女朝出而晚來，則吾倚門而望。」

【用法】早晨出去，晚上回來。

【例句】他按照～捕魚撒網那股悠閑的心情撐着船，編算着使自己高興也使別人高興的事情。

【附註】也作「早出暮歸」。

澡身浴德

【出處】《禮記・儒行》：「儒有澡身而浴德，陳言而伏，靜而正之，上弗知也。」孔穎達疏：「澡身，謂能澡潔其身，不染濁也；浴德，謂沐浴於德，以德自清也。」

【解釋】澡：洗。浴：洗澡。潔身自好，沐浴在道德中。

【用法】形容身心清白、純潔。

【例句】秦老～，令名遠播，今日造訪，眞使我蓬蓽生輝。

皁白不分

見「不分皁白」。

皁白須分

【出處】五代・後晉・劉昫等《舊唐書・裴寂傳》：「朕之有天下者，本公所推，今豈有二心？皁白須分，所以推究耳。」

【解釋】皁白：比喻是非。

【用法】是非必須分清。

【例句】對於這事的責任問題，～，切不可敷衍了事。

造化小兒

【出處】宋・歐陽修等《新唐書・杜審言傳》：「審言病甚，宋之問、武平一等省候何如？答曰：『甚爲造化小兒相苦，尚何言！』」

【解釋】造化：舊指說造物主，天神。小兒：小子，對人輕蔑之稱。

【用法】指命運，是一種風趣的說法。

【例句】眞不知～居心何在，竟把事情搞成這局面。

造謠惑衆

【解釋】惑：迷惑。

【用法】製造謠言，迷惑群衆。

【例句】我們應提高警惕，防止別有用心的人～，進行破壞。

造謠中傷

【解釋】中傷：暗中攻擊和加以陷害。

【用法】製造謠言，以誣蔑陷害別人。

【例句】他那樣無恥地對我～，無損於我的一根毫毛。

造言生事

【出處】《莊子・盜跖》：「爾作言造語，妄稱文武。」

【用法】編造謠言而挑起事端。

【例句】「加以這些武童，常常都聚在一處，不是茶坊，便是酒店，三五成衆，～，就是無事，也要生點事情出來。」

【附註】也作「造謠生事」。

走筆題詩

【出處】元・馬致遠《青衫淚》第四折：「……愛他那走筆題詩，出口成章。」
【解釋】走筆：筆劃得很快，指快速地寫。題詩：賦詩、寫詩。
【用法】形容才思敏捷。
【例句】小李～，才思敏捷之至，難怪贏得諸多紅顏的愛慕。

走筆疾書 ㄗㄡˇ ㄅㄧˇ ㄐㄧˊ ㄕㄨ

【解釋】走筆：筆運行得很快。疾書：快速地寫。
【用法】①形容寫字熟練，很迅速。②形容文思敏捷，文章撰寫得很快。
【例句】這篇通訊催得很急，他飯也顧不得吃，坐下來～，兩個小時就撰寫完了。

走馬看花 ㄗㄡˇ ㄇㄚˇ ㄎㄢˋ ㄏㄨㄚ

【出處】唐・孟郊《登科後》詩：「春風得意馬蹄疾，一日看盡長安花。」
【解釋】走：跑。走馬：騎著馬跑。騎著馬跑著看花。
【用法】①形容得意時的心情。②比喻對事物只是粗枝大葉地、大略地觀察一下。
【例句】我對這部書也不過～。
【附註】也作「走馬觀花」。

走馬上任 ㄗㄡˇ ㄇㄚˇ ㄕㄤˋ ㄖㄣˋ

【出處】宋・孫光憲《北夢瑣言》第四卷：「先以陳公走馬赴任，乃樹一魁妖，其翼左之。」
【用法】①指新官去上任。②指去擔當某項工作（多含幽默詼諧之意）。
【例句】聽說你被任命爲總幹事，不知你什麼時候～？
【附註】也作「走馬到任」。

走伏無地 ㄗㄡˇ ㄈㄨˊ ㄨˊ ㄉㄧˋ

【出處】晉・陳壽《三國志・魏書・鍾會傳》：「蹊路斷絕，走伏無地。」
【解釋】走：逃走。伏：隱伏。
【用法】逃走、隱伏，沒有容身之地。
【例句】眼看對方帶了十來個打手前來，他～，竟就鑽進女人堆中。

走投無路 ㄗㄡˇ ㄊㄡˊ ㄨˊ ㄌㄨˋ

【出處】元・楊顯之《瀟湘雨》第三折：「淋得我走投無路，知他這沙門島是何處酆都。」
【解釋】投：投奔。無路可走。
【用法】比喻陷入絕境或處境極端困難，找不到出路。
【例句】又見雙鞭將呼延灼、金槍手徐寧，又領一彪軍馬，搖旗吶喊，從山西邊殺出來，嚇得盧俊義～。

走南闖北 ㄗㄡˇ ㄋㄢˊ ㄔㄨㄤˇ ㄅㄟˇ

【解釋】闖：闖蕩。奔跑於四面八方。
【用法】①指爲出外謀生，到處奔走。②泛指到過很多地方。
【例句】我父親幾十年來～，結果還不是兩手空空。

走漏風聲 ㄗㄡˇ ㄌㄡˋ ㄈㄥ ㄕㄥ

【出處】清・曹雪芹《紅樓夢》第六十四回：「囑附家人不許走漏風聲，嬸子在裡面住著，深宅大院，那裡就得知道了？」
【解釋】風聲：消息。走漏了消息。
【用法】指把秘密的消息洩漏了出去。
【例句】這次的決議，你們切勿～，被

記者得知。

讚不絕口

【出處】清·曹雪芹《紅樓夢》第六十四回：「寶玉看了，讚不絕口。」

【解釋】讚：稱讚、誇獎。絕：停。不住地讚美。

【用法】形容事物的美好。

【例句】觀衆對劇中饒有風趣的人物對白～。

讚嘆不置

【解釋】讚嘆：特別讚美。置：放置，引申爲停止。不停地讚美。

【用法】形容極度讚賞。

【例句】人們對演員的高超技巧～。

【附註】也作「讚嘆不已」。

臧否人物

【出處】南朝·宋·劉義慶《世說新語·德行》：「晉文王（司馬昭）稱阮嗣宗至愼，每與之言，言皆玄遠，未嘗臧否人物。」

【解釋】臧：善、好。否：惡、壞。臧否：褒貶、評論。

【用法】對人進行褒貶和議論。

【例句】我何德何能，怎有資格～，評論諸位的大作呢？

贓官汚吏

見「貪官汚吏」。

髒心爛肺

【出處】清·曹雪芹《紅樓夢》第六十三回：「短命鬼！你一般有老婆丫頭，只和我們鬧。知道的說是玩，不知道的人，再遇見那樣髒心爛肺的、愛管閒事嚼舌頭的人，吵嚷到那府裡，背地裡嚼舌，說咱們這邊混賬。」

【用法】形容人的心地骯髒、不正派。

【例句】連你這～，把它挖出來給野狗吃，野狗都嫌臭。

葬身魚腹

【出處】戰國·楚·屈原《漁父》：「寧赴江流，葬於江魚之腹中。」

【解釋】屍體爲魚所吞食。

【用法】指在水中淹死。

【例句】他失蹤已久，恐怕早已～了。

曾參殺人

【出處】《戰國策·秦策》：「費人有與曾子同名族者而殺人。人告曾子母曰：『曾參殺人。』曾子之母曰：『吾子不殺人。』織自若。有頃焉，人又曰：『曾參殺人。』其母尚織自若也。頃之，一人又告之母：『曾參殺人。』曾母懼，投杼逾牆而走。夫以曾參之賢，與母之信也。而三人疑之，則慈母不能信也。」

【解釋】曾參：字子輿，孔子的弟子。

【用法】比喻流言可畏。

【例句】他又在那兒～，亂傳謠言，你千萬不要聽信他的話。

曾子殺彘

【出處】《韓非子·外儲說左上》：「曾子之妻之市，其子隨之而往，其母曰：『女還，顧反爲女殺彘。』妻適市來，曾子欲捕彘殺之，妻止之曰：『特與嬰兒戲耳。』曾子曰：『嬰兒非與戲也。嬰兒非有知也，待父母而學者也，聽父母之教，今子欺之，是教子欺也。母欺子，子而不信其母，非所以成教也。』遂烹彘也。」

【解釋】彘：猪。

【用法】要教育孩子說實話，要以身作則。

【例句】為人父母的要以身作則，～的典故，即是在告誡人們身教的重要。

足不出戶（ㄗㄨˊ ㄅㄨˋ ㄔㄨ ㄏㄨˋ）

【出處】明・凌濛初《初刻拍案驚奇》卷二十五：「卻說蘇盼奴自從趙司戶去後，足不出門，一客不見，只等襄陽來音。」

【解釋】戶：門。

【用法】腳不跨出門。

【例句】據我個人的經驗，我們那裏的土話，和蘇州很不同，但一部《海上花列傳》，卻教我「～」的懂了蘇白。

足履實地（ㄗㄨˊ ㄌㄩˇ ㄕˊ ㄉㄧˋ）

見「腳踏實地」。

足智多謀（ㄗㄨˊ ㄓˋ ㄉㄨㄛ ㄇㄡˊ）

【出處】元・無名氏・《連環計》第一折：「此人足智多謀，可與共事。」

【解釋】足：多。有很豐富的智慧，有很多的計謀。

【用法】對聰明、有才能、有辦法的人的讚美。

【例句】有人知道他這件事，就說他～，有鬼神不測之機了。

足食足兵（ㄗㄨˊ ㄕˊ ㄗㄨˊ ㄅㄧㄥ）

【出處】《論語・顏淵》：「子路問政，子曰：『足食足兵，民信之矣。』」

【解釋】足：多。

【用法】糧食和軍備都很充足。

【例句】這個國家～，想攻下，恐怕不是十分容易的。

足音跫然（ㄗㄨˊ ㄧㄣ ㄑㄩㄥˊ ㄖㄢˊ）

【出處】《莊子・徐無鬼》：「夫逃虛空者，藜藋柱乎鼪鼬之徑，讓位其空，聞人足音跫然而喜矣。」

【解釋】跫然：腳步踏聲。指長久處於孤寂的境遇中，聽到有人來訪就很高興。

【用法】比喻不常會面的客人來訪。

【例句】忽聽得閣下的～，實是高興萬分。

左抱右擁（ㄗㄨㄛˇ ㄅㄠˋ ㄧㄡˋ ㄩㄥ）

【出處】《戰國策・楚策》：「蔡聖侯左抱幼妾，右擁嬖女，與之馳騁乎高蔡之中，而不以國家為事。」（嬖女：受寵的女人。）

【用法】形容沉溺於女色，過著荒淫無恥的生活。

【例句】少爺終日在脂粉堆中打混，～，好不快樂的樣子，莊家偌大產業恐怕快被他揮霍光了。

【附註】也作「左擁右抱」。

左輔右弼（ㄗㄨㄛˇ ㄈㄨˇ ㄧㄡˋ ㄅㄧˋ）

【出處】《孔叢子・論書》：「王者前有疑，後有丞，左有輔，右有弼，謂之四近。」

【解釋】指古代輔助帝王或太子的官。

【用法】引申為輔助的意思。

【例句】倘能請到這三位賢者～，必更能取信於民的。

左道旁門

見「旁門左道」。

左提右挈

【出處】漢・司馬遷《史記・張耳陳餘列傳》：「夫以一趙尙易燕，況以兩賢王左提右挈，而責殺王之罪，滅燕易矣。」

【解釋】挈：提。

【用法】①指相互扶持。②指左右提攜。

【例句】犬子蒙您～，實不勝感激！

左圖右史

【出處】宋・歐陽修等《新唐書・楊綰傳》：「性沉靜，獨處一室，左右圖史，凝塵滿席，澹如也。」

【解釋】圖、史：圖籍、史料，泛指圖書。

【用法】形容藏書豐富。

【例句】退休後，我是不在乎其他的，只要～，經典豐富，我就心滿意足。

左鄰右舍

【出處】明・馮夢龍《醒世恒言・十五貫戲言成巧禍》：「左鄰右舍都畫了十字，將兩人大枷枷了，送入死囚牢裡。」

【解釋】左右的鄰居。

【用法】比喻事物的各個方面。

【例句】作學問不可只看一面，～也要考慮到，這樣才周全，不致有失誤。

左顧而言他

見「王顧左右而言他」。

左顧右盼

【出處】晉・左思《咏史》詩：「左顧澄江海，右盼無虜胡。」

【解釋】盼：看。左看看，右看看。

【用法】①形容洋洋自得的神氣。②形容觀望猶豫。

【例句】①他一路上～，神氣活現。②我們不能再憂慮重重、～了。

【附註】也作「左顧右眄」。

左支右絀

【出處】《戰國策・西周》：「養由基曰：『……子何不代我射之也？』客曰：『我不能教子支左屈右。』」

【解釋】支：支持。左手支撐弓，屈右臂扣弦。

【用法】形容財力或能力不足，顧此失彼的窘狀。

【例句】苦心的迴避，弄得～，不能自圓其說，終於變成了廢話連篇了。

左程右準

【出處】唐・柳宗元《送呂謙序》：「呂氏子嗜儒書多文辭，上下古今，左程右準。」

【解釋】程、準：規程、準則、法度。

【用法】指言行舉止，左右逢源，沒有一樁不合法度的。

【例句】他爲人謹嚴，～，絕不會違反規定的。

左思右想

【出處】明・馮夢龍《東周列國志》第五十五回：「是夜，魏顆在營中悶坐，左思右想，沒有良策。」

【用法】反覆尋思，想來想去。

【例句】「～，放心不下。」

左宜右有（ㄗㄨㄛˇ ㄧˊ ㄧㄡˋ ㄧㄡˇ）

【出處】《詩經·小雅·裳裳者華》：「左之左之，君子宜之；右之右之，君子有之。」

【用法】指才德兼備，無所不宜，無所不有。

【例句】李君允文允武，～，是個很好的對象，你可不要錯過。

【附註】也作「左宜右宜」。

左右逢源（ㄗㄨㄛˇ ㄧㄡˋ ㄈㄥˊ ㄩㄢˊ）

【出處】《孟子·離婁下》：「君子深造之以道，欲其自得之也。自得之，則居之安；居之安，則資之深；資之深，則取之左右逢其源。故君子欲其自得之也。」（原：同「源」。）

【解釋】逢：遇到。源：水源。隨處可以得到水源。

【用法】①指學問很深，就能用之不盡，取之不竭。②比喻處事行文得心應手，非常順利。③比喻待人接物熱情。

【例句】他國學底子厚實，知識淵博，所以寫起來～、得心應手。

左右開弓（ㄗㄨㄛˇ ㄧㄡˋ ㄎㄞ ㄍㄨㄥ）

【出處】元·白仁甫《梧桐雨》楔子：「臣左右開弓，一十八般武藝，無有不會。」

【解釋】雙手都能射箭。

【用法】比喻雙手都能操作或做某件事幾方面同時進行。

【例句】技術表演賽上，他不慌不忙，雙手～，嫻熟的操作技術，博得了大家的好評。

左右採獲（ㄗㄨㄛˇ ㄧㄡˋ ㄘㄞˇ ㄏㄨㄛˋ）

【出處】《詩經·周南·關雎》：「參差荇菜，左右採之。」

【解釋】採獲：採摘收穫。

【用法】①指從各方面得到教益和好處。②比喻研究問題時，凡屬有關的旁證材料極多，俯拾即是。

【例句】他為人謙遜，虛懷若谷，所以能～，得到各方面的教益。

左右為難（ㄗㄨㄛˇ ㄧㄡˋ ㄨㄟˊ ㄋㄢˊ）

【出處】清·曹雪芹《紅樓夢》第一百二十回：「千思萬想，左右為難，眞是一縷柔腸，幾乎牽斷，只得忍住。」

【解釋】怎麼也不好辦。

【用法】指處事不易作出決定。

【例句】「襲人此時更難開口，住了兩天，細想起來，哥哥辦事不錯。若是死在哥哥家裡，豈不又害了哥哥呢？千思萬想，～。」

作壁上觀（ㄗㄨㄛˋ ㄅㄧˋ ㄕㄤˋ ㄍㄨㄢ）

【出處】漢·司馬遷《史記·項羽本紀》：「當是時，楚兵冠諸侯，諸侯軍救巨鹿，下者十餘壁，莫敢縱兵，及楚擊秦，諸侯皆從壁上觀。楚戰士無不一當十，楚兵呼聲動地，諸侯軍無不人人惴恐。」

【解釋】壁：壁壘，營寨周圍的高牆。人家交戰，自己站在營寨的高牆上觀看。

【用法】比喻置身事外，在旁觀望。

【例句】對於不良的社會現象，我們人人都要管，不能熟視無睹，～。

作法自斃 ㄗㄨㄛˋ ㄈㄚˇ ㄗˋ ㄅㄧˋ

【出處】漢・司馬遷《史記・商君列傳》：「公子虔之徒告商君欲反，（秦惠王）發吏捕商君。商君亡至關下，欲舍客舍。客人不知其是商君也，曰：『商君之法，舍人無驗者，坐之。』商君喟然嘆曰：『嗟乎！爲法之敝，一至此哉！』」

【解釋】法：法律。斃：死，原作「敝」，弊病，危害。自己立法，自己受危害。

【用法】比喻自作自受。

【例句】你～，怨得了誰。

作奸犯科 ㄗㄨㄛˋ ㄐㄧㄢ ㄈㄢˋ ㄎㄜ

【出處】三國・蜀・諸葛亮《出師表》：「若有作奸犯科及爲忠善者，宜付有司，論其刑賞，以昭陛下平明之治，不宜偏私，使內外異法也。」

【解釋】作奸：作壞事。科：科條，指法律條文。犯科：觸犯了法律。

【用法】爲非作歹，違犯法律。

【例句】家長由於無原則地溺愛孩子，嬌慣放縱，致使一些青少年逐漸走向～的道路。

作繭自縛 ㄗㄨㄛˋ ㄐㄧㄢˇ ㄗˋ ㄈㄨˋ

【出處】唐・白居易《江州赴忠至江陵已來舟中示舍弟五十韵》詩：「燭蛾誰救護？蠶蟲自纏縈。」

【解釋】繭：蠶吐絲做成的殼。縛：束縛。蠶吐絲作繭，把自己包在裡面。

【用法】比喻自己束縛了自己或使自己陷入困境。

【例句】我們制訂必要的規章制度是完全必要的，但是切不可過於繁瑣，弄成～，捆住自己的手脚。

作金石聲 ㄗㄨㄛˋ ㄐㄧㄣ ㄕˊ ㄕㄥ

見「擲地作金石聲」。

作事不時 ㄗㄨㄛˋ ㄕˋ ㄅㄨˋ ㄕˊ

【出處】《左傳・昭公八年》：「作事不時，怨讟動於民。」

【解釋】不時：不合時宜。

【用法】①指做事違背農時。②指不合時宜。

【例句】～，當然阻礙就多。此次事件，是一次寶貴的教訓，你要謹記。

作舍道邊 ㄗㄨㄛˋ ㄕㄜˋ ㄉㄠˋ ㄅㄧㄢ

【出處】《詩經・小雅・小旻》：「如彼築室於道謀，是用不潰於成。」鄭玄箋：「如當部築室，得人而寫之謀所爲，路人之意不同，故不得遂成也。」

【解釋】舍：房屋。在大道邊蓋房子。

【用法】比喻衆說紛紜，莫衷一是，難於成事。

【例句】你任由～，不能果斷處事，當然一事無成。

作如是觀 ㄗㄨㄛˋ ㄖㄨˊ ㄕˋ ㄍㄨㄢ

【出處】《金剛經》：「一切有爲法，如夢如幻泡影，如露亦如電，應作如是觀。」

【解釋】如是：像這樣。觀：看，看法。作這樣的看法。

【用法】表示對某一事物所抱有的看法。

【例句】將冠冕堂皇的「整頓學風」的盛舉，只～，雖然太煞風景，對不住「正人君子」們，然而我的眼光這樣，也就無法可想。

作賊心虛（ㄗㄨㄛˋ ㄗㄟˊ ㄒㄧㄣ ㄒㄩ）

【出處】宋・悟明《聯燈會要・要顯禪師》：「却顧侍者云：『適來有人看方丈麼？』侍者云：『有。』師云：『作賊人心虛。』」

【解釋】作：也寫作「做」。虛：膽怯。

【用法】比喻幹壞事的人，心裡發虛，而疑神疑鬼，生怕事情敗露出來。

【例句】這個毛病，起先人家還不知道，這又是他們～弄穿的。

作作有芒（ㄗㄨㄛˋ ㄗㄨㄛˋ ㄧㄡˇ ㄇㄤˊ）

【出處】漢・司馬遷《史記・天官書》：「歲陰在酉，星居午。……作作有芒。」

【解釋】作作：光芒四射的樣子。芒：光芒。

【用法】①形容光芒四射。②比喻聲勢顯赫。

【例句】楚國眼光奕奕，常思染指中原，擴張勢力，即得知有戰事發生，正好乘機展足，～。

【附註】也作「作作生芒」。

作惡多端（ㄗㄨㄛˋ ㄜˋ ㄉㄨㄛ ㄉㄨㄢ）

【出處】明・吳承恩《西遊記》第四十二回：「想當初作惡多端，這三四日齋戒，那裡就積得過來？」

【用法】壞事幹得非常多。

【例句】這歹徒～，實罪不可赦。

作耍為眞（ㄗㄨㄛˋ ㄕㄨㄚˇ ㄨㄟˊ ㄓㄣ）

【出處】明・吳承恩《西遊記》第七十回：「這才是個有分教：弄巧翻成拙，作耍却為眞。」

【解釋】耍：戲弄、玩耍。

【用法】把玩笑當作是眞的。

【例句】你可千萬別～，弄巧看拙，搞得大夥兒下不了臺。

作威作福（ㄗㄨㄛˋ ㄨㄟ ㄗㄨㄛˋ ㄈㄨˊ）

【出處】《尚書・洪範》：「惟辟作福，惟辟作威，惟辟玉食。臣無有作福、作威、玉食。臣之有作福、作威、玉食，其害於而家，凶於而國。人用側頗僻，民用僭忒。」

【解釋】威：權威。福：賞賜。

【用法】①形容濫用職權，任意賞罰。②形容依仗權勢，橫行霸道。③形容妄自尊大，濫用權力。

【例句】然而並不，他以為要有的，而且應該聽憑他～！

做小伏低（ㄗㄨㄛˋ ㄒㄧㄠˇ ㄈㄨˊ ㄉㄧ）

【出處】元・無名氏《莽張飛大鬧石榴園》第一折：「你只是裝著做小伏低，你若是得空偷閒便擇離。」

【解釋】做小：舊時指做妾。伏低：屈服於地位低賤。

【用法】形容卑躬屈膝，委屈求全。

【例句】你在他家～的，受盡怨氣，難道還不夠嗎？現在好不容易和他脫離關係，你卻又要回去，我眞搞不懂你。

做張做致（ㄗㄨㄛˋ ㄓㄤ ㄗㄨㄛˋ ㄓˋ）

【出處】清・吳敬梓《儒林外史》第四十一回：「沈瓊枝看那兩個婦女時，一個二十六七的光景，一個十七八歲，喬素打扮，做裝做致的。」

【用法】裝模作樣。

【例句】這女子～的，很不自然，眞是受不了。

做神做鬼 ㄗㄨㄛˋ ㄕㄣˊ ㄗㄨㄛˋ ㄍㄨㄟˇ

【出處】明·施耐庵《水滸傳》第九回：「夜間聽得那廝兩個做神做鬼，把滾湯賺了你脚。」
【用法】比喻從中搗鬼騙人。
【例句】都是這群小伙子在那兒～的，才搞得老太爺心神不寧。
【附註】參看「裝神弄鬼」。

坐不窺堂 ㄗㄨㄛˋ ㄅㄨˋ ㄎㄨㄟ ㄊㄤˊ

【出處】晉·陳壽《三國志·魏書·鄭渾傳》：「渾兄泰……卒」注引張璠《漢紀》：「張孟卓（邈）東平長風，坐不窺堂。」
【解釋】窺：偷看。堂：特指內室。端坐不斜視。
【用法】形容嚴肅、規矩。
【例句】小楊～，是個正人君子。

坐不重席 ㄗㄨㄛˋ ㄅㄨˋ ㄔㄨㄥˊ ㄒㄧˊ

【出處】《韓非子·外儲說左下》：「食不二味，坐不重席，內無衣帛之妾。」
【解釋】坐：座位。重：雙重的。席：用莞蒲編織成的座墊。座位不使用雙重的座墊。
【用法】形容生活儉樸，不圖享受。
【例句】秉承父親遺訓，楊公終身～，以勤儉自持。

坐不垂堂 ㄗㄨㄛˋ ㄅㄨˋ ㄔㄨㄟˊ ㄊㄤˊ

【出處】漢·班固《漢書·司馬相如傳》：「故鄙諺曰：『家累千金，坐不垂堂。』」
【解釋】堂：古代宮室，前爲堂，後爲室。垂堂：挨近屋檐處。不要挨近房檐底下坐。意爲怕檐瓦掉下來砸傷。
【用法】形容謹愼保身。
【例句】你出外辦事，可要～，小心謹愼。

坐不安席 ㄗㄨㄛˋ ㄅㄨˋ ㄢ ㄒㄧˊ

【出處】明·馮夢龍《東周列國志》第十回：「祭足疑懼，坐不安席。」
【解釋】席：坐席。
【用法】形容心中有事，坐立不安。
【例句】看老夫人～的樣子，可能少爺眞的出事了。

坐地分贓 ㄗㄨㄛˋ ㄉㄧˋ ㄈㄣ ㄗㄤ

【出處】明·佚名《八題雙桂記》十六回：「昨日新發下一個坐地分贓的強盜下來，至今家信未通，不免取他出來騰那他一番，豈不是好。」
【解釋】坐地：就地。贓：贓物，指搶刦偷盜得來的贓物。
【用法】指匪首、窩主自己不動手而坐在家裡取不義之財。
【例句】這群搶匪搶了銀行鉅款後，竟就～了起來，眞是不知死活。

坐冷板凳 ㄗㄨㄛˋ ㄌㄥˇ ㄅㄢˇ ㄉㄥˋ

【出處】明·凌濛初《二刻拍案驚奇》第二十二卷：「郭信不勝感謝，捧了幾百錢，就像獲了珍寶一般，緊緊收藏，只去守那冷板凳了。」
【解釋】原爲譏笑舊時村塾教師說的話。
【用法】比喻受冷淡，遭冷落。
【例句】好呀！我千里迢迢來看你，你却叫我～！

坐立不安（ㄗㄨㄛˋ ㄌㄧˋ ㄅㄨˋ ㄢ）

【出處】明・施耐庵《水滸傳》第三十七回：「今日天使李俊在家坐立不安，棹船出來江裡，趕些私鹽，不想又遇著哥哥在此受難！」

【解釋】坐著不是，站著也不是。

【用法】形容心情緊張、焦躁的樣子。

【例句】在我聽到她生病的消息後，整天～，心裡十分著急。

坐觀成敗（ㄗㄨㄛˋ ㄍㄨㄢ ㄔㄥˊ ㄅㄞˋ）

【出處】漢・司馬遷《史記田叔列傳》：「見兵事起，欲坐觀成敗；見勝者欲合從之。」

【解釋】坐在一旁，看雙方爭鬥暫不插手，等勝敗已定，再去聯合勝利者，以便從中取利。

【用法】表示對他人的成功或失敗，採取袖手旁觀的態度。

【例句】對於青年作家的作品，文藝界要給予熱忱幫助，絕不可～。

坐懷不亂（ㄗㄨㄛˋ ㄏㄨㄞˊ ㄅㄨˋ ㄌㄨㄢˋ）

【出處】《詩經・小雅・巷伯》毛亨傳：「子何不若柳下惠然，嫗不逮門之女，國人不稱其亂。」（嫗：以體溫暖人。不逮門：後門，指沒有住的地方。）

【解釋】亂：淫亂。春秋時魯人柳下惠夜寓郭門，有一個找不到住處的女子來求宿，柳下惠惟恐寒夜把她凍死，解開自己的外衣，叫她坐在懷裡，並用外衣裹緊了她，同坐了一夜，沒有非禮的行爲。於是，柳下惠被稱爲「坐懷不亂」的正人君子。

【用法】泛指心地純潔的人在男女關係方面正大光明。

【例句】照這情形看來，舅兄竟是柳下惠～了。

坐井觀天（ㄗㄨㄛˋ ㄐㄧㄥˇ ㄍㄨㄢ ㄊㄧㄢ）

【出處】唐・韓愈《原道》：「坐井而觀天，曰天小者，非天小也。」

【解釋】坐在井裡觀天。

【用法】比喻眼界狹小，目光淺短。

【例句】我們有些人，～，孤陋寡聞，不懂的東西太多了。

【附註】參看「井中視星」。

坐薪懸膽（ㄗㄨㄛˋ ㄒㄧㄣ ㄒㄩㄢˊ ㄉㄢˇ）

【出處】元・脫脫等《金史・朮虎筠壽傳》：「陛下當坐薪懸膽之日，奈何以毬鞠細物，動搖民間！」

【解釋】薪：柴草。懸膽：吊掛起來的苦膽。坐臥在柴草上面，口嘗懸膽的苦味。

【用法】比喻刻苦自勵，奮發圖強。

【例句】受到這一番刺激後，小王從此～，發憤圖強，終於成就了大業。

坐享其成（ㄗㄨㄛˋ ㄒㄧㄤˇ ㄑㄧˊ ㄔㄥˊ）

【出處】清・葉廷琯《鷗陂漁話・葛蒼公代》：「欲使他人幹事，彼坐享其成，必誤公事。」

【解釋】享：享受。成：成果。

【用法】坐著不動而享受別人的勞動成果。

【例句】我們應該積極投身到建設事業中去，絕不能～。

坐知千里（ㄗㄨㄛˋ ㄓ ㄑㄧㄢ ㄌㄧˇ）

【出處】南朝·梁·任昉《奏彈曹景宗文》：「光武命將，坐知千里。」
【解釋】坐在家裡就能知道遠在千里的情況。
【用法】形容消息靈通。
【例句】小李消息靈通，能～，你要知道小王的下落，可去詢問他。

坐吃山空 ㄗㄨㄛˋ ㄔ ㄕㄢ ㄎㄨㄥ

【出處】《京本通俗小說·錯斬崔寧》：「坐吃山空，立地吃陷，咽喉深似海，日月快如梭，你須計較一下常便。」
【用法】形容只消費，不生產。
【例句】你再如此揮霍，不事生產，終將～的，屆時一貧如洗，可不要來找我。
【附註】也作「坐吃山崩」。

坐失良機 ㄗㄨㄛˋ ㄕ ㄌㄧㄤˊ ㄐㄧ

【解釋】坐在那裡，看著好機會失去了。
【用法】形容白白丟掉難得的機會。
【例句】現在敵方正進行權力爭奪，我們要把握機會進攻，切勿～。

坐視不救 ㄗㄨㄛˋ ㄕˋ ㄅㄨˋ ㄐㄧㄡˋ

【出處】明·羅貫中《三國演義》第一百七十回：「既蜀中危急，孤豈可坐視不救。」
【用法】別人有危難，自己袖手旁觀，不肯幫助。
【例句】自己的兄弟遇到困難，我們怎麼能～呢？

坐收漁利 ㄗㄨㄛˋ ㄕㄡ ㄩˊ ㄌㄧˋ

【用法】比喻利用別人之間的矛盾而獲得利益。
【例句】你們兄弟再這樣爭下去，小心外人～，最後你們兄弟什麼都沒了！
【附註】參看「鷸蚌相爭，漁翁得利」。

坐山觀虎鬥 ㄗㄨㄛˋ ㄕㄢ ㄍㄨㄢ ㄏㄨˇ ㄉㄡˋ

【出處】《戰國策·秦策二》：「有兩虎爭人而鬥者，管莊子將刺之，管與止之，曰：『虎者，戾蟲；人者，甘餌也，今兩虎爭人而鬥，小者必死，大者必傷，子待傷虎而刺之，則是一舉而兼兩虎也，無刺一虎之勞，而有刺兩虎之名。』」
【解釋】坐在山頭看兩虎相鬥。
【用法】比喻坐在一旁看別人互相爭鬥，等待機會，從中取利。
【例句】鳳姐雖恨秋桐，且喜借他先可發脫二姐，用「借刀殺人」之法，「～」，等秋桐殺了尤二姐，自己再殺秋桐。

坐而論道 ㄗㄨㄛˋ ㄦˊ ㄌㄨㄣˋ ㄉㄠˋ

【出處】《周禮·考工記》：「坐而論道，謂之王公；坐而行之，謂之士大夫。」
【解釋】無固定職守，專門陪侍帝王議論政事的大臣。
【用法】泛指脫離實際，空談大道理。
【例句】我們爭得面紅耳赤，但細想來沒有參考實際，這些都不過是～而已！

坐以待斃 ㄗㄨㄛˋ ㄧˇ ㄉㄞˋ ㄅㄧˋ

【出處】南朝·宋·劉義慶《世說新語·方正》：「君性亮直，必不容于寇讎，何不用隨時之宜，而待其斃。」
【解釋】待：等待。斃：死。

【用法】坐著等死。
【例句】這羣打敗仗的軍士，馬疲人困，都在樹林下，～。

坐以待旦

【出處】《尚書·太甲上》：「先王昧爽，丕顯，坐以待旦。」
【解釋】旦：天亮。坐著等待天亮。
【用法】形容辦事勤謹。
【例句】停了片時，寶玉便昏沉睡去，賈母等才得略略放心，只好～。

坐言起行

【出處】《荀子·性惡》：「凡論者，貴其有辨合、有符驗。故坐而言之，起而可設，張而可施行。」意爲言論必須切實可行。
【用法】言行必須相符。
【例句】不要只說不做，而要～，以身作則。

坐無車公

【出處】唐·房玄齡等《晉書·車胤傳》：「（胤）又善於賞會，當時每有盛坐，而胤不在，皆云：『無車公不樂。』」
【用法】比喻宴會時沒有嘉賓。
【例句】這次宴會，請閣下務必光臨，否則～，宴會將減色不少。

坐臥不寧

【出處】清·曹雪芹《紅樓夢》第十四回：「因此忙的鳳姐茶飯無心，坐臥不寧。」
【解釋】臥：躺下。寧：安寧。坐不穩，睡不安。
【用法】①形容十分憂慮、擔心或害怕的樣子。②形容忙亂的情景。
【例句】他一生被惡人欺侮，膽戰魂驚，～。
【附註】也作「坐臥不安」。

坐於塗炭

【出處】《孟子·公孫丑上》：「立於惡人之朝，與惡人言，如以朝衣朝冠坐於塗炭。」
【解釋】塗炭：爛泥和炭火。
【用法】①比喻極困苦的境遇。②比喻處境極其汚濁惡劣。

坐擁百城

【出處】北齊·魏收《魏書·李謐傳》：「丈夫擁書萬卷，何假南面百城。」
【解釋】百城：百座城。意爲只要有萬卷書，何必一定要當什麼能管轄一百座城的大官。
【用法】比喻藏書豐富。
【例句】有朝一日，能～，讓我沈浸其中，我就心滿意足。

座無虛席

【出處】唐·房玄齡等《晉書·王渾傳》：「座無空席，門不待客。」
【解釋】席：席位。沒有空著的座位。
【用法】形容人很多。
【例句】這次演出非常成功，眞是～！

嘴甜心苦

【出處】清·曹雪芹《紅樓夢》第六十五回：「興兒連忙搖手說：『奶奶千萬別去，我告訴奶奶，一輩子不見他才好呢！嘴甜心苦，兩面三刀；上頭笑著，脚底下使絆子；明是一盆火，暗是一把刀，他都占全了。』」
【用法】表面說的好聽，而居心狠毒。
【例句】他這個人～，十足僞君子，我這輩子是再也不願見到他。

嘴尖舌巧

【解釋】嘴尖：說話刻薄。舌巧：很會說話。
【用法】形容伶牙俐齒。
【例句】二姑娘～，誰也說不過她。

罪不容誅

【出處】漢·班固《漢書·王莽傳上》：「興兵動衆，欲危宗廟，惡不忍聞，罪不容誅。」
【解釋】誅：處死。
【用法】形容罪大惡極，判處死刑都不足以抵償。
【例句】明朝宦官魏忠賢，殘害忠良，妄殺無辜，作惡多端，～。

罪莫大焉

【出處】《左傳·僖公二十三年》：「有人而校，罪莫大焉！」
【用法】罪惡沒有比這個再大的了。
【例句】辱親損友，～。

罪大惡極

【出處】宋·歐陽修《縱囚論》：「刑入於死者，乃罪大惡極。」
【用法】罪惡大到了極點。
【例句】倘天良喪盡，～，消盡靈光，虎豹看見與禽獸無異，他才吃了。

罪孽深重

【出處】清·洪昇《長生殿》第二十五出：「罪孽深重，罪孽深重，我佛度脫咱。」
【解釋】孽：壞事、罪惡。
【用法】罪惡極重。
【例句】他屢次犯下殺人案件，眞可謂～。

罪該萬死

【出處】北齊·魏收《魏書·房法壽傳》：「臣旣小人，各荷驅使，緣百日在南，致拒皇略，罪合萬死。」
【解釋】萬死：死一萬次。處一萬次死刑才足以平民憤。
【用法】形容罪惡極大。
【例句】法西斯頭子墨索里尼，給世界人民帶來了極大的災難，眞是～。
【附註】也作「罪合萬死」。

罪魁禍首

【解釋】魁：首，頭目。
【用法】犯罪作惡的爲首分子。
【例句】帝國主義是發動侵略戰爭的～。

罪加一等

【出處】清·彭養鷗《黑籍寃魂》第五回：「你爲著吃烟，這才犯法，我們來拿你，倒來吃你的烟，本官知道，辦起來罪加一等。」
【解釋】罪：刑罰。
【用法】指對犯罪分子加重處罰。
【例句】犯法就該受罰，倘企圖行賄，則～。

罪惡滔天

【出處】唐・劉知幾《史通・人物》：「若斯人者，或為惡縱暴，其罪滔天；或累仁積德，其名蓋世。」

【解釋】滔：漫，充滿。滔天：充滿宇宙。

【用法】形容罪惡極大。

【例句】此賊累辱朝廷，～，今更赦宥罪犯，引入京城，必成後患。

罪惡昭彰 (ㄗㄨㄟˋ ㄜˋ ㄓㄠ ㄓㄤ)

【解釋】昭彰：明顯。

【用法】罪惡很大，非常明顯，人所共見。

【例句】一定要審判這個～的大匪徒。

【附註】也作「罪惡昭著」。

罪有攸歸 (ㄗㄨㄟˋ ㄧㄡˇ ㄧㄡ ㄍㄨㄟ)

【出處】明・許仲琳《封神演義》第二回：「賜爾姬昌等斧鉞，便宜行事，往懲其忤，毋得寬縱，罪有攸歸。」

【解釋】罪：罪責。攸：所。罪責有所歸。

【用法】指罪犯應受必要的處罰。

【例句】對於擾亂社會治安的犯罪分子，～，不能姑息養奸。

罪有應得 (ㄗㄨㄟˋ ㄧㄡˇ ㄧㄥ ㄉㄜˊ)

【出處】清・李寶嘉《官場現形記》第二十回：「卑職雖不才，要欺騙大人，卑職實實不敢！今日卑職故違大人禁令，自知罪有應得。」

【解釋】應：應該。犯了罪得到了應有的懲罰。

【用法】形容罰當其罪。

【例句】一亂說，便是「越俎代謀」，當然「～」。

罪盈惡滿 (ㄗㄨㄟˋ ㄧㄥˊ ㄜˋ ㄇㄢˇ)

【出處】明・吳承恩《西遊記》第九十八回：「害命殺牲，造下無邊之孽，罪盈惡滿，致有地獄之災。」

【解釋】盈：充滿。罪惡已到盡頭了。

【用法】形容罪大惡極。

【例句】這歹徒～，處以極刑是應該的。

醉酒飽德 (ㄗㄨㄟˋ ㄐㄧㄡˇ ㄅㄠˇ ㄉㄜˊ)

【出處】《詩經・大雅・既醉》：「既醉以酒，既飽以德，君子萬年，介爾景福。」

【用法】宴會後賓客答謝主人之詞。意思是分享了您的美酒，並受到您殷勤的款待。

【例句】承蒙您殷勤招待，我們已～是該告辭了。

醉生夢死 (ㄗㄨㄟˋ ㄕㄥ ㄇㄥˋ ㄙˇ)

【出處】宋《二程全書・伊川文集・七・明道先生行狀》：「雖高才明智，膠於見聞，醉生夢死，不自覺也。」

【解釋】像喝醉酒和做夢那樣渾渾噩噩地生活著。

【用法】形容昏庸頹廢，糊里糊塗地浪費生命的人。

【例句】你這等～的，那神仙大道，卻怎生得來？

醉翁之意不在酒 (ㄗㄨㄟˋ ㄨㄥ ㄓ ㄧˋ ㄅㄨˋ ㄗㄞˋ ㄐㄧㄡˇ)

【出處】宋・歐陽修《醉翁亭記》：「醉翁之意不在酒，在乎山水之間也。」

【解釋】本意不在此，而在別的方面。

【用法】比喻別有用心。

【例句】你真的是來看我嗎？我看你是

~，你名為看我，實際上是看別人吧？

鑽冰求酥 ㄗㄨㄢ ㄅㄧㄥ ㄑㄧㄡˊ ㄙㄨ

【出處】《菩薩本緣經》下：「譬如鑽冰求酥，理實難得。」

【解釋】酥：酥油，牛羊奶製成的食品。鑽開冰層求取酥油。

【用法】比喻不能得到的東西或不能達到的目的。

【例句】你這樣的作為正是~，想達目的，絕不可能的。

鑽皮出羽 ㄗㄨㄢ ㄆㄧˊ ㄔㄨ ㄩˇ

【出處】漢·趙壹《刺世疾邪賦》：「所好則鑽皮出其毛羽，所惡則洗垢求其瘢痕。」

【解釋】鑽透皮層，使尚未長成的毛羽先展示出來。

【用法】比喻對偏愛的人的讚譽超過了實際。

【例句】老太太偏愛她那幼子，雖然那小孩並不是十分聰慧，但太太仍是~，稱譽非常。

鑽頭覓縫 ㄗㄨㄢ ㄊㄡˊ ㄇㄧˋ ㄈㄥˋ

【出處】清·李寶嘉《官場現形記》第三十回：「他在炮船上的時候亦很賺得幾個錢，一到南京便鑽頭覓縫的尋覓事情。」

【解釋】覓：找，尋求。

【用法】比喻四出找門路（多指攀附權勢之人）。

【例句】時下年輕人做事不踏實，才初進社會就知~，到處找門路，眞是世風日下，人心不古呀！

鑽天打洞 ㄗㄨㄢ ㄊㄧㄢ ㄉㄚˇ ㄉㄨㄥˋ

【出處】清，曾樸《孽海花》第二十二回：「那邊魚陽伯與郭掌櫃摩拳擦掌的時候，正這邊莊稚燕替章風孫鑽天打洞的當兒。」

【解釋】比喻人極力投機鑽營，無孔不入。

【例句】這人什麼事都不會，就專會~，你用了他，是不會有好結果的。

鑽故紙堆 ㄗㄨㄢ ㄍㄨˋ ㄓˇ ㄉㄨㄟ

【出處】宋·陸游《南唐書·周彬傳》：「杜門讀書，不治產業。其妻讓曰：『君家兄弟皆力田畝，以致豐羨，而獨不調，玩故紙以自困，寧有益耶？』」

【解釋】故紙：文籍，後多指古書。

【用法】諷喻一味鑽在古書裡脫離現實的人。

【例句】在黑暗的年代裡，這位正直的學者不得不~，但他卻無時不在注意社會的發展。

鑽空子 ㄗㄨㄢ ㄎㄨㄥˋ ˙ㄗ

【解釋】空子：漏洞。

【用法】利用某些漏洞進行有利於自己的活動。

【例句】這個人未免太會~了，事情剛剛有了一點眉目，他就擠了進來。

鑽火得冰 ㄗㄨㄢ ㄏㄨㄛˇ ㄉㄜˊ ㄅㄧㄥ

【出處】唐·釋道世《法苑珠林》：「未見鑽火得冰，種豆得麥。」

【用法】比喻由於因果相反而不能實現的事情。

【例句】你這樣的作法，豈不是～，想成事，除非太陽打西邊升起。

尊古卑今

【出處】《莊子・外物》：「夫尊古而卑今，學者之流也。」

【用法】尊重過去，看不起現在。

【例句】這種越古越好的～思想，是保守、落後的思想。

尊賢愛才

【出處】清・吳敬梓《儒林外史》第三十一回：「你這位貴老師總不是什麼尊賢愛才，不過想人拜門生，受些禮物。」

【用法】尊重和愛護有道德和才能的人。

【例句】當今國君～，是個能禮賢下士的賢主，你可考慮下山，一展長才的。

尊師重道

【出處】南朝・宋・范曄《後漢書・孔僖傳》：「臣聞明王聖主，莫不尊師敬道。」

【解釋】尊敬師長，重視應該遵循的道理。

【例句】我們還是應該提倡～的。

遵養時晦

【出處】《詩經・周頌・酌》：「於鑠王師，遵養時晦。」

【用法】暫時隱居，以待時機。

【例句】郭老不是眞的要隱退，他是～，一旦時機合宜，他必會再復出的。

宗廟社稷

【出處】《周易・震》：「出，可以守宗廟社稷，以爲祭主也。」

【解釋】宗廟：天子、諸侯祭祀祖先的廟堂。社稷：「社」是土神，「稷」是穀神，古代皇帝和諸侯都祭社稷。

【用法】①代表封建統治者掌握的最高權力。②代指王室、國家。

【例句】（董）卓曰：「天子爲萬民之主，無威儀不可以奉～。」

縱橫捭闔

【出處】漢・劉向《戰國策・序》：「是以蘇秦、張儀、公孫衍、陳軫、（蘇）代、（蘇）厲之屬，生從（縱）橫短長之說，左右傾側，蘇秦爲從，張儀爲橫，橫則秦帝，從則楚生，所在國重，所去國輕。」

【解釋】縱橫：合縱連橫的簡稱，戰國時七國爭霸，有人主張南北六國聯合起來，以對付西方的秦國，叫做合縱。有人主張六國分別與秦結盟，叫做連橫。捭：開。闔：關閉。捭闔：指當時一些遊說之士爲推行合縱或連橫而進行遊說時使用的手段。

【用法】形容在政治、外交上進行分化瓦解或拉攏的手段。

【例句】季辛吉當初在國際上～，眞是不可一世。

縱橫交錯

【出處】清・紀昀《閱微草堂筆記》第十七卷：「見《萬法歸宗》中載有是符，其畫縱橫交貫，略加小篆。」

【解釋】縱：南北的方向。橫：東西的方向。錯：交叉。

【用法】形容事物互相交叉，情況很複雜。

【例句】這裡地形複雜，河流溝渠～。
【附註】也作「縱橫交貫」。

縱橫馳騁

【解釋】縱：南北的方向。橫：東西的方向。馳騁：騎馬奔跑。
【用法】①形容往來奔馳，不受任何阻擋。②英勇戰鬥，所向無敵。
【例句】我軍推進到蘇浙皖贛一帶，～於杭州、蘇州、南京、蕪湖、南昌之間，與日軍做拉鋸戰。

總角之交

【出處】《詩經・衛風・氓》：「總角之宴，言笑宴宴。」
【解釋】總角：小髻，古代未成年的人的頭髮紮成小髻，借指童年時代。
【用法】童年時期的好朋友。
【例句】我們兩人是～，因此，彼此是十分了解的。

總而言之

【出處】漢・班固《漢書・高帝紀》：「不能完父子兄弟。」顏師古注：「鄉邑之人老及長者、父兄之行，少及幼者，子弟之黨，故總而言之。」
【用法】總括起來說。
【例句】～，不過說是「落水狗」未始不可打，或者簡而言之應該打而已。

綜核名實

【出處】漢・班固《漢書・宣帝紀贊》：「孝宣之治，信賞必罰，綜核名實。」
【用法】形容辦事認眞，不馬虎。
【例句】鄭經理辦事態度認眞，他總能～，詳細考察部屬的工作情形。

縱虎歸山

見「放虎歸山」。

縱虎入室

【出處】明・羅貫中《三國演義》第六十二回：「劉備梟雄，久留於蜀而不遣，是縱虎入室矣。」
【解釋】縱：放。把老虎放進屋裡來了。
【用法】比喻把壞人或敵人放了進來，造成禍患。
【例句】你這樣做是～，必定會禍患無窮的。

〔ㄘ部〕

慈眉善目 (ㄘˊ ㄇㄟˊ ㄕㄢˋ ㄇㄨˋ)

【用法】慈祥的面孔，形容人和善可親。

【例句】這個太太，～的，一見到她就覺得親切得不得了。

詞不達意 (ㄘˊ ㄅㄨˋ ㄉㄚˊ ㄧˋ)

【用法】文章或言語不能確切地表達所要說明的意思。

【例句】他的作文總想用一些新奇的字眼，結果反倒寫得～。

詞鈍意虛 (ㄘˊ ㄉㄨㄣˋ ㄧˋ ㄒㄩ)

【出處】清・曹雪芹《紅樓夢》第六十一回：「林之孝家的聽他詞鈍意虛，又因近日玉釧兒說那邊正房內失落了東西，幾個丫頭對賴，沒主兒，心下便起了疑。」

【解釋】鈍：不鋒利，這裡指言語不痛快。

【用法】言語支吾，露出心虛的樣子。

【例句】他目光閃爍，～其中必有問題！

詞窮理屈 (ㄘˊ ㄑㄩㄥˊ ㄌㄧˇ ㄑㄩ)

見「理屈詞窮」。

辭鄙義拙 (ㄘˊ ㄅㄧˇ ㄧˋ ㄓㄨㄛˊ)

【出處】唐・韓愈《上兵部李侍郎書》：「牛角之歌，詞鄙而義拙。」

【解釋】辭：文詞。鄙：庸俗。義：意義。拙：拙劣。

【用法】文辭庸俗，立意拙劣。

【例句】目前流行於市井中的黃色海報，刊登著下流淫穢的圖片和～的文字，對青少年的身心影響很大！

辭舊迎新 (ㄘˊ ㄐㄧㄡˋ ㄧㄥˊ ㄒㄧㄣ)

【解釋】辭：辭別。

【用法】辭舊歲，迎新年。

【例句】她的兒子，在～的鞭炮聲中突然回到她身邊，眞使她喜出望外。

辭尊居卑 (ㄘˊ ㄗㄨㄣ ㄐㄩ ㄅㄟ)

【出處】《孟子・萬章下》：「爲貧者，辭尊居卑，辭富居貧。」

【解釋】辭尊：不接受高官厚祿。居卑：甘居於卑微的地位。

【用法】對榮譽享受無動於衷。

【例句】他～，不問世事，享受悠閒自在的隱居情趣。

辭無所假 (ㄘˊ ㄨˊ ㄙㄨㄛˇ ㄐㄧㄚˇ)

【出處】魏・曹丕《典論・論文》：「斯七子者，於學無所遺，於辭無所假。」

【解釋】辭：文詞、語言。假：假借。

【用法】①寫文章時語言有所創新，沒有因襲前人。②指文章自成一家，有自己的風格、特色。

【例句】我的這些結論，～，全是我進行獨立研究的結果。

此地無銀三百兩 (ㄘˇ ㄉㄧˋ ㄨˊ ㄧㄣˊ ㄙㄢ ㄅㄞˇ ㄌㄧㄤˇ)

【解釋】傳說古代有人把銀子埋在地裡，上面插了個牌子，寫着「此地無銀三百兩」。鄰人王二看見牌子，就把銀子偷走，也插了個牌子，上面寫着「隔壁王二不曾偷」。

【用法】後來用以比喻想要隱瞞、掩蓋眞相，手段拙劣，反而徹底暴露。
【例句】他做了錯事却極力掩飾，就越發使人感到這是「～」了。

此呼彼應 ㄘˇ ㄏㄨ ㄅㄧˇ ㄧㄥˋ

【解釋】此：這裡。彼：那裡。
【用法】①這裡招呼，那裡響應。②形容互相配合行動。
【例句】觀衆的加油聲，～。

此起彼伏 ㄘˇ ㄑㄧˇ ㄅㄧˇ ㄈㄨˊ

【解釋】此：這裡。彼：那裡。
【用法】①這裡起來，那裡又隱伏下去。②形容事物發展不斷興起，沒有窮盡。
【例句】近年來，非洲國家大規模的反種族歧視運動洶湧澎湃，～。
【附註】也作「此伏彼起」、「此起彼落」。

此中三昧 ㄘˇ ㄓㄨㄥ ㄙㄢ ㄇㄟˋ

【出處】唐・李肇《國史補・中》：「長沙僧懷素好草書，自言得草聖三昧。」
【解釋】三昧：佛教用語，梵文音譯詞，意思是「正定」，指摒絕雜念，使心神平靜，是佛門修養之法。
【用法】比喻爲奧妙之處。
【例句】詩歌中適當引用數目字，有時的確格外情趣橫溢，詩意盎然。唐、宋許多傑出詩人，都是深懂～的。

此一時，彼一時 ㄘˇ ㄧˊ ㄕˊ ㄅㄧˇ ㄧˊ ㄕˊ

見「彼一時，此一時」。

此亦一是非，彼亦一是非 ㄘˇ ㄧˋ ㄧ ㄕˋ ㄈㄟ ㄅㄧˇ ㄧˋ ㄧ ㄕˋ ㄈㄟ

見「彼亦一是非，此亦一是非」。

此物比志 ㄘˇ ㄨˋ ㄅㄧˇ ㄓˋ

見「比物此志」。

刺股懸樑 ㄘˋ ㄍㄨˇ ㄒㄩㄢˊ ㄌㄧㄤˊ

【出處】①《戰國策・秦策一》：「（蘇）秦讀書欲睡，引錐自刺其股，血流至足。」②晉・張方《楚國先賢傳》：「（漢）孫敬好學，時欲寤寐，懸頭至屋梁以自課。」③元・王實甫《西廂記》第二本第三折：「可憐刺股懸梁志，險作離鄉背井魂。」
【解釋】刺股：用錐子扎大腿（股：大腿）。懸樑：把頭髮拴在房樑上。
【用法】形容發憤攻讀的學習精神。
【例句】他在學術上的成就絕不是偶然的，他從年輕的時候，就有一種～的頑強的學習精神。
【附註】①也作「懸樑刺股」。②參看「引錐刺股」。

刺擧無避 ㄘˋ ㄐㄩˇ ㄨˊ ㄅㄧˋ

【出處】漢・班固《漢書・蓋寬饒傳》：「擢爲司隷校尉，刺擧無所回避。」
【解釋】刺擧：偵察揭發別人的罪過。避：迴避。
【用法】形容敢於同壞人壞事作抗爭。
【例句】身爲一位警察人員，就應該～，無論誰違背公衆的利益，都要公正無私地予以取締。

刺刺不休 ㄘˋ ㄘˋ ㄅㄨˋ ㄒㄧㄡ

【出處】①《管子・白心》：「孰能棄

刺刺而爲愕愕乎？」②唐・韓愈《送殷員外序》：「丁寧顧婢子，語刺刺不能休。」
【解釋】刺刺：形容說話嘮叨。休：停止。
【用法】說話嘮叨，沒完沒了。
【例句】她說起話來～，眞叫人討厭。

才貌雙全（ㄘㄞˊ ㄇㄠˋ ㄕㄨㄤ ㄑㄩㄢˊ）

【出處】明・洪楩（ㄆㄧㄢˊ）《清平山堂話本・風月瑞仙亭》：「孩兒見他文章絕代，才貌雙全，必有榮華之日，因此上嫁了他。」
【用法】才華、相貌兩者齊全。
【例句】這次選拔出來的世界小姐～，堪爲年輕女性的表率。

才德兼備（ㄘㄞˊ ㄉㄜˊ ㄐㄧㄢ ㄅㄟˋ）

見「德才兼備」。

才高八斗（ㄘㄞˊ ㄍㄠ ㄅㄚ ㄉㄡˇ）

【解釋】才：才能。八斗：形容才華很高。
【用法】一般用來稱讚或恭維天賦很高、才能出衆的人。
【例句】你不要瞧不起人，他也算是～哩，在那艱困的年代，他編的勵志叢書也鼓舞了不少人！
【附註】參看「八斗之才」。

才高意廣（ㄘㄞˊ ㄍㄠ ㄧˋ ㄍㄨㄤˇ）

【出處】明・胡震亨《唐音癸籤》：「太白非從人爲亂者，……大抵才高意廣，如孔北海之徒。」
【解釋】才：才能。意：意願、理想。廣：廣闊、遠大。
【用法】才能很高，理想遠大。
【例句】作爲一個～的人，他雖然有些怪癖，人們也是不怎麼介意的。

才華蓋世（ㄘㄞˊ ㄏㄨㄚˊ ㄍㄞˋ ㄕˋ）

【解釋】才華：才能。蓋：覆蓋，引申爲超出。世：時代。
【用法】才能（多指文才）很高，遠遠超出當代的人。
【例句】夏教授眞可以稱得起是～，在他年僅十五、六歲的時候，就寫出了名震當代的詩篇。

才懷隋和（ㄘㄞˊ ㄏㄨㄞˊ ㄙㄨㄟˊ ㄏㄜˊ）

【出處】漢・司馬遷《報任少卿書》：「雖才懷隋和，行若由夷，終不可以爲榮，適足以見笑而自點耳。」
【解釋】才：才能。隋：指隋侯珠，春秋時代非常名貴的寶珠。和：指和氏璧，春秋時代極其有名的寶玉。
【用法】①懷有像隋侯珠、和氏璧那樣値得珍視的才華。②形容具有非凡的才能。
【例句】他雖然～，但是在那政治黑暗的舊時代，卻是報國無門，令人慨歎啊！

才兼文武（ㄘㄞˊ ㄐㄧㄢ ㄨㄣˊ ㄨˇ）

【出處】南朝・宋・范曄《後漢書・盧植傳》：「選植才兼文武，拜九江太守。」
【解釋】才：才能。
【用法】指文武全才。
【例句】我們的老校長～，是一位難得的教育家。

才盡詞窮（ㄘㄞˊ ㄐㄧㄣˋ ㄘˊ ㄑㄩㄥˊ）

【出處】清・曹雪芹《紅樓夢》第十七回：「衆人不知其意，只當他受了半日折磨，精神耗散，才盡詞窮了。」

【解釋】才：才學。盡、窮：完，沒有了。

【用法】①才學用盡了，沒詞兒了。②形容學問膚淺。③也形容無法應對時的窘態。

【例句】～時，才知所學不足，有待充實！

才氣過人（ㄘㄞˊ ㄑㄧˋ ㄍㄨㄛˋ ㄖㄣˊ）

【出處】漢・司馬遷《史記・項羽本紀》：「(項)籍長八尺餘，力能扛鼎，才氣過人，雖吳中子弟皆已憚籍矣。」

【解釋】過：超越。

【用法】才華超越常人。

【例句】李白～，詩仙之名當之無愧！

才疏學淺（ㄘㄞˊ ㄕㄨ ㄒㄩㄝˊ ㄑㄧㄢˇ）

【解釋】才：才能。疏：空虛、稀少。學：學問。

【用法】才能不多，學問也很膚淺，一般用來表示自謙。

【例句】學生～，還望老師多多指教。

才疏志大（ㄘㄞˊ ㄕㄨ ㄓˋ ㄉㄚˋ）

見「志大才疏」。

才疏智淺（ㄘㄞˊ ㄕㄨ ㄓˋ ㄑㄧㄢˇ）

【出處】明・羅貫中《三國演義》第八十五回：「(鄧)芝曰：『愚才疏智淺，恐不堪當此任。』」

【解釋】才：才能。疏：空虛、稀少。智：智慧、智力。

【用法】才能很少，智力短淺，一般用來表示自謙。

【例句】我～，孤陋寡聞，你來問我不是問道於盲嗎？

才疏意廣（ㄘㄞˊ ㄕㄨ ㄧˋ ㄍㄨㄤˇ）

【出處】南朝・宋・范曄《後漢書・孔融傳》：「融負其高氣，志在靖難，而才疏意廣，迄無成功。」

【解釋】才：才能。疏：空虛、稀少。意：意願。廣：廣闊。

【用法】才能不多，理想卻很遠大。

【例句】人應有自知之明，否則～，成功的希望是很渺茫的。

才子佳人（ㄘㄞˊ ㄗˇ ㄐㄧㄚ ㄖㄣˊ）

【出處】元・李好古《張生煮海》第三折：「則爲你佳人才子多情況，唬得他椿室萱堂著意忙。」

【用法】①有文才的男子和美貌的女子。②對封建社會中上層男女青年的統稱。

【例句】他們倆兒情投意合、心心相印，～，眞是天生的一對。我祝福他們！

才藝卓絕（ㄘㄞˊ ㄧˋ ㄓㄨㄛˊ ㄐㄩㄝˊ）

【出處】漢・桓譚《新論・思愼》：「人雖才藝卓絕，不能悖理成行，逆人道也。」

【解釋】才：才能。藝：技藝。卓絕：高超無比。

【用法】才能技藝高超無比。

【例句】儘管他～，卻從不驕傲自滿，而且隨時向別人學習，吸取各派的長處，眞是難得！

才望高雅 ㄘㄞˊ ㄨㄤˋ ㄍㄠ ㄧㄚˇ

【出處】五代·後晉·劉昫等《舊唐書·陸象先傳》：「陸景初才望高雅，非常所及。」
【解釋】才：才學。望：聲望。高雅：高深儒雅。
【用法】形容人富有才學，享有很高的聲望，不同流俗。
【例句】先生～，人人景慕。

才望兼隆 ㄘㄞˊ ㄨㄤˋ ㄐㄧㄢ ㄌㄨㄥˊ

【出處】明·羅貫中《三國演義》第七十五回：「(孫)權曰：『……今卿亦須荐一才望兼隆者,代卿爲妙。』」
【解釋】才：才能、才幹。望：聲望。隆：高。
【用法】才能和聲望都很高。
【例句】新到任的校長是一位～的藝術教育家。

材鄙怯勇 ㄘㄞˊ ㄅㄧˇ ㄑㄧㄝˋ ㄩㄥˇ

【出處】唐·韓愈《司徒兼侍中中書令贈太尉許國公神道碑銘》：「將兵數百人，悉識其材鄙怯勇。」
【解釋】材：才能。鄙：卑下、無能。怯：膽怯。勇：勇敢。
【用法】統指有才能和無能力、膽怯和勇敢等各種資質和性格的人。

材全能鉅 ㄘㄞˊ ㄑㄩㄢˊ ㄋㄥˊ ㄐㄩˋ

【出處】唐·韓愈《荊潭唱和詩序》：「信所謂材全而能鉅者也。」
【解釋】材：才能。能：能力。鉅：同「巨」，大。
【用法】才華全面，也很有能力。
【例句】他是一位難得的好祕書，不僅～，而且任勞任怨。

材朽行穢 ㄘㄞˊ ㄒㄧㄡˇ ㄒㄧㄥˊ ㄏㄨㄟˋ

【出處】漢·楊惲《報孫會宗書》：「惲材朽行穢，文質無所底。」
【解釋】材朽：才能低下。行穢：行爲不高潔。
【用法】①原用以表示自謙。②用以形容不堪造就的人。
【例句】這個人～，幹了許多見不得人的勾當。

彩鳳隨鴉 ㄘㄞˇ ㄈㄥˋ ㄙㄨㄟˊ ㄧㄚ

【出處】宋·祝穆《事文類聚》：「杜大中起於行伍，妾能詞，有彩鳳隨鴉之句，杜怒曰：『鴉且打鳳。』」
【解釋】彩鳳：比喻姣好的女子。鴉：比喻粗俗的男子。
【用法】指女子嫁給了才貌都不如自己的男子。
【例句】杜十娘才能出衆，可惜他錯愛了李甲。眞是～，使人替她惋惜。

采蘭贈芍 ㄘㄞˇ ㄌㄢˊ ㄗㄥˋ ㄕㄠˊ

【出處】《詩經·鄭風·溱洧》：「士與女，方秉蕑兮。……維士與女，伊其相謔，贈之以芍藥。」毛亨傳：「蕑，蘭也；芍藥，香草。」
【解釋】蘭：蘭花。芍：芍藥。
【用法】①指禮尚往來。②也用以比喻男女之間互贈禮物，表達愛情。
【例句】他們～，早就以心相許了。

采薪之憂 ㄘㄞˇ ㄒㄧㄣ ㄓ ㄧㄡ

【出處】《孟子·公孫丑下》：「王使

人問疾，醫來，孟仲子對曰：『昔者有王命，有采薪之憂，不能造朝。』」

【解釋】采薪：打柴。憂：憂患。

【用法】①因病打不了柴。②後用作自稱有病的借詞。

【例句】近有～，所託之事也就難以從命了。

【附註】①也作「采薪之患」。②參看「負薪之憂」。

採擢荐進（ㄘㄞˇ ㄓㄨㄛˊ ㄐㄧㄢˋ ㄐㄧㄣˋ）

【出處】唐・韓愈《感二鳥賦》：「乃反得蒙采擢荐進，光耀如此。」

【解釋】擢：選拔、提升。荐：推荐。

【用法】泛指對人材的選拔、推荐和提升。

【例句】如何～有用之才，是每位領導者應該加以認眞考慮的問題。

採善貶惡（ㄘㄞˇ ㄕㄢˋ ㄅㄧㄢˇ ㄜˋ）

【出處】漢・司馬遷《史記・太史公自序》：「《春秋》採善貶惡，推三代之德。」

【解釋】採：選擇、採取。貶：貶斥。

【用法】採取好的而加以宣揚，貶斥壞的而加以抨擊。

【例句】他在工作中善於～，因此很受大家的好評。

餐風宿露（ㄘㄢ ㄈㄥ ㄙㄨˋ ㄌㄨˋ）

【出處】元・楊景賢《西遊記》第五本第二十折：「師父力多般，餐風宿露忙投竄。」

【用法】①迎風吃飯，露天地裡睡眠。②形容旅途或野外生活的艱辛困苦。

【例句】石工們在海拔三千米的高山上，頂風冒雨，～，開採出大批綠花石料。

【附註】①也作「露宿風餐」、「風餐露宿」。②參看「餐風飲露」。

餐風飲露（ㄘㄢ ㄈㄥ ㄧㄣˇ ㄌㄨˋ）

【出處】明・王守仁《瘞（ㄧˋ）旅文》：「餐風飲露，無爾肌兮。」

【用法】①吃的是風，喝的是露水。②形容長途跋涉或野外生活、工作的艱苦。

【例句】爲了致力外交，張騫一路上～，在西域各小國間奔走。

【附註】參看「餐風宿露」。

慚鳧企鶴（ㄘㄢˊ ㄈㄨˊ ㄑㄧˇ ㄏㄜˋ）

【出處】南朝・梁・劉勰《文心雕龍・養氣》：「若夫器分有限，智用無涯，或慚鳧企鶴，瀝辭鐫思……」

【解釋】鳧：野鴨。企：企望、企及。

【用法】①野鴨因自己腳短而慚愧，希望能有一雙像仙鶴那樣長的腳。②比喻人因自己的不足而感到羞慚，希望能趕上比自己強的人。③也比喻某些人不自量力，沒有自知之明。

【例句】①比起別人來我差得太遠，～，只好花更多的力氣去充實自己。②對於設計工作他一竅不通，居然滿口應承，這眞是～，毫無自知之明。

殘杯冷炙（ㄘㄢˊ ㄅㄟ ㄌㄥˇ ㄓˋ）

【出處】北齊・顏之推《顏氏家訓・雜藝》：「唯不可令有稱譽，見役勛貴，處之下坐，以取殘杯冷炙之辱。」

【解釋】殘：殘餘、剩餘。杯：指酒。炙：烤肉。

【用法】①喝殘了的酒，放冷了的烤肉。②指剩菜殘飯。
【例句】發生戰亂以後，他們逃到關內，生活無著，只好到大戶人家家裏打雜，討一點～勉強度日。
【附註】①也作「殘羹冷炙」。②參看「殘茶剩飯」。

殘兵敗將（ㄘㄢˊ ㄅㄧㄥ ㄅㄞˋ ㄐㄧㄤˋ）

【出處】明代《成化說唱詞話・花關索貶雲南傳》：「關公、周倉便走，引殘兵敗將，直走到玉泉山下。」
【用法】殘存的士兵、打了敗仗的將官。
【例句】被我們打敗了的敵軍將領，帶著～，倉皇而逃。

殘冬臘月（ㄘㄢˊ ㄉㄨㄥ ㄌㄚˋ ㄩㄝˋ）

【出處】明・馮夢龍《醒世恒言》第七卷：「錯過了吉日良辰，殘冬臘月，未必有好日了。」
【解釋】殘冬：冬季的末尾。臘月：農曆十二月。指嚴冬季節、舊曆十二月裏。
【例句】～裏，又遇上天災人禍，老百姓的日子眞是難過喔！

殘膏剩馥（ㄘㄢˊ ㄍㄠ ㄕㄥˋ ㄈㄨˋ）

【出處】宋・歐陽修等《新唐書・杜甫傳贊》：「至甫，渾涵汪茫，千滙萬狀，兼古今而有之，甫乃厭餘，殘膏賸（剩）馥，沾丐後人多矣。」
【解釋】膏：油脂。馥：香氣。
【用法】①殘存的油脂，剩餘的香氣。②指得到前人留下的成果。

殘花敗柳（ㄘㄢˊ ㄏㄨㄚ ㄅㄞˋ ㄌㄧㄡˇ）

見「敗柳殘花」。

殘缺不全（ㄘㄢˊ ㄑㄩㄝ ㄅㄨˋ ㄑㄩㄢˊ）

【用法】①殘餘短缺不完全。②形容事物經過破壞，變得不完整了。
【例句】許多珍貴文物雖然在戰爭以後又找了回來，但其中有不少已經是～了。

殘賢害善（ㄘㄢˊ ㄒㄧㄢˊ ㄏㄞˋ ㄕㄢˋ）

【出處】明・羅貫中《三國演義》第二十二回：「而（曹）操遂承資跋扈，恣行凶忒，割剝元元（人民），殘賢害善。」
【解釋】殘：摧殘迫害。賢：有才能、有道德的人。善：善良、正直的人。
【用法】迫害有才能、有道德、善良正直的人。
【例句】積弱的滿清對外卑躬屈膝，喪權辱國，對內欺壓人民，～。

殘渣餘孽（ㄘㄢˊ ㄓㄚ ㄩˊ ㄋㄧㄝˋ）

【解釋】渣：渣滓、廢物。餘孽：殘餘的壞分子或惡勢力。
【用法】指殘存的壞人。
【例句】這些～，爲非作歹，擾亂社會治安，必須嚴加懲處。

殘茶剩飯（ㄘㄢˊ ㄔㄚˊ ㄕㄥˋ ㄈㄢˋ）

【出處】元・馬致遠《黃粱夢》第四折：「有什麼殘茶剩飯，與俺兩個孩兒些吃。」
【用法】吃剩餘的茶飯。
【例句】你回來的太晚，只剩些～了！
【附註】①也作「殘羹剩飯」、「殘羹餿飯」。②參看「殘杯冷炙」。

殘屍敗蛻（ㄘㄢˊ ㄕ ㄅㄞˋ ㄊㄨㄟˋ）

【出處】清・洪昇《長生殿・冥追》：「就是果然埋下呵，還只怕這殘屍敗蛻……」

【解釋】殘：殘損的。敗：敗壞了的。蛻：昆蟲脫的皮，軀殼。

【用法】①殘損的屍體，敗壞了的軀殼。②形容腐爛的骸骨。

【例句】戰爭過後，觸目所及，盡是～，令人慘不忍睹！

殘山剩水（ㄘㄢˊ ㄕㄢ ㄕㄥˋ ㄕㄨㄟˇ）

【出處】唐・杜甫《陪鄭廣文游何將軍山林》詩五：「剩水滄江破，殘山碣石開。」

【用法】①殘敗破碎的山河。②形容國土被割裂或經過戰爭洗劫的衰敗情景。

【例句】偏安江南的朝廷不知居安思危，仍在～間行樂。

殘絲斷魂（ㄘㄢˊ ㄙ ㄉㄨㄢˋ ㄏㄨㄣˊ）

【出處】清・洪昇《長生殿・獻髮》：「奴身上鬖鬖髮數根，這便是我的殘絲斷魂。」

【解釋】殘：剩餘不多的。絲：蠶和其他昆蟲吐的絲。斷：斷絕。魂：魂魄。

【用法】比喻即將死亡的生命。

【例句】古代的刑罰嚴苛殘忍，往往將人折磨得只剩下～

殘垣破壁（ㄘㄢˊ ㄩㄢˊ ㄆㄛˋ ㄅㄧˋ）

【解釋】垣：圍牆。

【用法】①指倒塌殘餘的圍牆，破爛的牆壁。②形容建築物破爛或衰敗的景象。

【例句】這～的羅馬競技場，的確宏偉壯觀，不過想到從前把奴隸放進這裏和獅子等猛獸搏鬥，觀衆却在這殘忍的「娛樂」中得到了滿足，於是，我對這門獸場的崇敬也就烟消雲散了。

蠶績蟹匡（ㄘㄢˊ ㄐㄧ ㄒㄧㄝˋ ㄎㄨㄤ）

【出處】《禮記・檀弓下》：「成人有其兄死而不爲衰（縗）者，聞子皐將爲成宰，遂爲衰。成人曰：蠶則績而蟹有匡，……兄則死而子皐爲之衰。」

【解釋】績：紡績。蟹匡：蟹甲。蠶吐絲作繭和蟬蟹自然生成的甲殼。

【用法】①指兩種生物各自的自然生理狀態，原本毫不相干。②比喻把根本不相干連的事物牽扯到一起，使人產生似是而非的錯覺。

【附註】參看「蟹匡蟬緌」。

蠶食鯨吞（ㄘㄢˊ ㄕˊ ㄐㄧㄥ ㄊㄨㄣ）

【出處】①《韓非子・存韓》：「諸侯可蠶食而盡，趙氏可得與敵矣。」②五代・後晉・劉昫等《舊唐書・蕭銑等傳論》：「小則鼠竊狗偷，大則鯨吞虎據。」

【解釋】蠶食：像蠶吃桑葉似地一口一口吃掉。鯨吞：像鯨魚吞食一樣地一口吞下。

【用法】比喻用逐步侵占或一舉兼併的方式侵略別國的領土。

【例句】殖民主義者往往採用～的方式，侵略弱小國家。

慘不忍睹（ㄘㄢˇ ㄅㄨˋ ㄖㄣˇ ㄉㄨˇ）

【出處】唐・李華《弔古戰場文》：「傷心慘目，有如是邪？」

【解釋】睹：看。

【用法】極其悲慘，使人不忍看下去。

【例句】每逢荒年，農村遍地貧瘠，到處是一片～的景象。

慘不忍聞 ㄘㄢˇ ㄅㄨˋ ㄖㄣˇ ㄨㄣˊ

【出處】清·陳天華《獅子吼》第二回：「遙見何家墳中，樹木陰森，哭聲成籟，或父呼子，或夫覓妻，呱呱之聲，草畔溪間，比比皆是，慘不忍聞。」

【解釋】聞：聽。

【用法】悲慘得使人不忍聽下去。

【例句】法西斯匪徒在奧斯威辛集中營所犯下的滅絕人性的罪行，眞是令人～。

慘怛之疾 ㄘㄢˇ ㄉㄚˊ ㄓ ㄐㄧˊ

【出處】《莊子·盜跖》：「慘怛之疾，恬愉之安，不益於體。」

【解釋】慘怛：悲傷。疾：痛苦。

【用法】指悲傷所造成的痛苦。

慘淡經營 ㄘㄢˇ ㄉㄢˋ ㄐㄧㄥ ㄧㄥˊ

【出處】唐·杜甫《丹青引贈曹將軍霸》詩：「詔謂將軍拂絹素，意匠慘淡經營中。」

【解釋】慘淡：費盡心思。經營：計劃並從事某種事情。

【用法】①原意是動筆之前苦心構思。②現也用以形容在困難的環境中艱苦地從事某種事業。

【例句】經過幾年的～，這家工廠居然也頗具規模了。

慘綠少年 ㄘㄢˇ ㄌㄩˋ ㄕㄠˋ ㄋㄧㄢˊ

【出處】唐·張固《幽閑鼓吹》：「潘孟陽初爲戶部侍郎，……客至，夫人垂簾視之，既罷會，喜曰：『皆爾之儔也，不足憂矣，末座慘綠少年何人也？』答曰：『補闕杜黃裳。』」

【解釋】慘綠：深綠的服色。

【用法】形容風度翩翩的美少年。

【例句】迎面走來一位～溫文儒雅，氣宇非凡。

慘禍飛災 ㄘㄢˇ ㄏㄨㄛˋ ㄈㄟ ㄗㄞ

【出處】清·曹雪芹《紅樓夢》第八十七回：「更遭慘禍飛災，不啻驚風密雨。」

【用法】①悲慘的禍事，飛來的災難。②指出乎意料的變故。

【例句】林家突遭～，全家陷入愁雲慘霧之中！

慘絕人寰 ㄘㄢˇ ㄐㄩㄝˊ ㄖㄣˊ ㄏㄨㄢˊ

【解釋】慘：殘酷、狠毒。人寰：人世、世界。絕：極、最。

【用法】①人世間最殘酷的事。②形容殘酷到了極點（一般指大屠殺）。

【例句】八年抗戰期間，日軍～地屠殺我同胞，此項史實在國人心中，永不磨滅！

慘無人道 ㄘㄢˇ ㄨˊ ㄖㄣˊ ㄉㄠˋ

【出處】蔡東藩《唐史演義》第五十二回：「將妃、主等人，一一剖心致祭，慘無人道。」

【解釋】慘：狠毒。

【用法】①殘暴到滅絕人性。②形容極端凶狠、殘暴。

【例句】今天，獨裁者仍然肆行無忌，以～的手段壓迫人民就範。

燦爛炳煥 ㄘㄢˋ ㄌㄢˋ ㄅㄧㄥˇ ㄏㄨㄢˋ

【出處】漢・張衡《東京賦》：「瑰異譎詭，燦爛炳煥。」
【解釋】燦爛：鮮明耀眼的樣子。炳煥：光亮。
【用法】①光輝燦爛，鮮明耀眼。②形容潔然鮮明的樣子。
【例句】大雪過後，大地上一片銀裝素裹，眞是～，別有一番風味。

燦若繁星 ㄘㄢˋ ㄖㄨㄛˋ ㄈㄢˊ ㄒㄧㄥ

【解釋】燦：燦爛。繁：衆多。
【用法】①亮晶晶地就像天上衆多的星星。②比喩才能出衆的人很多。
【例句】兩宋詞人，～，在我國文學史上占有極其重要的地位。

粲花之論 ㄘㄢˋ ㄏㄨㄚ ㄓ ㄌㄨㄣˋ

【出處】五代・後周・王仁裕《開元天寶遺事・粲花之論》：「（李白）每與人談論，皆成句讀，如春葩麗藻，粲於齒牙之下，時人號曰：『李白粲花之論。』」
【解釋】粲：鮮明精美。論：言論。
【用法】①鮮花似的言論。②形容人談吐典雅雋美。
【例句】沈小姐用詞典雅優美，可謂～。
【附註】也作「燦花之舌」。

倉皇失措 ㄘㄤ ㄏㄨㄤˊ ㄕ ㄘㄨㄛˋ

【出處】明・凌濛初《二刻拍案驚奇》第十五卷：「提控倉皇失措，連忙趨避不及。」
【解釋】倉皇：急迫慌張。措：措置。
【用法】急迫慌張，不知怎麼辦。
【例句】在我游擊隊的頻繁打擊下，敵人～，疲於奔命了。

倉卒主人 ㄘㄤ ㄘㄨˋ ㄓㄨˇ ㄖㄣˊ

【出處】晉・葛洪《西京雜記》卷四：「（曹元理）乃曰：『此資業之廣，何供饋之褊邪？』（陳）廣漢慚曰：『有倉卒客，無倉卒主人。』」
【解釋】倉卒：匆促，忙亂急促。
【用法】指匆促待客失禮的主人。
【例句】這麼重要的場合，你讓自己成了～，怎麼回事啊？
【附註】「卒」不能念成ㄗㄨˊ。

滄海橫流 ㄘㄤ ㄏㄞˇ ㄏㄥˊ ㄌㄧㄡˊ

【出處】晉・袁宏《三國名臣序贊》：「滄海橫流，石玉同碎。」
【解釋】滄海：大海。橫流：到處亂流。
【用法】比喩社會動亂不安定。
【例句】～，方顯出英雄本色。

滄海桑田 ㄘㄤ ㄏㄞˇ ㄙㄤ ㄊㄧㄢˊ

【出處】晉・葛洪《神仙傳・麻姑》：「麻姑自說云，接待以來，已見東海三爲桑田。」
【解釋】滄海：大海。桑田：種桑樹的地，泛指田園。
【用法】①大海變桑田，桑田變大海。②比喩世事變化很大。
【例句】濶別二十年，如今重回故鄉，不禁有～，世事難料之嘆！
【附註】參看「東海揚塵」。

滄海一粟 ㄘㄤ ㄏㄞˇ ㄧ ㄙㄨˋ

【出處】宋・蘇軾《前赤壁賦》：「寄蜉蝣於天地，渺滄海之一粟。」

【解釋】滄海：大海。粟：穀子。
【用法】①大海中的一粒穀子。②比喻非常渺小，微不足道。
【例句】我們個人所作的一點點成績，與宏偉壯麗的前人成就相比，只不過是～罷了。

滄海遺珠（ㄘㄤ ㄏㄞˇ ㄧˊ ㄓㄨ）

【出處】宋・歐陽修等《新唐書・狄仁傑傳》：「仁傑舉明經，調汴州參軍，爲吏誣訴黜陟，使閻立本召訊，異其才，謝曰：『仲尼稱觀過知仁，君可謂滄海遺珠矣！』」
【解釋】滄海：大海。
【用法】①大海中被採珠人所遺漏的珍珠。②比喻被埋沒的人材。
【例句】在考古研究上，他是難得的人才，但長期以來卻讓他埋沒在這裏，豈不是～嗎？

蒼黃翻覆（ㄘㄤ ㄏㄨㄤˊ ㄈㄢ ㄈㄨˋ）

見「染蒼染黃」。

蒼翠欲滴（ㄘㄤ ㄘㄨㄟˋ ㄩˋ ㄉㄧ）

【出處】宋・郭熙《山川訓》：「春山澹冶而如笑，夏山蒼翠而欲滴，秋山明淨而如妝，冬山慘淡而如睡。」
【解釋】蒼翠：深青碧綠的色澤。
【用法】形容草木生得茁壯，枝葉深青碧綠，水溶溶地像要滴落下來似地。
【例句】在這塊地面上，～的樹木一株株一叢叢地生長着。

蒼蠅碰壁（ㄘㄤ ㄧㄥˊ ㄆㄥˋ ㄅㄧˋ）

【解釋】碰壁：碰到牆壁。
【用法】①比喻沒有頭腦的蠢人自尋苦惱的行爲。②也比喻不自量力的人自取滅亡的行徑。
【例句】敵人派遣間諜對我進行騷擾，有如～，只會落個粉身碎骨。

藏頭露尾（ㄘㄤˊ ㄊㄡˊ ㄌㄨˋ ㄨㄟˇ）

【出處】元・無名氏《隔江鬥智》第二折：「那一個說親的早做了藏頭露尾。」
【用法】①藏起了頭，卻露出了尾巴。②比喻怕暴露出眞相而遮遮掩掩，但又不能將眞相完全遮蓋住。
【例句】有話就痛快說，何必～，讓人去猜悶葫蘆呢！
【附註】也作「露尾藏頭」。

藏之名山，傳之其人（ㄘㄤˊ ㄓ ㄇㄧㄥˊ ㄕㄢ，ㄔㄨㄢˊ ㄓ ㄑㄧˊ ㄖㄣˊ）

【出處】漢・司馬遷《報任少卿書》：「僕誠已著此書，藏之名山，傳之其人。」
【解釋】藏：收藏、保存。其人：能接受自己的見解，並能懂得自己著作價值的人。
【用法】①原指古人把自己心愛的著作放到安全地方，傳授給可靠的人。②後泛指把東西放在安全地方，交給可信賴的人。
【例句】身處現代化的社會，我們應把自己的一切寶貴經驗都貢獻出來，～的想法是不對的。

藏賊引盜（ㄘㄤˊ ㄗㄟˊ ㄧㄣˇ ㄉㄠˋ）

【出處】清・曹雪芹《紅樓夢》第七十三回：「其中夜靜人稀，趁便藏賊引盜，什麼事情做不出來。」
【解釋】藏：隱藏，引申爲包庇。引：勾引。

【用法】①庇護賊人，勾引強盜。②指與壞人同流合汚。
【例句】小林雖未參與作案，但～，仍應給予懲治才對！

藏蹤躡迹 ㄘㄤˊ ㄗㄨㄥ ㄋㄧㄝˋ ㄐㄧ

【出處】明・施耐庵《水滸傳》第六十四回：「且說張橫將引三二百人，從蘆葦中間，藏蹤躡迹，直到寨邊，拔開鹿角，徑奔中軍。」
【解釋】藏：隱匿。躡：動作又輕又快。
【用法】指隱藏形迹，秘密活動。
【例句】這次行動非常重要，必須～，才可能成功！

藏怒宿怨 ㄘㄤˊ ㄋㄨˋ ㄙㄨˋ ㄩㄢˋ

【出處】《孟子》：「仁人之於弟也，不藏怒焉，不宿怨焉。」
【解釋】藏：積蓄。宿：停留。
【用法】①把忿怒藏在胸中，把怨恨留在心裏。②指對人心懷忿恨，久不消失。
【例句】老王這個人極容易～很不好相處的。

藏龍臥虎 ㄘㄤˊ ㄌㄨㄥˊ ㄨㄛˋ ㄏㄨˇ

【用法】①隱藏着的龍，睡臥着的虎。②比喻尚未露頭角的非凡人物。
【例句】中州地區，四通八達，乃是～之地，英雄薈萃之區，非同小地方可比。

藏垢納汚 ㄘㄤˊ ㄍㄡˋ ㄋㄚˋ ㄨ

【出處】《左傳・宣公十五年》：「高下在心，川澤納汚，山藪藏疾，瑾瑜匿瑕，國君含垢，天之道也。」
【解釋】垢、汚：髒東西。納：容納。
【用法】比喻包藏收容壞人壞事。
【例句】我們要使各大城市成爲繁榮進步之區，而非～之地。
【附註】參看「含垢納汚」。

藏器待時 ㄘㄤˊ ㄑㄧˋ ㄉㄞˋ ㄕˊ

【出處】《周易・繫辭下》：「君子藏器於身，待時而動。」明・李贄《續焚書・與焦弱侯》：「李如眞四月二十六日書到黃安，知兄已到家，藏器待時，最喜最喜。」
【解釋】藏：隱藏。器：用具，引申爲才能、本領。
【用法】指有才能的人等待機會施展自己的本領。
【例句】許多有抱負的同學，刻苦自勵，～，相信總有一天能爲國家社會貢獻自己的力量。

藏形匿影 ㄘㄤˊ ㄒㄧㄥˊ ㄋㄧˋ ㄧㄥˇ

見「匿影藏形」。

操必勝之券 ㄘㄠ ㄅㄧˋ ㄕㄥˋ ㄓ ㄑㄩㄢˋ

【解釋】操：持有。券：憑證。
【用法】指有取得勝利或成功的把握。
【例句】只要我們嚴格地按客觀規律辦事，就能夠～。
【附註】「券」不能念成ㄐㄩㄢˋ，不能寫成「卷」。

操刀必割 ㄘㄠ ㄉㄠ ㄅㄧˋ ㄍㄜ

【出處】《左傳・襄公三十一年》：「猶未能操刀而使割也。」
【解釋】操：拿起。
【用法】①拿起刀來一定要宰割。②比

喻當機立斷。

【例句】他是個有決斷的人，～，處理事情從不拖泥帶水。

操刀傷錦

【出處】《左傳·襄公三十一年》：「子皮欲使尹何爲邑。……子產曰：『不可，人之愛人，求利之也。今吾子愛人則以政，猶未能操刀而使割也，其傷實多。子之愛人，傷之而已，其誰敢求愛於子？子於鄭國，棟也。棟折榱崩，僑將壓焉，敢不盡言？子有美錦，不使人學制焉也，而使學者制焉，大官大邑，身之所庇，其爲美錦，不亦多乎？僑聞學而後入政，未聞以政學者也。』」（按操刀與制錦本二事，後人並爲一事。）

【解釋】操：掌握。傷：損傷。錦：一種色彩鮮艷、花紋精緻的絲織品。

【用法】①指外行人用刀剪割錦緞必然割壞。②比喻派不懂的人去主持某些工作，必然把事搞壞。

【例句】讓我們將這部小說改編成劇本，但我一直不敢動手，因爲我怕～，把原作改壞了。

操奇計贏

【出處】漢·晁錯《論貴粟疏》：「而商賈大者積貯倍息，小者坐列販賣，操其奇贏，日游都市，乘上之急，所賣必倍。」

【解釋】操：掌握。奇：指供不應求的奇貨。

【用法】以奇貨可居獲取暴利。

【例句】這個股票商人很善於～，在股票市場上發了大財。

操之過急

【出處】漢·班固《漢書·五行志中之下》：「遂要崤阸，以敗秦師，匹馬觭輪無反者，操之急矣。」

【解釋】操：從事、處理。過：過分。

【用法】辦事或處理問題過於急躁。

【例句】處理問題要有一定的步驟，～往往會帶來意想不到的後果。

操存舍亡

【出處】《孟子·告子上》：「孔子曰：『操則存，舍則亡，出入無時，莫知其鄉，惟心之謂與？』」

【解釋】操：操守。存：存在。舍：放棄。亡：喪失。

【用法】①抓住它，就存在；放棄它，就亡失。②古人多指良知或本性。

草木皆兵

【出處】唐·房玄齡等《晉書·苻堅載記》：「堅與苻融登城而望王師，見部陣齊整，將士精銳；又北望八公山上，草木皆類人形。顧謂融曰：『此亦勍（勁）敵也，何謂少乎！』憮然有懼色。」

【解釋】木：樹。

【用法】①野草樹木都像是兵士。②形容人極度緊張時，容易產生錯覺，一有動靜就驚恐萬狀。

【例句】戰亂時期～，必須更加謹慎小心才行！

【附註】參看「八公山上，草木皆兵」。

草木知威

【出處】宋·歐陽修等《新唐書·張萬

福傳》：「朕謂江淮草木，亦知爾威名。」

【解釋】木：樹木。威：威望。

【用法】①威名極大，連野草樹木都知道。②形容威名之大，處處皆知。

【例句】岳家軍能征慣戰，～，金軍一看到岳家軍的旗號就不戰自亂了。

草薙禽獮（ㄘㄠˇ ㄊㄧˋ ㄑㄧㄣˊ ㄒㄧㄢˇ）

【出處】唐・韓愈《送鄭尚書序》：「至紛不可治，乃草薙而禽獮之，盡根株痛斷乃止。」

【解釋】薙：除草。獮：殺傷。

【用法】①割除野草，獵殺禽獸。②指一概除掉。

【附註】「薙」不能念成ㄓˋ。「獮」不能念成ㄇㄧˊ。

草間求活（ㄘㄠˇ ㄐㄧㄢ ㄑㄧㄡˊ ㄏㄨㄛˊ）

【出處】唐・房玄齡等《晉書・周顗傳》：「吾備位大臣，朝廷喪敗。寧可復草間求活，外投胡越邪！」

【解釋】草間：草野中。

【用法】形容貪生怕死，苟且偷生。

【例句】～的日子，痛苦又無意義！

草菅人命（ㄘㄠˇ ㄐㄧㄢ ㄖㄣˊ ㄇㄧㄥˋ）

【出處】漢・班固《漢書・賈誼傳》：「其視殺人，若艾草菅然。」（艾：通「刈」，割草。）

【解釋】菅：一種多年生的野草。

【用法】①把人的生命看作和野草一樣。②指統治者任意殺害勞動人民。

【例句】話本《錯斬崔寧》的作者把批判的劍頭指向～的「昏官」。

【附註】「菅」不能念成ㄍㄨㄢ，不能寫成「管」。

草行露宿（ㄘㄠˇ ㄒㄧㄥˊ ㄌㄨˋ ㄙㄨˋ）

【出處】唐・房玄齡等《晉書・謝玄傳》：「（苻堅）餘衆棄甲宵遁，聞風聲鶴唳，皆以爲王師已至，草行露宿，重以飢凍，死者十七八。」

【解釋】行：趕路。宿：夜間睡眠。

【用法】①在草地裏趕路（不走大路），在露天地上過夜。②形容行旅急迫艱苦。

【例句】在戰門中，戰士們～，歷盡艱苦，但戰門意志始終是堅定的。

草長鶯飛（ㄘㄠˇ ㄓㄤˇ ㄧㄥ ㄈㄟ）

【出處】南朝・梁・丘遲《與陳伯之書》：「暮春三月，江南草長，雜花生樹，群鶯亂飛。」

【用法】①花草生長，黃鶯飛舞。②形容春回大地，萬物復甦的景象。

【例句】南國的春天來得特別早，我的家鄉還沒有脫盡冬裝，這裡已經是～了。

【附註】「長」不能念成ㄔㄤˊ。

草創未就（ㄘㄠˇ ㄔㄨㄤˋ ㄨㄟˋ ㄐㄧㄡˋ）

【出處】漢・司馬遷《報任少卿書》：「亦欲究天人之際，通古今之變，成一家之言，草創未就，會遭此禍，惜其不成，以就極刑而無慍色。」

【解釋】草創：開始創立。就：完成。

【用法】剛開始創立，還沒有完成。

【例句】出版社尚處於～的階段，就面臨經費、人力皆短缺不足的窘況。

草率收兵（ㄘㄠˇ ㄕㄨㄞˋ ㄕㄡ ㄅㄧㄥ）

【解釋】草率：潦草、馬虎。
【用法】馬馬虎虎地收了兵，或草草了事。
【例句】這件工程剛剛完成一半就～，這是不負責任的表現。

草率從事（ㄘㄠˇ ㄕㄨㄞˋ ㄘㄨㄥˊ ㄕˋ）

【解釋】草率：不認眞，不仔細。
【用法】①潦草地做事。②形容辦事的態度不嚴肅。
【例句】人事調整工作，切不可～，而要認眞地進行調查研究後再行辦理！

草草了事（ㄘㄠˇ ㄘㄠˇ ㄌㄧㄠˇ ㄕˋ）

【出處】明．馮夢龍《東周列國志》第三十九回：「是日草草完事，終朝畢事，不戮一人。」
【解釋】草：草率、馬虎。了：結束。
【用法】草率地把事情了結。
【例句】對待任何工作都必須認眞負責，而不能～。

草草成篇（ㄘㄠˇ ㄘㄠˇ ㄔㄥˊ ㄆㄧㄢ）

【解釋】草草：草率、馬虎。
【用法】指草率地寫出作品，也指不能認眞仔細地去做某件事。
【例句】他的文思雖然敏捷，但總是～，所以不能寫出有分量的文章來。

側目而視（ㄘㄜˋ ㄇㄨˋ ㄦˊ ㄕˋ）

【出處】《戰國策．秦策一》：「妻側目而視，傾耳而聽。」
【解釋】側目：斜著眼睛。
【用法】①斜著眼睛看人，不敢正視。②形容敬畏的神情。③現也用以形容敢怒不敢言的樣子。
【例句】那幾個小流氓，吆五喝六，旁若無人，人們無不～。
【附註】參看「重足而立，側目而視」。

側足而立（ㄘㄜˋ ㄗㄨˊ ㄦˊ ㄌㄧˋ）

【出處】南朝．宋．范曄《後漢書．吳漢傳》：「漢性強力，每從征伐，帝未安，恒側足而立。」
【解釋】側足：因畏懼而不敢正立。
【用法】指不敢正立，表示對人尊敬或畏懼。

厠足其間（ㄘㄜˋ ㄗㄨˊ ㄑㄧˊ ㄐㄧㄢ）

【解釋】厠足：插足，指參與某一活動。其間：其中。
【用法】參與其中。
【例句】小說家的積習，多借女性之魅力，以增讀者之美感，此書獨借三雄，自成結構，絕無一女子～，而仍光怪陸離，不感單調，尤爲超俗。

惻隱之心（ㄘㄜˋ ㄧㄣˇ ㄓ ㄒㄧㄣ）

【出處】《孟子．公孫丑上》：「惻隱之心，仁之端也。」
【解釋】惻隱：對遭受不幸的人表示同情。
【用法】指憐憫受難者的心情。
【例句】雖然有時似乎受傷，其實並不，至多不過是假裝跛脚，以引起人們的～，賺些零用錢罷了。

參差不齊（ㄘㄣ ㄘ ㄅㄨˋ ㄑㄧˊ）

【出處】《詩經．周南．關雎》：「參差荇菜，左右採之。」
【解釋】參差：長短、高低、大小不一

致。

【用法】形容各種事物不整齊。

【例句】人的認知層面總是～的，只有服從多數尊重少數，才能取得平衡。

參差錯落（ㄘㄣ ㄘ ㄘㄨㄛˋ ㄌㄨㄛˋ）

【出處】漢．司馬遷《史記．滑稽列傳》：「臣飲一斗亦醉，一石亦醉。……飲五六斗……八斗而醉。」《古文觀止》注：「上云，一斗一石，此又添出二斗、五六斗、八斗，參差錯落。」

【解釋】參差：長短、高低、大小不一致。錯落：交錯紛亂的樣子。

【用法】各種不同的事物，錯綜複雜地交織在一起。

【例句】《三國演義》以描寫戰爭爲主要情節，並且～地串聯著數以百計的大小故事，然而其前因後果卻很清晰。

【附註】「參差」不能念成ㄘㄢ ㄔㄚ。

參錯重出（ㄘㄣ ㄘㄨㄛˋ ㄔㄨㄥˊ ㄔㄨ）

【出處】唐．韓愈《殿中侍御史李君墓誌銘》：「萬端千緒，參錯重出。」

【解釋】參錯：參差錯落。

【用法】①許多頭緒紛亂的事交錯在一起，並且不斷出現新的情況。②形容事物複雜紛亂。

【例句】這部小說情節複雜，千頭萬緒，～，引人入勝。

【附註】「參」不能念成ㄘㄢ。「重」不能念成ㄓㄨㄥˋ。

層巒疊嶂（ㄘㄥˊ ㄌㄨㄢˊ ㄉㄧㄝˊ ㄓㄤˋ）

【出處】南朝．宋．劉義慶《世說新語．黜免》引漢．劉孝標註引《荊州記》：「重岩疊嶂，隱天蔽日。」

【解釋】層、疊：重疊。巒：山峰。嶂：直立像屏障的山。

【用法】山峰起伏，連綿重疊。

【例句】進入高山之後，只見～、奇峰處處，使人如入仙境。

【附註】也作「層岩疊嶂」、「重巒疊嶂」。

層見疊出（ㄘㄥˊ ㄒㄧㄢˋ ㄉㄧㄝˊ ㄔㄨ）

【出處】明．淩濛初《初刻拍案驚奇》第十八卷：「携了此妾下湖，淺斟低唱，觥籌交舉，滿案設擺酒器，多是些金銀異巧式樣，層見疊出。」

【解釋】層、疊：重複。見：出現。

【用法】不斷地反覆出現。

【例句】唐朝文風極盛，優秀作品～，顯現出一片百花爭妍的局面。

【附註】「見」不能念成ㄐㄧㄢˋ。

層出不窮（ㄘㄥˊ ㄔㄨ ㄅㄨˋ ㄑㄩㄥˊ）

【出處】唐．韓愈《貞曜先生墓誌銘》：「神施鬼設，間見層出。」

【解釋】層出：重複地出現。窮：盡、完。

【用法】連接不斷地出現，沒有窮盡。

【例句】愛國精神之表現於中外文學已經是～，數不勝數了。

層次分明（ㄘㄥˊ ㄘˋ ㄈㄣ ㄇㄧㄥˊ）

【解釋】層次：事物的次序。分明：清楚。

【用法】形容事物次序清楚，條理分明。

【例句】中正紀念堂內兩廳院，與大禮堂組合成～、錯落有致的整體。

曾幾何時（ㄘㄥˊ ㄐㄧˇ ㄏㄜˊ ㄕˊ）

【出處】宋·趙彥端《新荷葉》詞：「回首分攜，光風冉冉菲菲。曾幾何時，故山疑夢還非？」
【解釋】曾：曾經。幾何：多少。
【用法】①才過了多少時間。②指時間不長。
【例句】哎，～自由的精神已經喪失，淪爲放縱了！
【附註】「曾」不能念成ㄗㄥ。

曾經滄海 ㄘㄥˊ ㄐㄧㄥ ㄘㄤ ㄏㄞˇ

【出處】①《孟子·盡心上》：「故觀於海者難爲水，遊於聖人之門者難爲言。」②唐·元稹《離思》詩：「曾經滄海難爲水，除却巫山不是雲。」
【解釋】曾：曾經。經：經歷。滄海：大海。
【用法】比喻有閱歷的人，見過大世面，把自認爲的小事不放在話下。
【例句】我是～的人，一般情況下我是不那麼容易動感情的。
【附註】①參看「觀於海者難爲水」。②「曾」不能念成ㄗㄥ。

粗服亂頭 ㄘㄨ ㄈㄨˊ ㄌㄨㄢˋ ㄊㄡˊ

【出處】南朝·宋·劉義慶《世說新語·容止》：「裴令公（楷）有俊容儀，脫冠冕，粗服亂頭皆好，時人以爲玉人。」
【解釋】粗：粗劣。亂：蓬亂。
【用法】①粗劣的服裝，蓬亂的頭髮。②指衣着面貌不加修飾。③後也用以形容文章本色，即不加潤色修整的意思。
【例句】整天在書桌上研究，～的，哪有功夫去打扮自己呢？
【附註】也作「亂頭粗服」。

粗通文墨 ㄘㄨ ㄊㄨㄥ ㄨㄣˊ ㄇㄛˋ

【解釋】粗：略微。通：通曉。文墨：喻指文化。
【用法】形容知識水準不高，只會讀寫淺近的東西。
【例句】早期在部隊裏個個都是些大老粗，不識字，要是有一個半個～的人，簡直就成了他們「秘書」了。

粗心浮氣 ㄘㄨ ㄒㄧㄣ ㄈㄨˊ ㄑㄧˋ

【出處】清·葉燮《原詩外篇》第四卷：「學詩者不可忽略古人，也不可附會古人，粗心浮氣，僅獵古人皮毛。」
【解釋】浮：浮躁。
【用法】①不僅心不細，而且浮浮躁躁。②指心情不踏實。②也形容做事毛毛躁躁，沒有個沉穩勁兒。
【例句】小王～的，事情交給他辦，很不令人放心！

粗心大意 ㄘㄨ ㄒㄧㄣ ㄉㄚˋ ㄧˋ

【用法】①不細心，不注意。②形容做事馬馬虎虎，或考慮問題不周密。
【例句】他的生活安排得有條有理，但對工作却～。

粗枝大葉 ㄘㄨ ㄓ ㄉㄚˋ ㄧㄝˋ

【出處】《朱子語錄》：「《書序》不是孔安國做。漢文粗枝大葉；今《書序》細膩，只似六朝時人文字。」
【用法】①原形容文筆簡略，不細緻，不修飾。②現也用以比喻作風草率，不夠認眞。
【例句】老弟！倘若詳細給你說，三天三夜也說不完，還是～告訴你吧！

粗製濫造 ㄘㄨ ㄓˋ ㄌㄢˋ ㄗㄠˋ

【解釋】粗：粗糙。濫：過多而不加節制。

【用法】指工作草率，只追求產品數量，不顧及質量。

【例句】古來那些貪多求快，～的平庸詩人，其作品儘管數不勝數，却如同過眼雲烟，轉瞬即逝，在文學史上留不下什麼痕跡。

粗中有細 ㄘㄨ ㄓㄨㄥ ㄧㄡˇ ㄒㄧˋ

【出處】明・吳承恩《西遊記》第五十五回：「正是粗中有細，果然急處從寬。」

【用法】指表面是個粗人，但處事却很細心。

【例句】老羅是個～的人，表面上大大咧咧，實際上却很善於觀察人的思想、感情的變化。

粗茶淡飯 ㄘㄨ ㄔㄚˊ ㄉㄢˋ ㄈㄢˋ

【出處】宋・楊萬里《得小兒壽俊家書》詩：「粗茶淡飯終殘年。」

【用法】①指粗糙簡單的飯食。②形容儉樸清苦的生活。

【例句】回到自己家裡，就是一天三頓～，吃起來也是香甜的。

粗手笨脚 ㄘㄨ ㄕㄡˇ ㄅㄣˋ ㄐㄧㄠˇ

【用法】形容手脚笨拙，不靈巧。

【例句】我是個粗人，～的，幹點粗活還行，這寫寫算算的事兒，我可做不了。

【附註】也作「粗手粗脚」。

粗聲粗氣 ㄘㄨ ㄕㄥ ㄘㄨ ㄑㄧˋ

【用法】①說話的嗓音大而生硬。②形容魯莽或不客氣的一種表現。

【例句】陳小姐眞是沒有修養！～的。

粗衣淡飯 ㄘㄨ ㄧ ㄉㄢˋ ㄈㄢˋ

【出處】元・范子安《竹葉舟》第四折：「我吃的是千家飯，化半瓢；我穿的是百衲衣，化一套。似這等粗衣淡飯且淹消，任天公饒不饒。」

【解釋】淡：淡薄。

【用法】①穿的是粗布衣，吃的是一般飯。②指衣食粗疏，生活簡單。

【例句】顏子～，但卻安貧樂道，著實令人敬服！

粗衣糲食 ㄘㄨ ㄧ ㄌㄧˋ ㄕˊ

【出處】宋・釋普濟《五燈會元》卷三：「粗衣遮寒，糲食活命。」

【解釋】糲：糙米。

【用法】①穿粗布衣，吃糙米飯。②形容生活簡樸。

【例句】他一向～，與弟兄們同甘共患難。

【附註】也作「粗衣惡食」。

促膝談心 ㄘㄨˋ ㄒㄧ ㄊㄢˊ ㄒㄧㄣ

【出處】明・馮夢龍《古今小說，蔣興哥重會珍珠衫》：「大郎置酒相待，促膝談心，甚是款洽。」

【解釋】促膝：膝與膝相迫近，表示親近。

【用法】親近地談着心裏的話。

【例句】回到住處，他們～，探討技藝，學習彼此的長處。

卒卒鮮暇
ㄘㄨˋ ㄘㄨˋ ㄒㄧㄢˇ ㄒㄧㄚˊ

【出處】漢・班固《漢書・司馬遷傳》：「卒卒無須臾之間，得竭指意。」
【解釋】卒卒：很匆忙的樣子。鮮：少。暇：空閑時間。
【用法】①忙忙亂亂地沒有空閑時間。②形容事情多，忙得不可開交。
【例句】我今年的工作特別繁忙，～，好久沒和老朋友聯絡聚會了！
【附註】「卒」不能念成ㄗㄨˊ。「鮮」不能念成ㄒㄧㄢ。

猝不及防
ㄘㄨˋ ㄅㄨˋ ㄐㄧˊ ㄈㄤˊ

【出處】清・紀昀《閱微草堂筆記》第十五卷：「既不炳燭，又不揚聲，猝不及防，突然相遇，是先生犯鬼，非鬼犯先生。」
【解釋】猝：突然，出其不意。
【用法】事情發生得突然，使人來不及防備。
【例句】陳先生聽老韓這兩句尖酸刻薄的話，彷彿是～的一盆冷水迎頭潑下，使他感到突然。

踧踖不安
ㄘㄨˋ ㄐㄧˊ ㄅㄨˋ ㄢ

【出處】①《論語・鄉黨》：「君在，踧踖如也。」②清・曹雪芹《紅樓夢》第七十五回：「寶玉因賈政在坐，早已踧踖不安。」
【解釋】踧踖：恭敬而又侷促不安的樣子。
【用法】指因緊張害怕而感到侷促不安。
【例句】陳大哥今天結婚，你瞧他，竟然緊張得～呢！

躥房越脊
ㄘㄨㄢ ㄈㄤˊ ㄩㄝˋ ㄐㄧˇ

【解釋】躥：向上跳。脊：屋脊，即房頂。
【用法】①跳上房去，跨越屋頂。②過去多用於形容武俠或盜賊的行動。
【例句】在中國武俠小說中，作者把那些行俠仗義的俠客們，都寫成具有～的本領。

攢花簇錦
ㄘㄨㄢˊ ㄏㄨㄚ ㄘㄨˋ ㄐㄧㄣˇ

見「花團錦簇」。

攢三聚五
ㄘㄨㄢˊ ㄙㄢ ㄐㄩˋ ㄨˇ

【解釋】攢：集中。聚：聚集。
【用法】①三三五五，聚在一起。②形容人們自發地聚集一起。
【例句】只要出一點新鮮事兒，人們就～地在一起議論紛紛。

摧眉折腰
ㄘㄨㄟ ㄇㄟˊ ㄓㄜˊ ㄧㄠ

【出處】唐・李白《夢遊天姥吟留別》詩：「安能摧眉折腰事權貴，使我不得開心顏。」
【解釋】摧：低垂。折：彎。
【用法】①低垂着眼眉，彎着腰。②形容小心趨奉、卑躬屈膝的樣子。
【例句】爲了往上爬，他對於上級總是吹吹拍拍，那副～的樣子，使人看了實在討厭。

摧鋒陷陣
ㄘㄨㄟ ㄈㄥ ㄒㄧㄢˋ ㄓㄣˋ

【出處】唐・房玄齡等《晉書・景帝紀》：「乃與驍騎十餘摧鋒陷陣，所向皆披靡，遂引去。」
【解釋】摧：挫敗、摧毀。鋒：前鋒，

先頭部隊。陷：攻破。
【用法】①挫敗敵人堅強的先頭部隊，攻破敵軍的陣地。②形容將士英勇，戰無不勝。
【例句】我軍將士～，英勇無比，一舉殲滅了敵軍！
【附註】也作「摧堅陷陣」。

摧枯拉朽 ㄘㄨㄟ ㄎㄨ ㄌㄚ ㄒㄧㄡˇ

【出處】唐・房玄齡等《晉書・甘卓傳》：「將軍之舉武昌，若摧枯拉朽，何所顧慮乎？」
【解釋】摧：摧毀。枯：指枯草。拉：折斷。枯、朽：指朽木，引申為腐朽勢力。
【用法】比喻輕而易舉地摧毀腐朽的事物或不堪一擊的勢力。
【例句】另一路由陳將軍指揮，以～之勢，迅速攻下臨安、餘杭等地。

摧陷廓清 ㄘㄨㄟ ㄒㄧㄢˋ ㄎㄨㄛˋ ㄑㄧㄥ

【出處】唐・李漢《昌黎先生集序》：「嗚呼！先生於文，摧陷廓清之功，比於武事，可謂雄偉不常者矣。」
【解釋】摧陷：摧毀。廓清：肅清。
【用法】摧毀肅清，徹底掃除。
【例句】思想上的偏差會誤導行為，所以必須～，徹底清除才行。
【附註】也作「摧毀廓清」。

翠繞珠圍 ㄘㄨㄟˋ ㄖㄠˋ ㄓㄨ ㄨㄟˊ

【出處】元・王子一《誤入桃源》第四折：「依舊有翠繞珠圍。」
【解釋】翠、珠：翡翠和珠寶。
【用法】①形容婦女戴滿了首飾。②也比喻周圍環繞着盛妝的女子。
【例句】這次的宴會，出席的仕女無不～，光鮮亮麗。

脆而不堅 ㄘㄨㄟˋ ㄦˊ ㄅㄨˋ ㄐㄧㄢ

【解釋】脆：易碎易折。
【用法】比喻外表強硬，實質鬆軟。
【例句】我們絕不能搞那些華而不實、～的名堂。

村野匹夫 ㄘㄨㄣ ㄧㄝˇ ㄆㄧˇ ㄈㄨ

【出處】明・羅貫中《三國演義》第六十五回：「馬超曰：『吾家屢世公侯，豈識村野匹夫。』」
【解釋】村野：荒村山野。匹夫：平民百姓。
【用法】舊指沒有知識、沒有地位的人。
【例句】～，雖無名利富貴，倒也逍遙自在了無煩憂！

存心養性 ㄘㄨㄣˊ ㄒㄧㄣ ㄧㄤˇ ㄒㄧㄥˋ

【出處】《孟子・盡心上》：「存其心，養其性，所以事天也。」
【解釋】存：保全。
【用法】①保全赤子之心，培養善良的人性。②指舊時儒家所宣揚的修養方法。
【例句】古代聖賢莫不強調～之法，修持自身，使人格臻於完美境界。

存而不論 ㄘㄨㄣˊ ㄦˊ ㄅㄨˋ ㄌㄨㄣˋ

【出處】《莊子・齊物論》：「大合之外，聖人存而不論。」
【解釋】存：保留。論：討論。
【用法】把問題保留下來，暫不討論。
【例句】既然大家意見不一致，對於這個問題姑且～吧。

存亡繼絕（ㄘㄨㄣˊ ㄨㄤˊ ㄐㄧˋ ㄐㄩㄝˊ）

【出處】①《論語．堯曰》：「興滅國，繼絕世，舉逸民，天下之民歸心焉。」②漢．司馬遷《史記．太史公自序》：「存亡繼絕，以應天意。」

【解釋】存：指復活。繼：接續。

【用法】①原意爲存亡國，繼絕世。②指復活已經滅亡的國家，接續已經斷絕的後代。③後也泛指把失傳和死亡了的東西恢復起來。

【例句】孔子作「春秋」是想要明王道，辨人事，分明是非善惡賢不肖，～，補敝起廢，作後世君臣之龜鑑。

存亡絕續（ㄘㄨㄣˊ ㄨㄤˊ ㄐㄩㄝˊ ㄒㄩˋ）

【解釋】絕：斷絕。續：連接下去。

【用法】①或存在或滅亡，或完結或繼續。②形容局勢危急萬分。

存亡有分（ㄘㄨㄣˊ ㄨㄤˊ ㄧㄡˇ ㄈㄣˋ）

【出處】晉．陳壽《三國志．魏志．陳群傳》：「長短有命，存亡有分。」

【解釋】分：定分。

【用法】人的生死、物的存亡各有定分。

【例句】「生死有命、～」的觀念在中國人的思想中，往往根深柢固。

寸步不離（ㄘㄨㄣˋ ㄅㄨˋ ㄅㄨˋ ㄌㄧˊ）

【出處】《通俗編．行事．寸步不離》：「《述異記》：吳黃龍中，吳郡海鹽陸東，妻朱氏，亦有容止，夫妻相重，寸步不離，時人號爲比肩人。」

【解釋】寸步：很短的距離。

【用法】①寸步也不離開。②形容感情特別融洽，關係極其緊密。

【例句】這對男女正打得火熱，眞是～，無論去什麼地方，總是在一塊兒。

寸步難行（ㄘㄨㄣˋ ㄅㄨˋ ㄋㄢˊ ㄒㄧㄥˊ）

【出處】①唐．杜甫《九日寄岑參》詩：「寸步曲江頭，難爲一相就。」②元．白仁甫《東墻記》第二折：「聽了他淒涼慘切，好教我寸步難行。」

【用法】①指行走困難，邁不開步。②也比喻陷入困窘沒有一點活動餘地。

【例句】知識就是力量，沒有深厚的現代科學知識作基礎，我們就～。

【附註】也作「寸步難移」。

寸木岑樓（ㄘㄨㄣˋ ㄇㄨˋ ㄘㄣˊ ㄌㄡˊ）

【出處】《孟子．告子下》：「不揣其本，而齊其末，方寸之木，可使高於岑樓。」

【解釋】寸木：小木頭。岑樓：像山一樣高而尖的樓。

【用法】①寸木放在高處可以高於岑樓。②原指基礎不同，不能相比。③現常用以形容相距懸殊，差別很大。

【例句】這兩項事物相差懸殊，猶如～難以比較！

寸土必爭（ㄘㄨㄣˋ ㄊㄨˇ ㄅㄧˋ ㄓㄥ）

【用法】①一點土地也不讓敵方侵占，而要進行爭奪。②形容爭鬥激烈或針鋒相對。

【例句】我們的對敵方針是「針鋒相對，～」。

寸土不讓（ㄘㄨㄣˋ ㄊㄨˇ ㄅㄨˋ ㄖㄤˋ）

【用法】①連一寸土地也不讓敵人侵占。②指與敵人堅決抗爭，決不退讓半步。

【例句】寸土必守，~，堅決守住陣地。

寸利必得（ㄘㄨㄣˋ ㄌㄧˋ ㄅㄧˋ ㄉㄜˊ）

【用法】①微小的利益也不放棄。②形容斤斤計較個人利益。

【例句】他是個自私的人，由他斤斤計較，~的行為中，可見一斑！

寸量銖稱（ㄘㄨㄣˋ ㄌㄧㄤˊ ㄓㄨ ㄔㄥ）

【出處】宋·蘇軾《史論下》：「又欲寸量銖稱以摘其失，則煩不可舉。」

【解釋】銖：我國古代重量單位，等於一兩的二十四分之一。

【用法】①一寸一寸地量，一銖一銖地稱。②指考慮事物過於瑣碎。

【例句】對於這個問題，應看大方向，而不應該~，只着眼於瑣碎末節！

【附註】「量」不能念成ㄌㄧㄤˋ。

寸晷風檐（ㄘㄨㄣˋ ㄍㄨㄟˇ ㄈㄥ ㄧㄢˊ）

見「風檐寸晷」。

寸進尺退（ㄘㄨㄣˋ ㄐㄧㄣˋ ㄔˇ ㄊㄨㄟˋ）

【出處】《老子》第六十九章：「不敢進寸而退尺。」

【用法】①前進一寸，後退一尺。②指得到的少，失去的多，得不償失。

【例句】由於工作方針脫離實際，所以難免~，造成損失。

寸草不留（ㄘㄨㄣˋ ㄘㄠˇ ㄅㄨˋ ㄌㄧㄡˊ）

【出處】明·施耐庵《水滸傳》第八十八回：「若不如此，吾引大兵一到，寸草不留。」

【解釋】寸草：一點兒草。

【用法】①原指一點兒草也不保留。②後比喻燒殺搶掠，不留任何東西。

【例句】大前年，敵人把我住的村莊燒得~。就在那一年，我逃到了這兒，就此定居下來。

寸草不生（ㄘㄨㄣˋ ㄘㄠˇ ㄅㄨˋ ㄕㄥ）

【出處】明·吳承恩《西遊記》第五十九回：「却有八百里火焰，四周圍寸草不生。」

【用法】土地貧瘠，什麼也不長。

【例句】在這個孤島上，到處裸露着岩石，光禿禿的，~。

寸草春暉（ㄘㄨㄣˋ ㄘㄠˇ ㄔㄨㄣ ㄏㄨㄟ）

【出處】唐·孟郊《遊子吟》：「慈母手中綫，遊子身上衣，臨行密密縫，意恐遲遲歸，誰言寸草心，報得三春暉。」

【用法】①小草難以報答春天陽光的恩惠。②比喻父母的恩情很重，兒女盡心竭力也難以報答。

【例句】全國國民對我們的政府都有~之感。

寸絲半粟（ㄘㄨㄣˋ ㄙ ㄅㄢˋ ㄙㄨˋ）

【出處】清·吳敬梓《儒林外史》第四回：「小弟……從不曉得占人寸絲半粟的便宜。」

【用法】①一寸蠶絲，半粒小米。②比喻數量極少的東西。

【例句】陳老伯是個老實的生意人，從不占人~的便宜！

寸絲不掛（ㄘㄨㄣˋ ㄙ ㄅㄨˋ ㄍㄨㄚˋ）

見「一絲不掛」。

寸陰尺壁 ㄘㄨㄣˋ ㄧㄣ ㄔˇ ㄅㄧˋ

【出處】漢・劉安《淮南子・原道訓》：「故聖人不貴尺之璧，而重寸之陰，時難得而易失也。」
【解釋】寸陰：一寸光陰。尺璧：直徑一尺的璧玉。
【用法】指一寸光陰比直徑一尺的璧玉更可貴。
【例句】～，我們怎能不愛惜時間呢？

寸陰若歲 ㄘㄨㄣˋ ㄧㄣ ㄖㄨㄛˋ ㄙㄨㄟˋ

【出處】唐・李延壽《北史・韓禽傳》：「詔曰：『班師凱入，誠知非遠，想思之甚，寸陰若歲。』」
【解釋】寸陰：一寸光陰，指很短的時間。歲：年。
【用法】①過一會兒像過一年那麼難熬。②常形容思念情切或日子難過。
【例句】兩人結婚不久就離開了，雖然時間不長，但～，朝朝暮暮，彼此總是在惦念着。
【附註】參看「一日三秋」。

搓綿扯絮 ㄘㄨㄛ ㄇㄧㄢˊ ㄔㄜˇ ㄒㄩˋ

【出處】清・曹雪芹《紅樓夢》第四十九回：「從玻璃窗內往外一看，原來不是日光，竟是一夜的雪，下得將有一尺厚，天上仍是搓綿扯絮一般。」
【解釋】綿：絲綿。絮：粗絲棉或彈過的棉花。
【用法】①搓弄絲綿，撕扯綿絮。②形容雪下得很大。
【例句】外頭雪下得猶如～，你還是在此歇宿一晚，明天再走吧！

搓手頓脚 ㄘㄨㄛ ㄕㄡˇ ㄉㄨㄣˋ ㄐㄧㄠˇ

【用法】①兩手相搓，跺着兩脚。②形容着急、不耐煩的神情。
【例句】有困難要設法解決，光～也不能解決問題。

撮要刪繁 ㄘㄨㄛ ㄧㄠˋ ㄕㄢ ㄈㄢˊ

【出處】清・曹雪芹《紅樓夢》第四十二回：「更有顰兒這促狹鬼，他用『春秋』的法子，把市俗粗話，撮其要，刪其繁，再加潤色，比方出來，一句是一句。」
【解釋】撮：抓住。刪：去掉。繁：繁瑣。
【用法】抓住主要的，去掉繁瑣的。
【例句】他的這部著作，廣泛吸取了前人的研究成果，並且～，具有很高的學術價值。

撮鹽入火 ㄘㄨㄛ ㄧㄢˊ ㄖㄨˋ ㄏㄨㄛˇ

【出處】元・王實甫《西廂記》第三本第二折：「待去呵，小姐性兒撮鹽入火。」
【解釋】撮：用手指抓。
【用法】①抓一撮鹽放進火裡，馬上會爆烈。②比喻性情急躁。
【例句】王小姐的個性～，活像個男孩子！

蹉跎歲月 ㄘㄨㄛ ㄊㄨㄛˊ ㄙㄨㄟˋ ㄩㄝˋ

【出處】①唐・房玄齡等《晉書・周處傳》：「欲自修而年已蹉跎。」②唐・李頎《送魏萬之京》詩：「莫見長安行樂處，空令歲月易蹉跎。」
【解釋】蹉跎：虛度時光。

【用法】指時間白白過去，虛度光陰。
【例句】我已年近半百，但～，一事無成。

厝火積薪（ㄘㄨㄛˋ ㄏㄨㄛˇ ㄐㄧ ㄒㄧㄣ）

【出處】漢．賈誼《新書．數寧》：「夫抱火厝之積薪之下，而寢其上，火未及燃，因謂之安，偷安者也。」
【解釋】厝：安放。薪：柴草。
【用法】①把火放在堆積的柴草下面。②比喻潛藏着極大的危險。
【例句】不顧實際情況，濫砍濫伐，這是～，遲早要受到大自然的懲罰。

措置失宜（ㄘㄨㄛˋ ㄓˋ ㄕ ㄧˊ）

【解釋】措置：處置。宜：合適、妥當。
【用法】處理事物不妥當。
【例句】這次戰鬥的失利，固然原因是多方面的，但～可列爲最重要的原因之一。

措置裕如（ㄘㄨㄛˋ ㄓˋ ㄩˋ ㄖㄨˊ）

【解釋】措置：安排、處理。裕如：從容，不費力。
【用法】①安排處置，從容不迫。②形容處理事物胸有成竹，不慌不忙。
【例句】由於事先進行了周密的調查研究，所以對整個工作都安排得有條不紊、～。
【附註】參看「應對裕如」。

措手不及（ㄘㄨㄛˋ ㄕㄡˇ ㄅㄨˋ ㄐㄧˊ）

【出處】宋話本《錯斬崔寧》：「魏生措手不及，通紅了臉。」
【解釋】措手：着手應付，處理。
【用法】事出意外，來不及應付。
【例句】我提出要組織突擊小組，打它個～。

錯落不齊（ㄘㄨㄛˋ ㄌㄨㄛˋ ㄅㄨˋ ㄑㄧˊ）

【出處】唐．房玄齡等《晉書．衛恒傳》：「纖波濃點，錯落其間。」
【用法】①交錯零落。②形容事物布局疏密得體。③後用以形容不整齊，雜亂無章。
【例句】一座座精巧的別墅，～地分布山脚下，倒也新鮮別致。

錯落有致（ㄘㄨㄛˋ ㄌㄨㄛˋ ㄧㄡˇ ㄓˋ）

【解釋】錯落：參差交錯。致：情趣。
【用法】①參差錯落，極有情趣。②形容事物安排布置得巧妙，看了使人有好感。
【例句】這個花園雖小，但亭榭樓台、假山怪石，倒也造得～。

錯認顏標（ㄘㄨㄛˋ ㄖㄣˋ ㄧㄢˊ ㄅㄧㄠ）

【出處】五代．王定保《唐摭言．誤放》：「鄭侍郎薰主文，誤謂顏標乃魯公之後，……即以標爲狀元。謝恩日，從容問及廟院。標寒畯也，未嘗有廟院。薰始大悟，塞默而已。尋爲無名子所嘲曰：『主司頭腦太冬烘，錯認顏標作魯公。』」
【用法】指作事糊塗昏庸。

錯綜複雜（ㄘㄨㄛˋ ㄗㄨㄥ ㄈㄨˋ ㄗㄚˊ）

【出處】《周易．繫辭上》：「參伍以變，錯綜其數。」
【用法】①交錯綜合，重複雜亂。②形容情況煩雜，頭緒很多。

【例句】我正在調查的有關珠寶走私案，～，想要全部搞清楚，還得了解更多的情況才行。

錯彩鏤金 ㄘㄨㄛˋ ㄘㄞˇ ㄌㄡˋ ㄐㄧㄣ

【出處】南朝・梁・鍾嶸《詩品》卷中：「湯惠休曰：『謝(靈運)詩如芙蓉出水，顏(延之)詩如錯彩鏤金。』」

【解釋】錯：塗飾。鏤：雕塑。

【用法】①原指雕塑繪畫的精美。②後用以比喻詩文詞藻絢爛多彩。

【例句】這些新崛起的青年詩人，對新詩的發展進行了勇敢的探索，在他們的詩作中，不乏～的篇章，讀之令人神往。

【附註】也作「鏤金錯彩」。

從容不迫 ㄘㄨㄥ ㄖㄨㄥˊ ㄅㄨˋ ㄆㄛˋ

【出處】①《莊子・秋水》：「鯈魚出游從容，是魚之樂也。」②宋《朱子全書・論語一・學而》：「只是說行得自然如此，無那牽強底意思，便是從容不迫。」

【解釋】從容：鎮靜、沉着。

【用法】①鎮靜而不急迫。②形容不慌不忙，冷靜沉着。

【例句】張隊長面對敵人的嚴重挑釁～，他鼓勵大家說：「不要怕，要沉着。」

【附註】「從」不能念成ㄘㄨㄥˊ。

從容就義 ㄘㄨㄥ ㄖㄨㄥˊ ㄐㄧㄡˋ ㄧˋ

【出處】宋・朱熹、呂祖謙《近思錄・政事》：「感慨殺身者易，從容就義者難。」

【解釋】從容：鎮靜沉着。就義：為正義而犧牲。

【用法】毫不畏懼地為正義的事業而犧牲。

【例句】無數革命先烈為了新中國的誕生，在滿清政府的刑場上，高唱凱歌，～。

【附註】「從」不能念成ㄘㄨㄥˊ。

聰明反被聰明誤 ㄘㄨㄥ ㄇㄧㄥˊ ㄈㄢˇ ㄅㄟˋ ㄘㄨㄥ ㄇㄧㄥˊ ㄨˋ

【出處】宋・蘇軾《洗兒》詩：「人皆養子望聰明，我被聰明誤一生。」

【用法】自恃聰明，反而辦了蠢事，吃虧上了當。

【例句】他想取巧，結果是「巧」沒有取成，反而把事辦砸了，這才是「～」！

【附註】參看「聰明自誤」。

聰明伶俐 ㄘㄨㄥ ㄇㄧㄥˊ ㄌㄧㄥˊ ㄌㄧˋ

【用法】形容小孩頭腦機靈，活潑而又乖巧。

【例句】這個小姑娘，～，十分討人喜愛。

聰明正直 ㄘㄨㄥ ㄇㄧㄥˊ ㄓㄥˋ ㄓˊ

【出處】①《左傳・莊公三十二年》：「神聰明正直而壹者也。」②蒲松齡《聊齋志異，席方平》：「世傳灌口二郎為帝勛戚，其神聰明正直，訴之當有靈異。」

【用法】①頭腦聰明，行為正直。②形容人的品質優秀。

【例句】這個年輕人～，是可以信託的。

聰明睿智 ㄘㄨㄥ ㄇㄧㄥˊ ㄖㄨㄟˋ ㄓˋ

【出處】《周易・繫辭上》：「古之聰明睿智，神武而不殺者矣。」

【解釋】睿智：英明而有遠見。

【用法】①天資高，有智慧，有遠見。
②形容特別精明機敏
【例句】這人~，而且刻苦好學。

聰明自誤

【出處】清．曹雪芹《紅樓夢》第五回：「機關算盡太聰明，反誤了卿卿性命。」
【解釋】誤：耽誤、妨害。
【用法】聰明人過分精明，反而害了自己。
【例句】這人機靈得過份，反而把事情辦壞了，這就叫做「~」！
【附註】參看「聰明反被聰明誤」。

聰明才智

【出處】北齊．顏之推《顏氏家訓．治家》：「如有聰明才智，認達古今，正當輔佐君子，助其不足，必無牝鷄晨鳴，以致禍也。」
【解釋】聰明：天資高。才智：才能與智慧。
【用法】泛指人富有的良好智能。
【例句】讓我們勤奮學習，刻苦鑽研，充分發揮我們的~，用最大的努力去完成歷史賦予我們的光榮任務。

聰明一世，懵懂一時

【出處】明．馮夢龍《醒世恒言．杜子春三入長安》：「我杜子春聰明一世，懵懂一時。」
【解釋】懵懂：糊塗。
【用法】聰明人一時糊塗，做了錯事或傻事。
【例句】六十九歲的人了，反倒「~」，教一群小孩子給耍弄了！
【附註】也作「聰明一世，糊塗一時」。

聰明英毅

【出處】元．脫脫等《宋史．孝宗紀》：「高宗以公天下之心，擇太祖之后而立之，乃得孝宗之賢，聰明英毅，卓然為南渡諸帝之稱首。」
【用法】智力過人，英明果敢。
【例句】別看我們主任的年歲不大，但他~，很受上級的器重。

蔥翠欲滴

【出處】宋．郭熙《林泉高致．山水訓》：「眞山水之烟嵐，四時不同：春山澹冶而如笑，夏山蒼翠而如滴，秋山明淨而如妝，冬山慘淡而如睡。」
【解釋】翠：青綠色。
【用法】①蔥綠的色澤將要滴落下來。
②形容植物生長旺盛的樣子。
【例句】長長的蕉葉迎風舒展，~，婀娜嫵媚，姿態萬千。

蔥蔚洇潤

【出處】清．曹雪芹《紅樓夢》第二回：「就是後邊一帶花園裡，樹木山石，也都還有蔥蔚洇潤之氣，哪裡像個衰敗之家？」
【解釋】蔥蔚：草木茂盛的樣子。洇潤：潤澤、滋潤。
【用法】形容草木蒼翠潤澤，生機勃勃。
【例句】一陣大雨過後，萬物~，生氣盎然。

從頭到尾

【用法】由開頭到末尾。
【例句】我把這篇文章~地細讀一遍之

後，不禁大失所望。
【附註】也作「從頭到底」。

從天而降 ㄘㄨㄥˊ ㄊㄧㄢ ㄦˊ ㄐㄧㄤˋ
【出處】漢·班固《漢書·周勃傳》：「諸侯聞之，以爲將軍從天而下也。」
【用法】①從天上降下來的。②比喻出現得非常突然，使人無法推測和預料。
【例句】張教授向來是埋頭學問、與世無爭的，絲毫沒有想到禍事～，弄得他家破人亡。

從立自新 ㄘㄨㄥˊ ㄌㄧˋ ㄗˋ ㄒㄧㄣ
【出處】明·吳承恩《西遊記》第九十四回：「從立自新，復修大覺。」
【解釋】從立：重新自立。
【用法】自覺地改正錯誤，重作新人。
【例句】周處～，革除三害，值得後人稱頌。

從令如流 ㄘㄨㄥˊ ㄌㄧㄥˋ ㄖㄨˊ ㄌㄧㄡˊ
【出處】《商君書·畫策》：「是以三軍之衆，從令如流，死而不旋踵。」
【解釋】令：命令。如流：像流水一樣。
【用法】①服從命令如同向下流水似地順利。②形容紀律嚴明或順從服貼。
【例句】君主時代的官吏，爲保住自己的烏紗帽，只知～，根本不顧人民疾苦。

從諫如流 ㄘㄨㄥˊ ㄐㄧㄢˋ ㄖㄨˊ ㄌㄧㄡˊ
【出處】漢·班彪《王命論》：「從諫如順流，趨時如嚮起。」
【解釋】諫：直言規勸，指下級向上級提出意見或建議。如流：像流水一樣。
【用法】能夠迅速地接受和採納下級提出的意見和建議。
【例句】作爲一個高明的領導者，應該有～的精神，善於聽取各方面的意見。

從井救人 ㄘㄨㄥˊ ㄐㄧㄥˇ ㄐㄧㄡˋ ㄖㄣˊ
【出處】《論語·雍也》：「井有仁（仁人）焉，其從之也（耶）？」
【解釋】從：跟從。
【用法】①跟着落井的人投身井下去救人。②原比喻做好事不講究方式方法，不但不能有益於別人，反而危害自己。③現多用以比喻不顧自己的安危，去幫助和救援別人。
【例句】這位年輕人，冒着生命危險從碎裂的冰中救出了一個孩子，他這種～的光輝事跡，是我們學習的榜樣。

從心所欲 ㄘㄨㄥˊ ㄒㄧㄣ ㄙㄨㄛˇ ㄩˋ
【出處】《論語·爲政》：「七十而從心所欲，不逾矩。」
【解釋】從：隨。欲：心意、愛好。
【用法】①隨着自己的心意和愛好，想怎樣就怎樣。②原指人有經驗後，想法和行動不致出軌。③後用以比喻按自己的想法胡來。
【例句】這些年來，他遇事～，弄得大家都對他有意見。
【附註】參看「隨心所欲」。

從中作梗 ㄘㄨㄥˊ ㄓㄨㄥ ㄗㄨㄛˋ ㄍㄥˇ
【解釋】作梗：干擾、搗亂。
【用法】①從當中干擾搗亂。②喻指有意搗亂破壞。
【例句】這事都眼看要辦成了，不料有人～，結果是功敗垂成，沒有任何希望了。

從中斡旋 ㄘㄨㄥˊ ㄓㄨㄥ ㄨㄛˋ ㄒㄩㄢˊ

【解釋】斡旋：扭轉、調解。
【用法】在矛盾的双方之間進行周旋調解。
【例句】幸虧有一個受大家信任的人～，才使得双方的衝突得到了解決。
【附註】「斡」不能寫成「幹」，也不能念成ㄍㄢˋ。

從中漁利 ㄘㄨㄥˊ ㄓㄨㄥ ㄩˊ ㄌㄧˋ

【解釋】漁利：乘機謀取不正當的利益。
【用法】①從當中撈取好處。②指用不正當的手段謀取利益。
【例句】軍國主義者施展挑撥離間的伎倆，製造國際爭端，其目的就是想～。

從長計議 ㄘㄨㄥˊ ㄔㄤˊ ㄐㄧˋ ㄧˋ

【出處】元・李行道《灰闌記・楔子》：「且待女孩子到來，慢慢的與他從長計議，有何不可。」
【用法】①慢慢地仔細考慮、商量。②指對事情處理時的愼重認眞態度。
【例句】這個問題很複雜，應該～，不要倉促做決定。

從善如登 ㄘㄨㄥˊ ㄕㄢˋ ㄖㄨˊ ㄉㄥ

【出處】《國語・周語下》：「諺曰：『從善如登，從惡如崩。』」韋昭注：「如登，喻難；如崩，喻易。」
【解釋】從：順從，引申為學習。登：登高。
【用法】指學好或做好事就像登高那樣難。
【例句】青年人走下坡路是很容易的，但要扭轉已經養成的壞習慣却不那麼容易，這眞是所謂～。

從善如流 ㄘㄨㄥˊ ㄕㄢˋ ㄖㄨˊ ㄌㄧㄡˊ

【出處】《左傳・成公八年》：「從善如流，宜哉！」
【解釋】善：好，指高明正確的意見和建議。流：流水。
【用法】①採納高明正確的意見和建議，像水向下那樣順利而自然。②形容樂於接受意見和建議。
【例句】我們應有～的精神，虛心聽取別人正確的意見，勇於改正錯誤。

從惡如崩 ㄘㄨㄥˊ ㄜˋ ㄖㄨˊ ㄅㄥ

【出處】《國語・周語下》：「諺曰：『從善如登，從惡如崩。』」韋昭注：「如登，喻難；如崩，喻易。」
【解釋】從惡：跟隨惡人學做惡事。如崩：像山崩一樣地迅猛。
【用法】比喻學壞容易，不可收拾。
【例句】學壞容易學好難，「～」正是這個道理啊！

從一而終 ㄘㄨㄥˊ ㄧ ㄦˊ ㄓㄨㄥ

【出處】《周易・恒》：「曰：婦人貞吉，從一而終也。」
【解釋】從：從屬。終：終身。
【用法】①從屬於一個丈夫而終其身。②也用來形容對某事的專一。
【例句】傳統道德要求婦女得～，對男人却持不同標準，未免不公平。

〔厶部〕

司馬青衫（ㄙ ㄇㄚˇ ㄑㄧㄥ ㄕㄢ）

【出處】唐・白居易《琵琶行》詩：「座中泣下誰最多？江州司馬青衫濕。」
【解釋】司馬：古官名。指唐代詩人白居易被貶爲江州司馬，行前聽琵琶演奏者自敘生平，感到和自己遭遇相似，因同情相憐，倍受感動。
【用法】形容極度悲傷。
【例句】「～」的故事在我國廣爲流行，並且有人寫成劇本。

司馬昭之心，路人皆知（ㄙ ㄇㄚˇ ㄓㄠ ㄓ ㄒㄧㄣ，ㄌㄨˋ ㄖㄣˊ ㄐㄧㄝ ㄓ）

【出處】《三國志・魏書・高貴鄉公傳》裴松之注引《漢晉春秋》：魏帝曹髦在位，大將軍司馬昭掌握大權，蓄意篡政。「帝見威權日去，不勝其忿。乃召侍中王沈……謂曰：『司馬昭之心，路人所知也。吾不能坐受廢辱，今日當與卿出討之。』」
【解釋】路人：行路的人，喻指不相干的人。皆：都。
【用法】泛指人的陰謀顯露無遺，盡人皆知。
【例句】梁啓超《新中國未來記》第四回：「此人陰謀辣手，眞是～。」

司空見慣（ㄙ ㄎㄨㄥ ㄐㄧㄢˋ ㄍㄨㄢˋ）

【出處】唐・孟棨（ㄑㄧˇ）《本事詩・情感》：「李司空（紳）罷鎭在京，慕劉（禹錫）名，嘗邀至第中，厚設飲饌。酒酣，命妙妓歌以送之。劉於席上賦詩，曰：『鬟髻梳頭宮樣妝，春風一曲《杜韋娘》，司空見慣渾閑事，斷盡江南刺史腸。』」（鬟髻：髮髻名。）
【解釋】司空：古代中央政府裡掌管工程的長官。
【用法】①原指司空看慣了已成爲平淡的事。②後指看慣了的事而不足爲奇。
【例句】男子留長髮、戴耳環在九〇年代似乎已成了～的事了。

絲來線去（ㄙ ㄌㄞˊ ㄒㄧㄢˋ ㄑㄩˋ）

【出處】唐・張鷟《朝野僉載・三》：「洛州昭成佛寺有安樂公主造百寶香爐，高三尺，開四門，絳橋勾欄、花草、飛禽走獸、諸天妓樂、麒麟鸞鳳、白鶴飛仙，絲來線去，鬼出神入，隱起級鏤，窈窕便娟。」
【用法】①形容工藝作品功夫的細密精緻。②也比喻反覆糾纏、牽扯不清。
【例句】她自從見到那個年輕人，心裡總是～的，想又不敢想，放又放不下，也說不清是個什麼滋味。

絲竹管弦（ㄙ ㄓㄨˊ ㄍㄨㄢˇ ㄒㄧㄢˊ）

【出處】《禮記、樂記》：「金石絲竹，樂之器也。」
【解釋】絲：弦樂器。竹：管樂器。
【用法】①指琴瑟簫笛等樂器的總稱。②也指音樂。
【例句】古代一些隱居的高士，除了飽讀詩書外，也通曉～之音。

絲絲入扣 ㄙ ㄙ ㄖㄨˋ ㄎㄡˋ

【解釋】扣：同「筘」，織機附件之一，一般用鋼片編排成梳齒狀，經紗從筘片間穿過，筘的作用爲控制織物經密和把緯紗推向織口。指織布時，每條經線都有條不紊地從筘中通過。

【用法】比喻做得周密細緻，有條不紊，一一合拍（多指文章或藝術表演）。

【例句】作者對於主人翁的心理描寫，眞是～，使人信服。

絲恩髮怨 ㄙ ㄣ ㄈㄚˇ ㄩㄢˋ

【出處】宋・司馬光《資治通鑑・唐紀文宗太和九年》：「是時李訓、鄭注連逐三相，威震天下，於是平生絲恩髮怨，無不報者。」

【解釋】絲、髮：一根絲，一根頭髮，形容最微細的。

【用法】①像絲線那樣細小的恩惠，像頭髮那樣細小的怨恨。②指最微小的恩惠或怨恨。

【例句】人世間給予她的～，無不在她那敏感的心裡留下深深的印痕。

思不出位 ㄙ ㄅㄨˋ ㄔㄨ ㄨㄟˋ

【出處】《周易・艮》：「兼山，艮。君子以思不出其位。」

【解釋】思：思想。位：地位。思想不越出個人所處的地位。

【用法】比喻不作非分之想侵擾他人。

【例句】他是個～的人，只在自己工作崗位上盡心盡力，而不會妄想侵擾別人。

思婦病母 ㄙ ㄈㄨˋ ㄅㄧㄥˋ ㄇㄨˇ

【出處】《三國志・魏書・梁習傳》裴松之注引《魏略》：「（王思）爲大司農，年老目瞑，瞋怒無度。……時有吏父病篤，近在外舍，自白求假。思疑其不實，發怒曰：『世有思婦病母者，豈此謂乎？』遂不與假。」

【解釋】思：想念。

【用法】①指因想念家中的婦人卻假說母親有病。②比喻企圖達到目的而說假話。

【例句】你請假的目的不妨直說，千萬別「～」，故爲說辭。

思慮恂達 ㄙ ㄌㄩˋ ㄒㄩㄣˊ ㄉㄚˊ

【出處】《莊子・知北游》：「四肢彊（強），思慮恂達，耳目聰明。」

【解釋】恂達：通達。思索考慮很通達。

【用法】指頭腦有判斷力。

【例句】吳老見多識廣，閱世甚深，因此，～，料事如神，確實不是一般人能比得了的。

思患預防 ㄙ ㄏㄨㄢˋ ㄩˋ ㄈㄤˊ

【出處】《周易・旣濟》：「君子以思患而豫防之。」

【用法】想到會發生禍患，事先採取預防措施。

【例句】總經理果然料事如神，知道先～，以免被其他公司牽連。

思前想後 ㄙ ㄑㄧㄢˊ ㄒㄧㄤˇ ㄏㄡˋ

見「前思後想」。

思賢如渴 ㄙ ㄒㄧㄢˊ ㄖㄨˊ ㄎㄜˇ

【出處】晉・陳壽《三國志・蜀書・諸葛亮傳》：「將軍旣帝室之冑，信義著於四海，總攬英雄，思賢如渴。」
【解釋】賢：才德兼備的人。
【用法】盼望得到才德兼備的人就像口渴得急切要水喝一樣。
【例句】陳院長～，千方百計地把學有專長的學者聘請到院裡，並且爲他們安排研究的好環境。

思緒萬千（ㄙ ㄒㄩˋ ㄨㄢˋ ㄑㄧㄢ）

【出處】唐・徐堅《初學記》引南朝・陳・釋洪偃《游故園》詩：「悵望傷游目，辛酸思緒多。」
【解釋】思緒：思想的頭緒。萬千：極言其多。
【用法】指思想的頭緒相當多。
【例句】當她回到這個美麗的小城時，那熟悉的小橋、街道，依然如故，可是青年時代的朋友卻不見了！想到這裡，不由得～，心裡翻騰着一股說不出的滋味。

思深憂遠（ㄙ ㄕㄣ ㄧㄡ ㄩㄢˇ）

【出處】《左傳・襄公二十九年》：「吳公子禮來聘……請觀於周樂。……爲之歌《唐》，曰：『思深哉！其有陶唐氏之遺民乎？不然，何憂之遠也！』」
【解釋】憂：憂慮。
【用法】指思慮深遠。
【例句】王老貞是～，早在很多年以前，就在別人還沒覺察的情況下，對重理輕文可能給國家帶來的損失作了充分的估計。
【附註】也作「憂深思遠」。

思如湧泉（ㄙ ㄖㄨˊ ㄩㄥˇ ㄑㄩㄢˊ）

【出處】五代・後晉・劉昫等《舊唐書・蘇頲傳》：「中書令李嶠嘆曰：『舍人思如湧泉，嶠所不及也。』」
【解釋】湧泉：從地下向上冒出的泉水。
【用法】指文思就像從地下向上冒的泉水一樣充沛。
【例句】你眞行，拿起筆來，～，我卻搜索枯腸，也寫不出來。

斯須之報（ㄙ ㄒㄩ ㄓ ㄅㄠˋ）

【出處】明・吳承恩《西遊記》第六十三回：「行者道：『不敢，向蒙莫大之恩，未展斯須之報。』」
【解釋】斯須：短暫。報：報答。
【用法】①短暫的報答。②指報答甚微。
【例句】我幫忙你，完全是基於愛才心理，並不希望你做～。

斯事體大（ㄙ ㄕˋ ㄊㄧˇ ㄉㄚˋ）

【出處】漢・司馬遷《史記・司馬相如傳》：「然斯事體大，固非觀者之所觀也。」
【解釋】斯：這。事體：事情。這是大事。
【用法】指不可忽略的事。
【例句】～，影響深遠，我們在實行之前，應先好好評估一番。

斯文掃地（ㄙ ㄨㄣˊ ㄙㄠˇ ㄉㄧˋ）

【出處】《論語・子罕》：「天之將喪斯文也，後死者不得與於斯文也。」
【解釋】斯文：指文人或文化。掃地：比喻名譽等完全喪失。
【用法】①指文人受汚辱、受摧殘或文化被踐踏、被破壞。②也指文人自甘墮落。

【例句】這位堂堂作家，竟搖尾乞憐，用他的知名度去爲那些侵略者歌功頌德，眞是～！

私謀詭計（ㄙ ㄇㄡˊ ㄍㄨㄟˇ ㄐㄧˋ）

見「陰謀詭計」。

私心雜念（ㄙ ㄒㄧㄣ ㄗㄚˊ ㄋㄧㄢˋ）

【用法】爲個人打算的不純正的想法。
【例句】他沒有一點～，一顆心都放在工作上了。

私相授受（ㄙ ㄒㄧㄤ ㄕㄡˋ ㄕㄡˋ）

【解釋】私：私下，暗地裡。相：互相。授：授給、給予。受：接受。
【用法】指私下裡互相授予和接受。
【例句】拿公共財物～，應該受到制裁。

私淑弟子（ㄙ ㄕㄨˊ ㄉㄧˋ ㄗˇ）

【出處】《孟子·離婁下》：「予未得爲孔子徒也，予私淑諸人也。」
【解釋】私：私下。淑：善。
【用法】舊時對自己所敬仰的但又不能從學的前輩，自稱「私淑弟子」。
【例句】在古代，一些著名的大學者，總是擁有許多～。

死不瞑目（ㄙˇ ㄅㄨˋ ㄇㄧㄥˊ ㄇㄨˋ）

【出處】晉·陳壽《三國志·吳書·孫堅傳》：「（董）卓憚（孫）堅猛壯，乃遣將軍李傕等來求和親，……（孫）堅曰：『（董）卓逆天無道，蕩覆王室，今不夷汝之族，縣（懸）示四海，則吾死不瞑目！』」
【解釋】瞑目：閉眼。死了也閉不上眼。
【用法】指人生前有未了之事，死後也不甘心。
【例句】這是我多年的心血，如果不把它整理出來，我是～的。

死不改悔（ㄙˇ ㄅㄨˋ ㄍㄞˇ ㄏㄨㄟˇ）

【解釋】到死也不悔改。
【用法】指固執過錯，頑固到底。
【例句】話不要說得那麼絕對，大多數人犯了錯是可以改的，所謂～者是很少的。

死不足惜（ㄙˇ ㄅㄨˋ ㄗㄨˊ ㄒㄧ）

【出處】元·脫脫等《宋史·蘇洵傳》：「善用兵者，使之無所顧，有所恃。無所顧，則知死之不足惜，有所恃，則知不致於必敗。」
【解釋】足：值得。
【用法】指縱然死去，也不值得痛惜。
【例句】這些社會上的害蟲，今日伏法槍決，眞是～。

死皮賴臉（ㄙˇ ㄆㄧˊ ㄌㄞˋ ㄌㄧㄢˇ）

【出處】清·曹雪芹《紅樓夢》第二十四回：「還虧是我呢，要是別人，死皮賴臉的三日兩頭來纏舅舅，要三升米二升豆子的，舅舅也就沒有法兒呢。」
【用法】臉憨皮厚，沒羞沒臊地纏磨不清。
【例句】王小姐對你沒意思，就不要～地纏着人家。

死得其所（ㄙˇ ㄉㄜˊ ㄑㄧˊ ㄙㄨㄛˇ）

【出處】北齊·魏收《魏書·張普惠傳》：「人生有死，死得其所，夫復何恨！」

【解釋】所：處所。死於合適之處，得到應有的歸宿。
【用法】指死得有意義、有價值。
【例句】戰士英勇地爲國捐軀，雖然悲壯，亦可謂「～」了。

死裡逃生 ㄙˇ ㄌㄧˇ ㄊㄠˊ ㄕㄥ

【出處】元・王實甫《西廂記》第二本第二折：「半萬賊兵，卷浮雲片時掃淨，俺一家兒死裡逃生。」
【用法】指從危難中逃脫，倖免於死。
【例句】這次蒙您相助，得以～，下輩子願做牛做馬，以報答恩情。

死灰復燃 ㄙˇ ㄏㄨㄟ ㄈㄨˋ ㄖㄢˊ

【出處】漢・司馬遷《史記・韓長孺列傳》：「安國坐法抵罪，蒙獄史吏田甲辱安國，安國曰：『死灰獨不復然（燃）乎？』」
【解釋】死灰：熄滅的火灰。復：又。熄滅的火灰又重新燃燒起來。
【用法】比喻已經消失的勢力又重新出現或已經平息的壞現象又重新活躍。
【例句】前一陣子經過大力整頓的攤販問題，近來好像又有～的趨勢。

死去活來 ㄙˇ ㄑㄩˋ ㄏㄨㄛˊ ㄌㄞˊ

【出處】明・馮夢龍《醒世恒言・十五貫戲言成巧禍》：「當下衆人將那崔寧與小娘子，死去活來拷打一頓。」
【解釋】昏死過去，再甦醒過來。
【用法】形容人不堪折磨的情狀。
【例句】忽然接到親人猝死的惡耗，她眞是哭得～。

死心塌地 ㄙˇ ㄒㄧㄣ ㄊㄚ ㄉㄧˋ

【出處】元・喬孟符《鴛鴦被》第四折：「這洛陽城劉員外，他是個有錢賊，只要你還了時，方才死心塌地。」
【解釋】塌下心，不抱有其它任何想法。
【例句】她～地愛著他，沒想到這無情男子竟棄她而去。

死中求生 ㄙˇ ㄓㄨㄥ ㄑㄧㄡˊ ㄕㄥ

【出處】南朝・宋・范曄《後漢書・公孫述傳》：「述謂延岑曰：『當事奈何？』岑曰：『男兒當死中求生，可坐窮乎！』」
【用法】指在接近死亡的絕境中求生路。
【例句】我們要想盡一切辦法逃出去，要～，不能坐以待斃。

死生有命 ㄙˇ ㄕㄥ ㄧㄡˇ ㄇㄧㄥˋ

【出處】《論語・顏淵》：「子夏曰：『商聞之矣，死生有命，富貴在天。』」
【解釋】舊指人的死與生都是命裡注定的。
【例句】前人說：～。你又何必太在意這些小事情呢？

死日生年 ㄙˇ ㄖˋ ㄕㄥ ㄋㄧㄢˊ

【出處】東漢・傅毅《與荆文姜書》：「雖死之日，猶生之年。」
【用法】指雖然死去，也和活着一樣。

死而後已 ㄙˇ ㄦˊ ㄏㄡˋ ㄧˇ

【出處】《論語・泰伯》：「曾子曰：『士不可以不弘毅，任重而道遠。仁以爲己任，不亦重乎？死而後已，不亦遠乎？』」
【解釋】已：停止。死以後才停止。

【用法】指努力奮鬥，到死爲止。
【例句】我只要還有一口氣，這個工作就不能不徹底完成，反正～就是了。

死而無悔（ㄙˇ ㄦˊ ㄨˊ ㄏㄨㄟˇ）

【出處】《論語・述而》：「子曰：『暴虎馮河，死而無悔者，吾不與也。』」
【解釋】就是死了也毫無怨悔。
【用法】形容態度堅決坦然。
【例句】只要能回到我的家鄉，我就～了。
【附註】也作「死而無怨」。

死有餘辜（ㄙˇ ㄧㄡˇ ㄩˊ ㄍㄨ）

【出處】漢・班固《漢書・路溫舒傳》：「蓋奏當之成，雖咎繇（皋陶）聽之，猶以爲死有餘辜。」
【用法】①處以死刑也抵償不清他的罪過。②形容罪大惡極。
【例句】這個認賊作父的漢奸，助紂爲虐，殺害自己的同胞，眞是十惡不赦，～。
【附註】也作「死有餘罪」。

死無對證（ㄙˇ ㄨˊ ㄉㄨㄟˋ ㄓㄥˋ）

【出處】元・無名氏《抱妝盒》第三折：「那廝死了，可不好了，你做的個死無對證。」
【解釋】對證：核實。
【用法】指當事人已經死了，無法進行核對和證實。
【例句】本案共犯已經畏罪自殺，他以爲～，就拒不認賬，結果還是被依法從嚴制裁。

死無葬身之地（ㄙˇ ㄨˊ ㄗㄤˋ ㄕㄣ ㄓ ㄉㄧˋ）

【出處】元・馬致遠《陳摶高臥》第三折：「雖然道臣事君以忠，君使臣以禮，哎，這便是死無葬身之地，敢向那雲陽市血染朝衣。」
【解釋】死後沒有埋葬屍體的地方。
【用法】形容慘遭殺戮，無法安葬。
【例句】明・吳承恩《西遊記》第三十一回：「我還有個大師兄，叫孫行者，他神通廣大，善能降妖，他來時教你～。」

死於非命（ㄙˇ ㄩˊ ㄈㄟ ㄇㄧㄥˋ）

【出處】《孟子・盡心上》：「桎梏死者，非正命也。」
【解釋】非命：指因意外的災禍而死。
【用法】指死在意外的災禍之中。
【例句】明・施耐庵《水滸傳》第十五回：「我三個若捨不得性命相幫他時，殘酒爲誓，教我們都遭橫事，惡病臨身，～。」

死欲速朽（ㄙˇ ㄩˋ ㄙㄨˋ ㄒㄧㄡˇ）

【出處】《禮記・檀弓》：「有子問於曾子曰：『問喪於夫子乎？』曰：『聞之矣，喪欲速貧，死欲速朽，……昔者夫子居於宋，見桓司馬自爲石椁，三年而不成，夫子曰：若是其靡也，死不如速朽之愈也！死之欲速朽，爲桓司馬言之也。』」
【解釋】人死後屍體腐朽得越快越好。
【用法】指人死入土爲安。

似漆如膠（ㄙˋ ㄑㄧ ㄖㄨˊ ㄐㄧㄠ）

【出處】清・曹雪芹《紅樓夢》第五回

：「日則同行同坐，夜則同止同息，眞是言合意順，似漆如膠。」

【解釋】似、如：好像。好像漆、膠一樣地黏合在一起。

【用法】比喻關係極親密，感情很深厚，彼此難以分離。

【例句】她倆交情深厚親密，～。

【附註】參看「如膠似漆」。

似是而非（ㄙˋ ㄕˋ ㄦˊ ㄈㄟ）

【出處】《莊子・山木》：「(莊)周將處夫材與不材之間，似之而非也。」

【解釋】似：好像。是：對。非：不是、不對。

【用法】指好像是，卻並不是；好像對，卻並不對。

【例句】她說話總是～，令人弄不清楚她心裡究竟在想些什麼。

【附註】參看「類是而非」。

似水流年（ㄙˋ ㄕㄨㄟˇ ㄌㄧㄡˊ ㄋㄧㄢˊ）

【出處】明・湯顯祖《牡丹亭・驚夢》：「則爲你如花美眷，似水流年。是答兒閑尋遍，在幽閨自憐。」

【解釋】指年華像水流那樣的快。

【用法】形容青春易逝。

【例句】韶光易逝，～，我們要把握年輕歲月，好好努力。

【附註】也作「流年似水」。

似醉如痴（ㄙˋ ㄗㄨㄟˋ ㄖㄨˊ ㄔ）

【出處】明・吳承恩《西遊記》第五十四回：「這長老戰戰兢兢站立不住，似醉如痴。」

【用法】形容眩暈呆傻，動彈不得。

【例句】這演奏家技藝蓋世，無怪乎台下聽衆，個個～，沈浸其中。

似曾相識（ㄙˋ ㄘㄥˊ ㄒㄧㄤ ㄕˋ）

【出處】宋・晏殊《珠玉詞・浣溪沙》詞：「無可奈何花落去，似曾相識燕歸來，小園香徑獨徘徊。」

【解釋】似：好像。曾：曾經。識：認識。好像曾經相識過。

【用法】形容對人或事物不很陌生。

【例句】看到這人，我不由得有一種～的感覺。

似玉如花（ㄙˋ ㄩˋ ㄖㄨˊ ㄏㄨㄚ）

見「如花似玉」。

俟河之清（ㄙˋ ㄏㄜˊ ㄓ ㄑㄧㄥ）

【出處】《左傳・襄公八年》：「《周詩》有之曰：『俟河之清，人壽幾何？』」

【解釋】俟：等待。河：黃河。就像等待黃河變清那樣難。

【用法】比喻事情沒有希望或難以實現。

【例句】野心家妄圖稱霸世界，正所謂～，不過是一場夢想而已！

四不拗六（ㄙˋ ㄅㄨˋ ㄠˋ ㄌㄧㄡˋ）

【出處】明・凌濛初《二刻拍案驚奇》第一卷：「辨悟四不拗六，抵擋衆人不住，只得解包袱，攤在艙板上。」

【解釋】四、六：「四」指少數，「六」指多數。拗：違拗。

【用法】指少數人不能違拗大家的意見。

四平八穩（ㄙˋ ㄆㄧㄥˊ ㄅㄚ ㄨㄣˇ）

【出處】明・施耐庵《水滸傳》第四十

四回：「戴宗、楊林看裴宣時，果然一表人物，生得面白肥胖，四平八穩，心中暗喜。」

【用法】①形容人的面貌、體態生得非常匀稱。②也形容事物、行爲、言論很平穩。③也指處事平庸，保持一般，只圖無錯，不求進取。

【例句】他爲了處世、思想態度，總是表現得～。

四馬攢蹄（ㄙˋ ㄇㄚˇ ㄘㄨㄢˊ ㄊㄧˊ）

【出處】明・羅貫中《三遂平妖傳》四十：「李遂上前，叫軍士一把麻繩索兒，縛個四馬攢蹄。」

【解釋】攢：聚在一起。

【用法】指把兩隻手和兩隻脚捆在一起。

四面楚歌（ㄙˋ ㄇㄧㄢˋ ㄔㄨˇ ㄍㄜ）

【出處】漢・司馬遷《史記・項羽本紀》：「項王軍壁垓下，兵少食盡，漢軍及諸侯兵圍之數重，夜聞漢軍四面皆楚歌，項王乃大驚曰：『漢皆已得楚乎？是何楚人之多也！』」

【解釋】楚：指古代楚國人。

【用法】①四面都是楚人的歌聲。②比喻四面被圍，孤立無援，陷於絕境。

【例句】即使已是～，孤立無援，我們也應戰到最後一口氣。

四方之志（ㄙˋ ㄈㄤ ㄓ ㄓˋ）

【出處】《左傳・僖公二十三年》：「（姜氏）謂公子（重耳）曰：『子有四方之志，其聞之者，吾殺之矣。』」

【用法】指有遠大的志向。

【例句】此人自小便立下～，難怪表現得十分突出優秀。

四分五裂（ㄙˋ ㄈㄣ ㄨˇ ㄌㄧㄝˋ）

【出處】《戰國策・魏策一》：「張儀爲秦連橫，說魏王曰：『……魏南與楚而不與齊，則齊攻其東；東與齊而不與趙，則趙攻其北；不合於韓，則韓攻其西；不親於楚，則楚攻其南。此所謂四分五裂之道也。』」

【用法】形容支離破碎，極不完整或分散而不統一。

【例句】在軍閥混戰期間，整個國家～，人民生活在危難之中。

四大皆空（ㄙˋ ㄉㄚˋ ㄐㄧㄝ ㄎㄨㄥ）

【出處】《四十二章經》二十：「佛言：當念身中四大，各自有名，都無我者。」

【解釋】佛教用語。佛教稱堅、溫、暖、動的性能爲「四大」，並認爲人身亦由此「四大」構成。因此「四大」有時也作爲人身的代稱。

【用法】指世上的一切都是虛幻的。

【例句】她的祖父在晚淸時，也曾經大富大貴，但是經過一次次打擊，反而滋長了～的思想，退居林下，過起隱士生活來了。

四體不勤，五穀不分（ㄙˋ ㄊㄧˇ ㄅㄨˋ ㄑㄧㄣˊ，ㄨˇ ㄍㄨˇ ㄅㄨˋ ㄈㄣ）

【出處】《論語・微子》：「四體不勤，五穀不分，孰爲夫子？」

【解釋】四體：四肢。五穀：稻、黍、稷、麥、菽，泛指糧食作物。

【用法】四體不勤，連五穀都分辨不淸。

【例句】她自小生長在都市，連蔥和蒜都不會分，我們都笑她是～。

四停八當（ㄙˋ ㄊㄧㄥˊ ㄅㄚ ㄉㄤˋ）

【出處】宋・朱熹《答呂伯恭（祖謙）書》：「不知如何整頓得此身心四亭（停）八當，無許多凹凸也。」
【解釋】停、當：妥當。
【用法】形容很妥當。
【例句】請您放心，我會把事情辦得～的。

四通八達（ㄙˋ ㄊㄨㄥ ㄅㄚ ㄉㄚˊ）

【出處】①漢・司馬遷《史記・酈食其列傳》：「夫陳留，天下之沖，四通五達之郊也。」②《子華子・晏子問黨》：「且齊之爲國也，表海而負嵎，輪廣隈澳，其塗（途）之所出，四通而八達，遊士之所湊也。」
【解釋】通、達：暢通無阻。四面八方都暢通無阻。
【用法】形容交通相當便利。
【例句】台北是一個～的大城市。

四海風從（ㄙˋ ㄏㄞˇ ㄈㄥ ㄘㄨㄥˊ）

【解釋】四海：指天下。風：指像風那樣迅速。從：跟隨，這裡指響應。
【用法】普天之下都迅速地起來響應。
【例句】陳勝、吳廣揭竿而起，～，掀起了波瀾壯闊的大革命。

四海鼎沸（ㄙˋ ㄏㄞˇ ㄉㄧㄥˇ ㄈㄟˋ）

【出處】晉・陳壽《三國志・蜀書・譙周傳》：「既非秦末鼎沸之時，實有六國並據之勢。」
【解釋】四海：指全國各地。鼎沸：鼎中的水沸騰了。
【用法】①指局勢不安定。②形容天下大亂。
【例句】愈是～，局勢不穩之時，愈能造就出許多扭轉乾坤，改變時代命運之人。

四海之內皆兄弟（ㄙˋ ㄏㄞˇ ㄓ ㄋㄟˋ ㄐㄧㄝ ㄒㄩㄥ ㄉㄧˋ）

【出處】《論語・顏淵》：「君子敬而無失，與人恭而有禮，四海之內皆兄弟也，君子何患乎無兄弟也。」
【解釋】四海：指天下。皆：都。
【用法】普天下的人民都跟自己的兄弟一樣。
【例句】～，天下原本是一家。

四海承風（ㄙˋ ㄏㄞˇ ㄔㄥˊ ㄈㄥ）

【出處】《孔子家語・好生》：「舜之爲君也，其政好生而惡殺，……是以四海承風。」
【解釋】四海：指天下。承：受。風：指教化。普天之下都承受了教化。
【用法】指政令教化，天下通行。
【例句】在中國歷史上，有許多好官，能使其政令通行，～，而受到人民愛戴。

四海升平（ㄙˋ ㄏㄞˇ ㄕㄥ ㄆㄧㄥˊ）

【出處】元・無名氏《抱汝盒》第三折：「寡人御極以來，幸喜四海升平，八方寧靜。」
【解釋】四海：指全國各地。升平：太平。
【用法】天下太平。
【例句】欣逢國慶佳節，各方皆慶祝～，國富民安。

四海爲家（ㄙˋ ㄏㄞˇ ㄨㄟˊ ㄐㄧㄚ）

【出處】《荀子・議兵》：「四海之內若一家，通達之屬，莫不從服。」

【解釋】四海：指天下。爲：當做。

【用法】①原指整個天下都爲帝王所有。②後指人漂泊無定所。③現指志在四方，以各處爲家，而不留戀故土或家庭。

【例句】他曾經是個～的人，如今總算是安定下來了。

四郊多壘（ㄙˋ ㄐㄧㄠ ㄉㄨㄛ ㄌㄟˇ）

【出處】《禮記・曲禮上》：「四郊多壘，此卿大夫之辱也。」

【解釋】壘：營壘。

【用法】①都城四郊敵人的營壘很多。②指敵軍逼近城郊，情勢危急。

【例句】今日～，駐防軍士皆須提高警覺，莫讓敵人得逞。

四清六活（ㄙˋ ㄑㄧㄥ ㄌㄧㄡˋ ㄏㄨㄛˊ）

【出處】明，施耐庵《水滸傳》第十八回：「這幾個都是貫（慣）做公的四清六活的人，卻怎的也不曉事！」

【解釋】四清：眼、耳、鼻、舌感覺分明。六活：禮、樂、射、御、書、數運用靈活。

【用法】形容人機靈幹練。

四戰之地（ㄙˋ ㄓㄢˋ ㄓ ㄉㄧˋ）

【出處】漢・司馬遷《史記・樂毅傳》：「趙，四戰之國也，其民習兵，伐之不可。」

【用法】①指處於強敵中間，兵家之爭，隨時可能同四面的敵人作戰的國家或地區。②也指四方平坦，無險可守，易受戰爭衝擊的地帶。

【例句】大凡一個國家，處於～，一旦發生戰爭，總是首當其衝，無法倖免。

四時八節（ㄙˋ ㄕˊ ㄅㄚ ㄐㄧㄝˊ）

【出處】唐・馬總《意林》卷一引《隋巢子》：「鬼神爲四時八節以紀育人。」

【解釋】四時：指春、夏、秋、冬。八節：指立春、春分、立夏、夏至、立秋、秋分、立冬、冬至。

【用法】泛指一年四季中各節氣。

四時氣備（ㄙˋ ㄕˊ ㄑㄧˋ ㄅㄟˋ）

【出處】南朝・宋・劉義慶《世說新語・德行》：「謝太傅（安）絕重褚公，常稱褚季野雖不言，而四時之氣亦備。」（見《晉書・褚裒傳》）

【解釋】四時：春、夏、秋、冬四季。氣：正氣。備：具備。

【用法】①四時的正氣具備。②形容人氣度弘遠。

【例句】此人相貌堂堂，～，舉止合宜，他日必有大作爲。

四才三實（ㄙˋ ㄘㄞˊ ㄙㄢ ㄕˊ）

【出處】五代・後晉・劉昫等《舊唐書・職官志》二：「凡擇人以四才，校功以三實。」

【解釋】四才：指身、言、書、行。三實：指德行、才用、勞效。

【用法】此爲唐朝選拔和考核官吏的標準。

肆虐逞威（ㄙˋ ㄋㄩㄝˋ ㄔㄥˇ ㄨㄟ）

【解釋】肆：放肆。虐：殘暴。逞：顯

示。肆意殘暴，顯示威力。

【用法】①形容權奸惡霸任意爲非作惡，殘害好人，顯示權勢。②也形容風狂雨暴的無情，摧殘大地的一切。

【例句】狂暴的風雪好像要把天地翻轉過來似的，在山谷裡～。

【附註】「肆」不能寫成「肂」。

肆意爲虐（ㄙˋ ㄧˋ ㄨㄟˊ ㄋㄩㄝˋ）

【解釋】肆意：任意。爲：做。虐：殘暴。

【用法】任意做些慘無人道的勾當。

【例句】這個土匪，在山區一帶打家劫舍，～，眞是可惡。

肆無忌憚（ㄙˋ ㄨˊ ㄐㄧˋ ㄉㄢˋ）

【出處】《禮記．中庸》：「小人之中庸也，小人而無忌憚也。」

【解釋】肆：放肆。忌憚：顧忌和懼怕。

【用法】指行爲放肆，毫無顧忌和懼怕。

【例句】他居然在大庭廣衆之中，～地傳布謠言，攻擊自己的上司。

駟不及舌（ㄙˋ ㄅㄨˋ ㄐㄧˊ ㄕㄜˊ）

【出處】《論語．顏淵》：「惜乎！夫子（指衛國大夫棘子成）之說君子也，駟不及舌。」

【解釋】駟：四馬，同拉一輛車的四匹馬。不及：追不上。舌：舌頭，借指說出的話。

【用法】①駟馬雖快，也追不上說出的話。②指話一出口，就難以收回。

【例句】說話要小心，～，當心禍從口出。

【附註】參看「一言既出，駟馬難追」。

駟馬難追（ㄙˋ ㄇㄚˇ ㄋㄢˊ ㄓㄨㄟ）

見「一言既出，駟馬難追」。

駟馬高車（ㄙˋ ㄇㄚˇ ㄍㄠ ㄔㄜ）

【出處】漢．班固《漢書于定國傳》：「少高大閭門，今容駟馬高蓋車。」

【解釋】駟馬：一車所駕的四匹馬。

【用法】①套著四匹馬的高蓋車。②也借指顯貴者。

搜奇抉怪（ㄙㄡ ㄑㄧˊ ㄐㄩㄝˊ ㄍㄨㄞˋ）

【出處】唐．韓愈《荆潭唱和詩序》：「往復循環，有唱斯和，搜奇抉怪，雕鏤文字。」

【解釋】搜：搜索。抉：抉擇，挑選。奇、怪：奇異的，罕見的。

【用法】搜索新奇的，挑選罕見的（多指詩文有奇意警句）。

【例句】清．曹雪芹《紅樓夢》第七十六回：「若只管丟了眞情眞事，且去～，一則失了咱們的閨閣面目，二則也與題目無涉了。」

【附註】也作「搜奇檢怪」。

搜章摘句（ㄙㄡ ㄓㄤ ㄓㄞ ㄐㄩˋ）

【出處】宋．歐陽修等《新唐書．段秀實傳》：「（秀實）舉明經，其友易之。秀實曰：『搜章擿（摘）句，不足以立功。』乃棄去。」

【解釋】搜：搜索。摘：選取。搜索章節，摘取辭句。

【用法】比喻抄襲前人的文辭。

【例句】他這篇論文，大多抄襲前人，～，毫無自己的創見。

【附註】參看「尋章摘句」。

搜神奪巧

【出處】清·曹雪芹《紅樓夢》第十七回：「由山脚下一轉，便是平坦大路，豁然大門現於門前，衆人都道：『有趣，有趣！搜神奪巧，至於此極。』」
【解釋】搜：搜索。神：神奇。搜來神奇，奪得巧妙。
【用法】多指園林景致有巧奪天工之妙。
【例句】林家花園之建築，眞是～，其園林景致，令人歎爲觀止。

搜索枯腸

【出處】唐·盧同《走筆謝孟諫議寄新茶》詩：「三椀（碗）搜枯腸，唯有文字五千卷。」
【解釋】搜索：仔細尋找，這裡指反覆思索。枯腸：指枯竭的思路。
【用法】①從枯竭的思路中反覆思索。②形容冥思苦想。
【例句】我～，也寫不出一句詩來。

搜岩採幹

【出處】北齊·魏收《魏書·段承根傳·贈李寶詩之二》：「剖蚌求珍，搜巖（岩）採幹（干），野無投綸，朝盈逸翰。」
【解釋】搜：搜索。岩：險峻的山崖。在險峻的山崖間搜索，以採取幹材。
【用法】比喻不避艱險地多方搜求在野的人才。
【例句】他爲延攬人才，不避艱辛，～，希望使這些人能發揮所長，爲國效力。

撒嬌撒痴

【出處】明·馮夢龍《警世通言》卷二：「那婆娘不達時務，指望煨熱老公，重做夫妻，緊挨着酒壺，撒嬌撒痴，甜言美語。」
【解釋】撒：施展出，耍出。嬌：嬌氣。痴：憨痴。
【用法】仗着得到寵愛，故意做出嬌媚憨痴的姿態。
【例句】你總是寵着孩子，所以一看你回來就～沒完沒了地磨你。
【附註】「撒」不能念成ㄙㄚˇ。

撒手閉眼

【解釋】撒手：放開手，指不管。閉眼：閉着眼睛，指不看。
【用法】意指對事情不再負責，不再插手。
【例句】事已至此，我只好～了。
【附註】「撒」不能念成ㄙㄚˇ。

撒豆成兵

【解釋】撒出一把豆子變成一群作戰的兵。
【用法】①相傳神話故事裡有妖術邪法的人能撒豆成兵。②比喻異想出奇。
【例句】只有神話故事裡的人，才能擁有～的本領，而在現實生活中，是不可能出現的。
【附註】「撒」不能念成ㄙㄚ。

颯爽英姿

【出處】唐·杜甫《丹青引贈曹將軍霸》詩：「褒公（段志元）鄂公（尉遲敬德）毛髮動，英姿颯爽來酣戰。」
【解釋】颯爽：矯健而豪邁。英姿：英

俊勇武的姿態。

【用法】形容意氣風發，英武豪邁的樣子。

【例句】練兵場上，戰士們個個～，鬥志昂揚，苦練殺敵本領。

【附註】原作「英姿颯爽」。

色厲膽薄（ㄙㄜˋ ㄌㄧˋ ㄉㄢˇ ㄅㄛˊ）

【出處】明・羅貫中《三國演義》第二十一回：「操笑曰：『袁紹色厲膽薄，好謀無斷；于大事而惜身，見小利而忘命，非英雄也。』」

【解釋】色：神色。厲：厲害。膽：膽量。薄：微小。

【用法】表面顯得很厲害，實際却胆子很小。

【例句】不必害怕，對方只不過是個～的人而已。

色厲內荏（ㄙㄜˋ ㄌㄧˋ ㄋㄟˋ ㄖㄣˇ）

【出處】《論語・陽貨》：「子曰：『色厲而內荏，譬諸小人，其猶穿窬之盜也與？』」

【解釋】色：神色。厲：厲害。內：內心。荏：軟弱、怯懦。

【用法】指外表強硬而內心怯懦。

【例句】表面上看，其勢洶洶，實際上他是～，心虛得很。

色授魂與（ㄙㄜˋ ㄕㄡˋ ㄏㄨㄣˊ ㄩˇ）

【出處】漢・司馬相如《上林賦》：「長眉遲娟，微睇綿藐，色授魂與，心愉于側。」

【解釋】色：臉上的表情。授、與：授予、給予。

【用法】①一方向對方傳情，一方向對方傾心。②形容雙方心慕神交。

【例句】媒人尚未介紹完畢，男女雙方却已～，一見傾心。

色衰愛弛（ㄙㄜˋ ㄕㄨㄞ ㄞˋ ㄔˊ）

【出處】《韓非子・說難》：「昔子彌子瑕有寵於衛君……及彌子色衰愛弛，得罪於君。」

【解釋】色：姿色。弛：鬆弛。

【用法】指好姿色衰退就不再被人寵愛。

【例句】眞才實學最重要，光靠外表的美麗是不夠的，因爲～，所以凡是女人應多充實自我。

塞耳盜鈴（ㄙㄞ ㄦˇ ㄉㄠˋ ㄌㄧㄥˊ）

見「掩耳盜鈴」。

塞井夷灶（ㄙㄞ ㄐㄧㄥˇ ㄧˊ ㄗㄠˋ）

【出處】《左傳・襄公十四年》：「雞鳴而駕，塞井夷灶，唯余馬首是瞻。」（駕：駕好戰車。）

【解釋】夷：平。灶：地爐。把井塡平，把灶毀掉。

【用法】意爲決心進軍，進行決戰。

【例句】英勇的戰士們，莫不痛下決心，～，準備迎戰頑敵。

塞翁失馬（ㄙㄞ ㄨㄥ ㄕ ㄇㄚˇ）

【出處】漢・劉安《淮南子・人間訓》：「近塞上之人，有善術者，馬無故亡而入胡，人皆吊之。其父曰：『此何遽不爲福乎？』」居數月，其馬將胡駿馬而歸。」

【解釋】塞：邊塞。翁：老人。

【用法】①比喻雖然暫時受到損失，却可能因此而得到意想不到的好處。②

也比喻壞事在某些條件下可以變成好事。
【例句】～，焉知非福，何必爲了這點小事而耿耿於懷呢？

搔頭摸耳
ㄙㄠ ㄊㄡˊ ㄇㄛ ㄦˇ

【出處】清・彭養鷗《黑籍冤魂》第十三回：「兩個人搔頭摸耳，沒有法想。」
【用法】①抓抓頭皮，摸摸耳朵。②形容焦急時的神態。
【例句】眼看著情勢危急，而他又無計可施，只得在客廳中～，急得團團轉。
【附註】也作「搔頭抓耳」。

搔頭弄姿
ㄙㄠ ㄊㄡˊ ㄋㄨㄥˋ ㄗ

【出處】南朝・宋・范曄《後漢書・李固傳》：「大行在殯，路人掩涕。固獨胡粉飾貌，搔頭弄姿。」
【解釋】搔：抓撓。弄：賣弄。
【用法】①原指修飾儀容。②後指賣弄姿態。
【例句】看她那～、惺惺作態的樣子，實在讓人噁心。
【附註】也作「搔首弄姿」。

騷人墨客
ㄙㄠ ㄖㄣˊ ㄇㄛˋ ㄎㄜˋ

【出處】①唐・李白《古風》：「正聲何微茫，哀怨起騷人。」②漢・揚雄《長楊賦》：「墨客降席，再拜稽首。」
【解釋】墨客：指以筆墨作文的人。
【用法】後泛指詩人。
【例句】這些～薈萃一堂，談天說地、吟詩評文，眞是難得的聚會。

掃眉才子
ㄙㄠˇ ㄇㄟˊ ㄘㄞˊ ㄗˇ

【出處】唐・胡曾《贈薛濤》詩：「萬里橋邊女校書，枇杷花下閉門居；掃眉才子知多少，管領春風總不如。」（一說唐・王建所作，題爲《寄蜀中薛濤校書》）
【例句】班昭、李清照，皆是我國古代女子中有名的～。

掃地以盡
ㄙㄠˇ ㄉㄧˋ ㄧˇ ㄐㄧㄣˋ

【出處】①漢・揚雄《羽獵賦》：「軍驚師駭，刮野掃地。」②《漢書・魏豹田儋韓信傳贊》：「秦滅六國，而上古遺烈掃地盡矣。」
【用法】①如同掃地淨盡一樣，徹底地遭到了破壞。②現也指丟盡了臉面、威風等。
【例句】當他的醜事被公之於光天化日之下，他往日那副正人君子的神氣就～了。

掃榻以迎
ㄙㄠˇ ㄊㄚˋ ㄧˇ ㄧㄥˊ

【解釋】宋・陸游《寄題徐載叔秀才東莊詩》：「南台中丞掃榻見，北門學士倒屣迎。」
【解釋】榻：床。掃除床上的灰塵，以迎客人的光臨。
【用法】形容誠心誠意地歡迎客人。
【例句】你到台北來，就請住在我家吧，我們～，萬萬不要使我們失望。
【附註】也作「掃榻以待」。

掃穴犁庭
ㄙㄠˇ ㄒㄩㄝˊ ㄌㄧˊ ㄊㄧㄥˊ

見「犁庭掃穴」。

掃除天下
ㄙㄠˇ ㄔㄨˊ ㄊㄧㄢ ㄒㄧㄚˋ

【出處】南朝・宋・范曄《後漢書・陳蕃傳》：「蕃年十五，嘗閑處一室，而庭宇荒穢。父友同郡薛勤來候之，請蕃曰：『孺子何不洒掃，以待賓客？』蕃曰：『大丈夫處世，當掃除天下，安事一室乎！』」

【用法】清除天下邪惡，整頓治理國家。

【例句】大丈夫當以~為己志，個人的安危存亡何足掛齒？

三班六房 ㄙㄢ ㄅㄢ ㄌㄧㄡˋ ㄈㄤˊ

【出處】清・吳敬梓《儒林外史》第二回：「想這新年大節，老爺衙門裡三班六房，那一位不送帖子來？」

【解釋】「三班」指皂班、壯班、快班，都是差役之類。「六房」指吏房、戶房、禮房、兵房、刑房、工房，都是胥吏之類。

【用法】明清時州衙門中、下級官吏的總稱。

【例句】這位縣太爺為人廉潔，逢年過節，概不接受~的禮品賄賂。

三馬同槽 ㄙㄢ ㄇㄚˇ ㄊㄨㄥˊ ㄘㄠˊ

【出處】唐・房玄齡《晉書・宣帝紀》：「三國魏正始后，司馬懿與其子師、昭掌握軍政大權，屏除異己，時有『三馬同槽』之目。」

【解釋】「三馬」指司馬懿父子三人。

三番五次 ㄙㄢ ㄈㄢ ㄨˇ ㄘˋ

【出處】清・吳敬梓《儒林外史》第三十八回：「三番五次纏得老和尚急了，說道：『你是何處光棍，敢來鬧我們！』」

【用法】形容多次屢次。

【例句】經過~的調解，陳李兩家終於化干戈為玉帛，言歸於好了。

【附註】①也作「三番兩次」、「三番兩復」②參看「屢次三番」。

三分鼎足 ㄙㄢ ㄈㄣ ㄉㄧㄥˇ ㄗㄨˊ

【出處】漢・司馬遷《史記・淮陰侯列傳》載：楚漢相爭時，蒯通勸韓信說：「誠能聽臣之計，莫若兩去利而俱存之，三分天下，鼎足而居，其勢莫敢先動。」

【解釋】鼎：古代烹煮食物用的器皿，三足兩耳。

【用法】形容三分天下，像鼎的三條腿並立對峙。

【例句】魏、蜀、吳~的歷史故事，向來是膾炙人口的。

【附註】①也作「鼎足三分」「鼎足而立」「鼎足而居」。②參看「鼎足之勢」。

三墳五典 ㄙㄢ ㄈㄣˊ ㄨˇ ㄉㄧㄢˇ

【出處】《左傳・昭公十二年》：「是能讀三墳、五典、八索、九丘。」

【解釋】三墳指伏羲、神農、黃帝之書。五典指少昊、顓頊、高辛、唐、虞之書。

【用法】指傳說中我國最古的書籍。

【例句】所謂「~」只是傳說中的古書，看過的人一定少之又少。

三復白圭 ㄙㄢ ㄈㄨˋ ㄅㄞˊ ㄍㄨㄟ

【出處】《論語・先進》：「南容三復『白圭』，孔子以其兄之子（女兒）妻之。」

【解釋】三復：再三反覆。白圭：本指

古代帝王、諸侯舉行隆重儀式時所持的玉制禮器，這裡指《詩經・大雅・抑》裡關于「白圭」的詩句。

【用法】形容人言語行動特別謹慎。

【例句】看到南容～的故事，我們也該反躬自省，謹言慎行。

【附註】《詩、大雅、抑》「『白圭』之玷，尚可磨也；斯言之玷，不可為也」(白圭的污點可以磨掉，言語的污點卻不可去掉)表示南容慎言也。

三復斯言（ㄙㄢ ㄈㄨˋ ㄙ ㄧㄢˊ）

【出處】《論語・先進》：「南容三復『白圭』」《宋・朱熹注》引《詩經・大雅・抑》之篇曰：「『白圭』之玷，尚可磨也；斯言之玷，不可為也。」

【解釋】三復：再三反覆。斯：這。

【用法】多次反覆地體會這些話。

【例句】在我們分別的時候，你留下了可貴的贈別的話，如今～，仍感到非常親切。

三迭陽關（ㄙㄢ ㄉㄧㄝˊ ㄧㄤˊ ㄍㄨㄢ）

見「陽關三疊」。

三頭六臂（ㄙㄢ ㄊㄡˊ ㄌㄡˋ ㄅㄧˋ）

【出處】宋・釋道原《景德傳燈錄・卷十三・汾州善昭禪師》：「三頭六臂擎天地，忿怒哪吒撲帝鍾。」

【用法】比喻人本領高超，神通廣大。

【例句】縱使孫悟空有～，也逃不過如來佛的手掌心。

三頭兩緒（ㄙㄢ ㄊㄡˊ ㄌㄧㄤˇ ㄒㄩˋ）

【出處】宋・朱熹《答張敬夫書》：「不知以敬為主，而欲存心，則不免將一個心把捉一個心，外面未有一事時，裡面已是三頭六緒。」

【例句】我現在心裡正是～，不知如何是好。

三頭二面（ㄙㄢ ㄊㄡˊ ㄦˋ ㄇㄧㄢˋ）

【出處】唐・李義山《雜纂上・愚昧》：「三頭二面趨奉人」。

【用法】形容玩弄兩面手法，向人阿諛奉承。

【例句】此人～、巧言令色，惹人厭惡我們應小心提防。

【附註】也作「三頭兩面」。

三天打魚，兩天曬網（ㄙㄢ ㄊㄧㄢ ㄉㄚˇ ㄩˊ，ㄌㄧㄤˇ ㄊㄧㄢ ㄕㄞˋ ㄨㄤˇ）

【出處】清・曹雪芹《紅樓夢》第九回：「（薛蟠）因此也假說了來上學，不過是三日打魚，兩日曬網，白送些束修與賈代儒，卻不曾有一點進益。」

【用法】比喻學習或做事缺乏恒心，不能天天堅持，時常中斷。

【例句】求學要持之以恒，～，怎能有成就？

三年不窺園（ㄙㄢ ㄋㄧㄢˊ ㄅㄨˋ ㄎㄨㄟ ㄩㄢˊ）

【出處】漢班固《漢書・董仲舒傳》：「（仲舒）少治《春秋》，孝景時為博士，下幃講誦，弟子傳以久次相授業，或莫見其面，蓋三年不窺園，其精如此。」

【用法】形容專心致志於學習。

【例句】他為了研究遺傳工程，整天呆在實驗室裡，已經是～了。

【附註】也作「目不窺園」。

三推六問（ㄙㄢ ㄊㄨㄟ ㄌㄡˋ ㄨㄣˋ）

【出處】元・關漢卿《竇娥冤》第二折：「你要官休呵，拖你到官司，把你三推六問。」
【解釋】三、六：指多次。推、問：指審問。
【用法】多次審訊。
【例句】他經不起官府～終於坦承罪行。

三年之艾 ㄙㄢ ㄋㄧㄢˊ ㄓ ㄞˋ

【出處】《孟子・離婁上》：「今之欲王者，猶七年之病，求三年之艾也，苟爲不畜（蓄），終身不得。」
【解釋】艾：多年生草本植物，葉可制艾絨，供針灸用，以收藏多年而乾透的陳艾效果最好。
【用法】比喻凡事應預先作好準備。
【例句】凡事應預先作好準備，否則就如身患七年之病而求～，必定效果不彰。

三令五申 ㄙㄢ ㄌㄧㄥˋ ㄨˇ ㄕㄣ

【出處】漢・司馬遷《史記・孫子吳起列傳》：「（吳王）出宮中美女得百八十人，孫子分爲二隊，……約束既布，乃設鐵鉞，即三令五申之。」（鈇鉞ㄈㄨˇ ㄩㄝˋ：古代牢法用以殺人的斧子。）
【解釋】三、五：言其多。令：命令。申：陳述、說明。
【用法】①多次命令，反覆說明。②指再三告誡。
【例句】學校～，放學應準時返家，不要在外逗留嬉戲。

三綱五常 ㄙㄢ ㄍㄤ ㄨˇ ㄔㄤˊ

【出處】《論語・爲政》：「周因于殷禮，所損益可知也。」三國・魏・何晏集解引漢・馬融注：「所因謂三綱五常。」
【解釋】三綱：指君爲臣綱，父爲子綱、夫爲妻綱。五常：一說爲父義、母慈、兄友、弟恭、子孝。一說爲仁、義、禮、智、信。
【用法】指舊時禮教所標榜之道德標準。
【例句】雖然現在是科技的時代，但是舊有的～，亦不能完全廢除啊。

三姑六婆 ㄙㄢ ㄍㄨ ㄌㄧㄡˋ ㄆㄛˊ

【出處】明・陶宗儀《輟耕錄》第十卷：「三姑者，尼姑、道姑、卦姑也；六婆者，牙婆、媒婆、師婆（女巫）、虔婆（鴇母）、藥婆、穩婆（接生婆）也。」
【用法】①泛指各種職業的婦女。②也貶指走門串戶的不正當的婦女。
【例句】現代婦女多學有專精並且擁有正當職業，走門串戶的～已不多見了。

三顧茅廬 ㄙㄢ ㄍㄨˋ ㄇㄠˊ ㄌㄨˊ

【出處】三國・蜀・諸葛亮《出師表》：「先帝不以臣卑鄙，猥自枉屈，三顧臣於草廬之中。」
【解釋】顧：拜訪。茅廬：草房。東漢末年，天下紛爭，群雄割據，劉備爲了請諸葛亮出來幫助自己打天下，先後三次到隆中諸葛亮隱居的茅廬去拜訪他，最後一次才見到他，並且獲得他的應許，共創大業。
【用法】①形容禮賢下士的誠意。②也指誠心誠意地拜訪或邀請。
【例句】徐老師在語言學方面造詣很深，但他很少出來講學，要請他看來須

~才行。
【附註】也作「三顧草廬」。

三過其門而不入

【出處】《孟子·離婁下》：「禹稷當平世，三過其門而不入。」
【解釋】三次經過家門都不進去。傳說夏禹專心致志於治水，在外十三年，路過自己的家門也不進去，最後終於治服了洪水。
【用法】形容專心致志於工作，把個人的事情置之度外。
【例句】幾年以來，爲了尋找地下資源，他長年累月在荒山野嶺間跋涉著，連家也顧不得回，大有~的勁頭。

三更半夜

見「半夜三更」。

三公九卿

【出處】《尚書·周官》：「立太師、太傅、太保，茲惟三公，論道經邦，燮理陰陽。」
【解釋】三公：古代輔助國君掌握軍政大權的最高官員。九卿：古代中央政府的九個高級官員。
【用法】後泛指官位很高的人。
【例句】當官最重要是廉潔愛民，否則即使貴爲~，亦不足令人尊敬。

三戶亡秦

【出處】漢·司馬遷《史記·項羽本紀》：「故楚南公曰：『楚雖三戶，亡秦必楚也。』」
【解釋】三戶：三家人，形容人很少。亡：滅。雖然楚國剩下幾戶人家，也必然會消滅秦國。
【用法】比喻正義力量雖暫時還是弱小的，但必定會戰勝暴力。
【例句】國君應行仁政，否則~，暴政必將滅亡的。

三魂七魄

【出處】《左傳·昭公七年》：「人生始化曰魄，既生魄，陽曰魂；用物精多，則魂魄強。」
【解釋】魂：古人以爲人的精神能離開形體而存在，這種精神叫做「魂」。魄：古人指人身中依附形體的精神，與「魂」的區別是不能離開形體而存在。
【用法】道家認爲人有三魂七魄。
【例句】她被這怪異的景象嚇得彷彿~都飛了。

三皇五帝

【出處】《周禮·春官·外史》：「掌三皇五帝之書。」
【解釋】傳說不一。三皇：一般指燧人氏、伏羲氏、神農氏。五帝：黃帝、顓頊、帝嚳、唐堯、虞舜。
【用法】常借指遙遠的古代。
【例句】①在一般人的想像中，~時的社會應是古樸淳良的。

三教九流

【出處】宋·趙彥衛《雲麓漫鈔·六》：「（梁武）帝問三教九流及漢朝舊事，了如目前。」
【解釋】三教：指儒教、道教、佛教（見《北史·周高祖紀》）。九流：指儒家者流、道家者流、陰陽家者流、法家者流、名家者流、墨家者流、縱橫家者流、雜家者流、農家者流（見《漢書·藝文志》）。

【用法】①後泛指宗教、學術中的各種學派。②也泛指社會上各個階層，各種行業的人。

【例句】他認識的人很多，～都有。

【附註】也作「九流三教」。

三緘其口

【出處】《孔子家語·觀周》：「孔子觀周，遂入太祖后稷之廟，廟堂右階之前有金人焉，三緘其口，而銘其背，曰：古之慎言人也。」（亦見漢·劉向《說苑·敬慎》。）

【解釋】緘：封，閉。在嘴上貼了三重封條。

【用法】指言語謹慎，不說話或少說話。

【例句】在沒有言論自由的社會裡人們都是～，深怕稍一不慎便惹禍上身。

三軍易得，一將難求

見「千軍易得，一將難求」。

三釁三浴

【出處】《國語·齊語》：「（管仲）比至，三釁三浴之。桓公親逆之於郊，而與之坐而問焉。」

【解釋】釁：用香料塗抹身體。浴：洗澡。

【用法】在接待客人前多次洗澡和用香料擦身。表示非常尊重。

【例句】在古代，～迎接賓客，是十分尊重對方的表示。

【附註】也作「三薰三浴」、「三薰三沐」。

三旬九食

【出處】①漢·劉向《說苑·立節》：「子思居於衛，縕袍無表，二旬而九食。」②晉·陶淵明《擬古》詩：「三旬九遇食，十年著一冠。」

【用法】比喻生活非常窮困。

【例句】他少年時期，過著～的艱苦生活，所以一向能夠吃苦耐勞。

三紙無驢

見「博士買驢」。

三折肱，爲良醫

【出處】《左傳·定公十三年》：「三折肱，知爲良醫。」

【解釋】三：多次。肱：胳臂。多次折斷胳臂，在治療過程中，就能逐漸變成一個好醫生。即「久病成良醫」。

【用法】比喻處事遭受挫折多，就會富有經驗，而成爲這方面的行家。

【例句】他因常年有病，對於用藥是很熟悉的，甚至也能開個草藥方，這眞是「～」了。

【附註】「肱」不能念成ㄏㄨㄥˊ。

三占從二

【出處】①《尚書·洪範》：「三人占，從二人之言。」②《左傳·成公六年》引作「三人占，從二人。」

【解釋】占：占卜（古代用龜甲或蓍草等推算禍福的一種方式）。從：聽從。請三個人占卜，聽從其中兩種一致的說法。

【用法】比喻聽從多數人的意見。

【例句】你們看怎麼辦都行，我是～，

哪個辦法贊成的人多，我就按哪個辦法行事。

【附註】「占」不能念成ㄓㄢˋ。

三戰三北 ㄙㄢ ㄓㄢˋ ㄙㄢ ㄅㄟˇ

【出處】《國語・吳語》：「吳師大北。越之左軍右軍，乃遂涉而從之，又大敗之於沒。又郊敗之。三戰三北，乃至於吳。」

【解釋】北：敗北。

【用法】三次作戰，三次敗北。指每戰即敗。

【例句】在今年的國際足球邀請賽中，去年的冠軍，～，這是球迷所沒有料到的。

三貞九烈 ㄙㄢ ㄓㄣ ㄐㄧㄡˇ ㄌㄧㄝˋ

【出處】元・無名氏《合同文字》第三折：「他原來是九烈三貞賢達婦，兀的個老人家尚然道出嫁從夫。」

【解釋】三九：極言其甚。貞、烈：舊時要求婦女寧死不失身、不改嫁的道德規範。

【用法】常用以讚譽遵守舊禮教的女子。

【例句】對於～的女子，皇帝往往給予特別的讚譽、或頒匾額或建牌坊，以示尊崇。

【附註】也作「九烈三貞」。

三朝元老 ㄙㄢ ㄔㄠˊ ㄩㄢˊ ㄌㄠˇ

【出處】①南朝・宋・范曄《後漢書・章帝紀》：「行太尉事節鄉侯熹（趙熹）三世在位，爲國元老。」②唐・劉長卿《送徐大夫赴廣州》詩：「遠人來百越，元老事三朝。」

【解釋】元老：資格老、負有名望的人。

【用法】舊指歷任三朝代重臣的人。後泛指連續任職幾個階段的人。

【例句】老劉在我們公司可是個老資格，他已經是～了。

三長兩短 ㄙㄢ ㄔㄤˊ ㄌㄧㄤˇ ㄉㄨㄢˇ

【出處】明・范文若《鴛鴦棒傳奇・恚剔》：「我還怕薄情郎折倒我的女兒，須一路尋上去，萬一有三長兩短，定要討個明白。」

【用法】指意外的災禍或事故，特指人的死亡。

【例句】你要好好照顧兒女，萬一他們有個～，可是追悔莫及。

三十六行 ㄙㄢ ㄕˊ ㄌㄧㄡˋ ㄏㄤˊ

【出處】清・李漁《玉搔頭》：「三十六行，行行相護。」

【解釋】行：行業。

【用法】概指各種行業。

【例句】只要肯努力，～，沒有不能混出名堂的。

【附註】①三十六行，元人常說一百二十行，明人常說三百六十行，此爲就其分工而約計之詞。②「行」不能念成ㄒㄧㄥˊ。

三十六策，走爲上計 ㄙㄢ ㄕˊ ㄌㄧㄡˋ ㄘㄜˋ，ㄗㄡˇ ㄨㄟˊ ㄕㄤˋ ㄐㄧˋ

【出處】梁・蕭子顯《南齊書・王敬則傳》：「檀公（檀道濟）三十六策，走爲上計，汝父子唯應急走耳！」

【用法】原本指無力與敵人對抗時，最好是避開。後泛指擺脫困難的處境別無妙計，只有一走了事。

【例句】情勢看來十分危急，只有～了。

【附註】①「三十六」本爲虛數，意在

強調一走了事，後人湊合爲三十六條處事之計，實爲穿鑿附會。②也作「三十六計，走爲上計」、「三十六著，走爲上著」。

三豕涉河（ㄙㄢ ㄕˇ ㄕㄜˋ ㄏㄜˊ）

【出處】《呂氏春秋・察傳》：「子夏之晉，過衛。有讀史記者曰：『晉師三豕涉河。』子夏曰：『非也，是己亥也。夫己與三相近，豕與亥相似。』至於晉而問之，則曰：『晉師己亥涉河』也。」

【用法】指文字訛誤或傳聞失實。

【例句】我們要將文字的形、音、義弄清楚，否則難免鬧出～的笑話。

三仕三已（ㄙㄢ ㄕˋ ㄙㄢ ㄧˇ）

【出處】《論語・公冶長》：「令尹子文三仕爲令尹，無喜色；三已之，無慍色。」

【解釋】仕：做官。已：指被罷免。三次做官，又三次被罷免。

【用法】形容心胸開闊，對做官和罷官都不在乎。

【例句】愛國詞人辛稼軒，雖～，其愛國熱情卻至死不衰。

三獸渡河（ㄙㄢ ㄕㄡˋ ㄉㄨˋ ㄏㄜˊ）

【出處】宋・釋道原《景德傳燈錄》：「同在佛所，聞說一味之法，然所證各有深淺。譬兔、馬、象三獸渡河：兔渡則浮，馬渡則半，象徹底截流。」

【用法】原比喻佛教徒領會教義各有深淺不同。後用以比喻同學或同做一件事，由於各人下的功夫不同，所得到的結果也不同。

【例句】我們雖然是同班同學，但～，學問修養彼此懸殊很大。

三山二水（ㄙㄢ ㄕㄢ ㄦˋ ㄕㄨㄟˇ）

【出處】唐・李白《登金陵鳳凰台》詩：「三山半落青天外，二水中分白鷺洲。」

【解釋】三山：護國山，位於南京西南，長江東岸，突出江中，以有三峰得名。二水：白鷺洲，位於長江之中，分江面爲二。

【用法】泛指南京的山水。

【例句】他剛從大陸探親回來，對於南京～的風光，感慨良多。

三生有幸（ㄙㄢ ㄕㄥ ㄧㄡˇ ㄒㄧㄥˋ）

【出處】元・吳昌齡《東坡夢》第一折：「久聞老師父大名，今日得睹尊顏，三生有幸。」

【解釋】三生：佛教語，指前生、今生、來生，即過去、現在、將來三世。幸：幸運。三世都有幸運。

【用法】形容非常難得的好機會或好境遇。

【例句】我能爲您這樣的大科學家當一名助手，實在是～啊！

三日不彈，手生荊棘（ㄙㄢ ㄖˋ ㄅㄨˋ ㄊㄢˊ，ㄕㄡˇ ㄕㄥ ㄐㄧㄥ ㄐㄧˊ）

【出處】清・曹雪芹《紅樓夢》第八十六回：「這果眞是『三日不彈，手生荊棘。』」

【用法】三天不彈琴，手就像長了荊棘那樣不靈活。比喻一停止練習，技藝就會生疏。

【例句】學鋼琴要持之以恒，每天勤練，否則～，難有所成。

三人行，必有我師 (ㄙㄢ ㄖㄣˊ ㄒㄧㄥˊ ㄅㄧˋ ㄧㄡˇ ㄨㄛˇ ㄕ)

【出處】《論語・述而》：「子曰：『三人行，必有我師焉。擇其善者而從之，其不善者而改之。』」
【解釋】三個人同行，其中必定有人可以做我的老師。
【用法】現指到處都有值得自己師法的人。
【例句】～，我相信，可以從任何一位同學那裡學到東西。

三人成虎 (ㄙㄢ ㄖㄣˊ ㄔㄥˊ ㄏㄨˇ)

【出處】《韓非子・內儲說上》：「龐恭與太子質於邯鄲，謂魏王曰：『今一人言市有虎，王信之乎？』曰：『不信。』『二人言市有虎，王信之乎？』曰：『不信。』『三人言市有虎，王信之乎？』王曰：『寡人信之。』龐恭曰：『夫市之無虎也明矣，然而三人言而成虎。』……。」
【解釋】城市裡本沒有虎，但只要有三個人說有虎，聽的人也就信以爲眞了。
【用法】比喻謠言或訛傳廣爲散播，就會使人相信。
【例句】謠言是總有一天會被識破的，但是，～，謠言在一定的時間裡卻是可以傷害人的。

三災八難 (ㄙㄢ ㄗㄞ ㄅㄚ ㄋㄢˋ)

【出處】《元曲選外編・小張屠》第三折：「但有些八難三災，一心齋戒。」
【解釋】本爲佛家用語。
【用法】泛指人生多災多難，病痛與折磨接連不斷。
【例句】人生難免有些～，只要站穩脚跟，放開胸襟，逆境總會過去的。
【附註】「難」不能念成ㄋㄢˊ。

三足鼎立 (ㄙㄢ ㄗㄨˊ ㄉㄧㄥˇ ㄌㄧˋ)

【出處】漢・司馬遷《史記・淮陰侯列傳》：「誠能聽臣之計，莫若兩利而俱存之，參分天下，鼎足而居，其勢莫敢先動。」
【解釋】鼎：古代青銅製的炊具，一般是三條腿。
【用法】像三條腿的鼎那樣立著。比喻三種勢力的並立對峙。
【例句】赤壁一戰，形成了魏、蜀、吳～的局面。
【附註】也作「三分鼎足」。

三曹對案 (ㄙㄢ ㄘㄠˊ ㄉㄨㄟˋ ㄢˋ)

【出處】明・吳承恩《西遊記》第十一回：「微臣半月前，在森羅殿上，見涇河鬼龍告陛下許救反誅之故，第一殿秦廣大王即差鬼使催請陛下，要三曹對案。」
【解釋】三曹：人曹、陰曹、水曹，即「三造」。案：案件。
【用法】三方面同堂質辯。即當事者兩方及中間人互相質對。現指案件的有關人員同時出場對質。
【例句】此案必須有關人員同時出場對質，～，方能眞象大白。

三寸之舌 (ㄙㄢ ㄘㄨㄣˋ ㄓ ㄕㄜˊ)

【出處】漢・司馬遷《史記・平原君虞卿列傳》：「毛先生（毛遂）以三寸之舌，強於百萬之師。」
【用法】形容人能言善辯的口才。
【例句】憑他那～的本領，有誰不被說

得口服心服?

【附註】也作「三寸不爛之舌」。

三從四德 (ㄙㄢ ㄘㄨㄥˊ ㄙˋ ㄉㄜˊ)

【出處】語出《儀禮喪服子夏傳》、《周禮天官九嬪》。(內容見解釋。)

【解釋】三從：未嫁從父，既嫁從夫，夫死從子。四德：婦德(品德)、婦言(辭令)、婦容(儀態)、婦功(女紅)。

【用法】三從四德乃是封建社會要求婦女所遵循的禮教。

【例句】舊時講究~，使得許多有才學的子女，無法發揮自己的才能。

三思而行 (ㄙㄢ ㄙ ㄦˊ ㄒㄧㄥˊ)

【出處】《論語・公冶長》：「季文子三思而後行。子聞之，曰：『再，斯可矣。』」

【解釋】三：多次。思：思考。行：做。

【用法】經過反覆考慮然後才採取行動。

【例句】凡事都應~，不可莽撞。

三三五五 (ㄙㄢ ㄙㄢ ㄨˇ ㄨˇ)

【出處】唐・李白《採蓮曲》詩：「岸上誰家遊冶郎?三三五五映垂楊。」

【用法】三個、五個地成群結夥。

【例句】湖裡~的遊船在悠閑地划動著。

三陽開泰 (ㄙㄢ ㄧㄤˊ ㄎㄞ ㄊㄞˋ)

【出處】元・脫脫等《宋史・樂志七・紹興以來祀感生帝》：「三陽交泰，日新惟良。」

【解釋】夏曆每年十一月冬至日，白晝最短，往後則白晝漸長，古人以為這是陰氣漸去而陽氣始生，所以稱冬至一陽生，十二月二陽生，正月三陽開泰。

【用法】舊時常用為新的一候開頭的吉祥之辭。

【例句】每逢農曆春節，一般人家多喜歡貼上「~」等吉祥話在門上。

三瓦兩舍 (ㄙㄢ ㄨㄚˇ ㄌㄧㄤˇ ㄕㄜˋ)

【出處】宋・吳自牧《夢粱錄》：「瓦舍者，謂其來時瓦舍，去時瓦解之意，易聚易散也。」

【解釋】瓦舍：宋元時稱娛樂場所為「瓦舍」，包括妓院、酒館、茶樓、賭場、雜耍場等。

【用法】概指各種娛樂場所。

【例句】李公子是個不務正業的紈袴子弟，平日總喜歡到~去逛逛。

【附註】也作「三瓦兩巷」、「三瓦四舍」。

三位一體 (ㄙㄢ ㄨㄟˋ ㄧ ㄊㄧˇ)

【用法】①基督教徒謂上帝有聖父・聖子、聖靈三種人格。聖父為耶和華(上帝)，聖子為耶穌，聖靈為父子的共同神性，三者雖不同名，但本質上合為一體。②現泛指人或事物三者緊密地結合成一個不可分割的整體。

【例句】原始藝術是詩歌、音樂、舞蹈~的。

三餘讀書 (ㄙㄢ ㄩˊ ㄉㄨˊ ㄕㄨ)

【出處】《三國志・魏書・王肅傳》裴松之注引《魏略》：「從學者云：『苦渴無日。』(董)遇言：『當以三餘。』或問三餘之意，遇言：『冬者歲之餘，夜者日之餘，陰雨者時之餘也。』」

【用法】利用一切空餘時間去讀書。

【例句】古時讀書人總是能夠做到手不釋卷，～，無怪乎對古書能倒背如流。

桑弧蓬矢 ㄙㄤ ㄏㄨˊ ㄆㄥˊ ㄕˇ

【出處】《禮記・內則》：「國君世子生，告於君：……射人以桑弧蓬矢六射天地四方。」

【解釋】桑：指桑木。弧：弓。蓬：指蓬草的梗。矢：箭。古代諸侯生子，舉行儀式，用桑木做弓，蓬梗做箭，以之射天地四方，以象徵兒子長大成人，能抵禦四方之難，繼承並光大祖業。

【用法】舊時常用爲祝人得子的賀辭。也泛指人有抱負，志在四方。

【附註】也作「桑弧蒿矢」。

桑間濮上 ㄙㄤ ㄐㄧㄢ ㄆㄨˊ ㄕㄤˋ

【出處】《禮記・樂記》：「桑間濮上之音，亡國之音也。」

【解釋】桑間：古衛國地。濮：濮水，流經古衛地。桑間在濮水之上。

【用法】原指淫風流行之地。後指男女幽會之處。

【例句】我彈的不是靡靡之音，我唱的也絕非～之辭。

桑中之約 ㄙㄤ ㄓㄨㄥ ㄓ ㄩㄝ

【出處】《詩經・鄘・桑中》：「期我乎桑中，要我乎上宮，送我乎淇之上矣。」

【解釋】桑中：桑樹林中。

【用法】指男女私下裡的約會。

【例句】在古詩詞中，有許多佳作是描寫男女間～的期盼及心情。

桑樞甕牖 ㄙㄤ ㄕㄨ ㄨㄥˋ ㄧㄡˇ

【出處】《莊子・讓王》：「蓬戶不完，桑以爲樞而甕牖。」

【解釋】樞：門上的轉軸。牖：窗戶。用桑木做門軸，用破甕做窗子。

【用法】比喻貧寒人家。

【例句】我們是～的窮苦人家，怎麼和那些日進斗金的富人相提並論？

桑榆暮景 ㄙㄤ ㄩˊ ㄇㄨˋ ㄐㄧㄥˇ

【出處】漢・劉安《淮南子》：「日西垂景在樹端，謂之桑榆。」

【解釋】桑：桑樹。榆：榆樹。暮：日落之時。景：日光。

【用法】落日的餘輝照在桑樹、榆樹梢上。比喻人已到了垂暮之年。

【例句】如今他老了，卻沒有一兒半女，～，眞有些淒涼。

喪盡天良 ㄙㄤˋ ㄐㄧㄣˋ ㄊㄧㄢ ㄌㄧㄤˊ

【解釋】喪：喪失。天良：良心。喪失盡了良心。

【用法】形容惡人心腸壞到了極點。

【例句】你出賣朋友，出賣親人，眞是～，天地難容！

喪心病狂 ㄙㄤˋ ㄒㄧㄣ ㄅㄧㄥˋ ㄎㄨㄤˊ

【出處】元・脫脫等《宋史・范如圭傳》：「如圭獨以書責檜（秦檜）以曲學倍師，忘仇辱國之罪，且曰：『公（指秦檜）不喪心病狂，奈何爲此？必遺臭萬世矣！』」

【解釋】喪：喪失。心：指理智。

【用法】喪失理智，言行像發瘋似地荒

謬到了極點。

【例句】現在社會上有些不法分子，不僅綁架幼童，甚至撕票，這般不肖之徒，眞是～，終難逃法網。

喪明之痛（ㄙㄤˋ ㄇㄧㄥˊ ㄓ ㄊㄨㄥˋ）

【出處】《禮記・檀弓上》：「子夏喪其子而喪其明。」

【解釋】喪明：眼睛失明。

【用法】古代子夏死了兒子，哭瞎眼睛。後因稱子死爲喪明之痛。

【例句】他只有一個兒子，如今年紀已大，卻又遭～，眞是晚景淒涼。

喪倫敗行（ㄙㄤˋ ㄌㄨㄣˊ ㄅㄞˋ ㄒㄧㄥˋ）

【出處】淸・曹雪芹《紅樓夢》第六十九回：「此亦係理數應然，只因你前生淫奔不才，使人家喪倫敗行，故有此報。」

【解釋】喪：喪失。倫：人倫。敗：敗壞。行：品行。

【用法】喪失了人倫，敗壞了品行。

【例句】善有善報，惡有惡報，千萬不可做出～之事。

喪家之狗（ㄙㄤˋ ㄐㄧㄚ ㄓ ㄍㄡˇ）

㈠喪原讀ㄙㄤ。ㄙㄤ ㄐㄧㄚ ㄓ ㄍㄡˇ

【出處】漢・司馬遷《史記・孔子世家》：「孔子適鄭，與弟子相失，孔子獨立郭東門。鄭人或謂子貢曰：『東門有人，其顙似堯，其項類皐陶，其肩類子產，然自腰以下不及禹三寸，纍纍若喪家之狗。』子貢以實告孔子。孔子欣然笑曰：『形狀，末也。而謂似喪家之狗，然哉！然哉！』」

【解釋】喪：喪事。有喪事人家的狗。

【用法】比喻淪落不得志之人（含諷刺之意）。

【例句】連孔子這樣的聖人，都曾抑鬱不得志，被譏爲～，眞是天理何在？

㈡喪後讀ㄙㄤˋ。ㄙㄤˋ ㄐㄧㄚ ㄓ ㄍㄡˇ

【出處】唐・杜甫《將適吳楚留別章使君》詩：「昔如縱壑魚，今如喪家狗。」

【解釋】喪：音ㄙㄤˋ，失去。失去主人家豢養的狗。

【用法】比喻失去依靠無處投奔的人（常用爲貶義）。

【例句】他平日作威作福，欺侮弱小，一旦靠山倒了，依仗的人失去權勢，如今好似～，威風盡失。

【附註】也作「喪家之犬」。

森羅萬象（ㄙㄣ ㄌㄨㄛˊ ㄨㄢˋ ㄒㄧㄤˋ）

【出處】宋・釋普濟《五燈會元》卷十九：「乾坤大地，日月星辰，森羅萬象。」

【解釋】森：繁密、衆多。羅：羅列。紛然包羅許許多多的事象。

【例句】書本上的知識當然重要，生活上的知識尤爲重要，整個世界～，就是一本永遠讀不完的書。

【附註】也作「萬象森羅」。

森嚴壁壘（ㄙㄣ ㄧㄢˊ ㄅㄧˋ ㄌㄟˇ）

見「壁壘森嚴」。

俗不可耐（ㄙㄨˊ ㄅㄨˋ ㄎㄜˇ ㄋㄞˋ）

【出處】淸・蒲松齡《聊齋志異・沂水秀才》：「一美人置白金一鋌，可三四兩許，秀才掇納袖中。美人取巾握手笑出曰：『俗不可耐！』」

【解釋】俗：庸俗。耐：忍受。
【用法】庸俗得使人忍受不了。
【例句】她自以為穿著時髦，眞是～。

俗不可醫（ㄙㄨˊ ㄅㄨˋ ㄎㄜˇ ㄧ）

【出處】宋・蘇軾《於潛僧綠筠軒》詩：「人瘦尚可肥，士俗不可醫。」
【解釋】俗：庸俗。醫：醫治。
【用法】庸俗太甚，到了不可救藥的地步。
【例句】看她那一身打扮，實在到了～的地步。

俗學鄙習（ㄙㄨˊ ㄒㄩㄝˊ ㄅㄧˇ ㄒㄧˊ）

【出處】《魏書・江武傳》：「篆形謬錯，隸書失眞，俗學鄙習，復加虛巧。」
【解釋】俗、鄙：庸俗。
【用法】所學所習，十分俗氣，指學習得很粗俗。
【例句】由於他的學習態度不佳，所以這些年來，不過是～，毫無收穫。

俗諺口碑（ㄙㄨˊ ㄧㄢˋ ㄎㄡˇ ㄅㄟ）

【出處】清・曹雪芹《紅樓夢》第四回：「一面說，一面從順袋中取出一張抄的『護官符』來，遞與雨村，看時，上面皆是本地名宦之家的俗諺口碑，云：『賈不假，白玉為堂金作馬。』」
【解釋】俗：通俗。諺：諺語。口碑：指流傳的口頭俗語。
【用法】指廣泛的通俗的諺語和俗語。
【例句】台灣地區，有許多民間流傳的～，仔細推敲其意，亦頗耐人尋味。

夙興夜寐（ㄙㄨˋ ㄒㄧㄥ ㄧㄝˋ ㄇㄟˋ）

【出處】《詩經・衛風・氓》：「夙興夜寐，靡有朝矣。」
【解釋】夙：早。興：起。寐：睡眠。很早就起身，很晚才睡覺。
【用法】形容十分勤勞。
【例句】為了完成這篇論文，他們兩個人～，整整辛苦了三個多月。

夙世冤家（ㄙㄨˋ ㄕˋ ㄩㄢ ㄐㄧㄚ）

【出處】宋・高晦叟《珍席放談》下載：宋之夏竦罷相，因石介寫的《進德頌序》一文裡有「追竦白麻，無不喜躍」等語，懷恨在心。這一年，夏竦設水陸齋，齋旁設置了一個坐位，立了一塊牌子，上書：「夙世冤家石介。」
【解釋】夙世：同「宿世」，佛教指前生。
【用法】①指前生的冤家對頭。形容積怨極深。②也指恩愛難離的前世「冤家」（男女間極親暱之稱）。
【例句】他倆一見面就爭吵不休，好比是～。

夙夜匪懈（ㄙㄨˋ ㄧㄝˋ ㄈㄟˇ ㄒㄧㄝˋ）

【出處】《詩經・大雅・烝民》：「肅肅王命，仲山甫將之；邦國若否，仲山甫明之。既明且哲，以保其身。夙夜匪解（懈），以事一人。」
【解釋】夙：早。匪：同「非」，不。懈：鬆懈、懈怠。
【用法】從早到晚不懈怠。指勤奮不懈。
【例句】他為了完成這部著作，三年以來～，付出了很大的精力。

夙夜在公

【出處】《詩經・召南・采蘩》：「被之僮僮，夙夜在公。」

【解釋】夙：早。夙夜：早晚朝夕。

【用法】從早到晚都忙於公務。

【例句】他因爲～，積勞成疾，終於要入院休養了。

宿柳眠花

見「眠花宿柳」。

宿疾難醫

【解釋】宿疾：多年的老病。

【用法】多年的老病難以醫治。也比喻積習很深的壞毛病不易改掉。

【例句】他這個丟三落四的老毛病，怎麼說也改不了，這眞是～！

溯本求源

【解釋】溯：追尋。求：探索。追尋根本，探求起源。

【用法】比喻尋根究底。

【例句】～，「詞」這一種的文學形式，最初還是來自於民間。

粟紅貫朽

【出處】漢，班固《漢書・賈捐之傳》：「太倉之粟，紅腐而不可食，都內之錢，貫朽而不可校。」

【解釋】粟：泛指糧食。貫：錢串，古時穿錢的繩索。朽：腐爛。

【用法】糧食腐爛發紅都不能吃了，錢串腐爛得穿不成貫。形容太平盛世倉庫儲存的糧食和貨幣過多。

素不相識

【出處】元・尙仲賢《柳毅傳書》第四折：「我與你素不相識，一旦爲你寄書，因而戲言，豈意遂爲眷屬。」

【解釋】素：向來。

【用法】向來就不相識。

【例句】我和他～，怎麼說我向他借錢不還？

素昧平生

【出處】唐・李商隱《贈田叟》詩：「鷗鳥忘機翻浹洽，交親得路昧平生。」

【解釋】素：向來。昧：指不了解。平生：一生。對方的生平，一向不了解。

【用法】指素不相識。

【例句】你剛提起的那位工程師，我和他～，不便妄加評論。

素車白馬

【出處】漢・司馬遷《史記・高祖本紀》：「秦王子嬰素車白馬，繫頸以組，封皇帝璽符節，降軹道旁。」

【解釋】古時帝王居喪所乘之車，不刷油漆，塗上白土，飾以白麻與白繒，用白馬駕馭。

【用法】指喪事所用的車馬（後常用作送葬之辭）。也泛指凶事所用的車馬。

素隱行徑

【出處】《禮記・中庸》：「素隱行徑，後世有述焉，吾弗爲之矣。」

【解釋】素：向來。隱：隱居。

【用法】指一向隱居不做官，行爲怪僻，以此求得聲譽。

【例句】他之所以退居山林，也不過是想～，借此求得聲譽。

【附註】①《漢書・藝文誌》作「索隱行怪」，釋義不同。②參見「索隱行怪」。

肅然起敬

【出處】明・李贄《初潭集・卷十一・師友一・釋教》：「弟子中或有惰者，遠公曰：『桑榆之光，理無遠照，但願朝陽之暉，與時並明耳。』執經登坐，諷誦朗暢，詞色甚苦。高足之徒皆肅然增敬。」

【解釋】肅然：肅穆的樣子。起：產生，出現。敬：尊敬、尊重。

【用法】十分肅穆地產生敬重的心情。

【例句】清・吳敬梓《儒林外史》第二十六回：「因將他生平的好處說了一番，季守備也就～。」

訴諸武力

【解釋】訴：訴訟。諸：「之於」的合讀。武力：軍事力量。

【用法】指用戰爭來解決衝突。

【例句】談判桌上他們得不到的東西，～，仍然不可能得到。

縮衣節食

見「節衣縮食」。

所向披靡

【出處】漢・司馬相如《上林賦》：「應風披靡，吐芳揚烈。」

【解釋】所向：風所吹向的地方。披靡：草木隨風而散亂地倒伏。風所吹向的地方，草木全被吹倒。

【用法】比喻力量達到的地方，一切阻礙都被推倒。

【例句】王師所到之處，敵人莫不聞風喪膽，眞可謂～。

所向無敵

【出處】三國・蜀・諸葛亮《心書》：「蓋將者，因天之時，就地之勢，依人之利，則所向無敵，所擊者萬全矣。」

【解釋】所向：指向的地方。軍隊所去之處，沒有敵手。

【用法】形容兵強將勇，勢不可當。

【例句】他總認爲自己武功蓋世，～，如今卻因太過自大而被對手打敗。

瑣尾流離

【出處】《詩經・邶風・旄丘》：「瑣兮尾兮，流離之子。」

【解釋】瑣尾：少美長醜。流離：梟鳥。

【用法】指少小時很美，長大了極醜的梟鳥。比喻人的生活，開始順利愉快，後來中道顛沛，逐漸轉爲貧困。

【例句】一般人寧可先苦後甘，因爲～的滋味並不好受啊。

【附註】也作「流離瑣尾」。

索然無味

【出處】清・文康《兒女英雄傳》第二十八回：「塡人數、湊熱鬧，便索然無味。」

【解釋】索然：空洞地。味：趣味。

【用法】毫無趣味。

【例句】這幅漫畫本來很吸引人，可是作者總擔心人們看不明白，於是東添一點，西添一點，結果明白倒是明白了，卻也變得～了。

【附註】也作「索然塡味」。

索隱行徑（ㄙㄨㄛˇ ㄧㄣˇ ㄒㄧㄥˊ ㄐㄧㄥˋ）

【出處】漢・班固《漢書・藝文誌》：「孔子曰：『索隱行徑，後世有述焉，吾不為之矣。』」

【解釋】索：尋求、搜取。行：推行。

【用法】指尋求隱暗之事，推行怪異之道。

【附註】參看「素隱行怪」。

雖死猶生（ㄙㄨㄟ ㄙˇ ㄧㄡˊ ㄕㄥ）

【出處】北齊・魏收《魏書・獻文六王傳・南安王》：「若與殿下同命，雖死猶生。」

【解釋】猶：彷彿。生：活著。

【用法】指人雖然已經死去，卻彷彿還活著。指才德高尚的人精神不死。

【例句】林覺民義士犧牲小我，為國為民之精神，永遠為後世敬仰，可說是～。

隋侯之珠（ㄙㄨㄟˊ ㄏㄡˊ ㄓ ㄓㄨ）

【出處】《莊子・讓王》：「今且有人於此，以隋侯之珠，彈千仞之雀，世必笑之。」

【解釋】隋：也作「隨」，古國名。

【用法】隋侯的月明珠（古代傳說中的夜明珠），比喻珍貴的物品。

隋珠彈雀（ㄙㄨㄟˊ ㄓㄨ ㄊㄢˊ ㄑㄩㄝˋ）

見「明珠彈雀」。

隋珠和璧（ㄙㄨㄟˊ ㄓㄨ ㄏㄜˊ ㄅㄧˋ）

見「和璧隋珠」。

隨波逐流（ㄙㄨㄟˊ ㄅㄛ ㄓㄨˊ ㄌㄧㄡˊ）

【出處】漢・司馬遷《史記・屈原賈生列傳》：「舉世混濁，何不隨其流而揚其波？」

【解釋】隨：跟隨。逐：追趕。跟隨著波浪飄蕩。

【用法】①比喻毫無定見，只是順從潮流。②也比喻自己沒有主見，只是跟著別人跑。

【例句】藝術家要敢於堅持自我風格，絕不能～。

隨風轉舵（ㄙㄨㄟˊ ㄈㄥ ㄓㄨㄢˇ ㄉㄨㄛˋ）

【出處】元・無名氏《賺蒯通》第三折：「則落你好似披麻救火，蒯徹也不似那般人隨風倒舵。」

【解釋】隨：順從。隨著風向轉動船舵。

【用法】比喻說話行事，順著情勢的變化而變化（含貶義）。

【例句】明・施耐庵《水滸傳》第九十八回：「眼見得城池也不濟事了，各人自思～。」

【附註】①也作「隨風使舵」、「順風轉舵」。②參看「乘風轉舵」、「看風使舵」。

隨心所欲（ㄙㄨㄟˊ ㄒㄧㄣ ㄙㄨㄛˇ ㄩˋ）

【出處】《論語・為政》：「七十而從心所欲，不逾矩。」

【解釋】隨：任憑。欲：欲望。

【用法】任憑心裡的欲望，想怎樣就怎樣。

【例句】我們做事須要考慮到別人，不能太～。

隨鄉入鄉（ㄙㄨㄟˊ ㄒㄧㄤ ㄖㄨˋ ㄒㄧㄤ）

【出處】宋・范成大《秋雨快晴靜勝堂

席上》詩：「天涯節物遮愁眼，且復隨鄉便入鄉。」

【解釋】隨：順從。

【用法】指到一個地方去就隨應那個地方的風土人情。

【例句】清·曹雪芹《紅樓夢》第四十一回：「俗語說：『～』，到了你這裡，自然把這金珠玉寶一概貶爲俗器了。」

【附註】①也作「入鄉隨俗」。②參看「隨遇而安」。

隨機應變 ㄙㄨㄟˊ ㄐㄧ ㄧㄥˋ ㄅㄧㄢˋ

【出處】五代·後晉·劉昫等《舊唐書·郭孝恪傳》：「孝格於青城宮進策太宗曰：『(王)世充日蹙月迫，力盡計窮，懸首面縛，翹足可待，(竇)建德遠來助虐，糧運阻絕，此是天喪之時。請固武牢，屯軍氾水，隨機應變，則易爲克殄。』太宗然其計。」

【解釋】隨：順應。機：時機。順隨時機，靈活地應付臨時發生的變化。

【用法】比喻看勢行事。

【例句】我們必須靈活運用腦子，要有～的能力，方能在現代社會中生存。

隨踵而至 ㄙㄨㄟˊ ㄓㄨㄥˇ ㄦˊ ㄓˋ

【出處】《戰國策·齊策》：「淳于髠一日而見七人於宣王，王曰：『子來寡人聞之，千里而一士，是比肩而立，百世而一聖，若隨踵而至也。今子一朝而見七士，則士不亦衆乎？』」

【解釋】踵：脚後跟。

【用法】指隨著脚跟後面而到來。形容相繼到來，爲數衆多。

【例句】一陣激烈的議論之後，～的是緊張的沉默。

【附註】也作「繼踵而至」、「接踵而至」。

隨時制宜 ㄙㄨㄟˊ ㄕˊ ㄓˋ ㄧˊ

【出處】唐·房玄齡等《晉書·周崎傳》：「州將使求援於外，本無定指，隨時制宜耳。」

【解釋】隨：順從。制：制定。宜：合適、適宜。

【用法】順從時勢，制定相宜的措施。

【例句】我們要～，不要機械地按老規矩辦事。

隨聲附和 ㄙㄨㄟˊ ㄕㄥ ㄈㄨˋ ㄏㄜˋ

【出處】明·許仲琳《封神演義》第十一回：「崇侯虎不過隨聲附和，實非本心。」

【解釋】隨：跟著。附和：依從應和。跟著人家的聲音，依從應和。

【用法】指自己沒有主見，別人怎麼說，也就跟著怎麼說。

【例句】他對於這場爭論，並沒有自己的見解，只不過是～罷了。

【附註】「和」不能念成ㄏㄜˊ。

隨俗浮沉 ㄙㄨㄟˊ ㄙㄨˊ ㄈㄨˊ ㄔㄣˊ

【出處】漢·司馬遷《報任安書》：「故且從俗浮沉，與時俯仰，以通其狂惑。」

【解釋】隨：順從。俗：流俗、世俗。浮：漂浮。沉：沉沒。

【用法】隨從流俗，或漂浮，或沉沒。指處世沒有一定的見解或主張，只是適應世俗。

【例句】一個只會～的人，是很難有所

作爲的。

隨遇而安
ㄙㄨㄟˊ ㄩˋ ㄦˊ ㄢ

【出處】清・文康《兒女英雄傳》第二十四回：「吾生有限，浩劫無涯，倒莫如隨遇而安。」
【解釋】隨：順應。遇：境遇。安：安心。
【用法】指能順應各種不同的境遇，在任何處境中都安心。
【例句】雖然環境不好，但只要抱著～的心情去面對它，相信能平安度過。
【附註】①也作「隨寓而安」。②參看「隨鄉入鄉」。

歲不我與
ㄙㄨㄟˋ ㄅㄨˋ ㄨㄛˇ ㄩˇ

見「時不與我」。

歲寒知松柏
ㄙㄨㄟˋ ㄏㄢˊ ㄓ ㄙㄨㄥ ㄅㄛˊ

【出處】《論語・子罕》：「歲寒，然後知松柏之後凋也。」
【解釋】嚴寒之時，才知道松柏耐寒而不凋。
【用法】比喻在艱難困苦的逆境裡才能夠看出一個人堅持節操的品格。
【例句】～，只有在艱苦的日子裡，才能眞正考驗人。

歲寒三友
ㄙㄨㄟˋ ㄏㄢˊ ㄙㄢ ㄧㄡˇ

【出處】宋・林景熙《王雲梅舍記》：「即其居累土爲山，種梅百本，與喬松修篁爲歲寒友。」
【用法】①指松、竹、梅。冬雪寒天裡松、竹枝葉不凋，梅耐寒開花，因有「歲寒三友」之稱。②也指山水、松竹、琴酒。以歲寒比喻濁世，山水、松竹、琴酒皆爲清高之物，故稱之爲「歲寒三友」。
【例句】～向來是中國人詩文書畫的好題材。

歲月如流
ㄙㄨㄟˋ ㄩㄝˋ ㄖㄨˊ ㄌㄧㄡˊ

【出處】南朝・陳・徐陵《與楊僕射書》：「歲月如流，半生何幾？」
【解釋】歲月：時光。流：流水。時光像流水一樣飛快地過去了。
【例句】～，不知不覺已經老了。

碎骨分身
ㄙㄨㄟˋ ㄍㄨˇ ㄈㄣ ㄕㄣ

見「粉身碎骨」。

碎屍萬段
ㄙㄨㄟˋ ㄕ ㄨㄢˋ ㄉㄨㄢˋ

【出處】明・施耐庵《水滸傳》第五十二回：「你這個害民強盜，我早晚殺到京師，把你那欺君賊高俅，碎屍萬段，方是願足。」
【解釋】指把惡人的屍體亂砍剮剁，碎成萬段。
【用法】形容對惡人仇深恨重。
【例句】這個萬惡不赦的土匪，村裡之人恨不能將他～。

遂心如意
ㄙㄨㄟˋ ㄒㄧㄣ ㄖㄨˊ ㄧˋ

【出處】清・曹雪芹《紅樓夢》第四十六回：「據我看來，天底下的事，未必都能那能遂心如意的。」
【解釋】遂：順。符合心意。
【例句】世上不如意事，十之八九，那能凡事都～呢？
【附註】參看「稱心如意」。

酸甜苦辣（ㄙㄨㄢ ㄊㄧㄢˊ ㄎㄨˇ ㄌㄚˋ）

【出處】清·李綠園《歧路燈》第四十九回：「圖掙幾文錢，那酸甜苦辣也就講說不起。」

【用法】指各種味道。比喻人生的憂愁、美滿、苦難、刺激等。

【例句】我這一生，～都已經嚐遍了。

算無遺策（ㄙㄨㄢˋ ㄨˊ ㄧˊ ㄘㄜˋ）

【出處】三國·魏·曹植《王仲宣誄》：「算無遺策，畫無失理。」

【解釋】算：算計、謀劃。遺：遺失、漏掉。策：策略。

【用法】指謀劃得極周密，沒有失策之處。

【例句】諸葛亮之所以被稱爲神相，可能是因他玄機高深，～吧。

孫龐鬥智（ㄙㄨㄣ ㄆㄤˊ ㄉㄡˋ ㄓˋ）

【出處】漢·司馬遷《史記·孫子吳起列傳》：「孫臏嘗與龐涓俱學兵法。龐涓既事魏，得爲惠王將軍，而自以爲不及孫臏，乃陰使召孫臏。臏至，龐涓恐其賢於己，疾之，則以法刑斷其兩足而黥之，欲隱勿見。……後十三歲，魏與趙攻韓，韓告急於齊。齊使田忌將而往，直走大梁。魏將龐涓聞之，去韓而歸，齊軍既已過而西矣。……孫子度其行，暮當至馬陵。馬陵道狹，而旁多阻隘，可伏兵，乃斫大樹白而書之曰：『龐涓死於此樹之下。』於是令齊軍善射者萬弩，夾道而伏，期曰：『暮見火舉而俱發。』龐涓果夜至斫木下，見白書，乃鑽火燭之。讀其書未畢，齊軍萬弩俱發，魏軍大亂相失。龐涓自知智窮兵敗，乃自剄。」

【解釋】孫：孫臏，戰國時軍事家。龐：龐涓，戰國時魏將。孫臏、龐涓各以智謀勾心鬥角。

【用法】①比喻昔日友人今爲仇敵，各逞計謀勾心鬥角。②也比喻雙方用計較量高下。

【例句】他倆在工作表現上勾心鬥角，千方百計要分出高下，眞好比戰國時代的～。

損兵折將（ㄙㄨㄣˇ ㄅㄧㄥ ㄓㄜˊ ㄐㄧㄤˋ）

【出處】明·施耐庵《水滸傳》第八十二回：「若得太尉早來如此，也不教國家損兵折將，虛耗了錢糧。」

【解釋】損、折：損失。

【用法】指作戰失利，兵士將官死傷很多，損失慘重。

損之又損（ㄙㄨㄣˇ ㄓ ㄧㄡˋ ㄙㄨㄣˇ）

【出處】《莊子·知北遊》：「故曰：爲道者日損，損之又損之，以至於無爲。」

【解釋】損：減少。

【用法】①本指道家修眞，時時須清除塵俗中的私心雜念，而經過清除再清除的工夫，最終達到純樸無爲的境地。②後指人要加強自務克制，而經過克制再克制的過程，保持謙虛謹慎、不驕不躁的態度。

【例句】道家「～」的功夫，說來容易，實行起來才知其難。

損人利己（ㄙㄨㄣˇ ㄖㄣˊ ㄌㄧˋ ㄐㄧˇ）

【出處】五代·後晉·劉昫等《舊唐書·陸象先傳》：「為政者，理則可矣，何必嚴刑樹威，損人益己，恐非仁恕之道。」
【解釋】損：損害。利：使有利。損害別人，有利於自己。
【例句】做人要有公德心，不要盡是做一些～之事。
【附註】也作「利己損人」。

損陰壞德 ㄙㄨㄣˇ ㄧㄣ ㄏㄨㄞˋ ㄉㄜˊ

【出處】清·曹雪芹《紅樓夢》第五十八回：「當日祖宗手裡都是有這例的。咱們如今損陰壞德，而且還小器。」
【解釋】損：虧損。陰德：舊指暗中所做的好事，迷信者認為在人間做了好事，在陰間可以記功。
【用法】指虧心傷德。
【例句】此人整日做些～之事，將來一定不得好死。
【附註】也作「損陰喪德」。

松貞玉剛 ㄙㄨㄥ ㄓㄣ ㄩˋ ㄍㄤ

【出處】唐·韓愈《祭張給事文》：「松貞玉剛，千夫之業，纂文有光。」
【解釋】貞：堅貞。剛：剛毅。
【用法】像凜寒的松樹那樣堅貞不屈，像堅硬的玉石那樣剛強堅毅。
【例句】在現代這種社會中，要找到一個個性如～之人，可真是難上加難。

崧生嶽降 ㄙㄨㄥ ㄕㄥ ㄩㄝˋ ㄐㄧㄤˋ

【出處】《詩經·大雅·崧高》：「崧高維岳，駿（峻）極於天。維嶽降神，生甫及申。」
【解釋】崧：通「嵩」，山又大又高，後專指中嶽嵩山。嶽：指四嶽（四座大山），東嶽泰山，南嶽衡山，西嶽華山，北嶽恒山。
【用法】指英才是嵩山所生，靈氣為四嶽所降。比喻人的稟賦獨厚。

聳動視聽 ㄙㄨㄥˇ ㄉㄨㄥˋ ㄕˋ ㄊㄧㄥ

【解釋】聳：聳動。
【用法】指做過於激動的表情，說過分誇張的語言，使人們看到或聽到之後感到震驚。
【例句】他把事情的經過極力渲染一番，無非是為～而已。
【附註】參看「聳人聽聞」。

聳人聽聞 ㄙㄨㄥˇ ㄖㄣˊ ㄊㄧㄥ ㄨㄣˊ

【出處】清·方苞《望溪集·讀大誥》：「蓋紂之罪，可列數以聳人聽。」
【解釋】聳：聳動。
【用法】指故意言過其實，誇大其事，使人們聽了為之震驚。
【例句】有些報紙，為了以廣招徠，經常編造一些～的新聞。
【附註】參看「聳動視聽」。

聳入雲霄 ㄙㄨㄥˇ ㄖㄨˋ ㄩㄣˊ ㄒㄧㄠ

【解釋】聳：聳立。雲霄：指高空。
【用法】指巍然聳立，直入高空。形容山峰或建築物高高地直立。
【例句】巍峨挺拔的松柏～。

送暖偷寒 ㄙㄨㄥˋ ㄋㄨㄢˇ ㄊㄡ ㄏㄢˊ

見「偷寒送暖」。

送舊迎新 ㄙㄨㄥˋ ㄐㄧㄡˋ ㄧㄥˊ ㄒㄧㄣ

【出處】漢·班固《漢書·王嘉傳》：

「吏或居官數月而退，送故迎新，交錯道路。」

【用法】指送走舊的，迎來新的。

【例句】農曆十二月一到，家家戶戶忙打掃，準備~的事宜。

【附註】「舊」也作「故」。

送君千里，終有一別

【解釋】君：尊稱，指對方，相當於「您」。千里：言其遠。終：終歸。別：離別。無論送多遠，終歸是要離別的。

【用法】意思是說：就別再遠送了（送別之辭）。

【例句】明・施耐庵《水滸傳》第三十二回：「自古道『~』不必遠勞，後圖再會。」

送往事居

【出處】《左傳・僖公九年》：「送往事居，耦俱無猜，貞也。」

【解釋】送：指以禮送葬。往：指已經死亡的老人。事：侍奉。居：指活著的老人。

【用法】指送葬已故的老人，或侍奉還活著的老人。

送往迎來

【出處】①《莊子・山木》：「其送往而迎來，來者勿禁，往者勿止也。」②《禮記・中庸》：「送往迎來，嘉善而矜不能，所以柔遠人也。」

【解釋】往：指離去的。來：指來到的。送走離去的，迎接來到的。

【用法】多指人事交往中的應酬接待。

【例句】這次會議，我擔任招待工作，整日~，十分辛苦。

頌古非今

【出處】漢・司馬遷《史記・秦始皇本紀》：「有敢偶語《詩》《書》者棄市，以古非今者族。」

【解釋】頌：讚頌。非：非難、反對。

【解釋】指讚頌古代的，非難現代的。

【用法】我們必須心胸開濶，力求客觀，不能一味地~。

〔ㄜ部〕

阿保之功（ㄜ ㄅㄠˇ ㄓ ㄍㄨㄥ）

【出處】漢·班固《漢書·丙吉傳》：「是時，掖庭宮婢則令民夫上書，自陳嘗有阿保之功。」
【解釋】阿保：保護、養育。
【用法】扶持、養育的功勞。
【例句】父母對我們的～，如天高地厚，切不可忘懷。
【附註】「阿」不能唸成ㄚ。

阿其所好（ㄜ ㄑㄧˊ ㄙㄨㄛˇ ㄏㄠˋ）

【出處】《孟子·公孫丑上》：「宰我、子貢、有若，智足以知聖人，汚不至阿其所好。」
【解釋】阿：迎合、曲從。好：愛好、嗜好。
【用法】①迎合他人的愛好或嗜好。②形容向人討好。
【例句】隨著社會實事求是的優良風氣的恢復，～的人越來越沒有市場了。
【附註】「阿」不能唸成ㄚ。

阿意苟合（ㄜ ㄧˋ ㄍㄡˇ ㄏㄜˊ）

【出處】漢·班固《漢書·公孫劉車王楊蔡陳鄭傳贊》：「阿意苟合，以說（ㄩㄝˋ，通「悅」）其上。」
【解釋】阿：迎合、曲從。苟：苟且。苟合：無原則地附和。
【用法】曲從別人的意願，無原則地附和。
【例句】他最喜歡～別人的意見，毫無自己的原則與想法。
【附註】「阿」不能唸成ㄚ。

阿諛逢迎（ㄜ ㄩˊ ㄈㄥˊ ㄧㄥˊ）

【出處】宋《二程全書·伊川易傳一》：「周之與否在君而已，不可阿諛逢迎求其比己也。」
【解釋】阿諛：說好聽的話討好人。逢迎：迎合。
【用法】曲從拍馬，迎合別人。
【例句】～、狗苟蠅營的壞作風，深爲人們唾棄。
【附註】「阿」不能唸成ㄚ。

阿諛奉承（ㄜ ㄩˊ ㄈㄥˋ ㄔㄥˊ）

【出處】明·東魯古狂生《醉醒石》第八回：「他却小器易盈，況且是個小人，在人前不過一味阿諛奉承。」
【解釋】阿諛：說好聽的話討好人。奉承：恭維別人。
【用法】曲從拍馬，對人說好聽的話。
【附註】「阿」不能念成ㄚ。

阿諛苟合（ㄜ ㄩˊ ㄍㄡˇ ㄏㄜˊ）

【出處】漢·司馬遷《史記·封禪書》：「怪遇阿諛苟合之徒……不可勝數也。」
【解釋】阿諛：說好聽的話討好人。苟合：無原則地附和。
【用法】形容善於諂媚營私的行爲。
【附註】「阿」不能念成ㄚ。

阿諛取容（ㄜ ㄩˊ ㄑㄩˇ ㄖㄨㄥˊ）

【出處】①漢·班固《漢書·匡衡傳》：「於是司隸校尉王尊劾奏：『（匡

）衡、(甄)譚居大臣位，……而阿諛曲從，附下罔上，無大臣輔政之義。』」②漢．班固《漢書．張釋之傳》：「以不能取容當世，故終身不仕。」

【解釋】阿諛：迎合別人的意思，說討好的話。取容：即取悅，取得別人的歡喜。

【用法】諂媚，以求取得別人喜悅。

【例句】凡事～，委曲自己，必不快樂。

【附註】「阿」不能念成ㄚ。

阿諛順旨（ㄜ ㄩˊ ㄕㄨㄣˋ ㄓˇ）

【出處】唐．魏徵《隋書．郭衍傳》：「衍能揣上意，阿諛順旨。帝每謂人曰：『唯有郭衍，心與朕同。』」

【解釋】阿諛：說好聽的話討好人。

【用法】①原指逢迎順從帝王的旨意。②後泛指迎合別人的旨意。

【例句】你不要一味地～也要顧慮自己的立場啊！

【附註】「阿」不能念成ㄚ。

峨冠博帶（ㄜˊ ㄍㄨㄢ ㄅㄛˊ ㄉㄞˋ）

【出處】元．關漢卿《謝天香》第一折：「必定是峨冠博帶一個名士大夫。」

【解釋】峨：高。博：闊。

【用法】①高帽子、闊衣帶，古代形容士大夫的裝束。②後用以比喻穿著禮服。

訛言謊語（ㄜˊ ㄧㄢˊ ㄏㄨㄤˇ ㄩˇ）

【出處】《元曲選．寃家債主》第三折：「俺孩兒也不曾訛言謊話，又不曾方頭不律。」

【解釋】訛：謠言。謊：騙人的話。

【用法】說假話，說騙人的話。

【例句】慣于～的人，遲早會暴露自己的。

額手稱慶（ㄜˊ ㄕㄡˇ ㄔㄥ ㄑㄧㄥˋ）

【出處】明．馮夢龍《東周列國志》第三十七回：「文公至絳，國人無不額手稱慶。百官朝賀，自不必說。」

【解釋】額手：把手舉到額頭上表示慶幸。

【用法】①把手舉到額頭上，稱說慶幸得很。②形容高興喜悅。

【例句】他們順利地通過了考試，大家不免～一番。

【附註】參看「以手加額」。

鵝行鴨步（ㄜˊ ㄒㄧㄥˊ ㄧㄚ ㄅㄨˋ）

【出處】明．施耐庵《水滸傳》第三十二回：「你兩個閑常在鎮上抬轎時，只是鵝行鴨步，如今却怎的這等走得快？」

【解釋】步：行走。

【用法】像鵝和鴨子一樣地行進。

惡龍不鬥地頭蛇（ㄜˋ ㄌㄨㄥˊ ㄅㄨˋ ㄉㄡˋ ㄉㄧˋ ㄊㄡˊ ㄕㄜˊ）

見「強龍不壓地頭蛇」。

惡貫滿盈（ㄜˋ ㄍㄨㄢˋ ㄇㄢˇ ㄧㄥˊ）

【出處】①《尚書．泰誓》：「商罪貫盈，天命誅之。」②唐．孔穎達疏：「紂之為惡，如物在繩索之貫，一以貫之，其惡貫已滿矣。」

【解釋】貫：錢串，舊時用繩索穿錢，每一千為一貫。滿：數量足實。盈：有餘。

【用法】形容作惡累累，罪大惡極。

【例句】這個～的漢奸，終於落入法網，受到了應有的懲罰。
【附註】參看「罪盈惡滿」。

惡口傷人（ㄜˋ ㄎㄡˇ ㄕㄤ ㄖㄣˊ）

【解釋】惡口：惡毒的話。
【用法】指出言不遜，用言語傷害人。
【例句】有理講理，爲什麼要出言不遜，～。

惡積禍盈（ㄜˋ ㄐㄧ ㄏㄨㄛˋ ㄧㄥˊ）

【出處】南朝・梁・丘遲《與陳伯之書》：「北虜僭盜中原，多歷年所，惡積滿盈，理至焦爛。」
【解釋】惡：指壞事，犯罪的事。禍：指損害，危害人的事。
【用法】①罪惡成堆，禍害滿貫。②形容罪惡累累。
【例句】汪精衛對內殘酷鎮壓革命志士，對外賣國求榮，眞是～，遺臭萬年。

惡叉白賴（ㄜˋ ㄔㄚ ㄅㄞˊ ㄌㄞˋ）

【出處】元・鄭德輝《搊梅香》第二折：「我本將攧破你箇小賤人的口來，又道我是箇女孩兒家惡叉白賴。」
【解釋】凶惡無賴。
【用法】形容窮凶惡極，大耍無賴。
【附註】也作「惡茶白賴」。

惡事傳千里（ㄜˋ ㄕˋ ㄔㄨㄢˊ ㄑㄧㄢ ㄌㄧˇ）

【出處】宋・孫光憲《北夢瑣言》卷六：「所謂好事不出門，惡事行千里，士君子得不戒之乎？」
【解釋】惡事：壞事，不名譽的事。
【用法】壞事傳播得很快，很遠。
【例句】趕緊給她找個婆家罷，「～」她的厲害名兒傳太遠了，將來沒人敢要！

惡聲惡氣（ㄜˋ ㄕㄥ ㄜˋ ㄑㄧˋ）

【用法】形容說話語氣很凶狠。
【例句】他跳出來，～地把人們訓斥了一頓。

惡衣惡食（ㄜˋ ㄧ ㄜˋ ㄕˊ）

【出處】《論語・里仁》：「士志於道，而恥惡衣惡食者，未足與議也。」
【用法】粗劣的衣服和飯食。
【例句】只要有一個較好的工作條件，即使～，又有什麼關係。

惡有惡報（ㄜˋ ㄧㄡˇ ㄜˋ ㄅㄠˋ）

【出處】南朝・梁武帝（蕭衍）《斷酒肉文》：「行十惡者，受於惡報；行十善者，受於善報。」
【解釋】報：報應。
【用法】①本爲佛家語。行惡事而自食惡果。②後指作惡多端的人沒有好下場。
【例句】做了壞事，總是會受到懲罰的，這叫做善有善報，～。

惡語中傷（ㄜˋ ㄩˇ ㄓㄨㄥˋ ㄕㄤ）

【出處】元・王實甫《西廂記》第三本第二折：「別人行甜言美語三冬暖，我跟前惡語傷人六月寒。」
【解釋】中傷：攻擊和陷害別人。
【用法】說惡毒的話，攻擊和陷害別人。
【例句】任何人絕不會容忍壞人對自己的朋友～。
【附註】「中」不能念成ㄓㄨㄥ。

扼吭拊背

【出處】漢・司馬遷《史記・劉敬叔孫通列傳》：「夫與人鬥，不搤（扼）其亢（吭），拊其背，未能全其勝也。」

【解釋】扼：掐住。吭：喉嚨。拊：打、擊。背：脊背。

【用法】①掐住喉嚨，擊打脊背。②比喻控制要害部位，制敵於死命。

【附註】①也作「扼喉拊背」、「拊背扼喉」。②「吭」不能念成ㄎㄤˋ。

扼吭奪食

【出處】明・宋濂等《元史・陳祖仁傳》：「帝欲修上都宮殿，工役大興。祖仁上疏曰：『今四海未清，倉庫告虛，乃欲驅疲民以共大役，廢耕耨而荒田畝，何異扼其吭而奪其食，以速其斃乎？』」

【解釋】扼：掐住。吭：喉嚨。

【用法】①指掐住別人的喉嚨，搶奪別人的飯食。②比喻置人於死地。

【附註】「吭」不能念成ㄎㄤˋ。

遏惡揚善

【出處】《周易・大有元亨》：「君子以遏惡揚善，順天休命。」

【解釋】遏：阻止。

【用法】阻止壞事，宣揚好事。

【例句】我們應～以申張社會正義。

【附註】參看「隱惡揚善」。

餓殍遍野

【出處】①《孟子・梁惠王上》：「庖有肥肉，廄有肥馬，民有飢色，野有餓殍，此率獸而食人也。」②明・羅貫中《三國演義》第十三回：「是歲大荒，百姓皆食棗菜，餓殍遍野。」

【解釋】餓殍：因飢餓而死的人。遍野：到處都是。

【用法】形容荒年的慘狀。

【例句】非洲發生大饑荒，～，情況非常悽慘。

餓虎撲食

【出處】明・吳承恩《西遊記》第五十一回：「餓虎撲食最傷人，蛟龍戲水能凶惡。」

【用法】①餓急了的老虎猛撲食物。②形容迅急而凶猛地猛撲對方。③也是武術中招式之一。

【附註】也作「餓虎撲羊」。

餓虎飢鷹

見「飢鷹餓虎」。

〔歹部〕

哀兵必勝 ㄞ ㄅㄧㄥ ㄅㄧˋ ㄕㄥˋ

【出處】《老子》第六十九章：「禍莫大於輕敵，輕敵幾喪吾寶（指身體），故抗兵相加，哀者勝矣。」
【解釋】哀：悲哀。兵：軍隊。
【用法】受到凌辱而悲憤填膺的軍隊，能奮起禦敵，肯決一死戰，從而必定勝利。
【例句】強國侵犯弱國，激起了被侵略者的堅決反抗。～，侵略者一定會遭到失敗。

哀莫大於心死 ㄞ ㄇㄛˋ ㄉㄚˋ ㄩˊ ㄒㄧㄣ ㄙˇ

【出處】《莊子・田子方》：「夫哀莫大於心死，而人死亦次之。」
【解釋】哀：悲哀。於：介詞，表示比較，相當於「過」。
【用法】①原謂最可悲的莫過於喪失天性。②後指最可悲的莫過於心灰意冷以至於不能自拔。
【例句】嫂嫂精神無所寄託，完全陷入了絕望的境地，這眞是～啊！

哀天叫地 ㄞ ㄊㄧㄢ ㄐㄧㄠˋ ㄉㄧˋ

【出處】清・曹雪芹《紅樓夢》第二十五回：「平兒豐兒等哭得哀天叫地，賈政心中也著了忙。」
【解釋】哀：悲哀。
【用法】①呼天喊地哀叫。②形容悲痛已極，嚎啕痛哭。
【例句】陳府上下哭得～，想必發生了什麼禍事！

哀痛欲絕 ㄞ ㄊㄨㄥˋ ㄩˋ ㄐㄩㄝˊ

【解釋】哀痛：悲傷。欲：將要。絕：斷絕，這裏指氣絕。
【用法】①哀痛得快要氣絕了。②甚言悲傷到了極點。
【例句】當她聽到自己的親人遭到不幸的消息時，眞是～，泣不成聲。

哀梨蒸食 ㄞ ㄌㄧˊ ㄓㄥ ㄕˊ

【出處】明・何良俊《世說新語補・輕詆上》：「桓南郡（桓玄）每見人不快，輒嗔曰：『君得哀家梨，當復不烝（蒸）食不？』」張文桂注：「舊語，秣陵有哀仲家梨甚美，大如升，入口消釋。言愚人不別味，得好梨烝食之也。」
【解釋】哀梨：哀家梨。
【用法】把哀家梨蒸著吃，比喻不懂好歹的愚人，把好東西糟蹋了。

哀感頑豔 ㄞ ㄍㄢˇ ㄨㄢˊ ㄧㄢˋ

【出處】漢・繁休伯（欽）《與魏文帝箋》：「咏北狄之遐征，奏胡馬之長思，淒入肝脾，哀感頑豔……同坐仰嘆，觀者俯聽，莫不泫泣殞涕，悲懷慷慨。」
【解釋】哀：悲哀。感：感動。頑：愚頑，這裏指冥頑不靈的人。豔：秀麗，這裏指秀外慧中的人。
【用法】①形容歌聲淒婉，寓意哀戚，愚笨的人與聰慧的人都爲之感動。②後泛指情調悲鬱的文藝作品深切感人。
【例句】《梁山伯與祝英台》這齣愛情

悲劇，～，淒惻動人，使人久久不能忘懷。

哀毀骨立（ㄞ ㄏㄨㄟˇ ㄍㄨˇ ㄌㄧˋ）

【出處】南朝・宋・范曄《後漢書・班彪傳》：「孝行純至，父母卒，哀毀，三年不出廬寢，服竟，羸瘠骨立異形，醫療數年乃起。」

【解釋】哀：悲哀。毀：毀壞，這裏指損害身體。骨：骨骼。立：站立。

【用法】①指居喪時，因哀痛過度而損害身體，以致消瘦異常，僅有骨骼支立。②形容遵照禮儀而盡心守孝。③也泛指悲傷過分而影響健康。

【例句】他居喪時～，極盡孝子之誼。

哀鴻遍野（ㄞ ㄏㄨㄥˊ ㄅㄧㄢˋ ㄧㄝˇ）

【出處】①《詩經・小雅・鴻雁》：「鴻雁於飛，哀鳴嗸嗸。」（嗸：同「嗷」。）②南朝・宋・謝惠連《泛湖歸出樓中翫月》詩：「哀鴻鳴沙渚，悲猿響山椒。」

【解釋】哀鴻：哀鳴的鴻雁。

【用法】比喻在天災人禍中流離失所而呻吟呼號的人遍及四野。

【例句】在軍閥混戰的年代裏，瘡痍滿目，～，人民陷入水深火熱之中。

哀窮悼屈（ㄞ ㄑㄩㄥˊ ㄉㄠˋ ㄑㄩ）

【出處】唐・韓愈《上兵部李侍郎書》：「倘賢而與能，哀窮而悼屈。」

【解釋】哀：憐恤。窮：境遇不好，這裏指不得志的人。悼，悼念。屈：寃屈，這裏指受屈的人。

【用法】憐恤處境惡劣的人，悼念含寃受屈的人。

【例句】君主時代的所謂清官，能眞正體察民情、～者是寥寥無幾的。

哀絲豪竹（ㄞ ㄙ ㄏㄠˊ ㄓㄨˊ）

【出處】唐・杜甫《醉爲馬墜諸公攜酒相看》詩：「酒肉如山又一時，初筵哀絲動豪竹。」

【解釋】哀：悲哀。豪：豪壯。絲、竹：各爲「八音」（古代對樂器的統稱）之一。絲：琴瑟之類的弦樂器，這裏指弦樂聲。竹：簫笛之類的管樂器，這裡指管樂聲。

【用法】泛指悲壯動人的音樂。

【例句】整齣歌劇的演出，情節曲折，感人肺腑，～，扣人心弦。

哀而不傷（ㄞ ㄦˊ ㄅㄨˋ ㄕㄤ）

【出處】《論語・八佾》：「《關雎》樂而不淫，哀而不傷。」

【解釋】哀：悲哀。傷：悲傷，這裏指悲痛過分。

【用法】意謂感情適度，悲哀而不過度傷心。

【例句】王昭君爲了國家安全，出漢宮，入戈壁，雖然眷戀故國，卻是～。

唉聲嘆氣（ㄞ ㄕㄥ ㄊㄢˋ ㄑㄧˋ）

【出處】清・曹雪芹《紅樓夢》第三十四回：「我看你臉上一團私欲愁悶氣色，這會子又唉聲嘆氣，你那些還不足，還不自在？」

【解釋】唉聲：嘆息聲。

【用法】心情感傷、苦痛或煩悶而又無可奈何時發出的嘆息。

【例句】遇到困難，只會～是無濟於事的。

挨門逐戶

【解釋】挨、逐：依次序。
【用法】按住戶順序，一家不漏。
【例句】王隊長帶領著弟兄～地搜查逃犯。
【附註】也作「挨家挨戶」。

挨肩擦膀

【解釋】挨：靠近。擦：摩擦。
【用法】形容人群擁擠。
【例句】一到星期天，市場顧客～，擠得水泄不通。

矮人觀場

【出處】《快心篇》：「總之，無識的一味矮人觀場，隨聲附和。」
【解釋】觀場：指看戲。
【用法】①矮個子夾在觀衆中看戲，看不清楚，只能跟著別人說壞或叫好。②比喻人寡見少聞而人云亦云。
【附註】也作「矮子看戲」、「矮人看場」。

愛博不專

【出處】唐・韓愈《與陳給事書》：「侍候於門牆者日益進，則愛博而情不專。」
【解釋】愛：喜愛、愛好。博：衆多、廣泛。專：專一、專注。
【用法】①指所愛非一人，感情不專一。②也指愛好太廣泛，精力不專注，而沒有特長。
【例句】①他爲人輕佻，～，是靠不住的。②做學問既要有廣博的知識，更要有主攻方向，～是很難有所成就的。

愛別離苦

【出處】宋・釋道原《景德傳燈錄》第二十三卷：「問：『如何是至極之談？』師曰：『愛別離苦。』」
【解釋】愛：指恩愛。「恩愛別離」爲佛家「八苦」之一。
【用法】泛指恩愛者相別離的苦惱。
【例句】他們夫妻倆飽嚐過～的滋味，所以他們非常珍惜團圓後美滿的家庭生活。

愛不忍釋

【出處】清・吳敬梓《儒林外史》第一回：「危素受了禮物，只把這本册頁看了又看，愛玩不忍釋手。」
【解釋】忍：忍心。釋：放下。
【用法】指喜愛到極點。
【例句】那小姑娘～地擺弄著一個玲瓏剔透的玉石孔雀，說什麼也捨不得放下了。
【附註】也作「愛不釋手」。

愛莫能助

【出處】《詩經・大雅・烝民》：「維仲山甫舉之，愛莫助之。」
【解釋】愛：憐惜、同情。莫：沒有什麼(否定性無定代詞)。
【用法】①原意是雖有憐惜之心，卻是無力相助。②現也指雖然樂意幫助，卻是無能爲力。
【例句】我並不知道他的藏匿之處，實在～啊！

愛毛反裘

【出處】漢・劉向《新序・卷二・雜事》：「魏文侯出遊，見路人反裘而負芻，文侯曰：『胡爲反裘而負芻？』對曰：『臣愛其毛。』文侯曰：『若不知其裏盡而毛無所恃邪！』」

【解釋】反：翻轉。裘：皮衣。反裘：指穿皮衣而毛朝裏，因古人以裘毛朝外爲正。

【用法】①愛惜皮袍的毛而翻過來穿。②比喻對待事物不重在根本，結果往往事與願違。

【例句】要革新技術，只注意更換設備，不重視發掘人才，實在是～。

愛民如子 ㄞˋ ㄇㄧㄣˊ ㄖㄨˊ ㄗˇ

【出處】清・李寶嘉《官場現形記》第十五回：「兩個秀才齊道：『蒙老父台這樣，眞正是愛民如子。』」

【解釋】愛：愛護。

【用法】愛護百姓像愛護自己的子女一樣。

【例句】在君主時代，忠廉清正的父母官倒也不少，然而眞正～者卻是鳳毛麟角了。

愛老慈幼 ㄞˋ ㄌㄠˇ ㄘˊ ㄧㄡˋ

【出處】清・曹雪芹《紅樓夢》第三回：「家中僕從老小想他素日憐貧惜賤、愛老慈幼之恩，莫不悲號痛哭。」

【解釋】慈：慈愛。

【用法】愛護老人和兒童。

【例句】當大同世界實現之時，社會上必處處存在著～的溫馨情景！

愛惜羽毛 ㄞˋ ㄒㄧ ㄩˇ ㄇㄠˊ

【出處】漢・劉向《說苑・雜言》：「夫君子愛口，孔雀愛羽，虎豹愛爪，此皆所以治身法也。」

【解釋】羽毛：鳥的羽，獸的毛，借喻人的名譽。

【用法】比喻人處事謹愼，唯恐有損於自己的名譽。

【例句】王小姐身爲大明星，所以非常～，謹愼選擇每一次的演出機會。

愛之欲其生，惡之欲其死 ㄞˋ ㄓ ㄩˋ ㄑㄧˊ ㄕㄥ，ㄨˋ ㄓ ㄩˋ ㄑㄧˊ ㄙˇ

【出處】《論語・顏淵》：「愛之欲其生，惡之欲其死，既欲其生，又欲其死，是惑也。」

【解釋】愛：喜愛。欲：想要。惡：憎惡，討厭。

【用法】指對事對人的看法不客觀，好惡偏向兩極化。

【例句】從前她整個心掛在這個孩子身上，恨不得能把什麼都給他。可是現在，她感情上發生了令人難以理解的變化，簡直連看他一眼也不願意了，這眞是「～」！

愛人以德 ㄞˋ ㄖㄣˊ ㄧˇ ㄉㄜˊ

【出處】《禮記・檀弓上》：「君子之愛人也以德，細人之愛人也以姑息。」（細小：小人。）

【解釋】德：道德。

【用法】按道德標準愛護人。

【例句】我們應該～，幫助曾經犯錯的朋友。

愛憎分明 ㄞˋ ㄗㄥ ㄈㄣ ㄇㄧㄥˊ

【解釋】憎：恨。

【用法】愛什麼，恨什麼，界限清清楚楚。

【例句】我們必須～，絕不能是非不辨，敵友不分。

愛財如命 ㄞˋ ㄘㄞˊ ㄖㄨˊ ㄇㄧㄥˋ

【解釋】愛：吝惜。

【用法】吝惜錢財就像愛惜生命一樣。形容非常吝嗇貪財。

【例句】周先生～，連一個小錢都看得比天還大。

愛屋及烏 ㄞˋ ㄨ ㄐㄧˊ ㄨ

【出處】《尚書・大傳・大戰》：「愛人者，兼其屋之上烏。」

【解釋】烏：烏鴉。

【用法】愛一個人而連帶喜愛同他有關的人或物。

【例句】小李正熱戀著她，～，連她用過的一個舊書籤也寶貝似地珍藏起來了。

【附註】也作「屋烏之愛」。

碍手碍脚 ㄞˋ ㄕㄡˇ ㄞˋ ㄐㄧㄠˇ

【出處】明・凌濛初《初刻拍案驚奇》第三十二卷：「後邊有些嫌忌起來，碍手碍脚，到底不妙。」

【解釋】碍：妨碍、阻碍。

【用法】指妨碍人做事，使人感到不方便。

【例句】我在這兒不但幫不上忙，反而～，給別人添麻煩，所以我還是走開的好。

〔幺部〕

嗷嗷待哺（ㄠˊ ㄠˊ ㄉㄞˋ ㄅㄨˇ）

【出處】《詩經・小雅・鴻雁》：「鴻雁於飛，哀鳴嗸嗸。」（嗸：同「嗷」。）

【解釋】嗷嗷：哀鳴聲。待：等待。哺：餵養。

【用法】①原意指小鳥飢餓時叫着要東西吃的樣子。②後常用以形容飢民渴求得食而急待解救的情景。

【例句】每週的雜誌，也好像～的雛鳥，等著我多寫幾篇文章呢！

鰲裏奪尊（ㄠˊ ㄌㄧˇ ㄉㄨㄛˊ ㄗㄨㄣ）

【解釋】鰲：傳說中海裏的大鰲，舊時皇帝宮殿前的台階上鐫有巨鰲，翰林學士等官朝見皇帝時，立在台階正中，故稱入翰林院為「上鰲頭」；科舉時代稱考中狀元為「獨占鰲頭」；後來「鰲」便喻指顯達的人物。奪：奪取。尊：地位或輩分高。

【用法】①在鰲裏爭得高位。②比喻在顯達的人物之中居於首位。

【例句】他非常喜歡大家向他祝壽，大模大樣地，彷彿覺得自己是～的一位德高望重的人。

傲睨得志（ㄠˋ ㄋㄧˋ ㄉㄜˊ ㄓˋ）

【出處】明・羅貫中《三國演義》第六十回：「原來曹操自破馬超回，傲睨得志，每日飲宴，無事少出，國政皆在相府商議。」

【解釋】傲睨：傲慢地斜着眼睛看。得志：願望實現。

【用法】形容躊躇滿志，藐視一切的神情（現含貶義）。

【例句】他剛剛取得一點成績，就擺出了一副～的神氣。

傲睨萬物（ㄠˋ ㄋㄧˋ ㄨㄢˋ ㄨˋ）

【出處】宋・黃庭堅《跋俞秀老清老詩頌》：「清老往與余共學於漣水，其傲睨萬物，滑稽以玩世，自首不衰。」

【解釋】傲睨：傲慢地斜着眼睛看。萬物：一切事物。

【用法】蔑視一切事物（現含貶意）。

【例句】這個人腹內空空，却～，實在令人可笑。

傲霜凌雪（ㄠˋ ㄕㄨㄤ ㄌㄧㄥˊ ㄒㄩㄝˇ）

【解釋】傲：傲慢、蔑視。凌：凌辱、欺侮。霜、雪：比喻冷酷無情的打擊和迫害。

【用法】形容面對冷酷無情的打擊和迫害無所畏懼，堅貞不屈。

【例句】我們要效法梅花～的精神，不畏任何艱難險阻。

傲霜枝（ㄠˋ ㄕㄨㄤ ㄓ）

【出處】宋・蘇軾《贈劉景文》詩：「荷盡已無擎雨蓋，菊殘猶有傲霜枝。」

【解釋】傲：傲慢、蔑視。菊花開放於深秋霜凍之時，故稱「傲霜枝」。

【用法】①形容菊性耐寒，不為嚴寒所屈。②也比喻堅貞而不畏強暴的人。

【例句】在那狂風暴雨的年代裏，她堅貞不屈，眞不愧為「～」。

傲然屹立 ㄠˋ ㄖㄢˊ ㄧˋ ㄌㄧˋ

【解釋】傲然：高傲地、不屈不撓地。屹立：像山峰一樣穩固地高聳挺立。

【用法】形容堅強而不可動搖。

【例句】中國～在亞洲的東方。

【附註】也作「傲霜之枝」。

〔又部〕

鷗鷺忘機

【出處】《列子·黃帝》載：古時海上有個喜愛鷗鳥的人，每天都要跟鷗鳥同遊樂，鷗鳥一來就是百多隻。他的父親說：「吾聞鷗鳥皆從汝遊，汝取來，吾玩之。」第二天，父子二人來到海上，見昔日的鷗鳥在天空飛舞而不下來。

【解釋】機：指巧詐。忘機：忘掉了巧詐。

【用法】形容人胸懷坦蕩，連異類都會和他相親近。

【例句】他隱居山中，與獅虎為友，眞正做到了～的境界。

偶燭施明

【出處】漢·王符《潛夫論》：「堯舜之德，譬猶偶燭施明於幽室也，前燭照之，後燭益明，非前燭昧，後燭影也，乃二燭相因而成大光。」

【解釋】偶：双。施：施政。兩支蠟燭，大放光明。

【用法】①喻指古代堯、舜二帝大仁大德，一先一後，天地共明。②後泛喻兩種事物相得益彰。

【例句】你們二人是～，若不是他的企畫加上你的才華，哪有今日的成績？

偶一爲之

【出處】宋·歐陽修《縱囚論》：「夫縱而來歸而赦之，可偶一爲之耳。」

【解釋】偶：偶然。爲：做。

【用法】偶然地做一次。

【例句】我是不喜歡打橋牌的，但老同學們來了，爲了陪客人，也～。

偶語棄市

【出處】秦始皇時代刑律之一，凡兩人相對私語者，在鬧市處死刑，再把屍體暴露在街頭示衆。

【解釋】在鬧市執行死刑後，並把屍體暴露在街頭示衆。

嘔心瀝血

【出處】南朝·梁·劉勰《文心雕龍·隱秀》：「嘔心吐胆，不足語窮。煅歲煉年，奚能諭苦？」

【解釋】嘔：吐。瀝：滴。

【用法】形容苦心思索，費盡心血（常指創作時構思而言）。

【例句】這件作品是他～，花十年工夫才完成的傑作，但推出的當時並未受到欣賞，直到今日才被大家肯定他的成就。

藕斷絲連

【出處】唐·孟郊《去婦》詩：「妾心藕中絲，雖斷猶連牽。」

【解釋】連：牽連。

【用法】比喻表面上關係似乎已斷絕，實際上還有牽連。

【例句】既然你們已經決定離開，那就不要再～的了。

〔ㄢ部〕

安邦定國 ㄢ ㄅㄤ ㄉㄧㄥˋ ㄍㄨㄛˊ

【出處】明‧羅貫中《三國演義》第八十六回：「足下深知安邦定國之道，何在唇齒之戲哉！」
【解釋】安、定：安定。邦、國：國家。
【用法】使國家安定。
【例句】在軍閥混戰、列強入侵的年代，全國人民渴望能出現些～的革命志士，挽救民族的危難。

安邦治國 ㄢ ㄅㄤ ㄓˋ ㄍㄨㄛˊ

【解釋】安：安定。治：治理。邦、國：國家。
【用法】使國家安定而得到治理。
【例句】在新的歷史時期，我們需要大批年富力強的～的人才。

安不忘危 ㄢ ㄅㄨˋ ㄨㄤˋ ㄨㄟˊ

【出處】《周易‧繫辭下》：「危者，安其位者也。亡者，保其存者也。亂者，有其治者也。是故君子安而不忘危，存而不忘亡，治而不忘亂，是以身安而國家可保也。」
【解釋】安：平安。危：危難。
【用法】處在平安的局面下，不忘記有可能出現危難。
【例句】目前雖是承平之世，但我們應～，時時保持高度警覺！

安步當車 ㄢ ㄅㄨˋ ㄉㄤˋ ㄐㄩ

【出處】《戰國策‧齊策四》：「斶願得歸，晚食以當肉，安步以當車，無罪以當貴，清淨貞正以自虞。」（斶：顏斶，戰國時齊國人。）
【解釋】安步：從容步行。當：當作。
【用法】①以從容不迫的步行當作乘車。②古時貴族外出，都必定乘車，而「安步當車」則指人能安守貧賤。③現又指一般的緩慢步行，而不乘車。
【例句】我住的地方離實驗室不遠，我總是～走著去。
【附註】①參看「緩步代車」。②「當」不能念成ㄉㄤ。

安貧樂道 ㄢ ㄆㄧㄣˊ ㄌㄜˋ ㄉㄠˋ

【出處】《論語‧學而》：「未若貧而樂（道），富而好禮者也。」
【解釋】貧：貧困。道：道德。
【用法】安於貧困的境地，樂於道德的修養。
【例句】孔子～，所以能成爲聖賢，且爲後世讀書人的精神典範。

安貧知命 ㄢ ㄆㄧㄣˊ ㄓ ㄇㄧㄥˋ

【出處】唐‧王勃《滕王閣序》：「君子安貧，達人知命。」
【解釋】命：命運。
【用法】安於貧困的境地，知道自己的命運，不怨天尤人。
【例句】有人認爲～不求聞達是一種消極的人生觀，你覺得呢？

安民告示 ㄢ ㄇㄧㄣˊ ㄍㄠˋ ㄕˋ

【解釋】安民：安撫人民。告示：布告。
【用法】①指政權機關在社會變亂後，或新官上任時，爲安定民心所發佈的文告。②現也用以比喻事先發出的有關通知。
【例句】這次會議，必須事先發出～，藉以明確議題，並充分做好事前準備工作。

安分守理（ㄢ ㄈㄣˋ ㄕㄡˇ ㄌㄧˇ）

【出處】清・曹雪芹《紅樓夢》第九回：「寶玉終是個不能安分守理的人，一味的隨心所欲。」
【解釋】分：本分。守：遵守。理：事理。
【用法】安於本分，遵守一般的事理。
【附註】「分」不能念成ㄈㄣ。

安分守己（ㄢ ㄈㄣˋ ㄕㄡˇ ㄐㄧˇ）

【出處】宋・蘇軾《林子中以詩寄文與可及余，與可既沒，追和其韻》詩：「胡不安其分，但聽物所誘。」
【解釋】分：本分。守：保持。己：自己，這裏指自身所具有的品節。
【用法】安於本分，保持自己的品節，不違法亂紀。
【例句】他這大半輩子都是謹小慎微，～地過日子。
【附註】①參看「守分安命」。②「分」不能念成ㄈㄣ。

安分隨時（ㄢ ㄈㄣˋ ㄙㄨㄟˊ ㄕˊ）

【出處】清・曹雪芹《紅樓夢》第八回：「罕言寡語，人謂裝愚；安分隨時，自云『守拙』。」
【解釋】分：本分。隨：順著。時：時尚（某時期普遍流行的社會風尚）。
【用法】安於本分，隨著當時的社會風氣。
【例句】能～，做個良民，這輩子必不會惹禍上身。

安富恤窮（ㄢ ㄈㄨˋ ㄒㄩˋ ㄑㄩㄥˊ）

【出處】《周禮・地官・大司徒》：「以保息六養萬民：一曰慈幼，二曰養老，三曰振窮，四曰恤貧，五曰寬疾，六曰安富。」
【解釋】安：使安定。恤：救濟。
【用法】使富者安定，給窮人救濟。
【例句】在古代，比較賢明的官吏，大都是採取～的辦法，以維持穩定的社會局面。

安富尊榮（ㄢ ㄈㄨˋ ㄗㄨㄣ ㄖㄨㄥˊ）

【出處】《孟子・盡心上》：「君子居是國也，其君用之，則安富尊榮（身安、國富、位尊、名榮）。」
【用法】①原指平安、富裕、尊貴、榮耀。②後指安於富裕，珍重榮譽，過榮華富貴的享樂生活。
【例句】我套句古人的話，勸你別聽那些俗語，別想那些俗事，只管～才是。

安堵如故（ㄢ ㄉㄨˇ ㄖㄨˊ ㄍㄨˋ）

【出處】漢・司馬遷《史記・高祖本紀》：「諸吏人皆案堵如故。」
【解釋】安堵（案堵、按堵）：安居、不遷動。故：原來的。
【用法】安居不動，如同往常一樣。
【例句】我軍所到之處，流氓都被趕出了莊園，百姓則～。

安土重居（ㄢ ㄊㄨˇ ㄓㄨㄥˋ ㄐㄩ）

【出處】南朝・宋・范曄《後漢書・楊終傳上》疏：「傳曰：『～，謂之衆庶。』」

【解釋】土：故土、鄉土、故鄉。重：看重。居：住處。

【用法】安於故土，不肯離開原來的住處。

【例句】中國人一向有「～」的觀念。

【附註】①參看「安土重居」。②「重」不能念成ㄔㄨㄥˊ。

安土重遷（ㄢ ㄊㄨˇ ㄓㄨㄥˋ ㄑㄧㄢ）

【出處】漢・班固《漢書・元帝紀》：「詔曰：『安土重遷，黎民之性；骨肉相附，人情所願也。』」

【解釋】土：故土、鄉土，故鄉。重：難。遷：遷移。

【用法】①安於故土，不願輕易遷往異地。②也泛指在一個地方住慣了，不願輕易遷移別處。

【例句】～當然是人之常情，但是爲了建設的需要，居民們還是必須儘速地遷移。

安魂定魄（ㄢ ㄏㄨㄣˊ ㄉㄧㄥˋ ㄆㄛˋ）

【出處】明・湯顯祖《牡丹亭・三十四・詗藥》：「不尋常，安魂定魄，賽過反精香。」」

【解釋】魂、魄：人的靈氣、精神。

【用法】指使人心神安定。

【例句】許多老祖母仍肯定地認爲，小孩子若受到驚嚇，必須請道士來～一番才行。

安家立業（ㄢ ㄐㄧㄚ ㄌㄧˋ ㄧㄝˋ）

【解釋】安：安置。立：建立。業：事業。

【用法】安置家庭，創立基業。

【例句】十幾年過去了，眼看着孩子們都到了～的時候了。

安家落戶（ㄢ ㄐㄧㄚ ㄌㄨㄛˋ ㄏㄨˋ）

【解釋】安：安置。落戶：定居異鄉。

【用法】在新地方安置家庭，定居下來。

【例句】三十年前，他就從塞外來到江南，～了。

安居樂業（ㄢ ㄐㄩ ㄌㄜˋ ㄧㄝˋ）

【出處】《老子》第八十章：「使人復結繩而用之，甘其食，美其服，安其居，樂其俗。」

【解釋】居：住處。業：職業。

【用法】安於居住的環境，樂於從事的職業。

【例句】希望全體人民，都能～，相親相愛。

安閑自在（ㄢ ㄒㄧㄢˊ ㄗˋ ㄗㄞˋ）

【解釋】安閑：安靜閑適。自在：自由自在的樣子。

【用法】形容清閑無事。

【例句】我過不慣那種～的生活，整天一點事情也沒有，實在無聊得很。

安之若素（ㄢ ㄓ ㄖㄨㄛˋ ㄙㄨˋ）

【出處】清・李寶嘉《官場現形記》第三十八回：「第二天寶小姐酒醒，很覺得過意不去。後來彼此熟了，見瞿太太常常如此，也就安之若素了。」

【解釋】安：心安。之：文言代詞，指人或事物。若：如同。素：平素、素常。

【用法】指對困窘的境遇或異常的情況毫不介意，心情平靜得同平素一樣。

【例句】有些人面對歪風邪氣，却~，無動於衷，眞是麻木不仁。

安常處順（ㄢ ㄔㄤˊ ㄔㄨˇ ㄕㄨㄣˋ）

【出處】《莊子·養生主》：「適來，夫子時也；適去，夫子順也。安時而處順，哀樂不能入也。」（時：時運。）
【解釋】常：通常。順：順應。
【用法】①原指安於通常的際遇，處於順應的地位。②現指安於正常的狀況，處於順利的環境。
【例句】他過慣了~的生活。
【附註】「處」不能念成ㄔㄨˋ。

安世默識（ㄢ ㄕˋ ㄇㄛˋ ㄓˋ）

【出處】三國·魏·孔融《薦禰衡表》：「弘羊潛計，安世默識，以衡准之，誠不足怪。」李善注引《漢書》曰：「張安世，字少儒，爲郎，上行幸河東，嘗亡書三篋，詔問莫能知，唯安世識之。」
【解釋】安世：西漢丞相張安世，是記憶力最強的人。默識：能背誦而牢記不忘。
【用法】指人博聞強記，能過目成誦。
【附註】「識」不能念成ㄕˋ。

安身立命（ㄢ ㄕㄣ ㄌㄧˋ ㄇㄧㄥˋ）

【出處】宋·釋道原《景德傳燈錄·第十卷·湖南長沙景岑禪師》：「僧問：『學人不據地時如何？』師云：『汝向什麼處安身立命？』」
【解釋】安身：容身、存身。立命：使生命存在下去，指生存。
【用法】借以容身而求得生存。
【例句】他對於教育事業並不灰心，這是他~之處。

安身爲樂（ㄢ ㄕㄣ ㄨㄟˊ ㄌㄜˋ）

【出處】晉·陳壽《三國志·蜀志·秦宓傳》：「安身爲樂，無憂爲福。」
【解釋】安：安適。
【用法】身體安適就是人生的樂事。
【例句】他只求~，沒有其他的奢望。

安然無恙（ㄢ ㄖㄢˊ ㄨˊ ㄧㄤˋ）

【出處】明·馮夢龍《醒世恒言·盧太學詩酒傲王侯》：「按院照舊供職，陸公安然無恙。」
【解釋】安然：平平安安地，安安穩穩地。恙：疾病、災禍。
【用法】形容經過動亂或遭遇災禍而平安無事，沒有發生意外，受到損害。
【例句】看到大家都~地回來了，我才鬆了一口氣。

安如磐石（ㄢ ㄖㄨˊ ㄆㄢˊ ㄕˊ）

【出處】《荀子·富國》：「爲名者否，爲利者否，爲忿者否，則國安於磐石，壽於旗翼。」
【解釋】安：安穩。磐石：厚而大的石頭。
【用法】①像磐石一樣安然不動。②形容非常安穩。
【例句】古老的中國~地屹立在世界的東方。

安如泰山（ㄢ ㄖㄨˊ ㄊㄞˋ ㄕㄢ）

【出處】漢·枚乘《上書諫吳王》：「變所欲爲，易於反掌，安於泰山。」
【解釋】安：安穩。

【用法】①像泰山一樣地安穩。②形容事物非常穩固，不可動搖。
【例句】敵人向我軍陣地猖狂進攻，我軍陣地卻～。
【附註】參看「穩如泰山」。

安營紮寨 ㄢ ㄧㄥˊ ㄓㄚ ㄓㄞˋ

【出處】元·無名氏《隔江鬥智》第二折：「這周瑜匹夫累累興兵來索取俺荊州地面，如今在柴桑渡口安營紮寨，其意非小。」
【解釋】安：安置。紮：建立。營：軍營。寨：營房四周用作防衛的柵欄。
【用法】①指軍隊在某處設置兵營、建造防衛工事駐紮下來。②現也借指流動性的集體單位，建立臨時基地，以便展開工作。
【例句】為尋找寶藏，冒險家不怕艱險，在人迹罕到的深山裏～。

安於現狀 ㄢ ㄩˊ ㄒㄧㄢˋ ㄓㄨㄤˋ

【解釋】狀：狀況。
【用法】習慣於或滿足於現有的狀況或取得的成績，不求進取。
【例句】青年人不應～，必須有力求上進之心。

鞍前馬後 ㄢ ㄑㄧㄢˊ ㄇㄚˇ ㄏㄡˋ

【出處】清·錢彩《說岳全傳》第二十五回：「岳爺哈哈大笑道：『你們兩個，眞是一對！這叫做馬前張保，馬後王橫也。』」
【解釋】鞍：馬鞍。
【用法】①奔忙於馬的前後。②形容殷勤侍候主人或上司。
【例句】這個傢伙雖然～地追隨張隊長多年，但是犯了大錯，最後還是被張隊長親手把他處決了。

按兵不動 ㄢˋ ㄅㄧㄥ ㄅㄨˋ ㄉㄨㄥˋ

【出處】《荀子·王制》：「偃然案兵無動，以觀夫暴國之相卒也。」
【解釋】按：抑止。兵：軍隊。
【用法】抑止軍隊，暫不出動，以待時機。
【例句】技藝競賽已進入高潮，最初～而落在後面的選手，正在大幅度地進步之中。

按兵束甲 ㄢˋ ㄅㄧㄥ ㄕㄨˋ ㄐㄧㄚˇ

【出處】晉·陳壽《三國志·蜀志·諸葛亮傳》：「亮說權曰：『……若能以吳、越之衆，與中國抗衡，不如早與之絕；若不能當，何不案兵束甲，北面而事之！』」（中國：中原，當時為曹操所占據。）
【解釋】按：按下不用。兵：兵器。束：捆、綁。甲：鎧甲。
【用法】停止使用武裝力量，不進行戰鬥。
【例句】雙方目前雖～，但戰爭的危機，仍一觸即發，值得密切注意。

按部就班 ㄢˋ ㄅㄨˋ ㄐㄧㄡˋ ㄅㄢ

【出處】晉·陸機《文賦》：「然後選義按部，考辭就班。」
【解釋】按：按照。部：類別。班：次序。
【用法】①原指寫文章時按類選取適當義理，順序考慮安排言辭。②後指辦事情按照一定的條理，遵循一定的程序。③現也指因循守舊，按老規矩辦事。

【例句】學習科學知識，應該～，循序漸進。

【附註】「部」不能寫成「步」。

按圖索驥

【出處】明・楊慎《藝林伐山・卷七・相馬經》：「伯樂《相馬經》有『隆顙蛈曰（額頭突出），蹄如累麴（酒母）』之語。其子執《馬經》以求馬，出見大蟾蜍，謂其父曰：『得一馬，略與相同，但蹄不如累麴耳。』伯樂知其子之愚，但轉怒爲笑曰：『此馬好跳，不堪御也。』」

【解釋】按：按照。圖：圖象。索：尋找。驥：良馬。

【用法】①按照圖象去找好馬。②比喻做事拘泥教條，不切合實際。③也用以比喻循著線索去尋求事物。

【例句】①那些人只知道死啃書本～，不懂得具體情況必須具體處理。②索引的作用就在於可以使人～，很快地找到所需要的資料。

按捺不住

【解釋】按捺：壓抑、克制。

【用法】指無法抑制急躁的情緒。

【例句】聽了那些閒言閒語，她再也～了，不覺傷心地大哭起來。

按迹尋踪

【出處】清・曹雪芹《紅樓夢》第一回：「其間離合悲歡，興衰際遇，俱是按迹循踪，不敢稍加穿鑿。」

【解釋】按：按照。循：順着。

【用法】①按照事情本身的來龍去脈進行處理。②也指循着一定線索去尋找事實眞相。

按甲寢兵

【出處】漢・司馬遷《史記・淮陰侯列傳》：「方今爲將軍計，莫如案甲休兵。」

【解釋】按：按下不用。甲：鎧甲。寢：止息。

【用法】擱下武器，停止用兵。

【例句】戰鬥雙方現在～，暫時休戰，但重燃戰火的危險並沒有消失。

按行自抑

【出處】唐・柳宗元《夢賦》：「忽崩騫上下兮，聊按行以自抑。」

【解釋】按、抑：抑制。行：行爲。

【用法】約束自己的行爲，以表示謙讓。

【例句】爲人處世不要驕縱，應該～。

暗渡陳倉

【出處】漢・司馬遷《史記・高祖本紀》載：公元前二〇六年，劉邦率軍入關，攻下咸陽。項羽負約，自立爲西楚霸王，而封劉邦爲漢王，統轄巴、蜀和漢中。劉邦去漢中途中燒毀棧道，向項羽表示無意東還，圖取天下。隨後則採用韓信的計策，暗地從故道（即陳倉道）回軍，在陳倉擊敗章邯大軍，向東重返咸陽。

【解釋】渡：越過。陳倉：秦置縣名，縣治在今陝西省寶鷄市東，是關中、漢中之間的交通要衝，歷來爲戰爭要地。

【用法】①本指作戰時繞道偷襲敵方。

②也泛指行動機密。③也喻指男女私通。

【例句】小分隊採取～的妙計，奇襲敵後，一舉攻下了敵軍據點。

【附註】參看「明修棧道，暗渡陳倉」。

暗箭難防（ㄢˋ ㄐㄧㄢˋ ㄋㄢˊ ㄈㄤˊ）

【出處】《古今雜劇・劉千病打獨角牛》第二折：「孩兒也，一了說，明槍好躲，暗箭難防。」

【解釋】暗箭：暗中放出的箭。

【用法】①從暗中放出的箭難以防備。②比喻背地裏傷害人的陰謀手段難以提防。

【例句】明槍易躲，～，所以為人處世，必須謹慎小心才好。

【附註】參看「明槍易躲，暗箭難防」。

暗箭傷人（ㄢˋ ㄐㄧㄢˋ ㄕㄤ ㄖㄣˊ）

【出處】宋・劉炎《邇言》卷六：「暗箭中人，其深次骨，人之怨之，亦必次骨，以其掩人所不備也。」（次骨：入骨。）

【解釋】暗箭：暗中放出的箭，也叫「冷箭」。

【用法】比喻暗中用陰毒的手段傷害別人。

【例句】他口是心非，～，詭計多端，讒害忠良。

暗香疏影（ㄢˋ ㄒㄧㄤ ㄕㄨ ㄧㄥˇ）

【出處】北宋・林逋《山園小梅》詩：「疏影橫斜水清淺，暗香浮動月黃昏。」

【解釋】暗香：清幽的香氣。疏影：稀疏的影子。

【用法】專稱「梅花」。

【例句】雪皚皚的山野，唯獨～，別有風采。

暗中摸索（ㄢˋ ㄓㄨㄥ ㄇㄛ ㄙㄨㄛˇ）

【出處】唐・劉餗《隋唐嘉話》卷上：「許敬宗性輕傲，見人多忘之，或謂其不聽，曰：『卿自難記，若遇曹（植）、劉（楨）、沈（約）、謝（朓），暗中摸索着，亦可識之。』」

【用法】①本指在黑暗裏觸摸探索事物。②後常用以比喻無人指引，不知門徑，自行探求。

【例句】你很難進步的原因在於無人切磋，只能靠自己～。

暗送秋波（ㄢˋ ㄙㄨㄥˋ ㄑㄧㄡ ㄆㄛ）

【出處】明・羅貫中《三國演義》第八回：「（呂）布欣喜無限，頻以目視貂蟬，貂蟬亦以秋波送情。」

【解釋】秋波：舊時形容美女的眼睛像秋水一樣清澈明亮。

【用法】①形容暗中以眉目傳情。②也泛指暗中勾搭、獻媚討好。

【例句】美女～的神態，眞是令他萬分心動。

暗無天日（ㄢˋ ㄨˊ ㄊㄧㄢ ㄖˋ）

【出處】清・蒲松齡《聊齋志異・老龍船戶》：「剖腹沉石，慘寃已甚，而木雕之有司，絕不少關痛癢，豈特粵東之暗無天日哉！」

【解釋】天日：指光明。

【用法】形容極端地黑暗，沒有一線光明。

【例句】與會人士的臉上充滿著驚駭的

神色，似乎已感到～的悲哀。

黯然銷魂（ㄢˋ ㄖㄢˊ ㄒㄧㄠ ㄏㄨㄣˊ）

【出處】梁・江淹《別賦》：「黯然銷魂者，惟別而已矣！」

【解釋】黯然：心神沮喪的樣子。銷魂：消魂，失魂落魄。

【用法】①心神沮喪地像丟了魂一樣。②形容沮喪到了極點。

【例句】她想到這次的離別就是永訣，不禁～，暈倒在地了。

黯然失色（ㄢˋ ㄖㄢˊ ㄕ ㄙㄜˋ）

【解釋】黯然：暗淡的樣子，心神沮喪的樣子。失色：失去原有的色彩；失去固有的神色。

【用法】①形容兩種事物相形之下，其中一種顯得遜色。②也形容心神沮喪，無精打采。

【例句】①工地上千萬盞電燈，光芒四射，連天上的繁星也～了。②由於屢遭不幸，她的心情一直不好，原來的神采早已～了。

黯然神傷（ㄢˋ ㄖㄢˊ ㄕㄣˊ ㄕㄤ）

【解釋】黯然：心神沮喪的樣子。

【用法】形容由於失意而心神沮喪，流露出感傷的神情。

【例句】他重回故居，只見人去樓空，景象淒涼，禁不住～。

〔ㄣ部〕

恩同父母（ㄣ ㄊㄨㄥˊ ㄈㄨˋ ㄇㄨˇ）

【出處】明・施耐庵《水滸傳》第八十三回：「宋江等拜謝宿太尉道：『某等衆人，正欲如此，與國家出力，建功立業，以爲忠臣。今得太尉恩相，力賜保奏，恩同父母。』」

【解釋】恩：恩惠，待人的好處。

【用法】恩情深厚，如同父母。

【例句】張老先生不時提拔我～，我沒齒難忘！

恩同再造（ㄣ ㄊㄨㄥˊ ㄗㄞˋ ㄗㄠˋ）

【出處】南朝・梁・沈約《宋書・王僧達傳》：「再造之恩，不可妄屬。」

【解釋】再造：再生。

【用法】①施予恩惠，使人獲得第二次生命。②形容恩惠極大，感激不盡。

【例句】我對於兩位老人家表示無限的感激。若以普通慣用的話來表示之，則眞所謂「～」了。

恩斷義絕（ㄣ ㄉㄨㄢˋ ㄧˋ ㄐㄩㄝˊ）

【出處】元・馬致遠《任風子》第三折：「咱兩個恩斷義絕，花殘月缺，再難戀錦帳羅幃！」

【解釋】義：感情、情誼。

【用法】①感情破裂。②多指夫妻的離異。

恩將仇報（ㄣ ㄐㄧㄤ ㄔㄡˊ ㄅㄠˋ）

【出處】明・馮夢龍《醒世恒言》第三十卷：「爲這官人救了性命，今反恩將仇報，天理何在！」

【用法】①用仇恨來報答恩惠。②形容忘恩負義。

【例句】過去人家待你恩重如山，現在你却翻臉無情，～。

【附註】①參看「以怨報德」。②「將」不能念成ㄐㄧㄤˋ。

恩重如山（ㄣ ㄓㄨㄥˋ ㄖㄨˊ ㄕㄢ）

【出處】清・曹雪芹《紅樓夢》第一百一十八回：「我服侍林姑娘一場，林姑娘待我，也是太太們知道的，實在恩重如山，無以可報。」

【用法】①恩情像高山那樣重。②形容恩惠多，幫助大。

【例句】地震中，張大夫冒著生命危險對我進行搶救，眞是～。

恩深義重（ㄣ ㄕㄣ ㄧˋ ㄓㄨㄥˋ）

【出處】明・馮夢龍《醒世恒言》第八卷：「因爹媽執意不從，故把兒子玉郎假妝嫁來。不想母親叫孩兒陪伴，遂成了夫婦。恩深義重，誓必圖百年偕老。」

【用法】恩惠、情義很深厚。

【例句】他們夫妻～，令人艷羨！

恩甚怨生（ㄣ ㄕㄣˋ ㄩㄢˋ ㄕㄥ）

【出處】《亢倉子・用道》：「恩甚則怨生，愛多則憎至。」

【用法】①施恩過多反生怨恨。②指施恩失當，就會招致怨恨。

【例句】要曉得～這個道理，做事不得不謹愼。

恩榮并濟

【出處】明・羅貫中《三國演義》第六十五回：「限之以爵，爵加則知榮，恩榮并濟，上下有節，爲治之道，于斯著矣。」
【解釋】恩榮：恩惠光寵，特指受皇帝恩寵和榮譽。濟：調劑。
【用法】恩德、榮耀一起使用。

恩威并行

【出處】晉・陳壽《三國志・吳志・周魴傳》：「魴在郡十三年卒，賞善罰惡，恩威並行。」
【用法】用恩德籠絡人心，用刑威使人懾服，兩者同時並行。
【例句】領導者必須～才能收服人心。
【附註】也作「恩威並重」。

恩威并施

見「德威並施」。

恩威並用

【出處】宋・周密《齊東野語》：「今爲朝廷計，宜先赦其矯詔之罪，然後賞其斬曦之功，則恩威並用，折衝萬里之外矣。」
【用法】恩德、威嚴齊用。
【例句】曹操是個有手腕的政治家，對他的文臣武將，有功則賞，有罪則罰，令出必行，～。

恩逾慈母

【出處】唐・韓愈《御史台上論天旱人飢狀》：「陛下恩逾慈母。」
【解釋】逾：越過。
【用法】①恩情比慈愛的母親還要重。②形容恩情深厚。
【例句】被我們救活的王先生感激地說：「你們家對我眞是～啊！」

〔尢部〕

昂首闊步 ㄤˊ ㄕㄡˇ ㄎㄨㄛˋ ㄅㄨˋ

【解釋】昂：抬起。闊：放寬。

【用法】①仰起頭，邁開大步。②形容精神抖擻，意氣高昂地大踏步向前。③也形容態度高傲，神氣十足。

【例句】①戰士列隊長又長，～挺胸膛，殺敵志如鋼。②他旁若無人，～地揚長而去了。

昂首望天 ㄤˊ ㄕㄡˇ ㄨㄤˋ ㄊㄧㄢ

【解釋】昂：抬起。

【用法】①仰起頭，看著天。②比喻只是眼光向上，做事不落實。③也比喻只是信奉教條，不注重實踐。

【例句】自古以來，暴君總是～，民衆的心聲，充耳不聞。

〔儿部〕

兒女情長（ㄦˊ ㄋㄩˇ ㄑㄧㄥˊ ㄔㄤˊ）

【解釋】兒女：青年男女。

【用法】①形容嚴父慈母對兒女的心情。②也指青年男女情義綿長，難捨難分。

兒女之債（ㄦˊ ㄋㄩˇ ㄓ ㄓㄞˋ）

【出處】《琵琶記・丞相教女》：「願相公早畢兒女之債。」

【解釋】債：欠帳。

【用法】指對子女的生活、教養、婚嫁等所擔負的責任和費用。

【例句】父母爲～費盡辛勞，做子女的怎能不回報？

而立之年（ㄦˊ ㄌㄧˋ ㄓ ㄋㄧㄢˊ）

【出處】《論語・爲政》：「三十而立。」

【解釋】而立：三十歲的代稱。

【用法】指到三十歲可以自立的年齡。

【例句】你已經到了～，不能再像毛頭小伙子一樣了。

而今而後（ㄦˊ ㄐㄧㄣ ㄦˊ ㄏㄡˋ）

【出處】《論語・泰伯》：「而今而後，吾知免（勉）夫，小子！」

【解釋】而：語助詞，無義。

【用法】指從今以後。

爾虞我詐（ㄦˇ ㄩˊ ㄨㄛˇ ㄓㄚˋ）

【出處】《左傳・宣公十五年》：「我無爾詐，爾無我虞。」

【解釋】爾：你。虞、詐：欺騙。

【用法】你騙我，我騙你，互相欺騙。

【例句】偏安一隅的南明小朝廷，只知壓榨人民，醉生夢死，內部紛爭，～，置百姓死活於不顧。

【附註】也作「爾詐我虞」。

耳鬢廝磨（ㄦˇ ㄅㄧㄣˋ ㄙ ㄇㄛˊ）

【出處】清・曹雪芹《紅樓夢》第七十二回：「咱們從小耳鬢廝磨，你不會拿我當外人待，我也不敢怠慢了你。」

【解釋】鬢：面頰兩旁的頭髮。廝：互相。磨：纏磨。

【用法】①形容親密相處、不離左右的情景。②泛指小兒女們的相親相愛。

【例句】他倆從小就是青梅竹馬、～，怎麼能沒有感情呢！

耳不旁聽（ㄦˇ ㄅㄨˋ ㄆㄤˊ ㄊㄧㄥ）

【出處】清・曹雪芹《紅樓夢》第四十八回：「因見他姊妹說笑，便自己走到階下竹前，挖心搜膽的耳不旁聽，目不別視。」

【用法】①兩耳不往旁邊聽。②形容專心致志的神情。

【例句】他在工作的時候，總是目不斜視、～。

耳不忍聞（ㄦˇ ㄅㄨˋ ㄖㄣˇ ㄨㄣˊ）

【用法】①兩耳不忍心聽下去。②指殘酷淒慘的情節或消息，使人不能聽下去。

【例句】第二次世界大戰，德國法西斯給人們帶來的災難，簡直使人～，目不忍睹。

耳目之欲 ㄦˇ ㄇㄨˋ ㄓ ㄩˋ

【出處】漢・東方朔《非有先生論》：「務快耳目之欲，以苟容爲度。」
【解釋】欲：欲望。
【用法】指耳朵聽眼睛看，滿足享樂的欲望。
【例句】她的精神世界空虛得很，她所追求的不過是～罷了。

耳目一新 ㄦˇ ㄇㄨˋ ㄧ ㄒㄧㄣ

【出處】清・吳趼人《二十年目睹之怪現狀》第十六回：「雖不是甚麼『心曠神怡』的事情，也可以算得耳目一新的了。」
【用法】①耳朵、眼睛一下有了新的感覺。②形容由於改變了舊面貌或變換了新說法，聽到和看到的都比以前新鮮或好。
【例句】重返母校，看到幾十年來的變化，眞是令人～。
【附註】也作「一新耳目」。

耳提面命 ㄦˇ ㄊㄧˊ ㄇㄧㄢˋ ㄇㄧㄥˋ

【出處】《詩經・大雅・抑》：「於（嗚）乎小子！未知臧否，匪（非）手攜之，言示之事；匪（非）面命之，言提其耳。」
【解釋】命：指教。
【用法】①提著他的耳朵講解，當著他的面指教。②形容嚴肅而懇切地教導人。
【例句】張老師雖然沒有～，口講指畫地對我們進行教誨，但他却以自己大公無私的行爲給我們這些晚輩上了最好的一課。
【附註】也作「面命耳提」。

耳聽八方 ㄦˇ ㄊㄧㄥ ㄅㄚ ㄈㄤ

【用法】①耳朵能聽到各方面的消息。②形容人精明機警，消息靈通。
【例句】此人大有通天的本事，眞所謂眼觀六路，～。

耳聾眼黑 ㄦˇ ㄌㄨㄥˊ ㄧㄢˇ ㄏㄟ

【出處】清・翟灝《通俗篇・身體・耳聾眼黑》：「《傳燈錄》：『百丈被馬祖一喝，直得三日耳聾眼黑。』」
【用法】指突然受外界強烈刺激，形成耳聾眼瞎。
【例句】她大病以後，如今～，簡直成了廢人了。

耳根清淨 ㄦˇ ㄍㄣ ㄑㄧㄥ ㄐㄧㄥˋ

【出處】《圓覺經》：「心潔淨，眼根清淨，耳根清淨，鼻、舌、身、意復如是。」
【解釋】耳根：佛家語，六根之一。
【用法】耳邊無閑話，指無事打擾。
【例句】她們整天吵鬧，使人心煩意亂，我只好躲開，也落個～。

耳食不化 ㄦˇ ㄕˊ ㄅㄨˋ ㄏㄨㄚˋ

【用法】①未經消化聽來的東西。②指沒有經過思考，輕信聽來的話。

耳食之徒 ㄦˇ ㄕˊ ㄓ ㄊㄨˊ

【出處】漢・司馬遷《史記・六國年表序》：「此與以耳食無異。」
【用法】①指不經思考而相信道聽途說

的人。②形容沒有眞才實學而輕信傳聞的人。

耳食之學（ㄦˇ ㄕˊ ㄓ ㄒㄩㄝˊ）

見「口耳之學」。

耳食之言（ㄦˇ ㄕˊ ㄓ ㄧㄢˊ）

【出處】清・阮葵生《茶餘客話》卷六：「此耳食之談，引經斷獄，當不如是。」

【用法】指無根據的虛妄之言。

【例句】對那些～，我們是不能信以爲眞的。

【附註】也作「耳食之談」。

耳視目聽（ㄦˇ ㄕˋ ㄇㄨˋ ㄊㄧㄥ）

【出處】《列子・仲尼》：「老聃之弟子有亢倉子者，得聃之道，能以耳視而目聽。」

【用法】①耳朵能看，眼睛能聽。②古代道家的觀點，認爲人的視覺與聽覺是由精神來主宰的。可以不受器官的限制。

【例句】老聃以爲「萬物皆備於我」，萬物可以～。

耳熟能詳（ㄦˇ ㄕㄡˊ ㄋㄥˊ ㄒㄧㄤˊ）

【出處】宋・歐陽修《瀧岡阡表》：「吾耳熟能焉，故能詳也。」

【解釋】熟：熟悉。

【用法】耳朵聽多了，熟悉了，能夠說得清楚詳細。

【例句】《虎姑婆》的故事在本省幾乎家喻戶曉，連孩子們都～。

耳濡目染（ㄦˇ ㄖㄨˊ ㄇㄨˋ ㄖㄢˇ）

【出處】唐・韓愈《清河郡公房公墓碣銘》：「目擩(濡)耳染，不學以能。」

【解釋】濡、染：沾染。

【用法】指經常看到聽到，無形中受到影響。

【例句】我在愛好國劇的家庭裡長大，長時間的～使我深深愛上了國劇。

【附註】也作「目濡耳染」。

耳軟心活（ㄦˇ ㄖㄨㄢˇ ㄒㄧㄣ ㄏㄨㄛˊ）

【出處】清・曹雪芹《紅樓夢》第七十七回：「那司棋也曾求了迎春，實指望能救，只是迎春語言遲慢，耳軟心活，是不能做主的。」

【解釋】活：不固定。

【用法】形容本身沒有主見，人云亦云，不斷改變主意。

【例句】一個～，沒有主見的人，是做不成大事業的。

耳聰目明（ㄦˇ ㄘㄨㄥ ㄇㄨˋ ㄇㄧㄥˊ）

【出處】《周易・鼎》：「巽而，耳目聰明，柔進而上行。」

【用法】①耳目官能靈敏。②常用來形容頭腦清醒。

【例句】看她一副～的俏模樣，眞討人喜歡！

耳聞不如目見（ㄦˇ ㄨㄣˊ ㄅㄨˋ ㄖㄨˊ ㄇㄨˋ ㄐㄧㄢˋ）

【出處】漢・劉向《說苑・政理》：「夫耳聞之不如目見之，目見之不如足踐之。」

【用法】①耳朵聽來的不如眼睛看到的。②形容親眼見到的情況比別人傳說可靠。

【例句】眞是～，如果不身臨其境，那

裏的山水之美你是無論如何也體會不到的。

耳聞目睹

【出處】宋・司馬光《資治通鑑・唐紀・睿宗景雲二年》：「口說不如身逢，耳聞不如目睹。」
【解釋】睹：見。
【用法】親耳聽到，親眼看到。
【例句】我從鄉下跑到城裡，一轉眼已經六年了。其間～的所謂怪現象，算起來也很不少。

耳聞則誦

【出處】唐・房玄齡等《晉書・苻融載記》：「耳聞則誦，過目不忘。」
【用法】①聽過就能背誦。②形容記憶力強。

餌名釣祿

【出處】清・曹雪芹《紅樓夢》第七十三回：「更有時文八股一道，因平素深惡，說這原非聖賢制撰，焉能闡發聖賢之奧，不過是後人餌名釣祿之階。」
【解釋】餌、釣：誘取。祿：古代官吏的俸給。
【用法】指謀求官職和薪俸。

二八佳人

【出處】宋・蘇軾《李鈐轄座上分題戴花》詩：「二八佳人細馬馱，十千美酒渭城歌。」
【解釋】二八：指十六歲。佳人：美女。
【用法】指年輕美貌的女子。
【例句】李小姐是個年輕貌美的～。

二分明月

【出處】唐・徐凝《憶揚州》詩：「天下三分明月夜，二分無賴是揚州。」
【用法】①古人認爲三分天下明月，揚州有其二。②形容古時揚州的繁華昌盛。

二桃殺三士

【出處】①《晏子春秋・諫下二》載：春秋時，公孫接、田開疆、古冶子三人臣事齊景公，都以勇力聞名，互相爭功，齊相晏子謀除去他們，請景公拿兩只桃子贈給三個人，叫他們論功吃桃，結果三個人都棄桃而自殺了。②三國・蜀・諸葛亮《梁甫吟》：「一朝被讒言，二桃殺三士。誰能爲此謀，國相齊晏子。」
【用法】①兩個桃子殺害了三位勇士。②比喻用計謀殺人。
【例句】這個陰險的統治者對自己的下屬經常玩弄～的把戲。

二心兩意

【出處】漢・王充《論衡・調時》：「夫地之神，用心等也。人民無狀，加罪行罰，非有二心兩意，前後相反也。」
【用法】形容心意不專一，也即三心二意。
【例句】如果一個人對待工作～，就什麼事也做不成。
【附註】參看「三心二意」。

二姓之好

【出處】《禮記・昏（婚）義》：「昏禮者，將合二姓之好，上以事宗廟，而下以繼後世也。」

【解釋】二姓：指結婚的男女兩家。

【用法】男女兩家的合好，指聯姻成爲親家。

【例句】你我兩家的孩子既然情投意合，我們成爲～，這也是一件好事。

二者必居其一
ㄦˋ ㄓㄜˇ ㄅㄧˋ ㄐㄩ ㄑㄧˊ ㄧ

【出處】《孟子·公孫丑》：「前日之不受是，則今日之受非也；今日之受是，則前日之不受非也。夫子必居一于此矣。」

【解釋】居：處於。

【用法】必處於兩種情況中的一種。

二豎爲虐
ㄦˋ ㄕㄨˋ ㄨㄟˊ ㄋㄩㄝˋ

【出處】《左傳·成公十年》：「公疾病，求醫於秦。秦伯使醫緩爲之，未至。公夢疾爲二豎子，曰：『彼良醫也，懼傷我，焉逃之？』其一曰：『居肓之上，膏之下，若我何？』」（焉：怎樣。膏：古代醫學指心下面的部分。肓：古代醫學指心臟和膈膜之間。）

【解釋】二豎：兩個小童。傳聞中造成疾病的病魔。爲虐：逞凶。

【用法】形容被疾病所困擾。

【例句】國勢危險，一至於此，本想與諸公同心協力，保持國家，怎奈～，竟至不起。

二人同心，其利斷金
ㄦˋ ㄖㄣˊ ㄊㄨㄥˊ ㄒㄧㄣ ㄑㄧˊ ㄌㄧˋ ㄉㄨㄢˋ ㄐㄧㄣ

【出處】《周易·繫辭上》：「二人同心，其利斷金；同心之言，其臭如蘭。」（臭：氣味。）

【解釋】利：鋒利。金：金屬。

【用法】指團結一致，可以戰勝一切困難。

【例句】～，只要團結，必能戰勝一切困厄！

二三其德
ㄦˋ ㄙㄢ ㄑㄧˊ ㄉㄜˊ

【出處】《詩經·衛風·氓》：「士也罔極，二三其德。」

【解釋】二三：形容變化無常。

【用法】意指不專一，三心二意。

【例句】輕浮的男子當向姑娘表示情意時，可以「信誓旦旦」、「之死靡他」，可是遇到另外更好的姑娘卻又～、「朝秦暮楚」了！

二五耦
ㄦˋ ㄨˇ ㄡˇ

【出處】《左傳·莊公二十八年》載：春秋時晉獻公妾驪姬勾結獻公寵幸的梁五和東關嬖五，替自己的兒子奚齊奪取太子位，兩個五最終和驪姬誣諂了群公子而立了奚齊爲太子。晉人稱他們爲「二五耦」。

【解釋】耦：二人並耕，這裡指朋比爲奸。

【用法】比喻狼狽爲奸。

【例句】他們是朋比爲奸的～，所以千萬不要和他們結交爲友！

〔一部〕

一波三折

【出處】晉・王羲之《題衛夫人筆陣圖後》：「每作一波，常三過折筆。」

【解釋】波：書法中的捺。折：書法中筆鋒轉換方向。

【用法】①指寫字筆劃曲折多姿。②比喻文章結構的波瀾起伏。③比喻事情阻礙太大，枝節太多。

【例句】①大仲馬是很善於說故事的，他的《基度山伯爵》、《三個火槍手》等，都是～，情節離奇，很吸引讀者。②中東問題眞是～，直到如今還不能解決。

一波未平，一波又起

【出處】唐・劉禹錫《浪淘沙》詞：「流水淘沙不暫停，前波未滅後波生。」

【解釋】一個浪頭還沒有平息，一個浪頭又起來了。

【用法】①比喻詩文波瀾起伏。②比喻問題太多，舊的問題沒有解決，新的問題又出現了。

【例句】這部小說情節曲折，眞是～，層層推進，引人入勝。

一敗塗地

【出處】漢・司馬遷《史記・高祖本紀》：「劉季曰：『天下方擾，諸侯並起，今置將不善，一敗塗地。吾非敢自愛，恐能薄，不能完父兄子弟。此大事，願更相推擇可者。』」

【解釋】塗地：附著在地面上。這裡指肝腦塗地。

【用法】形容失敗得十分慘重。

【例句】敵人的如意算盤落空了，他們的兵團落進了我們的包圍圈，被打得～，全軍覆沒。

一板三眼

【出處】清・吳趼人《糊塗世界》第六卷：「老弟你看，如今的時勢，就是孔聖人活過來，一板三眼的去做，也不過是個書呆子罷了。」

【解釋】板、眼：戲曲曲調中的節拍。唱得有板有眼。

【用法】①比喻行動有條不紊。②比喻做事死板，不知變通。

【例句】①她說起話來慢條斯理，～，十分清楚。②他的文章寫得～，規規矩矩，但是讓人讀起來，卻又興味索然。

【附註】也作「一板一眼」。

一瓣心香

【出處】唐・韓偓《仙山》詩：「一炷心香洞府開。」

【解釋】心香：舊時稱心中虔誠，就如同焚香一樣能感通佛道。一瓣香：即一炷香。

【用法】表示崇敬。

【例句】編者謹掬～，吁請海內文豪，從茲多談風月，少發牢騷，庶作者編者，兩蒙其利。

一本正經

【解釋】正經：正派、莊重。

【用法】形容態度莊重、認眞、鄭重其事的樣子。

【例句】他說的話叫人笑破肚皮，他卻～，一點兒不笑。

一本萬利（ㄧˋ ㄅㄣˇ ㄨㄢˋ ㄌㄧˋ）

【出處】清・姬文《市聲》第二十六回：「這回破釜沈舟，遠行一趟，卻指望收它個一本萬利哩。」

【解釋】本：本錢。利：利潤。

【用法】形容用較少的本錢獲得較多的利潤。

【例句】這是～的買賣，爲什麼不應該做呢？

一本萬殊（ㄧˋ ㄅㄣˇ ㄨㄢˋ ㄕㄨ）

【出處】《朱子語類・論語》九：「到這裡，只見得一本萬殊，不見其他。」

【解釋】本：根源。萬：言其多。殊：不同、差異。

【用法】比喻萬變不離其宗。

【例句】這些學者的說法雖各有不同，但～，實際上全根源於魯實先先生的講法。

一筆抹殺（ㄧˋ ㄅㄧˇ ㄇㄛˇ ㄕㄚ）

【出處】清・劉鶚《老殘遊記》第十一回：「其理本來易明，都被宋以後的三教子孫挾了一肚子欺人自欺的心去做經注，把那三教聖人的精義都注歪了！所以天降奇災，北拳南革，要將歷代聖賢一筆抹煞，此也是自然之理，不足爲奇的事。」

【解釋】抹殺：勾掉。

【用法】比喻把成績、優點全部勾銷或全部否定。

【例句】他雖然有缺點，但不能因此就對他來個全盤否定，連他原有的優點也～。

一筆勾銷（ㄧˋ ㄅㄧˇ ㄍㄡ ㄒㄧㄠ）

【出處】宋・朱熹《五朝名臣言行錄・參政范文正公》：「公取班簿，視不才監司，每見一人姓名，一筆勾之。」

【解釋】勾銷：取消、抹掉。一筆劃掉。

【用法】形容把過去的事一下子全部抹掉。

【例句】我們從來是歷史地、全面地評價一個人的功過，絕不能因爲一個人犯過這樣那樣的錯誤，就把他的貢獻也～，來一個全盤否定。

一臂之力（ㄧˊ ㄅㄧˋ ㄓ ㄌㄧˋ）

【出處】元・李壽卿《伍員吹簫》第三折：「若得此人助我一臂之力，愁甚冤讐（仇）不報？」

【解釋】臂：臂膀。

【用法】指不大的力量。

【例句】我在這件工作上感到有點兒吃力，你如能助我～，我是十分地感激的。

【附註】常用「助一臂之力」比喻給予一點幫助。

一別如雨（ㄧˋ ㄅㄧㄝˊ ㄖㄨˊ ㄩˇ）

【出處】三國・魏・王粲《贈蔡子篤》：「風流雲散，一別如雨。」

【解釋】別：分離。

【用法】這一分離就像雨水離開雲層一樣，很難再遇合到一起了。

【例句】今夜我們哥兒倆好好對酌暢飲一番，明朝～，想再聚在一塊兒，恐怕很難了。

一表人物

【出處】元・關漢卿《望江亭》第一折：「夫人放著你這一表人物，怕沒有中意的丈夫？」

【解釋】表：外表。

【用法】容貌堂堂的人物。

【例句】新來的這位老師，看起來～，首先就給人留下了一個好印象。

一秉虔誠

【出處】清・文康《兒女英雄傳》第十三回：「各各一秉虔誠，焚香膜拜。」

【解釋】秉：持著。虔誠：忠貞、誠實。持著一顆恭敬而忠實的心。

【用法】表示嚴肅而誠敬的態度。

【例句】在大雄寶殿上，善男信女～焚香膜拜，這樣肅穆的氣氛是十分動人的。

一不做，二不休

【出處】唐・趙元一《奉天錄》四：「光晟臨死而言曰：『傳語後人：第一莫作，第二莫休。』」（意思是唐朝張光晟從朱泚反叛，泚兵敗窮困，光晟殺泚投降，而終不免一死，故有此語。）

【解釋】第一不要反叛，第二既已反叛就索性幹到底。

【用法】泛指不做則已，要做就得做到底。

【例句】～甘脆把周家妻小全刼持，這一來，就不怕老周不聽從。

一步登天

【出處】清・陳天華《獅子吼》第二回：「那知康有爲是好功名的人，想自己一人一步登天，做個維新的元勛，因此就要排斥譚嗣同等。」

【解釋】登：由低處到高處。一步就跨到天上去。

【用法】比喻突然發迹，或一下達到某種極高的境地。

【例句】他從一個偏遠的山村，來到這個大都市裡，好像～，對一切事都感到心滿意足。

一步一鬼

【出處】漢・王充《論衡・訂鬼》：「凡人不病則不畏懼。故得病寢衽，畏懼鬼至；畏懼則存想，存想則目虛見。……初疾畏驚，見鬼之來；疾困恐死，見鬼之怒；身自疾痛，見鬼之擊；皆存想虛致，未必有其實也。夫精念存想，或泄于目，或泄于口，或泄于耳。泄于目，目見其形；泄于耳，耳聞其聲；泄于口，口言其事。晝日則鬼見，暮臥則夢聞。」

【解釋】每走一步都有一個鬼跟著。

【用法】形容疑心生暗鬼，自相驚擾。

【例句】她想得太多了，因此～，弄得她自己也總是心裡不踏實。

一拍即合

【出處】清・李綠園《歧路燈》第十八回：「小人之交，一拍即合。」

【解釋】拍：打拍子。一拍就與樂曲的節奏諧合。

【用法】比喻雙方一起一湊就能合得來（多用於貶義）。

【例句】正因為他利欲薰心，所以和這個投機分子～。

一派胡言

【解釋】一派：一片。指完全是胡說八道。

【用法】形容沒有一句實話。

【例句】這全是～，請大人不要聽信他的話，我是冤枉的。

一抔黃土

【出處】漢．司馬遷《史記．張釋之、馮唐列傳》：「假令愚民取長陵一抔土，陛下何以加其法乎？」

【解釋】抔：捧。一捧黃土。

【用法】比喻極其微賤的事物或沒落渺小的東西。

【例句】雖只是～，但它來自故鄉，其中有故鄉的味道、故鄉的色彩，每日撫弄它，可解我思鄉的愁悶。

一盤散沙

【用法】比喻力量不集中，步調不一致，沒有組織起來。

【例句】過去，人們說我們是～，現在，全國人民團結一致，變得空前強大了。

一噴一醒

【出處】唐．韓愈《鬥雞聯句》詩：「一噴一醒然，再接再厲乃。」

【解釋】噴：用水噴。鬥雞時用水噴，使之清醒後再鬥。

【用法】比喻推動督促。

一片冰心

【出處】唐．王昌齡《芙蓉樓送辛漸》詩：「洛陽親友如相問，一片冰心在玉壺。」

【用法】形容心地純潔，對功名利祿不感興趣。

【例句】居士～，毅然捨棄塵俗的高官厚祿，來此田間躬耕養性。

一片宮商

【出處】宋．孫光憲《北夢瑣言．來鵬詩》：「前進士沈光有《洞庭樂賦》。韋八座岫請朝賢曰：『此賦乃一片宮商也。』」

【解釋】宮、商：古代音樂的兩個音階。一片聲調和諧優美的樂聲。

【用法】比喻詞賦優美，像樂曲那樣和諧動聽。

【例句】子游效法先賢，以樂化民，因而轄區～，洋溢和樂氣氛。

一貧如洗

【出處】元．關漢卿《竇娥冤》楔子：「小生一貧如洗，流落在楚州居住。」

【解釋】貧：貧困。窮得像清洗過的一樣。

【用法】形容赤貧，一無所有。

【例句】我們那時～，別說上學，就是飯也是吃了上頓沒有下頓。

一顰一笑

【出處】《韓非子．內儲說上》：「吾聞明主之愛，一顰一笑，顰有為顰，而笑有為笑。」

【解釋】顰：憂愁的樣子。

【用法】憂愁和歡笑的表情。

【例句】這小姑娘十分逗人喜歡，～都

很可愛。

一暴十寒

【出處】《孟子．告子》上：「雖有天下易生之物也，一日暴之，十日寒之，未有能生者也。」

【解釋】暴：晒。晒一日，凍十天。

【用法】比喻求學做事一日勤快，十天懈怠，沒有恒心。

【例句】學習要有恒心，～，是學不好的。

一馬平川

【解釋】平川：平坦的大地。能縱馬馳騁的平地。

【用法】形容地勢平坦、廣闊。

【用法】這裡～，連個小山丘也沒有。

一馬當先

【出處】明．施耐庵《水滸傳》第九十六回：「（喬道清）即便勒兵列陣，一馬當先，雷震等將簇擁左右。」

【解釋】一匹馬跑在最前面。

【用法】比喻走在前列，起帶頭作用。

【例句】他沒有說第二句話，～，率領著人馬飛奔前去。

一脈相傳

【出處】明．汪廷訥《三祝記．敍別》：「你向日將囊金封還張子，純仁今日將麥舟賑濟曼卿，這才是一脈相傳，何愁皇天不祐。」

【解釋】脈：脈絡、血統。傳：承接、流傳。由一個血統或一個派別承接流傳下來。

【用法】比喻某種思想或學說之間的繼承關係。

【例句】孔孟學說～，至宋明更是發揚光大，達到最頂峯的成就。

【附註】也作「一脈相承」、「一脈相連」、「一脈相通」。

一毛不拔

【出處】《孟子．盡心上》：「楊子取爲我，拔一毛而利天下不爲也。」

【解釋】毛：毫毛。一根毫毛也捨不得拔掉。

【用法】譏諷人極其吝嗇自私。

【例句】差人道：「沈姑娘，你也太拿老了！叫我們管山吃山，管水吃水，都像你這～，我們喝西北風！」

一門百笏

【出處】唐．魏徵《隋書．李穆傳》：「于是穆子孫雖在襁褓，悉拜儀同，其一門執象笏者百餘人，穆之貴盛，當時無比。」

【解釋】笏：古代大臣上朝時手裡拿著的笏板。一個家裡有一百個手拿牙笏的大臣。

【用法】形容舊時豪門貴族的興盛的氣象。

【例句】吳家舊時～，家世十分鼎盛，曾幾何時，竟落到如此地步，令人不勝感慨。

一門同氣

【出處】明．吳承恩《西遊記》第六十三回：「他是我一門同氣，我怎麼不爲他出力，辨明冤枉轉。」

【解釋】一門：一個師父，或一個流派。同氣：聲氣相同。

【用法】形容同出一個門下，關係極爲密切。

【例句】張三、李四～，在武林中，他倆常互相接應，彼此扶持，因此聲勢日盛。

一門千指（ㄧˋ ㄇㄣˊ ㄑㄧㄢ ㄓˇ）

【出處】元・脫脫等《宋史・顏詡傳》：「詡少孤，兄弟數人，事繼母以孝聞，一門千指，家法嚴肅，男女異序，少長輯睦。」

【解釋】門：家門。千：言其多。指：人的食指。

【用法】形容家族興旺，人口很多。

【例句】王家～，家族興旺，尤其難得的是：大大小小全好讀書，因此，出了好幾位秀才、舉人，最近還傳聞「啓」字輩的老二中了進士呢！

一面之交（ㄧˊ ㄇㄧㄢˋ ㄓ ㄐㄧㄠ）

【出處】晉・袁宏《三國名臣序贊》：「定交一面。」李善注引漢・崔寔《本論》：「且觀世人之相論也，徒以一面之交，定臧否之決。」

【解釋】面：見面。交：交情。見過一面的交情。

【用法】形容初次相識，沒有深交。

【例句】我與他僅有～，並不熟悉，所以無從介紹。

一面之榮（ㄧˊ ㄇㄧㄢˋ ㄓ ㄖㄨㄥˊ）

【出處】南朝・梁・任昉《王文憲集・序》：「一盼之榮，鄭璞逾于周寶。」

【解釋】面：一作「盼」，見面。榮：榮幸。

【用法】很榮幸地見過一面或看到過一眼。

一面之辭（ㄧˊ ㄇㄧㄢˋ ㄓ ㄘˊ）

【出處】明・羅貫中《三國演義》第一百五回：「今日若聽此一面之詞，楊儀等必投魏矣。」

【解釋】面：方面。辭：言詞。單方面的話。

【用法】形容片面性的言論。

【例句】我不能單憑～就下結論，必須進行全面了解。

一面之緣（ㄧˊ ㄇㄧㄢˋ ㄓ ㄩㄢˊ）

【解釋】一面：見一次面。緣：機緣。見一次面的緣分。

【用法】指見面很難得。

【例句】我對他雖然十分仰慕，但遺憾的是僅有～，就是去年在台北見過一次，再也沒有機會見到她了。

一面如舊（ㄧˊ ㄇㄧㄢˋ ㄖㄨˊ ㄐㄧㄡˋ）

【出處】唐・房玄齡等《晉書・張華傳》：「初，陸機兄弟志氣高爽……見華一面如舊，欽華德範，如師資之禮焉。」

【解釋】面：見面。舊：舊交、老朋友。一見面就如同老朋友一樣。

【用法】形容彼此秉性、意趣相投。

【例句】我和他～，一經攀談竟發現彼此意趣相投，眞是相見恨晚。

一民同俗（ㄧˋ ㄇㄧㄣˊ ㄊㄨㄥˊ ㄙㄨˊ）

【出處】《晏子春秋・問上》：「古者百里而異習，千里殊俗。故明王修道，一民同俗。」

【解釋】俗：風俗。
【用法】國家統一，風俗一致。
【例句】要想眞正一統天下，使全民有向心力，必使～，才能達到目的。

一瞑不視

【出處】《戰國策·楚策一》：「有斷脰決腹，一瞑而萬世不視，不知所益，以憂社稷者。」（脰：頸項。）
【解釋】瞑：閉眼。一閉上眼便什麼也看不見了。
【用法】指人死去了。
【例句】對於這些無聊的紛爭，他以爲來個～，也就乾淨了！

一鳴驚人

【出處】《韓非子·喩老》：「三年不翅，將以長羽翼，不飛不鳴，將以觀民則。雖無飛，飛必冲天；雖無鳴，鳴必驚人。」
【解釋】鳴：叫。不叫便罷，一叫便使人震驚。
【用法】比喩平時默默無聞，一下子做出了驚人的事情。
【例句】他自以爲這番議論一定會～，然而，使他失望的是，反應出乎意料的冷淡。

一命嗚呼

【解釋】命：生命。嗚呼：感嘆詞，借指死亡。
【用法】一下子就死了。（含有詼諧的意味。）
【解釋】這奸邪小人終於～，眞是大快人心。

一模一樣

【出處】清·吳敬梓《儒林外史》第五十四回：「今日抬頭一看，卻見他黃著臉，禿著頭，就和前日夢裏揪他的師姑一模一樣，不覺就惱怒起來。」
【用法】模樣完全相同。
【例句】這兩件衣服從款式到花紋裝飾都～，竟好像是從一個地方買來的。

一木難支

見「獨木難支」。

一目了然

【出處】清·曾樸《孽海花》第十九回：「卻說這中堂正對著那個圍場，四扇大窗洞開，場上的事，一目了然。」
【解釋】目：用眼看。了然：明白清楚的樣子。
【用法】一眼就看得清清楚楚、明明白白。
【例句】一走進房間，主人的性情之所向就已經～了。

一目十行

【出處】唐·姚思廉《梁書·簡文帝紀》：「簡文帝幼而敏睿，既長，讀書十行俱下。」
【解釋】目：用眼睛看。閱讀時，一眼便可看十行字。
【用法】比喩看書速度快。
【例句】他～地看下去，結果什麼意見也提不出來。
【附註】也作「十行俱下」。

一發破的

【出處】唐．房玄齡等《晉書．王濟傳》：「愷亦自恃其能，令濟先射，一發破的。」

【解釋】發：發出、射出。的：箭靶的中心。

【用法】①比喻一下子就擊中了目標。②比喻一句話就擊中了要害。

【例句】年輕的女射手～，贏得了觀衆的熱烈喝采。

一髮千鈞

【出處】漢．班固《漢書．枚乘傳》：「夫以一縷之任，繫千鈞之重，上懸無極之高，下垂不測之淵，雖甚愚之人，猶知哀其將絕也。」

【解釋】髮：頭髮。鈞：古時重量單位，三十斤爲一鈞。一根頭髮吊千鈞。

【用法】比喻情況十分危急。

【例句】一輛馬車，由於驚了馬而狂奔起來，眼看就撞上一個孩子，在這～的時候，一個路人撲了上去，冒著生命危險，把驚馬制服了。

一佛出世

【出處】唐．魏徵《隋書．經籍志．佛經》：「每一小劫，則一佛出世。」（小劫：按佛家說法約合一千七百萬年。）

【解釋】佛教認爲世界每經歷一小劫，才有一佛出世。

【用法】比喻非常難得的事情。

【例句】欲致天下太平，眞是比等待～還難！

一飛沖天

【出處】《韓非子．喻老》：「雖無飛，飛必沖天；雖無鳴，鳴必驚人。」

【解釋】沖：沖向。一起飛就沖上天。

【用法】比喻一舉驚人。

【例句】小李潛力無窮，不飛則已，～，你可不要小看他。

一帆風順

【出處】明．施耐庵《水滸傳》第四十一回，「三隻大船載了許多人馬頭領，卻投穆太公莊上來。一帆順風，早到岸邊埠頭，一行衆人，都上岸來。」

【解釋】帆：風帆。帆遇順風，行走迅速。

【用法】比喻工作非常順利，沒有挫折。有時也用作祝人旅途平安的話。

【例句】這幾年他～，工作上取得了比較顯著的成績。

一飯千金

【出處】漢．司馬遷《史記．淮陰侯列傳》：「（韓）信釣于城下，諸母漂，有一母見信飢，飯信，竟漂數十日。信喜，謂漂母曰：『吾必有以重報母。』母怒曰：『大丈夫不能自食，吾哀王孫而進食，豈望報乎！』……信至國，召所從食漂母，賜千金。」

【解釋】指窘困時受人一飯之恩，得志時即以千金重報。

【用法】形容受恩不忘報。

【例句】韓信～，受恩不忘報，因此博得屬下的愛戴。

一方之任

【出處】漢．班固《漢書．終軍傳》：「不足以抗一方之任，竊不勝憤懣。」

【解釋】任：任務。

【用法】可以獨自擔任一方面的任務。

【例句】他不僅有高深的理論知識，而且有豐富的實踐經驗，是可以委以～的。

【附註】也作「一方之寄」。

一夫得情，千室鳴弦

【出處】南朝・宋・范曄《後漢書・童恢傳贊》：「一夫得情，千室鳴弦；懷我夙愛，永戴遺賢。」

【解釋】一夫：指一個當權者。得情：得民心。千室：千家萬戶。鳴弦：響起弦樂，表示歡樂。

【用法】指一個當權者能體恤民心，百姓們就能生活安樂。

【例句】一國當中，倘能～，這個國家必得強盛。

一夫當關，萬夫莫開

【出處】漢・劉安《淮南子・兵略訓》：「一人守隘，而千人弗敢過也。」

【解釋】一夫：一個人。當：把守。一個人把著關，一萬個人也攻不破。

【用法】形容地勢十分險要，利于防守。

【例句】山上只有一條小路，緊貼著懸崖，頗有～之勢，只要有幾個人守住山口，敵人就休想衝上來。

一夫可守

【出處】清嘉慶重修《一統志・江西省・廣昌縣》：「……皆鳥道崎嶇，一夫可守。」

【解釋】一夫：一個人。守：把守。

【用法】形容易于防守的咽喉要衝。

【例句】此處形勢險惡，～，你只要稍加用心，即可擋住敵軍的攻勢。

一夫之勇

【出處】晉・陳壽《三國志・魏志・荀彧傳》：「顏良、文丑，一夫之勇耳！可一戰而擒也。」

【用法】指那些有勇而無謀的人的蠻幹行徑。

【例句】憑藉張飛的～，想擋住大軍的圍攻，那是不可能的。

一夫捨死，萬夫莫當

【出處】明・丘濬《大學衍義補》：「諺云：『一夫捨死，萬夫莫當』。」

【解釋】一夫：一個人。莫當：難以抵擋。

【用法】一人捨死拼命，萬人也難以抵擋。

【例句】～只要村民都抱持這樣的決心，就不必怕流寇來襲。

一傅眾咻

【出處】《孟子・滕文公下》：「有楚大夫于此，欲其子之齊語也……一人傅之，眾楚人咻之，雖日撻而求其齊也，不可得矣。」

【解釋】傅：教。咻：喧嚷。一個人教，許多人在旁擾亂。

【用法】表示環境對人有很大的影響。

【例句】～，如何能教育成功呢？你要你的小孩勤學有禮，就應爲他安排理想的學習環境才是！

一得之功

【解釋】一得：偶有的一點收穫。

【用法】指一點微小的成績。

【例句】不要沾沾自喜於～，要永遠謙

虛謹慎。

一得之見（ㄧˋ ㄉㄜˊ ㄓ ㄐㄧㄢˋ）

【出處】漢·司馬遷《史記·淮陰侯列傳》：「廣武君曰：『臣聞智者千慮，必有一失；愚者千慮，必有一得。』」

【解釋】一得：一點心得，一些可取之處。見：見解。

【用法】指對問題的一點膚淺的見解（謙詞）。

【例句】本書所談的，不過是自己在學習和寫作過程中的～，不一定很正確的。

一德一心（ㄧˋ ㄉㄜˊ ㄧˋ ㄒㄧㄣ）

【出處】《尚書·泰誓·中》：「乃一德一心，立定厥功，惟克永世。」

【用法】大家一條心。

【例句】只要衆人～，同舟共濟，必能安然渡過這次的劫難的。

一代風流（ㄧˊ ㄉㄞˋ ㄈㄥ ㄌㄧㄡˊ）

【出處】唐·杜甫《哭李常侍嶧》詩：「一代風流盡，修文地下深，斯人不重見，將老失知音。」

【解釋】風流：風氣。

【用法】形容傑出人物所創立的一代新風。

【例句】林老既是一個偉大的詩人、文學家，又是一個科學家，成爲海內景仰的大師，可謂～！

一代鼎臣（ㄧˊ ㄉㄞˋ ㄉㄧㄥˇ ㄔㄣˊ）

【出處】唐·李延壽《南史·邱靈鞠傳》：「詣司徒褚彥回別，彥回不起，曰：『比脚疾更增，不復能起。』靈鞠曰：『脚疾亦是大事，公爲一代重臣，不可復爲覆餗。』」（餗：鼎中的食物。覆餗：《周易·鼎卦》：「鼎折足，覆公餗。」孔穎達疏：「餗者，糝也，八珍之膳，鼎中實也。」比喻不能勝任而敗事。）

【解釋】鼎臣：大臣、重臣。

【用法】當代的重臣。

【例句】杜公您是～，可千萬爲國家多珍重身體！

一代談宗（ㄧˊ ㄉㄞˋ ㄊㄢˊ ㄗㄨㄥ）

【出處】唐·房玄齡等《晉書·潘京傳》：「尚書令樂廣……深嘆其才，謂京曰：『君天才過人，恨不學耳。若學，必爲一代談宗。』」

【解釋】談：清談，指魏晉時崇尚老莊、高談玄理的風氣。宗：宗師。

【用法】一個時代的清談大師。

【例句】在此功利思想盛行的時代，要找個能清談的人，已十分不容易，又如何能有～呢！

一代國色（ㄧˊ ㄉㄞˋ ㄍㄨㄛˊ ㄙㄜˋ）

【出處】元·楊維楨《題二喬觀書圖》詩：「喬家二女雙芙蓉，一代國色江之東。」

【解釋】國色：美麗超群的女子。

【用法】在一代中長得最美的女子。

【例句】楊家幼女，十分美艷動人，堪稱～！

一代楷模（ㄧˊ ㄉㄞˋ ㄎㄞˇ ㄇㄛˊ）

【出處】五代·後晉·劉昫等《舊唐書·李靖傳》：「朕觀自古身居富貴，能知止足者甚少，公能識大體，深足可嘉……欲以公爲一代楷模。」

【解釋】楷模：楷範。

【用法】一個時代的學習榜樣。

【例句】戴先生勤勉好學，讀書每有會意，輒廢寢忘食，堪稱爲～，諸位後生晚輩可要效法！

一代宗工

【出處】元・脫脫等《金史・元好問傳》：「兵後，故老皆盡，好問蔚爲一代宗工，四方碑板銘志盡趨其門。」

【用法】在學術上或創作上爲一個時代所推崇的巨匠。

【例句】杜甫爲賦一詩，拈斷數根鬚，其賦詩之勤苦，爲時人所尊崇，終爲～。

一代宗臣

【出處】漢・班固《漢書・蕭何、曹參傳》：「淮陰黥布等已滅，唯何、參擅功名，位冠群臣，聲施後世，爲一代之宗臣。」

【用法】爲當代所景仰的大臣。

【例句】蕭老知進退，出處合宜，因此位冠群位，爲～。

一代文豪

【出處】宋・歐陽修《歸田錄》：「宋楊大年，作文頃刻數千言，眞一代之文豪。」

【用法】一個時代最傑出的文人。

【例句】東坡先生能詩善文，堪稱～。

一代文宗

【出處】南朝・梁・沈約《宋書・謝靈運傳論》：「仲文史革孫許之風。」李善注引《續晉陽秋》：「（許）詢、（孫）綽並爲一時文宗。」

【用法】一個時代受衆人景仰的文章大家。

【例句】歸老專心致力於文學創作，終爲～。

【附註】也作「一時文宗」。

一刀兩斷

【出處】宋・朱熹《朱子全書・論語・憲問》：「觀此可見克己者是從根源上一刀兩斷，便斬絕了，更不復萌。」

【用法】比喻堅決徹底地割斷關係。

【例句】自此我跟你～，不再有任何關係，請你不要再來干擾我的生活。

一簞一瓢

【出處】《論語・雍也》：「一簞食，一瓢飲，在陋巷，人不堪其憂，回也不改其樂。」

【解釋】簞：古代盛飯的圓形竹器。瓢：舀水的器具。

【用法】比喻生活清苦。

【例句】弘一大師李叔同先生本一代名流，在聲望如日中天時，他毅然拋棄世俗的聲名成就，剃度出家，過著～的清苦生活。

一登龍門，聲價十倍

【出處】宋・李昉等《太平廣記》引《辛氏三秦記》：「龍門之下，每歲春季有黃鯉魚，自海及諸川爭來赴之。一歲中，登龍門者不過七十二。初登龍門，即有雲雨隨之，天火自燒其尾，而化爲龍矣。」

【解釋】登龍門：相傳魚跳龍門，轉化

成龍。

【用法】①科舉時代喻指會試得中，其榮譽地位隨之顯著昇高。②喻指一經名家援引，其聲價就大大提高。

【用法】李膺先生聲名鼎盛，是當代盟主，倘能得他引見，～。

一點靈犀（ㄧˋ ㄉㄧㄢˇ ㄌㄧㄥˊ ㄒㄧ）

【出處】唐·李商隱《無題》詩：「身無彩鳳雙飛翼，心有靈犀一點通。」

【解釋】靈犀：舊說犀牛爲靈獸，角中有白紋，感應靈通。故稱「靈犀」。

【用法】①比喻心心相印。②比喻人聰明。

【例句】她只要有什麼想法，用不著說出來，他就心領神會了，這眞是～，兩心相通！

一定不易（ㄧˊ ㄉㄧㄥˋ ㄅㄨˋ ㄧˋ）

【出處】漢·劉安《淮南子·主術訓》：「今夫權衡規矩，一定而不易，不爲秦楚變節，不爲胡越改容。」

【解釋】易：改變。一旦定下來，就不可改變。

【用法】形容符合事物的規律性，不能改變。

【例句】任何事物都有～之理，也就是事物本身的規律，我們可以掌握它，卻不能改變它。

【附註】也作「一定不移」。

一定之論（ㄧˊ ㄉㄧㄥˋ ㄓ ㄌㄨㄣˋ）

【出處】漢·劉安《淮南子·原道訓》：「士有一定之論，女有不易之行。」

【用法】一種不可改變的論斷。

【例句】關於不平衡規律問題，我的看法還很不成熟，目前拿不出～。

一動不如一靜（ㄧˊ ㄉㄨㄥˋ ㄅㄨˋ ㄖㄨˊ ㄧˊ ㄐㄧㄥˋ）

【出處】宋·張端義《貴耳集》上：「(宋)孝宗幸天竺及靈隱，有僧輝相隨，見飛來峰，問輝曰：『既是飛來，如何不飛去？』對曰：『一動不如一靜。』」

【用法】指多一事不如少一事，或不必多此一舉。

【例句】我不打算申請調動了，～，還是留在這裡吧。

一塌糊塗（ㄧˋ ㄊㄚ ㄏㄨˊ ㄊㄨˊ）

【解釋】糊塗：混亂。

【用法】亂七八糟，到了不可收拾的地步。

【例句】你把廚房搞得～，叫我如何收拾？

一潭死水（ㄧˋ ㄊㄢˊ ㄙˇ ㄕㄨㄟˇ）

【解釋】潭：深水池。死水：不流動的水。一池子不流動的水。

【用法】比喻死氣沉沉、停滯不前的局面。

【例句】你們這裡死氣沉沉的，像～一樣。

一體同心（ㄧˋ ㄊㄧˇ ㄊㄨㄥˊ ㄒㄧㄣ）

【出處】《禮記·喪服》：「父子一體也，夫妻一體也，昆弟一體也。」

【解釋】一體：一個整體。同心：齊心。

【用法】形容大家利害與共，共同一心。

【例句】由於大家～，因此安然渡過此次劫難。

一團和氣

【出處】宋·楊無咎《逃禪詞·選冠子·許倅生辰》詞：「看縱橫才美，雍容談笑，一團和氣。」

【解釋】和和氣氣的樣子。

【用法】形容態度和藹。

【例句】王實領待人接物，～，如何心地倒恁地狹窄？

一團漆黑

見「漆黑一團」。

一通百通

【出處】《後西遊》第三回：「猴王一通百通，時常習了口訣，自習自煉，將七十二般變化俱學成了，只不懂得斛斗之法。」

【解釋】通：明白、通曉。

【用法】主要的事情弄明白，其他的就都明白了。

【例句】只要你能弄懂這道理，～，其他的問題就不再是問題。

一統天下

【出處】《公羊傳·成公十五年》：「王者欲一乎天下。」

【用法】統一的國家。

【例句】這幾年來，他把這個單位變成了他的～。

一痛決絕

【出處】清·曹雪芹《紅樓夢》第九十八回：「自己却深知，寶玉之病實因黛玉而起，失玉次之，故趁勢說明，使其一痛決絕。」

【解釋】痛：悲傷。決絕：堅決地斷絕了。

【用法】悲痛一回，讓關係斷絕，表示長痛不如短痛。

【例句】你就～，跟他斷了夫妻關係，免得日日這樣打打鬧鬧，弄得雞犬不寧！

一男半女

【出處】明·施耐庵《水滸傳》第一百零二回：「又無一男半女，田地家產，可以守你。」

【解釋】一個男孩或女孩。

【用法】形容子女很少。

【例句】他倆結婚多年，膝下猶虛，連個～都沒有。

一牛吼地

【出處】宋·僧法雲《翻譯名義集·數量》：「拘盧舍，此云五百弓，亦云一牛吼地，謂大牛鳴聲所極聞，或云一鼓聲。」

【解釋】吼：叫。

【用法】牛的吼叫聲所達到的距離。

一牛九鎖

【出處】漢·焦延壽《易林·解之漸》：「一牛九鎖，更相牽攣。」

【用法】比喻難得解脫。

【例句】我深為當初決定後悔，如今想脫離這火坑，但～，難以解脫。

一年被蛇咬，三年怕草索

【出處】明・凌濛初《初刻拍案驚奇》第一卷：「一年被蛇咬，三年怕草索。說到貨物，我就沒膽氣。」

【解釋】索：繩子。

【用法】比喻在某件事情上吃過虧，再碰到類似事情就害怕。

【例句】他呀！「～」曾追求李小玲被嚴拒，所以至今不敢再動追求異性的念頭！

【附註】也作「一旦被蛇咬，三年怕井繩」。

一年半載（ㄧˋ ㄋㄧㄢˊ ㄅㄢˋ ㄗㄞˇ）

【出處】元・孟漢卿《魔合羅雜劇》：「多不到一年半載，但得些利便回來。」

【解釋】載：年。

【用法】形容需要一段相當的時間。

【例句】薛蟠聽了，心下忖度，如今我捱了打，正難見人，想著要躲避～，又沒處去躲。

一年之計在於春（ㄧˋ ㄋㄧㄢˊ ㄓ ㄐㄧˋ ㄗㄞˋ ㄩˊ ㄔㄨㄣ）

【出處】南朝・梁・蕭繹《纂要》：「一年之計在於春，一日之計在於晨。」

【解釋】計：安排、打算。一年的打算能否完成全在於春天了。

【用法】比喻開始努力做好工作，是做好整個工作的基礎。

【例句】～，趁今年春天雨水充足，趕快大幹一番，爭取大豐收。

一念之差（ㄧˊ ㄋㄧㄢˋ ㄓ ㄔㄚ）

【出處】宋・曾慥《類說》卷四十七引《遁齋閑覽》：「一念之誤，乃至於此。」

【解釋】念：念頭。差：錯。偶然的錯誤念頭。

【用法】指一時的疏忽或考慮不周而產生嚴重後果。

【例句】不少人爲了名利，～而鑄成大錯。

一諾千金（ㄧˊ ㄋㄨㄛˋ ㄑㄧㄢ ㄐㄧㄣ）

【出處】漢・司馬遷《史記・季布欒布列傳》：「曹邱至，即揖季布曰：『楚人諺曰：得黃金百斤，不如得季布一諾。足下何以得此聲於梁楚間哉？』」

【解釋】諾：許諾、諾言。一個許諾，價值千金。

【用法】形容說話算數，守信用。

【例句】雖然不能說他～，但他是很守信用的，他答應了，就可以放心了。

一來二去（ㄧˋ ㄌㄞˊ ㄦˋ ㄑㄩˋ）

【出處】清・曹雪芹《紅樓夢》第八十三回：「林丫頭一來二去的大了，他這身子也要緊。」

【用法】指來來往往，反反覆覆，經過一段時間。

【例句】兩家住在一個院子裡，～地，孩子們就都熟了。

一勞永逸（ㄧˋ ㄌㄠˊ ㄩㄥˇ ㄧˋ）

【出處】漢・班固《封燕然山銘》：「茲可謂一勞而久逸，暫費而永寧也。」

【解釋】逸：安逸。勞動一下，得到永久安逸。

【用法】形容事情做好以後，就可以永遠享受成果了。

【例句】「～」的話，有是有的，而「～」的事卻極少。

一牢永定（ㄧˋ ㄌㄠˊ ㄩㄥˇ ㄉㄧㄥˋ）

【出處】《宋・元戲文輯佚・韓壽竊香記》：「香漸冷，思量遍，料前生與伊分淺，做叫一牢永定。」

【解釋】牢：牢固。一下子弄得結結實實。

【用法】形容事情一成不變。

【例句】他倆的姻緣就這樣～，永生永世的締結下去，因此才有九世姻緣的故事可傳。

一覽無餘（ㄧˋ ㄌㄢˇ ㄨˊ ㄩˊ）

【出處】南朝・宋・劉義慶《世說新語・言語》：「江左地促，不如中國，若使阡陌條暢，則一覽而盡，故紆餘委曲，若不可測。」

【解釋】覽：看。餘：剩餘。一眼就看完了。

【用法】形容事物簡單明瞭，一下子就能看清。

【例句】這一切都～地擺在這裡，人們可以看得清清楚楚。

一力承當（ㄧˋ ㄌㄧˋ ㄔㄥˊ ㄉㄤ）

【出處】清・俞萬春《蕩寇志》第十七回：「你再去說，如果他肯歸降，但有山高水低，我一力承當。」

【解釋】一力：獨力。承當：擔當起責任。

【用法】指獨自盡全力負起整個責任。

【例句】你放心大膽地幹吧，出了問題由我來～。

【附註】也作「一力擔當」。

一力吹噓（ㄧˋ ㄌㄧˋ ㄔㄨㄟ ㄒㄩ）

【出處】元・秦簡夫《趙禮讓肥》：「我只道保奏的是當朝鄧禹，卻原來是馬武一力吹噓。」

【解釋】一力：一個勁兒地。

【用法】全力替人宣揚，說好話。

【例句】李五在一旁爲張仁～，吹得老總眼花撩亂，竟任命張仁爲業務部主任。

一了百當（ㄧˋ ㄌㄧㄠˇ ㄅㄞˇ ㄉㄤˋ）

【出處】明・張居正《張太岳文集・答山東巡撫何來山》三：「清丈事實百年曠舉，宜及僕在位，務爲一了百當，若但草草了事，可惜此時，徒爲虛文耳。」

【解釋】事情了結，各方面都安排得當。

【用法】形容辦事妥當、徹底。

【例句】做工作要～，紮紮實實，不能敷衍了事，馬馬虎虎。

一了百了（ㄧˋ ㄌㄧㄠˇ ㄅㄞˇ ㄌㄧㄠˇ）

【出處】明・王守仁《傳習錄》下：「良知無前後，只知得見（現）在的幾，便是一了百了。」

【解釋】了：完結。

【用法】由於主要事情完結了，其餘的事情也跟著完結了，不留尾巴。

【例句】他本想自殺，～，可是家裏的小孩又放心不下。

一鱗半爪（ㄧˋ ㄌㄧㄣˊ ㄅㄢˋ ㄓㄠˇ）

【出處】清・趙執信《談龍錄》載：清人王士禎用以比喻詩之含蓄。王士禎說：「詩如神龍，見其首，不見其尾，或雲中露一爪一鱗而已。」趙執信駁其說曰：「神龍者，屈伸變化，固無定體，恍恍望見者，第指其一鱗一爪，而龍之首尾完好，故宛然在也。」

【解釋】鱗：魚類的鱗片。爪：鳥獸的脚趾。指龍在雲中，東露一鱗，西露半爪，使人難見其全貌。

【用法】比喻事物的支離破碎，殘缺不全。

【例句】現在一二十歲左右的青年人，未必全都知道這一段歷史，即使知道～，印象也不一定就怎樣深刻。

【附註】也作「一鱗半甲」。

一路平安（ㄌㄨˋ ㄆㄧㄥˊ ㄢ）

【解釋】一路：在整個行程中。

【用法】一路上平平安安。也常用作對人出遠門時的祝辭。

【例句】我已經到了台北，～，請不要惦念。

一路福星（ㄌㄨˋ ㄈㄨˊ ㄒㄧㄥ）

【出處】宋・秦觀《淮海集・鮮于子駿行狀》：「復除公（鮮于侁）爲京東轉運使，比行，溫公（司馬光）……謂所親曰：『福星往矣，安得百子駿在天下乎！』」後把「路」釋作道路的「路」。

【解釋】路：宋代大的行政區稱「路」。福星：即「歲星」，舊時術士說：「歲星照臨能降福于民。」原指宋代的鮮于侁（字子駿）爲一個地區的賢明官吏。

【用法】祝人旅途平安之語。

【例句】再見吧，祝你～！

一路順風（ㄌㄨˋ ㄕㄨㄣˋ ㄈㄥ）

【解釋】順風：車船行駛與風的方向相同。一路上都是順風。

【用法】①比喻旅行順當，或辦事順利。②祝人旅途平安順利的祝詞。

【例句】①我這次出門眞是～，沿途一點兒也沒有躭擱。②這幾年，他～，各方面都很有成績。

一落千丈（ㄌㄨㄛˋ ㄑㄧㄢ ㄓㄤˋ）

【出處】唐・韓愈《聽穎師彈琴》詩：「躋攀分寸不可上，失勢一落千丈強。」

【解釋】落：降落。指琴聲陡然由高到低。

【用法】比喻景況、聲譽、地位突然惡化，急劇下降。

【例句】從此，他的老實名聲～，一舉一動都有人看著。

一龍一豬（ㄌㄨㄥˊ ㄓㄨ）

【出處】唐・韓愈《符讀書城南》詩：「兩家各生子，提孩巧相如，少則聚嬉戲，不殊與隊魚；三十骨骼成，乃一龍一豬，飛黃騰踏去，不能顧蟾蜍。」

【解釋】一個是龍，一個是豬。

【用法】比喻人有賢明，也有愚笨。

【例句】人有賢、不肖，～雖資質不同，但只要能認淸自我，選擇適合自己的路走下去，依然可以說是：「有成就！」

一龍一蛇（ㄌㄨㄥˊ ㄕㄜˊ）

【出處】《莊子・山木》：「無譽無訾，一龍一蛇，與時俱化。」

【解釋】忽而如龍的出現，忽而如蛇的蟄伏，變化無窮。

【用法】比喻時隱時現，隨情況的不同

而變化。

【例句】為人處世，應審時度勢，靈活機便，如～，與時俱化，切不可執著頑固。

一改故轍（ㄍㄞˇ ㄍㄨˋ ㄔㄜˋ）

【解釋】故：以前的。轍：車輪壓出的痕迹。

【用法】比喻改變過去的作法，毅然走向新路。

【例句】自此次會議後，在工業生產方面，我們～，走上了一條新的道路。

一概而論（ㄍㄞˋ ㄦˊ ㄌㄨㄣˋ）

【出處】戰國・楚・屈原《懷沙》：「同糅玉石兮，一概而相量。」（糅：混雜。）

【解釋】概：過去量米麥時刮平斗斛的器具，引申為標準。一概：同一個標準，一律。對於事物用同一個標準來衡量。

【用法】指對問題不做具體分析，籠統地看成一個樣子。

【例句】你怎可將我們～？他投機，我守分；他怠惰，我勤勉，我們是有所不同的。

一乾二淨（ㄍㄢ ㄦˋ ㄐㄧㄥˋ）

【出處】清・李汝珍《鏡花緣》第十回：「他是一毛不拔，我們是無毛不拔，把他拔得一乾二淨，看他如何！」

【用法】形容一點兒也不剩。

【例句】從前學過的一點文學理論，早忘得～了。

一竿風月（ㄍㄢ ㄈㄥ ㄩㄝˋ）

【出處】宋・陸游《入城至郡圃》詩：「九陌鶯花娛望眼，一竿風月屬閑身。」

【解釋】風月：清風明月，指美好的景色。

【用法】比喻文人雅士的閑情逸致，耽溺於山光水色。

【例句】倘得～來相伴，縱無名利又何妨？

一鼓作氣（ㄍㄨˇ ㄗㄨㄛˋ ㄑㄧˋ）

【出處】《左傳・莊公十年》：「夫戰，勇氣也。一鼓作氣，再而衰，三而竭。」

【解釋】鼓：敲戰鼓。作：振作。氣：勇氣。

【用法】①指戰鬥開始時，擊一通戰鼓，以鼓足士氣。②形容振奮精神，鼓足幹勁，勇往直前。

【例句】要做，就～做下去，這樣收效才大，像這樣拖拖拉拉，到什麼時候才能完成啊！

一鼓而擒（ㄍㄨˇ ㄦˊ ㄑㄧㄣˊ）

【出處】明・陶宗儀《輟耕錄》：「花山賊畢四等縱橫出沒……朝廷募鹺徒朱陣率其黨羽，一鼓而擒之。」

【解釋】鼓：擂戰鼓。擒：捉住。一通鼓就把敵人擒獲了。

【用法】形容迅速地取得勝利。

【例句】警察人員將這歹徒團團圍住，～。

一顧千金（ㄍㄨˋ ㄑㄧㄢ ㄐㄧㄣ）

【出處】漢・桓譚《新論・因顯》：「名有所因而至，則良馬一顧千金。」

【解釋】顧：看，指伯樂（古之善相馬

者）看了一眼，良馬的身價便值千金了。

【用法】比喻賢者推荐的可貴。

【例句】倘能蒙得盟主青睞，～，這匹馬可就身價非凡。

一顧傾城

【出處】漢・班固《漢書・外戚傳》：「李延年歌曰：『北方有佳人，絕世而獨立，一顧傾人城，再顧傾人國，寧不知傾城與傾國，佳人難再得！』」

【解釋】顧：看。指看一眼，全城的人都為她而傾倒。

【用法】形容絕色的女子。

【例句】此女子風華絕代，～，只要她出現的場合，必有衆多愛慕者。

一國三公

【出處】《左傳・僖公五年》：「（士蔿）退而賦曰：『狐裘龍茸，一國三公，吾誰適從？』」（三公：指晉獻公和他的兒子夷吾、重耳。）

【解釋】公：君主。

【用法】比喻政令出於多頭，混亂不統一或無所適從。

【例句】當時晉國，～，令出於多頭，臣下無所適從，致使朝政大亂。

一刻千金

【出處】宋・蘇軾《春夜》詩：「春宵一刻值千金，花有清香月有陰。」

【解釋】一刻：極短的時間。

【用法】比喻時光非常寶貴。

【例句】現在眞是～，我們必須珍惜每一分鐘，以保證工程按時完成。

一口同音

【出處】《韓非子・說難》：「一口惑主敗法，以亂士民。」

【用法】大家都是一樣的說法。

【例句】邢夫人叫了前後的門上人來罵著，問：「巧姐和平兒，知道那裡去了？」豈知天下～，說是：「大太太不必問我們，問當家的爺們就知道了。」

【附註】參看「異口同聲」。

一口兩匙

【出處】宋・范成大《丙午新正書懷》詩：「口不兩匙休足穀，身能幾展莫言錢。」自注：「《吳諺》云：『一口不能著兩匙』。」

【解釋】匙：湯匙。一口吃兩匙子的東西。

【用法】比喻貪多。

【例句】諺云：「一口不能著兩匙。」你不要這麼不知足，～，小心會噎到了。

一口吸盡西江水

【出處】宋・釋道原《景德傳燈錄・居士龐蘊》：「後之江西，參問馬祖云：『不與萬法為侶者是什麼人？』祖云：『待汝一口吸盡西江水，即向汝道。』」

【用法】①比喻一氣呵成，融會貫通。②形容人操之過急，想一下子就達到目的。

【例句】他的想法未免過於簡單，以為可以～，不用費勁兒就把事辦成。

一口三舌

【出處】漢・焦延壽《易林・蹇之未濟

》：「一口三舌，相妨無益。」
【解釋】一張嘴裡三條舌頭。
【用法】形容說得太多，毫無好處。
【例句】～，於你無益，搞不好，禍從口出，可就划不來了。

一夔已足

【出處】《韓非子·外諸說左下》：「魯哀公問于孔子曰：『吾聞古者有夔一足，其果信有一足乎？』孔子對曰：『不也。夔非一足也……一而足也。』」
【解釋】夔：人名，相傳為堯時樂正（主管音樂的官）。
【用法】形容眞正的人才，有一個就夠了。
【例句】我這單位不需要有太多的「專家」，～。

一潰千里

【解釋】潰：潰敗、潰逃。一敗就千里之遠。
【用法】形容失敗得不可收拾。
【例句】宋軍～，把中原大好河山拱手讓於元人。

一饋十起

【出處】漢·劉安《淮南子·氾論訓》：「禹之時，以五音聽治……當此之時，一饋而十起，一沐而三握髮，以勞天下之民。」
【解釋】饋：吃飯。吃一頓飯時要起來十次。
【用法】形容事務非常繁忙。
【例句】孔明～，軍務繁忙，而舉國上下竟無人能為其分憂解勞，致使一代賢臣鞠躬盡瘁，勞瘁而終。

一匡天下

【出處】《論語·憲問》：「管仲相桓公，霸諸侯，一匡天下，民到于今受其賜。微管仲，吾其被（披）髮左衽矣。」
【解釋】匡：匡正、糾正。天下：原指天子統治的地方，即整個中國。
【用法】糾正了混亂的局勢，使天下安定。
【例句】先生自比管、樂，管仲相桓公，霸諸侯，～；樂毅扶持微弱之燕，下齊七十餘城。此二人者，眞濟世之才也。

一空依傍

【解釋】依傍：依靠。
【用法】沒有任何依靠。
【例句】他的議論，獨出心裁，～，沒有任何陳詞濫調，使人耳目一新。

一孔之見

【出處】《禮記·中庸》：「反古之道。」鄭玄注：「反古之道，謂曉一孔之人，不知今王之新政可從。」孔穎達疏：「孔謂孔穴。孔穴所出，事有多途，今惟曉知一孔之人，不知餘孔通達，惟守此一處，故云曉一孔之人。」
【解釋】一孔：一個小洞眼。從一個小洞所見到的。
【用法】比喻見識非常淺薄、狹窄。
【例句】什麼是現實主義？我的～是，現實主義的最根本就是眞實。

一寒如此

【出處】漢·司馬遷《史記·范雎蔡澤列傳》：「魏使須賈于秦，范雎聞之，爲微行，敝衣閑步之邸，見須賈。……須賈曰：『今叔何事？』范雎曰：『臣爲人庸賃。』須賈意哀之，留與坐飲食，曰：『范叔一寒如此哉！』乃取其一綈袍以賜之。」
【解釋】一：竟然。寒：窮困潦倒。
【用法】形容窮困到了極點。
【例句】由於連串的不幸事故，弄得他典當一空，～。

一呼百諾 ㄏㄨ ㄅㄞˇ ㄋㄨㄛˋ

【出處】元·無名氏《舉案齊眉》第二折：「堂上一呼，階下百諾。」
【解釋】諾：應答。一人呼喚，百人應答。
【用法】形容權勢顯赫，僕從很多。
【例句】羅公家世顯赫，他在當地～，不可一世，你可千萬別去招惹他的公子。

一呼百應 ㄏㄨ ㄅㄞˇ ㄧㄥˋ

【解釋】應：回答、響應。一聲呼喊，百人響應。
【用法】形容號召力很大，響應的人很多。
【例句】人們～，蜂擁著向村外走去。

一壺千金 ㄏㄨˊ ㄑㄧㄢ ㄐㄧㄣ

【出處】《鶡冠子·學問》：「中河失船，一壺千金，雖賤無常，時使物然。」
【解釋】壺：即「匏」，瓠瓜，體輕能浮。
【用法】比喻匏雖價賤，但關鍵時刻就會十分寶貴。
【例句】沒有想到，就這麼一個普通的螺絲釘，現在竟成了寶貝，眞是～。

一狐之腋 ㄏㄨˊ ㄓ ㄧㄝˋ

【出處】漢·司馬遷《史記·趙世家》：「吾聞千羊之皮，不如一狐之腋。」
【解釋】腋：胳肢窩，特指獸腋下的毛皮。指一隻狐狸腋下的皮毛。
【用法】比喻珍貴的東西。
【例句】「百羊之皮，不如～。」爲表示你的誠意，你就送我一件最新款式的貂皮大衣吧！

一揮而就 ㄏㄨㄟ ㄦˊ ㄐㄧㄡˋ

【出處】元·脫脫等《宋史·文天祥傳》：「天祥以法天不息爲對，其言萬餘，不爲稿，一揮而成，帝親擢爲第一。」
【解釋】揮：舞動。就：成功。
【用法】形容寫文章、書法、繪畫，構思敏捷，技巧純熟。
【例句】他不假思索，提起筆來，～。

一還一報 ㄏㄨㄢˊ ㄅㄠˋ

【出處】元·關漢卿《哭存孝》第四折：「把這廝綁了，五車裂了，可與俺李存孝一還一報。」
【用法】比喻做了害人的事，遲早都要受到報應。
【例句】如今他自食其果，受到了懲處，這也是～吧。

一哄而散 ㄏㄨㄥˋ ㄦˊ ㄙㄢˋ

【出處】明·凌濛初《初刻拍案驚奇》第一卷：「看的人見沒得買了，一哄而散。」

【解釋】哄：喧鬧。
【用法】形容沒有秩序地在吵嚷聲中散去。
【例句】在老師一聲令下，大夥～，紛向四郊散去。

一己之私

【出處】宋《程氏遺書・明道（程顥）先生語》：「佛氏總為一己之私。」
【用法】指個人的私心或個人利益。
【例句】考慮問題，一定要從大局出發，切忌～作怪。

一技之長

【出處】清・李汝珍《鏡花緣》第六十四回：「凡琴棋書畫，醫卜星相，如有一技之長者，前來進謁，莫不優禮以待。」
【解釋】技：技能、本領。長：專長。
【用法】具有某方面的知識、技能或專長。
【例句】他重視幹部的～，善於培養和使用幹部。

一家眷屬

【出處】清・康有為《廣藝舟双楫・本漢》：「『孔廟』、『曹全』是一家眷屬，皆以風神逸宕勝。」（『孔廟』、『曹全』：都是漢碑名。）
【解釋】眷屬：親屬。
【用法】比喻同屬於一個流派。
【例句】名目繁多的西方現代文藝流派，其實是～，都是形式主義的流派。

一家之言

【出處】漢・司馬遷《報任少卿書》：「亦欲以究天人之際，通古今之變，成一家之言。」
【用法】①自成體系、有獨立見解的學術著作。②指一個派流或一種理論。
【例句】李教授在地質學方面的貢獻很大，他的地質力學已被稱為獨創性的～。

一階半級

【出處】北齊・顏之推《顏氏家訓・勉學》：「或因家世餘緒，得一階半級，便是為足，全忘修學。」
【解釋】階、級：等級。
【用法】比喻低微的官職。
【例句】如今只取得這～而已，你就如此高興，真是胸無大志。

一介不取

【出處】《孟子・萬章上》：「一介不以與人，一介不取諸人。」
【解釋】一介：介，同「芥」。一粒芥菜子，比喻微小。
【用法】表示絲毫不取，非常廉潔。
【例句】李老為官清廉，～，又體恤人民，因而贏得縣民愛戴。

一介之才

【出處】南朝・宋・范曄《後漢書・杜詩傳》：「臣詩……以史吏一介之才，遭陛下創制大業，空乏之間，超受大恩。」
【解釋】介：通「芥」，渺少，微末。
【用法】一點小小的才能。
【例句】至於我自己，不過是～，有什麼值得提的呢？

一介書生

【出處】唐・王勃《秋日登洪州滕王閣餞別序》：「勃三尺微命，一介書生。」

【解釋】一介：一個。

【用法】讀書人自稱，或對一般讀書人的雅稱。

【例句】讀書人又稱書生。這固然是個可以驕傲的名字，如說「～」、「書生本色」都含有清高的意味。

一箭雙雕

【出處】唐・李延壽《北史・長孫晟傳》：「嘗有二雕飛而爭肉，因以箭兩隻與晟，請射取之。晟馳往，遇雕相攫，遂一發雙貫焉。」

【解釋】雕：同「鵰」，一種凶猛的鳥。一箭射中了兩隻雕。

【用法】①指箭術高明。②比喻一舉兩得。

【例句】既探聽情況，又迷惑對方，這眞是～的好主意。

一見傾心

【解釋】傾心：心裡嚮往、佩服。

【用法】指一見面就產生了愛慕和敬佩之情（多指男女之間）。

【例句】他第一次見到她的時候，就～，熱烈地愛上了她。

一見鍾情

【解釋】鍾情：情愛專注其中。

【用法】指男女雙方一見面就產生了愛情。

【例句】他們～，很快就熱乎得難捨難分了。

一見如故

【出處】五代・王定保《唐摭言》第六卷：「光化戊午歲，來自襄南，融一見如舊相識，延讓嗚咽流涕，於是攘臂成之矣。」

【解釋】故：故人、老朋友。初次見面就如同老朋友一樣。

【用法】形容情投意合。

【例句】他們～，談得可投緣了。

一金之俸

【出處】南朝・梁・任昉《與沈約書》：「一金之俸，必偏親倫，仲庚之秩，散之故舊。」

【解釋】金：金錢。俸：俸祿。

【用法】比喻微薄的待遇。

【例句】憑這～，你如何撫養這一家老小，不如來我公司任職，我給你三倍的價碼。

一漿十餅

【出處】宋・歐陽修等《新唐書・李正己傳附李師道》：「大將崔承慶獨進曰：『公初不示諸將腹心，而今委以兵，此皆嗜利者，朝廷以一漿十餅誘之，去矣！』」

【解釋】漿、餅都是不值錢的東西。

【用法】比喻小恩小惠。

【例句】受施切勿忘，雖只是～，你仍要心懷感激。有朝一日飛黃騰達了，必當回報恩人。

一舉兩得

【出處】漢・司馬遷《史記・張儀列傳》：「兩虎方且食牛，食甘必爭，爭則必鬥，鬥則大者傷，小而死，從傷而刺之，一舉必有双虎之名。」
【解釋】舉：舉動、動作。
【用法】做一件事同時能得到兩方面的好處。
【例句】你這計策眞是高明之至，～，我眞佩服你！

一舉兩失

【出處】《戰國策・燕策》：「本欲以爲明寡人之薄，而君不得厚，揚寡人之薄，而君不榮，此一舉而兩失也。」
【解釋】做一件不得體的事，使兩方面都受到損失。
【用法】形容十分錯誤的舉動。
【例句】如今你～，太太沒了，情人也跑了，眞是得不償失。

一舉千里

【出處】漢・司馬遷《史記・留侯世家》：「鴻鵠高飛，一舉千里，羽翼已就，橫絕四海。」
【解釋】一飛就是千里。
【用法】比喻前程遠大。
【例句】資優班的學生們，人小志氣大，他們之中的一些人一定會～，有遠大的前程。

一舉成名

【出處】唐・韓愈《唐故國子司業竇公墓志銘》：「公一舉成名而東，遇其黨，必曰：『非我之才。』」
【解釋】指科舉時代中了進士就天下聞名！
【用法】形容由於某件事情成功，一下子就出了名。
【解釋】這個平平常常很不起眼的青年人，由於寫了一部小說，便～了。

一舉手之勞

見「舉手之勞」。

一舉一動

【出處】明・淩濛初《二刻拍案驚奇》第三十七卷：「吾與你身雖隔遠，你一舉一動吾必曉得。」
【用法】指每一個舉動。
【例句】我看了她一眼，她不像新婦，她的～都像個多年的媳婦。

一決雌雄

【出處】漢・司馬遷《史記・項羽本紀》：「願與漢王挑戰，決雌雄。」
【解釋】決：決定。雌雄：比喻勝負、高低。
【用法】決定勝負、高低。
【例句】戰士們摩拳擦掌，要在戰場上與敵人～。

一蹶不振

【出處】漢・劉向《說苑・談叢》：「一蹶之故，卻足不行。」
【解釋】蹶：跌倒，引申爲失敗、挫折。振：振作、奮起。
【用法】一受到挫折和失敗，就再也振作不起來了。
【例句】自從經商失敗，虧損掉全部家產後，他就～，終日喝得醉醺醺的，連妻兒的生死，他都不管了。

一氣呵成

【出處】清・李漁《閑情偶寄・賓白》

第四：「北曲之介白者，每折不過數言。即抹去賓白而止閱塡詞，亦皆一氣呵成，無有斷續，似並此數言亦可略而不備者。」

【解釋】呵：呼氣。成：成功。

【用法】①形容文章結構緊湊，氣勢流暢，首尾貫通。②比喻整個工作安排緊湊，沒有間斷，迅速完成。

【例句】他的散文大多～，天衣無縫。

一竅不通（ㄧˊ ㄑㄧㄠˋ ㄅㄨˋ ㄊㄨㄥ）

【出處】《呂氏春秋．貴直》：「紂殺比干而視其心，不通也。孔子聞之曰：『其竅通，則比干不死矣。』」高誘注：「故孔子言其一竅通，則比干不見殺也。」後由「一竅通」演化成「一竅不通」。

【解釋】竅：孔隙。古人把眼、鼻、耳、嘴稱爲「七竅」。七個竅，一個竅也不通氣。

【用法】常用來諷刺見聞狹隘，不明事理。

【例句】雖然他是個～的渾球，可是鎭上並無「部長」之類的官兒，他也還明白。

一丘之貉（ㄧˋ ㄑㄧㄡ ㄓ ㄏㄜˊ）

【出處】漢．班固《漢書．楊惲傳》：「古與今，如一丘之貉。」

【解釋】丘：小土山。貉：一種形似狐狸的小獸。同一個山裡的貉。

【用法】比喻都是同類，沒有差別。

【例句】土匪、惡霸，全都是～。

一丘一壑（ㄧˋ ㄑㄧㄡ ㄧˊ ㄏㄜˋ）

【出處】宋．李昉等《太平御覽．苻子》：「黃帝……謂容成子曰：『吾將釣於一壑，棲於一丘。』」

【解釋】丘：小土山。壑：山溝。指古代隱士居住的地方。

【用法】引申爲退隱在野的意思。

【例句】倘能求得～，不必再過問朝政，那該是最大的解脫。

一謙四益（ㄧˋ ㄑㄧㄢ ㄙˋ ㄧˋ）

【出處】漢．班固《漢書．藝文志．道家》：「易之嗛嗛，一謙而四益，此其所長也。」注：「天地神人皆益之，故曰『一謙四益』。」

【解釋】謙：謙虛。

【用法】謙虛能使人得到很多益處。

【例句】古人說：～，這是很有道理的，事實證明，只有謙虛的人，才能有進步。

一錢不值（ㄧˋ ㄑㄧㄢˊ ㄅㄨˋ ㄓˊ）

【出處】漢．司馬遷《史記．魏其武安侯列傳》：「生平毀程不識不直一錢。」（直：同「值」。）

【解釋】一個錢也不值。

【用法】形容毫無價值。

【例句】你把他的文章貶得～，也太過份了。

【附註】①原作「不值一錢」。②也作「一文不值」。

一錢如命（ㄧˋ ㄑㄧㄢˊ ㄖㄨˊ ㄇㄧㄥˋ）

【出處】清．吳趼人《二十年目睹之怪現狀》第二十四回：「這班買辦平日都是一錢如命的，有什麼窮親戚、窮朋友投靠了他，……臨了在他帳房裡吃頓飯，他還要按月算錢呢。」

【解釋】一錢：一文錢。把一文錢看成像性命一樣重要。
【用法】形容極吝嗇。
【例句】這個人～，你要他捐助一百元救助難胞，那比登天還難。

一琴一鶴 ㄧ ㄑㄧㄣˊ ㄧ ㄏㄜˋ

【出處】元．脫脫等《宋史．趙抃傳》：「帝（哲宗）曰：『聞卿匹馬入蜀，以一琴一鶴自隨，爲政簡易，亦稱是乎？』」
【解釋】只有一張琴和一隻鶴。
【用法】①形容行李簡單。②讚美官吏爲政清廉。
【例句】黃鎭長爲官清廉，到了退休返鄉時，身無長物，只有～隨身。

一清二白 ㄧ ㄑㄧㄥ ㄦˋ ㄅㄞˊ

【解釋】清白：純潔，沒有汚點。
【用法】形容非常純潔，沒有一些兒汚點。
【例句】人家是個～的姑娘，那一點配不上你！

一清二楚 ㄧ ㄑㄧㄥ ㄦˋ ㄔㄨˇ

【用法】形容清清楚楚，明明白白。
【例句】道靜看姑母把工作交待得～，忍不住用感激的目光看著她。

一曲千金 ㄧ ㄑㄩˇ ㄑㄧㄢ ㄐㄧㄣ

【出處】宋．蘇軾《古琴吟》：「記得當年，低低唱，淺淺斟，一曲値千金。」
【解釋】歌一曲，値千金。
【用法】形容歌曲優美難得。
【例句】像保羅．羅伯遜那樣的著名歌唱家，名震全球，演出之時，人們不惜重金去買一張門票，眞所謂～！

一去不復返 ㄧ ㄑㄩˋ ㄅㄨˋ ㄈㄨˋ ㄈㄢˇ

【出處】漢．司馬遷《史記．刺客列傳》：「（燕）太子（丹）及賓客知其事者，皆白衣冠以送之。至易水之上，既祖，取道。高漸離擊筑，荆軻和而歌，爲變徵之聲，士皆垂泪涕泣。又前而爲歌曰：『風蕭蕭兮易水寒，壯士一去兮不復還！』復爲羽聲慷慨，士皆瞋目，髮盡上指冠。於是荆軻就車而去，終已不顧。」
【解釋】返：回來。一旦離去再也不會回來了。
【用法】形容已經過去的事情，再也不能重現。
【例句】過去的黑暗時代，已經～了。

一犬吠形，百犬吠聲 ㄧ ㄑㄩㄢˇ ㄈㄟˋ ㄒㄧㄥˊ，ㄅㄞˇ ㄑㄩㄢˇ ㄈㄟˋ ㄕㄥ

【出處】漢．王符《潛夫論．賢難》：「諺云：『一犬吠形，百犬吠聲；一人傳虛，萬人傳實。』」
【解釋】吠：叫。形：也作「影」。一隻狗看到人影大叫起來，一群狗也就跟着叫起來。
【用法】比喻人云亦云，盲目跟從。
【例句】～，這些小丑，不過是跟着他們的主子狂吠亂叫而已。

一窮二白 ㄧ ㄑㄩㄥˊ ㄦˋ ㄅㄞˊ

【解釋】窮、白：指基礎差、底子薄。
【用法】形容貧窮落後。
【例句】暴君不顧人性，一意孤行地實行政策，最後搞得全國～。

一息尚存（ㄧˋ ㄒㄧˊ ㄕㄤˋ ㄘㄨㄣˊ）

【出處】《論語・泰伯》：「死而後已，不亦遠乎！」朱熹注：「一息尚存，此志不容稍懈，可謂遠矣！」

【解釋】息：氣息、呼吸。尚：還。只要還有最後一口氣。

【用法】指只要還活着。

【例句】只要我～，就決不會放棄這個陣地。

一夕九徙（ㄧˊ ㄒㄧ ㄐㄧㄡˇ ㄒㄧˇ）

【出處】南朝・宋・范曄《後漢書・蘇木韋傳》：「曷懼，乃布棘於室，以板藉地，一夕九徙，雖家人莫知其處。」（藉：鋪設。）

【解釋】夕：夜。九：言其多。徙：遷移。一夜之間，換了好幾個地方。形容不能安居。

【例句】這個人犯案累累，爲避開仇家報復及警方追捕，他～，終日內心惶惶。

【附註】也作「一夕三遷」。

一夕九升（ㄧˊ ㄒㄧ ㄐㄧㄡˇ ㄕㄥ）

【出處】晉・潘岳《寡婦賦》：「意惚怳以遷越兮，神一夕而九升。」

【解釋】晚上。九：數詞，多次。升：興起。一夜之間多次波動。

【用法】形容心緒不寧。

【例句】遊艇翻覆消息傳來，他心緒～，擔心孩兒遭遇不測，終日都寢食難安。

一瀉千里（ㄧˊ ㄒㄧㄝˋ ㄑㄧㄢ ㄌㄧˇ）

【出處】唐・李白《贈從弟宣州長史昭》詩：「長川豁中流，千里瀉吳會。」

【解釋】瀉：水向下急流。

【用法】①指江河水勢奔流直下。②比喻文章氣勢奔放。

【例句】①揚子江浩浩蕩蕩，～，由西到東，經過八九個省份，奔騰入海。②張生的詩歌，雄渾奔放，大有～之勢。

一蟹不如一蟹（ㄧˊ ㄒㄧㄝˋ ㄅㄨˋ ㄖㄨˊ ㄧˊ ㄒㄧㄝˋ）

【出處】宋・戴植《鼠璞》：「世傳《艾子》爲坡仙所作，皆一時戲語，亦有所本。其說一蟹不如一蟹，出《聖宋掇遺》。」

【解釋】一隻螃蟹不如一隻螃蟹。

【用法】比喻事物一個不如一個，每況愈下。

【例句】他這回派來的人還不如上次的，這眞是～，讓人哭笑不得。

一笑千金（ㄧˊ ㄒㄧㄠˋ ㄑㄧㄢ ㄐㄧㄣ）

見「千金一笑」。

一笑置之（ㄧˊ ㄒㄧㄠˋ ㄓˋ ㄓ）

【出處】宋・楊萬里《觀水嘆》詩：「出處未可必，一笑姑置之。」

【解釋】置：放、安放。笑一笑，就把它放在一旁。

【用法】形容不當回事，不值得理睬。

【例句】他對什麼都採取無所謂的態度，別人看得十分嚴重的問題，他却會～。

一心一意（ㄧˋ ㄒㄧㄣ ㄧˊ ㄧˋ）

【出處】晉・陳壽《三國志・魏書・杜

怨傳》裴松之注引《杜氏新書》：「故惟一心，任一意，直而行之耳。」

【解釋】一：全。只有一個心眼兒。

【用法】形容全心全意，專心致志。

【例句】他正～地看書，我們說的話全沒有聽見。

一相情願

【解釋】一相：原作一廂，指單方面。

【用法】比喻做事只從主觀願望出發，不考慮客觀條件。

【例句】把計劃建立在～的基礎上，沒有不失敗的。

一星半點

【解釋】星：零星的。

【用法】形容點點滴滴，很少一點。

【例句】不過是～的，你何必斤斤計較呢？

一行作吏

【出處】三國·魏·嵇康《與山巨源絕交書》：「遊山澤，觀魚鳥，心甚樂之，一行作吏，此事便廢。」

【解釋】一行：一經。吏：官吏。

【用法】一經作了官吏，便失去了原來的生活情趣。

【例句】養花，賞鳥的日子多富有情趣，今～，愜意的生活頓時不變。

一薰一蕕

【出處】《左傳·僖公四年》：「一薰一蕕，十年尚猶有臭。」

【解釋】薰：香草，又稱佩蘭，比喻美的。蕕：臭草，比喻惡的。香草同臭草混在一起，只聞其臭，不聞其香。

【用法】比喻惡常將善掩蓋住。

【例句】你切勿結交損友，廢了你多年的修持，要知～，你怎可不謹慎！

一之謂甚

【出處】《左傳·僖公五年》：「晉不可後，寇不可玩，一之謂甚，其可再乎！」（玩：玩忽，由於習慣了而不注意。）

【解釋】謂：叫做。甚：過分。一次就過分了。

【用法】多用於勸戒人不要重犯錯誤。

【附註】也作「一之爲甚」、「一之已甚」。

【例句】這樣的蠢事～，還能再來個第二次？

一枝自足

【出處】《莊子·逍遙遊》：「鷦鷯巢於深林，不過一枝。」

【解釋】一枝：一根枝椏。足：滿足。有一根枝椏也就知足了。

【用法】比喻能得到維持生活的一席之地也就知足了。

【例句】我們這些人只要有一個安心讀書的地方就行了～，從沒有更高的奢望。

一知半解

【出處】宋·嚴羽《滄浪詩話·詩辨》：「有透徹之悟，有但得一知半解之悟。」

【用法】形容知道的不全面，理解得不透徹。

【例句】讀了幾本書就覺得自己了不起，其實連～也不算不上呢。

一擲百萬

【出處】南朝·梁·沈約《宋書·武帝紀上》：「劉毅家無擔石之儲，摴蒲一擲百萬。」（摴蒲：古代博戲。）
【解釋】擲：扔、投。
【用法】形容賭徒下注極大。
【例句】這賭徒仗著他有千萬家產，往往～。持此以往，必將傾家蕩產。

一擲千金

【出處】唐·吳象之《少年行》詩：「一擲千金渾是胆，家無四壁不知貧。」
【解釋】擲：扔、投。
【用法】形容花錢無度，任意揮霍。
【例句】這些達官貴人們，把搜刮來的民脂民膏大肆揮霍，～連眉頭都不皺一下。

一擲乾坤

【出處】唐·韓愈《過鴻溝》詩：「誰助君王回馬首，眞成～。」
【解釋】擲：扔、投。乾坤：天下。
【用法】把天下當作孤注一擲。

一紙空文

【解釋】一張沒有用處的空頭文書。
【用法】形容沒有兌現或不能兌現的條文。
【例句】我們制定的規章制度一定要認眞執行，絕不能把它們變成～。

一朝權在手，便把令來行

【出處】唐·朱灣《奉使設宴戲擲籠籌》詩：「一朝權入手，看取令行時。」
【用法】一旦手中掌握了權力，就發號施令。
【例句】卜知府本來是個歡喜多事的人，～行文各屬，查取拖欠的數目，以及各花戶的姓名。

一朝之忿

【出處】《論語·顏淵》：「一朝之忿，忘其身以及其親，非惑與（歟）？」
【解釋】忿：惱怒、恨。
【用法】一時偶然的氣忿。
【例句】遇事應冷靜，不能因爲～，就不管不顧起來。

一朝之患

【出處】《禮記·檀弓上》：「故君子有終身之憂，而無一朝之患。」
【解釋】朝：一時。患：災禍、災難。
【用法】指突然而來的災難。
【例句】他總顧前不顧後，這就難免有～。

一朝一夕

【出處】《周易·坤》：「臣弒其君，子弒其父，非一朝一夕之故，其所由來者漸矣。」
【解釋】朝：早晨。夕：傍晚。一日一夜。
【用法】指短促的時間。
【例句】一個人在立場上發生轉變，絕非～所能辦到的。

一着不愼，滿盤皆輸

【出處】元·李元蔚《蔣神靈應》第二折：「只因一着錯，輸了半盤棋。」

【解釋】着：下棋時走一步叫「一着」，比喻計策或手段。下棋時一步走錯，就會輸了全盤。
【用法】比喻在一個問題上處理不當，就會影響全局的勝負。
【例句】任何一個環節都要考慮周到，否則，「～」，個別環節上的失誤，大有可能導致整個試驗工作的失敗。

一針見血

【用法】比喻說話直接了當，論斷一下就切中要害。
【例句】他的批評往往～，且入木三分。

一針一綫

【出處】清・曹雪芹《紅樓夢》第七十四回：「要想搜我的丫頭，這可不能！我原比衆人歹毒，凡丫頭們所有的東西，我都知道，都在我這裡間收着，一針一綫，他們沒得收藏。」
【用法】極言細小的物件。
【例句】即使是～，他們也仔細地收藏起來。

一張一弛

【出處】《禮記・雜記》：「張而不弛，文武弗能也；弛而不張，文武弗為也。一張一弛，文武之道也。」
【解釋】張：將弓弦拉開。弛：將弓弦放鬆。有時把弓綳緊，有時把弓弦放鬆。
【用法】①比喻治理國家有時寬有時嚴，要寬嚴結合。②比喻工作、生活要善於調節，勞逸適度，有節奏地進行。
【例句】工作應該有節奏，～，有勞有逸，這樣工作效率才能提高。

一柱難撐

【出處】唐・白居易《代書》詩：「千鈞勢易壓，一柱力難撐。」
【解釋】撐：支撐。一根立柱難以支撐。
【用法】比喻單獨的力量難以支撐起大局。
【例句】～！憑他一個人，想負起撫養這十口老小的責任，恐怕是難以持久的。你就行善積陰德，收養這小的，以減輕他的負擔嘛！

一柱擎天

【出處】唐・張固《獨秀山》詩：「會得乾坤融結意，擎天一柱在南州。」
【解釋】擎：托、舉。一根柱子托起天。
【用法】比喻能擔當天下重任的人材。
【例句】放眼天下，唯有我項羽能～，至於那劉小兒，我是不放在眼裏的！

一斥不復

【出處】唐・韓愈《祭柳子厚文》：「一斥不復，群飛刺天。」
【解釋】斥：斥退。
【用法】一經被排斥，就一輩子不再做官。
【例句】小莊是個有骨氣的人，他～，不可能再回頭為你效力的。

一籌莫展

【出處】元・脫脫等《宋史・蔡幼學傳》：「寧宗即位，詔求直言，幼學奏：『九重深拱而群臣盡廢，多士盈庭而一籌不吐。』」
【解釋】籌：竹籌，古代用以計數和計

算的算籌，引申為計策，辦法。展：施展。

【用法】形容束手無策，毫無辦法。

【例句】事情弄到這個地步，我也～了。

一塵不染

【出處】唐・釋道世《法苑珠林》：「若菩薩在乾土山中徑行，土不著足，隨嵐風來，吹破土山，令散為塵，乃至一塵不著佛身。」

【解釋】佛教用語，佛家把色、聲、香、味、觸、法叫做「六塵」，把眼、耳、鼻、舌、身、意叫做「六根」，並認為「六塵」產生於「六根」，因此把所謂「六根清淨」的叫做「一塵不染」。(色：女色。聲：歌舞之類。香：指男女之間彼此契合。味：美味佳肴。觸：頂撞。法：教說、規範。)

【用法】①指佛教徒修行，摒棄欲念，保持心地潔淨。②形容非常純淨。

【例句】他把居室內外，打掃得～，窗明几淨。

一場春夢

【出處】五代・南唐・張泌《寄人》詩：「倚柱思倍惆悵，一場春夢不分明。」

【解釋】春夢：春宵好夢。

【用法】比喻世事無常，富貴盛衰有如一夢，轉眼即逝。

【例句】他不擇手段地追求金錢，而且胃口越來越大，但到頭來，不過是～而已。

一倡百和

【出處】《禮記・樂記》：「倡和有應。」

【解釋】倡：同「唱」。和：應和、附和。一人唱歌，一百人附和。

【用法】形容響應的人很多。

【例句】小楊在團體中深具影響力，只要他登高一呼，必能～。

一倡三嘆

【出處】《禮記・樂記》：「一倡三嘆，有遺音者矣！」

【解釋】倡：通「唱」，指宗廟奏樂，一人唱歌，三人讚嘆應和。

【用法】形容詩文情意婉轉而能感人至深。

【例句】這篇小說寫得淒惋動人，使人大有～之感。

一唱一和

【出處】《詩經・鄭風・蘀兮》：「蘀兮蘀兮，風吹其女（汝）。叔兮伯兮，倡予和女（汝）。」

【解釋】和：應合、附和，一方唱歌，一方附合。

【用法】比喻雙方彼此呼應，互相配合。

【例句】他倆～地，說得自己有多神勇，其實此次之所以能緝捕到這兇手是世超的功勞。

一成不變

【出處】《禮記・王制》：「刑者，侀也，侀者，成也，一成而不可變，故君子盡心焉。」

【解釋】成：形成。變：改變。一經形成，永不改變。

【用法】①指刑法一經制定就不可更改，②形容墨守成規，固定不變。

【例句】人是會變的，不應該～地看人，好像一有缺點就再也不能改好了。

一成一旅

【出處】《左傳・哀公元年》：「（少康）有田一成，有衆一旅，能布其德，而兆其謀，以收夏衆，撫其官職……滅過、戈，復禹之續。」

【解釋】成：古時以方圓十里爲一成。旅：古時以兵士五百人爲一旅。有十里大的地盤，五百多兵士。

【用法】形容地方狹小，勢卑力薄。

【例句】只要我們能同仇敵愾，一鼓作氣，相信憑這～，我們仍能收復山河，重整家園的。

一觸即發

【解釋】觸：碰。即：就。箭在弦上，一碰就發射出去。

【用法】比喻事態發展到十分緊張階段，稍一觸動就會爆發。

【例句】戰火～，形勢十分危急。

一觸即潰

【解釋】觸：碰。潰：潰敗。

【用法】形容軍隊毫無戰鬥力，很容易被打垮。

【例句】敵人軍心渙散，～。

一傳十，十傳百

【出處】宋・陶穀《清異錄・喪葬義疾》：「一傳十，十傳百，輾轉無窮故號義疾。」（義疾：傳染病。）

【解釋】指疾病傳染得快。

【用法】形容消息輾轉相傳得很快。

【例句】這件事～，很快就鬧得滿城風雨。

一串驪珠

【出處】唐・白居易《寄明州於駙馬使君三絕句之三》詩：「何郎小妓歌喉好，嚴老呼爲一串珠。」

【解釋】驪珠：傳說出自驪龍頷下的珍珠。

【用法】比喻歌聲婉轉動聽，如同成串的珍珠一樣。

【例句】瑪莎的歌聲如同～，婉轉動聽，難怪他唱片發行量能歷久不衰，年年突破百萬。

一失足成千古恨

【出處】明・楊儀《明良記》：「唐解元寅既廢棄，詩云：『一失脚成千古恨，再回頭是百年人。』」

【解釋】失足：跌跤，比喻犯錯誤。千古：久遠。恨：遺憾。

【用法】形容一旦犯了錯誤或誤入歧途，就會成爲終身遺憾的事。

【例句】這姑娘愛慕虛榮，禁不住別人的誘惑，～，終於鑄成了大錯。

一時半刻

【出處】元・關漢卿《裴度還帶》第二折：「都不到一時半刻，可又早周圍四壁。」

【用法】形容很短的時間。

【例句】他們兩個人好得了不得，～也離不開。

一食萬錢

【出處】唐・房玄齡等《晉書・何曾傳》：「曾字潁考，性奢豪，食日萬錢，猶曰無下箸處。」

【解釋】餐飯要用錢一萬。
【用法】形容生活奢侈。
【例句】像他生活如此奢侈浪費，日日～；又不事生產，坐吃山空，終會將家產揮霍殆盡的。

一世之雄（ㄧˋ ㄕˋ ㄓ ㄒㄩㄥˊ）

【出處】南朝·梁·沈約《宋書·武帝紀上》：「劉裕足為一世之雄。」
【解釋】雄：豪傑。
【用法】指一代中最傑出的人物。
【例句】項羽不愧為～，看他單騎殺敵的神勇，實非常人可比；可惜心懷婦人之仁，致使霸業拱手讓人。

一事無成（ㄧˊ ㄕˋ ㄨˊ ㄔㄥˊ）

【出處】唐·白居易《除夜寄微之》詩：「鬢毛不覺白毿毿，一事無成百不堪。」
【解釋】一件事情也沒有做成。
【用法】形容毫無成績。
【例句】這些年來，我一直沒有機會創業，以致年過半百而～。

一視同仁（ㄧˊ ㄕˋ ㄊㄨㄥˊ ㄖㄣˊ）

【出處】唐·韓愈《原人》：「是故聖人一視而同仁，篤近而舉遠。」
【解釋】一：同一、一律。仁：仁愛。
【用法】①指賢明的統治者對百姓同施仁愛。②泛指對人不分厚薄親疏，一樣看待。
【例句】在這問題上，不論親疏遠近，都要～。

一蛇吞象（ㄧˋ ㄕㄜˊ ㄊㄨㄣ ㄒㄧㄤˋ）

【出處】《山海經·內南經》：「巴蛇食象，三歲而出其骨。」
【用法】比喻貪得無厭。
【例句】這人～仍嫌不足，由此你就可知他的貪慾有多強烈！

一蛇二首（ㄧˋ ㄕㄜˊ ㄦˋ ㄕㄡˇ）

【出處】明·宋濂等《元史·姚天福傳》：「古稱『一蛇九尾，首動尾隨；一蛇二首，不能寸進。』今台綱不張，有一蛇二首之患。」
【解釋】一條蛇長了兩個頭。
【用法】比喻權力分散。
【例句】一事業單位倘～，決議，命令不能一致，員工無所適從，則生產將因此停頓。

一手包辦（ㄧˋ ㄕㄡˇ ㄅㄠ ㄅㄢˋ）

【解釋】包辦：總攬一切，獨自辦理。
【用法】形容一人獨攬一切，不容許別人插手。
【例句】這件事是由他～的，別人不了解情況。

一手獨拍，雖疾無聲（ㄧˋ ㄕㄡˇ ㄉㄨˊ ㄆㄞ，ㄙㄨㄟ ㄐㄧˊ ㄨˊ ㄕㄥ）

【出處】《韓非子·功名》：「人主之患在莫之應，故曰：一手獨拍，雖疾無聲。」
【解釋】疾：急、猛烈。一個人拍巴掌，就是拍得再使勁兒也沒有多大的聲音。
【用法】比喻一個人或單方面的力量很難辦成什麼事。
【例句】～。你沒有我們的支持，單槍匹馬想和這些惡霸鬥一鬥，那結局是可想而知的。

一手遮天

【出處】宋・計有功《唐詩紀事・曹鄴讀李斯傳》詩：「難將一人手，掩得天下目。」

【解釋】一隻手遮住了整個天空。

【用法】比喻依仗權勢，玩弄騙人手法，蒙蔽衆人耳目。

【例句】這個野心家妄想～，完全是自不量力。

一手一足

【出處】《禮記・表記》：「后稷天下之爲烈也，豈一手一足哉！」

【解釋】一個人的手腳。

【用法】比喻一個人的力量。

【例句】俗話說：「衆志成城」。僅憑～，是無法完成大事業的。

一身百爲

【解釋】百：極言多。爲：作爲。一個人能幹百樣事。

【用法】形容很有能力，什麼事都能做得。

【出處】元・脫脫等《宋史・蘇過傳》：「凡生理晝夜寒暑所須者，一身百爲，不知其難。」

【例句】王師傅樣樣都拿得起來，車、鉗、銑、刨，～，什麼也難不住他。

一身兩頭

【出處】漢・焦延壽《易林・恒・泰》：「一身兩頭，延適二家，亂不可治。」

【用法】比喻同時有兩個主張，不知如何是好。

【例句】此時我～，覺得艾芳的主意不錯，小蓓的提議也很好，眞不知如何是好？

一身兩役

【出處】唐・姚思廉《梁書・張充傳》：「緒嘗請假還吳，始入西郭，值充出獵，左手臂鷹，右手牽狗，遇緒船至，便放紲脫韝，拜於水次。緒曰：『一身兩役，無乃勞乎？』」

【解釋】役：服役、供職。

【用法】一人同時擔當着兩件事。

【例句】我們這裡，目前人少事多，只好～，除此之外，也沒有別的辦法。

【附註】參看「一身二任」。

一身是胆

【解釋】胆：胆量。渾身充滿胆量。

【用法】形容無所畏懼，英勇過人。

【出處】晉・陳壽《三國志・蜀書・趙雲傳》注引《趙雲別傳》：「先主（劉備）明旦自來，至雲營圍視作戰處，曰：『子龍一身都是胆也。』」（子龍：趙雲字。）

【例句】班長～，單槍匹馬打退了敵人兩次衝鋒。

一身二任

【出處】南朝・宋・范曄《後漢書・王吉傳》：「諸侯骨肉，莫親大王，大王於屬則子也，於位則臣也，一身而二任之責加焉。」

【解釋】任：職務。

【用法】一人承擔兩種職務。

【例句】他現在是～，既擔任政務，又兼着校長。

【附註】參看「一身兩役」。

一身無累（ㄧˋ ㄕㄣ ㄨˊ ㄌㄟˋ）

【出處】南朝·唐·徐鉉《貶官秦川出城作》：「一身無累似虛舟。」

【解釋】累：累贅、牽扯。孑然一身，全無牽掛。

【用法】形容無事一身輕。

【例句】我現在是～，自由自在，想幹什麼就幹什麼。

一觴一咏（ㄧˋ ㄕㄤ ㄧˋ ㄩㄥˇ）

【出處】晉·王羲之《蘭亭集·序》：「雖無絲竹管弦之盛，一觴一咏，亦足以暢敘幽情。」

【解釋】觴：古代喝酒用的器具，引申為進酒、對飲。咏：曼聲長吟，作詩填詞。

【用法】指文人飲酒吟詩的聚會。

【例句】此次聚會，雖無絲竹伴奏，但有這～的暢飲、吟唱，更顯高雅。

一生愧辱（ㄧˋ ㄕㄥ ㄎㄨㄟˋ ㄖㄨˇ）

【出處】北齊·顏之推《顏氏家訓·勉學》：「何惜數年勤學，長受一生愧辱哉！」

【解釋】一生：畢生、一輩子。愧：慚愧。辱：恥辱。

【用法】一輩子都感到慚愧和恥辱。

【例句】我對自己所犯的錯誤，感到～，無顏以對自己的妻子兒女。

一樹百獲（ㄧˋ ㄕㄨˋ ㄅㄞˇ ㄏㄨㄛˋ）

【出處】《管子·權修》：「一年之計，莫如樹穀；十年之計，莫如樹木；終身之計，莫如樹人。一樹一獲者，穀也；一樹十獲者，木也；一樹百獲者，人也。」

【解釋】樹：種植。種一次，收獲一百次。

【用法】比喻培養人才，可以長期得到好處。

【例句】少數人目光短淺，不知道～的道理，不重視教育事業，這對於我們的文化建設是很不利的。

一日九遷（ㄧˋ ㄖˋ ㄐㄧㄡˇ ㄑㄧㄢ）

【出處】漢·焦延壽《易林》：「漢車千秋一日九遷其官。」（車千秋：即漢丞相田千秋，因年老時得乘小車出入省中，當時人們稱他為車丞相。）

【解釋】遷：舊時調動官職叫「遷」，指提升。一天升九次官。

【用法】形容官職提升很快。

【例句】鄭老官運亨通，～，眞令人羨慕。

一日千里（ㄧˋ ㄖˋ ㄑㄧㄢ ㄌㄧˇ）

【出處】《莊子·秋水》：「騏、驥、驊、騮，一日而馳千里。」

【解釋】一天之內，行走一千里。

【用法】①形容馬跑得很快。②形容進步或發展迅速。

【例句】經此次刺激，張生領悟到讀書的重要，因此他發憤圖強，潛心研讀群經，從此張生學問～，終成為當代學術巨擘。

一日之長（ㄧˋ ㄖˋ ㄓ ㄓㄤˇ）

【出處】《論語·先進》：「以吾一日之長爾，毋吾以也。」

【解釋】長：年長。比別人的年齡稍大些。

【用法】比喻資格稍老一些。

【例句】老先生大位，公子高才，我老拙無能，豈堪爲～。

一日之長

【出處】南朝・宋・劉義慶《世說新語・品藻》：「顧劭嘗與龐士元（統）宿語，問曰：『聞子名知人，吾與足下孰愈？』曰：『陶冶世俗，與時浮沉，吾不如子。論王霸之餘策，覽倚伏之要害，吾似有一日之長～。』」

【解釋】長：長處。

【用法】比別人稍強些。

【例句】在訓詁學方面，我是難於和你爭～的。

一日之雅

【出處】漢・班固《漢書・谷永傳》：「永奏書謝（王）鳳曰：『永斗筲之才，質薄學朽，無一日之雅，左右之介。』」

【解釋】雅：交往、交情。一天之間的交情。

【用法】形容交往不深。

【例句】我和您只有～，但您却給我留下了難忘的印象。

一日三秋

【出處】《詩經・王風・采葛》：「彼采蕭兮，一日不見，如三秋兮。」孔穎達疏：「年之四時，時皆三月。三秋，謂九月也。設言三春、三夏，其義亦同。」

【解釋】三秋：三個秋天。過一天如同三年。

【用法】形容對人思念極爲殷切。

【例句】休假期間我非常想念你們，眞是～，所以假期未滿我就趕回來了。

一日萬機

【出處】《尚書・臯陶謨》：「兢兢業業，一日二日萬幾。」（幾：同「機」。）

【解釋】機：指政事。

【用法】指帝王政務繁忙，每日要處理成千上萬件事情。

【例句】總統政務繁忙，～，爲免於拖累身體，更要注重休閒。

一人得道，雞犬升天

【出處】漢・王充《論衡・道虛》：「儒書言：淮南王學道，……奇方異術，莫不爭出。王遂得道，舉家升天，畜產皆仙，犬吠於天上，雞鳴於雲中。此言仙藥有餘，犬雞食之，並隨王而升天也。好學道仙之人，皆謂之然。此虛言也。」

【解釋】一個得道成仙，全家連雞、犬都跟着升入天堂。

【用法】比喻一個得勢，與他親近有關的人也得到好處。

【例句】「張氏先前是三角戀愛小說作家……」但作者一轉方向，則～。

一人毀譽

【出處】漢・司馬遷《史記・季布欒布列傳》：「陛下以一人之譽而召臣，一人之毀而去臣，臣恐天下有識聞之，有闚陛下也。」

【解釋】毀：毀謗。譽：誇讚。僅出自一個人或少數人的毀謗或誇讚。

【用法】指不足爲憑的評價。

【例句】要相信大多數人，而不要因～就耿耿於懷。

一人向隅

【出處】漢・班固《漢書・刑志法》：「古人有言：『滿室而飲酒，有一人鄉(向)隅而悲泣，則一堂皆爲不樂。』」

【解釋】隅：角落。指一個人面向屋角傷心落淚。

【用法】形容在公共聚會中因一個人的緣故影響了整個的氣氛。

【例句】在老同學們的這次難得的聚會中，我強壓住內心的痛苦，和大家一同笑着說着。「～，滿座不歡」，我不能因爲個人的不幸而破壞了大家的興致。

一人之交

【出處】清・吳敬梓《儒林外史》第五十四回：「那時我家的先父就和婁氏兄弟是一人之交。」

【解釋】双方親密如一人的交情。

【用法】形容友誼深厚親密。

【例句】張家老二和李家老三是～，他們友誼深厚，即使在利害關頭，仍能相扶持。

一人傳虛，萬人傳實

【出處】漢・王符《潛夫論・賢難》：「一犬吠形，百犬吠聲；一人傳虛，萬人傳實。」

【解釋】虛：指沒有的。一個人傳出沒有根據的事，衆多的人跟着傳播，就被當作實有的事了。

【用法】指本無其事，因大家都說，就會使人信以爲眞。

【例句】～，這些謠言經過廣泛傳播之後，就會有人相信的。

一人善射，百夫決拾

【出處】《孔叢子・答問》：「臣聞國大兵衆，無備難恃，一人善射，百夫決拾，章邯梟將，卒皆死士也。」

【解釋】夫：人。決：套在右手大拇指上鈎弓弦的扳指。拾：古代射箭時用的皮製護袖。「決」和「拾」都是古代的射箭用具。指一個人精於射箭，就有一百個人戴扳指、護袖去學習射箭。

【用法】比喻出一個有專長的人，能帶動許多人。

【例句】秀姑是一個製傘的能手，全村的姑娘都跟著她學會了，使這裡成了紙傘之鄉，眞所謂：「～」。

一仍舊貫

【出處】《論語・先進》：「魯人爲長府，閔子騫曰：『一仍舊貫，如之何？何必改作。』」

【解釋】一：全、都。仍：依照。貫：通「慣」，習慣。

【用法】全部依照過去的慣例做事。

【例句】他可眞夠保守的，幹什麼事都～，根本不想改進。

一如既往

【解釋】一：都、全。既往：已往、過去的。

【用法】完全同過去一樣。

【例句】我們將～，支持世界各國的環保運動。

一字百煉

【出處】唐・皮日休《劉棗強碑》：「百鍛爲字，千煉成句。」

【解釋】百煉：上百次的錘煉。

【用法】形容寫作時在文字上狠下功夫，精益求精。

【例句】詩歌和其它文學形式一樣，都是語言的藝術。而詩歌的語言更要精煉，更富有音樂性，這就必須～，在語言上下更大的功夫。

一字褒貶

【出處】晉・杜預《春秋經傳集解・序》：「《春秋》雖以一字爲褒貶，然皆須句以成言。」

【解釋】褒：讚揚。貶：批評，給予不好的評價。只用一個字就體現了褒貶。儒家稱《春秋》筆法，褒則稱字，貶則稱名，其他行文，也在一字之中包含着褒貶之意。

【用法】泛指記事、論人用字措辭既嚴格，又有分寸。

【例句】他行文謹慎，雖～，也要再三斟酌。

一字不苟

【出處】宋・張炎《詞源・雜說》：「但(楊)守齋持律甚嚴，一字不苟作。」

【解釋】苟：苟且、馬虎。一個字也不隨便用。

【用法】形容嚴謹的寫作態度。

【例句】他的態度那樣認眞，斟酌了再斟酌，眞是～。

一字連城

【出處】北齊・魏收《魏書・彭城王勰傳》：「高祖令崔光讀《暮春群臣應詔》詩，至勰詩，高祖乃爲其改字。勰對曰：『臣露此拙，賴蒙神筆賜刊，得有令譽。』高祖曰：『雖琢一字，猶是玉之本體。』勰曰：『陛下賜刊一字，足以價等連城。』」

【解釋】連城：即連城璧。

【用法】形容文章非常有價值。

【例句】他的詩雖然算不得是～，但在當前的詩歌創作中，無疑也算得上是非常傑出的作品了。

一字見心

【出處】唐・張懷瓘《文字論》：「文則數言乃成其意，書則一字已見其心。」

【解釋】看到一個字就能看到人的心。

【用法】指在書法藝術中能表現出一個人的個性。

【例句】正所謂～，看到顏公那蒼勁、古樸的書法，可以想到他那骨鯁剛直的性格。

一字千金

【出處】漢・司馬遷《史記・呂不韋列傳》：「呂不韋乃使其客人人著所聞，集論以爲八覽、六論、十二紀，二十餘萬言。以爲備天地萬物古今之事，號曰《呂氏春秋》。布咸陽市門，懸千金其上，延諸侯、游士、賓客，有能增損一字者予千金。」

【解釋】一個字價值千金。

【用法】稱讚文辭的精妙，詩文價值很高。

【例句】他的詩是經過千錘百煉而寫出來的，可以稱得起是～。

一字之師

【出處】宋·陶岳《五代史補》卷三載：唐人僧齊已有《早梅》詩：「前村深雪裡，昨夜數枝開。」鄭谷認爲「數枝開」體現不出「早」字，不如改爲「一枝開」。齊已非常佩服，當時就稱鄭谷爲「一字師」。
【解釋】改正一個字的老師。
【用法】①形容虛心接受別人的意見。②有些好詩文凡經別人一改換一個字而更加完美的，就尊稱他爲「一字之師」。
【例句】對於這件事，吳老異常感慨，經常講中國古人有所謂～，這位老師就是他的「～」。

一字一珠

【出處】五代·前蜀·韋穀《才調集·薛能·贈歌者》詩：「一字新聲一顆珠，囀喉疑是擊珊瑚。」
【解釋】唱歌時吐字像珍珠一樣。
【用法】①形容歌喉婉轉圓潤。②形容文章寫得好。
【例句】這樣文字，連我看一兩遍也不能解，直到三遍之後，才曉得是天地間之至文，眞乃～。

一則以喜，一則以懼

【出處】《論語·里仁》：「子曰：『父母之年，不可不知也，一則以喜，一則以懼。』」（指父母年歲大了，喜其高壽，憂其死亡。）
【解釋】以：因。懼：害怕。一方面因之而高興，一方面因之而恐懼。
【用法】形容憂喜兼有的複雜心情。
【例句】他們面對這一複雜形勢，～。

一坐盡驚

【出處】漢·司馬遷《史記·孝武本紀》：「（李）少君資好方，善爲巧發奇中。嘗從武安侯飲，坐中有年九十餘老人，少君乃言與其大父游射處，老人爲兒時從其大父行，識其處，一坐盡驚。」
【解釋】一坐：滿座。盡：都。指滿座的人們都很驚訝。
【用法】形容奇人異事，使人們驚嘆不已。
【例句】他那一番關於人才學的宏論，使～，都很嘆服他那深刻的見解。
【附註】也作「一座皆驚」。

一坐盡傾

【出處】漢·班固《漢書·司馬相如傳》：「身自迎相如，相如爲不得已未強往，一坐盡傾。」
【解釋】傾：嚮往、欽佩。
【用法】滿座的人都表示敬慕。
【例句】這個年輕的女作家，不僅具有超人的才華，而且還有瀟灑不俗的風采，她在座談會一出現，即刻使得～，把注意力全集中到她身上了。

一坐之間

【出處】南朝·宋·劉義慶《世說新語》：「桓靈寶登江陵城南樓云：『我欲爲王孝伯作誄，因吟嘯良久，一坐之間，誄以成。』」
【解釋】一坐：剛一坐下。間：間隙，形容短暫的時刻。剛一坐下的短暫時刻。

【用法】指很短的時間。
【例句】他的確是個快手，～，就把這首詩寫成了。
【附註】也作「一坐之頃」。

一蹴而就

【出處】宋·蘇洵《上田樞密書》：「天下之學者，孰不欲一蹴而造聖人之域。」
【解釋】蹴：踩、踏。就：成功。
【用法】形容輕易地取得成功。
【例句】任何事情要想～，都是不可能的。

一寸丹心

【出處】唐·杜甫《送駙馬池台喜遇鄭廣文同飲》詩：「白髮千莖雪，丹心一寸灰。」
【解釋】丹心：赤心、忠心。
【用法】一片赤誠的忠心。
【例句】岳飛～，卻遭權臣誣陷，其內心之感慨失意可想而知。

一絲半縷

【出處】清·曹雪芹《紅樓夢》第三回：「偶因風蕩，或被雲摧，略有搖動感發之意，一絲半縷，誤而逸出者……」
【解釋】絲：蠶絲。縷：線。一條絲，半條線。
【用法】形容細微。
【例句】爲人要清白，即使只是～，妳也不可隨便取用。

一絲不苟

【出處】清·吳敬梓《儒林外史》第四回：「上司訪知見世叔一絲不苟，升遷就在指日。」
【解釋】絲：蠶絲，引申爲細小。苟：苟且，馬虎。
【用法】形容工作認眞仔細，一點也不馬虎。
【例句】他從來就是認眞負責的，即使是一些小事，也是～。

一絲不掛

【出處】《楞嚴經》：「一絲不掛，竿木隨身。」
【用法】①原指佛教用來比喻自身不被世俗的感情所牽累。②泛指人赤身裸體。
【例句】兩個七八歲的小男孩，脫得～地在小河裡玩耍。

一絲一毫

【出處】明·凌濛初《二刻拍案驚奇》第二十四卷：「任憑尊意應濟多少，一絲一毫，盡算是尊賜罷了。」
【解釋】絲：長度單位，一厘的十分之一。毫：長度單位，厘的百分之一。
【用法】形容極其微小。
【例句】他工作認眞負責，～也不肯馬虎。

一掃而光

【解釋】光：乾淨。
【用法】一下子弄得乾乾淨淨。
【例句】自取得對方承諾後，他的煩惱～。
【附註】也作「一掃而空」。

一索得男

【出處】《周易・說卦》：「震一索得男，故謂之長男。」
【解釋】索：要、取。男：男孩子。
【用法】詩文中用以稱初生的男孩。
【例句】此次～，舉家上下雀躍不已。

一二其詳（ㄦˋ ㄑㄧˊ ㄒㄧㄤˊ）

【出處】漢・揚雄《長楊賦》：「僕嘗倦談，不能一二其詳，請略舉其凡，而客自覺其切焉。」
【解釋】詳：詳盡。
【用法】逐條地說清楚。
【例句】你們的事略有風聞，如有可能，請～。

一衣帶水（ㄧ ㄉㄞˋ ㄕㄨㄟˇ）

【出處】唐・李延壽《南史・陳後主紀》：「隋文帝謂僕射高熲曰：『我爲百姓父母，豈可限一衣帶水不拯之乎？』」
【解釋】像一條衣帶那樣寬的水。
【用法】①形容一水之隔，極其鄰近。
②泛指江河湖海不足爲阻。
【例句】中韓兩國是～的鄰邦，中韓兩國人民的友誼源遠流長。

一以當十（ㄉㄤ ㄕˊ）

見「以一當十」。

一以貫之（ㄍㄨㄢˋ ㄓ）

【出處】《論語・里仁》：「子曰：『參乎！吾道一以貫之。』曾子曰：『唯。』子出，門人問：『何謂也？』曾子曰：『夫子之道，忠恕而已矣。』」
【解釋】貫：貫通。
【用法】用一個根本性的東西貫穿道理的始終。
【例句】全書只是一個家庭的故事，雖然包羅萬有，而能～。

一意孤行（ㄍㄨ ㄒㄧㄥˊ）

【出處】漢・司馬遷《史記・張湯傳》：「（趙）禹爲人廉倨。爲吏以來，舍毋食客，公卿相造請禹，禹終不報謝，務在絕知友賓客之請，孤立行一意而已。」意思是趙禹爲人廉潔，堅持原則，謝絕請託，不講私情。
【解釋】一意：一己之意。孤：單獨。據個人的意願去行動。
【用法】指固執己見，獨斷專行。
【例句】他妄圖稱霸全國，～，到處挑戰，必然會搬起石頭砸自己的脚。

一葉障目，不見泰山（ㄧㄝˋ ㄓㄤˋ ㄇㄨˋ，ㄅㄨˊ ㄐㄧㄢˋ ㄊㄞˋ ㄕㄢ）

【解釋】障：遮擋。泰山：今山東境內，古時認爲是全國最高的山。眼睛被一片葉子擋住，連泰山也看不見了。
【用法】比喻被眼前細小小的事物蒙蔽，看不到事物的本質或全體。
【例句】不能～，僅僅因爲一些小的失誤而全盤否定我們所取得的偉大成就。
【附註】也作「一葉蔽目，不見泰山」。

一言半語（ㄧㄢˊ ㄅㄢˋ ㄩˇ）

【出處】元・尚仲賢《柳毅傳書》第一折：「爲一言半語，受千辛萬苦。」
【用法】指很少的一兩句話。
【例句】從同學們看來，這自然不過是「侵犯」了老師「～」，正無須氣得「跳到半天空」，而我其實也並沒有「跳到半天空」，只是還不能完全地心平氣和，你要「聽懂」了，我也就

「沒事」。

一言不發

【用法】一句話也不說。

【例句】她坐到那裡，～，好像心事重重的樣子。

一言不再

【出處】漢．趙曄《吳越春秋》：「吾聞君子一言不再，今已行矣，王其勉之。」

【解釋】指一言既出不再反悔。

【用法】形容言而有信。

【例句】今既已承諾此事，我～，絕不會反悔的。

一言而喻

【出處】《朱子語類．語錄》一：「既明知行合一之說，此可一言而喻。」

【解釋】喻：明白。

【用法】一說就明白了。

【例句】這道理既是如此明白，～就不須再多費唇舌，只待你付諸實踐。

一言僨事

【出處】《禮記．大學》：「一家仁，一國興仁；一家讓，一國興讓；一家貪戾，一國作亂。其機如此，此謂一言僨事，一人定國。」

【解釋】僨：跌倒、敗壞。

【用法】一句話說得不好，就會壞事。

【例句】～，大夥都會遭殃，請你此行前往務必謹言慎行。

一言難盡

【出處】《京本通俗小說．志誠張主管》：「張主管道：『少夫人如何在這裡？』夫人道：『一言難盡！』」

【解釋】盡：完。一句話很難說完。

【用法】形容事情曲折複雜，很難用一句話說清楚。

【例句】歷來所身受之事，眞是～。

一言立信

【出處】南朝．宋．范曄《後漢書．朱浮傳》：「莊王但爲爭強而發怒，公子以一言而立信。」

【解釋】信：信譽。

【用法】一句話樹立了信譽。

一言既出，駟馬難追

【出處】《論語．顏淵》：「駟不及舌。」

【解釋】駟：古代套着四匹馬的車。一句話講出，即使是四匹馬拉的車也追不回來。

【用法】①比喻話已出口，無法收回。②也表示說話算數，絕不反悔。

【例句】大丈夫～，豈有反悔之理！

一言九鼎

【出處】漢．司馬遷《史記．平原君虞卿列傳》載：秦昭王十五年，秦圍趙都邯鄲，趙使平原君赴楚求救。毛遂自願同往。經毛遂對楚王曉以利害，楚王同意救趙。平原君因而讚揚說：「『毛先生一至楚，而使趙重於九鼎大呂。毛先生以三寸之舌，強於百萬之師。勝不敢復相士。』遂以爲上客。」（大呂：鐘名，與鼎同爲古代國家的寶器。）

【解釋】鼎：古代國家的寶器。一句話

有九鼎的份量。

【用法】形容能起決定性作用的言論或意見。

【例句】郭老您～，憑您這一句話，今後你我兩家干戈化解，往後在生意上猶請您多扶持。

【附註】參看「九鼎大呂」。

一言陷人 ㄧˋ ㄧㄢˊ ㄒㄧㄢˋ ㄖㄣˊ

【出處】北齊·顏之推《顏氏家訓·後娶》：「自古奸臣佞妾以一言陷人者衆矣。」

【解釋】陷：陷害。

【用法】進饞言去陷害人。

【例句】那小的～，誣告大房，才搞得大房的被廢。

一言之信 ㄧˋ ㄧㄢˊ ㄓ ㄒㄧㄣˋ

【出處】《孔子家語·好生》：「孔子……喟然嘆曰：『賢哉楚王！輕千乘之國，而重一言之信。』」

【解釋】信：信用。

【用法】意指對自己說過的話都很講信用。

一言一行 ㄧˋ ㄧㄢˊ ㄧˋ ㄒㄧㄥˊ

【出處】北齊·顏之推《顏氏家訓·慕賢》：「凡一言一行，取於人者，皆顯稱之。」

【解釋】行：行動。

【用法】每句話，每個行動。

【例句】我們作爲一個國家幹部，～都應該十分檢點。

一言以蔽之 ㄧˋ ㄧㄢˊ ㄧˇ ㄅㄧˋ ㄓ

【出處】《論語·爲政》：「子曰：『詩三百，一言以蔽之，曰思無邪。』」

【解釋】蔽：概括。之：代詞。

【用法】用一句話來概括它。

【例句】他們鬧得那麼兇，～，不過是兩個字：「胡鬧」而已。

一言爲定 ㄧˋ ㄧㄢˊ ㄨㄟˊ ㄉㄧㄥˋ

【出處】元·紀君祥《趙氏孤兒》第二折：「程嬰，我一言已定，你再不必多疑了。」

【用法】一句話說定了，不改變，不反悔。

【例句】「賈璉笑道：『你我～。只是我信不過二弟，你是萍踪浪迹，倘然去了不來，豈不誤了人家一輩子的大事？』」

一飲一啄 ㄧˋ ㄧㄣˇ ㄧˋ ㄓㄨㄛˊ

【出處】《莊子·養生主》：「澤雉十步一啄，百步一飲，不蘄（祈）蓄乎樊中，神雖王（旺），不善也。」

【解釋】飲：喝。啄：吃。喝一口，吃一口。

【用法】比喻生活應順自然之道，逍遙自在。

【例句】什麼「～，莫非前定」這類宿命論的調調，我根本不相信。

一應俱全 ㄧˋ ㄧㄥ ㄐㄩˋ ㄑㄩㄢˊ

【解釋】一應：一切。俱：都。一切都有。

【用法】形容一切俱備，應有盡有。

【例句】我們這個店裡日用百貨，～。

一無可取 ㄧˋ ㄨˊ ㄎㄜˇ ㄑㄩˇ

【出處】明·馮夢龍《醒世恒言·盧太

學詩酒傲王侯》：「原來這俗物，一無可取。」

【解釋】一：全、都。沒有一點可取的地方。

【用法】指沒有一點優點或值得肯定的地方。

【例句】他提出的建議雖然不全面，但絕不是～的。

一無長物

見「別無長物」。

一無是處

【解釋】一：全、都。是：正確。

【用法】一點對的地方也沒有。

【例句】看一個人，不要因爲人家有一點缺點，就把他看成是～。

【附註】也作「無一是處」。

一無所得

【出處】五代・王定保《唐摭言》卷八：「然日勢既暮，壽兒且寄院中止宿，(鄭)顥亦懷疑，因命搜壽兒懷袖，一無所得，顥不得已遂躬自操觚。」

【解釋】一：全、都。

【用法】什麼東西也沒有得到。

【例句】現在尋起來，～，想必是十七那夜統統燒掉了。

一無所能

【解釋】能：本領。

【用法】什麼本領也沒有。

【例句】除了幹點粗重活之外，我是～的。

一無所見

【解釋】一：全、都。

【用法】什麼東西也沒有看見。

【例句】這次旅行，因爲趕上連陰雨，整天待在屋子裡，所以十多天來幾乎～。

一無所取

【出處】《三國志・魏書・鍾會傳》裴松之注：「會前後賜錢帛數百萬計，悉送供公家之用，一無所取。」

【用法】①什麼都沒有拿。②什麼都沒有得到。

【例句】可笑一班小人，奉承權貴，費千金盛沒，十分醜態，～，反而徒傳笑柄。

一無所知

【出處】明・馮楚龍《警世通言》第十五卷：「小學生往後便倒，扶起良久方醒。問之，一無所知。」

【用法】什麼也不知道。

【例句】這件事弄得十分神秘，我眞的～。

一無所長

【出處】清・吳趼人《二十年目睹之怪現狀》第九十回：「那日記當中，提到他那位葉妹夫，便說他年輕，紈絝習氣太重，除應酬外，乃一無所長，又性根未定，喜怒無常云云。」

【解釋】一：全、都。長：長處、專長。

【用法】一點專長也沒有。

【例句】他說自己是～，這是謙虛，其實，在工藝設計方面他是很內行的。

一無所成

【解釋】一：全、都。成：成績、成就。
【用法】一點成績或成就也沒有。
【例句】由於長期不安心工作，到處流動，數年過去了，他仍是～。

一無所失

【用法】什麼損失也沒有。
【例句】只不見了一柄洋傘，其餘是～。

一無所有

【出處】《敦煌變文集・廬山遠公話》：「如水中之月，空裡之風，萬法皆無，一無所有，此即名爲無形。」
【用法】什麼也沒有。
【例句】看看家人，多四散逃去，剩得孑然一身，～。

一無所聞

【解釋】什麼也沒有聽到。
【例句】但此外～，我看這事情大約已經過去了。

一五一十

【出處】清・吳敬梓《儒林外史》第五十回：「叫他一五一十算了還你。」
【解釋】以「五」爲單位數目數算。
【用法】比喻從頭到尾，源源本本。
【例句】瞿買辦飛奔下鄉，到秦老家，邀王冕過來，～地向他說了。

一物降一物

【出處】明・吳承恩《西遊記》第五十一回：「此一時，彼一時，大不同也。常言道：『一物降一物』哩！」
【解釋】降：制服。
【用法】指一種事物能制服另一種事物，或一種事物總會有另外一種事物來制伏它。
【例句】這位胖大嫂雖然天不怕地不怕，可就惹不起王家的二楞子，這眞是～。

一誤再誤

【出處】元・脫脫等《宋史・魏王延美傳》：「太宗嘗以傳國之意，訪之趙普。普曰：『太祖已誤，陛下豈容再誤邪？』」
【解釋】誤：錯誤、躭誤。
【用法】形容屢次犯錯誤或屢次躭誤事。
【例句】你快點吧，～，什麼都來不及了。

一臥不起

【出處】元・無名氏《合同文字雜劇》：「誰想兩口染成疾病，一臥不起。」
【解釋】臥：指病倒。一病倒就起不來了。
【用法】形容病勢沉重，醫治無效。
【例句】經此打擊後，他竟～。
【附註】也作「一病不起」。

一文不名

見「不名一錢」。也作「一錢不名」。

一文如命

【出處】清・吳敬梓《儒林外史》第五十二回：「此人有個毛病，嗇細非常，一文如命。」
【解釋】文：一文錢。把一文錢都看得和生命一樣寶貴。
【用法】形容十分吝嗇，愛財如命。
【例句】他這個人～，吝嗇得很，你想

要他出錢請吃飯，簡直是不可能。

一問三不知

【出處】《左傳・哀公二十七年》：「君子之謀也，始、中、終皆舉之，而後入焉。今我三不知而入之，不亦難乎？」

【解釋】三不知：指對事情的開始、中間和結尾都不知道。

【用法】比喻對實際情況毫無了解。

【例句】她是事不關己，高高掛起，正是～。

【附註】也作「一問搖頭三不知」。

一往情深

【出處】南朝・宋・劉義慶《世說新語・任誕》：「桓子野每聞清歌，輒喚奈何。謝公聞之曰：『子野可謂一往有深情。』」

【解釋】一往：一直。情深：深厚的感情。

【用法】對人或事物的感情十分深厚。

【例句】她對於他是～的，對於這一點，他當然很清楚。

一往無前

【解釋】一往：一直向前。無前：前面有什麼也擋不住。

【用法】無所畏懼地奮勇前進。

【例句】戰士們～，奮勇殺敵，把敵人打得丟盔卸甲，狼狽而逃。

【附註】也作「一往直前」。參看「勇往直前」。

一網打盡

【出處】宋・魏泰《東軒筆錄》：「劉侍制元瑜組彈蘇舜欽，而連坐者甚衆，同時俊彥為之一空。劉軍宰相曰：『聊為相公一網打盡。』」

【解釋】盡：完。

【用法】比喻全部逮住或全部肅清。

【例句】這些不法分子被警察人員～，全部逮捕歸案。

一望無際

【出處】明・吳承恩《西遊記》第六十四回：「行者道：『不須商量，等我去看看。』將身一縱，跳在半空看時，一望無際。」

【解釋】際：邊界。一眼望去，看不見邊。

【用法】形容非常遼闊。

【例句】碧藍大海，～。遠處帆影點點，近處海鳥悠然飛翔，這幅景象多動人。

【附註】也作「一望無垠」。

一隅之地

【出處】唐・李延壽《南史・王弘傳論》：「晉自中原沸騰，介居江左，以一隅之地，抗衡上國。」

【解釋】隅：角落。指一個小角落的地方。

【用法】形容地區狹小。

【例句】「憑這～也想與我強秦抗衡，未免太自不量力了！」秦王說道。

一隅之見

【出處】《論語・述而》：「舉一隅不以三隅反，則不復也。」

【解釋】隅：角落。在很小的角度裡所看見的。

【用法】比喻思想不開闊，見解淺薄、狹隘。
【例句】他的看法很通達，能廣泛吸收衆家之長，而不囿於～。

一隅三反

見「舉一反三」。

一語破的

【解釋】破：說中。的：箭靶中心，比喻關鍵。
【用法】一句話說到了本質上或擊中了要害。
【例句】你的話眞是～，把問題的癥結準確地指出來了。

一語道破

【出處】清·文康《兒女英雄傳》第二十二回：「此刻要一語道破，必弄到滿盤皆空。」
【解釋】道：說。破：揭穿。一句話就說穿了。
【用法】形容話說到了關鍵地方。
【例句】她的秘密被我～，臉不覺羞得飛紅。

一語爲重

【出處】漢·司馬遷《史記·商君列傳》：商鞅變法，爲表示有令必行，把一根木頭放在南門，告訴人們，有誰把木頭搬到北門就給十金，開始沒人信，後又說給五十金，這時有一人把木頭搬走了，就如數給了五十金，以表示說話算數。
【用法】表示言而有信，說到就到。
【例句】身爲領導者，絕不可有戲言，～，說到做到，才能博得部屬的信賴。
【附註】參看「徙木爲信」。

一擁而上

【解釋】擁：擁擠。
【用法】一下子簇擁上來。
【例句】在機槍重炮的掩護下，敵人～，妄想一舉奪取高地，然而，爲時不久，又被我們的英勇戰士打了回去。

伊于胡底

【出處】《詩經·小雅·小旻》：「我視謀猶，伊于胡底。」
【解釋】伊：句首助詞，無義。于：往。胡：何。底：到。走到那裡去。
【用法】形容結局不堪設想。
【例句】這場糾紛幸而和平了結了，否則，發展下去眞不知道～了。

依頭順尾

【出處】清·曹雪芹《紅樓夢》第五十五回：「前兒我們還議論到這裡，再不能依頭順尾，必有兩場氣生。」
【解釋】依：依從。順：順應。處處依順着。
【用法】形容對人將就、順從。
【例句】這男子，對他太太～，事事聽從。

依流平進

【出處】唐·李延壽《南史·王騫傳》：「吾家本素族，自可依流平進，不須苟求也。」（素族：平民之家。）
【解釋】依：按照。流：等級。平進：循序而進。
【用法】按照資歷循序而進。

【例句】爲免於不必要的紛爭，我看就～地提昇基層人員。

依然如故

【出處】唐・薛調《劉無雙傳》：「舅甥之分，依然如故。」

【解釋】依然：仍舊。故：舊、過去。仍然同過去一樣。

【用法】比喻情況沒有發生變化。

【例句】我已告誡過他多次，而他～，眞令人氣結！

依然故我

【出處】清・文康《兒女英雄傳》第一回：「說這次必要高中了，究竟到了出榜，還是個依然故我。」

【解釋】依然：仍舊。故我：指舊日的我。

【用法】形容情況沒有發生變化。

【例句】十幾年來，～，什麼都沒有改變。

依草附木

【出處】五代・王周《巫廟》詩：「日既恃威福，歲久爲精靈，依草與附木，誣詭殊不經。」

【解釋】依、附：依賴、附屬。古時迷信，認爲妖魔可以附於其他物體上，爲非作歹。

【例句】洪教頭道：「大官人只因好習槍棒，往往流配軍人都來～。」

依阿兩可

【出處】晉・乾寶《晉紀總論》：「其依杖虛曠，依阿無心者，皆名重海內。」

【解釋】依阿：隨聲附和。兩可：不置可否。指不明確表示是非。

【用法】形容模稜兩可的態度。

【例句】無論對什麼問題，他都是～，從不明確表示態度。

依依不捨

【出處】西漢・韓嬰《韓詩外傳》卷二：「其民依依，其行遲遲，其意好好。」

【解釋】依依：形容依戀的樣子。捨：放開。

【用法】形容感情很深，彼此留戀，捨不得分離。

【例句】假期已滿，他就要返回營地了，在分別的前夕，兩人～地一直談到深夜。

【附註】也作「依依難捨」。

依依惜別

【出處】①西漢・韓嬰《韓詩外傳》卷二：「其民依依，其行遲遲，其意好好。」②唐・岑參《冬宵家會餞李郎司兵赴同州》詩：「惜別冬夜短，務歡梧行遲。」

【解釋】依依：非常依戀的樣子。惜別：捨不得離別。

【用法】形容戀戀不捨，不忍分離。

【例句】火車馬上就要開了，但他們仍然有許多話要說，看着他們～的神情，我不忍心催他上車。

依樣畫葫蘆

【出處】宋・魏泰《東軒筆錄》卷一：「（陶）谷不能平，乃俾其黨與，因事荐引，以爲久在詞禁，宣力實多，亦以微伺上旨。太祖笑曰：『頗聞翰林草制，皆撿前人舊本，改換詞語，此乃俗所謂依樣畫葫蘆耳，何宣力之有？』谷聞之，乃作詩書於玉堂之壁。曰：『官職須由生處有，才能不管用時無，堪笑翰林陶學士，年年依樣畫葫蘆。』」

【用法】比喻機械地模仿別人，沒有創新。

【例句】他的這幅《江南即景圖》，了無新意，不過是～而已！

依違兩可（ㄧ ㄨㄟˊ ㄌㄧㄤˇ ㄎㄜˇ）

【出處】章炳麟《儒術眞論》：「周道始隆，百世遠別，此公旦所以什伯於堯、舜、禹、湯、武，然依違兩可，攻其支流，而未堙其源窟。」

【解釋】依：贊同。違：反對。兩可：二者都可以。贊成與反對都行。

【用法】比喻對事情的態度模稜兩可，不表示肯定或否定。

【例句】對於這個方案，可以同意，也可以反對，大家只要把意見講出來就好辦，怕的是～，根本不說出意見，這倒不好辦了。

漪歟休哉（ㄧ ㄩˊ ㄒㄧㄡ ㄗㄞ）

【出處】《詩經・周頌・潛》：「漪與漆沮。」

【解釋】漪歟：嘆詞，表示讚美。休：美好。多麼好啊！

【用法】古代贊頌的套語。現多含諷刺嘲笑的意味。

【例句】即此一層，已足令敝人刮目相看，而～，尚在其次也。

【附註】也作「猗歟羞哉」、「猗歟盛哉」。

衣鉢相傳（ㄧ ㄅㄛ ㄒㄧㄤ ㄔㄨㄢˊ）

【出處】五代・後晉・劉昫等《舊唐書・神秀傳》：「晉後魏末，有僧達摩者，本天竺王子，以護國出家入海，得禪妙法。云自釋迦相傳，有衣鉢爲記，世相傳授。」

【解釋】衣：佛教僧尼穿的袈裟。鉢：僧尼化緣盛飯的用具。原爲佛家語。中國禪學師父將道法傳授給徒弟時，常常舉行授予衣鉢的儀式。

【用法】比喻一般師徒之間技術、學問的傳授。

【例句】這套理論，雖然形式有些變化，但是其核心～，本是萬變不離其宗的。

衣弊履穿（ㄧ ㄅㄧˋ ㄌㄩˇ ㄔㄨㄢ）

【出處】《莊子・山木》：「衣弊履穿，貧也。」

【解釋】弊：壞。履：鞋。衣服穿破了，鞋子磨穿了。

【用法】形容人的貧窮。

【例句】爲尋得眞理，他耗盡家產，全心全意地投入，即使～，也在所不惜。

衣不蔽體（ㄧ ㄅㄨˋ ㄅㄧˋ ㄊㄧˇ）

【解釋】蔽：遮住。體：身體。衣裳破得難以遮身。

【用法】形容生活貧困，穿的衣服很破爛。

【例句】在暴君剝削之下，貧苦百姓生活無着，家家戶戶都是食不果腹、～的。

衣不解帶（ㄧ ㄅㄨˋ ㄐㄧㄝˇ ㄉㄞˋ）

【出處】南朝・宋・劉義慶《世說新語・排調》劉孝標注引《中興書》：「(殷)仲堪父嘗疾患經時，仲堪衣不解帶數年。」
【解釋】解帶：解開衣帶，指脫衣裳。
【用法】形容過度操勞，以致不能脫衣入睡。
【例句】看見父親病重，他～，服侍十餘日，眼見得不濟事。

衣不完采

【出處】漢・司馬遷《史記・游俠列傳》：「衣不完采，食不重味。」
【解釋】完采：盡美。穿著的衣飾不怎麼講究。
【用法】形容生活作風樸素。
【例句】這個從農村來的姑娘，雖～，却有一種純樸、大方的風度。
【附註】也作「衣不擇采」。

衣單食薄

【解釋】衣服穿得很單薄，吃的東西也很少。
【用法】形容生活困苦的窘態。
【例句】在戰事陷入僵局時，前線軍隊～，生活十分困苦，但他們依然勇敢地撐下去。

衣來伸手，飯來張口

【出處】清・文康《兒女英雄傳》第三十回：「安公子是自幼嬌養，衣來伸手，飯來張口的人。」
【用法】形容不勞而獲，坐享其成。
【例句】你自小過著～的優渥生活，難怪無法了解貧窮人家的困頓。

衣寬帶鬆

【出處】元・王實甫《西廂記》第二本第四折：「一字字更長漏永，一聲聲衣寬帶鬆。別恨離愁，變成一弄。」
【解釋】衣服寬了，腰帶鬆了。
【用法】形容人的消瘦。
【例句】瑤嬋終日茶不思，飯不想，只想著振豪不知現況如何，於是～，日漸憔悴。

衣冠禽獸

【出處】明・凌濛初《二刻拍案驚奇》第四卷：「縉紳中有此！不但衣冠中禽獸，乃禽獸中豺狼也。」
【解釋】虛有人的外表，行爲卻如禽獸。
【用法】比喻品德敗壞的人。
【例句】他表面上裝出一副正人君子的樣子，暗地裡却盡幹下流事，是一個十足的～！
【附註】參看「衣冠梟獍」。

衣冠梟獍

【出處】宋・孫光憲《北夢瑣言》：「蘇楷人才猥陋，兼無德行，河朔士人，目爲衣冠梟獍。」
【解釋】梟：凶猛的大鳥，傳說是吃母的惡鳥。獍：凶猛的走獸，傳說是吃父的惡獸。穿着人的衣裳、戴着人的帽子的禽獸。
【用法】比喻形同禽獸的壞人。
【例句】他外表衣冠楚楚，實際上竟是～，十足的大惡人。

衣冠楚楚

【出處】《詩經・曹風・蜉蝣》：「蜉蝣之羽，衣裳楚楚。」

【解釋】楚楚：鮮明的樣子。
【用法】形容穿戴整齊、漂亮。
【例句】我恰好看見一家門首有人送客出來，那送客的只穿了一件斗紋灰布袍子，並沒有穿馬褂，那客人倒是～的。
【附註】也作「衣冠濟楚」。

衣架飯囊（ㄧ ㄐㄧㄚˋ ㄈㄢˋ ㄋㄤˊ）

【出處】明．羅貫中《三國演義》第二十三回：「其餘皆是衣架、飯囊、酒桶、肉袋耳！」
【解釋】囊：口袋。穿衣服的架子，裝飯食的口袋。
【用法】比喻只會吃穿而無用的人。
【例句】養你們這群～有什麼用？臨到有事要你們做，一件也做不成，眞是一群廢物。

衣香鬢影（ㄧ ㄒㄧㄤ ㄅㄧㄣˋ ㄧㄥˇ）

【出處】北周．庾信《春賦》：「屋裡衣香不如花。」唐．李賀《咏懷》：「彈琴看文君，春風吹鬢影。」
【解釋】衣香、鬢影：均借指婦女。
【用法】形容婦女的儀態。
【例句】那紅樓畫閣，捲上珠簾，二八嬋娟，倚欄而望，～，掩袂霏微。

衣食不周（ㄧ ㄕˊ ㄅㄨˋ ㄓㄡ）

【出處】明．馮夢龍《古今小說》第二十七卷：「我今衣食不周，無力婚娶，何不俯就他家，一舉兩得。」
【解釋】周：完備。吃的穿的都很差。
【用法】形容生活困苦。
【例句】敗落了家產，弄得～，那裡還娶得起媳婦呢！

衣衫藍縷（ㄧ ㄕㄢ ㄌㄢˊ ㄌㄩˇ）

【出處】明．吳承恩《西遊記》第四十四回：「雖是天色和暖，那些人却也衣衫藍縷。」
【用法】衣服破破爛爛。
【例句】這是一個十四五歲的青年，～，黑布頭帕上箍着一頂灰色小帽，已經睡覺了。
【附註】①也作「衣衫襤褸」。②參看「篳路藍縷」。

衣裳之會（ㄧ ㄕㄤ ㄓ ㄏㄨㄟˋ）

【出處】《穀梁傳．莊公二十七年》：「衣裳之會十有一，未嘗有歃血之盟也，信厚也。」
【用法】指春秋時諸侯間和好性的集會，與「兵庫之會」相對而言。

儀表堂堂（ㄧˊ ㄅㄧㄠˇ ㄊㄤˊ ㄊㄤˊ）

【解釋】儀表：人的外表舉止。堂堂：端正、大方、威嚴的樣子。
【用法】形容人外表端正、舉止大方、姿態威嚴。
【例句】這個年輕人不僅～，而且彬彬有禮，使人非常欽敬。

儀態萬方（ㄧˊ ㄊㄞˋ ㄨㄢˋ ㄈㄤ）

【出處】漢．張衡《同聲歌》：「素女為我師，儀態盈萬方。」
【解釋】儀態：容貌、姿態。萬方：多種樣式。
【用法】形容容貌、姿態都非常優美，是語言難以形容的。
【例句】這女子～，令人愛慕。

儀靜體閑

【出處】三國·魏·曹植《洛神賦》：「瑰姿艷逸，儀靜體閑。」
【解釋】儀表文靜，體態安閑。
【用法】形容儀表端莊而優雅。
【例句】黛玉～，氣質非凡，難怪寶玉迷戀不已。

圯上老人

【出處】漢·司馬遷《史記·留侯世家》：「良嘗閑從容步游下邳圯上。有一老父，衣褐，至良所，直墮其履圯下，顧謂良曰：『孺子，下取履！』良愕然，欲毆之。爲其老，強忍，下取履。父曰：『履我！』良業爲取履，因長跪履之。父以足受，笑而去。良殊大驚，隨目之。父去里所，復還，曰：『孺子可教矣，後五日平明，與我會此！』良因怪之，跪曰：『諾！』……出一編書，曰：『讀此，則爲王者師矣。……』」
【解釋】圯：橋。
【用法】爲人所希冀仰慕的人。
【例句】幸得～相助，張良才能養成堅忍性情，藉此扶漢滅秦，成就大業。

宜室宜家

【解釋】《詩經·周南·桃夭》：「之子於歸，宜其室家。」
【用法】指家庭安順，夫婦和睦。
【例句】這對新人剛行完大禮，你就送來這～的匾額，倒是合時。

貽害無窮

【解釋】貽：遺留。
【用法】留下的禍患沒未個完。
【例句】對子女的遷就放縱，只能～，父母必須及早糾正。

怡情悅性

【出處】清·曹雪芹《紅樓夢》第十七回：「如今上了年紀，且案牘勞煩，於這怡情悅性的文章更生疏了，便擬出來也不免迂腐。」
【解釋】怡、悅：高興、喜歡。
【用法】心情感到舒暢愉快。
【例句】聆賞這～的音樂，頓覺舒朗暢快。
【附註】也作「怡情理性」。

怡聲下氣

見「下氣怡聲」。

怡然自得

【出處】《列子·黃帝》：「黃帝既悟，怡然自得。」
【解釋】怡然：安適愉快的樣子。
【用法】形容安適、愉快而自得其樂。
【例句】大家忙得不亦樂乎，他卻獨自一個人躲在這裡，～地大看起小說來了！

怡然自樂

【出處】晉·陶淵明《桃花源記》：「黃髮垂髫，並怡然自樂。」
【解釋】怡然：安適愉快的樣子。
【用法】形容人安於優閑自在而自得其樂。
【例句】說不得橫着心，只當他們死了，橫豎自家也要過的。如此一想，卻倒毫無牽掛，反能～。

怡顏悅色

見「和顏悅色」。

疑團莫釋

【解釋】疑團：很多令人懷疑的事糾纏在一起。釋：解開。很多疑問，解釋不開。

【用法】形容值得懷疑的事太多了。

【例句】這裡有許多現象都值得人深思，但是～，我一時還搞不清癥結之所在。

疑團滿腹

見「滿腹疑團」。

疑今察古

【出處】《管子．形勢》：「疑今者，察之古。」

【解釋】疑：疑問。察：考察。

【用法】指對於當世有所懷疑的事，通過對歷史的研究分析來求得解決。

【例句】～，才能免於短視；而以歷史爲借鏡，也能避免覆轍重蹈。

疑心生暗鬼

【出處】宋．呂本中《師友雜志》：「潘子文師事伊川先生，聞人說鬼怪，以爲必無此理，以爲疑心生闇（暗）鬼，最是切要議論。」

【用法】形容無中生有地亂猜疑。

【例句】別人其實並沒有議論你，而你總覺得別人是在說你，你這是～。

疑信參半

【解釋】參半：各佔一半。一半懷疑，一半相信。

【用法】形容半信半疑。

【例句】我對她的話～。

疑行無成，疑事無功

【出處】《商君書．更法》：「臣聞之，疑行無成，疑事無功。君亟定變法之慮，殆無顧天下之議之也。」

【解釋】疑：懷疑、猶豫。

【用法】行動上猶豫不決，不會有成就；事情上猶豫不決，不會有效果。

【例句】～，你總是瞻前顧後、舉棋不定，那就什麼事也辦不好！

疑神疑鬼

【用法】形容疑心很大，毫無根據地胡猜亂想。

【例句】她對別人的話總是～、胡亂猜想，眞是神經過敏。

疑則勿任，任則勿疑

【出處】元．脫脫等《金史．陳起傳》：「疑則勿任，任則勿疑；謀之欲衆，斷之欲獨。」

【用法】如果有懷疑就不要用他，如果用他就不要懷疑他。

【例句】使用幹部應該本着～的態度。否則，又要使用，又不放心，幹部怎麼能做好工作呢？

疑貳之見

【出處】明．羅貫中《三國演義》第四十三回：「孔明又曰：『將軍外託服從之名，內懷疑貳之見，事急而不斷，禍至無日矣。』」

【解釋】疑貳：疑惑不定，三心二意。

【用法】指猶豫、拿不定主意。

【例句】你的部屬有～，你要立即妥善處理，否則公司內部將發生危機。

移風易俗（ㄧˊ ㄈㄥ ㄧˋ ㄙㄨˊ）

【出處】《荀子・樂論》：「樂者，聖人之所樂也，而可以善民心，其感人深，其移風易俗，故先王導之以禮樂而民和睦。」

【解釋】風俗：長期積累，沿襲下來的民俗習慣等的總和。

【用法】轉移風氣，改變習俗。

【例句】有志之士願致力於～，當局應予以鼓勵才是。

移東就西（ㄧˊ ㄉㄨㄥ ㄐㄧㄡˋ ㄒㄧ）

【出處】五代・後晉・劉昫等《舊唐書・陸贄傳》：「移東就西，便為課績，取此適彼，遂號羨餘。」

【用法】形容以有餘補不足。

【例句】我那些年把局面勉強維持下來，不過是～罷了。

【附註】也作「移東補西」。

移天易日（ㄧˊ ㄊㄧㄢ ㄧˋ ㄖˋ）

【出處】唐・房玄齡等《晉書・齊王冏傳》：「趙庶人聽任孫秀移天易日。」

【解釋】易：更換。

【用法】比喻用陰謀手段竊取或改換政權。

【例句】近來賄賂彰聞，裡頭呢，親近弄臣，～，外頭呢，少年王公，顛波作浪，不曉得要鬧成什麼世界哩！

移宮換羽（ㄧˊ ㄍㄨㄥ ㄏㄨㄢˋ ㄩˇ）

【出處】宋・周邦彥《意難忘・美人》詞：「知音見說無雙，解移宮換羽，未怕周郎。」（周郎：周瑜，精音樂，三國時有「曲有誤，周郎顧」之語。）

【解釋】宮、羽：我國古代樂曲中兩種曲調名稱。指樂曲換調。

【用法】指事情的變化。

【例句】如果進行順利，當然是我們所期望的，怕的是中途～，所以不能不防患未然。

移花接木（ㄧˊ ㄏㄨㄚ ㄐㄧㄝ ㄇㄨˋ）

【出處】明・淩濛初《初刻拍案驚奇》第三十五卷：「豈知暗地移花接木，已自雙手把人家交還他。」

【解釋】把一種花木的枝條嫁接到另一種花木上。

【用法】比喻暗中使用手段以假換真欺騙他人。

【例句】影片中有許多陰錯陽差、～的喜劇情節。

移孝作忠（ㄧˊ ㄒㄧㄠˋ ㄗㄨㄛˋ ㄓㄨㄥ）

【出處】《孝經・廣揚名》：「君子之事親孝，故忠可移於君。」

【用法】將孝順父母的心去效忠國家、君主。

【例句】在母親鼓勵下，他～，毅然深入敵後，拯救被擄人質。

移星換斗（ㄧˊ ㄒㄧㄥ ㄏㄨㄢˋ ㄉㄡˇ）

見「星移斗轉」。

移船就岸（ㄧˊ ㄔㄨㄢˊ ㄐㄧㄡˋ ㄢˋ）

【出處】清・曹雪芹《紅樓夢》第九十一回：「（寶蟾）只看薛蝌的神情，

自己反倒裝出惱意，索性不理他；那薛蚪若有悔心，自然移船就岸，不愁不到手。」

【解釋】移動船隻到岸邊。

【用法】比喻主動向某方投靠。

【例句】脾氣發過，氣消了，只待你貼心安撫一番，小倩自然～，你不必多擔心了。

移山倒海 ㄧˊ ㄕㄢ ㄉㄠˇ ㄏㄞˇ

【解釋】移動山岳，倒翻大海。

【用法】①形容神仙法術的神妙。②比喻人類征服自然、改造自然的巨大力量和雄偉氣魄。

【例句】人類自古就有～的信念，不能被任何困難嚇倒的。

移樽就教 ㄧˊ ㄗㄨㄣ ㄐㄧㄡˋ ㄐㄧㄠˋ

【出處】清・李汝珍《鏡花緣》第二十四回：「也罷，我們『移樽就教』罷。」

【解釋】樽：酒器。端着酒杯坐到別人席上與飲，以便請教。

【用法】比喻主動地去向他人求教。

【例句】對於文字學我一無所知，何日有暇，當～。

貽厥子孫 ㄧˊ ㄐㄩㄝˊ ㄗˇ ㄙㄨㄣ

【出處】《尚書・五子之歌》：「明明我祖，萬邦之君，有典有則，貽厥子孫。」

【解釋】貽：遺留。厥：其，他的。

【用法】遺留給他的子孫後代。

【例句】我們這一代人～的應該是什麼呢？那就是優良的傳統、克苦的作風、偉大的理想。

貽厥孫謀 ㄧˊ ㄐㄩㄝˊ ㄙㄨㄣ ㄇㄡˊ

【出處】《詩經・大雅・文王有聲》：「詒厥孫謀，以燕翼子。」（詒：同「貽」。）

【解釋】貽：遺留給。厥：其、他的。謀：計謀、打算。

【用法】爲子孫後代打算。

貽笑大方 ㄧˊ ㄒㄧㄠˋ ㄉㄚˋ ㄈㄤ

【出處】《莊子・秋水》載：河伯以江河之大而驕傲，後來看到浩瀚無邊的大海，才嘆息說：「今我睹子之難窮也，吾非至於子之門，則殆矣！吾長見笑於大方之家。」

【解釋】貽：遺留。大方：大方之家，見多識廣的人，後泛指具有某種專長或內行的人。

【用法】被內行人所笑話。

【例句】我的文章很不成熟，不敢拿出來，怕的是～。

【附註】原作「見笑大方」。

貽人口實 ㄧˊ ㄖㄣˊ ㄎㄡˇ ㄕˊ

【解釋】貽：遺留。口實：話柄。

【用法】給別人留下話柄。

【例句】他說話做事都小心謹慎，生怕～。

遺風餘韻 ㄧˊ ㄈㄥ ㄩˊ ㄩㄣˋ

【出處】南朝・梁、沈約《宋書・謝靈運傳論》：「遺風餘烈，事極江右。」

【解釋】遺風：遺留下來的風氣。

【用法】流傳到後代的風氣和影響。

【例句】在初唐的詩歌中，還存在着齊梁的～。

【附註】原作「遺風餘烈」。

遺大投艱

【出處】《尚書・大誥》：「予造天役，遺大投艱於朕身。」
【解釋】投：給予。
【用法】賦予重大、艱難的任務。
【例句】爲磨鍊你的性情，增強你的處事能力，師父才～於你，這番苦心你可了解？

遺老遺少

【解釋】遺老：指改朝換代後，仍然忠於前一朝代的老人。遺少：改朝換代後，仍然忠於前一朝代的年輕人。
【用法】指思想陳腐、頑固保守、留戀舊時代的人們。
【例句】辛亥革命以後，那些清王朝的～們仍然在留戀着已經過去了的舊生活。

遺訓可秉

【出處】南朝・梁・沈約《郊居賦》：「雖混成以無迹，實遺訓之可秉。」
【解釋】秉：秉承、領受。
【用法】前人留下的訓告可以完全承襲取法。
【例句】父親生前殷殷告誡的話，你可要謹記在心！～，切記啊！

遺臭萬年

【出處】唐・房玄齡等《晉書・桓溫傳》：「溫以雄武專朝，窺覦非望，嘗撫枕曰：『既不能流芳後世，亦不足復遺臭萬載耶！』」
【用法】惡名流傳下去，永遠爲人所唾罵。
【例句】大漢奸賣國求榮，～，永遠被人民所痛恨。

遺世獨立

【出處】宋・蘇軾《前赤壁賦》：「飄飄乎，如遺世獨立，羽化而登仙。」
【用法】脫離社會，獨自生活，不與任何人往來。
【例句】作爲社會的一員而又想～，這只不過是一種幻想而已。

遺簪墜屨

【出處】西漢・韓嬰《韓詩外傳》第九卷：「孔子出遊少源之野，有婦人中澤而哭，其音甚哀，孔子使弟子問焉，曰：『夫人何哭之哀？』婦人曰：『嚮（向）者刈蓍薪，亡吾蓍簪，吾是以哀也。』弟子曰：『刈蓍薪而亡蓍簪，有何悲焉？』婦人曰：『非傷亡簪也，蓋不忘故也。』」漢・賈誼《新書・諭誠》：「昔楚昭王與吳人戰。楚軍敗，昭王走，屨決眦而行失之，行三十步，復旋取屨。及至於隋，左右問曰：『王何曾惜一踦屨乎？』昭王曰：『楚國雖貧，豈愛一踦屨哉？思欲偕反（返）也。』」
【解釋】遺、墜：遺落的。屨：鞋。丟失的髮簪和鞋子（代指故物）。
【用法】舊時常以「不棄遺簪墜屨」比喻不忘故舊。
【例句】小李這個人不棄～，是個不忘故舊的人，值得交往。

頤指氣使

【出處】漢・班固《漢書・賈誼傳》：「陛下力制天下，頤指如意。」

【解釋】頤：面頰。頤指：不說話而用面部動作示意。氣使：用神情去支使人。

【用法】形容對人的傲慢態度。

【例句】看他那副～的模樣，自以為當個班長就多神氣。

以博一粲（ㄧˇ ㄅㄛˊ ㄧ ㄘㄢˋ）

【出處】《穀梁傳・昭公四年》：「軍人粲然而笑。」

【解釋】以：用。博：博得。粲：笑時露出牙齒的樣子。

【用法】設法贏得對方一笑。

【例句】上月所印《故事新編》一本，遊戲之作居多，已託書店寄上一本，～。

以白為黑（ㄧˇ ㄅㄞˊ ㄨㄟˊ ㄏㄟ）

【出處】晉・陳壽《三國志・魏書・武帝紀・建安十年令》：「昔直不疑無兄，世人謂之盜嫂；第五伯魚三娶孤女，謂之撾婦翁；……此皆以白為黑，欺天罔君者也。」

【解釋】以：把。為：當做。把白的當成黑的。

【用法】指顛倒眞偽，混淆是非。

【例句】你怎能～，混淆是非呢？難道不怕下十八層地獄割舌頭嗎？

以備萬一（ㄧˇ ㄅㄟˋ ㄨㄢˋ ㄧ）

【解釋】萬一：可能性極小的變化。

【用法】做好準備，防止萬一發生了變化。

【例句】天氣陰得很，你還是帶上雨具吧，～。

以暴易暴（ㄧˇ ㄅㄠˋ ㄧˋ ㄅㄠˋ）

【出處】漢・司馬遷《史記・伯夷列傳》載：殷朝末年，伯夷、叔齊反對周武王領導的討伐殷紂王的正義戰爭，「周武王既平殷亂，天下宗周，伯夷叔齊隱於首陽，餓且死，作歌曰：『登彼西山兮，採其薇矣。以暴易暴兮，不知其非矣。』」

【解釋】以：用。暴：暴君，惡勢力。易：換、代替。

【用法】用暴君（或惡勢力）來代替暴君（或惡勢力）。

【例句】～的作法，是無法根本解決問題的，唯有靠理性的溝通，感情的感化，雙方互相體諒讓步，才可能眞正謀得和平。

以冰致蠅（ㄧˇ ㄅㄧㄥ ㄓˋ ㄧㄥˊ）

【出處】《呂氏春秋・功名》：「以狸致鼠，以冰致蠅，雖工，不能。」

【解釋】致：招引。用冰招引蒼蠅。

【用法】比喻沒有可能實現的事。

【附註】參看「以狸餌鼠」、「緣木求魚」。

以偏蓋全（ㄧˇ ㄆㄧㄢ ㄍㄞˋ ㄑㄩㄢˊ）

【解釋】偏：片面、一方面。以片面去掩蓋全體。

【用法】形容看問題有片面性，只了解一個方面就妄下結論。

【例句】對於他身上存在的某些缺點，要正確看待，決不能～。

以沫相濡（ㄧˇ ㄇㄛˋ ㄒㄧㄤ ㄖㄨˊ）

見「相濡以沫」。

以貌取人 ㄧˇ ㄇㄠˋ ㄑㄩˇ ㄖㄣˊ

【出處】《大戴禮．五帝德》載：魯國人澹臺滅明，字子羽。開始時，孔子嫌他相貌醜陋，不願收為學生，勉強收了以後，發現他德行很好，於是感慨地說：「以貌取人，失之子羽。」

【用法】依據外貌作為選擇人的標準。

【例句】目前，～的現象仍然存在，我們必須加強宣導，使我們的幹部懂得怎樣識別人才。

以名取士 ㄧˇ ㄇㄧㄥˊ ㄑㄩˇ ㄕˋ

【出處】《孔叢子．抗志》：「君將以名取士邪？」

【解釋】名：名聲。取：取用。

【用法】根據人們的聲望來選用人才。

【例句】～，未必能求得眞正的人才。要考核其實，才能不被不實聲名所誤導。

以附驥尾 ㄧˇ ㄈㄨˋ ㄐㄧˋ ㄨㄟˇ

【出處】漢．司馬遷《史記．伯夷列傳》：「顏淵雖篤學，附驥尾而行益顯。」

【解釋】驥：一種千里馬。蒼蠅附在千里馬的尾巴上而達到遠方。

【用法】比喻依附他人而成名。

【例句】諸葛天申道：「這選事，小弟自己也略知一二，因到大邦，必要請一位大名下的先生，～。」

以德報德 ㄧˇ ㄉㄜˊ ㄅㄠˋ ㄉㄜˊ

【出處】《禮記．表記》：「以德報德，則民有所勸。」

【解釋】以：用。德：恩德。報：報答。

【用法】給人以恩惠來報答別人對自己的恩惠。

【例句】我們對父母，就要～，他們養育了我們，保護了我們，我們就要用加倍的孝順來報答。

以德報怨 ㄧˇ ㄉㄜˊ ㄅㄠˋ ㄩㄢˋ

【出處】《論語．憲問》：「或曰：『以德報怨，何如？』子曰：『何以報德？以直報怨，以德報德。』」

【解釋】以：用。報：報答。

【用法】用施加恩惠的辦法報答別人對自己的怨恨。

【例句】當年蔣公～，在日本戰敗後並未強索賠款。

以毒攻毒 ㄧˇ ㄉㄨˊ ㄍㄨㄥ ㄉㄨˊ

【出處】元．陶宗儀《輟耕錄》卷二十九：「骨咄犀，蛇角也，其性至毒，而能解毒，蓋以毒攻毒也。」

【解釋】以：用。毒：帶毒性的藥物。攻：治。毒：惡性病。

【用法】用帶毒性的藥來治療惡性疾病。

【用法】比喻用對方使用過的手段來制服對方，或利用惡人來對付惡人。

【例句】對於這些打着古文旗子的人，用古書作「法寶」，才能打退的，～，反而證明了反對白話者自己不識字，不通文。

以碫投卵 ㄧˇ ㄉㄨㄢˋ ㄊㄡˊ ㄌㄨㄢˇ

【出處】《孫子．勢篇》：「兵之所加，如以碫投卵者，虛實是也。」

【解釋】以：用。碫：磨刀石。用磨刀石去砸蛋。

【用法】比喻以強攻弱，一定能擊敗對方。

【例句】以訓練有素的我軍小分隊去剿滅這夥匪徒，就像～，完全不費吹灰之力。

以湯止沸

【出處】《呂氏春秋・盡數》：「夫以湯止沸，沸愈不止，去其火則止矣。」

【解釋】湯：開水。沸：沸騰。把開水澆入鍋裡去制止沸騰着的水。

【用法】比喻措施不對，無濟於事，不能解決問題。

【例句】這種作法，無異於～，怎麼解決問題呢？

以湯沃雪

【出處】漢・劉安《淮南子・兵略訓》：「若以水滅火，若以湯沃雪，何往而不遂，何之而不用？」

【解釋】湯：熱水。沃：澆。用熱水澆在雪上，一澆就化。

【用法】比喻輕而易舉，勢在必成。

【例句】這麼多人堵這樣一個小小的決口，正如～，這是輕而易舉的事情。

以莛叩鐘

【出處】漢・東方朔《答客難》：「以管窺天，以蠡測海，以莛撞鐘，豈能通其條貫，考其文理，發其音聲哉？」

【解釋】莛：草莖。叩：敲打。用草梗去撞鐘，毫無聲響。

【用法】①比喻學識淺陋。②比喻沒有學問的人在有學問的人面前請教，問題提不到點子上。

【例句】今欲上質高賢，又恐語涉淺陋，未免～，自覺唐突，何敢冒昧請教耶！

以退爲進

【出處】漢・揚雄《法言・君子》：「請問退進。曰：『昔乎顏淵以退爲進，天下鮮儷焉。』」（儷：並列、並比。）

【用法】①把謙讓看作是德行上的進步。②指以退讓作爲進取的手段。

【例句】由於敵人力量暫時超過我們的力量，所以我們主張轉移，～，待形勢有利於我們時再去打擊敵人。

以樂慆憂

【出處】《左傳・昭公三年》：「君日不悛，以樂慆憂。」毛傳：「慆，過也。」

【解釋】樂：快樂。以娛樂度過憂患。

【用法】指用快樂來掩蓋憂愁。

【例句】～的作法，是不切實際的，唯有正視憂患，徹底解決問題，才能根本紓解憂愁。

以類相從

【出處】《荀子・正論》：「凡爵列官職賞慶刑罰，皆報也，以類相從者也。」

【用法】把同類的東西歸在一起。

【例句】有的學校～，把程度好的學生歸爲一班，至於行爲頑劣的，另成立一班，嚴加管教。

以狸餌鼠

【出處】《商君書・農戰》：「我不以貨事上而求遷者，則如以狸餌鼠爾，必不冀矣。」

【解釋】狸：貓。餌：引誘。用貓來誘

捕老鼠。

【用法】比喻事情毫無成功的希望。

【例句】你這計謀，正是～，要想成功，除非太陽打從西邊出來。

以蠡測海

【出處】漢·東方朔《答客難》：「語曰：『以管窺天，以蠡測海。』」

【解釋】蠡：貝殼做的瓢。測：測量。用瓢測量海水。

【用法】比喻了解問題很片面。

【例句】夫子的學問博大精深，而我這番議論，不過是～，如何能稱已得眞傳。

以理服人

【解釋】理：道理。服：說服，使心服。

【用法】用道理來說服人。

【例句】我們寫文章要～，而不能倚勢壓人。

以禮相待

【出處】明·施耐庵《水滸傳》第八十九回：「趙樞密留住褚堅，以禮相待。」

【用法】用禮貌的態度對待人。

【例句】與人交往，要～，他人才願與你往來。

以利累形

【出處】《呂氏春秋·審爲》：「雖貧賤，不以利累形。」

【解釋】累：勞累。形：形體、身體。

【用法】爲了牟利而不顧身體。

【例句】～，實在不值得。這身外之物，生不帶來，死不帶去，何苦如此虐待自己！

以力服人

【出處】《孟子·公孫丑上》：「以力服人者，非心服也，力不贍也；以德服人者，中心悅而誠服也，如七十子之服孔子也。」

【解釋】力：強制的力量、武力。服人：使人服。

【用法】用強制手段使人服從。

【例句】～，是不能讓人眞服的。

以鄰爲壑

【出處】《孟子·告子下》：「白圭曰：『丹之治水也，愈於禹。』孟子曰：『子過矣。禹之治水，水之道也。是故禹以四海爲壑，今吾子以鄰國爲壑。』」

【解釋】壑：深溝。把鄰國當成渲泄洪水的溝壑。

【用法】比喻爲了自私的目的，把困難或災禍轉嫁到別人頭上。

【例句】我們一定要克服～的本位主義。

以卵投石

【解釋】《墨子·貴義》：「以其言非吾言者，是猶以卵投石也，盡天下之卵，其石猶是也，不可毀也。」

【解釋】卵：蛋。用蛋去碰石頭。

【用法】比喻不自量力，自取滅亡。

【例句】敵人膽敢侵略我們，只能是～，自取滅亡。

以戈舂米

【出處】《荀子·勸學》：「不道理憲，以《詩》、《書》爲之，譬之猶以指測河也，以戈舂黍也，以錐飧壺也，不可以得之矣。」（飧：吃晚飯。壺：古人盛飯的器皿。錐飧壺：把錐子當筷子從壺裡夾飯吃。）

【解釋】戈：兵器。用戈去搗米。

【用法】形容做事不得法，徒勞無功。

【例句】做事要講究方法，方法正確，則事半功倍；倘～，弄錯方法，必將徒勞無功。

以古非今 ㄧˇ ㄍㄨˇ ㄈㄟ ㄐㄧㄣ

【出處】漢．司馬遷《史記．秦始皇本紀》：「有敢偶語《詩》、《書》者棄市，以古非今者族。」

【用法】用古代的事來非難、攻擊今天的現況。

【例句】不能毫無根據地指責某些歷史著作是～。

【附註】也作「以古諷今」。

以古爲鑒 ㄧˇ ㄍㄨˇ ㄨㄟˊ ㄐㄧㄢˋ

【出處】五代．後晉．劉昫等《舊唐書．魏徵傳》：「以古爲鑒，可以知興替。」

【解釋】鑒：借鑒。

【用法】以歷史上的興衰成敗作爲自己的借鑒。

【例句】由於剛愎自用、偏聽偏信而誤大事者，歷史不乏其例，我們可以～，吸取一些有益的教訓。

以古喻今 ㄧˇ ㄍㄨˇ ㄩˋ ㄐㄧㄣ

【解釋】喻：說明。

【用法】借用古代的事來說明今天的事情。

【例句】在文字獄盛行的時代，文人只能～，來抒發感慨！

以規爲瑱 ㄧˇ ㄍㄨㄟ ㄨㄟˊ ㄊㄧㄢˋ

【出處】《國語．楚語上》：「（楚靈）王病之，曰：『子復語，不穀雖不能用，吾憖置之於耳。』（白公子張）對曰：『賴君用之也，故言。不然，巴浦之犀犛兕象，其可盡乎！其又以規爲瑱也。』」

【解釋】規：勸告。瑱：古人冠冕上垂在兩側用來塞耳的玉石。把規勸的話當作塞耳之瑱。

【用法】比喻不重視別人的勸告。

【例句】你～，把師長的話當耳邊風，終有一天要自食惡果。

以觀後效 ㄧˇ ㄍㄨㄢ ㄏㄡˋ ㄒㄧㄠˋ

【出處】南朝．宋．范曄《後漢書．安帝紀》：「設張法禁，懇惻分明，有司惰任，訖不奉行。秋節既立，鷙鳥將用，且復重申，以觀後效。」

【解釋】後效：以後的效果。

【用法】指觀察犯法或犯錯誤的人受到寬恕以後是否有改正的表現。

【例句】爲了挽救他，我們仍保留他的工作，～。

以管窺天 ㄧˇ ㄍㄨㄢˇ ㄎㄨㄟ ㄊㄧㄢ

【出處】《莊子．秋水》：「是直用管窺天，用錐指地也，不亦小乎？」

【解釋】管：竹管。窺：看。從小竹管裡看天。

【用法】比喻見聞狹隘，片面看問題。

【例句】你只從個人角度來觀察複雜的社會現象，無異於～，是不可能得出正確結論的。

以功補過

【出處】唐·房玄齡等《晉書·王敦傳》：「當令任不過分，以功補過，要之將來。」
【用法】用功勞抵補過失。
【例句】錯誤既已造成，再指責也沒用，你就再給他一次機會，要他好好幹～，以彌補這次的錯誤。

以攻爲守

【出處】宋·陳亮《酌古論·先主》：「以攻爲守，以守爲攻，此兵之變也。」
【用法】用進攻的方法作爲防禦的戰略或策略。
【例句】棋下到這局面，再採守勢，恐怕不利，你不妨～，或許有利。

以寬服民

【出處】《左傳·昭公二十年》：「唯有德者能以寬服民，其次莫如猛。」
【解釋】寬：寬厚。服：信服。
【用法】寬厚待人，民衆才能心悅誠服。
【例句】唯有～，人民才願和政府配合；若是高壓統治，人民是敢怒不敢言，一旦有事，必會坐視，甚至發起動亂。

以火救火

【出處】《莊子·人間世》：「是以火救火，以水救水，名之曰『益多』。」
【解釋】用火來撲滅火災，火勢更旺。
【用法】比喻不但不能制止，反而助長其勢。
【例句】你這作法，豈不是～，非但無益，反倒招來更多麻煩。

以己度人

【出處】西漢·韓嬰《韓詩外傳》卷三：「然則聖人何以不可欺也？曰：『聖人以己度人者也，以心度心，以情度情，以類度類，古今一也。』」
【解釋】度：揣度、推測。
【用法】以自己的心思去揣度別人。
【例句】你如果能夠～，你就能理解他的心情了。

以己養養鳥

【出處】《莊子·至樂》：「海鳥止於魯郊，魯侯御而觴之於廟，奏九韶以爲樂，具太牢以爲膳。鳥乃眩視憂悲，不敢食一臠，不敢飲一杯，三日而死。此以己養養鳥也，非以鳥養養鳥也。夫以鳥養養鳥者，宜栖之森林。」
【用法】比喻不按事物的客觀規律辦事，一味憑主觀行事，必然失敗。
【例句】他～，不能設身處地爲人設想，難怪衆叛親離。

以解倒懸

【出處】《孟子·公孫丑》：「民之悅之，猶解倒懸也。」
【解釋】解：解救。倒懸：頭朝下地懸掛着。比喻境遇困苦。
【用法】解除人民的困苦。
【例句】老百姓都盼着援軍快一點來，～之苦。

以介眉壽

【出處】《詩經·豳風·七月》：「八月剝棗，十月穫稻。爲此春酒，以介眉壽。」

【解釋】介：祈求。眉壽：長壽。古人認爲眉毛長的壽命也長。

【用法】祝賀長壽之意。

以酒解酲（ㄧˇ ㄐㄧㄡˇ ㄐㄧㄝˇ ㄔㄥˊ）

【出處】南朝・宋・劉義慶《世說新語・任誕》：「劉伶病酒，渴甚，從婦求酒。婦捐酒毀器涕泣諫曰：『君飲太過，非攝生之道，必宜斷。』伶曰：『甚善，我不能自禁，唯當祝鬼神自誓斷之耳。便可具酒肉。』婦曰：『敬聞命！』供酒肉於神前，請伶祝誓。伶跪而祝曰：『天生劉伶，以酒爲名，一飲一斛，五斗解酲，婦人之言，愼不可聽。』便引酒進肉，隗然已醉矣。」

【解釋】酲：醉酒後，神態不清的病態。用酒來解酒。

【用法】比喻用有害的東西或方法去救急。

【例句】～，藉酒澆愁，不過是酒鬼喝酒的藉口罷了。

以簡御繁（ㄧˇ ㄐㄧㄢˇ ㄩˋ ㄈㄢˊ）

【出處】南朝・梁・沈約等《宋書・江秉之傳》：「復出爲山陽令，民戶三萬，政事繁憂，訟訴殷積，階庭常數百人。秉之御繁以簡，常得無事。」

【解釋】御：治理、統治。

【用法】以簡單快當的辦法治理（或對付）複雜繁多的事物。

【例句】治國者無不深通～之道。

以儆效尤（ㄧˇ ㄐㄧㄥˇ ㄒㄧㄠˋ ㄧㄡˊ）

【出處】《左傳・莊公二十一年》：「鄭伯效尤，其亦將有咎。」

【解釋】儆：告誡、警告。尤：過失。效尤：跟壞人學。

【用法】對壞人壞事進行嚴厲處置，以警告那些做壞事的人。

【例句】對這夥流氓分子，必須要嚴懲、～。

以其昏昏，使人昭昭（ㄧˇ ㄑㄧˊ ㄏㄨㄣ ㄏㄨㄣ，ㄕˇ ㄖㄣˊ ㄓㄠ ㄓㄠ）

【出處】《孟子・盡心下》：「孟子曰：『賢者以其昭昭，使人昭昭，今以其昏昏，使人昭昭。』」

【解釋】以：用。其：代詞、他的。昏昏：模糊、糊塗。昭昭：明、明白。用他那模模糊糊的理解，却想使人明白。

【用法】指自己還不明白，却要去教育、指揮別人。

【例句】我們的幹部必須成爲內行，如果總是外行，怎麼領導別人呢？「～」是不行的。

以求一逞（ㄧˇ ㄑㄧㄡˊ ㄧˊ ㄔㄥˇ）

【解釋】逞：如願，達到目的。

【用法】指壞人妄圖達到其罪惡目的。

【例句】這些匪徒窺測方向，～，我們必須提高警覺，防範他們的陰謀。

【附註】參看「窺測方向，以求一逞」。

以勤補拙（ㄧˇ ㄑㄧㄣˊ ㄅㄨˇ ㄓㄨㄛˊ）

【解釋】勤：勤奮。補：補救。拙：愚笨。

【用法】用勤奮來補救自己的遲鈍。

【例句】我的基礎差，腦子也不好，只好～，多花點力氣去學吧。

以強凌弱（ㄧˇ ㄑㄧㄤˊ ㄌㄧㄥˊ ㄖㄨㄛˋ）

見「倚強凌弱」。

以屈求伸

【出處】《周易．繫辭下》：「尺蠖之屈，以求伸也。」

【解釋】以：用。屈：彎曲。伸：伸展。

【用法】比喻以退爲進。

【例句】從事政治活動的人物，皆明～，以退爲進之「官場文化」。

以血洗血

【出處】五代．後晉．劉昫等《舊唐書．源休傳》：「可汗使謂休曰：『我國人皆欲殺汝，唯我不然。汝國已殺董突等，吾又殺汝，猶以血洗血，汙益甚爾。』」

【解釋】以：用。洗：洗雪。用血來洗雪血債、

【用法】比喻冤冤相報。

【例句】我們要～，堅決向敵人討還血債！

以小人之心，度君子之腹

【出處】《左傳．昭公二十八年》：「願以小人之腹，爲君子之心，屬厭而已。」

【解釋】小人：指道德不高尚的人。君子：指道德高尚的人。度：猜測。

【用法】①自謙之辭，指以自己的想法，去推斷別人的心意。②指用卑劣的想法去猜測品德高尚的人。

【例句】他處處懷疑別人在跟他過不去，實在是～。

以心傳心

【出處】《六祖大師法寶壇經．行由品》：「法則以心傳心，皆令自悟自解。」

【解釋】佛教禪宗用語。

【用法】指不用語言文字，而通過直覺，突然觸發，使人接受佛理。

【例句】佛學深奧精邃，非語言文字所能道，故禪學皆～的方式，將佛法傳諸弟子。

以心問心

【出處】明．吳承恩《西遊記》第四十回：「沉吟半晌，以心問心的，自家商量道……」

【解釋】用心來問心。

【用法】意爲捫心自問。

【例句】爲人處事，若能常～，便不會鑄下大錯。

以刑去刑

【出處】《商君書．畫策》：「以刑去刑，雖重刑可也。」

【解釋】刑：刑罰。

【用法】用刑罰去消滅刑罰。

【例句】處亂世，用重典，也必須抱持著～之精神，絕不可有以牙還牙的想法。

【附註】參看「以殺去殺」。

以虛帶實

【解釋】虛：指理論。實：指實際的計劃和行動。

【用法】比喻用理論爲指導來帶動具體工作。

【例句】我們今天開會，用～的辦法，

先來討論討論有關的理論問題、政策問題，達成共識以後，再討論具體方案。

以直報怨 ㄧˇ ㄓˊ ㄅㄠˋ ㄩㄢˋ

【出處】《論語・憲問》：「以直報怨，以德報德。」

【解釋】直：公道、正直。

【用法】用公道正直對待自己所怨恨的人。

【例句】～才是合理的作法。

以指撓沸 ㄧˇ ㄓˇ ㄋㄠˊ ㄈㄟˋ

【出處】《荀子・議兵》：「以桀詐堯，譬之若以卵投石，以指撓沸。」

【解釋】撓：攪。用手指去攪動滾燙的水。

【用法】比喻不自量力。

【例句】這小孩子向世界拳王挑戰，無異是～，以卵投石。

以戰去戰 ㄧˇ ㄓㄢˋ ㄑㄩˋ ㄓㄢˋ

【出處】《商君書・畫策》：「故以戰去戰，雖戰可也。」

【解釋】去：消除。

【用法】用戰爭去制止戰爭。

【例句】我們熱愛和平，但決不乞求和平，面對侵略只能～。用正義的戰爭去制止不義的戰爭。

以彰報施 ㄧˇ ㄓㄤ ㄅㄠˋ ㄕ

【出處】清・李汝珍《鏡花緣》第三回：「莫若令一天魔下界，擾亂唐室，任其自興自滅，以彰報施。」

【解釋】彰：顯示，顯揚。報施：報應。

【用法】用以顯示報應不爽。

【例句】法官斷案，務求案情之眞相，將歹徒繩之以法，～。

以正視聽 ㄧˇ ㄓㄥˋ ㄕˋ ㄊㄧㄥ

【解釋】正：糾正。視聽：看到的和聽到的。

【用法】用來糾正人們的認識。

【例句】我們必須講明事實眞相，～。

以珠彈雀 ㄧˇ ㄓㄨ ㄊㄢˊ ㄑㄩㄝˋ

見「明珠彈雀」。

以壯觀瞻 ㄧˇ ㄓㄨㄤˋ ㄍㄨㄢ ㄓㄢ

【出處】元・脫脫等《宋史・樂志》九：「雲車風馬，以衛觀瞻。」

【解釋】壯：加強。

【用法】對事物加以修飾，使外觀給人留下更深刻的印象。

【例句】在母校六十周年校慶時，校園內整修一新，還塑了一座大理石的雕像～。

以誠相見 ㄧˇ ㄔㄥˊ ㄒㄧㄤ ㄐㄧㄢˋ

【用法】眞心實意地相對待。

【例句】領導者應該與工作者～，成爲他們的最佳拍檔。

以石投水 ㄧˇ ㄕˊ ㄊㄡˊ ㄕㄨㄟˇ

【出處】《列子・說符》：「白公問孔子曰：『人可與微言乎？』孔子不應。白公問曰：『若以石投水，何如？』孔子曰：『吳之善沒者能取之。』」

【解釋】投：扔。把石頭扔進水裡，水能相容，不相抵禦。

【用法】比喻胸懷開朗的人大度寬容，

善於採納各種意見，互相投合。

【例句】他們兩個人志同道合，提出一些看法，如同～，一拍即合。

以殺去殺（ㄧˇ ㄕㄚ ㄑㄩˋ ㄕㄚ）

【出處】《商君書．畫策》：「以殺去殺，雖殺可也。」

【解釋】以殺：用重刑之意。去殺：免使人犯法之意。

【用法】用重刑去禁絕犯法之事。

【例句】商鞅以重罰嚴刑之法家精神治秦，終收～之成效，使秦國夜不閉戶，路不拾遺。

【附註】參看「以刑去刑」。

以手加額（ㄧˇ ㄕㄡˇ ㄐㄧㄚ ㄜˊ）

【出處】唐．房玄齡等《晉書．石勒載記下》：「勒見（劉）曜無守軍，大悅，舉手指天，又自指額曰：『天也。』」

【用法】把手放在額頭上，古時表示歡欣慶幸。

【例句】國人見莊公母子同歸，無不～，稱莊公之孝。

【附註】參看「額手稱慶。」

以售其奸（ㄧˇ ㄕㄡˋ ㄑㄧˊ ㄐㄧㄢ）

【出處】唐．柳宗元《送婁圖南秀才游淮南將入道．序》：「不則多筋力，善造請，朝夕屈折於恒人之前，走高門，邀大車，矯言而僞笑，卑陬而姁媮，偷一旦之容以售其伎，吾無有也。」（造請：登門拜訪。卑陬：惶恐不安的樣子。姁媮：獻媚的樣子。偷：苟且。）

【解釋】售：賣。奸：奸計。

【用法】指推行他們的奸計。

【例句】有不少政客，都是利用群衆的善良願望～的。

以身許國（ㄧˇ ㄕㄣ ㄒㄩˇ ㄍㄨㄛˊ）

【出處】唐．李延壽《南史．羊侃傳》：「久以汝爲死，猶在邪？吾以身許國，誓死行陣，終不以爾而生進退。」

【解釋】許：答應、允許。把身體獻給國家。

【用法】指不顧危難，忠心報國。

【例句】不幸吾計不成，反中敵計，我二人惟有～的了。

【附註】也作「以身報國」。

以身殉職（ㄧˇ ㄕㄣ ㄒㄩㄣˋ ㄓˊ）

【出處】《孟子．盡心上》：「孟子曰：『天下有道，以道殉身；天下無道，以身殉道；未聞以道殉乎人者也。』」

【解釋】殉：爲事業而犧牲。

【用法】忠於職守而獻出生命。

【例句】軍人保國衛民，～的精神，實令全國同胞敬佩。

以身試法（ㄧˇ ㄕㄣ ㄕˋ ㄈㄚˇ）

【出處】漢．班固《漢書．王尊傳》：「太守以今日至府，願諸君卿勉力正身以率下，……明慎所職，毋以身試法。」

【解釋】以：用。身：自身，自己的肉體。試：嘗試。法：刑法。用自己的肉體去嘗試刑法的懲罰。

【用法】指明知道犯法，卻偏要親身去幹觸犯法令的事。

【例句】對於～者，我們必須嚴加懲處，絕不能手軟。

以身作則（ㄧˇ ㄕㄣ ㄗㄨㄛˋ ㄗㄜˊ）

【解釋】身：自身。則：準則、榜樣。

【用法】用自己的實際行動做出榜樣。

【例句】做爲領導幹部，就應該～，堅決抵制各種不正之風。

以升量石（ㄧˇ ㄕㄥ ㄌㄧㄤˊ ㄉㄢˋ）

【出處】漢·劉安《淮南子·繆稱訓》：「使堯度舜則可，使桀度堯，是猶以升量石也。」

【解釋】升、石：容量單位，十升爲一斗，十斗爲一石。量：衡量。指以小量大。

【用法】比喻以膚淺的理解來揣度高深的道理。

【例句】許多年輕人任意批評孔子學說，認爲儒家思想違反時代潮流，這眞是～，根本不明白孔子學說的博大精深。

以鼠爲璞（ㄧˇ ㄕㄨˇ ㄨㄟˊ ㄆㄨˊ）

【出處】《戰國策·秦策三》：「鄭人謂玉未理者璞。周人謂鼠未臘者樸。周人懷樸過鄭賈曰：『欲買樸乎？』鄭賈曰：『欲之。』出其樸視之，乃鼠也。因謝不取。」（未臘：沒有風乾的。因「璞」、「樸」同音，故鄭賈錯把死鼠誤認爲是沒有琢治過的玉。）

【解釋】原意是借說平原君有名無實。

【用法】比喻以假充眞，有名無實的人或物。

【例句】此人無半點眞才實學，董事長卻倚爲左右手，眞是～。

以水投水（ㄧˇ ㄕㄨㄟˇ ㄊㄡˊ ㄕㄨㄟˇ）

【出處】《列子·說符》：「白公問曰：『若以石投水，何如？』孔子曰：『吳之善沒者能取之。』曰：『若以水投水，何如？』孔子曰：『淄澠之合，易牙嘗而知之。』」

【解釋】把水倒到水裡。

【用法】指類同的事物難於區別。

【例句】各種白酒，讓我加以鑒別，無異於～，眞是難上加難了。

以水濟水（ㄧˇ ㄕㄨㄟˇ ㄐㄧˋ ㄕㄨㄟˇ）

【出處】《左傳·昭公二十年》：「君所謂可，據亦曰可；君所謂否，據亦曰否。若以水濟水，誰能食之？」

【解釋】濟：救助。

【用法】比喻事物雷同，毫無幫助。

【例句】有些文章不過是人云亦云，照搬照抄，如同～，毫無價值。

以水救水（ㄧˇ ㄕㄨㄟˇ ㄐㄧㄡˋ ㄕㄨㄟˇ）

【出處】《莊子·人間世》：「是以火救火，以水救水，名之曰：『益多』。」

【解釋】引水來救水災，水勢更猛。

【用法】比喻毫無用處，反而助長其勢。

【附註】參看「以火救火」。

以順誅逆（ㄧˇ ㄕㄨㄣˋ ㄓㄨ ㄋㄧˋ）

【出處】明·羅貫中《三國演義》第六回：「深溝高壘，勿與戰，益爲疑兵，示天下形勢，以順誅逆，可立定也。」

【解釋】順：順應。逆：違反。違反發展的趨勢。

【用法】順應趨勢征討違反形勢的反對勢力。

【例句】順民者昌，逆民則亡，凡能本此仁心者，必能～，底定江山。

以柔克剛

【解釋】以：用。柔：柔和。克：制伏。剛：剛強。用柔和的辦法能制伏剛強。
【用法】指用軟的可以制服硬的。
【例句】他是頗有城府的，他用～的辦法，把這個猛張飛式的人物制得服服貼貼的。

以人廢言

【出處】《論語・衛靈公》：「君子不以言舉人，不以人廢言。」
【解釋】以：因爲。廢：捨棄。
【用法】因爲人不怎麼樣，即使他的話正確也不聽。
【例句】作爲一個領導者，無論誰提的意見都應該聽，既不能～，也不能以言廢人。

以人爲鑑

【出處】《墨子・非攻中》：「君子不求鏡於水，而鏡於人。鏡於水，見面之容，鏡於人，則知吉與凶。」
【解釋】鑒：銅鏡。用別人作鏡子。
【用法】指把別人的成敗得失作爲借鑒，使自己引以爲戒。
【例句】成大功、立大業者，均知～，反躬自省。

以弱斃強

【出處】明・羅貫中《三國演義》第一百一十二回：「故周文養民，以少取多；勾踐恤衆，以弱斃強。」
【解釋】以：靠。弱：弱小。斃：死。
【用法】靠着弱小的力量去戰勝強大者。
【例句】處此商業戰國時代，想～，非出奇招不可。

以子之矛，攻子之盾

【出處】《韓非子・難勢》：「客曰：『人有鬻矛與楯者，譽其楯之堅，物莫能陷也。俄而又譽其矛曰：『吾矛之利，物無不陷也。』人應之曰：『以子之矛陷子之楯，何如？』其人弗能應也。」
【解釋】矛：長柄而有刃的兵器。盾：盾牌。保護自己的兵器。用你的矛去攻擊你的盾。
【用法】比喻用對方的論據去駁斥對方。
【例句】這篇文章漏洞百出，我們就～，用他自己的話去否定他的論點。

以辭害意

【出處】《孟子・萬章下》：「故說詩者不以文害辭，不以辭害志。以意逆志，是爲得之。」
【解釋】以：因。辭：文詞。意：內容。
【用法】由於只注意了語言文字的華麗而損害了文章內容的表達。
【例句】寫文章首先重在立意，切不可片面追求詞藻之華麗，以致～。

以私廢公

【出處】明・羅貫中《三國演義》第七十六回：「今日乃國家之事，某不敢以私廢公。」
【解釋】廢：損害。
【用法】爲了個人或小集團的利益而去損害國家或集體的利益。
【例句】張三自私自利，常～，眞是害群之馬。

以訛傳訛

【出處】宋·俞琰《席上腐談》卷上：「世俗相傳女媧補天煉五色石於此，故名釆石，以訛傳訛。」
【解釋】以：用。訛：謬誤。
【用法】把本來就是錯誤的東西又隨便傳播開去，越傳越錯。
【例句】這兩件事雖無可考，古往今來，～，好事者竟故意的弄出這些古蹟來以愚人。

以耳代目

【出處】田北湖《與某生論韓文》：「起衰於八代，譽美失實，毋亦以耳代目之敝歟？」
【解釋】以：用。代：代替。以耳朵來代替眼睛。意思是把聽來的傳聞當成親眼看到的事實。
【用法】形容不深入實際了解情況，只聽信別人的話。
【例句】我們應該親自到現實中去走一走，深入了解一下民衆的希望、要求和困難，不要～。

以一奉百

【出處】漢·王符《潛夫論·浮侈》：「今察洛陽，資末業者，什於農夫；虛僞遊手，什於末業。是則一夫耕，百人食之；一婦桑，百人衣之；以一奉百，孰能供之？」（末業：工商業。）
【解釋】以：靠着。奉：供給、供養。
【用法】形容生產的人少，消費的人多。
【例句】任憑有金山、銀山，也無法～，養活一大堆遊手好閒的人。

以一當十

【出處】漢·司馬遷《史記·項羽本紀》：「楚戰士無不以一當十，楚兵呼聲動天，諸侯軍無不人人惴恐。」
【解釋】當：抵擋。用一個人抵擋十個人。
【用法】①形容勇猛善戰。②形容質量高，水準高。
【例句】①我們的戰略是～，我們的戰術是以十當一，這是我們制勝敵人的根本法則之一。②這幅畫經過提煉概括，達到了～、現一而明千萬的藝術效果。
【附註】也作「一以當十」。

以一警百

【出處】漢·班固《漢書·伊翁歸傳》：「翁歸治東海，吏民賢不肖及奸邪罪名盡知之；時其有所取也，以一警百，吏民皆服，恐懼改行自新。」
【解釋】警：警戒。用一個來警戒一百個。
【用法】指處罰一個人來警戒大家不要和他一樣。
【例句】治亂世，要用重典，才能達到～的效果，千萬不可姑息養奸。
【附註】參看「殺一儆百」。

以一知萬

【出處】《荀子·非相》：「以近知遠，以一知萬，以微知明，此之謂也。」
【解釋】知：懂得。從一件事情，可以推知許多事情。
【用法】指弄通了道理，可以推究各種具體事物。

【例句】你們那裡究竟是什麼情況，我了解得不具體，但是，~，根據一般情況推測，大體上也是可以知道一些的。

以一持萬

【出處】《荀子．儒效》：「法先王，統禮義，一制度，以淺持博，以古持今，以一持萬；苟仁義之類也，雖在鳥獸之中，若別黑白。」

【解釋】持：控制、總領。

【用法】比喻提綱挈領，抓住關鍵，帶動一切。

【例句】工商業之領袖都深通~的秘訣，才能日理萬機。

以夷伐夷

【出處】南朝．宋．范曄《後漢書．鄧訓傳》：「議者咸以羌胡相攻，縣官之利，以夷伐夷，不宜禁護。」

【解釋】夷：指外族或外國。

【用法】指利用一國勢力抵制另一國的勢力，讓他們互相牽制、互相削弱。

【例句】現代各國民族主義高漲，別說侵略他國，就是~也行不通。

【附註】也作「以夷攻夷」、「以夷制夷」。

以意逆志

【出處】《孟子．萬章》上：「故說『詩』者，不以文害辭，不以辭害志，以意逆志，是爲得之。」

【解釋】意：意圖。逆：揣度、推想。志：心思。用自己的意思去揣度別人的心思。

【用法】指設身處地地去推想別人的意圖。

【例句】孟子在研究《詩》時，尚且懂得「~」的道理，比秦漢以後的經學家的穿鑿君王后妃的本事實在高明得多。

以意爲之

【解釋】意：主觀意志。

【用法】按自己的主觀意志去做，即憑主觀想像辦事。

【例句】現在有許多作家，以爲應該表現生活的艱苦，這自然並不錯，但如自己並不在這樣的環境待過，實在無法表現，假使~，那就絕不能眞切、深刻，也就不成爲藝術。

以義割恩

【出處】漢．班固《漢書．孝成趙皇后傳》：「夫小不忍亂大謀，恩之所不能已者，義之所割也。」顏師古注：「言以義割恩也。」

【解釋】以：因爲。義：大義。因爲大義而割斷私恩。

【用法】大義滅親的意思。

【例句】成大事者，不計小恩，必要時，只好~。

【附註】參看「大義滅親」。

以逸待勞

【出處】《孫子．軍爭》：「以近待遠，以佚（逸）待勞，以飽待飢，此治力者也。」

【解釋】逸：也作「佚」，安閑。安居不動以待對方疲勞。

【用法】指作戰時採取守勢，養精蓄銳，待敵人疲勞之後，乘機出擊以取勝。

【例句】在游擊戰爭中，我們採取～，以少勝多的戰術，把前來掃蕩的敵人打得落花流水。

以鎰稱銖

【出處】《孫子．謀攻篇》：「故勝兵若以鎰稱銖。」

【解釋】鎰、銖：古代重量單位，二十四兩爲一鎰，二十四分之一兩爲一銖，鎰是銖的五百七十六倍。稱：量重量。

【用法】比喻雙方力量對比懸殊很大。

【例句】以如此小的公司，想和他們大公司抗衡，那眞可說是～。

以眼還眼，以牙還牙

【出處】《舊約全書．申命記》：「以眼還眼，以牙還牙。」

【解釋】人若用怒目瞪我，則我也用怒目瞪他，人若用牙咬了我，我也一定要用牙咬他。

【用法】比喻對方怎樣來，我就採用同樣的辦法去還擊，針鋒相對，絕不示弱。

【例句】我們不怕訛詐，只要敵人敢於侵犯我們，我們一定要～，狠狠地打擊敵人！

以蚓投魚

【出處】唐．魏徵《隋書．薛道衡傳》：「陳使傅縡聘齊，以道衡兼主客郎接對之，縡贈詩五十韻，道衡和之，南北稱美。魏收曰：『傅縡所謂以蚓投魚耳。』」

【解釋】用蚯蚓作魚餌。

【用法】比喻投合對方的胃口，用輕微的代價，換得貴重的成果。

【例句】國際外交，講求利益，若非～，對方豈肯大力相助呢？

以文亂法

【出處】《韓非子．五蠹》：「儒以文亂法，俠以武犯禁。」

【解釋】文：文化，包括禮樂典章制度。亂：擾亂。

【用法】引用儒家的經典制度，非議國家法令。

【例句】古人說：「讀書人～」，我卻認爲，讀書人能以文治國。

以文會友

【出處】《論語．顏淵》：「曾子曰：『君子以文會友，以友輔仁。』」

【解釋】文：文章。會：聚會。

【用法】通過學術交流去結識朋友。

【例句】我們組織這次小規模的學術討論會，不過是～罷了。

以往鑒來

【出處】晉．陳壽《三國志．魏書．楊阜傳》：「願陛下動則三思，慮而後行，重慎出入，以往鑒來。」

【解釋】以：用。往：過去。鑒：借鑒。來：未來。

【用法】用過去的經驗教訓作爲今後辦事的借鑒。

【例句】在經濟建設中，我們過去有過一些成功經驗，也有一些失敗的教訓，我們加以總結，是爲了～，把工作做得更好。

以約馭博

【解釋】約：簡要。馭：駕馭。博：廣博。用簡要的去統帥廣博的。
【用法】指在學習和工作中，抓住要點和關鍵，就可以提綱挈領，以少馭繁。
【例句】只有把獲得的知識反覆咀嚼，不斷總結，才能～，舉一反三。

以怨報德

【出處】《國語・周語》中：「以怨報德，不仁。」
【解釋】用怨恨來報答別人給自己的恩惠。
【例句】然而，即使算是我在報復罷，由上面所說的原因，我也還不至於走到「～」的地步。
【附註】參看「恩將仇報」。

倚馬可待

【出處】南朝・宋・劉義慶《世說新語・文學》：「桓宣武北征，袁虎時從，被責免官，會須露布文，喚袁倚馬前令作，手不輟筆，俄得七紙，殊可觀。」
【解釋】倚：靠著。站在戰馬前起草文稿可以立等完成。
【用法】形容文思敏捷。
【例句】你寫文章是個快手，下筆萬言，～，這樣一篇小文章何必推三阻四呢？

倚門傍戶

【出處】《五燈會元》卷十一：「僧問紙衣和尚，如何是眞中眞？師曰：倚門傍戶。」
【解釋】倚、傍：依仗、依附。依賴他人而不能自立。
【用法】形容沒有主見，一味依附他人。
【例句】這個社會，祇要少幾個～的人，自然會繁榮起來。

倚門賣笑

【出處】漢・司馬遷《史記・貨殖列傳》：「刺綉文，不如倚市門。」
【解釋】倚：靠著。
【用法】指舊時妓女生涯。
【例句】她被拐賣到妓院，被迫過著～的生活。
【附註】也作「倚門賣俏」。

倚門倚閭

【出處】《戰國策・齊策》六：「王孫賈年十五，事閔王。王出走，失王之處。其母曰：『女（汝）朝出而晚來，則吾倚門而望；女今事王，王出走，女不知其處，女尚何歸？』」
【解釋】閭：里巷的大門。
【用法】形容父母盼望子女歸來時殷切焦急的心情。
【例句】自從收到兒子的來信後，老媽媽～，日夜盼望他快一點回來。

倚老賣老

【出處】元・無名氏《謝金吾》第一折：「我盡讓你說幾句便罷，則管裡倚老賣老，口裡嘮嘮叨叨的說個不了。」
【解釋】倚：仗恃、憑借。
【用法】倚仗年紀大，賣弄老資格。
【例句】這個老太婆～，蠻不講理，人們只好忍讓著她。

倚官仗勢

【出處】元・關漢卿《玉鏡台》第三折

：「你說領著省事，掌著軍權，居著高位，又道會親處倚官挾勢。」

【解釋】倚、仗：依靠、憑借。

【用法】倚仗著官府的權勢（為非作歹）。

【例句】此地的官老爺們，～，橫行霸道，人民敢怒而不敢言。

【附註】也作「倚官挾勢」。

倚姣作媚 ㄧˇ ㄐㄧㄠ ㄗㄨㄛˋ ㄇㄟˋ

【出處】清・曹雪芹《紅樓夢》第七十九回：「先時不過挾制薛蟠，後來倚姣作媚，將及薛姨媽，後將至寶釵。」

【解釋】倚：依仗、依靠、憑借。姣：相貌好。媚：媚態。憑著長得漂亮去撒嬌。

【用法】形容輕佻的青年婦女撒嬌放賴。

【例句】現代許多的年輕女孩，不知努力充實自己，卻憑其外貌，～，迷惑其上司，藉以升級加薪。

倚強凌弱 ㄧˇ ㄑㄧㄤˊ ㄌㄧㄥˊ ㄖㄨㄛˋ

【出處】《莊子・盜跖》：「自是之後，以強凌弱，以眾暴寡。」

【解釋】倚：依靠、憑借。凌：欺凌、壓迫。

【用法】憑藉著強力去欺壓弱小者。

【例句】帝國主義～，不斷對弱小國家施加壓力，迫其就範。

【附註】也作「以強凌弱」。

倚勢凌人 ㄧˇ ㄕˋ ㄌㄧㄥˊ ㄖㄣˊ

【出處】明・羅貫中《三國演義》第一回：「其人曰：『吾姓關，名羽，字長生，後改雲長，河東解良人也。因本處勢豪，倚勢凌人，被吾殺了，逃難江湖，五六年矣。』」

【解釋】倚：仗恃、憑借。凌：欺侮。

【用法】憑藉手中的權勢去欺壓他人。

【例句】這個靠著吹牛拍馬爬上去的人物，一旦大權在握，就～，我早就對他恨之入骨了。

倚勢挾權 ㄧˇ ㄕˋ ㄒㄧㄚˊ ㄑㄩㄢˊ

【出處】元・鄭庭玉《後庭花》第一折：「你直憑的倚勢挾權無事狠。」

【解釋】倚、挾：倚仗，靠著，憑著。

【用法】仗著手中的權勢（去欺壓人）。

【例句】～固然可惡，狐假虎威更是可憎。

倚財仗勢 ㄧˇ ㄘㄞˊ ㄓㄤˋ ㄕˋ

【出處】清・曹雪芹《紅樓夢》第三回：「表兄薛蟠，倚財仗勢，打死人命，現在應天府案下審理。」

【解釋】倚、仗：依靠、憑借。

【用法】倚仗著有錢有勢（欺壓他人）。

【例句】許多農夫賣了田地，成為土財主，居然～，狗眼看人低。

倚玉之榮 ㄧˇ ㄩˋ ㄓ ㄖㄨㄥˊ

【出處】宋・胡繼宗《書言故事・婚姻類》：「得為新姻，言諧倚玉之榮。」

【解釋】倚：倚傍。玉：指美人。榮：榮幸。得到了倚傍美人的榮幸。

【用法】形容締結美滿婚姻。

【例句】王五生平無大志，但求～。

亦步亦趨 ㄧˋ ㄅㄨˋ ㄧˋ ㄑㄩ

【出處】《莊子・田子方》：「顏淵問于仲尼曰：『夫子步亦步，夫子趨亦趨，夫子馳亦馳，夫子奔逸絕塵，而回瞠若乎後矣。』」

【解釋】亦：同樣。步：慢走。趨：快走。別人慢走就慢走，別人快走就快走。

【用法】形容在任何事情上都追隨和模仿別人。

【例句】跟在別人後面～，不敢越雷池一步，提高科學技術水準就是一句空話了。

亦復如是

【出處】南朝·宋·劉義慶《世說新語·尤悔》：「劉琨善能招延，而拙于撫御，上日雖有數千人歸投，其逃散而去，亦復如此。所以卒無所建。」

【解釋】復：又、再。

【用法】也就是這樣。

【例句】這先生方伸手按在右手脈上，調息了至數，凝神細診了半刻工夫。換過左手，～。

【附註】也作「亦復如此」。

亦莊亦諧

【解釋】莊：莊重。諧：詼諧。

【用法】既嚴肅端莊，又詼諧有趣。

【例句】這場舞劇～，引人入勝。

億則屢中

【出處】《論語·先進》：「賜不受命，而貨殖焉，億則屢中。」

【解釋】億：通「臆」，預料，揣度。中：正對上。

【用法】料事總是和實際相合。

【例句】他是我們的「智多星」，他的判斷能力令人稱羨不已，許多事情～，人們是趕不上他的。

億萬斯年

【出處】《詩經·大雅·下武》：「于萬斯年。」

【解釋】億萬：極言其多。斯：句中助詞，無義。

【用法】無限長遠的年代。一般用作祝賀之辭。

【例句】趙高諂媚地說道：「祝我朝～，世世代代傳承下去。」

刈著亡簪

【出處】《韓詩外傳》：「孔子出游少原之野，有婦人中澤而哭，其音甚哀。孔子使弟子問焉，曰：『夫人何哭之哀？』婦人曰：『鄉（向）者刈著薪，亡吾著簪，吾足以哀也。』弟子曰：『刈著薪而亡著簪，有何悲焉？』婦人曰：『非傷亡簪也，蓋不忘故也。』」

【解釋】刈：割。著：草名。亡：遺失。簪：婦女插綰頭髮的一種首飾。割草時遺失了簪子。

【用法】比喻珍惜舊物，或追念故人。

【例句】趙大極爲念舊，時常照顧故友之親屬，眞可說是～的典型了。

弋人何篡

【出處】《法言·問明》：「鴻飛冥冥，弋人何篡焉？」

【解釋】弋人：射鳥的人。篡：取得。射鳥的人無所取。

【用法】比喻賢者隱處，免落入暴亂者之手。

【例句】許多現代青年，競逐名利，自願爲人犬馬，那裏知道～之隱士情懷呢？

【附註】也作「弋者何慕」。

悒悒不樂

【出處】漢·班固《漢武帝內傳》：「庸主對坐，悒悒不樂。」

【解釋】悒悒：憂愁不安的樣子。

【用法】心中憂悶而感到不快樂。

【例句】自從張平走後，李虹一直～。

【附註】也作「悒悒不歡」。

意馬心猿

見「心猿意馬」。

意到筆隨

【解釋】想到哪裡就可以寫到哪裡。

【用法】形容寫作技巧熟練，行文順利。

【例句】我寫文章功力不足，還做不到～。

意懶情疏

【出處】明·吳承恩《西遊記》第六十三回：「那呆子意懶情疏，徉徉推托。」

【用法】灰心喪氣的樣子。

【例句】看他那副～的模樣，我可不敢把這麼重大的案子交給他。

意簡言賅

見「言簡意賅」。

意懶心灰

見「心灰意懶」。

意氣風發

【解釋】意氣：意志與氣概。風發：像風一樣迅猛。

【用法】形容精神振奮，氣概豪邁。

【例句】施董～地說：「今後我的產業要朝國際化發展。」

意氣相投

【出處】唐·杜甫《贈王二十四侍御》詩：「由來意氣合，直取性情眞。」

【解釋】意氣：志趣。相投：合得來。

【用法】志趣很合得來。

【例句】就有那一班兒～的人，成群集黨，如兄若弟往來。

意氣揚揚

【出處】漢·司馬遷《史記·管晏列傳》：「擁大蓋，策駟馬，意氣揚揚，甚自得也。」

【解釋】意氣：意志與氣概。揚揚：得意的樣子。

【用法】形容極其得意，興致勃勃。

【例句】他見別人懼怕，沒奈何他，～，自以爲得計。

意氣用事

【出處】清·吳敬梓《儒林外傳》第四十六回：「湯鎭台道：『這是事勢相逼，不得不爾。至今想來，究竟還是意氣用事，並不曾報效得朝廷；倒惹得同官心中不快活，却也悔之無及。』」

【解釋】意氣：主觀、偏激的情緒。

【用法】憑一時的感情衝動來處理或對待事情。

【例句】我們遇事要冷靜，不能～。

意出望外

【出處】清·曹雪芹《紅樓夢》第三十

五回：「寶玉勾著賈母，原爲要贊黛玉，不想反贊起寶釵來，倒也意出望外，便看著寶釵一笑。」

【用法】出於意料之外。

【例句】大學聯考放榜，～，本校竟無一人考上。

意惹情牽

【出處】元・王實甫《西廂記》第一本第一折：「餓眼望將穿，饞口涎空咽，空著我透骨髓相思病染，怎當他臨去秋波那一轉！休道是小生，便是鐵石人也意惹情牽。」

【解釋】惹：引起。牽：牽掛。

【用法】引起感情上的牽掛。

【例句】自古多情空餘恨，何必～，增添自己的煩惱呢？

意在筆先

【出處】唐・歐陽詢《書法・救應》：「凡作字一筆才落，便當思第二、三筆如何救應、如何結果，書法所謂意在筆先，文向後思是也。」

【解釋】意：構思。構思在落筆之前。

【用法】指寫字、作畫、爲文，先要有較完整的構思，然後再動筆。

【例句】「～」，是我國古代藝術家在長期藝術實踐中總結出來的藝術經驗，對於今天，仍然具有極大的現實意義。

【附註】也作「意在筆前」、「意存筆先」。

意在言外

【出處】宋・歐陽修《文忠集・一二八・詩話》：「聖俞（梅堯臣）常語予曰：『……必能狀難寫之景，如在目前，含不盡之意，見於言外，然後爲至。』」

【用法】意義含蓄蘊藉，不在字面上表現，讀者可以意會得到。

【例句】柳宗元的《江雪》，描寫了一個「獨釣寒江」的老翁，但作者實有所寄托，～，韻味深長。

意味深長

【出處】宋・程顥、程頤《河南程氏遺書》卷十九：「讀之愈久，但覺意味深長。」

【解釋】意味：思想、情趣。

【用法】意義深遠，有無限的情趣。

【例句】他在文章的結尾，僅僅用了一個尋常的問號，初看也覺得平淡，仔細想來，却是～。

懿範長存

【出處】晉・陸雲《贈顏驃騎後二首・有皇》詩：「思我懿範，萬民未服。」

【解釋】懿範：美好的風範。長存：永遠留存下去。

【用法】讚美婦女的好品德。

【例句】趙麗蓮博士獻身英語教育數十年，死後～，令後人景仰無比。

【附註】舊時多用爲弔唁婦女死亡之詞。

懿言嘉行

見「嘉言善行」。

抑強扶弱

【出處】漢・袁康《越絕書・越絕外傳本事》：「吳越之時，天子微弱，諸侯皆叛，於是勾踐抑強扶弱。」

【解釋】抑：壓制。扶：扶助。
【用法】壓制強橫的，扶助弱小的。
【例句】路見不平，拔刀相助，本來～，互相維持之意。
【附註】也作「扶弱抑強」。

抑揚頓挫（ㄧˋ ㄧㄤˊ ㄉㄨㄣˋ ㄘㄨㄛˋ）

【出處】漢・蔡邕《琴賦》：「左手抑揚，右手裴回。」南朝・宋・范曄《後漢書・鄭孔荀列傳贊》：「北海天逸，音情頓挫。」
【解釋】抑：壓低。揚：抬高。頓：停頓。挫：曲折。
【用法】形容音調高低曲折，節奏分明，和諧動聽。
【例句】這段獨白，～，十分感人。

挹彼注茲（ㄧˋ ㄅㄧˇ ㄓㄨˋ ㄗ）

【出處】《詩經・大雅・洞酌》：「洞酌彼行潦，挹彼注茲。」
【解釋】挹：舀、汲取。取彼器之水傾入他器。
【用法】以有餘補不足。
【例句】社會經濟不景氣，許多企業莫不設法～，開源節流，以求渡過這難關。

易道良馬（ㄧˋ ㄉㄠˋ ㄌㄧㄤˊ ㄇㄚˇ）

【出處】漢・劉安《淮南子・說林訓》：「易道良馬，使人欲馳。」
【解釋】易道：平坦的道路。良馬：好馬。
【用法】比喻可以飛速前進，沒有阻礙。
【例句】世事的艱阻，～之順日，十不居一。

易地而處（ㄧˋ ㄉㄧˋ ㄦˊ ㄔㄨˇ）

【解釋】易地：對調一下地位。
【用法】變換一下地位來安排看待。
【例句】《鏡花緣》用～的方法來對照，說明了男尊女卑的許多制度的不合理。

易簀之際（ㄧˋ ㄗㄜˊ ㄓ ㄐㄧˋ）

【出處】《禮記・檀弓上》載：孔子弟子曾參臨近病死時，因寢席過於華美，不符合當時的禮制，他命兒子曾元把他扶起來換掉席子，換完，還沒有躺安穩就死了。
【解釋】簀：竹席。易簀：調換寢席。
【用法】比喻老人病危將死。
【例句】此子不孝至極，其父～，仍在外花天酒地。

易如反掌（ㄧˋ ㄖㄨˊ ㄈㄢˇ ㄓㄤˇ）

【出處】《孟子・公孫丑上》：「以齊王，由反手也。」又：「武丁朝諸侯，有天下，猶運之掌也。」
【解釋】易：容易。反掌：反手。容易得像翻一下手掌一樣。
【用法】形容非常容易。
【例句】你的外文很好，這幾句話替我譯一下，還不是～？

易子而教（ㄧˋ ㄗˇ ㄦˊ ㄐㄧㄠˋ）

【出處】《孟子・離婁上》：「古者易子而教之，父子之閒不責善，責善則離。」（閒：同「間」。）
【解釋】易：交換。
【用法】交換子女進行教育。
【例句】自己教育自己的孩子效果未必好，～，收穫可能大些。

易子而食

【出處】《左傳・宣公十五年》：「楚子圍宋，宋人懼，使華元夜入楚師，登子反之床，起之曰：『寡君使元以病告曰：敝邑易子而食，析骸以爨。雖然城下之盟，有以國斃，不能從也，去我三十里，唯命是聽。』」

【解釋】易：交換。把子女交換來充飢。

【用法】形容災荒中難民的慘狀。

【例句】他對我講書的時候，親口說過「～」的故事。

毅然決然

【解釋】毅然：頑強的樣子。決然：堅決的樣子。

【用法】形容意志堅強，遇事果斷。

【例句】在關鍵時刻，他～地把這付擔子挑了起來。

溢美溢惡

【出處】《莊子・人間世》：「夫兩喜必多溢美之言，兩怒必多溢惡之言。」

【解釋】溢：水漫出來，引申爲過度。

【用法】過分誇獎，過分指責。

【例句】評斷人物要中肯，～都是不當的，你要避免。

溢于言表

【出處】漢・班固《漢書・東方朔傳》：「溢于文辭。」

【解釋】溢于：超出於。超出了言語所能表達的。

【用法】形容感情眞摯、熾烈、深厚。

【例句】她寫來了一封熱情洋溢的信，盼望我能快一點到她那裡去的殷切之情～。

熠熠生輝

【解釋】熠熠：光耀，鮮明。

【用法】形容光彩閃耀。

【例句】頒獎會場上群星雲集，～，眞是盛況空前。

異端邪說

【出處】《論語・爲政》：「攻乎異端，斯害也已。」《朱子語類・論語》：「若異端邪說釋老之學，莫不自成一家。」

【解釋】異端：與正統思想不同的學說、學派。邪說：被看作是有害的學說。

【用法】指不正道的學說。

【例句】當今～盛行，搞得年輕人言行出軌，不守禮法，有識之士當爲掃蕩邪說盡力才是。

異途同歸

【出處】漢・劉安《淮南子・本經訓》：「五帝三王，殊事而同指，異路而同歸。」

【解釋】道路不同，歸宿一樣。

【用法】形容方法、手段雖不同，但可達到同樣的目的。

【例句】明道先生待人溫煦，伊川先生教學謹嚴，但～，對學生都大有幫助。

【附註】也作「異路同歸」。

異口同聲

【出處】南朝・梁・沈約《宋書・庾炳之傳》：「今之事迹，異口同音，便是彰著，政未測得物之數耳。」

【用法】大家的說法完全一致。

【例句】大家都～地稱讚管理員老吳是個好人。

異軍突起 ㄧˋ ㄐㄩㄣ ㄊㄨˊ ㄑㄧˇ

【出處】漢・司馬遷《史記・項羽本紀》：「陳嬰者，故東陽令史……少年欲立嬰，便爲王，異軍蒼頭特起。」（蒼頭：用青色頭巾裹頭。）

【解釋】異軍：另一支軍隊。突然崛起的一支新的軍隊。

【用法】比喻另一種新生事物突然興起。

【例句】本校乒乓球隊～，在這次校際比賽中，竟擊敗上屆冠軍隊伍，令人刮目相看。

異曲同工 ㄧˋ ㄑㄩˇ ㄊㄨㄥˊ ㄍㄨㄥ

【出處】唐・韓愈《進學解》：「子雲相如，同工異曲。」

【用法】①比喻作品不同，但同樣出色。②指作法不同，但收效一樣。

【例句】這兩部喜劇影片，雖然各具特色，但卻有～之妙。

【附註】也作「同工異曲」。

異想天開 ㄧˋ ㄒㄧㄤˇ ㄊㄧㄢ ㄎㄞ

【出處】清・李汝珍《鏡花緣》第八十一回：「陶秀春道：『這可謂異想天開了。』」

【解釋】異：奇異。天開：比喻根本沒有可能實現的事。

【用法】形容想法非常離奇，脫離了實際。

【例句】既～，又實事求是，這是科學家特有的風格。

異姓陌路 ㄧˋ ㄒㄧㄥˋ ㄇㄛˋ ㄌㄨˋ

【出處】清・曹雪芹《紅樓夢》第七十九回：「古人異姓陌路，尚然肥馬輕裘，敝之無憾，何況咱們？」

【解釋】異姓：不同姓。陌路：陌路人，即不相識的人。

【用法】泛指和自己沒有關係的陌生人。

【例句】今後我們～，再也不相干，碰了面，只當是路人，我絕不與你打招呼了。

異乎尋常 ㄧˋ ㄏㄨ ㄒㄩㄣˊ ㄔㄤˊ

【解釋】異：不同。乎：同「于」。尋常：平常。跟平常的情況不一樣。

【用法】形容很不一般。

【例句】今年天氣熱得～。

義兵不攻服 ㄧˋ ㄅㄧㄥ ㄅㄨˋ ㄍㄨㄥ ㄈㄨˊ

【出處】《呂氏春秋・長攻》：「吾聞之，義兵不攻服，……今服而攻之，非義兵也。」

【解釋】義兵：主持正義的軍隊。服：降服者。

【用法】正義的軍隊不去攻打已經投降的人。

【例句】～，對方既已投降，我們就停止攻擊吧！

義不背親 ㄧˋ ㄅㄨˋ ㄅㄟˋ ㄑㄧㄣ

【出處】晉・陳壽《三國志・魏書・臧洪傳》：「義不背親，忠不違君。」

【解釋】義：仁義。背：違背。

【用法】仁義之人是不違背自己的父母的。

【例句】李三～，雖經對方再三鞭打，但他始終不肯吐露父親的行蹤。

義不屈節 ㄧˋ ㄅㄨˋ ㄑㄩ ㄐㄧㄝˊ

【出處】明・羅貫中《三國演義》第七十七回：「未及天明，一連數次，報說關公夜走臨沮，為吳將所獲，義不屈節，父子歸神。」

【解釋】義：正義。節：節操。

【用法】大義凜然，決不失去節操。

【例句】文天祥～，任憑元主威脅利誘，始終無動於衷，其凜然正義實令人佩服。

義不取容 ㄧˋ ㄅㄨˋ ㄑㄩˇ ㄖㄨㄥˊ

【出處】漢・司馬遷《史記・酈生陸賈列傳》：「平原君……行不苟合，義不取容。」

【解釋】義：正義。取容：討好。堅持正義和真理的人不去討好別人。

【用法】形容正直不阿。

【例句】此人正直不阿，～，你要他來歸順你，是不可能的。

義不容辭 ㄧˋ ㄅㄨˋ ㄖㄨㄥˊ ㄘˊ

【出處】明・羅貫中《三國演義》第五十八回：「張昭曰：『可差人往魯子敬處，救急發書到荊州，使玄德同力拒曹……且玄德既為東吳之婿，亦義不容辭。』」

【解釋】義：道義。容：允許。辭：推托。

【用法】道義上不允許推托。

【例句】先生您既已開口，我～，當為您效命，此行前去，只請先生代為照顧一家妻小即是。

義憤填膺 ㄧˋ ㄈㄣˋ ㄊㄧㄢˊ ㄧㄥ

【出處】清・曾樸《孽海花》第二十五回：「珏齋不禁義憤填膺，自己辦了個長電奏，力請宣戰。」

【解釋】義憤：由不合理或非正義的行為而引起的憤怒。填：滿。膺：胸。

【用法】對壞人壞事的憤恨充滿心胸。

【例句】全國人民～，一致聲討這夥敗類的罪行。

義斷恩絕 ㄧˋ ㄉㄨㄢˋ ㄣ ㄐㄩㄝˊ

【出處】清・吳趼人《二十年目睹之怪現狀》第三十四回：「我聽說希銓是個癱廢的人，娶親之後，並未曾圓房，此刻又被景翼那廝賣出來，已是義斷恩絕的了，還有什麼守節的道理？」

【解釋】義：情誼。恩：恩情。

【用法】情誼和恩情完全斷絕。

【例句】你做事如此殘暴，毫無人性，我已再三告誡你，你卻依然故我，既然如此，那麼今後我與你～，再也不相往來。

義海恩山 ㄧˋ ㄏㄞˇ ㄣ ㄕㄢ

【出處】元・王實甫《西廂記》第三本第四折：「將人的義海恩山，都做了遠水遙嶺。」

【解釋】義：情誼。恩：恩情。

【用法】情誼像海一樣深，恩情像山一樣重。

【例句】這番～，我永銘於心。

義形於色 ㄧˋ ㄒㄧㄥˊ ㄩˊ ㄙㄜˋ

【出處】《公羊傳・桓公二年》：「孔父正色立於朝，則人莫敢過而致難於其君者，孔父可謂義形於色矣。」

【解釋】形：表現。色：臉色。義憤的

情緒反映在臉上了。

【用法】形容十分憤慨。

【例句】當我們看到侵略者的暴行時，無不～。

義正辭嚴（一ˋ ㄓㄥˋ ㄘˊ ㄧㄢˊ）

【出處】清·李寶嘉《官場現形記》第十七回：「魏竹岡拆開看時，不料上面寫的甚是義正辭嚴。」

【用法】道理公允正當，言辭是嚴正有力。

【例句】所不同的，只是他總有一面～的軍旗，還有一條尤其義正辭嚴的逃路。

義無反顧（一ˋ ㄨˊ ㄈㄢˇ ㄍㄨˋ）

【出處】漢·司馬遷《史記·司馬相如列傳》：「觸白刃，冒流矢，義不反顧，計不旋踵。」

【解釋】義：正義的事情。反顧：回頭看。

【用法】在道義上只許勇往直前，絕對不能徘徊退縮。

【例句】當國家需要我們的時候，我們一定要奔向戰場，～。

薏苡明珠（一ˋ 一ˇ ㄇㄧㄥˊ ㄓㄨ）

【出處】南朝·宋·范曄《後漢書·馬援傳》：「南方薏苡實大，援欲以為種，軍還，載之一車……及卒後，有上書譖之者，以為前所載還，皆明珠文犀。」

【解釋】薏苡：植物名，俗稱「藥玉米」、「回回米」；薏苡仁含澱粉，可食。把薏苡錯當明珠。

【用法】比喻故意顛倒黑白。

【例句】今我蒙受這～之謗，我心有不甘，待我查明眞象，我必返鄉投案。

【附註】被人誹謗蒙受寃屈叫做「薏苡明珠」之謗。

衣不及帶（一 ㄅㄨˋ ㄐㄧˊ ㄉㄞˋ）

【出處】唐·韓愈《後漢三賢贊三首》：「皇甫度遼聞至乃驚，衣不及帶，屣履出迎。」

【解釋】衣：穿衣服。帶：腰帶。穿衣服來不及把腰帶繫上。

【用法】形容時間倉促，裝束不整齊。

【例句】高中進士消息傳來，張生～地衝出房門，質問來人消息是否可靠。

衣被群生（一ˋ ㄆㄧ ㄑㄩㄣˊ ㄕㄥ）

【出處】宋·歐陽修《夫子罕言利命仁論》：「衣被群生，贍足萬類。」

【解釋】衣：穿衣。被：通「披」。給衆人穿上或披上衣物。

【用法】比喻施恩惠於大家。

【例句】李四樂善好施，～，在當地頗富名望。

衣錦還鄉（一ˋ ㄐㄧㄣˇ ㄏㄨㄢˊ ㄒㄧㄤ）

【出處】唐·李延壽《南史·劉之遴傳》：「武帝謂曰：『卿母年德並高，故令卿衣錦還鄉，盡榮養之理。』」

【解釋】衣：穿衣。錦：高級絲織品。穿著錦綉衣服返回故鄉。

【用法】指富貴以後回到家鄉，向親友誇耀。

【例句】聽說在外面做了大事業的老吳回來了，我以為他這回～，一定闊氣得很，誰知一見他，還是過去本色。

【附註】也作「衣錦榮歸」。

衣錦夜行（ㄧˋ ㄐㄧㄣˇ ㄧㄝˋ ㄒㄧㄥˊ）

【出處】漢・班固《漢書・項藉傳》：「富貴不歸故鄉，如衣錦夜行，誰知之者。」

【解釋】衣：穿衣。錦：高級絲織品。穿著高級的綢緞衣裳在黑夜中行走。

【用法】比喻顯貴而不爲人所知。

【例句】你既已顯達，就該穿得體面些，像你這一身打扮，運動衫、牛仔褲的，豈不是～，誰知道你身價不凡。

衣繡晝行（ㄧˋ ㄒㄧㄡˋ ㄓㄡˋ ㄒㄧㄥˊ）

【出處】晉・陳壽《三國志・魏書・張既傳》：「（張既）出爲雍州刺史，太祖（曹操）謂既曰：『還君本州，可謂衣繡晝行矣。』」

【解釋】衣：穿衣。繡：錦繡。穿著錦繡的衣服在白天出行。

【用法】指在本鄉做官，可以誇耀於鄉里。

【例句】我之所以選擇回鄉服務，是希望能～，以洗雪我過去所受的恥辱。

議論紛紛（ㄧˋ ㄌㄨㄣˋ ㄈㄣ ㄈㄣ）

【出處】漢・班固《漢書・禮樂志》：「羽旄紛紛。」顏師古注：「紛紛，言其多。」

【解釋】議論：意見、評論。紛紛：很多。

【用法】形容議論很多。

【例句】聽了主任的決議後，大家仍～，只覺這次決議仍有不妥之處。

壓倒元白（ㄧㄚ ㄉㄠˇ ㄩㄢˊ ㄅㄞˊ）

【出處】五代・南漢・王定保《唐摭言・慈恩寺題名遊賞賦詠雜記》：「寶曆年中，楊嗣復，大宴新昌里第，諸生翼坐，元、白俱在。賦詩，唯楊汝士詩後成，最佳，元、白嘆伏。汝士醉歸曰：『我今日壓倒元白。』」

【解釋】元、白：唐代詩人元稹、白居易。

【用法】比喻作品勝過同時代有名的作家。

【例句】這位青年作家的作品，風靡一時，頗有～之勢。

壓良爲賤（ㄧㄚ ㄌㄧㄤˊ ㄨㄟˊ ㄐㄧㄢˋ）

【出處】唐・長孫無忌《唐律疏議・十二・戶婚上》：「請放部曲爲良，已給放書而壓爲賤者徒二年。」

【解釋】壓：壓服。

【用法】指掠買良家子女爲奴婢。

【例句】李霸～，罪不可赦，該依法嚴懲。

壓肩迭背（ㄧㄚ ㄐㄧㄢ ㄉㄧㄝˊ ㄅㄟˋ）

【出處】明・施耐庵《水滸全傳》第四十四回：「江州府看的人，眞乃壓肩迭背，何止一二千人。」

【用法】形容人多擁擠。

【例句】春節期間，唐人街傳統民俗的燈會又展開了，龍燈、旱船、高蹺、大頭娃娃和獅子舞等爭奇鬥勝，看熱鬧的人們～，把東西兩條大街擠得水泄不通。

壓線年年（ㄧㄚ ㄒㄧㄢˋ ㄋㄧㄢˊ ㄋㄧㄢˊ）

【出處】唐・秦韜玉《貧女》詩：「苦恨年年壓金線，爲他人做嫁衣裳。」

【解釋】壓線：指縫紉。
【用法】慨嘆徒為他人長期忙碌。
【例句】我這～，竟都是為人做嫁衣裳，而今已年過三十，仍沒有個歸宿。

鴉雀無聲

【出處】宋．釋道原《景德傳燈錄．益州保唐寺元住禪師》：「于時庭樹鴉鳴，公問師：『聞否？』曰：『聞。』鴉已去，又問師：『聞否？』曰：『聞。』公曰：『鴉去無聲，又何言聞？』」
【用法】形容極為寂靜。
【例句】訓導主任大聲一吼，頓時會場～，學生個個緊閉雙唇，再也沒有人敢露出牙齒。

鴉巢生鳳

【出處】宋．釋普濟《五燈會元》：「僧問：『如何是異類？』顯端曰：『鴉巢生鳳。』」
【解釋】巢：窩。烏鴉窩裡生出了鳳凰。
【用法】比喻醜中出優。或普通人家有了出類拔萃的子弟。
【例句】沒有想到，他們家的水生，不僅是一表人才，而且聰明過人，這眞是～。

銜官屈宋

【出處】宋．歐陽修等《新唐書．杜審言傳》：「吾文章當得屈宋作銜官，吾筆當得王羲之北面。」
【解釋】銜官：軍府中的屬官。屈宋：屈原、宋玉，戰國時的兩位著名詩人。
【用法】稱讚別人的文才。
【例句】閣下頗有文才，堪稱～，我等佩服之至。

啞口無言

【出處】明．馮夢龍《醒世恒言》第八卷：「『他也有兒子，少不得也要娶媳婦，看三朝可肯放回家去？聞得親母是個知禮之人，虧他怎樣說了出來？』一番言語，說得張六嫂啞口無言。」
【解釋】像啞巴一樣不能講話。
【用法】形容理屈詞窮，無言答對。
【例句】他的話不僅語重心長，而且十分有理，把小王說得～了。

啞然失笑

【出處】漢．趙曄《吳越春秋．越王無餘外傳》：「禹乃啞然而笑。」
【解釋】啞然：笑聲。失笑：情不自禁地笑。
【用法】忍耐不住，不由自主地笑出聲來。
【例句】聽到他說的那番不著邊際的話，我不禁～了。

雅量高致

【出處】晉．陳壽《三國志．吳書．周瑜傳》注：「蔣幹見瑜，稱瑜雅量高致。」
【解釋】雅量：寬宏的度量。致：情趣。
【用法】度量寬宏，意趣高尚。
【例句】他老人家～，非常人可比。

雅人深致

【出處】南朝．宋．劉義慶《世說新語．文學》：「謝公(謝安)因子弟集聚，問毛詩何句最佳。遏(謝玄)稱曰：『昔我往矣，楊柳依依，今我來思，雨雪霏霏。』公曰：『訏謨定命，遠猶辰告。』謂此句偏有雅人深致。」

【解釋】雅人：原指《大雅》的作者，後指高尚文雅的人。致：興致、情趣。風雅之人自有高尚的情趣。

【用法】形容人的言談舉止高雅不俗。

【例句】就是消閑解悶，他也和平常人不一樣。方法既新鮮又有趣，眞稱得上是～。

雅俗共賞（ㄧㄚˇ ㄙㄨˊ ㄍㄨㄥˋ ㄕㄤˇ）

【出處】明．孫人儒《東郭記．綿駒》：「聞得有綿駒善歌，雅俗共賞。」

【解釋】雅俗：文雅和粗俗。舊時把文化水準高的人稱「雅人」，把沒有文化的人稱「俗人」。賞：欣賞。無論文化水準高低，每個人都能欣賞。

【用法】形容某些藝術作品能使各種人接受。

【例句】這部電影，既有藝術性，又富娛樂性，必能～。

揠苗助長（ㄧㄚˋ ㄇㄧㄠˊ ㄓㄨˋ ㄓㄤˇ）

【出處】《孟子．公孫丑上》：「宋人有閔其苗之不長而揠之者，茫茫然歸。謂其人曰：『今日病矣！予助苗長矣。』其子趨而往視之，苗則槁矣。」

【解釋】揠：拔。把苗拔高，用以幫助秧苗快長。

【用法】比喻違反事物規律，強求速成。

【例句】學習必須循序漸進，否則，就如～，反而無益。

野鳥入廟（ㄧㄝˇ ㄋㄧㄠˇ ㄖㄨˋ ㄇㄧㄠˋ）

【出處】漢．班固《漢書．五行志》：「野鳥入廟，敗亡之異也。」

【解釋】廟：廟堂，指太廟的明堂，古代帝王祭祀、議事的地方。野鳥闖進了廟堂。

【用法】指國家敗亡的徵兆。

【例句】國家興衰，必有前兆，～即知預防，必能免於滅亡。

野狐參禪（ㄧㄝˇ ㄏㄨˊ ㄘㄢ ㄔㄢˊ）

【出處】宋．釋道原《景德傳燈錄》載：從前有人解錯了禪語的一個字，就五百年投胎爲野狐，後遇百丈禪師予以糾正，才得解脫。

【解釋】參禪：佛教語。玄思冥想，探究眞理。

【用法】①佛教內對異端者參禪的說法。②譏笑人在學問上只學皮毛而不懂眞義。

【例句】我看他不是個研究學問的人，雖然他也整天抱著書本，其實是～，根本不知道從何入手。

野火燒不盡，春風吹又生（ㄧㄝˇ ㄏㄨㄛˇ ㄕㄠ ㄅㄨˋ ㄐㄧㄣˋ，ㄔㄨㄣ ㄈㄥ ㄔㄨㄟ ㄧㄡˋ ㄕㄥ）

【出處】唐．白居易《賦得古原草送別》詩：「離離原上草，一歲一枯榮，野火燒不盡，春風吹又生。」

【用法】①形容野草具有很強的生命力。②比喻新生事物或人民的力量很強大，任何力量也撲滅不了。

【例句】色情行業，雖然政府大力掃蕩，但～。

野荒民散（ㄧㄝˇ ㄏㄨㄤ ㄇㄧㄣˊ ㄙㄢˋ）

【出處】《周禮．夏官．大司馬》：「野荒民散，則削之。」（意爲諸侯不善於治理其統轄的領地，就削減其封地。）

【解釋】田地荒廢，人民離散。

【用法】形容一種政治混亂的局面。

【例句】上無道，下無能，外力侵逼，國土淪亡，～，無家可歸。

野心勃勃

【出處】清・陳天華《獅子吼》第一回：「這一位大帝野心勃勃，就想把世界各國盡歸他的宇下。」

【解釋】勃勃：旺盛的樣子。

【用法】形容野心很大。

【例句】伊拉克～，竟然妄想一統回教世界，看來滅亡的日子就在眼前。

野人獻曝

【出處】《列子・楊朱》：「昔者宋國有田夫，常衣緼黂，僅以過冬。及春東作，自曝於日，不知天下之有廣廈隩室，綿纊狐狢。顧謂其妻曰：『負日之暄，人莫知者，以獻吾君，將有重賞。』」（緼黂：亂麻絮作裡子的衣服。東作：在田地裡耕作。負日：晒太陽。）

【解釋】野人：古代從事農業勞動的奴隸或平民。曝：晒太陽取暖。農夫向君主貢獻晒太陽取暖的方法。

【用法】向人提建議時的自謙語。

【例句】我的一點小小的建議，不過是～而已，提出來，請大家斟酌。

【附註】也作「野人獻日」、「田父獻曝」、「獻曝之誠」、「獻曝之忱」。

野無遺賢

【出處】《尚書・大禹謨》：「野無遺賢，萬邦咸寧。」

【用法】形容人盡其才。

【例句】為政之道，在於擇才，如果能做到～，還怕政治不上軌道嗎？

厭難折衝

【出處】漢・劉向《說苑・尊賢》：「故虞有宮之奇，晉獻公為之終夜不寐；楚有子玉、得臣，文公為之側席而坐。遠乎！賢者之厭難折衝也。」

【解釋】厭：抑制。衝：古代戰車的一種。折衝：使敵人戰車後退，即擊退敵軍。

【用法】指克服困難，禦敵制勝。

【例句】統帥下令你必須～，守住這防線，否則軍法嚴辦。

夜不閉戶

【出處】《禮記・禮運》：「是故謀閉而不興，盜竊亂賊而不作，故外戶而不閉，是謂大同。」

【用法】形容社會秩序良好。

【例句】在政治清明，人民知恥的時代，家家可～。

夜闌人靜

【出處】漢・蔡琰《胡笳十八拍》：「更深夜闌兮，夢汝來期。」

【解釋】闌：將近、深。

【用法】夜深了，人們都安靜下來，進入夢鄉。

【例句】已是～，他書房的燈光還在亮著。

夜郎自大

【出處】漢・班固《漢書・西南夷傳》

：「滇王與漢使言：『漢孰與我大？』及夜郎侯亦然。各自以一州王，不知漢廣大。」

【解釋】夜郎：漢代我國西南方的一個小國，今貴州桐梓一帶。

【用法】比喻孤陋寡聞而又妄自尊大。

【例句】到了清朝末年，閉關自守、～的中國比起西方先進國家來，幾乎落後了一個世紀。

夜長夢多

【出處】清・呂留良《家書》：「荐舉事近復紛紛，夜長夢多，恐將來有意外，奈何！」

【用法】比喻如果拖延時間，事情就會發生意想不到的各種變化。

【例句】既然決定了就快辦吧，免得～，再出別的問題。

夜以繼日

【出處】《莊子・至樂》：「夫貴者，夜以繼日，思慮善否。」

【解釋】繼：繼續。用夜間的時間接上白天的時間。

【用法】形容幹勁很夠，日夜不息。

【例句】動物園爲了讓人們看到大熊貓，正～地趕造熊貓館。

曳裾王門

【出處】漢・班固《漢書・鄒陽傳》：「飾固陋之心，則何王之門不可曳長裾乎？」

【解釋】曳裾：拖著長袍的衣襟，形容卑恭的樣子。王門：侯門貴族之家。

【用法】比喻在顯貴者門下作食客。

【例句】我不過是～，何喜可賀？請你不要再調侃我。

【附註】也作「曳裾侯門」。

曳尾塗中

【出處】《莊子・秋水》：「吾聞楚有神龜，死已三千歲矣。王巾笥而藏之廟堂之上。此龜者，寧其死爲留骨而貴乎？寧其生而～乎？」

【解釋】曳：拖拉。塗：汚泥。

【用法】指與其顯身揚名於廟堂之上，還不如全身遠害，過漁隱生活，像龜一樣拖著尾在汚泥中爬行更自由些。

【例句】與其在王府供人差來喚去的，我寧可～，落得自在些。

業精於勤

【出處】唐・韓愈《進學解》：「業精於勤，荒於嬉，行成於思，毀於隨。」

【解釋】業：學業。勤：勤奮。

【用法】學業方面的精深造詣，在於勤奮地學習。

【例句】～，只要勤奮學習，就一定能學出好成績來。

葉落歸根

【出處】唐《六祖大師法寶壇經・咐囑品第十》：「衆曰：『師從此去，早晚可回。』師曰：『落葉歸根，來時無日。』」

【用法】①比喻事物總有一定的歸宿。②比喻不忘本原。

【例句】他語重心長地說：「有句古話：『樹高千尺，～。』」這話表示了他意欲返回故鄉的願望。

葉落知秋

【出處】漢・劉安《淮南子・說山》：「以小明大，見一葉落而知歲之將暮。」

【解釋】看到了一片葉子落了，便知道秋天到了。

【用法】①比喻從某種微小的變化中預感到事物的發展趨向。②比喻由現象或部分推知本質或全體。

【例句】～啊！此次他不與你來參加家庭聚會，我就想你們之間可能已出問題，沒想到眞被我猜中了！

葉公好龍（ㄧㄝˋ ㄍㄨㄥ ㄏㄠˋ ㄌㄨㄥˊ）

【出處】漢・劉向《新序・雜事》：「葉公子高好龍，鉤以寫龍，鑿以寫龍，屋室雕文以寫龍。於是天龍聞而下之，窺頭於牖，拖尾於堂。葉公見之，棄而還走，失其魂魄，五色無主。是葉公非好龍也，好夫似龍而非龍者也。」

【用法】比喻外表上愛好某事物，但非眞正地愛好它，甚至是畏懼它。

【例句】他是～，附庸風雅，其實並不是眞的喜好品茶下棋的。

【附註】「葉」原讀ㄕㄜˋ。

睚眦必報（ㄧㄞˊ ㄗˋ ㄅㄧˋ ㄅㄠˋ）

【出處】漢・司馬遷《史記・范雎蔡澤列傳》：「一飯之德必償，睚眦之怨必報。」

【解釋】睚眦：怒目而視，借指極小的怨恨。報：報復。

【用法】形容心胸狹小，報復心強。

【例句】此人肚量狹小，～，你可千萬別去招惹他。

睚眦小忿（ㄧㄞˊ ㄗˋ ㄒㄧㄠˇ ㄈㄣˋ）

【出處】《六部成語・刑部》：「睚眦小忿。」

【解釋】睚眦：怒目而視，借指極小的怨恨。小忿：小的怨恨。

【用法】形容非常小的怨恨。

【例句】不過是～罷了，你竟大張旗鼓的，要去討伐對方，未免太小題大作了。

睚眦之隙（ㄧㄞˊ ㄗˋ ㄓ ㄒㄧˋ）

【出處】南朝・宋・范曄《後漢書・趙典傳》：「今與郭氾爭睚眦之隙，以成千鈞之仇。」

【解釋】睚眦：怒目而視，借指極小的怨恨。隙：嫌隙，感情上的裂痕。

【用法】形容極小的怨恨所造成的嫌隙。

【例句】他們雙方雖只是～，但此時不補，待來日擴大，想再撮合他們，恐怕就不容易了。

吆五喝六（ㄧㄠ ㄨˇ ㄏㄜˋ ㄌㄡˋ）

【出處】清・錢彩《說岳全傳》第四十六回：「你這將軍，好不知事務，只管～，叫我如何使出這盤頭蓋頂來。」

【解釋】吆喝：喊叫。

【用法】形容無理大聲喊叫。

【例句】我也有我的自尊，終日任他這樣～的，有誰受得了？

夭桃穠李（ㄧㄠ ㄊㄠˊ ㄋㄨㄥˊ ㄌㄧˇ）

【出處】《詩經・周南・桃夭》：「桃之夭夭，灼灼其華。」《詩經・召南・何彼穠矣》：「何彼穠矣，華如桃李。」兩詩皆指婚嫁。

【解釋】夭：形容花木茂盛。穠：形容花木繁盛。

【用法】①比喻少女年輕美麗。②讚頌新人年少俊美。

妖不勝德

【出處】漢・司馬遷《史記・殷本紀》：「伊徙曰：『臣聞妖不勝德，帝之政，其有闕(缺)與？帝其修德。』」

【解釋】妖：指妖術邪法。

【用法】比喻邪不侵正。

【例句】所謂～，邪不勝正的，這些惡人有一天必遭到報應的。

妖由人興

【出處】《左傳・莊公十四年》：「人之所忌，其氣焰以取之，妖由人興也。人無釁焉，妖不自作，人棄常則妖興，故有妖。」

【解釋】妖：古人以為一切反常的怪異事物。

【用法】奇異怪誕的事都是由人自己引起的。

【例句】～，這種種紛擾、種種矛盾，不正是那麼幾個人挑起來的嗎？

妖言惑衆

【出處】漢・班固《漢書・眭弘傳》：「妄設妖言惑衆，大逆不道。」眭：音ㄙㄨㄟ。）

【解釋】妖言：荒誕離奇騙人的鬼話。惑：迷亂。

【用法】製造謠言，迷亂人心。

【例句】在今天，居然還有人在全村散佈迷信思想，～，對此必須堅決地制止。

腰鼓兄弟

【出處】南朝・梁・蕭子顯《南齊書・沈冲傳》：「冲與兄淡淵，名譽有優劣，世號為腰鼓兄弟。」

【解釋】腰鼓：古樂器，即細腰鼓。腰鼓兩頭大而腰細小。

【用法】比喻在兄弟行中成就有優劣。

【例句】五指長短不齊，～也就不足為奇。

腰金衣紫

【出處】唐・白居易《哭從弟》詩：「一片綠衫消不得，腰金拖紫是何人？」

【解釋】金：金印。紫：紫綬。秦漢為丞相的服制，魏晉後光祿大夫也授金印紫綬。腰中掛著金印，身上穿著紫袍。

【用法】指榮任顯貴官職。

【例句】卑躬屈膝求得～，徒令後人笑罵而已。

【附註】也作「腰金拖紫」。

腰纏萬貫

【出處】宋・王楙《野客從書》第十三卷：「腰纏十萬貫，騎鶴上揚州。天下美事，安有兼得之理！」

【解釋】貫：古代的制錢。用繩穿上，一千個為一貫。腰裡裝著很多的錢。

【用法】形容非常富有。

【例句】這個～的大商人，花錢像流水一樣。

堯天舜日

【出處】南朝・梁・沈約《四時白紵歌》：「佩服瑤草駐容色，舜年堯日歡無極。」

【解釋】堯、舜：中國古代傳說中的聖君。堯、舜在位的時期。
【用法】比喻太平盛世。
【例句】升斗小民，但求政治清明，～，升官發財則不敢夢想。
【附註】也作「舜年堯日」、「舜日堯天」。

堯鼓舜木

【出處】五代・後晉・劉昫等《舊唐書・褚亮傳》：「堯木納諫，舜木求箴。」
【解釋】堯、舜：中國古代傳說中的聖君。鼓：指諫鼓。木：指箴木。堯門旁設諫鼓，舜門處置箴木。
【用法】形容君主聖明，能隨時接受意見，聽取忠告。
【例句】一個國家是否興盛，就看是否有個～的領導者。

堯長舜短

【出處】《荀子・非相》：「蓋帝堯長，帝舜短；文王長，周公短；仲尼長，子弓短。」（子弓：即仲弓，姓冉，名雍，孔子的弟子。）
【解釋】堯、舜：中國古代傳說中的聖君。堯身量高大，舜身量矮小。
【用法】比喻不可以貌取人。
【例句】在高科技的領域裏，重要的是專業知識，～，以貌取人，就會喪失許多天才。

堯雨舜風

【解釋】堯舜像春風夏雨一樣，沐浴著百姓，使百姓受到恩澤。
【用法】稱頌君王賢明、百姓戴德的太平盛世。
【例句】今之總統，愛民有加，百姓如沐～。
【附註】也作「堯風舜雨」。

嶢嶢者易折

【出處】南朝・宋・范曄《後漢書・高瓊傳》：「嶢嶢者易缺，皎皎者易汚。陽春之曲，和者蓋寡；盛名之下，其實難副。」
【解釋】嶢：高峻。高的東西容易斷損。
【用法】喻指聲名大，更要謙虛謹慎，不要忘乎所以，以免跌跟頭。
【例句】「～！」你今日聲名大，更要謙和待人，以免招忌受到詆毀。
【附註】「折」原作「缺」。

搖筆即來

【用法】形容文思很敏捷，提筆一揮而就。
【例句】他的文章寫得很快，～，毫不費力。

搖頭擺尾

【出處】宋・釋道原《景德傳燈錄》：「元安辭臨濟去，濟曰：『門下有個赤梢鯉魚，搖頭搖尾向南方去，不知向誰家齏甕裡淹殺？』」
【解釋】搖動著頭，擺動著身體。
【用法】①形容悠然自得的樣子。②形容得意輕狂的樣子。
【例句】瞧他那副得意洋洋、～的神氣，眞讓人討厭！

搖頭晃腦

【出處】清・文康《兒女英雄傳》第四回：「當下二人商定，便站起身來，搖頭晃腦地走了。」

【用法】形容人洋洋自得或輕狂的樣子。

【例句】要讀書就坐好讀，幹什麼～的，不怕把頭晃掉呀！

搖旗吶喊

【出處】元・喬孟符《兩世姻緣》第三折：「你這般搖旗吶喊，簸土揚沙。」

【解釋】吶喊：高聲喊叫。指古代打仗時，搖著旗子喊殺助威。

【用法】比喻替別人助長聲勢（多含貶義）。

【例句】此人就擅於～，眞要他衝鋒陷陣，他逃得比誰都快。

搖唇鼓舌

【出處】《莊子・盜跖》：「（跖）曰：『此夫魯國之巧僞人孔丘非邪，……不耕而食，不織而衣，搖唇鼓舌，擅生是非，以迷天下之主，使天下學士，不反其本，妄作孝弟，而僥倖於封侯富貴者也。』」

【解釋】利用能說會道進行說教、遊說。

【用法】指煽動，播弄是非。

【例句】她一天到晚總是東遊西逛，到處～，播弄是非。

搖手觸禁

【出處】漢・班固《漢書・食貨志下》：「（王莽）又令公卿以下至郡縣黃綬吏，皆保養軍馬，吏盡復以與民。民搖手觸禁，不得耕桑，徭役繁劇。」

【解釋】觸：觸犯。禁：禁令。剛一動手就觸犯了禁令。

【用法】形容禁令太多了，使人動輒得咎。

【例句】不要搞那麼多禁令，否則，人們～，那會把人的積極心「禁」死的。

搖山振岳

【出處】清・曹雪芹《紅樓夢》第十三回：「只見府門大開，兩邊燈火，照如白晝，亂哄哄人來人往，裡面哭得搖山振岳。」

【解釋】岳：高大的山。把高山都搖動了。

【用法】形容氣勢很大。

【例句】別看他們哭得～，好悲傷的模樣，其實都是裝的，只待弔唁客人一離去，他們吆喝猜拳，全不當有這回事似的。

搖身一變

【出處】明・吳承恩《西遊記》第二回：「悟空捻著訣，念動咒語，搖身一變，就變做一棵松樹。」

【解釋】古典神怪小說中描寫的人物和妖怪，將身子一搖就變換成了各種形體。

【用法】形容人的態度、言行等，無原則地一下子來個大改變。

【例句】她此時是這個面貌，待會兒～，又換了一張臉，眞可說是千面女郎啊！

搖搖欲墜

【解釋】搖搖：動蕩的樣子。墜：掉下。搖搖晃晃，要掉下來。

【用法】形容形勢不穩定或基礎不鞏固，即將垮台的處境。

【例句】這棟大樓地基不穩，一副～的樣子，你還是早日遷出爲妙！

搖尾乞憐（ㄧㄠˊ ㄨㄟˇ ㄑㄧˇ ㄌㄧㄢˊ）

【出處】唐・韓愈《應科目時與人書》：「若俯首帖耳，搖尾而乞憐者，非我之志也。」
【解釋】乞：乞求。憐：愛憐。像狗那樣搖著尾巴，乞求主人愛憐。
【用法】形容卑躬屈節、諂媚討好的醜態。
【例句】看那姓鄭的~的模樣，眞是可厭！

搖尾乞食（ㄧㄠˊ ㄨㄟˇ ㄑㄧˇ ㄕˊ）

【出處】漢・班固《漢書・司馬遷傳》：「猛虎在深山，爲百獸震恐，及其在阱檻之中，搖尾而求食，積威約之漸也。」
【解釋】乞：乞求。食：吃的。搖著尾巴要一點吃的。
【用法】形容逢迎拍馬討一點好處。
【例句】你看！他又到經理那兒~去了，眞是沒人格！

瑤台銀闕（ㄧㄠˊ ㄊㄞˊ ㄧㄣˊ ㄑㄩㄝˋ）

【出處】元・高則誠《琵琶記・中秋望月》：「人在瑤台銀闕。」
【解釋】瑤：玉石。闕：宮殿。玉砌銀裝的宮闕亭台。
【用法】指神仙的居處。
【例句】嫦娥娘娘住在那~，除了玉兔，也無人陪伴，想必她一定是好寂寞哦！

瑤林瓊樹（ㄧㄠˊ ㄌㄧㄣˊ ㄑㄩㄥˊ ㄕㄨˋ）

【出處】唐・房玄齡等《晉書・王戎傳》：「戎曰：『王衍神姿高徹，如瑤林瓊樹。』」
【解釋】瑤、瓊：美玉。
【用法】比喻人超塵脫俗的姿質。
【例句】秦先生就如~，氣質脫俗，你實在很幸運，能交到這樣的朋友。

瑤環瑜珥（ㄧㄠˊ ㄏㄨㄢˊ ㄩˊ ㄦˇ）

【出處】唐・韓愈《殿中少監馬君墓志》：「幼子娟好靜秀，瑤環瑜珥，蘭茁其牙，稱其家兒也。」
【解釋】瑤：美玉。環：中心有孔的玉環。瑜珥：玉製的耳飾。
【用法】比喻人的品貌美好如玉。
【例句】這人~，不僅長得帥氣，人品更是高尚，十分難得。

遙相呼應（ㄧㄠˊ ㄒㄧㄤ ㄏㄨ ㄧㄥˋ）

【解釋】遙：遠遠地。應：照應。
【用法】遠遠地互相照應，互相配合。
【例句】他倆人，一在中央，一在地方，竟~，挿手於這次的評鑑。

遙遙華胄（ㄧㄠˊ ㄧㄠˊ ㄏㄨㄚˊ ㄓㄡˋ）

【出處】唐・李延壽《南史・何昌寓傳》：「何昌寓爲吏部尚書，嘗有客姓閔，求官，昌寓謂曰：『君是誰後？』答曰：『子騫後。』昌寓團扇掩口而笑，謂坐客曰：『遙遙華胄！』」（子騫：閔損字，孔子弟子。）
【解釋】遙遙：年代久遠。華胄：舊指顯貴者的後代。
【用法】指冒充名人後裔以求名利，讓人可笑。
【例句】你不必再吹噓自己是誰的後代了，~，誰知道你倒底是眞的，還是假的。

遙遙相對

【解釋】遙遙：遠遠地。對：對著，向著。

【用法】形容兩種事物遠遠地相對著。

【例句】那男的、女的，隔著河，～，然後竟對唱了起來。

遙遙相望

【解釋】遙遙：遠遠地。望：眺望。

【用法】遠遠地互相眺望著。

【例句】深夜裡，河水兩岸的燈火，與長空中的繁星～，構成了一幅迷人的夜景。

遙遙無期

【解釋】遙遙：遠遠地。遠得沒有期限。

【用法】形容達到目的或實現理想的時間遠得很。

【例句】這次一分手，再見面恐怕是～了。

咬得菜根

【出處】宋・呂本中《東萊呂紫薇師友雜志》：「汪信民（革）嘗言：『人常咬得菜根則百事可做。』」

【用法】比喻安心過艱苦的生活。

【例句】即使日子再艱苦，我也要～，等你學成歸來。

咬指吐舌

【出處】清・曹雪芹《紅樓夢》第三十三回：「一個個咬指吐舌，連忙退出。」

【解釋】咬著手指甲，吐出舌頭。

【用法】形容害怕的樣子。

【例句】看著父親嚴厲的眼光，他不禁～，為自己的行為感到後悔。

咬牙切齒

【出處】元・孫仲章《勘頭巾》第二折：「為甚事咬牙切齒，喊的犯罪人面色如金紙。」

【解釋】切齒：咬牙齒以示痛恨。

【用法】形容憤恨或發狠到了極點。

【例句】每說起他，她就～，恨不得咬下他一塊肉。

咬文嚼字

【出處】元・無名氏《殺狗勸夫》第四折：「咬！使不得你咬文嚼字。」

【解釋】嚼：咀嚼。

【用法】①形容仔細品味，過分地斟酌字句。②諷刺賣弄字眼兒、不領會文章實質的人。③諷刺當衆賣弄自己學識的人。

【例句】《史記》雖然竊比《春秋》，卻並不用那～的書法，只據事實錄，使善惡自見。

杳如黃鶴

【出處】南朝・梁・任昉《述異記》卷上：「荀瓌（瑰）憩江夏黃鶴樓上，望西南有物飄然，降自霄漢，俄頃已至，乃駕鶴之賓也。鶴止戶側，仙者就席，羽布虹裳，賓主歡對。已而辭去，跨鶴騰空，眇然而滅。」

【解釋】杳：不見蹤影。像黃鶴一樣，沒有蹤影。

【用法】比喻一去再也沒有蹤影。

【例句】他這一走，～，我們再也沒有見過面。

【附註】也作「渺如黃鶴」。

杳無人烟

【出處】明·吳承恩《西遊記》第六十四回：「沙僧道：『似這杳無人烟之處，又無怪獸妖禽，怕他怎的？』」

【解釋】杳：不見踪影。烟：炊烟。不見人家住戶。

【用法】形容空曠荒涼。

【例句】那地方位置偏僻，～，你要去那兒露營，可要小心。

杳無音信

【出處】宋·黃孝邁《咏水仙》詞：「驚鴻去後，輕拋素袜，杳無音信。」

【解釋】杳：不見踪影。

【用法】形容消息斷絕。

【例句】沒有想到，申請送上去之後已經半年了，到今天依然是～。

樂山樂水

【出處】《論語·雍也》：「知者樂水，仁者樂山。」

【解釋】樂：喜愛、愛好。

【用法】比喻人的愛好興趣有所不同。

【例句】～，人各有所好，這是不好強求的。

耀武揚威

【出處】元·無名氏《謝金吾》第三折：「他也會斬將搴旗，耀武揚威，普天下哪一個不識的他是楊無敵。」

【解釋】耀：誇耀、炫耀。炫耀武力，顯示威風。

【用法】形容得意誇耀的姿態。

【例句】豈能容他如此～，看我給他一點教訓。

藥店飛龍

【出處】南朝·宋·樂府《讀曲歌》：「自從別郎後，臥宿頭不舉，飛龍落藥店，骨出只爲汝。」

【解釋】飛龍：中藥龍骨。如同中藥店的龍骨那樣。

【用法】比喻消瘦得露出了骨頭。

【例句】看你焚膏繼晷苦讀，把自己搞得像～，讓母親看了，豈不是又要掉淚？

藥籠中物

【出處】宋·歐陽修《新唐書·元行冲傳》：「(元行冲)嘗謂仁傑(狄仁傑)曰：『下之事上，譬富家儲積以自資也。脯臘膎胰，以供滋膳；參術芝桂，以防疾疢。門下充旨味者多矣，願以小人備一藥石可乎？』仁傑笑曰：『君正吾藥籠中物，不可一日無也。』」

【解釋】藥籠中準備的藥材。

【用法】比喻儲備的人才。

【例句】他是～，本機構的儲備人才，請你不要怠慢他。

藥石之言

【出處】《左傳·襄公二十三年》：「臧孫曰：『季孫之愛我，疾疢也。孟孫之惡我，藥石也。美疢不如惡石。』」

【解釋】藥石：治病的藥物和砭石，泛指藥物。

【用法】比喻對別人提出尖銳、中肯的批評或規勸。

【例句】他這～，聽來刺耳，但實在是

中肯的批評，希望你能聽得進去。

藥石無功

【出處】唐·李忱（宣宗）《命皇太子即位文》：「朕以菲薄，獲奉宗祧，十有四年，未臻至理，惟天示譴，降疢於躬，藥石無功，彌留斯迫。」

【解釋】藥石：治病的藥物和砭石，泛指藥物。功：效驗。服用藥石毫無效驗。

【用法】形容人病已垂危。

【例句】老人病體沉重，～，只得準備後事了。

要言不煩

【出處】晉·陳壽《三國志·魏書·管輅別傳》注引《管輅別傳》：「輅為何晏所請，果共論《易》九事。九事皆明，晏曰：『君論陰陽，此世無雙。』時鄧颺與晏共坐，颺言：『君見謂善《易》而語初不及《易》中辭義，何故也？』輅尋聲答之曰：『夫善《易》者，不論《易》也。』晏含笑而讚之：『可謂要言不煩也。』」

【解釋】要：切要。煩：煩瑣。

【用法】形容說話簡明扼要。

【例句】張教授說話～，只三言兩語就可以把道理講得清清楚楚。

要言妙道

【出處】漢·枚乘《七發》：「客曰：『今太子之病，可無藥石針刺灸療而已，可以要言妙道說而去也。』」

【解釋】要：重要、中肯。妙：神妙，深微。

【用法】中肯的名言，深微的道理。

【例句】宜聽～，以疏神導體。

【附註】也作「妙言要道」。

要而言之

【解釋】要：簡要。

【用法】指概括起來說或簡單說來。

【例句】～，這些道理無非說明了一個現象，就是萬物都是在運動中。

優孟衣冠

【出處】漢·司馬遷《史記·滑稽列傳》：「楚相孫叔敖……病且死，屬（囑）其子曰：『我死，汝必貧困。若往見優孟，言我孫叔敖之子也。』居數年，其子貧困負薪，逢優孟，與言曰：『我，孫叔敖子也。父且死時，屬我貧困往見優孟。』優孟……即為孫叔敖衣冠，抵掌談語。歲餘，像孫叔敖，楚王及左右不能別也。莊王置酒，優孟前為壽。莊王大驚，以為孫叔敖復生也，欲以為相。……孟曰：『婦言慎無為，楚相不足為也。如孫叔敖之為楚相，盡忠為廉以治楚，楚王得以霸。今死，其子無立錐之地，貧困負薪以自飲食。必如孫叔敖，不如自殺。』……於是莊王謝優孟，乃召孫叔敖子，封之寢丘四百戶，以奉其祀。」

【解釋】優孟：春秋時楚國的藝人。衣冠：衣帽，泛指衣服。

【用法】指演戲或用以比喻模仿他人。

【例句】詩也是如此。變是創新，是增廣，也就是進步。若不容許變，那就只有模擬，甚至只有抄襲；那種～，甚至土偶木人，又有什麼意義可言！

優劣得所（ㄧㄡ ㄌㄧㄝˋ ㄉㄜˊ ㄙㄨㄛˇ）

【出處】三國．蜀．諸葛亮《前出師表》：「使行陣和睦，優劣得所也。」

【解釋】好的壞的分別得到其所應得到的。

【用法】指好壞處置得當。

【例句】如此分配，～，你還有什麼話可說呢？

優勝劣敗（ㄧㄡ ㄕㄥˋ ㄌㄧㄝˋ ㄅㄞˋ）

【出處】清．吳趼人《痛史》第一回：「優勝劣敗，取亂侮亡，自不必說。」

【用法】指生物在生存競爭中，強者勝利，保存下來，弱者失敗，被淘汰。這是達爾文的進化論的基本論點。

【例句】生物界在自然選擇中，一般情況下，總是～。

優哉游哉（ㄧㄡ ㄗㄞ ㄧㄡˊ ㄗㄞ）

【出處】《詩經．小雅．采菽》：「優哉游哉，亦是戾矣。」

【解釋】優游：悠閒、從容。哉：文言感嘆詞。

【用法】形容悠閒自在。

【例句】你們整天～，東游西逛，這樣下去是會把銳氣完全消磨掉的。

優柔寡斷（ㄧㄡ ㄖㄡˊ ㄍㄨㄚˇ ㄉㄨㄢˋ）

【出處】《韓非子．亡征》：「緩心而無成，柔茹而寡斷，好惡無決，而無所定立者，可亡也。」

【解釋】優柔：遲疑不決，不果斷。

【用法】形容作事猶豫不決，不果斷。

【例句】他～，毫無定見，作為領導人是不稱職的。

優柔饜飫（ㄧㄡ ㄖㄡˊ ㄧㄢˋ ㄩˋ）

【出處】晉．杜預《春秋左氏傳．序》：「優而柔之，使自求之，饜而飫之，使自趨之。」

【解釋】優柔：得容自得。饜飫：飽食，引申為滿足。

【用法】指在從容之中體味其中的涵義，得到滿足。

【例句】從明道先生遊學，～，受益匪淺。

優游不迫（ㄧㄡ ㄧㄡˊ ㄅㄨˋ ㄆㄛˋ）

【出處】宋．嚴羽《滄浪詩話》：「曰優游不迫，曰沉著痛快。」

【解釋】優游：悠閑自得。不迫：不急不忙。

【用法】形容從容自在的樣子。

【例句】自卸下官職，才得～生活，這與山林為伍的日子，好不自在啊！

優游恬淡（ㄧㄡ ㄧㄡˊ ㄊㄧㄢˊ ㄉㄢˋ）

【出處】漢．黃石公《三略．下略》：「所以優游恬淡而不進者，重傷人物也。」

【解釋】優游：悠閑自得。恬淡：安靜閑適。

【用法】指悠閑自在，什麼也無所求。

【例句】在全世界都為建設戰後國家而奮鬥的偉大時代裡，怎麼能安於～的生活呢？

優游涵泳（ㄧㄡ ㄧㄡˊ ㄏㄢˊ ㄩㄥˇ）

【出處】《朱子全書．論語．學而．七十而從心所欲不逾矩．集解》：「以示學者當優游涵泳，不可躐等而進。」
【解釋】優游：悠閑自得。涵泳：沉浸。悠然地沉浸在其中。
【用法】形容研究學問，要從容地經過深思熟慮，細細體會。
【例句】對於這樣一個複雜的理論問題，應當收集大量資料，～，細加揣摩，而不能急於下結論。

優游自得 ㄧㄡ ㄧㄡˊ ㄗˋ ㄉㄜˊ

【出處】漢·班固《東都賦》：「莫不優游而自得，玉潤而金聲。」
【解釋】優游：悠閑。
【用法】形容安閑自在的樣子。
【例句】國中生活，學業壓力沈重，學生都埋首苦讀，日日熬夜，他卻～，好不自在，眞令人詫異。

優游自在 ㄧㄡ ㄧㄡˊ ㄗˋ ㄗㄞˋ

【出處】宋·釋惟白《續傳燈錄》第十二卷：「或茶坊酒肆徇利投機，或花街柳巷優游自在。」
【解釋】優游：悠閑。
【用法】形容無拘無束，閑散自由的神態。
【例句】他身穿補丁衣服，處在衆顯貴當中仍～，毫不畏縮，眞是個奇特的人。

憂國奉公 ㄧㄡ ㄍㄨㄛˊ ㄈㄥˋ ㄍㄨㄥ

【出處】南朝·宋·范曄《後漢書·祭遵傳》：「其後會期，帝每嘆曰：『安得憂國奉公之臣如祭征虜者乎！』」
【解釋】憂念國事，奉行公務。
【用法】指盡心竭力爲國事操勞。
【例句】郭公～，全不爲自己健康設想，實令人敬佩。

憂國憂民 ㄧㄡ ㄍㄨㄛˊ ㄧㄡ ㄇㄧㄣˊ

【出處】《戰國策·齊策四》：「寡人憂國愛民，固願得士以治之。」
【用法】爲國家的前途、人民的命運所擔憂。
【例句】屈原是一個偉大的愛國詩人，他的詩把～的心情表現得非常充分。

憂國忘家 ㄧㄡ ㄍㄨㄛˊ ㄨㄤˋ ㄐㄧㄚ

【出處】唐·姚思廉《梁書·徐勉傳》：「吾憂國忘家乃至於此。若吾亡後，亦是傳中一事。」
【解釋】憂：憂心、發愁。
【用法】爲國事發愁而忘記家。
【例句】大禹～，爲治洪水，曾十三年過家門而不入，因而博得人民擁戴。

憂患餘生 ㄧㄡ ㄏㄨㄢˋ ㄩˊ ㄕㄥ

【出處】章炳麟《致段祺瑞電》：「既以憂患餘甚，出而圖事，則宜屏遯言而閎遠路。」
【解釋】憂患：憂患困苦。餘生：幸存的生命。
【用法】形容飽經憂患，幸免於死而保存下來的生命。
【例句】在～中，我們終於盼到了太平盛世，這是何等不容易啊！

憂心悄悄 ㄧㄡ ㄒㄧㄣ ㄑㄧㄠˇ ㄑㄧㄠˇ

【出處】《詩經·邶風·柏舟》：「憂心悄悄，慍於群小。」
【解釋】悄悄：憂愁的樣子。
【用法】內心憂慮，滿面愁容。
【例句】看他～的樣子，恐怕這傳言是

眞的。

憂心忡忡

【出處】《詩經．召南．草蟲》：「未見君子，憂心忡忡。」
【解釋】忡忡：憂慮不安的樣子。
【用法】內心憂愁，不得安寧。
【例句】在那動蕩不安的年代中，有良心的中國人，無不～地關注著祖國的前途和命運。

憂心如焚

【出處】《詩經．小雅．節南山》：「憂心如焚，不敢戲談。」（焚：焚燒。）
【解釋】心裡憂急得像著了火一樣。
【用法】形容非常焦急、憂慮。
【例句】看到朋友受了這麼重的傷，山裏面卻又找不到醫藥，他眞是～。

憂形于色

【出處】宋．薛居正等《舊五代史．唐書．莊宗紀》：「帝以重賄召募能破賊艦者，於是獻技者數十，或言能吐火焚舟，或言能禁咒兵刃。悉命試之，無驗，帝憂形于色。」
【例句】看著母親垂危，他～。

憂讒畏譏

【出處】宋．范仲淹《岳陽樓記》：「去國懷鄉，憂讒畏譏，滿目蕭然，感極而悲者矣！」
【解釋】憂：擔心、發愁。讒：讒言、毀謗的話。譏：譏笑、諷刺。
【用法】擔心別人誹謗、譏諷。
【例句】處在朱門裏，我整日～的，有什麼好？我寧可回到家鄉去，雖是窮鄉僻壤，但總比在這裏好。

憂深思遠

見「思深憂遠」。

幽明異路

【出處】明．楊漣《祭趙我白文》：「師生恩義邈若河山，遂成幽明永隔矣。」
【解釋】幽明：舊指陰間與陽間。異路：不同路。
【用法】比喻幻境和現實背道而馳，永遠沒有遇合的可能。
【例句】此去～，怕再也沒有相逢的機會了，你可要多保重。

幽閨弱質

【出處】清．曹雪芹《紅樓夢》第九十回：「自己年紀可也不小了，家中又碰見這樣飛災橫禍，不知何日了局。致使幽閨弱質，弄得這般淒涼寂寞。」
【解釋】幽：深。閨：舊時少女的居室。質：體質。
【用法】深閨之中的柔弱女子。
【例句】她～的，恐怕我們家養不起，你還是打消娶她的念頭吧！

幽期密約

【出處】宋．曾覿《傳信玉女》詞：「幽期密約，暗想淺顰輕笑，良時莫負，玉山傾倒。」
【解釋】幽期：男女的期約。
【用法】秘密相會的約會。
【例句】他們倆～多次了，只是您不知道。大哥！我看您就成全他們吧！

幽人之風

【出處】南朝・齊・謝朓《擬風賦》：「眇神巫於丘壑，獲超遠於孤觴，斯則幽人之風也。」
【解釋】幽人：隱士。風：風範、氣節。隱士的風範。
【用法】指雅人高士。
【例句】這篇文章頗具～，恐非常人所作。

悠然自得 ㄧㄡ ㄖㄢˊ ㄗˋ ㄉㄜˊ

【出處】唐・房玄齡等《晉書・王猛傳》：「猛悠然自得，不以屑懷。」
【解釋】悠然：閑暇舒適的樣子。自得：內心得意而舒暢。
【用法】形容安閑舒適的樣子。
【例句】他～地看著當天出版的雜誌。

悠悠伏枕 ㄧㄡ ㄧㄡ ㄈㄨˊ ㄓㄣˇ

見「輾轉伏枕」。

悠悠忽忽 ㄧㄡ ㄧㄡ ㄏㄨ ㄏㄨ

【出處】戰國・楚・宋玉《高唐賦》：「悠悠忽忽，怊悵若失。」
【用法】①形容神色迷茫不清楚。②形容動作悠閑懶散，放蕩、輕忽。
【例句】她就是這樣，整天～，把時間都白白地浪費了。

尤而效之 ㄧㄡˊ ㄦˊ ㄒㄧㄠˋ ㄓ

【出處】《左傳・僖公二十四年》：「尤而效之，罪又甚焉。」
【解釋】尤：罪過、過失。而：轉折連詞，可是。
【用法】明知是不好的行為，卻跟著仿效。
【例句】對於這些偷雞摸狗的勾當，他不僅不能抵制，反而～，結果鑄成了大錯。

尤雲殢雨 ㄧㄡˊ ㄩㄣˊ ㄊㄧˋ ㄩˇ

【出處】宋・杜安世《剔銀燈》詞：「尤雲殢雨，正繾綣朝朝暮暮。」
【解釋】尤、殢：糾纏不清。雲雨：舊時男女歡愛。
【用法】詩文中泛稱沉浸於男女歡情為「尤雲殢雨」。
【例句】他現在與珮琪～，糾纏不清，你又何必去插上一腳？

油頭粉面 ㄧㄡˊ ㄊㄡˊ ㄈㄣˇ ㄇㄧㄢˋ

【出處】元・賈仲名《對玉梳》第二折：「俺這粉面油頭，便是飛災橫禍；畫閣蘭堂，便是地網天羅。」
【解釋】油頭：頭髮上搽油。粉面：臉上搽胭脂抹粉。
【用法】形容打扮得妖艷、輕浮。
【例句】馬二先生正走著，一見茶鋪子裡一個～的女人招呼他吃茶。

油頭滑腦 ㄧㄡˊ ㄊㄡˊ ㄏㄨㄚˊ ㄋㄠˇ

【用法】形容人狡猾、輕浮、不誠實。
【例句】此人～，讓人討厭。

油盡燈枯 ㄧㄡˊ ㄐㄧㄣˋ ㄉㄥ ㄎㄨ

【解釋】油熬乾了，燈滅了。
【用法】比喻人的老死。
【例句】老奶奶已經九十出頭，要強了一輩子，如今是～了。

油腔滑調 ㄧㄡˊ ㄑㄧㄤ ㄏㄨㄚˊ ㄉㄧㄠˋ

【出處】清・王士禛《師友詩傳錄》：「作詩，學力與性情必兼具而後愉快。愚意以為,學力深始能見性情。若不多讀書、多貫穿,而遽言性情,則開後學油腔滑調、信口成章之惡習矣。」

【解釋】油、滑:不老實、不嚴肅。腔、調:指說話的聲調和語氣。

【用法】形容人說話油滑輕浮,不誠懇。

【例句】在你的眼睛裡,我總還不算是個~的人吧?

油然而生（ㄧㄡˊ ㄖㄢˊ ㄦˊ ㄕㄥ）

【解釋】油然:自然而然地,也指濃雲聚集的雨。

【用法】自然而然地產生(多指思想感情)。

【例句】昨天看見選集第二冊內的小序,尊敬之心不禁~。

油嘴滑舌（ㄧㄡˊ ㄗㄨㄟˇ ㄏㄨㄚˊ ㄕㄜˊ）

【出處】清・李汝珍《鏡花緣》第二十一回:「俺看他油嘴滑調,南腔北調,到底算個甚麼!」

【用法】說話圓滑,善于強詞奪理、胡攪蠻纏。

【例句】他這個人~,一句實話也沒有。

【附註】也作「油嘴滑調」。

游必有方（ㄧㄡˊ ㄅㄧˋ ㄧㄡˇ ㄈㄤ）

【出處】《論語・里仁》:「子曰:『父母在,不遠遊,遊必有方。』」

【解釋】方:方位、方向。

【用法】如果離家出遊,須要告知去處。

【例句】「~!」,今後你要出門,可務必告訴我去處,否則你就得禁足。

【附註】「游」通「遊」。

游目騁懷（ㄧㄡˊ ㄇㄨˋ ㄔㄥˇ ㄏㄨㄞˊ）

【出處】戰國・楚・屈原《離騷》:「忽反顧以遊目兮,將往觀於四荒。」

【解釋】游目:目光由近及遠,隨意觀看。騁:馳騁。騁懷:敞開胸懷,任意遐想。

【用法】放開視野四下觀望,敞開胸懷盡情暢想。

【例句】登泰山頂上,~,彷彿天地都變得更加廣闊了!

游蜂浪蝶（ㄧㄡˊ ㄈㄥ ㄌㄤˋ ㄉㄧㄝˊ）

【解釋】蜂、蝶:蜜蜂和蝴蝶,擅採花粉。

【用法】比喻專事冶遊的輕薄放蕩子弟。

【例句】這些青年,無所事事,整日拈花惹草,是一些~之徒!

游居有常（ㄧㄡˊ ㄐㄩ ㄧㄡˇ ㄔㄤˊ）

【出處】《管子・弟子職》:「志無虛邪,行必正直,游居有常,必就有德。」

【解釋】游:交游。居:居家過日子。有常:保正常。

【用法】形容安排生活很得當,有秩序。

【例句】他自結婚以後,~,家庭生活幸福,夫妻感情很和諧。

游騎無歸（ㄧㄡˊ ㄐㄧˋ ㄨˊ ㄍㄨㄟ）

【出處】清・黃宗羲《明儒學案》第十二卷引王畿《答吳悟齋》:「文公(朱熹)分致知格物為先知,誠意正心為後行,故有游騎無歸之慮。」

【解釋】騎著馬,卻不曉得去何處。

【用法】比喻飄浮無歸著。

【例句】你設定的研究目標十分理想,只是實際操縱過程,~,已偏離基本理論甚遠,再不修正,恐怕將徒勞無功。

游戲人間 ㄧㄡˊ ㄒㄧˋ ㄖㄣˊ ㄐㄧㄢ

【出處】《太平御覽》引《漢武內傳》：「西王母曰：『東方朔爲太上仙宮，太仙使至方丈助三天司令。朔但務山水遊戲。』」

【解釋】遊戲：玩耍。到人間遊戲一番。

【用法】指玩世不恭、把人生看成是遊戲的一種消極生活態度。

【例句】李四生性玩世不恭，他～，從不嚴謹地對待事物，你要把這重責大任託付給他，恐怕十分不妥。

游戲三昧 ㄧㄡˊ ㄒㄧˋ ㄙㄢ ㄇㄟˋ

【出處】宋・釋道原《景德傳燈錄》卷八：「（普願）扣大寂之室，頓然忘筌，得遊戲三昧。」

【解釋】遊戲：自在無礙。三昧：奧妙、訣竅。原爲佛家語，指善心正定，無牽無掛。

【用法】指得趣於某事或在某一方面的造詣很深。

【例句】凡爲小說及雜劇戲文，須是虛實相半，方爲～之筆，亦要情景造極而止，不必問其有無也。

游手好閑 ㄧㄡˊ ㄕㄡˇ ㄏㄠˋ ㄒㄧㄢˊ

【出處】南朝・宋・范曄《後漢書・章帝紀》：「務盡地力，勿令游手。」

【解釋】游手：游惰、不事生產。好閑：喜愛安逸。

【用法】終日遊蕩，不務正業。

【例句】這位督辦，那時候正在上海～，無所事事，正好有工夫做那些不相干的閑事。

游山玩水 ㄧㄡˊ ㄕㄢ ㄨㄢˊ ㄕㄨㄟˇ

【出處】宋・釋道原《景德傳燈錄・卷十九・韶州雲門山文偃禪師》：「問：『如何是學人自己？』師曰：『遊山玩水去。』」

【解釋】山、水：指風景。

【用法】遊覽和觀賞風景。

【例句】我們沿途之上，都在～，遇到風景秀麗之處，就流連忘返。

游刃有餘 ㄧㄡˊ ㄖㄣˋ ㄧㄡˇ ㄩˊ

【出處】《莊子・養生主》載：有一個廚師宰牛的技術很高明，文惠君讚嘆他宰牛技術高超。他回答說：「今臣之刀十九年矣，所解數千牛矣，而刀刃若新發于硎。彼節者有間，而刀刃者無厚。以無厚入有間，恢恢乎其于游刃必有餘地矣。」

【解釋】游刃：運轉刀刃，如魚游水一樣。有餘：有餘地。

【用法】比喻技術熟練，經驗豐富，解決問題，乾淨俐落。

【例句】在理論上，他有很高的修養，又有實際工作經驗，所以由他來解決這些難題，確實是～。

【附註】參看「庖丁解牛，游刃有餘」。

游辭巧飾 ㄧㄡˊ ㄘˊ ㄑㄧㄠˇ ㄕˋ

【出處】晉・陳壽《三國志・蜀書・諸葛亮傳評》：「服罪輸情者雖重必釋，游辭巧飾者雖輕必戮。」

【解釋】游辭：花言巧語。巧飾：用巧妙的手段加以掩飾。

【用法】用花言巧語進行掩飾。

【例句】這男子祭起他那三寸不爛之舌

，～他的過失，眞是寡廉鮮恥。

游移不定 ㄧㄡˊ ㄧˊ ㄅㄨˋ ㄉㄧㄥˋ

【出處】漢·劉熙《釋名·釋車》：「游環在服馬背上，驂馬之外轡貫之。游移前卻，無定處也。」
【解釋】游移：動搖徘徊。
【用法】動搖徘徊，拿不定主意。
【例句】到底考不考研究所，我一直～著。

游雲驚龍 ㄧㄡˊ ㄩㄣˊ ㄐㄧㄥ ㄌㄨㄥˊ

【出處】唐·房玄齡等《晉書·王羲之傳》：「王羲之善草書，論者稱其筆曰：『飄若游雲，矯若驚龍。』」
【解釋】游雲：行雲。驚龍：發狂的飛龍。
【用法】形容行草書法筆勢矯健，神采飛揚。常用對人的書法的讚美之詞。
【例句】在書法展覽會上，看到一位年輕的書法家師法懷素的狂草，筆法雄健，運用自如，頗有～之勢。

猶豫不決 ㄧㄡˊ ㄩˋ ㄅㄨˋ ㄐㄩㄝˊ

【出處】《戰國策·趙策三》：「平原君猶豫未有所決。」
【解釋】猶豫：遲疑。遲遲疑疑下不定決心。
【用法】形容拿不定主意。
【例句】看這五光十色的各種衣料，她～，不知買什麼好。

由博返約 ㄧㄡˊ ㄅㄛˊ ㄈㄢˇ ㄩㄝ

【解釋】博：廣博。約：簡約、簡要。從廣博再轉向簡約。
【用法】指做學問應該在廣博的知識基礎上進一步走向專精。
【例句】沒有高度的思想水準和生活知識，就談不上～。

由表及裡 ㄧㄡˊ ㄅㄧㄠˇ ㄐㄧˊ ㄌㄧˇ

【解釋】從表面現象看到本質。
【用法】指分析事物時不能被表面現象所迷惑。
【例句】看人要～看清楚，可不要被對方華麗的外表迷惑，而做出錯誤的決定。

由近及遠 ㄧㄡˊ ㄐㄧㄣˋ ㄐㄧˊ ㄩㄢˇ

【出處】唐·魏徵《隋書·后妃傳》：「陰陽和則裁成萬物，家道正則化行天下，由近及遠，自家刑國，配天作合，不亦大乎！」
【解釋】從近處到遠方。
【用法】比喻事物的影響逐步推廣，或思想意識逐漸深入，思想境界逐漸開朗。
【例句】你就～，由淺而深，逐步地學，終究會有學成的一天。

由淺入深 ㄧㄡˊ ㄑㄧㄢˇ ㄖㄨˋ ㄕㄣ

【出處】清·無名氏《杜詩言志》第四卷：「夫詩文章法起句，必切本題，且由綱及目，由淺入深。」
【用法】從淺到深，逐步深入。
【例句】學習要～，一步一步來，基礎才會穩固，切勿好高騖遠。

由衷之言 ㄧㄡˊ ㄓㄨㄥ ㄓ ㄧㄢˊ

【出處】清·惲敬《辨微論》：「曹操之令，皆由中之言也。」

【解釋】衷：內心。出自內心的話。
【例句】這是我由衷之言，你若不信，我可對天發誓。
【附註】也作「由中之言」。

由此及彼（ㄧㄡˊ ㄘˇ ㄐㄧˊ ㄅㄧˇ）

【解釋】這一現象聯繫到那一現象。
【用法】指分析事物不能孤立地看一種現象，而應把複雜的事物聯繫起來進行全面考察，層層深入。
【例句】我們必須透過複雜的生活現象，～，由表及裡地進行深入思考，抓住事物的本質。
【附註】參看「由表及裡」。

有百害而無一利（ㄧㄡˇ ㄅㄞˇ ㄏㄞˋ ㄦˊ ㄨˊ ㄧ ㄌㄧˋ）

【用法】有各種害處，卻沒有一點的好處。
【例句】濫伐林木，～，我們必須嚴加制止。

有備無患（ㄧㄡˇ ㄅㄟˋ ㄨˊ ㄏㄨㄢˋ）

【出處】《尚書・說命中》：「惟事事，乃其有備，有備無患。」
【解釋】備：準備。患：禍患。
【用法】事先做好準備，就可以避免災禍。
【例句】這幾天，我們必須加強防颱，做到～。

有板有眼（ㄧㄡˇ ㄅㄢˇ ㄧㄡˇ ㄧㄢˇ）

【解釋】板眼：民族音樂和戲曲中的節拍。每節中的最強音叫板，其餘的叫眼。
【用法】比喻人的言語、行事都井井有條。
【例句】這孩子雖然不大，但說起話來～的。

有本有則（ㄧㄡˇ ㄅㄣˇ ㄧㄡˇ ㄗㄜˊ）

【解釋】本：根據。則：法則。
【用法】形容一切事物都有規律。
【例句】這些理論～，對我的文藝創作都是十分重要的。

有病亂投醫（ㄧㄡˇ ㄅㄧㄥˋ ㄌㄨㄢˋ ㄊㄡˊ ㄧ）

見「得病亂投醫」。

有才無命（ㄧㄡˇ ㄘㄞˊ ㄨˊ ㄇㄧㄥˋ）

【出處】唐・杜甫《寄狄明府博濟》：「比看叔父四十人，有才無命百寮底。」
【解釋】命：命運。
【用法】雖然有才能，但是命運不濟（感嘆懷才不遇，不得志）。
【例句】賈誼～，生不逢時，其遭遇令人同情。

有憑有據（ㄧㄡˇ ㄆㄧㄥˊ ㄧㄡˇ ㄐㄩˋ）

【出處】清・文康《兒女英雄傳》第二十六回：「又有這等如見如聞、有憑有據的顯應。」
【解釋】有憑證和根據。
【用法】形容提出的事物有根據，不是空口胡說。
【例句】我說這話，可是～的，絕不是瞎扯的。

有名無實（ㄧㄡˇ ㄇㄧㄥˊ ㄨˊ ㄕˊ）

【出處】《國語・晉語八》：「宣子曰：『吾有卿之名者無其實，無以從二三子，吾是以憂。』」

【用法】徒有虛名而沒有實際。
【例句】至於文壇上，我覺得現在似乎還不重批評。那些批評家，雖然其中也難免有～之輩，但還不至於可厭到像蒼蠅。

有名有姓

【用法】指事物有根有據，可以查考。
【例句】你要調查的這個人～，是不難找到的。

有目共睹

【解釋】睹：看見。人人都看見。
【用法】形容事情明明白白。
【例句】科學事業的突飛猛進，是～的事實。

有目共賞

【解釋】賞：讚賞。
【用法】所有看見的人都讚賞或欣賞。
【例句】齊白石的畫栩栩如生，～。

有的放矢

【解釋】的：箭靶。矢：箭。對準靶子射箭。
【用法】比喻言論和行動有明確的目標或有針對性。
【例句】指導作文要根據學生們存在的問題～地進行。

有頭沒腦

【出處】明·淩濛初《二刻拍案驚奇》第三十八卷：「自然七顛八倒，如痴如呆，有頭沒腦，說著東邊，認著西邊，沒情沒緒的。」
【例句】此等要緊事，可不能交給這個～的小子去辦。

有頭有尾

【出處】《朱子全書·論語·公冶長》：「做得一章有頭有尾，與今日學者有頭無尾底不同。」
【用法】比喻有始有終。
【例句】寫作文要～，不能前邊寫了後邊就不見了。

有頭無尾

【出處】宋·釋普濟《五燈會元》卷五：「曰：『有頭無尾時如何？』師曰『吐得黃金堪作什麼？』」
【解釋】有開頭沒有結尾。
【用法】比喻做事有前勁沒後勁，有始無終。
【例句】這個小夥子有些毛手毛脚，做事～，總要人給他收拾爛攤子。

有條不紊

【出處】《尚書·盤庚》：「若網在綱，有條不紊。」
【解釋】條：條理、秩序。紊：亂。
【用法】形容辦事說話有條理。
【例句】聽上去倒也是原原本本，～。

有條有理

【出處】孔安國傳：「若網在綱，各有條理而不亂也。」
【用法】形容層次清楚，脈絡分明。
【例句】他那口齒的清晰，措辭的簡潔，思路的～，的確是名不虛傳。

有天沒日

【出處】清·曹芹《紅樓夢》第七回：

「衆小廝見說出來的話有天沒日的，唬得魂飛魂喪。」

【例句】犬子年輕不懂事，說話放肆，～，敬請兄台原諒。

有天無日（ㄧㄡˇ ㄊㄧㄢ ㄨˊ ㄖˋ）

【出處】元・康進之《李逵負荊》第二折：「元來個梁山泊有天無日，就恨不砍倒這一面黃旗。」

【用法】比喻社會黑暗，沒有公理。

【例句】政府正大力掃黑，這～的亂象即將成爲過去。

有來有往（ㄧㄡˇ ㄌㄞˊ ㄧㄡˇ ㄨㄤˇ）

【用法】相互間平等交往。

【例句】你不在家的時候，老王給咱家幫了好多忙，現在老王出差，～，你也該去看看他們家有什麼要你幫忙做的。

有利可圖（ㄧㄡˇ ㄌㄧˋ ㄎㄜˇ ㄊㄨˊ）

【出處】清・無名氏《官場維新記》第六回：「等到有利可圖，可否即允照辦？」

【解釋】圖：貪圖。

【用法】有利可貪圖。

【例句】只要～，還怕沒人做嗎？

有過之而無不及（ㄧㄡˇ ㄍㄨㄛˋ ㄓ ㄦˊ ㄨˊ ㄅㄨˋ ㄐㄧˊ）

【解釋】過：超過。及：趕上。

【用法】比起某人某事來，只有超過的地方，沒有比不上的地方。

【例句】契訶夫自以爲不及莫泊桑，而後人的評價都以爲他比莫泊桑～。

有口難分（ㄧㄡˇ ㄎㄡˇ ㄋㄢˊ ㄈㄣ）

【出處】元・蕭德祥《殺狗勸夫》第一折：「直著我，有口難分，進退無門。」

【解釋】分：分辨。有嘴也難以分辨。

【用法】形容蒙受冤屈無法分辨。

【例句】把個荀老爹氣得～。

【附註】也作「有口難辯」。

有口難言（ㄧㄡˇ ㄎㄡˇ ㄋㄢˊ ㄧㄢˊ）

【出處】宋・蘇軾《醉醒者》詩：「有道難行不如醉，有口難言不如睡。」

【解釋】言：說。有嘴也沒法說。

【用法】形容有話不便說或不敢說。

【例句】她對我的話總往壞的方面去理解，讓我～。

有口皆碑（ㄧㄡˇ ㄎㄡˇ ㄐㄧㄝ ㄅㄟ）

【出處】宋・釋普濟《五燈會元》第十七卷：「勸君不用鐫頑石，路上行人口似碑。」

【解釋】碑：記載功德的石碑。

【用法】形容對特出的好人好事，引起人們普遍讚美，衆人之口便成了座座無形的豐碑。

【例句】我們 國父之人格、學問人人稱讚，眞可說是～。

有口無心（ㄧㄡˇ ㄎㄡˇ ㄨˊ ㄒㄧㄣ）

【出處】清・文康《兒女英雄傳》第十五回：「老爺此時早看透了鄧九公是重交尚義，有口無心，年高好勝的人。」

【用法】①指心直口快，說話沒有經過認眞考慮。②指說的話刺傷人，心裡卻沒有惡意。

【例句】你何必生那麼大的氣，他是～的人，說過就算了。

【附註】也作「有嘴無心」。

有苦難言

【解釋】苦：苦處。言：說。

【用法】心中有苦說不出來或不便說出來。

【例句】她的做法使我背上黑鍋，弄得我～。

有機可乘

【出處】明．羅貫中《三國演義》第一百一十回：「今魏有隙可乘，不就此時伐之，更待何時？」

【解釋】機：機會。乘：趁、利用。

【用法】有機會可利用，有空子可鑽。

【例句】在大家休息的時候，他以為～，便悄悄打開櫃子企圖盜竊，不料被人當場抓獲。

【附註】也作「有隙可乘」。

有加無已

【出處】《左傳．昭公七年》：「並走群望，有加而無瘳。」

【解釋】無已：沒有止境。

【用法】形容不斷地增加或越發展越厲害。

【例句】經濟衰退，～，令人擔憂。

有脚書櫥

【出處】宋．龔明之《中吳紀聞．三．有脚書櫥》載：宋朝龔程自幼就好學，手不釋卷，博覽群書，對書中所講的內容都記得極準確，人們稱他為「有脚書櫥」。

【用法】對學問廣博、知識豐富的人的美稱。

【例句】王雲五自幼，刻苦勵學，勤背大英百科全書，遂贏得了～的美稱。

有脚陽春

【出處】五代．後周．王仁裕《開元寶遺事．下．有脚陽春》：「（唐）宋璟愛民恤物，朝野歸美，時人咸謂璟為有脚陽春。言所至之處，如陽春煦物也。」

【解釋】陽春：春天的太陽。

【用法】舊時對能夠體恤民情施行德政官吏的讚美。

【例句】落後國家，官吏貪贓枉法，比比皆是，～之清吏實難得一見。

【附註】也作「陽春有脚」。

有教無類

【出處】《論語．衛靈公》：「子曰：『有教無類。』」

【解釋】類：類別。

【用法】施教不分對象，無論什麼人都可以教育。

【例句】孔子兩千多年前提出的「～」的主張，是有其劃時代意義的。

有進無退

【出處】明．馮夢龍《東周列國志》第六十一回：「偃丐曰：『軍中無戲言！吾二人當親冒矢石，晝夜攻之，有進無退。』」

【解釋】只能向前進，不能向後退。

【用法】形容作戰時勇敢堅毅，一往無前。

【例句】在這裡，要反對所謂有退無進的逃跑主義，同時也要反對所謂「～」的拼命主義。

有其父必有其子

【出處】元・白仁甫《東牆記》第三折：「常言道：『有其父必有其子。』」
【解釋】有什麼樣的父親就會有什麼樣的兒子。
【用法】形容父母對子女的影響很大。
【例句】林語堂是譽滿海外之文學家，其女林太乙女士，亦是名女作家，眞可謂～。

有氣無力

【出處】明・淩濛初《初刻拍案驚奇》第二十二卷：「一句話也未說得，有氣無力地，仍舊走回下處悶坐。」
【用法】形容人虛弱萎頓，沒有精神。
【例句】她～的，一步步蕩到女生宿舍來。
【附註】也作「有氣沒力」。

有求必應

【出處】清・霽園主人《夜譚隨錄・崔秀才》：「往日良朋密友，有求必應。」
【解釋】只要有人請求就一定答應。
【用法】形容容易允諾人的請求，好說話。
【例句】他這人十分重義氣，對朋友是～的，你今後若有困難，可去找他。

有血有肉

【解釋】有生命，有活力的。
【用法】形容文藝作品的形象生動，內容充實，有生活氣息。
【例句】這篇小說成功地塑造了兩個～的英雄人物。

有枝添葉

見「添枝加葉」。

有志不在年高

【解釋】年高：年歲大。有志氣不在於年歲大。
【用法】指人貴在有志，不能憑年齡來衡量。
【例句】～，無志空話百歲。

有志者事竟成

【出處】南朝・宋・范曄《後漢書・耿弇傳》：「帝（光武）謂弇曰：『……將軍前在南陽建此大策，常以爲落落難合，有志者事竟成也！』」
【解釋】竟：終於。
【用法】有志氣的人能堅持不懈，終於會取得成功。
【例句】～，這個小學程度的青年，自己刻苦勵學，終於成了昆蟲學的專家。
【附註】也作「有志竟成」。

有識之士

【出處】漢・司馬遷《史記・季布欒布列傳》：「臣恐天下有識聞之，有以闚陛下也。」
【解釋】識：見解。
【用法】有卓越見解的人。
【例句】在中國知識分子中，不乏～。

有朝一日

【出處】元・關漢卿《救風塵》第一折：「憑時節船到江心補漏遲，煩惱怨他誰？事要前思免後悔。我也勸你不得，有朝一日，準備著搭救你塊望夫石。」

【解釋】朝：日、天。

【用法】將來有那麼一天。

【例句】只要肯吃苦耐勞，～，必能成功。

有始有終

【出處】漢・揚雄《法言・君子》：「有生者必有死，有始者必有終，自然之道也。」

【用法】指人做事有頭有尾，能貫徹到底。

【例句】無論幹什麼事，都應該～。

【附註】原作「有始有卒」。

有始無終

【出處】漢・揚雄《法言・孝至》：「或問德有始而無終，與有終而無始也孰寧？」

【用法】指人做事有頭無尾，不能貫徹到底。

【例句】你若邪心不息，俺即撒開雙手，不管閑事，怪不得我～了。

有恃無恐

【出處】《左傳・僖公二十六年》：「齊侯侵魯，魯僖公使展喜犒軍。齊侯曰：『室如縣（懸）罄，野無青草，何恃而不恐？』（展喜）對曰：『恃先王之命。』」

【解釋】恃：倚仗、依靠。恐：害怕。有依靠，就沒有什麼可怕的。

【用法】形容有靠山就無所顧忌。

【例句】他仗著父親是官員，就～地欺負旁人。

有則改之，無則加勉

【出處】《論語・學而》：「吾日三省吾身。」朱熹集注：「曾子以此三者省其身，有則改之，無則加勉，其自治誠切如此，可謂得爲學之本矣。」

【解釋】改：改正。加：加以。勉：勉勵。有錯誤就改進，沒有錯誤就加以警惕，作爲一種勉勵。

【用法】勉勵人接受意見，改過從善。

【例句】對同事們提的意見，應該是抱著～的態度去對待。

有聲有色

【出處】清・洪亮吉《北江詩話》：「寫月有聲有色如此，後人復何從著筆耶？」（指唐李白、杜甫詠月詩。）

【用法】形容說話或表演鮮明、生動。

【例句】秀蘭聽她說得～，眉飛色舞，不覺暗暗感到驚訝。

有死無二

【出處】唐・白居易《淮南節度使……趙郡李公家廟碑銘序》：「誠貫神明，有死無二。」

【解釋】二：二心、不忠實。寧死不變心。

【用法】形容意志堅定，至死不變。

【例句】李四雖無才幹，對公司卻忠誠～，難怪老板對其信任有加。

有所不爲而後可以有爲

【出處】《孟子・離婁下》：「人有不爲也，而後可以有爲。」

【解釋】爲：作爲。能放棄一些事情，然後才能做好應做的事情。

【用法】意思是不能什麼事都做，而要在許多事情中放棄一些不重要的，抓住重要的去做，才能把事情做好。

【例句】任何工作都有個輕重緩急，不要眉毛鬍子一把抓，而要～，抓住主要問題，把其他不重要的放一邊，才能把事情辦好。

有損無益（ㄧㄡˇ ㄙㄨㄣˇ ㄨˊ ㄧˋ）

【出處】清・霽園主人《夜譚隨錄・贛子》：「今日二瓶，明日三瓶，有益無損也。多沽傷費，多陪傷身，有損無益也。」

【解釋】損：損害、損失。益：益處。

【用法】指只有害處沒有好處。

【例句】吸烟對人的健康～，因此應該把烟戒掉。

有礙觀瞻（ㄧㄡˇ ㄞˋ ㄍㄨㄢ ㄓㄢ）

【解釋】觀瞻：外觀或外觀給別人的印象。

【用法】指外表簡陋或不整潔，給人以不愉快的感覺。

【例句】在這個人來人往的地方，晾了一些五顏六色的衣服，實在是～。

有案可稽（ㄧㄡˇ ㄢˋ ㄎㄜˇ ㄐㄧ）

【解釋】案：案卷、記錄。稽：查考。

【用法】指有證據可考查。

【例句】關於施工方案是我們幾個部門一起制定的，大家應該共同負責，這是～的。

有一得一（ㄧㄡˇ ㄧ ㄉㄜˊ ㄧ）

【用法】不增不減，有多少是多少。

【例句】就是這一堆東西，～吧。

有一利必有一弊（ㄧㄡˇ ㄧ ㄌㄧˋ ㄅㄧˋ ㄧㄡˇ ㄧ ㄅㄧˋ）

【解釋】利：利益、好處。弊：弊病、害處。

【用法】指任何事物都是一方面有好處。另一方面也會有壞處。

【例句】這個措施頗受好評，只是主辦單位處理起來卻不免頭痛，此眞所謂「～」。

有一無二（ㄧㄡˇ ㄧ ㄨˊ ㄦˋ）

【出處】明・姚子翼《遍地錦傳奇・勸主》：「似這等才調也算得有一無二的了。」

【解釋】只有一個，沒有第二個。

【用法】指事物獨特，極其難得。

【例句】這幅名畫是畢卡索的晚年作品，是～的珍品。

有以善處（ㄧㄡˇ ㄧˇ ㄕㄢˋ ㄔㄨˇ）

【解釋】以：用來。善處：妥善對待。

【用法】正確對待，妥善處理。

【例句】對於犯錯誤的人要～，不能簡單化。

有言在先（ㄧㄡˇ ㄧㄢˊ ㄗㄞˋ ㄒㄧㄢ）

【出處】明・馮夢龍《醒世恒言・張淑兒巧智脫楊生》：「他有言在先，你今日不須驚怕。」

【解釋】話已經說在前面。

【用法】指事前打過招呼。

【例句】這件事～，如果出了差錯，我們當然要負責任。

有眼不識泰山（ㄧㄡˇ ㄧㄢˇ ㄅㄨˋ ㄕˋ ㄊㄞˋ ㄕㄢ）

見「不識泰山」。

有眼無珠

【出處】元・無名氏《舉案齊眉》第一折：「常言道，賢者自賢，愚者自愚，就似那薰蕕般各別難同處，怎比你有眼卻無珠。」

【解釋】珠：眼珠，指瞳孔。

【用法】比喻沒有見識，缺乏辨別能力。

【例句】師父，弟子～，不認得師父的尊容，多有衝撞，萬望恕罪。

有聞必錄

【出處】清・張春帆《宦海》第十一回：「不過照著有聞必錄的例兒，姑且的留資談助。」

【解釋】聞：聽到的。錄：記錄。

【用法】凡是聽到的都記下來。

【例句】他是一位～的優秀秘書。

有緣千里來相會

【出處】元・佚名《鴛鴦被》第一折：「無緣對面不相逢，有緣千里來相會。」

【解釋】緣：緣分。

【用法】有緣分的人就是相隔千里也能見上面。

【例句】宋江聽了大喜，向前拖住道：「『～，無緣對面不相逢。』我便是黑三郎宋江！」

有勇無謀

【出處】晉・陳壽《三國志・魏書・董二傳》裴松之注引《獻帝起居注》：「近董公之強，明將軍目所見，內有王公以為內主，外有董旻、承、璜以為鯁毒，呂布受恩而反圖之，斯須之間，頭懸竿端，此有勇而無謀也。」

【解釋】謀：智謀。勇敢但沒有智謀。

【用法】形容做事或打仗只有猛幹猛衝，而缺乏策略。

【例句】畢豐～，極貪酒色，不恤下人，部下盡皆離心。

【附註】也作「有勇無智」。

牖中窺日

【出處】南朝・宋・劉義慶《世說新語・文學》：「支道林聞之曰：『聖賢固所忘言，自中人以還，北人看書如顯處視月，南人學問如牖中窺日。』」

【解釋】牖：窗戶。隔著窗子看太陽。

【用法】①指讀書少則成見亦少，易於接受新知，如在暗處看日，較為顯著。②比喻所見渺茫，難得真相。

【例句】若能四處遊學，必能增廣見聞，才不致～，成為孤陋寡聞的人。

又生一秦

【出處】漢・司馬遷《史記・張耳陳餘列傳》：「秦未亡，而誅武臣等家，此又生一秦也。」

【解釋】秦：秦國，指強敵。

【用法】比喻又樹立一個敵人。

【例句】強敵未除，何必與此人過不去，～呢？

又弱一個

【出處】《左傳・昭公三年》：「齊公孫灶卒。司馬灶見晏子書：『又喪子雅矣。』晏子曰：『惜也！……二惠競爽，猶可，又弱一個焉，姜其危哉！』」

【用法】哀悼別人死亡之辭。

【例句】此人實乃良才，正需要他為國

效力，誰知竟死於車輪之下，我國～了。

右軍習氣

【出處】清・宋曹《書法約言》：「既脫於腕，仍養於心，方無右軍習氣。」
【解釋】右軍：晉著名書法家王羲之，曾任右軍將軍，世稱王右軍。
【用法】一味摹仿前人，無創造。
【例句】想要成爲大書法家，必須將自己的創意融於書法中，毫無～，方能成功。

囿于成見

【解釋】囿：拘泥、局限。成見：對事物所抱的固定的看法。拘泥一種固定的見解而不變。
【用法】形容固執，不接受新事物。
【例句】他～，很難聽進不同的意見。
【附註】也作「囿於己見」。

誘敵深入

【解釋】誘：引誘。
【用法】把敵人引進來，使他處於不利地位而加以殲滅。
【例句】我們採取「～」的戰略方針，然後把敵人一網打盡。

褎然舉首

【出處】漢・班固《漢書・董仲舒傳》：「今子大夫褎然爲舉首。」顏師古注引張晏曰：「褎，進也，爲舉賢良之首也。」
【解釋】褎：禾苗漸長的樣子，引申爲出衆。
【用法】指人的才能超出一般。
【例句】現代工商社會，競爭激烈，若非～之俊才，實難成爲大企業家。

褎如充耳

【出處】《詩經・邶・旄丘》：「叔兮伯兮，褎如充耳。」朱熹集傳：「褎，多笑貌。充耳，塞耳也。耳聾之人恒多笑。……言衛之諸臣褎然如塞耳而無聞。」
【解釋】褎：愛笑的樣子。充耳：塞耳。
【用法】塞耳不聞的意思。
【例句】對於任何批評意見，不過是～，提了對他也不起任何的作用。

奄奄一息

【出處】晉・李密《陳情表》：「但以劉（祖母劉氏）日薄西山，氣息奄奄，人命危淺，朝不慮夕。」
【解釋】奄奄：形容氣息微弱。一息：一口氣。
【用法】形容生命已到盡頭，即將死亡了。
【例句】在寒風中，他把自己的棉衣脫下來，包起了那個～的孩子。

嫣然一笑

【出處】戰國・楚・宋玉《登徒子好色賦》：「東家之子，嫣然一笑。」
【解釋】嫣然：女子很美的樣子。
【用法】形容女子優美動人的笑容。
【例句】聽到他的話，她～。

湮沒無聞

【出處】唐・房玄齡等《晉書・羊祜傳》：「自有宇宙，便有此山，由來賢達勝士，登此遠望，如我與卿者多矣，皆湮沒無聞，使人悲傷。」

【解釋】湮沒：埋沒。無聞：無人知道。

【用法】名聲被埋沒，不爲人所知。

【例句】這位在過去曾經有過很大影響的作家，近十年來已經～了。

烟波浩渺

【出處】唐・崔顥《黃鶴樓》詩：「日暮鄉關何處是？烟波江上使人愁。」元・趙孟頫《送高仁卿還湖州》詩：「江湖浩渺足春水，鳧雁滅沒橫秋烟。」

【解釋】烟波：水波渺茫，看遠處有如烟霧籠罩。浩渺：廣闊無邊。

【用法】形容水域寬廣。

【例句】航行在～的大海裡，我忽然覺得我的心也像那海水一樣，變得廣大起來。

烟霞痼疾

【出處】宋・歐陽修等《新唐書・田游岩傳》：「（岩）辭疾入箕山，居許由祠旁，自號『由東鄰』，頻召不出。高宗幸嵩山，遣中書侍郎薛元超就問其母，賜藥物絮帛。帝親至其門，游岩野服出拜，儀止謹樸。帝令左右扶止，謂曰：『先生比佳否？』答曰：『臣所謂泉石膏肓，烟霞痼疾者。』」

【解釋】烟霞：借指山水。痼疾：經久難治的病，借指癖好。

【用法】愛好山水成爲癖好。

【例句】作爲一個畫家，他總是留連山水，樂而忘返，這眞是～，積習難除了。

烟消火滅

【出處】清・張春帆《宦海》第十七回：「若是這位武弁老爺，當時認個不是，賠個笑臉，這件事兒也就烟消火滅的了。」

【解釋】烟雲消散，火光熄滅。

【用法】比喻消失得乾乾淨淨。

【例句】只要你賠個禮，道個歉，此事就～，我這一方人絕不再計較。

烟消雲散

【出處】《朱子全書・治道二・禎異》：「使一日之間，雲消霧散，堯天舜日，廓然清明。」

【用法】比喻事物完全消失。

【例句】經過一番解釋之後，大家的疑惑也就～了。

烟塵斗亂

【用法】形容烟霧灰塵瀰漫，亂七八糟。

【例句】但到傍晚，有一間的地板便常不免要咚咚咚地響得震天，兼以滿房～；問問住在隔壁的人，答道：「那是在學跳舞。」

【附註】也作「烟塵陡亂」。

烟視媚行

【出處】《呂氏春秋・不屈》：「人有新取婦者，婦至，宜安矜，烟視媚行。」

【解釋】烟視：輕輕地掃一眼。媚行：慢慢地走。

【用法】形容腼腆害羞的樣子。

【例句】那女子在衆人前～，一副極害羞的樣子，在家裏，可不是這副德行呢！

烟雲供養

【出處】明・陳繼儒《妮古錄》卷三：

「黃大痴九十而貌如童顏，米友仁八十餘神明不衰，無疾而逝，蓋畫中烟雲供養也。」（宋人黃大痴、元人米友仁，均爲山水畫家。）

【解釋】烟雲：山間的雲氣，這裡指畫中的氣韻。供養：怡情養性。

【用法】指以中國山水畫的氣韻來怡情養性，可以使人身心健康。

【例句】工商社會競爭激烈，人們精神緊張，倘能抽空常到故宮欣賞中國山水畫，藉助～，必有益於身心。

嚴氣正性（ㄧㄢˊ ㄑㄧˋ ㄓㄥˋ ㄒㄧㄥˋ）

【出處】南朝·宋·范曄《後漢書·孔融傳論》：「夫嚴氣正性，覆折而已，豈有圓園委曲，可以每其生哉！」

【解釋】氣：氣質。性：性格。

【用法】指秉性剛正不阿。

【例句】牟先生～，不爲利誘，不屈於權勢。

嚴限追比（ㄧㄢˊ ㄒㄧㄢˋ ㄓㄨㄟ ㄅㄧˇ）

【出處】清·蒲松齡《聊齋志異·促織》：「宰嚴期追比，旬餘，杖至百，兩股間膿血流離，並蟲亦不能行捉矣。」

【解釋】追比：舊時地方官吏嚴逼人民，限期交稅完糧，逾期受杖責叫「追比」。

【用法】要求任務定期完成。

【例句】老闆～，叫我怎能不憂心。此次投標要是不成，恐怕我得喝西北風去了。

嚴刑峻法（ㄧㄢˊ ㄒㄧㄥˊ ㄐㄩㄣˋ ㄈㄚˇ）

【出處】南朝·宋·范曄《後漢書·崔駰傳》：「故嚴刑峻法，破奸軌之膽。」（軌：同「宄」，壞人）

【解釋】峻：嚴厲。

【用法】嚴厲而殘酷的刑法。

【例句】～，固然可取得一時之效，但持之以往，恐會招來民怨，反而壞了大局。

嚴陣以待（ㄧㄢˊ ㄓㄣˋ ㄧˇ ㄉㄞˋ）

【出處】宋·司馬光《資治通鑑·漢紀·光武帝建武三年》：「甲辰，帝親勒六軍，嚴陣以待之。」

【解釋】嚴：嚴整。陣：陣勢。

【用法】形容對敵人的入侵或進攻已做好充分準備。

【例句】國軍就在橋口～，日軍想突破防線，不是那麼容易的。

嚴懲不貸（ㄧㄢˊ ㄔㄥˊ ㄅㄨˋ ㄉㄞˋ）

【解釋】懲：處分。貸：寬恕。

【用法】嚴厲懲辦，不予寬恕。

【例句】他們如果繼續作惡，一定～！

嚴師益友（ㄧㄢˊ ㄕ ㄧˋ ㄧㄡˇ）

【用法】嚴格的師長，有益的朋友。

【例句】我今天能有這點成就，都是得自～的幫助。

嚴霜夏零（ㄧㄢˊ ㄕㄨㄤ ㄒㄧㄚˋ ㄌㄧㄥˊ）

【出處】宋·葉廷珪《海錄碎事·帝王·暴虐》：「粱毗上封事，言揚素雲，忤意者嚴霜夏零，阿旨者膏雨冬澍，榮枯由其唇吻，廢興候其指麾。」

【解釋】零：凋零。由於寒霜摧殘，使夏季的草木都凋零了。

【用法】比喻專橫跋扈，擅作威福。

【例句】在前任縣令～的管轄下，人們

生不如死，幸而接任的父母官是個能憐恤百姓的人，本地才又恢復生氣。

嚴于律己

【解釋】律：約束。

【用法】對自己約束得非常嚴格，即嚴格要求自己。

【例句】王老師～，卻寬以待人，深獲學生愛戴。

【附註】常同「寬以待人」連用。

岩居穴處

【出處】西漢・韓嬰《韓詩外傳》：「岩居穴處，而王侯不能與君爭名。」

【解釋】居住在石窟洞穴裡。

【用法】指與外界隔絕，過著隱居的生活。

【例句】密宗禪師，大都～，苦修密宗心法，冀能早日得道。

岩牆之下

【出處】《孟子・盡心上》：「是故知命者，不立乎岩牆之下。」

【解釋】岩牆：危險的高牆。

【用法】比喻處境危險。

【例句】若非被迫，我豈願立於～。

延年益壽

【出處】戰國・楚・宋玉《高唐賦》：「九竅通鬱，精神察滯，延益壽千萬歲。」

【解釋】延：延長。益：增加。

【用法】延長歲數，增加壽命。

【例句】經常進行體能鍛鍊，就能使身體健康，～。

延頸舉踵

【出處】《莊子・胠篋》：「今遂至使民延頸舉踵曰：『某所有賢者，贏糧而趣〔趨〕之。』」

【解釋】徒：伸長。舉：抬起。伸長脖子，抬起腳跟。

【用法】形容殷切盼望。

【例句】黃生實在不孝，讓父母每天～盼子早歸，黃生仍流連外鄉，誓死不歸。

沿波討源

【出處】晉・陸機《文賦》：「或因枝以振葉，或沿波而討源。」

【解釋】沿：順著。源：水的源頭。順水流尋找河流的發源地。

【用法】①比喻作文時由次要的發展到主要的，最後點出主題。②比喻順著線索，探討事物的根源。

【例句】必須找齊資料，然後進行周密的分析～，才能得出較完整的結論。

沿門托鉢

【出處】清・無名氏《杜詩言志》第一卷：「故讀者於此等處最要分別，不然則視少陵爲隨地募緣，沿門托鉢者流矣。」

【解釋】沿：挨著。鉢：僧尼用的食器。拿著鉢挨門挨戶討飯。

【用法】比喻求人施捨。

【例句】在富裕的社會中，除了僧尼之外，已難得看到窮人～。

研核是非

【出處】漢・張衡《東京賦》：「如之何其以溫故知新研覈是非，近於此惑？」

【解釋】研核：審察考核。
【用法】對事物的是非利弊進行研究和審察。
【例句】對於取消某些優待問題，必須～，愼重從事。

研精覃思

【出處】漢・孔安國《尙書序》：「承詔爲五十九篇作傳，於是遂研精覃思，博考經籍，……庶幾有補於將來。」
【解釋】覃思：也作「潭思」，深思。
【用法】形容深入地研究探索。
【例句】王老師對於六朝文論很有研究，特別對於《文心雕龍》～，有獨到的見解，他來講授這門課程，簡直太好了！

研桑心計

【出處】漢・班固《答賓戲》：「研桑心計于無垠。」
【解釋】研：計研，一名「計然」，春秋時越國范蠡的老師，有謀略，善經商。桑：桑弘羊，漢武帝時的御史大夫，善理財。
【用法】形容人善於經營，發財致富。
【例句】王永慶精通～，是我國第一大企業家。

言必信，行必果

【出處】《論語・子路》：「言必信，行必果，硜硜然小人哉！」（硜硜：固執。）
【解釋】信：守信用。果：果斷。
【用法】說話一定要守信用，做事一定要果斷。
【例句】我們中國人說話是算數的，從來是「～」。

言必有中

【出處】《論語・先進》：「夫人不言，言必有中。」朱熹注：「言不妄發，發必當理。」
【解釋】中：中肯。
【用法】不說則已，一說就十分中肯、正確。
【例句】他不輕易發言，如果發言則是～。

言不及義

【出處】《論語・衛靈公》：「群居終日，言不及義，好行小慧，難矣哉！」
【解釋】及：涉及。義：正義。指正經的事情。
【用法】指說無聊的話，不涉及正經事情。
【例句】有些人成天在一起，嘻嘻哈哈，～，這對彼此都沒有好影響。

言不盡意

【出處】《周易・繫辭上》：「書不盡言，言不盡意，然則聖人之言，其不可見乎？」
【解釋】語言不能表達全部思想。
【用法】多用於書信結尾，表示要說的意思還沒有說完。
【例句】紙短情長，～，下次再談吧。

言不諳典

【出處】元・王子一《劉晨阮肇誤入桃園》第三折：「吃緊的理不服人，言不諳典，話不投機。」

【解釋】諳：熟習。典：法則。
【用法】比喻說話沒有準頭。
【例句】犬子年輕不懂事，～，若有衝撞之處，還請先生多多包涵。

言不由衷 ㄧㄢˊ ㄅㄨˋ ㄧㄡˊ ㄓㄨㄥ

【出處】《左傳．隱公三年》：「信不由中，質無益也。」
【解釋】由：自、從。衷：內心。
【用法】形容虛僞敷衍，心口不一致。
【例句】不合情理的、～的、沒有依據的誇張，只會破壞詩歌的美。

言不逾國 ㄧㄢˊ ㄅㄨˋ ㄩˊ ㄍㄨㄛˊ

【出處】《左傳．襄公二十七年》：「床第（床上竹編的墊子。）之言不逾（踰）國，況在野乎？」
【解釋】言：說話。逾國：越出門檻。夫婦間說的體己話，不能越出大門。
【用法】比喻說體己話不可以讓外人知道。
【例句】此種～的體己話，當衆朗讀，實在是太嘔心了。

言大非誇 ㄧㄢˊ ㄉㄚˋ ㄈㄟ ㄎㄨㄚ

【出處】宋．蘇軾《六一居士集序》：「言有大而非夸（誇）者，達者信之。」
【解釋】誇：誇口、誇耀。
【用法】說的雖然是大話，但不是虛誇的。
【例句】言大者，必多浮誇，～者，畢竟是少數。

言多必失 ㄧㄢˊ ㄉㄨㄛ ㄅㄧˋ ㄕ

【出處】明．朱柏廬《朱柏廬治家格言》：「處世戒多言，言多必失。」
【用法】說話太多，就一定會出現差錯。舊時戒人不可多說話。
【例句】三杯酒進了肚，他便把長輩的叮囑忘得一乾二淨，打開了話匣子，不料～，把來的目的洩露了出來。
【附註】也作「言多語失」。

言談林藪 ㄧㄢˊ ㄊㄢˊ ㄌㄧㄣˊ ㄙㄡˇ

【出處】唐．房玄齡等《晉書．裴秀傳》：「樂廣嘗與頠（裴頠）清言，欲以理服之，而頠辭論豐博，廣笑而不言，時人謂頠爲言談之林藪。」
【解釋】林藪：聚集的處所。
【用法】指善於言談的人。
【例句】史學大師錢穆，博通古今，擅于演講，是一～的高手。

言聽計從 ㄧㄢˊ ㄊㄧㄥ ㄐㄧˋ ㄘㄨㄥˊ

【出處】漢．司馬遷《史記．淮陰侯列傳》：「漢王授我上將軍印，予我數萬衆，解衣衣我，推食食我，言聽計從，故我得以至于此也。」
【解釋】每一句話都聽，每一條計策都加以採納。
【用法】形容對人十分信任。
【例句】你自己也該有個主意，不要對那些不三不四的人～！

言訥詞直 ㄧㄢˊ ㄋㄜˋ ㄘˊ ㄓˊ

【出處】唐．韓愈《上考工崔虞部書》：「欲學爲辭，則患言訥詞直，卒事不成。」
【解釋】言訥：出言遲鈍。直：直率。
【用法】形容說話直率，不善于花言巧語。

【例句】我之所以招來很多不滿，就因爲我～，得罪人太多了。

言過其實

【出處】《管子．心術》：「言不得過實。」
【解釋】實：實際、事實。
【用法】指言語浮誇，超過實際。
【例句】我當時困難是眞的，但他的那番描寫也未免太～了。

言歸正傳

【出處】清．李寶嘉《官場現形記》第十五回：「莊大爺方才言歸正傳，問兩個秀才道：『你二位身入黌門，是懂得皇上家法度的。今番來到這裡一定拿到了眞凶實犯，非但替你們鄉鄰伸冤，還可替本縣出出這口氣。』」
【解釋】正傳：正題、主題。
【用法】把話拉回到正題上來。舊小說中常用的套語。
【例句】便以不入三教九流的小說家所謂「閑話休題，～」這一句套話裡，取出「正傳」兩個字來，作爲名目。

言歸于好

【出處】《左傳．僖公元年》：「凡我同盟之人，既盟之後，言歸於好。」
【解釋】言：句首語助詞。好：和好。
【用法】重新和好。
【例句】王曉燕溫厚地一笑，兩個人就～了。

言和心順

【出處】明．吳承恩《西遊記》第三十七回：「滿朝文武，一個個言和心順；三宮妃嬪，一個個意合情投。」
【解釋】說話和氣，心情順暢。
【用法】形容團結一致的良好氣氛。
【例句】這家公司在李老板的領導之下，櫃台小姐待客～，頗受好評。

言簡意賅

【解釋】簡：簡單。賅：全面、完備。
【用法】形容說話或寫文章簡練深刻。
【例句】他的講話～，說服力很強。

言近旨遠

【出處】《孟子．盡心下》：「言近而指遠者，善也。」（指：同「旨」。）
【解釋】旨：意義。
【用法】形容說話或寫文章深入淺出。
【例句】～，深入淺出，把深奧的理論問題，寫得讓普通人都能看懂。

言清行濁

【出處】明．施耐庵《水滸傳》第十九回：「林冲道：『這是笑裡藏刀，言清行濁的人。』」
【解釋】清：清高。濁：渾濁，指低下。
【用法】說得很漂亮，幹的事卻很下流。
【例句】這批僞君子，～，可別被他們甜言蜜語迷昏了頭。

言行不一

【出處】《逸周書．官人》：「言行不類，終始相悖。」（類：相似。）
【用法】說的和做的不一致。
【例句】這人～，說得多，做得少。

言行相詭

【出處】《呂氏春秋．淫辭》：「言行

相詭，不祥莫大焉。」
【解釋】詭：違反、違背。說的和做的互相違背，不一致。
【用法】指言行不一致。
【例句】張老師生平最討厭～的學生。

言行一致

【解釋】說的和做的一個樣。
【用法】形容人表裡如一。
【例句】他向來～，既然說到，就要做到。

言之不預

【解釋】預：事先。
【用法】事先沒有說到。常在提出勸告或警告時用。
【例句】如果你們對我們的警告置若罔顧，繼續搗亂，我們一定要給予堅決地還擊，勿謂～！

言之成理

【出處】《荀子．非十二子》：「然而其持之有故，其言之成理。是以欺惑愚衆。」
【用法】指講得很有道理。
【例句】我並不強求你的觀點一定要和我的一樣，只要你能～，我會認眞聽取的。

言之鑿鑿

【出處】淸．蒲松齡《聊齋志異．段氏》：「言之鑿鑿，確可信據。」
【解釋】鑿鑿：確實。
【用法】說的有根有據，確實可靠。
【例句】別聽他～，事實上根本不是這麼一回事。

言之有物

【出處】《周易．家人》：「君子以言有物而行有恒。」
【解釋】物：指內容。
【用法】寫文章或說話有根據，有實際內容。
【例句】我是愛讀專欄的一個人，而且愛讀專欄還不只是我一個，因爲它「～」。

言之無文，行而不遠

【出處】《左傳．襄公二十五年》：「仲尼曰：『志有之，言以足志，文以足言。不言誰知其志。言之無文，行而不遠。』」
【解釋】文：文采。行：流行，流傳久遠。
【用法】缺乏文采的文章，就不能流傳得久遠。
【例句】有些作品，構想還是不錯的，可惜的是技巧太差，所謂～，作品的效果就大大地削弱了。

言者諄諄，聽者藐藐

【出處】《詩經．大雅．抑》：「誨爾諄諄，聽我藐藐。」
【解釋】諄諄：教誨不倦的樣子。藐藐：疏遠的樣子。
【用法】講的人誠誠懇懇，不厭其煩，聽講的人卻心不在焉。
【例句】如果～，那麼，再高明的教師也是無濟于事的。

言者無罪，聞者足戒

【出處】《詩經．大序》：「言之者無

罪，聞之者足以戒。」

【解釋】足：足以、值得。戒：警惕。

【解釋】儘管說話的人話說得不對或不完全正確，也是沒有罪過的，聽話的人依然應該作為鑒戒。

【例句】我們對批評的看法是「～」。

言重九鼎（ㄧㄢˊ ㄓㄨㄥˋ ㄐㄧㄡˇ ㄉㄧㄥˇ）

【出處】漢・司馬遷《史記・平原君列傳》：「毛先生一至楚，而使趙重于九鼎大呂。」

【解釋】鼎：古代煮東西用的三足兩耳式的器物。九鼎：相傳夏禹鑄九鼎，象徵九州，三代時奉為傳國之寶；後用以比喻分量重。

【用法】說話的分量，有如九鼎之重。

【例句】他在學術界聲望極高，～，能得到他的讚許，這本身就是一種特殊的榮譽。

言出法隨（ㄧㄢˊ ㄔㄨ ㄈㄚˇ ㄙㄨㄟˊ）

【解釋】言：此處指命令或法令。法：法律。隨：跟上。

【用法】法令一經公布或命令一旦發出，就要依法從事，不得擅自更改或違犯。

【例句】法律是嚴肅的，～，任何人都不得觸犯。

言傳身教（ㄧㄢˊ ㄔㄨㄢˊ ㄕㄣ ㄐㄧㄠˋ）

【解釋】傳：傳授。教：教導、教育。

【用法】一面用語言傳授，一面用自己的行動做出榜樣來進行教育。

【例句】王老師通過自己的～，使徒弟們很快掌握了生產操作技術。

【註】也作「言傳身帶」。

言人人殊（ㄧㄢˊ ㄖㄣˊ ㄖㄣˊ ㄕㄨ）

【出處】漢・司馬遷《史記・曹相國世家》：「盡召長老諸生，問所以安集百姓，如齊故諸儒以百數，言人人殊，參（曹參）未知所定。」

【解釋】殊：不同。

【用法】指對同一事物，各人有各人的說法。

【例句】這個方案，由于～，所以討論了半天，仍然沒有定下來。

言從字順（ㄧㄢˊ ㄘㄨㄥˊ ㄗˋ ㄕㄨㄣˋ）

【出處】唐・柳宗元《敘說》：「蓋以其落浮夸之氣，得憂患之助，言從字順，逸透眞理耳。」

【解釋】從：通順。

【用法】語言文字通順、流暢。

【例句】他的文章～，說理透徹，確實寫得很不錯。

言三語四（ㄧㄢˊ ㄙㄢ ㄩˇ ㄙˋ）

【出處】元・武漢臣《玉壺春》第三折：「小生欲待要不去，懸心掛意，怎生撇得？欲待要去呵，又惹的人言三語四，使人惶恐，好兩難也呵！」

【用法】指說三道四，口出不遜。

【例句】二東家目的沒達到，便站在門前～地罵了起來，好半天，見沒人理睬他，只得喪氣地走了。

言而有信（ㄧㄢˊ ㄦˊ ㄧㄡˇ ㄒㄧㄣˋ）

【出處】《論語・學而》：「與朋友交，言而有信。雖曰未學，吾必謂之學也已矣。」

【解釋】信：信用。

【用法】說出的話可靠，有信用。

【例句】言而無信，寸步難行，～，行遍天下。

言而無信（ㄧㄢˊ ㄦˊ ㄨˊ ㄒㄧㄣˋ）

【出處】《穀梁傳·僖公二十二年》：「言之所以爲言者，信也。言而不信，何以爲言？」

【解釋】信：信用。

【用法】說話沒有信用，不算數。

【例句】我是不能再把希望寄託在他身上了，因爲多次打交道之後，我發現他～，是很靠不住的。

【附註】原作「言而不信」。

言以足志（ㄧㄢˊ ㄧˇ ㄗㄨˊ ㄓˋ）

【出處】《左傳·襄公二十五年》：「言以足志，文以足言。」

【解釋】足：完成。志：意願。

【用法】指意願可以通過言語知道。

【例句】學文，但求～，不求辭藻華麗。

言意相離（ㄧㄢˊ ㄧˋ ㄒㄧㄤ ㄌㄧˊ）

【出處】《呂氏春秋·離謂》：「言意相離，凶也。」

【用法】比喻說的和想的不一樣。

【例句】此人是騙子，說話心口不一，～，千萬不可輕信。

言猶在耳（ㄧㄢˊ ㄧㄡˊ ㄗㄞˋ ㄦˇ）

【出處】《左傳·文公七年》：「今君雖終，言猶在耳。」

【解釋】猶：如同。

【用法】形容對人家說過的話還記得清清楚楚。

【例句】臨走的時候，爸爸和媽媽囑咐我們要努力上進，如今～，你卻早忘得一乾二淨了！

言有召禍（ㄧㄢˊ ㄧㄡˇ ㄓㄠˋ ㄏㄨㄛˋ）

【出處】《荀子·勸學》：「故言有召禍也，行有召辱也，君子愼其所立乎！」

【解釋】召：招來。禍：災禍。說話招來了災禍。

【用法】指說話要愼重。

【例句】～，世上的紛爭，多半來自言語不愼。

言揚行舉（ㄧㄢˊ ㄧㄤˊ ㄒㄧㄥˊ ㄐㄩˇ）

【出處】《禮記·文王世子》：「凡語於郊者必取賢才焉，或以德進，或以事舉，或以言揚。」

【解釋】揚：傳播。舉：推舉。

【用法】指根據學識能力來選拔人才。

【例句】當今政府清明，拔才皆能～，眞是百姓之福。

言無不盡（ㄧㄢˊ ㄨˊ ㄅㄨˋ ㄐㄧㄣˋ）

【出處】唐·李百藥《北齊書·高德政傳》：「德政與帝舊相昵愛，言無不盡。」

【解釋】盡：完結。

【用法】指說話沒有保留，把要說的話全說出來。

【例句】我們大家要做到「知無不言，～」，有什麼意見、建議全都說出來，只有這樣，才能有利於改進我們的工作。

【附註】常與「知無不言」連用。

言無粉飾（ㄧㄢˊ ㄨˊ ㄈㄣˇ ㄕˋ）

【出處】明・彭大翼《山堂肆考》：「宋滕甫，東陽人，在帝前論事如家人父子，言無粉飾，洞見肺腑。」
【解釋】粉飾：塗飾表面，引申為虛假掩飾。
【用法】①說出的話沒有虛偽掩飾的地方。②形容說話很直率。
【例句】這是一位性情耿直的人，～，說話從來不會拐彎抹角。

言外之意（ㄧㄢˊ ㄨㄞˋ ㄓ ㄧˋ）

【出處】宋・歐陽修《六一詩話》：「（梅）聖俞常語予曰：『詩家……必能狀難寫之景，如在目前，含不盡之意，見于言外，然後為至矣。』」
【解釋】話裡或文章裡所沒有明說的意思。
【用法】指不明說而讓對方體會到的意思。
【例句】他一再強調工作忙，～就是不打算參加我們這項工作了。

言為心聲（ㄧㄢˊ ㄨㄟˊ ㄒㄧㄣ ㄕㄥ）

【出處】漢・揚雄《法言・問神》：「言，心聲也；書，心畫也。」
【用法】①語言是表達內心活動的聲音。②語言是人們思想感情的反映。
【例句】～，從他平時的言談之中，是可以看出他的思想的。

言語妙天下（ㄧㄢˊ ㄩˇ ㄇㄧㄠˋ ㄊㄧㄢ ㄒㄧㄚˋ）

【出處】漢・班固《漢書・賈捐之傳》：「君房下筆，言語妙天下。」（君房：捐之字。）
【用法】①言語精妙天下無比。②稱讚人善於講話。
【例句】這位相聲大師，眞可謂～。

言語道斷（ㄧㄢˊ ㄩˇ ㄉㄠˋ ㄉㄨㄢˋ）

【出處】《瓔珞經》：「言語道斷，心行所滅。」
【用法】①原為佛家語，指意義深奧微妙，無法用言辭表達。②指不能通過交談、談判的方式解決問題。
【例句】禪家思想，講究～，只能以心傳心。

顏筋柳骨（ㄧㄢˊ ㄐㄧㄣ ㄌㄧㄡˇ ㄍㄨˇ）

【出處】宋・范仲淹《祭石曼卿文》：「曼卿之筆，顏筋柳骨。」
【解釋】顏、柳：顏眞卿、柳公權，二人皆為我國唐代著名書法家。筋、骨：筋肉和骨頭，此處比喻書法的筆姿。
【用法】顏字雄渾豐厚，柳字骨力遒勁，故以「顏筋柳骨」形容書法高妙，兼有顏、柳的優點。
【例句】在少年書法展覽會上，我看到一個十一歲的孩子寫的條幅，～，頗為引人注目。
【附註】也作「顏骨柳筋」。

偃旗息鼓（ㄧㄢˇ ㄑㄧˊ ㄒㄧ ㄍㄨˇ）

【出處】晉・陳壽《三國志・蜀書・趙雲傳》裴松之注引《趙雲別傳》：「雲入營，更大開門，偃旗息鼓，公（曹操）疑有伏兵，引去。」
【解釋】偃：放倒。息：止。
【用法】①放倒軍旗，停止擊鼓。②指軍隊把自己的行蹤隱蔽起來，不使敵人覺察。③指停止戰鬥或停止行動。
【例句】他一向怯戰，一遇大敵，立即～，落荒而逃。

偃武修文（ㄧㄢˇ ㄨˇ ㄒㄧㄡ ㄨㄣˊ）

【出處】《尚書・武成》：「王來自商，至亦豐，乃偃武修文。歸馬於華山之陽，放牛於桃林之野，示天下弗服。」（豐：地名。）

【解釋】偃：停止。修：修明。

【用法】停止戰鬥或武備，致力於文教。

【例句】在此太平盛事，何必大事整修武備，倒不如～，教化百姓。

【附註】也作「偃武興文」。

掩鼻而過（ㄧㄢˇ ㄅㄧˊ ㄦˊ ㄍㄨㄛˋ）

【出處】《孟子・離婁下》：「西子蒙不潔，人皆掩鼻而過之。」

【解釋】掩：捂。

【用法】①捂着鼻子走過去。②形容對醜惡事物的厭惡。

【例句】這裡成了垃圾堆，腐臭的味道令人難以忍受，走到這裡，人人都要～。

掩目捕雀（ㄧㄢˇ ㄇㄨˋ ㄅㄨˇ ㄑㄩㄝˋ）

【出處】晉・陳壽《三國志・魏書・陳琳傳》：「諺有『掩目捕雀』，夫微物尚不可欺以得志，況國之大事，其可以詐立乎？」

【解釋】掩：捂。

【用法】①捂着眼睛捕捉麻雀。②比喻自己欺騙自己。

【例句】失敗就承認失敗，何必～，說希望仍很濃厚呢？

掩人耳目（ㄧㄢˇ ㄖㄣˊ ㄦˇ ㄇㄨˋ）

【出處】《大宋・宣和遺事・亨集》：「雖欲掩人之耳目，不可得也。」

【解釋】掩：遮蓋。

【用法】①遮蓋別人的耳朵和眼睛。②比喻以假象蒙蔽人。

【例句】他為了～，胡編了一套離奇的故事。

掩耳盜鈴（ㄧㄢˇ ㄦˇ ㄉㄠˋ ㄌㄧㄥˊ）

【出處】宋・司馬光《資治通鑑・隋記》：「李淵曰：『此所謂掩耳盜鈴，然逼于時事，不得不爾。』」

【解釋】掩：捂。

【用法】①捂起耳朵去偷盜鈴鐺。②比喻自己欺騙自己。

【例句】他故意說得比誰都激動，但明眼人一看便知，他不過是～而已。

眼飽肚飢（ㄧㄢˇ ㄅㄠˇ ㄉㄨˋ ㄐㄧ）

【出處】元・無名氏《隔江鬥智》第四折：「只是我劉封沒造化，單只看的一看，做了眼飽肚中飢哩。」

【用法】①眼睛看了個夠，肚子依然餓得慌。②比喻看得到卻得不到，飽飽眼福，不解決實際問題。

【例句】李家姑娘美極了，我只能暗地相思，圖個～罷了。

眼不見，心不煩（ㄧㄢˇ ㄅㄨˋ ㄐㄧㄢˋ ㄒㄧㄣ ㄅㄨˋ ㄈㄢˊ）

【出處】清・曹雪芹《紅樓夢》第二十九回：「幾時我閉了眼，任憑你們兩個冤家鬧上天去，我眼不見，心不煩，也就罷了。」

【用法】眼睛沒有看見，就好像沒有這回事，也就不去操心了。

【例句】何必與媳婦嘔氣呢？倒不如出外旅遊幾個月，～，也就好了。

眼明手快

【出處】元・無名氏《盆兒鬼》第三折：「想起俺少時節，眼明手捷，體快身輕。」

【用法】①眼光銳利，手脚俐落。②形容動作敏捷。

【例句】他～，反應靈敏，是一個爆發力很好的運動員。

眼高手低

【用法】①眼力過高，手法過低。②指空有一些見識，並無實際本領。

【例句】～，志大才疏，是那些一瓶子不滿、半瓶子晃盪的人最顯著的一個特徵。

眼高于頂

【用法】①比喻眼光銳利，識別力強。②比喻驕傲自大，看不起人。

【例句】此人確有才幹，可惜～，與人不合。

眼觀六路耳聽八方

【出處】清・文康《兒女英雄傳》第六回：「強盜的本領，講的是眼觀六路，耳聽八方。」

【用法】形容機智靈活，對各方面的情況都能掌握。

【例句】兩軍交戰，雙方主將均凝聚精神～，希望大獲全勝。

【附註】也作「眼觀四處，耳聽八方」。

眼空心大

【出處】清・曹雪芹《紅樓夢》第二十七回：「他素昔眼空心大，是個頭等刁鑽古怪的丫頭。」

【用法】形容目空一切，驕傲自大。

【例句】有再好的才能，只要～，便不足取。

眼花繚亂

【出處】元・王實甫《西廂記》第一本第一折：「顛不剌的見了萬千，似這般可喜娘的龐兒罕曾見，則着人眼花繚亂口難言，魂靈兒飛在半天。」

【解釋】繚亂：紛亂，糾纏混雜。

【用法】形容東西衆多紛繁，使眼睛看得發花。

【例句】鄉巴佬進大都市，常被川流不息的汽車，搞得～。

眼花耳熱

【出處】唐・李白《俠客行》詩：「眼花耳熱後，意氣素霓生。」

【解釋】兩眼昏眩，雙耳燥熱。

【用法】形容心情激動或勞累煩亂的樣子。

【例句】她拼命地幹了一天，一次也沒有休息過，到了晚上，～，站都站不住了。

眼疾手快

【解釋】疾：急速。

【用法】形容行動敏捷。

【例句】英勇的警察～，一把奪下了罪犯手中的刀。

眼見爲實，耳聽爲虛

【用法】親眼看到才算是眞實的，聽來的傳聞是靠不住的。

【例句】～，只有自己親眼看過的東西

，描繪起來才能眞切動人。

眼中有鐵

【出處】宋・司馬光《資治通鑑・陳紀》：「世祖天嘉五年，周師及突厥逼晉陽，齊王登北城，軍容甚整，突厥咎周人曰：『爾言齊亂，故來伐之，今齊人眼中亦鐵，何可當耶！』」

【用法】①比喻眼神中有剛強之氣。②形容精神旺盛，鬥志昂揚。

【例句】你看這位企業家～，難怪他的事業蒸蒸日上。

眼饞肚飽

【出處】清・曹雪芹《紅樓夢》第十六回：「鳳姐把嘴一撇道：『哎！往蘇杭走了一趟回來，也該見點世面了，還是這麼眼饞肚飽的。』」

【用法】形容貪饞過分，欲壑難塡。

【例句】在富裕的社會中，很難想像貧窮人家～的模樣。

眼錯不見

【出處】清・曹雪芹《紅樓夢》第八回：「李媽道：『不中用，當着老太太、太太，那怕你喝一罈呢！不是那日我眼錯不見，不知那個沒調教的，只圖討你的喜歡，給了你一口酒喝……。』」

【解釋】錯：交錯、交叉。

【用法】一眨眼功夫沒看見。

【例句】這小子實在調皮，～，就溜得不見人影。

宴安鴆毒

【出處】《左傳・閔公元年》：「諸夏親暱，不可棄也。宴安鴆毒，不可懷也。」（懷：想念。）

【解釋】宴安：閑散懶惰，貪圖享樂。鴆毒：鴆是傳說中的一種毒鳥，可用其羽毛製毒酒、毒藥。

【用法】安逸享樂的生活如同毒藥一樣，使人受害。

【例句】他爲了貪圖享受，逐漸腐化墮落，以至於成爲貪污份子，此即古人所謂～。

燕妒花慚

【出處】清・曹雪芹《紅樓夢》第二十七回：「滿園裡綉帶飄飄，花枝招展。更兼這些人打扮的桃羞杏讓，燕妒花慚，一時也道不盡。」

【解釋】妒：嫉妒。慚：羞愧。

【用法】過去形容年輕女子的美麗。

【例句】這小妮子長得～，可惜不理你，否則眞是理想的對象。

燕頷虎頸

【出處】南朝・宋・范曄《後漢書・班超傳》：「超問其狀，相者指曰：『生燕頷虎頸，飛而食肉，此萬里侯相也。』」

【解釋】頷：下巴。頸：脖子。

【用法】形容相貌英俊威猛。

【例句】這個戰士，生得～，作戰威武勇猛。

燕雀相賀

【出處】漢・劉安《淮南子・說林》：「大厦成而燕雀相賀。」

【解釋】賀：道喜、慶祝。

【用法】舊時用以祝賀新屋落成。

【例句】世貿大樓落成，～之辭如雪片飛來。

燕雀處堂

【出處】《孔子．論勢》：「先人有言，燕雀處堂，子母相哺，煦煦焉，其相樂也，自以爲安矣；灶突炎上，棟宇將焚，燕雀顏色不變，不知禍之將及己也。」

【解釋】處：居住。堂：堂屋。

【用法】①小鳥住在堂屋上。②比喻處在危險的境遇中自己卻不知道。③指居安不思危，失去警惕心。

【例句】許多人醉生夢死，即使大敵臨前，卻如～，毫無知覺。

燕雀安知鴻鵠之志

【出處】漢．司馬遷《史記．陳涉世家》：「陳涉少時，嘗與人傭耕，輟耕之壟上，悵恨久之，曰：『苟富貴，無相忘！』傭者笑而應曰：『若爲人耕，何富貴也？』陳涉太息曰：『嗟乎！燕雀安知鴻鵠之志哉！』」

【解釋】安：哪裡。鴻鵠：天鵝。

【用法】比喻庸俗的人不能了解英雄的遠大志向。

【例句】何必與此等小人計較，～，惟有功成名就，這等鼠輩才能知道兄之大志。

燕雀幕上

【出處】《左傳．襄公二十九年》：「夫子之在此也，猶燕之巢在幕上。」

【解釋】巢：鳥窩。幕：帳篷。

【用法】①燕子把窩搭在帳篷上。②比喻處境危險，隨時有毀滅的可能。

【例句】敵人居然把主力部隊配置在腹背受敵的地帶，眞是～，勢在必敗。

燕翼貽謀

【出處】《詩經．大雅．文王有聲》：「武王豈不仕，治厥孫謀，以燕翼子。」毛傳：「燕，安；翼，敬也。」

【解釋】燕：通「宴」，安。翼：敬。貽：也作「詒」，遺留。

【用法】①指周武王以安定敬愼之謀貽及子孫。②引申爲善於爲子孫打算，做出安排。

【例句】此老不但個人事業極成功，且～，故其子孫個個卓然有成。

燕雁代飛

【出處】漢．劉安《淮南子．墮形訓》：「磁石上飛，雲母來水，土龍致雨，燕雁代飛。」高誘注：「燕，玄鳥也，春分而來，雁春分而北詣漢中也；燕秋分而去，雁秋分而詣彭蠡也，故曰代飛。代，更也。」

【解釋】代：更替。

【用法】①燕子、大雁更替着飛來飛去。②指兩者各按生活習性準時地向不同的地方飛去。③比喻事物各有自己變化發展的情況。

【例句】同窗好友畢業之後，～，誰也管不了誰。

燕語鶯聲

【出處】元．關漢卿《金線池》楔子：「裊娜復輕盈，都是宜描上翠屏，語若流鶯聲似燕，丹青，燕語鶯聲怎畫成？」

【用法】①燕語呢喃，鶯聲嬌媚。②形

容女人柔和動聽的說話聲。

【例句】這個女孩子面貌姣好，說話又～，難怪追求者絡繹於前。

雁塔題名

【出處】五代・南漢・王定保《唐摭言・慈恩寺題名游賞賦咏雜記》載：新進士在曲江宴會後，常題名于雁塔。

【解釋】雁塔：塔名，在今陝西省西安市市郊。

【用法】用作考中進士的代稱。

【例句】衆多莘莘學子三更燈火五更雞，所求的也不過是～罷了！

雁過拔毛

【出處】清・文康《兒女英雄傳》第三十一回：「話雖如此，他既沒那雁過拔毛的本事，就該悄悄的走。」

【用法】①喻指明目張膽地藉端勒索掠奪或唯利是圖的貪婪伎倆。②指武藝高強。

【例句】許多黑道人物公然地進行～的劣行，身爲警察怎能不聞不問？

雁足傳書

【出處】漢・班固《漢書・蘇武傳》：「匈奴與漢和親，漢求武（蘇武）等，匈奴詭言武死。後漢使復至匈奴，常惠請其守者與俱，得夜見漢使，具自陳道，教使者謂單于言：『天子射上林中，得雁，足有繫帛書，言武等在某澤中。』使者大喜，如惠語以讓單于。單于視左右而驚，謝漢使曰：『武等實在。』」

【解釋】雁：大雁，一種候鳥。書：書信。

【用法】候鳥能傳送書信。

【例句】住此荒島，最大的不便，就是無～，與外界通訊。

【附註】也作「鴻雁傳書」。

雁影分飛

【出處】清・蒲松齡《聊齋志異・馬介甫》：「甚而雁影分飛，涕空沾于荆樹，鸞膠再覓，變造起于蘆花。」

【用法】比喻兩相分離。

【例句】此對苦命鴛鴦因戰火，嘗盡了～的相思苦。

喑噁叱咤

【出處】漢・司馬遷《史記・淮陰侯列傳》：「項王喑噁叱咤，千人皆廢。」

【解釋】喑噁：發怒聲。叱咤：怒斥、怒喝。

【用法】憤怒地大聲喝叫。

【例句】現在員工不比從前，老板可以對其～，喝來呼去的，否則老板可要身兼數職了。

因風吹火

【出處】宋・釋道原《景德傳燈錄・汝州風穴延昭禪師》：「如何是臨機一句？師曰：『因風吹火，用力不多。』」

【解釋】因：借着。

【用法】①借着風來吹火。②比喻藉機行事。

【例句】「遇春慌忙答禮道：『十娘鍾情所歡，不以貧窶易心，此乃女中豪傑。僕～，諒區區何足掛齒！』」

因敵取資

【出處】北齊・魏收《魏書・燕風傳》：「北人壯悍，上馬持三仗，驅馳若飛。主上雄俊，率服北土，控弓百萬，號令若一。軍無輜重樵爨之苦，輕行速捷，因敵取資，此南方所以疲敝，北方所以常勝也。」
【解釋】因：依靠。資：財物。
【用法】就敵人處取得物資用。
【例句】班固雖隻身遠赴西域，但能巧運智珠，～，終能平定西域，重振大漢聲威。

因地制宜（ㄧㄣ ㄉㄧˋ ㄓˋ ㄧˊ）

【出處】漢・趙曄《吳越春秋・闔閭內傳》：「夫築城郭、立倉庫，因地制宜，豈有天氣之數以威鄰國者乎？」
【解釋】因：根據。制：規定，擬定。
【用法】根據各地的具體情況，靈活地採用適宜的措施。
【例句】經過調查了解，原來成功的經驗，也還有個～的問題。

因難見巧（ㄧㄣ ㄋㄢˊ ㄐㄧㄢˋ ㄑㄧㄠˇ）

【出處】宋・歐陽修《六一詩話》：「得韻窄，則不復旁出，而因難見巧，愈險愈奇。」
【解釋】因：由于。巧：巧妙。
【用法】由於難度很大，更顯出技藝的高超。
【例句】杜甫的《聞官軍收河南河北》是他的「生平第一快詩」，此詩之妙，不在～，而在於水到渠成、妙手偶得。

因陋就簡（ㄧㄣ ㄌㄡˋ ㄐㄧㄡˋ ㄐㄧㄢˇ）

【出處】漢・劉歆《移書證太常博士》：「苟因陋就簡，分文析字，煩言碎辭，學者罷（疲）老，且不能究其一藝。」
【解釋】因：就，將就。陋：簡陋。
【用法】①簡陋遷就，不求改進。②指利用原來簡陋的條件，將就着辦事。
【例句】經濟不景氣，無法事事講究，只好～，湊合湊合了。

因利乘便（ㄧㄣ ㄌㄧˋ ㄔㄥˊ ㄅㄧㄢˋ）

【出處】漢・賈誼《過秦論》：「因利乘便，宰割天下，分裂河山。」
【解釋】因、乘：憑藉，依靠。
【用法】憑藉和利用有利的形勢。
【例句】目前形勢看好，我們必須～，把大家動員起來，奪取市場。

因果報應（ㄧㄣ ㄍㄨㄛˇ ㄅㄠˋ ㄧㄥˋ）

【出處】《涅槃經・憍陳品》：「三世因果，循環不失。」
【用法】按佛教輪迴說法，善因得善果，惡因得惡果。
【例句】我們不相信所謂的～，但我們卻相信，凡是壓迫人民的人必將受到歷史的審判。

因果不爽（ㄧㄣ ㄍㄨㄛˇ ㄅㄨˋ ㄕㄨㄤˇ）

【解釋】爽：失。
【用法】佛教說法，善因得善果，惡因得惡果，從來沒有違背的。
【例句】這野心家終於受到了法律的審判，這也叫做～吧！

因公假私（ㄧㄣ ㄍㄨㄥ ㄐㄧㄚˇ ㄙ）

【出處】南朝・宋・范曄《後漢書・李固傳》：「太尉李固，因公假私，依正行邪。」

【解釋】因：借着。

【用法】假借公務，以謀私利。

【例句】你別看他依法辦事，奉公守法，事實上，他是～的僞君子。

【附註】也作「因公行私」。

因禍爲福（ㄧㄣ ㄏㄨㄛˋ ㄨㄟˊ ㄈㄨˊ）

【出處】漢．司馬遷《史記．管晏列傳》：「其爲政也，善因禍而爲福，轉敗而爲功。」

【用法】把壞事處理妥當，從中吸取教訓，可以轉禍爲福。

【例句】「伯翁，你還說我誤事，如今不是～嗎？」

【附註】也作「因禍得福」。

因小見大（ㄧㄣ ㄒㄧㄠˇ ㄐㄧㄢˋ ㄉㄚˋ）

【用法】從小處看出大問題，或從部分看到全體。

【例句】～，我們從他在這些小事情上一絲不苟的精神，可以保證，委託給他，重大的工作也一定能夠很好地完成。

因小失大（ㄧㄣ ㄒㄧㄠˇ ㄕ ㄉㄚˋ）

【出處】清．黃小配《廿載繁華夢》第三十四回：「他卻只是不理，只道他身在洋界，可以沒事。不知查抄起來，反恐因小失大，他卻如何懂得？」

【解釋】因：因爲。

【用法】因爲一些小事耽誤了大事，或因爲貪小利而受到大損失。

【例句】只抓住枝節問題不放，而不注意主要的問題，就會～。

因循守舊（ㄧㄣ ㄒㄩㄣˊ ㄕㄡˇ ㄐㄧㄡˋ）

【出處】漢．班固《漢書．百官公卿表上》：「秦兼天下，建皇帝之號，立百號之職，漢因循而不革。」

【解釋】因循：沿襲。

【用法】沿襲老一套的辦法，不求取改進。

【例句】科學的大門，對於勇於探索者是敞開的；而對於～者卻是緊閉的。

因循坐誤（ㄧㄣ ㄒㄩㄣˊ ㄗㄨㄛˋ ㄨˋ）

【解釋】因循：因襲拖拉，照搬不改。坐誤：因此而耽誤。

【用法】守着舊作法，不加以改變，因而耽誤了事情。

【例句】在一日數變的社會中，可不能再用一些～的頑固分子了，否則公司前途堪憂。

因時制宜（ㄧㄣ ㄕˊ ㄓˋ ㄧˊ）

【出處】漢．劉安《淮南子．氾論訓》：「器械者，因時變而制宜適也。」

【解釋】因：按照。制：規定、擬定。

【用法】按照不同的時機，制定適當的措施，不拘泥於成規。

【例句】形勢的發展很快，我們必須根據實際情況，～地制定措施。

因事制宜（ㄧㄣ ㄕˋ ㄓˋ ㄧˊ）

【出處】漢．班固《漢書．韋賢傳》：「朕聞明之之御世也，遭時爲法，因事制宜。」

【解釋】因：根據。制：規定、擬定。

【用法】根據不同事情的具體情況，採取適宜的措施。

【例句】不要機械地搬用別人的經驗，

應該～，根據自己的特點制定切實可行的計劃。

因勢利導（ㄧㄣ ㄕˋ ㄌㄧˋ ㄉㄠˇ）

【出處】漢・司馬遷《史記・孫子吳起列傳》：「善戰者，因其勢而利導之。」

【解釋】因：順應。勢：趨勢。利導：向有利的方向引導。

【用法】順應事物發展的規律而加以引導。

【例句】只要實事求是，～，不斷總結經驗，就一定可以完成我們的任務。

因樹爲屋（ㄧㄣ ㄕㄨˋ ㄨㄟˊ ㄨ）

【出處】南朝・宋・范曄《後漢書・申屠蟠傳》：「乃絕迹于梁碭之間，因樹爲屋，自同傭人。」

【解釋】因：依。

【用法】①依着樹架起屋子來。②指隱居於荒野。

【例句】沒想到工商社會中，竟然還有～的隱士。

因人制宜（ㄧㄣ ㄖㄣˊ ㄓˋ ㄧˊ）

【解釋】因：按照。

【用法】按照人的具體情況，採取不同的辦法，安排適當的工作。

【例句】使用部屬就要～，根據各人的情況，揚長避短，發揮他們的才智。

因人成事（ㄧㄣ ㄖㄣˊ ㄔㄥˊ ㄕˋ）

【出處】漢・司馬遷《史記・平原君虞卿列傳》：「公等碌碌，所謂因人成事者也。」

【解釋】因：依賴、依靠。

【用法】依賴別人的力量取得成果。

【例句】在現代工商社會辦事，～者多，少有獨力完成者，所以更要重視人際關係。

因人而異（ㄧㄣ ㄖㄣˊ ㄦˊ ㄧˋ）

【用法】因爲不同的對象而有所區別。

【例句】風格和情緒、傾向之類，不但～，而且因事而異，因時而異。

因任授官（ㄧㄣ ㄖㄣˋ ㄕㄡˋ ㄍㄨㄢ）

【出處】《韓非子・定法》：「因任而授官，循名而責實。」

【解釋】因：根據、依據。

【用法】根據才能授於官職。

【例句】主管是一個～的人，你別想拉關係套交情了。

因材施教（ㄧㄣ ㄘㄞˊ ㄕ ㄐㄧㄠˋ）

【出處】《論語・雍也》：「子曰：『中人以上，可以語上也；中人以下，不可以語上也。』」朱熹集注引張敬夫（栻）曰：「聖人之道，精粗雖無二致，但其施教，則必因其材而篤焉。」

【解釋】因：根據。依照。材：人的素質。施：施行、施加。

【用法】針對各人的智力、性格、志趣等具體情況，施行不同的教育。

【例句】應該從學生的實際出發，～。

因噎廢食（ㄧㄣ ㄧㄝ ㄈㄟˋ ㄕˊ）

【出處】《呂氏春秋・蕩兵》：「有以噎死者，欲禁天下之食，悖。」

【解釋】噎：吃東西卡住了喉嚨。廢：停止。

【用法】①怕吃飯卡住，索性就不再吃。②比喻因偶然受到一次挫折或因爲出現一些小問題，就根本不幹了。
【例句】失敗了，要再接再厲，千萬不可~。

殷鑒不遠（ㄧㄣ ㄐㄧㄢˋ ㄅㄨˋ ㄩㄢˇ）

【出處】《詩經・大雅・蕩》：「殷鑒不遠，在夏后之世。」意爲夏朝覆滅不久，殷朝應該吸取其覆亡的教訓。
【解釋】殷：殷朝。鑒：鏡子。引申爲教訓。殷鑒：可以作爲殷朝借鑒的教訓。
【例句】~，誰敢發動戰爭，希特勒就是他的下場！

殷殷垂念（ㄧㄣ ㄧㄣ ㄔㄨㄟˊ ㄋㄧㄢˋ）

【解釋】殷殷：殷切、誠懇。垂念：掛念。
【用法】非常殷切地掛念着。
【例句】您對我~之情，我們全家都非常感動。

陰霾密布（ㄧㄣ ㄇㄞˊ ㄇㄧˋ ㄅㄨˋ）

【解釋】陰霾：由於空氣中飄浮大量烟、塵等微粒而形成的混濁現象。

【用法】比喻形勢險惡。
【例句】中東石油危機~，大戰一觸即發。

陰謀詭計（ㄧㄣ ㄇㄡˊ ㄍㄨㄟˇ ㄐㄧˋ）

【出處】漢・司馬遷《史記・陳丞相世家》：「我多陰謀，是道家之所禁。」
【解釋】陰謀：暗中策劃的計謀。詭計：陰險奸詐的計策。
【用法】指背地裡策劃幹壞事。
【例句】搞~的人一定要垮台。
【附註】也作「私謀詭計」。

陰魂不散（ㄧㄣ ㄏㄨㄣˊ ㄅㄨˋ ㄙㄢˋ）

【解釋】陰魂：稱人死後的魂靈。
【用法】比喻壞人壞事雖不存在，但其影響或殘除勢力仍然存在。
【例句】最近常有無聊男子~地跟蹤我，令我害怕。

陰山背後（ㄧㄣ ㄕㄢ ㄅㄟˋ ㄏㄡˋ）

【用法】①偏僻冷落的地方。②常指人陷於冤屈、無人過問的困境中。
【例句】那些年中，像我這樣的人，理所當然地被趕到公司的~去了。

陰柔害物（ㄧㄣ ㄖㄡˊ ㄏㄞˋ ㄨˋ）

【出處】五代・後晉・劉昫等《舊唐書・李義府傳》：「義府貌狀溫恭，與人語必嬉怡微笑，而褊忌陰賊。既處權要，欲人附己，微忤意者，輒加傾陷。故時人言義府笑中有刀，又以其柔而害物，亦謂之『李貓』。」

陰錯陽差（ㄧㄣ ㄘㄨㄛˋ ㄧㄤˊ ㄔㄚ）

【出處】明・湯顯祖《牡丹亭・圓駕》：「這到底是前亡後化，抵多少陰錯陽差。」
【用法】①舊時陰陽家術語，把陰與陽鬧混了。②比喻由於偶然因素而造成了差錯。
【例句】他倆約會三點鐘在公園門口見面，可是，~，誰也沒有看見誰。

陰陽怪氣（ㄧㄣ ㄧㄤˊ ㄍㄨㄞˋ ㄑㄧˋ）

【用法】形容人說話不直率，作風不正派，行爲與衆不同，讓人難以理解。
【例句】他說起話來~的，叫人反感。

陰雨晦冥

【出處】宋．無名氏《宣和遺事．前集》上：「光風霽月之時少，陰雨晦冥之時多。」
【解釋】晦冥：昏暗。
【用法】①陰雨連綿，天昏地暗。②比喻災禍不斷。
【例句】老張最近運氣不佳，既出車禍，又遭革職，這種～的日子，令他不知如何是好。

音容笑貌

【用法】①指人的容貌和笑聲。②泛指人的整個形象。
【例句】他作品中的人物，～，栩栩如生。

音容宛在

【解釋】音容：聲音容貌。宛：好像。
【用法】多指死者的聲音容貌彷彿仍還留在世上。
【例句】她思念前夫，時常夢其～，夜夜與其夢中相會。

音與政通

【出處】《禮記．樂記》：「治世之音安以樂，其政和；亂世之音怨以怒，其政乖；亡國之音哀以思，其民困。聲音之道，與政通矣。」
【解釋】音：音樂。政：政治。
【用法】①音樂與政治是互相聯繫的。②指音樂是社會生活的反映。
【例句】文藝不能脫離社會，古人所謂「～」，指的正是這個道理。

吟風弄月

【出處】唐．范傳正《李翰林白墓志銘》：「吟風咏月，席地幕天。」
【解釋】吟：吟咏、吟詩。弄：玩賞。風月：自然風光，泛指景色。
【用法】①玩賞風月，吟誦風月。②形容詩人的閑情逸致。③指以風花雪月爲題材，內容空虛無聊的作品。
【例句】明末小品雖較頹廢，卻非全是～之作，其中有不平，也有諷刺。
【附註】也作「咏月嘲風」。

夤緣而上

【出處】唐．韓愈《古意》詩：「我欲求之不憚遠，青壁無路難夤緣。」
【解釋】夤緣：攀附。
【用法】①攀附而上。②憑藉關係，攀附權貴，以求高升。
【例句】不須熟讀經書，憑着皇親貴戚，就能～。

寅吃卯糧

【出處】清．曹雪芹《紅樓夢》第一百六回：「豈知好幾年頭裡，已經寅年用了卯年的，還是這樣裝好看！」
【解釋】寅、卯：我國農曆紀年用的「地支」順序，「寅」爲第三位，「卯」爲第四位。
【用法】①寅年吃了卯年的糧。②比喻經濟周轉不好，入不敷出，預先借支。
【例句】「就是我們家，也是～，先缺後空。」
【附註】也作「寅支卯糧」。

淫詞艷語

【出處】清・李汝珍《鏡花緣》第一回：「淫詞穢語，概所不錄。」

【解釋】淫：淫蕩。艷：香艷。

【用法】淫蕩猥褻、污穢下流的言辭。

【例句】這些充滿～的黃色小說，理應受到查禁。

【例句】也作「淫詞穢語」。

淫辭邪說

【出處】《孟子・滕文公下》：「閑先聖之道，距楊、墨，放淫辭，邪說者不得作。」

【用法】指非正統的邪說。

【例句】想要匡正社會風氣，必須先從掃除地下刊物的～做起。

【附註】也作「淫學邪說」。

銀鉤鐵畫

見「鐵畫銀鉤」。

銀鉤玉唾

【出處】宋・胡繼宗《書言故事・書翰類》：「謝人惠書云辱銀鉤玉唾。」

【解釋】銀鉤：形容字的筆畫剛勁有力。唾：指出言。玉唾：出言如美玉。

【用法】①形容語言華美。②比喻優美的詩文。

【例句】這副對聯～，眞不愧是王老的精心傑作。

【附註】也作「唾玉鈎銀」。

銀河倒瀉

【出處】唐・李白《廬山謠寄盧侍御虛舟》：「金闕前開二峰長，銀河倒掛三石梁。」

【解釋】銀河：俗謂天河，即星河。瀉：水從高處向低處湧流而下。

【用法】①像天河裡的水從天上湧流急下。②比喻瀑布。③形容暴雨時的情景。

【例句】你道事有湊巧，物有固然，就那嶺上，雲生東北，霧長西南，下一陣大雨。果然是～，滄海盆傾，好一陣大雨！

銀樣鑞槍頭

【出處】元・王實甫《西廂記》第四本第二折：「你原來苗而不秀，呸！一個銀樣鑞槍頭！」

【解釋】鑞：錫與鉛的合金，即焊錫。

【用法】①表面閃着銀光其實是焊錫做的槍頭。②比喻虛有其表，中看不中用。

【例句】便都笑那些老爺們、大哥們平日作威作福，橫行霸道，如今也不過虎頭蛇尾，～。

引風吹火

【出處】清・曹雪芹《紅樓夢》第十六回：「錯一點兒他們就笑話打趣，偏一點兒他們就『指桑罵槐』的抱怨，『坐山觀虎鬥』，『借刀殺人』，『引風吹火』，『站乾岸兒』，『推倒了油瓶兒不扶』，都是全掛子的本事。」

【用法】比喻唆使、煽動別人鬧事。

【例句】這男子最是小人，什麼事都不會，就善於～。

引類呼朋

見「呼朋引類」。

引狼入室

【出處】元・張國寶《羅李郎》楔子：「我不是引的狼來的屋裡窩，尋的蚰蜒鑽耳朵。」
【解釋】引：引導、招引。
【用法】形容自己把敵人或壞人招引進來。
【例句】為求一時苟安，他竟～，如今終於嚐到苦頭了！

引領而望（ㄧㄣˇ ㄌㄧㄥˇ ㄦˊ ㄨㄤˋ）

【出處】《孟子・梁惠王上》：「今夫天下之人牧，未有不嗜殺人者也。如有不嗜殺人者，則天下之民，皆引領而望之矣。」
【解釋】引領：伸長脖頸。
【用法】①伸長脖子遠望。②形容殷切盼望的樣子。
【例句】那群小女生聽說某合唱隊要來表演，個個～，盼望能一睹偶像們的風采。

引鬼上門（ㄧㄣˇ ㄍㄨㄟˇ ㄕㄤˋ ㄇㄣˊ）

【出處】明・凌濛初《初刻拍案驚奇》第二十二卷：「吾等本好意，卻叫得『引鬼上門』。」
【用法】比喻自己把壞人或壞事帶到家裡來了。
【例句】我這個決定，本是好意，誰知竟是～，搞得全家雞犬不寧。

引吭高歌（ㄧㄣˇ ㄏㄤˊ ㄍㄠ ㄍㄜ）

【出處】晉・張華《禽經》：「搏則利嘴，鳴則引吭。」
【解釋】吭：喉嚨。引吭：放開嗓子。
【用法】放開嗓子，高聲歌唱。
【例句】他當年～的神態和熱情洋溢的言談，依然歷歷在目。

引火燒身（ㄧㄣˇ ㄏㄨㄛˇ ㄕㄠ ㄕㄣ）

【用法】①比喻自討苦吃或自尋毀滅。②比喻主動暴露自己的缺點錯誤，爭取幫助，求得改正。
【例句】他為了抗爭而～，實在是十分不錯。

引咎自責（ㄧㄣˇ ㄐㄧㄡˋ ㄗˋ ㄗㄜˊ）

【出處】唐・房玄齡等《晉書・庾亮傳》：「亮甚懼，及見（陶）侃，引咎自責，風止可觀。侃不覺釋然，乃謂亮曰：『君侯修石頭以擬老子，今日反見求耶！』便談宴終日。」
【解釋】咎：罪過、過失。引咎：把錯誤和過失歸在自己身上。
【用法】自己承認有過失而責備自己。
【例句】作為領導人，在我所領導的部門發生了重大責任事故，我責無旁貸，只有～，請求處分。

引經據典（ㄧㄣˇ ㄐㄧㄥ ㄐㄩˋ ㄉㄧㄢˇ）

【出處】宋・樓鑰《攻媿集・再乞致仕第二劄》：「萬一顛沛于郊廟壇壝之前，有汙大儀，則臣死不足以塞責，是不復更敢引經據古，直述情素，投告君父。」
【解釋】引：引用。經：經書。據：根據。典：典籍。
【用法】引用經書、典籍為說話、寫文章的根據。
【例句】他說起話來～，咬文嚼字，學究氣十足。

引頸就戮（ㄧㄣˇ ㄐㄧㄥˇ ㄐㄧㄡˋ ㄌㄨˋ）

【出處】明・許仲琳《封神演義》第三十六回：「天兵到日，尙不引頸受戮，乃敢拒敵大兵！」

【解釋】頸：伸出頭頸。就戮：讓人殺死。

【用法】形容因服罪自願受死。

【例句】我一定要按時攻克這道防線，如果延誤軍機，甘願～。

引嫌辭退（ㄧㄣˇ ㄒㄧㄢˊ ㄘˊ ㄊㄨㄟˋ）

【出處】宋・徐度《卻歸編》中：「近歲，中書舍人當制，而兄弟有除授，多引嫌，俾以次官行。」

【解釋】引嫌：避嫌疑。

【用法】爲了防嫌疑而請求退避。

【例句】此次事件牽涉到他的孫子，因此開庭時，他～，改由我審判。

引錐刺股（ㄧㄣˇ ㄓㄨㄟ ㄘˋ ㄍㄨˇ）

【出處】《戰國策・秦策一》：「（蘇）秦讀書欲睡，引錐自刺其股，血流至足。」

【解釋】錐：鑽孔的工具，錐子。股：大腿。

【用法】①學習疲倦時，用錐子扎自己的大腿。②形容勤奮學習。

【例句】爲洗雪恥辱，蘇秦發憤讀書，每當疲困時，他就～，最後終於成就大業。

引申觸類（ㄧㄣˇ ㄕㄣ ㄔㄨˋ ㄌㄟˋ）

【出處】《周易・繫辭上》：「引而申之，觸類而長之。」

【解釋】引申：原作「引伸」，順着根本循序發展，引出新的東西。觸類：比類相觸。

【用法】形容研究事理，按本義推衍出去，比照近似類例增加繫連，得出新的義理。

【例句】讀書要能～，推出新意；否則讀死書，沒有創意，於己是沒有多大用處的。

引商刻羽（ㄧㄣˇ ㄕㄤ ㄎㄜˋ ㄩˇ）

【出處】戰國・楚・宋玉《對楚王問》：「引商刻羽，雜以流徵，國中屬而和者，不過數人而已。是其曲彌高，其和彌寡。」

【解釋】商羽：各爲我國樂律的五音之一。

【用法】指講究聲律、造詣很深的音樂演奏。

【例句】一個小小子走到鮑廷璽身邊站着，拍着手，唱李太白《清平調》，其乃穿雲裂石之聲，～之奏。

引繩排根（ㄧㄣˇ ㄕㄥˊ ㄆㄞˊ ㄍㄣ）

【出處】漢・班固《漢書・灌夫傳》：「及竇嬰失勢，亦欲倚夫（灌夫）引繩排根生平慕之後棄者。」顏師古注：「言嬰與夫共相提挈，有人生平慕嬰、夫，後見其失職而頗慢弛，如此者，共排退之，不復與交。譬如相對挽繩，而根格之也。」

【解釋】引：牽。引繩：挽繩，比喻勾結。

【用法】勾結起來，排斥別人。

【例句】中國人向來喜歡成立小團體，～，此習不改，國家難以強盛。

引人注目（ㄧㄣˇ ㄖㄣˊ ㄓㄨˋ ㄇㄨˋ）

【解釋】引：引起、吸引。注目：注視。

【用法】形容人或事物具有特色，能吸引人們的注意。

【例句】這幅畫本身已經非常～，再經高手點染，更加神采不凡了。

引人入勝

【出處】南朝・宋・劉義慶《世說新語・任誕》：「王右軍云：『酒正自引人著勝地。』」

【解釋】引：引導，吸引。勝：佳境，美妙的境地。

【用法】形容文藝作品或風景非常吸引人。

【例句】這篇小說～，使人讀起來眞不忍釋手。

引足救經

【出處】《荀子・仲尼》：「志不免乎奸心、行不免乎奸道，而有求君子、聖人之名，辟(譬)之是猶伏而咶天，救經而引其足也。」(咶：通「舐」)

【解釋】引：拉。經：縊，自殺。

【用法】①要救上吊的人，卻去拉他的腳。②比喻方法錯誤，願望與結果相反。

【例句】此人心地善良，腦筋糊塗，時常會做些～的糗事。

引而不發

【出處】《孟子・盡心上》：「引而不發，躍如也。」

【解釋】引：拉弓。發：射箭。

【用法】①拉滿弓卻不把箭射出去，擺出躍躍欲動的架勢。②善於教人射箭的人的動作。③喻善於啓發、引導而讓人自己行動。④比喻作好準備待機行事。

【例句】良好的教育方法，應該是～。

引而申之

【出處】《周易・繫辭上》：「引而伸(申)之，觸類而長之，天下之能事畢矣。」

【用法】由一件事或一種思想推衍到其他有關的意義，進一步加以發揮。

【例句】你的這番議論，如果～，能得出什麼結論來呢？

引以爲樂

【用法】引來作爲一種快樂。

【例句】大家都以值班爲苦，老張卻是～。

引以爲榮

【用法】引來作爲一種光榮。

【例句】在這次比賽中她沒有得到名次，但她～的是，她贏得了風評。

引爲鑒戒

【出處】《國語・楚語下》：「人之求多聞善敗，以鑒戒也。」

【解釋】引：引用。戒：警戒。

【用法】把過去犯錯誤的教訓作爲今後的鑒戒，以免重犯。

【例句】因小錯的發展而釀成犯罪者不乏其人，這還不應～嗎？

【附註】也作「引以爲戒」。

引玉之磚

【解釋】玉：喻指有價值的言論或精湛的作品。磚：喻指膚淺的見識或拙劣的作品。

【用法】比喻以引出同道者的高論或文藝珍品爲目的而自己首先提出的膚淺見識或粗糙作品。常用爲自謙之詞。

【例句】本文只是此次學術討論會的～，希望諸位多加指教。

隱晦曲折

【解釋】隱晦：不明顯。曲折：轉彎抹角。

【用法】①指說話、寫文章拐彎抹角，不明快。②指事情含糊不清。

【例句】他的文章～，令人費解，這不能不說是他的一個缺點。

隱迹潛蹤

【出處】明・吳承恩《西遊記》第二十二回：「急回來，見是行者落下雲來，卻又收了寶杖，一頭淬下水，隱跡潛踪，渺然不見。」

【解釋】隱：隱藏。潛：潛藏。

【用法】把行動的踪跡隱藏起來。

【例句】這班歹徒，自從犯下滔天大案，便～，不見人影。

隱姓埋名

【出處】元・王子一《誤入桃源》第一折：「因此上不事王侯，不求聞達，隱姓埋名，做莊稼，學耕種。」

【用法】隱埋自己的眞實姓名。

【例句】她～，假說是別人的女兒。

隱若敵國

【出處】南朝・宋・范曄《後漢書・吳漢傳》：「漢性強力，每從征伐，帝未安，恒側足而立。論將見戰陳（陣）不利，或多惶懼，失其常度。漢意氣自若，方整厲器械，激揚士吏。帝時遣人觀大司馬何爲，還言方修戰攻之具。乃嘆曰：『吳公差強人意，隱若一敵國矣！』」李賢注：「隱，威重之貌。言其威重若敵國。」

【解釋】隱：威重極大。敵：匹敵。

【用法】形容人的威重非常大。

【例句】得此～之大將，我軍自能戰無不克。

隱惡揚善

【出處】《禮記・中庸》：「舜好問而好察邇言，隱惡而揚善。」

【解釋】隱：隱晦。揚：宣揚。

【用法】對別人的過失加以隱諱，對別人的好處則加以宣揚。指一種對人寬厚、有涵養的處世態度。

【例句】崔寧一路買酒買食，小心地奉承他，以便回去時，請他～。

隱約其辭

【出處】清・平步青《霞外攟屑》第四卷：「使白太夫人，謂欲禮佛行也者，迎抵會城，卒歲無功，爲親者諱，故隱約其辭不盡也。」

【解釋】隱約：不明顯、不清楚。

【用法】形容說話或寫文章躲躲閃閃，含糊不清。

【例句】有些說不便明說，只好～了。

飲冰茹檗

【出處】唐・白居易《三年爲刺史》詩：「三年爲刺史，飲冰復食檗。」

【解釋】茹：吃。檗：黃檗，落葉喬木，樹皮入藥，味極苦。

【用法】①喝冷水，吃苦味的東西。②比喻境遇困苦或心情抑鬱。
【例句】歷經～的苦日子，張三更加成熟了。

飲啖醉飽

【出處】北齊．顏之推《顏氏家訓．歸心》：「飲啖醉飽，便臥簷下。」
【解釋】啖：吃。
【用法】吃得酒醉飯飽。
【例句】李四天天～，無所事事，眞是寄生蟲一隻。

飲彈而亡

【解釋】飲彈：中彈。
【用法】中了槍彈而死亡。
【例句】在攻打敵軍的戰役中，他不幸～。

飲䊚亦醉

【出處】唐．崔令欽《教坊記》：「蘇五奴妻張四娘善歌舞……有邀還者，五奴輒隨之前，人欲得其速醉，多勸酒。五奴曰：『但多與我錢，吃䊚子亦醉，不煩酒也。』今呼鬻妻者為『五奴』，自蘇始。」
【解釋】䊚：同「䭔」，蒸餅。
【用法】罵人只貪錢財，不知羞恥。
【例句】無知少女步入五光十色的社會，不知不覺就成為～的拜金主義者。

飲恨吞聲

【出處】南朝．梁．江淹《恨賦》：「自古皆有死，莫不飲恨而吞聲。」
【解釋】飲恨：把仇恨咽到肚裡。吞聲：強忍着不敢哭出聲。
【用法】形容把仇恨埋藏在心裡，不敢公開表露。
【例句】讓我～，忍受欺凌嗎？絕不！
【附註】也作「飲泣吞聲」、「飲氣吞聲」。

飲灰洗胃

【出處】唐．李延壽《南史．荀伯玉傳》：「高帝有故吏東莞竺景秀嘗以過系作部，高帝謂伯玉：『卿比看景秀不？』答曰：『數往候之，備加責誚，云：「若許某自新，必吞刀刮腸，飲灰洗胃。」』帝善其答，即釋之，卒為忠信士。」
【解釋】灰：物質經燃燒後剩下的粉末狀東西。古時用作洗滌劑。
【用法】比喻徹底悔過自新。
【例句】李大鵬經過此次教訓後，已經～，從新做人了。

飲酒離會

【出處】漢．司馬遷《史記．項羽本紀》：「乃遣其子宋襄相齊，身送之至無鹽，飲酒高會。」索隱：「書昭曰：『皆召高爵者，故曰高會。』服虔云：『大會是也。』」
【解釋】高會：顯赫人物的聚會。
【用法】顯貴的人在一起飲酒聚會。
【例句】十年才得～，豈能草草收場。

飲血茹毛

見「茹毛飲血」。

飲鴆止渴

【出處】南朝．宋．范曄《後漢書．霍諝傳》：「觸冒死禍，以解細微，譬猶療飢于附子，止渴于鴆毒，未入腸胃，已絕咽喉，豈可爲哉!」

【解釋】鴆：傳說中的毒鳥。用它的羽毛浸酒，是一種劇毒的酒。

【用法】①喝鴆酒來止渴。②比喻只貪圖一時的便利，不考慮可能帶來的嚴重後果。

【例句】明知鴆酒有毒，卻偏多~的送死鬼。

飲醇自醉

【出處】晉·陳壽《三國志·吳書·周瑜傳》：「性度恢廓，大率爲得人，惟與程普不睦。」裴松之注引《江表傳》：「普頗以年長，數陵侮瑜，瑜折節容下，終不與校（較）。普後自敬服而親重之，乃告人曰：『與周公瑾交，若飲醇醪，不覺自醉。』」

【解釋】醇：味極濃厚的酒。

【用法】①喝了醇酒，不覺自我陶醉了。②指受到寬厚對待，不覺使人敬服。

【例句】先生有一種使人折服的內在力量，和他談話，如~一樣，不知不覺就受到了他的感染。

飲食男女

【出處】《禮記·禮運》：「飲食男女，人之大欲存焉；死亡貧苦，人之大惡存焉。故欲惡者心之大端也。」（心之大端：意爲人的本性。）

【解釋】飲食：指食欲。男女：指性欲。

【用法】食欲、性欲，是人所共有的要求。

【例句】此等~之大欲，是無法以一紙法令禁止的，只能加以勸導。

飲水思源

【出處】北朝·周·庾信《徵調曲》：「落其實者思其樹，飲其水者懷其源。」

【用法】①喝水的時候要想到水的源頭。②比喻不忘本。

【例句】誰不該~、緣木思本的？

飲馬投錢

【出處】唐·徐堅等《初學記》卷六引《三輔決錄》：「安陵清者有項仲山，飲馬渭水，每投三錢。」

【解釋】飲馬：給馬喝水。

【用法】①飲馬之後，投放一些錢作報酬。②比喻廉潔不苟取的人。

【例句】管理財政的工作，務必愼選~的廉潔之士。

印累綬若

【出處】漢·班固《漢書·石顯傳》：「顯與中書僕射牢梁、少府五鹿充宗結爲黨友，諸附倚者皆得寵位。民歌之曰：『牢邪！石邪！五鹿客邪！印何累累，綬若若邪！』言其兼官據勢也。」顏師古注：「累累，重積也。若若，長貌。」

【解釋】印、綬：印和繫印的絲帶。

【用法】①指官吏的印章。②形容身兼教職，地位顯赫。

【例句】他當時身兼數職，~，是一個非常顯赫的人物。

泱泱大風

【出處】《左傳·襄公二十九年》：「爲之歌《齊》，曰：『美哉，泱泱乎，大風也哉！表東海者，其大公乎！國未可量也。』」

【解釋】泱泱：宏大的樣子。
【用法】指氣魄宏大的大國風度。
【例句】明孝陵道上的石人石馬，雖然殘缺零亂，還可見～。

佯羞詐鬼

【出處】清・曹雪芹《紅樓夢》第五十七回：「幸他是個知書達禮的，雖是女兒，還不是那種佯羞詐鬼，一味輕薄造作之輩。」
【解釋】佯：假裝。詐鬼：騙人。
【用法】①假裝出一副羞答答的樣子。②形容作風造作，不老實。
【例句】此女徐老半娘，卻～，活像老妖怪。

佯爲不知

【出處】漢・司馬遷《史記・范雎蔡澤列傳》：「于是范雎乃得見於離宮，詳（佯）爲不知永巷而入其中。」
【解釋】佯：假裝。
【用法】假裝不知道。
【例句】對於這個問題我無法回答，只好～，避開了。

揚葩振藻

【出處】唐・李延壽《北史・文苑傳序》：「漢自孝武之後，雅尚斯文，揚葩振藻者如林，而二馬、王、揚爲之傑；東京之朝，茲道逾扇，咀徵含商者成市，而班、傅、張、蔡爲之雄。」
【解釋】葩：花。藻：文采。
【用法】比喻文采煥發。
【例句】張春榮爲文～，榮獲文學首獎實不爲過。

揚眉吐氣

【出處】唐・李白《上韓荊州書》：「何惜階前盈尺之地，不使白揚眉吐氣，激昂青雲耶！」
【用法】①揚起眉毛，吐出胸中悶氣。②形容長期受壓抑的心情獲得舒展後的一種自豪、得意的樣子。
【例句】此等苦日子實令我意志消沈，但盼時來運轉，他日得以～。

揚湯止沸

【出處】漢・班固《漢書・禮樂志》：「如以湯止沸，沸愈甚而無益。」
【解釋】湯：開水。揚湯：把開水從鍋裡舀起來倒回去，使開水不沸。
【用法】①用揚湯的辦法使水不沸騰。②比喻暫時解決急難。③比喻辦法不徹底，不解決根本問題。
【例句】除非改善經營策略，否則謊報業績，～，終究不是辦法。

揚長避短

【解釋】揚：發揚。避：避開。
【用法】發揚長處，避開短處。
【例句】對待一切工作，要根據實際～，講求實效。

揚長而去

【出處】明・蘭陵笑笑生《金瓶梅》第二十三回：「來興兒道：『你燒不燒隨你，交與你，我有勾當去。』」
【解釋】揚長：大模大樣地獨自離去。
【用法】大模大樣的樣子。
【例句】聽完老友的自吹自擂後，我就大笑三聲，～。

洋洋大觀

【出處】《莊子·天地》：「夫道，覆載萬物者也，洋洋乎大哉！」

【解釋】洋洋：衆多、盛大的樣子。大觀：事物豐富多彩，氣象宏大。

【用法】形容事物美好而盛多。

【例句】這次會上展出的我國工藝品眞是～。

洋洋灑灑

【出處】宋·張瑞義《貴耳集》：「誦諸尊宿語錄，先後次序數百言，灑灑可聽。」

【解釋】洋洋：衆多、盛大的樣子。灑灑：連綿不斷的樣子。

【用法】形容文章篇幅很長。

【例句】他的文章，～寫了好幾萬字。

羊公之鶴

【出處】南朝·宋·劉義慶《世說新語·排調》：「劉遵祖少爲殷中軍（殷浩）所知，稱之于庾公（庾亮）。庾公甚忻然，便取爲佐。既見，坐之獨榻上與語，劉爾日殊不稱。庾失小望，遂名之爲『羊公鶴』。昔羊叔子有鶴善舞，嘗向稱之。客試使驅來，氃氋而不肯舞，故稱比之。」（氃氋：羽毛鬆散的樣子。）

【解釋】羊公：指晉武帝時征南大將軍羊祜，字叔子。

【用法】比喻名不符實。

【例句】外國人把他們的那位專家吹得神乎其神，其實不過是～，徒有其名而已。

羊狠狼貪

【出處】漢·司馬遷《史記·項羽本紀》：「因下令軍中曰：『猛如虎，狠如羊，貪如狼。彊不可使者，皆斬之。』」

【用法】比喻貪官汚吏對人民的殘酷剝削和壓迫。

【例句】爲人貪圖小利，而與這等～的歹徒爲伍，將會得不償失。

【附註】也作「羊貪狼狠」。

羊質虎皮

【出處】漢·揚雄《法言·吾子》：「羊質而虎皮，見草而說（悅），見豺而戰，忘其皮之虎矣。」（戰：發抖。）

【解釋】質：本性、實質。

【用法】①本是一隻羊，卻披上老虎的皮。②比喻外表嚇人而實際無用。

【例句】侵略者張牙舞爪，其勢洶洶，其實不過是～，嚇人而已。

羊腸鳥道

【出處】漢·劉安《淮南子·兵略訓》：「硤路津關，大山名塞，龍蛇蟠，蓑笠居，羊腸道，發筍門，一人守隘而千人不敢過。」

【用法】①形容山路狹窄迂迴而險峻。②指彎曲狹窄的小道。

【例句】山上都是些～，車輛馬匹很難通行。

羊入虎群

【出處】清·蒲松齡《聊齋志異·邵九娘》：「竊意羊入虎群，狼藉已不堪矣。」

【用法】比喻善良的人落入殘暴的壞人

手中，處境極端危險。

【例句】你叫一個弱女子與匪徒談判，這是不是～嗎？

羊左之交

【出處】相傳羊、左二人聽得楚王賢明，相約投楚，不料半路上被雨雪所阻，如再一同前進，因衣食不足，都要凍餓而死，左伯桃以所學不如羊角哀，表示同死無益，決心留贈衣食，敦促羊角哀上路，自己就在樹穴裡死去。羊角哀到楚國後顯名當世，遂即伐樹，把伯桃的屍體移葬妥當，悲痛地說：「吾友之所以死，惡俱盡無益，而名不顯于天下也！今我寧用生爲？」遂也自殺死去。（見明・馮夢龍《古今小說・羊角哀捨命全交》。）

【解釋】羊左：羊角哀與左伯桃，春秋時期燕國人。

【用法】比喻生死之交的朋友。

【例句】這一對老朋友，在患難之中寧肯自己受苦，也不肯爲對方製造一點痛苦，眞稱得上是～了。

陽奉陰違

【出處】清・李寶嘉《官場現形記》第三十三回：「倘若陽奉陰違，定行參辦不貸。」

【解釋】陽：表面。奉：照辦。陰：背地裡。

【用法】指言行不一的兩面派行爲。

陽關大道

【出處】唐・王維《渭城曲》詩：「勸君更盡一杯酒，西出陽關無故人。」

【解釋】陽關：古關名，在今甘肅省敦煌縣西南。

【用法】①泛指交通大道。②比喻光明的道路。

【例句】與張老板合作，是你事業上的～，你卻嗤之以鼻，偏要自行創業，走那獨木橋，眞是不智之至。

陽關三迭

【出處】元・王子一《誤入桃源》楔子：「我做甚三迭陽關愁不聽，也只爲一段傷心畫怎成。」

【解釋】陽關：古代關名，在今甘肅敦煌縣西南，這裡指《渭城曲》中的「陽關」句。三迭：反覆歌唱某一句。

【用法】比喻離別。

【例句】相聚十載，誰知今日竟以一曲～送君，不知何日得以再聚。

陽和啓蟄

【出處】《禮記・月令》：「（孟春之月）東風解凍，蟄蟲始振。」指春天來了，過冬的蟲豸都活動了。

【解釋】蟄：藏在泥土中過冬的蟲豸。啓蟄：過冬的蟲豸開始活動。

【用法】比喻惡劣的環境過去，順利和美好的時光開始了。

【例句】十年的經濟蕭條，如今～，好日子即得來臨。

陽秋可畏

【出處】《孟子・滕文公下》：「孔子作《春秋》而亂臣賊子懼。」

【解釋】陽秋：原作「春秋」，晉朝簡文帝母鄭后名春，因避諱改作「陽秋」。

【用法】《春秋》爲古代寓褒貶、別善

惡的編年體史書，這種有褒有貶秉筆直書的筆法，使操守有問題的人覺得可怕。

【例句】我哪怕衆人評議，只是～，總不能遺臭後世啊！

陽春白雪 ㄧㄤˊ ㄔㄨㄣ ㄅㄞˊ ㄒㄩㄝˇ

【出處】戰國·楚·宋玉《對楚王問》：「客有歌于郢中者，其始曰下里巴人，國中屬（跟着）而和（一起唱）者數千人。其爲陽阿、薤露，國中屬而和者數百人。其爲陽春白雪，國中屬而和者數十人，引商刻羽，雜以流徵，國中屬而和者不過數人而已。是其曲彌高，其和彌寡。」

【用法】①古代楚國的歌曲名，屬於一種藝術性較高的音樂。②比喻高深的、不通俗的文藝作品。

【例句】文學作品，當然要普及，但也不能不注意提升，因此，在肯定「下里巴人」的同時，也不能完全否定「～」。

仰不愧天 ㄧㄤˇ ㄅㄨˋ ㄎㄨㄟˋ ㄊㄧㄢ

【出處】《孟子·盡心上》：「仰不愧于天，俯不怍于人。」

【解釋】愧：慚愧。

【用法】形容品行正直，問心無愧。

【例句】大丈夫行事，～，俯不怍地。

仰攀俯取 ㄧㄤˇ ㄆㄢ ㄈㄨˇ ㄑㄩˇ

【出處】唐·柳宗元《南岳彌陀和尚碑》：「服庇草木蔽穹廬，仰攀俯取食以充。」

【用法】①仰身可以攀折，俯身能夠拾取。②比喻可以隨處取得。

【例句】金銀島，遍地珠寶，～，莫不是人間至寶。

仰觀俯察 ㄧㄤˇ ㄍㄨㄢ ㄈㄨˇ ㄔㄚˊ

【出處】《周易·繫辭上》：「仰以觀于天文，俯以察于地理。」

【解釋】仰：抬頭。俯：低頭彎身子。

【用法】①形容認眞觀察深入鑽研。②形容仔細觀察周圍的景色。

【例句】生物學家的基本訓練，就是～周遭的大小動植物。

仰之彌高 ㄧㄤˇ ㄓ ㄇㄧˊ ㄍㄠ

【出處】《論語·子罕》：「仰之彌高，鑽之彌堅，瞻之在前，忽焉在後。」

【解釋】仰：仰望。彌：愈、越加。

【用法】表示景仰之意。

【例句】在亂世中，難覓一令人～之聖賢。

仰事俯畜 ㄧㄤˇ ㄕˋ ㄈㄨˇ ㄒㄩˋ

【出處】《孟子·梁惠王上》：「是故明君制民之產，必使仰足以事父母，俯足以畜妻子。」

【解釋】仰：上。事：同「侍」，侍奉。俯：下。畜：養活。

【用法】對上侍奉父母，對下養活妻子兒女。

【例句】堂堂男子漢，整日遊手好閒，不能～全家大小，倒不如跳海算了。

仰首伸眉 ㄧㄤˇ ㄕㄡˇ ㄕㄣ ㄇㄟˊ

【出處】漢·司馬遷《報任少卿書》：「今以虧形爲掃除之隸，在闒茸之中，乃欲仰首舒眉，論列是非，不亦輕朝廷、羞當世之士邪！」

【用法】形容傲岸不屈、意氣昂揚的樣子。

【例句】無論敵人怎樣囂張，他總是～，不爲所屈。

仰人鼻息 ㄧㄤˇ ㄖㄣˊ ㄅㄧˊ ㄒㄧˊ

【出處】南朝・宋・范曄《後漢書・袁紹傳》：「袁紹孤客窮軍，仰我鼻息，譬如嬰兒在股掌之上，絕其哺乳，立可餓殺。」

【解釋】仰：依賴。鼻息：呼吸。

【用法】比喻一切依賴和仰仗別人，不能自主。

【例句】一個國家若不能莊敬圖強，只知～，恐難逃滅亡之下場。

仰屋興嗟 ㄧㄤˇ ㄨ ㄒㄧㄥ ㄐㄧㄝ

【出處】南朝・宋・范曄《後漢書・寒朗傳》：「及其歸舍，口雖不言，而仰屋竊嘆。」

【解釋】仰屋：抬頭望屋，形容無計可施。興嗟：嘆氣。

【用法】形容無可奈何。

【例句】沒有料到已經造成這種無法挽回的局面，我除了～，實在無法可想了。

【附註】原作「仰屋竊嘆」。

仰屋著書 ㄧㄤˇ ㄨ ㄓㄨˋ ㄕㄨ

【出處】元・馬端臨《文獻通考・序》：「矜其仰屋之勤，而俾免于覆車之愧。」

【用法】形容勤苦深思，專心在著書寫作。

【例句】他已是七十高齡的老人，仍然～，不辭辛苦。

養兵千日，用兵一時 ㄧㄤˇ ㄅㄧㄥ ㄑㄧㄢ ㄖˋ ㄩㄥˋ ㄅㄧㄥ ㄧˋ ㄕˊ

【出處】唐・李延壽《南史・陳暄傳》：「兵可千日而不用，不可一日而不備。」

【用法】意爲平常時期長期培養的軍隊，就是爲了緊急需要時用。

【例句】我強大的國軍訓練精良，曾在輝煌的炮戰中，痛擊敵人，眞可謂是～。

養虎遺患 ㄧㄤˇ ㄏㄨˇ ㄧˊ ㄏㄨㄢˋ

【出處】漢・司馬遷《史記・項羽本紀》：「項王已約，乃引兵解而東歸，漢欲西歸。張良陳平說曰：『漢有天下太半，而諸侯皆附之。楚兵罷疲食盡，此天亡楚之時也，不如因其機而遂取之，今釋弗擊，此所謂「養虎自遺患」也。』」

【解釋】遺：留下。患：禍害。

【用法】①餵養老虎，會留下禍害。②比喻姑息寬容壞人，會留下後患，使自己受害。

【例句】對於那些罪大惡極的流氓盜竊分子必須嚴懲不貸，否則，～，會對社會治安造成嚴重的危害。

養家活口 ㄧㄤˇ ㄐㄧㄚ ㄏㄨㄛˊ ㄎㄡˇ

【出處】清・曹雪芹《紅樓夢》第九十九回：「那些書吏衙役，都是花了錢買着糧道的衙門，那個不想發財？俱要養家活口。」

【解釋】養：供給生活資源或生活的費用。

【用法】維持一家人的生活。

【例句】小人在此打雜，只圖～，尚請大人成全。

養精蓄銳 ㄧㄤˇ ㄐㄧㄥ ㄒㄩˋ ㄖㄨㄟˋ

【出處】明・羅貫中《三國演義》第三十四回：「荀彧曰：『大軍方北征而回，未可復動。且待半年，養精蓄銳，劉表、孫權可一鼓而下也。』」

【用法】泛指積蓄力量。

【例句】為了迎接明年亞運，各國選手莫不～，以期在賽程中，一展身手。

養尊處優 ㄧㄤˇ ㄗㄨㄣ ㄔㄨˇ ㄧㄡ

【出處】清・李汝珍《鏡花緣》第五十四回：「父親孤身在外，無人侍奉，甥女却在家中養尊處優，一經想起，更是坐立不寧。」

【解釋】養：指生活。

【用法】處在尊貴的地位，過着優裕的生活。

【例句】過慣了～的生活，再也無法忍受經濟拮据的日子。

養兒防老 ㄧㄤˇ ㄦˊ ㄈㄤˊ ㄌㄠˇ

【出處】唐・元稹《憶遠曲》詩：「嫁夫恨不早，養兒將備老。」

【用法】指養育兒子是為了防備自己晚年無人照顧。

【例句】辛勤扶養兩個兒子，原本圖個～，誰知他們卻為非作歹，使我晚年不得安寧。

養癰遺患 ㄧㄤˇ ㄩㄥ ㄧˊ ㄏㄨㄢˋ

【出處】南朝・宋・范曄《後漢書・馮衍傳》李賢注引馮衍《與婦弟任武達書》：「至于垂白家貧身賤之日，養癰長疽，自生禍殃。」

【解釋】癰：腫瘡。遺：留下。患：禍害。

【用法】對身上的毒瘡，不早醫治，就會留下禍害。

【例句】有病就要醫治，何必省那點錢，～，到時候有個三長兩短，你也帶不走這些錢。

養生送死 ㄧㄤˇ ㄕㄥ ㄙㄨㄥˋ ㄙˇ

【出處】《孟子・離婁下》：「養生者不足以當大事，惟送死可以當大事。」

【解釋】養：奉養。子女對父母生時要奉養，死後要殯葬。

【用法】指對父母應盡的孝道。

【例句】為人子，不能為父母～，眞是可恥啊！

怏怏不樂 ㄧㄤˋ ㄧㄤˋ ㄅㄨˋ ㄌㄜˋ

【出處】漢・司馬遷《史記・絳侯周勃世家》：「此怏怏者非少主臣也。」

【解釋】怏怏：不滿意的樣子。

【用法】形容心中鬱悶，很不高興的樣子。

【例句】這些日子以來，由於工作上不順利，家裡也鬧糾紛，使得他整天～，一點笑容也沒有。

嚶鳴求友 ㄧㄥ ㄇㄧㄥˊ ㄑㄧㄡˊ ㄧㄡˇ

【出處】《詩經・小雅・伐木》：「嚶其鳴矣，求其友聲。相彼鳥矣，猶求友聲；矧伊人兮，不求友生？」（相：看。矧：況。）

【解釋】嚶鳴：鳥叫的聲音。鳥兒在嚶

嚶地鳴唱，尋求志同道合的朋友。

【用法】比喻渴望志趣相投的朋友。

【例句】～，任何人都需要志同道合的朋友。

應有盡有

【出處】南朝・梁・沈約《宋書・江智淵傳》：「時咨議參軍謝莊、府主簿沈懷文並與智淵有善。懷文每稱之曰：『人所應有盡有，人所應無盡無者，其江智淵乎？』」

【解釋】應：該有的全部都有。

【用法】形容一切齊備。

【例句】我們這個商店雖小，但日用百貨～。

英華發外

【出處】《禮記・樂記》：「是故情深而文明，氣盛而化神。和順積中而英華發外。」

【解釋】英華：草木之美者，比喻美好的才華。發：表現出來。

【用法】意指現出才華。

【例句】此地代出人才，少年個個～，眞是個好地方。

英俊豪傑

【出處】漢・劉安《淮南子・泰族訓》：「智過萬人者謂之英，千人之者謂之俊，百人之者謂之豪，十人之者謂之傑。」

【用法】形容勇氣和才智都非常出衆的人物。

【例句】岳飛智勇雙全，把犯境的金兵打得落花流水，不愧是當時的～。

英雄氣短

【出處】相傳宋朝人蘇丕，是個有志向的人。少年時他曾參加禮部考試，沒有考中，便很感慨地說：「此中最易短英雄之氣。」於是他就離開京城，在灞水河邊過隱居生活，在那裡住了整五十年。經歐陽修據情上報皇帝，賜號「冲退居士」。

【解釋】氣短：志氣沮喪。

【用法】常與「兒女情長」連用，意指有志有才的人，每因遭遇困阻或沉湎於愛情而喪失進取之心。

【例句】項羽氣蓋山河，威武非常，但也有～，淚別虞姬的時候。

英雄入彀

【出處】五代・王定保《唐摭言》卷一：「（唐太宗）嘗私幸端門，見新進士綴行而出，喜曰：『天下英雄入吾彀中矣！』」

【解釋】英雄：才能勇武過人的人。入彀：指進入弓箭射程之內。用以比喻受籠絡、就範。

【用法】天下英雄都已就範。

【例句】閣下若想要這批～，必須賞以重金，待以厚禮，方能成功。

英雄所見略同

【出處】晉・陳壽《三國志・蜀書・龐統傳》注引《江表傳》：「天下智謀之士所見略同耳。」

【解釋】所見：見到的，指見解。略：大致。傑出人物的見解大致是相同的。

【用法】讚美雙方意見相同，現在引用時含有調侃的意味。

【例句】你們的意見不謀而合，這眞是

〜。

英雄無用武之地

【出處】宋·司馬光《資治通鑑·漢獻帝建安十三年》：「今操（曹操）芟夷大難，略已平矣，遂破荆州，威震四海。英雄無用武之地，故豫州遁逃至此。」（芟夷：削除。豫州：指劉備。）
【用法】比喻有才能却沒有施展的機會或沒有施展的地方。
【例句】大批仁人志士，想有爲而不能爲，眞是〜！

英姿勃勃

【解釋】英姿：英俊威武的姿態。勃勃：旺盛的樣子。
【用法】形容英俊而富有旺盛精力的樣子。
【例句】這個年輕的戰士，〜，很有點氣魄。

英姿煥發

【出處】宋·蘇軾《念奴嬌·赤壁懷古》詞：「遙想公瑾當年，小喬初嫁了，雄姿英發。羽扇綸巾，談笑間，強虜灰飛烟滅。」
【解釋】英姿：英俊威武的姿態。煥發：光彩四射。
【用法】形容英俊威武、精神抖擻的樣子。
【例句】這個二十多歲的女交警，站在馬路指揮鎭靜自若、〜，使人不由得佩服起來。

英姿颯爽

見「颯爽英姿」。

鶯啼燕語

【出處】唐·皇甫冉《春思》詩：「鶯啼燕語報新年，馬邑龍堆路幾千。」
【解釋】鶯：黃鸝。黃鸝在鳴囀，燕子在呢喃軟語。
【用法】①形容春天的景色。②比喻女人溫柔動聽的說話聲。
【例句】①我每每想到我的家鄉，那裡柳林深處〜，百花叢中彩蝶蹁躚，眞正是鳥語花香，令人神往。②在西湖邊上，幾個十八、九歲的姑娘在興致勃勃地交談着，她們那一口純正的蘇州話，眞是〜，美妙動聽。

鶯歌燕舞

【出處】宋·蘇軾《錦被亭》詩：「烟紅露綠曉風香，燕舞鶯啼春日長。」
【解釋】鶯：黃鸝。黃鸝在唱歌，燕子在飛舞。
【用法】①形容春天美好景象。②比喻歌舞表演的美妙。
【例句】寶島南部陽光普照，處處〜，眞是人間天堂。

鶯遷之喜

【出處】《詩經·小雅·伐木》：「伐木丁丁，鳥鳴嚶嚶，出自幽谷，遷於喬木。」
【解釋】鶯：黃鸝。鶯遷：比喻境遇由困難到通達，地位由低而高。
【用法】用爲升官或遷居的祝頌辭。
【例句】努力工作十年，終於升至單位主管，此種〜，實在不是他人所能體會。

鶯儔燕侶

【出處】元・關漢卿《魯齋郎》第三折：「你自有鶯儔燕侶，我從今萬事不關心。」

【解釋】鶯燕：皆用來比喻女子。儔：伴侶。

【用法】指男子的妻或情侶。

【例句】堂堂男子，竟然天天與～打情罵俏，不思上進。

鶯聲燕語

見「燕語鶯聲」。

鷹鼻鷂眼

【解釋】鷹鷂：均為猛禽。長了個鷹鉤鼻子和鷂子眼。

【用法】形容奸詐凶狠的人的相貌。

【例句】他長得～，一副凶相。

鷹瞵鶚視

【出處】晉・左思《吳都賦》：「猿臂駢脇，狂趭獷猤，鷹瞵鶚視，參譚狖貜若離若合者，相與騰躍乎莽罠之野。」（駢脇：一種生理畸形，肋骨緊密相連。狂趭：猛跑。獷猤：勇猛的樣子。狖貜：飛翔的樣子。莽罠：廣大空曠的樣子。）

【解釋】瞵：瞪着眼睛看。鶚：猛禽。

【用法】形容勇猛地、警惕地四下窺望的樣子。

【例句】這小子沒膽，你這樣凶巴巴地對他～，可把他嚇壞了。

鷹擊毛摯

【出處】漢・司馬遷《史記・酷吏列傳》：「縱（義縱）遷南陽太守，以鷹擊毛摯為治。」裴駰集解引徐廣曰：「鷙鳥將擊，必張羽毛也。」

【解釋】鷹：猛禽。摯：同鷙，凶猛。老鷹在撲食時，把羽毛都張開了。

【用法】比喻嚴酷凶猛。

【例句】對付這批惡劣學生，你非得擺出～的態勢，否則制服不了他們嗎？

鷹犬之任

【出處】南朝・宋・范曄《後漢書・陽球傳》：「臣無清高之行，橫蒙鷹犬之任。」

【解釋】鷹犬：由獵人馴養狩獵用的鷹和狗。任：任用。

【用法】為君主效忠的重任。

【例句】只要能蒙～，必定鞠躬盡瘁，死而後已。

【附註】也作「鷹犬之用」。

鷹犬之才

【出處】漢・陳琳《為袁紹檄豫州文》：「謂其鷹犬之才，爪牙可任。」

【解釋】鷹犬：由獵戶馴養來狩獵用的鷹和狗。

【用法】比喻供驅使、能出力的人。

【例句】此人當部屬，實在是一個優秀的～，但為主管，則顯然是今之桀紂。

鷹犬塞途

【解釋】鷹犬：由獵戶馴養狩獵用的鷹和狗。比喻奴才和爪牙。塞：堵塞。

【用法】壞人的爪牙把道路堵塞了。

【例句】當今政治晦暗，～，忠良受到嚴重迫害，人才凋零殆盡。

鷹視狼步

【出處】漢・趙曄《吳越春秋・勾踐伐吳外傳》：「蠡復為書遺種（文種）曰：『……夫越王為人，長頸鳥喙，鷹視狼步，可以共患難，而不可共處樂，可以履危，不可與安。』」

【解釋】像鷹一樣地看，像狼一樣地走路。

【用法】形容貪婪奸詐的形態。

【例句】看他一付～的醜態眞恨不得一槍斃了他。

【附註】也作「鷹視虎步」。

鷹揚虎視

【出處】《詩經・大雅・大明》：「維師尚父，時維鷹揚。」《周易・頤》：「虎視眈眈，其欲逐逐。」

【解釋】如老鷹那樣飛翔，似猛虎一般雄視。

【用法】形容十分威武。

【例句】我國軍健兒個個～，與敵軍交戰，必定戰無不勝，攻無不利。

鸚鵡學舌

【出處】宋・釋道原《景德傳燈錄・第二十八卷・越州大殊慧海和尚》：「僧問：『何故不許誦經，喚作客語？』師曰：『如鸚鵡只學人言，不得人意。經傳佛意，不得佛意而但誦，是學語人，所以不許。』」

【解釋】鸚鵡：一種能夠模仿人發音的鳥。鸚鵡學人講話。

【用法】比喻人云亦云，沒有自己的見解。

【例句】一個詩人不能說出人們想說而說不出來的話，只能～般地重複人們的話，這樣的詩人，讀者會很快忘記他的。

營私舞弊

【出處】漢・班固《漢書・翟方進傳》：「方進奏咸（陳咸）與逢信邪枉貪污，營私多利。」

【解釋】營：謀求。營私：謀求私利。舞弊：玩弄手段做壞事。

【用法】用欺騙的手段，幹違法亂紀的勾當。

【例句】「南洋兵船雖然不少，怎奈他們帶來的人一味知道～，那裡還有公事放在心上。」

盈把之木

【出處】西漢・韓嬰《韓詩外傳》卷五：「盈把之木，無合拱之枝。」（拱：兩手合圍。）

【解釋】盈：滿。盈把：用一手所能握住的粗細。木：樹。

【用法】形容樹小。

【例句】整座原始森林，被人盜砍濫採，至今只剩下一些～，已無棟樑之材了。

盈科後進

【出處】《孟子・離婁下》：「徐子曰：『仲尼亟稱於水曰：「水哉！水哉！」何取於水也？』孟子曰：『原泉混混，不舍晝夜，盈科而後進，放乎四海。有本者如是，是之取爾。苟為無本，七、八月之間雨集，溝澮皆盈，其涸也，可立而待也。故聲聞過情，君子耻之。』」

【解釋】盈：充滿。科：坑坑坎坎的地方。水把坑坑坎坎灌滿之後才向前流去。

【用法】比喻人在學習上應和水一樣踏踏實實，不求虛名。

【例句】從事基本科學研究，必須秉持著～的研究態度，才能有所成就。

盈千累萬（ㄧㄥˊ ㄑㄧㄢ ㄌㄟˇ ㄨㄢˋ）

【解釋】盈：充滿。累：累積。

【用法】指成千成萬，數目龐大。

【附註】參看「成千上萬」。

盈車嘉穗（ㄧㄥˊ ㄔㄜ ㄐㄧㄚ ㄙㄨㄟˋ）

【出處】東晉・王嘉《拾遺記・周》：「成王五年，有因祇之國，去王都九萬里，又貢嘉禾，一莖盈車。」

【解釋】盈：滿。嘉穗：稻穗長得特別茁壯，一棵裝滿一車。

【用法】形容糧食豐收。

【例句】天災人禍連年，本地～的盛況已不多得了。

盈車之魚（ㄧㄥˊ ㄔㄜ ㄓ ㄩˊ）

【出處】《列子・湯問》：「詹何以獨繭絲為綸，芒鍼（針）為鉤，荊條為竿，剖粒為餌，引盈車之魚於百仞之淵、汨流之中。」注：「家語曰：『鯤魚，其大盈車。』」

【解釋】盈滿。一條魚能裝滿一輛車。

【用法】形容魚非常大。

【例句】老漢今年六十，至今才看到～，真令我大開眼界。

盈則必虧（ㄧㄥˊ ㄗㄜˊ ㄅㄧˋ ㄎㄨㄟ）

【出處】漢・司馬遷《史記・蔡澤傳》：「語曰：『日中則移，月盈則虧。』」

【解釋】盈：圓。虧：缺。月圓的時候就是月缺的開始。

【用法】形容物極必反。

【例句】樂時當思悲時，成功時當思失敗時，～，為人當謙虛內斂，才不致遭人嫉天譴。

螢窗雪案（ㄧㄥˊ ㄔㄨㄤ ㄒㄩㄝˇ ㄢˋ）

【出處】唐・房玄齡等《晉書・車胤傳》：「胤博學多通，家貧不常得油，夏月則練囊數十螢火以照書。」明・廖用賢《尚友錄》：「晉，孫康，京兆人，性敏好學。家貧，燈無油，於冬月嘗映雪讀書。」《西廂記》第一本第一折：「暗想小生螢窗映雪，刮垢磨光，學成滿腹文章，尚在湖海飄零，何日得遂大志也呵！」

【解釋】螢：螢火蟲。利用螢火蟲的光亮和雪的反光讀書。

【用法】形容勤學苦讀。

【例句】別人視讀書為畏途，他卻認為即使是～也是無上的享受。

【附註】也作「雪窗螢火」。

蠅糞點玉（ㄧㄥˊ ㄈㄣˋ ㄉㄧㄢˇ ㄩˋ）

【出處】唐・陳子昂《宴胡楚真禁所》詩：「青蠅一相點，白璧遂成冤。」

【解釋】點：玷污。蒼蠅糞便玷污了美玉。

【用法】比喻很小的過錯也能使好人受到玷污。

【例句】愈是居高位，愈要謹言慎行，否則因～，一生之努力，豈非全付之流水。

蠅頭小利

【出處】宋·蘇軾《滿庭芳》詞：「蝸角虛名，蠅頭微利。」

【解釋】蠅頭：蒼蠅的頭。

【用法】比喻微小、微薄的利潤。也作「蠅頭微利」。

【例句】開個小店，賺點～，養家活口，於願足矣！

蠅營狗苟

【出處】唐·韓愈《送窮文》：「蠅營狗苟，驅去復還。」

【解釋】蠅營：像蒼蠅那樣飛來飛去追逐髒東西。狗苟：像狗那樣苟且求安。

【用法】比喻不擇手段地到處鑽營。

【例句】爲人名利，～，將人格置之地上踩，這樣的人生，還有什麼意思？

【附註】也作「狗苟蠅營」。

迎風待月

【出處】唐·元稹《會眞記》詩：「待月西廂下，迎風戶半開，隔牆花影動，疑是玉人來。」

【解釋】風、月：指清風明月之夜。在美好的夜裡等待着。

【用法】指男女的幽會。

【例句】年屆花甲，居然還想～，難道不畏人言嗎？

迎頭痛擊

【解釋】迎頭：當頭。痛：狠狠地。

【用法】當頭給敵人一個沉重的打擊。

【例句】韓信領着一夥人，憑着有利的地形地勢，～敵人。

迎頭趕上

【解釋】迎頭：迎面、當頭。迎面追上去。

【用法】形容快速追上去。

【例句】我國科學技術必須～世界先進國家。

迎刃而解

【出處】唐·房玄齡等《晉書·杜預傳》：「今兵威已振，譬如破竹，數節之後，皆迎刃而解，無復著手處也。」

【解釋】迎：碰上。刃：刀口。解：分開。碰到刀口就一下切開了。

【用法】形容解決問題很順利。

【例句】抓住了主要關鍵，許多的問題就～了。

影滅迹絕

【出處】唐·韓愈《上李尚書書》：「魂亡魄喪，影滅迹絕。」

【解釋】影：影子。迹：痕迹。

【用法】影子消失了，痕迹也沒有了。

【例句】當我趕到湖邊的時候，早已經是～，不知道她在什麼時候走了。

影單形隻

見「形單影隻」。

影影綽綽

【出處】明·蘭陵笑笑生《金瓶梅》第六十二回：「我不知怎的，但沒人在房裡，心中只害怕，恰似影影綽綽有人在我跟前一般。」

【解釋】影：隱隱。綽：攪亂。

【用法】模模糊糊，若隱若現。

【例句】「只見小紅、豐兒～地來了。」

穎脫而出（ㄧㄥˇ ㄊㄨㄛ ㄦˊ ㄔㄨ）

見「脫穎而出」。

郢匠運斧（ㄧㄥˇ ㄐㄧㄤˋ ㄩㄣˋ ㄈㄨˇ）

見「運斤成風」。

郢書燕說（ㄧㄥˇ ㄕㄨ ㄧㄢ ㄕㄨㄛ）

【出處】《韓非子・外儲說左上》：「郢人有遺燕相國書者，夜書，火不明，因謂持燭者曰：『舉燭』，而誤書『舉燭』。舉燭，非書意也。燕相受書而說（悅）之，曰：『舉燭者，尙明也；尙明也者，舉賢而任之。』燕相白王，王大說（悅），國以治。治則治矣，非書意也。今世學者多似此類。」

【解釋】郢：古地名，春秋戰國時楚國的國都，今湖北江陵一帶。燕：春秋戰國時的一個國名，今河北省北部一帶。說：解釋、解說。楚國郢人寫的書信，燕國人作了另外的解說。

【用法】比喩穿鑿附會，曲解原意。

【例句】我們學習經典著作，該切實地領會其精神實質，決不能～，曲解原意。

應付自如（ㄧㄥˋ ㄈㄨˋ ㄗˋ ㄖㄨˊ）

【解釋】自如：鎮靜的樣子。

【用法】處理事情從容鎮靜,得心應手。

【例句】這件事情涉及面很廣，問題很多，而她卻能～，眞是出乎我的意料之外。

應付裕如（ㄧㄥˋ ㄈㄨˋ ㄩˋ ㄖㄨˊ）

【解釋】應付：對付。裕如：充裕地、從容地。

【用法】應付事情從容不迫，一點兒不費力氣。

【例句】他是一個有經驗的老職員，遇到各種複雜情況，都能～。

應對如流（ㄧㄥˋ ㄉㄨㄟˋ ㄖㄨˊ ㄌㄧㄡˊ）

【出處】唐・房玄齡等《晉書・張華傳》：「華應對如流，聽者忘倦。」

【解釋】應對：對答。

【用法】回答別人提出的問題熟練又爽快。

【例句】小英學習很好，每當老師提出問題，他都能～。

應天順人（ㄧㄥˋ ㄊㄧㄢ ㄕㄨㄣˋ ㄖㄣˊ）

【出處】明・羅貫中《三國演義》第四十七回：「某等非爲爵祿而來，實應天順人耳。」

【解釋】應：適合。天：天理。順：順從。人：人情事理。

【用法】順應天理人情。

【例句】人生意義,不過～,何必留名?

應機立斷（ㄧㄥˋ ㄐㄧ ㄌㄧˋ ㄉㄨㄢˋ）

見「當機立斷」。

應接不暇（ㄧㄥˋ ㄐㄧㄝ ㄅㄨˋ ㄒㄧㄚˊ）

【出處】南朝・宋・劉義慶《世說新語・言語》：「從山陰道上行，山川自相映發，使人應接不暇。」

【解釋】應接：接待、應付。暇：空閒。接待不過來。

【用法】①指到處是美好的風景，來不及全部欣賞。②形容人事紛繁，忙得應付不過來。

【例句】似通不通的問題，連珠炮似地從孩子們天眞的嘴裡喊出來，道靜～地回答他們。

應時對景

【出處】清・曾樸《孽海花》第八回：「效亭道：『應時對景，我們各賀一杯，你再說飛觴吧。』」

【解釋】應時：適應時宜。

【用法】適合當時的情景。

【例句】辦大型活動，若不知～，必會冷場。

應時之技

【出處】清・曹雪芹《紅樓夢》第五十八回：「其中或有一二個知事的，愁將來無應時之技，亦將本技丟開，便學起針黹紡織女工諸務。」

【解釋】應時：適應時宜。

【用法】適應時宜並能賴以謀生的技能。

【例句】若不學些～，只知吟詞弄文，將來只好喝西北風了。

應運而生

【出處】漢・荀悅《漢記・後序》：「實天生德，應運建主。」

【解釋】順應時勢天命而產生的。

【用法】指人或事順應適當的時機而出現或發生。

【例句】（賈）雨村道：「天地生人，除大仁大惡，餘者皆無大異：若大仁者則～，大惡者則應劫而生，運生世治，劫生世危。」

映雪讀書

【出處】南朝・梁・任昉《爲蕭揚州薦士表》：「至乃集螢映雪，編蒲緝柳。」

【解釋】借雪的反光讀書。

【用法】形容刻苦攻讀。

【例句】富裕安康的我們，實難想像古人～的情景。

映月讀書

【出處】唐・李延壽《南史・江泌傳》：「泌少貧，晝日斫屧爲業，夜讀書隨月光，光斜則握卷升屋，睡極墮地則更登。」

【解釋】借月光讀書。

【用法】形容刻苦攻讀。

【例句】天眞的妹妹，居然以爲～，充滿了詩情畫意，哪天叫她到月光下餵蚊子就知道苦了。

硬語盤空

【出處】唐・韓愈《薦士》詩：「橫空盤硬語，妥貼力排奡。」

【解釋】硬語：文筆剛勁有力。盤空：橫在天空。

【用法】形容文章的氣勢雄渾，矯健有力。

【例句】沒想到一個弱女子，居然也寫出如此～的大塊文章來。

〔ㄨ部〕

嗚呼哀哉（ㄨ ㄏㄨ ㄞ ㄗㄞ）

【出處】《詩經・大雅・召旻》：「於乎（嗚呼）哀哉！維今之人，不尚有舊。」

【解釋】嗚呼：感嘆詞，相當於「唉」。哀哉：讓人傷心啊。

【用法】文言中常用的哀嘆之辭，表示對死者的悲悼。後借以指事物的死亡或完結（含詼諧或諷刺的意味）。

【例句】這些調皮的學生，打算在考試時以作弊方式過關，誰知被老師識破，這次考試成績也就～了。

屋烏之愛（ㄨ ㄨ ㄓ ㄞˋ）

見「愛屋及烏」。

屋上架屋（ㄨ ㄕㄤˋ ㄐㄧㄚˋ ㄨ）

見「疊床架屋」。也作「屋下架屋」。

屋上建瓴（ㄨ ㄕㄤˋ ㄐㄧㄢˋ ㄌㄧㄥˊ）

見「高屋見瓴」。

巫山雲雨（ㄨ ㄕㄢ ㄩㄣˊ ㄩˇ）

【出處】戰國・楚・宋玉《高唐賦》：「先王雲游高唐，怠而晝寢，夢見一婦人，曰：『妾，巫山之女也，……』去而辭曰：『妾在巫山之陽，高丘之阻，旦爲朝雲，暮爲行雨，朝朝暮暮，陽台之下。』」（先王：指楚懷王。阻：險峻之外）

【解釋】舊詩詞中用以比喻愛情。

【附註】也作「雲雨巫山」。

【例句】唐明皇與楊貴妃～，淒涼美艷的愛情故事，千百年來，傳頌極廣。

汙七八糟（ㄨ ㄑㄧ ㄅㄚ ㄗㄠ）

見「亂七八糟」。

烏白馬角（ㄨ ㄅㄞˊ ㄇㄚˇ ㄐㄧㄠˇ）

【出處】漢・司馬遷《史記・刺客列傳讚》：「太史公曰：世言荆軻，其稱太子丹之命，『天雨粟，馬生角』也，太過。」

【解釋】烏鴉的頭變白，馬頭上生角。

【用法】比喻不可能實現的事。

【例句】要他科科都考一百分，簡直是～，不可能的事。

烏飛兔走（ㄨ ㄈㄟ ㄊㄨˋ ㄗㄡˇ）

見「兔走烏飛」。

烏鳥私情（ㄨ ㄋㄧㄠˇ ㄙ ㄑㄧㄥˊ）

【出處】晉・李密《陳情表》：「烏鳥私情，願乞終養。」

【解釋】烏鳥：烏鴉。傳說烏鴉長大之後，能餵養年老的雌鳥，叫做「烏鴉反哺」。

【用法】比喻孝養父母的恩情。

【例句】李密陳情表中所敍述之～，千百年來，不知感動了多少人。

烏合之衆（ㄨ ㄏㄜˊ ㄓ ㄓㄨㄥˋ）

【出處】唐・馬總《意林》引《管子》：「烏合之衆，初雖有歡，後必相吐，雖善不親也。」

【解釋】烏合：像烏鴉一樣暫時聚合。

【用法】比喻倉促雜湊起來毫無組織紀律的人群。
【例句】這夥殘匪不過是一群不堪一擊的~。

烏焦巴弓

【解釋】烏：黑色。焦：燒成炭様。
【用法】原爲《百家姓》中的四個姓。後借喻燒得墨黑。
【例句】一場小小的火災，竟把整個庭院燒得~。

烏七八糟

見「亂七八糟」。

烏有子虛

見「子虛烏有」。

烏烟瘴氣

【出處】清・文康《兒女英雄傳》第三十二回：「如今鬧是鬧了個烏烟瘴氣，罵是罵了個破米糟糠。」
【解釋】烏烟：黑烟。瘴氣：熱帶或亞熱帶山林中的濕熱的氣。
【用法】比喻環境嘈雜、秩序混亂、邪氣充斥或社會黑暗。
【例句】一到下班時間，台北市的交通紊亂，空氣汚染嚴重，只能以「~」四字來形容。

烏焉成馬

【出處】宋・董逌《除正字謝啓》：「烏焉混淆，魚魯雜糅。」
【解釋】「烏」、「焉」、「馬」三字形體相近，抄寫時容易把「烏」、「焉」誤寫成「馬」字。
【用法】指傳抄訛誤。
【例句】我們讀書寫字要細心謹慎，千萬別犯了~的毛病。
【附註】參看「魯魚亥豕」。

誣良爲盜

【出處】清・孔尙任《桃花扇・第三齣・歸山》：「據爾所供，一無實迹，難道本衙門誣良爲盜不成！」
【解釋】誣：誣陷。良：好人。
【用法】指揑造事實，陷害好人。
【例句】這種善良的人，竟被陷害下獄，簡直是~。

吳頭楚尾

【出處】宋・王象之《輿地紀勝》：「職方乘序》：『吳頭越尾。』」
【解釋】今江西省北部，春秋時爲吳、楚兩國接界之地，像首尾相銜接，因稱「吳頭楚尾」。
【用法】後作爲江西的代稱。
【例句】我們家鄉便是在人稱~的江西省。

吳牛喘月

【出處】《太平御覽》引《風俗通》：「吳牛望月則喘，彼之苦於日，見月怖喘矣。」意思是吳地炎熱，水牛怕熱，見到月亮以爲是太陽，就喘起氣來。
【解釋】吳牛：江淮一帶的水牛。
【用法】比喻因疑心而害怕。
【例句】請你不要庸人自擾，整日疑神疑鬼，否則，會被譏如~。

吳下阿蒙

【出處】據晉・陳壽《三國志・吳書・呂蒙傳》裴松之注引《江表傳》載：呂蒙年輕時不愛讀書，後聽從孫權勸告，努力學習。魯肅有時到他那裏，同他議論時，竟辯不過他。因此魯肅就拍着呂蒙的背說：「吾謂大弟但有武略耳，至於今者，學識英博，非復吳下阿蒙。」

【解釋】吳下：指今長江下游南岸一帶。阿蒙：指三國時呂蒙。

【用法】後泛指人學識尚淺。

【例句】及至我和王教授攀談之後，才感到自己仍然是～，淺薄得很。

吳市吹簫（ㄨˊ ㄕˋ ㄔㄨㄟ ㄒㄧㄠ）

【出處】漢・司馬遷《史記・范雎蔡澤列傳》：「伍子胥橐載而出昭關，夜行晝伏，至於陵水，無以糊其口，膝形蒲伏，稽首肉袒，鼓腹吹篪，乞食於吳市。」

【解釋】吳市：古國名，今江淮一帶。

【用法】後用「吳市吹簫」比喻行乞街頭。

【例句】眞沒想到如今的億萬家產的富翁，以前竟是～的乞兒。

吳越同舟（ㄨˊ ㄩㄝˋ ㄊㄨㄥˊ ㄓㄡ）

【出處】《孫子・九地》：「夫吳人與越人，相惡也。當其同舟而濟，遇風，其相救也如左右手。」

【解釋】吳、越：古國名。舟：船。

【用法】比喻同心協力戰勝困難。

【例句】我們目前的處境如此險惡，只有～的辦法才能度過難關。

【附註】參看「同舟共濟」。

吾道東矣（ㄨˊ ㄉㄠˋ ㄉㄨㄥ ㄧˇ）

【出處】南朝・宋・范曄《後漢書・鄭玄傳》：「鄭玄，字康成，北海高密人也，事扶風馬融。……玄在門下，三年不得見，乃使部業弟子傳授於玄。玄日夜尋誦，未嘗怠倦。會融集諸生考論圖緯，聞玄善算，乃召見於樓上。玄因從質諸疑義，問畢辭歸。融喟然謂門人曰：『鄭生今去，吾道東矣！』」

【解釋】道：學術主張。我的學說傳布到東方去了。

【用法】後用以表示自己的學術主張得到推廣。

【例句】當他聽到數十年的研究心得獲得學術界的肯定後，不禁大嘆：「～。」

梧鼠技窮（ㄨˊ ㄕㄨˇ ㄐㄧˋ ㄑㄩㄥˊ）

【出處】《荀子・勸學》：「螣蛇無足而飛，梧鼠五技而窮。」

【解釋】梧鼠：原作「鼫鼠」，訛寫作「鼯鼠」，後又訛作「梧鼠」。窮：窘困。傳說鼫鼠有五技，但都不專精（能飛，却不能過屋；能爬樹，却不能爬到樹頂；能游泳，却不能渡過河谷；能挖穴，却不能掩身；能跑，却跑不過人），因而受困。

【用法】比喻什麼都會一點，却都不精，所以都無用處。

【例句】你於哪方面都淺嘗輒止，難免有～之譏。

毋食馬肝（ㄨˊ ㄕˊ ㄇㄚˇ ㄍㄢ）

見「不食馬肝」。

無本之木

【解釋】本：根。木：樹。沒有根的樹木。
【用法】比喻沒有基礎的事物。
【例句】他的這篇文章所闡發的所謂理論，其實是～，根本站不住脚。
【附註】參看「無源之水，無本之木」。

無邊風月

【出處】宋・朱熹《六先生畫象贊・濂溪先生》：「風月無邊，庭草交翠。」
【解釋】風月：清風明月，指美好的景色。
【用法】原爲朱熹用來稱讚周敦頤死後影響之深廣。後用以形容風景佳麗。
【例句】當我實地到西湖一遊後，才發現此處～，美景佳色，名不虛傳。
【附註】也作「風月無邊」。

無病呻吟

【出處】宋・辛棄疾《臨江仙》詞：「百年光景百年心，更歡須嘆息，無病也呻吟。」
【解釋】呻吟：病痛時發出的哼聲。沒有病哼著裝病。
【用法】比喻沒有眞情實感而故作感慨的言辭。
【例句】青年人要樂觀進取，千萬不可整日～。

無病自灸

【出處】《莊子・盜跖》：「柳下惠曰：『跖得無逆汝意若前乎？』孔子曰：『然。丘所謂無病而自灸也。』」
【解釋】灸：中醫的一種治療方法，用燃燒的艾草烤一定的穴位。無病而用艾草燒灼。
【用法】形容自尋痛苦或煩惱。
【例句】你的疑心病太重，等於是～，自尋苦惱。

無補於事

【出處】宋《朱子語類・論語（泰伯）》：「因言今世人，多道東漢名節無補於事。」
【解釋】補：益處、裨益。
【用法】指對事情沒有什麼益處。
【例句】你還是冷靜一些，發脾氣是～的。

無偏無黨

【出處】《尚書・洪範》：「無偏無黨，王道蕩蕩。」
【解釋】偏：偏向。黨：偏袒。
【用法】指秉持公正，不偏袒。
【例句】他是一個很公正的人，對一切人都是～。

無米之炊

【出處】宋・陸游《老學庵筆記》卷三：「僧曰：『巧婦安能做無麵湯餅乎？』」
【解釋】炊：燒火做飯。
【用法】比喻缺乏最基本的和最必要的條件而不可能辦到的事情。
【例句】俗話說，巧婦難爲～，沒有柴米，要我們如何煮飯？
【附註】參看「巧婦難爲無米之炊」。

無名小卒

【出處】明・羅貫中《三國演義》第四

十一回：「只見城內一將飛馬引軍而出，大喝：魏延無名小卒，安敢造亂，認得我大將文聘麼！」

【解釋】卒：士兵。

【用法】指沒有名望、起不了什麼作用的小人物。

【例句】在這樣一次全國性的學術討論會上，我這個~是不會被重視的。

無風不起浪（ㄨˊ ㄈㄥ ㄅㄨˋ ㄑㄧˇ ㄌㄤˋ）

【用法】比喻任何一件事情的發生都是有原因的。

【例句】~，大家對她的議論恐怕是有原因的。

無風起浪（ㄨˊ ㄈㄥ ㄑㄧˇ ㄌㄤˋ）

【出處】宋・釋道原《景德傳燈錄》卷二十六載：人問廬山棲賢寺道堅禪師：「『如何是祖師西來意？』師曰：『洋瀾左里，無風浪起。』」

【用法】比喻平白無故地生出是非來。

【例句】這些人專愛做些~，造謠惹事的舉動來引人注意。

【附註】也作「無風生浪」。

無法無天（ㄨˊ ㄈㄚˇ ㄨˊ ㄊㄧㄢ）

【出處】清・曹雪芹《紅樓夢》第三十三回：「你在家不讀書也罷了，怎麼又做出這些無法無天的事來！」

【解釋】法：法紀、國法。天：指天理，也指道理。

【用法】形容目無法紀，肆無忌憚地胡作非為。

【例句】光天化日之下，這個蒙面大盜，竟敢搶劫銀行，傷害無辜，未免太~了。

無斧鑿痕（ㄨˊ ㄈㄨˇ ㄗㄠˊ ㄏㄣˊ）

見「不露斧鑿痕跡」。

無敵於天下（ㄨˊ ㄉㄧˊ ㄩˊ ㄊㄧㄢ ㄒㄧㄚˋ）

【出處】《孟子・公孫丑上》：「如此，則無敵於天下。無敵於天下者，天吏也。」

【解釋】天下：古指全中國，現指全世界。天下沒有人敵得過的。

【用法】形容力量無比強大。

【例句】古代許多政治家認為，只要行仁政，愛民如子，便可~。

無適無莫（ㄨˊ ㄉㄧˊ ㄨˊ ㄇㄛˋ）

【出處】《論語・里仁》：「君子之於天下也，無適也，無莫也，義之與比。」（比：靠近。）

【解釋】適：通「嫡」，親的，厚的。莫：薄。沒有親厚的，沒有疏遠的。

【用法】形容對人遠近親疏，無所厚薄，平等對待，以理行事。

【例句】他為人公正，無論親疏厚薄，待人處事均秉持~的原則。

【附註】「適」不能念成ㄕˋ。

無地自容（ㄨˊ ㄉㄧˋ ㄗˋ ㄖㄨㄥˊ）

【出處】清・蒲松齡《聊齋誌異・仇大娘》：「大娘搜捉以出。女乃指福唾罵，福慚汗無地自容。」

【解釋】容：容納。沒有地方可以讓自己存身。

【用法】形容羞愧到了極點。

【例句】儘管大家在笑聲中並沒有包含任何惡意，仍然窘得我~。

【附註】也作「無地自厝」、「毛地自

容」。

無的放矢

【解釋】的：箭靶。矢：箭。放箭沒有目標。

【用法】比喻言論或行事沒有明確的目的或不看對象而盲目地進行。

【例句】未立下明確目標，就盲從蠢動，眞是有如～。

【附註】「的」不能念成・ㄉㄜ。

無冬無夏

【出處】《詩經・陳風・宛丘》：「坎其擊鼓，宛丘之下。無冬無夏，値其鷺羽。」

【解釋】不管冬天還是夏天。

【用法】形容一年四季從不間斷。

【例句】她～地忙碌着，從來不肯歇一歇。

無動於衷

【出處】清・李寶嘉《官場現形記》第三十三回：「以至頂到如今，偏偏碰着這位制軍是不輕易見客的，他見也好，不見也好，便也漠然無動於中了。」

【解釋】衷：內心，也作「中」。內心一點也沒有觸動。

【用法】形容對應該關心的事毫不關心，置之不理。

【例句】凡是有惻隱之心的人，看到這幕可憐的景象，怎能～？

無能爲力

【出處】清・紀昀《閱微草堂筆記》第十四卷：「此罪至重，微我難解脫，即釋迦牟尼亦無能爲力也。」

【解釋】使不上勁，幫不上忙。

【用法】多指沒有能力去做好某件事情或解決某個問題。

【例句】我看她被疾病折磨着，很想幫她解除一些痛苦，但又～。

無能爲役

【出處】《左傳・成公二年》載：齊晉鞌之戰前，魯、衛求救於晉。晉景公答應出兵車七百乘。晉主帥郤克說：「此城濮之賦（兵）也，有先君（晉文公）之明與先大夫（狐偃等人）之肅，故捷。克于先大夫無能爲役，請八百乘，許之。」（乘ㄕㄥˋ：古代戰車）

【解釋】役：事。

【用法】指不能做好某件事。

【例句】這麼重大的責任交給我，除非大家能充分合作，否則，光靠我一個人的力量是～的。

無理取鬧

【出處】唐・韓愈《答柳柳州食蝦蟆》詩：「鳴聲相呼和，無理只取鬧。周公所不堪，灑灰垂典數。」

【解釋】鬧：搗亂。

【用法】指毫無理由地跟人搗亂。

【例句】身爲父母，小孩子～，我們絕不應該遷就。

無立錐之地

【出處】《荀子・非十二子》：「無置錐之地而王公不能與之爭名。」

【解釋】錐：鑽孔的工具。連插錐子的地方都沒有。

【用法】指沒有一點地盤是屬於自己的

。也形容極其貧困。

【例句】我已經是～了，你何必再來排擠我呢？

無路求生 ㄨˊ ㄌㄨˋ ㄑㄧㄡˊ ㄕㄥ

【出處】《五代史・唐家人傳》：「母曰：『吾不忍見王，王若無路求生，當踣面以俟。』繼岌面榻而臥，環縊殺之。」

【用法】指沒有活路。

【例句】對於犯了錯誤的青年，要教育，也要給予關心，不能讓他們有～的感覺。

無根無蒂 ㄨˊ ㄍㄣ ㄨˊ ㄉㄧˋ

【出處】漢・班固《漢書・敘傳・答賓戲》：「徒樂枕經藉書，紆體衡門，上無所蒂，下無所根。」（枕經藉書：把經書縱橫相枕而臥。紆：曲。衡門：橫木爲門，指簡陋的房屋）

【解釋】蒂：花朵或瓜果枝莖相連的部分。

【用法】原比喻無所依據。現比喻沒有依靠或沒有牽絆。

【例句】他自小雙親過世，過著～，孤苦零丁的日子。

無根而固 ㄨˊ ㄍㄣ ㄦˊ ㄍㄨˋ

【出處】《管子・戒》：「管仲復於桓公曰：『無翼而飛者，聲也；無根而固者，情也。』」

【解釋】沒有根柢而能堅固。

【用法】喻指主要靠「情感」的交融和聯繫而得到鞏固和保持。

【例句】只有靠彼此深厚的感情，緊密地結合，才能創造～的奇蹟，讓我們在艱苦環境中奮鬥生存。

無關痛癢 ㄨˊ ㄍㄨㄢ ㄊㄨㄥˋ ㄧㄤˇ

見「不關痛癢」。

無功受祿 ㄨˊ ㄍㄨㄥ ㄕㄡˋ ㄌㄨˋ

【出處】《詩經・魏風・伐檀》小序：「伐檀，刺貪也。在位貪鄙，無功而受祿，君子不得進仕爾。」

【解釋】祿：古代官吏的俸祿。

【用法】指人沒有功勞而得到優厚的待遇。

【例句】對於這項發明獎，實際上我沒有出過什麼力氣，把我也列了進去，這豈不是～。

無可比擬 ㄨˊ ㄎㄜˇ ㄅㄧˇ ㄋㄧˇ

【出處】宋・釋惟白《續傳燈錄》第十三卷：「窮外無方，窮內非里，應用萬般，無可比擬。」

【解釋】比擬：相比。

【用法】沒有可以與之相比的。

【例句】這一代青年，不論是精神或物質方面條件，都是～的，所以，眞應充分利用這些條件，使自己的成就超越上一代。

無可奈何 ㄨˊ ㄎㄜˇ ㄋㄞˋ ㄏㄜˊ

【出處】漢・司馬遷《史記・周本紀》：「太史伯陽曰：『禍成矣，無可奈何！』」

【解釋】奈何：如何、怎麼辦。

【用法】指沒有辦法，不得已。

【例句】她～，只好躺在床上生氣。

無關宏旨 ㄨˊ ㄍㄨㄢ ㄏㄨㄥˊ ㄓˇ

【出處】章炳麟《答夢庵》：「《大乘緣起說》者，無過考證之文，不關宏旨。」
【解釋】宏：大。旨：主旨、意思。跟主要的精神沒有什麼關係。
【用法】形容意義不大，無關緊要。
【例句】個人的得失不過是區區小事，是～的。
【附註】也作「不關宏旨」。

無關緊要

【出處】清・吳敬梓《儒林外史》第五十一回：「那撫軍聽了仔細，知道鳳鳴岐是有名的壯士，其中必有緣故。況且苗總兵已死於獄中……此事也不關緊要。因而吩咐祁知府從寬辦結。」
【用法】沒有什麼要緊的。
【例句】你來信所提的幾個問題都是～的。
【附註】也作「不關緊要」。

無何有之鄉

【出處】《莊子・逍遙遊》：「今子有大樹，患其無用，何不樹之於無何有之鄉，廣漠之野，彷徨乎無爲其側，逍遙乎寢臥其下。」
【解釋】無何有：沒有。
【用法】原指什麼東西都沒有的地方。後用以指空虛烏有的境地。
【例句】生在社會裡而竟想找一個和任何人都不發生關係的環境，那不過是幻想的「～」罷了。

無毀無譽

【出處】《莊子・山木》：「無譽無訾，一龍一蛇，與時俱化，而無肯專爲。」
【解釋】毀：毀謗，用不實之詞進行攻擊。譽：稱讚。既無毀謗，又沒有稱讚。
【用法】指平常、一般。
【例句】他目前的心境是澹泊寧靜的，對於外界的種種評論，總是抱著～的態度來面對。
【附註】也作「無譽無訾」。

無官一身輕

【出處】宋・蘇軾《賀子由生第四孫》詩：「無官一身輕，有子萬事足。」
【用法】舊時官吏退職或丟掉官職後自我安慰的話。也泛指卸去責任感到一身輕鬆。
【例句】我並不想當官，～，我倒樂得如此。

無稽讕言

【解釋】稽：考查。讕言：沒有根據的話。
【用法】無從查考的毫無根據的話。
【例句】我外交部發表嚴正聲明，對敵人的～痛加駁斥。
【附註】參看「無稽之談」。

無可厚非

見「未可厚非」。

無可諱言

【解釋】諱言：有顧忌，不敢或不願意直說。沒有什麼不可以直說的。
【例句】～的是，你這種凡事簡單化的批評，是很不好的。

無可救藥

見「不可救藥」。

無可無不可

【出處】《論語・微子》：「我則異於是，無可無不可。」

【用法】原意爲孔子認爲能做官就做，不能做就不做，進退去留，都沒有關係。後泛指對事依違兩可，沒有固定的主張。也指任何事情都可以適應。

【例句】回家也行，看電影也行，你們決定，我是～的。

無愧衾影

見「衾影無慚」。

無孔不入

【出處】清・李寶嘉《官場現形記》第三十五回：「況且上海辦捐的人，鑽頭覓縫，無孔不入。」

【解釋】孔：小洞。

【用法】指有空隙就鑽，有機會就進行活動（多用於貶義）。

【例句】敵人的侵略是無孔不入的，在任何方面，均須小心預防。

無價之寶

【出處】宋・計有功《唐詩記事》卷七十八引唐・魚玄機《贈鄰女》詩：「易求無價寶，難得有情郎。」

【解釋】用多少錢也買不到的寶物。

【用法】形容極其稀有的珍貴東西。

【例句】故宮博物院所陳列的種種收藏，都是我國歷代傳下的～。

無咎無譽

【出處】《周易・坤》：「括囊無咎無譽，蓋言謹也。」

【解釋】咎：過錯。譽：榮譽。既沒有壞處可說，也沒有好處可稱。

【用法】形容平平常常，表現一般。

【例句】他當了幾年局長，由於不管事，也不問事，所以～，平平庸庸。

無稽之談

【出處】《尚書・大禹謨》：「無稽之言勿聽。」

【解釋】稽：考查。

【用法】指無法考查沒有根據的話。

【例句】這些流言都是～，你根本就不該相信。

【附註】參看「無稽讕言」。

無濟於事

【出處】清・李寶嘉《官場現形記》第五十二回：「蕪湖道道：『如今遠水救不得近火，就是我們再幫點忙，至多再湊了幾百銀子，也無濟於事。』」

【解釋】濟：幫助、裨益。對事情沒有什麼幫助。

【用法】形容解決不了問題。

【例句】用粗暴的態度壓服人完全～，只有講道理、以理服人，才能解決問題。

無計可施

【出處】明・羅貫中《三國演義》第八回：「王允曰：『賊臣董卓，將欲篡位，朝中文武，無計可施。』」

【解釋】計謀：辦法。施：施展。想不出什麼辦法來。

【用法】形容無法處理。

【例句】對於這個頑劣學生，許多老師

已～了。

無家可歸

【出處】宋・薛居正《舊五代史・唐書・明宗紀》：「辛巳，詔揀年少宮人及西川宮人並還其家，無家可歸者，任從所適。」

【用法】指孤苦零丁，流離失所的人。

【例句】父親小時曾流落異鄉，～，靠著不斷地奮鬥才有今天的成就。

無巧不成書

【出處】明・馮夢龍《醒世恒言・賣油郎獨占花魁》：「自古道：無巧不成話。」

【解釋】沒有巧合就不能編成書。

【用法】指事情多爲巧合而成。

【例句】眞是～，竟然在這離家數千里外的異鄉，遇到舊日好友。

【附註】也作「無巧不成話」。舊稱說書人所講的故事叫做「話」。指沒有好的情節就說不出吸引人的故事來。

無情無義

【出處】清・曹雪芹《紅樓夢》第八十二回：「好！寶玉，我今日才知道你是無情無義的人了！」

【用法】指對人沒有情義。

【例句】沒有想到你居然這樣～，既然你怕我牽累你，那麼我們乾脆就分手算了！

無拳無勇

【出處】《詩經・小雅・巧言》：「無拳無勇，職爲亂階。」（職：助詞。階：因由。）

【解釋】拳：力量。勇：勇敢。

【用法】指沒有力量，也沒有勇氣。

【例句】大家勇於提出意見，整個團體才能進步，如果每個人都這麼～，那還有什麼希望呢？

無窮無盡

【出處】宋・晏殊《踏莎行》詞：「無窮無盡是離愁，天涯地角尋思遍。」

【解釋】窮盡：完了、終結。

【用法】指沒有止境，沒有限度。

【例句】人類征服自然、改造自然的力量是～的。

無堅不摧

【出處】五代・後晉・劉昫等《舊唐書・孔巢父傳》：「（田）悅酒酣，自矜其騎射之藝，拳略之勇，因曰：『若蒙見用，無堅不摧。』」清・葉燮《原詩・外篇》：「從來節義，勛業、文章，皆得於天而得於己，然其間豈能無分劑，雖所得或未至十分，苟有氣以鼓之，如弓之括，力至引滿，自可無堅不摧，此在彀率（ㄍㄡˋㄌㄩˋ：爲了射中目標需要把弓拉開的程度）。」

【解釋】堅：堅固，指堅固的東西。摧：摧毀、毀壞。

【用法】沒有什麼堅固的東西不能摧毀，即任何堅固的東西都能摧毀。形容力量無比強大。

【例句】經過了十年生聚，十年教訓，終於訓練了一支～的軍隊。

無精打采

見「沒精打采」。

無拘無束

【出處】明・吳承恩《西遊記》第二回：「逐日家無拘無束，自在逍遙此一長生之美。」又第四十四回：「出家人無拘無束，自由自在，有甚公事？」

【用法】沒有任何拘束。形容自由自在。

【例句】都市中的人，均很嚮往～，自由自在的假日生活。

無奇不有

【出處】清・吳趼人《二十年目睹之怪現狀》第四十八回：「怎麼銀行也去打劫起來，眞是無奇不有！」

【用法】什麼稀奇古怪的事情都有。

【例句】社會百態，～，你又何必事事大驚小怪。

無中生有

【出處】《老子》第四十章：「天下萬物生於有，有生於無。」

【用法】本來沒有事，憑空揑造說成有。

【例句】造謠是～，誣蔑是顚倒黑白，都是意在殺人。

無恥之尤

【出處】清・吳趼人《二十年目睹之怪現狀》第九十三回：「用了『行止齷齪，無恥之尤』八個字考語，把他參掉了。」

【解釋】尤：特別突出的。

【用法】指無恥到了極點。

【例句】這個吃喝嫖賭無所不爲的惡棍，居然談起仁義道德來了，眞是～！

無腸公子

【出處】晉・葛洪《抱朴子・登涉》：「稱無腸公子者，蟹也。」清・曹雪芹《紅樓夢》第三十八回：「饕餮王孫應有酒，橫行公子竟無腸。」

【解釋】蟹的別名。

【例句】中國人眞是文雅，連「蟹」都取個別名爲～。

無出其右

【出處】漢・司馬遷《史記・田叔列傳》：「上盡召見，與語，漢廷臣毋（無）能出其右者。」

【解釋】出：超出。右：古代以右邊爲貴。沒有越過他們的。

【用法】比喩沒有再比這更好的了。

【例句】李白與杜甫的詩歌，無論在思想上或藝術上的成就，在唐代都是～的。

無隙可乘

【出處】南朝・梁・沈約《宋書・律歷志二》：「臣其歷七曜，咸始上元，無隙可乘。」

【解釋】隙：漏洞。乘：趁。

【用法】沒有機會可以被利用，沒有漏洞可鑽。

【例句】我們必須有萬全之準備，對方才～。

無懈可擊

【出處】《孫子・計篇》：「攻其不備，出其不意。」

【解釋】懈：鬆懈，指破綻、漏洞。

【用法】形容找不出毛病和漏洞，十分嚴密、周到。

【例句】這篇文章寫得十分雄辯，其論

點也非常嚴密，幾乎是～。

無心出岫（ㄨˊ ㄒㄧㄣ ㄔㄨ ㄒㄧㄡˋ）

【出處】晉·陶潛《歸去來辭》：「雲無心以出岫，鳥倦飛而知還。」

【解釋】岫：山谷。

【用法】比喻無意出來做官。

【例句】白雲～，就好像我無意在官場上發展一般，不如回鄉過著逍遙自在的生活。

無遮大會（ㄨˊ ㄓㄜ ㄉㄚˋ ㄏㄨㄟˋ）

【出處】唐·姚思廉《梁書·武帝本紀》：「輿駕幸同泰寺，設四部無遮大會。」（四部：指僧、尼及善男、信女。）《大唐西域記》：「五歲一設無遮大會。」

【解釋】遮：遮攔。佛教語。毫無遮攔的大會。

【用法】指所謂廣結善緣，不分貴賤、僧俗、智愚、善惡都一律平等對待的盛會。後泛指無所限制的公衆集會。

【例句】本地佛寺正在舉行一場盛大的～，歡迎善男信女踴躍參加。

無傷大體（ㄨˊ ㄕㄤ ㄉㄚˋ ㄊㄧˇ）

【解釋】傷：損害。

【用法】指對事物的全局或主要方面沒有妨害或影響。

【例句】這個劇本在構思上還有一點地方可以再斟酌一下，改也可，不改也～。

【附註】參看「無傷大雅」。

無傷大雅（ㄨˊ ㄕㄤ ㄉㄚˋ ㄧㄚˇ）

【出處】清·吳趼人《二十年目睹之怪現狀》第二十五回：「不必問他眞的假的，倒也無傷大雅。」

【解釋】傷：損害。大雅：爲《詩經》中的一個部分，這裡指典雅、正道。

【用法】指某一事物雖有小疵，但對主要方面沒有損傷。

【例句】雖然他的國話不太標準，但就整場精彩的演講會而言，却是～的。

【附註】參看「無傷大體」。

無聲無息（ㄨˊ ㄕㄥ ㄨˊ ㄒㄧ）

【解釋】聲：聲音。息：氣息。沒有什麼動靜。

【用法】形容平平淡淡，沒有什麼作爲，也沒有什麼影響。

【例句】五十年代他曾經一度大露頭角，而這二十多年來却～了。

【附註】參看「無聲無臭」。

無聲無臭（ㄨˊ ㄕㄥ ㄨˊ ㄒㄧㄡˋ）

【出處】《詩經·大雅·文王》：「上天之載，無聲無臭。」

【解釋】聲：聲音。臭：氣味。

【用法】比喻人的默默無聞或事情對外界不發生影響。

【例句】社會上有許多人是～，但是他們所貢獻的力量却不容忽視。

【附註】「臭」不能念成ㄔㄡˋ也不能解釋成「難聞的氣味」。參看「無聲無息」。

無師自通（ㄨˊ ㄕ ㄗˋ ㄊㄨㄥ）

【用法】指沒有老師指導，靠自己努力而成功。

【例句】在音韻學方面，我並沒有正式學過，現在掌握的知識，純係～。

無時無刻 (ㄨˊ ㄕˊ ㄨˊ ㄎㄜˋ)

【出處】明·淩濛初《初刻拍案驚奇》第六卷：「自是行忘止，坐忘餐，卻像掉下了一件什麼東西的，無時無刻不在心上。」
【解釋】時、刻：時間。沒有一時一刻不是這樣。
【用法】表示長遠、不間斷。
【例句】母親對子女的關愛是～。

無事不登三寶殿 (ㄨˊ ㄕˋ ㄅㄨˋ ㄉㄥ ㄙㄢ ㄅㄠˇ ㄉㄧㄢˋ)

【出處】清·吳趼人《二十年目睹之怪現狀》第六十六回：「所以你一進門，我就知道你是有爲而來的了。這才是無事不登三寶殿啊！」
【解釋】三寶殿：泛指佛殿。
【用法】泛指沒事兒不登門。
【例句】你是個～的人，此次光臨寒舍，不知有何指教？

無事生非 (ㄨˊ ㄕˋ ㄕㄥ ㄈㄟ)

【出處】清·李汝珍《鏡花緣》第五十八回：「有不安本分的強盜，有無事生非的強盜。」
【解釋】非：是非。
【用法】指本來沒有事，卻故意找事製造糾紛。
【例句】我們這團體本來相安無事，你卻總疑心別人對你怎麼了，這眞是～啊！

無思無慮 (ㄨˊ ㄙ ㄨˊ ㄌㄩˋ)

【出處】《周易·繫辭下》：「子曰：『天下何思何慮，天下同歸而殊途，一致而百慮。』」
【解釋】既不加思索，也不加考慮。
【用法】形容胸懷寬廣，不把事放心上。也形容得過且過，無所用心。
【例句】他是個～的人，眞不知他是胸懷寬廣還是得過且過。

無私有弊 (ㄨˊ ㄙ ㄧㄡˇ ㄅㄧˋ)

【出處】清·李寶嘉《活地獄》第二十六回：「可是這個風聲出去，人家一定說是無私有弊，況且以後，你們頭兒們捉到了人，都來照顧小店裏，小店還能開得下去麼？」
【解釋】弊：欺騙行爲。
【用法】指雖然沒有自私的意圖，但卻有弊病，因爲處於不能不發生懷疑的地位而擔着懷疑。
【例句】我不能沾這件事的邊，弄不好別人會猜疑的，到那時，～，我說也說不清了。

無所不包 (ㄨˊ ㄙㄨㄛˇ ㄅㄨˋ ㄅㄠ)

【出處】宋·黎靖德《朱子語類·論語（詩三百章）》：「『思無邪』，卻凡事無所不包也。」
【解釋】沒有什麼不被包括進去。
【用法】形容包含的東西非常之多。
【例句】一篇文章只能就某一方面談得深入一些，怎麼能～呢？

無所不通 (ㄨˊ ㄙㄨㄛˇ ㄅㄨˋ ㄊㄨㄥ)

【出處】《孝經·感應》：「孝悌之至，通於神明，光於四海，無所不通。」
【解釋】通：通曉、知道。
【用法】沒有什麼不知道的。形容人廣見博識。
【例句】他的知識很淵博，中外古今是

～！

【附註】也作「無所不知」。

無人問津（ㄨˊ ㄖㄣˊ ㄨㄣˋ ㄐㄧㄣ）

【出處】晉・陶潛《桃花源記》：「南陽劉子驥，高尚士也；聞之，欣然規往。未果，尋病終。後遂無問津者。」

【解釋】津：渡口。問津：詢問渡口，比喻探求途徑。沒有人來打聽渡口路徑了。

【用法】比喻沒有人再來嘗試做某件事或過問某件事。

【例句】那一本本新出的小說，雖然擺滿了書架，卻根本～。

無任之祿（ㄨˊ ㄖㄣˋ ㄓ ㄌㄨˋ）

【出處】宋・司馬光《資治通鑑・周赧王五十五年》：「奪無任之祿，以賜有功。」

【解釋】任：任用；引申爲官職。祿：古代官吏的俸給。

【用法】指沒有任官職而享受的俸祿。

【例句】我們應在自己工作崗位上盡心盡力，而不該羨慕那些人擁有～。

無足掛齒（ㄨˊ ㄗㄨˊ ㄍㄨㄚˋ ㄔˇ）

【解釋】足：值得。掛齒：掛在齒間，引申爲談到、提及。不值一提。

【用法】形容無關緊要。

【例句】我只不過是舉手之勞而已，區區小事，～。

無足輕重（ㄨˊ ㄗㄨˊ ㄑㄧㄥ ㄓㄨㄥˋ）

【附註】參看「何足掛齒」。

見「不足輕重」。

無從措手（ㄨˊ ㄘㄨㄥˊ ㄘㄨㄛˋ ㄕㄡˇ）

【出處】清・吳敬梓《儒林外史》第十二回：「這仇人已銜恨十年，無從下手。」

【解釋】無從：沒有門徑或難以理出頭緒。措手：着手處理、應付。

【用法】指事物頭緒雜亂，無法着手處理。

【例句】這件事眞棘手，千頭萬緒，令人～。

【附註】也作「無從下手」。

無所不爲（ㄨˊ ㄙㄨㄛˇ ㄅㄨˋ ㄨㄟˊ）

【出處】晉・陳壽《三國志・吳書・張溫傳》：「揆其奸心，無所不爲。」

【解釋】爲：做。

【用法】多指什麼壞事都幹得出來。

【例句】這個大惡人，表面和善，巧言令色，但私底下卻是～的壞蛋。

無所不用其極（ㄨˊ ㄙㄨㄛˇ ㄅㄨˋ ㄩㄥˋ ㄑㄧˊ ㄐㄧˊ）

【出處】《禮記・大學》：「詩曰：『周雖舊邦，其命維新。』是故君子無所不用其極。」

【解釋】極：頂點。

【用法】原意是無處不用盡心力。現多指做壞事時，任何極端手段都使得出來。

【例句】抗戰時日軍所至，殺戮人民，奸淫婦女，焚毀村莊掠奪財物，～。

無所顧忌（ㄨˊ ㄙㄨㄛˇ ㄍㄨˋ ㄐㄧˋ）

【出處】北齊・魏收《魏書・太武五王傳》：「嘉好飲酒，或沈醉，在世宗前言笑自得，無所顧忌。」

【解釋】顧忌：因有顧慮而不敢說或做去。
【用法】指沒有什麼顧慮。
【例句】他無論做什麼，都按原則辦事，至於人們的議論，他是～的。
【附註】也作「罔所顧忌」。

無所不能 ㄨˊ ㄙㄨㄛˇ ㄅㄨˋ ㄋㄥˊ

【出處】宋．沈括《夢溪筆談》第二十一卷：「近歲迎紫姑者極多，大率多能文章歌詩，有極工者，予屢見之，多自稱蓬萊謫仙，醫卜無所不能，棋與國手爲敵。」
【解釋】沒有什麼不會的。
【用法】形容人很能幹，任何事都會。
【例句】他有很高的藝術造詣，書、畫、詩、刻，～。

無所不有 ㄨˊ ㄙㄨㄛˇ ㄅㄨˋ ㄧㄡˇ

【出處】唐．李朝威《柳毅傳》：「始見台閣相向，門戶千萬，奇草珍木無所不有。」
【解釋】沒有什麼沒有的。
【用法】形容什麼樣的人和事都有。也形容物品種類繁多，什麼都有。
【例句】這個店雖小，卻日用百貨～，對這一帶居民生活所需非常方便。

無所忌憚 ㄨˊ ㄙㄨㄛˇ ㄐㄧˋ ㄉㄢˋ

【出處】漢．班固《漢書．諸侯王表》：「是故王莽知漢中外殫微，本末俱弱，亡（無）所忌憚，生其奸心。」
【解釋】忌憚：顧忌與懼怕。
【用法】指行爲放肆、毫無顧忌與懼怕之心。
【例句】只要是對大我有益的事，都得勇於去做，即使面對強權，也應～。

無所事事 ㄨˊ ㄙㄨㄛˇ ㄕˋ ㄕˋ

【出處】清．吳趼人《二十年目睹之怪現狀》第七十八回：「那時候正在上海游手好閒，無所事事。」
【解釋】事事：做事情（前一「事」字爲動詞，意爲做；後一「事」字爲名詞，即爲事情）。
【用法】指游手好閒，什麼事也不幹。
【例句】他終日游手好閒～，眞是無聊。

無所適從 ㄨˊ ㄙㄨㄛˇ ㄕˋ ㄘㄨㄥˊ

【出處】唐．李百藥《北齊書．魏蘭根傳》：「此縣界於強虜，皇威未接，無所適從，故成背叛。」清．李汝珍《鏡花緣》第十六回：「某專應讀某音，斂處未得高明指教，往往讀錯，以致後學無所適從。」
【解釋】適：往。從：跟隨、聽從。
【用法】不知跟隨或聽從誰才好。形容不知怎麼辦才好。
【例句】一般人，面對新舊思想相衝突的時候，便會～。

無所作爲 ㄨˊ ㄙㄨㄛˇ ㄗㄨㄛˋ ㄨㄟˊ

【解釋】作爲：做出成績。
【用法】指工作中安於現狀，缺乏創造性，不努力做出成績或沒有做出成績來。
【例句】青年人要敢闖、敢做，任何～或驕傲自滿的思想都是錯誤的。

無所措手足 ㄨˊ ㄙㄨㄛˇ ㄘㄨㄛˋ ㄕㄡˇ ㄗㄨˊ

見「手足無措」。

無所用心

【出處】《論語・陽貨》：「飽食終日，無所用心，難矣哉！」

【解釋】什麼事都不用心，常與「飽食終日」連用。

【例句】一個人整天飽食終日，～，是不會有出息的。

【附註】參看「飽食終日」。

無惡不作

【出處】清・鄭燮《范縣署中寄舍弟墨書・五》：「宋自紹興以來，主和議，增歲幣，送尊號，處卑朝，括民膏，斲大將，無惡不作，無陋不爲。」

【解釋】惡：壞事。沒有壞事不幹。

【用法】即做盡了壞事。

【例句】這個～的歹徒，終於被繩之以法。

無一是處

見「一無是處」。

無依無靠

【出處】明・馮夢龍《醒世恒言》第三十五卷：「天啊！只道與你一竹竿到底，白頭相守，那裏說起半路上就拋撇了，遺下許多兒女，無依無靠！」

【用法】沒有任何依靠。

【例句】人們疼愛她，不僅因爲她是個～的孤兒，而且因爲她是那樣一個聰明伶俐的孩子。

無以復加

【出處】《左傳・文公十七年》：「今大國曰：爾未逞吾志。敝邑有亡，無以加焉。」

【解釋】復：再。不能再增加什麼了。

【用法】形容在程度上已達到頂點（多用爲貶義）。

【例句】他的罪行深重，已經～了。

無以自遣

【解釋】遣：排遣。沒有辦法排遣。

【用法】形容百無聊賴，沒有辦法打發日子。

【例句】休假期間，整天沒有事，眞有點百無聊賴、～。

無翼而飛

見「不翼而飛」。

無憂無慮

【出處】元・鄭廷玉《忍字記》第二折：「我做了個草庵中無憂無慮的僧家。」

【用法】沒有一點可擔憂的。

【例句】當我們守著工作崗位以後，又都懷念起那～的學生生活了。

無尤無怨

【出處】漢・王充《論衡・自紀》：「浩然恬忽，無所怨尤。」

【解釋】尤、怨：不滿、怨恨。既不尤人，也不怨天。

【用法】指對人對事毫無不滿或怨恨的情緒。

【例句】小時候，家境不好，但母親～，始終默默付出，留給我很深刻的印象。

【附註】也作「無所怨尤」。

無言可對

【出處】宋·釋普濟《五燈會元》卷四：「師曰：『這老和尚被我一問只得無言可對。』」
【解釋】對：答對。被人問得無話可答。
【例句】在人們一連串地追問下，他張口結舌，～。
【附註】也作「無言可答」。

無微不至（ㄨˊ ㄨㄟˊ ㄅㄨˋ ㄓˋ）

【出處】清·文康《兒女英雄傳》第三十七回：「列公看了長姐兒這節事，才知聖人教人無微不至。」
【解釋】微：細微，指細微之處。至：到。沒有什麼細微的地方不考慮到。
【用法】形容關懷照顧得非常地細心周到。
【例句】父母對子女的關懷，是無時無刻，～的。
【附註】參看「體貼入微」。

無爲而治（ㄨˊ ㄨㄟˊ ㄦˊ ㄓˋ）

【出處】《論語·衛靈公》：「無爲而治者，其舜也歟？」意思是無所作爲而把天下治理好的，大概只有舜吧！
【解釋】無爲：無所作爲。治：治理。
【用法】原指無所作爲就能把天下治理好。也指不要干涉過多，讓人們各自發揮聰明才智。
【例句】老師對我們的管理是～的，要求同學一切自動自發。

無往不利（ㄨˊ ㄨㄤˇ ㄅㄨˋ ㄌㄧˋ）

【出處】宋《朱子語類·孟子（問夫子加齊之卿相章）》：「所謂推之天地之間，無往而不利。」
【解釋】往：到。利：順利。不論到那裏，沒有不順利的。
【用法】形容處處都行得通，什麼事都辦得好。
【例句】憑他的聰明才智，到社會上謀事應該～。

無妄之災（ㄨˊ ㄨㄤˋ ㄓ ㄗㄞ）

【出處】《周易·無妄》：「六三，無妄之災。或繫之牛，行之人得，邑人之災。」
【解釋】無妄：無故、意外。
【用法】原意是有人把一頭牛繫在路上，被過路的人牽走了，使住在鄰近的人平白地受到懷疑。後形容意外的災禍。
【例句】明·凌濛初《二刻拍案驚奇》第十六卷：「且說夏主薄遭此～，沒頭沒腦的被貪贓州官收到監裏。」

無與倫比（ㄨˊ ㄩˇ ㄌㄨㄣˊ ㄅㄧˇ）

【出處】宋·劉詩昌《蘆蒲筆記》第五卷載：宋代科舉，御試考生試卷分爲五等：「第一謂學識優長，辭理精純，出衆特異，無與倫比。」
【解釋】倫比：類比、匹敵。
【用法】沒有能比得上的。
【例句】這裡的高山深壑，盛產一種黑亮的無烟煤，其品質～，遠近馳名。
【附註】也作「未有倫比」。

無緣無故（ㄨˊ ㄩㄢˊ ㄨˊ ㄍㄨˋ）

【出處】清·曹雪芹《紅樓夢》第七十回：「尤氏聽了又氣又好笑，因向地下衆人道：『怪道人人都說姑娘年輕糊塗，我只不信，你們看這些話無緣無故，又沒輕重，眞叫人寒心。』」

【解釋】緣：因由。故：原因。
【用法】指沒有任何原因。
【例句】經理～地指責了我一頓，眞令人丈二金剛摸不著後腦，不知是何原因。

無怨無德

【出處】《左傳・成公三年》：「無怨無德，不知所報。」
【解釋】既沒有怨恨，也沒有恩德。
【用法】指雙方並不存在有恩怨報復的問題。

無庸諱言

【解釋】無庸：也作「毋庸」，無須，不用。諱：隱瞞、避忌。有顧忌而不敢說或不願說。
【用法】不用隱諱，可以直說。
【例句】每個大團體中，都有些不良分子存在，這是～的。

無庸置喙

見「不容置喙」。

無庸置疑

【解釋】無庸：也作「毋庸」，無須，不用。置疑：懷疑。
【用法】不用有什麼懷疑。
【例句】我之所以有今日的成就～，雙親的鼓勵支持是最大主因。
【附註】參看「無可置疑」。

無庸爭辯

【解釋】無庸：也作「毋庸」，無須，不用。無須爭辯

五馬分屍

【解釋】古代一種殘酷的死刑，稱爲「車裂」，即把人分別拴在五輛車上，以五匹馬駕車，同時分馳，撕裂其肢體。
【用法】現比喻把一件完整的東西分割得非常零碎。
【例句】好好的東西，讓他一玩，就弄得～了。

五方雜處

【解釋】五方：外、南、西、北、中，泛指各個地方，這裏指各個地方的人。處：居住。
【用法】從各地方來的人雜居在一起。
【例句】台北市，是一個～的大城市。
【附註】原作「五方雜厝」。

五風十雨

【出處】漢・王充《論衡・是應》：「風不鳴條，雨不破壞，五日一風，十日一雨。」
【解釋】五天一颳風，十天一下雨。
【用法】形容風調雨順。
【例句】幾年來，我們家鄉～，稻米產量不斷提高。
【附註】參看「十風五雨」。

五斗折腰

【出處】唐・房玄齡等《晉書・陶潛傳》：「以（潛）爲彭澤令。……郡遣督郵至縣，吏白應束帶見之，潛嘆曰：『吾不能爲五斗米折腰，拳拳事鄉里小人！』義熙二年，解印去縣。」
【解釋】五斗：五斗米，指低級官吏的

微薄官俸。折腰：彎腰，屈身事人。
【用法】指爲了微薄的俸祿而屈身事人。
【例句】陶淵明放棄了「～」的仕宦生活而回歸田園，成爲千古佳話。

五體投地

【出處】《楞嚴經》卷一：「阿難聞已，重復悲淚，五體投地，長跪合掌，而白佛言。」
【解釋】雙膝、雙肘和頭一同着地。佛教最恭敬的禮節。
【用法】比喻欽佩到了極點。
【例句】我對你的技藝，眞是佩服得～了。

五內俱焚

【出處】清・黃小配《廿載繁花夢》第三十三回：「據弟打聽，非備款百萬，不能了事。似此從何籌畫？前數天不見兄長覆示，五內如焚。」
【解釋】五內：指五臟。焚：燒。
【用法】形容極度哀痛。
【例句】當他聽到家鄉傳來的噩耗，簡直是～，不知如何是好。
【附註】也作「五內如焚」、「五內俱崩」。

五勞七傷

【出處】宋・蘇軾《東坡志林・第三卷・論醫和語》：「五勞七傷，惡熱而中蒸，晦淫者不爲蠱，則中風。」
【解釋】五勞：中醫學名詞。指五臟勞損。心勞、肝勞、脾勞、肺勞、腎勞的總稱。七傷：七種損傷，指喜、怒、哀、懼、愛、惡，欲七情過激所致的損傷。
【用法】泛指諸處百損的疑難病症。
【例句】人活在世上，三災八難，～，都難以避免。

五穀不分

【出處】《論語・微子》：「四體不勤，五穀不分，孰爲夫子！」
【解釋】五穀：指各種糧食作物。分不清各種糧食作物。
【用法】形容脫離實際、或缺乏農業常識的人。
【例句】他從小養成了好逸惡勞的壞習氣，雖然生長在農村，但至今～。

五穀不升

【出處】《穀梁傳・襄公二十四年》：「一穀不升謂之嗛，二穀不升謂之飢，三穀不升謂之饉，四穀不升謂之康，五穀不升謂之大侵。」
【解釋】五穀：泛指糧食作物。升：指成熟，收成。一切糧食作物都沒有收成。
【用法】指最嚴重的災荒年景。
【例句】遇到天災人禍，～的年歲，農民莫不哀聲嘆氣。

五穀豐登

【出處】《六韜・龍韜》：「是故風雨時節，五穀豐登。」
【解釋】五穀：指糧食作物。豐登：豐收。
【用法】指糧食豐收。
【例句】今年眞是風調雨順，～的好年節。

五光十色

【出處】南朝．梁．江淹《麗色賦》：「其少進也，如彩雲出崖，五光徘徊，十色陸離。」

【用法】形容色澤艷麗，花樣繁多。

【例句】那大門奇蹟般的打開了，裏面眞是～，擺滿了稀世的珍寶。

五行八作 ㄨˇ ㄏㄤˊ ㄅㄚ ㄗㄨㄛˋ

【解釋】行：行業。作：作坊。

【用法】泛指各種商業和手工業。

【例句】在這個水陸碼頭上，～，什麼都有。

【附註】「行」不能念成ㄒㄧㄥˊ。

五行並下 ㄨˇ ㄏㄤˊ ㄅㄧㄥˋ ㄒㄧㄚˋ

【出處】南朝．宋．范曄《後漢書．應奉傳》：「奉少聰明，自爲童兒及長，凡經所履，莫不暗記。讀書五行並下。」

【解釋】五行文字一齊看。

【用法】形容讀書敏捷。

【例句】他的讀書效率驚人，原來具有～的功力。

【附註】也作「五行俱下」。

五湖四海 ㄨˇ ㄏㄨˊ ㄙˋ ㄏㄞˇ

【出處】①《周禮．夏官．職方氏》：「其浸五湖。」②「斗笠爲帆扇作舟，五湖四海任遨遊。」

【用法】泛指全國各地，有時也指全世界各地。

【例句】我們都是來自～，今日有幸相聚，眞是有緣！

五花八門 ㄨˇ ㄏㄨㄚ ㄅㄚ ㄇㄣˊ

【出處】清．吳敬梓《儒林外史》第四十二回：「跑上場來，串了一個五花八門。」

【解釋】五花：五行陣。八門：八門陣。「五花」和「八門」都是古代作戰中的陣式。

【用法】比喻事物的變化多端，花樣繁多。

【例句】這個班級出的問題，眞是～，什麼都有。

【附註】也作「八門五花」。

五脊六獸 ㄨˇ ㄐㄧˇ ㄌㄧㄡˋ ㄕㄡˋ

【解釋】指古宮殿式的建築物，有五條屋脊縱橫銜接，六個脊角上翹，角上各有獸頭一個。

【用法】形容巍峨壯觀的樣子。②諧音作「五積六受」。形容人手足失措的可笑狀態。

【例句】「～」式的房子，是中國的建築特色。

五季之酷 ㄨˇ ㄐㄧˋ ㄓ ㄎㄨˋ

【出處】①宋．蘇軾《金門寺中見李西台與二錢唱和……跋之》詩：「五季文章墮劫灰，升平格律未全回。」②宋．李格非《洛陽名園記．論》：「及其亂離，繼以五季之酷。」

【解釋】五季：唐．宋之間的後梁、後晉、後漢、後周、後唐五代。酷：嚴酷的禍患。

【用法】指五代時期的嚴酷禍患。

【例句】經過唐末的～，宋代之初，全國元氣尚不能恢復。

五經掃地 ㄨˇ ㄐㄧㄥ ㄙㄠˇ ㄉㄧˋ

【出處】宋．歐陽修等《新唐書．祝欽

明傳》：「帝與群臣宴，欽明自言能《八風舞》，帝許之。欽明體肥醜，據地搖頭睆目，左右顧眄，帝大笑。史部侍郎盧藏用嘆曰：『是舉《五經》掃地矣！』」

【解釋】五經：儒家的五部經典著作：《周易》、《詩經》、《尚書》、《禮記》、《春秋》。

【用法】比喻丟盡文人的體面。

【例句】像他這樣有名的教授，竟然抄襲別人著作，眞是「～」，丟盡了顏面。

五黃六月（ㄨˇ ㄏㄨㄤˊ ㄌㄧㄡˋ ㄩㄝˋ）

【出處】明・吳承恩《西遊記》第二十七回：「只爲五黃六月，無人使喚，父母又年老，所以親身來送。」

【解釋】指夏曆五月、六月間天氣炎熱的時候。

【例句】台灣一到～時節，天氣濕熱，令人難以忍受。

五雀六燕（ㄨˇ ㄑㄩㄝˋ ㄌㄧㄡˋ ㄧㄢˋ）

【出處】《九章・算術・方程》：「今有五雀六燕，集稱之衡，雀俱重，燕俱輕，一雀一燕交而處，衡適平，並燕雀重一斤。問：『燕雀一枚各重幾何？』」（衡：泛指稱重量的器具。）這是我國古代數學書中的一道代數方程題。

【用法】後比喻雙方分量相等。

【例句】眞沒想到古代數學中，亦有～，相當於現在方程式的題目。

五角六張（ㄨˇ ㄐㄧㄠˇ ㄌㄧㄡˋ ㄓㄤ）

【出處】唐・鄭綮《開天傳信記》：「今日是千年一遇，叩頭莫五角六張。」

【解釋】角、張：均爲星宿名。舊時迷信認爲五日遇角宿，六日遇張宿，這兩天做事多不成。

【用法】指時機不好，行事不順利。

五心六意（ㄨˇ ㄒㄧㄣ ㄌㄧㄡˋ ㄧˋ）

【出處】漢・焦延壽《易林》：「五心六意，岐道多怪。」

【用法】指心裏疑慮不定。

【例句】你應趕緊拿定主意，切勿～，拖延時間。

五洲四海（ㄨˇ ㄓㄡ ㄙˋ ㄏㄞˇ）

【用法】泛指全世界各地。

【例句】～，到處都有我們的朋友

五尺之童（ㄨˇ ㄔˇ ㄓ ㄊㄨㄥˊ）

【出處】《孟子・滕文公上》：「雖使五尺之童適市，莫之或欺。」

【用法】指尙未成年的孩子（古時尺短，故稱五尺以言其矮小）。

【例句】他雖是個～，但卻聰穎機智，過於常人。

五十步笑百步（ㄨˇ ㄕˊ ㄅㄨˋ ㄒㄧㄠˋ ㄅㄞˇ ㄅㄨˋ）

【出處】《孟子・梁惠王上》：「孟子對曰：『王好戰，請以戰喻。塡然鼓之，兵刃既接，棄甲曳兵而走，或百步而後止，或五十步而後止，以五十步笑百步，則何如？』曰：『不可，直不百步耳，是亦走也。』」

【解釋】兩個戰敗的士兵，退走了五十步的人譏笑退走了一百步的。

【用法】①比喻與人有同樣缺點或錯誤，卻以程度較輕而嘲笑別人。②也比喻兩者的缺點錯誤有程度差別而實質卻一樣。

【例句】這次高考，他的確成績不好，但卻不應該去嘲笑他，何況，你的分數雖比他高些，不是也沒考上嗎？這不過是～而已。

五世其昌（ㄨˇ ㄕˋ ㄑㄧˊ ㄔㄤ）

【出處】《左傳·莊公二十二年》：春秋時陳國公子陳完出奔齊國，齊大夫懿仲想把女兒嫁給他。卜人占卜有「五世其昌，並於正卿」的話。

【用法】意為五世以後，子孫昌盛，可以與卿並列。舊時常用為祝願新婚子孫昌盛之詞。

【例句】與其希望～，還不如切實以身作則並督促子女上進。

五日京兆（ㄨˇ ㄖˋ ㄐㄧㄥ ㄓㄠˋ）

【出處】漢·班固《漢書·張敞傳》載：張敞做京兆尹的時候。因楊惲案被牽連，將要受到皇帝的處分。這時他叫手下的一個小官吏辦理案件，這個小官吏拖著不辦並且私自回了家。家裏人勸他不要這樣，這小官吏說：「吾為是公盡力多矣，今五日京兆耳，安能復案事！」張敞當時就把他逮捕入獄，並對他說：「五日京兆竟如何？」於是把這個小官吏處死。

【解釋】京兆：京兆尹，古代官名。

【用法】後來就把任職時間短或凡事不作長遠打算稱為「五日京兆」。

【例句】我雖曾任官職，但不過是～，很快就卸任了。

五臟六腑（ㄨˇ ㄗㄤˋ ㄌㄧㄡˋ ㄈㄨˇ）

【出處】《呂氏春秋·達郁》：「凡人三百六十節、九竅、五臟六腑。」

【解釋】五臟：脾、肺、腎、肝、心。六腑：胃、膽、三焦、膀胱、大腸、小腸。人體內臟器官的統稱。

【用法】比喻事物內部情況。

【例句】經過這場車禍，嚇得我～好像都搬了家。

五彩繽紛（ㄨˇ ㄘㄞˇ ㄅㄧㄣ ㄈㄣ）

【解釋】五彩：指各種顏色。繽紛：錯雜繁盛的樣子。

【用法】色彩紛繁艷麗。

【例句】為了迎接雙十節的到來，許多十字路口都裝飾得～。

【附註】也作「五色繽紛」。

五色無主（ㄨˇ ㄙㄜˋ ㄨˊ ㄓㄨˇ）

【出處】漢·劉向《新序·雜事五》：「葉公見之，棄而還走，失其魂魄，五色無主。」

【解釋】五色：指臉上的神采。無主：失去了主宰。

【用法】形容因極恐懼而神色不定的樣子。

【例句】她一見船被撞壞，就嚇得失魂落魄，～了。

五言長城（ㄨˇ ㄧㄢˊ ㄔㄤˊ ㄔㄥˊ）

【出處】宋·歐陽修等《新唐書·秦系傳》：「（秦系）與劉長卿善，以詩相贈答。權德輿曰：『長卿自以為五言長城，系用偏師攻之，雖老益壯。』」

【解釋】五言：指五言詩。長城：比喻堅強雄厚的力量。

【用法】用來稱譽善作五言詩者。

【例句】他的詩選習作頗得老師讚賞，可堪稱爲本班的～。

五顏六色（ㄨˇ ㄧㄢˊ ㄌㄡˋ ㄙㄜˋ）

【出處】清・李汝珍《鏡花緣》第十四回：「惟各人所登之雲，五顏六色，其形不一。」
【用法】形容花色繁多，光彩奪目。
【例句】商場裏擺滿了～的花布，很受顧客的歡迎。

五音六律（ㄨˇ ㄧㄣ ㄌㄡˋ ㄌㄩˋ）

【出處】《尚書・益稷》：「予欲聞六律、五聲、八音，在治忽，以出納五言，汝聽。」
【解釋】五音：也稱「五聲」，古樂五聲音階的五個階名：宮、商、角（ㄐㄩㄝˊ）徵（ㄓˇ）羽。六律：古樂調音律共十二律，其中，陽律六：黃鐘、太蔟、姑洗、蕤賓、夷則、無射，稱六律。陰律六：大呂、夾鐘、中呂、林鐘、南呂、應鐘，稱六呂。定五音以六律爲標準。
【用法】後泛指悅耳的音樂聲。
【例句】只見這位女高音輕動朱唇，～從她口中傳來，說不出的悅耳舒暢。

五月飛霜（ㄨˇ ㄩㄝˋ ㄈㄟ ㄕㄨㄤ）

見「六月飛霜」。

舞榭歌台（ㄨˇ ㄒㄧㄝˋ ㄍㄜ ㄊㄞˊ）

見「歌台舞榭」。

舞衫歌扇（ㄨˇ ㄕㄢ ㄍㄜ ㄕㄢˋ）

【出處】南朝・陳・徐陵《雜曲》：「舞衫回袖向春風，歌扇當窗似秋月。」
【用法】歌舞用的服裝道具。也指著舞衫執歌扇的善歌舞者。
【例句】這個歌舞團，享譽國際，每一舞蹈細節，甚至～，莫不精心講究。
【附註】也作「歌扇舞衫」。

舞文弄墨（ㄨˇ ㄨㄣˊ ㄋㄨㄥˋ ㄇㄛˋ）

【出處】唐・魏徵《隋書・王充傳》：「明習法令，而舞文弄墨，高下其心。」
【解釋】舞、弄：玩弄。
【用法】形容玩弄文字技巧。
【例句】這些無恥之人，除了～之外，還能幹些什麼呢？

舞文弄法（ㄨˇ ㄨㄣˊ ㄋㄨㄥˋ ㄈㄚˇ）

【出處】漢・司馬遷《史記・貨殖列傳》：「吏士舞文弄法，刻章僞書，不避刀鋸之誅者，沒於賂遺也。」
【解釋】舞、弄：玩弄。文、法：法律條文。任意利用法律條文來達到作弊的目的。
【例句】這位律師，竟然運用自己的專門知識，來～，眞是可恨。
【附註】也作「舞文玩法」。

勿以惡小而爲之，勿以善小而不爲（ㄨˋ ㄧˇ ㄜˋ ㄒㄧㄠˇ ㄦˊ ㄨㄟˊ ㄓ，ㄨˋ ㄧˇ ㄕㄢˋ ㄒㄧㄠˇ ㄦˊ ㄅㄨˋ ㄨㄟˊ）

【出處】晉・陳壽《三國志・蜀書・先主傳》裴松之注引《諸葛亮集》載：劉備死前給其子「遺詔」曰：「勿以惡小而爲之，勿以善小而不爲。惟賢惟德，能服於人。」
【解釋】勿：不要。以：以爲。爲：做。
【用法】不要以爲輕微的壞事就可以做，不要以爲輕微的好事就不去做。

【例句】「～」，這是我爲人處世的原則。

勿忘在莒

【出處】《呂氏春秋・直諫》：「鮑叔奉杯而進，曰：『使公（齊桓公）毋忘出奔在於莒也，使管仲毋忘束縛而在於魯也，使寧戚毋忘其飯牛而居於車下。』桓公避席再拜，曰：『寡人與大夫皆毋忘夫子之言，則齊國之社稷幸於不殆矣。』」

【解釋】莒：莒國。不要忘記在莒國逃亡的時候。

【用法】後比喻不要忘本。

【例句】金門太武山上，刻著～四個字。

惡居下流

【出處】《論語・子張》：「是以君子惡居下流，天下之惡(ㄜˋ)皆歸焉。」

【解釋】惡：憎恨、討厭。居：處於。下流：下游，引申爲卑鄙的地位。

【用法】原指有出息的人不居卑下的地位。現也指不願處於落後的地位。

【例句】君子～，所以一言一行均自律甚嚴。

惡濕居下

【出處】《孟子・公孫丑上》：「仁則榮，不仁則辱。今惡辱而居不仁，是猶惡濕而居下也。」

【解釋】惡：討厭。討厭潮濕，但又處於低窪之地。

【用法】比喻行爲與願望相違背。

【例句】你既然～，又不要求自己進步，豈不矛盾？

惡紫奪朱

【出處】《論語・陽貨》：「惡紫之奪朱也。惡鄭聲之亂雅樂也。惡利口之覆邦家者。」

【解釋】惡：憎恨、討厭。紫：藍紅合色，古人認爲紫色是雜色。奪：強取。朱：大紅色。古人認爲朱色是正色，比喻正統。

【用法】厭惡用紫色取代紅色。比喻邪惡勝過正義，或異端冒充眞理。

【例句】古代儒家「～」，用來象徵討厭邪惡的力量超越正義。

惡醉強酒

【出處】《孟子・離婁上》：「今惡死亡而樂不仁，是由惡醉而強酒。」

【解釋】惡：討厭。怕醉而偏偏要喝酒。

【用法】比喻明知故犯。

【例句】人總要面對現實，藉酒澆愁或～，都是逃避現實的行爲。

惡惡從短

【出處】《公羊傳・昭公二十年》：「君子之善善也長，惡惡也短。惡惡止其身，善善及子孫。」

【解釋】惡惡：第一個「惡」用爲動詞，意爲討厭、憎恨。第二個「惡」是名詞，意爲壞事、壞人。

【用法】原指貶人之惡僅止其身。舊時也指譴責人的罪過應適可而止。

【例句】所謂「～」，他既已遭到應得的處罰和譴責，你又何須置之於死地才甘心？

物薄情厚

【出處】宋・司馬光《訓儉示康》：

會數而禮勤，物薄而情厚。」
【解釋】薄：輕。厚：重。
【用法】指禮物輕，情義重。
【例句】這份小禮，～，希望你能好好珍惜。

物美價廉 ㄨˋ ㄇㄟˇ ㄐㄧㄚˋ ㄌㄧㄢˊ

【出處】清．吳趼人《二十年目睹之怪現狀》第十回：「紫旒道：『蘇州有個朋友寫信來，要印一部書。久仰貴局的物廉價美，所以特來求教。』」
【用法】物品質量好，價格便宜。
【例句】王伯伯的雜貨店，東西～，頗受地方上人士歡迎。
【附註】也作「價廉物美」。

物腐蟲生 ㄨˋ ㄈㄨˇ ㄔㄨㄥˊ ㄕㄥ

【出處】《荀子．勸學》：「肉腐出蟲，魚枯生蠹。」
【解釋】腐：腐爛、敗壞。東西腐爛就會生蟲子。
【用法】比喻事物本身有了弱點，然後外物才得以乘隙而入。
【例句】他之所以被人拉下水，是由於他自己思想作風有問題，～，這才給壞人以可乘之機。

物阜民康 ㄨˋ ㄈㄨˋ ㄇㄧㄣˊ ㄎㄤ

見「民康物阜」。

物離鄉貴 ㄨˋ ㄌㄧˊ ㄒㄧㄤ ㄍㄨㄟˋ

【出處】清．曹雪芹《紅樓夢》第六十七回：「寶釵因笑道：『妹妹知道，這就是俗話說的「物離鄉貴」，其實可算什麼呢？』」
【用法】東西離開出產地就顯得珍貴。
【例句】大都市的蔬果價格昂貴，是否因～呢？

物力維艱 ㄨˋ ㄌㄧˋ ㄨㄟˊ ㄐㄧㄢ

【出處】清．朱柏廬《治家格言》：「一粥一飯，當思來處不易；半絲半縷，恒念物力維艱。」
【解釋】物：物產。力：資財。
【用法】指物產資財來之不易。
【例句】我們當體認～，養成勤儉的美德才好。

物換星移 ㄨˋ ㄏㄨㄢˋ ㄒㄧㄥ ㄧˊ

【出處】唐．王勃《滕王閣》詩：「閑雲潭影日悠悠，物換星移幾度秋。」
【解釋】物換：景物改變。星移：星辰的位置移動。
【用法】形容時事的變化推移。
【例句】幾個世紀過去了，雖然～，但古老的傳統習俗卻依然存在。
【附註】也作「星移物換」。

物極必反 ㄨˋ ㄐㄧˊ ㄅㄧˋ ㄈㄢˇ

【出處】《呂氏春秋．不苟覽．博志》：「全則必缺，極則必反。」
【解釋】極：頂點。反：走向反面。
【用法】指事物發展到頂點，就會向相反的方向轉化。
【例句】事物發展到極端，就會發生變化，「～」指的就是這種道理。

物競天擇 ㄨˋ ㄐㄧㄥˋ ㄊㄧㄢ ㄗㄜˊ

【解釋】競：競爭。擇：選擇。
【用法】自然界中萬物都在爲生存而互相競爭。優者生存，劣者淘汰。這是英國生物學家達爾文進化論中的學說精義。

【例句】在自然界中，～，適者生存，是一條規律。

物是人非

【出處】宋・李清照《武陵春・春晚》詞：「物是人非事事休，未語淚先流。」

【解釋】東西還是原來的東西，但是人已經不同了。

【用法】形容事過境遷之後，對故人的懷念。

【例句】今日重遊舊地，但～，心情也不似當年了。

物盛則衰

【出處】《戰國策・秦策》：「物盛則衰，天之常數也；進退盈縮變化，聖人之常道也。」

【解釋】盛：強盛。衰：衰敗。

【用法】指事物發展到最強盛時，就會開始衰敗。

【例句】從許多方面來看，～這句話眞有它的道理。

物在人亡

【出處】清・曹雪芹《紅樓夢》第七十八回：「秋紋見這條紅褲子是晴雯的針線，因嘆道：『眞是物在人亡了。』」

【解釋】東西還在，人已經沒有了。

【用法】形容見到遺物而引起對故人的懷念。

【例句】看到父親以前常用的筆，如今～，怎不令人感傷？

物以類聚

【出處】《周易・繫辭上》：「方以類聚，物以群分。」

【解釋】類：同類。聚：集聚。

【用法】指同類的東西組常聚集在一起。現多比喻壞人臭味相投，勾結在一起。

【例句】明・馮夢龍《醒世恒言》第十七卷：「自古道：～。過遷性，喜遊蕩，就有一班浮浪子弟引誘打合。」

【附註】參看「類同相召」、「人以群分」。

物以稀爲貴

【出處】唐・白居易《白氏長慶集・卷六十七・小歲日喜談氏外孫女孩滿月》詩：「物以稀爲貴，情因老更慈。」

【解釋】稀：稀少。

【用法】指東西是由於稀少而顯得很珍貴。

【例句】這種東西本來算不了什麼，可現在由於缺少，它的身價居然就一躍而上，這眞是～了。

物有生死，理有存亡

【出處】《韓非子・解老》：「故定理有存亡，有生死，有盛衰。夫物之一存一亡，乍死乍生，初盛而後衰者，不可謂常。」(乍：忽然。常：不變)

【解釋】物：萬物。理：事物的規律。萬物都是有生也有死，事物的規律也有它的存在或消亡。

【用法】是說一切事物及其規律都是發展著的，不是永恒不變的。

【例句】～，凡事就讓它順其自然吧！

物微志信 ㄨˋ ㄨㄟ ㄓˋ ㄒㄧㄣˋ

【出處】宋．范曄《後漢書．襄楷傳》：「臣聞布谷鳴於孟夏，蟋蟀吟於始秋，物有微而志信，人有賤而言忠。」

【解釋】微：小。志：心意。信：誠實。生物雖小，心地誠實。

【用法】①本指蟲吟鳥鳴，準確及時。②比喻人身份不高而內心誠實。

【例句】請你相信我的話，就好比是「～」的意思一樣，其實，我的內心十分眞誠。

誤石爲寶 ㄨˋ ㄕˊ ㄨㄟˊ ㄅㄠˇ

【出處】《太平御覽》引《闕子》：「宋之愚人，得燕石於梧台之東，歸而藏之，以爲天寶。……客見之，盧胡而笑曰：『此燕石也，與瓦甓不異。』」（燕石：形色像玉的一種石頭。）

【解釋】誤：錯誤。把石頭誤認成寶貝。

【用法】比喻分辨不出眞假。

【例句】我竟然花十萬元，買到一顆假玉，眞是～啊！

霧裏看花 ㄨˋ ㄌㄧˇ ㄎㄢˋ ㄏㄨㄚ

【出處】唐．杜甫《小寒食舟中作》詩：「春水船如天上坐，老年花似霧中看。」

【用法】①原形容老眼昏花。②後比喻對事物看不眞切。

【例句】我已經垂垂老矣，連看東西都如～，模糊一片。

霧鬢風鬟 ㄨˋ ㄅㄧㄣˋ ㄈㄥ ㄏㄨㄢˊ

【出處】宋．蘇軾《題毛女貞》詩：「霧鬢風鬟木葉衣，山川良是昔人非。」

【解釋】鬢：雙鬢。鬟：環形髮髻。

【用法】形容婦女頭髮的好看。也用以形容婦女頭髮散亂蓬鬆。

【例句】她以一頭～而名聞上流社會，今日一見，果然烏黑亮麗風采動人。

【附註】參看「風鬟雨鬢」。

挖肉補瘡 ㄨㄚ ㄖㄡˋ ㄅㄨˇ ㄔㄨㄤ

見「剜肉醫瘡」。

挖耳當招 ㄨㄚ ㄦˇ ㄉㄤ ㄓㄠ

【出處】明．馮夢龍《醒世恒言》第二十八卷：「早上賀司戶相邀，正是挖耳當招，巴不能到他船中，希圖再得一覷。」

【解釋】見人挖耳，誤認爲是招呼自己。

【用法】形容迫切期待的心情。

【例句】你要弄清楚別人的意思，千萬別～，自作多情。

瓦釜雷鳴 ㄨㄚˇ ㄈㄨˇ ㄌㄟˊ ㄇㄧㄥˊ

見「黃鐘毀棄，瓦釜雷鳴」。

瓦合之卒 ㄨㄚˇ ㄏㄜˊ ㄓ ㄗㄨˊ

【出處】漢．班固《漢書．酈食其傳》：「足下起瓦合之卒，收散亂之兵，不滿萬人。」

【解釋】瓦合：碎瓦相拼合。卒：士兵。

【用法】指胡亂拼湊而不相親附的士兵。

【例句】這些～，怎麼上場殺敵呢？

瓦鷄陶犬 ㄨㄚˇ ㄐㄧ ㄊㄠˊ ㄑㄩㄢˇ

見「陶犬瓦鷄」。

瓦解冰消

見「冰消瓦解」。

瓦解土崩 ㄨㄚˇ ㄐㄧㄝˇ ㄊㄨˇ ㄅㄥ

見「土崩瓦解」。

瓦器蜯盤 ㄨㄚˇ ㄑㄧˋ ㄅㄤˋ ㄆㄢˊ

【出處】唐・姚思廉《陳書・高祖紀》：「武帝之儉素自率，常膳不過數品，和殽曲宴，皆瓦器蜯盤。」
【解釋】蜯：同「蚌」。蜯盤：用蚌殼當盤子。
【用法】指用瓦器蜯盤當餐具。形容生活儉樸，不講排場。
【例句】雖然他位高權重，但生活卻十分儉樸，～，從不追逐物質方面之豪華。

蝸角虛名 ㄨㄛ ㄐㄧㄠˇ ㄒㄩ ㄇㄧㄥˊ

【出處】《莊子・則陽》：「有國於蝸之左角者，曰『觸氏』，有國於蝸之右角者，曰『蠻氏』，時相與爭地而戰，伏屍數萬，逐北旬有五日，而後反。」
【解釋】蝸角：蝸牛的觸角。
【用法】喻指地域極小。
【例句】他不時寫些華而不實的小文章，不過是博得一個～而已。

蝸行牛步 ㄨㄛ ㄒㄧㄥˊ ㄋㄧㄡˊ ㄅㄨˋ

【解釋】像蝸牛一樣慢慢地爬行，像老牛一樣慢慢地由。
【用法】比喻行動遲緩。
【例句】爲了趕上和超過世界先進國家，必須快馬加鞭，～是不行的。

我見猶憐 ㄨㄛˇ ㄐㄧㄢˋ ㄧㄡˊ ㄌㄧㄢˊ

【出處】南朝・宋・劉義慶《世說新語・賢媛》：「主慚而退。」劉孝標注引《妬妃》：「溫（桓溫）平蜀，以李勢女爲妾。郡主（桓溫妻）凶妬，不即知之。後知，乃拔刀往李後，因欲斫之。見李在窗梳頭，姿貌端麗，徐徐結髮，斂手向主，神色閑正，辭甚淒惋。主於是擲刀前抱之曰：『阿子，我見汝亦憐，何況老奴！』遂善之。」
【解釋】猶：尚且。憐：愛。我見了尚且覺得可愛。
【用法】形容女子姿態美麗，楚楚動人。
【例句】清・蒲松齡《聊齋志異・巧娘》：「此即吾家小主婦耶？～，何怪子魂思而夢繞之。」

我行我素 ㄨㄛˇ ㄒㄧㄥˊ ㄨㄛˇ ㄙㄨˋ

【解釋】行：做。素：平素、向來。
【用法】指自行其是，不管人家怎樣，只顧按照自己平素的一套去做。
【例句】他向來～，根本不理會外界的批評。

我醉欲眠 ㄨㄛˇ ㄗㄨㄟˋ ㄩˋ ㄇㄧㄢˊ

【出處】南朝・梁・沈約《宋書・陶潛傳》：「貴賤造之者，有酒輒設。潛若先醉，便語客：『我醉欲眠，卿可去。』其眞率如此。」
【解釋】我醉了，想睡覺。
【用法】指人眞誠直率。
【例句】陶淵明爲人之眞淳，從「～君可去」一句話中，表露無遺。

我武惟揚 ㄨㄛˇ ㄨˇ ㄨㄟˊ ㄧㄤˊ

【出處】《尚書・泰誓中》：「今朕必

往，我武惟揚，侵於之疆，取彼凶殘，我伐用張，於湯有光。」

【解釋】惟：語助詞。

【用法】形容威武凌厲，振奮向上的樣子。

【例句】古代武術館中，多掛有一塊～的匾額。

喔咿儒兒

【出處】《楚辭・卜居》：「將哫訾栗斯，喔咿儒兒以事婦人乎？」

【解釋】喔咿：感嘆聲。儒兒：也作「嚅唲」，強笑的樣子。

【用法】形容強顏歡笑。

握拳透爪

【出處】唐・房玄齡等《晉書・卞壺傳》：「晉卞壺拒蘇峻，父子戰死，其後盜發壺墓，屍僵，而兩手握拳，爪甲穿透手背。」

【用法】形容恨之極而死有餘烈。

【例句】歷史上許多壯烈之士，死有餘烈，～，令人敬畏。

【附註】也作「握拳透掌」。

握蛇騎虎

【出處】北齊・魏收《魏書・彭城王傳》：「咸陽王禧疑勰爲變，……謂勰曰：『汝非但辛勤，亦危險至極。』勰恨之，曰：『兄識高年長，故知有夷險，彥和握蛇騎虎，不覺艱難。』」（彥和：劉勰名。）

【用法】比喻處境極其險惡。

【例句】今日處境之險惡，好比～，吾人應小心度過難關。

握手言歡

【出處】南朝・宋・范曄《後漢書・馬援列傳》：「援素與（公孫）述同里閈，相善，以爲既至，當握手歡如平生。」

【解釋】指親熱地握手談笑。

【用法】多用以形容重新和好。

【例句】經過一番調解，他們終於～。

沃野千里

【出處】漢・班固《漢書・張良傳》：「夫關中，左殽函，右隴蜀，沃野千里。」

【解釋】沃：肥沃。野：田野。

【用法】形容肥沃的土地非常廣闊。

【例句】嘉南平原，～，物產豐富。

臥不安席

【出處】《戰國策・楚策》：「寡人臥不安席，食不甘味，心搖搖如懸旌，而無所終薄。」

【解釋】臥：躺下。席：席子。躺在床上也睡不安寧。

【用法】形容內心憂慮，心事重重。

【例句】最近家裡發生許多事，大家都～，食不知味。

【附註】也作「臥不安枕」。

臥榻之側，豈容他人鼾睡

【出處】宋・岳珂《程史・徐鉉入聘》：「王師征包茅於李煜，徐騎省鉉將命請緩師，其書累千言。上諭之曰：『江南亦何罪，但天下一家，臥榻之側，豈容他人鼾睡耶？』」

【解釋】榻：床。側：旁邊。鼾睡：呼呼大睡。在自己睡覺的旁邊，哪能允許別人呼呼大睡。
【用法】比喻不許別人侵犯自己的勢力範圍。
【例句】～？我決不許別人侵犯自己的勢力範圍。

臥旗息鼓（ㄨㄛˋ ㄑㄧˊ ㄒㄧ ㄍㄨˇ）

見「偃旗息鼓」。

臥薪嘗膽（ㄨㄛˋ ㄒㄧㄣ ㄔㄤˊ ㄉㄢˇ）

【出處】漢·司馬遷《史記·越王勾踐世家》載：春秋時，越國被吳國打敗後，越王勾踐立志報仇，就在柴草上睡覺，經常嘗苦膽，以此激勵自己不忘恥辱。經過長期準備，終於打敗了吳國。
【解釋】薪：柴草。膽：苦膽。指睡在柴草上嘗著苦膽。
【用法】比喻刻苦自勵，發憤圖強。
【例句】經過長期的～，刻苦訓練，我國青棒隊終於獲得世界冠軍。

臥雪吞氈（ㄨㄛˋ ㄒㄩㄝˇ ㄊㄨㄣ ㄓㄢ）

【出處】漢·班固《漢書·蘇武傳》：「單于愈益降之，乃幽武，置大窖中，絕不飲食。天雨雪，武臥，嚙雪與旃毛，並咽之，數日不死，匈奴以為神。」
【用法】原指漢朝蘇武被匈奴幽禁，睡在雪地裡，吃毛氈，卻堅貞不屈。後用以比喻民族氣節。
【例句】蘇武出使匈奴十九年，～，堅貞不屈的氣節，永得後人敬佩。

歪打正著（ㄨㄞ ㄉㄚˇ ㄓㄥˋ ㄓㄠˊ）

【用法】比喻採取的方法本來不恰當，卻意外地取得滿意的結果。
【例句】我這次輕而易舉地就把事情辦妥，不過是～罷了。

外寬內忌（ㄨㄞˋ ㄎㄨㄢ ㄋㄟˋ ㄐㄧˋ）

【出處】明·羅貫中《三國演義》第十八回：「（袁）紹外寬內忌，所任多親戚。」
【用法】指對人的態度，從外表上看起來很寬宏，內心卻有顧忌。
【例句】他是個～的人，並不像表面那樣，你得小心。

外寬內深（ㄨㄞˋ ㄎㄨㄢ ㄋㄟˋ ㄕㄣ）

【出處】漢·司馬遷《史記·平津侯主父列傳》：「（公孫）弘為人意忌，外寬內深。諸嘗與弘有郤（隙）者，雖詳（佯）與善，陰報其禍，殺主父偃，徙董仲舒於膠西，皆弘之力也。」
【解釋】深：深奧。
【用法】指外貌看來寬厚，內心則城府很深。
【例句】～的人最難與同儕和氣相處。

外巧內嫉（ㄨㄞˋ ㄑㄧㄠˇ ㄋㄟˋ ㄐㄧˊ）

【出處】漢·班固《漢書·翟方進傳》：「莽下詔曰：『義兄宣，靜言令色，外巧內嫉。』」
【解釋】巧：乖巧。嫉：忌妒。外貌乖巧，內心嫉妒。
【用法】形容人貌合心離，氣量狹小。
【例句】她們婆媳相處不睦，原因在於婆婆發現媳婦竟是～，氣量狹小。

外強中乾

【出處】《左傳．僖公十五年》：「今乘異產以從戎事，及懼而變，將與人易。亂氣狡憤，陰血周作，張脈僨興，外強中乾，進退不可，周旋不能，君必悔之。」

【用法】外表好像很強大，實際上卻很空虛。

【例句】別看他外表壯碩，其實是～，虛弱得很。

外親內疏

見「內疏外親」。

外怯內勇

【出處】晉．陳壽《三國志．魏書．荀攸傳》：「太祖每稱曰：『公達外愚內智，外怯內勇，外弱內強。』」

【用法】外表顯得怯懦，實際卻很勇敢。

【例句】他之所以能獲得上級信賴，完成艱險的工作，完全由於～，別人不會提防他的關係。

外順內悖

【出處】唐．韓愈《潮州刺史謝上表》：「蠹居棊處，搖毒自防，外順內悖，父死子代，以祖以孫。」

【解釋】悖：悖逆、違背。

【用法】表面順從，實際悖逆。

【例句】此人十分虛僞，～，心裏懷著什麼鬼胎，是很難說的。

外柔內剛

【出處】唐．房玄齡等《晉書．甘卓傳》：「(甘)卓外柔內剛，爲政簡惠，善於綏撫。」

【解釋】柔：柔順。剛：剛強。

【用法】外表柔順，內心卻很剛強。

【例句】我們公司的新主任，～，頗受愛戴。

外愚內智

【出處】晉．陳壽《三國志．魏書．荀攸傳》：「太祖（曹操）每稱曰：『公達外愚內智。』」

【用法】外形笨拙憨厚，內心機智聰明。

【例句】不要以爲他很愚蠢，什麼都不懂，其實他～，心裏可明白得很。

外圓內方

【用法】外表很隨和，實際上卻有主見，能堅持原則。

【例句】她很想學小王的～，又隨和，又有主見。

威風凜凜

【出處】元．費唐臣《貶黃州》：「現如今御史台威風凜凜，怎敢向翰林院文質彬彬？」

【解釋】凜凜：嚴肅。使人敬畏的樣子。

【用法】指很有威風而令人敬畏。

【例句】看三軍將士的儀隊表演，行經閱兵台前，精神抖擻，～。

威鳳祥麟

【出處】南朝．梁．沈約《宋書．符瑞志》：「元康四年，南郡獲威鳳。」元．脫脫等《宋史．樂志》：「(太平興國)九年，嵐州獻祥麟。」

【解釋】古代以鳳凰麒麟爲祥瑞之物。

【用法】比喻極其難得的卓越人才。
【例句】中國有幾位物理、化學方面的諾貝爾獎得主，眞可說是國際學術界的～。
【附註】也作「威鳳翔麟」。

威德相濟

【出處】明・羅貫中《三國演義》第六十六回：「(傳)乾聞用武則先威，用文則先德，威德相濟，而後王業成。」
【解釋】威：威力。德：恩德。相濟：相輔相成。
【用法】指威力和恩德交互施用，相輔相成。
【例句】管理各種人才，必須～，才能收到良好的效果。

威刑不肅

【出處】明・羅貫中《三國演義》第六十五回：「今劉璋闇弱，德政不舉，威刑不肅。」
【解釋】威：權威。刑：刑律、刑法、指法治。肅：整肅、整頓。
【用法】指權威和法紀都不能整肅。
【例句】這個懦弱昏君，自從臨朝以後，～，法令不彰，毫無政績可言。

威重令行

【出處】清・曹雪芹《紅樓夢》第十四回：「鳳姐自己威重令行，心中十分得意。」
【解釋】威重：權威很大。
【用法】指因爲很有權威，所下命令能順利執行。
【例句】王主任頗有威嚴，凡有任何指示，總是～，很快地執行成功。

威尊命賤

【出處】唐・李華《弔古戰場文》：「法重心駭，威尊命賤。」
【解釋】威：威嚴。
【用法】指戰場上重軍威而輕性命。
【例句】有句話說：一將功成萬骨枯。這就是說沙場上～，犧牲許多英勇戰士而造就了將領的聲名。

威儀不類

【出處】《詩經・大雅・瞻卬》：「不吊不祥，威儀不類。」
【解釋】威儀：禮儀細節。類：善。
【用法】禮儀細節不能盡善盡美。
【例句】許多禮儀細節，沒辦法做到盡善盡美，這就是所謂的～，你又何必斤斤計較呢？

威儀不肅

【出處】晉・陳壽《三國志・蜀書・簡雍傳》：「箕踞傾倚，威儀不肅。」
【解釋】威儀：容貌舉止。肅：嚴肅。
【用法】形容屈膝張足而坐的輕慢樣子。
【例句】這位來面試的年輕人，由於～，所以未被錄取。

威儀孔時

【出處】《詩經・大雅・既醉》：「威儀孔時，君子有孝子。」
【解釋】威儀：容貌舉止。孔：通。
【用法】容貌舉止通時得體。
【例句】有爲的青年，應該是謹言慎行，溫文有禮，～。

威武不屈 ㄨㄟ ㄨˇ ㄅㄨˋ ㄑㄩ

【出處】《孟子·滕文公下》：「富貴不能淫，貧賤不能移，威武不能屈，此之謂大丈夫。」
【解釋】威武：武力、權勢。屈：屈服。武力不能使之屈服。
【用法】形容堅貞剛強。
【例句】爸爸就是這樣～，一直到死，也沒有低頭。

威而不猛 ㄨㄟ ㄦˊ ㄅㄨˋ ㄇㄥˇ

【出處】《論語·述而》：「子溫而厲，威而不猛，恭而安。」
【解釋】猛：嚴厲、粗暴。
【用法】指有威嚴，但是不粗暴。
【例句】司令官～，所以屬下都很尊敬他，卻不畏懼他。

萎靡不振 ㄨㄟˇ ㄇㄧˇ ㄅㄨˋ ㄓㄣˋ

【出處】唐·韓愈《送高閑上人序》：「頹墮委靡，潰敗不可收拾。」
【解釋】萎靡：一作「委靡」，頹喪，不振作。
【用法】形容意志消沈，精神不振作。
【例句】小劉很堅強，雖然遇到了這麼多挫折，卻一點也沒有～的樣子。

唯馬首是瞻 ㄨㄟˊ ㄇㄚˇ ㄕㄡˇ ㄕˋ ㄓㄢ

見「馬首是瞻」。

唯命是從 ㄨㄟˊ ㄇㄧㄥˋ ㄕˋ ㄘㄨㄥˊ

【出處】《左傳·昭公十二年》：「今周與四國服事君王，將唯命是從，豈其愛鼎？」
【解釋】唯：助詞。「唯……是……」是古文的一種格式，有加重語意的作用。
【用法】指絕對聽從命令，一點兒也不違抗。
【例句】奴才在主子面前，總是俯首帖耳，～。
【附註】也作「唯命是聽」。

唯利是圖 ㄨㄟˊ ㄌㄧˋ ㄕˋ ㄊㄨˊ

【出處】清·顧瑱《黃綉球》第五回：「原來這黃禍居多，唯利是圖，無惡不作。」
【解釋】唯：助詞。圖：貪圖。「唯……是……」是古文的一種格式，有加重語意的作用。
【用法】指一心貪圖利益，其他什麼都不顧。
【例句】這個形象，是一個～的奸商的絕妙的寫照。
【附註】也作「唯利是視」、「唯利是求」。

唯力是視 ㄨㄟˊ ㄌㄧˋ ㄕˋ ㄕˋ

【出處】《左傳·僖公二十四年》：「除君之惡，唯力是視。」
【解釋】唯：「唯……是……」是古文的一種格式，有強調語意的作用。
【用法】指在工作重、困難多的情況下，能否達到目的，主要就看自己的力量。
【例句】我們的主管～，只要你盡量發揮所長，相信定能得到重用。

唯鄰是卜 ㄨㄟˊ ㄌㄧㄣˊ ㄕˋ ㄅㄨˇ

【出處】《左傳·昭公三年》：「諺曰：『非宅是卜，唯鄰是卜』，二三子先卜鄰矣。」杜預注：「卜良鄰。」

【解釋】唯：助詞。「唯……是……」是古文的一種格式，有強調語意的作用。卜：選擇。

【用法】要選擇好鄰居。

【例句】俗語說：遠親不如近鄰。孔子說：里仁爲美。由此可見～的重要性了。

唯食忘憂 ㄨㄟˊ ㄕˊ ㄨㄤˋ ㄧㄡ

【出處】《左傳・昭公二十八年》：「諺曰：『唯食忘憂』，吾子置食之間三嘆，何也？」

【解釋】唯：助詞。食：指吃飯。憂：愁苦。

【用法】吃飯的時候想不到愁苦的事。也指飽者不知餓者飢。

【例句】人說：～。吃飯時，爲何要提這些愁苦的事呢？

唯我獨尊 ㄨㄟˊ ㄨㄛˇ ㄉㄨˊ ㄗㄨㄣ

【出處】宋・釋普濟《五燈會元・七佛・釋迦牟尼》：「天上天下，唯吾（我）獨尊。」元・無名氏《連環杯》第一折：「孤家看來，朝裏朝外，唯我獨尊。」

【解釋】尊：尊貴。

【用法】本爲佛教推崇釋迦牟尼的話。後形容人極端自高自大，認爲只有自己最了不起。

【例句】他～的思想越來越嚴重，使他與我們的距離越來越大。

危邦不入 ㄨㄟˊ ㄅㄤ ㄅㄨˋ ㄖㄨˋ

【出處】《論語・泰伯》：「子曰：『篤信好學，守死善道，危邦不入，亂邦不居。』」

【解釋】危：危險、不穩定。邦：邦國。

【用法】局勢不穩定的地方不要去。

【例句】父母年齡已高，爲免他們擔心，我現在是～，遊必有方。

危急存亡 ㄨㄟˊ ㄐㄧˊ ㄘㄨㄣˊ ㄨㄤˊ

【出處】三國・蜀・諸葛亮《出師表》：「今天下三分，益州罷（疲）弊，此誠危急存亡之秋也。」

【解釋】危急：危險而又緊急。

【用法】指關係到生存或滅亡的緊急關頭。

【例句】這正是國家～的關頭，大家要振作起來，一齊努力，爲下一代的前途而奮鬥。

危如累卵 ㄨㄟˊ ㄖㄨˊ ㄌㄟˇ ㄌㄨㄢˇ

【出處】《韓非子・十過》：「故曹小國也，而迫於晉、楚之間，其君之危，猶累卵也。」

【解釋】危：危險。累：堆疊。

【用法】比喻形勢極其危險，就像堆起來的蛋很容易倒塌下來碰碎一樣。

【例句】這座小小的城池已被敵人包圍起來，內無糧草，外無救兵，已經是～！

【附註】①也作「危於累卵」。②請參看「累卵之危」。③累不能唸成ㄌㄟˊ或ㄌㄟˋ。

危如朝露 ㄨㄟˊ ㄖㄨˊ ㄓㄠ ㄌㄨˋ

【出處】漢・司馬遷《史記・商君列傳》：「君之危如朝露，尚將欲延年益壽乎？」

【解釋】危：危險。朝露：就像早晨的

露珠。
【用法】比喻很危險，就像早晨的露珠經陽光一照就要消失一樣。
【例句】我的病已經很重，生命～。
【附註】「朝」不能念成ㄔㄠ。

危在旦夕 ㄨㄟˊ ㄗㄞˋ ㄉㄢˋ ㄒㄧ

【出處】晉・陳壽《三國志・吳書・太史慈傳》：「今管亥暴亂，北海被圍，孤窮無援，危在旦夕。」
【解釋】旦：早晨。夕：晚上。旦夕：指短時間之內。
【用法】形容危險就在眼前。
【例句】大軍將至，本城百姓眼見～，莫不禱告上天，祈求庇佑。

危言核論 ㄨㄟˊ ㄧㄢˊ ㄏㄜˊ ㄌㄨㄣˋ

【出處】南朝・宋・范曄《後漢書・郭泰傳》：「郭林宗雖善人倫，不為危言覈(核)論。」
【解釋】危言：不畏危難而直言。核論：經過核實而論斷。
【用法】指無所顧忌、實事求是地發表言論。
【例句】由於本公司員工，都能實事求是，～，所以不斷改進缺點，業務也跟著蒸蒸日上。

危言聳聽 ㄨㄟˊ ㄧㄢˊ ㄙㄨㄥˇ ㄊㄧㄥ

【解釋】危言：聽人的話。聳：驚動。
【用法】故意說些嚇人的話，讓人聽了吃驚或害怕。
【例句】形勢並沒有這麼嚴重，你何必～。

危言危行 ㄨㄟˊ ㄧㄢˊ ㄨㄟˊ ㄒㄧㄥˊ

【出處】《論語・憲問》：「邦有道，危言危行；邦無道，危行言孫(遜)。」
【解釋】危：正直。指說話和行為都很正直。
【例句】由於他個性剛直，～，所以頗得主管信賴。

危而後濟 ㄨㄟˊ ㄦˊ ㄏㄡˋ ㄐㄧˋ

【出處】明・羅貫中《三國演義》第九十六回：「昔太祖武皇帝收張魯時，危而後濟。」
【解釋】危：危險。濟：接濟、救。
【用法】到了十分危急的時候再給予救助。
【例句】不要養成他們的依賴心，有時候，～，反而能收更好的效果。

惟明克允 ㄨㄟˊ ㄇㄧㄥˊ ㄎㄜˋ ㄩㄣˇ

【出處】《尚書・舜典》：「五宅三居，惟明克允。」
【解釋】惟：只有。明：嚴明，嚴謹明細。克：能、可。允：公允，公平得當。
【用法】只有嚴謹明細地觀察一切對待一切，才能有公平得當的評價，令人信服。
【例句】因為他抱著～的態度，所以所言所行，相當令人信服。

惟口起羞 ㄨㄟˊ ㄎㄡˇ ㄑㄧˇ ㄒㄧㄡ

【出處】《尚書・說命中》：「惟口起羞，惟甲冑起戎。」
【解釋】惟：助詞。口：借指言語。羞：恥辱。喻指說話不檢點而招致來恥辱。

【例句】書經說：「～。」所以我們要謹言慎行，才不會自取其辱。

惟適之安

【出處】唐・韓愈《送李愿歸盤谷序》：「起居無時，惟適之安。」

【解釋】惟：但求。適：適應。安：安樂。

【用法】但求適應環境，從而取得了安樂。

【例句】一個能知足，～的人，一定生活十分愉快。

惟日不足

【出處】《尚書・泰誓中》：「我聞吉人爲善惟日不足，凶人爲不善亦惟日不足。」

【解釋】惟：只。足：夠。

【用法】只覺得時日不夠。

【例句】我覺得學海無涯，每日勤加努力，仍是有～之感。

圍魏救趙

【出處】①漢・司馬遷《史記・孫子吳起列傳》載：戰國時（公元前353年）魏國軍隊圍攻趙國都城邯鄲，趙國向齊國求救。齊王命田忌和孫臏率軍救趙。齊軍乘魏國內部空虛，就去圍攻魏都大梁。魏軍聞訊，立即撤兵回救。中途被齊軍打得大敗。②明・施耐庵《水滸傳》第六十四回：「倘用圍魏救趙之計，且不來解此處之危，反去取我梁山大寨，如之奈何？」

【解釋】魏、趙：都是戰國時代的諸侯國。

【用法】後指圍攻來犯之敵的後方據點，迫使其撤回兵力而更巧妙地殲滅敵人的策略。

【例句】我們使用「～」的策略，誘出盤踞點裡的敵人加以消滅。

帷薄不修

【出處】漢・賈誼《新書・階級》：「坐汚穢男女無別者，不謂汚穢，曰：『帷薄不修。』」

【解釋】帷：帳子。薄：簾子。「帳子」和「簾子」都是古代用以障隔內外的東西。修：整飭。

【用法】指男女不分，內外混雜。這是古代對人私生活淫亂的委婉說法。

【例句】中國人很重視男女有別，一個～的人，必定受人輕視。

帷墻之制

【出處】漢・鄒陽《獄中上書自明文》：「令人主沈（沉）諂諛之辭，牽帷墻之制。」

【解釋】帷墻：帷幕圍墻，比喻侍衛者和妻妾。制：牽制。

【用法】比喻偏見私情的牽制。

【例句】一個人必須心胸寬廣，謙虛求教，才能見識廣博，若是限於～，如何能做到客觀公正呢？

微過細故

【出處】晉・陳壽《三國志・魏書・中山恭王傳》：「其微細故,當掩覆之。」

【解釋】微：微末。細：細小。

【用法】微末的過失，細小的事故。

【例句】他只不過犯了一些～，說說就算了，何必處罰呢？

微乎其微（ㄨㄟˊ ㄏㄨ ㄑㄧˊ ㄨㄟˊ）

【解釋】形容非常少或非常小。

【用法】《爾雅・釋訓》：「式微式微者，微乎其微者也。」

【例句】在他所遭遇的困難當中，像這類挫折，不過是～的小事而已。

微言大義（ㄨㄟˊ ㄧㄢˊ ㄉㄚˋ ㄧˋ）

【出處】漢・班固《漢書・藝文誌》：「昔仲尼沒而微言絕，七十子喪而大義乖。」

【解釋】微言：精微、深奧的語言。大義：舊指有關詩書禮樂等經書的要義。

【用法】指在經過精心推敲的片言隻語中包含著十分深刻的道理。

【例句】這篇文章未必有什麼值得大家反覆推敲的～。

微文深詆（ㄨㄟˊ ㄨㄣˊ ㄕㄣ ㄉㄧˇ）

【出處】漢・班固《漢書・酷吏傳》：「征爲厩丞，官事辦稍遷爲御史中丞，使治主父偃及淮南反獄，所以微文深詆，殺者甚衆。」

【解釋】微：精微。詆：毀謗、誣蔑。

【用法】指周密地羅列罪狀，故意陷人於罪。

【例句】可憐正直的好官，因得罪當道，結果被小人們～，枉送一條性命。

爲法自弊（ㄨㄟˊ ㄈㄚˇ ㄗˋ ㄅㄧˋ）

見「作法自斃」。

爲非作歹（ㄨㄟˊ ㄈㄟ ㄗㄨㄛˋ ㄉㄞˇ）

【出處】元・關漢卿《魔合羅》第三折：「詳察這生分女作歹爲非，更和這忤男隨波逐浪。」

【解釋】非、歹：指壞事。

【用法】指做各種壞事。

【例句】這伙壞人互相勾結，～，大肆破壞社會秩序，終於受到了應有的懲處。

爲富不仁（ㄨㄟˊ ㄈㄨˋ ㄅㄨˋ ㄖㄣˊ）

【出處】《孟子・滕文公上》：「陽虎曰：『爲富不仁矣。』」

【解釋】爲富：追求發財致富。不仁：沒有好心腸。

【用法】追求發財致富的人沒有一點仁慈的心腸。常用以形容爲了發財致富，心狠手毒，不擇手段。

【例句】這位老翁，空有萬貫家私，可惜～，地方人士都十分唾棄他。

爲德不卒（ㄨㄟˊ ㄉㄜˊ ㄅㄨˋ ㄗㄨˊ）

【出處】漢・司馬遷《史記・淮陰侯列傳》：「公，小人也，爲德不卒。」

【解釋】卒：完結。

【用法】做好事不能堅持做到底。

【例句】他並不是沒有做好事，而是～，沒有保持晚節。

【附註】也作「爲德不終」。

爲鬼爲蜮（ㄨㄟˊ ㄍㄨㄟˇ ㄨㄟˊ ㄩˋ）

【出處】《詩經・小雅・何人斯》：「爲鬼爲蜮，則不可得。」

【解釋】蜮：古代相傳爲一種能含沙射影暗中害人的動物。

【用法】比喻用心險惡、暗中害人的人，就像鬼和蜮一樣。

【例句】這些人～，不可不防。

為虺弗摧，為蛇若何

【出處】《國語・吳語》：「吳王將許越成，伍子胥諫曰：『夫越王好信以愛民，四方歸之，年穀時熟，日長炎炎，及吾憂可以戰也。為虺弗摧，為蛇將若何？』」

【解釋】虺：小蛇。摧：毀滅。若何：奈何、怎麼辦。小蛇不打死，成了大蛇怎麼辦？

【用法】原比喻要趁敵人弱小時，就把它消滅。後也泛喻對壞人要及早除掉他。

【例句】我們要將敵人徹底消滅，永絕後患，否則～，後悔莫及。

為善最樂

【出處】南朝・宋・范曄《後漢書・東平憲王蒼傳》：「日者問東平王，處家何等最樂？王言為善最樂。」

【用法】做好事最快樂。

【例句】他秉持～的原則，不斷濟助他人。

為所欲為

【出處】宋・司馬光《資治通鑑・周紀・威烈王二十三年》：「豫讓又漆身為癩，吞炭為啞，行乞於市，其妻不識也。行見其友，其友識之，為之泣曰：『以子之才，臣事趙孟（趙文子）必得近幸。子乃為所欲為，顧不易耶，何乃自苦如此？求以報仇，不亦難乎！』」

【解釋】為：做。欲：想。

【用法】常指做壞事。

【例句】在一個大團體中，必須遵守紀律，不可～。

維妙維肖

【出處】清・馮鎮巒《讀〈聊齋〉雜說》：「《聊齋》中間用字法，不過一二字，偶露句中，遂已絕妙，形容維妙維肖，彷彿《水經注》造語。」

【解釋】維：助詞。妙：好。肖：相像。

【用法】形容藝術技巧好，描寫模仿得非常逼真。

【例句】他扮演一個老太婆，言談舉止，無不～。

違心之論

【出處】清・李汝珍《鏡花緣》第十一回：「若說過多，不獨太偏，竟是『違心之論』了。」

【用法】不是出於本心的、跟本意相反的言論。

【例句】我不能夠站到講台上，滔滔不絕地盡說些～。

韋編三絕

【出處】漢・司馬遷《史記・孔子世家》：「孔子晚而喜《易》，……讀，韋編三絕。」

【解釋】韋：熟牛皮。韋編：古代用竹簡寫書，用熟牛皮條把竹簡編聯起來叫做「韋編」。三：概數，指多次。絕：斷。

【用法】原指孔子晚年很愛讀《周易》，翻來覆去地讀，竟使編聯竹簡的皮條斷了多次。後泛指勤奮讀書。

【例句】連博學的孔子，都勤奮讀書，致使～，更何況平凡的我們，應多努力，才不會被時代所淘汰。

韋弦之佩

【出處】《韓非子・觀行》：「西門豹之性急，故佩韋以自緩；董安於之性緩，故佩弦以自急。」

【解釋】韋：柔韌的皮繩。弦：緊繃著的弓弦。佩：佩帶在身上。把柔軟而有韌性的皮繩隨身佩帶以警戒急躁的脾氣，把緊繃著的弓弦隨身佩帶以警誡遲緩的性格。

【用法】後以「韋弦」比喻良友的規勸。

【例句】古代人以～來警惕自己改正缺點，現代人唯有多交良友，方能收此效果。

【附註】原作「佩韋佩弦」。

唯唯否否

【出處】漢・司馬遷《史記・趙世家》：「徒聞唯唯，不聞周舍之諤諤。」

【解釋】唯、否：都是表示應答的詞，「唯」指肯定的方面，「否」指否定的方面。

【用法】形容膽小怕事，阿諛順從，人云亦云。

【例句】這個～的人，令人瞧不起。

【附註】「唯」不能念成ㄨㄟ。

唯唯諾諾

【出處】《韓非子・八奸》：「此人主未命而唯唯，未使而諾諾，先意承旨，觀貌察色，以先主心者也。」

【解釋】唯、諾：都是應答之詞。

【用法】形容一味地順從別人的意見。

【例句】他向來敢於堅持自己的意見，決不～。

唯唯連聲

【出處】漢・司馬遷《史記・趙世家》：「徒聞唯唯，不聞周舍之諤諤。」

【解釋】唯唯：恭敬而順從的答應聲。

【用法】一聲連一聲地恭敬而順從地應答著。

【例句】清・吳敬梓《儒林外史》第二十三回：「船家～，搭扶手，請上了船。」

委棄泥塗

【出處】唐・韓愈《與汝州盧郎中論荐侯喜狀》：「比者不將，委棄泥塗，老死草野。」

【解釋】委棄：棄置。泥塗：泥濘的道路，比喻卑下的地位。

【用法】指像棄置在泥濘的道路上一樣而放在卑下的地位。

【例句】雖然是微薄小禮，却代表我誠摯的心意，你怎可任意～，不加珍惜呢？

委曲求全

【出處】漢・班固《漢書・嚴彭祖傳》：「何可委曲從俗，苟求富貴乎！」

【解釋】委曲：彎曲，指屈身折節。

【用法】指勉強忍讓遷就，以求保全。

【例句】在原則問題上，必須據理力爭，不能～。

委肉虎蹊

【出處】《戰國策・燕策三》：「是以委肉當餓虎之蹊，禍必不振矣。」（振：挽救。）

【解釋】委：棄置。蹊：小路。把肉放

在餓虎出沒的小路上餵老虎。
【用法】比喻處境危險，災禍就要降臨了。
【例句】你識人不深，冒然與他交往，就好比～，大禍要臨頭了。

娓娓不倦（ㄨㄟˇ ㄨㄟˇ ㄅㄨˋ ㄐㄩㄢˋ）

【出處】明·馮夢龍《警世通言》卷二十一：「或與談論古今興廢之事，娓娓不倦。」
【解釋】娓娓：形容說話不倦。
【用法】指談話連續不斷，毫無倦意。
【例句】同學在下面認眞地望著～上課的老師。

娓娓動聽（ㄨㄟˇ ㄨㄟˇ ㄉㄨㄥˋ ㄊㄧㄥ）

【出處】明·王夫之《讀通鑒論·五代下》：「夫既有悉治理以上言者，娓娓而盡利病。」
【解釋】娓娓：形容說話動聽。善於講話，使人喜歡聽。
【例句】她的故事講得～，我們聽得都出神了。

尾大不掉（ㄨㄟˇ ㄉㄚˋ ㄅㄨˋ ㄉㄧㄠˋ）

【出處】《左傳·昭公十一年》：「末大必折，尾大不掉，君所知也。」（末：樹梢。）
【解釋】掉：擺動。尾巴太大不易擺動。
【用法】①比喻部屬勢力強大，難以駕馭。②也比喻機構龐大，指揮不靈。
【例句】由於組織機構過於龐大，形成了～的局面。
【附註】①也作「末大不掉」。②參看「末大必折」。

諉過於人（ㄨㄟˇ ㄍㄨㄛˋ ㄩˊ ㄖㄣˊ）

【解釋】諉：推委。過：過錯。
【用法】把過錯推給別人。
【例句】犯了錯誤，要勇於承擔，決不能～。

位卑言高（ㄨㄟˋ ㄅㄟ ㄧㄢˊ ㄍㄠ）

【出處】《孟子·萬章下》：「位卑而言高，罪也。」
【解釋】位：地位。言：議論。
【用法】指人身份低下而議論國事（舊時認爲這是有罪的）。
【例句】古代人以爲～是有罪的，其實只要是關心國家，議論正確，何罪之有？

位尊賤隔（ㄨㄟˋ ㄗㄨㄣ ㄐㄧㄢˋ ㄍㄜˊ）

【出處】唐·韓愈《與陳給事書》：「閣下位益尊，伺候於門牆者日益進，夫位益尊則賤者日隔。」
【解釋】位：官位。賤：指地位卑賤的人，卽百姓。
【用法】指官位越高與平民百姓距離越大。
【例句】卽使是身爲國家的大官，更不能～，脫離社會及人民。

位尊勢重（ㄨㄟˋ ㄗㄨㄣ ㄕˋ ㄓㄨㄥˋ）

【出處】明·羅貫中《三國演義》第一百六回：「今君侯位尊勢重，而懷德者鮮，畏威者衆，殆非小心求福之道。」
【解釋】位：官位。
【用法】官位越高權勢越大。
【例句】一個人千萬不能因自己～，就任意看輕他人。

味如雞肋 ㄨㄟˋ ㄖㄨˊ ㄐㄧ ㄌㄜˋ

【出處】晉．陳壽《三國志．魏書．武帝紀》：裴松之注引《九州春秋》說，曹操帶兵攻打漢中，不能取勝，出了個口令叫「雞肋」。楊修聽後就收拾行裝。別人問他爲什麼，楊修說：「夫雞肋，棄之如可惜，食之無所得，以比漢中，知王欲還也。」

【解釋】味：味道。雞肋：雞的肋骨。味道像雞肋一樣。

【用法】比喻沒有多大意味，但又捨不得扔掉的東西。後也用以比喻對事情興趣淡薄或所得的實惠很小。

【例句】前一時期上演的一些劇目眞是～，實在太枯燥了。

味如嚼蠟 ㄨㄟˋ ㄖㄨˊ ㄐㄩㄝˊ ㄌㄚˋ

【出處】《楞嚴經》卷八：「我無欲心，應汝行事，當橫陳時，味如嚼蠟。」

【解釋】味道像嚼蠟一樣。

【用法】形容文章或言辭枯燥無味。

【例句】這種標語口號式的詩，讀起來眞是～！

【附註】也作「味同嚼蠟」。

未卜先知 ㄨㄟˋ ㄅㄨˇ ㄒㄧㄢ ㄓ

【出處】元．無名氏《桃花女》第三折：「賣弄殺《周易》，陰陽誰似你，還有個未卜先知意。」

【解釋】卜：占卜、算卦，占卜未來吉凶禍福的迷信行爲。

【用法】不用占卜就能知道吉凶禍福。指有先見之明。

【例句】我又不能～，我怎麼能料到今天有這麼大的雨呢？

未定之天 ㄨㄟˋ ㄉㄧㄥˋ ㄓ ㄊㄧㄢ

【解釋】佛家認爲有三十三重天，「未定之天」指還沒有肯定在天的那一重。

【用法】比喻事情還沒有著落。或事情還在未定階段。

【例句】這種辦法能不能奏效，還在～呢。

未能免俗 ㄨㄟˋ ㄋㄥˊ ㄇㄧㄢˇ ㄙㄨˊ

【出處】唐．房玄齡等《晉書．阮咸傳》：「北阮富而南阮貧，七月七日，北阮盛晒衣服，皆錦綺粲目。（阮）咸以竿掛大布犢鼻於庭。人或怪之，答曰：『未能免俗，聊復爾耳！』」（七月七日晒衣服是古代一種習俗。）

【解釋】俗：習俗、慣例。

【用法】指不能免於世俗。

【例句】五月五日划龍舟，吃粽子，許多外國人也～，不亦樂乎。

未老先衰 ㄨㄟˋ ㄌㄠˇ ㄒㄧㄢ ㄕㄨㄞ

【出處】唐．白居易《嘆髮落》詩：「多病多愁心自知，行年未老髮先衰。」

【解釋】衰：衰老。年紀還不大，就先衰老了。

【例句】看看他，白髮滿鬢，牙齒搖動，一副～的樣子。

未了公案 ㄨㄟˋ ㄌㄧㄠˇ ㄍㄨㄥ ㄢˋ

【出處】宋．釋普濟《五燈會元》卷十：「僧問：『如何是先師未了底公案？』師便打曰：『祢稱未了，殃及兒孫。』」

【解釋】了：了結、結束。公案：案件、事件。沒有了結的案件、事件。

【用法】原指佛教用教理來解決疑難問題的事項還沒有解決。
【例句】我暫時還不能走，因爲還有一件～等著我去處理，只好讓你先行一步了。

未可厚非（ㄨㄟˋ ㄎㄜˇ ㄏㄡˋ ㄈㄟ）

【出處】漢・班固《漢書・王莽傳》：「莽怒，免（馮）英官，後頗覺悟，曰：『英亦未可厚非。』復以英爲長沙連率。」
【解釋】厚：重、過分。非：責難。不可過分責難。
【用法】指還有一定的道理，不能全盤否定。
【例句】他的話雖然過頭了，但體會他的用心是～的。

未繘羸瓶（ㄨㄟˋ ㄐㄩˊ ㄌㄟˊ ㄆㄧㄥˊ）

【出處】《周易・井》：「汔至而未繘井，羸其瓶。」孔穎達疏：「汔，幾也。幾，近也。繘，綆也。雖汲水以至井上，然綆出猶未離井，而鈎羸其瓶而覆之也。」
【解釋】繘：也讀ㄩˋ，井繩，指用井繩繫水瓶汲井水。羸：通「累」，束縛纏繞。指汲水瓶還沒離開井口就被井繩繞住，水瓶翻了，水沒汲上來。
【用法】比喻做事將成而未成，白費力氣，落得一場空。
【例句】～的意思，就如同是功虧一簣一般，所以，我們做事應持之以恒。

未有倫比（ㄨㄟˋ ㄧㄡˇ ㄌㄨㄣˊ ㄅㄧˇ）

見「無與倫比」。

未雨綢繆（ㄨㄟˋ ㄩˇ ㄔㄡˊ ㄇㄡˊ）

【出處】《詩經・豳風・鴟鴞》：「迨天之未陰雨，徹彼桑土，綢繆牖戶。」（這裡指鴟鴞在未下雨時就啄剝桑樹皮修補窩巢。）
【解釋】綢繆：用繩索纏捆，引申爲修補。
【用法】趁著還沒下雨，先修繕房屋門窗。比喻事先做好準備工作。
【例句】他們在颱風未來之前早已～，做好了防颱準備。
【附註】「繆」不能念成ㄇㄧㄠˋ或ㄇㄧㄡˋ。

渭濁涇清（ㄨㄟˋ ㄓㄨㄛˊ ㄐㄧㄥ ㄑㄧㄥ）

見「涇清渭濁」。

爲民請命（ㄨㄟˋ ㄇㄧㄣˊ ㄑㄧㄥˇ ㄇㄧㄥˋ）

【出處】《尙書・湯誥》：「以與爾有衆請命。」
【解釋】請命：請求保全性命或解除痛苦。
【用法】指替老百姓向統治者請求保全性命或解除痛苦。
【例句】這個劇本頗有一些～的味道。

爲民除害（ㄨㄟˋ ㄇㄧㄣˊ ㄔㄨˊ ㄏㄞˋ）

【出處】三國・魏・陳琳《檄吳將校部曲文》：「丞相銜奉國威，爲民除害，元惡大憝，必當梟夷。」
【解釋】爲：給、替。
【用法】替百姓鏟除禍害。
【例句】把這些壞人逮捕起來，是～，不能手軟。

爲國捐軀（ㄨㄟˋ ㄍㄨㄛˊ ㄐㄩㄢ ㄑㄩ）

【出處】明・許仲琳《封神演義》第五十二回：「太師大叫一聲，跌將下來。雲中子在外面發雷，四處有霹靂之聲，火勢凶猛。可憐成湯首相，爲國捐軀！」
【解釋】捐軀：獻出生命。
【用法】爲國家獻出了生命。
【例句】忠烈祠裡，奉祀這許多～烈士的英靈，以供我們憑弔。

爲虎傅翼（ㄨㄟˋ ㄏㄨˇ ㄈㄨˋ ㄧˋ）

【出處】《逸周書・寤儆篇》：「毋爲虎傅翼，將飛入邑，擇人而食。」
【解釋】傅：附著。翼：翅膀。給老虎安上翅膀。
【用法】比喻在原有的基礎上更增添了力量。
【例句】供給壞人槍枝，豈不是～，助長他們爲非作歹。
【附註】也作「爲虎添翼」、「與虎添翼」。

爲虎作倀（ㄨㄟˋ ㄏㄨˇ ㄗㄨㄛˋ ㄔㄤ）

【出處】宋・李昉《太平廣記》第四百三十卷：「倀鬼，被虎所食之人也，爲虎前呵道耳。」
【解釋】倀：迷信傳說被老虎吃掉的人，死後爲倀鬼，來誘人給虎吃。
【用法】比喻做惡人的幫凶。
【例句】你提供他消息，幫助他作壞事，眞是～，令人不齒。

爲小失大（ㄨㄟˋ ㄒㄧㄠˇ ㄕ ㄉㄚˋ）

【出處】清・李寶嘉《文明小史》第二十九回：「你若不肯，他就告訴了大老爺，找你點錯處，革掉了你，你能爲小失大嗎？」
【解釋】小：指不值得認眞的小事。
【用法】指爲了貪圖小利反而遭受巨大的損失。
【例句】你爲了省區區五元，而花了二百元車錢去買，豈不是～。

爲人說項（ㄨㄟˋ ㄖㄣˊ ㄕㄨㄛ ㄒㄧㄤˋ）

【出處】唐代項斯爲楊敬之所器重，敬之贈詩有「平生不解藏人善，到處逢人說項斯」之句。
【解釋】爲：替。說項：說項斯的優點。
【用法】後指替人說好話或講情。
【例句】民意代表，不做正事，反而到處～，這像什麼話？

爲人作嫁（ㄨㄟˋ ㄖㄣˊ ㄗㄨㄛˋ ㄐㄧㄚˋ）

【出處】唐・秦韜玉《貧女》詩：「苦恨年年壓金線，爲他人做嫁衣裳。」
【解釋】貧窮人家的女子沒有錢爲自己置備嫁妝，卻年年替人家縫製嫁衣。
【用法】比喻徒然爲別人忙碌。
【例句】眼見同學一個個成婚，她年年～，不知何時才輪得到自己？
【附註】也作「依人作嫁」。

爲叢驅雀（ㄨㄟˋ ㄘㄨㄥˊ ㄑㄩ ㄑㄩㄝˋ）

【出處】《孟子・離婁上》：「爲叢歐爵（驅雀）者，鸇也。」
【解釋】把鳥雀趕到樹林裡去。
【用法】原比喻爲政不善，把百姓逼到敵對方面。現比喻不會團結人心，把一些可以納入的力量推到敵人那裡去。
【例句】我們要團結一切可以團結的力量，絕不能～，爲淵驅魚，把人們趕到敵人那方面去。

【附註】參看「為淵驅魚」。「為」不能念成ㄨㄟˊ。

為淵驅魚 ㄨㄟˋ ㄩㄢ ㄑㄩ ㄩˊ

【出處】①《孟子·離婁上》：「為淵毆(驅)魚者，獺也；為叢毆(驅)爵(雀)者，鸇也；為湯武毆裝者，桀與紂也。」②清·李嘉寶《文明小史》第十三回：「國家平時患無人才，等到有了人才，又被這些不肖官吏任意凌虐，以致為淵驅魚，為叢驅爵。」

【解釋】淵：深水。把魚趕到深水裡去。

【用法】原比喻為政不善，使百姓投向敵對方面去。現比喻不會籠絡人，把一些可以團結的力量推到敵人那裡去了。

【例句】我們要謹慎謀事，不可～，把自己人的向心力都破壞了。

【附註】參看「為叢驅雀」。

畏天知命 ㄨㄟˋ ㄊㄧㄢ ㄓ ㄇㄧㄥˋ

【出處】南朝·宋·范曄《後漢書·馮異傳》：「異遺李軼書曰：『……周勃迎代王而黜少帝，霍光尊孝宣而廢昌邑。彼皆畏天知命，睹存亡之符，見廢興之事。』」

【解釋】畏：敬服。天命：上天所主宰的人的命運。

【用法】指順從天意，按照命運的安排行事。

【例句】前途要靠自己創造，整天高論～，卻不主動的人，也是難有所成。

畏強凌弱 ㄨㄟˋ ㄑㄧㄤˊ ㄌㄧㄥˊ ㄖㄨㄛˋ

【出處】明·羅貫中《三國演義》第四十三回：「蘇秦佩六國相印，張儀兩次相秦，皆有匡扶人國之謀，非比畏強凌弱，懼刀避劍之人也。」

【解釋】畏：害怕。強：指強者。凌：欺侮。弱：指弱者。

【用法】指欺軟怕硬。

【例句】這些侵略者實際是一些～之徒，只要你敢還擊，他們就不敢正眼看你了。

畏首畏尾 ㄨㄟˋ ㄕㄡˇ ㄨㄟˋ ㄨㄟˇ

【出處】①《左傳·文公十七年》：「古人有言曰：『畏首畏尾，身其餘幾？』」②清·李汝珍《鏡花緣》第八十四回：「妹子平日但凡遇著吃酒行令，最是高興，從不畏首畏尾。」

【解釋】畏：害怕。前也怕，後也怕。

【用法】形容瞻前顧後，疑慮重重。

【例句】像這樣一個性情懦弱，～的人，能有什麼成就？

畏縮不前 ㄨㄟˋ ㄙㄨㄛ ㄅㄨˋ ㄑㄧㄢˊ

【出處】宋·魏泰《東軒筆錄》：「唐介始彈張堯佐，諫官皆上疏，及彈文彥博，則吳奎畏縮不前，當時謂拽動陣腳。」

【用法】畏懼退縮，不敢前進。

【例句】在困難面前，我們不能～，而應該面對困難、戰勝困難。

【附註】也作「畏葸不前」。（葸ㄒㄧˇ：害怕、畏縮。）

畏影惡迹 ㄨㄟˋ ㄧㄥˇ ㄨˋ ㄐㄧ

【出處】《莊子·漁父》：「人有畏影惡迹而去之走者，舉足愈數(ㄕㄨㄛˋ)，而迹愈多；走愈疾，而影不離身。自以為尚遲，疾走不休，絕力而死。

不知處陰以休影，處靜以息迹，愚亦甚矣。」

【解釋】畏：害怕。惡：憎嫌。害怕自己的影子，憎嫌自己的足迹。

【用法】比喻不必要的顧忌。後用以比喻糊塗愚昧的行徑。

【例句】做事必須膽大心細，像這樣處處～，是不能成功的。

【附註】「惡」不能念成ㄜˋ。

畏威懷德（ㄨㄟˋ ㄨㄟ ㄏㄨㄞˊ ㄉㄜˊ）

【出處】《左傳・僖公十五年》：「德莫厚焉，刑莫威焉，服者懷德，貳者畏刑。」

【解釋】畏：敬畏。懷：心中想念。

【用法】威嚴令人敬畏，恩德使人懷念。

【例句】這樣一位好官，廉潔公正，百姓莫不～，敬佩有加。

蔚然成風（ㄨㄟˋ ㄖㄢˊ ㄔㄥˊ ㄈㄥ）

【解釋】蔚然：形容茂盛，盛大；引申爲薈萃、聚集。

【用法】指事情逐漸發展盛行，形成一種良好的風尚。

【例句】吃健康食品的口號及行動，近年在台北市～。

【附註】也作「蔚成風氣」。

蝟縮蠖屈（ㄨㄟˋ ㄙㄨㄛ ㄏㄨㄛˋ ㄑㄩ）

【出處】唐・皮日休《吳中苦雨》詩：「如何鄉里輩，見之乃猬縮？」

【解釋】蝟：同「猬」，刺猬。蠖，尺蠖。像刺猬一樣把身子縮起來，像尺蠖一樣把身子彎起來。

【用法】①形容極度畏懼。②後用指故作蜷屈，力圖達到勇往直前之目的。

【例句】本身缺乏能力，即使勉強自己～，來達到目的，仍是不可行的。

魏紫姚黃（ㄨㄟˋ ㄗˇ ㄧㄠˊ ㄏㄨㄤˊ）

見「姚黃魏紫」。

剜肉醫瘡（ㄨㄢ ㄖㄡˋ ㄧ ㄔㄨㄤ）

【出處】唐・聶夷中《傷田家》詩：「二月賣新絲，五月糶新穀。醫得眼前瘡，剜却心頭肉。」

【解釋】剜：用刀挖。瘡：傷口。

【用法】比喻採取有害的手段救眼前急難，而不顧後果。

【例句】你們輕易就把垃圾處理掉，這是～的辦法，應該從長計議。

剜眼剝皮（ㄨㄢ ㄧㄢˇ ㄅㄛ ㄆㄧˊ）

【出處】晉・裴啓《裴子語林下》：「王武子（濟）與（晉）武帝圍棊（棋）孫皓看。王曰：『孫歸命，何以好剝人面皮？』皓曰：『見無禮於其君者則剝其皮。』乃舉棊局，武子伸脚在局下，故譏之。」又「賈充問孫皓曰：『何以好剝人面皮？』皓曰：『憎其顏之厚。』」

【解釋】剝皮：剝面皮。

【用法】剜眼珠是恨人不識好歹，剝面皮是憎人厚顏無恥。形容對於既不懂事而又臉憨皮厚的蠢人憎恨之深。

【例句】那個臉憨皮厚，～的傢伙，眞是令人討厭。

丸泥封關（ㄨㄢˊ ㄋㄧˊ ㄈㄥ ㄍㄨㄢ）

【出處】漢・班固等《東觀漢記・隗囂載記》：「隗囂將王元說囂背漢曰：『元請以一丸泥爲大王東封函谷關，

此萬世一時也。』」

【解釋】丸泥：一丸泥。關：指函谷關。用一丸泥封塞函谷關。

【用法】比喻地勢險要，只要用少數兵力扼守，就能擋住敵人的進攻。

【例句】中國境內有許多關口，都具有～的優點，形勢險要，防守容易。

完璧歸趙 ㄨㄢˊ ㄅㄧˋ ㄍㄨㄟ ㄓㄠˋ

【出處】漢．司馬遷《史記．廉頗藺相如列傳》載：戰國時代，趙國得楚國和氏璧。秦昭王恃強聲稱要用十五座城換趙國的和氏璧。趙王不敢抗拒，但又怕上當。這時藺相如自告奮勇願到秦國去獻璧。說道：「王必無人，臣願奉璧往使。城入趙而璧留秦；城不入，臣請完璧歸趙。」相如到秦國後，見秦王並無誠意，就憑著勇敢和機智把和氏璧完好地帶回了趙國。

【解釋】完：完整、完好。璧：圓形扁平而中心有孔的玉。

【用法】比喻把原物完好地歸還原主。

【例句】這些東西我用過之後，一定～，請放心。

【附註】也作「原璧歸趙」。

玩火自焚 ㄨㄢˊ ㄏㄨㄛˇ ㄗˋ ㄈㄣˊ

【出處】《左傳．隱公四年》：「夫兵，猶火也，弗戢，將自焚也。」（戢ㄐㄧˊ：收斂。）

【解釋】焚：燒。玩火的人反倒燒了自身。

【用法】比喻幹壞事的人，最後自食其果。

【例句】我們警方必須敬告歹徒們，不要～，否則對他們都沒有好處。

紈袴子弟 ㄨㄢˊ ㄎㄨˋ ㄗˇ ㄉㄧˋ

【出處】漢．班固《漢書．敘傳上》：「出與王、許子弟為群，在於綺襦紈綺（袴）之間，非其好也。」

【解釋】紈綺：古代貴家子弟所穿的細絹做成的褲子。

【用法】指不務正業、遊手好閑的富貴人家的子弟。

【例句】這些～，除了吃喝玩樂之外，什麼都不懂。

頑廉懦立 ㄨㄢˊ ㄌㄧㄢˊ ㄋㄨㄛˋ ㄌㄧˋ

【出處】《孟子．萬章下》：「故聞伯夷之風者，頑夫廉，懦夫有立志。」

【解釋】頑：貪婪，指貪婪的人。廉：廉潔。懦：指懦弱的人。立：指獨立不屈。

【用法】貪得無厭的人變得廉潔，懦弱的人變得獨立不屈。指高風亮節的感化力量。

【例句】他那光風霽月的浩然氣節，給了人們很大的影響，真正收到了～的效果。

【附註】參看「廉頑立懦」。

頑石點頭 ㄨㄢˊ ㄕˊ ㄉㄧㄢˇ ㄊㄡˊ

【出處】晉．無名氏《蓮社高賢傳．道生法師》：「師被擯南還，入虎丘山，聚石為徒，講《涅槃經》……群石皆為點頭。」

【解釋】頑石：無知覺的石頭。連頑石都點頭贊同。

【用法】形容道理講得透徹，使人不得不心服。

【例句】她說起話來不僅有條有理，而且頗有說服力，眞是能讓～！

婉轉悠揚（ㄨㄢˇ ㄓㄨㄢˇ ㄧㄡ ㄧㄤˊ）

【解釋】婉轉：聲調溫和曲折。悠揚：聲音漫長而和諧。

【用法】形容歌聲柔媚感人。

【例句】昨天晚上你的宿舍裡誰在唱歌？歌聲～，倒是十分動聽。

婉婉有儀（ㄨㄢˇ ㄨㄢˇ ㄧㄡˇ ㄧˊ）

【出處】唐·韓愈《河南緱氏主簿唐充妻盧氏墓誌銘》：「夫人本宗世族之後，率其先猷，令德是茂，爰歸得家，九子一田，婉婉有儀，靜以和命。」

【解釋】婉婉：溫順的樣子。

【用法】形容溫文柔順而有禮貌。

【例句】這姑娘待人處世～，給人留下了很好的印象。

晚食當肉（ㄨㄢˇ ㄕˊ ㄉㄤ ㄖㄡˋ）

【出處】《戰國策·齊策四》：「斶願得歸，晚食以當肉，安步以當車。」（斶ㄔㄨˋ：指顏斶。古時候，當官者能吃肉。顏斶不願當官，他說餓了以後吃飯覺得味道甘美，就當是吃肉一樣；慢慢地步行，就當是坐車一樣。）

【解釋】餓了之後才吃飯，就當是吃肉一樣，覺得味道甘美。

【用法】指甘心過淡泊的生活而不追逐名利。

【例句】他放棄一般人追逐的官祿地位，而寧願過著～，安步當車的樸實生活。

莞爾而笑（ㄨㄢˇ ㄦˇ ㄦˊ ㄒㄧㄠˋ）

【出處】《論語·陽貨》：「夫子莞爾而笑曰：『割鷄焉用牛刀。』」

【解釋】莞爾：微笑的樣子。

【用法】形容微笑。

【例句】聽了他的一番話以後，這姑娘只是～，却沒有說一句話。

玩於股掌之上（ㄨㄢˊ ㄩˊ ㄍㄨˇ ㄓㄤˇ ㄓ ㄕㄤˋ）

【出處】宋·宋祁《宋景文公筆記·考古》：「當是時，（劉邦）玩（韓信等於股掌之上一土丸爾。」

【解釋】玩：戲弄。股：大腿。掌：手心。

【用法】戲弄人在大腿和手心之上，形容戲弄人者權勢手段不可一世。

【例句】她一個女子，竟然將數個大男人～，眞是厲害。

玩物喪志（ㄨㄢˊ ㄨˋ ㄙㄤˋ ㄓˋ）

【出處】《尚書·旅獒》：「玩人喪德，玩物喪志。志以道寧，言以道接。不作無益害有益，功乃成；不貴異物賤用物，民乃足。」

【解釋】玩：玩賞。喪志：喪失志氣。

【用法】指沈醉於玩賞喜好的東西，喪失了進取心。

【例句】他成天提著鳥籠子東遊西逛，什麼正經事也不幹，眞是～！

玩世不恭（ㄨㄢˊ ㄕˋ ㄅㄨˋ ㄍㄨㄥ）

【出處】漢·班固《漢書·東方朔傳贊》：「依隱玩世，詭時不逢。」

【解釋】玩：戲弄。不恭：不嚴肅。

【用法】用不嚴肅的態度對待現實社會的一切。

【例句】在他老人家的啓發下，已經變

得～的小弟，終於覺悟了。

萬般皆下品，唯有讀書高

【解釋】萬般：指各行各業。皆：都。品：等。

【用法】舊時一般人的觀念，認為只有讀書做官才是最高貴的。

【例句】在舊社會裡，一向認為是「～」，這種觀點是不對的。

萬變不離其宗

【出處】《荀子・儒效》：「千舉萬變，其道一也。」《莊子・天下》：「不離其宗，謂之天人。」

【解釋】萬：言其多。宗：主旨、宗旨。

【用法】儘管變化多端，其主旨卻從來不變。

【例句】人的慾望的表現形式雖然多種多樣，但是～，最吸引人的仍舊是「名利」二字。

萬不得已

【出處】明・馮夢龍《古今小說・楊八老越國奇逢》：「此去也是萬不得已，一年半載，便得相逢也。」

【解釋】已：停止、結束。

【用法】指實在是不能不如此。

【例句】這件事先讓他自己去辦，不到～的時候，你別出面。

萬不失一

【出處】漢・枚乘《七發》：「孔老覽觀，孟子持籌而算之，萬不失一。」

【解釋】失：失誤。一萬次也不失誤一次。

【用法】形容很有把握。

【例句】這件事交給他去辦，～，你就放心好了。

萬不耐一

【出處】漢・王充《論衡・超奇》：「著書表文，論古說今，萬不耐一。」

【解釋】耐：通「能」。一萬人中也不能找到一個。

【用法】形容難得的人才。

【附註】「耐」不能念成ㄋㄞˋ。

萬馬奔騰

【出處】明・凌濛初《初刻拍案驚奇》第二十二卷：「須臾之間，天昏地黑，風雨大作。但見：封姨（風神）逞勢，巽二（雨神）施威。空中如萬馬奔騰，樹杪似千軍擁沓。」

【解釋】奔騰：奔跑跳躍。

【用法】形容聲勢浩大或進展迅速的壯烈情景。

【例句】滾滾而來的驚濤駭浪如～。

萬馬齊喑

【出處】宋・蘇軾《三馬圖贊序》：「振鬣長鳴，萬馬皆喑。」（意思是駿馬抖動鬣毛嘶叫時，其它的馬都寂然無聲。）

【解釋】喑：也作「瘖」，啞。萬馬都沈寂無聲。

【用法】比喻萬衆都默不作聲，呈現出死氣沈沈的局面。

【例句】他的暴行淫威，造成了歷史上罕有的～的局面。

萬馬爭先，驊騮落後

【出處】明・湯顯祖《牡丹亭・耽試》：「萬馬爭先，偏驊騮落後。」

【解釋】驊騮：赤色的駿馬，在萬馬爭先恐後的奔馳中，偏偏是驊騮落在了後面。

【用法】比喻有才者反而落榜。

【例句】聯考制度，看似公平，但一試定終身，總有些～的例子出現。

萬民塗炭

【出處】《尚書・仲虺之誥》：「有夏昏德，民墜塗炭。」

【解釋】塗炭：爛泥和炭火，比喻極爲困苦的境遇。

【用法】萬民如同陷入泥淖或墜入火海一般。形容百姓陷入極端困苦的境地。

【例句】納粹德國對猶太人的迫害達到了令人難以想像的程度，其實，受迫害者又豈止是猶太人。法西斯鐵蹄所到之處，～，能倖免者有幾人？

萬目睽睽

見「衆目睽睽」。

萬夫不當之勇

【出處】元・無名氏《連環計》第二折：「著老夫定計擒拿董卓。老夫想來，他權勢重大，況兼呂布有萬夫不當之勇，展轉尋思，並無一計，怎生是好！」

【解釋】夫：人。當：抵擋。上萬的人都抵擋不住的勇猛。

【用法】形容人異常勇猛。

【例句】明・施耐庵《水滸傳》第四十七回：「此人有～。」

【附註】參看「萬夫莫當」。

萬夫莫當

【出處】清・孔尚任《桃花扇》第十三出：「俺左良玉立功邊塞，萬夫不當，也是天下一個好健兒。」

【解釋】夫：人。當：抵擋。

【用法】形容人勇武超群，上萬的人也抵擋不住。

【例句】他憑著赤手空拳，大眼一瞪，便有～的氣勢。

【附註】①也作「萬夫不當」。②參看「萬夫不當之勇」。

萬頭攢動

【解釋】頭：指人。攢：聚在一起。許許多多人聚在一起。

【用法】形容人很多。

【例句】只見廣場上～，人山人海。

【附註】「攢」不能念成ㄗㄢˇ。

萬籟俱寂

【出處】唐・常建《題破山寺後禪院》詩：「萬籟此俱寂，惟餘鐘磬音。」

【解釋】籟：從孔穴裡發出的聲音。也泛指一般的聲響。萬籟：各種聲音。俱：都。寂：靜。

【用法】形容周圍環境非常安靜。

【例句】現在已經是半夜了，～，人們都已進入夢鄉，我却在徘徊著，思索著。

【附註】也作「萬籟無聲」。

萬里鵬程

見「鵬程萬里」。

萬里長城

【出處】唐・李延壽《南史・檀道濟傳》載：宋文帝要殺害當時的名將檀道濟，派人捉檀時，「道濟見收，憤怒氣盛，目光如炬，俄而間引飲一斛，乃脫幘投地曰：『乃壞汝萬里長城！』」

【用法】①本指我國古時修築的長城，後比喻足以依賴的堅強力量。②也比喻難以逾越的障礙或界限。

【例句】我和她雖然近在咫尺，但我們的心裡卻像隔著一條～一樣，是那樣疏遠和冷漠。

萬縷千絲

見「千絲萬縷」。

萬古不磨

【出處】南朝・宋・范曄《後漢書・南匈奴傳》：「千里之差，興自毫端，失得之源，百世不磨矣。」

【解釋】萬古：千年萬代，永遠。磨：磨滅，消失。

【用法】指永遠不會消失。

【例句】只要是好的，有價值的文章，便有～的影響力。

萬古流芳

【出處】元・紀君祥《趙氏孤兒》第二折：「老宰輔，你若存的趙氏孤兒，當名標青史，萬古流芳。」

【解釋】萬古：千年萬代，永遠。芳：芳香。

【用法】比喻好名聲或好德行。好名聲或好德行永遠流傳。

【例句】黃花岡七十二烈士的英名，將在中國歷史上～。

【附註】也作「流芳萬古」、「千載流芳」。參看「流芳百世」。

萬古千秋

【出處】宋・釋道原《景德傳燈錄・卷十六・廬山棲賢懷祐禪師》：「僧問：『如何是五老峰前句？』師曰：『萬古千秋。』」

【解釋】千年萬代。

【用法】指時間的久長。

【例句】文天祥的正氣歌一文，眞可～永世流傳。

【附註】參看「千秋萬代」。

萬古長青

【出處】元・無名氏《謝金吾》第四折：「也論功增封食邑，共皇家萬古長春。」

【解釋】萬古：千年萬代，永遠。像松柏一樣永遠蒼翠。

【用法】形容美好的東西永遠不會消失掉。

【例句】你我兩國人民的友誼～。

【附註】也作「萬古長春」。

萬剮千刀

見「千刀萬剮」。

萬貫家私

【解釋】貫：舊時銅錢用繩穿連成串，每一千個叫「一貫」。家私：家產。

【用法】指很多的私有財產。

【例句】這個紈袴子弟，沒多久便把～敗光了。

【附註】也作「萬貫家財」、「家私萬

貫」。

萬戶千門 ㄨㄢˋ ㄏㄨˋ ㄑㄧㄢ ㄇㄣˊ

見「千門萬戶」。

萬壑爭流 ㄨㄢˋ ㄏㄨㄛˋ ㄓㄥ ㄌㄧㄡˊ

【出處】南朝・宋・劉義慶《世說新語・言語》：「顧長康從會稽還，人問山川之美，顧云：『千岩競秀，萬壑爭流，草木蒙籠其上，若雲興霞蔚。』」

【解釋】萬壑：衆多的深溝、溪流。滿山谷間有爭相流淌的溪水。

【用法】形容山水勝境，幽雅宜人。

【例句】明・吳承恩《西遊記》第十七回：「～，千岩競秀。鳥啼人不見，花落樹猶香。」

萬家燈火 ㄨㄢˋ ㄐㄧㄚ ㄉㄥ ㄏㄨㄛˇ

【用法】指天黑上燈的時候。也形容城市的夜景。

【例句】火車就要進入台北市了，映入眼簾的首先是那燦若繁星的～。

萬家生佛 ㄨㄢˋ ㄐㄧㄚ ㄕㄥ ㄈㄛˊ

【出處】宋・戴翼《賀陳待制启》：「福星一路之歌謠，生佛萬家之香火。」

【解釋】萬戶人家的活佛。

【用法】舊時稱頌親民、愛民、救民疾苦的官吏。

【例句】這位勤政愛民的好官，百姓視他有如～，大慈大悲的菩薩。

萬劫不復 ㄨㄢˋ ㄐㄧㄝˊ ㄅㄨˋ ㄈㄨˋ

【出處】宋・釋道原《景德傳燈錄・卷十九・韶州雲門山文偃禪師》：「莫將等閑空過時光，一失人身，萬劫不復，不是小事。」

【解釋】劫：佛家稱世界從生成到毀滅的一個過程爲「一劫」。萬劫：極言劫數之多。

【用法】指歷經萬劫，不易恢復。

【例句】一次戰爭，便可能使天下蒼生陷於～的地步。

萬箭攢心 ㄨㄢˋ ㄐㄧㄢˋ ㄗㄨㄢˋ ㄒㄧㄣ

【出處】明・施耐庵《水滸傳》第九十八回：「瓊英知了這個消息，如萬箭攢心，日夜呑聲飲泣，珠淚倫彈，思報父母之仇，時刻不忘。」

【解釋】攢：通「鑽」。

【用法】形容心情十分痛苦，像很多箭鑽進心臟一樣。

【例句】清・曹雪芹《紅樓夢》第十一回：「聽得秦氏說了這些話，如～，那眼淚不覺流了下來。」

【附註】「攢」不能唸成ㄘㄨㄢˊ或ㄗㄢˇ。

萬籤插架 ㄨㄢˋ ㄑㄧㄢ ㄔㄚ ㄐㄧㄚˋ

【出處】唐・韓愈《送諸葛覺往隨州讀書》詩：「鄴侯家多書，插架三萬軸，一一懸牙籤(籤)，新若手未觸。」

【解釋】籤：注明書名的牙製標籤。架：書架。數以萬計的牙製標籤插滿了書架。

【用法】形容藏書極豐富。

【例句】王教授的藏書豐富，～是全國聞名的。

萬全之策 ㄨㄢˋ ㄑㄩㄢˊ ㄓ ㄘㄜˋ

【出處】《韓非子・飾邪》：「而道法

萬全，智能多失。夫懸衡而知平，設規而知圓，萬全之道也。」

【解釋】萬全：相當周到，極其穩妥。策：計策、辦法。

【用法】指周到而可靠的最好辦法。

【例句】明・馮夢龍《東周列國志》第七十二回：「必思一萬全之策，方可無虞。」

【附註】也作「萬全之道」。

萬象更新 ㄨㄢˋ ㄒㄧㄤˋ ㄍㄥ ㄒㄧㄣ

【解釋】萬象：一切景象。

【用法】指一切景象都改變了，而出現了新面貌。

【例句】春天到了，大地～，花草欣欣向榮，令人精神爲之一振。

【附註】也作「萬物更新」。「更」不能唸成ㄍㄥˋ。

萬象回春 ㄨㄢˋ ㄒㄧㄤˋ ㄏㄨㄟˊ ㄔㄨㄣ

【解釋】萬象：一切景象。

【用法】比喻各種事物都出現了生機。

【例句】消息傳來，～，把人們心頭的烏雲吹散了。

萬象森羅 ㄨㄢˋ ㄒㄧㄤˋ ㄙㄣ ㄌㄨㄛˊ

見「森羅萬象」。

萬選青錢 ㄨㄢˋ ㄒㄩㄢˇ ㄑㄧㄥ ㄑㄧㄢˊ

見「青錢萬選」。

萬丈高樓平地起 ㄨㄢˋ ㄓㄤˋ ㄍㄠ ㄌㄡˊ ㄆㄧㄥˊ ㄉㄧˋ ㄑㄧˇ

【用法】指做任何事情都是先從基礎開始，再逐步進展。

【例句】～，我們不可能一口就吃成個胖子，總是要一點一滴地做起。

萬丈光芒 ㄨㄢˋ ㄓㄤˋ ㄍㄨㄤ ㄇㄤˊ

見「光芒萬丈」。

萬衆睢睢 ㄨㄢˋ ㄓㄨㄥˋ ㄙㄨㄟ ㄙㄨㄟ

【出處】漢・班固《漢書・五行志中下》：「萬衆睢睢，驚怪連日。」

【解釋】睢睢：仰視。大家的眼睛都看著上面。

【用法】形容人們共同期待或感到驚訝的神情。

【例句】你們前面廣場上聚集了一大堆人，～，指指點點，不知發生何事？

【附註】「睢」不能寫成「雎」。

萬衆一心 ㄨㄢˋ ㄓㄨㄥˋ ㄧ ㄒㄧㄣ

【出處】南朝・宋・范曄《後漢書・朱儁傳》：「萬衆一心，猶不可當，況十萬乎！」

【解釋】千萬人一條心。

【用法】形容團結一致。

【例句】我們全體國民，～，誓死擁護政府。

萬世師表 ㄨㄢˋ ㄕˋ ㄕ ㄅㄧㄠˇ

【出處】晉・陳壽《三國志・魏書・文帝紀》：「詔曰：『昔仲尼資大聖之才，懷帝王之器，……可謂命世之大聖，億載之師表者也。』」

【解釋】萬世：很多世代，非常久遠。師表：道德學問上值得學習的榜樣。

【用法】指永遠值得尊敬、學習的表率。

【例句】孔子是中國人最尊敬的～。

萬世一時 ㄨㄢˋ ㄕˋ ㄧ ㄕˊ

【出處】明・羅貫中《三國演義》第九

十六回：「若擒了曹休，便長驅直進，唾手而得壽春，以窺許、洛，此萬世一時也。」

【解釋】萬世：很多世代。時：時機、機會。萬世之中僅有的一次機會。

【用法】形容機會非常難得。

【例句】這個難得的機會，有如～，如不好好把握，稍縱即逝，定會後悔莫及。

萬事大吉（ㄨㄢˋ ㄕˋ ㄉㄚˋ ㄐㄧˊ）

【出處】宋．周密《癸辛雜志》：「塩官教諭黃謙之題桃符板句云：『宜入新年怎生呵？百事大吉那般者。』」

【解釋】吉：吉利。

【用法】一切事情都很圓滿順利。

【例句】那種認為只要有了思想和生活就～，技巧形式之類就微不足道的看法，是不利於創作的。

萬事亨通（ㄨㄢˋ ㄕˋ ㄏㄥ ㄊㄨㄥ）

【出處】清．李綠園《歧路燈》第六十五回：「那孔方兄運出萬事亨通的本領，先治了關格之症。」

【解釋】亨通：順利。

【用法】指一切事情都很順利。

【例句】不要認為已經～了，其實，沒有預見到的困難還在等待著我們呢。

萬事俱備，只欠東風（ㄨㄢˋ ㄕˋ ㄐㄩˋ ㄅㄟˋ，ㄓˇ ㄑㄧㄢˋ ㄉㄨㄥ ㄈㄥ）

【出處】明．羅貫中《三國演義》第四十九回載：赤壁之戰，周瑜定好用火攻破曹之計，一切均已準備妥當，但時值隆冬，缺少東南風，周瑜焦急得病。諸葛亮去探望周瑜，寫了十六個字，指出了他的病因：「欲破曹公，宜用火攻，萬事俱備，只欠東風。」

【解釋】俱：全、都。欠：缺。

【用法】比喻什麼東西都準備好了，只差最後一個重要條件。

【例句】我們現在是「～」，只要發動機一安裝上，馬上就可以開工了。

萬壽無疆（ㄨㄢˋ ㄕㄡˋ ㄨˊ ㄐㄧㄤ）

【出處】《詩經．豳風．七月》：「躋彼公堂，稱彼兕觥，萬壽無疆。」

【解釋】萬壽：長壽。無疆：無邊際、無止境。

【用法】指永遠活在世上（祝人長壽的用語）。

【例句】讓我們一齊舉杯，恭祝今日壽星～。

萬乘之尊（ㄨㄢˋ ㄕㄥˋ ㄓ ㄗㄨㄣ）

【出處】明．羅貫中《三國演義》第八十二回：「陛下乃漢朝皇叔，今漢帝已被曹丕篡奪，不思剿除，却為異姓之親，而屈萬乘之尊，是捨大義而就小義也。」

【解釋】乘：古時一車四馬叫「乘」。萬乘：萬輛車。周制：王畿方千里，能出兵車萬乘，後以「萬乘」指帝位。尊：尊貴。

【用法】指帝王的尊貴。

【例句】以他～的身分，竟能數次親訪民間，眞是難得一見的好君主。

【附註】「乘」不能唸成ㄔㄥ。

萬水千山（ㄨㄢˋ ㄕㄨㄟˇ ㄑㄧㄢ ㄕㄢ）

見「千山萬水」。

萬人空巷（ㄨㄢˋ ㄖㄣˊ ㄎㄨㄥ ㄒㄧㄤˋ）

【出處】宋・蘇軾《八月十七復登望海樓》詩：「賴有明朝看潮月，萬人空巷鬥新妝。」
【解釋】巷：胡同、里弄。胡同裡的人都走出來了。
【用法】形容盛大集會或新奇事物吸引眾人出動的情景。
【例句】電影《梁祝》重新上映，眞是～，盛況空前。

萬紫千紅（ㄨㄢˋ ㄗˇ ㄑㄧㄢ ㄏㄨㄥˊ）

【出處】宋・朱熹《春日》詩：「等閑識得東風面，萬紫千紅總是春。」
【用法】形容百花盛開的艷麗春景。也比喻事物豐富多采或景象繁榮興旺。
【例句】陽明山的花季一到，～，吸引無數遊客上山觀賞。
【附註】也作「千紅萬紫」。

萬死不辭（ㄨㄢˋ ㄙˇ ㄅㄨˋ ㄘˊ）

【出處】明・羅貫中《三國演義》第八回：「貂蟬曰：『適間賤妾曾言，但有使令，萬死不辭。』」
【解釋】辭：推辭。甘冒一萬個死決不推辭。
【用法】表示願意竭誠效勞、不怕犧牲的決心。
【例句】只要對國家有利，我是～，有多大的風險，也樂於去幹。

萬死一生（ㄨㄢˋ ㄙˇ ㄧˋ ㄕㄥ）

【出處】漢・司馬遷《史記・張耳陳餘列傳》：「將軍瞋目張膽，出萬死不顧一生之計，為天下除殘也。」
【解釋】指冒生命的危險。
【例句】謝謝你冒著～的危險，把我從淪陷區救出來。

萬死猶輕（ㄨㄢˋ ㄙˇ ㄧㄡˊ ㄑㄧㄥ）

【出處】唐・韓愈《潮州刺史謝上表》：「臣以狂妄戇愚，不識禮度，上表陳佛骨事，言涉不敬，正名定罪，萬死猶輕。」
【解釋】處死萬次，還嫌懲罰太輕。
【用法】極言罪過大。
【例句】這個無惡不作的大壞蛋，眞是～，希望他早日受到法律制裁。

萬歲千秋（ㄨㄢˋ ㄙㄨㄟˋ ㄑㄧㄢ ㄑㄧㄡ）

見「千秋萬歲」。

萬應靈丹（ㄨㄢˋ ㄧㄥˋ ㄌㄧㄥˊ ㄉㄢ）

【解釋】應：適應。靈丹：靈驗的藥。能醫治各種疾病的靈藥。
【用法】比喻任何問題都能解決的辦法（一般帶有諷刺或詼諧意味）。
【例句】要想把工作做好，並沒有什麼～，只有老老實實，按部就班地去做才行。
【附註】「應」不能念成ㄧㄥ。

萬無一失（ㄨㄢˋ ㄨˊ ㄧ ㄕ）

【解釋】失：失誤、差錯。絕對不會出差錯。
【例句】只要你肯照我的話去做，保證～。
【例句】也作「萬不失一」。參看「百無一失」。

萬物皆備於我（ㄨㄢˋ ㄨˋ ㄐㄧㄝ ㄅㄟˋ ㄩˊ ㄨㄛˇ）

【出處】《孟子・盡心上》：「孟子曰

：『萬物皆備於我矣。反身而誠，樂莫大焉；彊（強）恕而行，求仁莫近焉。』」
【解釋】物：事物。於：在。萬事萬物都具備在我心中。
【用法】即世上的一切道理完全在我心中。
【例句】我們應有～的觀念，努力上進，樂觀奮鬥。

蔓引株求 ㄨㄢˋ ㄧㄣˇ ㄓㄨ ㄑㄧㄡˊ

【出處】清・孔尚任《桃花扇・逮社》：「奉命今將逆黨搜，須得你蔓引株求。」
【解釋】蔓：藤蔓。引：牽引。株：樹木在土上的根部。
【用法】比喻順著線索，尋根問底。
【例句】只要你按照線索，～，終能獲得解答！

溫良恭儉讓 ㄨㄣ ㄌㄧㄤˊ ㄍㄨㄥ ㄐㄧㄢˇ ㄖㄤˋ

【出處】《論語・學而》：「子貢曰：『夫子溫、良、恭、儉、讓以得之。夫子之求之也，其諸異乎人之求之與？』」
【解釋】溫和、善良、恭敬、儉樸、謙讓。
【用法】爲子貢頌揚孔子的話。
【例句】在現代社會中，已經很難找到像這樣一位具備～美德的青年了。

溫故知新 ㄨㄣ ㄍㄨˋ ㄓ ㄒㄧㄣ

【出處】《論語・爲政》：「溫故而知新，可以爲師矣。」
【解釋】溫：複習。故：舊。
【用法】複習已學過的知識，可以獲得新的體會。現也常指吸收歷史經驗，從而更好地認識現在。
【例句】有時，看看以前唸過的書，頗能收～的效果。

溫恭自虛 ㄨㄣ ㄍㄨㄥ ㄗˋ ㄒㄩ

【出處】《管子・弟子職》：「溫恭自虛，所受是極。」
【解釋】溫恭：溫和謙恭，講禮貌。虛：虛心不自滿。溫順謙恭而不自滿。
【用法】指善良的、虛心的受教的學習態度。
【例句】這位學生，品行兼優，～，甚得老師們欣賞。

溫情脈脈 ㄨㄣ ㄑㄧㄥˊ ㄇㄛˋ ㄇㄛˋ

【出處】宋・辛棄疾《摸魚兒》詞：「千金縱買相如賦，脈脈此情誰訴！」
【解釋】溫情：溫柔的情感。脈脈：默默地用眼神表達情意。
【用法】形容懷著極深厚的感情而要表露出來的神態。
【例句】看著他那～的樣子，她的心也慢慢軟了下來。

溫香艷玉 ㄨㄣ ㄒㄧㄤ ㄧㄢˋ ㄩˋ

【出處】清・洪昇《長生殿・埋玉》：「溫香艷玉須臾化。」
【解釋】溫和的香氣，艷麗的玉色。
【用法】形容女子嬌媚的身形。
【例句】看這國畫中的古代美女，～、嬌媚動人，令人神往。

溫柔敦厚 ㄨㄣ ㄖㄡˊ ㄉㄨㄣ ㄏㄡˋ

【出處】《禮記・經解》：「溫柔敦厚，《詩》教也。」
【解釋】溫柔：溫和柔順。敦厚：忠厚。

【用法】形容人態度溫和。也指詩文所反映的內容及其風格溫和寧靜，婉約含蓄。
【例句】您的夫人待人～，很受學生的敬重。

溫潤而澤

【出處】《禮記・聘儀》：「昔者君子比德於玉焉，溫潤而澤，仁也。」
【解釋】溫潤：溫和柔潤。澤：光澤。
【用法】形容美玉之色溫和柔潤而且光澤悅人。借喻人的音容和笑貌和藹可親。
【例句】中國人喜歡拿～的玉來比喻君子之德行。

溫文爾雅

【出處】唐・柳宗元《朗州員外司戶薛君妻崔氏墓志》：「簡之溫文，卒昏以易。」清・蒲松齡《聊齋志異・陳錫九》：「此名士之子，溫文爾雅，烏能作賊？」
【解釋】溫文：溫和有禮貌。爾雅：文雅。
【用法】①形容態度溫和，舉止文雅。②也指做事不夠大膽。
【例句】他雖然是個軍人，但舉止談吐～，很像一個學者。

文炳雕龍

【出處】北齊・魏收《魏書・高允傳》：「領新務異，發自心胸，質侔和璧，文炳雕龍。」
【解釋】炳：光耀。雕龍：指善於寫文章。
【用法】指精雕細琢，富有文采的文章。
【例句】這篇文章，既有內涵，用詞又優美，可謂～。

文不加點

【出處】漢・張衡《文士傳》：「吳郡張純，少有令名，常詣鎮南將軍朱據，據令賦一物然後坐，純應聲便成，文不加點。」
【解釋】點：刪改。
【用法】指文章一氣呵成，無須修改。形容文思敏捷，寫作技巧純熟。
【例句】他的文章向來～，一揮而就。

文房四寶

【出處】宋・梅堯臣《九月六日登舟再和潘歙州紙硯》詩：「文房四寶出二郡，邇來賞愛君與予。」
【用法】指書房中必備的筆、墨、紙、硯四種文具。
【例句】在他的書桌上除了～之外，別的雜物一概沒有。

文風不動

【出處】清・曹雪芹《紅樓夢》第二十九回：「偏生那玉堅硬非常，摔了一下，竟文風不動。」
【用法】一點也不動。
【例句】瞧這些衛兵，～地站著，起初我還以為是假人。
【附註】也作「紋絲不動」。

文東武西

【出處】漢・司馬遷《史記・劉敬叔孫通列傳》：「漢七年，長樂宮成，諸侯群臣皆朝十月。……功臣列侯諸將軍軍吏以次陳西方，東鄉（向）；文官丞相以下陳東方，西鄉。大行設九賓、臚傳。」

【解釋】文：文臣。武：武將。

【用法】舊時指文臣武將分別排班立於朝廷的東西兩側，文站東，武立西。

【例句】看這部電影，其中一幕皇上臨朝的戲，～，極爲肅穆莊嚴，頗具可看性。

文韜武略

【解釋】韜：計謀。略：策略。文有計謀，武有策略。

【用法】指智勇雙全。

【例句】將軍是傑出的將領，無論～、很少有人能和他相比。

文恬武嬉

【出處】唐・韓愈《平淮西碑》：「相臣將臣，文恬武嬉，習熟見聞，以爲當然。」

【解釋】文：文官。恬：安適。武：武將。嬉：遊戲、玩樂。

【用法】形容文武官僚只貪圖安逸享樂，荒淫腐化，不以國家大事爲意。

【例句】一個國家若是～，人人只知享樂，還有什麼希望呢？

文通武達

【出處】唐・李延壽《南史・檀珪傳》：「檀珪與（王）僧虔書曰：『僕門雖謝文通，乃忝武達。』」

【解釋】以文學通登顯貴，以武略位居達官。

【用法】指無論學文學武，只要爲國出力，就都有前途。也形容文武雙全之人才。

【例句】孫先生是我國一位傑出的人才，～，樣樣專精。

文理不通

【出處】《舊五代史・選舉志》：「後晉禮部侍郎張允上奏章論科舉制度有云：『況此等多不究義，唯攻帖書，文理既不甚通，名第豈可妄與？』」

【解釋】文：指詞句。理：指內容。

【用法】指詞句和內容方面都不通順。

【例句】他已經高中畢業了，居然連封信都寫得～。

文行出處

【出處】《周易・繫辭上》：「君子之道，或出或處。」

【解釋】文：學問。行：品行。出：出仕做官。處：隱居獨處。

【用法】指讀書人的品德修養與進退去就。

【例句】清・吳敬梓《儒林外史》第一回：「王冕指與秦老看，道：『這個法卻定的不好。將來讀書人既有此一條榮身之路，把那～都看得輕了。』」

【例句】「處」不能念成ㄔㄨˋ。

文江學海

【出處】唐・鄭愔《柏梁體聯句》：「文江學海思濟航。」

【解釋】文江：文章似江河，百川薈萃。

【用法】形容文學的源遠流長，博大精深。

【例句】中國漢學，～，窮一生之精力，也研究不盡。

文君新寡

【出處】漢·司馬遷《史記·司馬相如列傳》：「是時卓王孫有女文君新寡，好音，故相如繆與令相重，而以琴心挑之。」
【解釋】文君：卓文君，漢朝大富商卓王孫之女。寡：喪失配偶的婦女。卓文君初作寡婦。
【用法】後泛指婦人喪夫不久。
【例句】此人因～，所以面色凝重，毫無笑容。

文質彬彬 ㄨㄣˊ ㄓˋ ㄅㄧㄣ ㄅㄧㄣ

【出處】《論語·雍也》：「質勝文則野，文勝質則史，所質彬彬，然後君子。」
【解釋】文：文采。質：本質。彬彬：文質兼備的樣子。
【用法】指品學兼優、溫文儒雅的樣子。
【例句】這個～的青年，給人留下了很好的印象。

文治武功 ㄨㄣˊ ㄓˋ ㄨˇ ㄍㄨㄥ

【出處】《禮記·祭法》：「文王以文治，武王以武功。」
【解釋】文治：指施行政教的業績。武功：指從事征戰的功績。
【用法】指政績和戰功。
【例句】漢武帝在位時，無論～，都發展到極盛時期。

文章絕唱 ㄨㄣˊ ㄓㄤ ㄐㄩㄝˊ ㄔㄤˋ

【出處】宋·羅大經《鶴林玉露·伯夷傳》：「蘇東坡《赤壁賦》，文章絕唱也。」
【解釋】絕唱：指文藝創作所達到的空前造詣。
【用法】形容絕妙無比的文藝作品。
【例句】這本散文集一出，十分暢銷，口碑更佳，被譽爲～。

文章憎命達 ㄨㄣˊ ㄓㄤ ㄗㄥ ㄇㄧㄥˋ ㄉㄚˊ

【出處】唐·杜甫《天末懷李白》詩：「涼風起天末，君子意如何？鴻雁幾時到，江湖秋水多。文章憎命達，魑魅喜人過，應共冤魂語，投詩贈汨羅。」
【解釋】憎：厭惡。命達：命運亨通。
【用法】舊時意謂卓越的文人因寫出的作品巧奪天工，遭天所嫉，都會有不好的命運。
【例句】清·李寶嘉《官場現形記》第五十四回：「等到出榜之後，梅颺仁領出落卷來一看，見是如此，不禁氣憤填膺，不怪自己錯了韵，反罵主司去取不公，嘆自己『～』。」

文章宿老 ㄨㄣˊ ㄓㄤ ㄙㄨˋ ㄌㄠˇ

【出處】《唐書·李嶠傳》：「李嶠富才思，然其仕前與王勃、楊盈川接，中與崔融、蘇味道齊名，晚諸人沒，而爲文章宿老，一時學者取法焉。」
【解釋】宿老：老前輩。
【用法】指文壇的老前輩。
【例句】我只不過是個年輕的作家，許多事情，還是要向～請教。

文陣雄帥 ㄨㄣˊ ㄓㄣˋ ㄒㄩㄥˊ ㄕㄨㄞˋ

【出處】《新唐書·蘇頲傳》：「張九齡嘗覽頲文卷，謂同列曰：『蘇生之俊贍無敵，真文陣雄帥也。』」
【解釋】文人行列中的統帥。
【用法】形容文才出衆，在文壇上居首位的人。

【例句】當代文壇，人才濟濟，眞看不出那一位才是～。

文人相輕 ㄨㄣˊ ㄖㄣˊ ㄒㄧㄤ ㄑㄧㄥ

【出處】三國・魏・曹丕《典論・論文》：「文人相輕，自古而然。……夫人善於自見（現），而文非一體，鮮能備善，是以各以所長，相輕所短。」
【解釋】輕：輕視。
【用法】指知識分子彼此不服氣，互相看不起。
【例句】這次校際座談會上，人們各抒己見，絲毫沒有～、忌賢妒能的惡習。

文如其人 ㄨㄣˊ ㄖㄨˊ ㄑㄧˊ ㄖㄣˊ

【出處】宋・蘇軾《答張文潛書》：「子由之文實勝僕，而世俗不知，乃以爲不如；其爲人深不願人知之，其文如其爲人。」
【用法】指文章的風格同作者的性格特點相似。現也指文章必然反映作者的思想、立場和世界觀。
【例句】他的文章和他的性情一樣，詼諧潑辣，眞是～。

文如春華 ㄨㄣˊ ㄖㄨˊ ㄔㄨㄣ ㄏㄨㄚˊ

【出處】三國・魏・曹植《王仲宣誄》：「文如春華，思若湧泉。」
【解釋】華：同「花」。文章詞藻像春天盛開的花朵爭奇鬥勝。
【用法】形容文章詞滙豐富華麗。
【例句】想要使自己的作品～，不多充實學識是不行的。

文采風流 ㄨㄣˊ ㄘㄞˇ ㄈㄥ ㄌㄧㄡˊ

【出處】唐・杜甫《丹青引贈曹將軍霸》詩：「英雄割據雖已矣，文采風流今尙存。」
【用法】文采：才華。風流：遺風、流風餘韻。
【用法】①形容才華橫溢。②也指文人神采儒雅灑脫。
【例句】唐代大詩人李白的詩歌，～，不愧爲唐代詩歌的執牛耳者。

文采緣飾 ㄨㄣˊ ㄘㄞˇ ㄩㄢˊ ㄕˋ

【出處】漢・班固《漢書・公孫弘傳》：「習文法吏事，緣飾以儒術。」
【解釋】文采：文章精采。緣飾：原指衣物上點綴的花邊。
【用法】指花邊文學，文筆華美。
【例句】文章最重要的是內容，光是講究～，並不是好的寫作方法。
【例句】「緣」不能念成ㄩㄢˊ。

文從字順 ㄨㄣˊ ㄘㄨㄥˊ ㄗˋ ㄕㄨㄣˋ

【出處】唐・韓愈《南陽樊紹述墓志銘》：「文從字順各識職，有欲求之此其躅。」
【解釋】從：妥貼。順：通順。
【用法】指文章遣詞造句通順妥貼。
【例句】清・劉鶚《老殘遊記》第十五回：「這賈家呢，第二個兒子今年廿四歲，在家讀書，人也長得清清秀秀的，筆下也還～。」
【例句】受了幾年教育，最基本的寫信應該～了。
【附註】參看「言從字順」。

文以載道 ㄨㄣˊ ㄧˇ ㄗㄞˋ ㄉㄠˋ

【出處】宋・周敦頤《通書・文辭》：「文所以載道也，輪轅飾而人弗庸，徒飾也，況虛車乎？」

【解釋】文：文章。載：記載。

【用法】指文章是用來說明道理的。

【例句】「～」的道理還是對的，我們的文章就應記載正當的道理。

【附註】「載」不能念成ㄗㄞˇ。

文武皇皇

【出處】清・孔尚任《桃花扇・入通》：「文武皇皇，乘白雲而至止。」

【解釋】皇皇：非常顯赫的樣子。

【用法】指文武全才，非常顯赫。

【例句】漢代班家，～，聲威顯赫。

文武之道，一張一弛

【出處】《禮記・雜記下》：「張而不弛，文武弗能也；弛而不張，文武弗為也；一張一弛，文武之道也。」

【解釋】文：周文王。武：周武王。張：弓上弦叫「張」，指「嚴」。弛：弓放鬆時叫「弛」，指「寬」。

【用法】原指周文王和周武王治理國家的辦法是有嚴有寬，寬嚴相濟。現泛指處理事務要善於調節，有緊有鬆。

【例句】「～」，我們要明白這個道理，無論學習、工作都要有節奏，有勞有逸。

文武雙全

【出處】五代・後晉・劉昫等《舊唐書・李光弼傳》：「蘊孫、吳之略，有文武之材。」

【解釋】指人能文能武，智勇雙全。

【例句】這個年輕人～、智勇兼備，很受上級的器重。

紋絲不動

見「文風不動」。

聞名不如見面

【出處】唐・李延壽《北史・列女傳・房愛親妻崔氏傳》：「母曰：『吾聞聞名不如見面。小人未見禮教，何足責哉！』」

【用法】聞：聽到。名：名聲。

【用法】聽到他的名聲不如見到他本人。後用以見面時表示仰慕的話。

【例句】所謂～，今日得見大師風采，真是不虛此生。

聞風而逃

【出處】清・李寶嘉《官場現形記》第十二回：「只要望見土匪的影子，早已聞風而逃。」

【解釋】聞：聽說。風：風聲。

【用法】聽到一點風聲，立刻就倉皇逃跑。

【例句】敵方一聽我軍已進城，倉皇失措，～。

聞道猶迷

【出處】南朝・宋・范曄《後漢書・竇融傳》：「失路不反，聞道猶迷。」

【解釋】猶：還。已經知道哪兒是正道，還是往迷路上走去。

【用法】指不顧利害，一錯到底。

【例句】此人～，執意不改，又能奈他如何？

聞雷失箸

【出處】晉・陳壽《三國志・蜀書・先主傳》：「先主（劉備）未出時，獻帝舅車騎將軍董承辭受帝衣帶中密詔：當誅曹公（操）。先主未發，是時曹公從容謂先主曰：『今天下英雄，惟使君與操耳。本初（袁紹）之徒，不足數也。』先主方食，失匕箸。」

【解釋】聞：聽到。箸：筷子。

【用法】因聽到雷聲嚇得連筷子都掉了。比喻故作失驚以掩飾自己。

【例句】面對聲勢強的對手，咄咄逼人，我只有藉～來掩飾自己。

聞過則喜（ㄨㄣˊ ㄍㄨㄛˋ ㄗㄜˊ ㄒㄧˇ）

【出處】《孟子．公孫丑上》：「子路，人告之以有過則喜，禹聞善言則拜。」

【解釋】聞：聽到。過：過失、錯誤。則：就。

【用法】聽到別人指出自己的缺點或錯誤就高興（表示虛心接受）。

【例句】青年人應該～，知錯必改。

聞雞起舞（ㄨㄣˊ ㄐㄧ ㄑㄧˇ ㄨˇ）

【出處】唐．房玄齡等《晉書．祖逖傳》：「（祖逖）與司空劉琨俱爲司州主簿，情好綢繆，共被同寢。中夜聞荒雞鳴，蹴琨覺曰：『此非惡聲也。』因起舞。」（荒雞：半夜啼的雞。）

【解釋】聞：聽到。晉朝祖逖和劉琨立志爲國家效力，互相勉勵，聽到雞叫就起床舞劍，刻苦練武。

【用法】指有志爲國效力的人奮勉自勵。

【例句】祖逖～的故事可給予現代的年輕人一個很好的榜樣。

聞聲相思（ㄨㄣˊ ㄕㄥ ㄒㄧㄤ ㄙ）

【出處】《鬼谷子．內揵》：「君臣上下之事，有遠而親，近而疏，就之不用，去之反求，日進前而不御，遙聞聲而相思。」

【解釋】聞：聽說。聲：聲望。思：指思慕。

【用法】聽說某人有聲望，就很仰慕。

【例句】此人極仰慕聲名，所以一聽到某人有威望，便～。

聞所未聞（ㄨㄣˊ ㄙㄨㄛˇ ㄨㄟˋ ㄨㄣˊ）

【出處】漢．司馬遷《史記．酈生陸賈列傳》：「越中無足與語，至生來，令我日聞所不聞。」

【解釋】聞：聽到。聽到了從來沒有聽說過的事。

【用法】形容非常新奇。

【例句】最近以來，報刊上多次介紹奇人異能，其中有些簡直是～。

聞一知十（ㄨㄣˊ ㄧ ㄓ ㄕˊ）

【出處】《論語．公冶長》：「賜也何敢望回。回也聞一以知十，賜也聞一以知二。」（賜：子貢。回：顏回。）

【解釋】聞：聽到。聽到一點就能由此推知十點。

【用法】形容很聰明，能夠舉一反三。

【例句】今年考取的學生，在學習中大都是能夠觸類旁通、～的。

聞一增十（ㄨㄣˊ ㄧ ㄗㄥ ㄕˊ）

【出處】漢．王充《論衡．藝增》：「譽人不增其美，則聞者不快其意；毀人不益其惡，則聽者不愜於心。聞一增以爲十，見百益以爲千。」

【解釋】聞：聽見。增：加倍。

【用法】指爲了迎合人們的心理、加重語言的作用，把聽見的一點事，大加渲染地來傳說。

【例句】我們不可道聽塗說、人云亦云，更不可～，大肆渲染。

聞義而徙 ㄨㄣˊ ㄧˋ ㄦˊ ㄒㄧˇ

【出處】《論語・述而》：「子曰：『德之不修，學之不講，聞義不能徙，不善不能改，是吾憂也。』」

【解釋】聞：聽到。義：正義、道義。徙：遷移。

【用法】聽到符合道義的事就心動神移，虛心相就。

【例句】我們應虛心求教，～，千萬別剛愎自用。

刎頸之交 ㄨㄣˇ ㄐㄧㄥˇ ㄓ ㄐㄧㄠ

【出處】漢・司馬遷《史記・廉頗藺相如列傳》：「卒相與歡，為刎頸之交。」

【解釋】刎頸：割脖子。交：交情、友誼。

【用法】指友誼深厚到可以同生死、共患難的朋友。

【例句】在患難之中，這兩個人相濡以沫，從此結為～。

【附註】也作「刎頸交」。

穩如泰山 ㄨㄣˇ ㄖㄨˊ ㄊㄞˋ ㄕㄢ

【出處】清・李汝珍《鏡花緣》第三回：「武后恃有高關，又仗武氏兄弟驍勇，自謂穩如泰山，十分得意。」

【解釋】穩：穩定。穩定得像泰山一樣。

【解釋】形容非常牢靠，不可動搖。

【例句】面對強敵，他仍鎮定異常，～。

【附註】參看「安如泰山」。

穩操勝算 ㄨㄣˇ ㄘㄠ ㄕㄥˋ ㄙㄨㄢˋ

【解釋】穩：牢靠地。操：掌握。算：通「筭」（ㄙㄨㄢˋ），籌碼。牢靠地掌握著勝利的籌碼。

【用法】比喻有把握取得勝利。

【例句】由於事前有周全的準備，所以這次競賽，我隊～。

【附註】參看「穩操左券」、「必操勝券」。

穩操左券 ㄨㄣˇ ㄘㄠ ㄗㄨㄛˇ ㄑㄩㄢˋ

【出處】漢・司馬遷《史記・田敬仲完世家》：「公常執左券以責（債）於秦韓。」

【解釋】穩：穩當。操：執、拿著。左券：古代契約分左右兩聯，雙方各執一聯。左券是左聯，由債權人收執，為索償的憑證。

【用法】比喻有充分的把握。

【例句】本校乒乓球運動員，由於平時刻苦鍛鍊，所以在這次比賽中～。

【附註】參看「穩操勝算」、「必操勝券」。「券」不能寫成「卷」，不能念成ㄐㄩㄢˋ。

問道于盲 ㄨㄣˋ ㄉㄠˋ ㄩˊ ㄇㄤˊ

【出處】清・顧炎武《與友人論學書》：「比往來南北，頗承友朋推一日之長，問道于盲。」

【解釋】盲：盲人。

【用法】向盲人問路。比喻向一無所知的人求教。

【例句】對於造型藝術我是個門外漢，你來問我，豈不是～？

【附註】參看「借聽于聾」。

問鼎中原 ㄨㄣˋ ㄉㄧㄥˇ ㄓㄨㄥ ㄩㄢˊ

【出處】《左傳・宣公三年》：「楚子伐陸渾之戎，逐至于雒，觀兵于周疆。定王使王孫滿勞楚子，楚子問鼎之大小、輕重焉。」

【解釋】中原：指中國。鼎：古代兩耳三足的器皿，三代以九鼎爲傳國重器，爲得天下者所據有。

【用法】指企圖奪取天下。

【例句】三國時代，魏、蜀、吳三方，都抱有～的雄心。

問牛知馬 ㄨㄣˋ ㄋㄧㄡˊ ㄓ ㄇㄚˇ

【出處】漢・班固《漢書・趙廣漢傳》：「尤善爲鉤距，以得事情。鉤距者，設欲知馬賈（價），則先問狗，已問羊，又問牛，然後及馬，參伍其賈，以類相推，則知馬之貴賤，不失實矣。」

【解釋】打聽牛的價格，就知道馬的貴賤。

【用法】比喻能觸類旁通。

【例句】他對學校的課業，沒多大興趣，但對一些生活常識，卻能～觸類旁通。

【附註】也作「問羊知馬」。

問柳尋花 ㄨㄣˋ ㄌㄧㄡˇ ㄒㄩㄣˊ ㄏㄨㄚ

見「尋花向柳」。

問官答花 ㄨㄣˋ ㄍㄨㄢ ㄉㄚˊ ㄏㄨㄚ

【出處】清・文康《兒女英雄傳》第四十回：「安老爺一聽這話，心裏暗笑道：『這老頭兒，這才叫個問官答花，驢唇不對馬嘴。』」

【用法】比喻答非所問。

【例句】老師生氣地罵我們，不認眞聽講，所以才～，答非所問。

問寒問暖 ㄨㄣˋ ㄏㄢˊ ㄨㄣˋ ㄋㄨㄢˇ

見「噓寒問暖」。

問心無愧 ㄨㄣˋ ㄒㄧㄣ ㄨˊ ㄎㄨㄟˋ

【出處】清・李寶嘉《官場現形記》第二十二回：「就是將來外面有點風聲，好在這錢不是老爺自己得的，自可以問心無愧。」

【解釋】愧：慚愧。捫心自問，沒有什麼感到慚愧的地方。

【用法】指持人接物沒有失當之處。

【例句】對這種工作，我已經盡了自己最大的力量，所以是～。

問諸水濱 ㄨㄣˋ ㄓㄨ ㄕㄨㄟˇ ㄅㄧㄣ

【出處】《左傳・僖公四年》：「四年春，齊侯以諸侯之師侵蔡，蔡潰，遂伐楚。楚子使與師言曰：『君處北海，寡人處南海，唯是風馬牛不相及也。不虞君之涉吾地也，何故？』管仲對曰：『……爾貢包茅不入，王際不共，無以縮酒，寡人是征。（周）昭王南爭而不復，寡人是問。』對曰：「貢之不入，寡君之罪也，敢不供給？昭王之不復，君其問諸水濱！』」

【解釋】諸：「之于」的合音。水濱：水邊。請到水邊去查問。

【用法】指問題與我無關，不能承担責任。

【例句】明・馮楚龍《東周列國志》第二十三回：「若夫昭王不返，唯膠舟之故，君其～，寡人不敢任咎。」

問罪之師 ㄨㄣˋ ㄗㄨㄟˋ ㄓ ㄕ

【出處】清・蒲松齡《聊齋志異・葛巾》：「日已向辰，喜無問罪之師。」
【解釋】問罪：宣布對方罪狀。
【用法】指被派去討伐犯罪者的軍隊。也指嚴厲責問犯錯的人。
【例句】我的兄弟對待老人很不禮貌，姐妹們知道了，大興～，狠狠批評了他，從此，他對待老人的態度有了很大的轉變。

問俗問禁

【出處】《禮記・曲禮》：「入境而問禁，入國而問俗。」
【用法】探問風俗和禁忌。
【例句】我們對待少數民族，必須尊重他們的民族習慣，因此，～十分必要的。

問安視膳

【出處】《禮記・文王世子》：「文王之爲世子，朝于王季日三。鷄初鳴而衣服，至于寢門外，問內豎之御者曰：『今日安否（痞）何如？』內豎曰：『安。』文王乃喜。及日中又至，亦如之。……食上，必在視寒暖之節，食下，問所膳。」
【例句】雖然生在現代，工作繁忙，他仍舊事親至孝，～，絲毫不馬虎。

文過飾非

【出處】①《論語・子張》：「小人之過也必文。」②《莊子・盜跖》：「辯足以飾非。」
【解釋】文、飾：掩飾。過、非：過失、錯誤。
【用法】用各種藉口來掩飾自己的缺點和錯誤。
【例句】不要相信他的解釋，因爲此人總是～，不肯徹底改正自己的缺點。

亡命之徒

【出處】漢・揚雄《解嘲》：「范雎，魏之亡命也。」
【解釋】命：人的名字。徒：人。
【用法】指改名換姓逃亡在外的人。後指不顧性命行凶作惡的人。
【例句】經過一場搏鬥，警察捉住了那個企圖持刀行凶的～。

亡國破家

見「國亡家破」。

亡國富庫

【出處】漢・劉安《淮南子・人間訓》：「西門豹曰：『臣聞王主富民，霸主富武，亡國富庫。』」
【解釋】富：使富足。庫：國庫。
【用法】指爲求國庫富足，對老百姓殘酷壓榨，橫征暴斂，從而國家也就要滅亡。
【例句】一個國君，如果不爲百姓著想，只知～，橫征暴斂，那麼遲早會走上滅亡之路。

亡國之器

【出處】《呂氏春秋・貴直》：「亡國之器陳于廷，所以爲戒。」
【解釋】器：器物。
【用法】指導致亡國的危險器物，如促使思想腐化、行爲墮落的奢侈品等。
【例句】看看現代的人，盲目追求感官刺激，而那些吸引人高價購買的迷幻棄，無異是～，導致人們行爲墮落。

亡國之臣 ㄨㄤˊ ㄍㄨㄛˊ ㄓ ㄔㄣˊ

【出處】漢．司馬遷《史記．蘇秦列傳》：「夫驕君必好利，而亡國之臣必貪於財。」

【用法】指使國家滅亡的臣子。也指已經亡國的臣子。

【例句】～，向來人人唾棄。

亡國之音 ㄨㄤˊ ㄍㄨㄛˊ ㄓ ㄧㄣ

【出處】《禮記．樂記》：「亡國之音哀以思，其民困。」

【用法】①指國家將亡，人民困苦，故音樂也多哀思。②也指淫靡的音樂。

【例句】在三十年代的十里洋場上海，有一些所謂「音樂家」，在對日抗戰生死存亡的關頭，竟大唱～，眞是頹廢、消沉！

亡魂失魄 ㄨㄤˊ ㄏㄨㄣˊ ㄕ ㄆㄛˋ

見「失魂落魄」。

亡魂喪膽 ㄨㄤˊ ㄏㄨㄣˊ ㄙㄤˋ ㄉㄢˇ

【出處】明．羅貫中《三國演義》第五十回：「操軍見了，亡魂喪膽，面面相覷。」

【解釋】亡、喪：喪失、失掉。魂：靈魂。膽：膽量、勇氣。

【用法】形容害怕到了極點。

【例句】小偷一看到警察已將他包圍了，嚇得～，棄槍投降。

亡戟得矛 ㄨㄤˊ ㄐㄧˇ ㄉㄜˊ ㄇㄠˊ

【出處】《呂氏春秋．離俗》：「齊晉相與戰，平阿之餘子，亡戟得矛，卻而去，不自快，謂路之人曰：『亡戟得矛，可以歸乎？』路之人曰：『戟亦兵也，矛亦兵也，亡兵得兵，何爲不可以歸！』」②《呂氏春秋．離俗》：「去行，心猶不自快，遇高唐之孤叔無孫，當其馬前曰：『今者戰，亡戟得矛，可以歸乎？』叔無孫曰：『矛非戟也，戟非矛也，亡戟得矛，豈亢責也哉！』」

【解釋】戟、矛：古代兵器。

【用法】丟了戟卻得到了矛。比喻得失相當。也比喻得失不相當。

【例句】何必唉聲嘆氣，你這不過是～，並沒有大的損失。

亡人自存 ㄨㄤˊ ㄖㄣˊ ㄗˋ ㄘㄨㄣˊ

【出處】晉．陳壽《三國志．蜀書．秦宓傳》：「殺人自生，亡人自存，經之所疾。」（疾：憎恨。）

【解釋】亡：死亡。存：留存。

【用法】人死我存。指毀掉別人、成全自己的卑鄙自私的行爲。

【例句】這個漢奸，專做些～的勾當，眞是死有餘辜。

亡羊補牢 ㄨㄤˊ ㄧㄤˊ ㄅㄨˇ ㄌㄠˊ

【出處】《戰國策．楚策四》：「臣聞鄙語曰：『見兔而顧犬，未爲晚也；亡羊而補牢，未爲遲也。』」

【解釋】亡：丟失。牢：牲口圈。丟失了羊，趕快修補羊圈。

【用法】比喻事情出了差錯，及時設法補救，就可以避免再出更大的損失。

【例句】這次失敗了，但～，好好總結一下，終將取得成功。

【附註】參看「見兔顧犬」。

亡羊得牛 ㄨㄤˊ ㄧㄤˊ ㄉㄜˊ ㄋㄧㄡˊ

【出處】漢．劉安《淮南子．說山訓》：「亡羊而得牛，則莫不利失也。」
【解釋】亡：丟失。丟了羊而得到牛。
【用法】比喻損失小而收穫大。
【例句】雖然受了點小傷，卻撿回了一條命，這不是～，倖免於難嗎？

亡羊之嘆 ㄨㄤˊ ㄧㄤˊ ㄓ ㄊㄢˋ

【出處】《列子．說符》：「楊子之鄰人亡羊，既率其黨，又請楊子之豎追之。……既反，問：『獲羊乎？』曰：『亡之矣。』曰：『奚亡之？』曰：『歧路之中又有歧焉，吾不知所之，所以反也。』……心都子曰：『大道以多歧亡羊，學者以多方喪生。』」
【解釋】亡：失去。嘆：感嘆。指走失了羊的遺憾。
【用法】比喻探索學問，徘徊歧路，結果一無所得，空留遺憾。
【例句】我們求學做事，都應有一定的目標，否則好高騖遠，徘徊歧路，終究是如同～，一無所得。

王顧左右而言他 ㄨㄤˊ ㄍㄨˋ ㄗㄨㄛˇ ㄧㄡˋ ㄦˊ ㄧㄢˊ ㄊㄚ

【出處】《孟子．梁惠王下》：「孟子謂齊宣王曰：『王之臣有托其妻子於其友而之楚游者。比其反也，則凍餒其妻子，則如之何？』王曰：『棄之。』曰：『士師不能治士，則如之何？』王曰：『已之。』曰：『四境之內不治，則如之何？』王顧左右而言他。」
【解釋】王：齊宣王。顧：看。他：別的。齊宣王左右張望，把話題扯開。
【用法】指故意離開話題，支支吾吾，回避難以答覆的問題。
【附註】也作「顧左右而言他」「左右而言他」。

王孫公子 ㄨㄤˊ ㄙㄨㄣ ㄍㄨㄥ ㄗˇ

【出處】《戰國策．楚策》：「不知夫公子王孫，左挾彈，右攝丸，將加己乎十仞之上。」
【用法】舊指帝王的子孫，貴族的後代。
【例句】清．黃小配《廿載繁華夢》第三十回：「量那些～，沒有不貪財的。錢神用事，哪有不行？」
【附註】也作「公子王孫」。

往返徒勞 ㄨㄤˇ ㄈㄢˇ ㄊㄨˊ ㄌㄠˊ

【出處】明．許仲琳《封神演義》第五十六回：「大夫今日見諭，公則公言之，私則私言之，不必效舌劍唇槍，徒勞往返耳。」
【解釋】徒勞：白費力氣。來來回回地白跑。
【例句】為了原料供應問題，跑了許多地方，結果是～，沒有什麼結果。
【附註】也作「徒勞往返」。

往者不諫，來者可追 ㄨㄤˇ ㄓㄜˇ ㄅㄨˋ ㄐㄧㄢˋ ㄌㄞˊ ㄓㄜˇ ㄎㄜˇ ㄓㄨㄟ

【出處】《論語．微子》：「鳳兮！鳳兮！何德之衰？往者不可諫，來者猶可追。已而，已而，今之從政者殆而！」
【解釋】過去的已經不能挽回了，未來卻是可以補救的。
【用法】今常用以勉勵人進步。
【例句】～，只要你好好努力，仍是有前途的。

惘然若失（ㄨㄤˇ ㄖㄢˊ ㄖㄨㄛˋ ㄕ）

【出處】南朝・宋・范曄《後漢書・黃憲傳》：「是時同郡戴良，才高倨傲，而見憲未嘗不正容，及歸，惘然若有失也。」

【解釋】惘然：失意的樣子。

【用法】指心情恍惚，好像失掉什麼東西似的。

【例句】他呆呆地坐在那裡，～，半天一聲不響。

枉費心機（ㄨㄤˇ ㄈㄟˋ ㄒㄧㄣ ㄐㄧ）

【出處】宋・朱熹《答甘道士書》：「所云築室藏書，此亦恐枉費田力。」

【解釋】枉：白白地、徒然。

【用法】指白費心思。

【例句】他是個沒良心的人，千萬別～，冀望能改變他。

【附註】也作「枉費心計」。

枉道事人（ㄨㄤˇ ㄉㄠˋ ㄕˋ ㄖㄣˊ）

【出處】《論語・微子》：「柳下惠為士師，三黜。人曰：『子未可以去乎？』曰：『直道而事人，焉往而不三黜？枉道而事人，何必去父母之邦？』」

【解釋】枉：不正直、邪惡。事：侍奉。

【用法】原指不用正道侍奉國君。後用以指用不正當的手法去取悅於人。

【例句】一個有為有守的君子，絕不會做出～的行為。

枉口誑舌（ㄨㄤˇ ㄎㄡˇ ㄎㄨㄤˊ ㄕㄜˊ）

【出處】明・吳承恩《西遊記》第九十七回：「我那些枉口誑舌，害甚麼無辜？」

【解釋】枉：彎曲，指不正當。誑：欺騙、迷惑。

【用法】指造謠生事，惡意中傷或胡言亂語。

【例句】清・曹雪芹《紅樓夢》第一百二十回：「薛姨媽見他這樣，便握他的嘴說：『只要自己拿定主意，何必還要妄口巴舌血淋淋的起這樣的惡誓呢？』」

【附註】也作「枉口拔舌」、「妄口巴舌」。

枉己正人（ㄨㄤˇ ㄐㄧˇ ㄓㄥˋ ㄖㄣˊ）

【出處】《孟子・萬章上》：「吾未聞枉己而正人者也，況辱己以正天下者乎！」

【解釋】枉：曲而不正。

【用法】自己不正，卻想去正人。

【例句】作為高級主管，必須以身作則，如果～，那是不可能的。

枉直隨形（ㄨㄤˇ ㄓˊ ㄙㄨㄟˊ ㄒㄧㄥˊ）

【出處】《列子・說符》：「形枉則影曲，形直則影正，然則枉直隨形，而不在影。」

【解釋】枉：不正直。

【用法】指影子的曲或直是隨著物體的曲直而出現的，並不在影子。比喻人的言行美醜決定於人的思想意識。

【例句】有句話說：「～」，我們不能以個人的外表去猜測他的思想，而要實際去了解一個人的內在。

枉尺直尋（ㄨㄤˇ ㄔˇ ㄓˊ ㄒㄩㄣˊ）

【出處】《孟子・滕文公下》：「枉尺

而直尋，宜若可爲也。」

【解釋】枉：彎曲。直：伸。尋：古代長度單位，八尺（一說七尺）爲「一尋」。

【用法】折起來只有一尺，伸直了卻有一尋。比喻在小地方讓一下步，卻可以得到更大的好處。

【例句】所謂～，退一步海闊天空，你又何必在小地方斤斤計較呢？

枉矢哨壺（ㄨㄤˇ ㄕˇ ㄑㄠˋ ㄏㄨˊ）

【出處】《禮記·投壺》：「主人請曰：『某有枉矢哨壺，請以樂賓。』」

【解釋】枉矢：不直的箭。哨：不正。壺：古代宴會時做遊戲的用具，即用一特製的壺，賓主依次投矢其中，稱「投壺」。

【用法】矢不直，壺也歪。比喻用具不好（舊時常用爲自謙之辭）。

【附註】「哨」不能念成ㄕㄠˋ。

網目不疏（ㄨㄤˇ ㄇㄨˋ ㄅㄨˋ ㄕㄨ）

【出處】南朝·宋·劉義慶《世說新語·言語上》：「劉（楨）公幹以失敬罹罪，文帝問曰：『卿何以不謹於文憲？』楨答曰：『臣誠庸短，亦由陛下網目不疏。』」

【解釋】網目：網眼兒，喻指法令的條款。疏：稀疏不密。

【用法】比喻法令的條款非常周密。

【例句】由於本地法律條款嚴格周密，～，所以人民相當守法。

網漏吞舟（ㄨㄤˇ ㄌㄡˋ ㄊㄨㄣ ㄓㄡ）

【出處】漢·司馬遷《史記·酷吏列傳》：「漢興，破觚而爲圜，斲雕而爲樸，網漏於吞舟之魚，而吏治烝烝，不至於奸，黎民艾安。」

【解釋】網：魚網，比喻法網。吞舟：指吞舟的大魚，比喻大奸。

【用法】指網眼太大，把能吞舟的大魚漏掉了。比喻法令太寬，致使作奸犯科者可以鑽漏洞，逃脫法律的制裁。

【例句】近來許多不肖分子逍遙法外，眞該檢討我們的法令太鬆，～。

網開一面（ㄨㄤˇ ㄎㄞ ㄧˊ ㄇㄧㄢˋ）

【出處】漢·司馬遷《史記·殷本紀》：「湯出，見野張網四面，祝曰：『自天下四方，皆入吾網！』湯曰：『嘻，盡之矣！』乃去其三面。」

【解釋】把捕捉禽獸的網打開一面，給留下逃生的出路。

【用法】比喻給戰敗的敵軍留下一條生路，或給罪犯留下一條改過自新的出路。

【例句】多謝你當年～，才能有今日的我。

【附註】也作「網開三面」。

妄口巴舌（ㄨㄤˋ ㄎㄡˇ ㄅㄚ ㄕㄜˊ）

見「枉口誑舌」。

妄自菲薄（ㄨㄤˋ ㄗˋ ㄈㄟˇ ㄅㄛˊ）

【出處】三國·蜀·諸葛亮《出師表》：「誠宜開張聖聽，以光先帝遺德，恢弘志士之氣，不宜妄自菲薄，引喻失義，以塞忠諫之路也。」

【解釋】妄：胡亂。菲薄：小看、輕視。

【用法】指過分地輕視自己。

【例句】我們既不要妄自尊大，也不能～。

【附註】「非」不能念成ㄈㄟ。

妄自尊大（ㄨㄤˋ ㄗˋ ㄗㄨㄣ ㄉㄚˋ）

【出處】南朝・宋・范曄《後漢書・馬援傳》：「子陽井底蛙耳，而妄自尊大。」（子陽：公孫述的字。）
【解釋】妄：狂妄。
【用法】狂妄地自高自大。
【例句】滿清王朝～，閉關鎖國。

妄作胡爲（ㄨㄤˋ ㄗㄨㄛˋ ㄏㄨˊ ㄨㄟˊ）

也作「妄作虛爲」。見「胡作非爲」。

妄言則亂（ㄨㄤˋ ㄧㄢˊ ㄗㄜˊ ㄌㄨㄢˋ）

【出處】漢・劉安《淮南子・主術訓》：「夫目妄視則淫，耳妄聽則惑，口妄言則亂，夫三關者，不可不愼守也。」
【解釋】妄：胡亂地。
【用法】亂說話就會出亂子。指說話應該謹愼。
【例句】切記禍從口出，千萬別犯了亂說話的毛病，否則～，後悔莫及。

妄言妄聽（ㄨㄤˋ ㄧㄢˊ ㄨㄤˋ ㄊㄧㄥ）

【出處】《莊子・齊物論》：「予嘗爲女（汝）妄言之，女（汝）以妄聽之。」
【解釋】妄言：隨便說。妄聽：隨便聽。
【用法】說話的人隨便說，聽話的人隨便聽。指雙方都不是認眞地對待。
【例句】對待他人必須眞誠，千萬不要抱著～的輕率態度。

忘年之交（ㄨㄤˋ ㄋㄧㄢˊ ㄓ ㄐㄧㄠ）

【出處】南朝・宋・范曄《後漢書・禰衡傳》：「唯善魯國孔融及弘農楊修……衡始弱冠，而融年四十，遂與爲交友。」
【用法】指年齡輩分不相同的人結交而成的朋友。
【例句】瞧他們這對～，無所不談，氣氛和樂，眞令人羨慕。

忘乎所以（ㄨㄤˋ ㄏㄨ ㄙㄨㄛˇ ㄧˇ）

【出處】明・凌濛初《二刻拍案驚奇》第五卷：「一時看得渾了，忘其所以。」
【用法】指得意忘形到了極點。
【例句】他剛登了幾回台，就～，以大演員自居了。
【附註】也作「忘其所以」。

忘餐廢寢（ㄨㄤˋ ㄘㄢ ㄈㄟˋ ㄑㄧㄣˇ）

見「廢寢忘食」。

忘恩負義（ㄨㄤˋ ㄣ ㄈㄨˋ ㄧˋ）

【出處】元・楊文奎《兒女團圓》第二折：「他怎生忘恩負義？」
【解釋】恩：恩惠。負：辜負、背棄。
【用法】指忘記別人對自己的好處，反而做出對不起別人的事。
【例句】我沒有想到，他竟會是一個～的人。
【附註】也作「背恩忘義」、「忘恩背義」。

望梅止渴（ㄨㄤˋ ㄇㄟˊ ㄓˇ ㄎㄜˇ）

【出處】南朝・宋・劉義慶《世說新語・假譎》：「魏武（曹操）行役失汲道，軍皆渴，乃令曰：『前有大梅林，饒子，甘酸可以解渴。』士卒聞之，口皆出水，乘此得及前源。」
【用法】比喻願望無法實現，只能借空想來聊以自慰。

【例句】他應許的條件的確是很吸引人的，但是，我擔心他說得雖然很好，其實不過是～而已。

望門投止（ㄨㄤˋ ㄇㄣˊ ㄊㄡˊ ㄓˇ）

【出處】南朝・宋・范曄《後漢書・張儉傳》：「鄉人朱並，素性佞邪，為儉所棄，並懷怨恚，遂上書告儉與同郡二十四人為黨，於是刊章討捕。儉得亡命，困迫遁走，望門投止，莫不重其名行，破家相容。」
【解釋】投止：投奔到人家借宿。見有人家就去投宿。
【用法】形容情況急迫，對存身之處沒有選擇的餘地。
【例句】我現在沒有落脚之處，萬般無奈，只得～了。

望風捕影（ㄨㄤˋ ㄈㄥ ㄅㄨˇ ㄧㄥˇ）

【出處】晉・陸機《演連珠・二五》：「是以重光發藻，尋虛捕景(影)。」
【解釋】看風勢，捉影子。
【用法】比喻憑空捉虛，一無所得。
【例句】這種～之說，怎麼能讓人信服呢？
【附註】也作「尋風捕影」。

望風披靡（ㄨㄤˋ ㄈㄥ ㄆㄧ ㄇㄧˇ）

【出處】漢・司馬相如《上林賦》：「應風披靡，吐芳揚烈。」
【解釋】披靡：草木隨風倒伏。
【用法】指軍隊毫無鬥志，像草木一遇到風就倒伏，遠遠看到敵方氣勢勇猛，不等交鋒就潰散了。
【例句】我軍精神抖擻，戰鬥力強，令敵人聞之喪膽，～。

望風而逃（ㄨㄤˋ ㄈㄥ ㄦˊ ㄊㄠˊ）

【出處】宋・司馬光《資治通鑑・梁紀・武帝天監四年》：「淵藻是蕭衍骨肉至親，必無死理，若克涪（ㄈㄨˊ）城，淵藻安肯城中坐而受困，必將望風逃去。」
【解釋】風：比喻勢頭。
【用法】指遠遠地看到對方的氣勢勇猛，就嚇得逃跑了。
【例句】一聽到主人回來的脚步聲，小偷就～了。

望衡對宇（ㄨㄤˋ ㄏㄥˊ ㄉㄨㄟˋ ㄩˇ）

【出處】北魏・酈道元《水經注・沔（ㄇㄧㄢˇ）水》：「沔水中有魚梁洲，龐德公所居。士元（龐統）居漢之陰……司馬德操宅洲之陽，望衡對宇，歡情自接。」
【解釋】衡：用衡木作門，引申為門。宇：屋檐下，引申為屋。
【用法】形容住處很近，可以互相看見。
【例句】我們在三十年前，曾是～的老鄰居，沒想到在異國又重逢了。

望秋先零（ㄨㄤˋ ㄑㄧㄡ ㄒㄧㄢ ㄌㄧㄥˊ）

【出處】南朝・宋・劉義慶《世說新語・言語》：「顧悅與簡文同年。」注「引顧愷之給他父親顧悅所作之傳：『王（簡文帝）鬢無二毛，而君已斑白。問君年，乃曰：『卿何偏蚤（早）白？』君曰：『松柏之姿，經霜猶茂。臣蒲柳之質，望秋先零，受命之異也。』」
【解釋】零：凋落。一見秋天來臨，就先枯萎凋落了。

【用法】①比喻身體衰弱。②後也比喻經不起考驗。

【例句】我們要有樂觀進取的精神，不可經不起考驗，有如樹葉，～。

望塵莫及（ㄨㄤˋ ㄔㄣˊ ㄇㄛˋ ㄐㄧˊ）

【出處】《莊子．田子方》：「夫子奔逸絕塵，而回瞠若乎後矣！」（夫子：指孔子。回：顏淵。）南朝．宋．范曄《後漢書．趙咨傳》：「復拜東海相。之官，道經滎陽，令敦煌曹暠，咨之故孝廉也，迎路謁候，咨不爲留，暠送至亭次，望塵不及。」

【解釋】莫：不能。及：趕上。

【用法】指看著前面的人馬行進中揚起的塵土卻追趕不上。

【例句】您的繪畫，無論從哪方面看，我都是～的。

望塵而拜（ㄨㄤˋ ㄔㄣˊ ㄦˊ ㄅㄞˋ）

【出處】唐．房玄齡等《晉書．潘岳傳》：「與石崇等諂事賈謐，每候其出，與崇輒望塵而拜。」

【解釋】剛望見來車飛起的塵土就躬身下拜。

【用法】形容逢迎顯貴，卑躬屈膝的神態。

【例句】他那逢迎巴結，～的態度，大家莫不嗤之以鼻。

望穿秋水（ㄨㄤˋ ㄔㄨㄢ ㄑㄧㄡ ㄕㄨㄟˇ）

【出處】元．王實甫《西廂記》第三本第二折：「你若不去啊，望穿他盈盈秋水，蹙損他淡淡春山。」（秋水、春山：比喻眼眉。）

【解釋】秋水：指眼睛。把眼睛都望穿了。

【用法】形容盼望的殷切。

【例句】自從他離家之後，三十多年音訊皆無，家裡人～，盼望著能早一天闔家團圓。

望子成龍（ㄨㄤˋ ㄗˇ ㄔㄥˊ ㄌㄨㄥˊ）

【解釋】望：盼望。龍：指古代傳說中能興雲作雨的神異動物，中國古代把龍作爲帝王的象徵，亦引申指俊傑。

【用法】指希望兒子成爲出人頭地的大人物。

【例句】他們～心切，整天逼著孩子讀書，不許他玩，把孩子弄得有些呆頭呆腦了。

望眼欲穿（ㄨㄤˋ ㄧㄢˇ ㄩˋ ㄔㄨㄢ）

【出處】唐．王惲《送李郎中北還》詩：「落日鄉音杳，秋空望眼穿。」

【解釋】眼：眼睛。欲：將要。把眼睛都要望穿了。

【用法】形容盼望得殷切。

【例句】自從收到信說哥哥要回來，媽媽就～地等著他。

望洋興嘆（ㄨㄤˋ ㄧㄤˊ ㄒㄧㄥ ㄊㄢˋ）

【出處】《莊子．秋水》：「秋水時至，百川灌河，涇流之大，兩涘渚崖之間，不辨牛馬。於是焉，河伯欣然自喜，以爲天下之美爲盡在己。順流而東行，至於北海，東面而視，不見水端。於是焉，河伯始旋其面目，望洋向若而嘆。」（若：海神。）

【解釋】望洋：仰視的樣子。

【用法】原指在偉大的事物面前，感到自己的渺小。現比喻做事力量不夠或條件不充分而感到無可奈何。
【例句】小吳不懂外文，面對著浩如烟海的國外科技資料，只能～。

望文生義（ㄨㄤˋ ㄨㄣˊ ㄕㄥ ㄧˋ）

【解釋】文：文字、指字面。義：意義。按照字面作出牽強附會的解釋。
【出處】清．張之洞《輶軒語．語學》：「空談臆說，望文生義，即或有理，亦所謂郢書燕說耳。」
【用法】指不深入探究文字的確切涵義。
【例句】讀書時切不可～，否則，會鬧出笑話來的。
【附註】也作「望文生訓」。

望而卻步（ㄨㄤˋ ㄦˊ ㄑㄩㄝˋ ㄅㄨˋ）

【出處】清．李漁《李笠翁曲話．結構第一．立主腦》：「作者茫然無緒，觀者寂然無聲，無怪乎有識梨園望之而卻步也！」
【解釋】卻步：不敢想進，往後倒退。
【用法】形容遇到危險或困難就往後退縮。
【例句】他把文藝理論講得玄而又玄，高深莫測，使人只好～了。

望而生畏（ㄨㄤˋ ㄦˊ ㄕㄥ ㄨㄟˋ）

【出處】《論語．堯曰》：「君子正其衣冠，尊其瞻視，儼然人望而畏之，斯不亦威而不猛乎？」
【解釋】畏：恐懼、害怕。
【用法】一看就覺得懼怕。
【例句】這些困難使一些人～，卻步不前。

甕天之見（ㄨㄥˋ ㄊㄧㄢ ㄓ ㄐㄧㄢˋ）

【出處】宋．黃庭堅《再次韻奉答子由》詩：「似逢海若談秋水，始覺醯雞守甕天。」
【解釋】甕天：坐在甕裡看天，所見有限。
【用法】比喻見識短淺，所見不廣。
【例句】我的看法，和大家比較起來，眞有如～，不值一提。

甕中之鱉（ㄨㄥˋ ㄓㄨㄥ ㄓ ㄅㄧㄝ）

【解釋】甕：大壇子。鱉：甲魚。
【用法】比喻逃脫不了的人或動物（多指被包圍的敵人）。
【例句】這些敵人已成爲～，無處可逃！

甕中捉鱉（ㄨㄥˋ ㄓㄨㄥ ㄓㄨㄛ ㄅㄧㄝ）

【出處】元．康進之《梁山泊李逵負荊》第四折：「這是揉著我的山兒癢處，管教他甕中捉鱉，手到拿來。」
【解釋】甕：大壇子。鱉：甲魚。
【用法】比喻想要得到的東西已在掌握之中。
【例句】清．陳忱《水滸後傳》第六回：「我們法術單怕狗血人尿，叫人圍住，他在睡夢裡，把穢物渾身一淋，他便施展不得。～，手到拿來。」

甕牖繩樞（ㄨㄥˋ ㄧㄡˇ ㄕㄥˊ ㄕㄨ）

【出處】漢．賈誼《過秦論》：「然而陳涉甕牖繩樞之子，甿隸之人，而遷徙之徒也。」
【解釋】牖：窗戶。甕牖：用壇子口作的窗樞。
【用法】形容極度貧困的人家。
【例句】我生於一個～的家庭，自小連飯都吃不飽，又怎麼能上得起學呢？

【附註】也作「甕牖桑樞」。

〔ㄩ部〕

紆青拖紫

【出處】漢・揚雄《解嘲》：「紆青拖紫，朱丹其轂。」
【解釋】紆：繫結。拖：下垂。青、紫：繫官印用的青色與紫色的絲帶，即印綬。漢制，公侯紫綬，九卿青綬。指顯貴的人們在服裝上各自佩帶着青色或紫色的印綬。
【用法】形容聲勢顯赫。
【例句】我們身份低下，可別招惹那些～的公子哥兒們。

紆朱懷金

【出處】漢・揚雄《法言・學行》：「或曰使我紆朱懷金，其樂不可量已。」
【解釋】紆：繫結。朱：朱紱，繫印的紅色絲帶。懷：懷藏、揣着。金：印。
【用法】指做了大官，比喻顯貴。
【例句】當日我倆共患難、歷艱阻，如今你～，可別忘了提拔我啊！

紆尊降貴

【出處】梁・簡文帝《昭明太子集・序》：「降貴紆尊，躬刊手掇。」
【解釋】紆：委屈。尊：有地位。
【用法】指有地位、地身分的人自動放下架子。
【例句】愈是民主的社會，英明的領導，愈會～，禮賢下士。

迂回曲折

【解釋】迂回：回旋、環繞。曲折：彎曲。
【用法】形容不是直線前進，而是經過許多彎路，經過許多困難。
【例句】如果以爲從事研究工作可以沿着一條筆直的大道非常順利地取得成果，這是幻想。事實上，走一些～的路，碰到一些困難，才是正常的。

予取予求

【出處】《左傳・僖公七年》：「唯我知女，女專利而不厭，予取予求，不女疵瑕也。」
【解釋】予：我。從我這裡取求。
【用法】指隨心所欲，任意索取。
【例句】他的那種自以爲對老闆有功，就可以向公司的思想，是他犯錯誤的根源。

于飛之樂

【出處】《詩經・大雅・卷阿》：「鳳凰于飛，翽翽其羽，亦傅于天。」
【解釋】于飛：比翼而飛。
【用法】比喻夫婦間的和諧親密。

于今爲烈

【出處】《孟子・萬章下》：「殷受夏，周受殷，所不辭也；于今爲烈，如之何其受之？」
【解釋】于：到。到了。烈：猛烈、厲害。到了今天更加厲害。
【用法】指過去就有，現在更爲厲害了。
【例句】盜賊自古以來就有，只是社會治安不佳，～罷了！

杅穿皮蠹（ㄩˊ ㄔㄨㄢ ㄆㄧˊ ㄉㄨˋ）

【出處】《公羊傳・宣公十二年》：「古者杅不穿，皮不蠹，則不出于四方。」何休注：「杅，飲水器；穿，敗也；皮，裘也；蠹，壞也。言杅穿皮蠹乃出四方。古者出四方朝聘征伐，皆當多少圖有所裘費，然後乃行爾。」

【用法】比喻事先充分準備，謀定而後行動。

【例句】年輕人行事，率多毛躁，不若老年人深思熟慮，～方始行動。

愚不可及（ㄩˊ ㄅㄨˋ ㄎㄜˇ ㄐㄧˊ）

【出處】《論語・公冶長》：「寧武子邦有道則知，邦無道則愚。其知可及也，其愚不可及也。」

【解釋】及：趕上。

【用法】形容愚笨到了極點。

【例句】我們醉後常談些～的瘋話，連母親偶然聽到了也發笑。

愚昧無知（ㄩˊ ㄇㄟˋ ㄨˊ ㄓ）

【解釋】愚昧：愚笨、糊塗。

【用法】指糊塗人沒有知識。

【例句】他們以爲可以派這些外行去辦理業務，這實在是～。

愚迷不悟（ㄩˊ ㄇㄧˊ ㄅㄨˋ ㄨˋ）

【出處】明・吳承恩《西遊記》第九十八回：「白本者，乃無字眞經，倒也是好的。你那東土衆僧，愚迷不悟，只可以此傳耳。」

【解釋】悟：醒悟。愚昧而不醒悟。

【用法】形容愚昧糊塗到極點。

【例句】這負心漢騙得你團團轉，你怎麼還～，願意當他的搖錢樹。

愚公移山（ㄩˊ ㄍㄨㄥ ㄧˊ ㄕㄢ）

【出處】《列子・湯問》載：年近九十歲的北山愚公，家門正對着方圓七百里、高達萬仞的太行、王屋兩座大山，每逢外出或歸來，都須爬山越嶺，沿着崎嶇的山路繞行，太不方便了。愚公決心把山移走，於是率領一家人沒日沒夜地挖山不止。智叟笑他過分愚蠢，還說他到老死也不能把山搬掉，而且移山的想法更是沒有實現的一天。愚公聽了說：「雖我之死，有子存焉，子又生孫，孫又生子；子又有子，子又有孫，子子孫孫無窮匱也。而山不加增，何苦而不平？」愚公的精神，終於感動了上帝，便派了夸蛾氏二子把山背走，一厝朔東，一厝雍南。

【用法】比喻作事有毅力。

【例句】若非先人以～的精神，開闢中橫公路，今日我們那能欣賞到如此的美景。

愚者一得（ㄩˊ ㄓㄜˇ ㄧˋ ㄉㄜˊ）

【出處】漢・司馬遷《史記・淮陰侯列傳》：「臣聞智者千慮，必有一失；愚者千慮，必有一得。」

【解釋】愚笨的人經過反覆考慮，總會有可取的地方。

【用法】常用作謙詞。

【例句】看那楞小子，說話顚三倒四，然也能說出這番道理，眞是～。

【附註】①原作「愚者千慮，必有一得」。②參看「智者千慮，必有一失」。

榆瞑豆重 ㄩˊ ㄇㄧㄥˊ ㄉㄡˋ ㄓㄨㄥˋ

【出處】三國·魏·嵇康《養生論》：「且豆令人重，榆令人瞑，合歡蠲忿，萱草忘憂，愚智所共知也。」（蠲：通「捐」，減免。）
【解釋】榆：樹名，葉、果可食。瞑：閉眼，引申為睡覺。重：指肥胖。
【用法】形容人的本性難改。
【例句】俗話說～，你就別想改變這些酒鬼、賭鬼了。

漁奪侵牟 ㄩˊ ㄉㄨㄛˊ ㄑㄧㄣ ㄇㄡˊ

【出處】漢·班固《漢書·景帝紀》：「吏以貨賂為市，漁奪百姓，侵牟萬民。」
【解釋】漁奪：掠奪。侵牟：掠奪。指掠奪。
【用法】榨取百姓財物。
【例句】為官不能清廉自守，只知～，百姓是會造反、革命的。

漁人之利 ㄩˊ ㄖㄣˊ ㄓ ㄌㄧˋ

見「鷸蚌相爭，漁翁得利」。

漁陽鼙鼓 ㄩˊ ㄧㄤˊ ㄆㄧˊ ㄍㄨˇ

【出處】唐·白居易《長恨歌》：「漁陽鼙鼓動地來，驚破霓裳羽衣曲。」
【解釋】漁陽：地名，今河北省薊縣一帶，唐時安祿山駐軍於此，也為其叛軍起兵處。漁陽郡響起了戰鼓。
【用法】指戰事發生。
【例句】一旦～聲起，黎民百姓又要填溝壑了。

瑜不掩瑕 ㄩˊ ㄅㄨˋ ㄧㄢˇ ㄒㄧㄚˊ

【出處】《禮記·聘義》「瑕不揜瑜，瑜不揜瑕。」（揜：同『掩』，遮蔽，覆蓋。）
【解釋】瑜：美玉上的光采，比喻優點。瑕：玉上面的斑點，比喻缺點。
【用法】比喻優點遮蓋不了缺點。
【例句】你的文章雖然文辭華美，但文不對題，～，只好請你重作了。

逾墻鑽隙 ㄩˊ ㄑㄧㄤˊ ㄗㄨㄢ ㄒㄧˋ

【出處】《孟子·滕文公下》：「不待父母之命，媒妁之言，鑽穴隙相窺，逾墻相從，則父母國人皆賤之。」
【解釋】逾：越過。隙：洞穴。爬墻鑽洞。封建禮教稱違背父母之命、媒妁之言的青年男女相戀為「逾墻鑽隙」。
【用法】指男女偷情私會。
【例句】現在自由戀愛風氣大開，再也不必偷偷摸摸，～的了。

逾閑蕩檢 ㄩˊ ㄒㄧㄢˊ ㄉㄤˋ ㄐㄧㄢˇ

【出處】《論語·子張》：「大德不逾閑，小德出入可也。」
【解釋】逾：越過。閑、檢：指規矩法度。蕩：不檢點。
【用法】指不守法度，越出規矩。
【例句】嬉皮作風，大背常情，～，亦視以為常。

餘桃啖君 ㄩˊ ㄊㄠˊ ㄉㄢˋ ㄐㄩㄣ

【出處】《韓非子·說難》：「昔者彌子瑕，有寵衞君。……與君游於果園，食桃而甘，不盡，以其半啗（啖）君。君曰：『愛我哉！忘其口味，以啗寡人。』及彌子色衰愛弛，得罪于君。君曰：『是固嘗矯駕吾車，又嘗啗（啖）我以餘桃。』故彌子之行，未變於初也，而以前之所以見賢，而後獲罪者，愛憎之變也。」

【解釋】啖：吃。

【用法】喻指愛憎的變化。

【例句】我開玩笑說：「女人心海底針，若不小心侍候，～,可有得你受。」

餘光分人（ㄩˊ ㄍㄨㄤ ㄈㄣ ㄖㄣˊ）

【出處】《戰國策・秦策二》：「夫江上之處女，有家貧無燭者，處女相與語，欲去之。家貧無燭者將去矣，謂處女曰：『妾以無燭，故常先至，掃室布席，何愛餘明之照四壁者？幸以賜妾，何妨於處女？妾自以有益於處女，何爲我去？』處女相語以爲然而留之。」

【用法】比喻自己不需要破費却可以幫助別人。

【例句】李員外是有名的鐵公鷄，像～的小善，也不肯施捨。

餘香滿口（ㄩˊ ㄒㄧㄤ ㄇㄢˇ ㄎㄡˇ）

【出處】清・曹雪芹《紅樓夢》第二十三回：「黛玉把花具放下，接書來瞧，從頭看去，越看越愛，不頓飯時，已看了好幾出了，但覺詞句警人，餘香滿口。」

【解釋】餘香：留下的香味。滿嘴都是留下的香味。

【用法】比喻文學作品語言優美，耐人尋味。

【例句】「紅樓夢」一書道盡了人事滄桑變化，讀後～，實爲文學聖品。

餘食贅行（ㄩˊ ㄕˊ ㄓㄨㄟˋ ㄒㄧㄥˊ）

【出處】《老子》第二十四章：「自伐者無功，自矜者不長,其在道也,曰餘食贅行，物或惡之,故有道者不處。」

【解釋】比喻惹人厭惡的事物。

【例句】智者知～必招人厭，故不屑也。

餘音裊裊（ㄩˊ ㄧㄣ ㄋㄧㄠˇ ㄋㄧㄠˇ）

【出處】宋・蘇軾《前赤壁賦》：「餘音裊裊，不絕如縷。」

【解釋】餘音留下的音樂聲音。裊裊：聲音悠揚婉轉，延綿不絕。

【用法】形容音樂悅耳動聽,耐人尋味。

【例句】動人的演奏停止了，但是～，那如泣如訴的旋律彷彿仍在耳邊回盪着。

餘音繞樑（ㄩˊ ㄧㄣ ㄖㄠˋ ㄌㄧㄤˊ）

【出處】《列子・湯問》：「昔，韓娥東之齊，匱糧，過雍門，鬻歌假食，既去，而餘音繞梁欐，三日不絕，左右以其人弗去。」（匱：缺乏。鬻歌：賣唱。欐：中樑。）

【解釋】彷彿留下的音樂聲仍在樑間回旋。

【用法】形容聲美妙動人，餘音不絕。

【例句】她那婉轉的歌聲，使人難以忘懷，眞是～，三日不絕。

餘味回甘（ㄩˊ ㄨㄟˋ ㄏㄨㄟˊ ㄍㄢ）

【解釋】餘味：留下的味道。甘：美。留下的味道越是回味越覺得美好。

【用法】形容藝術作品耐人回味。

【例句】一些大畫家的傑作，畫面上有時出現一些很簡單的東西，然而却有使人凝神觀賞，～的藝術力量。

餘勇可賈 ㄩˊ ㄩㄥˇ ㄎㄜˇ ㄍㄨˇ

【出處】《左傳·成公二年》：「齊高固入晉師，桀石以投人，禽之而乘其車，繫桑本焉，以徇齊壘曰：『欲勇者賈余餘勇。』」

【解釋】餘勇：有多餘的勇氣，可以付出。

【用法】形容潛力很大。

【例句】老喬雖然已經是六十開外的人了，但却老當益壯，～。

魚米之鄉 ㄩˊ ㄇㄧˇ ㄓ ㄒㄧㄤ

【出處】明·施耐庵《水滸傳》第三十六回：「我知江州是個好地面，魚米之鄉，特地使我買將那裡去。」

【解釋】出產魚和大米的富庶地區。

【用法】形容土地肥沃、農業興盛、物產豐盛的地方。

【例句】兄長，你不見滿江都是漁船，此間正是～，如何沒有鮮魚？

魚目混珠 ㄩˊ ㄇㄨˋ ㄏㄨㄣˋ ㄓㄨ

【出處】漢·魏伯陽《參同契》卷上：「魚目豈爲珠，蓬蒿不成檟。」

【解釋】珠：珍珠。拿魚眼珠冒充珍珠。

【用法】比喻以假充眞。

【例句】我可是鑽石界的大行家，你別想拿玻璃～來騙我。

魚大水小 ㄩˊ ㄉㄚˋ ㄕㄨㄟˇ ㄒㄧㄠˇ

【用法】①比喻消費大於生產。②比喻機構臃腫，行動不靈活。

【例句】「～」，人事臃腫已經成了一個重大問題，因此，總公司帶頭精簡人事，率先作出榜樣。

魚爛土崩 ㄩˊ ㄌㄢˋ ㄊㄨˇ ㄅㄥ

【出處】漢·荀悅《漢紀·列侯傳》：「百姓一亂，則魚爛土崩，莫之匡救。」

【解釋】崩：崩裂。像魚的腐爛、土的分崩一樣。

【用法】比喻國家內部紛亂。

【例句】在上位者昏庸，在下位者貪婪，國家怎麼不會～？

魚爛而亡 ㄩˊ ㄌㄢˋ ㄦˊ ㄨㄤˊ

【出處】《公羊傳·僖公十九年》：「梁亡，此未有伐者，其言梁亡何？自亡也。其自亡奈何？魚爛而亡也。」

【解釋】魚的死亡是由於內臟潰爛。

【用法】比喻國家的滅亡是由於內部政治混亂所造成的。

【例句】觀歷史上朝代的滅亡，發現到外力入侵並非是主要原因，內部腐敗，～才是根本原因。

魚龍曼衍 ㄩˊ ㄌㄨㄥˊ ㄇㄢˋ ㄧㄢˇ

【出處】漢·班固《漢書·西域傳贊》：「設酒池肉林以饗食四夷之客，作巴俞、都盧、海中、碭極、漫衍、魚龍、角抵之戲以觀之。」

【解釋】魚龍、漫衍：古代的兩種雜技名稱。

【用法】①形容各種節目交錯登台。②各種離奇事情紛紛出現，各種人物都表演一番。

【例句】藝術季的節目眞是精彩，～，讓人嘆爲觀止。

魚龍混雜 ㄩˊ ㄌㄨㄥˊ ㄏㄨㄣˋ ㄗㄚˊ

【出處】清·曹雪芹《紅樓夢》第九十

四回：「現在人多手亂，魚龍混雜，倒是這麼着，他們也洗洗清。」

【用法】比喻成分複雜，好人壞人混在一起。

【例句】這家大公司工人衆多，～，言行要小心，以免招禍。

魚貫而行

【解釋】貫：貫穿。魚貫：像游魚一樣，一個緊挨着一個。行：行進。

【用法】比喻依照次序挨次行進。

【例句】新交通法規頒布以後，馬路上衆多的車輛～，很有秩序。

魚貫而入

【出處】晉・陳壽《三國志・魏書・鄧艾傳》：「將士皆攀木緣崖，魚貫而進。」

【解釋】魚貫：像魚游動一樣，一個挨着一個。

【用法】比喻依照次序挨次進入。

【例句】在展覽會門前，大家排着隊，～。

魚潰鳥散

【出處】唐・魏徵《隋書・楊素傳》：「兵刃暫交，魚潰鳥散。」

【解釋】潰、散：受沖擊而逃散。像魚和鳥一樣四處逃散。

【用法】比喻軍隊慘敗四下逃竄。

【例句】岳飛治軍甚嚴，所戰之處敵軍莫不～！

魚質龍文

【出處】晉・葛洪《抱朴子》：「魚質龍文，似是而非，遭水而喜，見獺即悲。」

【解釋】質：實質。文：文采，指外表。外表是龍，其實是魚。

【用法】比喻有外貌而無實際。

【例句】姑娘家選婿可別只重外表，更要注意對方是否有眞才實學，以免挑了一個～的草包，到時後悔就來不及了。

魚書雁足

見「鴻稀鱗絕」。

魚水情深

【解釋】像魚和水那樣親密。

【用法】比喻彼此關係非常密切。

【例句】這小倆口，自幼青梅竹馬，～，你怎麼忍心拆散他們呢？

魚水之歡

【出處】《管子・小問》：「管仲曰：『然公使我求寧戚，寧戚應我曰：「浩浩乎！」吾不識。』婢子曰：『《詩》有之：浩浩者水，育我者魚。未有室家而安召我居？寧子其欲室乎？』」

【解釋】像魚到水裡那樣歡快。

【用法】②比喻夫妻感情深厚。②比喻男女之間的愛。

【例句】夫婦情深，得享～，也是人生一大樂事，又何必強求身外之名利呢？

魚肉百姓

【出處】南朝・宋・范曄《後漢書・仲長統傳》：「於是驕逸自恣，志意無厭，魚肉百姓，以盈其欲。」

【解釋】把老百姓當魚肉一樣宰割。

【用法】形容對百姓的殘酷壓榨和迫害。
【例句】這個狗官只知～，作踐鄉民，我不把他剁成肉醬，誓不為人。

魚游釜中

【出處】南朝・宋・范曄《後漢書・張綱傳》：「相聚偷生，若魚游釜中，喘息須臾間耳！」
【解釋】釜：鍋。魚在鍋裡游。
【用法】比喻身臨絕境，即指滅亡。
【例句】這夥匪徒，正如～，被消滅的日子已經不遠了。

魚魚雅雅

【出處】唐・韓愈《元和聖德詩》：「駕龍十二，魚魚雅雅。」（龍：指駿馬。）
【用法】形容威儀整肅的樣子。
【例句】教師節祭孔，諸位祭官～依禮祭祀。

予人口實

【解釋】予：給。口實：話柄。
【用法】給人留下了可以指責的話柄。
【例句】她這樣做實在不好，因為除～之外，任何效果也不會有。

羽毛豐滿

【出處】清・無名氏《杜詩言志》第十二卷：「而彼林叢雜中，有羽毛豐滿而棲於奧援者，令人可望而不可及。」
【解釋】小鳥的羽毛已經長齊了。
【用法】比喻力量已經積蓄充足，可以大幹一番了。
【例句】這些青年人已經～，他們要開始走自己的路了。

羽毛未豐

【出處】《戰國策・秦策一》：「秦王曰：『寡人聞之，羽毛不豐滿者，不可以高飛。』」
【解釋】小鳥的羽毛還沒有長齊。
【用法】比喻年紀輕，經歷少，不成熟或力量還不夠強大。
【例句】他還是一個～的小孩子，我們一定要培養他，愛護他。

羽翮飛肉

【出處】漢・班固《漢書・景十三王傳》：「叢輕折軸，羽翮飛肉。」顏師古注：「鳥之所以能飛翔者，以羽翮飛揚之故也。」
【解釋】羽：羽毛。翮：翅膀。羽毛雖輕，集許多羽毛成了翅膀，就能使身體飛上天空。
【用法】比喻把微小的力量集中起來，就能把重的東西舉起來。
【例句】聚沙成塔，～，各位千萬不要洩氣，只要大家肯努力團結，肯努力，必能使公司再度鴻圖大展。

羽翼已成

【出處】漢・司馬遷《史記・留侯世家》：「我欲易之，彼四人輔之，羽翼已成，難動矣。」
【解釋】羽翼：翅膀。
【用法】比喻輔助的力量已經齊備了，形成了一種勢力。
【例句】政治講究的是實力，一旦對方～，你就只好與他共享利益了。

與民更始

【出處】漢・班固《漢書・武帝紀》：「朕嘉唐虞而樂殷周，據舊以鑒新，其赦天下，與民更始。」
【解釋】更始：革新。封建帝王即位、改元或採取其他重大措施時所發布的詔令中，常用「與民更始」表示改革舊狀。
【用法】泛指革新政治，除舊布新。
【例句】新任院長上台以來，大力改革～，社會又呈現出一片欣欣向榮的景象。

與鬼爲鄰（ㄩˇ ㄍㄨㄟˇ ㄨㄟˊ ㄌㄧㄣˊ）

【出處】事見宋・僧文瑩《湘山野錄》。
【解釋】鄰：鄰居。和鬼做了街坊鄰居。
【用法】形容離死不遠了。
【例句】活了七老八十，已經～了，還娶如花似玉的小姑娘爲媳婦，眞是老不羞。

與虎謀皮（ㄩˇ ㄏㄨˇ ㄇㄡˊ ㄆㄧˊ）

【出處】宋・李昉《太平御覽》卷二百零八引漢・符朗《符子》：「欲爲千金之裘而與狐謀其皮，欲具少牢之珍與羊謀其羞，言未卒，狐相率逃於重丘之下。」
【解釋】謀：商議。同老虎商量，要它的皮。
【用法】比喻跟所謀求的對象有利害抵觸，決不能成功。
【例句】你不要貪這個暴利，～，到時落個身敗名裂，可別怪我沒提醒你。
【附註】原作「與狐謀皮」。

與虎添翼（ㄩˇ ㄏㄨˇ ㄊㄧㄢ ㄧˋ）

見「爲虎傅翼」。

與世隔絕（ㄩˇ ㄕˋ ㄍㄜˊ ㄐㄩㄝˊ）

【解釋】與外界社會斷絕來往。
【例句】微風吹過，帶來了野花的淸香。彷彿告訴人們，春天竟然也來到了這片～的地方。

與世沉浮（ㄩˇ ㄕˋ ㄔㄣˊ ㄈㄨˊ）

【出處】漢・司馬遷《史記・游俠列傳》：「今拘學或抱咫尺之義，久孤於世，豈若卑論儕俗，與世沉浮而取榮名哉！」
【解釋】與：跟從。世：世俗。沉浮：升降、起伏。
【用法】指追隨世俗。隨波逐流。
【例句】處亂世，要知進退，不要強出頭，～即可。

與世長辭（ㄩˇ ㄕˋ ㄔㄤˊ ㄘˊ）

【出處】清・蒲松齡《聊齋志異・賈奉雉》：「僕適自念，以金盆玉碗貯狗矢（屎），眞無顏出見同人，行將遁迹山林，與世長辭矣。」
【解釋】長：長久。辭：告別。
【用法】同人世永遠告別了。對人死去的一種婉轉說法。
【例句】自從令尊～之後，就再也看不到你展過笑容，希望你能夠節哀，以免伯父泉下不安。

與世長存（ㄩˇ ㄕˋ ㄔㄤˊ ㄘㄨㄣˊ）

【解釋】長存：永遠存在。與世界一起永遠存在下去。
【用法】指豐功偉業或其他不朽的事物能永遠被世世代代的人們所懷念。
【例句】世人皆庸庸碌碌，只有發明家

的發明才能～。

與世偃仰（ㄩˇ ㄕˋ ㄧㄢˇ ㄧㄤˇ）

【出處】《荀子・非相》：「與時遷徙，與世偃仰。」

【解釋】偃仰：俯仰。

【用法】形容隨波逐浪，沒有主見。

【例句】大丈夫、眞君子，自有定見，豈能～？

與世無爭（ㄩˇ ㄕˋ ㄨˊ ㄓㄥ）

【出處】清・文康《兒女英雄傳》第一回：「却倒也過得親親熱熱，安安靜靜，與人無患，與世無爭。」

【用法】不與社會上的人們發生爭執。

【例句】我父親是個念書的人，在舊社會裡，抱着～的態度，以爲這樣可以遠禍，然而，現實生活却並不如他所想的那樣簡單。

與衆不同（ㄩˇ ㄓㄨㄥˋ ㄅㄨˋ ㄊㄨㄥˊ）

【出處】清・李汝珍《鏡花緣》第八十二回：「這是今日(酒)令中第一個古人，必須出類拔萃，與衆不同，才覺有趣。」

【用法】跟大家不一樣。

【例句】他依戀地，仔細望望江姐，似乎想從她身上找出點～的地方。

與日俱增（ㄩˇ ㄖˋ ㄐㄩˋ ㄗㄥ）

【解釋】與：跟着。俱：一起。隨着時間一天一天地不斷增長。

【用法】形容增長得很快。

【例句】我對你的思念之情～，殷切地希望見到你。

與人方便，自己方便（ㄩˇ ㄖㄣˊ ㄈㄤ ㄅㄧㄢˋ，ㄗˋ ㄐㄧˇ ㄈㄤ ㄅㄧㄢˋ）

【出處】明・吳承恩《西遊記》第十八回：「行者陪着笑道：『施主莫惱，「與人方便，自己方便」。你就與我說說地名何害？我也可解得你的煩惱。』」

【用法】給別人一些方便，最終也會使自己方便。

【例句】俗話說得好：「～。」不過用我一句話，又費不着我什麼事。

與人爲善（ㄩˇ ㄖㄣˊ ㄨㄟˊ ㄕㄢˋ）

【出處】《孟子・公孫丑上》：「取諸人以爲善，是與人爲善者也，故君子莫大乎與人爲善。」

【解釋】善：好事。跟別人一同做好事。

【用法】指善意地與人相處。

【例句】他的態度是嚴厲的，但同時又是誠懇、直率、～的。

語不驚人死不休（ㄩˇ ㄅㄨˋ ㄐㄧㄥ ㄖㄣˊ ㄙˇ ㄅㄨˋ ㄒㄧㄡ）

【出處】唐・杜甫《江上値水如海勢聊短述》詩：「爲人性僻耽佳句，語不驚人死不休。」

【解釋】作詩或寫文章不搜尋到驚人的妙語不肯罷休。

【用法】形容寫作時在語言上下功夫。

【例句】作爲一個相聲演員，就必須有「～」的精神，在語言上好好下一番工夫。

語妙天下（ㄩˇ ㄇㄧㄠˋ ㄊㄧㄢ ㄒㄧㄚˋ）

【出處】漢・班固《漢書・賈捐之傳》：「(賈)君房下筆，言語妙天下。」

【用法】①形容寫詩、寫文章語言非常精彩動人。②形容語言詼諧、風趣、可笑。

【例句】這位老兄滑稽得很，眞是～，一張嘴就逗得大家笑個前仰後合，他若當個相聲演員一定很出色。

語驚四座 ㄩˇ ㄐㄧㄥ ㄙˋ ㄗㄨㄛˋ

【解釋】四座：在座的人。說出的話使在座的人都很震驚。

【用法】形容說話與衆不同，很有份量。

【例句】小王平時很少講話，但心思很靈敏，發起言來常常是～。

語笑喧闐 ㄩˇ ㄒㄧㄠˋ ㄒㄩㄢ ㄊㄧㄢˊ

【出處】清・曹雪芹《紅樓夢》第五十三回：「一夜人聲雜沓，話笑喧闐，爆竹起火，絡繹不斷。」

【解釋】喧闐：充滿。到處充滿說笑聲。

【用法】形容歡快熱鬧的場景。

【例句】舞會上青年男女～，眞令我老頭子羨慕。

語重心長 ㄩˇ ㄓㄨㄥˋ ㄒㄧㄣ ㄔㄤˊ

【解釋】話說得誠懇有分量，情深意長。

【用法】形容對人眞誠的勸勉或忠告。

【例句】離家遠赴異域求學時，老父～地交代：「認眞求學，千萬不要涉身不良場所。」

語焉不詳 ㄩˇ ㄧㄢ ㄅㄨˋ ㄒㄧㄤˊ

【出處】唐・韓愈《原道》：「荀與楊也，擇焉而不精，語焉而不詳。」

【解釋】焉：語助詞。

【用法】只是提到了，但說得並不很詳細。

【例句】這篇文章有的問題說得～，還得補充修改一下。

語言無味 ㄩˇ ㄧㄢˊ ㄨˊ ㄨㄟˋ

【出處】唐・韓愈《送窮文》：「凡所以使吾面目可憎、語言無味者，皆子之志也，其名曰智窮。」

【解釋】味：趣味。

【用法】①說話枯燥乏味。②指說話庸俗無聊。

【例句】我在這裡不大快樂的原因，首先是在周圍多的是～的人物，令我覺得無聊。

語無倫次 ㄩˇ ㄨˊ ㄌㄨㄣˊ ㄘˋ

【出處】宋・胡仔《苕溪漁隱叢話》卷七：「古人律師亦是一片文章，語或似無倫次，而意若貫珠。」

【解釋】倫次：條理、次序。

【用法】話講得顚三倒四，毫無條理。

【例句】他自從吃了這個虧，少不得氣焰登時矮了半截，不但精神委頓，舉止張皇，就是說話也漸漸的～了。

雨打霜摧 ㄩˇ ㄉㄚˇ ㄕㄨㄤ ㄘㄨㄟ

【出處】清・李汝珍《鏡花緣》第一回：「雨打霜摧，登時零落。」

【解釋】雨、霜：比喻惡勢力。摧：折斷，破壞。

【用法】形容受到各種惡勢力的摧殘和打擊。

【例句】滿山的秋菊，歷經這番～，已凋零殆盡了。

雨淋日炙 ㄩˇ ㄌㄧㄣˊ ㄖˋ ㄓˋ

【出處】唐・韓愈《石鼓歌》詩：「雨淋日炙野火燎，鬼物守護煩撝呵。」

【解釋】炙：烤。雨淋着，太陽曬着。
【用法】形容野外工作或旅途的艱辛。
【例句】探勘隊員們，成年累月在荒山曠野尋找礦藏，～餐風露宿，生活十分艱苦，但他們從來不叫苦，也不怕累。

雨過天青 ㄩˇ ㄍㄨㄛˋ ㄊㄧㄢ ㄑㄧㄥ

【出處】明・謝肇《文海披沙記》：「陶器，柴窑最古，世傳柴世宗時燒造，所司請其色，御批云：『雨過天青雲破處，這般顏色做將來。』」
【解釋】下過雨後，天色變得更青。
【用法】比喻情況由壞變好。
【例句】從來沒有暴風雨能夠持久的。……因爲，它究竟只是一個過程，總會～的。

雨過天晴 ㄩˇ ㄍㄨㄛˋ ㄊㄧㄢ ㄑㄧㄥˊ

【解釋】陣雨過後，天又放晴。
【用法】比喻情況由壞變好。
【例句】①～，只見漫山遍野的杜鵑花，分外嬌艷。②這場動亂總算度過去了，現在～，人們心裡都十分舒暢。

雨窟雲巢 ㄩˇ ㄎㄨ ㄩㄣˊ ㄔㄠˊ

【出處】清・洪昇《長生殿・絮閣》：「外人不知呵，都只說殢君王，是我這庸姿劣貌，那知道戀歡娛，別有個雨窟雲巢。」
【解釋】雲、雨：代指男女的歡愛。窟：洞穴。巢：窩。
【用法】指男女幽會場所。
【例句】年青男女只知圖享樂，到處～去了，卻把正經事擺在一邊。

雨後春筍 ㄩˇ ㄏㄡˋ ㄔㄨㄣ ㄙㄨㄣˇ

【解釋】筍：竹的幼芽。春天下過雨後，竹筍長得又快又多。
【用法】比喻新生事物的大量湧現。
【例句】自從政府放寬言論後，各種刊物如～紛紛出籠。

雨後送傘 ㄩˇ ㄏㄡˋ ㄙㄨㄥˋ ㄙㄢˇ

【解釋】雨停送傘。
【用法】比喻虛情假意，事後獻殷勤。
【例句】開始請他幫忙，他連理也不理，現在我們完成使命，他又來表示要「贊助」，這種～的行為眞是虛僞得很。

雨迹雲蹤 ㄩˇ ㄐㄧ ㄩㄣˊ ㄗㄨㄥ

【出處】明・湯顯祖《牡丹亭・尋夢》：「怎賺騙，依希想像人兒見，那來時荏苒，去也遷延。非遠，那雨跡（迹）雲蹤（踪）才一轉，敢依花旁柳，還重現。」
【解釋】雨和雲的踪迹。
【用法】比喻過去的事。
【例句】二十年前的舊事，已成～，何必再提，徒惹人傷。

雨井烟垣 ㄩˇ ㄐㄧㄥˇ ㄧㄢ ㄩㄢˊ

【出處】清・孔尚任《桃花扇・題畫》：「望咫尺青天，那有瑤池女使，偷遞情箋。明放着花樓酒榭，丟做個雨井烟垣。」
【解釋】井、垣：家園。
【用法】形容淒楚荒涼的景象。
【例句】戰火遍及全中國，到處～，眞是慘不忍睹。

雨順風調（ㄩˇ ㄕㄨㄣˋ ㄈㄥ ㄊㄧㄠˊ）

見「風調雨順」。

雨絲風片（ㄩˇ ㄙ ㄈㄥ ㄆㄧㄢˋ）

【出處】明·湯顯祖《牡丹亭·驚夢》：「朝飛暮卷，雲霞翠軒，雨絲風片，烟波畫船。」

【解釋】絲絲細雨，陣陣微風。

【用法】形容春季和風細雨的景色。

【例句】陽明山春天百花盛開，～，是遊客的最佳去處。

喻之以理（ㄩˋ ㄓ ㄧˇ ㄌㄧˇ）

【解釋】喻：說明白。理：道理。

【用法】用正確的道理去進行開導。

喻以利害（ㄩˋ ㄧˇ ㄌㄧˋ ㄏㄞˋ）

見「曉以利害」。

禦敵於國門之外（ㄩˋ ㄉㄧˊ ㄩˊ ㄍㄨㄛˊ ㄇㄣˊ ㄓ ㄨㄞˋ）

【出處】《孟子·萬章下》：「今有禦人於國門之外者，其交也以道，其饋也以禮，斯可受御與?」

【解釋】禦：抵擋。國門：原指國都的城門，泛指出入入境之要道。

【用法】在國土之外，抵擋住敵人。

【例句】～當然很好，但誘敵深入，聚而殲之，也未嘗不可。

欲罷不能（ㄩˋ ㄅㄚˋ ㄅㄨˋ ㄋㄥˊ）

【出處】《論語·子罕》：「夫子循循然善誘人，博我以文，約我以禮，欲罷不能。」

【解釋】罷：停止。想停也停不住，表示不能自主。

【用法】①指學習心切。②指興之所至，不能中止。

【例句】只要一坐上電動玩具枱，許多學童都深深沈迷，～。

欲令智昏（ㄩˋ ㄌㄧㄥˋ ㄓˋ ㄏㄨㄣ）

【出處】清·曹雪芹《紅樓夢》第六十四回：「自古道：欲令智昏。賈璉只顧貪圖二姐美色，聽了賈蓉一篇話，遂爲計出萬全，將現今身上有服，並停妻再娶，嚴父妒妻，種種不妥之處，皆置之度外了。」

【解釋】欲：欲望、貪欲。

【用法】由於貪心而使得頭腦都不清醒了。

【例句】如果不是～，這樣一個大好青年，怎會幹出驚天動地的大案呢?

欲蓋彌彰（ㄩˋ ㄍㄞˋ ㄇㄧˊ ㄓㄤ）

【出處】《左傳·昭公三十一年》：「或求名而不得，或欲蓋而名章，懲不義也。」

【解釋】彌：更加。彰：明顯。

【用法】本來想加以掩蓋，結果更加暴露得明顯了。

【例句】做錯了，就承認，何必辯說，～，徒惹人厭。

欲壑難填（ㄩˋ ㄏㄜˋ ㄋㄢˊ ㄊㄧㄢˊ）

【出處】《國語·晉語八》：「叔魚生，其母親之，曰：『是虎目而豕喙，鳶肩而牛腹，溪壑可盈，是不可饜也。』」

【解釋】欲：欲望。壑：山溝。欲望就像深溝一樣無法填滿。

【用法】形容貪心太重，總是無法滿足。

【例句】他們雖然至今不知道「～」的古訓，卻很明白「成者爲王，敗者爲賊」的成語。

欲加之罪，何患無辭

【出處】《左傳·僖公十年》載：晉獻公死後，晉大夫里克先後殺公子奚齊和公子卓，又殺了大夫荀息。新君晉惠公即位後，曾對里克說：「你殺掉兩個君和一個大夫，當你的國君是很危險的。」所以要殺里克，里克被殺前說：「不有廢也，君何以興？欲加之罪，其無辭乎！」意思是說要想加罪於人，不愁找不到罪名。

【解釋】欲：想要。患：擔心。辭：言詞，這裡指藉口。要想加上什麼罪名，還愁找不到藉口嗎？

【用法】指可以隨心所欲地加害於人。

【例句】你公報私仇，想置我於死地，～，別口口聲聲說依法行事。

欲擒故縱

【出處】吳趼人《二十年目睹之怪現狀》第七十回：「大人這裡還不要就答應他，放出一個欲擒故縱的手段，然後許其成事，方不失了大人這邊的門面。」

【解釋】擒：捉拿。縱：放。爲了要捉拿他，故意先放開他，使他不加戒備。

【用法】比喻爲了更好地控制，故意放鬆一步。

【例句】這漢子吃軟不吃硬，何不採用～之計策呢？

欲取姑與

見「將欲取之，必先與之」。

欲速不達

【出處】《論語·子路》：「無欲速，無見小利，欲速則不達，見小利則大事不成。」

【解釋】欲：想要。速：快。達：到。想快反而達不到目的。

【用法】指做事不從實際出發，一味求快，反而不能達到預期的目的。

【例句】攀登科學高峰，必須經過長期刻苦的鑽研，想抄近路則會～。

欲人勿知，莫若勿爲

見「若要人不知，除非己莫爲」。

欲益反損

【出處】漢·司馬遷《報任安書》：「動而見尤，欲益反損。」

【解釋】益：增加、益處。損：減少、損失。原想得到好處，反而受到損害。

【用法】形容事與願違。

【例句】碰上昏庸長官，最好見機行事，不要硬出風頭，做出～的事。

欲言又止

【解釋】欲：想。言：說話。止：停止。想說話卻又住口了。

【用法】形容吞吞吐吐的樣子。

【例句】她有些不好意思，幾次想說，都～，始終張不開嘴。

浴血奮戰

【解釋】浴：洗。這裡指渾身浸滿。全身是血，還依然奮戰。

【用法】形容頑強地拼死戰鬥。

【例句】經過一天～，打退了敵人十幾次進攻。

玉不琢，不成器（ㄩˋ ㄅㄨˋ ㄓㄨㄛˊ，ㄅㄨˋ ㄔㄥˊ ㄑㄧˋ）

【出處】《禮記·學記》：「玉不琢，不成器；人不學，不知道。」

【解釋】琢：雕刻。玉石不經加工，成不了器皿。

【用法】比喻人不經過學習和鍛煉，就不能成材。

【例句】對青少年必須嚴格要求，～，只有嚴格訓練才能使他們健康地成長起來。

玉佩瓊琚（ㄩˋ ㄆㄟˋ ㄑㄩㄥˊ ㄐㄩ）

【出處】①《詩經·秦風·渭陽》：「我送舅氏，悠悠我思；何以贈之？瓊瑰玉佩。」②《詩經·衛風·木瓜》：「投我以木瓜，報之以瓊琚。」

【解釋】①玉佩：玉做的佩飾。②瓊琚：赤色玉做的佩飾。

【用法】比喻美好的詩文。

【例句】時下學生作文能力低落，不要說是～的佳文不可得，就是言暢辭達的文章也不多見。

玉堂金馬（ㄩˋ ㄊㄤˊ ㄐㄧㄣ ㄇㄚˇ）

【出處】漢·揚雄《解嘲》：「今子幸得遭明聖之世，處不諱之朝，與群賢同行，歷金門、上玉堂有日矣。」

【解釋】玉堂：漢代殿名。金馬：漢代宮門名，也叫「金門」。

【用法】比喻因才學優異而富貴顯達。

【例句】每天日出而耕，日落而息，生活倒也安穩，何必做那～的白日夢呢？

玉樓赴召（ㄩˋ ㄌㄡˊ ㄈㄨˋ ㄓㄠˋ）

【出處】唐·李商隱《李賀小傳》：「長吉將死時，忽晝見一緋衣人駕赤虬，持一版，書若太古篆……長吉了不能讀，欻下榻叩頭言：『阿嬭老且病，賀不願去。』緋衣人笑曰：『帝成白玉樓，立召君爲記，……』少之，長吉氣絕。」（李賀：字長吉，一生空懷抱負，鬱鬱不得志，死時年僅二十七歲。嬭：古代呼母爲「嬭」。）清·曾樸《孽海花》第二十四回：「忽聽見裡面一片哭聲沸騰起來，却把個文園病渴的司馬相如，竟做了玉樓赴召的李長吉了。」

【解釋】玉樓：相傳仙人的住處。

【用法】舊爲青年文人之死的輓詞。

【例句】徐志摩詩才洋溢，若非～，當是我國當代的泰弋爾。

玉昆金友（ㄩˋ ㄎㄨㄣ ㄐㄧㄣ ㄧㄡˇ）

見「金友玉昆」。也作「玉友金昆」。

玉潔冰清（ㄩˋ ㄐㄧㄝˊ ㄅㄧㄥ ㄑㄧㄥ）

見「冰清玉潔」。

玉潔松貞（ㄩˋ ㄐㄧㄝˊ ㄙㄨㄥ ㄓㄣ）

【出處】唐·皇甫牧《飛烟傳》：「今日相遇，乃前生姻緣耳。勿謂妾無玉潔松貞之志，放蕩如斯。」

【解釋】像玉一樣潔白，像松樹一樣堅貞。

【用法】形容人的品德高尚。

【例句】女子不具～之德，縱有沈魚落雁之貌也不足取。

玉減香消（ㄩˋ ㄐㄧㄢˇ ㄒㄧㄤ ㄒㄧㄠ）

見「香消玉滅」。

玉砌雕闌

【出處】南唐・李後主（煜）《虞美人》詞：「雕闌玉砌應猶在，只是朱顏改。」
【解釋】闌：柵欄。用白玉砌的階梯，浮雕的柵欄。
【用法】形容建築物的華麗。
【例句】新建的國家劇院，建築宏偉，到處～，到此看戲，眞是一大享受。
【附註】也作「雕欄玉砌」。

玉質金相

見「金相玉質」。

玉尺量才

【出處】唐・李白《上清寶鼎》詩：「仙人詩玉尺，度君多少才；玉尺不可量，君才無時休。」
【解釋】玉尺：玉制的尺。
【用法】比喻選拔人才和評價詩文的標準。
【例句】考選部肩負着～的大任，每年舉行大大小小的各種不同考試，選拔眞才，爲國服務。

玉卮無當

【出處】《韓非子・外儲說右上》：「堂谿公見昭侯曰：『今有白玉之卮而無當，有瓦卮而有當，君謂將何以飲？』君曰：『以瓦卮。』堂谿公曰：『白玉之卮美，而君不以飲者，以其無當耶？』君曰：『然』。堂谿公曰：『爲人主而漏泄其群臣之語，譬猶玉卮之無當也。』」
【解釋】卮：古代盛酒的器皿。當：底。沒有底的玉杯。
【用法】比喻事物華麗而不實用。
【例句】這敗家子，專做些～的事，難怪千萬家產蕩然無存。

玉石不分

【出處】五代・王定保《唐摭言》卷一：「洎乎近代，厥道寖微；玉石不分，薰猶錯雜。」
【解釋】玉石：玉和石。
【用法】比喻好和壞、善和惡不分。
【例句】良禽擇木而棲，豈能棲於一～的昏庸暴君手下？

玉石同碎

【出處】晉・袁宏《三國名臣序贊》：「滄海橫流，玉石同碎。」
【解釋】美玉和頑石一塊兒都破碎了。
【用法】比喻好人、壞人同時受害。
【例句】忍一時，保萬世，何必想不開與對方～呢？

玉石俱焚

【出處】《尚書・胤徵》：「火炎昆岡，玉石俱焚。」（昆岡：出產玉石的山。炎：燃燒。）
【解釋】美玉和石頭一起燒毀。
【用法】比喻好的和壞的一起毀滅。
【例句】曹丞相大兵入境，那就不免～了。

玉軟花柔

【出處】清・洪昇《長生殿・驚變》：「愁殺爾玉軟花柔，要將途路趕。」
【用法】形容女子體態輕盈，如花似玉

，溫柔多情。

玉潤珠圓 ㄩˋ ㄖㄨㄣˋ ㄓㄨ ㄩㄢˊ

【解釋】像玉石和珍珠一樣圓潤。
【用法】形容歌聲婉轉，音色優美。
【例句】她的歌聲甜美清脆，～。

玉碎珠沉 ㄩˋ ㄙㄨㄟˋ ㄓㄨ ㄔㄣˊ

【解釋】美玉破碎了，明珠沉沒了。
【用法】比喻美麗女子的死亡。

玉液瓊漿 ㄩˋ ㄧˋ ㄑㄩㄥˊ ㄐㄧㄤ

見「瓊漿玉液」。

玉葉金枝 ㄩˋ ㄧㄝˋ ㄐㄧㄣ ㄓ

見「金枝玉葉」。

玉燕投懷 ㄩˋ ㄧㄢˋ ㄊㄡˊ ㄏㄨㄞˊ

【出處】五代．王仁裕《開元天寶遺事》：「張說母夢玉燕投懷，已而有孕，生說，爲唐名相。」
【解釋】玉燕：白燕。夢見白燕飛入懷裡。
【用法】指身懷貴胎的預兆。
【例句】教育家不相信～的鬼話，只相信教育的力量。

玉殞香消 ㄩˋ ㄩㄣˇ ㄒㄧㄤ ㄒㄧㄠ

【解釋】殞：墜落。香消：香花謝了。
【用法】比喻青年女子的死亡。
【例句】尤三姐把寶劍橫過頸子，待旁人來救時，早已～。

譽滿天下 ㄩˋ ㄇㄢˇ ㄊㄧㄢ ㄒㄧㄚˋ

見「名滿天下」。

遇難成祥 ㄩˋ ㄋㄢˋ ㄔㄥˊ ㄒㄧㄤˊ

【解釋】難：危難。祥：吉祥。
【用法】遇見危難，便化危難爲吉祥。
【例句】你這一去，一路之上大概是不會太順利，我希望你能～。

遇事生風 ㄩˋ ㄕˋ ㄕㄥ ㄈㄥ

【出處】漢．班固《漢書．越廣漢傳》：「見事風生，無所回避。」顏師古注：「風生，言其速疾不可當也。」
【用法】①形容處理事情果斷迅速。②形容興風作浪，無端借機生事。
【例句】這個人～，唯恐天下不亂。

遇人不淑 ㄩˋ ㄖㄣˊ ㄅㄨˋ ㄕㄨˊ

【出處】《詩經．王風．中谷有蓷》「有女仳離，條其嘯矣。條其嘯矣，遇人不淑矣。」
【解釋】淑：善。遇到個不善良的人。
【用法】①舊指嫁給了不好的丈夫。②泛指結交了不好的人。
【例句】她是一個善良的女人，可惜～，所以一天到晚鬱鬱寡歡。

飫甘饜肥 ㄩˋ ㄍㄢ ㄧㄢˋ ㄈㄟˊ

【出處】清．曹雪芹《紅樓夢》第一回：「當此日，欲將已往所賴天恩祖德，錦衣紈袴之時，飫甘饜肥之日，背父母教育之恩，負師友規訓之德，以致今日一技無成，半生潦倒之罪，編述一集，以告天下。」
【解釋】飫：飽。饜：飽。肥美的東西吃得飽飽的。
【用法】形容生活優裕。
【例句】～的日子過久了，倒眞想吃點青葉菜腐。

饫聞厭見

【出處】唐・韓愈《燕喜亭記》：「宜其于山水饫聞而厭見也。」

【解釋】饫：飽。厭：同「饜」，飽。

【用法】指見多識廣。

【例句】侷促一隅，怎能～呢？

鬱鬱不得志

【出處】漢・張衡《四愁詩序》：「時天下漸弊，鬱鬱不得志，爲四愁詩。」

【解釋】鬱鬱：悶悶不樂的樣子。

【用法】抱負和志向不能實現而悶悶不樂。

【例句】自從聯考名落孫山之後，小李就整天～，一句話也不說。

鬱鬱不樂

【出處】唐・蔣防《霍小玉傳》：「傷情感物，鬱鬱不樂。」

【解釋】鬱鬱：內心苦悶。

【用法】形容內心苦悶不悅的樣子。

【例句】他那方寸之間，兀自～的，不曉得要怎樣才好。

鬱鬱寡歡

【出處】戰國・楚・屈原《楚辭・九章・抽思》：「心鬱鬱之憂思兮，獨永嘆乎增傷。」

【解釋】鬱鬱：憂傷、沉悶的樣子。寡：少。

【用法】心中悶悶不樂。

【例句】在她給家人的信中充滿了憤世嫉俗和～的情緒。

鬱鬱葱葱

【出處】漢・王充《論衡・吉驗》：「城郭鬱鬱葱葱。」

【解釋】鬱鬱：草木繁盛的樣子。葱葱：草木蒼翠茂盛的樣子。

【用法】形容氣象旺盛、美好。

【例句】遠處是幾個農村，叢樹和屋舍密集重疊，大有～的氣象。

鬻兒賣女

【出處】淸・李寶嘉《官場現形記》第四十七回：「破家蕩產，鬻兒賣女，時有所聞。」

【解釋】鬻：賣。

【用法】指生活無依，被迫賣掉自己的兒女。

【例句】有些飢民～。

【附註】也作「賣兒鬻女」。

鷸蚌相爭，漁翁得利

【出處】《戰國策・燕策二》：「趙且伐燕，蘇代爲燕謂惠王曰：『今者臣來，過易水，蚌方出曝，而鷸啄其肉，蚌合而鉗其喙。鷸曰：「今日不雨，明日不雨，即有死蚌。」蚌亦謂鷸曰：「今日不出，明日不出，即有死鷸。」兩者不肯相舍，漁者得而並禽之。』」

【解釋】鷸：一種長嘴的水鳥。鷸和蚌互相爭持不下，讓漁翁把它們一齊捉了。

【用法】比喻雙方相持不下，使第三者趁機而得利。

【例句】你難道不知～嗎？何必拼得你死我活，讓第三者笑我倆傻。

約法三章

【出處】漢．司馬遷《史記．高祖本紀》：「與父老約法三章耳：殺人者死，傷人及盜抵罪。」
【解釋】約：約定。法：法令。章：條款。原指劉邦進入咸陽後，廢除秦法，另行制定三條簡單的法令。
【用法】指訂立簡單明確的條款由大家遵守。
【例句】若不和這批員工～，以後天天就得戲看了。

約定俗成（ㄩㄝ ㄉㄧㄥˋ ㄙㄨˊ ㄔㄥˊ）

【出處】《荀子．正名》：「名無固宜，約之以命。約定俗成謂之宜，異於約則謂之不宜。」
【解釋】約定：人們共同議定。俗成：在人民生活中自然形成
【用法】指某種事物的名稱或某種社會風俗，已經爲社會上所公認，因而固定下來，一直沿用。
【例句】男大當婚，女大當嫁，這種～的事，您老又何必要阻撓他們呢？

約己愛民（ㄩㄝ ㄐㄧˇ ㄞˋ ㄇㄧㄣˊ）

【出處】明．羅貫中《三國演義》第一百零四回：「伏願陛下，清心寡欲，約己愛民。」
【用法】約束自己，愛護百姓。
【例句】古之明君無不～，以得民心，以振朝綱。

刖趾適履（ㄩㄝˋ ㄓˇ ㄕˋ ㄌㄩˇ）

見「截趾適履」。

悅近來遠（ㄩㄝˋ ㄐㄧㄣˋ ㄌㄞˊ ㄩㄢˇ）

【出處】《論語．子路》：「近者說，遠者來。」（說：同「悅」。）
【解釋】悅：高興。來：指投靠。
【用法】使近者心悅誠服，使遠近者來投靠，歸附。
【例句】只要能開誠佈公，禮賢下士，自然～，還怕國家不強盛。

悅人耳目（ㄩㄝˋ ㄖㄣˊ ㄦˇ ㄇㄨˋ）

【解釋】悅：高興。
【用法】使人聽了、看了產生歡快的感覺。
【例句】這些展出的裝飾畫，色彩協調，構圖精巧，確有～的藝術效果。

月白風清（ㄩㄝˋ ㄅㄞˊ ㄈㄥ ㄑㄧㄥ）

【出處】宋．蘇軾《後赤壁賦》：「有客無酒，有酒無肴，月白風清，如此良夜何？」
【解釋】清：清涼。月光皓潔，微風涼爽。
【用法】形容幽靜美好的夜晚。
【例句】在這個～的夜裡，他倆肩並肩地沿着湖邊的小路走着，談着。

月裡嫦娥（ㄩㄝˋ ㄌㄧˇ ㄔㄤˊ ㄜˊ）

【出處】相傳爲后羿之妻，羿請不死之藥於西王母，嫦娥竊以奔月（見漢．劉安《淮南子．覽冥訓》）。本作姮娥，因避漢文帝（劉恒）諱，改稱「嫦娥」。
【用法】比喻風姿綽約的美女。
【例句】～人人愛，鹽母獅吼人人嫌。

月落星沉（ㄩㄝˋ ㄌㄨㄛˋ ㄒㄧㄥ ㄔㄣˊ）

【出處】五代．蜀．韋莊《酒泉子》詞：「月落星沉，樓上美人春睡。」

【解釋】月亮落山，星光暗淡。
【用法】指天將拂曉。
【例句】直談到～，我才依依不捨地起身告別。

月夕花朝

【出處】元・秦簡夫《東堂老》第一折：「你則待要愛纖腰，可便似柔條，不離了舞榭歌台，不俫更那月夕花朝，想當日抵六么，舞霓裳未了，猛回頭燭滅香消。」
【例句】值此～，與佳人品嘗極品鐵觀音，眞是人生一大享受。

月下花前

見「花前月下」。

月下老人

【出處】唐・李復言《續幽怪錄》載：唐朝韋固年輕時路過宋城，見一老人在月光下倚囊而坐，手裡翻一本書。韋固問他什麼書？他說是天下人的婚姻簿；又問他囊中是什麼東西？他說是赤繩，專門拴繫夫婦兩人脚的。
【用法】稱主管婚姻的神爲「月下老人」或「月老」，也用作媒人的代稱。
【例句】沒有想到，我竟當了一回～，爲他們之間牽線搭橋。

月攘一鷄

【出處】《孟子・滕文公下》：「今有人日攘其鄰之雞者，或告之曰：『是非君子之道。』曰：『請損之。月攘一鷄，以待來年然後已。』如知其非義，斯速已矣，何待來年！」
【例句】～也是偷，爲何不從今痛改前非，重新做人呢？

月盈則食

【出處】《周易・豐》：「日中則昃，月盈則食。」
【解釋】盈：圓滿。食：月食，即月蝕，月所得的日光地球所掩。月亮到最圓時即將發生月蝕。
【用法】比喻盛極必衰。
【例句】得意時，且思失意處，所謂「～」，不可不預爲籌謀。

月暈而風，礎潤而雨

【出處】宋・蘇洵《辨奸論》：「月暈而風，礎潤而雨，人人知之。」
【解釋】暈：月亮或太陽周圍出現的光環。礎：柱子下的石墩。出現了月暈要起風，礎石濕潤了就要下雨。
【用法】比喻事物出現前的微兆。
【例句】許多事物的出現，如果仔細觀察，都會找出一些前兆，正所謂「～」。問題是，人們往往不去注意它就是了。

粵犬吠雪

【出處】唐・柳宗元《答韋中立論師道書》：「僕來南二年冬，幸大雪，逾嶺被南越中數州。數州之犬，皆蒼黃吠噬，狂走者累日，至無雪乃已。」
【解釋】粵：廣東省簡稱。吠：狗叫。廣東氣候炎熱，難得下雪，那裡的狗看見雪就狂叫。
【用法】比喻少見多怪。
【例句】你不要把會說話的機器人當成是妖怪，否則人家會笑你～。

越分妄爲（ㄩㄝˋ ㄈㄣˋ ㄨㄤˋ ㄨㄟˊ）

【出處】清·李汝珍《鏡花緣》第四回：「且洞主向來謹愼，從不越分妄爲，有違旨之理。」

【解釋】越：超越。分：本分。妄：胡亂。超出本分而胡亂行事。

【用法】形容不按一定的職責範圍和規定辦事。

【例句】只要肯努力，用心學習，不～，自然會有昇遷的一天。

越鳧楚乙（ㄩㄝˋ ㄈㄨˊ ㄔㄨˇ ㄧˇ）

【出處】唐·李延壽《南史·顧歡傳》：「昔有鴻飛天首，積遠難亮，越人以爲鳧，楚人以爲鳦。人自楚，鴻常一耳。」

【解釋】鳧：野鴨。乙：通「鳦」，燕子。同樣一隻大雁，越人認爲是野鴨，楚人認爲是燕子。

【用法】比喻由於主觀條件的限制，各自作出錯誤的判斷。

【例句】中央山脈出現新種鳥，有人說是老鷹，有人說是大雁，眞是～，人言言殊。

越俎代庖（ㄩㄝˋ ㄗㄨˇ ㄉㄞˋ ㄆㄠˊ）

【出處】《莊子·逍遙遊》：「庖人雖不治庖，屍、祝不越樽俎而代之矣。」指廚師即使不在廚房裡作飯，主祭的、贊禮的也不應丟下自己的職責代他下廚房。

【解釋】越：超越。俎：古代祭祀時擺牛羊等祭品的禮器，樽俎。庖：庖丁，廚師。

【用法】比喻超越職權範圍去辦事或包辦代替。

【例句】這方面的工作由他們負責，你們還是不要～爲好。

躍馬揚鞭（ㄩㄝˋ ㄇㄚˇ ㄧㄤˊ ㄅㄧㄢ）

【出處】元·王實甫《麗春堂》第一折：「一個個躍馬揚鞭，揷箭彎弓。」

【解釋】催馬迅速奔跑。

【用法】形容勇往直前。

【例句】爲了完成十四項建設，政府各部門員工無不～，以達成上級交付之任務。

躍然紙上（ㄩㄝˋ ㄖㄢˊ ㄓˇ ㄕㄤˋ）

【解釋】躍然：活躍的樣子。非常活躍、生動地呈現在紙上。

【用法】形容描寫、刻畫得非常逼眞、生動。

【例句】這幅畫非常生動，尤其是畫中的孩子，那天眞、活潑的神氣栩栩如生，～。

躍躍欲試（ㄩㄝˋ ㄩㄝˋ ㄩˋ ㄕˋ）

【出處】清·李寶嘉《官場現形記》第三十五回：「一席話說得唐二亂子心痒難抓，躍躍欲試。」

【解釋】躍躍：急着要行動的樣子。

【用法】形容心情急切地想試一試。

【例句】我們聽了老師父的話，個個都～。

冤家對頭（ㄩㄢ ㄐㄧㄚ ㄉㄨㄟˋ ㄊㄡˊ）

【出處】清·曹雪芹《紅樓夢》第一百回：「不是我說，哥哥這樣行爲，不是兒子，竟是個冤家對頭。」

【用法】冤怨相報的死對頭。

【例句】不是深仇大恨，就和解吧！何必一定要成為～呢？

冤家路窄（ㄩㄢ ㄐㄧㄚ ㄌㄨˋ ㄓㄞˇ）

【出處】明・吳承恩《西遊記》第四十五回：「我等……正欲下手擒拿，他卻走了。今日還在此間，正所謂冤家路窄。」
【解釋】冤家：仇人、對頭。仇人或不願意相見的人偏偏狹路相逢。
【用法】比喻內心矛盾無法回避。
【例句】不想與那負心漢見面，偏偏～，竟然在街上碰頭。

冤家債主（ㄩㄢ ㄐㄧㄚ ㄓㄞˋ ㄓㄨˇ）

見「怨家債主」。

冤有頭，債有主（ㄩㄢ ㄧㄡˇ ㄊㄡˊ，ㄓㄞˋ ㄧㄡˇ ㄓㄨˇ）

【出處】宋・釋悟明《聯燈會要》卷十八：「卓杜杖曰：『冤有頭，債有主。』」
【解釋】冤：仇恨。結仇有仇人，借債有債主。
【用法】報仇要找結仇的人，要債要找借債的人，不能不同對象而累及不相干的人。
【例句】～！有辦法就找我們董事長，何必拿我們小職員出氣呢？

冤冤相報（ㄩㄢ ㄩㄢ ㄒㄧㄤ ㄅㄠˋ）

【出處】元・無名氏《貨郎旦》第四折：「又誰知蒼天有眼，偏爭他來早來遲，到今日冤冤相報，解愁眉頓作歡眉。」
【解釋】冤：仇恨。
【用法】結下仇恨就會有仇人來報。
【例句】這二大幫派結仇，代代～，早已不是新聞了。

鳶飛魚躍（ㄩㄢ ㄈㄟ ㄩˊ ㄩㄝˋ）

【出處】《詩經・大雅・旱麓》：「鳶飛戾天，魚躍於淵。」
【解釋】鳶：老鷹。鷹在高空飛翔，魚在水中騰躍。
【用法】形容萬物各得其所。
【例句】清水池塘傍茅舍，～竹萬竿。

元方季方（ㄩㄢˊ ㄈㄤ ㄐㄧˋ ㄈㄤ）

見「難兄難弟」。

元龍高臥（ㄩㄢˊ ㄌㄨㄥˊ ㄍㄠ ㄨㄛˋ）

【出處】晉・陳壽《三國志・魏書・陳登傳》載：漢末陳登，字元龍，很有志向。許汜與劉番談到陳元龍時，許汜說：「昔遭亂過下邳，見元龍。元龍無客主之意，久不相與語，自上大床臥，使客臥下床。」
【用法】稱人待客簡慢，無禮貌。
【例句】令郎～，一點兒也沒把我這長輩放在眼裏，今後我再也不會登門打擾了。

元龍豪氣（ㄩㄢˊ ㄌㄨㄥˊ ㄏㄠˊ ㄑㄧˋ）

【出處】晉・陳壽《三國志・魏書・陳登傳》：「（許）汜曰：『陳元龍湖海之士，豪氣不除。』」
【解釋】元龍：三國時陳登，字元龍。豪：豪放。
【用法】形容性情豪放。
【例句】此女雖是女流之輩，可是頗具～，倒是不俗。

元惡大憝（ㄩㄢˊ ㄜˋ ㄉㄚˋ ㄉㄨㄟˋ）

【出處】《尚書・康誥》：王曰：「封元惡大憝，矧爲不孝不友。」
【用法】①指十分遭人憎惡。②指元凶首惡。
【例句】此人才是～，你眞要報仇，就該去找他，切勿傷及無辜。
【附註】也作「元惡大奸」。

元元本本（ㄩㄢˊ ㄩㄢˊ ㄅㄣˇ ㄅㄣˇ）

【出處】漢・班固《西都賦》：「元元本本，殫見洽聞。」
【解釋】元元：尋找事物的本源。本本：探究事物的根本。追尋事物的來源和本來面目。
【用法】指自始至終，按原來的樣子加以敘述。
【例句】他把這件事～地都告訴了我。

原璧歸趙（ㄩㄢˊ ㄅㄧˋ ㄍㄨㄟ ㄓㄠˋ）

見「完璧歸趙」。

原封不動（ㄩㄢˊ ㄈㄥ ㄅㄨˋ ㄉㄨㄥˋ）

【出處】元・王仲文《救孝子》第四折：「是你的老婆，這等呵，我可也原封不動，送還你吧。」
【解釋】封：緘口、封口。
【用法】原樣絲毫未變。
【例句】興哥雇了人夫，將樓上十六個箱籠，～送到吳知縣船上，當個陪嫁。

原心定罪（ㄩㄢˊ ㄒㄧㄣ ㄉㄧㄥˋ ㄗㄨㄟˋ）

【出處】漢・班固《漢書・哀帝紀》：「哀帝時丞相王嘉下獄，少府猛等十人，以爲聖王斷獄，必先原心定罪。」
【解釋】原心：推究本來的動機。
【用法】定罪時要考查犯罪的動機。
【例句】高明的法官審判案子，必先～，查明犯罪動機。

原形畢露（ㄩㄢˊ ㄒㄧㄥˊ ㄅㄧˋ ㄌㄨˋ）

【解釋】畢：皆、都。本來面目全部暴露出來了。
【用法】形容僞裝徹底剝除。
【例句】這個人剛來時老實得很，沒隔多久就～了。

原始要終（ㄩㄢˊ ㄕˇ ㄧㄠ ㄓㄨㄥ）

【出處】《周易・繫辭下》：「《易》之爲書也，原始要終，以爲質也。」
【解釋】原：推究。始：起源。要：探求。終：結果。
【用法】探求事物發展的起源與結果。
【例句】這事件據我～探究起來，竟發現內情十分不單純。

原原本本（ㄩㄢˊ ㄩㄢˊ ㄅㄣˇ ㄅㄣˇ）

見「元元本本」。

圓木警枕（ㄩㄢˊ ㄇㄨˋ ㄐㄧㄥˇ ㄓㄣˇ）

【出處】宋・司馬光《資治通鑑・後梁紀均王貞明五年》：「（錢）鏐自少在軍中，夜未嘗寐，倦極則就圓木小枕或枕大鈴，寐熟輒欹而寤，名曰『警枕』。」
【解釋】用圓木做枕頭，睡着時容易驚醒。
【用法】形容勤奮不懈。
【例句】敵人隨時來侵，我方戰士睡臥～，以防敵軍偷襲。

圓顱方趾

見「方趾圓顱」。也作「圓首方足」。

圓鑿方枘

【出處】戰國・楚・宋玉《九辯》：「圜(圓)鑿而方枘兮，吾固知鉏鋙而難入。」

【解釋】鑿：榫眼。枘：榫頭。方榫頭插不進圓榫眼。

【用法】比喻兩者不能相容或相合。

【例句】我們彼此的意見～，看來只好各行其事了。

援鱉失龜

【出處】漢・劉安《淮南子・說山》：「殺戎馬而求狐狸，援兩鱉而失靈龜，斷右臂而爭一毛，折莫邪而爭錐刀，用智如此，豈足高乎？」

【解釋】鱉：甲魚。

【用法】比喻得不償失。

【例句】你可不要～，搞得自己裡外不是人。

援疑質理

【出處】明・宋濂《送東陽馬生序》：「余立侍左右，援疑質理，俯身傾耳以請。」

【解釋】援：引證、引用。質：問。

【用法】提出疑難，探問究竟。

【例句】我多次到王教授家去請教，～，王教授都非常耐心，而且講解得很透徹。

沅芷澧蘭

【出處】戰國・楚・屈原《九歌・湘夫人》：「沅有芷兮澧有蘭，思公子兮未敢言。」

【解釋】沅、澧：水名。芷、蘭：香草名。

【用法】比喻高潔的人品或高尚的事物。

【例句】這裏頭的人全是～，你進去後，可不要動輒三字經。

源頭活水

【出處】宋・朱熹《觀書有感》詩：「問渠那得清如許？謂有源頭活水來。」

【用法】比喻事物發展的動力和源泉。

【例句】你果眞是我的～，沒有你，我怕我是活不成了。

源清流清

【出處】《荀子・君道》：「原淸則流淸，原濁則流濁。故上好禮倡義，尙賢使能，無貪利之心，則下亦將綦辭讓，致忠信，而謹於臣子矣。」

【解釋】源：泉源。流：流水。泉源清澈，流水也就清澈。

【用法】比喻在上者作風好、行爲正，下邊才能作風好，行爲正。

【例句】～，上行下效，你們這些地方官，可要作人民的好榜樣。

【附註】「源」也作「原」。

源源不絕

【解釋】源源：水流不停。絕：斷。水不停地流着。

【用法】形容接連不斷。

【例句】新產品～地運到了內地。

源源而來

【出處】《孟子·萬章上》：「雖然，欲常常而見之，故源源而來。」
【解釋】源源：水流不停。
【用法】形容連續不斷地到來。
【例句】大批工業品～，支援本地建設。

源遠流長

【出處】清·無名氏《杜詩言志》第一卷：「『齊魯青未了』者，言其所學之正，源遠而流長也。」
【解釋】水源很遠，水流很長。
【用法】比喻歷史悠久，連續不斷。
【例句】我國歷史悠久，文化～。

猿鶴蟲沙

【出處】宋·李昉《太平御覽》卷九百一十六引《抱朴子》：「周穆王南征，一軍盡化，君子爲猿爲鶴，小人爲蟲爲沙。」
【用法】比喻戰死的將士。
【例句】一場戰役下來，沙場上竟都是～，好不淒慘！

猿穴壞山

【出處】三國·魏·孔融《臨終》詩：「河潰蟻孔端，山壞由猿穴。」
【解釋】壞：倒塌、崩潰。因猿猴挖穴而使山倒塌。
【用法】比喻因疏忽小事而釀成大禍。
【例句】唉！～！我竟忽略了這件小事，弄得全盤皆輸，太可惜了！

緣慳分淺

【出處】清·吳敬梓《儒林外史》第三十回：「只爲緣慳分淺，遇不着一個知己，所以對月傷懷，臨風灑淚。」
【解釋】緣分：迷信的人認爲人與人之間由命中注定的遇合機會。慳：欠缺。
【用法】緣分很淺，缺乏知己。
【例句】我倆～，實在無緣，就此分手，免得牽掛太多。

緣情體物

【出處】晉·陸機《文賦》：「詩緣情而綺靡，賦體物而瀏亮。」
【用法】指抒發感情，鋪陳事物。
【例句】要使詩歌的藝術感染力得到加強，就必須充分重視詩歌藝術～的特點。

黿鼈鳴應

【出處】南朝·宋·范曄《後漢書·張衡傳》：「高祖（劉邦）踞洗以對酈生，當此之會，乃黿鳴而鼈應也，故能同心勠力。」
【解釋】黿：黿魚。
【用法】比喻同類互相感應，一倡一隨。
【例句】當朝文武百官～，能同心勠力，我想收復失土的日子不會太遠了。

遠交近攻

【出處】《戰國策·秦策三》：「王不如遠交而近攻，得寸則王之寸，得尺亦王之尺也。今捨此而遠攻，不亦謬乎？」
【解釋】戰國時范雎爲秦國籌劃的一種外交策略。
【用法】結交遠方的國家，攻伐鄰近的國家。
【例句】主上不妨來個～，先孤立、併吞鄰國，再慢慢擴展勢力範圍。

遠見卓識

【解釋】卓：高超。
【用法】遠大的眼光，不平凡的見識。
【例句】麥帥是個有～的人，可惜受到小人排斥，遭到罷黜，實在可惜。

遠近兼顧

【解釋】遠處、近處都照顧到。
【用法】指長遠的和眼前的都要同時考慮。
【例句】科學研究工作要根據國家建設的需要和現代科學技術的發展趨向進行規劃，～，而不能有所偏廢。

遠親不如近鄰

【出處】元・秦簡夫《東堂老》第四折：「豈不聞遠親呵，不似我近鄰。」
【解釋】住得遠的親戚不如住得近的鄰居關係密切。
【用法】比喻遇事互相幫助。
【例句】常言道：「～」休要壞了感情。

遠親近友

【出處】清・曹雪芹《紅樓夢》第二十九回：「凡一應遠親近友，世家相與，都來送禮。」
【用法】指遠近的親戚朋友。
【例句】李家最近有喜事，他那些～紛紛來賀喜，好不熱鬧。

遠愁近慮

【出處】清・曹雪芹《紅樓夢》第五十六回：「他這遠愁近慮，不抗不卑，他們奶奶就不是和咱們好，聽他這一番話，也必要自愧的變好了！」
【解釋】慮：思慮。
【用法】形容對眼前的和以後的事都能考慮得周全。
【例句】他是個思想細密的人，不管～，他全考慮周全了，你就不必多擔心了。

遠水不解近渴

【出處】清・曹雪芹《紅樓夢》第十五回，「秦鍾道：『這也容易，只是遠水不解近渴。』」
【用法】比喻不能解決眼前的急難。
【例句】～，你想向遠在美國的大哥求援，恐怕是來不及的。

遠水不救近火

【出處】《韓非子・說林上》：「失火而取水於海，海水雖多，火必不息矣，遠水不救近火也。」
【用法】比喻救不了急。
【例句】敵人已陷入我重重包圍之中，就是增援部隊出動，也～了。

遠人無目

【出處】唐・王維《山水論》：「凡畫山水，意在筆先，文山尺樹，寸馬分人，遠人無目，遠樹無枝，遠山無石。」
【解釋】人在遠處就看不清眼睛。
【用法】形容距離太遠只能看到模糊不清的輪廓。
【例句】作者的思想道德水準，如果不能和英雄人物並駕齊驅，而是相距甚遠，那麼，～，英雄人物在讀者心裡也就面目模糊了。

遠在天邊，近在眼前

【用法】形容某些事物就在眼前，可是還沒有發現（帶有詼諧意味）。

【例句】媽媽！你猜猜這個東西在哪兒？～。它在這兒！

遠走高飛（ㄩㄢˇ ㄗㄡˇ ㄍㄠ ㄈㄟ）

【出處】南朝・宋・范曄《後漢書・卓茂傳》：「汝獨不欲行之，寧能高飛遠走，不在人間邪？」

【用法】①形容到很遠的地方去。②指擺脫困境，尋找光明的前途。

【例句】其實，我一個人是容易生活的，雖然因爲驕傲，向來不與世交來往。遷居以後，也疏遠了所有舊識的人，然而只要能～，生路還寬廣得很。

緣木求魚（ㄩㄢˊ ㄇㄨˋ ㄑㄧㄡˊ ㄩˊ）

【出處】《孟子・梁惠王》：「以若所爲，求若所欲，猶緣木而求魚也。」

【解釋】緣：沿着、順着。爬到樹上去捉魚。

【用法】比喻方向、方法不對，不能達到目的。

【例句】你這樣做，豈不是～？想達到目的，怕是很難呢！

怨天尤人（ㄩㄢˋ ㄊㄧㄢ ㄧㄡˊ ㄖㄣˊ）

【出處】《論語・憲問》：「不怨天，不尤人，下學而上達，知我者其天乎！」

【解釋】尤：責怪、歸罪。怨恨老天，責怪人。

【用法】指自己犯了錯誤，出了問題，只是一味地埋怨別人或把責任推給客觀因素。

【例句】自己不好好工作，～又有什麼用！

怨女曠夫（ㄩㄢˋ ㄋㄩˇ ㄎㄨㄤˋ ㄈㄨ）

【出處】《孟子・梁惠王上》：「內無怨女，外無曠夫。」

【用法】指已到適婚年齡不結婚的人。

【例句】你就積點德，藉你那不爛之舌去撮合這對～，讓他們各有所歸屬嘛！

怨家債主（ㄩㄢˋ ㄐㄧㄚ ㄓㄞˋ ㄓㄨˇ）

【出處】唐・孔思義《造象記》：「業道受苦及怨家債主，悉願布施歡喜。」

【解釋】怨家：仇人。債主：收債的人。

【用法】佛教指與自己結冤仇的人。

【例句】你眞是我前輩子的～，這輩子才會受你的氣。

怨氣滿腹（ㄩㄢˋ ㄑㄧˋ ㄇㄢˇ ㄈㄨˋ）

【出處】南朝・宋・范曄《後漢書・祭祀誌上》：「百姓怨氣滿腹，吾誰欺？欺天乎？」

【用法】形容怨恨情緒很大。

【例句】老闆如此不智的決定，弄得大家～，我看今後公司的業務想要再求拓展，是不太可能的。

怨氣衝天（ㄩㄢˋ ㄑㄧˋ ㄔㄨㄥ ㄊㄧㄢ）

【出處】元・關漢卿《竇娥冤》第三折：「煩煩惱惱，怨氣衝天。」

【用法】形容怨恨的情緒很大。

【例句】此時對方～，你就不要再去惹他們，免得事情愈鬧愈大。

怨聲載道（ㄩㄢˋ ㄕㄥ ㄗㄞˋ ㄉㄠˋ）

【出處】《詩經・大雅・生民》：「實覃實訏，厥聲載道。」

【解釋】載：充滿。怨恨的聲音充滿道

路。

【用法】形容強烈的不滿，到處都是怨恨的聲音。

【例句】凡有些餘利的一概入了官中，那時裡外～，豈不失了你們這樣人家的大體？

怨入骨髓 ㄩㄢˋ ㄖㄨˋ ㄍㄨˇ ㄙㄨㄟˇ

【出處】漢·司馬遷《史記·秦本紀》：「(晉)文公夫人，秦女也，爲秦三囚將(孟明視、西乞術、白乙丙)請因：『繆公之怨此三人入於骨髓，願令此三人歸，令我君得自快烹之。』晉君計之，歸秦三將。」

【解釋】怨恨深入到骨頭裡。

【用法】形容怨恨極深。

【例句】對他，我眞是～，十年青春爲他耽誤，現在他竟如此待我，眞可恨啊！

暈頭轉向 ㄩㄣ ㄊㄡˊ ㄓㄨㄢˇ ㄒㄧㄤˋ

【解釋】暈頭：頭腦發昏。轉向：迷失方向。

【用法】形容頭腦發昏，不辨方向。

【例句】在平原上，盟軍把敵人打得～、狼狽不堪。

芸芸衆生 ㄩㄣˊ ㄩㄣˊ ㄓㄨㄥˋ ㄕㄥ

【出處】《老子》第十六章：「夫物芸芸，各復歸其根。」

【解釋】芸芸：也作「云云」，衆多的樣子。衆生：泛指人類和一切動物。

【用法】①指一切有生命的東西。②泛指普通的人。

【例句】在文學作品中，對於～的所謂小人物該如何描寫呢？

雲奔雨驟 ㄩㄣˊ ㄅㄣ ㄩˇ ㄗㄡˋ

【出處】《敦煌變文·廬山遠公話》：「須臾之間，見聽衆雲奔雨驟，皆至寺內。」

【解釋】奔：飛馳。驟：急行。像雲和雨迅急地奔馳。

【用法】形容人們聚集之盛。

【例句】國慶日當天，人潮像～般地湧到總統府前，一時間形成了人海。

雲屯霧集 ㄩㄣˊ ㄊㄨㄣˊ ㄨˋ ㄐㄧˊ

【出處】明·施耐庵《水滸傳》第六十六回：「這北京大名府是河北頭一個大郡衝重去處，却有諸部買賣，雲屯霧集。」

【解釋】像雲霧一樣聚攏到一起。

【用法】形容數量衆多而又集中。

【例句】人群像～般地湧到張府，只爲爭取那些微的施捨。

雲泥之別 ㄩㄣˊ ㄋㄧˊ ㄓ ㄅㄧㄝˊ

【出處】唐·杜甫《送韋書記赴西安》詩：「夫子欻通貴，雲泥相懸望。」

【解釋】相差像天空的雲和地下的泥。

【用法】比喻地位高下懸殊。

【例句】你我兩人如～，您是郡主，而我不過是個婢女，怎承受得起您這番禮遇！

雲霓之望 ㄩㄣˊ ㄋㄧˊ ㄓ ㄨㄤˋ

【出處】《孟子·梁惠王下》：「民望之，若大旱之望雲霓也。」

【解釋】雲霓：下雨的徵兆。望：盼望。

【用法】比喻殷切渴望，猶如久旱盼下雨一樣。

【例句】故鄉的父老，如～，殷切渴望你的救助，你豈可坐視不管呢？

雲龍風虎 ㄩㄣˊ ㄌㄨㄥˊ ㄈㄥ ㄏㄨˇ

【出處】《周易．乾．文言》：「雲從龍，風從虎，聖人作而萬物覩。」

【解釋】龍起生雲，虎嘯生風。

【用法】①指同類事物互相感應。②比喻君主得到賢臣，臣子遇到明君。

【例句】我們這是～，互相蒙利，自此你可在我公司一展抱負，而我的公司也靠你拓展業務。

雲龍井蛙 ㄩㄣˊ ㄌㄨㄥˊ ㄐㄧㄥˇ ㄨㄚ

【出處】清．周魯輯《類書纂要》：「雲龍喻貴，井蛙喻賤。」

【解釋】雲中龍，井底蛙。比喻人的地位高低或聰明、愚笨，差別很大。

【例句】這群學生～，素質相差很大。

雲開見日 ㄩㄣˊ ㄎㄞ ㄐㄧㄢˋ ㄖˋ

見「開雲見日」。也作「霧開日出」。

雲鬟霧鬢 ㄩㄣˊ ㄏㄨㄢˊ ㄨˋ ㄅㄧㄣˋ

見「霧鬢雲鬟」。

雲集霧散 ㄩㄣˊ ㄐㄧˊ ㄨˋ ㄙㄢˋ

【出處】漢．班固《西都賦》：「朝發于海，夕宿江漢，(沉)浮往來，雲集霧散。」

【解釋】像雲那樣聚集，像霧那樣消散去。

【用法】比喻人事盛衰，聚散無常。

【例句】人事無常，～，那是沒有定數的。

雲錦天章 ㄩㄣˊ ㄐㄧㄣˇ ㄊㄧㄢ ㄓㄤ

【出處】《詩經．大雅．綿》：「倬被雲漢，爲章於天。」

【解釋】雲錦：神話傳說織女星用彩雲織出的錦緞。天章：彩雲自然形成的花紋。

【用法】比喻文章極爲高雅、清新。

【例句】您的大作眞是雲錦天章，高妙之至。

雲譎波詭 ㄩㄣˊ ㄐㄩㄝˊ ㄆㄛ ㄍㄨㄟˇ

【出處】漢．揚雄《甘泉賦》：「於是大厦雲譎波詭，摧嗺而成觀。」

【解釋】譎、詭：奇異。像雲彩和波浪那樣千變萬化。

【用法】①形容房屋構造千姿百態。②形容事態的變幻莫測。

【例句】現在的國際局勢，～。昔日爲敵，今日可攜手合作；前時是親密同盟，現在也可能反目成仇。

雲起龍驤 ㄩㄣˊ ㄑㄧˇ ㄌㄨㄥˊ ㄒㄧㄤ

【出處】漢．班固《漢書．敘傳下》：「雲起龍襄(驤)，化爲侯王。」

【解釋】驤：騰起。

【用法】比喻英雄豪傑乘時而起。

【例句】這個時代正是～的時代，看那沙場上馳騁的豪傑，屢次建立戰功，眞不愧是大時代的兒女。

雲消霧散 ㄩㄣˊ ㄒㄧㄠ ㄨˋ ㄙㄢˋ

見「烟消霧散」。

雲消雨散 ㄩㄣˊ ㄒㄧㄠ ㄩˇ ㄙㄢˋ

【出處】明．馮夢龍《警世通言》第十卷：「昔日張公清歌對酒，妙舞邀賓，百歲既終，雲消雨散，此事自古皆然，不足感嘆。」
【解釋】指滿天的雲雨頓時消散。
【用法】形容已經逝去的一切都不會再回來了。
【例句】這件事就此了結，當作～，不必再去計較了。

雲心月性

【出處】唐．孟浩然《憶周秀才、素上人》詩：「野客雲作心，高僧月為性。」
【解釋】像浮雲和明月一樣的心性。
【用法】形容人不爭名利，性情恬淡。
【例句】郭老～，性情恬淡，在當今社會很難再有第二人。

雲興霞蔚

【出處】南朝．宋．劉義慶《世說新語．言語》：「顧長康從會稽還，人問山川之美，顧云：『千岩競秀，萬壑爭流，草木蒙籠其上，若雲興霞蔚。』」
【解釋】興：興起。蔚：薈萃、聚集。雲霞蔚集。
【用法】形容絢爛綺麗。

【例句】這裡草木葱蘢，野花遍地，猶如～，真是人間勝境。
【附註】也作「雲蒸霞蔚」。

雲行雨施

【出處】《周易．乾．文言》：「雲行雨施，天下平也。」
【解釋】行：布散。施：給予。布開雲彩，下起及時好雨。
【用法】比喻廣泛施布恩澤。
【例句】自從事業發達後，他就經常回到家鄉，～，救濟自己的同鄉。

雲中白鶴

【出處】晉．陳壽《三國志．魏書．邴原傳》：「原從遼東遁還，南行已數日，而公孫度甫覺，知其不可復追也，因曰：『邴君所謂雲中白鶴，非鶉鷃之網所能羅矣。』」
【解釋】在雲端裡自由飛翔的白鶴。
【用法】比喻氣質高潔的人。
【例句】此人氣質非凡，如～，自有一股脫俗高潔的氣息。

雲愁霧慘

見「愁雲慘霧」。

雲山霧罩

【解釋】罩：覆蓋、籠罩。山被雲霧罩着，看不清它的真面目。
【用法】比喻故弄玄虛，曖昧不明。
【例句】他～地說了半天，誰也弄不清他到底想說些什麼。

允執其中

【出處】《尚書．大禹謨》：「人心惟危，道心惟危，惟精惟一，允執厥中。」
【用法】真誠地保持正確，不犯錯誤。
【例句】一個人能做到～，恐怕是不容易的，但我們要用這個標準嚴格要求自己。
【附註】原作「允執厥中」。

允文允武

【出處】《詩經．魯頌．泮水》：「允文允武，昭假烈祖。」
【解釋】允：語助詞。

【用法】能文能武。

【例句】將軍～，眞是一位人才。

運斤成風 ㄩㄣˋ ㄐㄧㄣ ㄔㄥˊ ㄈㄥ

【出處】《莊子・徐無鬼》：「郢人堊漫其鼻端，若蠅翼，使匠石斫之。匠石運斤成風，聽而斫之，盡堊而鼻不傷，郢人立不失容。」（堊：白粉。漫：塗抹。）

【解釋】運：揮動。斤：斧頭。

【用法】比喻手法熟練，技術高超。

【例句】這位雕刻家的手，～，眞是神奇到了極點。

運之掌上 ㄩㄣˋ ㄓ ㄓㄤˇ ㄕㄤˋ

【出處】《孟子・公孫丑》：「以不忍人之心，行不忍人之政，治天下可運之掌上。」

【解釋】掌：手心。就像在手心裡運轉一樣。

【用法】形容非常容易。

【例句】他有豐富的實踐經驗，這樣一個小小的改建工程是可以～，不用費力的。

運籌帷幄 ㄩㄣˋ ㄔㄡˊ ㄨㄟˊ ㄨㄛˋ

【出處】漢・司馬遷《史記・高祖本紀》：「夫運籌帷幄之中，決勝於千里之外，吾不如子房。」

【解釋】運籌：策劃。帷幄：軍中帳幕。在營帳中擬定作戰的策略。

【用法】引申爲籌劃、指揮，或幕後操縱。

【例句】今日軍事武器發達，～，可決勝於千里之外，古代的人類大概很難想像。

運用之妙，存乎一心 ㄩㄣˋ ㄩㄥˋ ㄓ ㄇㄧㄠˋ ㄘㄨㄣˊ ㄏㄨ ㄧ ㄒㄧㄣ

【出處】元・脫脫等《宋史・岳飛傳》：「陣而後戰，兵法之常，運用之妙，存乎一心。」

【解釋】妙：巧妙，也指靈活性。存乎：在於。一心：指動腦筋思考。運用得巧妙靈活，全在於用心思考。用指戰爭中能否巧妙地運用形勢，靈活地掌握戰略戰術，克敵制勝，在於指揮員深謀遠慮，認眞思考。

【例句】作文的技巧大概就在這幾項，至於～，只看諸位如何利用了。

運用自如 ㄩㄣˋ ㄩㄥˋ ㄗˋ ㄖㄨˊ

【解釋】自如：活動或操作可以隨心所欲。

【用法】形容運用非常熟練、自然。

【例句】在冰球上，他手中的冰球棍簡直像一根魔杖一樣，得心應手，～。

韞匵而藏 ㄩㄣˋ ㄉㄨˊ ㄦˊ ㄘㄤˊ

【出處】《論語・子罕》：「子貢曰：『有美玉於斯，韞匵而藏諸？求善賈而沽諸？』子曰：『沽之哉！沽之哉！我待賈者也。』」

【解釋】韞：藏。匵：同「櫝」，木櫃。藏在櫃子裡。

【用法】比喻懷才隱退。

【例句】張老～，實在是社會的一大損失。

庸懦無能 ㄩㄥ ㄋㄨㄛˋ ㄨˊ ㄋㄥˊ

【出處】清・李汝珍《鏡花緣》第六十八回：「武后道：『此事雖易，但朕跟前能事宮娥不過數人，皆朕隨身伺候不可缺的；若使庸懦無能之輩跟隨前去，不獨教他們笑我天朝無人，反與你事有碍。』」

【解釋】庸：平庸。懦：懦弱。

【用法】平庸懦弱而沒有能力。

【例句】我們的手下都是些精明強幹的，沒有一個是～的，還怕辦不好事？

庸中佼佼 ㄩㄥ ㄓㄨㄥ ㄐㄧㄠˇ ㄐㄧㄠˇ

【出處】南朝・宋・范曄《後漢書・劉盆子傳》：「卿所謂鐵中錚錚，傭中佼佼者也。」（傭：庸。）

【解釋】庸：指平凡的人。佼佼：美好的樣子。

【用法】在平凡的人中比較突出一些的。

【例句】他雖然算不得出類拔萃的人物，但卻不失爲～，絕不是庸碌無爲的人可比。

庸人自擾 ㄩㄥ ㄖㄣˊ ㄗˋ ㄖㄠˇ

【出處】宋・歐陽修等《新唐書・陸象先傳》：「天下本無事，庸人擾之爲煩耳。」

【解釋】庸人：無能、見識淺陋的人。

【用法】庸人無事找事，自惹麻煩。

【例句】你別在那兒～，自找麻煩了。其實小李根本無意和你爭，你何必去騷擾人家呢？

庸醫殺人 ㄩㄥ ㄧ ㄕㄚ ㄖㄣˊ

【出處】明・吳承恩《西遊記》第六十八回：「我有幾個草頭方兒，能治大病，管情醫得他好便了。就是醫殺了，也只問得個庸醫殺人罪名，也不該死。」

【解釋】庸醫：醫術低劣的醫生。

【用法】醫術低劣的醫生亂投藥而致人死命。

【例句】在醫學技術這麼發達的時代，竟發生～的事件，眞是叫人想不到。

庸言庸行 ㄩㄥ ㄧㄢˊ ㄩㄥ ㄒㄧㄥˊ

【出處】《周易・乾》：「庸言之信，庸行之謹。」

【解釋】庸：平常。平平常常的言行。

庸庸碌碌 ㄩㄥ ㄩㄥ ㄌㄨˋ ㄌㄨˋ

【出處】漢・王充《論衡・答佞》：「庸庸之主，無高材之人也。」

【解釋】庸庸：平平常常。碌碌：無能的樣子。

【用法】形容平庸無能的人。

【例句】這個人～，無所作爲。

雍容大雅 ㄩㄥ ㄖㄨㄥˊ ㄉㄚˋ ㄧㄚˇ

【解釋】雍容：端莊大方，從容不迫的樣子。大雅：有威儀的樣子。

【用法】形容人態度大方，儀表堂堂。

【例句】這男子～，頗有大將之風。

雍容華貴 ㄩㄥ ㄖㄨㄥˊ ㄏㄨㄚˊ ㄍㄨㄟˋ

【解釋】雍容：大方、從容不迫的態度。華貴：華麗、富貴。儀表大方，衣着華麗。

【用法】①形容富貴人的儀表（多指貴婦人）。②形容藝術作品的典雅而華麗的風格。

【例句】華格納的音樂作品，具有一種～的風格。

雍容閑雅 ㄩㄥ ㄖㄨㄥˊ ㄒㄧㄢˊ ㄧㄚˇ

【出處】漢・司馬遷《史記・司馬相如

列傳》：「相如之臨邛，從車騎，雍容閑雅甚都。」

【解釋】雍容：大方、從容不迫的樣子。閑雅：文雅安詳。

【用法】形容人的態度大方文雅。

【例句】吳小姐不僅長得端莊秀麗，而且～，給人留下了很好的印象。

【附註】也作「雍容爾雅」。

雍容雅步 ㄩㄥ ㄖㄨㄥˊ ㄧㄚˇ ㄅㄨˋ

【出處】北齊・魏收《魏書・世祖紀》：「古之君子，養志衡門，德成業就，才為世使。或雍容雅步，三命而後至；或棲棲遑遑，負鼎而自達。」

【用法】形容態度從容、儀表大方，舉止高雅不俗。

【例句】李先生～，氣質不俗，難怪博得眾紅顏的青睞。

饔飧不繼 ㄩㄥ ㄙㄨㄣ ㄅㄨˋ ㄐㄧˋ

【出處】明・朱用純《朱氏家訓》：「雖饔飧不繼，猶有餘歡。」

【解釋】饔：早飯。飧：晚飯。不繼：接不上。吃了上頓沒下頓。

【用法】形容生活困苦。

【例句】為了堅持自己的理念，實現自己的理想，他耗盡了所有的家產，甚至～，他也不在乎，這股熱誠，令人十分感動。

擁彗掃門 ㄩㄥˇ ㄏㄨㄟˋ ㄙㄠˇ ㄇㄣˊ

【出處】漢・司馬遷《史記・高祖本紀》：「後高祖朝，太公擁彗，迎門卻行。」

【解釋】擁：拿着。彗：掃帚。拿起掃帚，清掃門前小路。

【用法】表示迎接貴賓。

【例句】聽說你要來，我們全家都非常高興，我這裡～，以待嘉賓，希望你能快一點光臨。

勇猛精進 ㄩㄥˇ ㄇㄥˇ ㄐㄧㄥ ㄐㄧㄣˋ

【出處】《妙法蓮花經序品》：「又見菩薩勇猛精進，入於深山，而修佛道。」

【解釋】原為佛教語。指勤勉地修行。

【用法】指刻苦學習，力求進步。

【例句】他為補回失去的時間，刻苦學習～，早晚不休只想取得好的成績。

勇冠三軍 ㄩㄥˇ ㄍㄨㄢˋ ㄙㄢ ㄐㄩㄣ

【出處】漢・李陵《答蘇武書》：「陵先將軍，功略蓋天地，義勇冠三軍。」

【解釋】三軍：軍隊的通稱（古時把軍隊分為上、中、下三部分）。在三軍之中最勇敢的人。

【用法】比喻英勇無敵。

【例句】岳飛廣有謀略，～，是宋代最著名的軍事將領之一。

勇者不懼 ㄩㄥˇ ㄓㄜˇ ㄅㄨˋ ㄐㄩˋ

【出處】《論語・子罕》：「子曰：知(智)者不惑，仁者不憂，勇者不懼。」

【用法】眞正的勇士是毫無畏懼的。

【例句】任憑有多大的困難，～，我們都將迎着困難而上。

勇而無謀 ㄩㄥˇ ㄦˊ ㄨˊ ㄇㄡˊ

【出處】北齊・魏收《魏書・良吏傳・明亮》：「謀勇二事，體本相須。若勇而無謀，則勇不獨舉，若謀而無勇，則謀不孤行。」

【解釋】謀：智謀。

【用法】只是勇猛而沒有智謀。
【例句】呂布這人～，您不必擔心他；倒是劉備，您可要小心對付。

勇往直前

【出處】《朱子全書・道統一・周子書》：「不顧旁人是非，不計自己得失，勇往直前，說出人不敢說底道理。」
【用法】毫無畏懼地一直向前進。
【例句】海上的帆船，劈波斬浪，在萬里的波濤中，按照預定的航綫，～。

咏月嘲風

見「吟風弄月」。

永志不忘

【解釋】志：記住。永遠記住，不會忘掉。
【例句】革命先烈建設我們國家所作的卓越貢獻，後代子孫將～。

永矢弗諼

【出處】《詩經・衛風・考槃》：「考槃在澗，碩人之寬，獨寐寤言，永矢弗諼。」
【解釋】矢：通「誓」，決心。弗：不。諼：忘記。
【用法】永遠不會忘記。
【例句】師長殷殷告誡的這番話，我～，絕不會忘記的。

永生永世

【解釋】永生：人死而精神不死。永世：無窮盡的世代。
【用法】指人生前、死後無窮無盡的年月。
【例句】您的大恩大德，我～都不會忘記。

永垂不朽

【出處】北齊・魏收《魏書・高祖紀下》：「雖不足綱範萬度，永垂不朽，且可釋滯目前，厘整時務。」
【解釋】垂：流傳。
【用法】指受人民崇敬的人物，其事業、精神永遠流傳，不會磨滅。
【例句】這些爲國犧牲的志士，他們的精神將～。

踊貴屨賤

【出處】《左傳・昭公三年》：「（齊景公）笑曰：『子近市，識貴賤乎？』（晏子）對曰：『既利之，敢不識乎？』公曰：『何貴何賤？』於是景公繁於刑，有鬻踊者，故對曰：『踊貴屨賤。』景公於是省於刑。」
【解釋】踊：古代爲受過刖刑（斬斷脚趾）者製作的鞋。屨：古代用麻、革等製成的鞋。由於齊景公濫用刑罰，受刑的人很多，以至於爲受刖刑者穿的踊反而比普通人穿的屨還要貴。
【用法】比喻世態失常，社會現象不合理。
【例句】那眞是個荒唐的時代，竟然～，知識份子該是社會的精英，卻受到如此輕視，實在可悲！

踊躍輸將

【解釋】踊躍：情緒熱烈，爭先恐後。輸將：捐獻、繳納。
【用法】形容大家拿出自己的東西表示支持。

【例句】得知武王軍隊將替天行道，討伐殷紂，百姓都～，熱烈支持。

用兵如神 ㄩㄥˋ ㄅㄧㄥ ㄖㄨˊ ㄕㄣˊ

【出處】明・羅貫中《三國演義》第六十四回：「張任看見孔明軍伍不齊，在馬上冷笑曰：『人說諸葛亮用兵如神，原來有名無實。』」
【解釋】用兵：指軍隊作戰。
【用法】形容很善於指揮作戰，常常變化莫測。
【例句】李將軍擅於指揮作戰，他～。在一次戰役中，他竟以寡擊衆，擊退了敵軍強大的攻勢。

用非所學 ㄩㄥˋ ㄈㄟ ㄙㄨㄛˇ ㄒㄩㄝˊ

【解釋】所用的不是所學的，學而不一致。
【用法】指使用人才不當。
【例句】在工作安排上，我們一定要克服～的現象。

用非所長 ㄩㄥˋ ㄈㄟ ㄙㄨㄛˇ ㄔㄤˊ

【用法】任用的不是對方的特長。
【例句】如果～，就是對人才的浪費。

用夏變夷 ㄩㄥˋ ㄒㄧㄚˋ ㄅㄧㄢˋ ㄧˊ

【出處】《孟子・滕文公上》：「吾聞用夏變夷者，未聞變於夷者也。」
【解釋】夏：諸夏，古代中原地區周王朝所分封的各諸國。夷：指中原地區以外各族。用諸夏的文化去影響和同化其他僻遠的部族。
【用法】比喻用先進的去改變後進的。
【例句】「己立立人，己達達人。」文化先進國家應有「～」的責任感，以提攜文化落後國家的水準。

用盡心機 ㄩㄥˋ ㄐㄧㄣˋ ㄒㄧㄣ ㄐㄧ

見「費盡心機」。

用行捨藏 ㄩㄥˋ ㄒㄧㄥˊ ㄕㄜˇ ㄘㄤˊ

【出處】《論語・述而》：「子謂顏淵曰：『用之則行，捨之則藏，惟我與爾有是夫！』」
【解釋】用：任用。行：出任。捨：不被任用。藏：隱退。
【用法】被任用時就出任，不被任用時就隱退。
【例句】許多知識分子只能抱着～的態度，這也是不得已的。

用之不竭 ㄩㄥˋ ㄓ ㄅㄨˋ ㄐㄧㄝˊ

【出處】宋・蘇軾《前赤壁賦》：「取之無禁，用之不竭……」
【解釋】竭：盡。
【用法】使用不完。
【例句】這個地區的水利資源十分豐富，眞可說是取之不盡，～。

用志不紛 ㄩㄥˋ ㄓˋ ㄅㄨˋ ㄈㄣ

【出處】《莊子・達生》：「用志不紛，乃凝於神，其痀僂丈人之謂乎！」
【例句】唯有～，專一地學習才能獲致成就。

用人惟才 ㄩㄥˋ ㄖㄣˊ ㄨㄟˊ ㄘㄞˊ

【出處】明・羅貫中《三國演義》第十八回：「紹（袁紹）外寬內忌，所任多親戚，公（曹操）外簡內明，用人惟才，此度勝也。」
【解釋】用：任用。惟：只有、獨。

【用法】任用人時只根據他的才能。

【例句】將來你承繼事業後，要～，切勿徇私情，阻遏賢才進陞之道。

用武之地（ㄩㄥˋ ㄨˇ ㄓ ㄉㄧˋ）

【出處】唐・房玄齡等《晉書・姚襄載記》：「洛陽雖小，山河四塞，亦是用武之地。」

【解釋】適宜於打仗用兵的地方。

【用法】指施展才能的地方。

【例句】只要我們眞正有了知識和技能，就不愁沒有～。

筆畫索引

【一畫】

一龍一豬 一二九七
一龍一蛇 一二九七
一改故轍 一二九八
一乾二淨 一二九八
一竿風月 一二九八
一鼓作氣 一二九八
一鼓而擒 一二九八
一國三公 一二九九
一口同音 一二九二
一口兩匙 一二九九
一口吸盡西江水。 一二九九
一口三舌 一二九九
一夔已足 一三〇〇
一匡天下 一三〇〇
一空依傍 一三〇〇
一孔之見 一三〇〇
一寒如此 一三〇〇
一呼百諾 一三〇一
一呼百應 一三〇一
一壺千金 一三〇一
一狐之腋 一三〇一
一揮而就 一三〇一
一還一報 一三〇一
一哄而散 一三〇一
一己之私 一三〇二
一家眷屬 一三〇二
一家之言 一三〇二
一階半級 一三〇二
一金之俸 一三〇三
一漿十餅 一三〇三
一舉兩得 一三〇三
一舉兩失 一三〇四
一舉千里 一三〇四
一舉成名 一三〇四
一舉手之勞 一三〇四
一舉一動 一三〇四
一決雌雄 一三〇四
一蹶不振 一三〇四
一丘之貉 一三〇五
一丘一壑 一三〇五
一謙四益 一三〇五
一錢不值 一三〇五
一錢如命 一三〇五
一琴一鶴 一三〇六
一力吹噓 一二九六
一路平安 一二九七
一路福星 一二九七
一路順風 一二九七
一落千丈 一二九七
一概而論 一二九八
一顧千金 一二九八
一顧傾城 一二九九
一刻千金 一二九九
一潰千里 一三〇〇
一饋十起 一三〇〇
一技之長 一三〇二
一介不取 一三〇二
一介之才 一三〇二
一介書生 一三〇三
一箭雙雕 一三〇三
一見傾心 一三〇三
一見鍾情 一三〇三
一見如故 一三〇三
一氣呵成 一三〇四
一竅不通 一三〇五
一去不復返 一三〇六
一夕九徙 一三〇七
一夕九升 一三〇七
一瀉千里 一三〇七
一蟹不如一蟹。 一三〇七
一笑千金 一三〇七
一笑置之 一三〇七
一柱難搘 一三一〇
一柱擎天 一三一〇
一斥不復 一三一〇
一倡百和 一三一一
一倡三嘆 一三一一
一唱一和 一三一一
一觸即發 一三一二
一觸即潰 一三一二
一串驪珠 一三一二
一世之雄 一三一三
一事無成 一三一三
一視同仁 一三一三
一日九遷 一三一五
一日千里 一三一五
一日之長 一三一五
一日之長 一三一六
一日之雅 一三一六
一日三秋 一三一六
一日萬機 一三一六
一字百煉 一三一八
一字褒貶 一三一八
一字不苟 一三一八
一字連城 一三一八
一字見心 一三一八
一字千金 一三一八
一字之師 一三一九
一字之珠 一三一九
一坐盡驚 一三一九
一坐盡傾 一三一九
一坐之間 一三一九
一蹴而就 一三二〇
一寸丹心 一三二〇
一意孤行 一三二一
一葉障目，不見泰山。 一三二一
一應俱全 一三二三
一物降一物 一三二五
一誤再誤 一三二五
一臥不起 一三二五
一問三不知 一三二六
一望無際 一三二六
一清二白 一三〇六
一清二楚 一三〇六
一曲千金 一三〇六
一犬吠形，百犬吠聲。 一三〇六

【二畫】

八百孤寒　一
八拜之交　一
八面玲瓏　一
八面見光　一
八面見線　一
八面威風　一
八方呼應　一
八方支援　二
八斗之才　二
八公山上，草木皆兵。　二
八花九裂　二
八荒之外　二
八街九陌　二
八九不離十　二
八仙過海，各顯神通。　三
八字打開　三
匕鬯不驚　四二
卜宅卜鄰　九五
卜晝卜夜　九六
卜數只偶　九六
刀頭舐蜜　二七八
刀耕火耨　二七八
刀光劍影　二七八
刀鋸鼎鑊　二七八
刀山火海　二七九
刀山劍樹　二七九
刁滑奸詐　三〇一
刁鑽古怪　三〇一
刁鑽刻薄　三〇一
丁是丁，卯是卯。　三〇四
丁一卯二　三〇四
丁一確二　三〇四
乃心王室　三九八
力不能支　四三七
力不勝任　四三七
力不從心　四三七
力排衆議　四三七
力敵勢均　四三七
力透紙背　四三七
力能扛鼎　四三七
力孤勢危　四三八
力盡筋疲　四三八
力盡神危　四三八
力窮勢孤　四三八
力壯身強　四三八
力爭上游　四三八
力所不逮　四三九
力所能及　四三九
力挽狂瀾　四三九
了不長進　四四三
了身達命　四四三
了身脫命　四四三
了然於懷　四四三
了如指掌　四四三
九鼎大呂　六六四
九天九地　六六四
九牛二虎之力。　六六五
九牛一毛　六六五
九流賓客　六六五
九九歸一　六六五
九泉之下　六六五
九霄雲外　六六五
九朽一罷　六六五
九轉功成　六六五
九十其儀　六六六
九世之仇　六六六
九儒十丐　六六六
九層之台，起於累土。　六六六
九死一生　六六六
九五之尊　六六六
九原可作　六六七
七步之才　七二三
七拼八湊　七二三
七零八落　七二三
七橫八豎　七二三
七竅生烟　七二三
七擒七縱　七二三
七情六欲　七二四
七折八扣　七二四
七手八脚　七二四
七上八下　七二四
七嘴八舌　七二四
十病九痛　一〇二六
十步芳草　一〇二六
十步九回頭　一〇二七
十面埋伏　一〇二七
十目所視，十手所指。　一〇二七
十風五雨　一〇二七
十拿九穩　一〇二七
十年寒窗　一〇二七
十年生聚，十年教訓。　一〇二七
十年樹木，百年樹人。　一〇二八
十行俱下　一〇二八
十全十美　一〇二八
十指連心　一〇二八
十室九空　一〇二八
十室之邑，必有忠信。　一〇二八
十日之飲　一〇二八
十惡不赦　一〇二八
十羊九牧　一〇二九
十萬火急　一〇二九
人百其身　一一二七
人不聊生　一一二七
人不可貌相　一一二七
人不知，鬼不覺。　一一二七
人怕出名豬怕壯。　一一二七

人莫予毒　一一二七
人謀不臧　一一二八
人面桃花　一一二八
人面獸心　一一二八
人命關天　一一二八
人命危淺　一一二八
人模人樣　一一二八
人非木石　一一二八
人非聖賢，孰能無過。　一一二九
人浮於事　一一二九
人地生疏　一一二九
人定勝天　一一二九
人多口雜　一一二九
人多智廣　一一二九
人多勢衆　一一二九
人多手雜　一一二九
人頭畜鳴　一一二九
人同此心，心同此理。　一一三〇
人來人往　一一三〇
人老珠黃　一一三〇
人離鄉賤　一一三〇
人困馬乏　一一三〇
人喊馬嘶　一一三〇
人給家足　一一三〇
人傑地靈　一一三〇
人間地獄　一一三一
人盡其才　一一三一
人棄我取　一一三一
人琴俱亡　一一三一
人情冷暖　一一三一
人情世故　一一三一
人去樓空　一一三一
人心不古　一一三二
人心惶惶　一一三二
人心向背　一一三二
人心洶洶　一一三二
人心如面　一一三二
人心所向　一一三二
人心惟危　一一三二
人之將死，其言也善。　一一三三
人之常情　一一三三
人中麒麟　一一三三
人中之龍　一一三三
人衆勝天　一一三三
人事代謝　一一三三
人壽年豐　一一三三
人山人海　一一三三
人神共憤　一一三四
人聲鼎沸　一一三四
人生七十古來稀。　一一三四
人生如寄　一一三四
人生如朝露　一一三四
人人自危　一一三四
人自爲戰　一一三四
人才輩出　一一三五
人才薈萃　一一三五
人才濟濟　一一三五
人財兩空　一一三五
人死留名　一一三五
人而無信，不知其可。　一一三五
人一己百　一一三五
人言可畏　一一三六
人仰馬翻　一一三六
人無遠慮，必有近憂。　一一三六
人微言輕　一一三六
人爲刀俎，我爲魚肉。　一一三六
人欲橫流　一一三六
人云亦云　一一三六
入不敷出　一一五一
入幕之賓　一一五一
入木三分　一一五一
入地無門　一一五二
入國問俗　一一五二
入主出奴　一一五二
入世不深　一一五二
入室升堂　一一五二
入室操戈　一一五二
入水問漁　一一五二
入吾彀中　一一五三
二八佳人　一二八〇
二分明月　一二八〇
二桃殺三士　一二八〇
二心兩意　一二八〇
二姓之好　一二八〇
二者必居其一。　一二八一
二豎爲虐　一二八一
二人同心，其利斷金。　一二八一
二三其德　一二八一
二五耦　一二八一
又生一秦　一三八九
又弱一個　一三八九

【三畫】

凡夫肉眼　二二二
凡夫俗子　二二二
凡事豫則立，不豫則廢。　二二二
大筆如椽　二二五六
大筆一揮　二二五六
大辯若訥　二二五六
大步流星　二二五六
大莫與京　二二五六
大夢初醒　二二五七
大謬不然　二二五七
大名鼎鼎　二二五七
大命將泛　二二五七
大模大樣　二二五七
大發雷霆　二二五七
大發橫財　二二五七
大發慈悲　二二五八

大法小廉 二五八
大方之家 二五八
大放厥詞 二五八
大風大浪 二五八
大福不再 二五八
大腹便便 二五八
大打出手 二五八
大大咧咧 二五九
大德不酬 二五九
大刀闊斧 二五九
大敵當前 二五九
大題小作 二五九
大庭廣衆 二五九
大同小異 二五九
大難臨頭 二五九
大難不死 二五九
大逆不道 二六〇
大輅椎輪 二六〇
大幹快上 二六〇
大功告成 二六〇
大公無私 二六〇
大可不必 二六〇
大可師法 二六〇
大開眼界 二六一
大塊文章 二六一
大快人心 二六一
大海撈針 二六一
大含細入 二六一
大喊大叫 二六一
大旱望雲霓 二六一
大呼小叫 二六一
大瓠之用 二六二
大惑不解 二六二
大獲全勝 二六二
大轟大嗡 二六二
大家閨秀 二六二
大街小巷 二六二
大節不奪 二六三
大驚小怪 二六三
大驚失色 二六三
大器晚成 二六三
大氣磅礴 二六三
大巧若拙 二六三
大千世界 二六三
大權旁落 二六四
大權獨攬 二六四
大喜過望 二六四
大廈將傾 二六四
大顯身手 二六四
大顯神通 二六四
大相徑庭 二六四
大興土木 二六五
大智若愚 二六五
大展宏圖 二六五
大張撻伐 二六五
大張其詞 二六五
大張旗鼓 二六五
大杖則走 二六五
大吃一驚 二六六
大徹大悟 二六六
大吵大鬧 二六六
大處落墨 二六六
大處著眼，小處著手。 二六六
大吹法螺 二六六
大吹大擂 二六六
大醇小疵 二六六
大失所望 二六七
大勢所趨 二六七
大勢已去 二六七
大是大非 二六七
大殺風景 二六七
大手大脚 二六七
大聲疾呼 二六七
大書特書 二六八
大樹將軍 二六八
大人虎變 二六八
大仁大義 二六八
大做文章 二六八
大慈大悲 二六八
大才槃槃 二六八
大材小用 二六九
大錯特錯 二六九
大而化之 二六九
大而無當 二六九
大有可爲 二六九
大有人在 二六九
大有作爲 二六九
大有文章 二六九
大義滅親 二七〇
大義凜然 二七〇
大搖大擺 二七〇
大言欺人 二七〇
大言不慚 二七〇
大雨滂沱 二七〇
大勇若怯 二七〇
土崩瓦解 三八〇
土崩魚爛 三八〇
土木形骸 三八〇
土牛木馬 三八〇
土雞瓦犬 三八〇
土壤細流 三八〇
于名采譽 四九二
干城之將 四九二
干雲蔽日 四九三
工力悉敵 五二七
工欲善其事，必先利其器。 五二八
口不擇言 五三八
口不應心 五三八
口碑載道 五三八
口蜜腹劍 五三八
口沸目赤 五三九
口多食寡 五三九
口口相傳 五三九
口含天憲 五三九
口惠而實不至。 五三九
口角鋒芒 五三九

口角春風 五三九
口角生風 五三九
口講指畫 五三九
口絕行語 五四〇
口血未乾 五四〇
口誅筆伐 五四〇
口中蚤虱 五四〇
口中雌黃 五四〇
口出不遜 五四〇
口傳心授 五四〇
口是心非 五四〇
口尚乳臭 五四一
口說無憑 五四一
口若懸河 五四一
口燥唇乾 五四一
口誦心惟 五四一
口耳並重 五四一
口耳之學 五四一
口吻生花 五四二
己飢己溺 六三九
己所不欲，
勿施於人。 六三九
孑然一身 六五〇
久病成醫 六六三
久負盛名 六六四
久旱逢甘雨 六六四
久假不歸 六六四
久而久之 六六四
久要不忘 六六四
久違謦欬 六六四
巾幗鬚眉 六八三
巾幗英雄 六八三
乞漿得酒 七三〇
乞兒馬醫 七三〇
千部一腔 七四五
千篇一律 七四五
千門萬戶 七四五
千帆競發 七四五
千方百計 七四五
千刀萬剮 七四六
千端萬緒 七四六
千年萬載 七四六
千里迢迢 七四六
千里之堤，
潰于蟻穴。 七四六
千里之行，
始于足下。 七四六
千里之足 七四七
千里蓴羹 七四七
千里鵝毛 七四七
千里猶面 七四七
千了百當 七四七
千慮一得 七四七
千慮一失 七四八
千呼萬喚 七四八
千回百折 七四八
千紅萬紫 七四八
千嬌百媚 七四八
千金買骨 七四八
千金之子 七四九
千金一笑 七四九
千金一擲 七四九
千軍易得，
一將難求。 七四九
千軍萬馬 七四九
千鈞重負 七四九
千鈞一髮 七四九
千奇百怪 七四九
千秋萬歲 七四九
千辛萬苦 七五〇
千錘百鍊 七五〇
千瘡百孔 七五〇
千山萬壑 七五〇
千山萬水 七五〇
千人唱，萬
人和。 七五〇
千人所指 七五〇
千人一面 七五〇
千姿百態 七五一
千載難逢 七五一
千載流芳 七五一
千載一會 七五一
千岩競秀 七五一
千岩萬壑 七五一
千萬買鄰 七五一
千德隳好 七五二
夕陽古道 八〇二
下阪走丸 八〇四
下筆千言 八〇四
下筆成章 八〇四
下不爲例 八〇五
下馬看花 八〇五
下里巴人 八〇五
下氣怡聲 八〇五
下喬入幽 八〇五
下情上達 八〇五
下車伊始 八〇五
下塞上聾 八〇六
小不忍則亂
大謀。 八一二
小題大作 八一二
小鳥依人 八一二
小廉曲謹 八一二
小姑獨處 八一二
小國寡民 八一二
小康之家 八一二
小己得失 八一三
小家碧玉 八一三
小巧玲瓏 八一三
小隙沈舟 八一三
小黠大痴 八一三
小心翼翼 八一三
小懲大誡 八一三
小時了了 八一四
小試鋒芒 八一四
小才大用 八一四
小巫見大巫 八一四
川流不息 一〇〇五
川壅必潰 一〇〇五

尸橫遍野 一〇二四
尸居龍見 一〇二四
尸居餘氣 一〇二四
尸位素餐 一〇二四
士窮見節 一〇四四
士爲知己者死。 一〇四四
山奔海立 一〇六〇
山奔地裂 一〇六〇
山盟海誓 一〇六〇
山明水秀 一〇六〇
山木自寇 一〇六〇
山頹木壞 一〇六一
山南海北 一〇六一
山高路險 一〇六一
山高水低 一〇六一
山高水長 一〇六一
山光水色 一〇六一
山河破碎 一〇六一
山呼海嘯 一〇六二
山輝川媚 一〇六二
山雞舞鏡 一〇六二
山棲谷飲 一〇六二
山窮水盡 一〇六二
山珍海錯 一〇六二
山中宰相 一〇六二
山重水複 一〇六三
山陬海澨 一〇六三
山搖地動 一〇六三
山肴野蔌 一〇六三
山陰道上，應接不暇。 一〇六三
山雨欲來風滿樓。 一〇六三
上不著天，下不著地。 一〇七八
上天入地 一〇七八
上天無路，入地無門。 一〇七九
上樓去梯 一〇七九
上漏下濕 一〇七九
上樑不正下樑歪。 一〇七九
上和下睦 一〇七九
上交不諂 一〇七九
上勤下順 一〇八〇
上下交征 一〇八〇
上下其手 一〇八〇
上下有節 一〇八〇
上行下效 一〇八〇
上智下愚 一〇八〇
上烝下報 一〇八一
上諂下瀆 一〇八一
上樹拔梯 一〇八一
上醫醫國 一〇八一
上有所好，下必甚焉。 一〇八一
上無片瓦，下無立錐之地。 一〇八一
上聞下達 一〇八二
子虛烏有 一一五七
子曰詩云 一一五八
才貌雙全 一一九四
才德兼備 一一九四
才高八斗 一一九四
才高意廣 一一九四
才華蓋世 一一九四
才懷隋和 一一九四
才兼文武 一一九四
才盡詞窮 一一九五
才氣過人 一一九五
才疏學淺 一一九五
才疏志大 一一九五
才疏智淺 一一九五
才疏意廣 一一九五
才子佳人 一一九五
才藝卓絕 一一九五
才望高雅 一一九六
才望兼隆 一一九六
寸步不離 一二一二
寸步難行 一二一二
寸木岑樓 一二一二
寸土必爭 一二一二
寸土不讓 一二一二
寸利必得 一二一三
寸量銖稱 一二一三
寸晷風檐 一二一三
寸進尺退 一二一三
寸草不留 一二一三
寸草不生 一二一三
寸草春暉 一二一三
寸絲半粟 一二一三
寸絲不掛 一二一三
寸陰尺璧 一二一四
寸陰若歲 一二一四
三班六房 一二三四
三馬同槽 一二三四
三番五次 一二三四
三分鼎足 一二三四
三墳五典 一二三四
三復白圭 一二三四
三復斯言 一二三五
三迭陽關 一二三五
三頭六臂 一二三五
三頭兩緒 一二三五
三頭二面 一二三五
三天打魚，兩天曬網。 一二三五
三年不窺園 一二三五
三推六問 一二三五
三年之艾 一二三六
三令五申 一二三六
三綱五常 一二三六
三姑六婆 一二三六
三顧茅廬 一二三六
三過其門而不入。 一二三七
三更半夜 一二三七
三公九卿 一二三七

三戶亡秦　一二三七
三魂九魄　一二三七
三皇五帝　一二三七
三教九流　一二三七
三緘其口　一二三八
三軍易得，一將難求。　一二三八
三釁三浴　一二三八
三旬九食　一二三八
三紙無驢　一二三八
三折肱，爲良醫。　一二三八
三占從二　一二三八
三戰三北　一二三九
三貞九烈　一二三九
三朝元老　一二三九
三長兩短　一二三九
三十六行　一二三九
三十六策，走爲上計。　一二三九
三豕涉河　一二四〇
三仕三已　一二四〇
三獸渡河　一二四〇
三山二水　一二四〇
三生有幸　一二四〇
三日不彈，手生荆棘。　一二四〇
三人行，必有我師。　一二四一
三人成虎　一二四一
三災八難　一二四一
三足鼎立　一二四一
三曹對案　一二四一
三寸之舌　一二四一
三從四德　一二四二
三思而行　一二四二
三三五五　一二四二
三陽開泰　一二四二
三瓦兩舍　一二四二
三位一體　一二四二
三餘讀書　一二四二
弋人何篡　一三五四
丸泥封關　一四七六
亡命之徒　一四九五
亡國破家　一四九五
亡國富庫　一四九五
亡國之器　一四九五
亡國之臣　一四九六
亡國之音　一四九六
亡魂失魄　一四九六
亡魂喪膽　一四九六
亡戟得矛　一四九六
亡人自存　一四九六
亡羊補牢　一四九六
亡羊得牛　一四九七
亡羊之嘆　一四九七
于飛之樂　一五〇五
于今爲烈　一五〇五

【四畫】

巴蛇吞象　三
比上不足，比下有餘。　四三
比物連類　四三
比物此志　四三
比比皆是　四七
比肩並起　四七
比肩繼踵　四八
比肩隨踵　四八
比肩而立　四八
比而不黨　四八
比而不周　四八
比翼雙飛　四八
比屋可封　四八
不敗之地　八〇
不避斧鉞　八〇
不辟子卯　八〇
不變之法　八〇
不辨眞僞　八〇
不辨菽麥　八〇
不破不立　八一
不蔓不枝　八一
不費吹灰之力。　八一
不憤不啓　八一
不負衆望　八一
不動聲色　八一
不痛不癢　八一
不念舊惡　八一
不露鋒芒　八二
不露斧鑿痕迹。　八二
不露圭角　八二
不露聲色　八二
不厲而威　八二
不立文字　八二
不劣方頭　八二
不吝金玉　八二
不吝指教　八三
不落褒貶　八三
不落窠臼　八三
不落人後　八三
不落言筌　八三
不過爾爾　八三
不共戴天　八三
不看僧面看佛面。　八三
不亢不卑　八四
不愧不怍　八四
不愧屋漏　八四
不惑之年　八四
不諱之變　八四
不諱之門　八四
不諱之路　八四
不諱之朝　八四
不計得失　八五
不計其數　八五
不稼不穡　八五
不教之教　八五

不當人子　一〇二
不登大雅之堂。　一〇二
不貪爲寶　一〇二
不祧之祖　一〇二
不腆之酒　一〇二
不腆之儀　一〇二
不通世故　一〇二
不通水火　一〇三
不同凡響　一〇三
不同流俗　一〇三
不能自拔　一〇三
不能贊一辭　一〇三
不寧唯是　一〇三
不勞而獲　一〇三
不稂不莠　一〇三
不郎不秀　一〇四
不了了之　一〇四
不留餘地　一〇四
不倫不類　一〇四
不改初衷　一〇四
不苟言笑　一〇四
不尷不尬　一〇四
不甘後人　一〇五
不甘寂寞　一〇五
不甘示弱　一〇五
不甘雌伏　一〇五
不敢旁騖　一〇五
不敢掠美　一〇五
不敢告勞　一〇五
不敢苟同　一〇六
不敢啓齒　一〇六
不敢自專　一〇六
不敢越雷池一步。　一〇六
不根之談　一〇六
不根持論　一〇六
不關痛癢　一〇六
不關宏旨　一〇六
不關緊要　一〇六
不公不法　一〇七
不恭之詞　一〇七
不攻自破　一〇七
不可逼視　一〇七
不可辯駁　一〇七
不可偏廢　一〇七
不可磨滅　一〇七
不可泯滅　一〇七
不可名狀　一〇七
不可多得　一〇八
不可端倪　一〇八
不可動搖　一〇八
不可同日而語。　一〇八
不可理喻　一〇八
不可告人　一〇八
不可估量　一〇八
不可開交　一〇八
不可抗拒　一〇九
不可揆度　一〇九
不可救藥　一〇九
不可究詰　一〇九
不可企及　一〇九
不可限量　一〇九
不可向邇　一〇九
不可捉摸　一〇九
不可終日　一〇九
不可收拾　一一〇
不可勝道　一一〇
不可勝數　一一〇
不可勝言　一一〇
不可勝用　一一〇
不可饒恕　一一〇
不可思議　一一〇
不可遏止　一一〇
不可一世　一一一
不可移易　一一一
不可言宣　一一一
不可言喻　一一一
不可無一，不可有二。　一一一
不可逾越　一一一
不刊之法　一一一
不刊之論　一一一
不刊之書　一一二
不堪回首　一一二
不堪其憂　一一二
不堪設想　一一二
不堪入目　一一二
不堪入耳　一一二
不堪造就　一一二
不堪卒讀　一一二
不堪一擊　一一三
不合時宜　一一三
不寒而慄　一一三
不毀之制　一一三
不歡而散　一一三
不遑安息　一一三
不羈之民　一一三
不羈之士　一一四
不羈之才　一一四
不即不離　一一四
不及之法　一一四
不急之務　一一四
不假思索　一一四
不櫛進士　一一四
不解之緣　一一四
不驕不躁　一一五
不今不古　一一五
不矜不伐　一一五
不矜不盈　一一五
不矜細行　一一五
不矜而莊　一一五
不緊不慢　一一五
不經之談　一一五
不經一事，不長一智。　一一五
不拘小節　一一六
不拘形迹　一一六
不拘一格　一一六

不安於室 一三一
不一而足 一三一
不依不饒 一三二
不夷不惠 一三二
不遺寸草 一三二
不遺餘力 一三二
不以規矩不
能成方圓。 一三二
不以一眚掩
大德。 一三二
不以爲奇 一三二
不以爲恥 一三二
不以爲然 一三三
不以爲意 一三三
不由分說 一三三
不由自主 一三三
不言不語 一三三
不言之化 一三三
不言而信 一三三
不言而喻 一三三
不因人熱 一三四
不陰不陽 一三四
不淫之度 一三四
不無小補 一三四

不舞之鶴 一三四
不我遐棄 一三四
不爲福先，
不爲禍始。 一三四
不爲戎首 一三四
不違農時 一三五
不違如愚 一三五
不聞不問 一三五
不聞其香 一三五
不聞其臭 一三五
不聞之事 一三五
不聞之聞 一三六
不虞之變 一三六
不虞之隙 一三六
不虞之譽 一三六
不約而同 一三六
不遠千里 一三六
匹馬單槍 一五一
匹馬隻輪 一五一
匹夫匹婦 一五七
匹夫之勇 一五七
匹夫有責 一五七
匹夫無罪，
懷璧其罪。 一五七

片甲不存 一五九
片言隻字 一五九
片言隻語 一五九
片言折之 一五九
片言折獄 一六〇
片瓦無存 一六〇
毛髮絲粟 一七九
毛骨悚然 一七九
毛舉細故 一七九
毛手毛脚 一七九
毛遂墮井 一七九
毛遂自荐 一七九
毛羽零落 一七九
木本水源 二〇六
木牛流馬 二〇七
木強則折 二〇七
木朽蛀生 二〇七
木人石心 二〇七
木已成舟 二〇七
反璞歸眞 二二二
反目成仇 二二三
反復無常 二二三
反戈相向 二二三
反躬自省 二二三

反裘負芻 二二三
反求諸己 二二三
反手可得 二二三
分崩離析 二二五
分別部居 二二五
分茅裂土 二二五
分門別類 二二五
分道揚鑣 二二五
分庭抗禮 二二六
分文不取 二二六
方便之門 二二八
方底圓蓋 二二八
方領矩步 二二八
方興未艾 二二九
方趾圓顱 二二九
方正之士 二二九
方寸已亂 二二九
方外之國 二二九
方外之人 二二九
方圓可施 二二九
夫子之牆 二四二
夫子自道 二四二
夫倡婦隨 二四三
丹鳳朝陽 二八三

丹青之信 二八三
丹心如故 二八四
丹書鐵契 二八四
丹楹刻桷 二八四
弔民伐罪 三〇二
弔死問疾 三〇三
弔兒郎當 三〇三
斗方名士 三一五
斗南一人 三一五
斗換星移 三一五
斗酒百篇 三一五
斗酒隻雞 三一五
斗筲之人 三一六
斗筲之材 三一六
斗轉參橫 三一六
斗折蛇行 三一六
斗升之水 三一六
斗粟尺布 三一六
太平盛世 三三五
太平無象 三三五
太公釣魚，
願者上鈎。 三三五
太丘道廣 三三六
太上忘情 三三六

牛渡馬勃 四一〇
牛鬼蛇神 四一〇
牛驥同皂 四一〇
牛衣對泣 四一〇
六馬仰秣 四四七
六韜三略 四四七
六通四辟 四四八
六根清靜 四四八
六合之內 四四八
六街三市 四四八
六經注我 四四八
六親無靠 四四八
六尺之孤 四四八
六朝金粉 四四九
六出紛飛 四四九
六畜不安 四四九
六神不安 四四九
六神無主 四四九
六月飛霜 四四九
公之於衆 五二六
公正無私 五二六
公諸同好 五二六
公而忘私 五二六
亢龍有悔 五四五
孔孟之道 五五六
孔席墨突 五五七
孔武有力 五五七
互通有無 五九一
互爲表裏 五九一
戶限爲穿 五九一
戶樞不蠹 五九一
化被萬方 五九五
化腐朽爲神奇。 五九五
化零爲整 五九五
化干戈爲玉帛。 五九五
化險爲夷 五九六
化整爲零 五九六
化若偃草 五九六
化爲泡影 五九六
化爲烏有 五九六
火燒眉毛 五九九
火燒火燎 五九九
火上弄冰 五九九
火上加油 五九九
火樹銀花 五九九
火中取栗 五九九
火傘高張 六〇〇
火眼金睛 六〇〇
及鋒而試 六三二
及瓜而代 六三二
及時行樂 六三二
今非昔比 六八二
今愁古恨 六八二
今朝有酒今朝醉。 六八二
今是昨非 六八三
今生今世 六八三
今月古月 六八三
斤斤自守 六八三
井底之蛙 七〇六
井臼親操 七〇七
井井有條 七〇七
井渫不食 七〇七
井中視星 七〇七
井水不犯河水。 七〇七
井然有序 七〇七
井蛙之見 七〇七
切磋琢磨 七三六
切膚之痛 七三六
切中時弊 七三七
切齒腐心 七三七
犬馬之報 七八六
犬馬之年 七八六
犬馬之勞 七八六
犬兔之爭 七八六
犬牙相制 七八六
犬牙相錯 七八六
心病難醫 八二六
心不在焉 八二七
心不由主 八二七
心平氣和 八二七
心滿意足 八二七
心明眼亮 八二七
心慕手追 八二七
心煩技癢 八二七
心煩意亂 八二七
心服口服 八二八
心浮氣躁 八二八
心腹之患 八二八
心腹之交 八二八
心到神知 八二八
心膽俱裂 八二八
心蕩神迷 八二八
心勞日拙 八二九
心力交瘁 八二九
心靈手巧 八二九
心領神會 八二九
心亂如麻 八二九
心廣體胖 八二九
心口如一 八二九
心曠神怡 八三〇
心狠手辣 八三〇
心寒齒冷 八三〇
心花怒放 八三〇
心懷叵測 八三〇
心懷鬼胎 八三〇
心灰意懶 八三〇
心慌意亂 八三〇
心急如火 八三一
心焦性暴 八三一
心堅石穿 八三一
心驚肉跳 八三一
心旌搖搖 八三一
心虔志誠 八三一
心傾神馳 八三一
心去難留 八三二
心血來潮 八三二

心小志大 八三二
心閒手敏 八三二
心心相印 八三二
心嚮往之 八三二
心直口快 八三二
心志難奪 八三三
心照不宣 八三三
心照神交 八三三
心中有數 八三三
心中無數 八三三
心馳神往 八三三
心潮澎湃 八三三
心長力短 八三三
心醇氣和 八三三
心手相應 八三三
心神不定 八三四
心神恍惚 八三四
心術不正 八三四
心如刀割 八三四
心如鐵石 八三四
心如古井 八三四
心如懸旌 八三四
心如止水 八三五
心如死灰 八三五
心醉魂迷 八三五
心慈手軟 八三五
心存芥蒂 八三五
心存魏闕 八三五
心碎腸斷 八三五
心安理得 八三五
心有靈犀一點通。 八三五
心有鴻鵠 八三六
心有餘悸 八三六
心有餘而力不足。 八三六
心無二用 八三六
心爲形役 八三六
心餘力絀 八三六
心悅誠服 八三六
心猿意馬 八三六
凶多吉少 八六八
凶年飢歲 八六八
凶相畢露 八六八
凶終隙末 八六八
凶神惡煞 八六八
之乎者也 八七二
之死靡它 八七二
支分節解 八七二
支離破碎 八七二
支吾其詞 八七二
止暴禁非 八八七
止談風月 八八七
止戈爲武 八八七
止足之分 八八七
止足之計 八八七
止足之戒 八八七
止於至善 八八七
中飽私囊 九四五
中道而廢 九四五
中天婺煥 九四五
中通外直 九四六
中立不倚 九四六
中流砥柱 九四六
中流擊楫 九四六
中冓之言 九四六
中饋猶虛 九四六
中西合璧 九四六
中心是悼 九四七
中心如醉 九四七
中心如噎 九四七
中心搖搖 九四七
中正無私 九四七
中正無邪 九四七
中外馳名 九四七
中原逐鹿 九四八
中庸之道 九四八
中石沒矢 九五二
尺布斗粟 九六一
尺步繩趨 九六一
尺幅萬里 九六一
尺短寸長 九六一
尺蠖求伸 九六一
尺澤之鯢 九六二
尺寸可取 九六二
尺寸之地 九六二
尺寸之功 九六二
仇人相見，分外眼紅。 九九三
什襲而藏 一〇二六
什伍東西 一〇二六
少安毋躁 一〇五八
少頭無尾 一〇五八
少見多怪 一〇五八
少氣無力 一〇五八
少私寡欲 一〇五九
少而精 一〇五九
少不更事 一〇五九
少年老成 一〇五九
少小無猜 一〇五九
少壯不努力，老大徒傷悲。 一〇五九
少成若性 一〇五九
升堂拜母 一〇八二
升堂入室 一〇八二
升高能賦 一〇八二
手不停揮 一〇九四
手不釋卷 一〇九四
手胼足胝 一〇九四
手忙腳亂 一〇九四
手到病除 一〇九五
手到擒來 一〇九五
手快腳輕 一〇九五
手揮目送 一〇九五
手急眼快 一〇九五
手下留情 一〇九五
手足之情 一〇九五
手澤之遺 一〇九五
手足重繭 一〇九六

手足無措　一〇九六
手眼通天　一〇九六
手無縛雞之力。　一〇九六
手無寸鐵　一〇九六
手舞足蹈　一〇九六
水波不興　一一一二
水磨工夫　一一一二
水米無交　一一一二
水木清華　一一一二
水到渠成　一一一二
水滴石穿　一一一二
水天一色　一一一三
水土不服　一一一三
水來土掩，兵來將迎。　一一一三
水陸畢陳　一一一三
水落石出　一一一三
水火兵蟲　一一一三
水火不相容　一一一三
水火之中　一一一三
水火無交　一一一四
水火無情　一一一四
水晶燈籠　一一一四
水清石見　一一一四
水清無魚　一一一四
水秀山明　一一一四
水洩不通　一一一四
水性楊花　一一一五
水漲船高　一一一五
水中撈月　一一一五
水深火熱　一一一五
水乳交融　一一一五
水色山光　一一一五
水月鏡花　一一一五
水遠山高　一一一五
日薄西山　一一一九
日薄崦嵫　一一一九
日不暇給　一一一九
日暮途窮　一一一九
日東月西　一一一九
日理萬機　一一一九
日落西山　一一二〇
日積月累　一一二〇
日計不足，歲計有餘。　一一二〇
日久天長　一一二〇
日久見人心　一一二〇
日就月將　一一二〇
日近長安遠　一一二〇
日進有功　一一二一
日居月諸　一一二一
日清月結　一一二一
日下無雙　一一二一
日削月割　一一二一
日削月朘　一一二一
日新月異　一一二一
日省月試　一一二一
日中必彗　一一二二
日中則昃　一一二二
日中為市　一一二二
日出而作　一一二二
日食萬錢　一一二二
日上三竿　一一二二
日升月恒　一一二二
日坐愁城　一一二三
日無暇晷　一一二三
日月麗天　一一二三
日月合璧　一一二三
日月交食　一一二三
日月經天，江河行地。　一一二三
日月重光　一一二三
日月參辰　一一二三
日月如梭　一一二四
日月入懷　一一二四
仁民愛物　一一三七
仁漿義粟　一一三七
仁心仁術　一一三七
仁至義盡　一一三七
仁者必壽　一一三七
仁者見仁，智者見智。　一一三七
仁人君子　一一三七
仁人志士　一一三八
仁義道德　一一三八
冗詞贅句　一一五六
刈蓍亡簪　一三五四
夭桃穠李　一三六七
尤而效之　一三七八
尤雲殢雨　一三七八
引風吹火　一四一一
引類呼朋　一四一一
引狼入室　一四一一
引領而望　一四一二
引鬼上門　一四一二
引吭高歌　一四一二
引火燒身　一四一二
引咎自責　一四一二
引經據典　一四一二
引頸就戮　一四一二
引嫌辭退　一四一三
引錐刺股　一四一三
引申觸類　一四一三
引商刻羽　一四一三
引繩排根　一四一三
引人注目　一四一三
引人入勝　一四一四
引足救經　一四一四
引而不發　一四一四
引而申之　一四一四
引以為樂　一四一四
引以為榮　一四一四
引為鑒戒　一四一四
引玉之磚　一四一四
母食馬肝　一四三四
五馬分屍　一四四九
五方雜處　一四四九
五風十雨　一四四九
五斗折腰　一四四九

五體投地 一四五〇
五內俱焚 一四五〇
五勞七傷 一四五〇
五穀不分 一四五〇
五穀不升 一四五〇
五穀豐登 一四五〇
五光十色 一四五〇
五行八作 一四五一
五行並下 一四五一
五湖四海 一四五一
五花八門 一四五一
五脊六獸 一四五一
五季之酷 一四五一
五經掃地 一四五一
五黃六月 一四五二
五雀六燕 一四五二
五角六張 一四五二
五心六意 一四五二
五洲四海 一四五二
五尺之童 一四五二
五十步笑百步。 一四五二
五世其昌 一四五三
五日京兆 一四五三
五臟六腑 一四五三
五彩繽紛 一四五三
五色無主 一四五三
五言長城 一四五三
五顏六色 一四五四
五音六律 一四五四
五月飛霜 一四五四
勿以惡小而為之，勿以善小而不為。 一四五四
勿忘在莒 一四五五
文炳雕龍 一四八七
文不加點 一四八七
文房四寶 一四八七
文風不動 一四八七
文東武西 一四八七
文韜武略 一四八八
文恬武嬉 一四八八
文通武達 一四八八
文理不通 一四八八
文行出處 一四八八
文江學海 一四八八
文君新寡 一四八八
文質彬彬 一四八九
文治武功 一四八九
文章絕唱 一四八九
文章憎命達 一四八九
文章宿老 一四八九
文陣雄帥 一四八九
文人相輕 一四九〇
文如其人 一四九〇
文如春華 一四九〇
文采風流 一四九〇
文采緣飾 一四九〇
文從字順 一四九〇
文以載道 一四九〇
文武皇皇 一四九一
文武之道，一張一弛。 一四九一
文武雙全 一四九一
文過飾非 一四九五
王顧左右而言他。 一四九七
王孫公子 一四九七
予取予求 一五〇五
予人口實 一五一一
月白風清 一五二二
月裡嫦娥 一五二二
月落星沈 一五二二
月夕花朝 一五二三
月下花前 一五二三
月下老人 一五二三
月攘一雞 一五二三
月盈則食 一五二三
月暈而風，礎潤而雨。 一五二三
元方季方 一五二五
元龍高臥 一五二五
元龍豪氣 一五二五
元惡大憝 一五二六
元元本本 一五二六
允執其中 一五三三
允文允武 一五三三

【五畫】

白璧無瑕 六
白璧微瑕 六
白面書生 七
白髮蒼蒼 七
白刃子進，紅刃子出。 七
白頭偕老 七
白頭如新 七
白龍魚服 七
白圭之玷 七
白黑分明 八
白虹貫日 八
白駒過隙 八
白紙黑字 八
白首空歸 八
白手起家 八
白首一節 九
白山黑水 九
白水鑑心 九
白日見鬼 九
白日升天 九
白日做夢 九
白日衣繡 九
白往黑歸 一〇
白魚入舟 一〇
白雲親舍 一〇
白雲蒼狗 一〇
半壁江山 二二
半部論語 二二

半面之交 二二
半途而廢 二二
半推半就 二三
半吞半吐 二三
半路出家 二三
半間不界 二三
半截入土 二三
半斤八兩 二三
半青半黃 二三
半晴半陰 二四
半信半疑 二四
半眞半假 二四
半籌不納 二四
半身不遂 二四
半生嘗膽 二四
半死半生 二四
半夜三更 二四
半僞半眞 二五
包辦代替 二五
包打天下 二六
包羅萬象 二六
包羞忍恥 二六
包藏禍心 二六
北門南牙 三六
北門之嘆 三六
北門鎖鑰 三七
北道主人 三七
北宮嬰兒 三七
北轅適楚 三七
本末倒置 四〇
本末相顧 四〇
本末終始 四〇
本同末異 四一
本來面目 四一
本小利微 四一
本性難移 四一
本深末茂 四一
必不撓北 四六
必恭必敬 四六
必傳之作 四六
必操勝券 四六
必由之路 四六
布帛菽粟 一三六
布被瓦器 一三六
布帆無恙 一三七
布鼓雷門 一三七
布恩施德 一三七
布衣芒屩 一三七
布衣黔首 一三七
布衣雄世 一三七
布衣之交 一三七
布衣書帶 一三八
布衣蔬食 一三八
布襪青鞋 一三八
皮毛之見 一五五
皮裏膜外 一五五
皮裏春秋 一五五
皮開肉綻 一五六
皮笑肉不笑 一五六
皮相之談 一五六
皮相之士 一五六
皮之不存，毛將安傅。 一五六
平波緩進 一六二
平步登天 一六二
平步青雲 一六二
平鋪直敘 一六二
平分秋色 一六二
平地風波 一六二
平地樓臺 一六二
平地起家 一六三
平地一聲雷 一六三
平起平坐 一六三
平心靜氣 一六三
平心而論 一六三
平治天下 一六三
平生之好 一六三
平易近人 一六三
平原督郵 一六四
末大必折 一七一
末路之難 一七一
末學膚受 一七一
民胞物與 一九六
民不聊生 一九六
民不堪命 一九六
民康物阜 一九六
民脂民膏 一九六
民生凋敝 一九六
民以食爲天 一九六
民殷財阜 一九七
民爲邦本 一九七
民怨沸騰 一九七
母以子貴 二〇六
目不別視 二〇八
目不交睫 二〇八
目不見睫 二〇八
目不暇接 二〇八
目不斜視 二〇八
目不轉睛 二〇八
目不識丁 二〇八
目迷五色 二〇九
目瞪口呆 二〇九
目短于自見 二〇九
目光炯炯 二〇九
目光如豆 二〇九
目光如炬 二〇九
目空一切 二〇九
目中無人 二一〇
目食耳視 二一〇
目使頤令 二一〇
目濡耳染 二一〇
目眥盡裂 二一〇
目送手揮 二一〇
目無法紀 二一〇
目無全牛 二一〇
目往神受 二一一
犯上作亂 二三四
犯而不校 二三四
犯顏進諫 二三四
付之東流 二四八

付之一炬 二四九
付諸一笑 二四九
付之洪喬 二四九
打抱不平 二五四
打破常規 二五四
打得火熱 二五四
打退堂鼓 二五五
打落水狗 二五五
打躬作揖 二五五
打雞罵狗 二五五
打家刼舍 二五五
打情罵俏 二五五
打成一片 二五五
打入冷宮 二五五
打草驚蛇 二五六
打死老虎 二五六
代代相傳 二七六
代拆代行 二七六
代人受過 二七六
旦夕之費 二八八
旦夕之間 二八八
冬烘先生 三〇六
冬裘夏葛 三〇七
冬扇夏爐 三〇七
冬日可愛 三〇七
冬溫夏凊 三〇七
他山之石，可以攻玉。 三三五
叨陪末座 三三八
叨在知己 三三八
田父獻曝 三七四
田父之功 三七四
奴顏婢膝 四一三
奴顏媚骨 四一四
立地書櫥 四三八
立談之間 四三九
立竿見影 四三九
立功贖罪 四三九
立錐之地 四三九
立身處世 四四〇
立身揚名 四四〇
立人達人 四四〇
立此存照 四四〇
立於不敗之地。 四四一
令苛則不聽 四六〇
令行禁止 四六〇
令人髮指 四六〇
令人齒冷 四六一
令聞嘉譽 四六一
另當別論 四六一
另起爐灶 四六一
另眼相看 四六一
甘拜下風 四九三
甘貧苦節 四九三
甘冒虎口 四九三
甘棠之惠 四九三
甘棠遺愛 四九三
甘苦與共 四九三
甘井先竭 四九四
甘心瞑目 四九四
甘心情願 四九四
甘心如薺 四九四
甘馨之費 四九四
甘之如飴 四九四
甘言媚詞 四九四
甘雨隨車 四九五
古貌古心 五〇三
古道熱腸 五〇四
古調不彈 五〇四
古調獨彈 五〇四
古今中外 五〇四
古井無波 五〇四
古色古香 五〇四
古往今來 五〇四
瓜剖豆分 五〇九
瓜田李下 五〇九
瓜李之嫌 五〇九
瓜熟蒂落 五一〇
瓜字初分 五一〇
功敗垂成 五二六
功德無量 五二七
功虧一簣 五二七
功成不居 五二七
功成名遂 五二七
功成身退 五二七
功崇德鉅 五二七
功參造化 五二七
可歌可泣 五三二
可心如意 五三二
可想而知 五三二
可乘之機 五三二
可乘之隙 五三二
可操左券 五三二
可望不可即 五三二
叩馬而諫 五四二
叩石墾壤 五四二
弘誓大願 六二〇
加官進爵 六四三
加膝墜淵 六四三
加磚添瓦 六四四
加人一等 六四四
甲冠天下 六四八
叫苦不迭 六六二
叫苦連天 六六二
巨鰲戴山 七一五
巧不可階 七三九
巧發奇中 七三九
巧婦難爲無米之炊。 七四〇
巧奪天工 七四〇
巧同造化 七四〇
巧立名目 七四〇
巧取豪奪 七四〇
巧詐不如拙誠。 七四一
巧拙有素 七四一
巧舌如簧 七四一
巧言令色 七四一
丘壑涇渭 七四一

囚首垢面 七四三
囚首喪面 七四三
去末歸本 七八一
去天尺五 七八二
去故就新 七八二
去害興利 七八二
去甚去泰 七八二
去粗取精 七八二
去惡務盡 七八二
去蕪存精 七八二
去僞存眞 七八二
仙凡路隔 八一九
仙風道骨 八一九
仙露明珠 八一九
仙山瓊閣 八一九
仙姿佚貌 八一九
穴居野處 八六二
玄酒瓠脯 八六四
玄之又玄 八六四
兄肥弟瘦 八六七
兄弟孔懷 八六七
兄弟鬩牆 八六七
兄死弟及 八六八
只可意會，不可言傳。 八八二
只見樹木，不見森林。 八八二
只許州官放火，不許百姓點燈。 八八二
只知其一，不知其二。 八八三
只爭朝夕
只此一家，別無分店。 八八三
只要功夫深，鐵杵磨成針。 八八三
乍入蘆圩，不知深淺。 八九七
乍往乍來 八九七
召之卽來，揮之卽去。 九〇八
占山爲王 九一三
仗馬寒蟬 九二一
仗氣使酒 九二一
仗勢欺人 九二一
仗義執言 九二一
仗義疏財 九二一
正本清源 九二四
正理平治 九二四
正襟危坐 九二四
正經八百 九二四
正氣凜然 九二五
正正之旗 九二五
正中下懷 九二五
正人君子 九二五
正色立朝 九二五
正言厲色 九二五
正顏厲色 九二五
主觀臆斷 九三三
主少國疑 九三三
主聖臣良 九三三
主聖臣直 九三三
主辱臣死 九三三
主憂臣勞 九三三
主文譎諫 九三四
叱咤風雲 九六三
出沒無常 九九六
出謀劃策 九九六
出頭露面 九九六
出頭之日 九九六
出頭有日 九九六
出類拔萃 九九六
出谷遷喬 九九六
出乖露醜 九九六
出口成章 九九七
出乎意料 九九七
出將入相 九九七
出其不意 九九七
出奇制勝 九九七
出師不利 九九七
出世離群 九九七
出手得盧 九九八
出山濟世 九九八
出山泉水 九九八
出神入化 九九八
出生入死 九九八
出水芙蓉 九九八
出人頭地 九九八
出人意外 九九九
出爾反爾 九九九
出以公心 九九九
出言不遜 九九九
出言無狀 九九九
出淤泥而不染。 九九九
充類至盡 一〇一九
充閭之慶 一〇一九
充箱盈架 一〇一九
充耳不聞 一〇一九
失敗爲成功之母。 一〇二三
失道寡助 一〇二三
失魂落魄 一〇二三
失驚打怪 一〇二三
失之東隅，收之桑榆。 一〇二三
失之毫厘，謬以千里。 一〇二三
失之交臂 一〇二三
失之穿鑿 一〇二四
石破天驚 一〇三二
石火電光 一〇三二
石沈大海 一〇三二
石室金匱 一〇三二
史不絕書 一〇三八
史無前例 一〇三八
史魚秉直 一〇三八
史魚歷節 一〇三八

世風不古 一〇三九
世風日下 一〇三九
世代相傳 一〇三九
世代簪纓 一〇三九
世態炎涼 一〇三九
世界大同 一〇三九
世上無難事，只怕有心人。 一〇三九
世殊事異 一〇四〇
世外桃源 一〇四〇
市井之民 一〇四五
市井之徒 一〇四五
市井庸愚 一〇四五
生搬硬套 一〇八二
生不逢辰 一〇八二
生命攸關 一〇八三
生佛萬家 一〇八三
生棟覆屋 一〇八三
生吞活剝 一〇八三
生拉硬拽 一〇八三
生老病死 一〇八三
生離死別 一〇八三
生靈塗炭 一〇八四
生龍活虎 一〇八四
生公說法 一〇八四
生花妙筆 一〇八四
生寄死歸 一〇八四
生聚教訓 一〇八四
生氣勃勃 一〇八四
生張熟李 一〇八四
生衆食寡 一〇八五
生齒日繁 一〇八五
生世不諧 一〇八五
生事微渺 一〇八五
生殺予奪 一〇八五
生生不已 一〇八五
生榮死哀 一〇八六
生則同衾，死則同穴。 一〇八六
生財有道 一〇八六
生死肉骨 一〇八六
生死存亡 一〇八六
生於憂患，死於安樂。 一〇八六
生而知之 一〇八六
左抱右擁 一一七八
左輔右弼 一一七八
左道旁門 一一七九
左提右挈 一一七九
左圖右史 一一七九
左鄰右舍 一一七九
左顧而言他 一一七九
左顧右盼 一一七九
左支右絀 一一七九
左程右準 一一七九
左思右想 一一七九
左宜右有 一一八〇
左右逢源 一一八〇
左右開弓 一一八〇
左右採獲 一一八〇
左右爲難 一一八〇
司馬青衫 一二二〇
司馬昭之心，路人皆知。 一二二〇
司空見慣 一二二〇
四不拗六 一二二六
四平八穩 一二二六
四馬攢蹄 一二二七
四面楚歌 一二二七
四方之志 一二二七
四分五裂 一二二七
四大皆空 一二二七
四體不勤，五穀不分。 一二二七
四停八當 一二二八
四通八達 一二二八
四海風從 一二二八
四海鼎沸 一二二八
四海之內皆兄弟。 一二二八
四海承風 一二二八
四海升平 一二二八
四海爲家 一二二八
四郊多壘 一二二九
四清六活 一二二九
四戰之地 一二二九
四時八節 一二二九
四時氣備 一二二九
四才三寶 一二二九
以博一粲 一二三七
以白爲黑 一二三七
以備萬一 一二三七
以暴易暴 一二三七
以冰致蠅 一二三七
以偏蓋全 一二三七
以沫相濡 一二三七
以貌取人 一二三八
以名取士 一二三八
以附驥尾 一二三八
以德報德 一二三八
以德報怨 一二三八
以毒攻毒 一二三八
以碫投卵 一二三八
以湯止沸 一二三九
以湯沃雪 一二三九
以莛叩鐘 一二三九
以退爲進 一二三九
以樂慆憂 一二三九
以類相從 一二三九
以狸餌鼠 一二三九
以蠡測海 一二四〇
以理服人 一二四〇
以禮相待 一二四〇
以利累形 一二四〇
以力服人 一二四〇
以鄰爲壑 一二四〇
以卵投石 一二四〇
以戈舂米 一二四〇

玉潔冰清 一五一八
玉潔松貞 一五一八
玉減香清 一五一八
玉砌雕闌 一五一九
玉質金相 一五一九
玉尺量才 一五一九
玉后無當 一五一九
玉石不分 一五一九
玉石同碎 一五一九
玉石俱焚 一五一九
玉軟花柔 一五一九
玉潤珠圓 一五二〇
玉碎珠沈 一五二〇
玉液瓊漿 一五二〇
玉葉金枝 一五二〇
玉燕投懷 一五二〇
玉殞香消 一五二〇
永志不忘 一五三七
永矢弗諼 一五三七
永生永世 一五三七
永垂不朽 一五三七
用兵如神 一五三八
用非所學 一五三八
用非所長 一五三八
用夏變夷 一五三八
用盡心機 一五三八
用行捨藏 一五三八
用之不竭 一五三八
用志不紛 一五三八
用人惟才 一五三八
用武之地 一五三九

【六畫】

百般刁難 一〇
百般責難 一〇
百弊叢生 一〇
百步穿楊 一一
百不失一 一一
百發百中 一一
百廢待舉 一一
百廢俱興 一一
百代過客 一一
百代文宗 一一
百讀不厭 一二
百堵皆作 一二
百端待舉 一二
百鳥朝鳳 一二
百年不遇 一二
百年大計 一二
百年偕老 一二
百年之柄 一三
百年之業 一三
百年樹人 一三
百里風趠 一三
百里之才 一三
百里異習 一三
百裏挑一 一三
百煉成鋼 一四
百兩爛盈 一四
百感交集 一四
百口莫辯 一四
百孔千瘡 一四
百花凋零 一四
百花齊放 一五
百花齊放，百家爭鳴。 一五
百花爭妍 一五
百花盛開 一五
百卉含英 一五
百家爭鳴 一五
百舉百捷 一五
百舉百全 一六
百星不如一月。 一六
百折不撓 一六
百戰百勝 一六
百轉千回，繞樑三日。 一六
百尺竿頭，更進一步。 一六
百川歸海 一七
百世不磨 一七
百世之利 一七
百世之師 一七
百舍重繭 一七
百獸率舞 一七
百身何贖 一八
百足之蟲，死而不僵。 一八
百辭莫辯 一八
百思不解 一八
百依百順 一八
百業凋敝 一八
百業蕭條 一八
百樣玲瓏 一八
百無聊賴 一九
百無禁忌 一九
百無所成 一九
百無一能 一九
百無一失 一九
百無一是 一九
百無一用 一九
百聞不如一見。 一九
冰凍三尺，非一日之寒。 六五
冰炭不投 六五
冰炭不同器 六五
冰炭不相容 六六
冰炭相愛 六六
冰天雪地 六六
冰天雪窖 六六
冰壺秋月 六六
冰壺玉衡 六六
冰壺玉尺 六六
冰壑玉壺 六六
冰魂雪魄 六七
冰肌雪腸 六七
冰肌玉骨 六七

冰解凍釋　六七
冰清玉潔　六七
冰清玉潤　六七
冰雪聰明　六八
冰消瓦解　六八
冰柱雪車　六八
冰釋理順　六八
冰山難靠　六八
冰甌雪椀　六八
牝牡驪黃　一六一
牝鷄司晨　一六一
忙裡偷閒　一八六
米爛成倉　一八九
米珠薪桂　一八九
名不副實　一九八
名不虛傳　一九九
名副其實　一九九
名列前茅　一九九
名落孫山　一九九
名公巨卿　一九九
名花無主　一九九
名繮利鎖　一九九
名震一時　一九九
名正言順　二〇〇
名重當時　二〇〇
名垂千古　二〇〇
名垂青史　二〇〇
名實相副　二〇〇
名士風流　二〇〇
名山事業　二〇〇
名噪一時　二〇一
名存實亡　二〇一
伐毛洗髓　二一三
伐功矜能　二一三
伐柯人　二一四
伐性之斧　二一四
伏龍鳳雛　二四三
伏而咶天　二四三
地平天成　二九六
地覆天翻　二九七
地大物博　二九七
地動山搖　二九七
地老天荒　二九七
地利人和　二九七
地裂山崩　二九七
地靈人傑　二九七
地廣人稀　二九七
地角天涯　二九七
地下修文　二九八
地主之誼　二九八
地坼天崩　二九八
地醜德齊　二九八
地遠山險　二九八
丟盔棄甲　三〇六
丟人現眼　三〇六
丟卒保車　三〇六
丟三落四　三〇六
多謀善斷　三三〇
多費唇舌　三三〇
多多益善　三三〇
多端寡要　三三〇
多難興邦　三三〇
多力豐筋　三三一
多歷年所　三三一
多快好省　三三一
多情多義　三三一
多行不義必自斃。　三三一
多行無禮必自及。　三三一
多許少與　三三一
多凶少吉　三三一
多愁善感　三三一
多事之秋　三三一
多如牛毛　三三二
多災多難　三三二
多嘴多舌　三三二
多此一舉　三三二
多才多藝　三三二
多財善賈　三三二
多藏厚亡　三三二
多言多敗　三三二
多文爲富　三三二
吐哺握髮　三八二
吐鳳噴珠　三八二
吐膽傾心　三八二
吐露心腹　三八二
吐剛茹柔　三八二
吐故納新　三八二
吐絲自縛　三八三
托之空言　三八三
同病相憐　三八八
同袍同澤　三八九
同美相妒　三八九
同門共業　三八九
同門異戶　三八九
同條共貫　三八九
同類相求　三八九
同流合汚　三九〇
同甘共苦　三九〇
同功一體　三九〇
同工異曲　三九〇
同歸殊途　三九〇
同歸於盡　三九〇
同好棄惡　三九〇
同氣連枝　三九〇
同心同德　三九〇
同心戮力　三九一
同心共濟　三九一
同心合意　三九一
同心協力　三九一
同舟敵國　三九一
同舟共濟　三九一
同仇敵愾　三九一
同成異敗　三九二
同窗之情　三九二
同床異夢　三九二
同室操戈　三九二
同生共死　三九二
同聲相應，

同氣相求。　三九三
同諮合謀　三九三
同惡相求　三九三
同業相仇　三九三
同憂相救　三九三
同寅協恭　三九三
同文同軌　三九三
同浴譏裸　三九三
年富力強　四一〇
年高德劭　四一一
年高望重　四一一
年穀不登　四一一
年近古稀　四一一
年輕力壯　四一一
年深月久　四一一
年誼世好　四一一
年逾古稀　四一一
年逾花甲　四一二
老蚌生珠　四二二
老馬戀棧　四二二
老馬識途　四二三
老馬嘶風　四二三
老謀深算　四二三
老大徒傷　四二三
老大無成　四二三
老當益壯　四二三
老調重彈　四二三
老態龍鍾　四二三
老牛破車　四二四
老牛舐犢　四二四
老淚縱橫　四二四
老吏斷獄　四二四
老練通達　四二四
老鶴乘軒　四二四
老驥伏櫪　四二四
老街舊鄰　四二四
老奸巨猾　四二五
老氣橫秋　四二五
老羞成怒　四二五
老成練達　四二五
老成持重　四二五
老生常談　四二五
老弱婦孺　四二五
老弱殘兵　四二五
老蠶作繭　四二六
老死不相往來。　四二六
老而彌堅　四二六
老於世故　四二六
老嫗能解　四二六
列鼎而食　四四一
列土分疆　四四一
各奔前程　四七九
各不相謀　四七九
各得其所　四七九
各盡其妙　四七九
各盡所能　四八〇
各取所長　四八〇
各顯身手　四八〇
各行其是　四八〇
各執一詞　四八〇
各持己見　四八〇
各擅勝場　四八〇
各抒己見　四八〇
各自爲政　四八一
各從其類　四八一
各從其志　四八一
各有利弊　四八一
各有千秋　四八一
各有所長　四八一
各爲其主　四八一
亘古不滅　四九七
亘古通今　四九八
亘古未有　四九八
光明磊落　五二三
光明正大　五二三
光風霽月　五二三
光復舊物　五二三
光天化日　五二三
光怪陸離　五二三
光可鑒人　五二四
光輝燦爛　五二四
光前絕後　五二四
光前裕後　五二四
光彩奪目　五二四
光陰荏苒　五二四
光陰如箭　五二四
光芒萬丈　五二五
共君一席話，勝讀十年書。　五二九
共襄盛舉　五三〇
扣盤捫燭　五四二
扣人心弦　五四二
夸父逐日　五四九
合抱之木，生於毫末。　五五九
合浦珠還　五五九
合情合理　五五九
合縱連橫　五五九
好景不長　五七〇
好心好報　五七〇
好事不出門，壞事傳千里。　五七〇
好事多磨　五七〇
好惡不愆　五七〇
好語似珠　五七〇
好謀無斷　五七一
好大喜功　五七一
好亂樂禍　五七一
好高騖遠　五七一
好行小慧　五七一
好整以暇　五七一
好吃懶做　五七一
好生之德　五七二
好色不淫　五七二
好逸惡勞　五七二
好惡不同　五七二
好惡同之　五七二

好爲事端　五七二
好爲人師　五七三
好問則裕　五七三
汗馬功勞　五八〇
汗牛充棟　五八〇
汗流浹背　五八一
汗出如瀋　五八一
汗如雨下　五八一
汗顏無地　五八一
行行出狀元　五八二
行伍出身　五八二
灰心喪氣　六〇四
回頭是岸　六〇四
回天乏術　六〇四
回天乏力　六〇五
回天再造　六〇五
回光返照　六〇五
回黃轉綠　六〇五
回驚作喜　六〇五
回心轉意　六〇五
回嗔作喜　六〇五
回腸九轉　六〇五
回船轉舵　六〇六
回春乏術　六〇六
回味無窮　六〇六
吉光片羽　六三二
吉星高照　六三二
吉凶未卜　六三三
吉日良辰　六三三
吉人天相　六三三
交臂失之　六五七
交頭接耳　六五七
交口薦譽　六五八
交洽無嫌　六五八
交淺言深　六五八
奸人之雄　六七四
奸淫擄掠　六七四
尖嘴薄舌　六七四
尖嘴猴腮　六七五
尖酸刻薄　六七五
江郎才盡　六九七
江河日下　六九八
江漢朝宗　六九八
江心補漏　六九八
江洋大盜　六九八
匠心獨運　六九八
企足而待　七三一
曲突徙薪　七七八
曲盡其妙　七七八
曲徑通幽　七七八
曲意逢迎　七七九
曲高和寡　七八一
曲終奏雅　七八一
全力以赴　七八三
全功盡棄　七八四
全軍覆沒　七八四
全知全能　七八四
全始全終　七八四
全受全歸　七八四
西鄰責言　七九五
血淚盈襟　八〇八
血流漂杵　八〇八
血流成河　八〇八
血口噴人　八〇八
血海深仇　八〇八
血氣方剛　八〇八
血債累累　八〇九
血肉橫飛　八〇九
血肉相聯　八〇九
休明盛世　八一五
休戚相關　八一五
休戚與共　八一五
休聲美譽　八一六
休養生息　八一六
朽木糞土　八一七
朽木難雕　八一七
先發制人　八一九
先得我心　八二〇
先睹爲快　八二〇
先天不足　八二〇
先天下之憂而憂，後天下之樂而樂。　八二〇
先禮後兵　八二〇
先公後私　八二〇
先見之明　八二一
先驅螻蟻　八二一
先下手爲強　八二一
先知先覺　八二一
先斬後奏　八二一
先聲奪人　八二一
先聲後實　八二一
先入爲主　八二二
先意承旨　八二二
先憂後樂　八二二
先務之急　八二二
先我著鞭　八二二
伈伈俔俔　八三八
向壁虛造　八四四
向平願了　八四五
向火乞兒　八四五
向聲背實　八四五
向隅而泣　八四五
刑天爭神　八四九
行百里者半九十。　八五一
行不由徑　八五一
行同狗彘　八五二
行好積德　八五二
行將就木　八五二
行峻言厲　八五二
行成于思　八五二
行屍走肉　八五二
行若無事　八五二
行則連輿，止則接席。　八五三
行有餘力　八五三
行遠自邇　八五三
行雲流水　八五三

旭日東昇 八五八
至大至剛 八九三
至大無外 八九三
至當不易 八九三
至理名言 八九四
至高無上 八九四
至公無私 八九四
至敬無文 八九四
至親骨肉 八九四
至小無內 八九四
至信辟金 八九四
至智不謀 八九五
至誠如神 八九五
至聖至明 八九五
至人無夢 八九五
至人無己 八九五
至人無親 八九五
至人無爲 八九五
至仁忘仁 八九六
至死不變 八九六
至死不悟 八九六
至死靡它 八九六
至矣盡矣 八九六
舟中敵國 九〇九
舟水之喩 九〇九
朱門酒肉臭 九二七
朱門綉戶 九二七
朱輪華轂 九二七
朱干玉戚 九二七
朱唇皓齒 九二七
朱衣點頭 九二七
朱衣使者 九二八
竹帛之功 九三一
竹苞松茂 九三一
竹報平安 九三一
竹馬之友 九三二
竹頭木屑 九三二
竹籃打水 九三二
吃裏扒外 九五八
吃糠咽菜 九五八
吃苦耐勞 九五八
吃著不盡 九五八
吃穿用度 九五八
吃一塹，長一智。 九五八
吃衣著飯 九五八
池中物 九六〇
池魚籠鳥 九六〇
池魚之殃 九六〇
式好之情 一〇四五
舌蔽唇焦 一〇五四
舌蔽耳聾 一〇五四
舌撟不下 一〇五四
舌劍唇槍 一〇五四
收回成命 一〇九二
收視反聽 一〇九二
守分安命 一〇九二
守口如瓶 一〇九三
守經達權 一〇九三
守經據古 一〇九三
守正不撓 一〇九三
守株待兔 一〇九三
守常不變 一〇九三
守身如玉 一〇九三
守如處女 一〇九四
守望相助 一〇九四
肉袒面縛 一一二五
肉袒負荊 一一二六
肉食者鄙 一一二六
肉眼凡胎 一一二六
任達不拘 一一三九
任勞任怨 一一三九
任其自然 一一三九
任情恣性 一一四〇
任重道遠 一一四〇
任重才輕 一一四〇
任人宰割 一一四〇
任人唯賢 一一四〇
如臂使指 一一四一
如不勝衣 一一四一
如芒在背 一一四二
如夢初醒 一一四二
如法炮製 一一四二
如登春台 一一四二
如墮五里霧中。 一一四二
如湯沃雪 一一四二
如鳥獸散 一一四二
如牛負重 一一四三
如雷貫耳 一一四三
如狼牧羊 一一四三
如狼似虎 一一四三
如臨大敵 一一四三
如臨其境 一一四三
如臨深淵，如履薄冰。 一一四三
如履平地 一一四三
如鯁在喉 一一四四
如開茅塞 一一四四
如虎添翼 一一四四
如花似錦 一一四四
如花似玉 一一四四
如火如荼 一一四四
如火燎原 一一四四
如獲至寶 一一四五
如簧之舌 一一四五
如飢似渴 一一四五
如膠似漆 一一四五
如箭離弦 一一四五
如箭在弦 一一四五
如泣如訴 一一四五
如切如磋 一一四五
如丘而止 一一四六
如塤如箎 一一四六
如錐畫沙 一一四六
如出一口 一一四六
如出一轍 一一四六
如椽之筆 一一四六
如拾地芥 一一四六
如釋重負 一一四七

如數家珍 一一四七
如水投石 一一四七
如日方升 一一四七
如日中天 一一四七
如人飲水，冷暖自知。 一一四七
如入寶山空手回。 一一四七
如入無人之境。 一一四七
如左右手 一一四八
如坐針氈 一一四八
如坐春風 一一四八
如坐雲霧 一一四八
如醉方醒 一一四八
如醉如痴 一一四八
如操左券 一一四九
如喪考妣 一一四九
如蟻附膻 一一四九
如意郎君 一一四九
如意算盤 一一四九
如飲醍醐 一一四九
如蠅逐臭 一一四九
如影隨形 一一五〇
如聞其聲，如見其人。 一一五〇
如魚得水 一一五〇
如願以償 一一五〇
如運諸掌 一一五〇
戎馬倥傯 一一五五
戎馬生涯 一一五五
字裏行間 一一五八
字斟句酌 一一五八
字正腔圓 一一五八
字若塗鴉 一一五八
字字珠璣 一一五八
自拔來歸 一一五九
自暴自棄 一一五九
自比於金 一一五九
自賣自誇 一一五九
自鳴得意 一一五九
自命不凡 一一六〇
自得其樂 一一六〇
自投羅網 一一六〇
自力更生 一一六〇
自立門戶 一一六〇
自高自大 一一六〇
自告奮勇 一一六〇
自給自足 一一六〇
自甘墮落 一一六一
自顧不暇 一一六一
自鄶以下 一一六一
自愧不如 一一六一
自驚自怪 一一六一
自掘墳墓 一一六一
自覺自願 一一六一
自欺欺人 一一六一
自求多福 一一六二
自輕自賤 一一六二
自強不息 一一六二
自取滅亡 一一六二
自暇自逸 一一六二
自信不疑 一一六二
自相矛盾 一一六二
自相驚擾 一一六二
自相殘殺 一一六三
自相魚肉 一一六三
自行其是 一一六三
自知之明 一一六三
自僝自僽 一一六三
自成一家 一一六三
自出機杼 一一六三
自出心裁 一一六三
自吹自擂 一一六三
自食其力 一一六四
自食其果 一一六四
自食其言 一一六四
自始自終 一一六四
自生自滅 一一六四
自然而然 一一六四
自作多情 一一六四
自作孽 一一六四
自作解人 一一六四
自作自受 一一六四
自作聰明 一一六五
自慚形穢 一一六五
自私自利 一一六五
自貽伊戚 一一六五
自以爲非 一一六五
自以爲得計 一一六五
自以爲是 一一六五
自崖而反 一一六六
自業自得 一一六六
自由泛濫 一一六六
自由放任 一一六六
自由自在 一一六六
自由散漫 一一六六
自有公論 一一六六
自言自語 一一六六
自我標榜 一一六六
自我陶醉 一一六七
自我解嘲 一一六七
自我作故 一一六七
自我安慰 一一六七
自圓其說 一一六七
自怨自艾 一一六七
自用則小 一一六七
再接再厲 一一七〇
再實之木，其根必傷。 一一七一
再生父母 一一七一
再衰三竭 一一七一
再造之恩 一一七一
再作馮婦 一一七一
再三再四 一一七一
在天之靈 一一七一
在谷滿谷，在坑滿坑。 一一七二
在官言官 一一七二
在刼難逃 一一七二

在所不惜　一一七三
在所不辭　一一七三
在所難免　一一七三
在所自處　一一七三
早韭晚菘　一一七四
早知今日，何必當初。　一一七四
早出晚歸　一一七五
此地無銀三百兩。　一一九二
此呼彼應　一一七三
此起彼伏　一一九三
此中三昧　一一九三
此一時，彼一時。　一一九三
此亦一是非，彼亦一是非。　一一九三
此物比志　一一九三
存心養性　一二一一
存而不論　一二一一
存亡繼絕　一二一二
存亡絕續　一二一二
存亡有分　一二一二
死不瞑目　一二二三
死不改悔　一二二三
死不足惜　一二二三
死皮賴臉　一二二三
死得其所　一二二三
死裏逃生　一二二四
死灰復燃　一二二四
死去活來　一二二四
死心塌地　一二二四
死中求生　一二二四
死生有命　一二二四
死日生年　一二二四
死而後已　一二二四
死而無悔　一二二五
死有餘辜　一二二五
死無對證　一二二五
死無葬身之地。　一二二五
死於非命　一二二五
死欲速朽　一二二五
色厲膽薄　一二三二
色厲內荏　一二三二
色授魂與　一二三二
色衰愛弛　一二三二
夙興夜寐　一二四五
夙世冤家　一二四五
夙夜匪懈　一二四五
夙夜在公　一二四六
安邦定國　一二六六
安邦治國　一二六六
安不忘危　一二六六
安步當車　一二六六
安貧樂道　一二六六
安貧知命　一二六六
安民告示　一二六六
安分守理　一二六七
安分守己　一二六七
安分隨時　一二六七
安富恤窮　一二六七
安富尊榮　一二六七
安堵如故　一二六七
安土重居　一二六七
安土重遷　一二六八
安魂定魄　一二六八
安家立業　一二六八
安家落戶　一二六八
安居樂業　一二六八
安閑自在　一二六八
安之若素　一二六八
安常處順　一二六九
安世默識　一二六九
安身立命　一二六九
安身爲樂　一二六九
安然無恙　一二六九
安如磐石　一二六九
安如泰山　一二六九
安營紮寨　一二七〇
安於現狀　一二七〇
而立之年　一二七七
而今而後　一二七七
耳鬢廝磨　一二七七
耳不旁聽　一二七七
耳不忍聞　一二七七
耳目之欲　一二七八
耳目一新　一二七八
耳提面命　一二七八
耳聽八方　一二七八
耳聾眼黑　一二七八
耳根清淨　一二七八
耳食不化　一二七八
耳食之徒　一二七八
耳食之學　一二七九
耳食之言　一二七九
耳視目聽　一二七九
耳熟能詳　一二七九
耳濡目染　一二七九
耳軟心活　一二七九
耳聽目明　一二七九
耳聞不如目見。　一二七九
耳聞目睹　一二八〇
耳聞則誦　一二八〇
伊于胡底　一三二七
衣鉢相傳　一三二九
衣弊履穿　一三二九
衣不蔽體　一三二九
衣不解帶　一三二九
衣不完采　一三三〇
衣單食薄　一三三〇
衣來伸手，飯來張口。　一三三〇
衣寬帶鬆　一三三〇
衣冠禽獸　一三三〇
衣冠梟獍　一三三〇
衣冠楚楚　一三三〇
衣架飯囊　一三三一

衣香鬢影　一三三一
衣食不周　一三三一
衣衫藍縷　一三三一
衣裳之會　一三三一
圯上老人　一三三二
亦步亦趨　一三五三
亦復如是　一三五四
亦莊亦諧　一三五四
衣不及帶　一三六一
衣被群生　一三六一
衣錦還鄉　一三六一
衣錦夜行　一三六二
衣綉晝行　一三六二
曳裾王門　一三六六
曳尾塗中　一三六六
吆五喝六　一三六七
有百害而無一失。　一三八二
有備無患　一三八二
有板有眼　一三八二
有本有則　一三八二
有病亂投醫　一三八二
有才無命　一三八二
有憑有據　一三八二
有名無實　一三八二
有名有姓　一三八三
有目共睹　一三八三
有目共賞　一三八三
有的放矢　一三八三
有頭沒腦　一三八三
有頭有尾　一三八三
有頭無尾　一三八三
有條不紊　一三八三
有條有理　一三八三
有天沒日　一三八三
有天無日　一三八四
有來有往　一三八四
有利可圖　一三八四
有過之而無不及。　一三八四
有口難分　一三八四
有口難言　一三八四
有口皆碑　一三八四
有口無心　一三八四
有苦難言　一三八五
有機可乘　一三八五
有加無已　一三八五
有脚書橱　一三八五
有脚陽春　一三八五
有教無類　一三八五
有進無退　一三八五
有其父必有其子。　一三八六
有氣無力　一三八六
有求必應　一三八六
有血有肉　一三八六
有枝添葉　一三八六
有志不在年高。　一三八六
有志者事竟成。　一三八六
有識之士　一三八六
有朝一日　一三八六
有始有終　一三八六
有始無終　一三八六
有恃無恐　一三八六
有則改之，無則加勉。　一三八七
有聲有色　一三八七
有死無二　一三八七
有所不爲而後可以有爲。　一三八七
有損無益　一三八八
有礙觀瞻　一三八八
有案可稽　一三八八
有一得一　一三八八
有一利必有一弊。　一三八八
有一無二　一三八八
有以善處　一三八八
有言在先　一三八八
有眼不識泰山。　一三八八
有眼無珠　一三八九
有聞必錄　一三八九
有緣千里來相會。　一三八九
有勇無謀　一三八九
因風吹火　一四〇五
因敵取資　一四〇五
因地制宜　一四〇六
因難見巧　一四〇六
因陋就簡　一四〇六
因利乘便　一四〇六
因果報應　一四〇六
因果不爽　一四〇六
因公假私　一四〇六
因禍爲福　一四〇七
因小見大　一四〇七
因小失大　一四〇七
因循守舊　一四〇七
因循坐誤　一四〇七
因時制宜　一四〇七
因事制宜　一四〇七
因勢利導　一四〇八
因樹爲屋　一四〇八
因人制宜　一四〇八
因人成事　一四〇八
因人而異　一四〇八
因任授官　一四〇八
因材施教　一四〇八
因噎廢食　一四〇八
印累綬若　一四一七
羊公之鶴　一四一九
羊狠狼貪　一四一九
羊質虎皮　一四一九
羊腸鳥道　一四一九
羊入虎群　一四一九
羊左之交　一四二〇

仰不愧天 一四二一
仰攀俯取 一四二一
仰觀俯察 一四二一
仰之彌高 一四二一
仰事俯畜 一四二一
仰首伸眉 一四二一
仰人鼻息 一四二三
仰屋興嗟 一四二二
仰屋著書 一四二二
汚七八糟 一四三二
危邦不入 一四六五
危急存亡 一四六五
危如累卵 一四六五
危如朝露 一四六五
危在旦夕 一四六六
危言核論 一四六六
危言聳聽 一四六六
危言危行 一四六六
危而後濟 一四六六
刎頸之交 一四九三
妄口巴舌 一四九九
妄自菲薄 一四九九
妄自尊大 一五〇〇
妄作胡爲 一五〇〇
妄言則亂 一五〇〇
妄言妄聽 一五〇〇
羽毛豐滿 一五一一
羽毛未豐 一五一一
羽翮飛肉 一五一一
羽翼已成 一五一一
刖趾適履 一五三三

【七畫】

把臂入林 六
把玩不厭 六
阪上走丸 二一
伴食宰相 二二
抃風舞潤 五四
別風淮雨 五八
別婦拋雛 五八
別來無恙 五八
別開生面 五八
別鶴孤鸞 五八
別具肺腸 五八
別具匠心 五九
別具隻眼 五九
別具一格 五九
別張一軍 五九
別出機杼 五九
別出心裁 五九
別生枝節 五九
別樹一幟 五九
別饒風趣 六〇
別有風味 六〇
別有天地 六〇
別有用心 六〇
別無長物 六〇
兵敗如山倒 六一
兵不逼好 六一
兵不厭詐 六一
兵不血刃 六一
兵疲意阻 六一
兵馬未動，糧草先行。 六一
兵富難戰 六二
兵多將廣 六二
兵多者敗 六二
兵來將擋，水來土掩。 六二
兵連禍結 六二
兵臨城下 六二
兵戈搶攘 六三
兵革滿道 六三
兵革互興 六三
兵革之士 六三
兵貴神速 六三
兵荒馬亂 六三
兵驕將傲 六三
兵強馬壯 六三
兵強則滅 六四
兵燹之禍 六四
兵相駘藉 六四
兵行詭道 六四
兵車之會 六四
兵上神密 六四
兵刃相接 六四
兵戎相見 六四
兵挫地削 六五
兵無常勢 六五
兵微將寡 六五
伯道無兒 七二
伯牛之疾 七三
伯樂相馬 七三
伯樂一顧 七三
伯慮愁眠 七三
伯歌季舞 七三
伯壎仲箎 七四
伯仲之間 七四
伯玉知非 七四
步步登高 一三八
步步蓮花 一三八
步步高升 一三八
步步爲營 一三八
步調一致 一三八
步履蹣跚 一三九
步履安詳 一三九
步履維艱 一三九
步人後塵 一三九
刨根問底 一四四
判然不同 一四七
判若天淵 一四七
判若兩人 一四七
判若鴻溝 一四八
判若雲泥 一四八
批亢搗虛 一五一
批紅判白 一五二
批郤導窾 一五二
批月抹風 一五二
否極泰來 一五七

屁滾尿流 一五七
沒齒不忘 一七一
沒頭沒腦 一七六
沒精打采 一七六
每下愈況 一七七
尨眉皓髮 一八五
芒刺在背 一八六
妙筆生花 一九一
妙絕時人 一九一
妙趣橫生 一九二
妙手丹青 一九二
妙手天成 一九二
妙手空空 一九二
妙手回春 一九二
妙手偶得 一九二
妙算神機 一九二
妙語解頤 一九二
妙語如珠 一九三
沐雨櫛風 二〇七
沐猴而冠 二〇七
佛頭著糞 二一五
佛口蛇心 二一六
吠非其主 二二〇
吠形吠聲 二二〇
防民之口，甚於防川。 二三〇
防患未然 二三〇
防意如城 二三〇
防微杜漸 二三〇
扶老攜幼 二四三
扶植綱常 二四三
扶善遏過 二四三
扶搖直上 二四四
呆頭呆腦 二七五
呆裏撒奸 二七六
呆若木雞 二七六
低眉順眼 二九四
低心下意 二九四
低首下心 二九四
低聲悄語 二九四
低聲下氣 二九四
低三下四 二九五
低吟淺唱 二九五
抖擻精神 三一五
豆剖瓜分 三一六
豆蔻年華 三一六
豆重榆瞑 三一七
妒富愧貧 三二二
妒賢嫉能 三二三
杜門不出 三二三
杜門卻掃 三二三
杜門謝客 三二三
杜口裹足 三二三
杜漸防萌 三二四
杜漸防微 三二四
杜絕人事 三二四
肚裏落淚 三二四
投筆請纓 三四二
投筆從戎 三四二
投鞭斷流 三四二
投袂而起 三四三
投胎奪舍 三四三
投桃報李 三四三
投機取巧 三四三
投其所好 三四三
投隙抵巇 三四三
投閑置散 三四三
投石下井 三四四
投鼠忌器 三四四
投梭折齒 三四四
忐忑不安 三五一
廷爭面折 三七六
呑炭漆身 三八七
呑花臥酒 三八七
呑舟之魚 三八七
呑聲飲泣 三八七
呑雲吐霧 三八七
彤雲密布 三九四
男盜女娼 四〇三
男耕女織 四〇三
男歡女愛 四〇三
扭扭捏捏 四一〇
扭轉乾坤 四一〇
弄兵潢池 四一六
弄斧班門 四一六
弄鬼掉猴 四一六
弄假成眞 四一六
弄斤操斧 四一六
弄巧成拙 四一六
弄性尙氣 四一六
弄璋之喜 四一六
弄神弄鬼 四一六
弄瓦之喜 四一七
牢不可破 四二二
冷暖自知 四三一
冷嘲熱諷 四三二
冷水澆頭 四三二
冷若冰霜 四三二
冷言冷語 四三二
冷眼旁觀 四三二
冷語冰人 四三二
李代桃僵 四三四
利傍倚刀 四三六
利令智昏 四三六
利害攸關 四三六
利己損人 四三六
利出一孔 四三六
利市三倍 四三六
利鎖名韁 四三六
利欲薰心 四三六
利用厚生 四三七
良弓無改 四五五
良禽擇木 四五五
良知良能 四五五
良辰美景 四五五
良辰吉日 四五五
良師益友 四五五
良藥苦口 四五五
良莠不齊 四五五
伶牙利爪 四五八

伶牙俐齒 四五八
改頭換面 四八二
改邪歸正 四八二
改弦更張 四八二
改弦易轍 四八二
改朝換代 四八二
改容易貌 四八二
告老還鄉 四八九
告往知來 四八九
肝膽相照 四九五
肝膽楚越 四九五
肝膽欲碎 四九五
肝腦塗地 四九五
肝心若裂 四九五
肝腸寸斷 四九五
更僕難數 四九九
更命明號 四九九
更深人靜 五〇〇
更上一層樓 五〇〇
攻苦食淡 五二八
攻其不備 五二八
攻其一點，不及其餘。 五二八
攻心為上 五二八
攻城略地 五二九
攻守同盟 五二九
攻無不克 五二九
克敵制勝 五三三
克丁克卯 五三三
克恭克順 五三三
克己奉公 五三三
克己奉公 五三三
克己復禮 五三三
克己慎行 五三四
克盡厥職 五三四
克勤克儉 五三四
克紹其裘 五三四
克愛克威 五三四
坎坷不平 五四二
坎井之蛙 五四三
抗心希古 五四五
抗塵走俗 五四五
抗顏為師 五四五
快馬加鞭 五五〇
快馬一鞭，快人一語。 五五〇
快刀斬亂麻 五五〇
快人快事 五五〇
快人快語 五五〇
快意當前 五五〇
困心衡慮 五五三
困知勉行 五五三
困獸猶鬥 五五三
狂風暴雨 五五三
狂奴故態 五五四
狂瞽之言 五五四
狂轟濫炸 五五四
狂犬吠日 五五四
狂言瞽說 五五四
狂為亂道 五五四
何樂而不為 五五八
何苦乃爾 五五八
何患無辭 五五八
何去何從 五五八
何許人也 五五八
何足掛齒 五六二
何罪之有 五六三
含苞欲放 五七七
含哺鼓腹 五七七
含蓼問疾 五七七
含垢納污 五七七
含毫吮墨 五七七
含糊不清 五七七
含糊其詞 五七八
含情脈脈 五七八
含血噴人 五七八
含笑九泉 五七八
含沙射影 五七八
含飴弄孫 五七八
含英咀華 五七八
罕譬而喻 五七九
罕言寡語 五七九
旱苗得雨 五八〇
旱魃為虐 五八〇
沆瀣一氣 五八二
囫圇吞棗 五八六
即鹿無虞 六三一
即景生情 六三一
即事窮理 六三一
即以其人之道，還治其人之身。 六三二
岌岌可危 六三三
夾袋人物 六四六
夾槍帶棍 六四六
戒備森嚴 六五七
戒驕戒躁 六五七
角巾私第 六六二
見縫下蛆 六七九
見縫插針 六七九
見多識廣 六七九
見兔放鷹 六七九
見兔顧犬 六七九
見利思義 六七九
見利忘義 六七九
見獵心喜 六八〇
見怪不怪 六八〇
見可而進 六八〇
見機而作 六八〇
見財起意 六八〇
見錢眼開 六八〇
見賢思齊 六八〇
見勢不妙 六八一
見善若驚 六八一
見死不救 六八一
見所未見 六八一
見異思遷 六八一
見義勇為 六八一
見物不見人 六八一
見危授命 六八一

見微知著　六八二
局促不安　七一一
決一雌雄　七一八
決一死戰　七一八
君臣佐使　七二一
君唱臣和　七二一
君聖臣賢　七二一
君仁臣直　七二一
君子不器　七二一
君子一言，快馬一鞭。　七二二
君暗臣蔽　七二二
杞人憂天　七三一
求馬買骨　七四三
求馬唐肆　七四三
求大同，存小異。　七四三
求端訊末　七四三
求田問舍　七四三
求同存異　七四三
求親告友　七四四
求全之毀　七四四
求全責備　七四四
求賢如渴　七四四
求之不得　七四四
求知心切　七四四
求人不如求己。　七四四
求仁得仁　七四四
求索無厭　七四五
沁人肺腑　七六二
沁人心脾　七六二
吸風飲露　七九四
希世之珍　七九四
匣裏龍吟　八〇三
匣劍帷燈　八〇三
秀出班行　八一七
秀色可餐　八一八
秀而不實　八一八
秀外慧中　八一八
形單影隻　八五〇
形格勢禁　八五〇
形迹可疑　八五〇
形具神生　八五〇
形銷骨立　八五〇
形形色色　八五〇
形勢逼人　八五〇
形神不全　八五〇
形如槁木　八五一
形容枯槁　八五一
形影不離　八五一
形影相弔　八五一
志美行厲　八八八
志大量小　八八八
志大才疏　八八九
志得意滿　八八九
志同道合　八八九
志高氣揚　八八九
志在四方　八八九
折槁振落　八九七
折戟沈沙　八九七
折節下士　八九八
折節向學　八九八
折長補短　八九八
折衝千里　八九八
折衝之臣　八九八
折衝尊俎　八九八
折衝禦侮　八九九
折首不悔　八九九
折足覆餗　八九九
肘腋之患　九〇九
助邊輸財　九三五
助桀爲虐　九三五
助紂爲虐　九三五
助人爲樂　九三五
助我張目　九三五
抓綱帶目　九三七
抓尖要強　九三七
抓耳撓腮　九三七
壯志凌雲　九四五
壯志未酬　九四五
壯士解腕　九四五
赤膊上陣　九六三
赤貧之士　九六三
赤貧如洗　九六三
赤膽忠心　九六三
赤地千里　九六四
赤口毒舌　九六四
赤縣神州　九六四
赤心報國　九六四
赤心相待　九六四
赤誠相見　九六四
赤舌燒城　九六四
赤手空拳　九六五
赤身露體　九六五
赤繩繫足　九六五
赤子之心　九六五
車馬輻輳　九七七
車殆馬煩　九七七
車到山前必有路。　九七八
車攻馬同　九七八
車轄鐵盡　九七八
車轍馬迹　九七八
車水馬龍　九七八
車在馬前　九七八
車載斗量　九七八
扯篷拉縴　九七九
沈博絕麗　九八〇
沈默不語　九八〇
沈默寡言　九八〇
沈李浮瓜　九八〇
沈機觀變　九八〇
沈潛剛克　九八〇
沈渣泛起　九八一
沈舟破釜　九八一
沈灶產蛙　九八一
沈思默慮　九八一
沈吟不決　九八一
沈魚落雁　九八一

沈鬱頓挫 九八一
沈冤莫白 九八一
臣門如市 九八二
臣心如水 九八二
成敗利鈍 九八八
成敗論人 九八八
成名立業 九八八
成年累月 九八八
成龍配套 九八九
成家立業 九八九
成千上萬 九八九
成群結隊 九八九
成竹在胸 九八九
成事不說 九八九
成事不足，敗事有餘。 九八九
成事在人 九九〇
成雙作對 九九〇
成人之美 九九〇
成仁取義 九九〇
成則公侯，敗則賊子。 九九〇
成也蕭何，敗也蕭何。 九九〇
初發芙蓉 九九九
初度之辰 九九九
初露鋒芒 一〇〇〇
初露頭角 一〇〇〇
初寫黃庭 一〇〇〇
初出茅廬 一〇〇〇
初生之犢不怕虎。 一〇〇〇
舛訛百出 一〇〇八
串通一氣 一〇〇八
床頭金盡 一〇〇九
床下牛鬥 一〇〇九
床上安床 一〇〇九
吹波助瀾 一〇〇九
吹毛求疵 一〇〇九
吹大法螺 一〇〇九
吹彈得破 一〇一〇
吹灰之力 一〇一〇
吹灰找縫 一〇一〇
吹氣如蘭 一〇一〇
吹簫乞食 一〇一〇
吹吹打打 一〇一〇
吹影鏤塵 一〇一〇
沖口而出 一〇一九
豕突狼奔 一〇三八
豕交獸畜 一〇三八
刪繁就簡 一〇六〇
伸頭探腦 一〇六六
身敗名裂 一〇六九
身不由己 一〇七〇
身名俱泰 一〇七〇
身體力行 一〇七〇
身臨其境 一〇七〇
身懷六甲 一〇七〇
身價百倍 一〇七〇
身教重於言教。 一〇七〇
身經百戰 一〇七〇
身輕言微 一〇七一
身先士卒 一〇七一
身心交瘁 一〇七一
身首異處 一〇七一
身在江湖，心懸魏闕。 一〇七一
身在曹營心在漢。 一〇七一
身無長物 一〇七一
身外之物 一〇七二
身微命賤 一〇七二
身亡命殞 一〇七二
束帛加璧 一一〇五
束馬懸車 一一〇五
束帶矜莊 一一〇五
束手待斃 一一〇五
束手就擒 一一〇六
束手束脚 一一〇六
束手無策 一一〇六
束身自修 一一〇六
束身自重 一一〇六
束之高閣 一一〇六
束緼請火 一一〇六
吮癰舐痔 一一一六
忍俊不禁 一一三八
忍氣吞聲 一一三八
忍辱負重 一一三八
忍辱偷生 一一三八
忍辱含垢 一一三九
忍尤含垢 一一三九
忍尤攘垢 一一三九
忍無可忍 一一三九
阮囊羞澀 一一五五
孜孜不倦 一一五七
皂白不分 一一七五
皂白須分 一一七五
走筆題詩 一一七五
走筆疾書 一一七六
走馬看花 一一七六
走馬上任 一一七六
走伏無地 一一七六
走投無力 一一七六
走南闖北 一一七六
走漏風聲 一一七六
足不出戶 一一七八
足履實地 一一七八
足智多謀 一一七八
足食足兵 一一七八
足音跫然 一一七八
作壁上觀 一一八〇
作法自斃 一一八一
作奸犯科 一一八一
作繭自縛 一一八一
作金石聲 一一八一
作事不時 一一八一
作舍道邊 一一八一
作如是觀 一一八一
作賊心虛 一一八二

作作有芒	一一八二
作惡多端	一一八二
作要爲眞	一一八二
作威作福	一一八二
坐不窺堂	一一八三
坐不重席	一一八三
坐不垂堂	一一八三
坐不安席	一一八三
坐地分贓	一一八三
坐冷板凳	一一八三
坐立不安	一一八四
坐觀成敗	一一八四
坐懷不亂	一一八四
坐井觀天	一一八四
坐薪懸膽	一一八四
坐享其成	一一八四
坐知千里	一一八四
坐吃山空	一一八五
坐失良機	一一八五
坐視不救	一一八五
坐收漁利	一一八五
坐山觀虎門	一一八五
坐而論道	一一八五
坐以待斃	一一八五
坐以待旦	一一八六
坐言起行	一一八六
坐無車公	一一八六
坐臥不寧	一一八六
坐於塗炭	一一八六
坐擁百城	一一八六
材鄙怯勇	一一九六
材全能鉅	一一九六
材朽行穢	一一九六
采蘭贈芍	一一九六
采薪之憂	一一九六
村野匹夫	一二一一
私謀詭計	一二二三
私心雜念	一二二三
私相授受	一二二三
私淑弟子	一二二三
似漆如膠	一二二五
似是而非	一二二六
似水流年	一二二六
似醉如痴	一二二六
似曾相識	一二二六
似玉如花	一二二六
扼吭拊背	一二五七
扼吭奪食	一二五七
抑強扶弱	一三五六
抑揚頓挫	一三五七
妖不勝德	一三六八
妖由人興	一三六八
妖言惑衆	一三六八
延年益壽	一三九三
延頸舉踵	一三九三
言必信，行必果。	一三九四
言必有中	一三九四
言不及義	一三九四
言不盡意	一三九四
言不諳典	一三九四
言不由衷	一三九五
言不逾國	一三九五
言大非誇	一三九五
言多必失	一三九五
言談林藪	一三九五
言聽計從	一三九五
言訥詞直	一三九五
言過其實	一三九六
言歸正傳	一三九六
言歸于好	一三九六
言和心順	一三九六
言簡意賅	一三九六
言近旨遠	一三九六
言淸行濁	一三九六
言行不一	一三九六
言行相詭	一三九六
言行一致	一三九七
言之不預	一三九七
言之成理	一三九七
言之鑿鑿	一三九七
言之有物	一三九七
言之無文，行而不遠。	一三九七
言者諄諄，聽者藐藐。	一三九七
言者無罪，聞者足戒。	一三九七
言重九鼎	一三九八
言出法隨	一三九八
言傳身教	一三九八
言人人殊	一三九八
言從字順	一三九八
言三語四	一三九八
言而有信	一三九八
言而無信	一三九九
言以足志	一三九九
言意相離	一三九九
言猶在耳	一三九九
言有召禍	一三九九
言揚行舉	一三九九
言無不盡	一三九九
言無粉飾	一三九九
言外之意	一四〇〇
言爲心聲	一四〇〇
言語妙天下	一四〇〇
言語道斷	一四〇〇
吟風弄月	一四一〇
巫山雲雨	一四三二
吳頭楚尾	一四三三
吳牛喘月	一四三三
吳下阿蒙	一四三三
吳市吹簫	一四三四
吳越同舟	一四三四
吾道東矣	一四三四
我見猶憐	一四五九
我行我素	一四五九
我醉欲眠	一四五九
我武惟揚	一四五九
沃野千里	一四六〇

尾大不掉 一四七一
位卑言高 一四七一
位尊賤隔 一四七一
位尊勢重 一四七一
完璧歸趙 一四七七
忘年之交 一五〇〇
忘乎所以 一五〇〇、
忘餐廢寢 一五〇〇
忘恩負義 一五〇〇
迂回曲折 一五〇五
杅穿皮蠹 一五〇六
沅芷澧蘭 一五二七

【八畫】

拔本塞原 三
拔茅連茹 三
拔刀相助 四
拔地倚天 四
拔丁抽楔 四
拔來報往 四
拔葵去織 四
拔犀擢象 四
拔新領異 五
拔幟易幟 五
拔宅上升 五
拔十失五 五
拔山蓋世 五
拔山扛鼎 五
拔樹尋根 六
抱冰公事 二九
抱不平 三〇
抱布貿絲 三〇
抱佛脚 三〇
抱德煬和 三〇
抱頭鼠竄 三〇
抱痛西河 三〇
抱關出柝 三一
抱憾終天 三一
抱薪救火 三一
抱雪向火 三一
抱柱之信 三一
抱誠守眞 三一
抱殘守缺 三一
抱愚守迷 三二
卑鄙無恥 三三
卑鄙齷齪 三三
卑禮厚幣 三三
卑躬屈膝 三三
卑之，無甚高論。 三三
卑諂足恭 三四
卑辭重幣 三四
杯盤狼藉 三五
杯弓蛇影 三五
杯酒解怨 三六
杯酒釋兵權 三六
杯酒言歡 三六
杯水車薪 三六
奔走呼號 三九
奔走相告 四〇
奔走之友 四〇
奔逸絕塵 四〇
彼竭我盈 四二
彼一時，此一時。 四二
彼亦一是非，此亦一是非。 四二
表裏相依 五七
表裏相應 五七
表裏山河 五七
表裏如一 五七
表裏爲奸 五八
秉筆直書 六九
秉政勞民 六九
秉燭夜遊 六九
秉要執本 六九
並蒂芙蓉 六九
並駕齊驅 七〇
並行不悖 七〇
並日而食 七〇
並容偏覆 七〇
波平浪靜 七二
波瀾老成 七二
波瀾壯闊 七二
波譎雲詭 七二
爬梳剔抉 一四〇
拍板成交 一四二
拍手稱快 一四二
拍案叫絕 一四二
拍案而起 一四二
抛頭露面 一四三
抛珠滾玉 一四三
抛磚引玉 一四四
咆哮如雷 一四四
庖丁解牛，游刃有餘。 一四四
朋比爲奸 一五〇
朋黨比周 一五〇
披麻救火 一五二
披頭散髮 一五二
披肝瀝膽 一五二
披紅掛綠 一五二
披堅執銳 一五三
披荆斬棘 一五三
披裘負薪 一五三
披心相付 一五三
披星戴月 一五三
披榛采蘭 一五三
披沙揀金 一五三
披霜冒露 一五四
披雲霧，睹青天。 一五四
枇杷門巷 一五五
枚速馬工 一七六
侔色揣稱 一八〇
門不停賓 一八四
門當戶對 一八五
門庭若市 一八五

門可羅雀　一八五
門戶之見　一八五
門牆桃李　一八五
盲瞽之言　一八六
盲人摸象　一八六
盲人得鏡　一八六
盲人瞎馬　一八六
孟母擇鄰　一八八
明媒正娶　二〇一
明眸皓齒　二〇一
明目達聰　二〇一
明目張膽　二〇一
明發不寐　二〇一
明來暗往　二〇一
明火執仗　二〇二
明見萬里　二〇二
明鏡高懸　二〇二
明槍暗箭　二〇二
明槍易躲，
暗箭難防。　二〇二
明效大驗　二〇二
明修棧道，
暗渡陳倉。　二〇二
明心見性　二〇三
明刑弼教　二〇三
明刑不戮　二〇三
明知故犯　二〇三
明哲保身　二〇三
明正典刑　二〇三
明爭暗鬥　二〇三
明珠彈雀　二〇四
明珠暗投　二〇四
明察秋毫　二〇四
明恥教戰　二〇四
明察暗訪　二〇四
明日黃花　二〇四
明若觀火　二〇五
命薄相窮　二〇五
命儔嘯侶　二〇六
命世之才　二〇六
命若懸絲　二〇六
法不徇情　二一四
法不阿貴　二一四
法輪常轉　二一五
法家拂士　二一五
法成令修　二一五
非分之財　二一六
非分之想　二一六
非同小可　二一六
非池中物　二一六
非我族類，
其心必異。　二一六
非愚則誣　二一七
肥馬輕裘　二一九
沸沸揚揚　二二一
沸反盈天　二二一
返老還童　二二三
返本求源　二二四
返哺之思　二二四
泛泛之交　二二四
芳蘭竟體　二三〇
芳華虛度　二三〇
放辟邪侈　二三一
放飯流歠　二三一
放蕩不羈　二三一
放浪形骸　二三一
放虎歸山　二三一
放虎自衛　二三一
放下屠刀，
立地成佛。　二三一
放之四海而
皆準。　二三二
放縱馳蕩　二三二
放意肆志　二三二
奉命唯謹　二四一
奉天承運　二四一
奉令承教　二四一
奉公守法　二四一
奉行故事　二四一
奉爲圭臬　二四一
怫然不悅　二四三
怫然作色　二四三
拂袖而去　二四四
斧鑿痕　二四八
附驥攀鴻　二五二
附驥彰名　二五二
附贅懸疣　二五三
附庸風雅　二五三
抵瑕蹈隙　二九六
抵掌而談　二九六
阽危之域　三〇〇
定時炸彈　三〇六
定於一尊　三〇六
東奔西走　三〇七
東拼西湊　三〇七
東門黃犬　三〇七
東方千騎　三〇八
東風吹馬耳　三〇八
東風壓倒西
風。　三〇八
東扶西倒　三〇八
東道之誼　三〇八
東倒西歪　三〇八
東逃西散　三〇八
東塗西抹　三〇八
東拉西扯　三〇九
東勞西燕　三〇九
東流西竄　三〇九
東鄰西舍　三〇九
東鱗西爪　三〇九
東觀續史　三〇九
東海揚塵　三〇九
東羲既駕　三一〇
東瞻西望　三一〇
東張西望　三一〇
東征西討　三一〇
東窗事發　三一〇
東床快婿　三一〇
東施效顰　三一一
東食西宿　三一一

東市朝衣 三一一
東山高臥 三一一
東山再起 三一一
東閃西躲 三一二
東藏西躲 三一二
東搖西擺 三一二
咄咄逼人 三三三
咄咄怪事 三三三
咄嗟可辨 三三三
坦腹東床 三五〇
坦然自若 三五〇
忝列衣冠 三七四
忝顏偷生 三七五
兎起凫舉 三八〇
兎起鶻落 三八一
兎絲燕麥 三八一
兎死狗烹 三八一
兎死狐悲 三八一
兎走烏飛 三八一
拖泥帶水 三八三
拖家帶口 三八三
奈上祝下 三九八
呶呶不休 四〇〇
泥多佛大 四〇六
泥牛入海 四〇六
泥車瓦狗 四〇六
泥船渡河 四〇六
泥沙俱下 四〇六
泥足巨人 四〇六
泥塑木雕 四〇七
泥古不化 四〇七
拈花惹草 四一二
拈花微笑 四一二
拈輕怕重 四一二
拈酸吃醋 四一二
念念有詞 四一二
念茲在茲 四一二
弩張劍拔 四一四
拉三扯四 四一八
來之不易 四一九
來者不善，善者不來。 四一九
來者不拒 四一九
來者可追 四一九
來日方長 四一九
來往如梭 四二〇
例行公事 四三五
林林總總 四五一
林下風氣 四五一
兩敗俱傷 四五六
兩部鼓吹 四五六
兩面三刀 四五六
兩豆塞耳 四五六
兩瞽相扶 四五六
兩虎相鬥 四五六
兩脚野狐 四五七
兩全其美 四五七
兩小無猜 四五七
兩袖清風 四五七
兩情相願 四五七
兩世爲人 四五七
兩鼠鬥穴 四五七
兩葉掩目 四五八
狗皮膏藥 四九〇
狗猛酒酸 四九〇
狗頭軍師 四九〇
狗急跳牆 四九一
狗血噴頭 四九一
狗彘不食 四九一
狗彘不如 四九一
狗尾續貂 四九一
姑息養奸 五〇〇
姑射神人 五〇一
姑妄聽之 五〇一
姑妄言之 五〇一
孤標傲世 五〇一
孤芳自賞 五〇一
孤陋寡聞 五〇一
孤立無援 五〇一
孤高自許 五〇一
孤苦伶仃 五〇二
孤家寡人 五〇二
孤軍奮戰 五〇二
孤掌難鳴 五〇二
孤注一擲 五〇二
孤臣孽子 五〇二
孤雛腐鼠 五〇三
孤雌寡鶴 五〇三
孤兒寡婦 五〇三
孤雲野鶴 五〇三
沽名釣譽 五〇三
股肱之臣 五〇五
股掌之上 五〇五
固不可徹 五〇七
固執己見 五〇七
固若金湯 五〇七
刮目相待 五〇九
刮垢磨光 五〇九
果不其然 五一二
果於自信 五一三
怪誕不經 五一四
怪誕詭奇 五一四
怪力亂神 五一五
佹得佹失 五一六
官逼民反 五一九
官不易方 五一九
官官相護 五一九
官輕勢微 五一九
官清法正 五一九
官止神行 五二〇
官樣文章 五二〇
官運亨通 五二〇
供不應求 五二五
供過於求 五二六
刻鵠類鶩 五三一
刻畫無鹽 五三一
刻舟求劍 五三一
刻骨相思 五三四
刻骨仇恨 五三四
刻肌刻骨 五三四

刻薄寡恩 五三五
刻不容緩 五三五
刻意經營 五三五
刻意求工 五三五
侃侃而談 五四二
肯堂肯構 五四四
昆山片玉 五五三
昆山之下，以玉抵鳥。 五五三
空費說詞 五五五
空大老脬 五五五
空洞無物 五五五
空古絕今 五五五
空谷傳聲 五五五
空谷足音 五五五
空口無憑 五五五
空空如也 五五六
空前絕後 五五六
空群之選 五五六
空穴來風 五五六
空中樓閣 五五六
空室蓬戶 五五六
呵壁問天 五五八
呵佛罵祖 五五八
和璧隋珠 五五九
和盤托出 五六〇
和風細雨 五六〇
和樂且孺 五六〇
和光同塵 五六〇
和氣致祥 五六〇
和衷共濟 五六〇
和如琴瑟 五六〇
和隋之珍 五六〇
和藹可親 五六一
和而不同 五六一
和衣而臥 五六一
和顏悅色 五六一
河汾門下 五六一
河東獅吼 五六一
河梁攜手 五六二
河落海乾 五六二
河清難俟 五六二
河清海晏 五六二
河魚之患 五六二
邯鄲學步 五七九
呼朋引類 五八五
呼風喚雨 五八五
呼天搶地 五八五
呼牛呼馬 五八五
呼庚呼癸 五八五
呼吸相通 五八五
呼之即來，揮之即去。 五八五
呼之欲出 五八六
呼么喝六 五八六
忽忽不樂 五八六
狐憑鼠伏 五八六
狐埋狐搰 五八七
狐狸尾巴 五八七
狐假虎威 五八七
狐裘羔袖 五八七
狐群狗黨 五八七
狐死兔泣 五八七
狐死首丘 五八八
狐疑不決 五八八
虎背熊腰 五八九
虎不食兒 五八九
虎頭捉虱 五九〇
虎頭蛇尾 五九〇
虎狼之國 五九〇
虎狼之威 五九〇
虎口逃生 五九〇
虎口餘生 五九〇
虎踞龍盤 五九〇
虎嘯風生 五九〇
虎視眈眈 五九一
虎瘦雄心在 五九一
虎入羊群 五九一
虎尾春冰 五九一
怙惡不悛 五九一
花天酒地 五九二
花團錦簇 五九二
花林粉陣 五九二
花光柳影 五九二
花開兩朵，各表一枝。 五九二
花好月圓 五九二
花花公子 五九二
花花世界 五九三
花紅柳綠 五九三
花前月下 五九三
花拳繡腿 五九三
花枝招展 五九三
花朝月夕 五九三
花晨月夕 五九三
花容玉貌 五九四
花殘月缺 五九四
花言巧語 五九四
花樣翻新 五九四
花影繽紛 五九四
花月之身 五九四
昏天黑地 六一一
昏鏡重磨 六一二
季孫之憂 六四〇
佶屈聱牙 六五〇
刼富濟貧 六五〇
咎由自取 六六八
咎有應得 六六八
肩摩踵接 六七五
肩不擔擔，手不提籃 六七六
金榜題名 六八四
金碧輝煌 六八四
金馬碧雞 六八四
金門繡戶 六八五
金迷紙醉 六八五
金風玉露 六八五
金貂換酒 六八五
金題玉躞 六八五
金童玉女 六八五

金蘭之友　六八五
金戈鐵馬　六八六
金革之難　六八六
金革之世　六八六
金革之聲　六八六
金剛怒目　六八六
金龜換酒　六八六
金匱石室　六八六
金谷酒數　六八七
金鼓齊鳴　六八七
金科玉律　六八七
金口木舌　六八七
金口玉言　六八七
金壺墨汁　六八七
金華殿語　六八七
金雞獨立　六八八
金雞消息　六八八
金漿玉醴　六八八
金漆馬桶　六八八
金相玉質　六八八
金枝玉葉　六八八
金針度人　六八八
金翅擘海　六八九
金釵十二　六八九
金蟬脫殼　六八九
金城湯池　六八九
金石之堅　六八九
金石爲開　六八九
金舌弊口　六九〇
金聲玉振　六九〇
金字招牌　六九〇
金甌無缺　六九〇
金要足赤，人要完人。　六九〇
金友玉昆　六九〇
金吾不禁　六九〇
金屋藏嬌　六九〇
金玉滿堂　六九一
金玉良言　六九一
金玉其質　六九一
金玉其外，敗絮其中。　六九一
近水樓台先得月。　六九五
近水惜水　六九五
近朱者赤，近墨者黑。　六九五
近在眉睫　六九五
近在咫尺　六九五
近悅遠來　六九五
居停主人　七一〇
居高臨下　七一〇
居官守法　七一〇
居功自恃　七一〇
居功自傲　七一〇
居心不良　七一〇
居心叵測　七一〇
居心險惡　七一〇
居安資深　七一一
居安思危　七一一
拘神遣將　七一一
具體而微　七一四
拒諫飾非　七一五
拒之門外　七一五
拒人於千里之外。　七一五
卷帙浩繁　七二一
其貌不揚　七二五
其樂融融　七二五
其應若響　七二五
奇龐福艾　七二六
奇風異俗　七二六
奇光異彩　七二六
奇花異草　七二六
奇貨可居　七二六
奇技淫巧　七二六
奇正相生　七二六
奇裝異服　七二六
奇辭奧旨　七二七
奇思妙想　七二七
奇文瑰句　七二七
奇文共賞　七二七
歧路亡羊　七二八
泣不成聲　七三六
泣下沾襟　七三六
怯防勇戰　七三七
拑口禁語　七五六
青梅竹馬　七七〇
青面獠牙　七七〇
青燈黃卷　七七〇
青天白日　七七一
青天霹靂　七七一
青黃不接　七七一
青紅皂白　七七一
青錢萬選　七七一
青鞋布襪　七七一
青州從事　七七一
青出於藍　七七二
青史留名　七七二
青山不老　七七二
青蠅弔客　七七二
青蠅點素　七七二
青雲直上　七七二
屈打成招　七七七
屈高就下　七七七
屈節辱命　七七七
屈膝求和　七七七
屈指可數　七七七
屈身守分　七七七
屈尊駕臨　七七七
屈尊紆貴　七七八
屈一伸萬　七七八
屈豔班香　七七八
取快一時　七八〇
取精用弘　七八〇
取其精華，去其糟粕。　七八〇
取之不盡，用之不竭。　七八〇
取長補短　七八〇

取而代之　七八〇
取易守難　七八一
取友必端　七八一
邪不侵正　八〇七
邪魔外道　八〇八
邪書僻傳　八〇八
泄露天機　八〇九
弦外之音　八二三
欣喜若狂　八三八
欣欣向榮　八三八
幸災樂禍　八五三
性命攸關　八五三
盱衡厲色　八五五
枝葉扶疏　八七二
知白守黑　八七三
知己知彼　八七三
知命之年　八七三
知法犯法　八七三
知疼著熱　八七三
知難而退　八七三
知難行易　八七三
知難而進　八七三
知過必改　八七四
知其不可爲而爲之。　八七四
知其然而不知所以然。　八七四
知其一，不知其二。　八七四
知情達理　八七四
知希則貴　八七四
知雄守雌　八七四
知之爲知之　八七四
知止不殆　八七四
知恥爲勇　八七五
知書達禮　八七五
知人論世　八七五
知人之明　八七五
知人知面不知心。　八七五
知人善任　八七五
知榮守辱　八七五
知子莫若父　八七五
知足不辱　八七六
知易行難　八七六
知義多情　八七六
知無不言　八七六
知遇之恩　八七六
芝焚蕙嘆　八七六
芝蘭之室　八七六
芝蘭玉樹　八七七
芝艾俱焚　八七七
直眉瞪眼　八八〇
直木先伐　八八〇
直搗黃龍　八八〇
直道守節　八八〇
直道而行　八八〇
直諒多聞　八八〇
直截了當　八八〇
直情徑行　八八一
直性狹中　八八一
直壯曲老　八八一
直衝橫撞　八八一
直抒己見　八八一
直言不諱　八八一
直言骨鯁　八八一
直言極諫　八八一
直言賈禍　八八一
治標不治本　八九〇
治兵振旅　八九〇
治病救人　八九〇
治亂存亡　八九〇
治國安民　八九一
治絲益棼　八九一
炙冰使燥　八九一
炙手可熱　八九一
知小謀大　八九一
知者樂水　八九一
知出乎爭　八九二
知以藏往　八九二
招兵買馬　九〇〇
招風攬火　九〇〇
招風惹草　九〇〇
招魂揚幡　九〇〇
招架不住　九〇〇
招權納賄　九〇〇
招賢納士　九〇〇
招降納叛　九〇一
招之不來　九〇一
招是惹非　九〇一
招搖過市　九〇一
招搖撞騙　九〇一
周貧濟老　九〇八
周郎顧曲　九〇八
周妻何肉　九〇八
周情孔思　九〇八
周而不比　九〇九
周而復始　九〇九
沾親帶故　九一〇
沾沾自喜　九一〇
枕席過師　九一六
枕戈待旦　九一七
枕戈寢甲　九一七
枕石漱流　九一七
長他人志氣，滅自己威風。　九二〇
長年三老　九二一
爭名于朝，爭利于市。　九二一
爭分奪秒　九二二
爭風吃醋　九二二
爭天抗俗　九二二
爭奇鬥艷　九二二
爭強好勝　九二二
爭權奪利　九二二
爭先恐後　九二二
爭論長短　九二二
爭榮誇耀　九二三
拄笏看山　九三四

卓立雞群 九三八
卓犖不羈 九三八
卓犖英姿 九三八
卓爾不群 九三八
卓有成效 九三八
拙嘴笨舌 九三八
拙於用大 九三八
忠不避危 九四八
忠不可兼 九四八
忠不違君 九四八
忠告善道 九四八
忠肝義膽 九四八
忠孝不並 九四八
忠孝兩全 九四八
忠心耿耿 九四九
忠心赤膽 九四九
忠信樂易 九四九
忠貞不二 九四九
忠貞不渝 九四九
忠臣烈士 九四九
忠言逆耳 九七〇
長篇大論 九七〇
長篇累牘 九七〇
長命百歲 九七〇
長命富貴 九七一
長風破浪 九七一
長短有命 九七一
長亭短亭 九七一
長年累月 九七一
長慮顧後 九七一
長歌當哭 九七一
長久之計 九七一
長江天塹 九七二
長江後浪催前浪。 九七二
長頸鳥喙 九七二
長驅直入 九七二
長袖善舞 九七二
長吁短嘆 九七二
長治久安 九七三
長齋繡佛 九七三
長枕大被 九七三
長生不老 九七三
長生久視 九七三
長繩繫日 九七三
長足進步 九七三
長足進展 九七三
長此以往 九七三
長材短用 九七三
長安道上 九七四
長安居大不易。 九七四
長夜難明 九七四
長夜之飲 九七四
承平盛世 九九〇
承蜩之巧 九九一
承天之祜 九九一
承歡膝下 九九一
承先啓後 九九一
承上啓下 九九一
抽薪止沸 九九二
抽絲剝繭 九九三
杵臼之交 一〇〇二
怵目驚心 一〇〇四
炊沙作飯 一〇一〇
炊金饌玉 一〇一一
垂暮之年 一〇一一
垂頭搨翼 一〇一一
垂頭喪氣 一〇一一
垂拱而治 一〇一一
垂涎三尺 一〇一一
垂涎欲滴 一〇一一
垂死掙扎 一〇一一
虱處褌中 一〇二五
使臂使指 一〇三六
使貪使愚 一〇三六
使功不如使過。 一〇三六
使酒仗氣 一〇三七
使智使勇 一〇三七
使羊將狼 一〇三七
使蚊負山 一〇三七
始亂終棄 一〇三七
始終不懈 一〇三七
始終不渝 一〇三七
始終如一 一〇三七
始作俑者 一〇三八
事倍功半 一〇四〇
事半功倍 一〇四〇
事必躬親 一〇四〇
事不過三 一〇四〇
事不關己，高高掛起。 一〇四〇
事不宜遲 一〇四一
事怕行家 一〇四一
事後聰明 一〇四一
事過境遷 一〇四一
事齊事楚 一〇四一
事修謗興 一〇四一
事出有因 一〇四一
事實勝於雄辯。 一〇四二
事在人爲 一〇四二
事有必至，理有固然。 一〇四二
事無不可對人言。 一〇四二
事無巨細 一〇四二
事與願違 一〇四二
社鼠城狐 一〇五七
姍姍來遲 一〇六〇
芟夷大難 一〇六四
尚德緩刑 一〇八二
受天之祜 一〇九七
受寵若驚 一〇九七
乳臭未乾 一一五一
宗廟社稷 一一九〇
刺股懸樑 一一九三
刺舉無避 一一九三
刺刺不休 一一九三

卒卒鮮暇 一二一〇
所向披靡 一二四七
所向無敵 一二四七
松貞玉剛 一二五二
阿保之功 一二五四
阿保所好 一二五四
阿意苟合 一二五四
阿諛逢迎 一二五四
阿諛奉承 一二五四
阿諛苟合 一二五四
阿諛取容 一二五四
阿諛順旨 一二五五
昂首闊步 一二七六
昂首望天 一二七六
兒女情長 一二七七
兒女之債 一二七七
依頭順尾 一三二七
依流平進 一三二七
依然如故 一三二八
依然故我 一三二八
依草附木 一三二八
依阿兩可 一三二八
依依不捨 一三二八
依依惜別 一三二八
依樣畫葫蘆 一三二八
依違兩可 一三二九
宜室宜家 一三三二
怡情悅性 一三三二
怡聲下氣 一三三二
怡然自得 一三三二
怡然自樂 一三三二
怡顏悅色 一三三三
易道良馬 一三五七
易地而處 一三五七
易簀之際 一三五七
易如反掌 一三五七
易子而教 一三五七
易子而食 一三五八
夜不閉戶 一三六五
夜闌人靜 一三六五
夜郎自大 一三六五
夜長夢多 一三六六
夜以繼日 一三六六
杳如黃鶴 一三七二
杳無人烟 一三七三
杳無音信 一三七三
油頭粉面 一三七八
油頭滑腦 一三七八
油盡燈枯 一三七八
油腔滑調 一三七八
油然而生 一三七九
油嘴滑舌 一三七九
奄奄一息 一三九〇
岩居穴處 一三九三
岩牆之下 一三九三
沿波討源 一三九三
沿門托鉢 一三九三
泱泱大風 一四一七
佯羞詐鬼 一四一八
佯爲不知 一四一八
怏怏不樂 一四二三
迎風待月 一四二九
迎頭痛擊 一四二九
迎頭趕上 一四二九
迎刃而解 一四二九
物薄情厚 一四五五
物美價廉 一四五六
物腐蟲生 一四五六
物阜民康 一四五六
物離鄉貴 一四五六
物力維艱 一四五六
物換星移 一四五六
物極必反 一四五六
物競天擇 一四五六
物是人非 一四五七
物盛則衰 一四五七
物在人亡 一四五七
物以類聚 一四五七
物以稀爲貴 一四五七
物有生死，理有存亡。 一四五七
物微志信 一四五八
委棄泥塗 一四七〇
委曲求全 一四七〇
委肉虎蹊 一四七〇
味如雞肋 一四七二
味如嚼蠟 一四七二
玩火自焚 一四七七
玩於股掌之上。 一四七八
玩物喪志 一四七八
玩世不恭 一四七八
往返徒勞 一四九七
往者不諫，來者可追。 一四九七
枉費心機 一四九八
枉道事人 一四九八
枉口誑舌 一四九八
枉己正人 一四九八
枉直隨形 一四九八
枉尺直尋 一四九八
枉矢哨壺 一四九九
雨打霜摧 一五一四
雨淋日炙 一五一四
雨過天青 一五一五
雨過天晴 一五一五
雨窟雲巢 一五一五
雨後春筍 一五一五
雨後送傘 一五一五
雨迹雲踪 一五一五
雨井烟垣 一五一五
雨順風調 一五一六
雨絲風片 一五一六
芸芸衆生 一五三一
咏月嘲風 一五三七

【九畫】

苞苴竿牘 二六
保國安民 二七

背盟敗約 三八
背道而馳 三八
背井離鄉 三八
背屈含寃 三八
背信棄義 三八
背暗投明 三九
背恩忘義 三九
背城借一 三九
背山起樓 三九
背水一戰 三九
背槽拋糞 三九
背義忘恩 三九
扁擔沒扎，兩頭打塌。 五四
便宜行事 五四
屛氣凝神 六九
屛聲息氣 六九
炳炳麟麟 六九
勃谿相向 七四
勃然變色 七四
勃然不悅 七四
勃然奮勵 七四
勃然大怒 七五
迫在眉睫 一四二
品頭論足 一六一
品竹彈絲 一六一
屛風九疊 一六一
脉脉相連 一七四
脉絡分明 一七四
脉絡貫通 一七四
眉目不清 一七六
眉目傳情 一七六
眉目如畫 一七六
眉飛色舞 一七六
眉高眼低 一七六
眉開眼笑 一七六
眉來眼去 一七七
眉睫之內 一七七
眉睫之禍 一七七
眉清目秀 一七七
眉高眼低 一七七
美不勝收 一七七
美女簪花 一七八
美輪美奐 一七八
美人香車 一七八
美人遲暮 一七八
美如冠玉 一七八
美意延年 一七八
美玉無瑕 一七八
茅塞頓開 一八〇
茅茨土階 一八〇
冒名頂替 一八〇
冒天下之大不韙。 一八〇
苗而不秀 一九一
面北眉南 一九三
面壁功深 一九四
面不改色 一九四
面面相覷 一九四
面命耳提 一九四
面目可憎 一九四
面目全非 一九四
面目一新 一九四
面縛輿櫬 一九四
面黃肌瘦 一九四
面紅耳赤 一九五
面牆而立 一九五
面折廷爭 一九五
面折人過 一九五
面授機宜 一九五
面如土色 一九五
面如死灰 一九五
面有菜色 一九五
面無人色 一九六
苜蓿生涯 二一一
飛蓬隨風 二一七
飛短流長 二一七
飛觥獻斝 二一七
飛黃騰達 二一七
飛箭如蝗 二一七
飛禽走獸 二一七
飛熊入夢 二一八
飛針走線 二一八
飛芻挽粟 二一八
飛砂走石 二一八
飛聲騰實 二一八
飛灑詭寄 二一八
飛蛾投火 二一八
飛檐走壁 二一九
飛揚跋扈 二一九
肺腑之言 二三一
封官許願 二三二
封疆畫界 二三二
封妻蔭子 二三二
封豕長蛇 二三二
風平浪靜 二三五
風馬牛不相及。 二三五
風靡一時 二三五
風刀霜劍 二三五
風度翩翩 二三五
風調雨順 二三五
風土人情 二三五
風流倜儻 二三五
風流人物 二三六
風流雲散 二三六
風流韻事 二三六
風骨峭峻 二三六
風和日麗 二三六
風虎雲龍 二三六
風花雪月 二三六
風華絕代 二三七
風華正義 二三七
風捲殘雲 二三七
風起雲湧 二三七
風檣陣馬 二三七
風清月朗 二三七
風行一時 二三八
風行草偃 二三八
風信年華 二三八

風燭殘年 二三八
風中之燭 二三八
風馳電掣 二三八
風塵僕僕 二三八
風吹草動 二三八
風聲鶴唳 二三九
風檐寸晷 二三九
風影敷衍 二三九
風雨飄搖 二三九
風雨同舟 二三九
風雨如晦 二三九
風雨無阻 二四〇
風雨變幻 二四〇
風雲莫測 二四〇
風雲人物 二四〇
負鼎之願 二五一
負荆請罪 二五一
負薪之憂 二五二
負重致遠 二五二
負隅頑抗 二五二
赴湯蹈火 二五二
待價而沽 二七七
待時而動 二七七
待人接物 二七七
待字閨中 二七七
怠惰因循 二七七
帝王將相，才子佳人。 二九八
洞房花燭 三一四
洞天福地 三一四
洞見症結 三一四
洞燭其奸 三一四
洞察一切 三一四
洞若觀火 三一五
洞幽燭微 三一五
毒燎虐焰 三一七
度日如年 三二三
度德量力 三三四
狧糠及米 三三五
挑毛揀刺 三五九
挑雪填井 三五九
挑三窩四 三五九
恬不知恥 三七三
恬淡寡欲 三七四
恬澹無爲 三七四
亭亭玉立 三七六
突梯滑稽 三七九
突如其來 三七九
恫瘝在抱 三八七
拏雲攫石 三九七
拏雲握霧 三九七
耐人尋味 三九八
南蠻鴃舌 四〇〇
南面百城 四〇〇
南風不競 四〇〇
南來北往 四〇一
南冠楚囚 四〇一
南柯一夢 四〇一
南箕北斗 四〇一
南金東箭 四〇一
南橘北枳 四〇一
南腔北調 四〇二
南枝北枝 四〇二
南征北戰 四〇二
南船北馬 四〇二
南山之壽 四〇二
南阮北阮 四〇二
南鷂北鷹 四〇二
南轅北轍 四〇三
怒不可遏 四一四
怒目切齒 四一四
怒目而視 四一五
怒髮衝冠 四一五
怒猊渴驥 四一五
怒火中燒 四一五
怒氣衝天 四一五
怒形於色 四一五
陋巷簞瓢 四二七
陋巷菜羹 四二八
郎才女貌 四三一
俐齒伶牙 四三六
流芳百世 四四四
流芳千古 四四四
流風餘韻 四四四
流年不利 四四四
流年似水 四四五
流離顛沛 四四五
流離轉徙 四四五
流離失所 四四五
流連忘返 四四五
流金礫石 四四五
流星趕月 四四五
流行坎止 四四六
流水不腐，戶樞不蠹。 四四六
流水桃花 四四六
流水落花 四四六
流水高山 四四六
流水朝宗 四四六
流言蜚語 四四六
流言止於智者。 四四六
柳嚲鶯嬌 四四七
柳綠花紅 四四七
柳巷花街 四四七
柳下借蔭 四四七
柳暗花明 四四七
玲瓏剔透 四五九
洛陽紙貴 四六五
革故鼎新 四七九
苟合取容 四九一
苟且偷生 四九二
苟且偷安 四九二
苟全性命 四九二
苟延殘喘 四九二
故步自封 五〇七
故態復萌 五〇七
故土難離 五〇七
故弄玄虛 五〇七
故伎重演 五〇八

故家喬木 五〇八
冠冕堂皇 五一八
冠蓋相望 五一九
冠蓋如雲 五一九
科頭跣足 五三一
苛捐雜稅 五三一
苛政猛於虎 五三一
咳唾凝珠 五三二
恪守不渝 五三五
看破紅塵 五四三
看風使舵 五四三
看朱成碧 五四三
看殺衛玠 五四三
看人眉睫 五四三
看菜吃飯，量體裁衣。 五四四
枯木逢春 五四六
枯木朽株 五四六
枯木死灰 五四六
枯莖朽骨 五四六
枯井頹巢 五四六
枯枝敗葉 五四六
枯樹生花 五四六
枯燥無味 五四七
枯腸生稊 五四七
枯魚銜索 五四七
枯魚之肆 五四七
苦不堪言 五四七
苦樂不均 五四七
苦口婆心 五四八
苦海無邊 五四八
苦盡甘來 五四八
苦心孤詣 五四八
苦心焦思 五四八
苦心經營 五四八
苦中作樂 五四八
苦肉計 五四九
姱容修態 五四九
侯門似海 五七三
侯服玉食 五七四
厚貌深情 五七四
厚古薄今 五七四
厚積薄發 五七四
厚今薄古 五七四
厚此薄彼 五七四
厚顏無恥 五七四
後不僭先 五七五
後發制人 五七五
後會有期 五七五
後悔無及 五七五
後患無窮 五七五
後繼乏人 五七五
後起之秀 五七五
後生可畏 五七五
後福無量 五七六
後台老板 五七六
後來居上 五七六
後浪推前浪 五七六
後顧之憂 五七六
恨鐵不成鋼 五八一
恨之入骨 五八一
恨如頭醋 五八二
恒河沙數 五八二
胡天胡帝 五八八
胡攪蠻纏 五八八
胡謅亂道 五八八
胡作非為 五八九
胡猜亂道 五八九
胡思亂想 五八九
胡言亂語 五八九
胡越一家 五八九
活靈活現 五九八
恢恢有餘 六〇三
皇天后土 六一六
皇親國戚 六一六
恍然大悟 六一八
恍然若失 六一九
恍如隔世 六一九
哄堂大笑 六一九
洪水猛獸 六二〇
洪福齊天 六二〇
洪爐燎毛 六二〇
洪水橫流 六二〇
紅飛翠舞 六二〇
紅豆相思 六二一
紅男綠女 六二一
紅旗報捷 六二一
紅裝素裹 六二一
紅日三竿 六二一
紅紫亂朱 六二一
紅葉題詩 六二一
紅顏薄命 六二二
急不可待 六三三
急脈緩灸 六三四
急風暴雨 六三四
急流勇退 六三四
急管繁弦 六三四
急公好義 六三四
急功近利 六三四
急中生智 六三五
急如星火 六三五
急急如律令 六三五
急景凋年 六三五
急景流年 六三五
急起直追 六三五
急於求成 六三五
計窮力竭 六四二
計出計全 六四二
計深慮遠 六四二
計日程功 六四二
計日而待 六四二
計無所出 六四三
皆大歡喜 六四九
疥癩之疾 六五七
郊寒島瘦 六六〇
狡兔三窟 六六〇
建瓴之勢 六七八
津津樂道 六八三
津津有味 六八三
矜功自伐 六八四

矜糾收繚　六八四
矜才使氣　六八四
降格以求　六九九
降心相從　六九九
降志辱身　七〇〇
軍法從事　七二二
迥然不同　七二二
炯炯發光　七二二
炯炯有神　七二二
契若金蘭　七三二
恰如其分　七三六
秋風過耳　七四一
秋風掃落葉　七四一
秋毫之末　七四二
秋毫無犯　七四二
秋後算帳　七四二
秋荼密網　七四二
秋扇見捐　七四二
秋水伊人　七四二
秋月春風　七四二
前不巴村，後不著店。　七五四
前怕狼，後怕虎。　七五四
前仆後繼　七五四
前門拒虎，後進狼。　七五四
前目後凡　七五四
前度劉郎　七五四
前功盡棄　七五四
前呼後擁　七五五
前倨後恭　七五五
前車之鑒　七五五
前程似錦　七五五
前程萬里　七五五
前事不忘，後事之師。　七五五
前人栽樹，後人乘涼。　七五五
前思後想　七五六
前言不搭後語。　七五六
前因後果　七五六
前仰後合　七五六
前無古人　七五六
前挽後推　七五六
侵肌裂骨　七五九
卻客疏士　七八三
卻之不恭　七八三
泉石膏肓　七八五
泉石之樂　七八六
洗耳恭聽　八〇〇
洗垢求瘢　八〇一
洗心滌慮　八〇一
洗心革面　八〇一
洗手不幹　八〇一
洗手奉職　八〇一
洗雪逋負　八〇一
枵腹從公　八一〇
咸與維新　八二三
信筆塗鴉　八三八
信不由衷　八三八
信口開河　八三九
信口雌黃　八三九
信及豚魚　八三九
信誓旦旦　八三九
信手拈來　八三九
信賞必罰　八三九
信而好古　八三九
信而有徵　八四〇
信以爲本　八四〇
信以爲眞　八四〇
信言不美　八四〇
相反相成　八四〇
相輔相成　八四〇
相得益彰　八四〇
相提並論　八四一
相煎太急　八四一
相驚伯有　八四一
相敬如賓　八四一
相去無幾　八四一
相去萬里　八四一
相形見絀　八四一
相形失色　八四一
相知恨晚　八四二
相知有素　八四二
相持不下　八四二
相視而笑，莫逆于心。　八四二
相生相克　八四二
相忍爲國　八四二
相濡以沫　八四二
相安無事　八四三
相依爲命　八四三
相映成趣　八四三
香消玉滅　八四三
香銷玉殞　八四三
香草美人　八四三
相門有相　八四五
相機行事　八四五
相機而動　八四六
相鼠有皮　八四六
星飛電急　八四七
星離雨散　八四七
星羅棋布　八四七
星火燎原　八四七
星星之火　八四八
星馳電走　八四八
星移斗轉　八四八
恤近忽遠　八五八
削木爲吏　八六一
削髮披緇　八六一
削鐵如泥　八六一
削株掘根　八六一
削足適履　八六一
削衣貶食　八六一
炫玉賈石　八六四
徇情枉法　八六六
徇私舞弊　八六六
洶湧澎湃　八六九

咫尺天涯 八八三
咫尺千里 八八三
咫尺之功 八八三
咫尺萬里 八八四
指不勝屈 八八四
指破迷津 八八四
指名道姓 八八四
指腹割衿 八八四
指腹爲婚 八八四
指東畫西 八八四
指天畫地 八八四
指天誓日 八八五
指天射魚 八八五
指佞觸邪 八八五
指鹿爲馬 八八五
指揮若定 八八五
指雞罵狗 八八五
指事類情 八八六
指手劃脚 八八六
指山賣磨 八八六
指日可待 八八六
指桑罵槐 八八六
指雁爲羹 八八六
昭穆倫序 九〇一
昭昭在目 九〇二
昭然若揭 九〇二
珍樓寶屋 九一四
珍禽奇獸 九一四
珍饈美饌 九一四
珍產淫貨 九一四
珍藏密斂 九一四
政龐土裂 九一四
政通人和 九一四
政出多門 九一四
重德不報 九五六
重利盤剝 九五六
重厚少文 九五六
重賞之下，必有勇夫。 九五六
重此抑彼 九五六
重財輕義 九五六
重而無基 九五七
重於泰山 九五七
持平之論 九五九
持祿養交 九六〇
持之以恒 九六〇
持之有故，言之成理。 九六〇
持盈保泰 九六〇
查無實據 九六七
姹紫嫣紅 九六七
城北徐公 九八七
城門失火，殃及池魚。 九八七
城府甚深 九八七
城狐社鼠 九八七
城下之盟 九八七
穿壁引光 一〇〇六
穿房過屋 一〇〇六
穿井得人 一〇〇六
穿針引線 一〇〇六
穿鑿附會 一〇〇六
穿窬之盜 一〇〇六
穿雲裂石 一〇〇七
春冰虎尾 一〇一二
春夢無痕 一〇一二
春風滿面 一〇一二
春風風人 一〇一二
春風得意 一〇一三
春風化雨 一〇一三
春風夏雨 一〇一三
春風一度 一〇一三
春暖花開 一〇一三
春蘭秋菊 一〇一三
春露秋霜 一〇一三
春光明媚 一〇一四
春困秋乏 一〇一四
春寒料峭 一〇一四
春花秋月 一〇一四
春華秋實 一〇一四
春秋筆法 一〇一四
春秋鼎盛 一〇一五
春秋責備賢者。 一〇一五
春秋無義戰 一〇一五
春山如笑 一〇一五
春樹暮雲 一〇一五
春色滿園 一〇一五
春誦夏弦 一〇一五
春意盎然 一〇一五
春蚓秋蛇 一〇一六
春雨如油 一〇一六
重門擊柝 一〇二〇
重蹈覆轍 一〇二〇
重彈老調 一〇二〇
重巒疊嶂 一〇二〇
重規疊矩 一〇二〇
重見天日 一〇二一
重金兼紫 一〇二一
重熙累洽 一〇二一
重新做人 一〇二一
重整旗鼓 一〇二一
重生父母 一〇二一
重足而立，側目而視。 一〇二一
重作馮婦 一〇二二
重溫舊夢 一〇二二
拾金不昧 一〇三〇
拾人涕唾 一〇三〇
拾人牙慧 一〇三〇
拾遺補闕 一〇三〇
食不甘味 一〇三三
食不果腹 一〇三三
食不下咽 一〇三三
食不重味 一〇三三
食不厭精，膾不厭細。 一〇三三
食毛踐土 一〇三四
食古不化 一〇三四
食前方丈 一〇三四

食之無味，棄之可惜。　一〇三四
食指繁多　一〇三四
食少事繁　一〇三四
食日萬錢　一〇三五
食肉寢皮　一〇三五
食租衣稅　一〇三五
食而不化　一〇三五
食而不知其味。　一〇三五
食言而肥　一〇三五
食無求飽，居無求安。　一〇三六
食玉炊桂　一〇三六
室怒市色　一〇四四
室如懸罄　一〇四五
室邇人遠　一〇四五
拭面容言　一〇四五
拭目以待　一〇四六
恃功務高　一〇四六
恃強凌弱　一〇四六
恃強倚寵　一〇四六
恃才不學　一〇四六
恃才放曠　一〇四六
恃才傲物　一〇四七
恃直不戒　一〇四七
是非顛倒　一〇四七
是非曲直　一〇四七
是古非今　一〇四七
是可忍，孰不可忍。　一〇四七
是是非非　一〇四七
珊瑚在網　一〇六三
甚囂塵上　一〇七六
省吃儉用　一〇九〇
首當其衝　一〇九七
首丘之情　一〇九七
首屈一指　一〇九七
首善之區　一〇九七
首鼠兩端　一〇九七
首尾相應　一〇九七
述而不作　一一〇八
柔能克剛　一一二五
柔心弱骨　一一二五
柔腸寸斷　一一二五
柔茹剛吐　一一二五
染蒼染黃　一一二六
染絲之嘆　一一二七
若即若離　一一五四
若敖鬼餒　一一五四
若要人不知，除非己莫爲。　一一五四
若有所失　一一五四
若無其事　一一五四
促膝談心　一二〇九
思不出位　一二三一
思婦病母　一二三一
思慮恂達　一二三一
思患預防　一二三一
思前想後　一二三一
思賢如渴　一二三一
思緒萬千　一二三三
思深憂遠　一二三三
思如湧泉　一二三三
俟河之清　一二三六
俗不可耐　一二四四
俗不可醫　一二四五
俗學鄙習　一二四五
俗諺口碑　一二四五
哀兵必勝　一二五八
哀莫大於心死。　一二五八
哀天叫地　一二五八
哀痛欲絕　一二五八
哀梨蒸食　一二五八
哀感頑艷　一二五八
哀毀骨立　一二五九
哀鴻遍野　一二五九
哀窮悼屈　一二五九
哀絲豪竹　一二五九
哀而不傷　一二五九
按兵不動　一二七〇
按兵束甲　一二七〇
按部就班　一二七〇
按圖索驥　一二七一
按捺不住　一二七一
按迹尋蹤　一二七一
按甲寢兵　一二七一
按行自抑　一二七一
咬得菜根　一三七二
咬指吐舌　一三七二
咬牙切齒　一三七二
咬天嚼字　一三七二
要言不煩　一三七四
要言妙道　一三七四
要而言之　一三七四
幽明異路　一三七七
幽閨弱質　一三七七
幽期密約　一三七七
幽人之風　一三七七
囿于成見　一三九〇
研核是非　一三九三
研精覃思　一三九四
研桑心計　一三九四
音容笑貌　一四一〇
音容宛在　一四一〇
音與政通　一四一〇
洋洋大觀　一四一九
洋洋灑灑　一四一九
英華發外　一四二四
英俊豪傑　一四二四
英雄氣短　一四二四
英雄入彀　一四二四
英雄所見略同。　一四二四
英雄無用武之地。　一四二五
英姿勃勃　一四二五
英姿煥發　一四二五

英姿颯爽 一四二五
映雪讀書 一四三一
映月讀書 一四三一
屋烏之愛 一四三二
屋上架屋 一四三二
屋上建瓴 一四三二
挖肉補瘡 一四五八
挖耳當招 一四五八
臥不安席 一四六〇
臥榻之側，豈容他人鼾睡。 一四六〇
臥旗息鼓 一四六一
臥薪嘗膽 一四六一
臥雪呑毡 一四六一
歪打正著 一四六一
威風凜凜 一四六二
威鳳祥麟 一四六二
威德相濟 一四六三
威刑不肅 一四六三
威重令行 一四六三
威尊命賤 一四六三
威儀不類 一四六三
威儀不肅 一四六三
威儀孔時 一四六三
威武不屈 一四六四
威而不猛 一四六四
爲法自弊 一四六八
爲非作歹 一四六八
爲富不仁 一四六八
爲德不卒 一四六八
爲鬼爲蜮 一四六八
爲虺弗摧，爲蛇若何。 一四六九
爲善最樂 一四六九
爲所欲爲 一四六九
爲民請命 一四七三
爲民除害 一四七三
爲國捐軀 一四七三
爲虎傅翼 一四七四
爲虎作倀 一四七四
爲小失大 一四七四
爲人說項 一四七四
爲人作嫁 一四七四
爲叢驅雀 一四七四
爲淵驅魚 一四七五
畏天知命 一四七五
畏強凌弱 一四七五
畏首畏尾 一四七五
畏縮不前 一四七五
畏影惡迹 一四七五
畏威懷德 一四七六
紈袴子弟 一四七七
紆青拖紫 一五〇五
紆朱懷金 一五〇五
紆尊降貴 一五〇五
約法三章 一五二一
約定俗成 一五二二
約己愛民 一五二二
怨天尤人 一五三〇
怨女曠夫 一五三〇
怨家債主 一五三〇
怨氣滿腹 一五三〇
怨氣衝天 一五三〇
怨聲載道 一五三〇
怨入骨髓 一五三一
勇猛精進 一五三六
勇冠三軍 一五三六
勇者不懼 一五三六
勇而無謀 一五三六
勇往直前 一五三七

【十畫】

班門弄斧 二一
班荆道故 二一
班師振旅 二一
豹死留皮 三三
倍道兼行 三七
倍道而進 三七
倍稱之息 三七
悖逆不軌 三八
悖入悖出 三八
俾晝作夜 四五
病篤亂投醫 七〇
病骨支離 七〇
病國病民 七一
病勢尫羸 七一
病入膏肓 七一
病入骨髓 七一
病從口入 七一
捕風捉影 九六
破壁飛去 一四〇
破門而入 一四〇
破釜沈舟 一四〇
破題兒第一遭。 一四一
破涕爲笑 一四一
破天荒 一四一
破格錄用 一四一
破罐破摔 一四一
破口大罵 一四一
破鏡重圓 一四一
破綻百出 一四二
破竹之勢 一四二
剖腹明心 一四四
剖腹藏珠 一四四
剖肝瀝膽 一四五
剖肝泣血 一四五
剖決如流 一四五
剖心析肝 一四五
旁門左道 一四八
旁觀者清 一四八
旁見側出 一四九
旁敲側擊 一四九
旁徵博引 一四九
旁若無人 一四九
旁搜博采 一四九
旁逸斜出 一四九

疲於奔命 一五五
蚍蜉撼樹 一五六
馬不停蹄 一六七
馬放南山 一六七
馬到成功 一六八
馬牛襟裾 一六八
馬革裹屍 一六八
馬工枚速 一六八
馬空冀北 一六八
馬角烏白 一六八
馬齒徒增 一六八
馬首是瞻 一六九
馬耳東風 一六九
秣馬厲兵 一七二
脈脈含情 一七二
迷途知返 一八八
迷途失偶 一八八
迷離撲朔 一八八
迷戀骸骨 一八八
秘而不宣 一九〇
眠花宿柳 一九三
冥冥之志 一九七
冥行盲索 一九八
冥行擿埴 一九八
冥室櫝棺 一九八
冥思苦想 一九八
冥頑不靈 一九八
冥頑不化 一九八
匪匪翼翼 二一六
匪夷匪惠 二一九
匪夷所思 二一九
紛紅駭綠 二三六
紛至沓來 二三六
粉白黛黑 二三七
粉墨登場 二三七
粉妝銀砌 二三七
粉飾太平 二三七
粉身碎骨 二三七
浮嵐暖翠 二四四
浮寄孤懸 二四四
浮家泛宅 二四四
浮光掠影 二四五
浮生若夢 二四五
浮踪浪迹 二四五
浮雲蔽日 二四五
浮雲朝露 二四五
俯拾即是 二四六
俯首帖耳 二四六
俯首聽命 二四七
俯仰之間 二四七
俯仰由人 二四七
釜底抽薪 二四八
釜底游魚 二四八
釜中生魚 二四八
倒繃孩兒 二七九
倒打一耙 二七九
倒廩傾囷 二七九
倒果爲因 二七九
倒海翻江 二七九
倒屣相迎 二八〇
倒行逆施 二八〇
倒懸之急 二八〇
倒持泰阿 二八〇
倒裳索領 二八〇
倒載干戈 二八〇
砥礪德行 二九六
砥行立名 二九六
砥柱中流 二九六
凍解冰釋 三一二
鬥雞走狗 三一七
鬥巧爭新 三一七
鬥志昂揚 三一七
鬥智鬥力 三一七
鬥而鑄兵 三一七
特立獨行 三三五
泰山北斗 三三六
泰山樑木 三三七
泰山鴻毛 三三七
泰山其頹 三三七
泰山壓頂 三三七
泰山壓卵 三三七
泰極生否 三三七
泰然處之 三三七
泰然自若 三三七
泰阿倒持 三三八
泰而不驕 三三八
桃李不言，下自成蹊。 三三九
桃李滿天下 三三九
桃李門牆 三三九
桃李年 三三九
桃弧棘矢 三三九
桃花潭水 三四〇
桃花流水 三四〇
桃紅柳綠 三四〇
桃羞杏讓 三四〇
逃之夭夭 三四〇
唐突西子 三五二
唐哉皇哉 三五二
倘來之物 三五三
剔膚見骨 三五四
剔蝎撩蜂 三五四
倜儻不羈 三五七
涕零如雨 三五七
涕淚交流 三五七
涕泗滂沱 三五七
挺胸凸肚 三七六
挺身而鬥 三七六
挺身而出 三七七
徒讀父書 三七八
徒托空言 三七八
徒有虛名 三七九
徒勞往返 三七九
徒勞無功 三七九
徒亂人意 三七九
退避三舍 三八六
退思補過 三八六
退無後言 三八六
拿糖作醋 三九七
拿腔做勢 三九七

拿手好戲 三九七
拿粗挾細 三九七
拿三搬四 三九七
納民軌物 三九八
納履踵決 三九八
納奇錄異 三九八
能近取譬 四〇五
能屈能伸 四〇五
能者多勞 四〇五
能征慣戰 四〇五
能說會道 四〇五
能言善辯 四〇六
逆來順受 四〇七
逆水行舟 四〇七
逆耳之言 四〇七
涅而不緇 四〇七
狼狽不堪 四二九
狼狽逃竄 四二九
狼狽爲奸 四三〇
狼奔豕突 四三〇
狼多肉少 四三〇
狼貪鼠竊 四三〇
狼吞虎咽 四三〇
狼戾不仁 四三〇
狼號鬼哭 四三〇
狼心狗肺 四三〇
狼子野心 四三〇
狼烟四起 四三一
朗目疏眉 四三一
浪子回頭 四三一
栗栗自危 四四〇
烈火見眞金 四四一
料事如神 四四四
留有餘地 四四七
淩雜米鹽 四五九
淩雲之志 四五九
旅進旅退 四七四
格格不入 四七八
格殺勿論 四七八
格物致知 四七八
高不可攀 四八四
高步雲衢 四八四
高朋滿座 四八四
高風亮節 四八四
高抬貴手 四八五
高談闊論 四八五
高睨大談 四八五
高歌猛進 四八五
高官厚祿 四八五
高居深視 四八五
高爵豐祿 四八五
高情遠致 四八五
高下其手 四八六
高下在心 四八六
高瞻遠矚 四八六
高枕無憂 四八六
高掌遠蹠 四八六
高唱入雲 四八六
高城深池 四八六
高世之德 四八七
高世之行 四八七
高視濶步 四八七
高世之智 四八七
高世之才 四八七
高視濶步 四八七
高山流水 四八七
高山景行 四八七
高山仰止 四八七
高人一等 四八八
高自標置 四八八
高自標樹 四八八
高足弟子 四八八
高材疾足 四八八
高岸爲谷，深谷爲陵。 四八八
高義薄雲 四八八
高陽酒徒 四八九
高屋建瓴 四八九
高文典册 四八九
根深蒂固 四九七
根深葉茂 四九七
剛愎自用 四九八
剛戾自用 四九八
剛正不阿 四九九
剛腸嫉惡 四九九
剛柔相濟 四九九
剛亦不吐，柔亦不茹。 四九九
剛毅木訥 四九九
耕當問奴 五〇〇
耿耿於懷 五〇〇
骨鯁在喉 五〇六
骨瘦如豺 五〇六
骨肉離散 五〇六
骨肉相連 五〇六
骨肉相殘 五〇六
骨肉至親 五〇六
骨軟筋痳 五〇六
珪璋特達 五一五
鬼迷心竅 五一六
鬼斧神工 五一六
鬼頭鬼腦 五一七
鬼鬼祟祟 五一七
鬼哭狼嚎 五一七
鬼出電入 五一七
鬼使神差 五一七
鬼蜮伎倆 五一七
桂林一枝 五一八
桂子飄香 五一八
恭敬不如從命。 五二八
欬唾成珠 五三八
哭天喊地 五四五
哭笑不得 五四五
悃愊無華 五五三
海不揚波 五六五
海底撈針 五六五
海內澹然 五六五
海內存知己，天涯若比

鄰。　五六五
海立雲垂　五六六
海枯石爛　五六六
海闊天空　五六六
海闊從魚躍，天高任鳥飛。　五六六
海角天涯　五六六
海市蜃樓　五六六
海水不可斗量。　五六七
海錯江瑤　五六七
海屋添籌　五六七
海外奇談　五六七
害群之馬　五六七
害忠隱賢　五六七
浩浩蕩蕩　五七三
浩然之氣　五七三
浩如煙海　五七三
悍然不顧　五八〇
捍格不入　五八〇
桁楊相望　五八二
悔不當初　六〇六
悔過自新　六〇六
悔之無及　六〇六
荒謬絕倫　六一四
荒誕不經　六一四
荒誕無稽　六一五
荒時暴月　六一五
荒淫無度　六一五
荒淫無恥　六一五
荒無人烟　六一五
烘雲托月　六一九
飢不擇食　六二八
飢疲沮喪　六二八
飢附飽颺　六二八
飢火中燒　六二八
飢寒交迫　六二八
飢者易爲食　六二八
飢腸轆轆　六二八
飢餐渴飲　六二九
飢鷹餓虎　六二九
疾不可爲　六三七
疾風掃落葉　六三七
疾風知勁草　六三七
疾電之光　六三七
疾雷不及掩耳。　六三七
疾首蹙額　六三七
疾足先得　六三八
疾言厲色　六三八
疾言遽色　六三八
疾惡如仇　六三八
記問之學　六四三
家破人亡　六四四
家貧如洗　六四四
家道小康　六四四
家道從容　六四四
家徒四壁　六四五
家雞野鶩　六四五
家學淵源　六四五
家醜不可外揚。　六四五
家常便飯　六四五
家傳戶誦　六四五
家賊難防　六四五
家言邪說　六四六
家無儋石　六四六
家喻戶曉　六四六
借風使船　六五五
借刀殺人　六五五
借端生事　六五五
借題發揮　六五六
借聽於聾　六五六
借古諷今　六五六
借花獻佛　六五六
借古喻今　六五六
借交報仇　六五六
借箸代籌　六五六
借屍還魂　六五六
酒囊飯袋　六六七
酒酣耳熱　六六七
酒池肉林　六六七
酒食徵逐　六六七
酒肉朋友　六六七
酒足飯飽　六六七
酒色財氣　六六七
酒有別腸　六六八
酒言酒語　六六八
兼聽則明，偏信則暗。　六七一
兼權熟計　六七一
兼程並進　六七二
兼收并蓄　六七二
兼人之量　六七二
兼人之勇　六七二
兼弱攻昧　六七二
兼容併包　六七二
兼而有之　六七二
浸潤之譖　六九三
涇清渭濁　七〇〇
涇渭不分　七〇〇
涇渭分明　七〇〇
徑情直遂　七〇七
痀僂承蜩　七一一
倔強倨傲　七一七
倔頭倔腦　七一九
捐金抵璧　七二〇
涓滴不留　七二〇
涓滴成河　七二〇
涓滴歸公　七二〇
涓埃之報　七二〇
涓埃之功　七二〇
涓埃之微　七二〇
狷介之士　七二一
豈有此理　七三一
起承轉合　七三一
起死回生　七三一
起死人，肉白骨。　七三一

氣憤填膺 七三三
氣吞山河 七三三
氣貫長虹 七三三
氣急敗壞 七三四
氣竭形枯 七三四
氣息奄奄 七三四
氣象萬千 七三四
氣壯山河 七三四
氣喘如牛 七三四
氣衝牛斗 七三四
氣勢磅礴 七三五
氣勢洶洶 七三五
氣殺鍾馗 七三五
氣數已盡 七三五
氣噎喉堵 七三五
氣焰囂張 七三五
氣焰薰天 七三五
氣味相投 七三六
氣宇軒昂 七三六
挈瓶之知 七三七
挈綱提領 七三七
倩人捉刀 七五八
衾影無慚 七五九
秦庭之哭 七六一
秦晉之好 七六一
秦越肥瘠 七六一
卿卿我我 七六六
袪病延年 七七九
拳不離手，曲不離口。 七八四
拳打脚踢 七八四
拳拳服膺 七八四
拳拳之忠 七八五
拳拳盛意 七八五
席不暇暖 七九五
席豐履厚 七九六
席地而坐 七九六
席捲天下 七九六
席珍待聘 七九六
息交絕游 七九六
息軍養士 七九六
息黥補劓 七九六
息息相關 七九七
息事寧人 七九七
息壤在彼 七九七
息影家園 七九七
狹路相逢 八〇三
夏爐冬扇 八〇六
夏蟲語冰 八〇六
夏日可畏 八〇六
夏五郭公 八〇六
夏雨雨人 八〇六
挾天子以令諸侯。 八〇七
挾長挾貴 八〇七
挾山超海 八〇七
脇肩累足 八〇七
脇肩諂笑 八〇七
屑榆爲粥 八〇九
宵衣旰食 八一〇
笑比河清 八一四
笑裏藏刀 八一五
笑容滿面 八一五
笑容可掬 八一五
笑逐顏開 八一五
修德慎罰 八一六
修心養性 八一六
修飾邊幅 八一六
修身立節 八一六
修身潔行 八一七
修仁行義 八一七
臭味相投 八一八
徐娘半老，風韻猶存。 八五八
栩栩如生 八五八
畜妻養子 八五八
軒軒甚得 八六二
軒居載鶴 八六二
軒然大波 八六三
烜赫一時 八六四
胸羅錦繡 八六九
胸懷大志 八六九
胸中鱗甲 八六九
胸中甲兵 八六九
胸中無墨 八六九
胸有城府 八七〇
胸無大志 八七〇
胸無點墨 八七〇
胸無城府 八七〇
胸無宿物 八七〇
隻鱗片甲 八七七
隻輪不返 八七七
隻雞斗酒 八七七
隻雞絮酒 八七七
隻字不提 八七七
隻字片紙 八七八
隻字片語 八七八
紙短情長 八八八
紙田墨稼 八八八
紙貴洛陽 八八八
紙上談兵 八八八
紙醉金迷 八八八
陟岵陟屺 八九六
展轉推托 九一一
展翅高飛 九一一
展眼舒眉 九一一
站脚助威 九一三
眞憑實據 九一四
眞金不怕火煉。 九一四
眞金不鍍 九一四
眞槍實彈 九一五
眞心誠意 九一五
眞相大白 九一五
眞知灼見 九一五
眞僞莫辨 九一五
眞贓實犯 九一五
眞才實學 九一五
針鋒相對 九一五
針頭線腦 九一六

針尖對麥芒 九一六
振臂一呼 九一六
振奮人心 九一六
振驚充庭 九一六
振聾發聵 九一七
振振有詞 九一七
陣馬風檣 九一七
珠箔銀屏 九二八
珠槃玉敦 九二八
珠聯璧和 九二八
珠宮貝闕 九二八
珠光寶氣 九二八
珠輝玉映 九二八
珠還合浦 九二九
珠翠之珍 九二九
珠圍翠繞 九二九
珠玉在側 九二九
珠圓玉潤 九二九
祝不勝詛 九三五
祝哽祝噎 九三六
捉班做勢 九三七
捉刀代筆 九三七
捉雞罵狗 九三七
捉襟見肘 九三七
捉賊捉贓 九三八
酌盈劑虛 九三九
追本窮源 九四〇
追名逐利 九四〇
追根究柢 九四〇
追悔莫及 九四〇
追亡逐北 九四〇
冢中枯骨 九五二
差堪告慰 九六五
差強人意 九六五
差之毫厘，謬以千里。 九六五
差足自喜 九六六
差與比肩 九六六
茶飯無心 九六七
茶餘飯後 九六七
柴米夫妻 九六八
柴車幅巾 九六八
豺狼當道 九六八
豺狼虎豹 九六八
豺狼成性 九六八
倡條冶葉 九七四
倡而不和 九七四
倡言惑衆 九七五
乘風破浪 九八五
乘風轉舵 九八五
乘桴浮海 九八五
乘龍佳婿 九八五
乘火打刼 九八五
乘機而入 九八五
乘堅策肥 九八六
乘其不備 九八六
乘興而來 九八六
乘虛而入 九八六
乘車戴笠 九八六
乘時乘勢 九八六
乘人之危 九八六
秤不離坨 九九二
秤平斗滿 九九二
秤薪而爨 九九二
臭不可當 九九五
臭名昭著 九九五
臭名遠揚 九九五
臭肉來蠅 九九五
臭味相投 九九五
芻蕘之議 一〇〇〇
除暴安良 一〇〇一
除害滅病 一〇〇一
除害興利 一〇〇一
除舊布新 一〇〇一
除邪懲惡 一〇〇一
除塵滌垢 一〇〇一
除殘去穢 一〇〇一
除惡務盡 一〇〇二
唇紅齒白 一〇一六
唇焦口燥 一〇一六
唇焦舌敝 一〇一六
唇槍舌劍 一〇一六
唇齒相依 一〇一六
唇齒之戲 一〇一七
唇亡齒寒 一〇一七
師道尊嚴 一〇二四
師心自用 一〇二四
師直爲壯 一〇二五
師出有名 一〇二五
師出無名 一〇二五
時不可失 一〇三一
時不再來 一〇三一
時不我與 一〇三一
時來運轉 一〇三一
時和歲豐 一〇三一
時過境遷 一〇三一
時乖運蹇 一〇三一
時絀舉贏 一〇三二
時殊風異 一〇三二
時移俗易 一〇三二
時隱時現 一〇三二
時移物換 一〇三二
射石飲羽 一〇五七
涉筆成趣 一〇五七
閃爍其辭 一〇六四
神不知鬼不覺。 一〇七二
神不守舍 一〇七二
神佛不佑 一〇七二
神道設教 一〇七二
神通廣大 一〇七三
神龍見首不見尾。 一〇七三
神鬼莫測 一〇七三
神工鬼斧 一〇七三
神嚎鬼哭 一〇七三
神乎其神 一〇七三
神魂顛倒 一〇七三
神魂失據 一〇七三
神機妙算 一〇七四

神氣活現 一〇七四
神清氣爽 一〇七四
神州陸沈 一〇七四
神差鬼使 一〇七四
神出鬼沒 一〇七四
神施鬼設 一〇七四
神采煥發 一〇七四
神采奕奕 一〇七五
神思恍惚 一〇七五
神色不驚 一〇七五
神色自若 一〇七五
神搖意奪 一〇七五
神完守固 一〇七五
書不盡言，言不盡意。 一〇九九
書不舛錯 一〇九九
書香門第 一〇九九
書聲琅琅 一〇九九
書生氣十足 一〇九九
殊途同歸 一〇九九
殊禮異務 一一〇〇
殊功異德 一一〇〇
殊深軫念 一一〇〇
荏弱無能 一一三九
茹毛飲血 一一五一
茹苦含辛 一一五一
茹柔吐剛 一一五一
弱不禁風 一一五三
弱不勝衣 一一五三
弱肉強食 一一五三
弱如扶病 一一五三
容頭過身 一一五五
容光煥發 一一五五
恣行無忌 一一五九
恣睢自用 一一五九
恣意妄爲 一一五九
砸鍋賣鐵 一一六八
座無虛席 一一八六
倉皇失措 一二〇一
倉卒主人 一二〇一
草木皆兵 一二〇四
草木知威 一二〇四
草薙禽獮 一二〇五
草間求活 一二〇五
草菅人命 一二〇五
草行露宿 一二〇五
草長鶯飛 一二〇五
草創未就 一二〇五
草率收兵 一二〇五
草率從事 一二〇六
草草了事 一二〇六
草草成篇 一二〇六
脆而不堅 一二一一
厝火積薪 一二一五
桑弧蓬矢 一二四三
桑間濮上 一二四三
桑中之約 一二四三
桑樞甕牖 一二四三
桑榆暮景 一二四三
素不相識 一二四六
素昧平生 一二四六
素車白馬 一二四六
素隱行徑 一二四六
索然無味 一二四七
索隱行徑 一二四八
孫龐鬥智 一二五一
送暖偷寒 一二五二
送舊迎新 一二五二
送君千里，終有一別。 一二五三
送往事居 一二五三
送往迎來 一二五三
峨冠博帶 一二五五
唉聲嘆氣 一二五九
挨門逐戶 一二六〇
挨肩擦膀 一二六〇
恩同父母 一二七四
恩同再造 一二七四
恩斷義絕 一二七四
恩將仇報 一二七四
恩重如山 一二七四
恩深義重 一二七四
恩甚怨生 一二七四
恩榮并濟 一二七五
恩威並行 一二七五
恩威并施 一二七五
恩威並用 一二七五
恩逾慈母 一二七五
倚馬可待 一三五二
倚門傍戶 一三五二
倚門賣笑 一三五二
倚門倚閭 一三五二
倚老賣老 一三五二
倚官仗勢 一三五二
倚姣作媚 一三五三
倚強凌弱 一三五三
倚勢凌人 一三五三
倚勢挾權 一三五三
倚財仗勢 一三五三
倚玉之榮 一三五三
悒悒不樂 一三五五
挹彼注茲 一三五七
烟波浩渺 一三九一
烟霞痼疾 一三九一
烟消火滅 一三九一
烟消雲散 一三九一
烟塵斗亂 一三九一
烟視媚行 一三九一
烟雲供養 一三九一
宴安鴆毒 一四〇三
殷鑒不遠 一四〇九
殷殷垂念 一四〇九
盈把之木 一四二七
盈科後進 一四二七
盈千累萬 一四二八
盈車嘉穗 一四二八
盈車之魚 一四二八
盈則必虧 一四二八
郢匠運斧 一四三〇
郢書燕說 一四三〇

烏白馬角　一四三二
烏飛兔走　一四三二
烏烏私情　一四三二
烏合之衆　一四三二
烏焦巴弓　一四三三
烏七八糟　一四三三
烏有子虛　一四三三
烏烟瘴氣　一四三三
烏焉成馬　一四三三
韋編三絕　一四六九
韋絃之佩　一四七〇
娓娓不倦　一四七一
娓娓動聽　一四七一
剜肉醫瘡　一四七六
剜眼剝皮　一四七六
紋絲不動　一四九一
浴血奮戰　一五一七
悅近來遠　一五二二
悅人耳目　一五二二
冤家對頭　一五二四
冤家路窄　一五二五
冤家債主　一五二五
冤有頭，債有主。　一五二五
冤冤相報　一五二五
原璧歸趙　一五二六
原封不動　一五二六
原心定罪　一五二六
原形畢露　一五二六
原始要終　一五二六
原原本本　一五二六

【十一畫】

敗柳殘花　二〇
敗鱗殘甲　二〇
敗鼓之皮　二〇
敗家破業　二〇
敗軍之將　二〇
敗子回頭　二〇
笨鳥先飛　四一
笨手笨脚　四一
笨嘴拙舌　四一
婢作夫人　四五
畢恭畢敬　四九
畢其功於一役。　四九
閉門羹　五一
閉門酣歌　五一
閉門謝客　五二
閉門造車　五二
閉門思過　五二
閉門塞聽　五二
閉關却掃　五二
閉關自守　五二
閉關鎖國　五二
閉口無言　五三
閉月羞花　五三
彪炳千秋　五六
彪形大漢　五七
彬彬有禮　六〇
剝膚之痛　七一
剝膚椎髓　七一
徘徊不前　一四二
排難解紛　一四三
排沙簡金　一四三
排山倒海　一四三
袍笏登場　一四四
烹龍炮鳳　一四九
捧腹大笑　一五一
被髮左衽　一五四
被髮纓冠　一五四
被髮文身　一五四
被褐懷玉　一五四
被苦蒙荊　一五五
被山帶河　一五五
偏安一隅　一五八
貧病交迫　一六〇
貧不失志　一六〇
貧賤不移　一六〇
貧賤驕人　一六〇
貧賤之交　一六〇
貧嘴薄舌　一六〇
貧而樂道　一六一
貧無立錐之地　一六一
瓶墜簪折　一六四
麻痺大意　一六七
麻木不仁　一六七
麻雀雖小，五臟俱全。　一六七
麻中之蓬　一六七
麥秀黍離　一七五
麥穗兩歧　一七五
莫辨楮葉　一七二
莫名其妙　一七二
莫逆之交　一七二
莫敢誰何　一七二
莫可名狀　一七二
莫須有　一七二
莫衷一是　一七三
莫測高深　一七三
莫予毒也　一七三
捫心自問　一八四
捫蝨而談　一八四
密不通風　一九〇
密意幽悰　一九〇
密雲不雨　一九〇
偭規越矩　一九三
販夫走卒　二二五
烽火連天　二三三
逢凶化吉　二四〇
逢場作戲　二四〇
逢人說項　二四〇
桴鼓相應　二四四
婦人之仁　二四九
婦孺皆知　二四九
得病亂投醫　二七一
得不償失　二七一
得道多助，　二七一

失道寡助。 二七一
得天獨厚 二七一
得隴望蜀 二七一
得過且過 二七一
得窺門徑 二七一
得其所哉 二七一
得全要領 二七二
得心應手 二七二
得新厭舊 二七二
得失參半 二七二
得手應心 二七二
得勝回朝 二七二
得人者昌，失人者亡。 二七三
得寸進尺 二七三
得寸則寸 二七三
得而復失 二七三
得意門生 二七三
得意之筆 二七三
得意之色 二七三
得意洋洋 二七三
得意忘形 二七四
得意忘言 二七四
得未曾有 二七四
得魚忘筌 二七四
帶牛佩犢 二七六
帶厲河山 二七六
帶月披星 二七七
帶雨梨花 二七七
悼心失圖 二八一
淡泊明志 二八八
淡飯粗茶 二八八
淡妝濃抹 二八八
淡然處之 二八八
淡而無味 二八八
羝羊觸藩 二九五
掂斤播兩 二九八
掉三寸舌 三〇三
掉以輕心 三〇三
釣名沽譽 三〇三
釣遊之地 三〇三
頂頭上司 三〇四
頂天立地 三〇四
頂禮膜拜 三〇五
都俞吁咈 三一七
動不失時 三二二
動魄驚心 三二二
動蕩不定 三二二
動心忍性 三二二
動輒得咎 三二三
動手動腳 三二三
動人心魄 三二三
動人心弦 三二三
動如脫兔 三二三
動如參商 三二三
堆積如山 三二七
堆金積玉 三二八
堆山積海 三二八
掇拾章句 三三三
淘沙得金 三三九
陶陶兀兀 三四〇
陶犬瓦雞 三四一
偷天妙手 三四一
偷天換日 三四一
偷樑換柱 三四一
偷工減料 三四一
偷合苟容 三四一
偷寒送暖 三四一
偷雞摸狗 三四二
偷香竊玉 三四二
偷安旦夕 三四二
貪墨成風 三四五
貪夫徇財 三四五
貪大求全 三四五
貪得無厭 三四六
貪多嚼不爛 三四六
貪多務得 三四六
貪天之功 三四六
貪官汚吏 三四六
貪賄無藝 三四六
貪小失大 三四七
貪賢敬老 三四七
貪心不足 三四七
貪生怕死 三四七
貪生惡死 三四七
貪贓枉法 三四七
貪餌喪生 三四八
袒裼裸裎 三五一
探頭探腦 三五一
探囊取物 三五一
探驪得珠 三五一
探賾索隱 三五二
探源溯流 三五二
堂堂之陣 三五二
堂堂正正 三五二
堂上一呼，階下百諾。 三五三
堂而皇之 三五三
條分縷析 三五九
添兵減灶 三七三
添磚加瓦 三七三
添油加醋 三七三
甜言蜜語 三七四
停僮葱翠 三七六
停傳常滿 三七六
停陰不解 三七六
停雲落月 三七六
屠門大嚼 三七六
屠龍之技 三七八
荼毒生靈 三八〇
脫胎換骨 三八三
脫口而出 三八三
脫韁之馬 三八三
脫洒不俗 三八三
脫穎而出 三八三
唾面自乾 三八四
唾手可得 三八四
唾玉鈐銀 三八四
推波助瀾 三八四
推本溯源 三八四

推避求全　三八四
推鋒爭死　三八五
推托之詞　三八五
推聾作啞　三八五
推己及人　三八五
推襟送抱　三八五
推賢讓能　三八五
推心置腹　三八五
推陳出新　三八五
推誠不飾　三八五
推燥居濕　三八六
推三阻四　三八六
推而廣之　三八六
通都大邑　三八七
通同一氣　三八八
通功易事　三八八
通家之誼　三八八
通今博古　三八八
通權達變　三八八
通衢越巷　三八八
通宵達旦　三八八
通儒碩學　三八八
通文知理　三八八
訥言敏行　三九八
赧顏苟活　四〇四
匿迹銷聲　四〇七
鳥革翬飛　四〇八
鳥集鱗萃　四〇八
鳥盡弓藏　四〇八
鳥獸散　四〇九
鳥爲食亡　四〇九
鳥語花香　四〇九
累牘連篇　四二〇
累卵之危　四二〇
累月經年　四二一
淚出痛腸　四二一
淚如泉湧　四二一
淚如雨下　四二一
琅嬛福地　四三一
梨花帶雨　四三二
梨園弟子　四三三
理屈詞窮　四三四
理直氣壯　四三四
理所當然　四三四
聊備一格　四四二
聊復爾耳　四四二
聊勝於無　四四二
聊以解嘲　四四二
聊以卒歲　四四二
聊以塞責　四四二
連篇累牘　四五〇
連中三元　四五一
淋漓盡致　四五一
梁孟相敬　四五四
羚羊掛角　四五九
陵谷變遷　四五九
陸海潘江　四六三
鹿車荷鍤　四六三
鹿死誰手　四六三
鹿死不擇音　四六四
淪肌浹髓　四六九
掠人之美　四七五
略迹原情　四七五
略見一斑　四七五
略識之無　四七六
乾柴烈火　四九二
掛冠而去　五一一
掛一漏萬　五一一
掛羊頭，賣狗肉。　五一一
國富兵強　五一一
國富民強　五一一
國富民安　五一一
國泰民安　五一一
國計民生　五一一
國家興亡，匹夫有責。　五一二
國之干城　五一二
國事蜩螗　五一二
國士無雙　五一二
國賊祿鬼　五一二
國色天香　五一二
國亡家破　五一二
規矩準繩　五一五
規行矩步　五一六
貫甲提兵　五二二
袞袞諸公　五二二
躬逢其盛　五二九
康莊大道　五四四
涸轍之鮒　五六三
荷槍實彈　五六三
毫髮不爽　五六八
毫髮無遺　五六九
毫無二致　五六九
毫無疑義　五六九
貨眞價實　六〇二
淮南雞犬　六〇三
淮橘爲枳　六〇三
彗汜畫塗　六〇七
患得患失　六一〇
患難之交　六一〇
患難與共　六一一
患至呼天　六一一
混沌不分　六一二
混爲一談　六一四
混淆黑白　六一四
混淆是非　六一四
混淆視聽　六一四
寂天寞地　六三三
寂寂無聞　六三三
寂然不動　六三三
掎角之勢　六三九
掎挈伺詐　六三九
掎摭利病　六四〇
掎裳連襼　六四〇
寄人籬下　六四〇
既來之，則安之。　六四一
既有今日，何必當初。　六四一

既往不咎　六四一
假名托姓　六四七
假途滅虢　六四七
假力於人　六四七
假公濟私　六四七
假手於人　六四七
假仁假義　六四七
假仁縱敵　六四八
接續香烟　六四九
接二連三　六四九
捷報頻傳　六五一
桀犬吠堯　六五一
桀黠擅恣　六五一
桀驁不馴　六五二
教猱升木　六五八
皎如日星　六六一
教婦初來　六六二
教學相長　六六三
教亦多術　六六三
救民水火　六六九
救困扶危　六六九
救火揚沸　六六九
救急不救窮　六六九
救經引足　六六九
救世濟民　六六九
救災恤鄰　六七〇
救死扶傷　六七〇
救亡圖存　六七〇
堅壁清野　六七三
堅不可摧　六七三
堅明約束　六七三
堅定不移　六七三
堅苦卓絕　六七三
堅甲利兵　六七三
堅甲利刃　六七三
堅強不屈　六七四
堅貞不屈　六七四
堅持不懈　六七四
堅韌不拔　六七四
堅如磐石　六七四
堅臥烟霞　六七四
剪燭西窗　六七七
健步如飛　六七八
將勤補拙　六九六
將功補過　六九七
將功贖罪　六九七
將計就計　六九七
將心比心　六九七
將信將疑　六九七
將錯就錯　六九七
將欲取之，必先與之。　六九七
將門有將　六九九
將相出寒門　六九九
將在外，君命有所不受。　六九九
將遇良才　六九九
旌旗蔽日　七〇〇
掘室求鼠　七一七
掘墓鞭屍　七一七
崛地而起　七一七
捲土重來　七二〇
淒風苦雨　七二四
棄短取長　七三二
棄甲倒戈　七三二
棄甲曳兵　七三二
棄舊憐新　七三二
棄瑕錄用　七三三
棄若敝屣　七三三
棄子逐妻　七三三
棄暗投明　七三三
掐頭去尾　七三六
牽蘿補屋　七五二
牽強附會　七五二
牽腸掛肚　七五二
牽四掛五　七五二
牽一髮而動全身。　七五三
牽羊擔酒　七五三
淺見寡聞　七五八
淺顯易懂　七五八
淺斟低唱　七五八
淺嚐輒止　七五八
強本弱末　七六三
強弩之末　七六三
強龍不壓地頭蛇。　七六三
強幹弱枝　七六三
強將手下無弱兵。　七六四
強中更有強中手。　七六四
強不知以爲知。　七六四
強打精神　七六四
強聒不舍　七六四
強人所難　七六四
強詞奪理　七六五
強死強活　七六五
強顏爲笑　七六五
清風明月　七六六
清風兩袖　七六七
清規戒律　七六七
清官難斷家務事。　七六七
清心寡欲　七六七
清濁難澄　七六七
清塵濁水　七六七
清水衙門　七六七
情不自禁　七七三
情不可却　七七三
情竇初開　七七三
情投意合　七七三
情同手足　七七三
情急生智　七七三
情見乎辭　七七三
情見勢屈　七七三
情景交融　七七四
情趣橫生　七七四
情知故犯　七七四

情至意盡 七七四
情長紙短 七七四
情善迹非 七七四
情深潭水 七七四
情人眼裏出西施。 七七四
情有可原 七七五
情文相生 七七五
頃刻之間 七七六
區區之衆 七七六
雀屏中選 七八三
雀小臟全 七八三
悉索敝賦 七九四
惜墨如金 七九七
惜老憐貧 七九七
惜指失掌 七九八
惜玉憐香 七九八
習非成是 七九八
習慣成自然 七九八
習以爲常 七九八
習焉不察 七九八
習與性成 七九八
徙木爲信 八〇〇
徙宅忘妻 八〇〇
細大不捐 八〇二
細枝末節 八〇二
細針密縷 八〇二
細水長流 八〇二
斜風細雨 八〇七
逍遙法外 八一一
逍遙自在 八一一
羞人答答 八一七
羞與爲伍 八一七
袖手旁觀 八一八
掀風鼓浪 八二三
掀天揭地 八二三
涎皮賴臉 八二四
涎言涎語 八二四
現身說法 八二六
陷堅挫銳 八二六
陷身囹圄 八二六
降龍伏虎 八四三
降邪從正 八四四
雪膚花貌 八六〇
雪泥鴻爪 八六〇
雪虐風饕 八六〇
雪窖冰天 八六〇
雪兆豐年 八六〇
雪中送炭 八六〇
雪上加霜 八六〇
旋乾轉坤 八六四
執鞭墜鐙 八七八
執迷不悟 八七八
執法不阿 八七八
執法如山 八七八
執牛耳 八七八
執兩用中 八七八
執柯作伐 八七九
執經叩問 八七九
執經問難 八七九
趾高氣揚 八八八
晝伏夜行 九一〇
晝耕夜誦 九一〇
晝慨宵悲 九一〇
晝思夜想 九一〇
晝夜不捨 九一〇
斬木揭竿 九一一
斬釘截鐵 九一二
斬頭去尾 九一二
斬盡殺絕 九一二
斬將搴旗 九一二
斬草除根 九一二
斬岸堙溪 九一二
張大其辭 九一八
張燈結彩 九一八
張冠李戴 九一八
張公吃酒李公醉。 九一九
張口結舌 九一九
張皇失措 九一九
張敞畫眉 九一九
張三李四 九一九
張牙舞爪 九一九
張筵設戲 九一九
張王李趙 九二〇
崢嶸軒峻 九二三
逐兔先得 九三三
逐日追風 九三三
專橫跋扈 九四一
專權恣肆 九四一
專心向公 九四一
專心一志 九四一
專心致志 九四二
專一不移 九四二
專欲難成 九四二
莊生夢蝶 九四三
終非池中物 九四九
終天之慕 九五〇
終天之恨 九五〇
終南捷徑 九五〇
終虛所望 九五〇
終身大事 九五〇
終始如一 九五〇
終始一貫 九五〇
終身之計，莫如樹人。 九五一
終身之醜 九五一
終身之惡 九五一
終身之憂 九五一
終而復始 九五一
衆叛親離 九五三
衆毛攢裘 九五三
衆目睽睽 九五三
衆目昭彰 九五三
衆怒難犯 九五三
衆寡不敵 九五三
衆寡懸殊 九五三
衆口紛紜 九五三
衆口難調 九五四
衆口囂囂 九五四

衆口鑠金 九五四
衆口一詞 九五四
衆好必察 九五四
衆擎易舉 九五四
衆星捧月 九五四
衆星拱北 九五五
衆煦漂山 九五五
衆志成城 九五五
衆矢之的 九五五
衆人拾柴火焰高。 九五五
衆所周知 九五五
衆惡必察 九五五
衆望所歸 九五五
釵荊裙布 九六七
常備不懈 九七〇
惝怳迷離 九七四
唱籌量沙 九七五
悵然若失 九七五
巢毀卵破 九七七
晨昏定省 九七九
晨鐘暮鼓 九八〇
陳蕃下榻 九八二
陳力就列 九八二
陳規陋習 九八二
陳陳相因 九八二
陳善閉邪 九八二
陳詞濫調 九八三
陳言務去 九八三
逞性妄爲 九九二
逞凶肆虐 九九二
處高臨深 一〇〇四
處心積慮 一〇〇四
處之泰然 一〇〇四
捶胸頓足 一〇一二
啜菽飲水 一〇一八
惙怛傷悴 一〇一八
崇論閎議 一〇一七
崇山峻嶺 一〇一九
崇洋媚外 一〇二〇
舐皮論骨 一〇四七
舐犢情深 一〇四八
舐糠及米 一〇四八
舐癰吮痔 一〇四八
殺伐決斷 一〇五一
殺敵致果 一〇五一
殺雞取卵 一〇五一
殺雞嚇猴 一〇五二
殺雞焉用牛刀。 一〇五二
殺家紓難 一〇五二
殺妻求將 一〇五二
殺氣騰騰 一〇五二
殺身成仁 一〇五二
殺人不見血 一〇五二
殺人不用刀 一〇五三
殺人須見血 一〇五三
殺人如麻 一〇五三
殺人越貨 一〇五三
殺一儆百 一〇五三
蛇蝎心腸 一〇五四
蛇行斗折 一〇五四
蛇影杯弓 一〇五四
蛇欲吞象 一〇五五
捨本逐末 一〇五五
捨命陪君子 一〇五五
捨短取長 一〇五五
捨己救人 一〇五五
捨己從人 一〇五五
捨己爲人 一〇五五
捨近求遠 一〇五六
捨車保帥 一〇五六
捨邪歸正 一〇五六
捨身求法 一〇五六
捨生取義 一〇五六
捨死忘生 一〇五六
捨我其誰 一〇五六
捨文求質 一〇五七
設弧之辰 一〇五七
設身處地 一〇五七
設帨良辰 一〇五七
赦不妄下 一〇五七
赦事誅意 一〇五七
掞藻飛聲 一〇六六
參橫斗轉 一〇六六
參辰卯酉 一〇六六
參商之虞 一〇六六
深閉固拒 一〇六七
深不可測 一〇六七
深謀遠慮 一〇六七
深明大義 一〇六七
深厲淺揭 一〇六七
深慮遠議 一〇六七
深溝高壘 一〇六七
深根固柢 一〇六八
深耕易耨 一〇六八
深居簡出 一〇六八
深更半夜 一〇六八
深情厚誼 一〇六八
深入不毛 一〇六八
深入淺出 一〇六八
深入人心 一〇六八
深藏若虛 一〇六九
深思熟慮 一〇六九
深思遠慮 一〇六九
深惡痛絕 一〇六九
深文周納 一〇六九
笙磬同音 一〇八七
授受不親 一〇九八
淑質貞亮 一一〇一
率馬以驥 一一一一
率獸食人 一一一一
率爾操觚 一一一一
率由舊章 一一一二
爽然若失 一一一八
軟硬兼施 一一五五
軟玉溫香 一一五五
責備賢者 一一六九
責己以周，待人以約。 一一七〇

責先利後　一一七〇
責重山岳　一一七〇
責人以詳，待己以廉。　一一七〇
責有攸歸　一一七〇
責無旁貸　一一七〇
造化小兒　一一七五
造謠惑衆　一一七五
造謠中傷　一一七五
造言生事　一一七五
做小伏低　一一八二
做張做致　一一八二
做神做鬼　一一八三
彩鳳隨鴉　一一九六
採擢薦進　一一九七
採善貶惡　一一九七
側目而視　一二〇六
側足而立　一二〇六
厠足其間　一二〇六
參差不齊　一二〇六
參差錯落　一二〇七
參錯重出　一二〇七
粗服亂頭　一二〇八
粗通文墨　一二〇八
粗心浮氣　一二〇八
粗心大意　一二〇八
粗枝大葉　一二〇八
粗製濫造　一二〇九
粗中有細　一二〇九
粗茶淡飯　一二〇九
粗手笨脚　一二〇九
粗聲粗氣　一二〇九
粗衣淡飯　一二〇九
粗衣糲食　一二〇九
猝不及防　一二一〇
措置失宜　一二一五
措置裕如　一二一五
措手不及　一二一五
從容不迫　一二一六
從容就義　一二一六
從頭到尾　一二一七
從天而降　一二一八
從立自新　一二一八
從令如流　一二一八
從諫如流　一二一八
從井救人　一二一八
從心所欲　一二一八
從中作梗　一二一八
從中斡旋　一二一九
從中漁利　一二一九
從長計議　一二一九
從善如登　一二一九
從善如流　一二一九
從惡如崩　一二一九
從一而終　一二一九
掃眉才子　一二三三
掃地以盡　一二三三
掃榻以迎　一二三三
掃穴犁庭　一二三三
掃除天下　一二三三
宿柳眠花　一二四六
宿疾難醫　一二四六
崧生嶽降　一二五二
訛言謊語　一二五五
偶燭施明　一二六五
偶一爲之　一二六五
偶語棄市　一二六五
移風易俗　一三三四
移東就西　一三三四
移天易日　一三三四
移宮換羽　一三三四
移花接木　一三三四
移孝作忠　一三三四
移星換斗　一三三四
移船就岸　一三三四
移山倒海　一三三五
移樽就教　一三三五
異端邪說　一三五八
異途同歸　一三五八
異口同聲　一三五八
異曲同工　一三五九
異軍突起　一三五九
異想天開　一三五九
異姓陌路　一三五九
異乎尋常　一三五九
啞口無言　一三六三
啞然失笑　一三六三
野鳥入廟　一三六四
野狐參禪　一三六四
野火燒不盡，春風吹又生。　一三六四
野荒民散　一三六四
野心勃勃　一三六五
野人獻曝　一三六五
野無遺賢　一三六五
悠然自得　一三七八
悠悠伏枕　一三七八
悠悠忽忽　一三七八
偃旗息鼓　一四〇〇
偃武修文　一四〇一
掩鼻而過　一四〇一
掩目捕雀　一四〇一
掩人耳目　一四〇一
掩耳盜鈴　一四〇一
眼飽肚飢　一四〇一
眼不見，心不煩。　一四〇一
眼明手快　一四〇二
眼高手低　一四〇二
眼高于頂　一四〇二
眼觀六路，耳聽八方。　一四〇二
眼空心大　一四〇二
眼花繚亂　一四〇二
眼花耳熱　一四〇二
眼疾手快　一四〇二
眼見爲實，耳聽爲虛。　一四〇三
眼中有鐵　一四〇三

眼饞肚飽　一四〇三
眼饞不見　一四〇九
陰霾密布　一四〇九
陰謀詭計　一四〇九
陰魂不散　一四〇九
陰山背後　一四〇九
陰柔害物　一四〇九
陰錯陽差　一四〇九
陰陽怪氣　一四一〇
陰雨晦冥　一四一〇
寅吃卯糧　一四一〇
淫詞艷語　一四一〇
淫辭邪說　一四一一
梧鼠技窮　一四三四
唯馬首是瞻　一四六四
唯命是從　一四六四
唯利是圖　一四六四
唯力是視　一四六四
唯鄰是卜　一四六四
唯食忘憂　一四六五
唯我獨尊　一四六五
惟明克允　一四六六
惟口起羞　一四六六
惟適之安　一四六七
惟日不足　一四六七
帷薄不修　一四六七
帷墻之制　一四六七
唯唯否否　一四七〇
唯唯諾諾　一四七〇
唯唯連聲　一四七〇
婉轉悠揚　一四七八
婉婉有儀　一四七八
晚食當肉　一四七八
莞爾而笑　一四七八
問道于盲　一四九三
問鼎中原　一四九三
問牛知馬　一四九四
問柳尋花　一四九四
問官答花　一四九四
問寒問暖　一四九四
問心無愧　一四九四
問諸水濱　一四九四
問罪之師　一四九四
問俗問禁　一四九五
問安視膳　一四九五
惘然若失　一四九八
望梅止渴　一五〇〇
望門投止　一五〇一
望風捕影　一五〇一
望風披靡　一五〇一
望風而逃　一五〇一
望衡對宇　一五〇一
望秋先零　一五〇一
望塵莫及　一五〇二
望塵而拜　一五〇二
望穿秋水　一五〇二
望子成龍　一五〇二
望眼欲穿　一五〇二
望洋興嘆　一五〇二
望文生義　一五〇三
望而却步　一五〇三
望而生畏　一五〇三
魚米之鄉　一五〇九
魚目混珠　一五〇九
魚大水小　一五〇九
魚爛土崩　一五〇九
魚爛而亡　一五〇九
魚龍曼衍　一五〇九
魚龍混雜　一五〇九
魚貫而行　一五一〇
魚貫而入　一五一〇
魚潰鳥散　一五一〇
魚質龍文　一五一〇
魚書雁足　一五一〇
魚水情深　一五一〇
魚水之歡　一五一〇
魚肉百姓　一五一〇
魚游釜中　一五一一
魚魚雅雅　一五一一
欲罷不能　一五一六
欲令智昏　一五一六
欲蓋彌彰　一五一六
欲壑難填　一五一六
欲加之罪，何患無辭。　一五一七
欲擒故縱　一五一七
欲取姑與　一五一七
欲速不達　一五一七
欲人勿知，莫若勿爲。　一五一七
欲益反損　一五一七
欲言又止　一五一七
庸懦無能　一五三四
庸中佼佼　一五三五
庸人自擾　一五三五
庸醫殺人　一五三五
庸言庸行　一五三五
庸庸碌碌　一五三五

【十二畫】

跋前躓後　一六
跋山涉水　一六
斑駁陸離　二一
斑衣戲彩　二一
傍花隨柳　二五
傍人門戶　二五
傍人籬壁　二五
報本反始　二九
報李投桃　二九
報喜不報憂　二九
報效萬一　二九
報仇雪恨　二九
報往跋來　二九
報怨雪恥　二九
報竹平安　二九
悲不自勝　三四
悲憤填膺　三四
悲天憫人　三四
悲痛欲絕　三四

悲歌慷慨　三四
悲觀厭世　三五
悲歡離合　三五
悲喜交集　三五
悲愁垂涕　三五
筆墨官司　四三
筆大如椽　四三
筆刀硯城　四三
筆頭生花　四三
筆力扛鼎　四四
筆下超生　四四
筆下有鐵　四四
筆削褒貶　四四
筆誅墨伐　四四
筆參造化　四四
敝鼓喪豚　四七
敝屣尊榮　四七
敝帚千金　四七
敝帚自珍　四七
敝帷不棄　四七
博大精深　七五
博經通籍　七五
博古通今　七五
博關經典　七五
博洽多聞　七五
博學多才　七五
博學多聞　七六
博學審問　七六
博者不知　七六
博施濟衆　七六
博士買驢　七六
博識多通　七六
博碩肥腯　七六
博采衆長　七七
博采衆議　七七
博而不精　七七
博而寡要　七七
博物通達　七七
博物君子　七七
博物洽聞　七七
博文約禮　七八
博聞辯言　七八
博聞強識　七八
跛鼈千里　七九
琵琶別抱　一五五
胼手胝足　一五八
萍水相逢　一六四
萍踪浪跡　一六四
評頭品足　一六四
菩薩低眉　一六五
菩薩心腸　一六五
普渡衆生　一六五
普天同慶　一六六
普天率土　一六六
買櫝還珠　一七三
買空賣空　一七三
買菜求益　一七三
貿首之仇　一八〇
描鸞刺鳳　一九一
渺如黃鶴　一九一
渺無人煙　一九一
發蒙振落　二一二
發名成業　二一二
發凡起例　二一二
發憤忘食　二一二
發棠之請　二一二
發聾振聵　二一二
發號施令　二一二
發奸擿伏　二一三
發人深省　二一三
發踪指示　二一三
發策決科　二一三
發揚蹈厲　二一三
斐然成章　二一九
菲才寡學　二一九
飯糗茹草　二二四
飯囊衣架　二二五
焚林而獵　二二六
焚膏繼晷　二二六
焚琴煮鶴　二二六
焚香列鼎　二二七
焚書坑儒　二二七
馮唐易老　二四〇
傅粉何郎　二四九
傅粉施朱　二四九
富埒王侯　二五〇
富麗堂皇　二五〇
富貴不能淫　二五〇
富貴浮雲　二五〇
富國強兵　二五〇
富可敵國　二五〇
答非所問　二五四
盜名暗世　二八一
盜跖之物　二八一
盜憎主人　二八一
盜亦有道　二八一
單刀赴會　二八四
單刀直入　二八四
單鵠寡凫　二八四
單槍匹馬　二八四
單身隻手　二八五
單則易折　二八五
衆則難摧　二八五
單文孤證　二八五
登峰造極　二九二
登堂拜母　二九二
登堂入室　二九二
登高必賦　二九二
登高能賦　二九三
登山臨水　二九三
登高而招　二九三
登高一呼　二九三
登高望遠　二九三
等米下鍋　二九三
等量齊觀　二九三
等閑視之　二九四
等而下之　二九四
等因奉此　二九四
貂裘換酒　三〇一
貂蟬滿座　三〇一

喋喋不休 三〇四
楝樑之材 三一三
楝折榱崩 三一四
短兵相接 三二四
短綆汲深 三二五
短小精悍 三二五
短垣自逾 三二五
鈍兵挫鋭 三二九
啼飢號寒 三五四
啼笑皆非 三五四
提綱挈領 三五四
提心吊膽 三五五
提心在口 三五五
提要鈎玄 三五五
替天行道 三五七
豚蹄穰田 三八七
童牛角馬 三九四
童心未泯 三九四
童山濯濯 三九四
童叟無欺 三九四
童言無忌 三九四
童顏鶴髮 三九四
痛定思痛 三九五
痛改前非 三九五
痛哭流涕 三九五
痛心疾首 三九五
痛心入骨 三九六
痛入骨髓 三九六
痛癢相關 三九六
痛飲黃龍 三九六
惱羞成怒 四〇〇
勞民傷財 四二一
勞苦功高 四二一
勞形苦神 四二一
勞師動衆 四二三
勞而不獲 四二三
勞而不怨 四二三
勞而無功 四二三
勞燕分飛 四二三
琳琅滿目 四五一
量能授官 四五八
量力而行 四五八
量入爲出 四五八
量材錄用 四五八
絡繹不絕 四六五
割剝元元 四七七
割臂之盟 四七七
割鷄焉用牛刀。 四七七
割席分坐 四七七
鈎心鬥角 四九〇
鈎玄提要 四九〇
鈎章棘句 四九〇
鈎深致遠 四九〇
敢怒而不敢言。 四九七
貴德賤兵 五一八
貴人多忘事 五一八
貴耳賤目 五一八
渴驥奔泉 五三三
開懷暢飲 五三五
開門見山 五三五
開門揖盜 五三五
開天闢地 五三六
開台鑼鼓 五三六
開路先鋒 五三六
開國元勳 五三六
開花結果 五三六
開卷有益 五三六
開柙出虎 五三六
開心見誠 五三七
開誠布公 五三七
開誠相見 五三七
開宗明義 五三七
開山祖師 五三七
開物成務 五三七
開源節流 五三七
開雲見日 五三八
硜硜之愚 五四五
揆情度理 五五一
喟然長嘆 五五一
款語溫言 五五二
喝雉呼盧 五六三
黑白不分 五六八
黑白分明 五六八
黑天摸地 五六八
黑雲壓城城欲摧。 五六八
皓首窮經 五七三
喉清韻雅 五七四
酣暢淋漓 五七六
寒耕熱耘 五七九
寒花晚節 五七九
寒心酸鼻 五七九
湖光山色 五八六
湖海之士 五八六
猢猻入袋 五八八
華冠麗服 五九四
華衮之贈 五九五
華而不實 五九五
華屋山丘 五九五
華亭鶴唳 五九八
畫餅充饑 五九六
畫地而趨 五九六
畫地爲牢 五九六
畫棟雕樑 五九七
畫龍點睛 五九七
畫鬼容易畫人難。 五九七
畫虎類狗 五九七
畫脂鏤冰 五九七
畫中有詩 五九七
畫若鴻溝 五九八
畫蛇添足 五九八
畫苑冠冕 五九八
揮汗成雨 六〇四
揮霍無度 六〇四
揮金如土 六〇四
揮灑自如 六〇四
喙長三尺 六〇七

惠風和暢　六〇八
惠然肯來　六〇八
惠而不費　六〇八
換湯不換藥　六一一
渙然冰釋　六一一
渾渾噩噩　六一二
渾身是膽　六一二
渾水摸魚　六一二
渾然一體　六一二
渾俗和光　六一三
惶恐不安　六一五
惶惶不可終日。　六一五
黃袍加身　六一六
黃髮垂髫　六一六
黃道吉日　六一六
黃粱一夢　六一六
黃壚之痛　六一七
黃口孺子　六一七
黃花晚節　六一七
黃金時代　六一七
黃卷青燈　六一七
黃絹幼婦　六一七
黃鐘大呂　六一六
黃鐘毀棄，瓦釜雷鳴。　六一八
黃耳傳書　六一八
黃楊厄閏　六一八
閎中肆外　六二二
集大成　六三八
集思廣益　六三八
集腋成裘　六三八
集苑集枯　六三九
戟指怒目　六三九
戛然而止　六四六
戛玉敲金　六四七
揭竿而起　六四九
街談巷議　六四九
街頭巷尾　六五〇
階前萬里　六五〇
結不解緣　六五三
結黨營私　六五四
結草銜環　六五四
結駟連騎　六五四
焦頭爛額　六五八
焦金鑠石　六五九
焦躁不安　六五九
焦熬投石　六五九
蛟龍得水　六五九
絞盡腦汁　六六二
就地取材　六六八
就地正法　六六八
就正有道　六六八
就事論事　六六八
就日瞻雲　六六九
間不容髮　六七七
揀佛燒香　六七七
揀精揀肥　六七七
筋疲力盡　六八四
進退兩難　六九六
進退失據　六九六
進退無門　六九六
進退維谷　六九六
進讒害賢　六九六
進銳退速　六九六
進寸退尺　六九六
荆天棘地　七〇三
荆棘載途　七〇四
荆棘叢生　七〇四
荆釵布裙　七〇四
荆山之玉　七〇四
荆人涉澭　七〇四
景星麟鳳　七〇七
絕妙好辭　七一八
絕代佳人　七一八
絕口不道　七一八
絕裾而去　七一八
絕處逢生　七一九
絕世獨立　七一九
絕世超倫　七一九
絕少分甘　七一九
絕聖棄知　七一九
絕無僅有　七一九
鈞天廣樂　七二二
欺天誑地　七二四
欺君罔上　七二五
欺世盜名　七二五
欺善怕惡　七二五
期期艾艾　七二八
棋逢敵手　七二八
琪花瑤草　七二八
愜當之論　七三七
喬遷之喜　七三九
喬裝打扮　七三九
欽差大臣　七五九
琴斷朱弦　七六一
琴心劍膽　七六一
琴瑟不調　七六一
琴瑟之好　七六一
晴天霹靂　七七五
稀奇古怪　七七五
喜不自勝　七九五
喜眉笑眼　七九九
喜怒不形於色　七九九
喜怒哀樂　七九九
喜怒無常　七九九
喜氣洋洋　七九九
喜新厭舊　七九九
喜形於色　八〇〇
喜出望外　八〇〇
喜從天降　八〇〇
喜聞樂見　八〇〇
喜躍抃舞　八〇〇
舄烏虎帝　八〇二
閒磕牙　八二五
閒情逸致　八二五
閒邪存誠　八二五
閒愁萬種　八二五
閒雲孤鶴　八二五
象形奪名　八四六

象箸玉杯　八四六
象齒焚身　八四六
象牙之塔　八四六
項背相望　八四六
項莊舞劍，意在沛公。　八四七
惺惺惜惺惺　八四七
惺惺作態　八四七
虛比浮詞　八五五
虛美薰心　八五五
虛費詞說　八五五
虛懷若谷　八五五
虛晃一槍　八五五
虛己以聽　八五五
虛驕恃氣　八五五
虛情假意　八五六
虛擲年華　八五六
虛舟飄瓦　八五六
虛張聲勢　八五六
虛左以待　八五六
虛詞詭說　八五六
虛有其表　八五六
虛應故事　八五七
虛無縹緲　八五七
虛位以待　八五七
虛文縟節　八五七
虛往實歸　八五七
虛與委蛇　八五七
虛譽欺人　八五七
喧賓奪主　八六二
喧囂一時　八六二
揎拳捋袖　八六二
揎拳攘臂　八六二
絢麗多彩　八六四
尋根究柢　八六五
尋行數墨　八六五
尋花問柳　八六五
尋歡作樂　八六五
尋瑕伺隙　八六五
尋釁鬧事　八六五
尋枝摘葉　八六六
尋事生非　八六六
尋蹤覓迹　八六六
尋死覓活　八六六
循名責實　八六六
循道不違　八六七
循規蹈矩　八六七
循環往復　八六七
循序漸進　八六七
循循善誘　八六七
雄飛雌伏　八七〇
雄雞斷尾　八七一
雄唱雌和　八七一
雄姿英發　八七一
雄才大略　八七一
植黨營私　八八〇
跖狗吠堯　八八二
智名勇功　八八九
智貴免禍　八八九
智盡能索　八九〇
智者千慮，必有一失。　八九〇
智圓行方　八九〇
智勇雙全　八九〇
渣滓濁沫　八九六
朝不保夕　九〇二
朝不謀夕　九〇二
朝不慮夕　九〇二
朝不及夕　九〇二
朝發夕至　九〇二
朝飛暮捲　九〇三
朝打暮罵　九〇三
朝督暮責　九〇三
朝梁暮陳　九〇三
朝令夕改　九〇三
朝歌夜弦　九〇三
朝更暮改　九〇三
朝過夕改　九〇四
朝觀暮覽　九〇四
朝歡暮樂　九〇四
朝齏暮鹽　九〇四
朝氣蓬勃　九〇四
朝乾夕惕　九〇四
朝秦暮楚　九〇四
朝夕相處　九〇五
朝夕之策　九〇五
朝朝暮暮　九〇五
朝朝寒食，夜夜元宵。　九〇五
朝眞暮僞　九〇五
朝成暮遍　九〇五
朝穿暮塞　九〇五
朝施暮戮　九〇六
朝升暮合　九〇六
朝生暮死　九〇六
朝榮夕滅　九〇六
朝奏暮召　九〇六
朝思暮想　九〇六
朝思夕計　九〇七
朝斯夕斯　九〇七
朝益暮習　九〇七
朝三暮四　九〇七
朝聞夕改　九〇七
朝聞夕死　九〇七
朝雲暮雨　九〇七
粥少僧多　九〇九
掌上明珠　九二〇
蛛絲馬迹　九二九
蛛網塵埃　九二九
煮豆燃萁　九三四
煮弩爲糧　九三四
煮鶴焚琴　九三五
煮粥焚須　九三五
椎髻布衣　九四〇
惴惴不安　九四一
揷科打諢　九六六
揷脚之地　九六六
揷圈弄套　九六六
揷燭板床　九六六
揷翅難飛　九六六

揷翅難逃　九六六
敞胸露懷　九七四
超凡入聖　九七五
超度衆生　九七五
超今冠古　九七六
超絕塵寰　九七六
超群絕倫　九七六
超超玄箸　九七六
超塵拔俗　九七六
超然物外　九七六
超然象外　九七七
超軼絕塵　九七七
趁風使船　九八三
趁火打劫　九八三
趁心如意　九八三
趁熱打鐵　九八三
程門立雪　九九一
揣情度理　一〇〇五
窗明几淨　一〇〇八
喘息未定　一〇〇八
創巨痛深　一〇〇八
創病未瘳　一〇〇八
創意造言　一〇〇九
創業垂統　一〇〇九
椎牛饗士　一〇一二
椎心泣血　一〇一二
視白成黑　一〇四八
視茫髮蒼　一〇四八
視民如傷　一〇四八
視丹如綠　一〇四八
視同路人　一〇四八
視同兒戲　一〇四九
視人猶芥　一〇四九
視如蔽屣　一〇四九
視如土芥　一〇四九
視如寇仇　一〇四九
視若無睹　一〇四九
視死如歸　一〇四九
視而不見　一〇五〇
視爲畏途　一〇五〇
稍遜一籌　一〇五八
稍勝一籌　一〇五八
稍縱即逝　一〇五八
善罷甘休　一〇六四
善刀而藏　一〇六四
善男信女　一〇六四
善價而沽　一〇六四
善騎而墮　一〇六四
善氣迎人　一〇六五
善財難捨　一〇六五
善始善終　一〇六五
善善從長　一〇六五
善善惡惡　一〇六五
善自爲謀　一〇六五
善有善報　一〇六五
善爲說辭　一〇六六
善與人交　一〇六六
勝任愉快　一〇八二
勝敗乃兵家之常。　一〇九〇
勝不驕，敗不餒。　一〇九〇
剩水殘山　一〇九〇
勝殘去殺　一〇九一
勝讀十年書　一〇九一
勝友如雲　一〇九一
盛名之下，其實難副　一〇九一
盛極一時　一〇九一
盛氣凌人　一〇九一
盛情難却　一〇九一
盛食厲兵　一〇九二
盛衰榮辱　一〇九二
盛筵難再　一〇九二
疏不間親　一一〇〇
疏謀少略　一一〇〇
疏密有致　一一〇〇
疏親慢友　一一〇〇
疏財仗義　一一〇〇
疏而不漏　一一〇〇
舒頭探腦　一一〇一
舒憂娛悲　一一〇一
菽水承歡　一一〇二
黍離麥秀　一一〇四
順風轉舵　一一一六
順風吹火　一一一六
順風而呼　一一一六
順藤摸瓜　一一一六
順天應人　一一一六
順理成章　一一一六
順之者昌，逆之者亡。　一一一六
順手牽羊　一一一七
順水推舟　一一一七
順水人情　一一一七
然荻讀書　一一二六
孳孳不息　一一五七
紫氣東來　一一五八
曾參殺人　一一七七
曾子殺彘　一一七七
尊古卑今　一一九〇
尊賢受才　一一九〇
尊師重道　一一九〇
詞不達意　一一九二
詞鈍意虛　一一九二
詞窮理屈　一一九二
殘杯冷炙　一一九七
殘兵敗將　一一九八
殘冬臘月　一一九八
殘膏剩馥　一一九八
殘花敗柳　一一九八
殘缺不全　一一九八
殘賢害善　一一九八
殘渣餘孽　一一九八
殘茶剩飯　一一九八
殘屍敗銳　一一九九
殘山剩水　一一九九
殘絲斷魂　一一九九
殘垣破壁　一一九九
惻隱之心　一二〇六

曾幾何時 一二〇七
曾經滄海 一二〇八
絲來線去 一二三〇
絲竹管弦 一二三〇
絲絲入扣 一二三一
絲恩髮怨 一二三一
斯須之報 一二三二
斯事體大 一二三二
斯文掃地 一二四二
喪盡天良 一二四三
喪心病狂 一二四三
喪明之痛 一二四四
喪倫敗行 一二四四
喪家之狗 一二四四
森羅萬象 一二四四
森嚴壁壘 一二四四
粟紅貫朽 一二四六
訴諸武力 一二四七
隋侯之珠 一二四八
隋珠彈雀 一二四八
隋珠和璧 一二四八
惡龍不門地頭蛇。 一二五五
惡貫滿盈 一二五五
惡口傷人 一二五六
惡積禍盈 一二五六
惡叉白賴 一二五六
惡事傳千里 一二五六
惡聲惡氣 一二五六
惡衣惡食 一二五六
惡有惡報 一二五六
惡話中傷 一二五六
貽害無窮 一三三二
貽厥子孫 一三三五
貽厥孫謀 一三三五
貽笑大方 一三三五
貽人口實 一三三五
揠苗助長 一三六四
雅量高致 一三六四
雅人深致 一三六四
雅俗共賞 一三六四
堯天舜日 一三六八
堯鼓舜木 一三六九
堯長舜短 一三六九
堯雨舜風 一三六九
游必有方 一三七九
游目騁懷 一三七九
游蜂浪蝶 一三七九
游居有常 一三七九
游騎無歸 一三七九
游戲人間 一三八〇
游戲三昧 一三八〇
游手好閒 一三八〇
游山玩水 一三八〇
游刃有餘 一三八〇
游辭巧飾 一三八〇
游移不定 一三八一
游雲驚龍 一三八一
猶豫不決 一三八一
湮沒無聞 一三九〇
暗噁叱咤 一四〇五
雁塔題名 一四〇五
雁過拔毛 一四〇五
雁足傳書 一四〇五
雁影分飛 一四〇五
飲冰茹檗 一四一五
飲啖醉飽 一四一六
飲彈而亡 一四一六
飲糙亦醉 一四一六
飲恨吞聲 一四一六
飲灰洗胃 一四一六
飲酒離會 一四一六
飲血茹毛 一九一六
飲鴆止渴 一四一六
飲醇自醉 一四一七
飲食男女 一四一七
飲水思源 一四一七
飲馬投錢 一四一七
揚葩振藻 一四一八
揚眉吐氣 一四一八
揚湯止沸 一四一八
揚長避短 一四一八
揚長而去 一四一八
陽奉陰違 一四二〇
陽關大道 一四二〇
陽關三迭 一四二〇
陽和啓蟄 一四二〇
陽秋可畏 一四二〇
陽春白雪 一四二一
硬語盤空 一四三一
無本之木 一四三五
無邊風月 一四三五
無病呻吟 一四三五
無病自灸 一四三五
無補於事 一四三五
無偏無黨 一四三五
無米之炊 一四三五
無名小卒 一四三五
無風不起浪 一四三六
無風起浪 一四三六
無法無天 一四三六
無斧鑿痕 一四三六
無敵於天下 一四三六
無適無莫 一四三六
無地自容 一四三六
無的放矢 一四三七
無冬無夏 一四三七
無動於衷 一四三七
無能爲力 一四三七
無能爲役 一四三七
無理取鬧 一四三七
無立錐之地 一四三七
無路求生 一四三八
無根無蒂 一四三八
無根而固 一四三八
無關痛癢 一四三八
無功受祿 一四三八
無可比擬 一四三八
無可奈何 一四三八
無關宏旨 一四三八

無關緊要　一四三九
無何有之鄉　一四三九
無毀無譽　一四三九
無官一身輕　一四三九
無稽讕言　一四三九
無可厚非　一四三九
無可厚非　一四三九
無可諱言　一四三九
無可救藥　一四三九
無可無不可　一四四〇
無愧衾影　一四四〇
無孔不入　一四四〇
無價之寶　一四四〇
無咎無譽　一四四〇
無稽之談　一四四〇
無濟於事　一四四〇
無計可施　一四四〇
無家可歸　一四四一
無巧不成書　一四四一
無情無義　一四四一
無拳無勇　一四四一
無窮無盡　一四四一
無堅不摧　一四四一
無精打采　一四四一
無拘無束　一四四二
無奇不有　一四四二
無中生有　一四四二
無恥之尤　一四四二
無腸公子　一四四二
無出其右　一四四二
無隙可乘　一四四二
無懈可擊　一四四二
無心出岫　一四四三
無遮大會　一四四三
無傷大體　一四四三
無傷大雅　一四四三
無聲無息　一四四三
無聲無臭　一四四三
無師自通　一四四三
無時無刻　一四四四
無事不登三寶殿。　一四四四
無事生非　一四四四
無思無慮　一四四四
無私有弊　一四四四
無所不包　一四四四
無所不通　一四四四
無人問津　一四四五
無任之祿　一四四五
無足掛齒　一四四五
無足輕重　一四四五
無從措手　一四四五
無所不為　一四四五
無所不用其極。　一四四五
無所顧忌　一四四五
無所不能　一四四六
無所不有　一四四六
無所忌憚　一四四六
無所事事　一四四六
無所適從　一四四六
無所作為　一四四六
無所措手足　一四四六
無所用心　一四四七
無惡不作　一四四七
無一是處　一四四七
無依無靠　一四四七
無以復加　一四四七
無以自遣　一四四七
無翼而飛　一四四七
無憂無慮　一四四七
無尤無怨　一四四七
無言可對　一四四七
無微不至　一四四八
無為而治　一四四八
無往不利　一四四八
無妄之災　一四四八
無與倫比　一四四八
無緣無故　一四四八
無怨無德　一四四九
無庸諱言　一四四九
無庸置喙　一四四九
無庸置疑　一四四九
無庸爭辯　一四四九
惡居下流　一四五五
惡濕居下　一四五五
惡紫奪朱　一四五五
惡醉強酒　一四五五
惡惡從短　一四五五
喔咿儒兒　一四六〇
握拳透爪　一四六〇
握蛇騎虎　一四六〇
握手言歡　一四六〇
萎靡不振　一四六四
渭濁涇清　一四七三
喻之以理　一五一六
喻以利害　一五一六
飫甘饜肥　一五二〇
飫聞厭見　一五二一
粵犬吠雪　一五二三
越分妄為　一五二四
越鳧楚乙　一五二四
越俎代庖　一五二四
援鱉失龜　一五二七
援疑質理　一五二七
雲奔雨驟　一五三一
雲屯霧集　一五三一
雲泥之別　一五三一
雲霓之望　一五三一
雲龍風虎　一五三二
雲龍井蛙　一五三二
雲開見日　一五三二
雲鬟霧鬢　一五三二
雲集霧散　一五三二
雲錦天章　一五三二
雲譎波詭　一五三二
雲起龍驤　一五三二
雲消霧散　一五三三
雲消雨散　一五三三
雲心月性　一五三三

雲興霞蔚 一五三三
雲行雨施 一五三三
雲中白鶴 一五三三
雲愁霧慘 一五三三
雲山霧罩 一五三三

【十三畫】

稗官野史 二〇
搬弄是非 二一
飽經風霜 二二八
飽經滄桑 二二八
飽經憂患 二二八
飽學之士 二二八
飽食暖衣 二二八
飽食終日 二二八
飽諳經史 二二八
飽以老拳 二二九
賁育之勇 四〇
逼上梁山 四一
睥睨一切 四九
遍地開花 五六
遍體鱗傷 五六
搏牛之虻 七八
搏砂弄汞 七八
補敝起廢 九六
補偏救弊 九六
補天柱地 九六
補天浴日 九六
補苴罅漏 九七
補闕燈檠 九七
補瘡剜肉 九七
滂沱大雨 一四八
滅門絕戶 一九〇
滅頂之災 一九〇
滅此朝食 一九一
酩酊大醉 二〇五
葑菲之采 二三三
蜂目豺聲 二三三
蜂屯蟻雜 二三三
蜂纏蝶戀 二三三
蜂擁而來 二三三
鳧趨雀躍 二四六
腹背受敵 二五〇
腹有鱗甲 二五〇
達官貴人 二五四
達權通變 二五四
達誠申信 二五四
達人知命 二五四
道不拾遺 二八二
道貌岸然 二八二
道大莫容 二八二
道聽塗說 二八二
道路以目 二八二
道高一尺，魔高一丈。 二八二
道骨仙風 二八三
道合志同 二八三
道盡途窮 二八三
道在屎溺 二八三
道義之交 二八三
道遠任重 二八三
當斷不斷 二八九
當頭棒喝 二八九
當頭一棒 二八九
當機立斷 二八九
當家作主 二八九
當局者迷，旁觀者清。 二八九
當前快意 二八九
當行出色 二九〇
當之有愧 二九〇
當之無愧 二九〇
當軸處中 二九〇
當衆出醜 二九〇
當場出醜 二九〇
當場出彩 二九〇
當仁不讓 二九一
當務之急 二九一
蒂固根深 二九八
電光石火 三〇〇
鼎鐺有耳 三〇五
鼎鼎大名 三〇五
鼎力扶持 三〇五
鼎力相助 三〇五
鼎新革故 三〇五
鼎足之勢 三〇五
鼎足三分 三〇五
鼎魚幕燕 三〇五
董狐直筆 三一二
睹貌獻飧 三二二
睹物思人 三二二
遁光不耀 三二九
遁世離群 三二九
頓改前非 三二九
頓開茅塞 三二九
頓口無言 三三〇
滔滔不絕 三三八
滔天大罪 三三八
滔天之勢 三三八
跳樑小丑 三六〇
跳丸日月 三六〇
塗脂抹粉 三七九
腦滿腸肥 四〇〇
裊裊不絕 四〇八
裊裊婷婷 四〇八
雷霆之怒 四二〇
雷霆萬鈞 四二〇
雷厲風行 四二〇
雷聲大，雨點小。 四二〇
裏勾外連 四三五
裏應外合 四三五
溜之大吉 四四四
廉能清正 四四九
廉潔奉公 四五〇
廉靜寡欲 四五〇
廉頑立懦 四五〇
零丁孤苦 四五九
零敲碎打 四五九

碌碌無能 四六二
路柳牆花 四六二
路見不平，拔刀相助。 四六二
路人睚眦 四六二
路遙知馬力，日久見人心。 四六三
落魄不偶 四六五
落湯螃蟹 四六五
落拓不羈 四六五
落落穆穆 四六六
落落大方 四六六
落落寡合 四六六
落落晨星 四六六
落荒而逃 四六六
落花流水 四六六
落花有意，流水無情。 四六七
落井下石 四六七
落字如飛 四六七
落草為寇 四六七
落葉歸根 四六七
落葉知秋 四六七
落英繽紛 四六七
落月屋樑 四六八
亂點鴛鴦 四六九
亂頭粗服 四六九
亂七八糟 四六九
亂首垢面 四六九
亂世之音 四六九
亂臣賊子 四六九
屢試不爽 四七三
屢次三番 四七三
隔牆有耳 四七八
隔靴搔癢 四七八
隔世之感 四七九
隔岸觀火 四七九
詬誶謠諑 四九二
感戴莫名 四九五
感同身受 四九六
感慨系之 四九六
感慨殺身 四九六
感慨萬千 四九六
感喟不置 四九六
感愧無地 四九六
感激涕零 四九六
感舊之哀 四九六
感情用事 四九七
感人肺腑 四九七
感恩戴德 四九七
感恩圖報 四九七
綆短汲深 五〇〇
鼓衰力盡 五〇六
過目不忘 五一三
過目成誦 五一三
過屠門而大嚼。 五一三
過河拆橋 五一三
過河卒子 五一三
過化存神 五一四
過江之鯽 五一四
過猶不及 五一四
過眼雲烟 五一四
過為已甚 五一四
詭計多端 五一六
詭譎多變 五一六
詭銜竊轡 五一六
觥籌交錯 五二九
愷悌君子 五三八
楛耕傷稼 五四七
楛耘傷歲 五四七
誇辯之徒 五四九
誇大其詞 五四九
誇多鬥靡 五四九
誇誇其談 五四九
跬步千里 五五一
愧天怍人 五五一
號令如山 五七三
瑚璉之器 五八八
滑天下之大稽。 五九四
話不投機 五九八
話中有話 五九八
禍不單行 六〇〇
禍不旋踵 六〇〇
禍不妄至 六〇〇
禍福同門 六〇〇
禍福倚伏 六〇〇
禍福無門 六〇〇
禍亂相踵 六〇一
禍國殃民 六〇一
禍積忽微 六〇一
禍起蕭牆 六〇一
禍棗災梨 六〇一
禍從天降 六〇一
禍從口出 六〇一
禍因惡積 六〇二
毀家紓難 六〇七
毀於一旦 六〇七
毀譽參半 六〇七
賄賂公行 六〇九
煥發青春 六一一
煥發一新 六一一
慌不擇路 六一四
畸輕畸重 六二五
戢暴鋤強 六三五
極目四望 六三六
極目遠眺 六三六
極樂世界 六三六
極天際地 六三六
極深研幾 六三六
葭莩之親 六四六
嫁禍於人 六四八
嫁雞隨雞 六四八
嗟來之食 六四九
嗟悔無及 六四九
節節敗退 六五三
節哀順變 六五三
節衣縮食 六五三
節外生枝 六五三

節用裕民 六五三
解民倒懸 六五四
解囊相助 六五四
解鈴還須繫鈴人。 六五四
解甲歸田 六五五
解人難得 六五五
解衣推食 六五五
解疑釋結 六五五
剿撫兼施 六六〇
脚不點地 六六二
脚踏兩隻船 六六二
脚踏實地 六六二
鳩奪鵲巢 六六三
鳩集鳳池 六六三
鳩形鵠面 六六三
煎鹽疊雪 六七五
僅以身免 六九一
經明行修 七〇二
經天緯地 七〇二
經年累月 七〇二
經綸濟世 七〇三
經國大業 七〇三
經久不息 七〇三
經師人師 七〇三
經世奇才 七〇三
經緯萬端 七〇三
經文緯武 七〇三
敬陳管見 七〇八
敬守良箴 七〇八
敬老尊賢 七〇八
敬老慈幼 七〇八
敬恭桑梓 七〇八
敬謝不敏 七〇八
敬賢禮士 七〇八
敬而遠之 七〇八
敬業樂群 七〇九
鉅儒宿學 七一七
裘弊金盡 七四五
愆戾山積 七五二
鉛刀一割 七五三
鉗口結舌 七五七
勤能補拙 七六〇
勤儉持家 七六〇
傾盆大雨 七六五
傾蓋如故 七六五
傾家蕩產 七六五
傾箱倒篋 七六五
傾巢出動 七六六
傾城傾國 七六六
傾城而出 七六六
傾耳注目 七六六
傾耳而聽 七六六
群魔亂舞 七八七
群分類聚 七八七
群龍無首 七八七
群鴻戲海 七八七
群居終日，言不及義。 七八七
群起而攻之 七八八
群輕折軸 七八八
群雌粥粥 七八八
群策群力 七八八
群而不黨 七八八
群蟻附膻 七八八
群英薈萃 七八九
裙屐少年 七八九
煢煢孑立，形影相弔。 七八九
瑕不掩瑜 八〇三
瑕瑜互見 八〇四
遐思遙愛 八〇四
遐邇一體 八〇四
遐邇聞名 八〇四
綉閣雕甍 八一八
綉花枕頭 八一八
嫌好道夕 八二三
新沐者必彈冠。 八三七
新亭對泣 八三七
新來乍到 八三七
新婚燕爾 八三七
新硎初試 八三七
新仇舊恨 八三七
新愁舊恨 八三七
新陳代謝 八三八
詳情度理 八四三
想入非非 八四四
想望風采 八四四
腥聞在上 八四八
詢事考言 八六七
稚齒婑媠 八九二
置之不理 八九二
置之不顧 八九二
置之度外 八九二
置之死地而後快。 八九二
置之死地而後生。 八九三
置諸高閣 八九三
置身事外 八九三
置水之情 八九三
置若罔聞 八九三
債多不愁 八九九
債台高築 九〇〇
照本宣料 九〇〇
照貓畫虎 九〇八
照葫蘆畫瓢 九〇八
甄塵釜魚 九一六
誅求無時 九二九
誅求無已 九二九
誅心之論 九三〇
誅鋤異己 九三〇
著書立說 九三六
著作等身 九三六
著手成春 九三九
裝模作樣 九四三
裝瘋賣傻 九四四
裝點門面 九四四
裝點一新 九四四

裝聾作啞　九四四
裝潢門面　九四四
裝腔作勢　九四四
裝怯作勇　九四四
裝傻充愣　九四四
裝神弄鬼　九四五
嗤之以鼻　九五九
痴心妄想　九五九
痴人說夢　九五九
痴人囈語　九五九
馳馬思墜　九六一
馳名中外　九六一
馳名於世　九六一
腸肥腦滿　九七〇
愁眉不展　九九三
愁眉啼妝　九九三
愁眉苦臉　九九三
愁眉鎖眼　九九三
愁腸百結　九九三
愁雲慘霧　九九四
稠人廣座　九九四
楚夢雲雨　一〇〇二
楚館秦樓　一〇〇二
楚弓楚得　一〇〇二
楚囚對泣　一〇〇二
楚楚動人　一〇〇三
楚楚可憐　一〇〇三
楚材晉用　一〇〇三
楚尾吳頭　一〇〇三
楚王好細腰　一〇〇三
傳道窮經　一〇〇七
傳經送寶　一〇〇七
傳檄而定　一〇〇七
傳神阿堵　一〇〇七
傳宗接代　一〇〇七
傳聞異辭　一〇〇七
椿萱并茂　一〇一六
獅威勝虎　一〇二五
詩禮之家　一〇二五
詩情畫意　一〇二六
詩中有畫　一〇二六
勢不兩立　一〇四二
勢不可當　一〇四二
勢利之交　一〇四三
勢合形離　一〇四三
勢均力敵　一〇四三
勢成騎虎　一〇四三
勢如破竹　一〇四三
勢如累卵　一〇四三
勢如彍弩　一〇四三
勢在必行　一〇四三
勢焰薰天　一〇四四
勢痂成癖　一〇四四
嗜殺成性　一〇四四
飾非拒諫　一〇五一
飾非掩醜　一〇五一
煞有介事　一〇五三
煞費苦心　一〇五三
歃血爲盟　一〇五四
慎終追遠　一〇七六
慎終如始　一〇七六
慎於接物　一〇七六
蜃樓海市　一〇七六
傷風敗俗　一〇七六
傷天害理　一〇七七
傷弓之鳥　一〇七七
傷化虐民　一〇七七
傷筋動骨　一〇七七
傷心慘目　一〇七七
傷春悲秋　一〇七七
聖經賢傳　一〇九二
聖人忘情　一〇九二
暑去寒來　一一〇三
暑雨祁寒　一一〇四
蜀錦吳綾　一一〇四
蜀犬吠日　一一〇四
鼠目寸光　一一〇四
鼠肚雞腸　一一〇四
鼠肝蟲臂　一一〇四
鼠竊狗盜　一一〇四
鼠雀之輩　一一〇五
鼠牙雀角　一一〇五
鉥肝劌腎　一一〇八
睡眼惺忪　一一一五
舜年堯日　一一一六
惹花拈草　一一二四
惹火燒身　一一二四
惹是生非　一一二四
惹人注目　一一二四
瑞雪兆豐年　一一五四
載歌載舞　一一七三
載酒問字　一一七三
載笑載言　一一七三
載舟覆舟　一一七三
賊頭賊腦　一一七三
賊喊捉賊　一一七三
賊去關門　一一七三
賊人膽虛　一一七三
葬身魚腹　一一七七
罪不容誅　一一八七
罪莫大焉　一一八七
罪大惡極　一一八七
罪孽深重　一一八七
罪該萬死　一一八七
罪魁禍首　一一八七
罪加一等　一一八七
罪惡滔天　一一八七
罪惡昭彰　一一八八
罪有攸歸　一一八八
罪有應得　一一八八
罪盈惡滿　一一八八
慈眉善目　一一九二
滄海橫流　一二〇一
滄海桑田　一二〇一
滄海一粟　一二〇一
滄海遺珠　一二〇二
搓綿扯絮　一二一四
搓手頓脚　一二一四
葱翠欲滴　一二一七
葱蔚洇潤　一二一七

肆虐逞威　一二二九
肆意爲虐　一二三〇
肆無忌憚　一二三〇
搜奇抉怪　一二三〇
搜章摘句　一二三〇
搜神奪巧　一二三一
搜索枯腸　一二三一
搜岩採幹　一二三一
塞耳盜鈴　一二三二
塞井夷灶　一二三二
塞翁失馬　一二三二
搔頭摸耳　一二三三
搔頭弄姿　一二三三
溯本求源　一二四六
肅然起敬　一二四七
歲不我與　一二五〇
歲寒知松柏　一二五〇
歲寒三友　一二五〇
歲月如流　一二五〇
碎骨分身　一二五〇
碎屍萬段　一二五〇
遂心如意　一二五〇
損兵折將　一二五一
損之又損　一二五一
損人利己　一二五一
損陰壞德　一二五二
頌古非今　一二五三
遏惡揚善　一二五七
矮人觀場　一二六〇
愛博不專　一二六〇
愛別離苦　一二六〇
愛不忍釋　一二六〇
愛莫能助　一二六〇
愛毛反裘　一二六〇
愛民如子　一二六一
愛老慈幼　一二六一
愛惜羽毛　一二六一
愛之欲其生，惡之欲其死。　一二六〇
愛人以德　一二六一
愛憎分明　一二六一
愛財如命　一二六二
愛屋及烏　一二六二
碍手碍脚　一二六二
傲睨得志　一二六三
傲睨萬物　一二六三
傲霜凌雪　一二六三
傲霜枝　一二六三
傲然屹立　一二六四
暗渡陳倉　一二七一
暗箭難防　一二七二
暗箭傷人　一二七二
暗香疏影　一二七二
暗中摸索　一二七二
暗送秋波　一二七二
暗無天日　一二七二
意馬心猿　一三五五
意到筆隨　一三五五
意懶情疏　一三五五
意簡言賅　一三五五
意懶心灰　一三五五
意氣風發　一三五五
意氣相投　一三五五
意氣揚揚　一三五五
意氣用事　一三五五
意出望外　一三五五
意惹情牽　一三五六
意在筆先　一三五六
意在言外　一三五六
意味深長　一三五六
溢美溢惡　一三五八
溢于言表　一三五八
義兵不攻服　一三五九
義不背親　一三五九
義不屈節　一三六〇
義不取容　一三六〇
義不容辭　一三六〇
義憤填膺　一三六〇
義斷恩絕　一三六〇
義海恩山　一三六〇
義形於色　一三六〇
義正辭嚴　一三六一
義無反顧　一三六一
銜官屈宋　一三六三
業精於勤　一三六六
葉落歸根　一三六六
葉落知秋　一三六六
葉公好龍　一三六七
睚眦必報　一三六七
睚眦小忿　一三六七
睚眦之隙　一三六七
腰鼓兄弟　一三六八
腰金衣紫　一三六八
腰纏萬貫　一三六八
搖筆即來　一三六九
搖頭擺尾　一三六九
搖頭晃腦　一三六九
搖旗吶喊　一三七〇
搖唇鼓舌　一三七〇
搖手觸禁　一三七〇
搖山振岳　一三七〇
搖身一變　一三七〇
搖搖欲墜　一三七〇
搖尾乞憐　一三七一
搖尾乞食　一三七一
嗚呼哀哉　一四三二
圍魏救趙　一四六七
微過細故　一四六七
微乎其微　一四六八
微言大義　一四六八
微文深詆　一四六八
頑廉懦立　一四七七
頑石點頭　一四七七
萬般皆下品，唯有讀書高。　一四七九
萬變不離其宗。　一四七九
萬不得已　一四七九

萬不失一 一四七九
萬不耐一 一四七九
萬馬奔騰 一四七九
萬馬齊暗 一四七九
萬馬爭先，驊騮落後。 一四八〇
萬民塗炭 一四八〇
萬目睽睽 一四八〇
萬夫不當之勇。 一四八〇
萬夫莫當 一四八〇
萬頭攢動 一四八〇
萬籟俱寂 一四八〇
萬里鵬程 一四八〇
萬里長城 一四八一
萬縷千絲 一四八一
萬古不磨 一四八一
萬古流芳 一四八一
萬古千秋 一四八一
萬古長青 一四八一
萬剮千刀 一四八一
萬貫家私 一四八一
萬戶千門 一四八二
萬壑爭流 一四八二
萬家燈火 一四八二
萬家生佛 一四八二
萬刼不復 一四八二
萬箭攢心 一四八二
萬籤插架 一四八二
萬全之策 一四八二
萬象更新 一四八三
萬象回春 一四八三
萬象森羅 一四八三
萬選青錢 一四八三
萬丈高樓平地起。 一四八三
萬丈光芒 一四八三
萬衆睢睢 一四八三
萬衆一心 一四八三
萬世師表 一四八三
萬世一時 一四八三
萬事大吉 一四八四
萬事亨通 一四八四
萬事俱備，只欠東風。 一四八四
萬壽無疆 一四八四
萬乘之尊 一四八四
萬水千山 一四八四
萬人空巷 一四八四
萬紫千紅 一四八五
萬死不辭 一四八五
萬死一生 一四八五
萬死猶輕 一四八五
萬歲千秋 一四八五
萬應靈丹 一四八五
萬無一失 一四八五
萬物皆備於我。 一四八五
溫良恭儉讓 一四八六
溫故知新 一四八六
溫恭自虛 一四八六
溫情脈脈 一四八六
溫香艷玉 一四八六
溫柔敦厚 一四八六
溫潤而澤 一四八七
溫文爾雅 一四八七
愚不可及 一五〇六
愚昧無知 一五〇六
愚迷不悟 一五〇六
愚公移山 一五〇六
愚者一得 一五〇六
榆瞑豆重 一五〇七
瑜不掩瑕 一五〇七
逾牆鑽隙 一五〇七
逾閑蕩檢 一五〇七
與民更始 一五一一
與鬼爲鄰 一五一二
與虎謀皮 一五一二
與虎添翼 一五一二
與世隔絕 一五一二
與世沈浮 一五一二
與世長辭 一五一二
與世長存 一五一三
與世偃仰 一五一三
與世無爭 一五一三
與衆不同 一五一三
與日俱增 一五一三
與人方便，自己方便。 一五一三
與人爲善 一五一三
遇難成祥 一五二〇
遇事生風 一五二〇
遇人不淑 一五二〇
圓木警枕 一五二六
圓顱方趾 一五二七
圓鑿方枘 一五二七
源頭活水 一五二七
源清流清 一五二七
源源不絕 一五二七
源源而來 一五二七
源遠流長 一五二八
猿鶴蟲沙 一五二八
猿穴壞山 一五二八
暈頭轉向 一五三一
運斤成風 一五三四
運之掌上 一五三四
運籌帷幄 一五三四
運用之妙，存乎一心。 一五三四
運用自如 一五三四
雍容大雅 一五三四
雍容華貴 一五三四
雍容閑雅 一五三五
雍容雅步 一五三六

【十四畫】

鼻息如雷 一五四二
鄙吝復萌 一五四四
鄙於不屑 一五四五

碧落黃泉　四九
碧血丹心　四九
碧水青山　四九
賓客盈門　六〇
賓至如歸　六〇
摽梅之候　一五八
蒲柳之姿　一六五
貌合神離　一八〇
漫天要價　一八一
滿門英烈　一八二
滿面春風　一八二
滿目瘡痍　一八二
滿腹狐疑　一八二
滿腹經論　一八二
滿腹珠璣　一八三
滿谷滿坑　一八三
滿招損，謙受益。　一八三
滿城風雨　一八三
滿載而歸　一八三
滿而不溢　一八三
滿園春色　一八三
慢條斯理　一八四
慢藏誨盜　一八四

慢易生憂　一八四
漫不經心　一八四
蒙袂輯屨　一八六
蒙混過關　一八七
蒙昧無知　一八七
夢筆生花　一八七
夢寐以求　一八七
夢幻泡影　一八七
夢魂顛倒　一八七
夢中說夢　一八七
夢屍得官　一八七
綿綿瓜瓞　一九三
綿裏藏針　一九三
綿力薄材　一九三
銘肌鏤骨　二〇五
銘諸肺腑　二〇五
鳴鼓而攻之　二〇五
鳴金收兵　二〇五
鳴琴而治　二〇五
幕天席地　二〇六
罰不當罪　二一四
罰不責衆　二一四
罰弗及嗣　二一四
鳳毛麟角　二四二

鳳鳴朝陽　二四二
鳳凰來儀　二四二
鳳凰于飛　二四二
福祿雙全　二四五
福至心靈　二四五
福壽康寧　二四六
福善禍淫　二四六
福如東海　二四六
福無雙至　二四六
輔車相依　二四八
滴粉搓酥　二九五
滴水不漏　二九五
滴水成冰　二九五
滴水穿石　二九五
滌瑕蕩穢　二九五
滌私愧貪　二九六
端倪可察　三〇四
對簿公堂　三一八
對答如流　三一八
對牛彈琴　三一八
對酒當歌　三一八
對景傷情　三一八
對症下藥　三一九
對床夜雨　三一九

奪眶而出　三三三
奪胎換骨　三三三
嘆為觀止　三五一
蜩螗沸羹　三五九
圖謀不軌　三七七
圖國忘死　三七七
圖窮匕首見　三七八
圖財害命　三七八
銅琶鐵板　三九四
銅駝荊棘　三九四
銅壺滴漏　三九五
銅山鐵壁　三九五
銅山西崩，洛鐘東應。　三九五
寧缺毋濫　四一三
寧折不彎　四一三
寧為雞口，無為牛後。　四一三
寧為雞尸，無為牛從。　四一三
寧為玉碎，不為瓦全。　四一三
漏脯充飢　四二六
漏洞百出　四二六

漏泄春光　四二六
漏卮難滿　四二七
漏網之魚　四二七
寥寥無幾　四四一
寥若晨星　四四一
犖犖大端　四六五
綠林好漢　四六二
綠肥紅瘦　四七四
綠女紅男　四七四
綠衣黃裏　四七五
綠衣使者　四七五
綠葉成陰　四七五
歌台舞榭　四七七
歌功頌德　四七七
歌聲繞樑　四七八
歌吟笑呼　四七八
歌舞升平　四七八
蓋棺論定　四八三
蓋世奇才　四八三
蓋世英雄　四八三
蓋世無雙　四八三
膏粱錦繡　四八三
膏粱子弟　四八三
膏肓之病　四八三

膏火自煎　四八四
膏腴之地　四八四
槁木死灰　四八九
槁項黃馘　四八九
趕盡殺絕　四九七
綱紀廢弛　四九八
綱舉目張　四九八
綱舉網疏　四九八
寡不敵衆　五一〇
寡廉鮮恥　五一〇
寡見少聞　五一〇
寡二少雙　五一〇
寡言少語　五一〇
裹足不前　五一三
瑰意琦行　五一五
管鮑之交　五二一
管窺蠡測　五二一
管見所及　五二三
管弦繁奏　五二二
管中窺豹　五二二
滾瓜爛熟　五二二
慷慨激昂　五四四
慷慨就義　五四四
慷慨解囊　五四四
慷慨陳詞　五四四
廓達大度　五四九
廓開大計　五五〇
赫赫之功　五六三
赫赫有名　五六四
赫赫炎炎　五六四
赫赫英名　五六四
蒿目時艱　五六八
豪門貴宅　五六九
豪放不羈　五六九
豪情壯志　五六九
豪情逸致　五六九
豪言壯語　五七〇
漢官威儀　五八一
劃一不二　五九五
誨盜誨淫　六〇七
誨人不倦　六〇七
魂不附體　六一三
魂不守舍　六一三
魂飛魄散　六一三
魂飛天外　六一三
魂亡魄喪　六一三
魂亡膽落　六一三
箕風畢雨　六二七
賚志而歿　六二七
際會風雲　六四三
嘉肴美饌　六四四
嘉言善行　六四四
截髮留客　六五〇
截鐙留鞭　六五〇
截斷衆流　六五一
截趾適屨　六五一
截長補短　六五一
截然不同　六五一
竭力虔心　六五二
竭盡全力　六五二
竭智盡忠　六五二
竭誠相待　六五三
竭澤而漁　六五三
誠莫如豫　六五七
監守自盜　六七五
漸入佳境　六七八
緊鑼密鼓　六九一
盡付東流　六九三
盡態極妍　六九四
盡力而爲　六九四
盡其所長　六九四
盡心竭力　六九四
盡忠報國　六九四
盡善盡美　六九四
盡人事，聽天命。　六九四
盡如人意　六九四
盡如所期　六九五
盡入彀中　六九五
兢兢業業　七〇〇
精疲力竭　七〇〇
精美絕倫　七〇〇
精明強幹　七〇一
精打細算　七〇一
精雕細刻　七〇一
精力過人　七〇一
精耕細作　七〇一
精金百煉　七〇一
精金良玉　七〇一
精誠團結　七〇一
精誠所至　七〇一
精神滿腹　七〇二
精神煥發　七〇二
精神恍惚　七〇二
精益求精　七〇二
精衛填海　七〇二
跼天蹐地　七一二
跼蹐不安　七一二
聚精會神　七一六
聚沙成塔　七一六
聚散浮生　七一六
聚散紛紜　七一六
聚蚊成雷　七一六
漆身吞炭　七二五
旗鼓相當　七二七
旗開得勝　七二七
旗幟鮮明　七二七
綦溪利跂　七二八
齊大非偶　七二九
齊天大聖　七三〇
齊東野語　七三〇
齊梁世界　七三〇
齊紈魯縞　七三〇
敲冰戛玉　七三八
敲骨吸髓　七三八
敲金擊石　七三八
搴旗斬將　七五二
遣詞造句　七五八
寢不安席　七六二
寢饋難安　七六二

寢饋其中 七六二
寢食俱廢 七六二
寢苦枕塊 七六二
槍林彈雨 七六三
蜻蜓點水 七六七
輕描淡寫 七六八
輕諾寡信 七六八
輕歌曼舞 七六八
輕車熟路 七六八
輕舉妄動 七六八
輕裘肥馬 七六八
輕裘緩帶 七六八
輕裘朱履 七六九
輕重倒置 七六九
輕重緩急 七六九
輕世傲物 七六九
輕卒銳兵 七六九
輕嘴薄舌 七六九
輕財好義 七六九
輕而易舉 七六九
輕徭薄賦 七七〇
輕偎低傍 七七〇
輕於鴻毛 七七〇
熙來攘往 七九四
熙熙攘攘 七九四
隙大牆壞 八〇二
隙中觀門 八〇二
携手並肩 八〇七
銜胆棲冰 八二四
銜口墊背 八二四
銜華佩實 八二五
銜尾相隨 八二五
銜勇韜力 八二五
像煞有介事 八四六
熏陶成性 八六五
熊羆入夢 八七〇
熊心豹膽 八七〇
輒作數日惡 八九九
嶄露頭角 九一一
彰明較著 九二〇
彰善癉惡 九二〇
彰往察來 九二〇
獐頭鼠目 九二〇
蒸蒸日上 九二三
蒸沙成飯 九二三
銖兩悉稱 九三一
銖兩之奸 九三一
銖積寸累 九三一
種瓜得瓜，種豆得豆。 九五二
察能論行 九六六
察見淵魚 九六七
察察爲明 九六七
察言觀色 九六七
暢通無阻 九七五
暢所欲言 九七五
塵飯塗羹 九七九
塵垢秕糠 九七九
稱體裁衣 九八三
稱家有無 九八三
稱心如意 九八三
稱孤道寡 九八四
稱奇道絕 九八四
稱兄道弟 九八四
稱賞不置 九八四
稱頌備至 九八五
稱王稱霸 九八五
誠惶誠恐 九九一
誠心誠意 九九二
蒓羹鱸膾 一〇一七
綽綽有餘 一〇一八
綽有餘力 一〇一八
綽約多姿 一〇一八
實逼處此 一〇二九
實心實意 一〇二九
實至名歸 一〇二九
實事求是 一〇二九
實與華違 一〇三〇
實與有力 一〇三〇
誓不兩立 一〇五〇
誓不甘休 一〇五〇
誓死不二 一〇五〇
壽比南山 一〇九八
壽陵失步 一〇九八
壽享期頤 一〇九八
壽終正寢 一〇九八
壽元無量 一〇九八
瘦骨伶仃 一〇九九
瘦骨嶙峋 一〇九九
數不勝數 一一〇二
數米量柴 一一〇二
數米而炊 一一〇二
數典忘祖 一一〇三
數黑論黃 一一〇三
數九寒天 一一〇三
數一數二 一一〇三
數往知來 一一〇三
漱石枕流 一一〇八
說地談天 一一〇九
說東道西 一一〇九
說黃道黑 一一〇九
說謊調皮 一一〇九
說親道熱 一一〇九
說長道短 一一〇九
說時遲，那時快。 一一〇九
說嘴打嘴 一一〇九
說曹操，曹操到。 一一一〇
說三道四 一一一〇
說一不二 一一一〇
說一是一，說二是二。 一一一〇
數見不鮮 一一一〇
碩大無朋 一一一〇
碩果累累 一一一〇
碩果僅存 一一一〇
碩學通儒 一一一一
碩彥名儒 一一一一
摔喪駕靈 一一一一

認敵爲友　一一四〇
認賊作父　一一四〇
榮華富貴　一一五六
榮宗耀祖　一一五六
嘖嘖稱羨　一一六八
嘖嘖稱善　一一六八
嘖有煩言　一一六八
臧否人物　一一七七
綜核名實　一一九一
慚凫企鶴　一一九七
慘不忍睹　一一九九
慘不忍聞　一二〇〇
慘怛之疾　一二〇〇
慘淡經營　一二〇〇
慘綠少年　一二〇〇
慘禍飛災　一二〇〇
慘絕人寰　一二〇〇
慘無人道　一二〇〇
蒼黃翻覆　一二〇二
蒼翠欲滴　一二〇二
蒼蠅碰壁　一二〇二
摧眉折腰　一二一〇
摧鋒陷陣　一二一〇
摧枯拉朽　一二一一
摧陷廓清　一二一一
翠繞珠圍　一二一一
颯爽英姿　一二三一
瑣尾流離　一二四七
酸甜苦辣　一二五一
算無遺策　一二五一
嗷嗷待哺　一二六三
嘔心瀝血　一二六五
爾虞我詐　一二七七
餌名釣祿　一二八〇
漪歟休哉　一三二九
疑團莫釋　一三三三
疑團滿腹　一三三三
疑今察古　一三三三
疑心生暗鬼　一三三三
疑信參半　一三三三
疑行無成，
疑事無功。　一三三三
疑神疑鬼　一三三三
疑則勿任，
任則勿疑。　一三三三
疑貳之見　一三三三
厭難折衝　一三六五
瑤台銀闕　一三七一
瑤林瓊樹　一三七一
瑤環瑜珥　一三七一
遙相呼應　一三七一
遙遙華胄　一三七一
遙遙相對　一三七二
遙遙相望　一三七二
遙遙無期　一三七二
誘敵深入　一三九〇
褎然舉首　一三九〇
褎如充耳　一三九〇
嫣然一笑　一三九〇
夤緣而上　一四一〇
銀鈎鐵畫　一四一一
銀鈎玉唾　一四一一
銀河倒瀉　一四一一
銀樣鑞槍頭　一四一一
誣良爲盜　一四三三
維妙維肖　一四六九
違心之論　一四六九
聞名不如見
面。　一四九一
聞風而逃　一四九一
聞道猶迷　一四九一
聞雷失箸　一四九一
聞過則喜　一四九二
聞雞起舞　一四九二
聞聲相思　一四九二
聞所未聞　一四九二
聞一知十　一四九二
聞一增十　一四九二
聞義而徙　一四九三
網目不疏　一四九九
網漏吞舟　一四九九
網開一面　一四九九
漁奪侵牟　一五〇七
漁人之利　一五〇七
漁陽鼙鼓　一五〇七
語不驚人死
不休。　一五一三
語妙天下　一五一三
語驚四座　一五一四
語笑喧闐　一五一四
語重心長　一五一四
語焉不詳　一五一四
語言無味　一五一四
語無倫次　一五一四
鳶飛魚躍　一五二五
遠交近攻　一五二八
遠見卓識　一五二九
遠近兼顧　一五二九
遠親不如近
鄰。　一五二九
遠親近友　一五二九
遠愁近慮　一五二九
遠水不解近
渴。　一五二九
遠水不救近
火。　一五二九
遠人無目　一五二九
遠在天邊，
近在眼前。　一五二九
遠走高飛　一五三〇
踊貴履賤　一五三七
踊躍輸將　一五三七

【十五畫】

褒貶揚抑　二六
褒善貶惡　二六
褒采一介　二六
褒衣博帶　二七
褒衣危冠　二七

暴不肖人　三三
暴風驟雨　三二
暴跳如雷　三二
暴殄天物　三二
暴內陵外　三二
暴戾恣睢　三二
暴虎馮河　三二
暴殞輕生　三三
弊厚言甘　四五
弊車羸馬　四五
弊絕風清　四六
標新立異　五七
撥弄是非　七二
撥亂反正　七二
撥亂誅暴　七二
撥嘴撩牙　七二
撥草尋蛇　七二
撥雲見日　七二
播糠眯目　七九
潑婦罵街　一四〇
潑天大禍　一四〇
潑油救火　一四〇
魄散魂飛　一四二
賠了夫人又折兵。　一四三
潘江陸海　一四六
盤馬彎弓　一四六
盤根究柢　一四六
盤根錯節　一四六
盤古開天地　一四七
盤石桑苞　一四七
盤游無度　一四七
磐石之固　一四七
蓬篳生輝　一五〇
蓬門篳戶　一五〇
蓬頭歷齒　一五〇
蓬頭垢面　一五〇
蓬戶甕牖　一五〇
蓬心蒿目　一五〇
蓬生麻中　一五一
蓬牖茅椽　一五一
劈頭蓋臉　一五一
翩翩起舞　一五八
撲朔迷離　一六四
鋪錦列繡　一六五
鋪張揚厲　一六五
摩頂放踵　一六九
摩天礙日　一六九
摩肩接踵　一六九
摩拳擦掌　一六九
模稜兩可　一六九
墨突不黔　一七〇
墨汁未乾　一七一
墨守成規　一七一
賣弄風騷　一七四
賣李鑽核　一七四
賣履分香　一七四
賣官鬻爵　一七四
賣國求榮　一七五
賣劍買牛　一七五
賣妻鬻子　一七五
賣主求榮　一七五
賣身求榮　一七五
賣兒鬻女　一七五
賣友求榮　一七五
蔓草難除　一八四
暮鼓晨鐘　二〇六
髮短心長　二一五
髮禿齒豁　二一五
髮指目裂　二一五
廢教棄制　二二〇
廢寢忘食　二二〇
廢書而嘆　二三〇
廢耳任目　二三〇
幡然改途　二三一
憤世嫉俗　二三八
鋒芒畢露　二三四
鋒發韻流　二三四
撫髀自嘆　二四七
撫今追昔　二四七
撫綏萬方　二四七
撫膺之痛　二四八
德薄能鮮　二七四
德薄才疏　二七四
德隆望尊　二七四
德高毀來　二七四
德高望重　二七五
德厚流光　二七五
德重恩弘　二七五
德才兼備　二七五
德言容功　二七五
德音莫違　二七五
德威並施　二七五
彈盡糧絕　二八七
彈丸之地　二八七
憚赫千里　二八七
敵國同舟　二九六
敵愾同仇　二九六
調兵遣將　三〇三
調虎離山　三〇三
墮指裂膚　三三四
墮甑不顧　三三四
墮雲霧中　三三四
踏破鐵鞋無覓處。　三三五
彈冠相慶　三四八
彈鋏求通　三四八
彈指之間　三四八
彈射利病　三四八
彈射臧否　三四八
談笑封侯　三四九
談笑風生　三四九
談笑自若　三四九
談天說地　三四九
談何容易　三五〇
談虎色變　三五〇
談言微中　三五〇
踢天弄井　三五〇
殢雨尤雲　三五七
調和鼎鼐　三五九

調嘴學舌 三五九
調三窩四 三六〇
鋌而走險 三七七
駑馬戀棧 四一四
駑馬鉛刀 四一四
駑馬十駕 四一四
樂不可支 四一八
樂不思蜀 四一八
樂天知命 四一八
樂禍幸災 四一八
樂極生悲 四一八
樂善好施 四一八
樂此不疲 四一九
樂而忘返 四一九
樂以忘憂 四一九
厲兵秣馬 四四〇
撩衣奮臂 四四一
潦倒龍鍾 四四二
潦倒粗疏 四四二
潦草塞責 四四二
憐新棄舊 四五〇
憐香惜玉 四五〇
蓮花步步 四五〇
樑上君子 四五四
凜若冰霜 四五四
戮力同心 四六二
魯魚帝虎 四六一
魯魚亥豕 四六二
論功行賞 四六九
論黃數黑 四六九
履舄交錯 四七三
履險蹈難 四七三
履險如夷 四七三
履穿踵決 四七四
履霜堅冰 四七四
履霜之戒 四七四
履絲曳縞 四七四
慮周藻密 四七四
穀賤傷農 五〇五
劌目鉥心 五一八
廣土衆民 五二五
廣開門路 五二五
廣開才路 五二五
廣開言路 五二五
廣種薄收 五二五
廣師求益 五二五
潰不成軍 五五二
寬猛相濟 五五二
寬大爲懷 五五二
寬打窄用 五五二
寬廉平正 五五二
寬宏大量 五五二
寬仁大度 五五二
褐衣不完 五六三
褐衣疏食 五六三
嘩衆取寵 五九四
緩兵之計 六一〇
緩不濟急 六一〇
緩歌縵舞 六一〇
潢池弄兵 六一五
稷蜂社鼠 六四一
價値連城 六四八
稼穡艱難 六四八
駕輕就熟 六四八
駕塵彍風 六四九
潔清不洿 六五二
潔身自好 六五二
嬌小玲瓏 六五八
嬌生慣養 六五八
膠柱鼓瑟 六五九
緘口結舌 六七五
儉可養廉 六七七
劍拔弩張 六七八
劍頭一吷 六七八
劍戟森森 六七八
箭不虛發 六七八
箭在弦上 六七九
賤斂貴出 六八二
踐墨隨敵 六八二
僸佅兜離 六九三
駒齒未落 七一一
踞爐炭上 七一六
撅豎小人 七一七
遷客騷人 七五三
嶔崎磊落 七五九
請君入甕 七七五
請自隗始 七七五
慶父不死，魯難未已。 七七六
慶弔不行 七七六
窮不失義 七八九
窮兵黷武 七八九
窮達有命 七九〇
窮當益堅 七九〇
窮途末路 七九〇
窮途潦倒 七九〇
窮鳥入懷 七九〇
窮年累月 七九〇
窮理盡性 七九〇
窮寇勿追 七九一
窮困潦倒 七九一
窮極無聊 七九一
窮家富路 七九一
窮泉朽壤 七九一
窮鄉僻壤 七九一
窮巷掘門 七九一
窮形盡相 七九二
窮凶極惡 七九二
窮愁潦倒 七九二
窮奢極欲 七九二
窮山惡水 七九二
窮鼠嚙狸 七九二
窮則思變 七九二
窮而後工 七九二
窮閻漏屋 七九三
窮猿投林 七九三
窮原竟委 七九三
嘻皮笑臉 七九四
嬉笑怒罵 七九四
膝下猶虛 七九五

膝癢搔背 七九五
瞎字不識 八〇三
嘵嘵不休 八一〇
銷魂奪魄 八一一
銷聲匿跡 八一一
噓枯吹生 八五四
噓寒問暖 八五四
質樸無華 八八二
質疑問難 八八二
遮天蔽日 八九七
遮天蓋地 八九七
遮人耳目 八九七
箴規磨切 九一五
震天動地 九一七
震古鑠今 九一八
震撼人心 九一八
震主之威 九一八
震耳欲聾 九一八
鄭重其事 九二六
鄭聲亂雅 九二六
鄭人買履 九二六
鄭人爭年 九二六
鄭衛之音 九二六
諸如此類 九三〇
諸子百家 九三〇
諸惡莫作 九三〇
豬突豨勇 九三〇
駐顏無術 九三六
斲雕爲樸 九三九
斲輪老手 九三九
踔厲風發 九三九
踔絕之能 九四〇
墜茵落溷 九四一
諄諄告誡 九四三
諄諄教誨 九四三
踟躕不前 九六〇
齒白脣紅 九六二
齒若編貝 九六二
齒牙爲禍 九六二
齒牙餘論 九六三
齒亡舌存 九六三
諂笑脅肩 九六九
諂上欺下 九六九
嘲風咏月 九七七
徹頭徹尾 九七七
徹上徹下 九七九
撐腸拄肚 九八四
鋤暴安良 一〇〇〇
鋤強扶弱 一〇〇一
瘡痍滿目 一〇〇八
醇酒婦人 一〇一七
衝鋒陷陣 一〇一九
適逢其會 一〇五〇
適得其反 一〇五一
適可而止 一〇五一
潸然淚下 一〇六三
審己度人 一〇七六
審時度勢 一〇七六
賞不當功 一〇七八
賞不逾時 一〇七八
賞罰分明 一〇七八
賞心樂事 一〇七八
賞心悅目 一〇七八
賞善罰淫 一〇七八
熟能生巧 一一〇二
熟視無睹 一一〇二
熱淚盈眶 一一二五
熱氣騰騰 一一二五
熱腸冷面 一一二五
銳不可當 一一五四
遭家不造 一一七四
嘴甜心苦 一一八六
嘴尖舌巧 一一八七
醉酒飽德 一一八八
醉生夢死 一一八八
醉翁之意不在酒。 一一八八
層巒疊嶂 一二〇七
層見疊出 一二〇七
層出不窮 一二〇七
層次分明 一二〇七
踧踖不安 一二一〇
撮要刪繁 一二一四
撮鹽入火 一二一四
駟不及舌 一二三〇
駟馬難追 一二三〇
駟馬高車 一二三〇
撒嬌撒痴 一二三一
撒手閉眼 一二三一
撒豆成兵 一二三一
餓殍遍野 一二五七
餓虎撲食 一二五七
餓虎飢鷹 一二五七
鞍前馬後 一二七〇
儀表堂堂 一三三一
儀態萬方 一三三一
儀靜體閑 一三三二
億則屢中 一三五四
億萬斯年 一三五四
毅然決然 一三五八
熠熠生輝 一三五八
鴉雀無聲 一三六三
鴉巢生鳳 一三六三
嶢嶢者易折 一三六九
樂山樂水 一三七三
憂國奉公 一三七六
憂國憂民 一三七六
憂國忘家 一三七六
憂患餘生 一三七六
憂心悄悄 一三七六
憂心忡忡 一三七七
憂心如焚 一三七七
憂形于色 一三七七
憂讒畏譏 一三七七
憂深思遠 一三七七
牖中窺日 一三八九
養兵千日，用兵一時。 一四二三
養虎遺患 一四二三
養家活口 一四二三

養精蓄銳　一四二三
養尊處優　一四二三
養兒防老　一四二三
養癰遺患　一四二三
養生送死　一四二三
影滅迹絕　一四二九
影單形隻　一四二九
影影綽綽　一四二九
舞榭歌台　一四五四
舞衫歌扇　一四五四
舞文弄墨　一四五四
舞文弄法　一四五四
誤石爲寶　一四五八
蝸角虛名　一四五九
蝸行牛步　一四五九
諉過於人　一四七一
蔚然成風　一四七六
蝟縮蠖屈　一四七六
蔓引株求　一四八六
餘桃啖君　一五〇七
餘光分人　一五〇八
餘香滿口　一五〇八
餘食贅行　一五〇八
餘音裊裊　一五〇八
餘音繞樑　一五〇八
餘味回甘　一五〇八
餘勇可賈　一五〇九
緣慳分淺　一五二八
緣情體物　一五二八
緣木求魚　一五三〇

【十六畫】

壁壘分明　四五
壁壘森嚴　四五
壁裏安柱　四五
蔽聰塞明　五〇
蔽月羞花　五〇
噴薄欲出　一四八
噴珠吐玉　一四八
擗踊哀號　一五七
駢拇枝指　一五九
駢肩累迹　一五九
駢四儷六　一五九
璞玉渾金　一六五
螞蟻搬泰山　一六七
螞蟻啃骨頭　一六七
磨刀霍霍　一七〇
磨厲以須　一七〇
磨杵成針　一七〇
磨穿鐵硯　一七〇
磨而不磷　一七〇
貓鼠同眠　一七八
謀財害命　一八一
謀先則昌　一八一
謀虛逐妄　一八二
瞞天過海　一八一
瞞天要債，就地還錢。　一八一
瞞神謊鬼　一八一
瞞上欺下　一八二
澠池之功　一九七
奮不顧身　二二八
奮袂而起　二二八
奮矜之容　二二八
諷一勸百　二四一
縛雞之力　二四六
殫竭其力　二五五
殫見洽聞　二五五
殫精竭慮　二八五
殫心竭智　二八六
殫思極慮　二八六
澹泊寡欲　二八八
蕩檢逾閑　二九一
蕩氣迴腸　二九一
蕩析離居　二九二
蕩然無存　二九二
燈火輝煌　二九二
燈紅酒綠　二九二
燈盡油乾　二九二
燈蛾撲火　二九二
雕楝畫樑　三〇一
雕欄玉砌　三〇一
雕肝琢腎　三〇一
雕蚶鏤蛤　三〇一
雕章琢句　三〇一
雕蟲篆刻　三〇二
雕蟲小技　三〇二
雕文刻鏤　三〇二
雕玉雙聯　三〇二
獨霸一方　三一八
獨步天下　三一八
獨步一時　三一八
獨闢蹊徑　三一八
獨木不成材　三一八
獨木難支　三一八
獨夫民賊　三一八
獨到之處　三一九
獨當一面　三一九
獨斷專行　三一九
獨立自主　三一九
獨立王國　三一九
獨具匠心　三一九
獨具隻眼　三一九
獨具一格　三一九
獨清獨醒　三二〇
獨弦哀歌　三二〇
獨行其是　三二〇
獨占鰲頭　三二〇
獨出機杼　三二〇
獨出心裁　三二〇
獨善其身　三二〇
獨善自養　三二一
獨樹一幟　三二一
獨自煢煢　三二一
獨一無二　三二一
獨往獨來　三二一
篤近舉遠　三二二
頭頭是道　三四四
頭疼腦熱　三四四

頭童齒豁　三四四
頭痛醫頭，腳痛醫腳。　三四四
頭會箕斂　三四五
頭角崢嶸　三四五
頭重腳輕　三四五
頭上安頭　三四五
曇花一現　三四九
醍醐灌頂　三五五
靦顏人世　三七五
諾諾連聲　四一五
濃妝豔抹　四一五
澧蘭沅芷　四三四
歷歷在目　四三八
歷歷可數　四四〇
歷歷如畫　四四〇
遼東白豕　四四三
燎髮摧枯　四四四
燎原烈火　四四四
龍蟠鳳逸　四七〇
龍盤虎踞　四七〇
龍馬精神　四七〇
龍飛鳳舞　四七〇
龍潭虎穴　四七〇
龍騰虎躍　四七〇
龍肝豹胎　四七〇
龍翰鳳翼　四七〇
龍駒鳳雛　四七一
龍驤虎步　四七一
龍驤虎視　四七一
龍行虎步　四七一
龍章鳳姿　四七一
龍爭虎鬥　四七一
龍睜虎眼　四七二
龍鍾老態　四七二
龍蛇飛動　四七二
龍蛇混雜　四七二
龍生九子　四七二
龍躍鳳鳴　四七二
龍躍雲津　四七二
龍吟虎嘯　四七三
嘎然而止　四七七
篝火狐鳴　四八九
龜毛兔角　五一六
窺測方向，以求一逞。　五五一
駭人聽聞　五六八
憨態可掬　五七六
撼天動地　五八〇
橫眉怒目　五八三
橫眉冷對　五八三
橫眉豎眼　五八三
橫躺豎臥　五八三
橫加干涉　五八三
橫加指責　五八三
橫征暴斂　五八三
橫衝直撞　五八三
橫生枝節　五八四
橫槊賦詩　五八四
橫掃千軍　五八四
橫行霸道　五八四
橫行不法　五八四
橫行天下　五八四
橫行奡桀　五八四
橫行無忌　五八四
蕙心紈質　六〇八
諱莫如深　六〇八
諱疾忌醫　六〇九
擐甲執兵　六一一
機變如神　六二四
機不可失　六二四
機關用盡　六二四
機深智遠　六二四
激薄停澆　六二四
激濁揚清　六二四
積不相能　六二五
積非成是　六二五
積憤不泯　六二五
積土爲山，積水爲海。　六二五
積勞成疾　六二五
積年累月　六二五
積穀防飢　六二五
積毀銷骨　六二六
積習難改　六二六
積習相沿　六二六
積銖累寸　六二六
積重難返　六二六
積少成多　六二六
積善成德　六二六
積善餘慶　六二六
積財吝賞　六二七
積草屯糧　六二七
積惡餘殃　六二七
積羽沈舟　六二七
頰上添毫　六四七
蕉鹿之夢　六五九
錦囊妙計　六九二
錦囊佳製　六九二
錦繡河山　六九二
錦繡前程　六九二
錦心繡口　六九二
錦上添花　六九三
錦衣紈褲　六九三
錦衣玉帶　六九三
錦衣玉食　六九三
噤若寒蟬　六九三
靜觀默察　七〇九
靜如處女，動如脫兔。　七〇九
橘化爲枳　七一一
舉不勝舉　七一二
舉目無親　七一二
舉鼎絕臏　七一二
舉例發凡　七一二
舉國若狂　七一二
舉棋不定　七一三
舉賢使能　七一三
舉直錯枉　七一三
舉止大方　七一三

舉世矚目 七一三
舉手之勞 七一三
舉足輕重 七一三
舉措失當 七一四
舉案齊眉 七一四
舉一廢百 七一四
舉一反三 七一四
舉枉錯直 七一四
踽踽獨行 七一四
據理力爭 七一六
據爲己有 七一六
器小易盈 七三一
器宇軒昂 七三二
錢過北斗 七五七
錢可通神 七五七
黔突暖席 七五七
黔驢技窮 七五八
親不敵貴 七五九
親痛仇快 七五九
親臨其境 七六〇
親賢遠佞 七六〇
親如骨肉 七六〇
親如手足 七六〇
親操井臼 七六〇
擒賊先擒王 七六〇
擒縱自如 七六一
螓首蛾眉 七六二
蕭郎陌路 八一〇
蕭規曹隨 八一〇
蕭牆禍起 八一一
蕭曹避席 八一一
曉風殘月 八一四
曉行夜宿 八一四
曉以利害 八一四
賢否不明 八二四
賢良方正 八二四
賢賢易色 八二四
興風作浪 八四八
興利除弊 八四八
興師動衆 八四九
興師問罪 八四九
興訛造訕 八四九
興妖作怪 八四九
興雲致雨 八四九
興旺發達 八四九
興高采烈 八五四
興會淋漓 八五四
興盡悲來 八五四
興致勃勃 八五四
興味索然 八五四
學非所用 八五四
學富五車 八五八
學者如牛毛，成者如麟角。 八五九
學然後知不足。 八五九
學如穿井 八五九
學而不厭 八五九
學以致用 八五九
學無止境 八五九
學無所遺 八六〇
戰天鬥地 九一三
戰慄失箸 九一三
戰火紛飛 九一三
戰戰兢兢 九一三
戰無不勝 九一三
錚錚有聲 九二三
整舊如新 九二三
整軍經武 九二三
築室反耕 九三二
築室道謀 九三二
錐刀之末 九四〇
錐刀之用 九四〇
錐處囊中 九四一
踵決肘見 九五二
踵事增華 九五二
鴟目虎吻 九五九
瞠目結舌 九八四
瞠乎其後 九八四
噬臍莫及 一〇四四
擅自爲謀 一〇六六
擅作威福 一〇六六
輸攻墨守 一一〇一
輸財助邊 一一〇一
樹碑立傳 一一〇七
樹大招風 一一〇七
樹德務滋 一一〇七
樹倒猢猻散 一一〇七
樹之風聲 一一〇七
樹欲靜而風不止。 一一〇七
豎起脊樑 一一〇八
豎子不足與謀。 一一〇八
豎子成名 一一〇八
燃眉之急 一一二六
融會貫通 一一五六
趦趄不前 一一五七
錙銖必較 一一五七
擇肥而噬 一一六九
擇鄰而居 一一六九
擇善固執 一一六九
擇善而從 一一六九
擇優錄取 一一六九
擇焉不精 一一六九
澤及枯骨 一一六九
澡身浴德 一一七五
遵養時晦 一一九〇
餐風宿露 一一九七
餐風飲露 一一九七
操必勝之券 一二〇三
操刀必割 一二〇三
操刀傷錦 一二〇四
操奇計贏 一二〇四
操之過急 一二〇四
操存舍亡 一二〇四
錯落不齊 一二一五
錯落有致 一二一五
錯認顏標 一二一五

錯綜複雜 一二一五
錯彩鏤金 一二一六
隨波逐流 一二四八
隨風轉舵 一二四八
隨心所欲 一二四八
隨鄉入鄉 一二四八
隨機應變 一二四八
隨踵而至 一二四八
隨時制宜 一二四九
隨聲附和 一二四九
隨俗浮沈 一二四九
隨遇而安 一二五〇
遺風餘韻 一三三五
遺大投艱 一三三六
遺老遺少 一三三六
遺訓可秉 一三三六
遺臭萬年 一三三六
遺世獨立 一三三六
遺簪墜屨 一三三六
頤指氣使 一三三六
燕妒花慚 一四〇三
燕頷虎頸 一四〇三
燕雀相賀 一四〇三
燕雀處堂 一四〇四
燕雀安知鴻鵠之志。 一四〇四
燕巢幕上 一四〇四
燕翼貽謀 一四〇四
燕雁代飛 一四〇四
燕語鶯聲 一四〇四
螢窗雪案 一四二八
穎脫而出 一四三〇
擁彗掃門 一五三六

【十七畫】

謗書一篋 二五
篳門閨竇 四九
篳路藍縷 四九
避繁就簡 五〇
避難就易 五〇
避坑落井 五〇
避其銳氣，擊其惰歸。 五〇
避嫌守義 五〇
避之若浼 五〇
避重就輕 五一
避實擊虛 五一
避世絕俗 五一
避讓賢路 五一
避而不談 五一
薄批細抹 七八
薄命佳人 七八
薄暮冥冥 七九
薄海騰歡 七九
薄情無義 七九
薄志弱行 七九
薄祚寒門 七九
薄此厚彼 七九
薄物細故 七九
擘肌分理 八〇
彌天大謊 一八八
彌天亘地 一八八
彌留之際 一八八
糜爛不堪 一八八
繁花似錦 二三二
繁劇紛擾 二三二
繁文縟節 二三二
戴盆望天 二七七
戴天履地 二七八
戴月披星 二七八
戴圓履方 二七八
蹈節死義 二八一
蹈常襲故 二八一
膽大包天 二八六
膽大包身 二八六
膽大心細 二八六
膽大如斗 二八六
膽大妄爲 二八七
膽裂魂飛 二八七
膽小如鼠 二八七
膽戰心寒 二八七
膽戰心驚 二八七
點頭哈腰 三〇〇
點頭之交 三〇〇
點鐵成金 三〇〇
點金成鐵 三〇〇
點水不漏 三〇〇
檀郎謝女 三四九
螳臂當車 三五三
螳螂捕蟬，黃雀在後。 三五三
擬于不倫 四〇七
擰眉立目 四一三
濫竽充數 四二九
勵精圖治 四三九
聯翩而至 四五〇
歛聲屏氣 四五一
臨難毋苟免 四五二
臨渴掘井 四五二
臨機應變 四五二
臨陣磨槍 四五二
臨陣脫逃 四五二
臨池學書 四五二
臨事而懼 四五三
臨深履薄 四五三
臨崖勒馬 四五三
臨危不懼 四五三
臨危蹈難 四五三
臨危授命 四五三
臨淵羨魚 四五三
轂擊肩摩 五〇五
膾炙人口 五五〇
嚎啕大哭 五六八
濠上之樂 五六九
韓信將兵 五七九
豁達大度 六〇二
豁然貫通 六〇二
豁然開朗 六〇二
薈萃一堂 六〇八

環肥燕瘦　六〇九
環堵蕭然　六一〇
鴻篇巨製　六二二
鴻毛泰山　六二二
鴻飛冥冥　六二三
鴻鵠之志　六二三
鴻稀鱗絕　六二三
鴻商富貴　六二三
鴻毳沉舟　六二三
鴻雁哀鳴　六二三
擊節稱賞　六三六
擊碎唾壺　六三六
擠眉弄眼　六四〇
濟濟一堂　六四〇
冀北空群　六四〇
濟貧拔苦　六四一
濟河焚舟　六四一
濟勝之具　六四一
濟弱扶傾　六四一
矯矯不群　六六一
矯情鎮物　六六一
矯情自飾　六六一
矯揉造作　六六一
矯若游龍　六六一
矯枉過正　六六一
艱難困苦　六七六
艱難竭蹶　六七六
艱難曲折　六七六
艱難險阻　六七六
艱苦樸素　六七六
艱苦奮鬥　六七六
艱深晦澀　六七六
艱苦創業　六七七
薑桂之性　六九八
講信修睦　六九八
鞠躬盡瘁，死而後已。　七一二
屨及劍及　七一五
屨賤踴貴　七一五
鍥而不捨　七三八
謙恭下士　七五三
謙謙君子　七五三
謙讓未遑　七五三
潛形匿影　七五六
潛深伏隩　七五七
潛移默化　七五七
牆倒衆人推　七六三
牆上泥皮　七六三
擎天架海　七七五
擎天之柱　七七五
罄其所有　七七六
罄竹難書　七七六
趨名逐利　七七九
趨吉避凶　七七九
趨之若鶩　七七九
趨炎附勢　七七九
羲皇上人　七九五
蹊田奪牛　七九五
燮理陰陽　八〇九
邂逅相遇　八一〇
鮮衣凶服　八二三
薪盡火傳　八三八
輾轉反側　九一二
輾轉伏枕　九一三
輾轉相傳　九一三
擢髮難數　九三八
濯濯童山　九三九
濯纓濯足　九三九
鍾靈毓秀　九五一
鍾儀奏楚　九五二
償其大欲　九七〇
嚐鼎一臠　九七〇
醜態百出　九九四
醜類惡物　九九四
醜腔惡態　九九四
醜聲四溢　九九五
醜聲遠播　九九五
聲名狼籍　一〇八七
聲東擊西　一〇八七
聲價十倍　一〇八七
聲氣相求　一〇八七
聲銷迹滅　一〇八七
聲振林木　一〇八七
聲振寰宇　一〇八七
聲勢浩大　一〇八七
聲勢顯赫　一〇八八
聲勢洶洶　一〇八八
聲生勢長　一〇八八
聲罪致討　一〇八八
聲嘶力竭　一〇八八
聲色貨利　一〇八八
聲色俱厲　一〇八八
聲色犬馬　一〇八八
聲音笑貌　一〇八九
聲應氣求　一〇八九
聲威大震　一〇八九
聲聞過情　一〇八九
聲譽鵲起　一〇八九
曙後星孤　一一〇五
霜露之病　一一一八
孺子可教　一一五〇
縱橫捭闔　一一九〇
縱橫交錯　一一九〇
縱橫馳騁　一一九一
總角之交　一一九一
總而言之　一一九一
縱虎歸山　一一九一
縱虎入室　一一九一
燦爛炳煥　一二〇一
燦若繁星　一二〇一
燦花之論　一二〇一
蹉跎歲月　一二一四
聰明反被聰明誤。　一二一六
聰明伶俐　一二一六
聰明正直　一二一六
聰明睿智　一二一六
聰明自誤　一二一七
聰明才智　一二一七
聰明一世，

懵懂一時。 一二二七
聰明英毅 一二二七
縮衣節食 一二四七
雖死猶生 一二四八
聳動視聽 一二五二
聳人聽聞 一二五二
聳入雲霄 一二五二
薏苡明珠 一三六一
壓倒元白 一三六二
壓良爲賤 一三六二
壓肩迭背 一三六二
壓線年年 一三六二
優孟衣冠 一三七四
優劣得所 一三七五
優勝劣敗 一三七五
優哉游哉 一三七五
優柔寡斷 一三七五
優柔饜飫 一三七五
優游不定 一三七五
優游恬淡 一三七五
優游涵泳 一三七五
優游自得 一三七六
優游自在 一三七六
隱晦曲折 一四一五
隱迹潛踪 一四一五
隱姓埋名 一四一五
隱若敵國 一四一五
隱惡揚善 一四一五
隱約其辭 一四一五
應有盡有 一四二四
營私舞弊 一四二七
應付自如 一四三〇
應付裕如 一四三〇
應對如流 一四三〇
應天順人 一四三〇
應機立斷 一四三〇
應接不暇 一四三〇
應時對景 一四三一
應時之技 一四三一
應運而生 一四三一
甕天之見 一五〇三
甕中之鱉 一五〇三
甕中捉鱉 一五〇三
甕牖繩樞 一五〇三
禦敵於國門之外。 一五一六
黿鱉鳴應 一五二八

【十八畫】

髀肉復生 五三
鞭辟入裏 五三
鞭墓戮屍 五三
鞭長莫及 五三
謾上不謾下 一八二
謬種流傳 一九三
翻箱倒櫃 三二一
翻然悔悟 三二一
翻雲覆雨 三二一
豐干饒舌 三三三
豐功偉績 三三四
豐筋多力 三三四
豐取刻與 三三四
豐衣足食 三三四
覆盆之冤 三五一
覆巢無完卵 三五一
覆水難收 三五一
簞食瓢飲 三八六
簞食壺漿 三八六
斷壁殘垣 三三五
斷編殘簡 三三五
斷髮文身 三三五
斷脰決腹 三三五
斷頭將軍 三三六
斷爛朝報 三三六
斷梗飄蓬 三三六
斷鶴續鳧 三三六
斷齏畫粥 三三六
斷井頹垣 三三六
斷線風箏 三三七
斷織勸學 三三七
斷章截句 三三七
斷章取義 三三七
斷長補短 三三七
斷雨殘雲 三三七
擿奸發伏 三五六
擿抉細微 三五六
藍田生玉 四二八
禮門義路 四三四
禮度委蛇 四三四
禮輕情意重 四三四
禮賢下士 四三五
禮尚往來 四三五
禮義廉恥 四三五
瞽曠之耳 五〇五
歸馬放牛 五一五
歸根結蒂 五一五
歸心似箭 五一五
鯀殛禹興 五二二
鵠面鳥形 五八九
雞毛蒜皮 六二九
雞鳴狗盜 六二九
雞鳴而起 六二九
雞飛蛋打 六二九
雞飛狗走 六二九
雞零狗碎 六三〇
雞骨支床 六三〇
雞頭魚刺 六三〇
雞犬不寧 六三〇
雞犬不留 六三〇
雞犬不驚 六三〇
雞犬之聲相聞，老死不相往來。 六三〇
雞犬升天 六三一
雞爭鵝鬥 六三一
雞蟲得失 六三一
雞黍深盟 六三一
雞鶩爭食 六三一

藉草枕塊　六五七
舊病復發　六七〇
舊瓶裝新酒　六七〇
舊地重遊　六七〇
舊調重彈　六七〇
舊榮新辱　六七一
舊恨新仇　六七一
舊仇宿怨　六七一
舊愁新恨　六七一
舊事重提　六七一
舊雨新知　六七一
鞬櫜干戈　六七七
簡要不煩　六七七
謹毛失貌　六九一
謹小愼微　六九二
謹言愼行　六九二
騎馬找馬　七二八
騎鶴上揚州　七二九
騎虎難下　七二九
騎者善墮　七二九
騏驥過隙　七二九
騏驥一毛　七二九
翹首企足　七三九
翹首而望　七三九
翹足而待　七三九
翹足引領　七三九
闃無人跡　七八三
鬩牆之爭　八〇三
簫韶九成　八一〇
薰蕕不同器　八六五
擲地作金石聲。　八七九
擲果潘安　八七九
擲鼠忌器　八七九
擿埴索塗　八七九
瞻前顧後　九一一
瞻情顧意　九一一
瞻望咨嗟　九一一
瞻雲就日　九一一
轉敗為功　九四二
轉敗為勝　九四二
轉盼流光　九四二
轉禍為福　九四二
轉戰千里　九四二
轉益多師　九四三
轉危為安　九四三
轉彎抹角　九四三
蟬不知雪　九六八
蟬腹龜腸　九六九
蟬衫麟帶　九六九
礎潤而雨　一〇〇三
蟲臂鼠肝　一〇二〇
蟲沙猿鶴　一〇二〇
蟲魚之學　一〇二〇
瞬息即逝　一一一六
瞬息萬變　一一一六
雙瞳剪水　一一一七
雙柑斗酒　一一一八
雙管齊下　一一一八
雙宿雙飛　一一一八
雜亂無章　一一六八
雜七雜八　一一六八
雜學旁收　一一六八
雜然相許　一一六八
雜採衆說　一一六八
藏頭露尾　一二〇二
藏之名山，傳之其人。　一二〇二
藏賊引盜　一二〇二
藏蹤躡迹　一二〇三
藏怒宿怨　一二〇三
藏龍臥虎　一二〇三
藏垢納污　一二〇三
藏器待時　一二〇三
藏形匿影　一二〇三
額手稱慶　一二五五
鵝行鴨步　一二五五
顏筋柳骨　一四〇〇
魏紫姚黃　一四七六

【十九畫】

攀龍附鳳　一四五
攀龍附驥　一四五
攀葛附藤　一四六
攀今吊古　一四六
攀轅扣馬　一四六
攀轅臥轍　一四六
龐然大物　一四八
鵬程萬里　一五一
曝鰓龍門　一六六
靡不有初，鮮克有終。　一八九
靡靡之音　一八九
靡日不思　一八九
靡有孑遺　一八九
靡衣媮食　一八九
靡顏膩理　一九〇
黼黻文章　二四八
顛沛流離　二四八
顛撲不破　二九九
顛倒黑白　二九九
顛倒乾坤　二九九
顛倒是非　二九九
顛倒衣裳　二九九
顛來倒去　二九九
顛三倒四　三〇〇
韜光養晦　三三九
韜晦之計　三三九
難登大雅之堂。　四〇三
難能可貴　四〇三
難解難分　四〇三
難兄難弟　四〇四
難捨難分　四〇四
難以逆料　四〇四
難以置信　四〇四
難言之隱　四〇四
難兄難弟　四〇四
羸形垢面　四二〇

類是而非 四二一
鏤冰雕朽 四二七
鏤骨銘心 四二七
鏤心刻骨 四二七
鏤月裁雲 四二七
離鸞別鳳 四三三
離經辨志 四三三
離經叛道 四三三
離群索居 四三三
離心離德 四三三
離鄉背井 四三三
廬山眞面目 四六一
羅敷有夫 四六四
羅掘俱窮 四六四
羅掘一空 四六四
羅鉗吉網 四六四
羅織構陷 四六五
關山迢遞 五二一
鏗鏘頓挫 五四五
鏗鏘有力 五四五
曠大之度 五五四
曠古絶倫 五五四
曠古奇聞 五五五
曠日持久 五五五
懷寶迷邦 六〇二
懷璧其罪 六〇二
懷瑾握瑜 六〇三
懷鉛提槧 六〇三
懷刑自愛 六〇三
懷才不遇 六〇三
繪聲繪色 六〇八
繫風捕影 六四二
鏡破釵分 七〇九
鏡分鸞鳳 七〇九
鏡花水月 七〇九
鵲笑鳩舞 七八三
鵲巢鳩佔 七八三
瓊樓玉宇 七八九
瓊林玉樹 七八九
瓊漿玉液 七八九
蟹匡蟬緌 八〇九
轍鮒之急 八九九
轍亂旗靡 八九九
證龜成鱉 九二六
證據確鑿 九二六
蟾宮折桂 九六九
懲忿窒欲 九八七
懲羹吹齏 九八八
懲前毖後 九八八
懲惡勸善 九八八
懲一儆百 九八八
鶉居鷇食 一〇一七
鶉衣百結 一〇一八
寵辱不驚 一〇二二
寵辱皆忘 一〇二二
寵辱若驚 一〇二二
識時務者爲俊傑。 一〇五〇
識途老馬 一〇五〇
鎩羽而歸 一〇五三
繩鋸木斷 一〇八九
繩其祖武 一〇八九
繩愆糾謬 一〇八九
繩趨尺步 一〇九〇
繩之以法 一〇九〇
繩床瓦灶 一〇九〇
獸聚鳥散 一〇九八
辭鄙義拙 一一九二
辭舊迎新 一一九二
辭尊居卑 一一九二
辭無所假 一一九二
藕斷絲連 一二六五
藥店飛龍 一三七三
藥籠中物 一三七三
藥石之言 一三七三
藥石無功 一三七四
蠅糞點玉 一四二八
蠅頭小利 一四二九
蠅營狗苟 一四二九
霧裏看花 一四五八
霧鬢風鬟 一四五八
穩如泰斗 一四九三
穩操勝算 一四九三
穩操左券 一四九三
韞匵而藏 一五三四

【二十畫】

寶馬香車 二七
寶貨難售 二七
寶學之人 二七
寶窗自選 二七
寶山空回 二七
飄蓬斷梗 一五七
飄飄欲仙 一五八
飄然若仙 一五八
飄茵落溷 一五八
黨同伐異 二九一
黨豺爲虐 二九一
騰蛟起鳳 三五三
騰雲駕霧 三五四
爐火純青 四六一
巋然不動 五五一
巋然獨存 五五一
繼世而理 六四二
繼往開來 六四二
競新鬥巧 七〇九
勸百諷一 七八七
勸善懲惡 七八七
獻可替否 八二六
馨香禱祝 八三八
懸燈結彩 八六三
懸駝就石 八六三
懸河瀉水 八六三
懸而未決 八六三
懸崖勒馬 八六三
懸崖峭壁 八六四
鐘鳴鼎食 九五一
鐘鳴漏盡 九五一
闡幽顯微 九六九

【二十一畫】

【二十二畫】

歡聚一堂 六〇九
歡欣鼓舞 六〇九
歡聲雷動 六〇九
驕兵必敗 六六〇
驕奢淫逸 六六〇
驕傲自滿 六六〇
鑒貌辨色 六八二
鑒往知來 六八二
權衡得失 七八五
權衡利弊 七八五
權衡輕重 七八五
權宜之計 七八五
襲人故智 七九九
驍勇善戰 八一一
鑄成大錯 九三六
鑄山煮海 九三六
穰穰滿家 一一四一
攢花簇錦 一二一〇
攢三聚五 一二一〇
鰲裏奪尊 一二六三
鷗鷺忘機 一二六五
懿範長存 一三五六
懿言嘉行 一三五六
鬻兒賣女 一五二一
饔飧不繼 一五三六

【二十三畫】

變本加厲 五四
變名易姓 五四
變服詭行 五四
變態百出 五四
變化多端 五五
變化有時 五五
變化無方 五五
變化無窮 五五
變化無常 五五
變幻莫測 五五
變生不測 五五
變生肘腋 五六
變色之言 五六
變色易容 五六
體大思精 三五五
體貼入微 三五五
體天格物 三五六
體國經野 三五六
體無完膚 三五六
戀戀不語 四五一
麟鳳龜龍 四五三
麟角鳳距 四五四
麟角鳳嘴 四五四
麟子鳳雛 四五四
鱗次櫛比 四五四
蠱惑人心 五〇五
蠱蠆之讒 五〇五
鷦鷯一枝 六六〇
驚濤駭浪 七〇四
驚歎不已 七〇四
驚天動地 七〇五
驚弓之鳥 七〇五
驚恐萬狀 七〇五
驚惶不安 七〇五
驚魂未定 七〇五
驚惶失措 七〇五
驚悸不安 七〇五
驚喜交集 七〇六
驚喜若狂 七〇六
驚心掉膽 七〇六
驚心動魄 七〇六
驚猿脫兔 七〇六
驚師動衆 七〇六
驚蛇入草 七〇六
攫金不見人 七一七
攫爲己有 七一八
竊鈎竊國 七三七
竊竊私語 七三七
竊位素餐 七三八
竊玉偷香 七三八
纖毫畢現 八二三
纖毫不爽 八二三
纖悉無遺 八二三
顯露端倪 八二六
顯親揚名 八二六
鑠石流金 一一一一
髒心爛肺 一一七七
鷸蚌相爭，漁翁得利。 一五二一

【二十四畫】

鬢亂釵橫 六一
蠹國害民 三二四
蠹衆木折 三二四
攬轡澄清 四二九
攬權納賄 四二九
攬權怙勢 四二九
靈丹妙藥 四六〇
靈機一動 四六〇
靈蛇之珠 四六〇
羈旅之臣 六二七
讒言訕語 九六九
饞涎欲滴 九六九
讓禮一寸，得禮一尺。 一一四一
讓高山低頭，叫河水讓路。 一一四一
讓棗推梨 一一四一
蠶績蟹匡 一一九九
蠶食鯨吞 一一九九
鷹鼻鷂眼 一四二六
鷹瞵鶚視 一四二六
鷹擊毛摯 一四二六
鷹犬之任 一四二六
鷹犬之才 一四二六
鷹犬塞途 一四二六
鷹視狼步 一四二七
鷹揚虎視 一四二七

【二十五畫】

蠻橫無理　一八二
躡蹻擔簦　四〇八
躡手躡脚　四〇八
躡足其間　四〇八
觀過知仁　五二〇
觀者如堵　五二〇
觀釁伺隙　五二〇
觀往知來　五二〇
觀望不前　五二一
觀於海者難爲水。　五二一
躥房越脊　一二一〇

【二十六畫】

驢鳴狗吠　四七三
驥年馬月　四七三
驥服鹽車　六四三
釁起蕭墻　八四〇
讚不絕口　一一七七
讚嘆不置　一一七七

【二十七畫】

鑼鼓喧天　四六四
鑽冰求酥　一一八九
鑽皮出羽　一一八九
鑽頭覓縫　一一八九
鑽天打洞　一一八九
鑽故紙堆　一一八九
鑽空子　一一八九
鑽火得冰　一一八九

【二十八畫】

鑿壁偷光　一一七四
鑿龜數策　一一七四
鑿鑿有據　一一七四
鸚鵡學舌　一四二七

【二十九畫】

鬱鬱不得志　一五二一
鬱鬱不樂　一五二一
鬱鬱寡歡　一五二一
鬱鬱葱葱　一五二一

【三十畫】

鸞飄鳳泊　四六八
鸞鳳和鳴　四六八
鸞孤鳳隻　四六八
鸞交鳳友　四六八
鸞翔鳳集　四六八
鸞翔鳳翥　四六八

國立中央圖書館出版品預行編目資料

建宏新編成語典 / 向光忠，李行健，劉松筠主編.
--初版. --臺北市：建宏，1994〔民83〕
面 ； 公分.
含索引
ISBN 957-724-284-7 (精裝)

1. 中國語言-成語-字典，辭典

802.35 83002626

建宏新編成語典

主　編：向光忠・李行健・劉松筠

出 版 者／建宏出版社
發 行 人／林 世 楨
登　記：局版臺業字第一四七二號
地　址：台北市中正區 100 重慶南路
一段 63 號
電　話：(02) 23314516 ・ 23818884
傳　真：(02) 23816664
劃撥帳號：05181237（建宏出版社）
發行日期／ 2007 年 6 月再版
法律顧問／蕭雄淋 律師
北辰著作權事務所

物流中心／
地 址：台北縣 23851 樹林市東園里田尾街 153 號
電 話：(02)26801001 (代表號)
傳 真：(02)26801173

門 市 部
總　店／台北市重慶南路一段 63 號
電　話／(02)23314516 ・ 23818884

建 弘 店／台北市重慶南路一段 41 號
電　話／(02)23881351 ・ 23881352

景 美 店／台北市羅斯福路六段 218 號地下一樓
電　話／(02)29349733 ・ 29349447

八 德 店／／台北市八德路四段 83 號地下一樓
電　話／(02)27479946 ・ 27479942

忠 孝 店／台北市忠孝東路五段 976 號
電　話／(02)26547486 ・ 26547487

北 安 店／台北市大直北安路 616 號地下一樓
電　話／(02)25323448

建宏網路書店：www.chbook.com.tw

吉林文史出版社 授權　32K 聖經紙 特價：600 元